Anonymus

Commentariorvm Svper Totvm Evangelivm Matthaei, Per Svpradictvm

Anonymus

Commentariorvm Svper Totvm Evangelivm Matthaei, Per Svpradictvm

ISBN/EAN: 9783742822314

Manufactured in Europe, USA, Canada, Australia, Japa

Cover: Foto ©Andreas Hilbeck / pixelio.de

Manufactured and distributed by brebook publishing software
(www.brebook.com)

Anonymus

Commentariorvm Svper Totvm Evangelivm Matthaei, Per Svpradictvm

COMMENTARIORVM SVPER TOTVM EVANGELIVM MATTHÆI, PER SVPRADICTVM

Patrem Fratrem Alfonſum de Auendaño Beneuentanum, in ſacra Theologia Præſentatum, & Prædicatorem generalem Inſtituti diui Dominici editorum, In gloriam Dei, & ſacroſanctæ Matris Eccleſiæ obſequium,

TOMVS SECVNDVS.

MADRITI,

Apud Petrum Madrigal. 1592.

TOMVS SECVNDVS

COMMENTARIORVM SVPER TOTVM EVANGELIVM

Matthaei, editorum per supradictum Patrem Fratr. Alfonsum de Auendaño Beneuentanum, in sacra Theologia Praesentatum, & Praedicatorem generalem instituti diui Dominici. In gloriam Dei, & Sacrosanctae Matris Ecclesiae obsequium.

CAPVT XIII.

N illo die exiens Iesus de domo, sedebat secus mare, & congregatae sunt ad eum turbae multae, ita vt in nauiculam ascendens, sederet. Et omnis turba stabat in littore, & locutus est eis multa in parabolis dicens.

Hic incipit tradi Euangelica doctrina, ea
forma qua à nobis magis perceptibilis est,
nempe per parabolas & similitudines: &
ideò oportet primùm intelligere quid sit
parabola, & quae necessitas sit vtendi illis, &
differentia parabolarum, de earum sensu &
intellectu. Et circa primum sciendum est ex
D. Chrys. D. Chrysost. super Psalm. 48. explicans illa
Psal. 48. verba: Aperiam in parabolis os meum. Parabola est nomen quod habet multa significata. Est enim parabola etiam loquela,
exemplar, & exprobratio, aut opprobrium.
Nam primùm ex hoc quod assuetum erat
Hieron. Hebraeis per similitudines loqui (vt ait Hie-
Matth. 18. ron. Matth. 18.) parabolae nomen tributum
ad significandum simplicem sermonem absque
Psal. 68. vlla comparatione: vt est illud Psal. 68. Posui
vestimentum meum cilicium, & factus sum
illis in parabolam, hoc est, in loquelam: vt
3. Reg. 9. de me saepè haberetur sermo. Et 3. Reg. 9.
Erit Israel in prouerbium, hoc est, in loquelam
familiarem, & de eo fiet saepè sermo: quia in
ore hominum erit. Licet, quia hoc frequentiùs fit in opprobrium & derisum illius, de
quo semper loquuntur homines, parabola
sumitur pro opprobrio: vt Psalm. 43. Po- Psal. 43.
suisti nos parabolam in Gentibus: & quod-
modò dicimus de Christo: Factus sum illis
in parabolam, hoc est, in derisum & opprobrium. Et clariùs 2. Paralip. 7. Domum quam
aedificaui tradam in parabolam. Et Iob. 17.
Posuit me in opprobrium vulgi. Et ex Hie- Iob 17.
remia. 24. Dabo eos in opprobrium, & in pa- Hierem.
rabolam, & in prouerbium, & maledictionem
in omnibus locis, ad quae eieci eos. Est etiam
parabola oratio aenigmatica, quae aliud quidem significat, sed id non est apertum statim ex ipsis verbis, sed habet sensum in eis
latentem, cuiusmodi erant ea quae dicebat
Samson Iud. 14. De comedente exiuit cibus, Iud. 14.
& de forti egressa est dulcedo. Et apud Eze- Ezech. 17.
chielem cap. 17. Duarum aquilarum aenigma,
parabola vocatur. Quare sententiae graues,
quae non passim ab omnibus intelliguntur,
parabolae nuncupantur, qualis illa est Christi Matth. 15.
Domini cap. 15. non quod intrat per os coinquinat hominem: quam sententiam cùm Petrus non intelligeret, parabolam appellauit.
Ad eum modum accipitur quod in multis
locis dicitur: Iob assumens parabolam suam,
aliquando etiam de Balaam dicitur. Et sic etiam Num. 23.
potest intelligi quod de Salomone dicitur, & 24.
locutum fuisse in parabolis, & intellexisse
omnem parabolam. 3. Reg. 4. Licet etiam aliquando accipiatur pro prouerbio, sicut pa- 3. Reg. 4.

rabolæ Salomonis proverbia dicũtur. Item pro figura, sicut Paulus Hebræo. 11. dicebat Abraham accepisse Isaac in parabolam, hoc est in typum, atque figuram. *[Ad Heb. 11.]* Sumitur etiam pro prophetia: sicut Clemẽs Alexandrinus lib. 1. Stromatum, ex D. Petro docet. *[Clemens Alexan.]* Sic Num. 23. & 24. assumpta parabola Balaam, dixit. *[Num. 23. & 24.]* Et Iob. 27. & 29. Assumens parabolam suam. *[Iob. 27. & 29.]* Et Psalm. 77. Aperiam in parabolis os meũ. *[Psal. 77.]* Solet etiam sumi parabola pro carmine lugubri, atque tristi, & quo solemus alicui aliquid exprobrare: sicut illud Canticum erat quod Esai. vineæ canebat cap. 5. & quale cap. 14. Regi Babyloniæ dicebatur: *[Esai. 5.] [Esai. 14.]* Et erit in die illa cùm requiem dederit tibi Dominus à servitute dura, qua ante servisti, sumes parabolam istam contra Regem Babyloniæ, & dices: Quomodò cessavit exactor, quievit tributum, contrivit Dominus baculum impiorum, virgã dominãtium. &c. Et Abacuc. 2. Nunquid nõ omnes isti super eum parabolam sument, & loquelam ænigmatum eius? & dicetur: Væ ei qui multiplicat non sua. *[Abacu. 2]* Et Ezech. 27. Et assument super te carmen lugubre, & plangent te. *[Ezech. 27]* Et Hieremiæ. 9. Vocate lamentatrices, & assumãt super vos lamẽtum. *[Hierem. 9]* Propriè verò parabolæ nomen sumitur, cùm collationem significat, qua res diversæ in aliquo ostenduntur esse similes, vt cùm Regnum cœlorum comparatur fermento, & grano sinapis. Et sic definitur à Iustino martyre, in quæstionibus Christianis positis, q. 6. Parabolam esse orationem, similitudinem continentẽ rei gestæ ad eam quæ futura est. *[Iustinus Martyr]* Atque ita Cicero nomen hoc collationem vertit. *[Cicero.]* Hieronym. verò cap. 4. Marci ait: Parabola est discrepantium rerũ sub aliqua similitudine facta comparatio, more Provinciæ suæ. *[Hierony.]* Nam parabola Græcè dicitur similitudo, quando id quod intelligi volumus, per comparationes aliquas indicamus, vt cùm hominem durum dicimus ferreũ, ex quibus hæc poterit constari recta parabolæ definitio. Parabola est rerum fictarum per collationem ad aliud significandum verisimilis narratio: & his proprietatibus ab aliis differt, cum quibus similitudinem gerere videtur. Nam in eo quod dicitur, rerum fictarum; ab exemplo distinguitur, quòd rem gestam referre solet, vt exemplum de David quod Dominus attulit ad excusandos discipulos suos, quòd die Sabbathi spicas vellerent. *[1. Reg. 21.] [Luc. 6.]* Differt ab allegoria, in eo quod dicitur ad aliud significandum: nam in allegoria verus semper & constans manet literalis sensus. Nam illud: Os non comminuetis ex eo, de Christo allegoricè dicitur, cuius ossa minimè confringenda erant; licèt ad literam in esu agni Paschalis servaretur. *[Ioan. 19.] [Exod. 12.]* In parabolis verò non id quod litera dicit, est literalis sensus, sed quod per illud significatur, vt iam iam videbimus. In eo verò quod dicitur, verisimilis narratio, differt à fabula, in qua non verisimilia referuntur. In id verò quod per collationem dicitur, à tropicis aliis & figuratis loquutionibus differt, quæ sine collatione enunciantur, cuiusmodi multa in Scriptura reperiũtur, Sicut, Suscipiant montes pacem, & stillabũt montes dulcedinem: Tange montes & fumigabunt: & aliæ multæ quæ propriis nominibus minimè referuntur, sed per alia. *[Psal. 71.] [Psal. 143.] [Amos. 9.] [Ioel. 3.]* Parabola verò est, cùm res propriè significata nomine alteri comparatur, & cum voce similitudinis explicatur, sicut: Fluat vt ros eloquium meũ. Quemadmodum desiderat cervus. Qui sunt hi qui vt nubes volant. *[Deut. 32.] [Psal. 41.] [Esai. 60.]* Nam in primis videmus nullam fieri collationem ad aliud, sicut in istis, quamvis ista frequentissimè confundantur: sed in eo, quòd narratio dicitur, distinguitur à proverbio, sententia, & apothegmate. Nam proverbium, est celebre & commune quoddam dictum, scitè & pulchre enunciatum, quemadmodum proverbia communia, quæ inter nos passim servantur, vt illud: Ego in portu navigo. Et Christi dictum: Nemo potest duobus dominis servire. *[Matth. 6.] [Luc. 16.]* Sententia verò est commune dictum ab omnibus approbatum, quale est illud: Corrumpunt bonos mores colloquia prava. Et illud Terentianum: Obsequium amicos, veritas odium parit. *[Teren.]* Apothegma est dictum breve & acutum, cuiusmodi multa refert Plutarchus in quibus dictis Hispani, signanter ex Castella, & Lusitania, celebres esse solent apud alias nationes. *[Plutarch.]* Verum est quòd hæc nomina multoties confunduntur: nam proverbia parabolæ nuncupantur, & apothegma, & sententia, eodem multoties nuncupantur nomine.

Secundò videndum est, quæ sit necessitas, aut vtilitas parabolarum, ad quod divus Thom. 1. p. q. 1. art. 9. respondet. *[D. Thom.]* Quòd quia res spirituales & immateriales cognoscuntur ab homine pro hoc statu, per comparationem & remotionem, quod docet Dionysius lib. 2. de Cœlesti Hierarchia, cap. 10. dicens: *[Dionys.]* Quòd ex rebus materialibus ascendere possumus in aliqualem cognitionem rerum imma-

mate-

materialium, non tamen perfectam: quia non est sufficiens comparatio rerum materialium ad immateriales, sed si quæ similitudines accipiantur ad immaterialia intelligenda, sunt multò aliàs dissimiles. Quod probatur ex hoc quod in isto statu omnis nostra cognitio ortum habet à sensu, vnde nihil potest esse in intellectu, quin prius fuerit in sensu, vel ratione sui, vel ratione alterius obiecti, quod proportionem habet cum illo. Ex his ergo conflatur ratio diui Thomæ, quæ est hæc. Nam Deus prouidet cuique iuxtà modum suæ naturæ: est autem proprium humanæ naturæ intelligere spiritualia per similitudines rerum corporalium: quia connaturale est homini quòd à sensu eius cognitio incipiat. Ergo necessarium ac vtile fuit homini talem modum cognoscendi tradere. *Dionys.* Quod confirmatur authoritate diui Dionysij, 1. cap. cælestis Hierarchiæ dicentis: Impossibile est nobis aliter lucere Diuinum radium, nisi varietate sacrorum velaminum circumdatum, hoc est valde difficile. *Simile.* Sicut enim Solem in seipso aspicere non valemus, sed radios eius in montibus reflectentes cernimus; sic nec diuina ac supernaturalia in seipsis pro hoc statu videmus (caecutiunt quippe oculi nostri, ac deficiunt in eis) sed in rebus ipsis sensibilibus, quæ nobis magis proportionatæ sunt, reflexione quadam ipsa videmus. Sicut & intellectus dicitur intelligere singularia per reflexionem quandam ad phantasmata singularium. Et secundò quia Scripturæ sacræ mysteria omnibus proponuntur, sed rudiores non possunt capere veritatem puram, nisi per similitudines rerum corporalium, ergo illis vti per vtile est. *Ad Rom.* Paulus enim dicit Roman. 1. se sapientibus, & insipientibus debitorem esse. Vnde per hoc Deus imbecillitati humanæ naturæ se attemperat, atque demittit, quæ huiuscemodi similitudinibus ex rebus cognitis facilè ad maiora, veluti per gradus erigitur. Quod *D. Chrys.* intelligens diuus Chrysostomus homil. 48. in Matthæum, ait: Ad fragilitatem audientium sermo Scripturæ accommodatur, ideò non tanquàm vilem & terrenum eum despiciamus. Sic Ezechiel multis similitudinibus, quæ Iudæis conueniebant, vtitur, quamuis non ignoraret à diuina maiestate alienas fuisse. Id maximè dignum atque gratum Deo est, quod imbecillitati humanæ naturæ accommodatum ad salutem nostrã pertinet, *Cyril.* de quo videndus est Cyrill. lib. 1. contra Iu-

lianum Augustum. Deindè mysteria supernaturalia excedunt capacitatem nostri intellectus propter suam altitudinem: ergò non possumus supernaturalia & diuina cognoscere, secundùm suum modum, *Esai. 64. 1. Cor. 2.* sed nobis sunt proponenda secundùm modum nostrum, scilicet, per ordinem ad res materiales. Et hic est sensus illius quòd in cor hominis non ascenderunt: nam vt dicit Augustinus tracta. 1. in Ioannem. *August.* Diuina mysteria quando cognoscuntur ab homine: quoniam cognoscuntur per ordinem & comparationem ad rem materialem, & per similitudines materiales, amittunt de imperfectione, & ideò non ascendunt in cor, sed descendunt: quoniam non percipiuntur ab homine, secundùm modũ suum altissimum quem habent in se, sed secundùm modum nostrum, qui longè inferior est. *D. Tho.* Vnde D. Thom. 2. 2. quæst. 23. artic. 6. ad 1. dicit: Quòd ea quæ sunt infrà animam, nobiliori modo sunt in anima, quàm in seipsis: quia vnumquodque est in alio secundùm modum eius, in quo est: vt habetur in libro de Causis. Quæ verò sunt suprà animam, nobiliori modo sunt in seipsis, quàm in anima: vt patet de Deo, & Angelis. Hæ sunt rationes quæ à Theologis afferri solent.

Aliæ à sanctis Patribus adducuntur: nam erat hoc orationis genus prophetis familiare. *Psal. 77. 3. Reg. 24. 2. Reg. 12. Esai. 5.* Vndè Moyses dixit: Aperiam in parabolis os meũ. Salomon etiam multa millia parabolarum proposuit, & conscripsit. Nathan per similitudinem ouis peccatum ipsi Dauid aperuit. Esaias per similitudinem vineæ ingratitudinem illius populi ostendit. Et (vt diximus) hoc genus accommodatissimum est ad docendam simpliciores: quia vt Poëta quidam dixit:

Segnius irritant animos demissa per aurem,
Quàm quæ sunt oculis commissa fidelibus.

Ad Rom. 1. Et Paulus ait, quòd inuisibilia Dei per ea quæ facta sunt, intellecta conspiciuntur. Alia ratio est, vt sic suauiùs diuina carperemus: nam cùm in semetipsis ab omni sensu quàm remotissimæ sint, nisi signis sensibilibus vestirentur, insuaues apparerent hominibus, qui sensibus vtimur. Quare transitus ille, & ascensus à similitudinibus corporalibus ad spiritualia maximè iuuat. Sic enim & D. Hieron. tom. 4. de Celebratione Paschæ, *Hieronym.* quem tractatum alij putant esse diui Augusti. ait: Ea quæ per metaphoram dicuntur, plùs mouent, delectant atque ædificant, quàm

quàm si proprijs verbis dicerentur. Credo enim (ait) quòd ipse animi motus, quandiù rebus adhuc terrenis implicatur, pigriùs inflammatur: si verò feratur ad similitudines corporales, & inde feratur ad spiritualia, *Simile.* quæ illis similitudinib⁹ figurantur, ipso quasi transitu vegetatur, & tanquàm in facula ignis agitatus accenditur, & ardentiori dilectione rapitur ad requiem & quietem. Cui *August.* rationi accedit etiam alia, quam D. August. in præfatione Psal. 140. assignat, & 2. de doctrina Christiana, c. 6. dicens: Ideò multis ac varijs figuris aliquid in Scriptura exprimitur, vt varietas loquutionis fastidium tolleret veritatis. *Hierony.* Et proptereà, teste Hieronymo ad Damasum Papam de filio prodigo, *Matth. 20. Ioan. 10. & 12. Matth. 21* Deus in vna parabola vocatur Pastor, in alia Paterfamilias, in alia locat vineã, in alia inuitat ad nuptias, diuersis similitudinib⁹ rem eandem significat. Nam, vt Theodoretus sermo. 2. de Prouidentia docet, vniformia satietatẽ pariunt. Hæc ille. Siquidẽ si Cantilena eadem totidem verbis sæpè inculcetur, ferre quis poterit? Huius rei optimum *Hieron.* affert exemplum Hierony. in Epist. ad Galatas, c. 6. super hunc locum: Ergò dùm tempus habemus, &c. Beatus Ioan. Euangelista, cùm Ephesi moraretur vsq; ad extremã senectutem, & vix inter discipulorum manus ad Ecclesiam deferretur, nec posset in plura vocem verba contexere, nihil aliud per singulas solebat proferre collectas, nisi hoc. Filioli diligite alterutrum. Tandem discipuli qui aderant tædio affecti, quòd eadem semper audirent, dixerunt: Magister, quarè semper hoc loqueris? Qui respõdit dignam Ioanne sententiam: Quia præceptum Dñi est, & si solùm fiat, sufficit. Ecce quomodò eadẽ repetita fastidium generent. Varietas autẽ delectat. Quarè pulchritudo ex varietate benè cõstituta cõsistit. *Oseæ 12.* Vnde Oseæ 12. dicitur: Ego visionẽ multiplicaui, & in manibus Prophetarum assimilatus sum. Nec enim vnã tantùm visionẽ, sed plures ostẽdi differentes. Et in manibus Prophetarũ assimilatus sum: quoniam ipsi manib⁹ suis multas de me figuras fabricant: vt patet in diuersis similitudinibus, quas Deo tribuunt. Alia ratio est, vt tenaciùs res sacras in memoria habeamus. Nam tota memorandi difficultas in nobis ex potentijs sensitiuis prouenit, quarè oportebat iuuare potentias has sensibilibus signis illis proportionatis. *Plato. Simile.* Nam, vt ait hoc est Plato in conuiuio, sicut fides in cithara per se sumptæ, sonum non emittunt, nisi in cithara ipsa alijs partis figantur & extendantur: sic nec potẽtiæ intellectiuæ nostræ per se in hoc statu aliquid operari possunt, nisi rebus sensibilibus alligentur: nam omnis nostra cognitio pro hoc statu à sensibus pendet. Et quia varij sunt hominum gustus, varias oportuit etiam vt essent similitudines, vt quilibet in illis quod sibi plus placet, inuenirent. *Theophil.* Theophil. Lucæ 8. aliam assignat rationem, quæ est hæc. Vt attentiores Dominus redderet auditores, & excitet illorum mentes ad inquirendum de his. Solent enim homines curiosiùs inuestigare, de his quæ obscuriùs dicta sunt, manifesta autem negligere, & vt indigni non intelligant quæ abstrusiùs sunt dicta, iuxta illud: *Matth. 7.* Nolite sanctum dare canibus. De quo statim dicemus. *Ammon.* Ammonius quoque in præfatione prædicament. inquit: Sæpè compressum atq; obscurum dicendi genus amat Aristoteles, *Aristot.* non ex scribentis natura, sed data operà id egit, vt legentes ingeniosiores, magisq; idoneos redderet, & ignaros auditores ex primordijs arceret; siquidẽ legitimi auditores, quæ sunt obscuriùs dicta, eò magis certãdo conuincere ea contẽdent, & ad intima mysteria penetrare. Verùm & propter prophanos rerũ insolens veritas, obscuritate perinde ac velamine visa est. Hæc ille. *Pythag.* Et Pythagoras illis signis voluit arcana philosophiæ contegere, & à promiscua plebe arcere, quorum nonnulla recenset Plutarchus lib. de Institutione puerorum. *Plutar.* *Gregor.* Gregorius in homil. 10. in Ezechielem, hanc assignat causam. Ideò plerunq; (inquit) in sacro eloquio aliquid obscurè dicitur, vt dispẽsante mirabiliter Deo, multipliciter exponatur. *Hieron.* Vnde Hieronym. in Epist. de Virginitate ad Eustochium, ait: Margaritum est sermo Dei, ex omni parte perforari potest. *August.* Præterea August. Epist. 59. in postremis verbis ait: Vtile est vt de obscuritatibus diuinarum Scripturarum, quas exercitationis nostræ causa Deus esse voluit, multæ inueniantur sententiæ, cùm aliud alij videtur, quæ tamen omnes sanæ Fidei concordant. *August.* Et in præfatio. Psalm. 140. ait: Sunt in Scripturis sanctis profunda mysteria, quæ ad hoc absconduntur, ne vilescãt, ad hoc quæruntur vt exerceant; ad hoc aperiuntur vt pascant. *August.* Idem, 2. lib. de doctrina Christiana. cap. 97. hanc reddit rationem, dicens: Obscurè Scriptura loquitur, quod prouisum est diuinitus, ad edomandam labore superbiam, & intellectum à fastidio reuocãdum, cui facilè inuestigata plerunque vilescunt.

Et

Et post parum subdit: In locis apertioribus Spiritus sanctus fami occurrit, in obscurioribus fastidia detersit. *Theodoret.* Lege Theodoretum serm. 2. de Prou. circa principium, in expositione illius loci 1. Corint. 8. Scientia inflat, &c. *Orig.* Verum in his cauendus est Origenis stylus, qui omnia parabolicè & mysticè interpretari nisus est: ipsum etiam Genesim, & voluptatis Paradisum: *Hierony.* vt Hierony. refert in Epist. ad Pammachium, aduersus errores Ioan. Hierosoly. *August.* Vnde August. lib. 8. super Genes. ad literam, c. 7. ponit regulam. Quòd quoties cunque voces in propria significatione non important sensum absurdum & falsum; semper debeant exponi in propria significatione: nam aliàs nō poterit stare veritas firma sacræ Scripturæ, quia omnes confugerent ad sensum metaphoricum. Quando autem in propria significatione faciunt sensum absurdum, tunc confugiendū est ad metaphoricum: *Apoc. 5.* sicut in illo: Vicit Leo de tribu Iuda: neque enim Christus secundùm naturam Leo est. Euitandum est etiam aliud extremum eorum, qui sectantur morem Iudaicum, omnia in propria significatione interpretantes; etiam illa quæ scripta sunt metaphoricè, & multi fecêre in hoc extremum inciderunt: *Hierony.* vt docet Hierony. super Ezechiel. c. 36. *August.* De qua re vide August. lib. 3. de doctr. Christiana; c. 10. 15. & 16.

Sed tertiò circa hanc parabolarū materiam dubitare quispiam poterit, an sermones illi, qui in modum parabolæ enarrati sunt, quibusque Scriptura refertum est, veri sint: ita vt res illæ, de quibus parabolæ constituuntur, aliquando gestæ fuerint? *Matt. 20.* Verbi gratia, quòd *Luc. 18.* fuerit certus paterfamilias, qui diluculo & *Matth. 13.* hora tertia prodierit in forum, vt conduceret operarios ad colendū vineam suam: & quòd quædam mulier quæ absconderit fermentum in *Luc. 18.* farinæ satis tribus donec fermentatum fuit totum; denique quòd Iudex quidam nefarius, qui nec Deum timebat, nec hominem verebatur, precibus tamen viduæ cesserit.

Primum autem sciendum est, quòd siue *August.* historiæ fuerint parabolæ, siue confictæ ad significandum; nullum tamen mendacium in eis ab hoc continetur. Quæ doctrina est diui *August.* August. lib. 2. quæstionū Euangeli. c. 51. Non enim (inquit) quod fingitur mendacium est, sed quando id fingitur quod nihil significat, est mendacium. Cùm autem fictio nostra refertur ad aliquam significationem, non est mendacium, sed aliqua figura veritatis. Alioquin omnia quæ à sapientibus, & sanctis viris, vel etiam ab ipso Domino figuratè dicta sunt, mendacia deputabuntur: quia secundùm vsitatum intellectum non subsistit veritas in talibus dictis. Non enim homo *Luc. 15.* qui habuit duos filios, quorū minor accepta parte patrimonij sui, profectus est in regionem longinquam, & cætera quæ in illa narratione contexuntur, ita dicuntur tanquam verè fuerit quisquam homo, qui hoc in filijs suis duobus, aut passus sit, aut fecerit. Ficta sunt ergo ista ad rem aliquam significandam tam longè, imòque maiorem, & tam incomparabiliter differentem, vt per illum fictū hominem Deus verus intelligatur. Sicut autē dicta, ita etiā facta finguntur sine mendacio, ad aliquam rem significandam. Vnde etiam *Ioan. 11.* illud Domini, quod in ficu arbore quæsiuit *Matt. 21.* fructum, eo tēpore quo illa poma nondum essent: non enim dubium est illam inquisitionem nō fuisse veram: quis enim hominum sciret, si non diuinitate, vel tempore saltim, poma illam arborem non habere? Fictio igitur quæ ad aliquam veritatem refertur, figura est; quæ non refertur, mendacium est. Sic & Christus finxit se longiùs ire apud *Luc. 24.* Luc. c. 24. Ex quo colligitur fictas esse parabolas, & tamē sine mendacio aliquo. Sed D. Damasc. in serm. de his qui in Fide obierunt, *Damasc.* contrariam sententiam asserit, dicens: Scito diuinas Saluatoris nostri parabolas esse existentium, sicut in eis contentæ sunt, *Luc. 16.* & demonstratæ, vt parabola pauperis Lazari, & diuitis Epulonis, & Abrahæ. Sed tamen ego credo non esse necessarium, quòd omnes parabolæ fuerint res gestæ, sed confictæ ad significandum, vt D. August. modò *August.* docuit: Licèt potuit esse quòd ita fuerint, & Christus omnia sciens ea nouerit, & in exemplum *Luc. 16.* adduxerit. Tamen parabola de Lazaro paupere, & diuite Epulone probabilissimum est, quòd fuerit historia & res gesta: eò quòd nomen Lazari ibi ponatur, & Abrahæ, tanquam quæ res vera fuerit. Ex hoc enim colligunt Patres, librum Iob historiam fuisse, & non parabolam, sicut quidam temerè affirmant: eò quòd nomen Iob proprium, & patria ponitur. In hac autē parabola diuitis nomen tacetur, vt Euthymius *Euthym.* super Lucam cap. 39. docet: quia tales odio digni sunt, scriptum est enim: Non sumam nomina eorum in labijs meis. Mendici verò nomen addit tanquam amore digni. Aiunt enim quidam ex traditione Hebræorum, quòd iuxta illa tempora diues ille fuerit Nimensis appellatus, & magnificus ille

Lazarus. Alij verò fuisse Nabal Carmelum dicunt, sed merè voluntariè id fingunt. Igitur licèt *Theophil.* Theophilactus Luc. cap. 16. dicat hanc etiam parabolam fuisse confictam: tamen multò probabilius est hæc fuisse historiam, & propter authoritatem Damasceni, & propter rationes modò dictas. Nam diuus *D. Chrys.* Chrys. hom. de duob' filijs. In parabola, inquit, non sunt dicenda nomina: parabolæ enim illæ sunt vbi exẽplum ponitur, & tacentur nomina. Hæc ille. Cæterùm in historia *Orig.* nomina propria ponuntur, sicuti Orig. c. 1. in lib. Iob docet, cùm inquit: Necessario nominis Iob mẽtionem fecit Moyses, qui libri author est, ne si hominẽ solummodò diceret, argumẽtum aliquod fingere existimaretur. Cauendum tamen est, ne parabolas has fabulas appellemus (quoniam licèt fabula ex sua primæua significatione, significet rem vulgatam, & veram, à fando dictam, qua significatione *Hierony.* vsus est Hierony. in Comment. Epistolę ad Philemonem, cùm Sansonis historiam fabulam vocat. Et *Orig.* Orig. homil. 5. in Genes. historiam Loth cũ filiabus fabulam etiam dicit) tamen ex antiquissimo iam vsu fabula in malam partem accipitur, pro mendacio & fictione ad decipiendũ composita. *Terent.* Nam apud Terentium in Andria fabulas vocat mẽdacia, quæ ipse putabat confingere Critonem: ideò ab hoc vocabulo propter Christi authoritatem fugiendum est.

Difficultas in explicãdis parabolis ex multis oritur causis. Primò ex hoc q̃ ignoramus mores & cõsuetudines Palestinorũ, & terrę Promissionis, ex quibus has verisimiles nar- *Matth. 25* rationes accepit Christus, vt in parabola de decem virginibus est videre. Fortè enim ille mos ibi erat, quòd cum lampadibus accensis aliæ virgines comitabantur sponsam simul fortè cum sponso. Secundò ex hoc, quòd quædam ægrè videntur posse applicari spirituali sensui, imò videntur obstare illi, vt murmuratio operariorum aduersùs *Matth. 20* patrẽfamilias, cùm inter beatos talis murmuratio esse non possit. Indignatio senioris *Luc. 15.* filij contra patrem, eò quòd recepisset minorẽ qui perditus fuerat. Et illud: Laudauit *Luc. 16.* Dominus villicum iniquitatis, & cætera huiusmodi. Imò alia reperiemus in parabolis, quæ licèt ad sensum spiritualem rectè applicentur, exemplis ipsis minimè accommodari videntur, vt quòd granum sinapis cres- *Luc. 13. Marc. 4.* cat in arborem: quòd qui seminat, mittat *Matth. 13.* semen inter petrosa & spinas. Alia etiam *Luc. 8.* sunt quæ parabolarum sensum difficilem reddunt, quæ nos in explicationibus ipsarũ *Matth. 13.* parabolarum, Deo dante, dicemus. *Marc. 4.*

Notandum prætereà est, duo esse parabolarum genera. Alterum est argumento sumpto per locum à similibus, cuius generis sunt septem parabolæ in hoc capite positæ: vt simile est Regnum cœlorum thesau- *Matth. 13.* ro, &c. Alterum est, argumento sumpto per locum à dissimilibus, hoc est, per locum à minus inesse ad magis inesse affirmando, id est, à minori ad maius affirmando: vel à magis inesse ad minus inesse, hoc est, à maiori ad minus negãdo. Vt illud Matth. 6. Si fœ- *Matth. 6.* num agri quod hodie est, & cras in clibanum mittitur, Deus sic vestit, quantò magis vos modicæ fidei. Et illud de iniquo iudice, *Luc. 18.* sic enim colligit Christus: Si apud iniquum iudicem valuit viduæ perseuerãtia, quantò certiores esse debemus apud Deum fontem misericordiæ posse valere? Et illud Luc. 16. *Luc. 16.* Qui fidelis est in minimo, & in maiori fidelis est: & qui in modico iniquus est, & in maiori iniquus est. Si ergo in iniquo mammona fideles non fuistis, quod verum est quis credet vobis? Si in alieno fideles non fuistis, quod vestrum est, quis dabit vobis?

Sensus parabolæ literalis non est ille, quem primò litera significat, sed eius qui *Matth. 20.* per parabolam intelligitur. v.g. in parabola patrisfamilias, qui operarios conduxit, sensus literalis non est qui parabolæ narratione continetur, sed is est qui per rem significatum, scilicet per patremfamilias, per vineam, per operarios. Cæterùm in explicandis parabolis, aduertendum est ad quem scopum illæ dirigantur, & in illo immorari conuenit, & reliqua quæ sumpta sunt ad eam contexendam negligere. Nam si vniuersa quæ de Iob dicuntur, Christo tribuamus, inaudita dicta absurda quidem dicta fateri cogemur. Vnde Chrysost. homilia 5. in Matth. *D. Chrys.* ait: In parabolis non oportet nimia in singulis verbis curà angi, sed cùm quid per parabolam intendit, didicerimus; inde vtilitate collecta, nihil vlterius anxio est cometa intelligendum. Item Theophil. Luc. 16. Om- *Theophil.* nia (inquit) parabola obliquè, & [illegible] modo rerum quarundam naturã manifestat, non enim per omnia rebus illis assimilatur, *Regula* propter quas assumpta est: idcircò non oportet omnes parabolarum partes curiosè inquirere, sed quatenus apparent proposito vtiles: reliquas quasi constituendæ [illegible] parabolæ causa exsertas, & nihil ad propositum conducentes. Sic in parabola dispensatoris dissipantis

Luc.16. dispensatoris bona dñi apud Luc.c.16. faciendū esset nobis si per tenues particulas omnes exponere tentaremus, quis dispensator, quis dispensatorem constituit illum, & à quo delatus sit, & qui debitores, & propter quā causam ille quidem oleum, alius autem triticū, & qua de causa centum debere dicatur: & si alia omnia perquisiuerimus; obscurum & molestum sermonem faciemus: & fortassis si dubia quæ necessariò exorientur explicare voluerimus, ridiculi erimus. Moralitas Igitur tantū vtilitatis ex præsenti parabola capere oportet, quantum possibile est. Vult Dominus hoc loco nos docere, vt benè dispensentur creditæ nobis diuitiæ, & primùm discamus quòd non sumus domini diuitiarum, nihil enim habemus proprium, sed dispensatores alienarum verè sumus, quæ à Domino sunt nobis concreditæ vt benè illas dispensemus, sicut ipse imperat. At si non expenderimus concreditas diuitias iuxtà mentem Domini & abusi fuerimus illis in nostrum luxū, dispensatores sumus accusatione digni: voluntas enim Dñi est, vt vtamur datis in vsus cōseruorum, non in proprias delitias. Porrò qui accusamur & excludemur à dispensatione diuitiarum, hoc est, qui ex hac vita emigrant, quandò scilicet, rationem dabimus de dispensatione, cùm ex hac vita migrauerimus. Igitur harum diuitiarum fratres participes faciamus, vt quandò hinc defecerimus, accipiant nos pauperes in æterna Tabernacula. Ecce per breuis modus explicādi parabolas. Idem docet in præfatione Lucæ, quòd quandò aliquem sanctorum in typum Christi adduxerimus, non per omnia quæramus similitudines: aliàs in absurda multa incurremus, sed quæ facili negotio Christo conuenire videmus, ea illi per typum & figurā applicemus: nam si per omnia simili- Damas. tudo teneret, vt docet Damascenus, iā non esset similitudo sed eadem res. Secūdò quoniam diximus scopum parabolarum oportere nos attendere, admonere oportet quod Hiero. scribit Hierony. Matth.20. Omnes, inquit, parabolas breui sermone Dominus comprehendit, quod in opere vineæ, & in ædifica- Matth.20 tione domus, & in conuiuio nuptiali patent quia in illis non initia sed finis quæritur. Pa- Marc.12. rabola quidem nuptialis, hac clausula finitur. Multi sunt vocati, pauci verò electi: vineæ verò hac. Malos malè perdet, & vineā suā locabit alijs agricolis. Hæc ille. Et apud Luc.18. Lucam cap.18. Duo homines ascendebant in templum vt orarent, vnus Pharisæus, & alter publicanus. Pharisæus stans hæc apud se orabat. Gratias ago tibi, quòd non sum sicut cæteri hominum, &c. Denique his verbis clauditur sermo. Qui se humiliat exaltabitur, & qui se exaltat humiliabitur. Ecce scopum huius parabolæ, ad quem interpres præcipuè attendere solet, & in illum oculos mentis figere, vt sic intellectum parabolæ profundius venetur. Aduertendum denique est in parabolarum explicatione, quòd maximam oportet nauare operam ad intelligendam naturam & proprietatem rei qua in illa metaphora & figura Scriptura vtitur. Et notare solemus illud, in quo metaphora fundatur, vt ibi. Estote prudentes si- Matth.10 cut serpentes, & simplices sicut columbæ: oportet notare simplicitatem columbæ, & prudentiam serpentis: alias autem proprietates relinquere. De quo videndus est Eusebius Eusebius. lib.8. de præpara. Euangelica. cap.3. His habitis, sciendū vltimo triplicem esse modum explicandi parabolas, in primis eas generaliter applicando spirituali rei, propter quam adducuntur, & hoc quatenus ad Saluatoris intentionem explicandam conferre videbitur: & hic est facilior modus explicandi parabolas: Nam sic ab alijs difficultatibus quæ in eis sese offerunt explicandis, facilè expedimur: & hoc est quod modò diximus, attendendo ad scopum & intentionem Christi, ac conclusionem parabolæ; nam alia videntur quasi ad ornatum & amplificationem parabolæ potius adiecta. Alter exponendi modus est, singulas partes diligenter perscrutando quæ præcipuæ sunt, & ad intelligē dum spiritualem intelligentiam applicandos: & hic modus sanctis Patribus communior est. Tertius modus explicandi parabolas est, cùm exponuntur non secundùm illam primam & præcipuam intentionem, secundùm quam à Christo sunt propositæ, sed vel allegoricè, vel accommodatitiò cum Marc.12 ad mores hominum cōponendos instruen- Matth.21. dos vt in parabola illa de homine, qui vineā plantauit, præcipua Christi intentio est, iustam Iudæorum damnationem ostendere, & hæc primò de Synagoga & Iudæis intelligitur. Sed aliqui Doctores sacri etiam de Ecclesia & fidelibus interpretantur. Et quia omnes ferè parabolæ, quæ apud Matthæum sunt, per anni circulum in Ecclesia leguntur, & à prædicatoribus in publico suggestu exponuntur: Ideò ego quia per modum cōcionis eas exponere cogito, istos tres modos exponendi sequar, nunc hunc, nunc illum assumendo, secundùm quod diuersis concionibus de eadem parabula habitis, diuersa etiam dicere conabamur. Quæ omnia in hoc volumine ad omnium fidelium vtilitatem & gloriam Dei scripta dabimus. Nunc iam ad rem accedamus.

In illo die exiens Iesus de domo, sedebat secus mare, & congregatæ sunt ad eum turbæ multæ, ita vt in nauiculam ascendens sederet, & omnis turba stabat in littore. Hæc consequenter ad ea quæ superiùs narrata sunt, contigerunt. Nam Matth. dicit: In illo die. Tamet si dies pro tempore posset sumi, vt frequenter fit in Scriptura: & videtur connecti hæc parabola cum eo quod apud Lucam paulò ante dixerat Iesus, nempe, Beatus

Luc. 11. qui audiunt verbum Dei & custodiunt il-

Ioann. 12. lud. Nec enim sufficit quòd granum in terra seminetur, nisi in ea radicetur, & fructus bonorum operum proferat. Videns autem Iesus turbas ad audienda verba eius conuenire, hanc eis parabolā dixit, & prius in littore maris Genezareth, vbi frequentius conueniebat Dominus, verba ad eos facere cœpit, postea concurrentibus turbis coactus ascendere nauiculam, & ex ea populo prædicare. Licet in hoc facto detur intelligi, quòd Dominus aliquandò deberet egredi de domo Synagogæ, hoc est, relinquere populum Iudæorum propter suam incredulitatem, & in nauiculam, hoc est, in Ecclesiam Gentiū ascendere, & exinde docere Gentes. Et loquutus est eis multa in parabolis. Multa dicit, nam non omnia in parabolis loquebatur.

Simile. Si quis fons irriguus omnibus pateat, (ait quidam Doctor neothericus) quicunque ex illo haurire voluerint, nemo fontem superfluentem incusabit, quòd ex eo mors præ defectu potus alicui obuenerit, nisi forte talis est, qualis

Persius. *Fonte labra prolui caballino.* [illegible]

Flamina

Id est, nisi forte eo tempore fontem requirat, quo occlusus est, aut hora iam hauriendi expleta est. Cùm Christus sit fons vitæ, & omnes inuitet, quicunque sitiunt, vt hauriant; nemo illum arguet quòd gratiarum irriguū occluserit, verùm eo tempore hauriendum

Esa. 55. est quo licet. Esai. 55. Quærite Dominum

Ioann. 9. dum inueniri poterit, inuocate eum dum prope est. Ioann. 9. Venit nox, quandò nemo potest operari. Nunc hauriendum, nūc Christus exquirendus, & audiendus est, ne fortè si post huius vitæ tempus ipsum requiramus, non inueniamus. Iam verò quod neminem à se, nec à doctrina sua prohibebat, facto ostendit & verbo. Facto quidem, cùm domum ea propter egreditur, vt liberius & commodius ad eum audiendum turbæ confluant. Verbo verò, cū semen verbi omnibus communicari, idem omnibus dari prædicat, sed pro varietate auditorum, aliū & alium fructum facere concludit. Idē fons omnibus, sed hi plus, hi minus hauriunt: ex eo alij sitim relevant, alij vt hydropici adaugere videntur. Idem quippe Christus, idem eius verbum, sed pro varietate animarū alij alijs fructum maiorem colligunt. Hinc fit vt non omnes salui fiunt: quia nec omnes eodem animo salutem requirant. Hæc conclusio parabolæ seminis, quæ à Mattheo, Mar- Matth. 13.

co & Luca describitur. Est autem hæc para- Marc. 4.

bola. *Ecce qui seminat seminare semen suū. Et* Luc. 8.

dum seminat, quædam ceciderunt secus viam, & venerunt volucres cæli & comederunt ea. Alia autem ceciderunt in petrosa, vbi non habebant terram multam, & continuò exorta sunt, quia non habebant altitudinem terræ: sole autem orto æstuauerunt, & quia non habebant radicem aruerunt. Alia autem ceciderunt in spinas, & creuerunt spinæ, & suffocauerunt ea. Alia autem ceciderunt in terram bonam, & dabant fructum, aliud centesimum, aliud sexagesimū, aliud tricesimum. Qui habet aures audiendi audiat.

Ante quàm huius parabolæ interpretatio-

nem aggrediamur, quam cum ipso Domino Moralitas

explicabimus, hoc mihi sese offert consideratione dignissimum. Quòd Christus ad turbas nihil aliud in hac concione prædicauit, quàm ipsam parabolam nudam absque interpretatione aliqua: cum illā seorsum absque turbis discipulis explicauit. Quomodò ergo tot post se rapiebat auditores, admirantes de verbis gratiæ, quæ procedebant de ore eius. Imaginemini fratres me suggestum ascendere, & postquā me insignaui, incipere. Exijt qui seminat seminare semen suum, & dum seminat, &c. Et post recitatam totam parabolam, subiungere clamando. Qui habet aures audiendi audiat. Et mox è pulpito descendere. Quid diceretis? Nonne me tanquàm insanū sibilaretis? Ad quid ò stulte suggestum ascendisti, si nihil aliud quod diceres habebas? [illegible] solummodò verba, [illegible] Euangelistæ, ad populum habuit [illegible] prædicatore. At [illegible] tamen post se rapiebat, [illegible] attonitos ad se trahebat. Quoniam erat potens verbis suis, [illegible]

audita

arida, talē vim cōferre, vt solis illis prolatis, vniuersos ad se traheret mortales. Erat enim docens eos tanquam potestatem habens, & non sicut Scribæ eorum & Pharisæi, & nos, qui talē vim nostris verbis conferre non valemus: nam quod stultum est Dei, sapientius est hominibus. *Et accedentes discipuli dixerunt ei: Quarè in parabolis loqueris eis? Qui respondens, ait illis: Quia vobis datū est nosse mysteria regni cælorum, illis autem nō est datum. Qui enim habet, dabitur ei, & abundabit: qui autem non habet & quod habet auferetur ab eo. Ideò in parabolis loquor eis, quia videntes non vident & audientes, non audiunt, neq; intelligunt: vt adimpleatur in eis prophetia Esaiæ dicentis:* *Esai. 6.* *Auditu audietis & non intelligetis, & videntes videbitis, & non videbitis. Incrassatum est enim cor populi huius, & auribus grauiter audierunt, & oculos suos clauserunt, ne quando videant oculis, & auribus audiant, & corde intelligant, & conuertantur & sanem eos.* Discipuli non quærūt quarè Christus Dominus in parabolis loquatur, sed quare turbis illis in parabolis loqueretur. Nam de primo redditæ sunt suprà rationes, quare oporteat diuinam Scripturam in parabolis loqui. Modò autem Christus Dominus reddit rationem cur turbis illis, inter quas multi erant reprobi & pessimi, in parabolis loqueretur. Vnde respondit, & dixit: Idcircò illis inter quos plurimi sunt increduli, nō nulli etiam peruersi, in parabolis loquor: quoniam incredulis illis & peruersis nō est datum intelligere verba regni Dei, aut secreta doctrinæ Euangelicæ, quemadmodò vobis fidelibus auditoribus, id est, à Patre datum. Ita enim dispositū est à Patre, vt vobis apertius proponerentur mysteria Euangelij. Illis autem per parabolarum inuolucra tanquàm indignis, quibus secreta nudè proponantur. Itaque ex diuino dono discipulis datum est nosse clariùs mysteria regni Dei, quàm alijs. *Num. 4.* Id enim significare voluit Deus cū vasa tabernaculi suis operculis inclusa dabantur Leuitis vt portarēt, nec illa ex operculis suis poterant educere, sed hoc solis sacerdotibus licebat. Quoniam mysteria verbi Dei, alijs sub operculis & inuolucris parabolarum proponebantur, quæ tamen clariùs discipulis & amicis dicebantur. Id enim voluit dicere Christus cùm suis discipulis ait: Iàm non dicam vos seruos; quia seruus nescit quid faciat dominus eius. Vos autem dixi amicos quia omnia quæ audiui à Patre meo nota feci vobis. *Qui enim habet dabitur ei, & qui non habet & quod habet auferetur ab eo.* Sic debemus intelligere donum gratiæ, vt aliquid etiam tribuamus libero arbitrio. Nam habere laudabiliter, & non habere vituperabiliter, non sunt naturę, sed libertaria. Ille igitur dicitur habere, qui rectè exercitatione vtitur habitis, scilicet, ingenio & appetitu, fide ac reliquis bonis, siue naturalibus siue gratuitis. Et per oppositum ille dicitur nō habere, qui non vtitur vt debet donis naturalibus, seu gratuitis. Vtēdo enim rectè acceptis à Deo, & seruatur imago Dei in homine, & seruatur donum gratiæ, & cætera, quæ habemus à Deo illæsa stant in nobis: quæ omnia ruunt, cùm eis vel abutimur, vel nō rectè vtimur. Rationi igitur consentaneū est, vt qui rectè his donis acceptis à Deo vtitur, amplius accipiat à Deo, vt non solū habeat, verùm etiam abundet ad effundendum alijs. Sed qui abusu, vel odio non seruant habita, merentur vt auferantur ab eo.

Sed dices: Implicatio est in dictis, si enim non habet, quomodò quod habet auferendū est ab eo? Respondeo, plus concluditur quàm videbatur oportere. Sufficiebat quippe inferre, & illi qui non habet non dabitur ei. Hoc enim sufficiebat proposito, sed maiorem intulit pœnam. Nam reprobi non solùm priuantur hic nouis donis, sed etiam acceptis. Nec enim talibus supernaturalia donādātur, quinimò in naturalibus permittit Deus illos excæcari, & indurari; vt nec naturalibus benè vtantur. *Psal. 31.* Sed quasi si ab eis ablata fuerint naturalia, sic se habeant, sicut equus & mulus in quibus non est intellectus. *Ad Ro. 1.* Idem enim est quod Paulus ait: Tradidit illos Deus in reprobum sensum, vt faciant ea quæ non conueniunt. Nōne hoc est, tolli ab eis residuū quod habent? *Ideò in parabolis loquor eis.* Declarauit verbis dictis in genere, quare quibusdā datur nosse mysteria regni Dei, quibusdā non: quia, scilicet, quidam habent accepta dona rectè vtendo illis, quidā non. Modò in specie de genere Iudæorum reddit rationem, quare eis in parabolis loquatur. Nam filij Israel omnes sunt de genere electo, & credebatur quòd omnes in aduentu Messiæ essent saluandi, & præferendi cæteris. Quam erroneam opinionē confutat reddēdo rationem, quare turbis Iudæorum occultet mysteria, & solis discipulis suis ea aperiat. Ratio autē est desumpta est ex authoritate Esaiæ cap. 6. *Esai. 6.* Quia videntes non vidēt, & audientes non audiunt audiūt nec intelligunt. Hoc est, videntes oculis suis mirabilia diuinæ virtutis opera meq; ipsum illa facientem, & tamen cæci manent, & videre nolunt, neque per fidem me agnoscere. Audientes itē ex me omnia, quæ mihi Pater mādauit loqui ad illos, nolunt attendere auribus cordis vt credant & obediant, neque quæ auribus corporis audiunt, mente volunt intelligere, vt impleatur in eis prophetia Esaiæ, dicentis. Auditu audietis & non intelligetis, & videntes videbitis, & nō videbitis, id est dicere: Ita facientes adimpletur in eis verbum illud Esaiæ. Auditu externo audietis verba diuina, & tamen quia non voletis, non poteritis ea intelligere. Visu quoque corporali videbitis opera Dei, & non videbitis oculis mentis. Incrassatum est enim cor populi huius, & auribus grauiter audierunt, & oculos suos clauserūt, ne quando videant oculis, & auribus audiant, & corde intelligant, & conuertantur & sanē eos. Hoc est, Induratum enim & obstinatum est cor populi huius per cæcam ambitionem, auresque obturauerunt sibi, & oculos clauserunt, ne audire possint aut videre, aut corde intelligere ea quæ Dei sunt: sicque ipsi sibi impedimenta posuerunt, & obstacula conuersionis & salutis suæ, quasi ad hoc ex proposito laborantes, ne quandò conuerti possint à malitia sua & sanari à miserijs suis. Dū enī ex certa scientia agnitā veritatē nolūt suscipere, sed impugnare etiā audēt, & diuina testimonia quæ eā confirmāt, insectari gaudēt conuitijs, dūq; planè nolunt intelligere vt credāt, quasi aditū omnē sibi videntur præcludere, & cōuersionis atq; salutis per huiusmodi obstinationē & obturationē cordis sui. Incrassatū vel impinguatū est cor populi hui*: Hoc est, obtusum & crassum. (gemis.) Vētres enī incrassati & impinguati nō gignūt tenuē sensum. Et sicut corpora pinguia, minus sunt agilia, nec facilè mouentur, sic metaphoricè (Ioann. 12.) cor pingue seu mēs crassa illa dicitur, quæ non penetrat, non ratiocinatur. Ioann. 12. dicitur. (Esai. 6.) Propterea non poterant credere, quia iterum dixit Esaias. Excæcauit oculos eorum, &c. Hoc est, propterea non poterāt credere; quia tales erant quales prædixit Esaias illos futuros, quādō illa verba dixit: Sic modò ideò loquor illis in parabolis: quia tales effecti sunt, vt eos depinxit Esaias, & ideò relinquēdi sunt in sua cæcitate, ne quandò vi- (2. Timo. 2.) deant oculis, &c. Hoc est, si quādō, vt est illud 2. Timoth. 2. Cū modestia corripientē eos qui resistūt veritati, ne quādō Deus det illis pœnitentiam. Hoc est, si quādō vel forte. Nam hæc dictio apud Græcos nō semper est negātiua aut prohibentis cōiunctio, sed aliquandò dubitantis, valens idem quod, nū vel, si. Itaque sensus sit. Ideò Dominus in parabolis loquutus est quibusdam, vt non intelligerent mysteria regni cœlorum, ac nō intelligentes non crederēt ad tempus, si quandò vel hac ratione conuerterentur, ac sanarentur, cū scilicet, suæ incredulitatis ac obstinationis malum agnoscentes humiliarentur. Vel vt alij volunt illa coniūctio, Ne, nō denotat caūsam in hoc loco, sed tantū consequutionem & euentum. Significatur (Caiet.) enim (vt ait Caietanus) quòd clauserunt Iudæi oculos, nō ad horam, nō ad mensem aut annū, sed ne aliquandò videant, audiant, & inde intelligant, & conuertantur ad veritatē Messiæ, & sic consequēter sanarētur à Deo. Et verè impletam videmus hanc propheciā vsque hodie: namq; nolūt intelligere & discere quæ Messiæ sunt. Negatur autem conuersio Iudæorum omni tempore, non quia semper pertinaces perseuerabunt, sed quia longissimo tempore, donec, scilicet, introeat plenitudo Gentium, & sic omnis Israel saluus fiat, non cōuertentur. Et hæc est germanior interpretatio. Ex eorum quippe obduratione consequutum est, vt lōgissimo tempore nolint conuerti ad verum Messiam. *Vestri autem beati oculi quia vident, & aures vestræ quia audiunt.* Hoc est, Beati estis super alios: quia vtimini oculis mētis vestræ ad vidēdum, & quia vtimini auditu mentis ad discēdum: vt intelligamus beatitudinem præsentis vitæ consistere in assequutione cœlestium mysteriorum. Sicut enim in alia vita beantur oculis mētis vidēdo clarè Deū, ita in hac beantur intelligendo sub fide Dei (Ioan. 8.) mysteria Christi, vt Abraham qui vidit diē Christi & gauisus est, non tamen facie ad faciem, oculo ad oculum, vt discipuli ipsum viderant miracula perpetrantem, & ex ore eius audiebant verba eius, interrogabant aperiri arcana, discebant mysteria toto præterito æuo velata. *Vos audite parabolam seminantis. Omnis qui audit verbū regni & nō intelligit, venit malus & rapit quod seminatū est in corde eius. Hic est, qui secus viam seminatus est. Qui autem super petrosa seminatus est, hic est qui audit & continuò cum gaudio accipit illud, non habet autem in se radicem, sed est temporalis, facta autē tribulatione & persequutione propter verbum continuò scandalizatur. Qui autem seminatus est in spinis, hic est, qui verbum Dei* audit

audit, & sollicitudo sæculi huius, & fallacia diuitiarũ suffocat verbum, & sine fructu efficitur. Qui verò in terram bonam seminatus est, hic est qui audit verbum & intelligit, & fructum affert & facit, aliud quidem centesimum, aliud autem sexagesimum, aliud verò trigesimum.

Mos est diuinarum Scripturarum, vt docet Hieronymus in ca. 5. Esaiæ: Quæ primum per metaphoram dicta sunt, & obscurè & per parabolam, posteà exponuntur manifestius, vt apud Esaiam: Cùm lõgam texuisset parabolam, Vinea facta dilecto in cornu filio olei, &c. Subdit. Vinea Dñi exercituũ domus Israel est, & viri Iudà germẽ delectabile eius. Et ca. 11. Habitabit lupus cum agno, & pardus cum hędo cubabit, vitulus & leo, & ouis simul morabũtur, & puer paruulus minabit eos. Et deinum prædicta referans verba addit. Quia repleta est terra scientia Domini. Volens innuere in summa pace & tranquillitate Euangelium fore prædicandum. Idem docet super cap. 19. Esaiæ. Nam cap. 14. dicit: Quomodò cecidisti de cœlo Lucifer, qui manè oriebaris, &c. Subdit quasi id declarans. Sic eueniet vt conterã Assyriũ in terra mea, & in mõtibus meis conculcẽ eum. Idẽ reperis Amos. 9. in quibus locis alia exempla similia poteris videre. Sic ergò Christus Dominus in præsenti capite facit. Ea enim quæ sub parabolis ad turbas loquebatur, seorsum discipulis declarabat. Quare, vt D. Gregor. ait, hoc Euangelium expositione non indiget, sed admonitione. Quod enim per semetipsum veritas exposuit, hoc discutere humana fragilitas non præsumit. Sequitur autem id ipsum Domini interpretationẽ, quam populo, vt intelligas, proponemus. Semen hoc (ait Dominus) est verbum Dei, seminator autẽ prædicator verbi. Hic autem Christus Dominus fuit, ideò quippè dicit: *Exijt qui seminat seminare semen suum.* Suum, ait, nec enim verbum quod ego vobis prædico, & quod Petrus prædicauit, meum est, aut illorum erat, sed Dei. Christi autem verbum est proprium quoniam Deus est, imò ipse est Verbũ Dei. Exijt autem seminare hoc semen, quoniam ad hoc exijt à Patre & venit in mundum, vt testimonium perhiberet veritati, vt ipse dixit ad Pilatum. Quòd si ipsemet Deus est, qui hoc verbum venit prædicare: grande negotium, ponderosaque res debet esse hoc verbum Dei. Rex temporalis non quandiù iter suum suo ore ac persona habet: sufficit illi quòd per ministros suos ea quæ conuenit imperet. Cùm res magni momenti sese offert, hanc Rex proprio ore intimat omnibus. Vndè ad exaggerandum negotiũ soletis dicere: Hoc Rex ipse proprio ore dixit ac imperauit. Res grandis verbum Dei est, fratres charissimi, quòd non solùm per Prophetas & amicos suos nobis prędicauit Deus, quinimò ipsemet cũ nostræ carnis habitu occultatus quasi agricola venit, vt prædicet, & in nostris cordibus seminet. 3. Reg. 14. legitur: Quòd cũ filius Regis Ierobam infirmaretur, & vellet Rex sciscitare Prophetã Ahiam de sua salute, non misit ad illum ex seruis suis maiores, nec proceres aut magnates, sed Reginam vxorem suam mutato habitu misit vt iret: sic enim magnitudo negotij exigebat. Idem fecit Saul cũ ad Pythonissam pergeret interrogaturus de euentu belli, quod aduersus Philisthęos altera die commissurus erat. Sic saluti nostræ necessariũ erat verbum Dei, tantoque desiderio Deus nobis illum expetit, vt non sibi satis fuerit per Prophetas & prædicatores nobis illud proponere, sed ipse nostro habitu indutus & occultatus, verbum nobis prædicare dignatur, quod Paulus 1. cap. ad Hebr. sic dicit: Multifariam multisque modis olim Deus loquens Patribus in Prophetis, nouissimè diebus istis loquutus est nobis in Filio, quem cõstituit hæredẽ vniuersorũ, per quem fecit & secula. Quare Deus vt legẽ quã per Moysen populo suo dedit magnificaret, ipse in monte cum Moyse loquutus est, & de eo scribitur quòd ore ad os cum Deo loquebatur, sicut solet homo loqui ad amicum suũ, vt sic verba Moysi quasi ex ore Dei ea acciperet populus. Quod & Paulus dixit ad Thes. Cũ accepissetis verbum, non quasi verbum hominum, sed sicut est verè verbum Dei accepistis. Cũ ergò verbum sit semẽ Filij Dei, sic & fructum quem reddit est simile verbo Dei, quod Ioann. ait: Dedit eis potestatem filios Dei fieri his qui credũt in nomine eius. Et Paul. Roman. 8. Quos præsciuit & prædestinauit conformes fieri imaginis Filij sui, quos autem prædestinauit, hos & vocauit. Hoc est, illos quos verbo suo ad se vocauit, fecit conformes imaginis Filij sui. Quoniã verbum quod eos vocauit, semen est Filij Dei, & filios Dei eos facere valet, vt alio loco prolixiùs fortasse dicemus. Omnia quidẽ verbo suo condidit Deus: hominẽ vero verbo suo formauit, sed ad imaginem & similitudinem suam, vt per hoc ostenderet alium aliũ etiã nunc fructum in eis debere operari vere-

Left margin notes: *Moralitas seu tõrlo.* (beside "per parabolam"); *Hieron.*; *Esai. 5.*; *Esai. 11.*; *Esai. 14.*; *Gregor.*; *Ioan. 18.*; *Simile.*

Right margin notes: *3. Reg. 14.*; *1. Reg. 28.*; *Ad Heb. 1.*; *Num. 12.*; *Exod. 33.*; *1. ad Thes. 2.*; *Ad Ro. 8.*

ri verbum suum, quod est facere hominem similem Deo. Quare si inte ipso profectum & vtilitatem sentis ab auditu verbi Dei, ita quòd post concionum frequentiam, aut post lectionis assiduitatem, te humilem, patientem, charitateque ardentiorem, ac deuotione promptiorem sentis: gaude & da gloriam Deo, quoniam signum est, hæsisse semen hoc in corde tuo, atque iam suum fructum producere: nam talis fructus ex Deo est: quandò quidem similem sibi te facit, nec ab alio quàm à verbo Dei procedit: quoniam verbum est semen Dei, quod filios similes Deo generat. Nec hæc solùm habet verbum Dei, ex hoc quòd est semen illius, verùm etiam potestatem Dei communicat. Dei autem solius est hominem à diaboli potestate eripere: quoniam in terra non est potestas quæ diabolo comparetur, vt ait Iob. *Iob. 41.* Si ergò quis in ore huius leonis, qui diabolus est, iam fuerit quasi deuoratus, si tamen tantisper aurem præbet Dei verbo, per virtutem eius ab eius ore eruetur. Sic enim Dominus per Amos cap. 3. dicit: *Amos. 3.* Quomodò si eruat pastor de ore leonis duo crura aut extremum auriculæ, sic eruentur filij Israel qui habitant in Samaria. *Simile.* Nam quemadmodùm potens viribus aut manu, sicut fuit Dauid qui dicitur manu fortis, si in ore leonis viderit ouem & per crura aut aurem, quæ extrà os apparent, conetur eam extrahere: sic Deus per aurem, per quam intrat fides ac verbum Dei, extrahet animas ab ore leonis. Nam & Maria Magdalena, quasi deuorata iam erat in ore lupi, quippe quæ septem dæmonia habebat; quia tamen auriculam præbuit ad audienda verba Christi concionantis, ab illis vitijs eruta est, &c. Cæterùm quoniam Deus in suis effectibus, etiam supernaturalibus se habet tanquàm causa naturalis, qui etsi suos effectus ac operationes producat, tamen non à suis proprijs naturis retrahit res, sicut solem videmus omnes terras suis radijs ferire, & tamen secundùm earum naturam aut dispositiones, diuersos in eis effectus producere. Ita Deus secundùm diuersas conditiones aut dispositiones animarum recipientium verbum Dei, sic & diuersos in eis fructus generat, aut multos, aut nullos, aut paucos producit. Et sicut semen prius debet hærere terræ & radicari in ea, deinde fructus extra progignere: sic verbum Dei prius in anima firmiter debet figi, & deinde fructus in operibus demonstrare. Sed primum propter vnam causam impeditur, secundùm autem propter duas. Psalmista, Psal. 118. sic dicit: *Psal. 118.* In corde meo abscondi eloquia tua vt non peccem tibi. Ibi enim in corde radicata verba Dei habet iustus, vt habeat quid aduersus peccata respondeat. Et Sponsa dicebat: *Cant. 1.* Fasciculus myrrhæ dilectus meus mihi, inter vbera mea commorabitur. Sic iustus ex verbis Dei quæ audit, aut legit, colligens ea, & in fasciculos ligans inter cordis vbera ponit, vt vndè te eorum confortatus aduersus afflictiones perstantes conualescas. Vt si caro vel diabolus petit vt furaris, vel vt blasphemes, aut iniuriam vindices, ex fasciculo verborum Dei colligas sententias aliquas, quibus illis respondeas, & ab eorum insidijs te defendas. Quare Prouerb. 6. de Lege Dei dicitur: Liga eam in corde tuo iugiter, *Prou. 6.* ibi fixam habeat eam Legem Dei, & verba eius quatenùs nulla aduersarij machinatio eam à corde diuellere queat. Igitur hic effectus impeditur per vanitatem. Nam si anima vanis ac inutilibus, imò & pessimis cogitationibus dat locum, semperque vaga, per diuersa cogitata transcurrit, nunquam verbum Dei radicabitur in illa. Et hoc est semen quòd cecidit in via. Sicut enim via omnibus transeuntibus patet, & & conculcatur ab eis semen quod ibi est iactum & aues cœli comedunt illud. Sic anima quæ omnibus cogitationibus patet, conculcatur ab eis verbum Dei, & ij varij cogitatus sunt aues, quæ comedunt illud. Vnde per Ezechielem, cap. 16. sic Dominus dicit: Ad omne caput viæ ædificasti signum prostitutionis tuæ, *Ezech. 16.* & abominabilem fecisti decorem tuum, & diuisisti pedes tuos omni transeunti. Olim in capita viarum erant fornices, quæ omnes transeuntes admittebant. Sic anima quæ omnes cogitationes admittit cuiuscunque conditionis sint, siue turpes, siue vanæ, siue ambitiosæ, siue iracundæ, eas tamen in se recipit atque colligit, quid nisi domus publica meretricum facta est? Ad omne caput viæ ædificasti signum prostitutionis tuæ: *Has te hecho casa publica*, quælibet mala admittens. Et abominabilem fecisti decorem tuum. Sicut enim inhonesta mulier quamcunque pulchra sit, si se omnibus appetentibus conferet, abominabilis ac fœda redditur pulchritudo eius: sic animæ speciositas hæc admittens cogitationes fœdatur, atque maximè commaculatur. Vnde Sapiens dicit: Omnis malitia, nequitia mulieris: *Eccles. 25.* sicut enim mulier quæ turpitudini seruit, omnem aliam malitiam admittit (nam virum mulieris honestas est, quam amore aliæ virtutes ponderantur, mirantur, vt eam conseruent, quæ perdita & cæteræ virtutes pereunt, omniaque se consertim intromittunt vitia) sic anima quæ se omnibus cogitationibus aperit, quasi iam verecundia ac honestate perdita, omnibus se peccatis subdit. Et diuisisti pedem tuum omni transeunti. *Desatasse tu a todos los que passauan.* Hoc est præparatam habebas voluntatem ac promptam, ad quodlibet facinus perpetrandum. Sicut qui vnum pedem ab altero velut diuisum habet, signum est, quòd sit præparatus ad eundum atque currendum: sic voluntas quæ se iam vitijs dedit, quasi præparata est ad quodlibet malum, quod illi vel caro, vel diabolus suggesserit perpetrandum. Diuisisti pedem tuum omni transeunti: pedes animæ sunt intellectus & voluntas; intellectus animam dirigit, voluntas autem illam trahit, secundùm illud: Trahit sua quemque voluptas. Ergò duo pedes debent eodem tenore ambulare. Intellectus enim debet veritatem intelligere, voluntas autem illam sequi. Si verò intellectus rectè intelligit, voluntas autem prauè ambulat, iam diuiditur pes hic ab illo. Cùm ergò audisti verbum Dei & intellexisti, & intellectu illud tanquàm bonum approbasti, si tamen voluntas quæ ille dicit non appetit nec prosequitur, diuisa est ab intellectu, claudicat hic pes ab illo. Ideò nolebat Dominus vt animal *Deut. 15.* claudum, vel quod vnum tantùm pedem haberet sibi offerretur, nec enim placet Deo anima, quæ vno pede, hoc est, intellectu in quo est Fides, illum sequitur, & altero, hoc est, voluntate deuiat. Si enim vnum pedem, hoc est, intellectum habes in Ecclesia, & illo præsens assistis concionibus, voluntatem verò in contrariam partem dissolutam habes, iam diuidis pedem tuum, claudus es, & vnius tantum pedis, ac proinde tanquam immundus à Dei sacrificio arceris. Huic diabolus rapit verbum ex ore eius atque conculcat, ne in corde eius hæreat, ac figatur. Quare talis apud Iob cap. 39. Struthioni confertur, *Iob. 39.* de quo dicitur ibi, quòd dereliquit in terra oua sua, & obliuiscitur quòd pes conculcet ea, aut bestia agri conterat. Ouo comparatur verbum Dei, ex quo, sicut ex ouo pullus, procedunt opera bona. Qui ergò audit verbum Dei, sed apertum habet cor, ad quælibet mala, obliuiscitur verbi Dei, & pes transeuntium cogitationum illud conculcat, & bestia agri, hoc est, diabolus, conterit. Venit enim diabolus & rapit verbum de corde eius, & sine fructu efficitur. Oportet ergò & audire verbum Dei & impedimenta declinare, quæ illud impediunt ne cordi hæreat. Et sicut quandò Abraham obtulit Deo sacrificium, aues cœli descendebant super illud, & abigebat eas Abraham ne illud de- *Gen. 15.* uorarent: sic pius fidelis debet facere, has volubiles cogitationes quæ grana hæc verbi Dei, quo Deo anima offert sacrificium, deuorare nituntur, debet à se abigere atque deterrere, verbaque Dei audita secum sæpe meditari ac ruminare, vt sic figantur & radicentur in corde. Ecce primum impedimentum. Licet ego arbitrer, quòd pes qui conculcat semen, hoc sit etiam pessimorum comitatus. Quid enim tibi proderit audiuisse verbum Dei, ac voluntatem tuam inclinasse ad illud, si mox te iungis perditis ac vitiosis hominibus, qui te ad illicita trahentes, rapiant verbum ex ore tuo? Hunc pedem metuebat Paulus, ne semen quod ipse in Thessalonicensibus seminauerat conculcaret, cùm *2. Thes. 3.* ad ipsos scribens cap. 3. dicebat. Denunciamus vobis, fratres, in nomine Domini nostri Iesu Christi, vt subtrahatis vos ab omni fratre inordinatè ambulante, & non secundùm traditionem quam acceperunt à nobis. Videns quibus verbis hanc eis intimet instructionem. Denunciamus vobis, &c. Ecce impedimentum, ne hæreat semen: sed postquàm hæserit, duo alia sunt impedimenta quæ fructum enasci impediunt, vel quia semen cecidit inter petrosa, & cùm radices cœpisset mittere granum, protinus cùm petram duritiè offendit, nec potuit radicari, & exorto sole aruit, vel quia inter spinas cecidit, & simul exortæ spinæ suffocauerunt illud. Alia duo similia impediunt ne verbum Dei, etiam si semel cordi hæsit fructificet & crescat. Cùm recipitur verbum in corde peccatis aut cupiditatibus obdurato, quod superficie tenus caro est, sed mox lapidea duritiem se ostendit, non succrescet ibi verbum Dei. Vndè Dominus per Prophetam dicit: Auferam *Ezech. 36.* à vobis cor lapideum, & dabo vobis cor carneum. In corde deuotione ac charitate delinito radicabitur verbum Dei. Sunt enim homines qui superficiem cordis blandam habent, non nihil enim deuotionis præ se ferunt ac pietatis, sed facilè hoc transit: quoniam mox duritiem apparet. Vndè hi cùm audiunt verbum Dei gaudent, blandè ac libenter suscipiunt illud, ac deuotione quadam tenera aliquandò lacrymas fundunt, verum superficie tenus, hoc est, exorto sole arescunt: tentatione oblata, vel lucri, vel voluptatis, vel

vel honoris, vel alicuius alterius rei, ad quæ maximè sunt affecti, omnia illa euanescunt, & quasi non fuerint desinunt esse. Oportet ergo amore ac charitate delinire cor, vt penetret ad illud verbum Dei, quod etiam ignitum est, & potens lapidea corda emollire.
Hiere. 23. Sic enim per Hieremi. cap. 23. ait Dominus:
Psal. 118. Nunquid non verba mea quasi ignis, & tanquam malleus conterens petras? Et Psal. 118: Ignitum eloquium tuum vehementer, & seruus tuus dilexit illud. Et hoc enim quod ignitum est eloquium tuum, cor meum in tui amorem accendit. Nam effectus verbi Dei est liquefacere cor, vt ipsa [illegible] dicebat:
Can. 5. Anima mea liquefacta est, vt dilectus meus loquutus est. Datum est quod proprijs terminis continetur, liquidum autem quod alienis terminis [illegible] & simile figuram continentis. Lapis, etiamsi in vase [illegible], suam figuram retinet, nec continentis figuram accipit, quod si sole aut igne [illegible] non effluit, sed in suis terminis est. [illegible]
Simile. cera sole liquefit, rarefit & ad alia se [illegible] & sumit figuram vasis continentis. Nam si ceram liquefactam in vase rotundo aut triangulari mittis, illam figuram accipit quæ est in vase. Homines duri & absque misericordia, in se ipsis & in suis terminis continentur, nec alijs etiam sibi ipsis benefacere sciunt, nec infirmo aut pauperi miserentur. Cæterùm misericordes ac charitate deliniti, rarefiunt, extra se excedunt, & aliorum curam suscipiunt. Hic enim effectus amoris est, amantem extra se rapere, vt suarū rerū [illegible] curam [illegible] contineat [illegible] in amantem transferre facit, ita vt si ille infirmatur, dolent, & [illegible] tristis sit, [illegible] amantem [illegible] habeat. Hoc enim est quod Pau-
2. Cor. 11. lus dicebat: Quis infirmatur & ego non infirmor? Sumebat figuram continentis & amati. Continetur quippe amans in amato, secundum illud celebre Augustini dictum.
August. Anima potius est vbi amat, quam vbi animat. Et ad Corinthios dicebat Paulus: Os
2. Cor. 6. nostrum patet ad vos. Et eo quomodo rarefiebat, & ad alios extendebatur igne amoris liquefactus. Itaque amor Dei nos delinit ac liquefacit profundum [illegible], vt in eo verbum Dei radicetur & locum habeat, in quo dilatentur & figantur radices. Nihil enim profundius Deo: & ideo profundum
Ephes. 3. esse [illegible], in quo [illegible] cum volebat Paulus nos scire, quæ esset longitudo [illegible] latitudo, sublimitas & profunditas Dei. Vnde & Ioannes dicebat: Maior est
1. Ioan. 3. Deus corde nostro. Et ideò dilatatum cor atque profundum exigit, vt capiat illud.
Ephes. 3. Quare Paulus dicebat: In charitate radicati & fundati, vt totum cor penetret, & sic radices mittat deorsum, & faciat fructum sursum, vt nullis tentationibus ab eius integritate vellantur, vt & ipse Paulus de
Rome. 8. se prædicabat. Nam sicut terra blanda mo-
Simile. llis in se rorem cœli ac pluuias imbibit, sic & anima charitate Dei & proximi delinita, commoditas cœlesti rore perfunditur & alliciur. Cæterùm aliud impedimentum sunt spinæ, quæ simul exortæ suffocant triticum. Hæ spinæ, interpretante Domino, sunt diuitiæ, & curæ rerum temporalium, quæ impedimentum maximum præstant ne semen in fructum maturescat.
Simile. Calorem quippe ac humiditatem, & terræ virtutem quam debebat ad se trahere granum quod est inter spinas; ipsæ spinæ sibi tenent ac lignant, & ideò ipsæ crescunt & granum suffocatur. Sic in diuitibus accidit. Curam enim quæ in verbi Dei profectu, aut in animæ bonum debebat impendi, hanc diuitiæ sibi rapiunt, & ipsis excrescentibus minuitur fructus verbi Dei & suffocatur. Vnde Paulus aiebat:
1. Tim. 6. Qui volunt diuites fieri, incidunt in tentationem, & in laqueum diaboli quo suffocantur. Quare seruus ille qui pro centum denarijs tenebat conseruum suum, suffocabat eum ac dicebat: Redde quod debes.
Matth. 18 Sic mundus ac diuitiæ eius suffocant homines [illegible] vt plus acquirant, [illegible] equos, [illegible], vestimenta, &c. Quare suffocatus Iudas interijt,
Matth. 27. qui cupiditate triginta argenteorum se subdidit. Animam etiam hæc cupiditas constrictam tenet, vt sui curam [illegible] possit [illegible] [illegible] vt ad cœlestia respiret. At vero tanta est vis verbi Dei, vt cum in terram bonam ceciderit, centuplum fructum afferat, vt qui minus reddat, triginta pro vno. Ecce quæ sunt impedimenta ne verbum Dei, aut figatur, vel crescat, & fructificet in nobis. Sed ego miseror valdè aliquibus fidelibus, quibus non [illegible] impedimentum in eis verbum Dei, [illegible] audiunt illud, [illegible] [illegible]. Hi sunt qui vel Gu- [illegible] frequentant, vel negocijs & iurgijs [illegible] [illegible] [illegible] [illegible] tamquam

tanquam omninò alienos à Deo existimando relinquendos, &c.

Alia moralitas seu concio. Sed quoniam hoc Euangelium in Sexagesima canitur, & prædicatur, aduertendū est maximè, quanta cum discretione ac sapientia Ecclesia Mater procedat, ita vt ea intelligatur à summa Dei sapientia gubernari. Nam etiam animaduertens tempus laboriosum nobis appropinquare, nempè Quadragesimæ, diuino quodam artificio contendit nos ad laborem illum præueniendo exhortari. Id enim hic agit, vt intelligamus nos homines, non ad otium sed ad laborem esse natos; & quòd si laborare nobis iniungit, in hoc nihil aliud addit, quā id quod est nostri muneris nobis commendare. Quare præterita hebdomada nos operarios vineæ fecit, hodie agricolas ac satores seminum facit: quoniam ad laborem nati sumus, secundùm illam Sapientis sententiam: *Iob. 5.* Homo nascitur ad laborem, & auis ad volandum. Quare homo otiosus non adimplet munus suum. Christus Dominus venit colere terram suæ Crucis aratro, & lancea sicut vomere proscindere illam, sanguinem suum super illam seminare. Quo circa hebdomada ventura suæ passionis nobis refert memoriam; vt ista consideratio huic alteri coniuncta, nos amplius ad laborem instituat atque exhortetur. Igitur nostrum munus est agricolas esse, & vineas ac terras colere. Quoniam & si præcipuus seminator Christus Dominus sit, vt ipse in præsenti Euangelio nos docet: tamen postquam functus est officio suo, gratiam suam, verbum, Euangelium, atque fidem suam nobis reliquit: & semen & aratrum dedit, quibus & nos hoc seminatoris munus exercere valeremus. Sic Deus cū hominibus se gessit, sicut & à principio cū plantis. Quas cū primo è terra produxisset, fecit vt in eis esset semen, quo possent alias similes sibi plantas gignere. [illegible] se semē illud, vbi similes plantas genuit: Sic in homine seminauit id quod sibi vtile erat, & necessarium ad consequendum suum finem: nam dedit illi gratiam qua Deum consequi posset: sed postquam habet semen in se, vt ipse generet, producat, fructificet, bonaque opera faciat, quibus vitam consequatur æternam. Primò enim seminauit in homine naturale lumen, quo per creaturas & effectus, tanquam per gradus quosdam ad Dei cognitionem ascendere valeret, secundùm illud Psal. 4. *Psalm. 4.* Multi dicunt, Quis ostendit nobis bona? Signatum est super nos lumen vultus tui Domine. Nam per sigillum quod habemus in nobis luminis Dei, cognoscitur author boni. Nihil enim aliud est lumen naturale, nisi sigillum quoddā ac character hominis diuini, in anima nostra impressum, quod maximam cum Deo habet similitudinem. *Simile.* Quemadmodum sigillum in cera impressum similitudinem habet cum illo quod erat in argento sculptum. Sed quoniam illud sigillum per ceram transiuit, ibi suum characterem ac similitudinem dimisit impressam; sic quia Deus per animam hominis transiuit, quæ capax est diuinæ similitudinis ac imaginis, in eadem imaginem impressam ac sigillatam reliquit. Et sic intelligo ego modò illud Genes. 1. *Genes. 1.* Spiritus Domini ferebatur super aquas. Hoc est, imprimendo suam similitudinem in rebus creatis ambulabat. Verùm in hoc discrimen est inter homines & cæteras creaturas. Quoniam in alijs creaturis nihil aliud fecit Deus quā transire per illas, & in eis vestigium suum impressum relinquere, per quod intelligitur transisse per illas Deus. Sicut cùm homo per viam transiuit, *Simile.* & vestigium suum sigillatum ibi reliquit, per quod intelligimus hominem aliquem per viam illam transisse. Cæterùm in homine plus egit, nec enim quasi per illum transiens vestigium suum ibi reliquit, verùm ex proposito apparet plus moræ in eo consumpsisse, quasi cum magna consideratione imaginem sui vultus in eo imprimere volens. Vnde dicit Psalmista: Signatum est super nos lumen vultus tui Domine: hoc est, imaginem vultus tui in nobis impressam habemus. Cæteræ enim vestigium pedum tuorum referūt, nos verò imaginē vultus tui portamus. Hoc est ergò primum granum quod Deus in homine seminauit, nempe lumē ac notitiam naturalis Dei. Quod hic egregiè adnotauit D. Chrys. *Chrysost.* Nā ideò dicit: Exijt qui seminat seminare semē suū. Exijt qui seminat, ait, quasi diceret, iā seminauerat, iā sator erat. *Luc. 8.* Nā prius quā secundū granū ac semē seminaret gratiæ, iā aliud naturale seminauerat in homine. Attamē fructus illius primi seminis parū afferebat, nec sufficiebat alere ac satiare animā. Quare famelica adhuc remāserat anima: quoniam illa notitia naturalis nō erat suf-

Gregorius, illud Iob. 41. quod diabolo & membris eius dicitur: Corpus eius compactum squamis se prementibus. Quoniam sic peccatorum squamis compressi sunt, vt non sit locus per quem iacula, vel gladius ad feriendum eos intret. Sunt enim peccatores corpus diaboli, qui est caput super omnes filios superbiæ, ita sic vitijs aliquando compressi, vt nullus pateat locus, quo intret gladius verbi Dei ad feriendum eos, nec relinquatur, vel minima rimula, per quam anima ad cœlestia respirare possit. Sunt enim aliquæ animæ, ita vitijs quasi lorica quadam armatæ, vt ab omni se defendant virtute: vna squama sit gula, cui compressa sit luxuria, huic auaritia, cui & superbia, & impietas, & sic compaginatur lorica hæc peccatorum, vt nullus pateat aditus verbo Dei. Quare cùm Paulus ad veritatem conuersus est, ceciderunt tanquam squamæ ab oculis eius. *Comença a desmallar la loriga*, Et peccatorum nexus confracti, ac soluti sunt. Vnde his nihil prodest verbum Dei: quoniam resistentibus squamis, quibus loricati sunt, sed vel in ore eorum tantùm remanet, aut in auricula mansit granum, sicut quod seminatur in via, non cooperitur terra, sed in superficie manet. Hinc Paulus Hebræorum. 3. nos admonet dicens: Videte, fratres, ne fortè sit in aliquo vestrum cor malum incredulitatis discedendi à Deo viuo, sed adhortamini vos metipsos per singulos dies, donec hodie cognominatur, vt non obduretur quis ex vobis fallacia peccati. Et aues etiam cœli comedunt illud. Nam sicut domus quæ apertas habet fenestras, ab hirundinibus occupatur, & immunditijs impletur, quæ importuno garritu, aures audientium occupant: sic animabus quæ apertos habent corporis sensus ad omnia quæ in mundo transeunt, contingit. Quippè leues cogitationes intrant ad eas, & quasi hirundines eas commaculant, tantoque garritu strepunt, vt surdas eas reddant ad verba Dei audienda, aut percipienda. Denique est veluti in publica via seminare: quoniam sic aperta est talis anima, vt per multa foramina granum hoc ab ea excidat, & pereat. Quarè de talibus ait Propheta: Seminastis multum, & intulistis parum, & qui mercedes congregauit, misit eas in sacculum pertusum. Nam anima sic omnibus cogitationibus patula, si quid boni aliquando colligit, tanquam ex sacculo pertuso statim ab ea cadit ac perit. Quare in Lege veteri vas quod non habebat operculum, immundum erat: vt has animas pertusas designaret, quæ cùm non habeant operculum, sed sensus omnibus rebus mundi apertos, immundæ fiunt. Ecce primum impedimentum per quod factum est, vt nec semen radicaretur, nec daret fructum. *Aliud reddit inter petrosa.* Ij sunt homines, qui vitia quidem in corde inclusa habent, & cùm non se offerat occasio per aliquot dies non ea prodant. Quare hi quietiùs verba Dei audiunt, & cum gaudio suscipiunt ea, quoadvsque occasio aliqua vitia quæ intus latebant, prodat. Nam cùm eos lacrymis deuotionis perfusos videris, si dixeris eis vt iniuriam remittant, rem alienam etiam cum proprio detrimento restituant, bona sua, si ecclesiastici sunt, pauperibus elargiantur: iam tunc cum auaritia offendisti, vel cum vindicta quæ celata tegebatur. Et ideò statim exaruit verbum Dei, quia in duritiem peccati offendit, & ibi impeditum est ne radices mitteret. Quare hi apud Diuum Gregorium comparantur ericio. Dicit enim Propheta quidam, Ibi cubauit ericius. Ericius animal est spinis ac aculeis obsitum, qui blandam quidem ac mollem carnem habet: cæterùm si ad illud accesseris, mollitiem carnis abscondit sub aculeis, quos solos tunc ostendit attrectanti, aut ad se accedenti. Sic ipsis hominibus, quos modò diximus, sæpe accidit. Vidisti teneram eius os lacrymas per oculos effundere, cùm concionatorem audiret: accede ad eum, & attrecta eum, dic vt iniuriam dimittat, pecuniam restituat, concubinam pellat: & tunc videbis eum quasi ericium aculeos ostendentem, mollemque illam animam quem in concione ostenderat, in duritiem lapidis commutantem. Vade, pater, dicet tibi, non mihi hæc inculcanda sunt. Nescitis monachi, in quo situs sit honor hominum mei similium, ego scio quid debeam facere; vos abite, nec mihi hæc amplius dicatis: nec enim à me ferenda sunt, meum honorem tueri teneor, & quantò nobilior sum, magis. Ego iam interrogaui doctos viros, & dixerunt mihi, non obligari ad hoc quod vos dixistis,

Gregor. Iob. 41. — Act. 9. — Hebr. 3. — simul. — Aggæi 1. — Num. 19. — Gregor. Esai. 34. & Sophon. 2.

dicitis. Hæc & alia multa asperis verbis respondebit tibi, ita vt pudeat te ad illum iuisse. Hic certè non faciet fructum, aristam tantùm sine spica in illo videbis. Fidem quidem habet integram ac rectam.

Cæterùm charitatis spicam, aut talium operum grana minimè in eo reperies.
Osea. 8. Vndè de eo dicit Propheta Oseas, capit. 8. Culmus stans, non est in eo semen. Arundinem sine spica in eo cernes duntaxat, Non faciet farinam. Non inuenies grana ex quibus panes bonorum operum conficias, etiam si molendino confessionis eum attriueris, sed paleas, & quisquilias duntaxat. Quòd autem cum gaudio talis audiuit verbum, debetur ipsi fidei, ipsi grano quod talem in se virtutem continet, vt etiam in mortuis ac peccatoribus, nescio quos motus excitet, qui non nulla signa vitæ præseferunt, nisi mox obliuiscerentur. Ecce secundum impedimentum, cùm semen verbi Dei in animabus solo fide præditis cadit.

Tertium impedimentum fuit cadere inter spinas, quas diuitias vocat Christus Dominus. Sed quem tu vocas diuitem? Illum qui habet diuitias? Minimè gentium. Sed illum qui concupiscit diuitias, qui totam suam solicitudinem in acquirendis aut conseruandis diuitijs collocat. Hæc enim terra plus spinarum aut tribulorum, quam granorum tritici continet.
Prouer. 14 De eo quippè dicit Sapiens, Per agrum hominis pigri transiui, & ecce totum repleuerant vrticæ, & operuerant faciem eius spinæ. Nihil aliud in eis reperies nisi spinas, impietatem, duritiem, immisericordiam. Hæ enim omnes auaritiæ filiæ sunt, vt vidimus in diuite illo auaro cum Lazaro. Sed væ mihi, imò væ mundo: quoniam huiuscemodi sunt ferè omnes ex illis, quos ille tanquam Sanctos celebrat, atque adhuc viuentes,
Mich. 7. vt ita loquar, canonizat. Vnde Michę.
Simile. 7. dicebat: Qui optimus est in eis quasi paliurus, & qui rectus, quasi spina, de sepe. Paliurus herba est, quæ pallio inhæret, hinc enim dicta est, quasi pallio hærens & expilans illud. *El arçòn, ò el cardo corredor*. Sic optimi qui in mundo sunt, pallio ac rei familiari tuæ se iungunt, vt expilent te. Aliquid de pallio tuo hærebit pallio suo, si illis appropinquas, permanebit aliquid de re tua in ipso, illis hærebit, si cum illis familiaritatem coniunxeris. Et qui rectus, quasi spina de sepe. Qui enim per sepem spinarum ascendit, partem pallij spinis inhærentem dimittit. Sic si modò transire cupis per sepem istorum sanctorum, quos stulti, aut leues homines tales proclamant, non minimam partem tui pallij suis adhærentem manibus relinques. *Parece que traya liga en las manos*. Sicut si ouis per sepem spinarum transierit, partem sui velleris, ibi dimittit. Ac vtinam in spinis ipsis non hæreat, nec possit se ab illis euellere. *Plegue a Dios no queden enredadas las almas entre essas spinas, &c.* Per spinas etiam possunt intelligi homines duri, absque misericordia: nam hæc, vt diximus, ad diuitias consequuntur. Sunt enim homines importuni, sancti huius temporis, qui tanquam spinæ adhærent vestibus, & carni, semper homines suis importunis loquelis vulnerantes, præcipuè oues, hoc est, mulieres, ac homines simplices. Charitas floribus comparatur, impietas verò ac immisericordia spinis. Ecce quomodò omnia hæc impedimenta ex parte terræ se tenent, non ex parte seminis. Quod si in terram bonam ceciderit, fructum maximum affert in patientia.

Semen est verbum Dei.

ADuertendum est, quòd regnum cœlorum semper rebus magnis, atque pretiosissimis comparatur, quòd si aliquandò minoribus rebus videatur conferri, hoc est, in quarum hæ minimæ virtute grandes, ac substantia plenas res continent. Comparatur in hoc capite regnum cœlorum thesaurò, margaritis, semini bono; quæ omnes res substantiales sunt: confertur etiam grano sinapis, quod res minima est, tamen secundùm quid in sua virtute continet arborem, super quam aues cœli nidificare solent: quoniam regnum cœlorum magnum negotium est, nec in nimijs, ac paruis momenti rebus consistit, sed in magnis atque pretiosis. Auro atque margaritis confertur, pani ac vino: quæ omnia ad substantiam & vitam hominis attinent. Volo dicere fratres mei, quòd negotium regni cœlorum non parui momenti est, sed in substantia charitatis con-

Alia moralitas sententia.

consistit, quam significat panis: & in gaudio spiritus quod ex illa sequitur, & illud significat vinum. Sic enim Paulus spiritus fructus annumerat cum dicit. Fructus autem spiritus est charitas, pax, *Galat. 5.* gaudium. Et Romanorum. 14. Non est *Roma. 14* regnum Dei esca & potus, sed iustitia, & pax, & gaudium in Spiritu sancto. Non enim in ieiunio aut abstinentia escæ, & potus, substantia Religionis Christianæ consistit, nisi quando hæc fiunt propter Deum: nam tunc cum se inuoluunt charitati, iam ad substantiam regni cælorum pertinent, sed iustitia vniuersalis virtus, qua redditur vnicuique quod ei debetur, vt parentibus honor, atque pietas, Deo debitus cultus, proximis amor, &c. Et in pace quæ filia legitima charitatis est: & gaudium, non carnis, sed spiritus, non cuiuscunque, sed Sancti, qui amor est vnde tota hæc substantia procedit. Igitur regnum cælorum pani ac vino confertur, quæ sunt alimenta quibus hominis substantia nutritur, vt intelligamus quod in substantia charitatis regni cælorum negotium consistit. Cæterum in præsenti Euangelio de principio, vnde tota hæc machina in qua consistit negotium regni cælorum, oritur, agitur. Hoc est, verbum Dei. Datur nihilominus causa atque ratio quare enim verbum Dei adeo fœcundum ac ferax bonorum sit, varios ac grandes effectus producere valens: in paucis tamen eos cernamus productos. Semen igitur, vt Dominus ait, est verbum Dei: quoniam sicut ex semine tritici, & arista & gramen, & spica producitur, & ex aliis seminibus plantæ ac arbores nascuntur, sic ex verbo Dei bonorum operum fructus, atque omnium virtutum arbores ortum habent. Est enim hoc vnum ex maximis naturæ miraculis, quod res tam minima (qualis est cuiuscunque arboris semen) tantam in se virtutem contineat, vt ex eo radices, truncus, rami, folia, fructus, atque totius arboris proceritas *Aristo.* prodeat. Vnde Aristoteles dicit, quod omnia principia sunt in quantitate minima, *Psalm. 21.* in virtute tamen magna: sic verbum Dei quod in se continet Christum crucifixum, qui tanquam vermis æstimatus est, origo est, ex quo tota hæc proceritas Christianarum virtutum procedit, cuius fructus vita æterna est. Et quoniam plures in se virtutes verbum Dei continet, hinc est quod Scriptura ad explicandum eas, pluribus nominibus illud appellet: quia vnum quod tot bona significare valeat non inuenitur. Quare vocat illud lucem, panem, vinum, medicinam, gladium, malleum, ignem: denique hodie vocat illud Dominus semen, quoniam omnium harum rerum effectus habet, & plures alios. Illuminat animam verbum Dei, enutrit, lætificat, medetur, iugulat in ea vitia, vt gladius, frangit eius duritiem vt malleus, & seminatum in corde, quasi cæleste semen omnes bonos in ea producit fructus. Insuper super alia semina hoc habet verbum Dei, quod cætera nihil aliud gignunt præter arborem illam, cuius in se virtutem gerunt, vt amygdali granum amygdalum solum, & eius fructum generat, & idem de nuce & aliis seminibus. Cæterum verbum Dei tot diuersorum gene- *Simile.* rum fructus generat, vt vix enumerari valeant. Si inueniretur semen aliquod, aut granum, quod terræ mandatum ex illo nuces, amygdala, mala punica, mala citrea, vites & aliæ multæ plantæ cum fructibus earum nascerentur, mirabile certe esset videre, in re tam minima tantam virtutem contineri. Hoc tibi mirum videtur? Verbum Dei hæc omnia habet. Quoniam cum sit semen Dei, secundum virtutem illius cuius est semen, operatur. Et quia est virtus Dei, qui omnipotens est, ita & Verbum Dei omnia potest. Vnde Sapiens Sapientiæ. 8. ver- *Sap. 8.* bum Dei omnipotens vocat, cum dicit. Omnipotens sermo tuus Domine. Et Psal- *Psalm. 32.* mo. 32. Verbo Domini cæli firmati sunt, & Spiritu oris eius virtus eorum, id est, ornatus, in quo & Angeli includuntur. Verbum Dei Deos facit, secundum illud Ioannis. 10. Si illos dixit deos, ad quos *Ioan. 10.* sermo Dei factus est. Vnde ergo ei tanta virtus? Quia semen est Verbum Dei, & in principio erat Verbum. Ab illo trahit originem Verbum Dei, qui omnium rerum principium est, in quo tanquam in primo principio & causa, eminenter continentur omnia. Et quia Verbum caro factum est, hinc verbum Dei homines generat filios Dei. Rursus quoniam verbum Dei beatos homines facit, secundum illud Lucæ. 11. Beati qui audiunt *Luc. 11.* verbum Dei: beatitudo autem est status, omnium bonorum aggregatione perfectus: hinc est quod verbum Dei ompia in se continet bona, tam corporis quàm animæ: quoniam omnia hæc in beatitudine possidentur. Si ergò frutices producunt fructum, vnusquisque iuxtà genus suum, nimirùm malus mala, nux nuces: quia inde ortum habent, si verbum Dei è cœlo originem trahit, secundùm illud Ecclesiastes. 1. Fons sapientiæ verbum Dei in excelsis, hinc erit quòd fructus quos germinat sint vitæ æternæ ac regni cœlorum, iuxtà illud Psalmi. 106. Seminauerunt agros, & plantauerunt vineas, & fecerunt fructum natiuitatis. Natiuitas verbi Dei de cœlo est, tales ergò fructus profert. Hinc est, quòd in anima in qua hoc semen radicatur, & fructificat, hos omnes fructus reperies. Imò etiā omnia hæc, humilis, honesta, charitate ac misericordia prædita, prudens, fortis, patiens, cœlum, sol, stellæ, Angelus, denique Deus per participationem: quoniam omnia hæc continet in virtute seminis, quod in se habet quod est verbum Dei. Et vt agnoscas huius diuini seminis efficaciam, ac fœcunditatem: etiam cùm non esset terra, nec animæ vbi seminaretur, in nihili seminatum omnia hæc quæ creata sunt produxit. Nam cùm non essent cœli, illos ex nihilo condidit. Verbo enim Dei cœli firmati sunt, & Spiritus oris eius omnis virtus eorum: terram etiam cum suis plantis, aquas cum piscibus, aërem, ignem, & omnia elementa, & quæ in eis continentur: quoniam omnia ex nihilo solo Dei verbo condita sunt. Cæterùm quemadmodùm, postquam semel Deus omnia creauit, requieuit die septimo ab omni opere quod patrarat, ita vt iam præter animas hominum nullam aliam rem creet, sed ipsæ res altera alteram generet, atque ad hoc virtutem eis contulit Deus, præuia tamen dispositione in rebus, vt ad hoc quòd terra producat plantas, requiritur quòd ab aqua humectetur, à radiis solis feriatur. Sic & hoc diuinum semen, quod est verbum Dei, etiam si à principio super nihilum seminatum produxerit cœlos, & Angelos, posthac tamen præuias exigit dispositiones in animabus, in quibus seminatur, vt proficiat & fructus ferat. Exigitur enim cœlestis gratiæ supernaturalis influentia, quam anima voluntate sua admittat, & in corde suo imbibat eam; Nam, vt ait Chrysostomus, Nec gratia sine voluntate, nec voluntas sine gratia satis est, nam & terra non germinat nisi pluuiam susceperit, nec pluuia fructificat nisi terra adsit, quæ fructum ferat. Supernaturalia quippè conformia valdè atque concina sunt naturalibus. Et quemadmodùm, ad hoc quod naturalia generentur, requiritur actiuum, & passiuum, vt Philosophus docet: Sic in supernaturalibus requiritur voluntas recipiens & consentiens, gratia etiam Dei præueniens & perficiens. Ipse enim, vt ait Paulus, dat velle & perficere pro bona voluntate sua. Hoc tamen interest inter naturalia & superna, quod in naturalibus potest extare defectus ex parte vtriusque, tàm actiui quàm passiui. Possunt enim deficere cœlestes influxus qui se habent, vt causæ agentes, & potest esse defectus ex parte terræ in qua seminatur granum, quòd vel sit petrosa, arenosa, vel propter salsuginem sterilis. & tunc defectus extabit ex parte passiui. At verò in hac supernaturali cultura, non potest esse defectus ex parte actiui, non enim cœlestes influxus deficiunt, nec ex parte seminis, quod semper eandem in se continet virtutem; totus ergò defectus ex parte recipientis extare oportet. Sic enim, ait Dominus per Prophetam. Perditio tua ex te Israël, tantummodo ex me auxilium tuum. Quod in præsenti parabola planè constat, nam tota ratio, quare semen sine fructu effectum est, ex terra ipsa dimanauit, vel quia dura erat, & non culcata, vel quia petrosa, aut spinis plena. Et hoc est præsentis parabolæ propositum & scopus, docere nos vnde proueniat, quòd semen tantæ virtutis parum in animabus vbi seminatur fructificet. Et cùm ex parte actiui principij, vt diximus, hoc non proueniat, relinquitur quòd totus defectus sit ex parte nostra. Vnde & Dominus dicit, *Exijt qui seminat seminare semen suum.* Qui seminat verbum, seminat, ait Dominus: Nam sicut qui seminat grana, non omnia simul in vno coaceruat loco, sed sparsim ac diuisim ea in terram proijcit, quare aliqua ex eis in hoc sulco, aliqua in alio cadunt, non nulla super petram, alia inter spinas à seminatore casu proijciuntur; sic seminatori verbum Dei, hoc est prædicatori contigit. Nam aliquod verbum super cor bonum cadit, aliquam conscientiam puram tangit, quod cum gaudio suscipit & ser-

Eccl. 1. *Psal. 106.* *Psalm. 32.* *Simile. Gen. 2.* *Chrysost.* *Simile.* *Philip. 2.* *Oseae 13.* *Luc. 8.*

& seruat. Aliud longius cadit, tangit forsan Regem, aut Prælatum: aliud super Pharaonem aliquem aut auarum diuitem cadet, quæ sunt petræ & spinæ, in quibus non fructificat verbum. Cæterùm Christi verbum ac doctrina, omnibus prædicanda est, non ad vnum restringenda. Semen est, spargatur per sulcos omnes, nec ob hoc contristeris aut irascaris, quòd forsan in te aliquod prædicatoris verbum tetigit, sed da gloriam Deo, quoniam meruisti esse terra in qua seminetur verbum Dei. Imò dic: Hoc granum mihi contigit, anima mea sulcos es, vbi cecidit, amplectere illud & serua, vt radicetur in te & fructificet, ne contemptus illud, ne proijcias à te, ne indures quasi petra cor tuum; sed in mansuetudine suscipe insitum verbum quod reponit saluare. *Iacob. 1.*

Aliud cecidit secus viam, &c. Hoc est, quandò verbum Dei audiunt aures quædam, quæ apertæ sunt quibuslibet verbis quantumuis turpibus, leuibus, detractorijs, fabulosis, scurrilibus, omnibus accommodantur: quomodò ibi intrabit verbum Dei. Nam vel confestim cum alijs verbis quæ audit intrauit, & non agnoscetur, vel ad fores stabit nolens pro sua grauitate, cum tàm infami comitatu ingredi. Vade Hieremia, &c. dicitur: Cui loquar, aut quem contestabor, vt audiat? *Hierem. 6* Ecce incircumcisæ sunt aures eorum, & audire non possunt. Quomodò in tanto strepitu audient? Verè incircumcisæ sunt aures eorum. Vbi Theodoretus ait: Qui sunt ij qui incircumcisas habent aures? Illi nimirum, qui sine vllo delectu quæcunque dicuntur audiunt, qui nihil adeò fœdum aut turpe est, quod ab auditu suo reijciendum, aut amputandum curant. Qui omnibus nugis, fabulis, mendacijs, detractionibus, obloquutionibus, & turpiloquijs aures semper paratas, atque patentes habent, ad diuinorum verò eloquiorum tractationem, si quis forte de eis sermonem instituat, prorsus occlusas. Sanam quippe doctrinam non suscipiunt, sed ad sua desideria coacerbant sibi magistros, prurientes auribus. Sunt enim aliqui, ait Plutarchus: Cum quibus si de honesta aut sancta, de sacrificio aut religione sermones misceatis, confestim fastidiunt, oscitant, inquieti sunt, & vel negotium fingunt, vel alia miscent colloquia, vel vos orant vt in aliud commodius tempus negotium illud differatis. Cæterùm si detrectauerit is alijs, si turpiloquia misceatis, si de meretricibus, aleatoribus, scurris loquamini, arrigunt ambas aures, nec vnquam satis satiari huiusmodi obloquutionibus queunt. Quos similes facit Plutarchus portis clitarum, quæ ad hoc tantùm deseruire solebant, vt per illas stercora & immunditiæ foras educarentur, vel malefactores qui publicè flagellabantur, per illas lauacrum intrarent. Sic horum aures stercorariæ portæ poterant dici, quæ nihil aliud quàm mala audiunt, ad bona quæque clausæ tamen omninò sunt. Neemias cap. 2. *2. Esdra.* ait, quòd cùm exisset per portam stercoris, murum omnem, qui circum illum erat, dirutum vidit. Quoniam in anima cuius aures ac portæ his patent immunditijs, nihil integrum aut rectè ædificatum videbit, sed omnia bona diruta atque confracta. Sunt enim veluti publicæ mulieres omnibus prostitutæ, quæ muliebrem verecundiam amiserunt. Vnde talibus dicitur: *Hierem. 3* Frons meretricis facta est tibi, erubescere noluisti. Sunt etiam veluti domus cauponariæ quæ omnibus patent, *Almas mesoneras*, quæ omnes hospitio admittunt cuiuscumque sortis sint. Et cogitationes sunt aues, quæ granum comedunt, ne non hæreat terræ, secundùm illud Ecclesiastes. 10. Muscæ morientes perdunt suauitatem vnguenti. *Ecclef. 10.* Sicut enim vnguentum odoriferum, si muscis morientibus repleatur, fœdum, ac horridum redditur; & quod antea placidum naribus odorem præbebat, iam nunc horrorem potius incutiat. *Simile.* Sic odorifera vnguenta quæ verba Dei conficere solent, his cogitationibus, tanquam muscis mortuis fœdantur atque destruuntur, & omnis bonus effectus verbi Dei consequenter perit. Abige muscam cùm eam videris super vnguenta volare, si turpis, leuis, aut vana subrepit te cogitatio, abige eam, ne perdat suauitatem vnguenti: quoniam tunc eris peccati, cùm eam consenseris in te manere. Muscas aduenare non est in potestate conscientiæ vnguenta, consentire autem illas vnguenta fœdare, aut mortuas cadere super illa, iam culpa tua est. Insurgere tentationes aut malos cogitatus, non est in tua potestate (hoc enim est muscas super vnguenta volare) si autem consentis quòd muscæ te vulneret, quòd cogitatio pessima ex proposito in te maneat, iam culpa incipit: quoniam ex negligentia tua id fit. Si verò mortuas muscas

Alia morralitas ferme tenus. Cæterum, vt alia via procedamus, granũ hoc quod seminatur in animabus nostris, Christus est: nam in virtutibus quæ homini Christiano infunduntur, quæ sunt semina vitæ æternæ, includitur Christus. Fides quippè Christus est, & Deus charitas est, Christus autem Deus est; ergo semen hoc Christus est. Ne autem in nobis fructificet, impedimenta iam relata contradicunt: quæ omnia, vt iam breuiùs agamus, ad vnum videntur mihi posse reduci. Et hoc est mũdus. Non habet maiorem aduersarium Christus quàm mundũ, hæc mea opinio est. Diabolus ipse non sit aduersatur Christo, ac mundus, sæpè sæpiùs hæc repetere soleo, Alcoranum Mahumeti non esse tàm contrarium Christo, ac mundus cum suis iniquissimis legibus. Et nomen hoc Satan aduersarium significans, quod per anthonomasiam datur diabolo, potiùs mundo imponendum esse, qui verè aduersarius Christi est, & verus Antichristus, cuius opera atq; instituta omninò contraria sunt legi Christi. Ioan. dicit: *1. Ioan. 2.* Omne quod est in mundo, aut est concupiscentia carnis, hoc est, Venereæ voluptates: aut concupiscentia oculorum, id est, auaritia, aut superbia vitæ. Quod cecidit secus viam, id est, quod cadit in hominib⁹ Veneri addictis, nihil enim ita animã soluit ac dissoluit, & extrà se rapit, ac carnis voluptates, & mulierum amores. Hoc filium illum perditum, *Luc. 15.* quem Prodigum dicimus, de paterna domo eduxit, & per tot loca vagare fecit, & ad tantam miseriam deduxit. Petræ autem significant superbiam: quoniam hoc vitium lapideum reddit cor ac durissimum. Sic vidit Zacharias impietatem in amphora pendentem inter cælum & terram, & os eius *Zach. 5.* talento plumbi occlusum. Hi sunt superbi, qui se inter cælum, & terram eleuant, plùs se eleuãtes quàm oportet: quibus illud Propheticum dici potest: Superbia tua & arrogantia tua plùs quàm fortitudo tua. *Psal. 16.* Hi autẽ duriores & grauiores cũ proximis suis sunt, quàm sit talentum plumbi. Spinæ autẽ auaritiam, quæ est pecuniarum indiscreta cupido, significant, & his omnibus mundus repletus est: ex quibus quodcunq; animam capiat, impedit, nè in ea radicetur, aut figatur verbum Dei. D. August. sermone. 44. de *August.* Tempore, ait: Duas esse radices in corde hominum seminatas per diuersos tamen seminatores. Altera est cupiditas, quæ in se comprehendit omnium rerũ temporalium amorem. Hanc diabolus in corde reproborum seminat. Est enim zizania illa, quam inimicus homo superseminauit in agro patrisfamilias, de qua Paulus dicit: Radix omnium *Matth. 13.* malorũ est cupiditas. Altera radix (ait diuus *1. Tim. 6.* August.) est charitas quam Deus in cordibus bonorum seminat, quæ radix omnium *August.* bonorum est è diuerso ad cupiditatem, de qua parabola hæc loquitur. Ait enim, quòd quia non habebat altam radicem (hoc est, charitatem, quæ altior omnibus virtutibus est) aruit. Hæc enim (vt dicimus) benigna est, omnia sustinet, omnia suffert, &c. Et *1. Cor. 13.* alibì ait Paulus Ephes. 3. In charitate radicati & fundati, vt possitis comprehendere, *Ephes. 3.* quæ sit longitudo & latitudo, sublimitas & profundum: scire etiam supereminentem scientiæ charitatem Christi. Hoc est dicere: Si omnia amplecti vultis bona Dei, hanc radicem in cordibus vestris figite. Qui ergo primam habet radicem, quomodò fructus verbi Dei percipere poterit? Vnius radix est carnea, alterius spiritus, quomodò caro fructus spiritus proferre poterit? Nunquid *Matth. 7.* colligũt de spinis vuas, aut de tribulis ficus? Hæ spinæ fructum qui lætificat animam, & qui ori eius dulcescit, quomodò dabunt? Nam & Paulus ait: Quæ seminauerit homo, *Galat. 6.* hæc & metet. Quoniã qui seminat in carne sua, de carne & metet corruptionem, & qui seminat in spiritu, de spiritu & metet vitã æternam. Galat. 6. Et apud Oseam dicitur: *Osea. 8.* Seminastis ventum, & collegistis turbinem. Omnes res mundi optimè vento comparantur, & stipulæ quam ventus rapit. Qui ergo ventum hunc seminat, quid sperat colligere, nisi iræ Dei tempestatẽ ac turbinem? Cùm ergo homines Christiani fide præditi sunt, non absonum videtur eis verbum Dei, & cũ gaudio audiunt illud. Cæterùm, quoniam protindùs in radice illa mũdi, quam intùs gerunt, offendit hoc semẽ, arescit, & nec radicatur, nec fructum gerit. Quoniam etsi homini voluptatibus ac illecebris carnis dedito bona, quæ munditiei in cælo habet, dicantur, non sibi falsa videntur, aut absona: quinimò talibus veritatibus fidem adhibet, & forsan aliquod propositum leue cõcipit emendandi vitam: tamen cùm id executioni mandandum est, radix illa pessima, quæ intùs manebat, contrarium omninò fructum profert. Sicut enim charitas malum fructum producere non valet, ita nec cupiditas bonum. Idem dices de auaro, quasi audiens verbũ Dei proponit eleemosynas elargiri: cùm id facere nititur, auaritia intùs ad nouam

[Aug. Psal. 9.] vsuras impellit. Vnde D. August. super illũ Versum Psal. 9. In laqueo isto quẽ obsconderunt, comprehensus est pes eorum, ait. Quòd mali pedes suos laqueis ac compedibus impeditos habẽt. Per pedem autem intelligit amorẽ: nam sicut pes est radix corporis, ab illo enim tanquàm à radice videntur cætera membra erigi; sic amor radix est omnium siue bonorum, siue malorum. Peccator ergo habet hunc pedẽ amoris in compedibus alligatum, siue mulierum, siue diuitiarum, aut aliarum rerum. Igitur sicut ille qui habet pedem illaqueatum, & compedibus astrictum, cùm educere vult pedẽ, vulneratur & dolet, quia cum impedimento offendit. Sic qui amorem habet in diuitijs, aut alijs rebus illaqueatum, cùm vult vel dimittere concubinam, vel eleemosynam elargiri, vel alienum lucrũ reddere, offendit voluntas in amore illo quo detinebatur, & vulneratur & dolet, & sic in suis laqueis diminit eum. Iusti verò etsi pedem suum in diuino amore illaqueatum teneant; tamen hoc non impedit eos, quominùs bona exequantur. Imo charitatis compedes illos promptiores ac velociores ad bona opera exequẽda red- [Esai. 40.] dunt. Sic enim apud Esaiam de illis dicitur: Vincti manicis ad te current. Nam ideò [Colos. 3.] charitas à Paulo vinculum perfectionis vocatur: quoniam eam habentes ad opera perfectionis ligat. Ex quo ego hanc doctrinam colligo pro Religiosis & Ecclesiasticis viris, Quod cùm professio nostra sit, non tantùm vt hoc granũ radicetur in nobis, verùm etiam vt alijs fructificet (recipimus enim hoc semen tanquàm capita, vt membris illud communicemus: nam seculares quasi membra sunt respectu Ecclesiasticorum) cùm igitur hic fructus habeat in nobis abundare: sic vt non solùm pro nobis, verùm etiam pro alijs superfit: scientes ex præsenti doctrina quàm maximum impedimentum mundus, & ea quæ in eo sunt, ad hoc quòd semen hoc fructificet, præbeant: debemus totis viribus mũdum, & ea quæ in ipso sunt, fugere, quatenùs nihil impediat quin semen hoc benedictum, & nobis & alijs prosit. Quarè nunquàm mihi persuadere poteris, quòd homines qui in seculi negotijs prudentissimi sunt, & ad lucrandum & augendum rem familiarem solertissimi, & temporalia omnia negocia astutissimè penetrant, quòd hi sint ad omnia spiritualia apti, nec tale vnquàm in Domini nostri Iesu Christi Euangelio legi- [Galat. 6.] Imò modò dixit Paulus: Quæcunque seminauerit homo, hæc & metet. Nam qui seminat in carne, corruptionẽ, qui in vento, turbinem, si in spiritu, vitam æternam metet. Si ergo in carnem ac ventum seminas, quomodo vitam æternam metes? Nunquàm hoc in tota vita tua suadebis mihi. Quoniam Christi Euangelium cõtrarium mihi suadet, ac docet. Docuit ne Christus aliquando discipulos suos, vt negotia secularia tractarent? Minimè gentium fratres mei, sed contraria omninò. Venerũt duo fratres quadam vice, qui inter se pro diuidenda hæreditate dissidebant, ad Dominum Iesum, & dicit ei vnus ex eis: Magister, dic fratri meo, vt diuidat [Luc. 12.] mecum hæreditatem. Et respondit ei cum aliquo iracundiæ signo (quod ex verbis colligi potest) dicens: O homo, quis me constituit iudicem inter vos? Ac si diceret: Non pro diuidundis terrenis hæreditatibus veni, sed pro largiendis æternis. Non est societas mercatorum Genuensium societas Domini Iesu, sed eorum qui omnia reliquerunt, vt nudi & expediti sequerentur ipsum. Vnde Paulus 2. Tim. 2. Nemo militans Deo (ait) [2. Tim. 2.] implicat se negotijs secularibus, vt ei placeat cui se probauit. Quid mirum cùm militibus huius seculi, secundùm leges Imperatorias, sit negotiatio prohibita, ne eos à militari disciplina diuerteret, quantò magis hæc interdicta debet esse militibus Christi, quorũ munus est debellare Regnum cœlorum? secundùm illam Domini sententiam: Regnum [Matth. 11.] cœlorum vim patitur, & violenti rapiunt illud. Et in tantum à negotijs seculi separare voluit Christus nos, vt cùm quidam diceret illi: Magister sequar te, sed dimitte me primò [Matth. 8.] sepelire patrem meum; etiam si hoc præseferret pietatis effigiem. Tamẽ ei respondit [Luc. 9.] Dominus: Sinite mortuos sepelire mortuos suos, tu autem veni & prædica verbum Dei. Et iterum ait: Estote prudentes sicut serpen- [Matth. 10.] tes, & simplices sicut columbæ. Debent enim occludere aures, ne incantationes huius mũdi audiant, & nihilominùs simplicitatem columbarum præseferre. Est enim columba animal adeo simplex, vt nec victũ sibi quærere sciat, sed cũ coruis comitatur, vt grana quæ illi suo ore discooperiunt, ipsæ columbæ comedãt. Sic verus seruus Dei quasi stultus ac ignorans, in rebus huius seculi debet esse, ita vt penè nec quid comedat sciat quærere, sed alijs hoc officium mandat, vt ipse suæ saluationis negotio totus incumbat. Vnde prouerbium antiquum certũ habuit. Bonum vir semper est tyro. Ad res huius mundi semper

semper est mamma, vt sciis. Vnde idem Dominus ait: Filij huius seculi prudentiores filijs lucis in generatione sua sunt. (Luc. 6.) In generatione sua ait, hoc est, ad res huius generationis carnalis: nam in alia generatione spirituali prudentiores sunt filij lucis. Ecce quomodo hæc doctrina Euangelica sit. Igitur qui semen hoc, vt in alijs seminibus, accipimus, summa ope niti debemus ne in nobis pereat, fugientes eam quæ in mundo est, vitiorum corruptionem. Nec enim Ecclesiasticæ dignitates ad hoc adinuentæ sunt, vt per eas huius seculi bonis affluamus, & consanguineos nostros ditemus, sed vt per eas Regna coelorum nobis & alijs adipiscamur, & vt prouentus earum in pauperum necessitatibus expendamus. Seminate, seminate pecunias, ô Episcopi & diuites Ecclesiastici, inter pauperes Christi, vt cum defeceritis, recipiant vos in æterna tabernacula. (Luc. 16.) Amen.

Aliam parabolam proposuit illis, dicens, Simile factum est Regnum coelorum homini, qui seminauit bonum semen in agro suo. Cum autem dormirent homines, venit inimicus eius, & superseminauit zizania in medio tritici, & abijt. Cum autem creuisset herba & fructum fecisset, tunc apparuerunt & zizania. Accedentes autem serui patrisfamilias, dixerunt ei: Domine nonne bonum semen seminasti in agro tuo? vnde ergo habet zizania? Et ait illis: Inimicus homo hoc fecit. Serui autem dixerunt ei: Vis imus & colligimus ea? Et ait: Non: ne forte colligentes zizania eradicetis simul cum eis & triticum. Sinite vtraque crescere vsque ad messem, & in tempore messis dicam messoribus: Colligite primum zizania, & alligate ea in fasciculos ad comburendum, triticum autem congregate in horreum meum. Et paulò post ait Euangelista: *Tunc dimissis turbis venit in domum: & accesserunt ad eum discipuli eius, dicentes: Edissere nobis parabolam zizaniorum agri. Qui respondens, ait illis: Qui seminat bonum semen, est filius hominis, ager autem est mundus, bonum verò semen hi sunt filij Regni: zizania autem filij sunt nequam. Inimicus autem qui seminauit ea, est diabolus, messores autem Angeli sunt. Sicut ergo colliguntur zizania & igni comburuntur: sic erit in consummatione seculi. Mittet filius hominis Angelos suos, & colligent de Regno eius omnia scandala, & eos qui faciunt iniquitatem, & mittent eos in caminum ignis. Ibi erit fletus & stridor dentium. Tunc iusti fulgebunt sicut Sol in Regno Patris eorum. Qui habet aures audiendi, audiat.*

Moralitas seu sensus. Superior parabola desumpta est à semine, quatenus significat verbum Dei: hæc parabola desumpta est etiam à semine bono, sed quatenus significat bonos homines, vt ipse Saluator etiam postea dignatus est aperire. In superiori parabola redditur ratio, quare idem semen verbi Dei non eundem in omnibus fructū faciat. In hac datur causa, quare in hac vita permittat Deus malos simul cum bonis viuere. *Simile est Regnum coelorum.* Diuersimodè accipitur Regnum coelorum in his parabolis, nimirum pro exigentia rei, cui comparatur Regnum coelorum assimilatur, vt aliquandò accipiatur pro Rege coelesti Messia, aliquandò pro Rege coelesti Deo Patre, aliquandò pro doctrina Euangelica, aliquādo pro Ecclesia fidelium, nonnunquàm etiam pro virtutibus Theologicis, Fide, Spe, & Charitate, vt in interpretatione harum parabolarum videbimus. In præsenti vel sumitur pro Messia Rege, vel pro præsenti Ecclesia. Hic autem qui bonum semen seminauit in agro suo, Deus est, qui sanctificat iustos, & eos in Ecclesia sua collocat, in qua semper debent fulgere iusti & qui in charitate sunt: nam ideò dicitur pulchra ratione iustorum, qui in charitate sunt, qui nunquàm ex Ecclesia deficient. Vnde Dominus Hierem. 2. dicit: Ego plantaui te vineam electam, omne semen verum. (Hierem. 2.) Quoniam semina, ex quibus generantur iusti, in Ecclesia sancta semper fuerunt. Semen ergo hoc sunt iusti qui in veritate Deo seruiunt. A principio mundi fulsit Abel, Noe post diluuium. In lege naturæ Abraham, & alij Patriarchæ, Iob, & alij iusti qui tunc fulsere. In lege scripta Moyses, Samuel, David, & alij quàmplurimi. In Euangelica Apostoli, Martyres, Confessores, Virgines, & alij multi, qui semper in ea altis virtutib^9 radiarunt. Nam à bono Deo & optimo nihil mali effluere potest. Nemo enim dat quod non habet. Deus autem malum nec habet nec habere potest: quia est summa bonitas, cui repugnat malitia: sicut impossibile est quòd caliditas sit frigida. Assimilantur autē iusti grano panis, & meritò: quoniam sicut panis (*Simile.*) est verum & proprium hominis alimentum, sine quo vita eius ægrè consistere potest, secundum illam Sapientis sententiam: Initium (*Eccles. 39.*) vitæ hominis aqua, & sal, & panis, nam per panem vita hominis sustentatur, sic iusti alimenta mundi sunt, & panis, quibus mundus viuit, atque consistit. Nam propter electos sustinet mundū Dominus, iam enim vniuersum deleuisset, nisi ob orationes & respectus iustorum constituisset: vt in præsenti parabola

Genes. 19. parabola manifestum fit: Et sicut Sodoma
ob defectum iustorum perijt, & quasi fame
bonorum panũ oppressam eã destruxit Deus.
Nam si decem panes, hoc est iusti, in ea inuenti fuissent, non esset deleta: sic mundus
tunc peribit, quandò iusti defecerint ex eo,
Mich. 7. secundũ illud Micheę: Perijt iustus de terra,
& sanctus in hominibus nõ est, modò veniet
Esai. 1. & vastatio eorum. Idem per Esai. dicitur: Nisi
Rom. 9. Dominus Sabbaoth reliquisset nobis semẽ,
hoc est, iustos, qui sunt semen benedictum à
Domino, quasi Sodoma fuissemus, & sicut
Gomorrha similes essemus. Atq; vtinã hac
fame iustorum non capiat nos modò Deus.
Heu quàm timeo, ne propter scelera nostra,
& iustorum penuriam pereat mundus, vel
in vltimas angustias redigatur. Hoc enim
Ioel. 1. plorabat Propheta, dicens: Defecerunt alimenta de domo Dei, hoc est, de Ecclesia
quæ est domus Dei viui. Non sunt iusti qui
sustineant mundum in ea, non sunt panes calidi coram Domino, hoc est, qui charitate
Dei, & proximi calescant. Sic etiam & in
Threnis plorat Hieremias, dicens: Paruuli
Thren. 4. petierunt panem, & non erat qui frangeret
eis, hoc est, Christiani appetunt iustos, qui
eos suis bonis exemplis dirigant, & tamen
non inueniunt: quia vel nõ sunt, vel absconditi à facie nostra, viuunt, quia illis non est
mundus dignus, vt ait Paulus: vel quia mun-
Heb. 11. dus eos persequitur propter suam malitiam,
& ipsi malorum conspectus fugiunt. Vnde
Sapiens ait: Qui abscondit frumẽta, hoc est,
Prouer. 11. iustos qui panes sunt mundi, maledicetur
in populis: benedictio autem super caput
vendentium, hoc est, Princeps ille maledictione dignus erit, qui ita rigidè se circa iustos habet, vt illos compellat in solitudines,
aut in suas se recipere cellas, aut indolos,
quoniam coram non admittitur veritas. Ille
autem Rex, aut Princeps benedictus erit,
qui eos in publicum educit, & in angulis &
montibus quærit, quorum consilio cuncta
gubernat, in honoreq; sunt apud illũ boni.
Genes. 41. Ioseph meruit Saluatoris nomen, eò quòd
panem pro tempore famis seruauit: sic ille
hoc dignus titulo erit, qui iustos qui frumẽta
mundi sunt, conseruauerit, qui virtutẽ pro-
teget, quæ mũdi penuriæ prouidebat. Famis
quidem anni adsunt, atq; coram nobis sunt:
oremus Dominum, vt aliquem nobis Saluatorem suscitet, qui horrea aperiat, in cœno-
bijs, in Ecclesijs, & vbicunq; fuerint, iustos
quærat, & in honore habeat. Sunt ergo iusti
bonum semen, de quibus scriptum est. Isti

sunt semen cui benedixit Dominus. Ziza- Esai. 61.
nia autem, hoc est, malum semen (quod nos
dicimus [illegible], ò [illegible], ò [illegible]) sunt filij
nequam, qui in hac vita inter bonos mixti
sunt, quos diabolus dum oscitarent homines,
qui huius hæreditatis custodes sunt, seminauit, qui nec alimẽta aut substantia mundi
sunt, sed potius corruptio eius, nihil vtilitatis, sed plurimum damni per se afferentes,
secundùm illud Psal. Omnes declinauerũt, Psal. 13.
simul inutiles facti sunt, non est qui faciat
bonum, non est vsq; ad vnũ. Corrupti sunt
& abominabiles facti sunt in studijs suis.
Hos diabolus tanquàm tortores bonorũ habet, vt eos circumeuntes suffocent: sic enim
& Psalmista dicit: In circuitu impij ambu- Psal. 11.
lant, hoc est, in circuitu iustorum, vt eos capiant aut perdant, imò & Pharisæi hanc ob
causam Christum Dominum circumierunt.
Homines autem qui secreta Dei penetrare
non valentes, videntes malos sic iustos odio
habere, vellent vt Deus eos protinus è medio tolleret, & vel aperiretur terra & de-
glutiret eos, vel certè ignis visibiliter è cœlo
descendens, eos consumeret, vt Sodomam
fecit, & hoc insinuatur nobis in præsenti parabola, cùm serui patrisfamilias dixerunt ad
eum: Vis imus & colligimus ea. Cæterùm,
Deus, cuius sapientia infinita est aliter iudicat. Prudentissimè quippè paterfamilias respondit: *Non: ne forte colligentes zizania, eradicetis simul & triticum, sinite vtraq; vsq; ad tempus messis crescere.* Itaq; propter bonum boni
seminis zizania permittit Deus in hæreditate sua, hoc est, propter vtilitatẽ bonorum,
Deus sustinet malos. Nam vt docet August. August.
talis est repetenda sententia. Adeò bonus
est Deus, vt nullo modo mala sustineret super terrã, nisi simul adeò potens ac sapiens
esset, vt sapientia ac potentia sua sciret ex
malo educere bonum. Sic enim idem diuus
August. intelligit illud dictum Christi Domini: Nescis quia homo austerus sum, metẽs Luc. 19.
vbi non seminaui? Ex peccato enim quod
ipse nõ seminauit, sua sapientia scit metere,
atq; colligere fructum pro amicis suis. Ex
saxo hoc durissimo educet Deus mel, &
oleum, secundùm illud: Vt suggeret mel de Deut. 32.
petra, & oleum de saxo durissimo. Primò;
Deus habet impios inter iustos loco pædagogorum: nam per eos quasi per pędagogos
Deus filios suos flagellat atq; corripit, sicut Simile.
& tu in domo tua seruum habes, qui erudiat
ac corrigat filios tuos & verberibus affligat,
ne ad vitia soluantur. Ob hoc quippè Deus
dimisit

Iosue. 15. dimisit reliquias Amorrhæorum, & Iebusæorum in medio tribuum filiorum Israel, vt in illis erudiret eos, vt agerent vices pædagogorum. *D. Thom.* Nam, vt D. Thom. docet, adeò Deus ordinem vniuersi amat, in quo ordinauit, vt vnus alteri deseruiat, vt ab hoc ordine non patiatur, nec malus, nec diabolus ipse deesse, sed quod vera sit Sapientis sententia: *Prouer. 11.* Qui stultus est, seruiet sapienti. Mali, qui stulti in Scriptura dicuntur, in seruitium bonorum deputati sunt à Deo. Nam (vt suprà diximus) mali sunt corruptio terræ, & bonos quasi cingulum oppressos erunt, ne otio torpescant, & ad mala labantur. Sunt enim cingulum lumbare illud, quod Dominus *Hierem. 13.* Hieremiæ præcepit, vt sub terram absconderet, & posteà illud corruptum inuenit, ita vt nulli vsui aptum esset. Sic enim contingit impijs, qui tanquam cingulum coarctant iustos, cùm ipsi in rebus terrenis sepulti sunt, *Ioel. 1.* de quibus dicitur: Computruerunt sicut iumenta in stercore suo: nulli sunt vsui apti, quantùm est de se: quia corruptio terræ sunt. *Simile.* Veruntamen quemadmodùm natura per se non intendit corruptionem, sed generationem: corruptionem autem per accidens, ex hoc quòd corruptio vnius est generatio alterius: ita Deus per se iustorum semen ac generationem intendit. Si autem malorum corruptionem sustinet, ob hoc est, quia ex eorum corruptione in iustis virtutes generantur, seu augentur. Nam videntes iusti malorum corruptionem, & finem, ipsi plus in virtutib. accenduntur. Hoc enim vult Regius Propheta, cùm dicit: *Psal. 57.* Videbit iustus vindictam, manus suas lauabit in sanguine peccatoris. Nam ex sanguine corrupto peccatoris, nouus sanguis generatur in iusto: corruptio quippe vnius est generatio alterius. & ex eo quòd tot operantes iniquitatem cernunt, animatur iusti ad prosequutionem virtutis, secundùm illam Psalmistæ sententiam: *Psal. 118.* Tempus faciendi Dñe. Quare Dauid? Quia dissipauerunt iniqui legem tuam. Item tyrannorum corrupta crudelitas martyrum patientiam genuit, & sic de alijs. Sicut enim *Iosue. 9.* Gabaonitæ erant alienigenæ inter filios Israel, deseruiebant tamen ad comportanda ligna, & aquam in ministerium tabernaculi & sacrificiorum, quæ ibi offerebantur: sic & mali alieni à conuersatione Israel, tamen etiam Ecclesiæ ac iustis deseruiunt: eò quòd materiam & occasiones illis ministrant & offerunt fidei augendæ, atq; patientiæ, & charitatis, & humilitatis exercendæ, vt sic & ipsi talia offerant sacrificia Deo; omnia enim propter electos ait Paulus. *2. Tim. 2.* Hæc quidē impij in hac vita efficiunt, qui translati, & ligati in manipulos, infernorum ignis efficiuntur cibus. Quarè in Psalm. 1. vbi nos legimus: *Psalm. 1.* Non sic impij, non sic, sed tanquam puluis, &c. Apud Hebræos legitur: Non sic impij, non sic, sed tanquam gluma, quam propellit ventus. *Simile.* Gluma quippe est pellicula illa tenuis, qua granum dum est in spica vestitur, qua ab æstu & gelu protegitur. Cæterùm in area illa est quam primo ventus dispergit. Sic impij in hac vita suis persequutionibus bonos protegūt à vento vanæ gloriæ, ab æstu libidinis, à tepiditate, & frigiditate: nam eorum occasione feruentiores in orationibus, in ieiunijs, & alijs bonis operibus efficiuntur: tamen in area vallis Iosaphat quod prius ventus exsufflabit, & in fornacem inferni mittet, ipsi erunt. Et hæc est alia ratio, quarè impios sustineat Deus in hac vita, & non solùm eos nō puniat, quinimò permittat eis prosperè ac voluptuosè viuere: quoniam illos ad æterna supplicia reseruat. Quā rationē docet Gregorius super illud Iob. 21. *Gregor. Iob. 21.* Quoniam in diem perditionis seruatur malus, & ad diem furoris ducetur. Interrogauerat in principio capitis, & dixerat: Quarè impij viuunt, subleuati sunt, confortatiq; diuitijs? & cætera quæ ibi videbis: vbi temporalem eorum felicitatem depinxit: ad quam quæstionem breuissimè respondet, dicens: Quoniam in diem perditionis seruatur malus, & ad diem furoris ducetur. *Simile.* Veluti cùm sceleratus homo ad supplicium ducitur, permittitur ei in via delicatos cibos subministrari. Et hæretici qui cras igni tradendi sunt, cœna opulenta pridiè pascuntur. Quarè ergo delitijs permittuntur pasci tetri, facinorosiq; homines? Quoniam statim supplicium de eis sumēdum est. Quid facit ei buccella dulcis? Quid quod opiparè pridiè cœnauit? Cras flammis exurendus est. Sic quia in die furoris seruatur malus, quid magnum quòd hic permittatur delitiosè viuere? Ducunt enim in bonis dies suos, & in puncto ad inferos descendunt, vt ait Iob. *Iob. 21.* Ecce huius parabolæ sensus.

Cæterùm videtur mihi, posse nos modò dicere ad Deum, quod homines ij dixerunt patrifamilias, videntes zizania in medio tritici. Cùm nos etiam videamus tot errores, tot schismata, tot peccata inter Christianos, qui Euangelij Christi doctrinam profitemur: possumus (inquàm) dicere ad Deū: Domine,

mine

nonne bonum semen seminasti in agro tuo, quomodò ergo habet zizania? Et audio illũ respondentem: Inimicus homo hoc fecit. Et huc quando? Dum dormirẽt homines. Propter oscitantiam Prælatorum, & Principum, qui custodes religionis ac iustitiæ sunt, qui nihil minùs curant quàm id quod principale munus eorum exigit. *Matth.5.* Dixit Christus in suo Euangelio, vt diligamus inimicos, nec nos ipsos vindicemus, sed ei reseruemus vindictã, qui iudex est & retribuit vnicuique iuxtà opera sua; & tamen insurgit aduersùm hoc mundi Alcoranos, & libri scribuntur, quibus docentur Christiani, quomodò se debeant habere, & vindicare ab his iniurijs. Quid hoc est Dñe? Nonne bonũ semen, &c. Inimicus homo hoc fecit, & hoc dum dormirent homines. Idem de defectu operum misericordiæ, & alijs poteris dicere, vt sic ferè omnia vitia, quæ inter Christianos aduersùs Euangelium sunt intrusa, cõprehendas. Quæ omnia Hierem. cap. 7. his verbis *Hiere.7.* comprehendit: Filij comportabant ligna, & patres accendebant ignem, & mulieres faciebant placentas reginæ cœli. Hoc est dicere. Quòd omnes peccato deseruiunt, filij cum parentibus, & patres cum filijs. Nam filij occasiones inflammandi ignem peccati afferunt, patres consentiunt, & non impediunt, imò suo malo exemplo ampliùs incendunt ignem. Nam si aleator, scortator, blasphemus ac iurator est filius, ampliùs & pater. Et mulieres faciebant placentas reginæ cœli. Hoc est Lunæ, quæ significat mutabilem mundum: quoniam nihil aliud volunt quàm viris placere, & hoc docent filias suas, vt se ornent, mundent, vt pulchriores hominibus appareant, discantq; placidè eorum respondere lasciuiæ.

Alia moralitas. *Factum est simile Regnũ cœlorum homini, qui seminauit bonum semen in agro suo.* Suadet Dominus nobis bonam voluntatem, quæ sola commendatur. Nam per bonum semen intelligitur bona voluntas, à qua fructus bonorũ operum pendent. Docet etiam cautelam, cùm dicitur: Cùm autem dormirẽt homines. Patientiam instruit, cùm dicit: Inimicus homo hoc fecit. Non enim exarsit in irã. Discretionem, cùm dicit: Ne forte eradicetis simul & triticum. Longanimitatem etiam hic ostendit, quãdo dicit: Sinite vtraq; crescere vsq; ad tẽpus messis. Et iustitiam, ibi, Colligite ad comburendum. Homini, id est, Christo, qui homo factus est; & ideò in hac parabola peculiariter dicitur, Simile factum est Regnum cœlorũ. Qui seminauit bonum semẽ in agro suo. Genes. 24. legitur: Eo tempore deambulabat Isaac, id est, Christus ad meditandum in agro per viam, hoc est, humilitatem, quæ ducit ad Puteum, id est, profunditatem Scripturæ, cuius nomen est Viuentis & Videntis, id est, in qua cognoscitur & viuitur. *Genes.24.* Vt per agrum allegoricè intelligamus sacram Scripturam. Vel in agro, hoc est, in mundo. Inclinato iam die, id est, senta ætate. Et dixit, Agro suo, quod non dixit in parabola præcedenti, quoniam in illa loquitur de sermone exteriori, qui omnibus tàm bonis quàm malis proponitur: præsens autẽ parabola loquitur de verbo ac sermone inspirato, quod tantùm bonis inspiratur, qui sunt ager Domini. *Cùm autem dormirent homines*, hoc est, mali prælati: contrà quos Prouerb. 6. dicitur: Vsq; quò piger dormies? *Prouer.6.* Et Amos. 6. Væ qui opulenti estis in Sion, *Amos.6.* qui dormitis in lectis eburneis, hoc est, mundi delitijs, quæ nitent, & infrigidant sicut ebur, tamen duræ & asperæ sunt. Vnde Deut. 3. *Deut.3.* legitur: Lectum Og fuisse ferreum. Nam voluptatum lectus ferreus & durus est animabus, & aliquando etiam corporib. Apoc. *Apoc.3.* autem 3. pastori cuidã dicitur: Esto vigilans, & confirma reliqua quæ moritura erant. In cuius signum Lucas pastores vigilantes, & custodientes vigilias noctis describit. *Venit inimicus*, id est, diabolus, qui Satan, hoc est, aduersarius antonomasticè dicitur. Quare *1. Petr.5.* nos admonet Petrus, 1. Cano. 5. cap. vt sobrij simus & vigilemus: quia aduersarius noster diabolus, tanquàm leo rugiens circuit, quærens quẽ deuoret. *Et superseminauit zizania.* Zizania hic ponitur pro qualibet immunditia segetum, quæ impedit bonum semen. Vnde zizania sunt hæreses & peccata, quæ aduersantur Fidei & gratiæ Dei, secundùm *Genes.3.* quod Genes. 3. dictum fuerat: Inimicitias ponam inter te & mulierem, & semen tuum & semen eius. Benè autem dicitur, Superseminari: quoniam peccatum additum est naturæ, quam sine peccato creauit Deus, quoniam ipse hominem rectum creauit. Vel secundùm Albertum, vitium dicitur superse- *Albert.* minari: quoniam profundum cordis non penetrat; eò quòd cor immateriale est, sicut semen Dei, sed in sensibus illudit & spargit radices; cui tamẽ fundus cordis, hoc est, synderesis, semper contradicit. Hoc notatur *Prouer.24.* Prouerb. 24. vbi dicitur, quòd agrum hominis pigri repleuerant vrticæ, & operuerant superficiem eius spinæ. Superficiem dicit.

Rom.7. dicit. Vnde Paulus Roma.7. dicit: Consentio legi secundùm interiorem hominem: video autem aliam legem in membris meis repugnantem legi mentis meæ. Et hoc est zizania, herba oppilationē causans, & insanire faciens homines eam degustantes: quoniam sensus & rationem oppilat, & ad insaniam conuertit, & significat errorem contrà verbi veritatem, & insaniam concupiscentiæ carnis & mundi contrà verbi virtutem; & peruersitatem contrà verbi ordinē in opere bono: quod Sapien. 12. sic dicitur: Sap.12. Nequam est natio eorum, & naturalis malitia illorum; quoniam non poterat mutari cogitatio eorū in perpetuum, semē enim erat maledictum ab initio: *In medio tritici*. Vt vndiq; triticum detineat & impediat. Semen enim malum vndiq; impedit bonum: quia totum agrum inficit, *Et abijt*. Hoc est, se ad occasionem retraxit. Callidè enim insidiatur nobis dæmō, ne deprehendamus machinas eius, *Tira la piedra y asconde la mano*. Insidiatur in abscondito, quasi leo in spelunca sua. Psal.9. sic Psal.9. diabolus clam venit, clam se abscondit, clam insidiatur nobis, inimicitiasq; nobiscū perpetuas gerit. Superficies sensus, per quos in [illegible] pullulare leges Dei debuit, zizanijs operuit, vndiq; malum semen impediens bonum seminauit. *Cum autem creuisset herba, & fructum fecisset*. Herba sancti viri, crescit cùm proficit, fructus autem sunt bona opera. Quod significatur, cùm Genes. 41. dicitur: Septem spicæ pullulabant in culmo vno, plenæ atq; formosæ. Quæ septem spicæ significant omnes bonorum congregationes, propter numerum septenarium, qui est [illegible]. *Apparuerunt simul & zizania*, hoc est, hæreses & errores: nam vt Paulus docet 1.Cor.11. 1.Cor.11. Oportet hæreses esse, vt qui probati sunt, manifesti fiant in vobis. Quod Genes.41. adumbratum est Gene. 41. vbi cum pulchris spicis apparuerūt aliæ septem tenues spicæ & percussæ vredine, deuorantes priorum pulchritudinem. Hæc zizania seminare satagebant illi, de quibus Act. 15. dicitur: Descenderunt quidam à Iudæa, & docebant fratribus: quia nisi circumcidamini, secundum morem Moysi, non potestis saluari. Quod 3.Reg.11. etiam significatū fuit, 3.Reg.11. Cùm Ahias Propheta scidit pallium suum nouum, quo opertus erat in duodecim partes, & ait ad Ieroboam: Tolle tibi scissuras decem. Quæ scissuræ significāt scissam obedientiam Decalogi, quæ est zizania. Duæ autem remanent in domo Dauid, quæ sunt fides informata charitate, veritas cum dilectione fidei quæ per charitatem operatur. *Accedentes autem serui patrisfamilias*. Illi nimirùm qui custodiebant dixissent istam dixerunt ei: Domine nonne bonum semen seminasti in agro tuo? Vnde ergo habet zizania? Gene.25. legitur, Genes.25. quòd dedit Dominus conceptum Rebeccæ, Sed collidebantur in vtero paruuli. Hoc significat, quòd à principio dedit Dominus filios Ecclesiæ suæ, sed confestim insurrexerunt hæretici collidentes & rixantes cum Catholicis, quæ in tali afflictione ait: Si sic mihi futurum erat, quid necesse fuit concipere? Hoc est quod modò dicūt serui: Nonne bonum semen seminasti in agro tuo, &c. Ac si dicerent, Quid necesse fuit bonum semen seminare, si à malo suffocandum erat? *Et ait illis: Inimicus homo hoc fecit*. Id est, diabolus, qui dicitur homo ab homine deuicto: sicut Scipio Africanus dictus est ab Africa deuicta. Hieronymus autem dicit: Diabolus Hieron. ideò inimicus homo dicitur: quia Deus esse desijt. Vnde Psalm. 9. scriptum est de eo: Psal.9. Exurge Domine, nō confortetur homo. Vel quia voce hominis significatur, quæ solius hominis est, primam inimicitiam exercuit, decipiendo voce humana mulierem. Vel quia sub similitudine falsorum hominum decipit. Vel dicitur [illegible] homo hoc fecit, secundùm Albertum, quia diabolus hoc non Albert. facit, nisi in homine & cum homine. Vnde [illegible] est [illegible], & in falsis est homo malus. Quod significant verba illa Ioan. Ioan.13. cap. 13. Cum diabolus iam misisset in cor, vt traderet eum Iudas. *Vis autem dixerunt ei: Vis imus & colligimus ea?* Eodem feruore [illegible] Quo Petrus amputauit auriculam Malchi. Marc.14. Et quod Luc. 9. Marc.14. Ioan.18. discipuli dixerunt Christo, quando nolebant eum recipere in sua ciuitate: Vis dicimus vt descendat ignis de cœlo, & consumat Luc.9. illos? Et respondit illis: Nescitis cuius spiritus estis. Filius hominis non venit animas perdere, sed saluare. Vnde & respondit hic paterfamilias: *Non: ne forte colligentes zizania eradicetis simul cum eis & triticum*. Hoc videtur esse quod dixit Abraham ad Dominum Genes. 18. Absit à te, vt hanc rem Genes.18. facias, & occidas iustum cum impio, fiatque iustus sicut impius, non est hoc tuum qui iudicas omnem terram: *Sinite vtraq; crescere vsq; ad messem*. Ecce rationem quam suprà tetigimus, quarè Deus permittat hanc mixtionem malorum cum bonis, propter bonum electorum. Vnde D. August. lib. 18. de Ciuit. August. cap. 46.

cap. 46. hanc reddit rationē, cur Deus permittat Iudæos omnes esse dispersos per orbē terrarū, inter eos qui Christū colunt. Nam exponēs illud Psal. 58. (Psal. 58.) Deus meus demonstrauit mihi se in inimicis meis, ne occidas eos, ne quando obliuiscantur legē tuam, disperge illos in virtute tua, ait. Demonstrauit ergo Deus Ecclesiæ in eius inimicis Iudæis gratiā misericordiæ suæ: quia, sicut dicit Paul. (Rom. 11.) Delictum ipsorum salus est gentibus. Nam si nō essent dispersi in omnes gentes, vt essent vbiq;: profectò Ecclesia quæ vbiq; est prophetiarum quæ de Christo præmissæ sunt, testes in omnibus gētibus habere non posset. Quòd si occidisset eos, & desiuissent esse Iudæi, nō haberet legē & Prophetas, per quos eos conuincimus, & nostra solidamus. Ecce quarè Iudæi permittuntur à Deo propter Ecclesiæ vtilitatē, vt testimonia habeamus ab inimicis nostris. Nam quādo propter bonorum salutem conuenit, vt mali intereant, etiā id fit. Nam ideò Iudæi deleti sunt de terra sua, & de templo suo, & de Synagogis suis, vt darent locū Ecclesiæ Dei. Quod eleganter D. Aug. super Psal. 40. in illū Vers. Exarserunt sicut ignis in spinis, docet, dicens: (August. Psal. 117.) Ibi plantata est Ecclesia, vbi eradicatæ sunt spinæ Synagogæ: proinde verè ignis eorū exarsit, sicut ignis in spinis; & ideo iam eiō perierunt; Christus autē viride lignum erat, & non potuit eum tangere ignis spinarum. Vnde post resurrectionem regnū eius est illi quod merebatur. *Sinite ergo vtraq; crescere vsque ad messem, & in tempore messis dicam messoribus: Colligite primùm zizania, & alligate ea in fasciculos ad comburendum: triticum autē congregate in horreum meum.* Aug. super Psal. 25. in enarratione. (August.) Area est (inquit) hæc Ecclesia, in qua simul est palea & frumentum. Nemo quærat exire totam paleam, nisi tēpore ventilationis deserat aream, quasi dum non vult pati peccatores, ne præter aream inuentus prius ab auibus colligatur quàm ingrediatur in horreum. Et paulò inferiùs in illud: (Psal. 25.) In Domino sperans non infirmabor. Ille, ait, titubat inter malos, qui non in Domino sperat. Hinc factum est, vt schismata fierent, tamquam inter malos, cùm ipsi peiores essent, & quasi nollent esse boni inter malos. Qui si frumenta essent, vsq; ad tēpus ventilationis paleam in area tolerarent: sed quia palea erant, flauit ventus ante ipsam ventilationem, & rapuit de area paleam, & proiecit in spinas. Et palea quidem inde proiecta est; sed nunquid quod remansit, frumentum solum est? Non volat ante ventilationē nisi palea; remanet tamen nunc frumentum & palea; ventilabitur verò palea, cùm venerit tempus ventilationis. Hæc ille. Vnde Paulus ait: (1. Cor. 13.) Charitas omnia sustinet, omnia suffert: quoniam charitas & suffert, & sustinet peccatores. Nunquàm intelligas te verā charitatem habere, si peccatores sustinere non valeas. Sustine paleas vsq; ad areæ ventilationem, sustine zizania, vsque ad tempus messis, sic enim & Deus facit. Quarè idem D. August. (August. Psal. 30.) super Psalm. 30. in concione 2. in illum Versum: Conturbatus est in ira oculus meus. Vnde, ait, ista turbatio in iusto, qui aliàs gaudere videtur? Conturbatur, quoniam abūdabit iniquitas, refrigescet charitas multorum; sed permaneat, duret iustus, etiam in multitudine malorum: quia nec granum deficit in multitudine palearum, quousq; post ventilationem mittatur in horreum, & ibi sit in societate sanctorum, ne turbulenti aliquid pulueris patiatur. Vnde iterum diuus August. Psalm. 4. ait: (August.) Tolera zizania, si triticum es: tolera paleam, si frumentum es: tolera pisces malos intra retia, si piscis bonus es. Quarè ante tempus messis etiam frumenta eradicas? Quarè antequàm ad littus venires, retia dirupisti? *Vsque ad tempus messis.* Tunc enim poterit meliùs zizania discerni à tritico. Nam (vt ait Hieronymus) zizania à principio, dum nascitur, & crescit herba, similis videtur tritico, nec facilè tunc ab illo discerni potest. (Hieron. Simile.) At cùm iam ad messem venerint, apparet discrimen. Est enim granum tritici album, zizaniorum verò nigrum. Sic peccatores in Ecclesia similes apparent iustis: quoniam eadē opera externa, quæ virtutem Christianam præseferunt, vtiq; ostendunt. Cæterùm in tempore messis, in die iudicii, differentia manifestabitur: (Matth. 13.) nam iusti fulgebunt sicut Sol in Regno patris eorum, vt hic dicitur: sed facies eorum apparebunt vultus malorum, vt ait Esaias. (Psal. 13.) Quarè elegantissimè August. Psalm. 54. super illum Versum: (August. Psal. 54.) Quoniam inter multos erant mecū, docet, quod mali qui inter bonos permixti ambulant in hac Ecclesia, in multis videntur similes bonis, sed in vna re deficiunt ab illis, quæ melior omnibus alia est. Sunt enim qui consentiunt re facta, in concione, in Sacramentis, in confessione, in indulgentiis, sed non in charitate. Hæc autem tanti ponderis est, vt dum in hoc deficitur, cætera nihil valeant. Quemadmodum palea, & triticum simul oriuntur, simul crescunt, in in eidem gignuntur terra, eisdem nutriuntur cœli influentijs, in eadem area simul triturantur, simul ventilantur; cæterum palea ad ignem vadit, triticum in horreum reconditur, nec idem est amborum terminus. Sic mali qui hic in eadem per Baptismum regenerantur Ecclesia cum bonis, iisdem communicant Sacramentis, in eadem area vallis Iosaphat ventilandi sunt, sed tunc apparebit discrimen: quoniam ibunt hi in vitam æternam, & illi in supplicium æternum. *Colligite primum zizania, & alligate ea in fasciculos ad comburendum.* Glossa interlinealis: Non vnum fascem: quia pro modo peruersitatis suæ vnusquisque punietur. Sed videtur contradicere Esai. qui cap. 24. ait: In die illa visitabit Dominus super militiam cœli in excelso, & super Reges terræ, qui sunt super terram, & congregabuntur in congregatione vnius fascis in lacum. Sed Glossa respondet: Vnus & plures erunt fasciculi: quia communiter omnes reprobi damnabuntur, licet diuersitas sit in pœnis, omnium tamen vna erit pœna damni, scilicet, carentia diuinæ visionis pro criminum autem diuersitate diuersæ erunt actuales pœnæ, ad comburendum igne inextinguibili. *Triticum autem*, hoc est bonos, *Congregate in horreum meum*, hoc est, in cœlestem gloriam: sic etiam Baptista Ioannes suprà cap. 3. prædixerat: Cuius ventilabrum in manu sua, & permundabit aream suam, paleas autem comburet igne inextinguibili. *Tunc dimissis turbis venit in domum.* Indicans per hoc discipulos aliquando etiam debere familiaribus rebus intendere, & sibi vacare, vt Iacob dixit Genes. 30. Iustum est, vt aliquando domui meæ prouideam. Et Sapien. 8. dicitur: Intrans in domum meam, conquiescam cum sapientia. Non enim habet amaritudinem conuersatio illius, nec tædium conuictus illius. *Et accesserunt ad eum.* Desiderio studendæ & discendæ veritatis: ideò dicitur Psalm. 33. Venite filij, audite me, timorem Domini docebo vos. Accedite ad eum & illuminamini, & facies vestræ non confundentur. Discipuli eius, à doctrina eius imbuendi & ideò nomen habentes discipulorum, dicentes, hoc est, instanti petentes. *Edissere nobis parabolam zizaniorum agri.* Cur de hac potius quærunt, quàm de alijs? Respondet Albertus, quia hæc continebat perfidorum reprobationem, & Gentium fidelium implicitè vocationem, ad quod plurimum valebat. Ago- stolos esse instructos & certos: vnde de hoc plura dicit inferiùs. Explicans autem eis parabolam zizaniorum, vt dictum est. Illi autem, cùm dicit: *Colligent de regno eius omnia scandala*: vocat malos scandala, quoniam, vt dicitur Sapien. 14. Æqualiter odio sunt Deo impius & impietas eius, & ideo si scandalum est impietas, & impius scandalum erit: nam infrà capit. 18. dicitur: Væ mundo à scandalis. Vnde explicat quid vocet scandala, cùm dicit: *Et eos qui faciunt iniquitatem.* De quibus Iob. 4. dicitur: Vidi eos qui seminant dolores, flante Deo, perijsse, & spiritu oris eius esse consumptos. *Et mittent eos in caminum ignis.* Hoc est, in infernum, vbi ardebunt, & non consumabuntur, secundùm illud Malachi. 4. Ecce dies Domini veniet succensa, quasi caminus, & erunt omnes superbi, & facientes iniquitatem stipula. *Ibi erit fletus.* Quia præ contritione spiritus vlulabunt, vt dicitur Esai. 65. *Et stridor dentium*, quia Iob. 24. dicitur: Transibunt ab aquis niuium ad calorem nimium. Nam contraria simul patientur, vel vicissim in se post resurrectionem hæ patientur sensibiles pœnas. Apocalip. 16. Commanducauerunt linguas suas præ doloribus, & blasphemauerunt Deum cœli præ doloribus & vulneribus suis. *Tunc fulgebunt iusti, sicut Sol in regno Patris eorum.* In Sole quatuor dotes corporis glorificati intelliguntur. In claritate lucidi ad, erunt enim corpora gloriosa fulgentia, vt posteà videbimus, & hæc est dos claritatis: & quia Sol exiens ab Oriente statim apparet in Occidente, significatur in hac celeritate agilitatis dos. In hoc autem quòd lux Solis per vitrum transit, denotatur dos subtilitatis. In hoc quòd radius eius, nec armis, nec aliqua re læditur, dos impassibilitatis. Vnde est Sapien. 3. dicitur: Fulgebunt iusti, & tanquam scintillæ in arundineto discurrent. Et Ecclesiast. 27. cap. Homo sensatus in sapientia sua manet, sicut Sol. *In Regno.* Vbi denotatur perfectio potestatis, quam benè habebunt iusti. *Patris eorum*, Dicitur Regnum Patris iustorum, quoniam ex ipsius paterno affectu habent ius ad hæreditatem patris, secundùm illud Coloss. 1. Eripuit nos de potestate tenebrarum, & dedit nobis partem sortis sanctorum in lumine. Nam præcesserat, quod transtulit in Regnum filij dilectionis suæ, id est, sibi magis dilecti, in quo & nos, & electi, & di-

Matth. 13. Esai. 24. Glossa. Matth. 3. Genes. 30. Sap. 8. Psal. 33. Albert.

Sap. 4. Matth. 18. Iob. 4. Malac. 4. Esai. 65. Iob. 24. Apoc. 16. Sap. 3. Eccles. 27. Coloss. 1.

& dilecti, & adoptati fuerunt. *Qui habet aures audiendi, audiat.* Ad terrorem videntur mihi hæc verba dicta. Nam sic nos docere solemus, cùm aliquid interminamur filijs aut seruis. Arrigite aures, & audite. Auditis ne me? auditis? Sic audiat quilibet *Matth. 8. Luc. 13.* hæc verba, ne sicut zizania in caminum ignis mittatur. *Vbi erit fletus, & stridor dentium.* Sic enim & ad Samuelem dixit Deus, *1. Reg. 3.* cùm populo suo comminaretur mala: Ecce ego facio verbum in Israel, quod qui audierit, tinnient ambæ aures eius. Audite ergo hæc verba, & tinniant ambæ aures vestræ, cùm audieritis. Vel hoc dicitur ad manifestandum maiestatem loquentis. Nam cùm Deus loquitur, omnes creaturæ attendere debent, & audire, secundùm illud *Esai. 1.* Esai. Audite cœli, & auribus percipe terra: quia Dominus loquutus est. Et alibi alius Propheta: Leo rugit, quis *Amos. 3.* non timebit: Dominus loquitur, quis non prophetabit? Audiamus ergo verba hæc Christi Domini, & timeamus sententiam eius. Nunc reuertamur ad alias parabolas.

Simile est Regnum cœlorum grano sinapis, quod accipiens homo seminauit in agro suo: Quod minimum quidem est omnibus seminibus: cùm autem creuerit maius est omnibus oleribus, & fit arbor, ita vt volucres cœli veniant, & habitent in ramis eius. Aliam parabolam loquutus est eis: Simile est Regnum cœlorum fermento, quod acceptum mulier abscondit in farinæ satis tribus, donec fermentatum est totum.

In festo sanctæ Catherinæ Senensis. Non abs re hæ parabolæ duæ in festo sanctæ Catherinæ Senensis, leguntur in Euangelio Missæ ab Ecclesia. Quoniam Beata Catherina Senensis fuit ex plebeis sorte, & parentibus pauperibus nata, & tamen sic virtutibus emicuit, vt plùs honoris religioni nostræ tribuerit, quàm multi nobiles, ac doctissimi magistri, qui in ea floruerunt. Hoc est enim diuinæ sapientiæ admirabile artificium. Nam vt ostenderet mundo suam magnitudinem, ac sapientiam, in rebus minimis gaudet potiùs illam manifestare, quàm in maioribus. A principio, cùm nondum quicquam esset, in ipso nihilo voluit Deus suam omnipotentiam ostendere. Non solùm in minimis, verùm in nihilo, quod minus minimo est quia nihil est, & ex ipso nihilo hanc pulcherrimam totius orbis effigiem eduxit. Nam in principio Deus vtranque ex nihilo condidit creaturam, Angelicam scilicet, & humanam. In principio creauit Deus cœlum, in quo & *Genes. 1.* Angelos condidit, & speciosissima luminaria collocauit, & terram, in qua campos, viridaria, aquas, & tot rerum diuersarum species posuit. Deinde postquam in nihilo suam declarauerat sapientiam, atque potentiam: voluit in alijs rebus minimis eam manifestare, quæ etsi aliquid sint, tamen tam paruæ res sunt, vt propè nihil esse videantur. Et postquam prima rerum indiuidua condiderat, fecit, vt & ipsa alia generarent. Et quasi in seipsis eis reliquisset exemplum alia generandi, & dixisset eis: Sic vt ego vos feci, ad similitudinem vestram alia indiuidua generate. Propter quod reliquit in eis virtutem, qua alia sibi similia gignerent, talemque virtutem in minimis rebus posuit, qualia sunt semina plantarum, vt in grano sinapis, quod minimum est omnibus oleribus, vt in hac parabola dicitur. Saltim in terra illa Palestinorum, vbi Christus has proponebat similitudines, ita erat: nam inter nos semina papaueris, & rutæ minora sunt. Cùm ergo sit tam minima res granum sinapis, virtute includit in se arborem, in qua aues cœli nidificant, & fert fructum, qui in se includit mirabiles, acutas, & subtiles proprietates, vt iam iam videbimus. Nec solùm in his minimis plantarum seminibus, hanc nobis Deus demonstrat sapientiam, verumetiam in animalibus, inter quæ sunt aliqua animacula minimæ quantitatis; & tamen maximas in se continent virtutes. Nonne vides apem animaculum paruum, deforme, infestum, contemptibile, & tamen dulcissimum mel conficit, flores colligit, aluearia ordinat, & id quod plùs homini sapit, educit. Quapropter Sapiens volens homines admonere, ne multum de pulchritudine glorientur, illis apem ob oculos ponit, quæ cùm sit animal deforme, tamen optimos fructus producit. Breuis, ait, in volatilibus est apis, *Eccles. 11.* sed initium dulcoris habet fructus illius. Alia litera dicit: Principatum dulcoris, id quod principem locum inter res dulces tenet, quod est mel. Et formica deformis bestiola, sapientiæ nobis exempla profert, atque prouidentiæ. Quarè ad eam nos mittit Sapiens, cùm ait: Vade ad formicam, ô *Prouer. 6.* piger, & disce prudentiam, &c. Nec opera naturæ duntaxat sic composuit, sed etiam opera gratiæ taliter ordinauit. Nam ad fundandum hunc ordinem, ignobiliora ac in-

1.Cor.1. infirmiora mundi elegit, vt Paulus ait. Videte fratres vocationem vestram: quia non multi sapientes secundùm carnem, non multi nobiles, sed stulta mundi elegit Deus, vt confundat sapientes, & infirma mundi elegit Deus, & ea quæ non sunt, vt ea quæ sunt, destrueret. Quarè in fœminineo sexu, imbecilli, fragili, inconstanti; tantam fortitudinem, constantiam, atque virtutem posuit, vt in eo omnipotentiam suam videatur ostendere voluisse: quod Ecclesia miraculo tribuit, cùm in quadam collecta dicit: Deus qui inter cætera potentiæ tuæ miracula, etiam in sexu fragili victoriam martyrij contulisti. Nonne vides virginem hanc Catherinam plebei cuiusdam hominis filiam? cui tantam sapientiam largitus est Deus, vt Ecclesiæ magistra fieret, publicéq; concionaretur ad populum, scriptaque multa ad ædificationem Ecclesiæ relinqueret, ipsamque Pontifices ad magna Ecclesiæ negotia vocarent, quæ summis abstinentijs afflixit carnem, omnia quæ huius mundi bona velut stercora respuit. Hanc enim viam omnes sancti tenuere, carnem nimirum macerare, cunctaque huius seculi parui pendere. Hoc autem Deus fecit, vt ostenderet quantum posset, nec enim id fragilitas humana valeret, nisi Deus illi præsto adesset. Quis enim existimare posset quòd in re tàm minima ac tenui, qualis est capillus, tanta fortitudo esset, qualis *Iud.16.* erat illa quam Sanson in capillis tenebat, vt omnia Philisthinorum ligamenta dissolueret, milleque viros vno impetu necaret? Non enim illam vim ex se capilli habebant, sed quia erant in capite Sansonis: nam ab illo rasi nihil potuerunt. Sic quòd fragiles mulieres tot possent ferre tormenta, mundum, carnem, ac diabolum vincere: indè illis tanta fortitudo proueniebat, quia capiti, quod est Christus, per charitatem vnitæ erant, à quo capite in membra talis vis deriuabatur, vt vno crine adducerent serpentem hunc alligatum. Hoc enim dice-*Iob.40.* bat Iob. 40. Nunquid illudes ei quasi aui, aut ligabis eum ancillis tuis? Delineauerat fortitudinem diaboli. Et postea id addit, dicens: Nunquid illudet ei quasi aui, &c. Ac si diceret: Hunc tàm fortem aduersarium sic ancillis tuis sanctis mulierib⁹ subdidisti, vt quasi esset auicula quædam, sic illudant ei omnes, vires eius conterentes. Igitur ideò Regnum cœlorum rebus minimis assimilatur à Christo, vt in eis ostendat virtutem

suam. Et quia tantum negotium, quale est quod attinet ad Regnum cœlorum, in illis clauditur. Ait ergo Dominus: *simile est Regnum cœlorum grano sinapis.* Sed priùs, vt Lu- *Luc.13.* cas cap. 13. narrat, vt nos ad tantam rem at- *Moralitas* tentos reddat, quasi exaggerando dicit: Cui *seu cortex.* simile æstimabo Regnum cœlorum? Ac si diceret: Non possum ego illud conferre cum Regnis terrenis, quæ communiter à tyrannide incipiunt, ac potentia & iniuria, acquiruntur, crudelitateq;, ac sæuitia sustentantur. Regnum autem cœlorum humilitate ac mansuetudine incipit, & charitate ac amore coalescit, & conseruatur. Cui ergo simile æstimabo Regnum cœlorum? Est ne in terris res aliqua, vel magna, vel minima, cui conferri queat? Nunquid nosti ordinem cœli, aut pones rationem eius in terra? Ait Dominus ad Iob: Rem durabilem ac *Iob.38.* fixam in rebus mutabilitati subditis ponere, quis valebit? Verumtamen Iacob vidit sca- *Genes.28.* lam à terra in cœlum pertingentem, per quam Angeli descēdebant, & ascendebant. Nam verè Deus in rebus istis terrenis, quas oculis ac sensibus experimur, altissimas res nobis collocauit, easque nostro modo intelligendi, quantumuis rudi accommodauit, atque his corporalibus similitudinibus nobis spiritualia intelligere fecit, vt sic quasi descendentes ad nos Angeli, in cognitionem altissimarum rerum nos raperent, & erigerent. Hoc enim est quod Dominus Oseæ. 12. dicit: Ego visionem multiplicaui, *Osee.12.* & in manibus Prophetarū assimilatus sum. Ego me vobis attemperaui, & quasi ad vos descendi: ferens vt me rebus vestris quantumuis minimis assimilaretis, vt per eas rursus ad me ascendere possitis. Nam nisi per visibilia inuisibilia intelligere non valemus: sic enim ait Ecclesia, vt dum visibiliter Deum cognoscimus, per hunc in inuisibilium amorem rapiamur. Cui ergo assimilabo Regnum cœlorum? *Simile est grano sinapis.* Grano sinapis, quod minimum est, nobis illud comparas, Domine? & ad hoc tot exordia & exaggerationes, quasi nō inuenires cui assimilares illud? Et tandem grano sinapis illud confers. Et propter hanc rē tā minimā dimisit religiosus omnia quæ habet, & habere poterat? & propter vnum granū, quod nec passerculū quidē satiat nouaculas, ignes, & gladios suffert homo Christianus? Ita fratres mei. Quoniam etsi à principio res minima appareat, tamē postea grādis arbor fit, vbi & volucres cœli nidos, &

terræ animalia vmbram reperire possunt.
Et ita videbimus in omnibus his parabolis:
quòd etsi Regnum cœlorum rebus magnis
confertur, tamen quæ à principio difficultatem præ se ferunt. Comparatur thesauro,
qui res pretiosa est, tamen abscondito in
agro: quia exigit vt priùs cum labore, imò
& cum detrimento inter vrticas, ac tribulos quæratur. Confertur quidem pretiosis
margaritis, sed tamē quæ priùs summo cum
studio quærendæ sunt. Nam Regnum cœlorum illùc in consequutione, hic in prosequutione consistit. Hic quærere debemus
illud, illìc inuentis gaudere ac frui. Sequor
Philip. 3. autem si quo modo comprehēdam (ait Pau-
Coloss. 3. lus) hoc est, hic sequor, illìc consequor.
Quæ sursum sunt, quærite. Ac si diceret,
Nunc negotium Christiani est quærere.
Mundi quidem creationem à rebus magnis
Genes. 1. ac excellis cum exorditur Moyses, dicens:
In principio creauit Deus cœlum & terram.
Hoc est, hoc corpus cœleste tātæ proceritatis
tis ac magnitudinis, in quo pulcherrima luminaria collocauit, simul cum terra, in quā
tot speciosissimæ res continentur. Quoniam
voluit Dominus statim nobis magnitudinem sui ostendere, vt ex pulchritudine
rerum creatarum argumentū acciperemus,
qualis esset Creator, ad quem tanquam ad
finem properamus. Cæterùm in ordine gratiæ à rebus minimis & deformibus exordium sumit: quoniam ibi ostendere nobis
voluit finem, qui magnus est, hic verò media quibus talis cōsequitur finis, quæ aspera
ac minima nobis videntur. A rebus humilibus regnum cœlorum exorditur; quoniam
per humilitatem consequitur, secundùm il-
Matth. 23. lud Saluatoris dictū: Qui se humiliat, exaltabitur.

Simile est Regnum cœlorum grano sinapis.
Grano assimilatur, vt ostēdatur eius puritas,
ac fœcunditas. Semen enim debet esse purum & immixtum, vt ex se producat fructus: quoniam ex fide incipit Dei Regnum.
Hebr. 11. Nam accedentem ad Deum (ait Paulus)
oportet primùm credere. Veruntamen est
granum sinapis, quod etsi minimum est omnium olerū, tamen subtilissimum est, quarè
contusum in mortariolo, extendit seipsum,
& maius fit. Est humorosum ac subtile, & ideò
penetratiuum: est acutum & ideò mordet,
propter quod humositates ad caput & cerebrum ascendere facit. Ecce ergo fundamentum ac principium Regni cœlorū: quoniam etsi paruum in quantitate appareat,
est tamen magnum & fœcundum in virtu-
te. Quarè Sapien. 7. de illo dicitur: Quòd Sap. 7.
est vnum & multiplex. Vnicus subtilis:
vnus in substantia, multiplex autem in effectibus ac virtute. Subtilissimus: quoniam
abditas & subtiles penetrat veritates. Hu-
mosus: quoniam cerebrum ascendens sternutationem causat, quæ fit euacuatio humo-
rum viscosorum, & flegmaticorum, qui
maximè cōglutinati sunt. Quoniam ea quæ
carnalia sunt, quæ maximè hærent & conglutinantur animæ, ea fides per subtilitatem,
ac spiritualium rerum consideratione ema-
cuat, ac à se pellit. Et hæreticos, qui blandis
sermonibus ac assentationibus se hominibus
iungunt, fides illos discernit & agnoscit, ac
ab Ecclesia sternutationibus, hoc est, prædicationibus ac lectionibus eos deturbat, ac
exterret nomine Iesu inuocato: sicut facit
qui sternutationem patitur. Est etiam penetratiuum: quoniam verbum fidei per animam dilabitur, & pertingit vsque ad interiora ventris. Pertingens quoque vsque ad Hebr. 4.
diuisionem animæ, & spiritus, compagum,
quoque ac medullarum. Medullæ autem
animæ, eius potentiæ interiores sunt, ad
quas verbum Dei subtilissimè penetrat &
pertingit. Et ideò Spiritus sanctus illud assimilat murenæ, cùm dixit. Murenulas au- Cant. 1.
reas faciemus tibi, vermiculatas argento.
Nam per argentum, quod est sonorum, designatur prædicatio verbi Dei, quod tanquàm murenula labitur per animæ potentias, easque omnes cingit, ac amplectitur.
Quemadmodùm murenula per virgulam se
in orbem voluit, ac cingit, sic penetrat verbum Dei per cocleam illam nostri auditus,
in orbem se voluens, vsque dum totam com-
plectatur animam. Est etiam hoc granum
sinapis acutum, ac ideò mordet: quoniam
verbum Dei mordet, ac pungit cor, illudq;
quasi clauus, ac lancea transfigit, secundùm quod de illo dicitur Ecclesiastici vlt.
Verba sapientum quasi stimuli: & sicut Eccles. 12.
claui in altum defixi, quæ per magistrorum consilium, vel Concilium data sunt à
pastore vno. Veritas quippè Catholica ac
fidelis animam transfigit, mordet, ac vulnerat, sicut sinapis grana. Econtrà verò hæretici qui veram doctrinam nō docent, non
pungunt corda, sed potiùs blandis verbis,
assentationibus liniunt & lambunt ea. Sic
enim August. & Hieron. & alij Patres intel- August.
ligunt illud Prouerb. 5. Fauus distillans la- Hieron.
bia meretricis, & nitidius oleo guttur eius. Prouer. 5.

Nam

Nam sicut meretrix alienis viris copulatur, sic heretici alienas doctrinas & peregrinas in Ecclesia adducunt. *Cantic.* Hi autē mel, & oleum habent in lingua: quoniam verbis mollibus deliniunt animos, licet mulier adultera & procax. Fauus distillās labia meretricis. Videntur enim suaues esse cum his, quibus loquūtur, & mellita verba distillantes, animas simplices inficiunt. Et nitidius oleo guttur eius. *Rom. 16.* Nam, vt Paulus ait: Per blādos sermones & benedictiones seducunt corda innocentium. Non sic verba sapientum, qui Christi Euangelium prædicant, sed quasi stimuli qui pungunt corda. *Cant. 1.* Meliora sunt vbera tua vino, quod super vulnera effusum mordet, & pungit. In Hebræo est, Amores tui. In hoc enim nos amare Deum ostendit, quòd nos mordet, vulnerat, ac castigat, secundùm illud: *Apoc. 3.* Ego quos diligo, hos corrigo, atq; castigo. Super vulnera illius quē vulnerauerant nos latrones inter Hierusalē, & Hiericon vinum *Luc. 10.* effusum est: quoniam sic verus Samaritanus nostra curat vulnera. Scriptum quippè est: *Prouer. 27* Meliora sunt vulnera diligentis, quàm fraudulenta oscula odientis. Et sicut claui in altum defixi, Fides quippè, ac Euangelica veritas caput ascendit, altioremq; potentiam occupat, qualis est intellectus, cuius obiectū, quod est veritas immaterialis, ac abstractiuis à materia est, ibiq; taliter figitur hæc veritas, vt nulla ratio humana quantumuis fortis ab illa veritate illum diuellere queat. Est quippè veritas fidei veluti clauus, qui ita confixit intellectum cum his veritatibus, vt quasi captiuus in eis teneatur, etiam repugnāte humana ratione. *2. Cor. 10.* Sic enim docet Paul. Vt in captiuitatem redigamus omnē intellectum in obsequiū fidei. Hoc est, vt subdamus intellectum nostrū his veritatibus fidei, quæ peregrinæ illi sunt: quoniā altioris ordinis, & ex aliena regione, nempè cœlesti. Sicut captiuum in alienis regionib⁹ detinemus, Taliter se illis coniungit, ac figit, vt potiùs credat ea quæ oculis videt, & sensibus experitur esse falsa, quàm quæ fides docet. Et potiùs credet omnes demonstrationes Euclidis, si possibile esset, fallere, quā quòd veritas fidei deficiat. Nam cùm in Sacramento altaris videat panis species ac figuram, se tandem potiùs secure permittet, quàm asseuerare quòd ibi sit panis, etiam si sic oculis ac sensibus appareat, sed verū corpus Christi dicturum. Videtis, quomodò fides sit clauus, qui intellectum cum his veritatibus firmiter iungit. Quod Theologi dicunt certiorem esse fidem cæteris habitibus. Quæ per magistrorum concilia data sunt a pastore vno. Hæ sunt veritates quas docet fides, & de quibus intellectum Christiani hominis instruit. Illæ nempè quas pastor Ecclesiæ, sacra Concilia nobis proponit credenda. Hæ veritates quæ de manu in manum à Patribus nostris ad nos transierunt, non quæ de nouo ab hominibus nouarum rerum cupidis adinuentæ sunt, sed quæ per magistrorum cōcilia data sunt à pastore vno, nempè, summo Pontifice, qui vnicum est totius Ecclesiæ caput, ac Christi Vicarius, qui nobis credenda proposuit: nam, vt Augustinus ait: *August.* Euangelio non crederem, nisi me authoritas Ecclesiæ commoueret. Quæ per magistrorum concilia data sunt a pastore vno. Vnde Hierony. super hæc verba: Exceptis *Hieron.* his verbis, ait, quæ ab vno pastore sunt data, atq; à concilio & Consensu probata sapientum: nihil tibi vendices, maiorum sequere vestigia, ab eorum authoritate nō discrepes. Ecce quid est Regnum Dei, hoc est, præsens Ecclesia sanctorum, tanquàm granum sinapis, quod etsi minimum sit inter semina, magnas in se continet virtutes, magna officia exercet, tot beneficia confert. *Quod accepit homo*, quia per voluntatem accipitur fides: nemo enim credet nisi volens. *Seminauit in agro suo.* Siue in Ecclesia, siue in anima, & fit arbor. Hoc in regione Palestinorum reperitur, quòd sinapis sit arbor magna, ita vt volucres cœli veniant & habitent in ea ac in ramis eius. Per volucres cœli multi intelligunt magnates, diuites, Reges, ac Principes terræ, qui sicut aues cœli super alia animalia, sic isti super alios homines eleuantur. Isti enim ad Ecclesiam venerunt, quæ ex paruis principijs sic creuit, vt Reges & magnates ad illam venirent, atque in ea nidum suum collocarent, & illi in spiritualibus nutriuntur, licèt & ipsi in temporalibus ipsam nutriant, atque defendant. Vel mulieres principes, ac Reginæ, quæ deliciarum ac diuitiarum oblitæ, Ecclesiæ obsequio se mancipârunt, de quibus omnibus Esai. 49. dicitur: Et erunt Reges nutricij tui, *Esai. 49.* & Reginæ nutrices tuæ: vultu in terram demisso adorabunt te, & puluerem pedum tuorum lingent. *Adoraran el pie al Papa.* Suges *Esai. 60.* lac Gentiū, & mamilla Regū lactaberis: pro quo Septuaginta verterūt: De diuitijs Regū comedes. Quod in Constantino, Carolo Magno, & & alijs multis visum est, qui Ecclesiā Dei suis largitionibus ditauerūt. Vel p aues cœli enim intellige contemplationi deditos, qui omnibus aliis omissis in templis nidũ suum collocant, vt ibi contemplatione diuinorum, adepta tranquillitate vacent. Hi enim sunt qui Ecclesiam Dei maxime faciunt, quam carnales homines ac voluptuosi contemnunt: nam, vt ait Paulus, Animalis homo nõ percipit ea quæ Dei sunt. *1.Cor.2.*

Iterum simile est Regnum cœlorum fermento, quod accipiens mulier abscondit in farinæ satis tribus, donec fermentatum est totum. Per granum sinapis intelligitur fides: cæterùm per fermentum, charitas, quæ omnia Christiani opera opportuna facit, *Sazonalas como leuadura la massa*. Ideò in præcedenti parabola nominauit hominem, & in hac mulierem: quoniam ad credendum oportet quòd sit vir fortis & cõstans, sed posteà per charitatem fiat mulier, non in fragilitate sexus, sed in suauitate conditionis. Debet enim verus Christi seruus blandum ac suauẽ, & amore plenum se ostẽdere cæteris. *Simile.* Sicut enim fermentũ paulisper labitur in massa, totamq; breui tẽporis spatio penetrat ac souet, *velo leuadura*: sic charitas in animam labitur, satq; diffunditur, quoad vsq; omnes eius potentias occupet, & omnia opera eius informet. *Rom.5.* Sic enim ait Paulus: Charitas Dei diffusa est in cordibus nostris, per Spiritum sanctum qui datus est nobis. Est enim charitas veluti anima, quæ se per omnes potẽtias ac organa corporis diffundit. Hæc autem sunt tria farinæ sata, de quibus hic loquitur Dominus. Diuiditur enim homo in tres partes, in spiritum, animam, & corpus. Charitas autem totum hominẽ, & omnes suas partes occupare debet: nam si charitatis præceptum recitat: *Matth.22. Luc.10.* Diliges Dominum tuũ ex tota mente tua, id est, spiritu: & ex tota anima tua, hoc est, secundùm illam partem quam animat corpus, & gerit officium formæ: & ex totis viribus tuis, hoc est, corporis, membris, & organis, vt sic verè tunc dicatur, quòd Spiritus sanctus totam repleuerit domum, vt ait Bernardus. *Bernard.* Ecce quomodò nobis minimis Regnum cœlorum confertur, vt sublimitas sit virtutis Dei, & non ex vobis. *2.Cor.4.* Quare in fœminis suam diffundit gratiam Deus, vt sanctiores viris essent, & ob hoc nos viri verecundaremur, dicentes cum D. Gregorio: *Gregor.* Quid nos barbati & debiles dicemus, cùm ire ad Regna cœlestia puellas videmus? Et sicut animalia illa sancta percutiebãt se mutuò alis suis, *Ezech.1.* sic virtutes fœminarũ nostram desidiam ac ignauiam percutiant, & feriãt, vt sic eas sequi non pigeat viros, cùm & ipsæ sequantur sint virũ omnium animarum Christum Dominum.

Sed quoniam has duas parabolas de fide, ac charitate intelligendas esse diximus, eo quod in his totum negotium Regni cœlorum includitur, *Alia moralitas sententia.* nempè in tribus Theologalibus virtutibus, Fide, Spe, & Charitate. Ad fidem autem, & charitatẽ statim consequitur spes: ideò id paulisper ampliùs explicandum est. Rectè fides assimilatur grano sinapis, vt diximus: quia ex illo generatur arbor, quæ inter omnes plantas maiores mittit radices. Nam fides (vt diximus) sic in anima radicatur, vt difficillimè ab ea diuelli queat: verũ in Ecclesia sic fixa est, vt portæ inferi aduersùs eam præualere nõ possint: nam fides est radix ac fundamentum religionis Christianæ, secundùm illud Pauli: Fundamẽtum aliud nemo ponere potest, præter id quod positum est, quod est Christus Iesus. *1.Cor.3.* Quo permanente etiam, si cætera pereant, spes adhuc est quod resarcientur direpta. Nam licèt omnes aliæ virtutes in viro Christiano pereant, fides tamẽ permanet, quæ aliquando eum ad pristinam dignitatem reducet. Est quippè fides nuncius ille qui semper euasit viuus apud Iob, cùm omnia bona eius diabolus cõsummaret. *Iob.1.* Veniebant aliquis, & dicebant asinas periisse, & ipsum solum remansisse, vt nunciaret ei: alius, cameli, & oues perierunt, & remansi ego solus, vt nunciarem tibi: ignis de cœlo deuorauit tua, & remansi ego solus, &c. Sic in homine peccatore, si gratia, si charitas, si cæteræ virtutes, ac diuitiæ spirituales ab inimico rapiantur, ac diruantur, manet tamen fides sana, quæ hominẽ certiorem facit se talia bona perdidisse, & in summã miseriam redactum esse; vt satagat se in pristinũ restituere statum. Templum dirutum est à Persis & thesauri eius in Babylonem asportati, tamen fundamenta manserunt: & ideò posteà à Zorobabel iterum reædificatum est. *4.Reg.25.* Sed cùm à fundamentis corruit, nec lapis super lapidem mansit, vt Christus prædixerat: quod factũ fuit post Christi mortem sub exercitu Romanorum, & nunquã ampliùs reædificatum est. Quoniam etsi diuitias spirituales animæ nostræ diabolus asportauerit, & diruerit: si tamen fundamentum fidei manet, adhuc spes est quòd damna hæc resarcientur. *1.Esd.1. Matt.24.* Cæterùm si fides perierit, iam funditus totum ædificium interijt, nunquàm, vel summa cum difficultate reuiuiscet. Hoc est, quod

Baptista

Baptista populo illi diceret, ostendens omnia bona opera in illis increuisse, nec remanere, nisi fidem vnius veri Dei, quae tamen in promisso erat vt exstirparetur. Iam securis ad radicem arboris posita est. [Luc. 3.] Hoc est, iam Deus minatur vobis vltimum interitum, quod arbor, hoc est, fides ac lex vestra a radicibus euelletur. Quod & nos modo timere deberemus, cum videmus flores, ac fructus huius arboris cecidisse. Nec enim virginum flores, nec confessorum fructus, nec martyrum videmus odores, nec charitas illa viget, ac misericordia quae olim erat; sed omnia bona opera pene extincta videmus. Quid reliquum est, nisi vt tanquam infructuosae arbores radicitus excidamur, & in ignem mittamur? Iam enim videtur securis ad radicem arboris posita. Id enim nobis his diebus minatur Deus, cum tot nationes ac Regna funditus amisisse videmus fidem. Quid non sperare debemus, nisi quod securis [illegible] Deus & radicem huius arboris euellat a nobis, nisi resipiscamus, & fructus tali arbore dignos afferamus? Ambulemus digne Deo, ne in vacuum fidem habere videamur; sed illam cum dilectione sectantes operemur. Igitur bene fides arbori comparatur; quoniam [illegible] arbor radicata est in Ecclesia, & sic [illegible] radicari in nobis. Nullum enim aliud peccatum fidem eradicare valet, nisi sola haeresis; cum tamen charitatem quodlibet peccatum mortale extinguat. Hac ergo ratione arbori comparatur fides. Sed cur sinapi? Propter eius proprietates. Primum sinapis condimentum est quo cibus sapiat, & [illegible]: sic sine fide, ait Paulus, impossibile est placere Deo. [Hebr. 11.] Nulla virtus sine fide Deo accepta est. Multae morales virtutes in antiquis Philosophis celebratae sunt. Imo Aug. [August.] in libris de Ciuit. Dei docet, quod propter virtutes morales, quas habuerunt Romani, Deus dedit illis mundi dominationem; sed quoniam sine fidei condimento erant, Deo minime placebant. Et in homine Christiano sine fide viua (de qua semper Scriptura loquitur) nihil Deo placent opera eius, quantumuis magna, nec accepta sunt ad Beatitudinem sine fide. Sinapis etiam, quia [illegible], fortis est & acuta. Sic fides robustam ac fortem reddit animam contra diaboli ictus. Nam Ephes. 6. ait: In omnibus sumentes scutum fidei, in quo possitis omnia tela nequissimi ignea extinguere. [Ephes. 6.] Vide quantum robur addidit fidem habentibus: quoniam Paulus post casum ab equo sic debilis remansit, vt ad manum traheretur in ciuitatem; at postquam ab Anania edoctus est, & fidei donum accepit, confortatus est, & postea constanter & confidenter, vt ait Lucas, praedicabat verbum Dei. [Act. 9.] Et Apostoli, qui ex fragilitate fidei antea non credebant condiscipulis: postea [illegible] diuinitatem & humanitatem Christi confessi sunt. [Hebr. 11.] Vnde Paul. Hebr. 11. agmina numerat sanctorum fortitudine fidei nominatorum, qui per fidem vicerunt Regna, obturauerunt ora leonum, extinxerunt impetum ignis, castra verterunt exterorum, effugauerunt aciem gladii, fortes facti sunt in bello. Imo & montes transferre sua fortitudine valet fides. Nam Dominus dixit discipulis suis: Si habueritis fidem, sicut granum sinapis, dicetis monti huic: Transi hinc & illuc, & transibit. [Matth. 17.] Vel mitte te in mare, & faciet. Et Greg. narrat quendam sanctum Episcopum id fecisse. [Gregor.] Item, quia fortis & acuta est, sternutationem efficit; sternutatio autem totum corpus tremere facit. Quare tentationes contra fidem dicuntur diaboli sternutatio. Sic enim Iob. 41. ait: Halitus eius prunas ardere facit; sternutatio eius splendor ignis. [Iob. 41.] Halitus est culpa daemonis. In tali solum pectus patitur, in sternutatione totum corpus tremit. Tentationes quas hic vsque daemon excitauerat, tales eius erant: solum enim erant contra charitatem, bella inter Christianos excitando, & prauas dissensiones incendendo. Caeterum cum sternutationem dedit, fidem extinxit in multis mundi partibus, & in eis multi tremuerunt, & naufragauerunt, vt nostris temporibus experti sumus: & dicitur splendor ignis; quoniam ignis splendendo comburit: sic isti sub splendore virtutis tanquam illuminati a Deo alios multos seduxerunt, quorum corpora combusta sunt, & animae multorum in inferno ardent. Vide quomodo fides tremere faciat: nam & cum Paulus coram Agrippa de rebus fidei dissereret, tremor inuasit Regem Agrippam, & tremefactus Rex ait: In modico suades me Christianum fieri. [Act. 26.] Ecce primam parabolam. Sed quoniam fides sola non sufficit ad salutem, nisi adsit comes eius charitas; nam & Paul. dixerat: Si habuero fidem, ita vt montes transferam, charitatem autem non habuero, nihil mihi prodest: [1. Cor. 13.] vel alludens ad illud quod statim citauimus: Si habueritis fidem, vt granum sinapis, dicetis monti huic, &c. Tamen ergo fides, ait Paul. absque charitate nihil prodest. [Matth. 17.] Quid enim condimentum absque edulio prodest? [illegible] Nihil certe: sic nec fides absque charitate. Est enim qui fidem sine charitate habet, veluti qui sinapim solam ederet absque alio cibo, non enim posset vitam sic sustinere: Sic sine charitate, nec vita gratiæ, nec gloriæ constat. Hac ergo ratione subdit Dominus: *Iterum simile est Regnum cœlorum fermento, quod accipiens mulier abscondit in farina satis tribus, donec fermentatum est totum.* Iterum ait, ac si diceret, non hoc solum necessarium est ad consequendum Regnum cœlorum, vt habeatis fidem: sed iterum oportet etiam habere charitatem. Nam sicut comparatur Regnum cœlorum sinapi, quæ est fides, ita etiam assimilatur fermento, quod est charitas. Fermentum enim eleuat massam, & velut adimplet eam: sic charitas animam ad amorem supernorum eleuat, & eam Deo, supremo omnium enti vnit: nam Ioannes ait:

1. Ioan. 4.

Qui manet in charitate, in Deo manet. Et alibi: Qui adhæret Deo, vnus spiritus est cum eo.

1. Cor. 6.

Aristo.

Hoc discrimen inuenit Philosophus inter intellectum & voluntatem, quod intellectus trahit ad se res quas intelligit, & eas immateriales, ac sibi connaturales efficit: voluntas verò potius rapitur ad ea quæ amat, & hominem extra se facit, ad ea prouidenda quæ amanti conferunt. Ex quo sequitur, quòd res inferiores perfectiori modo sunt in nostro intellectu quàm in seipsis: quoniam sunt immaterialiter in eo; cùm in se materiales sint. E diuerso res superiores imperfectiori modo sunt in nostro intellectu quàm in seipsis; quoniam nos imperfectè eas cognoscimus, & sub similitudine materiali: cùm in seipsis perfectiori modo consistant. Cæterùm quia voluntas rapitur ad ea quæ amat, si res inferiores ille diligit, seipsum vilificat & commaculat; quoniam transit in naturam eorũ. Hinc enim Propheta dicit:

Osea. 9.

Facti sunt abominabiles, sicut ea quæ dilexerũt. Cæterùm si res superiores amat, perfectissima efficitur: quoniam perfectioribus rebus se copulat, nam transit in naturam eorum.

Simile.

Veluti argentũ maioris valoris est cùm miscetur auro, quàm cùm mixtũ est stanno: illud enim perfectius est, hoc vilius. Hinc

Aug.

Aug. ait: Si terram diligis, terra es: si cœlum diligis, cœlum es. Parum dixi: Si Deum diligis, Deus es. Cùm ergo charitas nos supremo omnium enti, quod Deus est, vniat, mirum ad voluntatẽ nostram supra naturã eleuat. Vnde

Colos. 3.

& Paulus super omnia nos monet charitatẽ habere, quod est vinculũ perfectionis: nam amor Dei super omnia creata, animã exhibit, & vinculũ perfectissimũ est: quoniã perfectissimo enti nos vinculo perpetuo adiungit.

Habet secundò fermentum, quòd reddit sapidam massam: sic amor Dei omnia dulcia reddit, cruces, & ignes, & fel. Sic enim & Deut. 33. dicitur. Inundationes maris quasi lac sugent.

Deut. 33.

Aqua maris quæ amara est, sibi videbitur dulcis vt lac: sic omnia acerba pro amore Christi dulcescunt, vt Iacob pauci videbantur dies tanti laboris, quos ferebat, præ magnitudine amoris: & ideò lex Christi suauis est, quia lex est amoris.

Genes. 29.

Quod accipiens mulier abscondit. Mulier est anima deuota, quæ abscondere debet charitatem, hoc est, illam in corde recondere, donec omnes potentias, recessusque animæ penetret. Nec enim sufficit illã in exterioribus ostendere, nisi intùs prius animam occupauerit. Hæc enim fuit fatuarũ virginũ imprudentia, quæ nõ sumpserunt oleũ secũ, exteriori lumine duntaxat contentæ, absq; oleo charitatis, quod intrinsecus prius animã delinit, vasq; eius, hoc est, potentias implet, & vnctione sua consecret.

Matth. 25

De filia Regis dicitur Psalm. 44. Omnis gloria eius ab intus. Et cùm speciositatem Sponsæ exterioris vultus describeret Spiritus sanctus, addidit: Absq; eo quod intrinsecus latet. *In farinæ satis tribus.* Hic numerus significat perseuerantiã vsq; in fine. Nã numerus ternarius cõstat ex principio, medio, & fine; quib⁹ oẽs res terminãtur. Nec enim sufficit opus bonũ incipere, nec vsq; ad medietatem perducere, nisi vsq; in finẽ perseueres in illud. Sic enim scriptum est: Qui perseuerauerit vsq; in finem, saluus hic erit.

Psal. 44.

Matt. 24.

Tribus diebus B. Virgo quæsiuit filium suum, & in vltimo inuenit illum. Tribus diebus sequuta est turba multa Iesum; & in tertio abũdantissimè pauit eam. Nec solũ caput aut corpus animalis volebat Deus vt sibi in sacrificium offerretur, verum etiã caudã quæ est vltima pars: Nec enim sufficit incipere, aut mediare sacrificium, nisi vsq; in finẽ perducas illum.

Leuit. 3.

Ecce quemadmodũ ex paruis principijs magnæ res augescũt & crescũt. Sic sanctæ fœminæ in sexu fragili cõstitutæ, quæ præ humilitate tanquã granũ sinapis se minimas fecerũt; coaluerunt fide & charitate, & arbores magnæ effectæ sunt, sub quarum vmbra, atq; exemplo nos, etiam si viri, quiescere possumus. Vel in farinæ satis tribus, id est, in tribus animæ potentijs, &c.

Alij per granum sinapis Christum Dominum intelligunt, in quo totum negotium Regni cœlorũ consistit. Quod rectè grano sinapis comparatur: quia tanquam minimum in hoc mundo habitus est. Et tamen in arborẽ magnam magnū creuit, cùm in arbore Crucis suspensus est. Fecerat enim in paradiso arborem pulcherrimam, & dulcissimi fructus, cuius fructum cū patres nostri comederunt aperti sunt oculi amborum. Quare modò aliam *Gen. 3.* arborem condidit, cuius fructus amaritudinē praefert, & oculos claudere facit, inquā, & lacrymas emungit. Nam sinapis cùm gustatur, oculos facit claudere, & lacrymas fundere. Sic arbor Crucis, in qua Christus est, amaritudinem praefert foliis, & acuit, oculos corporis claudimus illis Crucis mysteria non videntes, lacrymas emungit, quoniam ad contritionem peccatorum nostrorum Crux Christi nos excitat, & Christus *Hebr. 5.* in Cruce lacrymas fudit, vt ait Paulus. Caeterùm sub vmbra huius arboris omnes protegimur, & in ramis eius nidificant iusti, in Christi vulnera, vt columbae per contemplationem *Eccles. 14.* commorantes. Quare Eccles. 14. de ea dicitur: Statuet filios suos sub tegmine illius, & in ramis illius morabuntur. Protegetur sub tegmine illius à feruore, & in gloria eius *Esai. 53.* requiescet. Quare Esai. 53. dicitur: Domine quis credidit auditui nostro? & brachium Domini cui reuelatum est? Et ascendit sicut virgultum coram eo, & sicut radix de terra sitienti: non est species ei nec decor. De Christo loquitur qui tempore passionis sic foedatus fuit, vt non esset ei species neq; decor. Et tamen de foeditate illa quam in Cruce pertulit, sicut sinapis granum ascendit in magnam arborem, in cuius ramis & vmbra *Matth. 11.* homines & Angeli protegantur. Minimum quidem fuit & creuit in maximum: nam de eo dicitur: Qui autē minor est in regno caelorum (hoc est, Christus qui minor omnibus putabatur) maior est illo, hoc est, Ioanne Baptista, quo inter natos mulierum maior non *Gregor.* surrexit. Et sicut granum sinapis, vt ait Gregorius in praefatio. moral. ca. 8. in mortariolo attritū profert odorem suum: sic Christus Dominus in Cruce attritus odorem de se fragrantiam protulit, vt vsque ad Centurionem *Marc. 15.* peruenerit, & fecerit eum clamare ac dicere, Iesus, nam dixit: Verè hic homo Filius Dei erat. Et sic membra eius attrita tentationibus, *Rabanus.* & suppliciis odorem in vniuersa Ecclesia maximum dant. Rabanus ait: Minimum granum sinapis corpus Christi seminatum in agro, sepultum in horto, creuit resurgendo, ramos expandit, cùm praedicatores per mundum dispersit. *Beda.* Beda autem sic inquit: Potest in grano sinapis humilitas Dominicae Incarnationis intelligi, quo accepto, misit in hortum suum homo, quia corpus crucifixi Saluatoris accipiens, Ioseph in horto sepeliuit. Expandit ramos in quibus volucres caeli requiescerent: quia praedicatores dispersit in mundum, in quorum dictis & consolationibus fideles ab huius mundi fatigatione respirarent, & factus est in arborem, qui surrexit & ascendit in caelum. Quare alij intelligunt hanc parabolam de extensione Euangelij, quod cùm annunciet rem tam minimam ac contemptibilem in oculis hominum, qualis est Christus crucifixus, qui aestimatus est vermis & non homo, opprobrium hominum & abiectio plebis, tamen ita in arborem creuit, vt extenderit palmites suos vsque ad mare, & vsq; ad flumen propagines eius. Et in omnem terram exiuit sonus eorum, & in fines orbis terrae verba eorum. *Psal. 79. Psal. 18.* Rectè autem comparatur grano sinapis, quod calidum est & acutum: quoniam verbum Dei calore caritatis incensi praedicauerunt Apostoli, quo corda hominum pupugerunt. *Simile.* Sed aduertendū quòd vulpes abscondit se in sabulo, & extendit linguam rubeam & ita decipit aues. Sic hypocrita abscondit se in exercitio poenitentiae, vel in apparentia illius, & extrahit linguam rubeam, hoc est, ostendit se eloquentissimum praedicatorem, vt inde vel gloriam humanam, vel aliquod temporale emolumentum venetur. *Aliam parabolam locutus est eis. Simile est regnum caelorū fermento, quod acceptum mulier abscondit in farinae satis tribus, donec fermentatum est totum.* Quare his rebus tam communibus, & tam minimis & familiaribus nobis illud assimilat. Ac si in vulgi, vt dicunt, scriberet illud. Nam in grano sinapis & in fermento nobis illud assimilat & includit. D. Dionysius de Theolog. mystica. c. vltim. *Diony.* Vel, vt approbat dictum beati Bartholomaei Apostoli dicentis: Euangelium plurimum & breue esse: quoniam in minimis rebus quae à principio proponuntur, postea plurima mysteria reperiuntur, cùm in eorum se ingerat. Vel ideò iis familiaribus rebus assimilatur regnum caelorū, vt ait Chrysostomus, vt vnusquisque cognoscat quòd in suo statu potest *Chrysosto.* saluari. Quoniam & in hortulano, & in pannifico, & pistorio, in sutore & fabro, etiam est regnum Dei: vnusquisque in sua arte si voluerit inueniet illud. In Lege veteri azyma *Exod. 12.* edebantur, sed in templo panes fermentati *Exod. 23.* debebant poni: quoniam postquam in Ecclesia Dei per Christū sumus Deo reconciliati, debemus opera tempestiuè offerre Deo, & charitate attemperare. *[illegible].* Sicut fermentum farinam attemperat. Vel per fermentum Christum intellige, qui opera nostra accepta & sapida reddit. Hilarius. Nam, vt ait Hilarius, fermentum de lana est, quod acervo sui generis virtutem acceptam reddit. Sic Christus ex nostra massa nostris virtutibus virtutem præbet, qua sint Deo accepta & grata. *Quam acceptam mulier.* scilicet, Synagoga, per iudiciū mortis abscondit tribus diebus in sepulchro, arguens Legem & Prophetas, Euangeliū dissolui; ipse autem farinæ mensuris tribus, id est, Legis, Prophetarum & Euangelij æqualitate compertus omnia facit vnum, vt quod Lex constituit, Prophetæ nunciauerunt, id ipsum Euāgelij profectibus expleatur. Fiūt namque omnia per Dei virtutem eiusdem spiritus & sensus. Et etiam quia Dominus mysterium regni cælorum abscondit sub paupertate & humilitate suorum discipulorum, qui fermentare debebant totum mundum Euangelica doctrina, & ad perfectionem perducere, quam significat numerus ternarius. *Donec fermentaretur totum.* Hoc est, donec numerus electorū cōpleatur. Tūc enī adueniente Dño, mysteriū regni cœlorū aperiet. Hierony. Hieron. hāc parabolā ad singulos homines applicat pro ædificatione morum, vt quisque homo intelligatur granum sinapis seminare, hoc est, doctrinam Euangelicam in corde suo, cùm illam suscipit & humore fidei fouet. In quo deinde ita pullulabit & crescet, vt in ramis bonorum operum eius Angeli sint quieturi. aut ramis doctrinæ suæ possit & alios obumbrare, ac habitandi locum præbere. *Satis tribus.* Mensura est quæ idē significat quod modius, de quo videndus est Budeus de Asse.

Hæc omnia locutus est Iesus in parabolis ad turbas, & sine parabolis non loquebatur eis. Aug. Hoc quod dicit, sine parabolis non loquebatur eis. Sic intelligit Aug. quòd nunquam Dominus turbis locutus sit sine parabolis, quia, scilicet, in omni sermone ad turbas Chrysost. immiscuerit parabolas. Rectius tamen est Chrysost. intelligitur significare, Dominum tunc sine parabolis, hoc est, præter parabolas nihil loquutum, quamquā alijs temporibus plerāq; sine parabolis doceret turbas. Nā propter hoc dicitur, quòd secretum discipulis suis disserebat omnia. Omnia ergò Marc. 4. quæ tunc fuerat loquutus parabolæ erant quæ explicatione opus habebant. Proinde cùm primo habitus est in Matthæo. Locutus est eis in parabolis multa; non est intelligendum ideò dici multa quia non omnia, sed quia omnia multa erant. Multis autem loquebatur parabolis, variè vnam eandemque rem significans, vt inquit Hieronymus, quasi Hierony. diues paterfamilias inuitatos diuersis cibis reficeret, & vnusquisque secundū naturam sui stomachi varia alimenta susciperet. *Vt impleretur quod dictum est per Prophetam dicentem: Aperiam in parabolis os meum, eructabo abscondita à constitutione mundi.* Simile Psal. 77. Hieron. Hieronymus in hunc locum testimonium hoc, ait, de septuagesimoseptimo Psalmo desumptum est. Legi in nonnullis codicibus eo loco, vbi nos posuimus, & vulgata editio habet, Vt adimpleretur quod dictum est per Prophetam dicentem, ibi scriptum esse per Esaiam Prophetam dicentem. Hinc factum est, vt Porphyrius Euangelistæ ignorantiā exprobraret, vt quæ Esaiæ deputauerit id quod in Psalmis legebatur. Quia ergò minimè inueniebatur in Esaia, arbitror postea à prudentibus viris esse sublatum. Sed mihi videtur in principio ita editum quod scriptum est per Asaph Prophetam dicentem. Septuagesimus enim septimus Psalmus, de quo sumptū est hoc testimonium Asaph Prophetæ inscribitur, & primum scriptorem intellexisse Asaph, & putasse scriptoris fuisse vitium atque emendasse nomen Esaiæ cuius vocabulum manifestius erat. Sciendum est itaq; quod non solùm Dauid, sed & cæteri, quorum in Psalmis, & Hymnis, & Canticis, descripta sunt nomina, Prophetæ sunt appellandi, Asaph, videlicet, & Idithum, Eman, Ethan, & reliqui quos Scriptura commemorat.

Sed dubitatur in quo sensu adduxerit hoc testimonium Euangelista. Caieta. Caietanus dicit, quòd iuxta sensum literalem ad literam textus ille loquitur de similitudine gestorum, sed Euangelista mystico vtens sensu applicat ad similitudines metaphoricas, vtrique enim conueniunt in communi ratione parabolæ, seu similitudinarij sermonis. Iansenius, & Claudius, Guilielmus dicunt, impletam Iansenius Claudius. Guilield. in Christo hanc Prophetiam: quia in ipso verificata, eique competens, vt sit sensus. Adeò parabolis vsus est Iesus, vt impleretur. id est, vt quadraret in eum, ac meritò de eo dici poterit, quod Propheta Dauid in Psal. 77. Dixi. Aperiam in parabolis os meum, &c. Vel quòd Asaph Propheta siue ipse dixerit per se, vt etiā in nomine Christi disti dixerit, cuius typum gesserit, sicut multi Patres antiqui gesserant, & in Asaph fuit figuratus tanquam absolutissimus Doctor. Ideò enim videtur Matthaeus dixisse per Prophetam, vt significaret ex intentione Spiritus sancti ad Christum pertinere hanc Scripturam, & non solùm per accommodationem. In quo sensu coniunctio, vt, accipitur vt causa, & finem denotat, & haec melior interpretatio est quàm praecedens: nā illam tanquam minus veram iam c. 1. supra explosimus. August. Psalm. 77. aliter hanc *August.* sententiam exponit: Pro quo notandum, quòd in illo Psalm. describitur egressus Israelis de Ægypto, & omnia signa narrantur quae in Exodi continentur historia. Ex quo intelliguntur vniuersa illa quae scripta sunt parabolicè sentienda, & manifestare abscondita sacramenta. Hoc enim Saluator edicturum se promisit dicens: Aperiam in parabolis os meum. Quarè August. loco citato, ait, parabolicè dici omnia in illo Psalmo, cùm vniuersa populo Hebraeo in figura *1. Cor. 10.* contingerent, vt ait Paulus. Vnde & nobis potius haec cantata sunt, sicut inter caetera in hoc Psalmo dictum est. Vt cognoscat generatio altera. Sacramentum enim regni coelorum velabatur in veteri Testamento, quod plenitudine temporis reuelaretur in nouo. Hunc ergò sensum habent haec verba iuxta Glossam, ac si dicat Christus: Ego qui prius loquutus sum per Prophetas, modò in propria persona aperiam os meum in parabolis, & eructabo de thesauro cordis mei, antiqua mysteria quae abscondita erant à constitutione mundi. Bellicum Septuaginta legūt Loquar problemata; pro quo nos habemus in illo Psalmo, propositiones. Hebraei autem sic legunt: Aperiam in parabola os meum, eructabo aenigmata ab antiquo; in idem tamen recidunt omnia. Nam parabola & aenigma a multis pro eodem sumuntur. Ænigma enim *Iud. 14.* dictum est obscurum & latentem habens sensum, quale fuit illud quod Sanson coram his proposuit, & quod *Virgilius.* Virgilius Eglog. 3. his verbis quaerens [illegible]

Dic quibus in terris, & eris mihi magnus Apollo,
Tres pateat caeli spatium non amplius vlnas.

De quibus versibus dicitur, quòd cùm quidam quaereret ab eo, an quid arcanum in illis versibus esset conclusum, respondisse, se in illis carminibus Grammaticis voluisse crucem affigere, in qua se afficeret dicens ... *Ascanius* Ascanius Pedianus respondit: [illegible] Mihi certè nullam crucem reliquisti: nisi non intellego, nec quaeram quidem. Est igitur aenigma dictum latentem habens sensum, in quo conuenit cū parabola cuius sensus abstrusus & latens est, quare pro eodem sumuntur. Atque haec est alia nota quòd noster Christus sit verus Messias, quippe de quo vaticinatum est, quod in parabolis esset loquuturus. Adimpletum est ergò illud Prophetae: *Aperiam in parabolis os meū.* Magna, scilicet, docturus. *Eructabo* Cū affectu conceptum intellectus exprimens, hoc enim sonat eructatio, quae de stomacho vaporem cibi emittit. Psal. 44. Eructauit cor *Psal. 44.* *Psalm. 18* meum verbum bonum. Et Psalm. 18. Dies diei eructat verbum. Cùm sapientia perfectis, & luce intelligentiae fulgentibus mysterium regni Dei ostendit Deus: sed nox nocti indicat scientiam, quandò parabolis obuoluto sermo rusticā mentem quae obscura est, instruit. *Abscondita à constitutione mundi.* Quoniam omnia quaecunque Deus dixit & fecit, loquuntur sapientiam Dei in mysterio verbi absconditam, iuxta illud. Inuisibilia Dei à creatura mundi, per ea quae *Roma. 1.* facta sunt. Totus enim mundus Theologia *Psalm. 18.* est homini, dum coeli enarrant gloriam Dei, & opera manuum eius annūciat firmamentum. *Genes. 1.* *A constitutione mundi.* Quia ab aeterno in mente paterna erāt. Et in principio creauit Deus coelum & terram. Ab illo ergo principio reserauit Christus mysteria abscondita tantum de eo dicitur, In capite libri scriptum *Psal. 39.* est de me, hoc est, cùm dicitur: In principio creauit Deus coelum & terram, id est, in filio. &c.

Simile est regnum coelorum thesauro abscondito in agro, quem qui inuenit homo, abscondit, & prae gaudio illius vadit & vendit vniuersa quae habet, & emit agrum illum. Iterū simile est regnum coelorum homini negotiatori quaerenti bonas margaritas. Inuenta autem vna pretiosa margarita, abiit, & vendidit omnia quae habuit, & emit eam. Iterum simile est regnum coelorum sagenae missae in mare, & ex omni genere piscium congreganti, quam cùm impleta esset educentes, & secus litus sedentes, elegerunt bonos in vasa sua, malos autem foras miserunt. Sic erit in consummatione seculi. Exibunt Angeli & separabunt malos de medio iustorum, & mittent eos in caminum ignis. ibi erit fletus, & stridor dentium. Intellexistis haec omnia? Dicunt ei, Etiā. Ait illis. Ideò omnis scriba doctus in regno coelorum, similis est homini patrifamilias, qui profert de thesauro suo noua & vetera.

Simile. In rerum commutationibus, quæ plerunq; inter mercatores occurrunt, si quid magnũ comparatur, id maxima quoque commutatione fit.

Versus. *Vilius argentũ est auro, virtutibus aurum.*

Alia nimirùm & maior compensatio est lapidum pretiosorum auri, cæterorumque magni pretij, quàm vulgarium metallorum. Quid verò non expendamus tàm pretiosam felicitatis æternæ thesaurum comparantes? Quantó labore sibi nonnulli suæ senectuti quietem conquirunt? Nam per totam adolescentiam & virilem ætatem tot se laboribus conficiunt, vt vitæ potius dispendium quàm senectutis leuamen aliquod requirere videantur. Sed & quot periculis summi etiam Imperatores aliena regna conquisierunt, quæ breui tempore, nec sine timore & solicitudine retinerent. At qui illos non spes quietis aliqua stimulabat, sed

Eccles. 10. gloria. Si quidem omnis Potentatus breuis vita. Et quo quis maior est, eo magis à quiete recedit, & maioribus curis obruitur. Rex est hodie, & cras morietur. Verùm fumus vanæ cuiusdam gloriæ eos demulcebat, vt nihil sibi suisque parcerent, rei statim defluxuræ conquirendæ. Quid verò non debemus magis ad tantam felicitatem conquirendam, quam Deus repromisit diligenti-

Iacob. 1. bus se? Quam nec ignis, nec gladius, nec hominum, immò nec Satanæ furor minuere potest. Quid hic quæso parcamus bonis, tempori, laboribus, corpori, animæ, ipsi etiam vitæ? Hoc Christus docet in hac parabola thesauri absconditi in agro. Discrimen autem futurum bonorum à malis, altera similitudine à sagena missa in mare, & ex omni genere piscium congreganti, exprimit. Vnde fit vt cohortetur nos ad tenendum felicitatis iter, & pœnarum futurarum horrore remoueat ab impiorum contubernijs & consilijs. *Simile est, inquit, regnum cœlorum thesauro abscondito in agro.*

Quatuor hic continentur parabolæ, in quibus Dominus intendit cohortari nos, vt scopum præcipuum hominis Christiani quæramus. Hic autem regnum cœlorũ est. Quærere quippe debemus thesaurum illum in sinu Patris reconditum, quærendo media, quibus tantus finis consequi potest. In prima parabola regnum cœlorum thesauro pretioso confertur, nè vanas excusationes prætexere posset aliquis, paupertatem causando, quod quia non habet peculium, in hoc regni cœlestis negotio non se intromittit. Quoniam in hoc regni cœlorum acquisitione, magni inæstimabiles thesauri, quibus etiam negotiatores locupletes fiant. Et vt cognoscat Christianus qui iam thesaurum istum habet, nempe virtutes Christianas, non sibi datum, vt otio torpescat & abscondat, vt piger ille seruus abscondit talentum domini

Luc. 19. sui, sed vt cum hoc thesauro negotia gerat, atque plura merita lucretur. Ideò in secunda parabola dicit, Simile esse regnum cœlorum homini negotiatori. Ideò quippe thesaurus iste illi concreditur, vt cum illo negotia vitæ æternæ gerat. Et ne existimet, si id non fecerit, impunè laturum, subiungit in tertia parabola. *Simile est regnum cœlorum*

Matth. 25. *sagenæ missæ in mari, &c.* Quoniam in die iudicij, hos pigros ac ignauos Christianos, qui nihil sibi; hoc tanto thesauro lucrati sunt, mittet Deus in caminum ignis, vbi erit fletus & stridor dentium. Quos inter inutiles hœdos collocabit: bonos verò inter vtiles oues, atque in thesauris suis recondet. Sed vt ostendat verè esse aliquos in Ecclesia, qui ex hoc thesauro lucra maxima acquirant, subdit in quarta & vltima parabola. *Ideò omnis Scriba doctus in regno cœlorum similis est homini patrifamilias, qui profert de thesauro suo noua & vetera.* Sunt enim in Ecclesia aliqui cupidi negotiatores regni cœlestis, qui veteribus meritis noua addunt, & sic lucra nouâ consequuntur. Hanc existimo connexionem posse habere has parabolas inter se. Sed aduerte, quòd per regnum cœlorum regulariter in his parabolis præsens Ecclesia intelligitur, quæ regnum cœlorum dicitur, non solùm quia hîc incipit regnum illud per fidem, quod per facialem visionem consummatur in patria, verùm etiam nominatur hæc Ecclesia, sicut illa regnum cœlorum quoniã eodem Rege vtraque constat. Hispania & regnum quod dicitur, *del Piru*, quamuis inter se distent longis, cùm vastitates Oceani, marisq; sui media spatia teneant. Et tamen idem regnũ vtrumque dicitur, quoniam sub eodem Rege, ac ijsdem legibus ac constitutionibus gubernantur. Et tamen regnum Franciæ, quod conuicinum est nostro, aliud est ab Hispaniarum regno, quoniam & alio Principe & alijs subinde legibus regitur, atque gubernatur. Et quia Rex vtriusq; Ecclesiæ Christus Dominus est, quem Paulus Regem sæ-

1. Timo. 1. culorum vocat, tam vtriusque locum, tam huiusque alterius Princeps est, leges eædẽ; nempe charitatis & amoris, hæc lex mansit inter beatos simul, quàm & principali nobis

nobis commendauit Christus. Imò tota Lex noua in præcepto charitatis includitur. Ergò rectè præsens Ecclesia regnum cœlorū dicitur. Atque hoc fuit quod Christus Dominus suo mirabili Aduentu facere voluit. Transferre cœlum ad terram; & facere vt homines eam vitam agerent, quam beati in cœlo, quod verè consequentes fuissent, si nos charitatis leges, quas ipse statuit seruarent. Voluit enim id efficere Christus, quod Dominus Ezechieli Prophetæ mandauit, nempe vt ciuitatem Hierusalem in latere describeret. *Ezech. 4.* Sic voluit Dominus, vt dùm terrenam vitam agimus, secundùm illam cœlestem viueremus. Hoc autem interest discrimen inter nos & illos. Quod cùm hæ Leges in terrena ac instabili carne scriptæ sint, delentur & mobiles sunt, nec semper easdē nec eodem tenore obseruamus. Ibi autem sculptæ sunt hæ Leges in immortalitatis statu, vbi nec anima nec corpus vlli mutabilitati subduntur; sed vno atque eodem æterno tenore omnia geruntur. Dicitur ergò Ecclesia præsens regnum cœlorum. Licet etiā dicatur regnum cœlorum quicquid ad negotium regni cœlorum attinet, instrumenta ac media quibus consequitur, sicut dicit regium, quicquid ad Regem pertinet, vt domus regia, conuiuium regium, vestis regia: sic regnum cœlorum cōparatur, vt fides, spes, charitas, gratia, & cætera instrumenta, quibus consequimur illud, quę sunt peculium hominis Christiani, vt postea, Deo dante, dicemus. *Simile.* Igitur sic intelligendo, regnum cœlorum assimilatur thesauro abscondito, Ac si diceret, thesauro pretioso. Hæc enim phrasis sacræ Scripturæ est, vt ea quæ in pretio habentur, abscondita vocet. Nam ibi vbi nos legimus, De absconditis tuis adimpletum est venter eorum; alia litera habet, De pretiosissimis tuis. *Psal. 14.* Quare isti vocantur absconditi: quoniam in summo pretio sunt apud Deum. Abscondes eos in abscondito faciei tuæ. *Psalm. 30.* Nam res pretiosas in abditis domus recondimus, de quo infrà plura dicemus. In agro non dicit in sata, vel culta, sed in agro. *Vo barial*, vbi minus æstimari poterat, quòd aliquid bonū esset: terra horrida & inculta, tribulis, ac spinis plena, quæ potius vasta sylua quàm ager videbatur esse. Quoniā re vera bona omnia regni cœlorum, tā quæ ad præsentem vitam attinent, quàmque ad futuram, sub asperis & horridis rebus delitescunt, & sub quibus minus æstimari poterat. Quis vnquam cogitare potuit, quòd sub *Matth. 5.* paupertate Deus omnes suas haberet diuitias? Et tamen ipse dicit: Beati pauperes spiritu, quoniam vestrum est regnum Dei. Cui vnquam hominum in mentem ascendit, quòd in lacrymis gaudium, in esurie saturitas includeretur? Et tamen ipse Dominus dicit: Beati qui nunc fletis, quia ridebitis: beati qui nunc esuritis, quia saturabimini. Ecce sub opprobrio gloria, in morte vita, in spinis flores inueniuntur: quoniam beati prædicantur, qui ab hominibus exprobrantur, & qui inter spinas Crucis commorantur, ibi Nazaræum, hoc est, floridum inueniūt. Quare, vt supra docuimus, non debent homini Christiano pauorem incutere labores, tribulationes, nec tormenta, nec cruces: sciens, quòd sub his inueniet thesaurū quem quærit. Sicut non despondit animum qui thesauri causa locū fodit, quod in terra lapides, paleas, vel carbones offendit, intelligit quòd sub illis inueniet thesaurum quem quærit. Vnde & Sapiens de sapientia dicit: Si quæsieris eam quasi pecuniam, & sicut thesaurum effoderis illam: tunc intelliges timorem Domini, & scientiam Dei inuenies. *Prouer. 2.* Quæ scientia docet, quòd sub his malis inueniamus omnia bona Dei. Secundò dicitur absconditus, quia sub carne fragili & mortali illum gerimus. Quis crederet quòd in vase vitreo pretiosissimas gemmas quis seruandas haberet, quæ in ferreis thecis obseruari solent? Et tamen sub vase isto vitreo & fragili, quod est corpus nostrum, animā inclusam gerimus, quæ subiectum est omnium pretiosorum quæ Deus habet. Hoc autem sic Deus ordinauit, vt conseruatio huius thesauri suæ gratiæ, nō nostræ adscriberetur curæ, aut diligentiæ. Sic enim & Paulus ait: Habemus thesaurum istud in vasis fictilibus, vt sublimitas sit virtutis Dei, & non ex nobis. *2. Cor. 4.* Ex quo sequitur, quòd thesaurum istum intra nos metipsos habemus. Quare D. August. Multoties increpat homines, quòd extra se vagentur quærendo thesaurum istum. *August.* In diuitijs, in honoribus, voluptatibus: cùm tamē intrà nos sit in anima, & in virtutibus à Deo infusis, quæ in ea subiectantur. Quod quæris, ait, intus habes. Et alibi. Quære quod quæris, sed non vbi quæris. Non quæras extra te bonum tuum, sed in te: quoniam in te sunt dona Dei, per quæ ipsum Deum qui intra te etiam est inuenies. Vnde Plutarchus dicit, contingere hominibus in hac re, vt illi qui vt habeat aliquam herbam suæ saluti aptam mittit Flandriam, *Plutarch.*

driam, & Neapolim pro ea, cùm tamē eam in horto suo habeat, & non agnoscat illam: sic, &c. *Luc.17.* Vnde Dominus Luc.17. dicit: Regnum Dei intra vos est. Et cùm discipuli in die Resurrectionis quærerent Dominum Iesum, ait Euangelista, quòd reuersi sunt ad semetipsos, vt quærerent illum. *Ioan.20.* Nec enim est extrà nos, sed in nobis. *Gregor.* Ita docet Gregorius. Et cū perditus ille filius Deum quem amiserat, inuenire cœpit, ait Euangelista: Reuersus in se dixit: Vadam ad patrē meū. *Luc.15.* Optimus modus explicandi, quòd inuenisset Deum, quippe qui nec in pecuniis, nec in mulieribus, nec in commessationibus, & ebrietatibus, vbi anteà illum quæsierat ille, sed in nobismetipsis est. Id enim dixerunt serui Ioseph ad fratres suos. *Gen.43.* Dominus De⁹ vester posuit thesaurū in saccis vestris. Quoniam in saccis istis carnis nostræ illū gerimus. Vt hoc in nobis ingereret curam seruādi corpora nostra fragilia, vbi tantum habemus thesaurū: & obseruandi sensus nostros in quibus quasi sub capsula vitrea pretiosissimam gemmam inclusam gerimus, ne corruptis sensibus, bona quæ intus sunt effundantur & corrūpantur. Nam quando pretiosum aliquem liquorem in vase vitreo habes, vestis illud operculo panni alicuius grossioris, & in fiscella scirpea abscondis illū, nè facili ictu vase fracto liquor ille pretiosus effundatur. Hinc in religionibus adiumenta sunt claustra, crates ferreæ, tot ceremoniæ, præcepta, silentiū, clausura, ac cætera omnia quæ sensus tenent, ne effundātur sanguinis Christi liquorē, quē intra se in anima gerūt. Tertiò dicitur thesaurus abscōditus: quoniā ignoramus nos an illū habeam⁹ vel non. Occultissimū voluit Deus negotiū hoc regni cælorū, nec nobis constaret de illo an in gratia Dei essemus, vel nō, vt semper trepidi ac suspecti essemus: ne si nobis id certo cōstaret, forsan ignauia ac otio torpesceremus: scientes iam id habere quod quærebamus: sed semper incerti, semper illū pauidi quæreremus. *Prouer.28.* Ideò enim Sapiēs beatū vocat hominē, qui semper est pauidus. *Iob.9.* Vnde & Iob dicit: Si venerit ad me nō videbo eū, si abierit nō intelligā. Quo loco d. Tho. *D. Thom.* dicit, quòd venire Deū ad animā est, illi bene facere: abire ab ea est, illā in suis relinquere peccatis. Hoc autē maximū arcanū est, nec signo aliquo infallibili id colligi potest, imò multoties signa hominem fallunt. Solent enim iustum tribulationes, ac tentationes magnæ affligere, quibus oppressus putat se

derelictum à Deo, sic enim affecti & tentati dicere solent: Propter peccata mea dereliquit me Deus. Et tamen tunc Deus maximè sibi appropinquat, permittens mala illa, tanquàm res quæ sibi maximè expediunt: ii ergo venientem Deum non vident. Alii è diuerso quibus omnia prosperè eueniunt, *Psal.143.* quorum filii sicut nouellæ plantationes in iuuentute sua, filiæ eorum cōpositæ circumornatæ, vt similitudo templi, promptuaria eorum plena, eructantia ex hoc in illud, oues eorum fœtosæ, boues eorum crassæ, non est ruina, maceriæ, nec transitus, nec clamor in plateis eorum. Ita videntes eos tantis affluere bonis, existimamus Deum in illis habitare, & tamen forsan Deus ab illis auersus est, sed in præsenti dimittit eos his bonis perfrui, quibus æterna largiri noluit, & ii abeuntē Deum non intelligunt. Igitur arcanum hoc magnum est, nec signo aliquo infallibili intelligi potest. Nec enim prosperitas ac affluentia rerum harum, signum est, quòd Deus sit in nobis, nec aduersitas aut pauperies, quòd Deus absit à nobis: cùm videamus etiam malis mala in præsenti euenire, & quòd Deus eorum punitionem in præsenti incipiat, vt in æternum eam continuet. Nec etiā habere hæc tēporalia bona, est certū signū quòd De⁹ à nobis absit, cū multos amicos Dei diuites ac affluentes rerū omniū audierimus, vt Abrahā, Iob, Dauid, &c. Et hoc est, secūdùm Hierony. quod Sapiens voluit sentire *Hierony.* cū dixit. *Eccl.9.* Nemo scit vtrū odio an dilectione dignus sit, subdit quippe rationē statim. Eo quòd vniuersa æquè eueniant bono ac malo, iusto ac impio, immolanti victimas, & sacrificia contemnenti. Ac si diceret. Euentus rerū, siue prosperi, siue aduersi, in hac vita nō debem⁹ pro signo certo sumere placati numinis, vel irati: quoniā hæc æquè cōmunia sunt in præsenti bonis & malis. Aliquandò quippe præsentia & futura prosperè succedūt iusto, nōnunquā omnia malè eueniūt malo. Diuites fuerūt Patriarchæ, & tn̄ amici Dei appellati sunt, & Iudas pauper, qui tā in æternum periit. Prosperè in hac vita omnia euenerūt *Ecclesi.9.* diuiti illi Epuloni, & tamen ad infernum descendit: Lazarus tamen pauper & vlcerosus in sinu Abrahæ receptus est. Vnde omnia in futurū reseruātur incerta. Ecce aliam rationem, cur regnum cœlorum assimilatur thesauro abscondito. *Quem qui inuenit homo.* Rex inuenta mysterium regni cœlorum est: quoniam Fides donum Dei est, nec vlla præcedentia merita illam quæsierunt:

sitamus: gratia enim gratis est, & gratuita voluntas Dei: nam si ex operibus praecedentibus illam mereremur, iam non *Rom. 11.* esset gratia sed merces, vt Paul. docet. Quare nullis nostris praecedentibus meritis quaerimus gratiam: quoniam nullis illis vnquam mereremur, sed Deus se nobis vltrò & gratuitò quasi inuentus ostendit; & gratiam simul cum virtutibus Theologicis, quae sunt thesaurus iste, nobis infundit. Persequebatur Paulus Christi ecclesiam, & in via inuenit ipsum. *Act. 9.* Dicitur ergò inuenisse primum gratiam, quia non est meriti. *Abscondit.* Tacet thesauri inuentionem. Attendite. Homo qui inuenit thesaurum istum in agro alieno, in secreto habuit, donec se faceret dominum illius haereditatis, & postquam emit eam, tunc operarios conducit, vt fodiant, & educant thesaurum. Nam si antea praedixisset, vel dominus fundi non ipsum vendidisset ei, vel deberet cum illo diuidere thesaurum inuentum secundùm leges, vel alius forsan maiori pretio haereditatem emisset. Sic qui thesaurum coeli inuenit in corde suo, taceat, dissimulet, celet illud, donec se dominum eius faciat, hoc est, donec per virtutum exercitium habitus generetur; & sic quasi proprium sibi faciat virtutem. Nam si protinus vt in te aliquid huius coelestis thesauri sentis, nempe vel deuotionem; vel insignes spirituales voluptates effutias, & omnibus publicum esse velis; veniet malus & rapiet eas de corde tuo. Est enim semen huiusmodi quod cecidit super viam. Vnde Paulus dicens, quòd qui deberet esse doctus & magister, veteranus, & non tyro aut nouitius deberet esse in virtutum exercitio: subdit rationem. *1. Timo. 3.* Non neophitum, ait, ne in superbiam elatus, in iudicium incidat diaboli; *Cayá en manos de los ladrones,* quia thesaurum suum publicauit. Postquam autem per longum exercitium dominus factus fuerit, iam alios docere poterit, & gratiam sibi datam in alterutrum administrare. *Et prae gaudio illius vadit, &c.* Hoc fuit magnum signum, quòd verè inuenisset thesaurum: quoniam statim in opus exiliuit, & cupidè quaesiuit illum. Qui enim verè Deum inuenit, non tardat, non ignauus fit, sed ad opera currit, nescit enim tarda molimina Spiritus sancti gratia, ait Ambrosius. *Ambros.* Et Gregor. *Gregor.* Non est amor Dei otiosus. Operatur magna si adest, si autem operari renuit, amor non est. Vnde Paulus ait: *Galat. 1.* Postquam placuit ei qui me segregauit ex vtero matris meae, & vocauit per gratiam suam, vt euangelizarem filium suum in gentibus, continuò non acquieui carni & sanguini, sed abij in Arabiam. Hoc est, Postquam thesaurum istum mihi reuelauit Deus, confestim ad illum quaerendum properaui. Hoc idem Sapiens in supradicta sententia sensisse videtur, cùm dicit: Si quaesieris eam quasi pecuniam, & sicut thesaurum effoderis eam; *Prouer. 2.* tunc intelliges timorem Domini, & scientiam Dei inuenies. Hoc est, si quaesieris eam, hoc erit signum, quòd thesaurum istum sapientiae & scientiae Dei inuenisti. Quare nō mirum si timeam maximè mihi meipsi & aliis, quòd non verè inuenimus thesaurum istum: quoniam non illum quaerimus, vel ita tepidè ac si nō inuenissemus eum, nec enim illas adhibemus curas, quas iste homo qui thesaurum inuenit: quoniam non inuenimus illum tanquam homines, sed veluti infantes, qui inueniunt margaritam, & protinus proijciunt eam, aut non est sibi curae quòd alios ab eis tollat: quoniam non cognouerunt pretium eius. *Simile.* Homo verò qui aestimat, custodit eam, nec sinit rapi, & ideò dicitur. *Quem qui inuenit homo.* Debet enim esse vir qui perfectè cognoscat quantus thesaurus sit, inuenisse Deum. *Et vendidit omnia quae habet.* Mira res! Omnia nostra dimittere debemus Christiani, qui hunc thesaurum inuenimus? Ergo omnes deberemus esse monachi, nec quidpiam proprium posset aliquis habere: ergò qui diuitias habet & eas omnes non largitur, non poterit consequi thesaurum regni coelorum. Attendite. Qui rem familiarem tanquam propriam possidetis, quòd in hoc non vult Dominus dicere, quòd omnes qui diuitias habent, eas dimittant vt salui fiant, sed vult docere nos regni coelorum valorem, qui tantus est, vt etiam si omnia quae habes aut habere possis pro illo dederis, non iustum pretium soluis. Das quidem quantum vales, sed nondum iustum pretium attingis. Nam, vt ait Gregorius, *Gregor.* regnum coelorum tantum valet quantum habes. Et non solùm huius thesauri pretium non attingis, verùm nec haereditatem quae est, iusto pretio emis, sed adhuc plus valet. Nam pro quacunque re, pro qua nobis thesauros regni coelorum confert, si omnia nostra daremus, adhuc iustum pretium non soluimus. Sed quoniam Deus liberalissimus est, eo pretio se satisfactum fore dicit, quod nos habemus. Ideò quippe dicitur regnum coelorum gratiosè dari: quoniam etsi aliquod pretium pro illo damus, tam minimum

mum est in sui comparatione, vt quasi gratuito videatur conferri. Veluti qui rem valentem centum, vno asse emeret, diceretur, gratuito emisse: sic cui regnum coelorum pro calice aquæ frigidæ datur, benè potest dicere, quòd gratuito emit. Nec enim omnia opera nostra ad valorem regni coelorũ pertingere valerent, nisi ex gratia & liberalitate Dei, secundùm illam Pauli sententiã. Rom. 8. Non sunt condignæ passiones huius temporis, ad futuram gloriam quæ reuelabitur in nobis. Vnde Esa. Venite & emite absque Psal. 55. argento, & sine vlla commutatione. Quomodò dicitur emptio, si absque argento & commutatione fit? Cur non potius gratuitam vocas donationem? Quoniam & si aliquid demus, nempe opera nostra, collata ad id quod pro illis nobis confertur, quasi nihil dant. Quomodò ergo verè dicitur quod hic dicitur, quòd vendit omnia quæ habet, & Simile. emit agrum illum. Dicam certè. Deus nobis secundùm nostrum modum loquendi alloquitur, & quia sic soletis dicere, non habere vos illud quod sine vestro detrimento consumere non valetis. Nam cùm vides rẽ quæ tibi placet, dicere soles, Emerem ego rem hanc si pecunias haberem. Quid ais? Nonne quatuor habes argenteos, quibus, verbi gratia, talis res comparatur? Habeo quidem, dices, sed pro alimento dom⁹ meæ, nequaquàm habeo, vt in alijs rebus expendere queam, nisi in cibũ mihi & filijs meis. Quia ergò non suppetunt tibi pecuniæ ad emendam rem illam, dicis te eas non habere. Sic id dicit Christus, te habere ad emendum regnum coelorum quod tibi superabundat, secundũ illud, Quod superest date pauperibus. Nec enim vult Deus, vt ea quæ tibi vel domui tuæ, vel statui necessaria sunt Luc. 11. offeras; sed quæ ex omnibus his supersunt, vt suprà docuimus. Nam ideò Theologi dicunt, quod de superfluo tenentur eleemosynas conferre. In quo considerare debes, & Dei liberalitatem, & tuam stultitiam atque miseriam. Confert tibi thesauros suos Deus gratuitò: quoniam solùm à te exigit quod tibi superest, nec necessarium tibi est, nempe vestes quas tinea consumit, triticum quod vermes comedunt, panem quẽ canibus micimicas quæ de tua mensa cadunt, quibus pauper Lazarus refici desiderabat: & tu stultè ac amare, pro tanta re hæc elargiri dubitas? Nullo pretio rem quæ non habet pretium potes emere, & tardas? Nonne de ea Iob. 28. scriptum est, Nescit homo pretium eius? Et tu nec tàm paruum pretium pro ea elargiri vis? O miserandam hominum stultitiam ac ignauiam! Hoc in die Iudicij tibi erit in opprobrium sempiternum, & in spinam, & in angustiam, quod cùm tàm paruo pretio tantum thesaurum emere potuisses, noluisti. Hæc primam parabolam.

Iterùm simile est regnum coelorum homini negotiatori, quærenti bonas margaritas. Non enim tos suos quæris discipulos Dominus, sed vult eos solicitè tractare regni coelorũ negotiũ, quod magni ponderis est. Nec existiment se Dei munera recepisse, vt otiosè viuat, sed vt eis operetur opera vitæ æternæ. Hortamur vos, ait Paul., Ne in vacuum gratiam 2. Cor. 6. Dei recipiatis. Hominis autem Christiani negotium non in rebus minoris est, sed magni valoris ac pretij: quoniam in gemmis ac pretiosissimis margaritis negotiatio eius est: quare quidquid omittit multum perdit. Sicut qui in pretiosissimis gemmis nego- Simile. tiatur, vna amissa magnum patitur detrimentum: sic quodcunque peccatum mortale magnum infert damnum homini Christiano, & quodcunque opus bonum prætermittimus, margaritam magni pretij amittimus. *Inuenta autem vna pretiosa margarita.* Quærebat multas margaritas, & tamen vna inuenta cum sola illa quieuit: quoniam quidquid homo desiderauit, siue honores, siue diuitias, siue voluptates, omnia in solo Deo simul inueniet. Est enim Deus pretiosam vnam margaritam, quod omnium gemmarum in se virtutes continet, & habet. Nam in illo sita est nostra beatitudo, quæ est status omnium bonorum aggregatione perfectus; de qua & Sapiens dicit: Venerunt autem Sap. 7. mihi omnia bona pariter cum illa. Nam & si diuitiæ appetuntur in vita, quid sapientia locupletius quæ operatur omnia? Et si Sap. 8. multitudinem scientiæ desiderat quis, scit præterita & de futuris æstimat, &c. Vnde hæc sola quærenda est. Vnum quippe solùm est necessarium, & Regius Propheta di- Psalm. 26. cit: Vnam petij à Domino, & hanc requiram. *Iterùm simile est regnum coelorum sagenæ missæ in mare.* Nec enim elegit nos vt liberè viueremus, sed vt legibus diuinis, quasi retibus astricti essemus. Soluit quidem nos à laqueis peccati, sed legibus suis in Ecclesia ligauit nos, secundùm illud Pauli. Serui fuistis peccati, nunc autem liberi facti estis Rom. 6. iustitiæ.

Ex his quatuor parabolis, tres primæ pertinent ad illos qui audiunt Euangelicam Alii mo- doctrinam, ralitas seu contin-

[illegible], gloria autem prædicatoribus [illegible], qui patresfamilias dicuntur, quoniam [illegible] prædicatores debet esse noui & veteris Testamenti thesaurus, tanquam [illegible] dispensator [illegible] illum in quacunque opportunitate [illegible]. Sed in tribus prioribus parabolis magna mysteria [illegible]. Prima [illegible] valorem ac pretium Christianæ vitæ [illegible] diligentiam qua debet quæri. Tertia autem parabola ostendit quæ præmia puniri debeant, qui in hoc negotio ignaui [illegible]. Prior ergo parabola ostendit, quæ [illegible] professio Euangelica in se contineat. [illegible] quippe [illegible] vitam [illegible] thesaurus quidam absconditus. Per singula verba [illegible] parabolæ [illegible] thesauri valor, siue per illum intelligamus regnum cælorum; [illegible] visione Dei consistit; siue initium eius quod in hac vita sit per gratiam; & alias Christianam [illegible]. Vtrumque ergo thesaurus absconditus dicitur. Thesaurus dicitur [illegible] rerum pretiosarum [illegible], de illo quippe dicimus habere magnum thesaurum, non qui [illegible] argenteum aut [illegible] habet, sed qui multa aurei vel argentei [illegible] possidet. In vita Christiana plurima magni pretij simul [illegible], ut fides, spes, charitas, quæ sunt [illegible] ex Indiis [illegible] adductæ, quas & gratia [illegible], quæ etiam [illegible] habet, quæ est [illegible] perfectissimè [illegible] ornat. Sunt enim virtutes [illegible] quis [illegible], quæ etsi ex nostra [illegible] viribus acquisi valeant [illegible] inæstimabile thesaurum [illegible]. Cum his [illegible] præclara Dei visione, thesaurus [illegible] multa sunt bona, multæ [illegible] in vnum congregata [illegible], [illegible] scriptum est, Infinitus thesaurus est [illegible]. Et [illegible] omnia bona pariter cum illa; & quia beatitudo [illegible] [illegible], secundum Boetium, est status omnium bonorum aggregatione perfectus. [illegible] dicitur, quoniam [illegible] ibi, & [illegible] bona possidentur, non [illegible] & imperfectè, sicut in hac vita. Omnium bonorum [illegible] quæ [illegible] bonum quod desiderari potest ibi deficit, nec deficere potest. Ibi enim honor, gaudium, quies, satietas, diuitiæ, scientia, voluptates, denique quidquid desideratur, habetur. Erit enim ibi, vt Aug. quidquid volet, & non erit quidquid nolet.

Sap. 7.

Aug.

Et omnia hæc simul, ac concertata [illegible], non successiuè, vt in hac vita, seu simul hæc omnia bona habentur, vt perfectius [illegible] gaudium ac maius. *Absconditus*, id est, pretiosus quia omnia abscondita pretiosa sunt. Ea enim abscondimus quæ rapi timemus, vt mundo diximus, addendo quod hinc prouerbium Græcum ortum habuit quo vicinior Hidria in foribus. Nam vilia vbicunque [illegible] relinquimus, cum tamen pretiosa abscondamus. Quare Hebræi virginem [illegible], hoc est, absconditam vocant, [illegible] quam res pretiosa in abscondito debet seruari. *In agro.* Hoc est, in loco quodam communi, & omnibus aperto ac patenti quoniam thesaurus hic omnibus proponitur, & pro omnibus est, [illegible] participes, tamen non [illegible] quoniam infinitus thesaurus est. [illegible] Christi. Siquis vult post me venire [illegible] hoc omnibus dicimus, quoniam [illegible] omnibus hic thesaurus est. *Quem qui inuenit homo* [illegible] dicitur hic thesaurus, quoniam tanquam casu aliquo à bona fortuna offertur homini. Nec enim vnquam in cogitationem hominis ascendit, quod tantum possit haberi à homine. [illegible] bona quæ casu ac forte fortuna [illegible], pluris æstimamus [illegible]; sicut Aristoteles refert de illis piscatoribus Ionicis, qui cum mitterent retia ad capiendos pisces [illegible] piscati sunt, quod [illegible] sparsi [illegible]. [illegible] qui [illegible] ad plantandum [illegible], & ibi magnum thesaurum adinuenit. [illegible] Saul ad quærendas asinas Cis patris sui, [illegible] regem [illegible] est à Samuele, quod nunquam [illegible] hic [illegible] euenit [illegible] hac vita [illegible], & [illegible] pergit [illegible] quod ibi inuenit, vt nunquam [illegible] cogitare [illegible]. Est enim Deus talis, vt [illegible] excedat hominum, & Angelorum cogitationem. Nec enim [illegible] quisquam vel [illegible] valebat [illegible] nec oculus vidit, nec auris audiuit, & [illegible] [illegible] est. Deus corde nostro [illegible] est, desiderium & cogitatum nostrum. Nec [illegible] tamen bonum nunquam desiderauit homo, [illegible] cogitationem [illegible], & [illegible] homo in hac vita [illegible] integritatem [illegible]. Et Sapiens dicit, quod omne desiderabile ei non valet comparari. Quare & vere [illegible] hunc thesaurum inuenit, est [illegible] [illegible] tantum bonum est, quod nunquam [illegible] homo. Et sic quando [illegible] quod [illegible] illud. Nec in cor hominis [illegible].

Luc. 9.

Aristo.

1. Reg. 9. & 10.

1. Cor. 2.

Isa. 64.

Prou. 8.

Non autem dicitur casu prouenire coelum,
quòd sine meritis tribuatur: sed quoniā tan
tum bonum est, vt nunquā illud excogitare
sit homo. Quare fortuna, & optima fortuna
est, illud acquirere. *Homo*. Scilicet, qui sciat
Prou.1. æstimare, non paruulus, qui non agnoscat
illum. Cōtra quos Sapiens dicit: Vsquequò
paruuli diligitis infantiā, & stulti, ea quæ sibi
sunt noxia, cupient, & imprudentes odi-
bunt scientiam? *Abscondit*. Non ex inuidia
sicut bona temporalia quæ tā minima sunt,
& pauca, vt si vnus eis abundet, alius egeat,
& si vnus ebrius sit, alius esuriat. Ideò qui
non habet, potest inuidere ei qui habet. Cæterùm spiritualia nō exhauriuntur, sed vnusquisq; secundùm propriam virtutem, hoc
est, dispositionem, & capacitatem quam esset charitas, recipiet ex eis augmentū vel secundū voluntatem Dei distribuentis in principio. Sed ideò abscondit quoniam tanquā
rem pretiosissimā intelligit necessarium esse illam seruare & abscondere, ne ab hostibus concupita rapiatur.

Et præ gaudio illius vadit. Res hæc non an-
xiam curam sicut res temporalis gignit, sed ea
gaudium habet, & cū gaudio possidet, & cū simili hilaritate cōferuat. *Et vēdit omnia quæ habet*. Quoniā regnū coelorū tanti pretij est,
vt omnia quæ homo habet debeat prodi-
gare. Imò addo modò, quòd Deus, quia ex
vna parte nouit valorem, & æstimationem
regni coelorum, & ex alia paupertatem nostram, moderatus est pretiū secundū vires v-
niuscuiusq; possibilitatem, vt vnusquisq; secundū id quod habet, tribuat iuxta illud Pauli.
Si enim voluntas prompta est, secundùm id
1. Cor.8. quod habet accepta est, nō secundùm id quod
Simile. non habet. Sicuti si est ciuitas pauperum habe-
tas, magistratus statueret precia tritici secundū vniuscuiusq; facultatē, vt diues plura
tribueret pro tritico modio quam pauper minus,
& pauperior adhuc minus. Sic Deus habet
ius pretium moderatum esse, secundū vniuscuiusq; facultatem, ita vt diues plus teneatur elargiri in egenos quàm pauper & religiosus plus de spiritualibus conferre quàm
secularis: nam Luc.12. dicit Dominus. Cui
Luc.12. multum datum est, multum & exigetur ab
eo, quemadmodùm qui pro calice aquæ frigidæ emit eū, & vetula illa Euāgelica duob⁹
æris, quia plus nō habebat, cōparauit illud:
Luc.21. Petrus & Ioannes dimissis illud emit: quia illa
Marc.6. erat totū capitale suū, nec amplius habebat,
Grego. quòd si amplius habuisset, plus dedisset. De
nique regnū coelorū (ut inquit Gregorius di-

tauimus) tantū valet quantū habes. *Emit
eum*. Vēdidit quidē omnia quæ habuit, non
ad emendū thesaurū, sed ad emendam here
ditatem in qua erat thesaurus: quoniā tibi pō-
deris Deus est verò solū ipse Deus, verum-
etiā quidquid illū cōtinet, inæstimabilis pre
tij sit. Ideò paupertas, patientia, humilitas,
in magno habenda sunt precio, quoniā in illis continetur regnū Dei. Et propter Crux
Christi inæstimabilis est modò, quæ antea
tanquā malefactorū supplicium contemptibilis
& maledicta erat: quoniā in illa Christus crucifixus inuenitur: quapropter Inuentio Crucis, tanquā festū magnū celebratur in Eccle
sia. Ideò etiā spinæ iā modò maximè inæsti
mabiles sunt, quoniā in illis inuenitur Naza
renus, qui significat floridū, hoc est, flos ille
de radice Iesse. Vidit Moyses rubū, & dis- Exod.3.
calciauit pedes suos, vt accederet ad illud.
Quid facis Moyses? Vt ingrediaris spinetū,
discalceas pedes tuos? Sic quoniā ibi est gloria
Dei, ad quā cū summa reuerentia accedēdū est,
& ad spinas & cruces præparare nos debemus: illæ enim summa veneratione spinæ ac
labores dignæ sunt: quoniā in illis est Deus.
Ideò quippe iā lacrymæ, fames, persequutiones, ac opprobria pretiosissima sunt: quoniā
in illis thesaurus ille habetur. Si quis vidisset illū qui omnia sua vendidit, vt agrū com-
paratū vrticis & spinis emeret, diceret illi:
Quid facis stulte, vt spinas emas, teipsum
tam egenum reddis? Imò tu es stultus, qui ignoras quòd iste nō pro agro id dat, sed pro thesauro qui in agro est. Sic qui religiosum videt omnia sua relinquere, & ingredi religionē, in qua quid emit nisi tribulos, & spinas,
labores, disciplinas, clausurā, paupertatē, famē
frigus, & cætera incommoda quæ ibi sunt,
Qui superficietenus id aspiceret, illū stultū
iudicaret. Et tū religiosus respondebit
illi. Tu potius stultus es, qui hæc nō percipis.
Nec enim ego pro his omnia mea cōfero, sed pro
eo quod intus geritur. Habet enim thesaurum absconditū
in se, hoc est, Deū & regnū ei⁹, & ideò ta
lē appeto hæreditatē. Tu autē id nescis, quia
eo nō gaudes sicut ego. Quēadmodū qui al- Simile.
teri pagnū clausum ostēdit, ille, cui ostenditur nescit, quid ibi lateat, ipse autē scit. Quare in vltimo die, vbi omnia hæc manifesta
erūt, tūc intelligēt impij quid sibi in his va
luerūt iusti, & dicent. Hi sunt quos aliquādo
habebamus in derisum, & in similitudinē im- Sapien.5.
properij. Nos insensati vitā illorū æstimaba-
mus insaniā, & finem eorum sine honore.
Ecce quomodò cōputati sunt inter filios

& filios Dei. Sed nos id omnino ignorabamus. Ecce quomodò hæc parabola ostendit nobis, quanti pretij sit thesaurus iste: ex qua infertur secundò quanta sit diligentia negotiandum quod tantum valet.

Luc. 19. *Iterum simile est regnum cælorum homini negotiatori.* Negotiamini dum venio: quoniam negotium vestrum in margaritis est. Bonas, id est, veras & fideles, non falsas, quales sunt illæ, quas mundus quærit. Omnia quippe huius mundi bona, mendacia sunt ac sophistica, quæ oculis carnis lucent, cùm tamen vitrea sint, ac fragiles, quæ facilè ictu franguntur, sicut gemmis falsis accidere solet. Nec enim virtutem, aut lucem propriam habent, sed quæ facilè obnubilatur, nec virtutem veram, sed quæ apparet. Videntur enim diuitiæ sanare, honorare, iustificare, & tamen hoc non verè fit, sed sophisticè. Margaritæ autem, quarum est negotium hominis Christiani, veræ sunt, non vitreæ, sed adamantinæ quarum virtus ad omnia valet, quarum splendor cœlestis est. Si ergò tanti falsas æstimas gemmas; cur non magis veras? Sit tanti virtutum, quanti margaritum. *Inuenta autem vna pretiosa margarita.* Plures quærebat; & vna sola inuenta quiescit. *Simile.* Si esset margarita vnum quod in se virtutes omnium gemmarum contineret, esset in illo smaragdi vigor, carbunculi claritas, Adamantis fortitudo, camaæi virtus, hyacinthi hilaritas, ad quid alias margaritas quæreres, si in vna cæterarum omnium virtutem, ac pulchritudinem haberes? quoniam si id, ... omnes alias habes, superfluè illas quæreres. Sic in Deo omnia bona tanquam in causa vniuersali eminenter sunt, quid ergò Angelos aut Seraphin appetis? Si in Deo omnes eorū virtutes ac perfectiones nobiliori ac excellentiori modo sunt, cur nec solem ipsum velis, si Deus omnium luminum pater ac origo est, vt ait Iacobus? *Iacob. 1.* In eo quippe omniū florū vigor, solis claritas ac stellarū, cœli robur, speciositas Angelorū est. Est enim speciosior sole, ait Sapiens, & super omnē dispositionē stellarū. Luci comparata, inuenitur prior. *Sap. 7.* Si ergò Deū solū habes, omnia habes, nec quicquā tibi deficere potest. *Aug.* Sic enim ait Aug. Qui te solū habet, & cætera nō habet, nihil ei deficit: si autē te nō habet, etiā si cætera habeat, nihil putet se habere. Qui ergò Deū habet, nihil amplius desiderādū in eo venit. In eo quippe appetitus noster omninò quiescit, nā de eo dicit Psalmus. *Psal. 147.* Qui posuit fines tuos pacē, quoniā in illo fine omnes alij fines finē habēt. Quo habito, omnes fines habentur. Et pax est in appetitu nostro, qui nunquā nisi in Deo quiescit, secundū illā Aug. sententiā. Fecisti nos Dñe, ad te, & inquietū est cor nostrū, donec perueniamus ad te. *Aug.* Nā qui hūc nō habet negotiationē, plures negotiationes habet. Qui hunc finē nō quærit, multos fines quærit. Hinc mūdani in multas negotiationes diuisi sunt, diuitias, honores, dignitates, officia, beneficia, cathedras quærūt. Ad quos Dñs apud Ezechiel. ait: Plures fecisti negotiationes tuas, quā stellas cœli. *Ezech. 27.* Et cū vnū tantū negotiū agere deberes, quod est hoc acquirendi regnū cælorū, quod solum negotiū dici potest, quod nullū pluralitatē habet; & ad quod omnia alia negotia dirigenda sunt; plures tamē fecisti negotiationes tuas quā stellas cœli, quoniā nō vnū quæris, quod solū quærēdū est.

Vel secundò dicam vobis imaginationē meam. Multas quærit margaritas, & tamē cū vnā inuenit, gaudet. Quod etsi omnes virtutes à nobis quærēdæ sunt, quæ sunt margaritæ, tamen ea vna quærenda est à te, quā maximè indiges. Vt si fortè in alijs te benè geras, tamen ad libidinē te propensum vides, honestatē ac continentiā obnixè, & totis viribus quære, & à Deo continuis orationibus pete, donec illā obtineas. Vende omnia quæ habes, nihil intactum relinquas, quoad vsque illā consequaris. Alius qui iracūdus est, patientiam quærat, qui impius misericordiam, pusillanimus magnanimitatem, superbus humilitatem, & sic de omnibus alijs. &c.

Vel etiam sic dices. Nullus omnes virtutes habet in gradu heroico, curet vt in illa maximè splendeat, quæ suo magis statui congruat. Vt ex lapidibus preciosis illum præcipuè quæris, quo ad tuam salutem maximè indiges. Qui oculis æger est, camasæum quærit, debilis, adamantem, qui tristitijs afficitur, corallum, & sic de alijs. Sic quilibet illam virtutem in supremo gradu habere magis curet, quæ plus sibi conducit. Solus Christus omnes virtutes habuit in gradu heroico, & post illum sua Mater, cæteri Sancti, etsi omnibus virtutibus claruerunt, sed in aliquibus maximè splenduerunt. De singulis quippe sanctis dicitur, quòd non est inuentus similis illi. *Eccle. 44.* Quoniam etsi aliqui sanctiores alijs fuerunt, tamen quidam sic se in aliquibus virtutibus extulerunt, vt alios omnes in illis superarent, propter quas dicitur de eis, quòd non est inuentus similis illi. Quemadmodum fortè D. Francis. in humilitate alios excelluit, in pudicitia Bernardus, in animarũ zelo B. Dominicus. Vt Abraham in fide, Iob in patientia, Dauid in mansuetudine, Paulus in prędicatione, &c. Sic tu facere debes. Coniugati margaritũ est amor mutuus, & misericordia in pauperes. Religiosi doctrina pollentis, sua gēma sit cōtemplatio, studentis, sapientia: sacerdotis Christus in Sacramēto, qui est thesaurus absconditus, de quo Esai. dixit: Verè tu es Deus abscōditus. Vnde quia sacerdos capsula tāti margariti est, opus est vt omni munditia resplendeat, & omni bono odore flagret. &c.

Esai. 45.

Alia moralitas sententia. cap. 7.

Iterum simile est regnum cælorum homini negotiatori, quærenti bonas margaritas. &c. Et si plura iā de hoc thesauro dicta sint, sed quoniam infinitus hic thesaurus est hominibus, semper est aliquid quod inueniamus in eo. Et quamuis profundus sit, & absconditus, tamen fodiendo semper grana aliqua inuenimus auri, quo plurimum thesaurus iste abundat. Imò sicut in aurifodinis ipsæ glebæ aurũ sunt, sic in Euangelio Christi quod, vena quædā auri, lapidumq; pretiosiorum est, glebæ ipsæ magnæ æstimationis erunt, iuxta illud Iob: Glebæ illius aurũ. Præcipuè quòd Euangelium prædicari solet in die [illegible], hoc in die S. Luciæ, quæ significat lucem. Hæc enim nobis impetrabit oculos ac lucē, quibus thesaurum illum ac gemmas inuenire possumus. Lucia domina lucis confer animabus nostris oculos, quibus cernere valeamus thesaurum istum ac gemmas, pro quibus tu, & vitam, & omnia quæ habebas dedisti. Omnes hæ quatuor parabolæ thesauri, margaritarum, sagenæ missæ in mare, hominis sapientis, qui noua & vetera nouit, charitatis virtutem significare dico, in qua totus census hominis Christiani consistit. Nam ad literam omnes hæ parabolæ, vt diximus, loquuntur de valore Euangelicæ doctrinæ, in qua præcipuè charitas hæc cōmendatur, quam tamen quasi thesaurum absconditum tenemus. Quoniam nemo scit, vtrum odio, an amore dignus sit, nec potest quisque cum Paulo dicere. Certus sum, quòd nec mors, nec vita, nec aliqua creatura poterit nos separare à charitate Dei, quæ est in Christo Iesu. Hanc enim certitudinem ex reuelatione habebat Paulus. Quòd si nec ipse qui habet scit, multo minus alij eum cognoscent. Nam iustus opertum gerit hunc thesaurum, sub rebus quæ mundo impertinentes videntur, nec enim

Iob. 28. *Eccles. 9.* *Rom. 8.*

indicauerunt honorem animarum sanctorum: & in quibus rebus summum habeat honorem iustus, in illis nempe quæ diuersa sunt à mundanis. Quemadmodum qui videret pharmacopolam ad conficiendam tiriacam quærere viperas, scorpiones, ac cæteras venenosas bestiolas, putaret illum vel se, vel alios veneno perimere, & tamen fallitur: non enim quærit nisi confectionem & antidotum conficere quo veneno medeatur. Sic qui videret iustos res quæ videntur interimere quærere, qui cerneret sanctos martyres spontè ad martyrium properare, eremitas, labores, vigilias, ieiunia, ac cæteras asperitates, quibus vita consumitur auidissimè quærere, putaret quidem illos niti ad interficiendum se; & tamen potius vitam in illis quærebant æternam, & virulentæ serpentis mederi morsibus: nam ex illis rebus tiriaca hoc cōficitur. Et ideo non solùm tribulationes quærebant, verùm & gloriabantur in illis, sicut & Paulus dicebat: Non solùm autem, sed & gloriamur in tribulationibus. Scientes quoniam tribulatio patientiam operatur, patientia autem probationem, probatio verò spem, spes autem non confundit. Hic quiescit iustus in spe Christiana, quæ non confundit, nec verecundatur; quoniam certa sunt ea quæ spes Christiana promittit. Nec enim est veluti spes mundi, qui mentitur, & confusos ac illusos dimittit sperantes in eum. Ideò ergò iusti & gloriantur in tribulationibus, & eas quærunt: quoniam in illis reperiunt antidotum, & medicinam cōtra peccati virus. In Ephes. 1. ait Paul. Non cesso gratias agens pro vobis, memoriam agens vestri in orationibus meis, vt det vobis spiritum sapientiæ, reuelationis, illuminatos oculos cordis vestri vt sciatis quæ sit spes vocationis vestræ, & quæ diuitiæ, gloriæ, hæreditatis eius in sanctis. Opus habemus habere oculos illuminatos à Deo, sicut habuit beata Lucia; vt sciamus in quo sit firma Christianorum spes, & quæ sint diuitiæ hæreditatis sanctorum, pro quibus tot patitur iustus, & tam fiducialiter eam sperat. Et quoniam qui hanc charitatem radicatam habet in corde, omnia propter illam spernit, nec hoc agnoscit stultus: ideò dicitur, thesaurus absconditus. Sed de hoc statim plura dicemus.

Sup. 50. Simile. *Rom. 5.* *Ephes. 1.*

Iterum simile est regnum cælorum homini negotiatori. &c. Supra diximus: Amor Dei non est otiosus: quod hoc additamento confirmo. In domo Abrahæ cum Angeli ad illum

Genes. 18.

[illegible] venerunt in figura virorum [illegible] de virtute [illegible]. [illegible] ad Saram [illegible], ut [illegible] occidit vitulum [illegible] diligentes [illegible] Angelorum [illegible]. [illegible] charitas [illegible] erga Angelum [illegible] Deo [illegible] Vnde Paulus dicit: Charitas Christi vrget nos. [illegible] nunquam quiescit [illegible] Qui habuerit substantiam huius mundi, [illegible] viderit fratrem suum necesse habere, [illegible] ab eo, quomodo charitas Dei manet in illo? [illegible] quod non habet charitatem [illegible] Ecce quomodo [illegible] quod ad aliquem [illegible] margarita [illegible]. Nam haec est charitas [illegible] maior caeteris virtutibus sit, (vt ait Paulus: Maior autem horum est charitas) [illegible] omnes alias virtutes [illegible] qui, sicut causa vniuersalis particulares, & sicut [illegible] continet trigonum, vt ait Philosophus. Vnde 1. Corinth. 13. dicitur: Charitas patiens est, benigna est, non aemulatur, non agit perperam, id est, non est inconstans & leuis: id enim significat dictio Graeca, perperam. Non inflatur, non est ambitiosa, quia est humilis: non quaerit quae sua sunt, non irritatur, non cogitat malum, non gaudet super iniquitatem, congaudet autem veritati, omnia suffert, omnia credit. Ecce virtutem fidei habet, credit enim omnia quae credenda sunt. Omnia sperat. Ecce virtus spei in se includit. Omnia sustinet. Ecce quomodo omnes virtutes in charitate [illegible] omnibus tanquam domina imperat, secundum illud Sapien. Vocauit ancillas suas ad arcem. *A la torre del castillo*. Quoniam omnes virtutes ad Dei obsequium deducit ac dirigit. Quare sine charitate nulla apud Christianos est [illegible] virtus, nisi largo modo loquendo [illegible] alia [illegible] est forma aliarum virtutum, & [illegible] vitae aeternae [illegible] alias morales, & [illegible] Christianas: quoniam in superna [illegible] & ideo dirigit [illegible] Est enim veluti lapis, quem dicunt Philosophi, per quem quidquid [illegible] viride & pretiosum apparet. Sic omnia opera quae videt charitas, [illegible] & meritoria, & sicut per illum lapidem etiam [illegible] viride [illegible] apparere, sic [illegible] delicta operit charitas. Est etiam [illegible] lapis Alchimicus, quo quidquid tangit [illegible] aurum vertitur. Aut est charitas velut manus Regis Midae, de quo fingebant Poetae, quod quidquid [illegible] conuertebatur. Sic quidquid tangit charitas aurum est. Nam quamuis opera quantumuis minima, si cum charitate [illegible] calicem aquae frigidae [illegible] Vnde Paulus ait: Diligentibus Deum omnia cooperantur in bonum. [illegible] Quoniam charitas [illegible] opera [illegible] bona [illegible] et [illegible] margarita [illegible] aliquam [illegible] vocat ad arcem, id est, ad Deum cuncta opera eorum dirigit, & sic eas [illegible] continet, eo quod omnes illi adhaerent, & obtemperant. Hoc enim est quod Theologi dicunt, virtutes esse connexas: quoniam in charitate connectuntur omnes, in qua & includuntur, & illis illa imperat. Illarum enim vsum imperabit, cum ad Dei gloriam, & honorem conueniens fuerit. Nam quando opus fuerit pro Dei gloria esse fortem, [illegible] fortiter opponere, vel patientem, liberalem, ac magnificum, &c. Omnibus his virtutibus imperabit, & obediunt ei tanquam dominae. Est igitur charitas margarita haec inaestimabilis, quod omnes alias margaritas continet. Vnde & Prouerbiorum. 8. dicitur. Melior est fructus meus auro, & lapide pretioso. Quare hac inuenta, [illegible] abijt, & vendit omnia quae habet, & emit eam. Nam amor Dei plus omnibus rebus terrenis valet. Vnde Cant. 8. dicitur: Si dederit homo omnem substantiam suam pro dilectione, quasi nihil despiciet eam. *Et como si no diesse nada*. Pretiosissi-

[illegible]tiosior est cunctis opibus; & omne desiderabile huic non valet comparari. Nec enim diuinus amor pretio æstimabilis est. Vnde B. Francis. intelligens quantum amor Dei valeret, indignabatur contra illos, qui ob quamlibet rem amorem Dei obtendebant dicentes: Ob amorem Dei fac hoc, vel illud: grandis quippe obsecratio est propter amorem Dei, vt nisi propter res grauissimas nō deberet talis obsecratio fieri, qua as tali obtestatione obiuratus nullus negare posset. Vnde cùm ego quandam vice transiissem ad terram cuiusdam agricolæ ad petendam eleemosynam multi pro meo conuentu, & dixissem ei: Ob amorem Dei fac mihi hanc eleemosynam. Respondit rusticus, Ob amorem Dei, pater mi, omnem meā substantiam dabo tibi. Et libentissimè vas quod afferebam adimpleuit [illegible], quasi rustico illi Deus hanc amoris Dei æstimationem reuelasset, sic loquutus est. Igitur hoc quod hic dicitur, quòd ille vendidit omnia quæ habuit, & comparauit hanc pretiosam margaritam, hunc sensum reddit. Quod potius vita, res familiaris, ac quæcunque homo habet amittenda sunt, quàm quòd vnū peccatum mortale cōmittatur, per quod amittitur charitas. Ita quòd si in vno ponderes omnia mundi bona [illegible], & in altero vnū peccatum mortale, omnia alia potius sunt amittenda, quàm quòd semel mortale peccatum committatur. Vt ergò illi sunt audacissimi homines peccatores, qui ob rem nihili [illegible] peccata mortalia committunt. [illegible] quæ nec per vnum mensem tibi potest alimenta præbere, [illegible] Deus mortaliter offenditur, vendendo, alter accipiendo, alius peierando, [illegible] indignum, vel minus dignum eligendo. Nec mihi dicis, id te facere ad redimendam tuam vexationem: quoniam hoc nō habet locū, nisi [illegible] te [illegible]. Nunc [illegible] habes iustitiam quantum ad [illegible], nec habes locum [illegible] redemptio, nisi cùm [illegible] possessione [illegible] acquisiuisti ius, contra [illegible], vel tibi obsisteret, ne te [illegible] opponeres ad quod habes ius. Quare [illegible] suffragia non est congruum medium ad lucrandam cathedram, quoniam peccatum est: peccatum autem ad nullam rem potest esse mediū, nisi ad detrudendū hominē in infernū. Quocirca postquam negotiū aliquod consideraueris, si nullum aliud medium inueneris, nisi cum peccato, existimare debes te nullum inuenisse medium iuxta illud celebrem D. Augusti. sententiam, quæ dicit: Nullum medium te inuenisse dixeris, quando ad id perueniri non fuerit, quod sine peccato fieri non potest. Quid ergò facies? Deo negotium tuum commendans, in manibus eius relinque illud, fidens, quoniam quod tibi expedierit faciet. Nam ex eo quod illi credideris causam tuam, ipse vbi minimè cogitaueris faciet. Sed [illegible] nihil illi credimus, [illegible] posse, & ideò etiam medijs quæ peccata sunt, negotia nostra confirmamus, quæ tamen [illegible] habere.

Iterum parabola etiam de charitate intelligitur, quæ est sagena, [illegible] ligare vel [illegible]. Qui [illegible] hoc [illegible] peccatum [illegible], post ingressum esse non possumus, quoniam charitas operit multitudinem peccatorum, nec simul cum illa potest peccatum mortale stare. Sed aduertendum, nos per baptismum in hanc sagenam intrare, in quo regulariter hæ virtutes Theologicæ, fides & spes, & charitas, nobis infunduntur. Dico regulariter, propter adultum, qui in peccato mortali baptizatur, sed quia regulariter paruulis datur, qui non ponunt obicem, & regulariter adulti qui baptismum recipiunt rectè dispositi sunt, ideò dicimus quòd in baptismo in hoc charitatis rete ligamur. Cæterùm sicut pisces postquam rete intrauerunt, ipsi se mutuo [illegible] ac motibus corporis feriunt, & conterunt, sic Christiani postquam charitatem adepti sunt, contentionibus, & simultatibus, seipsos & illam impediunt atque corrumpunt. Qui proijcientur foras ab ea, quando electio bonorum per Angelos fiet, vt hic Dominus dicit. Est ergò sagena hæc charitas qua ligantur homines Christiani inter se, sic enim Dominus per Oseam dicit. In funiculis Adam traham eos, in vinculis charitatis. Quapropter Paulus charitatem vinculum vocat perfectionis: quoniam nos ligat vltimo fini, in quo perfectio nostra consistit. Tunc enim lapis melius habebit, cùm fi[illegible] fuerit centro, quàm si [illegible], vt ad illud præceps vadat confringendo se per aërem, & per reliqua impedimenta in quibus offendēdo cōfringit. Quin[illegible] hæc vincula diuini amoris expeditiorē faciunt hominē ad currendū in via Dei: quoniā illū ab alijs impedimētis expedit, vnde liberi ad Deū [illegible] Esa.

Prou. 3. — B. Francis. — Ose. 11. — Colos. 3.

cap.

re, et, dicens: Vincti manicis pergent. His
Psal. 54. impeditis, & sine vinculis celerius properabi[illegible]
ad Deum, quoniam multa vincula sic potius
sunt, quibus [illegible] ad Deum. Illa etiam
[illegible] mundi [illegible] charitas, & absoluta li-
berat curis, quibus [illegible] tenebamur, ut sic
sine illo impedimento ad Deum velocius
aquilis pergant. Igitur omnia vincula ac retia, alia sunt quibus ad Deum volare debemus, sed [illegible] et [illegible] in Dei
[illegible] charitas omnia propter Deum facit, [illegible]
mollem & acceptabilem illi, [illegible]
Psal. 6. Dei voluntati [illegible] ad alia [illegible]
quae non sunt Dei, [illegible]

Quarta & ultima parabola in idem
tendit. *Ideo omnis scriba doctus in regno caelorum similis est patrifamilias, qui profert de thesauro suo nova & vetera.* Nam praeceptū de
dilectione Dei & proximi, vetus & novum
est. Vetus quia a lege naturae [illegible]
[illegible], quia Christus illud singulariter docuit,
ut nō solū naturali dilectione Deum dilige-
remus, verū & supernaturali & divina, quae
dicitur charitas, nempe diligere proximum
in ordine ad finem supernaturalem. Unde
& Sponsa dicebat: Omnia poma nova & ve-
Cant. 7. tera, dilecte mi, servavi tibi. Pomum vetus est
amor naturalis, quē ipsa naturalis lex docet;
novum, supernaturale & divinum; quē nō ita
recte intelligebatur, quo usque Christus Dominus nos docuit, quomodo deberemus Deū
diligere, nō solum in quantum est author naturae, verū etiam in quantum est author gratiae, & gloriae, quo speramus eū adipisci; &
Simile. proximum etiā sic deberemus diligere, in ordine ad illum aeternū finē. Vel dicitur novum, ab effectu, quia animā renovat ac purificat, sicut ignis id quod per illum transit. Est
enī charitas tanquam ignis, [illegible] *crysol*, qui animas renovat ac probat, ad suāq; puritatem
reducit. Quare Christ' hoc praeceptū suum
dicit, eo quod ille renovavit, explicavit, atq;
in hunc supernaturalem modum amandi
Deum erexit. Hic est igitur totus Christianorum census atq; thesaurus, pro quo homo
S. Lucia. omnia bona sua relinquere debet, ut beata
Lucia fecit, in cuius solemnitate hoc Evangelium legitur. Quae & vitam, & castitatem, &
bona familiarum pro hoc Dei amore contempsit. Quare ipsa Lucia dixit matri suae:
Quod mihi debebas dare mortua ad hominem corruptibilem, da mihi ut id pro Deo
incorrupto dispensem. Et cum propterea
a sponso suo, coram praefecto, tanquam
Christiana deferretur, & praeses eam ad sacrificia daemonum hortaretur, respondit. Ego
per tres annos non cessavi sacrificare Deo
vivo quicquid habui, modo quia nihil superest, meipsam offero. Facias quod volueris
de hostia sua. Tunc Paschasius Praefectus, ista
inquit, Christiano homini inculcanda sunt,
mihi autem qui principum praecepta custo-
dio, haec frustra prosequeris. Respondit virgo. Tu Principum leges attendis, ego Legē
Dei attendo. Tu illos times, ego Deum. Tu
illis placere desideras, ego Deo. Tu igitur
fac quod tibi necesse est; ipsa agam quod relatum mihi cognosco. Et plura alia miranda quae
coram Praeside respondit.

5. *Simile est regnum caelorum thesauro abscondito in agro.* Hoc considerare oportet, admi- [illegible]
rabilem Dei sapientiam, artificiosumq; mo-
dum ad se homines trahendi. Per ea enim
quae homines appetunt, eos ad se trahere voluit. Erant homines avari, pecuniam ac gemmarum avidi [illegible]
[illegible] ac reliquarum voluptatum amatores [illegible] his nomi-
nibus regnum suum nominare solet. Quid
vis [illegible] convivio esse, comedere, coenare,
inebriari? Scito quod regnum caelorum est
prandium & coena, est convivium, est bibitio,
& quicquid appetere volueris: nā omnibus
his rebus regnū caelorum comparatur. Voluptates nuptiarū appetis? Regnū caelorum
comparatur nuptijs. Thesauros desideras ac
gemmas? Regnū caelorū comparatur thesauro,
& margaritis optimis. Hoc artificio ad se
Ioan. 4. traxit mulierē illā Samaritanā, quae cū situlam, ad hauriendā aquā de fonte pergebat, &
dixit illi: Si scires donū Dei, & quis est qui
dicit tibi, Da mihi bibere, tu forsitan petijs-
ses ab eo, & daret tibi aquam vivam. Hanc
enim mulier illa [illegible] appetescebat. Si ergo thesauros appetis, simile est regnum caelorum thesauro; si amicus es rerū pretiosa-
rū & negotiorū, & manus semper inter argentum ac aurum traheres, simile est regnū
caelorum homini negotiatori quaerenti bonas margaritas. Sciendū, quod anima etiā habet
suam capacitatem, ac desideria sicut corpus.
Habet enim suā avaritiam, ac cupiditatem
rerum quae sibi propriae sunt. Incredibile
dictu est, quanta aviditate intellectus desiderat veritatem agnoscere, scire ac intelligere res novas, & altissimas veritates. Voluntas etiam vellet semper habere praesens
aliquod bonum, vel pulchritudinem, quam
amet, cupere, ac in ea actionem illam

amandi exerceret. Et sic possumus intelligere illud dictum Sapientis, Eccles. cap. 1. (*Eccles. 1.*) Non satiatur oculus visu, nec auris auditu impletur. Acutissimus ille oculus animæ tantæ perspicaciæ, ac roboris, qualis est intellectus, non satiatur visu: semper enim intelligere gaudet, atq; scire veritates sibi absconditas, & occultas? Voluntas etiam (quæ velut auris est, quæ intellectū auscultat) nihil enim amat, nisi quod intellectus ad aurem ei loquitur, cùm nihil sit volitum nisi sit præcognitum, nunquam satiatur aurem accommodare intellectui, vt ei proponat bona quæ amet, ne otiosa sit, nec enim potest. Hæ duæ potentiæ sunt illæ duæ filiæ sanguisugæ, de quibus Sapiens ait: Sanguisugæ duæ sunt filiæ, dicentes, Affer affer. (*Prov. 30.*) Anima humana, quæ hæc sanguisuga est, quæ accumbere ac sensim creaturarū cognitionem sugere, has duas habet filias, nimirū has duas potentias, intellectum & voluntatem, quæ in essentia animæ radicantur, quæ semper animam solicitant, & quadam auiditate premunt, dicentes, Affer affer. Da mihi plures veritates, quas sciam ac intelligam, ostende mihi bona quæ amem, doce me plura quæ intelligam, propone mihi alia quæ diligam: Quæ insatiabilis cupiditas in eis ortum habet à sua ipsarum natura. Sunt enim ambæ potentiæ rerum infinitarum capaces. Nam obiectum quod dicitur: intellectus, non est res quædam singularis: nam singularia sensus ipsi capiunt; sed est res quædam vniuersalis, ac communis à rebus ipsis singularibus abstracta, quæ non est limitata ad hic & nunc, sicut res singularis, sed omnino illimitata ab hisque eam contrahere possunt abstrahens, ex quo certam infinitatem, ac illimitationem sortitur. Idem de voluntate dicen, cuius obiectū nō est hoc aut illud bonū, sed bonum in commune ad nullā materiam limitatū, aut contractū. Et quia hoc bonum sic infinitum ac [illegible] solus Deus est, hinc est, quòd nunquā hæ duæ potentiæ, intellectus, & voluntas quietantur, nisi intelligēdo, aut amādo Deum. Hoc appetitu ac cupiditate sciēdi diabolus primos parentes seduxit dicēs: Eritis sicut dij scientes bonū & malū. (*Gen. 3.*) Vt ergò hūc hominis appetitū satiaret Deus, concessit ei hūc thesaurum, has gemmas, has inæstimabiles margaritas, quæ sunt virtutes Christianæ à Deo infusæ, scilicet, fides, spes, charitas, quæ regni coelorū dicuntur quoniā illę sunt capitale nostrū ca[illegible] ensus, quo negotiū regni coelorū agimus, & quia sunt virtutes quas nō possumus viribus nostris acquirere, sicut cæteras morales, sed sunt è coelo aduectitię, per se infusæ à Deo, & quibus altiori ac diuiniori modō se nobis cōmunicat Deus, quā per naturalia. Nam licet Deus author sit vtriusq; ordinis, tā naturalis; quā supernaturalis: similius tū se nobis communicat Deus per has virtutes, quā per lumē naturale: nā hoc deriuatur à Deo tāquā ab authore naturæ, illę tanquā ab authore gratiæ, & gloriæ. Et quia gloria consistit in summa cōmunicatione ipsius diuinæ naturę, hinc est quòd virtutes istę, quibus hanc cōmunicationem acquirimus, debent esse eiusdē ordinis, vt media proportionentur fini. Quare per eas se nobis cōmunicat altissimo modo. Sunt enī dethesauri [illegible] diuinę naturę, quibus eius cōsortes efficimur, vt d. Pet. docet dicens: Per quē maxima & pretiosa nobis promissa donauit, vt diuinę simus cōsortes naturę. (*2. Pet. 1.*) Sicut Rex aliter se cōmunicat popularibus, aliter primoribus ac amicis, illis à lōgē se ostendit notitiā quandā communem sui ipsius ostendens illis, manifestās eis aliquādò vultū suū, & nōnūsq; velo operitū. (*Simile.*) Amicis verò ac purpuratis familiaribus, familiarius cū illis tractādo, humanius cōfabulādo, seipsum, ingeniū, diuitias, ac delitias eis cōmunicādo. Sic Deus vno modo in naturalibus se nobis cōmunicat, aliter in supernaturalibus. Primo modo generalē quandā notitiā nobis manifestauit, per quā intelligimus vnū Deū, vnū primū principiū omniū rerū. Amor etiā naturalis nō plus ascendit, quā sit hæc cognitio. In supernaturalibus autē meliora mysteria nobis reuelat, at amoris suorū nos facit participes; introducit nos in cellaria sua, ibique nobis præbet vbera sua, hoc est, secretiora sui amoris arcana, ibique in nobis ordinat charitatē infundens eā desuper. (*Cant. 2.*) Igitur hac ratione hæ virtutes Christianæ dicūtur thesaurus: quoniam per illas Deus incipit nras implere cupiditates, appetitusq; intellectus ac volūtatis satisfacere, qui summa auaritia appetit rebus suis adimpleri. Nec enim intellectui sufficit ea quæ Aristoteles cognouit scire, nēpe coelorū motus, qualitates astrorū, generationem mineraliū, definitionē tēporis ac motus, quæ indicant primi motoris: parua hæc sibi videntur. Vt ergo plus satisfaciat illi, infundit illi fidem, quæ notitiam rerū supernaturalium præbet, quæ illum beatum efficere debent, quatenus hac notitia plura intelligit, quàm quæ lumine naturali intelliguntur, atque [illegible] hoc thesauro in hac vita incipiat satiari insatiabilem appetitum sciendi. Ecce magnum thesaurum, aurum intellectus, adimpleri illo satietate, famem tamen sciendi extinguere, nam hac notitia plura intelliges, quã quæ humanæ naturæ de totis viribus percipere possunt. Voluntas ibidem, quæ est [illegible] animæ etiam insatiabile, quid vis? Amare, concupiscere bonum? Ecce tibi infunditur charitas, qua altissimo modo possis amare summum bonum, omnem pulchritudinem, omnemque voluptatem. Deniq; quidquid desiderari & amari potest. Quòd si quietis impatiens es (nec enim volumus otiosa poteris esse) dabo tibi comitem spem, quæ te ad cælestia longitudine quadam excitet, semperq; ebulliens ad hunc thesaurum te faciat salire. Ecce quomodò thesaurus iste sunt virtutes Theologales. Sed ex his tribus virtutibus maior est charitas, vt *1. Cor. 13.* Paulus docet: quoniam immediatiùs attingit Deum. Fides enim credit Deo tanquam primæ veritati reuelanti se per Ecclesiam: itaq; credit rebus reuelatis à Deo per Ecclesiam suam. Spes autẽ quærit Deum sibi, speratq; in eo in quantum est principium bonorum, quæ sibi à Deo prouentura: quare non ita immediatè hæ duæ virtutes tangunt Deum. Charitas autem fertur in Deum ipsum immediatè, prout est in se. Omnes quidem tres virtutes tangunt Deum, quoniam habent illum pro obiecto, quarè omnes scopum attingunt, sed charitas medium scopum affigit. Aliæ quippe virtutes quasi per latus illi adhærent: quoniam fides sub ratione primæ veritatis, spes sub ratione boni ardui beatificantis, in illum feruntur: charitas secundùm se ipsum, illum tanquam integrum bonũ suum amat. Est enim inter reliquas virtutes sicut aquila, quæ Solem ipsum, in se ipso, indeficientibus oculis intuetur. Quarè dicitur charitas vinculum perfectionis: quoniam per- *Colos. 3.* fectè vnit animam Deo. Vnde qui charitatem habet, integrum thesaurum habet. Sic *Rom. 13.* enim ait Paulus: Quòd plenitudo legis est dilectio. Dicitur autem charitas thesaurus absconditus: quoniam virtus est supernaturalis, ad quam nostræ vires naturales non pertingunt, atq; in secretissimo loco animæ nostræ sedem habet, hoc est in corde. Vnde *Iob 28.* Iob dicit: Quis est locus sapientiæ, aut quis est locus intelligentiæ? Abscondita est ab oculis omnium viuentium, volucres quoque cæli latet. Quoniam nec Angeli hoc arcanum penetrant, solus enim Deus scit quis habet hunc thesaurum in corde. *In agro.* Hic ager est corpus, vbi anima in qua est ille thesaurus, delitescit, ager ipsius oblitus, in quo contineri thesaurus iste absque Dei gratia minimè poterit. Vel dicitur thesaurus iste absconditus in agro: quoniam effectus charitatis forsan iam non inueniuntur, in vrbibus nec in plateis, aut in domibus Regum, sed in agro vbi agricolæ sunt. Quoniam plus eleemosynarum largiuntur ex his quæ in sudore vultus sui colligunt, quàm proceres ac diuites mundi. *Quem qui inuenit homo.* Inuentus dicitur, quia opera sine charitate & gratia non dicuntur quærere hunc thesaurum, quia non merentur illum. Sunt enim opera sine luce, & absq; luce nequit hic thesaurus quæri, nedum inueniri. Quis enim in tenebris, dragmam perditã quærit. Mulier illa *Luc. 15.* prudens, quæ perdiderat dragmã vnam, lucernã accendit, vt quæreret illud. Hæc autẽ lucerna gratia Dei est, ac charitas, sine qua nõ potest Deus meritoriè quæri. Quarè prima gratia gratis cõfertur, & quasi casu eam adinuenit homo in agro suo. Gratia ergo facit nos inuenire dragma hoc, in quo est imago Dei, quæ est charitas, quæ vultũ nostrum reddit simillimum Deo, vt simus secundùm gratiam imago eius. Nam dilectus di- *Cant. 5.* citur candidus & rubicundus, quia calore charitatis rubescit: sic anima hoc calore rubicunda, imaginem ac vultum Sponsi refert. Vnde Dauid amicus Dei rufus erat, & in ge- *1. Reg. 16.* nis rubicundus. Hoc colore cognoscuntur amici Dei. Quarè ad Spõsam dicitur: Genæ *Cant. 1.* tuæ sicut turturis, quæ suis amorem refert: seruat enim suo coniugi amorẽ indiuiduum, ita vt semper illum gemat, nec alteri copuletur. In genis ergo cognoscuntur amici Dei, nam si charitate rubent, ipsi sunt. Quarè de *Sap. 7.* charitate dicitur quòd amicos Dei constituit. Vnde (vt docet Gregor. super. 1. lib. Regum) *Gregor.* sicut nunquam dicis cognoscere hominem, nisi faciẽ eius aspexeris, sic nec Deus amicos agnoscit, nisi in facie, quæ est charitas. Neminem enim diligit Deus, nisi eum qui *Sap. 7.* cum sapientia inhabitat. Quocircà fatuis virginibus, quæ oleo charitatis carebant, dicitur: Nescio vos. Idem respondetur in die iu- *Matth. 15.* dicij his qui opera misericordiæ non exercuerunt. Sicut cortex mali punici ita genæ *Cant. 4.* tuæ. Nam malum punicum purpureis granis rubescit, quæ miro ordine cõposita mutuò sibi succum communicant. Quod & charitas in anima facit. Nam & Sponsa dicit ordi- *Cant. 4.* nauit in ea Sponsum charitatẽ. Quem voluũ

desiderat Sponsam videre, cùm dicit: Ostende
mihi faciem tuam. Igitur, facies qua Deus
suum agnoscit, charitas est. Eadem ergo facie
Ioan.13. poterò ego dignoscere Christianum: nam
& ipse dixit: In hoc cognoscent quòd mei
estis discipuli, si charitatem ad inuicem habueritis. Si ergo in te hanc charitatem non
videro, non te dicam Deo amicum. Sed dices: Quomodò eam videre poteris, quæ occulta est? Benè. Sed signa sua ac affectus habet: sicut absconditum ignem per fumum
cognosco. Ieiunas frater? Benè habet. Non
vitupero. Vigilas, laboras, media nocte surgis ad matutinas horas, in [illegible] raperis? bona hæc omnia sunt. Inuideo talibus opera-
bus certè. Nihilominùs non propter hæc
opera te amicum Dei iudicabo, nec agnoscam. Nec enim hæc faciem amicorum Dei
reddunt, sed fucus aliquandò esse solet. Sed
si diligis proximum tuum, sicut teipsum in
Deo, misero compateris, tristitia alterius te
afficit, prouides egeno, cùm vales, hæc signa
dilectionis sunt. Faciem Sponsi referentem
iam te amicum eius agnosco. Sed proh dolor. Video te crudelem, impium, truculen-
tum, sæuum in proximos, odio plenum, qui
nec micas pauperi Lazaro tribuis, fragi-
lesque rationes quæris, vt te excuses ab eleemosynis largiendis. Tereuntij non æstimo
quidquid aliud egeris, si hæc nõ facies. Non
ibi Cæsaris figuram cerno, non ibi Christi
mei imaginem video, nõ hæc facies eius est:
absque charitate, absque pietate, absque misericordia, cætera omnia hypocrisis sunt. Si
2.Cor.11. enim cum Paulo infirmaretis cum infirmo,
vreretis cum pusillo, si mala proximi, vt tua
reputaueris, nec sumptui ob proximi necessitates parceres, nec quidquam aliud plus in
animo haberes, quàm pauperum necessitatibus deseruire: iam te tanquam filium, &
amicum Dei amplexarer. Veni, mi frater,
deosculabor te: quia faciem tuam sicut faciem Christi mei cõsidero, cuius imaginem
geris, cuius figuram reddis, cuius pretiosissima vnguenta redoles. Cæterùm si nil aliud
in te video, quàm similitudinem quandam fictas ostendere virtutis, nec aliud quàm visibilem apparentiam virtutis velle homini-
Matth.25 bus dare, sicut virgines fatuæ, quæ solùm
id quod videbatur, in lampadibus ferebant,
vt strepitum quendam nimiæ sanctitatis facias, *Y sea mas el ruydo que las nuezes*. Ficti-
tium Christianũ, hypocrisis fermento compositum te prædicabo, non tamen verum et
1.Cor.13. solidum Euangelij sectatorem. Audi Pau-

lum, vociferantem, ac dicentem, si linguis
(velut Angelus Dei) præditus, aut orem, aut
loquar, siue velut alter Laurentius in craticula ferrea vel diem peragam, & alia quæcunque heroica opera faciam: si tamen charitatem non habuero, nihil mihi cætera omnia
prodesse. Hoc ergo [illegible] signo ergo
go Dei, quod est charitas, non [illegible] humano, sed ex gratia ac infusione diuina habetur. O bone Iesu, charitatis ac pietatis
amator, hanc quæso fidelibus tuis infunde:
iam enim effusam ac perditam eam video,
omnia impietate ac feritate plena cõspicio,
sicut cùm tu Deus visionem prædicabaris.
Nunc quia iam [illegible] manum Eliæ repro-
basti, graues manus Moysi præ[illegible] cum Exod.17.
manibus mitibus Iacob factus humo ad nos
descendisti. Manus enim tuæ tornatiles (ait
Sponsa) plenæ hyacinthis, qui hilaritatem referunt, ac [illegible] lætitiam, Cant.5.
atque tuam mansuetudinem ac humanitatem nobis [illegible] eam ad nos, ô
bone Iesu. O Christiana pietas, ô margarita
pretiosa, ô thesaurum absconditum, ex te finis
tus, sine quo mundum egentem video, quo
vadis? Quo fugisti in [illegible], vt & nos in
Deo [illegible] in nobis. Qui ergò
hunc thesaurũ inuenit, abscondit: quoniam
non in lingua [illegible] sed in corde absconditum gestat, secundùm illud Pauli: In Ephes.3.
charitate radicati & fundati. *Et præ gaudio
illius vadit*. Nam gaudium effectus est charitatis: gaudet enim amans de bonis amici,
quæ cùm tanta sint in Deo, magnã in eo copiam gaudiorũ habet amans. Gaudet etiam
amor ex hoc quod locum habet amicorum: qui
autem habet charitatem, in Deo manet, &
Deus in eo. Quarè semper gaudet qui Deũ 1.Ioan.4.
amat: quæ gaudia vsque in æternitatem con-
tinuantur, & ibi cõfirmata in æternum manent. Sed quoniam Diuus Hieronymus vult Hieron.
hũc thesaurũ esse Christum: aduerte quòd
ideò dicitur thesaurus absconditus, quia in Coloss.2.
eo sunt omnes thesauri sapientiæ & scientiæ Dei absconditi. Vnde quandò inter homines conuersabatur, dixit eis: Regnũ Dei Luc.17.
intrà vos est. Quarè ab homine tàm diuite,
qui tot habet thesauros, non minima hæc
tẽporalia petere debemus, sed æterna: nam
præter Deum omnia egestates sunt, sicut ait
Augustinus: Omnis copia, quæ Deus meus August.
non est, egestas mihi est. Vnde Ezechie.4. Ezech.4.
præcepit Deus, vt ciuitatem Hierusalem in
latere describeret: vt nos doceret quòd fortiora & ditiora huius mundi, nil aliud quàm
terra

Simile. terra cōdita, sicut lateres sunt. Sunt enim sicut Bōbices, hoc est, sicut serici vermes, qui
postquā sericā domū fabricauerūt, in ea moriuntur. Sic isti in delitijs suis, quas magna
industria parauerūt, pereūt, & quod sibi putant esse in salutem, in exitium corporis, &
animæ cedit. *Absconditio.* Quia erat diuinitas
Esai. 45. abscondita. Vnde & dixit Esai. Verè tu es
Abac. 3. Deus absconditus. Ibi abscondita est fortitudo eius. Et titulus Psal. 9. est: Pro occultis
1.Cor.2. filij. Et ad Corinth. Nos prædicamus sapien-
Simile. tiam in mysterio absconditam. Secundò dicitur absconditus, quia [illegible]
[illegible] quemadmodū Luna ecclipsatur quia interponitur terra inter Solem & ipsam, non
percipit lumen à Sole. Sic anima quæ à Christo vero Sole iustitiæ illuminari deberet,
quia terrenas curas interponit inter se, &
Deum, & sub illis se abscondit ac operit, [illegible]
obscura vt Luna ecclipsata remanet. Obscu-
Ephes. 4. ratum habent intellectū. *Gaudio qui inuenit*
sum. Peccator qui per pœnitentiam hunc
thesaurum quem amiserat, inuenit, valdè
gaudet, & quia virtutes etiam adinueniunt,
secum gaudia adferre solent. Econtrà peccatores tristes ac trepidi incedunt in mundo
Ambros. quia secum ferunt mortem. Vnde Ambros.
dicit: Iustus est gloria sui ipsius, & peccator
Hierony. pœna sui ipsius. Et Hierony. ait: Quot sunt
crimina, tot sunt animarum tormenta. Sunt
enim peccata veluti furiæ illæ infernales,
quæ [illegible], quæ sunt vermis conscientiæ, qui semper eorum corda arrodit,
atque tormentis. Quod si isti [illegible] in
hac vita patiantur, quid [illegible], quia per illos
vult eos Deus ad istum thesaurū reducere.
Ezech. 43. Nam Ezech. 43. vidit templum, ad quod duxit eum Deus per viam Aquilonis: quia ad
templum Dei per Aquilonem ventum, qui
vehementior est, [illegible] maiores excitat, nos duxit Deus. Septuaginta addunt
Zach.6. Oriens duxit nos ad Orientē. Id est, Christ⁹,
Luc.1. cuius nomen Oriens est (In quibus visitauit
nos Oriens ex alto) duxit nos ad seipsum.
Nam Ionatas Chaldæus ubi est, Oriens, ponit Messiam. *Abijt.* A quo abijt, & ad quem?
Nam omnis motus habet duos terminos, à
quo, & ad quē. Abijt ergo à seipso ad Christum, à culpa ad gratiam, vt fiat vnum cum
Christo. Abijt à mundo, vbi fallacia sunt
gaudia, ad Christum, vbi vera sunt. Vnde
2.Reg.15. David fugiendo vicit filium suum Absalon,
& Psalmum cecinit, cui titulum perscripsit,
Psalm.3. sic habentem: Psalmus David, pro victoria,
cū fugeret à facie filij sui Absalon. Victoriā
vocat fugam, cùm tamen fugere sit eorum,
qui victi sunt: quoniam in hac pugna belli
cum mundo & occasionibus peccandi, illu-
strissima victoria est fugere. Nam Absalon
est noster appetitus, qui se contra rationis
imperium rebellat: sic fugere ab eius concupiscentijs & occasionibus, optima victoria
est. Sic docet Chrysost. super hunc Psalm. Chrys.
Et Hieronymus in vna Epistola ait: Fugere Hierony.
in hac parte est vincere. Hedera (secundum
Doctores) hanc habet proprietatem, quòd Simile.
si parua sit vas & vinum infundis in eo, statim consumitur. Si autem aquam misceas, conseruatur. Quòd si vinum simul & aquam infundis, vinum consumitur, & aqua conseruatur. Hoc vas mundus est, qui omnes voluptates citò consumit, & eas deficere facit. Voluptas quippe per vinū significatur; aquam
autem, hoc est, labores conseruat. Fuge ergò
à mundo, à diabolo, & à teipso, & appropin-
qua ad Christum. *Vendidit omnia quæ habebat.*
Omnia potes relinquere retinendo, ait Gregorius. Absque hoc quod distrahas [illegible]
relinquendo appetitum diuitiarum; sufficit
ad hoc, vt emas ad Regnum cœlorum. Si
diuitiæ non detinent, ne quæramus hunc thesaurum: tunc docemur eas vendere, cùm id
impedimentū non posset. Quare vendere
omnia, est non solùm illicitas diuitias, verùm etiam quæcunque impedimenta Regni
cœlorum relinquere. Sunt enim diuites ve- Simile.
luti alearum ludus, quorum numerus maior
in thesera est, sed sub illo est minimus numerus, scilicet, ternarius: sic diuites exterius
magni apparent, cùm tamen sub illo numero
seruulorum, ac equitorum multa vilia facta
lateant, vt rapinæ, usurarum, ac mendaciorū, &
alia vilissima flagitia, quæ pauperes cōmittere non auderent. Et hi comedunt filios
suos, hoc est, id quod illis deberet prouenir-
re. Vendere ergò diuitias suas, est appetitū
ab eis distrahere. Sed dices: Ego non habeo
quid vendam. Si non habes (ait Chrysost.) Chrys.
eme pretiosam gemmam. Da voluntatem tuam
pro eo, & omnia dedisti. Ager huius thesauri
fuit, corpus Christi, quod opus fuit aratro
crucis & vomere, & lancea proscindere, vt
inde thesaurus sic erueretur.

Aduertendum in his parabolis, quæ in hoc
capite scriptæ sunt, diuersos status Ecclesiæ
esse designatos. In prioribus enim parabolis
Regnum cœlorum assimilatur semini, hoc
est, quòd Ecclesia in suis principijs constituta malos habuit cū bonis admixtos. Tūm
ex indispositione auditorū, tūm ex superse-
minatis

minatis à diabolo zizanijs. In hac autem parabola, quandò Ecclesia iam prouecta est, malos habet mixtos bonis, tanquàm captos simul cum bonis. Nam pessimi Christiani, quia coactè legi subsunt, & vellent non habere legem prohibentem quæ volunt, quasi captos se esse existimant. Innumerabilis est multitudo hominum, qui Baptismū in infantia, aut illud more susceptū, tanquàm captos se tenent inter Christianos: ita quòd si essent omninò liberi, taliter quòd absq; dedecore aut periculo vitæ possent exire, non expectarent Angelos, qui eos separent à bonis piscibus, sed ipsi voluntariè exirent à sagena. Et licèt sagena hæc, id est, Ecclesia, malos etiam capiat: tamen quia capit bonos propter quos omnia (vt ait Paulus) hæc electorum multitudo, quæ in ea explicatur, laudabilem hanc sagenā reddunt: Melius quippe est saltem quosdam electos sic saluari, quam [illegible] nullum capere. Comparatur autem Ecclesia in via sagenæ congreganti ex omni genere piscium, quoniam in hac vita permixti sunt boni cum malis. Vnde in Cant. dicitur: Nigra sum, sed formosa. Ac si diceret Ecclesia: Sum in peccatoribus, qui carnis corruptione [illegible]; consideratione nigra videbor & deformis. Cæterùm si ex alia parte, quæ in me sunt, contem-plaris, formosam [illegible] pulcherrimam inuenies. Sicut tabernacula Cedar, sicut pelles Salomonis. Nam Ismaelitæ, qui ibi dicuntur Cedar, tentoria, cū imbribus cœli paterent, nigra & deformia erant: sic mali qui huius mundi tempestatibus patent. Tamen pelles Salomonis, *mortuæ vitulinæ*, sunt iusti, qui & candore munditiæ fulgent, & charitatis calore flagrant. Vnde & alibi Sponsus de ea dicit. Quæ est ista quæ progreditur, quasi aurora consurgens. Aurora tempus, nec omninò lucidum est, nec omninò tenebris caret, nec omninò frigiditatem noctis retinet, nec tamen adhuc Solis ardore calet. Sic Ecclesia, in malis obscura & frigida, in bonis clara, & calida apparet. Vnde & dicitur Pulchra vt Luna, quam modò plenam, modò vacuam videbis. Quoniam Ecclesia in bonis plena claritate, atque pulchra videtur, sed nō omninò perfecta: quia in multis offendimus omnes. In malis verò vacua à lumine est, & obscura nec tamen omninò, quoniam etiam peccatores aliquandò fidei luce perfunduntur. Vide Commentaria nostra super Psalmos, fol. 33. Sed quid sibi vult hæc interrogatio: *Intellexistis hæc omnia?* Certè id non in-

2. Tim. 2.

Cant. 1.

Cant. 6.

Simile.

Iacob. 3.

terrogat Dominus, quasi ignorans, sed vt eis coram respondentibus commoditatem haberet opportunitatem docendi, quæ intelligerent reponere in fideli thesauro memoriæ, quò alijs aliquandò possent depromere. Vnde & subdit aliam parabolam, quæ hæc docet. Ait enim. *Ideò omnis scriba doctus in regno cælorum, similis est patrifamilias, qui profert de thesauro suo noua & vetera.* Hoc est dicere. Ideò quia hæc intelligitis, scitote, quòd qui doctus in sacris literis, & in Ecclesia est, debet in abundantia multa proferre, quæ omnibus vtilia, atque accommoda sint, pro diuersitate cuiusque appetitum, ac gustum, quatenus illis recentia, illis vetera proponat, pro diuersitate affectuum illorum. Hoc autem ad literam significatur per noua & vetera, quæ profert paterfamilias, cui assimilatur doctor Euangelicus: sicut & Cant. 7. dum Sponsa dicit suo Sponso: Omnia poma noua & vetera, dilecte mi, seruaui tibi: ad literam significatur abundantiam, qua cuiuis appetitui satisfaciat. Hæc autem similitudo in hoc consistit: Quòd quemadmodùm paterfamilias diues [illegible] & liberalis, ex abundantia diuitiarum suarum, cùm opus est, profert noua & vetera; hoc est res varias diuersorum generum: ita verus Euangelicus doctor è condo diuite [illegible] cum opus est, debet in tempore suo proferre sententias varias diuersis ingenijs accommodatas: quoniam non eadem omnibus [illegible] sunt, neque apertè, neque in Parabolis loquendum: sicut docet Gregor. in pastorali doctrina, & Christus Dominus suo exemplo docuit. Dicitur autem prædicator Euangelicus Scriba, nō à scribendo, sed potiùs à Scripturarum sanctarum intelligentia, & interpretatione, [illegible]. Additur autem doctus in Regno cælorum, hoc est, in noua lege, ad differentiam scribarum, quos habebant Iudæi, qui tantùm vetera ex veteribus proferre poterant, vt intelligatur perfectior doctrina requiri à scriba Euangelico. Vnde per noua & vetera, nouum & vetus Testamentum intelligi potest, eò quod Euangelicus doctor, & ex veteris Testamenti literis vetera: & ex Euangelica Philosophia debet depromere noua. Nam sicut homo diues diuersas habet vestes in suo vestiario repositas, ex quibus aliæ olim in vsu fuerūt, aliæ modò in vsu sunt: sic homo doctus, & Testamentū vetus & nouū scire debet, illud quod olim in vsu fuit, hoc quod modò in vsu est. Sicut Christus Dñs ex quinq; panibus & duobus piscibus

nos

Cant. 7.

Gregor.

Simile.

Ioan. 6.

nos saturauit: quoniam ex quinque libris Moysi, cū dulcedine nouæ legis, significata per piscium dulcedinem, animas nostras reficit. Nam lex noua est complementum & saturitas antiquæ. Obseruandum autē, hunc scribam, non comparari patrisfamilias, qui proferre potest, sed qui profert: vt intelligamus, Euangelico scribę non satis esse debere quòd cor habeat plenū spiritali eruditione, sed ex ea plenitudine alijs esse proferēdum: nam Regnum cœlorum non in habitu, sed in actu consistit.

Et factum est cùm consummasset Iesus parabolas istas, transijt inde, & veniens in patriam suam, docebat eos in Synagogis eorum, ita vt mirarentur, & dicerent: Vnde huic sapientia hæc, & virtutes? Nonne hic est fabri filius? Nonne mater eius dicitur Maria, & fratres eius Iacobus, & Ioseph, & Simon, & Iudas. Et sorores eius omnes, nonne apud nos sunt? Vnde ergo huic omnia ista? Et scandalizabantur in eo. Patriam

Luc. 4. suam hic vocat Nazareth, sicut Lucas. c. 4. explicuit. Mirabantur quidem rectè, animo attentè considerantes, quomodò vir ille qui fabri filius erat, & tam pauperes haberet consanguineos, quem tanquam viderant operam [illegible] nauasse, tantam haberet Scripturarum scientiam, tot, & tam mira valeret, patrare miracula: colligentes ex hoc id non posse fieri, nisi diuina quadam & maxima virtute. Vnde Lucas dicit cap. 4. Quòd omnes testimonium illi dabant, & mirabantur de verbis gratiæ, quæ procedebant de ore eius. Omnes quippe intelligebāt, ea quæ dicebat rectè dicere, optimeq; explanare sacras Scripturas; sed aliqui id conuertebant in bonum, diuinam in eo admirantes virtutem, videntes gratiam in labijs eius diffusam esse; alij verò contemptui illum habebant, scientes illum ex fabro genitum, vt ipsi existimabāt, & ex paupercula muliere natum, habereq; consanguineos pauperes è medio plebe, ipsumq; nunquam literis incubuisse, & ideò tam verba, quàm opera eius inuidebant, & floccipendebant, & scandalizabantur in eo. Vnde huic sapientia? & dicebant:

Matth. 13. Nunquid Saul inter Prophetas? Vnde Hy-
1. Reg. 10. larius ait: Huic magna, sed humilia, cernēs
Hylarius. virtutem iudicij non capit, sed scandalizatur, quod est impediri mentis arbitrium. Sic
Esai. 8. enim Esai. cap. 8. vaticinatum fuerat, dicens: Dominum exercituum sanctificate in cordibus vestris, ipse pauor vester, & ipse terror vester, & erit vobis in sanctificationem; in lapidem autem offensionis, & in petrā scandali duabus domibus Israel, & in laqueum, & in ruinam habitantibus Hierusalem. Et offendent ex eo plurimi, & cadent, & conterentur, & irretientur, & capientur. Ecce quomodò Christus Dñs alijs fuit in scandalum, alijs autem in sanctificationem, secundùm quod & senex Simeō de illo prophetauerat, dicens: Ecce hic positus est in ruinam, & in resurrectionem multorum, & in Luc. 2.
signum cui contradicetur. Hoc enim scandalum acceptum erat ab eis, non datum à Christo. Vnde Ecclesiast. 32. dicitur: In via Eccles. 32.
ruinæ non eas, & non offendas in lapides. Debebant quippè isti homines animaduertere hoc esse Dei consilium, vt semper minima mundi elegerit, vt maiora ea faceret. Sic enim vnxit Dauid in Regem, cùm pa- 1. Reg. 16.
stor esset ouium, sicut ipse dicit Psalm. 77. Psal. 77.
Elegit Dauid seruum suum, & sustulit eum de gregibus ouium, de post fœtantes accepit eum. Et Amos Propheta fuit pastor, & rusticus vellicans sycomoros. & in Psalm. ait Dauid: Suscitans à terra inopem, & de ster- Psal. 112.
core erigens pauperē. Vt collocet eum cum principibus, cum principibus populi sui. Et adhuc ipsi patres Iudæorum, ac illius populi Patriarchæ, & Prophetæ, non fuerunt Reges hominum, sed pastores ouium, sicut coram Pharaone confessi sunt. Genes. 47. Viri Genes. 47.
pastores sumus, & nos, & patres nostri ab adolescentia nostra. Quod videtur voluisse insinuare Moyses Deut. 18. cùm dixit: Pro- Deut. 18.
phetam suscitabit vobis Deus de fratribus vestris (quos ex humilibus ac egenis diuites magnos efficit Deus) tanquam me ipsum audietis. Ex quibus & ex signis, quæ videbant per eum fieri, benè poterant colligere quis esset. Sic enim dicitur Ioan. 9. Nisi esset hic Ioan. 9.
à Deo, non poterat facere quicquam. Hoc autem quod dicunt, fabri filium, non explicat, cuius opificij fuerit faber Ioseph, sed nos id super caput primum abundè declarauimus. Marcus dicit quod dicebant: Nonne Marc. 6.
hic est faber filius? quo multi colligunt Christum Dominum ante suam prædicationem, exercuisse artem fabrilem, quod etiam ibi diximus. Licèt simpliciùs possit intelligi eū vocasse fabrum, quia existimabant eum filium fabri, sicut filium sutoris, sutorem appellare solemus. Quod autem hic dicitur fratres & sorores, iam loco citato explicuimus, quomodò in Scripturis omnes cognati vocentur fratres. Nam & Iacob Genes. 29. se Genes. 29.
vocauit fratrem Laban, cùm tamen consobrinus eius esset. *Iesus autem dixit eis: Non est*

Propheta

Propheta sine honore, nisi in patria sua, & in domo sua. Ac si diceret: Non est Propheta vsque contemptior, & magis inhonoratus, quàm in patria sua, & inter notos. Sic enim Poeta de pomis persicis dicit.

Translata facta est melior, quæ mala quondam
In patria: hic nobis dulcia poma gerit.

Nam si homines, qui in patria sua flocci pendentur, translati in exteras nationes magni haberi solent: sicut & plantæ nonnullæ meliores fructus transplantatæ alibi ferunt. Sic
Genes. 37. Ioseph, qui à suis tanquàm mancipium venditus est, apud exterum princeps factus est.
& 41.
Ratio autem huius est: quoniam ægrè nimis solent ferre homines sibi æquales, & pares inter seipsos videre superiores euadere. Consanguinitas autem paritatem quandam dicit, cùm simul educati mecùm videam iam me ipso maiores. Præcipuè si ex vilibus erant orti natalibus, vt Christus Dominus: nam etsi ex Regali progenie, sed iam in paupertate sepulta. Cæterùm credo Dominum id dixisse, quoniã singularitas vitæ sanctioris, tam in verbis, quàm in factis, in miraculis edendis eos vehementer exagitabat contra eum. Viderant eum heri, & nudiustertius fabrilem artem exercere, modò autem illum aliam vitam ab illis singularem incipere inuidebant illi; & irascebantur ei, & volebant eum tenere, dicentes ipsum in furorem esse versum. Et ideò dicit Christus
Marc. 3. Nemo Propheta, hoc est, iustus (quia pro eodem sumitur aliquando in Scriptura, eò quòd Prophetæ singularem ab alijs vitam communiter agebant) acceptus est in patria sua, & in domo sua. Quoniam iusti qui se à peccatoribus & mundanis hominibus secernere volunt, & vitæ sanctitatem profiteri, ab alijs corripiuntur, & impediuntur. Dicunt enim ei: Vt quid vis te singularem ostendere? Cur non quò alij pergunt vadis? Quid opus est hypocrisi, quadam te velle, tanquàm iustum ac sanctum celebrari? Quid extrema capis? Sufficit tibi via media, qua & nos & patres nostri ambulauimus. Quarè Dominus quos suos esse vult à cognatis, & consanguineis separat. Nam cùm Abraham amicissimum sibi facere vellet, atque Mysteriorum arcana, & promissa patefacere, dixit illi.
Genes. 12. Egredere de terra tua, & de cognatione tua, & de domo patris tui. Et vt legem populo suo daret, ab Ægypto eduxit eum. Moysen
Exod. 24. cum quo familiariter loqui volebat, in montem
Exod. 19. ascendere fecit, ad cuius radices nec bestias accedere permisit. Quod beneficium religiosis præstat Deus. Vtinam agnoscamus illud, qui nos à notis & consanguineis, tanquàm selecta quædam grana separauit, ne nobis ad melius obsequendum Deo, impedimento forent. Nam & ipse per Moysen
dixit: Qui dixit patri suo & matri suæ, Nescio vos, & fratribus suis, Ignoro illos; hi custodierunt legem meam. Atque hoc est quod Deut. 33.
ego vellem religiosis suadere, ne amplius ad cepas Ægypti redeant, sed audiant id
quod Dominus per Hieremiam eis dicit: Et Hierem. 2.
nunc, popule meus, quid tibi est cum via Ægypti? *Et non fecit ibi virtutes multas propter incredulitatem illorum.* Alius Euangelista dicit: Non potuit ibi virtutes multas facere, &c. Cùm enim ad curationem duo concurrere debeant, fides scilicet, eius qui curatur, & curantis potestas; cùm alterũ deesset, imò contrarium adesset, non potuit fieri id propter indispositionem eorum, quod quantum in ipso erat Domino, facile erat. Vel dicitur, Non poterat, quia nõ erat consentaneum, secundùm id quod dicitur: Id nos posse, quod iure possumus. In quo sensu dixit Dñs Iesus: Non possunt filij Sponsi
ieiunare, quandiù cum illis est sponsus. Sed Matth. 9.
aduerte quòd dicit: Non fecit ibi virtutes multas, fecit tamen aliquas, sed nõ multas. Pauca enim fecit miracula de misericordia; ne increduli ampliùs damnarentur, aliqua tamen fecit de iustitia, vt inexcusabiles iustè damnaret.

Cap. XIIII.

N illo tempore audiuit Herodes Tetrarcha famam Iesu. Iam suprà diximus hanc historiam de Herode, & Ioãne, subiungendam esse post missionem Apostolorum, non solùm ob id quòd eam Marcus, & Lucas subiungant superioribus, sed etiam quòd successus ille Domini, de quo capite sequenti agitur à Matthæo, factus sit post auditã occisionem Ioannis. Alij duo factum narrant post reuersionem Apostolorum: quoniam post multa à Christo patrata miracula, post populorum confluentiam ad eius doctrinam, hæc fama peruenit ad aures Herodis. Tẽpus autem quo hæc fama ad Herodem peruenit, fuisse post decollationē Ioannis, vt eius verba testantur. *Ioan. 6.* Constat autem Ioannem decollatum fuisse propè tempus Paschale quo satiauit Dominus quinq; millia hominum ex quinq; panibus, inter quod & Baptismum Christi à Ioāne plusquam biennium fluxit, vt ex Ioannis Euangelio patet, supputando duntaxat solemnitatum Paschalium, quarum Ioannes meminit. Vnde fuit circa tempus Paschatis tertij, vt mirum sit post tantū temporis primum Herodem de Christi fama audiuisse. *Chrys.* Ex quo Chrysostom. homil. 49. in Matthæ. colligit incuriam in rebus diuinis socordiam & negligentiam. Non autem (inquit) otiose tempus Euangelista demonstrat, verum vt ceruicem tyranni, quibus cæteros despiceret omnes, intelligere possemus. Non enim ab ipsis statim miraculorum exordijs famam Iesu, sed post multum tempus percepit. Huiusmodi sunt certè qui in principatibus viuunt: nam quoniam fastu rerum plurima sibi arrogant, paruifacientes cætera, raro ea perdiscunt. Tanto tumore aulici inflati sunt, vt sui ipsorum amentes cætera omnia nugas, ac somnia esse arbitrentur. Non eos religio, nō cultus, non quæ fidē, Deūq; spectans, mouere solent, nisi vbi tanta in angustia coniecti fuerint, vt quæ prius probabant, mera esse somnia videant. *Sap. 2. Sap. 5.* Sic sapientia, impios proponit despicientes filios Dei, seq. de diuitijs suis iactantes, qui quidē vitam illorum, quos insipientiæ loco ducebant, magna mercede cumulatam esse videant. Apud Herodē aulicos etiam erat Ioannes, deludebatur zelus eius; nunc sibi ... sitque Herodes, cùm Christum miracula facientem audit, nec sane licet ad eum, nisi Ioāne, aut in vincula coniecto, & breui moriturō, aut sanè mortuo perferunt. Si quid noui dignum risu, ostentatione, adulatione, voluptate accidisset, quod vel Principem titillare potuisset; præcipites omnes domestici statim illud, atq; factum esset suo Principi nunciassent, bona enim plana sunt omnia. Verum quia de religione, cultu Dei, pœnitentia, ac fide agebatur, omnes contendere, omnes obstruere, os etiam occludere maluerunt, quàm Principem monere. Hoc sane vtinam neq; nostris temporibus contingat, vt non sint qui de pietate, Dei cultu, subditorum regimine, sermocinentur, quàm qui de leuibus ad instar adulatorum Syracusani tyranni verba faciant.

Sed aduerte, quod hic Herodes fuit filius Herodis magni, non tamen tantæ authoritatis, ac pater. Regnum enim patris in filios diuisum fuerat, vt superiùs diximus. Iste fuit Herodes Antipas filius Herodis Ascalonitæ, cuius tempore natus est Christus, qui & infantes occidit. *Marc. 6.* Vocatur autem à Marco Rex quoad potestatem, non tamen quoad titulum: sed Matthæus vocat eum Tetrarcham, id est, Principē quartæ partis Regni. Patre siquidem mortuo, ita Regnum Iudææ diuisum est, vt duæ partes datæ sint Archelao: tertia Philippo: quarta Herodi, de quo nos supra cap. 3. abundè egimus. Igitur: *Cum audisset Herodes Tetrarcha famam Iesu, ait pueris suis. Hic est Ioannes Baptista: hic surrexit a mortuis, & ideò virtutes operantur in eo.* *Luc. 9.* Lucas sic ait: Audiuit autē Herodes omnia quæ fiebant ab eo, & hæsitabat, eò quòd diceretur à quibusdam, quia Ioannes surrexit à mortuis: à quibusdam verò quod Elias apparuit, &c. *Et ait Herodes: Ioannem ego decollaui. Quis est autem iste de quo ego talia audio?* Quomodò ergo duæ Euangelistæ dicunt, asseuerantes dixisse Christū esse Ioannem, cùm Lucas dicat hæsitasse, quinimò potius negasse ipsum esse. *August.* August. lib. 2. de Consensu Euang. cap. 43. ait. Quòd prius quidem Herodes hæsitauerit an Christus esset Ioannes, vt multi dicebāt: nam ipse decollauerat illum. Tamen postea potuit esse quòd relicta hæsitatione crediderit ipsum esse Ioannem, sicut à multis dicebatur: vel quod etiam si apud se id crediderit, non ausus fuerit coram multitudine id affirmare, quin potius negare voluit, ne fortè propter hoc eius opinio augeretur, & multitudo populi illum sequeretur, sicut & Ioannem. Nam propter hoc potius occidit illum. Licet aliam rationem, quam Euangelista narrat, ostenderet, sed seruis suis, ac familiaribus, quasi secretò confessus est, & dixit pueris suis. (Nō est nomen ætatis, sed conditionis.) *Hic est Ioānes Baptista, ipse surrexit à mortuis, & ideo virtutes operantur in eo.* Existimabat Herodes Pythagoricā illam sententiam transmigrationis animarū de corpore in corpus, esse veram, & quod anima Ioannis Baptistæ transfusa esset in corpus Christi, quod tanquam deliramentū irridet Hieronymus hic, *Hieron.* cùm vsque eo tempore quo Ioannes decollatus est, Dominus triginta esset annorum. Huius autem opinionis authores post multos annorum circulos dicant animas in diuersa corpora insinuari. *Plato.* Plato enim in Phædro non nisi post mille annos à primi vita easdem transmigrare [illegible]

hanc

Augus. bant contingere arbitrantur, quod teste Augustino lib. 10. de Ciuit. Dei. c. 30. Platonicè
Virg. dixisse videtur Virgilius inducens Anchisem, licet de animabus defunctorũ narrantẽ.

Has omnes vbi mille rotam voluere per annos,
Lethæum ad fluuium Deus euocat agmine magno,
Scilicet immemores supera vt conuexa reuisant,
Rursus & incipiant in corpora velle reuerti.

At tamẽ habuit hæc opinio locum apud Iudæos, imò & ipsos Pharisæos. Si quidem, vt scribit Iosephus libro 2. de Bello Iudaico, cap. 7. animam omnem incorruptam esse dicunt, transire autem in alia corpora solas bonorũ, improborũ, autẽ in interminabili supplicio cruciari. Animabus bonorũ extra Oceanum dabant locum, vbi in delitijs vitam agebant. (Aliqui enim dicunt insulas fortunatas, quæ in Oceano sitæ sunt, fuisse vbi campos Helisæos fingebãt,) impios verò in loca tetra, & sterilia detrudendos esse dicebãt. Pythagoras qui hanc transmigrationem docuit, aiebat se primùm fuisse Euphorbum: secundò Callidum: tertiò Hermotimũ:
Pythag. quartò Pyrrum: ad extremũ Pythagoram. Igitur cùm hic error etiam Pharisæos irrepsisset, arbitrabantur animam Ioannis Baptistæ in corpus Christi transmigrasse, & ideò virtutes operari in illo. Et ita Herodes Ioannem credidit surrexisse à mortuis, non quomodò nos credimus fore à mortuis resurrectionem in eodem corpore quod deposuimus: sed quia anima ipsius aliud corpus fuisset ingressa, sed propter merita [illegible] auctam, credidit ad vitam reuocatam, & tum propter ea merita, tum quod ex alia vita diuinior reddidisset: credidit eò qui nullum fecit miraculum prius, iam verò diuiniorem effectum edere opera, quæ suprà hu-
Marc. 6. manas vires essent: ac propterea apud Marcum dicit: Virtutes operantur in illo. Et hac occasione accepta Euangelista hic [illegible] huius decollationis Ioannis historiam, dicens: *Herodes enim tenuit Ioannem & alligauit eum, & posuit in carcerem propter Herodiadem vxorem fratris sui. Dicebat enim illi Ioannes: Non licet tibi habere eam. Et volens illum occidere, timuit populum: quia sicut prophetam*
Hieron. *eum habebant.* Hieronymus in hunc locum, [illegible] (Iosephum) narrat historia, Philippum Herodis [illegible] filium, sub quo Dominus fugit in Ægyptum, fratrem huius Herodis, sub quo passus est Christus, duxisse vxorem Herodiadem filiam Regis Aretæ: postea verò socerum eius exortis quibusdam contra generum simultatibus, tulisse filiam

suam, & in dolorem prioris mariti Herodis inimici eius nuptijs copulasse. Et tamen, vt narrabimus, sunt qui sentiant huius id patre Herodis contigisse. Ergo Ioannes Baptista qui venerat in spiritu & virtute Eliæ: eadem authoritate qua ille Achab, & Iezabelem corripuerat, arguit Herodem, & Herodia- 3. Reg. 21.
dem, quòd illicitas nuptias fecerint, & non liceret fratre viuente germano vxorem illius ducere: malens periclitari apud Regem, quàm propter adulationem esse immemor præceptorum Dei. Cæterùm Iosephus lib. Ioseph.
18. antiquit. cap. 10. recensens Ioannem ab Herode incarceratum, & interfectum in castello Macheronta, quod in limite esse dicit Aretæ Arabiæ Regis, Herodisque regionis, aliã affert causam huius incarcerationis, & interfectionis. Videlicet, quòd suspicionem rerum nouarum de eo concepisset, & vereretur, ne fortè doctrinæ eius persuasione à suo Regno discederent, cùm viderent populum adeò illi deditũ, & quasi à suo ore pendẽtẽ. Potuit tamen vtraq; causa tyrannum ad necem Ioannis impellere, & eius suspicionem [illegible] Ioannem creuisse, ex eo quod tam liberè, [illegible] crimina ipsius reprehenderet, [illegible] suspicionem [illegible] Euangelista esse [illegible]. Affert etiam Iosephus hanc Herodiadem fuisse [illegible] ab ea, quam [illegible] Eusebius lib. 7. c. 11. dicit. Nam Eusebius
ait Iosephus, quòd fuit filia Aristobuli filij Herodis maioris, & soror Agrippæ minoris. Vnde cùm verum historiæ sit [illegible], hoc reprehensum est. *Dicebat enim illi Ioannes: Non licet tibi habere vxorem fratris tui.* Herodes iste licet pater eius [illegible] genere: tamen quia proselytus erat, tenebatur legibus Iudæorum, [illegible] Nam Leuit. 18. sic legitur. Turpitu- Leuit. 18.
dinem vxoris fratris tui non reuelabis, quia turpitudo fratris tui est. Rursus Leuit. 20. Leuit. 20.
Qui duxerit vxorem fratris sui, rem facit illicitam: turpitudinem enim fratris sui reuelauit, absque liberis erunt. Et licet [illegible] verbis aliqui intelligant filios eorum non esse habendos pro legitimis, [illegible] in hæreditate [illegible] debere succedere [illegible] dicitur [illegible] Cæterum esse illis [illegible] quòd occiderentur, [illegible] quod ex [illegible] concubina [illegible] procreati. [illegible] quantò cum [illegible]. Et ideò

Baptista

Baptista acriter, & perseueranter hoc Regi insinuabat. Verum est, hanc legem pati exceptionem, quando frater relinquebat vxorem absque liberis, tunc alius frater, vel propinquior eam debebat ducere, & suscitare semen fratri suo, ita quod filij ex tali coniugio nomine fratris mortui nuncuparentur, & hæreditatem eius adirent: quod in præsenti non habebat locum. Nam Herodes hic Philippus frater istius Herodis, & superstes erat, & filiam Herodiadem ex hac Herodiade, quam sibi subtraxerat, frater, susceperat. Quarè Herodes hic Agrippa duplex committebat crimen, adulterij pariter & incestus. Ioannes autem de vtroque crimine, & de alijs fortiter eum ar-
3. Reg. 21. guebat velut alter Helias, in cuius spiritu venerat, qui Achab, & Iezabelē Reginam tanta libertate carpebat. Licet credendum sit, Ioannē optimè in arguendo Rege processisse, aliquandò secretò, aliquandò sanctissimis verbis eum admonendo, quod ex reuerentia quam habebat ergà illum Hero-
Marc. 6. des, colligitur, sicut narrat Marcus. Dicit quod Herodes metuebat Ioannē, sciens illum virum iustum, & libenter eum audiebat, & audito eo, multa faciebat. Quomodò ergo hæc cohærent cum hoc quòd eum in carcerem mitteret, & decollaret illum; & vellet
Caiet. occidere eum? Caietan. ait fictè eū veneratū Herodē, vt populo videretur assentire, qui eum tanquā Prophetā habebant: ideò quippè eum, vulpem appellat Dñs, Ite, dicite
Luc. 13. vulpi illi. Alij dicunt, quod primis quidem venerabatur Ioannem Herodes, vt Marcus refert, postea cùm Ioannes suis increpationibus instaret, & ex alia parte Herodias eū vehementer incenderet; amisso pudore, reuerentiā, quam habebat ad Ioannem, in furorem & iram conuertisse. Vel potest dici, Herodē partim voluisse occidere Ioannem, & partim non; ita quòd fuerit in eo voluntarium permixtum, sicut & Sapiens dicit:
Prouer. 13. Vult, & nō vult piger. Ex vna enim parte vxoris Herodiadis instantia & importunitas, & quòd suæ aduersaretur libidini Ioannes, Regē ad necem eius commouebāt. Ex alia verò parte timor populi (vt ait Matth.) & sanctitatis eius veneratio, quam refert Marcus, illum à tanto facinore detinebant. *Die autem natalis Herodis saltauit filia Herodiadis in medio, & placuit Herodi.* Marcus dicit, magnum conuiuium præparasse Herodem Principibus, & Tribunis, & Primis Galilææ. Mos enim celebrandi natalis ab Ethnicis, seu Idolatris defluxerat, vt qui nullum post hanc vitam bonū expectarēt, summam in hoc seculo felicitatem ducerēt: quā tamen plena sint miseriarum omnia. Hinc fit, vt infantes statimatque nascuntur, flere præsentiāt se in mala multa natos esse. Salomon de seipso testatur primam vocem similem omnibus emisisse, plorans. Ea propter melius sapientes visi sunt ij, qui filios Sapien. 7.
nuper natos lugebant, defunctos autem lætis animis in sepulchrum inferebant, qualis & is Comicus, cuius verba Theodoretus de curandis affectis Græcorum recenset:

Oportuit nos frequentis cœtu congregatos deflere
Natum maxima ad discrimina:
At mortuum qui cessat est laboribus,
Deferre læto corde lætis vocibus.

Persius tamen Satiricus natalem Macrini ita commendat:

Hunc, Macrine, diem numera meliore lapillo,
Qui tibi labentes apponit candidus annos.

Et hic mos ad Romanos etiā fluxerat, adeò vt tēpore Tertulliani perdurasse colligamus ex illius libro de Corona militis. Hieron. in Hieron.
Matth. ait: Nullum inuenimus alium in Scripturis sacris obseruasse diem natiuitatis suæ, nisi Herodem, & Pharaonem, vt quorum erat par impietas, esset vna solemnitas. Ecclesia verò iusti natalem suum exhorruisse videntur, non modò propter miseriarum, sed & peccatorum, blasphemiarumque ingentē multitudinem. Sic Iob. c. 3. Iob. 3.
Pereat (inquit) dies in qua natus sum, & nox in qua dictū est: Conceptus est homo. Sic Hieremias: Maledicta dies in qua natus Hiere. 20.
sum, dies in qua peperit me mater mea non sit benedicta. Maledictus vir qui annunciauit patri meo, Natus est tibi puer masculus. Hanc etiam philosophiā meditabatur Solon, cuius & hi Versus referuntur:

Optima non nasci res est mortalibus ægris, Solon.
Aut vbi natus eris fatis vt desidas ad orcū.

Quod alijs verbis dicitur: Optimū nō nasci, aut statim mori. Nos tamē reuereri Deum debemus, & in patientia nra possidere animas nostras. Itaque Herodes diem natalis sui celebrans conuiuium facit. *Saltauit filia Herodiadis in medio, & placuit Herodi.* Filia pellicis saltat inuerecundè, motibusque impudicis carnalibus oculis placens. *Vnde cum iuramento pollicitus est ei dare quodcumque postulasset ab eo.* Temulentorum, ac temerarium iuramentū, & imprudens. Quarè non

Eccles. 23. sine causa admonet nos Sapiens dicens. Iu-
rationi non assuescat os tuum: multi enim
casus in illa. *At illa praemonita à matre sua*
ait. Da mihi hic in disco caput Ioannis Bap-
tistae. Audita tali, tamque Regis promissione euectae puella ad matrem consulendo
quid peteret: at illa nacta hac occasione,
praecepit, vt peteret caput Ioan. Baptistae
in disco. *Et contristatus est Rex.* Optimè pin-
xit contristatum, nõ Herodem sed Regem.
Herodes quippe affectabat occidere Ioannem, sed quia Rex erat exteriori signo officium contristati Regis fecit. *Propter iura-*
mentum autem, & propter eos qui pariter dis-
Luc. 13. *cumbebant, iussit dari.* Rectè vulpē istū Herodem aliquando vocauit Dñs Iesus quo-
niã haec omnia fictiones, ac simulationes
fuerũt. Monstrat enim Herodes se inuitũ
coactumq; à religionis vinculo, & à reuerentia conuiuarum, tanquàm etiam ipsis
testibus fieret iniuria si non seruaret promissa, vt his simulationibus delusus populus, audiens quòd Herodes inuitus occidisset Ioanem, minus aegrè ferat Ioannis necem, & ferè excusatum habeat Herodem.
Misitque & decollauit Ioannem in carcere, &
allatum est caput eius in disco, & datum est
puellae, & illa attulit matri suae. Herodias accepto capite, illi illusit, linguam acu trans-
fodiens, quae illicitas nuptias arguebat:
quemadmodum Fuluia capiti occisi Cice-
Hieron. ronis illusit. Sic enim de his scribit Hieronymus contra Ruffinum. Ne magno-
perè glorieris, si facias quod scorpiones
facere possunt, & Cantharides fecerant.
Sic & Fuluia in Ciceronē. Sic Herodias in
Ioannem: quia veritatem non poterant
audire, & linguam veridicam discriminali
acu confoderunt. Haec Hieronymus. Sed
propter hoc scelus Herodes iste fusus est
cum suo exercitu, ab Areta Rege Arabiae,
Iosephus. vt refert Iosephus libro 18. antiquit. c. 10.
& in Viennam Galliae relegatus est cum sua
Herodiade, cuius filia cum super gela-
tum flumen incederet, repente gelu apertum est, & caput inter partes gelatas oppressum, corpus [illegible] sub
aquas remansit, [illegible] veluti saltans
mouebatur, & caput eius gelu abscisso saltan-
do, vt peccauerat, capite capitis Ioannis
Nicephor. poenam dedit, vt Nicephorus narrat. *Et*
audientes discipuli eius, tulerunt corpus
eius, & sepelierunt illud, & venientes nun-
ciauerunt Iesu. Fuit sepulchrum Ioannis
in Sebaste ciuitate, quae quondam Samaria dicta fuit, in qua (teste etiam Hiero- Hierony.
nymo) Helisaeus, & Abdias Propheta sepulti fuerant. De Ioannis autem ossibus,
post eà tempore Iuliani à Gentibus in Sebaste dispersis, & quibusdam collectis à
quibusdam religiosis, ac capite reperto
vide Zozomenum, in historia Ecclesia- Zozomen.
stica libro. 7. cap. 21. & in nostris historiae Ecclesiasticae libro. 11. cap. 18. & inter
opera Cypriani de Reuelatione capitis Cyprian.
Ioannis Baptistae. Et in gratiam eorum
qui huius sanctissimi praecursoris deuotione singulari flagrant, adducere libet Versus aliquot, quos noster Mantuanus in se- Mantua-
pulturam eius recitat libro 8. de festis die- nus.
bus

Tum caput ablatum, tunc aduenere sepulti
Nobilia [illegible] *adhuc raptumq; cadauer*
Adiunxere suis patribus, tumuloq; dedere,
Atq; duos inter vates posuisse feruntur,
Scilicet Abdiam, Carmelicolamq; Helisaeum,
Tũc sol vernus erat, sed in hũc trãslata fuere
Festa diem, quae sextilis vigesimanona est.
Quod tũc dum Romae regnabat apostata Caesar,
Diruere ossa suo seruato vertice, corpus.

Sicque hoc immanissimum scelus commissum est. Contra quod cum eodem Man- Idem.
tuano exclamare libet, ac dicere:

O scelus immane, ò [illegible]
Ante has impietas hominũ sanctissimum illo
Tradidit in cista, pellex sceleratissima calcat,
Fas & iura, decus mundi [illegible]
Ammonitiue, latus de [illegible] *triumphat,*
De virtute scelus; de iure iniuria, fixq;
Naturae fraud, at matrum subuertitur ordo.
Quo Deus haec vultu vidit? cur sydera nõ sunt
Hoc aspectu digressa? cur tellus perculit huius
Criminis authorem? cur non absorbitur orcus
Illico, & ad stygias subitò non venit vmbras?

Chrysost. hom. 1. in decollatione S. Ioan. Chrysost.
Baptistae: Audistis fratres charissimi (ait)
quanta nata sit de voluptate crudelitas, de
libidine impietas. Allatum est caput Ioannis in disco, qui salutaria monita dabat in-
cestui. Mensa migrat in caueam: in arenam
vertitur domus, fiunt de prisoribus spectatores, mutatur furore conuiuium, fit cibus
caedes, vinũ transit in sanguinem, [illegible] apponitur in natali, in ortu exhibetur occasus. Conuiuium vertitur in homicidiũ, organa vertuntur in funus, tragoediae personae
[illegible]. Intrat bestia, non puella, quaerit
caput amputare, non saltare. Discurrit
sera,

fera, nō fœmina, aspergit iubas per ceruices, nō capillos, aucta crinibus dilata mēbra, sęuitia crescit augmētis, sit grandis crudelitate non corpore, & singularis fera vsque dum capiat prædam, fremit ore, dentibus frendit, terram non suscipit sed prodiuit noua bellua, quæ contempta corporis præda, caput ipsa truncaret, ac peruasit.

Sibilla Eritrea Hanc ferocitatem ac sæuitiā Sybilla AEritrea precinebat libro primo oraculorum his verbis

Barbarus & tandem saltatrice illaqueatus
Mercedi vocem hanc casam concedit iniqua.

Quis enī nisi barbarus ex Idumea gēte Herodes? Quæ vox nisi clamātis in deserto, de qua ad initia Isaię Sybilla promouerat? Quę saltatio, quæ merces iniqua? non ne ea omnia Euāgelio demōstrantur? Quid verò eo spectaculo crudelius esse potest? Augent enim facti circūstantiæ, quod Rex id iussit, quod caput proferetur à puella in disco, conuiuis apponitur: & quis oculus tam horrendum facinus intueri poterit? non sunt hæc conuiuia humaniora Inhumanissimis Astyagis aut Antropophagis epulis, Astyages enim filium Harpago patri manducandū apposuit, & ad coronam tanti facinoris extremas corporis partes, caput, scilicet & pedes in discis positas proferri iussit, vt narrat *Hieron.* Herodotus & Hierō. in Matthæ. Legimus etiam in Romana historia Flaminium ducem Romanum, quòd accubuisset iuxta meretriculæ latus, quæ [illegible] se vidisse diceret hominem decollatum, assensus sit, vt reus quidam capitalis criminis in conuiuio truncaretur, à Censoribus pulsum curia, quòd epulas sanguini miscuerat, & mortē quamuis noxij hominis in alterius delicias præstiterit, vt libido & homicidium pariter miscerentur? Quantò sceleratior Herodes, ac Herodias, ac puella quæ saltauit, In pretium sanguinis caput postulat Prophetę, vt habeat in potestate linguam, quę *Beda.* illicitas nuptias arguebat. Beda etiam in Marcum ait: Nihil Pharao talis vesaniæ cōmisisse legitur, sed tantùm peccantem sibi eunuchum in medium vita priuari iubet. Quò longius à veræ cultu religionis aberrat, eo leuius in violatione suæ festiuitatis delinquit.

Sed nunc iam ad ea quæ ad mores attinent accedamus. *Moralitas seu cōtin.* Hesperum noctis nunciū Luciferum dici obseruant Astrologi, sed vnus idemq; Ioannes & Lucifer fuit mundū hunc ingressus, & cū egrederetur, ad Hesperi instar se habuit. Lucifer quidem solis ortum prænunciat, Ioannes vero ea propter natus est; & in eremum secessit, vt veri Iustitiæ Solis Christi Iesu aduentum nunciaret. At verò idem Hesperus fuit, vt enim ille solis occasum, sic Ioannes Christi mortem *Simile.* præcessit, & infidelibus sua morte tenebras horribiles imminere præsignauit. Hoc & ille agnoscebat: Illū, inquit, oportet crescere, me autē minui, cū de Christi gloriæ & prædicationis incremēto, *Ioan. 3.* & sua morte imminente prædiceret, sed & præuenturum se post mortem prænunciabat, cum *Matt. 11.* cum diceret: Tu es qui venturus es? scilicet per mortem ad inferos: an alium expectamus? Sed præterea duo hîc maximè cōsideranda sunt. Alterum mors iusti, alterum causa & occasio mortis iusti. Primum magnum malum est, quoniam iustum mori est ac si pars muri corruat, sunt enim muri ac sepes iusti, qui nos ab Ira Dei defendunt, nam deficientibus iustis, dicebat Propheta, quòd non esset qui interponeret sepem: Et alius Propheta dicit. Iustus perijt, & sanctus in hominibus nō est; modo veniet vastatio *Proverbi. 11.* eorum. *Michea. 7.* Quare D. Ambros. audita alicuius sancti viri nece, flebat, sentiens quantum *Ambros.* damnum mundus reciperet ex absentia iustorum, quorum magna in eo est penuria. Vnde & Dominus noster, audita morte Ioānis, secessit in desertum ad plorandam eius *Mar. 6.* mortem, qui amicus eius, imò amicissimus fuerat. Mortem enim amici flere, veræ, ac sinceræ amicitiæ signum est. Audi D. Aug. lib. 4. confess. c. 6. mortem cuiusdam amici sui his verbis deflentem. *Aug.* In me post mortem eius tædium viuendi erat, & grauissimus moriendi metus. Credò quo magis illum amabam; hoc magis mortem, quæ mihi eū abstulerat, tanquā atrocissimā inimicam oderam ac timebam, & eam repentè consumpturam omnes homines putabam, quia illum potuit. Mirabar enim cæteros mortales viuere: quia ille, quem quasi non moriturum dilexeram, mortuus erat. Et me magis, quia ille alter eram, viuere illo mortuo, mirabar. Bene quidam dixit de amico suo, dimidium animæ meæ. Nam ego sensi animam meam, & animam illius vnam fuisse animam in duobus corporibus, & ideò mihi terrori erat vita, quia nolebam dimidius viuere, & ideò fortè mori metuebam, ne totus ille moreretur, quem multum amauerat. Cæterũ (ait cap. 9.) Beatus qui amat te, & amicum in te. Solus enim nullum charum amittit, cui omnes in illo chari sunt qui non amittitur. Et quis est iste nisi Deus noster? Te enim nemo amittit, nisi qui dimittit. Tenuit ergo Ioannem Herodes in vinculis. O hominum pessimorum audaciam! Prophetam tenere, sacrata eius membra ligare! Illum in carcerem mittere, qui multos è carcere peccatorum eripiebat! *Luc. 1.* Illum detinere, qui venerat in spiritu & virtute Eliæ parare vias ante faciem Domini! Hoc enim quid aliud quærere, quàm hanc cœlorum viam cooperire? Ne appareret Verbum, ligare vocem Verbi? Detinere ne res tàm necessaria in mundo, ab hominibus audiretur. Quid scelestius aut damnosius cogitari poterat? *Luc. 23.* Quarè Christus coram Herode tacuit, quasi ei vellet dicere: Tu iugulasti meam vocem, ideò quasi mutus effectus sum coram te. In tenebras autem lucem mittere, imò luciferum & hesperum ipsum, ne Sol quem annunciabat, videretur hoc audacissimum dices facinus, & grauissimo velle damno mundum afficere. Abscondere lucernam sub modio, quæ super candelabrum oportebat vt esset (erat *Ioan. 5.* enim Ioannes lucerna ardens & lucens) intolerabile detrimentum erat. Et propter quam causam tantum scelus committitur? *Propter Herodiadem: dicebat enim Ioannes: Non licet tibi habere vxorem fratris.* Iniusta causa profectò. Veritatem illi intimare diuinã, & hoc lenibus ac suauissimis *Matth. 3.* verbis. Nec enim cum illo egit, sicut olim cum Pharisæis, quibus dicebat. Progenies viperarum, quis vos monstrabit fugere à ventura ira? Sed simpliciter tanquam Re- *Greg.* gi, quos Gregorius docet in pastorali, aliter admonendos, quàm cæteri homines. Celebrabat autem Herodes diem natalis sui: mali diem ortus sui in hunc mundum celebrant: quoniam hic totum suum bonum habent, quod cum vita consumatur. Boni autem potiùs diem mortis agunt: quia tunc perpetua eorum vita in- *Prouer. 14* cipit. Vnde Sapiens dicit: Sperat autem iustus in morte sua. Et Regius Propheta: Pretiosa in conspectu Domini (inquit) *Psal 115.* mors sanctorum eius. In die natalis occiditur ille, in cuius natiuitate multi debe- *Esa. 57.* bant gaudere. Lunæ ortus est occasus Solis, sic impij natiuitas occisio iusti: quoniam à facie malitiæ sublatus est iustus. *Sap. 4.* Et alibi sublatus est, ne malitia immutaret intellectum eius. Impij autem per Lunam quæ præest nocti, denotantur: quoniam filij sunt tenebrarum, & quia scrip- *Eccl. 27.* tum est: Stultus, hoc est, peccator, vt Luna mutatur. Multitudo malorum in causa est, quòd sit penuria bonorum, & hoc merentur eorum peccata. Nam quia peruersi difficilè à bonis corriguntur: ideò stul- *Eccl. 1.* torum infinitus est numerus, ait Sapiens. Suffocant enim mali bonum semen, inter vitiorum suorum spinas: tot enim sunt, vt bonos circuire suffocare, & suffodere pos- *Psal. 11.* sint. Hinc & Psalmista dicit: In circuitu bonorum, scilicet impij ambulant. Nam Sodomitæ, & Ægyptij suffocare voluerunt bonos: quia generatio vnius est corruptio alterius. Quòd si nequam generatio multiplicatur, bonorum è regione minuetur. Item in die natalis & lætitiæ fit mori, vt semper homo mortis habeat *Eccl. 11.* memoriam, iuxta Sapientis consilium. In die bonorum, ne immemor sis malorum, & discas quòd nasci est mori, incipere enim esse, est incipere mori. Id enim Do- *Genes. 2.* minus primis parentibus dixit: In quacunque die comederis ex eo, morte morieris, hoc est mortalis fies, incipies mori, necessitati moriendi subijcieris. Id enim vita, via ad mortem, & viuere pergere ad illam. Quot enim diebus viuimus, tot leucis appropinquamus ad mortem quæ terminus nostri itineris est. Ideò enim inter epulas hominũ, caluaries hominis defuncti olim deferebatur conuiuis eam ostendendo, dicentes Vide & bibe, nempè vt mortis consideratione ingluuiem, & luxum *Eccl. 9.* temperarent, *Saltauit filia Herodiadis.* Cùm saltatrice (ait Sapiens) ne assiduus sis, ne audias illam, ne forte pereas in efficacia illius. Et placuit Herodi, imò & simul discumbentibus, vt quos vinum & epulæ in libidinem impulerant: aspectus impu- *Eccl. 9.* dicus saltatricis in furorem excitaret. Ecclesiast. 9. Ne des fornicarijs animam tuam in vllo tempore, ne perdas te, & animam tuam, & hæreditatem tuam. Vnde cum iuramento pollicitus est ei (aiunt Euangelistæ) quodcunque postulasset, dare, etiam si dimidium Regni. Ab ebrietate libido, à li- *Albertus* bidine stultæ promissiones emergunt. Albertus in Matth. Hinc, scilicet, manifestũ

est.

est, quantum Herodes à libidine possidebatur, cuius arte talia tibi obtulerit, vt & dimidiam sui Regni partem polliceatur. Turpis autem fuit causa iurandi. Stultus in iurando, & impius in reddendo: illius enim iurisiurandi sola libido causa fuit. Vnde Chrysostomus homil. 6. in Matthæ. *Chrys.* Tanti, scilicet, principatum suum faciebat, adeò voluptate captus erat, vt tripudijs Regna concederet. Miraris forsan, si tunc hæc fiebant; cùm etiam nunc post tantam nostræ religionis Philosophiam multi iuuenum adeò molles, eneruatique sint, vt nulla iurisiurandi necessitate vrgente, vel animas suas tripudij gratia largiantur. Nam voluptate semel victi, quasi pecudes quò lupus trahit, concurrunt. Quid etiam vesanus ille tunc patiebatur, qui duo maxima mentecaptus commisit. Nam & illam furore & temulentia concitatam, adeò vt nil mali prætermittendum doceret, dominam fecit, & iurisiurandi necessitate rem confirmauit. *At illa præmonita à matre sua petijt in disco dari sibi caput Ioannis Baptistæ.* Hic Chrysostomus homil. 4. de Ioanne Baptista. *Chrys.* *Genes. 3.* Hæc est (inquit) mulieris antiqua malitia, quæ Adam eiecit de paradisi delitijs, hæc cælestes homines facit terrenos, hæc humanum genus mersit in infernum, hæc vitam abstulit mundo, propter vnius arboris pomum. Hoc malum quod homines ducit ad mortem, hoc malum fugit Elias Propheta. *3. Reg. 19.* Et cuius lingua clauis facta est cœli, tanquam reus fugit à facie mulieris. Et sermone. 17. Illa ergo criminis filia non naturæ, tàm ad matrem, quàm ad ipsam feminam sui sceleris mox currit; vt quæ fluida tota ierat, resoluta, sæua, truculenta reuolaret. Et vt de ipsis artibus loquar, vt tragediam nefandam caneret, quæ impleuerat turpissimè comœdiam. Et ser. 174. Serpens tunc latebat in fœmina, quæ reptans gressibus flexuosis, læthale toto corpore virus effudit, vt discumbentium mentes furor, venenum corpora satiaret, homines verterentur in bestias, nec vino iam tales, sed sanguine potarentur, nec pane rabidi, sed carnibus vescerentur humanis. Tales vtique tales reddidit, quibus adhùc fumante sanguine, caput tunc Ioannis inuexit, vt illud Psalm. Canticum ploraret. *Psal. 78.* Dederunt carnes sanctorum tuorū bestijs terræ, effuderunt sanguinem eorum, tanquam aquā. Ecce quid pariunt totis noctibus protracta conuiuia. Ecce quid generat; quod cum mensura emitur, & sine mensura bibitur vinū. Ecce quò præcipitatur caro, cùm ad luxuriæ facinus voluptatis inflammatur incendijs. Vnde Euthymius in Matth. ait: *Euthym.* Metuens ne si tempus illud præter laberetur, Herodem omninò pœniteret, vbi decocto vino ad sobrietatē redijsset: vel etiam ne amicorum quidam deprecati Ioannem liberarent, ideo cum festinatione intrauit ad matrem, & exiuit ad Regem: Peto vt des protinùs caput Ioannis in disco. Petrus Chrysologus sermone. 173. Serpentis gemen (ait) caput hominis petit, cui suum caput sententia principali sciebat addictum, dicente Deo: Ipse seruabit caput tuum, & tu illius obseruabis calcaneum. *Petr. Chrysologus.* *Genes. 3.* Vnde bene dixit Sapien. Eccles. 25. Non est caput nequius super caput colubri, & non est ira super iram mulieris. *Eccles. 25.* Et ibidem dicitur: Breuis omnis malitia super malitiam mulieris. Quid Iezabele furiosius! Quæ audita pseudoprophetarum nece, iurauit, se in crastinum occisuram Eliam Prophetam. *3. Reg. 19.* Quod Chrysostomus confirmat homil. 4. in decollat. Ioannis Baptistæ. *Chrys.* Imò (inquit) nulla in hoc mundo similis est mulieri malæ. Quid inter quadrupedia animalia leone sæuius! Sed nihil ad hanc. Quid in serpentibus dracone atrocius? Sed ne hoc quidem iam cū muliere mala, & linguosa conferri potest. Nam & leo, & draco, in malo inferiores sunt. Cui veritati Salomon testificatur, dicens: Cohabitare leoni, & draconi melius est, quàm cum muliere mala & linguosa. *Eccles. 25.* Et ne putes Prophetam in ironia hoc dixisse, ex ipsis rebus disce manifestiùs. Danielem leones in lacu reueriti sunt, iustum verò illum Naboth Iezabel interfecit. *Daniel. 14.* *3. Reg. 21.* Cetus Ionam in ventre custodiuit; *Ionas. 2.* Dalida autem Sansonem circumuentum illecebris: raso etiam capite deformatum alienigenis tradidit. *Iud. 16.* Dracones, & aspides cum iure Ioannem Baptistam in deserto [illegible] eum subdita feritate tremuerunt. Herodias verò eidem caput abscidit, & tanti viri mortem in pretium saltationis accepit. O malum summum, & acutissimum diaboli telum mulier! *Genes. 3.* Per mulierem Adam in paradiso prostrauit, & de paradiso exterminauit. Per mulierem sapientissimum Salomonem in præuaricationis sacrilegium præcipitauit. *3. Reg. 11.* Per mulierem castissimum Ioseph vinculis alligatum detrusit in carcerem. Genes. 39. *Genes. 39.* Per mulierem illam totius mundi lucernam

Apoc.17. Ioannem capite truncauit. Ideò Apoc.17.
ſub mulieris typo profana impiorum Synagoga exprimitur. Vidi (inquit Ioannes) mulierem ebriam ſanguine ſanctorum, & de ſanguine martyrum Ieſu. Et
Eccleſ.26. Eccleſ.26. Fornicatio mulieris in extollen-
tia oculorum eſt, & in palpebris illius ag-
noſcetur. Superbit quippè mulier ſi ſe ada-
mari à viris intelligit. Et mulier meretrix
Chryſ. (ait Chryſoſtomus) etiam crudelis eſt. Hoc
& prophanæ demonſtrant hiſtoriæ. Tho-
miris ſelectum Cyri caput amputauit, & in
vtrem ſanguine plenum deiecit, cum hac
exprobatione crudelitatis. Satiare ſanguine Cyre, quem ſitiſti, & cuius inſatiabilis
ſemper fuiſti. Hoc narrat ex Trogo Pom-
Iuſtinus. peyo Iuſtin. hiſt. libro.1. Quid Tanaquid
Feruiius, quæ virum ſuum in patris necem
impulit, & in corpus illius demortui exaltauit, & currentum adegit? Hoc Titus Li-
Titus Liu. uius libro.1. Decadis primæ. Et quæ non ad
nos perferuntur de mulieribus ſuos fœtus
ſuffocantibus, viros ſtrangulantibus, alios
veneno perdentibus? Quid non æſtro per-
citæ contra quoslibet aggrediantur, ſi modò rabidæ voluntati vires ſuppetant? *Da
mihi in diſco caput Ioannis Baptiſtæ.* Cur non
petis dimidium Regni, quod tibi promiſ-
ſum eſt? Quoniam vindictam libidinis etiam
ipſi Regno anteferre non dubitas. Et certè
res turpis ab amico nec peti, nec impetrari
Plutarch. debet. Plutarchus in libro de Diſcrimine
adulatoris, & amici, ſic ait: In benè factis
adiuuandus eſt amicus, non in malè factis,
& in conſilijs, non in inſidijs, & in teſtimo-
nijs, non in fraudibus, atque adeò infor-
tunij participem conuenit eſſe amico, ſed
non iniuſtitiæ. Nam ſi nec conſcium eſſe
turpitudinis amico conuenit, quantò minùs decet illi turpiter agenti, indecorè ſu-
gerenti commodare operam? Quemadmodùm igitur Lacedæmonij præbo ſuperati ab
Antipatro, ita cum eo tum componebant,
vt imperaret quantumuis damnoſa, gra-
uiaque, modò ne quid turpe. Sic amicus, ſi
qua inciderit neceſſitas, quæ ſumptum, aut
periculum, aut laborem poſtulet, capit vocari primus, citraque tergiuerſationem,
& promptè negotium in ſe ſuſcipit: tantùm
vbi res cum dedecore coniuncta eſt, detra-
ctat obſequium, ſibique parci poſtulat. In
hoc facto videmus tres ſententias illas in-
3.Eſdr.3. uentas apud Eſdram verificatas. Vnus
enim dixit: Nil fortius vino. Ecce quid
potuit vinum, vt & Regnum ſuum propter

ſaltationem mulierculæ daret, & caput innocentis abſcinderet. Vnde Sapiens di- *Prouer.31.*
cebat: Noli Regibus: O Lamuel noli Regibus dare vinum: quia nullum ſecretum eſt
vbi regnat ebrietas. Ne fortè bibant, &
obliuiſcantur iudiciorum, & omittant cauſam filiorum pauperis. Fortior eſt Rex,
dixit alius, in cuius manu vita, & mors,
maximè ſi tyrannus eſt, non ſubditus æquitati iuſtitiæ. Cuius voluntas lex eſt, & dicit: Sic volo, ſic iubeo, ſit pro ratione voluntas. Et illud quod Principi placuit pro
lege habendum eſt. Nam qui Deo ſubdun-
tur, ea ſolùm quæ iuſta, atque æqua ſunt
volunt, ſecundùm illud Prouerbiorum. Cor *Prouer.21.*
Regis in manu Domini, quocunque volue-
rit, inclinabit illud. Sed tertius dixit: Nil
fortius muliere. Quod hic perſpicere poteris. Quod enim Rex facere non audebat,
propter timorem populi, & propter reuerentiam ac pudorem, qui Ioannis ſanctitati
debebatur: hoc impudica fœmina impetrauit, ac fecit. Super omnia autem vincit veritas. Quoniam illam Ioannes morte
ſua confirmauit. Aduertendum tamen ac
maximè deplorandum hic eſt, quomodò
iuſtus contemptui apud homines huius ſe-
culi habebatur, cùm videamus illum propter impudicæ puellæ choreas morti traditum. Quod & Iob dixerat: Deridetur iu- *Iob.12.*
ſti ſimplicitas, lampas contempta apud cogitationes diuitum. Et Eſaias dicit: Iuſtus *Eſai.57.*
perit, & non eſt qui recogitet in corde ſuo.
Nec mirum quòd ſeruus tam paruo pretio
morti tradatur, nempè propter muliercula
ſaltationem, cùm Dominus eius triginta ar- *Matth.26*
genteis diſtractus ſit: non enim (vt Sapiens *Sap.2.*
dicit) æſtimauerunt mali honorem anima-
rum ſanctarum. Sed quid eſt hoc quod dicit
Marcus, quòd Herodes metuebat Ioannem? Quoniam virtus id habet, quod etiam
inimici ſui metuunt illam. Eſt quippè Regina & domina orbis. Quarè etiam ſi in po-
teſtate inimicorum ſit, reueretur ab eis.
Quemadmodùm Rex etiam ſi captiuus ſit, *Simile.*
tamè tanquàm Rex honoratur etiam ab his
qui tenent illum, vt in Hiſpania vidimus
cum Rege Franciæ fieri, & de Iulio Cæſare
dicitur, quòd cùm in manus piratæ inci-
diſſet, & captiuus duceretur: ipſe quaſi dominus potiùs imperabat his qui ceperant
eum. Et de Philoſopho illo in ſeruitutem
redacto, & pretio empto, ait Hieronymus *Hierony.*
ad Paulinum, quòd maior emente ſe fuit.
Sed quod ex hoc Euangelio colligit Chry-

fostomus, hoc est. Nimirùm plùs terruit Herodem post mortem Iusti, quàm dum ille viueret. Vexabat enim & flagellabat eum sua conscientia, ne fortè Deus vindex de tanto scelere pœnas expostularet. Tales *Iuuenalis* sunt, vt scribit etiam Ethnicus Poëta,

Quos diri conscientia facti

Mens habet attonitos, & surdo verbere cædit.

Ita nimirùm Chain effuso fraterno sanguine, vsque conterrebatur, vt omnibus membris tremeret, & omnia illi loca suspecta essent, adeò vt diceret: Ero vagus *Genes. 4.* & profugus in terra. Omnis ergo qui inuenerit me, occidet me. Nam (vt ait Sa- *Sap. 17.* piens) sæpè præsumit sæua perturbata conscientia. Et ibidem: Cùm sit timida conscientia, dat testimonium condemnata. *Et contristatus est Rex propter iusiurandum,* *Hieron.* *& propter simul discumbentes.* Vbi Hieronymus ait: Consuetudo Scripturarum est, vt opinionem multorum sic narret historicus, quomodò eo tempore ab omnibus credebatur. Sicut Ioseph ab ipsa quoque Maria appellabatur Pater Iesu. Ita & nunc Herodes dicitur contristatus: quia hoc discumbentes putabant: Dissimulator enim mentis suæ malitiam artifex, cùm tristitiam in facie, & lætitiam haberet in mente. Scelus quoque excusat iuramento, vt sub occasione pietatis impius fieret. *Propter iusiurandum, &c.* Non tenebatur tali iuramento: nam vt lex iuris est, in iniustè promissis rescindenda est fides. Quarè Agesides Lacedæmoniorum Rex, cùm quis rem quandam iniustam à Rege sibi promissam importunè postularet, allegans Regis pollicitationem respondit: Si iustum est, promisi, sin verò iniquum, dixi, non tamen promisi, non enim turpis promissio valet. Quarè Dauid reuocauit iuramentum, quod de delenda domo Nabal- *1. Reg. 25.* carmeli fecerat: Erat enim nimis rigidum propter vnius auaritiam tot innocentes trucidare. Quapropter gratias retulit Abigail vxori eius, eò quòd iram eius mitigauerit, ne effunderet sanguinem innoxium.

Alia moralitas. Nunc aliqua, quæ fortè prætermisimus, breuiter & summatim dicamus. Hic est Ioannes Baptista, dicebat Herodes, & ideò virtutes operantur in illum. Rabanus hic *Rabanus.* dicit: Hinc potest perpendi malitia & incredulitas Iudæorum: hic enim alienigena Ioannem resurrexisse dicit, cuius tamen nullum miraculum vidit; Iudæi verò qui Iesum tot miraculis coruscasse viderunt, resurrexisse negauerunt. Considera etiam ex hac historia, quæ sit ratio, quarè modò non multos videamus incarceratos, quia veritatem Principibus, aut Pontificibus prædicat, nec iugulatos multos à Principibus Christianis ob hoc, sicut Ioànes. Numquid quia in maioribus desunt peccata, quæ talem mereantur reprehensionem? Fateor hisce temporibus, quibus nos vitam agimus inter Principes Catholicos, tàm seculares, quàm Ecclesiasticos maximum omnis virtutis specimen splendescere. Et vt cæteros omittamus, certè Hispaniarum Regem Philippum, & Summum Ecclesiæ Pastorem, negare minimè possumus, quin magno totius honestatis zelo ardeant. Iustitiæ quippè ac religionis integritas, quæ sunt columnæ, quibus tota hæc politiæ humanæ machina innititur, integerrimè ab eis colitur, nec quidquàm quod huic aduersetur in suis ditionibus, villatenus patiuntur: quæ duo cum adsint, cætera omnia leuia reputanda sunt: nam ad hæc duo conseruanda totã vim regiminis Principes intendere debent. Quod autem id ita sit, experientia testatur. Quarè minimè hoc adulationi tribui debet, sed potiùs gratiarum actioni, quærentis illi gratias habeamus, in cuius manu cor Principum est, *Principatus* & illud ad hæc bona propendit. Certè Hispania nostra magnas debet Deo optimo maximo referre gratias: quoniam semper religiosissimos Principes habuit, ab eo tempore quo Arriana pestis ab his sedibus exterminata est. Quos autem vel recens fama, vel præsens notitia nobis notos dedit, quales fuerunt Catholici Reges Ferdinandus, & Elisabeth vxor sua, Carolus V. Romanorum Imperator, Philippus II. Hispaniarum Rex, hos has duas virtutes, & colere, & coluisse egregia eorum facta testantur, quæ Deũ precor, vt semper prosperis foueat auspicijs. Cæterùm non desunt aliqua quæ verbi Dei prædicatores zelo iustitiæ accẽsi, vel carpere, vel admonere deberent, etiam cum periculo capitis nostris tamen id minimè videmus fieri. Quòd si veritas aliquandò prædicatur, eam sic inuolutam, vel dulcibus, vel adulatorijs verbis damus, vt vix eam intueri liceat his ad quos eã dirigere deberemus. Si enim tu non vulnus infecti ferires, sed potiùs circumlenitèr tãgeres, potiùsprætereaquodã ægrotũ recrea- *Simile.* res, quã dolorem incuteres. Quòd si vulnus ipsum vel cauterio, vel cultello ferires, sã illum præ dolore vlulantem audires, & subcenientem tibi. Peccata sunt vulnera animæ, ad illa verba nostra, veluti iacula, aut pharmacũ dirigere debemus prædicatores. Quod si ita faceremus nulli dubiũ quin gementes multos, & contra nos iratos audiremus: at verò non vulnera tangimus, sed circũ circà mollib⁹ verbis ea fricamus. Quis succẽser nobis? Quis irascitur? Quis vel Herodes, vel Herodias contra nos insanit? Non sentiunt ictus nostros, quia non directè ad vulnera eorum tendunt, sed tanta intercapedine distant; vt vix vnus, aut alter illos

2. Tim. 4. sentiat: sumus enim fortè magistri prurientes *Ezech. 14.* auribus. Quo contrà Dñs præcipit Ezechieli, quatenus aperiret peccata, & idola domus Israel. Apertè quippe vitia carpenda sunt, & intus in cute ea inuestigare debemus; quatenùs patefacta eorũ malitia, & omnibus manifesta, non possint vllam ignorantiam prætexere. In cuius signum in lege veteri præ-

Leuit. 1. cipiebat Deus, vt animali quod offerri debebat prius pellis detraheretur, & ideò in partes diuideretur: quoniam peccato debemus priùs detrahere pellem sub qua latet; deinde omnes eius malitias ac circunstantias diuidere, vt sic iugulare illud in conspectu Domini valeamus. *Herodes autem metuebat Ioan-*

3. Reg. 21. *nem.* Ecce virtutis vim. Rex Achab sericis indutus Eliam pellibus vestitum metuebat, sic Herodes Ioannem, & Pharisæi Apostolos. Nam postquam eos flagellauerunt ti-

Act. 4. midi ac dubitantes dicebant: Quid faciemus hominibus istis? Inimica est virtus impio, quid mirum quòd timeat eam? *Et cùm dies opportunus accidisset.* Hæc est malorũ conditio, vt dissimulent malum, quousque occasio se offerat, qua illud opere com-

Eccles. 19. pleant. Nam Ecclesiastici 19. dicitur: Est qui nequiter humiliat se, & interiora eius plena sunt dolo, etsi ab imbecillitate virium vetetur peccare, si inuenerit tempus malefaciendi, malefaciet. *Die autem natalis Herodis saltauit filia Herodiadis in medio, & placuit Regi Herodi.* Chrysostom. Vbi est saltatio, ibi est diabolus. Nec enim Deus dedit nobis ad hoc pedes, vt cum camelis saltemus, sed cum Angelis chorum faciamus. In talibus saltant dæmones, in talibus saltant dæmonum ministri. Vnde per quendam Prophe-

Esai. 5. tam talia conuiuia reprobat Deus, dicens Esai. 5. Cithara, & lyra, & tympanum, & tibia in conuiuijs vestris, & opus Domini non respicitis. Obserua. Natalis dies Herodis est creatio mali prælati, tunc saltant histriones, & huiusmodi qui dicitur filia Herodiadis, id est, inanis gloriæ. Recipiuntur enim propter famam, & sic inflatur ille, vt pellis mulæ quæ inflata caret fistulæ. Sic etiam aduertenda Dei iudicia, quomodò in hoc mundo permittat suos ludibrio haberi, vt pro saltu impudicæ puellæ eorum

vita donetur. Quoniam (vt ait Gregorius) *Gregor.* ideò Deus suos sic premit in infimis: quia videt quomodò eos muneret in summis. Obserua etiam quòd diuersa occiditur Ioannes morte à nece Domini. Siquidem huic clam amputatum est caput, iam aliquandò vinculis astricto in carcere; Christus palàm sublatus est in crucem, in nullo corporis membro mutilatus aut imminutus. Carceris tenebræ congruunt Legis vmbris, ac figuris; eas oportebat cedere exorienti luci Euangelicę, & imminui oportebat Legis cęremonias, augescere autem spiritualem libertatem, & astringere oportebat quod erat timoris, latiùs sese pandere charitatem Euangelicam. Incarceratio, & decollatio Ioannis, figurabat minorationem famæ eius, & existimationis, quam habuit apud populum, Christi verò in cruce exaltatio fidei

profectum. Vnde ipse Ioannes dixit. Illum *Ioan. 3.* oportet crescere, me autem minui. *Quod cum audisset Iesus secessit inde in nauicula, in locum desertum seorsum.* Primùm vt defleret amici mortem, vt statim diximus. Secundò, vt doceret nos oportere aliquandò Principum terræ furorem declinare, maximè quia Herodes decollauit Ioannem; metuens concursum turbæ ad eum. Plures autem sequebantur iam Christum, quàm Ioannem: vnde eadem ratio militabat aduersus Christum. Quare & aliquandò di-

xerunt ei Lucæ. 13. Exi & abi hinc, quia *Luc. 13.* Herodes quærit te occidere. Sed aduerte quòd multi existimarent secessum hunc Domini Iesu, non fuisse post decollationem Ioannis Baptistæ: nam multa miracula à Christo edita compulerunt Herodem, & alios, vt dicerent Ioannem esse à mortuis suscitatum. Hæc autem miracula multo tempore patrata sunt, post quod ad notitiam Herodis peruenerunt. Quare Græcè nõ est quod cùm audisset Iesus: sed tantùm habet: Et cùm audiuisset Iesus absque vlla relatione. Sed dicunt secessum istum fuisse post aduentum Apostolorum, quos ad prædicandum miserat, & veniebant gaudentes, quoniam prosperè cuncta eis successerant, & quasi vitium vanæ gloriæ de-

clinans

clinans secessit cum eis in desertum locum simul, vt & daret illis tantillam requiem: quoniam turbæ concurrentes, sic eos premebant; vt nec locum ad sumendũ cibum darent. Quare, vt alias narrat Euãgelista, dixit eis: Venite & requiescite pusillum. *Marc. 6.* Docet etiam per hoc, quòd etsi viri spirituales aliquam requiem sumere debeant, non debet esse in carnis voluptatibus, aut mundi delitijs, sed potius in secreta loca secedendo, absque mundi arbitrio requiescat aliquantulũ à tot curis. *Et cùm audissent turba, secuta sunt eum pedestres de ciuitatibus. Et exiens vidit turbã multã, & misertus est eis, & curauit languidos eorum. Vespere autem facto accesserunt ad eum discipuli eius dicentes: Desertus est locus, & hora iam præteriit, dimitte turbas, vt euntes in castella emant sibi escas. Iesus autem dixit eis. Non habent necesse ire, date illis vos manducare. Responderunt ei. Non habemus hic nisi quinq; panes, & duos pisces. Qui ait illis: Afferte mihi illos huc. Et cùm iussisset turbam discumbere super fœnum, acceptis quinq; panibus, & duobus piscibus, aspiciens in cœlum, benedixit ac fregit, & dedit discipulis panem, discipuli autem turbis, & manducauerunt omnes, & saturati sunt. Et tulerunt reliquias duodecim cophinos fragmentorum plenos. Manducantium autem fuit numerus quinq; millia virorum, exceptis mulieribus, & paruulis.* Hoc miraculum etiam narrat Ioannes ca. 6. cùm tamen nullum aliud quod cęteri Euangelistæ scripserãt, narrauerit ille. Forte hoc fecit, vt quæ alij omiserant, in hoc miraculo ipse adderet. Vel certè de Eucharistiæ sacramento scriberet ea, quæ Dominus occasione huius miraculi de eo dixerat. Christus cum suis discipulis in aliam trãsmigrauit ripam stagni Genesaret, prope Bethsaidam, vt Lucas refert, *Luc. 5.* & turba circumiens ripam illã peruenit ad Iordanem, quo vel per pontem, vel per ipsa vada Iordanis transacto; pedestres venerunt in alteram ripam, vbi Dominus cum discipulis suis appulerat. Et ex illa ripa multæ turbæ tunc concurrerunt ad illum: *Ioan. 6.* nam & Ioannes dicit, hoc contigisse trans mare Galilææ. Et quoniam omnes Euangelistæ hoc miraculum narrant, si quæ in eis videntur contraria, facillimè conciliantur. Vnde legendus est super hanc literam Iansenius, *Iansenius* quem ego in his quę ad literam attinent, ferè in omnibus sequor: sed nos ad mysticos sensus statim deueniamus. Barradas quidem, tom. 2. Harmoniæ Euangelicæ, *Barrad.* hoc præludio ad hoc miraculum narrandũ accedit. Imagines, inquit, & picturę, nos tanquam historię ad rerum gestarum cognitionem perducunt. Sed & chartæ regionũ vniuscuiusque loci situm, & arcus triumphales, victorias insignes memorant. Et propter Eusebius Cæsariensis, lib. 14. de præparatione Euang. c. vltimo inducit Aristotelem, lib. 8. de Philosophia eos perstringentem, qui sensum tollebant, quasi inutilis esset ad cognitionem: qualis erat Xenophon, Celophonius, Parmenides, Zeno, Melissus. *Eusebius.* Nimirum si tu puerum domi erudieris, non primum ab elementis, ab indiuiduis, & particularibus, eum ad vniuersaliora deduces? Hoc scamnum, hanc nauem, hanc proram, hunc malum, hos remos, hæc transtra, cæteraq; omnia quasi digito cõmonstrabis, sed nec nautica sine carta marina habent. *Simile.* Habent chirurgi in exemplari mortuo musculos, neruos, ossa, venas, cartilagines, arterias, architecti figuras, doricas, atticas. Et quid multa? Nihil nisi imaginibus discimus, adeò vera est Philosoph. sententia. Nihil esse in intellectu, quod non fuerit prius in sensu. *Aristo.* Credo. Quid parabolæ, & similitudines à Christo prolatæ, nisi imagines? Quin etiam & miracula illa quæ fiebant in corporibus spiritualium operationum testes erant. Hoc etiam ad sacramenta extenditur. Caro tingitur, vt & anima emaculetur (inquit Tertulian. lib. de resur. carnis.) Caro signatur, vt anima de Deo sanctificetur. *Tertul.* Requirere quis miraculorum sensus sit. Ventis imperat quia sectis, & falsis doctrinis imperaturus erat. Mittit in Siloe, quia illuminat in baptismate. Et nunc miraculum in panibus facit, vt nequid de meliori Eucharistico pane subdubitemus. Hoc fit, inquit Augustinus, tract. 24. in Ioann. vt se Deum qui segetes multiplicat esse commostraret. *Aug.* Nam & vilia illa viluerunt, quæ tamen verè sunt miracula. Cùm maius sit totum regere mundũ, quam quinquemillia hominum pascere. Sed ex eo miraculo erigebat nos ad Eucharistiæ mysterium, quod paulòpost promissurus erat. Nam cùm prouideret statim atque de sue carnis esu, & sanguinis sui potu, in Capharnaũ verba facturus esset, quosdã vel difficultate permotos retrò abituros, & in quæstionem Christi potẽtiã traducturos esse, ideò illis occurrit: Dicturi, scilicet, erant. Quomodò potest hic nobis carnem suam dare ad manducandum? *Ioan. 6.* Verùm statim factum istud illorum ora obstruit. Requirant, scilicet, quomodò potuerit quinque panes ita

 multi-

prædicatorum manus, spiritualem cibum, in partes diuidere, vt ex illo, quod bonum & vtile vnicuiq; fuerit, distribuatur. Hoc aut agere debemus. Vos autem quodcunq; proponitur cibus, est ad se trahere. Nō omnibus omnia expediunt, nec eodem cibo vniuersa animalia aluntur. Nec enim passer eo alimento quo ouis pascitur, nec ouis eo vescitur cibo quo lupus, quod vni est cibus, alteri venenum esset. Et inter homines diuersos etiam gustus inuenies, ociosiius stomachi sunt quod illius auidissime capit: oportet ergo vt quilibet sibi conuenientē cibū capiat, aliumq; suo dāno dimittat. Diligenter attendat (vt Sapiens docet) ea quæ sibi apponūtur, & ex his conuenientia sibi sumat. Nec enim pauperi locupletum cibus conuenies, nec malorū alimentum bono condecens erit: vnusquisq; quod suo stomacho decet sumat, alia relinquat. Ob hoc existimo parū cōciones quas prædicatores ad populū habemus prodesse, quoniā nullus quod sibi dicitur, sed quod alijs, aduertit. Nā quoniam suū non manducat cibum, non sibi prodest, sed tanquā famelicus semper macilentus incedit. Gestit pauper quia in diuites prædicator inuehitur, admonens illos, vt in pauperes sua bona dispertiant, nec aduertit quod sibi dicitur pauperē humilem debere esse, quoniā pauperē superbum odio habet Deus, vt Sapiens dicit, & quod nimis impatientes sunt, auidiq; alienorū & circumuentores ac mendaces. Hoc autem nec audiri dignantur, sed ea duntaxat quæ alijs dicuntur. Gaudet mercator, ac diues secularis, quoniam Episcopis ac Canonicis dicimus strictius obligari ad eleemosynas elargiendas, ex Ecclesiæ patrimonio, quā cæteri seculares, nec intelligūt etiā illis dictū esse, quod ex superfluo tenentur etiā bona sua in pauperes erogare. Nec fœmina quod ei dicitur animaduertit, sed quod viro: nec vir quod ei dicimus, sed quod mulieri. Ex quo fit quod nemo fructū ex sermone reportet. Tuū accipe cibū, alienum dimitte. Ex concione id quod tibi dicitur auribus percipe, & sic tibi proderit verbū Dei. Hoc autem tanquā fundamento proposito antequam cibi deferantur, opus est vt mensam ponamus. Mensa Euangeliū est Christi, imò persona Christi cuius doctrina omnibus proponitur, & omnes docet. Tabula huius mensæ cedrina est, quæ diuinitatem significat, secundum illud quod Ecclesiastici. Cedrus alta Libani conformatur hyssopo. Humanitas autē eius linteamina erant, & propter teneritatem eius, natiuitatis, & propter candorem, & puritatem sacratissimæ carnis eius, quæ omni labe peccati caruit. Vtrumq; enim habet linum, quod in terra nascitur, & album est. Et quemadmodum linum antequam ad suam veniat puritatem, multis percutitur ictibus; sic Christus Dominus multis afflictus est plagis, vt ex ipso edulia proferret. Mensam nuncupauit Dominum Christum Dauid cum dixit. Parasti in conspectu meo mensam, aduersus omnes qui tribulant nos. Hoc est, Christum id altari nobis contra aduersarios præparasti. Et alibi: Fiat mensa eorum coram ipsis in laqueum. Quoniam Christus lapis offensionis, & petra scandali fuit Iudæis. Vt Esa. dicit. Et Paulus dicit eum scandalum fuisse Iudæis. Hic est linteum illud quod Petrus vidit, quatuor summitatibus submitti de cœlo in terram omnibus cibis, tam mundis quam immundis plenum. Quoniam Christo Domino nostro, carne Iudæo, omnes cibi sunt omnibus communes, tam pro iustis, quàm pro peccatoribus, tam pro mundis, quàm pro immundis. Substituitur quatuor fundamentis: quoniam à quatuor Euangelistis mensa hæc proponitur nobis, & per quatuor plagas terræ linteamina hæc extenduntur. Inter quos Ioannes Chirotheca, hoc est, ciborum distributoris vicē gerit, qui in electiori buccella cibatus est, cuius historiam, in enarrando isto miraculo, quam etiam Matthæus refert, sequi volo: quoniam altiori quodam modo eam nobis proponit Ioannes, & secundum eius narrationem Ecclesia etiam nobis interpretandum cōponit Dominica illa quarta Quadragesimæ. Ait ergò, quod post recessum hunc, quem narrauimus, subijt in montem Iesus cum discipulis suis. Semper enim eos ad altiora promouebat. Et cùm esset in monte sublevauit oculos, & vidit magnam populi multitudinem ad eum confluentem. Subleuauit oculos Iesus. Potius eos inclinare debebat, vt aspiceret turbā ad se per valles concurrentem, ipse quippe erat in vertice montis, populus per demissos valles properabat. Oportebat ergò vt potius inclinaret oculos ad videndos populos per loca humilia venientes. Verùmtamen Deus noster miseratur opus est, vt oculos eleuet ad se ipsum respiciendum, vt propter te ipsum nobis suam misericordiam tribuat. Si enim nos respexerit, cùm in nobis tot sint peccata, potius iram eius prouocabimus, quàm misericordiam. Vnde Daniel. 9. clamore et ad Dominum sic dicebat: Propter temetipsum, Domine,

Margin (left): Simile. — Prou. 23. — [illegible] — Eccles. 1. — Luc. 14. — Impress. Natiuitatis Christi.

Margin (right): Simile. — Psal. 22. — Psal. 68. — Esai. 8. — 1. Cor. 1. — Act. 10. — Dan. 9.

Domine, inclina aurem tuam & audi, aperi oculos tuos & vide desolationē nostram. Propter temetipsum ait. Vnde & subdit. Nec enim in iustificationibus nostris prosternimus preces ante faciem tuam, sed in miserationibus tuis multis: attende, & fac propter temetipsum. Aspice ergò te Domine, vt misericorditer respicias nos.

Marc. 6. Cùm ergò vidisset turbas, ait Marcus, quòd misertus est eis. Ecce huius conuiuij primas dapes. *el azir de la comida*. Nempe misericordia, & compassio aliorum, qui fame pereunt, cùm tamen tu lautè manduces. Sic enim & Iob aiebat, Antequam comedam suspiro. *Iob 31.* Cùm cerneret Iob se multitudine ciborum pasci, ad memoriam reuocabat, quot essent egeni ac miseri, qui de fragmentis illis saturari cuperent. Vnde eorum misertus, antequàm ipse comederet illis mittebat exenia, ac cibos: sic & tu facere deberes. Et sanctissimus ille vir *Tobias. 2.* Tobias, totius rectæ institutionis exemplar, cùm in captiuitate positus in Paschate quodam cum tribulibus suis conuiuium fecisset, cum luctu, & mœrore manducabat panem, memorans illum sermonem, quem dixit Dominus per Amos Prophetam. *Amos. 8.* Dies festi vestri conuertentur in lamentationem & luctum. Si in conuiuijs ac superfluis commessationibus, & ebrietatibus vestris ad memoriam reuocaretis, quomodò omnia hæc peritura sunt, atque vestræ delitiæ in labores conuerti, ingluuiesque vestra in famem ac miseriam desinere debet, risus vester in fletum, & irremediabiles lacrymas, ac tormenta finietur: fortè non ita effunderetis in vitia ac voluptates carnis, sed potius hoc timore periculi inter rationis limites vos contineretis. Quod si attentè cōsideraretis, quis fuit finis delitiarum illius auari diuitis, qui nec de micis suis vlceroso Lazaro dare voluit, *Luc. 16.* & aduerteretis quot sunt in mundo Lazari, qui de reliquijs mensæ vestræ saturari cupiunt, nec tamen eis porrigitis, fortè his rebus attentè perspectis, nonnihil vestrorum excessuum temperaretis. Cùm ergò vellet multitudinem illam pascere, communicauit id cum discipulis suis. Ecce ordinem ciborum (quam nos vocamus rationem) quæ in hoc conuiuio obuenit vrbium rectoribus, gubernatoribus, Episcopis, ijs sub quorum cura alij viuunt, nempe sollicitudo eis prouidendi, ac cura quæ eos de necessitatibus subditorum premere debet.

Exierat quidem Dominus Iesus in desertum locum, vt cum discipulis suis requiesceret paululum: & tamen cùm vidisset turbam famem patientem, relicta sua, & suorum quiete, de eorum sollicitus est pastu, vt doceret eos sub quorum cura populi sunt, vt de eorum necessitatibus solliciti sint, etiam si aliquandò opus sit seipsos relinquere, à suisque voluptatibus abstinere, à somno euigilare, electo repentè resilire: tantò eos vi hæc cura premere deberet. Sed modò (proh dolor, ac hominum miseriam!) non pro alijs officia accipiunt, sed pro vobis. Præterea ex officio quæ sit diues euadere: rectores vrbium ac senatores hæc officia emunt in sui vtilitatem, ac honorem, ac è Reipublicæ censu redimere nituntur pecuniam quam pro illo officio contulerant, nihil de Republica curantes. Et tamen Dominus per Esaiam cap. 32. clamat. *Esai. 32.* Ecce ad iustitiam faciendam regnabit Rex (vt alia habet litera à nostra.) Hoc est dicere. Regnum, & Magistratus ad iustitiam faciendam ordinantur. Hæc autem est vnicuique tribuere quod ei debetur, tam toti Reipublicæ, quàm ciuibus eius. Accepit ergò Christus Dñs panes, & pisces in manibus suis, & gratias agens, benedixit, ac fregit, & dedit discipulis, vt apponerent turbis. Ipse suis venerabilibus manibus id fecit; vt doceret diuites, quòd aliquandò id ipsum facerent. Si domina domus aliquandò ipsa suis manibus pararet cibos pauperibus, optimè ac religiosissimè factum foret, non vt videret si multum panis, aut carnis eis conferretur, vt circumspiceret ea omnia, sed potius vt in hoc seipsam deuotissimè incitaret ad misericordiam, & pietatem. Hoc enim est, quod Paulus discipulum suum Ti- *1. Tim. 4.* motheum præmonebat dicens: Exerce teipsum ad pietatem. Hoc est, tuis manibus opera pietatis exerce, vt te ad illam assuefacias. Nam sic Abraham, & omnis domus eius, vxor, ac serui, in præ- *Genes. 8.* parandis cibis Angelis ministrandis, qui ad se sub figura virorum venerant, se occupauerunt, & inter Christianissimos Reges, hoc aliquandò euenit, vt certis diebus Reges ac Reginæ sub manibus pauperibus ministrent: qui mos ab Ludouico Christianissimo Rege Franciæ, (à quo Reges illi hoc cognomen mutuati sunt) ortum habuit. Nec hoc solùm deberetis facere, verùmetiam cùm ad mensam sedetis, & aliquem cibum delicatum sumitis, debe-

deberet is recto dari pauperis alicuius, & ab ore extrahere cibum qui sibi dulcior est, & ad illum mittere. *Iob 31.* Sic enim & Iob, se ipso teste, faciebat. Si comedi bucellam meam solus, & non gustauit alienus ex ea: *de la boca se lo quitaron, para darlo al pobre.* O, si hoc ego inter Christianos aliquando viderem quam illis gratiam referrent. Et hic est catinus ciborum qui diuitibus in hoc conuiuio obuenit, nempe, vt ex sibi superfluis pauperibus tribuat. Et hoc sicut Christus cum suis discipulis, ita & vos cum Christi discipulis communicetis, hoc est, cum viris sanctis, literis & religione approbatis, habita ratione sumptuum, & necessariorum ad personam & statum, de reliquo eleemosynas quas debetis dare, arbitremur & tamen: quoniam ratione superflui tenemini, vt *Luc 11. & 2. Cor. 8.* Paulus ait, Vestra abundantia illorum inopiam suppleat. Sic enim & natura facit. Superfluum alimenti indiuidui ad vtilitatem speciei destinans, vt suprà capit. 6. explicuimus. Nec superflua quæ [illegible] necessarijs ac honestis rebus, ut excusent; hæc enim omnia temperare debes. Dedit ergo Dominus discipulis suis panes, & discipuli apposuerunt turbis. Ecce quid ex hoc conuiuio Ecclesiasticis obuenit. Nempè vt ipsi pauperibus administrarent ea quæ de manu Dei acceperunt. Succedunt enim discipulorum loco, & manus sunt Christi, per quos Deus pauperibus administrat quæ illis porrigit. Prouentus enim Ecclesiastici, prouentus sunt pauperum: sunt enim patrimonium sanguinis Christi, qui pauperes hæredes reliquit, secundum illud: *Luc. 12.* Quod superest date pauperibus. *Marc. 14.* Et pauperes semper habebitis vobiscum. Et cum Paulum, & Barnabam alij Apostoli ad prædicandum miserunt, pauperes maximè illis commendarunt. *Galat. 2.* Tantùm vt pauperum memores essemus: deberent quippe Ecclesiastici id intra se dicere quod sacerdotes templi dixerunt, cùm illis restitueret triginta argenteos Iudas, quibus vendiderat Christum. *Matt. 26.* Non licet nobis mittere in corbonam: quia precium sanguinis est. Sic non licet prouentus Ecclesiæ, Ecclesiasticis viris thesaurizare: quia pretium sanguinis Christi est. Flagella quippè sua, ac confixuræ, & alapæ meruerunt vt homines hos prouentus sua sacramenta administrantibus tribuerent. Quid hoc in corbonam mittis, aut in tuos consanguineos impartiris, vel in ædificandas aureas ædes. Non hoc licet tibi: quia pretium sanguinis Christi est, sed in peregrinos, ac pauperes distribuenda bona Ecclesiastica sunt. Video aliquos impertinentissimos sumptus facere, ne sibi videatur suppetere aliquid quod pauperibus tribuant. Prob summam horum hominum cæcitatem, & insaniam! Deus illis misereatur. Igitur Christi manus Ecclesiastici viri sunt, & maximè Episcopi, per quos Deus suos pauperes pascit. Et hic est catinus qui eis in hoc conuiuio euenit. Sed dices: Ergò & diuitibus secularibus, & Ecclesiasticis viris eadem portio prouenit. Ita verum est. Misericordia quippè communis omnibus Christianorum virtus est. Sed sicut tu omnibus seruis tuis panem, & carnem pro victu tribuis, tamen plus vni, quàm alijs, secundùm eorum merita & officia: Sic è mensa Christi omnibus hæc portio prouenit, nempè misericordia, & tamen plus vni, quàm alijs. Plus enim ad misericordiæ opera, & ad corporales eleemosynas tenetur diues, quàm pauper, & plus Ecclesiasticus, quàm secularis: & inter Ecclesiasticos, plus Episcopi, quàm reliqui sacerdotes. Ex [illegible] catino, & ex suis cibis illis tanquàm familiarioribus Christus cibus impartitur. Scimus autem Christum Dominum misericordiam maximè appetere, & hic cibus delitiosus est illi, iuxta illud: *Osee. 6.* Misericordiam volo, & non sacrificium. Hanc ergo & suis familiaribus maximè commendatam vult esse Dominus, alias exclusi erunt à nuptijs Sponsi. *Matt. 25.* Nam ob defectum olei virgines fatuæ repulsam passæ sunt: oleum autem quoniam lenitiuum est, misericordiam significat. Oleo creditoribus suis debita exoluit vidua illa, ex Helisæi consilio. *4. Reg. 4.* Nam si debita quæ Deo debes, exoluere cupis, & plenè satisfacere; eleemosynis ac reliquis misericordiæ operibus incumbere debes. Vide Daniel Regi Babylonis sic cōsuluit: Cō- *Dan. 4.* silium meum placeat Regi. Peccata tua eleemosynis redime, & delicta tua misericordijs pauperum. Et Sapiens ait. *Eccl. 17.* Eleemosyna viri, quasi sacculus cum eo. Portat enim secum sacculum pecuniæ qua debita soluat. Portæ etiam tabernaculi erant ex lignis oliuarum: quoniam portæ cœli sunt opera misericordiæ, per quæ aditus ad abdita templi nobis patet. Hoc autem his qui tabernaculo deseruiunt plus attinet. Nam & Leuitis, *Leuit. 15. & Nu. 18.* Sacerdotibus, & Leuitis destinantur pe-

scua

scua quædam ad alēda pecura, ex his terminis quæ sibi in sortem suam euenerant.
Quoniam sacerdotes scire debent ex pro-
uentibus suis aliquas partes debere destina
re pro pecoribus suis alendis, hoc est, pro
subditis suis prouidendis. Nec enim consanguinei ius alij quod ad prouentus Ecclesiasticos habent, sed illi duntaxat qui in
suis terminis continentur, hoc est, subditi
sui qui suæ parent ditioni, qui eis decimas
ac primitias & cæteras oblationes soluunt.
Luc. 16. Hoc ita deberet fieri, quod si non ita fit,
dolendum maximè est, & cùm eis dicetur:
Redde rationem villicationis tuæ; id eis
[illegible] videbunt. Peccatores etiam ex hoc
conuiuio suam deferant portionem. Nam
præcepit Dominus turbæ, vt sederent super fœnum quod erat in terra: caro autem
in Scriptura dicitur fœnum: hoc enim est
Esai. 40. quod Dominus præcepit, vt Esaias clama-
ret & diceret: Omnis caro fœnum. Oportet ergo super carnem sedere, hoc est, illam conculcare, comprimere, atque ratio-
Luc. 19. ni subijcere. Vnde Zachæus vt Christum
Dominum posset aspicere, super sycomo-
rum ascendit: quoniam vt peccatores digni habeantur Dei visione, opus est, vt super carnem suam ascendant, quæ sycomo-
ro comparatur, quæ dicitur ficus fatua; &
acerbos fructus profert: quoniam caro
insanis fertur desiderijs; & sterilis bonorum fructuum est, corruptionem autem &
amaritudinem præfert. Hanc superet
peccator, si Deum suum cernere cupit.
Exod. 16. Oportet ergo fœnum dimittere quod pecorum pabulum est, si Dei cibis debemus
pasci: nam & filij Israel nunquam manna
pasti sunt quoadusque farina Ægypti illis
defuit. Qui enim huius mundi voluptatibus pascitur indignus est cibo regio, quem
Deus suis familiaribus subministrat. Stomachus quippe repletus allijs & cepis, quæ-
Num. 11. cumque alium cibum fastidit, vt filij Israel
qui ollas & cepas Ægypti eructabant; dulcissimum manna fastidiebant & dicebant:
Anima nostra nauseat super cibo isto leuis-
Prouer. 27. simo. Scriptum quippe est: Anima satu-
Simile. rata calcabit fauum. Fœnum enim, hoc
est carnis delitiæ, in bestias homines conuertit; nam & equus tempore quo herbis, ac hordeo viridi pascitur, nullius est
commodi, aut seruitij. sed in stabulo est
edendo, & stercora fœtida egerendo & sa-
ginando se. Sic carnalis homo, seosumque
voluptatibus deditus ad nihil valet viuere,
nisi vt comedat, & bibat, & adipem sagi-
net, stercora emittat, turpitudini deseruiat,
seipsum ex se odorem proferat. Non tamen quæ sunt Dei dona agnoscit: nam
scriptum est, quòd animalis homo non per
cipit ea quæ Dei sunt. Et Dominus per 1. Cor. 2.
Ioannem in Apocalyp. dicit: Vincenti da- Apoc. 2.
bo manna absconditum. Id est, illum qui
carnis delitias superauerit; mei illum pa-
scam dulcissimis ferculis. Et nomen nouum. Hoc est, honorabile nomen hominis, non bestiæ, nomen Angeli, non hominis. Apposuerunt ergo discipuli panes, &
pisces turbæ & saturati sunt. Hæc est potio pauperum patientia, & confidentia in
Deum, quod illis non deerit. Hoc autem
intelligo de veris pauperibus, qui secūdùm
spiritum patienter ferunt paupertatem, se
diuinæ voluntati conformantes, qui potius
caput ad parietem adiungerent (vt dicitur) quàm
quod vellent illicitum facerent; non de illis
qui soli corpore sunt pauperes, in voluntate autem diuites & auari: qui vbicumque possent, sibi acquirerent pecunias, etiamsi fur-
tiuè, aut iniustè eas arripere possent: non
de his, inquam, loquimur, sed de primis de
quibus scriptum est: Non vidi iustum de- Psal. 36.
relictum, nec semen eius quærens panem.
Quoniam etsi panis corporalis deficit, spiritu tamen maximè reficiuntur. Hi enim
credere debent, quòd etsi homines eis de- 3. Reg. 17.
ficiant, corui pascent eos, sicut Heliam pa-
uerunt, & bis in die illi afferebant panem,
& carnem, & postea mulier vidua paupercula illum pauit, quæ non habebat nisi pu-
gillum farinæ in hydria, & lecythum olei,
quæ non defecerunt, vt haberet vnde ale-
ret Prophetam: & in lacu leonum aluit
Deus Danielem. Ecce conuiuium fini- Dan. 14.
tum. Deficit id quod vltimò afferri solet,
& hoc debent esse gratiarum actiones, sicut & homines isti dixerunt: Quia Propheta Magnus surrexit in nobis, & quia
Deus visitabit plebem suam. Non debemus esse velut muta pecora, quæ natura
prona & ventri obedientia finxit, quæ non
eleuant oculos in cœlum, agnoscentes omnium bonorum datorem. Sed debemus
esse, vt homines, quibus os sublime dedit
Deus & erectos ad sidera vultus; vt Deum
benefactorem agnoscamus, atque ei semper gratias referamus. *Et superauerunt duodecim cophini fragmentorum.* Dei enim
perfecta

perfecta sunt opera. Non solùm quod sufficit, verumetiam quod abundat tribuit. *Iacob. 1.* Qui dat omnibus affluenter, & non improperat. Tu nec id quod debes tribuis Deo. Sed aduerte vltimò quòd altera vice, vt Marcus narrat, *Marc. 8.* Christus Dominus ex septem panibus, & paucis pisciculis saciauit quatuor millia hominum: & superauerunt septem sportæ. Modo autem sunt quinque panes, & duo pisces, & superant duodecim sportæ. Tunc erant plures panes, & plures pisces, & minor numerus manducantium, & quæ superfuerunt minus sunt, nempè septem sportæ. Nunc pauciores panes & pisces, numerus edentium maior, & tamen plus est quod superest, nempè duodecim cophini. Quid hoc miraculi est? Certè vult te docere Christus, ne vnquam despondeas animum, vel constringaris aliqua necessitate quæ te impediat, ne eleemosynas facias: quoniam nouit Dominus, & pauca & multa multiplicare. Ne dicas, Nō multum habeo rei familiaris, & tamen expensæ hodie magnæ sunt, habeo filios, & filias tradendas viris, nihil mihi superest. Eia timide Christiane, quid trepidas? Pauca Deus plus multiplicat, quàm multa, & paucioribus panibus plures saciauit, & plus superfuit, & tecum id etiam faciet, & si ex paupertate tua pauperi dederis, Deus maiora retribuet. Scis, ô homo, quid dico tibi? Video equites ac dominos vassallorum, quib⁹ multa millia aureorum singulis annis proueniunt, & tamen illos pauperes, & ratiocinijs obligatos: agricolas tamen ac rusticos, qui nihil nisi ex quotidiano sudore habent video diuites, & sibi, & filijs, & alijs superesse. Imò ipsi sunt qui plures eleemosynas conferunt, quàm diuites. Ex pauco paucum, & ex multo nihil, dicit prouerbium quoddam Hispanum; Deus autem ex pauco plura multiplicare solet. Hoc sufficiat pro hoc Euangelio, reseruantes cætera pro suo loco apud Ioannem, si Deo placuerit, vt illum interpretemur. Sed circa numerum manducantium aduertendum est, quòd in exemplaribus Græcis additur illa particula, Ferè: Manducantium autem numerus erat ferè quinque millia, nam & cæteri Euangelistæ illam addunt. Et hæc est alia nota, quod Christus noster sit verus Messias. *Lactátius* Nam vt testis est Lactantius, lib. 4. de vera Sapientia, cap. 15. Sybilla his verbis hoc prædixerat.

Quinque panibus simul quinque, & piscib⁹ duobus,
Quinque hominū millia in deserto satiabit.

Adiecit & hæc de fragmentis:

Et reliquias tollens, post fragmenta omnia,
Duodecim cophinos implebit, in spē multorū.

Quod etiam Sybilla Æritheæa primo oraculo exprimit dicens.

Ex panibus quinque, & pisce marino,
Quinque millia satiabit.

Factæ quippè fuerant manus eius velut fontes panis, & piscium. Et Ezechiel *Ezech. 34* cap. 34. hoc videtur insinuare, cùm dicit. Suscitabo super gregem meum pastorem vnum, qui pascat eum, seruum meum Dauid, id est, Christum, qui à Dauid secundum carnem originem traxit, ipse pascet & erit eis in pastorem. *Et statim iussit Iesus discipulos suos ascendere in nauiculam, & præcedere eum trans fretum, donec dimitteret turbas.* In pluribus exem- *Moralitas* plarib⁹ legimus, Compulit discipulos suos. Oportebat enim compellere eos, vt discederent à Iesu: adeò tenebantur eius amore, vt nisi vi quadam compulsi non possent diuelli ab eo. Hinc verba illa Petri *Ioan. 6.* ad Dominum dicentem eis, numquid & vos vultis abire? Quò ibimus Domine? verba enim vitæ æternæ habes. Et in *Matt. 17.* transfiguratione nolebat à tali conspectu discedere, sed nesciens quid diceret, dicebat: Domine, bonum est nos hic esse, si vis, faciamus hic tria tabernacula; Et Heliseus ab Helia nullatenus discedere volebat, sed dicebat: Viuit Dominus, & viuit anima tua, quia non dimittam te: *4. Reg. 2.* Et Psalm. 79. Non discedimus à te, vi- *Psal. 79.* uificabis nos, & nomen tuum inuocabimus. Et Exodi 33. Si non tu ipse *Exo. 33.* præcedas nos, non educas nos de isto loco. Nihilominus quandoque oportet, vt Dominus suos à se dimittat, ne vel nimia familiaritas pariat contemptum, vel nimia curiositate velint indagare diuina assidua contemplatione illi assistentes. Quod Cantic. 6. his verbis ex- *Cant. 6.* primit dicens Sponsus. Auerte oculos tuos à me, quia ipsi me auolare fecerunt. Hoc est: Ne nimis curiosè in me figas oculos, sed aliquandò reuerentia quadam illos à me auerte, quasi victus à mea luce, plusquàm à radijs solis & velut qui me non comprehendere possis;

sis, cessa à nimis curiosa indagatione
Iob. 36. magnitudinis meæ, sed cum Iob iacere,
& dic. Ecce Deus magnus, vincens scientiam nostram. Quoniam sicut qui mel
multum comedit, non est ei bonum: ita
qui scrutator est maiestatis, opprimetur
Prouer. 25 ab ea, vt dicitur Prouerb. 25. Et Paulus.
Rom. 12. Roman. 12. ait, non plus sapere quàm
Rom. 11. oportet sapere, sed sapere ad sobrietatem.
Et cap. 11. Noli altum sapere, sed time.
Auerte ergo oculos tuos à me. Hoc est,
ne curiosius diuina scrutari coneris, sed
quandiu es in vita præsenti, in qua diuina
cognoscimus per speculum, & in ænigmate, hac cognitione contentus esto, clariorem vitæ futuræ relinquens. Nam ipsi
me auolare fecerunt. Hoc est, quia nimis te video curiosum, & familiarem
mecum, egomet à te diuellor, & fugio, &
eleuor, ne me tam curiosis oculis, & excelsis circumspicias, sed potius humilibus
& inclinatis: Nam si tu vis erga me eleuari, ego altius auolabo. Hinc Psalm. 63.
Psal. 36. dicitur. Accedet homo ad cor altum, &
exaltabitur Deus. Cui sensui congruit
translatio ex Hebræo quæ sic habet.
Auerte conspectum tuum à me: quia
ipse me extulit. Ideò ergo discipulos suos
aliquando compellit Dominus à se discedere. *Et dimissa turba ascendit in montem solus orare*. In hoc docet nos post magna
opera edita, consortia hominum fugere,
ne nos vana gloria deturbet, & ad Deum
tanquam principalem authorem recurreret & vt nihil orationem perturbet, dimittit turbas. Sic enim & Abraham fe-
Genes. 22. cit cum ascendit in montem immolare
filium, dimisit seruos, & iumenta ad radices montis, & dixit eis: Expectate
me hîc cum asino, ego & puer illuc vsque properantes, cum adorauerimus reuertemur ad vos. Nam & Ecclesiast.
Eccles. 10. 10. dicitur. Muscæ morientes perdunt
suauitatem vnguenti. Ostendit etiam in
hoc facto orationis effectum. Nam, vt
Damasc. Damascenus ait. Oratio est ascensus
mentis in Deum, & ideò ascendit in
montem Domini, & docebit nos vias
Esai. 2. suas. Et Esai. 37. Leua orationem
Esai. 37. pro reliquijs quæ inuentæ sunt. Et Psal.
Psal. 140. 140. Dirigatur oratio mea, sicut incensum in conspectu tuo, eleuatio manuum mearum. Threnor. 3. Leuemus
Thren. 3. corda nostra cum manibus in cœlum.

solus. Dimisit etiam interim discipulos,
vt liber affectus, & intentio simplicem
sint cum Domino. Vnde suprà. 6. capit. dictum est. Tu autem cum oraueris, intra in cubiculum tuum, & clauso
ostio ora Patrem tuum. *Orans*, non pro
se, sed pro his qui credebant, & credituri erant in eum. Hinc Ioann. 17. Ioan. 17.
Dicit ipse Dominus. Non pro eis autem rogo tantùm, sed pro omnibus qui
credituri sunt per verbum eorum in me.
Et ad Hebræos. 5. Preces, & supplicationes cum clamore valido, & lacrymis offerens, in omnibus exauditus est Hebr. 5.
pro sua reuerentia. *Vespere autem facto, solus erat ibi*. Erat quippe sine discipulis. Quare quia discipuli sine illo erant, inutiliter laborabant, & in pericula magna inciderant. Hoc autem significabat, quòd facto vespere in occasu
lucis suæ, hoc est, in passione solus erat relinquendus, vt & ipse dixit discipulis suis. Futurum est, vt omnes Ioan. 16.
dispergamini, & me solum relinquatis.
Solus etiam erat ibi orans pro nobis ad
Deum: quia solus Christus est, qui patri assistit Pontifex futurorum bonorum
factus, vt ait Paulus ad Hebræos, cap. 9. Hebr. 9.
Solus etiam vt liberator suorum in passione, iuxta illud: Torcular calcaui solus, & de Gentibus non est vir mecum.
Esaiæ capite. 63. Cæterum secundùm Esai. 63.
literam, erat ibi solus, vt fidem facerent
turbis, quòd postea non nauigio peruenerit. Nauicula autem in medio mari iactabatur fluctibus. Hic tangitur triplex causa huius periculi, & tempestatis: Prima ex paruitate instrumenti, erat
nauicula quæ citius submergitur, quàm
fortis & magna nauis. Secunda, ex impossibilitate declinandi: quia erant in
medio maris, nec poterant ad ripam diuertere. Tertia fuit ex tempestate venti: quia iactabatur fluctibus. Quæ iactatio fit ex multis ventis in oppositum
contrapugnantibus, & hinc inde procellas proijcientibus; ita quòd nauis dirigi in ventum non posset. Nam Danie- Dan. 7.
lis capit. 7. dicitur. Ecce quatuor venti pugnabant in mari magno. Et Io- Ion. 1.
næ capit. 1. dicitur. Mare ibat & intumescebat super eos, & nauis periclitabatur conteri. Quæ si mysticè interpretari velis. Pusillanimes propter paruitatem

tatem periclitantur, qui autem in medio mari sunt, hi sunt qui ob difficultatem euadendi desperantes, *Ephes. 4.* semetipsos tradiderunt impudicitiæ. Ventorum autem procellæ significant instantem, & impetuosissimam tentationem: contra quæ munIri poscebat Psaltes cùm dicebat: A pusillanimitate spiritus & tempestate Psalm. *Psalm. 54* 54. Acsi diceret: Ab his patior iacturam, *Psalm. 68* erue me, & Psalm. 68. Veni in altitudinem maris, & tempestas demersit me.

Erat enim ventus contrarius illis. Sicut Acto. 27. Ventus typhonicus qui dicitur Aquilo contrapugnabat naui. Et Ionæ. 1. *Iona. 1.* Dominus misit ventum magnum in mare, & facta est tempestas magna, & nauis periclitabatur conteri.

Quarta autem vigilia noctis venit ad eos ambulans super mare. Quandò iam vltrà quietis tempus laborauerunt, & ex duabus causis erant lassati. Primò ex longa & forti nauigatione, & ex hoc quòd non carpserant somnũ ad quiescendum. *Marc. 6.* Vndè Mar. 6. dicitur, quòd tota nocte laborauerant in remigando. Sed obseruandum hic secundùm Albertum, *Albertus* quòd secundùm diuisionem graduum Æquinoctialis circuli, duodecim horæ sunt diei, & duodecim horæ sunt noctis, ità quòd quælibet hora habet duocim gradus equales. Sed secundùm diuisionem Zodiaci sex sunt horæ diei, & sex horæ noctis: quia semper sex signa sunt super Emisphærium, & sex subtus: Sex autem horæ noctis in quas diuiditur, hæ sunt. Crepusculum, conticinium, intempestum, gallicinium, antelucanum & diluculum. Sed duæ istarum horarum tenebras noctis permixtas habent cum lucè, scilicet, prima & vltima. Quatuor autem sunt perfectarũ tenebrarum. Conticinium quidem à conticendo dictum: quia tunc frigiditate opprimente organa sensuum, incipiunt conticere homines. Intempestum autem quandò tempestate congrua profundissimus est somnus. Gallicinium autem, quandò in prima tenebrarũ diuisione paruis motibus immutantur animalium corpora, & ideò qui non solicitantur circà propria, tunc cantãt, & mouentur. Antelucanum autem dicitur, quoniam motus lucis pellere, & declinare incipit tenebras tenantes, & à tenendo dictus, & incipit somnus attenuari, & sanguis ebullire ad exteriora, & somnia apparere incipiunt. Hoc est, quòd Dominus Marc. 13. dicit: *Marc. 13.* Nescitis quando veniat, serò, aut media nocte, an galli cantu, an manè. In quarta ergo hora, sinè vigilia, post mediam noctem, scilicet venit ad eos ambulans supra mare. Nempè vt adimpleretur illud Esai. 43. *Esai. 43.* Cum transieris per aquam, tecum ero, & flumina non operient te. Miraculum hoc ex illis est quæ tota mirabilia apparent: ex qualibet enim parte miraculum est. Nam ex duabus causis impeditur corpus humanum, ne possit super aquas ambulare. Et ex parte ipsius corporis, quia graue est, & ad ima tendit, & ex parte aquæ quæ fluida est, & non solida, nec corpus graue sustinere valet. Si ergo à corpore sua grauitas auferretur, aut aqua corpus solidum fieret; hoc quidem miraculum est: Tamen tunc ambulare corpus super aquam, non esset miraculum: nam impedimenta ex parte vtriusque ablata sunt, sicut quandò cæco datur visus per miraculum; naturaliter videt posteà, & non miraculosè. Corpus autem Christi in hoc miraculo non amisit suam grauitatem, nec elementum aquæ solidum factum est: quarè valdè mirabile hoc est: Sicuti quòd virgo remanens virgo concipiat, & pariat. Nam natura corporis fluidi, qualis est aqua, est cedere corpori graui, & circunstare illud. Vnde hoc miraculum aliud est à diuisione maris Rubri, *Exod. 14.* & diuisione Iordanis facta semel à Iosue, *Iosue. 3.* & iterum ab Helia, & Heliseo. *4. Reg. 2.* Nam ibi aqua cessit, & liberum per se transitum dedit. Et cedere quidem mirabile fuit, sed non mirabile fuit per cedentem aquam incedere. Quarè hoc miraculum demonstrat in Christo vtramque naturam. Diuinam quidem in potestate qua super aquas mirabiliter ambulauit; humanam autem quoniam in veritate corpus humanum super illas incedebat. Nec hic dici debet assumpsisse Dominum agilitatis dotem, sicut nec quando ex vtero Virginis prodijt, assumpsit dotem subtilitatis; adhuc enim corpus mortale in statu mortalitatis ferebat. In his ergo omnibus vera, & incontradicibilia demonstrãtur, sed Dei secundùm vtramq; naturam. Et ex his confutantur hæreses Marcionis, & Manichæi, Arrij, & aliorũ, qui Christum aut phantasticum in humanitate, aut simplicem creaturam, sine Deitate asseritis sunt fuisse: cum in his vtraq; natura manifesta fiat. Et videm-

tes eum supra mare ambulantem (quod supra hominem est) turbati sunt dicentes: Quia phantasma est. Et præ timore clamauerunt. Videntes enim eum supra mare ambulantem, quod supra hominem est; spectrum aliquod, aut terriculamentum, ex his quæ diabolus fingit ad terrendos homines, existimauerunt esse. Marc. 6. Orta est etiam hæc turbatio, quia sicut dicitur Marc. 6. Ostendebat se, ac si vellet præterire eos. Non quòd finxerit Christus, sed vt ostenderet quales essent eo prætereunte. Simile est Iob. 4. illud, quod quidam ex amicis Iob, cap. 4. dicit: Stetit quidam cuius non agnoscebam vultum imago coram oculis meis, & cùm spiritus me præsente transiret; inhorruerunt pili capitis mei. Et hoc est, quòd dicit: *Dicentes, quia phantasma est.* Quòd si dicas. Quarè ergo timuerunt, id quod phãtasma esse putauerunt? Dicendum, quòd putauerunt esse phantasma quoad vmbram corporis, sed non quoad rem. Quia putauerunt Iob. 41. esse spiritum illum malignum, qui cõmouebat mare. Nam de eo dicitur Iob. 41. feruescere facit profundum maris, quasi Ion. 1. cùm vnguenta ebulliunt. *Et præ timore clamauerunt.* Sic enim apud Ionam legitur: Timuerunt nautæ, & clamauerunt ad Deũ in fortitudine. *Statimque Iesus locutus est eis dicens: Habete fiduciam, ego sum nolite timere.* Esai. 30. Statùm ait: quoniam Deus velociter nobis adest, vt dicitur Esai. 30. Statim, vt audierit respondebit tibi, *Habete fiduciam.* Hiere. 17. Nam beatus vir qui confidit in Domino, & erit Dominus fiducia eius. *Ego sum.* Ideò ne paueatis: quia ego ipse sum. Ego sum qui sum. Ego sum qui commoueo statum maris, & ego ipse sum cui venti & mare obediunt, nolite timere: sic enim eis Ioan. 14. postea discessurus dixit. Non turbetur cor vestrum, nec formidet. *Respondens autem Petrus dixit: Domine si tu es, iube me venire ad te super aquas.*

Caietan. Sed hic mouet Caietanus dubium. Quid nam est hoc, quod Petrus petit, vt certior fiat, illum qui veniebat super aquas esse Iesum. Nam illa iussionis verba proferre, nõ erat signum certificans illum esse Iesum: nam etiam phãtasma poterat dicere. Veni. Oportebat ergo, vt post iussionem Domini quam dixit: *Veni*, vel Petrus sentiret corporis sui grauitatem esse ablatam, quod tamen non sensit, cùm postea videns ventum validum cœpit mergi: vel quòd mare ipsum solidum redderetur, quod etiam non fuit, quia à ventis agitabatur, & procellosum tunc erat, quomodò ergo ambulauit super mare? Et respondet Caietanus, quòd in animo Petri post iussionem Domini qua dixit, Veni; tanta securitas effecta est, vt absque hæsitatione aliqua se iactaret in mare: verbum enim illud Domini hanc in eo securitatem effecit. Modus autem quo ambulauit super aquas hic fuit, non quod corpus eius desiuerit esse graue, sed quod suspensa fuerit actio illa grauitatis, nec tunc habuit effectum suum. Quemadmodùm virtus comburendi in igne suspensa est, & detenta; quandò tres pueri missi sunt in Daniel. 3. caminum ignis in Babylonia. Ait ergo: Domine, &c. ac si diceret. In ditione tua cuncta sunt posita, nec est qui possit resistere voluntati tuæ, si tu es cui omnia obediunt, iube me venire ad te super aquas: dabis enim voci tuæ vocem virtutis, & in verbo tuo potero, quod tu poteris per te ipsum. Et hæc non fuit tentatio, sed futurorum præsignatio, quòd non solum vnius nauiculæ, sed totius orbis deberet esse gubernator Petrus, & pro Christo vicarius relinquendus. *At ipse ait. Veni.* Sermo enim eius potestate plenus est, Ecclesiast. 8. Eccles. 8. *Et descendens Petrus de nauicula ambulabat super aquas, vt veniret ad Iesum.* Semper enim singularia signa dilectionis ac fidei, præ cæteris Apostolis ostendit Petrus. Nam alia vice cùm Christus in litore esset post resurrectionẽ, & Petrus audisset quòd Dominus est, tunicã succinxit se, & misit se in mare, & alij Ioan. 21. discipuli nauigio venerunt, & ipse dicebat Luc. 22. paratum se esse, & in carcerem, & in mortẽ ire cum Christo, & serui amputauit auriculam in horto. Id enim decebat eum, qui caput cæterorum debebat esse. *Videns autem ventum validum, timuit. Et cum cœpisset mergi, clamabat dicens: Domine saluum me fac.* O Petre, securus ambulas in præsenti super fluctuantes vndas, & futurum times à vẽto validiore procellam? Nonne audisti per Esai. 43. Esaiam Dominum dicentem: Cùm transieris per aquas tecum ero, & flumina non operient te? Diuina dispensatione temperauit Iesus miraculũ, vt experiretur Petrũ, & in eo discerent homines propriam imbecillitatem, ac defectum in vtendo diuinis donis. Dum enim animo assisteret Christus, fortiter dono fidei vsus est, ad vnum verbum Domini iactans se, tantillum diuertit se

Dominus

Dominum ab eo, & iam hæsitat, iam timet.
Antea non timebat fluctuantes vndas, iam
modo aërē veretur. Nō quòd Dñs subtraxe
Rom. 11 rit modò à Petro donū fidei (nam sine pœ
nitentia sunt dona Dei & vocatio) sed subtraxit gratuitam assistentiam à Petri animo quoad hoc, quod reliquit illum sibi
ipsi quantum ad actum vtendi fide concessa: vt experiatur homo quid valeat sibi ipsi relictus, & quomodo ad vtendum
rectè donis Dei eius particulari assistentia indigeat. *Et cum cœpisset mergi.* Sicut
prius Petrus confisus est in Iesu, & postea
ambulauit super aquas, ita, priùs amisit
in animo securitatis actum, timendo, &
posteà cœpit mergi, vt intelligamus secundùm animæ merita assistere diuinam o-
pem corpori. Sed quomodo dicis quod vidit ventum validum. Nonne per totam
noctem insufflauerat ventus? Verum est.
Sed tunc venit ventus, cum noua insufflatione quæ periculosior nautis solet esse. *Et*
timuit. Sic Helias primò Achab audacter
3. Reg. 18. occurrens, & Prophetas Baal occidens,
& 19. posteà timens Iezabel fugit. Sic & Moy-
Exod. 2. ses timuit Pharaonem & fugit, & Dauid
2. Reg. 15. Absalonem. Omnes enim illi insufflati
Esai 57. fuerunt spiritu dæmonis, & cor ipsorum
quasi mare feruens quod quiescere non potest, & ideo viri sancti ab illis fugerunt.
Et cum cœpisset mergi. Grauescente pericu-
Psalm. 68 lo, vt Psalm. 68. dicebat David: Veni in
altitudinem maris, & tempestas demersit
Ionæ 2. me. *Clamauit dicens.* Imitatur Ionam qui
dicebat. Clamaui ad Dominum de ventre
inferi, & exaudiuit me. *Domine saluum me*
Psalm. 68 *fac.* Cum Dauid videbatur dicere. Saluum
2. Para. 20 me fac deus: quoniam intrauerunt aquæ
vsque ad animam meam. Nam & rex Iosaphat dicebat: Cum ignoremus quid agere
debeamus, hoc solum habemus residui, vt
oculos nostros leuemus ad te Deum cœli.
Et continuo Iesus extendens manum appre-
Hester. 13. *hendit eum.* Continuò ait. Bene Hester 13.
Si decreuerit saluare nos, continuò liberabimur. *Extendens manum.* Nam nouit
2. Petr. 2. Dominus pios de tentatione eripere. 2. Pet.
Esai. 41. 2. Et Esaiæ 41. Protegat te dextera iusti
Prouerb. 31. mei. Manum enim suam aperuit inopi. &
Matth. 8. palmas extendit ad pauperem. Sic etiam
supra cap. 8. extendens manum tetigit leprosum, & mundauit eum. *Apprehendit*
eum. Sicut apprehensa manu socrus Simo-
Luc. 4. nis dimisit eam febris. *Modicæ fidei qua-*
re dubitasti? Petre, modò non ha-

buisti fidem tanquam granum sinapis, quòd
quanto plus teritur magis redolet. Deprehensus es quippe Petre, qui insipienter Matth. 26
ferebas, minus constanter diligens, vt &
etiam altera vice continget tibi. Et cùm
ascendissent in nauim, cessauit ventus. Nam
vt dicitur Psalm. 106. Dixit, & stetit spi- Psalm. 106
ritus procellæ. Ecclesiast. 43. In conspectu Eccles. 43.
eius siluit ventus. Et Tobiæ. 3. Post tem- Tob. 3.
pestatem tranquillum facies. *Qui autem*
in nauicula erant. Fuerunt autem in nauicula nautæ & fortè alij magis familiares.
Venerunt & adorauerunt eum dicentes: Verè
filius Dei es. Profitentur quòd non secundùm opinionem, sed secundùm veritatem
est Messias. Circumloquitur enim Messiam nuncupatione filij Dei, sicut Nathanael in principio, cùm venit ad Iesum dixit ei. Tu es filius Dei, vt dicitur Ioann.
1. & tamen tunc non agnoscebat Trinitatis mysterium. Quare hæc non fuit adoratio latriæ, vt quidam dicunt, sed hyperduliæ quam Patres Angelis qui sibi apparebant faciebant. Adorauerunt eum, vt adimpleretur illud Esai. 45. Te adorabunt & Esai. 45.
te deprecabuntur. Et benedictio quam su- Genes. 27.
per illum tulit Isaac. Et incuruentur ante te
filij matris tuæ.

NVNC autem super totam hanc hi- Moralitas
storiam, iterum manus adhibenda est, ex- alia.
ordium sumentes à quodam viro perito,
qui sic hanc historiam enarrare incipit.
Si nobis, ait, exercitum ceruorum confin-
geremus, cuius leo dux fuerit; fortiorem sanè illum cognosceremus Leonum exercitu duce ceruo, vt Cabrias olim Græcorum Imperator proposuit apud Plutar-
chū in Apoph. Facit enim Ducis & Principis fortitudo, ad augendos subditorum
animos. Hinc & maledictus populus censetur cuius Rex puer est: quod non tam ad
ætatem, quàm ad sensum refertur. Vt Esai. 3.
Esai. 3. minatur Dominus: Dabo pueros
Principes eorum, & effœminati dominabuntur eis. Cùm priùs dixisset: In illa die
auferet dominator Dominus exercituū ab
Hierusalē, & Iudā validum & fortem, virū
bellatorem, Iudicem, Prophetam, senem,
honorabilem vultu, & consiliarium, & sapientem. Ideò cap. 65. cùm Hierusalem Esai. 65.
reparandam promitteret, adiecit. Non audietur vltra vox, fletus, & vox clamoris, non
erit ibi amplius infans dierum. Puer centum annorum maledictus
erit. Virtus enim Principis, Prælati, patrisfamilias & magistri, recreat subditos, infe-

riores, filios discipulos. Tandem Christi præsentia recreatæ sunt turbæ in deserto, tantum & ipsa valuit ad eruendos ex periculo discipulos, vt nunc diximus. Quid mirum? Etsi enim nos ad instar ceruorum timidi, & inhermes sumus, ille tamen Dux noster *Genes. 49* & Leo de tribu Iuda. Vicit Leo de tribu Iu-*Apoca. 5.*da, radix David. Ceruos nō persequuntur venatores interim, id vsurpauimus ex Psalte. *Psalm. 41* Sicut ceruus desiderat ad fontes aquarum, ita desiderat anima mea ad te Deus: sic ferebantur Apostoli in Christum cùm periclitarentur, ipse autem eos eripuit. Igitur facta panum multiplicatione, & satiatis quinque hominum millibus absque mulieribus, & paruulis his quinque panibus, quos Christus acceperat & benedixerat, sublatis deinde duodecim cophinis fragmentorum, turbæ in eius confessionem & laudes proruperunt, adeò vt illum sibi in Regem con-*Ioann. 6.* stituere voluerint vt Ioann. refert, & ideò *Cyrillus.* ipse fugit in montem orare. Cyrillus Alexandri lib. 3. in Ioannem, cap. 10. laudabilem horum sententiam affirmat, eo quòd dignum arbitrati sunt Christum Regno, quod ipsi pro summo honore vero Messiæ obuentu-*Rupertus.*rum expectabant. Rupertus verò lib. 6. in Ioannem sic ait. Diligentes hoc seculum & sapientes ea, quæ carnis sunt, hoc in illo amauerunt quod prædicto miraculo experti sunt, posse scilicet illum omni rerū vbertate pascere populum suum, locupletari regnum Iudæorum, totumque diuitijs vincere, vel acquirere mundum. Hunc illum esse quem & David exprimit Psalm. 71: dominaturum à mari vsque ad mare, & à flumine vsque ad terminos orbis terrarum. Et videbant id tamen quinque millia hominum, inconsultis Principibus, si tamen consulendi essent, & secundùm Deum consulere scirent. At verò Christus non venerat Reges occidere, sed Regibus iustam regnandi scientiam ostendere, non regna tributis, & vectigalibus premere, sed quod deerat Regibus & populis de thesauro regni cœlorum vitæ æternæ donaria præbere, longè alium debellaturus erat hostem quàm Tyberium Cæsarem, aliamque capturus bestiam quàm Romam, tunc temporis Iudæorū dominatricem & quidem Christus Rex prænun-*Hiere. 23.*ciabatur, sed longè alterius regni quàm quod nostris obseruatur oculis. Hieremi. 23. Reg-*Psalm. 2.*nabit rex, & sapiēs erit: vndè & inducitur à David Psalm. 2. Ego autem cōstitutus sum rex ab eo super Sion montem sanctum eius, prædicans præceptum eius. Porrò fugit quia illi regni conditionem & maiestatem ignorabant, cùm non sit ex hoc mundo. Et super Ioannem dicit idem Rupertus. Quot *Ioann. 6.* autem sunt qui ad instar istorum Iudæorū, *Rupertus.* propter solum temporalem cibum qui perit, currunt & rapiunt Christum, & inclamant eum Regem suum iurgantes fortiter, & eius domui quæ est Ecclesia, vim inferentes. Quantas enim turbas huiusmodi homines Regi Christo, & regno eius præsenti Ecclesiæ fecerunt. Videas plerosq; Sacerdotes, cæterorumq; Ordinum sacri altaris ministros, tanto tumultu & strepitu officia Dei præripere, quanto vix solent Chiliarchi, & Centuriones, siue pentharchi pro temporalibus regni honoribus strepere inuicemque aduersari, & inuidere. De quibus vtique tam accerrimè, quàm veraciter potest dici illud Philip. 2. Qui omnes quæ *Philip. 2.* sua sunt quærunt, non quæ Iesu Christi. Nā & Christus suo illos docuit exemplo honores, diuitias, & mundi pompam illam declinare, cùm prænoscens turbæ voluntatem fugit iterum in montem orare: ita nimirum oportet eos, qui ambitione, luxuria, auaritia, cæterisque peccatis tentantur altum cōtemplationis rerum futurarum verticē scandere, & orationibus diuinam gratiam deprecari. Hæc ille. Illi volebant illum facere Regem terrenū, ille ad cœlestia, confugit vndè erat regnum eius: nam primus homo de terra terrenus, secundus homo de cœlo cœlestis. Vnde illi qui de terra erant, de terra *1. Cor. 15.* loquebantur, & terrenum illi regnum præbere volebant. Tamen ille qui venit de cœlo, super omnes est, & ideò ad superiora cōtendit, terrenis neglectis. Sic enim & ipse ad illos dixit. Vos deorsum estis, ego de super-*Ioan. 8.*nis sum. Tempestas autem qua nauicula in qua Apostoli ibant concutiebatur, nocte facta est. Nox autem propter tenebras peccatorum significat: nam propter peccata populi tempestates ac turbationes contra Ecclesiam insurgunt, quoniam & Virgilius Eglo-*Virgilius.*ga 1. noctem per tenebras deplanxit dicens. *Maioresque cadunt altis de montibus vmbra.*

Vnde Basil. Epistol. 89. ad Eudoxiā rhe-*Basilius.*torem, ità sui temporis calamitatē exaggerat. Ecclesiæ sine pastoribus, inquit, nauigatio in nocte, fax nusquā. Christus dormit. Quid nō igitur timendū est? Serotina igitur hora tēpus peccati indicat, quo in maledictæ graminis quoque Deus permittit suam Ecclesiā affligi. Sic Daniel captiuitatem Israe-*Daniel 9.*liticam.

[illegible], causam sumit à Principum vitijs. Hæ sunt illæ tenebræ, & lubricum, hæ mari incumbunt, hæ replent ciuitates & Respublicas. Non defecit, inquit, de plateis eius vsura, & dolus. *Psalm. 54* Et vidi iniquitatem, & contradictionem in ciuitate. Et alibi, Vidi in loco iudicij, & ecce iniquitas. Vbique tenebræ, & deprauati hominum animi & mores. *Eccles. 3. Eusebius.* Eusebius Cæsariensis. lib. 8. Historiæ Ecclesiastic. Cap. 1. Iusto Dei iudicio persequutionem Christianis sub Diocleciano exortam dicit, quòd tunc ex multa libertate, & indulgentia vitiati mores essent, & doctrina corrupta. Serò ergo venit tempestas quoniam in secondum tempus summorum populi capitum obtenebratas mentes indicat. Hieronym. lib. 2. Commentar. in Prouerb. cap. 10. *Hieron.* Nimirum, inquit, sicut acetum dentibus & fumus oculis, ita sacerdos prauus in Ecclesia, per acritudinem peccati fidelium sensus obtundit, & ignorantium oculos velut fumus excæcat. Hinc orta est Audianorum secta teste Epiphanio lib. 3. in hæres. tom. 1. hæres. 70. *Epiphani.* Quod Audius dum vitia Prælatorum & Sacerdotum argueret; extrusus & verberatus ab Ecclesia defecerit, quasi quæ tam indignis hominibus constare nõ posset. Ita non peccati, nauem Ecclesiæ pulsabat, vt illius occasione permulti scandalizarentur, alij verò recederent.

Erat nauis in medio maris. Est enim Ecclesia in medio tempestatũ, hæresum, ac Schismaticorũ. Vnde Basilius lib. de Spiritu sancto. cap. 30. *Basilius.* Tempestatem Ecclesiarum maris procellis cõparat, in qua & omnes patrũ termini commoti sunt, & omne fundamentum, & si quod est dogmatum munimentum, idipsum concussum est. Nimirum Schismatici & hæretici spumæ earum sunt procellarum, quas cauda sua vehementi Satan, scilicet, Princeps super filios superbiæ concitat. *2. Timo. 3.* Sunt enim illi cupidi, elati, superbi, voluptatum amatores, quorum pedes currunt in sanguinem: Dentes eorum arma & sagittæ, & lingua eorum gladius acutus. *Psalm. 56* Procellas etiam dixerim tempestates illas à tyrannis Nerone, Decio, Domitiano, cæterisq; barbaris excitatas, vt & de Persis scribit Theodoretus affect. Grec. sermo. 9. de legibus. *Theodoretus.* Quod enim illi, inquit, credulitatis genus in Christianos commenti non sunt? An non terga diripuerunt? Non manus, pedesq; abSciderunt? Non aures naresque obtruncarunt? Non ad excessum doloris vincula [illegible] [illegible] [illegible]? Non somnos, non loculos excæcarunt. Eosque prius melle perunctos muscarum copia, maximisque & aculearis crabronibus impleuerunt qui colligatos figerent, mortibusque absumerent. Et si vero sic in Christianos despumarent, nunquam tamen Ecclesiam obruerunt; sed nec hæretici quantumuis crudeles, in Ecclesiam præualuerunt, imò omnes hi vt fluctus euanuerunt. Id circo August. tom. 4. in enarratio. Psalm. 57. *Augusti.* Non vos, inquit, terreant fluuij qui dicuntur torrentes. Hiemalibus enim aquis impleti ad tempus perstrepunt, mox autem decurrentes cessabunt. Multæ enim hæreses decurrerunt, riui earum exsiccati sunt, adeò vt vix earum memoria reperiatur. Inter se enim hæc conflictantur (ait Nicephorus, lib. 4. historiæ Ecclesiasti. cap. 5.) *Niceph.* non aliter quàm fluctuum commotiones insurgentes subinde, atq; decidentes, in varias abeunt formas, & postremò vt nihil earum appareat, euanescunt. In medio autem horum fluctuum versatur Ecclesia, quod vndique inimicis obsideatur domesticis, hæreticis, qui velut genimina viperarum, pectus matris vt nascãtur rodere nituntur, & extraneis, ethnicis, tyrannis, & barbaris, infidelibus. Sic Ecclesia venit in altitudinem maris, adeò vt sicut vas fluctibus excussum, sic illa modò exaltetur, probetur, & laudetur; modo deprimatur, vituperetur, & quasi ignobilis habeatur: ita licebit & ijs omnibus qui in Ecclesia nati sunt, *Virgilius.* illud Virgilianum vsurpare.

Tolli mus in cœlũ curuato gurgite & ijdē.
Subducta ad manes imos descendimus vnda.

Et illud Psalmistæ. Exaltamur vsque in cœlum, & deprimemur vsque ad abyssos, *Psal. 106. Psalm. 92.* sic mirabiles sunt elationes maris, verũ mirabilior in altis Dominus: nec mirum, aberat enim Iesus, & remanserat solus in terra. Aberat naucleros, aberat Dux nauis Christus. absẽte enim pastore grex: Duce, miles: Episcopo, Ecclesia periclitatur. Absente Moyse Israelitæ idolatrarũt. *Exod. 32. Matth. 13.* Dormientibus hominibus inimicus homo super seminauit zizania. Ideò Dñs Petrũ his verbis increpauerat. Simon dormis? *Marc. 14.* Quòd illi inuigilandum esse doceret. Et hoc Sanè infelici tempore hæreses latiùs serpserunt, quia pauci prælatorum ouibus aderant, vel saltim pauci superintendentium officio fungebantur, satis quidem in proprijs commodis vigiles, sed qui in causa Dei, & animarũ salute vtramq; in aurem dormierent. Nam vt scribit Hieronymus in Matthęũ cap. 4. *Hieron.* satis Rex Assyriorũ diabolus, non posse se oues decipere, nisi pastores ante conspiciat. *Erat enim ventus contrarius illis.* Hęc quarta est tanti periculi causa. Nam prima fuit nox. Secunda esse nauiculam in medio mari, vbi à fluctibus circum supra non habebat fugam. Tertia absentia Christi. Quarta hæc ventorũ contrarietas, vt

Origenes. enim scribit Origenes in Matthęũ, iussu Domini ventus iste excitatus est, in suorum probationem. Ventus contrarius Ecclesiæ, peruersa opinio seu doctrina est, qualis est

Iudas in sua Canonica. hæc quam inferunt hæretici. Nã inde Iudas illos vocat nubes turbinibus agitatas. Quid autẽ aura leuius? Quid ex mobilius, & inconstantius est? Vnde minime permanere possunt. Sic enim ait Dominus Matth. 15. Om-

Matth. 15 nis plantatio quã non plantauit Pater meus, eradicabitur. Vndè Gamaliel de Apostolis

Acto. 5. mentionẽ faciens Act. 5. Si est, inquit, ex hominibus consilium hoc dissoluetur. Quid solidum in vento, qui in momento tẽporis sedatur? Quam igitur in illo nisi breuem spẽ constituere poterimus? Dicit, Et ventus contrari⁹, nam hoc est proprium in vẽto, vt modò saneat, modo aduersetur. Clemens Alexand. lib. 5.

Clemens Alexandrinus. Stromat. probat, fidem non in incertis consistere. Ad quod Numa Pythagoricus allusit, cùm primus ex omnibus hominibus posuit templum fidei, & pacis. Nã fides pacem conciliat. Sed vt tempestatem ventus in mare, sic hæresis in republica bellum, & seditionẽ concitat. Io quàm rem hos versus adducit ex Timone Phliasio.

Prosiliens hominũ resonans lis venit inanis.

Cui soror, & socia est faciens contraria cædes.

Simile. Sicut enim vbi ventus contrarius mari incrébuerit, ipsum à fundo excitat, & conturbat: ita si quandò hæresis, & falsa doctrina in rempublicam arbitrantur ciues, omnes in seditiones commouebit, & statum omnem perturbabit. Idem Plato in Gorgia, vel de Rhe-

Plato. torica, nullum, inquit, tantum esse malũ hominibus arbitror, quantum est opinio falsa. Idem in dialogo, qui inscribitur Sophista, vel de ente, inducit Theodorum, & hospitẽ Clẽtem disputantem de Sophistarũ conditione, concludens Sophisticem esse artem contradicendi, quæ omnia in controuersiam deducere potest. Nam nunquàm possent innumeris persuadere, se esse omniũ sapientissimos, nisi præsumptuosè, & cum falsa contradicerent. Hos è bene constituta Republica abigendos concludit. Atqui, & his similes sunt hæretici, sed multo peiores. Horum quidem partes sunt in omnibus, vt quasi venti contra-

rij Ecclesię Patribus, interpretationibus, commentarijs, traditionibus aduersentur, sęq; omnibus præferant. Verùm & hoc ipso pestilentiores sunt, quòd in animas ipsas grassantur, & Deum Christumq; eius impugnant. Quare ex volo ab his qui hæreticos in bene constituta republica tolerari posse opinantur, mihi respondeant. Si in mari positi tutam sibi nauigationem exoptarent, & in eorum potestate situm esset, aut ventos contrarios, aut propitios, prout ipsis libuisset, admitterent, & inducerent, vtrũ censerent aduersos ventos inuocandos, aut sinẽdos esse. Atqui obstant illi, ne principes hæreticorum ora obturent, ne prophanas doctrinas ablegent. Quam prudentius verò Iouinianus Imperator. Macedonianos hæreticos pro sua religione ex exilio supplicantes repulit, hęc verba adijciens. Contentionis studium odi, concordiæ autẽ assectatores semper amabo.

Hoc narrat Nicephorus lib. 10. historiæ Ecclesiast. cap. 40. Quid autem hæc illius breuis sententia aliud sonabat, quàm hæreticos rerum publicarum perturbatores esse. Amicos autem pacis, & quietis & principis obsequentes esse Catholicos. His ventis turbatur mare, agitantur hominum mentes, in spumas & tumorem commouentur, vt se se ad fluctuũ instar collidant, & seditionibus consumant. Hi venti nauis fidelium contrarij sunt, & diuinitatis oculo qua omnia considerat. *Vidit discipulos suos laborantes in remigando*, aut corporali lumine illos intuitus est, cùm fortè non longé esset ab eis. Hic docemur quid agere debeamus, cùm viderimus nauim Ecclesiæ tantis tempestatibus agitatam. Quid enim? Omnia etiam si videantur aduersari, locus, tempus, ventus, etiam si Atheistæ, & Deistæ, Sancti K, Feldiani, & Vbiquetarij, Martinistæ, Caluinistę, & Gorgiani, Zuingliani, Anabaptistæ, Trinitarij, Memoristę, Osiandriani, Fantastici, Serueciani, Lodoueciani, cæteraq; hominum portenta velut venti perniciosissimi, totum mare, totum, scilicet, orbem concutiant. Alij Angliam, alij Germaniam, alij Heluetios, alij Belgium, alij Galliam, alij Poloniam, alij Italiam counterbent, ipsi Turcę Gręciam, Asiam & Africam. An ideò animas despondere, & manus remittere debemus? Etiam si Ecclesia ab hominibus velut fluctibus cõcitatis, ab his & illis ventis contrarijs vndique impetatur, & quassetur, an ideò dicemus de nobis, illud poëticum vetus,

Vna salus victis nullam sperare salutem?

Et

Nicephorus.

Et si nec post tot labores nondum ad portum peruenerimus, nec ventorum, & fluctuum impetus conticescant, ideò ne deserenda nauis est, aut piratis, & sicarijs, seu saltem fluctibus committenda erit? Audiamus, quid Apostoli fecerint. Illorum officina enim nos erigit & format. Aberat Christus, medium mare ingressi erant, nox erat, ventus aduersabatur, illi tunc deficiebant? Minimè, Quinimò laborabant in remigando. Hanc etiam vnanimem diligentiam, & solicitudinem, ab omnibus maximè prælatis Ecclesiæ, Principibus, etiam Regibus, & Imperatoribus requirit Dominus, quà in nauis periculo requireremus à
Simile. nautis. Nam si oborta tempestate, remiges semel manus remitterent, etiam ij qui portui proximi esse videbantur, statim in altum mare vi ventorum traijcientur. Ità quoque etiamsi sua diligentia Prælati & Principes per omnia ferè superarent, adeò vt in ipso portu quies expectetur, si tamen officio defuerint, & tunc languere cœperint, facilè rursus in medias vndas impellentur. Darius quidem Xerxis pater dicere solebat, se in prælijs euadere prudentiorem, vt scri-
Plutarc. bit Plutarchus in Apoteg. Cur nō etiā om-
Horatius. nes tot periculis cautiores euadāt? Miserū vtiq; Horatius fœz Reipubl. statū sub typo nauis remigio destitutæ descripsit his versib⁹.

O nauis referent in mare te noui fluctus,
O quid agis, fortiter occupa portum,
Nonnè vides, vt nudum remigio latus.

Isti noui hæretici in mare mergunt hanc nauim, remigesq; ac Prælati pauci iā sunt; & hi qui sunt remiges, omnia ūt, vt suis cupiditatibus vacent, & sic nudū latus Ecclesię relinquunt, ni fortiter agamus; ad portum nullatenus appellemus. Quòd si ad remos concurritur, obortis contrarijs ventis; cur non, & omnes incumbere debeant, vt ad portum Christiana Respubl. perducatur? Scio permultos esse, qui saluos se futuros arbitrātur, si nihil & ipsi tempestate oborta faciant, & domi desides maneāt, si nec Catholicos iuuent, nec hæreticis aduersentur. Vident Repub. perturbatā, commotos fluctus, aduersarios ventos, nec tamē aliquid faciendū esse existimant. Considera nimirū hîc mihi nostros remiges, permultos Episcopos, Abbates, Cōmendatarios. Perpende & hîc nimitos nobiles, Duces, Comites, Tribunos, Centuriones; horū quidem est suis quemq; viribus nauim iuuare, & dirigere, quot autem eorū in curijs Regū, vel in sponsiæ sunt, suis tantum intendi, non ijs quæ Reipub. pacē & quietem concernunt? Multi prælati canes
Isai. 56. muti sunt non valentes latrare, multi nobiles, sed quorum manus in Ecclesię causa obrigescant: omnes ditari volunt bonis publicis, & cum aliorum detrimento, & apud semetipsos hæc loquuntur. Consumat, perdat, pereat, accidat quod volet, præualeant hæretici, dogmata sua intendant, seditiosi grassentur, status Regni perturbetur, ego rē meam curabo. Omnes faciunt sibi, non Reipub. Ego verò à te, ò pauper insensate, hoc vnū ex postulo. Supposito q vt in naui, ita si m⁹ in Rep. habeāt hi, & illi multas merces, Thesauros, literas, diuitias, exurgat tēpestas, & requirat patronus omniū manus, & diligentiam, non ne illum insanum iudicabis, qui responderit sibi curę non nō esse in qua positus est. Dicat verò mihi, tantùm curæ sunt merces meæ, laboret in naui qui volet. Verum, o Stolide, naui in periculū adducta, num etiam peribunt merces tuæ? Et illa sua, nō etiā in tuto suę res erūt? Hoc idē prælatis, hoc nobilibus etiā dixerim, qui proprijs tantùm commodis inuigilāt, res verò publicas despiciunt. Quid si Ecclesia aut Resp. in discrimē adducatur? Vbi quę cōgessisti? Vbi redditus, honores, diuitiæ, fundi? Vbi & vita tua secura erit? Orta tempestate primū ad exonerandam nauim; merces quantumuis pretiosas, in mare deijci videmus; ità primum periclitamur diuitiæ, & honores, si sta religionis, aut Reipublic. mutationes. Quanto melius igitur, vnusquisque operetur, & contendat, alij precibus, alij eleemosynis, alij exhortationibus, alij seueritate iustitię, vt Christiana Respub. ad portū deducatur. Nemo est qui aliquid hac in re non possit: si gladiū vindicem non habes, forte habes gladiū duplicem verbi Dei. Quòd si è nullis es, & in fundo nauis istius constitutus, saltem id ego requiram à te q olim nautæ à
Ionæ. 1. Iona: Surge & inuoca Deū tuū. Porrò eorum maximè est nauem dirigere, qui Ecclesiæ & Reipub. præficiūtur. Illi nautæ, sunt & remiges, & qui primum inter eos locum occupat, gubernator & patronus est, ex cuius ore, & nutu cætera pendere necesse est. Habent Ecclesiarum præfecti remos spirituales, habent Principes remos corporales, his enim gladius verbi, censuræ, exhortationes, & preces credita sunt. Illis gladius iustitiæ quo seuitur in corpora. hi autē à dextris, & illi à sinistris remos pariter, & vnanimiter impellere; nimirū & prelati & Prin-

cipere simul considere, simul conari, idē sapere & velle, velut cor vnum, & anima vna, Reipub. saluti incumbere debent, nec enim in naui, nunc hi, nunc isti remos agitant, sed simul omnes. His quidem remos attolentibus, attolunt, & isti his deponentibus, depri munt, & isti, nec illi contra proram, hi pro proca dimicant, sed in vnū omnes conspirant, aloquin nauim, sua diuisione in periculum adducerent. Ità quoq; praefectos spiritualiū & temporaliū certū simul eniti oportet, & in vnum omnes conspirare, vt Reip. nauis fluct⁹ superet, & ad portū perueniat. Remex Paulus Barieu Magum, velut procellā repulit. *Act. 13.* Apostoli remiges Pharisaeorū fluctus retuderunt hoc Scripturae remo, scilicet, Deo Magis obedire, quàm hominibus. Remex Athanasius & Hilarius in Arriū, Basilius in Eunomiū, Clemens in Gnosticos, Tertullianus in Hermogenē, Origenes in Celsum, Augustinus in Faustū & Pelagiū Cyprianus in Nouatū, Vigilius in Euthychen & Nestoriū, Optatus in Parmenianū, Donatistā, Epiphanius & Theodoretus, in veteres, & recētes, sui seculi haereticos, Leo cōtra Priscillianū, velut contrarios, seu etiā aduersarios ventis impulsos fluctus decertarūt. Remiges enim sunt Doctores, vt quidā hoc carmine dixit:

Scripturae remis Doctores aequora versant.

Egerūt, & in eos Episcopi, censuris, anathemate, excōmunicatione, iisq; illos ab se eiecerunt. *1. Tim. 1.* Sic Paulus Himeneū & Alexandrū scribit se tradidisse Satanae, vt discerent non blasphemare. *Act. 8.* Ita Petrus Symonē magum. *Apoc. 2.* Ioannes Nicolaitarum sectam à se interdixit. Nam haec potestas, omnem hanc praelatorum diligentiam, & omnia haec officia requirit. *Chrysost.* Quoniam (vt ait Chrysostom. hom. 51. in cap. 4. Matthaei) sicut tibicen cō *simile.* misso praelio pugnantem exercitū circuit, & bellicos cantus in tuba decantat, milites animat ad virtutem. Sic & Sacerdos persequutione imminente, exponens populo fortissima martyrum, & gloriosa certamina, illum ad virtutem patientiae vehementer accendit. Idem igitur conentur Episcopi, Doctores, verbi ministri, nullum schisma, vnus omnium hic sit animus. *Basilius.* Hac ratione Basilius magnus cū videret Arrianos occasionē sumpsisse eam impendat & occupandae Caesareae, à dissidio quod ipse cum Eusebio illius ciuitatis Episcopo gerebat, Pōtica monasteria reliquit, seq; viro Eusebio reconciliauit, vtroq; impetu, & disputationibus Arrianos confudit. *Niceph.* Haec Nicephorus histor. Eccles. lib. 77. cap. 18. Et sicut Pontifices, pastores, Doctores caeteriq; Ecclesiae ministri idem considere; ita & Principes, Duces, & Comites, omnes deniq; nobiles, Senatores, Iudices, praesides, caeteriq; quibus clauis velut remus creditus est, idem conari debent. Non enim sine causa Princeps gladiū portat, vindex in iram ei, qui malè agit Rom. 13. *Rom. 13.* Principes missi sunt ad vindictā malefactorum, laudem vero bonorū. *1. Petr. 2.* Ad eos enim Dauid Psal. 2. dixit: Et nunc Reges intelligite, *Psalm. 2.* erudimini qui iudicatis terrā: seruite Dño in timore, & exultate ei cū tremore, ne quādo irascatur Dñs, & pereatis de via iusta. Vnus sit omniū ecclesiasticorum, & nobilium consensus, simul omnes remos suos attolant, simul deprimant: ità fiet, vt omnibus pariter contendentibus ad nauis salutē, nō frustrà laborasse videātur, alioquin (vt scribit Greg. Nazian. orat. 25. de se ad eos qui cathedrā Constātinopolitanā illum concupisse diuulgauerant) subuersores & proditores potius quā praefecti dicētur. *Gregor. Nazian.* Nūc igitur vbi de periculis quib⁹ obnoxij sumus, & de nostro officio diximus, sequitur vt ex ipsa Euāgelica historia, audiamus, quid nobis, quae nostrum est sapientibus praestet Deus. Requirēdum est, videlicet, quid Apostolis tota nocte laborantibus successit. Primò quidē vidit eos Iesus laborantes in remigando, ipse enim laborem & dolorem cōsiderat, vt ait Psalmista: Vidisti Dñe, ne sileas, Dñe ne discedas à me. *Psal. 9.* Videt quidē omnia, sed eos maximè qui in officio sunt, considerauit & *Psal. 34.* Israelitici populi clamorem, Exo, 3. quia & *Exod. 3.* si ad horā auxilium differre videatur (inquit Beda in Ioannem) non patitur tamen suos tentari vltrà id quod possunt, sed praesto est *Beda.* illorum necessitatibus. Scriptū quippè est. Sapien. 4. Respectus eius in electos eius. Et *Sapien. 4.* Psal. 31. In via hac qua gradieris firmabo super te oculos meos. *Psal. 31.* Et circa quartam vigiliā noctis, non statim inquit Theophil. illis assistit, sed tota noctē sinit in tempestate vexari, vt doceat fortes esse, & nō in principio *Theophil.* tentationū sperandā requiem. Augu. Psal. 92. Turbabatur (inquit) mare, fluctuabat *August. Psal. 92.* nauicula. Nauicula Ecclesia est, mare seculum est: Venit Dñs ambulans super mare, & pressit fluctus spumantes: magnae, potestates, scilicet, & Reges crediderunt Christo, & subiugati sunt. An non etiā depressi, tyrannorū insultus? Qui cū existimarent se Ecclesiā destruere, eā sanguine martyrū for-

Theod. *Homil.* flammam adiiciebant, persimiles (ait Theodoretus sermone affectionū græcorum de legibus) persimiles inquam, illis qui flammam quidem restinguere concupiscunt, oleum vero satui instillantes ardentiorem illam efficiunt. Ac velut quando rubus ille, quem vidit Moyses ardere, igni non est assumptus; ita nec Christianos impiorum bellis petitos, illos tela hostilia consumpserunt. Sūt qui has quatuor vigilias noctis, de quibus supra egimus, & de quibus hic loquitur Euāgelista, in quatuor Ecclesiæ ætates distribuāt. Quibus nobis cōtinui sunt, vt in bello excubiæ, cùm vadiū; vrgeāt & affluāt inimici. Prima quidem vigilia, tempus Apostolorum est, qua velut in inuētute tenera sensim crescebat Ecclesia, verum tamen eius successibus, & velut felicissimæ nauigationi turbulentissimi fluctus obstiterunt Scribæ, Pharisæi, Herodiani, Æssei, Samaritæ, Saducæi, Simoniani, Menandriani, Cherintiani, Ebionitæ, Gnostici, Appelliani, Cerdoniani, Marcionistæ, Psychici, Nicolaitæ, Saturniani, Basiliani, Cainæi, Ophytæ, Valentiniani, Lucaniani, Sethoitæ, & Pseudoapostoli. Tunc etiam contra illam, Barbari, Gentiles, Philosophi, Athæi, Tyranni, contra tot fluctus, Apostolorum sollicitudo, & constantia necessaria fuit. Secūda vigilia, seu ætas Ecclesiæ, ad instar feruentis adolescentiæ se habuit, hoc fuit seculum martyrū, quo Decij, Domitiani, Diocletiani, Iuliani, Valentis, & Barbarorum nationum, hæreticorum quoque Montani, Praxee, Hermogenis, Tatiani, Arrij, Macedonij, Eustachij, Eunomij Manetis, Fausti, Prisciliani, Nouati, Donati, Pelagij, cæterorūq; fluctus exicitati sunt, quos & scripturis, & constanti cōfessione retūdere oportuit. Ideò Hebræi. *Hebr. 11.* Sancti ludibria, & verbera experti, insuper, & vincula, & carceres, lapidati sunt, secti sunt, tētati sunt in occisione gladij mortui sūt. Hęc tēpestas media nocte, idest, tenebris ignorantiæ, & peccatorum ingrauescentibus contigit. Tertia vigilia seu virilis ætas Ecclesiæ, tempus Confessorum, seu illustrium Ecclesiæ Doctorum fuit. Hoc enim tempore florescere, & à Barbaris Ecclesia saltem aliquando quiescere cœpit. Tunc verò, & hæretici, quos diximus, & alij per multi, nauem istam obruere conati sunt. Vt Sabelliani, Luciferiani, Apollinaristæ, Nestoriani, Eutychiani, Iconoclastæ, & vt maiori impetu, nauis ista cōcuteretur, Satan, seu Behemoth concitauit, & in hæresim aliquam, aut Arrij, aut Donati cæterorumue allectos Scythas, Gothos, Vvādalos. Nec defuerunt etiā Athęi, Apostatæ, Iudæi, nostris etiam temporibus Vvaldenses, Husitæ, Vvichlesfitæ, Taboritæ, Berengariani, Pitardiani, Adamiani, Iudabeszanij, cæteriq; huius generis, qui ventis diuersarum opinionum impulsi, hinc & inde nauem Ecclesiæ impeterent. Atq; vtinam, vt olim, Augustinus, Athanasius, Ambrosius, Gregorius Nazianzenus, Gregorius Nyssenus, Basilius, Arnobius, Fulgentius, Cyrillus Alexandrinus, Cyrillus Hierosolymitanus, Cyprianus, Hieronymus, Leo Maximus, Hilarius, cæteriq; patres sic vigilarunt, sic & nostro tempore sint, qui verbo, & scripto, tot nūbstra impetant, sic enim Basil. Epistol. 61. ad Episcopos, & fratres, qui in Occidente erant scribēs ea quę ab Arrianis patiebantur, adaptat hanc nauis historiam. *Basilius.* Etenim, inquit, laborat hic frater, & defatigata est, frequenti aduersariorum insultu Ecclesia, quemadmodum nauigium in medio mari, alijs post alios, vndarum fluctibus agitatur, nisi citò Dominus pro sua bonitate nos respexerit. Et hortatur Episcopos hic magnus Basil. vt si quædam commotio spiritus, & viscerum miseratio in illis est, commoueantur ad auxilium. Arripite, inquit, pietatis zelū. Hoc & in ipsa quarta noctis vigilia, in decrepita ætate, in maxima Ecclesiæ persequutione, contra Antichristi membra requiretur. Hæc enim (vt ex Dan.) Christus Matth. 24. docet, *Dan.* *Matth. 24.* erit tempus quale non fuit ex eo, ex quo gentes esse cœperunt. Tunc Satan seductiurus est quatuor orbis partes, tunc diabolus venturus est habens iram magnam, videns quòd modicum tempus habeat. Cæterū quod Christus à solitudine, & monte in quem secesserat oraturus, suis periclitantibus præsto est; Docet etiā eos qui solitariam vitam professi sunt, posse ex eremi penetralibus, in ciuitates se conferre, vbi fideles instruant, & confirment. Id Nicephorus *Niceph.* hist. Eccles. lib. 11. cap. 15. duobus probat exēplis Aphraatis, scilicet, & Iuliani, qui & si solitudine primum concluderentur, idem tamen fecerunt grassantibus Arrianis; quietem enim vitæ instituto, gregis Christi salutem vterq; prætulit, Aphraates enim Antiochiæ docebat, Valente Arriano Imperatore hic etiam commorante. Et cùm relictam solitudinem Imperator illi exprobraret; Age, inquit, Imperator, si puella essem in conclaui abdita, fusos manibus tractans, & lanificium meum curans, atq; alliunde fortè conspicerem flammam exortam, & omni ex parte paternę domui circumfusam, quid me tunc facere oporteret? Dic te per Deũ oro. Nunquid ne me sic sedere, & penates paterios conflagrantes conspicere, ignemq; proserpentem expectare? An conclaui statim relicto, sursum, & deorsum currere, aquam in manibus habere, & omnibus modis flammam extinguere conarer? Ibidem cũ re in paternam domum Ecclesiam quasi fulmen quoddam incenderit, & barbariorẽ pietatem omni igne vastet; vndiq; concursemus flammam glisentem extinguere satagentes. Quibus vtiq; verbis prudentissimè docuit, monachos necessitate postulãte, solitudine relicta, ad populum ministrandi verbi gratia se conferre posse. Ibidem refert & Nicephorus ea tempestate ab Episcopis Catholicis, Iulianum ex eremo euocatum, sic populo concionatum fuisse, & concionando miracula edidisse, vt Antiochena ciuitas prius hæresi Arriana infecta, ad fidem Catholicam reduceretur. Ita omnibus in eandem nauis salutem contendentibus, donari, & superari contrarios fluctus contigit. Quam confidentiam nobis Dominus reliquit, cùm relicta solitudine, & oratione quarta vigilia noctis venit ad suos ambulãs super mare. At verò illi, vt viderunt eum ambulantem super mare, existimauerunt phantasma esse, & exclamauerunt. Phantasma (inquit Suydas in historicis) spectrũ est, aut figura, & species alicuius rei, eiusmodi in somnis existit. Illusionem ergo esse existimãt qualis nocte, & ex maris exhalationibus nauigantibus solet obijci. Exclamant ergo præ terrore, quòd ea species Domini sui sit, quo maximè in tanto discrimine opus habebant. Mysticè verò hac visione turbari fideles, est, non omni Spiritui credere, non omni vento, aut fauori. *Et volebat eos præterire*, ait Marcus. Etiam si videamus, quòd Dominus nos præterire velit, & absq; auxilio suo relinquere, non despondeamus animum, sed tunc magis clamemus [Matth. 8.] ad illum dicentes. *Domine*, Salua nos perimus. Mane nobiscum, &c. *Petrus venit ad Christum ambulans super mare. Sed videns ventum validum timuit. Et cum cœpisset mergi, clamauit dicens. Domine saluum me fac.* Vt fide superamus omnia discrimina, sic cùm diffidimus, minimum periculum potest nos obruere, minima tentatio, & minima hæresis nobis præualere potest. Ardebat animi fides, sed humana fragilitas in profundum trahebat Paulum, ergo relinquitur tentatio [2. Cor. 12] ei, vt augeatur fides, & intelligat se non facilitate postulationis; sed potentia Domini conseruatum. Hoc etiam significat, quòd à principio Ecclesia ambulabat super aquas fortitudine fidei, super omnes tribulationes, & persecutiones, quas tũc patiebatur ambulabat velut Arca Noe, verè enim tũc dicere poterit, In fluctibus maris ambulaui. [Eccl. 24.] Verùm postquam progressu temporis fides infirmari cœpit, ac in minoribus tentationibus deficere, Iam videbatur mergi Petrus quoniam videtur deficere fides eius, cùm à tot Regnis, prouincijs iã exhausta fuerit. Sed si clamem⁹ ad cœlũ, & dixerim⁹ Domino fide plena, Salua nos: apprehẽdet manũ nostram, & ad portum salutis deducet. Quo- [Luc. 22.] niã ipse rogauit pro Petro, & successoribus eius, vt nunquam deficeret fides eius. Et [Simile.] quemadmodum nauclerus, qui nauem ex maiori tempestate, saluam deducit, maiorẽ industriã in arte nauigandi habet: sic Christus in maioribus Ecclesiæ periculis, suam sapientiam in gubernanda hac Petri nauicula ostendit. Et sic ait Chrysost. in quodam [Chrysost.] dialogo. Præterea ille qui in maioribus Ecclesiæ tribulationibus fortius consistit, melior est reputandus. *Et ascendit ad illos in nauim, & cessauit ventus.* Vbi Christus, ibi securitas, vbi Satan ibi periculum, nauis [Ionas. 1.] ob Ionam turbatur, ob Achan totus Israel [Iosue. 7.] periclitatur. Et ob decẽ iustos, paratus erat [Gen. 18.] Dominus parcere quinq; vrbibus. *Et cum transfretassent, venerunt in terram Genezaret, & cum cognouissent eum viri loci illius, miserunt in vniuersam regionem, & obtulerunt ei omnes male habentes, & rogabant eum, vt vel fimbriam vestimenti eius tangerent. Et quicumq; tetigerunt salui facti sunt.* Cognouerunt eũ viri regionis illius, & ex fama, & quia aliqui interfuerant eius prædicationibus. *Vt vel saltem tangerent fimbriam vestimenti eius.* Non fimbriam illam legalem, qua Lex præcipiebat, vt ab alijs gentibus distinguerentur, ne videretur ex Lege conferre salutem (neq; enim Lex illa illam conferebat, sed significabat duntaxat) sed per fimbriam intelligo quamcumq; extremitatem vestis, quod ex modo ipso dicendi, videtur insinuare. Euãgelista enim, ait quòd rogabant, vt vel fimbriam vestimenti eius tangerent, hoc est, vel minimã partem saltem. Genezar autẽ [Marc. 6.] erat ex altera extremitate lac⁹ Genezareth,

vel

vel Tyberiadis quasi e regione Capharnaum, sed in eadem ripa, non in vlteriori.
Hieron. Hoc autem secundum Hieron. significat, quomodo Iesus per typum Apostolorum, & nauis, Ecclesiam de persecutione, & naufragio liberam traducat ad litus, & in tranquillissimo portu faciat requiescere. Et licet ad ipsum portum, cùm deuenisset naui, Christus agnitus est, ita cùm Ecclesia à tempestatibus ad asylum, & securitatem deuenerit, omni falsa doctrina sopita, agnoscetur rex Regū, & Dominus dominantium. Et tunc cùm ad portum Ecclesia Christi beneficio peruenerit, prostratis pseudoprophetis, tunc qui constantiores fuerint, regiones suas percurrēt, & eos qui ob simplicitatem ab impietatis magistris seducti fuerint, ad Christum per sanam doctrinam, & conuersationem deferēs, vbicumq; eum in fideli congregatione esse intellexerint, pro his frequentes orationes fundent, vt vel fimbriam vestimenti Christi tāgant, id est, misericordię illius guttulam assequantur. Nā ꝙ hic fimbria; mysticè à muliere Chananęa mica, & à diuite guttula dici-
Matth.15. tur. Certi quippe erant omnes, quod quæ-
Luc.16. uis à Deo eis collata fuerit gratia, profutura sit ad salutem. *Et quicumq; tangebant eum, salui fiebant.* En quanta Christi virtus, vt quæ in corpore, imò & in veste redundaret: hinc probatio virtutis sanctissimarum reliquiarum. Ecce vt sanandis corporibus, virtutem vestibus suis communicabat, ita vim sanandi animas communicat sacramentis: adeò virtutem suam semper signis visibilibus exhibuit. Cæterum cùm professus fuerit Antichrist', eorum qui exciderunt, alij partim terrore signorum, partim ruina pseudoprophetarum, partim consolatione bonorum conuertentur, & quasi tetigissent fimbriam Christi, extremum, scilicet militantis Ecclesiæ, salui fient.
Dan.12. Beatus enim erit (ait Dan.cap.12.) qui expectat, & peruenit, vsq; ad dies mille trecentos triginta quinq;. Hoc etiam fusius expā-
Hyppolit' dit diuus Hyppolitus martyr sermone de
Martyr. Antichristo, & D. Effrem sermone de eodem. Chrysost. hom. 52. operis prioris in Matth. Tangamus ergo etiam nos fimbriam vestimenti eius. Imò verò totū Christum ipsum, si volumus. Non vestis solùm, sed corpus ipsum nobis propositum est, non vt tangamus solùm modo, sed vt comedamus, & saturemur. Adeamus ergo Christum singuli approximantes magna cum fide. Nam si qui fimbriā vestimenti eius tunc tetigerunt, rectè omnes conualuerunt: quantò magis confortabimur si totum in nobis habeamus. Cùm fide autem accedere, non est, vt tantùmmodo corpus propositum accipias, verum etiam multò magis, vt mundo corde tangas, & sic ad illud, vt & ad Christum ipsum accedas.

Cap. XV.

T Vnc accesserunt ad eū ab Hierosolymis scribæ, & Pharisæi dicentes. Quare Discipuli tui, transgrediuntur traditionem seniorum? Non enim lauāt manus suas, cùm panem manducant. Tunc cùm videbant homines de illo maiorem indies opinionem concipere, & populi fauorem in illum maximè inclinare, vt eorum denigrarent opinionem, si possent optimates Hierusalem, Doctores, & Pontifices Ordinum ad eum accedunt, veram maximam inurentes notam, quòd discipuli sui non seruarent Patrum traditiones, quia non lauabant
manus, cùm ad mēsam sedebant: nec, vt Marcus clarius explicat, loquebantur de ista communi lotione, quæ apud homines in more est, vt ante comestionem lauent manus, sed de illis crebris lotionibus, quas Pharisæi nimis superstitiosè ab antiquis acceperant, vt inter comedendum pluries lauarent manus atq; vasa, ne ob hoc cibi, quos manducabant pollucrentur. In quo apparet quanta horum cęcitas fuerit. Qui cùm ab Hierosolymis Galilæam vsq; peruenissent, ob hoc solū quòd Christi Domini circa populum opinionem denigrarent, rem tam minimam illi inurunt. Nec enim trāsgressionem legis illi imponūt: quoniam illa crebra lotio manuum non erat à lege præcepta aut ordinata, sed quædam aliquantulum laudabilis, ne dicam superstitiosa (quòd potius asseruerim) consuetudo, aliquorum nimis exteriora Legis cernentes, nihil de interioribus curantes. Quod Dominus illis non semel imposuit. Sed quid responderit Dominus Iesus, audiamus. *Quare & vos transgredimini mandata Dei, propter traditionē vestram? Nam Deus dixit. Honora patrem tuum & matrem, & qui maledixerit patri vel matri morte moriatur. Vos autem dicitis, Quicumq; dixerit patri vel matri munus quodcumq; est, ex me tibi proderit. Et non honorificabit patrē suū, aut matrem suam?* Clauum clauo pellit. Nec enim Pharisæi volebant scire rationē, quare
Marc.7.

Id

id facerent Christi discipuli, sed potius criminari eos. Quare non respondet ad interrogationem, sed ad criminationem dicens, imo etiã magis eos errare, qui traditiones suas anteferre non verentur mandatis Dei, cùm Deus praeceperit, vt filij parentes honorent, non detectione capitis, sed eorum necessitatibus occurrendo. Isti autem Pharisaei, qui vt plurimum sacerdotes etiam erant, sub obtentu religionis, impediebant filios à subuentione parentum; docentes eos, vt si quid haberent, quo parentum necessitatibus subuenirent, potius id templo conferrent, dicentes parentibus, quòd etiam pro illis conferebãt donum, vt & illis prodesset. Et hoc proueniebat ex auaritia Pharisaeorum, quoniam ea quae templo offerebantur, in suos vsus deueniebant. Hoc autem erat transgredi legem Dei. Nam etsi verum sit, quòd religio sit potior virtus, quàm pietas, comparando rẽ rei, sed in vsu aliquando melior est pietas. Si enim cùm pater meus indiget, id quod ille necessarium habet, offeram Deo, iam illud donum non placeret Deo, etiam si ex voto illud dedicassem templo. Quoniam iam quod erat materia religionis, fit materia debita pietati, & quasi rem alienam non sibi offerri vult Deus, cùm ipse dixerit, Misericordiam volo, & non sacrificium, vt nos iam supra explicuimus. [Osea.6.] Sic enim & Sapiens ait. [Eccl. 34.] Qui offert sacrificium ex substantia pauperis, quasi qui victimat filium in conspectu matris suę. Verbi gratia. Filius tenetur subuenire patri indigenti, ac per hoc bona filij cõstituuntur debita necessaria pietati. Quapropter si filius est impotens ad vtrumq; simul, nempe ad munus Deo offerendum, & ad subueniendum patri, omittenda est oblatio, & subueniẽdum est patri. Quia Deus nõ acceptat oblationem de debitis alijs, siue ex pietate siue ex iustitia. Et eadẽ ratio esset. Si vouisset illam rem templo: Quoniam res illa ex eo quod deuenit ad hoc, quòd est patri necessaria, iam desinit esse materia religionis, & efficitur materia debita pietati, quam sicut alienam non vult Deus sibi offerri. Quemadmodum panes Propositionis, quos non licebat laicis edere, tamen transierunt in vsus Dauid, & puerorum eius in quantum relati ad illam necessitatem famis, quam patiebatur Dauid, & sui. [1.Reg.21.] & effecti sunt habiles ad laicorum vsum. Et in hac applicatione ad vsum errabant Pharisaei, propter auaritiam suam; existimantes, quòd quia religio est potior virtus, quàm pietas; ideóque eam liber actum religionis potiorem esse quàm pietatis. Quod tamen falsum esse, in applicatione ad vsum ostendimus. *Et non honorificabit Patrem suum, aut matrem.* Vbi clarè apparet, in praecepto de parentum honore, non solùm reuerentiam, sed officia ac subsidia praecipi. Quòd intellige quantũ ad subuentionem tempore indigentiae, aliàs naturaliter pater filijs thesaurizat, & nõ ẽ conuerso. [2.Cor.12.] *Hypocritae, benè Prophetauit de vobis Esaias dicens. Populus hic labijs me honorat, cor autem eorum longè est à me. Sine causa autem colunt me, docentes doctrinas, & mandata hominum.* [Esa.29.] Hoc testimoniũ est apud Esai.c.29. sed tamen non secundũ Hebraeos, sed secundũ Septuaginta ad literã citatur ab Euãgelista. Nã ex Hebraeo Hierony. Sic vertit. [Hieron.] Eo q; appropinquat populus iste ore suo, & labijs suis glorificat me, cor autem eius longè est à me, & timuerunt me mandato hominum, & doctrinis. Et ad veritatem Hebraicã, alij sic transferunt. Eo quòd accessit populus hic ore suo, & labijs suis glorificat me, & cor suũ procul remouit à me, & fuit religio eorũ erga me mandatorum hominũ edoctum. Septuaginta verò sic. Appropinquat mihi populus iste ore suo, labijs honorant me, at cor eorũ lõge abest à me. Frustrà autẽ colunt me, docentes praecepta hominũ, & doctrinã. Sed Septuaginta quasi paraphrasi quadã, vt aliquando solent, id quod in Hebraeo erat trãstulerunt. Euangelistę autẽ translationẽ Septuaginta citant, potius tamẽ sensum quàm verba sequentes, quod authoritate Spiritus sancti faciebãt. Idẽ autẽ est sine causa, ac frustra. Sed quoniã ex hoc testimonio haeretici occasionẽ sumunt subuertendi omnia praecepta & obseruationes Ecclesiasticas, aduertendũ est. Quòd vt ipsi etiã haeretici fatentur, traditiones, vel praecepta hominũ dicũtur hic, quęcunq; in Scripturis à Deo nõ sunt apertè instituta, sed ab hominib' sunt praecepta, & introducta. Nã quędã sunt humanae sanctiones quę ad hominũ ciuilẽ cõuictũ pertinent, quales sunt leges Imperatorũ, ac Principũ, ac Pontificũ decreta, quae ad religionis professorum ordinata sunt. Et hęc nõ tã humanae ordinationes, quã diuinae dicendae sunt, vt potè dimanantes à lege Dei, & ab authoritate eis à Deo tradita. Vnde. 1.Pet.2. dicitur. Subiecti estote omni humanae creaturae, [1.Pet.2.] propter Deũ; siue Regi quasi praecellenti, siue Ducibus tanquàm à Deo missis. Et Paulus suas leges statuit in Ecclesia. Nam. 1. Corinthior.11. [1.Cor.11.] praecipit, vt in Ecclesia mulieres orent velato capite, viri reuelato. Vt ad Cęnã Christi

sti

sti alius alium expediret, quo in communi ea peragatur, & alia eiusmodi, quae nominatim in alijs Scripturis nō leguntur diuinis esse praecepta, quę etsi ab hominib⁹ sint cōstituta, nō tamē inter humana mādata recēseri debent: Quoniam ex Scriptura, & Dei mādatis originem trahunt. Inter quae hoc mādatum habemus à Deo, vt subditi praepositis, salutis eorum curam gerentibus, per omnia obediant. Nam ea quae ab Ecclesia sancita sunt de ieiunijs, de festiuitatibus obseruandis, de delectu ciborum, de sacramentis recipiendis; iam quilibet prius intelligere poterit quàm diuinis literis conuenientia sint, quomodo eis consonent, & ab eis originem ducant, & quomodò seruiant ad carnis castigationem, & temperantiam, aut ad fidelium vnionem, & aedificationem. Non ergò haec praecepta hominum reprobantur à Christo, sed alia quae nihil diuinum praecipiunt, sed res merè humanas, quae tamē duplicia sunt. Quaedam etsi non omnino mala, tamen inutilia, & friuola, & in quorum obseruatione, nulla est vtilitas, quę nihil ad pietatem conducant, vel ad carnis macerationem, vel profectum spiritualem, aut ad proximorum aedificationem, qualia erant baptismata illa, & lotiones, de quibus

Marc. 7. Marcus meminit. Haec erant purè humanae adinuentiones nullam à Deo originem habentes. Alia sunt quae aduersantur diuinis mandatis, qualia sunt multa de quibus Dominus Pharisaeos notat, de quibus Paulus

Tit. 1. ad Tit. 1. loquitur cùm ait. Increpa eos durè vt sani sint in fide, non attendentes Iudaeorum fabulis, & mandatis hominum auersantium se à veritate. Ecce quae mādata hominum reprobat Deus. Secundò dicitur id Dominum hic & per Prophetam voluisse docere, ne poneremus timorem Dei, & legem eius in humanorum praeceptorum obseruatione, posthabitis mandatis Dei, vt isti Pharisaei faciebant, ita quòd vt mandata hominum faciamus, omnem substantiam legis Dei, & eius mandata postponamus,

Hieron. hominum placitis. Quod translatio Hieronym. iuxta veritatem Hebraeā, hoc manifestat cū dicit. Timuerunt me mandato hominum. Quo significatur, eos timorem Dei constituisse in huiusmodi praeceptorum obseruatione. Non quòd praecepta Dei apertè contemnerent, sed quòd tanto studio occuparentur circa mādata hominum, vt Dei mandata negligerent. Id etiam Septuaginta translatio manifestè dicit, & id Ecclesia docet, primo loco habenda esse Dei mandata: secundo loco Ecclesiae, ac praelatorum praecepta, quae ad Dei mandata obseruanda maximè adiuuant. Atq; vtinam hac tempestate haec Pharisaeorū pestis non vigeret, quòd multi ex Christi cultoribus nimis creduli hominum compositis verbis vtentium adeò illis credant, vt nihil aliud curent obseruandum, quàm quòd illi praeceperint, obseruantes regulas quasdam rectè viuendi, ab eis illis traditas, ac si in illis esset tota Euangelica doctrina; posthabitis fortassis Dei optimis mandatis, quae in charitate ac misericordia includuntur. Cùm tamen regula rectè viuendi charitas sola sit. *Et conuocatis ad se turbis dixit eis. Audite, & intelligite. Non quod intrat per os coinquinat hominem, sed quod procedit ex ore hoc coinquinat hominē. Tunc accedentes discipuli eius dixerunt ei. Scis quia Pharisaei audito verbo hoc scādalizati sunt?* Offenderant enim in lapidem istum supedaneum causantem casum in illis. *At ille respondens ait. Omnis plantatio, quam non plantauit Pater meus, eradicabitur.* Quia non solū scandalizari, sed eradicari merentur, tanquam inutiles plantae, nullum bonum fructum proferentes. *Sinite illos, caeci sunt, & duces caecorum. Caecus autem si caeco ducatum praestet, ambo in foueam cadunt.* Nam hoc scandalum acceptum erat ex malitia, non datum, & ideò relinquendi erant. *Respondens autem Petrus dixit. Edissere nobis parabolam istam. At ille dixit. Adhuc & vos sine intellectu estis? Non intelligitis quia omne quod in os intrat, in ventrem vadit, & in secessum emittitur? Quae autem procedunt de ore, de corde exeunt, & ea coinquinant hominem. De corde enim exeunt cogitationes malae, homicidia, adulteria, fornicationes, furta, falsa testimonia, blasphemiae, & haec coinquinant hominem. Non lotis autem manibus manducare, non coinquinat hominem.* Quoniam multa circa hoc Euangelium ad docendum populum dicenda sunt, inter ea quae ad mores hominum componendos, etiā quae ad literalem intelligentiam attinent, inseremus.

Et primo in id quod dicitur. *Tunc accesserunt ad Iesum ab Hierosolymis Pharisaei, & Scribae dicentes. Quare discipuli tui transgrediuntur traditionem Patrum? Non enim lauant manus suas, cum panem manducant.* Accedūt ad Deum, & interrogant. Non benè faciūt isti. Nec enim bonus modus est negotiandi cum Deo, interrogando illum. Multo enim melius Deum orare quid agat, quidq; tibi expediat, *Moralitas sen. [illegible]*

fis, cessa à nimis curiosa indagatione
Iob. 36. magnitudinis meæ, sed cum Iob tacere,
& dic. Ecce Deus magnus, vincens scientiam nostram. Quoniam sicut qui mel
multum comedit, non est ei bonum: ita
qui scrutator est maiestatis, opprimetur
Prouer. 25. ab ea, vt dicitur Prouerb. 25. Et Paulus
Rom. 12. Roman. 12. ait, non plus sapere quàm
Rom. 11. oportet sapere, sed sapere ad sobrietatem.
Et cap. 11. Noli altum sapere, sed time.
Auerte ergo oculos tuos à me. Hoc est,
ne curiosius diuina scrutari coneris, sed
quandiu es in vita præsenti, in qua diuina
cognoscimus per speculum, & in ænigmate, hac cognitione contentus esto, clariorem vitæ futuræ relinquens. Nam ipsi
me auolare fecerunt. Hoc est, quia nimis te video curiosum, & familiarem
mecum, egomet à te discedo, & fugio, &
eleuor, ne me tam curiosis oculis, & excellis circumspicias, sed potius humilibus
& inclinatis: Nam si tu vis erga me ele-
Psal. 36. uari, ego altius auolabo. Hinc Psalm. 63.
dicitur. Accedet homo ad cor altum, &
exaltabitur Deus. Cui sensui congruit
translatio ex Hebræo quæ sic habet:
Auerte conspectum tuum à me: quia
ipse me extulit. Ideò ergo discipulos suos
aliquando compellit Dominus à se discedere. *Et dimissa turba ascendit in montem*
solus orare. In hoc docet nos post magna
opera edita, consortia hominum fugere,
ne nos vana gloria detrahat, & ad Deum
tanquam principalem authorem recurrere: & vt nihil orationem perturbet, di-
Genes. 22. mittit turbas. Sic enim & Abraham fecit cum ascendit in montem immolare
filium, dimisit seruos, & iumenta ad radices montis, & dixit eis: Expectate
me hic cum asino, ego & puer illuc vsque properantes, cum adorauerimus re-
Eccles. 10. uertemur ad vos. Nam & Ecclesiast.
10. dicitur. Muscæ morientes perdunt
suauitatem vnguenti. Ostendit etiam in
hoc facto orationis effectum. Nam, vt
Damasc. Damascenus ait. Oratio est ascensio
mentis in Deum, & ideò ascendit in
montem Domini, & docebit nos vias
Esai. 2. suas. Et Esai. 37. Leua orationem
Esai. 37. pro reliquijs quæ inuentæ sunt. Et Psal.
Psal. 140. 140. Dirigatur oratio mea, sicut incensum in conspectu tuo, eleuatio ma-
Thren. 3. nuum mearum. Threnor. 3. Leuemus
corda nostra cum manibus in cœlum.

Solus. Dimissis etiam ipsis discipulis,
vt liber affectus, & intentio simplices
sint cum Domino. Vnde supra. 6. capit. dictum est. Tu autem cum oraueris, intra in cubiculum tuum, & clauso
ostio ora Patrem tuum. *Orat*, non pro
se, sed pro his qui credebant, & credituri erant in eum. Hinc Ioann. 17. Ioan. 17.
Dicit ipse Dominus. Non pro eis autem rogo tantùm, sed pro omnibus qui
credituri sunt per verbum eorum in me.
Et ad Hebræos. 5. Preces, & suppli- Hebr. 5.
cationes cum clamore valido, & lacrymis offerens, in omnibus exauditus est
pro sua reuerentia. *Vespere autem facto,*
solus erat ibi. Erat quippe sine discipulis. Quarè quia discipuli sine illo e-
rant, inutiliter laborabant, & in pericula magna inciderunt. Hoc autem significabat, quòd facto vespere in occasu
lucis suæ, hoc est, in passione solus e-
rat relinquendus, vt & ipse dixit discipulis suis. Futurum est, vt omnes Ioann. 16.
dispergamini, & me solum relinquatis.
Solus etiam erat ibi orans pro nobis ad
Deum: quia solus Christus est, qui patri assistit Pontifex futurorum bonorum
factus, vt ait Paulus ad Hebræos, cap. 9. Hebr. 9.
Solus etiam vt liberator suorum in passione, iuxta illud: Torcular calcaui solus, & de Gentibus non est vir mecum.
Esaiæ capite. 63. Cæterum secundùm Esai. 63.
literam, erat ibi solus, vt fidem facerat
turbis, quòd postea non nauigio peruenerit. Nauicula autem in medio mari iactabatur fluctibus. Hic tangitur triplex causa huius periculi, & tempestatis. Prima ex paruitate instrumenti, erat
nauicula quæ citius submergitur, quàm
fortis & magna nauis. Secunda, ex impossibilitate declinandi: quia erant in
medio maris, nec poterant ad ripam diuertere. Tertia fuit ex tempestate venti: quia iactabatur fluctibus. Quæ iactatio fit ex multis ventis in oppositum
contrapugnantibus, & hinc inde procellas proijcientibus; ita quòd nauis dirigi in vnum non posset. Nam Danie- Dan. 7.
lis capit. 7. dicitur. Ecce quatuor venti pugnabant in mari magno. Et Io- Ion. 1.
næ capit. 1. dicitur. Mare ibat & intumescebat super eos, & nauis periclitabatur conteri. Quæ si mystice interpretari velis. Pusillanimes propter paruitatem

tatem periclitantur, qui autem in medio mari sunt, hi sunt qui ob difficultatem
Ephes. 4. tem euadendi desperantes, semetipsos tradiderunt impudicitiæ. Ventorum autem procellæ significant instantem, & impetuosissimam tentationem: contra quæ muniri poscebat Psaltes cùm dicebat: A pusillanimitate spiritus & tempestate Psalm.
Psalm. 54 54. Acsi diceret: Ab his patior iactantiam,
Psalm. 68 crue me, & Psalm. 68. Veni in altitudinem maris, & tempestas demersit me.

Erat enim ventus contrarius illis. Sicut Actu. 27. Ventus typhonicus qui dicitur Aquilo contrapugnabat naui. Et Ionæ. 1.
Ionæ. 1. Dominus misit ventum magnum in mare, & facta est tempestas magna, & nauis periclitabatur conteri.

Quarta autem vigilia noctis venit ad eos ambulans super mare. Quandò iam vltra quietis tempus laborauerunt, & ex duabus causis erant lassati. Primò ex longa & forti nauigatione, & ex hoc quòd non caperent
Marc. 6. somnū ad quiescendum. Vndè Mar. 6. dicitur, quòd tota nocte laborauerant in remigando. Sed obseruandum hic secun-
Albertus dùm Albertum, quòd secundùm diuisionem graduum Æquinoctialis circuli, duodecim horæ sunt diei, & duodecim horæ sunt noctis, ità quòd quælibet hora habet decem gradus æquales. Sed secundùm diuisionem Zodiaci sex sunt horæ diei, & sex horæ noctis: quia semper sex signa sunt super Emisphærium, & sex subtus: Sex autem horæ noctis in quas diuiditur, hæ sunt. Crepusculum, conticinium, intempestum, gallicinium, antelucanum & diluculum. Sed duæ istarum horarum tenebras noctis permixtas habent cum luce, scilicet, prima & vltima. Quatuor autem sunt perfectarū tenebrarum. Conticinium quidem à conticendo dictum: quia tunc frigiditate opprimente organa sensuum, incipiunt conticere homines. Intempestum autem quandò tempestate congrua profundissimus est somnus. Gallicinium autem, quandò in prima tenebrarū diuisione paruis motibus immutantur animalium corpora, & ideò qui non solicitantur circà propria, tunc cantāt, & modentur. Antelucanum autem dicitur quoniam motus lucis pellere, & declinare incipit tenebras tenentes, & à tenendo dictas, & incipit somnus attenuari, & sanguis ebullire ad exterius, & somnia apparere incipiunt. Hoc est, quòd Dominus Marc. 13. dicit: Nescitis quando ve- *Marc. 13.*
niat, serò, aut media nocte, an galli cantu, an manè. In quarta ergo hora, siuè vigilia, post mediam noctem, scilicet venit ad eos ambulans supra mare. Nempè vt ad
impleretur illud Esai. 43. Cum transieris *Esai. 43.*
per aquam, tecum ero, & flumina non operient te. Miraculum hoc ex illis est quæ tota mirabilia apparent: ex qualibet enim parte miraculum est. Nam ex duabus causis impeditur corpus humanum, ne possit super aquas ambulare. Et ex parte ipsius corporis, quia graue est, & ad ima tendit, & ex parte aquæ quæ fluida est, & non solida, nec corpus graue sustinere valet. Si ergo à corpore sua grauitas auferretur, aut aqua corpus solidum fieret, hoc quidem miraculum est: Tamen tunc ambulare corpus super aquam, non esset miraculum: nam impedimenta ex parte vtriusque ablata sunt, sicut quandò cæco datur visus per miraculum, naturaliter videt posteà, & non miraculosè. Corpus autem Christi in hoc miraculo non amisit suam grauitatem, nec elementum aquæ solidum factum est: quarè valdè mirabile hoc est: Sicut quòd virgo remanens virgo concipiat, & pariat. Nam natura corporis fluidi, qualis est aqua, est cedere corpori graui, & circumstare illud. Vnde hoc
miraculum aliud est à diuisione maris Ru- *Exod. 14.*
bri, & diuisione Iordanis facta semel à Io- *Iosue. 3.*
sue, & iterum ab Helia, & Heliseo. Nam *4. Reg. 2.*
ibi aqua cessit, & liberum per se transitum dedit. Et cedere quidem mirabile fuit, sed non mirabile fuit per cedentem aquam incedere. Quarè hoc miraculum demonstrat in Christo vtranque naturam. Diuinam quidem in potestate qua super aquas mirabiliter ambulauit; humanam autem quoniam in veritate corpus humanum super illas incedebat. Nec hic dici debet assumpsisse Dominum agilitatis dotem, sicut nec quando ex vtero Virginis prodijt, assumpsit dotem subtilitatis adhuc enim corpus mortale in statu mortalitatis ferebat. In his ergo omnibus verè, & incontradicibiliter demonstratur, sed Dei secundùm vtranq; naturam. Et ex his confutantur hæreses Marcionis, & Manichæi, Arrij & aliorū, qui Christum aut phantasticum in humanitate, aut simplicem creaturam, sine Deitate mentiti sunt fuisse: cum in his vtraq; natura manifesta fiat, vt videtur.

tes eum supra mare ambulātem (quod supra hominem est) turbati sunt dicentes: Quia phantasma est. Et præ timore clamauerunt. Videntes enim eum supra mare ambulantem, quod supra hominem est; spectrum aliquod, aut terriculamentum, ex his quæ diabolus fingit ad terrendos homines, existimauerunt esse. Orta est etiam hæc turbatio, quia sicut dicitur Marc. 6. *Marc. 6.* Ostendebat se, ac si vellet præterire eos. Non quòd finxerit Christus, sed vt ostenderet quales essent eo prætereunte. Simile est illud, quod quidam ex amicis Iob, cap. 4. *Iob. 4.* dicit: Stetit quidam cuius non agnoscebam vultum imago coram oculis meis, & cùm spiritus me præsente transiret; inhorruerunt pili capitis mei. Et hoc est, quòd dixit: *Dicentes, quia phantasma est.* Quòd si dicas. Quarè ergo timuerunt, id quòd phātasma esse putauerunt? Dicendum, quòd putauerunt esse phantasma quoad vmbram corporis, sed non quoad rem. Quia putauerunt esse spiritum illum malignum, qui cōmouebat mare. Nam de eo dicitur Iob. 41. *Iob. 41.* feruescere facit profundum maris, quasi cùm vnguenta ebulliunt. *Et præ timore clamauerunt.* *Ion. 1.* Sic enim apud Ionam legitur: Timuerunt nautæ, & clamauerunt ad Deū in fortitudine. *Statimque Iesus loquutus est eis dicens: Habete fiduciam, ego sum nolite timere.* Statim ait: quoniam Deus velociter nobis adest, vt dicitur Esai. 30. *Esai. 30.* Statim, vt audierit respondebit tibi, *Habete fiduciam.* Nam beatus vir qui confidit in Domino, & erit Dominus fiducia eius. *Hierem. 17.* *Ego sum.* Ideò ne paueatis: quia ego ipse sum. Ego sum qui sum. Ego sum qui commoueo fluctus maris, & ego ipse sum cui venti & mare obediunt, nolite timere: sic enim eis postea discessurus dixit. *Ioan. 14.* Non turbetur cor vestrum, nec formidet. *Respondens autem Petrus dixit: Domine si tu es, iube me venire ad te super aquas.*

Caietan. Sed hic mouet Caietanus dubium. Quid nam est hoc, quod Petrus petit, vt certior sit, illum qui veniebat super aquas esse Iesum. Nam sola iussionis verba proferre, nō erat signum certificans illum esse Iesum: nam etiam phātasma poterat dicere, Veni. Oportebat ergo, vt post iussionem Domini qua dixit, *Veni,* vel Petrus sentiret corporis sui grauitatem esse ablatam, quod tamen non sensit, cùm postea videns ventum validum cœpit mergi: vel quòd mare ipsum solidum redderetur, quod etiam non fuit, quia à ventis agitabatur, & procellosum tunc erat, quomodò ergo ambulauit super mare? Et respondet Caietanus, quòd in animo Petri post iussionem Domini qua dixit, Veni; tanta securitas effecta est, vt absque hæsitatione aliqua se iactaret in mare: verbum enim illud Domini hanc in eo securitatem effecit. Modus autem quo ambulauit super aquas hic fuit, non quod corpus eius desinerit esse graue, sed quod suspensa fuerit actio illa grauitatis, nec tunc habuit effectum suum. Quemadmodùm virtus comburendi his igne suspensa est, & detenta; quandò tres pueri missi sunt in caminum ignis in Babylonia. *Daniel. 3.* Ait ergo: Domine, &c. ac si diceret. In ditione tua cuncta sunt posita, nec est qui possit resistere voluntati tuæ, si tu es cui omnia obediunt, *iube me venire ad te super aquas:* dabis enim voci tuæ vocem virtutis, & in verbo tuo potero, quod tu poteris per te ipsum. Et hæc non fuit tentatio, sed futurorum præsignatio, quòd non solum vnius nauiculæ, sed totius orbis deberet esse gubernator Petrus, & pro Christo vicarius relinquendus. *At ipse ait, Veni.* Sermo enim eius potestate plenus est, Ecclesiast. 8. *Ecclesi. 8.* *Et descendens Petrus de nauicula ambulabat super aquas, vt veniret ad Iesum.* Semper enim singularia signa dilectionis ac fidei, præ cæteris Apostolis ostendit Petrus. Nam alia vice cùm Christus in litore esset post resurrectionem, & Petrus audisset quòd Dominus est, tunica succinxit se, & misit se in mare, & alij discipuli nauigio venerunt, *Ioann. 21.* & ipse dicebat *Luc. 22.* paratum se esse, & in carcerem, & in mortē ire cum Christo, & serui amputauit auriculam in horto. Id enim decebat eum, qui caput cæterorum debebat esse. *Videns autem ventum validum, timuit. Et cum cœpisset mergi, clamabat dicens: Domine saluum me fac.* O Petre, securus ambulas in præsenti super fluctuantes vndas, & futurarum times à vento validiore procellam? Nonne audisti per Esaiam Dominum dicentem: *Esai. 43.* Cum transieris per aquas tecum ero, & flumina non operient te? à Diuina dispensatione temperauit Iesus miraculū, vt experiretur Petrū, & in eo discerent homines propriam imbecillitatem, ac defectum in vtendo diuinis donis. Dum eius animo assisteret Christus, fortiter dono fidei vsus est, ad vnum verbum Domini iactans se; tantillum diuertit se

Dominus

Dominum ab eo, & iam hæsitat, iam timet. Antea non timebat fluctuantes vndas, iam modo etiã veretur. Nõ quòd Dñs subtraxerit modò à Petro donũ fidei (nam sine pœnitentia sunt dona Dei & vocatio) sed subtraxit gratuitam assistentiam à Petri animo quoad hoc, quod reliquit illum sibi ipsi quantum ad actum vtendi fide concessa: vt experiatur homo quid valeat sibi ipsi relictus, & quomodo ad vtendum rectè donis Dei eius particulari assistentia indigeat. *Et cum cœpisset mergi.* Sicut prius Petrus confisus est in Iesu, & postea ambulauit super aquas; ita, priùs amisit in animo securitatis actum, timendo, & postea cœpit mergi, vt intelligamus secundùm animæ merita assistere diuinam opem corpori. Sed quomodo dicit quod vidit, ventum validum. Nunne per totam noctem insufflauerat ventus? Verum est. Sed tunc venit ventus, cum noua insufflatione quę periculosior nautis solet esse. *Et timuit.* Sic Helias primò Achab audacter occurrens, & Prophetas Baal occidens, postea timens Iezabel fugit. Sic & Moyses timuit Pharaonem & fugit, & Dauid Absalonem. Omnes enim illi insufflati fuerunt spiritu dæmonis, & cor ipsorum quasi mare feruens quod quiescere non potest, & ideo viri sancti ab illis fugerunt. *Et cum cœpisset mergi.* Grauescente periculo, vt Psalm. 68. dicebat Dauid: Veni in altitudinem maris, & tempestas demersit me. *Clamauit dicens.* Imitatus Ionam qui dicebat. Clamaui ad Dominum de ventre inferi, & exaudiuit me. *Domine saluum me fac.* Cum Dauid videbatur dicere. Saluum me fac deus, quoniam intrauerunt aquæ vsque ad animam meam. Nam & rex Iosaphat dicebat: Cum ignoremus quid agere debeamus, hoc solum habemus residui, vt oculos nostros leuemus ad te Deum cœli. *Et continuo Iesus extendens manum apprehendit eum.* Continuò ait. Sicut Hester. 13. ait: Si decreueris saluare nos, continuò liberabimur. *Extendens manum.* Nam nouit Dominus pios de tentatione eripere. 2. Pet. 2. Et Esaiæ. 41. Protegat te dextera iusti mei. Manum enim suam aperuit inopi, & palmas extendit ad pauperem. Sic etiam supra cap. 8. extendens manum tetigit leprosum, & mundauit eum. *Apprehendit eum.* Sicut apprehensa manu socrus Simonis dimisit eam febris. *Modicæ fidei quare dubitasti?* Certè Petre, modò non habuisti fidem tãquam granum sinapis, quod quanto plus teritur magis redolet. Deprehensus es quippe Petre, qui insipienter ferrebas, minus constanter diligens, vt & etiam altera vice continget tibi. *Et cùm ascendisset in nauem, cessauit ventus.* Nam vt dicitur Psalm. 106. Dixit, & stetit spiritus procellæ. Ecclesiast. 43. In conspectu eius silvit ventus. Et Tobiæ. 3. Post tempestatem tranquillum facies. *Qui autem in nauicula erant.* Fuerunt autem in nauicula nautæ & forte alij magis familiares. *Venerunt & adorauerunt eum dicentes: Verè filius Dei es.* Profitentur quòd non secundùm opinionem, sed secundùm veritatem est Messias. Circumloquitur enim Messiam nuncupatione filij Dei, sicut Nathanael in principio, cùm venit ad Iesum dixit ei. Tu es filius Dei, vt dicitur Ioann. 1. & tamen tunc non agnoscebat Trinitatis mysterium. Quare hæc non fuit adoratio latriæ, vt quidam dicunt, sed hyperduliæ quam Patres Angelis qui sibi apparebant faciebant. Adorauerunt eum, vt adimpleretur illud Esai. 45. Te adorabunt & te deprecabuntur. Et benedictio quam super illum tulit Isaac. Et incuruentur ante te filij matris tuæ.

NVNC autem super totam hanc historiam, iterum manus adhibenda est, exordium sumentes à quodam viro perito, qui sic hanc historiam enarrare incipit. Si nobis, ait, exercitum ceruorum essingeremus, cuius leo dux fuerit; fortiorem sanè illum censeremus Leonum exercitu duce ceruo, vt Cabrias olim Græcorum Imperator proposuit apud Plutarchũ in Apotegm. facit enim Ducis & Principis fortitudo, ad augendos subditorum animos. Hinc & maledictus populus censetur cuius Rex puer est; quod non tam ad ætatem, quàm ad sensum refertur. Vt Esai. 3. minatur Dominus: Dabo pueros Principes eorum, & effæminati dominabuntur eis. Cùm priùs dixisset In illa die auferet dominator Dominus exercituũ ab Hierusalẽ, & Iuda validum & fortem, virũ bellatorem, Iudicem, Prophetam, senem, honorabilem vultu, & consiliarium, & sapientem. Ideò cap. 65. cùm Hierusalem reparandam promitteret, adiecit. Non audietur vltra vox, fletus, & vox clamoris, neque erit ibi amplius infans dierum, & senex qui non impleat dies suos, quia puer centum annorum morietur, & peccator centum annorum maledictus erit. Virtus enim Principis, Prælati, patrisfamilias & magistri, recreat subditos, inferiores,

Marginal references (left column): Roman. 11. — 3. Reg. 18. & 19. — Exod. 2. — 2. Reg. 15. — Esai 57. — Psalm. 68 — Ionæ 2. — Psalm. 68 — 2. Paral. 20 — Hester. 13. — 2. Petr. 2. — Esai. 41. — Psalm. 145. — Matth. 8. — Luc. 4.

Marginal references (right column): Matth. 26 — Psalm. 106 — Ecclesi. 43. — Tob. 3. — Esai. 45. — Genes. 27. — Moralitas alia. — Esai. 3. — Esai. 65.

tientes suos discipulos. Tantùm Christi præsentia recreatę sunt turbæ in deserto, tantum & ipsa valuit ad eruendos ex periculo discipulos. vt nunc dicturi sumus: Quid miraris? Esti enim nos ad instar ceruorum timidi, & infirmi sumus, ille tamen Dux noster
Gen. 49 & Leo de tribu Iuda. Vicit Leo de tribu Iu-
Apoc. 5. da, radix Dauid. Ceruos nō persequūtur venatores interim, id vsurpamus ex Psalte.
Psalm. 41 Sicut ceruus desiderat ad fontes aquarum, ita desiderat anima mea ad te Deus: sic ferebantur Apostoli in Christum cùm periclitarentur, ipse autem eos eripuit. Igitur facta panum multiplicatione, & satiatis quinque hominum millibus absque mulieribus, & paruulis his quinque panibus, quos Christus acceperat & benedixerat, sublatis demum duodecim cophinis fragmentorum; turbæ in eius confessionem & laudes proruperunt, adeò vt illum sibi in Regem con-
Ioan. 6. stituere voluerint vt Ioann. refert, & ideò
Cyrillus. ipse fugit in montem orare. Cyrillus Alexandri lib. 3. in Ioannem cap. 10. laudabilem horum sententiam affirmat, eo quòd dignum arbitrati sunt Christum Regno, quod ipsi pro summo honore vero Messię obuenitu-
Rupertus. rum expectabant. Rupertus verò lib. 6. in Ioannem sic ait. Diligentes hoc seculum & sapientes ea, quæ carnis sunt, hoc in illo amauerunt quod prædicto miraculo experti sunt, posse scilicet illum omni terrā vbertate pascere populū suum, locupletari regnum Iudæorum, totumque diuitijs vincere, vel acquirere mundum. Hunc illum esse quem & Dauid exprimit Psalm. 71: dominaturum à mari vsque ad mare, & à flumine vsque ad terminos orbis terrarum. Et videbant id tamen quinque millia hominum, inconsultis Principibus, si tamen cōsulendi essent, & secundùm Deum consulere scirent. At verò Christus non venerat Reges occidere, sed Regibus iustam regnandi scientiam ostendere, non regna tributis, & vectigalibus premere, sed quod deerat Regibus & populis de thesauro regni cælorum vitæ æternæ donaria præbere, longè alium debellaturus erat hostem quā Tyberium Cæsarem, aliamque capturus bestiā quàm Romam, tunc temporis Iudæorū dominam: & quidem Christus Rex prænun-
Hiere. 23. ciabatur, sed longè alterius regni quā quod nostris obseruatur oculis. Hieremi. 23. Reg-
Psalm. 2. nabit rex, & sapiēs erit: vndè & inducitur à Dauid Psalm. 2. Ego autem cōstitutus sum rex ab eo super Sion montem sanctum eius, prædicās præceptum eius. Porrò fugit quia illius regni conditionem & maiestatem ignorabant, cùm non sit ex hoc mundo. Et super Ioannem dicit idem Rupertus. Quot
Ioan. 18 autem sunt qui ad instar istorum Iudæorū,
Rupertus. propter solum temporalem cibum qui perit, currant & rapiant Christum, & inclamant eum Regem suum iurgantes fortiter, & eius domui quę est Ecclesia, vim inferentes. Quantas enim turbas huiusmodi homines Regi Christo, & regno eius præsenti Ecclesiæ fecerunt. Videas plerosq; Sacerdotes, cæterorumq; Ordinum sacri altaris ministros, tanto tumultu & strepitu officia Dei præripere, quanto vix solent Chiliarchi, & Centuriones, siuè pentharchi pro temporalibus regni honoribus strepere inuicemque aduersari, & inuidere. De quibus vtique tam acerrimè, quàm veraciter
Philip. 2. potest dici illud Philip. 2. Quia omnes quę sua sunt quærunt, non quæ Iesu Christi. Nā & Christus suo illos docuit exemplo honores, diuitias, & mundi pompam istam declinare, cùm prænoscens turbæ voluntatem fugit iterum in montem orare. Ita nimirum oportet eos, qui ambitione, luxuria, auaritia, cæterisque peccatis tentantur altum cōtemplationis rerum futurarum verticē scandere, & orationibus diuinam gratiam deprecari. Hęc ille. Illi volebant illum facere Regem terræ: ille ad cœlestia, confugit vndè erat regnum eius: nam primus homo de terra terrenus: secundus homo de cœlo cœ-
1. Cor. 15. lestis. Vnde illi qui de terra erant, de terra loquebantur, & terrenum illi regnum præbere volebant. Tamen ille qui venit de cœlo, super omnes est, & ideò ad superiora cōtendit, terrenis neglectis. Sic enim & ipse ad
Ioan. 8. illos dixit. Vos deorsum estis, ego de supernis sum. Tempestas autem qua nauicula in qua Apostoli ibant concutiebatur, nocte facta est. Nox autem propter tenebras peccatores significat: nam propter peccata populi tempestates ac turbationes contra Eccle-
Virgilius. siam insurgunt: quoniam & Virgilius eglo ga. 1. noctem per tenebras depinxit dicens.

Maioresq; cadunt altis de montibus vmbræ.

Basilius. Vnde Basil. Epistol. 89. ad Eudoxiū rethorem, iuxta sui temporis calamitatē exaggerat. Ecclesiæ sine pastoribus, iaqualis nauigatio in nocte, fax nusquā. Christus dormit. Quid nō igitur timendū est? Serotina igitur hora tempus peracti indicat, quo in malefecerat gramine quoque Deus permittit suam Ec-
Daniel. clesiā affligi. Sic Daniel capitulo in Istae-

liticæ.

Ebleæ, causam sumit à Principum vitijs. Hæ sunt illæ tenebræ, & lubricum, hæ mari incumbunt, hæ replent ciuitates & Respublicas. Non defecit, inquit, de plateis eius vsura, & dolus. *Psalm. 54* Et vidi iniquitatem, & contradictionem in ciuitate. Et alibi, Vidi in loco iudicij, & ecce iniquitas. Vbique tenebræ, & deprauati hominum animi & mores. *Eccles. 3.* *Eusebius.* Eusebius Cæsariensis. lib. 8. Historiæ Ecclesiastic. Cap. 1. Iusto Dei iudicio persequutionem Christianis sub Diocleciano exortam dicit, quòd nunc ex multa libertate, & indulgentia vitiati mores essent, & doctrina corrupta. Serò ergo venit tempestas, quoniam in ferocium tempus summorum populi capitum obtenebratas mentes indicat. *Hieronym.* Hieronym. lib. 2. Commentar. in Prouerb. cap. 10. Nimirum, inquit, sicut acetum dentibus & fumus oculis, ita sacerdos prauus in Ecclesia, per acritudinem peccati fidelium sensus obtundit, & ignorantium oculos velut fumus excæcat. Hinc orta est *Epiphani.* Audianorum secta teste Epiphanio lib. 3. in hæres. tom. 1. hæres. 70. Quod Audius dum vitia Prælatorum & Sacerdotum argueret; contumelijs & verberatus ab Ecclesia defecerit, quasi quæ tam indignis hominibus constare nõ posset. Ita non peccati, nauem Ecclesiæ pulsabat, vt illius occasione permulti scandalizarentur, alij verò recederent.

Erat nauis in medio maris. Est enim Ecclesia in medio tempestatũ, hæresum, ac Schismaticorũ. *Basilius.* Vnde Basilius lib. de Spiritu Sancto, cap. 30. Tempestatem Ecclesiarum maris procellis cõparat, in qua & omnes patrũ termini commoti sunt, & omne fundamentum, & si quod est dogmatum munimentum, idipsum concussum est. Nimirum Schismatici & hæretici spumæ earum sunt procellarum, quas cauda sua vehementi Satan, scilicet, Princeps super filios superbiæ concitat. *2. Timo. 3.* Sunt enim illi cupidi, elati, superbi, voluptatum amatores, quorum pedes currunt in sanguinem. Dentes eorum arma & *Psalm. 56* sagittæ, & lingua eorum gladius acutus. Procellas etiam dixerim tempestates illas à tyrannis Nerone, Decio, Domiciano, cæterisq; barbaris excitatas, vt & de Persis scribit Theodoretus affect. Græc. sermo. 9. de legibus. *Theodoretus.* Quod enim illi, inquit, crudelitatis genus in Christianos commenti non sunt? An non terga diripuerunt? Non manus, pedesq; abscinderunt? Non aures naresque obtruncarunt? Non ad excessum doloris vincula artissima excogitarunt? Non foueas, non loculos excauarunt? Eosque prius melle perunctos muscarum copia, maximisque & aculeatis crabronibus impleuerunt qui colligatos figerent, mortibusque ab fœmentia. Et si vero sic in Christianos despæuierunt, nunquam tamen Ecclesiam obruerunt; sed nec hæretici quantumuis crudeles, in Ecclesiam præualuerunt, imò omnes hi vt fluctus euanuerunt. *Augustin.* Idcirco August. tom. 4. in enarratio. Psalm. 57. Non vos, inquit, terreant fluuij qui dicuntur torrentes. Hiemalibus enim aquis impleti ad tempus perstrepunt, mox autem decurrentes cessabunt. Multæ enim hæreses decurrunt, riui earum exsiccati sunt, adeò vt vix earum memoria reperiatur. Inter se enim hæc consistantur (vt Nicephorus. lib. 4. historiæ Ecclesiasti. cap. 5.) non aliter quàm fluctuum commotiones insurgentes subinde, atq; decidentes, in varias abeunt formas, & postremò vt nihil earum appareat, euanescunt. *Niceph.* In medio autem horum fluctuum versatur Ecclesia, quæ vndique inimicis obsidetur domesticis, hæreticis, qui velut genimina viperarum, pectus matris vt nascãtur rodere nituntur, & extraneis, ethnicis, tyrannis, & barbaris, infidelibus. Sic Ecclesia venit in altitudinem maris, adeò vt sicut vas fluctibus excussum, sic illa modò exaltetur, probetur, & laudetur; modò deprimatur, vituperetur, & quasi ignobilis habeatur: ita licebit & ijs omnibus qui in Ecclesia nati sunt, illud Virgilianum vsurpare. *Similes.* *Virgilius.*

Tolli mus in cœlũ curuato gurgite & ijdẽ.
Subducta ad manes imos descendimus vnda.

Et illud Psalmistæ. Exaltamur vsque in cœlum, & deprimemur vsque ad abyssos, sic mirabiles sunt elationes maris, verũ mirabilior in altis Dominus: nec mirum, aberat enim Iesus, & remanserat solus in terra. *Psal. 106.* *Psalm. 92.* Aberat naucleros, aberat Dux nauis Christus, absente enim pastore grex: Duce, milites Episcopo, Ecclesia periclitatur. Absente Moyse Israelitæ idolatrarũt. *Exod. 32.* *Matth. 13.* Dormientibus hominibus inimicus homo super seminauit zizania. Ideò Dñs Petrũ his verbis increpauerat. Simon dormis? *Marc. 14.* Quòd illũ inuigilandum esse doceret. Et hoc sanè infelici tempore hæreses latiùs serpserunt, quia pauci præ latronibus aderant, vel saltim pauci superintendentium officio fungebantur, satis quidem in proprijs commodis vigiles, sed qui in causa Dei, & animarũ salute vitamq; in totum dormirent. Nam vt scribit Hieronymus in Matthæũ cap. 4. scit Rex Assyriorũ *Hieronym.*

diabolum, non posse se eos decipere, nisi pastores ante conspicerit. *Erat enim ventus contrarius illis.* Hęc quarta est tanti periculi causa. Nam prima fuit nox. Secunda esse nauiculam in medio mari, vbi à fluctibus circum septa non habebat fugam. Tertia absentia Christi. Quarta hæc ventorū contrarietas, vt *Origenes.* enim scribit Origenes in Matthęū, iussu Domini ventus iste excitatus est, in suorum probationem. Ventus contrarius Ecclesiæ, peruersa opinio seu doctrina est, qualis est *Iudas in sua Canonica.* hæc quam inferunt hæretici. Nā inde Iudas illos vocat nubes turbinibus agitatas. Quid autē aura leuius? Quid ea mobilius, & inconstantius esse? Vnde minime permanere possunt. Sic enim ait Dominus Matth. 15. *Matth. 15* Omnis plantatio quā non plantauit Pater meus, eradicabitur. Vndè Gamaliel de Apostolis mentionē faciens Actu. 5. *Act. 5.* Si est, inquit, ex hominibus consilium hoc dissoluetur. Quid [illegible] in vento, qui in momento tēporis sedatur? Quam igitur in illo nisi breuem spē constituere possumus? Dicit, Et ventus cōtrari°: nam hoc est proprium vēto, vt modò faueat, modò aduersetur. *Clemens Alexandrinus.* Clemens Alexand. lib. 5. Stromat, probat, fidem non in incertis consistere. Ad quod Numa Pythagoricus allusit, cùm primus ex omnibus hominibus posuit templum fidei, & pacis. Nā fides pacem conciliat. Sed vt tempestatem ventus in mare, sic hæresis in republica bellum, & seditionē concitat. In quam rem hos versus adduxit ex Timone Philasio.

Prosiliet hominū resonans lis vndi [illegible].
Cui soror, & socia est faciens contraria cades.

Simile. Sicut enim vbi ventus contrarius mari increbuerit, ipsum à fundo excitat, & conturbat: ita si quandò hæresis, & falsa doctrina in rempublicam arbitrantur ciues, omnes in seditiones commouebit, & statum omnem perturbabit. *Plato.* Idem Plato in Gorgia, vel de Rhetorica, nullum, inquit, tantum esse malū hominibus arbitror, quantum est opinio falsa. Idem in dialogo, qui inscribitur Sophista, vel de ente, inducit Theodorum, & hospitē Cleitem disputantem de Sophistarū conditione, concludens Sophisticam esse artem contradicendi, quæ omnia in controuersiam deducere potest. Nam [illegible] possent iuuenibus persuadere [illegible] se omnibus sapientissimos, nisi præsumptuosè [illegible] & cum falso contradicerent. Hos è bene constituta Republica ablegandos concludit. Atqui, & his similes sunt hæretici, sed multo peiores. Horum quidem partes sunt in omnibus, vt quasi venti contrarij Ecclesię Patribus, interpretationibus, commentarijs, traditionibus aduersentur, seq; omnibus præferant. Verùm & hoc ipso pestilentiores sunt, quòd in animas ipsas grassantur, & Deum Christumq; eius impugnant. Quærere volo ab his qui hæreticos in bene constituta republica tolerari posse opinantur, mihi respondeant. Si in mari positi in tanta sibi nauigationem exoptarent, & in eorum potestate situm esset, aut ventos contrarios, aut propitios, prout ipsis libuisset, admitterent, & inducerent, verū censerent aduersos ventos reuocandos, aut sinēdos esse. Atqui obstant illi, ne principes hæreticorum ora obturent, ne prophanas doctrinas ablegent. Quam prudentiùs verò Iustinianus Imperator. Macedonianos hæreticos pro suæ religionis exercitio supplicantes repulit, hęc verba adijciens. Contentionis studium odi, concordiæ autē affectatores semper amaui. *Nicephorus.* Hæc narrat Nicephorus lib. 10. historiæ Ecclesiast. cap. 40. Quid autem hæc illius breuis sententia aliud sonabat, quàm hæreticos rerum publicarum perturbatores esse. Amicos autem pacis, & quietis & principis obsequentes esse Catholicos. His ventis turbatur mare, agitantur hominum mētes, in spumas & furorem commouentur, vt se se ad fluctuū instar collidant, & seditionibus consumant. Hi venti naui fidelium contrarij sunt, & diuinitatis oculo qui omnia considerat. *Vidit discipulos suos laborantes in remigando*, aut corporali lumine illos intuitus est, cùm fortè non longè esset ab eis. Hic docemur quid agere debeamus, cùm viderimus nauim Ecclesiæ tantis tempestatibus agitatam. Quid enim? Omnia etiam si videantur aduersari, locus, tempus, ventus, etiam si Atheistæ, & Deitę, Sacrā K, Feldiani, & Vbiquetarij, Martinistæ, Caluinistę, & Gorgiani, Zuingliani, Anabaptistæ, Trinitarij, Menonistę, Osiandriani, Fantastici, Seruetiani, Lodouiciani, cæteraq; hominum portenta velut venti perniciosissimi, totum mare, totum, scilicet, orbem concutiant. Alij Angliam, alij Germaniam, alij Heluetiam, alij Belgium, alij Galliam, alij Poloniam, alij Italiam contur bent, ipsi Turcę Græciam, Asiam & Africam. An ideò animos despondere, & manus remittere debemus? Etiam si Ecclesia ab hominibus velut fluctibus cōcitatis, ab his & illis ventis contrarijs vndique impetatur, & quassetur, an ideò dicitur de nobis, illud poëticum vetus,

— Vna salus victis nullam sperare salutem?

Et si nec post tot labores nondum ad portum perueneriмus, nec ventorum, & fluctuum impetus conticescant, ideó ne deserenda nauis est, aut piratis, & sicarijs, seu saltem fluctibus committenda erit? Audiamus, quid Apostoli fecerint. Illorum officium enim nos erigit & format. Aberat Christus, medium mare ingressi erant, nox erat, ventus aduersabatur, illi tunc deficiebant? Minimé, Quinimó laborabant in remigando. Hanc etiam vnanimem diligentiam, & solicitudinem, ab omnibus maximé prælatis Ecclesiæ, Principibus, etiam Regibus, & Imperatoribus requirit Dominus, quá in nauis periculo requireremus à nautis. Nam si oborta tempestate, remiges semel manus remittant, etiam ij qui portui proximi esse videbantur, statim in altum mare vi ventorum traijcientur. Itá quoque etiamsi sua diligentia Prælati & Principes per omnia ferè superarent, adeó vt in ipso portu quies expectetur, si tamen officio defuerint, & tunc languere cœperint, facilè rursus in medias vndas impellentur. (Simile.) Darius quidem Xerxis pater dicere solebat, se in prælijs euadere prudentiorem, vt scribit Plutarchus in Apoteg. (Plutharc.) Cur nó etiã omnes tot periculis cautiores euadãt? Miserũ vtiq; Horatius suæ Reipubl. statũ sub typo nauis remigio destitutæ describit his verbis. (Horatius.)

O nauis referent in mare te noui fluctus,
O quid agis, fortiter occupa portum,
Nonne vides, vt nudum remigio latus.

Isti noui hæretici in mare mergunt hanc nauim, remigesq; ac Prælati pauci iã sunt; & hi qui sunt remiges, omittũt, vt suis cupiditatibus vacent, & sic nudũ latus Ecclesiæ relinquunt, ni fortiter agamus; ad portum nudi latentes appelleamus. Quód si ad remos concurritur, obortis contrarijs ventis; cur non, & omnes incumbere debent, vt ad portum Christiana Respubl. perducatur? Scio permultos esse, qui saluos se futuros arbitrãtur, si nihil & ipsi tempestate oborta faciant, & domi desides maneãt, si nec Catholicos iuuent, nec hæreticis aduersentur. Vident Rẽpub. perturbatã, commotos fluctus, aduersarios ventos, nec tamẽ aliquid faciendũ esse existimant. Considera nimirũ hic mihi nostros remiges, permultos Episcopos, Abbates, Cõmendatarios. Perpende & hic multos nobiles, Duces, Comites, Tribunos, Centuriones; horũ quidem est suis quemq; viribus nauim iuuare, & dirigere, quot autem eorũ in curijs Regũ, velut spongiæ sunt, suis tantum intenti, non ijs quæ Reipub. pacẽ & quietem concernunt? Multi prælati canes muti sunt non valentes latrare, multi nobiles, sed quorum manus in Ecclesiæ causa obrigescant: omnes dicari volunt bonis publicis, & cum aliorum detrimento, & apud semetipsos hæc loquuntur. Consumat, perdat, pereat, accidat quod volet, præualeant hæretici, dogmata sua intendant, seditiosi grassentur, status Regni perturbetur, ego res meas curabo. Omnes sapiunt sibi, non Reipub. (Esai. 56.) Ego veró à te, ó pauper insensate, hoc vnũ expostulo. Supposito q́ vt in naui, ita si mº in Rep. habeãs tu, & illi multas merces, Thesauros, literas, diuitias, exurgat tẽpestas, & requirat patronus omniũ manus, & diligentiam, non ne illum insanum iudicabis, qui responderit sibi curæ nauẽ nõ esse in qua positus est. Dicat veró mihi, tantũm curæ sunt merces meæ, laboret in naui qui volet. Verum, o Stolide, naui in periculũ adducta, non etiam peribunt merces tuæ? Et illa salua, nũ etiã in tuto tuæ res erũt? Hoc idẽ prælatis, hoc nobilibus etiã dixerim, qui proprijs tantũm commodis inuigilãt, res veró publicas despiciunt. Quid si Ecclesia aut Resp. in discrimẽ adducatur? Vbi quæ cõgessisti? Vbi redditus, honores, diuitiæ, fundi? Vbi & vita tua secura erit? Orta tempestate primũ ad exonerandam nauim; merces quantumuis pretiosas, in mare deijci videmus; itá primum periclitantur diuitiæ, & honores, facta religionis, aut Republic. mutatione: Quanto melius igitur, vnusquisque operetur, & contendat, alij precibus, alij eleemosynis, alij exhortationibus, alij seueritate iustitiæ, vt Christiana Respub. ad portũ deducatur. Nemo est qui aliquid hac in re non possit: si gladiũ vindicem non habes, forté habes gladiũ duplicem verbi Dei. Quód si é minimis es, & infundo nauis istius constitutus, saltim id ego requiram à te q́ olim nautæ à Iona: Surge & inuoca Deũ tuũ. (Ionae 1.) Porró eorum maximé est nauem dirigere, qui Ecclesiæ & Reipub. præficiũtur. Illi nautæ sunt & remiges, & qui primum inter eos locum occupat, gubernator & patronus est, ex cuius ore, & nutu cætera pendere necesse est. Habent Ecclesiarum præfecti remos spirituales, habent Principes remos corporales, his enim gladius verbi, censuræ, exhortationes, & preces creditæ sunt. Illis gladius iustitiæ quo sæuitur in corpora, hi autẽ à dextris, & illi à sinistris remos pariter, & vnanimiter impellere; nimirũ & prælati & Princtores simul contēdere, simul conari, idē sapere & velle, velut cor vnum, & anima vna, Reipub. salutē promouere debent, nec enim in naui, nunc hi, nunc illi remos agitant, sed simul omnes. His quidem remos attolentibus, attolunt, & isti his deponentibus, depriment, & isti, nec illi contra proram, hi pro prora dimicant, sed in vnū omnes conspirāt, alioquin nauim, sua diuisione in periculum adducerent. Ità quoq; præfectos spiritualiū & temporaliū rerū simul enixè oportet, & in vnum omnes conspirare, vt Reip. nauis fluctus superet, & ad portū perueniat. Remex Paulus Barieu Magum, velut procellā repulit. Apostoli remiges Pharisæorū fluctus retuderunt hoc Scripturæ remo, scilicet, Deo Magis obedire, quàm hominibus. *Act. 5.* Remex Athanasius & Hilarius in Arriū, Basilius in Eunomiū, Clemens in Gnosticos, Tertullianus in Hermogenē, Origenes in Celsum. Augustinus in Faustū & Pelagiū, Cyprianus in Nouatū, Vigilius in Euthychen & Nestoriū, Optatus in Parmenianū, Donatistā, Epiphanius & Theodoretus, in veteres, & recētes, sui seculi hæreticos, Leo cōtra Priscillianū, velut contrarios, seu etiā aduersarios ventis impulsos fluctus decertarūt. Remiges enim sunt Doctores, vt quidā hoc carmine dixit:

Scripturæ remis Doctores æquora versant.

Egerūt, & in eos Episcopi, censuris, anathemate, excōmmunicatione, ijs qui illos ab se reiecerunt. Sic Paulus Himeneū & Alexandrū *1. Tim. 1.* scribit se tradidisse Satanæ, vt discerent *Act. 8.* non blasphemare. Ita Petrus Symonē magum. *Apoc. 2.* Ioannes Nicolaitarum sectam à se interdixit. Nam hæc potestas, omnem hanc prælatorum diligentiam, & omnia hæc officia requirit. *Chrysost.* Quoniam (vt ait Chrysostom. hom. 51. in cap. 4. Matthæi) sicut tibicen cōmisso prælio pugnantem exercitū circūit, *Simile.* & bellicos cantus in tuba decantat, milites animat ad virtutem. Sic & Sacerdos persequutione imminente, exponens populo fortissima martyrum, & gloriosa certamina, illum ad virtutem patientiæ vehementer accendit. Idem igitur conentur Episcopi, Doctores, verbi ministri, nullum schisma, vnus omnium hic sit animus. *Basilius.* Hac ratione Basilius magnus cū videret Arrianos occasionē sumpsisse corrumpendæ & occupandæ Cæsareæ, à dissidio quod ipse cum Eusebio illius ciuitatis Episcopo gerebat, Pōtica monasteria reliquit, seq; viro Eusebio reconciliauit, vnoq; impetu, & disputationibus Arrianos confudit. Hæc Nizephorus histor. *Niceph.* Eccles. lib. 77. cap. 18. Et sicut Pontifices, pastores, Doctores cæteriq; Ecclesiæ ministri idem contēdere; ità & Principes, Duces, & Comites, omnes deniq; nobiles, Senatores, Iudices, præsides, cæteriq; quibus clauis velut remus creditus est, idem conari debent. Non enim sine causa Princeps gladiū portat, vindex in iram ei, qui malè agit Rom. 13. *Rom. 13.* Principes missi sunt ad vindictā malefacto- *1. Petr. 2.* rum, laudem vero bonorū. Ad eos enim Dauid Psal. 2. dixit: Et nunc Reges intelligite, *Psalm. 2.* erudimini qui iudicatis terram: seruite Dño in timore, & exultate ei cū tremore, ne quādo irascatur Dñs, & pereatis de via iusta.

Vnus sit omniū ecclesiasticorum, & nobilium consensus, simul omnes remos suos attolant, simul deprimant, ità fiet, vt omnibus pariter contendentibus ad nauis salutē, nō frustrà laborasse videātur, alioquin (vt scribit Greg. Nazian. orat. 25. de se ad eos qui *Gregor. Nazian.* cathedrā Constātinopolitanā illum concupisse diuulgauerant) subuersores & proditores potius quā præfecti dicētur: Nūc igitur vbi de periculis, quib^9^ obnoxij sumus, & de nostro officio diximus, sequitur vt ex ipsa Euāgelica historia, audiamus, quid nobis, quid nostrum est sapientibus præstet Deus. Requirēdum est, videlicet, quid Apostolis tota nocte laborantibus successit. Primò quidē vidit eos Iesus laborantes in remigando, ipse enim laborem & dolorem cōsiderat, vt ait Psalmista: Vidisti Dñe, ne sileas, Dñe ne *Psal. 9.* discedas à me. Videt quidē omnia, sed eos *Psal. 34.* maximè qui in officio sunt, considerauit & Israelitici populi clamorem. Exo. 3. quia & *Exod. 3.* si ad horā auxilium differre videat: ut (inquit Beda in Ioannem) non patitur tamen suos *Beda.* tentari vltrà id quod possunt, sed præsto est illorum necessitatibus. Scriptū quippè est. Sapien. 4. Respectus eius in electos eius. Et *Sapien. 4.* Psal. 31. In via hac qua gradieris firmabo su- *Psal. 31.* per te oculos meos. Et circa quartam vigiliā noctis, non statim inquit Theophil. illis af- *Theophil.* fuit, sed tota noctē sinit in tempestate versari, vt doceat fortes esse, & nō in principio tentationū sperandā requiem. Augu. Psal. 92. Turbabatur (inquit) mare, fluctuabat *August. Psal. 92.* nauicula. Nauicula Ecclesia est, mare seculum est: Venit Dñs ambulans super mare, & pressit fluctus spumantes: magnas, potestates, scilicet, & Reges crediderunt Christo, & subiugati sunt. An non etiā depressi, tyrannorū insultus? Qui tñ existimantes se Ecclesiā destruere, eā sanguine martyrū for-

Theod. *Simile.*

fumini ædificabant, persimiles (ait Theodor. sermone affectionũ græcorum de legibus) persimiles inquam, illis qui flammam quidem restinguere concupiscunt, oleum vero fatui instillantes ardentiorem illam efficiunt. Ac velut quando rubus ille, quem vidit Moyses ardere, igni non est assumptus; ita uet Christianos impiorum bellis petitos, illos tela hostilia consumpserant. Sũt qui has quatuor vigilias noctis, de quibus suprà egimus, & de quibus hic loquitur Euãgelista, in quatuor Ecclesiæ ætates distribuãt. Quibus nobis cõtinui sunt, vt in bello excubiæ, cùm vndiq; vrgeãt & assiluãt inimici. Prima quidem vigilia, tempus Apostolorum est, qua velut in iuuẽtute tenera sensim crescebat Ecclesia, verum tamen eius successibus, & velut felicissimæ nauigationi turbolentissimi fluctus obstiterunt Scribæ, Pharisæi, Herodiani, Æssei, Samaritæ, Saducei, Simoniani, Menandriani, Cherinthiani, Ebionitæ, Gnostici, Appelliani, Cerdoniani, Marcionistæ, Psychici, Nicolaistæ, Saturniani, Basiliani, Cainæi, Ophytæ, Valentiniani, Lucaniani, Sethoitæ, & Pseudoapostoli. Tunc etiam contra illam, Barbari, Gentiles, Philosophi, Athæi, Tyranni, contra tot fluctus Apostolorum solicitudo, & constantia necessaria fuit. Secũda vigilia, seu ætas Ecclesiæ, ad instar feruentis adolescentiæ se habuit, hoc fuit seculum martyrũ, quo Decij, Domiciani, Diocletiani, Iuliani, Valentis, & Barbararum nationum, hæreticorum quoque Montani, Praxee, Hermogenis, Tatiani, Arrij, Macedonij, Eustachij, Eunomij Manetis, Fausti, Prisciliani, Nouati, Donati, Pelagij, cæterorũq; fluctus excitati sunt, quos & scripturis, & constanti cõfessione retũdere oportuit. Ideò Hebr. 11. Sancti ludibria, & verbera experti, insuper, & vincula, & carceres, lapidati sunt, secti sunt, tẽtati sunt in occisione gladij mortui sũt. Hæc tẽpestas media nocte, id est, tenebris ignorantiæ, & peccatorum ingrauescentibus contigit. Tertia vigilia seu virilis ætas Ecclesiæ, tempus Confessorum, seu Illustrium Ecclesiæ Doctorum fuit. Hoc enim tempore florescere, & à Barbaris Ecclesia saltem aliquando quiescere cœpit. Tum verò, & hæretici, quos diximus, & alij per multi, nauem istam obruere conati sunt. Vt Sabelliani, Luciferiani, Apollinares, Nestoriani, Eutychiani, Iconoclastæ, & vt maiori impetu nauis ista cõcuteretur, Satan, seu Behemoth concita-

Heb. 11.

uit, & in hæresim aliquam, aut Arrij, aut Donati cæterorumue allectos Scythas, Gothos, Vvãdalos. Nec defuerunt etiã Athæi, Apostatæ, Iudæi, nostris etiam temporibus Vvaldenses, Husitæ, Vvichleffitæ, Taboritæ, Berengariani, Picardiani, Adamiani, Iudabesænij, cæteriq; huius generis; qui ventis diuersarum opinionum impulsi, hinc & inde nauem Ecclesiæ impeterent. Atq; vtinam, vt olim, Augustinus, Athanasius, Ambrosius, Gregorius Nazianzenus, Gregorius Nyssenus, Basilius, Arnobius, Fulgentius, Cyrillus Alexandrinus, Cyrillus Hierosolymitanus, Cyprianus, Hieronymus, Leo Magnus, Hilarius, cæteriq; patres in vigilarunt, sic & nostro tempore sint, qui verbo, & scripto, tot monstra impetant, sic enim Basil. Epistol. 61. ad Episcopos, & fratres, qui in Occidente erant scribẽs ea quę ab Arrianis patiebantur, adaptat hanc nauis historiam. Etenim, inquit, laborat hic fratres, & defatigata est, frequenti aduersariorum insultu Ecclesia, quemadmodum nauigium in medio mari, alijs post alios, vndarum fluctibus agitatur, nisi citò Domin⁹ pro sua bonitate nos respexerit. Et hortatur Episcopos hic magnus Basil. vt si quædam commotio spiritus, & viscerum miseratio in illis est, commoueantur ad auxilium. Arripite, inquit, pietatis zelũ. Hoc & in ipsa quarta noctis vigilia, in decrepita ætate, in maxima Ecclesiæ persequutione, contra Antichristi membra requiretur. Hæc enim (vt ex Dan.) Christus Matth. 24. docet, erit tempus, quale non fuit ex eo, ex quo gentes esse cœperunt. Tunc Satan seducturus est quatuor orbis partes, tunc diabolus venturus est habens iram magnam, videns quòd modicum tempus habeat. Cæterũ quod Christus à solitudine, & monte in quem secesserat oraturus, suis periclitantibus præsto est; Docet etiã eos qui solitariam vitam professi sunt, posse ex eremi penetralibus, in ciuitates se conferre, vbi fideles instruant, & confirment. Id Nicephorus hist. Eccles. lib. 11. cap. 15. duobus probat exẽplis Aphraatis, scilicet, & Iuliani, qui & si solitudine primum concluderentur, idem tamen fecerunt grassantibus Arrianis; quietem enim vitæ instituto, gregis Christi salutem vterq; prætulit. Aphraates enim Anthiochiæ docebat, Valente Ariano Imperatore hic etiam commorante. Et cùm relictam solitudinem Imperator illi exprobraret; Age, inquit, Imperator, si puella essem in

Basilius. *Dan. 9.* *Matth. 24.* *Niceph.*

conclaui abdita, fusos manibus tractans, & lanificium meum curans, atq; aliunde fortè conspicerem flāmam exortam, & omni ex parte paternę domui circumfusam, quid me tunc facere oporteret? Dic te per Deū oro. Nunquid ne me sic sedere, & penates paternos conflagrantes conspicere, ignemq; proserpentem expectare? An conclaui flamma relicto, sursum, & deorsum currere, aquam in manibus habere, & omnibus modis flāmam extinguere conari? Itidem cū tu in paternam domum Ecclesiam quasi fulmen quoddam incenderis, & interiorē pietatem omni igne vastes; vndiq; concursamus flāmam glisentem extinguere satagentes. Quibus vtiq; verbis prudentissimè docuit, monachos necessitate postulāte, solitudine relicta, ad populum ministrandi verbi gratia se conferre posse. Ibidem refert & Nicephorus ea tempestate ab Episcopis Catholicis, Iulianum ex eremo euocatum; sic populo concionatum fuisse, & concionando miracula edidisse, vt Antiochena ciuitas prius hæresi Arriana infecta, ad fidem Catholicam reduceretur. Ita omnibus in eandem nauis salutem contendentibus; domari, & superari contrarios fluctus contigit. Quam confidentiam nobis Dominus reliquit, cùm relicta solitudine, & oratione quarta vigilia noctis venit ad suos ambulās super mare. At verò illi, vt viderunt eum ambulantem super mare, existimauerunt phantasma esse, & exclamauerunt. Phantasma (inquit Suydas in historicis) spectrū est, aut figura, & species alicuius rei, cuiusmodi in somnis existit. Illusionem ergo esse existimāt qualis noctu, & ex maris exhalationibus nauigantibus solet obijci. Exclamant ergo præ terrore, quòd ea species Domini sui sit, quo maximè in tanto discrimine opus habebant. Mysticè verò hac visione turbari fideles, est, non omni Spiritui credere, non omni vento, aut fauori. *Et volebat eos præterire*, ait Marcus. Etiam si videamus, quòd Dominus nos præterire velit, & absq; auxilio suo relinquere, non despondeamus animum, sed tunc magis clamemus ad illum dicentes. *Domine*, Salua nos perimus. Mane nobiscum, &c. *Petrus venit ad Christum ambulans super mare. Sed videns ventum validum timuit. Et cum cœpisset mergi, clamauit dicens. Domine saluum me fac.* Vt fide superamus omnia discrimina, sic cum diffidimus, minimum periculum potest nos obruere, minima tentatio, & minima hæresis *Matth. 8.*

nobis præualere potest. Ardebat animi fides, sed humana fragilitas in profundum trahebat Paulum, ergo relinquitur tentatio ei, vt augeatur fides, & intelligat se non facilitate postulationis; sed potentia Domini conseruatum. *2. Cor. 12.* Hoc etiam significat, quòd à principio Ecclesia ambulabat super aquas fortitudine fidei, super omnes tribulationes, & persequutiones, quas tūc patiebatur ambulabat veluti Arca Noe, verè enim tūc dicere poterit, In fluctibus maris ambulaui. *Eccl. 24.* Verùm postquam progressu temporis fides infirmari cœpit, ac in minoribus tētationibus deficere, iam videbatur mergi Petrus quoniam videtur deficere fides eius, cùm à tot Regnis, prouincijs iā exhausta fuerit. Sed si clamemus ad cœlū, & dixerimus Domino fide plena, Salua nos: apprehēdet manū nostram, & ad portum salutis deducet. Quoniā ipse rogauit pro Petro, & successoribus eius, vt nunquam deficeret fides eius. *Luc. 22.* Et quemadmodum nauclerus, qui nauem ex maiori tempestate, saluam deducit, maiorē industriā in arte nauigādi habet: sic Christus in maioribus Ecclesiæ periculis, suam sapientiam in gubernanda hac Petri nauicula ostendit. *Simile.* Et sic ait Chrysost. in quodam dialogo. Præstans ille qui in maioribus Ecclesiæ tribulationibus fortius consistit; melior est reputandus. *Chrysost.* *Et ascendit ad illos in nauim, & cessauit ventus.* Vbi Christus, ibi securitas, vbi Satan ibi periculum, nauis ob Ionam turbatur, ob Achan totus Israël periclitatur. *Ionas. 1.* *Iosue. 7.* Et ob decē iustos, paratus erat Dominus parcere quinq; vrbibus. *Gen. 18.* *Et cùm transfretassent, venerunt in terram Genezareth, & cum cognouissent eum viri loci illius, miserunt in vniuersam regionem, & obtulerunt ei omnes male habentes, & rogabant eum, vt vel fimbriam vestimenti eius tangerent. Et quicumq; tetigerunt salui facti sunt.* Cognouerunt eū viri regionis illius, & ex fama, & quia aliqui interfuerant eius prædicationibus. *Vt vel saltem tangerent fimbriam vestimenti eius.* Non fimbriam illam legalem, quā Lex præcipiebat, vt ab alijs gentibus distinguerentur, ne videretur ex Lege conferre salutem (neq; enim Lex illa illam conferebat, sed significabat duntaxat) sed per fimbriam intelligo quamcumq; extremitatem vestis, quod ex modo ipso dicendi, videtur insinuare. Euangelista enim, ait quòd rogabant, vt vel fimbriam vestimenti eius tangerent, hoc est, vel minimā partem saltem. Genezar autē erat ex altera extremitate lacus Genezareth. *Marc. 6.*

vel

vel Tyberiadis quasi ex opposito Capharnaum, sed in eadem ripa, non in ulteriori. *Hieron.* Hoc autem secundùm Hieron. significat, quomodo Iesus per typum Apostolorum, & nauis, Ecclesiam de persequutione, & naufragio liberam traducat ad litus, & in tranquillissimo portu faciat requiescere. Et sicut ad ipsum portum, cùm deuenisset naui, Christus agnitus est, ità cùm Ecclesiā à tempestatibus ad asylum, & securitatem deuexerit, omni falsa doctrina sopita, agnoscetur rex Regū, & Dominus dominantium. Et tunc cùm ad portum Ecclesia Christi beneficio peruenerit, prostratis pseudoprophetis, tunc qui cōstantiores fuerint, regiones suas percurrēt, & eos qui ob simplicitatem ab impietatis magistris seducti fuerint, ad Christum per sanam doctrinam, & conuersationem deferēt, vbicunq; eum in fideli congregatione esse intellexerint, pro his frequentes orationes fundent, vt vt fimbriam vestimenti Christi tāgant, id est, misericordię illius guttulam assequatur. Nā q hic fimbria; mysticè à muliere Chananęa mica, & à diuite guttula dicitur. *Matth. 15. Luc. 16.* Certi quippe erant omnes, quod quæuis à Deo eis collata fuerit gratia, profutura sit ad salutem. *Et quicunq; tangebant eum, salui fiebant.* En quanta Christi virtus, vt quæ in corpus, imò & in veste redundaret: hinc probatio virtutis sanctissimarum reliquiarum. Ecce vt sanandis corporibus, virtutem vestibus suis communicabat, ità vim sanandi animas communicat sacramentis: adeò virtutem suam semper signis visibilibus exhibuit. Cæterum cùm prostratus fuerit Antichrist^o, eorum qui exciderunt, alij partim terrore signorum, partim vi pseudoprophetarum, partim consolatione bonorum conuertentur, & quasi tetigissent fimbriam Christi, extremam, scilicet militantis Ecclesiæ, salui fient. *Dan. 12.* Beatus enim erit (ait Dan. cap. 12.) qui expectat, & peruenit, vsq; ad dies mille trecentos triginta quinq;. Hoc etiam fusius explicat diues Hippolitus martyr sermone de *Hyppolit' Martyr.* Antichristo, & D. Ephrem sermone de eodem Chrysost. hom. 52. operis prioris in Matth. Tangamus ergo etiam nos fimbriam vestimenti eius. Imò verò totū Christum ipsum, si volumus. Non vestis solum, sed corpus ipsius nobis propositum est. non vt tangamus solùm modo, sed vt comedamus, & saturemur. Adeamus ergo Christum singuli [illegible] magna cum fide. Nam si qui fimbriā vestimenti eius tunc tetigerunt, rectè omnes [illegible] quantò magis [illegible] bimur si totum in nobis habeamus. Cùm fide autem accedere, non est, vt tantùmmodo corpus propositum accipias, verum etiam multò magis, vt mundo corde tangas, & sic ad illud, vt & ad Christum ipsum accedas.

Cap. XV.

T Tunc accesserunt ad eū ab Hierosolymis scribæ, & Pharisæi dicentes. Quare Discipuli tui, transgrediuntur traditiones seniorum? Non enim lauāt manus suas, cùm panem manducant. Tunc cùm viderent homines de illo maiorem indies opinionem concipere, & populi fauorem in illum magis ac magis inclinare, vt eorum denigrarent opinionem, si possent optimates Hierusalem, Doctores, & Pontifices Ordinum ad eum accedunt, vnam maximam inurentes notam, quòd discipuli sui non seruarent Patrum traditiones, quia non lauabāt manus, cùm ad mensam sedebant: nec, vt Marcus clarius explicat, loquebantur de illa manuum lotione, quæ apud homines in more est, vt ante comestionem lauent manus, sed de illis crebris lotionibus, quas Pharisæi nimis superstitiosè ab antiquis acceperant, vt inter comedendum pluries lauarent manus atq; vasa, ne ob hoc cibi, quos manducabant pollueretur. In quo apparet quanta horum cęcitas fuerit. Qui cùm ab Hierosolymis Galilæam vsq; perrexissent, ob hoc solū quòd Christi Domini circa populum opinionem denigrarent, rem tam minimam illi inurunt. *Marc. 7.* Nec enim trāsgressionem legis illi imponūt quandoquidem illa crebra lotio manuum neq; erat à lege pręcepta aut ordinata, sed quædam aliquantulum laudabilis, ne dicam superstitiosa (quod potius asseruerim) consuetudo, aliquorum nimis exteriora Legis cernentium, nihil de interioribus curantes. Quod Dominus Iesus non semel imposuit. Sed quid responderit Dominus Iesus, audiamus. *Quare & vos transgredimini mandata Dei, propter traditionē vestram? Nam Deus dixit. Honora patrem tuum & matrem. & qui maledixerit patri vel matri morte moriatur. Vos autem dicitis, quicunq; dixerit patri vel matri munus quodcunq; est, ex me tibi profuerit. Et non honorificabit patrē suū, aut matrem suam.* Clamant clamo pessi... Non enim Pharisæi volebant scire [illegible], quare id facerent Christi discipuli, sed potius criminari eos. Quare non respondet ad interrogationem, sed ad criminationem dicens, in hi etiã magis eos errare, qui traditiones suas; anteferre non verentur mandatis Dei, cùm Deus præceperit, vt filij parentes honorent, non detectione capitis, sed eorum necessitatibus occurrendo. Isti autem Pharisæi, qui vt plurimum sacerdotes etiam erant, sub obtentu religionis, impediebant filios à subuentione parentum; docentes eos, vt si quid haberent, quo parentum necessitatibus subuenirent, potius id templo conferrent, dicentes parentibus, quòd etiam pro illis conferebãt donum, vt & illis prodesset. Et hoc proueniebat ex auaritia Pharisæorum, quoniam ea quæ templo offerebantur, in suos vsus deueniebant. Hoc autem erat transgredi legem Dei. Nam etsi verum sit, quòd religio sit potior virtus, quàm pietas, comparando rē rei, sed in vsu aliquando melior est pietas. Si enim cùm pater meus indiget, id quod ille necessarium habet, offeram Deo, iam illud donum non placeret Deo, etiam si ex voto illud dedicassem templo. Quoniam iam quod erat materia religionis, fit materia debita pietati, & quasi rem alienam non sibi offerri vult Deus, cùm ipse dixerit, Misericordiam volo, & non sacrificium, vt nos iam supra explicuimus. Sic enim & Sapiens ait.

Osea.6. Eccl. 34. Qui offert sacrificium ex substãtia pauperis, quasi qui victimat filium in conspectu matris suę. Verbi gratia. Filius tenetur subuenire patri indigenti, ac per hoc bona filij cõstituuntur debita necessaria pietati. Quapropter si filius est impotens ad vtrumq; simul, nempe ad munus Deo offerendum, & ad subueniendum patri, omittenda est oblatio, & subueniẽdum est patri. Quia Deus nõ acceptat oblationem de debitis alijs, siue ex pietate siue ex iustitia. Et eadẽ ratio esset. Si vouisset illam rem templo. Quoniam res illa ex eo quod deuenit ad hoc, quòd est patri necessaria, iam desinit esse materia religionis, & efficitur materia debita pietati, quam sicut alienam non vult Deus sibi offerri. Quemadmodum panes Propositionis, quos non licebat laicis edere, tamen transierunt in vsus Dauid, & puerorum eius in quantum relati ad illam necessitatem famis, quam patiebatur Dauid, & sui, & effecti sunt habiles ad laicorum vsum. 1.Reg.21. Et in hac applicatione ad vsum errabant Pharisæi, propter auaritiam suam; existimantes, quòd quia religio esset potior virtus, quàm pietas; ideòquecumlibet actum religionis potiorem esse quàm pietatis. Quod tamen falsum esse, in applicatione ad vsum ostendimus. *Et non honorificabit patrem suum, aut matrem.* Vbi clarè apparet, in præcepto de parentum honore, non sola reuerentia, sed victicula ac subsidia præcipi. Quòd intellige quantũ ad subuentionem tempore indigentiæ, aliàs naturaliter pater filijs thesaurizat, & nõ è conuerso. 2.Cor.12. *Hypocritæ, benè prophetauit de vobis Esaias dicens. Populus hic labijs me honorat, cor autem eorum longè est à me. Sine causa autem colunt me, docentes doctrinas, & mandata hominum.* Esai.29. Hoc testimoniũ est apud Esai.c.29. sed tamen non secundũ Hebræos, sed secundũ Septuaginta ad literã citatur ab Euãgelista. Nã ex Hebræo Hierony. Sic vertit. Hieron. Eo quod appropinquat populus iste ore suo, & labijs suis glorificat me, cor autem eius longè est à me, & timuerunt me mandato hominum, & doctrinis. Et ad veritatem Hebraicã, alij sic transferunt. Eo quòd accessit populus hic ore suo, & labijs suis glorificat me, & cor suũ procul remouit à me, & fuit religio eorũ erga me mandatorum hominũ edoctum. Septuaginta verò sic. Appropinquat mihi populus iste ore suo, labijs honorant me, at cor eorũ lõge abest à me, frustrà autẽ colunt me, docentes præcepta hominũ, & doctrinã. Sed Septuaginta quasi paraphrasi quadã, vt aliquando solent, id quod in Hebræo erat trãstulerunt. Euangelistę autẽ translationẽ Septuaginta citant, potius tamẽ sensum quàm verba sequentes, quod authoritate Spiritus sancti faciebãt. Idẽ autẽ est sine causa, ac frustra. Sed quoniã ex hoc testimonio hæretici occasionẽ sumunt subuertendi omnia præcepta & obseruationes Ecclesiasticas, aduertendũ est. Quòd vt ipsi etiã hæretici fatentur, traditiones, vel præcepta hominũ dicũtur hic, quęcumq; in Scripturis à Deo nõ sunt apertè instituta, sed ab hominib⁹ sunt præcepta, & introducta. Nã quędã sunt humanæ sanctiones quę ad hominũ ciuilẽ cõuictũ pertinent, quales sunt leges Imperatorũ, ac Principũ, ac Pontificũ decreta, quæ ad religionis profectum ordinata sunt. Et hęc nõ tã humanæ ordinationes, quã diuinæ dicendæ sunt, vt potè dimanantes à lege Dei, & ab authoritate eis à Deo tradita. Vnde. 1.Pet.2. dicitur. Subiecti estote omni humanæ creaturæ, propter Deũ, siue Regi quasi præcellenti, siue Ducibus tanquàm à Deo missis. 1.Pet.2. Et Paulus suas leges statuit in Ecclesia. Nam. 1. Corinthior.11. præcipit, vt in Ecclesia mulieres orent velato capite, viri reuelato. 1.Cor.11. Vt ad Corinthios Chri-

sti

sti alius alium exponeret, quæ in communi ea peragatur. Et alia nõnulla, quæ nominatim in aliis Scripturis nõ leguntur diuinitus esse præcepta, quæ etsi ab hominib⁹ sint cõstituta, nõ tamẽ inter humana mãdata recẽseri debent: Quoniam ex Scriptura, & Dei mãdatis originem trahunt. Inter quæ hoc mãdatum habemus à Deo, vt subditi præpositis, salutis eorum curam gerentibus, per omnia obediant. Nam ea quæ ab Ecclesia sancita sunt de ieiuniis, de festiuitatibus obseruandis, de delectu ciborum, de sacramentis recipiendis; iam quilibet prius intelligere poterit quàm diuinis literis conuenientia sint, quomodo eis consonent, & ab eis originem ducant, & quomodò seruiant ad carnis castigationem, & temperantiam, aut ad fidelium vnionem, & ædificationem. Non ergò hæc præcepta hominum reprobantur, à Christo, sed alia quæ nihil diuinum præcipiunt, sed res merè humanas, quæ tamẽ duplicia sunt. Quædam etsi non omnino mala, tamen inutilia, & friuola, & in quorum obseruatione, nulla est vtilitas, quæ nihil ad pietatem conducunt, vel ad carnis macerationem, vel profectum spiritualem, aut ad proximorum ædificationem, qualia erant baptismata illa, & lotiones, de quibus
Marc. 7. Marcus meminit. Hæc erant purè humanæ adinuentiones nullam à Deo originem habentes. Alia sunt quæ aduersantur diuinis mandatis, qualia sunt multa de quibus Dominus Pharisæos notat, de quibus Paulus
Tit. 1. ad Tit. 1. loquitur cùm ait. Increpa eos durè vt sani sint in fide, non attendentes Iudaicis fabulis, & mandatis hominum auersantium se à veritate. Ecce quæ mãdata hominum reprobat Deus. Secundò dicitur id Dominum hic & per Prophetam voluisse docere, ne poneremus timorem Dei, & legem eius in humanorum præceptorum obseruatione, posthabitis mandatis Dei, vt isti Pharisæi faciebant; ita quòd vt mandata hominum faciamus, omnem substantiam legis Dei, & eius mandata postponamus,
Hieron. hominum placitis. Quod translatio Hieron. iuxta veritatem Hebraicã, hoc manifestat cũ dicit. Timuerunt me mandato hominum. Quo significatur, eos timorem Dei constituisse in huiusmodi præceptorum obseruatione. Non quòd præcepta Dei apertè contemnerent, sed quòd tanto studio occuparentur circa mãdata hominum, vt Dei mandata negligerent. Id etiam Septuaginta [illegible] dicit, & id Ecclesia docet, primo loco habenda esse Dei mandata: secundo loco Ecclesiæ, ac prælatorum præcepta, quæ ad Dei mandata obseruanda maximè adiuuant. Atq; vtinam hac tempestate hæc Pharisæorũ pestis non vigeat, quòd multi ex Christi cultoribus nimis creduli hominum compositis verbis vtentium adeò illis credant, vt nihil aliud curent obseruandum, quàm quòd illi præceperint, obseruantes regulas quasdam rectè viuendi, ab eis illis traditas, ac si in illis esset, tota Euangelica doctrina; posthabitis fortassis Dei optimis mandatis, quæ in charitate ac misericordia includuntur. Cùm tamen regula rectè viuendi charitas sola sit. *Et conuocatis ad se turbis dixit eis. Audite, & intelligite. Non quod intrat per os coinquinat hominem, sed quod procedit ex ore hoc coinquinat hominẽ. Tunc accedentes discipuli eius dixerunt ei. Scis quia Pharisæi audito verbo hoc scandalizati sunt?* Offenderunt enim in lapillum istum suppedaneum causantem casum in illis. *At ille respondens ait. Omnis plantatio, quam non plantauit Pater meus, eradicabitur.* Quia non solũ scandalizari, sed eradicari merentur, tanquam inutiles plantæ, nullum bonum fructum proferentes. *Sinite illos, cæci sunt, & duces cæcorum. Cæcus autem si cæco ducatum præstet, ambo in foueam cadunt.* Nam hoc scandalum acceptum erat ex malitia, non datum, & ideò relinquendi erant. *Respondens autem Petrus dixit. Edissere nobis parabolam istam. At ille dixit. Adhuc vos sine intellectu estis? Non intelligitis quia omne, quod in os intrat, in ventrem vadit, & in secessum emittitur? Quæ autem procedunt de ore, de corde exeunt, & ea coinquinant hominem. De corde enim exeunt cogitationes malæ, homicidia, adulteria, fornicationes, furta, falsa testimonia, blasphemiæ, & hæc coinquinãt hominem. Non lotis autem manibus manducare, non coinquinat hominem.* Quoniam multa circa hoc Euangelium ad docendum populum dicenda sunt, inter ea quæ ad mores hominum componendos, etiã quæ ad literalem intelligentiam attinent, inseremus.

Et primò in id quod dicitur. *Tunc accesserunt ad Iesum ab Hierosolymis Pharisæi, & Scribæ dicentes. Quare discipuli tui transgrediuntur traditionem Patrum? Non enim lauant manus suas, cum panem manducant.* &c. Accedũt ad Deum, & interrogant. Non benè faciũt isti. Nec enim bonus modus est negotiandi cum Deo, interrogando illum. Multo enim potius Deum nouit quid agat, quidq; sibi expediat. Moraliter seu simbo.

expediat, qualis tu ipse, nec ab eo, qui summa bonitatis est, quidpiam iniustum procedere potest. Non ergo oportet illum interrogare, nec ab eo rationem exigere, cur hoc, aut illud faciat, sed demissis auribus, incuruatisque humeris patienter ferre, quidquid ille fecerit. Cur huic diuitias, tibi paupertatem, illi salutem, tibi morbos permiserit. Cur huic omnia prospera, tibi omnia aduersa eueniant. Non opus est ab eo huiusmodi rerum rationem petere, sed tanquam eius factura, suae voluntati subdi. Satis tibi consulit Deus, in eo quod ab ipso, absque praeuijs meritis tuis, habes. Nunquid dicet figmentum ei, qui se fingit, Quare me fecisti sic?

Rom. 9. An non habet potestatem figulus luti, ex eadem massa facere aliud quidem vas in honorem, aliud vero in contumeliam? Nam sicut potest figulus ex eadem massa hoc vas fingere, ad hoc quod possit in mensa principis apparere, atque ut cum eo bibat rex: illud vero facere, ut inter titiones, & ignes, cinere, vel nigredine coopertum commoretur; Etiam poterit Deus hunc hominem condere, ut inter purpuram, & byssum, & huius mundi delitias viuat, alterum vero, ut inter titiones & flabella limo coopertus commoretur. Nam sicut lutum in manu figuli, ita

Hier. 18. & vos in manu Dei, ait Dominus per Hieremiam. Quid ergo ab eo rationem suorum

Gen. 3. operum quaeris? Serpens decepit mulierem, interrogando, cur praeceperit illis Deus, ne ex arbore illa comederent. Inuerecunda, & audax haec interrogatio fuit. Nam ea sola ratione, quod Deus aliquid vult, illud esse bonum necesse est. Et eo solum, quod Deus aliquid facit, iustum esse, necessarium est. Quoniam ex origine iustitiae ac bonitatis, nihil prodire potest, quod non aequum ac bonum sit. Humiliare ergo sub eius potentissima manu, & tace, & ne ad eum interrogando accedas, ne audias, quod isti Pharisaei audierunt. *Accesserunt ergo ad Iesum dicentes. Quare Discipuli tui transgrediuntur traditiones Patrum? Non enim lauant manus suas, cum panem manducant. Ipse autem respondit eis. Quare vos transgredimini manda-*

Exod. 20. *tum Dei, propter traditionem vestram? Nam Deus dixit; Honora patrem tuum, & matrem tuam, & qui male dixerit patri, vel matri, morte moriatur. Vos autem dicitis, Quicunque dixerit patri, vel matri: Munus quodcunque est ex me, tibi proderit: & non honorificabit patrem, & matrem suam: & irritum fecistis mandatum Dei propter traditionem vestram.* Duo nos in hoc Euangelio docet Christus. Primum quod si in fratre nostro, aliquem inuenerimus defectum, quem in nobis forte non videmus, non ideo illum despiciamus: quoniam plura alia grauiora peccata in nobis erunt, quae minimum illum fratris defectum longe superabunt. Alterum est docere nos, quanta cura ac sollicitudine debeamus seruare corda nostra: quoniam ex ipsis omnia bona, vel mala nostra procedunt. In hac autem responsione quam istis Pharisaeis reddit Dominus, primum nobis insinuat. Illi enim calumniari nitebantur discipulos Christi, quia non lauabant manus suas, cum sederent ad comedendum panem. Cum tamen ipsi interim in grauissimis rebus Legem Dei praetermitterent ac transgrederentur. Sic multi homines fratres suos in rebus minimis iudicant, cum tamen ipsi in grauissimis sceleribus sint. Quod si alius non lauat manus, ipse Legem Dei irritam facit. Hanc doctrinam docet D. Gregorius dicens. Non quili-

Greg. bet homo omnia peccata committit, sed si forte mulierosus est, non tamen latro, & si latro, ac fornicator, aut adulter, non tamen blasphemus, aut auarus. Et quia hic adulter aut stuprator videt latronem propter furtum suspendi, in illum grauibus verbis inuehitur, nec se considerat quanto peiora, & grauiora crimina commiserit. Quod si tu audias aliquem ita perditum blasphemantem, illum iam viuis flammis exustum velis; cum tamen ille, criminosior in aliis rebus sit. Videbis homines maximis sceleribus irretitos (hoc enim vitium in talibus frequentius est) & si viderint monachum, aut clericum, aliquid humanum committere, quod tamen vel paruum est, vel multo minus, quam quae illi perpetrant, per omnem statim monachi, aut clerici proclamare, in caelum vsque vehere; aures omnium de illo implere: Miser, miserrime, ac impie? Cur oculos tuos ad te non conuertis. Cur te totum non circumspicis? Videbis, quod multo maiora in te crimina sint, quae alius de te proclamare possit; quam ea quae tu de ipso detractas. Quod si dicit alter non bonus monachus, nec bonus clericus esse, nec boni coniugii vitam agis, nec fidem seruas, & peccatum quod alter commisit contra [illegible] [illegible], & multo grauiora contra tamen perpetras. Quid alium iudicas, cum alium [illegible] possis condemnare? Quod si alter non lauat manus: tu transgrederis legem Dei. Hoc [illegible] [illegible]

Luc. 18. illi contigit, cuius meminit Lucas. Quod quoniam ipse nec fur nec adulter, nec fœnerator erat, alios despiciebat, & iudicabat; cùm tamen ipse aliis maioribus scateret delictis. Erat enim superbus, auarus, cupidus non humanum, sed Luciferinum gerens animum, aduersus Deum, & proximum. Et quia hoc in se agnoscere non volebat, humilem publicanum, despicere ac iudicare contendebat. Aspiciebat vitia quæ non habebat, non tamen cognoscebat, quæ habebat. Ob oculos tuos pone vitia quibus scates, nec ea quibus cares aduertas, et sic intelliges quod etsi in te non sit vitium illud forte, quod in proximo tuo vides, alia maiora sunt quibus illum superes. Ille enim forsan non lauat manus, & tu transgrederis legē Num. 24. Dei. Sunt similes isti Balaam illi qui de se dicebat. Qui cadens apertos habet oculos. Sunt enim ipsi in vitiorum sentina iacētes, & apertos habent oculos ad videndum, & Simile. iudicandum alios. Ideò illi colubris comparantur. Coluber enim per terram repens, tortas vias facit, vestigiaq; deuia relinquit, & tamen id non videt, sed capite eleuato graditur, hac illacq; circūspiciens, ore aperto linguam voluens, vt in alios virus euomat. Sic illi qui vias suas non rectas faciūt, nec bonum de se exemplum præbent; tamen vias suas deuias nō vident, sed in aliorum oculos figunt, acuuntq; linguas suas, sic vt serpentes, & habent venenum aspidum sub labiis suis. Te ipsum circumspice, oculos ad te inclina, peiora etiam tibi insunt corrigenda, quàm quæ in aliis emendare contēdis, Scriptum quippe est apud Iob. Qui in-Iob. 22. clinauerit oculos suos, saluabitur. Hoc est, qui se ac vias suas consyderauerit, ad aliorū facta non eleuat oculos. Et hoc est argumētū totius Epistolæ ad Romanos. Erat enim contentio inter Gentiles, atq; Iudæos; Iudæis Gentibus Idolatriam, ac cætera deformia facinora obiicientibus, & ideò se ipsos super illos extollentibus; Gentes autem Iudæis incredulitatem obiiciebant, quòd noluissent suum verum Regem, ac Messiam recipere. Quod cernēs Apostolus, vtrorumq; malefacta ob oculos ponit; docens eos, vt aliorum crimina omittant, suaq; consyderent. Nam si Gentiles Idolatræ fuerunt, Iudæi increduli extiterunt. Et Gentiles solo lumine naturali præditi, quàm plurimi etiam illam legem naturalem seruauerunt; Iudæi verò fidei leges, ac Scripturas sibi perlustrari lumine, in legem præuaricati sunt, in ipsam lucem cæcutierunt. Gentes verò multa enormia facinora commisisse, gloriamq; Dei in ligna, lapides, serpentes, atq; quadrupedia commutasse, atq; ob hoc vtrosq; habere propria scelera. Quibus cognitis aliorum crimina non extollerent. Quare c. 2. sic ad vtrosq; Rom. 2. loquitur. Propter quod inexcusabilis es, ô homo omnis qui iudicas. In quo enim aliū iudicas, te ipsum condemnas, eadem enim agis quę iudicas. Quoniam si alium tāquam peccatorem iudicas, & tu ipse peccator es, ergò iudicando alium te ipsum condemnas, qui in eadem cum alio damnatione es. Ecce primū quod hic docemur à Christo. Quod etsi in alio aliqua peccata videamus, quibus nos caremus, non tamen illum despiciamus: quoniam alia peiora nobis insunt, vt illis cōtigit Pharisæis. Secundùm autem quod nos docet Christus, hoc est. Qua cura obseruare debeamus cor, ex quo, & bona, & mala nostra procedunt. Nam cùm vidisset Dominus Pharisæorum cæcitatem, qui discipulos suos infamabant, eo q̄ nō lauarent manus. Conuocatis turbis dixit eis. Audite, & intelligite. Non quod intrat per os coinquinat hominem, sed quod exit de ore. Quod cùm discipuli non intellexissent, Dominū interrogauerunt, quid parabola illa significaret. Quibus Dominus dixit. *Adhuc, & vos sine intellectu estis? Non intelligitis quia omne quod in os intrat, in ventrem vadit, & in secessum emittitur. Quæ autem procedunt de ore, de corde exeunt, & ea coinquinant hominem. De corde enim exeunt cogitationes malæ, furta, homicidia, falsa testimonia, & hæc coinquinant hominem.* Pro hac doctrina aduertenda sunt Simile. duo, alterum quòd cor in Scriptura pro voluntate sumitur. Sicut enim cor principiū est vitæ, à quo vita in alia membra deriuatur, quo viuente cætera membra viuunt, illoq; deficiente homo etiam deficit & moritur: Sic voluntas, præcipua animæ potentia est, à qua omnes animæ motus, ac hominis opera imperantur ac profluūt. Nihil enim humanum absq; imperio voluntatis fit. Qua bona existente, & opera omnia hominis bona sunt. Et illa peruersa, cętera etiam peruertuntur. Hoc est vnum. Secundò sciendum est, quod hoc discrimen versatur inter hominem, & alia animalia, quòd bruta, opera sua absq; vlla deliberatione, & libertate faciunt, sed quodam instinctu naturæ impulsa, itaq; non habent dominiū super suas actiones: nam non est in sua voluntate illa facere, vel non. Et ideò non sunt capacia medii.

merili, vel demeriti: nec enim merentur, aut demerentur in suis actionibus, nec laude aliqua digna sunt, nisi in ordine ad hominem. Cæterum in homine omnes actiones suæ, quæ humanæ dicuntur, hoc est, hominis in quantum homo, à voluntate, vel eliciuntur, vel imperantur, ita quòd ex libero arbitrio fiunt. Operatur enim tanquàm dominus suarum actionum, qui potest ea, vel facere, vel non facere: Quarè sibi, vel ad meritum, vel ad culpam imputantur. Et quatenus à voluntate procedunt laude, vel vituperio digna sunt: Quarè de illo dicitur. Qui potuit transgredi, & non est transgressus, facere mala, & non fecit. Quis est hic, & laudabimus eũ? Et hoc est, quod hic docet Domin⁹, quòd ea quę ex corde exeũt, coinquinãt hominẽ. Nã opera quæ ex libera voluntate procedũt, vel ad meritũ, vel ad demeritũ imputãtur homini; Quarè in id maximè incũbere debem⁹, quòd ad custodiã interioris voluntatis refert, non tantùm de exterioribus curantes. Oportet quippè scire, quòd hominis Christiani negotium in reb⁹ pretiosissimis situm est. Clauis autem tantarum mercium, voluntas est: quarè ea maximè seruanda est. Siquis enim in rebus vilissimis negotiaretur, vt puta in lateribus, aut costis, aut crudis, & luteis, nõ maximũ sibi nocumentum esset, si aliqui lateres frangerentur, aut perirent: est enim materia vilis, facileq; subinde reparari potest. Cæterũ qui in auro, argento, gemmis, & in aureis metallis. *En madejas de oro*, in pluuiarijs, & in alijs pretiosissimis reb⁹, quidlibet, vel minimum, quod ex eis periret, maximum illi detrimentum esset, nec ita facile reparabile damnum. Quarè opus illi erit summa cũ diligentia illud seruare, nec quidquam pati deperire ex illo, nulliq; hominum, clauem tanti thesauri credere. Audite me, ò veri Christi mei cultores. Merces, in quibus, suũ habet negotium homo Christianus, inæstimabilis pretij sunt. Nec enim in corruptibilibus, auro, & argento, aut lapidibus, pretiosis negotium nostrum est, sed in cœlis, quæ in immensum omnia hæc creata superant. Si enim ex vna parte omnes mundi thesauros, omne aurum Arabiæ, argentum omne, orientale aurum, orientales gemmas posueris, & ex alia, vel fragmentum quoddam cœli; maioris hoc erit valoris ac ponderis, quàm quidquid in alia posueris statera. Et tamen thesaurus noster, in manu voluntatis est. Illi enim omnia hæc credita sunt, illa clauis quæ vel custodire, vel amittere potest. Mira res! quòd cùm thesaurum illum in Deo, quasi in deposito habeamus, clauis tamen eius, volũtas nostra est. Omnia quippè opera meritoria quæ operamur, Deus in se ipso ea custodit, vt suo tempore premiet, & tamen clauis est voluntas nostra, in cuius manu ac arbitrio est, vel quòd seruentur, vel quòd effundantur, & pereant: nã (vt ex sententia Domini Ezechiel pronunciauit.) In quacunq; hora iustus se auerterit à iustitia sua, omnes iustitiæ eius obliuiscentur. Si voluntas se auertit à Deo, merces omnes eius effundũtur. Quarè maximè curandum est, ne voluntas nostra deprauetur. Nam quòd ad Deum attinet, fidelissimè conseruata tenet merita nostra, nec sine voluntate nostra perire permittit. Verum si nos clauem (quę est voluntas) inimico credimus, nostra erit culpa, si merces furetur. Ne dederis clauem, quæ in manu tua est, alteri, & non peribit thesaurus tuus. Nam Deus optima illum cura seruauit. Quorũ vtrunq; intelligẽs Paulus sic ad Tim. scribit: Scit enim nos nostrũ thesaurum, ac depositum fidelissimè habere in Deo custoditum ac obseruatum, ait, Scio quia potens est depositum meum seruare in illum diem. Cernens autem ex altera parte quòd clauis huius depositi, penes nos erat, addit. O Timothee, depositum custodi. Quid hoc misterij est? Depositum tuũ semel dixisti, O Paule, te habere apud Deum custoditum, & nũc Timotheum hortaris, vt depositum custodiat. Ità verum est. Nam etsi in Deo sit depositum meum, tamen clauis est mea voluntas, quam hortor omnes vos, vt omni diligẽtia custodiatis, nec eam hostibus vestris concredatis. Quod etiã intelligens Moyses, postquàm populum illũ admonuit, beneficiorum Dei, ac bonorum, quæ illi à Deo concredita erant, cùm ex alia parte videret, quòd in voluntatis confidentia omnia erant, subintulit dicens. Custodi igitur te, & animam tuam sollicitè. Ac si diceret. Omnem tuã sollicitudinem super te ipsum constitue: quoniam in manu tua, & anima tua, & omnia bona tua sunt. In cuius signum, vt D. Greg. 2. Reg. c. 4. adnotauit, cum Isboseth cognatus Saul in domo sua in meridie quiesceret, posuit ancillam quãdã hostiariam, quæ seruaret ianuam, & tamen illa mundans triticum obdormiuit: quarè inimici hominis illius ingredi potuerunt, (quoniam ancilla hostiaria dormiebat) & ingressi ipsum Isboseth gladio confodiere.

Eccles. 31. — Simile. — Ezech. 18. — 2. Tim. 1. — 1. Tim. 6. — Deut. 4. — Greg. 2. Reg. 4.

Quis

Quis est iste Isboseth, qui filius confusionis interpretatur, nisi homo ille, omni confusione dignus, qui non recte domum suam, hoc est, animam custodit? Ipse dormit, & mulierem pro custode relinquit, quae purgando triticum oppressa est somno. Haec est caro, quae rebus temporalibus ac corporalibus attenta, quasi somno oppressa non videt hostes introeuntes in animam, ad occidendum eam, & rapiendum merces ac thesauros eius. Nō caro fragilis ac imbecillis, quae mulieri cōparatur, debet custodire animā suā, sed vir. Vir debet esse custos, ratio ipsa euigilare debet, ipsa excubias agere, ipsa speculator existere, ne quid quod animae merces capere, aut perdere possit, ad eam ingrediatur. Vnde & Sapiens dicebat. Omni custodia, serua cor tuum: quoniam ex ipso vita procedit. *Prouer. 4.* Hoc est, vndiq; circunda cor, ne vel minima rimula in eo sit, per quā se intromittat diabolus. *Luc. 18.* Quemadmodū Pharisaeo illi cōtigit, qui cū ex omni parte videretur habere custoditū cor, quia nec per adulteriū, nec per furtū, nec per carnis delitias, ad illum intrare posset inimicus, vt ipse dicit, tamē rimulā, imò & foramē apertū reliquit, quod fuit superbia, cum dixit, Velut etiā hic publicanus. Et nō solū ob hoc tanta cura adhibenda est ad custodiendum nos, verùm etiam quia thesaurum illū (vt supra diximus) in corpore hoc fragili inclusum habemus, & ideò magna nobis seorsum lutea custodia est. *simile.* Sicut qui habet pretiosum liquorem in vase vitreo, ipsum maxima custodia obseruat ne confringatur, & effundatur balsamum. Et sicut qui vinū optimū, conseruare cupit, maxima cura inuigilat, vt vasa munda sint, nec aliqua corruptione infecta, ne vinum quod in eis est acescat; sic curare debemus, ne corrumpantur sensus nostri, qui vasa sunt, quibus pretiosissimus liquor iste seruatur. Vnde & Paul. dicebat. *2. Cor. 11.* 2. Cor. 11. Timeo ne sicut serpens seduxit Euā astutia sua, ita corrumpantur sensus vestri. Sciebat enim quod ex corruptione eorum inficiebatur liquor sanguinis Christi, ac virtutum infusarum, & omnia peribant. Et si vas confringeretur, effundebantur. Vndè alibi Paul. ait. *2. Cor. 4.* Habemus thesaurum istum in vasis fictilibus, vt sublimitas sit virtutis Dei, & nō ex nobis. Ideò id voluit Dominus, vt in tam fragili vasculo, tam pretiosae res custodirentur, vt eorum conseruatio, non nobis, sed Dei sublimitati tribueretur. Item debemus multa sollicitudine animas nostras ab omni macula seruare, quoniam templum Dei sunt, secundum illud Paul. *1. Cor. 3.* Nescitis quia templum Dei estis, & Spiritus sanctus habitat in vobis: tēplum autē Dei non debet prophanari, nec maculari, sed ab omni macula, omni cura custodiri. Nā in antiquo tēplo, & tabernaculo magna sollicitudine cauebatur, ne quid illud macularet. Quare in parte illa, quae dicebatur Sancta sanctorū, vbi semel in anno intrabat summus sacerdos ad offerendum sanguinem vituli, velū erat quo tegebatur, & in tabernaculo cortynae, & saga cilicina, pelles caprarū, ne aër, aut ventus, aut imber illud macularet. *Exod. 26.* Si ergo tēplū, vbi sanguis hircorū ac vitulorū fundebatur, tāta seruabatur cura: Animā tuā, quae sanguine filij Dei circūfusa est, quāta sollicitudine custoditā ab omni macula debes habere. Et si quis tēplū illud sacrilegè prophanaret, tāta seueritate plectebatur, quantò magis qui tēplum Dei viui contaminauerit, morte morietur. Sic enim Paul. ad Heb. argumētatur, dicens. Irritam quis faciens Legem Moysi absq; vlla cōmiseratione, duob⁹ aut tribus testibus, moritur: quāto magis putatis, deteriora mereri supplicia, qui filium Dei cōculcauerit, & sanguinem Testamenti pollutum duxerit, in quo sanctificatus est, & spiritui gratiae cōtumeliā fecerit? *Hebr. 10.* Hoc est, ille qui pretiosum sanguinem Christi conculcat, ac ab anima sua contēnendo expellit. Dic mihi frater, si haberes in domo tua vas quoddam plenum balsamo, vel alio pretiosissimo vnguēto, & seruus aliquis illum effunderet, & vas fœtida, & lutulenta aqua adimpleret, nō ne meritò succenseres illi, & domo pelleres? Iracundis verbis aduersùs eum ageres? *simile.* Anima tua plena est pretiosissimis vnguentis, sanguine Christi, gratia eius, donis eius. Cor ergò per peccatum, balsamum hoc effundit, animāq; tuā immunditijs replet. Meritò Deus irascitur tibi, à se propellet, verbis duris aduersùm te aget. O si oculis cernere posset peccator, quātū damnum animae suae paret peccando, quanta iracundia ac rabie aduersùs semetipsum insurgeret, qui tot ibi dōna fidei, & pro dens comparauerit. Et hoc erit quod damnatos maximè in die iudicij torquebit, videntes sua voluntate, tot bona amisisse, & in tantam calamitatē se iniecisse. Ecce quid in hoc Euangelio doceamur.

Iterū notē aduerte quod magnates illius populi hanc calūniā posuerunt discipulis Christi, & summa irreuerētia ad illū accesserūt, sicut propter peccata nostra nobis cōtigit, quòd primates Reip. tā ciuilis quā Ecclesiasticae, qui debebant caeteros virtutibus antecellere, & esse normam, & exēplum totius honestatis, *Alia moralitas sententia.*

Hi sunt qui peiora cõmittant, & mala nobis exẽpla præbeant, & potestatem suam licentiam sibi faciunt peccandi, nec est qui eis resistere possit, aut carpere. Quoniã putant legem illos non comprehendere. Nam vt Philosophus ille dicebat, Leges humanæ sunt velut telæ aranearũ, quæ animacula minima, vt muscas (verbi gratia) ligãt, maiora autem potius dirumpunt eas. Sic leges humanæ pauperes ac imbecilles ligant.

Simile.

Nam si contra eas faciũt, statim pœna legis plectũtur, diuites autẽ, & optimates, qui passim eas frangunt, impuniti gradiũtur.

Hiere.5.

Vnde Hier. c. 5. volẽs minores ob eorum ignorantiam, ac rusticitatem excusare, ait. Ibo ergò ad optimates, & loquar eis, ipsi enim cognouerunt viam Domini, & iudicium Dei sui. Eo quòd regulariter quos Deus populi sui gubernatores constituit, prudẽtiores, ac sapientiores cæteris facit. Ibo ergo ad illos, qui meritò tenẽtur, alios virtutib' antecellere. Sed subdit. Et ecce ipsi magis simul cõfregerũt iugũ, ruperũt vincula. Simul dicit, quoniã, quasi inter se cõspirassent maiores, ita omnes magis præuaricatores legis sũt. Et ità apparet certè quòd magnates, & proceres in populis, quasi legem statuerint, vt omnes peccatores, & trãsgressores legũ sint. Sic enim viuunt, & sic operantur, quasi legibus nõ tenerentur, quod maximè dolẽdũ est. Quia si lex est statuta cõtra aleatores, qui ditior est has leges transgreditur, & in vna nocte multa millia ducatorũ disperdit, & posteà nec seruis mercedẽ soluit, nec debita reddit, nec cũ opus est Reipub. aut Regi vtilis esse potest. Quinimò, & vassallis ac subditis iniustissima tributa imponit. Miserãda certè res est. Non videntur diuites ac magnates inter se cõuenire, nisi ad peccata quã plurima cõmittẽda garrire, turpiloquiis, aut alea, vel ad cõponẽdas ad perturbãdã pacem factiones. Qui enim alios corrigere deberẽt, ipsi magis indigẽt correctione.

Dan.13.

Vnde & Dan. 13. dicitur. Quia egressa est iniquitas de Babylone à iudicib' Israel, qui videbãtur regere populũ. Hi ergò primates accesserunt ad Iesum dicẽtes. Quarè discipuli tui nõ lauant manus suas, cùm panem manducant? Magna iniquitas certè, suspendã tur pro ea. Cæci isti Pharisæi exteriora tantum curabant, interiora verò contẽnebãt, manus ac vasa lauabant, animã autem, & cor infiebãt.

Matt. 23.

Vnde ad illos dicebat Dominus. Væ, vobis Scribæ, & Pharisæi hypocritæ, qui mũdatis, quod de foris est calicis, & paropsidis, intus autem pleni estis rapina, iniquitate, & omni dolo. Et eos etiam dicit similes sepulchris dealbatis, quæ tamen intus sunt plena ossibus mortuorũ. O rẽ miserandã, quot sunt inter Christianos modò, qui corporis munditiem duntaxat curant. Cùm tamen animã immunditijs infectam habeant, nec id aut attentant, aut curent. Quanta cura faciem, & manus lauas, & quam minima cor tamen mũdare procuras? Non est pedisequus, aut pedisequa, qui ante quam è domo egrediatur, vestes suas nõ excutiãt, faciẽ ac manus nõ lauet, & in nocte cum domum redeunt, eadem cura vestes mundent à luto, & puluere, quem ex vijs contraxerunt. Cur non eadem saltem cura animam tuam colis? O homo manè, antequã è domo egrediaris, mundans eam ab his maculis, quas in nocte contraxit fortè, cõponẽdo eam cum Deo tuo, obsecrãs, vt dirigat vias tuas in illa die? Sic enim & Dauid faciebat cum dixit. In matutinis, Domine, meditabar inte. Et trãsacto die similiter in nocte facta illius diei ad memoriam reuocare, & lacrymis ac dolore abluere, vt idẽ Rex ac Propheta faciebat per singulas noctes lacrymis suis stratum suum rigans, vt ipse dicebat.

Psal.62.

Psal.6.

Sed vnde hoc malum? Et quã origine stultitia prodijt tanta, vt corpus cum diligentia homines curent, animarum autem cultum contemnãt? Quoniam non intellexerunt honorem, animarum sanctarum.

Sap.2.

Si enim intelligeres quã pretiosa res est anima tua, & quanta diligentia curanda sit, nec diebus aut noctibus aliud cogitares. Non ne inconsultum esset domina illa, quæ ancillam nimio studio coleret, ac mundaret, & ipsa absq; vllo cultu immunda ac dissuta esset? Anima domina est, caro serua, illam cole, ac mũda, ne præpostero ordine vitam agas, & ne sis his Pharisæis consimilis, qui tantùm exteriora curabant, & tamen valdè decipiebantur certè. Nec enim Deus exteriores lotiones mandabat, nisi in quantum significabant interiores, sic enim & apud Esaiã, alloquitur dicens. Lauamini, mundi estote.

Esai.1.

Et ne intelligerent, quòd de munditia carnis loqueretur, subiungit. Auferte malum cogitationum vestrarum ab oculis meis. Hoc est, totam animam mundare, intellectum atq; voluntatem purificate, hæc enim munditia est quæ placet oculis meis. Accusabãt ergo discipulos Christi, quia non lauabant manus suas. Beata gens, cuius vitã, dum malitiosè inuestigare hostes sui contendunt, nullum aliud crimen in eis inueniunt nisi quòd non lauant manus suas. Quæ tempori illo morum! Quæ honestas! quanta animi, corporisq; sinceritas eis inerat! Certè si vita

nostra

nostra ratio haberetur modò, plura in nobis inuenirent crimina, quā non lauare manus. Non solùm ceremoniarum neglectum in nobis cernerent hostes, sed & legis Dei in magnis rebus præuaricationem, quod maxima confessio nostra est. Nam illi pauco tempore cum Christo conuersati fuerunt, nec plurima ad huc eius miracula viderant. Nos tamen qui in gremio Ecclesiæ Christi, & nati & nutriti sumus, atq; tam mirabilia perspeximus, doctrinamq; eius quotidie in auribus nostris intonantem audimus, multo maiorem damnationem meremur, cùm inertes, ignaui, & infructuosi simus. Nec hoc solùm, sed & maximi peccatores, ita vt plures in nobis immunditiæ reperirentur quā olim post parietē templi Ezech. inuenit. Et super illud. *Sinite illos, cæci sunt, & duces cæcorum. Si cæcus cæco ducatum præstet, ambo in foueam cadunt.* Dic peccator cæce, cur confessōrem cæcum, quare ignorantem quæris qui simul tecum in Barathrum cadat? Quære doctum, quære recte intelligentem, vt te illustrare in via Dei agnoscat, & valeat. Subdite cæce, cur Prælatum cæcum eligis? Elige videntem, elige sapientem, qui te velut alter Iosue in terram promissionis inducat. Sinite illos: timenda atq; tremenda sententia. Quò ibit ille, quem Deus manu sua repulit, nisi in miserias ac tenebras? Et erant sicut vulnerati dormientes in sepulchris (ait Dauid) quorum nō es memor amplius, & ipsi de manu tua repulsi sunt. Quoniam omne bonum creaturæ Deus est. Illam à quo se Deus auertit, in vltimis miserijs relinquit. Sic enim omnia à Dei præsentia dependent, quemadmodum lux ista visibilis, à præsentia Solis. Si enim adest Sol, lux est, eo absente tenebræ omnia, & obscuritas. Si Deus animę tuæ adest, dies est: si abest tenebræ, & obscura nox. Auferes spiritum eorum, & deficient, & in puluerem suum reuertentur. Sinite illos, cæci sunt. Eo momento quo illos dimittit Deus, cæci sunt, & luce carent, hos autem Deus dimittit qui cęci volunt esse, & oculos suos claudunt, ne videant lucem. *Omnis plantatio quam nō plantauit Pater meus cœlestis, eradicabitur.* Habet quidem Deus suas plantas, habet & diabolus suas. A principio enim cùm Deus condidit mundum, plantauit paradisum voluptatis in quo hominem collocauit, vt ex illo integrum ad cœlestem paradisum transferret. Paradisus hic atq; hortus Dei est præsens Ecclesia Catholica, in qua ipse cum suis fidelibus residet, quæ est domus deliciarū Dei, quā & Paul. domum eius vocat. Plantæ autē sumus omnes fideles, qui ex hoc terrestri, in illum cœlestem paradisum transplātandi sumus. Ideò quippè præsens Ecclesia Regnum cœlorum dicitur; quoniā in ea incipit illud Regnū, & solū illi qui in hac Ecclesia fuerunt plantæ, & plantæ viuę ac fructiferæ, isti, inquam, soli illuc trāsferendi sunt. Igitur quia præsēs Ecclesia est plātatio Dei, non poterit eradicari. Poterunt quidem plātam istam ramis aliquibus spoliare, radicitus autem eam diuellere, impossibile est, nā plantatio Dei est. Id est quod Gamaliel dixit Iudæis cum Apostolos prohiberent, ne prædicarent Dominum Iesum. Fuit enim consilium eius, quòd dimitterent pro tunc eos, & redderent rationē ait. Quoniā si ex hominibus cōsiliū eorū est, dissoluetur. Si autē ex Deo, nō poteritis dissoluere, ne fortè & Deo repugnare videamini. Vidit Nabuchodonosor somniū, vt Daniel narrat, Arborē quādā tātę altitudinis, atq; proceritatis, vt cacumē eius pertingeret cœlū, in ramis eius aues ædificabāt, sub vmbra illius animalia terræ requiescebant: venit tamen sententia de cœlo, quæ præcipiebat arborem illam præscindi, truncū, ramorum atq; folia, ita quòd aues cœli iam in ea non ædificarent, nec animalia terræ sub vmbra eius requiescerent. Cæterum radices eius cathenis alligari, vt starent in terra, & rore cœli perfunderentur. Hæc arbor est præsēs Ecclesia, quæ est plantatio Dei, cuius cacumē cœlum pertingit propter fidem, quę altissimarū, & abditarum rerum ac cœlestium notitiā parat, & propter spem Christianā, quæ nos ad cœlestia speranda euehit. Aues cœli Angeli sunt, qui in ramis Ecclesiæ quasi custodes huius plantæ resident, speculantes indè damna quæ illi imminent, vt ea vel præueniant, vel auerteant. Vel si vis, sint isti homines, contēplationi dediti, qui in ramis Ecclesiæ, hoc est, in doctrina eius subleuati, ad diuina contemplanda euehuntur. Animalia terræ sunt cæteri homines qui sub obedientia, ac doctrina Ecclesiæ requiescunt, & viuunt. Hæc arbor ex sententia Dei, per Angelos promulgata præscindi iubetur? Quoniam multoties ob peccata nostra, vel ob Dei secreta iudicia, permittit Deus, vt hæretici in fideles insurgant, qui Ecclesiam persequantur, ramos præscindant, hoc est, qui hanc ciuitatem, aut prouinciam ab obedientia Ecclesię, & à veritate Euangelij separent, & aliam similiter. Cæterum radices fixæ, & alligatæ cathenis, quæ sūt promissiones Dei, immobiles perseuerāt. Quoniam impossibile est plantam hanc eradicari,

Ezech. 8.

Psal. 87.

Psal. 103.

Gen. 2.

1. Tim. 3.

Act. 5.

Dan. 4.

eradicari, sed rore cœli perfunditur, quoniam semper fides, charitas Dei, ac gratia in ea erunt, nec fides, nec charitas ab Ecclesia Dei deficiet, iuxta promissum illud Domini ad Petrum & successores eius. Ego rogaui pro te, Petre, vt
Lucæ. 22. non deficiat fides tua. Quoniam nec tempore passionis Christi, cum omnes Discipuli fugerunt, fides hæc integra ab Ecclesia Dei defecit. Firma ergo veritas semper stat. *Omnis plantatio quam non plantauit Pater meus, eradicabitur.* Sic enim factum est, & fiet, vt omnes hæreses quæ ab hominibus aduersus Dei veritatem adinuentæ sunt, non stabiliantur, nec durent, sed tandem pereant, et consumantur, vt in Arrio, Manichæo, Nestorio, & alijs quam plurimis hæreticis hac vsq; visum est. Idem enim absq; dubio, de Mahumeto, Luthero, Caluino, & alijs nostræ tempestatis sectarijs, sperandum est. Romana autem Ecclesia, quæ à Deo plantata est in æternum stabit. Aduertendum tamen, quod etsi in Ecclesia quæ est hortus Dei, sunt optimæ, & fructiferæ plantæ, sunt etiam syluestres, & absq; fructu quam plurimæ, quæ dicuntur plantæ diaboli. Nam non solum iustos capit Ecclesia, verumetiam peccatores, qui de plantis Dei, in diaboli plantas degenerant. Experientia enim testatur, & Philosophi docent, quod si arbor quæ alias fructifera est, non colatur, irrigetur, fodiatur, fit arbor infrugifera, syluestris, & amara. E contra verò infrugiferæ ac syluestres arbores, si cum diligentia colantur, in frugiferas, & dulces conuertuntur. Omnes Christi fideles, eo die quo per Baptismi ianuam Ecclesiam ingrediuntur, plantæ sunt huius horti ac paradisi, quæ in eo coli, ac fructificare debent.
1. Cor. 3. Ideò quippe Paul. nos Dei agriculturam vocat,
Marc. 8. & cæcus ille, quem illuminauit Dominus Iesus, dixit se videre homines velut arbores, quoniam arbores, & plantæ huius viridarij sumus. Igitur quicumq; Christi fidelis, cui curæ non est, secundum Legem Dei, se colere, ad instar plantæ irrigando animam fletibus ac gratia Dei, quæ in sacramentis confertur, sed oscitanter, ac ignauiter circa hæc se gerit, iam non Dei planta est, sed in diaboli agriculturam degenerat, quoniam amaros fructus absq; charitate producit. Quare omnes peccatores communiter omnibus insipidi, ac inutiles sunt. Et ideò tanquam inutiles tandem excidendi sunt, & ad ignem æternum applicandi. Sic enim
Sapien. 4 de eis dicitur Sap. 4. Confringentur rami inconsummati, & fructus illorum inutiles, & acerbi ad manducandum, & ad nihilum apti. Sunt enim infrugiferæ plantæ, nec aliud quam folia, & ea quæ appa-
Matth. 21. rent habentes, cum tamen Dominus fructum ex ficulnea requirat, & quia in ea non inuenit, maledixit illi, & aruit. Iusti verò qui charitatis fructus ferunt Dei plantæ sunt. Quare impiorum Regnum non stabit, iustorum tamen imperium in æternum permanebit. Quinimo etsi cum videtur per mortem deficere, tum nouo incipit, quoniam etsi finit tempus, incipit tamen æternitas; impiorum autem Regnum, morte finitur, & perit. Vndè Ps. 1. de iu- Psal. 1.
sto dicitur. Erit tanquam lignum, quod plantatur secus decursus aquarum, quod fructum suum dabit in tempore suo, & folium eius non defluet. E contra verò de malis dicitur. Non sic impij, non sic, sed tanquam puluis quem proijcit ventus. Nam non habent radices altas in cœlo, ac in Deo fixas, sed in puluere terræ ac vanitate collocatas. Ideò de eis Sa- Sapien. 4.
pie. 4. dicitur. Adulterinæ plantationes, non dabunt radices altas, nec stabiles fundamentum collocabunt. Et Hier. 17. de iustis dicitur. Benedi- Hiere. 17.
ctus vir, qui confidit in Domino, & erit Dominus fiducia eius. Et erit tanquam lignum quod transplantatur super aquas, quod ad humorem mittit radices suas, & erit folium eius viride. E regione autem de malis sic dicit. Maledictus homo, qui confidit in homine, & ponit carnem brachium suum, & à Domino recedit cor eius. Erit enim tanquam myricæ in deserto, & non videbit cum venerit bonum. Sed habitabit in siccitate in deserto, in terra salsuginis & inhabitabili. Miricæ etiam non eleuatur multum super terram, quoniam in superficie tantum habet radices suas. In terra salsuginis, & inhabitabili, quoniam sunt arbores infructuosæ, atq; syluestres, quæ non hominibus sed feris fructus ferunt. Nec enim bonis se vtiles præbent mali, sed alijs sibi similibus improbis. Vndè nec bonis fructum conferunt, sed malis. Hinc apud Iob dici- Iob. 5.
tur. Vidi impium firma radice, & maledixi pulchritudini eius statim. Asserit se vidisse iniustum firma radice: quoniam in oculis hominum sic apparet. Hi enim eos qui huius mundi bona ac fauorem arripiunt, homines felices vocant, & eos dicunt multas habere radices. Cum enim impiorum splendorem videant, imperia, diuitias, gloriam, inuident illis, & eos beatos æstimant, & vsq; ad mortem mirantur eos. Tunc autem miserum exitum eorum cernentes, relictasq; diuitias ac diffusas inutiliter, & stolidè, tunc illis maledicunt dicentes. Infelix, cui tantas congregauit diuitias? At verò iusti sapientes, & intelligentes, statim maledicunt pulchritudini eius. Cum alij illos mirantur, & venerantur, & felices dicunt, tunc isti tanquam miseros maledicunt. Cum alij illis inuident, isti miserentur. Vident enim eorum inanem gloriam, & absq; fundamento vllo, in puluere ac in superficie terræ posita. Quomodò poterit durare, aut crescere? Maledixi pulchritudini eius statim.
Vndè & alibi dicit. [illegible] videtur scire Iob. [illegible]
pus,

ptu, anteq̃ venīat Sol. Sicut enim scirpus
Simile. anteq̃ radijs Solis perfundatur, videtur
viridis, & humiditate plen⁹: exorto autẽ So
le statim arescit. Sic mali ad tẽpus honorẽ
ac gloriã habere videntur. Sed orto Sole, cũ
Deus hominũ illuminat oculos, vt eorũ ma
le facta cõsyderent, aut cũ occasio se se offert, quę illos ostẽdit, statim exsiccãtur, &
pereũt: quoniã nõ habẽt radices altas. *Omnis plãtatio quã nõ plãtauit Pater meus, eradica
bitur.* Vnde suo tẽpore eradicabũtur. Nõ de
relinquet eis radicẽ, nec germẽ ait Prophe
Malac. 4. ta. Omnia bona sua simul cũ illo interibũt,
memoria enim eorũ cõparabitur cineri. Iustus vero tũc fulgebit, quãdo huius seculi
Iob. 11. lux in eo extingui videtur. Sic enim, & de
eo dicitur. Et tãquã meridianus fulgor, cõ-
surget tibi ad vesperũ. Hoc est, in hora mor
tis. Et cũ te cõsumptũ putaueris, orieris, vt
Lucifer. Quia oritur quãdo lux diei deficit.
Quoniã sunt in Deo radicati, & fundati. In
Psal. 111. memoria quippe æterna erũt iusti. Christ⁹
infructuosis statim maledicit, vt in ficulnea
Matt. 21. visũ est; Cũ tamẽ nõ esset tẽpus ficorũ. Fuit
enim factũ illud parabolicũ, in quo nos intelligere voluit Dñs, q̃ nullo tẽpore debemus à bonis operibus vacare. Sed quacũq;
hora Dñs ad nos venerit, nõ vacuos sed ple
nos bonis operibus nos inueniat: Ne si vene
rit, & absq; illis nos repererit, maledicat nobis, & exsiccemur. Ideò quippe de Iusto
Hier. 17. Hier. 17. dicitur. Et in tẽpore siccitatis, non
erit sollicitus, nec aliquãdo desinet facere
fructũ, & nõ timebit cũ venerit æstus. Hoc
est, dicere. Iustus, etiã inter improbos, vbi
est siccitas bonorũ operũ, facit ipse tamẽ fru
ctũ. Et nõ timebit cũ venerit æstus. Etiã in
persequutionib⁹, & tribulationib⁹, in bono
Mat. 3. & perstabit. Alias arescet etiã fides in te. Vi-
Luc. 3. deò enim securim ad radicẽ arboris positã,
cũ tot mala inter Christianos cõsydero, nec
fit correctio illorũ. Nec enim in plãtis nouis
fructũ videò bonũ: quoniã malè colũtur. Nã
in peccatis videò vos, ô Christi fideles, edu-
care filios vestros: necdũ puella rationis
vsum attingit, & iã leuitatibus, ac vanitatib⁹
indulget: & puellus balbutiẽte lingua in ipsis exordijs loquelę, iã iurare ac mẽtiri incipit. Si aliquod bonũ videò, q̃ ex plãtis
antiquis reseruatũ est, erit. Nã in nouis quia
male colũtur, amarissimos fructus inuenio.
Alia mo- Itẽ tertio sic incipe. In hoc Euãgelio Chri
ralitas seu stus Dñs cõcedit homines aliquos seductos
concio. ad veritatẽ reducere, dolosq; eorũ detegere
Putabãt quippe Pharisæi omnẽ legis iustitiã in sola exteriori obseruantia cõsistere.
Bosq; solos sanctos, ac iustos reputabãt, qui
id faciebãt, nihil de interioribus curantes.
Quos tamẽ Dñs ab hoc dolo educere cupit,
ostẽdẽs nõ in exteriori obseruãtia, sed in in
teriori charitate Dei iustitiã cõsistere. Sed
aduertite, dñi mei. Pretiosę res, quoniã ra-
rę ac magnę æstimationis sunt, nituntur homines arte illas imitari, si possent eas, & ip-
Simile. sas facere, ac fingere. Ferrũ falsum, aut cupreũ
falsum, & sophisticè factũ, minimè reperi-
tur: quoniã horũ abũdãtia est, nec tãti æsti-
mãtur apud homines. Cæterũ aurũ falsum,
& lapides pretiosi falsi passim reperiũtur:
quoniã horũ raritas est, & in magno pretio
habẽtur, & ideò nitũtur homines, si possent
per artẽ has res pretiosas cõdere, vt abũdã-
ter habeãt, q̃ pretiosum, & rarũ est. Quarẽ
vellẽt ex cupro aurũ, & ex vitro pretiosos
lapides fingere, ac gẽmas imitari. Hinc ars
alchimica adinuẽta est. Cupiditas quippè
hominũ eos persuasit q̃ ex cupro posset au
rũ verũ cõflari, q̃ tamẽ falsum est, quia hucusq; nõ est visum verũ aurũ, ex cupro factũ esse, sed sophisticũ ac falsum duntaxat.
Sed multi in amẽtiã versi sunt, hãc quintã
essentiã quęrẽtes, vt aurũ verũ ex cupro cõ
flarẽt, quod tamẽ vsq; ad præsens, vt dico,
factũ nõ est. Virtus quidẽ, fratres mei, pre-
ciosissima res est, ac rara. Nec enim multæ
venæ, aut cuniculi huius pretiosissimi auri
reperiũtur. Vnus enim est fons, à quo oritur, & hic in cœlis est, nẽpe Christus Dñs
noster, qui fons & origo totius nostrę iustitiæ est, atq; vera iustitia ab eo tãquã à fonte
emanat. Cũ ergò vena hæc tã alta sit, & tã
ta intercapedine ab hominibus carnalibus
distãs; adinuenerũt aliqui alchimicã artẽ, ad
fingẽdã virtutis speciẽ, & similitudinẽ, &
suaserũt sibi metipsis, q̃ possent eis verã vir
tutẽ cõdere, & ideò statuerũt illã in istis ex
terioribus rebus, quas homines sua industria
facere possunt ac operari. Hoc autẽ tali arte
finxerũt, tãtaq; similitudine virtutis effi-
giẽ reddiderũt, vt nisi homines in hoc exer
citio periti ac sapiẽtes, qui cotem, & lapidẽ,
in quo tactũ aurũ manifestatur, verũ ne an
falsum sit, habẽt, nullus alius id agnoscere
posit. Primi autẽ huius artis Alchimicę in-
uẽtores Pharisæi fuerũt. Quos tamẽ Christ⁹
intellexit, & q̃ nõ erãt fideles, ac vera mer
ces eorũ, sed sophistica, ars eorũ quædã cõficta,
atq; cõposita, nequid solidũ, & verum, sed
vitreũ, atq; apparens, adducerent ad deci-
piẽdos homines, manifestauit. Vnde Paul.

1.Tim.6. 1.Tim.vlt.ait. Prophanas vocum nouitates deuita, & oppositiones falsi nominis scientię. Imponunt enim falsum nomẽ scientiæ, ac virtutis, ei quæ vera nõ est, sed ab arte illa alchimiæ cõficta. Habẽt quidẽ auri, & gẽmarum splẽdorẽ, & odorẽ, sed nihil amplius.
Esai.29. Vnde hic ei dicit Domin⁹, & olim per Esa. prædixerat: Populus hic labijs me honorat, cor autẽ eorũ longe est à me. Solũ ꝙ apparet habẽt. Substãtiã verò virtutis minimè: quia sophisticè hæc omnia conficta sunt ab eis. Sic & nũc tẽporis multi sunt in Christiana Republica, qui nihil aliud habẽt virtutis, quã similitudinẽ eius: cæterũ sic industrij sunt virtutis imitatores, sic histriones ei⁹ facti ac simiæ, vt omnino omnibus tales appareãt, & nisi his qui veritatẽ eius norũt, omnibus alijs iusti sint. Quoniã si in vera virtute examinarẽtur, atq; in charitate probẽtur, iã nõ aurũ sed cuprũ, non argẽtũ sed scoria
Esai.1. apparebũt. De quib⁹ Esai. dicit, Argẽtũ tuũ versũ est in scoriã, vinũ tuũ mixtũ est aqua. Caminus enim ac cõflatoriũ in quo verũ aurum virtutis examinatur, charitas est. Si videris homines ad se & ad suũ cõmodũ omnia dirigentes, illorũ dic non aurum verum, sed alchimicũ, & sophisticũ esse. Sic illis contigit Pharisæis, hypocritis, actoribus ac histrionibus virtutis, qui in camino charitatis examinati ostẽdebant scoriã, & fallaciã. Mandauerat enim Deus in quarto Decalogi præcepto, vt parentes honoremus, eis vicem rependendo, quemadmodũ, & Ciconiæ dicuntur facere cũ parentes præ senectute sibi cibũ acquirere nõ valẽt, ipsi illis administrãt, idẽ officiũ eis in senectute præstãtes, quod illis cũ in nido pulli essent, præstiterũt. Sic & filij parentibus indigentibus victũ quærere, ac administrare tenentur. Et hæc est lex pietatis ac charitatis. Isti autẽ hãc Legẽ trãsgredientes docebãt filios, vt id ꝙ parentibus dare decreuerãt ad eorum [illegible] offerrẽt in eleemosinam tẽplo [illegible], & patrib⁹ dicerẽt, se etiã id pro eis offerre, vt hæc sibi prouenirẽt bona illa, ad quos ea quæ in tẽplo offerebãtur, pertinebãt. Quo nequi⁹ excogitari nõ potuit. Nec tamẽ meliori fuco ac colore celari. Celabãt enim rapinã illã aliosq; religionis virtute, ac similitudine. Religio quippe cultũ offert Deo, in sacrificijs, orationibus, ac oblationibus, quæ via magnũ opus apparebat ꝙ hortabãtur. Ecce argumentũ fallax ꝙ faciebãt. Nõ ne melius est Deo quã hominibus obsequiũ præstare? Melius certe. Nõ abnuo. Igitur melius erit, tẽ tuã Deo quã hominibus offerre. Distinguo, Hypocrita mẽdax: distinguo, nã Dialecticã scio. Quãdo id ꝙ volo Deo offerre, nulli est debitũ, vllo modo cõcedo. Quãdo verò illud alteri est debitũ, vel ex iustitia, vel ex pietate, aut quacũq; alia valida ratione, tũc nego. Nec enim Deus ex alienis oblationes vult, nec qui tibi mãdauit honorare parẽtes, subuenire miseris, debita persoluere; mãdasset tibi, vt id nõ faceres, sed tẽplo suo offerres, alias sibi ipsi cõtrarius esset, cõtra id ꝙ dicit Paul. Fidelis est Deus, se 2.Tim.2.
ipsum negare nõ potest. Nõ enim vult vt parẽtes, aut cõsanguineos in graui, aut extrema, aut misera sorte relinquas, vt sibi offeras: quoniã charitas, quæ nostrarũ actionũ regula est, id tũc exigit, & postulat. Quarè diuus Aug. Cũm Episcopus esset, calices & August.
vasa argẽtea, quæ cultui Dei dedicata erãt, præcipiebat cõflari, & distribui pauperib⁹, & Ambrosius suę Ecclesiæ argẽtũ in redẽp Ambros.
tionẽ captiuorũ dabat. Et quãuis aliqui ob id murmurabãt, nihil ille faciebat, intelligẽs hoc poscere charitatẽ, quæ domina cæterarũ virtutũ est. Et ꝙ plus admiratione dignũ est, id est, ꝙ supra c.6. retulimus ex Hiero- Hieron.
nymo, qui in Epistola quadã Exuperiũ Episcopũ recommẽdat, ꝙ sacrã Eucharistiã in cistella scirpea habebat, & sanguinẽ Christi in fictilibus vasis cõsecrabat. Quoniã argentũ cõflauerat, vt in vsus pauperũ distribueret; talis enim tũc vrgebat necessitas. Quod si talis nũc instaret, distribuere in pauperes Ecclesię ditiora ornamẽta oporteret, etiã si cultus diuinus minus splẽdidè ageretur. Ecce cõflatoriũ virtutũ quid sit. Nẽpe charitas, in qua examinata virt⁹ probatur. Quod isti nõ faciebãt Pharisæi, sed potius hominibus alimẽtũ auferebãt, vt ipsi abũdarẽt. Et tamẽ Deus quod alteri debetur, sibi nõ vult. Maritũ habes, ô mulier, cui necessaria obsequia promisisti, cũ ille tuo obsequio, aut adiumẽto indiget, nõ vult Deus, vt sibi præstes. Exi ab Ecclesia, & concione, cũ viri necessitas aut familię exigit, & occurre illi. Hæc enim tũc est volũtas Dei, qui id dixit. Quos Deus Matth.19
cõiũxit, homo nõ separet. Et tu alio tẽpore cũ ab his domesticis necessitatibus vacaueris, incũbes orationi, & lectioni, aut cõcionibus, prout Deus dederit. Omnia enim tem- Eccle.3.
pus habẽt, & omni rei suũ tẽpus est, & opportunitas. & Deus est, qui ad diuersa negotia diuisit tẽpora, quoniam ordinatione sua perseuerant dies. Et nũc quãdo necessaria es Psal.118.
viro tuo, meritũ ꝙ tibi ex oratione proueni

ere debebant, prouenit ex obsequio, quod maritis suis prebent. Et haec doctrina Euangelica, & verissima est, cui nullus potest absque piaculo insiciari. ¶ Scandalizati Iudaei ex hac Saluatoris doctrina, & quia dixerat: Ea quae intrant per os, nō coinquinant hominem: Cum Discipuli dixissent ad illū quod scandalizati fuissent Pharisaei in illo verbo, respondit. *Sinite illos; caeci sunt, &c. Omnis plantatio quam non plantauit Pater meus caelestis, eradicabitur.* In his superioribus dictionibus Ecclesiā esse Dei plantationem, quae ideo nunquā eradicabitur; & quod radix eius est fides, quae nunquā ab Ecclesia deficiet. Caeterū propter peccata nostra permittit Deus, vt prouincia illa, vel Regnū à veritate fidei deficiat. Et hisce tēporibus plures haereses, quā vnquā pullularēt. Et timeo quod securis ad radicē arboris sit posita: cū iā videatur hanc, & illā prouinciā, & alias, ex fide excidisse esse. Quare valde timeo ne mala haec etiā super nos inualescant. Olim enim mitioribus nos Deus castigabat flagellis tāquam filios corrigēs. Nūc autē quasi hostes nos punit. Sic enim in suis Thren. Hieremias lacrymatur dicēs. Tetēdit arcū suū quasi inimicus firmauit dexterā suā quasi hostis, & occidit omne quod pulchrū erat visu in tabernaculis filiae Sion. Effudit quasi ignē indignationē suā. Tetēdit, ait, arcū suū quasi inimicus. Imò & firmauit dexteram suā, super illum quasi hostis. Solebat quidē Deus populum suum punire, non tamē quasi inimicus, sed quasi pater. Pater quippe quāuis amicus si te percutit, nō id facit, vt te occidat, & perdat, sed vt te sanet, & emendet. Verū nō te ad mortē percutit. Inimicus, vt te occidat, & perdat, te percutit. Deus quidē multoties populū Christianū plagis maximis percussit, & flagellis grauissimis, excidit. Verū experientia ipsa ostēdebat illa flagella esse patris. Quoniā etsi diuturna erant mala illa, tamē radicē nō attingebāt, nec in fide villa erat perturbatio, sed illa integra, in alijs gladius Domini grassabatur. Vidimus enim mirabilē rē in Ecclesia: viginti & nouē schismata Ecclesiā Dei saepe turbauerūt, & inter haec fuit illud magnū, quod per Quinquaginta annos durauit, quo tēpore, duo simul & tres Pontifices erant, & alij huic, alij illi, alij alteri obediebāt, absq; hoc q certò constaret quis esset legitimus Pontifex. Nihilominus fides in sua semper integritate perstitit. Nec cōtra illā aliquid aduersū accidit. Erāt etiam tūc tēporis crudelissimi Imperatores, hostes Ecclesiae ac Pōtificū, qui in illos maxime desaeuiebāt, quales fuerunt Sueuiae, & Bauariae Duces, & qui dicti sunt Enrici. Et cū hi Imperatores bella aduersus Pōtifices atrocissima mouerēt: Nūquā tamē sedē eius aut fidē negare. Imò vnus ex illis crudelior qui Hēricus Aenobarbus dicebatur, cū excommunicatus esset à Papa propter suā inobedietiā, nudis pedibus super frigidā niuē gradiebatur, postulās à Pōtifice, à censuris absolutionē. Alius etiā Venetias vsq; petrexit, & sub pedibus Pōtificis se supposuit, ferēs vt ipsū calcaret. Et cū Imperator Pōtifici diceret. Nō tibi sed Petro: eleuās se Pōtifex sanctissimū pedē super collū Imperatoris posuit, dicēs. Et mihi, & Petro. O mira res! adeò perstabat fides, vt inimicos maximos Pōtificis illi tāta auctoritate subijceret. Et cū etiā rebelliones, ciuiles dissensiones multae fuerint etiā in nostra Hispania, nūquā tamē fides laesa est. Caeterū hac calamitosa nr̄a tēpestate qua viuimus, quaelibet, vel minima in Republica qualibet turbatio, in detrimētū fidei cedit. Nā quia Pōtifex noluit rē iniustā, quā ab illo exigebat Hēricus octauus Angliae Rex illi cōcedere, nēpe q cū illo dispēsaret in matrimonio rato, & cōsūmato, q legitimè cū Catherina Ferdinādi, & Elisabeth Catholicorū Regū filia cōtraxerat, vt pellici suae nuberet, protinus à sede Romana discessit, & se caput Ecclesiae praedicare fecit: ianuāq; cūctis, haeresibus ob hoc factā in Regno suo aperuit. Tā facili occasione adtātū facinus excitatus est. In Gallia etiā vbi tātū veritas fidei viguit, vt Christianissimorū titulus Regibus illius prouinciae cōcessus fuerit. Quia cōtra Regē suū indignati sunt subditi, propterea q certā pecuniae summā ex Repub. cōsumpserat, protinus in diuersas haereses prolapsi sunt, verāq; fidē, quā patres eorū gloriosissimè defensauerāt, abnegauerūt. Quid de Flādria, & Belgica dicā? Nā vel propter quādā tributa, quae ab illis exigere volebat Hispaniarū Rex, vel quia officium Inquisitionis, q est scutū fidei, illis secūdū morē Hispaniae proponere volebat, cōfestim haereticorū cōcionatores aduocātes, vera fide dimissa, varias Caluinistarū, ac Lutheranorū haereses amplexati sunt. Imò ipse Lutherus, quia ipsi nō cōmiserāt Bullae Cruciatae praedicationē, in Romanā Sedē, & in indulgentias Pontificum procacissimè debacchatus est. Atq; vtinā nō eadē in nr̄a Hispania aliquando attingant, (quod Deus auertat) timendum

Matt. 3. et Luc. 3.

Thren. 2.

timendum quippè iam id vbiq; gentium est. Spero autem in Dei misericordia, & in optimi, & religiosissimi principis cura, & Pōtificum, atq; Inquisitorum fidei vigilantia, *Mat. 3. & Luc. 3.* quòd id non fiet. Vides quòd hæ Dei sagittæ ab arcu iræ suæ ad nos tanquàm ad scopum dirigūtur, cùm & fidem quæ basis totius vitæ Christianæ est, à tot Ecclesiæ partibus diruant. Vides quomodò securis ad radicem arboris posita est. Cùm fidem quæ radix est euellui, vel diuelli patiatur. *Thren. 2.* Tetendit arcum suum quasi inimicus. Non amici, sed inimici iacula hæc sunt. Non sunt hæ sagittæ Ionathæ, quæ in altum dirigebantur *1. Reg. 20.* vltra Dauid, vt amicum non tangerent, aut ferirent, *ma se passan per alto*, sed in radice, & *Hiere. 30.* in corde nos feriūt. Vndè Hierem. 30. id dicit Dominus. Plaga inimici, percussi te castigatione crudeli, *Thren. 4.* & sequitur in Hierem. Et effudit quasi ignem indignationem suam. Antea misericordiam suā in nos diffundebat, nunc iram, & indignationem effundit. *Dan. 9.* Stillabit super eos indignatio tua, ait Propheta, nunc autem effudit illam. Tunc quasi per guttulas stillabat ad nos ira Dei, nunc famem mittebat, alio tempore pestem, alio bella, nunc omnia simul effundit, famē, bella, pestes, hæreses, omniaq; mala simul quasi ignem qui omnia deuoret, adurat, atq; consumat, quasi infestissimus sibi hostes, nos puniat. *Thren. 2.* Et occidit omne quod pulchrum erat visu in tabernaculis filiæ Siō. Omnia pulchra & bona consumpta ab hoc igne videmus. Vbi constantia martyrum? Vbi confessorū austeritas vitæ? Vbi virginum candor? Vbi deuotio ac paupertas monachorum? Vbi vasti eremi? Ibi enim pro hominibus Angeli reperiebantur, cōsumpta omnia, ac exterminata videmus. Vbi Aug. & Hier. qui tantis viribus defendebant fidem? Vbi Ambrosij qui fortiter Imperatoribus resistebant, ob quamcunq; iniuriā, quam Ecclesiæ intulissent. Vbi Thomas Cantuariensis, qui ob defensionē iurium suę Ecclesiæ, gladijs impiorum occubuit? Solebant esse munitiones ac mœnia fideliū Episcopi aduersùs tēporales Reges. Iam hæc omnia consumpta sunt. *Thren. 2.* Precipitauit omnia mœnia eius, & dissipauit munitiones eius. Hi enim qui tanquàm muri se opponere debebant potestatibus tēporarijs, forsitan in tēporaliū rerum obsequia precipitati sunt. Munitiones autē quę erant virtutū exercitia maximè charitatis, & misericordię, in quib⁹ fideles exerceri solebāt, iā penè dissipata sunt. Quoniā misericordię opera, nō ea quæ solebant diligentia fiunt. Cùm omnes ad elargiendas eleemosynas auari effecti sint. Et repleuit in filia Siō humiliatū, & humiliatā. Potius repleta est Ecclesia hominibus demissi cordis, qui ex timore mundano pusillanimes effecti, nihil magni apprehendunt, tamē aduersùs eos, qui candidè veritatē Euangelicā prædicant, sæuientes. Quoniā veritas hodie super omnes displicet Ecclesiasticis viris. Ad alia autem quæ ad Ecclesiæ maiestatē, non temporalē sed spiritualem conseruandam conueniūt, quasi brachia confracta haberent, sic quiescunt, & quasi elingues essent, ita silent, nisi Dominus huic dāno, secundùm suā misericordiam occurrerit, omnia in præcipitium ire nō sine magno dolore videmus. Id enim comminatur Dominus vineę suę per Esai. *Esai. 5.* cap. 5. Et expectaui, vt faceret vuas, & fecit labruscas. Quoniā dulces debebant esse, & misericordes in pauperes, & in subditos, & tamen impij, ac auarissimi in omnes effecti sunt. Idcirco ostendam vobis, quid ego faciam vineæ meę. Auferam sepem eius, & erit in conculcationem, & ponā eam desertam. Nō putabitur, & non fodietur, & ascendent vepres, & spinæ, & imbribus cœli mādabo, ne pluant, super eam. Ministros Ecclesiæ minatur, qui sumus sepes, & maceria huius vineę, qui alijs intenti curis, hanc vineā minimè, vt decet colimus. Et ideò eam plenam spinis ac vrticis videmus. Itā quod possit huius tēporis prelatis illud Prouer. dici. *Prouer. 24.* Per agrū hominis pigri trāsiui, & ecce totū repleuerant vrticæ; & repleuerāt superficiē eius spinę. Et nubibus mandabo, ne pluant super eā imbrem. Nubes sunt prędicatores. *Esai. 60.* Qui sunt hi qui, vt nubes volant? Nā quasi nubes verbi Dei rore perfundunt animas. Vt fructificēt. His mādat Deus, vt nō pluāt imbrem, hoc est, permittit, vt nihil quod vtile est animabus prædicemus, sed inania, & cōposita verba, quæ aures demulceāt, corda verò non irrigent, & hoc in vindictam eorum qui veritates Euangelicas ferre minimè possunt. Nec enim possumus ita blandè modo loqui, cùm durities vulnerum ignem adhiberi postulet? Vnde & concludit Hier. *Thren. 2.* vbi supra dicēs. Et dissipauit Dominus quasi hortum tentorium suum, & demolitus est tabernaculū suum. Multæ enim Ecclesiæ, quæ hortus deuotionis, & ceremoniarū cultus diuini videbantur, per hæreticos destructæ sunt, vt apud Anglos patet. Vbi maximè olim cultus Dei floruit. Et demoliti⁹ est. hæreditatem

hæreditatem suam, id est, maximā partem Ecclesiæ per hæreticos. Obliuioni tradidit Dominꝰ festiuitatē, & Sabbathū. Quoniā hæretici omnes festiuitates delent. Et in opprobrium, & indignationē furoris sui regē, & sacerdotem. Quæ omnia apud hæreticos adimpleta cernimus. Dominus autem misereatur nostri, & radices huius arboris in hac parte hæreditatis suæ conseruet, & fructus ferre faciat, ne & nos sicut alij pereamus, & hortulus hic cum alijs dissipetur.

Alia moralitas sententia. *Accesserunt Pharisæi ab Hierosolymis ad Iesum dicentes: Quare discipuli tui transgrediuntur traditiones patrum? non enim lauant manus suas, cum panem manducant, quibus Dominus respondit. Quare vos transgredimini mādata Dei, propter traditionem vestram?* Mira res! ex eo tempore quo Christus Dominus, veritatem docere cœpit, ac vitia, & crimina carpere, confestim homines aduersùs illum insurgere cœperunt, ipsumq; calumnijs, ac opprobrijs persequi, occasionesq; quærebant, quibus eius authoritatem minuerent.

Ioann. 1. Nam vt ex Ioannis Euangello colligitur, protinus vt Christus baptizatus fuit, atque in deserto tentatus, discipulos congregare cœpit, & eos docere de Regno Dei. Cæterum per annum integrum egit officium doctoris, non tamen prædicatoris, quoniam seorsum cum Ioanne Baptista, & discipulis suis vitam agebat, atq; eos docebat, nec in templo, aut Synagogis adhuc concionabatur, & tunc omnes illum tanquàm virum iustum venerabantur, eius modestiam considerantes, cùm in publicos conspectus exibat pergens ad templum, & ad festa domus Israel. Tamen cùm secundo anno à baptismo suo se populo manifestare cœpit, atque publicè hypocrisim, auaritiam, ac cætera vitia pharisæorum reprehendere, & zelo

Ioann. 2. Dei accensus flagello quodam ex funiculis facto eiecerit ementes & vendentes de templo, & mensas nūmulariorum subuertit, & cathedras vendentium columbas, & turtures, quæ in sacrificiorum officia vendebantur; tunc protinus aduersùs illum insurrexerunt, & sermonibus odij circundederunt

Matth. 21 illum dicentes. Quod signum ostendis, quia hæc facis, & quis dedit tibi hanc potestatē? Ab eo etiam die illum iniquo oculo aspiciebant, & Dominus etiam se ipsum ab illis ca-

Ioann. 2. ctebat, vt Ioannes docet cum dicit: Ipse autē non credebat semetipsum illis, Ipse enim sciebat quid esset in homine. Hæc enim est veritatis conditio, & tale subeunt periculū, qui iam prædicare nituntur: si enim concionatores religiosi nihil aliud quàm ea quæ ad cultum Dei attinēt, agerent, suis nocturnis, ac diurnis horis assistentes, nec populū docere, aut carpere contenderēt, nullus certè aduersùs nos os aperiret. Cæterum si flagellis cædimus homines, oues, arietes, & pecunias subuertimus, agricolam carpimus, & mulieres, & viros, & sacerdotes, & magnates, & Reges reprehendimus, publicaq; voce arguimus, mensas nūmulariorum subuertimus, vsuras damnamus, qui eis vtuntur ad restitutionem obligamus, & eos absolutionis beneficio indignos iudicamus, columbas, etiam ac turtures, quæ in sacrificia sunt, destruimus, ecclesiasticos viros etiam corrigere nitimur, vt spiritualibus vacent, vt terrena negotia omittant, vt suis sedibus quiescant, vt pauperi bona sua erogent, nec in consanguineorum suorum vsum distribuant. Regibus etiam, ac magnatibus intimantes, ne vlli noceant, aut iniustitiam faciant, aut violenter sua potestate freti, aliquid à suis subditis rapiant; iam tunc aperto marte nos ferient, aduersùm nos insurgent, multa mala criminabuntur, ac procaciter dicent: Quòd signum ostendis, quia hæc facis? Quæ miracula edis? Quæ sanctitas vitæ? Quis tibi hanc audaciam, aut libertatem concessit? Sed quod maius miraculum vis, quàm quod sit qui veritatem tibi dicat, quē tanto odio persequeris illam? Sic isti quoniam Christus prædicabat illis veritatem, nimio odio persequebantur illū, milleque oculis eum, atque discipulos eius circumspiciebant, si fortè inuenirent aliquid, quo illum possint accusare. Et cum id attentissimè quærerent, Inuenerunt discipulos suos manducantes panem, absque lotione manuum, & accusauerant eos apud magistrum, imò tacitè magistrum in hoc accusare volebant. Attendite, quanta sit vis malitiæ, quæ sic voluntatem, & intellectum obcæcat. Isti enim viri sapiētes erant, imò cæteris sapientiores, & sua prudentia perspicere deberent, rem hanc tam facilem esse, vt propter eam nullus deberet in iudicium afferri. Sed quoniam malitia passio quædā est animæ, quæ illam totam occupat, id quod parum, aut nihil erat, magnum sibi videbatur. Nam cum malitia voluntatem occupet, propter propinquitatem, intellectum etiam inficit, & obcæcat: in prouerbio quippè est, Aliquid mali ex vicino malo; & sic intellectus à pasione impeditus, non rectè iudicat. Sicut vinum propter eius fortitudinem cùm ad stomachū descendat miratur, tamē propter propinquitatem, & connexitatem, meatuum, & viarum virtutem suam, ac fortitudinem vsque ad cerebrum extendit, illudq; occupat, vt liberè non possit suo officio vti. Sic malitia quæ voluntatem præcipuè occupat, cùm illi vicinus sit intellectus, illum etiam occupat, ac inebriat, vt liberè non possit in suos actus transire, ac subinde non rectè iudicare. Quid dicam vobis? Affecta quippè voluntas ad vnum hominem stultum; facit vt intellectus iudicet, ac faciat stultum sapientem, & sapientem stultum, quæ est conuersio impossibilis, imò impossibilior, quàm facere cœlum, terram; aut terram cœlum, stellas carbones, aut

Simile. carbones stellas. Est enim passio veluti vitrum quoddam ob oculos positum, quod secundùm colorem quem habet facit cætera videre, si rubeum est, rubea, & omnia apparent, & si viride viridia: sic secundùm affectum tuum iudicas omnia, vel pravè vel benè. Et quoniam ex odio opera Christi, Pharisæi illi perspiciebant, quæ minima erant, sibi magna videbantur, imò & quæ recta prava. Quare illos Dominus hic cæcos dicit, cùm ait: Sinite; illos cæci sunt. Sic hodie multi sunt homines in mundo huius conditionis, ac malitiæ, qui nihil bonum quod in proximo sit, aut credere volunt, aut videre, sed si quid vel minimum falsò apparens malum inueniant, illud detrectant, proscindunt atque in æthera vehunt. Quibus similem pono statuam quam vidit Na-

Danieli. 2. buchodonosor, quæ ex auro, argento & ære constabat, pedes tamen luteos habebat; & lapis qui sine manibus abscissus est de monte, pedes luteos tetigit, & aurum & argentum, & æs omnia in puluerem, ac fauillam comminuta sunt. Sic sunt illi pessimi homines, qui cùm in proximo suo sit aurū & argentum, hoc est, multa in illo bona splendeant, non illa tangunt, sed si habet pedes luteos, si rem minimam, & quantumuis absconsam, quæ reprehensibilis videatur. (Quis enim est homo, cui aliquid non lateat luti, cui in latere domus lateat? Aut quis sine crimine viuit?) ibi feriunt cum lingua sua duriore lapide, qui sine manibus abscinditur. Quoniam lingua volubilis, absque mansuetudine rationis lubricè labitur in querela iniusta, atque dolosa. Sic illis contigit Pharisæis. Nam Christi discipuli humiles erant ac sancti, simplices, veraces, & absque duplicitate malitiæ. Tamen hæc omnia relinquebant, in pedes luteos, vel manus corporis non lotas feriunt, idque tanquam indignum facinus criminantur, & per hoc aurum, & argentum, & cætera omnia bona in nihilum re-

Simile. digere satagunt. Nonne vides aliquandò hominem rusticum, ac stultum, & simplicem, qui domum Regiam, aut Principis ingreditur, vbi multa bona sunt, quæ mirentur; ingens opimè depictæ, vasa aurea, & argentea, tapetia serica, & aurea, & nihil horum animaduertit. Sed si fortè simia quædā ibi est, cum qua paruuli ludunt, dimittens optima illa, ad monstrum illud videndum stupidus aperto ore properat, & accedit. Sic isti propter malitiam stulti, ac rustici effecti, cùm in proximo sua multa sint dicissima bona, ac virtutis odorem reddentia; non tamē ea curare volunt, sed illis prætermissis, si monstri quid appareat, vel verbum non ità cautè dictum, aut opus non adeò circunspectè factum, illud aperto ore dilaniare, atque ridiculosè propalare contendunt. Simile quid Paulo contigit, qui cùm vinctus Romam duceretur, & post maris pericula ad Insulam Mytilenem applicuisset.

Act. 28. Et Paulus sarmentorum congregaret aliquam multitudinem, vt pyra accensa homines calefierent, vipera à calore soluta, manui eius adhæsit: quod videntes homines dixerūt. Porrò, hic homo quia homicida erat, vltio non sinit eum viuere. At ille excutiens bestiam à manu sua, absque vlla læsione permansit. Contigit aliquandò bonis, ac studiosis viris, ex hoc quod negotijs proximorum incumbant, quòd aliqua eis hæreat vipera, aliquod peccatū vel leue cōmitant, aut ea hoc q relici volunt, nonnullamq; corpori voluptatē licitā indulgere sibi, quod non ita cautè, aut circūspectè solet fieri, tunc omnes proclamant illū pessimū agere monachū, quòd rideat, aut aliquod verbum non ità animaduertens ioculanter protulit, illū maledictis proscindunt, quòd etiā si clericus sit, ludit, dicteria profert, cū fœminis etiā gaudet loqui. At ille proximus viperā è manu excutit, peccatū illud veniale, quod ex minori cautela cōmisit, statim agnoscit, & à se expellit, & pœnitet, & cautior aliis in colloquio persistit, & ipse ad sua studiosa exercitia reuertitur, cùm tu in tali malitiosis verbis persistas. Videte amore Dei quā magnum serpēs erat non lauare manus discipulos antè comestionē, propter q illos

illos dignos Dei vindictæ iam iudicabunt. Nec hoc solum videbis in aliquibus, quod parua crimina in alijs iudicent, ac condemnent, cùm interim ipsi maioribus irretiti sint, vt istis contigit Pharisæis. Verùm quod magis mirandum est, ac vituperandum, quod ipsi eisdem vitijs, quæ in alijs condemnant, inuoluti sunt, & in se illa non vident, cùm in alijs vituperent. Sic enim hominibus nonnunquam accidit, quòd ea quæ in se videre nequeunt, in alijs detestantur. *Exod. 4.* Cum Moyses virgam à se proijceret, vertebatur in colubrum, cùm verò illam in manu habebat, virga solummodò erat. Sic res eadem in alio proiecta serpens tibi apparet, cùm in manu tua virga iusta & recta videatur, hoc est, in te ipso iustificari vis. Sic inhonesta mulier alias omnes fœminas inhonestas sua lingua facit. Et mihi manifestum indicium est, quòd mulier est mala, quæ alias inhonestè detrectat. Bona enim, ac honesta fœmina, omnes vult etiam esse honestas, dedecus sexus sui æstimans, quòd mulieres aliæ malæ sint. Eadem vitia in te parua, in alio magna videntur. Ideò etiam Nathan propheta, cùm peccatum Regis *2. Reg. 12.* Dauid vellet illi proponere, quandò adulterio homicidium miscuit, in alio posuit peccatum, vt rectius illud intueretur Rex. Et parabolam illam de homine qui habebat ouem vnicam in delicijs, quam alter diues occidit, vt hospiti pararet cœnam, recitauit. Qua audita Rex proclamauit, eum esse reum mortis. Quoniam in alio idem vitium, maius apparet, quàm in nobis ipsis. *Ezech. 1.* Oportet ergo, vt homines seipsos antè oculos suos habeant (sicut animalia illa sancta coram facie sua gradiebantur) vt seipsos videant, & errata sua cognoscant, & alienis debitis parcant. Quid, ô Pharisæi cæci, condemnatis Christi discipulos, quia non lauant manus suas? Alij maioris ponderis rebus incumbunt, in conspectu Dei ambulant, nec in rebus istis minimis ad quas homines attendunt, ipsi intenti erunt. Nescio an tanta cura prouidere ea quæ homines videre, aut iudicare possunt, signum sit hominis multum sanctitati dediti. Nam qui de Deo curat, non tanti hominum temeraria iudicia æstimabit, vt quasi omnem solicitudinem in eis euitandis ponat. Bone Deus quomodò te Dei cultui incumbere æstimem, si totum te vt effugias malam hominum opinionem, & bonam habeas, intentum, & attentum videro? Erat quadam vice Dominus Iesus in vna domo cuiusdam hominis, & vt iniicerent paralyticum coram eo, vt illum curaret, ruperunt tectum, vt per illud dimitterent illum, & tamen dominus domus nihil de hoc curabat. Quid hoc est rei? nunquid domus ista non habet dominum? Cur non clamat, quòd euertitur domus eius? Habet quidem dominum, sed alijs maioribus rebus intentum, & ideò non curat de istis minimis. Habet secum in domo sua Deum, cui omnis sua cura incumbit. Cur pro minimis rebus clamabit? Sic discipuli Dominum suum habebant secum in comitatu, qui eos maioribus præficiebat negotijs, quomodo curassent tantopere de lotione manuum? *Matth. 15.* Sed vide quid Dominus responderit hominibus istis, qui festucam in oculo fratris vident, & trabem quæ in oculo suo est non considerant. *Quare vos transgredimini mandata Dei, propter traditiones vestras?* Hic tamen aduertendum est, ne fortè quod isti Pharisæi, ex certa malitia faciebant, modò inter Christianos aliquo modo ex zelo, non secundùm scientiam operentur. Volo dicere: cauendū maximè est hic, qui hominum mandata custodiunt, & ad quorum munus ea facere custodire pertinet, ne tantopere hæc hominum mandata colāt, vt Dei præcepta prætermittant, & obliuiscantur. Lex Dei, Charitas Dei, Pax Dei, amor & concordia proximorum, hæc finis legis Dei sunt. Hominū præcepta, traditiones, atque obseruantiæ, media sunt ordinata ad hoc, quòd hæc faciliùs adimpleantur. Finis autem secum fert suam bonitatem, & ex se ipso illam habet. Idem enim est finis, vniuscuiusque rei, & bonū eius, media autem non ex se bona sunt, sed in ordine ad finem, vt patet de potione amara, quæ quatenus conducit ad sanitatem, quæ est finis intentus ab infirmo, bona est. Igitur qui nimio zelo hominum mandata custodit, & custodienda ab alijs curat, caueat ne finē faciat mediū, & ex medio finē. Hoc est ne totum suum conatum in obseruationibus humanis ponat, quasi in illis consisteret finis, & diuinæ charitatis præcepta quasi posthabeat, & tanquam media potius ad alia ordinet; quod esset præposterus ordo. Ne putet religiosus prælatus, cùm religionis obseruantias custodiri fecerit, iam functū esse officio suo, nec aliā sibi curā superesse. Imò quod præcipuè debet conari, hoc est vt Dei præcepta primò custodiantur. Pax & fraternus amor inter religiosos vigeat. Cæteraq; Dei præcepta obseruentur, & deinde

vt

vt religiosæ obseruantiæ non pereant, sed prout possibile fuerit obseruentur, aliàs putans se religionem Christianam constituere, hypocrisim potius Pharisæorum constituet. Scopus suus charitas Christiana debet esse, & hæc omnibus alijs anteferenda est: & si vt coalescat & vigeat opus sit cum alijs minoribus dissimulare, id agat tunc. Quid enim tibi bonum tibi videtur, si vt religiosus silentium seruet, prætermittat correctionis fraternæ præceptum? Vel si vt clausura obseruet, verbi Dei prædicationem quandò populo necessaria est, omittat? Absit. Sed hæc priora, illa posteriora sunt. Sic enim & finis erit finis, & media media. Et non præponere ordine medium finis, & finis
Simile. medium erit. Non debes plus ponderis de rhabarbaro sumere quàm quod ad expellendam choleram satis est. Aliàs si plus æquo ex illo sumpseris, in maius malum nobis cedet. Non omnes vires tuas in humanis obseruantijs ponas; quoniam non in illis summa perfectionis est. Sed quod satis est de illis, ad melius amplectenda charitatis præcepta. Sed dices: Leges ergo humanas ac statuta facta ab hominibus ab antiquo instituta, per hoc destruimus. Absit. Sed potius eas statuimus. Nam tunc stabiles erunt, cùm legibus charitatis deseruierint. Si enim exterioribus tantum incubueris, dicetur tibi: Populus hic labijs me honorat, cor autem eorum longe est a me. Imò ex interiori calore, exteriora debent incipere. Ideò enim exteriora bona sunt, quia ab interiori charitate proficiscuntur. Sicut ex corporis calore,
Iob.37. quod intra vestem est, ipsa vestis calida fit, secundùm illud Iob: Nunquid non vestimenta tua calida sunt, cum perflata fuerint ab
Simile. austro? Posteà tamen ipsomet calore, quem vestis à corpore accipit, calefacit ipsum corpus. Sic corpus & substantia virtutis, charitas est, ac cæteræ virtutes Christianæ. Exteriores obseruantiæ, vestes sunt, quæ hoc corpus virtutis ornant, sicut vestium cultus ornat speciem mulieris. Sed ab intus debet communicari calor: quoniam in tantum bona sunt exteriora, in quantum ab interiori bonitate procedunt. Deinde ipsa exteriora opera calefaciunt, & conseruant, imò aliqualiter augent interiora. Nec enim conseruabitur deuotio in plateis, nec castitas in choreis mulierum, nec abstinentia in comessationibus. Ecce quid Christus in hac docuerit doctrina. De munditia autem cordis (præter hæc quæ hîc à nobis dicta sunt, & quæ sup. c.5. super illud, Beati mundo corde, quoniam ipsi Deum videbunt diximus) videndus est Commentarius noster super Psal. 118. in illum versum: Fiat cor meum immaculatum, &c. fol. 751.

Et egressus inde Iesus secessit in partes Tyri, & Sydonis. Et ecce mulier Chananæa à finibus illis egressa, clamabat dicens ei: Miserere mei Domine fili Dauid. Filia mea malè à dæmonio vexatur. Qui non respondit ei verbum. Et accedentes discipuli eius, rogabant eum dicentes: Dimitte illam, quia clamat post nos. Ipse autem respondens ait: Non sum missus nisi ad oues quæ perierunt domus Israel. At illa venit, & adorauit eum dicens: Domine adiuua me. Qui respondens, Non est bonum sumere panem filiorum, & mittere canibus. At illa ait: Etiam Domine. Nam & catelli edunt de micis quæ cadunt de mensa dominorum suorum. Tunc respondens Iesus ait illi: O mulier, magna est fides tua: fiat tibi sicut vis. Et sanata est filia eius ex illa hora. Quoniam Iudæi verbis Domini offendebantur, & indignos se sua præsentia ostendebant; similiterque tempus appropinquabat quo significaret Dominus se relicturum populum illum, & ad Gentes per Apostolos suos Euangelium suum transmissurum, Ideò relictis illis venit in partes Tyri & Sydonis, vndè mulier hæc Chananæa egressa est. Nam Sydon primogenitus Cham celebrem illam, & antiquissimam Sydoniorum ciuitatem ædificauit. Marcus narrat, Cum Dominus *Marc. 7.* esset in domo, vbi latere volebat, ibi ingressam esse hanc mulierem, & adorasse Dominum. Verùm ità potuit fieri, vt prius in domo intrasset & adorasset eum, & non reddito responso indè egrederetur Dominus, & ipsa eum secuta fuisset, clamans post eum, vt Matth. narrat: deindè domum ingresso Domino, ipsam adorasse eum.

Quoniam quæ ad literam attinent, satis *Moralitas,* aperta sunt, aduertendum nunc est, quòd pa- *seu tractio,* gana hæc mulier, ac infidelis in exemplum, nobis hodie proponitur, vt fideles ac Christiani confundantur quòd tales simus, vt pagani possint nos docere patientiam, fidem, atque perseuerantiam, & adeò debiles, ac imbecilles, vt fragilis fœmineus sexus nos fortiter instruere possit. In c. 38. Exo. mandauit Deus, *Exod. 38.* vt in ingressu ipso tabernaculi, fieret mare quoddam aquæ in quo lauarentur sacerdotes, cùm ingrederentur tabernaculum ad sua ministeria peragenda. Et quod circumcirca mulierum specula ponerentur, in quibus se possent ministri circumspicere, an mundi, & recti

recti

rasse ornati, ad ministerium essent. Sic ingressum hunc introitum, ac vestibulum Ecclesiæ suæ speculis mulierum replet, & ornat Dominus; aliquas nobis proponens sanctitate, virtutib' preditas, vt in eis veluti in speculis tui & Dei ministri nos circumspicere, nostrosq; defectus agnoscere valeamus. Hanc Chananæam, humilitatis, ac perseuerantiæ speculum, aliam Samaritanam fidei speculum, Magdalenam pœnitentiæ, Martham pietatis exemplar, & speculum. Speculis mulierum plenus est ingressus huius Ecclesiæ, in quibus aspicere, & inspicere nos ipsos possimus, imitantes bona quæ in istis mulieribus lucent. Igitur facet Euangelista nobis narrat, quod pertæsus Dominus sui populi incredulitatem et perfidiam, dimissis illis ad terram paganorum, atque Gentilium transijt ad Chananæos, scilicet, à Tyro & Sydone, in quibus plus fidei quam in Iudaicis populis inueniebat. Sic enim & ipse aliquando dixit, cum tantam fidem in Centurione quodam perspexit. (Matth. 8.) Amen dico vobis non inueni tantam fidem in Israel. Iterum dico vobis, quod multi ab Oriente, & Occidente venient, & recumbent cum Abraham & Isaac, & Iacob in Regno Dei; filij autem Regni eijcientur foras. Et per Prophetam dixit: Hirundo, & Ciconia custodierunt tempus aduentus sui, Populus autem meus, non cognouit iudicium Domini. (Hiere. 8.) Hierem. 8. Bruta, ipsa rationis expertia, tempus suum agnoscunt, & obseruant. Dei autem populus, ratione preditus, imò & lumine fidei illustratus, tempus iudiciorum Dei non agnoscit. Populi Gentium irrationabilibus operibus, vacans absq; lege, aut lumine fidei, tempus aduentus Dei, quasi hariolantes cognouerunt, & populus ipse cui, & promissus, & missus fuit, illud non intellexit: Ciconia, & hirundo præmeditantur ver, & subolent illud, imò quasi vaticinantur, frigidas relinquentes regiones, vt ad eas quæ calorem habent transmigrent. Sic mulier ista Chananæa, tanquam hirundo ver legis gratiæ pronosticabat, & subolebat, & ideò ex frigiditate Gentilium, ad calorem gratiæ properabat. (Cant. 2.) Videbatur sibi Sponsum audire dicentem, Iam hyems transijt, imber abijt, & recessit: flores apparuerunt in terra nostra; nam infidelitas Gentium iam transibat, Nazarenus, hoc est, floridus iam ad eos accedebat, odorem suæ gratiæ in omnem spiram, & florum miraculorum, ac doctrinæ, cuius odorem hirundo hæc, hoc est, mulier ista, Chananæa venit, vt calorem fidei, ac gratiæ quæreret. Mulier Chananæa, quæ originem ducebat à peruerso illo Cham, procaci, ac pessimo, & inuerecundo qui derisit patrem suum Noë, cùm illum ebrium, ac nudum perspexisset, (Genes. 9.) & ideò maledictus est à patre. Iudæi autem erant ex filijs Sem, filius benedictus Noë. Nunc autem mulier ista filia maledicti Cham, venit vt furetur benedictionem filiorum Sem. Nam illi iam degenerauerant, & ex benedictionis filijs, maledictionem Cham incurrebant. Ipsi enim nudauerunt patrem suũ Christum in cruce, & irridentes illuserunt ei, propter quod iam maledicendi erant, & benedicendæ Gentes, quæ eum receperunt, & crucem, & opprobria eius honorauerunt. Quare eis dixit Daniel. (Dan. 13.) Semen Chanaã, & non Iudæ; quia degenerasti in peruersitatem Cham, maledictum est patri vestro, & ideò maledicti eritis. Gentes autem, quæ eum benedixerunt benedictæ iuxta vaticinium Isaac, quo dixit; (Gen. 27.) Qui maledixerit tibi, sit ille maledictus, & qui benedixerit tibi, benedictionibus repleatur. Ad hanc ergo venit mulier hæc Chananæa, vt hic benedictionem furetur, commutatisq; manibus, & dextera cadat super ipsam. (Genes. 9.) Sic enim & Noë prædixerat: Dilatet dominus Iaphet, & habitet in tabernaculis Sem. Quoniam licet populus ille, fauoribus amplian dus erat, tamen illis relictis propter incredulitatem illorum, ad habitandum in Gentibus deberet pergere Deus. Mira res, quòd tanta esset fidei penuria inter Iudæos, quòd oporteret Chananæos maledictos à Deo aduenire ad supplendam eam. Ita contigit. Nõquam vidistis ciuitatem aliquam, ac populos adeò steriles omnium fructuum, quòd (Simile.) oporteat, à foris aduentare omnia, vocantur. *los lugares de acarreo.* Sic in populo illo, tanta erat sterilitas fidei, ac bonorum operum, vt oporteret de foris afferre illã. Sic enim & fides Centurionis, & huius mulieris, & Samaritanæ, & aliorum alienigenarum, illorũ penuriam suppleuit. Misera terra, vbi vita quæ in ea non est, & longè expectãda sit, nec mea, vel iustus verus sit, sed oporteat [illegible] Deus, aliorum iustos illis mittat. Sic & alij qui populi sunt, quibus vitia & mala à foris adueniunt eis. *Vienen los pecados de acarreo.* Talis est Regnum curia, cui cum multitudine hominum ad eam concurrentium multitudo etiam peccatorum confluit. Cùm ergo Dñs ad partes Tyri, & Sydonis peruenisset, ingressus est domũ vnã, vt quiesceret ibi [illegible], & ta-

& tamen non potuit latere, fama enim eius vbiq; diffundebatur. Nam Deus vbicunq; sit, se manifestat. Tam magna res est Deus, vt in anima quam habitat, quasi non capiatur, in ea prorumpat per sensus, per os, per oculos,
Eccle. 9. per manus, & per opera. Verũ est nos non posse certò & indubitato scire, an habeamus Deũ, vel non. Nam nemo scit, verũ odio an dilectione dignus sit. Caeterũ indicia sunt multa, quibus coniecturari potest, quòd Deus ibi sit, in prouerbio quippe est, quòd amor, & pecuniae non possunt latere. Qui amore Dei ardet, diuitijsq; suae gratiae plenus est, celari minimè poterit. Nam per omnes sensus odor Dei se transmittit. Et in
Prouer. 6. prouerbijs ait Salomõ: Nũquid potest quis
Deute. 4. abscondere ignem in sinum suum, vt vestimenta illius non ardeant? Deus autem noster, ignis consumens est. Et ignis per lumẽ, per calorem, per fumum, & per multa alia signa dignoscitur, vnde & Poeta quidam dixit,

Quis enim celauerit ignem?
Lumine qui proprio proditur ipse suo.

Et ecce mulier Chananaea à finib⁹ illis egressa.
Prouer. 7. A finibus terrae egressa est mulier haec, vt
& Eccl. 2. Christum sequeretur. Apud Sapientem est haec sententia. Sapientis oculi in capite eius, oculi stultorũ in finibus terrae. Iusti qui sapientes in Scriptura vocãtur, alta respiciunt, in vnumq; finem, ac scopum oculos figunt, qui Deus est, ad quem omnia sua praeparãt, atq; ordinant. Peccatores autem qui nomine stultorum in Scriptura comprehẽdũtur, habent oculos in pedibus, qui terrã terunt, & ideò multos fines in terra habent, ad quos vtrinq; oculos suos diuertunt. Nã iam diuitias, iam voluptates appetunt, iam in ambitionẽ rapiuntur, aliosq; diuersos fines concupiscũt, atq; sic ad diuersa respiciunt. Igitur quãdo Deus animam alicuius à mundo distractã, ad se trahit, euellit oculos eius à pedib⁹ eius, & in capite suo collocat eos, vt iam non tot terrenos fines respiciat, sed ad vnum tantum scopũ dirigat intentionẽ, qui est ipse Deus.
Psa. 147. Vnde & de eo dicit Psalmista: Qui posuit fines tuos pacem. *Luego le haze hazer pazes y treguas con los otros fines*, & q vnum tantum prosequatur finẽ, qui Deus ipse est. Cũ ergo mulierem hanc ad se trahere voluit, ab alijs finibus separauit eã. Nã egressa de finibus Tyri & Sydonis sequuta est Christũ, nec illum dimisit, donec petitionẽ suã assequuta
Mat. 12. & fuerit. Sicut & Regina Sabbã egressa est à
3. Reg. 10. finib⁹ terrae, vt audiret sapientiã Salomonis.

Nec enim alius finis est, praeter vnum Deũ. Hunc sequere, ò homo, & beatus eris. Haec ad pedes Dñi prouoluta, cũ lacrymis postulabat, vt sanaret filiã eius, quae malè à daemonio vexabatur. Matres quaedã sunt, quae patiuntur morbum filiarũ, *Tienen mal de hijas*, quoniam sua leuitate illas inhonorant: sed quaedam filiae sunt, quae morbum matrum habent. *Tienen mal de madres*: quoniam pudorem filiarum suarum vendunt, & tamen hoc impunè faciunt. Nec vnquam matres videmus, propter tãtum scelus punitas. Nisi fortè dicatis mihi, quod Lycurgus Lacedemoniorum legislator respondit cuidam interroganti, Cur in legibus suis nõ decreuerit poenã pro parricidijs. Respondit quippe: Quoniam nunquã existimaui q esset quispiam, qui patrem suũ qui se genuit occideret. Sic quia id suspicari non potest, q matres, quae pudoris filiarũ debent habere curam, illam pro pretio distrahant, ideò non puniuntur. Sed si iam notum est, q hoc scelus cõmittitur, oporteret vt puniretur. Igitur mulier haec cuius filia immundum spiritũ habebat, ad Christum Dñm accedit pro ea deprecãs. Sic etiam deberent parentes fideles facere, cum filij vestri, nec boni sunt, nec vobis morem gerunt, offerre eos Deo, illumq; pro illis deprecamini, vt sanet eos, spiritũq; nequã
ab eis expellat. Sic enim & Iob faciebat, Iob. 1.
offerẽs per singulos dies sacrificiũ pro suis filijs, ne fortè peccassent contra Deum: Vt & dimitteret culpas cõmissas & cõtrahendas prohiberet. Igitur prouoluta ad pedes Christi mulier haec Chananaea, suspirijs, ac singultibus plena, lacrymis obortis dicebat: *Miserere mei fili Dauid, filia mea malè à daemonio vexatur.* Fili Dauid à quo originem, secundũ carnẽ trahis, qui pijssimus fuit Rex, & tu iure haereditario eandem pietatẽ consequutus es, vtere ea mecũ, & miserere mei. Dauid filio suo eripienti sibi Regnum, & volenti tollere vitam, & proprias vxores
foedanti pepercit. Et mortuum amarissimè 2. Reg. 18.
fleuit, & inimico suo Saul, eius vitam expe- 1. Reg. 26.
ctanti, non semel pepercit, ita quòd potuit
coram Deo suam mansuetudinem proponere, atque dicere: Memento Domine Dauid, Psal. 131.
& omnis mansuetudinis eius, vt propter illam Deus sibi misereretur. Haec ergo tanta pietas, ad te qui filius eius es, deriuata est, propter quod peto vt miserearis mei. *Fili Dauid miserere mei.* Misericordiam peto, non iustitiam, nam misericordia, securior portus est peccatoribus. Quoniam in iusti-

tia

tiæ porta procellæ sunt, ac pericula, ibi maxima peccatoribus imminent: solum iu- Psal. 117. stis mansuetus est secundum illud. Hæc porta Domini, iusti intrabunt per eam. Misericordia verò securus est peccatoribus sinus, portus mitis, vbi tempestas iustitiæ Dei silet. Adhunc vt protegat accurro, huc venio. De te audiui quòd peccatores recipias, & hoc mihi audaciam præbet, vt ad te veniam: igitur miserere mei, quia filia mea malè à dæmonio vexatur. Nec enim eã ferre possum. Terret me mille modis, oculos torquens, dentibus stridens, vultus in diuersa commutans, rugit, vlulat, clamat, plorat, ridet, quid illi faciam ignoro, nisi tu miserearis mei, dæmonium ab illa compescas. Tu es filius Dauid, qui admirabilis exorcista fuit, quippe qui cytharam tan- 1. Reg. 16. gens, spiritum malum à Saule expellebat: fac tu cytharam & tange eam, lignum sit crux, fides sint sacra membra tua, claui vero sint instrumenta, quibus crudeliter membra tua extendantur. Tangantur fides flagellis, clauis, lancea, & spinis, vt hac suauissima harmonia territus dæmon, ab omnibus, & à filia mea recedat. Non illam præsentem fero, sed fidem meam adduco, quã tibi plus scio placere. Ad te venio, qui omnia potes, qui Deus de propè, & Deus de longè es, ideò miserere mei, quia filia mea malè à dæmonio vexatur. Qui non Psal. 118. respondit ei verbum. Verbum Dei silet. Quid hoc miraculi est? De Verbo Dei non dicitur, quòd manet in æternum? Non ne hoc Verbum est, non quod desinit prolatum, sed quod permanet natum? Quo Deus sibi ipsi loquitur, & ad nos mittit, vt per il- Hebr. 1. lud etiã loqueretur nobis. Multifariè, multisque modis olim Deus loquens patribus in Prophetis, nouissimè diebus istis loquutus est nobis in filio. Si ergo à Deo venisti, vt Verbum Patris, vel loquereris nobis, cur siles? cur taces? cur responsum non reddis huic mulieri? Quis loquetur nobis, si tu siles? quis ea quæ sunt in Patre annunciabit nobis, nisi tu qui semper es in Patre? Si perennis fons deficit, vbi extinguemus sitim? Eccle. 1. De te quippè dicitur, Fons sapientiæ Verbum Dei, in excelsis. O infelix mulier, cui soli perennis fons non fluit! Vbi Angeli potantur, & reficiuntur. Vbi omnes creaturæ satiantur: tu autem ibi nec aquam inuenisti tibi. Silet tibi qui omnibus loquitur! Infelicem te dicam, ac miseram: imò potius felicissimam, atque beatam, in meliorem enim sortem tuam hoc cedet silentium Verbi, vt tu loquaris, & verbum tuum vim faciat Verbo Dei, vt loquatur, & operetur. Scitotè fratres mei dilectissimi, quod Deus multoties tanquã si auarus esset, se habet, vt nos largi efficiamur, silet aliquandò, vt hominem ad loquendum incitet. Petita nonnunquã non concedit, vt desiderium iustorum excrescat, & cùm desiderio coalescat amor, quo aucto & animæ capacitas augeatur, vt plus capiat bonorum quæ sibi Deus vult elargiri. Nec enim ideò Deus dissimulat, vt non tibi petita concedat, sed vt plus tibi tribuat quàm postulas. Non tamen tantum capit, quantũ ipse præbere vult, ideò expectat, vt animæ tuæ capacitas crescat, quæ desiderio crescente augetur, & maior fit. Nam, vt ait Gregor. Gregor. desideria dilata crescunt, & cũ illis crescit amor, quo capacitas animę dilatatur, vt plus bonorum Dei capiat. Oratio quippè ideò comparatur thuri (secundùm illud Psalmi, Psal. 140. Dirigatur oratio mea sicut incensum in cõspectu tuo) quoniam thus nec fumigat, nec fragrat, nisi igni superponatur; sic nec orationis odor, ac fumus odoriferus ad Deum ascendit, nisi ex corde ignito procedat. Et hoc præstolatur Deus, vt cor tanquam carbo ignitus flagret, ibique comburatur thus, & sic nares Dei bono odore afficiat, excitetque illum. Qui etsi nec dormiat, nec dormitet; habet se tamen aliquandò tanquam dormiens, vt nos clamoribus, ac orationum nostrarum odoribus, nitamur excitare illũ. Igitur id expectat Deus, vt flãmescat pectus, à quo & inflãmata oratio procedat. Insufflat Deus moras agendo, spiritusque eius incendit ignem, & id huic mulieri contigit. Qui tacendo, ac terga vertendo huic mumulieri, plus eius animum inflãmabat, atq; ex profundo cordis clamabat post eum, dicens: *Miserere mei Domine fili David*. Itã quòd pertæsi discipuli dixerunt ad illum: *Dimitte illam, quia clamat post nos*. Quid postulatis? O sacri discipuli quòd dimittat eã? Minimè faciet certè. Quis enim venator, quam semel accipit in venatione feram dimitteret? Christus Dominus animarum venator est: de quo dici potest melius quàm de Nemroth, quòd sit robustus venator, coram Genes. 10. Domino: cœpit hanc apprehendere feram, ex Gentilitatis sylua egressam, cur eam à se dimitteret? Non faciet equidem, donec omnino suam faciat, atq; condiat, eo modo quo scit velle Deum. Amat enim Deus animas, patientia, humilitate, fide, ac perseuerantia

condi-

conditas. *Dimitte eam, quia clamat post nos. Despachalda señor, arabad tras ella.* Ecce quã ta veritate Ecclesia Catholica docet nos indigere sanctorum patrocinio, qui pro nobis ad Dominum intercedant. Nã si in carne positi tanta suis precibus à Deo impetrabant, quanto magis modo, qui cum illo in æternum regnant. Videmus enim inter mundi huius Principes quòd primores & amicos suos, sic honorare solent, vt propter ipsorum preces, & auxilium, alijs etiã prouentus, & honores largiantur. Imò hæc est pars mercedis, qua remunerantur à Rege, propter sua obsequia, vt alij intelligentes id posse cũ Principe, in maiori honore, ac pretio eos habeant. Id etiam cum suis sanctis Deum facere minimè dubitãdum est: apud quem nimis honorati sunt amici sui, vt ait
Psal. 138. Psalmista. Sedebat Maria Magdalena secus pedes Domini, summa tranquillitate, ac gaudio audiens verbum eius, Martha autem satagebat circa frequens ministeriũ. Quæ cõquesta est de sorore sua, & dixit ad Domi-
Luc. 10. num. Domine nõ est tibi curæ, quod soror mea reliquit me solam ministrare? Dic ergo illi, vt me adiuuet. Ecclesia triũphans soror nostra est, nam enim cum illis fratres sumus: illa summi Dei contemplatione, & tranquillitate gaudet, Ecclesia militans est quæ militat, & circa multa turbatur, ministerioque quotidiano deseruit, & hæc petit à Deo, vt dicat sorori suæ, vt eam adiuuet, vt Sancti fratres nostri, qui nos præcesserũt in præmio, intercedant pro nobis ad Dominum, & quod adiuuent nos eorũ merita, quos propria impediũt scelera, excuset intercessio, accusat quos actio. Vndè & in quadam collecta dicit Ecclesia: Tribue quæsumus Dñe, omnes sanctos tuos iugiter orare pro nobis. *Iesus autẽ respondit, Non sum missus,* id est promissus, *Nisi ad oues quæ perierunt domus Israël.* De hoc posteà plura dicemus. Cæterum cũ vidisset mulier se à discipulis adiuuari, iterum ante Dñm prouoluta ait: Dñe adiuua me. Non satis illi fuit, quod Apostoli pro ea intercederent, sed ipsa etiam clamauit ad Dominũ. Vt intelligat quilibet fidelis, nõ sufficere sibi aliorum orationes, nisi ipse etiã se adiuuare cõtenderit. Quid millies religiosis viris inculcas, Orate pro me, Aue Maria offerte pro me, aut sacrificium missæ, & ipse nec Aue Maria dicis, nec fortè credis, tuis cupiditati-
Luc. 14. et Matth. 22 bus intentus? Hoc isti faciunt, quod illi qui inuitati ad nuptias nolebãt venire, sed vnus dixit: Villã emi, rogo te habe me excusatũ. Alius iuga boũ emi quinque, rogo te habe me excusatũ. Ac si diceret: Tu me excusa cum Deo, tu meam age causam apud illum. Ego enim, nec deprecari eum possum, multis secularibus negotijs irretitus. Quendam virũ sanctum meæ religionis agnoui, cui cum ab aliquo seculari diceretur, vt adiuuaret eum, respondebat. Adiuua tu te, si vis, vt ego adiuuem te. Quidam iuuenis in eremo magnis agitabatur carnis illecebris, ità vt penè desperaret suam salutem. Adijt patrẽ quẽdam senẽ, ex his qui ibi morabantur in eremo, & manifestauit illi, quantas carnis pateretur tentationes, vt oraret pro se ad Dominum, qui cùm id aliquãdiù fecisset, adijt iuuenem, & sciscitatus est eum quomodò valeret: ipse dixit, quòd quotidie peius. Iterũ senex orauit pro eo Dominum, & interrogauit iuuenẽ, si quietius se haberet, quo respondente, quod non, imò quod quotidie plus augebatur malum, Pater ille sanctus Dominũ adijt, obnixèque in oratione postulauit, cur iuueni illi tentationes illas grauissimas non remitteret: & reuelatum est ei, quod ipse esset in culpa, eo quod non se adiuuaret. Imò turpes cogitationes morositate foueret. Qua propter sanctus ille senex, tertiò illum quæsiuit, quomodò se haberet, quo respõdente, quòd multò peius quàm vnquã, & quòd timebat se in desperationem venturum, ait ad eum senex. Saccum istum tritico plenum adiuua me, vt superius ducam illum. Accepit saccum super scapulas iuuenis, & ascendebat, cumque ille ascendere niteretur, senex manibus suis deprimebat saccum subtus versum: quod animaduertẽs iuuenis ait illi: Hoc modò nunquã ascendemus. Respõdit tunc sanctus senex: Nec tu poteris ascendere in cœlũ, si volens ego te meis orationibus sursum leuare, tu cogitationibus tuis consentiens, atque perseuerans tua voluntate in eis deorsum deprimis animã tuã, quã ego sublevare contendebã. Ecce quomodò opus sit, vt nobis sanctorũ suffragia prosint, vt & nos etiã nos ipsos adiuuemus. Quod & hæc mulier Chananæa fecit. Nã post suffragiũ Apostolorũ pro ea, rursus illa instat dicens: Domine adiuua me. Cui respondit Dominus: *Nõ est bonũ sumere panem filiorum, & mittere canibus.* Iam thus fumigare incipit, ac redolere, iã ad Dei nares ascendere videtur, & bono orationis odore eas afficere. Iam Verbũ loquitur, quod antea silebat. Nã & si verbũ quod protulit asperũ videatur, tamen loquĩ qui anteà tacebat, non malũ signũ beneuolentiæ

lentiæ est. *Vadit & respondit mulier. Etiã Dñe. Nã & catelli edunt de micis quæ cadunt de mensa dominorũ suorũ.* Fateor me esse canem, tamen ob hoc ipsum non postulo panem integrum, sed micas, ac fragmenta. Iudæi sunt filij, illis multa bona præstas, reliquias illorũ dũtaxat postulo, nã illis & ego saturor, & filia mea salua permanebit. Vere ita est quin Ecclesia isti vicẽ gerunt filiorum, peccatores canũ, non enim tu in domum tuã aliã seorsum ollã pro canibus paras, sed ex fragmentis, ac reliquijs, quæ supersunt de mensa filiorũ, cibantur canes. Iusti ex pane integro, sæpe ex diuinis donis alantur, impij ex micis, quæ de illorum mensa cadunt. Hoc est de bonis temporalibus, quæ iusti à se abdicare nituntur, & cõtemptui habere. Ex osse corroso, quod ex mensa filiorũ eijcitur, cibatur canis; sic ex catino qui de mensa diuitis, tollitur, cibatur parasitus & detractor, & ex ferculo quod de mẽsa aleatorũ mittitur, alitur meretricula, de micis & reliquijs aliorũ camera huius seculi cibum sibi parant. Item canis voracissimũ animal est, ac auidũ valde. Nã si os corrosum, quod de mensa dominorũ eijcitur, aliquis canis arripit illud in ore gerens fugiens alios, vt seorsum sibi dimittatur corrodere, protinus alij canes, quasi inuidentes, latrantes, & stringentes dẽtibus aduersus illũ pergunt, vt capiãt ab ore si possint. Sic etiam ex mensa Regis aliquid cadit, si huic aliquod officium, vel beneficium tribuatur, quod iam corrosum, à domo Regis exijt, tot pensionibus, ac tributis diminutũ; tunc om̃s alij illũ persequuntur, inuidentes ei, Cur illi, & non mihi? plus ego laboraui, & patres mei maiora exhibuerant obsequia Regibus. Et si possent, ab ore eius raperent illud. Canis etiã famelicus, & auidissimus sibi panẽ ex ore filij, aut ex manibus rapit, etiã si illũ suis vnguibus, aut dẽtibus vulneret. Sic si aliquod ex tẽporalib' beneficijs alicui viro probo datur, nempè Episcopatus, aut aliqua pinguis præbenda, aut honorificũ munus, om̃s contra illũ insurgunt, & subtrahere nituntur, murmurantes aduersus eũ, imò & vulnerantes eius honorẽ, ac opinionẽ, nec quiescunt donec ex ore ab eis arripiant cibũ. Itẽ videbis canes præ rabie voracitatis, quã habẽt, si os in ore accipiant, postq̃ iam excoriauerũt illud, & quidquid carnis habebat deglutierunt, in duritie ipsius ossis dẽtes figere, vt ipsũ frãgãt & comedãt. Sic sunt multi auari, qui nõ quiescũt, abũdãtia rerũ saturãtur, nisi in magnis se im-

Simile.

Simile.

mergãt periculis, in quib' nõ solũ dentes frãgãt, verũ animam, & omnẽ rẽ familiarẽ amittant. Vt videbis aliquos, qui cũ eo q̃ habent patrimonio, poterãt honestè vitã trãsigere, secundũ q̃ eorũ qualitas exigebat; nõ tamẽ hac cõtẽti mediocritate, se ipsos in tot negotijs cõfundũt, vt ab eis euadere nequaquã possint, nisi & his quæ acquisierant, & his quæ antea habebãt deperditis, imò & vitã suspensione amittunt, quia cũ alienis reb' fugiũt & se rebellãt. Idẽ dices, de alio qui in domo, & in patria sua mediocrem vitã poterat agere: curiã ambiens & prætensiones eius quærens, cõsumptis omnibus, pauper domũ propriã redit. Quid hoc est, nisi in ossibus ipsis dẽtes frãgere, nõ cõtenti his quæ sibi sufficerent? Id ergo significat mulier hæc Chananæa, cũ ait: Etiam Dñe, nã & catelli edũt de micis quę cadũt de mẽsa dominorũ suorũ. Nõ se poterat vltra cohibere Ioseph, Genes. 45 nec verus Christus, plus dissimulare misericordiã suã, & quasi victus ab huius mulieris humilitate, ac fide, dixit: *O mulier, magna est fides tua, fiat tibi sicut vis.* O mulier, quoniã tu, & aliæ similes tui, hoc nomẽ mulieris honoratis, q̃ rẽ mollẽ, ac imperfectã significare solebat, iã in te & cũ similibus tuis fortitudinẽ, ac perfectionẽ magnã videtur præferre. O mulier quoniã hoc te nomine appellans, nõ vitupero, sed potius honorẽ tribuo: quoniã postq̃ prudẽtissima illa mulier quæ mater mea est, Maria virgo abstulit maledictionẽ quã super mulieres intulerat Deus; Genes. 3 iã nõ infame, sed honorificũ, nomẽ mulierum est. Et ideò ipse matrẽ suã bis mulierẽ appellauit. In nuptijs cũ dixit: Quid mihi & tibi est Ioan. 2 mulier? & in Cruce cũ ea alloquẽs, ait. Mulier Ioan. 19 ecce filius tuus: Ioannẽ Euangelistã insinuãs. Talis ergo mulier, tale honorificũ est nomẽ, & ideò te mulierẽ voco. Magna est fides tua. Quia vicẽ tua fide superasti, prius erãs minima tanquã granũ sinapis, nũc perseuerãtia creuisti in arborẽ, in cui' ramis tanquã aues cæli, ego, discipuli mei, & Angeli requiescunt. Magna est fides tua. Vide quàm magna, quæ montẽ vnũ ex vna parte in aliã trãsferre fecisti: Me qui mõs sum quẽ Esa. montẽ appel- Esai. 2 lauit, Cũ dixit: *Erit præparatus mõs domus Dñi in vertice mõtiũ.* Me igit' qui mõs sum tua fide trãstulisti à populo Iudaico ad Gẽtes; nã illos in sua obstinatione reliq̃, & dæmonijs obsessos relinquens, à tua filia dæmoniũ expellere volo. *Fiat tibi sicut vis.* Adimpleatur q̃ vis; tua volũtas fiat, quoniã iã orationis tuæ odor, ad mẽsam accessit paternã illo excitatus sum, iam fidem tuam expertus sum. *Fiat sibi sicut vis*, Et sanata est filia eius ex illa hora. Per omnia Deus benedictus, qui cum sit fortissimus leo, se ab imbecilli fœmina deuinci permittat, vt ostendat quantum virtus, ac fidei perseuerantia cum illo valeant, Amen. *Alia moralitas, seu sixtia.* Secundò sic dices: Ex omni genere ac conditione hominum, nobis exempla in sacra Scriptura proponuntur, virorum, fœminarum, puerorum, puellarum, simplicium, sapientium, minorum, atque maiorum. Quoniam virtus commune omnium hominum bonum est, & quislibet eam poterit & discere, & docere: non enim personas acceptat virtus, sed omnibus se communicabilem præbet. Et ratio huius est: Quoniam virtus est bonum animæ, cuius bona non minuuntur, eo quòd habeant multos possessores: sunt enim bona indiuisibilia, & tantæ sufficientiæ, ac valoris, vt à multis possessa, potius augeantur quàm deficiant. Nec enim sunt sicut bona temporalia, quæ propter eorum insufficientiam si à multis possideantur minus habent, & si vnus ebrius est, alius esurit, & ideò omnes studiosi possunt esse, non tamen diuites. Ingressus ergo Dominus Iesus domum, voluit ibi secretè manere, sed non potuit latere. Nam virtus (vt statim dicebamus) ipsa seipsam manifestat: est quippe lux, quæ alia luce non indiget vt manifestetur: vt hinc discas virtuti incumbere, nec multum curare, vt virtus tua manifestetur: ipsa enim se manifestam dabit. Imò & ipse Deus hoc sub sua cura accipit, vt studiosum virum palàm faciat. *Iob. 1.* Nam Iob sanctissimus erat vir, & eius sanctitatis Deus præco, ac propalator fuit. Dixit enim ad Satan. Nunquid considerasti seruum meum Iob, quòd non sit ei similis super terram? Simplex, ac rectus, ac timens Deum, & recedens à malo. Non potuit latere: quia virtus seipsam prodit. Vel non potuit latere, quoniam diuinitas quæ intra humanitatis latibula delitescebat, aliquando foras prodibat, & seipsam luce sua manifestabat. *Simile.* Nec enim sol radios suos occultare potest, etiamsi nubes inter illum, & nos interponantur, tamen radij suæ lucis per illas ad nos se transmittunt. Sic diuinitatis lumen, quæ sub humanitate, tanquàm sub nube tegebatur, secundum illud Prophetæ, *Ezech. 32.* Solem nube tegam; tamen per illam tanquàm per capsulam vitream diuina Maiestas perlucebat, radijsq; eius nō nunquam foris splendorem dabant, quo poterat diuinitas quæ intus latebat agnosci. Nec enim omnino maiestas illa sub humilitate latere potuit, quin radio vno suæ lucis mentem huius mulieris illustraret, quo ipsum credens omnia potentem, quæreret pro salute filiæ impetranda. Vndè sciens, quòd in illa domo erat, accessit ad eum adorans ac dicens. *Fili Dauid miserere mei, filia mea malè à dæmonio vexatur.* Obserua. Petit salutem filiæ, & tamen dicit, quod misereatur sibi. Cur hanc misericordiam non petit filiæ, sed sibi? Quoniam intelligebat, quòd sæpe Deus peccata patrum punit in filios, & filij mala in corpore patiūtur propter crimina patrū. Nā cùm filius sit pars substantiæ parētum, castigando filios propter peccata patrum, est illos in re propria punire. In re, inquā, propinquiori quā dom⁹, aut ager. Et si in his hæreditatibus, aliquando nos punit Deus, quāto maior vindicta erit in filijs, qui propinquiores sunt? Infirmatur filius tuus, aut aliquod magnum malum ei accidit. Cōfitere peccata tua, & ad Deum conuertere, & fortè melius habebit. Imò & aliquandò permittit Deus, vt in diuersa vitia filij prolabantur, tanquā imitatores peccatorum parētum, vt ipsi resipiscant. Tolle causam morbi filij tui, quæ sunt peccata tua, & auferetur effectus, hoc est morbus filij. Secundò sibi petit misericordiam pro filia: Quoniam mala filiorum tanquā propria æstimare debemus, propter arctissimam coniunctionē substantiarum, vtriusq. Sic Iob quotidie sacrifi- *Iob. 1.* cia offerebat pro peccatis filiorum. Atq; similiter mala proximorū tanquā propria habere debemus, vt illis misereamur, & eorū necessitatibus tanquā si nostræ essent prouideamus. Ideò quippè dicitur. Diliges pro- *Matth. 22.* ximum tuum, sicut teipsum. *Filia mea malè à dæmonio vexatur* (vale mal) Quid mirū si diabolo comite malè ei omnia succedūt? Quòd mirabile esset potius si benè ei aliquid eueniret. Hæc enim est differentia inter iustos, & peccatores, inter illos qui in gratia, & amicitia Dei sunt, & alios qui eius gratia, ac amicitia carent. Quoniā amicis Dei omnia *Rom. 8.* cooperātur in bonū, siue prospera, siue aduersa, omnia in eius vtilitatem cedunt: nā cùm omnia propter Deū patiātur & faciāt, omnia merita eorū augent. Vnde per Esaiā *Esai. 3.* dicit Dñs. Dicite iusto. Quoniā bene. *dalde*

de mo-

tedo el parablen al justo. Si domus ruit,
si res familiaris periit, si sanus est, si morbo
premitur, siue prosperè, siue aduersè
ei res eueniant; dicite illi quoniam bene:
omnia enim in bonum cedent ei,
si tamen firmiter in Dei amicitia perseueret.
Quoniam haec exteriora mala nihil mali
animae inferant, imò propter Deum perpessa
augmentum, & renouationem gra-
2. Cor. 4. tiae conferunt. Hoc enim est, quod Paulus
dicebat. Propter quod non deficimus
(in tribulationibus scilicet). Sed licèt
is qui foris est noster homo corrumpatur;
tamen is qui intus est, renouatur de
Prouer. 12. die in diem. Idem Salomon docebat dicens.
Non contristabit iustum quicquid
Prouer. 28 ei acciderit, sed quasi leo confidens absque
Prouer. 30. terrore erit. Sicut enim leo fortissimus
animalium ad nullius pauet occursum,
vt alibi dicit Sapiens; sic iustus ad
nullius aduersitatis occursum metuit, cùm
sciat omnia sibi in suum commodum euentura,
etiam si res omnes suae pereant, fi-
Iob. 1. lij, domus, armenta, atque egit quod
in Iob perspectum est. Cum enim omnia
bona sua dissipasset diabolus, similique,
& filios interemisset, in haec sanctissima
verba prorupit dicens. Nudus egressus
sum de vtero matris meae, & nudus
reuertar illuc, Dominus dedit, Dominus
abstulit, sicut Domino placuit ita factum
est, sit nomen Domini benedictum. Et
Tobiae. 2. Tobias quibusdam opera sua bona improperantibus,
cùm tamen & caecus, & pauper
esset, & dicerent illi, Vbi est spes tua,
quando sepeliebas mortuos? Respondit
tamen eis, & dixit: Nolite ita loqui fratres:
quoniam filij sanctorum sumus, &
expectamus illam requiem quam Dominus
daturus est eis, qui fidem integram
seruant in illum. Dicite ergo iusto quoniam
bene: E regione verò impijs hominibus,
ac peccatoribus omnia malè eueniunt,
etiamsi prospera & recta videantur. Vn-
Esai. 3. de Esaias ait. Vae impio in malum: *Dalde
de todo el pesame*. Si diuitiae suppetunt, si
Episcopatus pinguis ei obueniat, si sanus,
si robustus, si omnia mundi ei feliciter accidant,
dicite ei: Vae impio in malum:
Quoniam omnia sibi in condemnationem
2. Timo. 3. cedent. Vnde & Paulus ait: Viri pessimi
& peccatores proficiunt in peius: *Van
siempre de mal en peor*. Malè in hac vita,
Matth. 16 sed peius in alia. Vnde & Dominus di-

cebat. Quid prodest homini si mundum
vniuersum lucretur, animae verò suae detrimentum
patiatur? Quod & ipsi, Sapient. 5. cap. 5.
tunc cognoscent & dicent: Quid profuit
nobis superbia, & diuitiarum iactantia
quid contulit nobis? transierunt omnia
illa tanquam vmbra, &c. Quid enim illi
auaro diuiti praestiterunt diuitiae suae, cùm
modò aeternis ignibus comburatur? Nec
tamen guttulam habet aquae qua refrigeret
linguam suam. Quid etiam contulerunt
tot fructus vberrimi alteri diuiti qui blandiebatur
animae suae, atque dicebat, Anima
mea habes multa bona reposita in annos
plurimos? Et dictum est ei: Stulte, Luc. 12.
hac nocte repetent à te animam tuam, &
quae parasti cuius erunt? Rectè ergo haec
mulier dicit. Filia mea malè à daemonio
vexatur? Qui non respondit ei verbum.
Sed egressus est inde. Audite fratres mei,
mihique copiam facite, vt cum Christo
egrediar, & dicam vobis duas egressiones,
aut exitus quos Christus Dominus fecit.
Alteram à Patre aeternam, alteram à matre
temporalem: à Patre egreditur accipiendo
ab illo idem esse diuinum, potentiam
atque substantiam Patris. Sed haec
est aeterna, nec vllum aliquando habuit
initium temporis. De hac enim Michaeas Mich. 5.
propheta dixerat. Et egressus eius sicut
ab initio à diebus aeternitatis. A qua egressione
exorditus est Euangelium suum Ioannes
cum dixit: In principio erat Verbum, Ioan. 1.
&c. Haec autem egressio inuisibilis erat,
longeque à nostris conspectibus, nec poterat
homo in carne viuens illum in illa videre,
aut sequi. Quapropter secundam
egit egressionem temporalem in terris à
matre exiens homo visibilis, indutus carne
humana prothoparente edita, in qua
homines illum audire, videre, tangere,
atque sequi potuissent. De qua & Prophe- Baruch. 3.
ta dixerat. Post haec in terris visus est,
& cum hominibus conuersatus est. Sic &
verus Christi fidelis ad sui magistri imitationem
& exemplum, duas etiam faciet
egressiones, alteram inuisibilem, alteram
visibilem: priorem Deo, posteriorem verò
hominibus. Prima ea est quae per gratiam
fit, cùm homo baptizatus renascitur
Deo, de qua Dominus Nicodemo dixe- Ioan. 3.
rat: Oportet vos nasci denuo. Et nisi quis
renatus fuerit ex aqua & Spiritu sancto, nō
potest intrare in regnum Dei. Nam cū pri

mò homo in carne nascitur in materno ventre, natura nascitur filius iræ cum primo parentis peccato super se. Cæterum cum baptismi aquam accipit, regeneratur denuo & ex filio iræ fit filius gratiæ Dei, spolians veterē hominem cum actibus suis, & nouū induens. Vestem pelliceam mortuorū animalium exuens, & nouum induens hominem, qui secundum Deum creatus est in iu- *Ephes.4.* stitia & sanctitate veritatis, vt verbis vtar Pauli. Et quemadmodùm in illo ortu inuisibili, quo filius à Patre egreditur, communicat esse, potentiam, maiestatem, & authoritatem Dei, sic in isto secūdo ortu, quo homo à fonte baptismatis filius Dei egreditur, cōmunicat etiam proprietates Dei, etsi non in ipsa proprietate naturę, tamen in similitudine cum gratia. Deo enim similis efficitur in iustitia, in mūditia, in virtutibus, & in omnibus quæ facit aut dicit, exemplar quoddam viuum refert ipsius Dei. Et sicut ibi Filius est vnum cum Patre, ita & hic iustus cum Deo, etsi nō tam perfecta vnione, alia tamen consimili illi. Nam vt Paulus ait, Qui adhæret Deo vnus spiritus est cum eo. Communicat Spiritum sanctum qui est *1.Cor.6.* Spiritus Dei, ac vnio & nexus Patris & filij, & vnitur Deo per hanc gratiam Spiritus sancti, qui cum sit vtriusque nexus, eodem vinculo illi cōnectitur, nempe Spiritus sancti gratia. Sic enim & filius à Patre poposcit dicens: Peto Pater vt sint vnum, sicut & nos vnum sumus. Id est ad similitudinem nexus *Ioan.17.* nostri, illi per charitatem Spiritus sancti, & nobis & sibi ipsis connectantur. Verum vt hanc egressionem faciat homo, oportet, vt veterem Adam exuat, omniaque temporalia quæ ad hunc exitum impedimentū præbent, omittat. Sic enim præcepit Dominus *Genes.12.* Abrahæ dicens. Egredere de terra tua, & de cognatione tua, & de domo patris tui. Imo & à se ipso egredi debet, vt Dominus docuit. Siquis venit ad me, & non odit patrem & matrem suam, insuper & animam *Luc.14.* suam; non potest meus esse discipulus. Et *Luc.9.* alibi. Qui vult venire post me, abneget semetipsum. Cæterum quoniā homo est animal politicum atque sociabile, & ex eius conditione exigit conuictum cum alijs, nec sibi soli natus est sed etiam proximis, oportet vt secundam facit egressionem, nempe, vt non solùm coram Deo, verum etiam coram hominibus bonus appareat, secundum illud Pau. Prouidentes bona non solum coram Deo, verùm etiam coram hominibus omni- *Rom.12.* bus. Oportet enim exempla proferre, quibus proximi ædificentur, vt mortificationem Christi in corpore nostro etiam videant. Nec hæc secūda egressio parui æstimanda est: quoniam maxime refert videre alios opera virtutis exercentes, sic enim & ego contendam eadem facere, cùm videam alium mei similem ea facientem, & intelligo possibilem esse homini virtutis vsum, cùm alium perspiciam illa vtentem. E contrà vero maxime facit homines in virtute tepescere atque deficere, cùm paucos videant sectatores virtutis. Duplici quippe ratione animus mihi minuitur, primò quoniam videns paucos virtutem sectantes, suadeo mihi, quòd non sit multum vtile negotium, cùm tam paucos sectatores habeat. Illud enim negotium esse magni lucri intelligo, in quo video multos tractare; illud autem non adeò vtile, in quo paucos negotiatores video. Sic ex paucitate studiosorum hominum caro syllogizat, non esse multi lucri negotium virtutis. Secundò quoniam cernens alios à virtutis onere fugere, videtur mihi quòd solùm meis humeris illud relinquere velint, & timore coarctor atque exanimatus oneri succumbere cogor. Si enim seculares clericis virtutis onus relinquunt, clerici religiosis; religiosus cum sibi totum pōdus cernit relictum, timet, & non vult illud solus super humeros suos tollere, & ideò derelicta virtus, & quasi à terris eliminata cœlum petit & ad sidera aduolat. Nō sic debet fieri, sed alter alterum nostro exemplo ad virtutem excitare: id enim significabat Dominus volens quòd cortinæ Tabernaculi ansulis sibi essent connexæ, vt *Exod.26.* cortina cortinam traheret. Atque ideo lex Domini iugum dicitur: quoniam in iugo non vnus tantum, sed duo vinciri solent: eo quod alterutrum debemus nos coadiuuare ad portandum Dei iugum. Sic enim & Paulus monet nos. Consolemini inuicem, & alterutrum ædificemini. Et Christus Dominus *1.Thes.5.* idem docuit cum dixit. Sic luceat lux ve- *Matth.5.* stra coram hominibus, vt videant opera vestra bona, & glorificent Patrem vestrum qui in cœlis est. Si enim exemplo tuo ego moueor ad benè operandum, iam glorifico Patrem meis bonis operibus. Et quia pauci sunt sectatores virtutis, non adeò in pretio est. Nec enī virtutis cultores sunt quibus honores impertiātur, cū tamē honor sit, ppriū

pre-

pretium virtutis, sed hunc rapiunt profani, mundani, adulatores, negotiatores, qui quibus modis possunt mundi fauorem aucupant. Et quia homines vident non virtuti, sed humanæ prudentiæ præmia largiri, hoc sequuntur negotium, cui maximè omnes attendet. Nam etsi virtus propter se appetenda sit, tamen cùm imperfecti simus, motiuo aliquo etiam si imperfecto solemus moueri ad illam, & quandocunque virtus accipiatur postea illa tam dulcis & amicabilis est, vt propter seipsam deinceps ab hominibus appetatur. Nam & D. Augusti. in suis confessionibus fatetur, quòd cùm vidisset quantâ veneratione fideles honorabant bonum Episcopum Ambrosium, hoc quasi quodam stimulo affectus est ad Christianã religionem. Nam cum homines ab imperfecto ad perfectum ordinate naturæ progrediamur, prius hisce sensibilibus quasi incentiuis rapimur etiam ad ipsa opera virtutum, deinde cum iam experimentum eius fecerimus, propter ipsam amamus eam, operæ enim nostra [illegible] extrahere. Ex quo colligere licebit, quantum debeant principes, ac maiores virtuosos præmijs sublimare: & hoc fortè potissimum esset medium ad multos homines studiosos reddendos. Sic enim & tuo exemplo excitando alios, & virtutem honorãdo, permanebit nobiscum in terris. *Gregorius* Vnde Diuus Gregorius ad hoc propositum explicat id quod Dominus præcipiebat in Lege, nempe quod semper ignis arderet in templo: & quotidie ponerentur ligna ne extingueretur. *Leuit. 6.* Sic vt virtutis ignis semper luceat inter nos, oportet illum honore & exemplo fouere: nam vt ait Augustinus exempla seruorum Dei sunt veluti carbones vastatores, quæ animam amore virtutis flagrare faciunt, & quia hi deficiunt, clamat Propheta & dicit. *Hiere. 6.* Defecit sufflatorium de domo Dei. *Faltaron los atizadores de la virtud*, qui incendant & ardere faciant hunc ignem. Ideò oportet caput retorquere sicut in sacrificio turturis fiebat, & ad præteritos patres aspicere, atque ad pannos illos veteres admonere manum, vt eum Hieremiam ab inferis subleuemus. *Leuit. 1. Hiere. 38.* Igitur si Christianus hanc secundam egressionem fecerit, plures post se rapiet suo exemplo, sicut & Christus Dominus fecit. Cùm ergo egrederetur Christus de domo, mulier illa Cananea post eum abijt clamans, vt sanaret filiam eius. Quo exemplo docemur non solùm in domo sequi Dominum, sed & per deserta & aspera loca vbicunque ipse iuerit. Multi enim fortè si dimitterentur suis frui diuitijs, domus suæ delitijs, in tranquilitate & pace: sequerentur Christum, nulli nocerent, cui possent benefacerent, rem sacram audirent, concionibus interessent, confessiones, ac communiones frequentarent. Cæterùm si quidpiam aduersum illos euenerit, quo pax, ac tranquillitas illa turbetur; protinus retrocedunt, animum despondent, cunctaque bona quæ antea faciebant prætermittunt. Hi solùm in domum suam sequuntur Dominum, cùm tamen oporteat ex illa exire vt Abraham fecit. Inuenies etiam alios, qui si sibi copia fieret à Deo, vt diuitias possint vndequaque congregare, in suis voluptatibus expendere, honores ambire, thesaurizare: in alijs omnibus sequerentur illum, fidem integram seruarent, ieiunia Ecclesiæ obseruarent, sacris quotidie interessent, conciones libenter audirent, indulgentias quærerent. Quid non facerent, si illa illis permitteres? Cæterùm si contraria senserint, vt aliena reddant, iniusta lucra dimittant, pauperibus erogent bona sua, ac in arca pecuniam, aliaque eis prædicaueris quæ omnino suis desiderijs aduersa sunt: iam nec conciones tuas audient, nec tibi peccata sua confitebuntur, nec à te consilium petent, sed alios quærent, qui cœlum illis ad libitum suum promittant. Et (heu magnum malum) inuenient eos. Id contigit iuueni illi, qui cùm Dominum interrogasset quid faceret, vt saluus fieret, respondit ei. *Matth. 19* Serua mandata. Sed cùm illi dicenti ea à iuuentute sua seruasse Dominus dixisset. Si vis perfectus esse, vade, & vende omnia quæ habes, & sequere me, & habebis thesaurum in cœlo; protinus cecidit vultus eius, & abijt tristis: erat enim multas habẽs possessiones. Sic contigit aliquibus, qui magnã partem diuitiarum à parentibus suis iure hæreditario acceperant, quas si dicas illis restituendas esse, non acquiescent tibi, sed irridebunt te. Quòd si dixeris bona conscientia posse eas habere, iam tibi credent & amabunt te. Sacra Scriptura vituperat Reges, *4. Reg. 18* qui non abstulerunt excelsa, & laudat Ezechiam Regem, quia ea destruxit. Excelsa autem erant loca alta & amœna, in quibus homines aliud recreandi gratia Deo sacrificia offerebant. Erant veluti sacella in locis virentibus collocata, populus autẽ propter suam voluptatem gaudebat in illis sacrificare, Domino autem id displicebat. Quoniam non vult Deus, vt sui cultus occasione voluptati operam demus. Credo enim quàm plures esse homines, qui vellent, & Deo seruire, & simul suis voluptatibus indulgere, imò quòd eadem res quæ Deo cultum offerret, esset vel voluptuosa, vel suæ voluptatis occasio, qualia multa modo inter Christianos cernimus. Sed id est quod Deus abhorret. Quarè reges illi vituperantur, qui talia aut consentiunt aut permittunt, vt populus sibi subditus nimis sit voluptuosus, tàm in vestibus, quàm in cibis, & potibus, quàm in reliquis in quibus viget luxus. Ille autè rex gratus erit Deo, qui hæc à populo suo abstulerit, & ea ad rationis metam moderauerit. Igitur non solùm in domo tua, hoc est faciendo voluntatem tuam, sed etiam per loca aspera, & tuæ aduersa voluptati sequi debes Christum, vt mulier hæc fecit.

Christus autem tacebat. Non quia nolebat illam ei concedere petitionem, sed vt maioris perseuerantiæ ac meriti materiam præberet. Gaudet enim Deus maximè nostris precibus, & vt in illis perseueremus, differt elargiri quod maximè desiderat dare. Simile. Nunquam tibi accidit, quòd homo eruditus, ac eloquens venit ad te alloquendum in aliqua causa, quam etsi tu in primis verbis percepisti, & potuisses statim respondere, tamen tanta voluptate perfunderis audiendo erudita ac prudentia plena verba eius, vt dissimules, & differas responsum, vt illius loquela dulcedine perfruaris? Sic Dominus noster Deus, tanto gaudio afficitur nostra familiaritate ac oratione, vt etsi penitùs cognouerit quid velimus; tamen vt in loquela cum eo perseueremus, nobis differt postulata concedere. Sic enim & ipse dixerat. Prouer. 8. Et deliciæ meæ esse cum filijs hominum. Illos audire, cum illis esse, eorùmque loquela ac familiaritate lætari. Tot clamores emittebat hæc mulier, vt discipulos iam perterrefacta compelleret, vt ad Dominum dicerent. *Dimitte illam quia clamat post nos.* In hoc docetur discipulos homines nobiles, qui apud Regem primatum obtinent, vt pauperum ac miserorum patroni sint, eorumq; causas ad reges referant, eosque ad illum introducant, vt ius suum ab eo expostulent. Certè tales magnum potestati Deo, & Reipublicæ obsequium præstare si vellent. Imò & in hac gratissimi etiam regi suo efficerentur, verùm tamen oppositum faciunt, & nisi pro suis rebus, & cognatorum, vel eorum à quibus acceperunt munera, vel accipiendæ sperant, non alloquuntur reges, nec quidquam curæ habent de pauperibus. Et certè ob hoc eos in illo loco eminenti regibus posuit Deus, vt pauperum curam haberent, & eorum patrocinium gererent. Sic enim dixit Mardochæus reginæ Esther consobrinæ suæ, cùm ex captiua ad Regnum elevata esset: Esther. 4. Potens enim, vt pro populo suo, quem perdere Aman inimicus regis cupiebat, deprecaretur, Quis, inquit, scit, si ideò ad Regnum perueneris, vt in tali tempore parareris? Secundò instruitur in hoc, quantum nobis conferat bonorum, & Dei amicorum auxilium. Nam si eras amici regis non possunt in eius fauore conseruari, nisi inimicos eorum se adiuuare, vt nunc iste pro illo ad Regem loquatur, & obsequia eius erga Regem extollat, & alius vicissim pro illo, certè anima in Dei amicitia conseruatur, multùm ei prodest Dei amicorum de precatione & iuuamen. Vnde & Iob aiebat: Voca ergo si est qui te respondeat, & ad aliquem sanctorum conuertere. Iob. 5. *Non est bonum sumere panem filiorum, & mittere canibus: At illa respondit. Etiam Domine, nam & catelli edunt de micis quæ cadunt de mensa dominorum suorum.* Magna hic ostenditur huius mulieris fides atque perseuerantia, nec mirum esse poterat nisi idem Dominus, qui ex vna parte illam videbatur expellere, ex altera illi suppetias ferret, & intrinsecus adiuuaret. Ait quippe Sapiens: Ad locum vnde exeunt flumina reuertuntur, vt iterum fluant. Eccles. 1. Nam sicut mare quod videtur omnia flumina sorbere, & exhaurire, per secretas tamen venas ac riuulos illis prouidet de aqua, vt iterum fluant; sic Deus qui ex vna parte exhaurire videbatur fidem ac constantiam huius mulieris, per secretas tamen venas, interius in corde illam adiuuabat, vt à sua perseuerantia non cessaret. Simile. Denique hac perseuerantia quasi victus, Dominus dixit. *O mulier magna est fides tua, fiat tibi sicut vis. Et sanata est filia eius ex illa hora.* Felix mulier ac beata, quæ sua perseuerantia, ad se Deum superauit. Rectè merita est benedictionem ab eo consequi, quemadmodum & Iacob qui per totam noctem luctatus est cùm Angelo, vicit eum, & noluit illum dimittere nisi prius benedixisset illi. Gen. 32. Sic mulier hæc quæ tot horis luctata est cum Angelo illo magni consilij, & sua perseuerantia vicit illum, noluit eum dimittere nisi benedixisset prius sibi, & filiæ suæ. Habet enim se Deus quasi victus ab homine, vt nó vereamur illum crebrè tur nostris precibus excitare, importuneq; semper ea quibus indigemus ab eo poscere. Tandē enim benedicet nobis: sicut & huic mulieri, cuius importunis precibus dæmonium à filia sua fugavit.

Moralitas seu sēsus *Miserere mei, Domine Fili David.* Ecclesia nos docet, quomodò & resistere diabolo debeamus, & quo pacto ad perseverandum in pace & amore Dei nos habeamus. Instruit enim nos quomodò à diabolo fugere debeamus ad Deum, & quomodò in Deo quiescere, cùm ad illum accesserimus. Nam cùm in prima Dominica Quadragesimæ proposuerat quo pacto diabolus hominem tentat: nunc ostendit quomodò etiam Deus aliquandò hominem tentet, non vt sciat quid in homine sit, cùm sit omnisciens, sed vt illa occasione virtutes in eo augeat. Proxima Dominica nos equites fecit, præbens nobis arma, quibus fortissimos hostes nostros superaremus, nempè diabolum, mundū, atq; carnem. (Nam contra carnem ieiunium nobis induxit: contra mundum desertū præbuit: & adversus diabolum sacram Scripturam ostēdit.) nunc autem generalem quandam, ac communem armaturam præbet, qua omnis generis hostes ac tentationes propellere valeamus. Et hæc est diuinū ac supremum orationis exercitium, tantò magis omnibus necessarium, quantò [illegible] ab omnibus virtutum; tām potens armatura, vt omnes alias destruat & [illegible]. Audite, fratres mei. Condidit quidem Deus in vniversa structura quasdam velut virtutes sales visus, quæ in se particularium effectus, ac virtutes continerent. Sol vniversalis causa est, qui eminenter in se cæterarum causarum virtutes, ac proprietates includit, illuminat, comburit, cæterosq; ignis effectus efficit, nec tamen ignis est. Generat hominem, ac plantam, nec tamen homo aut planta est. Sic in cœlo hoc spirituali, quod est Ecclesia hæc visibilis, ad similitudinem vniversalis causæ orationem posuit Deus, quæ cæterarū virtutum causa appareat, non quia eas generet (solus enim Deus virtutū per se infusarum Pater est) sed quia ad acquirendum, & ad conservandum eas, optimum ac potissimum medium est. *Actor. 10.* Orante Cornelio, Angelus ei apparuit, & vt Petrum accerseret, monuit, à quo Christi fidem edoctus est. Ecce quomodò oratio quasi causa quædam, licèt remota fidei ipsius fuit. Auget fidem licèt ipsa non sit fides, sed alterius virtutis actus, quæ religio dicitur: *Luc. 17.* Adauge nobis fidem, dicebant vtiq; discipuli Dño, tanquā oratio impetret augmentum eius. Charitatem etiam conservat ac crescere facit, cùm in ea maximè charitas exerceatur, cùm tamē ipsa, non charitatis immediatè, sed religionis sit opus elicitum. Humilitatem, patientiam, spem, cæterasq; virtutes auctiores facit: quoniam in eius exercitio omnia virtutum opera in lucem prodeunt, operasq; suas exercent. Est enim veluti rota maior in horologio, ad cuius motum cæteræ totæ mouentur. *Simile.* Non maior est oratio (multæ enim aliæ virtutes præeminent) tamen cum ipsa in opus exit, cæteras etiam in opus trahit. Fides ibi credit, fiditq;, charitas etiam tunc in chorum salit (liquescit quippè cor præ amoris teneritudine in oratione.) Spes autem in alta se iactat, cùm in oratione animus in Deū elevatur: spe quippè tanquam ala quadam, vsq; ad conspectū Dei se extollit oratio. In chorum hunc etiam humilitas exit, cursumque suum, ac opus exercet, cùm suam paruitatē, Deiq; celsitudinem fatetur. Sic & patientia expectat, & deniq; omnes virtutes oratio, quasi in lucem prodire facit, in chorumque coram Deo, cœlitibusq; educit, *Hazé fiesta de todas las virtudes*, ibiq; mutuò se agnoscunt, mutuisq; complexibus gaudent, in chorum saltant, operasq; suas quælibet edit, quod qui in tali exercitio expertus est, meliùs docere valebit. Namq; hæc altera Rachel pulcherrima virgo, atq; à vero Iacob adamata, virtutes, veluti oues ad pastum educit, (in oratione quippè virtutes, ex Dei colloquio pascuntur, impinguanturq;) atque ad fontem adaquandas trahit, à cuius ore lapidē tollit, sponsumq; suum sibi obuiam habere meretur. *Gen. 29.* Nam in oratione ad Deum fontē viuum anima sitit, spiritumq; refrigerantem, qui aqua viua dicitur, sorbet, omniaq; obstacula tollit, quibus ab eius dulcedine impediri solebant. Oratio gerit vicem humidi radicalis in anima. *Simile.* Nam humidum radicale calorem naturalem conservat in corpore: pascitur quippè calor humido illo, & in eo ardet, ac conservatur, veluti lucerna in oleo, & in seipsū transfert illum, ac convertit. Sic oratio charitatem, quæ calor supernaturalis est animæ, conservat: nam in ea pascitur, lucet, ardet, ac demum in seipsam charitas illam, ac cæteras virtutes transfert, cùm omnes ibi incrementū capere soleant, reparando damna, quæ quotidianæ negligentiæ afferre solent, sicut caloris naturalis diminutio per humidū radicale resarcitur. Vnde oratio est *Matt. 25.*

oleum quo prudentum virginum lampades lucent, ob cuius defectum extinctæ sunt imprudentium lucernæ. Audeo dicere, penè impossibile est spiritualem vitam integram conseruare absq; orationis adminiculo. Extinguitur lucerna, vbi deficit oleum, deficiente oratione, lampades animæ etiam extinguũtur. Quare te vitam lucidiorem sole lãpadem esse velim, ô virtutum omnium cõseruatrix oratio, atque in hoc templo Dei viui inter suspiria, flagella atque rugientem, in altaribus, capellisque strepentem, vt & animas quæ te exercent illumines, & tepidas suspirando calescere, ardereq; facias. Et sicut vniuersalis causæ vices gerit, sic & generalis medicina pro omnibus curandis languoribus erit, benedictaq; nulli nocua, omnibusque proficua erit. Pro carnis lenocinijs medicina erit abstinentia, contra mundi strepentia negotia desertum, aduersus diabolum sacrata lectio, contra superbiam humilitas. At hæ speciales medicinæ singularibus ægritudinibus medentur, oratio verò omnibus accommodatissimum antidotum est. Quæ aduersus carnis illecebras aptior medicina quã oratio? Quæ omnia præter Deum contemnit, affligitque seruum no- *Genes. 16.* sub præstet impedimentum amoribus, mundum calcat, & omnia velut stercora [illegible] tur, dæmonem fugat, [illegible], denique omnia vitia [illegible]. Quare Paul. Ephes. 6. Postquam [illegible] hominem Christianis etiam armis induerat, *Ephes. 6.* pro lorica iustitiam, pro galea spem, pro scuto fidem, pro gladio verbum Dei porrigendo, quasi vltimum colophonem addens subdit. Per omnem orationem, & obsecrationẽ orantes omni tempore in spiritu, & in ipso vigilantes, in omni instantia, & obsecratione. Acsi aperte diceret: Singula vobis arma ad singulos hostes contuli, nunc autem accipite armaturam vnam, quæ omnium vices gerit. Per omnem orationẽ, ac si oratio omnes debellaret hostes. Cæteris non semper vti poteris vtpote silentio, solitudine; hac semper & vbique bellare valebitis. Sciendum quippe oratio à terrenis mentem, cælestibusque copulat ac vnit. Nam sicut cym- *Simile.* ba quæ fune agitur, quantò plus funem versus aliam ripam agimus, tantò ab alia cymbam deniamus; sic animæ quæ in hac corporis scapha inter cœlũ & terram stat, si funi huic, quæ oratio est, manum apponimus, & à terra plus eam separabimus, & tanto magis Deo eam propinquiorem reddemus. Igitur orationis virtutes, & alia quam plurima, in hac muliere Chananæa quasi depictas videmus. Hac enim armatura, & diabolum profligauit à filia, & ad se Dominum Iesum Christum attraxit. Nam ex omnibus cupit Deus, vt nos vtilitatem capiamus, atq; exẽpla bonorum quæ in eis fuerint imitemur. Et licet mulier hæc pagana, atque idolatra erat; tamen fides, ac perseuerãtia sua digna est, vt imitemur illam. Debemus enim esse *Simile.* sicut apis argumentosa, quæ non solùm ex arboribus ad conficienda mella flores colligit, verumetiam ex alijs minoribus plantis & herbis, imò & aliquando ex spinis & tribulis. Sic anima hominis Christiani veluti solicita apis ex omnibus commoda sua quærere debet, & ex ipsis spinis elicere, quantum valebit, flores. Hoc est, etiam ex bonis quæ in ipsis peccatoribus, aut infidelibus vi derit sibi sumere debet exempla ad ordinãda alvearia sua. Nam & de sancta Cecilia canit Ecclesia, quòd tanquam apis argumentosa Deo deseruiebat. Et certè ex exemplo quod nobis muliercula hæc hodie præbet, dulcia mella conficere possumus, si aliquas considerationes elicere, ità vt possemus ei dicere: Mel & lac sub lingua tua. Omnia *Cantic. 4.* quippe quæ loquitur dulcia & fide, ac deuotione plena verba sunt. Hæc namque beata mulier hac sanctissimæ orationis armatura, [illegible] perstãs, palmam quã sperabat adepta est. Audiuit Domini miracula, & quòd propè illam regionem ambulabat, & ex suo à terra sua illum quæsitum perrexit. Ecce vnum orationis effectum. Animam à terrenis diuellere, & illã Deo iungere, vt in exẽplo cymbæ statim diximus. Exijt ergo magna fiducia freta, animoque plusquàm fœmineo lacrymis plena, ad locum vbi Dominus erat. Ingreditur, ibiq; ad pedes eius prouoluta, hæc protulit verba. *Fili Dauid, miserere mei, filia mea malè à dæmonio vexatur.* Necessitas quam de Deo habemus, hæc docet nos illi imponere nomina, nostræ indigentiæ conuenientiora. Hæc illum vocat filium Dauid, Messiam, pium, à Gentibus speratum, quemadmodum & Dauid in necessitate positus mille titulos, ac epithecta, & cognomina Deo tribuebat: Deus refugium *Psal. 45.* nostrum & virtus, adiutor in opportunitatibus, in tribulationibus quæ inuenerunt nos. *Miserere mei.* Non [illegible] quoniam nullã aliã te habeo, non [illegible] quibus omnino careo quoniam infidelis sum, & peccatrix. Nam si ad [illegible]

Respe-

respexeris, exclusa ero. Tuam allego misericordiam securam peccatoribus patronam, hanc ob oculos tibi pono, haec ianitor, haec mea iustitia est: quapropter peto vt miserearis mei, nam filia mea malè à dæmonio vexatur. Contra aduersarium tuũ à te suppetias posco, quod signum est me ad te ab aduersario tuo perfugere velle, tuæque factionis deinceps esse. Regale est auxilium ijs qui tui volunt esse præstare. Tu ergo qui filius es Dauid Regis, miserere mei: quia filia mea malè ab aduersario tuo vexatur. *Qui non respondit ei verbum.* Quid hoc est rei, ô bone Iesu? Quid nouitatis hoc præfert? Es verbum Patris, & siles? Ipsa es misericordia, & celas? Quomodò verum erit quod per os Dauid nobis intimare dignatus es, dicens: Accedite ad eum, & illuminamini, & facies vestræ non confundentur? Quomodò ergo confusam & verecundatam hanc dimittis mulierem, nec verbum vnum ei reddendo? Nonne tu in templis, & in Synagogis clamare consueueras, dicens: Venite ad me *Matth. 11.* omnes qui laboratis & onerati estis, & ego reficiam vos? Et per Prophetam prædixeras. Et erit antequam clament ad me, exau- *Esai. 65.* diam eos. Et tu ipse: Petite, ais, & accipietis, *Luc. 11.* pulsate & aperietur vobis. Quomodò ergo hæc mulier fide plena petit, & taces, & pulsat tuæ misericordiæ fores, & responsum nõ reddis ei? Perditũ ac prodigum illum filium, *Luc. 15.* qui omnem substãtiam suam cum meretricibus deuorauerat, cùm ad te venisset hac intentione, vt ante pedes tuos prouolutus diceret: Pater peccaui in cœlum, & coram te, & non sum dignus vocari filius tuus, precor te, vt facias me sicut vnum ex mercenarijs tuis: sic recepisti vt obuiam ei à longe venienti exires, nec patereris, vt omnia verba sua, quæ præparauerat dicere loqueretur, sed interrupisti orationem eius, & summa cum pietate illi pepercisti; & huic mulieri clamitanti, ploranti, post te currenti, quæ millies petitionem suam repetit, nec responsum quidem dignaris reddere? Quidnam mysterij hoc sit, fateor me prorsus nescire. Sed audite fratres mei. Ædificat enim Deus secundùm fundamentum quod in cuiusque corde adinuenit. Eos quos fortes & validos inuenit maioribus difficultatibus obijcit, vt in illis eos probet, & virtutem eorum experiatur: debiles autem & qui minus viribus præualent, in delitijs habet, blanditijsque suis eos curat in officio continere. Multum quippe tentationibus eum valescentibus viribus, vt vera sit illa Pauli sententia, quæ dicit: Fidelis est Deus qui non permittit vos tentari supra id quod potestis. Veluti prudens pater *Simile.* qui duos habet filios; alterum validum & robustum; alterum imbecillem, infirmum, ac valetudinarium: primũ laboribus obijcit, in agrum, ad vineas colendas, & ad cætera negotia laboriosa peragenda mittit: Infirmũ autem domi continet, delitijsque ac blanditijs fouet. Perditum filium qui dissutus ac pannosus venit ad patrem, stola prima induit, pro illoque occiditur vitulus saginatus, cùm tamen filio qui domi semper fuit cum eo, nec hædus permissus sit, quem cum amicis suis ederet. Sic æternus Pater, cuius prouidentia cuncta suauiter disponit, sic omnia dispensat, vt fortiores laboribus perficiat; infirmiores delitijs ac consolationibus internis in officio contineat, potentioribusque maiora onera imperat. Vnde Esai. 28. dici- *Esai 28.* tur: Non enim in serris triturabitur git, nec rota plaustri super cyminum circuibit, sed in virga excutietur git, & cyminum in baculo, panis autem comminuetur. Hoc est dicere: Non erit omnibus æqualis labor. Nam git, ac cyminum trituratur virga, & pertica, hoc est, leuius quàm triticum quod fortius est, & ideò duplex trituranda, nempè serris ac rotis. Et sic se habuit Dominus cũ beato Sixto, & beato Laurentio, illum enim tanquam senẽ decollationis duntaxat sententia ad se perduxit: Laurentius verò, qui iunior & fortior erat, maiora perpessus est. Vnde & ei beatus Sixtus dixit: Nos quasi senes leuioris pugnæ cursum recipimus, te autem quasi iuuenem manet gloriosior de tyranno triumphus, maiora tibi debentur pro Christi fide certamina. Et quoniam inuenit in hac muliere fortitudinem, nam etsi mulier, fortis tamẽ, quoniam ex paucis, quas *Prouer. 31.* Sapiens dixerat se inuenisse, hæc fuit vna; ideò constantiam eius ac fortitudinem probare contendit. Mulier quippè ex fortitudine viri fuit condita, hoc est, ex costa, & in adiutorium viri data, & ideò etiam ipsa habet suam fortitudinem, etsi à viro, hoc est, Christo (despondi enim vos vni viro) com- *2. Cor. 11.* municatã. Quarè laus hoc nomen, Mulier, fortibus mulieribus tribuitur: nam & matrem suam in cruce mulierem vocauit, & Magdalenam post resurrectionem, cùm dixit ei: Mulier quid ploras? Et hanc etiam modò mulierem nuncupat. Quarè ipsa, quia mulier fortis erat, nõ despondit animũ, sed magis clamabat: *miserere mei, fili Dauid,* &c.

h 5 Neces-

Necessitas quippe robur addit animo, ro-
Psal. 119. borat(q;) vires, vt persistat. Sic enim & Dauid
dicebat: *Ad Dominum cùm tribularer cla-
maui.* Et Dominus postquam ter Patrem
rogauit pro carne sua, & nō accepit responsum, tertiò accedens adorationem factus in
agonia prolixiùs orabat, quasi necessitas
simile. plùs illum excitaret. Sicut Dux castri qui
se ab inimicis circumseptum videt, dum plùs
infestatur ab illis, maiori conatu resistit; sæ-
piùsq; mittit ad Regem pro auxilio. Sic &
anima in castello corporis ab hostibus circundata plures legatos in cœlū mittere debet, vt sibi Deus auxilia mittat, & tantò magis quantò plùs inimicus infestat. Sunt enim
animæ aliquæ parum discretæ ac prudentes, quæ nunquam orationi incumbunt, nisi
cùm læta illis succedūt, & ipsæ in tranquillitate sunt, & cùm aduersitas ingruerit, tacent, omniaq; remedia obliuiscuntur. Deficiunt enim, & derelinquit eas cor suum, nec
in tribulatione positæ animum habent de-
precandi Deum. Insignis quidem stultitia
ac ignauia. Imo modò plùs clamare debes
ad Deum, & inter ipsas positus tribulationes ad ipsum suspiria, lacrymas, ac deprecā-
tiones mittere. Vnum enim verbum ex medio morū dolorum, quasi vi extractum, erit
apud Deum efficacissimū. Tunc enim magis hæc spiritus arma necessaria sunt, & Angelorum auxilia posce. Clama ne cesses, ne
hæsites, etsi non ita feruenter, tunc videaris
orare, tribulationibus attritus; tamen plùs
valet tunc vnum verbum ex medio cordis
protractum, quàm alio tēpore plura verba.
4. Reg. 6. Giezi puer Helisæi, cùm Samaria ab inimicis obsessa esset, vidit multos currus igneos,
hoc est, Angelos, qui ciuitatem ab hostibus
defendebāt. Fortius ab hac muliere hæc arma suscipe, clama cum illa, persequere Dominum, insta importunè, & fauorem inuenies. Nonne vides, & Dauidem in medio
Psal. 119. tribulationis clamantem? Ad Dominum
cùm tribularer, clamaui. Nonne vides Dominum Iesum inter sanguineas guttas prolixiùs orantē? Nonne & hanc mulierem con-
sideras, dum acerbior est tribulatio, dum repulsam patitur, magis clamare & dicere:
Miserere mei, fili Dauid? Sic perseuerauit clamans, vt discipulos excitaret ad de-
precandum pro ea. Quod illa cernens, de
nouo vires assumens, procidit iterum ante
Iesum, dicens: *Domine adiuua me.* Nam (vt
suprà diximus) sanctorū auxilium illis prodest, qui etiā seipsos adiuuant. Id enim dixit
Natham ad Bersabē, cùm illa vellet à Rege 3. Reg. 1.
Dauid postulare, quòd filium suū Salomonem Regem faceret super Israël: Loquere
tu (inquit) ad Regem, & ego tunc intrabo,
& complebo sermones. Tu virtutum initia
apprehende, manusque tuas ad opera bona
applica, & tunc propitia tibi tota curia cœlestis erit. At ille respondit: *Non sum missus nisi ad oues quæ perierunt domus Israël. Et
illa: Domine adiuua me. Et Dominus: Non est
bonum sumere panem filiorum, & mittere canibus.* Tribus vicibus per nomē negatiuum,
Non, huic mulieri respondit Dominus. Primò tacendo, secundò dicendo discipulis:
Non sum missus nisi ad oues quæ perierunt
domus Israël. Tertiò ipse idem mulieri dicēdo: Non est bonū sumere panem filiorū,
& mittere canibus. Et adhùc ipsa perseuerat
pulsans: Vt saltem propter importunitatem, quidquid habet necessarium conceda-
tur ei, vt reuera factum est. Aduocatus noster est Spiritus sanctus ad Deum. Nam, vt
Paul. ait, Ipse postulat pro nobis gemitibus Roman. 8.
inenarrabilibus. Et Bernard. de Spiritu san- Bernard.
cto ait: Aduocatus noster ad Patrem in cordibus nostris. Officium autem aduocati est
corrigere petitiones clientuli sui. Tu causam apud iudicem agis, & scribis petitiones ad libitum, sed ostendis eas aduocato tuo.
Tunc enim ille corrigit eas, vel addendo
quod deest, vel demendo quod superest: sic
homo Christianus Deo suas porrigit petitiones; Spiritus sanctus qui aduocatus noster
est, eas corrigit, vel demendo, vel addendo.
Si enim id quod peto, vel aliquid eorū quæ
peto, non æternæ meæ saluti conuenit; id
Spiritus sanctus demit, non concedendo
quia non expedit saluti animæ meæ. Addit
autem, cùm occasionē præbet perseuerandi
in oratione, vt huic mulieri fecit. Expedie-
bat enim vt non semel aut iterum, sed multa
adderet in oratione, vt nobis, & fidei, &
patientiæ, & perseuerantiæ exemplum relinqueret, & ipsa magis mereretur. Quodlibet enim verbum suum augebat meritum,
ferens patientissimè repulsam à Domino, &
præcipuè in vltimo verbo, in quo dixit ei
Dominus: *Non est bonum sumere panem filiorum, & mittere canibus. Ad quod mulier
respondit: Etiam Domine: nam & catelli edūt
de micis, quæ cadunt de mensa dominorum
suorum.* Emisit Noe ex arca columbam, Genes. 8.
quæ cùm non inueniret vbi requiesceret
pes eius, reuersa est ad arcam. Iterum dimisit eam Noe, & tunc ipsa cum ramo oliuæ

in ore, reuersa est iterum ad arcam. Christus Dominus à se repulsa, ac emisit mulierem hanc, quæ cùm non inueniret vbi requiesceret pes eius, nec etiam in discipulis inueniret requiem, reuersa est ad Dominum, qui iterum asperis verbis repulit eam, & tamē ipsa adhùc reuersa est ad arcam cum ramo oliuæ in ore. Nam verbis pacificis, & humilitate plenis, Dei misericordiam implorans, ad ipsum reuersa est. Signum pacis ac victoriæ est oliua, ipsa sua perseuerantia vtrunque consequitur. Tu ergo ad huius imitationē, in oratione perseuera, etsi modò videatur tibi nullum ex ea protulisse fructum, iterum ad arcam reuertere, misericordiam cōstantissimè posce, nam absq; dubio sic faciens consequeris eam. Vnde & dixit ei Dominus: *O mulier, magna est fides tua, fiat tibi sicut vis.* Hoc volebat Deus, suam tibi petitionem concedere, sed expectabat, vt & tu perseuerares pulsans; & feriens hanc petram educeres oleum & mel. Vt & tu Christiane, discas à curis corporis aliquandò cessare, vt petitiones tuas ad Deū mittas, negotiaq; quæ æternæ salutationis agat. O sanctæ vtriusq; personę Spiritus, qui aduocatus noster es ad Patrem in cordibus nostris, & Dominus noster in corde Patris, hanc diuinam artem orationis clientulos tuos docere te petimus vt digneris: vt hoc deuotissimo exercitio, & fides, & charitas in nobis augeantur, & sic concessa nobis gratia in præsenti, in futuro vitam cōsequamur æternam.

Alia meditatio in versu. *Miserere mei Domine, fili David, &c.* Misericordiæ quas Deus hominibus contulit, & quotidie confert, multæ sunt. Sic enim & Psalmista dicit: *Psal. 118.* Misericordiæ tuæ multæ, Domine. Mirabilis enim est Deus in misericordijs, & per illas cognoscimus aliquid illius abyssi & pelagi suæ Infinitæ bonitatis, quam per effectus agnoscimus, inter quos hi qui sunt misericordiæ, abundant hoc maximè quòd misericordia magnitudinem in Deo dicit. Iustitia quidem manifestat nobis quòd superior sit, quòd authoritatem super omnes habeat. Misericordia autem declarat quod sit benefactor omnis expers miseriæ. Misereri quippè alicuius est eius alleuiare miseriam, quòd qui in eadem iacet, facere minimè potest. Qui enim pauper est, quomodò pauperem ab illa miseria subleuare poterit, cùm ipse in eadem sit? Et infirmus, quomodò infirmo medebitur? Aut ignorans, quomodò ignorantem docebit? Oportet ergo vt sit sapiens, qui ignorantem ab illa miseria subleuet, sanus qui infirmo medeatur, diues qui pauperi subuenire possit. Igitur quia misericordia Dei ad oēs se extēdit hominum miserias, ostendit non solùm superioritatem in Deo, verumetiam omnium miseriarum carentiam. Vnde ille dicitur Deus cui nihil deest. Et hoc enim Psalmista *Psalm. 15.* arguit Dominum esse Deum, cùm dicit: Ego dixi Domino: Deus meus es tu, quoniam bonorum meorum non indiges. Quarè misericordia maximè Deum exaltat, hinc enim *Psal. 106.* David dicit: Confiteantur Domino misericordiæ eius. Hoc est, hæ misericordię Deum exaltant, & dignum omnis laudis reddunt. Quid enim maius de Deo dici potest, quàm quòd est omnium miseriarum subleuator? Atque ideò sic extendit misericordias suas Deus: quoniam per illas magnū sibi nomen acquirit. Quoniam de eo dicit Paulus, quòd *Ephes. 2.* est diues in misericordia. Nam cùm tot misericordias creaturis communicat, acquirit sibi hoc nomen. Quæ enim creatura est, vel summa, vel infima, quæ Dei misericordiam non communicet? Quæ regio aut terra tàm longè distans, qui Barbari, qui Scithæ, qui incognitorum, aut Indorum gens, ad quos Dei misericordia non peruenerit? Vnde & *Psal. 144.* Psalmista ait: Suauis Dominus vniuersis, & miserationes eius super omnia opera eius. Quoniam super omnia opera eius extenditur, diffudit enim illam super omnia opera *Eccl. 16.* sua: esse enim ac conseruatio rerum, misericordia est Dei. Cùm ergo misericordia Dei omnes comprehendat, etiam ipsos peccatores ac hostes suos, imò isti sunt qui meliorē partē accipiunt, cui deesse poterit? Qui Solem suum oriri facit super bonos & malos, *Matt. 5.* & pluit super iustos & peccatores. Omnes Dei misericordia attingit: nam à fine vsq; ad *Sap. 8.* finem attingit. Duo extrema apprehendit, nempè bonos & malos. Iustos misericordia Dei in bonis operibus fecundos facit, malos autem etiam ferit radius aliquis huius lucis: nec enim effugere lucem Solis valemus. *Simile.* Nam etsi terga illi vertamus, oculos claudamus ne videamus illum, aut fenestram occludamus, lux Solis sic magna est, & ex alia parte sic subtilis ac penetratiua, quòd clausis oculis in medio illarum sentias quòd dies sit. Nam ipsa lux Solis per palpebras sese ita subtiliter intromittit, vt velis, nolis, sentias illam. Etsi terga vertis Soli, ipse videretur quòd persequatur te. Sic & peccatori contingit, quòd etsi velit, Deum fugere non valebit: nam ipse Deus persequitur illum. Si claudat

oculos

oculos ne videat Dei veritatē, ipse per palpebras animæ ingreditur, fulgorq; quoddã sui luminis sentiri facit, ita vt nescias vnde veniat, aut quò vadat. Nec enim est qui se *Psal. 18.* abscondat à calore eius. Omnia hæc in hac Chananidde muliere depicta videmus. Infidelis, à Deo maledicta, vt pote filia Cham, qui maledictus à patre fuit, quos Dominus delere præcepit, & à proprijs laribus pellere, vt illorum terram Iudæorum populo in possessionem daret. Hanc (inquam) Deus recipit, ad illã etiam Dei misericordia pertingit, hanc Sol iste calefacit, suosq; radios cum illa dispertit, imò in illa Gentium Ver incipere videtur, cùm videamus ad illã Solem verum accelerare, & nouas plãtas germinare facere. Attendite, fratres mei. Venit Christus Dominus vt peccatores venaretur, & ideò per deserta pergit, vt has feras quærat, & suis sagittis interficiat. Hoc mandatum accepit filius Dei à Patre, simile illi quod Isaac Esau filio suo mandauit, cùm *Genes. 10.* dixit ei: Sume arma tua, pharetrã & arcum, & affer mihi de venatione tua, vt comedam, & benedicat tibi anima mea. Pharetra & arcus Christi, verba & opera eius erant, quibus peccatores in cor feriebat, & eos venabatur, & ad Patrem trahebat. Sciebat enim hoc cibo vehemẽter delectari Deum, illisq; benedictionem consequebatur, qui anteà maledicti erant. Ideò ergo ad partes Tyri, & Sydonis pergit, vbi erãt filij etiam maledicti, vt illis benedictionem impetraret. Tyrus enim venationē significat: ac si diceret Iuit ad venationem ferarum, hoc est, peccatorum, *salio à caça de monteria*, vt de illo verius, & in meliori sensu dicatur. Sicut Nem- *Genes. 17.* roth robustus venator coram Domino. Robustus quidem Domini venator, qui tam feroces bestias interemit, quales sunt infideles, ac peccatores, & cum illis ianuas Eccle- *simile.* siæ suæ ornat. Quemadmodùm solent venatores ante portas suas capita aprorum, ac vrsorum, quos in venatione capiunt suspendere, & illis vestibula domorum ornare. Sic Dominus portas Ecclesiæ his aptis ornare incipit, quæ sunt indicia suæ dexteritatis in capiendis peccatoribus. Nempè hac Chananea, alia Samaritana, Magdalena, Mattheo, Paulo, & alijs similibus, quos ẽferitate mũdi ad mansuetudinem sui Euangelij traxit. *Et ecce mulier Chananea, Veys leuanta da la caça.* Sed aduerte. Ipsa mulier post Christum clamans currit, cùm tamen è regione deberet esse, quòd venator post feras currere solet, & quàm maximo silentio potest ne excitatæ feræ fugiant. Sed mysterium hoc intelligite, fratres, venatio hæc ea est quam nos di- *Simile.* cimus, *De ojeo*, nempè cùm alij feras abigũt, vt pergant propè venatores, & ipsi ad libitum eas sagittis suis transfigũt. Sic Deus animas, Spiritus sancti ductu ad se trahit, vt cùm propè fuerint, iaculis suis illas feriat. Nam & ipse dixit: Nemo potest venire ad *Ioan. 6.* me, nisi Pater meus traxerit eum. Deus enim sua gratia homines ad hominem Christum trahit, vt ipse sui amoris iaculis vulneret eos; quemadmodùm ad Dauid vrsos ac leones trahebat, vt ipse interficeret illos. Id enim videtur responsum illud Iacob insinuasse, cùm dixit illi Pater. Quomodò tam *Genes. 27.* citò inuenire potuisti, fili mi? Et ille respondit: Voluntas Dei fuit vt citò occurreret mihi. Deus enim animas ad se trahit, easq; à mundo abigit, vt ad Christum venatorem veniant. Nec enim principiũ, nec medium, nec finis nostræ conuersionis à nobis est, sed à Deo præcipuè. Ipse enim incipit bona in nobis, ipse nobiscum ea perficit, & ad finem bonum perducit. Ipse quippè dat velle, & *Philip. 2.* perficere, pro bona voluntate sua. Et cuius *Rom. 9.* vult miseretur, & quē vult indurat. Quosdã etiam à se deterret, alios ad se trahit. Iudam à se minauit, & expulit ab ouili ouium, à quo ipse abijt, vt ait Matthæ. Igitur fera hæc ab *Matth. 26.* Spiritu Dei, & Angelis venatoribus acta, ad pedes præcipui venatoris venit, vt eam ad libitum suum feriat & prosternat. *Et ecce mulier Chananea, &c. clamabat.* Aucupes dicunt quod cùm ad venationem ardeæ per- *Similiter.* gunt, cùm accipiter ille qui illam occisurus est, emittitur contra illam, quasi instinctu quodam naturali perçita, ac excitata crocitare ac clamare incipit, quasi iam mortem suam præuidẽs. Sic mulier ista, cùm se apud venatorem qui eam ferire debebat, inuenit, clamare incipit, vt misereatur ei. Ipse enim debebat vitam præteritam infidelitatis in ea interimere, & nouã gratiæ ei communicare. Aduertite tamen quid hæc mulier fecerit, vt hanc Dei misericordiam consequeretur. Primò enim à finibus illis, rerũq; infidelium egressa est. Per fines modò intentiones intelligimus: quoniam intentio finis est. Per quod instruimur, nequaquã ad acquirendam Dei gratiam, aut misericordiam sufficere dimittere actum peccandi, nisi intentionem etiam delinquendi dimittamus. Quarè valdè timeo multis peccatoribus, qui peccata sua quidem proprio Sacerdoti confitentur,

fitentur; & actum peccati pro tunc dimittunt, intentionem tamen peccandi minimè deserunt. Quare nihil eis prodest confessio. Quod & ipsa experientia testatur. Cùm videamus illos protinùs ad eadem peccata, sicut canis ad vomitum redire. Nam etsi hoc aliquando contingat ex vertibilitate liberi arbitrij, quo aliquando id quod modò maximè apperit, post paululù odio habet: hortamur tamen videntes inertiam ac tepiditatem, qua multi ex Christianis ad confessionis Sacramentum accedunt, cùm mox illos ad vitia eadem redire conspicimus; argumentum nõ minimum sumimus, eos prauam intentionem peccandi non deseruisse, nec ex finibus illis egressos fuisse, sed peccatû falsa quadam lacrymula cooperuisse, & cum seipsos seduxerint, existimant etiam Deum seduxisse, qui tamen nec falli, nec fallere potest: quoniam omnia nuda & aperta sunt in oculis eius, & non est creatura aliqua inuisibilis in conspectu eius. Non sic debes facere, frater, sed omninò peccatum dimittere, radicitusq; à corde tuo euellere, ne radix aliqua peccati in te maneat, qua postea repullulare possit iniquitas, secundùm illud Pauli: Nequa radix amaritudinis sursum germinans, & per eam inquinentur multi. Id enim sibi vult diabolus, vt aliquid praeteritorum delictorum in corde tuo remaneat, nam per illud reuiuiscere ipse faciet peccatum. Id est quod Pharao Rex Ægypti volebat. Quod etsi populus ad sacrificandû Domino pergeret, tamen aliquid dimitteret in Egyptum, quod eum compelleret ad illuc redeundum. Nam priùs copiam fecit illis eundi in desertum ad sacrificandum Deo, dummodò paruulos in Ægypto relinquerent. Deinde vt saltim iumenta sua ibi remanerent, quasi impignorata pro reditu. Sic diabolus nititur vt aliquid ex praeterito peccato in corde semper maneat, quo veluti impignoratum remaneat ad redeundum, & illud quod ibi remanet, vocet ad se & trahat ad peccatum tanquam res eius, cui & affectum remanet cor. Sed non id vult Deus quod fiat, sed viri, mulieres, paruuli, & iumenta omnia ad sacrificium pergant: quoniam solemnitas grãdis Domini est, ne quid in Ægypto relinquatur, quod illuc animos appellere possit. Nihil peccati maneat, omnia eius omninò à corde diuellantur, nec pignus, nec obses eius in potestate tua remaneat, ne iterum illius occasione ad te hostis tuus reuertatur. Id est quod frequenter efficere solet diabolus. Si iste qui erat in concubinatu, & cõfitetur in Quadragesima, & iubetur relinquere concubinam; relinquit quidem, sed taliter q vel ipsa grauida maneat, vel filium quem ei ex concubinatu peperit, apud se habeat, vt his veluti obsidibus, atq; pignoribus iterum ad suum redeat peccatum. Vel si haec non sunt, illa obligatio quam dixeris habere vt ei prouideas, hoc faciet vt & illa ad te reuertatur, vel tu ad eam. Non id oportet, sed omnes radices has, atq; occasiones euellere debes. Nam vaccae illae quae Arcã Testamenti à Philisthaeis ad Iudaeam emissam portabant, relinquebant vitulos in terram Philisthinorum, & ideò etsi properabant cum arca ad populum Dei, tamen ibant mugientes recordatae filiorum, quos relinquebant apud Philisthaeos. Sic contingit animae, quae aliquid sui desiderij in terra peccati dimittit. Mugiet enim bos, & aliquando recalcitrabit: nam caro ad sua pignora, ad suos filios, hoc est, ad opera mortis, quae aliquando peperit, redire cõtendit. Quare paruuli etiam educendi sunt de Ægypto, hoc est, quaedam etsi tepida desideria, vel aliqua ratio, quae titulo honestatis palliatur, non vel has res paruulas permittere debes in Ægypto remanere, hoc est, in peccato, ne iterum ad te reuertatur, vel tu ad illud. Hinc enim & Ioseph, nec ossa, nec cineres suos voluit remanere in Ægypto: hoc est, nec memoria quidem praeteritae vitae, nisi ad detestandum eam in te remaneat: nam cineres memoriam significãt. Sic enim tu debes in te destruere peccatum, quemadmodùm & Deus destructurus est peccatores, de quibus dicitur Malach. 4. Quod non derelinquet eis radicem, nec germen. Ita & tu non solùm actû peccatorum, sed & intentionem, desideria, & occasiones, ex quibus prodeunt, diuellere debes. Certè si ita fieret, non tàm citò ad semel dimissa peccatã rediremus. Audi me, frater. Iustificationis motus instantaneus est, qui non fit in tempore, sed in instanti. Quasi per saltum ab vno extremo in aliud transit peccator, nempè à culpa ad gratiam. Motus autem qui fit in tempore, in vtroq; termino est vsq; ad finem motus. Nec enim totus est in termino à quo, aliàs non incepisset motus; nec totus in termino ad quem: nam iam cessasset motus; sed partim in vno, & partim in alio. Quemadmodùm, cùm aqua mouetur ad calorem, nec tota frigida est, aliàs nõ cepisset alterari per calorẽ, nec tota calida, vt ignis

nam

Heb. 4. — Hebr. 12. — Exod. 10. — 1. Reg. 6. — Gen. vlt. — Malac. 4. — Simile.

nam tunc iam cessasset motus, adepto termino ad quem; sed diuisim est in vtroq; nec tota calida, nec tota frigida, sed mediu modo paulatim à frigiditate ad calorem transeundo. Non id patitur iustificatio, quæ in instanti fit, nec patitur Deus quòd aliquid voluntatis tuæ remanserit in peccato, aliquid in Deo; tunc enim nondum perfectus esset motus iustificationis. Sed totus in altero extremo debet esse. Non vt aqua tepida, sed vt Apoc. 3. omninò calida. Sic enim & ipse in Apocal. dicit: Vtinam frigidus esses aut calidus; sed quoniam tepidus es, incipiam te emouere ex ore meo. Non ita, sed per saltum transilire debes à culpa ad gratiam, fortiter ab vno extremo ad aliud attingendo. Sic enim di- Cant. 2. citur: En iste venit saliens in montibus transiliens colles, similis capreæ, hinnuloq; ceruorum. Miratur Ecclesia in hac Quadragesima, videns peccatores transilire peccatorum foueas & hiatus, rupesq; ac montes saltare, omnesq; peccatorum difficultates vincere, ac velut capreæ, ac damulæ; ab vno extremo ad aliud celeriter transilire, ab extremoq; peccati, ad gratiæ & amicitiæ Dei extrema se transferre, vt hæc mulier fecit egressa à finibus infidelium, & peccatorum. *Miserere mei, fili David.* Tu qui in hoc gloriaris, quòd misericors sis, & in hoc tuam ostendis celsitudinem, nomenq; tuum inter homines celebras, atq; hoc odore ad te animas trahis: miserere mei. *Filia mea malè à dæmonio vexatur.* Quid mirum quòd eam diabolus vexet, qui crudelissima quædã ac immanis est bestia, & carnifex humani sanguinis auidissimus? Qui inimicitias aduersùs hominem professus est. Quarè cùm illam sub sua habet potestate, nec Phalaris, nec Nero, nec Cariba, nec tyrannus aliquis inuenietur, qui sic mancipia vexet, sicut diabolus animas, quæ sibi per peccatum subduntur. Lacerat, diruit, membra disiungit, nec rẽ in suo loco dimittit quam non separet, & malo aliquo afficiat. Sic enim & Dominus comminabatur, dicẽs: Tradidi eos in manus do- Psal. 19. minorũ crudelium. Quomodò non immensos dolores in ea efficiet? Proh Deum immortalem! Quandò membrum aliquod cor- Simile. poris ab alio per istum aliquẽ disiungitur, quantum in corpore dolorem causat? Nam tanto conatu natura ordinem rerum amat, vt nunquàm quiescat dolor, & naturæ ipsius gemitus, donec membrum ad locum suum naturalẽ redeat, & ordo naturalis, quem inter se partes corporis habent, conseruetur. Sed ordo animæ multò pulchrior est, quàm ò plùs naturæ artifex in spiritualibus sapientiam suam ostendere voluit. Is ideò animæ potentias superno ordine inter se composuit, vt inferiores superioribus, superiores Deo subiectæ, atq; subordinatæ essent. Cùm autem hostis animæ, qui diabolus est, eam per peccatum intrat; omnia hæc diruit, disiungit, & lacerat, potentias quæ in suis articulis inter se conglutinantur, disiungit nec vllam rem in suo loco dimittit, sed omnia transuersa in anima ponit, sursum, deorsumq; voluẽdo. Carnem quippè quæ subtus rationem deberet esse, supra illam collocat, & quæ obedire tenebatur, imperium tenet, & ratio, voluntasq;, quas Deo subditas esse oportebat, iam carnis, dæmonisque imperio subijciuntur. O miseram animã omni prorsus ordine disiunctam! Quomodò ibi quiescet natura, donec potentiæ in suo ordine redigantur? Perpetuis cruciabitur doloribus, quoad vsq; quælibet pars in suũ locũ restituatur. Quarè anima sic dilacerata ipsa sibi pœna est, nec alium exigit tortorẽ quàm seipsam; secundùm illam celebrem B. August. sen- August. tẽtiam, qua dicit: Iussisti Domine, & ita est, vt animus inordinatus ipse sibi pœna sit. Quis maior dolor in corpore esse poterit, quàm membra disiuncta tenere? Et quis maior in anima excogitari potest, quàm inordinatè viuere, nec potentias suum locum tenere? Contritio, & infelicitas in vijs eorum: Psalm. 15. Semper enim membra confracta talis ani- Psal. 47. ma habet. Ibi dolores, vt parturientis: quoniam semper desiderijs varijs grauida peccatoris anima ambulat, nec dolores cessant, donec ea in lucem, & opus prodat. Benè ergo mulier hæc conqueritur ac dicit, quòd filia sua malè à dæmonio vexatur. *Qui non respondit ei verbum.* Vulnerata iam est ardea ista, percussa est fera, licèt in silẽtio, & occultè: ne si ictum præsensisset, fugam caperet & manus venatoris effugeret. Tacendo cor huius mulieris ferit, & ipsa veluti ceruus à sagitta herbosaria percussa maiori conamine ad fontem pergit, & sic ferventiùs sequebatur Christum, ita vt discipuli dicerẽt ad Dominum: *Dimitte illam, quia clamat post nos.* Venatores etiam sunt discipuli: ad hoc quippè ministerium vocauit eos Dominus, cùm dixit illis. Venite post me. faciam vos fieri piscatores hominum. Verùm erant in officio venandi nouitij atq; tyronnes; nouitij autẽ venatores vellent statim interemptam, ac captam venationem; qui autem huius exercitij cuili experientia nihil habent; plus voluptatis capiunt, si differatur exitus venationis, vt videant accipitrem volare, ad ardeam accedere, & illā vel volatu, vel vnguibus, vel ore se defendere. Vnde & ei respondit Dominus: *Non sum missus nisi ad oues quae perierunt domus Israel.* Sentit hunc secundū ictum mulier, & ideò crescit, & clamat, dicens: *Domine adiuua me.* Ecce orationis perseuerantiam, multū enim valet deprecatio iusti assidua. Iaco. 5. Nec enim Deus molestiam sentit, propter importunitatem nostrarum orationum, imò id ipse vult vt insistamus opportunè, & importunè. Ideò quippe oratio vocatur incensum, quod odoriferum est, vt intelligamus non fastidire Deum nostras orationes, etiamsi importunae sint, imò maximè placere illi. Psal. 140. Quare Dauid dicebat: Dirigatur, Domine, oratio mea, sicut incensum in conspectu tuo. Ac si diceret. Tibi redolens est oratio mea, nō potest displicere tibi, sed peto vt accipias eam. Nonne vides effectus omnes ad suas conuerti causas, vt ab ipsis semper id quo indiget, accipiant? Simile. Nonne vides terrā, quasi aperto ore inhiantem, & coelum semper respicientem, vt ab eo rorem & pluuiam recipiat, caeterasque influentias, quibus fructus suos proferre queat? Videmus plantas, herbas, & flores Solem semper inspicientes, & quasi ipsum insequentes, vt calore suo viuificatae prodeant, suaque pulchritudine ornent, suoque odore laetificent Vniuersum. Quid si filiorum non [illegible] à parentibus; vt eos alant, nutriant, atque ad perfectum perducant, quo possint vitam absque indigentia transigere. Omnes ergo effectus in suas videmus conuerti causas. Et causae istae, licèt respectu talium effectuum, causae sint; tamen respectu superiorum sunt effectus, ad quos ipsi etiam attendere debent: Quare non possunt adeò intentè suis effectibus prouidere: cùm & sibi necessarium sit etiam à superiori causa, quae eis desunt mendicare. Solus Deus taliter est causa, quòd nullo modo est effectus. Causa causarum est, omniumque effectuū productrix, à qua omnis paternitas, id est, omnis causalitas in coelo & in terra nominatur, vt ait Paul. Ephes. 3. Qui à nullo decipit, nec mendicat, sed omnia ab eo. Rom. 11. Quis enim prior dedit illi, & retribuetur ei? Quoniā ex ipso & per ipsum, & in ipso sunt omnia, vt dicitur Rom. 11. Vnde totus incumbit suis effectibus prouidendis, cùm ipse nullius indigeat. Psal. 15. Psal. 15. Ego dixi, Deus meus es tu quoniam bonorum meorum non eget. Si ergo aliae causae, quae ab alijs, & ab hac prima pendent, talē de suis effectibus curam habent, quantò maiorem prouidentiam haec prima habebit, quae nullius alterius indiget? Simile. Vides gallinam suis incubantem ouis, nec ab eis discedentem, vt suo calore foueat, atque in pullos conuertat; multò magis Deus suis assistit effectibus prouidendis, nutriendis, perficiendis, & conseruandis. Genes. 1. Nam à principio Spiritus Domini ferebatur super aquas, vel vt alia littera dicit, incubabat, hoc est, fouebat, perficiebat, & conseruabat. Si ergo omnes effectus ad suas conuertuntur causas, quae deficere possunt, & de facto aliquando deficiunt, cur non ad hanc indeficientem causam conuertimur, nostraque omnia in eam proijcimus, vt ab ipso quod nobis deficit, accipiamus? Haec autem conuersio per orationem fit, quae mentem ad Deum eleuat, atque ab eo quod desideratur poscit. Praecipuè enim mundus iste desertum quoddam sit, vnde omnia necessaria adueniunt desursum, *Et longè de aeterno:* temporis autem vnde necessaria sibi vehantur, coelum est: Iacob. 1. Nam omne datum optimum & omne donum perfectum desursum est. Vector autē qui haec huic deserto adducit, oratio est: Si quid tibi deest, mitte eam in coelū, & afferet. Deest tibi deuotio, fides, gratia, patientia, humilitas; mitte hunc vectorem, orationem dico: nam ipsa in coelum ascendit, cunctaque coelestia perlustrat, & onusta semper his bonis descendit. Vnde de sapiente muliere, hoc est, anima iusti, dicitur Prouer. 31. Prouer. 31. Facta est quasi nauis institoris, de longè. hoc est, de coelo portans panem suum. Est enim scala illa quam vidit Iacob; per quā Angeli ascendunt, atque descendunt. Ascendunt portantes orationes nostras (vt dixit Angelus ad Tobiam. c. 12.) Tob. 12. Ante Dei tribunal, & descendunt afferentes dona, quae per talem nuncium ad nos mittuntur. Talem veredarium mittes quoniam ipse veniet onustus omnibus bonis quibus indiges, nō reuertetur ad te vacuus, sed quaecunque mandaueris, faciet, si tamen patienter tuleris & fortiter perseueraueris; sicut mulier haec fecit. Quam cùm tamen nuncupasset Dominus, dicens ei: *Non est bonum sumere panem filiorum, & mittere canibus:* non abiuit, sed respondit, dicens: *Etiam Domine. Nam & catelli edunt de micis, quae cadunt de mensa dominorum suorū.* Ac si diceret: Fateor me esse canem, & ideò non peto panem integrum; sufficiunt mihi micae, quae cadunt de de mensis diuitum. Omnes creaturæ micæ sunt, quæ ex mensa Dei cadunt. Sol vna mica est, & cœlum, & Luna, & stellæ, micæ sunt, & nos cum paupere Lazaro ad mensam diuitum adstamus, non auarorum, sed maximè liberalium, cupientes saturari de micis quæ de mensa cadunt eorum. Nam omnia bona quæ hic accipimus, relata ad ea quæ ipsi possident, quasi micæ quædam sunt. Ipsi enim clarè vident Deum, nos per fidem dumtaxat credimus in eum. Illi eum ex toto corde diligunt, nos tamen imperfectè multoties deuiantes ab illo. Illi vident illum sicuti est, nos in Sacramento velatum. Micæ sunt hæc respectu eorum, qui panem integrum comedunt. Tamen sicut famelici canes speramus eas. Sed dices: Quis huic mulieri hanc tantam fortitudinem, & constantiam dabat? Ipsemet Christus, qui eam videbatur repellere. Nunquàm legistis in fabulis Poëtarum, quando Hercules luctabatur cum filio terræ, quoties eum in terrā prosternebat, maiores vires à terra ipsa capiebat: quoniam mater illas illi administrabat. Sic cùm videbatur Dominus hanc mulierem prosternere, ipse illi nouas vires subministrabat, quibus fortiùs aduersus repellentem se, si ita fas est dicere, insurgebat. Vnde & dixit illi: *O mulier, magna est fides tua, &c.* Quasi admirans tantam eius fortitudinem hoc dicit. Et quoniam quasi violenter misericordiam suam detinebat Christus, ideò velut impetuosè illam modò profert, dicens: *O mulier, magna est fides tua, fiat tibi sicut vis.* Ipse eam nobis præstet conferendo hic nobis gratiā, & in altero seculo gloriam, Amen.

Alia moralitas seu comm. Nunc autem vt alijs vicibus feci, postquam ordinatas iam quatuor conciones hic vobis proposui, carptim, & indifferenter nonnulla etiam scitu digna, circa hoc Euangelium attingam. Et primùm scitote multos sanctos Doctores dicere, quòd spiritus hic immundus, qui filiam huius mulieris exagitabat, erat spiritus fornicationis, & ideò Dominum ab ea fugisse, vt hoc facto doceret nos sic vitiū hoc vincendū esse. Nā vt Augustinus docet, omnis Christi actio nostra est instructio. *Augus. Marc. 11.* Sicut enim cùm ficum arefacere fecit, quia non inuenit in eo fructū, fuit parabola in facto, per quod significabat populum Iudæorū arefaciendum esse, quia vero Messiæ non crediderunt (sic enim Deus, insensibilibus rebus loqui iam tribuens) sic in hac fuga quā videtur fecisse ab hac muliere, instruere nos vult, quòd sic debemus peccata carnis ac fornicationis fugere. Diuus Thomas 2. 2. quæst. 135. artic. ad 4. *D. Thom.* docet esse aliqua vitia, quæ facie ad faciem resistuntur, ac vincuntur; quædam verò quæ sic vires maiores capiunt. Vitia spiritualia, & præcipuè acidia in faciem ei resistendo melius vincitur, *resistendo ei resistere*. Acidia quippè (quæ est tædium quoddam, ac fastidium rerum spiritualium) meliùs vincitur, considerando propiùs & frequentiùs spiritualia, quæ quantò plùs contemplantur, tantò vehementiùs hominis voluntatem post se rapiunt, animamque earum dulcedine magis afficiunt. Quarè optimum remedium contra acidiam est rebus spiritualibus plùs intendere. Cæterùm vitia carnalia, dum plùs considerantur, & cogitationibus tractantur, plùs virium illis concrescunt, magis inflammantur, & extenduntur. Quarè vitium hoc non facie ad faciem resisti potest, sed terga vertendo, atque à te quàm velociter repellendo, vt hodie suo facto nos docet Christus. Vnde & Paulus dicebat: Fugite fornicationem. *1. Cor. 6.* Et titulus Psalm. 3. hic est. *Psal. 3.* Psalmus Dauid pro victoria, cùm fugeret à facie filij sui Absalon. Fugam vocat victoriam, & ita est: quoniam pulcher ille iuuenis Absalon carnis peccata designat, à quibus fugiendo palmam contra ea adipiscimur. Ioseph etiam *Genes. 39.* relicto pallio fugit à manibus adulteræ mulieris, nec facie ad faciem huic hosti obuiam ire potuit. Fortissimus erat Dauid, & tamen *2. Reg. 11.* quia vidit mulierem se lauantem ex aduerso periit in concupiscentia eius. Terga vertit fortissimus Dux Iosue Regi Hai, *Iosue. 8.* deinde eleuatis clypeum in altum & vicit illum. Quoniam fugiendo à carne, & leuando orationis clypeum in altum, hunc terribilem hostem subijcimus, qui se Regem facere nititur, & ingressum terræ Promissionis impedire. Vnde Diuus Petrus dicit: *2. Petr. 1.* Vt per hoc efficiamini diuinæ consortes naturæ, fugientes eius quæ in mundo est, concupiscentiæ corruptionem. Fugiendo, & accidendo occasiones, perimitur hic inimicus. Hanc doctrinam confirmat Diuus Gregorius. 1. Reg. 6. *Gregor. 1. Reg. 6.* altissimè declarando mandatum illud, quod Dominus dedit Sauli, præcipiens illi, vt pergeret contra Amalech: quoniam impedire conatus est introitum filiorum Israël in terram Promissionis, postquam ex Ægypto educti fuerunt. Mandauit enim illi Dominus, vt penitùs

Do- vniuervidens eos illam Gentem delere, ne ex illi [illegible] superesset, sed lactentes parvulos in uberibus matrum interficerent. Amalech interpretatur populus lambens, & significat carnis libidinem, quae [illegible] voluptates amat, [illegible] se in illis [illegible], ut lambere illas videatur. Haec impedimentum esse solet egredientibus de Aegypto, hoc est, de mundo, ut dulcedinem coelestem sentiant, & in eius contemplatione ingrediantur. Nihil enim ita solet infestare homines, qui de carnalibus vitiis [illegible] ad spirituales se transferunt, quam monstrum hoc. Oportet ergo exercitum eligere contra illud, nec enim una virtus ad debellandum illud sufficit, sed universas phalanges virtutum instruere [illegible] illud. Nam contra superbiam sufficit humilitas; adversus iram, patientia; contra gulam abstinentia; contra hoc vero vitium universam virtutum aciem instruere oportet. Necessaria quippe est abstinentia, disciplina, humilitas, poenitentia, oratio, lectio, silentium, clausura, charitas Dei, fides, spes, denique omnium virtutum exercitus congregandus est contra illud, nec relinquendus est vivus vir, nec mulier, nec lactens infantulus. Vir est immunda cogitatio, mulier caro, quae se amplectitur cum immunda cogitatione [illegible] sentire quae illi, [illegible] se subiicere. Oportet ergo, ut vir & mulier interimantur. Desinamus cogitatus pessimos, caroque castigetur, nec ei assentiamus. Nec hoc solum, sed & lactentes parvuli [illegible], hoc est, initia, huius tentationis, quae veluti teneri pueri blande se intromittere incipiunt, oportet, ut etiam interimantur, & pereant. Nam si eos sinas in viros crescere, iam non poteris resistere illis. Attende ergo respice (ait Gregorius) an infantulus iste Amalechita sit. Quoniam si cogitationes, [illegible] tibi oriuntur, [illegible] vero alterius [illegible], Amalechita est, [illegible] illum, quamvis [illegible] infantulus sit. *Simile.* Quemadmodum ignis scintillam, quae vesti [illegible] inhaesit, proiicis [illegible], ne [illegible] dicatur quod Sapiens in Proverbiis dicit: *Prouer. 6.* Numquid potest quis habere ignem in sinu suo, ut vestimenta illius non ardeant? Hoc etiam lamentabatur Hieremias in suis Threnis, *Thren. 4.* cum diceret: Sed & lamiae nudaverunt mammam, lactaverunt catulos suos. Lamiae dicuntur mulieres maleficae, quas nos dicimus, *Strigas*; quae puerulos [illegible], & sugunt. Et significant animas impudicas, quae [illegible] cogitationibus pectus [illegible], & aperiunt ut ingrediantur ad se, & ibi lactant eas, ac fovent, cum illis delectantur, & immorantur. *Simile.* Et quemadmodum gallina (ut paulo ante diximus) incubans super ova, ea fovet, & calefacit, ut ex illis pulli generentur, & nascantur: sic animae nimis impudicae, ut carnales faciunt. Fovent enim pessimas & mulierosas cogitationes, incubantes super eas, ut ex eis generetur peccatum, & in opus nascatur, & exeat. Id enim efficere solet morosa delectatio in turpibus cogitationibus, nec pudicitiam servare poterunt, qui immundas cogitationes [illegible] non expellunt. Sunt enim Amalechitae infantes statim interficiendi, secundum illud Psalm. Beatus qui tenebit, & allidet parvulos suos ad petram, [illegible]. *Psal. 136.* In petra, quae est Christus. Item cum populus Dei praeliaretur contra Amalech, *Exod. 17.* Moyses manus elevatas cum virga habebat, & dum elevaret manus Moyses, vincebat Israel, cum deprimebat eas, superabat Amalech. Maximum remedium adversus hoc vitium est levare manus ad Deum in oratione: nam sensuales motus animum deprimunt, oratio elevat, & ideo tanquam motus contrarius illi vincit carnem hostem. Hur, & Aaron sustentabant manus Moysi, *Exod. 17.* ne deprimerentur: sic & ad subiiciendum hunc hostem, oportet ut & alii suis orationibus te adiuvent: tam importunus ac perniciosus hostis est. Unde & Dominus dicebat: Hoc genus daemoniorum non eiicitur, *Matth. 17.* nisi in ieiunio & oratione. Et per virgam quam elevabat Moyses, possumus etiam intelligere Christi crucem, sub cuius umbra ardor iste inordinatus refrigeratur. Sub arbore [illegible] se invenerunt primi Parentes nostri, hos bestiales motus sentientes; sed sub hac arbore potius [illegible] confunduntur & subiiciuntur. Unde multi in remedium adversus hanc tentationem quotidie crucis memoriam faciunt, per aliquam antiphonam & orationem. Et de sancta quadam [illegible] legitur, quod cum [illegible] turpes se sentiebat cogitationes, [illegible] signum Crucis super cor faciebat, & [illegible] ab ea. Quare post multum temporis [illegible], & sepultura sua, inveninuentus est pollex integer, & incorruptus, & lapsa cor eius inuenta est crux ad figuram floris lilij composita. Operæpretium existimaui huic doctrinæ etiam addere, quod sancti Patres docuerunt nos, & experientia testatur. Impossibile fermè esse multum communicantem, & familiariter se habentem cum mulieribus, castè viuere. Nam quamuis sancta sit, si frequens fiat, periculosa valde est. In ore omnium sententia illa Diui Bernardi est; Bernard. Maius æstimare miraculum, inter mulieres castè viuere, quàm mortuum suscitare. Hieron. Et Hieronymus in regula Monachorum tom. 2. dicit: Nemo miles pergit ad bellum cum vxore. Fœminæ enim cum viris habitantes germinant spinas, atque interscorpiones, & serpentes quis ingredi tutus securus. Et in secunda regula; vt refert Destructorium vitiorum, parte. 3. cap. 2. dixit: Quòd tentatio illa vehemens, quam in carne sua pertulit Paulus, ortum habuit ex hoc, quòd in comitatu suo ducebat beatam Teclam pulcherrimā virginem, propter quod compulsus est eam à se dimittere. Hoc etsi non certā veritatis habeat, prodesse tamen ad confirmandam hanc veritatem, quòd magnum periculum adest [illegible] sic communicantibus mulieribus, quanta mala sint futura. Prouer. 7. Multos enim vulneratos deiecit mulier, & fortissimi quique interfecti sunt ab ea: Qui timet Deum, fugiet ab ea (ait Sapiens.) Hodiè multi ex his, qui sanctitatem nimiam præ se ferunt, cum mulieribus frequenter [illegible] tractant, vt eas sanctas efficiant. Hoc ergo est, ait Gregor. Gregor. Reges Israel aduersus Amalechitas pugnare, prædicatores contra hoc vitium verba facere. Et super illud: Non sum missus nisi ad oues, quæ perierunt domus Israel: Simile. Nota, quòd Christo contigit id, quod populo alicui qui petit iudicem inquisitorem, vt inquirat de aliquo magno negotio, quod ibi accidit: Rex, & Senatus eius iudicem illic decernit; vt de negotio illo ad quod postulatus est, ab illo populo inquirat, addita tamen potestate, vt postquam illud finierit, alia negotia aliorum populorum tractet. Sic populus Iudaicus hunc Messiam sibi promissum indefessè postulauit: concessus est illi; & missus ad illum, addita tamen potestate, vt post illius populi negotia ad Gentes [illegible], aliquando se transferret. Et ideò postquam Iudæis prædicauerat; aliquando ad loca Gentilium se transferebat, & ibi nonnulla negotia eorum tractabat, vel hanc Chananæam, vel aliam Samaritanam commendat. Sic enim ait Paulus ad Rom. 15. Rom. 15. Dico ergo Christum Iesum ministrum fuisse circumcisionis; Gentes autem super misericordia honorare Deum. Quoniam Christus ministrare veniebat populo Iudæorum, qui circumcisione ab alijs distinguebantur: sed ex hac abundantia misericordiæ etiam Gentibus aliquando per se prædicauit, & postea plenissimè per Apostolos suos. Simile. Quemadmodùm mulier, quæ plurimum habet lactis in mammillis, non solùm filium suum, sed & alienum lactat. Vbera Christi, quæ sunt viscera misericordiæ plena (de quibus Sponsa dicebat: Quia meliora sunt vbera Cant. 1. tua vino) adeò plena, & exuberantia veniebant, vt non solùm filijs suis, qui erant Israelitæ, sed etiam alienis, quales erant Gentes infideles, lac suæ doctrinæ ac misericordiæ porrexerit. *O mulier, magna est fides tua: fiat tibi sicut vis.* Chrysostomus ait Chrys. hîc, quòd se gessit Dominus cum hominibus, sicut famosus quidam medicus, Simile. qui antequàm peritia suæ artis manifesta fiat, gratis curat ægrotos. Cæterùm postquàm iam cognita tanta eius sufficientia est; magno pretio suas operas vendit. Sic Christus Dominus in mundum veniens, vt sapientiam suam ostenderet, gratis omnibus beneficia præstabat; at postquam iam cognitus erat, magni æstimabat artem suam: volebat enim, vt magna fide à se emerent operas suas. Nam & dicebat: Sicut credidisti, fiat tibi, Matth. 8. hoc est, sicut mihi soluis, ita operas meas tibi impendo. Et quia magnum pretium contulit hæc mulier (quoniam magnam fidem illi præstitit) ideò dixit illi: *O mulier, magna est fides tua: fiat tibi sicut vis.* Cùm Helisæus Propheta 4. Reg. 13. morti proximus erat, venit ad eum Rex Israel, & dixit illi Propheta, vt sumeret arcum cum sagittis; & eas iaceret contra Syriam. Fecit id Rex Israel tribus vicibus, & interrogauit eum Propheta, quoties iecisset sagittas contra Syriam? Respondit Rex: Ter. Et Propheta: Viuit Dñs (ait) si septies id fecisses, septies percussisses Syriam, nunc autem ter percuties eam. Prima quidē gratia gratis nobis conceditur à Deo, aliæ in nobis præcedētibus

meruisti. Cæterùm augmentum gratiæ ad mensuram tuæ dispositionis, ac meriti datur, si enim tu dispositus fueris, vt tres, tres tibi gradus gratiæ augebuntur, si vt septem, septem. Vnde quibus Deus hæc beneficia impēdebat, dicebat: Fiat tibi sicut credidisti. Quo- Matth. 8.
niam si plus fidei ac meritorum haberetis, plus tibi tribueretur. Sed quoniam huius mulieris fides magna fuit, ad mensuram eius tribuitur quod petit. O mulier, magna est fides tua! Quoniam ita arcum extendisti, fiat tibi sicut vis. Solent animalia Simile.
magna, atque feroci à rebus se minimis subdere, atque eas timere. Nam leo, de quo Prouer. 30.
Sapiens ait, quod est fortissimus bestiarum, mur i se subijcit, & illū timet, & elephas mustellam. Sic leo iste fortissimus de tribu Iuda, huic mulieri se subijcit, dicens. O mulier, &c. Quoniam te catellis comparasti, hac tua tanta humilitate vicisti me: fiat tibi sicut vis.

Et cùm transisset inde Iesus, venit secus mare Galilææ: & ascendens in montem, sedebat ibi. Et accesserunt ad eum turbæ multæ, habentes secum mutos, cæcos, claudos, debiles, & alios multos, & proiecerunt ad pedes eius, & curauit eos, ita vt turbæ mirarentur, videntes mutos loquentes, claudos ambulantes, cæcos videntes, & magnificabant Deum Moralitas
Israël. Litera clara est. Spiritualiter autem multi sunt illi, qui corpore & mente muti, cæci sunt, sicut muti à Dei laudibus, de Ezech. 3.
quibus dicitur Ezechiel. 3. Eris mutus, nec quasi vir obiurgans. Claudi sunt, qui vno pede rectè ambulant, & alio, quia curtus ac breuis est, claudicant. Hi sunt qui fidem habent sine operibus, in via Dei vno pede ambulantes per fidem, & alio curto claudicātes per prauam operationē: quibus 3. Reg. 18.
3. Reg. 18. dicitur: Vsquequò claudicatis ad vtranque partem? Nam per fidem videntur accedere ad Deum, & per prauam operationem separantur ab eo. Quibus & Paulus dicit: Qui verbis confitentur, se nosse Tit. 1.
Deum, factis autem negant. Cæci etiam sunt qui aberrant à via Dei, quibus Esai. 59. Esai. 59.
dicitur: In tenebris ambulauimus, ac palpauimus, sicut cæci ad parietem, & quasi absque oculis attrectauimus. Debiles autem sunt, qui toto corpore imbecilles sunt, ex defectu virtutis operatiuæ. Hi sunt qui ex deuotionis defectu debiles spiritu sunt, negligentes que, ac tepidè opera Hiere. 48
Dei exequuntur, quibus dicitur: Maledictus homo, qui opus Dei facit negligenter.

2. Reg. 4. Miphibosteth, qui interpretatur vir confusionis, erat debilis pedibus: 2. Reg. 4.
quoniam peccatores, qui coram Deo, & hominibus in die iudicij confundendi sunt, & fide & operibus debiles sunt. Vnde per Malachiam caput 1. dixit Dominus: Si offeratis cæcum ad immolandum, nonne malum est? Tunc oblationem cæcam offerimus Deo, cùm absque vlla attentione opera eius exequimur, hoc est, cùm in laudibus eius, aut orationes, absque attentione animi ad id quod facimus, sumus, imò nec intentionem figimus in illud opus bonum, sed consuetudine ducimur, & rapimur ad Malach. 1.
id. Etsi offeratis claudum, & languidum, nonne malum est? Claudam offerimus oblationem, cùm solo corpore cultui Dei assistimus, voluntas autem longè ab illo est. Languida oblatio ea est, quæ absque deuotionis spiritu offertur, & quando hæc indeuotio in maioribus reperitur, conqueritur Dominus per Esaiam, dicens: Omne Esai. 1.
caput languidum. Summit etiam alios multos quoniam (vt Lucas cap. 6. refert) virtus de illo exibat, & sanabat omnes. Vt Luc. 6.
adimpleretur quod Psalm. 102. dicitur: Qui Psal. 102.
propitiatur omnibus iniquitatibus tuis, qui sanat omnes infirmitates tuas, qui redimit de interitu vitam tuam: qui coronat te in misericordia, & miserationibus. Hoc est, totum te circundat, & corpus, & animam operibus misericordiæ, quæ in te operatur.

Iesus autem, conuocatis discipulis suis, dixit: Misereor turbæ: quia triduò iam perseuerant mecum, & non habent quod manducent, & dimittere eos nolo ieiunos, ne deficiant in via. Misericordia propriè est passio animæ, & est tristitiæ species, condolentia, scilicet, affectæ miseriæ, velut propriæ. Sicut autem in Iesu fuit timor, & tristitia, ita fuit misericordia, ad verificandum veram naturam humanam in ipso. *Et dicunt ei discipuli. Vnde ergo nobis in deserto panes tantos, vt saturemus turbam tantam? Et ait illis Iesus: Quot panes habetis? At illi dixerunt: Septem, & paucos pisciculos. Et præcepit turbæ vt discumberent super terram. Et accipiens septem panes, & pisces, & gratias agens, fregit, & dedit discipulis suis, & discipuli dederunt populo, & comederunt omnes, & saturati sunt, & quod superfuit de fragmentis, tulerunt septem sportas plenas. Erant autem qui manducauerunt quatuor millia hominum, extra paruulos, & mulieres.*

Moralitas Summa huius miraculi est, quòd Christum sinceré quærentibus, & in vocatione sua perseuerantibus, nunquam defutura sunt vitæ necessaria, qui tantam turbam pauit, etiam non requisitus de cibo; imò qui omnes homines tam bonos quàm malos pascit quotidie, nec nunc deseret credentes, diligentes, & sperantes in se. Hic igitur ipso facto docuit, quód Dauid verbis expressit: *Psal.36.* Inquirentes (inquit) Dominum, non deficient omni bono. Item, Spera in Domino, & fac bonitatem. Reuela Domino viam tuam, Nouit enim Dominus viam immaculatorum. Iunior fui, etenim senui, & non vidi iustum derelictum, nec semen eius quærens panem. Lege totum hunc Psalmum trigesimumsextum. Vult igitur Christus hoc miraculo docere, quod suprà verbis docuit: Primùm quærite Regnum Dei, & hæc omnia adijcientur vobis. Primò hic obserua, quód Christus non nouos panes creauit, sed panes multiplicauit. Habet enim Deus multa media, quibus suos pascit. Consuetum quidem medium, quo nobis vitæ necessaria dat, est labor manualis. Hoc enim medium ipse ordinauit, & instituit, cùm dixit: In sudore vultus tui vesceris pane tuo. Hoc autem deficiente, habet Deus & alia media, quibus suis subuenire potest. Potens est enim Deus cibos creare, vbi priùs nihil erat. Sic filijs Israel panes è cœlo dedit in deserto. *Exod.16. & 17.* Sic eisdem aquam de petra produxit. Sic Sansoni aquam dedit *Iud.15.* è dente maxillæ molari asininæ. Secundò potest & id quod modicum est multiplicare. *3.Reg.11. & 17.* Sic olim viduæ Sareptanæ farinam auxit, vt per totum tempus sufficeret sibi & filio. Sic alteri viduæ oleum in vase multiplicatum est, adeò vt inde omnia debita persolueret, sic Helisæus viginti panibus *4.Reg.4.* centum viros pauit. Potest & Deus sine omni cibo corporali suos seruare. Sic enim Moysen quadraginta diebus conseruauit. *Exod.24. 3.Reg.19.* Sic & Heliam. Hæc autem omnia ob id scripta sunt, ne statim diffidamus ac desperemus, si labore manuum nostrarum nos frustremur, cùm Deus etiam aliunde possit nutrire sperantes in se. Sed dicis: Scio quod possit Deus, sed an velit hic dubito. Considera igitur præsentem historiam, & videbis, quod etiam velit. En vides quòd tacentibus omnibus, Christus ipse de cibatione verba facit. Quod quid aliud indicat, quàm ipsi curam esse de nobis? Id quod etiam verbis exprimit, dicens: *Misereor super turba.* Præterea addit: *Nolo eos dimittere ieiunos.* Quid hoc aliud est, quàm volo eos nutrire? Ad hoc facit & illud, quód non semel tantùm, sed bis turbas pauit, vt nimirùm ostenderet se etiam suos corporaliter nutriturum. Non igitur abs re Dauid dicit: Dominus sollicitus est mei. *Psal.39.* Et Petrus: Omnem *1.Petr.5.* sollicitudinem vestram proijcientes in eum: quoniam ipsi cura est de vobis. Imò Christus ipse: Nolite (inquit) solliciti esse quid *Matth.6.* manducabitis, &c. Scit enim Pater vester, quia his omnibus indigetis. Vides omnia hæc eò tendere, ne Deo diffidamus. Neque abs re Scriptura tantopere diffidentiam hanc excludere conatur. Quid enim non malorum hæc diffidentia gignit? Vnde obsecro tot meretrices, fures, latrones, mendacia, fraudes, imò vnde ipsa auaritia ortum habet, nisi ex hac diffidentia. Econtrà quid non bonorum secum adfert, quæ ab integra fide, & charitate proficiscitur vera in Deum fiducia? Hinc enim Dei amor, oratio, pia gratiarum actio proficiscuntur. Hanc igitur fiduciam hæc historia nobis persuadet. Tertiò vides hoc exemplo Apostolorum, quàm ardua res sit Deo fidere, maximè cùm omnia desperata videntur. Id, inquàm, ex Apostolis discere licet. Neque enim ipsi suas infirmitates, & imperfectiones scribere verentur. Viderant, inquàm, Christum è quinque panibus satiasse quinque millia hominum, neque multum temporis intercesserat, & tamen nunc in præsenti necessitate constituti, non recordantur eius miraculi, imò quasi nihil vnquàm tale vidissent, impossibile iudicant in deserto loco tot homines pascere. Quid enim verba ipsorum indicant. Hæc autem est natura tentationis, quód aufert memoriam præteritorum beneficiorum. Sic nobis contingit. Quis enim nostrum est, qui si vitam ante actam recogitet, non dicat: En tantopere Deus me pauit, ab hoc periculo eripuit, à tali homine præseruauit, ad hæc bona prouexit, &c. Omnes hæc dicimus, & tamen in præsenti necessitate constituti omnium præteritorum obliuiscimur, ac trepidamus, quasi nunquam nihil boni receperimus à Deo, vt meritò nobis dici possit illud, quod olim Iudæis dictum est. Vsquequò non credet *Num.14.* mihi populus iste? Si hactenus te pauit, vt ipse fateris, cur nunc dubitas? Si in tota vita tua semel Deum bonum expertus es, cur nunc in præsenti necessitate, eum tyrannum iudicas? Cur non eI

hunc

hanc honorem tribuis, quòd bonus sit? Pœnas ne impunè feret, quod [illegible] indigna de Deo fecerit? Qui nihil non agit, vt bonus agnoscatur. An non grande peccatum est, Deum crudelem iudicare, cùm omnia eius, & verba, & facta clamant eum bonum esse? An non hoc est Deum quasi blasphemare, & mendacem facere? Igitur ideò præsentia mala immittit Deus, vt admoneat per præteritorum beneficiorum, vt scilicet præteritis beneficijs discamus sperare etiā præsentia. Qui in multis adiuuit, in vno non relinquet. *Psal. 54.* Ad momentum (inquit) dereliqui te, & in miserationibus magnis congregabo te. Quartò obserua, quòd Christus tantùm bis corporaliter pauit turbas, vt [illegible], & præsenti capitibus pauit, sæpenumero autem spiritualiter, pane verbi sui. Quo nimirùm ostendit se magis propter animarum, quàm corporum salutem aduenisse, simul & nos docens, maiorē curam gerendum esse panem animæ, quàm corporis. *Matth. 4.* Neque enim in solo pane viuit homo, &c. Verbum Dei etiam sine pane [illegible] potest vtramque vitam conseruare; cùm interim panis corporalis sine fide, & verbo [illegible] nec corporis vitam diu seruare possit. Et hæc est allegoria huius miraculi, addendo, quòd Christus bis turbas cibauit, sed primò quinque panibus, nunc autem septem. Duobus enim modis nos Deus spiritualiter pascit, Lege & Euangelio. Quinque panes hordeacei significant quinque libros Moysi. Sicut enim hordeum suam quidem medullam habet scabro operimento tectam; sic Moysi Lex sensum habet spiritualem, sed figurarum integumento tectum. In Nouo autem testamento septem panibus nos pascit, qui sunt septem Sacramenta, præcipuè Sacrosanctum Eucharistiæ, de quo dicitur quòd est panis vitæ. Et Dauid: Adipe frumenti satiat te. *Psal. 147* Et alibi: Panis cor hominis confirmet. *Psal. 103.* Hic est enim panis quem quotidianum, & supersubstantialem in oratione Dominica quotidie poscimus, ad [illegible], & corroborandas animas nostras. *Gen. 40.* Et hæc septem Sacramenta sunt illæ septem spicæ vberes, & pulcherrimæ onustæ granis, quæ deuorarunt alias septem tenues, & vredine percussas, & simul Ægyptum, & vniuersum orbem, cùm fames premebat frumento opimo satiarunt. Septem enim Sacramenta Ecclesiæ gratiam continent, & ea quasi granis onusta sunt (cùm tamen antiqua vasa vacua fuissent) & hæc gratia animas satiant, quæ à tempore Legis veteris fame peribant: quoniam illa Sacramenta veteris Legis erant infirma, & egena elementa (vt ait Paulus) nec satiare poterant: *Galat. 4.* quoniam neminem ad perfectum adduxit lex. *Heb. 7.* Et simul spicas tenues deuorant, quoniam vitia comprimunt, & adiuuant infirmitatem nostram. Vides igitur, quòd Christus est is, qui corporaliter & spiritualiter pascit. Gustate igitur, & videte quoniam suauis est Dominus, beatus qui sperat in eo, &c. *Psalm. 33.* Aduerte etiam quòd cum discipulis consilium sumit de cibatione illorum hominum, vt nos doceret ab alijs debere consilia capere, ne in nostris actionibus erremus: cùm ipse, qui magni consilij Angelus est, ad nobis præbendum exemplum id fecerit, nec despiciendus est aliquis qui vtiliter consulere possit. Vnde Ecclesiast. 32. dicitur: Fili, sine consilio nihil facias. *Eccles. 32.* Consilium custodiet te, & prudentia seruabit te. Moyses cùm edoctus à Deo esset, tamen à Iethro socero suo consilium accepit. Et Prouerbijs dicitur: Salus vbi multa consilia, & qui sapiens est, audit consilium. Plato etiam ad Dionysium ait: Vulgò dicitur, consilium res sacra est. *Plato.* Et si tanto honore digni habentur, qui [illegible] à consilijs, quantò magis Apostoli quos ipse Deus consulebat. In hoc etiam ostenditur Dei prouidentia, quæ illas tres [illegible], quas Plato in diuersos diuidebat. Nam primam, quæ ad summam [illegible] pertinebat, summo Ioui tribuebat. Secundam quæ ad motum cœli pertinet, quæ generabilia sunt, secundis dijs, nempe Angelis dabat. Tertiam in hoc orbe sublunari, in quo viuimus, dæmonibus, id est, spiritibus scientificis. Nos autem horum omnium prouidentiam Deo concedimus primariæ causæ, [illegible] illæ primæ subordinatis secundarijs aliquos effectus [illegible]. Vniuersalis autem omnium rerum prouidentia, in Deo ipso est: quoniam excelsus Dominus, & humilia respicit in cœlo, & in terra. *Psal. 137.* Et idem Psalmista ait: Oculi omnium in te sperant Domine, & tu das escam illorum in tempore opportuno. *Psal. 144.* Aperis tu manum tuam, & imples omne animal benedictione. Misereor super turbam. Hanc verbis & exemplis semper docuit Christus [illegible]. Hinc tanta cura in discipulis [illegible] erga pauperes, vt cùm mitterent aliquos ex eis ad prædicandum, *Galat. 2.*

curam pauperum maximè commendabant eis, sic enim cum Paulo, & Barnaba fecerunt, dantes eis dexteras societatis ad prædicandum Euangelium, tamùm vt pauperum memores essent. Hinc illa vox Pauli, 2. Cor. 11. Quis infirmatur, & ego non infirmor? Quis scandalizatur, & ego non vror? Et illa: Ego autem libentissimè impendam, & superimpendar ego ipse pro animabus vestris. *Si dimisero eos ieiunos, deficient in via: quia erat iam sicut [illegible] sunt.* Illos qui ambulant viam trium dierum ad sacrificandum Domino cum populo Israel, illos, inquam, pascit Deus Manna suo. Exod. 5. Viam enim trium dierum petebat Moyses à Pharaone pro populo Dei, vt sacrificarent Domino. Hæc autem via trium dierum includitur in tribus partibus pœnitentiæ, nempè in contritione, confessione, & satisfactione. Hanc qui ambulauerit, cibabitur Manna illo cœlesti, hoc est, vero corpore, & sanguine Christi: *ne deficiant in via* quoniam Sacramentum illud eis est viaticum est, & confortati peragent iter: quemadmodum Elias in fortitudine cibi, qui sibi ab 3. Reg. 19. Angelo præparatus est, ambulauit vsque ad montem Dei Oreb. *Quidam enim ex eis de longè venerunt.* De longè veniunt peccatores ad Christum: quia longè à peccatoribus salus. Psal. 118. Et abeunt in regionem longinquam cum filio prodigo. Luc. 15. [illegible] post multa flagitia commissa [illegible] ambulant, & ad eum conuertuntur: Iam sub [illegible], & in [illegible] eos. Nam Ezech. 18. quacunque hora ingemuerit peccator, non recordabitur [illegible] Deus scelerum [illegible]. Quod in filio prodigo clarè expressum est. Vnde Esai. 57. dicitur: Hæc dicit excelsus & sublimis habitans æternitatem, & Esai. 57. sanctum nomen eius, in excelso & in sancto habitans, & cum contrito & humili spiritu, vt viuificet spiritum humilium, & viuificet cor contritorum. Creaui fructum labiorum pacem ei, qui longè est, & qui propè dixit Dominus, & sanaui eum. Esto ergo humilis in oculis tuis, tu qui de longè venisti, & qui de propè, [illegible] neque alta sapias, & gratias age. *Vnde ergo nobis in deserto panes vt saturemus* [illegible]? Ecce imbecillitatem fidei discipulorum. *Et ait illis Iesus: Quot panes habetis?* Ecce exemplo [illegible] nos docet, quomodò in mansuetudine suscipiendi sint imbecilles in fide. Nam & Basilius homil. 3. in Psalm. 14. docet, quòd Basilius. non est exprobrandum homini conuerso

si se à peccato. Nec enim hominum [illegible] exprobrationem in [illegible] delinquentium [illegible]. *Et accipiens septem panes, & pisces, gratias agens fregit, & dedit discipulis suis.* Gratias egit eo, vt multiplicet materiam illam panum, in pauperum sustentationè, vt tu discas gratias agere Deo, cùm inueneris occasionem benefaciendi pauperi: quoniam [illegible] tibi ex hoc lucrum accrescit. Quemadmodùm Abraham, cùm tres illos Angelos in specie virorum accepit, illos adorans inuitauit ad hospitium, dicens: Domine, si inueni gratiam in oculis Genes. 18. tuis, ne transeas seruum tuum. Vbi sic deprecabatur, vt illi ab illo gratiam hospitij suscipere vellent, ac si ipsi potiùs gratiam illi præstitissent. Quod rei veritas erat, Iam enim deprecatur, vt si ipse eleemosynam in hos esset acceptaturus. *Et dedit discipulis suis, & discipuli dederunt populo.* Glossa interlinealis ait, quòd spiritualem scientiam Glossa. tradidit eis, & per eos aliis. Vnde dicere possumus illud Baruch. 4. Beati sumus Israel: quia quæ placent Deo, manifesta sunt Baruch. 4 nobis. *Et comederunt, & saturati sunt.* Vt sciamus, quod à Domino habemus alimenta, & regratiemur ei, ne si pessimè abutamur datis, indigni reddamur recipiendis, imò ipsis datis priuemur. Nam per Oseam Propterea cap. 2. ita dicit Dominus: Po- Osee. 2. pulus hic non cognouit quòd ego dedi eis frumentum, & vinum, & oleum, & argentum multiplicaui ei. Idcircò conuertar, & sumam frumentum meum in tempore suo, & vinum meum in tempore suo. Quid est in tempore suo? Id est, cùm iam matura erunt segetes, & vuæ, & oleæ, & magnam vobis fructuum suorum copiam promittent, tunc mittam grandinem, quæ destruat ea, vt ab ore vestro tanquam ab ingratis famam cibum meum, quem vobis paraueram. Vnde subdit: Et liberabo lanam meam, & linum meum, quo operiebam ignominiam eius. Vbi nota quomodò verbo liberare vtitur Deus, cùm de lana, & lino agit sermonem. Quare obsecro per lanam, vel aut [illegible], aut [illegible] lanæ & linum, quia eis [illegible] Deus liberationem? Nonne confusæ, & quasi captiuæ sunt vestes, quæ ad superbiæ instrumentum, & ad impudicitiæ fomentum ab hominibus multiplicantur? Nonne captiuum possidet vestimentum meretrix; & magis [illegible] *turbæ ascendit in nauiculam, & venit in fines Magedam.* Statim post saturata rucula edita Christus Dominus fugiebat turbam, quasi laudes humanas declinans, & eis terga vertens. *Et venit in fines Magedam.* Marcus dicit in partes Dalmanutha: Nam vtrunque nomen habuit regio illa. Et plures codices Marci pro Dalmanutha Magedam legunt. Sic Glossa, & Lyra: licet etiam possemus dicere, quòd vna pars illius regionis vocabatur Magedam, & alia Dalmanutha. Sicut in hoc eodem capite dicitur Dominum venisse in partes Tyri, & Sydonis, id est, locis propinquis ambobus, tam Tyri, quàm Sydonis. Sic modò venit in partes, quæ proximæ erant Magedam, & Dalmanutha.

Cap. X V I.

T Accesserunt ad eum Pharisæi, & Sadducæi tentantes eum, & rogauerunt, vt signum de cælo ostenderet eis. Mellitosè hoc signum ab eo postulabant: nam, sicut supra post multiplica-

Ioan. 6. tionem quinque panum apud Ioannem est, conferentes miraculum illud cum illo quod fe-

Exod. 16. cit Moyses, cùm pluit illis Mannà ad manducandum de cælo; extenuabant id quod Dominus fecerat, petentes etiam tunc signum aliquod de cælo: Ita verisimile est, & tunc hos Pharisæos audita fama miraculorum Christi, & signanter huius, quod in calce præcedentis capituli retulit Euangelista; de multiplicatione alia facta septem panum, cæleste aliquod signum ab illo petijsse quo potestatem suam cælestem declararet, & se esse verum Messiam, vt si tale edere non posset reliqua omnia miracula eius calumniarentur, tanquam non diuina; & ex hoc occasionem sumerent omnia sua miracula extenuandi, & nihili pendendi; maximè hoc videntes, quod iam celebre habebatur; & vt quidam recens Doctor [illegible] sic imaginamur Pharisæos ad eum accessisse, dicentes: [illegible] Iesu Nazarene: Nos mirò tenemur Messiæ desiderio; & multis iam annis ipsum expectamus; nec aliud penè de habemus in votis quàm Messiæ aduentum; ideò petimus te nos [illegible] ô Iesu, si certò constaret nobis, te illum esse verum Messiam, quem Prophetæ promiserunt: quia ergo vides nos tuæ doctrinæ sitientissimos, dociles, & promptos auditores, age, eradito, & doceto nos. Hactenus licet per te multa edita sint signa in his locis inferioribus, dum cæcis reddidisti visum, mutis loquelam, & claudis gressum rectum ac solidum, dum dæmoniacos liberasti, paralyticos curasti, paucis panibus multa millia saciasti, aliaq; huiusmodi: omnia tamen quæ vidimus, signa terrena sunt, & hic aguntur in infimo mundo, propter quod signis aliquot supernaturalibus, & è cælo petitis, aut in aëre expressis, ostende te illum esse quem multi credunt, & qui videri vis. Age dum, huiusmodi signis confirma mentes nostras; vt credamus tibi; hoc præstitit noster Moyses, qui de cælo fecit descendere Mannà, hoc Helias qui ignem. Hæc autem petitio, præter malitiam, quam præ se ferebat, arguebat etiam infidelitatem eorum, vtpotè qui ad creden-

dum tot signa poscebant: satis enim debilis Stulte.

est qui sine baculo ambulare nequit, & tenuem visum habere arguit, non posse videre absque conspicilijs: sic maximam imbecillitatem fidei arguit, absq; signis, & his maximis nolle credere. *At ille respondens, ait eis: Facto vespere, dicitis, Serenum erit, rubicundum enim est cælum: & manè, Hodie tempestas, rutilat enim triste cælum. Faciem ergò cæli iudicare nostis, signa autem temporum non potestis.* Id est dicere, cùm aduenerit vespere ex inspectione dispositionis cæli, siue aëris conijcitis, & prognosticamini futuram esse serenitatem, quod ex rubedine cæli conijcitis: quoniam videlicet tunc qualis igneum, & ad modum ignis rubicundum apparet cælum, quod solet esse futuræ serenitatis naturale indicium. Rursus manè facta est inspectione cæli prognosticantes quod futurum est, dicitis, Hodie tempestas erit, quoniam cælum videtur rutilare, siue rubere, sed cum tristitia; & obscuritate, vnde colligunt nubes esse in aëre aquosas, aut densas, quæ vbi soluentur, tempestatem facient, pluuiam, aut ventos, aut alia huiusmodi, iuxta temporis conditionem, & qualitatem nubium: atque ita ex his tempestatis indicijs falli-bilibus, ac patentibus certis potestis quod non [illegible] est, sed adhuc futurum est, præcognoscere & prædicere antequam veniat. Faciem itaque cæli, id est, dispositionem eius ac situ-

sic diiudicare: si ergo ex tam facilibus indicijs, quæ futura sunt coniicitis, quomodo ex tam euidentissimis, & apertissimis argumentis, quæ ex tantis, & tam magnis signis factis sunt, præstant, non valetis colligere quis sim ego, aut vnde venerim, & quale sit hoc tempus nouum, & insolitum, quod tantis fulget miraculis, & gaudet beneficijs? Tempus vtique gratiæ, & visitationis vestræ longè ab alijs seculis distans. Ex his proculdubiò certè conijcere poteratis me esse verum vestrum Messiam: quarè qui his signis credere non vultis, ne nunc quidem crederetis, etiam si de cœlo signum vobis ostenderem. Hoc sic intelligit Diuus

Hieron. Hieronymus, de signis, scilicet, primi aduentus. Faciem (ait) hoc est, dispositionem cœli nostis diiudicare ex obseruata consuetudine fallaci, ita vt discernatis quæ dispositio cœli sit signum serenitatis, & quæ pluuiæ ac tempestatis, & non potestis ex Scripturis infallibilibus discernere, & cognoscere signa temporum, quæ vobis promissa sunt, hoc est, aduenisse iam vobis Mes-

Chrys. siam expectatum, neque eum esse. Chry-

Theophil. sostomus verò, & post eum Theophilactus per signa temporũ intelligunt signa vtriusq; aduentus Christi; & signa quidem primi aduentus deberent fieri in terra: secundi verò in cœlo, vt sic hic sensus. Sicut in cœlo aliud, cognoscitis esse serenitatis signum, aliud pluuiæ, ita si sapientes essetis, de me cogitare deberetis, quod alia sint signa huius aduentus, & alia futuri. Nunc opus est miraculis in terris, quæ verò de cœlo sunt, vsque in illud tempus reseruabuntur, quando veniet filius hominis in maiestate sua, quando Sol, & Luna obscurabuntur. Nec absona est huic nostræ lectioni hæc Chrysostomi interpretatio, vbi legimus: Signa autem temporũ non potestis, supple, diiudicare. Hieronymi autem interpretatio [illegible] id alijs præferenda videtur: quoniam consentit alteri simili loco, qui apud Lucam

Luc. 12. est cap. 12. vbi similiter Dominus obijcit [illegible] bis, dicens: Hypocritæ faciem cœli & terræ nostis probare, hoc autem tempus quomodo non probatis? Signa autem temporum, de quibus Dominus secundum hanc interpretationem loquitur, sunt, vel miracula, quæ Dominus edidit: nam secun-

Esai. 35. dùm Esaiæ vaticinium demonstrabant ipsum esse Christum, nam ille dixit de temporibus Messiæ: tunc aperientur oculi cæcorum, & aures surdorum patebunt: tunc saliet sicut ceruus claudus, & aperta erit lingua mutorum: & alia similia: atque his operibus testimonium dedit Dominus supra cap. 11. discipulis Ioannis interrogantibus, *Matth. 11.* an ipse esset Christus. Ite, & dicite Ioanni quæ audistis, & vidistis. Cæci vident, &c. signa aduentus sui proferens. Vel generaliùs signa temporum sunt omnia Prophetarum indicia, & oracula, quibus significabatur tempus Messiæ, inter quæ præter *Dan. 9.* miracula à Messia edenda, sunt & alia, nempè finis Hebdomadarũ Danielis, Trans- *Gene. 49.* latio sceptri Iudaici ad alienigenas, & id genus alia. Quarè in textu Græco vocat hypocritas hos Pharisæos, eò quòd simularent se cupere scire, an esset Messias, cùm tamen id ex operibus eius clarè coniectare possent.

Caietanus aliter interpretatur hunc lo- *Caiet.* cum legens sic. Hypocritæ, faciem quidem cœli diiudicare nostis, signa autem temporum non potestis scire, & sic legit Hiero- *Hieron.* nymus, hoc est dicere: Ex præcedentibus signis didicistis diiudicare futuram pluuiam & serenitatem, & signa præsentis temporum Messiæ non solum nescitis, sed nec potestis scire ob vestram malitiam: nam signa temporum Messiæ certiora & clariora erant, quàm signa pluuiæ, & serenitatis, quarè omninò inexcusabiles erant, & hæc etiam bona est interpretatio. Diuus Au- *Aug.* gustinus libro. 1. de quæstionibus Euangeliorum mysticè sed hunc locum interpre- *Moraliter.* tatur, dicens: Sicut ex vespertina rubedine cœli colligitis serenitatem; ex matutina verò tempestatem; ita ex sanguine passionis meæ in vespere mundi effuso intelligere deberetis peccatorum indulgentiam hominibus oblatam, & è contrà ex tristi rubedine ignis præcessuri aduentum Domini, (horrendam nouissimi) diei tempestatem contrà peccatores. Vel dic ut sic: quod sicut rubedo cœli in manè signum est tempestatis in vespere, & rubedo cœli in vespere signum est serenitatis in manè, ita effusio sanguinis Christi in circumcisione, quæ fuit manè, signum tristis passionis ac tempestatis eiusdem sanguinis, quæ futura erat in vesperum vitæ Christi; effusio tamen illa, quam in sacrificio vespertino fecit in cruce, fuit signum serenitatis, quam in die resurrectionis, ac [illegible] erat consecutus. Quòd si moraliter [illegible] signorum [illegible] scito hanc esse quòd [illegible] Sole obliquo, qualis est qui iam meridie,

nigritiam

nigritiem præferentes: quæ ergo rubicundæ sunt, non sunt adeo opacæ & densæ, sed penetrantur lumine quapropter in diē posterum multum indicant tempestatis apparatum, serenitatem ergo promittunt. Cū vero oriente sole, triste hinc inde & nubilosum se exhibet cœlum, pleræq; solent ad primum ortum solis occasum dispergi nubes, quæ tamen si densæ sunt, quales cum triste cœlum est, non dissipantur, sed excipiuntur, eas radij solis videntur rutilare: postremò verò vesperi cum sol eam quo tota die sunt collectæ, languescit, concorruunt, densantur fiuntque imbres.

Moralitas. Et aduerte, quòd in hac malitia aduersus Dominum Saducæi, & Pharisæi similes fuerint, cùm tamen inter se in opinionibus dissiderent. Hæc est enim hæreticorum conditio, quòd quantumuis inter se contrarijs sententijs digladientur, tamen aduersus Ecclesiam omnes conueniant, sicut vulpes illę Sansonis in caudis vnitæ erant quibus segetes incenderant, sed facies erant diuersæ: singulæ enim ad suas fauces ire contendebant. Sic hæretici, vt hæreditatem Dei infestent, vniuntur, licet quilibet suam opinionem, & suum commodum quærat. Vnde & addidit Dominus dicens eis. *Matth. 12.* *Generatio mala & adultera signum quærit; & signum non dabitur ei, nisi signum Ionæ prophetæ.* Hæc eadem verba supra capite 12. eisdem dixit, vt intelligamus ea quæ ad vtilitatem & correctionem pertinent sæpius repetere, non esse Battalogiam, hoc est, inutilem repetitionem; sed potius vtilissimum. *Simile.* Nec enim qui artē pingendi aliquem docet, semel tantum id ei, sed [illegible] idem refert: sic qui artem bene [illegible], alterum docere nititur, sæpius eadem repetere non pigeat. Vnde & Paulus dicebat: Eadem vobis scribere mihi non pigrum, vobis autem necessarium. *Philip. 3.* Duplici ratione siquidem vocatur ea generatio adultera: Primò, quia generatio ista [illegible] à Deo legitimo [illegible], quemadmodum [illegible] in Cantico à Moyse dicitur Deuter. 32. Hæccine reddis Domino, popule stulte & insipiens? [illegible] *Simile.* [illegible] Quemadmodum [illegible] adultera [illegible]

fuit, dereliquit. Altero modo dicitur generatio adultera, id est, filij adulterini, filij nothi, paternę probitatis haud quaquam imitatores, & à paternis moribus degeneres. Atque ita comparatio debet fieri ad probos patres, nempè priscos illos Patriarchas Abraham, Isaac, & Iacob, & qui horum fuerūt imitatores, Samuel, Dauid, Ezechias, Esaias, & horum plerique consimiles. Horum autem comparatione dicuntur adulterina generatio & nothi filij, cùm respectu aliorum quorum sunt in malitia imitatores, non adulterini hoc modo dicantur filij. *Luc. 3.* Vnde & ibi à Ioanne Baptista appellantur genimina viperarum, vel progenies, comparatione; videlicet, ad similes ipsorum patres malos, de quibus aiebat Dominus. *Matth. 23.* Quem Prophetam non occiderunt patres vestri? Et vos implete mensuram patrum vestrorum. *Nisi signum Ionæ prophetæ.* Per quod intelligit miraculum Resurrectionis; quod signum dicitur Ionæ; quia in Iona absorto à pisce cete, ac post triduum saluo euomito præsignatum. Sed quibusdam sententia hæc supra explicatione dicta est à Domino, capit. 12. & tamen non [illegible] ad ea quæ [illegible] attingebant, eo quòd Euangelium illud in quadam [illegible] feria Quadragesimæ prædicaretur, [illegible] illam explicationem, operæpretium [illegible] hoc loco [illegible]. Dominus sic ibi dicit: *Generatio mala & adultera signum quærit; & signum non dabitur ei, nisi signum Ionæ prophetæ: sicut enim fuit Ionas in ventre ceti tribus diebus, & tribus noctibus: sic erit & filius hominis in corde terræ tribus diebus, & tribus noctibus.* Et primò aduerte, quòd per cor terræ, vel significatur sepulchrum Christi, vel potius infernus in quem descendit anima eius protinus vtque à corpore soluta est anima; vt ait Hieronymus, *Hieron.* infernum esse in corde terræ, id est, in medio illius, omnes perhibent. Et secundò declarandum est, quomodo intelligendum sit Christum Dominum fuisse tribus diebus, & tribus noctibus in corde terræ, ex quo simul apparebit quomodo Ionas fuerit [illegible] tempore in ventre ceti. Difficultas autem in eo est: quia cùm Dominus post horam nonam diei Veneris sepultus fuerit, resurrexit autem manè diei Dominicæ, [illegible] in hoc tempore tres dies, licet non integros, saltem vt vocant, partiales; nempè partem extremam diei Veneris, & totum diem Sabbathi, & partem

partem primam diei Dominicæ, sed non inueniemus tres noctes, nec totales, nec partiales, sed tantum duas, nimirum noctem quæ præcesit diem Sabbathi, & quæ præcesit diem Dominicam: non igitur apparet quomodò fuerit Dominus tribus noctibus in sepulchro, vel in inferno. Quàm sit perplexa, & implicata hæc difficultas, declarat varietas opinionum circa eius solutionem.

Prima opinio Pauli Nidel.

Primò victus difficultate quæstionis Paulus Nidel Burgensis in secunda parte summæ Paulinæ, lib. 2. & lib. 3. ait, Christum fuisse in sepulchro tres dies integros, & tres noctes, sed non constare ex Euangelijs, aut Christum mortuum esse feria sexta, aut Resurrexisse die Dominica: tantùm constat diem mortis fuisse Parasceuen, quod potest intelligi de vigilia Paschæ, & ita dicemus mortuum fuisse feria quarta, & Resurrexisse die Dominica, & mansisse tres dies, & tres noctes integras in sepulchro. Nec constat diem Resurrectionis fuisse Dominicam, sed tantum fuisse vnam Sabbathorum. Dicamus ergo Resurrexisse cum die lunæ, & mortuum die Veneris. Verùm contra hoc est, quod & ex Euangelijs, & ex traditione Apostolorum, & vsu vniuersalis Ecclesiæ certissimum est, & diem Passionis fuisse feriam sextam, & diem Resurrectionis Dominicam.

2. opinio Ioan. Feri

Secunda opinio est Ioannis Feri sermone 4. de Dominica Paschæ, vbi hanc docet solutionem: Christum fuisse tribus diebus, & tribus noctibus, non ad rem, & re vera, sed secundùm existimationem discipulorum, quippe qui non crediderunt ipsum Resurrexisse nisi vsque ad vesperam diei Dominici, sicut ait Ioann. cap. 20. Cùm *Ioann. 20.* sero factum fuisset die illo, & vsque ad illud tempus putarunt discipuli ipsum fuisse in sepulchro, sed friuola est solutio: Dominus enim simpliciter loquitur se futurum tribus diebus, & tribus noctibus in sepulchro, & [illegible] figura Ionæ.

3. opi. Gregor. Nyssen. Theophil.

Tertia opinio est, Gregorij Nysseni oratione prima, de Resurrectione Domini, & Theophilacti super 12. cap. Matthæi, dicentium tempus sepulturæ Domini computandum esse à nocte feriæ quintæ, cùm Christus instituit sacramentum Eucharistiæ, in quo cùm seipsum immolauerit, sacramentaliter significauit se esse tanquam mortuum. Sed per se manifestum est valde extortam, ac molestam esse hanc interpretationem.

4. opinio Eusebij, Emysseni, & Caiet.

Quarta est, Eusebij Emysseni, & Caietani super 12. caput Matthæi qui computant tempus huius tridui ab eo tempore, quo Christum captus est à Iudæis in horto: tunc enim iam haberi poterat pro mortuo, vnde dixit Dominus illis: Hæc est hora vestra, & potestas tenebrarum, sed non possunt illi applicare illud, In corde terræ, quo modo fuerit ibi.

5. opinio Euthymij.

Quinta est Euthymij dicentis, Christum quidem prædixisse se futurum in sepulchro per tres dies, & tres noctes, postea tamen antevertisse tempus hoc à se prædictum. Nam cùm ad complendum hoc tempus oportuisset spectare noctem quæ sequebatur diem Dominicam, vt sic transactæ essent tres noctes, voluit tamen resurgere manè diei Dominicæ: quia Iudæi constituerant custodire sepulchrum per tres dies vsque ad occasum solis diei Dominicæ, sequenti verò nocte remouere custodiam à sepulchro; si autem Dominus expectasset noctem illam ad resurgendum, in qua Iudæi non custodiebant sepulchrum, fuisset suspecta illius resurrectio, & probabiliter potuissent dicere Iudæi, quod falsissimè dixerunt, discipulos eius furatos esse corpus: quia tunc nulli essent custodes. Igitur vt hanc calumniam præscinderet, anteuertit tempus constitutum surgens manè diei Dominicæ. Sed nullo modo probanda est hæc interpretatio, seu fictio Euthymij. Primò, quia facit prædictionem Domini mendacem, & inanem figuram Ionæ, & arguit Christum mutasse sententiam ex accidenti, quasi verò Christus cùm prædixit tempus illud [illegible], non sciuisset quid acturi erant Iudæi circa custodiam sepulchri, & secundùm illud constituere tempus suæ sepulturæ.

6. opinio Hilarij, Hieron. August. Theophil.

Sexta opinio, quæ [illegible] à Hieronymo in Commentario huius loci, & ab August. lib. 3. de consensu Euangelistarum, cap. [illegible] & à Theophilacto super 12. cap. Matthæi, & videtur esse opinio diui Hilarij in Canone vltimo in Matthæum, quæ talis est: Re vera Dominum esse mortuum, vel secundùm animam in inferno per tres noctes, verùm tamen loco primæ noctis, debere accipi tenebras illas horarum trium, quæ factæ sunt in morte eius ab hora sexta, vsque ad nonam, vt inuentam rent. Eas [illegible] tantæ fuerunt, vt dies penitus obscuratus [illegible] noctis interuenit. Quæ opinio exiguam habet probabilitatem [illegible]. Prima, quia illa obscuritas tenebrarum non potest verè dici nox nisi per similitudinem, & ita Dominus esset visus [illegible] noctis [illegible] alias duas noctes fuisse veras noctes. Deinde quia [illegible] erroris est, Dominum mortuum [illegible] diurno illo termino [illegible] hæc opinio pro certo [illegible].

7. Opinio probabilior. Septima opinio, & probabilior prioribus est, tres dies, & tres noctes eo loco significare tres dies naturales, id est viginti quatuor horarum, non fuisse tamen integros illos tres dies, sed, vt ita dicam, partiales, & per figuram Synecdochen, quia [illegible] aliquam eius partem, & ita [illegible] fuisse tres dies, & tres noctes Dominum in sepulchro. Hanc sententiam [illegible] D. Hieronymus præter cæteros [illegible] in Comment. super hunc locum Ionæ, & Augustinus lib. 3. de Consensu Euangelistarum, cap. 24. & lib. 4. de Trinitate, cap. 6. & lib. 3. de doctrina Christiana, cap. 35. & in Epistola 49. & Ioannes Cassianus lib. 7. de Incarnatione Domini; Beda in Homelia feriæ quartæ post primam Dominicam Quadragesimæ; D. Thomas 3. part. q. 51. articul. 4. Denique est ferè communis opinio; & hanc etiam nos superiori capitulo tanquam veram docuimus. Nihilominus perspicaciter re inspecta, hoc nobis se offert argumentum contra hanc sententiam, & est illud quod à principio proposuimus: Vt aliquid verè habeat appellationem totius per Synecdochen, debet saltim aliquam eius partem habere; sed illud triduum sepulturæ Domini habet quidem partes trium dierum naturalium, sed non habet nisi duas noctes, nec tertiæ noctis partem vllam habet; ergo. Verùm pro defensione communis sententiæ respondere possumus, Christum Dominum per tres noctes, & tres dies non voluisse significare distinctè tres dies artificiales, & tres noctes, & per illas definire tempus suæ sepulturæ, sed voluisse per hæc velut periphrasim, & circumlocutionem trium dierum, & trium noctium, exprimere tres dies naturales, quibus quidem dies naturalis definitur vna nocte, & vno die artificiali. Sensus igitur est, Dominum fuisse in corde terræ tres dies naturales, videlicet, vel secundùm totum, vel secundùm partem. Ad veritatem igitur dictis Domini non oportet exquirere tres noctes, & tres dies artificiales, sed tantùm tres dies naturales.

8. Opinio. Octaua opinio, & quæ mihi magis placita est. Ad cuius intelligentiam prænotandum est, in Scriptura, & apud Iudæos duplicem fuisse vsum dierum naturalium, vnum legalem in celebratione, & celebritate festorum ab occasu Solis, [illegible] præcepit Dominus Leuit. 23. dicens: A vespera vsque ad vesperam celebrabitis Sabbatha vestra. Altero modo dies naturales vtebantur apud Iudæos iuxta communem loquendi consuetudinem, quo vtebantur in omnibus suis rebus, & negotiis agendis; & hac dies numerabatur à media nocte ad mediam noctem, vt nos numeramus. Hoc posito, facile est respondere quæstioni propositæ: illos dies, & noctes sepulturæ Domini debere æstimari, non secundùm dies legales, sed secundùm vsitatos, vt ita dicam, à media nocte ad mediam noctem; sic enim reperientur in illo triduo non solùm tres dies partiales, sed etiam tres noctes. Nam sepultus est post horam nonam diei Veneris; ex quo die naturali habuit partem diei artificialis, scilicet residuum lucis vsque ad noctem, & habuit etiam partem noctis, initium vsque ad mediam noctem sequentem, quæ pertinet ad diem Veneris à qua media nocte vsque ad alteram mediam noctem, quæ præcedit diem Dominicum, habuit integrum diem naturalem, artificialem quoque, & integram noctem, & quia Dominus resurrexit in diluculo diei Dominici, & habuit de illo die naturali priorem medietatem noctis, quæ incipit à media nocte, & primam partem diei artificialis, quia surrexit in diluculo. Restat tamen probare hanc rationem computandi Scripturæ, & consuetudini Iudæorum [illegible] ostendam. Primò apparet ex eo quod Leuit. 23. præcipitur primò, vt festum expiationis celebretur decimo die mensis septimi: & verò paulò post præcipitur pro festo illud agatur die nono mensis septimi. Videtur igitur repugnantia, quæ tamen tollitur secundùm prædictam dierum distinctionem. Nam festum illud secundùm diem legalem agebatur die decimo; secundùm diem vsualem die nono. His positis addo, quod Ægyptii sic numerabant dies

Margin notes: Hieron. — August. — Ioan. Cassian. — Beda. — D. Thom. — Argument. — Duplex vsus dierum naturalium.

dies à media nocte ad mediam noctem, vt tradit Plinius lib. 2. capit. 77. Sic etiam Romani, vt idem dicit eodem loco. (*Plinius.*) Iudæi autem multas consuetudines acceperunt ab Ægyptijs, vt inquit Iosephus, (*Iosephus.*) à quibus cum ab initio versati fuerunt, & frequentia agebant commercia tempore etiam Domini nostri erant sub imperio Romanorum, & Herodes multa instituta Romanorum in mores Iudaicos induxerat. Contra hanc Iansenius cap. 119. suæ concordantiæ ait, dies (*Iansenius.*) vsualis Iudæorum, non à media nocte, sed ab ortu solis incepisse, tum quia in exordio lib. Genes. sic numerantur dies ab ortu ad ortum, quasi priùs fecerit diem Deus, deinde noctem, tum quia Iudæi numerabant horas diei ab ortu solis, vt patet in (*Matt. 20.*) illa parabola Euangelica, Hora prima, hora nona, hora Vespertina. [illegible]

Sed contra Iansenium tria sunt argumenta validissima. Primum quod Ioannis 20. (*Ioan. 20.*) dicitur, quod mane prima Sabbati, cum adhuc essent tenebræ, venit Maria Magdalena ad monumentum: à quibus verbis Ioannes tempus illud tenebrarum ante ortum solis appellat iam diem Dominicum: non igitur dies incipiebat ab ortu solis. (*1. Reg. 11.*) Secundum argumentum est ex 1. Regum 11. sic est. Venit dies crastinus, & Saul in vigilia matutina ingressus est in castra, quo significatur, diem illum crastini incepisse ante ortum solis, tempore quem præcedit vigilia matutina. Tertium testimonium est ex libro Ionæ capit. 4. vbi dicitur (*Ionæ. 4.*) hederam illam natam fuisse nocte, Deum autem excitasse vermem qui die crastino ante diluculum eam corrodens absumeret: tempus autem illud antelucanum paulò inferiùs dicitur esse, quo tempore iam comparat dies crastinus. His accedit, quod multi, & admodum graues Patres, vt Dionysius, Cyrillus Alexandrinus, & Athanasius, Gregorius Nazianzenus, & alij quam plures arbitrati sunt Dominum nostrum resurrexisse paulò post mediam noctem, quorum sententia stare hanc opinionem nullo modo tueri posset. (*Dionysius. Cyrillus Alexādrinus. Athanas. Grego. Nazianzen.*) Et ad primum argumentum Iansenij respondetur, In prima creatione dierum, & noctium ita fuisse, vt ipse ait, vt dies præcederet noctē; & primum diem naturalem mundi inciperet ab ortu solis: ex eo tamen non concluditur idem fuisse in vsu apud Hebræos, quinimò contrarium nos ostendimus. Ad secundum argumentum respondetur simpliciter: Primò, non valet: Iudæi numerabant horas diei à tempore matutino, ergo computabant dies naturales ab ortu solis: nam etiam in Italia numerantur horæ ab occasu solis, nihilominus tamen in tractandis omnibus negotijs dies naturales computantur à media nocte. Deinde Iudæi computabant à tempore matutino horas diei artificialis, quemlibet enim diem, & quamlibet noctem in duodecim horas diuidebant, non tamen inde computabant horas diei naturalis. Summa igitur nostræ sententiæ hæc est. (Cùm dicitur Dominus (*Sūma sententiæ.*) de tribus diebus, & tribus noctibus fuit in sepultura, nec potest intelligi de diebus & noctibus artificialibus, nam ita non fuere nisi duæ noctes, nec de diebus naturalibus, computando eos, vel à vespera ad vesperam, vel ab ortu solis ad ortum, tum quia nulla computatione eorum celebrationem festiuitatum, non vtebantur Iudæi, tum quia hoc modo in illo triduo non reperiuntur nisi duæ noctes, nec à medio die, à meridie, scilicet, ad meridiem, quia licet ita reperiantur etiam tres noctes, tamen hic modus computandi dies non erat vsitatus apud Iudæos:) relinquitur debere intelligi de diebus naturalibus computando eos à media nocte ad mediam noctem, sic enim in illo triduo inueniuntur tres noctes, & tres dies, & talis modus computandi solus vsitatus erat apud Iudæos, vt à nobis ostensum est. Ergo signū nō dabitur huic adulteræ generationi, nisi signum Ionæ Prophetæ. Noluit signa grandia, qualia illi è cælo postulabant, eis ostendere: quoniam superborum est alta petere, secundùm illud: Generatio cuius excelsi sunt oculi, & palpebræ (*Moralitas* [illegible] *Prouer. 30.*) eius in alta surrectæ: bonorum autem est humilitatis signa proferre. Ægyptiorum (*Exod. 7.*) incantatores fecerunt quidem serpentes, & ranas, non tamen cyniphes, quæ res minimæ sunt: quoniam peccatores turpia, & immunda quidem scelera committunt, non tamen humilia opera in quibus humilitas elucescat, faciunt. Audite Dauidē postquam vnctus erat in Regem, & Gigantem occiderat, qualiter de se sentiat. Sic enim ait ad Saulem Regem. Quem persequeris, Rex Israel, canem mortuum? Quare Christus (*1. Reg. 24.*) Dominus de terra dat eis signum, nempè sepulturæ, ac resurrectionis eius de sepulchro signum. Vnde & subditur, *Et relictis eis, abijt.* Nam Deus à superbis faciem auertit, & quia superbis resistit, & humilibus (*Iacob. 4.*) dat

dat gratis, & vt ab illis tolleret occasionẽ illum tanto odio prosequendi. *Et cum venissent discipuli eius trans fretum*, hoc est in vlteriorem ripam, *obliti sunt panes accipere*. Nam qui cum Deo ambulat, omnia temporalia contemnit: nec enim cùm Moyses ascendit in montem cum Deo, secum detulit cibaria, nec eorum quidem recordatus est, nec Helias cùm propter Deum peregrinaretur fugiens Iezabelis iram, de panibus cogitabat, sed ab Angelo & coruo, & videns Dei prouidentia pascebatur. *Qui dixit illis. Intuemini, & cauete à fermento Pharisæorum, & Saducæorum. At illi dixerunt cogitantes inter se: Quia panes non accepimus. Sciens autem Iesus dixit, Quid cogitatis inter vos modicæ fidei, quia panes non habetis? Nondum intelligitis, nec recordamini quinque panũ, in quinque millia hominum, & quot cophinos sumpsistis? Neque septem panum in quatuor millia hominum, & quot sportas sumpsistis? Quare non intelligitis, quia non de pane dico vobis, cauete à fermento Pharisæorum, & Saducæorum? Tunc intellexerunt, quia non dixerit cauendum à fermento panum, sed à doctrina Pharisæorum, & Saducæorum.* Fermenti nomine in Scriptura significatur metaphoricè quidquid serpit, & alia inficit, aut ad se trahit, vnde, & in bonũ accipitur, vt supra capit. 13. cùm Regnum cœlorum assimilatur fermento abscondito, propter penetrationem ad bene reddendam totam farinam: hinc autem accipitur in malam partem: Et 1. Corinth. 5. & ad Galat. 5. quoniam mala doctrina, vt cancer serpit, & animas, velut pestis inficit, immò omnem veritatem enectat: vnica enim mendacium sanę doctrinæ admixtum totam illam inficit ac corrumpit: nam veritas in indiuisibili consistit: vnde in ea, vt ait Aristoteles, defectus est in non attingendo totaliter. Qui enim negat Christum instituisse hanc visibilem Ecclesiam, & qui negat Christum non esse in Eucharistia, aut cætera quę sunt verę fidei ipsum Christum totaliter negat: nec enim Christus est, qui non est in eucharistia, aut qui hanc visibilem Ecclesiam non condiderit: sicut qui negaret Petrum esse visibilem, ex consequenti negaret illum esse hominem: nec enim homo aliquis est qui non sit visibilis. Vel secundò pestifera doctrina Pharisæorum, & Saducæorum assimilatur fermento, propter hoc quòd occulta eleuat ad similitudinem fermenti absconditi sub farina cõspersa eleuantis totã massam: erat enim doctrina horum superba, quæ cor eorum inflabat, vt ipsorum vanagloria attestatur, de quibus, & alijs similibus Paulus ad Colos. 2. inaniter inflatus sensu carnis suæ, & non tenens caput, ex quo totum corpus per nexus. & coniunctiones subministratum, & constructum crescit in augmentum: hoc est, quòd aliqui eleuantur super alios carnali superbia, ad carnales obseruantias alios instructores, & propterea dixit inflati sensu carnis suæ, hoc est studiosa mente carnis suæ carnali, non spirituali. Vnde & subiungit. Et non tenentes caput, ex quo totũ corpus &c. Hoc est quod illi non attendẽtes ad Christum, in quantum est caput augmenti spiritualis: nec enim quæ Pharisæi, aut Saducæi docebant, ad augmentũ spirituale dirigebantur, cùm omnia essent carnales obseruantiæ atq; ceremoniæ quæ oculis hominũ apparebant, & talis erat religio de qua loquitur Paulus: fortè enim erat Gnosticorum quæ nihil solidum docebat, sed id solũ quod homines perspicere possent: nec enim Christum docebãt quatenus caput est augmenti spiritualis, quod fit ad similitudinem corporalis. Atque vtinam nunc non sint huiuscemodi Magistri in Ecclesia, qui obliti ea quæ ad charitatem Dei, & proximi pertinent, ea potiùs doceant & faciant, quę hominũ oculos in admirationem rapiãt. Licèt Hierony. & Hylarius per fermẽtum Pharisæorum obseruantias veteris legis intelligant: plerumq; enim sancti Patres nõ tam quæ Christus voluit in sententia dicere explicant, quàm id quod suis aut nostris tẽporibus conueniẽs sit, docendi gratia interpretantur, & vt auerterent homines à legaliũ obseruatione, per fermentum hoc volũt intelligere illas: sic enim & Paulus ad Galat. 5. tales obseruantias legales fermẽtum vocat cũ dicit. Modicum fermentum totam massam corrumpit. Sed dices. Quomodo cũ hoc Domini mandato stat, quod ipse dominus aliàs dixit, super cathedram Moysi sederũt Scribę & Pharisæi; omnia ergo quæcunq; dixerint vobis, facite? Respõdendum tamẽ est, non hic sermonẽ fieri de vera doctrina, quam ipsi aliquando docebant, quæ erat ex Lege, & Prophetis, sed de singularib⁹ traditionibus ac mãdatis, quæ ipsi ex auaritia, & superbia illis imponebant, & multa quę ipsis Dñi mãdatis contraria erãt: de quibus supra eos redarguit Christus. Quòd si iterũ quæras. Quomodò ergo Dñs apud Lucam

Exod. 19. *3. Reg. 17.* *moralitas* *Matth. 13.* *1. Cor. 5.* *Galat. 5.* *2. Timo. 2.* *Aristot.* *Colos. 4.* *Hierony. & Hylar.* *Galat. 5.* *Matth. 23* *Luc. 12.*

pas

per fermentum hoc intellexit Hypocrisim Pharisæorum, cùm ait, Attendite à fermento Pharisæorum, quod est hypocrisis.
Sed dico, quòd idem est hypocrisis Pharisæorum, & eorum doctrina: tota enim ad hy
pocrisim tendebat, externa, quippe tantù
docebant, per quæ apud homines spectabi-
les fiebant, nihil interim de charitate, misericordia, ac cæteris operibus quæ nos verè
Matt. 8. Deo commendant, curàtes. Et si apud Mar
cum dicitur cap. 8. Cauete à fermento Pha
risæorum, & fermento Herodis, scito quòd
Pharisæi & Herodiani eiusdem erant sectæ, forte enim caput eorum sectæ erat Herodes, omnes enim tendebant ad solam car
nis iustitiã, nihil de spiritualibus curàtes. Li
cet etiam per fermentum Herodis intelligere possimus eos, qui callidè, & occultè in-
Galat. 5. sidiantur Christo gratiam, & veritatem sub
simulata Religione, & obseruatione necan-
tes: nam scriptum est, Modicum fermen-
1. Co- tum totam massam corrumpit, & 1. Corin
rinth. 5. thi. 5. Expurgate vetus fermentum, quod est
hypocrisis, vt sitis noua conspersio sicut
estis azymi. *At illi cogitabant inter se,*
vel disceptabant inter se, vtramque enim
dictio Græca significat. *Quia panes non ac-*
Albertus. *cepimus.* Potuit esse, ait hic Albertus, quòd
discipuli putassent Dominum custodiram
velle panem illum à se sanctificatum, quo
pauit turbas pro benedictionis reueren-
Exod. 16. tia, & pro miraculi memoria, sicut in
Exod. Cap. 16. Iussit impleri gomor manna, & poni in arca fœderis in testimonium. sed quia Dominus non de huiusmodi reliquijs cogitauerat, sed meliorem
panem Ecclesiæ dimittere volebat, hoc est,
panem viuum qui de cœlo descendit, vt
det vitam mundo; Ideo subiungit. *Quid*
cogitatis inter vos, modicæ fidei, quia panes
non habetis? Modicæ fidei, quid non alia
parua cogitatis? Nondum intelligitis potentiam meæ deitatis, nec recordamini
mirabilium præteritorum quinque panum?
Tunc intellexerunt, quia non dixerit cauen-
dum à fermento panum, sed à doctrina Pha-
risæorum, & Sadducæorum. Obserua, quòd
si doctrina peruersa vocatur à Domino
fermentum: consequens est, quòd vera, &
catholica doctrina vocetur panis, inde Esai.
Esai 21. 21. dicitur. Qui habitatis terram Austri cũ
panibus occurrite fugienti. Terra autem
Austri calida est, & luminosa corda, & illustrata spiritu intelligentiæ designat.
Iosue. *Cauete à fermento Pharisæorum* Iosue ca-
[illegible]

pit. 7. vbi nostra editio habet Achan vidisse
pallium de Anathemate Hierico regulam au
ream, vertunt quidam linguam auream, Moralitas.
& ita legit Origenes. Hierico autem, quod
interpretatur luna, præsens seculum de- Orig.
signat, quod sicut luna mutabilis est, ita quo
modo tibi plenus arrideat, & protinus
vacuum te deludat. Ille autem capit linguam auream, qui adhæret falsæ doctrinæ, quæ quamuis sit aurea omnibus coloribus rectè loquendi ornata, tamen si
falsa, relinquenda est. Sic Origenes explicat illum locum Homil. 7. Quæ alia est
ergo lingua aurea, nisi Lutheri, Caluini,
Pharisæorum, & aliorum hæreticorum do
ctrina, quam si acceperis, & in tabernaculo tuo, hoc est, in animo tuo posueris,
peribis in æternum, nec poteris veram terram promissionis vnquam ingredi. Iubet
enim Iosue, verus ille Saluator noster, &
qui multos filios in gloriam adduxit, vt
ait Paul. Anathema esse omne aurum, Hebr. 2.
quod in Hierico fuerit inuentum. Et quemadmodum apud Iosue significatur hæreticorum dogma per linguam Hierico, ita
hoc in loco per fermentum Pharisæorum.
Cauete ergo à fermento Pharisæorum. Ge-
nes. 6. dicitur; Videntes filij Dei filias ho- Gen. 6.
minum, acceperunt sibi in vxores. Ex his
colligimus quã damnosum bonis sit, cùm
impijs conuersari: Commixti sunt inter
Gentes, ait Psalmista, & didicerunt ope- Psal. 105.
ra eorum. Sic Israelitæ cum Ægyptiis con
uersati, vix obliuisci potuerunt eorum iam
imbibitos mores: ob quam causam illis inhi- Deuter.
bitum erat, vt vnquam amicitiam, maximè
autem ne coniugia contraherent cum alienigenis, ne ad idolatriam inducerentur.
E contrà autem Salomõ alienigenas duxit, 3. Reg. 11.
per eas seductus est. Idem contingit his filijs Dei de quibus in loco prædicto fit sermo. Hinc est quòd in Scriptura vbiq; mo-
nemur vitare consortia malorum: sic Hie- Hiere. 51.
remi. capit. 51. Dicit: Fugite de medio Babylonis, & saluet vnusquisque animam suam,
& Oseas cap. 4. Nolite ire in Galgala, neq; Osea. 4.
in Bethauen, quæ erant loca idolorum, &
supra capit. 10. In viam Gentium ne abie- Matth. 10.
ritis. Et hic Cauete à fermento Pharisæorũ,
nam sermo hæreticorum, vt cancer serpit: 2. Tim. 2.
vnde cum huiusmodi, nec cibum sumere,
nec aue ei dicere. Irenæus narrat se au- 2. Ioan.
diuisse à quibusdam discipulis Ioannis Euã Irenæus.
gelistæ, quod cùm ipse Ioannes ob corporis
[illegible] habuisset necessitatem in balneo
se lauare,

ſe lauare, cùm ibi vidiſſet Cherinthum hæreticum ſe lauantem, noluit balneum ingredi, ſed ait. Abeamus hinc, non enim decet nos lauari, vbi Cherinthus lauatur. Ecce quanta cura hæretici fugiendi ſunt.

Venit autem Ieſus in partes Cæſareæ Philippi, & interrogabat Diſcipulos ſuos dicens. Quem dicunt homines eſſe filium hominis. Omnia circuibat Dominus Ieſus loca, velut Sol *Simile.* cuncta perluſtrans, vt omnibus ſuum lumen præbeat. Hæc autem ciuitas Cæſarea, cuius hic Euangeliſta meminit, ſita eſt ad fontem Iordanis. Prius autem vocabatur Paneas, verùm poſtea Philippus filius Herodis, & frater illius Tetrarchæ qui decollauit Ioannem, in honorem Cæſaris Augusti Cæſaream vocauit, vt author eſt Ioſe- *Ioſephus.* phus lib. 18. Antiquitat. cap. 3. Deinde Philippi Cæſarea cognominata eſt, ad differentiam eius, quam in Iudæa iuxta mare Herodes maioribus ſumptibus extru- *Idem.* xit, etiam in honorem Cæſaris, in eo loco, qui priùs dicebatur Turris Stratonis, vt Ioſephus lib. 15. tradit, quæ poſtea eodẽ referente lib. 20. cap. 16. in honorem Neronis ab Agrippa Neronia vocata eſt. Terminus verò erat Regionis Iudæorũ, vnde ſimul cum Iudæis à Syris habitabatur, quæ poſtea ſeditionis inter eos cauſa fuit, vt eſt author Ioſe- *Idem.* phus lib. 2. de Bello Iudaico. Hic autem procul ab Scribis & Phariſæis hãc diſcipulis ſuis interrogationẽ fecit, quatenus liberius ea quæ audiuiſſent dicerent. Nec tamen quærit, quid dicant Phariſæi. Vtpotè quorum teſtimonium ob inuidiam contemnendum erat, sed quid dicat plebs, quæ ſimpliciter ea quæ Chriſti erant ſequebatur. Et licet *Ἐξήγ.* articulus Græcus addatur hic huic dictioni, Filium hominis, hoc eſt, filius filius hominis, non ob hoc additus eſt tanquam ſingulari quodam modo, ab alijs diſtinctio, vt de ſe tanquam de magna aliqua perſona quæreret, ſed cùm humilitatis gratia ſemper ſe filium hominis vocet, articulus Græcus ſolum ſignificat ipſum non loqui de quouis filio hominis, ſed certo, nempe ſe. Interrogauit ergo diſcipulos ſuos dicens. *Quem dicunt homines eſſe filium hominis?* Id eſt, me, quem tanquam deſpectum habet mundus, & tanquam vermem, id enim filius hominis ſignificat ibi. *Geneſ. 6.* Geneſis 6. videntes filij Dei, id eſt, magnates, filias hominum, hoc eſt, plebeias. In hoc voluit nos docere Chriſtus *Moralitas* Dominus, non eſſe conſentaneum virtuti, ſed

illi maximè conſentaneum, curare, vt non ſiniſtram, ſed rectam de nobis homines opinionem habeant. Hoc eſt dicere, hæc nobis cura debet eſſe, vt taliter viuamus, quòd nulla de nobis malè apud homines ſiniſtra ſit opinio, ſed conſilium illud accipere, quod parentes Saræ vxoris Tobiæ *Tobi. 10.* iunioris illi dederunt, vt in omnibus ſe irreprehenſibilem exhiberet, exemplo Chriſti Domini noſtri, cui cùm inſidiarentur inimici, nihil minus rectum in illo inuenire potuerunt. Quod & Pſalmiſta affirmat dicens: Quæretur peccatum illius, & non in- *Pſalm. 10.* uenietur. Propter quod confidenter potuit hoſtibus ſuis in facie dicere: Quis ex vo- *Ioan. 8.* bis arguet me de peccato? Quare, & Sapiens nos admonet dicens: Curam habe de *Eccle. 14* bono nomine: hoc enim magis tibi proderit, quàm diuitiæ multæ, & magnæ. Reuerentior quippe habetur apud ſapientes, & probos ſtudioſus homo, quàm diues: qui enim procaciter, & inuerecunde peccare volunt, nihil curant, quid de illis homines cæteri ſentiãt. Quare ego ſoleo explicare id quod in Prouerbio Hiſpano communiter dicitur, *Mi bueſtro es Dios y ay...* hoc eſt, quem timor Dei à peccato non exterret; ſaltem pudor hominum auertat; nam qui nec Deum timet, nec hominem reueretur, neceſſe eſt, vt in vitiorum multorum barathra prolabatur. Tamen ſi quid ſiniſtrum de te detrectant homines, attende apud temetipſum, ſi occaſionem illis præbes, vt talia de te dicant, & amputa occaſiones, & ceſſabit murmuratio. Si autem ipſi ex malitia ſua proferunt, Deo cauſam tuam committe: quoniam ipſe veritatem manifeſtabit; interim tamen propter Deum talia tolerare non vereatis: nullus enim homo vnquam fuit, contra quem hominum linguæ non aliquid dixerint. Tamen ſi mendacium eſt nec fundamentum habet, citò corruet. Hieronymus ad Furiam ſcribens de viduitate ſeruanda ſic ait. Sanctus amor impatientiam non habet, falſus rumor citò opprimitur, & vita poſterior iudicat de priore. Hoc eſt, quod ſi te modò viderint honeſtè viuere, ex hoc colligent ſic antea vixiſſe, ac falſum fuiſſe rumorem qui de te ſparſus eſt. Vnde & ſubdit Hie- *Hieron.* ronymus. Fieri quidem non poteſt, vt abſque morſu hominum vitæ huius curriculum quis pertranſeat, malorumque ſolatium eſt, bonos carpere, dum peccantium multitu-

multitudine putant culpam minui peccatorum, sed tamen citò ignis stipulæ conquiescit, & exundans flamma deficientibus nutrimentis paulatim emoritur. Hoc est, si tollis ligna ab igne, extinguetur ignis: si occasiones aufers propter quas homines de te detrectabant, cessabit rumor. Quare subdit Hieronymus. Si autem præteritis fama mentita est, aut certè si verum dixit, cesset vitium, cessabit & rumor. Hactenus Hieronymus.

Sed aduerte, quod hic dicit Dominus, *Quem dicunt homines esse filium hominis*, Hoc est, illi homines qui hoc nomine iustè gaudent, qui verè homines secundum normam rationis viuentes sunt, horū enim iudicium æstimare debes, aliorum verò qui solo nomine homines sunt, cùm interim tanquam pecudes in voluptatibus, ac vitijs viuant, floccipendere debes: hi enim non rectum habent iudicium, vt de vera virtute illud proferre possint, nam & id docuit nos Dominus supra suo exemplo
Matth. 12. capit. 15. Etenim cùm illi dixissent discipuli, Scis quia audito verbo hoc Pharisæi scandalizati sunt. Respondit eis, Sinite illos, cæci sunt, & duces cæcorum: cæcus autem non iudicat de coloribus, album enim nigrum dicit, & nigrum album. Hi sunt homines stulti, & vitijs dediti, qui nullum sanum iudicium proferre de virtute possunt, contra quos Esai.
Esai. 5. Clamat: Væ qui dicitis bonum malum, & malum bonum, horum enim dicta nec dant, nec auferunt, *ut quidam ait poeta*. Quid enim? Numquid sol aliquid ex suis micantibus radijs amittit, quia oculi noctuæ aut vespertilionis illum cernere non possunt?
Simile. Minimè quidem. Imò id arguit maximè, & vim radiorum Solis, & imbecillitatem oculorum noctuæ, quæ ad illos pertingere non possunt. Multò ergo minus probus ac studiosus vir amittere potest suæ bonitatis, propter improborum malitiam: quoniam malus noctua est, quæ Solis splendorem ferre nequit: sic nec bonorum opera sustinet, nec stultus sapientem. Apud bonos ergo quære bonum nomen qui recti probitatis iudices sunt. *Esse filium hominis.* Etiam erat Filius Dei, sed quoniam hoc erat magnum, tacebat, id autem quod humilitatis insigne præferebat, id pro honorifico titulo sumebat: vt in hoc ostenderet quanti homines faceret, vt ex eorum natura ac conditione quasi se insufflaret, & ideò posuit Deus in ore Petri, vt ipsum filium Dei profiteretur, vt quod ipse tacebat, Deus manifestum faceret, instruens nos, vt boni, ac studiosi esse procuremus, nec cura sit nobis, quod ad hominum notitiam veniat, id enim Deus suo tempore faciet, ipseque præco virtutum operum aliquando erit. *At illi dixerunt ei, Alij Ioannem Baptistam, alij autem Heliam, alij verò Hieremiam, aut vnum ex Prophetis.* Diuersæ de Christo apud hominum vulgus sententiæ erant, nam vt Poeta quidam dixit.

Scinditur incertum studia in contraria vulgus.

Herodes dicebat, ipsum esse Ioannem Baptistam, existimabat enim transisse animam illius in corpus Christi, vt suprà diximus. Alij putabant illum esse Heliam, propter zelū, quem præseferebat, cùm ejecit ementes, & vendentes de tēplo, & quia expectabant præcursorem Heliam Messiæ aduentū. Hieremias autē aliquibus videbatur esse, & propter puritatem vitæ, & quia excidium Hierusalem prædicebat, & illud flebat, sicut fecit Hieremias: & etiam quia sacerdotes aliquando reprehendebat, quod singulare fuit Hieremiæ. Alij verò vtrumlibet ex Prophetis. Dicit illis Iesus. *Vos autem quem me esse dicitis.* Emphasim hæc cōtinere videntur, ac si diceret. Vos qui discipuli mei estis, meaque doctrina imbuti, altius quam inconsultū vulgus sentire de me debetis. Et sic in rei veritate deberet esse, quòd sacerdotes & Ministri Dei, tam in scientia, quā in moribus altiores reliquo populo deberent esse, meliusque & sentire, & operari quàm illi: aliàs adimpletum videremus illud vaticinium Esaiæ. Vbi dicit. Et erit sicut popu- *Esai. 24.*
lus sic Sacerdos: hoc est, quòd si populus ignorans est, sic Sacerdotes ignorantes sunt, & si improbile vulgus ac stultum, aut alijs scatet vitijs, eadem etiam & in ministris Dñi inueniantur. Et sicut seruus, sic Dominus eius: hoc est, si mendax seruus, si seductor, si fur, id etiā sit dominus eius. Et sicut ancilla sic Dña eius: id est, si ancilla impudica sit, id etiā in dña sua inueniatur. Infelix terra, vbi hæc sors hominum erit, non ita debet esse, sed sicut eleuatur cœlū à terra, sic Ecclesiastici viri, tam in moribus, quàm in scientia eleuari debent à reliquo populo: ideò quippe & habitu, & officijs à reliquo secernebatur *Leuit. 21.*
populo sacerdos, vt sciret in omnibus se omnino diuersū debere fieri ab eo, vt nec in patre, aut matre, aut alio mortuo contaminaretur

[illegible]

quoniam nullo cæterorum hominum peccato debet contaminari. *Respondens autem Petrus dixit.* Petrus vice omnium hanc profiteretur veritatem, quam nos ex eius ore etiam confitemur: quoniam maiores Ecclesiæ causas ad sedem Romanam pertinet definire: nec enim quod Arius blasphemat, aut quod Lutherus insaniens blaterat, id verum est, sed quod Petrus definit, quod Ecclesia Romana, in qua est Petrus, & successores eius, docet: ipsa enim est colūna, & firmamentum veritatis. In diuersa rapiantur hæretici dogmata, hanc Christi inconsutilem tunicam scindant: nos enim id ipsum dicimus, nempe quod Ecclesia Romana dicit, nec sunt in nobis schismata, vt inter illos, hoc est, hæreticos, in quibus tot sunt sententiæ, quot capita, & aliud Lutherus, aliud Melancthon, aliud Zuinglius, aliud Caluinus sapit. Imò quod maximè aduertendum est, vt eorum inconstantia pateat, cùm Lutherus primus eorum magister extiterit, minor tamen hæreticorum huius temporis pars illum sequitur, sed plures magistri volunt esse contra Apostoli consilium, & quilibet caput nouæ religionis vult esse, vt in discipulis suis glorietur. (Iacob. 3.) Nos autem omnes id quod Petrus sensit sentimus, atque ex eius ore vera fidei dogmata profitemur: quoniam hæretici proprium sensum sequuntur, & ideo in diuersos, ac varios rapiuntur errores: nos autem Petrum, & Ecclesiæ Romanæ sensum sequimur, & quidquid illa affirmat, & nos affirmamus, quicquid illa negat, & nos similiter negamus. Vnde ā Petri ore pendentes omnes eandem confessionem profitemur dicentes. *Tu es Christus filius Dei viui.* Ad differentiam deorum falsorum, qui dicuntur Dij mortui, Deus autem verus est Deus viuens, qui solus habet immortalitatem, & qui de se dixit, Viuo ego, dicit Dominus. (Esai. 49. & alibi.) Non sat fuit Petro Christum Dominum verum Messiam profiteri, sed etiā ipsum naturalē filiū Dei confessus est: quare nō dixit, Tu es Christus filius Dei omnipotentis, aut benedicti, ne filiatio adoptiua ex omnipotentia Dei facta significaretur, sed dixit filium Dei viui, ad explicandum quòd est naturalis filius Dei, vtpote ex Deo quatenus viuente procedens: naturalissimum siquidem est omnibus viuentibus, quatenus viua sunt, generare alia qualia ipsa sunt, vt Philosophi tradunt. Nec dixit Petrus, Tu es Christus, Tu es filius Dei viui, vt Nathanael dixit,

qui nesciens Trinitatis mysterium excellentias Messiæ accumulabat: sed naturalē generationem filij continua oratione confitetur, explicando rationem gignendi in nomine viui: ex hoc enim quod Deus viuus est, et gignere conuenit, quemadmodum, & alijs gignentibus: sic enim, & quod Esaias dicit: Nunquid qui alios parere facio, ipse non pariam? Et qui conceptum alijs tribuo, sterilis ero? (Esai. 66.) *Tu es Christus filius Dei viui.* Ad differentiam filiorum adoptiuorum. Nos enim sumus filij Dei mortui: oportuit enim quòd filius Dei moreretur, ex cuius latere nostræ adoptionis, seu, vt ita dicam, profiliationis chirographum existeret: ex latere Adam educta est Eua, sic ex latere Christi nostræ nobilitatis testimonium prodijt, quòd sumus filij Dei, & ex sanguine regali Christi iustificati gratis per gratiam ipsius, & per ipsum adoptionem filiorum recipientes, quod chirographum sigillis pendentibus ex plagis eius habemus, vt ex hoc magis quàm ex carnali generatione gloriemur. (Galat. 4.) Plus enim mihi honoris prouenit, ex hoc quòd sum filius Dei secundùm hanc spiritualem regenerationem, quàm ex hoc quòd sum filius Comitis, aut Ducis, secundùm carnalem propagationem. Solus ergo Christus est filius Dei viui quoniam non adoptiuus, sed naturalis filius est, nec oportuit, vt ipse moreretur, ad hoc quòd filius Dei diceretur, & esset quoniam ex Deo viuente viuens Deus procedit, & tam naturale illi est esse filium Dei, sicut Deo ille Deum, naturale quippè naturæ diuinæ quæ est in Patre, est filium sibi consimilem generare. Vnde & Angelus ad Mariam dixit: Quod enim ex te nascetur sanctum, vocabitur filius Dei, hoc est, hanc ipse solus habebit appellationem, vt secundum nomen suū sit & laus eius. (Luc. 1.) *Sancho in nostro idiomate diceremus, Tandre nombradia de hijo de Dios. Respondens autem Iesus dixit ei: Beatus es Simon Bariona: quia caro, & sanguis non reuelauit tibi, sed Pater meus qui in cœlis est.* Beatitudo consistit in hoc, quòd cognoscamus Deum, secundùm illud: Hæc est vita æterna, vt cognoscant te verum Deum. (Ioan. 17.) & secundū modum cognitionis, ita & beatitudo erit. Et quia hic incipit cognitio Dei per fidē, ideò & nostra beatitudo hic etiā incipit: sed quoniam cognitio fidei imperfecta est, vtpote ænigmatica & obscura, ita similiter & beatitudo quam hic per fidē habemus, imperfecta est, consummabitur autem & perficietur in patria, cùm & cognitio clara, & perfectissima erit. *Beatus ergo es Simon Bariona.* Duæ sunt dictiones, id est, filius Ionæ, vt intelligeremus, quòd non ad omnes Apostolos, non ad omnes discipulos, non ad omnes fideles præsens sermo dicitur, sed quòd inter Apostolos, ac Discipulos, soli Petro summus Ecclesiæ Pontificatus tribuitur à Christo, cæteri enim Episcopi singularium Ecclesiarum constituti sunt, Petrus autem omnium: & inter fideles, nec omnes fideles, nec omnes sacerdotes summum obtinere debent Pontificatum, sed solius Petri legitimi successores, quales ex antiquissimo Ecclesiæ, & omnium fidelium consensu sunt Romani Pontifices. Sed de hoc latior sermo statim habendus est. Est etiam, vt vult Caietanus, vt intelligeremus (Caietan.) professionem Petri, qua Christum Dei filium confessus est, non esse de filiatione adoptiua, aut excellentiæ, sed de naturali intelligendam, ac si aperte diceret. Tu ego sum filius Dei, sicut tu es filius Ionæ. Ad hoc enim introducit sermonem Bariona, vt sensum reuelatæ diuinæ filiationis etiam ipse Petrus in exemplo propriæ filiationis intelligat clarius.

Quia caro & sanguis non reuelauit tibi. Nam nec coniunctus erat Petrus consanguinitate aliqua cum Christo, nec ab eius consanguineis hanc confessionem accepit, sed ipse à superis tactus ex se ipso protulit, & ex diuina reuelatione ipse in illam prorupit à Patre interius edoctus, & ideo dicit, *Tibi*, quia hæc reuelatio, tunc temporis soli Petro facta est. *Caro & sanguis non reuelauit tibi.* Tota enim potestas creaturæ ad hoc mysterium pertingere nō poterat, quinimò caro & sanguis tantis mysterijs impedimento esse solent: nam & Paulus dicit, quòd caro & sanguis Regnum Dei non possidebunt. (1. Cor. 15. Gal. 1.) Et alibi: Postquam placuit ei qui me segregauit ex vtero matris meæ, & vocauit per gratiam suam, vt Euangelizarem Filium suum in me, continuò non acquieui carni, & sanguini. Sciebat enim ea potius sibi impedimento fore, ad euangelizandum diuinitatis Christi mysterium: nam ad recipiendas Dei reuelationes, ad omnia alia claudendi sunt oculi, quemadmodum Moyses, & Helias (Exod. 3. 3. Reg. 18. Deut. 34.) velauerant facies, ad Dei percipiendas reuelationes: Vnde & Moyses Deuter. 34. inter benedictiones quas super sacerdotes & Leuitas immisit, sic ait, Qui dixit patri suo, & matri suæ, Nescio vos, & fratribus suis, Ignoro illos, & nescierunt filios suos, hi custodierunt eloquium tuum, & pactum tuum seruauerunt, Iudicia tua, ô Iacob, & legem tuam, ô Israel. Hoc est illi qui patrem, & matrem propter Christum negauerunt. In cuius signum Melchisedech, qui erat sacerdos Dei altissimi, (Hebr. 7.) sine patre & sine matre, & sine genealogia refertur esse à Diuo Paulo. *Et ego dico tibi, Quia tu es Petrus, & super hanc petram ædificabo Ecclesiam meam, & portæ inferi non præualebunt aduersus eam.* Tibi dico, non alijs, quia tu es Petrus, hoc est, firmum, *piedra marmo*, super firmissimum, & super hanc petram, hoc est, super me qui petra sum, vt vult Augustinus, vel super hanc firmissimam confessionem quam modo fecisti, (August.) vel super te cui Principatum Ecclesiæ meæ committo (omnes enim hos sensus patitur hic locus, vt deinceps videbimus) *Ædificabo Ecclesiam meam*, quæ quidem superædificatur Christo, qui est Deus, & homo, super quam fidem ea est, & super Petrum cui post se primatum Ecclesiæ suæ dat Christus, & ædificatam Ecclesiæ super firmitatem sedis Petri, quæ est Romana Ecclesia perseuerat. *Et portæ inferi non præualebunt aduersus eam.* Hoc est, nec vires hæreticorum, nec infidelium, nec peccatorum, quæ ab Inferis adiuuantur, quibus per portas Inferi auxilia subministrantur: denique nec hominum potestas, nec diaboli poterunt aduersus eam præualere: aduersus eam dicit, non dicit aduersus diuitias, & delicias, & temporalem potestatem, sed aduersus eam quæ cōstat ex congregatione fidelium, in vna fide, spe, & charitate: hæc enim nunquam ab Ecclesia defutura sunt, quantumuis inimicorum eius persecutiones excrescant. Imò quanto plus aduersus eam pugnauerint, & contra temporalia plus præualuerint, tantò magis hæc bona spiritualia in ea accumulabuntur, & crescent, sicut in actis Apostolorum, & in primitiua Ecclesia visum est. Nam & de filijs Israel scriptum est, (Exod. 1.) quod quantò magis eos Ægyptij persequebantur, tantò magis multiplicabantur, & implebant terram. *Et tibi dabo claues Regni cælorum, & quodcunque solueris super terram, erit solutum & in cælis, & quodcunque ligaueris super terram, erit ligatum & in cælis.* In hac metaphora

cla-

clauium etiam insinuatur suprema potestas collata Petro: nam sicut cùm Princeps ingreditur ad possidendam aliquam ciuitatem, claues arcis, & portarum illius vrbis conserauerunt ei, in signum supremæ potestatis super illam; sic ad ostendendum quòd Petrus habet supremam potestatem super Ecclesiam, claues eius ei promisit. Et in numero plurali dicit, quoniã duæ sunt potestates eius, Petri, scilicet, & successorum eius, discernere, & definire quæ sint vera bona, & amplectenda, quæ dicitur clauis scientiæ, quæ significabatur in potestate illa quam sacerdos veteris legis habebat ad discernendum inter lepram, & lepram, & potestas iurisdictionis spiritualis, qua potest sententiam super peccata, & peccatores ferre, vel absoluendo, & pœnitentiam salutarem iniungendo, vel detinendo eos in suis vinculis peccatorum: quia sic eorum opera mensentur, *regni cœlorum*, ait, non Regni terrarum: nam & ipse Dominus dixit, Regnum meum non est de hoc mūdo: nec adhuc Christus accepit possessionem regni terrarum, vsque in diem iudicij quando omnia plenè subiecta erunt ei; nunc enim multi terræ cognoscitur Christo Regi rebelles. Non aliam ergo potestatem ei tribuit quàm spiritualem. Quare tota potestas Petri quam gerit in terris, est Regni cœlorum, ad gubernandum mundum in ordine ad Regnum cœlorum, in ordine ad salutem animarum, in ordine ad ea quibus Regnum cœlorum in hominibus firmatur, ac augetur: quæ constat esse bona spiritualia; quò fit vt temporalia non comprehendantur sub potestate Petri, nisi in ordine ad spiritualia. Nam si Pontifici, & Episcopis aliqua temporalis iurisdictio conceditur, non est nisi vt per illam authoritatem ad hoc melius possint ducere, aut mouere subditos, si opus fuerit, ad spiritualia munera exercenda. Si prouentus temporales habeant, id est, vt melius eleemosynas facere possint, atque misericordiæ opera exerceres vt sic animos subditorum filiali amore melius sibi concilient, & etiam vt illo temporali splendore, qui oculis hominum patet, maiorem apud illos authoritatem videantur habere. Caueant tamen sibi Ecclesiastici prælati, ne nimium huic exteriori splendori confidant, & spirituale regimen ob illud obliuioni tradant: nam, vt supra cap. 3. ex Augustin. lib. de Pastore

Ioan. 18.

August.

[illegible]ralium, id est splendor temporalis in Episcopo, quod oleum in lucerna. Oleum quippe lucernæ necessarium est, vt in illo linum ardeat: quòd si multum olei lucernæ infunderetur, suffocaretur in illo linum, & non luceret. Bona temporalia necessaria sunt Ecclesiasticis, vt in illis viuant, & per ea sustententur, & inter illum exteriorem splendorem qui oculis hominum patet, splendeat, & luceat ille qui spiritualis est: quòd si toti omninò exterioribus negotijs, aut diuitijs acquirendis incumbant, spiritualis ille fulgor suffocabitur, & extinguetur, nec vel scintilla eius apparebit, sed fumus duntaxat extinctæ lucernæ, qui oculis mentis potius officiat, quàm aliquod beneficium lucis illi ostendat. *Et quodcunque ligaueris super terram, &c.* Si propria clauium officia explicare intenderet, aperientis, & clauseris dixisset: sed vbi ad ligandum, & soluendum transit, tacitis officijs clauium; potius adiungit officia potestatis promisisse in collatione clauium, ita quòd soluere est non solùm à vinculis peccatorum, pœnarum, præceptorum, iuramentorum, votorumq; liberare; sed à nodis emergentium difficultatum circa ea quæ sunt fidei declarando absoluere. Et similiter ligare, non solùm est præceptis astringere ad ea quæ sunt Regni cœlorum, sed etiam defringendo errores; ac hæreses arcere, ne tradantur. *super terram*, ait, ad differentiam eorum quæ sunt sub terra, ad quæ iurisdictio Petri non se extendit, nempè ad eos qui sunt in inferno, aut in Purgatorio: his enim etsi valeant indulgentiæ, potius est per modum suffragij, quàm per modũ absolutionis: transierunt siquidem à foro militantis Ecclesiæ ad forum Iesu Christi regnantis in cœlo. *Erit ligatum & in cœlis.* Vt ostenderet, quòd non ad libitum ligat, aut soluit, sed tunc eius sententia tantum modo ligat, aut soluit, quando id fit ratum in cœlo, hoc est, quando fit claue non errante in terris, & per hoc aperit, Petri actionem ligando, atque soluendo pertingere ad cœlos: & ideo dicuntur claues Regni cœlorum. Ex quibus verbis colligitur præceptum confessionis. Nam si proprius sacerdos habet potestatem ligandi, atq; soluendi hæc sibi subditum perg[illegible] tenebitur ad dicendum peccata sua, super quæ sententia debet ferri: aliàs potestas Petri cassa est, & inutilis [illegible]. Quemadmodùm in ciuili regimine, quia prætori datur facultas cōdēnan-

Præceptũ confessionis.

di, aut absoluendi reum; ex consequenti etiam datur ei potestas qua possit illum cōstringere, vt fateatur crimen, & reus etiam ex consequenti ad id teneatur aliàs quid illi talis proderit iurisdictio. Sed hæ claues promittuntur modo Petro non conceduntur: quoniam nōdum fusæ sunt: fundi enim debent in fornace Crucis quando claui & lancea Christi membra perfodient, & illo amoris igne ex illis clauis, claues hæ fusæ exeunt. Et secundò quoniam oportet, vt Petrus aptior fiat ad aperiendum Regnum cœlorum, *Sazonese Pedro*: anteà quippè nimis rigidus, ac tenax erat parcendo: quoniam septem vicibus proximo iniurias dimittere, videbatur ei magna res, permittatur ergo, vt miserabiliter peccet, & metu vnius ancillulæ neget Magistrum suum & perneget, & cum iuramento dicat, se talem hominem non nouisse, vt peccando discat peccatoribus parcere. Experiatur quid sit peccare, vt sic discat, quid sit indulgere. Debebat esse præcipuus Petrus ex cardinibus portarum cœli; oportebat, vt celeriter moueretur ad aperiendum & ideò conueniens fuit, vt suis proprijs lacrymis humectaretur, vt sic velocius, & citius moueretur. Vndè vbi nos legimus, Domini enim sunt cardines terræ, potest ex Hebræo verti (vt à quodam perito huius linguæ audiui) humidi enim sunt cardines terræ, vt possint melius ad parcendum, & aperiendum cœlum moueri. Vndè D. Augustin. sermo. 129. de tempore Durior Petrus erat, ait, & seuerus, ergo vt sententias temperaret, permittitur cadere in peccatū, & totius corporis morbū in ipso capite curat Ecclesiæ, in ipso vertice componit omnium membrorum sanitatem.

Matth. 18

1. Reg. 2.

August.

Venit Iesus in partes Cæsareæ, & interrogabat discipulos suos dicens, quem dicunt homines esse filium hominis? Hic docet omnes, vt supra diximus, sic viuere, vt nulli occasionem demus propter quam alij detrahant de nobis, aut minus bene sentiant: nam Seneca, loquens de illa virgine Vestali, quæ pudicitiæ periculum fecit, nauem extrahens à Tyberi cum Zona, sic ait: Melius tamen cum illa esset actum, si hoc quod numini ornamentum potius esset pudicitiæ, quā dubiæ patrocinium. Quasi damnans in hoc virginem illam, sic parum cautè vixisse, vt occasionem suspectæ pudicitiæ præbuisset, quam oportuit illo signo purgare. Nam ita candidè agere debemus vitam, vt nullam occasionem sinistræ suspicionis demus, imò sic debemus viuere, vt nullus nos contemnat quasi se superiorem nobis in moribus existimando: sic enim debemus certare in rectè viuendo, vt semper ad meliora tendamus, ne segniter agendo, alij, nos despiciant, & superiores euadant. Sic enim intelligit D. Hieronym. illud Pauli ad Titum. 2. Nemo te cōtemnat. Nam ait, quòd significatio verbi Græcè, hæc est, cum quis confidens sibi se alio esse meliorem, eum despicit, sicut quidam dixit,

Alia moralitas.

Seneca.

Hieronym.
Ad Tit. 2.

Stādo per altū, & plaris me noui esse quā se ill. Sensus ergo est: Nemo te contemnat: id est, nemo eorum qui in Ecclesijs sunt, te segniter agente sic viuat, vt se putet esse meliorem: qualis enim ædificatio erit discipuli si se intelligat magistro esse maiorem? Vndè omnes Ordines Ecclesiastici debent satagere, vt seculares in virtute præcedant, quia vehementer Ecclesiam Christi destruit meliores laicos esse quam clericos. Et sic intelligit illud ad Timotheum; Nemo adolescentiam tuam contemnat. Hinc discipulis modo dicentibus varias de illo sententias apud hominum vulgus ferri, respondit, *Vos autem quem me esse dicitis?* Quasi emphasi quadam dans intelligi aliud debere illos de se sentire quam laicos. *Respondens Petrus ait: Tu es Christus filius Dei viui.* Singulis partibus huius sententiæ ponitur articulus apud Græcos, ac si diceret: Tu es ille Christus, ille filius Dei ipsius viuentis. *Iesus autem dixit ei: Beatus es Simon Barjona.* Bar nomen Chaldaicum est, & significat filium quem Hebræi Ben, vocant, Iona autem contractum nomen est per sincopam, nam Iohana dicebatur pater Petri, vt apud Ioannem vocatur Petrus post resurrectionem, sed nunc consultò videtur sic eum nuncupasse Dominum quoniam Iona columbam significat, & Petrum vocat filium columbæ: vt ipsum à Spiritu diuino qui in columba significatur, loquentem commendaret. *Quia caro, & sanguis non reuelauit tibi, sed Pater meus qui in cœlis est.* Ac proinde iam non diceris filius Ioannis, sed discipulus illius qui verè est Filius Dei: perinde enim est, acsi quis homini plebeio in Regis aulam ascito, & singularem eius gratiam assecuto dicat, Felix es, qui huius vel illius filius es: quoniam Rex te singulari donauit benefi-

1. Tim. 4.

Ioan. 21.

Simile.

cio,

cto, directisque postmodo Regni cancellariis, aut à thesauris, &c. [*Hilarius.*] Hilarius carnem, & sanguinem Christi hic intelligit, vt sit sensus. Caro mea & sanguinis non reuelauit tibi: hoc est, quod ex me cognoscis, nō percepisti ex his quæ oculis tuis corporalibus in carne mea vidisti: sic enim habet Hilarius: Beatus hic qui vltra humanos oculos intendisse, & vidisse laudatus est, non id quod ex carne & sanguine est concurrens, sed Dei Filium cælestis Patris reuelatione conspiciens, *Caro & sanguis non reuelauit tibi*, quoniam ad id non posset pertingere vniuersa carnis habilitas, aut potentia. Ideò quippè secundùm D. Augustin. in lib. de Trinitate præcipitur, [*August. de Trin. lib.*] quod mulier velet caput suum in Ecclesia, vir autem aperto capite oret: quoniam per hominem ratio superior intelligitur, quæ aperto capite absque vllo timore ascendat quantum potest in Dei notitiam: quoniam quanto plus metius exaltate illum quantum potestis (ait Sapiens) [*Eccli. 43.*] superualebit adhuc, caro autem, quæ rationem inferiorem designat, velet caput suum, nec ascendere festinet, sed in se ipsa constricta deiiciatur: nec enim ad tanta mysteria pertingere valebit, sed protinus deiicta facerambet. Nam quemadmodum Iacob cum Angelo luctans, [*Genes. 32. Figura.*] vt ab illo acciperet benedictionem, & nomen suum manifestaret illi, claudus remansit; sic ad mysteria supernaturalia intelligenda, opus est, vt pes rationis humanæ claudicet, nec illi innitatur qui supernaturalia numina, & mysteria scire desiderat. *Et ego dico tibi, quia tu es Petrus, & super hanc petram ædificabo Ecclesiam meam.* Quomodo secundùm literam locus hic intelligēdus sit, infra, Deo dante, dicetur.

Nunc autem attende quam citò remuneretur Deus, quæ sibi exhibentur obsequia. Petrus illum verum Messiam, & verum Filium Dei confessus fuerat, & protinus Christus, quasi rapiens ex ore verbum, illū petram suæ Ecclesiæ facit. [*Iacob. 7. Matth. 17*] Nam Deus, præterquam quòd dat hominibus affluenter, & centum pro vno soluit; citò dat, & ideò bis dat: de eo quippè dictum est apud Esaiam: [*Esaiæ*] Sit velociter reddet quod iustum est. Sufficiebat quidem Petro pro suæ confessionis remuneratione, quòd illi Pater inter alios homines tantùm reuelauerat sacramentum; ad quod intelligendum Aristoteles peragrasset mille regiones, noctesque innumeras duxisset insomnes, sed quoniam Deus multò auctior est in reddendo quàm nos, addit adhuc aliud permagnificum beneficium dicens: *Et ego dico tibi, quia tu es Petrus, &c.* Ac si diceret: Præter id quod Pater meus tibi tribuit, ego hoc tibi beneficium præsto, vt sis fundamentalis petra meæ Ecclesiæ, sic enim, & cum Baptista Ioanne se habuit supra cap. 11. [*Matth. 11.*] Nam cùm Ioannes de illo tanquam de vero Messia testimonium protulisset; statim ipse Dominus laudes eius coram omni populo prædicauit, illum & Angelum, & plusquam Prophetam dicens. Imò Sponsus & Sponsa in Canticis videntur inter se ludere ad statim soluendum, quod dicimus, *Al juego de largo pagar*. [*Cantic. 8.*] Nam si Sponsa Sponsum vocat fratrem, & ille illam vicissim sororem appellat: si illa Sponsum pulchrum, & decorum dicit, [*Cantic. 7.*] ille illam pulchram etiam bis nominat dicens: Ecce tu pulchra es amica mea, ecce tu pulchra es. Si illa illū malum inter ligna syluarum prædicat: [*Cantic. 2.*] ille illam lilium inter spinas appellat: vnde & Sponsa dicit: Ego dilecto meo, & dilectus meus mihi. [*Ibidem.*] Et alibi. Dilectus meus mihi, & ego illi, & ego dilecto meo, & ad me conuersio eius. Id modò & Petro accidisse videmus. Imò non solùm statim retribuit nobis Dominus, sed & præuenit sæpius nos in benedictionibus dulcedinis. Quis enim prior dedit illi, ait Paulus, [*Roman. 11*] & retribuetur illi? *Et ego dico tibi, quòd tu es Petrus.* Secundùm opera tua, ita & nomen tuum: quia fortē fidei confessionem fecisti, fortis etiam vt petra vocaberis: nam & propter hanc fortem fidem vocatus est Iacob ab Angelo Israel, id est fortis, ei dicente Angelo. Nequaquam Iacob appellabitur [*Genes. 32.*] nomen tuum, sed Israel: quoniam si contra Deum fortis fuisti, quantò magis contra homines præualebis? Vbi & obseruare debemus, non mediocrem esse laudem, quòd nomine geminato appelletur Simon Petrus: honorificum quippè valdè erat apud Romanos geminum nomen accipere à rebus bene gestis, sicut Scipioni geminatum est nomen, & simul dictus est Scipio Africanus ab Africa deuicta, & Octauius dictus est Augustus ab aucta Republica. At longè illustrius illud est, quòd sanctus Petrus ab ipsa petra, quam ingenuè confessus est, nomen adipiscitur: nam petra ipse Christus est Filius Dei viui à quo Simon appellatur Petrus, quòd Christo impositum, atque insultus, eum Christo communionem habet naturæ, & societatē spiritus iustitię, & vitę, quod statim magnis sacrorum Doctorum authoritatibus comprobauimus. Hoc & ipse Petrus docuit

1. Pet. 2.

quod hic expertus est. 1. Petri. 2. Ad quem accedentes lapidem viuum, ab hominibus quidem reprobatum, à Deo autem electum, & honorificatum, & ipsi tanquàm lapides viui superædificamini domus spirituales, in sacerdotium sanctum offerentes spirituales hostias acceptabiles Deo per Iesum Christum. Ex hac ergo Petri confessione, & authoritate colligimus, quid deceat quemque fidelem & Christianum hominem, videlicet, vt & ipse Petrum agat, sit constans & solidus, & non vacillans in fide, fiatque templum Dei per cor humiliatum, & abiectum contritumque, in quo regnet Christus, vt & Deo offerat semetipsum hostiam spontaneam: offerat item gratias, preces, misericordiam, & sacrificium iustitiæ. Hæc sunt in quibus est laus & virtus sanctorum, imò quę Christianorum officia dicuntur.

Et circa hoc obserua, quanta sit magnitudo sapientiæ diuinæ, sicut enim singularem arguit excellentiam in eo quod minimum est magna & grandia efficere; sic excellentem arguit sapientiam, atque grande ingenium, in vno verbo multa dicere: *et ego dico tibi, quia tu es Petrus*, condecens quidem est, vt sicut Deus se magnificum in dando exhibet, sic & sapientem in dicendo se ostendat: vndè ad ostendendam celsitudinem Petri, vnum tantum verbum protulit, quod est eum dicere Petrum, in quo quidquid dici potuit, dictum videtur. Quoniam

Simile.

si tu vnico verbo vis explicare aliquem esse virum fortem, dicis, Est alter Hector: vt eloquentissimum vna voce proferas; Alter Cicero hic est: vt sapientem dicas eum, alterum Salomonem esse profers. Quod si daretur aliquis homo notus, qui omnia hæc simul haberet, & me diceres illum esse, satis hoc vno verbo ostenderes, in me omnia illa bona fulgere. Sic in proposito. Quid enim est Petrus? petra. Quis est petra? Christus. Sic enim, & Paulus ait: Petra autem erat

1. Cor. 10.

Christus. Quid ergo erit Petrus nisi alter Christus? Quis tale inuenire nomen poterat, nisi ipsa diuina sapientia quæ illud imposuit Petro? Nam vt sciamus propriè aliquā rē nominare, necesse est naturā, ac proprietates illius rei callere: in hoc quippè ostendit Deus omnes scientias primo parēti infudisse, quòd omnes res creatas ad eum adduxit, vt illis imponeret nomina, & omne quod vocauit Adam, ait Scriptura, ipsum est nomen eius: hoc est natura, aut quidditas eius. Agnouit enim omnium rerum naturas

Genes. 2.

ac quidditates, & secundùm illas nomina rebus imposuit, quæ eas significarent. Sic quia Deus intellexit veritatē, & celsitudinē confessionis Petri, & quid per illam intus significare voluerit, qui renes & cor scrutatur Deus, nomen rei tam occultę, & magnæ cōueniens illi imposuit dicens: *Et ego dico tibi, quia tu es Petrus*. Eccùm Deus penitùs res omnes attingat, vt ne quid superabūdet, aut deficiat, qualem illum tunc fecit Deus, cui tale nomen imposuerit, quod ipsum & Christum significabat dicens, *Tu es Petrus*, Hoc est alter ego. Alibi dixerat Dominus. Ne-

Matth. 11.

mo nouit Filiū nisi Pater, nec Patrem quis nouit nisi Filius. Si ergo Petrus, & Patrem, & Filium excellentissimè nouit, vtrique est simillimum esse dicet, salua tamen semper excellentia Deitatis. Quare & in effectibus illi similis est. Nam cùm exigeretur numis-

Matt. 17.

ma cēsus pro quolibet capite à Romanis, dixit Dominus Iesus Petro, vt iret ad piscandum, & in ore primi piscis quem attraxisset inueniret staterē, Da illis, ait, pro me & te: ac si vna esset vtriusque sors & peculium. Et cùm offendisset Petrum è Roma exeuntem, dixit illi Petrus: Domine quo vadis? Et ille, Vado, inquit, Romā iterum crucifigi: quoniam crucifigendus erat Petrus, dixit ipse Christus, quòd vadit Romam crucifigi, quasi crucifigendo Petrum, ipsum Dominū crucifigerēt: erat enim Petrus, velut alter Chri-

1. Cor. 3.

stus. Item hæc similitudo etiam apparet in primatu. Dicit enim Paulus. Fundamentum aliud nemo potest ponere, præter id quod positum est, quod est Christus Iesus. Hanc ergo fundamenti excellentiam quam ipse habet, etiam Petro communicat modò dicens: *Tu es Petrus, & super hanc petram ædificabo Ecclesiam meam*. Quod & Augustin.

August.

docet dicens: Petrum etiam ecclesiasticum fundamentum Dominus nominauit. Christus etiam est Dominus vitæ & mortis, idem Petrus, quodcunque solueris super terram, &c. Quem vult occidit, & quem

Ibidem. 5.

vult viuificat: nam ad eius imperium Ananias, & Saphira mortui sunt, & Dorcas, siue Tabita vitæ reddita. Item Dominus Iesus sanabat omnem languorem, & omnem infirmitatem: Petrus etiam vmbra

Ibidem. 5.

sua omnem expellebat languorem. Item cœlum Christus aperuit, Petro autem

claues

claues Regni cœlorum traduntur. Qui ergo cœlum claudit, & aperit, non ne dicitur, quòd est alter Christus? Vndè Chrysostomus ait: Vide autem quibus Christus deducit Petrum ad excelsam Dei intelligentiam: hæc enim ei se promittit daturum quæ sunt propria Dei, nempè claudere & aperire cœlum, soluere atque ligare potestate quadam, portis inferni obsistere, & quod iam cœlestia, quàm terrestria, quàm quæ in infernis sunt eius obediant imperio. Et Leo Papa sermone tertio de anniuersario sic dicit: Tu quoque petra es, quia mea virtute solidaris, vt quæ in potestate sunt propria, sint tibi mecum participatione communia. Et in epistola 89. Hunc enim in consortium diuinæ veritatis assumptum, id quod ipse erat voluit nominare dicendo: Tu es Petrus. Vt æterni ædificando templi mirabili munere gratiæ Dei, in Petri soliditate consisteret. Hinc colligere licebit quantum bonum est Deo seruire, cùm id adipiscatur seruus Dei quod magnis viris non solùm impossibile, verum & insania visa est, quærere nempè vt Dij nominarentur: id enim magna ambitione homines potentes aliquando procurarunt, & tamen hodie piscatori huic dicit Dominus, *Amen dico tibi quia tu es Petrus*, hoc est alter ego, qui sum petra. Cæterum id etiam hic attendere debemus, quòd non solùm in his proprietatibus voluit Christus, vt sibi similis esset Petrus, verumetiam in operibus virtutum. Nam & Paulus ait: Imitatores Dei estote, sicut & ego Christi. Si ergo Petrus alter Christus est, per omnia ei similis vt sit, oportet, hoc est, in liberalitate donandi delicta, in misericordia, in patientia, in charitate & humilitate: denique sicut sua erat absoluta potestas, ita & virtus esset consummata. Duo tamè deberet aduertere qui locum Petri in Ecclesia tenet, qualis est Summus Pontifex, & post eum alij Episcopi, quòd sicut nullus exteriorũ est siue Rex siue Imperator, qui suam impedire potestatem possit, sic nec ipse illam impedire deberet: quoniam vox Petri fluctus quidẽ est sublimia quæque submergens, quòd si seipsum impedit, quomodo hac tanta potestate vtetur? Quantum ad effectum quidem se ipsum impedire non potest, nec alium eũ quoniam & si malus sit, potestatem tamen illam quã illi hic contulit Christus, non amittit, secundùm illud quod Dominus ait: Super cathedram Moysi sederunt Scribæ & Pharisæi, quæ dicunt facite, secundũ verò opera

eorũ nolite facere. Cæterũ quantum ad finẽ, seipsos quã plurimũ impediũt, finis enim est, vt ait Paulus, in ædificationem & non in destructionem. Et quantum adhuc finem se ipsos multotiens impediunt, cùm populus in eis non videt, in quo ædificationem capiat. Oportet enim Episcopum, ait Paulus, irreprehensibilem esse, vtpote qui alios soluere, & ligare debet, vt ait Origenes, & propter hoc potestas verbi Dei non tantũ in eis estimatur. Deberet esse vox eius quasi rugitus leonis, ita quòd de eo possemus dicere illud Prophetæ: Leo rugiet, quis non pauebit, igitur his rationibus dicitur Petrus.

Verùm & hic obseruandum est, Deũ mutasse nomen Petro, cùm illi summũ cõmisit Pontificatum; vt ostenderet quod in Prælato, ac Dei seruo, ac ministro nihil præteritæ vitæ remanere debet, nec aliquid quod saboleat mundũ, à quo tanquã selecti à Deo segregantur. Hinc Nazaræis, idest, Deo cõsecratis non solum vinum prohibebatur, sed quidquid erat ex vino, aut vinũ saperet, vel saboleret, vt vua, Aceta, aut acetum: quoniã qui Dei seruitio mancipatur, quidquid mundi vanitatem subolet, aut quicquid ex mundo est, relinquere debet. Hinc Pontifices mutant nomina, cùm ad tantũ munus efferuntur, id in eo significare volentes. *Et super hanc petram ædificabo Ecclesiam meã*. Cũ populus Israel prœliabatur cõtra Amalech, Moyses super petram positus, eleuatis manibus cum virga orabat pro Israel, & Aarõ, & Hur sustẽtabãt manus eius: quoniam super hanc petram, quæ est Ecclesia, debemus subsistere & stare, vt orationes nostræ acceptæ sint apud eum: quoniam extra illam (vt sacri decernũt Canones) nulli vnquã potuit constare salus. Aaron autem qui erat sacerdos, & Hur, qui & sæculares & ecclesiasticos referunt, brachia eius sustinebant; quoniã omnes debent Ecclesiam adiuuare, vt semper stet & perseueret. *Et portæ inferi non præualebunt aduersus eam*: nam scriptũ est: Bellabunt aduersum te, sed non præualebunt: portæ autem inferi sunt peccata, & hæreses, quibus tanquã per portas in infernũ ingrediuntur homines. *Et tibi dabo claues Regni cœlorum*: modò promittit eas, sed non dat quousque fiat secundum examen, primũ enim fuit scientiæ, secundùm autẽ erit conscientiæ: oportet enim Episcopos, & curam animarum gerentes quòd sint homines, *De sciencia y consciencia*, & sicut modò fides eius probata est, ita & charitas examinabitur,

bitur,

bitur, quando post resurrectionem dicetur ei ter à Domino: Petre, amas me, & in his duobus deberent examinari Episcopi, & ministri Domini. Deberent enim esse & in fide stabiles, & in charitatis operibus *1. Petr. 3.* efficaces. Debent enim semper esse parati reddere rationem de ea quæ in eis est fide, ac spe: nam labia sacerdotis custo- *Malach. 2.* diunt scientiam, & legem requirent de manu eius, quia Angelus Domini est. Et in Rationali iudicij, quo erat indutus *Exod. 28.* summus sacerdos, iubebat Deus, vt poneret doctrinam, & veritatem, sed subinde mandauat lex, vt vectes quibus Arca *Exod. 37.* Testamenti portabatur, semper essent in anulis arcæ, nec vnquam ab eis extraherentur: sic Episcopi & sacerdotes ministri Domini, quorum munus est Deum ipsum in manibus per plateas, & vicos portare, semper ei per charitatis vincula inhærebűt vt rectæ fidei, ac scientiæ charitatis vincula iungentes, ministerium suum absque *Hieron.* vllo defectu impleant: nam, vt ait Hieronymus super epistol. ad Titum: Si Episcopi tantùm vita sit sancta, sibi potest prodesse sic viuens; sed si doctrina, & sermone fuerit eruditus, poterit alios instruere, & contradicentes reuincere, ne alios seducant. *Et quodcunque solueris super terram, erit solutum & in cælis, &c.* Magna quidem sacerdotis dignitas, vt id possit quod nec Angeli, nec beati possunt, imò nec ipsa Dei genitrix Virgo, hoc est, dimittere pec- *Matth. 9.* cata: nam nemo potest dimittere peccata nisi solus Deus, vel hi quibus ipse hanc potestatem tribuerit, hi autem soli sunt sacerdotes iurisdictionem habentes: & sen- *Bernard.* tentia Petri præcedit sententiã cœli, quã cœlum expectat, vt confirmet eam, & ratam habeat. Quare in confessione generali simili cursu dicitur: Confiteor Deo, & Beatæ Mariæ, & omnibus Sanctis, & tibi pater, vbi quasi æqualem sacerdotem videtur facere cum Deo, & Sanctis: quoniam post Deum, qui tanquam principalis causa peccata dimittit, sequitur sacerdos qui instrumentaliter ad eorum remissionẽ concurrit. Sancti autem solùm intercedendo. Sed illud interim aduertendum est, quòd *Hieron.* Hieronymus super. 44. cap. Ezechiel. docet dicens: Grandis quidem dignitas sacerdotis, sed grandis ruina eorum si peccant. Lætemur ad ascensum, sed timeamus ad lapsum, non est tanti gaudij excelsa tenuisse, quanti mœroris de sublimioribus corruisse: nec enim solum pro nostris delictis reddemus rationem, sed pro omnibus quorum abutimur donis, & nequaquã fuimus de eorum salute soliciti.

Sed quoniam Euangelium hoc in festo Apostolorum Petri & Pauli in Ecclesia legitur, oportet adnotare hos duos Apostolos esse quibus huius Ecclesiæ Catholicæ ædificium debemus: nam post Christum Dominum illi ædificauerunt illam, Deus illis exemplar ostendit, Petro, dum in carne viueret: Paulo, post ascensionem eius in cœlũ, manus tamen ipsi operi huic admouerunt, atque primos lapides posuerunt, & sic in altum cacumen eius extulerunt, vt ab vniuerso mundo expectari posset. Videamus quòd fuerint ipsi Apostoli Magistri operũ, quos Rex Hiram dedit Salomoni ad ædifi- *3. Reg. 5.* candum templum Domini: Nam Pater hos operarios Christo suo dedit, vt per eos Ecclesiam suam ædificaret, sic enim & ipse Dominus testatus est dicens: Pater quos *Ioan. 17.* dedisti mihi seruaui eos. Videte ne fortè hi duo Apostoli fuerint illi duo Magistri ope- *Exod. 37.* rum, quos in Exodo, cap. 31. elegit Dominus ad opus tabernaculi faciendũ: ait enim Dominus ibi: Ecce vocaui ex nomine Beseleel filium Huri de tribu Iudà, & impleui eum spiritu Dei, sapientia, & intelligentia, & scientia in omni opere, ad excogitandum quicquid fabrè fieri potest, ex auro, & argento, & ære, marmore, & gemmis, & diuersitate lignorum, dedique ei socium Ooliab filium Achisamech de tribu Dan. Ita & vocauit ex nomine Petrum, qui antea dicebatur Simon, & Paulum, qui antea dicebatur Saulus, & impleuit eos spiritu intelligentiæ, sapientiæ, & scientiæ, vt possint excogitare quidquid fabrè fieri potest, in auro, argento, ære, & marmore, ferro, & ligno, nimirum vt in ferro, hoc est, duritie Gentilitatis, & in sacræ Scripturæ auro operarentur, vtrumque populum docentes, sapientes, & insipientes ad Christum trahentes, peccatores ac iustos instruentes, absconditaque arcana in lucem promentes, mira atque pulcherrima efficerent opera, quibus Christi Ecclesia, & ædificaretur, & decoraretur. Sunt etiam hi duo Apostoli *3. Reg. 7.* illæ duæ columnæ, quas in vestibulo templi Rex Salomon posuit, quas vna cathena ambas tenebat, quarum vna vocabatur Iachim, quod dicitur firmitas, altera Booz, quod interpretatur fortitudo; quoniam super has duas columnas firmitas Ecclesiæ

cultienititur; doctrina quippe eorum est fortitudo eius. Iachimque dicitur firmitas signi ficat Petrum, propter eius fidei confessionis firmitatem, super quam Ecclesiæ edificium innititur, sic enim dixit Christus. Super hanc Petram ædificabo Ecclesiã meã; id est, super confessionem quam modo fecisti, sic enim multi Patres hoc exponuntur, vt statim videbimus. Booz autẽ, quod significat in robore, Paulum designat propter robur, quod in prædicatione Euãgelij habuit, & fortitudinem in amore Christi, à quo nec mors, nec vita, nec Angeli, &c. separare potuissent. Vna cathena ambos cinxit, quoniam propter eandem fidem ambo vno tempore ligati sũt, & vna die martyrio coronati, vt & mors, & vita in ambobus similes essent, & de eis dicitur hodie Ecclesia. Gloriosi principes terræ, quomodo in vita sua dilexerunt se, ita & in morte non sunt separati. *Deut. 17.* Hi nimirum sunt illi duo testes, ex quorum ore omne verbum stat: nam ambo pariter hanc contestati sunt veritatem quam credimus. Quare veritas duobus testibus omni exceptione maioribus contestata stare debet, vnde eorum ore, vel condemnabimur, vel saluabimur: nam si eis credimus salui erimus. Sin minus damnabimur. *Genes. 1.* Sunt & illa duo luminaria, quæ Deus in cœlo posuit, luminare maius, vt præesset diei, & luminare minus, vt præesset nocti, nam Petrus Iudæis qui lucem habebant Scripturarum, præesse erat: Paulus vero Gentibus qui noctis ignorantiæ, & peccati tenebantur, vt ipse dicit; *Galat. 2.* Qui enim operatus est Petro in circumcisionem, operatus est mihi inter Gentes. Sunt ergo luminaria super Ecclesiæ candelabrũ posita, & sunt duæ oliuæ propter abundantiam doctrinæ quam effuderunt, quas vidit *Zachar. 4.* Zacharias Propheta: Vnde de eis dicit Ecclesia. Isti sunt duæ oliuæ, & duo candelabra lucentia ante Dominum, habent potestatem claudere cœlum nubibus, & aperire portas eius: quia linguæ eorum claues cœli factæ sunt. Ij sunt etiam duo magistri, qui nos Christi doctrinam docuerunt, sicut & Ecclesia dicit. Petrus Apostolus, & Paulus Doctor gentium, ipsi nos docuerunt Legem tuam Domine. *3. Reg. 19.* Helisæus in duodecim bobus vnus arabat: Christus verus Helisæus in duodeno Apostolorum numero totam terram coluit; quoniam in omnem terram exiuit sonus eorum; tamen hi duo Apostoli fuerunt duo boues, qui plus cæteris laborauerunt, vt Paulus de se ait. Plus omnibus laborau, & Petrus etiam maiorem solicitudinem habuit, quia cæteris omnibus prælatus est: vnde & Iob. c. 1. dicebat. Boues arabant, *Iob. 1.* & asinæ pascebantur iuxtà illas: hoc est, nos ignorantes, qui ex suo labore vera doctrina pascimur. Et sicut sacrificauit Helisæus boues, & in ipsis aratris combussit eos; sic isti duo Apostoli se Deo immolauerunt; nam & Paulus dicebat: Quotidie immolor propter *Phil. 2.* vos, & quotidie morior propter gloriam vestram: & Petrus in aratro crucis se immola- *1. Cor. 15.* uit, & Paulus gladio sicut taurus iugulatus est, *relinquens aratrum arando.* Sunt & duæ illæ inaures quas seruus Abraham posuit in auribus *Gen. 24.* Rebeccæ, id est, Ecclesiæ, quas etiam Spõsus *Cant. 1.* Sponsæ suæ promittebat dicens: Murenulas aureas faciemus tibi, vermiculatas argento. Aureum fuit Petrus, propter principatũ quẽ à Christo obtinuit inter alios, sicut aurum principatur alijs metallis: argentum fuit Paulus, propter sonum vocis suæ, quæ per omnem intonat Ecclesiam. Verum tamen argentum hoc coniunctum erat auro: quoniam sua doctrina confessioni Christi innitebatur, & illi coniuncta erat, nec vllo modo separabilis ab ea. Vnde & audacter ad Galatas dice- *Galat. 1.* bat. Si Angelus de cœlo aliter Euangelizauerit, præter id quod Euangelizatum est, anathema sit, ac si diceret. Videte quam vera mea doctrina sit, vt si, per impossibile, Angelus aliud doceret, non deberetis ei credere, sed à vobis tanquam excomunicatũ propellere, atque deterrere. Nunquam mundus tales duos viros habuit, alter enim fuit mundi caput, alter lingua eius: alter Ecclesiam quæ est in terris gubernauit, alter eã docuit: nam Petrum vice sui subrogauit Christus, cui & hodie dicit: Tibi dabo claues Regni cœlorum: Et de Paulo dixit: Vas electionis est mihi iste, vt portet nomẽ meũ, coram regibus, & Gentibus, & filijs Israel. Fuerunt ferculæ, vel triũphalis currus, per quem Christus crucifixus vniuersam terrã deambulauit: ambo hodie interfecti sunt; cœli tamen, vt de illis triumpharent, hodiè à nostris conspectibus rapiũt illos, auferũtque eos à nobis, tanquam ab iniustis possessoribus: vt pote qui nec illis fidem quã oporteret adhibemus; summoque gaudio perfunduntur cœli ex eorum præsentia, vt pote quibus plus honorantur atque decorantur, quã cæteris omnibus luminaribus. In ecstasim autem quendam magnæ admirationis rapiũtur hodie cœlicolæ, cum illos tanta gloria præditos cœlos penetrare intueantur. Ad-

mirabantur cælestes spiritus videntes Domi-
Esai.63. num Christum, cum nostræ carnis substantia superiorem ab eis locum ascendere, & di
cebant: Quis est iste, qui venit de Edom, tin
ctis vestibus de Bosra? Quanto maiore admiratione rapiuntur videntes, puros homines (Christum enim Deum, & hominẽ cer-
nebant esse) superiores illis, in meritis, &
in gloria euadere, & Petrum cum sui imperij insignibus Paulum, verò stricto gladio:
Cabel espequat defende, coram omnium Imperatore in supremis ordinibus collocari. Sed
sicut respondit eis Christus, Ego qui loquor
iustitiam, & propugnator sum ad saluandũ:
sic Petrus potestatem accepit saluandi animas, & Paulus pro defensione iustitiæ Chri
sti gladio impiorum occubuit. Terra quidẽ
gaudet quæ tales homines à se enutritos mit
tit in cœlum, quod etiam lætatur, quòd suis
influentijs tales generauerit viros. Vnde &
Chrysost. Chrysostom. ait, se videre cœlum, & terram
in præsenti solennitate certamen inter se
inire. Sed Petrus verso capite versus terrã
crucifixus est, ad ostendendum quòd caput
omnis Ecclesiæ præcipuum, nempe Christus
in cœlis est, ipse autem vice eius erat caput
in terris: & ideò versùs illas fixit caput, ad
eius imperium donec duraret terra hæc, duraturum erat, donec consumpto mundo hoc
terreno, euacuet omnem principatum, & po
testatem, vt ait Paulus. Qui Paulus magnus
Apostolus capite plexus est, vt confiteretur
vnum tantum caput esse in terra, nempe
Petrum eiusq; successores, omnesque alios,
quantumcunq; virtute insignes illi cedere
debere, nec se tanquam capita gerere: vnũ
est enim caput in terris, nempe successor Pe
tri, sicut est vnum in cœlis, quod est Christus Dominus. Datur autem potestas Petro
in partes Cæsareæ Philippi, quam ædifica-
uerat Philippus in honorem Tyberij Cæsaris qui erat Imperator Romanus: vt daretur
nobis intelligi, quòd Imperium Petri amplius, & diuturnius deberet esse omni temporali Imperio: nam sicut de Regno Christi
Psal.144 dictum est: Regnum tuum, Regnum omniũ
seculorum. Idem de Imperio Petri dicendũ
Hiere.1. est, & de eodem dicitur Hierem. 1. Ecce dedi te super Gentes, & Regna. Ciuitas autem
illa, & à Iudæis, & à Gentibus incolebatur:
vt ostenderetur super vtrunque populum
debere esse Petri Imperium. Quod in imagine illa quã in somnijs vidit Nabuchodo-
Dan.2. nosor apud Danielem nobis descriptum est,
sicut in somnij interpretatione illi dixit
Daniel. Tu Rex cogitare cœpisti in strato
tuo, quid post te futurũ esset (hæc enim est
regia cura, prouidere etiam in posteros futura:
ta etiam Deus reuelat regibus propter cõmune bonum, quod sub illorum cura est, vt
etiã in somnio Pharaonis visum est ad pro- *Genes.41*
uidendum futuræ fami quæ instabat:) habebat imago hæc caput aureum, pectus argenteum, ventrem æneum, crura ferrea, sed pedes luteos; & lapis excisus sine manibus à
monte in pedes dedit, & illos, & totã imaginem comminuit: lapis autem ille in montem magnum creuit. In hoc designatur Reg
num Christi, quod fortius, & diuturnius ex
titerit, cui omnia temporalia cedunt, secundùm illud Pauli: Oportet illum regna- *1.Cor.15.*
re, donec ponat inimicos suos sub pedibus
eius. Comparantur autem Regna terræ statuæ: quoniam nullam consistentiam habẽt,
quia defectibilia, & temporalia sunt, & pe
des statuæ quæ vera Regna repræsentãt,
vt pote prope diem defectura. Quatuor autem metalla illa quibus imago constabat, sig
nificabant quatuor Regna, nempe Regnum
Chaldæorum, Persarum, & Macedoniorum,
& Romanorum, quæ sunt quatuor illæ bestiæ
quas Daniel vidit, ex quibus, & fortior, & fe *Dan.7.*
rocior fuit Romana bestia, quæ cætera om-
nia Regna comminuit, & dura seruitute,
per duritiem ferri significatã, subiecit, quæ
& Christianos crudelissimè persequuta est.
Pars autem lutea erat propter carnalia vitia, quibus maximè indulserant: pars ferrea
propter tyrannidem quam aduersùs Christianos præcipue exercuerunt: sed petra quæ
est Christus, qui Petro, & nomen, & officium communicauit; & sine manibus excis
sa de monte, hoc est, absq; temporali poten
tia, erexit vltimum Imperium, nempe Romanum, quod fuit pedes statuæ: tempore
enim quo Romanum Imperium in summa
erat celsitudine ac potentia, tunc sui Imperij sedem in Roma collocauit, ex quo per to
tum mundum, & fides, & religio Christiana
emanauit, & principatus Christi per omnẽ
terram extensus est: Sic enim Paulus Ro- *Rom.1.*
mano. 1. ait. Fides vestra annũciatur in vni
uerso mundo. Cæteræ enim potestates, ac
principatus qui tunc fuerunt, huic cessere
Imperio, Vbi enim est Nabuchodonosoris
successor in Chaldæa, aut Cyri in Persia, vel
Alexandri in Græcia, aut Iulij Cæsaris
in Roma. Omnia ad Imperium Petri consummata, ac deleta sunt, & eius Regnũ sicut
lapis minimus cœpit; tamen iam vt mons
magnus

magnae structurae: quoniam per vniuersum orbem expansum est, cui caetera Imperia cedunt, & eorum eo superbia, ac vanitas conquassata est, eorum diuitiae confractae, tyrannis deiecta, insolensque Gentium [illegible] imperium infrequentatum est; Ipsum autem Regnum ab eo in aliam vsque in finem mundi durabit. (*Psal. 86.*) Quod Esai. cap. 26. in Cantico illo cecinit dicens: Ve mittens abijt, incurvauit habitantes in excelso, ciuitatem sublimem humiliauit, humiliauit eam vsque ad terram, detrahet eam vsque ad puluerem, conculcabit eam pes pauperum, Gressus egenorum, hoc est, pauperis piscatoris qualis fuit Petrus Princeps Romanae Sedis. (*Dan. 2.*) Vnde & Daniel in interpretatione somnij illius dixit: In diebus Regnorum illorum suscitabit Deus coeli Regnum, quod in aeternum non dissipabitur, & Regnum eius alteri populo nō tradetur. Comminuet autem, & consumet vniuersa Regna haec, & ipsum stabit in aeternum. *Quem dicunt homines, &c.* Nunc examinat Petrum in fide, postea Ioan. 21. (*Matth. 16.*) examinabit eum in charitate: quoniam hae duae virtutes in praelato fulgere debent, nam fides sola facit malum praelatum, sicut sola fides malum Christianum constituit: vnde quasi per exaggeratione dicimus de Christiano qui solam fidem habet absque charitate, quòd non est Christianus. *Quem dicunt homines, &c.* Grauis quidem & difficilis quaestio, vix enim scire possumus qui sumus nos, (*Psal. 138.*) secundum illud Psalm. Mirabilis facta est scientia tua ex me, & quomodo scire poterimus quis sit Christus. *Respondens Petrus dixit: Tu es Christus filius Dei viui.* In sola Petri Ecclesia veritas lucet, nam vbi non est Petrus, tenebrae sunt, secundum illud Esai. (*Psal. 60.*) Quia ecce tenebrae operient terram, & caligo populos, super te autem orietur Dominus, & gloria eius in te videbitur, & ambulabunt Gentes in lumine tuo. Et Psalmista ait. (*Psal. 35.*) In lumine tuo videmus lumen, nam in lumine veritatis Ecclesiae videmus lumen veritatem fidei: quod & Augustinus celebri illa sententia docet: Euangelio non crederem, nisi me autoritas Ecclesiae commoueret. (*Aug.*) Petrus autem quasi vaticinatus se [illegible] caput Ecclesiae, hanc confessionem profert, dicens. Tu es Christus, &c. Singula verba mysteria habent. Si enim in Conciliorum definitionibus non tantum ea quae definienda sunt attentè perspiciuntur, sed singula verba quibus definitiones explicandae erant, summa attentione ponderantur, quantò magis in hac tam altissima Petri definitione singula etiā verba attendenda erāt. *Tu es Christus.* Tu, dicit secundam personam, sicut, Ego, primā: quia ergo Christus secunda persona a Patre est, dicit ei Petrus, *Tu es*: nā Deus dicit: Ego sum qui sum. (*Exod. 3.*) Et Psal. 2. Dominus dixit ad me, Filius meus es tu, ego hodie genui te. (*Psal. 2.*) Ille autem, dicit tertiam personam: vnde de Spiritu sancto dicitur: Ille vos docebit omnia: (*Ioan. 15.* *cap. 16.*) quia tertia persona Trinitatis est, & alibi: Cū venerit ille Spiritus. Item, *es*, dicit esse subsistens, perfectum, & aeternum, secundū illud Psal. Tu autem idem ipse es: (*Psal. 101.*) & de Christo dicit Paulus Iesus Christus heri, & hodie, & ipse in secula. (*Hebr. 13.*) *Tu es Christus.* Christus dicit vnam diuinam personam in duabus naturis, diuina & humana: dicit Deum, & hominem simul, Deum aeterno Patri coaequalem, hominem vestitum plenitudine gratiae, & sapientiae absque mensura. Item dicit vtramque dignitatem, regiam, & sacerdotalem, & in vtraque supremā. *Filius Dei.* Duas filiationes Christi fatetur, sicut duas naturas, diuinam, & humanam; vnam filiationē aeternam in qua à Patre accipit naturam diuinam, alteram temporalem, in qua à matre accipit naturam humanam pro salute hominum, vnus tamen in vtraque est Christus filius hominis, & filius Dei viui: alij enim sunt filij adoptiui, filij à bonitate Dei, de quibus Ioan. cap. 1. ait, Dedit eis potestatem filios Dei fieri: (*Ioan. 1.*) Id est non sunt filij Dei viui in quantum viui, quia filiatio eorum non est naturalis, sed voluntaria, secundum illud: Voluntariè genuit nos in ipso, ante mundi constitutionem. (*Iacob. 1.*) Vnde solus Christus est filius Dei viui, in quantum naturale est viuentibus generare sibi simile, sicut non potest non viuere, sic non potest non gignere: aeternaliter viuit, & aeternaliter gignit. Vnde Ecclesia in primā horam diei iacit hoc fundamentum, cum dicit: Iesu Christe fili Dei viui, miserere nobis: vt hanc Petri confessionem ante omnia alia verba proferat. Quare Chrysostomus dicit. (*Chrysost.*) Nunquam per humanum os haec veritas sonuerat in mundo, solus Petrus fuit primus qui confessus est hanc veritatem, & per eam confessus est suū munus, atque suam dignitatem, & id quod ipse confessus est omnes fideles profiteri debemus. Vnde & Dominus respondit ei. *Et ego dico tibi quia tu es Petrus, & super hanc Petram aedificabo Ecclesiam meam.* Haec promissio fuit quasi suae confessionis remuneratio: vnde licet gratia, & liberalitas Christi fuit ipsi

summum

sanctitatem cōmittere Pontificatum; voluit tamen, vt aliquo modo videretur meruisse illum, vt inde maior sibi honor accresceret, quasi tantum munus meritus fuisset: sicut voluit quòd obedientia Abrahę fuisset quasi similitudo quędam meriti, propter quam promissus fuerit illi Messias: cum tamen id sub merito propriè cadere non potuerit. Ac si diceret Petro. Tu dixisti, Tu es Christus filius Dei viui, & ego dico tibi: Quia tu es Petrus, &c. Beatior quippè est Petrus quia id videtur meruisse, quam quia habuit illum: quemadmodum, & Dominus respondit mulieri acclamanti: Beatus venter qui te portauit, & vbera quæ suxisti. Quinimo beati qui audiunt verbum Dei, & custodiunt illud. Beatius est mereri Regnum Dei, quam esse matrem Dei: quoniam hoc nō cadit sub merito, & illud est bonorum nostrorum operum premium.

Ioan. 21. Et ideò de Ioanne Euangelista dicitur quidem, Hic est discipulus ille quem diligebat Iesus: de Petro autem: Diligis me plus his? Sed dices, nonne Domine vtilius illi fuisset, quòd tu diligeres eū, quā ipse te? Amor quippè tuus causa est omniū

Gen. 41. bonorum, quæ à te recipit creatura. Quem-

Gen. 39. admodum quia Ioseph dilexisti, eum Saluatorem suis tempore fecisti: scriptū enim est. Erat Deus cum Ioseph, & erat vir in cūctis prospere agens. Sed licet ita sit quòd amor Dei erga Petrum radix est, & causa eius quem Petrus habet ad Deum, nec poterat tantus esse sine Dei amore, quo illum preuenit

1. Ioan. 4 secundùm illud Ioannis: Non quasi nos dilexerimus Deum, sed quia prior dilexit nos; tamen voluit hanc cum Petro commutationem facere, *lugar al trocado con el*, huius honoris quem Petrus accipit ex eo quòd est dilectus à Deo, vt dicatur Christus dilectus à Petro, & eos titulos illi conferre, quibus ipsemet Dominus honoratur: cùm illum loco sui in terra relinquere deberet. Qua propter sicut in remuneratione huius confessiōnis illi summum promittit primatum; sic & post resurrectionem quasi in premium dilectionis Petri promissum tribuit principatum: ac si diceret: Quia diligis me plus his,

2. Ioan. 21 pasce oues meas. *Tu es Petrus*, id est Petra propriùs quàm cæteri Apostoli, qui licet petræ fuerint fundamentales; tamen peculiariter Petrus dicitur Petra: quoniam ab ipso post Christum, cæteri omnes firmitatem susceperant. sicut & cæteri Apostoli luces fuerunt mundi; tamen Petrus maior Lumi-

Clemens. nare vt Clemens ait, ei promissum est, vt

obscuriorem orbis partem [illegible] vt Sol illuminaret, nempe Romanum Imperium. Quod Petrus cæteris Apostolis collatus maior sem per extiterit: nam si cum Paulo conferas, in morte videbis discrimen: quoniam in morte Petrus Christo crucifixo assimilatur, Paulus verò Ioanni decollato: vt cognoscatur in terra solùm Petrum esse caput, vt supra diximus. Ioannes verò fuit dilectus; Petrus verò diligens: Ioānes, In principio erat Verbum, dixit: Petrus, Tu es Christus filius Dei viui: idem enim sensus est vtriusque sententiæ. Si Ioanni matrem suam commendauit, Petro Sponsam: si Ioanni matrem ex qua natus est commendat; Petro Ecclesiam pro qua passus est committit: si Ioannem thesaurarium pretiosissimæ Margaritæ facit; tamen & ipsum Ioannem, & matrem sub cura Petri reliquit. Quare tu es firmissima Petra, contra quam nec inferni machinæ preualebunt, sed omnes ad te tanquam ad tutum refugium fugient. Et sicut Iacob super Pe-

Gen. 28. tram quieuit, & vidit secreta cœlestia, sic qui in fide tua quieuerit, arcana Dei mysteria manifestabuntur ei. Tu es Petra, cum

1. Reg. 16. qua si quis fidelis Dauid voluerit pugnare, quemlibet hostem, aut Gigantem quantūuis fortem prosternet. *Et portæ inferi non pre-*

Hieron. *ualebunt aduersus eam.* Bellabunt aduersum te, sed non præualebunt, nec totius orbis potestas, nec philosophorum acuta argumenta, nec oratorum eloquentia, nec Cæsarum potentia, nec inferni Principis astutia contra te vlla ratione poterunt preualere: quinimo, & charitas [illegible] constans erit, vt nec mors, nec vita, nec superiora, nec inferiora, nec creatura aliqua à Deo te separare possit. Hoc est dicere; quòd nec fides, nec charitas

1. Par. 16. vnquam [illegible] deficient. Et sicut Dauid [illegible] coram Arca Dei cū [illegible] procedente, [illegible] coram ea saltaret, officium serui coram Deo exercens; sic Petrus tanquam Dei seruus, & mancipium se habuit [illegible] à Deo dona accepit quam Dauid. Dauid enim Regē constituit Deus, Petrum verò Regem, & sacerdotem: illum suum ministrum in secularibus: Petrum suum Vicarium in Spiritualibus. Illi Regnum Deus promisit, huic summum Pontificatum: illum secretorum mysteriorum conscium fecit, Petrum sui corporis ac sanguinis ministrum, & consecratorem. Illi Arca sua constituit, Petro vero suam dedit crucem, in qua Deo iungeretur. Quid ergo facere debet, nisi se humilem seruum

Dei

Dei ostendere, & ponere os vbi Christus Dominus posuit pedes, vt deoscularetur illos. Vt sic verso capite ad terram, oculos versùs cœlum haberet, vbi gaudium ac thesaurus suus situs est, vt exinde gratiã pro grege suo adipiscatur, qua pascua cœlestia acquirere valeant. Et sicut hic illum Dauidi conferimus, sic D. Hieronym[us] tom. 4. de vera Circuncisione, Petrũ cum Abraham confert, *Hieron.* Altus, inquit, Abraham Petrus, nescio an maior, certè quòd sentio non secundus. Illi generatio larga promittitur, huic generatio pascenda committitur. Ab illo iustificãda procedunt, in hoc iustificata fundantur; *Gen. 12.* Ita quod ille sperat, hic accipit. Illi dicitur, Faciã te in Gentem magnam, huic, Faciam te piscatorem hominum. *Matth. 4* Illi dicitur, In semine tuo benedicentur omnes Gentes, huic dicitur, Iudicabis duodecim tribus Israel. *Matth. 19* Illi, Vt stellæ erit semẽ tuum, huic, Tibi dabo claues Regni cœlorum: ac proinde ille secũditate seminis benedicti impletur, hic autẽ semen ipsum Euangelizaturus asciscitur. Abrahæ pro filijs claritas monstratur astrorum, sed Petro traduntur Regna cœlorum, videlicet, vt in eis sine Petro, nec filij Abrahæ possint intrare. Hic ergo nõ quòd circũcisus sit iuxtà Gentem suam apud Dominũ gloriatur, sed dicit, Ecce nos reliquimus omnia, & sequuti sumus te. *Matth. 19* Quæ sunt ista omnia apud eũ, qui præter instrumenta piscatoriæ artis nihil aliud habebat? Omnia, inquit vtique, quæ ad concupiscentias mundus ingerit, quæ præpotis possint dici si cõgregantur ad lenociola peccati. Hæc est vera, & spiritualis circumcisio filiorum Abrahæ. *Portæ inferi non præualebunt aduersus eã.* Vide super hoc Commentarios nostros super Psal. 118. in illum versum, In generatione & generatione veritas tua, fundasti terram, & permanet. Tractat. 12. fol. 197. Et adde q ideò Ecclesia comparatur terræ secundùm illud Ecclesiast. 1. Generatio præterit, & generatio aduenit, terra autem in æternũ stat: *Ecclesi. 1* quoniam terra secundùm se totam immobilis est, ac incorruptibilis, etiam si secundũ partes moueatur, & corrumpatur. *Simile.* Et ratio est, quia omnes eius partes æqualiter respiciunt centrum, quare non poterunt omnes moueri versùs illud. Sic Ecclesia licet secundùm partes possit moueri, scilicet deficere, vt de facto in multis defecit; tamen quoniam tota illa centrum, hoc est, Christum æquali veritate intuetur, illumque tanquam centrũ habet, non potest vnquam tota deficere.

Vndè Esai. 33. dicitur. Respice Sion ciuitatem solemnitatis nostræ, oculi tui videbũt Hierusalem habitationem opulentam, tabernaculum quod nequaquam transferri poterit, nec auferentur claui eius in sempiternum, & omnes funiculi eius non rumpentur, quoniam solũmodo ibi magnificatus est Dominus noster. *Esai. 33.* Et cap. 54. Dilata locum tentorij tui, & pelles tabernaculorum tuorum extende, ne parcas, longos fac funiculos tuos, & clauos tuos consolida. *Esai. 54.* Quintò, & hoc addendum est, quod Paulus ad Hebræos, vt ostenderet æternitatem sacerdotij Christi, dicit illum cum iuramento factum fuisse sacerdotem, (secundùm illud:) Iurauit Dominus, & non pœnitebit eum, tu es sacerdos in æternum: *Heb. 7.* *Psal. 109.* & sic Petro cum iuramẽto hanc sacerdotalem potestatem committit cum ait: *Et ego dico tibi quia tu es Petrus.* Multi enim tenent illum (& ego) positum esse ibi loco iuramenti, sacerdotium autem Aaron absque iuramento commissum est ei; quoniam non debebat in æternum durare. Ex quibus colligimus, quòd Ecclesia fundata super Petrum, est sancta Ecclesia Romana, quam nos colimus, & non Arrij, aut Manichæi, aut aliorum hæreticorum: quoniam contra illas iam præualuimus, cõtra hanc autem nullus ad huc præualuit, sed semper eadem perseuerat, ergo ipsa est vera Ecclesia Catholica, quam Christus Dominus super Petrum fundauit. Insuper omnes Sedes, quas cæteri Apostoli habuerunt, ab infidelibus deletæ sunt, vt in Asia, Græcia, & Hierosolymis patet; sola Petri Sedes permanet: quod est magnum argumentum illam esse, cui dictum est, portas inferi non præualituras contra eam. Hæc pro moribus componendis, & concionibus ad populum habẽdis dicta sufficiant. Nunc verò aliquot magnæ dubitationes circa hæc verba Christi ad Petrum dissoluendæ sunt, quæ licet à principio capitis, vt solemus poni deberent, tamen consultò huc remisimus, vt priùs totam huius Euangelij historiam texeremus.

Quæritur ergo, an ex his verbis Domini ad Petrum colligatur, Ecclesiam esse fundatam supra Petrum? *Prima dubitatio circa literã.* Ratio autem dubitandi sumitur ex Augustino, qui sermone tertio decimo de verbis Domini, Ita hunc locum interpretatur, vt dicat, Ecclesiam non esse fundatam super Petram, id est Petrum, sed super Petram, qui est Christus, sic loquens. *August.* Tu es ergo, inquit, Petrus, & super hãc Petrã quam cognouisti dicens, Tu es Christus filius

lius Dei viui: ædificabo Ecclesiam meam, super me ædificabo te, non me super te.

Idem.

Idē quoque habet tracta. in Ioānem. 124. in hęc verba. Super hanc, inquit, petram ædificabo Ecclesiam meam: Petra enim erat Christus super quod fundamentum etiam ipse ædificatus est Petrus: fundamentum quippe aliud nemo potest ponere, præter id quod positum est, quod est Christus Iesus.

1. Cor. 3.

Propter quod testimonium huius temporis hæretici, & innouatores irrident nos, quod exponentes propositam Christi sententiam, dicamus Petrum esse Petram, super quam fundata sit Ecclesia, contra Augustini explanationē, & Pauli vocem, nullum aliud fundamentum ponentis præter Christum.

Idem.

Imò videtur Augustinus in primo libro Retracta. cap. 27. retractare contrariam sententiam, si aliquando eam dixisset: Nam cùm in libro quodā, ait, dixi de Apostolo Petro, quòd in eo tanquam in Petra fundata sit Ecclesia, qui sensus etiam cātantur ore multorū, in verbis beatissimi Ambrosij de Gallo Gallinaceo hoc ipsa Petra Ecclesiæ Canente, culpam diluit: sed scio me postea sępissimè sic exposuisse quòd à Domino dictum est, Tu es Petrus, & super hanc Petrā ædificabo Ecclesiam meam: vt super hanc intelligeretur quem confessus est Petrus, dicens, Tu es Christus filius Dei viui: ac si Petrus ab hac Petra apellatus personam Ecclesiæ figuraret quæ super hanc Petram ędificatur, & accepit claues Regni cœlorum: non enim dictum est, Tu es Petra, sed tu es Petrus: Petra autem erat Christus, quem cōfessus Simon sicut confitetur tota Ecclesia, dictus est Petrus. Harum autem duarum sententiarum, quæ sit probabilior, eligat lector. Hæc ille. Alij verò sunt Patres qui per hanc Petram potius volunt intelligere confessionem istam quam Petrus professus est,

Hilarius.

ex quibus Hilarius lib. 6. de Trinit. sic habet. Super hanc igitur confessionis Petram Ecclesię ædificatio est. Et post pauca loquēs de fide Petri quam hic confessus est, Hæc, inquit, fides Ecclesiæ fundamentum est, per hanc fidem infirmæ apud eam sunt portæ Infernorum: hæc fides Regni cœlestis habet claues, hæc fides quæ in terris soluerit aut ligauerit, & ligata sunt in cœlis, & soluta.

Cyrillus.

Cyrillus etiā lib. 4. de Trinitate sic scribit. Petram opinor per agnominationem aliud nihil, quàm inconcussam, & firmissimā discipuli fidem vocauit, in qua Ecclesia Christi ita firmata, & fundata esset, vt non laberetur, & esset inexpugnabilis Inferorum portis in perpetuum manens. His adde, & Chrysostom. & Theophilactum,

Chrysost. Theophil.

quorum ille in hunc locum scribens, Petram interpretatur fidem, & confessionem. Ille vero sic habet: Quia confessus erat eum Dei filium Petrus, dixit, quòd hæc confessio quam cōfessus erat, fundamentum erit futurum credentium, ita vt omnis homo extructurus fidei domum, hoc iacturus sit fundamentum. Sed quoniam hæretici in hanc interpretationem pedibus eunt, vt à primatu fugiant, quem obnixè labefactare contendūt; ideò absque dubio tenendum est, per hanc Petram Petrum ipsum esse intelligendum: quod elegantissime hic probat Iansenius.

Iansenius.

Quam sententiam à Catholicis puto esse amplexandam, quę sic habet. Primum quoniam hic planus literæ contextus demonstrat. Cùm enim pronomen, Hanc, demonstret aliquam Petram de qua fuit sermo, nec de alia Petra habitus sit sermo quā ea qui dictus est Petrus, satis liquet aliam Petram nō monstrari per pronomen, Hāc. Ex mutatione autem generis, Hanc, nihil posse colligi, euidens erit, si cogitemus Christum nec gręco, nec latino hæc dixisse sermone, sed lingua tūc Iudęis vulgari, nēpe Siriaca. Non enim Dominus ei imposuit nomē grçcum, Petrus, sed quemadmodū patet ex Ioanne primo capite, nomen Cephas, quod

Ioan. 1.

Siriacum magis est quàm Hebraicum, nisi quod à Grecis addita est litera. S. nam Hebraicè Petra dicitur Ceph: Siriacè verò Cepha: quod nomen in biblijs Chaldaicis ferè positum est, vt in Hebraicis est Selagh, vt Psal. 39. Et statuit supra Petrā pedes meos:

Psal. 39.

& alijs locis etiā quibus mysticè per Petrā Christus significatur, vt Num. 20. vbi dicitur Deum dedisse Iudæis aquam de Petra,

Num. 20. 1. Cor. 10.

quā Paulus interpretatur significasse Christum. Si ergò cogitemus, Christum dixisse pro Petrus; & hāc Petram, Tu es Cepha, & super hanc Cepham ædificabo Ecclesiam meam (quemodò certum est eū dixisse, vt iā patet ex Siriaco Euāgelio) nemo non mox certissimum esse videbit, nō aliud esse intelligendū per id super quod dicitur ædificanda Ecclesia, quàm eum cui dictum est, Tu es Cepha. Sicut si apud nos diceretur, Tu es saxum, & super hoc saxum ædificabo: nemo intelligeret aliud significari per saxū, & per hoc saxum. Interpres autem Græcus ideò videtur mutasse genus, quoniam pro nomine proprio viri, magis conueniât masculinum nem Petrus. Hæc Iansenius non sententia doctè, & Catholicè disseruit. Accedunt ad hoc quàm plurima testimonia sanctorū Patrum, & præter ea quæ hic refert Iansenius, ex Tertulliano, & Origene, Basilio, & Ambrosio, hæc alia accipe. Primū Clemens *Clemens Romanus.* Romanus in Epistola ad Iacobum, Simon Petrus, ait, veræ fidei merito, & integræ prędicationis obtentu fundamentum esse Ecclesiæ à Christo definitus est. Theophila- *Theophil.* ctus etiam in explanatione huius loci. Remunerat, inquit, Petrū Dominus, mercedē illi dans magnam, quòd super eum ædificauit Ecclesiam. Eodem modo interpretantur *Hieron.* Hieronymus lib. in Matth. 3. & Chrys. cap. *Chrysost.* 16. Hilarius Cano. 16. in Matthæ. hæc ver- *Hilarius.* ba ad eundem modum exponit, quanquam *Erasmus.* eius verba Erasmus contendat pertrahere in alium sensum, adijciens in margine scholium huiusmodi. Ecclesiæ fundamentum est fides. Quibus verbis interpretari voluit *Hilarius.* Hilarium, quasi sentiret, fidem esse fundamentum, & Petram, non autem Petrum. Hilarius autem apertissimè de Petro loquitur, vt legenti eius verba manifestum est. Sed vereor iam Erasmo doctrinæ Hilarij mentem hoc loco non facile deprehendi, quid ad ea dicturus est quæ idem hac de re in expositione Psal. 103. his verbis meridiana luce cla- *Psal. 103.* rioribus scribit? Cùm lesu quędam de passione sua loquutus ad discipulos fuisset, & Petrus tanquam indignum hoc de filio detestatus esset, Petrus cui superius claues cælorum dederat, super quem Ecclesiam ædificaturus erat, aduersus quem portæ inferi nihil valerēt, qui quę in terris, vel soluisset, vel ligasset, ea in cælis, vel soluta persisterent, vel ligata: hanc itaque tali conuicio detestātem hoc sacramentum passionis, tali responso excepit. Vade post me Satana, scandalū *Matth. 16* mihi es. Tanta enim ei religio fuit pro humani generis salute patiendi, vt Petrum filij Dei primum confessorem, Ecclesiæ fundamentum, cælestis Regni ianitorem, & in terreno iudicio iudicem cæli, Satanę conuicio nuncuparet. Gregorius etiam Nazian- *Gregor. Nazianz.* zenus sermo. de Machab. Hic vocatur, ait, Petra eiq; Ecclesiæ fundamenta concredūtur. Inter Neothericos autem Caietanus, sic *Caietan.* explicat hanc sententiam, vt de Petro intelligatur. Ad August. tamen responderur *Ad Augustinū respōdetur.* primò, quòd ipse in illo loco retractationum præcitato, non refutat nostram sententiam, imò electionem cuiusque relinquit quam maluerit accipere, imò in alijs locis præter il- *August.* lum quem ille citat, hanc nostram sententiā affirmasse videtur, nā Serm. 2. in Cathedra sancti Petri: Pro solemnitate deuotionis Petrus, ait, Ecclesiarum Princeps dicitur dicente Domino: Super hanc Petram ædificabo Ecclesiam meam. Petra dictus est, eo quòd primus nationibus fidei fundamenta posuerit, & vt saxum immobile totius operis Christiani molem compagemq; contineat. At Dominus Petra pro virtute dicitur iuxtà illud: Bibebant de spirituali consequente eos Petra, Petra autem erat Christus. Rectè *1. Cor. 10.* ergò Petrus consortium meretur nominis, qui consortium meretur, & operis, imò in hoc testimonio sibi ipsi videtur respondere Augustinus argumento illo, quòd illum dubium in hac re fecerat, nempe quod Paulus dicit, Fūdamentum aliud nemo ponere *1. Cor. 3.* potest præter id quod positum est, quod est Christus Iesus: nam ait quod Petrus meruit consortium nominis cum Christo, vt diceretur Petra, sicut meruit consortium operis, scilicet, vt esset fundamentum cum Christo: dicimus enim Christum fundamentum Ecclesiæ, sed post eum Petrus, imò & cæteri Apostoli: nam & Ioannes duodecim funda- *Apoc. 21.* menta ponit ciuitatis nouę Hierusalē, quæ sunt nomina duodecim Apostolorum. Et Paulus ad Ephe. 2. dicit nos superædificatos *Ephes. 2.* super fundamentum Apostolorum, & prophetarum, ita quod Christus primum, & proprium fundamentum est, sed hoc simul cum nomine Petro communicauit, vt ipse post eum etiam esset Petra, & fundamentū Ecclesię suę. Vnde D. Basilius homil. 29. Pe- *Basilius.* trus, ait, locatus in fundamento, tertiò negauit; ipse dicere: Tu es [illegible] Dei viui, & vicissim audierat: Tu es Petra, sed non qualis Christus, Christus immobilis Petra, Petrū *Simile.* propter Petram. Automata ergo sua alijs tribuit Christus, vt dicet qui licet alijs det nihil sibi minuit, est enim perennis fons, hauire licebit, non exhaurire. Item Leo Papa *Leo Papa.* sermo. 3. de Apostol. Primus Petrus est in Christi cōfessione, qui primus est in Apostolica dignitate: ideò beatus, quia Pater meus te docuit, nec terrena opinio fefellit, sed cælestis inspiratio instruxit. Sicut ergo Pater tibi indicauit diuinitatem meam, ego insinuo tibi excellentiam meam. Tu es Petrus, id est, cum ego sim inuiolabilis Petra, & lapis angularis faciens vtraque vnum, & fundamentum præter quod nemo potest aliud ponere; tu quoque es Petra, qui mea virtute solidaris, vt quę mihi potestate sunt propria,

pria, sint tibi participatione communia. Super hanc Petram æternum ædificabo templum. Hæc vox vt quę est vt suos confessores ad cælestia prouehat, ita suos negatores ad inferna demergat, ideò dantur tibi claues: & licet hæc potestas clauium ad alios Principes Ecclesiæ commeauerit; tamen Petro singulariter creditur: quia cunctis rectoribus Christus præponitur. Cæterum authoritates quas afferunt aduersarij ex Hilario, Cyrillo, Chrysostomo, & Theophilacto, nec illis patrocinantur, nec nostræ intelligentiæ quæ communis est, quicquã absonã: (nam præterquàm quòd in alijs locis nostrã asserant sententiam, vt ex Hilario, & Augustino iam ostendimus, & ex alijs poteris videre apud Iansenium, nempe quòd super Petram, quæ est Petrus, ædificata Ecclesia sit) etiam in his locis quos aduersarij afferũt id dicunt, in quibus interpretantur Petram fidem, & confessionem Petri, & fidem quã intelligunt esse Petram quæ sit fundamentum Ecclesiæ, non intelligunt, quemadmodum aduersarij, fidem cuiuslibet hominis aut fidem in genere acceptam, sed singulariter fidem ipsius Petri, quàm quandoque dicunt Petram, & fundamentum Ecclesiæ, aliquando ipsum Petrum, eo quòd hæc duo in idem coincidant: propterea quòd Petrus Petra sit dictus, & fundamentum ratione suę fidei solidæ. *Theophil.* Et accipe hic Theophilacti sententiam, per quã & alios Patres intelliges: sic enim super hunc locum dicit. Remunerat Petrum Dominus, mercedem illi dans magnam, quòd super eum ædificauit Ecclesiam: quia enim [illegible] confessus erat eum Dei filium Petrus, [illegible] quòd hæc confessio fundamentum erat futurum credentium. Ex quib' verbis patet cũ Theophilacto, idẽ esse, Ecclesiam fundatam esse super Petrum, & super eius fidem & confessionem. De cæteris vide apud Iansenium. ¶ Iam supra cap. 10. egimus de primatu Petri supra cæteros Apostolos, modò autem etiam aduertendum est, quòd etsi singulorum fides rectè dicatur fundamentum spiritualis ædificij, quod fidelis quisque sibi ędificat per virtutum operationem, potius tamen Ecclesiæ Christianæ fundamentum nullius fides dici potest, nisi solius Petri, qui primus inter Apostolos hanc fidem in Christũ ex Patris reuelatione accepit, & professus est, quam excipiet ab eo tota fidelium Ecclesia contra omnes aduersariorum insultus firma perseueraturam. *Gen. 17.* Itaque sicut Abram per suam fidem in Deum factus est Abraham, hoc est, Pater multarum gentium, quę illius fidẽ erant imitaturę: ita Simon per suam fidem factus est Petrus, hoc est, saxum, cui inędificanda erat fidelium Ecclesia, quæ illius fidei debebat inniti, illiusque fidem exceptura & imitatura. *Iansen.* Quare Iansenius in hoc loco adhuc maiorem existimat hanc promissionẽ factam soli Petro, quàm cæteris successoribus suis. Successores enim, ait, sicut capita sunt Ecclesię Christianæ totius, quę illis in Episcopatu existentibus est in terris, ita etiam sunt fundamenta, & primi lapides super quos Ecclesia in terris existens fundatur. Petrus autem non solum fuit fundamentum fidelium qui cum ipso fuerunt in terris, sed totius omnino Ecclesiæ fideliũ, qui post eum, vel crediderũt, vel credituri sunt in Christo: vnde quanquam quæ sequuntur Petro promissa, Et tibi dabo claues Regni cœlorum, &c. æquè pertineant ad Petri successores, atque ad ipsum Petrum, vt post dicetur, hæc tamẽ promissio: Ædificabo Ecclesiam meã super te: propriè ad ipsum Petrum pertinere videtur, sicut illi proprium est nomen Petrus, & non commune cum successoribus: cuius nominis ratio explicatur his verbis Et super hanc Petram ædificabo Ecclesiam meam. Sed licet hoc in honorem sancti Petri videatur posse dici: tamen quia apparet nonnihil Pontificibus Romanę Ecclesiæ subtrahere, hisce præcipue temporibus cùm hæretici totam authoritatem Pontificibus Romanis tollere nitũtur, ideò potius mihi dicendum videtur, idem in sententia illa omnibus Pontificibus dictũ fuisse Petri legitimis successorib', qui & Petræ & fundamenta sunt Ecclesiæ, quibus in fidei definitionibus, non solùm præsentes, sed etiam futuri innituntur: nam ea quæ vnus Pontifex tam quoad fidem, quàm ad mores rectè definit, omnes alios successores ligare, nullus verus orthodoxus negabit. Ergo non solùm sunt fundamentum præsentium, sed & futurorum: vt pote quos ligare suis definitionibus possunt, & ad quos eorum definitiones transeunt, & eas acceptant, & eis eorũ fides innititur. *Pelagius Papa dist. Can. quamuis.* Quod & Pelagius Papa sentire videtur Dist. 21. Can. quamuis, sic definiens. Sãcta Romana Ecclesia, nõ Synodicis decretis, sed ipsa Domini voce primatum obtinuit, cùm dixit, Tu es Petrus, & super hanc Petram ędificabo Ecclesiã meã, vbi ad omnem Romanam Ecclesiam, hanc vocem dicit esse prolatam, cui Romanus Pontifex

Pontifex præest, ad quem suo modo dictam affirmamus. Satis est quod Petro singulariter donatus, quòd ipse primus fuerit purus homo; qui totius Ecclesiæ fundamentum constitutus sit, & qui etiam super alios coapostolos suos, qui simul fundamenta Ecclesiæ erant, primatum obtinuerit. Vndè Leo Papa distinct. 19. cap.
Leo Papa d. 19. Can. Ita Dñs. Ita Dominus, inquit. Sacramentum huius muneris ad omnium Apostolorum officium pertinere voluit, vt in Petro omnium Apostolorũ summo principaliter collocaret; vt ab eo velut à quodam capite dona sua velut in corpus omne diffunderet, vt exors sit diui ni mysterij qui à Petro discederet. Et d. 21.
D. 21. c. In nouo. capit. In nouo. dicitur. Primus Petrus ligãdi potestatem accepit, & licet cæteri Apostoli pari consortio honorem, & potestatem acceperint, ipsum verò Petrum Principem esse voluerunt. Diuus etiam Cyprianus lib. *Cyprian.*
de simplicitate prælatorum. Quamuis, inquit, Apostolis omnibus post resurrectionem parem potestatem tribuat, dicẽs, Sicut misit me Pater, & ego mitto vos; tamen vt vnitatem manifestaret eiusdem, vnitatis originem ab vno incipientem sua authoritate disposuit. Est igitur Ecclesia vna, sicut solis
Similia. radij, cùm sit vnicum lumen, & sicut rami arboris multi, cùm tamen vnum sit robur eorum: riui fontis multi, sed vnitas seruatur in origine. Vnum est testimonium
Origenes. apud Origenẽ, In tomis super Matthæum, in tractatu ex his quæ nũc habemus, quod sic habet. Petra est omnis qui imitator est Christi, & super omnes huiusmodi ædificatur Ecclesia Dei. Si autem super vnum illum Petrum arbitraris vniuersam Ecclesiam ædificari, quid dicis de Iacobo, & Ioanne filijs tonitrui, vel de singulis Apo-
Ioannes Bõderius. stolis? Ioannes Bonderius in concertationes aduersùs huius seculi hæreses tit. 31. art. 4. refert hunc locum, inter eos quos Lutherani inducunt contra primatum Petri dicentes, Ecclesiam non esse in primis fundatam super Petrum, sed super singulos quosque fideles: & ad hæc addit expositionem Origenis typicam esse, & secundùm allegoriam, quæ ad confirmanda dogmata afferri non solet: idque ex eo liquere, quòd Origines portas inferni peccata, claues Regni cœlorum virtutes, interpretetur. Et nos addere possumus, quòd Origenes in multis seductus est. Nam in tractatu quodam, ex his qui nunc in Matthæum supersunt, videtur docere, quòd Pontifex seu sacerdos habeat claues, sed solùm illi qui Petri sanctitatem imitantur eas habere possint. Qui error damnatus est in Concilio Tridentino Sessione. 14. Cano. 10. In hæc verba. Si quis dixerit, Sacerdotes qui in peccato mortali sunt, potestatem ligan- *Cõc. Trid.*
di, atque soluendi non habere: Anathema sit. Itaque vt dicta hic resoluamus, Christus ipse est Petra, & Cepha per naturam, fundamentum Ecclesiæ, ipse propriè, & per naturam, præter quod aliud nemo potest ponere, clauem Dauid illius humeris Pater cœlestis propriè imposuit; sed hæc omnia etiam Simoni communia secum facit, Petram illum appellans, super quam fundanda sit Ecclesia, ac claues Regni cœlorum ei promittens, & demum committens.

Et tibi dabo claues Regni cœlorum. Iam supra distinximus duplicem clauem, alteram scientiæ, alteram iurisdictionis, & potesta tis: & prior est veluti dispositio ad alteram, *Simile.*
ac si duæ vnius ostij essent claues, quarum vna quidem non potest ostium aperire, sed tantummodo viam parat, vt altera clauis statim ostium aperire possit. Sic enim hic potestas ligandi, & soluendi est quasi secunda clauis, quæ seram aperit, & ostium, & discernendi scientia quasi prior clauis sit, quæ ostendit cui ostium sit aperiendum secunda claue. Licet Theophi- *Theophil.*
lactus & alij per claues intelligant potestatem soluendi, & ligandi: hoc est, quæ soluunt peccata, & pœnas, vel ligant ad pœnas exoluendas directè, vel non absoluendo à peccatis, quia non merentur pœnitentes ligant indirectè, dimittendo illum in suis peccatis. Et rectè quidem hæ duæ potestates duæ claues Regni cœlorum dicuntur, vt quarum alterâ Regni cœlorum ianua aperiatur, altera verò claudatur. Potest etiam per has claues intelligi plenaria ac suprema potestas gubernandi Ecclesiam Christi, sumpta metaphora ab eo quod communis vsus habet, cùm ciuitatis potestas Regi traditur, ei claues tradere ciuitatis: & cui claues domus traduntur, ei totius familiæ ac domus committitur administratio. Vndè Esai. 22. pollicetur Dominus Eliacim filio *Esai. 22.*
Elchię, ministro Regis Ezechiæ, summam in aula Regis, & ciuitatis potestatem dicendo. Et dabo clauem Dauid super humerum eius, & aperiet, & nõ erit qui claudat, & claudet, & nõ erit qui aperiat. Quare secũdũ hãc potestatem cõdere leges, & alia facere, quæ ad bonũ Ecclesię gubernationem cõueniũt,

 conce-

conceduntur Petro cum successoribus suis. *Et quodcunque solueris super terram, erit solutum & in cœlis, & quodcunque ligaueris super terram, erit ligatum & in cœlo.* Vincula dicuntur peccata secundum illud: Funibus peccatorum suorum quisque *Prouer. 5.* constringitur: præcepta etiam vincula dicuntur, quibus homines obligantur & constringuntur. Ligat ergò Pontifex, cùm peccata non absoluit indignis, vt supra diximus; soluit, cùm absoluit. Et de hoc ligandi ac soluendi modo communiter, & præcipuè intelligitur hæc sententia, quasi idem per hanc à Domino intelligatur, ac per il- *Ioan. 20.* lam Ioan. 20. Quorum remiseritis peccata remittuntur eis, & quorum retinueritis, retenta sunt. Secundo etiam ligat sacerdos ratione peccati, cùm satisfactionem pœnitentiæ confitentibus imponit: soluit verò cùm de ea aliquid dimittit, vel per eam purgatos ad sacramentorum commu- *Augusti.* nionem admittit, vt Augustinus ait libro de vera, & falsa pœnitentia cap. 10. Ligant per præcepta, cùm leges obligantes ad culpam, vel pœnam condunt, & cùm sententiam excommunicationis aduersùs aliquem inferunt: & soluunt, cùm vel à legibus hunc dispensant, vel ab excommunicatione absolutum.

Et tibi dabo claues Regni cœlorum. Hinc dubitari poterat, an summus Pontifex ha- *Sixtus Senensis.* beat secularis Imperij potestatem. Pro quo videndus est Sixtus Senensis Bibliothecæ sanctæ lib. 6. à nota. 72. in Matthæum, super hunc eundem locum, & *Turrecre.* Ioannes Turrecremata presbiter Cardinalis lib. 2. summæ Ecclesiæ cap. 113. vbi ex- *Bernardus* pendens sententiam quandam D. Bernardi ex lib. 3. de consideratione ad Eugenium Papam, distinguit duplicem rerum temporalium potestatem: alteram Monarchiam, nempe eam quam Imperator in orbe exercet, & hanc dicit Papam non habere: alteram pastoralem ad spirituale regimen attinentem, & hanc super vniuersum orbem habet Pontifex in ordine ad quam etiam de temporalibus dispensare, ac præcipere valet, & probat exercuisse multos Pontifices. Vide apud Sixtum Senensem loco citato. Et de priori intelligitur D. *Bernardus* Bernardus in Lib. illo. 3. de consideratione ad Eugenium: nam post multa verba denique subinfert. Interdicitur dominatio, indicitur ministratio. Cui subscribe- *D. Thom.* re videtur D. Thom. cùm 2. 2. quæstion. 10. art. 2. ait. Quamuis res Ecclesiæ sint Papæ, vt principalis dispensatoris; non tamen sunt eius, vt domini, & possessoris. *Tunc præcepit discipulis suis, vt nemini dicerent: quia ipse esset Iesus Christus.* Miro ordine diuina sapientia sua pandit myste- *Aristot.* ria: nam secundum Philosophum à facilioribus doctrina incipienda est, nec oportet statim Christi diuinitatem publicare, vsque ad eius glorificationem, quæ fuit post resurrectionem à mortuis. Nam videntes nunc eius humilitatem ac passionem, qui crederent ipsum esse Deum, aut verum Messiam? Sed postea simul cum humilitate passionis prædicarent gloriam resurrectionis: sed sufficeret eis modò prædicare hominibus pœnitentiam, & Regnum cœlorum, & quòd ipse esset aliquis magnus vir annuntians vitam æternam, tenerentque ipsi firmiter diuinitatis confessionem, quam fecerat Petrus: tamen adhuc rudibus hominibus tantum pro tunc celarent mysterium: nam vt dixit *Tobiæ 12.* Angelus Tobiæ. 12. Sacramentum Regis abscondere bonum est. Et etiam quia sciebat Dominus, quòd Iudæi illum debebant occidere, quia dicebat se Messiam, & ne tempora à Patre definita præueniret, noluit eis ante tempus hanc offerre occasionem, & ideò præcipit eis, vt nemini dicant ipsum esse Iesum Christum, hoc est, Messiam Saluatorem. Ad quod pertinet quod subiungit. *Exinde cœpit Iesus ostendere discipulis suis, quia oporteret eum ire Hierosolymam, & multa pati à senioribus, & scribis, & Principibus Sacerdotum, & occidi, & tertia die resurgere.* Ac si diceret. Ecce rationem quare vobis præcipio ne meam pandatis diuinitatem: quoniam oportet primum hæc pati, sed cùm à mortuis resurrexero, prædicabo gloriam meam: nam talis gloriæ Christi propalatio, & publicatio fuit præmium passionis eius, vt *Philipp. 2.* Paulus docet dicens: Humiliauit semetipsum, &c. Propter quod & Deus exaltauit illum, & omnis lingua confiteatur quia Dominus Iesus Christus in gloria est Dei Patris. Prius enim oportebat præcedere humilitatem passionis, secundùm illud Sapientis dictum, Gloriam præcedit *Prouer. 15* humilitas. In quo etiam eos docet, quòd illa deberet Dominus pati propter titulum Messiæ, ne daretur illis præmatura occasio ante tempus illum occidendi, & ne videretur affectator Regni, quod præfe-

præferebat nomen Messiæ. *Quia oportet eum ire Hierosolymam.* Ibi enim decuit illum pati: quia erat locus solennis, & sacerdotum, & religionis, & Regni, & vt adimpleretur quod ipse dixerat Lucæ 13. [Luc. 13.] Quia non capit Prophetam perire extra Hierusalem. Et infra. 34. [Matt. 23.] Hierusalem, Hierusalem, quæ occidis Prophetas, &c. Nomen tamen ciuitatis significat pacem quam per passionem suam effecit Christus, vt dicitur Ephes. 2. & Colossens. 1. [Ephes. 2. Colos. 1.] *Et multa pati à senioribus, & Scribis, & Principibus sacerdotum.* Nam vt dicitur. 1. Esdræ. 9. [1. Esdræ. 9.] Manus magistratuum fuit in transgressione hac prima. Et Lucæ. 23. [Luc. 23.] Stabant Scribæ, & Pharisæi, & Principes Sacerdotum constanter accusantes eum. *Et tertia die resurget.* Hoc dicit, ne nimis deijcerentur discipulorum animi præ tristitia passionis, nec dubitarent de ea quam fecerant confessione deitatis. Merito Sponsa dicit: Mel & lac sub lingua tua: quoniam mel suũ, ac dulcedinem suam abscondit Deus sub asperitate laborum. Postquàm enim eos enerrauit, subdit: Post tres dies resurgam. Vndè & Richardus dicit, quòd turbines illi, ac terræmotus, venti, & ignes qui ante portam speluncæ, vbi erat Helias absconditus, transierunt antequam Deus appropinquaret, significabant, quòd prius turbines, ac ignes tentationis quibus decoquerentur, debebant transire per portas iustorum antequam ad visionem Dei deuenirent. Sed quoniam de hoc iterum cap. 20. rediturus est sermo, ad illum locum alia remittamus. *Et assumens illum Petrus cœpit increpare illum, dicens. Absit à te Domine, non erit tibi hoc.* Assumit eum retrorsum, dimittens transire alios discipulos, ne videretur genus irreuerentiæ coram alijs increpare magistrum: zelabat enim suam confessionem, & putabat filium Dei viui non debere mori. Zelabat etiam amicabilem Christi præsentiam, & abhorrebat eum talia pati debere, & æquanimiter sustinere non poterat. *Absit à te Domine.* Horrendum est, quòd filius Dei intereat. *Non erit tibi hoc,* & pietate & amore victus id dicebat. [Hieron.] Hieronymus dicit, quòd in Hebræo habetur: Propitius esto tibi Domine, non erit tibi hoc. *Qui conuersus dixit Petro, Vade post me Satana, scandalum es mihi: quia non sapis ea quæ Dei sunt, sed ea quæ hominum.* Satan non est nomen diaboli hic, sed significat aduersarium, hoc nomine eum repellens, tanquam qui aduersaretur Dei voluntati, quæ erat vt ipse pateretur. *Vade post me,* dicit, vt adnotauit Hieronymus, [Hieron.] diabolo autem dixit, Vade retro, non post me: quoniam diabolus nullatenus debebat sequi Christum. Petrus autem sic, imò & in ipsa similitudine mortis: Ac si diceret. In hoc tu meam debes sequi voluntatem, quæ est Patris mei, non ego tuam. *Scandalum es mihi.* Saltē quantum est ex parte tua offendiculum, ac impedimentum ponis, ne ego patiar: vel meæ carni scandalum ponis, dum horrorem mortis illi incutis, quam, relicta suæ naturæ, abhorret & fugit.

Vel eum vocat nomine dæmonis: nam licet hæc suggestio non fuerit à dæmone, sed ex amore carnali quem circa Christum habebat Petrus; tamen quia diabolus id volebat, etiam si diuerso fine à Petro, nempè vt salus hominum impediretur, ideò illum nomine diaboli compellat, licet non vt diabolum significet: nam vt ait D. Gregorius in præfatione super Iob capit. 4. [Gregori.⁹ Simile.] Quemadmodùm hi qui vrbem aliquam obsident, non solum viribus suis eam impugnant, verum etiam solicitant ciues qui intus sunt, vt deditionem faciant, aut ciuitatem tradant; sic diabolus aliquando domesticos nostros solicitat, vt nos ad peccandum inducant, vt in Iob, & Tobia vidimus. [Iob. 1. & Tob. 3.] Et sic si tunc diabolus tantum mysterium intellexisset, solicitasset Petrum, & alios vt impedirent illud, [Matth. 27.] quemadmodùm tempore passionis solicitauit vxorem Pilati, vt impediret eam: sed quoniam vt diximus, hæc suggestio non fuit à diabolo, sed ab effectu carnali; ideò dicit illi, *Quia non sapis ea quæ Dei sunt, sed quæ hominum.* Non dicit dæmonum, sed hominum: quoniam humano affectu tactus id dixerat. Anteà cùm ex Dei reuelatione loquutus est Petrus, & illum fassus est filium Dei viui, illum beatum dicit, [Moralitas] quia carnem, & sanguinem non sequebatur: nunc quia ex affectu carnali loquutus est, illum tanquam aduersarium repellit: tunc enim bona incedebat via, nempe spiritus & Dei, nunc carnem sequitur, & sanguinem, quæ obstant Regno Dei. Sic & perspice quid homo à Deo adiutus, quid suæ naturæ relictus sit. A Deo

adimus Christum filium Dei fatetur;
nunc suę naturę resistens, ea quæ sunt carnis
capit: oportet enim Dei auxilium in quolibet opere nobis presto esse; aliàs nostra nos natura ad suum rapiet affectum: nam
Rom. 8. vt dicitur Romanor. 8. Qui in carne sunt,
quæ carnis sunt sapiunt, nisi supernaturali Dei auxilio ad ea quæ sunt spiritus eleuentur. Vndè, vt intelligant debere discipulos sequi magistrum suum in
ignominia suæ passionis, subiungit & di-
Moralitas seu doctr. xit. *Si quis vult venire post me, abneget se-*
metipsum, & tollat crucem suam, & se-
quatur me. Si quis, ait, indiscriminatim
absque acceptione personarum: vel dicit
siquis, ac si diceret: Siquis est qui meam
sequelam velit, rarus est enim qui id vult,
Eccles. 31. sed tamen laudabilis. Quis est hic, &
Matth. 20 laudabimus eum? Vndè Matthæ. 20. pauci
Luc. 12. electi, & Lucæ. 12. Nolite timere pusillus grex: quia pauci erant qui ipsum
pastorem sequebantur quoniam sequi
Christum, opus virtutis est, virtus au-
2. Cor. 9. tem circa difficile versatur. Vndè in hoc
verbo ostenditur difficultas huius seque-
lae. *Vult*, quoniam voluntarios ac hila-
res datores diligit Deus, non coactos:
amicos enim vult Deus, non mancipia;
qui amore ducti, non terrore coacti sequantur ipsum: ipsius enim verbum est
Ioan. 15. illud: Iam non dicam vos seruos, sed amicos. Et alibi dicitur: In funiculis Adam
Osea. 11. traham eos, in vinculis charitatis. Amore quippè nos deuinctos sibi vult, non
terrore. Dulcissimus est Deus: quare
propter se ipsum expetendus, & aman-
dus, nam & Sapiens de hac sapientia quæ
Sapien. 8. Christus est, sic capit. 8. Sapient. dicit.
Intrans in domum meam, hoc est, in conscientia mea, conquiescam cum illa: non
habet amaritudinem conuersatio illius,
nec tædium conuictus illius, sed lętitiam,
& gaudium. Bona exteriora, delitiæ, ac
diuitiæ, & honores, vel secum multas
afferunt amaritudines, vel saltem fastidium generant, vel tedium, vel satietatem; ita quod homo id quod prius auidissimè volebat, iam fastidiat, & fugiat,
2. Reg. 13. vt in Amnon filio Dauid cum sorore sua
Rabanus. Thamar visum est. Vndè Rabanus in
glossa dicit. Corporales delitiæ corpus
grauant, spirituales verò mentem rele-
uant, & quantò magis exercentur, tantò amplius commendantur: in illis appeti-

tus placet, experientia displicet. Augent spirituales delitiæ desiderium, &
quò magis sumuntur auidius amantur.
Hæc autem verba accepit Rabanus à beato Gregorio, in quadam homilia, qui Gregori'.
eandem sententiam multò eloquentius
dicit. Sic corporales delitiæ, cùm non
habentur graue in se desiderium accen-
dunt, cùm verò habitæ eduntur, come-
dentem protinus in fastidium vertunt.
At contra spirituales delitiæ, cùm non
habentur, in fastidio sunt, cùm verò habentur in desiderio, in illis appetitus saturitatem, saturitas fastidium generat:
in his autem appetitus saturitatem, saturitas appetitum parat: augent enim
spirituales delitiæ desiderium in mente, dum satiant: & quantò magis earum
sapor percipitur, eò amplius agnoscitur
quod auidiùs ametur. Hæc Gregorius.
Seneca etiam carnis voluptatem docens Seneca.
contemnere, dicit. Voluptas corporalis
fragilis est, & breui fastidio obiecta,
quò auidius acta est, citius in contrarium
recedens, cuius subinde necesse est aut
pœniteat, aut pudeat quemcumque, in
qua nihil magnificum, aut quod naturam hominis dijs proximi deceat. Res
humilis membrorum turpium ministerio veniens, exitu fœda. Cùm igitur diuina sapientia non habeat amaritudinem in conuersatione, nec tedium in
conuictu, sed potius lętitiam & gaudium,
& ideò à sapore sapientia, quasi sapida
scientia nuncupetur, cur non omnes voluntariè eam amplectebantur? Filius autem sapientia est Patris, cur ergo non
post illum volentes curremus? Maximè
cùm voluntas ad bonum naturaliter inclinetur, Deus autem sit omne bonum,
& in Christo sint thesauri sapientiæ, scientiæ ac bonitatis Dei. Non ergò ad hoc
bonum sequendum, & amandum oporteret cogere voluntatem, sed ipsa sponte
tè ad tantum bonum suum properàre
deberet: nam amabile quidem bonum,
ait Philosophus, vnicuique autem proprium. Proprium autem bonum huma- Arist.
næ voluntatis est bonum vniuersale; ad
quod & intellectus hominis, & voluntas pertingunt: nam singularia bona
etiam cæteræ res amant, hoc autem
bonum vniuersale solus Deus est. Cur
ergo illum non voluntariè sequemur?

Ideò

Ideò ergò dicit, *Qui vult*, quia non coactos, sed spontaneos requirit sectatores. Quare quibusdam discipulis recedentibus ab eo, cæteris, qui remanserant, dixit Christus. *Ioan. 6.* Nunquid & vos vultis abire? Nec enim quemquam in domo mea coactè viuere volo. *Post me*: Nam (vt ait Bernardus) *Bernard.* omnes volunt ad te venire, pauci tamen post te: vellent enim conglorificari tecum, sed non compati tibi: Vellent quidem gloriam tuam, sed abhorrent humilitatem passionis tuæ. Esse beati cupiunt, labores autem perpeti recusant. Oportet ergò, si vultis venire ad Christum, vt post illum ambuletis eius sequentes vestigia; vt Apostolus Petrus nos admonet dicens. *1. Petr. 2.* Christus passus est pro vobis, vobis relinquens exemplum, vt sequamini vestigia eius: his ergo ait Dominus. *Si quis vult post me venire*: hoc est, formam meam ante se habens præcedentem, vt dicamus cum Paulo ad Hebræos capit. 13. *Hebr. 13.* Exeamus igitur ad eum extra castra, improperium eius portantes: Et Esai. 45. *Esa. 45.* dicitur, Viri sublimes ad te transibunt, & tui erunt, post te ambulabunt, vincti manicis pergent, teque adorabunt, & deprecabuntur. Sunt enim aliqui qui præpostero ordine volunt, non ipsi sequi Christum, sed quod Christus sequatur eos: volunt enim quòd Deus velit quod ipsi volunt, & quòd Deus approbet quod ipsi faciunt. Hi sunt qui contractus illicitos, sed lucro plenos agunt, & volunt quòd sint liciti, etiam si contra omnia iura diuina, & humana pugnet, nec quiescunt donec inueniant, qui eos iure, vel iniuria, per fas vel per nefas approbent, quibus potius diceret Christus quod paulò ante dixit Petro: Vade post me Satana: tu enim potius debes ire post me, non ego post te, nisi ministerio dæmonum agens te in tartara. *Venire*, non otium, sed negotium maximum est Regni cœlorum acquisitio, & ideò non otiosos quærit homines, sed in bonis operibus ambulantes: sic enim ad Tit. 2. *Tit. 2.* ait Paulus: Christus dedit semetipsum pro nobis, vt nos redimeret ab omni iniquitate, & mundaret sibi populum acceptabilem, sectatorem bonorum operum. Vndè per Hieremiam cap. 31. *Hierem. 31.* ad id nos inuitat dicens. Venite, nolite stare, recordamini procul Deum, & Hierusalem ascendat super cor vestrum. Quare Dominus vineæ, illos qui in foro otiosos stabant reprehendit, *Matt. 20.* dicens. Quid hic statis tota die otiosi? Ite & vos in vineam meam. Non oportet otio vacare hominem Christianum, sed semper in hac vinea per bona opera laborare: vt sibi merx suo tempore auctior reddatur. Ite pedibus, & manibus in vineam meam, hoc est, affectibus & operibus satagite ad vitam pergere sempiternam. *Venire*, ait, non ire: qui enim vadit extra domum suam vadit, ille autem dicitur venire, qui in domum reuertitur suam. Ire post Deum, & ad Deum, non est abire, sed venire: quoniam Deus domus nostra, & requies nostra est. Vndè qui in illo est, in propria domo est; qui autem ab illo abest extra suam domum, & extra suum locum est. Iudas quià domo Dei exijt, dictus est abijsse: Tunc abijt vnus de duodecim, ait Matthæus: *Matt. 26.* sed filius prodigus qui in domum Patris sui reuersus est, dictus est venisse. Venit, inquit, ad Patrem suum. *Luc. 15.* Vndè Christus suprà clamauit, & dixit. Venite ad me omnes. *Matt. 11.* Venire enim ad me, non est foras exulare, sed intus exultare: venire ergo post me. Hoc est, post escas *Luc. 22.* quas vobis promitto in Regno Patris mei; vt edatis & bibatis super mensam meam in Regno meo: quemadmodùm canem *Simile.* post te trahere soles, ostendendo cibum, quem tecum pro illo fers. Vnde cùm Dominus discipulis suis dixisset. Nunquid & vos vultis abire? Respondit Petrus. Quo ibimus Domine? *Ioan. 6.* verba enim vitæ æternæ habes. Promissa vitæ æternæ tecum ducis, quomodò à te vnquam separari valebimus? Et Sponsa dicebat: Trahe me post te, *Cant. 1.* curremus in odorem vnguentorum tuorum. In odorem, non in saporem: hic enim per fidem adoramus ea bona, quæ postea gustabimus, quorum odor tantus est, vt sufficiat ad sustentandam vitam iustorum in hac vita; inter tot pericula. Vndè Cant. 6. dicitur. *Cant. 6.* Sicut turris Dauid nasus tuus. Per nasum percipiuntur odores: per turrim fidem, quæ altissima est, & altissima penetrat, intellige: est ergo odoratus rerum altissimarum, quæ per fidem nobis innotescunt: Vel turris quædam

fortissima, ac propugnaculum, quæ in malis omnibus constantes iustos tenet, ac eos
à periculis protegit. Properabant ergo
homines post Christum in odorem rerum altissimarum, quas illis prædicabat.
Abneget semetipsum: hoc est sibi metipsi
dicat, Non, abneget suam voluntatem,
& appetitum, & cùm aliquid poscant
minus rectum, respondeat illis, Nolo;
Non faciam. Abnegatio ergo hæc consistit in propriæ voluntatis abnegatione,
& in carnis mortificatione: hæc enim
duo impedimento solent esse animæ ne
sequatur Deum factorem suum. *Abneget
semetipsum*. Non solum partem sed totum se ipsum abneget, in omnibus quorum causa est ipse, quia illa vana, vel
mala sunt, & induat Deum quem confessus est Petrus, vt illius voluntas tam
Deo, quàm per Deum fiat, secundùm
Tit. 2. illud ad Tit. 2. Abnegantes impietatem,
& secularia desideria, sobriè, & iustè,
& piè viuamus in hoc seculo. *Abneget
semetipsum*. Obserua. Deus ea iubet quæ
multum valent, licet parum sonent, ieiunare multos dies, frequentare Ecclesiam, & sacramenta: hæc quidem bona opera ex se sunt; tamen si absque
interiori abnegatione propriæ voluntatis
fiant, etsi multum sonant, non tamen
multum valent, imò forsan nihil: abnegare tamen se ipsum, propriæ voluntati ac desiderijs obuiam ire, hæc parum sonant (surda enim aure in secre-
tioribus animæ hæc fiunt) valent tamen
non parum, imò multum: quoniam in
hoc summa perfectionis Christianæ consistit, se ipsum, & omnia propter Chri-
Gregori⁹. sti amorem abnegare. Vbi & Gregorius
doctrinam Domini admiratur, quàm
noua, quàm alta, quàm admirabilis sit.
Quis vnquam Philosophorum, id docuit,
vt homo se ipsum neget, suam deserat
voluntatem, sibi ipsi quasi aduersarius
irato vultu postulata neget, & dicat
Luc. 9. non? Ita est fratres mei. Nam in sua
doctrina, apud Lucam, ante ista verba docuerat nos Dominus omnia nostra
relinquere, vt Christum Dominum nu-
Simile. di sequeremur. Quoniam cùm duo luctam ineunt, & alter eorum nudus est,
alter vestitus; in hoc superior erit nudus,
quòd alter habet vestes quibus alium
apprehendens prosternat, nudus autem

non habet vnde alterius manu inuitatur ad eum in terram proijciendum. Diabolus nudus venit ad certamen aduersùm nos (nihil enim habet: quoniam
propter peccatum omnibus Dei donis, Luc. 4.
præter ea quæ sibi naturalia sunt, spoliatus est; mentitus enim est cùm ad Dominum dixit, omnia illa Regna quæ illi ostenderat sua esse.) Si ergo aduersarius nudus est, & tu vestitus, iam
habet vnde te comprehendat, & prosternat. Nam vel per amorem rei familiaris, vel honoris, vel mulieris te apprehendens, in tartara præcipitem dabit:
sic enim & Absalon capillis suspensus 2. Reg. 18.
in quercu manens tribus lanceis est con-
fossus: & inhonesta mulier apprehendit
pallium Ioseph, vt illum ad illicitum Gen. 39.
concubitum compelleret: quare pallio
dimisso in manu mulieris fugit, ne tantum facinus perpetraret. Idem fecit iuue- Marc. 14.
nis ille, qui amictus syndone super nu-
do relicta syndone in lictorum manibus
nudus profugit ab eis. Quare docet
Christus omnia hæc relinquenda esse à
nobis, ne inimico ansam demus, qua
manu nos apprehendens ad se trahat.
Sed & addit Dominus, nec hæc nobis
sufficere, nisi etiam nos metipsos relin-
quamus. *Abneget semetipsum*, ait Dominus: venerat enim Dominus ad re-
ducendum hominem in illum statum,
in quo ipse à principio illum constituerat per gratiam suam, & vt ipse homo in se destrueret quod ipse fecerat,
nempe peccatum: & ideò iubet illi, vt
abneget semetipsum, hoc est, quòd ipse in se ipso destruat quod est per peccatum, vt fiat quod erat per gratiam:
non sit iam quod hucusque erat, sed
omnino alter fiat. *Abneget semetipsum*,
ita vt possit in veritate dicere, non sum
ego ille qui hucusque eram, sed alter
omnino dissimilis: vsqueadhuc enim
eram petrus peccator, & iam non sum
is qui eram, sed petrus iustus, vt &
Paulus dicebat: Viuo ego, iam non ego: Gal. 2.
ac si diceret. Talis sum, vt me ipsum negare possim, si enim quæritis à me, an
sim ego Saulus qui persequebatur Christum, respondebo quòd non, sed Paulus
qui prædico Christum: quoniam mutatus 1. Reg. 10.
sum in virum alterum, desinique esse is
qui antea eram per peccatum, vt fierem
is

in qui debueram esse per gratiam. Quare de filio prodigo, cùm ad meliorem
Luc.15. frugem conuersus est, dicit Lucas, quòd est
reuersus in se: antea enim erat alter à se per
peccatum, sed per reditum ad Patris gratiam reuersus est in se, hoc est, in id
quod erat quando in Patris gratia, &
Prouer.12. obedientia stabat. Vndè Prouerb. 12. dicitur: Verte impios, & non erunt, hoc est,
si tu Deus peccatores ad te vertis, & conuertis, iam non erunt, id quod per peccatum
Ioan.9. erant, sed alij. Quo circa de caeco illo quem illuminauerat Christus, dicebant
quòd non erat ille, sed alius similis ei: quia peccator ad lumen gratiae rediens, iam non
est ille qui antea erat, sed alius qui solùm in corporis figuris illi similis est:
tunc enim potero negare me ipsum, &
dicere quarentibus, sum ego Petrus ille vsurarius, aut adulter? non sum, sed
alius similis illi in facie corporis, sed non in vultu cordis: & hoc modo intelligit
huonc locum Gregorius. Vel abneget se, fugiat à se, & à concupiscentijs suis, secun-
Eccles.18. dum illud Sapientis: Post concupiscentias tuas non eas, & à voluntate tua auertere:
2.Reg.15. & Dauid fugiendo à facie Absa-
Iosue.8. lon vicit illum: & Iosue terga vertendo palmam adeptus est de Rege: Ahi &
Esa.48. Esai. 48. dicitur: Egredimini de medio Babylonis, fugite à Chaldeis. Et 2.
2.Pet.1. Petr. 1. Per hoc efficiemini diuinae consortes naturae, fugientes eam quae in mun-
1.Pet.4. do est, concupiscentiae corruptionem. Sed propriissimè abnegare semetipsum, est voluntatem suam Deo offerre atque litare,
vt non in voluntate hominum, sed in voluntate Dei, quòd reliquum est viuat
temporis. Id voluit Dominus ostendere
Leuit.1. nobis, cùm apud Leuit. capit. 1. primum quod instituit sacrificium est holocaustum, in quo totum animal, quod im-
Figura. molabatur in honorem Dei, cremabatur: id enim significat holocaustum, id est,
totum incensum: deinde caetera instituit sacrificia pacificationis, expiationis, &
alia: vt ostenderet id primum abhomine velle, vt se totum ei offerat, voluntatem ei immolando: hoc enim est abnegare semetipsum: nam tunc reliqua
ei erunt accepta sacrificia, quae absque voluntate Deo tradita nihil valerent.
Vt quid enim Deo animal tuum, aut rem tuam tribuis, si tua voluntas ab
Leuit.1. eo aliena est? Offer ergo te ipsum primo

in holocaustum Deo, vt caetera ei opera tua placeant: nam hoc sacrificium
vocat. Deus holocaustum in odorem suauissimum Domino: hoc est, maximè placitum Deo. *Et tollat crucem suam*: Tollat, ait, hoc est, voluntariè accipiat, vt
supra diximus. Ideò quippè apud Leuitic. praecipiebat Deus, vt qui offerret ho- Leuit.1.
stiam, manus suas super illam poneret, quasi ipse manibus suis, & voluntate
illam offerret. Tu ergo manus tuas in cruce extende, hostiam viuam te Deo offerens. Aliqui enim talis sunt conditionis, vt oporteat Deum ipsum manus
eius capere, & in cruce quasi per violentiam figere, eos varijs tribulationibus
atterendo, quas ipsi ad haec inuiti sufferant. Hi non ponunt manus suas super hostiam, sed potius à Deo quasi coactè imponuntur. Tollat ergo crucem
suam, hoc est, cruciatum qui eam pro peccati mortificatione, & carnis castigatione contingit, vt Paulus 1. Corint. 9. 1.Cor.9.
dicebat: Castigo corpus meum, &c. Et ad Galatas. 6. De caetero nemo mihi mo- Galat.6.
lestus sit: ego enim stigmata Domini nostri Iesu Christi in corpore meo porto. Lucas addit, Quotidie: quoniam per- Luc.9.
seueranter, ac constanter id agendum est. Quare in oratione Dominica petimus panem nostrum quotidianum, hoc
est, gratiam qua roboretur, & stabiliatur cor, ad constia mala pro Christo perferenda. Et Iob offerebat quotidie sacri- Iob.1.
ficium pro filijs suis, intelligens id magis esse necessarium esse, tam pro quotidianis delictis, quàm pro quotidianis tribulationibus perferendis. *Et sequatur me.*
Perfecta imitatione virtutis: praecedere Psal.18.
enim nemo potest eum, qui exultauit, vt gigas ad currendam viam, à summo
caelo egressio eius. Concomitari etiam nemo poterit in passionibus: nam, vt
Threno. 1. dicitur: Non est dolor similis Thren.1.
sicut dolor eius. Nec etiam in virtutibus, quae speciosam reddunt animam:
nam de ipso dicitur Psal. 44. Speciosus Psal.44.
forma prae filijs hominum: sequatur ergo necesse est, vel abscedat. Vnde Eccles. 23. Eccles.23.
dicitur: Gloria magna est sequi Dominum.
Vel secundùm Chrysostomum, sic totam Chrysost.
hanc intellige sententiam. *Si quis vult post me venire.* Si quis aurum daret, aut thesaurum praeponeret, non vocaret eum violentia, sed omnes currerent homines.

multò magis quæ sunt promouentia in cœlum. Si enim natura non persuadet tibi currere, nec dignus es accipere: ideò non rogo, sed siquis vult venire, hunc voco. *Abneget semetipsum.* Sensum, scilicet, affectum & intellectum. Christus non dixit neget, sed abneget, parua hac adiectione multam ostendens superabundantiam, vsq; ad quantum oportet abnegare se, vsque ad mortem exprobrabilissimam. *Tollat crucem.* *Chrysost.* Idem Chrysostom. ait. Nullus verecundetur crucem, circumferamus eam, vt coronam: etenim omniaque secundùm nos sunt, per crucem perficiuntur. Regnum, consecratio, propter hoc in domo, in ianuis, & in fronte scribamus eam. Quandò igitur soggillaris excogita causam, & *1. Cor. 6.* conditionem crucis. 1. Corint. 6. Empti estis pretio magno. Pretium crucem dixit, nec simpliciter eam digito insignire oportet, sed prius cum multa fide. Si ita insignaueris vísui tuo, nullus prope stare poterit dęmonum videns ensem in quo plagam *Simile.* accepit. Si enim loca horrescimus, in quibus incidantur damnati, excogitare debemus qualiter videat diabolus arma quibus caput eius abscidit. Crux dæmones non terribiles, sed contemptibiles facit. *Et tollat crucem suam.* Non meam, ne putes crucem Christi sufficere sine tua. Vnde *Gregorius.* Gregorius, ait, Crux tollitur, vel cum per abstinentiam corpus, vel cum per cõpassionem proximi animus affligitur. Item cum sanguis effunditur. *Et sequatur me.* Ad hoc enim crux tollenda est, vt sequamur *Chrysost.* Christum: nam vt ait Chrysostomus, latrones, & sepulchrorum violatores multa difficilia patiuntur: ideò causam adducit, vt propter eum sustineas. Item vt alias virtutes adducas. Ideò dicit, *Sequatur me:* vt non solum fortitudinem quæ est in malis, sed & sobrietatem, & mansuetudinem, & omnem ostendat philosophiam: hoc enim est sequi Christum, vt oportet. Sunt enim qui diabolum sequuntur, & animas tradunt propter ipsum, vos autem propter Christum. *Qui enim voluerit animam suam saluam facere, perdet eam, & qui perdiderit animam suam propter me, inueniet eam.* Hæc iam supra cap. 10. explicata sunt, ibi videre poteris, licet pro nunc sic intellige, *Qui enim voluerit*, eo quòd vitium est vo- *Gen. 4.* luntarium, nam Genesi. 4. dicitur. Subter te erit appetitus tuus. *Animam suam*, ab animalitate dictam. *Saluam facere*, vel in persequutione negando ipsum Christum, ne occidatur, vel in delectabilibus carnis fouendo ne tristetur, *Perdet eam*, in gehennam si negat Christum, & si delectabilia sequitur. Iterum perdet: quia in affectu delectationis, in quo moritur, perpetuò manebit, & tunc, vt dicit Bernardus, in *Bernard.* æternum non obtinebit, quod vult: & tamen quod non vult in perpetuum sustinebit. *Vel perdet eam*, secundùm Albertum, *Albert.* quia cùm semina boni sint sparsa in anima, tantò magis bonum naturale perditur, quanto vitium adimenti bonum sæpius iteratur.

Qui autem perdiderit animam suam, per oppositum eligendo potius mortem, quàm negare me, aut subtrahendo illicita, aut superflua delectabilia animalitati, vel certe faciendo bona, *Inueniet eam*, scilicet in vitam æternam: nam tunc disperdet animalitatem, ac brutorum vitam, & inueniet se vitam hominis rationalis agentem, nam quò plus honesta per rationem facimus, eò magis brutalis affectus minuitur ac perditur. Sicut Nabuchodonosor red- *Dan. 4.* ditur nobis sensus, & dicere poterimus cum eo: Sensus meus reuersus est ad me, & ad honorem decoremque Regni mei perueni. Sicut enim homo euacuando naturæ bonum atque rationis, sensuum sequendo cupidines, commutatur in bestiales sensus & affectus, ita è regione faciendo opera rationis, & honestatis, paulatim redditur humanus honor, & Regnum rationis, & decoris. De Circe quadam incantatrice fingebant poëtæ, quòd dabat hominibus flores quosdam, & herbas, quibus in bellluas eos transformabat, sed si in alio horto alias herbas comederent, ad humanam formam iterum reuertebantur, sic homines qui sensualitatis floribus pascuntur, belluæ fiunt: quòd si ex horto virtutis bona opera accipiant, & eis pascantur, ad priorem redibant dignitatem. Vndè & ad Nabuchodonosor dictum est prius: Regnum tuum transibit à te, & ab hominibus eijcient te, & cum bestijs erit habitatio tua. *Quid enim prodest homini si mundum vniuersum lucretur, animæ verò suæ detrimentum patiatur?* Plus enim valet bonum futuræ vitæ, quod anima per peccatum amittit, quàm vniuersus mundus cum omnibus bonis quę continet. Quid enim prodest homini rationali, cuius bonũ est bonum rationis, imò & supernaturale,

si

si omnia bona huius mundi habeat: quæ ta-
Philip. 3. men, vt Paulus docet, stercora sunt, si animę suæ cui æterna bona, vel mala expectant,
Abac. 2. detrimentum patiatur? Vnde Abacuch. 2.
dicitur: Væ qui multiplicat nõ sua, vt quid
aggrauat contra se densum lutum? Nam humana bona non tam nostra sunt, quàm iumentorum, quibus sola hæc bona concessa sunt:
his si infigitur animus, impeditur virtutis
profectus, & nihil aliud est hæc temporalia
bona quærere, quàm lutum aggregare: eo quoniam aurum & argentum ex terræ scoria
Psal. 68. sunt. Quare & Psalmista dicebat: Infixus
sum in limo profundi, & non est substantia.
*Aut quam dabit homo commutationem pro ani-
ma sua?* Irredimibile quippe est damnum,
quod anima per peccatum patitur, quacunque temporali commutatione.

Pro quo notandum, quòd est commutatio retributionis, & est commutatio redemptionis: hæc commutatio datur pro anima
saluata, secundùm illud Psalm. 115. Quid
Psal. 115. retribuam Domino? Calicem salutaris accipiam. Calix sanguinis Christi datus pro
redemptione animæ quæ saluatur. Sed pro
anima condemnata nulla potest fieri retributio. *Quam ergo commutationem dabit homo
pro anima sua?* Hoc est, quam retributionem
potest soluendo dare, pro anima sua redempta? Certè non sunt condignæ passiones huius temporis, ad futuram gloriam quæ reue-
Rom. 8. labitur in nobis. Aut quam dabit pro anima
perdita in inferno? Si enim daretur pro ea
totus mundus, non liberaretur. Vel sic, Quam
commutationem dabit homo? &c. hoc est, nihil terrenum pro ea poterit dare: nam Eze-
Ezech. 7. chiel. 7. dicitur: Argentum eorum, & aurum eorum, non valebit liberare eos in die
Prouer. 11 furoris Domini. Et Prouerbio. 11. Nõ pro-
derunt diuitiæ in die vltionis, iustitia autē
Iob. 2. liberabit à morte. Et Iob. cap. 2. dicitur, Pellem pro pelle, & cuncta quæ habet homo
dabit pro anima sua. *Quid enim prodest homini si vniuersum mundum lucretur, animæ vero
Simile. suæ detrimentum patiatur?* Certè decipimur
tanquam pueri, qui gemmā pretiosam pro
pomo aliquando commutant, & latro fugit
gaudēs, puerulus manet ridens & delusus:
Iocalia sunt, quæ mundus nobis dat, pro
Prouer. 7. quibus, omnibus margaritis pretiosiorem
animam damus. Vnde Prouerbio. 7. Pre-
Abac. 3. tium scorti, vix est vnius panis: mulier autem viri pretiosam animam rapit. Et Abacuch. 3. Exultatio eorum, sicut eius qui deuorat pauperem in abscondito. Perpende

singula verba. Hæc enim exultatio est malorum, sicut eius qui deuorat. Quem enim gustum
accipit, qui edulia deuorat, absq; hoc quod
masticando eorum succo perfruatur? Pauperem, ait, si enim esset diues, haberet aliquid boni quod raperet, nunc autem quidquid est in mundo, egestas est. In abscondito: quia non securi nec quieti fruuntur mali huius mundi delitijs, sed quasi qui in abscondito malum perpetrat, multa timet,
& ad quemlibet motum pauet, &, quod magis dolendum est, instar irrationalium incidunt in muscipulam. Nam, vt dicitur Sa- Sapien. 7.
pien. 14. Creaturæ laqueus, ac muscipulæ
sunt pedibus insipientiū. Verè enim Syre-
næ sunt carnis delitiæ, quæ blandè homines decipiunt ad mortem, à quibus tamen li-
berat diuina Sapientia. Et Prouerbio. 6. di- Prouer. 6.
citur: Vt custodiat te à muliere aliena, & à blanda lingua extraneæ. Et hoc deberet esse nobis admirationi, quòd animalia semel capta
periculum effugiunt, nos toties capti ad
mortem, ipsa pericula sequimur: de quibus
2. Petr. 1. dicitur, quod talis cæcus est, & 2. Petr. 1.
manu tentans, obliuionem accipiens purgationis veterum suorum delictorum. *Filius
enim hominis venturus est in gloria Patris sui
cum Angelis suis, & tunc reddet vnicuique
secundum opera eius.* Nunc ostendit quando & quomodò hæc erunt, quādo dabit vitam æternam his qui temporalem pro eo
dederunt: erit enim in die iudicij: quomodò autem fiet, certè reddendo vnicuique secundùm opera sua. *Filius enim hominis venturus est:* quia in forma hominis in qua iudicatus est, iudicabit, secundùm illud Ioann. 5. Ioann. 5.
Potestatem dedit ei iudicium facere, quia
filius hominis est. Et Act. 18. Statuit diem Act. 18.
in qua iudicaturus est orbem in æquitate,
in viro, in quo statuit, fidem præbens omnibus, suscitans eum à mortuis. Certitudinē
autem aduentus ad iudicandum explicat,
cum dicit, *Venturus est.* Quod enim venturum est, veniet, & non tardabit. Esaias. 35. Esai. 35.
Ecce Deus noster adducet vltionem retributionis, in gloria Patris sui. Ecce maiestas
in qua veniet. Vnde Daniel. 7. dicitur: De- Dan. 7.
dit ei potestatem, & honorem, & Regnum:
& Luc. 20. Amodò videbitis filium hominis venientem cum potestate magna, &
maiestate cum Angelis suis: nec enim eius
maiestatem decebat, vt solus ad tantum munus veniret, sed cum Angelis suis qui coram eo assistunt ministrantes: Nam vt dicitur Daniel. 7. millia millium ministra- Dan. 7.

bam ei, & decies centum millia aſsiſtebant ei. *Et tunc reddet vnicuique ſecundùm opera ſua.* Hic eſt modus iudicij de quo Paulus, *2.Cor. 5.* 2. Corinth. 5. dicit: Omnes nos manifeſtari oportet ante tribunal Christi, vt referat vnuſquiſque propria corporis, prout geſsit ſiue bonum, ſiue malum. Et Eſai. 16. Sedebit ſuper ſolium in veritate, in tabernaculo *Eſai. 16.* Dauid iudicans, & quærens iudicium, & velociter reddens quod iuſtum eſt. Id *Sapien. 6.* etiam Sapientiæ. 6. dicitur: Quoniam data eſt à Domino poteſtas vobis, & virtus ab Altiſsimo, qui interrogabit opera veſtra, & cogitationes ſcrutabitur. Non interrogabit hominem tantùm, ſed opera, quæ teſtificabuntur contra hominem, ſecundùm illud *Ioan. 5.* Ioann. 5. Opera quæ ego facio, teſtimonium perhibent de me. Et non ſolùm opera, imò & cogitationes ſcrutabitur. Sed quoniam *Matt. 24. 25.* hæc forma iudicij explicatiùs infra cap. 24. & 25. ponitur, ibi Deo dante, plura de hoc finali iudicio dicemus. Ne autem hæc omninò leuiter in tanta re tranſeamus, accipe *Sapien. 5.* hanc Sapientis ſententiam ex cap. 5. Sapientiæ deſumptam, quæ ſic habet. Propter hoc qui loquitur iniqua, non poteſt latere, nec præteriet illum corripiens iudicium. In cogitationibus impij interrogatio erit, ſermonum autem illius auditio ad Deum veniet, & ad correptionem iniquitatum illius: quoniam auris zeli audit omnia, & tumultus murmurationum non abſcondetur. In hac ſententia explicatur hæc ſententia quam Dominus Ieſus dixit. Et tunc reddet vnicuique ſecundùm opera eius. Primò, quia nullus peccator poterit ſe in illo iudicio occultare. Secundò quòd nec Iudex volet ſua facta, aut cogitatus diſsimulare: nam ait. Propter hoc qui loquitur iniqua nõ poteſt latere: quoniam finaliter, nec homines poterit latere, Deum verò, nunquam: nam, & *Luc. 12.* Luc. 12. dicitur: Quæ in tenebris dixiſtis, in lumine dicentur, & quod in aure loquuti eſtis in cubiculis, prædicabitur in tectis. *2.Reg. 12.* Hoc nobis expreſsit Scriptura in peccato illo nefando, quod Dauid commiſit, adulterium ſcilicet, cum homicidio mixtum, & tamen vtrumque occultiſsimè perpetrauit. Nihilominus confeſtim miſit ad eum Dominus per Nathan. 2. Reg. 12. dicens: Tu feciſti abſcondité, ego verò faciam verbum iſtud in conſpectu omnis Iſraël, & in conſpectu Solis huius. Et ſic per manifeſtã pœnam, culpam tuam palam faciam. Non ergo iniqui in vltimo iudicio celari poterit. *Anſelm.* Vnde Anſelmus in ſuis meditationibus, ſic ait. Latere erit impoſsibile, apparere intolerabile. Secundum autem, ſcilicet, quòd iudex nihil tunc diſsimulabit, ibi explicat, cum dicit: Nec præteriet illum corripiens iudicium. Vnde & Eccleſiaſtic. vltim. di- *Eccleſ. vlt.* citur: Cuncta quæ fiunt adducet Deus in iudicium, ſiue bonum, ſiue malum ſit. In eo autem quod ſubinfert. In cogitationibus impij interrogatio erit, ſermonum autem illius auditio ad Deum veniet: vtrumque probat: nã ſi cogitationes quæ latentiores ſunt in illo iudicio diſcutientur & punientur: ergo à fortiori ſermones. Interrogatio autem fiet in cogitationibus, hoc eſt, de cogitationibus, diſcutiendo, & inquirendo de illis, iuxta illud Pſalmi: Dominus interrogat iu- *Pſalm. 10.* ſtum & impium. Vel ſic, quòd interrogatio fiet ſibi ipſis à ſe ipſis, vt infra dicitur cap. 5. *Sapien. 5.* Impij in iudicio quærent à ſe ipſis. Quid nobis profuit ſuperbia, aut diuitiarum iactantia quid contulit nobis? Et ad Roman. 2. Teſtimonium reddente illis conſcientia ipſorum, aut inter ſe inuicem cogitationum accuſantium, aut defendentium. Ex hoc autem quòd cogitationes venient ad notitiam Dei, conſequitur, quòd etiam & ſermones audiet: hoc autem erit non ad approbationem, ſed ad correptionem: quam correptionem Regius Propheta valdè vere- *Pſal. 6.* batur cum dicebat: Domine ne in furore tuo arguas me, nec in ira tua corripias me. Ecce quomodò probat quòd nullum tunc malum, quantumcunque occultum, ſiue cogitatum, ſiue prolatum latere poterit: Deinde probat, quòd index in iudicio non parcet, nec diſsimulabit: quoniam iudex qui ſummè zelat pro obſeruatione legis ſuæ, non præteribit iudicium contra tranſgreſſores legis & hoc innuit cum dicit: Quoniam auris zeli, hoc eſt, Dei zelãtis audit omnia, & tumultus murmurationum non abſcondetur. Sed poteſt hic quæri, an peccata per pœnitentiam condonata, ſint reuelanda in iudicio generali. Nam ſunt aliqua argumenta quæ probant, quod non. Primò, quia quod tectum eſt videri non poteſt; ſed peccata per pœnitentiam condonata, ſunt *Gloſ.* tecta, ſicut Gloſſa dicit ſuper illud Pſalmi: *Pſal. 31.* Beati quorum remiſſæ ſunt iniquitates, & *Magiſter Sententiarum.* quorum tecta ſunt peccata: & Magiſter in 4. Sententiarum, diſt. 44. cap. 7. dicit: Non irrationabiliter putari poteſt peccata hic per pœnitentiam tecta, & deleta, illic eſſe tegi alijs. Item Iacob. 5. dicitur: Quoniam

chari-

charitas operit multitudinem peccatorum, sed hoc nō est dictum quoad homines: quia apud homines occulta operimentur sine charitate, ergo intelliguntur in conspectu Dei, & per consequens multo magis in conspectu omnium hominum in iudicio.

Sed in oppositum est Glossa super illud, *1. Cor. 4.* 1. Corinth. 4. Manifestabit consilia cordiū dicens, quòd gesta, & cogitata bona, & *Bernard.* mala nota tunc erunt omnibus. Et Bernardus tractans idem verbum dicit,

Cunctaq; cunctorū cunctis arcana patebunt.

Anselm. Idem dicit Anselmus lib. de similitudinibus cap. 6. & textus Apostol. cum Glossa D. *D. Thom.* Thom. etiam, & multi Catholici tenent, quòd sicut quia omnia tam bona quā mala nota erūt omnibus. Et ratio ad id cogit: nā sic expedit ad declarandam equitatem iudicij: nam per hoc quòd peccata bonorum ibi manifestantur apparet misericordia Dei, quæ illis præsto fuit, vt eos à peccatis erueret, & ad bona conuerteret: manifestare autem bona est ad hoc, quòd iustitia Dei præmiantis ea clarescat. E regione autem in malis ostensio malorum erit ad manifestationem iustitiæ Dei, tunc punientis, ostensio vero bonorum ad manifestationem diuinæ misericordiæ præcedentis. Manifestatio autem hæc peccatorum quæ boni cō miserunt, & à Deo eis dimissa sunt, non cedit in infamiam, nec in verecundiam bonorum, sed vt boni ob hoc gratias Deo referant, & gloria Dei saluantis & liberantis eos ibi manifestetur. Et sic verificatur illud *1. Cor. 5.* dictum Pauli supra citatum. 1. Corinth. 5. Omnes nos oportet manifestari ante tribunal Christi, vt referat vnusquisque propria corporis prout gessit, siue bonum, siue malum. Et per hoc respondetur ad argumenta in contrarium facta. Ad primum quidem, quoniam peccata dicuntur tecta quantum ad erubescentiam, nō enim de eis tunc erubescent iusti, non tamen quantum ad scientiam: quoniā manifesta omnibus erunt peccata Magdalenæ, & Pauli; & sic interpretari debet Magister, vel fortè quòd fuit contrariæ sententiæ, in qua non est tenendus. Ad tertiū per idem patet: quia non reuelabuntur ad pœnam inferendam, sed ad hoc q; diuina misericordia, & iustitia manifeste- *Simile.* tur: quod hoc exēplo manifestatur. Si ego debitor erā Regi in mille ducatis, & ille pro vno dipondio illa mihi dimisit, omnib⁹ amicis meis liberalitatem illam Regis prædicare deberem, posceā ab eis, vt pro me gratias Regi pro tāto beneficio referāt: sic quia peccatum mortale pœnæ æternæ debitorē me constituerat, & mihi illud remittendo in pœnā temporalem cōmutauit, quæ nullam habet proportionem cum æterna, magis debeo optare, vt tantum beneficiū omnibus palam fiat. Secundò, quā quilibet bonus maximè gaudebit de liberatione sua, & proximi sui: ergo boni ignorarent gratiam sibi, & alijs factā, magna ab eis materia gaudij subtraheretur. Nec erubescentia hic timenda est: quoniā sicut Deus potest facere, vt cōbustibile appropietur igni, absq; hoc quòd comburatur; sic potest facere quòd notitia peccatorum omnibus pateat, absq; verecundia in alijs, & quòd tu illud sciat, absq; hoc quòd de illo erubescas: quoniam Deus potest suspendere rerū qualitates cum voluerit. Præterea si notitia multorum hominum causaret in te erubescentiam, ergo notitia vnius qui sciret peccata tua, causaret in te aliquam erubescentiam: sed certū est, quod Deus & anima Christi, & Angelus qui fuit custos tuus scient peccata tua, & tamen non causant erubescētiā in cœlis, vt patet: ergo. Sed secūdò queritur, quę erunt istæ interrogationes cogitationum? Respondetur, quòd de tribus interrogabit te tunc iudex, maximè si fueris dominus, vel Prælatus, aut in honore aliquo cōstitutus interrogabit quippe te qualiter tu vixeris, qualiter subiectos rexeris, & qualiter bona tibi concessa expenderis: quoniam ipse omnium supremus iudex est, à quo nulla potest fieri appellatio, quia Altissimus: coram eo nulla potest fieri aduocatio, quia iustissimus: & corā eo nulla recipietur excusatio, quia sapientissimus: nulla sumetur dilatio, quia strictissimus: nullius personæ, vel muneris acceptio, quia fidelissimus est. Interrogabit ergo te primū qualiter vixeris, secundū illud supra citatum testimoniū, ex cap. 6. Sapientiæ: Præbete au- *Sapien. 6.* res vestras vos qui continetis multitudines, & placetis vobis in turbis nationū: quoniā data est vobis potestas à Domino, & virtus ab Altissimo. Qui interrogabit opera vestra, & cogitationes vestras scrutabitur. Secundò interrogabit te qualiter subditos rexeris, eo q; e magna parte subditorū malitia in caput superiorū retorquebitur: sic enim Sap. 4. dicitur: Ex iniquis o[illegible] filij quę nascentur, testes sunt nequitiæ aduersus parētes, in interrogatione sua, id est, tā in interrogatione parentū, quàm filiorū, hoc est, subiectorū, & prælatorū. Quare D. Augustin. *August.* optimiè

optimis verbis non solũ prælatos, sed etiam
laicos dominos monet, vt curã habeãt, quomodò iustè, & piè sibi subditi viuant, dicens
in epistola ad Bonifaciũ. Quæso, mi frater,
quatenus omnibus subiectis, & bonæ voluntatis
in domo tua à maiore, vsq; ad minimũ, amo
re & dulcedine Regni cœlestis, amantissimè,
& timore gehennæ æternæ, & de eorũ sa
lute sollicitus, ac vigil existas: quia de omnibus tibi subiectis qui in domo tua sunt ratio
Luc.16. nẽ Dño reddes. Hæc ille. Interrogabit te ter
tio qualiter bona tua expenderis, sicut Luc.
16. habetur de villico diffamato apud dñm
suũ, cui dictũ est. Quid hoc audio de te? Red
de rationem villicationis tuæ. Et ideo debemus summã curã gerere huiũ ratiocinatio-
Iob.9. nũ, ne inueniamur multũ debitores: nam
Iob.9. dicitur: Si repente interroget, quis
respõdebit ei? Quasi dicat, Nullus. Cæterũ
de æquitate iudicis, & diaboli contra nos al-
legationibus & calumnijs, deuotè scribit B.
August. Augus. ad supradictũ Comitẽ Bonifaciũ dicens: Expectatur dies iudicij, aderit æquis-
simus iudex, qui nullius potẽtis personã accipiet, cuius palatium auro argẽtoq; nullus
Episcopus, nec Abbas, nec Comes corrũpe-
re potest. Adstabunt oẽs animæ, vt referat
vnaquæq; secundũ illud q in corpore gessit, siue bonum, siue malũ. Præsto etiã erit
diabolus aduersarius, & recitabuntur verba
professionis nostræ, & obijciet nobis in faciẽ
qua die peccauimus, & quo loco, & quid bo
ni tunc tẽporis facere debebamus; & si tales
inuenti fuerimus, exultabit ille aduersarius
in cõspectu pijssimi iudicis, superiorẽ se esse nobis clamãs, agẽs talẽ causam apud talẽ
iudicẽ. Habet enim tunc dicere ipse diabolus. Æquissimè iudex, iudica illũ esse meum
ob culpã: qui tuus noluit esse per gratiam.
Tuus est per naturã, meus autẽ per miseriã.
Tuus ob passionẽ, meꝰ ob suasionẽ. Tibi inobediens, mihi obediẽs: à te accepit immortalitatis stolã, à me pãnosam qua indutus est
tunicã. Tuã vestẽ amisit, cũ mea veste huc
aduenit. Quid apud eum impudicitia faciebat? Quid intẽperãtia? Quid auaritia? Quid
ira? Quid superbia? Quid cætera mẽbra, vel
vitia? Dimisit te, confugium fecit ad me, &
Psalm. 88 meas sorores video comitari cũ illo. Æquissimè iudex, iudica illũ: quia iustitia & iudiciũ
præparatio sedis tuæ. Iudica illũ esse meũ,
& mecũ esse dãnandũ. Hæc omnia, quæ adhuc retulit, mea esse cognosco, meum esse voluit, & mea cõcupiuit: ideo mecũ puniri debet: hæc August. Igitur non prætereat illum

corripiẽs iudicium. Vltimò, vt habeas quid
de hoc tremẽdo iudicio dicas, obserua, q iudiciũ illud cõparatur arcui, sicut dicit Glos- Psal. 59.
sa sup illud Psal. Dedisti metuentibus te sig-
nificationẽ, vt fugiãt à facie arcus. Primo,
quia antequã Deus feriat, minatur: vn-
de Glo. ait: Arcus enim extẽsus iã minatur, Glos.
sed nondũ ferit: quia iudiciũ nos terret, sed
nondũ dãnat. Vnde Psalm. A iudicijs enim Psal. 118.
tuis timui. Narratur de duobꝰ militibus, qui
ex Christiana deuotione ad visitanda loca
sancta profecti sunt, & cũ intrassent in vallẽ
Iosaphat, vnus ex eis quasi per locũ adapta-
uit sub vnum magnũ silicẽ, & ait socio suo.
Volo mihi parare locũ pro die iudicij, & vo
lens experiri, an esset aptus sessioni suæ, sedit super illũ, & oculos in cœlũ, vbi Dñs debet apparere leuauit, & tantus subitò timor,
tremor, & horror mẽbra eius inuasit, vt vix
per sociũ suũ inde leuari, aut abduci potuerit. Et asserebat q ab illa hora, & deinceps,
vsq; in diẽ mortis, nũquã iudiciũ nominare
audiebat, quin tremeret, & cõcuterẽtur omnia ossa eius. Secundò cõparatur iudiciũ ar- Simile.
cui: nã chorda arcus, quãtò magis flectitur
atq; retrahitur, tantò magis percussione ferit:
sic quãtò magis iudiciũ legis differtur à pec
catore, & quãtò diutius expectatur, tãtò gra
uius iudiciũ accipiet. Vnde Rom. 2. dicitur. Roman. 2.
Tu autẽ secundũ duritiã tuã, & impœnitẽs
cor, thesaurizas tibi irã in die iræ. & reuelationis iusti iudicij Dei. Et Valerius Maxi- Valerius
mus dicit: Lento gradu ad vindictã sui diui Maximꝰ.
na procedit ira, tarditatẽq; supplicij grauita
te cõpensat. Et sicut videmus, q flexio arcus, Simile.
reflexio est à sua naturali habitudine, & re-
ctitudine: ita Christus in iudicio, qui ex natura sua misericors sit (quia filius Matris misericordiæ ex vna parte, & ex alia filius Patris misericordiarũ, vt dicitur. 2. Cor. 1.) fle- 2. Cor. 1.
ctetur quodãmodo per arcũ rigoris, & iusti
tiæ, & emittet sagittas diræ sententiæ, dicẽs:
Ite maledicti, in ignẽ æternũ, Matt. 25. Ter- Matt. 25.
tiò cõparatur iudiciũ arcui: quoniam arcus
secundũ Isidor. li. 18. Etim. c. 9. dicitur: quia
curuatur arcus, vt arceat hostẽ: & sic fiet in
die iudicij. Vnde Anselm. in meditationi- Anselm.
bus suis, ait: O angustiæ. Hinc erunt peccata
accusantia, inde terrẽs iustitia, subtus hor
rẽdũ chaos inferni patẽs, desuper iudex iratus, intus conscientia vrens, foris mundus ar
dens. Peccator sic deprehensus, in quã partẽ se premet constrictus? Vbi latebit? Hæc
ille. Et ideo ante iudiciũ para iustitiã, vt di-
citur Eccles. 18. Ante iudiciũ para iustitiam, et ante quam Eccles. 18.
de

de his stantibus qui nõ gustabũt mortẽ, donec filiũ hominis videãt venientẽ in Regno suo. Ne putarẽt discipuli id quod modo dixit in tẽpora lõga differendũ, & ob id minus crederetur. Promisit etiam in præsenti vita post breue tempus se reuelaturũ quibusdam suã gloriã & regnum suũ, & cũ solita sua asseueratione promittit dicens. *Amen dico vobis.* Quod
Luc. 9. Lucas quasi exponens dictionem Hebræã Amen, vertit dicens, Dico vobis verè. Hoc autẽ variè à doctoribus intelligitur. Nã quidã intelligũt, istud dixisse Dñm de sua Trãsfiguratione: nã omnes Euãgelistæ post hæc verba subiungunt, velut ostendere volentes impletũ tunc fuisse, q̃ his verbis Dñs fore promisit: tunc enim quidã illic stantes (nẽpe tres Apostoli quos secũ sumpsit) viderunt eũ venientem in Regno suo, hoc est, in ea claritate qua veniet ad iudicandũ, & qua cum Sanctis suis in æternum regnabit. Aut simpliciùs, venientem in Regno suo, hoc est, apparentem in gloria Regni sui. Vnde cùm
Mar. 9. & Luc. 9. Marc. & Lucas dicunt, Donec videant Regnum Dei, intelligunt donec videant gloriã, & maiestatem Regni Dei. Alij hoc intelligunt de gloria in qua ab omnibus Apostolis videndus erat post resurrectionem, & in ipsa Ascensione, & hic fortè propior est sensus: tunc enim viderunt oẽs in Regno suo, secundũ quod & Dñs ipse eis dixerat
Matt. 26. in vltima Cœna, Amen dico vobis, non bibã amplius de genimine vitis hui⁹, donec bibã illud vobiscũ nouũ in Regno meo: tũ & tũc dixit illis, Data est mihi omnis potestas in cœlo & in terra. Tunc etiã illũ viderunt de victa morte triũphasse, ac glorioso & impassibili corpore surrexisse, & in ipsa ascensione Angeli eius dixerunt, Quemadmodũ vi-
Act. 1. distis eum ascendentem in cœlũ, sic veniet. Dixit autem, Quidã, & propter Iudã, & alios qui tunc eũ sequebantur, & postea reliquerunt eũ, & propter turbã, quæ adhuc ibi cũ
Marc. 8. discipulis suis stabat, vt Luc. & Marc. supra
Gregorius. dixerunt. Alij, inter quos Gregorius, dicunt hoc impletũ, cùm per prædicationem Euangelij gloriosè Christus in toto orbe resplenduit: nã cũ dicitur, Donec veniat, illo signo videtur innui nouũ citò adimplendũ esse: nã prædicatio Euangelij Regnum Dei dictum sic enim intelligitur illud q̃ dixit Dñs.
Luc. 11. Si ego in digito Dei eijcio dæmonia, profectò peruenit in vos Regnũ Dei, hoc est, Euãgelij prædicatio per me, & discipulos meos: nã illis præcepit Dñs, vt prædicarent aduenisse Regnum Dei: & q̃ Paul. Rom. 15. magni-
Rom. 15. facit dicens: Habeo gloriari in Christo Iesu ad Deũ. Non enim audeo aliquid loqui eorum quæ per me nõ efficit Christus in obedientiã Gentium, verbis & factis, in virtute signorum & prodigiorũ, in virtute Spiritus sancti, ita vt ab Hierusalẽ per circuitũ, vsq; ad Illyricũ repleuerim Euangeliũ Christi. Hæc autem gloriosa Christi notitia per vniuersũ orbẽ vigesimo anno à sua passione adimpleta est, quo tẽpore plures ex illis superstites fuẽre. Qui autẽ ex hoc loco colligunt, Ioannẽ Euangelistã nõ fuisse mortuum, minimũ probabilitatis habent: cùm nõ in singulari dicat, Quidã, sed in plurali, Quosdã adhuc vite esse, de quo Deo dãte super Ioannẽ disputabimus: nã Ecclesia Ioannẽ nunquam cœlestem iam agentem vitã colit. Porrò gustare mortem, sicut videre mortem, secundũ phrasim Hebræam, pro hoc quod est experiri mortem sumitur, alludens forsan ad causam mortis, quæ nimirum fuit gustatio esus vetiti: nã primis parentib⁹ dictũ est: In quacunq; die gustaueritis ex eo, morte moriemini. Albertus sic hanc sententiã explicat, q̃ cũ plura dẽ sua passione dixisset Dñs, Albertus
cõfirmat modò ea quæ de resurrectione dixerat: vt tolerabilior sit insultatio ad patiendum. *Amen dico vobis sunt quidam de hic stantibus,* nempe Petrus, Iacobus, & Ioannes, *qui non gustabunt mortem:* nã mors gustata fuit mortem, sicut quælibet res gustata fert secũ suũ saporem, boni enim in gustant mortẽ, quia summis labijs solũ attingunt illã; mali mox veniant ad vltimum illum mortem bibere illã, imò inebriantur ea, & ei semper emoriantur, sicut Hierem. 25. dicitur: Bibentes bibe-
Hiere. 25. tis. Et bibite & inebriamini.

Cap. XVII.

T Post dies sex assumpsit Iesus Petrũ, & Iacobũ, & Ioãnẽ fratrẽ eius, & duxit illos in montẽ excelsum seorsum, & transfiguratus est ante illos. Et resplenduit facies eius sicut sol, vestimenta autẽ eius facta sunt alba sicut nix. Et ecce apparuerunt illis Moyses, & Helias cum eo loquentes. Respondens autẽ Petrus dixit ad Iesum: Domine, bonũ est nos hic esse. Si vis faciamus hic tria tabernacula, tibi vnũ, Moysi vnũ & Heliæ vnũ. Adhuc eo loquente, ecce nubes lucida obumbra-

uit

git eos, & ecce vox de nube dicens: Hic est filius meus dilectus, in quo benè complacui, ipsum audite. Et audientes discipuli ceciderunt in faciem suã, & timuerũt valde, & accessit Iesus & tetigit eos, dixitq; eis: Surgite & nolite timere. Leuantes autẽ oculos suos, neminẽ viderunt, nisi solũ Iesum. Et descendentibus illis de monte praecepit Iesus dicẽs: Nemini dixeritis visionẽ, donec filius hominis à mortuis resurgat. Si de gloria transfigurationis intelligitur dictum illud in calce superioris capituli relatũ, cõgruè haec historia post illa verba ab Euãgelistis texitur vt ostenderetur esse impletũ, quod promissum erat à Christo. Si verò alio modo aliquo ex supra relatis intelligũtur, possumus dicere, hic voluisse Dñm exẽplar quoddã suae maiestatis, in qua dixerat se venturũ, ostendere: vt hi quibus dixerat nõ visuros mortem, donec viderent filiũ hominis in gloria sua, praelibarent quodã, & praegustarent futurae gloriae, quã posteà perfectissimè fruituri erãt. Albertus sic hoc caput caeteris annectit.

Albertus. Habitis Ecclesiae fundamẽtis, nẽpe doctrina, & miraculis; nunc ea tanguntur, quorũ virtute claues faciunt quod faciũt. Vnde in hoc capite tãguntur resurrectio & passio. Vel melius, quia dictũ est, quod oẽs claues Regni coelorum collatae sunt ministris; ostenditur hic quale est Regnũ, quod reserant, sicut & in fine praecedẽtis capitis promissũ est. Vnde sit visio de gloria resurrectionis, quae subsequitur meritũ passionis, & effectum, tã super daemonem impedientẽ, quã etiã ad libertatẽ filiorũ, quã perfectissimè efficiet: prius tamẽ circa literã aliqua dubia expedienda sunt, breuiter tamẽ, cũ ad tertiã partẽ D. Tho. pertineãt, ibiq; ad lõgũ visenda sunt. Primò quaeritur, quomodò hic Matth. dicat: Post dies sex, cũ Lucas post octo dies ferè dicat hoc contigisse.

August. lib. 9. Facilè hoc ab Augustino, & alijs dissoluitur. Quoniã Lucas numerat, non solum medios dies, sed etiã extremos, primũ scilicet, & vltimũ, qui fuit octauus. Et dixit ferè quoniã post medietatẽ primi, ãte medietatẽ postremi, id forsan contigit. Matthaeus verò solos medios dies annumerauit. Secũdò quaeritur, quid sit trãsfigurari. Respõdeo, quod est trãsformari. Trãsformari, est mutari secundũ qualitatẽ, aut quantitatẽ. Nã cũ figura circa extremitatẽ corporis cõsideretur (est enim figura, quae termino, vel terminis cõprehẽditur) quaecunque mutatio circa extremitates corporis cõsideratur, transfiguratio dicitur. Vnde & Satanas hoc modo transfigurat se in Angelũ lucis, secundũ qualitatẽ: & in resurrectione oẽs mutabimur secundũ quantitatẽ, & qualitatẽ, & secundũ lineamenta. Et quia Christus hic est immutatus, secundũ claritatẽ corporis nouã, quã assumpsit: ideo propriissimè dicitur trãsfigurari.

Hieron. Vnde D. Hieron. ait: Quòd dicit Euãgelista, Trãsfiguratus est ante eos: nemo putet pristinã eũ amisisse formã, vel veritatẽ corporis, vel assumpsisse corpus spirituale, vel aëreum, sed quomodò sit trãsfiguratus, Euãgelista demõstrat dicens. *Et resplenduit facies eius, sicut sol, &c.* Vbi splendor faciei demõstratur, & candor vestiũ describitur, nõ substãtia tollitur, sed gloria mutatur, & trãsformatio splẽdorẽ addidit, nõ faciẽ subtraxit. Haec Hiero. Ecce quid sit trãsfigurari. Tertiò quaeritur, an claritas Christi in transfiguratione, fuit claritas gloriae.

D. Thom. In hoc Doctores, & D. Tho. sic respondent: Quòd illa claritas, secundũ causam, & essentiã, fuit claritas gloriae, non autẽ secundũ modũ essendi. Nã claritas gloriae in anima beata deriuatur in corpus in resurrectione: in trãsfiguratione autẽ Dñi claritas gloriae ex Deitate, & felicitate animae deriuata est. Ex diuina quippe dispensatione factũ est, vt claritas animae à principio in corpus Christi nõ redundaret, quatenus incarnationis mysteriũ expleretur, quod in corpore opaco, & passibili, & simili nostris corporibus expleri debebat. Sed in trãsfiguratione permissa est anima Christi, ad tẽpus illũ diffundere claritatẽ in corpus, quomodò in resurrectione fiet. Est autẽ hoc discrimẽ quod tunc illa claritas erit naturalis corporibus gloriosis; nũc verò in Christo fuit velut trãsitoria passio. Sicut visio essentiae diuinae fuit in Paulo, quãdo raptus est ad tertiũ coelũ, transitoria, quae tamẽ beatis naturalis, & permanẽs est.

Hieron. Quod & D. Hieron. docet, sic dicẽs: Qualis venturus est Christus tẽpore iudicij, talis Apostolis apparuit, & trãsformatus est Dñs in eã gloriã, in qua posteà venturus est in regno suo. Nec mirum quod visio beata producat efficienter claritatẽ corporis beati, licet illa sit spiritualis, haec corporalis: nullum enim inconueniens est, quod spiritus agat in corpus: nã Angelus in corpus agit, & anima rationalis spiritualis, cũ sit forma corporis humani, illi corporeã pulchritudinẽ tribuit. Licet possit dici, id efficere animã beatã, in quantũ illa visio beata est instrumentũ diuinae virtutis, quae ad animam & corpora extrinsecus attingit à fine, vsq; ad finẽ fortiter, hoc est, ad quaelibet extrema. Ex his aliud oritur dubiũ, an haec deriuatio claritatis animae, ad

corpus

corpus Christi, fuerit miraculosa. Nā fuit naturalis animæ Christi, ergo nō fuit miraculosa. Nā redundātia prius impedita per miraculū habet postea suū cursum naturalē. Sed tamen hoc dicere maximæ ignorātiæ est. Nam licet claritas gloriæ relata ad animā Christi non erat miraculosa, sed naturalis (siquidē anima illa erat perfectè beata) tamē relata ad corpus Christi, erat miraculosa: nā corpus Chri erat tunc passibile, & opacū, sicuti corpus nostrū, vt supra diximus. Quòd verò corpus passibile, & opacū resplēdeat sicut sol, ingēs miraculū est. Nā quia gloria animæ nō taliter effusa est ad corpus, sed per modū passionis trāseūtis, ideò remāsit corpus passibile, & mortale, sicuti nostrū. Igitur vtrunq; fuit miraculū, & ꝙ corpus Christi ab instāti suæ cōceptionis nō fuerit splēdidū, & ꝙ sic fulserit in trāsfiguratione. Sed primū illud fuit antiquū, & vniuersale factū dispēsatione diuina, vt locus daretur passioni, hoc autē secundū fuit miraculū speciale, quo præstitū est, vt corpus mortale, & opacū splēdesceret in mōte Thabor. Quartū dubiū est, quomodò Apostoli potuerunt intēdere in faciē Christi trāsfigurati cū illa claritas tāta fuerit, vt impediret humanū intuitū, plusquā lumē solis. *Durandus* Ad ꝙ respōdet Durandus ꝙ Christus moderatus est lumē illud, vel ꝙ verius est, cōfortauit visum Apostolorū, vt videre possint. *Henricus Gādauēsis* Quarè nō est verū, ꝙ Henricus Gādauensis dicit, Visionē illā fuisse imaginariā: aliàs Christus nō fuisset verè trāsfiguratus, sed imaginariò tantum, ꝙ nullatenus potest sustineri. Quintū dubiū est, quomodò Moyses, & Helias illic apparuerunt in propria persona, an in corpore proprio, vel alieno? *D. Thom.* Ad ꝙ respōdet D. Th. 3. p. q. 45. ꝙ in propria persona apparuerunt. Dicitur enim, ꝙ Moyses, & Helias adstiterūt Dño: aliàs nō essent testes veritatis, si nō eorū personæ apparuerunt, sed tātū imaginatiæ. Quarè nō tenēda est glossa, super caput nonum Lucæ, quæ hoc dicit: Sed Helias apparuit in ꝓprio corpore, nō ex cœlo empyreo allato, sed vel ex paradiso terrestri, si adhuc est, vel ex alio loco eminenti, in quē curru igneo captus est. Moyses verò apparuit in ꝓpria anima, sed in corpore assumpto, sicut solēt Angeli hominibus apparere in corporibus assumptis. *Hieron.* Et licet Hiero. in hoc loco dicat, Moysen resurrexisse à mortuis in proprio corpore, *D. Thom.* explicādus tñ est, cū D. Th. in 3. art. ꝙ verè apparuit eius anima in corpore assumpto. *August.* Quod aūt scribit Augu. 3. lib. de mirabilibus Scripturæ c. 10. Moysen resurrexisse à mortuis in ꝓprio corpore, nō est tenendū: nā vel liber ille falsò adscribitur August. vt ait D. Th. vel ꝙ dubitādo, & nō asserēdo illud dixerit, licet Iansen. dicat, ꝙ in lib. 3. de Mirabilibus Scripturæ c. 10. omninò contrariā sententiā docuerit, dicens August. vt in hoc loco ꝑdictus Doctor refert. *Iansen.*

August. Sextum dubiū est, quo modò discipuli intellexerūt illos esse Heliā, & Moysen, cū nec Petrus, nec alij, ipsos vnquā viderunt, nec eorū imagines, quæ ꝓhibitæ illi populo erāt. Ad ꝙ respōdetur, Verisimilius esse, Petrū eos cognouisse ex colloquio eorū cū Dño Iesu, in quo, aut Dñs eos ꝓprijs cōpellauerit nominibus, aut ipsimet expresserint qui fuerint. Fieri enim potest, vt vterq; ea diceret, per quæ Christi mortem ipsi facto, vel verbo prophetauerant. Vt Moyses quidē dixerit: Sic Chrm in Cruce sustolli debere, quomodo in deserto exaltauerit ipse serpētē. Helias verò sic illū debere expādi in crucē, quomodò ipse expāsus fuit sup mortuū puerū, vt illū viuificaret; ac sic illū torrente passionū pertrāsito subleuādū in gloriā, quomodò ipse transito Iordane curru igneo raptus fuit in cœlū. Vltimò quæritur quisnam fuerit hic mōs, in quo transfiguratus est Dñs. Cōmuniter dicitur, ꝙ fuit mōs Thabor, clarus Barac, & Deboræ victoria, qui & Thabarius dicitur à Iosepho. *Ægesippus* Ægesippus Tabyriū illū appellat. Mōs est medius cāpi Galileæ in tribu Nephtalim, à parte Boreali, in ascensu sublimis ad stadia 30. admittens planitiē mirè rotundā, per stadia 22. *2. Petr. 1.* D. Petr. in 2. Cano. c. 1. nominat illū sanctū: admirā ex reuelatione hac sacra, & Sacrosancta. Lucas ait Chrm in eo ascendisse, vt oraret, certè nō ꝓ se, sed ꝓ nobis, & id orauit, vt in gratiā discipulorū fieret hæc trāsfiguratio. Huiusmodi autē trāsfiguratio, inter alias rationes quas dicturi sumus, ideò facta est, vt declararet se verum esse Mesiā, illū qui nō solū in se præditus sit maiestate diuina, & perpetua felicitate; sed etiā cōmunicaturus sit felicitatē omnibus in ipsum credētibus. Atq; adeò Chrs hac trāsfiguratione manifestè cōprobat; ꝙ etsi videatur mundo & carni abiectus, contēptus, & dānatus; tñ si aperias ipsum, ꝙ fide via fiet, videas planè eū esse re ipsa quē aliàs sæpè verbis se esse prædicauit. Ego sum, inquiens, lux mūdi. Ego sum resurrectio & vita. Ego sū via. *1. Cor. 1.* Quē Paulus itē sapientiā nostrā, iustitiā, sanctificationē, & redēptionem nostrā vocat. *Colos. 2.* Et ad Colos. 2. In quo sunt oēs thesauri sapientiæ, & scientiæ Dei. Trāsfiguratur aūt Christus corā nobis, seu fidelibus; quādò ꝓponitur nobis videndus, credendus, & cōcipiēdus animo filius Dei viuentis, potētia & virtute eius. Corā quibus verò nō transfiguratur Christus, illis idē manet ꝙ iudæis, & impijs Gētibus, his stul

titia, illis offendiculũ, vtrisq; autẽ vilis, & cõ-
1. Cor. 1. tẽpta persona, vt Paul. dicit. 1. Cor. 1. Hæc autẽ Christi transfiguratio, typus eius erat, quæ non solùm in ipso, sed in omnibus eius membris, & electis futura est.

Moralitas seu tertia. Mysterium hoc, fratres mei, his qui omnẽ spem suam in æternis seculi bonis sitã habet, magni solatij est. Quoniam hodie corã quinque testibus omni exceptione maioribus, aliquam nobis manifestationem facit Dominus illorũ quæ speramus bonorum. Radiũ quendã ostendit nobis illius claritatis, quã iusti tunc habebunt in Regno Patris eorũ. Initiũ quoddã, ac signũ illius gaudij, quod in Dei visione cõsistit, atq; symbolũ quoddã gloriæ corporum, quã translato hoc corruptionis, ac mortalitatis termino, in statu immortalitatis habebunt: ostẽditur etiã hic fructus iustitiæ, quẽ colligẽt illi, qui in hoc valle miseriæ in lacrymis seminant. Seminatur corpus animale, ait Paulus, surget corpus spirituale: seminatur in corruptione, surget in gloria. Iusti corpus hoc animale seminãt, illud viuũ subterra sepelientes cõtinua mortis cõsideratione, atq; sicut hi qui grana seminãt; sic illud in terra proijciũt, frigori, ac æstui illud relinquentes, & vt illud prætereuntes conculcent si velint. Cęterũ in cãpi Iosaphat area, illud spirituale colligunt, hoc est, spiritui omninò subiectũ, ita vt super illud continuò perfectũ dominiũ gerat, ad libitumq; illud per aera volitãs, & vbicunq; voluerit, ferat. Quoniã tũc subtilitatẽ, claritatẽ, celeritatẽq; ac pulchritudinẽ spiritus comunicat. Itaq; his qui carnis mortificationẽ sequũtur, festũ hoc propositũ est, quo ostendit eis terminum, quẽ per carnis mortificationẽ consequuntur, qui est immortalitatis, ac claritatis eius status. Vnde historia hæc illã doctrinam sequitur qua carnis mortificatio docetur. Nobis dixerat paulò antè Christus Dñus. Qui vult venire post me, abneget se metipsum. (Hæc enim verissima est mortificatio, vt superiori capite diximus, propriã denegare voluntatẽ) & tollat Crucem suã, hoc est, labores ob pro Christo ferat, & sequatur illũ. Vt ergo ostendat, quò iter istud tenderet; post hæc verba corã discipulis, quos hoc docuerat, trãsfiguratur: vt intelligas talem esse tunc mortificationis finem, atq; hoc esse iter quo illùc tendere debes, nec despondeas animũ, nec cesses, nec ullam tibi vim accipias; certò sciens carnis delitias in præceps te ducere, quem eius mortificatio ad immortalitatem perducit. Post sex dies autem hæc trãsfiguratio facta est: quoniã die septimo requieuerat Deus ab omni opere quod patrarat. Qui enim in sex diebus, quibus præsens status durat, nec otiosè, aut ignauè vixerit, sed se claris, ac bonis operibus mancipauerit, meritorijsq; actionibus incubuerit; hic
Luc. 9. in die octauo, vt Lucas dicit (qui est dies resurrectionis, septimũ sequens, qui dies mortis iustorũ significat, in quo requiescunt à laboribus suis) resurrectionis præmiũ accipiet: nam
Iacob. 5. ibi nõ coronabitur, nisi qui hic legitimè certauerit. Et Iacobi. 5. dicitur, Sufferentiam Iob audistis, & finem Domini vidistis. Hoc est dicere: Si id quod in fine consequutus est Dominus Iesus, nempè corporis gloriam, accipere vultis; oportet vt labores, ac tentationes æquo animo feratis, vt Iob fecit. Tres duntaxat suorum discipulorum ab alijs segregauit, coram quibus transfiguratus est: nam pauci sunt electi, qui gloria perfruantur: quoniam pauci sunt, qui viam perfectionis in veritate sequuntur. Nam præter hoc quòd pauci sunt fideles, qui veritatem Euangelicam profitentur; paucissimi sunt inter eos, qui viam Euangelicã in veritate sequantur. Proh dolor, quot sunt, qui hypocrisim potius quã veram virtutem sequuntur. Ferè tota Christianorum vita, in exteriori cultu sese exercet, cùm interim de interna, ac vera charitate, patientia, ac humilitate nulli cura sit.
Mich. 7. Vndè & Dominus apud Miche. cap. 7. conqueritur dicens, Væ mihi, quia factus sum, sicut qui colligit vuas post vindemiam. Nam eo tempore quo iam vuæ ex vitibus ablatæ sunt, remanent ipsæ vites folijs coopertæ, & ornatæ, cæterum nil fructus sub se habent, nisi vnum aut alterum racemum, quem vel quia immaturus erat, aut ob paruitatẽ nõ visus; vindemiatores reliquerunt. Sic ferè omnes fideles, qui vites sunt huius vineæ Domini, quæ est Ecclesia, aut palmites veræ vitis, quæ est Christus, folijs abundant, hoc est exteriori cultu, ac similitudine virtutis se se vestiunt, intus autem omni fructu vacui sunt. Vnus, aut alter iustus, qui ob eius humilitatem, aut paupertatem ab hominibus non cõspicitur, derelinquitur solus: vel quia inutilis reputatur apud mundanos, quia non eorum sequitur viam, nec eis in suis vanis prætensionibus fauet: aut quia acerbus eis videtur, eò quòd eorum carpit vitia, tanquam acerba immatura despicitur: quia mittit eis acrestam in oculo, vt dicitur, veritatem eis ob oculos ponens: quæ tamen quia eorum prauæ voluntati contraria est, amarè sapit illis. Quarè postquàm alieni, mundus scilicet, ac diabolus, vineam eis vindemiauerunt, ac vastauerunt, hos paucos, ac dispersos racemos Dominus colligit, quos in torculari

suo

fuit ¹ craticulis premens, in cellam vinariam pollea secum colligit. Sexcenta millia virorum arma capientium egressi sunt, ex Exod. 12. Ægypto, duo autem soli ex eis terram promissionis intrauerunt. Ex tot milliaribus hominum, quos Dominus ad suam Ecclesiam ex Ægypto, hoc est, ex tenebris peccatorum vocat, aut ad Religionem inuitat, paucissimi sunt qui saluentur, quod maximè dolendum est. Magnum quippe negotium, ac difficillimum est, homines in vitam æternam intrare propter quod magno atque assiduo auxilio Dei indigemus, vt id peragamus. Quod tamen nos tanquam rem minimæ æstimationis tractamus. Petrus autem, Ioannes, & Iacobus, ad hoc mysterium soli vocati sunt. Petrus autem significat fidem, quam ipse præceteris maximè confessus est. Ioannes charitatem refert, quia præceteris magis dilectus, quam & in suis scriptis maximè commendatam reliquit. Iacobus autem luctator dicitur, vt intelligamus, quòd hæc tria necessaria sunt, ad hoc, quòd Dominum in sua gloria videamus, nempè sanam fidem habere secundùm illud Pauli, Ad Tit. 1. Increpa eos durè, vt sani sint in fide: simul & charitatem Dei, & proximi. Hæc enim est fides iustificans, nimirùm ea quæ per dilectionem operatur. Oportet autem luctam inire cum mundo, & diabolo, & carne sua. Et qui hæc tria non habuerit, non videbit Regem in decore suo: & ideò pauci sunt qui illum transfiguratum videant. Nam loco fidei quam debetis Deo, vobiscum, & cum pecunia vestra fidem solùm habetis, de ea quæ ad Deum pertinet, penitus nihil curantes. Loco Dei, & proximi charitatis, proprio ardetis amore. Vnde Dominus ait. Tota die expandi manus Esai. 41. meas ad populum non credentem, sed contradicentem mihi. Loco pugnæ quam cum prædictis hostibus deberetis habere, vobiscum, & cum proximis vestris belligeratis, vnde omnia cædibus ac homicidijs plena sunt. Et transfiguratus est ante eos. Voluit vt gloria animæ suæ miraculosè redundaret in corpus, ipsumque gloriosum redderet. Nam, vt suprà diximus, miraculosa fuit hæc claritas, quoniam non erat connaturalis corpori passibili, quod tunc Christus gerebat. Et resplenduit facies eius, vt sol. Multò splendidior apparuit facies eius quam Sol, sed quia nullum lumen aliud excellentius quàm Solis nouimus: ideò Soli comparauit illud, quo Christi facies splenduit. Vestimenta autem eius facta sunt alba, sicut nix. Imò plus quàm nix: sed quia nulla alia res candidior nix nobis nota est: ideò rei magis notæ nobis, illum candorem comparauit, nam & Marcus dicit, sic candidas apparuisse vestes eius, quales fullo non posset facere, etiam si multa cura vellet lauare vestes. Hoc est dicere, sic candidæ erant, vt nulla arte humana, ac naturali tam candidæ fieri valerent. Quare supernaturalis candor erat ille. Et apparuerunt Moyses, & Helias loquentes cum Iesu. Moyses legislator, Helias zelator legis: Moyses, vt esset testis, Christum Dominum obseruasse Legem eius, secundùm quòd scripta erat, & quòd esset verum quòd ipsemet Christus protulit: Non veni soluere Legem, sed adimplere. Helias etiam, vt testimonium faceret, non solùm quòd obseruasset legem, sed quòd summo zelo eam studuerit obseruandam. Et loquebantur, ait Lucas, de excessu, quem completurus erat in Hierusalem. Excessum Luc. 9. vocat mortem, ac passionem suam, in qua amor excessit omnem metam, & passio omnem dolorem superauit. Quis enim maior amoris excessus excogitari potest, quàm animam suam pro inimicis suis daret? Propter nimiam charitatem suam, ait Paulus, Ephes. 2. qua dilexit nos, cùm essemus mortui peccatis, conuiuificauit nos in Christo. Et Ioan. 3. Ioan. 3. ait. Sic Deus dilexit mundum, vt filium suum vnigenitum daret. De excessu etiam dolorum ait apud Hieremias. O vos omnes qui transitis per viam, attendite, & videte, si est dolor similis sicut dolor meus, Thren. 1. sed sicut musica in luctu, ita luctus in muliere importuna videtur narratio. Ad quid enim in die gloriæ ac maiestatis suæ de morte eius sermonem interserit Dominus? Præcipuè cùm tam ignominiosa fuerit. Voluit Dominus clarè ostendere, illam debere esse viam qua ad gloriam transfigurationis peruenire deberet, & ipse, & nos, nempe crucem ac mortem eius, & vt nos compateremur illi, si conglorificari volumus cum illo: deinde, vt quantumuis nobis prospere arrideat mundus, ne obliuiscamur mortis, ac laboris; quoniam nullus firmus status præsens est, quin contrarijs euentibus pateat. Vnde & Sapiens nos Eccles. 11. admonet dicens. In die bonorum, ne immemor sis malorum. Ac si diceret. In die felicitatis infirmitatis recogita: In die lætitiæ, ne obliuiscaris tristitiæ, quoniam omnium rerum vicissitudo est, nec res mutabiles, quales sunt præsentes, tanquam fixas, ac stabiles sumas. Illi vero dormiebant. Ait Lucas. Mirатем est, quæ maximè humanam indicat fragilitatem ac miseriam. In tanta gloria, quando præcipuè vigilare deberet, vt eam apertis oculis specularetur, dormitat, & oculos claudit. In luctu quando Dñs pro illis vigilabat, orabat, agonizabat, atq; sanguineum sudorem fundebat, tunc etiā dormiebat. Quid hoc attestatur, fratres mei? Quod nec ad prospera, nec aduersa vires habet natura nrā. In horto pre nimia tristicia dormierūt, hic etiā pre nimia letitia dormiūt, quoniā ad vtrūq; imbecilles sumus, nec in prosperis, nec in aduersis stamus. Nam nec gloria, quā præsentem habet nostram excitat naturā, nec timor mortis eam sic terret, quin in vtroque dormiat, deficiat, imbecillitatēq; suā ostendat. Petrus tanto gaudio affectus fuit, cū se corā tanta cerneret maiestate, vt quasi extrase raptus, nec sciens, nec intelligēs quid dixerit, sic effatus fuerit. *Dñe bonum est nos hic esse, si vis faciamus tria tabernacula. Tibi vnū, Moysi, vnū & Heliæ vnū.* Hoc (referēte Luca) tunc dixit Petrus, quādo vidit magnos illos viros Moysen, & Heliam discedere à Christo. *Hoc autem dixit, nesciens quid diceret*, & ita in rei veritate fuit. Primò quoniam petebat quod bonum est duntaxat; cùm tamen Dominus ad id quod optimum est nos creauerit, nēpe ad seipsum, qui summum bonū est. Parū à Dño postulas, Petre, nō solum bona, sed optima etiā ab eo absq; hæsitatione posce: quoniam ad optima bona creauit te. Et cuius erūt optima queq; Dei, nisi iustorū. Cur hæc minima bona petis. Cū non sint nisi guttulæ quædā illius abyssi bonorū, quā nobis præparatum est ab origine mundi. Secūdò, nesciebat quid diceret; quoniā in hac vita quærebat ædificare, quæ

Hebr. 13.

tm transitus solū est ad aliā. Nescis ô Petre, quòd nō habemus hic manentē ciuitatē, sed futurā inquirimus, vbi quiescem⁹, & in æternum manebimus? Ex hoc disces, quā alienæ sint cogitationes hominū à cogitationibus Dei. Nam homo ea quæ sunt carnis cogitat, Deus autē ea quæ ad spiritū attinēt animo

Esai. 55.

versat. Ideò per Esai. dixit. Sicut exaltātur cœli à terra, ita exaltatæ sunt cogitationes meæ à cogitationibus vestris. Tractabat Dñs cū Helia, & Moyse de morte sua, quā passurus erat in Hierusalem; Petrus autē de ædificādis hic domibus sollicitus est. Extra chorum saltas, ô homo. Et altera vice loquutus est ad discipulos suos de passione, ac morte sua, ipsi autem tunc petierunt ab eo sedes ad dexteram, & ad sinistrā in regno suo. Non id cogitabat tunc Dñs certè. *Dñe, si vis.* Cautè, ac animaduertenter loquitur modò Petrus, diuinæ submittens voluntati quod ipse volebat, timens ne iterum corripe-

Matth. 16.

retur à Domino, sicut paulò ante correxerat illū, qui Christo dicēti se passurū in Hierusalē, dixerat. Absit à te, Domine, nō erit tibi hoc. Et quia hoc ex affectu carnali ad Christū dixerat, durum accepit ab eo responsum. Nam dixit ei, Vade post me Satana, scandalum es mihi: quia non sapis ea quę Dei sunt, sed quæ hominum. Ideò quasi periculum passus, cautius, & humilius loquitur dicens. *Domine, si vis, &c.* Non tibi aduersus esse volo, sed tuæ id relinquo voluntati. Solet enim peccator cautior ex casu resurgere, ac humilior. Non recordamini quod Petro contigit, in vltima cœna? Quàm constanter, & confidenter dixerit, se nō solum non negaturum Christum, verùm & libentissimè pro eo mortem obiturum? Et tamen postea ter lapsus est negādo, & cum iuramento pernegādo Magistrum suū. Et ideò post

Ioan. 21.

resurrectionē, quasi qui ex lapsu moderatior ac cautior surrexisset, cùm coram alijs interrogasset eum Dñs, dicens: Simon Ioannis diligis me plus his? quasi metuens ac cauens sibi ipsi, non ausus est confidenter affirmare, sed dixit: Dñe, tu scis quia amo te; secūdo interrogatus idem respondit. Et ad tertiam interrogationem contristatus respōdit. Domine tu omnia nosti, tu scis quia amo te. Nec ausus est dicere, quòd plus alijs Christum Dominū diligeret. Ecce quomodò cautos reddat lapsus ipse peccatores. Quare cùm surgis à peccato, caue, ne iterū corruas, sed optimè vide, quibus causis & occasionibus inductus es ad peccandum, & eas fuge, atq; declinasi in tali cōditiū, ac familiaritate, aut consortio offendiculum tibi perspicis fuisse ad peccādum, ab ea totis viribus cauere ac fugere debes, nā vt ait Hie-

Hieronym.

ronymus, nemo iuxta serpentes securus capit somnum, nec experiri debes vires tuas, putans te in periculo positū posse euadere, nam vt ipse Hieronymus ait, satius est non

Idem.

posse perire, quàm iuxta periculū non periisse. Sicut meliùs sibi consuluit, qui per

Simile.

pontem flumen transiuit securus, quàm ille qui per ipsum flumen transiens vix euasit. Vterq; trāsiuit fluuiū, sed ille prior meliꝰ, & securius, iste alius magno cū discrimine vitæ. Sic qui occasiones cauet, securiꝰ euitat pericula, quā qui in illis positus magno cùm periculo, vix euadit. Vnde virtutis actus eō

con

cōsistit in experiendo quale sit periculum, sed in cauendo, & in fugiendo illud. Nec enim debes feram in caueam expectare, sed ab ea longius abire. Alias iuxta illud Sapientis dicet. *Eccles. 3.* Qui amat periculum, peribit in illo. Sic ergo Petrus suū periculum iā expertus, cautius hic loquitur dicens. *Si vis faciamus hic tria tabernacula. Tibi vnum, Moysi vnū, & Heliæ vnum.* Et tu Petre, & alij cōdiscipuli quid debetis facere? Cur vobis etiā nō facietis tabernacula? Cur tui & tuorū curā nō habes? Nō curat. Quia ille qui semel Dei amore imbutus est, sui obliuiscitur, vt aliorū curā gerat. Scit enim quòd si ipse de iis quę ad Deū pertinet, curā habuerit, ipse Deus sui vicissim curā habebit. *1. Pet. 5.* Scriptū quippe est ab ipso Petro, quòd omnem solicitudinem nostram proijciamus in Deum: quoniā ipsi cura est de nobis. Vt & *Psalm. 54* Psalmista dicit. Iacta super Dñm curā tuā, & ipse te enutriet. Ac si diceret. Si tui oblitus de Deo, & proximo cogitaueris, Deus recordabitur tui, & te nutriet ac liberabit. Deus enim tibi pauperū curā cōmisit, quare importunè nimis, ac crudeliter facis, cum pauperi in Dei nomine à te poscēti eleemosynā, Deus, respondes, te adiuuet. *Simile.* Remittis enim illū Deo, qui illū tibi iam cōmiserat: Idē quippe est, ac si amico tuo per seruū suū aliquid postulāti, respōderis. Det tibi herus tuus, quod me posceris dare; ego enim nolo dare. Vide quā insipida, ac procax responsio hæc ad Dñm Deū tuum sit. *Bonū est nos hic esse.* Tā citò Petre, vis beatitudinis bonū quod maximū est? & multa pro tāto bono prius cōmerēda sunt. Expecta parū, vt prius crucē affixus illud merearis. Prius cathenis duabus vinctus, quatuor quaternionibus militū tradendus custodiēdus, prius iniurias, cōtumelias pro Chri nomine à tribunalibus portes. Postmodū beatus vis esse? nō ita cōuenit. Tā quippe præmiū oportet, vt pro magnis operibus recipere merearis. *Et ecce nubes lucida obūbrauit eos.* Quia lex noua lucida est, secundum illud *Psalm. 18* Psal. Preceptū Dñi lucidū illuminās corda. Lex aūt vetus in nube caliginosa data est, quæ vmbratica erat, secundū illud Pauli, *Hebræ. 10* Vmbrā habēs lex futurorū bonorū, nō ipsā imaginē rerū. Nā lex noua ipsam veritatē habet, quā lex vetus adūbrabat. *Et ecce vox de nube dicens. Hic est filius meus dilectus, in quo mihi bene cōplacui, ipsum audite.* Eadē vox & in Baptismo intonuit. Sed tūc regenerati sumus per Christum in filios Dei, nunc aūt ostēditur nobis hæreditas, ad quā per hāc filiationē asciti sumus, secundū illud: Si filii, & hæredes. *Roman. 8.* Vtrunque aūt per Christum habemus,

& filiationē, & hæreditatē, & gratiā, & gloriā, meritū, & præmiū. Secundū illud Petri. *Regenerauit nos in spem viuā, per resurrectionē Iesu Chri ex mortuis, in hæreditatē incorruptibilē, incontaminatā, & immarcessibilē, & cōseruatā in cœlis.* *1. Petr. 1.* Et ad Hebræos ait Paul. *Hebræ. 2.* Per quē multos filios ad gloriā adduxeret. Sed quia nūc nobis Christum, vt Doctorē proponit, ideò dicit. *Ipsum audite.* Et hoc Patris verbo colligit, quod Christus sit verus Deus quando dicit. *In quo mihi bene cōplacui*, nā Deus in nullo sibi cōplacuit, nisi in seipso. Si ergo in filio suo gaudet, & cōplacet, ergo filius ipse verus Deus est, qui Pater, licet nō eadē persona, ergo Christus est iste filius Dei.

Assumpsit Iesus Petrū, & Iacobū, & Ioannem, & duxit illos in montem excelsum seorsum & transfiguratus est ante eos. *Alia Moralitas seu concio.* Festū huius mysterij, & Chri Dñi & nostrum est. Quia festum capitis, oportet vt sit etiā mēbrorum. Nā in ipso capite manifestata est gloria corporis eius, quā fortiturus erat propter meritū passionis suæ. *1. Cor. 15.* Et quia gloria Christi est causa nostræ resurrectionis, secūdū illud Pauli. Si Christus resurrexit, & nos resurgemus; hinc fit, vt sit etiā hæc festiuitas nostra. Nam & nos in similitudinem eius resurgemus. Vbi & altera causa lętitiæ adest. Quoniam hæc festiuitas nō solum est animarum, quarum gloria in corpus debet redundare; verùm etiam & corporum, & carnis nostræ, quā nos tanto amore prosequimur. Quoniam illa tunc sana, integra, immortalis, impassibilis, incorruptibilis, atq; pulcherrima perstabit. Ideò quippe Matt. & Lucas dicūt, quòd post dies octo *Matt. & Luc. 9.* hoc mysteriū factū est: quia octaua dies Resurrectionem significat, quæ post sex dies laboris quibus viuimus, & post septimum diem, quo morimur, in octauo die subsequēda est. Vnde titulus Psalmi. 8. est, Psalmus *Psalm. 8.* pro octaua, id est, pro Resurrectione. vt D. Gregor. ibidē explicat. *Gregorius.* Voluit Dñs aliquā nobis manifestationē futurorum præmiorum facere; vt sic animos caperemus ad illa prosequenda, tanti præmij cupiditate allecti. *Numer. 13.* Quemadmodum cū misit Moyses exploratores, qui aliquot fructus ex terra promissionis afferrent, quibus auidiores redderet Iudæos ad expugnādū illā. Vnde vuam, ficus, & malogranata adduxerūt. Hi enim fructus dulces sunt, & suauitatē cœlestē significant, præterquam quòd malum granatū coronā habet, quod significat præmium. Vt sic & nos bonorum cœlestium dulcedine afficeremur, & ad hostes debellādos animosiores redderemur, nec vllū nobis obstacu-

lium paterentur. qui in illud fortiter respexit, ad tantũ bonum acquirendũ properaretur.
Vnde Petrus, qui vnus ex exploratoribus
2. Petr. 1. huius gloriæ fuit hodie, hoc testimoniũ in 2.
Epistola. c. 1. Reddit dicẽs. Nõ enim indoctas fabulas sequuti, (hoc est illas quæ Metamorphosin apud Poetas dicũtur, in quibus fabulosæ transfigurationes referũtur vt patet
Ouidius. apud Ouidiũ in suo Metamorphoseon) notã fecimus vobis Dñi nostri Iesu Christi virtutẽ, ac præscientiã: sed speculatores facti illius Maiestatis, cũ essemus cũ illo in mõte, hoc est, nos speculatores facti illius Maiestatis, & gloriæ Christi, ibi oculis proprijs perspeximus. Voluit Deus vt mihi videtur, faciẽ pãni, ex quo immortalitate induẽdi sumus, ostẽdere, vt nõ pigritemur emere illũ, & omnia quæ habemus pro illo cõmutare. Nã si illo induti fuerimus, nec calor, nec frigus nocebũt nobis. Sũt enim hęc vestimẽta alba sicut nix, hoc est, nulla res quę oculis nostris obiecta est, cãdidior illis esse potest: si ergò hæc facies prima huius pãni est, quid erit interius effectus, quando corpus & anima Dei gloria repleta erũt? Hos aũt discipulos testes oculares huius tanti mysterij voluit esse, vt pote quibus arcana sua confidere solebat. Et quia Petro claues iã Regni cœlorũ promiserat, nõ nullam haberet notitiã illius Regni, cuius ianitor erat futurus. Ioãnes autem dilectus eius erat, quare ei arcanum hoc celandum non erat. Et Iacobus primus martyr ex Apostolis futurus erat; oportebat habere clariorẽ notitiã boni illius, pro quo pati debebat, vt sic fixior in eius confessione persisteret, & vt Hispania nostra haberet vnde gloriaretur, scilicet hoc quòd nõ leuiter credidimus, sed oculari testi præbuerimus fidẽ. Secũdò, vt nos doceret, ne credamus negotia nostra maiora quibuscũq; amicis, sed paucis, & his sele-
Eccles. 6. ctis, secundũ illud Sapiẽtis. Multi pacifici sint tibi, consiliarius autẽ, hoc est, ille cui se-
Prouer. 25 creta tua credas, vnus de mille. Et alibi, Negotiũ tuũ cũ amico tracta. Sũt enim quidã
Plinius. similes Lacui Alphaltide, de quo Plinius. &
Iosephus. Iosephus narrant, quòd omnia grauioca &
Simile. ponderosa, qualia sunt plumbũ, & ferrum, super vndas fert, nec ea submergit, verũ leuia; qualia sunt ligna aut plumę protinus in eo submergũtur. Sic sunt quidam homines adeò fatui, vt ea quæ nullius momenti, aut ponderis sunt, in secreto pectoris submergũt, vt nõ pareãt: ea autẽ res quę sunt alicuius ponderis, quæ multo secretum posce bant, ea in propatulo ferunt, in lingua, & in ore, vt omnibus manifesta sint. Salsũ a grã-

dis est hæc professiõ. Vnde Sapiens Eccle-
Eccles. 20. siæ. Fatuo nõ erit amicus in perpetuũ. Alij verò sunt, qui etsi lingua secreta nõ prodũt, tñ signis, ac nutibus ea proferunt; ita vt omnes ea intelligãt. Simile. Arcæ vitreę, quam etsi
Simile. pluribus clauseris seris, nõ poteris occultare quæ intus habet: quoniã vitrũ transparens est. Sic isti vitrei videntur esse: omnia enim quæ celare deberẽt, & ipso solo aspectu manifestãt. Cõtra quos Eccles. 27. dicit.
Eccles. 27 Qui denudat arcana amici, fidem perdit; id est, perdit el credito, & nõ inueniet amicũ ad animũ suum. Christus igitur negotia sua quæ omnia grauissima erãt, his tribus fidelissimis amicis fidebat. Et duxit illos in montem excelsum. &c. Quoniã iustorũ vita ascensui cõparatur: semper enim ascendũt, & vadũt de virtute in virtutem, & ascensiones
Psal 83. in corde suo faciunt. Ad hũc montẽ nos in-
Esai. 2. uitabat Esai. dicens. Venite ascendamus in mõtem Dñi, & ad domũ Dei Iacob. Et transfiguratus est ante eos. Iã suprà explicatum est quomodò facta fuerit hæc transfiguratio. Et resplenduit facies eius sicut sol, vestimenta autem eius facta sunt alba sicut nix. Imò multò plus. Per vestimẽta iusti intelligũtur, se-
Esai. 49. cundùm illud Esai. Viuit Dñs quia his omnibus, sicut ornamento vestieris. Vide autẽ quanto excessu se efferat lumẽ Solis super cãdorem niuis: quoniã eo, & multo maiori humanitatis Christi splendor superat aliorũ corporum beatorũ claritatem. Iusti quidẽ, ait Dñs, fulgebũt sicut Sol in Regno Patris eorum. Christus aũt super omnem Solem. Vnde Ioan. in Apocalypsi, ait. Ciuitas illa,
Apoc. 21. non eget Sole, nec Luna: quia lucerna eius est Agnus. Qui in modũ lucernæ simul ter, absq; vlla oculorum læsione ciuitatem illã illuminat. Ex quo colligere poteris, quanta luce ciuitas illa abundet. Si enim quodlibet corpus gloriosum, sicut Sol lucebit, vide quid tot Soles facient. Et si super hæc corporis Christi claritatem addideris, qui in immensum aliorũ splendorẽ excedit: nulla poterit fieri cõparatio ad illius supernæ ciuitatis splendorẽ. Hæc aũt claritas, ac splen-
[illegible] dor corporum, ex anima redũdabit ad illa.
Simile. Nã sicut lucerna limpida in vitrea capsula inclusa, foras mittit suæ claritatis radios; sic animæ claritas, quæ tanquã lucerna limpidissima lucerna, sub vitrea corporis carne cõtinebitur, ex se mittet tot radios ad corpus, vt tanquã Sol splendescere videatur. Et apparuerunt Moyses, & Helias loquentes cũ Iesu. Helias viuus erat, Moyses mortuus fuit: vt intelligamus, quòd viuorum, & mortuorum Deus est.

est. Moyses legislator, Helias Propheta, vt sciamus quòd seruare legem, & credere Prophetis debemus, si ad illum statum ascendere cupimus. Patris vox audita est, & nubes lucida obumbrauit eos. Quæ nubes erat Spūs sancti⁹. *Simile.* Videtur mihi fratres mei, hoc factū simile esse, sicuti quando rex ad comitia cōuocat magnates regni, ac procuratores ciuitatū, vt filiū suū vnigenitū regni sui successorem iuret. Sic hodie Rex regū, Deus Pater, ad comitia cogit magnates, ac procuratores vniuersi, vt filium suū vnigenitum, per quē fecit sęcula, hęredē vniuersorū iuret. Auditur Patris vox dicētis, Hic est Filius meus dilectus, quasi hoc esset, pponere, quid in illa congregatione iurandum esset. *Psalm. 2.* Quod autem Dauid proposuerat dicēs. Ego autem cōstitutus sum Rex ab eo. Magnates sunt Helias, & Moyses, alter loco omnium viuorū, alter loco omnium mortuorum. Iurant illum quem Deus constituit iudicem viuorum, & mortuorum. Petrus loco totius vniuersalis Ecclesiæ, cuius erat caput, id ipsum iurat, quod & anteà publicè confessus fuerat dicens: Tu es Christus, id est, Rex, Messias, Filius Dei viui. Iacobus tanquā procurator totius Hispaniæ, cui primus Euāgelium prædicauit. Ioānes tanquā totius Asiæ procurator, cui tanquam Episcopus præfuit, denique viui, ac mortui vniuersalis, ac particularis Ecclesiæ omnes illum tā quam vniuersorum Regē iurant, summūque Pōtificē esse secundùm ordinem Melchisedech, coram tota Trinitate fatentur. Pater hoc suo ore confirmat dicens, Hic est filius meus dilectus: & Spiritus sanctus ibi assistit in nube, quasi obūbrans eos: vt ostenderet talē cōfessionē, sine suo lumine nō posse ab hominibus fieri. Et loquebātur Moyses, & Helias de excessu passionis Chri. Fuit enim excessus amoris, quia nō solū pro amicis, verum pro inimicis animā suā posuit. Vel de excessu, quia amor, vt ait Dionysius, facit extasim, hoc est, animā extra se rapit, vt sui oblita de amico curā gerat. Quare corp⁹ amantis debile, ac languidū solet esse. Qm̄ anima amico intēta, illud quasi deserere solet. Hinc vox illa Spōsæ. Nunciate ei, quia amore langueo. Et quoniā in Christo hunc excessum, ac extasim amor debebat facere, cùm animā propter nos à corpore separauit, ita quòd ex infirmitate, ac debilitate carnis mortuus est, vt Paul. ait, ideò de illo *2. Cor. 13.* loquebātur excessu. Sed cur hunc in medio gloriæ suæ sermonē interserit. Nimirum ait *Chrys.* Chrysostom. vt doceat, nos priùs nos oportere cōmori Christo, quā cōglorificari cum Christo. Verū iterū rogo. Bone Deus, si hominem ad tantā gloriā destinasti, cur prius pateris, vt moriatur, corrumpatur, defunctus esse, & amarissimū mortis calicem bibat? Si caro eius immortalitate, ac splēdore, & pulchritudine tāta induēda erat, cur prius patěris illā foetore, ac vermibus contabescere? Certè vt nostram ignorantiā instrueret, docens nos illā esse viā, qua ad tm̄ bonū peruenire deberemus. Sicut enim faber ærarius cū æreā *Simile.* imaginē fundere nititur; prius metalla ipsa liquefieri finit, ex quib⁹ imago fusilis fabricat, ita quod metalla ipsa liquefacta, & penitus ab igne assumpta, ipsam imaginē fortē ac solidā faciunt, qđ qui ignoraret, existimaret illa metalla omnino perdere velle artificē: sic supernus ille immortalium rerū artifex facit: Vt corpus hoc mortale, passibile, graue, ac debile, fiat solidū, & immortale, impassibile, ac sanū; oportet quòd prius corrūpatur, debilitetur, sub terra conditū putrescat, ac fundatur: vt in die Resurrectionis, omnis mali, ac doloris expers illud reassumat, secundū illā Pauli sententiā. Seminat *1. Cor. 15.* corpus animale, surget corpus spūale: Seminatur in corruptione, surget in gloria. De his ergo loquebātur Helias, & Moyses cum Christo. Et illū in medio habebāt, atq; in illū oculorū aciē figebāt, quia lex, & Prophetę Christū Dñm aspiciebant, qm̄ ad illum omnia tendebāt. Scrutamini Scripturas, *Ioann. 5.* ait Dñs, qm̄ ipsę testimoniū perhibēt de me. *Ibidem.* Et si credidissetis Moysi, crederetis forsitā & mihi, de me enī ille scripsit. Et alibi, Ne- *Luc. 24.* cesse est adhuc impleri oia quę scripta sunt in Lege, & Psal. de me. Et Psal. In capite libri scriptū est de me. Qm̄ ipse erat velut sū- *Psal. 39.* ma toti⁹ Legis, ac Scripturæ: sicut enī in capite libri, vel capituli veluti in sūma scribitur *Simile.* quidquid in illo cōtinet, sic Chrus erat summa omniū quæ in Scriptura cōtinebātur. Finis enī legis Chrus, ait Paul. id est, scop⁹ erat in *Rom. 10.* quē attēdebat lex. Petrus tali gaudio veluti extra se factus, dixit ad Christū. *Dñe, bonum est nos hic esse. Si vis faciamus hic tria tabernacula, &c.* Cogitabat quippe forsitā ipse, quòd Iacob⁹ deberet esse in vno tabernaculo cū Moyse, Ioānes in alio cū alio, ipse autē ad pedes Christi volebat remanere, hoc sibi pro summo gaudio, & honore existimans esse. Dicebat autē hoc nesciēs quid diceret, qm̄ volebat victoriā sine bello, gloriam absque poena, & vitā sine morte, atque impedire nitebatur Christi Dñi passionem: & ideò *Simile.* nesciebat quid diceret. Magna sunt sacræ

tate assimilatur. Et quoniam via quæ ad montem ascendimus, arcta, angusta, ac ardua est, vt quocunque declines, siue ad dexteram, siue ad sinistram, in præcipitium feraris; sic mediũ debes tenere in vita Christiana, ne si in aliquod extremum declinaueris, præceps in peccatorum labaris. Et transfiguratus est ante eos. Dupliciter hoc intelligi potest. Ante eos, id est coram eis, vel ante eos, hoc est prius quàm ipsi. Sic enim intelligitur illud, Qui post me venit, ante me factus est, id est prior, & anterior me. Quare in hoc sensu accipere possumus hæc verba, sicut & Beatus Augustinus accepit in libris de doctrina Christiana, vt dicamus. Sic oportuit, vt se Deus prius transfiguraret, quàm homo, antequam homo posset transfiguraret. Nam si Deus id prius non fecisset, non poterat id homo facere. Volo dicere, vt homo factus ad imaginem Dei, quam posteà per peccatum maculauerat atque deformauerat: oportebat ergo, vt imago hæc in homine reformaretur, & ad primam transformaretur figuram, quod minimè fieri poterat, nisi exemplar esset præsens. Nam cùm imago deformata, non potest ad priorem redire figuram, nisi præsens sit primum exemplar, ad quod reducenda est. Ergo oportebat, vt Deus esset præsens, ipse enim exemplar fuit, ad cuius similitudinem homo conditus est. Deum autem nemo vidit vnquam, est enim oculis nostris inuisibilis. Oportuit igitur, vt Deus in forma visibili transfiguraretur, quatenus præsente primo exemplari, ac sub oculos posito, imago hominis ad eius similitudinem reformaretur. Et hæc fuit natura humana, in qua diuina natura velut transfigurata apparuit, vt & Prophetã verè possimus dicere. Post hæc in terris visus est, & cum hominibus conuersatus est. Et alibi. Videbit omnis caro pariter salutare Dei nostri. Et ipse Domin⁹ ad Philippum diceret, Philippe qui videt me, videt & Patrẽ meũ. Igitur ideo transfiguratus est, vt nos per illum transfiguraremur. Id autem quomodò factũ sit, audi. Paulus dicit de Christo. Qui cùm sit splendor Gloriæ, & figura substantię eius. Non dicit illum figuram Dei, sed figuram substantiæ Dei, nam aliæ imagines non sunt figuræ substantiæ, sed accidentiũ; similantur quippè imago picta coloribus imaginis viuæ, & figuris; tamen nares illæ non odorantur, nec aures illę audiunt, nec oculi vident, nec corpus illud pictum viuit. Christus autem est figura substantiæ Dei, cui in eadem numero substantia assimilatur. Est enim eiusdem diuinæ essentiæ cum Patre: nam vt idem Paulus ait, est imago Dei inuisibilis. Hoc est, refert Deum in eo quod habet inuisibile, & inaccessibile, quod est eius substantia & esse; in hac ipse inuisibilitate assimilatur Deo: quia eandem inuisibilem substantiam gerit. Ab hac ergo figura transfiguratus est, non eam dimittens, sed aliam in extremitate induens, nempe figuram humanam, in qua visibilis apparuit, vt per illũ & nos à culpa in pristinam gratiam transfiguraremur. Et videre quantum ab exemplari nostro desciuerimus, quod ipsemet imaginis pictor eam non agnoscit, sic quòd fatuis virginibus dixit: Amen dico vobis, nescio vos. Et nonnullis dicẽtibus, Nõ ne in nomine tuo prophetauim⁹ & dæmonia eiecim⁹ & virtutes multas fecim⁹, respõdit illis, Nescio vos. Quid hoc miraculi est, quòd imaginẽ suã ipse artifex non agnoscat. Non ne manũ tuã in illa agnoscis sigillum, ac stemmata tua? Minimè quidẽ: quia signũ meũ, quo ego illam sigillaui, fuit gratia, & charitas, at hæc non video. Nam argentarius in signo agnoscit opera sua, & ideò fur ne agnoscatur in argento quod furatur, signum delet. Sic diabol⁹ id ab animabus nostris abstulit per quòd poteramus agnosci, quòd essemus Dei. Quid ergò faciendũ? Exẽplar hoc, nẽpe Christũ, ob oculos ponamus, vt ad ipsius eius mores nostros, ac vitam componamus. Quemadmodũm cùm vas è conflatorio nõ exiuit ad libitũ artificis, illud frangẽs iterum in conflatorium mittit: sic debes corpus tuum frangere, & macerare, & in ignẽ mittere, quod tandem in morte tua faciendũ est. Nec hoc sufficiat, nisi etiam animã ab illicitis cõpescueris desiderijs, & in Christi amore renouaueris omnia. Eph. 4. Vt renouemini spiritu mentis tuæ, & sic similitudinẽ pristinã restituas tibi. Nã & artifex quędã vasa frangit, ac cõminuit ex ira, quia nõ secundum formã à se præparatã exierũt, sed alia ad prælũ refert, vt emendata in vsu ad quẽ ipsi volebat, vtilia sint. Sic Deus reprobos in suis peccatis permittit, electos aũt secundũ pristinã imaginẽ emendat, vt vsui Ecclesię suę sint. Nã quos præsciuit, & prędestinauit cõformes fieri imagini filij sui. Reprobos autem lege sua, quę est virga ferrea, comminuit, atque ad inferni parietes allidit in perpetuum. Sic enim legem suã vocat Psalmista cũ dicit. Reges eos in virga ferrea, & tanquam vas figuli confringes eos. Dicitur

Augusti. *Baruch. 3.* *Esaia. 40* *Ioan. 14.* *Coloss.* *Matth. 25* *Matth. 7.* *Simile.* *Simile.* *Roman. 8* *Psalm. 2.*

autem lex virga ferrea, quoniam semper integra manet, nec vllū cedit respectui, nec personā alicuius accipit. Pessimi aūt homines plūbeā illā vellēt facere, vt suæ cederet volūtati. Refert Arist. quòd in insula Lesbia

Arist. sunt lapides adeò duri, vt nullo instrumēto cedant, nec frangi possint, vt æquales regu-

simile. læ reddātur. Et ideò ibi vtuntur regulis plūbeis, vt quia lapis ad regulam nō se frangit, regula ad suam duritiem retorqueatur: sic praui homines facere volūt, nec enim ipsi, ad regulam diuinam se, aut mores suos cōponere volunt, & ideò nituntur, vt ipsa lex Dei ad suam voluntatem reflectatur, nec quiescunt donec inueniant aliquem, qui iustificet opera sua, ac si secundùm legē Dei essent facta. O intolerabile malum, quod velis legem Dei plumbeā facere, vt ad tuā retorqueatur volūtatem, cùm tamen virga ferrea sit, quæ ob nullam humanam rationē flecti potest. Nam lex Decalogi indispēsabilis est: leges humanæ multas patiuntur exceptiones, lex diuina nullam. Contingit

simile. his, sicut illis, qui ad palos ludunt: nam cùm globum versùs palos proijciunt, vt in illos ingrediens eos prosternat, si globus non recto itinere ad locū vbi pali sunt positi, pergit, ipsi cùm corpore faciunt quòd globus facere deberet, seipsos retorquentes in locū vbi vellent globum tornatilem pergere. Sic isti qui in operibus suis recto itinere non pergunt ad veritatem Euangelicam seruandam, signis ac nutibus insinuant se velle, vt quò ipsi vadunt lex diuina pergeret, milleque sophismata machinantur, vt confessores ad suam trahant opinionem, atque ad libitum eorum Euangelium interpretentur: quod detestandum quidem malum est. Au-

Iob. 31. di Iob inter Dei flagella sic dicentem. Si secutum est oculos meos cor meum. Hoc est, si fortè ideò hæc flagella mereor, quia ratio mea, quæ est oculus meus, secuta est desideria praua cordis mei, ea approbans, atque iustificans. Nunquam hoc feci, nec vir probus id facere debet, sed potiùs quod cor, vbi desideria generantur, & voluntas quæ dicitur cor, regulam rationis sequantur, & secundùm illas operentur: nō autem ordine præpostero ratio sequatur desideria iniusta cordis approbando ea, & iudicando, vt tanquam sibi conuenientia sint. Ideò ergo nos frāgere nititur Deus, vt conformes reddat imagini filij sui, qui est imago Dei inuisi-

Coloss. 1. bilis, per bona opera in hac vita: nā in alia in seipso nos transfigurabit, secundùm illud

1. Ioan. 3. Ioānis, Scimus enim quoniā cùm apparuerit, similes ei erimus. Aliud sensus est, quòd transfigurabit se coram discipulis suis, quod quomodò factum fuerit supra docuimus. *Et apparuerunt Moyses, & Helias loquentes cum eo.* Quoniā & lex vetus, & lex noua, per Christum interpretanda erat, secundùm spiritualem sensum, quem homines cortici literæ adhærentes ignorabant: nam litera, ait

2. Cori. 3. Paulus, occidit; spiritus autē viuificat. Qua-

Luc. vlti. re discipulis suis aperuit sensum, vt intelligerent Scripturas, eo modo quo intelligendæ erant. *Et vox patris audita est, Hic est filius meus dilectus in quo mihi benè complacui, ipsum audite.* Quoniam doctrina Christi multa cōtinet, supra mores hominū; oportuit vt voce Patris approbaretur, quatenus homines nō illam auderent impugnare. Tota enim doctrina Christi in his duobus pedibus ambulat, vt faciamꝰ bona, & patiamur mala propter Deum. Et licèt primum cuilibet bonū appareat, & nostræ naturæ conueniat, vt faciamus bona (quod testatur gaudium, quo perfundimur, postquā benè operati sumꝰ) secundum tamen valde difficile nobis apparet, quòd postquam hominibus bona opera præstiteris, mala si ipsi intulerint æquo animo ferre debeas. Sed Christus ipse, cui [illegible] secundùm præceptum Patris debemus, id

Ioan. 10. verbo, & exemplo docuit. Nam ipse multa mala patientissimè passus est ab hominibꝰ, cùm tamen multa bona opera à Patre suo, ostenderit illis. Quare postquam hæc verba protulit, discipulis suis manifestauit quòd ea passurus esset in Hierusalem, à Principibus, & à Gentibus, quæ tamen ipsi nō intelligebant, & absconditum erat verbum istud ab eis. Ita arduū sibi videbatur, quòd propter bona eis præstita, ita retribuerent ipsi mala Christo. Et cùm altera vice coram Petro hæc eadem dixisset, corripuit eum Petrus dicens. Absit à te Domine, nō erit tibi

Matth. 16. hoc. Sed responsum est illi à Domino. Vade post me Satana: quia non sapis ea quæ Dei sunt, sed quæ hominū. Hoc est, Nescis, quòd lex Dei iustissima habeat, sed ea quæ hominum corruptissimi mores ferant. Itaque, bonum pro bono referendum est, & similiter pro malo. Sic enim & Apostolus do-

1. Petr. 3. cet dicens. Nolite malum pro malo reddere, nec maledictum pro maledicto. Exem-

1. Petr. 2. plo Christi Domini, qui cum malediceretur non maledicebat, cum pateretur non comminabatur. Tradebat autem iudicanti se iniustè.

Alia moralitas. *Et assumpsit secum Petrum, & Iacobum, & Ioannem fratrem eius.* Petrus significat prælatos, Ioannes contemplatiuos, Iacobus actiuos: nam coram his tribus transfiguratur Christus. *Et duxit illos in montem.* Hic est mons Thabor, qui veniens lumen interpretatur, de quo in Psalm. 88. dicitur: Thabor, & Hermon in nomine tuo exultabunt. *Et transfiguratus est ante eos.* Græcè est, *metamorphosis*, quod significat, Transformatus est. Quid autem sit hæc transformatio, vel transfiguratio, per periphrasim explicat eam Lucas, dicens: Et factum est dum oraret, facta est species vultus eius altera. *Et resplenduit facies eius sicut Sol.* Est Scripturarum consuetudo, cùm quippiam voluerit quod supra naturam est extollere, vt cum illo faciat huius rei comparationem, quod secundùm naturam maximè tale inuenitur. Vt Psal. 118. In via testimoniorum tuorum delectatus sum, sicut in omnibus diuitijs. Et iterum: Quàm dulcia faucibus meis eloquia tua, super mel ori meo. Et Psal. 18. Iudicia Domini desiderabilia super aurum, & lapidem pretiosum multum, & dulciora super mel & fauum. Sic quia nil est in natura clarius Sole, aut candidius niue: ideò cum illis fit hæc comparatio, cùm tamen multò maior fuerit claritas Christi, quàm candor. Est enim speciosior Sole (hæc diuina sapientia, quæ est Christus) & super omnem dispositionem stellarum, luci comparata inuenitur prior. Tanta autem luce resplenduit Christi corpus, vt si nulla colligeretur, quantò maior est lumine [illegible] quæ capacitas subiecti est [illegible]. Quemadmodum in face maius lumen est, quàm in stupa: eò quod capacius subiectum luminis est fax, quàm stupa. *Et apparuerunt illis Moyses, & Helias.* Vnus mortuus, alter viuus, vt significarent Christi mortem, & resurrectionem, & vt nos simus viui Deo, mortui autem mundo, iuxta illud Paul. Col. 3. Mortui estis, sed vita vestra abscondita est cum Christo in Deo. *Respondens autem Petrus, dixit:* Impropriè hic capitur respondere. Non enim quasi interrogatus Petrus responsum reddidit. Sed respondere dicitur, quatenus ad id, vel ex eo, vel super eo, quod cernebat, verba faciebat, vt ad rem corà se exhibitam responsio fieri intelligatur, non ad illum interrogantem, cùm nemo illum interrogauerit. Quemadmodum, cùm cœpit grauiter quem videam coram me, facientem quod honestum non est; quod videns, dico illi: Non bonum est quod facis, quod admodo respondere dicor, licet nil ab illo interrogatus: quatenus super, vel ex eo quod video loquendi occasionem sumo. Et hic modus vsitatus est in Euangelijs. *Domine, bonum est nos hic esse. Si vis, faciamus hic tria tabernacula, &c.* Hoc autem (ait Lucas) dicebat nesciens quid diceret. Vide ignorantiam Petri. Christo volebat hic facere tabernaculum, aut casulam, quæ cœli capere non possunt. Moysi aliud, qui negauit se filium esse filiæ Pharaonis, & contempsit Regis palatium. Et Heliæ aliud, cuius dignus non erat mundus: & ideò à conspectu hominum ablatus est per aëra. Nesciebat ergo quid diceret: quia non habebat hic manentem ciuitatem. Sed Paulus sciens quid diceret, aiebat: Scimus quia si terrestris domus huius habitationis dissoluatur, quòd domum nó manu factam habemus in cœlis. Et quoniam præmio ipso ob oculos posito, potiùs mouemur; quàm solis promissionibus, vt cùm video aureum scutum, magis allicior ad opus, quàm cum soli promissioni credebam. Ideò modò præmium ante discipulorum oculos proponitur, vt illo viso, vehementiùs rapiamur ad illud. Nam (vt Solon ait) nulla Respublica contineri potest, sine præmio, aut pœna. Et etiam, viso isto thesauro, omnia pro illo alacri animo expendamus, ita vt dicere audacter possimus, quòd religiosus quidam dixisse fertur. Accusatus enim, ac grauiter à cognatis reprehensus, quòd castam ac asperrimam vitam ageret, Respondit: Talia audiui de vita æterna, quòd non curo quantum mihi constet, & quid pro ea expendam. *Hic est filius meus dilectus.* Ipse filius naturalis, nos adoptiui per gratiam. Ideò quippe iusti comparantur capillis Christi. Apocal. 1. Quoniã capilli nó sunt de capitis substantia, scilicet, ex carne, aut osse, sed de eius virtute. Sic sancti nó de substantia deitatis nati, aut geniti sunt, sicut filius Dei, sed de virtute substantiæ eius, videlicet gratia. Vnde non natura, sed gratia facti iusti filij Dei. Voluntariè enim genuit nos in ipso, ante mundi constitutionem. Comparantur autem capillis albis, tanquam lana: quoniam lana ex natura mutabilis est, iusti autem tanquam oues, ad dexteram erunt: dealbauerũt enim vestes suas in sanguine Agni. Et ideò per vestes Christi albas, quas hodie ostendit, intelliguntur iusti. Vnde Ioannes in Apoc. eos indutos vestibus albis vidit. Et D. Antonius vidit animam Pauli primi eremitæ, candidiorem niue cœlos penetrantem, vt refert

Psal. 88. *Psal. 118.* *Psalm. 18.* *Sapien. 7.* *Colossen. 3.* *simile.* *Luc. 9.* *Hebr. 11.* *Hebr. 13.* *2. Cor. 5.* *Solon.* *Apoc. 1.* *Iacob. 1.* *Apoc. 7.*

m 3

sert Hieronymus in eius vita. Quia non solùm in sanguine Christi, in Baptismo eas dealbauerat, verùm & lacrymis pœnitentiæ suas eas candidas fecerat. *In quo mihi benè complacui.* In secundo Adã filii placet Deus: quia in primo sibi displicuit, cùm dixit: Pœnitet me fecisse hominem. *Ipsum audite.* Consimile: [*Deut. 18.*] quod Moyses eis mandauerat, dicens: Prophetã suscitabit vobis Dominus de fratribus vestris, tanquam meipsum audietis. *Et audientes discipuli, ceciderũt in faciem suam.* Tum præ fulgoris magnitudine, tum præ voce: quia altitudo montis, solitudo, & silentium, & transfiguratio plena erant horrore. *Et audientes discipuli, ceciderunt in faciem suam.* Quia discipuli debent humiliari, intellectu, & affectu. [*Prouer. 2.*] Prouerb. 2. Inclina cor tuum ad cognoscendum prudentiam. Et [*Ezech. 2.*] Ezech. 2. Vidi, & cecidi in faciem meam. [*Gregor.*] Vbi Gregorius ait: In quantam miseriam cecidimus, qui ipsum bonum ferre non possumus, ad quod creati sumus. [*Dani. 10.*] Daniel. enim 10. etiam dicitur: Vidi visionem hanc grandem, & non remansit in me fortitudo. Vbi [*Hierony.*] Hieronymus: Quantò, quis (ait) ampliora quæsierit, tantò magis ad infirma collabitur, si ignorauerit mensuram suam. *Et accessit Iesus, & tetigit eos.* [*Dani. 10.*] Ita & Dani. 10. dicitur: Manus tetigit me, & erexit me super genua. [*Ezech. 2.*] Et Ezech. 2. Statuit me super pedes meos. Quarè accedere debemus ad illum, vt tangat nos, sicut fecit Iacob, accedens pro bene[*Genes. 27.*]dictione ad Isaac. Genes. 27. *Et dixit eis: Surgite, & nolite timere. Leuantes autem oculos suos, neminem viderunt, nisi solum Iesum.* Si enim Moyses, & Helias perstitissent cum Iesu, vox Patris videretur esse incerta, cui dedisset testimonium, an Moysi, an Heliæ, an Christo. Licèt allegoricè, id videatur significare, quòd ablata nube vident Iesum, & Moysen, & Heliam euanuisse: quia postquàm Legis, & Prophetarum vmbra discessit, quæ velamento suo, & Apostolos texerat, Christi veritatem vidimus. Nam Apostoli Iudæi fuerunt, & eis fuit reuelata Scriptura: vnde operuit eos vmbra Dei. Sed [*Luc. vlt.*] Lucæ vlt. aperuit eis sensum, quia notum lumen in Euangelio superius. Obserua, quòd in hac transfiguratione significatur transfiguratio corporis mystici, in quo facies sunt clerici, ac religiosi: quia sicut per faciem agnoscitur homo; [*Simile.*] sic per clericorum, ac religiosorum vitam deberet agnosci Christus. Et sicut in nulla parte corporis indecentior est macula, quàm in facie: sic clericis indecorum valde est quodcumq; peccatũ. Quarè Leuit. 21. arcebatur à sacerdotio, qui habuisset aliquã maculam: [*Leuit. 21.*] Qui habuerit maculam (ait Lex) non offeret panes Deo suo. Igitur hæc facies debet transfigurari in Solem: quoniam sunt lux mundi. Et sicut de Christo Summo Sacerdote legitur Apoc. 1. vbi dicitur: Facies eius, sicut Sol lucet in virtute sua (hoc est, in Meridie, quando plùs calet, & lucet,) sic ad eius similitudinẽ Ecclesiastici viri debẽt lucere, per scientiam diuinorum, & ardere per charitatis amorem. Si enim cor sic immutatur, etiam in exteriori conuersatione ac facie, hæc transfiguratio videbitur: nam Ecclesiastici. 13. habetur: [*Eccles. 13.*] Cor hominis immutat faciem illius, siue in bona, siue in mala. Et Prouer. 15. [*Prouer. 15.*] Cor gaudens exhilarat faciem. Per vestimenta autem intelliguntur laici, ac seculares. Sic enim habetur Esai. 49. [*Esai. 49.*] Viuo ego, dicit Dominus, quia omnibus his velut ornamẽto vestieris. Hæc autem vestimenta debent consistere in veritate fidei, & charitatis. Quarè quicumque se, vel alium separat à Deo, dilacerat vestem suam. Debent etiam hæ vestes se conformare Christo per imitationem, iuxta illud Pauli: [*Ephes. 5.*] Imitatores Dei estote, sicut filij charissimi. Vnde huic vesti sufficit, q̃ in se sit alba, & munda, licèt alijs non luceat: quod tamen non sufficit faciei, qui sunt clerici. Imò oportet vt alios illuminent, sicut Sol. Sed proh dolor, quomodò videmus adimpleri Esai. vaticiniũ 13. [*Esai. 13.*] dicentis: Obtenebratus est Sol in ortu suo. Nã quãdo Sol patitur eclypsim, omnia absq; colore apparent. Sic quãdo lux scientiæ, aut charitatis ardor, in viris Ecclesiasticis deest, praua omnia videntur, & absque virtutis colore. Alij verò sunt qui nec immutari, nec transfigurari possunt. Hi sunt qui in suis peccatis statum fecerunt, nec ab eis iam recedere volunt. De quibus Hierem. 13. [*Hierem. 13.*] dicitur: Nunquid potest Æthyops mutare pellem suam? Et Amos vlt. [*Amos vlt.*] Nunquid non vt filij Æthyopum estis vos? Obserua deinde ex Hugone, [*Hugo.*] quòd quidam se figurant, alij defigurant, alij transfigurant. Figurant se mulieres, quæ se fuco, aut alia quauis re pingunt. Quibus Esai. 57. [*Esai. 57.*] dicitur: Ornasti te Regio vnguento. Tales enim videntur doctrinæ Christi contradicere velle, qui supra cap. 5. dixit: Non potestis vnũ capillum album facere, nec nigrum. Nam ipsi nigredinem suam in albedinem commutant, aut contrà, quasi contradicentes Christo. Imò Deum, & naturam corrigere volunt,

qui

qui illas, vel pallidas, vel nigras fecerit. Et quasi vellent dicere, quòd indiget natura ipsa, sua correctione. Desigurant se hypocritæ, qui exterminant facies suas, vt appareant hominibus ieiunantes. Alij se in diuersas formas transfigurant, hi sunt adulatores, qui ad instar Chamaleontes se in formas diuitum transfigurant. Quarè sic transfigurari non est bonū, sed sicut Christus. Hoc autem per sex dies debet fieri, qui in typo operis sex dierum adumbrati sunt, & per sex personas, quæ huic mysterio interfuerunt. Prima die facta est lux, quæ designat cogitationem, vt homo cognoscat Deū, & seipsum, ne de illis dicatur illud Psalmi: Nescierunt, nec intellexerunt, in tenebris ambulant. Huic operationi adaptatur Simon Petrus, qui obediens, & agnoscens interpretatur. Secunda die factum est firmamentum, & diuisæ sunt aquæ ab aquis. Nam etsi à cogitatione sui incipiat vita beata, in præsenti tamen etiam oportet secundò, quòd homo separet cor suum à delicijs carnis: nam per firmamentum intelligitur cor, quod firmum debet esse, & stabile. Per aquas quæ sub firmamento sunt, delitiæ carnis: per eas quæ super firmamentum, spirituales delitiæ intelligendæ sunt. Cui operationi respondet Iacobus, qui interpretatur luctator: quoniam ad hoc faciendum maxima indigemus lucta. Tertia die protulit terra herbam virentem, & facientem fructum. Per hoc autem significatur recta cuiusque operatio, ad quā homo post cognitionem sui, & delectationum carnis refrenationem, se accingere debet. Huic respondet Ioānes, qui interpretatur gratia: nam sicut terra sine semine fructificare non potest; sic nec homo sine gratia opera meritoria exercere valet. Quarta die facta sunt luminaria, quæ præessent diei, ac nocti. Oportet enim vt post supradicta cor humanum illustretur sapientia, quæ est rerū diuinarum cognitio, quæ per Solem significatur; & scientia, quæ de humanis notitiam generat, quæ per lunam, & stellas significatur. Nam postquàm prædicta habuerit, his duob⁹ donis maximè ornatur. Vnde Esai. 28. *Esai. 28.*
dicitur: Quem docebit Dominus scientiam? Quem intelligere faciet auditum? Ablactatos à lacte, auulsos ab vberibus. Hoc est, eos qui à carnis voluptatibus se abstraxerunt. Huic *Eccle. 48.* respondet Helias, de quo Eccles. 48. dicitur: Surrexit Helias Propheta, quasi ignis (hoc dicit quantum ad cognitionem de diuinis, quæ inflammant, & illuminant, & rapit animum ad superiora.) & verbum ipsius, quasi facula ardebat. Quod dicit quantū ad scientiam de inferioribus. Quinta die fiunt pisces, & aues de aqua: quia habita cognitione prædicta, homo temporalia fastidiet, & desiderat æterna. Nam auis nunquàm descendit ad terram, nisi propter necessitatem. Cui operationi respōdit Moyses, qui fuit assumptus ab aquis. Sexta die homo factus est ad imaginem, & similitudinem Dei. In quo significatur, quòd omnia præcedentia secundùm rationem debent fieri. Nam in hoc homo est similis Deo, qui omnia fecit in numero, pondere, & mensura. Huic respondit Iesus: quia in filio est æqualitas, vt Hylar. *Hylar.*
& August. dicunt. Ergo si homo prædicta *August.*
hæc habuerit, trāsfigurabitur cum Christo, & erit facies eius vt Sol (nempè homo interior) & vestimenta eius erunt candida sicut nix, id est, corpus. Vnde Eccles. 9. dicitur: *Eccle. 9.*
Omni tempore sint vestimenta tua cādida. Vt vestimenta sint opera, quæ calefaciunt animam, turpitudinem tegunt, & ornant, sicut vestes. *Et descendentibus illis de monte, præcepit Iesus, dicens: Nemini dixeritis visionem, donec filius hominis à mortuis resurgat.* Prima causa, quarè hoc eis præceperit, fuit, ne incredibilis esset gloria futuri Regni, quam in illius transfiguratione ostendit, propter ignominias passionum, quas in proximo erat passurus. Secunda, ne rudibus, & pusillis crux sequens maius scandalum faceret, recedendo ab hac fide, propter humilitatem passionis Christi. Et quia 25. Prouerb. *Prouer. 25.*
dicitur: Gloria Dei est celare verbum. Vbi Hieronym. ait: Gloria Verbi incarnati est, *Hierony.*
magis carnis infirmitatem, quàm diuinitatis virtutē ostendere. Vnde & in ipsa transfiguratione, & statim post eam mentionem facit suæ passionis. *Donec filius hominis à mortuis resurgat.* Tunc enim erit tēpus narrandi eius gloriam, cùm iam per mysterium resurrectionis eam Pater omnibus manifestauerit. Scriptū quippè est Eccles. 8. Omni *Eccles. 8.*
negotio tempus est, & opportunitas. Nam *Eccle. 20.*
& alibi dicitur: Ex ore stulti reprobabitur parabola: quia non dicit illam in tempore suo. Quoniam sacra eloquia (ait Hieronym. *Hierony.*
ibi) sunt lecta, in quibus animæ requiescūt; dicere autem ea opportunè, est veluti malis aureis exornare. In hoc etiam vult Dominus condemnare leuitatē aliquorum, qui si quā spiritualem consolationem à Deo acceperunt, vel aliquod singulare donum à Deo sortiti sunt, protinus omnibus manifesta esse volunt.

volant. Cùm tamen Dominus huius conditionis sit, vt secretum postulet à suis amatoribus, nec sibi placeat vt quos animæ fauores faciat, statim prodat. [*Tob. 12.*] Etenim mysterium Regis abscondere bonum est. Quare Sponsa [*Cant. 1. 3. & 8.*] in Canticis semper in cellarijs, ac cubiculis se dicit fuisse cum Sponso suo: quasi omnia arcana debeant esse, quæ cum animabus verus Sponsus tractat. *Et interrogauerũt eum discipuli dicentes: Quid ergo Scribæ dicunt, quod Heliam oportet primum venire? At ille respondens, ait eis: Helias quidem venturus est, & restituet omnia. Dico autem vobis, quia Helias iam venit, & non cognouerunt eum, sed fecerunt in eum quæcunq; voluerunt. Sic & filius hominis passurus est ab eis.* Discipuli tanquam illiterati & simplices, hunc aduentum Heliæ nõ ex ipsa Scriptura, sed ex traditione Scribarum & Doctorum intellexerant. Ex quo colligi potest, quantum damnum falsi doctores miseræ plebeculæ inferre possunt, quæ illis credere necesse habet; cùm ipsa nil de sacris Literis intelligat. Et tamen deberent facere quod hic discipuli fecerunt. Interrogare homines doctiores, in quibus nulla praua opinio alicuius erroris fuerit, vt ab illis malè edocta ediscant, & sinceram veritatem addiscant. Pharisæi quidem docebant populum, Heliam venturũ esse ante aduentum Messiæ, secundùm Malach. [*Malach. vltimo.*] prophetiam ex capite vltimo: non tamẽ discernebant inter primum, & secundum aduentum. Dominus autẽ hoc discipulos suos hic docet, Heliam quidẽ præcessurũ esse vtrunq; aduentũ suum; sed in priori venisse Heliam, non in persona propria, sed in spiritu. Et hic fuit Ioannes Baptista. Nam & Angelus eius prædicens natiuitatem, sic dixerat: Et ipse præcedet illũ in spiritu, & virtute Heliæ. [*Luc. 1.*] Luc. 1. In secundo autẽ aduẽtu ipsa sua Heliæ persona veniet, vt ex sanctis Patribus accepimus. Vnde dicit: *Helias quidem venit, & fecerunt in eo quæcunq; voluerunt.* Quoniam multoties permittit Deus malos quidquid volunt exercere in bonos, vt illos tanquam fornax probet. [*Tertul.*] Tertullianus totam hanc sententiã de Ioanne Baptista intelligit, vel saltem posse intelligi, dicit: Ita q nulla hic fiat memoria de Helia Tesbyte, vt sit hic sensus. Ita quidem verum est, iuxta scriptam prophetiam, debere Heliam præuenire Messiæ aduentum, qui omnia restituet. Verum hoc dico vobis, quòd Helias ille, qui aduẽtum Messiæ præuenturus describitur, iam venit, & non fuit agnitus. Nec obstat huic intelligentiæ, quod Matth. dicit: Helias quidem venturus est, & restituet omnia. Nam tempus illud futurum ad prophetiam refertur, vt sit sensus. Ita quidem verè dicit Scriptura, venturũ esse Heliam, & restituturum omnia. Quo modo etiam illa interrogatio discipulorum Ioannis: Tu es qui venturus es? debet intelligi. Est enim sensus: Tune es ille Messias, quẽ Scripturæ multò antè prædixerũt venturum ad populi liberationem? Sed vt in texto Græco priori loco, per præsens tẽpus sit sermo: Helias quidem venit, id est, Heliam oportet venire suo tempore, iuxta Prophetæ verbũ. Et cùm aduenerit, eius officiũ erit restituere omnia. Dicitur autẽ Heliam debere restituere omnia in suo aduentu, secundùm communem loquendi cõsuetudinem, qua eum qui pleraq; innouat, & ad statũ meliorẽ reducit, dicitur restituere, aut corrigere omnia. Quod quidẽ accipiebant ex verbo Malach. dicentis: Vt [*Malach. vltimo.*] conuertat corda patrum in filios, & parare Domino plebem perfectã. Imò nõ primùm hoc loco Ioãnes Helias nominatur, & omnia restituturus prædicitur; verùm etiam ab Angelo hæc ita prædicta sunt, antequàm ille in vtero cõciperetur. Sic enim de eo Patri Za- [*Luc. 1.*] chariæ dixit Angelus Gabriel: Spiritu sancto replebitur adhuc ex vtero matris suæ, & multos filiorum Israël conuertet ad Dñm Deum ipsorum, & ipse præcedet ante illum in spiritu & virtute Heliæ: vt cõuertat corda patrũ ad filios, & incredulos ad prudentiam iustorũ, parare Dño plebem perfectam. Sic & ipse Saluator coram turbis dixerat: Si vultis accipere, ipse est Helias qui venturus est. Hæc Tertullianus. Cæterùm licèt hæc sententia possit stare cum vero sensu literæ, tamen quia iam ex sanctis Patribus accepimus, q Helias in secundo aduentu sit venturus ad destruendũ Antichristum, & aliqui id negant: ideò securius erit primũ amplecti sensum, vt de vero Helia, qui præuenturus est secundũ aduẽtũ, intelligatur illud: Helias quidẽ venturus est: & de Præcursore Baptista intelligatur sequẽs, scilicet, Helias iam venit, quia venit in spiritu & virtute Heliæ. Sic enim Hieron. Chrysost. Theophil. super hunc locum. Gregor. etiam hom. 2. in [*Gregor. August.*] Ezech. & August. in varijs locis, locum hunc intelligunt. Imò ipsum Malachiæ testimonium id videtur explicare, cũ infert: Antequàm veniat dies Domini magnus & horribilis. Quibus verbis secundus aduentus explicari solet in Scriptura, vt Ioel. 2. Sol con-

uertetur

Malach. ultimo. Ioel. 2. Sophon. 7.

uertetur in tenebras, & antequam ueniat dies Domini magnus & horribilis. Et Sophoniæ. 7. Iuxta est dies Domini magnus. Tunc intellexerunt discipuli, quia de Ioanne Baptista dixisset eis. Paulatim enim habiles fiebant ad intelligenda diuina mysteria. *Et cum uenisset ad turbam, accessit ad eum homo, genibus prouolutus ante eum, dicens: Domine, miserere filio meo, quia lunaticus est, & male patitur. Nam sæpè cadit in ignem, & crebrò in aquam, & obtuli eum discipulis tuis, & non potuerunt curare eum. Respondens Iesus, dixit: O generatio incredula, & peruersa, quousque ero uobiscum? Usquequò patiar uos? Adferte hùc illum ad me. Et increpauit illum Iesus, & exijt ab eo dæmonium. Et curatus est puer ex illa hora.* Lunaticos non solùm naturali morbo laborare, ex hoc loco est euidentissimum (dæmonio namque obsessum fuisse hunc lunaticum, & à dæmonio curatum, Euangelista commemorat.) Lunatici itaq; non dicuntur, quasi à sola Luna uexati: sed quia secundùm diuersos Lunæ respectus, & uarias Lunæ immutationes, obsessos homines torquent obsidentes dæmones: idq; ut creaturam Dei bonam mali dæmones hoc callido consilio infament, quæ est sanctorum plurium sententia. Vel quòd certis temporibus ex Lunæ influentia cerebrum magis est dispositum ad suscipiendū influentiam dæmonis, quàm alio sit tempore. Quemadmodùm hi quoq; qui naturali tantùm infirmitate laborant, ad certas quasdam Lunæ mutationes plùs minùs torqueri se sentiunt, iuxta quòd amplius multiplicantur, uel sursum trahuntur humores mali, uel iuxta quod cerebrum magis euacuatur; uel alia huiusmodi causa consimili. Quare Matthæus operationi dæmonis tribuit cadere in ignem, & aquam istū lunaticū. Nam dicit pater pueri loquendo de spiritu immundo, Frequenter misit eum in ignem. Vnde non oportet dicere, & naturali morbo laborare, & simul fuisse dæmoniacum, ut dominus Caietanus uult. *Et increpauit eũ.* Per hoc conuincit falsum esse quòd calumniabantur Pharisæi, quòd in Beelzebub eijceret dæmonia. Si enim ex pacto eos expelleret, (omni mali dæmones existerent) nec increpando, nec cum dominio eis imperaret Dominus. Constat autem reluctantem exijsse ab hoc lunatico: cùm ut alij Euangelistæ narrant; discerpens eum exierit ab eo; ita ut mortuus crederetur puer. *O generatio mala, & peruersa!* Peruersum hîc dicit, non quomodolibet malum; sed illum, qui ita tenax est malitiæ, ut nulla ratione ad meliorem frugem reduci potest. De quibus intelligitur illud Sapientis: Peruersi difficilè corriguntur. Et quanquam his uerbis Dominus nonnullam indignationem, & iram ostendisse uideatur, ex his tamen quæ sequuntur demonstrauit se, non hominibus, sed uitijs iratum, cùm (ut adnotauit Hieronym.) subiecit. *Adferte hùc illum ad me.* Non enim sic indignabatur, ut à benefaciendo desisteret, sed sic ut beneficijs adhuc nouis illos ab infidelitate, cui indignabatur, amouere studeret. Docens certè & nos, non hominibus, sed uitijs indignari debere. Et quomodò id nos demonstrare ac declarare possemus, fecit illum adduci ad se: non quia impotens erat absens illū curare, quod aliàs cum alijs fecerat, sed ut turbis ostenderet difficultatem rei, & magnitudinem mali, quam dæmones in nobis exercere cupiunt, si à Domino sinerentur. *Et cùm uenisset ad turbam, accessit ad eum homo, genibus prouolutus ante eũ.* Venit ad turbam descendens de monte, ut se miseris gentibus adaptaret. Id enim poscebat Dauid, cùm dicebat: Domine, inclina cœlos tuos, & descende. Et alibi Psalm. 103. Ascendunt montes, & descendunt campi in locum quem fundasti eis. Quoniam et si Christus aliquando ad alta ascendebat: descendebat nihilominùs ad campos, ut turbis quæ secum ascendere non ualebant, benefaceret. *Genibus prouolutus ante eum.* Nam ut dicitur Philip. 2. In nomine Domini Iesu omne genu flecti debet. Et Esai. 45. dicitur: Mihi incuruabitur omne genu. Et Mich. 6. Curuabo genu Deo excelso. Sed obserua, quòd genu flexio humanitati Christi fit, prostratio autem Deitati. Sic Magi procidentes adorauerunt puerum Iesum, tanquam eius diuinitatem profitentes. Nam curuamus genu in signum, & protestationem, quòd per peccatum in lapsi sumus; & erigimur significantes, quòd per Christum erecti sumus à lapsu. Prosternimur autem ante Deum, in signum quòd sumus nil, & ex nihilo. Erectio autem est recognitio maiestatis de nihilo in altum erigentis nos. *Dicens, Domine.* Cui subest, cū uolueris, posse. Sapien. 11. *miserere.* Quia tibi proprium est misereri semper & parcere, & Pater misericordiarum es; & Deus totius consolationis, qui consolatur nos in omni tribulatione nostra, ut dicit 2. Corint. 1. *Filio meo.* Vbi enim natura poscit, ut tu ego Pater misserear, & misericordiam tu illi quæram. *Quia lunaticus est.* Modo quo statim explicui-

Ecclesi. 1. Psalm. 143. Philip. 2. Esai. 45. Mich. 6. Sap. 11. 2. Cor. 1.

Albertus plicelunas. Potuit enim esse (ait Albertus)
quòd deficiente Luna quæ mouet humidú,
oppilarentur ei viæ auriú, & venæ mouétes
linguam, humido a capite discedente, & sic
recedente mése surdus, & mutus efficeretur.
Et significatur in hoc, quod populus Iudaicus est surdus, & est inobediens Deo, se-
Esai. 52. cundùm illud Esai. cap. 52. Quis surdus, nisi
ad quem nuncios meos misi? *Et mutus.* Vt
Esai. 56. dixit Esai. cap. 56. Vniuersi canes muti non
valentes latrare. Vnde & comparat eos Sodomæ, quæ interpretatur muta, aspera, di-
storta, inobediens, & surda. *Nam sæpè cadit
in ignem, & crebrò in aquam.* Quærebat dæmon occidere infirmum illum per eleméta;
ignis autem, & aqua sunt quæ citiùs hominem perimunt: tum ignis sua actiuitate vehementissimè, & celerrimè corpus dissoluit;
aqua verò citissimè vias spiritus occupat; ignis autem iste est vel libidinis, vel iræ, vel etiam
Prouer. 30 auaritiæ. Nam Prouer. 30. dicitur: Ignis nunquam dicit, sufficit. Et Iob 47. Ignis est vsq;
ad consumationem deuorans, & omnia eradicans genimina. Aqua autem voluptatem
Psal. 68. significat, quæ libidinem nutrit. Psalm. 68.
Intrauerunt aquæ vsq; ad animam meam.
Nam voluptates animam meam ad se traxerunt. Et Hiere. in 3. Inundauerunt aquæ
Hieren. 3. super caput meum, dixi: Perijt finis meus, &
spes mea à Domino. Vel per igné intellige
concupiscentiam, ad quá sequitur voluptas.
Vel sic. *Sæpè mittit eum in ignem, & crebrò in
aquam.* Vt intelligatur quomodò peccator
de vno in aliud transeat vitium, & cùm diabolus iam accepit potestaté super eos peccatoris, ipsum per diuersa vitia diuerberat,
Psalm. 11. vt & sic intelligatur illud Psalmi: In circuitu
impij ambulát. Nam iam in hoc, iam in illud
vitium labuntur, & cùm iam omnia experti
fuerint, iterum ad priora redeunt. Quare
D. Hieronym. in Epist. 2. ad Marcellam sic
Hierony. ait: Peccatores sunt velut scenici histriones, qui plures personas induūt, nunc Her-
culis, nunc Veneris, nunc Cybeles. Sic mundani nunc iracundi, nunc Venere lubrici,
nunc cibo saturi, tot personas, quot peccata,
& cogitatus in seipsis induūt. Vnde Psalmista dicit: Domine, in ciuitate tua imaginem ipsorum ad nihilum rediges. Quia
iam non una est, sed plurimorum. Et sicut
Simile. Luna plures ostendit facies, sic peccator plurimorum vitiorum imaginem gerit. Quare
Eccle. 27. Sapiens dicit: Stultus, vt Luna mutatur. Et
sicut crescente Luna, crescit mare; sic peccatorum actibus multiplicatis, habitus etiam
vitiorum augetur. Quocirca Esai. dicit: Im- Esai. 57.
piorum cor quasi mare feruens. Feruet enim
desiderijs vitiorum. *Respondens autem Iesus,
ait: O generatio incredula, & peruersa.* Incredula mentis, ac factis malis peruersa, id est, in
peiorem partē versa. Hæc sunt duo peccata,
de quibus Osee 10. dicitur: Corripiētur pro- Osea. 10.
pter duas iniquitates suas. *Generatio mala, &
incredula.* Generatio, quæ non direxit cor
suum, & non est creditus cum Deo spiritus
eius. Psalm. 77. Peruersa quoad mores. Psal. 77.
Deut. 39. Generatio praua, atq; peruersa, Deut. 39.
hæccine reddis Domino? Quousq; ero vobiscum? Vsquequò patiar vos? Roma. 9. di- Roma. 9.
citur: Sustinuit in multa patientia vasa iræ,
apta in interitum. Quaré non dicit hoc Dominus, tædio victus, sed quasi improbans im-
probitates eorum, quæ poterant benefico
ingeminare tristitiā, secundū illud Psal. 105. Psal. 105.
Vexatus est Moyses propter eos, quia ex-
acerbauerunt spiritum eius. *Tunc accesserunt
discipuli ad Iesum secretò, & dixerunt ei: Quare
nos non potuimus eijcere illum?* Accesserūt quidem ratio familiaritatis, quam cum illo gerebant, *ad Iesum.* Magistrum veritatis, vt
adimplerēt illud Eccles. 51. Appropinquate Ecclef. 51.
ad me indocti. Et cap. 6. Iucundo animo tuo Ecclef. 6.
accede ad sapientiam. *Secretò.* Vt puto ti-
mentes se, propter demerita sua amisisse
gratiam curationum. Nam qui malè vtitur
dono sibi gratis concesso, meretur amittere
illud. Vel propter verecundiam, quam in-
currerant, ex hoc quòd non potuerant curare dæmoniacum illum. Vel etiam decli-
nantes publicam correctionem suæ medicæ
fidei. Et quia Christus Dominus omnia illis
seorsum explicare solebat. *Quare nos.* Quibus, scilicet, claues Regni cœlorū tradidisti,
& dixisti, quòd portæ inferi non præualer-
bunt aduersùs confessionem nostram, non
potuimus eijcere illum? Dixit illis Iesus
Propter incredulitatem vestram. Incredulitas
duobus modis dicitur. Vno modo ex parte
credentis, quia non omnia quæ credenda sunt,
credit aliquis. Et sic non fuerunt discipuli
increduli. Secundo modo ex parte credentis
quia actus eius non ita fortis et innititur primæ veritati propter se, & super omnia, quin
aliqualiter inuisi velint humanæ rationi,
& sic fortè discipuli fuerunt increduli. Nam
vt ait Gregorius: Fides non habet meritum, Gregor.
cui humana ratio præbet experimentū. Hæc
dicit Albertus. Verùm facilè est dicere, q Albert.
hic sumitur incredulitas pro diffidentia, vel
fidei imbecillitate. Nam vt Iac. 1. dicit: Qui Iacob. 1.
hæsita-

hæsitauerit, similis est fluctui maris, qui à vento mouetur, & circumfertur. Non ergo æstimet homo ille, quòd aliquid accipiet à Deo. *Amen quippè dico vobis, si habueritis fidem, sicut granum sinapis, dicetis monti huic, Transi hinc, & transibit.* Hoc est, si habueritis perfectam, & feruentem fidem (nam fides [Simile.] per charitatem feruet) granū quippè sinapis, vt suprà diximus, tritum alta cerebri conscēdit, & ad spiritualiores sensus se confert, & corruptos humores euacuat à capite. Sic fides superiorem potentiam, & magis spiritualem, & abstractam occupat, hoc est, intellectum, & ibi, cùm perfecta, ac feruens per charitatem est, impedimenta quæque repellit, quæ eam non sinunt operari. Vnde [Simile.] sicut granum sinapis tritum acre est; sic & fides omnem naturalem rationem superat, conculcat, atq; in suum obsequium deponit, & euacuat. Quarè hic pro magna fide, non in quantitate, sed in virtute, ac qualitate sumit granum sinapis. Granum quippè sinapis paruum est in quantitate, sed magnum in virtute. Sic qui humiliter se submittit fidei, & Dei veritati, magna potest, vt ait [2.Cor.12.] Paulus: Cùm enim infirmor, tunc fortior sum, & potens. Id est, cùm ratio humana infirma reputatur respectu fidei. *Dicetis monti huic, transi hinc, & transibit.* Hoc ad literam aliqui viri sancti operati sunt. Nam de quodam Episcopo, qui dicebatur Gregorius, legitur libro. 7. Ecclesiasticæ historiæ. c. 25. quòd hoc sua fide fecerit. Restrictus enim est mons magnus, vt dilataretur eius Ecclesia, ad preces eius. Et ad orationes Diui Ber- [Bernard.] nardi lapis quidam translatus est, qui impediebat eius hortum. Quòd si de Apostolis non legitur hoc vnquam fecisse; tamen alia maiora miracula fecerunt. Nam mortuos suscitauerunt mortuos, quod maius miraculum est, & si opus fuisset, potuissent facere. Dixit enim hoc Christus Dominus, quasi gratia exempli, rem magnā, & maximè difficilem proponens eis, qualis esset similem tam magnam, vt est mons, loco suo pariter mouere solo verbo, quod tamen virtute veræ ac perfectæ fidei fieri potest. Hoc & Psalmista videtur præsensisse, cùm dixit: Transferentur montes in cor maris. Psal. 45. Et Esai. 64. [Psal.45.] A facie tua montes defluerent, sicut exustio [Psal. 64.] ignis tabescerent. In quo sensu dixit illud Paulus, 1. Cor. 13. Si habuero omnem fidem, [1.Cor.13.] ita vt montes transferam: quod alij sic vertunt: Si habuero tantam fidem, hoc est, perfectissimam fidem, ita quòd deesset ad eius integritatem, & perfectionem. Augustinus [August.] autem per montes intelligit dæmones, qui per superbiam ascendere voluerunt in montem excelsum, quos tamen virtute fidei expellunt Christiani. Vnde Hieremi. 51. dicitur: Ecce ego ad te mons pestifer, qui corrūpis vniuersam terram. [Hiere. 51.] *Et nil impossibile erit vobis.* Secundùm illud Mar[c]. 9. Omnia possibilia sunt credenti. [Marc. 9.] Et Lucæ. 7. Non erit impossibile apud Deum omne verbum. [Luc. 7.] Et ratio est: quia fides innititur omnipotentiæ Dei, & non rationi humanæ, quæ infirma est, & ideò omnia potest. Fidei etiam subiectum est veritas diuina, & ideo omnia vincit, iuxta illud. 2. Esdr. 4. Super omnia vincit veritas. [2. Esd. 4] *Hoc autem genus dæmoniorū non ejicitur, nisi in ieiunio, & oratione.* Hic quæritur, quodnam genus dæmoniorum sit hoc, quod vexabat puerum istum, ad quod expellendum, & ieiunium, & oratio exquirantur? Caieta. & alij dicunt, per hoc genus dæmoniorum intelligi quodlibet genus malignorū spirituū. Sed certè videtur aliquod particulare genus designasse, cùm dicit singulariter, hoc genus. Et ideò alij dicunt, hoc designasse lunaticos, sicut erat puer ille. Sed tamen alia genera dæmoniorum sunt perniciosiora, cur ergo illud genus peculiarem exposceret medicinam? Et ideò dicendum est, fortè per illud genus intellexisse peccata assueta, & in naturam per consuetudinem versa, quæ magnam præ se ferunt difficultatem. Nam alij Euāgelistæ dicunt, quòd ab infantia hoc dæmonium vexabat puerum istum. Vnde & Sapiens dicit: Adolescens iuxta viam suam, etiam cùm senuerit, [Prouer. 22.] non recedet ab ea. Nam & August. ait: Dum [August.] seruitur libidini, facta est cōsuetudo: & dum seruitur consuetudini, facta est natura. Vnde & Sapiens in Ecclesi. dicit: Curua ceruicem [Eccles. 30.] filij tui in iuuentute, & tunde latera eius, dum infans est, ne fortè induret, & non credat tibi, & erit tibi dolor animæ. Doce filium tuum, & operare in illum, ne in turpitudinem illius offendas. Quarè iuuenes maximè curentur in adolescentia parentibus suis subdi, ne præcipites ruant acti vehementissimis iuuentutis passionibus. De quo consule Commentarios nostros in Psal. 118. iuxta Psal. 67. in illum Versum: In quo corrigit adolescentior viam suam, &c. *Hoc ergo genus dæmoniorum* (ait Dominus) *non ejicitur, nisi in ieiunio, & oratione.* Suprà hoc explicuimus. Et propter rationem, quam ibi assignauimus, accipe modò alias. Nam per orationem & ieiu-

& ieiunium anima, & corpus sanantur. Oratio quippè sanat pestes mentis indeuotæ, & ieiunium infectam libidinis carnem curat. Ille autem puer, & nequitijs carnalibus, & spiritualib⁹ subiacebat: & ideò oportebat vtriq; malo mederi. Vnde & Tob. 12. *Tob. 12.* dicitur: Bona est oratio cum ieiunio, & eleemosyna. Nam his duobus alis volat oratio ad Deum, ieiunium eam celerem facit: nam crapula grauat animam, eleemosyna gratam eam reddit: eò quòd cum muneribus pergit ad iudicem, quibus eum ad se alliciat. Ideo quippè præceperat Deus: Ne appareas *Deut. 16.* in conspectu Domini Dei tui vacuus. Vnde & Chrysost. dicit: Nil est validius homine *Chrys.* deuotè orante cum ieiunio, & eleemosyna, si habet. Quia tūc corpus orationē nō sedat, & eleemosyna ad exaudiendum adiuuat. Quocircà & Psalmista Psal. 34. dicebat: Ego *Psalm. 34.* autem cùm mihi molesti essent, induebam me cilicio, & humiliabam, id est, affligebam in ieiunio animam meam, & oratio mea in sinum meū conuertetur. Hoc est, tunc animæ, & cordi meo erit proficua oratio, & in commodum meū conuertetur, cùm ieiunio fuerit macerata caro, ne fœdetur. Eleemosynam autem hic non adiungit, quia non omnes habent vnde corporalem faciant eleemosynam. Caietanus putat, quòd ex parte *Caietan.* expellentis dæmonia requiratur fides, & ex parte eius à quo expellitur, oratio, & ieiunium. Nos autem dicimus, quòd totum requiritur, etiam ex parte eius à quo expellitur. *Conuersantibus autem eis in Galilæam, dixit illis Iesus: Filius hominis tradendus est in manus hominum, & occident eum, & tertia die resurget. Et contristati sunt vehementer.* Causam libertatis à dæmonibus [illegible] passionem suam: & ideò post hoc [illegible], de ea mentionem facit in Galilæa, quia ibi post resurrectionem suam debebat apparere eis, vt Marci vltimo dicitur, quòd post Christi *Marc. vlt.* resurrectionem venerunt [illegible] in Galilæam, in locū vbi constituerat illis Iesus. Nam ibi populus, qui ambulabat in tenebris, vidit lucem suæ resurrectionis, significans quòd transfiguratione facta in [illegible], de vitijs ad virtutes, de vitiato in virtutem, de exilio in patriam, [illegible] occurrit Dominus. *Filius hominis.* Non ex concupiscentia natus; & ideò nec peccatū ex natiuitate obtrahens, vt dicitur. 1. Petr. 2. Qui peccatum *1. Petr. 2.* non fecit, nec inuentus est dolus in ore eius. Sed nominat se secūdū filium hominis, vt insinuaret naturam, in qua pati deberet. Non enim secundùm diuinam, quæ est filius Dei, sed secundùm humanam, qua est filius hominis, passus est. Nam vt ait Paul. mortuus *2. Cor. 13.* est ex infirmitate carnis. Et 1. Petr. 4. dicit, *1. Petr. 4.* quòd Christus passus est in carne. Iam autē tertiò passionem suam prædicit nobis, vt nunquàm à memoria nostra excidat, sed ponamus hos sermones in cordibus nostris, vt dicitur Luc. 9. & Hierem. 3. Recordare pau- *Luc. 9.* pertatis meæ transgressionis, absynthij, & *Hierem. 3.* fellis. Memoria memor ero, & tabescet in me anima mea. Sed de hoc infrà latiùs. *Tradendus est in manus hominum.* Christus Dñs traditus est à Patre, iuxta illud Rom. 8. qui *Roma. 8.* proprio filio suo non pepercit, sed pro nobis omnibus tradidit illū. Traditus est à seipso, vt dicitur Esai. 53. Eò quòd tradidit in mor- *Esai. 53.* tem animam suam. Traditus est etiam à discipulo. Cùm diabolus misisset in cor, vt traderet eum Iudas. Ioan. 13. Traditus est à Iu- *Ioan. 13.* dæis, vt infrà cap. 26. & Ioan. 19. Propterea *Matth. 26.* qui tradidit me tibi, maius peccatum habet. *Ioan. 19.* Sed à Patre traditus est in reconciliationem, à seipso in hostiam, à Iuda Iudæis, à Iudæis Gentibus, à Gentibus in mortem. *In manus hominum.* Hoc est, peccatorum Gētium, qui ministri erant sceleris; cuius inuentores fuerunt Iudæi. *Et occident eum.* Vt reuera fecerunt. *Tertia die resurget.* Hoc subiungit, ne abundantia tristitiæ absorbeantur. Vnde Oseæ. 6. dicitur: Viuificabit nos post duos dies, & in die tertia suscitabit nos. Contristati sunt tamen Apostoli vehementer, propter Magistri sui absentiam, sed posteà in resurrectione maximè gauisi sunt. *Et cùm venissent Capharnaum, accesserūt qui didragma accipiebant ad Petrum, & dixerunt ei: Magister vester non soluit didragma? Ait: Etiam. Et cùm intrasset in domum, præuenit eum Iesus, dicens: Quid tibi videtur, Simon? Reges terræ à quibus accipiunt tributum, vel censum? à filijs suis, an ab alienis? Et ille dixit: Ab alienis. Dixit illi Iesus: Ergo liberi sunt filij. Vt autem non scandalizemus eos, vade ad mare, & mitte hamum, & eum piscem qui primus ascenderit, tolle, & aperto ore eius inuenies staterem. Illum sumens, da eis pro me, & te.* Primò sciendum, quidnam sit *Quid sit didragma.* didragma. Erat quippè genus monetæ argenteæ, cuius pondus erat duorum dragmarum. Calepinus, & Nebrissensis interpretan- *Calepinus Nebriss.* tur, *Adarme*, quod idem valebat, quod [illegible] pes vnus argenteus. Vnde didragma [illegible] erant ac later octodeo argentei. Hoc [illegible] erat [illegible], quod pendebant Iudæi [illegible] annis, in signum subiectionis, quod pu[illegible]

picunt

dicunt impositum eis fuisse à Pompeyo, deinde ab August. sub Præside Syriæ Cyrino, & quod postea Vespasianus eis imposuit, vt quilibet Iudæus solueret Capitolio, vt Iosephus de bello Iudaico refert. Quarè stater erat moneta valens quatuor dragmas. Nam stater Atticus erat moneta duarū dragmarum, licèt aliquando sumatur pro pondere quatuor dragmarum. Sed stater Hebræus (qui secūdùm aliquos eiusdem ponderis erat cum siclo Sanctuarij, & cū solido) est moneta aurea quatuor dragmarum. Ita Genarubias ex Budeo refert. Itaq; didragma erat ponderis duorum argenteorū Castellanorum, quilibet enim vnius dragmæ pondus habet. Et quia Petrus pro duobus soluere debebat quatuor didragmata (vtpotè pro se, & pro Magistro suo) ideò staterē obtulit, qui quatuor dragmas apud Iudæos valebat. Hoc supposito, quidam Neoterici, inter quos Titelmanus, & Claudius Guilliel. dicunt, q tributum hoc soluebatur, non viritim per singula capita, sed quòd paterfamilias vnum solueba didragma pro se, & aliud pro sua familia, quod tributum erat impositum omnibus transeuntibus per ciuitatem Capharnaum, ita quòd si solus transiret, vnum didragma solueret, si verò cum familia, aut comitatu alterum pro illa dragma solueret. Aliàs si pro singulis deberet soluere capitibus, esset intolerabile onus. Nihilominùs verosimilius est, hunc censum impositum esse singulis capitibus in subiectionis signū, nec ita magnum tributum esset duos argenteos pro singulis capitibus solui, cùm modò maiora tributa singulis ciuibus à Principibus Christianis indicantur. Nam Dominus dixit: Da illis pro me, & te, id est, pro mea persona, & tua. Aliàs dixisset, pro me, & meis discipulis. Igitur quoniam Christus Dominus domicilium paternum, vel habitationem habebat in Capharnaū, ad quam ciuitatem ex Nazareth se transtulit, vel quia Nazareth (cuius vici reputabatur incola Dominus) erat vicus Capharnaum: ideò exactores tributorum Capharnaum ab illo, & discipulis tributum hoc exigunt. *Magister vester non soluit didragma?* Nam pro reuerentia tanti viri non ausi sunt hæc ab illo petere. Sed Petrum eius discipulum adeunt hac intentione, vt ipse hoc Magistro suo diceret. *Cùm autem intrasset domum, præuenit eum Iesus, dicens: Quid tibi videtur Simon? Reges terræ à quibus accipiunt tributa, à filijs suis, aut ab alienis? At ille dixit: Ab alienis. Respondit ei Iesus: Ergò liberi sunt filij.* Hoc est dicere: Si filij Regum sunt liberi à tributis, ergo quidam filius summi Regis liber erit. Nam per filios Regum non solùm intelligebantur filij Herodis, qui erat proximus Rex Galileæ, sed etiam filij Cæsaris, qui erat tunc supremus Imperator, & Rex Regum. Et sic rectè concluditur. Filij Regis liberi sunt. Et subtacuit quod ex hoc infertur. Ergo & ego liber sum: quia filius naturalis Dei, imò & Dauidis Regis secundùm carnem. Nec ex hoc inferri debet liberos esse à tributis omnes Christianos: vtpotè qui filij Dei sunt per gratiam, & fidem, quam acceperunt in Baptismate. Sic enim, & inferres omnes homines liberos esse à tributis, quia filij Dei per creationem sunt. Nam ad literam Dominus de filiatione naturali loquitur. Et eadem est ratio, si plures haberet filios naturales: quoniam Reges temporales à filijs naturalibus suis tributa non exigunt, quæ tamen accipiūt, & ab amicissimis quos loco filiorum habent. *Ne autem scandalizemus eos, &c.* Scandalizemus (ait) quoniam etiam ipse Petrus, qui mediator hic interfuerat, fuisset scandali causa, quod esset acceptum, datum. Nam cùm non omnes scirent Christum esse filium Dei, iustè scandalum acciperent, ex eo quòd non vellet soluere tributa, quæ omnes alij soluebant. Nam cùm altera vice discipulis dicentibus illi: Scis quia Pharisæi, audito verbo hoc scandalizati sunt. Respondit eis: Sinite illos, &c. Hoc ideò dixit, quia scandalum illud erat acceptum, non datum, sicut fuisset præsens. Nec obstat huic veritati testimonium Hieronymi lib. 3. in Matthæum, quod Erasmus in annotationibus suis super hunc locum, vt videtur maliciosè adducit, in quo sic ait D. Hieronymus. Dominus noster, & secundùm carnem, & secundùm spiritum filius Regis erat, vel ex Dauid stirpe generatus, vel Omnipotentis Verbum Patris. Ergo tributa quasi Regum filius non debebat. Sed quia humilitatem carnis assumpserat, debuit adimplere omnem iustitiam. Sed nos infelices, qui Christi censemur nomine & nihil dignum tanta facimus maiestate. Ille propter nostram charitatem, & crucem sustinuit, & tributa reddidit: nos pro illius honore tributa non reddimus, & quasi filij Regis à vectigalibus immunes sumus. Ex quo loco colligit Erasmus, q Hieronymus videatur hoc arrogantiæ tribuere, quòd Ecclesia.

Iosephus.

Genarub. Budeus.

Titelm. Claud. Guilliel.

Hierony. Erasmus.

clesiastici grauentur tributa pendere Principibus, cùm hodie summa pietas habeatur, pro immunitate clericorum modis omnibus digladiari. Hæc Erasmus. Cui ne pro aculeis aculeos referamus, breuiter seruata Euangelica modestia respondemus, Hieronymũ non loqui de eo tributo, quod omnibus Principibus huius modi eorum subditi debent; sed de eo tributo, quod omnes debemus Christo, qui cùm talis ac tantus pro nobis vectigalia soluerit, cur nos miseri (inquit Hieronymus) qui Christi seruos nos esse profitemur, maiestati ipsius debitum seruitutis tributum nõ reddimus? Quinimò aliàs locus hic Hieronymi Ecclesiasticam Immunitatem multũ confirmat. Dicit enim, Nos pro illius honore tributa nõ reddimus, significans Christianis Principibus, in honorem Christi altaris ministris libertatem concessam, & iure ac merito concessam, quod honor Christi sic exigeret, quódque clerici veluti filij Regis habendi essent. Sed quæritur cur Dominus, qui habebat loculos apud Iudam, non soluit ex illis pecunijs didragma? Respondetur, id fuisse, quia illas pecunias habebat ad elargiendum eas pauperibus, & noluit ex his in alios vsus transire: vt doceret nos, ne pecunias pauperum in nostros vsus conuertamus, sed semper illas pauperibus reseruemus. Et secundò in hoc instruere vult ne prælati bona communitatis in suos vsus peculiares conuertant. Nam pecuniæ illæ, quas Christus Dñs in loculis habebat, erãt etiam pro discipulorũ indigentijs reseruata. Inuenisse autem Petrum in ore piscis, quem hamo extraxerat staterem, id significare videtur: Quoniam Christus Dominus Apostolos, & discipulos suos fecerat piscatores hominum per Euangelij prædicationem; debent homines (quos tan-
Abac.1. quàm pisces maris dixit Abacuch esse) staterem, hoc est, stipendium, & alimenta prædicatoribus tribuere, secundùm illam
1.Cor.9. Pauli doctrinam. 1. Cor. 9. Quis militat suis stipendijs vnquàm? Quis plantat vineam & de fructu eius non edit? Quis pascit gregem, & de lacte eius non manducat? Nam & Lex dicit: Non alligabis os bobi trituranti. Numquid de bobus cura est Deo? Sic homo, qui hamo Euãgelij ab ore diaboli est extractus, staterẽ habet in ore, vt gratias ore referat, & manibus alimentum præbeat. Huic pisci, qui staterem aureum habebat in ore, similes illi sunt, qui nec cogitant, nec loquũtur nisi de auro, & pecunijs acquirendis. Quarè hi opus habent Petro, qui staterem ex eorum auferat ore.

Cap. XVIII.

N illa hora accesserunt discipuli ad Iesum dicentes: Quis putas maior est in Regno cœlorum? Et aduocãs Iesus paruulum, statuit eum in medio eorum, & dixit. Amen dico vobis, nisi conuersi fueritis, & efficiamini sicut paruuli, non intrabitis in regnum cœlorum. Aliqui existimant hanc contentionem discipulorum inter se de primatu habuisse ortum, ex hoc quòd Dominus pro se, & Petro soluisset didragma, ex hoc quod Matthæus subiungit. *In illa hora accesserunt discipuli, &c.* Sed tamen hoc non tàm verum est. Nam alij Euangelistæ hanc contentionem etiam commemorantes nullam mentionem fecerunt de didragmate. Et præterea quod magis vrget, quòd Dominus in domo existens in Capharnaum iusserit Petro ire in mare ad piscandum illum piscem, in quo erat stater, & vt ex Marco liquet, contentio hæc inter discipulos facta fuit in via. Nec etiam ortũ habuit ex hoc, quòd claues Petro promisisset, & quòd tres tantùm ex eis in montem duxerit: cùm id quod ibi actũ erat, ignorarẽt cæteri. Sed ex hoc occasionem sumpsisse arbitror, quod Dominus de passione sua, & resurrectione loquutus est, cuius ante hanc contentionem meminerunt tres Euangelistæ: tunc enim post resurrectionem æstimabant futurum esse Regnum Messiæ, quod illi expectabant temporale. Sic enim infrà cap. 20. contigit duobus filijs Zebedæi, qui postquàm Dominum loquentem de sua passione, & resurrectione audierunt, æstimantes Regnum eius tunc affuturum; petierunt duas sedes ad dexterã eius, & ad sinistram. Item in vltima Cœna rursus ad memoriam Luc.22.
passionis contentio exorta est inter discipulos, quis eorum videretur esse maior. Ex qua eorum Ignorantia ante aduentum Spiritussancti colligitur, vtpotè qui existimassent Regnum Christi temporale futurum; & eorum varietas, qui de primatu sic inter se contenderent. Quas tamen imperfectiones suauissimè Dominus Iesus ferebat.

Sed

Sed hic oritur dubium, nam videtur hic apertam esse contradictionem inter Euangelistas. Luc. 9. Nam Lucas cogitasse discipulos de primatu, ac eam cogitationē Dominum cognouisse, ait. Marc. 9. Marcus autem dicit, eos inter se disceptasse: & Matthæus, Apostolos accessisse, & interrogasse, quis esset maior. Marcus verò refert, illos vocatos fuisse à Domino, & interrogasse, quid in via loquuti fuissent, & illos siluisse. Sed ordo historiæ hic fuit. Priùs in via cogitatio hæc de primatu subijt eorum animos, & verbis inter se disceptauerant de illo: Dominus autem virtute suæ diuinitatis, absq; hoc quòd præsens esset, vanas eorum cogitationes intellexit, & disceptationis verba audiuit. Cùm autem venissent domum, interrogauit eos, quid in via tractassent, & illi præ verecundia siluerunt. Posteà autem cùm omnes illos ad se vocasset, resumptis viribus interrogauerunt Dominum, quis esset maior in Regno cælorum, scientes nil illum latere potuisse: & ideò suam esse quæstionem. Nam in via tractauerant, quis eorum esset maior, nunc præ verecundia honestantes quæstionem, solùm interrogant, quis esset maior in Regno cælorum. Et sic ex tribus Euangelistis, quod vnus tacuit, alius expressit, quod familiare inter illos solet esse. Sed quod dicit, In illa hora, idem est, ac si diceret, In illo tempore: non enim verisimile est, quòd eadem hora qua Dominus præcepit Petro, vt iret ad piscandum hoc contigerit, cùm priùs Petrus iuisset, & adduxisset staterem. Nam huic quæstioni omnes duodecim præsentes fuerant, vt ex Marco constat, qui dicit, aduocasse Dominum duodecim. Per Regnum autem cælorū, discipuli intellexerunt Regnum Messiæ; quod etsi in terris expectabant, diuinum tamē & cæleste esse crediderunt. *Et aduocans Iesus paruulum, statuit eum in medio eorum, & ait.* Rudibus, vt tunc erant discipuli, opus erat, vt non solùm verbis, verumetiam rebus ipsis, veritas quæ illis dicebatur, significaretur. Sicut olim cùm ipsi populo voluit significare captiuitatem Hiere. 28. Babylonicam præcipiebat Hieremiæ 28. vt cathenis ligneis, deinde ferreis collum suum cingeret: & alia multa solebat Prophetis mandare, vt vel ipsis rerum significationibus rudis populus intelligeret, quod verbis solis capere non poterat. Paruulum vel puerum minimum adhuc, & tenellum infan- Anselm. tem (quem Sanctus Anselmus asserit fuisse diuinum Martialem, qui fuit ex numero septuagintaduorum discipulorum, cuius extant duæ Epistolæ) Nicephorus libro. 2. Niceph. histor. cap. 16. dicit, fuisse Ignatium, de quo videnda est Glossa capite vnico de sacra vnctione. *Amen dico vobis: nisi conuersi fueritis, & efficiamini sicut paruuli, non intrabitis in Regnum cælorum.* Hoc est, quod quales sunt paruuli per ætatem, tales efficiamur per voluntatem. Quod dupliciter fit (vt rectè annotauit Iansenius) nempè bené, & malè. Iansen. Malè enim imitamur paruulos, dum pueriliter desipimus, nenias, & absurda sectantes, & delitijs carnis nimis blandè indulgentes. Cuius pueritiæ Paulus arguebat Corinthios, quòd sicut paruuli circumferebantur omni vento doctrinæ, & fluctuabant: quod ad Ephesios. 4. damnat. Ephes. 4. Nam paruuli propter abundantiam humiditatis in cerebro mutabiles sunt, & facilè in diuersa fluctuant. Benè autem illos æmulamur, dum imitamur illorum innocentiam, & sinceritatem, ita vt careamus omni malitia, inuidia, dolo, ira, ambitione, atque nos hortatur Petrus in. 1. Epistola, capite. 2. cùm 1. Petr. 2. ait: Deponentes igitur omnem malitiam, & omnem dolum, & simulationes, & inuidias, & omnes detractiones, sicut modò geniti infantes, rationabiles, sine dolo. Vtrumq; autem complexus est Paulus, cùm ait: Nolite pueri effici sensibus, sed malitia paruuli 1. Cor. 14. estote, sensibus autem perfecti estote. Ita vult docere nos, vt efficiamur similes paruulis in honorū contemptu, & [illegible]. Vnde videri potest, Dominum, cùm requirit hic vt efficiamur similes paruulis, respexisse ad illorum quantitatem; vt sicut illi sunt parui corpore, sic nos simus parui animo. Quare Chrysostomus homil. 59. super Matthæum, ait: Quando Petrus prælatus est, humanum quid passi sunt discipuli; Chrysost. dolentes non solùm quia Petrus solus staterem, sed quia claues Regni suscepit, & beatus prædicatus est. Interim tamen nulla seculi cura tanguntur. Nos verò neque ad has discipulorum defectus peruenimus, nec enim curamus, quis sit maior in cœlis, sed quis erit ditior in terris. Tunc Dominus: Vos quæritis, quis sit maior, ego dico, qui se cæteris humiliorem non effecerit, Regno cælorum indignum iudico. Posuit etiam ob oculos paruulum, qui nec inuidere volunt, nec maiorem gloriam expectare. Non ergo sat nobis est fortitudo, aut prudentia, nisi humilitas adsit, & simplicitas. Paruuli si verberentur, non efficiuntur odio, nec si laudantur arrogantia. Ideò vt arbitror valdè paruulum ibi Dominus statuit, qui nec ira, nec superbia, nec insania maculatur. Vide verò quàm possit homo suam flectere voluntatem, vt paruulus fit. Basilius. Et Diuus Basilius respondens ad quaestionem 216. Ipse Euangelij locus (inquit) nos admonet quid velit, nempè, vt excellentiam non quaeramus, vt solent paruuli. Tunc verò Regnum Dei accipimus, vt paruuli, qui cùm discunt, non contradicunt, non disputant, sed Dei praecepta cum fide, & obedientia recipiunt. *Et qui susceperit vnum paruulum talem in nomine meo, me suscipit.* Paruulum, vt diximus, non dixit aetate, sed virtute. Ideò non istum dixit paruulum, sed talem. Tales enim paruuli sunt, qui illius paruuli humilitatem, & simplicitatem moribus exprimunt. Suscipere autem, quod hîc dicit Christus, non tantùm sonat in hospitium suscipere, sed generalis videtur esse vox ad obsequium quodlibet, vel corporale, vel spirituale, vt illum dicaris suscipere, quem in aliqua re adiuuas. Quomodò Rom. 15. cùm apud Paulum dicitur: Suscipite inuicem, sicut & Christus suscepit vos in honorem Dei. Est sensus. Adiuuate vos inuicem, vobis inuicem proficite, vos inuicem vehere, atque promouere in bonis laborate. *me suscipit*, id est, id omne mihi factum reputo. Sic enim in communi modoloquendi solemus dicere: Quod mihi facis, non mihi facis, sed Deo; volentes significare non tantùm nobis id fieri, sed etiam Deo, aut non tam nobis quàm Deo, qui illud sit remuneraturus, aut vindicaturus tanquam sibi factum. Denique significatur, sic praemiandos fore tales susceptores paruulorum, non qualiter homines solent praemiare, sed sicut Deus beneficus esse solet in eos, qui sibi aliquod praestant obsequium. Quare autem tales, & ipsum Christum, & Patrem suum (vt ait Marcus) suscipere dicantur, rationem reddit Lucas, cùm dicit: Nam qui minor est inter vos omnes, cordis scilicet humilitate, inter vos omnes, hoc est, qui omnium vestrûm maximè est alienus à superbia, & ambitione, hic est maior, vel vt habent Graeci, hic est magnus apud me scilicet, & Patrem meum, nempè magnus in Regno coelorû. Et ex hac ratione patet ad quid dictae sint sententiae superiores. Vnde Ambr. Ambros. lib. 7 in Lucam, ait: Qui enim imitatorem Christi recipit, Christum recipit; & qui imaginem Dei, Deum. Et quia imaginē Dei videre nō poteramus, facta est ad nos per Incarnationem Verbi praesentia, vt nobis diuinitas reconciliaretur. *Qui autem scandalizauerit vnū de pusillis istis qui in me credunt, expedit ei, vt suspēdatur mola asinaria in collo eius, & demergatur in profundū maris.* Expedit ei, intelligi potest impropriè ad hunc sensum. Dignus est talis vt suspēdatur. Vel sic. Vtile est illi ad expiationē grauissimi peccati, per mortis tēporalis supplicium puniri: vt mortem euadat aeternā, quam cōmeruit. Vel ad hunc sensum. Melius illi fuisset ante scandalum hoc commissum supplicio ignominioso vitam finire, quàm hîc deteriùs, & animam proximi scandalo suo perdere. Et haec videtur conuenientior interpretatio. Procul dubiò enim, quod per se malum non est, cuiusmodi est temporalis supplicij, perferendum est, & magis optandum eo quod est per se malum, vt est scandalizare proximum. Mola autem asinaria pro lapide molari accipitur. Sic enim in Graeco legitur apud Marcum Lythos mylicos, id est, lapis molaris. Quòd autem hoc in loco dicatur mola asinaria, duplex ratio assignari potest. Vel enim ab asino circumagitante lapidē asinaria mola dicitur, vt significetur lapidis magnitudo: vel lapis inferior ille magnus & immobilis, cui innititur superior, qui agitatur ac terit, mola asinaria dicitur, quod tanquam asinus pondus graue ferat, propter quod etiam asinus molaris dicitur ac inuenitur appellari, quomodò asinum nonnunquàm appellamus hominem ad ferendum onera idoneum. Itaque mors violenta per hoc designatur. In more quippè fuit olim, teste Hieron. vt maximè Hieron. facinorosi homines ligato ad collum saxo in profundum demergerentur. Vt intelligamus quantùm aestimet humiles Deus, vt qui eos scandalizauerit, graui debeat subiacere supplicio. Et vt intelligamus non minimū peccatum esse scandalum, cui talis decernitur poena. *Vae mundo à scandalis. Necesse est enim vt veniant scandala. Verūtamen vae homini illi, per quem scandalum venit.* Vae mundo à scandalis. Hebraismus est. Ac si diceret. Infelix est mundus propter scādala, & offendicula, quae pusillis assiduè imminent. Pro quo nota, quòd praepositiones, à, vel, ab, nunc causam designant, vt in hoc loco; nunc rem aliquam praesidere rei per ablatiuum significatā, vt Iosaphat erat à Commentarijs. Id est, praeerat Cōmentarijs. 2. Reg. 8. nunc 2. Reg. 8. comparationem, vt Paulus ait 2. Corint. 12. 2. Cor. 12. Nil minus feci à magnis Apostolis, hoc est: Luc. 18.

Nil

Nil minus quàm Apostoli magni. Et illud Lucæ. 18. Descendit hic iustificatus ab illo, id est, præ illo, aut plusquàm ille, ut ait Hieronymus: Itaque mundus infelix est propter scandala. *Necesse est enim ut veniant scãdala.* Non absoluta necessitate, quasi Deus aliud non posset efficere, nec homo singularia illa euitare, sed significatur quid certò futurum sit, tali loquendi modo, ac si dicamus, Proculdubiò ita est futurum, semper ita res se habebit, non est quòd expectes aliud. Sic enim, cùm omninò certissimè futurum aliquid significare volumus, dicere solemus, Oportet te hoc agere, necesse est ut facias.

Chrys.

Ita Chrysostomus hic. Vel necesse est ut veniant scandala, non absoluta necessitate, ut diximus, sed ex suppositione, supposita hominum praua inclinatione ad malũ ab adolescentia sua.

Simile.

Quemadmodùm videntes hominem voracem, & intemperatum dicimus: Necesse est hunc ægrotare. Sic dicitur: Necesse est ut veniant scandala. Quomodò si quis consideratis naturæ hominum inclinationibus, dicat: Necesse est ut fiant generationes, & commixtiones coniugum. Per quod nulli hominum adimitur libertas abstinendi à coitu, quia necessitas illa generaliter enunciatur, nec tamen in aliquem cadit singulariter hominem. Sic & hîc non dicitur: Necesse est, hunc, vel illum scandalizari, sed generaliter necesse est ut veniant scandala. Quare hæc necessitas non est referenda ad Dei prouidentiam, & præordinationem, ut sit sensus, non quòd Deus præordinauerit fieri scandala, aut hæreses; sed tanquàm qui prævidens homines relictos suæ libertati illa facturos, disposuit illa fieri permittere in bonum suorum electorum. Adeò enim ille bonus est, ut nullum malum fieri permitteret, nisi propter bonum aliquod. Et sic etiam intelligitur illud Pauli: Oportet & hæreses esse, ut qui probati sunt, manifesti fiant.

1. Cor. 11.

Id est, hic est finis, propter quem Deus permittit fieri hæreses. Vnde & subdit Dominus. *Væ autem illi homini per quem scandalũ venit.* Quoniam etsi id Deus permittat, non tamen necessitatem imponit, & ideò liberè scandalizat quisque. Quare, Væ illi. Cæterùm scandala, de quibus Dominus loquitur, sunt seditiones, irritationes, & persecutiones malorum, mala exempla doctrinæ, & postremò etiam bona, & licita quædam, sed indiscretè, aut inopportunè facta. *Si autem manus tua, aut pes tuus scandalizat te, abscinde eum, proiice abs te. Bonum est ad vitam ingredi debilem, vel claudum, quàm duas manus, vel duos pedes habentem mitti in ignem æternum. Et si oculus tuus scandalizat te, erue eum, & proiice abs te. Bonum est tibi vnum oculum habentem in vitam intrare, quàm duos oculos habentem mitti in gehennam ignis.* Hoc super caput quintum explicuimus. Vbi per manum, vel oculum res nobis charas, vel necessarias intelleximus, imò & affectus nostros; quos omnes, si impedimento nobis fuerint ad salutem, relinquere debemus. Cæterùm, ut optimè adnotauit Caietanus,

Caietan.

ideò membra gemina, manus, & pedes, & oculos in hanc metaphoram attulit, & non caput, nec ambas manus, nec ambos pedes, seu oculos eruendos censuit, ut significaret non impossibilia, & intolerabilia, nobis præcipere, quæ facere impossibile nobis, aut intolerabile est. Si enim quod scandalizat te, non potest se seiungere, vel quia caput tuum est, vel quia non est membrum tuum, ita quòd in tua sit potestate separari ab illo, vel quia vtraque manu carere non potes, nõ induceris tibi à Domino abscissio. Sed ne perplexus relinquaris, hoc tibi remedium superest, ut attendas tibi & caueas, ne scandalizans te, habeat effectum in te, & ne tu consentias peccato, aut ruinæ tuæ, propter suasionem alterius. *Videte ne contemnatis vnum ex his pusillis. Dico enim vobis, quia Angeli eorum in cælis, semper vident faciem Patris mei, qui in cælis est.* Quoniam proprium est hominibus humiles, ac paruulos despicere, ideò monet nos ad id cauendum: quoniam Angeli qui semper Deo assistunt, eorum agunt causam, atque defendunt. Sed de hoc plura statim. Redeamus iterum ad Euangelium.

Moralitas

In illa hora accesserunt discipuli ad Iesum, dicentes: Quis putas maior est in Regno cælorum? Superba, & vana cogitatio hæc fuit, cùm tamen Tob. 4. dicatur: Superbiam in corde tuo nunquàm dominari permittas.

Tob. 4.

Quis putas, &c. Benè Dominum de hoc interrogant: nam ut habetur Prouerb. 16. Spirituum ponderator est Dominus, qui merita vniuscuiusque pensare valet.

Prouerb. 16.

Maior est. Augustinus docet, quòd in his, quæ non mole magna sunt, idem est maius quod melius,

August.

id est, Quis erit dignior, aut melior, occasione forsan desumpta ex hoc, quod ab ipso Domino audierant, cùm dixit: Qui fecerit, & docuerit, hic magnus vocabitur in Regno cælorum, id est, melior, & san-

stior. Vnde quidam Philosophus, cui pusil-
litas corporis à quodã viro improbo obiecta
est, respondit, Non quod magnum est, bonũ est; sed quod bonũ est, magnũ est. In quo
Iob.1. sensu potest etiam accipi illud Iob.1. Erat
ille vir magnus inter omnes orientales. *In
Regno cælorum.* Quia (vt suprà diximus) non
contendebant de Regno terreno, sed de Regno cælorum, in quo bonum est magnum
esse, licèt non sit bonum, videri sibi esse
magnum. *Et aduocans Iesus paruulum, statuit
eum in medio eorum.* Aduocans, hoc est, ad sui
confirmationem vocans. Nam suprà dixerat
Matth.11. cap.11. Discite à me, quia mitis sum, & hu-
Esai.9. milis corde. Et Esai.9. Paruulus datus est nobis. Paruulus autem minor est paruo, & ille
est qui reputatione sui etiam paruis minor
1.Cor.15. est; quale est illud 1.Cor.15. Ego enim sum
minimus Apostolorum. Ecce paruis minor.
Qui non sum dignus vocari Apostolus. Ecce
minor minimis, qui paruis & minoribus mi-
Ephes.3. nores sunt, vt ipse Apostolus ad Ephes.3.
Mihi omnium sanctorum minimo, data est
Matth.11. gratia hæc. Suprà etiã dixit Dominus. Qui
minimus in Regno cælorum, maior est illo,
nempè Ioanne Baptista, qui maximus est
inter natos mulierum. *Statuit.* Hoc est, firmiter collocauit, vt à mente nunquam ex-
cideret. Nam humilitas in imo stans, firmo
stat pede, sed superbia in ventum elata eli-
ditur. Vnde Psalm.35. dicitur. Non veniat
mihi pes superbiæ, & manus peccatoris nõ
moueat me. Ibi ceciderunt qui operantur
iniquitatem, expulsi sunt, nec potuerunt
Psalm.35. stare. Non enim poterit quis in statu superbiæ firmiter stare, quia à Deo eliduntur se-
Psal.72. cundùm illud: Deiecisti eos, dum alleua-
Dani.10. rentur. Vnde Dani.10. dicitur: Sta in gradu
tuo. Qui est gradus pulueris & cineris. Sic
Eccles.10. enim dicitur Eccle.10. Quid superbis terra,
Simile. & cinis? *In medio eorum.* Quasi humilitas sit
velut centrum virtutis, ad quam omnes virtutes respicere debent, vt conseruentur. Sicut enim clauis, quæ est in medio ædificij,
omnes alios lapides sustinet, sic humilitas
conseruatrix virtutum est, sicut superbia
Iacob.4. dissipatrix. Nam Deus superbis resistit, humilibus autem dat gratiam. Vnde ipse Do-
Luc.22. minus Luc.22. dicit. Ego in medio vestrum
Rom.12. sum, sicut qui ministrat. Et Roman.12. Non
alta sapientes, sed humilibus consentientes.
Imò humilitas virtus est, cuius centrum
vbique est, circumferentia nusquam. Vbicunque enim sit humilis, semper se corde
tenet in imo, nunquam reputat se in sum-
mo. Vnde Paulus dicebat: Fratres, ego non *Philip.3.*
arbitror me comprehendisse. Vel sic: In
medio, hoc est, in corde quod in medio est,
sicut Dominus dixit: Discite à me, quia *Matth.11.*
mitis sum & humilis corde. Nam vt Sapiens
alibi dixit: Est qui nequiter se humiliat, &
interiora eius plena sunt dolo. *Et dixit:* *Eccle.19.*
Amen dico vobis: nisi conuersi fueritis. Conuertitur, qui se retrorsum agit, ac ponit,
sicut ille qui recumbit in nouissimo loco:
nam & Iordanis conuersus est retrorsum,
vt Iosue.3. dicitur: Steterunt aquæ Iordanis, *Iosue.3.*
descendentes in loco vno, & ad instar mon-
tis intumescentes. Nam ex hoc quòd conuersæ sunt, eleuatæ sunt, iuxta illam Domini sententiam: Qui se humiliat, exaltabitur. Quoniam nisi conuersi fueritis, gla- *Psal.7.*
dium suum vibrabit. Et Zachar.1. dicitur: *Zach.1.*
Conuertimini ad me, humilem, scilicet, &
paruum. Qui enim conuertitur ad se, ad sui *Luc.15.*
cognitionem reuertitur, sicut quando conuersus est filius prodigus, dicitur, ad se fuisse reuersus. *Et efficiamini sicut paruulus iste.*
Paruuli enim mites sunt, & innocentes, iniuriarum immemores, non ambitiosi, nec
libidinosi. Vnde Versus:
Credulus, [illegible], simplex, placabilis, insons,
Castus, amans plorans, humilis, [illegible] cito credit,
Nam de primo horum dicitur Psalm.24. In- *Psalm.24.*
nocentes, & recti adhæserunt mihi. Et de
secundo dicitur ad Ephes.4. Sol nõ occidat *Ephes.4.*
super iracundiam vestram. Tertium autem
prohibet idem Paulus, cùm ad Gala.6. dicit: *Galat.6.*
Non efficiamur inanis gloriæ cupidi, inuicem prouocantes, inuicem inuidentes. Et de
quinto Leuit.19. Non quæras vltionem, nec
memor eris iniuriæ ciuium tuorum. *Non in-* *Leuit.19.*
trabitis in Regnum cælorum. Hoc est, in gaudium Regni. Dicitur autẽ intrare, quia continuis profectibus oportet intrare eum, qui
intrare desiderat. Quarè Iob.22. dicitur: Sal- *Iob.22.*
uabitur innocens, saluabitur autem in munditia manuum suarũ. Et Psal.23. Quis ascen- *Psal.23.*
det in montem Dñi, aut quis stabit in loco
sancto eius? Innocens manibus, & mundo
corde, id est, tàm cogitatu, quàm opere mundus.
Nam Christus est ostium Regni cælorũ, vt *Ioan.10.*
ipse dicit: Christus autem humilis est, & in
ostio humili altus impingit, & redit retrò.
Quare ostium istud tàm humile, superbũ caput [illegible]. Vnde Christus Ioan.14. Nemo *Ioan.14.*
venit ad Patrem nisi per me: vtpotè qui humilis sum. *Quicunque ergo humiliauerit se sicut
paruulus iste.* Secundũ humilitatis docet, iuxta
illud 1.Cor.14. Malitia paruuli estote, sensi- *1.Cor.14.*
bus

bus autē perfecti essemus. Et quæ stulta sunt mundi. *Hic est maior.* Id est, est, vel etiam habet causam, quæ facit eum maiorē. Maior utique, aliis non sic se habentibus. Nam scriptū est

Ioh. 12.

Ioh. 12. Qui humiliatus fuerit, erit in gloria. Et Prouer. 29. Superbū sequitur humilitas, humilem spiritu suscipiet gloria. Et 1. Petr. 5. Humiliamini sub potenti manu Dei, ut vos exaltet in die visitationis. *Et qui susceperit vnū paruulum talem, in nomine meo, me suscipit.* Qui suscepit aliquem in nomine bene[...] in ministrando, vt scriptū est ex Paul. Rom. 15. Et 1. Timot. 5. Si hospitio pauperes suscepit, si sanctorum pedes lauit, si tribulationē patientibus subministrauit. *Vnum paruulum.* Vnū dicit paruulū. Paruus enim paruis congruus est. Et licet aliquis plures non possit suscipere, vnū autē quis non valeret? Et quod [...] Christi, qui per hos paruulos intelliguntur, nō cū pōpa seculari, aut maximo comitatu, sed soli, & pauperes [...] debet esse, ideò non est qui excusationem prætexere possit, quo minus illos suscipere valeat. Veniunt enim in nomine Christi, in figura humilitatis, & paupertatis eius, nō autē veniunt in nomine Nabuchodonosor Regis Babylonis, in cuius nomine venit Holofernes, omnia vastans, & consumens, cuius ferocitatē animi nemo mitigare potuit. Vnde Luc. 10. dicitur: Qui vos audit, me audit, & qui vos spernit, me spernit. Supra 10. Qui recipit iustum in nomine iusti, mercedem iusti accipiet. *Qui autē scandalizauerit vnum de pusillis istis, qui in me credunt, expedit ei vt suspendatur mola asinaria in collo eius, & demergatur in profundum maris.* Sensus est. Principes amant sui similes, atque ad suā contumeliam pertinere putāt, si quis aliquē è magnatibus contumelia affecerit, & in se collatum beneficiū arbitrantur, quod in illos fuerit collatū. Ego mei similib' delector, mihiq; apud me gratus est humilium, atque simplicium, vt qui vnumquemuis ex his receperit, qui mihi fidunt, totiq; pendent ex me, id muneris se mihi impēdisse sciat. Qui verò ex his vnum, qui mihi in humilitate, atque simplicitate adhærent, scandalizauerit, pœnas daturus est atrociores, quā si demergatur in mari. *Qui ergo scandalizauerit vnum, &c.* Scandalizat autē actiuè alterum, vt suprà dictum est, qui dicto & facto minùs recto occasionē dat ruinæ. Quod Rom. 14. dicitur: Hoc iudicate magis, ne ponatis offendiculum fratribus, vel scandalum. Vnde August. sic intelligit illud Psalmi. 49. Aduersus filium matris tuæ ponebas scādalum.

Prouer. 29.
1. Petr. 5.
Roma. 15.
1. Tim. 5.
Luc. 10.
Matth. 10.
Rom. 14.
August.
Psal. 49.

Id est, contra pusillos, qui sunt filij matris, & non patris: quia non sunt apti ad comedendum solidum cibum in mensa patris, sed sugunt ad vbera matris, quibus Paul. 1. Thes. 2. ait: Facti sumus paruuli in medio vestri, tanquam si nutrix foueat filios suos. Non dicit, pariat, sed foueat, tanquam paruulos. Pusillos autem hic vocat infirmos, & imbecilles in fide, de quibus, 1. Cor. 8. dicitur: Videte ne fortè hæc licentia vestra offendiculū fiat infirmis. Hi enim lacte pascendi sunt, & blanditer educandi. Vt Esai. 66. dicitur: Ad vbera portabimini, & super genua blandientur vobis. Ideò enim dicit: *Qui in me credunt.* Vt ostēdat imbecillitatem eorum esse in fide, de quibus dicitur Lucæ. 8. quòd ad tempus credunt, & in tempore tribulationis recedunt. Nam si fortes essent in fide, nō scandalizarentur. Scriptum est Prouerb. 12. Non contristabit iustum quidquid ei acciderit. De quibus Paul. ait: Infirmum in fide assumite. Et quidē secundùm consequentiam superæ dici deberet: Qui non suscipit paruulum talem in nomine meo, me non suscipit. Quæ res omne punitionum genus excedit. Tamē quia rudes, & insensati homines magis mouentur pœnis externis, molam potiùs & submersionem posuit: nec dixit molam collo eius suspēsum iri. Sed expedit (inquit) huiusmodi, si hoc pateretur, nam id melius esset ei, vt ostendat grauius quoddā, & acerbius malum hunc manere. Sicut igitur superiori sententia omnes nos ad beneficientiam excitare voluit, sic hæc sententia omnes nos terrere voluit, ne offendamus simplices. De' enim est, qui retribuere vult, quidquid in suos beneficij cōtuleris, & Deus idē est qui vindicare vult eorū offensam. Hinc Abrahā dictum est: Benedicā benedicentibus tibi, & maledicā maledicentibus tibi. Genes. 12. Sic per Moysen dicitur. Exod. 22. Si læseritis eos, clamabūt ad me, & ego audiā clamorē eorū. Idem Deut. 15. & 24. Sic & Psal. 104. ait: Nolite tangere Christos meos. Et præmiserat: Corripuit pro eis Reges. Sæpè enim etiam Regna perdidit Deus propter vnū hominem iniustè læsum. Sic Ægyptū puniuit propter Saram vxorē Abrahæ: sic & Regē Abimelech propter eandē causam: sic propter Dinam filiam Iacob violatam omnes Sichimitæ perierūt. Sic propter vxorem Leuitæ ludibrio expositam tota ferè tribus Beniamin perijt. Sic propter Prophetas iniustè occisos Hierusalē deuastatur. Idem Iudæis Christus minatus est. Matth. 23.

1. Thes. 2.
1. Cor. 8.
Esai. 66.
Luc. 8.
Prouerb. 12.
Genes. 12.
Exod. 22.
Deut. 15. & 24.
Psal. 104.
Genes. 12.
Genes. 20.
Genes. 34.
Iud. 19.
Matt. 23.

vt veniat super vos omnis sanguis iustus, &c.
Hæc Scripturæ exempla attendant hi, qui
leue peccatũ iudicant pauperes opprimere.
Nihilominus sanguinem Dominus omnium
Iesus, pro redimendis illis quamlibet con-
temptis, quàm pro summis Monarchis effudit, atq; in die iudicij non minùs pro pau-
perculis, quàm pro magnatibus rationẽ exigit Dominus. Itaq; qui putant esse leuẽ iacturam, cùm expilant, affligunt, reijciunt
humiles, & tenues, Christum ipsum qui est
sapientia Patris, stultitiæ condemnant, qui
pro talibus seruandis pretiosum sanguinẽ effuderit. Vnde hoc accipe documentũ. Nulla alia re magis lucrari poteris, quàm benefaciendo Christianis. Stat enim sententia hæc:
Qui vestrum suscipit, me suscipit. Nulla alia
re certius tibi periculum, ac perditionẽ ad-
sciscis, quàm lædendo simplices illos. Stat
Zach. 2. enim sententia: Qui tangit vos, tangit pupillam oculi mei. Item ista: Qui scandalizauerit vnum de pusillis istis. Hæc de his, qui externè offendunt ac lædunt Euangelicos illos
paruos. Non solùm autẽ hæc Christi verba
ad eos referuntur, qui spiritualiter offendũt
simplices, hoc est, qui falsa doctrina, vel peruersa vita, alios à salute retrahunt, aut in
exitium ducunt. His enim meliùs fuisset cũ
mola asinaria demergi in profundo maris.
Gregor. Vide D. Grego. libro. 1. Pastoral. cap. 2. Per
molam asinariam (ait) secularis vitæ labor,
Psalm. 11. & circuitus exprimitur. Nam in circuitu
impij ambulãt. Per profundũ maris æterna
damnatio. Qui ergo sub spiritu sanctitatis
alios destruit verbo vel exẽplo, meliùs erat
ei, vt sub exteriori habitu hũc terrena con-
stringerent acta, quàm quòd sacra officia
cæteris in culpa imitabilem demonstrarent.
Quia si solus caderet, tolerabilior eum pœna cruciaret. In eius figurà mulier quædam
fragmine molæ desuper iacta occidit Abi-
Iud. 9. melech. Et vnus Angelus fortis sustulit lapi-
Apoc. 18. dem, quasi molarem magnum, & misit in
mare, quasi per hoc instrueremur, ꝙ pœna
debita his, qui huiusmodi peccatis innobsti
alios scandalizant, hæc sit quàm hic exprimit Christus. Contra quos spiritualiter clamat. Væ mundo à scãdalis. Quòd graue autem peccatum sit scandalum, ex his patet.
Primò, quòd Christus violentã mortem potiùs ferendam docet. Secundò, quòd Væ,
exclamat, quòd plerunq; in Scriptura certã
damnationem innuit. Tertiò, quia scanda-
1. Cor. 8. lum charitatẽ oppugnat, quæ summa est Chri-
stianismi. Quartò, quia perdit eum, pro quo

Christus mortuus est. Hinc Paul. 1. Cor. 8.
Sic (enim ait) peccantes, & infirmorũ conscientias percutientes, in Christo peccatis.
Item Rom. 14. Noli cibo tuo illum perdere, Roma. 14.
pro quo Christus mortuus est. Apud Eze- Ezech. 3.
chielem: Sanguinem huius se requisiturum
dicit de manu eius, cuius negligentia alius
perijt. Quantò magis ab eo, qui data opera
alium perdit. Væ igitur mundo à scandalis.
Væ illud, non tam comminantis, quàm dolentis est. Vnde magni redditẽ clementiæ in
Christo considera, qui non modò nullã molestiam ex aduersariorum duritia capiebat,
veràm etiam flendo & dolendo, ac damnationem prædicendo, ad sanã eos mentem reuocare conabatur. In hoc enim differt hostis à
patre. Quòd hostis quidẽ comminando perdere conatur, quemadmodum de Pharaone
scribitur Exod. 15. Euaginabo gladiũ, inter- Exod. 15.
ficiet eos manus mea. Pater verò commnan-
do, seruare conatur, & dolet, si quando pœnã
infligere cogitur. Hinc Esai. 1. dicitur: Heũ, Esai. 1.
cõsolabor ego sup hostib⁹ meis. Et Ezech. 6. Ezech. 6.
Heu, ad omnes abominationes dom⁹ Israel:
quia gladio, fame, & peste morituri sunt.
Priùs enim gemit vindictã, quàm eam infligat. *Væ mundo*. Idest. Væ prauis hominibus, si enim hic dicuntur mundus, sicut &
Ioan. 1. In mundo erat, & mundus eum non Ioan. 1.
cognouit. Hoc est, praui homines nõ cognouerunt illum. Et illud Ioan. 7. Me odit mun- Ioan. 7.
dus: quia ego testimonium perhibeo, quòd
opera eius mala sunt. Et illud Ioan. 15. Ego Ioan. 15.
elegi vos de mundo. Ad mundum enim per-
tinet quidquid scandalizat. Veri enim lucis
filij neminem scandalizant, imò viuunt sine
offensione, & querela, lucentq; tanquam luminaria in medio nationis prauæ, commen-
dantq; se ad omnẽ conscientiam hominum
in cõspectu Dei. Ex quo colligo, paucos esse
qui de mundo non sint; cùm passim apud
omnes scandala, & praua opera conspiciuntur. *Necesse est enim, vt veniant scandala*. Hoc
iam supra explicuimus. Hieron. hic ait: Si- Hieronym.
cut necesse est ignẽ calere, niuemq; frigere;
ita necesse est, vt iniquitas mundi erroribus
pleni scandala pariat, perfectorũ verò charitas, pietatis operibus luceat. Verũtamen,
ꝗa nulla necessitas cogit humana corda esse
iniqua, quæ tamẽ quia iniqua sunt, scandala
mouent; ideò væ illi cuius vitio veniunt. Vbi
obiter notandum, ꝙ scandalũ dicitur obex,
Positio obicis, casus, impactio pedis, obex in
via morũ est omne dictum, vel factũ minùs
rectũ, ad quod offendi potest spiritualis pes
proximi,

prouehat. Positio obicis est scandalizantis operatio mala, vel affectio mentis. Casus est impletio peccati, quæ dicitur Scandalum passiuum. *Si autem manus tua, vel pes tuus scandalizat te, abscinde eum, & proiice abs te. Bonum est tibi ad vitam ingredi debilem, vel claudum, quàm duas manus, vel duos pedes habentem, mitti in ignem æternum. Et si oculus tuus scandalizat te, erue eum, & proiice abs te. Bonum est tibi, cum vno oculo ad vitam intrare, quàm duos oculos habentem, mitti in gehennam ignis.* Hic docemur, vt priuemus quibusuis societatibus, quæ nobis scandalo esse possent. Nam

3. Reg. 12. ideò Roboam maximam partem Regni sui amisit, quoniam iuniorum consilio adhæsit, eorumque consilium secutus est, relictis melioribus,

Prou. 22. & antiquioribus. Vnde Prouerbiis dicitur; Noli esse amicus homini iracundo, neque ambules cum viro furioso, ne forte discas semitas illius, & sumas scandalum animæ tuæ. Et alibi, Qui

Eccles. 13. tetigerit picem, inquinabitur ab ea, & qui communicauerit superbo, induet superbiam (*Vestirse ha de su librea*) & addit: *Bonum est tibi, &c.* Significare voluit melius esse, vt vel soli, vel cum paucis amicis saluemur, quàm cum pluribus pereamus, quemadmodum quisque præstare iudicat manum, vel pedem amputare temporalem vitam conseruare, quàm illis seruatis totum corpus perdere. Ideò eorum tantum membrorum meminit, quæ bina habemus, vt sunt manus, pes, oculus; quò significaret consortium hominum quæ nobis sunt, velut altera manus, vel pes, vel oculus. Quòd si singillatim per manum, pedem, vel oculum, diuersa intelligere placet (quoniam Marcus tres de his habet distinctas sententias) per manum intelligi poterunt hi qui nobis, velut collaterales sunt, vt amici, & vxor: per pedem ministri; qui vbiq; nostri causa discurrunt: per oculum Doctores, & magistri. Aut per manum amici, quorum opera vtimur, per pedē, hi quibus innitimur, vt parentes: per oculum, cha-

Gregor. rissimi, vt filij, & vxor. Gregorius verò libro. 6. Moralium, cap. 16. sic explicat. Si oculus vitæ contemplatiuæ nocet, quia non vales summa contemplari, melius est tibi luscum esse, vt intres in cœlum, quā cum duobus oculis cadere in infernum. Sunt enim qui addicti contemplationi eorum, quæ assequi nequeūt, in peruersa dogmata cadūt. His melius fuerat, vt vitæ actiuæ mola, quā adstricti in circuitu laboris verterentur, ad eorum collū colligaretur, vt in profundum sæculi demergerentur. Hoc itaq; experientia docet maximè his temporibus, in quibus quamplurimi, qui volentes alta sapere in maximos errores districti sunt. Quibus satius fuisset alia via perfectionem quærere, quàm alta conscendentes præcipites ruere.

Videte ne contemnatis vnum ex his pusillis. Dico enim vobis, quia Angeli eorum in cælis, semper vident faciem Patris mei qui in cælis est. *De Angelis tutel.* Hic etiam explicat horum pusillorum dignitatem, quippè qui tanta polleant authoritate apud Patrem, vt pædagogos habeant Angelos, qui semper Dei vultum contemplantur. Nam vt dicitur Sapi. 6. Pusillum, & magnū *Sapien. 6.* ipse fecit, & æqualiter est illi cura de omnibus. Et Lucas, Nolite timere pusillus grex: *Luc. 12.* quia complacuit Patri dare vobis Regnum. Et præterea quia humiles, & pusilli, etsi per se impotentes sint ad vindictam sumēdam, & ad se defendendum; tamen habēt Angelos, qui eorum causam agūt apud Deum, deferētes, & accusantes apud illos, qui ipsis iniuriam aliquam intulerant, & scandala obiecerant. Esse autem Angelos deputatos super res corporeas ad custodiam hominum, docet D. Tho. prima parte, q. 110. & quæst. *D. Thom.* 113. Nam in omnibus rebus, tam humanis, quàm naturalibus potestas particularis gubernatur à potestate Regis, vel Imperatoris: & inter Angelos illi, qui superiores sunt natura, & præsunt inferioribus, habēt scientiam magis vniuersalem, & per vniuersaliores species intelligunt; virtus autem cuiuscunque corporis est indiuiduata per materiā, & determinata ad hīc, & nunc: sed formæ immateriales, quales sunt Angelorū, sunt absolutæ à materia, & intelligibiles: ergo si inferiores Angeli, eò quòd habent formas magis particulares, per superiores gubernātur; multò magis corpora per Angelos regi debent. Vnde Aug. 3. de doctrina Christiana, *August.* & Gregorius, 4. dialog. docent, quòd in hoc *Gregor.* mūdo visibili nihil nisi per Creaturam inuisibilem disponi potest. Et quia, vt Gregorius docet, omnia corporalia per spiritualia gubernantur. Videmus enim in corpore hominis omnia membra per oculum gubernari, & oculus spiritualior est inter alios sensus: oculus verò per pupillā regitur, quæ adhuc delicatior, spiritualiorq; est: omnia autem membra per animam, quæ substantia spiritualis est, licèt incōpleta: & deniq; ipsa Anima per Angelos, qui completæ substantiæ sunt. Cæterum peculiariter Creatura rationalis, qualis est Homo, custodia Angelorum indiget. Quoniam secundū rationem diuinæ prouidentiæ, mobilia, & variabilia, per immobilia gubernantur. Videmus enim corporalia per substantias incorporales, & immobiles gubernari, tanquam Angeli sunt Rectores orbis, & corpora inferiora, quæ etiã secundũ substãtiam variãtur, mouentur per superiora corpora, quæ secundũ substãtiã inuariabilia sunt. Imo & nos regulamus conclusiones, in quibus potest esse diuersitas, & variabilitas opinionũ, per principia quæ inuariabiliter tenem⁹. Affectus autẽ hominis est variabilis, ergò indiget inuariabiliũ substantiarũ custodia. *Psalm. 90.* Sic enim Psal. 90. dicitur. Angelis suis mandauit de te, vt custodiant te in omnibus vijs tuis. *Psalm. 33.* Et Psal. 33. Immittit Angelũ Dñi in circuitu timentiũ eũ, & eripiet eos. *Exod. 23.* Quod etiã patet ex capite. 23. Exodi. *Dani. 10.* Et ex Dani. c. 10. & Apoca. 12. & alijs locis. *Apoca. 12.* Quòd autẽ singulis hominibus singuli Angeli deputentur, & ex prouidentia Dei colligi potest, cuius executio est custodia Angelorũ. Nã prouidẽtia Dei aliter se habet circa res incorruptibiles, quã circa corruptibiles: quia prouidẽtia Dei præcipuè se ostẽdit erga ea, quæ perpetuò manent, ad alia quippe solũ se habet, in quantum ea ordinat ad res perpetuas. *Hieronym.* Vndè Diuus Hieronymus super hunc locũ ait. Magna est dignitas animarũ, vt vnaquæq; habeat ab ortu natiuitatis suæ in custodiã sui Angelũ delegatũ. Quod ex alio simili Scripturæ loco colligis. *Actor. 12.* Nã Actuum 12. Cum Rhode puella nũtiaret Petrũ stare præ foribus, alij dicebãt Angelũ eius esse. Cũ enim dicũtur quidam Angeli horũ, vel illorũ, significare videntur Angeli, qui illi, vel illi sunt à Deo deputati. *Hierony.* Vndè Hiero. super caput vltimũ Esaiæ ait. Quod autẽ vnusquisq; nostrũ habeat Angelos, multæ Scripturæ docent, è quibus illud est. Nolite contemnere vnum de minimis istis: quia Angeli eorũ vidẽt quotidiè faciem Patris mei qui in cœlis est. Et puella Rhode Petrũ Apostolũ nũtiãte, alij Angelũ ipsius esse dicebãt. Origenes tamẽ ex hoc loco nõ intelligit, nisi quòd iustis solũ Angeli sunt deputati, nã de iustis dũtaxat est hic sermo. Et proponit inquirẽdũ, an iustis deputẽtur Angeli à Sacramento regenerationis, hoc est, à Baptismo, an ab ortu natiuitatis; quia scilicet eos præuidit Deus fore iustos, & in suũ Regnũ prædestinauit. Sed visus iã obtinuit, quòd à natiuitate hominis deputatur ei vn⁹ Angelus. Ita docet D. Th. in art. 5. huius quæstionis 113. Nã ea quæ supernaturaliter, & diuinit⁹ dãtur homini, eò quòd est Christianus, à Baptismo ei⁹ incipiunt, sed ea quæ sunt prouidentiæ [illegible] homini in quãtũ habet naturã rationalẽ, à principio ex tunc exhibentur, ex quo nascendo talẽ naturã cõcepit: & tale est beneficiũ custodiæ, vt dictũ est. Vndè in libro de diligendo Deo, qui inter illa D. Hieronymi censetur, sic enim habetur capite. 12. Maximũ æstimo, & illud fuisse beneficiũ [illegible]. Angelũ à principio ortu natiuitatis meæ, pro me custodiendo, vsq; ad hoc tempus mihi deputasti. Vndè quidã Sãctus ait. Magna est dignitas Animarũ, vt quæq; habeat ab ortu natiuitatis suæ ad custodiã sui Angelũ delegatũ. Et hæc prouidẽtia diuina etiã ad [illegible] se extẽdit, & quãtũ ad genera sic est. Nam in plura, & grauiora, quæcunque inciderent peccata, & grauius dæmones in eos desæuirent, nisi Angelus custos obstaret. Vndè singulis Prouincijs Angelos esse deputatos colligunt Sãcti, ex illo Deuter. c. 32. secundũ Septuaginta. *Exod. 32. secundum Septuaginta.* Cõstituit fines Gentiũ secundũ numerũ Angelorũ Dei. Sed quoniã peculiaris est quædã Dei prouidẽtia circa electos, quos ad æternã vitam præparauit, ideò Scripturæ peculiariter dicunt Angelos mitti in custodiã, & protectionem iustorũ. *Theophil.* Vndè Theophil. Omnes (inquit) homines, & maximè fideles suos Angelos habẽt. *Chrysost.* Et D. Chrysost. intelligit, ideò dictũ de Angelis pusillorũ, quòd semper vidẽt faciem Dei, vt significetur Angelos eorũ esse excellẽtiores. Illo enim significari illorum præcipuũ honorẽ. Hinc fortè ortum habuit illa multiplicatio deorum apud Gentes, vt alius sit qui in vtero assistat puero, alius qui in cunabulis, alius qui in puero, alius adolescẽti, aut viro, &c. *August.* vt Augustinus refert in libro de Ciuitate Dei. Nos tamẽ vnũ, & eundẽ Angelũ ponim⁹, à natiuitate vsq; ad mortẽ à Deo ad id mun⁹ deputatũ. Nã puer in vtero materno eodẽ Angelo quo mater custodiẽtur: quia puer est aliquid matris, sicut fructus in arbore pẽdens est aliquid arboris, vt probabiliter docet D. Th. ar. 5. ad 3. argum. *D. Thom.* Sed quã Euangeliũ hoc in solemnitate S. Michaelis, & sanctorũ Angelorũ canitur, præter ea quæ dicta sunt, est aduertẽdũ, maximè cõdecens, ac iustũ esse, vt homines, qui peccatores sunt⁹ Angelos venerentur in terris: quòd ipsis gaudiũ est in cœlis super vno peccatore pœnitẽtiã agẽte. *Alia versio, seu concio Angelorum.* *Luc. 15.* Secũdò, quia debitores illis maximè sum⁹, præcipuè vltimis trib⁹ ordinib⁹, qui ad custodiã nostri deputati sunt, quã & animam, & corpora nostra magna cura custodiunt, ne in illis lædamur, iuxta id quòd ex Psal. 90. citauimus, vbi dicitur, quòd Angelis *Psal. 90.*

suis

Deus mādauit de te, vt custodiant te in omnibus vijs tuis. In manibus portabunt te, ne forte offendas ad lapidē pedē tuū. Pædagogi quippè nobis sunt, qui in manib⁹ nos portant, ne aliquā læsionē accipiamus. Deinde festiuitas, ac celebritas sanctorum Angelorum in Dei gloriam etiam redundat, sicut in gloriā terreni Principis cedit, quòd multos ministros habeat, & illos nobiles, atque potentes: nam dicitur in Prouerbijs. In multitudine populi dignitas Regis, in paucitate ciuium ignominia Principis. Sic in laudem & gloriā Dei cedit, quòd tot millia Angelorum ministrantium sibi habeat, illos tanto decore, ac potestate fulgentes, ita quòd quilibet per se multorum annorū spatia in sui contēplatione requirat, & simul omnes nūquā videantur intellectus cōtemplationem satiare. Quare Aristoteles qui in beatitudinis veræ cognitionem, propius ad veritatē accessit, perfectam beatitudinem collocauit in contemplatione substantiarum separatarum, sic existimās illas esse tot perfectionibus, ac virtutibus refertas, vt in æternum possent animam in sui contemplatione beatam, ac lætā continere. Ioan. in Apoc. scribit se vidisse Angelū Domini sic gloria, decore, ac claritate circūdatum, vt existimaret illum esse Deum, & ideò illum voluisse adorare; nisi ab ipsomet Angelo prohibitus fuisset, vt innotescat quanta sit Angelorum claritas, ac species. Si enim tam decori sunt serui, quanta erit eorum Domini gloria, ac pulchritudo? Accedit ad hæc, quòd cùm ipsi sine requie, ac fine in Dei laudibus occupentur Sanctus, Sanctus, Sanctus, Dominus Deus sabaoth [illegible], iustum est, vt [illegible] aliquando in eorum occupemur laudibus. Nam ipsi laudantes Deum, nostros in hoc defectus supplent, cùm peccatores simus, & non sit speciosa laus in ore peccatoris. Cæterùm opera quæ boni Angeli fecerūt, quibus beatitudinem quam modò possidēt meruerūt, secretè in hoc Euangelio tāguntur. Nā volo vos scire, fratres, beatitudinē meruisse, ac præmij locum obtinere: præmium enim, aut merces, nisi pro aliquo merito non dātur: quare nulla creatura pura hanc possidet beatitudinem, nisi prius aliquo actu eam meruerit. Et Arist. dixit, beatitudinem esse præmium virtutis. Quæ autē fuerit hæc operatio bonorum Angelorum, qua tantam felicitatem meruerint, in hoc Euangelio secretè ostenditur. Nam cùm ad Discipulorū quæstionem Dominus paruulum in medio

Prou. 14.

Aristot.

Apoc. 19.

Eccles. 15.

Aristot.

eorum statuisset, ostēdens oportere nos paruulos & humiles fieri, de his loquens, mentionē sanctorū Angelorū facit dicens, quòd Angeli eorum in cœlis semper vident faciē Patris; tacitè insinuare videtur hanc fuisse bonorum Angelorū virtutē, nempè humilitatem, qua faciē Dei meruerunt videre, sicut & malorum fuit superbia. Pro quo scire oportet ex Diui Thomæ doctrina in prima parte, quòd à principio, quando Deus cœlū & terram creauit, omnia hæc loca habitatoribus repleuit, nam terrā, plantis, ac animalibus; aquas, piscibus; aërem auibus, cœlos, stellis, alios Sole, aut Luna, aut alijs planetis adimpleuit; empyreum verò cœlū, quod pro curia sua elegit, Angelicis spiritibus repleuit, qui altiores gradus cæteris terrenis creaturis sunt. Et sicut hominē in terrestri Paradiso cōdidit, secundū aliquorū opinionē, sic & Angelos in cœlesti. Nam sicut Paradisus terrestris est optimus locus terræ, & ideò in illo posuit hominē qui cæteris terrenis præstit; sic empyreum cœlum melior est locus cœlorum, in quo & perfectiorem creaturam, qualis est spiritualis, collocauit. Et sicut inter animalia diuersæ species reperiuntur aliæ alijs perfectiores, sic inter Angelos contingit. Ipse illos optimis refertos virtutibus creauit, dicens inter illos alius alio excellentior sit, quilibet tamen in sua specie perfectissimus est. Sed inter cæteros, vnū omnibus præstantem condidit. De quo Propheta dicere solet, plenum esse pretiosissimis margaritis, ad insinuādas clarissimas perfectiones, ac virtutes, quæ in eo fulgebant. Quod si D. Thomæ credimus, Angel⁹, qui tanto maior est in naturalibus, tantò ipsi supernaturalibus perfectior fuit, ita quòd Angelus beatior in gloria, in perfectionibus naturalibus etiam præeminentior est. Quoniā sicut videmus artificem, quando lapidem delicatius, ac accuratius quā alios polire, ex eo colligim⁹ in meliori loco ædificij se velle illū collocare ad maiorē eius pulchritudinē. Sic omniū artifex De⁹ Angelū illū, in quo plures virtutes naturales collocauerat, & manū suā in eo delineando posuerat, ad maiorē etiā gloriā elegit, & in meliori loco collocare illū instituit, vt sic pulchritudo ei⁹ perfecti⁹ cōstaret: cū supernaturalia dona in naturalibus fundentur. Præcipuè q in Angelis, nec erat caro, nec impedimentū aliud, quominùs toti suis viribus naturalibus, antequam beatificentur, ferrentur in Deum, sicut in homine plura impediunt, ne toto suo conatu feratur

Ezech. 28.

Simile.

In

in Deū. Qua ratione inter homines, nō qui perfectior in naturalibus est, in supernaturalibus etiā excellētior erit: in Angelis autē quia tale obstaculū nō erat, toto suo conatu quis vehebatur in Deū. Quare, qui maiores habuit vires naturales, fortiori vi ad Deū se cōuertit, ac ideò eminentiorē locum in gloria obtinet. Huic autē doctrinæ ex eodē Doctore addēdū est, Angelos, ac homines creasse Deū in sua amicitia, ac gratia: quoniā cū illius beatitudinis cōpotes cōdidisset, oportuit vt ipsa principia, quibus talē finē adepturi erant, simul præstitisset. Sic enim, & à principio orbis cōditi, fecit Deus cum omnibus vegetabilibus; virtutē simul cū eorū esse cōtulit, qua suos fines adipisci valerēt. Nā sicut

Genes. 1. dicitur Genes. 1. Germinet terra herbā virentē, & facientē fructū, cuius semē in semetipsa sit super terrā. Vbi & Aug. docet om-

August. nibus rebus suā virtutē contulisse Deū, qua suos possent assequi fines. Quare cū Angelos ad beatitudinem adipiscendā creasset, etiā si finis ille omnes vires naturales superet, nā eō de.. eos fecit, vt simul illis infudisset media, quibus talē cōsequerentur finē: Hæc autē sunt gratia, & charitas, & cæteræ virtutes per se infusæ. Igitur ex his fundamentis meā facilē capietis doctrinā. Creauit Deus vnū Angelū præstātiorem cæteris, tā in bonis naturalibus, quā in gratuitis, vt sic & perfectius per fidē agnosceret Deū, & feruētius per charitatē ferretur in illū. Ille tamē cōtrarium fecit. Nam cū in se tanta perfectione cumulatum vidisset, cum eam protinus referre deberet in Deū, in sui ipsius contemplatione, & amore potius consistit. Et intelligens per fidē, quod soli Deo debebatur beatitudo absq; meritis, visum sibi fuit iustū, vt sibi etiam propter se beatitudo deberetur, & quod per semetipsum proprijs viribus deberet eam adipisci, nec aliud ab eo deberet exigi, quam naturalis perfectio, ac vis. Et hoc est, quod dicitur voluisse esse sicut

Psal. 14. Deus, cùm dixit, Ascendam in cœlum, similis ero Altissimo. Non concupiuit esse Deum (hoc enim satis sibi cōstabat impossibile esse, nec in Angelo sapientissimo tā crassa ignorātia potuit cadere) nec animo concepit non esse subditus Deo (hoc enim fuisset desiderare se nō esse, cū optimè nosset nullā creaturam subsistere posse, nisi sub potēti manu Dei) sed id sibi persuasit, quod deberet ipse suis naturalibus virib' adipisci, id quod sine speciali, ac supernaturali Dei auxilio cōsequi nō valebat. Hoc autē solius Dei proprium est, cui beatitudo, ac felicitas sua naturalissima est. Sic in sui cōtemplatione se immersit, tantumque sibi ipsi placuit, vt gratiā Dei, quasi superfluā sibi vilipēdio haberet, sibiq; dari voluit beatitudinē ob sua naturalia, sicut & Deo propter seipsum debita est. Id enim est, quod B. Anselmus dicit, quod Angelus

Anselm. appetiuit id, ad quod peruenisset, si stetisset. Desiderauit enim beatitudinē, quā cōsecutus fuisset, si modū in appetēdo seruasset. Hoc ergò fuit mali Angeli peccatū, & eorū qui illū in peccato secuti sunt. E regione verò sanctorum Angelorum virtus humilitas fuit, sicut in beato Archāgelo Michaële visum est, & in cæteris qui illū secuti sunt. Ipse enim cum dracone pugnās debellauit eum, & à cœlo deterruit, sicut Ioan. in Apocal. ait.

Apoc. 12. Factū est prælium magnū in cœlo, Michaël & Angeli eius præliabantur cū dracone, & nō valuerunt, nec locus eorum inuentus est amplius in cœlo. Cōsiderauerūt quidē hi sancti Angeli pulchritudinem suā, sed enim in Creatorē suū mox retulerunt, nec sibi ipsis placuerūt, sed ad cōditorē suū totis suis viribus reuersi. Hic enī lud' inter Deū, & hominē accidere solet, similis lusui globi cum eo. Nā cū ad te ab altero cū quo ludis, mittitur globulus, tenetis primū illū ad eū qui

Simile. misit referre. Nā si vel tātillū in manu detineas, iā tibi ad defectū imputatur, qui dicitur (*cálliter la pelota*) & super funem, aut lineā signatā debes illā referre. Nā si in aliquam terrā cadit, perdidisti ludū. Sic humilis mox vt beneficiū aliquod à Deo accepit, ad illum referre satagit, nec sibi de eo placere vult, ne defectū in hoc ludo faciat, & nec sibi, aut suis virib' tribuit, ne in aliqua re creata offendat, & etiā ad defectū imputetur sibi. Sed omnia creata transcendēs super omnia Deo gratias refert, tāquā honorē omniū authori. Sic enim & Iob dicebat. Si vidi Solē cū fulgeret, & Lunā incedentē clarē. Hoc est, nec

Iob 31. in bonis spiritualibus, quæ per Solē, nec in temporalibus, quæ per Lunā significātur, superbiui. Si osculatus sum manum meam ore meo. Hoc est, nō mihi tribui gratiā, sed Deo. More hominū loquēs, qui ob beneficia ab alio accepta eius manus deosculantur. Vel nō deosculatus sum manum meā ore meo, hoc est, nō me adoraui, sed Deū. Mos enim antiquus fuit, osculando manum propriam alterum adorare. Quod est iniquitas maxima, & negatio cōtra Deum altissimū. Deū enim principalē honorū authorē negare videntur, qui sibi ea quæ sunt Dei tribuunt, vt supra fuerit.

fueris. Quid enim habes quod nō accepisti? ait Paulus, si ergo nihil habes, quid gloriaris, 1. Cor. 4.
quasi non acceperis? licet mali statim puniti
fuerint, sicut & boni cōfestim præmiati. Nec
enim opus erat longius tempus expectare: quā
Angeli [illegible] sunt, immobiliterq; apprehendunt, nec vnquā à sententia semel accepta recedūt: quare non opus erat illos expectare, cū nec mali vnquā post lapsum à malo
cadi essent, nec boni à sua prima sententia retrocedere possint; sicut homines qui cō verti-
bilis arbitrij sunt; facilè à bono in malū,
& è contra trāsigunt. Quare nobis cōuenit, vt
induciæ dētur, quibus ad meliorē frugē conuerti possimus. Hæc ergo est festiuitas Angelorum, in qua licet B. Michaelis festiuitas celebretur præcipuè, quod ideò fit quod ipse sit
inter omnes Angelos maior, solūmodò etiam
Hebr. 1. prædicta illis, qui sunt administratorij spiritus
in ministeriū missi propter eos qui hæreditatē
capiūt salutis. Sunt enim nouē Angelorū ordines, vt nos docet Ecclesia. Angeli, Archangeli, Principatus, Potestates, Virtutes, Dominationes, Throni, Cherubin quoq; atq; Seraphin, inter quos ordines primi dumtaxat huic
mūdo deputātur. Angeli qui curam hominū
gerunt, in particulari vnus vni deputatus, vt
diximus. Archangeli, qui toti vni cōmunitā-
ti præsunt, vel populo, vel collegio, vel mona-
sterio. Principatus curā gerunt vnius Prouinciæ, vel Regni, inter quos Michael principatū
Dan. 10. sū obtinet, vt Daniel. 10. habetur, vbi dicitur.
Ecce Michael vnus de principibus venit ad
ad me. Hoc est, maior inter Principatus, licet
super se alios ordines habeat, nempè Potestates, Virtutes, &c. Sed quā ex his tribus ordinib⁹ tot beneficia homines accepim⁹, quibus & Michael præest; ideò illum, & illos in
Angelorum festiuitate celebramus. Quapropter in Hymno dicitur. Collaudamus venerā-
tes omnes cœli milites, sed præcipuè Prima-
tem cœlestis exercitus Michaelem in virtute conterentē Zabulum. Est enim velut Ca-
pitaneus, & Dux illorū Angelorum, qui sunt
milites custodientes, & pugnātes pro nobis.
Summus namq; noramus, Christus Princeps
pastorum, Angeli Pastores minores, qui nos
à lupis, & leonibus protegūt, & veluti canes,
Hebr. 1. bestias arcent. Omnes enim sunt administratorij spiritus, missi in ministeriū, propter eos
qui hæreditatē capiūt salutis. Sūt etiā multi.
Nā author naturæ ea quæ sunt perfectiora in
natura, in numero etiā multiplicauit, sicut &
corpora cœlestia, quæ perfectiora sunt terrenis
Ioh. 15. ideò & maiora etiā in quātitate sūt. Sic & Angeli, quia perfectiores sunt materiæ, plures cæteris speciebus sunt. Vnde & scriptū est. Nō est
numerus militū eius. Atq; plures remāserūt,
quā ceciderūt: quā in his quæ carnis impedimenta nō habent, plures sunt qui cōsequūtur
finem suū, quā qui ab eo deficiūt. Sic & Da- Dan. 7.
niel ait. Millia millium ministrabāt ei, & decies centena millia assistebant illi. Ij sunt illi
viri fortissimi, qui lectulum Salomonis, hoc Cant. 6.
est, Ecclesiā ambiūt, ad bella doctissimi, dæmonis potestatem quippè quoad nobis arcēt,
ac propellūt, nā & Gabriel Dei fortitudo nū-
cupatur. Ij sunt custodes positi super muros Esai. 62.
Hierusalem, qui die, ac nocte non tacent. Et
plures sunt quā dæmones, vt diximus; nā &
Helisæus dixit puero suo. Plures nobiscum 4. Reg. 6.
sunt, quā cū illis, cui & ostendit multos currus igneos custodientes ciuitatem. Hi autem
Angeli erāt, cū scriptū sit, Qui facit Angelos Psal. 103.
suos spiritus, & ministros suos flammā ignis.
Sunt autem potentissimi & fortes; nam vnus
illorū centum octoginta millia virorū vna nocte interfecit ex exercitu Senacherib. Et v-
nus solus omnia primogenita occidit in terra Ægypti; quāto magis plures simul. Quare
ex hoc fiduciā magnam arripere debemus, vt
nō timeamus diaboli potētiā, aut imminētia
quæq; mala, tales custodes habētes. Et vt magis cōfidamus orationes nostras Deo, & Sanctis eius cōmendari, sicut eas p Angelos Deo
præsentari, & offerri docet Scriptura. Quid Tob. 12.
ergò erit cœlestem illā Hierusalē, tot illustri-
bus ciuibus, ac incolis habitatā, ac sacrū illud Palatiū, tot ministris abūdās intueri? Qui
nullatenus, nec per momētū à Dei sacris ministerijs deficiūt, semper Deo summas canentes laudes. Ibi Seraphim ardēt, Cherubin lucēt, discurrūt Virtutes; Dominationes impe-
rāt, gubernāt Potestates, Throni fulgurāt, Archangeli ordināt, ministrāt Angeli, deniq; omnes absq; vnius momenti cessatione in suis integri ministerijs persistūt, atq; officio suo absq; vlla defectione quisq; incūbit. Quod si Regina 3. Reg. 10.
Saba tātā in admirationē rapta est, ordinē, ac
habitū ministrorū Salomonis cōspiciēs quātā
nobis admiratio erit, ac stupor, cū tot millia
ministrorū sine cessatione vacātiū Deo cōspe-
xerimus. Quarē fratres mei, vtinā ad cœlestia tēdamus animum. ¶ Cæterū id quod dicitur,
Angelos semper videre faciē Dei, sic intelli-
gēdū est. Quòd Angeli etiā cùm non sunt in
cœlo, sed ad nos missi; nō carēt beatifica Dei
contemplatione; sed vbicūq; sint Dei perfruū-
tur clara visione, atq; ratione talis contemplationis dicuntur esse in cœlo. Vnde Gregorius Gregor.
libro

libro 4. Moral. c. 21. ait. Et faciē ergo Patris semper vidēt, & tamē ad nos veniunt: quia & ad nos spiritali præsentia foras exeūt, & tamen ibi se vndē recesserāt per internā contemplatione seruā. Nunc ad literā redeamus. *Venit enim filius hominis saluare quod perierat.* Adhuc aliam humiliū dignitatē hic addit Dñs. Nam non solū Angelos illis pusillis deputauit ad custodiā, verùm etiā ipse filius hominis ad illos saluādos venit. Ac si diceret. Si ego filius hominis veni, vt saluē quod perierat, proindè qui meus esse voluerit cauere debet, ne quod ego saluaui, aut saluū volui, ipse rursum perdat. Simili enim ratione, & Paulus vsus est, vt nos à scādalis dehortaretur, dicens ad Roman. 14. Noli cibo tuo illū perdere, pro quo
Rom. 14. Christus mortuus est. Et 1. Cor. 8. Et peribit
1. Cor. 8. in tua cōscientia frater, pro quo Christus mortuꝰ est. Sic autē peccātes in fratres, & percutiētes cōscientiā eorum infirmā, in Christum peccatis. Hinc vides, vnde æstimandus sit Christianꝰ, nō è diuitijs, aut sapientia, alijsq; externis, sed quòd Angelos custodes habet, quòd etiā Filius Dei propter eūdem venerit, quòd & Pater Cœlestis eius curā habet. Hæc enim sunt quæ in Christiano cōsiderare debes. Nā & Patrem, & Filium, & Angelos offendis, cū fratrē tuū, vel minimū scandalizas. Hoc igitur vult Christus, si tibi occurrerit Christianus, qui auxilij tui indigeat, noli attendere humilem ipsius speciem externā, sed attendas quę modò dixi, & nisi saxo durior sis ad misericordiā præstandam flecteris. E contrà si iræ, vel vindictæ cupiditas incitat te, vt
Zachar. 2. proximo malum inferas, noli attendere illam humilem proximi conditionem, sed cogita diligenter quis sit quem offendere paras; nēpē is, cui Angeli seruiūt, propter quē Christus venit, quē Deus ipse curat, illudq; perpetuō menti imprime. Qui vos tangit, tangit pupillā oculi mei, & si aliquid tibi est diuini timoris, abstinebis ab iniuria proximi. Itaq; Summa habes tenens est, fideles homines in pretio habēdos, vt quibus nedū Angeli, sed Deus ipse ministret: nec alia causa est, quod Apostoli tāta promptitudine fidelium commoditatibus seruierāt, ac pro eorū salute, nil non malorū sustinuerant, quàm quòd viderent ipsos etiā Angelos, imò & Christū ipsum fidelibus seruire. *Quid vobis videtur? si fuerint alicui centum oues, & erranerit vna ex eis, nonne relinquit nonaginta nouem in deserto, & vadit quærere eam quæ errauit? Et si contigerit, vt inueniat eā, amē dico vobis quia gaudebit super eam, magis quàm super nonaginta nouem, quæ non errauerunt. Sic non est voluntas ante Patrem vestrum qui in cœlis est, vt pereat vnus ex pusillis istis.* En hæc conclusione patet ad quid Dñs hāc parabolā adduxerit, nempè, quanta cura Deo sit vnius etiā pusilli salus. Ob quod cauendum ab eorum scandalo. Nā tanta cura Deus satagit perditas oues ad cœlos reuocare, sicut pastor qui ouem perditam, & errantem quærit, eaque inuenta maximo gaudio afficitur. Cæterùm quòd hic dicitur quis gaudere super vna oue reperta, magis quā super nonaginta nouē saluis; intelligendū est de maiori gaudio actuali. Certum enī est maius esse gaudiū habituale super pluribus, quā vna. Sed quā de recenti bono nouū, & actuale est gaudiū; magis gaudere dicitur super vna, quàm super pluribus. Sed quā in Commentarijs nostris super Psal. 118. super versū vltimū vltimi octonarij, Erraui sicut ouis quæ perierat, plurima de hac parabola diximus, ideò illuc remittimus lectorem, nec repetere ea, nec plura addere modò in animo est. Ad alia ergo transeamus. *Si autē peccauerit in te frater tuus, vade, & corripe eum, inter te, & ipsum solum. Si te audierit, lucratus eris fratrem tuum. Si autem te nō audierit, adhibe tecum adhuc vnum, vel duos, vt in ore duorum, vel trium testium stet omne verbum. Quod si non audierit eos, dic Ecclesiæ. Si autem Ecclesiam non audierit, sit tibi sicut ethnicus, & publicanus.* Hactenus humiles multiplici ratione cōmendauit, modò extēdit doctrinā respectu fratrū peccātium. Scire enim oportet qualiter cū fratribus errātibus nos gerere debeamus. Postquā enim docuit, te non peccare in fratrē tuū, te aduersus illum per superbiā extollēdo, nec scandalizādo illum, aut despiciendo, modò docet qualiter te habere debeas, si frater tuus peccauerit. In te, ait, ad differentiā peccati in alium. Nam peccatum cōtra te, tuum est condemnare, & accusare. Vel in te, id est coram te, vel sciente te. Tunc enim, quia scādalizat te, peccat euidenter in te *frater tuus.* Ad differentiā Ethnicorum, quorum correctio nō speratur, licet secundū se correctio fraterna ad omnes se extēdat, quā actus charitatis est, quę etiā inimicos cōprehendit. Per accidens autē, si eorum correctio nō speratur, quod regulariter ita est, nō tenebimur corripere illos. Et etiā dicitur frater ad differentiā patris, contra quē nō licet processum hunc fraternę correctionis prosequi, vt hic docet Caietanꝰ. Neque enim fas est, nec corā testibus, nec corā Ecclesia proprium conuenire parentē. *Vade,* Nō expectādo scilicet, vt ille ad te veniat, vel obuius tibi sit, sed tu potius, vade ad quærendum

dum tum. *Et corripe eum.* Non satis est quòd indulgeas illi iniuriã, & beneuolè te cum illo habeas; sed oportet etiã, vt salutẽ animę illi^9 quęras, correctionis fraternę adhibẽdo verba. Vbi aduertẽdũ est, quòd quia preceptũ hoc est affirmatiuũ, obligat pro loco, & tẽpore. Et propterea, tunc intelligitur exequendũ, quãdo credimus opus esse ad salutẽ fratris. *Inter te, & ipsum solũ.* Vt ex modo hoc itiocẽdi colligas fraterne illius salutem expetere. Si enim corã alijs corriperes, is tunc ipsum apud alios infamare, ac de eo te vindictam sumere velle existimaret. Sed cùm secretò illum admoneas, verbis pacificis, & beneuolis, quid aliud quã charitatis tuæ erga eum opus poterit suspicari. *Si te audierit*, permittẽdo scilicet. Vbi ostẽditur nõ oportere apud esse certum, q frater noster emendabitur, sat q frustuola erit nostra admonitio; sed etiam, si de hoc dubitemus, id enim insinuare Dominus cũ dixit. *Si te audierit, lucratus eris fratrẽ tuum.* Vt illius salutem tuũ lucrum ęstimes, ac consecutus ac tuum magnum lucrum putes, & de illo gaudeas. Ideò quippè Paulus eos quos cõuerterat, gaudium suum, gloriam, ac diuitias nuncupabat. *Si te non audierit, adhibe tecum adhuc vnum, vel duos testes.* Sicut qui correctionem fraternã est facturus debet esse talis, qui possit esse vtilis, & cui fides adhiberi possit; sic testes, qui adhibendi sunt, tales oportet vt sint, quã bonos à fratris tui maximi ęstimẽt, & de quib^9 frater nõ possit mali aliquod aduersũ te suspicari. Cũ enim hic ordo charitatis potiꝰ quã iustitię sit; maximè ad bonum proximi attendendum est, ne vllo modo lędatur, vel quã minimo detrimento sit. *Vt in ore duorum, vel trium testium stet omne verbum.* Nam ad duo hi testes vtiles erunt. Ad salutẽ fratris, qui forsan corã testibus admonitus resipiscet, vel ad hoc, quòd bono publico consulatur, si ille non fuerit correctus, procedendo cũ illis testibus corã Ecclesię iudicio, pro communi fratris, & aliorum bono. *Quòd si nõ audierit eos.* Hinc clarè constat, testes ad correctionis actum induci, *Dic Ecclesię*. Nec ratio, nec visus suadet congregandam esse Ecclesiam ad corrigẽdum fratrẽ impœnitentem sulius peccati in me cõmissi, sed ea ratio, quã verissimus mos habet, vt dicatur capiti Ecclesię, ac per hoc appellatione Ecclesię hoc in loco, non solùm Ecclesia non Acephala, sed etiã prelatꝰ Ecclesię, qui ordinarius iudex est impœnitentis intelligitur. *Si autem Ecclesiam non audierit.* Nam si eã audierit, & fratri, & Ecclesię sit satis, si frater pœnitet, & resipiscit. Si autẽ Ecclesiam noluerit audire, *Sit tibi sicut Ethnicus & Publicanus.* Hoc est. sicut Gẽtilis, qui inter credẽtes in Deum non computatur, & Publicanus infame hominum genus apud fideles. Nã iam trina monitio pręcessit à te solo, à testibus, ab Ecclesia, & ideò iã excõmunicari poterit: sed de hac materia videdus est. D. Tho. 2. 2. q. 33. D. Thom.

Nunc iam ad altiora ascendamus. Pręsentis Euangelij doctrina, fratres charissimi, quãtò Christiano homini propissima est (vtpotè, cuius professio, & manus leges charitatis sunt) tantò longior ab ea in expositione ipsa abest. Et quamuis ego existimẽ hoc pręcipuè ex paruitate charitatis, qua nos inuicẽ diligimus, ortum habere, & quia non multũ ęstimamus damnum spirituale proximorum, nec illos animę occultos languores corporalibus morbis preponere nolumus, ac ideò nõ ita compatimur animę vulneribus, sicut corporis langoribus; sed tamen id & iam in causa esse existimo, quòd verbi Dei prędicatores, ac cõfessores, nõ id fidelibus intimant. Et tamen deberemus esse eorũ excitatores, qui curis temporalis occupati horum omnium obliuiscuntur, alijs frequenter eorum memoriam excitare. Verũ est, quòd materia hęc per totũ anni cursum nõ occurrit, nisi in vna Feria tertia in Quadragesima, in qua Euangelium hoc recitatur. Vnde Dominus huius mãdati nos memores esse voluit. Dico quòd Dominus hoc pręceptum ad memoriam reuocauit, quoniã illud naturę pręceptũ erat, sed obliuioni, sicut & multa alia. Tamen cùm Christus Dominus tanquã Sol in hunc mundum venerit, vt obliuioni tradita illustraret, & pranè intellecta in verum sensum manifestaret; voluit hodiè ex proposito docere illud, & dixit. *Si peccauerit in te frater tuus, corripe illum inter te, & ipsum solum.* Ad cuius intellectum notandum, quòd homo potest considerari, vel tanquam singularis persona, vel tãquam huius corporis communis membrũ, vt Paulus docet. Cum ergo homo peccat, vel contra seipsum peccat, vtpotè cõtra rectam proprię rationis vsũ, & quia mẽbrũ huius cõmunis corporis est, cõtra ipsum etiã communitatẽ delinquit, sicut qui lędit digitũ, & ipsi digito dãnũ infert, quia nõ ita benè se habet, cũ sit extra suã naturalẽ dispositionẽ, & toti corpori, cui nõ ita cõmodè lęsus digitus officiũ prestat, sicut cũ sanus erat. Quare Chirurgꝰ vel Medicus, cũ digitũ illũ lęsum curant, nõ solũ quid illi cõferat, sed quid etiã toti corpori respicere debet. Nã tales digito possẽt applicare medicinas, quę & si vulnus illius sanarẽt, toti tamẽ corpori officerent. Cũ igitur homo

Moralitas, seu sensus de correctione fraterna.

1. Cor. 12.

Simile.

homo peccatet, & in se, & in bonũ cõmune delinquat (nã & sibi nocet, cũ per peccatũ à sua naturali dispositione recedit, quæ est secundũ rectã rationẽ agere: & in publica cõmoda etiã peccat, quĩ malus ciuis, nõ sic prodest reipub. ac bonus) duabus etiã medicinis eget, altera quę malũ illud curet, in quãtũ officit bono cõmuni, altera quæ illi medeatur in quãtũ sibi ipsi nocet. Et in quãtũ est cõtra suũ ꝓpriũ bonũ, medetur illi per correctionem fraternã, qñ ex charitate illũ corrigo, vt emẽdetur. In quãtũ est cõtra bonũ cõmune medicina est accusatio, & denuntiatio, qua illũ ante iudicẽ cõuenio, vt in illũ cõmunẽ vindictã exerceat. Quare maxime hæc inter se differũt ex parte finis. Nã finis correctionis fraternæ est correctio proximi particularis, vt à suis defectibus cesset, quod hic explicat Dñs dicẽs. *Si te audierit, lucratus eris fratrẽ tuũ.* Finis autẽ accusationis, aut denũciationis, potius est bonũ publicum, vt & reipublicæ satisfiat, contra quã fur, vel hæreticus deliquerũt, & cæteri timorẽ habeant, ne huiusmodi
1. Tim. 5. facinora cõmittãt. Quod Paul. docet. Peccantes corã omnibus argue: vt & cæteri timorẽ habeant. Quarẽ hæc debet esse scelerũ publicorũ, illa & occultorũ. Hinc sequitur aliud discrimẽ, differũt enim in genere virtutis: hic enim est actus iustitię, illa charitatis, quę est propria Christiani hominis virtus. His suppositis, asserimus, q correctio fraterna primũ est præceptũ iuris naturalis, quod omnes generaliter obligat. Homo quippe inter cætera animalia politicum, ac sociabile est, quod cõmunes respublicas cõstituit, & non sicut cętera animalia, quę nõ verbis, quę conceptũ animi explicẽt; sed vocibus dumtaxat suas affectiones sibi inuicẽ exprimunt: homines autẽ verbis animi cõceptiones exprimentes, monitis, ac rationibus inter se vitam agunt, & vnus alterum docet, atq; gubernat. Quòd autẽ hoc præceptũ sit naturalis iuris ex hoc cõllat, quod inter Gẽtiles in vsu fuit. Cicero quippe in libro de Amicitia docet, quòd amici se inuicẽ corrigere debeant, atq; monere. Quod sententia Catonis cõfirmat dicẽtis, aliquando vtiliores esse inimicos, quã amicos. Illi enim minis à nostris vitijs nos deterrẽt, quod amicus nõ facit corrigẽdo. Et Se-
Seneca. neca in suis Prouerbijs ait, Vitia si feras, facis tua. Idẽ. Etiã cõsueta vitia ferẽ amici, nisi reprehẽdas [illegible]. Vnde Plutarchus in libro de differentia amici, & adulatoris, ait. Nihil est tam proprium amici, quã de defectibus arguere.
Simile. Hinc & antiquũ illud prouerbiũ dimanauit, Amicus speculũ. Nã sicut speculũ absque loquela, si meipsũ ipsũ circũspicio, admonet me, vel maculæ, vel sordicatis alicuius, sic amicus corrigẽdo me meorũ defectuum admonet. Quare se inuicẽ, quasi in speculo amici circumspicere debẽt, vt quos in alio errores, aut negligẽtias aspexerit moneant. Quod fortè nobis significare voluerũt duo illi Cherubin, qui 3. Reg. 6.
in tẽplo erãt mutuò se circũspicientes, & arcã Testamẽti in medio tenẽtes, quia amici vnus ad alterũ attẽtẽ circũspicere debet, si legẽ, ac Testamentũ Dei obseruet, & inuicẽ se corrigãt, atq; emẽdẽt. Quod etiã adũbrabant animalia illa sancta, quæ alis suis alterum alterũ percutiebant, quia iusti inter se, alter alterũ correctione fraterna feriũt. Scriptũ quippe est, Ferrũ ferro Prou. 27.
exacuitur: sic homo hominẽ corrigẽdo exacuit. Sed quia hoc præceptũ charitatis est, ad nouã legẽ etiã pertinet, in qua omnia præcepta charitatis [illegible]. Nã vt Paul. docet. Omnes 1. Cor. 12.
in vno spiritu, omnes in vno corpore baptizati sumus; ita vt vnũ mysticũ corpus cõstituimus omnes fideles, cuius caput est Christus. Nos autem singuli alter alterius membra, vnoque vegetamur spiritu, sicut membra corporis, nẽpe illo quo charitas inest, quia charitas est anima totius virtutũ. Sicut enim in corpore na- Simile.
turali manus stomacho deseruiũt vehẽdo cibũ, & ministrãdo illi, stomachus autem manibus ministrat illis suo cibo digesto alẽdo, pedes oculos sustinẽt, oculi pedes illuminãt, ne offendãt. Sic in isto corpore mystico, pauper diuiti debet ministrare, diues verò debet pauperẽ alere, potẽtes, ac fortes, debiles, & infirmos tueantur. Hi qui oculorũ officiũ agunt, quales sunt sapientes; & Doctores, ignorantes docere debẽt, sicut & antiquus Gręcorũ historię narrãt, Quòd duo amici, quorũ alter erat cęcus, alter claudus, cęcus claudũ super humeros ferebat, claudus verò cęci vestigia illuminabat, illi viam ac pericula quæ oculos cernebat lingua sua ostẽdẽdo. Sic ergo in ista Christiana republica, ita debemus alter alteri difficiliũ oculorum præstare. Nã vt dicitur in Prouerbio Hispano. *Mas vea quatro ojos que dos.* Nec enim nobis solis nati sumus, verũ etiã proximis. Ait
quippe Cicero. 1. lib. de Officijs. Prçclarè scriptũ est à Platone, Nõ nobis solis nati sumus; ortusq; nostri partẽ patria vindicat, partẽ parentes, partẽ amici. Atq; vt placet Stoicis, quę in terris gignũtur ad vsũ hominis omnia creari, homines verò hominũ causa esse generatos, vt ipsi inter se, alius alij prodesse possit. Et Eccles. 17. Cicero.
Spiritus sanctus per Salomonẽ ait. Vnicuiq; mãdauit Deus de proximo suo. Qui autẽ hoc mãdatũ negligũt, nõ Christũ Dñm. sed pessimũ fratricidã Cain imitantur, qui interrogatus Genes. 4.

caput dicitur. Postquam enim iniquè occiderat Abel fratrem suum interrogatus à Domino, Vbi est Abel frater tuus? respondit. Nescio Domine. Nunquid custos fratris mei ego sum? Ita Custos debes esse fratris tui, nisi quod hoc impius Cain, & eius sequaces non intelligunt. Et hoc quod sit præceptum diuinum, ex ipsa verborum consequentia in hoc loco colligitur. Nam postquam Dominus magnificis verbis dixerat, in quanto pretio apud ipsum essent animæ nostræ, & quod reliquit nonaginta nouem oues in deserto, vt vnam perditam recuperaret, tantaque cura ac labore eam quæsiuisset; conclusit ac dixit. Sic non est voluntas ante Patrem vestrum qui in cœlis est, vt pereat vnus de pusillis istis, atque protinus intulit dicens: Si autem peccauerit in te frater tuus, corripe eum inter te, & ipsum solum. Ac si diceret: Hæc est Patris mei voluntas, vt eam curam quam ego habui ad saluandas animas, talem habeat vnusquisque de proximo suo, ne anima eius pereat. Et sicut ego mandatum habui à Patre meo, vt homines perditos lucrifacerem, sic vnusquisque vestrum curare debet, vt lucretur fratrem suum. Si igitur generale præceptum est omnes obligans ad mortale, oportet scire quomodo, & quando obliget. Ad quod generali quadam doctrina respondebimus, cum singularia non cadant sub scientia. Primum omne peccatum mortale est materia huius præcepti; quia per mortale verè perditur frater, & si corrigis illum, lucraris. De peccatis autem venialibus non teneor corrigere: quoniam per illa non perditur frater, nisi quando ex veniali possem colligere periculum probabile peccandi mortaliter. Vt si iuuenem lasciuum viderim ingredientem domum alicuius meretricis, vel alterius periculosæ mulieris. Secundò debet esse peccatum occultum, hoc enim verba ipsa sonant, cum dicitur, Si peccauerit in te, vt iam explicuimus. Occultum autem in præsentiarum dicimus, quod testibus probari non potest, ita quòd faciat fidem, & peccatum hoc modo occultum non est materia alterius iudicij nisi correctionis fraternæ duntaxat, ita quod nulli dicere possum, nec iudici, nec prælato. Non disputo modò, an sint aliqua peccata tam nocua bono communi, & tam periculosa, vt absque hac correctione, publicæ potestati, aut prælato denuncianda sint: quoniam hoc altioris est disputationis, sed ea duntaxat hic docere intendo, quæ communiora sunt. Etiam in præsente dicitur occultum id quod nec publicum est, nec notorium, hoc est, quòd & si testibus probari posset si ad iudicium deferretur; tamen nec probatum est, nec ad iudicium delatum, nec publica sententia declaratum. Et hoc etiam est materia correctionis fraternæ, licet non solius, sed etiam denunciationis, & accusationis. Possent enim talia scelera in iudicium differri. Tertiò debet esse peccatum præsens, nam quod iam præteritum est & emendatum, iam si iam correctus est frater, superflua est tua correctio. Non est perditus, quomodo tu illum lucrari vis? Verum est, quod si præsens malum sit leue, tamen timetur maius damnum in futurum; teneris tunc illi malo maiori quantum in te fuerit obuiare: vt si illum leuiter iratum vides aduersus alterum, tamen timetur, quod si parum illa scintilla non extinguitur, poterit magnam siluam incendere; danda tunc est opera, vt extinguatur, nec crescat. Quartò debet esse spes aliqua emendę fratris. Nam si talem illum scis esse quod deterior fiet, vel non proderit illi tua correctio; non teneris. Esset enim tunc oleum super ignem fundere, vt plus ardeat: sed tunc sumendum est Sapientis consilium quod dicit, Vbi non est auditus, non effundas sermonem. Et alibi. Noli arguere derisorem, ne oderit te: argue sapientem & honorificabit te. Da sapienti occasionem, & addetur sapientia. Doce iustum, & festinabit accipere. Ac si diceret, Stultum, ac procacem dimitte, sapientem corrige qui intelligit, & iustum qui se corrigere satagit. Verum est, quod debent esse probabilia indicia quibus mouearis ad suspicionem hanc, quod non accipiet correctionem tuam, aut quòd deterior fiet: nam in dubio corrigere debes. Quintò debet procedere ex charitatis visceribus quare & verba ipsa blanda, ac amore plena debent esse. Ideò quippe dicitur. *Si peccauerit in te frater tuus*, ad insinuandum quod amore fraterno debemus fratres corripere. Samaritanus ille apud Lucam, oleum & vinum super vulnera illius, qui incidit in latrones fudit. Vinum mordet, oleum linit: quoniam vulnera animarum fratrum, & asperitate iudicij, & correctione charitatis debent curari. Et quoniam, vt diximus, correctio hæc non est opus iustitiæ, sed charitatis, non vino, sed oleo debes in illa vti, ita quòd totum amor sit. Nam correctio hæc est quædam spiritualis eleemosyna, quæ corporalibus anteferetur: aliam, quæ ex iustitia, est iudici debes relinquere. Ipse virgam & flagella adhibebit; tibi oleum sufficiat modò fundere. Sextò debent aliæ circunstantiæ generales, nempè loci, tempo-

Eccles. 20

Prouer. 9

Luc. 10

ris, & opportunitatis & modi concurrere:
ne tibi contingat illa Sapientis sententia
quæ dicit. Ex ore stulti reprobabitur para-
Eccle. 20. bola: quia non dicit illam in tempore suo.
Hoc autem prudentia ipsa docebit, & Deus
etiam illú qui recta intẽtione procedit. Nec
hæ circunstantiæ regulis aliquos præstingi
possunt. *Si ergo te audierit, lucratus eris fratrẽ
tuum*, nec debes vlterà procedere: nam asse-
quuto fine, cessant media, atq; motus omnes;
lucratus es animã fratris tui. O si scires quãtum lucrum feceris, plus est animam fratris
tui lucrari, quã solem ipsum. Quantas diuitias existimasses consequuturum, si solẽ ipsum lucratus esses? Pulcherrimum luminare, quod
gemmas, aurum, argentum, ac pretiosissima gignit metalla. Pretiosior multo ante
Deum est anima vna, quàm omnia corpora
cœlestia. Et quia solus Deus animarum pretium scit, pro quibus & se ipsum dedit, solus
ipse eas æstimare nouit. Nam, vt ait Sapiẽs:
Prouer. 16 Spirituum ponderator est Dominus. Et ali-
Prouer. 21. bi. Appendit autẽ corda Dominus, sed alij
non valuerunt iudicare honorem animarũ
Sapien. 2. sanctarum. Tanta quippè est dignitas animæ, vt nec ipse homo qui eam portat, illam
agnoscere valeat: nescit enim quid intus por-
Psal. 138. tet, secundùm illud Psalmi: Mirabilis facta
est sciẽtia tua ex me, confortata est, & non
potero ad eam. Eo modo loquendũ quo dicere solemus, cũ quis multos habet thesauros,
atq; diuitias, *Fulano no sabe lo que se tiene*, sic
homo nescit quid secum portet. Et quia dignitatem animarum non agnoscit, ideò non
eas æstimat homo. Deus autem in maximo
precio habet animas, vtpotè pro quibus suũ
sanguinem fudit & suam vitam expendit.
Gaudent cœli, & lętantur Angeli pro vnius
animæ cõuersione ac salute. Perpẽde quid
ille pastor fecerit pro recuperanda oue perdita per rupes, per abrupta, per mõtes, val-
lesq; eam quæsiuit; inuentam super hume-
Luc. 15. ros posuit, atq; ad caulas gaudens reduxit,
omnia magalia quasi ad festum inuitãs, pro
oue perdita quam inuenerat. Idem in muliere illa quæ dragmam perditam inuenit videmus, & in patre illo qui perditum filium
tanto gaudio recepit, & eum amplexatus est.
Sic tu gaudere debes, quòd animam vnam
tua correctione lucratus fueris, pro qua Chri-
Iacob. 5. stus mortuus est. Vnde Iacobus, ait: Fratres
mei, si quis vestrum errauerit à veritate, &
conuerterit quis eum, scire debet quoniam
qui conuerti fecerit peccatorẽ ab errore viæ
suæ, saluabit animam eius à morte, & operiet multitudinem peccatorum. Id quod est
proprium charitati, attribuitur huic operi
charitatis, quod est correctio fratris, nempè
operire multitudinem peccatorum. Quid Simile.
si nec sic emendauerit se frater? Certè vltra progrediendũ est, aliaque conuenientiora media adhibenda. Quemadmodum peritus medicus prius faciliora tẽtat media, deinde duriora adhibet, deniq; si hæc nõ sufficiunt, vsque ad sectionem membri procedit. Dieta, prius tentat infirmo medicari,
deindè amara potione, ac flegbothomia; quod
si nec hoc prodest cauterium adhibet: denique secat & vrit. Sic tu si prius blãdè & chri-
stianè corripiens fratrem nil fecisti, iam duriora remedia quære, illum coram testibus
admone: hoc non profuit, dic Ecclesiæ. Si
non hoc sufficiens fuit medium, tãquam de-
sperans de sua salute, sit tibi sicut ethnicus
& publicanus: seca eum, diuide à consortio
reliquorum fratrum per sententiam excommunicationis, tãquam separatum membrũ
Caietan. putridum. Aliqui, inter quos Caietanus, dicunt testes non esse accersendos, nisi cùm
peccatum est publicũ secundò modo dicto,
hoc est, quod possit testibus probari, licet non
sit probatum: sed conformius videtur huic
Euangelio, etiam de peccato occulto intelligi. Sed si nec sic correctus fuerit, dic Ecclesiæ. Hoc est prælato Ecclesiæ visibilis. Ecclesia enim hæc visibilis est quæ caput habet visibile, nempè Christum Dominũ, qui
se hominibus visibilem præbuit, secundùm
illud. Post hæc in terris visus est, & cũ ho- Baruch. 3.
minib' cõuersat' est. Et vicarius ei' etiã visibilis est. Illi ergo dicendũ est, qui fratri præest tanquam pater, non tanquam iudex: vnde tunc prelatus non potest in illũ animaduertere tanquã iudex, procedendo ad publicam punitionem, sed tanquam pater dulciter & charitatiuè admonere, & aliquam ei
secretam correctionem adhibere, si criminis
necessitas id exigerit. Quòd si correctus
fuerit, ibi cessandum est: sin verò, excõmuni-
catione feriendus, vel alijs legum pœnis puniendus: iam enim tunc transit in aliũ ordinẽ iudicis. Excõmunicatio autẽ quoddã exilium spirituale est à cõmunicatione fidelium, à qua hi isti excluduntur, ne sicut sca-
biosa ouis alias inficiat. Hæc sunt quæ in
cõmunibus concionibus possunt populo dici, nam aliæ difficultates Theologicis disputationibus relinquendæ sunt.

Si autem peccauerit in te frater tuus, va- Alia ve-
de, & corripe eum inter te, & ipsum solum. ritas de
O verè eadem.

O verè pulchrā & notatu dignissima regula, imò & necessariā, vt pax inter nos conseruet, charitasque foueatur, & coalescat. Cū enim vita nostra non sit iustitia, sed iustificatio, non perfectio, sed tēdentia ad perfectionē, imò nil aliud quā hominis quædā [illegible] in qua varia genera morborum conspiciuntur, nō parum refert scire qualem te erga alior[um] infirmitates exhibeas. Pauci enim sūt qui aliorū vitia rectè tractare possint. At certè si omninò taceamus & dissimulemus, nec pius iustō facimus. Et tamen Innocentius dist. 83. cap. *Innocentius.* error, sic ait: Error cui non resistitur, approbatur. Negligere quippè cum possis perturbare peruersos, nihil est aliud quàm fouere: nec caret scrupulo societatis occultæ, qui manifesto facinori desinit obuiare. Quare *August.* D. August. 1. lib. de Ciuitate c. 9. egregiè docet causam propter quam in hac vita boni simul flagellantur cum malis: Nempè quia neglexerunt cum possent, malos corripere. Flagellantur, inquit, simul, non quia simul agant malā vitam, sed quia simul amant temporalem vitā, non quidem æqualiter, sed tamen simul, quam boni contemnere debent, vt illi correpti, atque correcti consequerentur æternam, ad quā consequendam si nollent esse socij, ferrentur, & diligerentur inimici: quia donec viuunt, incertum est vtrum voluntatem sint in melius mutaturi. Quare *Ezech. 33.* non vtique parem, sed longe grauiorem habent caussam, quibus per Prophetā dicitur, Ille quidem in suo peccato morietur, sanguinem autē eius de manu speculatoris requiram. Ad hoc enim speculatores, hoc est, populorum præpositi constituti sunt in Ecclesijs vt non parcant obiurgando peccata. Nec ideò tamen ab huiusmodi culpa penitus alienus est, qui licet præpositus nō sit, in eis tamen quibus vitæ huius necessitate coniungitur, multa monenda, vel arguenda nouit & negligit, eorum offensiones cauens propter illa quibus in hac vita, non vt debuit vtitur, sed plusquam debet delectatur. Vade, duobus pedibus compassionis & charitatis: tunc enim non indignabitur, secun- *Hiere. 10.* dum illud Hierem. c. 10. Corripe me Domine, sed non in furore tuo, ne fortè ad ni- *Prouer. 17.* hilum redigas me. Et Prou. 17. Plus proficit blanda correctio apud prudentem, quàm *2. Thes. 6.* centū plagæ apud stultū. Et Paul. 2. Thes. 6. Nolite quasi inimicum æstimare eum, sed *Ambros.* corripite vt fratrem. Vide Ambros. super illud Psalm. 118. Qui timent te videbunt me & lætabuntur, ait: Plerisque initiū asperitas

admonitio correctionis est, perfectioribus lætitia est. *inter te & ipsum solum.* Ne fortè publicè correctus, & de suo crimine manifestatus humanum amittat verecundiam, & negligat corrigi, & dicatur illi illud Hiere. 3. *Hierem. 3.* Frons meretricis facta est tibi, erubescere noluisti. Item Augustinus super epistolam *August.* Ioann. & habetur. 23. quæstion. 5. capit. *23. q. 5.* Non putes. Non putes, inquit, te amare tunc seruum tuum, quando ei non das disciplinā, aut tunc amare vicinum tuum, quando eum non corrigis: nō est ista charitas, sed languor. Ferueat charitas ad emendandum & corrigendum. Idem Faustō ait, Quid faciet Ecclesiæ medicina salutem omnium materna charitate conquirens, tanquam inter freneticos, & lethargicos æstuans? Nunquid contemnere, nunquid desistere, vel debet, vel potest? Vtrisque necesse est, vt sit molesta, quæ neutris est inimica. Nam & frenetici nolunt ligari, & lethargici nolunt excitari, sed perseuerat diligentia charitatis freneticum alligare, & lethargicum stimulare, ambos amare, ambo offenduntur, sed ambo diliguntur: ambo molestati, quādiu ægri sunt indignantur, sed ambo sanati congratulantur. Et in epistola ad D. Hieronymum idem *Idem.* Augustinus, ait. Nescio vtrum Christianæ amicitiæ putandæ sint in quibus magis valet vulgare Prouerbium, Obsequium ami- *Terentius.* cos, veritas odium parit; quàm Ecclesiasticum: Meliora sunt vbera diligentis, quàm fraudulenta oscula odientis. Corripiendus *Prouer. 27.* est ergo frater, non adulandus. Non enim Christus Dominus in hoc loco ait, Adulare eum, sed corripe eum. Hactenus Augustin. Sed quoniam frater noster est, blandè ac leni- *Hieron.* ter corripiendus est. Vnde Hieronymus su- *Prouer. 29.* per illud Prouer. 29. Qui vehementer emungit elicit sanguinem, Qui modestè, inquit, alloquiis prouocat, gratū accipit responsum & quasi de vberibus de quibus lac quærebat, butyrum exprimit. Sed qui inepto verbo rixā, & discordiā ex fraterno corde prouocat, quasi necessarium vltra modum emungens; sanguinem elicit. Hæc Hieronymus. Quarè qui nimia seueritate fratres suos corripiunt, similes sunt ait D. Bonauent. illi qui *D. Bonau.* patellas veteres reficiunt, qui dum foramē *Simile.* vnum vno ictu mallei obstruere volunt, vel multa foramina faciunt, vel patellā omninò confringunt. Quid enim aliud est correctio, nisi fratris fracti reparatio? Vnde Eccles. 21. *Eccles. 21.* Sapiens, ait: Cor fatui quasi vas confractum. Si ergo reparaturus patellam ictum [illegible]

 O 2 mallei

mallei temperas, quare ad reficiendum cor peccatoris confractum, correptionem non temperas? Vitia siquidem animi (ait bene *Seneca.* Seneca) sicut vulnera carnis leniter tractanda sunt. *Ambros.* Plus enim, ait Ambrosius, proficit amica correptio, quàm turbulenta. Tales etiam similes sunt barbitonsoribus, qui sine aqua capillos capitis, aut barbæ radere *Simile.* volunt. Quid per aquam quæ barbam humectat, nisi lenitas designatur, quæ correptionem præire & comitari debet. Iuxta illud *Galat. 6.* quod Paulus scribens ad Galatas, ait: Si præoccupatus fuerit homo in aliquo delicto, vos qui spirituales estis, corripite huiusmodi in spiritu lenitatis. Volebat Apostolus barbam radendam humectare qui in spiritu *Simile.* lenitatis fieri præcipiebat. Grauissimũ sanè est ab ignorante barbitonsore nauacula dentata, sine aqua radi. Quid enim est dentata nauacula, nisi mordax, & aspera correptio, quæ illos qui male raduntur (idest inepte & aspere reprehenduntur) cogit cum abundantia lacrymarum faciem rigare? Noli ergo aquam dimittere in barbam radendam, lenitatem & mansuetudinem in correptione facienda. Aufer dentes à nauacula, idest cõuitiũ à correptione, vt malos capitis ac barbæ pilos, idest excessus, & crimina fratris, furari potius quàm violenter auferre videaris. *Simile.* Qui enim iumentum suum onerare volunt, mollia supponere cõsueuerũt, ne onus superimpositum iumentum lædat, dorsumque eius totum excoriet. Ille etiam qui quadrigam facilè trahere vult, modulos quadrigæ vngere solet, vt ab equis leuius, & suauius trahatur. Sic tu preces, supplicationes, supponere debes, vt onus correptionis frater facilè portare sine aliquo nocumento possit. Vel hinc discant prælati subditos suos cum mansuetudine corripere, quandò obstinati, & rebelles non sunt. Discant etiã iram in correptione sibi subijcere, & nõ ab ira & indignatione subiectari. Quod de iu- *Bernar.* sto Malachia docet Bernard⁹, quod scilicet, ira in manu eius erat. Vocata veniebat, nutu & non impetu ferebatur. Qua cum vellet vtebatur, & cũ nollet non vtebatur. Vnde Moyses de vindicta Dei aduersus Ægyp- *Exod. 15.* tios verba faciens, ait Exod. 15. Misisti iram tuam quæ deuorauit eos sicut stipulam, nõ mittunt iram, sed potiùs ab ira mittuntur, qui iræ suæ impetum sequũtur. Mitte ergo & tu quisquis es ante te irã tuã, exẽplo Dñi, vt non ex impetu, sed maturo & libero cõsilio, & animi lenitate, vel parã exequaris vindictam. Animaduerte q̃ de viro stulto dicit *Iob. 41.* Iob: Cum apprehenderit eum gladius, subsistere non poterit. Per gladium irã intellige, qui stultũ apprehendere dicitur, cùm ab ira superatur. Multò profectò melius est apprehendere gladium, quã à gladio apprehendi. Idest irã cohibere, quã ab ira supera- *Iob. 36.* ri. Non te superet ira, ait Iob. Hoc est quòd *Sapien.* de iudice Christo Sapiens ait. Acuit duram iram in lanceã. Irã suam ille acuit, qui illam cohibet, & animo suo dominatur, & deliberato & pendenti iudicio fratrẽ corripit, aut vindictam in eum peccantẽ exercet. Ille verò ab ira acuitur qui non nutu, sed impetu fertur. Modestia igitur & animi mansuetudo & lenitas in correptione adhibenda est. Ecce quid D. Bonau. docet: Deinde prudenter, & discretè frater corripiẽdus est, & cum grano salis, prouidens scilicet pudori eius. Quare prius secretè corripiendus est. *Corripe illum, ait, inter te & ipsum solum.* Personarum etiam status percipiendus est. Nã *Hieron.* vt D. Hieron. docet, non sanat oculum, quod sanat calcaneum. Quare cum sene & vete- *Seneca.* rano parcius agendum est, vt ait Seneca. Et *1. Tim. 5.* D. Paulus. 1. Timot. 5. Seniorem ne increpaueris, sed obsecra, vt patrẽ. Cũ iuuene verò qui blandã nõ accipit correptionem, durius agẽdũ est, incutiendo scilicet timorẽ. Vnde *August.* August. ait: Sicut meliores sunt quos amor corrigit, ita peiores quos non corrigit timor. In his tamen etiã modus seruandus est, & de secularibus leuius corrigendus est frater, ne culices cũ gladio pugnare videantur. Cæterum quod maximè ante oculos habendum est, id erit, vt ex amore & charitate correctio procedere videatur. Hoc est enim q̃ Dñs *D. Bonau.* significare voluit Esa. 11. (vt docet D. Bonau.) *Esai. 11.* cum dicit: Egredietur virga de radice Iesse. Nam per virgam correctio, per Iesse q̃ incẽdium interpretatur, amor designatur. Vnde virgam de radice Iesse exire, est correptionem de radice charitatis procedere. *Si te non audierit.* Sunt corda quorundam homi- *D. Bonau.* nũ perditorum, ait D. Bonauen. similia car- *Simile.* nibus veteris gallinæ, quæ nec coqui possunt, nec dentibus, aut vnguibus carpi, correptionem scilicet, nullo pacto ferentia. De qui- *Prouer. 15.* bus Salomon, ait Prou. 15. Non amat pestilens eum qui se corripit. Imò tales sunt similes equis scabiosis, quorum si vulnera tangas, fremere, atque calcitrare solent. Tales etiam diabolo similes sunt, qui corrigi non *Eccl. 21.* potest. Vnde idẽ Salomõ ait: Qui odit correptionẽ, vestigiũ est peccatoris. Peccatorque

vocans

vocant diabolum per antonomasiam. Sicut enim vestigium pedi omninò assimilatur; sic qui correptionem non audit, diaboli vestigium, ac expressam similitudinem in corde suo habet. Arguentem autem & corripientem odio habere, levis cordis magnũ indicium est. Vndè Sapiens, ait Eccl. 20. *Eccles. 20.* Non murmurabit correptus vir prudens, & disciplinatus. *Simile.* Namquemadmodũ doliũ inane, & vacuum cùm malleo percutitur maximè resonat; si verò plenũ fuerit, nullũ strepitum facit, sic qui vacui sunt divina gratia, & sapientia, cũ corripiuntur, murmurare solẽt: pleni autem tacent, & sustinent, imò æquo animo audiunt & corriguntur, *sit tibi sicut ethnicus & publicanus*. Vt perspicias quã turpis res sit peccatum, vepote quod tali pœna mulctetur. Nec enim quis separare poterit fideles à cõmunione Sacramentorum & reliquorum fidelium, nisi solummodò peccatum. *Amen dico vobis quæcunque alligaveritis super terram, erunt ligata & in cælis: & quæcunque solveritis super terram, erunt soluta & in cælis.* Quam potestatem ligandi, aut solvendi promiserat Petro, hanc eandem omnibus discipulis cõmunicat: vt non solũ timeretur sententia Petri, sed cuiuslibet sui prælati, suæque Ecclesiæ sententiam timeat. Et ideò hæc verba exponenda sunt sicut supra capite 16. *Iterum dico vobis quia si duo ex vobis consenserint super terrã de omni re quãcunq; petierint, fiet illis à Patre meo qui in cælis est.* Hoc est dicere, tanta est potestas Ecclesiæ super homines, cui denuntiandus est frater impœnitens; quòd si vel duobus tantũ consentientibus impetratum sunt illi quidquid volẽt, multò magis totius alicuius Ecclesiæ iudiciũ sit pertimescendum, & quod illa voluerit à Deo sit approbandũ. Vndè satis patet, potestatem illam ligandi, atq; solvendi, de qua supra dixit Dominus, pertinere ad totam ipsam Ecclesiam, cui frater est denũciandus. Vel dic q cùm iam iam declarasset Ecclesię, eiusq; potestatem iudiciariam; declarat modò accumulando dona Ecclesiæ, potestatem impetrandi à Deo omnia. Idem enim est, ac si diceret: Dixi modo vobis potestatem vestram circa iudicia, iterum dico non eandem, sed aliam vestram cõmunẽ potestatem, nempè quòd si duo ex vobis, scilicet discipulis meis, fidelib⁹ meis. Ideò quippè non dixit omnes, nè de vniversali Ecclesia dumtaxat intelligeretur. Nec etiã dixit, multi, nè privilegium hoc ad magnas Ecclesias tantùm restringeretur. Sed dixit, si duo

vt etiam minimi numeri fidelium quanta sit vis explicaretur. *Consenserint super terram.* Nam sicut supra declarando potestatem ligandi, atque solvendi, dixit: Quæcunque ligaveritis super terram; vt intelligeremus materiam ligandi, atque solvendi esse illa quæ sunt super terram; ità declarando potestatem impetrandi apponit super terram, vt ostendat quòd materia huius consensus sunt illa, quæ sunt super terram, hoc est, si consenseritis etiã super terram, hoc est, si eundem sensum habueritis, non circa ea dũtaxat quæ sunt in cælis, & in inferno, vel circa credenda, sed etiam in his quæ sunt super terram, nempè circa agenda, sustinenda, patienda, & huiusmodi occurrentia in terris. Quarè in potestate ligandi, atque solvendi restringit illam, ad ea solũ quæ sunt super terrã. Hic auget & accumulat ad potestatem Ecclesiæ, quòd non solum circa cælestia; sed circa terrena consensus eorũ erit efficax. *De omni re.* Nulla excipitur, *Quamcunque petierint*. Hic explicatur, quòd de petitionibus fidelium loquitur quarum explicat efficaciam, si ex consensu charitatis fiant. Charitas enim fidelium quæ in bonum consentium, hanc vnitatem cõsensus facit, ac per consequens hanc vim impetrandi. *Fiet*, non dicit faciant, quòd non de potestate faciendi miraculorum, sed de impetrativa tractat. *Illis*, ait, non contra illos, aut præter id quod illi intendunt. Vt intelligas non promitti exauditionẽ, nisi secundum voluntatem petentium, quam haberent si cuncta nossent quæ Deus novit. Nã vt, ait August. Bonus est Dominus negans q volumus, *August.* vt tribuat quod mallemus, si omnia videremus quæ Deus videt. *A Patre meo, qui in cælis est.* Pater quippè est à quo petunt, impetrabuntque, si inter se ex charitate consenserint. Grata quippè maximè Patri nostro est hæc charitatis cõnexio. *Vbi enim sunt duo vel tres congregati in nomine meo: ibi sum in medio eorum.* Ac si diceret: Ideo tantam efficaciam habet petitio duorum vel plurium consentientium in vnum: quia ego sum in medio eorum præbens suæ petitioni efficaciam. Itaque ipsi iam nõ petunt, sed ego in ipsis peto. Dicit autem in nomine meo, ad differentiam humanæ amicitiæ, aut humanæ concordiæ, quæ licet sit laudabilis, nõ gaudet hoc privilegio divinæ præsentiæ. Nõ sunt enim in Iesu Christi nomine vnanimes, quibus aliud vivere est, quam Christus. *Ibi sum in medio eorum.* Nõ

& omni plenitudine virtutum, & omni tempore semper sit paratus dimittere fratri delinquenti. Et sic nullus terminus ponitur misericordiæ infinitæ, quam & tu imitari in tuo infinito debes. Vnde Ezech. 18. dicitur:

Ezech. 18. In quacunque hora ingemuerit peccator, omnium iniquitatum suarum amplius non recordabor. & Ecclesiast. 28. Relinque proximo tuo nocenti tibi, & tunc deprecanti tibi peccata solventur. Homo homini reservat iram, & à Deo quærit medelam.

Ecclesi. 28.

Ex his colligere poteris quanto maiora conferat Deus, quàm ea quæ nos aut cogitare, aut sperare possimus.

Moralitas

Putabat Petrus se valde excessisse si septimam offensam peccantibus remitteret, fortè iudicans illum secundùm humanam conditionem, qui parcè nimium [illegible] ad dimittendum: & tamen invenit illum sic largum, ac liberalem ad dimittendũ, ut non solum septies, sed septuagies septies dimittendos esse declaret, numerũ finitum pro infinito ponens. Simile quid Abrahæ contigit, Genes. 18. cui cùm Dominus declarasset se velle perdere Sodomitas propter eorũ nefanda crimina, Abraham cum Deo contendens, nõ videns sibi æquũ q̃ perderet iustum cũ impio, interrogare autem est Dominum, an propter quinquaginta iustos cæteris peccatoribus parceret: cumq; Dominus assensisset. Rursus, si propter quadraginta quinq; iustos indulgeret aliis, petijt. Annuit Dominus, & dixit quod sic. Rursus Abrahã locutus, Quia semel cœpi, loquar ad Dominum meum, cũ sim pulvis & cinis. Delebis propter quadraginta? Non delebo, ait Dominus. Ne quæso, inquit Abraham, indigneris Dñe si loquar. Si inventi vero triginta, indulgebis? Indulgebo, ait Dominus, propter triginta. Quia semel, inquit, cœpi, loquar. Quid si inventi fuerint viginti? Non interficiam propter viginti, ait Dñs. Obsecro, inquit, ne irascaris Dñe si loquar adhuc semel. Quid si inventi fuerint decem? Non delebo propter decẽ. Ecce quomodo misericordia Dei amplior, quã existimaverat Abraham inventa est. Nã cũ primus per quinq; iustos numerasset, & Dominum facilem ad dimittendũ invenisset, rursus per numerũ decennarium qui duplo maior est quàm quinarius, descendebat usq; ad decem [illegible] & Petro modò, ut visum est [illegible]. Atque ut hanc Dei propensionem [illegible] incredibilem liberalitatem ad dimittendum ostenderet, [illegible] parabolam Dominus: Ideo assimilatum est regnum cœlorum homini regi, qui voluit ra-

Genes. 18.

tionem ponere cum servis suis. Et cum cœpisset rationem ponere, oblatus est ei unus, qui debebat ei decem millia talenta. Cum autem non haberet unde redderet, iussit eum Dominus venundari, & uxorem eius & filios, & omnia quæ habebat, & reddi. Procidens autem servus ille orabat eum dicens: Patientiam habe in me, & omnia reddam tibi. Misertus autem Dominus servi illius, dimisit eum, & debitum dimisit ei. Egressus autem servus ille invenit unum de conservis suis, qui debebat ei centum denarios, & tenens suffocabat eum dicens, Redde quod debes. Et procidens conservus eius rogabat eum dicens: Patientiam habe in me, & omnia reddam tibi. Ille autem noluit, sed abijt, & misit eum in carcerem, donec redderet debitum. Videntes autem conservi eius quæ fiebant, contristati sunt valde, & venerunt & narraverunt Domino suo omnia quæ facta fuerant. Tunc vocavit illum Dominus eius, & ait illi: Serve nequam, omne debitum dimisi tibi, quoniam rogasti me. Nonne ergo oportuit & te misereri conservi tui, sicut & ego tui misertus sum? Et iratus Dominus eius tradidit eum tortoribus, quoad usque redderet universum debitum. Sic & Pater meus cœlestis faciet vobis, si non remiseritis unusquisque fratri suo de cordibus vestris.

Primum totam communiter explicemus parabolam, ut deinde minutatim eam explicare melius valeamus. Rex ille Pater est cœlestis, homo debitor peccator, qui peccando fit Deo debitor; soli quippe Deo peccat, & tamen peccando proximo etiam debitor fit. Cum debitoribus rationem ponit Dominus, quoniam à peccatoribus vult placari, & suum honorem, cui per peccatum derogatur, vult restitui. Decem millia talentorum debet, quoniam in multis offendimus omnes, & septies in die cadimus, propter magnitudinem, & multitudinem peccatorum, quibus Deum offendimus. Magnum quippe valde debitum est quo per peccatum obstringimur Deo, tum propter gravitatem, quia peccatum contra Deum infinitatem quandam continet ex parte eius contra quem peccamus, tum propter frequentem iterationem, & multitudinem peccatorum. Tantò enim est quod in Deũ committitur peccatum gravius omni eo quod in hominem committitur, quantò magis ipse [illegible] omnibus excellit, & in immensum superat quidquid est in hominibus. Ceterũ [illegible] iubet Dñs venundari cũ omnibus quæ [illegible] sunt, quod dò terribi-

terribilia inferni tormenta minatur peccatori, ſi non reconcilietur per pœnitentiam, vt talibus comminationibus ei metum incutiat, ne peccata peccatis accumulet. Debitor Regis cõminatione exterritus, coram eo in terra procumbens, ac dilationem ſupplicij petens, peccator eſt cõminationibus Dñi exterritus antè æternorum malorũ agens pœnitentiã, & pœnitẽdi, vitamq; in melius commutandi inducias poſtulans. Rex precibus flexus poſtulati dilationẽ dat & remiſſionẽ: quoniam benignus Pater cœleſtis bonitate ſupplicẽ ſemper vota excedens, & tẽpus cõcedit pœnitendi, & præterita omnia peccata dimittit ei qui ſerio conuertitur ad Deum, omnia eius peccata obliuioni tradẽs. Seruus conſeruũ habet debitorem, quoniã alter alterum offendit, nec quiſquam eſt qui nõ aliquandò à proximo lædatur in aliquo, ſiue in corpore, ſiue in re, ſiue in nomine, ſiue quomodolibet aliter, debitum tamen conſerui exiguum eſt, centum tantùm denariorum, cùm debitum ſerui erga Dominum, abſq; proportione maius ſit, decem videlicet, millium talentorum. Quoniam abſque proportione grauiora, & numero maiora peccata illa ſunt quibus Deum offendit homo, ſeruus Dominum; quàm ea quibus homo offendit hominem, ſeruus conſeruum. Contingit enim centũ vicibus offendi Deũ, vbi non ſemel proximus offenditur; cùm è contrario nunquam contingat, verè offendi proximum, niſi ſimul & Deus offendatur grauiùs, cuius eſt præceptum diligere, non offendere proximum: denique tanto grauior eſt vnaquæque offenſio qua homo offendit Deum, ea qua offendit hominem, quantò in infinitũ magis diſtat Deus ab homine, quàm ab homine homo. Centum denariorum debitum ſolui poſtulat ſeruus à conſeruo, quòd de pro offenſa in ſe commiſſa exigit vindictam. Seruus in conſeruum manus iniicit, & ſtringit apprehenſum gutture, cùm Rex nihil tale in ſeruum egiſſet, ſed tantum cõminando inſiſtere verecundaret eum [illegible]: quoniam pro leui offenſa ſolent ſubindè homines multò grauiorem ab inimicis vindictam expoſcere, quàm exigat Deus pro peccatis plurimis, atque grauiſſimis. Et quoniam ad vindictam ardentius ſunt homines erga ſe inuicem, cùm ſit Deus longanimitatem ſuam comminans [illegible] ſerint, nec tam per ſe vindictam quærens, quàm vindictæ cõminatione terrificans, vt [illegible] vitã debita homo reconciliet. Seru[illegible] conſeruũ & ſuffoca[illegible]

nem pollicetur, ſed nihil conſeruo impartit, quando is qui offenſus eſt, nullis flecti patitur precibus eius qui læſit, quin ius ſuum extremum exigat, & vindictam quam meditatur exerceat, etiam ſi pro tua illi pollicetur is qui offendit damni reparationẽ, aut rationabilem pro offenſæ quantitate ſatisfactionem. Vbi & hoc notandum, minori humilitate flecti Regem Dominum, vbi maiori nõ flectitur homo ſeruus. Minor ſiquidem eſt humilitas, vbi ſeruus procidit ad pedes Domini, quàm vbi ſeruus procidit ante pedes conſerui. Quãtò enim perſona cui fuit humilitas æſtimatur vilior, tantò eſt humiliatio illi cui exhibetur glorioſior. Maiorem ſiquidem humilitatem monſtrat, qui etiam inferiori ſe ſubijcit, quàm qui tantùm ſuperioribus. Attamen ſupplicatione flectitur Deus à ſeruo, qua renuit flecti ſeruus à cõſeruo. Mittit ſeruus pro centum denarijs conſeruũ in carcerem, donec reddat vniuerſum debitum: quoniam pro leui offenſa, plenam exigit homo vindictam, nil de ſuo volens iure concedere, vbi Deus liberaliter totum dimiſit tam immenſum debitum. Tribulantur conſerui, quoniam non poteſt non vehementer diſplicere Sanctis, & Angelis, & iſta crudelitas ſeruorũ aduerſus inuicem, qui tam liberalem erga ſe experiuntur Dominum. Domino referunt negotium: quoniam ſancti homines, & Angeli Dei pro miſeria afflictorum, & eorum qui opprimuntur; quærentium & non inuenientium à fratribus miſericordiam, orant, & diuinæ iuſtitiæ rectitudinem aduerſum illos pauperum oppreſſores inuocant. Rex audito nuntio ſeruum vocat & condemnat: quoniã Deus in nouiſſimo die, quando clamorem exaudiet oppreſſorum, & ſanguinem eorũ exquiret, ad iudicium euocabit huiuſmodi ſeuera obiurgatione. Rex ſeruũ nequam appellat, quia cõfuſione publica huiuſmodi homines iudex, coram aſſiſtentibus omnibus confundet. Exprobrat nequam ſeruo debitũ dimiſſum, cuius alioquin nequaquam mentionẽ facturus erat Dominus: quoniam peccata quæ Deus dimiſit homini, ad viſionem reuocat ſi is eo qui noluerit proximo miſereri. Tunc iratus dicitur qui prius tantùm comminabatur, & quodammodo iram ſimulabat: quoniam in die illo implacabilis erit ira Dei, qui in hoc mundo placari per pœnitentiam ſpõtè erit. Tũc iratus Rex deus loquetur ſeruo crudeli, quẽadmodũ tunc loquetur ad eiuſmodi in ira ſua, & in furore ſuo cõturbabit eos. Tũc ex [illegible]

bitur

bitur eis q Dñm habentes, tã ad miserendũ
atq; condonandum facilem; ipsi noluerint
proximis misereri. Tortoribus tradentur,
quando in ira iudicis proferetur aduersus
Matth.25 ipsos sententia. Discedite à me maledicti
in ignem æternũ, qui paratus est diabolo, &
Angelis eius illic. Permanebunt in æternum damnati, donec reddant vniuersum
debitum: quoniam tormenta perferent in
æternum damnati: eo quòd secundum condignitatem rigorosæ iustitiæ diuinæ, nunquam erit perfecta ipsorũ satisfactio, propter quod æterna patientur tormenta, & fumus tormentorũ eorum ascendet in secula. Hanc interpretationem ex quodam nõ
contemnendo Doctore hic placuit transcri-
bere: quoniam breuiter totam optimè explicat parabolam. Nunc latius illam, prout
ad populũ interpretari debet, explicemus.
Moralitas seu doctrina super hãc parabolã. ¶ In hac parabola satis clare exprimitur no
bis quis sit Deus, & quis sit homo, quanq;
longo interuallo bonitas Dei ab hominum
distet impietate. Igitur Rex iste, qui voluit
rationem ponere cum seruis suis, Deus est,
qui ab hominibus suorum operum rationem
1. Tim. 1. exacturus est. Ipse quippè Rex ille est, de quo
Paulus dicit, Regi seculorum immortali inuisibili honor, & gloria. Seculorum dicitur, quoniam præsentis, & futuri seculi
Rex est, nec enim Rex Hispaniæ, aut Fran
ciæ, aut Angliæ dumtaxat est, sed seculorum Rex dicitur, hoc est, omnium Regnorum
tam huius seculi quàm alterius, tam
Apoc. 19. cœli, quàm terræ. Rex Regum, & Dominus
dominantium, & Princeps Regum terræ,
in quo omnium potestatum, & potentatuũ
summa est & Imperium. Immortalem enim
vocat, non enim temporalis Rex est, & ca-
ducus, sicut alij Principes terræ, de quibus
Psal. 81. Psalmista dixit. Vos autem sicut homines
moriemini, & sicut vnus de Principibus ca-
detis. Nam sicut moritur pauper, ita & diues, & sicut agricola, sic & Rex. Sed immor
talis Rex est, qui solus habet immortalitatem: quoniam solus ex natura immortalis est, & non ex gratia ab alio præstita, sicut cæteræ res mortales. Inuisibilem autem dicit Deum: quoniam rerum inuisibi-
2. Cor. 4. lium, quales sunt æternæ, Dominus est. Nam
vt Paulus ait, Quæ videntur temporalia
sunt, quæ autem non videntur æterna. Et
quoniam rex iste cui omnes reddere debemus rationem inuisibilis est, ideò habet in hoc mundo Vicarios visibiles, homines scilicet, sicut & nos, quibus suas com-

mittit vices, donec ipse iterum visibiliter veniat ad has exigendas rationes. Tunc enim *1. Cor. 15.*
euacuabit omnem principatum, & potesta-
tem, vt Paulus ait. Vnde Roma. 13. ipse Pau *Rom. 13.*
lus dicit. Non est potestas nisi à Deo. Quæ
autem sunt à Deo ordinata sunt, & qui potestati resistit, Dei ordinationi resistit. Et
infra. Non sine causa, gladium portat vindex in iram ei qui malum agit. His ergò de-
legauit vices suas, vt de hisce vilium denario-
lis iudicent atq; cognoscant, nempè de his
temporalibus rebus quæ minimæ sunt: nam
maiora debita, cordium cogitationes, ac desideria, ipse sibi reseruant vt Sophon. dixit. *Sophon. 1.*
Ego, ego ipse scrutabor Hierusalẽ in lucer
nis. Nam sicut lucerna abscõdita illuminat, *1. Cor. 4.*
sic Deus illuminabit abscondita tenebra-
rum, & manifestabit consilia cordium. Vt
ostendat quod etiam minimarum rerum de
beat rationẽ exigere, scrutinium vocat hoc
iudicium; quoniam in scrutinio etiam minima quæruntur: in iudicio diuino tam de
mortalibus, quàm de venialibus rationem
sumus reddituri, nec erit cogitatio aliqua,
aut verbum otiosum, de quo non debeamus
rationem reddere; vt ipse Dominus dixit.
Et vt doceat quãta hoc diligẽtiã debeat fie- *Matth. 12.*
ri, dicit quòd in lucernis hoc scrutinium fiet.
Nam quandò tu in domo tua summa diligentia aliquam rem vis quærere, accendis lucernam, & circuis domũ, & omnes recessus
eius perquiris, donec inuenias quod quæris,
sicut diligens mulier illa fecit ad quærendã
perditam dragmam. Sic Deus omnia inte- *Luc. 15.*
riora cordis perscrutabitur, nec quicquam
occultum erit ei: Quoniam nulla creatura *Hebr. 4.*
inuisibilis est oculis eius, qui lucidiores
sunt quàm Sol, penetrantes vsq; ad diuisio *Eccles. 23.*
nem animæ, & spiritus, compagum quoq; ac
medullarum. Hoc ergò iudiciũ filius Dei *Hebr. 4.*
facit. Nil enim aliud est Deum rationẽ quærere cum seruis suis, quàm iudicium iniquitatum nostrarum facere, Et quoniam tale,
ac tam integrum, ac seuerum debet esse,
ideò Psalmista dicebat. Non intres in iudi- *Psal. 142.*
cium cum seruo tuo, Domine: quia non iu-
stificabitur in conspectu tuo omnis viuens.
In his enim rationibus quas diligẽtius perscru
pectas habemus de his ores maximè nos iu-
stabit Deus: Quarè & idem Propheta dice *Psal. 129.*
bat. Si iniquitates obseruaueris Domine,
Domine quis sustinebit? Omnes quippè
iustificationes nostræ tanquam pannus me-
struatæ. Maximè quando in oculis, Domi- *Psal. 64.*
ni apparent. Quare optimum cõsilium erit,

Iacob. 4 vt

vt nos metipsos iudicemus, ne iudicemur à Domino, sumptaq; operum nostrorũ ratione, pro posse nostro Deo satisfaciamus, ne in immenium debito procrastio soluere nũmme valeamus. *Et oblatus est ei vnus qui debebat ei decem millia talentorum.* Hinc perpendere poteris, vere Dei cultor, quãta Deo debeamus. Si enim ille qui primus casu Deo offertur, tam eximiam debet quantitatem, quid nam erit de illo quem Deus ex proposito ad exigendam rationem quæsierit? In quàm magna quantitate illum debitorem inueniet? Tot enim sunt Dei beneficia nobis exhibita, tantaq; nostra ingratitudo, ac socordia erga eum, quòd ille qui minus debet, casuque se illi obtulerit, in tanta maneat quantitate obligatus, vt nec ipse, nec omnia quę possidet, nec vita sua, nec si mille (vt ita dicam) habuisset vitas ad soluenda debita sufficerent. Imò nec ad minimam debitorum partem valeret. Quid erit de illo quẽ Dominus ex proposito quæret? Qui multiplicat peccata, & accumulat, & delicta quotidie auget. Hic nec perpetuo addictus inferni carceri ad plenum soluet debitum in æternum. Sed quærẽ hic non immeritò poteris, quid causæ sit ex qua tanta socordia in hominibus oriatur, vt ille qui primus se se offert Deo, tanta pecuniæ debitor inueniatur, vt nec ipse vllomodo sufficiẽs sit ad soluendum? Vel si clarius vis quæstionem audire, Vnde tanta procacia ac inuerecundia in peccatore in offendendo Deum suum, vt ita effrænatè post peccata rapiatur, quòd tãtæ sit debitor quantitatis? atq; maiestatem Dei offendere audeant qui tantæ potestatis

Psal. 103. est, vt de eo dicat Psalm. Qui respicit terram, & facit eam tremere: qui tangit montes & fumigant. Quam quæstionem Psalmus

Psal. 9. etiam his verbis facit. Vt quid irritauit impius Deum? Quomodò homo audet irritare ac subsannare Deum? Ad quòd & ipse respõdet subinferẽs. Dixit enim in corde suo, Nõ requiret. Hæc est vna radix ex qua tot prodeunt peccata, nempè quòd sic se habet peccator, ac si nullus esset, qui tremendam suarum operum exigat, cùm tamen sit terribilis exactor Deus, qui vsq; ad vltimum quadrantem requirat. Hæc apud se cogitabant

Sap. 2. impij cum Sapien. dicebant. Venite, fruamur bonis quæ sunt, & vtamur creatura in iuuentute celeriter, vino pretioso, & vnguentis nos impleamus, & non prætereat nos flos temporis. Coronemus nos rosis antequam marcescant [illegible] pratum sit, quod non pertranseat luxuria nostra. Et quid ad tantas vos mouet delitias ac luxum? Nec enim, aiunt, habebit memoriam operum nostrorum. De quibus & Esai. 29. dicitur. Esai. 29.

Væ qui profundi estis corde, vt à Domino absconderis consilium. Quorum sunt in tenebris opera, & dicunt; Quis videbit nos, aut quis nouit nos? Hi sunt qui putantes se esse sapientes stulti facti sunt. Et quasi suadentes sibi ipsis, quòd Dominus non intelligit eos. Ac si lutum diceret ei qui se finxit, Quare me fecisti sic? Homo autem lutum est in manu Domini, qui sicut illum ex luto cõdidit, ita & in lutum conuertere poterit, & nihilominus homo aduersus Deum extollitur, ac si nullam suorum operum ra-

Psal. 72. tionem haberet Deus, dicens inter se. Quomodò scit Deus? & si est scientia in excelso?

Iob. 22. Et illud Iob. Nubes latibulum eius, iuxta cardines cœli perambulat, nec nostra con-

August. siderat. Quos D. Augustinus Sermone. 10. super Matthæum tanquam stultos ac insanos irridet dicens. Stulte, mediocri diligentia quam tu in domo tua geris, quid famuli, filij, et vxor, aut famulæ faciant intelligis, & id Omnipotenti non concedis, quod tu

Psal. 93. impotens ac imbecillis facere potes? Qui plantauit aurem non audiet: aut qui finxit oculum non considerat? Qui corripit gentes, non arguet, qui docet hominem scientiã?

Psal. 138. Non ergò à Deo celari poteris, & si ascenderis, aut descenderis in abyssum, & si sumpseris pennas diluculo, & habitaueris in extremis maris. Hæc ergò prima radix est tantæ socordiæ. Secunda, quòd hi tam tales cogitant non esse Deum, vel saltem sic se in operibus suis gerunt, ac si non crederẽt esse Deũ,

Psal. 13. Sic enim & Psalmista ait. Dixit insipiens in corde suo, Non est Deus. Id est, sic se habet in operibus suis, ac si intus sibi ipsi diceret, Non est Deus, qui facta nostra prohibeat, aut puniat. Illos qui nõ putabant opera nostra inquirere, impios vocauit; hos autem qui dicunt, non esse Deum, stultos dicit. Dixit insipiens in corde suo, Non est Deus. Et quid inde euenit? Corrupti sunt, ait, & abominabiles facti sunt in studijs suis, non est qui faciat bonum, non est vsque

Gregorius. ad vnum. Diuus Gregorius docet, quòd & si peccator malitia sit implicatus vitijs, tamẽ si id hoc fidẽ habet quòd Deus sit, qui hæc vetat, & punit, ad memoriamq; reuocat humana inferni tormenta, sese aliquando, vel timore saltem corripiat, ne sic liberè libidini seruiat, quin aliquando hæc memoria reprimatur.

primatur, nec taliter dulcescant vitia, quin hac amaritudine perfundantur. Et quoniam aliqui semetipsos tradiderunt vitijs, ne hac consideratione petulantis carnis voluptas minus sibi sapiat, amittunt fidem, apud semetipsos cogitant non esse Deum, aut prohibitorem, aut vindicatorem. De quibus, & Paulus dicit. Quidam relinquentes bonam conscientiam circa fidem naufragaverunt. *1. Timot. 1.* Hoc est, vermem illum aut morsum conscientiæ extinxerũt, ne suas misceret voluptates, *Por que no les aguen sus contentos.* Et hoc fuerunt periclitates in fide aut penè illam amittentes, aut sic se gerentes, ac si illam non haberent. Rectè autem naufragij voce vtitur. *Simile.* Nam sicut cùm procella, aut tempestas navim quatit, dum gubernacula non laxantur, spes salutis adhuc est; nunc has, nunc illas merces in mare proijciũt; dum tamen si gubernacula deserantur, nulla iam salutis spes restat. Sic in homine peccatore contingit. Nam si fides quæ gubernaculi vices gerit in eo permanet, etiã si aliæ effundantur virtutes, spes adhuc restat in eo quòd fidei veritas illum aliquandò ad portum reducet. Cæterum si hæc amittitur, cũcta iam desperanda veniunt. *Simile.* Sicut mercator qui creditũ amisit; nil aliud quàm crux illi sperandum est: nam iam vitiorum tempestas illum in profundũ obruet. Sic enim & apud Sapientem dicitur. *Prouer. 18* Impius cum in profundum venerit peccatorum contemnet. Hoc est, contemptui habet virtutes, & quasi Deum contemnens libenter post vitia rapitur, *alça la mano de la labor*, vitijs autẽ radicaliter hæret, atq; indissolubili quodam nexu eis copulatur, ità quod nulla res mundi illum ab illis avertere queat. Hos divus Bernardus Sermon. 1. de Aduẽtu, illis cõparat qui in aquis suffocantur. *Bernard. Simile.* Solent enim huiusmodi adquamcunq; rem offenderint manum mittere, vt illa subleuentur ab aquis, quidquid res illa, sit siue ramusculus, siue spinetũ; sicq; rem illam manu adstringunt, vt potius ferant manum abscindi quàm illam amittere. Sic hi qui iam vltimum valedixerunt virtutibus, sic vitijs ac concupiscẽtijs suis hærent, vt nec infirmitas, nec Dei flagella, nec ipsa mors ab illis divellere valeat. Ecce radices tam magni debiti. Quid ergò faciet peccator tantis obligatus ratiocinijs? Vtiq; imitetur hominem istum, procidat ad pedes Dei. Anteà superbia elatus à collo tuo iugum Dei excussisti: & ibi aptari potest illud Hierem. *Hierem. 2.* A seculo confregisti iugũ, rupisti vincula, dixisti, Nõ seruiam. Nunc procide, & prosterne te, & humiliare coram Deo tuo, iugumq; eius suauissimum accipe super ceruices tuas, ac deprecare Dominum tuum dicens. Patientiam habe in me, & omnia reddam tibi. Agnosce debitum, & inducias postula. *Prouer. 28* Nam qui abscondit scelera sua, non dirigetur; qui autem reliquerit, & confessus ea fuerit, misericordiam consequetur. Vndè & David dicebat. *Psal. 50.* Iniquitatem meam ego cognosco. Satisfacere propone, dicens. Omnia reddam tibi. Nempè oculos, manus, pedes, & omnia membra mea, quibus anteà vsus sum ad peccandum, deinceps vtar ad Deo seruiẽdum; vt adimpleas illud Pauli. *Rom. 6.* Sicut exhibuistis membra vestra seruire iniquitati ad iniquitatem, ita nunc exhibete seruire iustitiæ in sanctificationem. *Et omnia reddam tibi.* Quid habes, ô peccator, quod reddas Deo tuo? Non ne omnia bona tua ipsius Dei sunt? Quid enim habes quod non accepisti? Nam nec fortunæ bona, nec naturalia tua sunt. Si enim tua essent, non posset Deus ea à te auferre absq; iniuria, cùm tamen hodie te videam divitem, cras pauperem, hodie pulchrum, cras deformem, modò sanum, statim debilem. Gratiæ autem dona à Deo solo sunt, nisi quòd aliquandò liberum arbitriũ tuum ad ea suscipienda concurrit secundũ illud August. *August.* Qui fecit te sine te, non saluabit te, sine te. Nil aliud tuum video ibi proprium sicut peccata. Nam perditio tua ex te Israel: & Psalmista proprie peccata, sua vocat. *Osea. 3.* Peccatum meum contra me est semper. *Psal. 50.* Dele iniquitatem meam. Et, Delictum meum cognitum tibi feci. Id est peccata mea. Cùm ergò peccator se omni modo impotentem ad soluendum inueniat, debet cum David dicere. Quid retribuam Domino pro omnibus quæ retribuit mihi? Calicem salutaris accipiam, & nomen Domini inuocabo. *Psal. 115.* Hic calix passio Christi est, per quam peccatores saluamur: nam ibi soluta sunt debita nostra. Et hanc solutionem Deus libentissimè acceptat, & obligationes, ac chirographa; quæ adversùs peccata nostra habebat, delet atq; dilacerat. & dicit. Omne debitum dimisi tibi: Delet enim quod adversùs nos erat chirographum, donans nobis omnia delicta, vt ait Paulus. *Colos. 2.* Somniauit pincerna Pharaonis, quòd exprimeret vuas in calice Regis: *Gen. 40.* quod interpretatus est Ioseph, debere ipsum in pristinum locum restitui. Nam cùm calicem hunc in Regis mensa ponimus, delicta nostra

claudebatur. Hæc est malitia in anima inclusa, atq; peccati pôdere in visceribus occlusa, ita quòd nullo remedio ad eã pateat aditus, ita illam peccati plumbeum talentũ occlusam tenet. Igitur cum tantum esset debitum, non potuit seruus ille soluere. Nam homo impotens est ex se ad soluendum, & satisfaciendum Deo, nec vniuersa eius substãtia ad id valet, nisi Dei misericordia subleuetur. Potest quidem per se peccare, nõ tamen potest per se satisfacere pro peccato. Peccare valet, sed non soluere, cadere, non tamen à casu se erigere. Recordatus est quia Psal. 77. caro sum, ait, Psalmista, spiritus vadens, & non rediens. Qui potest quidẽ per se à Deo separari, non tamen per se ad illum reuerti. Cùm ergò nõ habuisset seruus ille vnde solueret, iussus est venũdari ipse, & vxor eius, & filij, vt vel sic saltem partem debiti solueret, etiam si totũ reddere non valeret. Quid autem hoc significet, audite. Nimirũ quòd Deus, non ipsum peccatorem solùm puniat, verùm etiam omnes coaditores peccati, & delicti conscios, & consortes. Ita quòd si coniux tibi causa peccati est, vt Iezabel fuit Regi Achab, ipsa quoq; tecum punienda veLuc. 14. nit. Similiter & filij. Nã si inuitatus ad nuptias Regni cœlestis, propter vxorem negligis, vt ille qui dixit, Vxorem duxi, & ideò non possum venire; ipsa etiã plectetur vxor. Gen. 3. Quemadmodùm ita primorum parentum peccato ambo simul plexi sunt. Vel per vxorem intellige carnem tuam, quæ tibi solet esse maximum instrumentum peccandi: per filios opera tua quę à te tanquam proles tua procedũt. Et tunc intellige, quòd corpus & animam, opera & cogitatus, membra corporis, & potentiæ animæ, simul in reprobo punienda sunt: eo quòd fuerunt in illo foEzech. 32. menta, & instrumenta peccãdi. Nam de eis dicitur. Descenderat in infernum cum armis suis. Hoc est, cum omnibus illis membris ac potentijs, quæ tanquã arma ad peccandum illos adiuuerant. Sed hoc adhuc aliud in se includit mysterium. Circa quod sciendum, quòd ex peccatoribus aliqui se ipsos vendunt, alios autem Deus vendit. Bea2. Pet. 2. tus Petrus dixit. Qui facit peccatum, seruus peccati est. Et rationẽ huius Paulus reddit. Rom. 6. Quoniam cui homo obedientiam præstat, illius & seruus efficitur. Qui ergò peccato ac malitiæ obedientiam dedit, ex consequenti illius seruus, & mancipium effectus est. Ceterũ sunt aliqui peccatores, qui se ipsos tãquàm mancipia peccatis tradiderunt, ac vendiderunt, ità vt quasi necessitate quadã amara duci videantur ad peccatum: quemadmodum mancipium coactè ducitur ad seruiendum domino suo, de quibus dicitur. Ve 2. Mach. 1. nundati sunt, vt facerent malum. Videbis homines sic pecunijs addictos, qui quasi venditi ac traditi eis, sic earum incremento incumbant, siue vsuris, siue rapinis, latrocinijs, aut simonijs id fiat, nihil curant. Alios invenies sic carnalibus voluptatibus ac mulieribus deditos, vt nullus sit seruus pecunia emptus sic domino suo traditus; vt isti mulierculis quarum appetunt cõcubitu perfrui. De quibus dicit Paulus. Qui despe Ephes. 4. rantes se ipsos tradiderunt impudicitiæ. Talis fuit Rex Achab, de quo 3. Regũ. 21. Scrip 3. Reg. 21. tura diuina testatur dicens. Igitur non fuit alter talis sicut Achab, qui venũdatus est, vt faceret malum in conspectu Domini. Qui cum esset Rex ingenio liberali ac pio, quod innotuit cũ fames vniuersam premeret Samariam, cùm audiuisset mulierem quãdam suum proprium manducasse filium cum altera vicina sua, tunc scidit vestimenta sua, & apparuit ciliciũ quo intus indutus erat. Imò & Deus ipse suam laudauit humilitatem, cũ ad Prophetam Heliam dixit. Nõ ne vidisti Achab humiliatũ in oculis meis? Ex quo deprehendi poterat ipsum bonæ indolis ac liberali ingenio esse. Tamen vendidit se, totumq; se commisit Iezabel vxori suæ, quæ idolatra ac pessima erat, atq; eius consilio multa nefanda scelera perpetrauit. Nam & templum Baal construxit, Prophetas Domini occidit, Heliam Thesbytem comprehendere voluit, ac decollare. Innocentem Naboth dolo interfecit, vt eius potiretur vinea, aliaque nefanda crimina fecit, vt illi omnium fœminarum nequissimę morẽ gereret. Vendiderat enim se illi, totumq; eius se tradiderat pessimæ voluntati. Homines quàm plurimos offendes, aliàs probos, bonoq; ac liberali ingenio præditos, veruntamen si se alicui vitio tradunt, sic illi addictos, vt multa opera sibi omnino, suæq; cõditioni indigna eos facere videas. Cur hoc? nisi quia se peccatis illis omnino tanquam mancipia vendiderunt? Verùm isti ipsi se vendunt peccato. Cæterum alios Deus vendit. Hi sunt illi qui sic procaciter vitijs adhærent, vt Deus iam illos quasi à se auersos projecerit, nec curam eorum iam amplius videatur habere. Licet sufficiens auxilium quo possint ad ipsum conuerti tanquam eis negauerit. De quibus dicit Paulus, quòd Rom. 1. propter

propter eorum contumaciam in peccando tradidit illos Deus in reprobum sensum, vt faciant quæ non oportet. Ita quòd iusto suo iudicio permiserit Deus indurari corda eorum, ac veluti Pharaones fieri, quibus nec vulnera, nec plagæ, nec terrores, aut exhortationes sufficere possunt, vt à peccati seruitute redimantur. Imò sicut tempore Antio- *1. Mach. 6.* chi Hebræi ducebantur amara necessitate ad sacrificia, sic & isti ad peccandum. Vndè per Moysen dicitur. Quomodò persequebatur *Deut. 32.* vnus mille, & duo fugarent decem millia? Non ne ideò quia Deus suus vendidit eos? Vndè tanta imbecillitas in peccatore? Tam infirma resistentia ad peccandum, quòd quæcunq; vel minima occasio eos videatur veluti impellere ad vitia, nec vlla eis remedia valeant? Non ne quia Deus suus vẽdidit eos? Tradidit enim illos Deus propter eorum delicta peccatis, vt ne resistere quidem valeant, sed dæmones, & passiones vitiorum, ac ignominiæ dominentur eis. Sed quid hoc miraculi est, Domine Iesu, vt animas quas tuo pretioso sanguine emisti, vt *1. Cor. 6.* Paulus ait, Empti estis pretio magno; ac à seruitute diaboli liberasti, iterum eas diabolo tradas ac vendas? Quod nam precium tibi conferre poterit diabolus aut mundus quod tuo æquiparet pretiosissimo sanguini? Possunt illi nisi blasphemias, & opprobria aduersùm te, Dñe Iesu, reddere? Cur ergò illas illis iterũ tradis? Audite me, ò verè Christi fideles, & ego respõdebo vobis pro Deo. Scitote quod eodẽ pretio quo prius animas Christus emit, ac à potestate diaboli redemit, eodem easdem illis vendidas tradit. Nã animas quas sic omittit, (& væ illis quas sic omittit) permittit & vult, vt sanguis suus, nullo æstimabilis pretio, quo prius eas mercatus est, iam non illis prosit, sed ad se reuertatur, vt alijs vtilis sit, quem sibi ipsi peccator nocuũ fecit. Et quòd nec confessio, nec cõmunio, nec alia sacramenta illis prosint, sed omnia sibi in vacuum cedant, & tamen quòd alijs prosint quos ipsorũ loco suffecit Deus. Attẽdite amore Dei. Sanguis Christi in animabus nostris id proportionabiliter videtur efficere, quod sanguis hic corpo- *Simile.* reus in corporibus ipsis efficit. Quoniã sanguis in venis, & in corde, quæ vasa eius sunt, signum vitæ est, effusus autem à venis signum mortis est. Nã ea proportione qua sanguis effunditur, & vita ipsa minuitur. Vndè sanguis appellari solet vehiculum animæ quia in sanguine quasi in vehiculo quodam anima graditur; ità quòd simul cum sanguine, & anima effunditur. Sic ergò de sanguine Christi dices. Qui si in corde, & anima, & potentijs eius, intellectu scilicet, & voluntate ac memoria, quæ sunt veluti animæ venæ, conseruatur, signum spiritualis vitæ est in homine Christiano, cùm ipse Dominus dicat: Nisi manducaueritis carnem filij ho- *Ioan. 6.* minis, & biberitis eius sanguinem, non habebitis vitã in vobis: Et, Qui manducat me, viuet propter me. Cæterum effusus, calcatus, atq; contemptui habitus, signũ mortis certum est. Quod & Paulus seuerissimè testatur ad Hebræos. 10. dicens. Irritam quis *Heb. 10.* faciens Legem Moysi, absq; vlla contradictione duobus aut tribus testibus moritur: quantò magis putatis deteriora mereri supplicia, qui filiũ Dei conculcauerit, & sanguinem Testamẽti pollutũ duxerit, in quo sanctificatus est, & Spiritui sancto contumeliã fecerit? Somnium illud quod supra retulimus quod vidit Pharaonis pincerna, nempè *Gen. 40.* quòd putabat se exprimere vuam in vase Regis, fuit præsagium quòd deberet restitui in locum pristinum. Sic si in Regio vase quod est anima, nos sanguinem huius botri cypri exprimimus, & conseruamus, in Dei reconciliabimur amicitia. Proinde quòd Vagao *Iudith 14.* Holofernis cubicularius vidit sui ducis ac domini sanguinem in pauimento effusum, intellexit Dominum suũ mortuum esse. Sic cùm nos aspexerimus per solum effusum, & conculcatum nostri Domini ac Principis sanguinem; colligere possumus animam nostram esse defunctam. Sanguis Abel de *Gen. 4.* terra clamabat petens vindictam: nam sanguis Christi ex proprio vase ac calice, hoc est, ex corde, misericordiam postulat: cæterum ex terra vbi effusus, aut conculcatus fuerit, iustitiam Dei aduersus ingratos peccatores interpellat. Vndè & Iob clamabat. Ter- *Iob. 16.* ra, ne operias sanguinem meum, & ne inueniat in te locum latendi clamor meus. Ea propter in Lege veteri, cũ prohiberet Deus ne carnem cũ sanguine homines illi comederent; rationem subiungebat dicens. Eò quod *Leu. 8.* anima animalis in sanguine eius est. Per il- *Gen. 9.* lud quippè ad hæc tanta mysteria volebat aperire viam, indicãs nobis, quia sicut diuino sanguini reuerentia deberemus, nec debere nos illum à nobis effundere, aut contemnere: quoniam vita nostra in illo est. Cùm igitur peccator hunc sanguinem parui pendẽs dispergat, pretiumq; tale minus habeat, hoc eodem pretio illum vendit Deus, illum in suis peccatis dimiserit, nec illi sanguis iste proficuus erit, & ad alios eius vtilitas transibit. Id enim videl significare quod Dominus ad Regem Achab dixit. *3. Reg. 21.* Canes lingent sanguinem tuum in agro Naboth. Quoniā alij peccatores vtilitatem capient ex hoc sanguine Christi, *Matth. 27.* quem iste contempsit. Quo circa non permisit Deus, vt pretium illud quo Iudas vendidit Christum, in sua remaneret potestate, sed illud templo restituit, ex quo ager Acheldemach, hoc est sanguinis, emptus est in sepulturam peregrinorū. Quoniam peregrini ac alienigenę, quos Dominus loco horum peccatorum ad se adducit, pretio illo fruuntur, quod ille despexit & à se proiecit, & hoc ad Ecclesiam redit. In aliorum profectum, ac vtilitatem, & tu suspensus pereas ac desperatus cum Iuda absq; Dei misericordia & pace, & tibi dicatur illud Psalmist. *Psal. 108.* Non sit tibi adiutor, nec sit qui misereatur pupillis tuis. Omnesque maledictiones quas Psalmista contra Iudam traditorem protulit, te quoq; similiter comprehendant. Nec sit tibi adiutor, nec qui recordetur tui. Væ, væ illi fratres mei, quē Deus sic vendit ac peccatis tradidit, melius illi fuerat non nasci, quàm cum Iuda similiter perire. Igitur cum seruus iste ob suam ignauiam ac negligentiam tātum debitum cōtraxerit, volebat illum Dominus suus tradere ac vendere cum omnibus bonis suis, nisi ipse id intercepisset agnoscens Domini sui bonitatem, & procidēs ad pedes eius cum lacrymis postulasset dicēs. *Patientiam habe in me, & omnia reddam tibi.* Effuderas pretium sanguinis Christi super terram, nūc prosternit se, vt iterum illum lingat ac sumat. Prostrat⁹ Dominus illum in horto sudauit, & procidens peccator illum ex eo loco quo Christus eum effuderat colligere flagitat ac desiderat. *Patientiā habe in me, &c.* Procedit ei obuiam antequam exequutio fiat, *1. Reg. 25.* sicut fecit Abigail cum Dauid, & sic placauit iram eius, & propositum in melius mutauit. *Patientiam habe in me.* Inducias poscit, vt possit soluere. Olim Deus fratres mei, protin⁹ vlciscebatur scelera, nec inducias peccatoribus dabat. Nam cùm populus murmurasset contra Dominum in deserto, & carnes postulasset, & ei dedisset coturnicum copiosam multitudinem, tamen cùm adhuc in ipso ore carnes haberet, eos vltus est. *Psal. 77.* Sicut & Psalmista dixit. Adhuc escæ eorū erant in ore ipsorum, & ira Dei incubuit super eos. Nunc autē facilior est Deus ad concedendum inducias peccatoribus. Multum expectat tempus, vt soluendo simus. Antea erat Deus velut alter Dauid vir ferox, ac sanguinolentus. Mille millia hominū in deserto prosternens, & occidēs. At postquàm fact⁹ est homo, & percussus est propter scelera nostra à planta pedis vsq; ad verticem capitis, vt alter Iob, iam & eius patientiam imitans multa scelera suffert, & vindictam differt. Didicit enim ex iis quæ passus est compassionem. Vndè ei dicere iam possumus. Patientiam habe in me, &c. *Misertus autem Dominus, omne debitum dimisit ei.* Quid hoc miraculi est? Huc deuenerunt illę minæ quibus seruum minabatur præcipiens, vt omnia sua venderentur. Et modo vna eius serui lacrymula sic placatus est, vt & debitum omne dimitteret illi. Ita est, dilectissimi fratres, ita est facilis Deus ad condonandum delicta propter vnum, Peccaui, innumeras delet iniquitates. Quinimo hac ratione Deus tot mala peccatori minatur, vt iis terroribus concussus conuertatur ad Deum. Non infligit illi mala quæ cōminatus est. Ideò minatur, vt non faciat. Propterea expectat Dominus, vt misereatur, ait Propheta. *Psal. 30.* Ideo latrat canis, ne te mordeat. Cùm Iudex vult, vt reus fugiat, cum strepitu intrat domum illius; cæterum cùm illum ex improuiso vult capere, calceos panneos portat, ne vel vestigia eius sentiantur, & fugiat reus. *Simile.* Sic Deus ideò strepet minis, vt in terroribus eius iram fugiamus. Volebat Deus destruere populum illum, & hoc dixit Moysi. Ad quid Domine? Tu dele illum, quid opus est illud Moysi denunciare? Ideò dixit, vt nō faciat, vt Moysis pro populo deprecanti dimitteret illius noxam. Denunciat Ezechiæ Regi per Esaiam Prophetam quod moriturus esset. *Esai. 38.* Ad quid hoc, si eius volebat exitum? Ideò fecit, vt non moreretur, sed timore mortis deprecaretur Deum, & cōsequeretur ter quinos annos vitæ. Ideò clamans ingreditur paradisum Deus, Adā, Adam, vbi es? vt hoc strepitu Adā resipisceret, & tegeret turpitudinem ac confusionem suam. Propterea ergo mala nobis minatur Deus, ne infligat, nempè si nos resipuerimus. Sic enim & Psalmista ait. *Psal. 15.* Multiplicatę sunt infirmitates eorum, postea accelerauerunt. Nam infirmitates faciunt homines properare ad Deum. Et Propheta alius ait. *Esai. 26.* Cùm feceris iudicia tua in terra, iustitiam discent omnes habitatores terræ. Sic enim & seruo huic contigit. Nā cùm Dominum

iratum

Iratum aduersùm se vidisset, resipuit, & veniam petijt ac impetrauit. Sed dices. Nunquid mutatus est Deus, de quo scriptum est, Malac. 3. Ego Deus & non mutor? Minimè gentium. Quoniam hæc fuit Dei voluntas, & determinatio, vt huic seruo petenti sibi veniã parceret: & consiliũ eius fuit, vt Ezechię oranti quindecim annos adderet vitæ. Hæc enim erant media à Deo ordinata, vt illis parceret. Quare posito medio subsequutus est effectus. Vndè orationes ac bona opera hominũ magnę sunt efficacię, media quippè sunt à Deo ordinata, quibus salutẽ consequãtur. Vndè Deus nõ mutatur, quippè cuius consiliũ fuit tali saluare medio. Quod si executioni non mandasses, nec salutem consequutus fuisses; quo circa tu mutaris, non autem Deus. Quòd si aliquo modo mutari dicitur, Simile. respectiuè dicetur. Quemadmodùm absq; mutatione columnę modò est mihi ad dexterã, modo ad sinistram, quia ego ad dexterã illius ex sinistra me trãstuli. Sic Deus respectu tui dicitur mutari: quia tu potius mutatus es. Ipse nanq; in vno semper perseuerat cõsilio, quod est iustos premiare & impios punire. Si tu à malitia ad iustitiã trãsis, non Deus sed tu mutaris: ipse enim in suo semper Aug. permanet consilio. Et hoc est quod Augustinus dicit, quòd Deus mutat opera, sed non consilium. Quod & similiter huic seruo contigit. Qui tamen offendit protinus in ipsa ianua, ac vestibulo portę quemdam conseruũ suum, *qui debebat ei centum denarios, & tenēs suffocabat eum dicēs, Redde quod debes. Et procidens conseruus ille dicebat, Patientiam habe in me, & omnia reddam tibi.* Vidimus quomodò se habuerit Deus cũ homine, videamus modo quomodò se habeat vnus homo cũ alio sui simili homine. Tenẽs, ait, suffocabat eũ, dicens, Redde quod debes. O impia ac crudelis hominũ cõditio. O pessima omniũ malorum ingratitudo. A pedibus surgis confessoris, vbi tibi Deus decem millia remisit talenta, hoc est, quã plurima, & immania peccata, & si ibi ab aliquo tui simili homine, vel minimam acceperis iniuriam, manibus tuis ab eo vindictam sumis, suffocãs eum, nõ quiescis, donec quomodocumq; vindices te, Eccles. 28. cùm tamen scriptũ sit. Qui vindicari vult, à Dño inueniet vindictam. Tenens suffocabat eum. Hoc ad literam sic hodie fit. Nam si debitum pecuniarum est quod tibi proximus tuus debet, in carcerem ipsum detrudis, vt ibi fame, & foetore pereat, nec vis illũ expectare, vt panem suũ, aut vinum, aut alios fructus colligat, vt tibi soluere possit debitũ. Si autem alterius generis iniuria est, omniũ Ordinum religiosi sufficere non valent, vt iniuriolam tuam condones illi, quin potius ab eo vindictam expetere totis viribus niteris. Quod si in manus non venerit vt punias illum, vitam suam amarè trãsigere facis, semper tuam aduersus illum iram ostendo. Et hoc nõ solùm Deum offendit, verùm etiam homines scandalizat. Hoc enim refert, cõseruos id Domino dixisse. Cũ enim fratres tuos tuo crimine scandalizas; quasi ipsi fratres scandalizati coram Deo te accusassent, sic Deus in te animaduertit. Peccata enim quæ alios scandalizant, maximè Deus persequitur. Ipse enim supradixit, Væ mundo à scandalis. Necesse est enim, vt veniant scãdala. Verumtamen væ homini illi, per quẽ scandalum venit. *Et dixit illi Dominus. Serue nequam, omne debitum dimisi tibi, quoniam rogasti me, non ne oportuit te misereri conserui tui, sicut & ego tui misertus sum?* Aduerte (vt Chrysostomus hic adnotauit) quòd antè cũ Chrysost. huius serui grande debitum vidit Rex, non illum vocauit nequam, cũ tamẽ modò quia in misericors cõseruo suo fuerit, ipsũ nequã appellauit. Deindè debitũ suum liberaliter condonauit Dominus, iniuriam tamen proximo factã non inultam, & rigidè vindicauit. Qua in re nos certiores facere vult Deus, quanti nos æstimet, cùm suas iniurias facilè remittat, in eas tamen quæ contra nos fiunt seuerissimè animaduertat. Ipse quippè dixit. Qui vos tangit, tangit pupillam oculi mei. Et Ecclesiast. 28. Homo homini reseruat irã, Ecclesi. & à Dño quærit medelam. In hominem similem sibi non habet misericordiam, & de peccatis suis deprecatur. Ipse dũ caro, sic reseruat iram, & propitiationẽ petit à Deo. Quis exorabit pro peccato illius. Aduerte etiam quòd eadem hic seruus verba dixit conseruo suo, quibus ipse misericordiã à Domino suo impetrauerat, & tamen nil illi profuit. Quare similis fuit seruus iste (ait Chry- Chrys. sostomus) homini qui fluuium per pontẽ trã Simile. siuit, & tamen pontẽ illum euertit, ne alius per eum transeat. Sic iste his ce verbis à culpa ad gratiam transiuit, nec tamẽ passus est, vt alius eãdem frueretur gratia per illa. *Tradidit eum tortoribus, &c.* Hic poterit tractari, quomodò peccata redeant per ingratitudinem, & quod seruus iste suffocans alterum, mundus sit, qui obsequentes sibi miris suffocat modis, dicendo, Redde quod debes. Plus sæculorum redde, paucum enim computum

habet,

habes, sericis & aureis induere vestib⁹, aliàs minor alijs existimaberis. Reddè plures equos, plures quadrigas, lautiores cibos, & sic suffocat, & opprimit obsequentes sibi. Deus autem potius debita sua remittit, vt perpendas cui magis seruire deceat. *Sic & Pater vester cœlestis faciet vobis, si nō remiseritis, vnusquisq; fratri suo de cordibus vestris.* Hoc est, nō fictè, nam Spiritus sanctus disciplinæ effugit fictum. Nil enim amaritudinis in cor-
Sap. 1.
de manere debet. Ne qua radix amaritudinis sursum germinās, & per eam inquinen-
Heb. 12.
tur multi, vt ait Paulus.

Cap. XIX.

T factum est, cùm consummasset Iesus sermones istos, migrauit à Galilæa, & venit in fines Iudææ, trans Iordanem. Hæc migratio eadē videtur cum illa, cuius meminit Ioannes. c.
Ioan. 10.
10. describendo specialiter locum trans Iordanem, vbi Ioannes baptizauerat. *Et sequuta sunt eum turbæ multæ, & curauit eos. Et accesserunt ad eum Pharisæi tentantes eum, & dicentes. Si licet homini dimittere vxorem suam quacunq; ex causa?* Malitiosa fuit hæc interrogatio, ait Origenes, nam si diceret quacunque causa soluendum esse coniugium, accusarent eum, tanquam legis violatorem. Si diceret nulla causa soluendum, accusarent quòd eum muliere peccatis astricta communicare iuberet. *Si licet homini, dimittere vxorem suam quacunq; ex causa?* Hoc est, an quælibet causa sufficiens esset, ad hoc quod vir dimitteret vxorem suam. Nam Moyses Deuter. 24.
Deut. 24.
generalibus verbis vtitur dicendo. Si acceperit homo vxorem, & habuerit eam, & nō inuenerit gratiam ante oculos eius propter aliquam fœditatē, scribet libellum repudij, & dabit in manu illius, & dimittet eam de domo sua. Et propterea in quæstionem vertebatur tunc inter Pharisæos, sicut modò inter Theologos in. 4. Sentē. de causa libelli repudij. An quælibet causa reddens vxorē suam exosam viro, sufficeret ad licitè dimittendū vxorem. *Qui respondens ait illis. Non legistis quia qui fecit hominem ab initio, masculum & fœminā fecit eos.* Testimonio Scripturæ eos docere satagit Dominus, vt qui quæstionem de lege mouent, non ipsum Dominum respondentem, sed legem ipsam audiant. Nam cùm nec in productione piscium, aut aliō cæterorum animantium, non inueniatur fieri mentio de masculo, & fœmina, sed de sola productione hominis dicatur, Masculum & fœminam creauit eos; per hoc significatur, Deum statuisse coniugium, quod in solo homine locum habet. Itaque hoc testimonio nititur probare Christus Dominus, quòd Deus instituerit coniugium hominis, idque inter vnum, & vnam. Licet Hieronymus, & Theophila- Hieron.
ctus sentire velit, quòd Dominus hoc te- Theophil.
stimonio probare vellet, quòd liceret viro dimissa vxore aliam ducere: quia dictū est singulariter, Masculum, & fœminam, non aliā fœminam, quam vtique cū viro creasset, si voluisset eū vna relicta aliam ducere. Tamen potius id quod sequitur videtur adduci à Domino ad id probandum. Sed aduertendum est, hoc testimonium, *Masculum & fœminam creauit eos*, ad id forte etiam adductum à Domino, vt in memoriam, reuocaret, quomodò Scriptura in hominum productione nunc singulariter loquatur, nunc pluraliter, eo quòd duo primi homines ex vno homine substiterunt in distinctione sexuum, itavt ex ipsa creatione monstratum fuerit eos, & si duas personas, esse tamen quodammodò vnum, hominem. Vndè dicit Scriptura. Creauit Genesi. 2.
Deus hominem ad imaginem suam, ad & 2.
imaginem Dei creauit illum, masculum & fœminam creauit eos. Et dixit. Propter hoc relinquet homo patrem & matrem, & adhærebit vxori suæ. In Genesi quidem legimus, quòd Adam dixerit, hæc verba: sed quoniam instinctu Dei ea protulit, Deo illa attribuit Christus. Nam verba quæ Dei afflatu Adam protulit, absque dubio ipsius Dei verba sunt. Dominus Caietanus, cùm Caietanus
diuo Augustino existimat his verbis voluis- August.
se explicare Dominum, quæ nam personæ secundùm naturam habiles essent ad matrimonium, quæ vero non. Et quia secundum naturam solummodò coniugium inter patrem, & matrem est interdictum (cùm inter fratres ac sorores in principio fuerit habitum) ideò harum solùm meminit. Verum tamen, vt alijs videtur, magis apparet significatum his verbis, maiorem, ac inseparabiliorem debere esse coniunctionem hominis cum vxore sua, quàm cum parentibus proprijs, idque ideò quia prima primi mariti vxor, de ipsius viri parte

formata est, quomodo non formatur homo de parentibus suis. Deo per hoc significare volente coniuges inter se se cohærere debere, perinde ac si vnus esset homo; & ad hoc à se institutos, vt per carnalē copulam vna efficerētur caro. Et hoc est, quod sequitur. Et adhærebit vxori suæ, & erunt duo in carne vna. Adhærebit, inquit, non cuicunque mulieri sed vxori, non cuicunque sed propriæ. Vel adhærebit per amorem, diligendo scilicet eā, vt proprium corpus, & per cohabitationem ad vinculum perpetuum. Nam his verbis perpetuitas coniugij significatur. *Et erunt duo in carne vna.* Alij, inter quos Titelmanus, explicāt hoc ratione prolis, id quod est duo esse in vna carne, nēpe prolis, quę ex eis cōmuniter gignit. In qua quodāmodo est vterq; parens. Qui sensus etiā Hieronymo tribuitur, quia dicit, Premium nuptiarum est ex duobus vnā carnē fieri. Sed tamen hic sensus, licet verus sit, tamen non rectè coniungitur illationi quā proximus facit Christus, dicens. *Itaq; iam non sunt duo sed vna caro.* Nec ex Hieronymi testimonio talis sensus rectè deducitur, vt inferius patebit. Verùm apud Græcos per accusatiuum dicitur, Erūt duo in carnem vnam, pro eo, quód est dicere, Erunt vna caro, seu vice vnius carnis. Et est Hebræis familiaris huius sermonis color, secundū illud. 2. Regum. 7. Ego ero illi in patrem, & ipse erit mihi in filium. Id est. Ego vero ei vt pater, & ipse erit mihi vt filius. Et illud, Factus est Adam in animam viuentem, pro eo quod est anima viuens. Dicuntur autem duo coniuges vna caro, non tantùm propter carnalem commixtionem (propter quam Paulus ad hūc locum alludens dixit, Qui adhæret meretrici, vnum corpus efficitur) sed etiam ob vnam, & communem vtriusq; corporis potestatem. Nam sicut ait Caietanus, pōnētes res suas in cōmuni, fiunt duo seu multi in re vna cōmuni illis. Ita maris & fœminę coniugium in hoc consistit, quód ponūt carnes suas in cōmuni, interueniēte quód sunt duo in carne vna cōmuni vtriq;. Et quia dicit simpliciter, & absolutè, Erūt duo in carne vna, non ad horam, vel ad tempus, hinc percipies non cōuenire permixtioni meretricię, adulterinę, aut cōcubinarię esse duos in carne vna. Quoniam inter tales non est communitas carnis simpliciter, & absolutè, sed secundùm quid, scilicet ad horam, & ad tempus. Nam si Paulus dicat. 1. Corinth. 6. Qui adhæret meretrici, vnum corpus efficitur cum ea; intelligitur quidē de facto & secundùm quid sit verum illos esse duos in carne vna, non autem simpliciter & absolutè, vt patet. *Itaq; iam non sunt duo, sed vna caro.* Hanc conclusionem infert Dominus Iesus, per quam vult declarare, non magis posse separari virum ab vxore, quàm possit in duo diuidi caro vna, ex quo secundùm diuinam institutionem iunguntur in carne vna. Et non dixit vnus spiritus, aut vnus animus sed vna caro, vt intelligamus coniugium non tollere diuersitatem personarum, non consistere in communitate animæ, aut spiritus (Nam cuilibet coniugi proprius restat spiritus proprius; animus) sed in communitate carnis: quoniam neutrius caro remanet propria sed communis vtriq; reddita est, qua ratione non duo secundùm carnem, sed vna caro sunt. Et quia hi qui res suas communes habent, non sunt secundùm aliquid sui indiuisi, sed exteriorem duntaxat rem habent indiuisam, sed qui carnes proprias habent communes, non hic par ratio, sed absolutè, quia caro pars altera essentialis est hominis cōpositi ex anima & carne; ideò per verbum substantiuū significantur indiuisi, dicendo, Non sunt duo sed vna caro. Ex hoc enim quod adiungitur, Sed vna caro, significatur, quòd non sunt duo secundum carnem, quę est altera pars substātialis eorum. Illi autem qui res tantum habēt cōmunes, nō dicuntur absolutè esse vnū secundùm substantiam, sed secundùm res exteriores duntaxat. *Quod ergo Deus coniunxit, homo non separet.* Quod, dicit, non quos, cùm tamen de pluribus sit sermo, quia de pluribus, vt de vno loquitur, de coniugibus scilicet duobus, & de vna carne. Vel dic illud, Quod, referre coniugium, quod scilicet coniugium Deus, non homo coniunxit, instituendo communitatem corporum in duabus personis idoneis. *Homo non separet.* Ac per hoc respondetur directè ad quęstionem propositam à Pharisæis, Si licet homini quacunq; ex causa dimittere vxorē suam. Et est responsio negatiua: quia ex hoc quòd Deus coniunxit coniugium, non tantę temeritatis esse debet homo, vt separet coniunctum à Deo. Aduertendum tamen, quód sicut duas infert Dominus conclusiones, duplici de causa significatur diuortium non licere. Quia scilicet, & est contra naturam, & contra Dei legem, & constitutionem. Contra naturam enim est, vt vna caro diuidatur: contra legem, vt hoc

Titelm. Hieron. 2. Reg. 7. Gen. 1. Caietanus 1. Cor. 6.

hoc

hoc est, firma hoc est quod Deus coniunxit. Homo, inquit, non separet. Quia Deus quod coniunxit, solus separare potest, quemadmodum & facit per mortem alterius coniugum. In Graeco legitur, Quod Deus coniunxit. Nec consequitur ex hac sententia non licere coniugibus ex mutuo consensu se diuinis mancipare obsequijs religionem intrando: non enim homo (inquit Hieronymus) sed Deus separat, qui & coniunxit. Hieron. Dicunt illi: *Quid ergo Moyses mandauit dare libellum repudij & dimittere?* Legem legi obijciunt, ac si dicerent: Si Deus instituit coniugium inseparabile ab homine; quo pacto Moyses statuit legem de libello repudij? Deut. 24. *Ait illis, Quoniam Moyses ad duritiam cordis vestri permisit vobis dimittere vxores vestras, ab initio autem non fuit sic.* Hoc est dicere. Non sponte sed corde vestro non credente, sed resistente duro ad diuinam legem recipiendam. Per hanc duritiem intelligitur Iudaeorum firmatus animus, in hoc quod volebant, sicut aliarum nationum mariti, habere facultatem dimittendi vxorem: constat enim apud Romanos id moris fuisse. *Permisit vobis dimittere vxores vestras.* Nec enim Moyses mandauit dimittere vxores; sed huiusmodi conditionem permissionem erat. Caeterum de eo quod vxores dimitterent, mandauit, vt darent eis libellum repudij. *Ab initio autem non fuit sic.* Ex hoc probat, quod illa permissio non ab initio instituti coniugij non fuit sic. Nec enim tunc fuit libellus repudij, nec dimissio vxoris, nec fuit sic separabile coniugium, sed inseparabile ab homine quippe a Deo factum ac institutum. Ex hoc enim quod ab initio non fuit institutum coniugium separabile, sed inseparabile, consequens est, vt ista nouitas destinata quaedam a lege priorum sit, ac per hoc permissio. Et sicut nec ab initio hoc nō fuit, sic nec modo in lege noua debet esse, in qua (praeter communia officia, & communem prolis educationem) est Sacramentum quod omnino indissolubile quoad vinculum facit matrimonium. Quare D. Augustinus libro 3. confessionum, c. 7. ait. Quod non omnibus [illegible] congruere, nec iuste indignantur Manichaei, cum audiunt illis seculo licuisse hominibus aliquid, quod isto non licet illis. Et quia illis aliud praecepit Deus, aliud istis, pro temporibus causis, cum eidem iustitiae vtrique seruierint. Cum in vno homine, & in vno die, & in vna domo videant aliud alij membro congruere, & aliud iam dudum licuisse, & post horam non licere. Quaedam in illo angulo permittuntur aut iubentur, quae in isto iuste vetentur & vindicentur. Numquid iustitia varia est, & mutabilis? Sed tempora quibus praesunt non pariter eunt. Tempora enim sunt multa. Hic dubitantur a Theologis multa, quae consulto illis dimittenda censeo, cum non sit mei instituti nisi ea duntaxat, vel quae ad sensum literalem, vel moralem pertinent enarrare. Caietanus tamen hic hanc mouet quaestionem, quae indecisa propter opinionum diuersitatem est. An in lege veteri diuortium cum libello repudij fuerit licitum? Et explicans suam propriam proximam sententiam asserit, nec omnino licitum, nec mortaliter illicitum fuisse. Nam quod non fuerit omnino licitum ex parte virorum, textus hic docet, dicens esse permissionem factam Iudaeis, propter duritiam cordis eorum. Permissio enim constat quod sit malorum. Item id confirmat poena diffinita maritis dimittentibus vxores, Deuter. 24. nempe quod non possent easdem viduas, aut repudiatas, iterum ducere in vxores. Caeterum quod non fuerit mortale peccatum, ex ipso modo quo lex illa fertur est, colligitur. Sic enim haec lex dimittendi vxorem aut dandi libellum repudij lata est, quemadmodum, & aliae leges, vt ibi patet. Secundo id manifestatur ex hoc, quod Malachiae. 2. dicitur. Quam odio habueris, dimitte, dicit Dominus Deus Israel. Nefas enim appareat tribuere Deo, dicere, Dimitte vxorem, si crimen esset. Tertio id confirmat, quia licitum erat vxori dimissae nubere alteri, vt patet dicto capite 24. Deuteron. Sed dices. Si quod Deus coniunxit homo separare nō debet, quomodo diuortium illud lege soluebat coniugium? Ad quod respondetur, quod lex ista diuortij, & si permissiua fuit, cum authoritate diuina erat facta, vt ex verbis Malachiae, & Deuteron. patet. Ergo ostendere vult Dominus coniugium ex institutione diuina coniunctum, non directe sed cum obliquitate aliqua separatum esse in diuina lege veteri (ob nimiam fragilitatem illius populi) id Domino permittente. *Dico autem vobis, quod quicunque dimiserit vxorem suam, nisi ob fornicationem, & aliam duxerit, moechatur, & qui dimissam duxerit in vxorem, moechatur.* Cum Marcus dicat, hoc Dominum domi dixisse discipulis, & ex Mattheo, & praecipue ex Luca pateat id etiam praesentibus Pharisaeis docuisse; difficultas

Marginal notes: [illegible]; Hieron.; Deut. 24.; [illegible]; August.; Caietanus; Deut. 24.; Malach. 2.; Deut. 24.

difficultas gignitur, quomodò hæc cohæreant. Quæ tamen facilè diluitur dicendo, Dominum hæc bis dixisse, semel publicè, & semel priuatim. Sed secundò oportet aduertere, quòd illa exceptio nisi ob fornicationem, non est referenda ad totam orationem, sed tantùm ad partem præcedentem, vt non significetur licere ob fornicationem aliam ducere: sed tantum significetur, licitum esse dimittere vxorē ob fornicationē, & sic sit sensus. Quicunque dimiserit vxorē ob fornicationē (quod aliter nō licet) & aliā duxerit, mœchabitur. Id quod magis patet ex exemplaribus Græcis, quæ nō habēt exceptionē, nisi, sed quicūque dimiserit vxorē suā, non ob fornicationē. Et Euangelium Syriacum, referente Isenio, habet. Quicūque dimiserit vxorem suam non adulteram. Hanc autem verum esse sensum, præter Ecclesiæ Doctorū authoritatē, ex eo patet, quòd reliqui duo Euangelistæ exceptionē hāc, quæ omitti potuit, omiserunt, absolutè pronunciantes omnē eum adulterare, qui dimiserit vxorē suam, & aliam duxerit, ac proindè etiam eum qui dimiserit ob fornicationem, si aliā superduxerit. Addit autem hanc exceptionem Matthæus, ne videretur eum Dominū contra id quod supra dixerat capite. 5. nullam relinquere dimittēdi vxorem causam. Et quia interrogatio Phariseorum non solū fuit, an liceret homini dimittere vxorē suā, sed etiam in quacunque causa id liceret. Quia vt solus Matthæus cōmemorat: ipse solus hic conuenienter narrat relictam à Dño vnam dimittendi vxorē causam: Sed quod hanc voluit Dominus esse causam ob quam liceat dimittenti aliam ducere. Quæ sententia ac interpretatio D. Hieronymi est. Vel potest dicere, quòd excepit Christus fornicationem: quia de illa in præsentiarū nil volebat diffinire. Quicūque ergò dimiserit vxorē suā, nisi ob fornicationem, ac si diceret, Nil modò de hoc diffinire volo, nolo me modò in hoc intromittere, sed præter hoc quicūque dimiserit vxorem suam, & alteram duxerit, mœchatur. Et licet contraria sententia videatur esse D. Ambrosij super primā Epistolam ad Corint. tamen eius sententia in hoc recipi non debet. Nam omnium Doctorum doctrinæ aduersa est, & Scripturarum authoritati, imò nec consentit alijs ab eodem Ambrosio dictis. Nā eodē loco asserit, non licere mulieri discedenti ob fornicationē mariti, nubere alteri, cū vtriusque coniugij hoc in parte idē sit ius. Et super Lucā docet, nullū cōiugiū dissolui posse, nisi alterū fidelis, alterū infidelis, quod Dñs nūc dicit, Quod Deus cōiunxit, homo nō separet. Atque, vt aliqui sentiūt qui cōmentaria illa asserūt nō esse Ambrosij, sed ab aliquo inserta eius expositioni, si modo tamē totū opus cōmentariorum in Epistolas sit eiusdem, & de eo non sine causa à quibusdā dubitetur. Præter quā quòd D. Augustinus, qui scripta à diuo Ambrosio diligētissimè obseruabat, cū in libris ad Pollentiū, vbi hanc quæstionem tractat, nō prætermisisset, & eam citasset pro se Pollentius, si eo tēpore fuisset in libris diui Ambrosij. Vltimò hic aduertendū, quòd sicut Dñs hac sua doctrina hactenus habita directè prohibere voluit diuortiū in lege veteri permissum, ita & pluralitatē vxorum quæ tunc etiam permittebatur, vetare intendit. Ad hoc enim valet Scripturæ in principio Genesis citatæ. Quia enim dicit, Masculū & fœminam fecit eos, non autē fœminas, significatum est, virum vna cōtentū esse debere. Sic quia dicit, Adhærebit vxori suæ, non autem vxoribus, & erunt duo in carne vna, nō autē tres, aut quatuor; significatur ex primæua Dei intentione, ad quam Christus coniugij rationem iam reduxit, inter duos tantum coniugiū esse oportere, quòd ex ipsius Christi verbis apertè consequitur. Si enim quicunque dimissa vxore aliam duxerit, mœchatur, ergò nō licet vni simul plures habere vxores, alioquin posset dimissa vxore aliam superducere, si etiam retenta priori vxore aliā aut alias adiungere posset. Quæ collectio est Innocentij cap. gaudemus, extra de diuortijs. Cætera dubia circa hāc materiā, à Theologis Scholasticis require: mihi enim hæc apparent satis ad literalem textus expositionē, maximè quòd supra Cap. 5. plura de hoc scripta dedimus. *Dicunt ei discipuli eius. Si ita est causa hominis cum vxore, non expedit nubere.* Discipuli audita hāc nouā de matrimonio doctrinā, timēt nubere. *Qui dixit illis. Non omnes capiunt verbū istud.* In Græco est Χωροῦσι, & similiter in eo quod post sequitur, Qui potest capere capiat. Significat autē capere hîc, nō propriè intelligere, sed capacē esse, atque intra capacitatē cōprehendere. Est ergo sensus. Nō omnes comprehendere possunt hoc verbum, aut intra se capiunt, & amplectuntur illud, id est, non cuiuslibet est, non quilibet ad hanc aggrediendum, aut ad statum tam sublimem suscipiendum sufficit: eo quòd in carne præter carnem viuere, non omnibus commune est. Sicut cùm dixit Dominus: Au-

Euangeliū Syriacum. — *August.* — *Hiero.* — *Innocen.* — *Ambros.*

Ioan. 4. datū apud Ioannem. Sermo meus non capit in vobis. Quod nō est aliud, quàm Vos non capitis sermonem meum, Id est, non est susceptus nec approbatus. Cùm autē dicitur, Nō omnes capiunt verbum istud, pronomen istud, demōstrare videtur id quod dicebatur Apostoli, Non expedit nubere, verbū illud scilicet de nō iterando matrimonio continētiaque cœlibatus, quod discipuli intulerant. Nubere autē proprium est mulieribus, sed interpres illum vsurpat loco verbi Græci, quod significat nuptias inire, cōmune tam viris quàm fœminis. Igitur ait Dñs. *Non omnes capiunt verbum istud, sed quibus datum est.* Non dicit, Sed qui volunt: quoniam nō est volentis neq; currentis, sed Dei miserentis, à quo datur donū virginitatis seruandæ. Virginitatis enim custodiā intelligitur in abstinentia à nuptijs. *Sunt enim eunuchi qui de matris vtero sic nati sunt.* Hoc est, sunt aliqui qui absq; genitalibus ex vtero prodeunt, vt multi nascuntur cū quatuor digitis tantū. Vel per hos intelligit illos qui nascuntur frigidi, & impotentes ad generandū, quā nimiā frigiditatem ex defectu caloris sufficientis in generatione cōtraxerūt. *Et sunt eunuchi qui facti sunt ab hominibus.* Vel violēter, vel propter infirmitatē. De ijs autem duobus dictis modo loquitur Christus. Sed de tertijs, de quibus infert. *Et sunt eunuchi qui seipsos castrauerunt.* Nō membrorum abscisione sed abdicatione officij generandi, seu potius voto virginitatis. Castratio enim non solum abdicationem vsus significat, sed etiam potestatis. Ea propter insinuat votū, quo homo se priuat potestate vtendi se ipso, ad officiū generādi. *Propter Regnū cælorū.* Hoc est, vt expeditius ea quæ sunt Regni cœlorum exequātur. Nā innupti cogitant quę Dñi sunt, quomodo placeant Deo: coniugati autē ea quę hominū pensant, quomodo cōiugi placeāt, & diuisi sunt per sollicitudinē temporaliū. *1. Cor. 6.* Quid ad hoc testimonium respondere poterunt Lutherani, qui castitatis votū execrantur? Si hoc ita esset, cur Christus laudat eos, qui se castrauerunt propter Regnum cœlorum? *1. Cor. 6.* Cur Apostolus. 1. Corint. 6. cælibatum & perpetuam castitatem suadet? Cur licitū erit votum castitatis semel factum frangere? Cùm Dauid dicat. Vouete, & Dño reddite Deo vestro. *Psal. 75.* Psal. 75. Et alibi. *Psal.* Tibi reddā vota mea: & Ecclesiast. 5. *Eccles. 5.* Si quid vouisti Deo, ne moreris reddere: displicet enim ei infidelis, & stulta promissio sed quodcunq; voueris, redde. Nec hanc seruare impossibile est, tam multos videmus Christianos castissimè vixisse. Imò & apud Gentiles id contigisse produnt historiæ multæ, nisi hoc Deo id nobis misericorditer largiente. Sed quoniam id difficile est, nō id præcipit Dñs, sed consulit. Ideò enim subijcit dicens: *Qui potest capere capiat.* Hoc est, nō præcipio, sed vnumquemq; in sua libertate relinquo. Non dicit qui vult, sed qui potest. Quia etsi velis, te tamen sentis nondum validū ad tantæ perfectionis culmen, ideo es de numero eorum qui possunt capere. Verum est, vt omnes hoc, non nostris viribus fidentes, sed Dei auxilio innixi tentandum sit, etiamsi sine viribus nostris validis sentiant, Dei tamē innixus auxilio id tentare poterit, dicendo nimirum cum Augustino. *Augustin.* Domine da quod iubes, & iube quod vis. Quare potentiam ad continendum se an habeat is considere potest qui se sic sentit affectum, vt speret à diuino Spiritu ad ea cōmoueri, huic cōsulitur, vt qui capere potest, capiat. Qui autem nō sic se affectum sentit, huic, quia nedum capere potest, non consulitur, vt se se ad capiendum ingerat. Potest tamen talis, si vellet eam assequi potentiam, vt & ipse de numero fiat eorū, qui possunt capere. Potest enim eam petere, petendo autem assequitur: quia omnis qui petit, accipit. *Luc. 11.* Vnde in expositione secunda super Matthæum, quæ nomine Chrysostomi circumfertur, rectè dicitur. *Chrys.* Non dixit, Nō omnes possunt, sed, Nō omnes capiūt, id est, omnes quidem capere possunt, sed tamen non omnes capere volunt. Quod autē dicit, Quibus datum est: illud ostendit: quia nisi auxilium gratiæ acceperimus, nil ex nobis valemus. Quoniam autem volentibus gratia non denegatur, in Euangelio Dñs dicit. *Luc. 11.* Petite, & dabitur vobis. Sic & diuus Hieronymus, *Hieron.* His, inquit, datū est à Deo, qui petierūt, qui voluerūt, qui vt acciperēt laborauerūt. De quo statim plura fortè dicturi sumus. Ecce quę ad literā attinent: & hęc dicta sufficiāt.

Moralitas. Nunc autem ad spirituales sensus transeamus, si prius adnotauerimus ea quæ in calce præcedētis capitis dicta sunt, nos admonere, cuiusdā figurę in veteri Testamēto notatu dignissimæ. Legimus enim Deum præcepisse Moysi, *Num. 10.* vt faceret duas tubas argēteas, simulq; designasse ad quid, & quādo eis vti deberent. Post ingressum autē terræ promissę tubarū vsurpatio institutum fuit in Iubileo, de quo sic scribit Moyses. *Deut. 25.* Numerabis tibi septem hebdomadas annorū, & clanges buccina, sanctificabisq; annum quinquagesimum, & vocabis

vocabis, remissionem, & reuertetur homo ad possessionem, &c.) Si attendas parabolam supradictam videbis, & spiritualem annum remissionis, in quo spiritualiter remittetur, quam illic temporaliter. An non tibi videtur annus remissionis, vbi Rex ille potens decem millia talenta simul remittit, & seruo, & ingrato, citraque omne meritum? Quod autem ipse semel obtinuit, hoc nos quotidie obtinemus. Regnum enim Christi Regnum gratiæ, hoc est, Christus tale Regnum instituit, in quo semper præsto esset gratia, semperque resurgere liceret, quantumcúq; labi contigeret, quandiu hoc Regnum staret. Et hic est verus Iubileus quem Christus attulit. Sic enim per
Psal. 61. Prophetam dicitur. Spiritus Domini super me, &c. Prædicare annum acceptabilem
Matth. 3. Domino. Audiuit enim Christus à Patre, Hic est filius meus dilectus, &c. annunciauit nobis, quòd per ipsum ad Patrem inuenimus aditum. In Christo enim est remissio, & satisfactio pro peccatis nostris, & per ipsum Patri sumus reconciliati. Nunc igitur licet cuique ad possessionem suam redire, qui domum, vel possessionem, vel semetipsum vendiderit, nunc redimere potest. Imò quod maius est, etiam si in posterum aliquid vendiderit, nunc redimere potest. Nullum peccatum tam grande, quod non inueniat remissionem. Hunc Iubileum Christus per tubas illas promulgauit, Apostolos scilicet, aliosque prædicatores, qui potissimum in hunc vsum electi fuerunt, vt scilicet prædicarent per nomen Christi pœnitentiam, & remissionem in omnes Gentes: id quod Paulus egregiè facit. Ecce nunc tempus acceptabile, ecce nunc dies
2. Cor. 6. salutis, &c. Imò quotiescunque alicuius Apostoli solennitatem colimus, admonemur hunc Iubileum iam proclamatum ac denuntiatum. Nemo igitur desperet. Si ad desperationem te adigit peccatorum multitudo, habes seruũ hunc cui decem millia talenta remissa sunt. Si magnitudinem peccatorum, habes Petrum negantem: si turpido peccatorum; habes Mariam Magdalenam, itemque mulierem in adulterio deprehensam. Si diuturnitas peccatorum, habes Latronem in mortis articulo resipiscentem; si relapsus in peccatum, habes hic expressam authoritatẽ de dimittendo fratre septuagies septies. Quod autẽ hoc remissionis anno remissum non fuerit, in æternum remitti non poterit. His conuenit & tempus hoc Aduentus, quo admonemur quando, à quo, & per quem Iubileus ille inceperit. Nõ abs re igitur Paulus nobis loquitur. Fratres, qui iam iustificati estis, & Christum induistis, hora est iam de somno surgere. Redimite hoc tempus, ne simus ignaui spiritus, ne tardemus, sed perficiamus quod inchoatum est. Credebamus olim salutem esse in rebus temporalibus, eramus incerti de salute æterna, non habebamus expressam cõdonationem peccati, nunc habemus expressam condonationem peccati, habemus Spiritum pignus vitæ æternæ, certum præmium est positum, certa profugia sunt proposita. Stertere illos non admodum mirum fuit, quibus non erat certa salus proposita: nos qui omnia certa habemus quid ad hæc sufficimus? Impius es si non credis, ingratus es, si nõ pro tot beneficijs vicissim corpus tuum impertias sua opera, ignauus si non contendas consequi. In eum modum Paulus hortatur 1. Corint. 7. Has ergo habentes pro- 1. Cor. 7.
missiones, charissimi, mundemus nos ab omni inquinamento carnis, & spiritus. Et 2. Pe- 2. Pet. 1.
tri. Quomodò omnia nobis quæ diuinæ virtutis sunt, quæ ad vitam & pietatem donata sũt, per cognitionẽ eius qui vocauit nos propria gloria & virtute, per quæ maxima, & pretiosa nobis promissa donauit, vt per hæc efficiamini diuinæ consortes naturæ, fugientes eã quæ in mũdo est cõcupiscentiæ corruptionẽ. Subinferens, Vos igitur omnẽ curam subinferentes, &c. Hæc enim si vobiscũ adsint, &c. Et cui aut nõ præsto sũt hæc, cæcus est, obliuionem accipiens purgationis, &c. Quid autẽ huiusmodi hominibus expectandũ sit, terribile exẽplũ serui illius nos docet, nempè quo nouissima eius peiora futura sint prioribus. Melius enim erat ei viã veritatis nũquã agnouisse, quã agnitã deserere, vt dicitur 2. Petri. 2. In hoc autẽ capite etiã oste- 2. Pet. 2.
ditur, quomodo in hoc anno Iubilæi, hoc est in aduentu Christi ad priorẽ possessionẽ redimus. Nã vt hic ait Dñs, ab initio non fuit institutũ matrimoniũ, vt dissolui posset, nec vt daret libellus repudij, sed quod propter cõiugẽ deberet homo relinquere patrẽ & matrẽ suã, & adhærere vxori suæ, nec quod plures vxores haberent viri, sed duo tãtũ in carne vna essent. Postheà autẽ propter duritiam hominum permissum fuit diuortium, & pluralitas vxorum. Cæterum in nouo Testamento ad priorem possessionem redimus. Nã nec libellus repudij pro diuortio faciẽdo, nec pluralitas vxorũ iam in vsu vnquam

erit,

erit. Sed ficut ab initio masculum & foemi-
nam fecit eos, sic & modò. *Et factum est cum*
consummasset Iesus omnes sermones hos, migra-
uit à Galilaea, & venit in fines Iudaeae. Hactenus pluribus descripsit quae Christus Domi
n' in Galilaea, Tyro & Sydone, Samaria, Iu
daeaq; vel docuit, vel operatus est, & quomo
do vbiq; ostenderit signa suae clementiae, &
omnes inuitaret ad vitam. Nunc incipit nar
rare quae Christus vltimò in Iudaea fecit, do
cuit ac passus est, idq; admodum ordinatè.
Primo quae cis Iordanem, deinde quae in Hie
rico, Bethphage, postremò, quae in Hieroso
lymis acta sint, quibus & Euangelium suum
Moralia. concludit. Venit ergo in fines Iudaeae. Exemplum habent praedicatores, ne in vno loco
semper praedicent, ait hic diuus Thomas.
Alijs in ciuitatib', inquit Christus, oportet
me Euangelizare. Migrauit à Galilaea. Praedicator migret, & relinquat mundum: Nemo enim militans Deo, implicat secularí-
2. Tim. 2. bus. Et nemo mittens manum ad aratrum,
Luca. 9. & respiciens retro: aptus est Regno Dei. Vos
enim de mundo non estis ait Dominus disci
Ioan. 15. pulis suis, Ioannis. 15. Et apud Esai. c. 40. iu-
Esai. 40. betur praedicator super montem ascendere.
Et sequutae sunt eum turbae multae. Sic con
uenêrût ex pietate, vt docerentur & infirmi
sanarentur. Hos deuotio pietatis, illos stimulus adduxit. *Et accesserunt ad eum Pharisaei tē*
tantes eum. Multas a Christo quaestiones interrogant, & cùm ab omnibus superati cur-
serint, nec tamen ad huc cessant: Nimirum
stimulante eos inuidia. Natura enim inui-
diae est, q nô cessat occasiones quaerere, etiā
si videat se nil proficere, imò quò min' pro
ficit, eò magis ardescit inuidia: id quod hic in
Pharisaeis vides. Aduerte deinde quid in-
terrogent. Magnum aliquod sit oportet,
quod sancti illi in corde versant. Audi. *Si licet homini dimittere vxorem.* Nec
simpliciter interrogāt, an in aliquo casu ma
trimonium possit dirimi, sed addūt, *Quacun-*
que ex causa. Vides quomodo se ipsos pro-
Simile. dant. Si quem videas assiduè medicos loqui
rentem, intelligis, quia infirmus est. Et sic
cùm videas virum siue mulierem, de dimit-
tendis vxoribus vel viris interrogantes; cog
nosce quod vir iste lasciu' est, mulier mere
trix. Nam in matrimonio castitas delectatur, libido autem quasi vinculo coniugij alli
gata torquetur. *Quod ergò Deus coniūxit, ho-*
mo non separet. His verbis matrimonium
summè commendatur. Quae autem maior cō-
mendatio esse potest, quàm quod à Deo institutum tanta diligentia est? Ex hoc enim
coniugalis status Deo placere probatur, q
vel solum, si debitè pēsetur, omnia matrimo
nij onera leuia facere sufficeret. Quid enim
leue esse potest, vbi status aliquis Deo displi
cere conuincitur? Quomodo sperare poterit Eccles. 9.
opera sua Deo accepta esse, qui in damnabi-
li statu est? Econtra quid nō facile foret, qui
scit statum suum placere Deo? Quomodò
non sperabit Deo placitura opera sua, quādò ipse Deo placet? Hinc sapiens Ecclesiast.
9. Comede panem tuum in laetitia: quia ope
ra tua placent Deo. Perfruere vita cum vxo
re quam diligis cunctis diebus vitae instabi-
litatis tuae, qui dati sunt tibi sub sole, omni
tēpore vanitatis tuę. Hęc est enim pars in vi
ta, & in labore tuo quo laboras sub sole. Sed
ò infelices coniuges, quorum paucissimi hęc
attendunt, vt non mirandum sit tam onerosa esse eis omnia, ac aerumnis plena. Deindè
cùm Christus tam diligenter hic coniugij in-
stitutionē repetat, quid aliud innuit, quàm
Deum ipsum maximam pro hoc statu curā
gereret? Id autem & summam consolationē
praebet coniugatis, nempe quòd Deus pro
ipsis curet. Deo autem curante, quid deesse
poterit? Benedictio enim Domini diuites fa
cit, dicitur Prouerbiorum. 10. Demum & ex Prouer. 10.
hoc loco satis innuitur quomodò in coniugio
viuendū sit. Primò cùm dicitur, *Quòd Deus*
coniunxit, homo non separet, cauendum admo
net adulterium, & hoc est bonū fidei. Dein
de ex verbo, Relinquet homo patrē, & matrem suam, & adhaerebit vxori suae, mutuā
charitatem & obsequia persuadet, quod est
aliud bonum matrimonij. Sic enim & Pau- Ephes. 5.
lus ait. Viri diligite vxores vestras, sicut
Christus dilexit Ecclesiam. Et Eccles. 25. In Eccles. 25.
tribus beneplacitum est spiritui meo, Vir &
vxor bene sibi consentientes. Demum ex
verbo, Erunt duo in carne vna, hortatur, vt
alter alteri' onera portet ac ferat. Sic enim
Paul. Gala. 6. Haec omnibus Christianis prę Galat. 6.
cipit, quantò magis coniugatis, qui vna caro
sunt. Ac per id quod Christiani sunt arctius
quoq; vinculū habent. Caeterum ex hoc ma
trimonij vinculo grandia colligit mysteria.
Paul. ad Rom. 7. dicens. Quę sub viro est mu Rom. 7.
lier viuente viro alligata est Legi, post quàm
autē mortuus fuerit vir eius, soluta est à Lege
viri. Quod hoc idem Dominus hoc loco
docet. Sed vide quid ex hoc inferat Paulus. Itaque fratres mei, & vos mortificati
estis Legi per corpus Christi: vt sitis alterius
qui ex mortuis resurrexit, vt fructificetis

Deo. Sensus est, Lex damnat, ac maledictionem infert trāsgressoribus: scriptū est enim, *Deut. 17.* Maledictus omnis, qui non permanserit, in omnibus verbis legis. Huic maledicto omnes obnoxij sumus, quando quidem omnes peccamus, nec quisquam liberatur. Quam diu vir viuit hoc est, vetus homo. Cūm autē hic moritur, id quod in baptismo fit (ille enim sepelitur ac nouus resurgit) iam liberi sumus à legis maledicto, sicut mulier mortuo viro libera est: sic alibi loquens de hoc *Ephes. 5.* vinculo ad altiora ascendens ait. Sacramentum hoc magnum est, ego autē dico in Christo, & in Ecclesia. Quibus verbis innuit eodem modo Christum vnitum esse Ecclesiæ, quo cōiuges inter se vniuntur. Quam Pauli sententiam profundius prosequentes; hęc ipsa verba quæ de carnali coniugio superius dicta sunt, ad hanc spiritualem vnionem quoq; referamus. Primò verissimè hic impletum est quod dicitur, Masculum, & feminā creauit eos. Masculus & fœmina, & eiusdem naturæ sunt, humanæ scilicet, nam & Christus homo est, licet cum hoc Deus sit. Differunt autem sexu. Nam Christus, vt masculus spiritum dat Ecclesiæ, illa, vt fœmina verbo Dei cōcipit ac parit filios, adeò que multos, vt ipsa secum miretur apud *Esai. 49.* Esaiam. Quis, inquit, genuit istos mihi, ego sterilis, & non pariens. Ad hoc pertinet quod singulariter dixit, Masculum & feminam creauit eos. Non enim est nisi vnus Christus, vnus mediator Dei, & hominum, nec est aliud nomen sub cœlo, in quo oporteat *Act. 4.* saluos fieri credentes. Sicut enim per *1. Cor. 15.* vnum hominem mors, sic per vnum hominem resurrectio mortuorum. Sic non est nisi vna Ecclesia. In cuius figura, non fuit nisi vna arca, in qua salutati sunt à diluuio: vnaq; tantum mulier quæ in deuastatione Hierico viuere permittitur, nēpèca quę exploratores Iosue excepit. *Iosue. 6.* Nescit Christus nisi vnam Ecclesiam, nescit Ecclesia nisi vnū Christum. Masculum igitur, & fœminam creauit eos. Nec minus & illud in hoc coniugio impletum est quod subdit. *Propter hoc relinquet homo patrem & matrem.* Quomodò autem Christus reliquerit patrem propter vxorem suam, Paulus ostēdit cum dicit. *Phil. 2.* Cūm in forma Dei esset, exinaniuit semetipsum. Et nimirum propter amorem huius coniugij adeoq; adeò reliquit Patrem, vt diceret, Deus Deus meus, vt quid dereliquisti *Mat. 27.* me. Hoc est dicere, q sic se habuit ac si derelictus esset à Patre, & ipse dereliquisset eū: & sic passus est ac si purus esset homo, cū diuinitas ibi abscondita fuerit, & à sua maiestate supersederit. Possumus ergo sic dicere, ad tēpus reliquisse Patrem, dum cū hominibus conuersatus est, tanquā si esset purus homo visus est, vt agglutinaret sibi vxorē. Nā & si patrē nunquā reliquit, sic se habuit tanquā si nō habuisset Patrē Deū, cùm tanquā si esset purus homo, sic cōuersatus, sic passus est. Nec enim simpliciter assumpsit Ecclesiā, scilicet in vxorē, sed cū ipsa omnia habere vult communia. Hic igitur cōsidera, quid vterq; ipsorū habeat. Ecclesia enim ex se, nil ferè nisi peccatū, mortē, dānationemq;. In hoc autē Christus, vt se verū ostenderet spōsum, non aliter se gessit quā si propria essent. Pōdus enim peccatorum nostrorū quo ad inferos vsq; deprimebamur, in se recepit, pro peccatis nostris doluit, satisfecit, orauit. Id q pulchrè Esaias ostendit dicens. Omnes enim *Esai. 53.* nos sicut oues errauimus, & posuit in eo iniquitates omniū nostrorū. Merito igitur Paulus Ephes. 5. dixit. Tradidit semetipsū pro ea, vt exhiberet sibi gloriosam Ecclesiā, &c. *Ephes. 5.* Et econtra quidquid diuinitatis, & diuitiarū habet Christus (est autem plenus gratia, iustitia, & beatitudine) id quoq; Ecclesiæ communicat. Qui enim corpus suū, & se ipsum donat, quomodo non omnia donaret? Atq; hoc est, quòd Paulus toties Christum dicit *1. Cor. 1.* iustitiā nostrā. Sic ad Ephes. cū Christū dicit *Ephes.* excitatū à mortuis ad dexterā Patris collocatum, statim sequenti capite subdit. Nos quoq; per Christū viuificatos, & collocatos in cœlestibus; vt ostēdat omnē sponsi dignitatem sponsę quoq; conferri. Cùm igitur Ecclesiam in vxorem assumpserit, sequitur, & illud q nūc vna caro sunt, & vnum corpus. Hinc Paulus nos toties corpus Christi ap- *1. Cor. 1.* pellat. 1. Corint. 1. Quod euidentius Ephes. *Ephes. 5.* 5. Nos, inquit, membra sumus corporis eius, & de carne eius, & ossibus eius. Quomodò igitur Christus non diligeret, foueret, & protegeret carnem suā, quę nos sumus. Nemo enim carnem suam odio habuit. Quis non ex animo gaudeat hoc audiens. Quod igitur Deus sic coniunxit, nulla separabit creatura. Quis nos separabit à charitate gratiæ Christi? Hæc sunt quæ Paulus ex car- *Rom. 8.* nali illo coniugio collegit. Verè igitur dictum est, Declaratio sermonum tuorum *Psal. 118.* illuminat. *Et quicunque dimiserit vxorem suam, excepta fornicationis causa, &c.* Ex hac sententia, q coniuges separari non possunt nisi ob fornicationem & adulterium, ingens

nobis

nobis cōsolatio praestetur. Quod enim Chri
stus alijs coniugibus praecepit, quomodo
non in sua vxore, Ecclesia videlicet, seruaret?
Nunquā igitur Christus dimittet Ecclesiam, nisi fornicata fuerit, & se prius subduxerit. Quemadmodū Iudaeam propter cre-
bras fornicationes, vel Synagogā repudiauit. Verè magna consolatio, quod Deus nunquam relinquit nos nisi prius reliquerimus
Esai. 49. eum. Vnde Esai. 49. dicitur: Si potest obli-
Esa. 54. uisci mulier infantis vteri sui. Et cap. 54. Ecce enim in manibus meis descripsi te. Et iterum, Ad punctum dereliqui te, & in miserationibus magnis congregabo te. Iuraui vt non
irascar tibi, foedus pacis meae non mouebi-
tur. Vnde igitur ne à tanto coniuge te sepa-
res, quo praesente omnia habes, quo absente
nil habes. Et circa illud. *Propter duritiā cordis vestri permisit dimitti vxorem*, Ait Hugo,
quòd sic hodie propter duritiam suam multis permittitur dimittere Ecclesias de quib^9
viuerant; ab initio autem non fuit sic: quia
antiquitus solebant accipi Ecclesiae propter
zelum animarum, & praebendae propter
zelum Dei principaliter, secundùm illud
Prouer. 11. Prouerbiorum. 11. Qui suscipit animas sapiens est. Nunc autem non propter animas
suscipitur Ecclesia, sed propter diuitias, cuius signum est, quòd propter ditiorem di-
Hierem. 2. mittitur pauperior. Contra quos Hierem. 2.
dicitur. Induxi vos in terrā Carmeli, vt co-
mederetis fructum eius, & optima illius; &
ingressi contaminastis terram meam. *Non
expedit nubere.* Quoniam leuius videtur cum
concupiscentijs nostris bellum gerere, quā
Hieron. cum muliere perniciosa. Nam, vt ait Hieronymus, si fuerit iracunda, si malis moribus,
luxuriosa, gulosa, vaga, ebriosa, iurgatrix, &
maledica, seu quodlibet huiusmodi, velim^9,
nolimus sustinenda est. Cū enim liberi essemus, voluntate subiecimus nos seruituti. Nā
1. Cor. 7. 1. Corinth. 7. dicitur. Vir non habet potestatem corporis sui, sed mulier. *Qui dixit illis,
Nō omnes capiunt verbum istud, sed quibus datum est. Sunt enim eunuchi qui de matris ventre sic nati sunt, & sunt eunuchi qui facti sunt
Hieron. ab hominibus.* Hieronymus super cap. 14. Zachariae super illud, Quòd qui festum sceno-
pegiae celebrant habeant salices in manib^9
suis, dicit, medicos docere, quod si quis flore
salicis siue populi aqua mixtum biberit, &
omnis in eo frigescet calor, & libidinis vena
siccetur, vt non possit filios generare. Tales
ergo festiuitatem exercent tabernaculorum.
Animalitas *Et sunt eunuchi qui seipsos castrauerunt propter
Regnum Dei.* Hi sunt qui voto religionis se
adstrinxerūt. Circa quod notandum, quòd
Leuit. 3. Leuit. 3. duo genera sacrificiorum ponuntur.
Alterum quod dicebatur holocaustū, quod
significat totū incensum, in quo non offerebatur foemina, nec pars aliqua illius sacrificij alicui cedebat, sed totum in honorem
Dei cremabatur. Aliud vocabatur pacifico-
rum sacrificium, & alio nomine dicebatur
salutare, in quo, & masculus, & foemina offerebantur, in quo minutiae, ac intestina
cum alijs, simul cum renibus cremabantur,
in quo pars sacerdotibus, & pars offerenti-
Ysichius. bus cedebat. Quae duo sacrificia, teste Ysi-
chio Doctore antiquissimo, duos status referebant, ac significabant qui in Ecclesia
sunt, quorum alter altero perfectior ac melior est. Holocaustum, in quo integrum in
honorem Dei cremabatur animal, religiosorum statum significat, in quo totos se offerunt Deo religiosi, corpusque suum, atque
animam simul illi in sacrificiū offerunt, nec
partem aliquam nobis reseruamus. Nam &
propriam voluntatem alteri concedimus, ne
nobis fortè contingat quod Ananiae, ac Sa-
Act. 5. phirae coniugibus, qui non perfectè hoc
holocaustum obtulerunt, partem bonorum
suorum occultè reseruantes: propter quod
repentina morte à beato Petro interfecti
sunt, vt in Actibus Apostolorū legitur. Atque
ideo in hoc sacrificio foemina non offertur:
quoniam nil debile, ac imperfectum, nec quod
carnem sapiat in eo debet offerri, sed totum
perfectum ac integrum, & spirituale in honorem Dei cedere debet. Alterum autem
sacrificium, quod salutare dicebatur, coniugatorum statum refert, in quo & foemina offerebatur: quoniam simul cū illa carnis officia exercendo offertur sacrificium hoc. In
eo offerebantur renunculi, & intestina; principium namque, ac vis generationis, in renibus insit, vnde per hoc significatur quòd
officia ipsa carnis quae in coniugio interue-
nire solent, Deo offerri debebant, ac propter
finem à Deo ordinatum exercenda sunt, vt
& coniugium sit sanctum, & thorus imma-
culatus. Minutiores autem partes animalis
in illo offerebantur: quoniā ipsae paruae res,
ac minimae, quas coniugati exercere possunt, eleemosynae, orationes quas recitant,
nempè Rosarium beatae Virginis, ac eius
officium, Missae quas audiunt, & alia bona
opera, quae respectu quidem perfectorum
minora sunt, & respectu tot sollicitudinum
pauciora; etiam haec Deus acceptat, ac sibi

offerri gaudet ac poscit. Partem enim maximam suæ vitæ his officijs mancipatam habent matrimonio iuncti: quoniam vt Apostolus dicit, diuisi sunt. Sic enim, ait 1. Corinth. 7. Mulier innupta & virgo cogitat quæ Domini sunt, quomodò placeat Domino, mulier nupta cogitat quæ viri sunt quomodò placeat viro, & diuisa est. Et sic de viro dicere poteris. Nihilominus sacrificium eorum acceptum Deo est ac salutare simul atque pacificum: quoniam pacem inter homines componit. Nam, vt diuus Gregorius docet, in opere tabernaculi viri magna offerebāt dona, mulieres etiā sua localia Deo dabāt, quæ etiā accepta ferebat Deus. Quoniam & si coniugatorum sacrificium non adeò magnum ac illud est quod religiosi offeruut; nihilominus etiā eorum status acceptus ac placitus Deo est. Religiosi autē sunt qui se castrauerunt propter Regnum cœlorum, cūm etiam à licitis delectationibus abstinere volunt propter Deum, quidquid perfectionis apicem impedire potest repellendo. Perfectio quippè Christianæ vitæ in charitate consistit, quæ hominē Deo conglutinat, atque coniungit, in qua vnione tota nostra perfectio consistit. Charitas quippè sic vnit animam cum Deo, quemadmodùm corpus animæ copulatur: ex quo id manet, quod anima sit in corpore, & corpus in anima. Sic ex vnione charitatis anima vnitur Deo, & Deus animæ, secundùm illam Pauli sententiam. Qui manet in charitate in Deo manet, & Deus in eo. Corpus quidem est in anima, sicut continens in contento, anima quippè continet corpus & ei vitam, ac motum subministrat: sic anima diligentis Deum ab eo continetur, souetur, atque mouetur: in ipso enim mouemur & sumus & viuimus. Quòd si hoc in corpore verum est, multò magis in anima diligentis Deum, quæ illi per charitatem arctius inhæret. Anima est in corpore sicut forma in subiecto, sicut calor in aqua calida. Hac similitudine potest dici, quòd Deus sit in anima per charitatem: quoniam charitas est forma qua perficitur anima, & quemadmodùm ex vnione animæ cum corpore remanet vita, & ex diuisione mors: sic ex vnione animæ per charitatem cum Deo vita spiritualis animæ remanet: quæ vnitas si dissoluatur, mortua remanebit anima, atque tali orbata vita. Hinc enim 1. Ioann. 3. dicitur: Scimus quod translati sumus de morte ad vitam: quoniam diligimus fratres. Qui

Gregorius. *Simile.* *1. Cor. 4.* *1. Ioan. 3.*

subdit. Qui non diligit, manet in morte. Itaque coniugium hoc animæ cum Deo, charitas operatur. Qui enim in charitate manet, cum Deo copulatus est. Vnde & Sponsa dicebat: Dilectus meus mihi, & ego illi. Ac si diceret: *Para tu y nos somos, porq nos queremos bien.* Anima quæ Deum diligit & ipsam Deus, *para tu yo soy:* quoniam inuicem sese diligunt. Igitur cùm omnis vitæ Christianæ perfectio in charitate sita sit, ille status perfectior erit, qui propinquior est charitati, magisque adiuuat ad consequendum, vel augendum illam. Duas autem nobis Deus reliquit vias ad consequendam charitatem. Altera est regalis, & communis, *camino carretero*, qui est Decalogi obseruantia. Altera est consiliorum adimpletio, quæ est veluti semita, ac compendiosior via, qua ad perfectionem peruenitur. Quæ licet prima facie horrida, ac dura appareat; his tamen qui per illam pergere incipiunt, facilior, ac planior magis ac magis videtur. Sunt enim consilia veluti scutum quoddā, quod Decalogum ipsum protegit, atque defendit, vt melius obseruetur. Sunt etiam veluti pignus, ac sponsio quædam, qua melius reliqua præcepta obseruentur, sicut & Abbas Moyses in collationibus Patrum dicebat: Ieiunia, vigiliæ, meditatio Scripturarum, nuditas, ac priuatio omnium facultatum, non perfectio, sed perfectionis instrumenta sunt: quia non in eis consistit disciplinæ finis, sed per ea peruenitur ad finem. Nam in religione impedimenta charitatis expellimus, & virtutes, quæ charitatem aduocant, amplectimur, quod maximè fit per obedientiæ votum. Nam, vt D. Thom. docet, 2. 2. quæstio. 104. articul. 3. Licet obedientia non sit maior omnium virtutum; tamen in eis quæ ad perfectionem adiuuant, inter præcipuas computatur. Perfectio quippè consistit in hoc, quòd spretis temporalibus, homo Deo se coniungere satagat: ergo virtutes illæ quæ ad contemptum temporalium, quæ æterna impedire solent, plus adiuuant, propinquiores erunt charitati. Sed obedientia est huiusmodi: quoniā quantò maior res est quam propter Deum spernimus, plus charitati tribuimus; sed obedientia maiora propter Deum dimittit, eo quòd bona nostra in tres diuidimus classes. In prima ac minori classe sunt bona temporalia extrinseca, qualia sunt diuitiæ: media sunt bona corporalia, vt sunt integritas, salus, vita; suprema sunt animæ bo-

Cantic. 2. *Simile.* *Abbas Moyses.* *D. Thom.*

nona, inter quæ voluntas præeminet, quæ in toto homine Reginæ partes exequitur. Et quoniam obedientia, non diuitias, non corporis bona Deo offert, sed propriam dat voluntatem, quæ radix omnium aliarum est, ideò hunc primatum inter alias virtutes habet. Qui enim voluntatem propriam à se abdicat, radicem omnium malorũ, quæ charitati impedire solent aufert. Nec enim bona temporalia impedimenta charitati præstant, nisi quandò voluntas sit inordinatè alliciatur. Radix omnium malorum (ait Paulus) est cupiditas. Non diuitiæ, sed cupiditas diuitiarũ, non honores, sed eius cupiditas, charitatem impediunt. Vndè Gregorius vltimo Moral. dicit: Obedientia potior est victimis: quoniam per victimas aliena caro, per obedientiam verò voluntas propria mactatur. Hinc Samuel dicebat: Melius est obedire quam sacrificare. Qui enim voluntatem suam Deo tribuit, id quod ipse Deus cupit dat. Nam ideò Dauid dicebat: In me sunt vota tua Deus. Hoc est non quæ extra me sunt desideras, sed quæ intra me sunt cupis, hoc est, cor meum. Nam & te audio dicentem: Fili præbe mihi cor tuum. Et ab Abraham vnigenitum filium suum petijsti. Nec tamen, quia voluntatem meã alteri subdo, me ipsum minuo, quia priuo me libertate mea quæ potior in me est; quinimò libertatem ipsam perficio, illam subdens bono, auertensque quantum possum à malo. Nil enim magis aduersum voluntati, quam peccatum, à quo quantum mihi possibile est illam auerto. Potentia quippè peccandi, non potentia, sed impotentia est, Deus enim peccare non potest, & tamen summa libertas est: & Apostoli in gratia cõfirmati mortaliter amplius non peccauerunt, imò nec in sensu composito peccare potuerunt supposita gratia, & tamen libertatem minimè amiserunt, sed illam bono tanquam necessitate quadam subdiderunt. Hinc diuus Augustin. in epistola ad Armentarium, ait: Felix necessitas, quæ in meliora compellit. Non te pigeat vouisse, sed magis gaude, non tibi licere quod cum tuo graui damno licuisset. Sed dices: Qui frangit votum quod semel fecit, & contra illud operatur, grauius peccat, ergo non est vtile vouere. Nego consequentiam. Quoniam nõ est culpa voti, vt ita dicam, sed mea qui praua voluntate contra votũ facio. Si enim super pontem pergis qui ruinam minabatur, & confractus erat, & cadis; tunc pons

1. Tim. 6. *Gregorius.* *1. Reg. 15.* *Psal. 55.* *Prouer. 23.* *Gen. 22.* *August.* *Simile.*

fuit tui casus causa. Si autem optimum ac fidelem ascendis equum, & cadis ab eo; tua culpa fuit, qui artem equitandi ignoras. Obedientiæ votum non est pons confractus, sed equus velox, quo celerius cœlũ petas: si tu ab illo cadis tua magna culpa est, qui te firmum in tali equo continere non voluisti. Ecce quomodò qui religionis perfectionem vouent, sunt qui se castrauerunt propter Regnum cœlorum. Vndè talibus eunuchis per Prophetam dicitur: Ne dicat eunuchus, Lignum aridum sum. Qui tales, etsi carnales filios non procreent, spiritualia tamen opera, quæ potiora sunt, maximè gignunt. *Tunc oblati sunt ei paruuli, vt manus eis imponeret & oraret. Discipuli autem increpabant eos. Iesus verò ait illis: Sinite paruulos & nolite eos prohibere ad me venire: talium est enim Regnum cœlorum. Et cùm imposuisset eis manus, abijt inde.* Mos erat pueros offerre antiquioribus (ait hic diuus Tho.) qui benedicebãt & orabant pro eis, significantes benedictionẽ à Deo esse. Domino offerebant experti quàm eius tactus esset salutaris. Hinc accepit Ecclesia, vt paruulis aliqua sacramenta dentur, vt contra dæmones firmentur. Discipuli autem increpabant eos, non pueros ipsos, sed offerentes illos (vt ex alijs Euangelistis colligitur) existimantes Domino molestum esse. Diuus Hilarius, cap. 19. super Matth. ait: Paruuli qui offeruntur, Gẽtes sunt, discipuli prohibent: quia cupiunt prius Israelem saluari, vetat verò eos Dominus: quia taliũ est Regnum cœlorum. Impositione enim manuum, & oratione Christi cessante etiam legis opere, acceperunt etiam Spiritum sanctum. *Discipuli vetabant eos.* Et tamen scriptum est, noli prohibere benefacere eũ qui potest: si vales, & ipse bene fac. Herodiana crudelitas est nascentẽ persequi puerum, & Ægyptiacum occidere paruulos. *Iesus vero ait illis: Sinite paruulos, & nolite eos prohibere: talium est enim Regnum cœlorum.* Non dicit istorum, sed talium: ad significandum Regnum cœlorum esse qualitatis existentis in paruulis, nempè innocentiæ: nihil enim inquinatum intrabit in Regnum cœlorum: vel humilitatis quæ significatur per paruulos. vt supra dixit Dominus. Nisi efficiamini sicut paruuli. Ac si diceret: Quia Regnum cœlorum est talium, hoc est, innocentium quales sunt paruuli. Et rursus talium, hoc est, humilium animo, sicut isti sunt parui corpore: id enim signi-

Isa. 56. *D. Thom.* *Hilarius.* *Prouer. 3.*

fica-

ficat illud, Cũ esset paruulus in oculis tuis, hoc est, humilis. Vnde & Symō de Cassia, *Simon de Cassia.* lib. 9. capit. 41. Talium, ait, est Regnum cœlorum quoniam in Regnum Dei nemo nisi ignorans ingreditur, aut si deliquit, ad innocentiam reuersus. Ideò paruulos complexus est, indicans, neminē supernæ dignū benedictione, nisi innocens. Sunt enim innocentes, aut qui innocentiam seruarūt; aut qui amissam per pœnitentiam recuperarunt, aut quæ in Purgatorio fiet. Et diuus Chrysosto. homil. 65. Dominus docens tumorem contemnere, manum imponit, & his Regnum pollicetur. Nos igitur si regnum volumus, studeamus eam virtutem cōsequi. Ab omnibus enim passionibus vita paruulorum libera est. Si vapulant à matre, ei accedunt, matrem licet pannosam, pro Regina non commutant, vbi necessitatē nil quærunt, paruo lacte contenti sunt, rerum magnarum iacturam non dolent, nec venustatem admirantur. Faciamus ergo nos voluntate, quæ faciunt paruuli natura. Hæc Dominus Pharisæorum arrogantiam odiens docuit, ne discipuli etiam insolescerent, videntes se tanto pretio haberi, simulque versutiam fugiamus, simplicitatem sectemur. Fuit versutus Saul, Dauid verò simplex. *Et cum imposuisset eis manus, abijt inde.* Ecce quomodò Dominus ceremoniarum Ecclesiæ institutor fuerit ac magister. Quare non mirum, quòd Sacramentorum gratia per impositionem manuum in Ecclesia detur. Vnde Ecclesia paruulos suscipit ad baptizandum & confirmandum, quod hæretici insanè reprehendunt. *Num. 14.* Nam Numer. 14. dicit Dominus: Paruulos qui ignorant boni & mali distantiam, introducam in terram, *Genes. 17.* quam promisi patribus eorum. Et Gen. 17. Præcepit Deus, vt infans octo dierum circumcideretur: & puer paruulus Samuel *1. Reg. 1.* oblatus est in templum. Tetigit ergo Dominus paruulos. Multipliciter tangit Dominus, *Iob. 19.* flagellando, secundùm illud Iob. Manus Domini tetigit me. Consolando; *Dan. 8.* vt Daniel. 8. Tetigit me & statuit in gradu meo. Beneficia conferēdo, vt paruulos istos. *Gen. 27.* Et id quod Isaac dixit Iacob: Accede fili mi, vt tangam te, & benedicat tibi anima mea. Tangendo quippè paruulos; humiles sua benedictione dignos esse significat. Nam, *Prouer. 29.* & Prouerbiorum. 29. dicitur: humilem spiritu suscipiet gloria. *Iob. 22.* Et Iob. 22. Qui humiliatus fuerit, erit in gloria. Et ecce vnus accedens, ait illi. *Magister bone, quid boni faciam, vt habeam vitam æternam?* Hic adolescens diues, imò & Princeps inter Iudæos propter magnas diuitias quas habebat, non malignè interrogauit Dominum, sed sincero animo ad sequendum Dominum propensus. Magistrum enim vocat, quoniam omnis bonitatis ipse magister est. Vnde Deuteronom. 8. dicitur: Sicut homo *Deut. 8.* erudit filium suum; sic Dominus Deus tuus erudiuit te. Bonum autem illum dicit, quoniam scriptum est, Bonus Dominus & confortans *Nah. 1.* in die tribulationis, & sciens sperantes in se. *Quid boni faciam?* Id & Ioan. 6. *Ioan. 6.* interrogabant Iudæi Dominum. Quid faciemus, vt operemur opera Dei? *Qui dixit ei; Quid me interrogas de bono? Vnus est bonus Deus.* Cæteri Euangelistæ aiunt respondisse Dominum; Nemo bonus nisi solus Deus; tamen potest dici, vtrumque respondisse Dominum, quoniam & interrogatio bis etiam bonum geminauit. *Vnus est bonus Deus*: quoniam bonus Deus est, bonus essentialiter, causaliter, exemplariter, & finaliter. Et sic nihil est bonum, nisi in quantum illud participat bonum, & in quantum ab illo est, & in illo diuinum bonum splendet, & ad ipsum tanquam ad finem ordinatur. Sic Exod. 33. dicitur: Ego *Exod. 33.* ostendam tibi omne bonum. Id autem, Nemo bonus nisi solus Deus; intelligitur omnimodè: omnis enim creata res admixtionem habet mali naturæ, vel moris. Quo nos docere vult; vt cùm ab hominibus laudibus efferimur, aut tanquam doctores, ac magistri ab alijs habemur, retorqueamus proprias laudes in laudem Dei. Et reuocare ad memoriam debemus, tam proprios, quàm laudantium communes defectus: vt sic nos humilitate proficiamus, & Deum honoremus, in quo, & à quo est omne bonum. Nam quia ipse iuuenis Christum purum hominem arbitrabatur, & illum dicebat bonum: ideò Dominus bonitatem in Deum retorsit, quippè qui & principium & finis omnis boni est. Et vt ipsum iuuenem instrueret, ne propterea quòd mandata Dei seruasset, in superbiam eleuaretur: quia solus Deus bonus est ex se, cætera omnia ab ipso bonitatem mendicant. *Si autem vis ad vitam ingredi, serua mandata. Dicit illi, Quæ? Iesus autem dixit. Non homicidium facies, non adulterabis, non facies furtum, non falsum testimonium dices, honora patrem tuum & matrem, & diliges proximum tuum sicut te ipsum.* His verbis Dominus & liberi arbitrij

vim

pium ostendit, dicens, Si vis, &c. Solam vitam æternam mereri esse vitam, atque interrogatus de vita æterna, respondens, *Si vis ad vitam ingredi*. Illa enim verè vita est, eo quòd sola hoc nomine gaudeat. Illa, quæ nullum habet mortis locum, sed summa vita est. Ostendit etiam se nullo modo contrarium esse legi, cuius non solum impleri, imò nec alia requirit quàm legis obseruantiam, cùm dicit, Serua mandata. In quo & confutatur error dicentium, opera non esse necessaria ad salutem, sed tantum fidem exigi. Qui vtique si interrogarentur, qua ratione quis vitam æternam assequeretur, nollent cum Domino dicere: Serua mandata, sed tantùm inculcarent, Crede in filium Dei. At Dominus nunc fidem exigit, nunc opera, pro occasionis opportunitate; significans, & fidem, & opera esse necessaria ad salutē. Cæterùm adolescens iste audiens necessariam esse mandatorum obseruantiam ad salutem, & æstimans, alia præcepta esse præter legalia, quæ ei vitæ fierent causa (audierat siquidem Christum sicut & nonnulla quædam prophetarum, ita & noua quædā præcipientem hominibus) & ideò interrogat, quæ nā essent ea præcepta quæ sibi seruanda forent. Et vt Dominus ostenderet, non de alijs, quàm de illis quæ in lege scripta erant se loqui, respondendo subiungit, enumerando aliqua ex mandatis, ea scilicet, quæ sunt secundæ tabulæ, & ad proximos pertinent. Et quidem (vt dicunt Augusti.

Augusti. 8. de Trinitat. capit. 7. annotauit) cùm dilectio Dei, & proximi duo sint præcepta ex quibus tota lex pendet & Prophetæ; plerunque Scriptura pro vtroque vnum ponit,

Rom. 8. siue tantùm Dei (vt est illud Roman. 8. Diligentibus Deum omnia cooperantur in bo-

1. Cor. 5. num, & iterum 1. Corinth. 5. Quisquis diligit Deum, hic cognitus est ab illo) siue tantùm dilectionem proximi Scriptura cōmemorat, sicut est illud, Alter alterius onera portate, & sic adimplebitis legem Chri-

Galat. 5. sti, Galat. 5. & illud, Omnis lex in vno sermone impletur. Diliges proximum tuū tan-

Galat. 6. quam te ipsum. Et ob hanc causam forsè cū in hoc capite numerentur præcepta Decalogi, nil dicitur de præceptis ad Deū spectantibus nec enim vnum præceptum sine alio impleri potest, & ideò Scriptura sacra pro vtroque vnum solet ponere. Mihi videtur, quòd quia scienti legem Christus loquebatur, ea tantùm cōmemorauit præcepta, quæ ad proximum spectabant: eo q;

difficiliùs adimplentur à diuitibus: nam diuitiæ faciunt homines aduersus proximos iniustos, & immites. Epulone visum est. Nō homicidium facies, non adulterabis. Futurum pro imperatiuo, more Hebræorum, ponit, vt est illud, Omnis vallis implebitur,

pro impleatur. Sed ex hoc loco oritur dubium, quomodò si adolescens etiam præceptum hoc de dilectione proximi seruauerat (quod patet ex Luca, qui refert, quòd intuitus illum Dominus dilexit eum) & in dilectione proximi reliqua præcepta includantur. Quomodò, inquam, potuit illi aliquid deesse? Ad quod facile respondetur, quòd aliud est loqui de eo qui vult ad vitam ingredi, & aliud de eo qui vult perfectionis aggredi viam. Nam volenti saluari, sufficit decem præceptorum obseruatio: volenti autem perfectionis viam ingredi, adhuc sibi consiliorū semita deest. Quod hic Christus Dominus ostendit. Nam cùm iuuenis respondisset (omnia hæc custodiui à iuuentute mea. Quid adhuc mihi deest.) Sub intulit Dominus. Si vis perfectus esse, vade, & vende omnia quæ habes, & da pauperib9, & habebis thesaurum in cœlo, & veni, sequere me. Quare id quod dicit, Adhuc vnū tibi deest, non est sic accipiendum quasi vnum illud sic ei defecerit, vt sine illo non posset ingredi ad vitam: sed quia iuuenis cū dixit, Omnia seruasse illa à iuuentute, idest pueritia sua, quæsiuit. Quid adhuc mihi deest? Hoc est, quid præter ea facere possum, vt habeam vitam æternam? Respondit Dominus: Adhuc vnum tibi deest. Id etiam poteris facere, & adijcere factis, vt commodiùs vitam consequaris. Ac si quis ea quæ sufficerent ad negotium aliquod iam fecisset, & alius diceret illi. Adhuc vna tibi restat facienda res. Et daret consilium quo faciliùs negotium suum perageret. Nō quòd illud necessarium esset præter id quod fecerat: sed quòd commodiùs & faciliùs & restius per illam rem illud compleret: sic in proposito. Adhuc vnum tibi deest. Non quòd sine isto non posset habere vitam: sed quòd per illud certius & verius, & pleniùs sit habiturus vitam æternam. Vadē & subdit, *Si vis perfectus esse*. Hoc est, si vis tibi nil deesse, quod facias ad obtinendam vitā æternam: nam perfectum est cui nil deest. *Vade & vende, &c.* Potest tamen etiam intelligi vnum illud, quod dicit Dñs ei deesse, necessarium fuisse ad salutem, quòd cùm ipse diues esset, datum ei cōtemptus diuitiarum,

Esai. 40. Luc. 10. Simile.

nim, &q;

nimisque afficiebatur diuitijs suis; vt patet ex sequentibus, sed in eis nimis confidebat. Quandiu ergo in hoc erat affectu, venum ei dare erat ad salutem necessarium, nimirum vt si non diuitias suas, saltem affectum hunc abijceret. Itaq; quod dicitur, Si vis perfectus esse, hunc habet sensum. Si vis tibi deesse quod ad salutem consequendam sit necessarium, Vade & vende omnia. Non quod vendere omnia sit necessarium ad salutem; sed quod Dominus id consulat ei, qui affectu illo impediebatur ab ingressu Regni coelestis. Secundum enim hunc sensum, non est intelligendum vendere omnia necessarium esse ad perfectionem hoc modo intellectam, sed consilium esse, ac modum, quo necessaria illa ad salutem perfectio opportune habeatur. Sed licet haec interpretatio sit Iansenij; tamen quia videtur non posse stare cum eo quod Lucas refert, nempe quod Dominus dilexit iuuenem istum, quem tamen non dilexisset, si in eo talem affectum diuitiarum, qui vitam impediret, respexisset. Ideo in priori explicatione potius persistendum est. Nisi dixeris, quod licet hic affectus diuitiarum non tantus adhuc esset in iuuene isto, quod impediret vitam per peccatum mortale: tamen quia tantus erat, vt iam iam proximus esset mortali lapsui, Dominus praeuenire volens dixit, hoc sibi ad vitam deesse, nempe vt talem relinqueret affectum, qui in propediem in mortale peccatum esset praecipitaturus. Sed non opus est his angustijs nos premi, cum prima interpretatio accommodatissima sit. Si vis perfectus esse, nimirum non perfectione absoluta qualis in alia vita erit; sed ea perfectione quae in hac vita accidere potest, & quae huic conuenientior est in corpore hoc vitam agenti. In hoc autem verbo Dominus Vigilantij errorem damnat; qui teste Hieronymo, asserebat melius esse, si quis moderate rebus suis vteretur, pro loco & tempore occurrens necessitatibus pauperum, quam si semel omnia relinqueret. Verba Hieronymi, haec sunt. Quod autem Vigilantius asserit, melius eos facere, qui vtuntur rebus suis & paulatim fructus possessionum diuidunt pauperibus, quam illos qui possessionibus venditis simul omnia largiuntur. Non ei a me, sed a Domino respondebitur. Si vis perfectus esse, vade & vende omnia quae habes, & da pauperibus. Ex qua D. Hieronymi interpretatione colligitur, ipsum de consilio, non de praecepto intelligere textum istum. Verum ex hoc [illegible] dubium insurgit,

Hierony.

an perfectio vitae Christianae consistat in consilijs, an in praeceptis. Nam quod in consilijs, textus iste docere videtur, sed quod in praeceptis potius consistat patet, quia in duobus praeceptis charitatis vniuersa Lex, & Prophetae pendent, vt Dominus docuit. Ad quam quaestionem D. Thom. 2.2. q. 184. art. 3. respondet dicens, Perfectionem vitae Christianae per se quidem, & essentialiter consistere in obseruatione praeceptorum, non quorumlibet sed illorum duntaxat quae peculiariter charitatis praecepta dicuntur. Is enim vere perfectus est, qui perfecte haec implet praecepta, & perfectiorem habet charitatem; secundario vero & instrumentaliter consistit in obseruatione consiliorum quia per haec semper ad praecepta promouetur homo ad obseruationem praeceptorum charitatis. Aliter tamen per praecepta, & aliter per consilia. Nam praecepta alia a duobus praeceptis charitatis ordinantur ad remouendum ea quae sunt charitati contraria, cum quibus scilicet, charitas esse non potest. Consilia vero ordinantur ad remouendum impedimenta actus charitatis, quae tamen charitati non contrariantur. Sicut est matrimonium, occupatio rerum temporalium, & alia huiusmodi. Vnde Augusti. in Enchiridio c. 121. Quaecumque mandat Deus, ex quibus vnum est, Non moechaberis, & quaecumque non iubentur, sed speciali consilio monentur, ex quibus vnum est, Bonum est homini mulierem non tangere, tunc recte fiunt, cum referuntur ad diligendum Deum & proximum propter Deum, & in hoc seculo & in futuro. [illegible], *Si vis perfectus esse*, ait Dominus, *Vade & vende omnia quae habes, & da pauperibus, & veni, sequere me.* Vt insinuaret, quod perfectio non consistit in abdicatione temporalium, sed in sequendo Christum, vt latius prolixius videbimus, *& habebis thesaurum in coelo.* Ecce quod supra diximus, nimirum quod baiuli qui bona [illegible], ac thesaurum in coelum transferant; sunt pauperes. *Cum autem audisset adolescens verbum, abijt tristis; erat enim habens multas possessiones. Iesus autem dixit discipulis suis: Amen dico vobis, quia diues difficile intrabit in Regnum coelorum. Et iterum dico vobis. Facilius est camelum per foramen acus transire, quam diuitem intrare in Regnum coelorum.* Ecce quid faciat diuitiarum amor. Hic enim affectus difficilem reddit aditum Regni coelorum. Et quia hic praecep[illegible] huius diuitis, abijt tristis [illegible]. Origenes refert ex quodam Euan-

D. Thom.

Augusti.

Origen.

Euan-

Euangelio quod tunc temporis circumfe-
rebatur) quòd iuuenis hic auditis Domini
verbis cœpit scalpere caput digito, *Ne le co-*
nia abit. Nec enim habere diuitias, sed eas
Augus. appetere in culpa est. Vndè dicit Augustinus in Enchiridio, cap. 18. Non enim, ait,
est intrando difficultas, nisi cùm est in habendo cupiditas. Et in Epistola. 34. ad Paulinum, & Therasiam. Quomodò ea superflua, & terrena diliguntur, arctius adepta
quàm concupita constringunt. Nā vnde iuuenis ille tristis abscessit, nisi quia magnas
habebat diuitias? Aliud enim est iam nolle
incorporare quæ desunt, aliud iam incorpo-
rata diuellere. Illa enim velut cibi repudiā-
tur, ista velut membra proscinduntur. Hic
adolescens eos significat qui quærunt ab alijs
consilia, quæ si sibi non placēt, contristan-
Prouer. 18 tur. Nam Prouerb. 18. dicitur: Non recipit
stultus verba prudentiæ, nisi ea dixeris quæ
versantur in corde eius. Idest, nisi ei dixeris
quæ ipsi volunt. Abijt tristis: quia minoris
est meriti relinquere possessa, quàm volun-
Eccle. 14. tatem possidendi. Scriptū quippe est, Felix qui non abijt cum tristitia super men-
2. Cor. 7. sam suam. Paulus ait: Seculi tristitia mortē
operatur. *Erat enim habēs multas possessiones.*
Eccles. 5. Eccles. 5. dicitur: Quid prodest possessori
nisi quod cernit diuitias oculis suis? *Amē di-*
co vobis, quia diues difficile intrabit in Regnū
cœlorum. Non quia diuitiæ secundùm se impedimenta sint ad Regnum cœlorum, imò
Aristot. dantur ad hoc à Deo: & Aristot. dicit, Diuitias esse instrumenta beatitudinis: sed affectus hominis nimis inordinatus ad diuitias habitas, qui valdè frequens est, & diffi-
Psal. 61. cilem reddit aditū ad Regnū cœlorū. Prop-
Hilarius. terea enim scriptū est: Diuitiæ si affluant,
nolite cor apponere. Vndè Hilarius can. 19.
in Matthæum, ait: Quàm difficile, hoc est,
quàm rarum: non enim criminis est habere,
sed modum in habendo non tenere. Sed
periculosa res est velle ditescere. Famulatum
enim Dei rem habitus secum sine vitijs nō assequeretur. Quare diuitibus specialis difficultas occurrit ad intrandum in Regnum cœlo-
Beda. rum, vt statim dicemus. Et Beda libro. 3. in
Marc. cap. 10. Aliqui, inquit, habent diuitias
& amant eas, & hi sunt auari, alij non habēt
& amāt, & ij sunt cupidi & ærumnosi. Alij
habent & non amant, vt Abraham & Patriarchæ: alij nec habent, nec amant, sicut
sunt viri & perfecti religiosi, qui sunt mun-
Eccles. 4. do crucifixi. Vndè Salomon Eccles. 4. ait:
Qui amat diuitias, fructū non capiet ex eis.

Fieri tamē potest, vt qui amat diuitias, excutiens cupiditatis retinacula, per gratiam Dei
ianuam intret cœli. Nam & Dauid cor diuitijs non apposuit. Dicebat enim Psal. 61. *Psal. 61.*
Vnicus & pauper sum ego. Nec Abraham
qui Deum filio suo prætulit. Sapiens autem
in Prouer. dicit: Qui festinat ditari non erit *Prouer. 28.*
innocens. Et licet beatus sit diues qui post
aurum non abijt, tamen quis est hic, & laudabimus eum? vt dicitur Ecclesiastic. 31. *Et* *Eccles. 31.*
iterum dico vobis. Acsi diceret: *pro ut dixi,*
mox et dico. Facilius est camelum per foramen
acus transire, quàm diuitem intrare in Regnum
cœlorum. Aliqui per camelū intelligunt animal illud gibbosum & magnum, & tunc est
hyperbolica locutio, quæ frequens esse solet in sacra Scriptura, in quo nil aliud intelligi voluit, quàm esse valdè difficile, vt diues
obtemperet Euangelicæ doctrinæ, pro qua
etiam potest ferri Regnum cœlorum. Sic
Genes. 7. hyperbolicè dicitur, Rupti sunt *Gen. 7.*
omnes fontes abyssi, & cataractæ cœli apertæ sunt: sic enim dictum est ad insinuandam
inundationis magnitudinem, quæ tanta
fuit, vt fundamentū cœli videretur secundū
vulgarem opinionem dissipatum, & cataractæ cœli, quæ sunt fenestræ, aut viæ occultæ, per quas de cœlo aëreo, secundum plebis opinionē pluuia venit, viderentur apertæ. Suspicatur enim plebs stulta, quòd apertis illis fenestris deorsum funditur pluuia,
& illis occlusis continetur: Item Deut. 9. *Deut. 9.*
hyperbolicè dicitur, Vt possideas ciuitates
ingentes, & in cœlum vsque muratas. Item
Num. 13. Vidimus, aiunt, ciuitates per in- *Num. 13.*
gentes vsque ad cœlos. Vidimus viros, &
eramus sicut locustæ cum eis. Quod si in recto rigore sumatur, vt dicas impossibilitatē,
cùm prius tantùm difficile dixerit, Forte dicendum est difficilimum esse aditum diuiti in
Regnum cœlorum, ea ratione, quæ dicta est,
scilicet quia difficile est eū abstrahi ab amore diuitiarum, nec eis sæpe abuti: impossibile verò, cum quis quandiu manet confidens
in diuitijs, non potest ingredi, tum quia non
sua virtute, sed sola Dei gratia, eaq; efficaci
& potente potest à fiducia, amoreq; ac abusu
diuitiarum abstrahi. Sed melius est dicere,
esse hyperbolicam locutionem, pro eo q
est valdè difficile, vt modò diximus. Sicut
Eccles. 22. dicitur: Arenā, & salem, & mas- *Eccles. 22.*
sam ferri facilius est ferre, quàm hominem
imprudentem. Quo aliud non significatur
quàm difficillimū esse ferre hominis insipientiam. Sic etiam dicitur, Prouer. 17. Expedit
magis

magis vrsæ raptis fœtibus occurrere, quàm fatuo confidenti sibi in stultitia sua: hyperbolicè significatur omninò non expedire, sed homini periculosum esse occurrere velle stulto. Et illud, Si potest Æthyops mutare pellem suã, & Pardus varietates suas. Et vos poteritis benefacere, cum didiceritis malum. *Hierem. 13.* Non quod absolutè istud sit æque impossibile, atq; illa, sed hyperbolica loquutione significatur istud admodum esse difficile. Ac quemadmodùm etiam in proposito, non tàm significatur impossibilitas, quàm difficultas. *Luc. 10.* Quod patet clarius ex Luca. Qui cum dixisset, quàm difficile qui diuitias habent in Regnum Dei introibunt, pro probatione huius subdit. Facilius est enim, camelũ per foramen acus transire. Non ergo hac sententia nisi magna significatur difficultas, quæ per præcedentem sententiam significatur. Quàm difficile qui pecunias habet, ad cuius probationem hæc à Luca adducuntur. Alij per camelum, non animal, sed funem potius nauium, quo anchoræ alligantur, intelligunt. Dicitur enim & funis ille camelus à Græcis, metaphora ab animali desumpta, propter ipsius grossitiẽ, & tortuositatem. Non quod possibiliùs & faciliùs sit funem talem transire per foramẽ acus, quàm ipsum animal, sed quòd aptior videtur comparatio funis cum acu, quàm animalis cum acu. *Albertus Caietan.* Alij, inter quos Albertus, & Caietanus, per camelum intelligũt quidem funem; tamen per foramen acus volunt intelligere portas ciuitatis Hierusalem. Nam in muro Hierusalẽ propter bella finitima magnæ portæ conclusæ fuerant, & paruulæ posticulæ apertæ, quæ foramen acus propterea quòd strictæ erant, vocabantur, per quas animalia onerata, nisi depositis sarcinis intrare non poterant. Sic nec diues intrare poterit arctam cœli ianuã, nisi saltem onera diuitiarum deponat affectu. Hoc autem nulla authoritate fulcitur. Quare verisimilius est, Dominum de animali, quod camelus dicitur loquutum fuisse, quod cum maximum sit & tortuosum, aptè cũ foramine acus cõparatur quod minimũ est, nec tortuositatem admittens, in quo difficultas, de qua loquitur, maximè exaggeratur, ipsumq; camelũ cũ diuite cõparatione pulchrè significatũ est, diuites in modum camelorum onustos esse diuitiarum sarcina, ac veluti gibbo quodã inæqualitatis coram Deo deformatos esse. Et proindè non posse per angustam, & arctam portam, quæ ducit ad vitã, intrare, nisi, vt diuitiarum, sarcinas affectu deponant. Vel sic, Facilius est camelum, &c. hoc est, quemcunq; peccatis onustum. Nam camelus licet magnum sit animal, tamen quasi adhuc vellet esse maius, habet gibbũ in dorso, in quo significatur peccatoris superbia, & maximè diuitum. Sic enim Paulus Timotheum instruens, ait: *1. Tim. 6.* Diuitibus huius seculi præcipe, non sublime sapere, nec sperare in incerto diuitiarum, sed in Deo viuo. Deũ viuũ, & indeficientem incertitudini diuitiarum opponit. Hinc Prouerb. 11. dicitur: *Prouer. 11.* Qui confidit in diuitijs suis, corruet. Et 28. *Idem. 28.* Qui festinat ditari non erit innocens. Redarguendi tamen, & cũ imperio monendi sunt diuites, ne superbè supra se efferantur. Ideò quippè in veteri lege gibbosi à sacerdotio arcebantur, quoniã non superbos, sed humiles ministros vult Deus. Vt super camelũ sine ligamine iacet sarcina: sic super peccatores peccatũ. Ipsi enim assueti peccatis, sic se præparant ad onus illorũ portandũ, sic se coaptant, vt absque ligamine, aut industria aliqua diaboli, ipsi super se talia onera portẽt, atq; sustineant. Multos enim peccatores inuenies qui absq; vllo diaboli adiumento peccent: transit enim iã consuetudo in naturã, & potest dici omnibus illis malitia illorũ. *Sapient.* Nam talia autem nõ indigent arte, sed per se sustinentur. De quibus per Prophetã dicitur: *Osee. 10.* Ephraim vitula docta diligere trituraŭ. Idest, quæ nullo agricolę coactione, ipsa se gratis iugo subdit. Camelus etiã facilè ad terrã inclinatur, nec sursum respicere potest propter gibbũ, sic impij peccatorum sarcina grauati. De quib⁹ dicitur: *Ecclesi. 2.* Oculi stultorũ in finibus terræ. *Luc. 13.* Vnde mulierẽ per infirmitatẽ deorsum corpore inclinatam, solus Dñs erigere potuit. Hi sunt mystici illi cameli qui *Esai. 60.* Esai. 60. promittuntur ingressuri portas Hierusalẽ, cũ dicitur: Inundatio camelorũ operiet te, Dromedarij Madiã, & Ephra. Quemadmodũ & in hoc loco, & in Esaiã admonuit Hieron. qui in Esaiã scribens, & hãc sententiã tractans, *Hieron.* Facilius est camelũ, & confirmat eam intelligentiam quam vltimo loco adstruximus, dicẽs. Difficultatem rei proposuit, non impossibilitatem. *August. Gregorius.* D. August. lib. 2. de Quæstione Euangelica. c. 47. & post eũ diuus Gregor. libro. 35. Moral. cap. 12. Per diuitem intelligunt omnem cupidum, & huius seculi dilectorem, per camelum autẽ ipsum Christum: quia humiliatus, in se onera nostra sustinuit. Et tunc sensus est, facilius esse Christum pati pro dilectoribus seculi,

seculi quàm delectores seculi ad Christum posse conuerti. Per acum enim intelliguntur passionem ipsam pungentē, per foramē autem passionis angustias. Vel per foramen acus intellige fidem vulnerum Christi, qui in aduentu primo perforatus est, & in secundo

Cant. 2. perforabit ad modū acus. Vnde Cantic. 2. dicitur. Colūba mea in foraminibus petræ. Hoc est, quòd anima peccatoris in vulneri-

Esai. 2. bus Christi, qui est petra, sellem peccati deponit, & fit colūba. Et Esa. 2. Ingredere in pe-

Exod. 26. trā, & abscōdere in fossa humo à facie timoris Domini. Exod. 26. legitur, quòd cortynæ templi factæ sūt opere plumario, hoc est cū acu (*fue labor de aguja*) per quas significantur prælati protegentes, & ornantes Ecclesiam, qui facti sunt boni opere acus Christi, hoc est lanceæ & clauorum opere, quæ

D. Hilar. velut acus corpus suum perforauerunt, & per eius passionem genus humanum iustitiam assequutum est. D. Hilarius Cano. 19. ait. Camelus Gentes significat vestimento Baptistæ assuras. Camelus verberibus obediens, ieiunij est patiens, oneri succūbit: ita & Gentes. Acus est prędicatio Euangelij, per quam corporum vulnera assuuntur, dissuta vestium resarciuntur, mors ipsa cōpungitur. Per hoc ergò Euangelium facilius Gētes intrāt, quā opulentia gloriātis in lege. *Auditis autem his, Discipuli mirabantur valdè dicentes. Quis ergò poterit saluus esse? Aspiciens autem Iesus dixit illis. Apud homines impossibile est, apud Deum autē omnia possibilia sunt.* Audientes Discipuli difficultatem penè impossibilem dixerunt. Quis ergo poterit saluus fieri? Hoc est, quis diuitum saluabitur? Vel sic generaliter id dicunt: quia ferè omnes homines, vel sunt diuites, vel appetunt esse diuites, & non diuitiæ, sed appetitus diuitiarum rem hanc difficilē facit, vt statim di-

Luc. 1. ceremus, & ideò generaliter dicunt, Quis poterit saluus fieri? sed tamen Deo omnia possibilia sunt. Nam vt Angelus Gabriel dixit. Non erit impossibile apud Deū omne verbū quod mēte cōcipi potest. Et Gene. 18. dicitur. Nūquid Deo quidquā difficile erit? Ex quo intelligimus necessariō esse Dei specialissimū auxiliū, vt saluemur, contra Pelagiū. Quapropter etiam si nostris viribus diffida-

Philip. 4. mus, Dei tamē implorandū est auxiliū, etiā in rebus impossibilibus nobis, vtpotè cui nil est impossibile. Sic enim & Paulus ait. Omnia possum in eo qui me cōfortat. *Tunc respōdens Petrus dixit ei. Ecce nos reliquimus omnia, & sequuti sumus te. Quid ergo erit nobis? Iesus autem dixit illis. Amen dico vobis, quòd vos qui secuti estis me, in regeneratione cùm sederit filius hominis in sede maiestatis suæ, sedebitis & vos super sedes duodecim iudicantes duodecim tribus Israel. Et omnis qui reliquerit domum, vel fratres, aut sorores, aut patrem, aut matrem, aut vxorem, aut filios, aut agros, propter nomen meum; centuplum accipiet, & vitam æternam possidebit.* Ecce nos reliquimus omnia, &c. Occasione sumpta ex præcedentibus Christi verbis, hanc suo & Discipulorum nomine Pe-

Moralitas seu concio. trus interrogationem facit. Ac si diceret. Nos hoc accepimus consilium, vt omnia propter te bona nostra relinqueremus. Quem ergo thesaurum, aut quam pro-

Origen. pter hoc mercedem habituri sumus? Vbi Origenes ait. Quænam hæc omnia sunt, quæ reliquisse cum suis condiscipulis se iactat Petrus? Nunquid thesauros magnos, aut opulenta prædia dimiserunt? Nunquid Mileuitanorum Ducatum, aut Indorum aurum & argentum e? dissuta retia, cymbam, aut naniculam dictam certè, arundinem cum seta & hamo, capsulamque vermiculis plenam. Quomodo ergo ausi sunt dicere se omnia reliquisse? Cur ergò hæc tanti æstimas, Petre; vt propterea thesauros à Christo promissos velis? Attendite. Minimum quidem erat, quod Petrus, & alij Discipuli reliquerant: magna tamen fuit voluntas, ac promptitudo animi, qua ea dimiserunt: quoniam si plura habuissent, eadem voluntate, ac facilitate qua cætera abiecissent. Deus autem non tam pensat quantum, quàm ex quanto. Nam Deus, non eadem mensura metitur quæ sibi donantur, qua homines. Duabus mensuris homo metitur ea quæ alteri donat. Alteram habet in se ipso, hoc est voluntas, & amor, & ad eius mensuram ea quæ amico porrigere debet, ponderat. Quare qui multum diligit, multum porrigit. Altera mensura est exterior, qua ea quæ donat metitur, nempè vel modium tritici, vel libram argenti? Igitur homo qui beneficia ab altero recipit, non internam mensuram voluntatis attendit, sed externam, quæ dummodò cumulata sit, nil ad eum de voluntate magna, vel parua pertinebit. Tribue multum illi, quoniam sine volens, siue inuitus id facias, nihil ille pensi habebit. Deus autem è diuerso procedit. Nec enim tam externa opera, quàm internam recipit voluntatem, quasi magna sit, etiam si

minima offeras, magna tamen in conspectu
Luc. 21. eius apparebunt. Quod in oblatione viduæ illius apparuit. Quæ & si duo tantum minuta iniuisit in gazophilatium; quia tamen ea magna præstitit voluntate, vt si plura habuisset, plura obtulisset; ideò acceptabilior fuit eius oblatio quam aliorum. Quoniam Deus plus respicit voluntatem, quã externa munera, & si volũtas ei placet, quodcũq; munus obtuleris acceptabit. Quod in oblatione duorũ fratrũ Cain scilicet & Abel, claré patuit.
Genes. 4. Ait quippè Scriptura. Respexit Dñs ad Abel, & ad munera eius: ad Cain autẽ, & ad munera eius non respexit. Prius excepit Abel, deinde munera eius: quia id quod prius respicit, facies est animę, quę voluntas est. Abel quippè prius cor suũ dicauit, deinde munera obtulit: & ideò Deo placuerunt. Cain verò cor suũ sibi reliquit, & tãtũ exterius munus Deo præstitit: & ideò repulsam passus est. Plus tribuit (ait D. Ambros.)
Ambros. qui arborẽ simul & fructum, quã qui tãtum fructus præstat. Arbor & radix omnium operũ nostrorũ volũtas est, fructus autẽ sunt opera. Qui ergo volũtatẽ simul cũ operibus offert, plus tribuit, quã qui opera, ac qui munerat duntaxat confert. Magis volo fontem, quã riuos ex illo fluentes. Da mihi fontem, & tibi sint riui. Da mihi auri minam, & tu accipe glebas. Fons est cor, ac voluntas; hæc Deus sibi elegit. Fortitèr respondit Quintus Fabius Maximus quibusdam populi Romani subiectis; qui cùm ei munera magna auri, ac argenti offerrẽt; magnanimitate quadam respondit, dicens. Populus Romanus, non tàm aurum, quàm auri Dominos vult. Deus Optimus Maximus non tã tua, quã te ipsũ
1. Cor. 12. quærit. Sic enim & Paulus ait. Nõ enim vestra quærimus, sed vos. Et ipse Dominus per Salomonem ait. Fili præbe mihi cor tuum.
Genes. 14. Id etiam Abraham dixit Regi Sodomorũ. Da mihi animas, cætera tolle tibi. Id etiam tibi dicit, cùm ait, Fili præbe mihi cor tuum,
Prouer. 23. cętera tibi sint. Qui enim hoc offert Deo, facilè cętera omnia ei cùm opus fuerit donabit. Igitur quia Petrus & alij eius condiscipuli cor suum, ac voluntatem Deo obtulerant; ideò dixit, eos omnia reliquisse, qui a omnium rerum voluntatem à se abdicauerant. De quo infra latius dicemus. *Et secuti sumus te.* Parũ fuisset omnia reliquisse, nisi id propter Christum fecissent, vt illũ promptiores, & expeditiores sequerentur, alioquin & Philosophi multi suas res dimiserunt, non tamen propter Christi sequelam: & ideò nil illis profuit. Origenes Thebæum quendam hæc fecisse cõmemorat, quod omnem suam substantiam tradiderit populo
Orig. Thebanorũ, propter libertatem animę suę, & exemplum vitę facilioris, vt se beatum ostenderet gentibus, nec indigentẽ hoc mũdo. Et Craton Philosophus docuit Discipulos suos facultates suas vendere & contẽnere, sed nõ docuit ea pauperibus elargiri, sed potius ad captandã hominum laudẽ inutiliter dispergere. *Iesus autem dixit illis. Amen dico vobis, quòd vos qui secuti estis me, &c.* Nõ dixit, Quòd vos qui reliquistis oĩa (vt optimè adnotauit Hieronymus) sed qui secuti
Hieronym. estis me. Nec enim perfectio in abdicatione rerum tẽporaliũ consistit, sed in Christi sequela per charitatẽ. Perfectio quidẽ hominis Christiani in vnione ad Deum sita est, vt proximè diximus, quoniam perfectio cuiuscunque rei in hoc quod suo principio cõiungatur cõsistit, & quanto propinquior, & similior quælibet res suæ causæ fuerit, tantò perfectior est, vt patet in calore, qui tantò perfectior est, quãtò plus actiones ignis imitatur, vt potè qui fortius comburit, perfectior est in genere caloris. Omniũ autẽ rerũ principiũ Deus est, cui cætera omnia assimilari cõtendũt, & præcipuè homo qui ad hoc fuit cõditus, vt Deo per gratiam & gloriã vniretur. Quia igitur charitas hanc vnionẽ supernaturalẽ facit, quia hominẽ Deo iungit (habet enim ex essentia sua vim amoris, quæ facit ex duobus vnũ) ideò in illa hominum, ac Angelorũ perfectio consistit. Quare Paulus
Colos. 3. charitatẽ vinculum perfectionis vocat; quia tanquam nexu quodã animã Deo iungit, ac ligat, in quo perfectio nostra consistit. Nec enim conglutinat Deo tanquam causæ supernaturali, quæ nobis, & gratiam, & gloriã debeat conferre, ac ideò est virtus per se infusa & supernaturalis, ac proinde nec viribus nostris acquisibilis. Et hoc est sequi Christum. Nam licet charitas nos ei coniungat, tamen semper ipse præcedit, longèq; nos semper superat, & quantũ unq; nos post illũ properemus, semper ipse antecellit nos. Hinc Spõsa ipsũ salientẽ contẽplans, dicebat. En iste venit saliens in montibus, transiliens colles. Similis capreæ, hinuloq; ceruorũ. Quis poterit apprehendere illũ? Quare & ipsa Sponsa dicebat. Trahe me post te,
Cant. 2. curremus in odorem vnguentorum tuorum.
Ibidem. 1. Hoc est, quantumcunq; curramus, nunquam ante te ibimus, imò nec comparetur habebimus, sed semper post te curremus. Id enim est

[Gene. 33.] est quod Iacob Esau fratri suo dixit, & nos Deo poterimus dicere. Praecedat Dominus meus, & ego paulatim sequar vestigia eius. Quocirca propter hanc rationem iusti qui Christum sequi contendunt, omnia sua diminuunt, quo illum expeditius, ac celerius sequi valeant; scientes divitias gravare valdè animam, & quasi compedibus, ac catenis ipsam ligatam tenere, ne possit sequi factorem suum. Hinc enim Hebraei divites, graves ac ponderosos appellant. [Gene. 13.] Nã ubi nos legimus (Abraham erat dives valde) Hebraei dicunt, Erat nimis gravis, quasi divitiarũ gravedine quadã animus impediti, ne possint currere in Christi sequela. Ob hoc igitur eas abdicant iusti, quo celerius post eũ currant. Hoc typice expressit animal illud, quod Ezechiel vidit, [Ezech. 1.] habens quatuor facies Hominis, Vituli, Leonis, atque Aquilae. Quod animal Christũ Dñm exprimebat, qui fuit Aquila secundum divinitatẽ, & homo secundum humanitatem, & fuit homo in conversatione, Vitulus in Passione, Leo in Resurrectione, atque Aquila in Ascensione. Rotae vero quaedam animal istud sequebantur quocunque pergebat, ita quod elevabantur a terra, & deprimebantur, cum vel animal in terra sisteret, vel ab ea se erigeret, & elevaretur. Rotae autem hae Sanctos referunt, qui post Christum totis viribus pergunt, seipsos tanquam rotas celeritate quadam impellentes, vel tentationibus proiecti, aut devotione & amore impulsi; tanquam Rotae in huius mundi circulo rotantes, in obedientia mandatorum Dei, in religione, vel extra celeriter ambulantes, quocunque spiritus eos impellit: nam spiritus vitae erat in Rotis, id est gratia, & Spiritus Sanctus, qui eos impellit. Est enim gratia (ait Augustinus) divina ani- [August.] mae, vita spiritualis. Et non revertebantur, cum incederent animalia illa. Sancti quippe qui Christum sequuntur, minime retrocedunt: quoniam nec ipse Dominus unquam respexit retro, sed semper faciens ad labores conversus, vultum quoque suum integrum illis praebuit: Obfirmavit faciem suam contra Hierusalem (ait Evangelista quidam) ubi ut pate- [Luc. 9.] retur pergebat. Quare & de animalib⁹ sanctis est dictum, quod unumquodque corã facie sua gradiebatur; vultum scilicet ostendendo laboribus. Vel dicimur Christum sequi: quia in hac vita illũ cõprehendere non valemus. Hac quippe via per fidem ambulamus, non per speciem. Hic sequimur illum, consequemur. Haec vita est via, illa terminus. Illic

motus, in illa quies est. Sic enim & Paulus ait. Sequor autem, si quomodo comprehendam. [Philip. 3.] Et alibi: Sic currite, ut comprehendatis. [1. Cor. 9.] Vos ergo qui secuti estis me, ait Dominus, apprehendistis me. *Et in regeneratione, cum sederit filius hominis in sede maiestatis suae, sedebitis & vos super sedes iudicantes duodecim tribus Israel.* In regeneratione, hoc est, in ultima resurrectione, quae dicitur propria carnis regeneratio: nam eadem caro quae nunc est, regenerabitur. Et sicut homo in ventre [Simile.] matris suae, primò habet formam imperfectã embrionis, quam perfectam hominis assequitur figuram & speciem: sic corpus cum moritur, seminatur corpus animale, foedum, corruptibile, infirmum; surget autem spirituale, hoc est spiritui facile obediens, subtile, [1. Cor. 15.] gloriosum, incorruptibile, ac forte, ut ait Paulus. *Cum sederit filius hominis in sede maiestatis suae.* Hic coram Rege nullus sedet, & si quis sedet datur ei ignobile scabellum. Illi sedebitis coram Dei maiestate, super duodecim sedes. Et sicut ipse sedet in sede Maiestatis suae, sic & ipsi coram illo sedebunt: quoniam in eo quo ipse quiescit, quiescunt & illi. Ille in maiestatis suae comprehensione quiescit, in cuius visione ipsi quietem accipient. *Iudicantes duodecim tribus Israel.* Magnus honor est in hac vita esse iudicem, ac ministri Regum, qui simul cum illis iudicant coram inferiores, ac subditos. Caeterum Sancti erunt cum Deo iudices Regum eorum, ac Imperatorum. Iudicabunt Sancti nationes, & dominabuntur populis (ait Sapiens) & regnabit illorum Rex in perpe- [Sap. 3.] tuum. Liber apertus est (ait Ioannes, & Da- [Dan. 7.] niel) hoc est Dei scientia, & libri aperti [Apoc. 20.] sunt, hoc est Sanctorum: quoniam in eorum vita ... legem condemnant ... reprobi. Hi enim quod illi fecerint, & quid facere debebant videbant. Condemnat autem iustus mortuus vivos impios, ait Sapiens. [Sap. 4.] *Et omnis qui reliquerit domum; aut fratres; aut sorores; aut patrem; aut matrem, aut uxorem, aut filios, aut agros, propter nomen meum, centuplum accipiet, & vitam aeternam possidebit.* Hoc non debet, videlicet ad literam intelligi. Nec enim centum patres, aut matres est recepturus, qui unum pro Deo reliquerit. Sed sic intelligendum est. Dabitur ei res una, quae plusquam centum patres, aut matres proficit. Nã si propter Deũ unum patrẽ carnalem reliquerit, ipsum Deum loco Patris accipiet, qui plus ei quam centum patres, imo quam omnia valebit. Hinc Psalmista ait. Quoniam [Psal. 26.]

pater meus & mater mea dereliquerũt me,
Matth. 6. Dominus autem assumpsit me. Hinc & ipse
Dominus nos admonet, vt in oratione nos
ipsum Patrem inuocemus, dicẽtes. Pater no-
Hierem. 3. ster. Et alibi Hiere. 3. Et nunc inuoca me, Pater meus es tu. Si dimittis matrem, ipse pro
mille matribus erit. Nũquid obliuisci potest
Esai. 49. mulier infantis vteri sui? Et si illa oblita fuerit, ego tamen non obliuiscar tui, ait Dñs
Osea. 11. per Esaiã. Et per Oseam dicit. Et ego quasi
nutriens Ephraim: portabã enim in brachijs
meis. Quod si dimiseris filios propter Christum, Scias quod ipse poterit tibi dicere, id
1. Reg. 1. quod Helcana dixit Annę vxori suæ, quæ
flebat, eò quòd non habebat liberos. Nunquid non ego melior sum tibi, quàm decem
filij. Quod si filius fructus est vẽtris tui, quis
dulcior fructus quàm ille quẽ opera tua pro
Christo facta pariunt tibi? Et si in filijs memoria tua perseuerat, memento quod scri-
Psal. 111. ptũ est, In memoria æterna erit iustus. Memoria quippe filiorũ in pronepote finitur.
Si relinquis vxorem, ipse est sponsus & spõ-
Matth. 5. sa. Exierũt obuiam Sponso, & Sponsæ. Donaria quippe nobis tribuit, tanquã sponsus,
voluptatibusq; ac delitijs implet sicut spõsa. Dimisisti fratres, ipse caro & frater no-
Genes 37. ster est. Vade & dic fratribus meis. Ascendo
ad patrem meum & patrem vestrum dixit
Ioan. 20. Dominus Magdalenæ. Et quia diuidit nobiscum hæreditatem, hoc est Regnum cæ-
Roman 8. lum. Quare Paulus cohæredes nos vocat
2. Cor. 15. Christi. Verum si agrum, aut domum reliquisti, domũ non manufactam habes in cæ-
lis. Hoc est, ipse Deus, qui solus non est factus. Secundo sic intellige. Cẽtuplum acci-
[illegible] piet, & vitam æternam possidebit. Hoc est,
duplex accipiet premiũ, hic in presenti seculo centum pro vno accipiet, & vitã æternam
possidebit in alio. His enim qui thesauros
suos in pauperes distribuunt, duplex occur-
[illegible] rit merces. Quoniam in presenti seculo et
Deus illis multiplicat, & in futuro vitã con-
Prouer. 19. fert æternã. Domino quippe fœnerat, qui
miseretur pauperi. Et vbi nos legim⁹, Tota
die miseretur, & commodat, legit Augusti-
August. nus. Tota die fœnerat. Et ideo quotidie lucratur. Atque hoc est hac diuini remedium vt
saluꝰ fiat, nempè vt in eleemosynas bona sua
Chrysost. distribuat. Hoc enim, ait Chrysosto. facit
pietas, quod impossibile possibile reddit. Sicut enim, impossibile est diuitem intrare in
Regnũ cælorũ: sed si eleemosynas facit, facilè intrabit. Et si dicitur. Facilius est Ca-
Marc. 10. mellum, hoc est funem intrare per foramen
acus, si in fila redigas funẽ, & quodlibet poteris per foramen acus ingredi. Sic si in pauperes distribuas diuitias tuas, partem huic
hospitali, partem huic cœnobio, aliud illi
pauperi in cibum, alij in dotem, & sic poteris intrare per angustam Paradisi portam.
Vel tertio centuplum accipiet: quia incomparabiliter valet plus quod accipit, secundũ
illud quod Gene. 26. dicitur. Seminauit Isaac *Genes. 26.*
in terra illa, & inuenit in ipso anno centuplum. *Ecce nos reliquimus omnia, & secuti* *Alia mo-*
sumus te, &c. Pauca propter Christũ dimi- *ralitas sen-*
serant Discipuli, ea tamen facilitate, ac volũ- *tentia.*
tate, vt si plura habuissent, eadem facilitate
etiam ea reliquissent. Philosophi dicunt ita
inter se connexas esse virtutes, ac ligatas, vt
qui vnam habuerit, reliquas omnes habere
necesse sit, quòd si non in actu, saltem in
habitu. Quod est dicere, si studiosus non
omnia opera virtutum exercet in actu: habet tamen sufficientem dispositionem in
anima ad ea exercenda, cùm sese obtulerit
occasio, aut possibilitas ad tale opus virtutis
exercendum. Verbi gratia. Pauper studiosus liberalis est, ac magnificus, non quidem
in actu, quoniam non habet possibilitatem
ad hęc exercenda, deficit quippè ei materia
talium virtutum, quæ sunt diuitiæ, quas si habuisset, magnificus, ac liberalis esset. Sic Discipuli pauca quidem reliquerunt, habebant tamen in anima eam dispositionem, ac
vim, vt si plura habuissent, ac maiora etiam
reliquissent. Quare de eis dicitur, Beati pauperes spiritu, hoc est, qui in voluntate omnia paruipendunt. *Amen dico vobis, &c.*
in regenaratione cùm sederit filius hominis in se-
de maiestatis suæ, & vos, &c. In regeneratione, hoc est, in illo immortalitatis statu, ac
Regno, sedebitis super sedem, &c. nam in
hoc temporali, caduco, ac propè diem peri- [illegible]
turo Regno, parum id æstimandum est.
Sedebitis & vos. Magna quidem res. Nam
in hoc mundo, cùm in præsepio esset Christus, nec coram illo Reges sederunt, sed procidentes adorauerunt eum: sed ibi,
cùm sederit filius hominis in sede maiestatis suæ, sic ibi Discipuli super duodecim sedes sedebunt coram eo. Ante cuius conspe-
ctũ fugit Cælũ, tremunt Potestates, adorãt
Dominationes, ante cuius Thronũ, Reges
coronas è suis capitibus deponunt, Sera-
phinque trementes alas colligunt, ibi coram eo sedebunt isti, super duodecim sedes, per quas vniuersitas iudiciarium significatur, simul cũ Christo, tanquam assessores
[illegible]

Psal. 127. eius vniuersas iudicantes gentes. Ecce sic benedicetur homo qui timet Dominum. Sic honorabitur quemcunque voluerit Rex honorare. Sic enim clamabat Aman coram Mardochæo. *Et omnis qui reliquerit, &c. centuplū accipiet.* *Luc. 8.* Hoc est, bona spiritualia, quæ in immensum excedūt tēporalia. Quare apud Lucam spirituales fructus numero centesimo comparantur. *Simile.* Nota excessum quem numerus centesimus facit vnitati: quoniam hunc bona spiritualia supra temporalia efficiunt. Vnitas quippè non est numerus, sed principium numeri: numerus autem centesimus est omnium numerorū maior, quoniam illic finitur omnis numerus, & de nouo incipit vnitas, aut dualitas. Sic bona temporalia non absolutè bona sunt, sed initia quædam figuræ bonorum. *Esai. 22.* Quis tu hic, aut quasi quis hic, dixit Deus viro diuiti. Spiritualia autem bona verè bona sunt, quæ omnem adimplent mensuram bonorum. Vide ergò quantum tibi conferatur præmium; nam ob ea quæ nil sunt, ea quæ omnia bona sunt tibi præstantur. *August. 2. Cor. 6.* Quare sic intelligit D. Augusti. illud Pauli, Tanquam nil habentes, & omnia possidentes; quia licet non habeamus temporalia quæ nil sunt; habemus tamen spiritualia quæ omnia in se continent bona. Nam qui dona hæc Dei habet, ipsum Deum habet, in quo omnia continentur bona. Vnde habes centum patres, matres, atque patres, &c. quia Deus omnium horum vices superabundanter adimplet. Et aduerte quòd duo præmia hic promittit Christus diuitibus, qui benè suas diuitias distribuunt; alterum in præsenti sæculo, alterum in futuro; & tamen sufficiebat diuitibus quòd Dominus eos doceret diuitiarum contemptum, & ab earum seruitute liberaret eos, præter hoc quòd etiam eis præmia æterna promitteret, vt propter primum beneficium dumtaxat ei semper parere tenerentur. Sicut satis erat populo Israel quòd illum Dominus ex captiuitate Ægyptiaca liberasset, vt semper suis esset adstrictus obsequijs: præter hoc quòd etiam eis terram fluentem lac & mel pollicitus esset. Promittit ergo diuitibus Deus quòd eos faciet suarum diuitiarum dominos, cùm illos eas contemnere docet, atque à se facilè abdicare cum oportuerit. Imò quòd illarum faciet persequutorum dominum, eò quòd illas paruipendat propter ipsum Christum. Vnde Marc. 10. dicitur. Qui dimiserit patrem aut matrem. &c. cum persecutionibus: quoniam omnium horū dominabitur, sicut populus Israel qui ex captiuitate omnium diuitiarum Ægypti dominus effectus est, ipsumque spoliauit cum dimisit eum: sic cùm quis hæc omnia reliquerit, tunc eorum dominus efficietur conferendo ei in hac vita gratiæ donum, quo omnia contemnere valeat, & in alia gloriam, in qua in pace cum Deo requiescat.

Euangelium hoc in festis sanctorum Monachorum legitur in Ecclesia, qui relictis omnibus Christum sequuti sunt. *Alia enumeratio, seu tenda.* Et in festo sancti Antonij, qui auditis verbis Domini quæ dixit adolescēti postulanti quid faceret, vt saluus fieret, respondit, Vade, vende omnia quæ habes, &c. Id opere executus est, & protinus omnibus abdicatis eremum petijt, vbi sanctissimè pluribus annis vixit; atque idem fecit beatus Franciscus. Et quidem tales verba hæc dicere potuerunt, quæ Petrus Domino dixit. Ecce nos reliquimus omnia, &c. Nam & si retia dissuta dumtaxat, & nauiculam paruam reliquissent: tamen quia voluntatem, ac desiderium omnium rerum dimiserunt, illamque soli Deo subdiderunt, ideò verè dicere potuerunt se omnia reliquisse. Voluntas quippè ac desiderium sunt retia, & nauicula, quæ sic irretitos, ac constrictos miseros mortales in huius sæculi insanis aquis tenent. Retia quidem sunt hominum vana, ac inutilia desideria, quæ infinitas res velut grāde rete comprehendere solent. Quot enim, & quàm diuersa desideria irretire solet! Iam diuitias superfluas desideras, & vt eas acquiras, mare, ac terras circuibis, alterius poli incolas, Græcos, ac Scythas, barbarasque gentes, remotisque Oceano proximas non relinquis. Omnia hæc in hoc rete comprehendere satagis. Quòd si te honoris desiderium, quod ambitio dicitur, occupat, quot retia tendis? Quot fauces requiris Amicorum Regis, Curialium, Consiliariorū, vel eorū qui eis familiares sunt. Fœminarū potentiū, aut earum quæ pulchritudine sua alios allicere solēt, ambiēs suffragia, munera tribuens, nec mendacijs, ac adulationibus parcens. Bone Deus, nullum lapidem immotum relinquunt, vt officia, ac dignitates quas appetunt consequantur. Rete non paruum est desiderium carnalium voluptatū, quæ multa sibi confingit, multos inuenit modos, vt hac fœmina fruatur, illam aliam seducat promissis, mendacijs, periurijs, lenonibus eas sollicitans, omnia tentans, omnia periclitans, vt cupita voluptatē fruatur. Magnum vere desiderium hominis certè. Et tandem hæc omnia quæ irretita in desiderij sui retibus habet, immaculatam voluntatis effundit, quæ hæc omnia recipit, amat, talibusq; desiderijs assentitur, sibiq; in illis placet, atq; eis irretita, ac impedita nonunquam tanto pondere pressa submergitur. Hæc ergo retia, hanc nauiculam Petrus cũ suis socijs omiserat, nempè bonũ bonorũ desideria simul cum voluntate, imò reficiunt retia sua aliquando homines: qm cũ voluntas hęc bona, vel has voluptates lassi dit tanquam defessa dimittit: carnales homines tunc quasi reficientes dissutam talium rerum cupidinem, eam fouere nituntur, ac consuere, & suscitare mille rebus inuentis, quibus appetitum suscitent, vt vires reparent, & iterum ad voluptates piscandas

Hierem. 9. redeant. Hinc de istis Propheta dixit. Vt iniquè agerent laborauerunt. Quoniam se ipsos ad malum, etiam si minus aptũ sibi videtur, inuitant. Igitur qui harum rerũ desiderium, ac voluntatem reliquit: potest in

Ambros. veritate dicere se omnia reliquisse. Hoc enim ęnigma quoddam est, quod diuus Ambrosius docet dicẽs. Omnia potes relinquere retinendo. Quid hoc mysterij est, vt quę res est retinendo omnia relinquere? enucleat quis Œdip⁹ hoc ænigma edissereret? certè modo dicto id poterit fieri, nempè hæc omnia à voluntate eradicando ne illi inhæreas, nec cor eis apponendo, sed super ponẽdo. Tunc enim eas res possidet quasi non possideret. Si enim illis non es affectus, facili negotio

1. Cor. 7. eas à te abdicabis. Qui habent vxores tanquã non habentes sint, & qui vtuntur hoc mũdo, tanquã si non vtantur. Si enim ab his rebus alienã habes voluntatem, sic eas habes tanquã si non haberes, cũ eas cũ opus fuerit dimittere non formidabis. Cæterum quoniã actus exterior est bonę voluntatis manifestatiua, hinc fit quod multis viris perfectis non sat sibi visum est voluntatem à diuitijs auertere, verum etiã eas opere ipso abdicare, vt sic manifestum fieret eas radicitus dimi-

Genes. 22. sisse, vt ad Abraham dicit Deus. Nunc cognoui quòd timeas Deũ. Hoc est opere ipso feci agnoscere timorem Dei, quem intus gerebas, cũ non dubitaueris immolare mihi filium tuum. Secundò id faciunt iusti intelli-

August. gentes id quod D. Augustinus dicit. Nimirũ quod bona tẽporalia habita auidius cõcupiuntur. Crescit amor nummi, quantum ipsa pecunia crescit, & vt tale euadant periculum à se ea abijciunt. *Quid ergo erit nobis?* Hæc cura deberet angere animũ cuiuslibet Christiani. Quid enim mihi in illa æterna vita? quid ibi fiet de me? præsens quippe vita tanquam dies externa quę prę[illegible]. Imò & ipsi

Psalm. [illegible] impij hoc agnoscũt, cũ dicant: Comedamus

1. Cor. 15. & bibamus, cras enim moriemur. Et Paulus de vita presẽti ait. Donec hodie cognominatur inter vos, id est, donec præsens vita durat. Quid hoc stultitiæ, tantam adhibere diligentiam pro vno die, tantam quę [illegible], ac socordiam pro æternitate habere? Vel quid erit nobis, quod mihi eundum est? Quem finem tenere debeo, an bonorum, an reproborum? Tantam nauare operam in vita, & nihil de termino cogitare? Hæc sanctos cura anxios sollicitos tenebat, ita vt corporum obliti, ea dumtaxat quę sunt animæ cogitarent. *Et omnis qui reliquerit fratrem, aut sororem, aut matrem.* Iam supra diximus, quòd

Math. 10. amor facit diuisionem, sed vt maiorem faciat vnionem. Gladium veni mittere in terram. Veni enim separare filium aduersus patrem suum, &c. Et amor comparatur mor-

[illegible] ti, vbi dicitur, Fortis est vt mors dilectio.

Cant. 8. Mors quippè diuisionem facit animę & corporis, quæ ita vnita sunt, vt multi Philosophi existimauerint simul cum corpore animam perire, ac si vna tantùm res essent, & tamen eas mors diuidit. Verum mors in diuisione terminum facit, amor verò diuidit, vt magis vniat. Amoris quippè effectus est vnionem facere amantis cum amato. Hinc amplexus adinuenti sunt, ad significandum desiderium quo appetit amans sibi vnum facere amatum. Vndè Paulus ait. Qui adhæret Deo, vnus spiritus est cum eo. Nam ob hoc solum debent separari filij à parentibus, mariti ab vxoribus, cùm scilicet impedimento sibi sunt ne Deo coniungantur. *Centuplum*

Simile. *accipiet.* Attulit fructum aliud centesimum, &c. Et vt tot facias numeros, oportet, vt aliquid à te proijcias. Qui chartis ludunt, aliquando chartam aliquam à se proijciunt, vt aliqua eis inhæreat quę plures numeros faciat. Sic & tu debes facere. Aliquandò figuram à te dimittere, hoc est, nihil in pulchritudine tua confidere, sed potius eam fœdare, si occasio tibi ruinæ est. Aliquandò ensem vindictæ, aut cupiditatem, vasa voluptatis proijce, vt plus meritorũ acquiras. *Multi autẽ erunt primi nouissimi, & nouissimi primi.* Hoc est, multi primi erunt nouissimi, & nouissimi erunt primi. Dixerat Dñs, quòd qui reliquisset patrem & matrẽ, &c. centuplũ esset accepturus, ex

quo

quo sequeretur quòd melior esset conditio ditiorum, & generaliter eorum qui plura reliquerunt, quam qui pauca dimiserunt: Inde multi antecellerent Apostolos, qui pauca, vel ferè nulla reliquerunt: ideò ad obuiandum huic intelligentiæ hanc subiungit sententiam, in qua hoc doceri voluit. Quod multi nouissimi in hac vita, quoad res, honores, & reliqua temporalia, erunt primi in alia vita; & è conuerso multi primi honoribus, & reliquis rebus temporalibus assuetes, erunt nouissimi in alia vita: quia non tempus, sed affectum, non quantum, sed ex quanto offerat, pensat Deus. Vel dic quòd hoc loco hanc parabolam adijcere voluit Dominus, vt doceret suas promissiones iam ante positas generaliter factas esse omnibus, quicunque eius verbis fidem haberent, & præstarent obedientiam, nulla habita ratione Gentis, aut carnalis originis. Posset & generaliter pars illa ad omnes accommodari, si generaliter loquendo multos dicamus esse, qui primi videbantur, vel ad tempus fuerant primi, postmodum fieri nouissimos, & è contrario, propter quorundam peccatorum conuersionem, & aliorum iustorum auersionem. Vel intellige de Gentibus quæ prælectæ sunt Iudæis, qui primi fuerant, vt ipse Dominus
Luc. 13. Luc. 13. dixerat peculiariter Iudæis. Nescio vos vnde sitis: Discedite à me omnes operarij iniquitatis: Ibi erit fletus & stridor dentium, cum videritis Abraham, Isaac, & Iacob, & omnes Prophetas, vos autem expelli foras. Et venient ab Oriente, & Occidente, & Aquilone, & Austro, & accumbent in Regno Dei, & ecce sunt nouissimi primi, & sunt primi qui
Ephes. 2. erunt nouissimi. Et Paulus Ephesiorum 2. In Christo Iesu; vos qui aliquando eratis longè, facti estis propè: Vel inter vocatos qui prior est reputatione sua fit nouissimus retributione: quia omnis qui se exaltat humiliabitur. Et hoc intendit instruere per totum sequens capitulum.

Cap. XX.

SIMILE est Regnum cœlorum homini patrifamilias, qui exijt primo manè conducere operarios in vineam suam. Conuentione autem facta cum operarijs ex denario diurno, misit eos in vineam suam. Et egressus circa horam tertiam vidit alios stantes in foro otiosos, & dixit illis: Ite & vos in vineam meam, & quod iustum fuerit dabo vobis. Illi autem abierunt. Iterum autem exijt circa sextam, & nonam horam, & fecit similiter. Circa vndecimam verò exijt, & inuenit alios stantes, & dicit illis: Quid hic statis tota die otiosi? Dicunt ei: Quia nemo nos conduxit. Dicit illis: Ite & vos in vineam meam. Cum serò autem factum esset, dicit Dominus vineæ procuratori suo: Voca operarios, & redde illis mercedem, incipiens à nouissimis vsque ad primos. Cum venissent ergò, qui circa vndecimam horam venerant, acceperunt singulos denarios. Venientes autem primi arbitrati sunt quòd plus essent accepturi. Acceperunt autem, & ipsi singulos denarios. Et accipientes murmurabant aduersus patremfamilias. Hi nouissimi vna hora fecerunt, & pares illos nobis fecisti, qui portauimus pondus diei & æstus? At ille respondens vni eorum dixit. Amice, non facio tibi iniuriam. Nonne ex denario conuenisti mecum? Tolle quod tuum est, & vade. Volo autem, & huic nouissimo dare sicut & tibi. An non licet mihi quod volo facere? An oculus tuus nequam est, quia ego bonus sum? Sic erunt nouissimi primi, & primi nouissimi. Multi enim sunt vocati, pauci verò electi.

Parabola hæc subiuncta videtur ad explicandam hanc vltimam sententiam à Domino propositam in precedenti capitulo. Multi autem erunt primi nouissimi, & nouissimi primi. Nam Græca exemplaria coniunctionem habent causalem subiunctam, sic dicendo. Simile est enim Regnum cœlorum homini patrifamilias. Et in duobus codicibus Latinis manuscriptis sic etiam inuenitur. Colligitur etiam ex hoc, quod in fine parabolæ repetendo sententiam, cui explicandæ seruit parabola, dicitur. Sic erunt primi nouissimi, & nouissimi primi. Quare idem est sensus huius sententiæ in vtroque loco, nempè is quem ex Luca in calce precedentis capituli adduximus. Quo circa scopus præcipuè intentus in hac parabolæ propositione à Domino videtur esse, vt ex ea benignitate de qua agitur in parabola patris familias, nempè quòd ij, qui in vineam laboraturi venerant nouissimi, sic facti sunt primi, vt & prius, quàm alij mercedem reciperent, & maiorem, quàm vel ipsi, vel alij existimauerunt: qui verò primi venerunt, sic facti sunt sine omni iniustitia nouissimi, vt & postremo loco mer-

mercedem suam reciperent, & minorem acciperent qui sperauerũt: ex hac, inquã, benignitate intelligamus, etiã in nouissimo die, cũ finis esset huius diei, in quo operari licet in vinea Dñi, ex Dei benignitate futurũ; vt qui hic reputati sunt nouissimi, tunc præferãtur his qui habiti sunt primi in vinea Dei laborantes, vtque è diuerso sine omni iniustitia, ac iusta querimonia, qui hic primas tenere visi sunt, tunc postremas teneant. Hoc est, vt Apostoli, & abiecti homines, Scribis & Pharisæis præferantur, Gentiles Iudæis, qui & primo vocati fuerant à Domino, & primas partes in vinea Dei; & Regno cœlorum sibi vindicauerunt. Quare huius parabolæ Scopum attendentes, id quod ad illum refertur etiam attendendum est, reliqua verò, quæ ad complementum similitudinis allata referuntur, non ita anxiè quærenda sunt. In parabolis enim (ait D. Chrysostomus, hoc loco, & alibi) non oportet nimia singulis verbis cura perangi, sed cùm quid per parabolam intendat didicerimus, inde vtilitate collecta, nil vlterius anxio est conatu inuestigãdum. Igitur cum dicitur. Simile est Regnum cœlorum, idem est, ac si diceretur, simile quid accidet in Regno cœlorum, quale est quod fecit quidam pater familias. Quare hic Regnum cœlorum pro eo quod propriè significat hic sumendũ est, nempè pro illo Regno Christi, quo partim in terris regnat per fidem, & partim in cœlis per gloriam. Hoc est pro Ecclesia partim in terris militãte, partim in cœlis triũphante. Vtrumque enim statum oportet nomine Regni cœlorum hic comprehendi: quia operari pertinet ad statum præsentem, merces autem ad futurum. Secundò pro parabolæ intelligentia aduertẽdum est, apud Iudæos horarum initium incepisse ab ortu Solis, ita vt exorto Sole prima inciperet, deinde secunda & tertia &c. Parabola verò refertur, ac si in Æquinoctio accidisset. Nam qui vndecima hora vocati sunt, paulò ante Solis occasum laborauerunt. Et quemadmodum noctem in quatuor vigilias diuidebant; ita diem in quatuor partes præcipuas præscindebãt (scilicet) Mane, tertiam, sextam, & nonam. Denarius verò numisma erat apud Romanos, quod vnius diei laboribus respondebat. An autem drachmam valeret Atticam, vel tres sestertios, parum refert. Et illud, An oculus tuus nequam est? sic potest intelligi. An tu propter meam bonitatem moueris erga cooperarios inuidia? Nũ quid mea bonitas, & liberalitas tibi fieri debet in occasionem inuidiæ, & murmurationis erga proximum tuum? Sed melius est, vt oculus hic sumatur pro oculo inuido, & illiberali. Ac si diceret, Si tu maleuolus es, & inuidus, ego certè non tui sum similis, sed bonus sum, liberalis, & beneficus. Rectè autem per oculum malum intelligitur inuidia, quæ non æquis oculis aspicere patitur, inuidum bona proximi. Quem malum oculum Marc. capite. 7. cum reliquis malis expressè commemorat dicens. Ab intus enim de corde hominum malæ cogitationes procedunt, adulteria, fornicationes, homicidia, furta, auaritiæ, nequitiæ, dolus, impudicitiæ, oculus malus, blasphemia, &c. Apud Hebræos quippè oculus bonus pro animo liberali, & benefico ponitur, malus pro parco, & inuido: ita eo quòd oculus inuidi, vt diximus, ex alterius felicitate torqueatur. Prioris exemplum habetur Prouer. 22. Vbi pro eo quod interpres noster rectè vertit, Qui pronus est ad misericordiam benedicetur; Hæbrea habent, Bonus oculo, vel bonus oculus benedicetur. Hoc est, is qui commotus facilè etiam ad misericordiam flectitur conspecta alterius miseria. Vnde sequitur, De panibus eius dedit pauperi. Posterioris exemplum est Prouerbiorum 23. Nam vbi nos legimus, Ne comedas cum homine inuido, Hebræa habent. Ne comedas cibum oculi mali. Illud autem, Erunt nouissimi primi, & primi nouissimi: multi enim sunt vocati, pauci verò electi, sic exponitur. Nam secunda est prioris addita ratio, quia quamuis multi fuerint vocati, hoc est vniuersus ille populus Israel: tamen pauci ex eis fuerunt electi. Et ideò nouissimi quales fuerunt Gentiles, qui fuerunt electi, præcedunt multos ex illis in Regnũ Dei. Vel dic, quòd ex parabola fortè colligi poterat, omnes homines esse electos, quoniam omnes vna hora vocati sunt ad vineam, & omnes eodẽ sunt donati premio; quasi respondens tacitæ obiectioni, ait Dñs. Ne putetis ad hoc adduxisse hanc parabolam, vt ostendatur omnes homines esse electos, quinimò dico vobis quod etiam ex ipsis vocatis pauci sunt electi. Caietanus verò sic exponit. Erunt nouissimi primi, quod non beatior erit qui plures reliquis, sed quẽ gratia Dei priorem constituet. Nã hæc parabola ad hoc ordinatur (scilicet) ad aperiendũ quòd gratia Dei, absq; iustitiæ præiudicio, non datur secundùm opera, labores, tempo

Chrysost. *Marc. 7.* *Prouer. 22.* *Prouer. 23.* *Caietan.*

temporalia bona, & similia, sed secundùm diuinam voluntatem, vt nec Apostolos, qui minimè reliquerunt, nec illos qui modicum operæ di tépus adepti sunt, postquam habeamus in gratia Dei, nec illos qui multũ laborãt, aut multa largiuntur, in eadé gratia præponamus. *Multi enim sunt vocati, pauci verò electi.* Ac si diceret: Nõ mireris id sic disponi differentiã electorum: nam quemadmodùm inter multos vocatos ex gratia Dei aliqui sunt electi, ita inter ipsos electos per eandem Dei mirabilem dispositioné nouissimi erunt primi. Vnde repetit illud aduerbium, Si, hoc est, eodem modo, quo inter vocatos hæc est differentia, quòd gratia Dei & iustitia interuenientibus, pauci ad vitam æternã eliguntur: ita inter electos fit hæc differẽtia, vt tandé nouissimi fiant primi, &c. Dici nihilominùs potest. In hac parabola id vult docere, quid valeat eius gratia supra nostra opera. Nec enim opera nostra ex se digna sunt supernaturali præmio, vt cum tam superno præmio æqualitatem iustitiæ constituant. Gratia autẽ nulli debita est: nam si ex operibus esset gratia, iam non esset gratia, sed merces, vt Paulus infert. Igitur si gloria sine gratia non adipiscitur, gratia autem prima nulli debetur, sed merè gratuitò confertur; nemini facit iniuriã Deus, si huic nouissimo tantam confert gloriam quantã primo. Quoniam huic tantam contulit gratiam, vt in breui temporis spatio tantũ mereretur, sicut alter in maiori tempore, secundùm illam Sapientis sententiam ex. 4. cap. Sapien. quæ dicit: Consummatus in breui expleuit tempora multa. Verbi causa. Ponamus hominem quẽdam iustum, qui per quinquaginta annos Dei obsequio diuinæ sanctè & religiosè vixit, & cõferamus illũ cum Latrone, qui breuissimo tépore in Cruce audire meruit à Domino: Amen dico tibi, hodie mecũ eris in paradiso; potuit esse vt ambo ante tribunal Christi positi, tantam mercedem acciperet Latro, sicut ille alter. Et tamen non potuit iustam contra Deum querimoniam habere: quoniam voluit Deus tantã gratiam huic in illo breuissimo tempore conferre, quæ merita tot annorum alterius adæquaret. Et cùm hæc nulli sit debita, nulli facit iniuriam, sed licuit ei facere quod voluit. Et hic est optimus, & altissimus sensus, quem Dñs Caietanus prosequitur. Sed antequàm ad proliziora accedamus, hanc breuissimam præter modò dictam interpretationem accipe. Hic paterfamilias Deus est, qui tanquã

Rom. 11.

Sap. 4.

Caietan.

Pater cuncta iustitia, ac suauitate gubernat, secundùm illam Sapientis sententiam: Tua autem, Pater, prouidẽtia ab initio cuncta gubernat. Vinea autem Domini, vel anima, vel Ecclesia sua est, sicut paulò ante prolixiùs diximus. Christianos autem locat ad laborem huius vineæ, spe mercedis quam in vita æterna nobis collaturus est. Venit primò manè, & hora tertia, & meridie, & ad vesperum: quoniam etsi Deus per singula momenta ostium animæ nostræ pulset, & per Ezechielem prædixerit, Quòd in quacunq; hora peccator peccatũ suum fleuerit, consequetur veniam: tamen efficaciter non semper peccatorum corda tangit, sed certis temporibus, quãdo sibi bonum esse videtur. Quarè aliquos statim in prima ætate, vt ad vsum rationis perueniunt, ad se efficaciter conuertit, alios in media ætate, alios in vltima, vt Latronem & alios: tamen secundùm exigentiam temporum, nunc plures, ac efficaciores prædicatores, ac sanctos mittit, nunc pauciores, ac minùs efficaces adiutores legat. Inuenit eos in foro expectantes conductorem: quoniam Deus illos maximè, qui fide ac spe præditi sunt, ad se trahit per charitatem. Alios autẽ vidit otiosos, & conduxit in vineam suam: quoniam Deus non eis denegat, qui auiditate quadã gratiam suam expetunt, eam tribuit; veruntamen illis qui peccatis animam suam non occidunt, ne ad eos intret gratia Dei. Sed adueniente nocte, hoc est, termino vitæ cuiusq;, aut fine mundi in particulari, aut vniuersali iudicio; præcepit procuratori domus suæ (hic est Christus, qui constitutus est à Deo Iudex viuorum, & mortuorum) vt vnicuiq; operariorum mercedem suam soluat, incipiens à nouissimis. Hoc est, quòd multi eorum, qui postremi ad Deum conuersi sunt, morte præueniente citiùs præmiantur quàm alij, qui primi venerant, sed seriùs obierunt. Sed alij videntes hos denarium accipere, existimauerunt se plùs accepturos fore. Non quòd inter sanctos post hanc vitam ignorãtia aliqua sit, cùm omnes veritatem ipsam aspiciant clarè, sed secundùm rationem inferiorem, quæ non est illustrata gratia ac superno lumine, sic poterat videri, quòd quia plùs laborauerant, plùs etiam debuerant accipere. Id autem non sic apparet superiori rationi, quæ lumine fidei perfusa mysteria fidei penetrat, ac intelligit. *Et murmurabant aduersus patremfamilias.* Non est murmur, inuidia, aut contentio inter san-

Sap. 14.

Ezech. 18.

facere; quasi tantæ libertati, ac potentiæ inuidentem rapuis filiis eius; illud iam modo manifestare decreui. Hoc quippe mysterium potentiam ac maiestatem Dei nimis extollit ac magnificat. Quod ex sua sola voluntate tam magnum, tantæq; molis negotium pendeat, quale est Regni cœlorū largitio. *Gen. 41.* Hoc Iosephum Iacobi filium celeberrimum in mundo fecit, quòd sua voluntate alimenta hominibus dabantur, cùm fames totam opprimeret terram. Ideòque omnes gentes illum timebant, & reuerebantur, ita vt fratres eius illum adorarent super terram; quòd fame inualescente, ipse solus alimenta præberet hominibus, illaq; in sua sola esset potestate constitutum. Hoc etiam Dei maiestatis authoritatem extollit, ac potentiam magnificat, quòd animarum alimentum ac cibus, sine quo viuere nequeunt, in eius sit voluntate constitutum, in quo præeminet aliis creaturis. Solus enim Deus gratiam, & gloriam dare potest, quæ animæ alimenta sunt, nec in hoc ab aliquo dependet: nam Iosephus superiorem Pharaonem habebat; Deus autem maiorem se habere non potest, sed totum hoc gratiæ negotium sola mera sua volūtate peragit, cùm solus ipse conferre queat. O altitudo diuitiarum potentiæ, & maiestatis Dei! in quo infinita eius potestas maximè lucet & fulget, quod in sua sola situm sit potestate, æternum Regnum cœlorum cui placuerit cōferre, absq; hoc quòd quis possit ei dicere: Cur ita facis? Nam etsi nulli auxilium sufficiens ad hoc quòd conuertatur, neget (quinimò vt D. Thom. 4. contra Gentes docuit, & efficax etiam reprobis offert, si illud admittere vellent) nihilominùs in sua situm sit potestate, illud cui placuerit præstare, atq; hunc, illo omisso, ad Regnū cœlorū eligere. *Hiere. 18.* Quod optimè Deus expressit, cùm Prophetam Hieremiā misit in domum figuli, vt ibi loqueretur illi. Nam cùm ibi venisset, vidit figulum ex eadem massa facere aliud vas ad bibendum, & ad mensam pro honore collocandum, & aliud vt secreta reciperet, aliisq; vilioribus ministeriis deseruiret, & inter titiones, & ignē combureretur, deformare. Aspexitq; illum, cùm volueret lutum in rota, vasq; aliquod nō sibi placeret, aliquando ad rotam illud reducere & emendare, aliquando illud proiicere, & parieti iratus conglutinare, & ibi illud relinquere lutum hæret. Quid in hoc docere nos *Ibidem.* vis, ò bone Deus? Vtiq; vt intelliges, ò homo, quòd sicut lutum in manu figuli, ita tu sis in manu mea. Et quòd non debeas à me auferre libertatē circa te, quam habet figulus erga lutū. Ego enim te ex luto plasmaui, ac ideo in voluntate mea situm est quidquid ex te mihi placuerit facere. Quòd si hunc volo parare, vt sedeat mecum in mensa mea, ibiq; mecū in summo honore sit, vt in Paulo feci, atq; in hoc deseruiat, vt in eo mea refulgeat misericordia; illum assumere volo, vt in eo mea manifestetur iustitia, sitq; inter titiones, & ignem inferni, vt Pharaonē; illum mea gratia fouens, alium suæ relinquēs malitiæ; non hoc mihi poteris ad culpam imputare, sicut nec figulo, vt idem faciat in vasis, quæ fingit ex eadem massa luti. Et si hunc volo, quia à mea desciuit voluntate, ad parietes inferni allidere, vt cū Iuda feci, illum iterum ad normam à qua excidit, reducere, vt cum Petro operatus sum, id sciatis in mea esse situm potestate, ac voluntate, nec vlli in hoc vel minimā iniuriam irrogare, sed hunc iusto iudicio me punire, alterum gratia mea & misericordia saluare velle. Hoc enim meę est potestatis, ac magnitudinis. Hinc enim & Paulus ait: An non habet potestatē figulus luti, ex eadem massa facere aliud vas in honorem, aliud verò in contumeliam? *Rom. 9.* Hæc ergo mirabilis Dei libertas in effectibus gratiæ in præsenti Euangelio nobis manifestauit. Circa quod asserendum est, quòd Deus in effectibus suis libera ac voluntaria causa est, in hoc sensu quòd operatur quomodò & quādo vult, nec in hoc ab aliqua causa pendet. Nec enim sic philosophandum est de Deo, ac de Sole, & Luna, quæ cùm vniuersalissimæ causæ sint, tamen naturaliter, & ex necessitate operantur. Nec enim quando vult Sol illuminat & calefacit terram, nec Luna infrigidat, sed naturaliter id faciunt, nec aliter facere valent, nisi Deus aliter disponere voluerit. Necessariò enim ignis comburit, aqua infrigidat, & cætera elementa suos effectus producunt. Deus autem in omnibus effectibus suis liber est. Nam in actionibus illis ad intra, quæ in diuinis illis personis extāt, nempe in actione illa, qua Pater generat Filium, vterque Spiritumsanctum spirat, nec causa, nec effectus interueniunt, sed simplicissimæ quædam ac perfectissimæ actiones sunt. Cæterùm in actionibus illis, quæ effectus dicuntur, & sunt, cum libertate se habet Deus. Nam quādo voluit, condidit mundum, & iterum quando ipsi videbitur, destruet illum. Item causæ ipsæ secundùm Dei voluntatē suos producunt effectus. Nam quando

quando ipse vult, Sol illuminat, & quando ipse vult, radios retrahit, & mundum in tenebris tenet, vt in Domini passione fecit, & sic in alijs omnium causarum effectibus liberè procedit Deus. Tamen in his quæ sunt gratiæ, plùs hanc summam libertatem ostendit. Nam in naturalibus tanquam causa naturalis se habet Deus, ac si necessariò, & non liberè operaretur. Regulariter quippè semper cum Sole, cœlo, igne, & cæteris causis concurrit. Et hæc est Dei iustitia, quæ in omnibus eius effectibus splendet, de qua *Eccles.1.* Sapien. dicit, Quod effudit illā super omnia opera sua. Hoc est dicere. Iam quòd Deus mundum sua voluntate creauit ac condidit, & nihil absq; suo generali concursu moueri potest, aut conseruari; ipsemet Deus seipsum obligauit ad conseruandum ordinem istum, & iustitiam hanc debitam non tàm creaturis, quàm ipsi Deo, qui hæc condidit; ac proinde in suo ordine conseruare sibimetipsi debet, secundū illā Pauli sententiā: Fide- *2.Tim.2.* lis Deus, seipsum negare non potest. Hoc est, cùm Deus iustus ac verax sit, & ipse sic ordinauit fieri: sibi debet talem ordinem illæsum seruare, quòd sine ipsius concursu fieri non potest, vt Soli lucem, cœlo motum, terræ virtutē, animalibus deniq; quo alantur, præstet. In ordine autem gratiæ totum est gratia. Conferre gratiam, est gratia, conseruare gratiam, est etiam gratia, nullum enim debiti nomen ibi est. Nec etiam ille modus iustitiæ, quam modò diximus, ibi interuenit; sed cuncta ex gratia, misericordia, *Rom.11.* & liberalitate Dei procedūt. Quis enim prior dedit illi, ait Paulus, & retribuetur ei? Nec enim vlli aliquid debet Deus, nisi ex mera voluntate sua, ex qua cuncta hæc gratiæ bona procedunt. Bona, & mala, vita, & mors, *Eccles.11.* paupertas, & honestas (hoc est diuitiæ) à *1.Reg.2.* Deo sunt. Dominus mortificat, & viuificat, deducit ad inferos, & reducit. Dominus pauperem facit & ditat, humiliat, & sublevat. Cuncta hæc ex Dei voluntate procedunt, & quòd hic in sublimitate spiritus sit alium sibiipsi relinquendo, quod in præsenti parabola depictum sic accipite.

Simile est Regnum cœlorum homini patrifamilias, qui exijt primo manè conducere operarios in vineam suam. Regnum cœlorum, vt à principio diximus Ecclesia vtraq;, tàm militans quàm triumphans est: quoniam vtraq; vna est, hac dempto, quod in præsenti seculo tantum se in merendo occupat, in futuro autem fruendo eo quod per bona opera hic meruit. Sed quoniam præsens Ecclesia ori- *Simile.* ginem ab ea quæ in cœlis est, ducit, nomine eius nuncupatur, eo modo loquendi, quo qui è Roma originem trahit Romanus dicitur, & qui è Toleto Toletanus. Radicem autem ac originem suam in cœlo habet Ecclesia, hoc est Christū. Ioannes in Apocalypsi vidit Ecclesiam Dei descendentem de cœlo tanquam sponsam ornatā viro suo. Ex nobilibus natalib^ potest dici quòd pura sit hæc Ecclesia. Si Iesus dictus est Nazarenus, quia in illa ciuitate nutritus est; cur hæc Ecclesia nō dicenda Regnum cœlorum, si ab eo originem trahit, & eius instrumentis nutritur? Igitur negotium huius Ecclesiæ eo modo contingit, sicut cuidam patrifamilias, qui exijt primo manè conducere operarios in vineam suam. Hic paterfamilias Deus est, qui vtriusq; familiæ moderator est, tàm terrenæ, quàm cœlestis, secundùm illam sententiam Iob ex cap. 34. quæ dicitur: Quem *Iob.34.* constituit alium super terram, aut quem posuit super orbem, quē fabricatus est? Quem *1.Tim.1.* Paulus etiam Regem vtriusq; seculi nominat, apud quem totius imperij ac regiminis summa est: *Qui exijt primo manè conducere operarios in vineam suam.* Ecclesia quæ Regnum cœlorum dicitur, mox vinea nuncupatur, hic vinea dicitur præsens Ecclesia, quæ tamen in cœlo paradisus appellatur: quoniam hic operandum est: vt ibi pro mercede gaudia recipiamus. Hic tristari oportet, vt illic gaudeamus. Nam tristitia nostra (vt ait Do- *Ioan.16.* minus) vertenda est in gaudium, & labor in otium commutabitur. Ideò etiam dicitur vinea, cuius fructus vinū est quod lætificat cor hominum: ad insinuandum quòd labores, quos in hac vita patimur, gaudium, & lætitiam æternam parebūt. Exire autem primo manè, significat quòd Deus gratia sua nos præuenit. Nec enim nos in hoc negotiū Regni cœlorum intrare possemus, nisi Deus ipse sua gratia nos præueniret, atq; excitaret. Sic enim illud Iob ego intelligo, cùm *Iob.7.* dicit: Visitas eum diluculò. Licèt etiam in hoc instruamur, quanta cura Deus nostræ salutis negotia tractet. Videtur enim somnum, & quietem sibiipsi surripere, vt super nostra negotia vigilet. Quòd si illi possibile esset, absq; dubio faceret. Fecit enim cùm potuit, nempè cùm homo factus noctes ducebat insomnes, vt de nostra salute cogitaret, vt cùm peccator è somno suo exsurgit, *Simile.* omnia parata, Dei gratia præueniente, inuenit. Eo modo quo diligēs ac sollicita mulier

manè

mane è assurgens, omnia quæ necessaria sunt viro suo paret, vt cùm ipse è somno suo prope euigilauerit, ea omnia pro voluntate sua inueniat. Ita enim & de illa dicit Sapiens: De nocte surrexit, deditque prædam domesticis suis, & cibaria ancillis suis. (Prouer. 31.) Sic bonus Deus cum peccatore facit, vt dum ipse vitijs indulget, Deus diluculo consurgat, vt ei paret remedia. Et quando plùs somno & voluptatis opprimitur: tunc Deus sollicitius ea quæ ad salutem suam conferant, quærit. tunc ei præparet prædicatorem, confessorem, consultorem, qui illum à peccato excitet, vt cùm ipse euigilauerit, omnia hæc parata inueniat. O maxima erga nos pietatis dignatio, quando peccator dies ac noctes in peccatis suis transigit: tunc tu, ô bone Deus, primò diluculò surgens eius quæris salutem ac correctionem, & in serò ipse sua negotia parata inuenit. Hoc est quod multoties per Prophetas suos Dominus intimat, dicens: Et misi ad vos seruos meos Prophetas per diem, consurgens diluculò, & mittens. (Hiere. 7.) Et Psalm. 45. Adiuuabit eam Deus manè diluculò. (Psal. 45.) Et Cantic. 7. Manè surgamus ad vineas. (Cant. 7.) Hæc est Dei inspiratio, quæ in ipsius hominis diluculò ipsum vocat ad vineam suam. Paruulum per Baptismū ad se trahit, alterum ad religionem inuitat. Manè surgamus ad vineam. Deus manicat vt te vocet: tu diluculò surge, vt eius vocationi respondeas. *Qui exijt primo manè*. Hic Dei exitus effectus amoris est. Proprium enim amoris est extasim facere. Amor quippe amantem extra se rapit, vt relictis proprijs, amati negotia peragat. Quem effectū amor etiam in Deo facit, secundùm illam D. Dionysij Theologi celebrem sententiam, quæ sic dicit: Audendū est & hoc pro veritate dicere, quòd ipse omnium rerum causa aliquando extra se fit, ob omnium curam prouidentia. (D. Diony.) Vt & per hoc discat Christianus, quòd si fortè amat proximū suum, negotia propter eius salutē relinquere debeat. Exeat extra se à suis delitijs ac concupiscentijs procedat, eas aliquando relinquat, vt proximi sui necessitatibus cōsulat. Non sibi soli, sed etiam alijs vtilis sit, exemplo Patriarchæ Abraham, qui ad portā domus suæ in ipso feruore diei sedebat, vt præstolaretur peregrinos, & eos in hospitium exciperet. (Genes. 18.) Propter quod Angelos meruit in hospitio habere, qui magna domui suæ promissa referrent. In quo illi damnantur homines impij, qui ianuis clausis intra domum suam ociosè morantes, sibiipsis, & suis delitijs indulgent, nec quidquam de aliorū necessitatibus cogitant. Aperi ianuā, ô diues, & pauperē excipito hospitio. Vide quis per portam tuam transeat: & si nudus est, vesti illum: si famelicus, pasce illum: si infirmus, curā habe de illo: ne claudas portam transeunti, nec domus tuæ, nec cordis tui. Audi Ioannem dicentem: Qui habet substantiam huius mundi, & viderit fratrem suum necesse habere, & clauserit viscera sua ab eo, quomodò charitas Dei manet in illo? (1. Ioan. 3.) Vide quomodò dicat, Clauserit. Et Iob dicebat: Si despexi prætereuntem, eò quòd non haberet indumentum, & absque vestimento pauperem, si non benedixerunt mihi latera eius, & de velleribus ouium mearum calefactus est. (Iob. 31.) Charitas quippe non claudit, sed aperit viscera, & arcam, & crumenam, & exijt. Amoris exitus hic fuit, in quo Deus ad nos, & propter nos exiuit. *Conducere operarios in vineam suam*. Cùm Paterfamilias exiuit ad forum, & hos homines inuenit ibi: nec erant operarij vineæ suæ, nec nō erant, sed indifferenter se habebant. Si enim Paterfamilias eos cōduxisset, fuissent operarij, sin autē minimè. Cùm homo in huius mūdi forum per natiuitatem carnis ingreditur, non statim operarius est vineæ Domini: quia non confestim ingreditur ordinem gratiæ, quoniam gratia nō est homini naturalis, sed supernaturaliter addita. Quare sua relictus natura, dum Deus illum nō vocat, nec conducit, nec operarius est vineæ, nec non est, sed indifferenter se habet. Potest quidē esse, si Deus illum elegerit: quoniam habilis ac capax est gratiæ, quod nō habent bruta, nec lapides. Hoc quippè est hominem ad imaginem Dei esse conditum: habere habilitatem & capacitatem, vt Deus in illo esse possit, alias per gratiam, quàm per gloriam. Habet quippè intellectū, qui adiutus lumine fidei potest Deū agnoscere in hac vita, quatenùs est obiectum supernaturale, & in alia confortatus lumine gloriæ, ipsam Dei essentiam potest videre. Habet etiam voluntatem, quæ gratia, & charitate imbuta, in hac vita & in alia potest Deum supernaturaliter diligere. Verùm tamen fides hæc, ac charitas, non sunt homini naturales, sed additæ suæ naturæ, & veluti sculpturæ quædam ac gemmæ, quæ in animæ suæ potentijs, tanquàm in aperturis quibusdam sculptæ sunt, *son esmaltes puestos en estos engastes, que Dios en su alma puso aparte del*, secundùm illam celebrem D. Augustini sententiam non semel à nobis adductam. (D. Aug.)

adductam, qua sit dicit: Posse habere fidem, sicut posse habere charitatem, natura est hominum, habere autem gratiae est fidelium. Itaque operarios istos in foro esse, significat capacitatem, quam habet homo ad ordinem gratiae, & tamen illam nō ingreditur quoadusque Deus eum vocet ad illam. In verbo autem; Conducere, ostenditur liberum arbitrium, quo Deus sua voluntate Deo assentitur. Nec enim per vim, tanquam mancipium illum ad laborem vineae perducit, sed tanquam liberum locat illum, ut sua voluntate, licet spe praemij allectus, ad illam pergat: ut perfidi confundantur haeretici, qui nos tanquam stipites existimant debere trahi ad Deum;
Hiere. 31. Quoniam etsi Propheta dicit: Converte nos Domine ad te, & convertemur; alibi tamen dicit Dominus: Convertimini ad me, & ego convertar ad vos. Deus vocat, sed homo respondet. Praevenit nos Deus sua gratia, sed nos per liberum arbitrium assentimur illi.
Cant. 6. Et si Sponsa in uno loco dicit: Dilectus meus mihi, & ego illi; in alio etiam dicit: Ego dilecto meo, & dilectus meus mihi. Hos enim motus, exitus, ac reditus, oportet quod sint in amore: quoniam si Deus me vocat, ego respondere illi debeo, & etiam vocare illum. Itaque liberè homo respondet Deo. Et hoc est conductum laborare in vinea Dei ex denario diurno, hoc est, qui decem denarios, sive nummos, aut aliud genus monetae valeret. Et significat praemium iustorum, quod est aeterna beatitudo. Nam quemadmodum denarius numerus ultimus est omnium numerorum: nam cùm ad denarium numerum accedimus, deinde ad unitatem redimus; undecimus enim numerus decem & unum sunt, & duodecimus decem & duo: unde denarius numerus omnes alios numeros in se claudit. Sic beatitudo est ultimum omnium bonorū, quod in se caetera omnia bona claudit, sicut denarius alios numeros. Est enim beatitudo omnib[us] numeris absoluta, utpote,
Boetius. quae secundùm Boetium, est status omnium bonorum aggregatione perfectus. Quinimò sicut ex numero denario alij emanant numeri, & ipse in omnibus alijs numeris participatur: sic bonū beatitudinis, origo est omnium bonorum, ex cuius participatione caetera omnia bona sunt. Quid enim est beatitudo, nisi Deus? Et quae sunt omnia vera bona, nisi quaedam huius summi boni participationes? Guttae quaedam quae ex illo profundissimo abysso stillant, & in quo cuncta omnia bona conspiciuntur in cōpendio quodam continentur. In hoc denario est imago Caesaris impressa: quoniam praemium iustorum est, imaginem Dei in seipsa prospicere, quam hic in umbra & pictura videmus. Atque hoc convenientissimum fuit, ut in ipsa mercede esset depictum praemium: ut hoc vires adderet ad operandum.
Simile. Ac si Pater ipse familias, cùm homines istos mitteret ad operandum in vineam suam, ostendisset eis praemium; dicens: Aspicite, Hoc vobis pro mercede donare debeo: laborate. Sic fides nobis hic repraesentat imaginē quandā praemij, quod sumus recepturi. Ac si diceret: Simile huic debet esse praemium, Imaginem scilicet pulcherrimam Dei, quā sub umbris in hac vita nobis fides ostendit. Ut si fingamus, quod
1. Reg. 18. quando Saul promisit filiam suā in uxorem ei qui Philisthaeū occidisset; ostenderetur David in quadam tabula ad vivū picta Michol, & diceretur illi: Huic simillima est virgo, quam accepturus es in sponsam, si Philisthaeum devviceris. Sic fides (ut umbris tantùm in tabula ac speculo quodā aenigmate) nobis quandā similitudinē ac imaginem praemij, quod sumus accepturi, ostendit; ut sic promptiores ad operandum reddamur; & ut sic umbra veritatis cupiditatem nobis generet. Vocatur autem denarius diurnus: quoniam in beatitudine omnia sunt in luce, nam tenebrae in ea non sunt ullae, sed ipse Sol iustitiae eos semper in lumine tenet, nec dies ibi ad vesperum declinabit. Haec ergo est merces operantium in vinea Dei. Nec tamen hoc sufficere videbatur, sed diligens fuit Paterfamilias hora tertia, hoc est, inter horam nonam & decimam ad forum iterum reversus est, & invenit alios ibi esse, & cum placito cum eis inito, misit eos in vineam suam. Et iterum alios otiosos vidit, & similiter misit in vineam suam. Non omninò otiosi erant homines isti, aliquid enim in foro agebant; sed quoniam solum ea opera, quae prius consequendo Regno caelorū serviunt, digna sunt hoc nomine; & reliqua otiosa sunt, utpote; quae ad finem minimè ducunt, ideò otiosos istos dicit, qui [illegible] laborabant in vinea. Nullum quippe aliud negotium existimet se habere Christianus, praeter hoc quod ad salutem animae aeternam ordinetur. Caetera enim non negotia, sed negotiola sunt, ut superius [illegible]. Ideò quippe dicitur simile Regnum caelorum homini negotiatori, quaerenti bonas margaritas: quoniā in rebus magni momenti oportet quod occupetur totus Christi cultor,

tor,

tor, ac sapiens. Præterea quia anima sine charitate otiosa est, sola enim charitas otiositatem nescit: de illa quippe dicit Ambrosius, *Ambros.* Nescit tarda molimina Spiritus sancti gratia: & Gregorius *Gregor.* de illa dicit, quod operatur magna, si adest, si autem operari renuit, amor non est. Charitas manus præbet Christiano, sine qua, ac si absque manibus esset, nihil quod meritorium sit operabitur. Quid faciet sine manibus homo? Nihil omninò certè. Da mihi in arte pingendi quantumcunque perfectissimum, si tamen non habet manus, *Simile.* quid faciet? Et si calamum, colores, & cætera omnia suæ artis instrumenta habeat, quid faciet? Et si dicis ei, Cur non operaris? Respondebit vtique, Quia non habeo manus. Quia manus in homine sunt organum organorum. *Galat. 5.* Sic homo sine charitate. Nam fides per dilectionē operatur, ait Paulus. *1. Cor. 13.* Qui etiam docet, quòd & si instrumenta ad operandum abundēt, vt si linguas hominum habeat, & Angelorum, & si prophetiam, & scientiam, & nouerit mysteria omnia, & si fidem habuerit, ita vt montes transferat: sine charitate tamen nil illi omnia instrumenta illa prosunt: quoniam caret manibus, quibus operetur. Igitur quia operarij isti nondum ordinē gratiæ per charitatem intrauerant, otiosi dicuntur, quantumcunque alia opera agerēt. *Circa vndecimam verò videns iam Sol ad Occasum accederet, alios vidit in foro, & dixit: Quid hic statis tota die otiosi? Responderunt: Quia nemo nos conduxit.* Nunquam deficit peccatori excusatio aliqua ad excusandas excusationes in peccatis. Samaritana illa dixit: Non habeo virum. Paralyticus alius, Non habeo hominem. Nunc autem id non poteritis dicere Christiani. Prædicatores quippe habetis qui vos ad vineam conducunt. Et multò minus religiosi id dicemus, qui tot habemus voces quotidie, quibus ad laborē vineæ inuitamur. Si tamen ego nulli assentio, sed in mea otiositate maneo, væ mihi erit. *Et acceperunt singulos denarios.* In eadem moneta fit solutio omnibus beatis: quoniam omnibus pro mercede datur Deus. De Hierusalem quippe cœlesti ait Psalmista: *Psal. 121.* Cuius participatio eius in idipsum. Vnum quippe bonum est, quod omnes beati participant, nempè Deus, in cuius clara visione beantur. Quarè ex parte obiecti vna est omnium beatitudo, nimirùm ipse Deus. Discrimen autem ex parte beatorum videntium Deum stat: quoniam vnus excellentiùs, quàm alius huius visionis fit particeps. Ac si Rex militibus omnibus solueret *Simile.* stipendium in pecunia eiusdē metalli, hoc est, omnibus in scutis aureis solueretur debitum, sed aliquibus daretur scutū maioris ponderis auri, quàm alijs. Vt si vni daretur scutum valens quatuor, alteri valens decem, alteri centum vel plus. Sic Deus omnibus beatis in auro illo purissimò suæ essentiæ mercedē soluit: quoniam omnes Deum ipsum vident. Cæterùm huic plùs valet hoc aurum, quàm illi: quoniam excellentiùs, ac meliùs, & altiùs hanc diuinam visionē communicat. Sicuti omnes stellæ ex eadem Solis *Simile.* luce participant, & ex ea lucēt: & tamen aliquæ alijs lucidiores sunt: quoniam plùs de luce Solis illis communicatur, quàm alijs. Sic beati omnes splendoribus illius Solis, qui est essentia diuina, fulgent; nam ideò radij illius Solis vocātur splendores sanctorum, verùm vnus alio plùs fulget: quia magis de illa luce participat. Hinc Paul. ait: Stella *1. Cor. 15.* differt à stella in claritate. Vel vt D. Thom. *D. Thom.* docet. Sicut omnes huius populi vicini eo- *Simile.* dem fonte potantur: tamen vnus alio plùs aquæ recipit: quia maioris capacitatis habet vas, quod plùs aquæ capit, quàm aliud. Sic in beatitudine omnes eodem fonte potantur & satiantur; nempè ex diuina visione, de qua Psalmista præcinebat, dicens: Sitiuit *Psal. 41.* anima mea ad Deum fontem viuum, cæterùm vnus alio plùs haurit; quia capacius habet vas, hoc est, animam. Quam maiorem capacitatem facit charitas & lumen gloriæ, quod illi respondet. Dilatat quippe charitas animam, vt plus de Deo capiat, & ita fas est loqui. Hinc enim Dominus per Psalmistam dicebat: Dilata os tuum, & implebo *Psal. 80.* illud. Lumen autem gloriæ fortiorem reddit intellectum, vt longiùs prospicere valeat, pluraque de illa immensitate luminis intelligat. Ecce vnitatem, & diuersitatem præmij beatorum. Sed inuidebant operarij alij alijs. In beatitudine nulla est inuidia, quilibet enim suo præmio contentus est. Tamen ait Chrysost. *Chrysost.* quòd in hoc significatur magnitudo præmij, quæ tanta est, vt si inuidia locum posset habere, alter inuideret alteri de tanti boni maiori communicatione. *Et murmurabant aduersus Patremfamilias.* Hæc murmuratio (vt paulò antè diximus) secundùm rationem inferiorem, quæ altissimas causas ignorat, considerari debet. Secundùm quam videretur alicui iniustum fuisse, quòd homines veteri Legi subditi (quæ grauis erat: nam manus Moysi, ait Scriptura, erant *Exod. 17.* grauès)

gratiæ) poſtponantur hominibus Nouæ Le-
Cant.5. gis, quæ ſuauis eſt. Nam manus Chriſti ſunt
tornatiles, hoc eſt, leues & faciles, & quòd
iſti, & melius & prius præmium accipiant.
Illi enim vincti in lymbo detinebantur, iſti
Simile. autem mox ad cœlum volāt. Et ſicut ſi con-
tingeret duobus mercedem, aut præmium ab
aliquo dari: ſed tamen huic confeſtim, vt
perfecit opus, alteri vero tranſacto priùs
anno, poterat hic alteri dicere, citiùs ſuiſſe,
quàm ipſe præmiatus. Nam etſi ambo mercedem acceperunt: hic tamen protinùs ab
opere perfecto accepit, ille poſt annum. Sic
Hebr.11. nobis & illis contingit. Vnde Paulus ait:
Hi omnes teſtimonio fidei probati defuncti
ſunt, nondum acceptis promiſsionibus: Deo
pro nobis meliùs aliquid prouidente, vt non
ſine nobis conſummarentur. *Amice, non facio tibi iniuriā, &c. Multi enim ſunt vocati, &c.*
Hoc eſt, in voluntate Dei eſt electos à multitudine ſemouere. Igitur in hac parabola,
datur nobis intelligi quanta ſit Dei libertas in ſuis operibus, & maximè in his quæ
ſunt gratiæ, quæ abſq; vllima dependentia in
manu ſua ſunt; vt ex hoc homo maximum
Philip.2. timorem ac reuerentiam erga Deum accipiat, adimplens illud Pauli: Cum metu &
tremore veſtram ſalutem operamini. Et in-
telligenat totum ſuum bonum in manu ac voluntate Dei ſitum eſſe; illi ſe ſubijciat, illi ſe
ſubſternat, ac timeat valde illum offendere,
Gene.47. à quo omnia ſua bona pēdent. Inualeſcebat
fames ſuper terram, & oppreſsi Ægyptij
venerunt ad Ioſeph atq; coram eo prouoluti
dixerunt: Salus noſtra in manu tua eſt, tantummodo reſpiciat nos Dominus noſter, &
læti ſeruiemus Regi. Sic cùm videamus orbem in perpetua fame propter peccatum, &
quòd in vno ſolo Ioſeph, hoc eſt, Chriſto
Domino noſtro, tota mundi redemptio eſt;
quid agendum, niſi coram eo proſterni, ac
dicere ei: Salus noſtra in manu tua eſt. Et
Pſalm.30. illud Pſalm.30. In manibus tuis ſortes meæ,
D. Aug. vt legit Auguſtinus, qui dicit, quòd ſors non
cadit ſub merito, ſed bona fortuna, ſors bona
cecidit huic, & mala fortuna illi. Sic gratia
& electio Dei bona ſors eſt, quæ non cadit
ſub merito, ſed in manu Dei ſunt hæ ſortes,
qui eas educit ac prodit, huic albam, illi ni-
gram tribuens. (Nigra quippe ſors reprobis
omnibus cadit) vel eas dat bonis effluentes,
Pſalm.61. his quibus vult. Hinc idē Pſalmiſta Pſal.61.
ait: Nonnè Deo ſubiecta erit anima mea?
Quarè? Quoniam ab ipſo ſalutare meum.
Nam & ipſe Deus meus, & Salutor meus,
adiutor meus non emigrabo. In Deo ſalutare meum, & gloria mea, Deus auxilij mei,
& ſpes mea in Deo eſt. Crebra hæc repeti-
tio; manifeſtatiu aſſectus eſt. Sicut ille qui Simile.
alicuius ope indiget, multa ei inculcat verba, dicens: Tu es mea protectio. Quem ha- Pſal.18.
beo protectorem, niſi te? Tu es meus protector, &c. Vt hoc ſcientes nunquam oculos
à manibus Dei auertamus, ſed cum Dauid
dicamus: Sicut oculi ancillæ in manibus do-
minæ ſuæ, ita oculi noſtri ad Dominum
Deum noſtrum, donec miſereatur noſtri.
Quòd ſi dixeris: Væ mihi, ſi tota ſalus mea
in alienis manibus eſt. O miſer! quoniam
eſt in manibus Dei, in quibus ſecurior erit,
quàm in tuis proprijs. Tuæ quippè manus
terrenæ ſunt, Dei autem cœleſtes, quæ fabricatæ ſunt Auroram, & Solem. Illæ quæ
propter te clauis in Cruce affixæ ſunt, de
quibus ait Bernardus, quòd affluunt miſe- Bernard.
ricordiæ viſceribus, nec foramina deſunt,
per quæ fluunt. Vnde Pſalmiſta Pſalm.30. Pſal.30.
aiebat: In manus tuas, Domine, commendo
ſpiritum meum. Nam nemo rapiet eam de
manu tua. Atq; vtinam ei placeat, qui no-
ſtram ſalutem in manibus ſuis aſſumere voluit, atq; nos ad vineam ſuam aſciſcere; talem nobis conferre gratiam: vt premij etiam
mereamur fieri participes, quod nobis in
æterna beatitudine elargiendum eſt.

Simile eſt Regnū cœlorum homini patrifami- Aliam mo-
lias, &c. Præterea parabola continet commu- ralitatem
tationem quandam, ac contractum, qui in- continet.
ter Deum & homines fit. In quo Deus à nobis poſcit labores, & promittit quietē, nempè
quòd ſi ſicut veri operarij in vinea Domini,
opera noſtra impendamus, ipſe viriſsim
æternam nobis requiem præſtabit. Quod
ſic in hac parabola deſcribitur. *Simile eſt
Regnum cœlorum homini patrifamilias, qui exijt
primo manè conducere operarios in vineā ſuam.*
Hic Paterfamilias Deus eſt, cuius eſt terra,
& plenitudo eius. Miror equidem quomodò
non dedignetur Deus vocari Pater tā iniquæ
ac inobedientis familiæ, qualis eſt hominum
qui ſic tepidè ac negligēter eius incumbimus
obſequijs. Sed non confunditur, ait Paulus, Hebr.11.
vocari Deus eorum. *Qui exijt primo manè.*
Tanquā ſi ei neceſſarij eſſemus, ſic diluculò
ad quærendos nos conſurgit, vt nobis benè
faciat: ceterùm quandò nos punire neceſſe
eſt, vſq; ad veſperā expectat. Quando primi
noſtri Parētes inobedientiæ peccatū com- Geneſ.3.
miſerunt, & ſi primo manè id factum eſt:
tamen vſque ad veſperam poſt Meridiem

Deus

Deum vindictam eorum distulit, imò & lentè deambulando ad eos puniendos veniebat, & cura faciem eius detinebat, quasi impediens illum, ne ad vindictam properaret. In quo Dei misericordia designatur, quæ Deum quasi pigrum & lentum ad vindictam in morte crudelem reddit. In hoc enim ostenditur nobis quantò promptior sit Deus ad benefaciendum, quàm ad puniendum; illud enim citò, hoc tardè exequitur; inducias nobis tribuens, expectans, vt per bona opera delicta nostra mundentur, & sine cui ... iudicium. Verùm aduertendum hic est, duabus vicibus nos fuisse vocatos, altera è foro ad vineam, altera è vinea ad mercedem; ad vineam nos vocat Pater, sed ad mercedem Filius. Sic enim dixit Paterfamilias procuratori domus suæ, hoc est, Pater filio suo, *Voca operarios, & redde illis mercedẽ.* Quamuis Pater ... est, qui nos in operarios vineæ suæ elegit, vult tamen, quòd filius suus soluat nobis mercedem, vt copiosior sit. Pater nunquam expertus est labores nostros, nec fodit, vnquam vineam, nec sudorem vnquam passus est, filius omnia mala nostra est expertus (nam per omnia similis fratribus effectus est, excepto peccato, vt sacra Concilia generalia definiunt.) Et Paulus docet nos habere Pontificem, qui possit compati, tentatum per omnia. *Hebr. 4.* Fodit quidem in hac vinea, imò manus & pedes fossæ sunt, & apertæ, & latus similiter, vt foderet vineam suam. Habet & caput spinis obsitum, purgando vineam suam sudore sanguineo ex maximo labore, quem sustinuit, perfusus est. *Psal. 9.* Et quoniam ipse laborem & dolorem nostrum considerat, vt expertus est, voluit vt ipse esset nostrorum laborum æstimator & præmians. *Simile.* Sic se nobiscum habuit hac in re Dominus noster, ac si velles soluere alicui opus quoddam, quod fecit tibi, si taxatores & æstimatores operis faceres consanguineos, ac amicos suos; euidens esset signum te velle summo in pretio soluere illi opera sua. Si ergo Pater æstimatorem operum nostrorum, ac laborum fecit filium suum, qui caro, & frater noster est, ipsumque vult, vt soluat nobis mercedem; euidentissimum signum est, quòd vellet, vt copiosissima sit. Ipse quippe consanguineus noster est ex nostro genere, ac patria, aduocatus, atque patronus noster ad Patrem, qui in maiori, imò in summo pretio taxauit opera nostra. Rex quidem

conuocat ad prælium, sed Dux stipendia soluit: quoniam ipse nouit qui fortiter, aut ignauiter se in prælio gesserit. Sic Pater nos ad militiã eligit; sed Christus est noster Dux qui laborem & dolorem nostrum considerat, & nouit omnia opera nostra, siue bona, siue mala; *2. Cor. 5.* quoniam iudex noster debet esse, & ideò ipse debet soluere stipendium, & reddere vnicuique, prout gessit in corpore, siue bonum, siue malum. Et licèt Deus non esset, nostrorum laborum præmiator, ipsimet secum adferunt mercedem quando pro Deo sunt. Nam bonorum laborum gloriosus est fructus, ait Sapiens. *Sap. 3.* Vidit Moyses gloriam Dei in rubo, qui *Exod. 3.* licèt arderet, non tamen comburebatur. Rubus hic spinosus labores nostros significat, qui etsi vulnerent, non tamen perimunt, pungunt quidem, sed non exanguinant, feriunt, sed non consumunt, secundùm illam Pauli sententiam, quæ sic dicit: *2. Cor. 4.* In omnibus tribulationem patimur; sed nõ derelinquimur: humiliamur, sed non confundimur; deiicimur, sed non perimus, hoc est, ardet rubus, sed non comburitur. Visi sunt oculis insipientium mori: illi autem sunt in pace. *Sap. 3.* Igitur in hoc rubo, in his laboribus, ibi est gloria Dei. Tantum enim solatium à Deo accipiunt sancti in medio laborum suorum, vt confidenter, ac verè diceret Paulus: Non sunt cõdignæ passiones huius temporis, ad futuram gloriam; quæ reuelabitur in nobis. *Rom. 8.* Missi sunt tres illi pueri apud Danielem in fornacem ignis ardentis, sed tamen non comburebantur, *Daniel. 3.* sed Angelus Dñi descendit cum Azaria, & socijs eius in fornace, & excussit flammam ignis de fornace, & fecit medium fornacis, quasi ventum roris flantem. Et non tetigit eos omninò ignis, nec contristauit, nec aliquid molestiæ intulit. Imò & Rex Babylonis, inter illos tres vidit aliũ quartum similem filio Dei. Nam Deus se in medio laborum pro se laborantium intromittit, vt illos in laboribus fortiores faciat; tantamque eis tribuit consolationem, vt ferè pro præmio laborum suorum sufficeret. Nec hoc tamen, Deo videtur sufficere, sed æstimatorem nostrorum laborum Christum fratrem nostrũ constituit, quo in sublimiori eos collocet pretio. Quod sancti intelligentes maximè aduersus eos indignabantur, qui eis impedimento fuerant, ne pro Christo Dño laborarent, & dicent: Tunc stabunt iusti in magna constantia aduersus eos *Sap. 5.*

qui

qui se angustiauerunt, & qui abstulerunt labores eorum. Vxor contra maritum clamabit, eò quòd illi impedimento fuit ne ieiunaret, vel alia bona opera exerceret. Filius contra patrem querelam assumet: quia illum ne religiosus fieret impediuit. Amicus de amico conqueretur: quia ne faceret eleemosynam suasit. Stabunt igitur in magna constantia, nec ab hac querimonia deficient. Quarè cùm Dominus videat quantum lucrum amittant homines, qui propter eum non laborant; acriter eos reprehendit, dicens: *Quid hic statis tota die otiosi* (Manè sero manè.) Esse otiosum, vt suprà diximus, est nihil operari, quòd ad vitam æternam conferat. Nam illi qui tunc erant in foro, nō omninò otiosi erant: vendere enim poterant, aut emere, aut seducere, aut mentiri; nihilominus otiosi erant, quia nihil boni in vinea

Psal. 23. Domini tunc agebant. Vnde Psalmista sic interrogans ait: Quis ascendet in montem Domini, aut quis stabit in loco sancto eius? Innocens manibus & mundo corde, qui non accepit in vano animā suā. Quis in vano recipit: qui non operatur animæ opera, hoc est; ea quæ secundùm rationem rectam, ac legem Dei sunt. Videbis enim homines aliquos, quibus ad hoc solum deseruit anima, ac si esset sal conseruās, ne corrumperetur corpus. Nullam enim animæ operationem habent, sed omnia opera eorum carnalia sunt. Audi quid pessimi homines dicunt: Lassati

Sap. 5. sumus in via iniquitatis; ambulauimus vias difficiles, Sapien. 5. Et tamen quia non in ordine ad vitam æternam operabantur: la-

Bernard. bores eorum vani effecti sunt. Ille ergo, vt Bernardus, recipit in vano animam suam, qui nimis auidus bonorū præsentium, æterna ac permanentia obliuiscitur. Vanum quip-

Aristot. pe, ait Philosophus, illud est quod non consequitur suum finē: quarè idem est vanum & otiosum. Sic vitem infructuosam, otiosam ac vanam diceris esse in vinea vestra; ideò succiditis illam, & facitis illam cibū ignis. O homines ignaui ac pigri, qui nil boni in hac Domini vinea operamini; otiosi estis,

Luc. 13. in vanum animas vestras accepistis, & in combustionem eritis; & in cibum ignis. Et sicut ille paterfamilias, qui ficum infructuosam in horto suo vidit, præcepit hortolano vt succideret illam, & in ignem mitteret; sic stat sententia contra te; vt quid enim terram boni operarij occupas? Succidaris ergò oportet, & in ignem æternum traharis, & in ignibus cremeris. Rectè ergo tales à Domino reprehenduntur: *Quid hic statis tota die otiosi.* Hic, in loco laborum addicto; ac periculis maximis exposito, vis tu requiescere, atque delitiari? Videris mihi id

3. Reg. 21. velle quod Rex Achab affectabat, nempe vineam Naboth in hortum delitiarum fodere. Sic tu vbi debebas fodere ac laborare in hac Ecclesiæ militantis, vt fructum afferres in patientia: vis in otio, atque in delitijs viuere, hortum est vinea fodere. Si hic tamquam in vinea laboraueris; postea in paradisum delitiarum transplantaueris. Posuit Deus hominem in paradiso, vt operaretur, & tu vis in vinea otiosè viuere? Hic, in vinea Domini, sua Cruce perfossa, suo sanguine irrigata, suis vulneribus culta; ad quam & Deus multos infideles adduxisset, cum magnum suorum laborum fructum accepissent: & tu in ea, ò homo, otiosus ac ignauus viuis? Succidaris ergo oportet, & in igne Inferni cremeris. In vinea otiosus es, quæ plus laboris quàm quælibet alia hæreditas exigit. Quid diceres, si hi qui in vineam tuam venerunt, proiectis ligonibus se abijcerent, atque post vinum sumptum se dormirent, nil operis in vinea facientes? Vide ergo quid tu sis facturus,

in quem fines sæculorum deuenerunt, & quibus Ioannes dicit: Filioli, nouissima hora [illegible]

est. Non vt dormiamus, aut vt otio torpeamus, ad vineam Domini vocati sumus nouissimi: sed vt nostro maximo labore priores meritis adæquemus, imò & superemus. Nihil loci est nunc segnitiei, atque socordiæ; sed potius maximæ solertiæ, at- 1. Ioan.

que labori. Iuuentutem ac virilitatem in [illegible]

otio ac torpore, imò in vitijs quamplurimis transegisti, cur in senectute, cum iam ad Occasum pergis, & in nouissima hora [illegible]

ve constitutus, non operaris in vinea? Quomodò mercedem cum operarijs accipies, & non potiùs cum negligentibus punieris? Maledictus puer centum annorum, cuius

Iob. 20. ossa plena sunt vitijs adolescentiæ suæ, & cum eo in puluere dormient. Hic, in via otiosus sedes? si esses iam in termino recte quiesceres; sed in via ferri non potest. Non

Simile. quiescit lapis etiam si in summo ac pulchro ædificio situs sit; quousque perueniat ad centrum, & suo pondere semper deorsum descendit, & quiescit in centro; tu centrum tuum quod Deus est, in quo solo omnia requiescunt & manent. Fecisti

August. nos Domine ad te, ait August. & inquietum est

est cor nostrum, donec perueniamus ad te. Quomodò ergo violentiam ipsam in naturam cõuertimus, & vbi inquieti deberemus esse tanquam qui pergunt ad certum, ac si iam peruenissemus ad [illegible] quiescimus, nihil minus curãtes quàm de Deo. Quid aurum in sterquilinio facit? Quid anima inter vitia commoratur? Cur non ad centrum suum properat? Quid viator in hospitio expectat? Cur non ascendit equum ad peragendum iter in patriã? Quid anima in corpore sopita dormit? Aut in mũdo sui oblita commoratur? Nescit quòd nõ habet hic manentem ciuitatem, sed quòd futuram inquirere debet, vbi otio, atque delitijs perpetuò vacabit? Hic, vbi nascitur homo ad laborem, sicut auis ad volandum. [Iob.5.] Hic, vbi Dux noster ante nos vadit, cur iners miles illũ non nititur sequi? Hic, cùm appropriat merces, cur ad illam non currimus? [Rom.13.] Audi Paulum clamantem, & dicentem: Hora est iam nos de somno surgere. Nunc propior est nostra salus quàm credidimus. [Hebr.10.] Et alibi: Et tantò magis, quantò magis videritis appropinquantem diem. [Leo Papa.] Hinc Leo Papa ait: Animetur miles quoniam vocatur ad palmam. Paulus enim currebat, si quo modo comprehẽderet. *Stantis.* Qui stat non ambulat, sed quiescit. Homines pigri ad opera bona exequenda stant, nec ambulant, aut pergunt ad vitam æternam. Sicut cùm vides hominẽ in hospitio stantem, dicis ei: Quid hic agis, ò homo stans? Cur non pergis? Cur non peragis iter tuum? *Tota die.* Si in aliqua parte diei fuisses otiosus, sustineri poterat, sed tota die non debet tolerari. Quòd in aliqua parte vitæ otiosari te decerneres, sustineri poterat, sed per totam vitam otio torpere, intolerabile malum est. Si iuuentutis manè vitijs dedisti, cur etiam senectutis vesperam peccatis consumis? Cùm ego considero quosdam senes plenos dierum, sic ardentes in sollicitudine suarum rerũ, secundò maiora appetere, ac petere, sicut in iuuentute facere solebant, & parum aut nil de negotio suæ salutis curare, vellem eis sic dicere, si possem: Quid hic statis tota die otiosi? Nonne vides appropinquantẽ noctẽ, hoc est, diem mortis tuæ? Cur nõ laboras in vinea? Præteribit enim citò dies, & cũ nihil operatus fueris, nihil etiam mercedis accipies. *Tota die.* Si esset noctis tempus, quando omnes quieti membra componunt, benè factum fuisset, sed in die, quando oportet operari, summa id stultitia est. [Ioan.9.] Operamini dũ dies est, ait Dñs: venit nox, quando nullus potest operari. Nox verò quieti, dies labori dicatus est, sic vita merito, mors præmio. Operamini in vita, vt in morte mercedẽ accipiatis. Operamini dum dies est. [Simile.] Grana quæ formica congregat in æstate, in hyeme comedit: & mella quæ apis æstiuo tẽpore conficit, edit posteà in gelu. Sic quæ seminauerit homo in hac vita: hæc metet in alia. [Psal.125.] Nam & de iustis dictum est: Euntes ibant, & flebant mittentes semina sua. Venientes autem, venient cum exultatione: portãtes manipulos suos. *Otiosi.* Cùm tàm magnum ac tantum negotium habeatis, otiosi viuitis. Propter minimam partem terræ, quæ palmo concludi potest, totã vitam, & totum consumitis patrimonium litigãdo: & propter cœlestem hæreditatem, quę auro & gemmis scatet. (Sunt enim plateæ eius aureæ, & fundamenta ex lapidibus pretiosis) nihil facitis, sed otiosi statis. Nolite sic facere. *Ite & vos in vineam meam, & quod iustum est dabo vobis.* Vinea hæc sancta Ecclesia est, societas hęc Christianorum, quam Dñs propria manu plãtauit. [Exod.15.] Sic enim Exod. 15. dicitur: Introduces eos, & plantabis in mõte habitationis tuæ sanctuarium tuum, Dñe, quod firmauerunt manus tuę. [Hierem.2.] Et alibi: Ego plantaui te vineã electam, omne semen verum. Hanc vineã Deus sic in magno habet pretio, vt racemum vnũ plùs de ea æstimet, quàm totã Legis Veteris vindemiã, [Iud.9.] vt Iud. 9. dicitur: Melior est racemus Ephraim, vindemijs Abiezer. [Psal.86.] Et in Psalmo dicitur: Diligit Dñs portas Sion super omnia tabernacula Iacob. Plùs æstimas tu vineam, quam proprijs manibus, & proprio sudore plantas, quàm eam quæ alieno labore sata est. Multum laborauit Dñs in huius vineæ plantatione, multo sudore sudatũ est in ea. Ipse enim singulas vites plantauit, super quaslibet vitem suum sudorem sanguineum effudit: nec enim corruptibilib⁹ auro & argento (ait 1. Petr. 1.) [1.Petr.1.] sed pretioso sanguine filij eius redempti sumus. O vinea sic à Deo æstimata, ab hominibus autem contempta. Sic enim eam dilexit Deus, vt eius amore potatus, quasi ebrius fact⁹, velut alter Noe se nudari permisit, atq; sic lignis Crucis affigi. Adeò, vt posteà quasi amoris querelas aduersus vineam suam pronunciando, dicebat: Ego te plantaui vineam electã, quomodò conuersa es mihi in prauam vineam alienam? Sed pro hominũ incredibilẽ ingratitudinem! O rẽ maximis deplorandã singultibus! Quid plùs mereris hæc vinea? Deus tãta cura, tantoq; labore, & alius colligat fructus eius, quos ipse iure cædere debuisset. Manibus suis eam plantauit, quas sanguine tinctas, atq; perforatas ex tanto labore portat: sua Cruce tanquam vomere coluit, suo sanguine irrigauit illam, caputq; spinis obsitum habet, vt eam à tribulis ac spinis mundaret: pedes etiam cruore respersos fert, propter hoc quòd per illam transiuerit: & cùm tempus esset fructuum, quādo eas colligere debebat; extraneus, imò & hostis vindemiat eā. Quid faceres, ô homo, si hæc res tibi aliquando contigisset? Sex continuos annos in plantatione vineæ tuæ consumpsisti, impendia, & labores fecisti, & cùm iam iam fructus colligere deberes; alter pecora sua misit in eam, & comederunt fructum laborum tuorum. Triginta & tres annos in hanc vineam transegit Christus, vt eam coleret, atq; plantaret: & tēpore colligendi fructus, pecora aliena in ea inuenit, quæ vastauerunt fructus eius. Hinc Ecclesiast. 33. dicebat *Eccles. 33.* Dominus: Et ego nouissimus euigilaui, quasi qui colligit racemos post vindemiatores. Et Mich. 7. etiā dicitur: *Mich. 7.* Væ mihi, quia factus sum, sicut qui colligit racemos vindemiæ in Autumno. Et Esai. 1. etiam dicitur: *Esai. 1.* Regionē vestram coram vobis alieni deuorāt. Vultis vt clarè loquar vobis? Scitote, fratres mei, Quilibet ex vobis, cuiuscunq; sortis aut conditionis est, vna vitis huius vineæ est, quam Dominus noster in ea plantauit, ipse à vobis exigere fructus nititur, nempè dilectionem Dei & proximi, eleemosynarū largitionem, ac cætera bona opera, quæ Christianā pietatem redolent: sed cùm hæc opera quærere venit paterfamilias vineæ, contraria omninò inuenit. Loco fraterni amoris, odia, inuidias, dissentiones, ac prælia. Loco eleemosynæ, furta, latrocinia, & reliquas impietates. Et ipse quasi qui colligit racemos post vindemiatores venit, quærit in vinea, si fortè mundus iste nequam post se relinquit aliquos fructus oblitos, & ignotos, qui huiusmodi fructus ferant. Hinc Dauid clamans, dicebat: *Psal. 78.* Deus, venerunt Gentes in hæreditatem tuam, polluerunt templum sanctum tuum. Extre- *Psal. 79.* minauit eam aper de silua, & singularis ferus depastus est eam. Venit enim Mahumetus luxuriosus aper, vitijs inuolutus, & maximam partem huius vineæ vindemiauit. Venit Lutherus, qui ferociter etiam est in eā debacchatus, & quilibet quod potest rapit ex ea. Vnus tollit Christum; alius eius Sacramenta, alius opera, alius ieiunia, alius Ecclesiæ obedientiam, ac primatum Petri. Respice, Domine, de cælo, & vide, & visita vineam istam, & vites, quæ remanent, non qualem deberent referunt fructum, sed possumus cum Propheta dicere: Non est vua in *Hier. 8.* vitibus. Et expectaui vt faceret vuas: & fecit labruscas. *Esai. 5.* Quoniam calorem, virtutem, ac curam, quæ Dei obsequio debebantur, in mundi cultum, ac seruitium impendistis, & Deo amara opera, tepida, inuoluntaria, absq; deuotione vlla confertis. Et quod magis deplorandum, ô bone Deus, quòd ipsi vinitores, pastores, ac prælati, quibus huius vineæ cura commissa est, ipsam vindemiant, atq; deuastant: ita quòd eis dici potest, quod per Prophetam dicitur. Vos depasti estis *Esai. 3.* vineam meam. Quoniam ipsi comedunt, & bibunt, & diuites fiūt, & suos etiam consanguineos ditant, nec illis vlla imminet cura alia, etiamsi vinea Domini deuastetur, nec quòd colatur, fodiatur, nil ad eos. O incredibilem hominum socordiam, atq; infidelitatem! pene hominum ignorantium Christum. Ite ergo vos in hanc vineā. Estis enim vos palmites huius vitis, quæ est Christus. Si huic inseramini vitis, fructus magnos generabitis: pauper cum patientia, diues cum eleemosyna, superbus cum humilitate. *Et quod iustum fuerit, dabo vobis.* Mira res, quòd tantum pretium operum nostrorum sit Regnum cælorum. Quanti debet homo ea æstimare; cùm tantum valeant, nempè ipsum Regnum Dei. Si margaritā esset tale, quòd *Simile.* eius pretium esset totum Regnum Castellæ, quanti æstimares illud? Cur non in magno pretio habes opera sua meritoria Christianus, quorum valor est Regnum Dei? Lapillus *Simile.* qui per se nil valeret, tamen si annulo aureo sculperetur, illius pondere venditur: sic opera nostra, quæ ex se nihil valerent: sed merito tamen si meritis Christi inserantur, illorum mensura ponderantur. Quoniam ferunt illa Christi merita Regnum cælorum nobis meruerunt: sic opera quæ ego [illegible] meritis ac gratia operor, ipsam vitam æternam merentur. *Vnde operarios, qui vindemias* [illegible]. Quoniam præsens parabola *Alia moralitas pro concione.* Dominica in Septuagesima prædicatur, aduertendum est, quòd tali tempore Ecclesia exterioribus signis humani generis casum flere incipit, relictis gaudij signis, choris, lachrymis deplorat miseram nostrorum parentum sortem; qui ex tanta felicitate in tantam miseriam prolapsi sunt, quia relicto rationis imperio, inferiori se subijcere appestitui maluerant. Sed tamē in hoc opere Dei, misericordia splendet maximè: quoniam in ipsa quam eis infligit vindicta, propter peccatum; remedium miscuit, quo ab illo exire valerent. *D. Aug.* Hinc enim celebris illa magni Augustini sententia ortum habuit, qua dicit, quòd summa iustitia Dei, est summa misericordia: quoniam & in ipsa vindicta, qua malum punit, eius vtilitatem ac bonum intendit. Nam cùm propter hæc temporalia, & caduca peccator Deum derelinquere audeat, tot miseros casus illi euenire permittit, amara multa illis misceri, vt propter illa peccator in cognitionē veri boni deueniat, illis neglectis quæ sibi habēt admixta mala. Vnde & Oseæ.2. loquitur Dominus cum illo, *Osee.2.* qui Deo neglecto concupiscentijs suis operam dabat, ait. Et dixisti: Vadam post amatores meos, qui dant panes meos mihi, & aquas meas, lanam meam, & linum meum, oleum meum, & potum meum. Propter hoc ecce ego sepiam vineam tuam spinis, & sepiam eam maceria, & semitas suas non inueniet, & sequetur amatores suos, & non apprehēdet eos, & sequetur eos & non inueniet, & dicet: Vadam & reuertar ad virum meum priorem: quia benè mihi erat magis tunc quàm nunc est. Hoc est dicere. Pro eo quòd contempto vero bono post concupiscentias tuas abire statuisti, ecce ego in ipsis tuis voluptatibus tot incommoda ponam, tot amara miscebo, vt ab eis fugere, & ad me redire compellaris. Sepiam viam tuam spinis, hoc est, in ipsis plateis, callibus, in quibus vt tuis indulgeas voluptatibus ambulas, tot mala interponā, vt vulneratus ab eis abscedas. Ibi enim æmulus tuus te cū gladijs expectabit, quibus percussus in domū discedas. Tot impedimenta collocabo, vt eis interclusus desideria tua minimè consequi valeas. Quod quotidie peccator experitur. Nec inuenies semitas tuas. Hoc est, omnia negotia perdes, nec ea rectè tractare scias, sed in medijs adinueniendis erres. Quarè iniquos ac vanos fines tuos cōsequi omninò non valebis, & sic ab ipso mundo repulsam passus in te reuersus dicas: Vadam, & reuertar ad virum meum priorem, quia benè mihi erat magis tunc, quàm nunc est. Nam cùm nihil ex omnibus, quæ volebas consequutus fueris præter labores, ærumnas, ac miseriam, experientia ipsa conuictus intelliges bonum tibi esse, minimū esse in domo Dei, quàm ha- *Psalm. 83.* bitare in tabernaculis peccatorū, ac cū filio *Luc. 15.* prodigo resipiscēs dicas. Quanti mercenarij in domo patris mei abundant panibus, ego autem hic fame pereo. Vadam ad patrem meum, &c. Vides quanta sit Dei misericordia, vt etiam ipsam vindictā, quā malis infligit, in ipsorū commodum vertat. Sic ex primorū Parentū vltione ac punitione, quæ fuit nos in doloribus, ac miserijs punire, id etiam vtilitatis capimus, vt eisdem pœnis admoniti ad æterna præmia, quæ amiseramus, potiùs anhelemus. Nec hoc solū, verùm & hanc nobiscū misericordiam fecit. Quod cùm propter peccatū maledictionem incurrimus, vt in sudore vultus nostri vesceremur pane nostro, quapropter oportebat vt operarij essemus; conduxit nos in vineam suam, vt loco mercedis restituat nobis locū, quem per peccatū amiseramus. Quarè tria dicemus. Primū, quomodò omnes operarij simus. Secundū, quænam sit hæc vinea, in qua fodere ac laborare debeamus. Tertium, quæ sit merces, quæ huic nr̄o labori debeatur. Iob.c.7. ait: Militia est vita hominis su- *Iob.7.* per terrā, & sicut dies mercenarij dies eius. Quoniam nihil in hac vita nouimus, quod nō laboribus plenū sit. Omnis actio præsentis vitæ laboriosa est. Comedere, bibere, dormire, ambulare, sedere, laborare est. Viator qui fatigatus de via comedit, bibit, & dormitum vadit, non quòd hæ actiones nō sunt laboriosæ id facit, sed quia minoris oneris sunt quā iter peragere, & quod minus est malū, respectu maioris mali, pro bono habetur. Velut *Simile.* qui amphorā aquæ in vna manu portat, & quia defatigatur illa manus in alterā trāsfert pondus; non id facit quòd illud non sit etiam laborare: sed quia minor aliquantulum labor, ideò pro quiete illū assumit, & sic est in omnibus alijs humanis actionibus. Homo nascitur ad laborē, vnde omnes sumus mercenarij. Reges, & Pōtifices, pauperes, & diuites, maiores, atq; minores. Nam sicut auis ad volandum; sic homo ad laborandū natus est. Posuit Dñs hominem in paradiso, vt opera- *Genes.2.* retur; non ergo illum à paradiso exulem fecit, vt haberet alium paradisum, sed vt laboraret, & operaretur. Et pro maledictione ac- *Genes.3.* cepimus panē nostrū cū sudore comedere. Quarè stultorū est in loco laboris otium ac requiem quærere, illorum nempè, de quibus Iob dixit: Qui esse sub sentibus delitias pu- *Iob.30.* tant. Iusti verò ac sapientes in ærumnis, ac miserijs se vident esse, & ideò gemunt. Sic enim ait Iob. Ideò Gigantes sub aquis ge- *Iob.40.* munt. Hoc est, sub huius vitæ laboribus, qui omnes homines submersos tenent.

Cant. 7. Et de talibus Spiritus sanctus ait in Cant. Oculi tui sicut piscinæ in Hesebō. Hoc est, habent oculos quasi fontes, præ lacrymis continuis, quas fundunt. Facti quasi Heraclitici, semper plorantes. Quarè & Bernar- *Bernard.* dus ait, sic accidere bonis ac malis in hac vita, veluti cuidam mulieri, quæ in carcere *Simile.* peperit filium. Infans enim numquam liberiorem ac meliorem vitam cognouerit, sic lætatur in carcere, ac si in hortis esset. Mater verò, quæ aliã meliorẽ vitã experta est, nunquàm à lacrymis cessat. Ludit infans ac ridet: mater verò gemit ac suspirat. Praui homines, ac mundani, qui nil futurorũ bonorum considerant, nec spirituales delectationes experti sunt, & nil aliud nisi bona præsentia norunt: hæc pro bonis habent, in quibus nutriti sunt, quamuis mala referta omnia. Boni tamen ac penè cœlestes homines, qui supernaturalia bona per fidem ac contemplationem norunt, qui eam hic habent experientiam illorum, quam hic contingere fas est: nullum temporalium bonum æstimant, sed tanquam mala respuunt, ac deflent, solummodò ad æterna aspirantes. Sumus ergo, siue velimus, siue nolimus omnes homines in hac vita operarij. Sed cæleris Vineæ certæ, quæ inter alias hæreditates plùs laboris exigit, vt fructum ferat. Si aratro semel aut bis proscindis terrã: triticum tibi abũdanter gignit. Sed vinea plures exigit culturas. Arare, fodere, molire, purgare, amputare, aperire, operire, & in aliquibus locis rigare, in alijs stercora mittere. Sed quæ nam est vinea hæc? Vtique anima tua. Hanc fodere, colereque curato, hanc plantare optimis arboribus virtutum, hanc molire sacculo & ligone pœnitentiæ, & rigare lacrymis, purgareq; oportet. Væ miseris, qui tantam curam impendunt hæreditatibus plantandis, atq; colendis: animas verò suas negligunt, incultas, atq; imparatas relinquunt. O mira res! quocunq; vadis, tecum defers vineam tuam, quocunq; tempore, quocunq; loco tibi præsto est vinea tua, & tempus culturæ omni tempore, nec opus est Ver, aut Æstus operire; & tamen negligis illam colere. Felix qui omnibus relictis huic soli intendit officio, colere conscientiam suam, purgare ipsam, vt multum fructum afferat coram Deo, & hominibus, vt ait Greg. Vulgò dicitur: Oculus dñi *Gregor.* impinguat equum, & optimas facit, vt hæreditas ferax sit fructuũ, sunt dñi vestigia. Et ita est, q plùs faciunt decem mercenarij, præsente dño, quàm viginti ipso absente: nam Prouerbium Hispanum dicit, *Donde no anda su dueño, anda su duelo.* Quod tamen magnum malum est, accipere stipendium, & non impẽdere seruitium. Apostolus quippè *Ephes. 6.* ait: Non ad oculum seruientes. Nec minùs displicet Deo quorundam Christianorum crudelitas, qui laboribus & sudoribus proximorum non condolentes, quasi essent iumenta, sic eos ad opera arguũt, sic increpant, vt compellant eos, penè iecora emittere sudiendo. O quantũ placet Deo, quando Dñs miseretur & condolet laborãtibus, & ait ad illos, Remittite ex labore, nolo vt tantã impendatis operam, aut fatigemini, quiescite modicum, refrigeramini modicum, sed pro virib' sufficit labor, & ex hoc minulte! Verè reputaretur ei hoc ad iustitiam, qui fecerit hoc coram Deo, quia signum charitatis est plùs diligere proximum, quàm pecuniam. Attamen vt non penitùs dormiant, iustum est dñm assistere operarijs suis. O operarij! ô laborãtes! adstat Dñs desuper de cęlo omnes circunspiciens, & notans omnes labores nostros. O quomodò signat eos in libro suo! Labora viriliter, nec multum cures *Psal. 90.* signare tu labores tuos: quoniam laborẽ, & dolorem ipse considerat. Capillus (inquit) de capite vestro nõ peribit. Hoc est, nec vna cogitatio bona de corde vestro peribit. Memoratæ sunt omnes cogitationes vestrę bonæ, & bona desideria, & omnia opera, & sermones scripta sunt in libro Domini, & per vnum Aue Maria, æternum tibi in gloria præmium parat. O Deus meus! quis nõ laborabit? Quis non pro tanto præmio animã suam ponet in laboribus continuis? Præsens *Cant. vlt.* est Dominus vineæ (nam ipse dicit: Vinea mea coram me est semper) & nos excitat, sicut paterfamilias operarios suos. Quomodò vociferatis, quomodò clamas intùs, intùs in corde nostro. Filij, eia, properate, laborate, quoniam aduesperascit, & inclinat iam dies. Celeriter opus perficite, quia appropinquat nox, & tẽpus breue restat, velociterq; transit, nec vt mercedem lucremini, restat deinde locus, aut tempus: nam Angelus clamat apud Ioannem, & iurat per Viuẽtem in *Apoc. 10.* secula seculorum, quia vltrà iam non erit tempus. Operamini (inquit) dum dies est: *Ioan. 9.* venit nox, quãdo nemo potest operari. Sic *Simile.* se habet sicut & paterfamilias, cùm præsens est. Et cũ abest, suos præpositos dimittit ibi, quos vocamus, *Carbitanes*, qui eadem operarijs inculcant verba. Sic Deus prædicatores.

rum, qui homines ad labores inuitarunt, dicentes: Breue tempus est laboris, & magnum præmij: modicus labor magna retributio: momentaneũ est quod cruciat, æternum est quod delectat. Audi magnum prædicatorem Paulum dicentem:
2. Cor. 4. Momentaneum hoc & leue tribulationis nostræ, supra modum in sublimitate æternum gloriæ pondus operabitur in nobis. Hæc de vinea, & operarijs. Dicamus nunc de labore qualis debeat esse. Solet dici, nullum laborem, aut culturam sic alijs hæreditatibus prodesse, sicut prodest vineæ. Vsque adeò, vt duplicata cultura, duplices fructus. Et narratur de quodam patre, qui habebat tres filios, & quatuor mille vites: dedit mille filiæ in dotem, & auxit laborem vineæ, & tantum vinum habuit de tribus millibus vitibus, quantum de quatuor millibus solebat accipere. Et experientia ipsa testatur, si vinea benè culta sit, quàm magnas vites infinitis botris refertas habeat. Et per oppositum in vinea negligenter culta, vites exiles, racemi pauci, vuisque minutis, ac paucis semipleni, ipsæq; vuæ acerbæ ac immaturæ solis animalibus comestibiles extant. Vides quantum interest inter vineam, & vineam propter culturam? Plus interest inter animam, & animam. Anima sancta mortificationibus sanctis, ac exercitio virtutum culta, quàm vberes fructus bonorum operum, desideriorum, ac cogitationum, quàm dulces charitatis vuas gignit, quantis viridib' frondibus abũdat, hoc est, exterioribus etiam virtutis exemplis ornata, quàm feruida, quàm læta in Dei obsequio persistit. Alia verò anima inculta, nullum bonum fructum germinat, nisi labruscas dæmonibus dũtaxat edendas, de cætero sterilis bonorum operum.
Osee. 8. Vnde & Propheta dicebat: Calamus stans, non est in eo germen, quod etsi fecerit, alieni comedent illud. Vnde tanta disparitas animarum? Non quidem ex terra, quia eadem est: omnes quippè animæ æquales sunt à natiuitate in specie sua, & æqualis gratia paruulis datur in Baptismo. Disparitas ergo prouenit ex differenti cultura. Eandem ergo culturam, quam facis vineæ tuæ, exhibe animæ tuæ. Triplex exhibetur cultura vineæ. Aperire vites, vt pluuiam imbibere valeant: secundò illam molire: tertiò amputare super effluentes palmites, ac nimia terræ feracitate luxuriantes. Id animæ tuæ præsta. Aperi illam, vt inde ipsa recipiat imbrium spiritualium charismatum, gratiarum, & honorũ cælestium. Aperta est coram Deo conscientia tua, quando prompta est in omnibus obsequi Deo, & pro nulla re, quantumcunque magna, ab ipso per mortale peccatum deuiare. Hinc iusti campi vocantur in Scriptura, cùm dicitur: Et campi tui replebuntur vbertate, hoc est, corda iustorum, quæ veluti campi aperta sunt ad cæli rorem recipiendum, semper ad æterna inhiantes. Et per oppositum nil sic impedit cælestem pluuiam, ac imbrem, quantũ mortale peccatum, per quod clauditur cor, & induratur ad Deũ, ne eius gratiam, ac charismata accipiat, præponens temporale bonũ Deo. Hinc Sponsa: Pessulum ostij Sponso aperuerat, Cant. 5.
vt ad se intraret. Hoc est, cordis duritiem, quam peccatum mortale in anima efficit. Idem est pessulum aperire, ac peccatum amouere. Væ miseris idolatris, qui Deum relinquunt, & sibi alium Deum confingunt. Nunquid idolatra est, qui relicto vero Deo, adorat idolũ? & nõ est idolatra, qui relicto Deo, adorat nummũ, vel honorẽ, vel ventrem? Idolatria enim est, illum habere pro Deo suo, quem super omnia diligit, supra omnia quærit, quem omnibus præfert. Sicut enim olim quilibet habitus habebat Deum suum, ita modò quilibet peccator habet Deum suum. Væ miserum, cuius Deus venter est, & gloria in pudendis est. Væ misero, cui & si non idolum ex auro, tamen certè ipsum aurum Deus est: quid enim refert, quia non figuratur? Huiusmodi conscientias suas Deo clauserũt. Disce, ò homo, in tuo opere, qualis sis in animo. Ex corpore accipe magisteriũ. Nonne vides cor tuum inferiùs clausum ad terram, & angustum, & superiùs apertum ad cælum, & amplum? Nunquid hoc casu factum est, ita vt non magis ex corporeo corde animi cor formare discas? Sit anima tua cor tuum, ab imis claude, ad superiora aperi, imitare vasculum corporei cordis, dilata os cordis tui, vt Deus totum occupet illud. Angustum sit ad terram, vt habens victum, 1. Tim. 6.
& quibus tegaris, his contentus sis. Est quædam herba, quæ dicitur Heliotropium, Hi- Simile.
spanè, *el tornasol*, cuius flos cum Sole nascitur, & cum Sole clauditur, & quòcunque se vertat Sol, semper sequitur ipsum. Talis debet esse humana voluntas ad Deum, quidquid contingat. Vbi fuerit Deus, ibi sit voluntas tua; semper intenta quid ipse velit, quid ipse præcipiat. Secunda vineæ

cultura est, illam emollire. Quid proderit tibi Dei dona suscipere, nisi in eis viriliter profeceris? Non poteris autem hoc, nisi cordis tui duritiem emollias, & carnem tuam assiduè perfodias. Attende Apostolum in Epistola hodierna optimũ operarium, quomodò colat, quomodò fodiat vineam suam, id est, carnem. Castigo (inquit) corpus meum, & in seruitutem redigo. Sicut enim

1.Cor.9.
Simile.

terra non fossa induratur, & proximùs malas herbas gignit: Ita caro malas cogitationes, & turpia desideria emittit, nisi assiduè effodiatur sarculo poenitentiæ, & ligone abstinentiæ. Ne leues huiusmodi instrumẽta à carne, nec à corde tuo. Sic enim & vineæ solẽt frequentissimè fodi, & iterum fodi, & arari, & mollíri, & purgari. Hinc Apostolus per singulos dies (ait) adhortantes corda vestra: vt nõ obduretur quis ex vobis fallacia peccati.

Hebr.3

Tertia vineæ cultura est putatio, oportet enim sapienter resecare vitia, tollere omnẽ superfluitatẽ ab animo omnium desideriorum, & voluptatum, & delitiarũ, & gaudiorum abũdantiam; dimittere solùm palmites spirituales ad fructũ. Impossibile enim est, vt pluribus intẽtus terrenis abundet in coelestibus. Non solùm palmites aridos, id est, vitia, sed etiam palmites virides, id est, licitas mundi delectationes amputare debemus ab anima: vt in paucis spiritualibus collecta virtus melius possit generare bonorum desideriorũ vberes fructus. Et quoniam magna difficultas est in resecandis vitijs, oportet acuta falce contritionis diligentissimè illa amputare. ¶ Solẽt etiam vineæ propter bestias circundari, & in aliquibus regionibus ex palmitibus ipsis cõficiunt manipulos, ex quibus sepiunt ipsas vineas. O homo tu fac similiter. Ostendam tibi mirum modum, quo ex ipsismet vitijs amputatis animæ tuæ firmissimum murum struas contra diabolum. Vt si in aspectu, aut colloquio illius mulieris peccas, semel ac iterum, aut ex illius hominis familiaritate iam expertus es occasionem tibi oriri peccandi: ex his experientijs manipulos cõfice, & his sepi animam tuam, ne iterum per illam viam ingrediatur fera pessima in vineam tuam. Experientia enim mali reddit cautum hominem, ad expellẽdum illud malum. Quatuor sunt quæ solent nocere vineæ, scilicet, herbæ, vermes, nempè eruca, & bruchus, gelu, bestiæ. Ista etiam quatuor nocent animæ. Primum voluptatum & mundanorum gaudiorum herbæ. Impossibile est enim hominem his mundanis gaudijs nimis immersum, spiritualibus fructibus abundare. Pinguedo spiritus non compatitur secum corporum delitias. Et sicut herbæ fructus vineæ destruunt, sic delectationes spiritum exhauriunt. Vermes sunt terrenarum operũ curæ, lites, solicitudines, anxietates, quæ animæ pinguedinẽ corrodunt, nec sinunt eam germinare spirituales fructus. Gelu comburens miro modo est carnalis concupiscentia, quæ spiritum gelat, & carnem inflat, quæ non solùm folia, verùm & radicẽ contemit, fructusq; ipsos exsiccat. Libido quippè omnia deuorat, etiam ipsas radices virtutum. Vnde & Iob de ea dicit: Ignis est

Iob.31.

vsq; ad consummationem deuorans, & omnia eradicans genimina. Bestiæ sunt dæmones, qui fructus etiam immaturos dentibus comminuunt, & deuorant, & de istis Sponsa clamat vineatoribus, custodibusq;

Cant.2

vinearum, hoc est, Episcopis, & prædicatoribus. Capite nobis vulpes paruulas, quæ demoliuntur vineas. Capiuntur, cùm producuntur, quando earum insidiæ populis deteguntur, ne fortiùs deseuiantur. Hæc & vitanda sunt à nobis, & cauenda: nam tempestas grandinis, quæ solet aliquando, maturis iam fructibus euenire, & illos perdere, si hæc à nobis nostris viribus vitari non potest, opus est pulsare cãpanas, inuocare orationibus Deum, ne nos demergat tempestas tribulationis, & tentationis, quæ plures etiam perfectos perdidit. ¶ Sed tempus est, vt de ipsa mercede loquamur, si prius hoc discernamus. Quomodo si nostra vinea est in qua laboramus, nempè anima nostra, à Deo nostri laboris mercedem expetimus? Mercenarijs quippè ideò datur merces, quia in alieno laborant: suam autem propriam colenti & purganti vineam, quis mercedem exhibeat? Tu autem propriam excolis vineam, quomodò à Deo mercedem petis? O misericordia, ô magnificentia Dei nostri! In proprio laboramus, & à te mercedem suscipimus. Quis vidit vnquam talet? Nostros profectus, tuos putas cultus, officia nostra, tua reputas seruitia. Quid enim ad

Iob.35.

te attinet, quòd ego homo sum? Si fueris iustus, quid dabis Deo? ait vnus ex amicis Iob: Et si fueris bonus, tibi erit, Deo enim quid confers? Habet enim ille Angelicum exercitum, propter quod Dominus Deus Sabbaoth nuncupatur, quorum comparatione vermiculus ipse es. Non eget laudibus tuis, imò nec Angelicis. Quantò re-

tro

tro seculis ipse solus fuit, antequam conderet mundum? Nullis indiget laudatoribus: quia sibi sufficit laus sua, quia sine omni laudatore ipse sibi laudabilis est. Nihil ergò ad eum pertinet quod boni simus, nisi quia cũ optimus sit, & summum bonũ; ipse sua bonitate vult omnes nos esse bonos similes sibi. Propter quod æternam nobis repromisit mercedem. Qui ait. O homo, esto bonus, & accipe cœlum, nõ quia egeo te, sed quia diligo te: ideò ad me attinet salus tua, non propter honorem, sed propter amorem, quia diligo te, & cupio vt videas me. Et licet labores in tua propria vinea; tamẽ mercedem ipse retribuit, & illam magnam. Grãdis certè labor est colere vineam, & cultam à tot periculis custodire. Sed nunquid absq; mercede? Non vtiq;. Et quænã est ista merces? Quis dicere valeat? indicibilis est, & omnem excedit cogitatũ. Nunquid non ineffabilis, non incogitabilis? Quæ in cor hominis non ascenderunt, quę præparauit Deus diligentibus se. Vtiq; nõ otiosis, sed propter ipsum laborantibus. Augustinus vltimo de Ciuitat. ingenuè fatetur se nescire hęc proloqui, sed quoniam promisi dicam (inquit) vt potero, experiri enim magis vellem, quã dicere. Grãdis operarius fuit in vinea Domini Abraham, qui relicta domo parentum peregrinus fuit omni tempore vitę suę habitans in tabernaculis. Ideò petens à Domino suorũ laborum mercedem, ait. Domine Deus meus, quid dabis mihi? Ecce propter te egressus sum de terra meá, reliqui domũ meam, patriam, & hereditatem. Nunquid frustra? Nunquid sine prætio? Domine Deus, quid dabis mihi? Nunquid mercenarius tuus ero, & præmium non habebo? Similiter alius magnus operator fuit Dauid, qui præliatus est prælia Domini, & zelauit pro domo Israel, & à Deo petit mercedem dicens. Quid enim mihi est in cælo, aut à te quid volui super terram? Dedisti quidem mihi Regnum, honorem, diuitias multas, hæc quę à te non petij, nõn volui, non optaui, sed pro istis meis laboribus non accipio mercedem hanc. A te enim quid volui super terram? Sed quid mihi est in cælo ostende, vt libentius laborem. Defecit (inquit) caro mea, & cor meum: quia non illud reficiunt, nec implent. Deus, ait, cordis mei, & pars mea Deus in æternum. Deus, & hic in æternum. Vnde Augustinus ait. Grandis ergo Domine, grandis est merces tua, nec enim est alia merces tua nisi tu Domine Deus in æternum. Non auro, nec

Augustin.

Psal. 51.

argento, non terra, nõ cœlo, non syderibus, non Angelis præmiantur labores tui; sed in Deo habes mercedem tuam. Et ne hac solatione contentus? Omnino non me satiaret Deus (ait Augustinus) nisi mihi daret seipsum. Quid est tota terra? Quid est totum cœlum? Et quid est quod in ęternum datur? Non pro hora, non pro die, non pro anno, non pro centum annis, vel pro mille annis, sed in ęternum. Res tunc dicitur plus valere, quando est perpetua, sicut ducatus perpetui redditus emitur quadraginta. Quare ergo pro vno Ducato datur triginta, vel quadraginta? Vtique quia perpetuus est. Quid valet Deus perpetuus? Augustinus pro vna hora qua quis fruatur Deo, centum, vel mille tormentorum annos sustinendos esse censet. Imò credo beatos centum annos inferni sustinere libenter, si à gloria separarentur, & haberent perfectam illius memoriam, vt vna die iterum Deo fruerẽtur. Quid igitur erit illud perpetuò possidere. Ita enim ad Abraham Deus respõdit. O amice Abrahã, ego merces tua magna nimis. Dabo meipsum, Dabo (inquit) tibi omne bonũ. Quicquid desiderari potest, in me est. Diuitię, delitię, honores, gloria, quies, pax, gaudium, lętitia, satietas, plenitudo, sapientia, virtus. Pete quidquid volueris, in me inuenies. Imò vltra quam ipse velis desiderare: omniũ bonorum pelagus sum. Hoc est quod Apostolus ait, quòd erit Deus omnia in omnibus. Quomodo hoc quòd Deus sit totus in omnibus, benè intelligo. Est enim totus in Petro, totus in Paulo; nec enim partes habet, quarũ vna sit in vno beato, & alia in alio. Sed quomodo erit omnia in omnibus? Vtiq; quia erit gustui sapor, & olfactui odor, ventri plenitudo, auditui melodia, intellectui sapiẽtiã, tactui voluptas, voluntati gaudium, denique omnia omnibus potentijs, ac sensibus in gloria; quam mihi & vobis præstare dignetur. Amen.

Simile.

D. Aug.

Genes. 15.

ad Col. 3.

Et ascendens Iesus Hierosolymam, assumpsit duodecim Discipulos suos secretò, & ait illis. Ecce ascendimus Hierosolymam, & filius hominis tradetur Principibus Sacerdotum, & Scribis, & condemnabunt eum ad mortẽ, & tradent eum gentibus ad illudendum, & flagellandum, & crucifigendum, & tertia die resurget. Hoc contigit cùm Dominus pergebat in Hierusalem ad Pascha illud, in quo debebat pro nobis acerbissimam mortem pati. Quarè tunc præcedebat eos, vt ait Marcus, cùm tamen ipsi vicibus aliqui Discipuli præcedere

Marc. 10.

cedere solebant illam. Et in specie modò dicit quæ passurus erat, quæ aliàs in genere dixerat, nimirum quòd interficiendus esset, modò & genus mortis, & præcedentia mortem explicat. Nec tamen dicit, quòd tradendus sit ab aliquo Discipulorum suorum: quoniam tunc nondum in animum id induxerat Iudas. Aduertendum tamen, quòd cùm inquit Matthæus, Tradent eum Gentibus ad illudendum, & flagellandum, & crucifigendum; tertium horum (scilicet) crucifixio fuit petita à Iudæis, duo autem prima, nempè illusio, & flagellatio, fuerunt effectus subsequuti traditionem Iudæorum, nō autem procurati ab eis. Et proindè propositio Ad, in duobus illis prioribus denotat cōsecutionem effectus, non intentionem tradentium Principum, ac Scribarum: quoniā hi non nisi crucifixionem eius petierant.

Marc. 10. *Luc. 18.* Vndè Marcus, ac Lucas quę sequuta sunt traditionem Iudæorum sic explicant. Et illudent ei, Gentes scilicet, & conspuent eum, & flagellabunt eum, & postquam flagellauerint, occident eum. Sed quoniā hæc historia bis legitur in Ecclesia, nempè Dominica in Quinquagesima, & Feria quarta, post secundam Dominicam in Quadragesima, ad vtrumque propositum in gratiā concionatorum explicanda est. Et primò sic incipe.

Moralitas fin concio. ¶ Breuiter hîc Dominus suæ passionis nobis memoriam facit, & clarè ea pronunciat quę passurus est, & nihilominus id Discipuli intelligere non valuerunt. Capere equippè non poterant, quomodò per has ignominias ac dolores Christus esset consequuturus suæ resurrectionis gloriā. Et

D. Greg. ideò Diuus Gregorius dicit, Protinus narratur illuminatio vnius cæci, & apud Matthæum duorum; nam quia carnales adhuc Discipuli non valebant capere verba mysterij, venitur ad miraculum, vt eos ad fidem cœlestia facta solidarent. Et certè hoc vnum inter alia mirabile videtur, quòd cùm Dominus pergeret in Hierusalem vt pateretur, & ea quæ passurus erat, acerbiora, & duriora, & ignominiosiora deberent esse, quàm ea, quæ vnquam homo in carne viuens aliquando passus est, nihilominus hæc, quæ abiectissima erant, ascensum vocat, cùm dicit, Ecce ascendimus Hierosolymam, & ipsam mortem suam ascensum vocat ad cœlestem Hierusalem. Longè alia est loquela Dei, quàm loquela hominum, sicut, & aliæ sunt cogitationes eius à cogitationibus nostris. Sicut enim exaltantur cœli à terra, (ait Dominus per Esaiam) ita exaltatæ sunt cogitationes meæ à cogitationibus vestris. *Esai. 55.* Nam quales sunt cogitatus, tales & sermones qui illos exprimunt. Cùm ergò cogitationes hominum terrenę, ac carnales sint, tales sunt etiam & sermones illius. Et cùm sensus hominis carnalis per quem gubernatur, non aliud bonum, aut malum agnoscat, præter id quod modò experitur; hinc fit quòd illa sibi sit gloria, quam ipse cùm mundo æstimat, & illa ignominia, quàm homines iudicant talem. E regione verò Deus qui per altiora iudicat principia, in hoc veram gloriam & honorem constituit, in quo secundùm veritatem consistunt, & eodem modo loquitur. Et quoniam passiones & mors Christi via sunt ad veram exaltationem, quę fit in gloria cœlesti: ideò à fine eas denominat, exaltationem eas vocans, eo modo loquendi, quo potio amara, aut phlebotomia, & cauterium sanitas nuncupantur, quia ad sanitatem diriguntur. Conturbatur stomachus, dolet venter, *Simile.* amarescit lingua, postquam hausisti potionem, & alius dicit tibi, Gaude, quia hæc omnia salus sunt. Torqueor ad mortem, & dicis mihi hæc esse salutem. Ita est: quoniam dolores illi via sunt ad salutem, & ideò sanitatem voco. Ille alius qui fodiendo, arando, colendo terram penè spiritum exhalet, si quæsieris ab eo quid agat, vtique respondebit, se vitam suam sibi acquirere. Quòd si dixeris. Perdis vitam laborando, & dicis illam acquirere? Sic. Quoniam sic vitam sustentat acquirendo victum. Sic iustus, qui dum in carne viuit, oppressus, abiectus, ac mille modis afflictus viuit, si hęc propter Deum patienter fert, ascendere dicitur, etiam si oculis hominum descendere videatur. Illi enim gradus ac passus sunt, quibus in cœlum ascenditur. Vnde in Psalterio Dauid, quindecim Psalmi sunt, qui dicuntur Cantica graduum, quæ concinebant illi qui ascendebant in templum Hierusalem, & per tribulationes incipiunt dicendo. Ad Dominum cùm tribularer clamaui, & exaudiuit me. *Psal. 119.* Hei mihi, quia incolatus meus prolongatus est. *Psal. 118.* Euntes ibant & flebant mittentes semina sua. Ascendis, & ploras? Eleuaris & tribularis? Ad Deum pergis & gemis? Ita certè. Quoniam hi gradus sunt per quos ascenditur ad Hierusalem. Quapropter gratias tibi Domine refero, millesque vicibus gratias ago, quoniam hæc grauia, ac onerosa subiectio,

quæ

qualis est homo, corpore hoc ponderosiore terra & arena onustus, quod fortiter ad terram illum inclinat, tuæ gratiæ alas, ac fauoris tui celeritatem tribuisti, quibus subleuatus sic altè volat, vt Aquilæ volatus exuperet, nec accipiter tanta velocitate ad prędam auolet, quantum ipse ad cœlestia subleuatur. Quòd Aquila volet, quis mirabitur? sed quòd bos in aëra tanquam Aquila veheretur; hoc omnibus prodigium appareret. Quod Angelus cœlestia petat, nil mirũ est, alis plenus, subtilissimus spiritus, qui omnia corporalia velocissimè transcēdit: Sed quòd homo huic oneri mortali iunctus, ac conglutinatus

Sap. 9. (de quo scriptum est, corpus quod corrumpitur, aggrauat animam: & deprimit terrena inhabitatio sensum multa cogitantem) quod iste ascendat, volet in altum, atq; se iactare valeat, atq; salire, hoc certè valde mirabile est.

D. Thom. Hac ratione D. Tho. docet in .p. parte. quòd Angeli perfectiores in natura, etiam in gloria sunt maiores: quoniam totis suis viribus se in Deum conuertunt, nec enim carnē habebāt qui illorum conatum impediret, sicut homines habemus. Quarè suspicor, quòd in die iudicij, plus splendebit Dei gloria in hominũ, quàm in Angelorum salute. Nā quòd res tam grauis in tam excelsum ascenderet locũ, quæ machinę id facere poterũt? In difficultate dicimus quòd sita est gloria, & maior apparet difficultas in hominum, quàm in Angelorum saluatione. Quarè illa in maiorem cedet gloriam. Angelus in ipso cœlo empyreo creatus fuit, quid mirũ quòd in illo semper maneat, imò quòd ab illo loco ceciderit, mirabilius apparet. Homo verò qui in terra conditus est, conterendo glebas, onustus ligone & aratro, quòd iste cum debeiet descendere ascendat, miraculum mirandum apparet. Difficultas quippè in ascendendo est. Nam

Virgilius. *facilis descensus Auerni: sed reuocare gradum, superasq; euadere ad auras, hoc opus hic labor est*. Has ergò omnes difficultates gratia Dei superat, quæ hominem corporis pōdere pressũ ad alta ascēdere facit. Quarè iustorum vita ascensus vocatur.

Psal. 83. Beatus vir cuius est auxiliũ abs te (ait Regius Propheta) ascēsiones in corde suo faciet. Auxilium gratiæ suæ ipsũ ascēdere ad supera facit. Quare Ec-

Eccl. 19. clesia quotidiè in præfatione nos admonet dicēs. Sursũ corda. Et de iustis dicitur quòd ascendũt. Ascēdit Moyses in montē. Ascen-

4. Reg. 2. dit Abrahā & ascēdit Helias. Et de animali-

Ezech. 1. bus sanctis dicitur, quod erant pennata. Ad

Cant. 2. Sponsam quoq; Spiritus Sāctus ait. Surge, propera amica mea, Colũba mea, in foraminibus petrę. Ea velocitate qua colũba ad fenestras suas ascēdit, pperat etiã anima iusti, ad cœlestia. Verberat aërem fortiter columba alis suis, nec alia auis est, quæ tam magnum sonitum faciat quatiendo aërem alis suis sicut Columba facit. Sic & iustus strepens flagellorum ictibus, singultibus, suspirijs, ieiunijs percutiendo aërē, ac vanitatē huius seculi ad supera volat. Vnde Paulus quæ sur- Ad Col. 3.
sum sunt (ait) quærite, vbi Christus est in dextera Dei sedens: quæ sursum sunt sapite, nō quæ super terram. Ac si diceret, nō ad Solem, aut Lunam, aut ad Angelos, aut Cherubin ascēdere nitì debetis: sed vsq; ad dexterā Dei, vbi Christus est sedēs, vestrum volatum iactare debetis. Id ipsum illũ facere videbatur cũ ad Philipenses 3. dicebat. Fra- Ad Phil. 3.
tres, ego nō arbitror me cōprehēdisse. Ac si diceret. Nondum meũ volatũ finiui, nec terminũ meũ adhuc attigi: quoniam altissimus est. Vnũ autem (id est quod ad rē attinet, hoc est) quæ retrò sunt obliuiscens, ad ea verò quę priora sunt, extendo meipsum, ad destinatum persequor, ad brauium supernæ vocationis. Alludit ad modum, quo se habēt Simile.
illi qui currunt ad apprehendendum præmiũ, quod velocius currenti appositum est, qui non respiciunt ad id quòd iam currendo pertransierunt, sed ad id quod pertranseundum restat. Sic iustus non respicit bona quę iam fecit, sed quę facienda restant attendit. Currere, ascendere, volare: hoc nititur. Ad priora extēdens meipsum, hoc est, ad apprehendendum præmium meũ iusto, totis meis viribus ad illud me proijcio. Sicut qui cur- Simile.
rit in stadio ad apprehendendum brauium toto corpore se proijcit, vt apprehēdat illud imò antequā appropinquet, extēdit corpus & manus, vt colligat præmiũ ibi appositũ: sic iust' corpus & manus ad accipiēdũ præmiũ extēdit. Et hoc est, Ad priora extēdo meipsũ, vel ad priora, id est; ad ea quæ sunt ante me extēdo meipsũ. Iust' quippè res, & honores, diuitias, & voluptates dimittit, & ob oculos tanquam scopum Deũ ipsum ponit, ita quòd cùm ipse fugiat omnia hæc, ipsa tamē illum sequuntur. Quoniam ista quæ propter Deum dimisit, cumulatim & perfectiora posteà in Deo ipso adinuenit. Hoc discriminantur iusti & peccatores. Quoniam isti auidissimè post honores, voluptates, diuitias, ac cætera bona temporalia currunt: quę tamen longè fugiunt ab eis. Ea omnia ob oculos tanquam scopum ponunt, & tamen longè

fu

se ab eorum conspectu eleuantur, ita quòd ferè per totam vitam suam, nec semel ea contingere queant. Sed iusti hæc post se dimittunt, & ipsi solum Deum respiciunt, & ideò hæc omnia sequuntur illos tanquam vmbra corpus. Sed cùm Deum, quem ipsi quærunt apprehenderint, hæc omnia consequuntur illos, & in Deo ipso longè meliora contingunt: quoniam in Deo ipso, & honores, & diuitiæ, & voluptates multò melius, quàm in seipsis inueniuntur. Sed quoniam hæc in Deo celsitudinem quandam sortiuntur, oportet quòd homo ad ea eleuetur & extendatur, & ideò dicit, Extendo meipsum. Hoc est, supra naturam meam ascendo. Supranaturale quippè est homini Deum in seipso contingere, vt supra vires suas est tam altam visionem apprehendere. Nam vt Dominum Christum qui semper præcedit nos assequamur, opus est corrigiam extendere vt dicitur (*dar de si el hombre*) & magis, ac magis benè operari, plus hodiè quàm heri, & melius cras, quàm hodiè: vt sic aliquo modo contingere Christum queamus, qui semper tanquam Aquila super nos volat, ideò quippè dicitur, Vbicunque fuerit corpus, illuc congregabuntur

Luc. 17.

& Aquilæ. Et titulus Psalmi. 34. est, Idithun.

Psalm. 34.

Vbi grande adinuenit mysterium Augustinus.

D. Aug.

Idithum quippè interpretatur transiliens eos, & hoc Christum Dominum refert, qui semper præcedit nos & antecedit, & super nos volitat & eleuatur. De quo Psalmista dicit.

Psal. 17.

Et ascendit super Cherubin & volauit, volauit super pennas ventorum. Hinc & Sponsa dicit. En ille venit saliens in montibus, transiliens colles. Ad brauium supernæ vocationis in Christo Iesu, per Christum sic alti ascendimus, & ipse nobis alas gratiæ suæ conferre dignatur. In cuius signum in lege veteri præcipiebat Deus, ne per gradus ascenderent ad altare, quasi in hoc innuens, quòd in illa lege non habebatur ea plenitudo gratiæ quæ in noua, qua possent ascendere in cœlum.

Cant. 2.

Exod. 20.

Nemine enim ad perfectum adduxit Lex, nec alas ad tantam celsitudinem dabat. Lex autem noua iam præcepit nobis, vt cantemus Canticum graduum, vt Augustinus dicebat. Ascendenti ad conuallem plorationis, & cantanti Canticum graduum dederat sagittas acutas. Quandò enim conuersus est ad Dominum, hoc Canticum graduum ascendens à peccatis ad gratiam canebat. Et Paulus ad Galat. scribens. c. 4. dicebat. Nos sub elementis mundi eramus seruientes. Qui in veteri lege degebant sub elementis mundi erant, eo quod subijciebantur ceremonijs illis, ac sacrificijs quæ ex rebus elementalibus constabant. At vbi venit plenitudo temporis, misit Deus filium suum natum ex muliere, factum sub lege, vt eos qui sub lege erant redimeret, vt adoptionem filiorum reciperemus. Vt homines ab elementis mundi, quibus in lege veteri seruiebant, ad altiora subleuaret. Nam & si modò sacramentis visibilibus subijcimur, quæ ex quatuor elementis constant: tamen non nos submergunt sub se tenera elementa, quinimò supra illa nos eleuat gratia, quæ in illis nobis confertur, & super omnia creata nos ascendere facit. Vnde de Christo Domino scriptum est, quod postquam baptizatus est, confestim ascendit de aqua. Et sic eos qui baptizantur confestim ab aquis eleuat eos baptizantes. Iam enim alæ conferuntur illis, quibus super omnia creata volent. Vt adoptionem filiorum Dei acciperemus. Recepit quippè vt sit filius Dei, & hæres Regni cœlorum, quod est super omnes res creatas. Igitur optima ratione Dominus mortem suam ascensum vocat, cùm dicit. *Ecce ascendimus Hierosolymam*. Et Lucas ait. Et consummabuntur omnia quæ scripta sunt per Prophetas de filio hominis. Nam per ipsum hanc consummatam perfectionem accipiemus ad vitam æternam, vbi finis noster situs est. Ipse enim est via per quam pergimus ad Deum, & scala illa mystica Iacob, per quam ascendimus ad patriam. Ideò quippè dicitur à Paulo Finis Legis Christus. Non ob hoc solùm quod ipse esset scopus, ad quem dirigebatur, & aspiciebat Lex veruetiam quia finis & consummatio Legis fuit, quam adimpleuit in sua perfectione ponens. Namque docet nos per illam ad finem nostrum, & consummatam perfectionem nostram. Tunc enim res est in sua vltima perfectione, cùm consequuta est finem suum. Christus quippè hanc consummatam gratiam confert nobis, quam in finem nostrum vltimum collocamus. Quare è solus ipse dicere potuit, Consummatum est, hoc est, imperfecta perfeci, & hominem in sua consummata perfectione collocaui. Id est etiam quod Paulus. Hebre. 12. docet. Aspicientes (inquit) in authorem fidei, & consummatorem Iesum. Quoniam non solùm in nobis per Christum incipit ista Dei cognitio per fidem; verumetiam perficitur. Infundit quippè fidem, quæ cognitionem obscuram & ænigmaticam parit, & confert gloriam, in qua perficitur ista cognitio, & fit clara. *Tradetur enim Gentibus, &c.* Ecce gradus quibus ad cœlestem Hierusalem ascenditur. Flagella, cruces, iniuriæ. Ascensum eius fecit purpureum, reclinatorium aureum, vt ad reclinatorium

Matth. 3. · Ad Galat. 4. · Luc. 18. · Genes. 28. · Ad Rom. 10. · Ad Hebr. 12. · Cant. 6.

[illegible] descendimus (quod significat diuinitatis claram cognitionem, in qua requiescunt animae sanctorum) oportet, vt per hos gradus purpureos ascendamus. Per labores, per vincula, per flagella, sanguinea vulnera, per ieiunia, paupertatem, persecutiones, labores. *Luc. 24.* Nonne sic oportuit pati Christum (dicit Dominus) & ita intrare in gloriam suam? Qua de causa illum inimici eius deijcere voluerunt, amplius sublimarunt. *4. Reg. 2.* Pueri illi qui irridebant Heliseum dicentes. Ascende calue, ascende calue, opprobrium quidem ex vna parte offerebant illi, caluum illum nuncupantes: ex alia parte eleuabant illum dicentes, quod ascenderet. Sic Christo Domino contigit, qui dictus caluus, eo quod in monte Caluario *D. Aug.* occisus est, (Nam sic intelligit Augustinus plurimos psalmorum titulos, qui sic dicit. In finem pro filijs Chore; hoc est caluu, cuius filij sumus Christiani, in monte Caluario per mor- *Math. 27.* tem suam genuit, ac viuificauit.) In monte ergo illo Caluario, in quo illum opprobrijs maximis afficiebant dicentes, non quod ascenderet, sed quod descenderet, Descendat de cruce, & credemus ei, illi illum potius sublimabant, & ad coelum vsque *3. Reg. 14.* euehebant. Ascensus ergo ad thronum Salomonis purpureus est: nec enim per delitias & carnis voluptates ascendimus, sed per hos gradus *2. Cor. 6.* per quos ascendit Christus. Hinc & Paulus [illegible] in vigilijs, in frigore & nuditate, & [illegible] exercebantur, vt [illegible] perfruerentur: ipsi vero nil horum [illegible]. Difficile [illegible] quomodo ad ascensum [illegible] per descensum, [illegible] contrarium [illegible] descendimus. Quod in confirmationem huius veritatis [illegible] hoc Euangelium in Quinquagesima [illegible], quo tempore Christiani in potationibus, [illegible] & [illegible] Ecclesia passionis Christi memoriam facit, [illegible] de passione & morte loqui, [illegible]. Sed [illegible] Christus Dominus [illegible] Discipulis suis passionis [illegible] in illis gaudijs [illegible] ne [illegible] *Marc. 16.* [illegible] magis

[illegible] nio & gaudio eleuarentur, statim dixit eis quae pati deberet in Hierusalem. Item in transfiguratione, cum tanto gaudio affecti remanserint Discipuli, vt Petrus diceret se velle ibi manere: tunc Moyses & Helias loquebantur de excessu quem completurus erat in Hierusalem. Hoc est, de passione & morte eius. & postea ipsis Discipulis idem dixit. Et cum capite praecedenti Discipuli dixissent ad eum. Ecce nos reliquimus omnia, &c. & Dominus illis promisisset duodecim sedes; consequenter in hoc capite dicit eis. Ecce ascendimus Hierosolymam. &c. Idem inten- *Iob. 37.* dit Ecclesia, imminere vobis metum inter vestras delitias ac gaudia, ne effrenati eas sequamini. *Ad Phil. 2.* Sic enim Iob. c. 37. dicebat. Semper enim quasi tumentes super me fluctus, timui Deum. Et Paulus ad Philippenses 2. ait. Itaque fratres mei, cum timore & tremore vestram *Prouer. 28.* salutem operamini. Hic enim timor hominem prosperum, & beatum in via virtutis reddit: verum quippe est, quod per Sapientem dicitur. Beatus homo qui semper est pauidus. Hinc enim apud Scythas (teste Strabone) mos erat in conuiuijs eorum, vt cum pocula conuiuis porrigebantur, vnus praeibat cum calua- *Eccl. 11.* ria hominis defuncti, & dicebat. Vide, & bibe. Ne multum potui indulgeas; considera te moriturum. Hinc & Sapiens nos admonet dicens. In die bonorum, ne immemor sis malorum. Hac ergo ratione Ecclesia hanc memoriam mortis Christi inter nostra gaudia immiscet, ne plurimum his fidamus, sed nostrorum pec- *Esai. 53.* catorum memoriam habentes, potius ad lacrymas quam ad risum moueamur: Christus enim propter scelera nostra attritus est. Sed haec consideratio illis dumtaxat, qui per veram eiusdem Christi passionis effecti sunt, prodesse videbitur. Sed & de caeco fit mentionem [illegible], vt hinc [illegible] caecitatem nostram. Nam cum ad tristitiam & poenitentiam (cuius *Homil.* tempus instat) nos praeparare deberemus tunc longius ab illa declinamus, & ad charitatem [illegible]. Caecus, fratres mei, in meridie cum Solis micantes radij splendent, nil videt, sicut nec quando nox tenebris suis occupat orbem, sic caecus est in meridie sicut in media nocte; etiam si radij Solis eius oculos feriant, nihil magis conspicit. Sic & nos, ô Christiani, ita caecutimus in meridie, sicut in medijs tenebris. Sic enim fuimus cum Ecclesia ad spiritualia nos vocat, sicut quando *Esai. 59.* caro nostra nos ad delitias exigebat. Vnde Esai. 59. ait. Impegimus in meridie, quasi in tenebris; [illegible]

quando

quando Ecclesiæ [illegible] oculos nostros fortius feriunt: tunc minus & nos videmus. Cùm nos à cæcitate nostra vult eripere, tunc plus luti super oculos ponimus. Cùm nos sanctiores efficere satagit, tùc nos magis efficimur peccatores. Impegimus in meridie quasi in tenebris. Cũ maiorem nobis lucem administrat Ecclesia, minùs videmus. Percutit oculos nostros luce, & nos nihil ad illam mouemur. Tristitiã nobis repræsentat, & nos ad voluptates & luxuriam præcipites ferimur. Et vocabit Dominus in die illa ad luctum, & caluitium, & ad cingulum sacci, & ecce gaudium & lætitia, occidere vitulos, iugulare arietes, comedere carnes, & bibere vinum. Comedamus, & bibamus, cras enim moriemur. Et cras ieiunabimus. Quid huic cũ illo rei est? Quæ cæcitas? quæ insania hominis Christiani per hos dies capit? quòd Quadragesimæ tẽpore propero, in quo ieiunare debetis, nunc plus commessationibus, & ebrietatibus, simul & impudicitiis indulgeatis. Si operam detis. Nonne insanus tibi videretur citharœdus, qui coram Rege debet post horã pulsare fides, si prius ad pilã luderet, quo ludo manus suas bene impediret, ne postea (vt decet) pulsare valeat fides? Debes post triduũ ieiunijs vacare, & [illegible] macerare carnem tuam, & ad contraria dedis. Quomodo tũc ieiunare valebis? Quis hastiludiũ, vel [illegible] exercere debent, prius equum [illegible] pe parietẽ rectos currere docent, quàm eum postea cela ipsa ligno [illegible] non deterreat. Nã si illos per plateas & cãpos currere facerẽt, nequiret in quo die hastiludium currere deberent, illo [illegible] ducere. Debes cras, [illegible] certamen cũ diabolo inire, in quo corpus geris vicẽ equi, & anima equitis, [illegible] hisce diebus à proximis certaminis per plateas & [illegible] currere, ac discurrere facis, longeque à [illegible] detines, quomodò poteris illud tẽpore prælij per [illegible] viam decurrere? Scio equidem hoc esse in vanum verba proferre; sic iam pessima inter Christianos consuetudo præualuit. Sed tamen pijs animis cõfido aliquod emolumentũ [illegible], ne à recto declinent earũ [illegible], vt hora certaminis [illegible] stent. Assumpsit autem duodecim Discipulos suos secretò Dñs. Vt intelligamus quæ res magni momenti quæ ad salutem animæ conferunt, non omnibus sunt propalandæ. Sed paucis & his electissimis [illegible] to ad bonũ. Hinc Sapiens ait. Noli oĩb. aperire cor tuum, & à [illegible]

-siliũ. Omnis enim cõsiliarius prodit cõsiliũ, sed est cõsiliarius in semetipso. Et alibi: amici sint tibi plurimi, cõsiliarius aũt vnus de mille. Hinc Iacob à Laban socero suo & à filijs ad terrã ad quã Dñs vocabat eũ, properare volebat. Sciliet cũ tales secundũ carnẽ coniunctis his quæ sũt spiritui cõmoda aduersari. Quare nõ solũ hæc cũ illis nõ sunt tractãda, verũ longius repellẽdi, si impedire vellẽt. Sic enim & Dñs cũ Petro fecit. Qui amore carnali affectus ad Christũ, illũ à morte sua impedire nitebatur dicens. Absit à te Dñe, non erit tibi hoc. Dñs autem illũ repellit inquiẽs. Vade post me Satana, scandalum es mihi: quia non sapis ea quæ Dei sunt, sed quæ hominum. Hæc pro Dominica in Quinquagesima. Sed quoniam in feria quarta post secundam Dominicã Quadragesimæ simul cũ eo quod sequitur cantatur; ideò totũ simul deinceps absoluendum est. Sequitur enim in historia. *Tunc accessit ad eum mater filiorum Zebedæi cum filijs suis, adorans & petens aliquid ab eo. Qui dixit ei. Quid vis? Ait illi. Dic vt sedeant hi duo filij mei, vnus ad dexteram tuam & vnus ad sinistram in Regno tuo. Respondens autem Iesus dixit, nescitis quid petatis. Potestis bibere calicem quem ego bibiturus sum? Dicunt ei. Possumus. Ait illis. Calicem quidem meum bibetis, sedere autem ad dexteram, vel ad sinistram non est meum dare vobis, sed quibus paratum est à Patre meo.* Circa priorem partem huius Euangelij aduerte, quòd Dominus breuiter suam narrat passionem, & tamen acerbissima fuit. Compendiosè sua refert tormenta, & tamen plura & maiora fuere, quàm vnquam homo in carne pertulit passus est. Quomodo ergò sic breuiter, & compendiosè refert Dominus? Quoniã pauca videbantur, præ magnitudine amoris, & ideò sic narrat, quasi ferè nulla fuissent. Sic, & pro vxore seruiuit Iacob, quatuordecim annis seruiuit pro Rachel, vt ait Scriptura, quæ videbantur ei dies pauci præ magnitudine amoris. Sic Dominus quæcunque [illegible] amore hæc pro hominibus patiebatur, quasi pauca sibi videbantur, [illegible] sic compendiosè & breuiter refert, vt in hoc hominibus durissimos eorum aperiret amores. Si enim tu, vel parentes pro amico tuo feceris, millies illi eam exaggerabis & ex minima magnam facies. Quasi exprobrans illi beneficia tua, & sæpe [illegible] ei dixeris, magna feci quod dedisti dicendo, & eam familiaritatem cũ illo cõtempsisti. Dñs autem

[illegible] huius differentiæ ratio est. Quoniam ea quæ facis amore proprio metiris, & ideò quidquid alteri confers etiam si minimum sit, quia amor proprius à te fuisse ablatum considerat, multum æstimat quidquid à te ipso tollit. Deus verò qui propter nos homo est, & propter nostram salutem passus est, etiam si multo plura fecisset quæ pertulit, tamen quia ea ex amore hominum procedebant, & plura & quæ nulla videbantur. Atque hinc colligo ergo quàm parum amor sit quem erga Deum habemus. Nam quæcunque et etiam minima, quæ pro eo facimus, aut patimur, ita quasi rem magnam æstimamus: Eleemosynam parvam pauperi dedisti, vel sacram aliquam sine devotione audisti, iniuriam patienter tulisti, iam putas te Deum multis titulis promeruisse, & magnum super eum obligationem habere. Nec attendis [illegible] quantum illi debeas, & quàm parua retribuas.
Luc. 18. Sic Pharisæus ille faciebat, exprobrans Deo opera propria, & quasi magna essent coram eo iactans ea. Attende miser, quàm multò maiora tibi contulit Deus, & tamen tanquam parua essent sic ea refert. Et quod Dominus ipse te docuit, quòd postquam feceris omnia quæ ipse præcepit, dicas: Serui inutiles
Luc. 17. sumus, quod debuimus facere fecimus. Secundò memoriam passionis suæ modò & sæpe facit Dominus Christus, vt intelligamus quòd nunquam ex mente excidebat, quòd pro hominibus pati deberet, & quasi securitate hac gauderet, ac voluptate afficeretur, sæpius ea per memoriam voluebat. Vinea mea coram me est semper,
Gen. 8. ait ipse Dominus. Hoc est, mors mea quæ per sanguinis effusionem erit, quasi qui calcat torcular in vineis, remedium generi humano afferre debeo. Quare quinquies Dominus memoriam
Matt. 16. suæ passionis fecit. Primò Matthæi. 16. postquam interrogauit Discipulos suos, Quem dicunt homines esse filium hominis: & postquam Petrus illum confessus est filium Dei, tunc cœpit Iesus ostendere illis, quia oportebat illum ire Hierosolymam, & multa ibi pati. Secundò post Transfigurationem, Matthæi. 17. Vbi
Matt. 17. cum interrogauerant de aduentu Heliæ, & ipse respondit, Helias iam venit, & fecerunt in eum quæcunque voluerunt: Sic & filius hominis passurus est ab eis. Et tertiò ibidem cum essent in Galilæa dixit Discipulis: Filius hominis tradendus est in manus hominum, & occident eum, & tertia die Resurget. Quartò capite 20. in Euangelio hodierno. Quintò
Matt. 20. & 26. infra capite. 26. ubi ante passionem, cum dixit: Scitis quia post biduum Pascha fiet, & filius hominis tradetur vt crucifigatur. Hoc autem varietate mysterio minimè credendum est. Sed in his quinque vicibus, quibus Dominus memoriam suæ passionis fecit, voluit docere nos, quàm nobis necessaria fuerit mors, ac passio eius, & quanta nobis imminet necessitas crucifigendi quinque sensus nostros cum ipso Christo in Cruce, vt ait Paulus
Ad Rom. 6. ad Rom. 6. Vetus homo noster simul crucifixus est, vt destruatur corpus peccati. Hoc est, tota moles & vis peccati. Et quia peccati fortitudo est in carne, & carnis vis in quinque sensibus sita est; oportet vt hostes per quos mors intrat in animam, & eam affligunt, atque in captiuitatem redigunt, cum Christo in cruce affigamus, ne amplius aduersum animum inferre audeant. Quod adumbratum fuit in illis quinque Regibus, qui impediebant populo
Iosue. 10. Dei ingressum terræ promissionis; quos tamen viuos cepit Iosue, & in cauernam inclusit & ostium grandi lapide obturauit. Deinde à specu illos eduxit præcepit, vt principes filiorum Israël pedes super colla eorum ponerent. Deinum in patibulis suspendi eos mandauit. Sic quinque sensibus nostris, qui tyrannicè occupare hominis Regnum contendunt, vt anima illis subsit, ac obediat, & impedimento nobis sunt ad ingressum terræ promissionis, hoc est, Regni Cælorum, bellum semper indicere animæ, & aduersari eis
Galat. 5. (nam vt ait Paulus, Caro concupiscit aduersus spiritum) primùm ergò carceri illos mancipare oportet, atque occludere, & sub custodia tenere ne ad illicita egrediantur. Nimirum si oculus illicita intueri vult, aut manus alienum suscipere, vel pes ad sanguinem properare, detinere illos, occludere, ne ad id perpetrandum egrediantur foras, & pactum cum illis statuere sub pœna indita, quam si transgressi fuerint, plectantur. Sic enim & Iob fa-
Iob. 31. ciebat, Pepigi (ait) fœdus cum oculis meis, vt ne cogitarem quidem de virgine. Nec hoc sufficit, sed suppeditare illos, ac conculcare colla eorum, quæ aduersus animam erigunt, & denique cruci illos affigere; quotidie memoriam passionis Christi renouando; & sic victor aduersus eos euades. Hac ergò ratione his quinque vicibus Dominus memoriam suæ passionis fecit, vt cum illo sensus nostros etiam cruci affigamus. Sic enim aliqui, qui sibi carnem crucifigunt. Hi sunt illi qui ieiuniis & verberibus affligunt carnem suam. Sed hoc non ordinant ad refrenanda vitia carnis. Ieiunant quidem, sed peierant, mentiuntur, dolo decipiunt fratrem suum, & alia terra facinora perpetrantur, & illi cupiunt ig-

Ignorans quid sit crucifigere veterem hominem. Frustrà laborant. Nam vt ait Gregorius, in homilia primæ Domi. Quadrage. In vanum atteritur caro, si à suis cupiditatibus animus non relaxatur. Alij autem sunt qui bonis operibus simul incumbunt, vitia comprimunt, virtutum opera exercent: & hi carnem simul cum vitijs crucifigunt. De quibus Paulus ait. Qui autem sunt Christi, carnem suam crucifixerunt, cum vitijs & concupiscentijs. Et hi verè cum Christo crucifiguntur. Nam & hoc ipse voluit, veterem hominem cum affectibus suis in cruce interimere, vt amplius non seruiamus peccato. Hi autem qui [illegible] sunt. Nam & cum Christo duo latrones crucifixi sunt, & tamen vnus perijt, alter solus salutem consequutus est. Quoniam vni caro dominatur, alter etiam vitia sua affixit cruci, & sic ex omnibus ieiunantibus Quadragesimam & alia ieiunia, quam paruum fructum reportabant, quia pauci erant qui vitia simul interimerent. Ecce quid in hac sua passionis commemoratione voluit nobis ostendere Christus. ¶ Sed cùm hæc verba suis Discipulis dixisset, ait Euangelista, quòd *Tunc accessit ad eum mater filiorum Zebedæi*, vtpote à filijs suis subornata, *adorans & petens aliquid ab eo. Qui ait. Quid vis? Ait illi. Vt sedeant hi duo filij mei, vnus ad dexteram tuam, & alius ad sinistram, in regno tuo.* Hoc est in honorabiliori loco ab alijs decem pone illos, in Regno Messiæ quod expectamus, & intelligimus quòd incipiet post resurrectionem tuam. Attendite hominum ingenium. Duo dixerat illis Dominus. Alterum quod passurus esset in Hierusalem, quàm ingentia tormenta, quæ dehiscia, quæ damnat. Alterum quòd post hæc tertia die esset resurrecturus, in qua resurrectione ipsi putabant Regnum temporale Messiæ inceptarum. Isti ergò duo Discipuli de primo nil curauerunt, tempore, quòd [illegible] hoc [illegible] quod bona valde videbatur significare, illud appetunt & postulant. Hæc est enim humanum ingenium, ista conditio, vt quæ sibi bona videntur volunt, quando opus est, vt aliquid patiantur ad ea habenda, id minimè approbant. Cœpit sic Dominus prædicare. Pœnitentiam agite. Appropinquabit enim Regnum cœlorum. Hoc v[illegible] omnes appetiuerunt, de primo [illegible] causa. Sic quod dicitur per multas tribulationes oportet nos introire in Regnum Dei. [illegible] sibi [illegible] [illegible], quando [illegible] Deus, præstabit [illegible], & [illegible] in [illegible]

sed simul [illegible] tibi, [illegible] quod nullum peccatum inultum relinquit. [illegible] habeat [illegible], [illegible] iudiciorum suorum [illegible] peccatoris, id quod sibi [illegible], alia obliuiscitur. Misericordiæ Dei innixus non cessat peccare, & obliuiscitur iudiciorum Dei [illegible] timore perpetrat mala. Idem dicendum de hæreticis, qui cum audiunt passionem Christi sufficientem ad omnia delenda delicta, sed quod oportet nostris bonis operibus media Christi nostra facere, hoc neglecto, primum docent & credunt. Similiter quum Paulus de his qui præsunt dicit, quòd [illegible] dupplici honore digni habentur, quòd ex populi sudoribus aluntur, discit [illegible], illis [illegible] obligatio rectè viuendi, & quod debent esse irreprehensibiles, hospitales, [illegible] maximè [illegible], &c. Primum expetunt, secundum negligunt. Sic filij Zebedæi faciebant. Neglecta quippe passione ad resurrectionis gloriam deuenire anhelant. Sed his omnibus respondere poterit, quod Dominus his Discipulis dixit, Nescitis quid petatis. Potestis bibere calicem, quem ego bibiturus sum? Ac si diceret, Stultus est, qui petit gloriam sine laboribus consequi, nec [illegible] potest [illegible]. Si enim intrare debes Regnum cœlorum, [illegible] calicem [illegible] debes, &c. [illegible] misericors, [illegible] est & iustitia [illegible] opera [illegible] debes, si misericordiam [illegible]. Idem & respondendum potest his, qui in Curia Regis [illegible], [illegible] Episcopatum, vel Commendatoris [illegible], aut alia quæuis [illegible]. Potestis bibere calicem? Hæc [illegible] Non [illegible] Episcopum [illegible] [illegible] ac [illegible] [illegible], [illegible] charitate [illegible] [illegible] [illegible], & alia multa [illegible]. Si dixeris [illegible] omnia posse facere, superbus es valdè, [illegible]. Si dicas [illegible] quid petas: quia non potes bibere calicem [illegible]. Quod [illegible] Commendatarius [illegible] Ecclesiæ [illegible], vt [illegible] ab [illegible], & simul religionis [illegible] habent in corde. Ideò quippe [illegible] sibi [illegible] Ecclesia, vt [illegible] sua

si id non feceris, sed potius in vitijs bonos prouentus expenderis, credensq; te elatū in terrenis, & voluptatibus potiri; iā nescis quid petas; quia nō bibis calicē qui tuū officium consequitur. Similiter si pretendis iudex esse vim, si nō habes zelū magnum iustitiæ, & pectus ferreum ad resistendū iniquitatibus, iā nescis quid petas. Sic enim & Sapiēs ait. *Eccles. 7.* Noli quærere fieri iudex, nisi valeas virtute irrumpere super iniquitates. Potestis ergo bibere calicē, quē ego bibiturus sum? Dicūt ei. Possumus. Omnia quippē ambitio præsumit, nec mortē veretur, dum modò quod ambit habeat. Ait illis. Calicem quidem meum bibetis. Tres calices porrigit Christus suis. Primus est balsami, quod quia carū est, significat innocentiā, quam pauci cōsequūtur. Nō enim est innocens aliquis qui faciat bonum, & non peccet. & ideò hunc calicem solus Christus Dñs, & mater sua biberunt. Secundus est fellis, quē pro peccatoribus sumpsit Christus Dñs in cruce. Qui ergo primum innocentiæ nō hauserit, hunc secundū pœnitentiæ bibat. Hunc enim Christus Petro post negationē propinauit, cū respiciēs illū, fecit illū intelligere peccatū quod fecerat, Et egressus foras fleuit amarē. Eundē & Magdalenæ dedit, quando lacrymis rigauit pedes eius. In cuius signū datū est vinū myrrhatū Christo ante quā patibulo affigeretur, sed non accepit. *Psal. 68.* Vt doceret nos quòd ipse per se nō indigebat pœnitētia, vtpote qui peccatū nullū fecerat, sed postea in cruce, vbi pro peccatoribus patiebatur, calicē fellis gustauit, bibens aceto, quod ipse pro nobis bibebat illū. Sed tamen dimisit nobis aliquid in spongia vt ostenderet nos illi seruire, nō sic labores omnes ipsū super se assumpsisse, vt omnino nos liberos ab illis faceret, sed aliquā partē etiā nobis reliquisse. Nimirū, quod ego erit debeo, quod præsto facere, & ei⁹ sequēdo vestigia, meos labores ei⁹ laborib⁹ iūgere, vt proficui sint, bibere etiā partē huius calicis; & in me adimplere, quod ipse cœpit. Nō quod sua satisfactio sufficiens pro omnibus nō fuerit; sed quòd eam, quā ipse fecit cōmunē omnibus, mihi meis bonis operibus applicare debeo; sicut cōmunem solis calorē mihi debeo facere propriū applicando illum mihi meis actionibus, qui bus possim illum in me recipere; nēpē accedendo ad illum. Sic enim & Paul. ad Colossēses 1. dicebat. *ad Col. 1.* Adimpleo ea quæ desunt passionum Christi, in carne mea. Hoc est, consumo calicem fellis; quem ipse mihi dimisit propinādū. Et hoc adimplēdo ex operibus meis

ra omnia quæ debeo facere, vt mihi prosit calix, quē ipse mihi prægustatum dimisit. Oportet enim scire, Patres mei, quod Christus Dñs est noster stomach⁹, nos autē membra ei⁹. *similit.* Et sicut in stomacho cibus recipitur, ibi decoquitur, & quodlibet membrum sugit ex illo quod sibi satis est, membrū autem paralyticum nil ex eo sugit, quia nō habet calorē, quo trahat. Sic in Christo Dño, omnia nostra merita, & omnis nostra satisfactio tanquam in stomacho est decocta, nos nostris operibus & actionibus ex charitate factis, ex illo sugere debemus merita ac satisfactionē, vnusquisq; prout maiore charitatis calorē habuerit. Nam membrū quod absq; charitate est, nihil ex eo sugere valebit. Tertius calix est sanguinis quē ipse bibit, & fere omnes eius Apostoli & martyres, & quē in præparatione animi quilibet Christianus bibere debet, quādo necesse fuerit, oportuerit; de hoc ergo calice, dicit eis Dñs. *Calicem quidem meū bibetis.* Nā Ioannes venenum hausit, & alter martyrio coronatus est. *Sedere autē ad dexteram meā, vel sinistrā, nō est meū dare vobis, sed quibus paratū est à Patre meo.* Quoniā Regnū cœlorū, nō datur iure consanguinitatis, aut affinitatis, sed propter merita. Est quippē margaritū quod nō datur, nisi ei qui legitimè certauerit. Nā vt dicit Paulus. *1. ad Tim. 2. 1. Cor. 9.* Omnes currunt in stadio, sed vnus accipit brauium. Hoc est, ille qui melius currit. Vndē & Christiani omnes hoc præmiū expectamus; nō tamē omnes accipiemus illud, sed illi qui bonis actionib⁹ properauerit ad illud. Dicit ergo, Hoc nō est meū dare vobis, id est, Sic cōmissum est mihi à Patre meo dare hominibus Regnū cœlorū, vt non omnibus indiscriminatim illud cōferā, sed electis illis quib⁹ paratū est à Patre meo. Hoc est, eis qui margaritū hoc bene operantibus à Patre meo paratum; bonis operibus currēdo apprehēderint. Operarijs quippē diurnis, iubet Dñs vineæ mercedē dare; vel sic, Nō est meū dare vobis, quia vt ait Leo Papa Regnū cœlorū est in potestate accipientis. *Mat. sup. 20. S. Leo Papa. simile.* Est quippē velut pręmiū positū super arborē altā, ad quā si quis quasi serpēdo ascēderit, apprehēdit illud. Sic & Regnū cœlorū in alto positum est, ad quod manibus pedibus que nisi debemus ascēdere, vt apprehēdamus. Nā si quis dicat cuius est præmiū illud, quod est super arborem positum: dicā tibi illud esse illius tantū qui apprehenderit illud. Sic interroganti cuius est Regnū cœlorum: respōdeo, Illi⁹ qui meritis suis accesserit ad illud. Eius qui manibus, & pedibus serpens ad illud

Matt. 11. lud apprehendendum ascenderit. Ideò quippè dicitur quod Regnum cœlorum vim patitur, & violenti rapiunt illud. Sic & bona Ecclesiæ (quæ dicitur Regnum cœlorum) non debent intuitu alicuius, aut consanguinitatis conferri, sed eius debent esse qui plura merita ad ea habuerit. Vbi & aduertendum est quòd etiam postquam Dominus examinauerat discipulos suos an essent apti ad bibendum calicem, & ipsi respondissent quòd sic, adhuc dixit eis, non est meum dare vobis. Ac si diceret & si digni sitis hoc honore, non tamen eo intuitu, quia consanguinei mei estis, debet vobis conferri. Sic in Ecclesiasticis beneficijs & si consanguinei tui digni sint, non tamen hac ratione quia consanguinei, sed quia digni sunt, conferre eis debes beneficia Ecclesiastica. Sed proh dolor! quantam in hoc corruptionem videmus. *Sed quibus paratum est à Patre meo.* Audi ô homo stulte: Expectant te illa bona æterna, parataque sunt tibi ab origine mundi, & tu stas, nec properas ad illa, neque magnum te detinent. Si te expectaret Venetorum ciuitas, cum omnibus suis thesauris, nō ne te expediret, vt citò ad illos habēdos pergeres? Cur thesauros infinitos illius Hierusalem cœlestis contemnis? Præcipuè cùm ea quæ te detinent nullius sint valoris, aut momenti, qualia sunt hæc temporalia ac caduca bona.

Alia moralitas seu concio. ¶ *Nescitis quid petatis.* Hos duodecim vocat Christus, & illis, suæ passionis mysteria pandit: vt minus scandalizentur in ea re quæ iam ab ipso Domino præuenti essent: Iacula quippè præuisa minus feriunt. *Et assumpsit duodecim discipulos.* Inter quos etiam tunc Iudas adfuit: quia nondum malum conceperat, & ideò Dominus à societate non repulit, vt *D. Tho.* hic ait D. Thom. Nam Deus iudicat secundùm præsentem iustitiam, ac si futura nihil me sciret. Quod si hodie bonus es, & amicitiam cum illo seruas, etiam si sciat quòd cras sis venditurus eum, faciet etiā ille amicitiam tecum, & sicut ad amicum se geret tecū. Sic se habet modò cum Iuda. Vndè cum illo, & reliquis vndecim hoc negotium suæ passionis tractauit. Est quippè hoc negotiū passionis, ac sanguinis Christi sic magnum, vt non deberet cuilibet credi audiendū, sed illis duntaxat qui amicissimi essent ac inter cæteros *Simile.* selecti. Sicut tu liquorem pretiosum quem habes, non cuilibet vasi cōmittis, sed pretiosiori quem habes, & capsulas ipsas in quibus tuas gēmas habes, pictas tenes, & sericis pānis inuolutas, vt in ipsis vasis ac capsulis pretiositas rerum innotescat. Sic liquor sanctissimus sanguinis Christi, & pretium mortis eius, non omnibus credi debent, sed electis & in maximo pretio habitis. Id enim & Dominus docuit suprà cum dixit. Nolite sanctū *Matth. 7.* dare canibus, nec mittatis margaritas vestras ante porcos. Ideò etiam dicit Paulus, quòd *1. Cor. 2.* Philosophis ac Principibus huius mundi nō sunt credita hæc mysteria passionis Christi: quoniam non erant vasa electa adhuc thesaurum capiendum. Alijs generationibus, ait, non est agnitum filijs hominum, sicut modò Apostolis eius reuelatum est. Vt in hoc etiā nos instrueret Dominus, quantam prouidentiam, ac discretionem debeat homo seruare, in suorum secretorum reuelatione, vt prouideat, caueat, cui cōmittat. Nec enim solùmmodo magister noster Christus docuit nos sanctos esse ac Christianos, verum etiā prudentes, & cautos. Et vna pars prudentiæ est agnoscere quibus tua credas secreta: Nec enim eadem omnibus credenda sunt. Quædam omnibus credenda sunt, quædam paucis & selectis, quędam etiam nullis. Sint pauci nostri maiores consiliarij, & hi summa cū consideratione electi, secundum illam Sapientis sententiam quæ ait. Amici sint tibi *Eccles. 6.* plurimi, consiliarius autem vnus de mille. Duodecim ergo selectis ab alijs Dñs suæ passionis mysteria pādit, nec semel aut bis, sed multoties: vt ostēderet quanti ponderis hoc mysteriū fuit. Quippè passio Christi sacrificium verum est, sed hoc tale quòd omnia alia iā sustulerit ac prohibuerit sacrificia. Et sic intelligitur illud Psalm. Memor sit Dñs omnis sa- *Psal. 19.* crificij tui. Per vniuersalē terminū illud nominauit, vt ostēdat quòd etsi sit in re vnū singulare sacrificiū: in virtute tamē vniuersale est, cōtinēs in se omniū sacrificiorū virtutē. Quare quando hoc sacrificiū oblatum est, *Leuit. 16.* Cætera omnia sacrificia cessauerunt. Cùm olim summus Sacerdos ingrediebatur post velum Propitiatorij, vt offerret incensum, & aspergeret septies sanguinē ante Propitiatorium, cætera omnia tunc cessabant sacrificia, populus illum expectabat foras vt cōsūmaret illud. Erat enim figura huius nostri sacri- *Ad Hebr. 9.* ficij, quòd summus sacerdos Christus non per sanguinem vitulorū, aut hircorū obtulisset, intrans semel in Sancta æterna redemptione inuenta. Quarè iam omnia alia sacrificia cessant, nec aliud iam expectādū est sacrificium: quoniam omnium sacrificiorū virtutes hoc cōtinet. Quare superuacua, imò inutilia iam alia sacrificia forent, quæ plurimum

solum ipsam virtutem habet, & nullum aliud. Vnde & in Ecclesia pro viuis & mortuis offertur, eo quòd virtus eius sic longa, & vniuersalissima est, vt ad omnes pertingat. Et hoc est iuge sacrificiũ Ecclesiæ, nec aliud habet: quoniam tanquam corpus vmbræ successit, illi scilicet, sacrificio quod iuge vocabatur, in quo duo agni quotidie
Ex. 28. et Num. 14. immolabantur, vnus manè, alter vesperi. Et quoniam nullum aliud sacrificium in Ecclesia sancta agnouimus: ideò huius memoria frequentanda est, eo quòd vnicum ac vniuersale remediũ, ac medicamen omnibus, ac pro omnibus est. Simul medicamentum, ac holocaustum ad sanandas omnes infirmitates, purgandas iniquitates existẽs,
D. Cypr. vt ait Cyprianus in quodã sermone. Conuenit etiam huius sacrificij frequentare memoriam, eo quòd passio Christi sit omnium virtutum exemplar, ità quòd quæuis res optima ab hoc exemplari quod est Christus
1. Pet. 2. in cruce exprimi debet. Vnde & Petrus ait. Christus passus est pro vobis, vobis relinquens exemplum non vnius, aut alterius virtutis; ibi enim exemplar quoddam omnium virtutum nobis ostensum est. Ibi charitas in excellentiori quo potuit gradu manifestata est, moriendo simul pro suis cruci figentibus orando. Commendat autem cha-
Rom. 5. ritatem suam, ait Paulus, Deus in nobis: quoniam cùm adhuc peccatores essemus, secundùm tempus, Christus pro nobis mortuus est. Ibi obedientia emicuit, maximùque eius nobis expressum est exemplum,
Ad Phil. 2. Nam, vt ait Paulus, factus est obediens vsque ad mortem, mortem autem crucis. Humilitas autem quę maior excogitari potest, quàm quæ ibi ostensa est. In humilitate iu-
Esai. 53. dicium eius sublatum est (ait Esaias secundùm Septuaginta translationem.) Ac si diceret. *De puro tenerle en poco no le guardara su justicia.* Patientia autem talis ac tanta, vt
Esai. ibidem. oui compararetur ab Esaia, cùm dixit. Tanquam ouis ad occisionem ductus est, & non aperuit os suum. Qui cùm maledice-
1. Petr. 2. retur non maledicebat, ait Petrus, cùm pateretur non cõminabantur. Quarè Ecclesia in Collecta Dominicæ Ramorũ petit, vt mereamur patientiæ ipsius habere documenta. In quo etiam eius ostenditur mansuetudo. Ecce quomodo passio Christi omnium virtutum sit exemplar. Vobis relinquens exemplum, vt sequamini vestigia eius. Nam cuiuslibet virtutis in eo vestigia inuenietis, illo suo sanguine tincta, per quæ intrepidè iter agere possitis. Ideò ergò toties hæc memoria repetenda est, nec vnquam nauseam, aut fastidium generat, sed nouam semper consolationem deuotis animis confert. *Et filius hominis tradetur ad illudendum, & flagellandum, & crucifigendum.* Cur tot pati debet poenas ac calamitates? Quoniã patitur propter culpas quibus tales correspondent poenæ. In hac vita quodlibet delictum suam habet determinatam poenam, iniure. Latro flagellis cęditur, adulter decollatur, sed non flagellatur. Parricida corio insuitur, sed hæc poena adultero non decernitur: quoniam quilibet eorum pro suo singulari delicto patitur, quod suam etiam habet determinatam poenam. Christus autem passus est pro singularibus delictis omnium, & ideò omnes poenas cuilibet delicto decretas patitur. Nam tanquam latro flagellatur, tanquam homicida suspenditur, velut adulter exanguis fit, tanquam percussorem manum suam clauo affigunt, tanquam blasphemum linguæ, incalceaturam ex felle, & aceto ori eius imponunt, tanquam pyratam lancea illum contigunt: denique omnium delictorum vindictam sustinet. Quoniam omnium peccatorum poenas super ipsum posuit Pater. Ideò quippè hic dicitur filius hominis, quasi totus addictus seruitio hominis (Hebraismus nãq; est) sicut dicit filius mortis, qui est addictus morti, filij nuptiarum, qui nuptijs sunt dicati, sic filius hominis qui totus est dicatus hominibus. Nobis datus, nobis natus. Ideò enim dicit Paulus ꝙ formam Ad Phil. 2.
serui acceperit. Nã se homini seruũ facit, ferẽs alapas, flagella, & opprobria propter hominẽ. *Et tertia die resurget.* Tandem omnia hæc mala in maximum bonũ cedũt, *todo ha*
de parar en bien, Mel, & lac sub lingua tua, di- Cant. 4.
cebat ei Sponsa. Quoniã sub illis verbis quæ tantam asperitatẽ sub se ferebant: hic suauissimus sermo latebat. Flagellabit, ait, illudetur, conspuetur, & crucifigetur. Vidè asperitatem: sed tertia die resurget: vidè suauitatem ac dulcedinem. Simile fuit suæ præ- Matth. 3.
dicationis thema. Poenitẽtiam agite, ait: vide asperitatẽ: appropinquabit enim Regnũ coelorum: vidè suauitatem. Mel, & lac sub lingua tua. Sic enim sua temperat Deus. Latet inter labores requies, sub morte vita, sub paupertate diuitię, inter lacrymas risus, sub hoc horrore quem præseferre videtur Euangelium, latet mel, & lac: quoniam omnia in bonũ terminantur, ac finiũtur, in resurrectione, in gloria. Ideò Esai. dicit. Dicite Esai. 3.

Quis vnquam tam insignem stultitiam cogitare poterat? Gens vana & stultissima, quomodo potuerant credere, quòd vitulus ille quē ipsi sub manibus suis fecerant, fuerat illis Deus, qui eos eduxerat in tot mirabilibus de terra Ægypti? & ad Aaron dixerunt. Fac nobis Deos qui præcedant nos. Ecce maiorem stultitiam. Ipsi debebant facere Deos eis, qui præcederent illos, Illos Deos factos manibus suis volebant quòd essent duces eorum. Talem ergo gentem consultò videtur elegisse Deū, vt ostenderet diuitias gratiæ suæ. Nempè quòd non propter eos, nec propter eorum merita, tot signa in eis fecisset. Sed vt in hoc eius gratia & liberalitas manifestaretur, quòd è tam rudi, ac stulta gente, tot Prophetas, tot sapientes, tot electos, & inter eos Dominū Christum eduxisset. Discipulos etiā insipientes elegit, quales hodiè videmus. Erant enim heri piscatores, & hodie appetunt esse reges. Nuper arundinem habebant in manu, & iam sceptrum volunt tenere. Vt sic hoc sua luceret sapientia ac omnipotentia, quòd eo tempore quo mundus plus ab eo distabat, per homines sic stultos moraret omnino, & ad se converteret. Secundò vt manifestaretur suæ gratiæ effectus, quantum homines quantumuis electos vincit, quomodò eos immutet in melius, & maiores omni opinione faciat. Ecce discipulos istos stultissimos, sua gratia ac spiritu sapientissimos facit, ex piscatoribus prædicatores cōstituit, atque ex peccatoribus iustos, & ex vanis, & ambitiosis humiles, & omnium temporaliū contemptores; ita quod hi qui modò reges esse ambiebant, posteà ceruices gladio regū supposuerunt. Ecce quid gratia Dei possit. Infirma mundi eligit Deus, vt confunderet fortia, & stulta mundi, & ea quæ non sunt, & ignobilia, vt ait Paulus, vt de omnibus triumpharet Deus. *1. Cor. 1.* De humana sapientia, de humana fortitudine, de carne & sanguine, & omnia subiecta faceret. Quarè cum infirmitate humanam fortitudinem vicit, & cum ignorantia sapientiam, & cum nihilo id quod magnum est. Nam ea quæ non sunt, elegit, vt confunderent ea quæ sunt. O Dei gratia, quantum creas omnia antecelsa! O Dei sapientia nostram vincens ignorantiam, quomodò te manifestā facis. *Nescitis quid petatis. Potestis bibere calicem.* Inter alias stultitias quas hæc petitio continebat, hæc vna fuit quoniam volebant ante victoriam triumphum, ante laborem quietem, gloriā sine meritis, stipendiū sine militia, coronam sine lucta. Hoc autem præposterus ordo est. Primū oportet quòd sis victor quàm triumphator. Superior euade in lucta, & posteà dabitur tibi corona. Nam Iacob qui luctator dicitur, prius luctam vicit, quàm acceperit benedictionē. *Gen. 32.* *Dicunt ei. Possumus.* Ecce quid ambitio facit. Omnia sibi possibilia videntur. *Calicem quidem meum bibetis, sedere autem, &c.* Quomodo id dicit, cùm sit iudex viuorum & mortuorum, & de ouibus suis dicat, Ego vitam æternam do eis? *Ioan. 10.* Sed intelligitur, vt ait D. Tho. 4. cōtra Gent. c. 8. *D. Tho. 4. cōtra Gen. c. 8.* sicut ipsi intelligebant, nēpe hoc titulo quo vos poscitis, nimirum propter consanguinitatē, non hoc titulo dare debeo, sed propter merita. Vel nō est meū dare vobis, qui elati & ambitiosi videmini, & vestri similibus. Sed prior interpretatio melior est. *Sed quibus paratum est à Patre meo.* Hoc est, electis & prædistinatis ad hoc præmium à Patre meo. Possidete paratum vobis Regnū, dicitur eis. *Matt. 25.* Et apud Esaiam dicitur. Oculus non vidit, Deus, absq; te, quæ præparasti diligētib' te. *Esai. 64.*

Iterum aduerte alia circa totum Euangelium. *Alia moralitas sententia.* Tradēdus dicitur principibus sacerdotū. Hoc bonorum signum erit, Dñe Iesu. Nā sacerdotes pij erūt, vncti enim sunt pect' oleo sancto, quod significat vnctionem misericordiæ, qua sacerdotum pectus consecrādū est. Sed tamen hoc ita deberet esse verum; sed sciēdū est id quod B. Antonius dixit, & diuus Aug. post eū. *D. Ant. D. Aug.* Sicut non vidi meliores quàm qui in religione profecerūt, sic nec deteriores quàm qui in religione defecerūt. Sic inter cōsecratos Deo, qui nō sunt valdè boni, sunt valde mali. Id enim significabant ficus quos Hierem. vidit in templo. *Hier. 24.* Duos chalathos ficorū; in vno erant fici valdè boni, & in alio fici valde mali, ita vt comedi nō possent. Religiosi ac sacerdotes boni, valdè boni sunt, mali autē, valdè mali sunt, quod experientia vtinam non testaretur. Sed quomodo hi discipuli in Christi schola per triennium edocti, sic vani & ambitiosi euaserunt? Hoc primum nos docet, ne si inter religiosos ac sacerdotes aliqua quę mūdi huius sunt redolēt perspexerimus, multū scandalizemur. Nec enim tā facile est patriæ in qua nati sumus mores deserere. Præcipuè cū nil aliud in mūdo hoc videamus, nisi huius mundi vanitatū amatores. Et secūdò, vt intelligamus nō ita facile esse virtutem, vt nos æstimamus, nec sic repente acquiri posse. Per tres cōtinuos annos discipuli isti in Dñi schola versati fuerūt (nā hi primi fuerūt quos ad se accersiuit,

& hic erat vltimus annus, in quo scilicet Christus passus est. Cùm igitur tres cōsumpsissent annos sub Christi Domini disciplina, in qua hoc solùm à Deo discendum docebat, quòd scilicet mitis esset, ac humilis corde, & nihilominus in hanc vanitatem prorupuerunt, vt vellent consortes, imò & coequales esse in Regno cum Christo. Quomodo credam tibi, qui hodie mundanus, profanus, ac scandalosus eras, quòd iam eras maxima praefulgens sanctitate euaseris? Hodie peccator, & cras praedicator, hodie profanus, & cras sanctus magnus, non bene cohaerent: Deus quippe in supernaturalibus ad modum naturalium procedit, quòd si hodie plantasses arborem, & cras daret fructum, iam miraculum esset; sed oportet paulatim ab imperfecto ad perfectum procedere. Sic qui exemplo de peccatore sanctus effectus est, miraculosa certe talis esset cōuersio, sicut fuit illa Pauli, ac Magdalenae. Et ideo Ecclesia cōuersionem sancti Pauli celebrat, tanquam sanctam, & miraculosam.
Psal. 91. Iustus vt palma florebit, ait Psalmista, & tamen palma post centum annos primum fructum profert. Et de virtute in virtutem dicuntur iusti progredi; & per gradus ad thro-
1. Reg. 10. num Salomonis ascendebatur. Et nihilominùs in quolibet gradu erāt duo leunculi depicti; quoniam non solùm paulatim de vna virtute in aliam quasi per gradus ascendendum est, verùm etiam in qualibet virtute sunt duae difficultates, quas designabant illi duo leunculi, vnus ad dexteram, alius ad sinistrā (qui sunt duo extrema inter quae consistit virtus) quae debellanda sunt antequam ad gradum illius virtutis ascendamus. Hoc autem in momento minimè fieri potest, sed vltimatè post multos annos laboris id assequimur. Ecce duos discipulos Christi post tot dies in schola eius edoctos, qui iā humilitatis magistri deberent esse, in hanc tamen prorumpunt vanitatem, vt matri suae suaderent hanc tam vanam ac stultam petitionem à Domino postulare. Et astutè matrem ad id munus subornant; eo quòd matres teneriùs solent diligere filios, & maiora his cōmoda desiderare, deinde maior est reuerentia mulieribus adhiberi solet quàm viris, & plus earum petitiones apud viros valēt. Sicut & Adonias
3. Reg. 2. Bersabee matrem Salomonis subornauit, vt peteret à Rege Abisag Sunamitidem in vxorem, eo quòd affectaret Regnum Salomonis. Cùm ergo Dominus de sua passione loquutus discipulis suis fuisset, tunc accessit ad eum mater filiorum Zebedaei. Tunc ait, vt discamus quod superdiximus quàm aliena sint cogitationes Dei, à cogitationibus hominum, vt Esaias dixerat. Tractat Dominus de sua passione, illi autem de sua gloria. Ille cogitabat quid pro illis passurus esset, illi autem quid ab illo essent in suo Regno accepturi. Orabat Dominus in vigilia suae passionis, sanguineo sudore per totum, illi autem dormiebant. Nam quādo Deus maiorem vult nostri curam gerit; tunc nos minùs curamus de illo. Imò quod peius est, quando ipse plus de meis cōmodis ac bonis cogitat, tunc ego maiora aduersus eum peccata committo. Ecce quid interest inter Deum & hominem. *Tunc ergo accessit ad eum mater filiorum Zebedaei adorans, & petens aliquid ab eo.* Hoc est, adorans, quia petens: nam, Et, pro, Quia, frequenter sumitur in Scriptura. Vt est illud. Dedit eis potestatem filios Dei fieri, & Verbum caro factum est. Hoc est, quia Verbum caro factum est. Ioan. 1.
Ideò ergò adorat mulier haec, quia petit. Haec enim est hominum barbaries ac conditio, quòd cum à te aliquod commodum expetunt, tunc te adorant, atq; magnis caeremonijs prosequuntur. Caeterum tergo verso de te detrahunt, atq; indigna multa proferunt, nihil enim aliud praeter suum cōmodum volunt. Vnde & Sapiens ait. Est amicus Eccli. 6.
consocius mensae, sed in tempore tribulationis recedit à te. Quoniā ipse nil quaerit nisi cibum volebat suum. Quare Paulus ad Tim. praedixit, quòd in nouissimis temporibus instabūt 2. ad Tim. 3.
tempora periculosa, erunt homines sine affectione; sed amantes se ipsos. Nam ob id solùm alios diligunt, quia sibi proficuum esse existimant. Sine [illegible], *[illegible]* Quid vis? Sciebat quidem Christus quid illa vellet, sed tamen voluit, vt ipsa suā petitionem proferret, quatenus ex ipsius ore condemnaret illam. Paralytico illi qui Ioan. 5.
iacebat in lecto suo expectans aquae motum; ipse Dominus obtulit salutem, dicens, Vis sanus fieri? Quoniam hoc bonum & optimum erat, & hoc ipse Deus docet nos postulare. Caeterum quoniam huius mulieris petitio vana erat, noluit Deus ore suo proferre; sed expectauit, vt ipsa diceret, & sic ex verbis suis condemnaret illā. *Dic vt sedeant hi duo filij mei.* Stulta ac vana petitio. Nec enim res huius seculi sic debent expeti, aut quaeri, ac si in illis requiescere deberemus, cùm momentanea omnia sint. Cur Cathedram aut Episcopatū tam anxiè

quæris, ac si perpetuò tibi duratura hæc forent, cùm propediem ea potius dimittere debeas? *¿Ante à ti de desensillar, y ensillar à otro largo.* Non hic sedes nobis necessaria est, sed baculus, ut potè qui peregrini, & hospites sumus super terram. Festinemus ingre-
Ad Heb. 4. di in illam requiem, ait Paulus. Docet nos Paulus, ut quanta valeamus celeritate ad cœlestem Hierusalem properemus, & tu quæris hic sedilia, quibus insideas, ac quiescas. Viam mandatorum tuorum cucurri,
Psal. 118. ait Psalmista. Currentes, non sedentes nos vult Dominus in hac vita. *Unus à dextris, &c.* Sic enim & ij qui regibus amici singulares sunt, lateribus eorum adhærent, ut nullus aliis prior accedat, & ipsi illum quasi circundatum in medio teneant. Sic
D. Greg. Iob. 15. intelligit divus Gregorius illud Iob. De lateribus eius aruina dependet. Aruina quippe ex iecoris pinguedine generatur, & ipsa ipsum iecur irretitum habet. Sic isti ex regum divitijs impinguātur, & tamen ipsos reges seductos ac irretitos suis mendacijs tenent, quos deberent maximè reges declinare ac fugere. *Nescitis quid petatis.* Ita est quod isti homines mundani, qui hæc temporalia tanta solicitudine quærunt & poscunt, nesciunt quid petant. Existimant se aliquid boni petere, & potius malum sibi poscunt. Putant se petere ovum, & postulant scor-
Luc. 11. pionem. Et panem existimant petere, cùm tamen gladium potius efflagitent, ad illa enim potius & umbram accurrunt, quam ad veritatem. Bona enim huius vitæ non vera, sed
Simile. umbra, ac illices sunt. Occurrit perdix ad illicem, & delusa in rete ac foveam cadit. Bona hæc imitantur illa vera bona, ipsa tamen illices sunt, *Reclamos de codornices*, ad quæ accurrentes carnales homines irretiti ac il-
1. ad Tim. 6. lusi remanent. Unde Paulus dicebat. Qui volunt divites fieri, incidunt in tentationem, & in laqueum diaboli, quia ad umbrā, & similitudinem accurrunt, veritate relicta. Rectè ergo dicit eis Dominus. *Nescitis quid petatis.* Qua propter Christi Domini discipuli, ne hoc eis verbum diceretur, petebant à Magistro suo, ut eos doceret orare,
Luc. 11. dicentes, Domine, doce nos orare. *Potestis bibere calicem, quem ego bibiturus sum? Calicem quidem meum bibetis, &c.* Meum dicit, quoniam Christus proprium calicem bibit, hoc est sanguinem suum, ut in hoc doceret Ecclesiæ suæ prælatos, ut suo sudore atque sanguine sibi cibum quærerent. Hoc est, proventus Ecclesiæ qui eis à fidelibus ministrantur suo labore ac ministerio mererentur. Taliter enim debent munus suum exequi, ut de eis verè dicamus, Dignus est operarius cibo suo.
Aliàs si ipsi vacant otio ac delitijs, nihilomi- Luc. 10.
nus uberes proventus rapiunt, iam non ex suo sudore aut labore, sed subditorum viverent, & oves expilantes, & excoriantes ipsi pellibus vestirentur, & pauperes algerent frigore. Quo quid peius excogitari potest? Deberent quidem isti illā piā rationē servare, quam sanctus Rex David, cùm esset in castris adversus Philistæos dixit. Nam cùm desiderasset aquā ex fonte Bethleem, & essent castra Philisthæorum inter ipsum
& vicum Bethleem, tres viri fortes per me- 2. Reg. 23.
dia castra Philisthinorum maximo cum periculo vitæ suæ transeuntes, situlam aquæ ex fonte Bethleemitico Regi obtulerūt. Quā cùm vidisset Rex, & periculum virorum illorum perpendisset, dixit. Num sanguinem virorum illorum, & periculum animarum suarum bibam? Propitius sit mihi Dominus, non faciam hanc rem. Et libavit eam Domino. Hoc est, coram altare Domini eam effudit. Hoc perpendere deberet bonus prælatus, aut sacerdos, vidēs horrea sua, & cellaria sua frumēto ac vino ex sudore subditorum abundare, sic intra se sibi ipsi dicere deberet. Nū sanguinem, sudorem, ac periculū horum virorum comedam, aut bibam, aut ludam, & alienarum animarum periculum ad libitum expendere debeo? Nam quia eorum ego curā suscepi, ex sudoribus suis mihi super abundantem victum suppeditant. Propitius sit mihi Dominus, non faciā hanc rem. Et libare debet ea omnia Domino. Quod tunc faciet, cùm in pauperum victum, ac piarum rerum subsidium ea expenderit. Nam quod in nomine eius alijs tribuimus, illi damus. *Calicem quidem meum bibetis.* Ad differentiā calicis mundi, ac diaboli, qui etiam suos calices habent, quos propinare miseris mortalibus contendunt. Nam Ioannes in Apocalypsi vidit mu- Apoc. 17.
lierem sedentem super bestiam, & habebat calicem elevatum in manu sua, exterius aureum, intus autem veneno, & abominationibus plenum, & ad illum mortales omnes invitabat. Nam bona ad quæ mundus nos provocat, sophistica sunt, ac mendacia, exteriusque tantum bona apparēt. Interius quippe plena sunt abominationibus, virulentisque confecta venenis, *son pildoras doradas.* In Christi autem calice è diverso ea quæ apparēt, aspera videntur, sed quæ intus cōtinet,

optima sunt. Potio quidem amara videtur, tamen integram salutem vtiq; homini confert. Calix suus, sui sunt labores, passiones ac mors, quas etiam & sui ad eius imitationem patiuntur. Sed tamen horum laborum finis ac terminus gloria sempiterna est, secundùm illam Pauli sententiam. Ad Heb. 12. Omnis disciplina, in præsenti quidem videtur esse nō gaudij, sed mœroris: postea autem fructum pacatissimum exercitatis reddet per eam. Iustitiæ hic est calix ille quem in maximo Gen. 44. pretio habebat Ioseph, quem tamē in sacco Beniamin patris sui vterini fecit vt poneretur hac lege, vt in cuius sacco inueniretur, ille seruus Ioseph permaneret. Quoniā hic calix sanguinis passionis, ac mortis Christi, non omnibus propinatur, sed his duntaxat ad quos maximam charitatem habet Christus Dominus, & talis verè seruus erit eius, cui seruire regnare est. Quarè his duobus discipulis, tanquam maximè dilectis ait. *Calicem quidem meum bibetis*, Hoc est, signū quo maiores Dei amici signantur, nempè Ezech. 9. Thau illud quo apud Ezechielem electi iubentur in fronte signari. Signum enim seruorum Dei est, cùm Christum in passionibus suis imitantur. Nam vt ait D. Paulus. 2. ad Tim. 3. Omnes qui piè volunt viuere, in Christo Iesu persequutionem patiuntur. *Sedere autem ad dexteram meam, vel sinistram.* Id est non debeo dare his titulis qui sanguinem, aut carnem sapiunt, sed spiritualibus titulis, hoc est meritorum ratione, sicut & bona Ecclesiastica conferri debent: Væ illis qui titulo cōsanguinitatis ea præbent. Nam Psal. 82. in hos tot maledicta congerit Psalmista dicens. Pone illos sicut Oreb, & Zeb, & Zebee, & Salmana. Quos sic debes ponere, Domine Deus? Qui dixerunt, Hæreditate possideamus sanctuarium Dei. Eos scilicet, qui eo quòd consanguineus suus est Episcopus, volunt ipsi potiores, & pinguiores præbendas illius Ecclesiæ quasi hæreditario iure possidere. Vel quod peius esset, si quia pater suus hanc habuit præbendam, & ipse eandem vellet. Qui tamen abusus iam ab Ecclesia abijt. Ideò quippè de Melchisedech sacerdote dicitur quòd erat sine patre, Ad Heb. 7. sine matre sine genealogia. Sic enim se debet gerere sacerdos, ac sinistrorum haberet, & præcipuè in prouidendis præbendis. Non ergò hoc titulo Regnum cælorum confertur, sed propter merita. Quibus, inquit, paratum est à Patre meo. O verè magna res Regnum cælorum, quæ non casu, aut fortuna confertur, sicut bona temporalia: sed propter merita tribuitur iustis. Et hoc mihi maxima in hoc exilio consolatio est, cùm video indignos ad maiora munera promoueri, & optimos quosq; oblivioni traditos. Cùm video seruos in equis, & Dominos ambulantes super terram vt seruos. Eccles. 10. Tunc ad superna os conuerto, & dico. O Regnum cælorum, præmium meritorum, in quo non nisi digni præmiantur, & qui dignior plus præmij accipit, in quo non cæca fortuna, sed clara meritorum notitia diuidit præmia. Valeat cum suis stultitijs mundus, mihi Regnū illud arridet, in quo non casus sed iustitia recta dominatur.

Quartò circa hoc Euangelium aduerte, quòd ideò Dominus toties suæ passionis mentionem agit, vt insinuaret nobis quanta voluntate pateretur. Alia moralitas frequentia. Nam cùm tanto ante tempore nouerit, & valens præuenire, & euitare noluit, signum est se voluntariè pati. Quinimo properabat coram discipulis suis, cum ad passionem iret ad Hierosolem. ita vt discipuli stuperent, videntes illum sic celeriter ante eos ire, vt ait Marcus. Marc. 10. Sic enim in spiritu illum properātem aspiciebat Sponsa, cùm dicebat. Cant. 2. En iste venit saliens in montibus, transiliens colles, similis capreæ, hinnuloq; ceruorum. Caprea est acutissimi visus, hinnulus leuis salit in montibus. Sic Christus Dominus suo acutissimo visu, tam longe præuidebat omnia quæ passurus erat, & nihilominus lætus properabat ad illa. *Tradetur enim Gentibus, &c.* Vide visus acumen, singula enim quæ pati debebat, aspicit, & sic velociter vadit, quòd discipuli illum consequi non valebant. Vnde dicitur, quòd discipuli nihil horum intellexerunt, & erat verbum istud absconditum ab eis. Nam vt ait Bernardus. D. Bern. Lingua amoris ei qui non amat, barbara est. Qui enim experientia non nouit, ad quanta & quàm magna amor impellat amantem, credibile ei videbitur, quòd quis pro alio eam pati vellit, quia hic Christus retulit. Et quia discipuli adhuc vim amoris non intellexerunt (nondum enim Spiritum sanctum acceperant, qui amor est) ideò non poterant animo concipere, quòd quis sic amore possit impelli, vt & pro inimicis pati non dubitaret. Et ideò verba quæ hæc sonabant non intelligebant, nec penetrabant. Christus autem qui vim amoris experiebatur, singula memoriter referre, quia propter homines passurus erat, vt potè qui

qui hæc semper coram oculis habebat. Voluit enim duriora mortis in se experiri, vt faciliora nobis relinqueret. *Simile.* De vnicornio legitur, quod ipse priusquam cætera animalia ad fontes accedat, vt bibat, cornu suo aquas mundificat à veneno, quod serpentes per noctem in illis reliquerant, quatenus alia animalia, absq; periculo ad bibendum accedant. Sic Christus Dominus (qui dicitur dilectus quemadmodũ filius vnicorniũ) ipse *Psal. 28.* prius calicem mortis, ac passionis bibit, & quod in eo mortiferum erat, expulit, vt iã homines illum propinare non vereantur. Quarè post Christi mortem martyres quasi ad epulas ad necẽ properabant. Hinc amicos & consanguineos suos, ad hunc calicem inuitat dicens. *Potestis bibere calicem. &c.* Et vnus ex eis cæteris magis dilectus, cùm veneni calicem cepisset, nil illi nocuit. Hoc tamẽ mysterium adhuc discipulos latebat, quod tamen ipsi postea, & verbo, & opere prædicauerunt. Postea sequitur petitio filiorum Zebedæi, quam Christus repulit, & quasi stultam dicens. *Nescitis quid petatis.* Non tam facilè est nosse quomodò debeamus orationes nostras ad Deum mittere. Rethorica hæc diuina est, cuius præcepta, nec Cicero ipse vnquam somniauit. Spiritus sanctus magister eius est. Nam quid ore-*Ad Ro. 8.* mus (ait Paulus) sicut oportet, nescimus, sed ipse Spiritus sanctus postulat pro nobis gemitibus inenarrabilibus. Ipse est qui pro nobis orat. Non quòd Spiritus sanctus sit qui oret: quoniã oratio est inferioris ad superiorem: Spiritus sanctus nullum habet superiorem, cùm sit Patri, Filioque coæqualis, sed quòd habitans in nobis, facit nos postulare, & mouet nos ad postulandum, & docet simul quid, & quomodò debeamus postulare. Ipse petitiones facit, & patroni nostri *Luca. 16.* officium exercet. Ipse enim docet nos omnem veritatem: & id quod petere debeamus, quod nos nescimus. In hoc sensu quoniam licet homo Christianus sciat quod in communi debeat petere beatitudinem, tamen media quibus ipse illam debeat consequi, omninò ignorat, an vitam monasticã profitendo, vel potius matrimonij se vinculo ligando, an vacando literis, vel militiæ. *2. Cor. 12.* Sicut Paulo contigit, qui existimauit quid sibi expediret, vt Angelus Satanæ ab eo discederet, propter quod ter Dominum rogauit, tamen dictum est ei, quod virtus potius in infirmitate perficiebatur. Hoc ergo quod nos ignoramus id docet nos Spiritus sanctus. Vnde & præmiserat Paulus ipse, *Rom. 8.* Spiritus adiuuat infirmitatem nostram. In quo adiuuat illam? In hoc quoniam quid oremus, sicut oportet nescimus: ipse autem Spiritus postulat pro nobis gemitibus inenarrabilibus. Quoniam nos nescimus quò tendant nostri gemitus, ipse autem Spiritus ipsos dirigit ad nostram maiorem vtilitatem. Nam ego in communi peto à Domino, vt dirigat vias meas in suum obsequium, & meã æternam salutem, & peto aliquando ad hoc salutem corporis, vel aliquid huiusmodi, sed in ordine ad illum finem. Ipse autem Spiritus dirigit illa ad id quod magis nobis expedit, quod nos omninò ignoramus, vt in die iudicij videbimus. Et ideò dicuntur gemitus illi inenarrabiles, & ineffabiles, quia ea quæ ignoramus non loquimur, nec narramus. Grandis ergo res est homini Christiano scire orare, cùm tantum ac talem magistrum habeat oratio, nempè ipsum Spiritũ sanctum. Quarè ipsi discipuli hanc intelligentes difficultatem, dicebant Magistro suo. Domine doce nos orare, sicut Ioannes do- *Luc. 11.* cuit discipulos suos. In hac ergo schola Christi, cuius Magister est Spiritus sanctus hæc diuina rethorica docet, propter cuius ignorantiam multorum orationes repulsam patiuntur, sicut & hæc discipulorum petitio, & dicitur illis. Nescitis quid petatis. Ideò & ab ipso Deo petendum est, vt nos doceat, quid ab ipso debeamus postulare. Necessaria quidem est homini Christiano oratio, vt anima eius viuat, sicut respiratio, vt corpus eius vita fruatur. Hinc Psalmista dicebat. *Psal. 118.* Os meum aperui & attraxi spiritum. Hoc est. Aperui os meum in oratione, quæ est [illegible] per illam hausi & spiritũ, quo anima mea viuit ad me trahens. Corpus viuit per respirationem, & anima per orationem. Corpus viuit aperiendo os & respirando, anima aperiendo cor & orando. Dicitur autem anima [illegible] quoniam est vita animæ sic charitas simul cum gratia quæ illam comitatur: tamen oratio est quæ conseruat, imò & auget charitatem & gratiam. Vita quidẽ humana in [illegible] ac proportione humidi cum naturali calore consistit: respiratio tamen hunc [illegible], & hunc calorem conseruat. Sic vita animæ in consonantia virtutum cum charitatis calore persistit: oratio autem respiratio, atq; halitus est, quo hæc in anima sustinentur. Sicut *Simile.* [illegible] corpus [illegible] ventosis plenum, [illegible] est diu [illegible] persistere, eo quòd stagnata mata illa respirationem impediunt: sic anima quæ his varietatibus, ac curis adimpletur, non potest in vita gratiæ per multum tempus durare. Suffocant enim variæ hæ solicitudines animas ac corda; ita vt penè respicere ad cœlestia vero non sinant. Igitur sic est animæ necessaria oratio, sicut corpori respiratio. Nam oratio misericordiã Dei ad nos trahit, qua viuimus, ac consistimus in *Psal. 65.* vtroq; homine. Etenim Psalmista orationẽ simul cum misericordia iungit. Ait enim: Ne auertat orationem meam & misericordiam suam à me, ac si diceret, si orationem non auertit, nec misericordiam quidem auferet: quoniam media oratione consequimur misericordiam. Ecce quantæ sit necessitatis, ac vtilitatis oratio. Et quantò necessarior est, tantò oportet, vt fiat sicut debet, ne repulsam patiatur, vt hæc huius mulieris petitio. Quæ primùm non est exaudita: quia non pro se, sed pro alijs orabat: oratio autẽ quæ pro alijs fit, non semper exauditur: eo quòd illi pro quibus fit, obstacula ponunt, vel indignos se reddendo peccando, vel omnia alijs relinquendo, cùm ipsi interim nil de bonis operibus curent, sed temporalibus curis se totos tradãt. Debet enim homo qui libero gaudet arbitrio, se ipsum adiuuare, atq; ad sua commoda per se ipse concurrere. Infantibus qui vsum liberi arbitrij non habent, applicat Ecclesia voluntatem suã, atq; pedes suos: sed postquã iã rationis vsum fuerit consequutus homo, ipse sua voluntate con- *similitudo.* currere debet. Sic enim & aues cũ suis pullis facere solent. Cũ enim in nido pulli sunt, nec valent alis suis per aëra volare, pater ac mater eis alimenta subministrant. Verùm cùm iam alis suis aërem percurrere possunt, dimittunt eos, imò cogunt vulnerantes eos, vt ex nido ad quærendũ victum exeãt. Sic Ecclesia his qui adhuc libero arbitrio propter teneritudinem ætatis non vtuntur, merita Christi absque proprijs actibus applicat: cũ tamen iam hanc vitam [illegible], ipsi sibi victum debẽt quærere. E nidulo prodeant, alas voluntatis extendant, & ad cœlestia per iusta desideria volitent. Ieiunijs, orationibus, & alijs bonis operibus sibi merita acquirãt. Ne ergo putes, quòd tibi aliena oratio proficit, nisi te ipsum bonis operibus adiuueris. Quid dicis mihi, Pater ora pro me? Dicam tibi, Vade & tu fac similiter: Alioquin [illegible] ac terroribus te excitabo, ne otio torpeas, & nihil facias. Hac ergo ratione repulsa fuit hæc petitio: quia non pro se, sed pro alijs orat, quæ non semper exauditur. Secundò exclusa fuit, quoniam suam potius voluntatem exequi volebant quàm Dei. Nam, vt Marcus refert, sic dixerunt Christo Domi- *Marc. 10.* no. Volumus, vt quæcumq; petierimus, facias. Volebãt, vt Deus faceret quod ipsi vellẽt: & tamen non sic debet fieri: sed nos debemus facere id quod Deus vult. Non approbat Plato in quodam dialogo, benedictiones illas quibus mutuò solent homines salutari cum dicunt: Deus det tibi quod desideras, cùm tamen non ita debeamus dicere (ait Plato) sed sic. Deus det tibi, vt desi- *Plato.* deres, quod ipse vult. Non quod Deus adimpleat voluntatem tuam, sed potius, vt concedat tibi adimplere suam. Quoniam Dei voluntas est omnis boni regula. Id docuit nos Christus Dominus, cùm in vigilia suæ passionis orans dixit: Verùmtamen nõ mea, *Matt. 26.* sed tua fiat voluntas. Nam periculosum val- *Eccles. 18.* dè est velle hominem propriam explere vo- *D. Bernard.* luntatem. A voluntate tua auertere, ait Sapiens & D. Bernardus dicit: Tolle propriã voluntatem, & non erit infernus. Et in tantum hoc est verum, q multoties bona opera suum valorem ac meritum amittant: quia fiunt propria voluntate. Sic enim apud Esa- *Esai. 58.* iam patet: dicebant enim aliqui ad Dominum. Quare ieiunauimus & non aspexisti; humiliauimus animas nostras, & nescisti? Quibus à Domino respondetur: Ecce in die ieiunij vestri inuenitur voluntas vestra. Voluntas quippe, quæ Dei voluntati non conformatur, aduersa est; quia à regula omnis boni deuiat. Confunderis in voluntate tua, ait Dominus per Oseã Prophetam. Quare In- *Osea. 10.* carnata Sapientia sic nos docuit, Patrẽ nostrum orare: Fiat voluntas tua, sicut in cœlo & in terra. Quoniam voluntas tua semper *Matth. 6.* bona est, mea autem non semper est bona, nisi cùm tuæ conformis est voluntati. Quoniam voluntas semper est boni (secundùm illam Philos. sententiam) Bonum est quod *Aristot.* omnia appetunt. Voluntas autẽ Dei est regula omnis boni, & quæ [illegible] ad bonum cæteris tribuit voluntatibus. Quare tu illi debes conformari, non illa tibi: alias erit præposterus ordo velle voluntatẽ Dei ad tuã retorquere. Ac si quis vellet non opus quod facit regulæ, sed regulam ipsam ad opus politum reflectere. Dic mihi, cùm in calcearium *simile.* pergis, vt faciat tibi calceum, num dicere illi, Fac mihi pedem istum ad mensuram calceitas non potius è diuerso, Fac mihi calceũ ad mensuram & quantitatem [illegible]

Nec

Nec lapidum structor [illegible], Fac hanc regulam ad mensuram huius lapidis, sed potius, ut lapidem poliat ad mensuram regulæ. Sic ergo, si Dei voluntas est omnium voluntatum regula, non illam ad tuam voluntatem flectere debes, sed potius tuam voluntatem ad illam dirigere. Hæc enim fuit horum discipulorum stultitia, cum dicunt, Domine volumus, ut quodcunque voluerimus facias. Quare dictum est eis: Nescitis quid petatis. Potius debuissent dicere: Domine volumus, ut gratiam nobis tribuas, qua possimus exequi quæ tu velis. Hoc enim orat D. August. [illegible] Domine da quod iubes, & iube quod vis. Sapienter quidem leprosus ille, qui a Domino postulavit sanitatem, quasi hanc audisset doctrinam, dixit: Domine, si vis, potes me mundare. Et Paulus postquam se Deo dederat, prostratus dixit: Domine quid me vis facere? Cave ergo ob hoc tua oratio repulsam patiatur. Timendum certe, quod multarum orationum libellos Dominus repellat: quia in eis non Dei voluntatem, sed tuam potius quam rem sanctam habes in intentione, licet verbis mitius sonent. Quod si dicas mihi: Quid tibi [illegible] quæ soli Deo aperta est? Respondebo tibi: Ego non [illegible] intentionem tuam, sed per effectus quos video, coniecturam mihi sumere licet. Si enim postquam ab oratione surgis, sic te tuam exercere voluntatem video, ut [illegible], quid magnum [illegible] sit id opperiisse in oratione [illegible] sic homo cupidus divitiarum, ac [illegible] & nihilominus orationi deditus, si post tot orationis exercitia, sic cupidus [illegible] sic vanitati [illegible], immo plus [illegible], quid dicam tibi? Hunc fructum ex oratione reportat? Id ergo volebat. Sed quia [illegible], id tibi [illegible]. Deliriarum es [illegible], & orationem pro fumo [illegible]. Dicis enim, quid si [illegible], non potes orare præ debilitate capitis, & ideo vel Ecclesiæ ieiunia, vel tui status censura dimittis. Dicis, quod & piscium obstare valde contemplationi, & ideo contra Ecclesiæ præcepta in diebus vetitis carnes comedis. Quid vis, ut dicam tibi, mi frater, nisi hanc veri [illegible]? Si ieiunium tuæ obstet orationi, aut piscium tuæ contemplationi obest, ne adversus Ecclesiæ statuta ullo modo facias, sed tunc contemplationem omitte, & Ecclesiæ præcepta serva. Quoniam habes præceptum ieiunandi, non tamen contemplandi. Et non oportet rem tam sacram, qualis est oratio, pro [illegible] cupiditatis, aut ge-

D. Augu.

Matth. 8.

Act. 9.

[illegible] decipere. Hæc his ideo monet, ne forte his temporibus aliqui huiusmodi rebus decepti sint. Dei & Ecclesiæ præcepta observare [illegible], ne obtentu orationis velis aliena surripere, ratiocinia non solvere, nec tuis reddere stipendia clientulis. Hæc enim oportet facere, & illa non omittere. Et licet oratio sanctissima res sit, mediumq; maxime ad perfectionem acquirendam accommodatum: tamen non in illa sita est perfectio, sed in charitate, quam oratio & fovere & augere solet. Sed si in te illam extinctam video, nec frustum panis pauperi propter Deum porrigere, quid vis dicam tibi, mi frater, nisi quod te ipsum decipis, & vulgus quasi præstigiator ludificas. Episcopus si orationi, ac contemplationi vacat, bene facit: verum id commodi ex ea debet deducere, ut plus pauperibus porrigat, thesaurizetque, non consanguineis, ac hæredibus suis, sed hæredibus Christi, qui sunt pauperes; etiam subtrahendo aliquid ex suo cibo, potu, aut splendore domus, magnam animarum curam gerat, circa infirmos [illegible], cum his qui scandalizantur, uratur, alias parum illi fidei adhibebo, etiam si totas noctes in oratione transigat. Orationem ergo destruimus per hoc? Absit, sed illam stabilimus, & in suo gradu collocamus. Ad hoc enim oratio ordinari debet, ut charitas coalescat, & iustitia servetur. Quod si id non fit, parum proderit oratio. Iunge ergo orationi eleemosynam, [illegible] contemptum, iustitiæ observantiam: & tunc ex fructibus cognoscetur arbor. Alias dicam tibi. Nescis quid petis, cum sine charitate propter solam orationem sanctitatis tibi nomen usurpare velis.

Matth. 23.

Ecce ascendimus Hierosolymam, & consummabuntur omnia, quæ scripta sunt de filio hominis. Tradetur enim Gentibus ad illudendum, & flagellandum, & crucifigendum, & tertia die resurget. Ecclesia Christi imitatrix, sicut ipse multoties suæ passionis memoriam fecit, ita & ipsa sæpe nostris auribus ipsam ingerit: scit enim nullum aliud remedium a serpente percussis restare, nisi in hunc serpentem æneum (hoc est, in Christum, cuius corpus ad sustinenda supplicia quasi æneum fuit) in ligno suspensum fide viva aspicere. Vel ideo serpenti æneo comparatur: quia [illegible] nostris debet auribus insonare. Æs quippe sonorum est; Christus vero crucifixus debet ab omnibus prædicari. Utinam [illegible] a nostra memoria excidere queat. Nullum enim vulnus [illegible] hic serpens

Alia moralitas sententia.

Num. 21.

no-

nobis infligere poterit, contra quod in Christo crucifixo medicamentum non inueniatur. Si enim te superbia percutere satagit, humilitatem Christi in Cruce considera, & quælibet superbia, quantumuis magna, tanta humilitate retundet. Si cupiditate diuitiarum te adoritur; vide Christum in Cruce suis vestibus spoliatum, & super eas sortes missas.

Psal. 21. Si ambitione te præcipitem dare nititur, illum respice cum iniquis deputatum, & nouissimum virorum, opprobrium hominum, & abiectionem plebis. Quod si carnis voluptatibus ac desidijs emollire voluerit; Christum accende spinis oblitum, clauis confixum, & sputis oblitum, felle & aceto potatum; atque his clauis confige carnes tuas, & suis flagellis corpus tuum cinge, & sic victor euades. Denique cum iam is de te triumphare videatur diabolus: hoc sanguine Christi expelles illum, sicut corde piscis cremato diabolus à domo Raguelis expulsus est.

Tob. 6. Si enim cor Christi in Cruce crematum consideremus, ipsumque memoriis excitemus.

Moralitas. Si flammis tanti ardoris corda nostra incenderint, iam diabolus cum tota sua vitiorum phalange fugabitur. Quinimo fel huius piscis animas nostras illuminabit, sicut oculos Tobiæ. Necessaria igitur est passionis Christi memoria.

Matt. 26. Quare cum Christus Dominus transfiguratus est coram discipulis suis, & ostendere voluit exemplar quoddam gloriæ corporis, de passione cum Moyse & Helia loquebatur. Ostendere volens, quod gloriam sui corporis per passionem suam mereri debuit. Eadem ratione, & Ecclesia hanc memoriam tot vicibus repetit:

Cantic. 4. quod Spiritus sanctus his verbis, Cantic. 4. explicat dicens: Sicut vitta coccinea labia tua Sponsa, & eloquium tuum dulce. Labia quippe Ecclesiæ, quæ sæpius memoriam sanguinis Christi refert, quasi sanguine eius tincta apparent; & ideò vittæ coccineæ comparantur, perfusa sanguine Christi, quem suis sermonibus effundere videtur.

Psal. 119. Quare eloquium suum dulce dicitur: quoniam de passione Christi eloqui, est de summis amoribus loqui. Sermones enim amoris dulciores sunt. Sed quoniam hæc loquela familiarior est viris perfectis, qui Apostolis successerunt; ideò Spiritus sanctus subdit.

Optima explicatio. Sicut fragmen mali punici, ita genæ tuæ. Genæ sunt, in quibus pulchritudo faciei plus splendet apparere hominis perfecti per illas significantur, & qui charitate præstantiores sunt, quales sunt qui in religione versantur, qui grana hæc rubea suggere debent, sæpe tot liuores, flagella, alapas, sputa, clauos, clamores, crucem. Grana sunt hæc huius mali punici, quæ suggerere debet per meditationem & amorem verus Christi cultor; ut sic rubeæ genæ huius Ecclesiæ appareant. Nec

1. Cor. 2. enim aliud debeo scire, nisi Christum, & hunc crucifixum. Nunquam ergo beneficium hoc à memoria nostra excidere debet; sed Sa-

Eccles. 29. piens consilium accipere, quo nos admonet dicens: Gratiam fideiussoris ne obliuiscaris: posuit enim pro te animam suam. Sed tamen post hæc sequitur sententia per filiorum Zebedæi, de quibus plura supra dicta sunt. Et in Euangelio sequitur: *Et audientes decem indignati sunt de duobus fratribus. Iesus autem vocauit eos ad se* (nempe decem, duo enim illi erant propè illum) *& ait: Scitis quia principes gentium dominantur eorum, & qui maiores sunt, potestatem exercent in eos. Non ita erit inter vos, sed quicunque voluerit inter vos maior fieri, sit vester minister: & qui voluerit inter vos primus esse, erit vester seruus. Sicut filius hominis non venit ministrari, sed ministrare, & dare animam suam redemptionem pro multis.* Sensus horum verborum hic est. Diuersus modus debet esse viuendi inter veros Christi discipulos, ab illo quem mundus sequitur. Nam homines mundanos contendunt & pugnant, ut hic superior in temporalibus alijs sit, & ob hoc leges etiam humanas, quasi diuinæ conculcantur. Hinc enim tyrannica illa vox emanauit: (Si ius violandum est, amore regnandi violandum est) sed inter veros Christi discipulos, quales sunt Christiani omnes qui eius profitentur Euangelium; non sic fieri debet: sed qui maior est, debet contendere ut fiat minor. Et hæc debet esse contentio inter Christi discipulos, ut ego minor altero fiam. Nam hæc est superioritas & celsitudo Christiana. Dictum quippe à Domino est, quòd

Luc. 14. qui se humiliauerit exaltabitur, & qui se exaltauerit humiliabitur. Exemplo Christi

Matt. 20. Domini, qui non venit ministrari, sed ministrare. Nam licet passus sit, ut sibi à mulieribus

Matt. 26. ministraretur victus: tamen non ad hoc venit, sed ut ipse ministraret nobis spiritualia, præcipuè prædicando per vicos & ciuitates Galilææ, & Iudææ. Et etiam in temporalibus, cùm panem & pisces turbis ministrauit, & discipulorum pedes lauit. Et dare animam suam, hoc est, vitam suam, redemptionem pro multis, id est, pro libertate nostra se seruum, usque ad mortem declarauit. *Pro multis.* Quantum ad sufficientiam quidem multitudo hæc comprehendit multitudinem humani generis: quantum verò ad liberationis fructum,

ctum, comprehendit multitudinem electorum, secundum illud Esaiæ testimonium. *Esai. 53.* Si posuerit pro peccato animam suam, videbit semen longæuum. Sed hinc hæc consideratio oritur, quomodò inter Christi discipulos talis contentio potuit esse, & quòd duo sic ambitiosè primatum peterent, & quòd alij ob hoc de duobus fratribus indignarentur. Quomodò in viris sanctis à Christo humilitatis magistro edoctis, tam inanis cogitatio cadere potuit. Certè in hoc quam periculosum sit superbiæ vitium designatur, quòd omnibus se intermiscens actionibus, quòdque audaciter viros quantumcunque perfectos adoriatur. Homines multos inuenies, qui videntur iam vale omnibus vitijs dixisse. Casti quippè sunt, nec auaritia, aut alijs vitijs percussi, misericordes in pauperes, deuotione prompti, nec pigritia in operibus bonis torpentes & nihilominus cũ his omnibus superbi, elati, ambitiosi, opinionis vulgi cupidi. His hominibus scatet orbis. Videmus enim multos, quorum nullus mali rumor sonat, tamen his vitijs sic refertos, vt omnes alios longè exuperent. Sunt homines qui peccata honorifica appetant, honorifica dico apud homines, nam apud Deum quodlibet peccatum detestabile est. Volo dicere, quòd sunt aliqui qui non minima, sed magna peccata gaudent committere, quæ apud homines magnitudinem quandã præferunt. Abacuch Propheta dicit, quod est aliquis cibus electus. *Abac. 1.* Quem locum explicans D. Gregor. *D. Greg.* ait: Quòd sunt quædam peccata à Diabolo selecta, qualia sunt peccata superbiæ, quæ propria diaboli sunt. Cibus electus est esca eius ait Iob. Hæc autem esca eius electa superbia est. *Iob. 13.* Videbis animalia *Simile.* quædam quæ venantur animacula minima, muscam scilicet, aut cinipham, & tamen timida sunt, & à catis fugiunt & abscondunt se. Quædam autem magna rapiunt animalia, & tamen neminem timent, sed securi cũ præda volant, vt aquila & leo. Sic homines aliquos inuenies, qui si vel minimum commiserint peccatum aliqua occasione oblata, & fragilitate humana contractum: tamen statim timore percutiuntur, & iam se deuorandos à diabolo arbitrantur, & protinus ad cõfessorem pergunt, *Iob. 9.* nec audent vel vnam noctem cum tali peccato dormire. Alios tamẽ videbis qui magna perpetrant scelera; & tamen ac si nullum haberẽt iudicem, sic securi sunt, quibus & illud quod de diabolo dicitur potest accommodari, & dici de illis. Facti sunt, vt nullum timerent: Imò & cum Deo confidere volunt. Peccauit Adã, *Gen. 3.* inductus ab vxore, inobedientiæ quoddam peccatum comedens de ligno vitæ; & tamẽ protinus abscondit se sub ficu, & præ timore, ac verecundia delitescere ibi volebat. Peccauit Lucifer grande superbiæ peccatũ, æqualem ferè se volens facere Deo: & nihilominus erecta frõte aduersùs ipsum Deũ roborari nitebatur. Tumidus ille Pharisæus *Luc. 14.* superbè alios deridebat, & cõtra Deũ superbiebat: & tamen ore ad os cum Domino loqui non verebatur, opera sua ob oculos illi ponens ac commemorans, quasi exprobans Deum benefacta sua. Publicanus autẽ, qui minora multorum peccata commiserat, à longè stabat nec oculos leuare audebat, sed percutiebat pectus suũ dicens: Deus propitius esto mihi peccatori. Hoc enim ingeniũ est superborum, vt cũ Deo contendere præsumant, & cum prædicatoribus, si fortè eorum vitia carpere velint. Quasi nullus esse possit, qui eos de peccato arguere audeat. Quarè vitiũ hoc perfectiores aggredi solet. Et ideò huius peccati maximè nos animaduertit Deus: quoniam hoc est quod ipse magis persequitur. Cætera quippè vitia, etsi aduersa ipsi Deo sunt, aliquid tamen aliud immediatiùs aspiciunt, vtpotè auaritia pecuniam, luxuria carnis voluptates, gula delitias ciborũ, &c. etsi ad hoc consequatur Dei contemptus: cæterum superbia ipsum Deũ immediatè respicit, ipsúq; in se ipso bellum inferre nititur, atq; facie ad faciem cum eo contendere. Quod sic explicat Iob. *Iob. 15.* Tetendit aduersus Deum manum suam, & contra Omnipotentem roboratus est. Et diabolus, qui est Rex super omnes filios superbiæ dicebat, Esai. c. 14. *Esa. 14.* In cœlum conscẽdam, super astra Dei exaltabo solium meum, similis ero Altissimo. Et de Antichristo tantæ superbiæ imitatore dicit. Paulus 2. Tim. 2. *2. Ad Ti. 2.* Quòd in templo Dei sedebit, ostendens se tanquam sit Deus. Cùm ergo superbum ipsi Deo bellũ inferre non pudeat: Deus quasi contra pugnando, & tanquam se defendẽdo aduersus eũ agit. Vndè dicitur: Deus *Iacob. 4.* superbis resistit. Resistitur autẽ illi, qui aduersùs me pugnat, meq; deturbare contendit. Vndè Iob. 40. *Iob. 40.* quasi docens modũ quo cõtra superbos pugnare solet Deus, ait: Disperge superbos in furore tuo, & respiciens omnem arrogantem humilia. Respice cunctos superbos & confunde eos, & contere impios in loco suo, & facies eorũ demerge in fo-

Misertus autem eorum Iesus tetigit oculos eorũ, & confestim viderunt, & secuti sunt eum.
Mar. 10. Marcus vnius tantum cæci meminit. Verũ dicendum est, sicut supra de dæmoniacis duob⁹ diximus, quia vnus ex his cæcis erat notior alio, ideò illius tãtum fecit mẽtionem Marcus. Nam & nomen proprium
Luc. 17. illius scribit. Alij dicunt, alium fuisse cæcũ cuius meminit Lucas, alium cuius Marcus mentionem fecit, & Matthæum amborum simul meminisse, & præterea Euangelistæ non fuerunt solliciti omnia nobis enarrare miracula Christi, sed ea quæ tantũ sufficerent ad manifestandam Christi diuinã potentiam. Quare vnus vnum, alius plura miracula narrant. Potuit enim esse, vt prius vnũ, deinde plures cæcos illuminaret. Illi au-
D. Aug. lib. 2. q. Euã. c. 48. tem duo cæci (vt Augustin. lib. 2. q. Euang. capite. 48. docet) qui illuminati sunt post egressum à Hierico (quod mortalitatem, & mutabilitatẽ significat) id ostendunt quod Christus ante ingressum Hierico vnum illuminauit cæcum, & post egressum duos. Quoniam antequam fieret homo, vnum illuminauit populum, nempè Iudaicum, post eã verò duos, Iudaicum scilicet, & Gentilicum. Isti cæci petierunt quòd aperirentur oculi eorum, quod idem est cum eo quod alius cæcus interrogatus à Domino quid vellet respõdit; Domine vt videam. Quoniam visio est to-
1. Ioan. 3. ta merces. Scimus enim, ait Ioannes; quod cùm apparuerit, similes ei erimus. Videbimus enim eum sicuti est. Cui & respondit Dominus. Respice. Nam in hoc tota felicitas sita est, in videndo Deum. Intellectu quippè apprehenditur Deus, licet ad voluntatem fruitio huius apprehensionis deriuetur. Apprehendere tamen Deum in quo nostra felicitas consistit, intellectu fit, qui est altior potentia quàm voluntas. Quoniã obiectum eius, quod est verum vniuersalius est, atque à materia abstractius, ac proptereà spiritualius, ac subtilius quàm bonum quod substratum est, & est voluntatis obiectũ. Manu quippè colligimus poma, quibus gustus delectatur. Intellectus manus est qua pomum hoc cœlestis paradisi carpimus, quod est Deus, quo habito voluntas
Cant. 7. delectatur. Id etiam dicebat Sponsa. Ascendam in palmam, & apprehendam fructus eius. Hoc est, cum triumphũ aduersus hostes adeptus fuero, merces mihi erit apprehendere Deum per intellectum, & frui eo per voluntatem. Hos ergo oculos Deus cæcutientibus, vt ipsum videant, quos suis clamoribus desiderabat Paulus, cum Ephesiorũ 1. dice- Ad Eph. 1.
bat. Non cesso gratias agens pro vobis, memoriam vestri faciens in orationibus meis, vt Deus Domini nostri Iesu Christi, pater gloriæ, det vobis spiritum sapientiæ & reuelationis, in agnitionem eius, illuminatos oculos cordis vestri, vt sciatis quæ sint diuitiæ hæreditatis eius in sanctis. Quare huius beatitudinis animaduersio oculos cæcorum 1. Reg. 14.
aperit, sicut Ionathe gustanti vnius montis mel aperti sunt oculi. Sic si desiderio vel cogitatione mel mõtis cœlestis pregustauerimus, aperientur quidem oculi nostri. Melli comparatur gustus ille cœlestis: quoniã nil dulcius melle inuenitur, & nulli rei quantumcunque sapidæ gustus illæ cõparari potest. Vnde cùm Spõsa omnia mẽbra Spõsi Cant. 5.
alijs rebus assimilaret, de gustu nihil dixit nisi hoc solùm. Guttur eius suauissimũ. Ac si diceret. Non inuenio rem cui vllo modo guttur tuum, ò Sponse, assimilari possit. Id solùm dicere valeo quod suauissimum super omnia suauia est. Quare de Sanctis dicitur exultationes Dei in gutture eorũ. Hoc est Psal. 84.
in gustu qui per guttur transit. Et de tali visione dicitur Ecclesiastici 1. Non satiabitur oculus visu. Quoniam nunquam Dei visio Eccles. 1.
fastidium generat, etiamsi in æternitate durat. Cassianus autem in tertia collatione, Cassianus.
quæ est Abbatis Pafuntij, ait, quòd quando transijt Iesus ad cæcos, diuinæ prouidentiæ, & dignationis est gratia, quòd vociferantur, & dicunt Miserere nostri; fidei ipsorum, & credulitatis est opus. Deus quippè sua nos gratia præuenit, per fidem & amorem nos ei respondemus, & sic à cæcitate cordis liberamur.

Cap. XXI.

T cum appropinquassent Hierosolymis, & venissent Bethphage ad montem Oliueti, tunc Iesus misit duos discipulos dicens eis; Ite in castellum, quod contra vos est, & statim inuenietis asinam alligatam, & pullum cum ea. Soluite & adducite mihi. Et si quis aliquid vobis dixerit, dicite quia Dominus his opus habet, & confestim dimittet eos. Hoc autem factum est, vt adimpleretur quod dictum est per Prophetam dicentem: Dicite filiæ Sion, Ecce Rex tuus venit

sibi

tibi mansuetus, sedens super asinam & pullum filium subiugalis. Euntes autem discipuli fecerunt sicut praeceperat illis Iesus. Et adduxerunt asinam & pullum, & imposuerunt super eos vestimenta sua, & eum desuper sedere fecerunt. Plurima autem turba, strauerunt vestimenta sua in via. Alij autem caedebant ramos de arboribus, & sternebant in via. Turbae autem quae praecedebant, & quae sequebantur, clamabant dicentes: Osanna filio David. Benedictus qui venit in nomine Domini. Osanna in excelsis.

Dubiū. 1. literale.

¶ Primum hic in dubium verti potest quod Marcus & Lucas dicunt misisse Dominū discipulos cum appropinquasset Bethaniā, Matthaeus verò, cū appropinquasset Bethphage. Nam cùm venisset Bethphage & ad montem Oliuarum, iam Bethaniā pertrā- sierat; cum Bethphage, & mons Oliuarum vicinior fuerit ciuitati Hierusalem, quā Bethania, in qua praecedenti nocte Dominus pernoctauerat. Sed dicendū primò Marcū & Lucam dixisse, Dominum hoc fecisse, cū appropinquaret Bethaniā, hoc est, cùm non longè ab illa discessit: propinquus sum enim ego loco à quo parum spatium discessi. Quemadmodum & multi intelligunt illud quod dixit Lucas, Dominum curasse caecum, cùm appropinquasset Hierico, hoc est, cum non multum ab eo discessisset. Aut dicendum, quod Marcus & Lucas praepostere dicunt, cùm appropinquasset ad Bethphage, & Bethaniam, videlicet, sic intelligendo, cùm appropinquasset ad Bethaniam, & deinde appropinquasset ad Bethphage montē Oliuarū. Erat autem Bethphage, villula in mōte Oliueti qui Sabbathi habebat iter, à Hierusalē; vt dicitur, Act. 1. Hoc est, distabat à Hierusalē mille passus, cùm Bethania quindecim stadijs abesset. Hoc est, duobus ferme millibus passuum. Haec autē Bethphage erat villa sacerdotum, à qua solebant deducere sacrificia, ibi ea in promptu habentes: *Tunc misit duos discipulos, &c.* Aliqui (inter quos Chrysostom. in Imperfecto citans Hilariū) existimant hos duos discipulos fuisse Petrū & Philippum, licet verisimilius sit fuisse Petrum & Ioannem, qui postea fuerunt iussi parare agnum Paschalem, sed parum hoc refert. Sed quid sibi vult factum hoc est nouum Saluatoris? Ingredi sic ciuitatem Hierusalem, cùm antea solis discipulis suis comitatus & pedes solebat intrare. Crediderim, Dominum voluisse nunc speciem quandam ac exemplar sui regni hominibus ostendere, quatenus crucifixoribus suis excusationis omninò causa tolleretur, & credentibus in eum firmaretur fides. Et quia semper maxima cum minimis coniunxit Dominus, quatenus humilitatis virtus nunquam deseri videretur, sed inter ipsa maiora splendesceret: ideò humili asello insidens ciuitatem intrauit. Praetulit autem Regni sui non minima insignia: nam tanquam dominus misit pro iumentis illis, quae tanquam vero domino confestim domini eorum concessit. Nec enim verū est, vt quidam dicunt, quòd iumenta illa erant communia, vt veherent pauperes vsque ad Hierusalem, cùm expressè dicat habuisse Dominum iumenta illa. Vnde id volens significare Saluator, dixit absolutè: Dicite quia Dominus his opus habet: Hoc enim erat vnum ex nominibus diuinis quibus populus ille nominabat Deum, Adonai, id est Dominus. Caeteri enim huius, aut illius rei sunt domini; Deus autem absolutè omniū rerum est Dominus, non limitatè huius, aut illius, Dominus vniuersorum est. Et in signum quòd ipse omnium esset Dominus, dixit discipulis suis, quòd audito hoc verbo; Dominus his opus habet, domini dimissuri essent eos, tanquam reddentes vero Domino rem suā. Ostendit etiam hoc Regnum suum, ex hoc quod linguae & corda hominum & puerorum à Spiritu sancto mota sunt, vt illum acclamarent Regem suum, ex semine David Regis. Celebre quippe erat apud omnes, Messiā ex semine David esse venturum. Haec enim omnia non minima sui Regni insignia erant. Praeterea quòd tam authoritate vendentes & ementes eiecit de templo, vt ostenderet suam regiam potestatem super omnes. Sed quemadmodum ipse Pilato dixit: Regnū suū non esse de hoc mundo, hoc est, non constare hisce rebus quibus regna huius mundi persistunt, nempe multitudine satellitum circumeuntiū corpus Regia, armis suis protegentiū illud; copioso numero equorum, curruum, & aliorum rerū regium splendorem praeseferentium: Ideo nō equo, aut curribus insidēs, sed humili asello sedens, strato, non sericis phaleris, sed dissutis suorum discipulorum vestibus ciuitatem intrat, paupere turba puerorum concomitante, non hastas in manibus, sed ramusculos ferentes, vt vel sic confirmaret quod praecedenti capite docuerat, non ipsum sicut caeteri Reges, ad imperandum venisse, sed potius, vt humilitatis magister ad ministrandum, & vt animam suam daret redēptionem

D.Chryso. in imperfecto, citans Hilarium.

Marc. &c. Ioan. 18.

Dubium. pro mollis. Dubitari hic solet an Dominus super asinam tantum sederit, an super pullum duntaxat, vel super vtrumque. Et quidem Iansenius sequutus Euthymium in caput centesimum decimum suæ cōcordiæ *Iansen. sententia.* tenet, quòd super pullum solūmodo sedens peregit iter illud: asinam autem adduci iussit, vt sequeretur pullum suum. Hoc argumento conuictus quod in tam breui spatio, non opus erat duo cōmutare iumenta quibus veheretur. Sed communior & probabilior sententia est, quòd super vtrumq; sederit vicissim. *Sententia communior & probabilior.* Tùm propter Matthæi testimonium dicētis super vtrumq; animal discipulos posuisse vestimēta sua, nec valet ad Græca nomina recurrere, cū Latina id clarè significent, nos autem non Græcam versionem, sed Latinam modo sequimur quæ vulgata dicitur. Tum etiam quod prophetia Zachariæ expressè id asserat dicens. *Zachar. 9.* Ecce Rex tuus venit tibi sedens super asinam, & pullum filium subiugalis. Nec opus est, id per sinecdochem dictum fuisse (vt aiunt Iansenius, & Euthymius) nam quod planè, & absq; figura, absq; vllo inconuenienti intelligi potest: non opus est per figuratā loquutionē interpretari. Et ad Iansenij rationem respondetur. Quòd propter mysteriū significandum, quod statim dicturi sumus (nempè quòd Dominus super duos populos Gentilicum, scilicet, & Iudaicū per agnitionem suæ veritatis sessurus esset) super ambo iumenta sedet. ¶ Sed de voce illa; O sanna, primò sciendum, quòd Matthæ. *Matth. 21.* sic refert. Turbæ autem quæ præibant, & quæ sequebantur clamabant dicentes, O sanna, filio Dauid benedictus qui venit in nomine Domini, O sanna in Altissimis. *Marc. 11.* Marcus cap. 11. addit hoc quòd etiam turbæ dicebant Benedictum quod venit regnum patris nostri Dauid, O sanna in excelsis. *Luc. 19.* Lucas autem cap. 19. adhuc addit super hæc quòd dicebant, Pax in cœlo, & gloria in excelsis. Quoniam sine dubio omnia hæc clamauit turba illa. Sed quod vnus Euangelistarum tacuit alius addit. Sed propter hæc verba, licet non nulli dicant dictionem hanc, O sanna, significare gaudium & triumphum, sicut apud Romanos Imperatori triumphanti dicebatur, *Io triumphe*, sic peculiaris illa vox erat populo Hebræorum cum triumpharum, vel hymnum, aut laudem velent alicui præcinere. Quarè modò palmas in manibus ferebant pueri Hebræorum, in figuram triumphantis Christi.

Alij, inter quos Hilarius, dicunt hāc vocem significare redemptionem domus Israel, sic *D. Hilar.* refert D. Hierony. in 3. tomo suorum operum, in epistola ad Damasum, quòd tamen *D. Hiero. tom. 3. in epist. ad Damas.* dicit absq; vlla probabilitate assertum esse, sed tamen sciendum est, quòd vt existimat August. lib. 2. de doctrin. Christ. capit. 11. *D. August. lib. 2. de doct. Christ. cap. 11.* dictio hęc, O sanna, simplex est, & est interiectio quędam lętantis, & petentis aliquid, sicut hęc dictio Racha, est interiectio significans animum iratum, & apud nos dictio, O, explicat animum optantis, & desumpta est ex Psal. 117. quē omnes Hebręi *Psal. 117.* fatebantur loqui de Christo. Sed quia interpres Latinus non habuit vnā dictionem simplicē qua hic affectus indicaretur, trāstulit sic in supradicto Psalmo. O Domine saluū me fac, ò Domine bene prosperare: Benedictus qui venit in nomine Domini. Vbi in Hebręo est O sanna. Alij dicunt legendum esse Hosianna, sed tamen vtrunque reperitur in Hebręo O sanna, & Hosanna, sed est dictio composita, vt Hieronymus loco modo citato refert, ex verbo, Hosiah, quod significat saluifica, & anna, vel na, quę est interiectio deprecantis, vt apud nos, o, vel vtinam. Et ideò septuaginta in pędicto psalmo transtulerunt. O Dñe saluū me fac, vbi, & interiectionis notā, & verbi significationē trāstulerint. Et potest etiā dici O sanna. Ait idem Hieron. media sil. I. *D. Hieron.* elisa sicut solemus facere in versibus Vergilij quando pro, me ne incepto desistere victā, scandimus, mēn incepto, & quia incōpositis semper aliqua litera demittur. Itaq; apud plures cōuenit q̄ sit verbū optātis, & deprecantis salutē. Imò Iansenius addit, q̄ *Iansen.* apud Hebręos reperiebatur hoc verbū in festo tabernaculorū, sicut apud nos in litanijs reperitur hęc sententia libera nos Dñe. Concertabant, quippe nomina Dei, & dicebāt. Propter te Dñe dominorū, & succinebāt, O sanna. Propter te Deū deorū, O sanna. Et deinde recēsebāt magnā acerbū eorū, quę Deo tribuūt in dicētes. Propter veritatē tuā, O sanna. Propter testamentū tuū, O sanna. Post hęc enumerabant magnam congeriē earū rerū, quas saluari cupiebant, vt repletā electum, O sanna. Mortē moriar, Ho sanna. Et sic [illegible] suas [illegible] concinebant. Est ergò verbū significans, Salua nos. Sed secundō aduertēdum est, quod apud Hebręos verba primę coniugationis significant actionem, eadem verba in tertia cōiugatione significāt facere illā actionē, v. g.

Cognoscere in prima coniugatione, solum
significat actionem illã cognoscendi, cæterum in tertia significat facere cognoscere, vt
Gen. 22. est illud quòd dixit Dominus ad Abraham
Nunc cognoui quòd timeas Dominum: quia
est in tertia coniugatione, idem est, ac si diceret: Nunc feci cognoscere, quòd timeas
Deum. Sic hoc verbum, hosiac, quòd significat, saluare, in illo Psalmo. 117. Vnde hoc
desumpserunt Hebræorum pueri, est in ter
tia coniugatione, & significat. O Domine
fac nos saluos fieri. Id est, fac nos velle salua-
D. Aug. ri. Nam, vt ait Augustin. qui creauit te sine
te, nõ saluabit te sine te. Et in collecta quãdam sic petit Ecclesia dicens. Et nostras rebelles ad te propitius compelle voluntates:
Dicunt autem filio Dauid; nam hæc salus
non est corporalis, sed spiritualis. Vnde dicunt: O sanna in Altissimis, id est, salua nos
in cælo, salutem quam petimus altissima est
& cœlestis. Hæc autẽ altissima salus adepta, in gloriam Dei, & Christi Iesu redundat.
Sic enim & Concilium Tridentinũ docuit,
quòd iustificatio nostra est in gloriam Dei,
& Christi, qui est causa meritoria iustificationis nostræ, & ratione efficientiæ instru
mentalis. Quarè seni ores illi quos refert Ioã
nes, in Apoc. dabant gloriam Deo & Agno
dicentes: Salus Deo nostro qui sedet super
thronum & Agno. Et in versibus quos Ecclesia Dominica in Ramis canit, sic legitur.
Gloria & honor Deo, sibi sit Rex Christe Redemptor,
Cui puerile Decus, prompsit ô sanna pium.

Quarè si dictio, O sanna, vt aliqui volũt
significat etiam hymnũ est dicere Hæc gloria canitur Christo Domino: quia secundũ
quod homo, & meritoria, & instrumentalis
causa est nostræ iustificationis. Vel salutatio
nostra tribuitur filio Dauid hoc est, homini
Christo iisdẽ rationib9. Pro quo notandũ est
quòd sicut Christus aperuit Apostolis sensum post resurrectionẽ, vt intelligerent scri
Luc. 24. pturas, ita & his verbis aperuit, intellectum,
vt cognoscerent quòd illud Psalmi. 117. de
Christo dictũ erat, *Ora dicite nobis ...*
del Psalmo, ac si dicerent: Filio Dauid quem
te esse credimus, illud Psalmi illius competit. Ideòq; tibi illud applicamus ac dicimus,
Nam de re & tibi dictum est. Et ob hoc tam
indignè hoc ferebant Pharisæi, quòd Christo Domino applicarent, quòd verò Messiæ
ipsi intelligebant fuisse dictũ. Ex hac ratione
D. Aug. (præter illam quã ex Augustino recitauimus)
hanc dictionẽ in propria lingua reliquit interpres. Quoniam hæc salus altissima est, &

occulta nobis, quam quia non pertingimus
in aliena lingua relinquimus, vt Alleluia,
quod significat laudate Deum, in lingua nobis ignota relicta est: quoniã nos ignoramus
quæ laudatio debeatur Deo. Vide Iansen- Iansen. c.
nium in caput centesimum decimum suæ 110. suæ
concordiæ, vbi plura de hac dictione, O san concordiæ.
na, refert, licet ea quæ dicta sunt veritati mi Oppo. Cal.
hi magis consona videantur, quæ & ex Au- ex Augu.
gustino, Hieron. & Pagnino desumpsimus, Hieron.
præterea quæ nos meditati sumus. Aduerte Pagnino.
tandem quam rectè dictum sit à Psalmista, Psal. 8.
quòd ex ore infantium & lactentiũ perfecisti laudem, nã contra ea quæ Pharisæi aduersùs Christum dicebant, vt eũ opprobrijs
afficerent, pueri Hebræorum concinebant,
vt illum è regione illorum honorarent. Pharisæi & seniores dicebant maledictus est;
pueri & turbæ clamãt, benedictus filius Da
uidis: illi dicebant, Venit in nomine Belze-
buch; isti è contra benedictus qui venit in
nomine Domini. Illi non habentes Regem
nisi Cæsarẽ, hi benedictus Rex Israel, & be-
nedictũ regnũ eius. Illi precantur Iesum ex-
tinctũ; isti precãtur felicẽ Iesu successum. Illi tristantur & merent; isti lætificant & cantant
laudes Deo. *Hoc autem factum est, vt adimple*
retur, quòd dictum est per Prophetam dicentem:
Dicite filiæ Sion ecce Rex tuus venit tibi man-
suetus, sedens super asinam & pullum filiũ sub
iugalis. In nostra vulgata; sic habetur, hoc
testimonium. Exulta satis filia Sion iubila
filia Hierusalem, Ecce Rex tuus veniet tibi
iustus & Saluator, ipse pauper & ascendens
super asinam, & super pullum filium asinæ.
Ioannes autem cap. 12. his verbis refert dicẽs: Ioan. 12.
Et inuenit Iesus asellum, & sedit super eum,
sicut scriptum est. Noli timere filia Sion, ecce Rex tuus venit sedens super pullum asinæ. In quibus videmus Euangelistas more
suo verbis paululum immutatis eundem sen
sum retinuisse. Nam quod Ioannes ait, noli timere filia Siõ perinde est, acsi diceret, exulta filia Sion, nil tibi in posterũ nocebunt ho
stes; nil est quod iam vltrà timeas tanto Rege ve
niente. Matthæus ex duobus vnũ conflauit
testimoniũ, quod facere interdũ solent Apostoli & Euangelistæ, vt in superioribus non semel annotauimus. Sic Marc. c. 1. sicut scri- Marc. 1.
ptum est in Esaia propheta. Ecce ergo mitto
Angelum meũ ante faciem tuam, qui præ-
parabit viã tuam antè te. Vox clamantis in
deserto. Parate viam Domini, &c. Prior testi
monij pars desumpta est ex Proph. Malac. Malac. 3.
c. 3. secunda ex Esai. c. 40. Nec hoc tantum Esai. 40.

face-

facere Euangelistas credendū est, sed vt ostē dant de eadem re loqui duos Prophetas, & obscuriorē locū per apertiorē declarant. Celebris erat inter Iudæos locus ille Malachiæ, Ecce ego mitto Angelū meum, &c. copulat hūc Marcus cū altero Esai. vox clamantis in deserto, &c. vt sciamus in voce clamantis in deserto eū intelligendū, de quo Malachias dixit: Ecce ego mitto Angelum meum. Ita

Esai.62. Matth. cū Esai. 62. scriptū esset, Dicite filiæ Sion, ecce Saluator tuus venit, ecce merces eius cū eo, & opus illius coram illo, quod notissimū erat de Messia dici: Assuere eius imitio voluit verba Zachariæ, vt intelligeretur de eadem loquuti Prophetæ, & sciremus eū qui per asinā & pullū ingressus est, non quēpiā è minoribus regib⁹, sed illū ipsum esse de quo dixit Esai. Ecce Saluator tuus venit, ecce merces eius cū illo. Idest magnis præmijs donare potest suos, tamē si pauper videatur, & vt pauper asino insideat. Et opus eius corā illo, idest, non obliuiscetur operis eius quod missus est, nempè hominū salutē, sed semper ob oculos habens illā sedulo exequetur & perficiet, atq; cū pullo vectus ingreditur in Hierusalē. Id facit, & id quærit, quod sibi à Patre demādatū est, & in orbē venit; vt morte sua saluos faciat suos. *Ecce Rex tuus venit tibi*, de præsenti constat legendum esse, licet alij de futuro legāt, veniet, vtrumq; enim verti potest. Nam Messiam vocabat populus ille venientē, & qui venturus erat, secundum illud

Abac. 2. Abac. 2. Veniens veniet, & nō tardabit. Sed

quid literalis. quæritur cur cùm Dñs sæpè venerit in Hie-

Zachar.6. rusalē, extremi tantum aduentus meminerit Zacharias, quo super pullū asinæ ingressus est. Ad quod respondendū censeo, ex more loquendi hūc soluet Prophetæ. Nā cū sup. c. 6. de quatuor quadrigijs loquutus est in multis cuiusq; regni expeditionibus ac bellis, illius tantū mentionē fecit quo regnū prius euertebatur, & nouum constituebatur. Ita ergo nunc de eo aduentu in Hierusalē loquitur, quo Dñs Iesus per mortē suā aduersùs diabolum victor euasit, atq; fortē armatū alligans è mundo pepellit, vt sic suū institueret imperiū, ac Monarchiā super vniuersum orbem. Hic enim fuit extremus eius aduentus è Galilæā in Iudæam, & eo animo venit, vt more retur, sicut ipse capite superiori discipulis suis indicauit. Iustus & Saluator, ait Propheta. Quæ tamen verba prætermisit Euangelista tanquā non adeò conducentia ad impletionē prophetiæ, vt aliquando facere solent, sensum præcipuum posuisse contenti, Nam in hoc quòd dixit mansuetus, hæc omnia includuntur *Iustus*, vt te iustificet, & à peccatis omnibus liberet, sicut ait Paulus

Rom.3. Roma. 3. Vt sit ipse iustus & iustificans eum qui ex fide est Iesu Christi, *Saluator tuus*, quia te à potestate diaboli ereptum, in æternæ salutationis partem constituit, *Pauper.* Matth. transtulit mansuetus, & nomen Græcum idem significat, mansuetum & humilem. Nam Esai. vltimo dicitur: Ad quem au-

Esai.66. tem respiciam nisi ad pauperculum. Septuaginta transferunt, humilem, vbi in Hebræo est vocabulum vtrunq; significans. Et meritò humilis pauper dicitur: semper enim sibi pauper atq; egenus videtur. *Et ascendens super asinam, &c.* Alij legunt asinum, sed cōmune fermè est hoc nominibus animalium, vt & maribus & fœminis dentur, tam apud Hebræos, quam apud Græcos, imò & apud Latinos. Tamē Matthæus expressè dicit asinam alligatam, & pullum. Et postea, *Adduxerunt asinam & pullum.* Quare & si nomē Hebræū & Græcū ambiguum sit ad masculum & fœminam: tamen dubitari nō potest asinam fuisse cùm Matthæus id expressè asserat, & in Zacharia dicitur, & pullum filium asinæ: pullus autem asinæ, non patrem sequitur, sed matrem. Et sic pullus filius erat asinæ, quàm sequebatur: vt significationi quam dicturi sumus, & suprà insinuauimus congrueret. Nempè Dominū superuenturum populum Iudæum, scilicet, & Gentilicum sessurum esse, & ad sui cognitionē ad doctrinā adducturum. Et prius super asinam sedit: quia primi credentes fuere Iudæi, deindè super pullum. Quamuis si quis contendat prius super pullum sedisse, deindè super asinam (quia prius intratura erat plenitudo Gentium, & postea omnis

Rom.11. Israel saluus fiet, vt docet Paulus) non rem absurdam, aut improbabilem dicit: cui libenter etiā assentiar ego. Hoc est, aliud signum euidens ex scriptura collectum, quòd Dominus Iesus fuerit verus Messias pronunciatum hoc in loco à Zacharia. Quoniam à tempore Zachariæ vsq; ad excidium Hierusalē nullū Regē habuerūt: qui sic insidēs ingressus in vrbē fuerit, & in quo finem hæc prophetia habuerit, nisi Iesum Nazarenum

Euseb. vt docet Eusebius lib. 8. de demonstratione Euang. demonstra. 4. & lib. 9. de sermo. 17.

D.Chrysost. Et Chrysostom. homil. 67. in Matthæ. Sed circa hæc verba ab Euangelista citata, denuo hic aduertendum est, quòd quandò populus Israel postulauit à Samuele propheta, vt sibi Regē daret displicuit hic sermo Samueli, & orauit Samuel ad Dominū. & ei respondit Dominus: Audi vocem populi in omnibus quæ loquuntur tibi, non enim te abiecerunt, sed me, ne Regnē super eos. Nam aurei, & si iudices erant in Israel, tamen præcipua cura regiminis eorum apud Deum erat, & ad ipsum Deum populus in quacunque necessitate accurrebat, & ipse nominabat iudices, & constituebat eos, qui iudicare deberent populum suum.

Iudic. 8. Vnde quandò Iudicum, 8. dixit populus ad Gedeonē. dominare nostri tu & filius tuus, & filius filij tui, respondit eis Gedeon. Nō dominabor vestri, nec dominabitur in vos filius meus; sed dominabitur vobis Dominus. Sed hanc tam specialem curam, quam circa populum illum gerebat tunc Deus, iam omiserat propter eorum inobedientiā, & in manus dominorum crudelium eos tradiderat. Quarè comminabatur eis dicens: Dabo tibi reges in furore meo, & iudices in

Osee. 13. ira mea. Et per Oseæ secundùm septuaginta trāslationem dicit illis Dominus. Quis auxiliabitur tui Israel. Nam autem in his Prophetæ verbis, promittit illis Deus auxilium. illud speciale quo ipsi quando regnabat super eos protegebantur ab eo dicens. Ecce Rex tuus venit tibi mansuetus. Iam iterū regnare volo super te, & reges impios

Esai. 52. à te auferre. Vnde per Esaiā dicit eis. Quam speciosi pedes euangelizantis pacem, euangelizātis bona dicentis. Sion regnabit Deus tuus. Et alibi. Dabo tibi iudices sicut à prin-

Esai. 1. cipio. Ac si diceret eis. Seculum illud aureū restituam tibi: quando iudices ego vocabā, & tanquam Rex proprius ego te regebam.

Moralitas frequentia. *Ecce Rex tuus venit tibi mansuetus, &c.* Hactenus quæ ad sensum literalē attinent sufficienter existimo dicta esse nunc ad mysticos sensus veniamus. Quoniam Euangelium hoc, & in prima Dominica Aduentus apud nos in Ecclesia canitur, & Dominica in Ramis apud omnes: ideò plura circa illud dicenda sunt. Et primò verba proposita latius exponendo aduertendum est, quòd in his verbis datur nobis intelligi quid Christus pro nobis fecerit, & quid nos vicissim tenemur pro illo facere. Et primum hæc verba in ipsa fronte nos attentos reddunt admonendo, quod hic qui asello insidens venit Rex sit, & quoniam hoc tota mente cōsiderari debet dicitur, *Ecce*. Ac si diceret. Deus tu attende, aspice, astutè considera, nec te tanta res prætereat, sed alta mente

reuolue, quod hic qui animali insidet, qui carni nostræ animali coniunctus est rex est, & ratione diuinitatis maximus, & ratione etiā humanitatis magnus super omnes alios reges terræ. Ratione quippè diuinitatis vniuersale Dominium super omnes res creatas habet, non sicut cæteri reges quorum dominium intra certos limites continetur. Vnius quippè regnum intra Hispaniarum terminos duntaxat continetur, alius Galiarū solum modò rex est, alterius imperium Insulis cingitur ac continetur. & hi reges, nec omnia possunt, nec vbicunque, nec semper, sed secūdùm dispositionem illius qui dixit. Per

Prouer. 8. me Reges regnant, & legum cōditores iusta decernūt. Per me Principes imperant. Hoc est. Ego sū moderator orbis, & summus omnium regum Imperator ad cuius nutum Reges omnes regnant, moderantur & remouentur. Christus autem secundū diuinitatē absque vlla limitatione Rex est, de quo dicitur, regnum tuum, regnum omnium seculorum, & dominatio tua in omni generatione & ge-

Psal. 144 nerationem. Ratione humanitatis etiā rex est. Nā propter vnionē humanitatis Christi cum persona verbi, data est ei omnis potestas in cœlo & in terra, atq; integrum dominium super vniuersas res creatas. Sic illum describit Daniel propheta, cap. 7. & dicit

Daniel. 7. vidisse illum coram antiquo dierū, & quòd dedit illi honorem & regnum. Potestas eius potestas æterna, quæ non auferetur, & regnum eius quod non corrūpetur. Et ratio id nobis suadet. Nam si Reges solent fieri per subditorum electionē, qui cernentes in aliquo res dignas Imperio; illum sibi in Regē asciscunt secundùm quod de Priamo dictum est. Priami species digna erat Imperio (tantā quippè ac talem in vultu maiestatem præ se ferebat, vt dignum illum Imperio faceret) quanto melius hoc de Christo Domino di-

Psal. 44. cetur, de quo Psalmista psal. 44. præcinit dicens: Specie tua, & pulcritudine tua intende prospere procede, & regna ¢ Hoc est ea quæ in vultu tuo apparent signa te omniū ore dignū Imperio reddunt. Quare Ioannes

Apoc. 19. in Apocalypsi, vidit illum habentem in femore scriptum. Rex regum, & Dominus dominantium. Ac si diceret prę se ferebat quasi in fronte scriptum quis esset, nimirū Rex regum, & Dominus dominantium. Etiam si eo tēpore quo inter nos conuersatus est, hīc nitebatur maiestatem tegere. Igitur Rex est, qui hodie ad te tergo aselli insidens venit. *Rex tuus*. Non quod hoc pronomen limitaimitationem dicas sui Regni, quòd tantum modo sit Rex tuus (quoniam omnium Dominus est) sed potius hoc Verbum, tuus, nam praeseferet amoris signum, videlicet qui meus fieri voluit, qui omnium erat Imperator, vt & Regnum & Imperium suum meum esset. Haec enim cambia illa, & recambia, vt ita loquar, reciproca, scilicet, datio & acceptio, quae inter nos ac Deum contingunt, ex eo tempore, quo nostrae coniunctus est humanitati: quae Altissimè simul & deuotissimè magnus pater Augustinus super Psalmum trigesimum tertium contemplatur. (D. Aug. in Psal. 33.) Accepit quippè noster Deus, vt vicissim sacrosa quadam redditione nobis sua retribueret. Contraxit [illegible] fragilitatem, ac infirmitatem nostram, ipse verò nobis vicissim robur, ac fortitudinem retulit. Accepit à nobis paupertatem nostram contulit nobis diuitias, ac Regnum suum. Id est, quòd Paulus ad Hebraeos scribens nos docet, cum ait. (Hebr. 2.) Quia igitur pueri communicauerunt carni & sanguini, & ipse similiter participauit in eis, carnem ex nobis sumpsit, & suum nobis praebuit spiritum: humanitatem nostram induit, sed suam nobis contulit diuinitatem. Paupertatem nostram accepit, & suum nobis tribuit Regnum. Rectè ergo dicitur, *Rex tuus*. Quoniam & Regnum, & Imperium suum tibi communicauit. Et hoc est vnum ex maximis Sacramentis, quòd in mysterio Incarnationis includitur, quod & Paulus ad Ephesios scribens se gloriatur intellexisse. (Ad Eph. 1.) Nempè quod ratione huius vnionis naturae nostrae ad Verbum, fiat quaedam sic mirabilis commercium [illegible], inter hominē & Deum, quod [illegible] participet ea proprietate, quia [illegible] & [illegible], quae membra virtutem, ac influentias capitis sui vniuntur communicāt. Hoc enim fuit supremum Sapientiae diuinae consilium, quo percipere valebimus, quid homines habeamus in Christo, [illegible] modo ingrati inueniamur. Displicuit homo Deo propter culpam, nec in eo vires fuerunt [illegible] quibus in Dei gratiam redire valeret: constituit Dominus hominem vnū, sibi dilectum, et amicum, in quo solo sibi placeret, & si quis alius ei placere vellet, id propter illū hominem sibi [illegible], [illegible] quod homini illi per amicitiā [illegible]. [illegible] Regnum in [illegible] propter proditionem [illegible], & [illegible] hominem [illegible]

[illegible] nes quos sic sublimauerat, vt omnibus publico edicto notum faceret, eos qui Regis gratiam vellent, in illius hominis amicitiam aggregarentur. Quippè propter illum omnibus parcere, & ad sui gratiam reuocare placuerat. O Dei bonitatem adorandā! Volens enim Deus generis humani proditionem, ac inobedientiam condonare: elegit virum istū Iesum, cui tantam gratiam simul ac virtutes infudit, vt in omnibus illi placitus, ac gratus esset. Sicut & ipse Pater in baptismo testimonium perhibuit dicens: Hic est filius meus dilectus, in quo mihi benè complacui. (Matth. 3.) Et de quo melius quā de Dauide dicere Deus potuit. (1. Reg. 13.) Inueni virum secundum cor meum. (Act. 13.) Statuitq; [illegible], vt illi soli, qui homini isti Iesu per amicitiam copularentur, digni essent gratia, atq; amicitia Dei, & à perditionis poena absoluerentur. Nec hoc solū propter Christum nobis donauit; verum etiam adiecit multo maiora. Nam quia virtutē aut merita ad supernaturalia bona consequenda nō habebamus statuit, vt si huic homini Christo per amorē & gratiā vniremur, digni talium bonorum efficeremur: quoniam ipse omnia illa nobis meruit. Et hoc est quod Paulus Ephesiorum 3. dicebat: (Ad Eph. 3.) Mihi autē minimo sanctorum data est gratia haec in gentibus, euangelizare inuestigabiles diuitias Christi, id est, quod possim ego homines docere quātas diuitias, quanta merita, quantamq; gloriā habent in Christo. Quae omnia mox declarat dicens Benedictus Deus, & pater Domini nostri Iesu Christi, qui benedixit nos in omni benedictione spirituali in caelestibus in Christo. Benedicere Dei est benefacere, eo quòd in Deo dicere & facere passu pari procedant, secundum illud. Ipse dixit & facta sunt. (Psal. 148) Vnde & Sapiens dicit: Benedictio Domini diuites facit. (Prouer. 10) Nā dicere benè alicui Dominō est benefacere. Id enim per Esaiā vult dicere Deus, cum ait: (Esai. 3.) Dicite iusto quoniam benè. Igitur omne bonum nostrum spirituale, ac caeleste per Christum obuenit nobis, siue gratiam, siue gloriam, siue merita, nobis conferat Deus, per Christum nobis ea confert. Nā omnis benedictio caelestis per hunc qui venit benedictus in nomine Domini nobis largita est. Vnde & subdit Paulus: Sicut elegit nos in ipso ante mundi constitutionem, vt essemus sancti & immaculati. Dicitur benedictio Dei, quae est veluti omnium [illegible], ac fundamentum, [illegible] electio, [illegible] praedestinatio est, qua elegit Deus [illegible] ad suam gloriam, & gratiam,

gratiam, atque amicitiam. Hanc ergo tam antiquam benedictionem, quæ ipsi Deo coæterna est, per Christum habemus, vt Paulus hic docet: Sicut elegit nos ante mundi constitutionem in ipso. Ipse enim Christus est primus electus, & primus prædestinatus, in quo alij eliguntur, vt essemus sancti & immaculati. hoc est, gratiam, iustificationem, munditiem, per illum etiam habemus. Quoniam ipsum constituit Pater caput nostrum, & illi gratiam contulit, quam tanquam caput posset membris suis communicare. Quare in solo Christo gratia est velut in capite, quã & membris alijs communicare queat. Mirabile dictu est, quomodò membra naturalia à capite sua bona communicent. Est in cerebro virtus sentiendi fortior, ac vegetior quam in cæteris membris, & ab illo per neruos, & occultas vias virtus illa sentiendi cæteris membris influitur. Inde enim ad oculos videndi virtus descendit, ad aures potestas audiendi, alijs membris sentiendi vis deriuatur. Membro autem diuiso vel separato ab ipso capite talis virtus non communicatur; quoniam vel non est capitis vel est emortuum, aut stupidum, taliter quòd non possit capitis influentias [illegible]. Multò perfectius corpori huic mystico, cuius caput Christus est, hæc contingunt. Christus quippe est caput, & fons, & origo omnis gratiæ & totius animæ sensuum, à quo ad intellectum deriuatur virtus videndi per fidem; ad voluntatem spiritualium rerum gustus, diuinarum autem rerum sensus toti animæ communicatur. Si autem qui membrum huius capitis non est, id homini [illegible] contingit. nec membro stupido, aut mortuo, qualis est ille qui in peccato mortali est, etiã si per fidem solùm huic capiti inhæreat. Bone Deus, quàm mirabilis res est, Solem ipsum intueri qui fons lucis est, radios illos aureos quos ex se emittit qui [illegible] lucis esse videntur, ab eo tanquã à fonte manantes. Sic de Christo fari licet, qui fons est gratiæ, atque iustitiæ. Ideò quippe dicitur, iustitiæ, quoniam sicut Sol est fons lucis, sic & Christus iustitiæ origo est, quoniam [illegible] ipsi iustitia nostra est. Ab eo accepimus iustitiam illam, qua apud Deum iustificamur. Ab eo fons iustitiæ, tanquam à fonte perenni deriuatur, ad Petrum, ad Thomam, ad Paulum, ad Magdalenam, ad omnes iustos. Haurietis aquas in gaudio de fontibus Saluatoris, ait Esaias. Esai. 12. Totus Christus fons est [illegible]

tiæ pro omnibus hominibus profluunt ab eo. Et quemadmodùm ex primo mobili, hoc est, ex primo cælo quod mouet [illegible], deriuantur motus omnibus rebus mobilibus: sic à Christo omnis gratiæ motus ortum habet. Ipse quippe primus animarum motor est, per quem omnia spiritualia gubernantur, sicut per cælum omnia corporalia. Id Paulus sentire voluit, cùm dixit: Viuo ego, iã non ego, sed viuit in me Christus. Ad Gal. 2. Ac si diceret. Vitam hanc gratiæ ac iustitiæ, qua coram Deo viuo, non ex meis habeo, sed à Christo accepi illam. Per illum hanc vitam viuo, qui fons est talis vitæ. Naturalem vitam in me habeo, & anima mea mihi virtutem communicat, qua hanc viuam vitam: sed supernaturalem vitam gratiæ, & iustitiæ supernaturalis, hanc non ego viuo, sed Christus in me. Hoc est, non ex me, sed ab eo habeo illam. Nec hoc solùm per hanc vnionem habemus, verùm etiam aliud, quod [illegible] afferet nobis honorem: Nimirum quòd corpus nomine membrorum aliquando nuncupatur, & membra nomine capitis dicuntur, Esai. cap. 61. sic Christũ nominat. Esai. 61. Quasi sponsum decoratũ corona, & quasi sponsam ornatam monilibus suis. Sponsum & sponsam simul illum dicit ratione vnionis [illegible], quasi cum ille gerit sicut omnia membra [illegible] & copulatæ vocentur [illegible] nomine. [illegible] vnionis. Et hac ratione sponsum ipsum, etiam sponsam dicimus, secundum illud Matthæi 25. Exierunt obuiam Sponso, & Sponsæ, scilicet, Christo qui vtroque nomine ratione vnionis nuncupatur. Matth. 25. Eodem modo membra nomine capitis nostri [illegible] appellantur. Dicuntur enim Christiani Christi, vt Paulus ait. [illegible] ipse Christi est, ita & nos. Ac si diceret: Omnes sumus Christi. Hoc est, vncti illis donis & virtutibus quibus vnctus est Christus, quas nobis ipse attulit. De quibus Psalmista cecinit dicens, Psalm. 44. Psal. 44. Propterea vnxit te Deus, Deus tuus oleo lætitiæ, præ consortibus tuis. Quare Petrus nos vocat regale sacerdotium. Christus enim Rex est & sacerdos, secundum ordinem Melchisedech. [illegible]

& ipso quod ipsis eius efficiamur. Hæc ergo omnia habemus in Christo, atq; ideò dicitur noster Rex. *Rex tuus*. Quoniam Rex est ad faciendum iustitiam, vt ait Esaias. Et ipse venit cū potestate hac regia, vt faciat iustitiā tuā, & iustificet te, & Regnū suū ac diuitias suas tibi cōferret. Sequitur. *Venit*. Nunquid Deus venire potest? Mouetur Deus? Minimè. Quoniam primus motor est omnia mouens: sed ipse immobilis est omnia mouens, aiunt Sapientes. Nā primū alterans oportet esse inalterabile in illo genere motus; alias non esset primum: sic si Deus moueretur, ab alio moueretur, & sic nō esset primus motor, vt acutè in suis Physicis Aristotel. probat. [Aristot. in Physic.] Cæteræ res à Deo mouentur quidem, sed ad quærendam suam felicitatē & quietē: quia non in se ipsis habent suā beatitudinē, nec in seipsis quiescunt, sed extra se hæc habent, & ideò mouentur, vt quærant. Quarè lapsis versùs centrum mouetur, quoniam locus suæ quietis est, quē pertingens cessabit à motu: & ideò mouetur ad illum. Cur homo sic inquietus est, vt nunquā in eodem quiescat statu, sed sicut foliū arboris huc illucq; rapitur, & nūc hanc rem, nunc illā appetit, nisi quia suum quærit bonum, in quo quiescat, & quia illud in hac re non reperit, in alia quærit? Itaq; motus in creaturis, prouenit ex hoc q in se ipsis non sunt beatæ, & quærunt suam felicitatem & quietem ad quā tot modis mouentur. Hinc fit, vt quo plus creatura distat à Deo, pluribus indiget motibus, vt suā felicitatem consequatur. Et quoniam homo secundùm naturam suam, plus à Deo quam Angelus separatur: hinc fit q plures habeat motus quàm Angelus: quoniam per discursus intelligit, nunc hoc, nunc illud, & prius hoc deinde illud, & per hoc illud capit, atq; intelligit Angelus autem non motibus, sed vnico intuitu comprehendit, q homo post mille discursus vix capit. Necessarius igitur est motus illis dūtaxat rebus, quæ in se ipsis non sunt beatæ: Deus autem in se ipso beatus est, ipse sua felicitas, ipse sua quies est, nec opus habet foras illam quærere, aut de alio mendicare, qui in se ipso & ex sua natura beatus est. Quarè nullo indiget motu, vt creaturæ aliæ. Quomodò ergo dicitur moueri, aut venire? Sed attende q non venit sibi, sed tibi. Sic enim dicitur, Venit tibi: vt ipse beatus esset non oportebat venire, aut moueri: sed vt te tanquam errabundam ouē quæreret, ac super humeros reportaret, ad ouilas venit, immotus secundùm naturam diuinam manens, sed secundùm humanam mouetur, in qua ad te quærendam venit. Mansuetus: sic tibi debebat venire. Est quippe intolerabilis ira sua: Nā si Prouer. 19. ait Sapiēs. Sicut fremitus leonis, ita & ira Regis: quid de illo dicēs de quo Regius Propheta ait, Qui respicit terrā, & facit eam tremere, qui tangit montes & fumigant? *Psal. 103.* [Prouer. 19.] [Psal. 103.] Ecce quid nobis Rex iste contulit. Quid nos retribuere illi vicissim debemus? quæ tributa soluere, quæ seruitia præstare, quas gratias rependere? Primū id protestari & de recta debemus, q turbæ istæ, tā quæ præcedebant, quā quæ sequebantur ei concinebant. Hoc est, canere ei, Osanna filii Dauid, idest, salua nos in excelsis, Nēpe credere illū Saluatorē nostrū, protestari in nullo alio nos salutem nostram sitā habere nisi in ipso, & fateri cū Petro, q non est aliud nobis nomen relictum sub cœlo, in quo oporteat nos saluos fieri præter nomē Domini nostri Iesu Christi. [Act. 4.] Et q ipse per Esai. cap. 45. prædicat dicens: Deus iustificans & saluans, non est præter me. [Esa. 45.] Qui vnum, vel alterū faciat forsan erit: vtrunq; simul, nullus homo præter Christum, qui iustificator simul, & Saluator noster solus est. Hic hæc confessio incipit, sed in æternitate perficitur, vbi incessanter canitur. Salus Deo nostro, qui sedet super thronum & Agno, vt dicitur Apocalyp. 7. [Apoc. 7.] Saluare quippè animas, Deo & Agno solummodo conuenit. Post hæc etiam debemus illum in Regem recipere, ita quòd nullum alium æqualem admittamus: sed Paulo credamus, qui sic consulit nobis. Nō ergo regnet peccatum in vestro mortali corpore. [Rom. 6.] Si enim Christus in te regnat, iniquè ageres, si peccatum etiam in te Regnum obtineret, alias perduellionis pœnas incurreres. Sed Christus solus corporis & animæ tuæ obtineat Regnum ac Principatum, & peccatum nullum in te ius prætendat, nec dicamus cum perfidis Iudæis, Nolumus hūc regnare super nos: &, Non habemus Regem nisi Cæsarem. [Ioann. 19.] Sed ipsum Regem nostrum cum his turbis acclamemus, obsecrantes eū, vt nos tanquam suos possideat, & dicat nobis: Ponam in te thronum meum. [Psal. 88.] Felix anima in qua Rex Salomon suum eburneum thronum collocat, in quo verus Rex regnat, & de quo dicitur: Beatus populus cuius Dominus Deus eius. [Psal. 32.] & cui Dominus exercituum dicere dignatur, Vocaui te nomine tuo, meus es tu. Ipse ad te de monte suæ diuinitatis descendit; tu ad illum ascende, [Psal. 43.]

recipe illum vt tuum Regem, & obuiam ei ascendendo ad perfectiora, motus spiritus, ac cogitatus accipiens. Ascendit Deus ad montem Sinai, vt daret legem Moysi, exijt ei obuiam Moyses ascendendo in cacumen montis. Ad te descendit ille legislator Christus (de quo Esaias prædixerat, dicens: Ipse est legifer noster.) vt legem nouam scriptam, non in tabulis lapideis, sed in cordibus nostris inuisiet, tu ascende obuiam ei pergens de virtute in virtutem, vt de te illud Canticorum dici possit. Quæ est ista quæ ascendit de deserto, innixa super dilectum suum? Conglutinata dilecto ascendit Sponsa. Ipse ad illam descendit, ipsa ad illum ascendit. Ipse totus tibi venit: tu te ipsum holocaustum illi offer, in odorem suauitatis, vt cum Dauide dicas: Dico ego opera mea Regi. Ipse tibi quod in se ipso melius est contulit, nempè suam diuinitatem, cur tu quę meliora sunt in te non itidem referes illi, & non quod minus est præstabis? Ne te maledictio illa Malachiæ vltimo comprehendat, quæ sic dicitur. Maledictus dolosus, qui habens in grege suo masculum, & votum faciens immolat debile Domino: quia Rex magnus ego, dicit Dominus exercituum, & nomen meum horribile in Gentibus. Ille sic facit, qui ingenio pollet magno ad negotia mundi peragenda, & tamen ad ea quæ Dei sunt, hebes, ac stupidus est. Vehemens nimis ad ea quæ mundi sunt: debilis est & tepidus ad opera Dei. Pedes æneos videris habere ad peragrandū orbem vt diues fias, nec vires ad hoc vnquam, videntur tibi deficere: & tamen ad ea quæ sunt in obsequium Dei, pedes laneos habes; statim enim deficis & claudicas. Vndè & videbis homines virile ingenium ac animum ad ea quæ sunt mundi gerere; sed ad diuina & spiritualia effœminati sunt. Nam mundi res tanquam viri sentiunt, diuina verò tanquam mulierculæ ignorantes tractant. Nam & inter eos qui iustorum nomine gaudent, paucos inuenies, qui soliditatem vitæ Christianę quærant, nempè quę in charitate cōsistit, sed in quibusdam rebus quæ deuotionem quandam mulieribus familiarem, ne dicam superstitiosam, totum pondus suæ religionis constituunt. Maledictus ergo qui habens masculum in domo sua, immolat debile Domino. Id est, ille qui in rebus parui momenti, quæ speciem potius, ac vmbram virtutis, quàm veritatem referūt, more muliercularum suam sanctitatem collocat. Suscipe ergo Regem tuum, ô Israel, & dic illi cum Esai. cap. 44. Meus es tu. Ita vt dicere possis cum Sponsa, Dilectus meus mihi, & ego illi. Ille meus, ego suus. Ille meus Rex, ego sum subditus, ac vasallus. Ipse meus Dominus, ego seruus suus. Ipse meus creator, ego sua creatura. Ipse meus Sponsus, ego amicus Sponsi, vt sic in Regnum eius in æternum in secula victurus admittaris.

Ecce Rex, tuus venit tibi. Tempus Aduentus quod per quatuor hebdomadas Ecclesia celebrat, est tempus spei Christianorū. (Nam licet tota vita præsens hominis Christiani in spe filiorum Dei transigatur, non quidem in spe vana, sed certa, & quæ non confundit: sumus enim, *Expectatores de æspere*: nam modò solam crucem gerimus, nēpè labores ac tentationes, prouentum in patria recepturi, & sub hac vmbra iusti suos labores trāsigunt in hac vita.) Licet, inquā, tota Christianorum vita longa quædam spes dici possit: tamen specialiter in hoc sacro Aduentus tempore sub quadam dulcissima spe Ecclesia detinetur, vsquedum veniat expectatus dies, in quo desideratus cūctis Gentibus, vnica omnium spes de Virgine in Bethleem Iudæ nascatur. Et interim tamen totum hoc tempus, expēdimus, cum Patriarcha Iacob dicentes: Salutare tuum expectabo, Domine. Id est Iesum qui salus nostra est. Vt cū iam natum oculis fidei in stabulo perspexerimus, & ab vberibus pudoratæ puellę pendentem, in præsepio reclinatum, in vlnas nostrę fidei illum suscipientes cum sene Symeone concinamus dicentes: Nunc dimittis seruum tuum Domine, secundùm verbum tuum in pace: quia viderūt oculi mei salutare tuum. Hoc est, salutem illam quam sic anxij sperabamus: iā oculi nostri perspiciunt, iam manus nostræ palpant, iam cordibus nostris fruimur. Vt sic etiam adimpleatur in nobis parabola de muliere parturiente quæ cum parit tristitiam habet; cùm autem peperit iam non meminit pressuræ propter gaudium, quia natus est homo in mundo. Nunc velut parturientes animæ gemunt, desiderantes tanti filij ortum: sed cum iam natus fuerit, cum Angelis & pastoribus ineffabili gaudio lætamur: quia tantus homo, tam que necessarius natus est in mundo. His ergo se ipsam consolatur considerationibus Ecclesia: sed quoniam in rei veritate, id quod nunc repræsentat venturum, iam recepit. Ideò à principio veritatem ipsam nobis propo-

Margin notes: Exod. 19. — Cant. 8. — Psal. 44. — Mala. vlt. — Esai. 44. — Cant. 2. — Alia moralitas sermonis. — Genes. 49. — Luc. 2. — Ioan. 16.

proponit. Nam taliter ipsum venturum sperat, quod etiam præsentem illum nobis ostendit. Nec enim veterem Synagogam imitari sibi bonum videtur, quæ huiusmodi spei, ac promissionis plena, cùm illum recepit agnoscere noluit; Sed cognoscens bona quæ recepit, etiam si tanquam venturum repræsentet, ac speret: tanquam præsentem nobis proponit Christum. In memoriam reducens celebrem illum ingressum extremum, quem Dominus asinæ insidens fecit in Hierusalem. Per illum quasi per quandam adumbrationem significare nobis volens, introitum quem in mundo fecit Dominus nostræ coniunctus humanitati, vt ea alacritate, ac fide nos illum in animabus nostris recipiamus, qua à turbis illis corporaliter receptus est. Ait ergo Euangelista. *Cùm appropinquasset Iesus Hierosolymam, & venisset Bethphage ad montem oliueti.* Bethphage vicus erat, in quo sacerdotes Hierusalem prædia sua habebant, & distabat ab Hierusalem, per milliarium tantum. Erat autem milliarium spatium breue, quod in die Sabbathi poterant conficere Iudæi. In quo primò ostenditur nobis, quòd sacerdotes propè templum debeat habere prædia; nec longè abesse ab eo loco vbi viget cultus diuinus, sicut tunc vigebat in Hierusalem, cuius illi ministri sunt (Non loquor modo de residentia corporali, quam Episcopi ac curati debent facere in proprijs Ecclesijs, & quàm malè ministerium suum impleant, qui absentes illas gubernare audeant, fructus vineæ, ac quiam futuram accipientes: cùm tamen ipsi, nec pastoris, nec vicarorio officia exsequantur, sed pulsere fauoris humani obcæcatos habētes oculos, proprij ministerij obliuiscuntur, vt aliena exerceant. Vt si pictor strenuus, vt coriarij artem disceret, sui quæ melior est obliuisceretur. Sic isti, vt officia carnis, ac mundi peragant; omnino ea quæ spiritualia sunt, ac proinde delicatiora, ac meliora, obliuioni tradant. Nimirum animarum salutem æternam, & hominesad cœlestia Regna perducere.) Non, inquam, de hac corporali residentia loquor tā necessaria à Christo, & Apostolis eius sic cōmendata. Nauclerus nanq; in naui ipsa residere debet, nec in puppi solū, sed in excelsiori loco, in carchesio debet vigilans stare, in manu gubernacula tenēs. Quomodo enim illam è medijs fluctibus eripere poterit, si relictis gubernaculis ipse ad terram dormiturus pergat? Sed non hoc modo loquor de-

ea, sed de illa residentia quæ fit spiritu, & anima, qua appropinquare debet minister Domino suo, iter Sabbathi quādo magis separatur, in quo nullum opus seruile poterat fieri. Id est eodumtaxat tempore à Dei ministerio vacare debet, quod ad alendam vitam præsentem necessarium est. Et bonus religiosus Dei minister, ac seruus, iter Sabbathi peragere debet: quando nullum opus seruile facere licebat. Nec enim seruilia opera debent esse ea quæ seruus Dei operatur, sed libera. Hoc est, non ea quæ attinent ad corpus, quod est seruus ac mancipium: sed quæ attinent ad animam quæ libera ac domina est. Nam vt ait Paulus, nemo militās Deo, implicat se negotijs secularibus. Non se implicet, id est, non se eis sic inuoluat, vt non facile posit ab eis explicari, & expediri. 2. ad Tim. 2. Item seculares mille passus ad plus ambulabant in die Sabbathi, nempe vsq; ad Bethphage, & ibi item morabantur sacerdotes. Nam eorum vita sic debet excellere aliorum mores, vt quando plus se extendit secularis in opere virtutis; iam ibi sit minister: ita quòd ordinarius modus viuendi serui Dei, extraordinariā & meliorē secularis saltē adęquet, sed cū ad maiora se extēdit, nō valeat illi aliquis æquiparari. *Mittens duos de discipulis suis, &c.* Hoc est proprium munus ministrorū Dei (vt statim videbimus) peccatores à peccatorum vinculis soluere. *Et si quis vobis aliquid dixerit, dicite, quia Dominus his opus habet.* Duas habuit necessitates Christus. Altera quam refert Paulus cùm ait. Qui cum diues esset, pro vobis egenus factus est. Sed ex hac necessitate tunc exiuit, 2. Corin. 8 quando in die Resurrectionis victor ab inferis ascēdit, spolijs principatuum & potestatū diues effectus. Altera necessitas expletur hodie, videlicet, harum bestiarum, quæ peccatores referunt. Sunt enim Christo Domino necessarij peccatores in hoc sensu, quatenus sanguis Christi illis prodesse posit, neq; frustra dicatur illum effudisse. In vniuersa hac pompa ramorum oliuæ atq; palmarum, in tanta solemnitate quæ in monte Oliueti facta est, indiget Dominus asina & pullo, quoniam sanguinem ac oleum tantum, quod super vulnera tua effudit, frustra effundit, nisi tu assentiri, velis. In tota illa pompa ac celebritate flagellorum, spinarum, clauorum, lanceæ, crucis, necessarius est peccatorum assensus atq; voluntas, qua sibi merita Christi placeant, & ea sibi velint, nil lendo obice, disponēdo se ad illa, vt sibi valeāt.

Dominus his opus habet. Inter bestias
necessaria est Domino asina: quoniam effusus sanguis nil prodest, nisi peccator illum velit acceptare: sufficiens quidem omnibus fuit, sed non erit efficax illi volenti ac tollenti obicem illi. Stetit oleum
cùm vasa vacua defecerunt mulieri illi,
4. Reg. 4. cui Helisæus mandauit, vt vasa vacua com-
modata peteret à vicinis, itaque deficiente vase vacuo, oleum stetit, nec amplius
eliquatum est. Sic totum hoc oleum sanguinis Christi pro te effusum, & omnis
Dei misericordia erga te cessabit: nisi animam tuã vas vacuum ab omni specie pec-
Ad Col. 1. cati effeceris. Id enim voluit dicere Paulus, cum ait. Adimpleo quæ desunt passionum Christi. Nam licet sufficientissima
fuit Christi passio pro omnibus: tamen
vt efficax sit, id deest, vt & tu velis illam
tibi, & per opera meritoria illam appro-
pries tibi, vt inde per dilectionem operante
Christi capitis membrum fias, à quo tanquam à capite multa bona communicet.
Hæc ergò in se adimplebat Paulus, vt
passio Christi illi vtilis esset. Et hæc est
necessitas quam Deus harum bestiarum
dicitur habere. *Turba autem quæ præcedebant, & quæ sequebantur clamabant O san-
1. Tim. 4. na* Omnes quotquot saluantur, per Christum saluantur, qui est Saluator omnium
hominum, maximè fidelium. Nam illi qui
præcesserunt nos in populo illo Iudaico,
qui præcessit Christum, per fidem eius
implicitam salui facti sunt, & nos qui sequimur per fidẽ explicitam. Vndè hoc est
discrimen inter nos & illos. Quòd illi qui
præcesserunt, nec tangere, nec videre Christum potuerunt, sed solùm sub illis vmbris
illum imperfectissimè agnouerunt; nos autem quia post illum pergimus, & videre, &
Num. 13. tangere possumus illum. Huius rei typum
gessit botrus ille, quem è terra promissionis duo viri in palo positum portauerunt,
vnus antè; alter verò retrò. Qui anterior
ibat, racemum nec tangebat, nec videbat,
sed solùm credebat se portare illum. Qui autem posterior portabat, & videbat, & tangere poterat illum, & vuam ab illo accipere si voluisset. Botrus hic in palo suspensus, Christum Dominum in cruce pendentem refert, vbi tanquam in torculari expressus liquorem sui sanguinis super bal-
samũ pretiosiorem nobis expressit. De quo
Cant. 4. & Sponsa dicebat. Botrus Cypri dilectus
meus mihi. Quoniam omnes homines qui
salui fiunt, per Christi crucifixi fidem saluantur, quippe quì procumbus in cruce pependit. Sicut qui vulnerati erant à serpen- Num. 21.
tibus in deserto, aspicientes ad serpentem
æneum in palò suspensum sanabantur. Sic
per fidem Christi in cruce pendentis, si in
illum tendimus per charitatem, à morte
liberamur. Cæterum qui procedebant (hoc
est, qui antè Aduentum Christi fuerunt)
vix quod portabant videbant. Habebant
quippè fidem duntaxat implicitam, hoc
est, multis implicatam, ac inuolutam vmbris ac figuris, pauci ex illis explicitam ab
illis vmbris fidem adepti sunt. Quare nec
illum tangebant, nec in suis sacramentis
eius fructum plenè participabant: quoniam
adhuc sanguis eius effusus non erat. De
quibus Paulus ad Hebræos, sic dicebat: Ad Heb.
Illi omnes iuxta fidem defuncti sunt, non- 11.
dum acceptis repromissionibus, sed à longè
eas aspicientes, & salutantes. Quemadmo- Simile.
dum, cùm quis amicum sibi notum à longe videt, signis illum salutat, & cum eo
lætatur signa lætitiæ proferens. Sic isti si-
guris, ac nutibus venturum salutabant Christũ, & in eius spe gaudebant. Sicut de Abra- Ioan. 8.
ham dicit Christus Dominus: Abrahã
pater vester exultauit, vt videret diem
meum, vidit & gauisus est. Nos autem
qui post illum pergimus, videmus, & credimus in illum explicita fide, hoc est, iam ab
vmbris illis explicatum, & euolutum in
suis Sacramentis tangimus illum, maximè in Sacramento Eucharistiæ symbolo, fruimurque fructu sanguinis eius iam
effusi. Vndè & cum Ioanne possumus dicere. Quod vidimus, quod audiuimus, & 1. Ioan. 1.
manus nostræ contrectauerunt. *Hoc autem
factum est, vt adimpleretur quod dictum est
per Zachariam Prophetam.* Ad hoc enim venit Christus, vt adimpleret omnia, & ea
quæ de eo scripta erant, vt Prophetæ sui Eccles. 36.
fideles inuenirentur. Ipse enim dixerat Matth. 5.
non venisse se soluere Legem sed adimplere: & in cruce dixit, Consummatũ est,
hoc est, Prophetiæ omnes adimpletæ
sunt. *Dicite filiæ Sion.* Filia Sion dicitur
Hierusalem: quia erat sub monte Sion,
vbi erat templum, tanquam filia sub
vmbra matris. Vndè hæc phrasis Hebræa est. Dicitur etiam filia Sion Synagoga: quoniam in monte Sion erat templum, & ipsa nutrita erat illis sacrificijs,
quæ ibi offerebantur, sicut filia nutritur à matre. Dicitur etiã filia Sion Ecclesia:
quoniam

quoniam ipsa est filia Synagogæ, hæres quippe eius facta est. Nam inhæreditatem abiiciendo Christum, ac fidem eius, quam Synagoga contempsit. Vnde in hæreditatem veteris Synagogæ intrauit, quam illa repudiauit.

Hinc ergo filiæ Sion, id est, Ecclesiæ hoc bonum nuncium prædicate. *Ecce Rex tuus, venit tibi.* Rex tuus, non tyrannus, vt tributa iniusta rapiat, subditosque excoriet: sed Rex humilis, qui potius venit, vt excoriet se, & pelle sua te contegat, & tanquam mansuetus agnus tondit vellus suum, vt animam tuam indueret, ac suo amore calefaceret, & pro te in cruce proprium sanguinem daret. Quare non absque mysterio, dum à militibus illuderetur veste Regia indutus est, vt ostenderet id in suo imperio, ac Regno fecisse, nempe sanguinem pro sibi subditis fundere, & vectigalia pro illis pendere, non accipere. Ideò & hodie acclamatur Rex, cum super humilem asellum sederet, quod non erat regium apparatum. 1. Reg. 9. Sicut & Saul, cum asinas quæreret patris sui, in Regem Israel vnctus est à Samuele. Sic Christus verè acclamatur Rex, quando Hierusalem ingreditur, vt pro populo suo pateretur mortem, cum genus humanum quæreret, quod tanquam errabunda ouis à caulis discesserat. Super asinam peruenit Balam, vt populo Israel benediceret: super asinam pergit Christus, vt homines benedictionibus cœlestibus adimpleret, atque benedictionem Patris æterni eis consequeretur. *Venit.* In natura humana, scilicet; per hanc enim taliter erat in terra, quod non erat in cœlo, (Nec enim tunc natura humana Christi in cœlo erat) & taliter in vno loco, quod non in alio; diuinitate quippe omnia etiam imaginaria loca implet, & omnia occupat. Quare humanitas [illegible] venit *Tibi.* Tuo commodo, [illegible] Ideo namque dicitur tibi [illegible] Gentium quippe iste apud Hebræos est nomen studij, vel filij [illegible] illi dicuntur, quorum studium circa [illegible] Et [illegible] Videntes filij Dei (hoc est, [illegible] Deo placere) [illegible] Sic dicitur [illegible] Esai. 9. [illegible]

tionis tuæ attendere debeo, ac si mihi soli datus esset Christus. Quoniam eadem portio mihi ex hoc beneficio contingit, ac si mihi soli datus esset. Vt si Sol mihi soli creatus esset, omnes me venerarentur, & admirarentur dicentes. Venite videamus hominem, cui soli tantum lumen creatum est. *Simile.* Idem ergò est ac si mihi soli datus esset Sol, cum nullus me impediat illius lucem ac colorem videre, sed sic illum communicem, ac si mihi soli datus esset Sol. Idem de redemptionis beneficio Philosophari licebit. Sed de hoc alibi dictum est. Id enim Paulus intelligebat cum sibi soli hoc beneficium applicabat, dicens. Qui dilexit me, & tradidit semetipsum pro me. Ac si diceret. Sic hoc beneficium reputo, ac si mihi soli præstitum fuisset. Vel dicit, *Venit tibi.* Hoc est, cuicunque; nam nullus ab hoc excluditur beneficio, pro omnibus siquidem Christus mortuus est, sicut Iud. 6. adumbratum est, *Iudic. 6.* cum Gedeon postulauit à Deo vt prius ros in vellus caderet; & terra circunstans maneret arida absque vlla humiditate, & posteà petijt, vt terra rore humectaretur, vellere sicco permanente. Christus Dominus ros dicitur. *Esai. 45.* Hinc enim precatio illa, Rorate cœli desuper, & nubes pluant iustum, Messiam nomine ros postulantes. Hic ros prius in vellere (hoc est, in populo Iudæorum per vellus significatum, eo quod oues, ac hirci in eo sacrificarentur) cecidit. Nam Christus illis promissus, illis primum prædicauit verbum. Sed posteà eo populo in incredulitate permanente, ad Gentiles populos transmissum est verbum hoc, & nubes, hoc est prædicatores, rorem hunc super illum emiserunt, Iustum hunc omnibus annunciantes. Quoniam Rex [illegible] vehitur [illegible] etiam si terra sit sicca absque vlla gratia [illegible]. O permagnificum donum [illegible] Dei omnipotentis largitas, qua sic omnibus beneficium hoc grande largitur [illegible]! At si Rex haberet in manu sua pretiosissimam margaritam, vt alicui illud daret, *Simile.* attentos omnes haberet, ac à manibus eius pendentes, expectantesque cui illud donum concedi deberet. O homo, tibi [illegible] pretiosissima hæc gemma quæ Christus est, tribuitur. Agnosce [illegible] donum, & rependere vices non cesses [illegible] Si [illegible] Quid

&

si Rex pro sua vilitate subditorum venit, quid magnum, quòd ipsi subditi in ipsius Regis seruitia se totos dederint? Sicut, & gens haec fecit, quae ramos ac vestes coram hoc rege proiecerunt. Sic & nos animas, corpora, honorem, pompas, delitias, coram tanto Rege proijcere omninò debemus. *Mansuetus.* Vt & tu humilitatem sectetis eadem pompas ac diuitias tuas, pauper, humilis, & mansuetus obiam eas ei, qui pauper, & humilis tibi venit. *Sedens super asinam.* Asina in qua insidebat Balam, loquuta est, sic asina haec cui insidet Christus, operibus clamat vanitatem esse relinquendam, & humilitatem ac paupertatem esse sequendam. Si Deus, cùm sit Deus, pauper & humilis venit omnibus se inclinans, super asinam sedens. Quae insania hominum haec est? Qui mentium stupor? Quid de se homuncio praesumere valet? Quid tumet? Cur ventis [illegible] implet? Cur innititur vanitati? Cur in aere fundamenta iacit? Cùm arca Dei terram Philistinorum intrauit, tunc omnia Idola coram ea corruerunt. Sed verus Deus nostras ingressus regiones, cur non coram illo superbia nostra cadit, corruitque vanitatis nostrae [illegible]? Cur non excutimus delitias nostras? Carnis viretem, sicut arbores cedentes.

Iud. 15. In maxilla asini Sanson mille percussit Philisthaeos caeteros infugans, [illegible]. Et asina haec humilitatis Domini exemplum, in qua venit fortissimus Sanson, vt debellaret Philisthaeos, hoc est, daemonum agmina, non valebit nostra imminentes vitia, nostras in fugam agere vanitates? *Sedens super asinam.* Animal stolide, tardum, contemptibile, & in eo populus sic veneratur Christum, vt illum regem appellet

1. Corin. 1 ac Dominum. Ita factum est quia stulta mundi elegit Deus, vt confunderet fortia, & contemptibilia, & ea quae non sunt, vt ea quae sunt destrueret. Filia Caleb suspirauit sedens super asinam. Cui dixit Pater suus: Quid habes? Et illa terram, inquit, arentem dedisti mihi.

Iud. 1. Et dedit ei irriguum superius, & inferius. Hoc est, haereditatem quae manale in se haberet quo irrigaretur, & simul calorem, ac influentijs frueretur. Humanitas Christi est haec filia Caleb, quae super asinam sedens suspirat, ac flet. Nam hodie videns ciuitatem fleuit super illam, vt Lucas refert.

Luc. 19. Videmus enim [illegible] lacrymis. Quoniam

Christus [illegible] lacrymis, quàm sanguine [illegible]. In praesepio fleuit, coram Iudaeis fleuit Lazarum mortuum, in cruce, vt refert Paulus, fleuit. Quoniam terram

Heb. 5. arentem acceperat in haereditatem (hoc est, homines humore gratiae destitutos) & exauditus est pro sua reuerentia. Et dedit ei Pater irriguum inferius, & superius, hoc est, sacramenta quae rebus visibilibus, ac materialibus constant tanquam materia, quòd est irriguum inferius, & simul gratiam rectè suscipientibus conferunt, quod est irriguum superius, vt sic tali rore perfusa terra nostra, non tribulos, aut spinas, sed fructum saluberrimum bonorum operum ferat, quo in Regnum filij Dei transferri mereamur. ¶ *Ecce Rex tuus venit.* In

[illegible] hoc Euangelio insinuatur nobis, qua deuotione, & mentis hilaritate Dominum ad nos venientem recipere debeamus. Venit enim per montem Oliuarum, & ibi obuiam ei occurrit populus. Nam oleum hilaritatem significat, & ostendit quanta mentis deuotione ac hilaritate debemus occurrere Deo

2. Cor. 9. nostro ad nos venienti. Nam Paulus, ait: Quòd hilarem datorem diligit Deus. &

Eccles. 35. Sapiens nos admonet dicens: Fili in omni dato hilarem fac vultum tuum. Et ideò primum venit Bethphage ad montem Oliuarum. Bethphage erat villula sacerdotum, quae in eodem monte Oliuarum sita erat quoniam sacerdotes in ipsa deuotionis pinguedine debent habitare. Et ibi primum venit Dñs: quoniā in omni opere bono debemus esse [illegible] sacerdotes, [illegible] domum nostram Deum, [illegible] tus ipse fuerit debetis. Tepidos enim animos odio habet Deus, & eos euomere, ex [illegible]. *Soluite & adducite mihi.* Hoc est primum quod debemus facere, si recipere Deum volumus. A peccatis & terrenis cupiditatibus nos expedire, vt extendi possimus ad pascua illa coelestia, & aeterna.

Simile. Bestia ad praesepe ligata, non potest [illegible] nisi id quod coram ore praesens habet (etiamsi ad alia se extendere velit, impedimento est illi capistrum [illegible]) sic miseris mortalibus contingit, qui suis [illegible] cupiditatibus ligantur ad praesepia [illegible] atque [illegible], nec ad altiora [illegible] extendunt [illegible], [illegible] caelestes epulae, ad quas [illegible] [illegible] quem Deus gratis [illegible] à terreà terrenorum amore disiungit: ad cœlestia Pascua extenditur, in illisq; gustum capit, etiam rumpendo laqueos ac ligaturas carnis, mundi, & diaboli, sicut Sanson vincula Philisthinorum fortiter dirumpebat, sic tu carnis vincula, & superfluas necessitates constringe, etiam vanas mundi ligaturas frange, vt sic libera ad cœlestia, & æterna extendatur anima, quarum Pascuis vberrimis, vel aliquantulum pasta, eas appetat epulasque quæ illam reficere possunt, his abiectis quæ Soli carni deseruiunt. Et hoc tam auidè, quòd intelligēs carnis necessitates animam veluti capillorum ligare, ne ad cœlestia extendatur: carni ipsi irascatur rumpereq; vincula eius cupiat cum Paulo dicens. Cupio dissolui, & esse cum Christo. Infelix ego homo quis me liberabit de corpore mortis huius? *Quién me sacara desta cárcel?* Ad hoc ergò venit Christus, per se, & per Apostolorum suorum ministerium, homines qui veluti iumenta ad præsepe huius mundi ligatę tenebantur soluere ab his curis vt ad æterna se extenderent. Vnde & ait. Soluite & adducite mihi. Ad hoc enim iusti ab his curis soluuntur, vt in Dei obsequijs occupentur, nam ad res mundi ligati sunt. Ad ea quippè ad quæ mundani veluti sibula acuti sunt: ipsi sunt inepti, nempe ad mundi negotia peragenda. Cæterum ad ea quæ mundus veluti aranea hebes est, qualia sunt spiritualia, ipsi solertissimi sunt. Quarè facilè à mundanis, in huius seculi negotijs fedu... iustos. Mundani ergò ad omnia spiritualia ligati sunt, videntur enim compedes, & manicas ferreas habere ad illa, & hebetudinem in intellectu ad intelligendum ea; cùm ad mundi negotia oculos linceos aquilęq; velocitatem videātur habere. Hinc de eis dicit Christus. Filij huius seculi prudentiores filijs lucis, in generatione sua sunt. Hoc & in Dauide nobis innotuit, qui cùm armis Saul, sic inceptus stabat, vt nec ambulare valeret; cùm tamen cum pastoralibus ac rusticis soccis, vt hinnulus curreret, *no le arma al justo el mundo*, Regum delitias, aut auratas vestes, vel suorum amicorum societates; non sibi rectè conuenire diiudicat. Melius se habere experitur cum sua paupertate, solitudine, ac vita priuata. Quarè de iusto Iob dicebat. Deridetur iusti simplicitas. Lampas contempta apud cogitationes diuitum: parata ad tempus statutum. Modò quippè irridetur iustus ad huius seculi amatoribus, quia eorum non percipit simulationes, ac technas. Cùm tamen suo tēpore apparebit lux eius, dicent impij. Hij sunt quos habuimus aliquando in derisum. &c. Quare semper mihi incredibile erit, q̄ hi qui multum de rebus huius seculi penetrāt spirituales homines dici possint. Scimus enim quod prudentia carnis inimica est Deo. Hoc ergò vult dicere Dominus. *Soluite & adducite mihi*. Hoc est, ad meum obsequium dumtaxat illos liberos esse volo: ad alia verò ligatos. Secundò dicitur etiā Dominum soluisse homines, à veteris legis laqueis, ac oneribus. Erat quippè lex illa grauis, & onerosa præceptis plena, nec vllum gratiæ conferebat auxiliū. Quid faceret homo miser, cui ex omni parte onera circumponuntur, & tamen nullus manus præbet adiutrices? Quid mirū si talis homo oneri succumbat? Sic in lege veteri miseri homines oneribus, ac præceptis premebantur, nec manus lex illa auxiliatrices præbebat. Nec enim sacramenta illa continebant gratiam, aut ex se ipsis conferebant. Ideò quippè vocabantur à Paulo infirma, & egena elementa. Infirma quia non adiuuabant: ægena quia diuitias gratiæ non continebant. Quarè manus Moysi dicebantur graues. Vndè nec mirum quod oneri succumberent homines, secundū illud quod Petrus dixit. Quid tentatis imponere super nos iugū, q̄ nec nos, nec patres nostri portare potuimus? Quo circa homines veluti ligatos tenebat, ac vinculis tantis astrictos, vt vix possent ad actionem aliquam se expedire, quæ lege nō esset prohibita. Lex autem noua, ab his oneribus homines soluit. Est quippè non lex seruorum, sed filiorum, quia in dilectione completur. Habet & gratię auxilia magna in sacramētis. Vndè in ea melius se possunt homines expedire. Quarè ad Spōsam in Cāticis dicitur. Surge & propera amica mea, & veni. Iam enim hiems transijt, imber abijt & recessit flores, apparuerunt in terra nostra. Surge per fidē, quæ intellectum ad superna intelligenda eleuat. Fides natis, ait Paulus, *la fe nos pone en pie*, si recta est, rectè nos ad Deum dirigit. Propera per spē, nā iā soluta es. Spes quippè animā in vitā æternam salire facit. Est enim aqua illa viua quam Dñs promisit Samaritanæ, per quā fit in anima fons aquæ salientis in vitā æternā. Nā spes nos motus excitat pervenienndi ad Patriā quā speras. Veni, ad me scilicet, per charitatem, quæ facit animam appropinquare Deo. Iā enim hiems trāsijt. Hoc est veteris legis onera tristia, iā soluta sunt.

1. Cor. 15.
Luc. 9.
Iob. 12.
Sap. 5.
Galat. 4.
Actor. 15
Cant. 2.
2. Cor. 1.
Ioan. 4.

sunt, & flores lætitiæ, & amoris nouæ legis aduenerunt. Soluite ergò & adducite mihi. Soluite homines à terrore veteris legis, & adducite ad me per amorē nouæ; quod Paulus sic docere videtur in Epistola, quę prima dominica aduentus canitur dicens. Hoc scientes tēpus, quoniam hora est iam nos de somno surgere, nunc enim proprior est nostra salus, quàm cum credidimus. Nox præcessit, dies autem appropinquauit. Ac si diceret. Agnoscamus tempora, & eis actiones nostras accomodemus. Nam vt ait sapiens. Omnia tempus habēt. Alia quippè exercitia exigit hiems, alia ver. Quædam dies, & quædam nox. Nox enim quieti deputata est, vt homines in lectis iacentes, quieti ac somno componant membra, dies autem labori deputatur ac vigiliæ, honorio, aut dormitioni. Agnosce ergo tēpora, & distingue ea. Vetus lex erat vmbra ac nox, in qua homines ligati erant, ac proinde in terra iacebant, ita quod pauci mentē ac cogitatus, ad superna eleuarent. Nos autem sumus in die hoc est, in lege gratiæ, quę plena est luce, debemus ab illo somno surgere, nec otio torpere, sed ad vitam properare sempiternā. Nunc enim proprior est nostra salus; &c. Et alibi. Tanto magis quāto videritis appropinquantem diem. Habemus enim coram oculis nostris præmium. Velocior solet esse motus quanto magis fini propinquior est, vnde motus naturalis velocior est in fine; quàm in principio, vt patet in motu lapidis: Fortior enim est quantò magis appropinquat centro. Ita & nos nūc in noua lege propinquiores sumus fini, præsens habemus præmium. Cur ergò dormiemus, & non magis ad illud properabimus? Qui thesauri venam inuenit, quantò plura grana auri inuenit, tantò auidius fodit, intelligens propè esse minerale quod quærit. Quarè iusti se habent, vt ait Iob, quasi effodientes sepulchrum, gaudentq; vehementer cùm inuenerint sepulchrum, in quo reconditus est Thesaurus. Si cui ad mortem damnato duo dies concessi sunt pro termino, vt in illis se defendat: si in ludo, aut alijs minoribus rebus diem & dimidium expendit, nec remanet nisi media dies, vt se defendat, quanta diligentia, ac celeritate tunc properabit, vt quærat causas pro se, & quomodo accusatoribus respondeat. O homo peccator cui totus vitæ curriculus, conceditur ad allegandum pro iure tuo, & totam penè vitam pro[illegible] & otiosè viuendo consumpsisti,

Rom. 13.

Eccles. 3.

Heb. 10.

Simile.

Iob. 3.

Simile.

pauci tibi restant dies, vel potius momenta; in his age, ora, bonis intende operibus, vt habeas quid respondeas accusatoribus tuis. Discurre, festina, nedes somnum oculis tuis, nec dormitent palpebræ tuæ. Redimentes tempus, ait Paulus, quoniam dies mali sunt. Pauci & mali, vt Iacob dicebat. Tunc redimitur tempus transactum, cùm bene viuitur in futurum. Hoc ergo est iumenta soluere, homines à vinculis peccatorum, & iugo legis veteris liberare. *Quia Dominus his opus habet.* Non quod Deo necessarij sint mali; nam vt Sapiens, ait. Non ei sunt necessarij homines impij, imò supernacui sunt atq; superfluunt in mundo. Sed dicitur Deo esse necessarij impij: quoniam Deus in illis aliquando suam bonitatem ostendit, nonnunquam eos pro instrumentis sumit ad instruendos, & corrigendos bonos. Pro quo in memoriam reducenda est celebris illa D. Augustini. sententia, quòd Deus sic bonus est vt nullomodo malos tolleraret, nisi simul adeò sapiens esset, vt de malo elicere sciret bonum. Quare in operibus quæ mali, & peccatores faciunt, aliud est quod Deus permittit, aliud quod ordinat, aliud quod vult. Id quod est malum permittit, quòd ex illo malo aliquod bonum proueniat ordinat: quippè sapientia diuina malum illius ad bonum alterius ordinat. Sicut natura mortem cerui ordinauit, vt viueret leo. Bonum autem quod ex tali ordine consequitur, hoc vere vult Deus. Tyranni quidem persequebantur martyres crudeliter eos torquentes, ex quo ordine diuino patientia, & constantia consequebatur martyrum. Igitur tyrannidem illorum permittebat Deus quam ad martyrum patientiam, & meritum ordinabat, & hoc bonum; est quod absolutè Deus volebat. Quare illos loco fabrorum habebat Deus, vt coronas fabricarent quod apud Esai. his verbis manifestat Deus dicens. Ecce ergo creaui fabrum sufflantem in igne prunas, & proferentem vas in suum opus. In fornace quippè persequutionum poliuntur, atq; fabricantur vasa hæc honorifica Deo quæ sunt iusti. Tanquam aurum, inquit, in fornace probauit eos. Ministri illi Regis Babylonis, qui ex mandato Regis incendebant fornacem, in quam tres pueri missi fuerant: in quantum mandatum Regis iniquum exequebantur peccabant quidem, sed id Deus permittebat: quoniam illos tanquam fabros suos elegerat, vt co-

Prou. 6.

Ephes. 5.

Genes. 47

Augustin.

Esa. 54.

Sap. 3.

ronam

sonam magnam meritorum tribus illis puer is fabricarent. Idem de ministris illis dices, qui Laurentium in craticula ferrea cremabant: quoniam suo ipsius gladio noluit Dominus inimicum iugulare, vt Dauid fecit Goliam. In hoc ergò sensu dicitur, Deum opus habere peccatoribus. *Et posuerunt vestimenta sua super ea, & eum desuper sedere fecerunt*. Ita quod asina & vestimentis Apostolorum, & simul vestimentis ipsius Christi ornata incedebat. Quoniam nisi peccator Christi indumentis vestiatur non erit dignus, quòd Dominus in eo sedeat, aut maneat. Hæ autem vestes sunt fides cum charitate formata, vndè & Paulus in Epistola hodierna nos admonet dicens. Induimini Dominum Iesum Christum. Nisi enim velut alter Iacob indumentis fratris maioris Christi vestiamur: non consequemur æterni Patris nostri benedi-
Isai.63. ctionem. Vestes autem hæ sunt purpureæ, sicut illum viderunt Angeli indutum: quia torcular calcauerit solus. Sic anima nostra hoc sanguine Christi debet rubescere, & illum redolere: ita
2.Cor.2. vt cum Paulo dicat Christi bonus odor sumus. Quatenus cùm Pater vestimentorum filij eius fragrantiam senserit, in magnificas benedictiones nobis velles prorumpat. Et tunc ipse imò & tota Trinitas inhabitabit in nobis, & adimplebitur
Ioan.14. illud quod ipse promiserat cum dixit. Ad eum veniemus, & mansionem apud eum
D.Aug. serm.13. faciemus. Vndè D. Augustinus, vt legit illud Pauli, induimini Dominum Iesum Christum, confestim quasi lucis [illegible] ab eo omnes dubietatis tenebræ diffugerunt. Et commota est vniuersa ciuitas, & exierunt obuiam Christo. Aliqui exuebant vestimenta sua, & proijciebant in terra: In hoc insinuantes quod multi fidelium debebant corpora sua morti tradere ac sepulturæ, propter eum. Nam corpora vestimenta sunt animæ, has vestes martyres propter Christum exuebant & in terram proijciebant. Alij cædebant ramos de arboribus, & proijciebant in viam. Nam multi delitias, ac diuitias suas propter Christum relinquerunt. Vel dic, quod quia rami arborum, vmbram faciunt in via, significatur per hoc, quod iam vmbras legis veteris relinquere volebant, & ad lucem veritatis venire. Vel quòd vm-
Ibid. bras peccatorum fugere iam incipiebant,

& ad opera virtutis, quæ sunt opera lucis, peruenire, sicut Paulus in hodierna Epistola nos admonet cùm dicit. Abijcia- *Simile.*
mus ergò opera tenebrarum, & induamur arma lucis sicut in die honestè ambulemus. Sicut qui in die ambulat honestè, ac compositè ambulat, & decenter; quoniam ambulat in luce; qui autem in nocte incedit nil de hoc curat, quia tenebræ operiunt eum: sic qui in Euangelica lege viuimus decenter, ac honestè ambulare debemus, quia sumus in luce: nam præceptum Domini lucidum est illuminans
corda. Quando non erat Euangelium multa mala pro bonis apud homines habebantur, vt apud Gentiles visum est, sed postquam lux Euangelica emicuit nihil indecorum fas esse permittitur, quin luce il- *Psal. 18.*
la dijudicetur. Vndè & Paulus dicebat *1.Thess.4*
ab omni specie mali abstinere vos. Tanta quippè lux est, in Euangelio, vt non solùm malum sed & apparentia mali dijudicetur. Et si modo ita benè non percipitur, & peccatores audent coram hominibus apparere: signum non minimum est quod lux hæc Euangelica, iam apud nos tenebrescit, & reddit nox. Cùm ego peccatores contemplor inuerecundè peccare, & procaciter coram hominibus in publico apparere, imò & honores & officia iustis debita ipsis sibi rapere; doleo maximè ac mecum cogitans dico, Ecce quomodo tenebrescit Sol, & obscuratur dies, & tenebræ noctis peccati redeunt, cùm homines inhonestè inter alios ambulant, ac si non dies sed nox interesset. Quarè
Paulus acriter reprehendit Corinthios, *1.Corin.4*
eo quod non multum æstimabant publicum peccatorem inter eos conuersantem consentire, & dicebat. Et vos inflati estis, & non magis luctum habuistis. Quare inter religiosos, vbi plus huius lucis splendet, qui malus est, abscondit se ab alijs, nec publicè apparere præ verecundia audet, eo quòd [illegible] non rectis oculis eum aspiciant [illegible]; quod est signum diem adhuc lucere inter illos, [illegible]. Hæc verba [illegible] Spiritu sancto proferebant, cùm [illegible] intelligebant Regnum Messiæ non temporale, sed potius spirituale debere esse. Quarè non temporalia sed cœlestia [illegible] ab illo speranda fore, & postea [illegible].
Ipse quippè ad Pilatum dixit: Regnum *Ioan. 18.*
meum non est de hoc mundo: [illegible]

Siue

salus haec coelestis ac spiritualis à Christo facta est: ideò dicunt, O sanna filio David, ac si dicerent. Haec salus Christo debebatur, ac ideò illi acceptam ferre debemus ac dicere. Apoc. 7. Salus Deo nostro, qui sedet super thronum, & agno, ipsi gloria per infinita secula seculorum, Amen.

Alia moralitas seu concio.

Cum appropinquasset Iesus Hierosolymam, & venisset Bethphage ad montem Oliueti, &c.

Duos Domini Iesu aduentus visibiles Ecclesia celebrat, alterum misericordiae, alterum iustitiae, qui ad vltimum refertur diem. Primus autem aduentus misericordiae fuit, qui in Euāgelio nobis depingitur. Nam in hac misericordia quam Deus mundo contulit, cùm in carne visibili coram illo apparuit, multas ego misericordias cōsidero, non vnam solam. Et ideò dicitur venisse per montem Oliueti. Oliua enim misericordiam refert, cùm oleum blandum ac lenitiuum sit. Per montem ergo misericordiarum venit: quoniam non vnam misericordiam, sed aceruum magnum, ac montem misericordiarum secum fert. 2. Cor. 1. Pater misericordiarum, vocatur à Paulo Pater Domini nostri Iesu Christi. Non vnius dumtaxat misericordiae, sed multarum autor est: quoniam in hac misericordia, qua misit filium suum nobis hominē factum: omnes alias misericordias inclusit, & quasi in compendium redegit. Sicut enim in ipso Deo omnes perfectiones possibiles eminenter continentur, ac clauduntur, sic in hac misericordia, omnes aliae eminentia quadam complectuntur. Vnde de eo rectè Genes. 27 dici potest quod Isaac filio suo dixit. Ecce odor filij mei, sicut odor agri pleni. Sicut enim in agro pleno herbarum inueniuntur odoriferae flores ac semen, & simul asperae, atque infames: sic in Christo Domino odores ac suauitates caelestes inueniuntur, & quidquid asperū & infame inuenitur in terra. Nam in quantum Deus omnia bona coelestia secum affert, in quantum homo omnibus nostris miserijs subditus fuit. Sic homini necessariū erat, vt sicut variae ac diuersae miseriae suae erant, sic diuersorum generum medicinae ei applicarentur: ac proinde multae eidē essent misericordiae, quae suis accommodarentur miserijs, vt sic sanatus esset vulnus in eo quod curari non posset, nec valeret illud Pro- Hierem. 30 pheta dicere. Insanabilis plaga tua. Has er- Malac. 3. go hominis miserias simul cum Dei misericordijs illis applicatas, in praesenti Euāgelio inueniemus depictas, si attente illud audiamus. Septē ergo miserias habebat homo ante Aduentū Christi, quę per septē illas mulieres significabantur de quibus Esa. dixerat. Isa. 4. Apprehendent septē mulieres virū vnū dicentes. Panem nostrum comedemus, & vestimentis nostris operiemur: tantūmodo inuocetur nomen tuum super nos, aufer opprobrium nostrum. Oportebat enim vt omnes istę miseriae apprehēderent Christū, quatenus opera nostra aliquod corā ipso Christo haberent valorē. Nam quamuis homo sine Deo possit indui vestib[us] suis, & vesci pane suo, hoc est, nōnulla opera moraliter bona operari: tamē nec concipere, nec parere benedictionis fructum absq; hoc viro nempè Christo valebat. Hoc est, opera vitae aeternae meritoria, absq; meritis Christi omnino edere nequibat. Igitur prima miseria hominis, in qua ante Christi Aduentū stabat erat siccitas, Quoniā animę ariditatem id significabāt, absq; rore coelesti, aut vllo gratiae humore. Psal. 142 Hinc enim David clamabat dicēs: Anima mea sicut terra sine aqua tibi. Expectabāt quippè homines hūc rorē coeli, hoc est iustū, illum Christū, quē nubes è coelo deberēt pluere. Vt ergò huic miseriae succurreret Dñs Christus venit superabūdanti aqua plenus, qua animas ariditate, aestu deficientes irrigaret. Venit Christus per aquam & sanguinē, ait Ioan. 5. Ioannes, nō in aqua solū, sed in aqua & sanguine. Vtrumq; quippè è latere Christi profluxit: quia & de ipso scriptū erat q[uod] deberet venire sicut imber super gramen. Vel sicut Deu. 32. et Esai. 55. imber serotinus, aqua de caelo, qui dat semen serenti, & panem comedenti. Id est, qui in tempore necessitatis venit. Vnde Luc. cap. Luc. 19. 19. Cum hunc ingressum in Hierusalem refert, ait quod videns Iesus ciuitatem, fleuit super illam. Coepit aridam irrigare terram coelesti rore, per canales suorum oculorum effusi. Quae erit sic obdurata terra, quae hac non molliatur aqua? Quòd sit lapidea, nō coelesti rore perfusum, non emollescet? Gutta vna aquae lapidem cauare potest, & cor Saluatoris lacrymae cor hominis perforare non sufficient? Qui audit alterum tibi cum lacrymis narrare infortunia sua, ac etiam lacrymas exprimit, & lacrymantem Christum respicit, & quasi lapis immotus persistit. Lacrymas illas considera, à diuinis oculis effusas, quę ex interno charitatis ardore prodeunt, & cor lapideū emollietur saltem, & carneū illud flexibile efficiūt, vt in illo possit, vel scintilla ignis diuini accendi. Videns Iesus ciuitatem fleuit super eam. Cōtemplare illam obsecro super abundan-

Luc. 19. abundantem misericordiam. Nam inter homines tunc iudex compatitur reo, quando delictum multis iam transactis diebus commissum fuit; ita quòd iam plenè obliuioni mandatum est. Caeterùm cùm in flagranti delicto apprehēdit eum, cùm suffodientem domum latronem offendit, tunc nullis expectatis iuris terminis in illum legis sententiam exequitur. Sed, ô ineffabilem Dei misericordiam, omnium hominum superantem pietatem. Cùm homines plus contra Deum insaniebant peccata peccatis addendo, cùm idolatrae, blasphemi, fures, homicidae, caeterisq; sceleribus vitijs erant, cùm eorum scelera Dei iustitiam maximè interpellabant, clamorq; facinorū ad aures Dei ascendebat: tunc cùm in eos potiùs seuerè animaduertere debuisset, ēis cōpatiens lacrymas fundit. Videns Iesus ciuitatē, fleuit super illam. Videns iniquitatem & contradictionem in ciuitatem, hoc est, cùm homines inter se intestinis bellis maximè saeuiebant: Et non defecit de plateis eius vsura & dolus. & quando omnis rapinis ac iniquitatibus plena erat, & plateae praedonib⁹ abundabant: tunc vidēs Iesus ciuitatē, fleuit super illā. Vt vel sic agnoscas quāta siccitate anima tua arescebat, quanta duritie cordis tui erat, quàm magna peccatorum tuorum grauitas: quoniam vt emolliretur cor tuum, vt irrigaretur siccitas animae tuae, vt peccata tua delerentur: lacrymae ipsius Dei necessariae fuerant. Videns Iesus ciuitatem, fleuit super illam. Ecce primam miseriam. Secunda miseria fuit captiuitas. Anima quippè peccatoris ancilla peccati fuit, secūdùm illam Pauli sententiam: Omnis qui facit peccatum, seruus est peccati. Peccata quippè sic animam vinculis suis ligatam tenent, vt ad nullum opus bonum moueri queat, ita vt postquàm Deus afflauerit illi, & suae praeuenientis gratiae rore perfuderit, adhùc ad illum conuerti non poterit, aut moueri, nisi vincula ipse Deus soluerit. Sic enim & Psalmista aiebat: Funes peccatorū circumplexi sunt me. Hanc captiuitatem in suis lamentationibus deplorabat Hieremias, cùm dicebat: Tradita est in captiuitatem filia Sion, id est anima fidelis, & pulchritudo eius in manus inimici. Huic ergo miseriae succurrit hodie Dñs hac secunda misericordia. Nam cùm peccatorem aspiceret, non posse se à vinculis illis expedire etiam si vellet: misit duos de discipulis suis vt illum soluerent, sic enim ait Euangelista: Tunc misit duos de

Psal. 14.

discipulis suis, &c. vsq; soluite, & adducite mihi, &c. Petrum, & Ioannem Apostolorum principes misit ad soluendū illos: quoniam hoc est praecipuū munus Ecclesiae soluere bestias, hoc est, peccatorum animas, & Episcoporum, Legatorū, & Principū Ecclesiae, soluere bestias, hoc est, peccatorum animas à peccatorū vinculis absoluere, carceris portas aperire, & vitiorū vincula confringere. Ad hoc enim duas accepit claues; alteram potestatis, alteram scientiae, hoc est, iurisdictionis & sapientiae, ad sciendū discernere inter lepram & lepram, quae in his duobus discipulis, tanquam in typo quodam adumbratae sunt. Nam in Petro potestas, in Ioanne scientia designatur. Hoc ergo munus Principum, ac Gubernatorum Ecclesiae est, in quo se praecipuè exercere debent in soluendis, scilicet peccatoribus à praesepio vitiorum administrando eis Ecclesiae Sacramenta, quorum virtute soluuntur. Sed proh dolor! O rem perpetuis deflendam gemitibus. Dedignantur hodie Ecclesiae maiores ministri animas à peccatis soluere, cùm sit proprium eorum munus. Non inuenietis qui vel vnam animam soluat. Nam Sacramenta administrare pudet, quod ipsis Angelis honorificum maximè videretur: cùm tamen aliena munera sibi vsurpare non pigeat. Aliena per se exercent; propria alijs committunt. Alios ad propria officia sua locant, & ipsi ad exercenda aliena locantur. Sic eorum rubigine claues nigrescerent per non vsum, quae deberēt illorum officia exercere. Sed attende quid dicat. *Si quis vobis aliquid dixerit dicite, quia Dominus his opus habet.* Hoc est si forte peccator ipse vitijs assuetus recalcitrauerit, ac dixerit, se rectè habere ad praesepe vitiorū, cibumq; illum iam sibi fecisse proprium, & ideò nolle ab illo solui: dicite illi: Quia Dñs his opus habet. Nullus habet verū ac naturale animae Dominum, nisi solus Deus. Non diabolus, non mundus, non peccatum. Isti enim non sunt veri domini, sed tyrannicè vsurparunt sibi animae dominium. Verus te vocat Dominus, nullam tibi facit iniuriam. Noli reclamare, peccator, ne à vero Dño ius suum tollere videaris. Sed aduerte, quòd Dominus non praetermisit eos, dicens: Si iumenta ipsa restiterint, & recalcitrare coeperint, nec se solui permiserint, hoc debetis facere: quoniam nunquā id visum est, q̄ bestiae ipsae resistant ijs, qui volūt eas è iugo soluere, quin imò ipsae ad hoc se offerunt, inclinantes capita sua. Sed in

hoc peccator in sensibilitate bruta ipsa animalia excedit, quod cùm præsepio vitiorum, ac diaboli sit astrictus, Deo volenti illum soluere resistat, recalcitret, hinniet, naribus perstrepat, cōsilium danti irascatur, dicenti quod debet restituere, aut à concubina abstinere, si vult saluari, cōtradicat, monenti vt inimicis dimittat, iniuriam faciat, denique peiores bestijs ipsis existāt. Quod si dixeris eis, Quis Dñs his opus habet: respondet, Se alium nō cognoscere Dominum, nisi voluntatem ac appetitum suum. Auaritiam, ambitionē, delitias suas. O stupidas mentes! O insensibilia corda! O plus quàm brutalē amentiam! Vide à quibus, & ad quæ te reuocat Deus. A vitiorum stabulo, in quo tanquā iumenta
Ioel.1. volutabaris (sicut quidam Propheta de peccatoribus dixit: Computruerunt sicut iumenta in stercore suo) ad atria sua, in quibus melior est dies vna super millia. A diaboli præsepio, à quo semper famelicus discedis, ad Dei mensam, & ad Angelorum panem. Ab aquis mortuis huius mundi, ex quibus qui biberit, sitiet iterū: ad aquas viuas cœlestes, è quibus qui gustauerit, non sitiet in æternum, sed fiet in eo fons aquæ viuæ salientis in vitam æternam. Hæc secunda miseria, ac misericordia est. ¶ Tertia miseria fuit nuditas, *Andan los pecadores en cueros*, sine virtutum ornamentis, nam has tollit ab eis diabolus,
Luc.10. sicut visum est in homine illo, qui incidit in latrones, quē spoliauerūt fures, & semiuiuū reliquerunt. Cui miseriæ hac misericordia occurrit Dñs, quòd Apostoli vestimenta sua posuerunt super iumenta. Nam illis vestibus, quibus Dominus Apostolos suos decorauit his ornat peccatores. Hæ sunt virtutes infusæ, Fides, Spes, Charitas, simul cum Gratia, & Spiritu sancto, & alijs donis cœlestibus, ac virtutibus, quæ has consequuntur. Sic enim & Dominus discipulis suis dixit: Sustinete hic, donec induamini virtute ex alto. Possunt etiam per has vestes Apostolorum ceremoniæ Ecclesiæ intelligi, quæ plurimum decoris ac ornatus Sponsæ, hoc est Ecclesiæ, addunt. Hæ quippe etsi non scriptæ, tamen vetustissima traditione ab Apostolis ad nos de manu in manū deriuatæ sunt, vestiuntque & ornāt Ecclesiā. Plùs vtilitatis, quàm oneris afferunt. Plùs ponderis habet pulchritudo, quàm Sponsæ addunt, quā sit labor, quem in eorū exercitio consumimus. Verū est quod multi malè his ceremonijs vtuntur. Nam sub his Apostolicis vestibus volūt sua idola tegere. Quēadmodùm

Rachel sub stramentis camelorū abscondit idola sua, sic isti sub his vestibus ac ceremonijs, sub ieiunijs, obseruantijsque Ecclesiæ sua tegunt peccata, auaritiam, ambitionem, ac alias humanas cupiditates, quæ non sibi, sed iumentis omninò debebantur, quibus & homines sederunt, & sanctitatis sibi nomē falsò acquirunt. Tamen non ideò hæ sacræ ceremoniæ damnādæ sunt. Nam hoc vitium nō est earū, sed eorū, qui pessimè ad suas mundanas intentiones illas adducūt. Illæ quidē bonæ sunt, hypocritæ abutuntur illis. Quarè cauere quilibet debet ne has sacras ceremonias contemnat, ne forte aliquā ex Apostolorū vestibus rūpat, nec irreligiosè tangere præsumat, has enim illi nos docuerunt, atque de manu in manum ab eorum seculo, vsque ad nos deuenerūt. ¶ Quarta miseria fuit vilitas, quā propter peccatū cōtraxerat homo. Post peccatū quippe contemptui est habitus homo: creaturæ etiam vilissimæ aduersus illū rebellarūt, & qui antea omnibus nomina imposuit, & ipsæ creaturę illū tanquàm Dominum agnouerūt (proprium quippe dominorum est nomina mancipijs imponere, vt Rex Babylonis nomina captiuorum immutauit.) Qui ergo tanquàm dñs rebus omnibus nomina dabat, nunc ab eis fugit, & abscondit se. Et mulier quæ intrepidè loquuta cum serpente est, nunc murē, & lacertulam fugit. Sic enim contēptibiles post peccatum remansimus omnes, vt culices bellum nobis inferre audeant. Vnde & Sapiens dicebat:
Miseros facit populos peccatum. Et Hieremias Prouer.14
Thren. 1. Vide, Dñe, quia vilis facta sum Thren.1.
nimis. Et Dñs per quēdam Prophetā dicit: Quàm vilis facta es, iterans vias tuas. Quarē
& Dauid clamabat, dicens: Miserere nostri, Psal.122.
Domine. Dñe, miserere nostri: quia multū repleti sumus despectione. Misertus est ergo Dñs huius humanæ miseriæ, quia illum in dignitate omnibus Angelis prætulit: quoniam non super thronos hodie sedens Dñs ciuitatem intrat Hierusalē, sed sedens super asinam, & pullū filium subiugalis. Hoc est, super bestialē naturā, per quam alijs bestijs similes homines, secundùm genus efficimur.
Nam, vt ait Paulus, nusquā Angelos appre- Hebr.2.
hendit: sed semē Abrahæ apprehēdit. Hoc est, hāc bestiam id est, carnem nostrā oneratam miserijs. Nam licèt onus peccati non sustulit: miserias tamē quæ cōsequutæ sunt ad peccatū suscepit, hoc est, quod vehementer
Sponsa exoptabat, cùm dicebat: Quis mihi Cant.8.
det te fratrē meū, sugentē vbera matris meę:

vt

vt inueniam te solū foris, & deosculer te, & iam me nemo despiciat, fratrē desiderat eū. Fratres enim dicuntur, qui ab eadē progenie descendunt. Desiderabat Salomon, illius libri author, ipsum Deum fratrē suum, id est, filium Dauid Patris sui, & Abrahæ aui sui. Cupiebat vehementissimè legere initium Euangelij secundùm Matth. Liber generationis Iesu Christi filij Dauid, filij Abrahā. Sugentē vbera matris meæ. Gestiebat eū videre infantulum vnius diei, in vlnis pudoratæ puellæ sugentē vbera matris, ac virginei lactis paucas guttulas expectantem, ille per quem nec ales quidē esurit. Vt inueniam te solum, nō vtiq; Patrem, aut Spiritum sanctū, sed filium. Assumptio quippè humanitatis ad filium terminata est, solus enim filius carne humana indutus est, non Pater, aut Spiritus sanctus. Foris, hoc est, extra diuinitatis latibulū, nobis te appareas visibilis. Et deosculer te. Per oscula mutua fit communicatio spirituum per vnionē hanc mirabilem cum persona diuina nostræ naturæ, fuit communicatio facta idiomatum, & proprietatū. Dicitur enim homo Deus immortalis, æternus, omnipotēs. Dicitur autē Deus homo mortalis, passibilis. Nam ibi solum est vna persona, æterna hypostasis, scilicet persona Verbi: actiones autē philosophi omnes personæ & supposito attribuūt, non naturæ. Desiderium ergo Sponsæ est, Deū deosculari, id est, tali vnione ei vniri, vt communicentur diuina humanis & humana diuinis. Et sic fiet, vt iam me nemo despiciat. Inde & Angeli ipsi iam hominē venerentur, maioriq; prosequantur amore. Tremunt enim videtes Angeli, versa vice mortalium. Vnde cùm Ioan. Euangelist. vidisset Angelum, pronusq; voluisset eum adorare, prohibuit eum, dicens: Vide ne feceris conseruus tuus sum & fratrū tuorum. Frequentioremq; familiaritatem habent iam cū hominibus Angeli, quam Angeli, vt patet in Nouo Testamento, & in multorum actibus sanctorum. Adeò per hanc diuinam vnionē nostra natura prouecta est, vt dicat D. Aug. in lib. de Prædest. sancto. Prædestinata est natura nostra in Christo tàm excelsa & tàm sublimis euectio, vt quo altiùs attolleretur, non haberet. Sed dices: Cur Deus peccatores, qui bestiæ sunt, soluere iubet, si ad huc ligati se inuicē mordere nitebantur, & inter se dissidebant? Quid facient cùm solutos se viderint? Sed tamen aduerte, quòd Deus iubet peccatorē solui à præsepio diaboli, sed colonis suæ Ecclesiæ ligari, solui à peccati, & mundi legibus, sed ligari Christi mādatis, quæ præcepta charitatis sunt. Sic enim & Dñs per Prophetā dixerat: In funiculis Adā traham eos, in vinculis charitatis. Nullum enim arctius vinculum charitate, qua tenentur homines ne inter se dissideāt: nam Ideò illam vocat Paulus vinculū perfectionis. Soluit ergo homines à Gentilitatis iugo, vt subdat Ecclesię obsequijs. Quòd & Iacob de Iuda vaticinatus fuerat, dicens: Alligans ad vineā pullum suum, & ad vitem, ô fili mi, asinam tuam. Vitis hæc Christus Dñs est, vt ipse de se dicit: Ego sum vitis vera. Vinea autem Ecclesia Dei, secundùm illud Esaiæ: Vinea Dñi Sabbahot, domus Israel est, id est videntium Deum per fidem, quæ est in Ecclesia. Voluit ergo Dñs peccatorem sibi ac Ecclesiæ suæ vnire, quod est & vineæ & viti eum alligare. Impossibile quippè est viti vniri quin & vineæ vnitus sis, quoniam vitis non inuenitur extra vineam. Non poteris Christo vniri, nisi etiam Ecclesiæ suę vnitus sis: quoniam extrà Ecclesiam non inuenitur Christus, sed Antichristus. Nam extra Ecclesiam nulli vnquā potuit patere salus. Quarè Dñs dicit: Simile est Regnum cœlorum decem virginibus, quæ exierunt obuiā Sponso, & Spōsæ. Impossibile quippè est Sponso obuiam ire, nisi etiam Sponsam simul cum illo recipias: quoniam indiuiduus comes illius est, nec vnquā ab illa separatus. Quarè nec Christus sine Ecclesia, nec Ecclesia sine Christo inueniri possunt. Spōsum sanguinum vocat eū Sponsa. Si ergo nec mors ab illa illum separare potuit, quis valebit illos ad inuicem separare? Ecclesiæ ergo suæ vnit populum Gentilicum ab idolatria separatum. Vnde Christus cum suis discipulis obuiam his iumentis venit: quoniam neminem Christus recipit sine discipulis suis, qui significant fidelium cōgregationem, ex quibus Ecclesia consistit. Per Ecclesiam debet peccator ingredi ad Christū, qui in illa est. Ista quippè est ianua, ipsa claues habet Regni cœlorum. Valeant ergo cum suis erroribus hæretici, fanatici, diabolici, qui extra Ecclesiam Christum quærunt, cùm foris inueniri nequeat, nec vitis extra vineam sit, aut Sponsus hic sine sua Spōsa, nec extra hanc arcam Noe aliquis poterit saluus fieri.

Quinta miseria fuit, mali habitus ac consuetudines, quæ ex peccato relictæ sunt. Nam bestiæ, quas ferri ad aquandū vehunt, malè se postea gerere solēt, cū illis insidet seruus, quia

Apoc. 22. — August. — Osea 11. — Colos. 3. — Gen. 49. — Ioan. 15. — Esai. 5. — Matt. 25. — Eccl. 4. — 1. Petr. 3. — Simile.

quia malè assuefecit eas, idem de equo,
cui ignarus equestris artis eques insidet. Sic
malè assuetus peccator malos habitus induit,
nec planè pedem figit: quia nõ simpliciter
ambulat, sed sublimes agens oculos, superbè
& arroganter incedit. Quarè cùm ex
prauo habitu operetur, ferè omnia opera sua
mala sunt, & omnia absq; merito pereunt,
si in reatu aut actu peccati mortalis sit. Huic
miseriæ succurritur, cedendo ramos de arboribus
hi enim rami sunt pessimæ consuetudines,
quæ ex radice vitiorum procedũt,
quarè oportet vt siccos ramos animæ tuæ,
vel amputes, vel amputari permittas. Nam
sicut aridi arborum rami feriunt eos, qui in
arbore colligere volũt fructus, & impediũt
alios ne fructificent: sic pessimæ consuetudines
animam vulnerant, ac fructum bonorum
operum cõmuniter impediunt. Oportet
ergo hos ramos siccos cedere, & amputare.
Et ad hoc venit Dominus Iesus in mundum
falcem putatoriam in manibus habens,
nempè vt doctrina ac increpationibus suis
pessimas vitiorum cõsuetudines amputaret.
Cant.1. Ideò quippè de Lege gratiæ dicitur: Tempus
putationis aduenit. Proprium tempus
2.Cor.6. amputandi vitia nunc est. Est enim tempus
acceptabile: quia iam securis ad radicem arboris
Matth.3. posita est. Quod si prius vt isti infructuosi
rami in te excidantur; toti arbori parcet
Dan.4. Deus, alioquin clamat Propheta, dicens:
Succidite, succidite arborem: Quarè vos, ô
veri Christiani, dehortor, iterumq; obnixè
dehortor, vt non prædicatoribus aduersemini,
nec eius increpationibus irascamini:
quoniam si non permiseritis, vt à vobis hos
vitiosos mores amputemus: omnes aduersum
vos clamabimus in cœlũ dicentes: Succidite,
succidite arbores istas infructuosas,
imò & damnosas, vt quid enim terram oc-
Luc.3. cupant? Propter hoc enim infirmus patitur
sectionem membri, ne totũ corpus corrumpatur,
& pereat. Et ob hoc vos indignari debetis,
his qui succidere putridos mores suis
increpationibus satagunt, etiam si vobis dolorem
incutiant? Alioquin omnes similiter
peribitis. Falces amputatoriæ sumus, aridos
ramos excidere volumus: si id vestra fit voluntate
manebitis, alioquin radicitus à Deo
exterminabimini. Ad hoc enim misit Deus
Ionæ.1. Ionam in Niniuẽ, vt prædicatione sua Niniuitarum
putaret vitia, & sic salui fierent,
vt & factum est. Sexta miseria est horũ malorum
habituum radix, quæ est fomes hæc
peccati, hoc est, pessima carnis propensio ad
terrena, quæ animã opprimit, atq; cùm ad
cœlestia eleuari nititur, illam cogit terrena
cogitare, præcipitemq; è tertio cœlo solet
illam agere, in imas terrenarum curas. Quid
ergo faciendum? Debet ne fomes hic radicitus
euelli? Absit. Imò oportet q manеat in
nobis hic Amorrhæus, vt nos otiosos viuere
nõ permittat, sed habeamus domesticos hostes,
quibuscum bella gerere quotidiana cogamur.
Ob hoc enim reliquias Amorrhæorum
dimisit Deus inter filios Israel: vt in illis
erudiret illos, remanserunt tamen illis
subiecti. Sic hostis hic noster familiaris ac
domesticus remaneat, oportet, etiam in iustis
viris: tamen deuictus, deditiuus noster.
Hoc enim significauit factum horum hominum,
qui vestimenta sua prosternebant in
via, vt illa transeuntes pesundarent. Sic cum
carne hac nos debemus gerere, secũdùm illud
Pauli: Castigo corpus meum, & in seruitutem 1.Cor.9.
redigo. Et sic adimpleatur quod Dominus
dixit ad Chaim: Subter te erit appetitus Genes. 4.
tuus, & tu dominaberis illius. Et illud
quod filijs Israel promiserat, dicens: Omnis Deut. 11.
terra quam calcauerit pes vester, vestra erit.
Corpus autem nostrum terra est, cui à Dño
dictum est, Terra es. Si ergo Dominus tui Genes.3.
corporis vis esse; calca illud spiritui seruire
coge, & sic tuus erit. Septima miseria fuit,
quoniam peccatum indignum hominẽ reddidit
ad laudes decantandas Deo. Scriptum
quippè est: Non est speciosa laus in ore pec- Eccles.15.
catoris. Et per Psalmistam dicitur. Quarè tu Psal.49.
enarras iustitias meas, & assumis testamẽtũ
meum per os tuũ, *Para q̃ me tomas en la boca.*
Nunc autem huic miseriæ obuiam itum est,
cùm peccatores in Dei laudibus ora sua rumperent.
Nam turbæ quæ præcedebãt, & quæ
sequebantur clamabat, O sanna in excelsis,
benedictus qui venit, &c. Intellectus est, qui
præcedit volũtas sequitur illum: nam voluntas
est potentia cæca, quã tamen intellectus
illuminat, *Et el entendimiento el paje de hacha
que va delante.* Oportet ergo vt ambo pari
passu currant, & in eodem pũcto ac consonantia
canent, alias dissonas & inconcinnas
voces emittet, nec sic aque auribus displicebit.
Id est dicere, Quòd si intellectus rectè
intelligat, voluntas etiam rectè amet. Si intellectus
benè intonat, volũtas itidem benè
cantet. Nam si rectè intelligis quis sit Deus,
& quanta illi debeas quæ sint bona quæ tibi
ꝑparata habeat, & nihilominùs volũtas tua
terrena cupit, incõcinnas voces emittis, nec
in eodẽ puncto intellect⁹ & volũtas canũt.
Nam

Nam intellectus superiorem intonat vocem, quæ dicitur, La, & voluntas infimam, quæ est, Ve; vnus alte, alter submissè cantat: nō Dei auribus talis musica placet. Præuolat intel-
August. lectus (ait August.) & sequitur tardus, aut
Rom. 1. nullus affectus. Vnde & Paul. ait: Qui cùm cognouissent Deum (ecce turbā præcedentem) non sicut Deum glorificauerunt, aut gratias egerunt (ecce sequentem) Cùm ergò intellectus & voluntas pari passu currunt, & id quod recta fide intellectus credit, id voluntas libentissimè exequitur: iam sepțimæ [illegible] miseriæ occurritur, & turba præcedentium, & sequentium, O sanna clamant. Sic [illegible] præcesserunt nos sancti primitiuæ Ecclesiæ, submissè in verbis, altè in operibus concinebant. Nihil enim proprium habebant, sed omnia sub Apostolorum pedibus ponebant, & quidam sicut oues occisionis morti tradebantur: & tamen cùm sic ei laniarentur, in superiorem subleuabantur in vocibus, &
[illegible] dicebant. Serui inutiles sumus, quod debuimus facere, fecimus. Nos autem in contrariis vocibus canimus, qui sequimur illos: quoniam in verbis magnifici, in operibus pauperes sumus. Nam non domus nostra, sed aliena satis habemus, nec nostra communia facimus, sed aliena propria: & tamen volumus tanquam sancti venerari, nec prædicatores [illegible] nec a fidei dissentimus, vt alter de nobis sentiat, aut loquatur. Illi media nocte surgebant ad confitendum Deo, & hymnos ante Lucem concinebant Christo,
Plinius Iunior. vt Plinius Iunior, cùm apud Constantium officio Prætoris fungeretur ad Traianum scripsit: nunc, autem qui prætentum Ecclesiæ ex ouium stabulis accipiunt, in lectulis eburneis ac deliciis dormiunt, & alios ad hæc ministeria mittunt. Illi pro Christo mortem appetebant; vos autem alter alterum odit, & [illegible]. Quid si nō semper opere, saltem af-
1. Ioan. 3. fectu: nam scriptum est: Qui odit fratrem suum homicida est. O quàm dissonæ voces, quàm parum concors est musica. Deberemus sequi prædecessores nostros, & persequimur illos, & nihilominus eorū præmiis nos participes fore speramus. Nos itaque sequamur, & meminimus in caput nostrum idem de religiosis qui nunc sunt, & de his qui eos præcesserunt poteris dicere.

Alia moralitas seu cautio.
Hæc quæ hactenus dicta sunt, commoda esse possunt, tam pro prima Dominica Aduentus, quàm pro Dominica in Ramis: sed quæ sequuntur propriè sunt Dominicæ in Ramis palmarum: [illegible]

& quæ sequebantur, clamabant, O sanna. Non inuenio in toto anni circulo diē sic mysteriis abundantē, sicut iste. Nihil in eo video, quod nō oleum secretius, ac pinguedinem, benedictum oleū, medicinales vnctiones in animarū salutem ac medicinā. Salus autem non quæcunq; hæc est, sed excelsa, cœlestis, mōrnosa, & alta, quā tota hæc turba poposcit. Salutē tribue, salua nos in excelsis: tamen non temporalē salutem poscimus (hæc enim non tanto clamore digna est) sed æternam quā nomen olinarum significat. Nempe supernam, ac lætitia superesfluentē vnctionē. Quid amplius in hoc sacro die videbis? Processionē scilicet, ac passionem: in vna lætitia, in alia tristitia. Quod lætum est breue, quod triste prolixum est. Omnis populus lætitia plenus, floribus coopertus acclamando Regnum David, gloriam cœlis, terræ pacem precando, prospera huic Regi augurando, salutem cœlestem ab illo postulando, benedicentes illū, ac prædicantes ipsum Domini vicem in terris gerere. In medio autē tāti gaudij, tanti triumphi, fleuit Dñs Iesus. Videns enim ciuitatem fleuit super illam: Illi cantando, Christus plorando incedunt. Obortis lacrymis, ac gemendo mala, quæ illi ciuitati imminebāt præueniendo deplorat. Omnia mysteriis scatēt, omnia oleū ac pinguedinem manare videntur. Cæterùm oportet, vt priùs oliuas in suis ramis conspiciamus, deinde oleū quod in illis est exprimamus. Historiam primùm referamus, quæ oliuis plena est, postea mysteria, quæ ibi continentur, explicabimus. Cùm appropinquasset Iesus Hierosolymam, & venisset Bethphage. Vsque in hanc diem occultauerat se Dñs ab eo die
Ioan. 11. quo decretum est à senioribus, vt illum occiderent. Ab isto ergo die, vt Ioan. ait, non iā palàm ambulabat Dñs. Nocte antecedēte cœnauit in Bethania, vbi Lazarus ab eo resuscitatus, vnus ex discumbentibus erat. Ibi decreuit venire in Hierusalē hodie, vt fortiter occurreret morti, & se voluntariè passioni ederet. secūdùm quod Esaias prædixerat, di-
Esai. 53. cens, Oblatus est, quia ipse voluit. Et vt ea quæ de eo scripta & adumbrata erant, omnia adimpleret, & vt agnus ille Paschalis (qui in Pascha[illegible] in memoriā
Exod. 12. egressionis ex Ægypto, quando percussit Dominus primogenita Ægyptiorum, parcens filiis Israel, quorum postes domorum sanguine agni immolati illi [illegible] tinxerant) [illegible] ille quinque diebus ante [illegible]

ciuitatem plenus ramis, & floribus, magna
cum lætitia, & canticis populi. Sic Dñs qui
verus est Agnus, qui abstulit peccata mūdi,
quinq; diebus ante mortem suā, cum ramis
& floribus receptus est in Hierosalem. In
Esai. 53. cuius nomine & Esaias prædixerat: Et ego
quasi Agnus mansuetus, qui portatur ad victimam Hierusalem autē Metropolis totius
populi Israelitici erat, in qua ciuitate Dauid
sedē Regni sui tēporalis habuerat. Ibi thro-
nū Regni sui spiritualis voluit ponere Christus filius Dauid, nam Regnū suū spirituale
morte sua cœpit: thron' ac sedes fuit Crux,
secundùm quod & Psalmista prædixerat:
Luc. 1. Dicite in nationibus, quia Dñs regnauit à
ligno. Et tunc adimpletum est quod Angelus Gabriel ad Mariam dixerat: Dabit ei
Dominus Deus sedem Dauid Patris sui, &
Gen. 38. regnabit in domo Iacob in æternum. Non
in domo Iacob carnalis, qui dixerat: Nole-
mus hunc regnare super nos, & non habemus Regem, nisi Cæsarem; sed in domo Iacob spiritualis, qui cum carne & diabolo luctatur, & lucem videt; & à Deo benedicitur.
Super hunc enim regnat Christus, nunc per
fidem, tunc autem per apertam visionem. Et
cùm venisset Bethphage misit duos discipulos. Cùm liberare voluit populum suum à
seruitute Ægyptiaca, duos misit, nēpè Moysen, & Aaron, & ad explorandam, & per-
agrandam terram Promissionis duos misit,
Iosue, & Caleb: ad prædicādam duobus populis, Iudaico scilicet, ac Gentilico, duos
etiam misit, Petrum videlicet, & Paulum.
Sic modò duos mittit, vt duos ad se populos
trahat, Iudaicum per asinam assuetam iugo
significatum, vtpotè qui iugum Legis super
ceruices tulerat: & Gentilicum per pullum
indomitum adumbratū, qui nunquam Legi
subiectus fuerat. A monte autem Oliuarum
mittit illos, vt ab eo loco iam vnctiones suas
eis mitteret, quibus iugum Legis, ac peccati,
Esai. 10. computresceret, secundùm quod per Esaiam
prædictum fuerat, cùm dicit: Computrescet
iugum à facie olei. Vnde & eis dicit: Soluite,
hoc est, ab onere Legis, ac peccati eos libe-
rate, & ad me adducite. Et si quis vobis aliquid dixerit, dicite, Quia Dominus his opus
habet. Dominum se vocat, & ab hoc Oliuarum monte suum Imperium cœpit: quoniam
ex eo quòd oleum sanguinis sui super vulnera nostra effudit, Rex super omnes constitutus est; & sic acclamatur à turbis. Quare
tunc tēpore passionis, indutus est veste Regia, & corona [illegible]

spinea suæ, nobis tamen rosea ac delitiosa
fuit. Et sic adimpletum est Zachariæ vatici- Zach. 9.
nium, quo dixit, Ecce Rex tuus venit, &c.
Ecce Euangeliū. ❡ Mysterium hoc, vt præ-
diximus, oleo, ac pinguedine plenū est, in
quo oliua illa splendet, quæ de se dixerat:
Ego quasi oliua fructifera in domo Dei, quā Psal. 51.
omnes tanquā salutarem victimam specta-
bant: quoniam antequā ipse veniret, geme-
bat Esai. dicēs. Vulnus, & liuor, & plaga tu- Esai. 1.
mens, nō est circumligata, nec curata medi-
camine, nec fota oleo. Nā hoc oleū deerat,
vsq; ad hoc tēpus, quandò per montē Oliuarum transiuit vnctus à Patre, qui verus Samaritanus erat, fouturus oleo ac vino vulnera
hominis, qui in latrones inciderat. Quarē &
de eo Esai. c. 61. dixerat: Spiritus Dñi super me, Esai. 61.
eò quòd vnxerit me ad euangelizandū pau-
peribus misit me, vt mederer cōtritis corde.
Et de hac petra, quæ est Christus, dixit Iob:
Et petra fundebat mihi riuos olei. Hoc ergo Iob. 29.
oleum turbæ hæ poscebant, quod simul cū
virtute huius olei, dicemus: Consideremus
primò Christū à monte Oliuarū procedentem, & cū ramis oliuarū receptum. Hoc mysterium sic Ecclesia hodie in benedictione
ramorū nobis pandit, dicens: Tibi in mōte
Oliueti oliuarum ramis via cōstrata est. Tu
quondā Noe in arca super vndas diluuij gu-
bernasti, & colūbæ ministerio per oliuæ ramum pacē terris redditam nunciare voluisti.
Sed & Iacob Patriarcha ministerium gloriæ tuæ erigens lapidē, ex huius arboris succo oleum benedictionis in cacumine tituli
infudit, vnde vnxisti Reges & Prophetas
tuos. Tu enim es Christus Dñi, sibi compertis
fructus vnctionis & pacis; in cuius ineffabilem laudē Psalmista cecinit, Vnxit te Deus,
Deus tuus oleo lætitiæ, & exultationis præ
participibus tuis. A monte Oliuarū processit cū ramis oliuæ: quoniam à summa misericordia cœpit, & per illam alias misericordias conciliauit. Summa autem misericordia fuit, cùm homo factus est. Fuit enim hic
mons misericordiarum, vt supra diximus,
quoniam sua humanitas mons medicinarum
facta est, quibus montem nostrarum miseriarum deleret. Vnde hanc misericordiam
postulabat Dauid, cùm Psalm. 50. dicebat: Psal. 50.
Miserere mei Deus, secundùm magnā misericordiam tuam. Hanc vocat magnam misericordiam: quoniam respectu huius, quā
Deus homo factus nobis præstitus est, aliæ
misericordiæ veluti valles apparent. Nam
de illa dicitur, Mons coagulatus, mons pin- Psal. 67.
guis,

guis. Et totum iter suũ, quo mundum huñc peragrauit, stipendiosum fuit: nam tota eius vita calamitatibus fuit plena. Sufficisset quidẽ, vt hanc cœlestem salutem homines in cœlis consequerentur, quòd ipse homo factus fuisset: voluit tamen & flere, & ieiunare, & blasphemari, & flagellari, & spinis pungi, & alapis cædi, Crucifigi, & mori vt totum iter vitæ suæ his ramis oliuæ sterneretur, & sic multiplici nostræ miseriæ mederetur. Ipse etiam sicut columba pacem nobis attulit, vt Angeli in die suæ natiuitatis concinebant. Paulus dicit: Pacificans

Luc. 1.

Colos. 1. per sanguinem Crucis eius, siue quæ in cœlis, siue quæ in terris sunt. Et ipse est lapis qui à Patre vnctus est; vt mederetur contritis corde, & ab ipso tanquàm à capite

Psal. 44. vnctiones in membra defluerent. Ideò quippè dicitur vnctus oleo lætitiæ præ participibus suis; quoniam ex eo omnes tales

Ioan. 1. participamus vnctiones. Nam ex plenitudine eius omnes accepimus. Sed in medio huius pompæ hic flet Christus, & cantum planctu miscet: quoniam gaudia huius vitæ non pura sunt, sed mixta, plùs doloris habens, quàm lætitiæ. Hinc enim & Sa-

Eccles. 2. piens ait: Risum reputaui errorem, & gau-

Prov. 14 dio dixi: Quid frustra deciperis? Et alibi: Extrema gaudij luctus occupat. Et ideò potior est luctus quàm lætitia: quia aduersa docent homines; prospera vanos efficiunt. Quare Spiritus sanctus per Salomo-

Eccles. 7. nem ait: Meliùs est ire ad domum luctus, quàm ad domum conuiuij. In illa enim finis cunctorum admonetur hominum. Ideò Christus in medio lætitiæ plorat: nam sapiens prospera potiùs deflet, quàm aduer-

Iob. 5. sa. Hinc Iob ait: Vidi impium firma radice, & maledixi pulchritudini eius statim. Statim dicit in ipsa firmitudine: quoniam cito defluit, & maior est casus quàm fuit status, vt in ipso Christo post quintum diem apparuit. Quoniam maiores clamores in eius opprobrium idem edidit populus, quàm modò in eius laudibus. Sed his omissis, plorat modò Dominus, non quidem mortem suam, quam summo gaudio sustinuit;

Luc. 19. sed illius populi casum. Et quidem in die hac, quæ ad pacem tibi. Ac si diceret: Nunc pacificum me ipsos à vobis: sed post quintum diem ad mortem meam acclamabitis, propter quod debellandi estis. Et sicut Io-

Ionas [illegible] nas indignè tulit, quòd hedera siccaretur, quæ illi vmbram faciebat: sic Dominus defflet illius populi interitum, qui sibi pro vmbra deseruiuit. Nam de illis dicit Pau- Colos. 2.

lus, quæ sunt vmbra futurorum: corpus autem Christi. Sic & Paulus dicebat: Tristi- Rom. 9.

tia mihi magna inest, & continuus dolor cordi meo. Optabam enim ego anathema esse pro fratribus meis; qui sunt cognati mei secundùm carnem. Defflet etiam Dominus peccata futura in Ecclesia sua, quibus rursus crucifigendus erat. Quod Dominus Ezechiel. 24. terribilibus verbis sic Ezech. 24

nobis manifestat, dicens: Fili hominis, scribe nomen Dei huius, in quo confirmatus est Rex Babylonis aduersùs Hierusalem. Hoc est, diem illum, in quo diaboli furor confirmatus est in Sacerdotibus, ac Principibus Hierusalem. Nã ab illo die ira percitl ac inuidia tabefacti ad se inuicem dicebant. Videtis quia nil proficimus? Ecce mundus totus post eum vadit. Et ad Christum accedebant hodie dicentes, vt increparet Gentes, quæ illum Regem filium Dauid acclamabant, vt tacerent. Scribe ergo diẽ istum quem populus ille existimat sibi pacificum fore: quoniam pax ista, quam ipsi non agnoscunt, in atrocissima bella sibi commutenda est. Et dices per Prouerbium ad domum irritatricem parabolam, & loqueris ad eos: Hæc dicit Dominus Deus. Pone ollam, pone, inquam, & mitte in eam aquam, congere frusta eius in eam omnem partem bonam, femur, & armum, electa, & ossibus plena: Pinguissimum pecus assume, compone quoque strues ossium sub ea. Efferbuit coctio eius, & discocta sunt ossa illius in medio eius. Proptereà hæc dicit Dominus Deus. Væ ciuitati sanguinum, ollæ, cuius rubigo in ea est. Per partes, & per partes suas eijce eam, non cecidit super eam sors. Ollam dicit ciuitatẽ illam Hierusalem, atq; malitiã eius. Carnes sunt diuersi status populi: magnates, ciues, fabri. Pinguissima pecora sunt, & proceres, & maiores, quorum ossibus olla succenditur. Quoniam omnia mala huius mundi ex maioribus ortũ habent. Sic enim & Hieremiæ. 5. dicitur: Hiere. 5.

Ibo ergo ad optimates, & loquar eis. Et ecce ipsi magis fregerunt iugum, ruperunt vincula. Ab illis enim ira, & odium aduersùs Christũ eruperant. Væ ergo ciuitati sanguinum. Ollæ cuius rubigo in ea est, & rubigo eius nõ exiuit ex ea. Sanguis eius in medio eius. Super limpidissimam petram effudit illum. Non effudit illum super terrã, vt posset operiri puluere. Quoniã sanguinẽ Christi, quẽ effudit, non operit puluis. Clamat

Iob.16. quippe per Iob, & dicit: Terra, ne operias sanguinem meum, & ne inueniat in te locum latendi clamor meus. Et propter peccata publica, quæ inuerecundè, & procaciter ab hominibus, [illegible] omnibus committuntur, *son pecados que no los cubre pelo*, vt superius iam ex textu imaginationem meam & vindictam vlcisceretur: dedi sanguinem eius super petram limpidissimam ne operiretur. Per partes & partes eijce illam. Nam priùs decem tribus perierũt, & deinde duo rapti sunt in Babylonem, & deniq; à Romanis funditus exterminati. Quòd si de Ecclesia id vis intelligere, vide quomodò paulatim Regna multa ab Ecclesia deficiant: quod est per partes eijcere illam. Et subdit: Væ ciuitati sanguinum, cuius ego grandem faciam pyram. Vide magnam pyram. Fames, bella, pestes, & super omnes tot sectæ, tot hæreses in Ecclesia. Hæc est flamma quæ carnẽ coquit, & cõburit. Et ossa succenderunt illam: quoniam ex negligentia maiorum hæc mala ortum habuerunt. Congere ossa quæ igne succendam, consumentur carnes, & cõquetur vniuersa compositio, & ossa tabescent. Nam tàm carnes, quàm ossa illius populi combusta sunt cædibus, fame, captiuitate. Et tunc Romani ollam plenam ceperunt; quoniam omnes ad diem Paschæ conuenerant. Quod in Ecclesia etiam pluribus in locis videmus. Et subdit: Pone quoq; eã super prunas vacuas, vt incalescat, & liquefiat æs eius, & confletur in medio eius inquinamentũ eius, & cõsumatur rubigo eius, hoc est, ipsam ollam simul succenderũt: quoniam templum, vasa res sacras, oĩa à Romanis deleta sunt:
Luc.19. ꝓpter peccatũ quod hac die admiserũt Christum commiserunt. Et ideò videns ciuitatẽ, fleuit super illam, dicẽs: Quia si cognouisses
Esai.1. & tu. Et per Esai. dicit: Heu consolabor super hostibus meis. Quod facile applicare ad Ecclesiam erit, in qua ꝓpter peccata maiorum tot mala videmus. Peccãt maiores publicè contra Ecclesiã, cõtra ministros effundũt sanguinem Christi, indignè Sacramẽta recipiũt, publicè sacerdotes contẽnentes, & expilantes, & in profanas res hæc expẽdentes. Quòd si ossa incendũt ollã, quid faciet populus? Ideò ipsa olla ardet. Iam Sacramenta deleta, imagines cõbustas, templa diruta videmus, sacerdotes morti damnatos, Papam irrisum, obedientiam eius extinctã. Iam ipsa ardet olla: quid ergo faciendũ? Accipere thuribula cum Aaron, & per medias pyras transire, Deũ operibus charitatis placando: vt ignis [illegible] extinguatur, & clamemus ad Dñm, dicentes: Parce mihi Dñe, parce populo tuo, & ne des hæreditatem tuã in perditionẽ & opprobrium. Et tunc etiam aqua, hoc est, pœnitentiæ opera super pyram effundamus. Vnusquisq; tunc [illegible], idest, sua peccata inde tollat. Ollam, si possumus, ab igne auferamus, ab occasionibus malorum alter alterũ eripientes, ve sic nõ tota ardeat olla, & omnia simul intereant. Sed vltimò oportet exprimere pleũ ex his oliuis. Primum prælatorum officium est populum soluere à suis ignorantijs, ac culpis, & ad Christũ adducere, quia Dñs illis opus habet, vt in quib⁹ regnet, & qui sint populus *Prou.14.* eius (Nam in multitudine populi dignitas Regis, & in paucitate ciuiũ ignominia Principis) & quibus ruinas Regni cœlestis adimplet. Hi suis vestimẽtis, doctrinis, legibus, ac traditionibus populũ ignorantem instruere debẽt, vt dignus sit in quo regnet Christus. Sed væ illis qui cũm hæc debeant facere, & ornare iumenta Christo, mãsueta ea facere, & humilia, vt Christũ sedentẽ super ea sustineant, potiùs ea à virtutibus exornãt suis pessimis exẽplis, & doctrinis, & ferociores reddant ac tumidos, ne Christũ ac Legẽ eius sustinere velint. Secundò debemus attendere eos, qui hoc Christi viridario, quod est Ecclesia, veluti oliuæ, palmæ, ac arbores pulchræ virtutum fructibus plenæ florescent, de quibus dicit Esai. Vocabuntur in ea *Esai.61.* fortes iustitiæ. Et tunc ramos ab his arboribus cędamus, cũm horum imitamur exẽpla, in Abraham fidem, in Isaac obedientiam, in Dauide mansuetudinem, in Iob patientiam imitamur, quibus obuiam Christo procedamus. Vt his lampadibus oleo plenis, tanquam prudẽtes virgines Sponsum excipiamus. Palmam ferant iudices: nam palma nulli ponderi cedit: sic iustitiæ virga recta sit, quæ nec fauore, nec pecunia inclinetur, ob nullamq; causam flectatur. Si alius frangit sceptrum, aut virgam Iustitiæ, crimen Lesæ maiestatis incurrit. Quid erit si ipse qui tenet, ob humana lucra iustitiam frangit, aut retorqueat? Diuites oliuas deferant: quoniam pietas, & misericordia erga pauperes in illis lucere debet. Ecclesiastici omnes flores: nam agnus pascitur inter lilia. Os obscœnum, manus immunditijs plenæ, quomodò sacrum Domini corpus tangere audebunt. Corpus tuum, quod est omnium immunditiarum stabulum, ac cochlea; quomodò Dei reliquiarium poterit esse. Stercora

aera

nere pallium in via, est corpus quod est animæ pallium mortificare; Apostolo scribente
Colos. 3. Colos. 3. quo dicit: Mortificate membra vestra quæ sunt super terram: Vel pallia pedibus Christi substernere, est pauperes eius nudos, qui sunt Christi pedes, vestire, cætera necessaria præbere, vt Iob faciebat cum dicit.
Iob. 31. Si despexi prætereuntem eo quod non haberet indumentum, & absque vestimento pauperem: Si non benedixerunt mihi latera eius, & de velleribus ouium mearum calefactus est. Et hoc in via, hoc est, dum viuimus, non peracto vitæ itinere. Vestes exuere & prosternere, est pessimas relinquere consuetudines, iurandi, mentiendi, proximos decipiendi, & à nobis longè proijcere. Ecclesiastici autem debent præcedere alios cum ramis bonorum operum, & Christum comitari, vt sic minores post se rapiant; sicut Abimelech fecit.
Iud. 4. Qui cæsit ramum, & alij qui comitabantur fecerunt similiter. Nam cum hos ramos virtutum maiores in manibus habuerint, reliqua multitudo illos imitando sequetur. Et properabunt omnes post Iesum clamantes, Osanna in excelsis. Quam salutem ipse nobis tribuat, qui cum Patre & Spiritu sancto in
Alia moralitas. secula seculorum regnat. Super illud autem, *Ecce rex tuus venit tibi mansuetus*. Considerandum est quod ad Regem maximè pertinet vt competentem habeat benignitatem secundum quod docet de Seneca de Clemen-
Seneca. tia libro. 1. Apes, inquit, iracundissimæ, ac pro captu corporis pugnacissimæ aculeus tamen, effusos in vulnere relinquunt: Sed solus Rex earum aculeo semper caret. Natura enim ei telum retraxit, & iram eius inermem reliquit. Et quod hoc est naturale prodigium, eo magis Regibus est exemplum.
Polycarp. Vnde Polycarpus lib. 4. cap. 8 recitat de laude Traiani, quod ad subleuendum calamitosis, quasi naturali pietate agebatur Instinctu quodam naturali. Clemens in omnes, seuerus in paucos, in illos videlicet quos incorrigibilitatis vitium fecerat virtutis extorres. Vnde cum vnus Senatorum, qui in crimen læsæ maiestatis lapsus fuerat, eo ignorante, supplicio debito plecteretur: Imperator nihilominus iustitiam exercitam absque clementia ægrè tulit, prohibuitque ne de cætero iudicium simile sumeretur, hac vsus similitu-
Simile. dine. Insanus, inquit, est, qui cum lippientes oculos habeat, eos tamen mallet effodere, quam curare. Res enim, ait, optima est non scelera, sed scelera fœdiuscula extirpare. Nam & vngues quamuis fuerint acriores, immo in effodi

pendis sunt sed reserandi. Sic enim etiam chordæ, aliquæ tibicines, moris exigentia, secant, quando aberrant, sic cum vitium cohibeam & compescant, eandemque alijs reddant vnanimem & concordiam; fitque consonantia sequitur placida melodia. Quanta solertia necesse est Principem cogitare, qualiter iustitiam valeat moderari clementia, & flagitiosos quosque correctos, magis quam fractos ad bonorum consonantiam reuocare. Tutius est chordam remitti per manum artificis, quam nimis extendi, quæ omnia sicut
testatur Seneca vbi supra, verecundiam procedentem in malis causas ipsa clementia præbendo mis, & thronum facit stabilem, & solidum principatum, vt pulchrè pertractat Ouidius libro de Tristibus sic dicens. *Seneca.*
Ouidius.

Et non peccassem quid tu concedere posses
Materiam venia sors tibi nostra dedit.
Si quoties peccant homines, sua fulmina mittit
Iuppiter, exiguo tempore inermis erit. *Prouer. 20.*

¶ Vnde Prouer. cap. 20. dicitur, Misericordia & veritas custodiunt Regem: & clementia thronum eius. *Et cum introisset Hierosolymam commota est vniuersa ciuitas dicens. Quis est hic?* Quoniam augebatur turba leuantium quæ cœpit hos clamores à cliuo montis Oliuarum, peruenit fama ad ciuitatem, & venerunt ad portam, & videntes tanta pompa, ac clamorem intrantem Dominum admirantes interrogauerunt, Quis est hic, cui tantus ab omnibus nunc honor defertur? *Populi autem dicebant. Hic est Iesus Propheta à Nazareth Galilææ.* Turbæ quæ comitabantur Iesum hæc verba dicunt. & in Græco est articulus iunctus dictioni Prophetæ, & à Nazareth Galilææ ac si dicerent. Hic est ille magnus Propheta, quem dicunt esse à Nazareth Galilææ, cuius tot mirabilia quotidiè vidistis & audistis. *Et intrauit Iesus in templum & eijciebat omnes vendentes & ementes in templo, & mensas nummulariorum, & cathedras vendentium columbas euertit & dixit. Scriptum est. Domus mea domus orationis vocabitur vos autem fecistis illam speluncam latronum.* Hic circa literam est dubium, an ipso die in qua cum hac pompa ingressus est Dominus in Hierusalem, contigerit hæc eiectio vendentium & ementium de templo, an die sequenti. Matthæus & Lucas sic eam commemorant, quasi hac ipsa die factam: Marcus vero quasi die sequenti. Nam dicit, quod intrauit in templum, & quod eijciebat omnes ementes & vendentes. Et postea refert, quomodo pueris illum acclamantibus, Osanna. Pharisæi indignati sunt. Quod certum est prima hebdomada

Osiander. cunda die contigisse: idem videbis in Luca. Marcus vero illud factum commemorat cùm dixisset, Dominum altera die tunc venisse Hierosolymam. Osiander vult quòd vtroque die id fecerit Dominus, & quia altera die nõ se correxerũt, eodem modo illos eiecisse de templo, sicut & biennio antea referente Ioãne fecerat; & Matthæum & Lucam primam primi diei, Marcum verò secundam secundi diei scripsisse. Hoc tamen nõ videtur verisimile, cùm omnes tres suam eiectionem eodem modo commemorent, ac si vna eademque fuisset. Quare secundo dicendum, aut Matthæum cum Luca hanc eiectionem narrasse per anticipationem, vt apud Euangelistas mos est, si Marcus ordinem rei gestæ seruauit: aut contra Marcum illam narrasse per recapitulationem; si reliqui duo ordinem secuti fuerunt. Augustinus existimat, *August.* Matthæum magis ordinem seruasse, vt Marci narratio sit per recapitulationem posita. *Iansenius.* Iansenius autẽ, probabilius existimat Marcum ordinem tẽporis seruasse. Primò, quia cùm Marcus commemoret Dominum secunda die intrasse in templum, si factum hoc illa die non contigit, nihil narrasset gestum illa die, Vt quid ergò narrat ingressum? Deindè certum est ex Marco, Matthæum ea quę partim secunda die partim tertia die contigerunt, sic commemorasse, quasi omnia secunda die contigissent. Cum enim dixit Dominũ manè reuersum in ciuitatem; sic cõmemorat ficum à Domino maledictam, & discipulos, quia exaruerat admiratos, quasi vtrumq; eadem die contigerit: cũ certum sit ex Marco, Dñm ficui quidem maledixisse secũda die, at die tertia Discipulos vidisse eam aridã factã, & ob id admiratos. Itaq; sicut in hac narratione certũ est, eum coniunxisse gesta duorũ dierũ, secundi scilicet & tertij: ita omnino verisimile etiã est in narratione eorum quę ad primã pertinent diem, coniunxisse quędam gesta secũdę diei. Matthæus enim ita contexit hic narrationem, quasi tantùm prima die & secunda, Dominus è Bethania profectus sit Hierosolymam in templum, nulla facta mentione tertiæ diei, cuius distinctè meminit Marcus: cùm omnia quæ Marcus tribus diebus distinctè gesta describit, ille sub commemoratione duorum dierum comprehendat. *Iansenius.* His rationibus motus Iansenius tenet, quòd eiectio vendentiũ & ementiũ sit facta secunda die, & quòd Marcus distinctè triũ dierum gesta commemorauerit, & ordinem rerum gestarum seruauerit: sed hoc non multum refert, ideò quod malueris elige.

Sed iam ad moralia deueniamus. *Cùm intrasset Iesus Hierosolymam.* Non in plateam, *Moralitas ita facio.* aut in domos Principũ venit, sed in templũ, in domum Patris sui vt primam ab eo acciperet benedictionem, vt bonæ indolis filius, cùm è via venit, primum parentes quęrit, & ab illis accipit benedictionem, & vt te doceret, ò homo, qui Christum colis: vt quàmprimum è via veneris, domum Dei visites, pręcipuè cùm ad propriam domum iam viarum periculis deuictis accessisti, ipsi omnium Parenti gratias referens, qui te incolumem, & duxit, & reduxit. Vel vt *D. Chrysost.* D. Chrysostomus super hunc locum docet, primùm venit in templum tanquam medicus peritus, qui statim ad originem morbi accurrit. Nouerat autem Dominus, quòd sicut è templo omne bonum, ita & omne malum oriri solet. Et sic cùm Ecclesiæ ministri rectè incedimus, reliqui etiam Christiani rectè se habent. Sic è diuerso cùm non perperam facimus, & grex etiam in pręcipitium vadit. Quare Dominus ad radicem, *Simile.* & totius mali reipublicæ originem primo omnium accurrit. Quandò cor malè habet totum corpus periclitatur. Ecclesiastici sumus cor populi, & prius quò totius corporis morbus agnoscitur, si cor virus attigit, & nos in peccatis labimur: vę toti corpori. periculum enim non minimũ patitur. Hinc Esa. *Esai. 1.* clamat cap. 1. dicens, Omne caput languidũ, & omne cor mœrens: à planta pedis vsque ad verticem capitis non est in eo sanitas. Capita sunt Principes seculares, quorũ moderamur Imperio: cor sumus Ecclesiastici à quibus spiritualis vita in cęteros deriuatur. Si capita languent, & debiliter quę iusta sunt exequũtur (lãguidus enim dicitur qui debilis ex infirmitate manet) & corda mœrent, & Ecclesiastici absque deuotione & spirituali lætitia incedimus: à planta pedis vsque ad verticem capitis non erit in populo sanitas (*Estara todo el mundo hecho vn san* *Simile.* *Lazaro*). Nam à nobis hæc spiritualis lætitia in alios deriuatur. Medici aũt omnia stomacho medentur: nam ab illo totum gubernatur corpus, lassitudines quippè stomachus totum corpus turbat. Ecclesiastici omnes sumus veluti stomachus populi (nam sicut in stomacho alimenta recipiuntur, & ipse per membra illa distribuit, & quodlibet ex illo suam portionẽ accipit, atq; in suam propriam substantiã conuertit, ita quòd lector id alimẽti quod ex stomacho accipit, in sanguinẽ cõuertit, & quod fel recipit, in choleram, quod in pulmonem venit, in flegma: at vbera qua̽ illuc in lac cõuertũt) sic nos qui ministerio Ecclesiæ dicati sumus, officium stomachi inter reliquos gerere debemus, & cibos spirituales coquere & cõdire, hoc est, doctrinam, quam populus debet accipere, & qua vita eius spiritualis debet nutriri. Populus autẽ debet illã suggere, & ad se trahere. Conuertit autem illam quislibet in se secũdũ suam qualitatem ac conditionem. Nam alij in indignationem & choleram indignantes prædicatori, eò quòd illos sua scelera carpit, alij in flegmata i. sain traducunt, suffocãtur enim aliquandò perplexitate conscientiæ suæ: Nam cùm verbum Dei audiant, intelligũnt quid debeant facere: ex alia parte difficultate magna premuntur, eo quod incommodum videtur sibi id relinquere, quod vel lucrum, voluptatem, aut honorem illis adfert. Nonnulli in fel, in amaritudinem, in malencholiam, aut tristitiam conuertunt illam. Tristantur enim valdè, quòd illis dicitur id quod ipsi nollent facere. Pauci sunt qui in lac illam conuertant, hoc est, qui dulciter & suauiter accipiant verbũ Dei, & in corde suo ad suam vtilitatem seruẽt illud, & cum Dauid dicant. Quã dulcia faucibus meis eloquia tua, super mel ori meo. Igitur cum Ecclesiastici in hoc corpore mystico stomachi vices geramus: oportet maximè quòd stomachus iste bene se habeat, con[illegible], sanus, ac roboratus sit. Ideò Dominus tanquam peritus medicus id primum curandum existimat. Nã si locus ille in quo cibus decoquitur non est fide roboratus & charitatis ardore calescat, non benè se habent mẽbra, quæ ex illo cibum suum accipere debent. Ad templum ergò primò pergit Christus: quoniam ibi origo omnis mali est. Certè si fons huius ciuitatis, ex quo omnes potarent, veneno infect⁹ inueniretur, nõ deberet Prætor ad vasa in quibus aqua ab illo defertur accurrere, sed ad ipsum fontem ex quo venenosa aqua hauritur. Sic in proposito, si Ecclesiastici venenosam doctrinam proferant; illis tanquam fonti primo occurrendum est: cæteri enim ab illis hauriunt. Quia si fons purgetur, & aqua quæ ab illo hauritur munda erit. Vnde apud Ezechielem præcipit Dominus Angelo vt percuteret omnes qui non habebant Thau signatum in frõte, Incipite, ait, à Sanctuario meo, quoniam ibi est [illegible] mali. Inebriabo (ait alibi) in cœlo gladium

Psal. 118.

simile.

Ezech. 9.

dium meum, hoc est Ecclesiã quæ dicitur Regnum cœlorum. *[illegible]* Si horologium inordinatè procedit, eius qui curam habet gubernandi illud culpa erit. Sic quia nos sumus populi Doctores, qui illum in ordine charitatis ac pacis componere debemus: si longè ab hoc ordine fuerit, in nos retorquebitur hæc culpa. Qui viderit arboris alicuius ramos arescere; hinc poterit colligere quòd culpa in radice sit, quæ infirma est, ac putrida. Sic si mala in populo vigent, signum est quòd radices, hoc est Prælati putrescunt. *Cùm autem venisset in templum, & vidisset ementes, ac vendentes in illo, eiecit illos, & mensas nummulariorum euertit.* Quod biennio antea fecerat, flagello quodam eos feriens, vt Ioan. narrauit. Nam certè necessarium est vt Deus flagellet, & quasi vim faciat in hominem qui negotijs nummorum insistit, si iam lucrum ex negotio cœpit facere, ad hoc vt dimittat eum. Sed obserua. Nõ ideò Dominus hos nummularios & negotiatores ex templo detexuit, quòd omnes reprobet negotiatores: scit enim Dominus nõ posse vitã præsentẽ transigi absq; his negotijs. Nam postquam per primorum parẽtum culpam nos Deus à felicissimo illo statu in quo nos creauerat, expulit, & in tantas necessitates coniecit: impossibile est illis omnibus occurrere, nisi hæ interueniant negotiationes. Nullus enim omnia quibus indiget habet, nisi alius ea ei adhibeat. Hinc enim & Aristoteles docuit, esse hominũ rusticorum & barbarorum, non habere vsum pecuniæ. Nã si sartor calceo indiget, & sutor nõ eget pallio, non illi solueret calceos sartor dando pallium: quoniam nec illo indiget sutor, nec eiusdem valoris est calceus ac pallium, nec sartor tot calceis indiget vt adæquent pallij pretium. Et ideò adinuenta est pecunia, quæ est omnium rerum prediũ. In quo sensu intelligi potest illud dictum Sapientis. Pecuniæ obediunt omnia, hoc est, pretio pecuniæ habentur. Et hinc oritur grande periculum in cõtrectandis pecunijs. Nam cùm pecunia in virtute sit omnis res, necessaria est ad vitam humanam transigendam, eò quòd [illegible] harum rerum pretium est. Hinc prouenit insatiabilis cupiditas cogendi vndiq; pecunias. Naturaliter quippè homo desiderat statum bonũ adipisci, in quo nullius egeat, sed omnia desiderabilia habeat. Hinc enim appetitus insanus est quem omnes habemus [illegible], scientes in illa nihil nobis deesse. Et cùm pecunia hãc similitudinẽ cum

Esai. 14.

simile.

simile.

Ioan. 2.

Aristot.

Eccles. 10.

illis autem quos in tertia classe constituimus, si qui forte sunt, & proh dolor, sunt multi, quorum negotia nouimus omnino vsuraria & iniustitijs plena, & tamē in illud absq; vllo conscientiæ timore, aut humana verecundia perstare, de his inquam, nescio quid dicam, nisi quod homines maximè peccatores sunt, & qui scientes & prudentes in æternum damnari volunt, vel quia hoc impossibile est magnam ex se suspitionem gignunt, quod radix in eis, hoc est fides mortua est, id est omnino defecit. Nā quis credet quod quis sic insaniat, quod sciēs & prudens sibi vellit tantum malum, quantum est infern⁹? Hoc impossibile est. Ergò discredis Deo, & existimas id quod stultus in corde suo dixit, nēpè quod non sit Deus, vel quòd non sit infernus, nec aliud vellis credere, nisi nasci & mori. Sed dices. Non hoc rectè infers. Nam cæteri peccatores qui in alijs vitijs peccant, etiam sciunt se propter illa peccata debere damnari, & nihilominus ea cōmittunt. Sed tamen respondebo tibi, quòd non sit eadem ratio. Nam alij peccatores, cū spe veniæ delinquunt sperantes se peccata cras relicturos, & sic apud Deum veniā impetraturos: hi tamen de quibus loquimur, sic talia negotia prosequūtur, vt ea hæredibus tanquam maximum patrimoniū relinquāt, vnde sequitur illos nulla spe veniæ peccare, cùm non intendant emendare delicta. Nam

Ambros. vt ait Ambros. Nouit Deus mutare sententiam, si tu noueris emendare delicta. Quarè non immeritò de his hoc idem Paul. prosequitur cum. 1. Tim. 6. dicit. *1. Tim. 6.* Radix omniū malorum est cupiditas, quàm quidam appetentes errauerunt à fide, & inseruerūt se doloribus multis. Hoc est multis generibus peccatorum, quæ auaritiā vorasinem consequūtur (*E ogalfaense en los vitios.*) In quo videtur Paulus Hebraizare. Quoniam apud Hebræos dictio quæ significat dolorem, significat & peccata; eò quòd peccata multos adferant in hac vita dolores, vt & ipsi peccatores in die finalis iudicij fatentur cùm dicunt. Lassati sumus in via iniquitatis: ambulauimus vias difficiles. *Sap. 5.* Et præcipuè auaritia mercatorū his subiecta est curis. Nec enim possunt sua peragere negotia, nisi habeant homines quibus ea concedant, in omnibus partibus quibus negotia gerunt. Et si ille aleator est, vel mulierosus, aut prophanus: cras totum euertet negotium, & omnem tuā pecuniam profūdet, & tanta pecunia ex illius arbitrio pendet, quod te anxium tenere necesse est. Dùm autem appropinquat tempus solutionis, quod nos dicimus (*pagas*) ac si appropinquet tempus partus dolores mortis te apprehendunt, si ille frangit tibi fidē, & non soluit, tu nec poteris soluere, sed necesse erit quod tu etiam fidifragus sis, & diuitiæ tuæ simul cum homine ac vita intereant. Non solùm ergò tales errauerunt à fide. Sed & inseruerunt se doloribus multis. Quarè & Deus permittit, vt negotia nō rectè succedant, & quod pauci ex his qui huiusmodi negotiationibus vacant integrè in suo statu perseuerent. Plures verò in paupertate terminasse vitam perspeximus, quā in ea perdurasse prosperitate: id iusto suo iudicio permittente Deo: vel quia iniusta sint negotia, vel quia id quod ex ea lucrum sumitis in vitijs, aleis, & voluptatibus profundatis. Hinc Chrysost. ait. Quòd sicut quādo triticum purgatur in cribro; grana hinc & illinc dispergantur, in cribro autem nihil nisi quisquiliæ remanent: sic mercatoribus accidit, vt grana & pecuniæ hinc & illinc dispergātur, ille recedet, & nollit soluere viginti millia ducatorum quæ tibi debebat, alius decem millia, nauis illa submergatur cū tuis mercibus, aliam capiat Anglus pyrata, in te autem nihil, nisi peccata & pessima cōscientia remaneat. *Chrysost. simile.* Quarè hoc vobis consilium do, quòd si acceperitis nō malè habebitis. Si vultis quod vestra persistent negotia vt antea iustè illa tractate, atque secura conscientia. Tunc enim Deus suam vobis benedictionem infundet, qua cuncta fausté succedant & prospera fiant.

Alia moralitas. Iterum ad eadem reuertamus. *Cùm intrasset Iesus Ciuitatem.* De Hierusalem loquitur in qua magnus apparuit hodie Domin⁹, cum tam triumphali pompa in ea sit susceptus. Nam propter hoc Psalmo. 95. Dicitur *Psal. 95.* Magnus Dominus & laudabilis nimis, in ciuitate Dei nostri in monte sancto eius. Fœlix namq; est ciuitas hæc, quàm sua præsentia visitauit, fœlicior quā sanguine suo consecrare venit, fœlicissima in qua gaudia resurrectionis multis secum consurgentibus ostendit. De ea quippè dicitur Esa. 51. *Esai. 51.* Gaudium & lætitia inuenietur in ea gratiarum actio, & vox laudis. Commota est vniuersa ciuitas mirans frequentiam quæ Christum sequebatur, & nesciēs veritatem. Sed quid mirum, quod ad introitum eius ciuitas vna commoueatur, cùm Psalmo. 95. Scriptum est. Moueatur à facie eius vniuersa terra? *Quis est hic.* Hoc deuota dixerūt admiratione,

Matth. 8. ne, sicut supra cap. 8. Quis est hic, qui & ventis imperat, & maria obediunt? Et Psalmo
Psal. 23. 23. Quis est iste Rex gloriæ? Dominus virtutum ipse est Rex gloriæ. Simplices dixerũt
hoc ignorando, sicut cæcus ille Ioan. 9. Quis
Ioan. 9. est Domine, vt credam in eum? Inuidi dixerunt hoc despiciendo, sicut Ioann. 8. Alij
Ioan. 8. dicebant quod bonus est, alij non, sed sedu-
cit Turbas. Et Luc. 7. Quis est hic qui etiam
Luc. 7. peccata dimittit. Despectiuè, quippè id dictum est. Sed aduertẽdum quod tali in eos
existente cõfusione alius instruit eos, sicut
Prophetam Balam instruxit vt refertur nu-
Num. 22. mer. 22. Hoc est simplex plebecula Doctores & Pontifices instruxit cùm dicitur. Populi autem (hoc est illi qui Christũ comitabantur, & ignis erant eruditi dicebant, hic
est Iesus Propheta) Hoc est ille Propheta
Deute. 18. in lege promissus, de quo Deuter. 18. dicit
Moyses. Prophetam suscitabit vobis Deus
de fratribus vestris, tanquã meipsum audietis eum. Et qui non audierit Prophetam illum exterminabitur de populo suo. Idem e-
Luc. 7. tiam fassi sunt cũ Luc. 7. dixerũt. Quia Propheta magnꝰ surrexit in nobis: & quia Deus
visitauit plebem suam. In hoc facto noster
verus Samson illo fortior, in mandibula asini
Iud. 15. prostrauit mille viros. Hoc est in confessione, rudis, ac simplicis populi, non modò
mille viros hostes suos, sed millia Scribarũ
Sacerdotũ & Pharisæorum deuicit. Nam in
confusione eorum rudis populus dixit. Hic
est Iesus Propheta à Nazareth, quod signifi-
Hierony. cat florem, vt flos cãpi (vt ait Hieronymus)
nutriretur in flore virtutum, vt ille esse cre-
Esai. 11. deretur, de quo dicitur Esai. 11. Egredietur virga de radice Iesse, & flos de radice eius ascẽ-
det. Et requiescet super eum spiritus Domi-
Remigius. ni. *Et intrauit Iesus in templum*. Docens nos
(vt dicit Remigius) in omni loco primo visitare templum Dei, si est ibi, & deindè fusa
oratione ad propria secedere negotia. Sic
enim & Psalmo. 5. dicitur. Adorabo ad tem-
Psal. 5. plum Sanctum tuum. Et Daniel orauit con
tra templum à Babilone, vt cap. 6. refertur.
Dan. 6. Et *eiecit ementes, & vendentes de templo*. Au-
Hierony. gustissimum (ait Hieronymus) erat templũ
Salomonis, confluebãt ad ipsum omnes regiones immolare tauros, columbas, & similia. Ne ergò illis deessent hostiæ cogitaue-
rũt sacerdotes, vt in templo venderentur;
ita enim cedebat in eorum cõmodum. Rursum excogitauerunt statuere nummularios, quibus cautione pecuniam mutuarent, ne non
ea carentes desinerent immolare, & sacerdotes amitterent immolanda. Quia verò prohibita erat fœneratio reperierũt aliã thec-
nam, vt qui soluturi essent (cum lex vsuram
in nummis prohiberet) eam in munusculis sol
uerent, vt in cicereribus, vuis, pomis. Nos fœ-
neratores, Colybistas Græci vocant; Christus verò zelo domus Dei accensus tantam
hanc fœneratorum multitudinem eiecit, &
mensas nummulariorum, & cathedras vendẽ-
tiũ columbas euertit. Cathedræ erant sedes
docendi, in quibus sedere debebant scribæ,
sed occupati lucris quibus inhiabant, in locis illis vendentes columbas sedebant apud
se habẽtes columbas in caueis, & fortè alias
aues sacrificabiles vt pauperibus venderent
quia columbæ sacrificia pauperum erant.
Obserua non solùm ipsos homines templũ
Dei prophanantes eiecit, sed & mensas &
cathedras subuertit: vt ostẽdat quãto odio
Deus prosequatur peccatum. Quippè nõ solùm mala, verùm & instrumenta ac subiecta
malorum destruat. Quarè, quandò mundum Genes. 7.
vniuersum aquarũ diluuio suffocauit, quindecim cubitis fuit altior aqua super omnes
montes terræ, vt non solùm deleret terram
in qua homo peccauit: verùm etiam ascenderet vindicta illius vsque quò & peccatorũ
halitus pertingere potuit. Nam peccator
omnia quę tangit inficere, ac polluere videtur. Hinc olim immundus omnia quæ tan- Leuit.
gebat, immunda erant. Quarè cùm peccatũ
virus pestilens sit, aërem etiam in quo respi-
rat inficit, vndè totũ illud spatium ad quod
halitus peccatorum pertingit mundari debet. Sicut in vltima conflagratione ignis purificabit totum illud spatium, quod aquæ
prius mũdauerunt, vt Petrus in sua Canoni- 2. Pet. 3.
ca docet. Et quid mirum quod Deus tanto
odio prosequatur peccatum, vt non solùm
ipsum peccatum, sed & vasa & subiecta eius
destruere velit, cùm & inter homines sic
contingat? Nam non solùm homo qui pecca
uit, sed & instrumenta quibus peccatũ exercuit iudicio subduntur? Perdit enim iste en- Similitu.
sem quo alium percussit. Frangitur aliquandò
in minutas partes palus, quo alium affligit-
set. Suspenduntur interim instrumenta in publica furca, quibꝰ aliud facinus perpetrasset.
Sicut quando annis proximè elapsis Hispa-
nus quidam Cantaber Principẽ de Orange
Catapulta occidit: ipsum instrumentum
primò omnium in minutas partes publicè
confractum est, deindè occisor tormentis
enecatus. Si in vase aliquo fœtidus liquor
aliquo tempore fuit, & liquorem effundis, &
vas

vas etiam ipsum frangis. Sic quis peccator pessimè totum hominem inficit, & peccatū ipsum, & vas in quo fuit detestatur Deus secundum illam Sapientis sententiam. *Sap. 14.* Similiter odio sunt Deo impius & impietas eius. Ideò ergò non solùm contra ementes & vēdentes, & contra nummularios successus est Dominus: verùm etiam contra ipsa instrumenta quæ & diruit & subuertit. Quòd altera vice fecerat flagello quodam eos percutiens, vt Ioā. c. 2. refert. *Ioan. 2.* Super quod August. tracta. 10. in Ioan. dicit. *August.* Dominus flagellat eos, à quibus erat mox flagellandus: vt prędicator non timeat eos reprehendere, qui sunt ipsi læsuri). Hiero. docet multos disputare, quodnam maius sit inter miracula quæ fecit Dñs. *Hierony.* Alij dicunt suscitationē Lazari, alij illuminationem cæcorum, & alij aliud. Ego puto, ait Hieronymus, omnibus maius esse, quod homo vnus illo tempore contemptibilis, & odiosus flagello vno tantam multitudinem, cum dispendio rerum, & lucri, & honoris effundere potuit, quantā magnus exercitus armis bellicis eijcere nō valuisset. Sed quoddā diuinum radiabat in facie, quod eos deterruit, sicut & in Moysi facie, quando de monte descendit. Nam & *Ezech. 43.* Ezech. 43. Dicitur gloria Domini intrauit in templum Domini per portam Orientalem: & resplenduit terra à maiestate eius.

Et eiecit omnes ementes & vendentes. Simoniam hæresin hic damnauit. *Zach. vlt.* Zachar. vltimo dicitur. Non erit vltra mercator in Israël.

Mensas nummulariorum subuertit. Hæ mensæ stabant in atrio, super quas ponebantur portiones Sacerdotū, & de immolatis, & aliæ carnes immolandæ: qua ratione dicebantur altaria, propter sanctitatem sacrificiorum. Et hac ratione Hierony. has mensas altaria vocat. *Hierony.* *August.* D. August. tractat. 10. in Ioann. ait. Non magnum peccatum erat, si vendebatur in templo quod offerebatur in templo: & tamen eiecit vendentes. Quid si ebriosos inuenisset? Quid faceret contra lasciuiam, si licita vendentes eijcit? Si negotiationis domus templum Dei fieri nō debet, num potationis fiet? Sed qui sunt, qui boues vendunt, & oues? Hi sunt qui quæ sua sunt in Ecclesia quærunt, non quæ Iesu Christi. Venale habent totum, qui redimi nolunt. Emi nolunt, & vendere volunt. Bonum erat eis, si Christi sanguine redimerentur, qui hæc transitoria quærunt. Quærunt vt vendant, vt Simon ille Magus volebat emere Spiritū sanctum, quem posteà venderet. Et qui dicunt, nos damus Spiritum sanctum, ideò dicunt, vt eum posteà vendant. Et quo pretio vendunt? Certè honoris pretio. In premium enī cathedras temporales accipiunt: vt videantur ipsi vendere columbas. Caueant à flagello ex resticulis. Columba enim venalis non est. Hactenus Augustinus. Lucas, & Marcus & Ioan. addunt. Quòd nummulariorum effudit æs. Et hi significant illos, qui ære sonante petunt dona Ecclesiastica, sicut Simon Magus fecit. Quibus respondetur id quod & illi respōsum est Act. 8. Pecunia tua tecū sit in perditionem: quia voluisti donum Dei pecunia possidere. *Actor. 8.* *4. Reg. 5.* Et quod 4. Regū. 5. Eliseus dixit ad Giezi. Quia recepisti pecuniā, vt emas oliueta & fructeta: lepra quoq; Naaman adhærebit tibi, & semini tuo vsque in æternum. In qua historia duo notantur. Alterum quod damnatus est iste Giezi: qui tamen nō ex pacto accepit, sed post. Secundū quod hæredes ad quos illa pecunia per donū deuoluta est lepra sunt damnati: quia ius nō habebat accipiendi Giezi, id quod Propheta renuit, nec conferre hæredibus potuit, quòd authoritate Prophetæ non accepit. Et cathedras vendentium columbas. *Matth. 10.* Columba significat Spiritum sanctum, qui vendibilis non est, cùm scriptū sit Matth. 10. Gratis accepistis, gratis date. Et Esai. 55. *Esai. 55.* Venite & emite, absque argento, & absque vlla commutatione vinum, & lac. Hoc est Sacramenta, quæ & fortitudinem gratiæ, & deuotionis dulcedinem cōferunt. Per oues autem & boues, ego intelligo eos, qui alienos labores Ecclesiæ vendūt. Nam bos laboriosum animal est, ouis autem fructuosum & vtile. Illi ergò qui per ministros Ecclesiæ seruiunt, cùm ipsi fructus & prouentus Ecclesiæ otiosi in suis domibus percipiant: alienos labores ac vtilitates Ecclesiæ vendunt. Nam propter ministeriū quod præstant illi, quos loco sui sufficiūt, ipsi accipiunt tot stipendia ab Ecclesia. Sed dices. Ego sufficientem ministrū pro me do Ecclesiæ, & quod illi tribuo sufficiens stipēdium est, pro labore suo quod Ecclesiæ meæ præstat. Benè habet. Sed responderet tūc Ecclesia si haberet os, ac diceret. Si pro ministerio quod mihi præstat iste quem loco tui mihi dedisti sufficit stipendium, quod tu illi tribuis, ergò quod tu à me rapis superabundat. Cur à me exigis plus iusto? Ex ore tuo te iudico. Hoc sufficit pro ministerio exhibito, cur tu tot redditus pro nō exhibito, à me colligis. Certè contra ius id exigis. Vnde dicunt Ambrosius *Ambros.*

sius totam hanc doctrinam sic complectitur lib. 9. in cap. 19. Luc. dicens: Generaliter docuit Dominus à templo Dei secularia abesse debere contractus: specialiter verò nummularios pepulit. Nummularij sunt, qui de pecunia Domini lucrum quaerunt, neque bona malave discernunt. Pecunia Domini scilicet Scriptura est, quae est talenta illa à Domino seruis distributa, & duo illa aera quae stabulario dedit. Vulnera enim nostra per duo testamenta curãtur. Tu verò quasi bonus nummularius eloquia Domini casta, quae sunt argentum igne purgatum recondе, nec suscipias adulteram imaginem Regis, sciens quod Angelus Satanas transfigurat se in Angelum lucis, nec suscipias immunitam Regis imaginem, sicut immunitus Arrianus, nec pecuniae foro aures teneris fidelium: ne titulus aeris protectum luminis attendentium. Non eijciuntur nummularij boni, sed mali: nam iubetur pecunia nummularijs ad mensam offerri in parabola de talentis. *Et cathedras vendentium columbas.* Non intelligo ad literam: non enim autem nundinatores solij poterãt habere dignitatem. Ergò significatur eos in templo Dei esse nõ posse, qui columbam, id est gratiam Dei nũdinantur. Venditores autem & boum sunt, qui de simplicitate sua labore alieno, foedi auctionatores nundinas aucupantur. Eijciũtur etiam columbae caues, & hoc quia Iudaei eijciuntur qui erant vt columba seducta, & quia audit Dñs eorũ successiones & labores. Aes effunditur vt gratia colligatur, mẽsa nummulariorũ subuertitur, vt Dñi mẽsa subrogetur: & eae eijciũtur vt alterae erigãtur. Porrò Dñs nõ dixit ijs, [illegible] potestis eijci, sed flagello. Habet Dñs virgam rectã, sermonis scilicet Prophetarum rigidos, habet & flagellũ blandius, scilicet funiones Apostolicas, quibus quasi lento verbere conscientias flagellaret. Funibus etiam agros metiuntur. Ergò flagello Dominus vtrũq; ostẽdit, quod videlicet funes ceciderint Ecclesiae in praeclaris, quodque Ecclesiae funes quo aliquo fine cõprehenduntur. Flagellum cũ immensum sibi vendicat speciem: scilicet cũ flagellum lucratum est. D. Greg. lib. 4. Epist. & Epist. 99. *Greg.* ait: Columbas vẽdere est de Spiritu sancto, quem Deus per impositionem manuum tribuit commodum accipere temporale. Ex quo malo vides quid sequitur certè, quia cathedrę subiectae sunt ita vẽdẽtiũ. Cũ enim Sacerdotalis ordo intus exciderit, foris diu stare nõ poterit. Idẽ lib. 7. Epist. Epist. 110. Dixit pro spiritualium administratione nõ posse quidquam accipi, nec ad dandam eleemosynam. Poteris etiam per hos qui columbas vendunt illos intelligere, qui simplices puellas decipiunt, atque prostitutas pretio illas vendentes. Ideò quippe pretium scorti, non potest in templo pro oblatione recipi. *Et dicit eis. Domus mea domus orationis vocabitur.* Ex Esai. cap. 56. desumptum est hoc testimonium. *Esai. 56.* Vbi aduertendum est verbum Hebraeum quod interpres orationẽ vertit, significare, tractare causam suam cum Deo, secundùm illud Sapientis consiliũ. *Prouer. 25.* Causam tuam cum amico tracta, & adhoc cõsecratus est Ecclesiae locus, in quo non est aliud, nisi domus Dei, & porta Coeli, vt dicitur Genes. 28. *Genes. 28.* & 3. Reg. 8. *3. Reg. 8.* dicitur, quod repleuerat gloria domum Domini, & ideò aliud capere non debuit. Sic enim & D. August. in sua regula praecipit. In oratorio nemo aliquid agat, nisi ad quod factum est, vnde & nomen accepit. Antequam dicas, & dixit eis, dic. Coepit ergò eijcere vendentes & ementes de templo quia per illud factum Sacerdotum Principes totij furum efficiebantur, secundùm illud Esaiae. *Esai. 1.* Principes tui socij furum: omnes diligunt munera sequuntur retributiones, hoc autem peccatum (vt inquit Chrysostom.) *Chrysost.* grauius est in Ecclesia, quã in Synagoga, vbi Sacerdotes vendunt Sacramenta, & nummulariorũ numerus magnus, qui vsque in Ecclesiam destruẽt, ad fores illius Principum Sacerdotum, & ab eis vsur[illegible] accipiunt authoritatem, & ideò nũc magis quã prius necessarius esset Iesus expellens. Hinc Hiere. 23. dicitur. *Hiere. 23.* A Prophetis Hierusalem egressa est pollutio, super terrã omnem. Et Ezech. 22. *Ezech. 22.* Ecce ego complosi manus meas super auaritiã tuã quam fecisti. Et post pauca cõiuratio Prophetarũ in medio eius, sicut leo rugiens capiẽsq; praedã, animas deuorauerũt, opes & pretiũ acceperũt, sacerdotes eius contẽpserũt legẽ meã, polluerũt Sanctuariũ meũ. Principes eius sicut lupi rapiẽtes, praedã. Nũc illud. Et dicit eis scriptũ est, & post dictum Augustini nisi ad quod factum est, vnde & nomen accepit adde. *In dedicatione Ecclesiae concio.* Pro huius autem membri explicatione operae pretium est scire huc quod domum Deo dicatas esse ab alijs prophanis vsibus liberas, à vetustissimis temporibus visum habuisse, imò ipsa naturalis ratio id suadet. Iustum quippe est tum pro beneficio creationis, quo ex nihilo nos condidit Deus, quàm pro alijs immensis donis quae quotidie nobis largitur praeter hoc

hoc quod omnium rerum dominium penes hominem posuit, iustum inquam est, vt pro his donis & beneficijs Dei nobis exhibitis, nos illi etiam aliqua impartiamur, ex his quae de manu eius accepimus; quibus datorem illum omnium rerum profiteamur, & quia tempora ipse condidit, quorum nobis largitur vsum (ordinatione quippe sua, ait Psalmista, perseuerant dies) in quibus & nos vitam agimus: ideo tenemur ex his diebus quos nobis ad vitam concessit aliquos illius cultui dicare, quasi pro mercede dierum nobis datorum, quorum illi tributi loco soluemus. Quare naturae ius est, vt aliqui dies sint Deo dicati, quibus illius honori & cultui vacemus, alijs praetermissis seruilibus operibus, licet eorum dierum determinationem hominum gubernationi reliquerit. Nam hodie Ecclesia illos determinat & olim Synagoga plures determinauerat, praeter eos quos Deus in sua lege decreuerat, quales fuerunt dies Sabbathi, iubilei annus & alij plures, quibus in noua lege successit Dominica dies & alij. Praeterea, quia Deus nobis largitur ministros, qui nostras humanas actiones dirigant, vt coelum, Solem: debitores sumus vt & ex nobis ministros eligamus qui Dei sint dicati ministerio; sicut olim ex duodecim tribubus vnam elegit Deus, vt sibi perpetuo cultui dicatus esset, equidem Sacerdotes & religiosi modo sunt dicati. Deinde quia fructus terrae ipse nobis impartitur, debemus & nos ex his fructibus aliquid illi impartiri. Quare naturae lex posuit, vt ministros Dei populus alat, vel decimas & primitias tribuendo, vel alio quouis modo, quemadmodum & in aliquibus regnis [illegible] deputati ad alendos ministros Regis. Castella quippe manipulos [illegible] sustentat, & Burgundia capellam Regis, ac [illegible]. Postremo sequitur si Deus totum nobis [illegible] mundum, [illegible] amplissimam [illegible] habitationem nobis praebuit, in qua tam magnificas domos nobis aedificamus, iustum est vt ex his locis partem aliquam Deo tribuamus, ad aedificandam illi domum, sicut quando de nouo ciuitas aliqua aedificatur, primo designatur locus in quo Regia domus struatur, sic oportet & loca aliqua consecrare vt in eis templa Deo vero omnium seculorum Regi aedificentur. Nam Deus aliqua sibi elegit loca, [illegible] quod sua sit terra & plenitudo eius, & quod directum omnium rerum dominium apud ipsum totum sit. Sicut etiam locans domum suam, sibi aliquam cameram, aut cellulam reseruat; in signum quod dominium domus eius sit, & alter vsus tantum eius habeat. Nos autem incolae terrae sumus, quasi Dei feudatarij, qui dominium vtile terrae huius habemus, vt eam colamus & melior nostris laboribus fiat, pulchriorque per eam nostras domos erigentes appareat (nam emphiteusis idem est quod melioratio) directum autem dominium penes Deum est. Id enim videtur voluisse dominum significare, cum a principio dominium omnium arborum quae erant in Paradiso homini tribuisset, sibi vnum reseruauit dicens. Ex omni ligno comedes, ex ligno autem scientiae boni & mali non comedes. Cur hoc bone Deus praecipis, cum huius ligni vsum vetas? Nunquid ex eius fructibus tibi alimenta carpere debes? Minime gentium. Ex tua quippe substantia, ac ex tuo esse viuis. Cur hanc arborem reseruas tibi? Certe ostendere vis te esse Dominum vniuersorum, & nobis locasse terram ad habitandum. Quare & Dauid dicebat. Incola ego sum in terra, & inquilinus (vt Hebraeus legit) & in sudore vultus nostri hospitium soluimus. Ideo enim lignum illud reseruauit sibi, vt illi vt dominium agnosceremus, nec rebellaremus aduersus illum volentes terram pro nostra habere, sicut agricolae illi fecerunt qui voluerunt vineam alienam vsurpare sibi. Ideo ergo Deo debentur domus ab alijs prophanis vsibus reseruatae quia omnium terrarum Dominus est, & tanquam vero Regi suus locus in quolibet populo debetur. Secundo, quoniam id decet Dei rectitudini & maiestati. Nam res quae ad Dei cultum ordinantur oportet quod sint segregatae a nostris, nec cum illis misceantur. Nostrae quidem maculosae sunt, Deo autem omnimoda sanctitas conuenit. Hinc cura illa ortum habuit, quam Deus multis seculis ostendit, vt sibi domum in terris fabricaret. Multis quippe annis templum illud quod postea Salomon aedificauit delineauit, multis mysterijs, ac reuelationibus, quas sanctis Patriarchis ostendit. Nam licet in illis locis in quibus illis Deus speciales Messiae reuelationes fecerat aedificabant Patres illi altare, ad quod concurrebant ad offerendas preces, ac sacrificia, tanquam ad loca ad hoc tronus a Deo electa: tamen in monte Moriach, vbi postea aedificatum est Salomonis templum plura signa ostendit Deus, ac maiora. Illud enim multis antea signis consecrauit, ac honorauit. In illo quippe monte mandauit Abrahae, vt sacrificaret Isaac filium suum, & tamen postea manum eius detinuit ne id faceret, sed loco filij ostendit ei arietem

Psal. 118.

Simile.

Simile.

Genes. 2.

Psal. 118.

quem immolauit: vt ostenderet quod verus Isaac, (hoc est Christus) nõ debebat offerri in illo tẽplo; hoc enim Ecclesię reseruabatur: in qua nullũ aliud sacrificium offertur præter hoc quod in altari ipsũ Christũ Dñm Deo offerimus, sicut & ille in cruce oblatus est: in illo autẽ arietes & vitulii immolari debebant, quibus hoc vnicũ sacrificiũ figurabatur. Illic etiã vidit Dauid Angelũ euaginato ac sanguine tincto gladio stantẽ, vbi & altare Dño ædificauit ad placandam eius iram: vt ostenderet quod per sacrificia & preces, quę Dño in templo offeruntur deberet eius ira placari, quatenus eius iræ gladium in vaginam misericordiæ conuerteret. Cęterum præter hæc vbi plus nobis hoc mysterium tàm antiqui templi, quàm nostri patefactum fuit Genes. 28. Quandò Iacob fugiens à facie fratris sui Esau, peruenit ad mõtem istũ Moriach, & dormiens super vnum lapidem inclinato capite vidit in somnis scalam illã mysticam, quę à terris ascendens pertingebat cælos, & Dominũ innixum scalæ Angelos verò ascendentes & descendentes per illam, & tremebundus & pauidus euigilans dixit. Verè Dominus est in loco isto, & ego nesciebam. Ac si diceret, nesciebam ego quod Dominus locum istum elegisset, ad ædificandam domum sibi. Vnde & cùm scalam cerneret dixit. Quam terribilis est locus iste, verè non est hic aliud nisi domus & porta cæli. Terribilis visus est ei locus ille, ac tremẽdus. Fuit enim ille timor quidã reuerentiæ plenus, qui tẽplo Dei debetur propter assistentiam Dei maiestatis in illo: qualis est ille quem Angeli & Potestates concipiunt, cũ se corã tãta maiestate considerãt, de quibus dicitur. Colũnæ Cæli pauent ad nutũ eius. Et illud quod in præfatione quotidiè canit Ecclesia. Quã adorãt Dominationes tremũt Potestates. Terribilis ergò ille locus tẽpli videbatur: quia Deo terribili ibi sedes parabat. De quò Psalmista dixit. Terribili & ei qui aufert spiritũ Principum: terribili apud Reges terrę. Nõ est hic aliud nisi domus Dei, & porta cæli. Et præcipuè in hac nostra Ecclesia, in qua sunt claues Regni cælorũ, nẽpè potestas remittẽdi peccata per sacramenta, quæ quotidiè in ea administrãtur. Vidit autẽ scalã cuius cacumẽ cœlũ tãgebat & Angelos ascẽdẽtes & descẽdẽtes per illã, quiã merita & orationes huius Ecclesiæ vsq; ad cœlũ ascẽdũt, & hoc est Angelos ascẽdere, & descẽdere per illã scalã, licet prius deberet dicere eos descẽdere, & postea ascẽdere. Nã & Angelus à terris, ad cœlos vsque ascẽdat, oportet vt pri⁹ descẽdat. Sed in hoc magnũ mihi videtur latere mysterium. Nã licet ita sit q̃ origo toti⁹ boni, quod nos in hoc exilio percipim⁹ in cœlo sit (illic enim ad nos gratia descẽdit, vt illuc nostra merita ascẽdãt, ideò quippè Paulus Ecclesiã illam triũphantem vocat primitiuorũ, quoniam ab illa primùm omnia bona nostra originẽ ducunt, propter quod & ab ipso Paulo mater nostra vocatur illa cœlestis Hierusalẽ, cùm dicit ad Galat. 6. Quæ autẽ sursum est Hierusalẽ mater nostra) igitur licet ab illa cœlesti Hierusalẽ omnia bona nostra descẽdãt, & originẽ trahant tanquàm à matre: tamen vt ostendat quantam vim habeant iustorum orationes, ac merita in hoc tẽplo Deo oblata, prius dicit ascẽdere, & deindè descẽdere, quasi iustorum orationes & merita tanquam magnes quædã diuina ad se trahãt Angelos, ac Ecclesię dona. Et Dñm vidit Iacob innixum scalæ, quasi expectantem nostras preces, in ipso cœli vestibulo: vt eas recipiat. Veluti cũ Rex aliquis bonũ nuntiũ expectat, non præstolatur illũ in triclinio: sed ad scalã vsq; progreditur, vt illic illũ recipiat. Vel cũ legatu cuiusdã magni Principis expectat vsque ad portã scalæ venit, vt illũ ibi amicabiliter excipiat. Sic contingit in orationibus, & meritis iustorũ. Tãti ponderis sunt apud Deũ, tanta reuerentia & lætitia eas recipit, ac si magnũ reciperet Principem, aut Legatum: & ideò innixus scalę eas alacriter præstolatur, vt aduenientes lætus accipiat; ac amplectetur & gaudeat. Vel dicitur innixus scalæ Dñs, cùm tamẽ potius debere dicere quod scala nitebatur illi: vt ostendat quantæ sit authoritatis Ecclesia, quod ipsum Dominum Christum sustinet, ideò dicit illum innixum scalæ. Veritas quippè Christi in Ecclesia sustinetur, & ab ea pendet, & in ea conseruatur & est. Sic enim & Paulus Timotheo, scribens ait: Hęc scribo tibi fili Timothee, vt scias quomodo oporteat te conuersari in domo Dei, quæ est Ecclesia Dei viui columna & firmamentum veritatis. Nam ab hac columna quæ est Ecclesia Romana tota Euangelij veritas pendet. Consecrauit autẽ lapidem illum oleum desupèr fundens, sicut & tabernaculum, & altare, & omnia vasa & supellectilem eius consecrauit oleo Moyses: quoniam omnia quæ sunt in templo Domini oleum & misericordiam redolent. In eo quippè est peccatorum remissio, in eo misericordia peccatoribus promittitur,

Marginal references: Genes. 28. — Iob. 26. — Psal. 75. — Hebr. 12. — Galat. 6. — Simile. — 1. Tim. 3. — Exod. 39.

tur, quos in Sacramentis vngüt oleo sancto sanguinis Christi. In eo lesus est, qui salus est mundi, ac Christusqui vnctus dicitur oleo lętitię prę participibus suis: vt *Psal. 44.* intelligas peccator morbidus, ac vlceribus plenus, quod in hoc templo sunt medicamenta quibus sanus fias, & lauacra quibus ab his maculis emûderis, secundùm illud quod Propheta dixit. *Zachar. 13.* Erit fons patens domui Iacob, in ablutionem peccatoris; & menstruatę. Quarè cùm Dominus Iesus ingressus est domum Zachei publicani dixit: *Luc. 19.* Quia hodiè salus huic domui facta est. Per ingressum quippè Iesu qui dicitur Saluator in templum in quo residet: salus peccatoribus fit. *3 Reg. 8.* Quarè Salomon post templi ędificationem deprecatus Deum petebat, vt si peccasset homo, aut populus (enim non sit homo qui non peccet) & deprecatus fuerit in loco illo Dominus remitteret peccatum illius. Et vocauit Iacob nomen loci illius Bethel, quod significat domus Dei fortis. Et quippè, est vnum ex decem nominibus quę Hebrǽi Deo tribuunt, & significat fortem: ad ostendendum quòd Dominus in templo fortè auxilium prębet: ibi quippè in Sacramentis efficacia passionis Christi nobis communicatur. Et ideò dicitur Deus à Psalmista adiutor fortis. Et Esa. ait. Et fortis adiutoris tui non es recordatus. Et vouit votum ibi Iacob quod Dominum haberet pro Deo. Sed nunquid Iacob non habebat antè hoc votum Dominum pro Deo? Ità certè: quoniam nunquam idolatra fuerat. Quomodo ergò nunc vouet habere Dominum pro Deo? Augustinus in libro de doctrina Christiana respôdet ex regulis Ticonij. Quod multoties diuina Scriptura confusè scribit rem, quàm narrando scribere volt: deindè per partes eam diuidit, & docet. Sic in proposito prǽsenti prius dicit Iacob vouisse habiturum se Dominum pro Deo: sed mox ostendit in singulari in quibus rebus id vouerit, nempè quòd haberet Dominum pro Deo, quantùm ad hoc quòd ędificaretur esset templū & altare in illo loco, & quòd sacrificia & decimas, tanquàm verò Deo illi esset oblaturus, quòd adimpleuit cùm post reditum à Mesopotamia. in illo loco erexit altaria, & obtulit sacrificia, & filius eius Salomon illius adimpleuit votum ędificando templum in illo loco. Igitur multis retrò annis Deus hanc curam habuit, vt sibi ędificaretur tēplum ad habitādum cum hominibus, atque id tot ceremoniis, ac reuelationibus prius voluit celebrare. Quę cura etiam angebat deuotissimum Regem David, cum dicebat. *Psalm. 131.* Si dedero somnum oculis meis, & palpebris meis dormitationem: donec inueniam locum Domino: tabernaculum Deo Iacob. *1. Para. 16.* Quod desiderium cum explicuisset Nathan Prophetę. à Domino accepit responsum sibi gratissimum esse desiderium suum: ędificationem tamen templi Dominū filio suo Salomoni sibi maximè dilecto commisisse. Ex quo infero, quod si ad ędificandum templum illud, quod non erat permansurum tantas Deus diligētias fecit, & tot retrò annis id suis amicis reuelauit: quantò maior erat cura & diligentia adhibenda, ad ędificandum templū hoc nouum, quod in ęternum erat duraturum. *Hebra. 12.* Nam Paul. Hebręo. 12. Bona mobilia vocat ea quę in veteri legè cōtinebātur. Declarans quippè hāc Aggęi authoritatem ex cap. 2. *Aggei. 2.* Adhuc semel & ego mouebo, non solùm terram, verùm etiā cœlū, infert. Quòd autem dicit adhuc semel declarat mobiliū translationem tanquàm factorum, vt maneant ea quę sunt immobilia. Et quoniam illa bona moueri debebant, & transferri in veritatem (vmbra quippè erant futurorum) ideò altare illud portatile erat, & semper in arca erant asseres in angulis positi ad portandum eam. (*Patere que semper etiam de camino.*) Vndè & templum illud dirutum est taliter, quod nec lapis supra lapidem in eo permansit, imò nec signum aliquod est ostendens locum in quo fuit ędificatum. Igitur declarat mobilium translationem: vt maneant ea quę sunt immobilia, hoc est lex gratię, templum hoc viuum Dei in ęternum permansurum. Sunt enim bona nō mobilia, sed radicalia, quę nec portę inferi eradicare valebunt. *Matt. 16.* Supra firmam petram fundata, quę nec venti flantes, nec aquę innundantes diruere poterant. Quarè quasi de re principaliori: maior de hoc templo cura habenda est (Diligit quippè Dominus Portas Syon, super omnia tabernacula Iacob. *Psal. 86.* Plus enī ęstimat Deus hoc in ęternū permāsurū tēplū, quā ferculū illud portatile, quod Rex Salomō ędificauit. Nā in hoc tēplo in veritate habitat Deus: cū in illo non nisi in vmbra fuisset. Quod & Salomō in dedicatione illi9 tēpli expressit. 2. Paralip. 6. cū dixit. *2 Para. 6.* Ergò ne credibile est, quod verè Deus habitet cum hominibus super terrā? Si cœlū & cœli cœlorum te non capiunt: quantò magis

magis domus ista quàm ædificauit. Sed ad hoc tantùm facta est, vt reciperet orationem serui sui. Nobiscum certè verus Deus habitat in propria persona, diuinitate sua & carni vnita, mirabili & ineffabili modo in consecrata Hostia, quæ in Ecclesia reseruatur cōsistente. Ex quo colligo, quòd non solùm debemus domum Deo fabricare ad orandum, verùmetiam ad habitandum. Quarè propriè, & absque villa metaphora possumus cum Iacob dicere. Verè Dominus est in loco isto, & quod Dominus dicit ingrediens Zachæi domum. *Luc. 19.* Quia hodiè salus huic domui facta est; quia Iesus qui vera salus est in ea versatur; vbi & Zacheus & reliqui peccatores cū spe maxima veniæ ingredi possimus. Quia Iesus est vera scala Iacob, per quā ascensum habemus ad Patrem. Ex his ergò rectè colligitur quanta templis reuerentia debeatur; quia licet domus ad orandum Deum consecratæ, & ad hoc quod Deus in illis tāquam in propria domo moretur. Quarè iure optimo Dominus hodiè ementes & vendentes de templo deturbat, tanquā eos qui domum Dei violabant, & in prophanos vsus vertebāt. Et ideò rectè dicit eis domus *mea domus orationis vocabitur: Vos autem fecistis eam speluncam latronum*. Nam in spelunca latrones sua furta recondunt & occultāt: sic impij & peruersi Ecclesiastici, sub obtentu religionis & diuini cultus iniustas prædas occultare satagunt. *Similit.* Et quemadmodū latrones in latrocinando conueniunt, sed cùm diuidunt prædas quas fecerunt rixantur; cū quilibet meliorem appetat partem sibi: sic inter prauos ministros Dei contingit. Qui in hoc optimè conueniunt, vt Ecclesiam Dei deprędentur, & plura possideant beneficia, pensiones sibi statuant, commutationes illicitas beneficiorum Ecclesiasticorū faciant: & tamen cùm hęc diuiduntur quilibet sibi meliora, ac pinguiora appetat, & alium qui ditior est accuset alius, atque inuideat. Quapropter per quēdam Prophetam dicit Dominus. *Michee. 3.* Nunc vastaberis filia latronis. Tunc autem id erit, cùm Ecclesia huiusmodi lupis rapacibus subiecta fuerit, hoc est, cū hi qui in Ecclesia patres vocantur his rapinis inreti fuerint. Quod vtinam Deus ab Ecclesia sua semper auertat. *Vos autem fecistis illam speluncam latronum*. Hi sunt de quibus Psalmo 9. dicitur. *Psalm. 9.* Insidiatur, quasi leo in spelunca sua: Insidiatur vt rapiat pauperem, dum attrahit eum. Nam & vbi mox dicitur. *Hieremia vlt.* Recordare Domine Deus meus aduersus eos qui polluunt Sacerdotiū iusq; Sacerdotale, & Leuitarum, & Hierem. 7. Nunquid spelunca latronum facta est domus ista, in qua inuocatum est nomen meum in oculis meis? *Hiere. 7.* Ego sum, ego vidi dicit Dominus. Et Osee. 6. dicitur Galaadh ciuitas operantium idolum supplantata sanguine, & fauces virorum latronum. *Osee. 4.* Galaad aceruus testimonij interpretatur, & templum significat, vbi aceruus est testimoniorum scripturæ, in quo non sunt veri pastores, sed idola quædam, ac vmbræ pastorum, nec ingreditur aliquid nisi per sanguinem, & illi qui fauces sunt virorum latronum, hoc est viriliter latrocinia exercentium. Sic interpretatur Albertus Magnus. *Albertus* Sed tamen intellige quod pessimi pastores, si qui sunt in Ecclesia qui talia agunt, etiam si potestate sint veri pastores, non tamen exercent officium verorum pastorum, cùm sic auaritiæ studeant. *Et accesserunt ad eum cæci, & claudi in templo, & sanauit eos*. Vt his miraculis fidem honorantium confirmaret, & hostes confunderet. Congruè autem sanat cæcos, & claudos in templo, Cæcos quidem per fidei illuminationem, claudis verò virtutem præbendo, vt ad opera fidei expeditè currerent: quoniam fides quæ per dilectionem operatur, docetur & exercetur in Ecclesia Dei. Vnde & ad Hebræos. 12. dicitur. Non claudicans quis erret, magis autem sanetur. *Hebr. 12.* *Videntes autem Principes sacerdotum & Scribæ mirabilia quæ fecit, & pueros in templo clamantes, & dicentes Osanna filio Dauid, indignati sunt, & dixerunt ei. Audis quid isti dicunt? Iesus autem dixit eis: Vtique nunquam legistis, quia ex ore infantium & lactentium perfecisti laudem?* *Psal. 8.* Tabescente inuidia id videbāt Pharisæi. Videbant enim Christi opera liuidis oculis, qui de bono alterius vulnerabantur: nam vt dicitur Ecclesiast. 37. Nequius oculo quid creatum est? Hi autem erant Principes Sacerdotū & Scribæ, de quibus dicitur Esdræ. 9. Quod manus Principum fuerint primę in transgressione legis. *Esdre. 9.* Commiscuerant enim semen sanctum cum populis terrarum, quod nunc fit, cùm semen sanctum verbi Dei commiscetur cum affectu terreno. Vndè Diuus Bernardus ait: *Bernard.* O bone Iesu totus mundus videtur coniurasse contra te, & hi primi sunt qui videntur regere populum, diligere principatum. Cùm autem dicunt Domino, audis quid isti dicunt, accusare volunt illum quasi ipse id vellet, vt vsurparet sibi nomen Messiæ.

vsura

[illegible] ex ore infantium, et lactentium perfecisti laudem. Ac si diceret. Audio, & audiet Deus, bene quia hoc per Spiritum praecepi, quando dixi. Laudate pueri Dominum, laudate nomen Domini. Nam vel [illegible] innocentibus [illegible] veritatis [illegible], a [illegible] autem mendatia. Vos autem personis quibusdam adulamini indignis, & vituperatio dignis. Scriptum est enim Sap. 10. quod sapientia aperuit os mutorum, & linguas infantium fecit disertas. Tacuit autem Dominus in hoc Psalmistae testimonio illud quod sequitur. Vt destruas inimicum & ultorem. Ne inimicos [illegible] ad maiorem [illegible] provocaret. Luc. cap. 19. addidit [illegible] Dominus: Si hi tacebunt lapides clamabunt.

Luc. 19.

Et relictis illis abiit foras extra civitatem in Bethaniam ibique mansit. Mane autem revertens in civitatem esuriit, & videns fici arborem unam secus viam venit ad eam, & nihil invenit in ea nisi folia tantum, & ait illi: Nunquam ex te fructus nascatur in sempiternum, & arefacta est continuo ficulnea. Et videntes discipuli mirati sunt dicentes: Quomodo continuo aruit? Respondens autem Iesus ait eis: Amen dico vobis, si habueritis fidem, & non haesitaveritis, non solum de ficulnea facietis: sed & si monti huic dixeritis, tolle & iacta te in mare, fiet. Et omnia quaecumque petieritis in oratione credentes accipietis. Mirum est, quomodo [illegible] Hierusalem triumphantem, quod Christus receptus est in Hierusalem, nec [illegible] aliquis illum hospitio reciperet in domum suam. Tantus enim terror Pharisaeorum, & Scribarum [illegible], [illegible] timor mundanus animos [illegible] capit, ut nec [illegible] tantum [illegible] ei conferre sinunt. Licet fortassis [illegible] Dominus voluerit apud aliquem hospitari in Hierusalem, ne propter illum [illegible] aliquem acciperet molestiam [illegible] a Pharisaeis, quod illum [illegible] [illegible] in domum suam: [illegible] Vt nos [illegible] [illegible] [illegible] [illegible] cum [illegible] [illegible] [illegible] post [illegible] [illegible] [illegible] [illegible] Dies [illegible] vigesima [illegible] Martii [illegible] Romanus [illegible] verum est, quod [illegible] Christus, hoc est vigesima quinta die Martii, & quinta die ante Christus venit in Hierusalem super asinum sedens. Sequitur quod ille fuit vigesimus primus dies Martii. Sed de hoc latius [illegible] considerabimus. Igitur cum in civitatem reverteretur hoc die [illegible] esuriit. Hic quaeritur, an pura naturalis fuerit haec fames, an voluntarie tunc assumpta. Et utrumque potest sustineri. Potuit enim fuisse naturalis, si pridie post diuturnum laborem quem in docendo ceperat, & inter turbas acceperit, parum sibi [illegible], ut ipse erat [illegible], praecipue cum noctem illam Luca referente, in [illegible] orando duxerit. Naturale quippe est corpus [illegible], post [illegible] deinde subsequentibus vigiliis famem, ac sitim accelerare. Potuit etiam fuisse voluntarie assumpta sicut aliquando conturbationem, lachrymas, & tremorem spiritus ipse assumpsit. Conturbavit enim se ut Ioan. & infremuit spiritu. Et hoc propter mysterium significandum, quatenus scilicet esuriret Synagogae salutem. Nam totum hoc factum, fici istius res gesta fuit non propter rem ipsam, sed in figuram, sicut aliquas parabolas verbis composuit Dominus, ita & factis aliquando figurationis nos docet. Proprium namque Dei est, etiam ipsas res ad significationem ordinare. Vere quidem egressio illa filiorum Israel de Aegypto contigit, exsiccatio maris rubri, suffocatio Pharaonis cum exercitu suo, & caetera omnia quae illi populo contigerunt, & tamen [illegible] illa quae in veritate fiebant ad significanda magna mysteria, tanquam figurae [illegible], cum Paulus docet, omnia in figura illis contigisse. Sic in proposito. Nam maledictio ficus manifeste indicat, quod figuram componebat Dominus. At hoc enim non dabat occasionem maledictionis: quia tempus [illegible] fructus non [illegible] (ut Marcus refert) sed fuit talis maledictio [illegible]: quia Synagoga per talem ficum figuram [illegible] maledictionem. Recte quippe Synagoga per ficum significatur, ut pulchre physice [illegible] Ambrosius super cap. 13. Lucae. Primum quia ficus ista foliis [illegible] redundans [illegible] [illegible] [illegible] & tamen [illegible] illam Synagogam significant legis divinae doctrina & [illegible] [illegible] [illegible] [illegible] expectationem & spem [illegible] [illegible] [illegible] frustra [illegible] praestantem. Secundo, quia sicut ficus alias est naturae, ut pro flore poma germinet, sed quae [illegible] propter [illegible] non perveniant,

Ioan. 11.

Marc. 11.

Ambros.

niunt, quibus decidentibus alia poma succedunt: quæ maturescunt; ita Iudæi quasi primi fructus male maturi Synagogæ grossi [illegible] similitudinem arescunt, præter paucos fideles. His autem cadentibus è pinguedine religionis antiquæ nouus gentium populus emersit. Igitur hæc Christi esuries desiderium refert, quod Dominus habuit pascendi se sancte populi Hebræi, in cultu illo legali Deo seruientis: appropians autem ad ficum designat aduentum ipsius Domini ad percipiendum fructum bonorum operum in illo populo. Quia tamen hanc non inuenit fructum, sed folia tantum (quia populus ille exteriori dumtaxat cultu Deo seruiebat,

Esai. 29. cum interim corda aliena à essent ab eo, secundum illud Prophetæ populus hic labijs me honorat, cor autem eorum longè est à me, est) ideò maledicit illi, ita quod non ad tempus, sed in æternum non afferat fructum.

Iansen. Iansenius in hac maledictione vult intelligi Iudaicum populum maledictioni diuinæ perpetuo permansurum obnoxium, nec vnquam fructum laturum. Scimus enim quòd postquam intrauerit plenitudo gentium, etiam Israel saluus erit, vt Paulus testatur.

Rom. 11. Nec enim oportet omnia quæ typo conueniunt, ipsi veritati significatæ similiter conuenire, vt supradictum est. Licet tamen

Caietan. mihi cum Caietano dicere hanc maledictionem intelligi de Iudaico cultu. Nunquam enim fructificaturum est Iudaicum cultum, qui statim vt maledictus est aruit. Maledicere quippe est malum facere; & hoc secundum rem fuit in Christi morte & resurrectione adimpletum: quia ex tunc legalia mortua fuerunt, quamuis secundum apparentiam, vsque ad Hierosolymitanum excidium tolerata fuerint. Nec illi fructus quos aliquando ferre debuit Synagoga, tam illi, quàm Ecclesiæ erant, ad cuius sinum & gremium, tunc reliquiæ illæ Iudæorum accurrerent. Cæterùm vt & nos etiam

Moralitas fructum [illegible] hoc dominicum [illegible]; [illegible] nobis [illegible] est [illegible] consideratione, ne folia tantum veluti ficus illa proferamus. Plantati quippe sumus in horto Domini paradisi, vt in illo ficus dulcem bonorum operum fructum proferamus.

Cant. 2. Et tempus iam est ficorum [illegible]: hiems quippe abijt, & recessit, flores apparuerunt in terra nostra & ecce nunc tempus

2. Cor. 6. acceptabile. Quòd si Christiano nomine, & exteriori Sacramentorum participatione, ac scripturarum lectione, & studio [illegible] contenti, quibus velut folijs quibusdam ornamur, negligamus virtutum flores proferre, quos à nobis Christus [illegible] desiderat: & fiet vt illius gratia nos deserente arescamus, ac aridi facti destinemur in ignem inferni. Continuo enim ad execrationem Domini arefacta est ficulnea: quia Dei gratia homines deserente, tunc quidem nihil boni possumus agere; necessariò sequitur statim in homine ariditas bonorum operum. Et secundò animaduertendum, quòd, cùm adhuc non esset tempus ficorum, nihilominus maledixit Dominus ficulneæ, quæ nimirum non habebat fructus: quia omni tempore tenemur fructus bonorum operum afferre, etiamsi non sit tempus Quadragesimale, aut Iubilæi. Multi [illegible] existimant, quòd in ipsis temporibus magis Deo gratis [illegible] bonis operibus vacare; non intelligentes quid Paulus dicat ad Hebræos, Quod Hebr. 3.

donec hodie cognominatur inter nos debemus bonis [illegible] omnibus, secundum illam Ecclesiastis sententiam quæ dicit: Omni tempore sint vestimenta tua candida, & oleum de capite tuo non deficiat. Hoc est, non solum mihi debes vt anima tua [illegible] sit denigrata aliqua macula peccati, verùm etiam oleum bonorum operum semper à capite tuo, hoc est, à mente debet defluere: alioquin sic veniens Dominus, hoc est, sui cupidus tuæ salutis, ad te [illegible], & absque fructu bonorum operum te inuenerit hanc super te inducet maledictionem, vt absque bonis operibus pereas. Terra Hebr. 6.

quippe quæ sæpè super se venientem imbrem bibens non profert fructus, maledicta est & combustioni proxima. Vltimò aduerte, quòd quando Dominus huic ficulneæ maledixit, erat propè Pascha, & tunc in territorio, quo erat Hierusalem, & maximè in Oliuis montium, in quibus est [illegible] Solis, iam ficus præcoque [illegible] fuit, & præmaturi. Nam ficus duo genera pomorum emittit, præcoqua, & serotina quæ dicuntur grossi. Primas semel emittit, alias semper habent. Ideò ergò Dominus ficulneæ maledixit, quia præmaturos ficus non habebat, licet haberet grossos absque maturitate. Vt nos doceat quod, licet sis [illegible] plenus ieiunijs, orationibus, eleemosynis, & alijs similibus operibus: & tamen huiusmodi ex calore charitatis non procedant: nihil eorum prodesse, vt ait Paulus, opera quidem 1. Cor. 13.

absque feruore charitatis Christiani facere [illegible]

Fructum exstare oportet, hæc autem non Deo placent: itaque vt ipse per quandam prophetiam dixit, præcoquam ficum desiderat anima eius. De quo statim plura dicemus. Mich. 7. Admirati sunt Discipuli videntes ficulneam à radicibus aruisse, quibus dicit Dominus (quòd si absque hæsitatione credant non hæsitantes inter facile & difficile, quasi facilia possit Deus facere & non difficilia) quòd montibus imperabunt vt iactent se in mare, & fiet sicut iam supradictum est. *Imò omnia quæcunque petieritis, in oratione credentes accipietis.* Hoc est, quod ea quæ petimus mentis eleuatione, (in qua nullus absolutè petit, nisi ad quòd absolutè petendum Spiritus sanctus monet) credentes accipiemus. *Et cùm venisset ad templum, accesserunt ad eum, docentem Principes sacerdotum, & seniores populi dicentes. In qua potestate hæc facis, & quis tibi dedit hanc potestatem?* Hieronym. Hieron. videtur sentire exegisse Principes à Christo, in qua potestate miracula faceret, an in virtute Dei, vel dæmonum. Sed cùm de nullo homine cogitari posset, quòd ipse de se diceret quòd in virtute dæmonum miracula faceret, & iam pridem hæc miracula vidissent à Christo Domino fieri: non ita consonum videtur id de miraculorum virtute petisse, sed potius de alijs rebus quas die præcedenti fecerat; ingrediens Iesus Hierusalem super asinam tanto cum triumpho, ac gloria, eijciens ementes & vendentes de templo, prohibensque vasa per templum vehere, ipse præcedebat vt diceret propria authoritate absque Doctorum legis licentia, quòd ipse agere licebat. Quare interrogant Dominum, qua authoritate publicè prædicaret, & diceret et auferret: Quis dedit tibi illam sibi? Non videbatur hæc authoritas, in Christo potius vsurpata, quàm data. Idem de alijs rebus quæ tunc fecerat. Sed sapienter Dominus respondit illis dicens: *Interrogabo vos, & ego vnum sermonem: quem si dixeritis mihi, & ego dicam vobis, in qua potestate hæc facio. Baptismus Ioannis vnde erat, è cœlo, an ex hominibus? At illi cogitabant inter se dicentes: Si dixerimus è cœlo, dicet nobis: Quare ergo non credidistis illi? si autem dixerimus ex hominibus, timemus turbam: omnes enim habebant Ioannem sicut Prophetam. Et respondentes Iesu dixerunt: Nescimus. Et ait illis. Nec ego dico vobis in qua potestate hæc facio.* Non quidem congruum videbatur vt tacuisset Dominus, ne videretur fateri silentio conscientiam sibi authoritatem vsurpatam fore, nec tamen loqui decebat, & fateri veritatem, quam illi indigni erant audire, & sine fructu auditori essent. Quare prudenter comprehendit Sapientes in astutia eorum. Nam si dixissent Baptismum Ioannis è Cœlo fuisse; iam ipse Dominus ipsos suis verbis caperet, cùm ipse Ioannes, quem à Deo missum fatebantur, tot de eo, & tam aperta protulerit testimonia. Quare ipsi nõ solùm in pectore suo, verùm inter se verbis contulerunt quid dicerent. Quòd testatur & verbum Græcum quòd id significat, & verbũ hoc Euangelistæ. Si diximus, quod indicat aperte ipsos inter se verbis hoc contulisse. Illud autem, quod dicunt omnes habere Ioannem, tanquam Prophetam, intellige tanquam Doctorem à Deo missum. In hac enim significatione nomen Prophetæ sæpè in Scriptura sumitur. Et responderunt: *Nescimus.* Ecce hæreticorum ingenium. Solent enim ea dicere quæ sibi expedire cognoscunt, siue id sit veritatem abscondere, siue mendacium proferre, siue quid aliud, nihil aliud attendunt, nisi ad id quod sibi melius conuenire videt. *Et respondit Dominus. Nec ego dico vobis in qua potestate hæc facio.* Non dixit nescio sicut & illi, hoc enim esset mendacium loqui sicut illi, quia Deus nõ est, vt homo vt mentiatur. Est autem Deus verax omnis autem homo mendax. Rom. 3. Sed dixit. Nec ego dico vobis in qua potestate hæc facio, quia nondum tempus aduenerat. Nam quando id clarè eis dixit se esse Christum filium Dei benedicti, tunc omnes condemnauerunt illum esse reum mortis. *Quid autem vobis videtur? Homo quidam habebat duos filios, & accedens ad primum dixit: Fili vade hodie operari in vinea mea. Ille autem respondens ait: nolo. Postea autem pœnitentia motus abijt. Accedens autem ad alterum dixit similiter. At ille respondens ait: Eo Domine. Et non iuit. Quis ex duobus fecit voluntatem Patris? Dicunt ei primus. Dicit eis Iesus: Amen dico vobis, quia publicani & meretrices præcedent vos in Regnum Dei. Venit enim ad vos Ioannes in via iustitiæ, & non credidistis ei: publicani & meretrices crediderunt ei. Vos autem videntes, nec pœnitentiam habuistis, vt crederetis ei.* Per hanc parabolam voluit Dominus eis ostendere quàm falsò de se bene existimarent. Nam per illum filium qui dixit eo Domine, & non iuit, significabantur Pharisæi & scribæ, qui & habitu & professione significabant se voluntatem Dei exequi, & tamen nihil minus faciebant, per primum autem qui dixit nolo, & postea pœnitentia ductus fuit, publicani & meretrices significantur, qui cum ex modo viuendi omninò alieni à Dei voluntate videantur, tamen pœnitentiam agentes illi sese submiserunt, nec isti Pharisæis ad literã contigit. Et ideo dicitur eis quod publicani & meretrices deberent præcedere illos, quia anteferendi erant illis, & præhabendi præ illis, non quod illi, illos deberent sequi postea. Potest etiam per hos duos filios intelligi populus Iudaicus, & Gentilis. Primus fuit Gentilicus: quia per legẽ naturæ fuit prius electus quã Iudaicus, qui per legẽ scriptam posteà vocatus est. Et quia in Dei electione præelectus fuit populus Gentilicus, & hic prius Dei restitisset vocationi, posteà ad prædicationẽ Apostolorũ pœnitentia ductus, venit ad vineã Dñi. Populus autẽ Iudaic⁹, qui legi se subdiderat, & ad Moysen dixerat, omnia quæ præceperit nobis Dñs faciemus: labijs tñ id proferebat, cũ tamen corde & opere lõgè esset à Deo. Sic inter homines multimodò sũt, qui se ipsos magnificis verbis ostẽdũt alijs amicos; & tñ in opere nihil præstãt cũ tamen alij sint, qui etsi pauca verbis promittere videãtur magna, tamẽ operibus præstãt. Quadrat autem hæc parabola etiam quosdã Christianos, qui, quod verbo promiserũt opere nõ præstant: cũ alij qui voto nõ sũt astricti illud perficiant, de quibus Theophil. ait. Cũ multi etiam hodiè pollicentur Deo & patri monachos se futuros, siuè vel Sacerdotes: post promissionem autẽ negligẽtes sũt. Alij autẽ monasticã, vel Sacerdotalẽ vitã polliciti nõ sunt, sicut monachi, vel Sacerdotes viuũt tamẽ dignè: atque ita illi sunt obedientes filij, qui faciũt etiam si nihil promiserint. *Aliam parabolam audite. Homo erat paterfamilias, qui plantauit vineam, & sepem circundedit ei, & fodit in ea torcular, & ædificauit turrim, & locauit eã agricolis, & peregrè profectus est. Cũ autem tẽpus fructuũ appropinquasset, misit seruos suos ad agricolas, vt acciperent fructũ eius. Et agricolæ apprehensis seruis suis alium ceciderũt, alium occiderunt, aliũ verò lapidauerunt. Iterũ misit alios seruos plures prioribus, & fecerunt illis similiter. Nouissimè autẽ misit ad eos filiũ suũ dicens, Verebũtur filium meum. Agricolæ autẽ videntes filiũ dixerunt intra se. Hic est hæres, venite occidamus eũ, & habebimus hæreditatem eius. Et apprehẽsum eum, eiecerũt extra vineam, & occiderunt eum. Cũ ergo venerit Dñs vineæ, quid faciet agricolis illis? Aiunt illi, Malos malè perdet, & vineã suã locabit alijs agricolis, qui reddant ei fructum temporibus suis. Dicit illis Iesus, Nunquam legistis in scripturis, Lapidẽ quẽ reprobauerunt ædificantes, hic factus est in caput anguli? à Dño factum est istud, & est mirabile in oculis nostris. Ideò dico vobis, quia auferetur à vobis Regnum Dei, & dabitur genti facienti fructus eius. Et qui ceciderit super lapidem istum confringetur, super quem verò ceciderit conteret eum.*

In hac parabola Dominus populo Iudæorum & Christianorum insinuare vult, atque ostendere, quanta nostra sit ingratitudo erga illum, & quæ nobis expectet punitio, quæ tantam ingratitudinem vlciscatur. Quã grãdis ingratitudo est beneficium acceptũ non recõpensare, sed maior, imò maxima est pro bono exhibito malũ reddere, quod & fecerũt Iudæi, & pessimi Christiani modò faciũt. Quia Iudæi mortem illi obtulerũt propriam occidẽdo personã, & malus Christianus in suis mẽbris idem facit. Vinea hæc Iudæorũ populus fuit, secũdũ illud Esa. testimoniũ quo dicit. Vinea Dñi Sabaoth dom⁹ Israel est: & viri Iuda germẽ delectabile ei⁹. Hãc Deus ex Ægypto trãstulit ad terrã promissionis, deletis Gentibus quæ illã occupabãt, vt Psalmista cõcinit dicẽs. Vineã de Ægypto trãstulisti, eiecisti Gẽtes, & plãtasti eã. Sepes sunt Angeli custodes, missi in ministerium propter eos qui hæreditatẽ capient salutis. Torcular fuit templum, atque sacrificia quæ omnia sanguine cõplebãtur, in quo sacrificiũ sanguinis Christi referebãt. Turris fuit lex, quæ peccata cõspicere facit, & illa sunt quæ vineã dissipare valent, agricolæ quib⁹ eã locauit Sacerdotes, ac Doctores illi⁹ legis fuerũt, quibus illam cõmisit. Cũ autẽ tẽpus colligẽdi fructus bonorũ operũ appropinquaret, misit seruos Prophetas, nõ semel aut bis, qui prædicationibus, monitis, ac precibus, hũc fructũ ab eis exigerẽt. At illi alios quidẽ occiderũt, alios vulnerauerũt, alios lapidauerũt. Nouissimè autẽ vnicũ filiũ quẽ habebat misit eis dicẽs. Verebũtur filiũ meũ. Illi autẽ dixerũt intra se. Hic est hæres. Ex quo colligitur, quod multi ex Pharisæis cognouerunt Christũ esse Messiã, sed malitia eorũ excæcauit eos. Dilexerũt enim magis gloriã hominũ, quã gloriã Dei. Et verè inter se colloquentes dicebant in domo Caiphæ post Lazari resurrectionẽ. Quid facimus, quia hic homo multa signa facit in populo? Si dimittimus eũ sic, omnes in eũ credẽt. Nã ille pro Messia habendus erat cui omnes crederẽt Israelitæ, & ille hæres esset, cui omnes obedirent. & ideò decreuerũt illum occidere. Quod & opere executi sunt: vt ipsi soli viderentur Synagogæ Dñi, atque magistri. Quid ergò faciet Dñs vineæ? Malos malè perdet, & vineam suam

Marginal notes: Theophil. — Moralitas [illegible] — Esai. 5. — Psal. 79. — Hebr. 1. — Ioan. 12. — Ioan. 11.

fundum aliis agricolis locabit, qui reddant ei
fructus temporibus suis. Quod tunc factum
est, quando Gentiles vocauit, filiis Israël in
sua incredulitate dimissis. Caeterùm non illi
duntaxat populo loquitur Deus, verùm etiam
nobis, qui in populo illo tanquam in typo ad-
umbrabamur. Quarè vinea haec praecipuè
est Ecclesia, proprijs Christi manibus plantata, & à Synagoga ad Gentes per Apostolorum
praedicationem translata, sicut & ipsi populo illi
Act. 13. dixerunt: Vobis quidem oportebat primùm praedicare verbum Dei: sed quoniam repellitis illud, & indignos vos vitae aeternae iudicatis,
1. Cor. 3. ecce conuertimur ad Gentes. Quarè Paulus
eos qui in Euangelio per Apostolorum praedicationem crediderant; Dei agriculturam
vocat, & Apostolos Dei coadiutores dicit.
Vineam autem illam vocari quoniam inter
omnes haereditates vinea est, quae plures curas & labores exigit ad hoc quod fructus
ferat: vt intelligamus quanto labore Dominus Iesus Christus hanc plantauit vineam, vt fructuosa fieret: Crucis aratro super humeros
suos portato eam proscindit, suo diuino irri-
Psal. 62. gauit sanguine, quatenus tali liquore delibuta, fructum aeternae vitae proferret. Angeli
sunt sepes ac muri, de quibus dictum est: Super muros tuos Hierusalem constitui custo-
Zach. 2. des. Et alibi: Ero ei murus igneus, qui sunt
Psal. 103. Angeli, de quibus dicit Psalmista: Qui facit
Angelos suos spiritus, & ministros suos flam-
4. Reg. 6. mam ignis. Quarè Helisaeus ostendit puero
suo ciuitatem Samariae curribus igneis cir-
cundatam, qui erant Angeli custodes; quibus
Psal. 90. Deus mandauit, vt custodiant nos in omnibus
Cant. 6. vijs nostris. Hi enim sunt de quibus Cant. 6.
dicitur: En lectulum Salomonis sexaginta
fortes ambiunt. Diuina Scriptura ac Euangelium dicitur turris. Nam quemadmodum
ex turri munita bellicae vel homines, qui vineam custodiunt, efficere possunt, circumspiciuntur: sic Scriptura facit omnes daemonum;
nos hostium incursionem pendit. Nullum enim
malum, nulla daemonis tentatio quae nunc
occurrere erit, de qua non sit monitum in sacra Scri-
Iob. 33. ptura praemonitio; Hinc Iob cap. 33. ait: Aduersum eum contendis quod non ad omnia
verba responderit tibi: Semel loquitur Deus,
& secundò id ipsum non repetit. Ac si diceret: nulla ratione homo queri potest de
Deo, quòd non singulorum operum, quae
facit, reddat rationem: nam semel loquitur
Deus, hoc est in Scripturis, & Euangelio
reddit vniuersorum operum suorum
rationem; & cur haec in ... [illegible]

permultas, alteram statim, & alias etiam ibi
manifestat nobis technas, mendacia, fallaciasque
diaboli, vt eas deuitare possimus, sic Grego- D. Greg.
rius hunc interpretatur locum. Est igitur
diuina Scriptura turris, quinimò turris est
illa Dauid, de qua in Canticis dicitur, quòd Cant. 4.
est aedificata cum propugnaculis mille clypei
pendent ex ea omnis armatura fortium. Hi
clypei sunt Scripturae sacrae testimonia, quibus tanquam clypeis contra ignea inimici
tela protegimur. Omnis armatura fortium.
Nam in quacunque materia nos adoriatur inc-
entor belli, habemus in Scriptura testimonia, quibus contra illum muniamur. Vt verbi
gratia, si nos circa gulam, iram, aut castitatem tentauerit, poterit quilibet Christianus, ex his quae in Scriptura legit, aut in
concionibus audit sibi colligere sententias,
quibus hostium incursus repellat: Torcular
Sacramenta sunt quae Christi sanguine redundant. Est enim in Ecclesia fons patens
domui Iacob, in ablutionem polluti, & men- Zach. 13.
struatae, qui septem habet ora, quibus affa-
tim sanguinem effudit illius racemi, qui in
praelo Crucis expressus tot nobis attulit
medicamenta. Et de his torcularibus, quae Psalm. 8.
in Ecclesia sunt, est titulus Psalmi, qui dici- 80. & 83.
tur, Pro torcularibus. Et de his dicitur Prouerbiorum 3. Vino torcularia tua redunda- Prouer. 3.
bunt; Hunc quippè sanguinem fundunt,
qui & nostras maculas mundat, & nostra
corda laetificat. *Et locauit eam agricolis.* Hi
sunt Ecclesiae praelati, qui simul & agricolae, & locatores sunt. His duobus terminis
praelatorum munus nobis repraesentat. Est
quippè suorum officium agricolarum, quod
inter omnia maioris laboris est, nec patitur
illum quiescere. Quid diceres, si videres
agricolam mundas manus ac candidas sub-
chirotecas gerere, odore ambari ex se mittere, super equum falleratum incedere, co-
medentem ac bibentem laute: neque vllam
eum curam suae haereditatis premere? Profectò irrideres illum haereditatem, atque nihili
penderes, quasi quae nullum fructum posset
proferre, cum inculta, & quasi absque domino sit. Hic est agricola; diceres: equus ac
delicatus puer magis apparet potius. Agricolam sudore ac puluere asperius, marcidum,
à Sole decoloratum duris manibus, in somno
ac victu parcum videri debet; Solis ortus
illum in haereditate inueniat; vesperas illum
adhuc laborantem aspiciat, vt vel sic valeat
censum, ac promissum, quos debet soluere.
Episcopi ac praelati agricolae sunt, quorum

annuus magnum laborem exigit. Si illos videris otiosos, Regū Curias discurrere, multis fragantes odoribus, delicata edulia eructantes, noctes, ac dies stertentes: quid nam illis diceres? Hoc ne tam potestas annuus aut potius noctes insumeres ducere, dies in animarum cura transigere. Ne vna vitis, aut palmes ex hac Domini hæreditate, nō corruptibilibus, auro & argento, sed pretioso
1. Cor. 4. sanguine Dñi empta, pereat. Hinc Paul. dicebat: Sic nos existimet homo vt ministros Christi, & dispensatores mysteriorum Dei. Ac si diceret, *echen de ver los hombres q somos labradores desta viña*. Væ hæreditati, cum agricola otiose ac laute viuit. Væ Ecclesiæ Dei, cum Episcopi somno & delitijs indulgent. Magnā quippe reddituri sunt rationē Domino vineæ, qui eam eis locauit: locatores quippe potius sunt, quàm dñi. Audite,
Simile. fratres mei: Cùm agricola propriam habet hæreditatem non tanto illam labore colit, quoniam sibi soli fructus prouenire debent. Cæterùm cùm eam locatam habet: maiore cura cultui hæreditatis incumbit, scit enim dn̄ hanc ex illa fructus expectare qui ad soluendos prouentus proprio Dño, & ad sui ipsius victum & vestitum sufficiant. Imò ex ore filiorum aliquando tollit panē, vt creditoribus suis soluat. Sic Episcopus debet facere, qui nō se dñm reputare debet, sed tanquàm locatorem se habere. Non omnia in proprios vsus conuertere debet, sed pprio Dño prius soluat, qui est Christus, cuius hæredes sunt pauperes. Ab ore suo tollat panē, vt il-
Psal. 111. lis tribuat, vel potius soluat. Locatam habet vineam, nō sibi vsurpet, omnes fructus eius reddat vero Domino. Dispergat & det pauperibus: vt sic iustitia eius maneat in seculū seculi, aliàs tanquàm iniustus hæreditate, & fructibus spoliabitur, & subinde æternas luet pœnas. Idem de quolibet Christiano asserendum est, qui propriam animam debet colere, tanquàm agricola vitem, purgando illam à vitijs, vt fruct⁹ ferat. Et est etiam Dei tributarius, cui de bonis suis fructus rependere debet. Tenetur enim quilibet Christianus dum potest pauperibus de sua substantia aliquid impartiri. Quarè oportet, vt à superfluis cesset, vt habeat vnde tribuat necessitatem patienti. Imò & temporis etiam tributa Deo soluere debemus. Nec enim totum tempus consumere licet, sed redimere: quoniam dies mali sunt, & bona in tempore
Ephes. 5. partem Deo calcui tribuat Christianus. Soluat angarias temporis: magna quippè ei incūbit obligatio colendi vineam suā, quam si cessē operemus, nec victus aliquando recordaremur: quoniam Dei tributarij sumus ad colendam vineam suam locati, & ipse omnia prospicit, sumusq; illi reddituri rationem vsq; ad vltimum quadrantē: quam si non æquam reddamus, Regnum Dei à nobis auferetur, & in baratrum perpetuò retrudemur. Prælatus autem non solum sui; sed & aliorum debet reddere rationem. Quarè hæc cura illum premere debet, secundùm illud Pauli: Qui præest in sollicitu- Ad Rom. 12.
dine: quomodo ergo delitijs vacabit? quomodò recordabitur sumere cibum? Discipuli Domini, qui hac angebantur cura, obliti sunt panes tollere: quoniam ad maiora attendebant. *Et peregrè profectus est.* Deus vbiq; Hiere. 23.
semper est præsens; quoniam cœlum, & terram implet, & nulla creatura est inuisibilis in conspectu illius. Cæterùm dicitur absentari, propter libertatem in qua homines relinquit ad operandum quæ sibi voluerint. Nam quando Dominus præsens est, non ea gaudent libertate serui, quando verò illum absentem vident liberius in suis actionibus se habent. Tanta hominum libertas est ad operandum, ac si Dominum præsentem non haberent, nihilominus ipse præsens est, omnia prospiciens. Quarè prouidere Psal. 138.
deberemus illum in conspectu nostro semper, ne quid operemur, quod eius oculis displi- Luc. 12.
ceat. Nam, vt Dominus apud Lucam dicit: Si videns seruus, quod Dominus suus moram agit, cœperit manducare, & bibere, & percutere conseruos suos. Veniet Dominus sua hora, quam ipse nescit, & ponet partem illius cum hypocritis. Sic fiet de illo prælato, qui oblitus mortis, et iudicij [illegible] in se habens, [illegible] diligenter suum munus exercuerit [illegible] *tempus fructuum appropinquasset*. Hoc tempus semper præsens est, in quo [illegible] est tempus benefaciendi. *Misit seruos suos ad agricolas, vt acciperent fructus eius*. Hi serui prædicatores sunt, qui assiduis sermonibus Christianum populum exhortantur: vt fructus bonorum operū faciant, fideque, ac charitate operentur, sobrij, iusti, ac religiosi sint. Sic enim & Paulus 2. Corint. 5. ait: Pro Christo legatione fungi- 2. Cor. 5.
mur, tanquàm Deo per nos exhortante: obsecramus per Christū reconciliamini Deo. *Et agricolæ, apprehensis seruis eius, alium ceciderunt, alium occiderunt, alium verò lapidauerunt.* Hodie inter Christianos

non videmus: praedicatores occisos, licet inter haereticos nostris temporibus passim id videamus. Tamen videmus eos exosos esse, quando populi vitia Christiana libertate reprehendunt. Experientia constat, ideo apud Episcopos odio haberi, quoniam publice docemus residentiam Episcoporum de iure divino, nec posse propter alia officia secularia, aut alterius ordinis illam relinquere. Debere etiam Episcopos bona sua largiter pauperibus erogare, nec illis [illegible] consanguineis ea praebere. Idem apud temporales iudices eis accidit, quando eorum ignorantiam publice arguunt, aut personarum acceptionem in eis reprehendunt, eos liberos vocant, & nimium audaces, atque securis, [illegible] sunt eos ob haec palmis.

Mich. 5. De hoc Michaeas [illegible], dicens: Percussit maxillam iudicis Israel. Nam quantum ad arguendum vitia publica, iudicum officium gerimus praedicatores. Tunc autem hanc percutimus maxillam, cum nostra verba contemnunt, cum nostra non admittunt consilia, cum ob hoc nobis succensent, atque nos infamare contendunt, aut honorem nostrum minuunt. Et tunc ipse Filius Dei [illegible] eos admonet inspirationibus, & ad eos invisibiliter nunc venit. Cuius suggestionibus qui non acquiescunt, [illegible] palmas atque in se [illegible] ne in eis vineas Christi.

Esa. 5. Haec omnia apud Esaiam cap. 5. expressa videmus sub parabola vineae, ait enim Propheta: Cantabo dilecto meo canticum patruelis mei vineae suae. Ac si diceret. Hoc contingit Deo cum populo suo, quod patrueli meo accidit cum vinea sua. Vinea facta est dilecto meo, in cornu filio olei. Hoc est, in loco maxime olei feraci fidelissimo quippe est. In loco sublimi olearum feracissimo. Et sepivit eam, & lapides elegit ex ipsa. Hoc est, foras eiecit lapides. Et plantavit eam electam, & aedificavit turrim in medio eius, & torcular extruxit in ea, & expectavit, ut faceret uvas, & fecit labruscas. Vineam electam, hoc est, optimorum palmitum, & optimi vini fecundam, quae alibi dicitur vinea Sorek. [illegible] palmitum. Haec & Domino nostro Christo modo contingit. Vinea enim haec est Ecclesia in loco sublimi plantata. In altitudine quippe mysteriorum sublimium, utpote in fide sanctissimae Trinitatis, & humanitatis Christi [illegible] plantata est. Ideo a Paulo dicitur: Quae autem sursum est, Hierusalem mater nostra. Quod testimonium etiam de praesenti Ecclesia a multis sanctis intelligitur. Et locus est olei feracissimus: quoniam tota Lex nova misericordiam redolet: tota Ecclesia oleum sanguinis Christi manat; in nulla alia tanta gratiae affluentia fuit, sicut in Ecclesia Christi. Nam quando Christus Dominus civitatem Hierusalem ingressus est, per montem Olivarum ad eam venit: quando Christus ad plantandam hanc vineam venit, cumulum gratiarum ad eam adduxit, montem plenum maximis donis, secundum illud Ioan. 1. Vidimus eum plenum gratiae & veritatis: & de plenitudine eius omnes accepimus. Vites autem & palmites optimas, nam prima vitis fuit Christus Dominus, secundum quod ipse dixit: Ego sum vitis vera. Ex hac enim vite botrus ille prodiit, qui in praelo Crucis expressus totum inebriavit mundum, de quo & Sponsa dixerat: Botrus cypri dilectus meus mihi, in vineis Engaddi. Cyprus enim terra vinifera est, Engaddi autem locus ubi multum vinum gignitur, locus ergo & vitis aptissimi ad ferendum fructum, quare palmites huius vitis totum occuparunt mundum; nam in omnem terram exivit sonus eorum. Unde de hac Psalmista concinit, dicens: Extendit palmites suos usque ad mare, & usque ad flumen propagines eius. Audi Paulum, qui fuit unus ex his palmitibus, dicentem Roman. 15. Quod ab Hierusalem per circuitum, usque ad Illyricum repleverit Evangelium Christi. Vinum autem quod expressit vinea haec tantae virtutis ac fortitudinis est, ut illo inebriatae puellae [illegible], nec mortem nec tormenta, nec tyrannorum minas sentirent. Haec vinea, quae propter has recensitas rationes debuerat optimos fructus facere, in quocumque palmite, ac propagine eius, non tamen id fecit, sed expectavi (dicit Dominus) ut faceret uvas, & fecit labruscas. Iudicate ergo (ait Dominus) inter me, & vineam meam. Quid ultra debui facere vineae meae, & non feci? An quod debuisset charitatis fervidos fructus facere, ac fortitudinis, patientiae, humilitatis ferre racemos; pro his fecit labruscas, hoc est, acerbam uvam, [illegible]. Tales hodie facimus fructus nos? Opera quippe facimus mortua absque calore charitatis, quae ea decoquat, & apta ad manducandum faciat. Nam acerba principium est ad hoc quod sit uva, verum-

Ad Gal. 4.
Ioan. 1.
Ioan. 15.
Cant. 1.
Psal. 18.
Psal. 79.
Ad Rom. 15.

veruntamen nondum per calorem est decocta, vt in vuam maturescat: Sic fides principium est Christianæ religionis, verum opera sola fide facta, absque calore charitatis, immatura sunt, nec Dei gustui placent,
Ad Gal. 5. donec per charitatem maturescant. Nam fides quæ per charitatem operatur, secundum Paulum, est quæ placet Deo. Charitas quippe saporem operibus nostris tribuit, eaque dulcescere facit, atque vim merendi illis tribuit. Ideo quippe hodie fideles tam tepide, ac imbecilliter operantur: quoniam absque charitatis fortitudine fere omnia opera sua faciunt. Ideo multi imbe-
1. Cor. 11. cilles inter vos (ait Paulus) & dormiunt multi: charitas enim est quæ animam roborat ad fortiter & delectabiliter operan-
Sap. 4. dum. Quare de talibus Sapien. 4. dicitur: Fructus eorum inutiles, atque acerbi ad manducandum, & ad nihilum apti. Hinc
Mich. 7. per Michæam Dominus conqueritur cap. 7. dicens: Non est botrus ad comedendum, præcoquas ficus desiderauit anima mea: quoniam bonum non est maturum, non potest comedi. Sic opera quæ charitate non calescunt, immatura sunt: quare præcoquas ficus desiderat Deus, hoc est, opera calore charitatis decocta. Ideo conqueritur
Esai. 5. Deus, & dicit: Expectaui vt faceret vuas, & fecit labruscas. Quando Moyses misit exploratores ad terram Promissionis (ait Scriptura) quod erat tempus quando præcoquæ vuæ vesci poterant. Tunc enim est tempus ingrediendi illam regalem promissionis, hoc est in cœlum, quando habebimus opera in charitate facta, [illegible]
Gen. 40. [illegible] Deus, immatura operantes. Pincerna Pharaonis in somnis vidit, quod exprimebat vuas maturas in calicem Pharaonis; quod fuit signum illum debere restitui in locum pristinum in domo Pharaonis. Sic quando matura opera, hoc est in charitate facta, Deo obtulerimus, manifestum signum erit, nos in eius gratiam, atque in pristinam dignitatem restitui. Expectaui vt faceret vuas, & fecit labruscas. Non placet Deo acerbum, hoc est, fides sine charitatis operibus, non illi [illegible] placet. Nec enim habet saporem illum, quo Deus libenter vescitur, vinum [illegible] Dei; [illegible]
Cant. 2. more [illegible]. [illegible] & Sponsa dicit: Introduxit me Rex in cellam vinariam, ordinauit in me charitatem. [illegible] non accreuit [illegible] in Dei [illegible] ea: vbi non accreuit [illegible]

dantur, imo acerbas vuas detestatur Dominus, cum dicit: De vinea Sodomorum, Deut. 32.
vinea eorum: & de suburbanis Gomorrhæ. Vua eorum, vua fellis, & botrus amarissimus. Sodoma sterilis, & caeca dicitur; de vinea Engaddi, & Hierusalem, conuersa est in vineam sterilitatis, & cæcitatis, &
cinerum. O anima cæca! quoniam fides Simile.
absque charitate est, velut habere oculos clausos, quo non vteris ad videndum, sic fides sine charitate inutilis est ad merendum. Facit enim charitas, vt cognitio illa Dei quam fides nobis parit: proficiat ad merendum vitam æternam. Ergo de vinea Sodomorum, vinea eorum, & de suburbanis Gomorrhæ. Quoniam eadem est ratio ciuitatis, & suburbiorum, hoc est capitis, &
membrorum. Et quibus capita sterilia [illegible]
opera faciunt: eadem & membra operantur. Quare Principes Sodomorum vocat
Deus per Esaiam capita populi sui. Quia Esai. 3.
ergo fructum maturum non ferimus, sed labruscas damus: talis fertur in nobis sententia: Auferetur à vobis Regnum Dei, & dabitur genti facienti fructus eius.
Certe [illegible] Aliud moralitas sententiæ.
[illegible]
[illegible]
[illegible] Regnum Dei, quod inter nos [illegible] per fidei cognitionem incipit, [illegible] Esai. 5.
[illegible]
[illegible] Ecclesia est vinea, vitis est Christus, nos palmites, [illegible] per fidem, & charitatem [illegible], Pater autem est agricola: [illegible]
[illegible]
[illegible] Sic carnis superbia, & contumacia [illegible]
[illegible]
[illegible] Esai. 14.
[illegible] Ezech. 28.
[illegible] Tyri [illegible]
[illegible]
[illegible] ait Dominus [illegible] Ioan. 15.
[illegible]

purga-

purgabit Pater meus, vt fructum plus afferat. Quare vinea hæc non altis cedris, sed
humilibus vitibus plantata est: quæ tamen
licet oculis hominum parua videatur, ante
Dei oculos magna sunt. Nam non diuites,
non magnates fuerunt eius primæ plantæ,
sed pauperes piscatores ignobiles de media
plebe assumpti, qui cum Paulo dicere po-
Psal. 43. terant: Propter te mortificamur tota die:
æstimati sumus tanquam oues occisionis.
1. Cor. 4. Et alibi: Tanquam purgamenta huius mundi facti sumus, omnium peripsema vsque
adhuc. Tamen in conspectu Domini pretiosissimi sunt filij eius dilecti, quibus complacuit dare Regnum suum, quorum non
dedignatur vocari Pater. Tamen in tantum Deo grati sunt, in quantum huic conglutinantur viti per fidem & amorem: qui
enim ab illa secantur, igni reseruantur inferni. Nam ab illo seiuncti, non possunt vi-
Ioan. 15. lum producere fructum. Vnde ipse Christus ait: Omnē palmitem in me nō feren-
tem fructū, tollet eum, & in ignem mittet,
& ardet. Hæc nos debemus facere. Ipse
quippe optimam plantauit vineam, qualem supra descripsimus. Et per torcular
etiam tentationes intelligere possumus, in
quibus exprimuntur boni, & à nobis pos-
Ad Gal. 6. cit fructus spiritus, quos Paulus Galat. 6.
numerat. Et misit alios, & alios seruos ad
colligendos fructus, vsq; dum & proprium
mitteret filium. In quo patientia, & Dei
longanimitas ostenditur: qua peccatores
expectat, licèt ipsi ob hoc peiores euadant,
iuxta illud Sapientis testimonium, quo di-
Eccles. 8. cit: Quia non profertur citò contra malos
sententia: ideò filij hominum, absque ti-
Iob. 24. more vllo, perpetrant mala. Et illud Iob:
Dedit eis locum pœnitentiæ: ipsi autem
abusi sunt eo in superbiam. Nam à primo
commisso delicto poterat illos punire, &
in inferna detrudere. Sed expectat Dominus, vt misereatur. Quod Paulus confir-
Rom. 2. mat, dicens: Tu autem secundum duritiam
tuam, & impœnitens cor: thesaurizas tibi
iram in die iræ, & iusti Iudicij Dei. Accumulat enim peccatum peccato, ita vt in die
Iudicij magnum cumulum peccatorum contra se habeant. *Quid ergo faciet Dominus vineæ? Responderunt ipsi; atq; dixerunt: Malos male perdet.* Ipsi contra se protulerunt
sententiam, siue in corde id dixerint, siue
voce protulerit, de quo posteà dicemus. In
quo ostenditur quanta iustificatione Deus
sua opera faciat, vt ipsi peccatores aduersum seipsos sententiam ferant, propria accusante conscientia, & cogitationibus accusantibus. Quarè eorum sententiam confirmat Dominus, dicens: *Auferetur à vobis
Regnum Dei, & dabitur genti facienti fructus eius.* Per Regnum Dei, non intelligitur hic Dominus illud cœlum Empyreum,
in quo Deus cum suis regnat; sed intelligitur præsens status Ecclesiæ. Regnum quippè Dei consistit in cognitione Dei, secundum illud Ioannis 10. Hæc est vita æterna, Ioan. 10.
vt cognoscant te Deum verum, & quem
misisti Iesum Christum; sed in præsenti
statu incipit vera Dei cognitio per fidem,
ergo & Regnum Dei intra nos est. Licèt
sicut notitia, quā hic habemus de Deo, est
imperfecta, ita & participatio Regni Dei,
quæ tunc completa erit, cùm videbimus
Deum sicuti est. Et quod de illo Regno 1. Ioan. 3.
non loquatur, est manifestum, eò quòd
illud nunquam auferetur. Ergo non sine
causa pertimesco, ne in nobis sententia
hæc Dñi executioni mandetur, & auferatur à nobis Regnū Dei, hoc est fides; sicut
in multis iam vicinis partib' experimur, eò
quòd fructus vineæ non facimus. Fructus
autem præcipuus huius vineæ charitas est,
vt Paulus ad Galat. 6. enumerat, simul cum Ad Gal. 6.
pace, quæ ad illam consequitur. Hunc enim
amorem ac pacem venit Deus seminare in
hæreditatem suam, vt ipse dixit: Ignem Luc. 12.
veni mittere in terram, & quid volo, nisi
vt ardeat? Quarè vinea nuncupatur, cuius
fructus vinum est, in quo amor designatur. Vinum quippè forte est, secundum
illud Esdræ: Forte est vinum. Fortitudo 3. Esdr. 3.
autem etiam amori tribuitur, iuxtà illud
Cantic. vltim. Fortis est vt mors dilectio. Cant. 8.
Quocircà primum miraculum quod Domi-
nus fecit, fuit aquam in vinum conuertere;
vt insinuaret ad id se venisse in mundum,
vt calorem charitatis in hominibus accenderet frigiditate excussa, & in amoris calorem conuersa. Præcipuus ergo fructus
huius hæreditatis charitas est, vt Paulus Ad Rom. 13.
etiam docet, cùm ait: Plenitudo legis est
dilectio. Videamus ergo, si fructum illum
hodie proferimus, & inueniemus nos longè abesse. Coalescit modò charitas proximorum, an proprius amor? Omnia in
seipsos hodie homines conuertunt, nec amicitiam vllam inter illos inuenies, nisi propter proprium commodum, lucrum, aut
voluptatem. Quarè in promptu videmus
tempora illa periculosa, de quibus Paulus 2. Ad Ti-
nos mot. 3.

nos admonuerat, dicens: Spiritus manifestè dicit: quoniam in nouissimis temporibus instabunt tempora periculosa. Erunt homines amantes seipsos, *Hechos vnos Narcisos, enamorados de si mismos*, Cupidi, elati, *Desamoridos*, sine affectione, *Desamorados*, sine pace, *Rezillosos*. Et Roman. 7.

Ad Rom. 7.

Sine affectione, sine fœdere, *Fementidos*, sine misericordia, quæ est charitatis effectus. Mirabile certè est quam fragili nexu hodie connectantur hominum amicitiæ, *Parecen presas con alfileres*, facillimè quippe dissoluuntur. Hi qui hodie maximam præ se ferebant inter se amicitiam, cras se inuicem occidere nituntur, hoc est, qui semper in hoc seculo nequam audio. Si quæras vbi sunt hic & ille qui velut fratres indiuidui erant, nec vnus ab alio separabatur. Audio à dicentibus: Iam soluta est eorum amicitia, maximam inter se quæstionem habuerunt. Et alij duo ille, & ille quid de illis factum est? Respondetur mihi: Fuerant maximè chari: & tamen vulnerauerunt se inuicem, & vnus alium occidere quærit. Quod si rationes indagare volo, inuenio rem parui momenti fuisse, nec sufficientem, vt tanta dissolueretur amicitia. Sed hoc quare? Quia non verò innitebatur fundamento, quale est Deus, sed erant amores ficti, fabulosi, quales sunt illi quos fabulæ narrant de Amadis, & aliorum. Igitur meritò perhorresco hanc Domini seuerissimam sententiam, ne in nobis adimpleatur, quoniam fructus huius vineæ non facimus. Vnde & Sapiens Eccles. 10. ait:

Eccle. 10.

Regnum transfertur de gente in gentem, propter iniustitias, contumelias, & iniurias, & varios dolos. Videamus ergo si hæc mala in mundo hodie sint, & inde colligere poterimus, si id à nobis timendum sit. Iniustitiæ abundant, superiores quidē cum inferioribus iniustè agunt, & æquales cum æqualibus etiam. Periculosum est os in cœlum ponere. Tu autem, Domine, scis, atque vtinam tu solus scires quanta hodie subditi indigna à suis superioribus patiantur: & non id experientia, & periculo nostro agnosceremus. Rex ac quilibet Gubernator minister Reipublicæ est, ab ipsa ad hoc munus electus, & propter tale ministerium illi Respublica tributa soluit. Vnde quidam Rex sapienter dixit, quòd Regnum est seruitus quædam splendida, id est dicere, Rex est seruus quidam diues, ac honoratus. Quarè tenetur ministerio, & vtilitati Reipublicæ, potiùs quàm suis commodis deseruire. Id enim interest inter tyrannum & iustum Regem; quod ille sibi, hic publicis vtilitatibus potissimè prospicit. Idem de iudice quolibet dices. Quòd si huiuscemodi ministri, neglectis publicis commodis, sibi soli prospicere velint, & vt ipsi ditescant oues excoriare non pudeat: vaßitus emittent oues, qui cœlum penetrabunt, & Dominum ad sui vindictam inclinabunt. Quòd si in particulari ea in quibus à superioribus inferiores iniustè ac crudeliter, imò & tyrannicè opprimimur, recenseremus scandalum potius esset. Quarè tacendum censeo, & coram Deo nostras effundere querimonias: quoniam ipsi cura est de nobis, & patrocinium feret his, qui iniustè patiuntur. Si autem iniustitias quas æquales æqualib⁹ faciunt connumerare vellimus: tempus nobis ad enarrandum deficiet. Superiores distributiuā iustitiam violant, inferiores commutatiuam. Non loquor modò de vsuris, simonijs, cambijs, & de alijs manifestis latrocinijs, ac rapinis, quibus mundus abundat; hoc enim istius, aut illius peccatum est. Generaliter tamen dico, quòd omnes iustitiam cum proximis vestris violatis. Iustitia quippè est vnicuiq; reddere quod suum est: vos autem id minimè facitis, sed semper aufertis aliquid de eo quod fratri debetis. Si enim aliquod malum de eo profertis, dimidiam partem additis, supra id quod verum est: si bona quæ in eo sunt loquimini; maiorem partem demitis, nec totum bonum quod eis debetis, confertis. Quarè Psalmista dixit: Mendaces filij hominum in stateris. Quoniam

Psal. 61.

nunquam æquū pondus cum fratribus suis seruant. Sic in honore tribuendo, mendaces filij hominum in stateris. Idem de maioribus dices: Plùs enim æquo tribuunt honoris, quàm ille meretur, & minùs huic, & vltrà condignum aliquando illū vlciscuntur. Ecce quomodò in omnibus iustitia non tenetur, quare iniustitiæ abundant. Quòd si de iniurijs & contumelijs loquamur, quas etiam connumerat Sapiens inter causas transferendi Regnum de gente in gentem. Proh Deum immortalē quantæ, & quàm magnæ sunt. Nescit homo aperire os, nisi ad inferendum nocumentum proximo. In præsentia illum verbis maledictis feris, quibus illum contristas: in absentia illius famæ detrahis. Honorem præsens aufers, & famam absens denigras. Et varios dolos.

Psal. 54. los. Non deficit de plateis nostris vsura & dolus, omnia plena sunt dolo. Pater circumuenire nititur filium, filius patrem, maritus vxorem, amicus amicum, emptor venditorem, venditor emptorem, & sic in omnibus vsu venit. Quapropter *Hiere. 9.* Hieremi. cap. 9. sic dicit: Vnusquisque se à proximo suo custodiat, & in omni fratre suo non habeat fiduciam: quia omnis frater supplantans supplantabit, & omnis amicus fraudulenter incedet, & vir fratrem suum deridebit, & veritatem non loquentur. Docuerunt enim linguam suam loqui mendacium, vt iniquè agerent, laborauerunt. *Afh dins pera bazer mal.* Igitur si hæc ita videmus quid mirum quòd vehementer timeamus, ne in nobis hæc sententia feratur; cùm causas eius in nobis inueniamus? Quod si id differt Deus, misericordiæ eius ac bonitati ascribamus, qui nos expectat vt misereatur. Misericordiæ Dei (ait Propheta) *Thren. 3.* quòd non consumpti sumus. Audio ergo Domini sententiam contra nostra delicta: eadem in me & in vobis loquutus. Prætereà video vicinas gentes huic iam subiacere sententiæ, cur non horrescam tremebunda iudicia Dei? Deus quippè his qui rectè sua misericordia vti volunt, bonus est: terribilis tamen his qui nimium in peccando contumaces sunt. Vnde in hac parabola addit *Psal. 117.* Dominus: Nunquàm legistis, lapidem quem reprobauerunt ædificantes, hic factus est in caput anguli? Lapis quippè fundamentalis est Christus, & totius ædificij clauis. Est autem bonis, & pœnitentiam agentibus petra refugij, secundùm illud Psalmi*Psal. 103.* stæ: Petra refugium herinaceis, hoc est, pœnitentibus qui veluti herinacij sub sentibus pœnitentiæ se abscondunt. Et. 2. Re*2. Reg. 22.* gum. 22. ait Dauid: Dominus petra mea, & robur meum. Malis autem est lapis offensionis, & petra scandali. Offendimus quidem in lapillulis: quia minuti sunt, nec eos videmus; sic in Christo in eius Cruce; & humilitate impingimus: quia humiles res sunt, nec superbia nostra eas dignatur aspicere. Qui autem ceciderit super lapidem illum confringetur, super quem autem ciderit, conminuet eum. Est dicere, *si dà la piedra en el cantaro, mal para el cantaro; y si el cantaro en la piedra, mal para el cantaro.* Christus petra est, & tu luteum vas, si in lapidem istum offendis & peccas, væ tibi quoniam contereris: quòd si Deus aduersum te iratus te percusserit, comminuet te, & in profundum inferni detrudet. Nam cùm peccator Deum offendit quousq; illum tolerat Deus, videtur Deum sub se habere calcat enim eum, atq; eius mandata contemnit: & tamē potiùs ipse vulneratur, ipsiq; damnum infert. Deus quippè firmissima petra est: cui tu minimè nocere valebis. Nam, vt Athanasius docet, quemadmodùm qui viperam in aliquem proijcere *D. Athanasius.* vult, vt illum mordeat, priùs ipse vulnera*Simile.* tur à vipera: sic qui contra Deum, aut proximum peccat, sibi ipsi priùs virus effundit. Porrò si peccaueris, quid ei nocebis? *Iob. 35.* Et si multiplicatæ fuerint iniquitates tuæ, quid facies contra eum? Homini qui similis est tui, nocebit impietas tua. Et Psal*Psal. 56.* mista ait: Foderunt foueam, & inciderunt *Simile.* in eam. Simile quid eis accidit, quod illi contigit, qui tauri ærei tormentum adinuenit, quem tyrannus Phalaris fecit, vt priùs ille experiretur. Sic peccator priùs in se experitur damnum quod alteri infert, cùm priùs per peccatū animam suam vulneret, ac interimat: sicut Aman ligno illo *Esther. 7.* priùs suspensus est: quod ipse parauerat Mardocheo. Deus nihilominùs peccatores tolerat, ac fert patienter sustinens eorum mala, quibus Deum contemnunt, calcant, & colaphys cædunt, illumque multis vijs deprecatur, vt cesset à peccato. Quod si contumaciter renuerit facere, eiusque longanimitatem contempserit; iram suam super illum voluit, atque in æterna tormenta comminuit. Id accidit peccatori cum Deo, quod Asael fratri Ioab, cum Abner *2. Reg. 2.* Principe militiæ Regis Saul. Persequebatur Asael Abner cursu velocissimo. Abner deprecabatur illum, vt desineret eum persequi, ac dimitteret se; volens illi parcere propter Ioab fratrem suum. Sed cùm illum, nec deprecantem, nec nimis terrentem vellet audire: lanceam quam tenebat in manu retorsit in illum, atque confixit eum in terra. Sic Deus cum peccatoribus se habet. Nam ille persequitur velocissimè Deum, peccata peccatis addendo: Deus autem internis inspirationibus, prædicatorum vocibus, confessarij consilijs illum deprecatur, vt cesset, dicens per Esaiam: *Esai. 1.* Quiescite agere peruersè. Tandē cùm peccator suis non acquiescat precibus, sed Dei abutatur patientia; iræ suæ lanceam vibrat in illum, qua illum in infernum confodit. Væ illi, quia in æternum erit ibi conturbatus. Nihil enim in corpore, aut anima

erit,

erit, quod non comminuatur tormentis. Super quem autem ceciderit, comminuet eum. Quod Dñs per Esaiæ 30. his verbis comminatur, dicens: Populus ad iracundiam prouocans est, & filij mendaces, filij nolentes audire Legem Dei, qui dicunt videntibus: Nolite videre, & aspicientibus (*a los atalayas*) Nolite aspicere nobis, quæ recta sunt. Loquimini nobis placentia, videte nobis errores, auferte à me viam, declinate à me semitam, cesset à facie vestra sanctus Israel. Propterea hæc dicit Dominus sanct⁹ Israel: Pro eo quod reprobastis verbum hoc; & sperastis in calumnia & tumultu, & innixi estis super eo: propterea erit vobis iniquitas hæc, sicut interruptio cadens, & requisita in muro excelso. Quoniam subitò dum nõ speratur, veniet contritio eius, & comminuetur sicut conteritur lagena figuli contritione peruálida, & nõ inuenietur de fragmentis eius testa, in qua portetur igniculus de incendio, aut hauriatur parũlum aquæ de fouea. Sic etiam per Dauid scriptũ est: Reges eos in virga ferrea, & tanquam vas figuli confringes eos. Hæc facilli negotio, proposito parenti, poteris applicare. *Esai. 30.* *Psal. 2.*

Alia moralitas sententiæ. Hanc parabolam Dñs Principib⁹ Synagogæ dixit, quæ tunc erat Ecclesia Dei. Nam Ecclesia à primo iusto, qui fuit Abel, semper perseuerat eadem, sicut in hac parabola docet D. Greg. Accepit quidem illa incrementa, secundum diuinã dispositionem in diuersis temporibus: tamen Ecclesia vna semper fuit & erit secundùm illud Cant. 6. Vna est columba mea: & ita diffinitur cap. firmiter, de summa Trinit. Vna est sancta mater Ecclesia. Quarè si illa peccata, quæ tunc commiserant illi, quibus Synagoga commendata fuerat; nunc committerent sacerdotes nouæ Legis, & cæteri fideles illos imitarentur: eadem sententia hos etiam deberet comprehendere ac illos, imò seuerior multum. Quoniam etsi vna sit Ecclesia antiqua & noua, tamen perfectior multò est hæc quam nos habemus, ea quam prisci Patres tam in Lege naturæ, quàm scripta tenuerunt. Nec enim hæc in arctissimis Iudeæ locis plantata est, nec sola vna ciuitas, nec vnus populus eam constituunt; sed vniuersa fidelium turba, totus mundus, omnes nationes, Barbari, Scithæ, Indi, atq; Æthyopes; multitudo magna gentiũ, omnium statuum ac conditionũ. Nec Ecclesia hæc vnũ duntaxat templum habet, sed innumerabilia; nec illa solùm lauacra habet, ac purificationes, quæ corpus tãtummodò abluebant, sed *D. Greg.* *Cant. 6.*

Baptismum & Sacramenta, quæ animam à peccatis abluunt. Nec est in ea torcular, in quo solummodò sanguis hircorum, aut vitulorum effunditur; sed ipsius filij Dei sanguis quotidie in holocaustũ offertur. Vinea quã vt plantaret filius Dei habitu incedens, vt homo, imò vt agricola ad eam venit, atque triginta trium annorum laborem insumpsit in eam, ad cuius fossionem ac culturam necessariò fuerunt claui, lancea, spinæ, flagella, & Crucis aratrum, mors atq; sepultura: & ad eam irrigãdam lacrymæ, atq; sanguis diuinus effusa sunt. Vinea quæ pro fructu homines genuit, & homines Angelis pariter splendidiores illis. Vinea ad cuius obsequium cœlum fabricatum est, omnia quæ simul creata pro eius delitijs facta sunt: cuius requies Deus est, cuius vita Spiritus sanctus, cuius plantator filius Dei, cuius agricola Pater. Hæc ergo vinea est, hoc Regnũ quod Deus Principib⁹ Christianis maximè commendauit simul ac vniuersis fidelibus; non vt eius Dñi essent (non enim dominamur fidei vestræ, ait Paulus) sed vt eã quasi agricolæ locatã, & loco mercedis fructus eius Dño redderent, vnusquisq; secundùm portionem, quæ illi contigerit. Temporales Reges Respublicam iustè ad spiritualem bonæ gubernantes, spirituali regimini fauorem præstantes, atq; illius se dominio submittentes. Ecclesiastici prælati spirituali regimini diligenter incumbentes, quod secundùm Euangelicã ac Apostolicã doctrinam exercere debent. Cæteri fideles vnusquisq; in suo statu vitam agentes, secundùm Euangelium Christi, & Ecclesiasticas Leges, nec vnquam transuersum ab illis deuiantes. Talis autem & his modis locata vinea, intolerabilis ingratitudo esset fructus nolle soluere Domino. Tunc autem retinere cœperunt agricolæ illi, quando fructus quos vero Domino reddere debebant, sibi iniustè vsurpare conati sunt. Tunc etiam Synagoga aduersus Deum certare cœpit, cùm opera illa, quæ in gloriam, & cultum Dei dedicanda erant, in propriam gloriam, ac vanitatem conuertere volebant, tàm temporales Principes, quã qui templo præsidebant. Intromisit se Rex Ozias (vt historia Regum Iuda refert) ad offerendum thus Domino in templo, quod tamen munus sacerdotũ dignitatis erat, cui tamẽ fortiter summus Sacerdos Azarias restitit. Quarè 1. Paralip. 6. solus ille cum nomine sacerdotis recensetur. Nã vbi ibi diuina Scriptura nomina *2. Cor. 1.* *2. Paralip. 26.* *1. Paralip. 6.*

mina sacerdotū vas conferret, cū ad Azariam venit sublatū est. Ipse est qui sacerdotio functus est in domo quā ædificauit Salomō in Hierusalē. Circa quem sancti Doctores ac interpretes disputant quærentes, quare bonis vni [illegible] sub nomine sacerdotij, & de eo solummodo dicatur, quod hoc munere functus fuerit, cū reliqui etiam sacerdotes alteri ministrassent. Respondent in causa id fuisse, quòd solus ille restiterit Regi Oziæ vsurpanti sibi sacerdotale ministerium volenti offerre incensum, quod solius fuerat sacerdotis munus & officium erat. Nec enim negotium saltem ac ministerium hominis erat profani; sed potius Deo ad tale munus consecrati. Non hoc ministerium tuum est (ait Azarias Regi) nec tua dignitas ad hoc pertingit: sacerdotū officiū est, non illud tibi sacrilegè vsurpare præsumas. Hoc enim est fructus alienos sibi surripere. Sacerdos quidē erat iste, sed veteris legis, in qua more sacerdotū consecratio pura cæremonia erat; nec enim gratia per illā conferebatur, nec potestas vlla, aut character aliquis spiritualis, non ad offerendū sanguinem Christi, sed vitulorū & pecorum, non ad delenda animæ peccata; sed ad tollendas tantū corporales irregularitates. Nihilominus tanta virtute præditus fuit, vt Regi contradicere non timuerit, qui & ab officio remouere illū poterat, imò & vitam corporalē ab illo auferre. At modo in lege noua in qua sacerdotes verè consecrantur, & in anima sanctificantur, in quorum consecratione gratia diuina eis confertur, potestas spiritualis eis datur, character ac signum talis potestatis eis imprimitur. Qui verè absoluunt homines à peccatis, corpus, & sanguinē Christi consecrant, coronā tanquā Reges portant, mitrā bicornē tanquā superiores, vt terribiles inimicis efficiātur; quia propter eos regale sacerdotiū vocat Petrus; & tamen timore mundano præpediti, non id audeant Regibus Christianis dicere, quod sacerdos ille, vel potius nostri sacerdotij figura, Regi præpotenti dixit, qui volebat sibi vsurpare quod Dei erat. Cum tamē ad hoc deberent vti sua potestate, ne seculares Principes, ea quæ sunt Ecclesiæ vsurparent, nec eius infringerent priuilegia, immunitates, aut cætera quæ ad eius authoritatem magis pertinebant. Ipsi vero tacent, & sunt velut canes muti non valentes latrare, qui fortè, nec ipsi fruct⁹ vineæ faciūt, sed in suos proprios vsus, ac vtilitates bona

1. Petr. 1.

Ecclesiæ conuertunt, vt ipsi qui mundanas appetebant pompas; & in seculo nō potuerunt habere, ex Ecclesiæ redditibus eas habeant, vt suos consanguineos diuites faciāt cū tamē fructus nō sibi sed Christo, & eius heredibus qui sunt pauperes debeantur, & in Dei cultū & obsequiū ea expēdere oporteret. Achab Rex Israel vineā Naboth accepit, vt sibi hortū & pomarium statueret, & ex pessimo Iezabelis consilio id fecit interfecto innocente Naboth. Id ad literam Synagoga fecit interfecto innocētissimo Christo quoniam Principes eius in sua commoda colebant vineam Synagogam. Id quidē infidelis Synagoga fecit, sed tu, ô Ecclesia Dei benedicta vinea Domini, sic à pastoribus tuis tractaris; cum in te, quasi agricolæ deberent curare & colere, vt plantæ veteres conseruarentur, & nouæ plantarentur quæ suo tempore darent fructus suos, è diuerso non Principes seculares solū sua bona experunt, vt sibi hortos & pomaria faciant, & in suos proprios vsus conuertant; verum & illi qui locum agricolarum in te tenent, & qui te deberent colere, purgare, custodire, augere, hi te deliciarum suarum hortum facere volunt. Ideò quippe prælaturas ambiunt, beneficia quærunt, prouentus maiores appetunt, ad hoc & vites & palmites tuos volunt, plures parochias maiora districta, ad hoc & augeat prouentus, et plus redditum, plus authoritatis habeant, plus in suis delicijs expendere valeant. Adiuuat ad hoc suis consilijs, ac importunis precibus Iezabel, hoc est, caro, & eius affines ac consanguinei, amici, clientuli, vt sibi omnia sint, nihil supersit Deo, aut pauperib⁹ Christi. Video quidē fratres mei hos qui Ecclesiasticis diuitijs potiūtur aulas ædificare regias, villas, hortos, prædia, maioricatus instituere, & in rebus alijs superfluis suas expendere pecunias. Ad quid hoc? Videntur certè occasiones quærere in quib⁹ pecunias effundant: vt nihil remaneat quod pauperibus erogetur. & hoc est fructus vineæ vsurpare, omnia in suos vsus cōuertere, vt nihil supersit quod vero Domino tribuatur: quod & Pharisæi volebāt. Ambitione quippe ac auaritia perciti Christū Dominum occiderunt: vt ipsi Synagogæ ac plebi dominarentur, ipsi soli ab hominibus vocarentur Rabbi, ipsis prouentus, oblationes, ac lucra multa accederent. Et quoniā Christus, qui erat Dominus vineæ, id illis suis acris verbis impediebat: ideò eradicarunt illū ex-

3. Reg. 21.

tra vineã & occiderunt. Extra portas quippe crucifixus est ab eis Christus. Hac ergo via, auaritia scilicet, ac ambitione, Christus à Pharisæis occisus est. Atq; vtinam eadem via hodie ab hominum memoria non interceat, sicuti videmus iam in multis populis interisse, & quod habeat se tanquam peregrinus & hospes super terram: quærendo hospitium, cum à multis iam dudum expellatur; & in illo videamus adimpletũ illud, (Hiere.14.) Hieremiæ [illegible] cium [illegible]. Et sic quasi [illegible] futurus esset super terram & quasi peregrinus & vagus declinans ad manendum. Nimio flagrabat desiderio Deus, vt cum hominibus habitaret super terram, incola atque. Ciues in patria eorum fore, verũ eorum crudelitas ac ingratitudo id non permisit. Nam cum triginta & tribus annis in populis Iudææ habitasset, & cum hominibus conuersatus fuisset, homines impij nõ tulerunt illum, sed extra ciuitatem eiecerunt & occiderunt, occisis etiam multis ex familiaribus suis: quapropter ad gentes se transtulit. Et cùm iam in vniuersa terra receptus esset, impius Mahumethus illum à maiori parte terræ expulit, Lutherus etiã verum nomen eius, à nostris vicinis regionibus exterminauit. Quare apud nos solũ modo manet verus Christus nos enixe deprecans ne abijciamus illum. Et cùm se sic constrictum videt, vsque ad Indos alterius poli se transfert: nam & nos non facimus fructus vineæ suæ. Principes seculares quã Ecclesiastici quomodo in his se habeant tã diximus: Cæteri fideles quem fructum ferant audite. Cum deberent quippè fructũ (Ad Col.1) bonum operum exhibere, & ambulare digne Deo, vt ait Paulus, hoc est, fructus vineæ Dei ferre, qui sunt opera charitatis, non proferunt nisi mundi fructus & (Ad Gal. 5.) opera carnis, quæ Paulus ad Galatas refert. Expectauit vt faceret vuas, hoc est, opera dulcia, ac fortia charitatis & pacis, & (Esai. 5.) fecit labruscas, id est, opera amara odij & dissensionis. Mundum enim repleatis iniquitatibus, blasphemijs, periurijs, rapinis, dissensionibus, mendacijs, dolis, falsis testimonijs, atque in numeris alijs sceleribus, itaque onusta plaustra peccatis. atque flagitijs in terram trahitis hodie, ò mortales, (Esai.5.) sic vt in vobis iactari possit illud Esai .c.5. Væ qui trahitis iniquitatem in funiculis vanitatis, & sicut vinculum plaustri peccatum. Nam sicut plaustrum onustum trahimus (Simile.) magna vi, ita vt vix duo magni boues illud vehere possint; sic magna vi, atque sudore hodie trahuntur peccata. Tot enim sunt & tam magna: vt vix mundus iam illa ferre valeat, nam totum conatum, studiũ, laborẽ hodie homines in peccando impendunt. In quo expendit ille, non fuit in peccatis, [illegible] aleatoribus, cum meretricibus, cum sicarijs, [illegible] ridendo: Ille [illegible] tripudium, [illegible] Dei [illegible] expendere vellit. In quo ille vires suas consumit in peccatis certè. Petrus laborando ille, [illegible] alios, hos ad hæc facinora adiuuando, illos ad alia incitando. At ille alius suum ingenium applicat in carminibus lasciuis componendis, in detrahendo proximo, in mentiendo; in decipiendo, denique in ea omnia quæ flagitia & peccata sunt. Ad quid tanta pecunia consumitis: in vestimentis sericis, speciosis sumptuosis, in fucis & cor[illegible] nibus, adhuc, vt pulchra appareatis? Certè vt illos incitetis ad peccandum, ad se allicias, atque multos ad adulteria, ad stupra, ad incestus, ad sacrilegia. Heu, heu, heu miseri nos mortales. qui trahitis iniquitatem in funiculis vanitatum ad vos. Tot modis tã quã funiculis peccata trahitis. Et sicut vinculum plaustri peccatum: vim omnibus inferẽdo reb[9], vt eas ad peccata retorqueatis. Et sicut plaustrum onustum fœno, vt dicitur Amos. 2. Fœno enim omnia hæc (Amos. 2.) propter quæ peccatis comparantur. Stridebo super vos sicut plaustrum onustum fœno. Tot enim strepitus, tot clamores, tot bella, tot motus atque inquietudines quas homines hodie peccantur, ad trahendũ fœnum deseruiant. Ad opera carnis & desideria adimplenda, quæ conferuntur fœno; (Esai.40.) sicut Esaias clamat dicẽs: Omnis caro fœnum, & omnis gloria eius quasi flos fœni. Omnis enim gloria carnis quasi flos fœni est, quod mane exoritur & vesperi exsiccatur. Et hæc onera portat peccator in plaustris ferreis, vt dicitur Amos.2. prop- (Amos. 2.) ter grauitatem & pondus earum. Ob hoc enim homo rem, pecunias, vires, ac ingeniũ consumit, ita vt vix peccator halitũ spirare valeat, sic peccatis ac eorũ grauedine pressus est. Væ ergo vobis qui trahitis iniquitatem, & hoc in funiculis vanitatum. Cur ille fœminã illã nobilem ac pulchrã deperit? cur illi [illegible] munera preciosa confert? cur ingenium suum & aliorũ in eius laudibus occupat? certè propter vanitatẽ, vt de eo dicatur, q; est optimus curialis curiosus, optimo praς. ædi[illegible] [illegible], & q in optimo loco sunt c. *Hoc sunt cogitationes, quæ ex homine de homine profanum [illegible].* Quod certè maximè detestandum est: iniquiorem, & qui deteriora, & periculosiora peccata cōmittere aggreditur meliorē vocatis (ò miseri ac cæci mortales) & inter alios nobiliorē. Audite diabolicā & infernalem loquelā. Eum qui nobiliori homini insidias parat, qui honestiorem sollicitat mulierem, validiorem ac meliorem vocatis. Væ qui trahitis iniquitatē in funiculis vanitatis. Idē & de ambitioso dicere poteris, qui supra se onera multa portat hominū amicorum, Regem ministrorū, eorū seruorū, quibus munera largitur, quorum iniurias ac superbiā ferre debet, & alia quam plurima mala quæ ambitiosus quisq; sustinet. Et quis hoc onerosum plaustrū ad se trahit? Funiculis vanitatis, certè, vt ipse consequatur honorem quod appetit, & sic alijs imperet, & honoratior sit cæteris. Hoc autem totū vanitas est, imò & vanitas vanitatum. Si ergo nec fructus vineæ facimus, nec soluimus, quid miramur si tali nos feriat, sententia Dominus dicens: Auferetur à vobis regnū Dei: & dabitur genti facienti fructus eius? Per regnū autem Dei ego intelligo virtutes Christianas inter quas fides fundamentum ac radix est, qua deleta nulla alia virtus quę hoc nomine apud Christianos gaudeat inuenitur: quoniā, vt ait Paulus, Sine fide impossibile est placere Deo. Terribilis hæc sententia, & maximè timēda, ne propter nostra peccata Deꝰ à nobis auferat fidē, sicut à conuicinis nostris ablatam videmus. Hęc enim inter oēs quas Deus in hac vita peccatoribus infert maior est, & quæ sola vltionis nomen habere videtur. Quoniā in alijs nos tanquā pater castigat, in hac tanquā hostis nos ledere contendit. Quemadmodùm Hieremias in suis lamentationibus deplorat dicens: Tetendit arcū suū tanquā inimicus, firmauit dexterā suā quasi hostis, & occidit omne q pulchrū erat visu in tabernaculis filiæ Siō, effudit quasi ignē indignationem suam. Primū dicit tetendisse Deus arcū suum & firmasse dexterā suā cōtra nos quasi inimicus. Inimicus tuus cùm te percutit non hoc facit animo, vt corrigaris, sed vt te occidat, amicus autē, aut pater ad hoc te percutiunt, vt emenderis: quare eorum vulnera mortalia non sunt. Vindictam quidē Deus exercere solebat in populū Christianū, sed tamē in ipsis cladē videbatur paternas potius correctiones quā hostiles vltiones exercuisse: quā & si sectæ, bella, schismata quæ in Ecclesia vigebāt (quæ multis perseuerabāt temporibus) fides tamē quæ radix est, illæsa nihilominus permanebat, etsi [illegible] constricta radix hæc erat, nec ad momentum quidem mutabat? Mirabile certè est q in Ecclesia Dei viginti nouē schismata fuerint, & in his illud q magnum dicitur (eo quod quinquaginta durauerit annis) & hisce temporibus duo & tres fuerunt simul Papæ, nec liquidò constabat quis esset summus Pontifex, & alij hunc, alij illū, vt verum Pontificem adorabant: & tamen nunquā fides periclitata est, nec vllus illius sedē & authoritatem ausus est negare. Legimus etiam plurimos Imperatores fuisse qui summo odio, summos Pontifices prosecuti sunt, & bella & exercitus aduersus eos mouebant, & tamē nullus vnquam sedem Petri negauit, quinimò vnus ex eis qui Henricus Aenobarbus dicebatur, è Sueuia crudeli prosapia sic excōmunicationes Pontificum pertimuit, vt pedibus nudis super niuem calcans ad Pōtificem accederet, vt illi à censuris absolutionis beneficiū prę staret, & ad pedes eius prouolutus sustinuit vt Pontifex pedem super collum eius poneret dicens: Super aspidem & basiliscū ambulabis & conculcabis leonem, & draconem, & Imperatore dicēte non tibi, sed Petro Pontifex replicaret: Et mihi & Petro: & inter has ciuiles dissensiones fides in suo robore semper [illegible] Etenī odio prosequerentur Papas bel[illegible] delissimū inferentes eis, nunquā tamen authoritatē illius sedis negauerunt, & illos Petri successores semper fassi sunt. Et cùm in multis prouincijs & signāter in nostra Hispania bella ciuilia insurgerent, quæ nos cōmunitates vocamus: tamen fides semper intacta permansit, nec circa eā quisquam aliquid noui molitus est. Hisce autem miseris tēporibus proh dolor, qualibet vel minima occasione periclitatur fides, obedientia vero sedi Apostolicæ negatur, cōculcantur sacra mēta, in numeriq; errores ac blasphemię sustinentur. Quid fecit Papa Regi Angliæ? Quod iniustū erat negauit illi, dissolutionē videlicet veri matrimonij multo tēpore continuati, & prolis generatione roborati, quod nullatenus dissolui poterat. Et ob iustissimū factū sede illā Petri negauit, esse se caput Ecclesiæ in toto regno suo prędicari mādauit, multaq; Lutheri dogmata amplexus est circa hoc, quem tamen ipse suis literis confu-

Hebr. 11.

Thren. 2.

Psal. 90.

confirmauerat. Apud Gallos etiam vbi fides Catholica sic semper resplenduit, quorum Reges Christianissimorum titulum meriti fuerant; quia Rex multas expendens pecunias, mota est respublica ad res nouas moliendas, & proximos fidem negauerunt & hæreticissimi Caluini dogmata amplexi sunt. Idē in Flandris nuper contigisse prospeximus propter tributa quædam illis imposita, quæ sibi grauia videbantur, quod & nos ne in nobis accidat iustè timemus, tamen si ego confidentiam magnam in Domino habeam, quòd hoc non permittet: etiam si nostra id scelera mereantur. Hæc vindicta, hostilis est. Sagittæ istæ, ad cordis scopum tendunt, radicē feriunt quæ fides est, non super capita nostra trāseunt, *Ne se passan por altos* veluti illæ quas Ionatas ad Dauid dirigebat: quoniam illæ sagittæ ab amico iacta erāt. Vndè Hierem. 30. dicitur, Plaga inimici percussite, castigatione crudeli.

Hiere. 30.

Ait ergo Hierem. Tetendit arcum suū quasi inimicus, effudit quasi ignem indignationem suam. Anteà misericordiam suā solebat Deus super nos effundere, nunc iram spargit. Antea stillabat per guttas super nos indignationem suam; nunc autem quasi impetu quodam totam effundit. Stillabit ergo super eos indignatio tua, aiebat Dauid: Guttas spargebat diuisas, nunc fame populum suum affligebat, alio tēpore peste, alio bellis eos percutiebat. Nunc autem totam simul iram super nos quasi ignem deuorātem effundit. Fames & simul pestis, morbi, bella, terrores, sectæ, hæreses, diuisiones, domestica odia nos premunt, atquē hostes impetu magno nos percutit. Et cecidit omne quod pulchrū erat visu in tabernaculis filiæ Siō. Iam pulchritudo Ecclesiæ deleta videtur. Vbi nunc constantia illa Martyrum est? vbi Confessorum pœnitentia? Virginū puritas? deuotio, ac paupertas Monachorum? Vbi nunc eremos illos reperies, qui pro hominibus Angelos ferebant? Ignis omnia consummasse videtur. Vbi Augustinū nūc quæres, qui tanto zelo Ecclesiam ab hæreticis defendebat? Vbi nā est alter Ambrosius qui fortiter Imperatoribus resistebat, & eos extra Ecclesiæ limites propter eorū inobedientiam abigebat? Vbi Episcopus ille Cantuariensis qui ob defendenda Ecclesiæ suæ priuilegia occubuit, & tanquam martyr in Ecclesia colitur? Hi erant muri, ac munimenta Ecclesiæ. His ionixa subsidijs immobilis tunc fides permanebat. Hæc

2. Parali. 34.

autem iam consumpta, ac diruta sunt. Subdit enim Propheta. Præcipitauit omnia mœnia eius, & dissipauit munitiones eius. Ambitio ac superbia hęc mœnia dirupit, nā illi qui Ecclesiam tanquam fortissimi muri munire solebant iam in terra iacent, ante pedes terrenorum Regum prouoluti terrā tanquam rabidi canes lingentes, quidquid voluerint Principes, consentientes absque hoc quod quis nunquā murus se illis audeat opponere. Et hoc, vt obtineant pinguiorē Episcopatum, aut dignitatem ab eis. Vndè & subdit Propheta, Et repleuit in filia Iuda humiliatum & humiliatam. Hoc est, tota Ecclesia repleta est his hominibus, qui se ipsos humiliauerunt, & propter temporalia lucra regib⁹ ac diuitibus tradiderunt. Ita quòd non inueniretur qui stare possit contra Reges ad defendendam Ecclesiam. In me quidem qui hęc & scribo & clamito suum exercebant furorem, qui nullam humanam protectionem spero, cūm alias nihil magnum pro defensione Ecclesię faciant, & quia hę veritates non admittuntur, desęuit ira Dei in vineam suam. Nam apud Esai. cap. 5. post illa verba, expectaui, vt faceret vuas, & fecit labruscas, sic subinfert Dominus. Et nunc ostendam vobis quid ego faciam vineę meę. Auferam sępem eius, & erit in direptionem: diruam maceriam eius, & erit in conculcationem. Et ponam eam desertam, non putabitur, & non fodietur, & ascendent vepres & spinę, & nubibus mandabo ne pluant super eā imbrē. Muri & sępes Religiosi, ac Ecclesiastici viri sunt, quos ab Ecclesia heretici suis fallis machinationibus propellunt, quare modo nec colitur, nec foditur, nec est vnus, aut alter, qui hoc ministeriū rectè facere velit: quare vepribus plena est, & Deus mādauit nubibus ne pluant super eam, hoc est, verbi Dei prędicatoribus quia vel nulli sunt, vel hi qui prędicant, aut adulantur, aut rebus minimis animum applicantes maiora contemnunt: quapropter subdit Hieremias dicens: Et dissipauit quasi hortum tentorium suum, & demolitus est tabernaculum suū (nunc hanc, nunc illam gentem destruendo) obliuioni tradidit Deus festiuitates & Sabbathū. Hoc in hereticis videmus qui festa Ecclesię non celebrant. Et in opprobrium, & indignationem furoris sui regē & sacerdotem. Hoc est, ergo omniū terribiliū sententia, Auferetur à vobis regnum Dei. Quare

Esai. 5.

Dominus

Apoc. 2 Dñs in Apoc. 2. nos admonet dicens: Age
pœnitentiam, & opera prima fac; sin autẽ
venia[?] tibi, & mouebo candelabrũ tuũ de
loco suo. Candelabrũ autem fidei lumẽ significat, quod licet à Germania, Anglia, &
Flandria remouit Deus, ita & à te remoue-
bit, & ad Barbaros, & Indos trãsferet illud,
qui meliora opera faciant quàm tu. Vide. 4.
4. Reg. 17 Reg. 17. quam reddat Dñs rationẽ, propter
quam transtulerit populũ Israel ad alienos,
& deleuerit eos à facie sua; quia verba Pro
phetarũ quos ad illos misit Deus audire ne
glexerunt, & indurauerunt ceruices suas,
ideò proiecit Deus illos à fide sua, & id populo Christiano applica.

Alia meditatio seu sermo. *Homo erat paterfamilias qui plãtauit vineã.*
Hæc Ecclesia vinea vocatur, quoniam fru-
ctus quem fert similis est fructui, quem vinea profert. Fructus vineæ dulcissimus est,
Prouer. 3. sic & Ecclesiæ, de qua dicitur: Primi & pu-
rissimi fructus eius. Ex quib' vnus est spes
quę gaudiũ & lętitiã in animo operatur, ad
similitudinẽ vini quod lætificat cor ho minis, talia quippè sunt bona quæ Deus præparauit diligẽtibus se, vt sola eorũ spes gaudio magno afficiat corda sperantiũ in eo.
Ad Ro. 12 Vnde & Paulus ait: Spe gaudentes. Nã spe
videtur q̃ hic incipiat similitudo quædã ac
vmbra eorũ quæ speramus: quemadmodũ
qui Episcopatũ, vel Principatũ sperãt, sola
hæc spes eos lętos habet, maximè si aliqua
innitantur certitudine se consecuturos q̃
sperant. Lætatus sum in his quæ dicta sunt
Psal. 121. mihi, in domũ Dñi ibimus, aiebat Dauid.
Nã in hac vita videtur spes tribui quasi in
præmiũ bonorũ operũ. Seminate vobis iu-
stitiã. Secundum 70. Et metite ipsã, ait Propheta. Ac si di-
Osee 10. ceret: Hic erit vobis fructus ex iustitię ope
ribus, nã per bona opera certiorẽ facitis ve
strã spẽ. Hinc Spõsa dicebat: Sub vmbra il-
Cant. 2. lius quẽ desideraueram sedi: & fructus eius
dulcis gutturi meo. q̃ enim vmbra viatori,
id spes homini Christiano in hac vita est.
Et hic est fructus quẽ modo colligit iustus,
qui debet in spe qui arat arare, & qui tritu-
rat in spe fructus suscipiendi, ait Paulus. Di
1. Cor. 9. citur autẽ vmbra spes Christiana: quia est
eorũ quæ in se non videntur, sed in figuris,
ac vmbris dũtaxat, in quibus fides Deũ no
bis ostendit. Spes quippè est eorũ quę non
videntur. Nã q̃ videt quis quid sperat? ait
Rom. 8. Paul. Est quidẽ eorũ quæ nõ videmus: expectamus tamẽ videre. Vnde subinfert Pau
lus. Si autẽ quę non videmus speramus per
patientiam expectamus. nã quia spes Christiani est eorum quæ per volũtatem Dei &
gratiã diuinam consequi debet; hinc fit q̃
hæc per patientiã expectat, quãdò voluntas
Dei fuerit illi dare. Nihilominus hunc fructum modo colligit, qui eũ gaudio afficit
eleuatque desideria sua ad cœlestia. Hinc
Spõsa aiebat, Læua eius sub capite meo, &
dextera illius amplexabitur me. Prius læ-
uã sub capite Sponsę habet Sponsus, fingit Cant. 2.
enim Sponsa quod Sponsus manu læua tenebat caput eius, quoniã in rei veritate spes
mentẽ & cogitatus nostros lęuat ad Deum.
In causa est spes q̃ iustus caput eleuet ad
cœlestia, nec illud depressum ad terrena
habeat. Secundũ illud q̃ Dominus Iustis di
cit: Respicite & leuate capita vestra: quoniã appropinquat redẽptio vestra, Hoc est, Luc. 21
dicere: Spes hæc quod iã bonũ vestrũ appropinquat, debet esse in causa q̃ caput prę
gaudio leuetis, nam tristitia deprimit illud.
Et deindè in alia vita dextera eius amplexabitur me; cùm me sibi iunget illa mirabi
li vnione qua essentiam suã cum meo intellectu copulabit. Tunc enim erit gaudium
meũ plenum. Interim spes me sustinet, læua eius eleuat caput meũ, nam per læuam
præsens status, per dexteram verò futurus
designatur. Hæc est enim aqua illa quam
Dominus pollicitus est Samaritanæ, quę fa Ioan. 4.
cit animam salire in vitam æternam. Hæc
quippè spes animã ad superna præ gaudio
salire facit. Quare semper in Ecclesia Dei
erit hæc lętitia: quoniam semper causa hęc
lætitiæ in ea perseuerabit. Vnde & Psalmi Psal. 86.
sta dicit: Sicut lætantium omniũ habitatio
est in te. Cõgregatio lætantiũ est in Ecclesia, qui hac spe gaudent & sustinentur. Ideò
enim cõparatur vineæ: quoniã fructum quẽ
fert lætitiam causans sicut vinum. Et sępẽ
circumdedit ei. Hęc sepes quę vineam hãc
ambit & munit; Lex Dei est decẽ illis pręce
ptis, quę sic totã Ecclesiã muniunt, vt nullum relinquant locum, quo possit fur aut be
stia se intromittere. Nec enim opus vllum
malum est, q̃ in illis Decalogi præceptis nõ
sit prohibitum, nec opus vllum bonũ, q̃ ibi
non sit mandatum. Quare qui ea seruauerit,
vndiq; septus erit. Nam quodlibet vitium
quod te aggredi contendit, inueniet murũ,
ac propugnaculũ quod eius obstet ingressum, si enim te voluerit adoriri suggerens,
vt falsum contra proximum tuum dicas testimonium, protinus est autem mandatum
illi obuiam veniẽs, atq; repellit, quo prohibe
tur ne falsum testimonium aduersus proximum

rum nostrū dicamus. Idem de adulterio, de homicidio, & de alijs peccatis dices. Habes enim quid respondeas, & quo hostem propellas dicens, Non hoc facere debeo: quoniam prohibitū est à Deo meo, & contra legem ac imperium eius facerem. *Gen. 39.* Sic enim pudicus ille iuuenis Ioseph inhonestę mulieri respondit: Quomodo possum facere verbum hoc, & peccare in dominū meū? Acsi diceret: Vetitum hoc est à Deo, non possum contra Dei prohibitionē ire. Amplissimus murus lex Dei est, quæ omnes aditus claudit, ita vt non sit locus quo hostis ingredi valeat. Quarē numero denario clauditur, qui omnibus numeris perfectior est, imò qui in se omnes numeros includit. Nam cùm ad decem accesseris definit numerus, & incipis sicut à principio numerare decem & vnum, decem & duo, &c. vsque ad viginti, vbi definit secūdum denariū, & protinus reincipimus ab vno, viginti & vnū, viginti & quatuor, &c. Lex ergo Dei omnib' est numeris absoluta, nec ei aliquid perfectionis deficit: quare optimus est animæ murus. Si verò vel aliquod præceptum eius frangis, iam aditum aperis inimico: idē *Simile.* enim est acsi totus corruat murus. Nam si sulfureis tormentis hostis partem aliquam muri diruit; & si totus murus non cadat, idē est, ac si totus murus corruisset: quoniā per illam partem dirutam, hostes ciuitatem capiant. Nam si idem damnum mihi infertur per hanc partem muri dirutam, ac si totus corruisset; idem debet esse iudicium. Sic, si vnum ex præceptis transgrediaris, iam habet hostis quo ad te ingrediatur: quantum ad hoc idem est beneficium, ac si omnia præcepta omitteres. Nā sic amittis Deum per trāsgressionem vnius præcepti, ac omniū. Et diabolus per vnū mortale peccatum sic te capit, ac si mille committeres, licet per multa peccata maiorē ei aditū pares. Et *Iacob. 2.* sic intelligitur sententia illa Iacobi, quæ dicit: Qui in vno offenderit factus est omniū reus, idem est, ac si in omnibus offenderes; in hoc sensu, quòd sic contemnitur legislator in transgressione vnius mandati, ac si omnia prætermitteres, licet maior contemptus sit in trāsgressione omnium quā vnius; tamē lex frangitur per vnius mādati prætermissionē, & fit reus æternæ pœnæ, sicut *Simile.* per trāsgressionem omniū. Veluti qui vnū annulū cathenæ frangit totā cathenā frāgit; sic lex Dei per decē præcepta tanquā decē annulis anectitur, qui aūt vnū fregerit, totā diruit legē: quoniā totus legis ordinē prætermisit, quę omnibus suis partibus constabat. Sed ad hoc præparetur torcular quod paterfamilias in hac vinea fodit, quod significat pœnitentiæ Sacramentū. Nam licet omnia Sacramenta torcular hoc constituant (nam omnia mustū huius botri exprimūt, atque stillant) pœnitentia tamen proprior peccatoribus est medicina. Hi quippè ruperant murū, diruerant sæpè, cū legē Dñi transgressi sunt. Quare pœnitentia cum lapide grandi timoris cōtritionem incitat, quæ trabes est huius torcularis, animam præ dolore premens, & ita fortiter constringens, vt eā faciat exprimere lacrymas quibus & malitia ipsa pellatur foras. Ita vt tali pōdere anima exiccetur, constringatur dolore, pœnitētia, operibus satisfactorijs, ieiunijs, disciplinis, eleemosynis. Eleemosyna quippè exiccat bursam, ieiuniū carnis viorē arefacit: ita quod pœnitētes in ipso aspectu marcidi ac exiccati incedant, sicut remanet vua postquā trabes simul cū pondere saxi super illā stetit. Et ad hoc propositū intelligunt aliqui illud Psal. 118. Factus sum sicut vter in *Psal. 118.* pruina. Vter quippè postquā musto euacuatus est, gelu & pruinę soles relinquit, vt *Simile.* sic exiccetur à pristino humore & constringatur. Sic veri pœnitētes facere solent. Eius contrarias malitia, corpus ad opera satisfactoria exponunt, ad ieiunium, ad gelu mediæ noctis, ad flagella vt sic constringatur quantū licentia peccandi ad vitia se extenderat, & sic exiccetur ab humore pristino vitiorum. Et id saxū timoris Dei facit excitando contritionē, quæ lacrymas expellat; atque reliquias oēs pristinæ vitæ arefaciat, & sic pessimus humor expellatur. Sic autē oppressum corpus & constrictum potest, ac cæteris animalibus exponat, sicut vinacia vuarū, quæ sunt reliquiæ vuarū iam expressæ, exponuntur. Hoc est, corpus suū omnibus laborib' offerat, nec vlli parcat incōmodo, non curans an porci, hoc est, immundi homines conculcēt illud, aut canes oblatrent contra illud. Verus quippè pœnitens nihil pendit carnē suā & parum de illa curā gerit. Lapis hic timoris Dei sic oppressum atque constrictum habebat sanctum Iob, *Iob. 31.* quòd cogebatur dicere: Semper enim quasi tumentes super me fluctus timui Deum, & pondus eius ferre non potui. Considera quanto concutiatur horrore ille qui per medios fluctus in mari nauigat, cùm videt superne crispantes aquarum fluctus,

qui

qui leve iam ipsum deuorare videntur: sic Iob iudicia Dei præ oculis habebat, & quasi iam tempestas illa ignis iræ Dei super illum arderet, sic timebat Deum, & pondus eius ferre non poterat. Quid mirũ si Angeli qui fortiores nobis sunt id sustinere nequeãt? *2. Petr. 2.* Secundum illam Petri sententiam in epistol. 2. capit. 2. quæ dicit Angeli virtute & fortitudine cùm sint maiores, non portant aduersum se execrabile iudicium. Quid faciet homunculus, qui necessariò mortem sustinere potest? Igitur in hoc torculari pœnitentiæ exprimi debet, quicunque saluus esse vult. Quare eleganter *D. Aug. Psal. 83.* ditus Augustinus docet, quòd titulus Psalmi 83. qui incipit. Quam dilecta tabernacula tua Domine virtutum est hic. Psalmus pro torcularibus. Ac si vellet dicere, qui in illa pulcherrima tecta Domini voluerit intrare, hunc titulum sibi præfixere debet: pro torcularibus, hoc est, quòd prius in pœnitentiæ torculari expressus sit si peccata habet, vel in aliis Sacramentis, in quibus etiam sanguis Christi exprimitur: nam sine titulo sanguinis Christi nullũ ius adquiri potest ad tabernacula Dei. Hinc *ad Rom. 3.* enim, & Paulus ait. Quem proposuit Deus propitiatorem per fidẽ in sanguine ipsius. Hic est enim & titulus & ius, quo ingreditur in tecta Dei. *Et ædificauit turrim.* Charitas est turris fidei, in qua vinũ expressũ per pondus timoris Dei seruatur. Ascendit quippè homo ad altitudinẽ amoris Dei, in quo perfectio vitæ Christianæ consistit, cui timor saltem seruilis (vt Augustinus docet) hoc obsequiũ præstitit quod seta suturi. Deseruit enim illi ad introducendam filum, quod cùm introductum expellit illum: Sic timor Dei est initium Sapientiæ. Nam considerans peccator Dei tremẽda iudicia, ad illũ timore correptus accedit. Deindè per virtutum exercitia, Deum agnoscens illũ propter se amat, eius maximam bonitatem expertus; & tunc foras mittit timorem, vt *1. Ioan. 4.* Ioãnes docet dicens: Timor non est in charitate: nã perfecta charitas foras mittit timorẽ. Expressum ergo peccator in prælo timoris; reconditur in cellario amoris. Ad hoc enim deseruiebat turris, vt ibi recõderetur vinũ à torculari eductum. Hoc etiam maximè faciebat Sponsa, quòd à prælo timoris ad turrim amoris translata esset cùm *Cant. 2.* dicebat: Introduxit me Rex in cellam vinariam: ordinauit in me charitatem. *Alli que ordeno de amor.* In torculari ordinauit in me timorem, sed inde transtulit me in cellarium amoris, & ordinauit illũ in me: hæc quippè est via ad amorẽ timor. Nec mireris quòd charitatem turrim appellemus: sic enim eam vocauit Spiritus sanctus, cùm dicit: Sicut turris Dauid collum tuum, id est, *Cant. 4.* amor. Nam sicut collum cætera mẽbra capiti iungit: sic charitas totum hominẽ vnit cum Deo. Ea propter eã vocat Paulus vinculum perfectionis, cũ dicit: Super omnia charitatem habete, quòd est vinculum perfectionis. *Coloss. 3.* Quoniam facit hanc perfectissimam volunctam iungendo animam cũ Deo, in quo tota sua perfectio cõsistit. Turris in altum eleuatur: charitas super omnia creata sublimior est. Super omnia (ait Paulus) charitatem habete, super omnia creata debet se iste amor eleuare. Cœlestia quippè omnia penetrat, nec in ipsis choris Seraphin, aut Cherubin sistit: sed ascendit quo altius ascendere non valet, nempè vsque ad ipsum Deum. Turris fortis est amor. Quid fortius hoc diuino amore? de quo dicitur: Fortis est, vt mors dilectio. *Cant. 8.* Et Paulus dicebat: Quis nos separabit à charitate Christi? *Rom. 8.* Nec mors, nec vita, &c. nec Angeli, &c. quoniam nec ipsum cœlũ hanc turrim concutere poterit. Quã fortiter munita erit anima, in qua hic diuinus amor splendet? quoniam nec mors, nec portæ inferi aduersus eam præualebunt. Ex turri tota circumspicitur vinea: quare speculatores in ea consistere debent, eo quòd charitas secũ adfert fidem, quæ omnia circumspicit. Fides quidẽ sine charitate potest esse, vt in peccatore inuenitur: charitas verò sine fide constare minimè valet. Hæc ergo est turris speculatorũ: eo quòd charitas fidem excitat, vt attentè circumspiciat quæ vineæ dãnum, aut incõmodũ afferre queant, vt illis opportunis auxiliis occurrat. Hãc ergo vineã taliter ornatam, atq; munitã Deus locauit agricolis, vt redderẽt ei fructum temporibus suis. Et licet isti agricolæ præcipuè sint prælati, & Ecclesiastici, quibus specialiter huius vineæ præcipua est cura cõmissa; tamen etiã quilibet fidelis habet annexam curam animæ suæ, & tenetur in hac vinea quæ est Ecclesia fructificare. Nec enim vt otiosè viueret adductus est ad illã; sed vt operaretur, & fructificaret Deo. *Genes. 2.* Posuit Deus hominẽ in paradiso vt operaretur. Paradisus Domini est hæc Ecclesia, in quo bonis operibus ac laboribus incumbere debemus. Ad hoc quippè agricolæ hanc acceperunt vineam, vt labore suo colentes illam, & fructus dominó suo tempore opportuno soluerent. Agricolæ sumus: in hac vinea laborare debemus. Nullus te prætermittat dies, ô homo fidelis, in quo aliquod opus meritorium nõ operetis. Quolibet enim die præter interiores actus diuini amoris, aliqua opera bona etiam exterius exercere debes, siue eleemosynam aliquam tribuendo, siue orationes aliquas recitando, siue aliquod aliud

Exemplũ. bonum opus faciendo. Imperator quidam Romanus dixit, quód tunc videbatur sibi diem illum perdidisse, in quo aliquem nouum amicum suis bonis operibus non acquisiuisset, sic fidelis quilibet illum diem existimet amisisse: in quo aliquem gradum charitatis, & amicitiæ Dei non acquisiuerit, quod & per actus internos amoris, & per externos misericordiæ acquiritur.

Luc. 16. Scriptum quippè est: facite vobis amicos de mãmona iniquitatis. Aliàs tanquam ociosum arguerit Dominus vineę dicens:

Matt. 20 Quid hic stas tota die otiosus? Nec poteris vanas excusationes prætexere, quia nemo te cõduxerit, cùm à die quo nomen Deo in baptismo dedisti conductus sis ad operandum in hac vinea, in qua qui non laborat defectuosus est, secundùm illud Augustini di-

D. Aug. *D. Bern.* ctum: Qui non proficit deficit. Et D. Bernard ait. Non progredi in via Dei, regredi est. *Et peregrè profectus est.* Deus semper est præsens per essentiã, potẽtiam, & præsentiam: tamẽ dicitur absentari metaphysicè, tàm ex parte ipsius, quàm ex parte nostra. Ex parte ipsius, quia dimittit hominem liberum, ac si nullam eius curam haberet. Quasi diceret: Has diligẽtias fecit Dominus in vinea sua: & nihilominus hominẽ liberũ relinquit, vt faciat, quod voluerit, siue reddere fructum velit, siue contra Dominum rebellare. Sed ex parte nostra dicitur Dominus proficisci, quoniam sic se habet homo in operibus suis, ac si nullũ haberet Dominũ, sed dicunt illud quod impij di-

Iob. 22. cebant: Nubes latibulũ eius circa cardines cæli perambulabat, nec nostra considerat. Fingunt enim impij longã Dei absentiam, vt liberius suis vitijs vacare queant.

Simile. Quemadmodum, & pictores depingunt quædam in tabula, quę fingunt quod de longè aspiciuntur, & ideò parua ea faciũt. Sic peccatores fingunt Deũ, & iudicia eius, imò & mortẽ longissimè distare & ideò parua eis viden-

Prouer. 7. tur vnde & contemnunt ea. Id est, quod mulier illa ornatu meretricio occurrens vecordi iuueni dixit: Victimas pro salute debui, hodie reddidi vota mea. Idcirco egressa sum in occursum tuũ, desiderans te videre, & reperi. Intexui funibus lectulũ meũ, straui tapetibus pictis ex Ægypto. Aspersi cubile meũ myrrha, aloe, & cinamomo. Veni inebriemur vberibus & fruamur cupitis amplexibus, donec illucescat dies. Nõ est enim vir in domo sua abijt via longissima, in die plenæ Lunæ reuersurus est in domũ suã. Sic caro hæc meretricula rationẽ, quæ viri vicẽ gerit aliquãdo decipere satagit, suadẽs Deũ & diẽ mortis longissimè distare, & quod prius mille circulationes voluentur quã veniat: vt sic interim cupitis fruatur voluptatibus, & se totũ homo vitijs tradat. Et tamẽ quando minus expectat veniet Dñs suus, & ponet partem eius cũ hypocritis, vt nos admonet Christus per Lucã. *Cùm autẽ tẽpus fructuũ appropinquasset misit seruos suos, hoc est, prædicatores, ad colligẽdos fructus,* hoc est, bona opera grandia & vera charitatis. Hoc enim est, quod prædicatores maximè exigere debemus, licet ob hoc indignentur aduersum nos homines. Nouissimè autẽ misit filium, dicens

Luc. 20. secundũ Lucam. Verebuntur forsan filiũ meũ. Et quã in Deo non sit forsan, sed omnia nuda & aperta sint oculis eius: per hoc quod dicit forsan se accõmodat nostro modo intelligendi. Vt per hoc intelligamus quantũ faciat Deus salutẽ nostrã: vt etiam in re dubia (si apud Deũ esset dubiũ) & spem aliquam licet incerta esset quod conuerteretis ad eum, misisset ob hoc forsan tibi filium suũ. Inter homines sic est modus loquendi. Quandò à

Simile. te exigitur res grãdis & magni pretij, vt eã pro amico tuo expẽdas respondere soles si certus essem quod hoc illis prodesset, certè ego hanc rẽ pretiosam periculo exponerẽ: sed in re incerta illã profundere nõ videtur hominis esse cordati. Pharmacũ parui pretij

Simile. benè potest in re dubia periculo exponi, forsan vtile erit infirmo: sed medicamentũ magni pretij nisi certò scias quod proderit in dubio nõ expendes illud. In hoc tamen tua bonitas (ô Pater Deus) omnẽ hominũ bonitatẽ in infinitum excedit, quod rẽ tã inæstimabilẽ qualis est vita filij tui periculo exponeres, ob hoc solũ si fortè hominũ saluti prodesset, vel nõ, quod verba hęc Lucæ significare videntur, forsan verebũtur filiũ meũ. Fortè benè se habebũt cum illo, & ad hoc periculũ illũ mittere volo. Sic se videtur hic ha-

Simile. bere Deus, ac homo qui alterũ plus nimio diligit, & tamen improbus est & ingratus. &c.

sæpè

sæpè malū p bono reddit illi, & cū videris illū adhuc affectū ingratū illi, & velit illi de nouo benefacere dicens illi. Cur adhuc permanes cum homine isto ingratissimo? Exactè faciet & modò quæ altera vice fecit. Ille verò quasi amore ebrius respōdet: Ne dicas tale. Forsan hac vice resipiscet, & confundetur, cùm me videat beneficia mea in se collata, forsan id attendet. Sic Deus cui homo ingratus tot fuerat vicibus, adhuc & filium suum mittere vult illi dicens, forsan verebuntur filium meum. Quòd si non fecerit Domine Deus, nonne præstat quod homo pereat, quàm quod tantus filius tali exponatur periculo? Nam si periret orbis terrarum quid ad te? Dimittite ma, ais Domine, forsan verebuntur illum. Quòd si attendas in Deo nō esse, fortè, sed omnia certissimè sciri, & sciens & prudens misit ille filium suum, cùm præcognosceret quanta illi mala ab hominibus facienda essent, magis per hoc viscera Dei tibi patebunt. Et ita fecerunt homines occidendo filium Dei, vt hæreditatem sibi vsurparent. *Quid ergo faciet illis agricolis? malos malè perdet, & vineam suam alijs agricolis locabit, qui reddant ei fructum temporibus suis.* Tunc suo tempore fructum reddet Christianus, quando oblata occasione alicuius virtutis illam exercet, vt cùm opus est patientia aut misericordia, illa vtitur: v. c. cū te aliquis iniuria afficit, si tunc patienter sustines, iam reddis fructū tempore suo. Similiter cū fratrē necessitatem patientem videris, & illi tua eleemosyna succurreris, iam facis fructum tempore suo, exemplo Christi Domini, qui cùm malediceretur non maledicebat, cùm pateretur non comminabatur: hoc est. Exercebat patientiam cū maximè opus erat. Et ita reddebat fructus temporibus suis. Quare de iusto dicitur. Eritis tanquam lignum quod plantatū est secus decursus aquarum, quod fructum suum dabit in tempore suo. Nulli dubium est, quòd ad quemlibet actum meritorium indigemus Dei auxilio speciali: quis ergo iustum appropinquat ad currentes aquas gratiarum, & propè fontē qui est Deus habitat, ideò suo tempore opportunos fructus facit: nunc ieiunat, nunc audit conciones: quia tempus variumque est, alio tempore aliud opus facit, quia id tunc temporis opportunitas exigit. Cùm iniuriam patitur tacet, cùm instat necessitas eleemosynam tribuit, & sic de alijs. Tu autem infœlix ac ociose Christiane, qui virtutes quas in baptismo suscepisti ociosas habes, nunquam vt eris illis, mercedē certè, vt Deus illam à te tollat, & alijs facientibus fructus earum conferat. Quapropter Deum exoremus, vt nobis suam gratiam ad rectè operandum largiatur, vt dando fructus temporibus suis ipse etiam præmium suo tempore nobis conferre dignetur. Amen.

Poteris etiam hic dicere quomodo sit plantanda vinea hæc. Nempè tribus radicibus debet quælibet virtus radicari, prima est fides, nam accedentem ad Deum oportet primùm credere. Sed obseruandum quod quemadmodum cùm radix in terra figitur oportet terram quæ illic erat extrahere, sic adhoc quod fides radicetur in anima, oportet rationes inferiores ac terrenas foras mittere, vt ratio omnis cedat fidei, & in eius obsequiū omnis intellectus captiuetur. Id enim voluit Dominus dicere Petro, cùm eius diuinitatem confessus esset, cum ait: Beatus es Symō Bariona, quia caro & sanguis nō reuelauit tibi, sed pater meus qui est in cœlis. Nec enim rationes humanæ ad hæc attingere poterant. Et Paulus ait: postquàm placuit ei qui me vocauit per gratiam suam, vt reuelaret filium suum in me, continuo non acquieui carni & sanguini. Hoc est, protinus omnes humanas rationes, id est eas ad quas ratio humana pertingere potest extraxi, vt darem locum huic radici quæ fides est. Post radicatam tamen fidem rationes ac cōgruentias quærere, quibus allectus intellectus tā quàm proprijs rebus, facilius assentiatur veritatibus supernaturalibus, & sic in solatium fidelium rationibus tibi notis videre concinnas esse veritates fidei, hoc laudabile est, vt sic semper simus parati omni poscenti nobis rationem reddere eius quæ in nobis est fidei ac spei, vt Petrus nos docet. Verùm hæc radix sola non sufficit, vt huic in hæreamus vitisque non sugget vitis pinguedinem. Oportet alteram radicem plantare, & hæc est charitas, quæ omnia merita Christi suggerat, eo quod sine charitate nulla alia virtus Deo accepta sit. Quare Paulus dicit. Charitas patiens est benigna est, &c. Ac si diceret. Nec patientia, nec benignitas, nec vlla alia virtus absque charitate prodest. Charitatem omnes alias virtutes connectere sibi debet. Nam fides sine charitate, est veluti planta in sterili, ac frigida terra plantata, quæ nullum fert fructum maturum. Charitas ergò est secunda radix quæ totam iungit animam, & eā firmiter vnit viti quæ est Christus. Quare Paulus Ephesios: flecto genua mea (ait) ad

1.Pet.2.

Psal.1.

Alia moralitas.

Simile.

Matth.16.

Gal.1.

1.Cor.13.

Ephes.3.

Patrem Domini nostri Iesu Christi, ex quo omnis paternitas in cœlo, & in terra nominatur: vt det vobis secundùm diuitias gloriæ suæ virtutem corroborari in interiori homine, habitare Christũ per fidem in cordibus vestris, in charitate radicati, & fundati. Vult enim Paulus, quòd fides quæ est in intellectu, per charitatem etiam extendatur ad voluntatem quæ dicitur cor. Nam fides est habitus speculatiuus, fiat per opera & amorẽ practicus: nam intellectus, per extensionẽ ad opus fit practicus, vt Philosophi dicunt, & tunc iam radices totam occupabunt terram. Quibus & tertia radix addenda est, nempè spes, quæ tamen sine charitate non fructificat. Hæc est, fiducia illa quam in Deo habere debemus: quatenus gratia sua adiuti mereamur vitam æternam. Et hæ tres radices sunt, illæ tres virtutes Christianæ, quæ nobis in Baptismo infunduntur, quibus plã-

Eccles. 4. ta hæc fidelium constat, & permanet. Scriptum quippè est, quòd funiculus triplex difficile rumpitur. Torcular facito memoriam assiduam passionis Christi. Nam quemadmodum qui torcular calcant plenos musto videmus facies, manus, pedes, vestes, & omnia quæ habent: sic memoria passionis Christi continua animam, & corpus adimplet. Nam si loquitur, de sanguine Christi, si cogitat, sanguinem Christi; si lacrymatur sanguineas stillat guttas, si manum extendit ad pauperem, vt eleemosynam porrigat, hoc in memoriam passionis Christi facit, deni-

Isai. 63. que omnia in hanc dirigit finẽ. Quare rubro indumento triũphans cœlum intrauit, quem Angeli interrogabant dicentes. Quare rubrum est indumentum tuum, & vestimenta tua sicut calcantium in torculari? Ipse autem respondebit dicens. Torcular calcaui solus, hoc est, semper cogitatione hoc calcaui torcular [illegible] Christi, & id circo

Gen. 49. rubrum est vestimentum meũ. Lauabi quippè in vino stolam meam, & in sanguine vuæ

Cant. 2. pallium meum. Quòd est dicere lauabi stolam meam in sanguine agni. Et debes etiam seruarẽ vineã arcere, ne demoliantur vineam, sicut Sponsa vulpeculas paruulas volebat capere, quæ sunt initia malorum. Sub obtentu bonæ amicitiæ multos cum fœminis miscere sermones: vulpes paruula est, interfice eam: crescet enim paulatim in magnum malum. Idem de eo qui non vult loqui cum alio à quo aliquã accepit iniuriam, nec enim ex odio hoc facio dicis, sed ad euitanda maiora mala: & tamen ira crescit in odium, & animã

socium homicidam, & sic de alijs poteris dicere. Item aduerte quod isti agricolæ interfecerunt homines illos, quia exigebant fructum. Si enim folia petijssent, nõ interfecissent eos. Quippè illis prædicatoribus mũdus insurgit, qui fructus petunt, vt restituant aliena, vt dimittant illicitos contractus, etiam si sibi magna lucra pariant, Episcopum vt det pauperibus bona sua non consanguineis, vt vigilet super gregem, & sic de alijs. Si enim solùm exigeret, vt sacrum audirent, vt rosarium virginis recitarent, dũmodo in his quę ipsi maximè volunt non tangeres, non vtique succenserent tibi. Nam & Dominus à Pharisæis solùm exegisset, vt templi sacrificijs assisterent, vt & in angulis platearum, legem scriptam coram oculis haberent: nunquam illum occidissent, hęc enim folia erãt. Exigebat tamen ab eis fructus, nempè propria elargiri, aliena non concupiscere; & his similia. Ideò illum prosecuti sunt odio. Quarè ficus quæ sola folia habebat maledicta est a Domino. Vnde in Cãticis dicitur. Cant. 8.

Vinea fuit dilecto in ea quæ habet populos vir dabit pro fructu illius mille argenteos. Vineã non audiui. Homines enim effœminati folia volunt, vir autem fructus, pro quibus mille argenteos, hoc est, magnum pretiũ dabit. Sed in hoc quod pater ille familias alium, & alios seruos misit, cùm hos occidissent illos vulnerassent. Dei erga peccatores longanimitas nobis proponitur, qui peccatores tollerat, semel: & bis, & altera vice, vt commentantur. Quarè comparatur Deus co- Similit.

lumbæ mansuetissimo animali, quæ & oua parit, & pullos procreat, & homines eos quæque capiunt illorum, & occidunt eos, & nihilominus altera vice oua, & pullos procreat, & occidunt illos, & non cessat similiter, & alia vice id facere. Sic bonus Deus nobiscum se habet. Generat enim bonam mentem sancta proposita in peccatore: at ille facile interimit ea, nec ideò ad hæc procreandi alia, & alia vice, cessat Dominus. Imò occasiones peccandi à nobis tollit, & facit quod Dauid, cum Saule qui cum stertens 1. Reg. 26.

iacebat ad tabernaculum eius, & cũ posset illum confodere lancea noluit, sed lanceã, & scyphum tollit ab eo. Sic Deus cùm posset in peccatis dormientem confodere lancea iræ suæ, non facit, sed scyphum, & lanceam tollit, hoc est, occasiones peccandi aufert ab eo, ne voluptatibus, aut iræ indulgere valeat. Hæc post tot iã dicta literaliter, & moraliter dicta sunt, tu poteris

prom

prout videtur ampliare.

Sed nunc oportet aliquas literæ difficultates explicare. Nam Lucas commemorat hanc sententiam malos male perdet, &c. Christum Dominum dixisse Matthæus autem dicit hanc Pharisæos dixisse. *D. Aug.* Diuus Augustinus putat quod aliqui eam dixerunt, & Dominus illam approbauerit. Alij dixerunt, absit, vt Lucas refert. *D. Chrys.* Sed melius D. Chrysostomus dicit. Primo quidē illos hanc protulisse sententiā, non intelligentes se ipsos suis verbis condemnare, & Dominus suis verbis approbasse illam: sed quod eum ex verbis Domini intellexissent ad ipsos loqui dixisse, absit. Non quod retractarent dictū; sed quod non consentirent ipsis id conuenire. Ac si dicerent. Iustum est quod id faciat Dominus vineæ. absit autem quod nos simus qui filium Dei interficiamus. Et dicit illis Iesus. *Nunquam legistis lapidem quem reprobauerunt ædificantes hic factus est in caput anguli, à Domino factum est istud, & est mirabile in oculis nostris?* Cùm Iudæi dixissent absit probat suam veritatem testimonio Scripturæ, vt eos confundat. Et ait Nunquam legistis. Velut dicit Lucas quid est ergo quod scriptum? Ac si diceret quomodo dicitis non hoc de vobis dici; cùm in Psal- *Psal. 117.* mo illo 117. qui de Messia loquitur scriptum sit, quòd Messias deberet esse tanquam lapis reprobatus à vobis, qui tanquam structores templi habemini quorum est indicare de lapidibus compōdis, vel proijciēdis? Hoc est, de vera vel falsa doctrina. Et quod vos deberetis repellere Messiam, & eius doctrinam, tanquam minus conuenientem ædificio Synagogæ: Et tamen quod hic lapis deberet in alio ædificio, nempè Ecclesiæ Gentilium, tanquam clauis ædificij admitti, & ex vtroque populo vnum connectere, & vnum ex duobus construere templum: quòd non casu sed à Domino ex proposito factum est. Quòd maximè nos miramur. Quod populus Gentiliū qui reprobatus fuerat à Domino admitteret verum Messiam, quem vos proprij serui, & electi expulistis; & quod illi ad Regnum cælorum admittantur, & vos eijciamini foras. Hoc enim est my- *Ephes. 3.* sterium illud quod Paulus ad Ephes. dicit fuisse hucusq; incognitum. Quòd gētes essent comparticipes, & concorporales Christo. Vult ergò in hoc Dominus ordinem veturæ hystoriæ texere, ostendendo quod ipse quidem esset occidendus reprobatus ab ipsis, sed à Deo exaltandus; & sic ab ipsis auferendum verbum Dei, & dandum nouæ genti. Sed pro maior explicatione notandū. Quod in hac authoritate caput summitur pro summitate, & cacumine id est, *fastigium*, & vltimus ædificij lapis. Nā Christus *Rom. 10.* fuit finis legis, vt Paulus ait, & in sua perfectione posuit ædificium huius templi spiritualis. Nam in Hebræo est vocabulum, ros, quod significat culmen & fastigiū; quoniā ibi vbi dicitur ascendebat Dauid cacumen montis est in Hebræo, ros. Igitur quandò aliquod magnum ædificium consumatur omnes lætantur, & festa celebrant, vt in cōsummatione templi Salomonis visum est. Quia ergò Christus erat consumatio huius ædificij, qui illud in sua perfectione construebat ideò applaudunt ei populi, vt die antea *Agg. 2.* vidimus. Aggeus quippè totus festiuus ait. Magna erit gloria templi huius, quàm prioris. Templum illud materiale nunquam ædificatum est, in ea perfectione in qua fuit conditum à Salomone, quando ex finibus terræ gentes, & reges properabant, vt viderent illud. Ergò non de illo templo loquitur Propheta, quòd iam omnino finitum est, & destructum: sed de hoc templo, quòd nos cōstimus, nempè Ecclesia Dei cuius caput atq; consumatio Christus est. Et ideò læti suscipimus illum. Et aduertendum quod in Hebræo fœminini generis est relatiuū istud, & videtur lapidem referre. Sed tamen familiare est Hebræis fœmininum genus pro neutro vsurpare quo carent, vt est illud, vnam petij à Domino, pro vnū petij. Et illud in hac cognatui pro in hoc cognoui. *Et qui ceciderit super lapidem conteret eum.* Tria se repulsuros Pharisæi cum dixerunt absit, nimirum quod reiecturi essent Christum filium Dei, quòd ob id essent perdendi, quodque ablata ab eis vinea Domini alijs esset tradenda. Primum, & tertium testimonio Psalmi eis probauit: nunc autem secundum probat ex eadem authoritate. Nam quia Scriptura vocat Christum lapidem, id efficit quod lapis facere solet. Si enim vas testaceum vel genus lapidem confringetur: si verò ex eminenti loco saxum grande super vas ceciderit omnino comminuet eum, ità vt nulli vsui sit aptum. Impingere homines ex luto conditos super hunc lapidem offendendo Christum, confringit quidem animam, non tamen comminuit eam quoniā reparari potest, nullum enim est peccatum quod deleri non possit. Si vero iratus Christus omnem iram suam super peccantem præcipitauerit,

eos taliter comminuet quod nunquam amplius reparandi sunt. Cecidit autem lapis ille super Iudaeos incredulos, cùm iratus illi populo per Romanos totum illorum genus exterminauit, & excaecari eos, & obdurari permisit. Sed omnium maximè super his, & omnes impios cadet: quando in nouissimo die grauis eius sententia feriet, & opprimet, & implebitur illud quod simili figura
Psal. 2. idem propheta dixit. Reges eos in virga ferrea, & tanquam vas figuli confringes eos, vel
Psal. 17. comminues eos, vt alia habet litera. Et Psalmo alio comminuam eos, vt puluerem ante
Esai. 30. faciem venti, & Esai. 30. Comminuetur sicut comminuitur lagena figuli contritione perualida: & non inuenietur de fragmentis eius testa in qua portetur igniculus de incendio, aut hauriatur parum aquae de fouea. Et cum
Hierem. 19 Propheta Hieremias confregisset lagunculam in oculis Iudaeorum ex praecepto domini sic, inquit Dominus, Conteram populum ac ciuitatem istam: sicut conteritur vas figuli quod non potest vltra instaurari. Diuus
D. Hier. Hieronymus in cõmenta, sic ait. Aliud est offendere Christum per mala opera, aliud negare. Qui peccator est, & tamen in illum credit: cadit quidē super lapidē, & cõfringitur, sed non omnino conteritur, reseruatur enim per poenitentiam ad salutem. Super quem verò ille ceciderit, hoc est, cui lapis ipse irruerit, & qui Christum penitus negauerit, sic conteret eum, vt nec testa quidem remaneat, in qua hauriatur aquae pusillum.

Et cùm audissent Principes sacerdotum, & Pharisaei parabolas eius cognouerunt quod de ipsis diceret: & quaerentes eum tenere timuerunt turbas, quoniam sicut Prophetam eum habebant.

Matthaeus dicit parabolas quia duas posuit, vt visum est, cùm Marcus, & Lucas, vnam tantum posuerint.

Cap. XXII.

T Respondens Iesus dixit iterum in parabolis eis dicens. Simile factum est Regnum caelorum homini Regi, qui fecit nuptias filio suo, & misit seruos suos vocare inuitatos ad nuptias, & nolebant venire. Iterum misit alios seruos dicens. Dicite inuitatis. Ecce prandium meū paraui, tauri mei, & altilia occisa sunt, & omnia parata venite ad nuptias. Illi autem neglexerunt, & abierunt alius in villam suam, alius ad negotiationem suam, reliqui verò tenuerunt seruos eius, & contumeliis affectos occiderunt. Rex autem cum audisset iratus est, & missis exercitibus suis perdidit homicidas illos, & ciuitatem illorum succendit. Tunc ait seruis suis. Nuptiae quidem paratae sunt, sed qui inuitati erant non fuerunt digni. Ite ergò ad exitus viarum, & quoscunque inueneritis vocate ad nuptias. Egressi serui eius in vias congregauerunt omnes quos inuenerunt malos, & bonos, & impletae sunt nuptiae discumbentium. Intrauit autem Rex, vt videret discumbentes, & vidit ibi hominem non vestitum veste nuptiali, & ait illi. Amice quomodo huc intrasti non habens vestem nuptialem. At ille obmutuit. Tunc dixit Rex ministris. Ligatis manibus, & pedibus eius mittite eum in tenebras exteriores: ibi erit fletus, & stridor dentium. Multi enim sunt vocati pauci verò electi.

Respondens autem Iesus. Respondisse dicitur Iesus, quanquam non praecedat aliqua quaestio scribarum, & sacerdotum, siue quia respondit cogitationi eorum affectantium ipsum capere, siue simpliciter, quia hanc parabolam superioribus subiecit. Sic enim saepe in Euangeliis accipitur respondere, vt sit subiicere aliquid quibusdam praecedentibus siue verbis, siue factis. Et rectè certè haec parabola superiori subiicitur: quoniam idem in hac significatur quod in illa, nimirū Regnum Dei a Iudaeis propter eorū duritiā auferendum, & Gentibus dandum. Sed & quaedam apertius dicuntur quam in praecedenti parabola quaedam etiam vlterius significantur, quae in illa non erant expressa. In illa enim significatum est Primates Iudaeorum esse perdendos: In hac explicatur, quòd etiam populus cum illis destruendus est, & vlterius genus vindictae hic declaratur, nempè quod missis exercitibus Romanorum conflagratione debebat perire illorum ciuitas. Item in praecedenti parabola expressum est quod ante Christi mortem Iudaei fecerant occidendo Prophetas, & denique ipsum Christum crucifigendo: in hac declaratur quod posteà facturi sunt in Apostolos, & praedicatores Euangelii Christi. In superiori etiam parabola tantum significatum est Gentes loco Iudaeorum esse introducendas: sed ne ob hoc credentes ex Gentibus remissiores fierent explicat, in hac quod non omnes ex illis credentibus salui erūt. Nam qui sine veste nuptiali, hoc est, charitate inuentus fuerit, quantumcunque fidem Christi, & sacramenta profitentur in æternum peribit. Ecce quam congruè parabola hæc superiori connectatur. Sed diuus

D. Greg. Gregorius dubitat hic, an hæc parabola eadem sit cum illa quam Lucas cap. 14. commemorat. Et certè si attentè perspiciatur nō eadem sed omnino diversa est. In illa enim dicitur parata cœna, in hac vero prandium id quæ nuptiale. In illa unus servus ad invitatos semel missus dicitur: in hac multi servi idque frequenter. In illa invitati tantum dicuntur se varijs modis excusasse: in hac præter eos qui neglexerunt venire, quidam dicuntur missos servos occidisse. Proinde in illa excusatores tantum expelluntur à cœna: in hac homicidæ etiam vindicantur. In illa servus ad vocandum eos qui invitati non erant bis emittitur: in hac verò servi ad vocandum nō invitatos semel tantum missi dicuntur. In illa nemo ad missus ad cœnā ejicitur: in hac ejicitur qui venerat non indutus veste nuptiali. Nam quamvis utriusque parabolæ præcipuus scopus sit idem, tamen proposito quod tunc intendebat Dominus contextus ille cōmodior erat, sicut & presenti proposito præsens contextus. Tunc enim tantùm oportebat significare quomodo Primates Iudæorum sua culpa essent redditi indigni gratia Euangelica, & beatitudine æterna, atque in locum ipsorum gētes successuras: hic autem etiam alia conveniebat significare quæ superius dicta sunt. Sed quoniā hęc parabola plena magnis mysterijs est; prius totā illā ad literā explicare conabor, sicut à quodā nō cōmmnendo Doctore accepi: deinde sicut ad populū explicanda est, iterū atque iterum explanabo.

Explicatio parabolæ. Rex est Deus pater, filius verbum patris. Hic filio nuptias fecit pater, quandò in plenitudine temporis verbum fieri carnem voluit, & cum humana natura divinam cōiungere in unitatem suppositi, sicque humanato, & incarnato verbo Ecclesiam sanctam in Sponsam copulare. Geminæ siquidem in veris videntur nuptiæ. Nam & inter naturas duas divinam, atque humanam nuptialis quædam coniūctio facta est, quando in unitatem suppositi convenerunt, ut esset homo Deus, & Deus homo, ac deinde inter Christum Dei filium, ut Sponsum ex parte una, & Ecclesiam, ut Sponsam dilectam ex parte altera, propter quam sibi desponsandam fœdera, quæ coniugali copulandam de summis cœlorum ad hæc nostra descendit infima. Invitati ad has nuptias populi erant Iudæorum, qui promissionem acceperāt de Christo in mundum venturo, & de salute, & bonis omnibus per eum præstandis. Hac ratione ab initio quasi invitati habentur ad nuptias. Invitati autem hi fuerant multò antè quam exhiberentur nuptiæ, quemadmodum solet fieri invitatio conviuarum, antequam paratum sit nuptiale prādium: quoniam multò ante Christi adventū in mundum Iudæorum populus promissionem de Christo, & afferendis mundo per eum bonis acceperant. Misit & servos suos vocare invitatos ad nuptias: quoniam per Prophetas suos Deus populum Iudaicum, qui olim in Patriarchis repromissionem acceperat, non desijt exhortari ad digne se præparandum in adventum Sponsi, ut digni essent futuris nuptijs earumq; fructum in se suscipere. Prophetarum namq; exhortationibus, & comminationibus populus ille, in adventum probatur venturi Messiæ. Venire nolebant invitati: quia populus ille semper inobediens fuit voci Domini, & monitionibus Prophetarum noluit acquiescere, ut nuptijs ad quas invitati fuerant digni fierent. Iterum misit alios servos Rex longanimis his quæ verba dicit quæ annuncient, videlicet esse paratas nuptias, & parata omnia, tantū expectari convivas: quandò post Prophetas priores in plenitudine temporis misit Apostolos, quibus iussit prædicare Regnum Dei sub hac forma impletum est tempus appropinquauit Regnum cœlorum. Pœnitemini, & credite Euangelio. Priores illi servi nō ista annuntiant: quoniam Prophetæ non sic ad esse Regnum cœlorum prædicabāt, sed tantum venturum esse prænuntiabant. Quòd dicit prandium meum paravi, tauri mei, & altilia occisa sunt venite ad nuptias, tantūdem est ac si dicat. Iam venit plenitudo tēporis, iam exhibui quod multo antè promisi, iam filius meus nuptias celebrare in carnem venit. Proponitur vobis paratum prandium, abundantia videlicet bonorum spiritualium in tempore gratiæ de plenitudine Christi effluentium, & satietas perfecta felicitatis æternę, cuius participes esse possunt quicunque vocantibus servis, id est Apostolis per fidem, & obedientiam ad fidem venire voluerint. Omnia iam parata sunt nō est quod moretur quidpiam, nihil nisi expectantur convivæ. Olim invitati, cum multis suspirijs expectabant tempus nuptiarū, nūc paratis nuptijs expectantur convivę: quoniam olim patres tantū auditis repromissionibus

nibus vehementi desiderio ad earum impletionem anhelabant, nunc autem vbi impletæ sunt fastidiunt Iudæi. Quod nunciant serui ex ore Domini nuptię paratæ sunt, & omnia parata, ipsum est quod prædicant Apostoli. Impletum est tempus appropinquauit Regnum cœlorum. Quod addunt venite ad nuptias, illud est pœnitentiam agite, & credite Euangelio. Negligunt inuitati, & venire recusant: quoniam Iudæi prædicantibus Apostolis noluerant credere Euangelio, nō fuerunt allecti spe propositę cœlestis dulcedinis. Abeunt vnus in villam alius ad negotiationem suam: quoniam temporalibus, & terrenis rebus nimium inhærentes contempserunt cœlestia, atque æterna, oculos habentes defixos in promissiones temporales cœlestia promissa nihil fecerant. Non solùm autem non obedierant vocantibus seruis, sed in eos etiam insurgentes iniurijs, contumelijs, & morte affecerūt eos: quia Christi Apostolos ad mortem vsq; non desierunt persequi Iudęi plures ex eis occidentes, & interficientes. His Rex auditis seruos misit adultionem: quoniam videns Deus obstinatos Iudæos nullo obedire Euangelio, insuper, & seruos suos ab illis persecutionem pati, quomodo, & filium occiderant: Romanorū exercitum ad illos interficiendos misit, & eorū ciuitatem incendio perdendam vltionem sceleris. Illis digna punitione peremptis serui mittuntur ad nouos quærendos conuiuas qui inuitati non fuerant: quoniam Iudæis indignos se reddentibus ad obtinendas patrum promissiones, per infidelitatem, & obedientiam iussit Dominus conuerti discipulos suos, & transire ad populos gentium, qui nullam ante promissionem inceperant de Messia, vel bonis cœlestibus, sic q; inuitati nunquam fuerant. Istos verò illorum loco substituit, vt promissionem acciperēt factam patribus, est quæ illorum incredulitas facta occasio conuersionis istorum. Ad exitus viarum ire iubentur serui, qui prius tantum ad inuitatos ire iussi fuerant: quoniam Apostoli (quibus prius missis ad prædicandum præcipiebatur non abire in viam gentium, nec in ciuitates Samaritanorum introire, sed tantum ad oues Israel) iidem postea iubentur exire ad mundum vniuersum, & Euangelium prædicare omni creaturæ. In exitibus autem viarum inueniuntur vocandi in locum Iudæorum: quoniam vagabantur Gentiles in varijs erroribus atque peccatis vagi, & instabiles in omnibus vijs suis à veritate, & à Deo alieni. Exeunt ad iussionē Domini in exitus viarum serui, illicq; vocant quotquot inueniunt ad nuptias: quandò in omnem terram Domino mittente exiuit Apostolorum sonus prædicationis, & in fines orbis terræ verba eorum. Absque discretione iubet Dominus vocari quicunque inuenti fuerint, & sic absque discretione serui vocant quoscunque inueniunt: quoniam non est personarum acceptor Deus, sed in omni gente, & populo: qui timet Deum hic acceptus est illi. Neminem respuit quantūuis ex se pauper quantumuis fuerit malus, omnes pœnitentiam volentes agere, & Euangelio credere obuijs vlnis excipiens. Ex his autem ita promiscuè congregatis nuptiæ impletæ sunt. Domus nuptialis est impleta: quoniam Apostolica prædicatione intra Ecclesiam congregata est ex gentibus turba magna quam dinumerare nemo poterat, ex omnibus gentibus, tribubus, & linguis, & populis, qui omnes intra vnam Ecclesiam quæ est nuptialis domus Dei, in vna fide, & vna spe vocationis congregati, & coadunati sunt. Non obfuit nuptiarum celebritati quod illi inuitati venire recusarent, nec ob hoc pauciores interfuerūt paratis nuptijs, imò plures illis prioribus post illorum abnegationem sunt ingressi ad nuptias: quoniam propter Iudæorum incredulitatem non minus impletæ sunt promissiones Dei, neque ideò nulli fructum aduentus Christi sunt cōsecuti, quia Iudæi eum aduersati sunt: imò paucis Iudęis oblatam Euangelicam promissiones repellentibus: ingens gentium numerus factus est earū particeps, est quæ ex eis impletus electorū numer⁹. Hucusq; parabola proposito seruit, de Iudæorū abiectione, & electione gentiū. Quod autem adijcitur demonstrat, nō omnes qui intra Ecclesiam vocati sunt ad nuptias electos esse ad perfruendum nuptialibus delitijs: quoniam discernit Deus qui digni sint ad eas admitti qui reprobari. Significatur hoc in eo q̄ describitur ingressus ad vidēdum discumbentes. Considerat enim Deus merita eorum, qui intra Ecclesiā vocati sunt, & fideles habentur, videt nū vestē nuptialē habeāt discūbētes in nuptijs, expendit nū vitam vocatione dignam geramus, nū digne ambulem⁹ vocatione qua vocati sumus. Vitam si quidem Christiano homine dignam qualem exigit Christi fides vestis nuptialis est, de qua Apostolus dicit: Abijciamus opera tenebrarū, & induamur arma lucis, sicut in die honestè ambulemus. Et

Psal. 18.

Rom. 13.

Beatis ibi huius vestimenti meminit cum dicit. Si tamen vestiti, & non nudi inueniamur. Vestimenta enim sordida, & pannos viles, id est, opera mala vult Deus nos abijcere qui in Ecclesia spiritualibus bonis perfrui cupimus, & pro eis nuptialem vestem, id est, vitam & conuersationem bonam assumere. Videt Dominus in nuptijs suis discumbentem vnum, qui non habebat nuptialem vestem: quoniam non omnes intra Ecclesiam vitam, & conuersationem habent Christianis hominibus professione dignam, sed multi cum ore confiteantur se nosse Deum factis negant, & cum dicant se Christianos esse, tamen & Christiani nō sunt sed carnales atque mundani, qui vestimenta illa candida quae in baptismo acceperant commaculauerunt semel abiurata peccata resumentes, atque in impoenitentia vitam degentes, quorum conuersatio non in caelis est, sed in carne, & mundo. Hi plane vestem nuptijs dignam non habent, quia vitam Christiano nomine dignam quam profitentur non viuunt. Ad mensam tamen nuptialem cum alijs discumbunt nuptiali veste pulchre ornatis: quoniam iisdem Sacramentis, & externis omnibus bonis quae in Ecclesia sunt ex munificentia Christi vtuntur, & in externis videntur assimilari caeteris, sola discreti deformitate, & difformitate habitus, id est sola vita differentes. Quod autem vnum dicit inuentum esse talem mirum est, cum velit hac parabola Dominus concludere paucos esse electos ex multis vocatis. Fortassis igitur ob hoc vnum dixit, vt insinuetur nobis diligens Dei consideratio ad vitam, & merita fidelium. Qui enim in tanto numero vnum videre potuit, cuius aspectum ne vnus quidem in tanta turba latere potuit: hunc admodum exacte singulos perspexisse necesse est, alioquin sub tantorum ornatu vnius facile potuisset celari deformitas. Cum ergo dicit vnum esse deprehensum in tanta turba, indicatur nobis securum debere esse neminem, nec cuiquam spem esse debere in aliorum meritis, aut in eis se posse fugere iudicium si non pro professione sua vitam dignam ducat. Et notandum, quod veste nuptiali carens homo ille, non ingredientem Regem praeuenit supplicando, sed donec ab eo palam arguatur silet & dissimulat. Si enim prior ipse suam agnoscens turpitudinem in praesentia isset in confessione Regem, petijssetque semper in honoratione nuptiarum veniam, & nuptialem vestem sibi restitui petijsset, impetrasset vtique gratiam. Nunc autem vbi Dominum praesentem videt, nec tamen quicquam loquitur aut supplicat: merito deprehensus poenas luit. Hoc videlicet significatur quod peccator si prior ipse dicat iniquitates suas, iuxta consilium Propheticum, si peccatum suum agnoscat, & confiteatur priusquam cum eo Dominus contendat in iudicio, inueniet misericordiam quemadmodum verbum indicat Propheticum: dixi confitebor aduersum me iniustitiam meam Domino: & tu remisisti iniquitatem peccati mei. Si vero in praesenti tempore peccator sileat à confessione in impoenitentia sua perdurans, vsque dum veniat Dominus in hora mortis, quando cum eo contendet, & expostulabit in iudicio non erit tunc veniae locus, non erit excusatio, nec vlla redemptio, tunc acriter increpabit Dominus quem sic deprehenderit, quod nuptias ingressus absque veste nuptiali deprehensus fuerit: quoniam hoc peccatori Christiano ad damnationem improperabitur, quod in Ecclesia vitam professione Christiana dignam non duxerit. Quod autem amicum vocat Dominus eum quem paulo post seuera sententia eijcit ex nuptijs, fidei datur & professionis vt indicet Dominus non ex odio sed ex iustitia procedere increpationem, & condemnationem. Obmutescit deprehensus quoniam non habebunt in die iudicij impij rationabilem excusationem qua se valeant defendere. Videbunt enim se deprehensos Dei iudicio iusto. Vel increpat Dominus quemque inuentum sine nuptiali veste, quoties peccatorem, vel interna visitatione interius, vel exterius quomodocumque increpat, vt ad poenitentiam adducat; qui si obmutescat obsurdescatque ad increpationes Dei, profertur in ipsum damnationis sententia. Manus quoque, & pedes ligantur eis qui in supplicium mittuntur: vt significetur quod in inferno nulla est redemptio, quodque inde non poterunt in aeternum effugere. Quemadmodum cum alicui in aquas submergendo manus & pedes ligantur, fit hoc ne enatare possit, ac mortem euadere. Significatur praeterea quod in inferno existentes nihil vltra boni operis facere possint, quo Deum semel iratum placare valeant, vt educantur de tenebris, sed perpetuo illic permanebunt sub ira eius absque spe redeundi in gratiam. Qui enim manus, & pedes habet ligatos, nihil potest operis vtilis facere. Recte autem ligantur manus, & pedes ligantur ne vltra operentur qui donec tempus esset, operari noluit.

Psal. 31.

Simile.

Porrò

Porrò quod ministris Rex dixit ligatis manibus, & pedibus proijcite eum, significat Angelos, vel bonos, vel malos diuinae iustitiae fore executores. Vnde & alibi dicitur tradendus reus exactoribus, vel tortoribus. Et seruus ille qui ab aequa misericordia à Domino noluit misereri conserui, traditus fuisse describitur tortoribus, quo ad vsque redderet vniuersum debitum. Illic tenebrae erunt exteriores: quoniam in inferno tenebrae densissimae erunt, nec vlla lux eis lucebit in solatium. Illic fletus erit, & stridor dentium id est tormenta inaestimabilia, quae indicant fletus, & stridor dentium ex dolore nimio procedentes. Magni enim doloris maximè spiritualis, est indicium fletus, & magni cruciatus in corpore est indicium stridor dentium. Vel fletus ad dolorem pertinet, stridor dentium ad indignationem: Nam solent vehementer indignati stridere dentibus. Erit autem non solùm dolor maximus, sed pariter etiam indignatio, & ira maxima aduersus semetipsos, potissimumq; ex eo orietur quod se videbunt sua propria culpa bona infinita perdidisse quae consequi potuerant, & ex aduerso infinita mala inuenisse quae euadere potuerant. Huius itaque exemplo prudens quisque permonitus non satis esse sibi putet quod intra Ecclesiam sit, quod fidem habeat sine operibus, quod ad vitam vocatus sit, & vocatus venerit viuens in Ecclesia: sed iuxta Pauli monita prouideat vnusquisque dignè ambulare vocatione qua illum dignatus est Dominus vocare opera tenebrarum abijciendo, & induendo arma lucis, satagatque iuxta Petri consilium per opera bona certam facere suam vocationem.

Ephes. 4. *1. Pet. 1.*

Haec est genuina parabolae huius explicatio. Super est aduertendum quod per altilia animalia saginata diuersi generis significantur, quae solent pro magnis conuiuijs praeparari, per negligentiam autem quae hic explicatur cum dicitur illi autem neglexerunt significatur incuria, & contemptus, sic enim & verbum Graecum amelesantes significat, id est non illis curae fuit, non tanti fecerunt nuptias, vt venire vellent. Alius in villam, hoc est, in agrum, alius in negotiationem suam, hoc est, emendo, & vendendo agrum, & alia occupabantur. Per bonos autem, & malos generaliter significantur quaecunque conditionis distinctio, hoc est diuites, & pauperes, nobiles, & ignobiles, sani & infirmi, & qualescunque tandem fuerint. Impletae sunt nuptiae discumbentium. Genitiuo pro ablatiuo, hoc est, discumbentibus nam olim genitiuo potius vtebantur, vt apud Virgilium, Implentur veteris Bacchi, id est vino veteri.

Virgilius.

Simile factum est Regnum caelorum homini Regi qui fecit nuptias filio suo. Tria in hac parabola docemur, primum quantam diligentiam, ac curam adhibeat Deus, inuitando, ac vocando nos, vt ad suas nuptias, ac gaudia veniamus. Secundum quanta sit socordia, & ignauia nostra: qui sic vocati venire contemnimus. Postremò docemur quanta seueritate animaduertat Dominus in eos, qui in Ecclesia sua alieno habitu, & conuersatione viuunt, nec dignè sua vocatione ambulant. Hic sensus huius parabolae, vt cunque explicuimus de populo Iudaeorum, quem primo per Moysen deinde per alios Prophetas Dominus ad suas vocauerit nuptias, & quomodo neglexerit, quinimo saeuierit in illos: & tandem Apostolos suos miserit, quibus similiter imo & peius quam prioribus fecerit, quousque per Romanorum exercitum illos cum [illegible] deleuit. Caeterum parabola haec ad omnes illos etiam videtur extendi, qui ad nuptias verbi Incarnati vocati sunt. Vnde dicitur. *Simile est Regnum caelorum*, Id est praesens Ecclesia, in qua est congregatio fidelium, quibus Regnum caelorum in praesenti constat, & in futuro constabit. *Homini Regi.* Hominem Deum vocat, vt insinuet eius mansuetudinem ac pietatem. Nam cum scriptura vult nobis ostendere Dei seueritatem, ac rigorem leonem illum vocat, aut alio illum vocabulo appellat, quod ferocitatem praeferat. Vnde Hierem. 3. dicitur, factus est mihi Dominus, vt leo & vrsus insidians, & Amos. 3. Leo rugit quis non timebit? Dominus loquitur quis non Prophetabit? Sed vt nobis suam mansuetudinem, ac lenitatem ostendat hominem illum vocat; nam inter caetera animalia homo lenitate, ac vrbanitate praecellit, vt per hoc doceamur quod Dominus singulorum se accommodet ingenio, nam cum malo malus, & cum bono bonus apparet. Malum dico secundum nostrum modum loquendi, qui poenalitates mala vocamus. Nam quia Deus malos punit, dicimus cum illis malè se habere, cum tamen interdum ipsae vindictae medicinae salutares sint. Cum bonis, & pijs talem etiam se ostendit Dominus, & his qui hominum vitam agunt hominem se ostendit, sicut illis qui tanquam bestiae viuunt talem etiam se ostendit eis. Id enim & Psalmista dicere videtur cum Psal. 17. ait, Cum sancto

Moralitas seu docu. *Hierem. 3.* *Amos. 3.* *Psal. 17.*

sanctus

sanctus eris, & cum peruerso peruerteris. Hoc est, cum malo malè se habere videtur Deus, qui illum punit, & cum bono benè: quoniam beneuolè, & amicabiliter cum illo segerit. *Homini Regi.* Non te nomen Regis exterreat, quod potestatem, & magnitudinem significat: quoniam non solùm Rex sed Rex, & homo est, nō Rex tyrannus, sed humanus. Bestijs dumtaxat Rex est, hominibus autem homo est. Hoc est, cum impijs potestatem Regiam exercet, cum bonis humaniter se habet. Est quippè Rex Salomon, hoc est, Rex pacificus, Rex humanus, vrbanus, amabilis, amicabilis, & mansuetus. *Qui fecit nuptias filio suo.* Nuptiæ hæc non solùm filij Dei incarnationem significāt (illam scilicet indiuisibilem vnionem, quæ inter personam verbi, & carnem nostram facta est, quam nec mors dirimire valebit) non solùm inquam hoc matrimonium significant inter has duas naturas celebratū in purissimo virginis thalamo, de quo Dauid cecinit dicens Psal. 18. Psal. 18. In sole posuit tabernaculum suum, & ipse tanquam Sponsus procedens de thalamo suo, verùm etiam referunt nuptias illas quæ inter animam, & Deum celebrantur, quibus, & Deus animæ, & anima Deo copulatur per gratiam, & per gloriam: Quod proprijssimè matrimonium dicitur indissolubilius quam carnale, speciosius, purū, castum ac summe delectabile, quod diffuse tractabimus Deo dante super cap. 24. in parabola de decem Virginibus, in verba illa intrauerunt, cum eo ad nuptias ibi videre licebit. Ad has ergo nuptias vocat nos Deus primum per Prophetas Hier. 3. Hier. 3. cū dicitur: Fornicata es cū amatoribus multis, attamen reuertere ad me dicit Dñs, & ego suscipiam te. Voca me pater meus es, dux Virginitatis meæ. *Et nolebant venire.* Nullam aliam prætexunt excusationem, nisi hoc quod nolūt Deo vocanti respondere, nec Deum nec vitam volunt. Sunt enim aliqui qui gratuitò peccant. Psal. 21. Vndè Dauid de se post peccatum dicebat: Effusus sum sicut aqua id est, *Destitutus fontem aquarum*, nam nihil liberalius ac facilius effunditur sicut aqua, & ideò Spiritus sanctus dicitur diffundi sicut aqua quia liberalissimè se nobis distribuit. Et ad Gen. 49. Ruben post incestuosum scelus dixit illi pater suus. Effusus es sicut aqua. *Nolebant venire.* Iob. 24. De his quippè dicit Iob. ipsi rebelles lumini fuerunt. Iob. 21. Et alibi. Qui dixerūt Deo recede à nobis: scientiam viarum tuarum nolumus. *Qui dan à Dios de mano, y la diga que se vaya con Dios.* Ad quos per Salomonem dicit. Vocaui & renuistis extēdi manū meā, & nō fuit qui aspiceret. Prouer. 1. *Iterū misit alios seruos.* Hi sunt noui Testamēti cōcionatores Apostoli scilicet, quorū argentea vox per totum mundū insonuit, qui nos ad iam paratas nuptias inuitant, iā mensa parata est, tauri & altilia occisa. Quoniā vitulus ille qui in sacrificium expiationis pro peccato offerri debebat iugulatus est, atq; assus, & decoctus in vero crucis. Iam panis in mēsa positus Christus, scilicet, in altari, & calix plen⁹ vino, hoc est, sanguine suo. Ibi etiā est sal gratiæ Dei, quæ ibi copiosissimè confertur. Venite ergo ad nuptias. Quid vanas quæritis excusationes. *Tauri mei, & altilia occisa sunt.* Iā sanguis Christi effusus est, Martyres, & Virgines occissę sunt, & earum sanguine madefacta est terra. Quid causę est quod ad nuptias non venitis? *Et nolebant venire.* Negligentia, torpor, ignauia, contemptus, nulla alia ratio est quare ad has nuptias non venias. *Et abijt vnus in villam suam alius in negotiationem suā.* Nunc clarè video quam verum sit quod Dominus dixit de diuitibus, nempè eos summa cum difficultate saluos fieri. Videmus enim in præsenti. diuitiarum causam in causa fuisse, quod isti tantis bonis non acquiescerent, sed negligerēt illa. Ergo magnum & periculosum onus diuitię sunt. Inuitat nos ad nuptias & nolumus ire. Si nos ad tristia, ad labores, ad onerosas res inuitaret, nō mirū si reiectaremus: sed ad nuptias nos vocat, ad voluptates ad gaudia, ad lusus, ad delectabilē vitam, cur ergo negligimus ire? Si ad id magnas expensas deberemus facere, aut grandem subire laborem; aliqualis esset excusatio, si nolleremus ire; sed ad iam paratam mensam, & decocta ædulia nos vocat, & nihil aliud quam velle à nobis exigitur, & quod propter temporalia acquirenda hęc contemnamus, quid miraris si periculosas diuitias vocem? Vndè Dominus dicit: Beati pauperes spiritu. Matth. 5. Hi enim sunt qui ad nuptias Regni cœlestis famelici veniunt; quoniam ea quæ possident sibi sufficere putant, & ideò alia omnia fastidiunt. Simile. Cùm pauperem inuitas ad mensam tuam liberater vadit, vt ventrem aliquando satiet. *Por fartar el vientre de mal año*, cùm diuitem autem rogas, vt manducet tecum renuit, & multis precibus eum compellere oportet; quoniam scit omnia domui suæ abundare, nec alienis mēsis indigere. Qui in hac vita nihil aliud nisi bonam

nam voluntatem ac bonorum cœlestium
appetitum habent, libenter ad ea cùm voca-
tor veniunt (sciunt enim, & corpus, & animam ab omni miseria tunc eruendā) diuites
autem ea quę hic habent sibi sufficere putant, & ideò cętera negligunt, plura hic quę-
Luc. 6. rentes quasi sibi sufficientia. Vndè eis Dñs
ait. Væ vobis diuitibus, qui habetis hic cōso-
lationem vestram. *Et abierunt alius in villam
suam alius in negotiationem suam.* Ad hęc duo
reducūtur oīa huius seculi bona. Vel enim
quis diues est quia multas habet possessiones, vel hæreditates, vel quia negotiationi
valde lucrosæ vacat, & vtriusque rei cura hominem impedit ne cœlestia multum curet.
Alij vero cōtumelijs affecerūt nūcios quos
ad illos inuitandos miserat Rex. Et hi fuerunt sacerdotes: quoniam etsi multi pessimi
Christiani aduersus prædicatores irascantur
fortè Ecclesiastici minus ferunt, vt eorum
reprehendātur mala. Quante patientiæ no-
Psal. 91. bis necessaria est, cum scriptum sit: Benè pa
tientes erunt, vt annuntient. *Tunc Rex missis
exercitibus suis perdidit homicidas illos.* Nunc
per hos exercitus ego Angelos intelligo, qui
separabunt malos de medio iustorum. Nam
ideò dicitur Dominus Deus Sabbaoth, hoc
est, exercituum; quoniā Dominus est exer
citus Angelorum. *Ite in exitus viarum.* Id est
per totum mundum. *Et bonos & malos adducite.* Bonos & malos dicit: quoniam in hac
Ecclesia iusti cum peccatoribus mixti sunt,
Matth. 13. & simul gradiuntur. Nam in hoc seculo assimilatur Regnum cœlorū sagenæ missæ in
mari, ex omni genere piscium congreganti.
Quippè in hac vita granū est in area, simul
1. Pet. 3. cum paleis inuolutum. Vndè à diuo Petro
arcæ Noe comparatur pręsens Ecclesia, quę
animalia munda, & immunda continebat.
D. Greg. Sed aduertendum, vt D. Gregorius adnotauit, quod Arca Noe erat in inferioribus
lata, & in superioribus stricta: quoniam admodum nauis fabricata erat. In inferioribus
vbi latior erat animalia includebantur, in
superiorib' vbi strictior erat aues manebāt,
& in medio homines, nam plures sunt mali
ac pessimi homines qui amplā viam sequū-
tur, quam boni & iusti qui arctam eligunt.
Ecclesiā In area magnos palearum tumulos videbis
cum tamen granorum parui acerui videantur: nam & stultorum infinitus est numerus, & multi sunt vocati pauci vero electi.
Matt. 20. Itaque sic distributi sunt boni, & mali, vt
in cœlo duntaxat boni sint, in inferno solummodo mali, in hac vita, & boni & mali

simul commorantur. Cæterū intrabit Rex,
vt conuiuas videat, hoc erit in campo Iosaphat cū omnes stabimus ante tribunal Chri
sti. *Et vidit ibi hominem vnum non habentem vestem nuptialem.* Non quod vnus solus sit malus (nam multi sunt) sed vt ostende
ret quanta sit vis intuitus Dei, vt vnum etiā
prospicere valeat, nec vnus ab eius conspectu celari possit. Quoniā oculi Domini mul
to lucidiores sunt quam Sol (ait Sapiens.) Et Eccles. 23.
alibi, oculi Domini (inquit) in omni loco cō- Prou. 15.
templantur bonos, & malos. Et Paulus, Non Heb. 4.
est (ait) creatura aliqua inuisibilis in conspe
ctu eius. Hæc autem vestis nuptialis charitas est. Hac quippè veste venit sponsus noster Christus ad nos. Quis enim eum ad nos
adduxit nisi amor (ait Gregorius.) Nam cū
Esaias Propheta de hoc vaticinaretur myste Esai. 37.
rio subdens dixit: zelus Domini exercituum
faciet hoc. Zelus autem exardescens, amor
est, hoc ergò habitu quo ipse indutus venit
ad Sponsam, debet & illa pergere ad illum.
Sic enim & apud homines vsu venit, vt quo Simile.
colore vnus coniugum ad nuptias indutus
venit, hoc & alter vestiatur. Quarè anima
quæ charitate Dei, & proximi exuta fuerit
non est præsentibus nuptijs digna. Vndè Sophon. 1.
& Dominus dixit: In die illa visitabo super
indutos veste peregrina. Propria enim fideliū vestis fides cum charitate est: hæc enim
eos dignos æternis nuptijs facit. *At ille obmutuit.* Nihil enim habet homo quod respō
dere Deo possit. Sed ad eius præsentiam cō-
fusus succumbit. *Ligatis manibus, & pedibus* pręcipit illum mitti in tenebras exterio
res. Tenebræ interiores sunt cæcitas intellectus quam in hac vita mali habuerunt iudicantes pessimè de operandis, à qua petit
liberari Ecclesia cùm in letanijs dicit: Ace-
citate cordis libera nos Domine. Exteriores
verò sunt illæ quas patiuntur in inferno impij. Ergò ab interioribus ad exteriores tene
bras pergunt, de tenebris ad tenebras currūt
ligatis manib', & pedib'. Verè vt iguis exar
descit ira eius, cū hanc profert sententiam,
cuius omnia verba expēdenda sunt: quoniā
grauitatem iudicij pręseferunt. Primo solutas habebat manus quibus potuisset operari
salutem, aderat tēpus, & facultas, inuitabat
Deus, sed neglexit, ligentur ergo ei manus,
vt amplius operari non possit. Venit enim Ioan. 9.
nox quando operari nemo poterit. Pedes ha
bebat solutos quibus effugere potuisset Iudiciū diuinum, iuxtà illud qui credit in me
non iudicatur: sed quia contempsit, ligentur
ei

eis pedes ne vnquam possit cadere e [illegible]. Inter electos solo nomine connectus est, eijciatur ab eis. Immitis fuit erga omnes, obliuiscatur nunc eius misericordia (ait Iob) & nemo eius vnquã recordabitur. Misericordia Dei ipsi tota conuertetur in iustitiã, Virgo Maria quę est mater misericordię illum obliuioni tradet, obliuiscetur, & cũ omnes sancti, nec pro illo intercedere velint, sed de sua damnatione gaudebunt. Aderat lux sed dilexit tenebras magis quam lucem: eijciatur in tenebras exteriores, vbi in ęternum non videat lumen. Noluit lugere vbi luctus salubris erat, & post luctum consolatio futura, lugeat in sempiternum. Noluit contremiscere ad verbum Dei, contremiscat in perpetuum nunc, & sine fructu. In hunc modum exardescit ira Domini, quam extinguere nemo poterit, felices qui nunc ad hæc audita contremiscunt ad pœnitentiam hi enim ab auditione hac mala non timebunt.

Iob. 24.

Alia moralitas seu oratio.

Simile est regnum cœlorum homini Regi qui fecit nuptias filio suo. Supposito q̃ iã suprà nõ semel diximus finem huius parabolę esse prędicere reprobationem populi Iudęorum & vindictam propter incredulitatem suam; & introductionem populi Gẽtium loco illi⁹, simul cum punitione eorum qui ad Ecclesiã vocati nõ digne se in illa gerũt, & supposito q̃ per has nuptias, & vnio naturæ humanæ cum supposito diuino, & simul coniunctio Christi cũ Ecclesia significantur: aduertendum super hęc oĩa est, Quod per conuiuium, hoc ad qd Christ⁹ nos inuitat intelligũt bona supernaturalia, quę ex hac vnione cõsequuta sũt, nẽpe fides, spes, charitas, cęteraq; charismata, ac bona quę nobis Christus per hanc vnionem cõtulit. Nã per illam maxima, & pretiosa promissa nobis donauit De⁹ (vt ait Petrus) quę oĩa sapida, & pretiosissima edulia sunt, nimirum conuiuium regale qd magnificum, ac copiosissimum esse solet: largitus est quippè nobis munera Deus iuxtà magnificentiam regalem. Quemadmodum fecit Rex Assuerus, pro cõiunctione, & nuptijs Esther. Sic enim & Esai. prędixerat dicens. Et faciet Dñs in monte hoc omnibus populis conuiuium pinguium, pinguium medullatorum, vindemię defęcatę. Id est dicere tauri mei, & altilia occisa sunt. Omnia quę in monte Ecclesia nobis cõferuntur pinguia & saginata sunt. *At illi neglexerunt.* Heu quantum vereor ne hæc socordia ac negligentia animos [illegible] occupa-

2. Pet. 1.

Esth. 2.
Esai. 25.

uerit teneat. Sic enim ea quæ in Euangelio nobis proponuntur audimus, ac si nobiscum non loquerentur, nec aliquo modo nos tangerent, ac si nulla nos cura de hac re teneret, imò quasi res ludicras ac fictitias ea videmur accipere, cũ postquã dicta sunt nihil de illis curamus, sed ita vos habetis, ò perfidi peccatores, ac si inferni tormenta mera hominum figmenta essent. Et accidit vobis qd generis Lotã apud Sodomã, quibus cum socer diceret, vt egrederentur è ciuitate Sodomæ quę post momentum conflagratione deberet perire, visus est eis tanquã delirantem loqui. Sic cum Christianis prædicamus, vel seueritatem diuini iudicij, vel immanitatem, vel æternitatem ignis inferni, quasi hęc fictitia essent, sic nos irrident, & ridentes ac lęti è concione pergunt, ac si fabellę [illegible] nostra dicta essent, ò prorsus miserandam insaniam, ò temerariam socordiam, ac negligentiam, qui tanti ponderis res sic negligunt, [illegible] oculos [illegible] sic attonitos tenet, vt tantĩ momenti veritatẽ nõ videant. Superbia quippè sic perturbat hominem vt ea etiam quæ in prospectu suo sunt non videat. Quid te eleuat cor tuum, & quasi magna cogitans attonitos habes oculos? Dicebat Iob. Superbia quidem sic excæcat, vt reddat homines attonitos, ita vt quæ illis maximè expediunt minimè videant. Fames valida totam perturbat terram, & audiuit Iacob in terra Chanaam, quod frumenta venderentur in Ægypto, & dixit filijs suis: Quare negligitis? Audiui quod frumenta vendantur in Ægypto. O mortales omnes vos hortor, vt attendatis fame maxima premi mundum istum, nec ea quæ in eo sunt ad satiandam animam valent. In cœlo abundant omnia, ibi nec esurietis, nec sitietis amplius: Quare negligitis? Quarè ad emendos cibos qui gratis ibi dantur non properatis? Audite vocem Dei vos inuitantis, & dicentis: Omnes sitientes, venite ad aquas, & qui nõ habetis argẽtum, venite & emite absq; argento, & absq; vlla commutatione vinum, & lac. Quare negligitis? Inexcusabilis hæc negligentia est. Quomodo enim nos effugiemus, si tantam neglexerimus salutem? Vt Paulus Hebr. 2. ait. *Iterum misit alios seruos.* Hi sunt Euangelij prædicatores. *Tauri mei, & altilia occisa sunt.* Per hoc intelliguntur omnia edulia quæ in magnis conuiuijs apponi solent. Sed spiritualiter intelliguntur omnia quæ ad animarum salutẽ expediunt. Hoc est dicere. Omnia quæ

Gen. 19.

Iob. 15.

Gen. 42.

Esai. 55.

Heb. 2.

omnibus animabus competunt in Euangelio nobis apponuntur. Tanti quippè earum potius alimentum est, sicut animæ delectatio: in Euangelio autem est via quædã lata & spatiosa, per quã omnes possunt liber agere cuiuscunq; sortis, aut conditionis sint. Hæc est mandatorum via quæ omnibus peruia est quantumcúque imperfectis, ac imbecillis. Consiliorũ autẽ semita delicatior est, pro his qui exercitatiores in spiritualibus inueniũtur. Quarè qui hos cibos distribuūt; vt sunt Doctores, debent cautè secundum vniuscuiusq; stomachi qualitatẽ eos dispertire. Et fortè ob hanc inscitiã multi, qui hoc nomine gaudent decipiuntur volẽtes omnes eodẽ cibo pascere, atq; per eadem exercitia ad perfectionem perducere, quod in detrimentum magnũ animarum vergere solet. Si enim lactenti puello cibum durum subministrares, occideres illũ. Nec enim dentes ad masticãdum habet, nec stomachum ad digerẽdum: quare lactè dumtaxat talis puer pascẽdus est. Sic in animabus cõtingere solet. Quædã enim incipiẽtes sunt, ac tenellæ, quibus nõ eadẽ quæ exercitatioribus impertiẽda sunt, nec enim omnibus eadẽ cõueniũt. Multa robustis bona sunt, quę paruulos enecarẽt, & aliis viris, alia fœminis expediũt. Fœmineũ gen⁹ indoctũ est, ac imbecille, ad vanitatẽq; sic procliue: vt op⁹ sit magna cum attẽtione in spiritualibus illud instruere, ne si ad magna illud euexeris euanescat, nisi pauletim id feceris. Facti estis (ait Paul. Heb. 5.) quib⁹ lacte op⁹ est nõ solido cibo, perfectorum autẽ est solidus cibus, eorum qui pro cõsuetudine exercitatos habẽt sensus ad discretionẽ boni, & mali (sensus autẽ animæ sunt potẽtię.) Igitur hos secundos prędicatores iniurijs afficerunt, in quo (vt Chrys. ait) eorum in discrenda crudelitas palã fit. Nã agricolæ illi qui occiderant, & percusserũt seruos patris familias qui fructus ab illis exigebãt nõ adeò mirum (petebãt enim ab illis pecuniã quę omnibus odiosum est) isti autẽ nihil ab illis exigebãt, sed eos ad vitulos saginatos, ad altilia, ad delicata obsonia ad nuptias, ad voluptates inuitabant, & tamen propter hoc percutere illos insignis ac stulta crudelitas est. Sic qui prædicatoribus irascuntur: quia eos ad cœlestia cõuiuia vocãt, & vt terrena despiciãt hortantur insignẽ stultitiã faciunt. Sicut si succẽseres illi, qui tibi de tua patria nũcia gerit. Obserua tria genera iniuriarum in homines istos exercuerunt. Tenuerunt illos, iniuria illos affecerunt, ac tertiò occiderunt eos.

Hebr. 5.

D. Chrys.

Sic modo cum prædicatoribus agitur. Detinẽt quippè eos ne hoc, vel illud dicãt, nã si hãc dixerint veritatẽ, aiunt, offendent Episcopum: si illam, irascetur Rex, si aliam scãdalizatur populus. Hęc ergo ne dicant. Sed hoc est veritatẽ in vinculis conijcere ac detinere, cõtra quod Paul. Rom. 7. ait. Reuelatur ira Dei in Euãgelio, in eos qui veritatẽ Dei in iniustitiã detinẽt. Dimitte liberũ verbũ Dei, quod alligari nõ potest (vt dicit Paul.) Permitte vt currat, atq; per omnium aures discurrat. De cętero fratres (ait Pau. 2. Thess. 3.) orate pro nobis, vt sermo Dei currat & clarificetur. Post hęc iniuria eos afficiunt infamãdo illos, falsa testimonia aduersus eos cõponentes, ostentantes, ac fragilitates eorum in populo procaciter iactantes, ac tanquam homines inutiles eos habentes. Videtur enim illis quod prædicare Christi Euangelium eorum gubernationẽ impediat, quasi possit esse aliquid rectũ quod vel vnguem transuersum ab Euangelio discesserit. Quare tanquã purgamenta huius mũdi facti sumus: *omnium peripsema vsque adhuc*. Tertium autẽ quod est prædicatores perimere (præter quam quod ab hæreticis fit) inter Catholicos parant ad hoc via, cùm tam seuerè irascatur hodie mũdus cõtra eos. Sed rex missis exercitib⁹ suis perdidit homicidas illos. Vbi aduertẽdũ est, quod id cõtigit populo Iudęorum, cùm missis Romanis exercitibus ciuitas Hierusalem succensa, atq; vastata est. Sed tamen punitio hęc tẽporalis nõ tribuitur primo delicto, quod tunc cõmiserant cum noluerant venire ad nuptias (hoc enim peccatum in alia vita vindicãdum erat.) Sed secũdum scelus quod tunc cõmiserant cum prędicatorẽ suum Christũ, & Apostolos discipulos eius occiderant, hoc temporali illa punitione vindicatũ est. Atq; vtinã hoc fidelibus nõ cõtingat, qui hęc duo cõmittunt scelera. (Primum nõ audire, nec accipere prędicatorum monita, secundum illos floci pendere, iniuria afficere) ne forte quod reseruando prioris vindictã in aliã vitam, secũdum hic visibiliter puniatur, & mala hęc tẽporalia quę hisce videmus seculis increbescere, fortè ob id sceleris contingant. Sed tamẽ bonis & malis impletæ sunt nuptię discumbẽtibus. Quoniam Ecclesia Dei omnes capit bonos, & malos. Ideò quippè & ipsa dicit: Nigra sum sed formosa filiæ Hierusalẽ, sicut tabernacula cędar sicut pelles Salomonis. Nigra propter malos, speciosa propter bonos: Sicut tabernacula cædar. Quod erat gentis hominum vagantium certas habens sedes,

Rom. 7.

2. Tim. 2.

2. Thess. 3.

Cant. 1.

dor, sed in perpessionibus habitans, qui lumbribus, ac soli expositi de nigredine, ac sordicatem [illegible]. Per quam etiam significantur expositi peccatis, vitijsque, quae eos corpora, ac maculis suis reddiderunt. Vnde de ea dicitur: Ecce alienigenae, & Tyrus, & populus Aethyopum, hi fuerunt illic. (Psal. 86.) Quoniam hos omnes Ecclesia excepit. Per pelles autem Salomonis, bonos intelligere, quae Salomonis tabernacula alias, ac nitida ornant, sic & iusti bonis operibus nitent. Vel per pelles intellige endromidem, qua propter frigus induebatur Salomon, quae pellibus ferarum duplicata erat. Hi enim sunt, qui charitate calidi Christum Dominum calefaciunt, sicut B. Martinus Chlamide qua calefecit pauperem, & Christum ipsum dictus est calefecisse. Tabernaculis autem comparantur, eo quod in hac vita omnia mutationi subdantur, nec firma esse possunt. Quare qui hodie nigri erat albus existet cras. Vnde Mich. 4. (Mich. 4.) dicitur. Mons domus Domini erit in vertice montium. Hoc est domus illa deserta erit, de Esa. 35. (Esai. 35.) In cubilibus in quibus prius dracones habitabant, orietur viror calami, & iunci. Hoc est, qui primo peccatores fuerunt, per fidei gratiam iustificari possunt. Atque hac ratione Ecclesia dicitur pulchra, ut luna; nam si lunam aspexeris ex ea parte, qua a sole illuminatur clara, & splendida apparet: si vero ex ea qua non eam aspicit Sol obscura ac tenebrosa invenies. Sic si Ecclesiam aspicias ex parte iustorum quos Sol iustitiae suis radijs illustrat, ea pulchra & clara videbitur, licet ex ea parte qua impios continet, obscura videatur. Quoniam, Via impiorum tenebrosa est (ait Sapiens.) (Prou. 4.) Pessimi ergo homines, schismatici, haeretici, vel qui ad egressum, & schismata viam parant, nolunt aspicere Ecclesiam ex ea parte qua splendoratione lustratur, sed ex ea parte quae propter malos tenebrosa videtur, ut sic possint in eam maledictis, ac iniurijs debacchari. Sic enim intelligit D. Aug. illud Psal. (D. Aug. Psal. 10.) Vt sagittent in obscuro rectos corde: legit ipse: Vt sagittent in obscura luna rectos corde. Ostendunt quippe obscuritatem Ecclesiae, hoc est, peccatorum qui in ea sunt, populis, ut sic simplices in odium Ecclesiae pertrahant, & sic sagittas erroris [illegible] ligant. Ostendunt suburbana, & infirmiora, populi Dei, fortioribus & pulchrioribus relictis, sicut fecit Balac cum Balaam (Num. 23.) ut maledicere populo Dei, ut refertur. Numer. sic illi mala, quae in Ecclesia sunt [illegible] bona multa quae illi intentant abscondere volunt. Sciunt quis sit malus presbyter, aut monachus [illegible]

(Apoc. 6.) interim quis sit bonus cognoscere nolunt. Et impleta sunt nuptiae discumbentium. Per hoc significat consummationem praedestinatorum adimplendam esse ex omnibus mundi partibus, & ex quocunque hominum genere. Vnde a principio diximus per bonos, & malos intelligendas esse conditiones hominum, hoc est, maiores, & minores viros, & foeminas. Mundus quippe non defecturus est, donec numerus praedestinatorum impleatur: & ad hoc totus mundus expectat, ut ultimus electus sit. Postquam enim ... electorum numerus adimpletus fuerit, scilicet mundus finietur. Sic Ioan. in Apoc. dicit responsum fuisse sanctis, qui expectabant vindictam ab his qui sanguinem suum fuderant, ut expectarent ad huc modicum tempus donec impleatur numerus fratrum eorum. Hoc autem bonum occasionaliter obortum ex infidelitate Iudaeorum ... ipsi noluerunt ... ad nuptias ... recipere verbum Dei ... Dominus Apostolos suos ad Gentes, ut illas impleret in scriptis, sicut Apostoli dixerunt ad Iudaeos: Vobis quidem oportebat primum loqui verbum Dei, &c. (Act. 13.) Hinc apud Theologos ... quod Deus dicitur scientiam practicam de malis ... [illegible] ... quale fuit conversio Gentium, & electorum adimpletio. Quod Paulus Rom. 11. mirifice amplificat (Rom. 11.) dicens: Quod delictum eorum divitiae sunt mundi, & diminutio eorum divitiae Gentium. Quia ipsi has divitias, & epulas recipere noluerunt, misit Deus ad Gentes praedicatores, & receperunt illae verbum. Misit Dominus in Iacob, hoc est, ad Iudaeos (ait Esa.) & cecidit in Israel, hoc est, in Gentes. (Esai. 9.) Et diminutio eorum divitiae Gentium. Nam quia ipsi defecerunt, ex numero Gentium adimpletus est locus eorum, ita ut adimplerentur nuptiae discumbentium. Intrauit autem Rex, ut videret discumbentes. Hic regis introitus iudicium vniuersale significat, in quo omnes nos stare oportet ante tribunal Christi: ut referat vnusquisque, prout gessit in corpore, siue bonum, siue malum. Tunc enim omnium conscientias inspecturus est, ut manifestet consilia cordium. Sed in hoc quod dicit amice, quomodo huc intrasti, &c. Intelligit Quod cum hominibus Christianis, qui locum amicorum Christi in hac Ecclesia tenent, erit maior discussio iudicij. Hoc enim ... discusdiscrimen inter iudicium quod cum infideli habetur, & illud quod cum fideli geritur: quemadmodum in hominum iudicio fertur contra ciuem, & cum hoste. Nam ad condemnandum hostem, non ea seruantur quae ad damnandum ciuem. Nec enim hic accusatio contra hostem Reipubl. Nec scribuntur acta, nec ei datur patronus aut procurator, sed sententia mortis decernitur contra illum, ut cum contra hostes progreditur ad bellum hoc distinitur, ut omnes moriantur, ac iugulentur. Caeterum cum ciue aliter proceditur: Legitur quippe ei delictum suum, testibus comprobatur, induciae iuris dantur, & plura alia acta fiunt. Sic Deus se habebit in iudicio cum infidelibus, ex eo quippe quod non crediderint iam hostes declarati sunt, morientur in aeternum. Et sic intelligitur illud quod apud Ioh. Ioan. 3. dixit Christus: Qui non credit iam iudicatus est. Ex eo enim quod fidem non habuit in iudicium incidit damnationis, non opus est cum illo tempus terere. Caeterum cum homine Christiano qui conuersatus fuit in Ecclesia Dei, aliter procedetur. Examinabitur quippe ac discutietur eius causa, quid fecit de fide, quid illi caeterae virtutes infusae profuerunt, quid sacramenta, quid confessiones. Unde & hinc dicit, *Amice quomodo huc intrasti non habens vestem nuptialem?* Quid ad hoc respondere valebis? Haec vestis nuptialis absque dubio charitas est, qua boni à malis Christianis distinguuntur. Nam fides communis utrisque est, charitas autem habitus est decens ad conuescendum in Ecclesia, & facit hominem dignum conspectu Dei, nam charitas, & operit multitudinem peccatorum, & amicos Dei constituit, ut Iacob 5. Sapiens docet. Hinc Paulus nos admonet Cap. 7. dicens. Nox praecessit dies autem appropinquauit, Rom. 13. abijciamus ergo opera tenebrarum, & induamur arma lucis, sicut in die honeste ambulemus. Nam infidelis qui in tenebris ambulat, & inter filios tenebrarum conuersatur, etiam si inhoneste se gerat non ab alijs bene prospicitur quoniam in nocte sunt. Nos autem Christiani qui in Euangelica Lege ambulamus, oportet honeste in nostris actionibus nos habere, ne alios scandalizemus, qui cum in luce sint honesta, Ioan. 13. & inhonesta prospiciant. Et haec charitas est discipulorum Christi habitus quo ab alijs discernuntur, secundum illud quod Dominus dixit. In hoc cognoscent homines quod mei estis discipuli. Si dilectionem Apoc. 19. ad inuicem habueritis. Et Apoc. 19. dicitur,

Gaudeamus & exultemus, & demus gloriam Deo: quia venerunt nuptiae agni, & uxor eius praeparauit se, & datum est ut cooperiret se bissino splendenti, & candido. Byssinum enim (ait ibi Ioannes) iustificationes sunt sanctorum, & tamen sola charitas iustificat. De hoc ergo interrogatur in iudicio homo fidelis, quomodo hoc habitu non fuerit indutus, & absque eo ad mensam Domini in altari accedere ausus sit. Amice. Amicum enim vocat licet solo nomine fuerit: non ut ait Sapiens. Est amicus socius mensae, & in tempore tribulationis recedit. Et Dominus ait. Multi di- Eccles. 6. cent mihi in illa die. Domine Domine, &c. Et tunc respondebo illis, quia non noui vos. Sed dicit aliquis. Christum arguit Domi- Matth. 7. ne quia peccator est? Nonne eum malum ipse vocasti ad nuptias? Quid ergo de isto conqueritur quia malus est? Bene. Sed respondeo tibi. Ego quidem malos, & peccatores vocaui, non tamen ut essent mali, sed ut iuste viuerent in domo mea. Nam & ille pater familias, ociosos quidem vocauit ad vineam non tamen, ut ociosi in ea viuerent, sed ut labore suo colerent eam. alias ad sacerdotem quem ociosum videbat in templo dictum est per Esaiam cap. 22. Quid tu hic, aut quasi quis hic? Esai. 22. Hoc est, quid hic agis, si ministerium tuum non imples? Et Paul. 1. Thes. 4. dic. Non enim 1. Thes. 4. vocauit nos Dominus in immunditiam, sed in sanctificationem. Amice ergo quomodo huc intrasti &c. Quid pro te respondes? *At ille obmutuit.* Iusta sunt iudicia Dei quibus, & ipse reus stat, & conuincitur, sicut & Iob ait. Iob. 9. Si voluerit contendere cum Deo non respondebit ei unum pro mille. *Ligatis manibus & pedibus, &c.* Quoniam in inferno damnati, non habent nec habebunt manum ad se defendendum, nec pedes ad fugiendum. De quibus, & Psalmista dicit: Sicut oues in Psal. 48. inferno positi sunt. Tam impotens quippe animal est ouis: ut non habeat quo se defendat ab eo, qui eam ligare, ac iugulare vult. Ipse se in hac vita ligabit pedes ne in bona opera ambularet, & manus habuit solutas ad bene operandum, quia liberum semper habuit arbitrium, & noluit eo in bonum uti. Ligentur ergo tunc, ut nec vellet, nec possit recte agere. Timenda certe visio haec maxime est, ubi in tenebris corporis, & animae damnati stridebunt dentibus, & inextinguibilibus lacrymis flebunt, & sic permanebunt in aeternum, Deus qui nos ad suas nuptias vocare dignatus est, à talibus nos eripiat semper. Amen.

Alia moralitas seu concio. Nunc carptim super totam hanc parabolam nonnulla dicamus, quæ tanquam oblita omisimus. *Simile est Regnum cælorum homini Regi.* Prius dicitur homo deinde Rex. Honores quippe ac dignitates sub hac considerátione debet homo accipere, quod sit homo sicut alij. Rex quidem, sed Rex homo, præclarus, sed præclarus homo, ne dignitate ac honore euanescat. Hanc considerationem Rex Salomon habuit cum Sap. 7. dixit. Sum quidem, & ego mortalis homo similis omnibus, & ex genere terreno illius qui prior factus est, & in ventre matris figuratus sum caro, &c. Quare quidam Lacedemoniorum Rex qui filius fuit cuiusdam figuli, inter aurea vasa, & argentea habebat coram se mensam valorum luteorum: vt inter dignitatem regiam memor esset suæ infimæ sortis, vt sic superbiam, ac vanitatem reprimeret. *Simile ergo est Regnum cælorum homini Regi.* Nam ad officium regale oportet quod sit homo ratione, ac sapientia præditus, in hoc quippè homo cæteris præstat animalibus. *Qui fecit nuptias filio suo.* Tres habuit Sponsas Christus, quas omnes locupletauit. Prima est humanitas sua quam immensis decorauit donis: ita vt sit inæstimabilis. Nam licet natura humana in Christo eiusdem sit conditionis ac nostra, nempè ex eadem massa ac ijsdem miserijs subiecta (nam per omnia similis fratribus effectus est excepto peccato) tamē tot fuit ornata supernaturalibus donis: vt iam æstimabilior sit quam Angelorum natura. *Simile.* Sicut si vilis panni pallium multis decorares gemmis, multo tegeres auro argento, ac margaritis: vt iam pannus ille tantis pretiosissimis rebus ornatus quecunque aliam quantumcunque meliorem exuperaret. Quare iā tremunt videntes Angeli, versa vice mortalium naturamque nostram in Christo tot ornatam donis super se venerantur. Secūda Sponsa est Ecclesia hanc etiam miris modis diuitem fecit. In ea quippè potestatem, ac magisterium suum reliquit, claues Regni cælorum illi commisit, sacramenta dimisit multisq; alijs donis illam diuitem ac speciosam fecit. Tertia autem Sponsa est anima, quam gratia sua, ac donis maximè locupletauit. *Simile.* Ipse enim lux ac bonum omnium animarum est. Et sicut nulla est in cælo stella, quæ à sole non recipiat lumen suum: sic, nulla anima iusta est nisi à iustitia Christi illi communicata. Ideò quippè Sol iustitiæ ipse Christus dicitur. Et sicut nullus motus, fit nisi primo mobili mouente; sic nullum op⁹ meritoriū fit nisi à Christo mouēte, qui primus operum meritoriorū motor est. Id enim dicit Deus pater Christo filio suo, quod Rex Pharao dixit, ad Ioseph: Ego sum Pharao, absque tuo imperio non mouebit quis manum aut pedem in vniuersa terra Ægypti. *Gen. 41.* Hoc est, quod non opus bonum, aut desiderium absque Christo esse poterit vnquam. *Simile.* Contigit aliquandò quod dux deuicerit Regem aliquem in bello, & vulneribus plenus victor euaserit: filium Regis suis ornamentis expoliet, quibus vxorem propriam ornat, & ipse cum suis vulneribus manet. Sic Christus cum animabus fecit. Non dico quod humanitatem suam suis spoliauerit donis, quamuis si hoc ad tuum ornatum fuisset, necessarium nescio quid fecisset, nam visionem beatificam non animæ suæ sed tuæ meruit. Spoliauit tamen veterem Synagogam, ac infernum, vt se tot gēmis, ac donis ornaret cùm tamen ipse vulneratus è victoria remansit: liuore quippè eius sanati sumus. Ad has nuptias tam solemnes omnes vocat: quia venerunt nuptiæ agni, vt dicitur Apoc. 19. *Apoc. 19.* Sed nolunt multi homines ad illas venire. Et hoc est quod deplorabat Hieremias Thren. 1. cùm dicebat: Viæ Syon lugent eo quod non sit qui veniat ad solemnitatem. *Thren. 1.* *Vidit ibi hominem non vestitum veste nuptiali.* Hoc est, conuenientì talibus nuptijs. Vult enim Deus, vt vestiamur vestibus albis, & iustitiæ vestis candida est, peccati autem sordida. Apud Zachariam legitur quod Iesus sacerdos magnus vestitus erat vestibus sordidis, & Satan stabat à dextris eius. *Zach. 3.* Nam quicumcūque sacerdos, Papa aut monachus sis, si iustitiæ candorem non habueris, Satan tibi à dextris assistet, et operatus excitaret. Nam Esther. 4. legitur quod nemo indutus sacco, id est veste vili, ingrediebatur palatium Regis Assueri: peccatum autem est priuatio gratiæ, & iustitiæ, quare immundus est peccator. *Esth. 4.* Vnde de bonis dicit Christus. Ambulabunt mecum in albis: quoniam digni sunt. *Apoc. 3.* Sed obserua quod Rex non increpauit hominē istum eo quod vestem haberet sordidam, sed ob hoc dumtaxat quod habitum decentem regalibus nuptijs non haberet. Quid faceret si sordida simul vestimenta haberet? Quoniam Deus non solùm in homine fideli damnat malum quod agit, sed etiam bonum quod negligit facere. Quoniam non solum ab eo exigit præcepta negatiua, verum etiam affirmatiua. Nam licet non occidas, nec fureris, nec mœcharus fis: si tamen opera charitatis non exerces cum opus fuerit, legẽ non obseruasti, ob id solum damnaueris. Item hic homo non perturbationibus exagitabat cæteros immensa, sed pacificus erat, & forte aliorum nõ offendit oculos, sed regis. Sic multi qui coram oculis hominum boni ac pacifici apparent, ante Dei oculos arguuntur. *Multi enim sunt vocati pauci vero electi.* Nam in libro. 4. Esdræ legitur quod sicut terra plus tribuit pro luto quam pro auro: sic plures homines in infernum mittit quam in cœlum.

Esdra. 4.

Conclo circa parabolã Luca.

Sed quoniam multi hanc parabolam candem dicunt esse cum illa quam Lucas. cap. 14. scribit, & quia hæc cum illa similitudinem ac correspondentiam quandam habet, ideò de illa etiam nõnulla hic interserenda iudicaui. Ait ergo Lucas: Homo quidam fecit cœnam magnã, & vocauit multos. Apud Matthæum conuiuium hoc prandium vocatur, apud Lucam cœna. Primum conuiuiũ Deus pater fecit (qui mysticè homo dicitur) quod in nuptijs sui filij fecit, quandò cum Ecclesia desponsauit eum. Vnde dicitur, simile est Regnum cœlorum homini Regi qui fecit nuptias filio suo. Secundum autem cõuiuium filius parat, qui verè, & est, & dicitur homo. Tunc autem hoc conuiuium faciet cùm Ecclesiam Sponsam suam ad se receperit in gloriam. Sic enim & ipse Luc. 22. dicit. Et ego dispono vobis sicut disposuit mihi pater meus Regnum: vt edatis, & bibatis super mensam meam in Regno meo. Ideò autem dicit. Sicut disposuit mihi pater meus Regnum, vt hinc intelligas ex conuiuio quod Deus pater fecit filio suo, cũ illum nostræ carni copulauit tot ei dona, ac gratias tribuendo: Inde redundare bona illa ad quæ nos filius inuitat. Nam vt ait Ioan. cap. 1. Vidimus eum plenum gratiæ, & veritatis: Et ex plenitudine eius omnes accepimus gratiam pro gratia. Ex gratia quippè vnionis proueniunt nobis cætera gratiarum charismata. Id est dicere quod filius nos inuitat ad fragmenta, quæ superauerant ex conuiuio quod ei Deus pater fecerat. Ex his duobus conuiuijs vnum dicitur prandium, quoniam in medio annorum notum facies, prandium autem in meridie fit. Secundum autem cœna vocatur: Quoniam in fine vitæ fiet, cũ homines trãsactis laboribus quos viuendo pertulerant, dicit illis spiritus, vt requiescant ab eis. Est & aliud discrimẽ. Quoniam in primo conuiuio Deus factus est homo iustificator: in secundo erit Deus homo glorificator. Factus est Deus homo in primo conuiuio, vt in secundo nos faceret Deos. Ipse nostras assumpsit miserias vt nos illius cõmunicaremus beatitudinem. Vndè dicit, homo quidam fecit cœnam magnam. Cœnam facit Deus; eo quod ipse eo incipit quo homo desinit. Homo pastum diei in cœna finit: Deus autem ab ea incipit. Sic dicitur Gen. 1. In principio creauit Deus cœlum, & terram. Non sic homo sua ædificia facit. Non enim à tecto sed à fundamento incipit; Deus autem ab eo exorditur in quo homo sua opera terminat: eo quod Deus finẽ maximè intendit ad quem vult, & hominem ducere, & ideò ab eo exorditur opus suum nempè à cœlo. Creauerat Deus hominem, vt cœli ciuis esset: & ideò cœlum ipsum prius creat, vt statim videat finem ad quem conditus est. Et quia cœna hæc est ad quam nos præcipuè inuitat, nempè ad vltimam distributionem quæ fit in beatitudine, ab eo exorditur quod est finis hominis, vt protinus in eo generet appetitum, & famem talis cœnæ, & ad illam tanquam finem, & scopum sua opera dirigat. Propter quod dicit: fecit cœnam magnam. Nec amplius addit nec dicit quid habeat cœna, quot in ea catini debeant poni: Quoniam hi numerari non possunt. Huiuscemodi quippè sunt bona hæc quæ Deus præparauit diligentibus se: vt nulla creata lingua explicari queant, quoniam ea nec oculus vidit, nec auris audiuit. Fecit cœnam magnam. Magnorum quippè est magna facere. Tu homo quia paruus es paruã etiam opera facis: Deus autem omnipotens est, hoc est, magnificentissimus, & liberalissimus. Dei diuitiæ non minorantur distributæ, quoniam infinitæ sunt. Et præcipuè in cœna illa maximum se ostendit Deus. Fecit enim cœnã magnam: quoniam in ea quidquid habet largitur: dat enim se ipsum. In conuiuijs quæ in hac vita nobis præparat Deus nõ sic largus apparet: quoniam non possumus adhuc in carne viuentes edulia illa cœlestia capere, nec enim stomachus mortalis hominis ea capere valet, & ideò dicit nos hic pasci, quia nondum ad mensam apti sumus. Sic enim & Dominus illis dixit. Multa habeo vobis dicere sed non potestis portare modo. Et ideò etiam bona temporalia sic parce nobis largitur, vt nõ super omnia quæ eis cõcupiscimus habeamus: quatenus semper cœlestium appetitus, & capacitas per desideria

Gen. 1.

Luc. 22.

Ioan. 1.

Abac. 3.

Apoc. 5.

Ioan. 16.

ria dilata ad illa efficiamur. Et in spiritualib⁹ præcipuus cibus quē nobis reliquit qui est corpus sanctum suum, sub alienis specieb⁹ occultatū nobis diuisit: quatenus per hoc prandium dulcissimum auidius anima cœnam illam altissimam desideret. Hoc enim bonum prandium facere solet, vt nouum appetitum ad cœnam aperiat: qui enim bonum prandium confert: bonam etiam cœnam largiri debet. Cùm enim in hoc prandio Deum occultè sumamus, aperitur nobis appetitus, vt in cœna illum apertè comedamus. Nunc enim ad id minimè capaces sumus, erimus tamen tunc per lumen gloriæ. Vnde & Ecclesia de hoc Sacramento, sic canit. O sacrum conuiuium, quia nō profanum, in quo Christus sumitur, idē scilicet, qui in cœna sumendus est, quem etiam nunc velatum in prandio sumimus, reuelatum in cœna habebimus. Recolitur memoria passionis eius, quoniā agnus ille est qui lactucis agrestibus edebatur, hoc est, cum luctu, & mœrore recolendo Christi passionem, quam pro nostris pertulit peccatis. Et melius est ire ad domum luctus, quā ad domum conuiuij. Mens impletur gratia, nam suo modo conuiuium hoc satiare videtur in hac vita: quoniam in illo datur plenitudo gratiæ non ponenti obicem, quæ in hac vita animam detinet, & licet nō plenè satiatam: tamen cum desiderio & spe cœnæ alterius vitæ. Et futuræ gloriæ nobis pignus datur, *Quedamos prendados para la cena*. Et vocauit multos quoniam Deus omnes homines vult saluos fieri. Vous dicit: villam emi. Alius vxorem duxi. Alius iuga boum emi quinque. Obserua, hi qui inuitati fuerant ad cœnam non ideò excluduntur quoniā adulteri, fures aut blasphemi (non enim eis hoc imputatur) sed quia sub prætextu rerū temporalium, cœnam Domini neglexerunt. Nam quamuis temporalibus rebus incūbere debeamus quas vita præsens exigit tamen non ita auidè illis intendere debemus, q propterea Dei præcepta negligamus. Nec sufficit tibi dicere, ego aliena nō rapio, nec adulter sum, sed his reb⁹ quas Deus mihi dedit cōtentus viuo & in eis meis incūbo curis. Nā si hæc quæ possides, inordinatè amas, ac curas, ita q propter ea quæ Dei debes exhibere omittas, iā peccasti. Nec enim ea antefeerre debes maioribus, sed primū quærendū est regnum Dei; sicut Salomō prius Deo, deinde sibi & vxori suæ ædificauit domū. Cùm ergo quæ Deo debes propter tēporales curas negligis, iā indignum efficeris cœna Christi. *Villam emi & ea videre illam*. Ecce quid tēporaliū cupiditas facit. Nā homines sic cupidos reddit, vt nūquā satientur pecunijs ac diuitijs: sed semper hac cura eos anxios habeat, quomodo plures domos, agros, census ac vineas habeāt, cōtra quos Dominus per Esaiam clamat dicens. c. 5. Væ qui coniungitis domū domui & agrum agro copulatis. Nec enim eos hic damnat qui vsuris & violentijs rem suā augent (hi enim iā dānati sunt) sed eos qui auidissimè diuitias coacerbare nituntur, hoc enim efficit multos egere; quia multi sine termino volunt abundare. Nā cū bona tēporalia ad nos sufficiāt & finita sint: si vnus abūdat alios egere necesse est, & si vnus est ebrius alios esuriet. Et hoc adnotare debemus, q diuina Scriptura non solū vsuras, ac rapinas dānat: verumetiam diuitias nimis auidè concupiscere grauiter reprehendit, ita vt dicat Dñs difficillimū esse, imò & penè impossibile diuitem intrare in regnum cœlorū. Multa quippè inconuenientia secū adducunt diuitiæ. Primū q cū bona cœlestia in hac vita nō possint consequi nisi per desideriū: quæcunq; desiderium eorum impediunt ex cōsequenti & consecutioni obstant. Amor autē diuitiarū impedit amorē superiorum ac diuinorum. Nā cùm homo incipit se in earum cura tradere, famēq; & sitim suā in eis extinguere: nullū ei suppetit tēpus ad desiderandum æterna: quemadmodū si quis inuitatur ad delicatissimos cibos dilationē nō ferens, prius allijs, ac peponibus adimpleret stomachū, ita vt nullus locus in eo remaneret optimis obsonijs, sic qui auiditate ventrē ac desideriū diuitijs occupant quæcunq; alia bona fastidiūt. Sicut filij Israël fastidiebāt manna, propter memoriam cœparum, ac peponum Ægyptiorū, vt Paulus docet, Animalis homo non percipit ea quæ sunt spiritus Dei. Vnde Dñs diuitibus ait. Væ vobis diuitibus, qui habetis hic consolationē vestrā. Et ideò aliā non quæritis. Aliud inconueniens est, q qui nimium appetit diuitias, in proxima dispositione est ad hoc q exerceat maiora mala: vt vt eas acquirat, in vsurarū voragine ac symoniæ barathrum quasi illico præceps abibit. Hinc sequitur tertiū, q parui pendet spiritualia, tantum abest, vt curet de illis. Vide enim q iste primus sic respondeat. *Villam emi, & ea videre illam*. Si diceret: Pergo vt possideam illam, ne alius prior me veniens intercipiat

Margin notes, left column: Eccles. 7.
Margin notes, right column: Esai. 5. — Simile. — 1. Cor. 2. — Luc. 6.

me tollerabile videretur. Sed ob voluptatẽ suam abire, vt videret eã q in aliud tẽpus absq; periculo differri poterant haec omnino, imò & vana excusatio est. Sic enim minimè habentur à diuitibus res spirituales, vt pro quacunq; re mundi etiam illas negligant. *Iuga boũ emi quinque, & eo probare illa.* Haec iuga curam illam significant, quã homines habent sacrò quinq; sensuum, vt eos delicatissimè tractẽt: quatenus delirijs, atq; voluptatibus estuant. Deploranda quidem res quod excutiat homo à se vnũ duntaxat iugum Christi, & hoc suauissimũ, & quod loco illius quinq; intollerabilia onera imponat super se. Omnes enim sensus ab illo exigunt importunissimè, quòd ad voluptatẽ suam conferunt, da sericas, aureas, ac pretiosissimas vestes quibus induar, da pretiosa, ac delicate condita edulia, quibus vescar, veniant cantores cantatrices, quorum cãtu delectentur aures, veniant speciosissimae puellae, quae oculos voluptate afficiant, odorifera vnguenta quib^9 nares gaudeãt. Praeterea immunda quae ad tactus delectationẽ quaeritis, vt his perfruamini; magnas expensas, ac labores subire debetis: hoc diuina permittente vindicta, vt qui regna coelestia, quae asse, & calice aquae frigidae mercantur contẽnitis: temporalia non nisi magnis sumptibus, atq; sudoribus habeatis. Et quia iugum eius suauissimũ à ceruicibus vestris excutitis, ponderosius aliud, atq; penè intollerabile subeatis. Sic enim, & Dominus praecepit Hieremiae, cũ enim mãdasset illi, vt cathenas ligneas poneret super collũ suũ, & illas Principes Hierusalẽ rupissent: praecepit ei Dominus, vt loco illarũ ferreas cathenas sumeret. Sic quia tũ suauissimũ ac leue iugum Dei à collo tuo excutis, permisit Deus, vt loco illius ferreum iugũ mundi, ac sensuum tuorum sumas, & pro vno facili quinq; grauissimos super te ponas. Hãc enim maledictionem subeundã pronunciat Dominus perfractoribus legis suae cũ Deuteron. 28. dicit: Ponet Dominus iugum ferreum super ceruicem tuam, donec conterarit. *Iuga boum emi, &c. Por sus dineros tõpran essos trabajos.* Et hoc quia id exigit tyrannicè mundus. Cùm enim plus calefaciat lincea vestis quã serica: quia tamen mundus hoc petit illi obsequendũ est: quare mundus tanquam crudelissimus tyrannus, homines tanquam vilia mancipia suis libidinibus obsequentes habet. Alius cui moderata obsonia sufficerent, vt mundi assipientis

[Margin: Hiere. 18.] [Margin: Deut. 28.]

gloriã, totum censum suum in magnis conuiuijs insumit, ita q omnia impignorata habeat, immensumq; et alienũ ob hoc cogatur conflare. Quod si ab illo interroges quare ita faciat. Respõdebit vtiq; tibi: qm sic mundus exigit, aliàs non posse cũ hominibus vitã agere. Cũ tamen ei respõdere licebit: se ipsũ, & alios se se ducere, quoniã mũdus ipsemet est, & sua vanitas ac insania, quae illũ ad tot deliramenta cogit. Proijce igitur à te tale iugũ, & experire saltẽ quanto facilius iugũ Dñi sit. Súma enim stultitia est, si alij insaniant, ita & tu velis cũ omnibus insanire. *Eo probare illa.* Nõne sufficeret aliorũ experientia, qui probauerunt super se tollere hoc iugũ, & non valuerunt ferre illud? Nõne vides ob hoc alios pauperes in carcere vitã finire, ad extremã peruenisse miseriam? Alios fœdissimis infirmitatibus consumptos? Alios in alias adductos miserias? cur nõ periculũ ex alijs facis quibus ex vsu fiet? Hoc fuit primi parentis dãnũ q voluit ipse experiri ligni vitae poma: cũ tamen sufficeret q vxor eius gustasset. *Eo probare illa.* Malũ dãnum probare mala, & experientia ligere illa: Non est bonũ contra vitia remediũ ea experiri, nec tentationẽ vincit, quia illi aliquãdo succũbis, aut carni tuae vna aut altera vice indulges. Remanet quippe in ea illius voluptatis memoria, & post momentũ importunius à te illam extorquere nititur. Nunquid homini guloso dapes multas apponere, vt satiet appetitũ suũ, erit remediũ ad vincendã gulã? Aut ebrio pocula dare? Imò hoc auget appetitũ eorũ: est enim ligna igni subministrare: quare praecipiebat lex, vt immunda nõ comederẽt homines, imò nec tangerent: nõ mala nec gustare, nec videre, nec tangere debemus, sed procul ab illis secedere. Praecipiebat etiã ne biberent homines in vase in quo immũda res fuit, quò in eo illius rei immũdae forsan gustus remãserat, & rei malae cuiuscunq; gustũ abhorrere debemus. *Eo probare illa.* Ne id facias, nec res malas gustui applices. In mortẽ dãnatus est Ionathas, quia mel sylvestre tantummodo in summitate virgae gustauit cõtra patris prohibitionẽ, cùm hostes persequeretur. In hac vita hostes insequimur, & contra carnẽ & diabolum & peccata bella gerimus: nõ debemus ergo quicquã horum malorum quae persequimur praegustare, nec digito quidẽ ea tangere. Vnde Eccl. 8. dicitur: Qui custodit praeceptum nõ experietur quicquã mali. Hoc est qui vult seruare Dei praeceptum

[Margin: Leuit. 5.] [Margin: Leuit. 7.] [Margin: 1. Reg. 14.] [Margin: Eccles. 8.]

non

nō debet peccata experiri. *Alias dixit vxorem duxi, & idcò non possum venire.* Quid hoc mysterij est fratres? Nunquid vxorē ducere malum est, quod cœnā Domini gustare impediat? Nunquid non in remedium contra inordinatam carnis concupiscentiā matrimonium institutū est? Verū est, non id negamus. Tamen si malè vteris [illegible] obstaculū erit [illegible]. Si enim vt aliqua [illegible] vitares cōiugium accepisti, [illegible] maioribus malis [illegible], iam impedimentum magnum tibi erit. Nā si ob [illegible] fornicationem matrimonium [illegible] et, & [illegible] onera eius partes & coniugi placeas maiora multa peccata cōmiseris, obstaculum tibi factū est quo in nuptias [illegible]. Rhabarbarū quidē contra [illegible]

Exemplū. [illegible] medicina est (expellit enim illā) sed [illegible] vt ea [illegible] ve [illegible]. Sic matrimonium ducere contra concupiscentiam remedium est, sed [illegible] in hoc intenderis, in vanum [illegible] connectetur. Nec enim tantū cō[illegible] [illegible] debes, vt religionis, ac iustitiæ oblitus in alia plura prolabaris peccata; vel vt sic matrimonio vaces vt ea quæ tenetis [illegible] ad hoc quod cœnā Dñi gustes omittas. Hinc enim, & Sapien. docet, vt mulierē

Eccles. 25. præscindas de carne tua, ne semper te abutatur. Hoc etiā voluit innuere Deus, cū libel-

Deut. 24. lum repudij in lege veteri permisit, vt intelligeremus quod vxorē & virum negare debemus, cū id gloria Dei poposcit, ne sicut Adā audias vocē vxoris & pecces. Licet non debeatis totā culpā in vxorem retorquere. Nā te; O vir in culpa es, qui nescis vxoris tuę superfluos & importunos appetitus moderari. Cur tu audis vocem eius, in is quæ superflua sunt? Nescio quid vobis dicam? quomodo tot sumptus in vestitu & pōpa vxorū vestrarum ferre potestis? Nullum aliud remedium spero, nisi quod ipsa necessitas vos in tantas coget angustias, vt nō possitis vltra in sumptibus vestris progredi, sed quod debeatis rebellare contra mundū, & eius leges. Sicut

3. Reg. 14. populus Israel non ferens tributa quę super eos Rex Salomon tulerat, rebellauit cōtra filium eius Roboā. Sic non poteritis ferre tributa intollerabilia ac importabilia quę mūdus super vos imponit, & rebellare cogemini cōtra illū. Atque vtinā id iā videāt oculi mei, vt homines ad sanā mentē conuersos videā; & sibi & rebus suis eiusmodi prospicere, ne cūm velint minimè valeant, vt magnis ego colligo coniecturis. Sed aduerte quod his qui dixit vxorē duxi, non addidit, rogo te habe me excusatum, sicut cæteri dixerunt, quoniam [illegible] vt [illegible] hoc sensualitatis homines facit turpes, [illegible] vrbanos, cœcū sensus & caliginis intellectus. Sic enim, & Oseæ. 4. dicitur: Fornicatio, vinū, & ebrietas auferunt cor. Hoc est, *Osea. 4.* illud non relinquunt liberum, ad rectè considerandū quæ agant: Hi enim omni carent circumspectione & verecundia, nec vlli linguæ suæ parcit generi. Mihi persuasum habeo, si videro mulierē aliorum honorē detrahentē; esse maximā coniecturā illā potius inhonestā, ac turpē esse. Volunt quippe tales, cum aliarū infamia suā tegere turpitudinem.

Tunc abeuntes Pharisæi consiliū inierunt, vt caperent eū in sermone, & mittunt ei discipulos suos cū Herodianis dicentes: Magister scimus quia verax es, & viā Dei in veritate doces, & nō est tibi cura de aliquo (non enim respicis personā hominū) Dic ergo nobis quid tibi videtur, licet censum dare Cæsari an non? Cognita autē Iesus nequitia eorū ait. Quid me tentatis hypocritæ? Ostendite mihi numisma census. At illi obtulerunt ei denariū. Et ait illis Iesus. Cuius est imago hæc & superscriptio? dicūt ei, Cæsaris. Tunc ait illis: Reddite ergo quæ sunt Cæsaris Cæsari, & quæ sunt Dei Deo, et audientes mirati sunt, & relicto eo abierunt. Et mittunt ei discipulos suos cum Herodianis. Multa supra memini me dixisse de his sectis. Pro nunc aute aduertendū est, quod licet multi existiment Herodianos istos fuisse milites Herodis, qui cōiuncti erāt discipulis Pharisæorū, vt possint accusare illū, & apud Herodē, & apud Pilatū si negasset Cæsari tributū: tamen quorundā sententia est satis verisimilis, per Herodianos significari peculiarē quandam sectā, quæ opposita fuerit sectę Iudę Galilęę cuiꝰ. c. 5. Actuū A- *Act. 5.* postolorū mētionē facit Gamaliel. Hic enim Iudas in diebus descriptionis siue professionis Iudæorū, quando exijt edictū à Cæsare, vt describeretur vniuersus orbis, & ire præcipiebatur vnusquisque ad ciuitatem suā professionis gratia quemadmodū Lucas meminit, hæretici [illegible] sollicitauit seditiosam, cōtendēs nequaquā licere Iudæis descriptionē huiusmodi professionē quę suscipere, nec aliū debere agnoscere Dñm præter Deum verū, ac proinde tributū vel censum non licere illis soluere Cęsari. Huic hæresi Herodiani videntur fuisse contrarij dicentes, Omninò iustum esse tēporalibus Dominis subiectos permanere eis que tributum pendere, neque id liberi [illegible] veræ aduersari. Nomen autē sortiti sunt ab Herode: vel quia ipsius penè tēpore cœpta sit hęc secta, vel quia Herodis partibus fauebat, quia à Romanis cōstitutus fuerat Rex alienigena

exigeret quemadmodum ei manifestè aduersabatur illa contraria Iudae Galilaei haeresis. Simul etiā quia Herodes sectā istā, vtpotè sibi fauentē fouebat, vt solent Principes libenter illas fouere sectas, quae sibi fauent & placentia afferunt, solentque vicissim sectarum authores magnatum fauores exquirere defensionis gratia, & ad eorum captandum fauorē loqui placentia. Dicunt autē istos Herodianos sub Saducaeis contineri, in omnibus penè cum eis cōsentientes, sed illam de tributi persolutione sententiā defendendā sibi super adiecisse, & alia nonnulla huiusmodi. Esse autem sententiā illā admodum probabilem vel vnicum illud probat. Quod pro illo verbo

Matth. 16 Marc. 8. Domini apud Matthaeum quo discipulos monet dicens: Attendite vobis à fermento Phariseorū & Saduceorum. Marcus posuit: Cauete à fermento Phariseorū & Herodis. vbi fermentum Herodis positum videtur pro fermento Herodianorum: quemadmodum Graeca quaedā exemplaria expressè habere cernimus: Cauete à fermento Herodianorū. Vnde videtur apud Marcum idem esse fermentum Phariseorum, & Herodianorū: vel Herodis, quod apud Matthaeum fermentum Phariseorum & Saduceorū: cùm sit vnum, & idem verbum eodem prolatum tempore quod ponit vterque. Super illud, *Nō enim respicis personā hominū.* Aduertendū quod Graeca dictio, prosopon, quae illic ponitur, significat indifferenter faciem, vel personā, vnde verti potest. Non respicis faciem, vel personā hominum, & eadē vtrobique sententia est.

simile. Est autem in faciem siue personam respicere, cōsiderare externum aliquid illiusque respectu aliquid agere, vel dicere, quemadmodum iudex dicitur respicere faciem, vel personam, quando cōsiderat externum aliquid quod causa sit & extraneū, vt potè diuitias, nobilitatem, pulchritudinē, cognationē, munera, vel huiusmodi quippiā: atque ex illius respectu aliquid aliud iudicat, quam secundùm veritatem ipsa ex se causa postulat. Sic Doctor dicitur faciem, vel personam respicere, quando propter alicuius rei externae cōsiderationem omittit dicere, quae veritas & conscientia dici postulant, vel aliter docent quā illa exigunt.

Moralitas seu tertio. *Consiliū inierunt Pharisaei, vt caperent Iesum in sermone.* Sciebant enim quod labile membrū esset lingua, nam cum humiditate abundet facillimè prolabi necesse est. Vnde &

Iacob. 3. Iacobus ait: Si quis verbo non offendit hic perfectus est vir, quoniam rem maximè difficilem facit lubricitatem linguae retinendo. Et Sapiens dicit: Beatus vir qui non est lapsus verbo ex ore suo. Eccles. 25. Quare vt astuti bellige ratores, imbecilliorem partem hostis aggrediuntur. Simul cum Herodianis, siue fingentes se fautores huius sectae quod deberent tributa dari Caesari, siue exactores tributorū (vt alij volūt) quos Herodes primus Rex alienigena, vt placeret Romanis, milites suos instituit pro exactoribus tributorū post rebellionem Iudae Galilaei. Et certè fuit malitiosissima, et astutissima interrogatio haec, an liceret censum soluere Caesari vel nō. Nā si diceret, quod sic, incideret in odiū populi, qui hoc tributum maximè aspernabatur, & hoc ipsi volebant, quod populus Dominū Iesum aduersaretur, vt ipsi soli auram populi acciperent: si autem responderet nō licere, iā habebant magnū crimen aduersus eū, de quo illū apud Romanorum Praesidem deferrent, & testes idoneos praesentes, qui fortius illū accusarent. Sed frustra iacitur rete ante oculos pennatorū, vt Sapiens dicit: Prouer. 1 Quoniā sic Sapienter illis respōdit, vt amplius nō sint ausi illum interrogare. *Et dicunt ei, Magister, scimus quia verax es, & viā Dei in veritate doces*, de vijs Dei dicit Sapiens: Prouer. 3 Viae eius, viae pulchrae & omnes semitae illius pacificae. Viae Dei sunt mandata, semitae, consilia. Mādata Dei sunt amoris, qui omnia pulchrè cōponit, & ordinat: semitae autem pacificae quia consilia pacem in animā faciunt; omni inordinata concupiscentia relicta. Tales ergo vias ac semitas nos docuit Christus, & in veritate, sincerè ac candidè absque vlla mixtione nōdum falsitatis, verū nec sinistrae intentionis. Homines possumus docere has vias ac semitas non in veritate quoniā, vel errores possumus, vel saltem nō recta intentione praedicare, vtpotè mixta cū vanitate, aut cū alijs mundi, aut lucri incentiuis. Contra quos Paulus docebat: Nō ambulātes in astutia, nec adulterantes verbū Dei. 2. Cor. 4 Hoc est, nō astutè docentes, vt mundū seducatis, sed candidè veritatem annunciate. Nec adulterātes verbū Dei. Hoc est, non cū alieno semine illud cōmiscentes sicut adulterae mulieres faciunt: nō sic vos cū semine Christi quod est verbū Dei, cōmisceatis doctrinas alienas ab eo quales sunt haereticorū: nec extraneas intentiones admisceatis, mūdi, lucri, aut vanitatis sed sincerè propter Christum annunciate veritatē, ne de vobis illud Esai. dicatur: Argentū tuū Esai. 1 versum est in scoriā; vinū tuū, mixtū est aqua. Doctrinā quippe Christi argēto splendidiorē nos in scoriam vertimus, quo-

niam

niam illam & mundo & cæli sic miscemus, quod plus terræ quã argenti similitudinem referat. Quod & per effectus ipsos colligere etiã possumus. Tã mundus quippe remanet mundus post tot conciones quas hodie populus Christianus audit, sicut antea. Vinũ tuũ mixtũ est aqua. Nã licet Christi doctrina verissima sit & fortissima, velpote ipsa veritas quæ omnia vincit; tamen plurimũ ex virib⁹ amittit, quia eã docentes homines imbecilles, qui ob res huius mundi fragiles eã prædicant. Christus vero Dñs viã Dei in veritate docebat, & ideò inimicos suos fortiter impetebat, quod ipsi cognoscentes dixerunt. *Magister scimus, quia verax es, & viã Dei in veritate doces, & non respicis personam hominis.*

Marc. Nec enim acceptor personarum est Deus. Et Marcus dicit non respicis in faciẽ alicuius: quoniã Deus non ex facie virtutẽ iudicat, sed intus penetrat vsq; ad ipsam medullã. *Libro quinto de Cæsaris noté.* Prius eum benevolentiã captauerant verbis adulatorijs, *Asi ale trayde la mano sobre el cerro;* vt sic assentatorijs illis verbis ipsum dementarent, nec attenderet quid responderet. Ipse autẽ qui nouit corda hominũ intellexit malitiam ipsorũ, & ait. *Quid me tentatis hypocritæ? ostendite mihi numisma census, cuius est imago hæc, & superscriptio? At illi dicunt ei, Cæsaris. Tunc ait illis. Reddite ergo quæ sunt Cæsaris Cæsari, & quæ sunt Dei Deo.* Prudentissima vtiq; responsio. Vide quã bonus iudex Deus sit, qui vnicuiq; ius suum tribuit. Ac si diceret: Si filij Dei estis reddite Deo quæ sunt Dei, & homini quæ sunt hominis. Hæc est enim voluntas Dei quã Paulus docet ad Rom. 13. dicens:

Rom. 13. Reddite ergo omnibus debita: cui tributum tributum, cui vectigal, vectigal, cui honorẽ honorẽ, & cui timorẽ timorem. Nemini quicquã debeatis. Ideò quippè dicit reddite, hoc est, soluite q debetis. Et de Deo loquendo certum est, q omnia quæ ei tribuimus est veluti debita persoluere: quia omnia ei debemus, & nihilominus semper eius debitores erimus. Cæsari autẽ, hoc est, Principibus nostris, non mãdat Deus nisi q soluamus eis q debemus, hoc est, quod suum ipsorum est. Nã si ea quæ sunt Dei, & quæ nos soli Deo debemus exigant; nõ tenemur dare; hoc enim non erit reddere, sed dare, nõ soluere nos sua, sed rapere illos quæ sunt aliena. Vnde Deuter. dicitur. c. 10.

Deut. 10. Et nunc Israël quid Dominus Deus tuus petit à te, nisi vt timeas Dominũ Deum tuum, & ambules in vijs eius, & diligas eum, ac seruias ei in toto corde tuo, ac mẽte? Igitur si Rex à nobis exigeret quod est soli Deo debitum, hoc non deberemus ei præstare; quoniã iniustũ est. Amor super omnia soli Deo debetur, cultus Deo soli debitus Regi deferri non licet, nec obedientia quę Ecclesię suæ debita est: hæc enim omnia Dei sunt non Cæsaris, non ei soluere tenemur. Oportet enim scire, q ea quæ homo habet in tres partes diuiduntur. Quædam enim habet quæ solius Dei sunt, alia quę solius mundi: sed in tertio ordine collocantur quædã quæ cõmunia sunt Deo ac mundo. Anima cũ suis potentijs solius Dei est: quoniam à solo Deo producitur illa per creationẽ, quare tota anima soli Deo debetur. Vnde infra dicitur: Diliges Dominum Deum tuũ ex toto corde tuo, & ex tota anima tua, & ex tota mẽte tua. Quare hic amor nec Cæsari, nec mundo debetur: sed omnia quæ mundi sunt sub illo debent esse. Ea quæ sunt solius mundi, nempè vsuræ, rapinæ, odia, vindictæ, carnis cupiditates, & alia, hæc diabolo, ac mundo dimitte: nec enim hæc Deo danda sunt, hoc paliũ in cornibus tauri, vt dicitur, relinquendum est. Blasphemum quippè esset hæc Domino tribuere, quod tunc fieret, cũ quis sibi ipsi suaderet hæc omnia benè esse facta, & per illa Deo obsequium præstare. Qui error fortè viget in quibusdam hominib⁹, qui se ipsos suaserunt quod sint sancti, & quod errare aut peccare nequeunt, & quod hæc facere rectũ esset: quare & rapinas suas, & odia, & dolos, imò & errores sanctificare nituntur. Hic error fuit apud Pharisæos, qui parentibus suis necessaria rapiebant, & existimabant se in hoc obsequium præstare Deo: quia ea quæ parentibus ob eorum necessitatem debebantur, Deo in tẽplo offerebant, quod Dominus illis sup. cap. 15. improperauit. Nec enim ea quæ charitas pauperibus destinauit sibi vult offerri Deus, nec ea quæ ex iustitia alteri debentur. Tu autẽ Pharisæe cæce, hæc tibi vsurpas sub obtentu sacrificij, aut oblationis, cũm tamen Eccle. 34. scriptũ sit. Qui offert sacrificium ex substantia pauperis: quasi qui victimat filiũ in cõspectu Patris sui. [Eccle. 34.] Videte quod obsequiũ præstaret patri, qui in conspectu suo immolaret filium eius: hoc præstat Deo qui ea quę alicui⁹ sũt, aut ex charitate, aut ex iustitia debita, Deo tribuere præsumit. Panis egentium vita pauperis est, qui defraudat illum homo sanguinis est. [Eccles. 34.] Homicida est, ait August. [D. Aug.] quod ergo malum est mundo ac diabolo dandũ est, ne sanctifices illud sub ob-

obtentu quod illud tribuis Deus nõ hoc malum est. *Malac. 1.* Nõne per Malachiã prophetã dicit Dñs: Si offeratis cæcum & claudum, nonne malũ est? Offer illud Regi tuo, aut Duci tuo, si receperit de manu tua dicit Dñs. Offerre quippe opera mala & imperfecta malũ est. Offer illud Regi tuo, &c. Mundus ipse hoc abhorret, & odio habet, quãto magis Deus. Quid tu, ô homo te ipsum seducere properas, vt opera tua etiã mala sanctificare præsumas, & violentiã, iustitiã vocas, impietatẽ æquitatem [?], sanctitatem, superbiã, humilitatem? *Prouer. 18.* Nã scriptum est: qui confidit in corde suo stultus est; qui autem graditur sapienter ipse saluabitur. Qui festinat ditari, & alijs inuidet, ignorat quod egestas superueniet ei. Hęc omnia verba sapientiæ sunt, quę huiuscemodi hominib' dicuntur, qui multũ sibi fidentes, alios vituperant & omnia opera sua iusta esse volunt. Sicut Pharisæus ille apud *Luc. 20.* Luc. c. 20. faciebat. Opera tamen tertij generis ea sunt quæ cõmunia Deo & Mundo sunt, diuitiæ, corpus, obedientiæ, obseruantia, & Deo, & Cæsari tribui possunt, quę cum Deus per suã legem à nobis nõ exigit; hoc quandò absq; præter missione legis diuinæ à Principes exiguntur tenemur ea illis dare. Cæterum quoniã nõ nobis semper licet iudicare de Regis iustitia, an iure vel iniuria ea à nobis exigat, regulariter tenemur obedire, nisi iniustitia potentissima sit. Scimus enim oẽs subditos teneri ad alendũ Regẽ, & ad suppeditandum ei sumptus quos in bellis gerendis, siue pro rebus suis, siue pro sua tuenda authoritate facit. Et non solum hoc verũ etiã tenemur maiestatẽ, ac splendorem Regium nostris sumptib' tueri. Quapropter potest Rex tributa, ac vectigalia subditis suis imponere, dummodo iusta sint. Sed quia iustitia habet suã latitudinem, nec in indiuisibili puncto consistit; difficile valdè erit iudicare quando metas iustitiæ trãsgrediatur Rex in huiusmodi tributis imponendis, & ideò non temerè de his iudicandũ est, sed summa cum moderatione agendum, donec clarissimè de iniustitia ac tyrannidẽ Principum constet. Quod euidenter in hac historia docet nos Dominus. Nã cum sciret Romanos tyrãnide maxima, ac armorum vi summum extendisse imperiũ, nihilominus tributa eis danda censet. Nimirum docens nos, ne temerè, aut repentina loquela in Principes nostros obloquamur sed magna id cum cõsideratione agendũ, præcipuè vbi nõ spectatur [illegible] sed potius maius scãdalum timetur.

Et ideo addit: *Et quæ sunt Dei Deo.* Tanquã [illegible] q reddere tributa Principibus etiã infidelibus, nõ obstat quin ea quæ Deo debentur ei reddãtur, hoc est, quod nõ Dei seruitio, aut cultui aduersatur. *Et audientes mirati sunt & relicto eo abierunt.* Quoniã scriptũ est. *Prouer. 21.* Non est consilium, non est prudentia, non est sapientia contra Deum. Et apud Iob c. 12. dictum: *Iob. 12.* Apud ipsum est fortitudo, & sapientia, ipse nouit decipientem, & eum qui decipitur. Adducit consiliarios in stultum finem, & iudices in stuporem, qui mutat cor Principũ, & decipit eos. Id est frustratur consilia eorum. Der idea [?] quippe Dñs hominum sapientiam stultitiamq; esse facilè demõstrat. Sic enim & intelligi potest illud *Prouer. 8.* Ludens coram eo in orbe terrarum. Quia tanquã infans, ac ignorantiam, nostrã ostendit esse sapientiã. Vnde quasi irridens [illegible] huius mundi clamat ad illos Paul. *1. Cor. 1.* Vbi sapiens, vbi scriba, vbi conquisitor huius sæculi, nõne stultã fecit Deus sapientiam huius mundi? Et alibi apud sapientiam scriptũ est, *Sapien. 7.* Sapientia vincit malitiam.

Deinde super hæc verba. *Cuius est imago hæc & superscriptio?* Sic dices. Duas habet Deus imagines quæ illũ representant, vna talis, & tam expressa q per illã Deus cognoscit seipsum sicuti est, & hæc est filius [illegible] Verbum æternum, quod tanquã clara Dei notitia, atq; conceptus ab ipso procedit, & in ipso tanquã in speculo totum se inspicit Deus; est enim speculum sine macula Dei maiestatis: quia tota Dei maiestas in illo est. Quapropter est nomen propriũ, ac personale filij, imago, ita q nec Pater, nec Spiritus sanctus imago propriè dicuntur. Quoniã ad hoc quod vna res alterius dicatur imago, oportet quod ab illa originem trahat, & ei assimiletur; sicut imago Cęsaris originẽ trahit ab ipso quia transumptio quædã est ipsius vultus Cæsaris, & similitudinem ob hoc cũ illo habere debet ad hoc quod illũ representet. Filius autẽ qui est Dei verbũ originẽ à Patre ducit, à quo tanquã à principio procedit, secundũ illud Ioan. 1. In principio erat Verbũ, *Ioan. 1.* & cũ eo similitudinem maximam gerit; quia in eadẽ numero diuina natura procedit: ergo proprijssimè imago patris est. Et hoc dicitur [?] propriũ filio Dei: quia ipse solus procedit à patre Deo, tanquã conceptus & notitia eius, de cuius ratione est similitudo, quare ex vi talis processionis procedit similis Patri. Et quamuis Spiritus sanctus procedit etiã [illegible] Deo, nõ tamen hoc habet ex vi talis pro-

processionis nō procedit vt amor, & talis processio in sui ratione nō includit similitudinē, sicut notitia, aut conceptus, licet cōsequatur hæc similitudo, eo q procedat in tali natura, in qua oēs personæ sunt similes, & eiusdem omninò substantiæ. Est ergo filius imago ex-
Coloss. 1. pressa Dei, secūdū illud Pauli de filio loquēs. Qui est imago Dei inuisibilis, primogenitus omnis creaturæ. Quò meliora & optima bona à Patre accepit; sicut primogeniti meliora
Genes. 49 accepit bona patemū. Vnde & de Rubē primogenito suo dixit Iacob secundū Hebraicā lectionē. Ruben initiū roboris mei. Totum enim patris robur filius per hanc generationē accepit. Cæterū, quia hæc imago perfectissima est, per quā solus Deus seipsum cognoscit; aliā voluit facere imaginē per quā nos agnosceremus illū. Per illā ipse se ipsum agnoscit, aliā condidit per quā nos agnosceremus illū, & hæc est homo qui est translata quædā figura à Deo, in qua imago sanctissimæ Trinitatis miro quodāmodo splendet, ac si esset pictura quædā Dei, per quā & Deus ipse cognosci potest. Nā si per cæteras minimas creaturas agnoscitur Deus, cur non magis per hanc magis perfectā agnosceretur? Verū tamen hæc imago imperfecta est, nec ad primā vllo modo accedere valet, sed ab ea infinito distat interuallo.
Simile. Nā sicut imago Regis aliter lucet in filio quē ex semetipso sibi simile genuit, aliter in numismate, sigillo aut cera. Sic imago Dei aliter lucet in filio qui est imago eius expressa; aliter in homine, in quo tanquā in numismate aut sigillo impressa est. Quod optimè nobis explicat scriptura cūm dicit hominē, ad imaginē & similitudinem Dei cōditum esse, nec enim illū dicit imaginē, sed ad imaginē: tanquā res quæ non perfecta imago sit, sed accedens ad hoc q sit imago. Habet enim aliquid imaginis Dei, sed multū ei deficit, vt perfecta sit, & plus ei deficit quā habet. Cæterum non solū hoc voluit Deus, q homo esset imago sua, verum etiā placuit ei titulum superaddere illi quo agnosceretur cuius esset imago. Quemad-
Simile. modū in denario nō solum videmus Cæsaris imaginē, verum etiā titulum superscriptionis & scemata. Ibi enim est plus vltra, & alia insignia, vt si per figurā eo q imperfecta sit non cognoscimus cuius sit imago, saltē per titulum & superscriptionē id cognoscamus. Peccator itidē, vt iustus quantum ad naturę substantiā imago Dei dicitur, verum tamē præter hoc q homo est imperfecta Dei imago, peccator magis obnubilauit eā tenebris peccatorū decolo-
Thren. 4. ratā his lineamentis habet. Quod Hieremias deplorabat dicēs: Quomodo obscuratum est aurū, mutatus est color optimus. Quare vt perfectiores imagines Dei quales sunt iusti ab imperfectis, quales sunt mali discriminentur, oportet q titulo aliquo ac stemate sigillentur. Hæc autem superscriptio & nota, qua iusti ab iniustis discernuntur, est illa Pauli sententia. Fides quæ per dilectionem operatur. Hoc *Galat. 5.*
est fides & charitate cuius stemma est manus cū igne. Pessimus ergo Christianus solam habet fidem, sed plus vltra requiritur. Nempè charitas qua filij Dei, à filijs nequam distinguūtur. *Ioan. 13*
Hæc enim facies est qua Deus imaginem suā esse cognoscit. In hoc cognoscent homines q mei estis discipuli (ait Dominus) si dilectionē ad inuicem habueritis. Hoc est per charitatē, quæ fidē viuificat. Hoc confirmat D. Gregor. *D. Greg.*
super illud primi libri Regum, vbi dicitur, q Dauid erat pulcher & rufus. Hoc est: Ideò pulchram faciem habebat, quia rubicundus erat, nam rubicundus color, charitatē refert. Quæ quia ignis est, rufam & quasi succensam reddit faciem. Vnde & de Christo Domino, ait Sponsa. Dilectus meus candidus & rubi- *Cant. 5.*
cundus. Hanc faciem vult Deus habere suos, vt per illam illos agnoscat, & hanc ab eis exigit dicens: Ostende mihi faciem tuam: quia *Cant. 2.*
charitate rubet. Et quia fatuæ virgines hanc non ostenderant faciem, tanquam ignotæ expulsæ sunt à nuptijs, & dictum est eis. Amē di- *Matt. 25.*
co vobis nescio vos. Et in hoc vult Deus; vt filio suo efficiamur similes. Nam quia in ipso agnoscitur Deus, agnoscetur, & in his qui ei assimilabimur, & cognoscet nos tanquā suos. Id enim Paulus ait Rom. 8. Quos præsciuit, *Rom. 8.*
& prædistinauit conformes fieri imagines filij sui: vt sit ipse primogenitus in multis fratribus. Ipse tanquā vnigenitus & primogenitus habet ius ad regnum Patris sui, nos autem tanquam fratres eius per adoptionis gratiam asciti per fidem & charitatem Christi ius ad eandem hæreditatem acquirimus. Debemus autem valdè filij eius assimulati, qui candidus, ac rubicundus est: Hoc est, debemus per charitatem rubere, & simul albas gerere mentes, quæ omnia charitas facit. Et certè hæc charitas semen illud est q nos filios Dei, & Christi fratres constituit, nam dum hoc semen in nobis manet, semper illi assimilabimur tanquam filij. Atque sic intelligitur locus ille difficillimus apud Ioann. cap. 3. In quo sic ait. Omnis qui natus est ex Deo non peccat, quoniam semen ipsius in eo manet. Hoc est dicere. Quod opera quæ procedunt ex charitate & gratia, non possunt esse peccata, quia sicut

amyg-

amygdalum non gignit nisi amygdala, & triticum, nisi triticum: sic hoc semen puta charitas & gratia, non potest alienos producere fructus. Quare quando iustus qui est in charitate peccat opus illud quod est peccatum, non à charitate procedit, sed ab alio malo principio. Hoc ergo semen nos filios Dei cōstituit, & conformes imaginis filij sui. Titulus autem eius est, fides cum operibus. (Simile.) Peccator autem etsi in naturae substātia imaginē Dei gerat, habet tamen alium titulum, & alia stemmata, nempe peccata. (Apoc.16. & 19.) Nam sicut seruum aut mancipium suis stemmatis sigillat, vt ab omnibus agnoscatur quod suus sit: sic diabolus suo sigillo animas signat, quo suas esse cognoscat, & hoc est peccatum. Nam, vt Ioannes in Apocalyps. refert, peccatores habent characterem bestiae. (1.Timo.4) De quibus Paulus ait, quod habeant cauteriatam conscientiam, hoc est, signatam ferro candenti diaboli. Et sicut inter mancipia vnum habet distinctum signum ab alio; sic secundum differentiam peccatorum, vnus ambitione alius libidine, alius alio designatur vitio. Cùm ergo venerit dies ille, in quo omnes sumus rationem operum nostrorum reddituri, cùm numisma in quo debet esse imago Caesaris, hoc est, animam ante faciem Christi portauerimus, dicet ipse, Cuius est imago haec, & superscriptio? Et siquidem ibi legerit fidem cum charitate, dicet, Reddite quae sunt Dei Deo. (1.Cor. 15.) Si autem characteres bestiae legerit, respondebit, Reddite diabolo quod est ipsius. Igitur cum Paulo dicamus. Sicut portauimus imaginem terreni, portemus & imaginem caelestis, cum suo titulo ac superscriptione, vt sic à Domino agnoscamur & reddamur ei cuius sumus.

(Moralitas seu citio.) Reddite quae sunt Caesaris Caesari, & quae sunt Dei Deo. In his verbis tanquam in compendio quodā docet nos magister noster Christus, quomodo homo Christianus ea quae tenetur adimplere valeat, habet quippe homo duas obligationes quae inter se contrariae videntur. Tenetur enim aliquando mundi legibus & oneribus, quibus secundum suum statum respōdere debet: tenetur & semper Dei legibus & praeceptis obtemperare. Suae carni obligatū se videt & suae animae plus: & quodlibet horum exigere solet res quae inter se incompatibiles ac incōpossibiles apparent. Scire ergo sic vtrisque obligationibus occurrere, quod alijs praeiudicium minimè fiat; scire sic mundi, aut carnis necessitatibus deseruire, vt Dei cultui, ac legibus in nullo praeiudicium pareat, & sic corporis occurrere rebus, vt animam nullo modo obliuiscamur, hoc credo summa Sapientia est, haec est omnis Christiana Philosophia, in hoc omnis difficultas virtutis sita est; sic vni cōtrario occurrere, vt alterum non deserat; non minima certe res est. Et hoc est quod Dominus praesentibus nos docet verbis, quibus velut apophthegmate quodam hanc dirimit difficultatem cum dicit. *Reddite quae sunt Caesaris Caesari, & quae sunt Dei Deo.* Hoc est vnicuique reddite quod suum est, & non amplius. Honor Deo debitus, tempus, locus quae Deo dicata sunt, solicitudoque in suis rebus exigit Deus: haec nullo modo mundo tribuenda aut carni, quoniam hoc non est Deo quod suum est conferre, sed potius auferre, & alieno Domino dare. Similiter quod carni debetur illi date: nec enim debetis illi cibum necessarium denegare, nec quando eget somno orare, & auferre ab illa quod ei debetur, tunc enim diceretur vobis. *Reddite quae sunt Caesaris Caesari.* Igitur hoc nos docet Christus, & hoc vobis ostendere ipso dante conabor si prius totam legerimus historiam. Consilium inierunt vt caperent eum in sermone. Stulti sunt qui verbum in verbo capere studeant. Verbum enim incomprehensibile est. In consilium ergo eorum non intret anima mea. (Gen. 49.) Beatus vir qui non abijt in consilio impiorum. (Psal. 1.) Et mittunt ei discipulos suos cum Herodianis. Homines Coloni (ait Chrysost.) cuius terram possident eius auxilio opus habent. (D.Chrysost.) Qui iustitiā retinet nullius patrocinio indiget nisi Dei: qui in diaboli iniquitatibus ambulat diaboli adiutoriū necessariū habet. Coloni enim Dei diaboli auxilium non requirunt: Colonus autem diaboli auxilium Dei etsi quaerit non inuenit. Vidisti aliquādo euntē ad furtū Deum orare, vt benè prosperetur in furto? Aut qui vadit ad fornicationem, numquid signū crucis sibi ponit in fronte, vt non cōprehendatur in crimine? Quod si fecerit non iuuatur, quia nescit iustitia Dei patrocinium dare criminibus. Vnde isti ad Herodianos se contulerunt. Quale consiliū tales & consiliatores. *Et mittunt ad eum discipulos suos.* Quales Magistri, tales & discipuli. Minores erant in aetate magistris, aequales autem in malitia (ait Chryso.) Sicut scorpionis filij minores corpore sunt parentibus, sed in veneno aequales. Et catuli luporum etsi adhuc praedā exercere nō valent, tamē sanguine gaudent & morsibus ludunt. Sic & isti discipuli quasi filij luporū etsi adhuc aetate teneri, tamē malitia gaudebant. (D.Chrys.) *Magister scimus quia verax es.* Adulationibus Dominum aggrediuntur

D. Chrys. dicetur nam (vt ait Chrysostomus) prima hyppocrisy potentia simulata laudatio est (La primera lança del hypocrita es la lisonja): Simile. Nam sicut qui per vim non potest ad iugũ taurum ponere, primũ illum blandè pertractat, frontem manibus fricat, deinde cornua eius apprehendit ac sic sub iugo illum mittit. Sic isti homines videntes se non posse Dominum Iesum ob eius sapientiam vincere, blanditijs ac assentationibus illum subdere nitũtur, existimantes illum esse sicut caeteri homines vanitatis filij; qui si adulatorijs verbis illos in caelum efferatis, quidquid petieritis ab eis consequemini. Sed longè à Christo Domino est peruersa conditio, qui in illos prudentissima responsione confusos dimisit cum dixit. *Reddite quae sunt Caesaris Caesari, &c.* Sic enim Esa. cap. 8. pro Christo clamat dicens. Congregamini populi & vincemini: Accingite vos & vincemini. Inite consilium & non stabit. Loquimini verbũ & non fiet, non est consilium, non est prudentia contra Dominum. Vbi aduertendum est quod [illegible] Dñs illis [illegible], veritatem quae eos docuit. Quare Chrysostomus dicit. Melius est Deus iratus, quam homo propitius. Tam bonus est Deus quod iratus est [illegible]. Si enim te punit, verè ad meliorem frugem [illegible] facit; nec enim in ira sua continet misericordias suas. Sed [illegible] ad propositum [illegible]. *Reddite quae sunt Caesaris Caesari, & quae sunt Dei Deo.* Consideranda est enim diuina sapientia in hoc facto. Nam vt confunderet istam sententiam primũ numisma petijt, deinde interrogauit eos cuius est imago haec & superscriptio. Et cum respondissent Caesaris, &c. Reddite ergo quae sunt Caesaris Caesari. Ex hoc enim quod homo est imago Dei, nascitur obligatio vt ei perpetuò seruiat & obsequatur. [illegible] impius hanc imaginem obscuratam habet, & imaginem portat mundi, ac diaboli portat. Hinc est quod iustus Deo tributum praestat, impius autem diabolo. Circa quod aduertendum [illegible] tam iustus, quam peccator imaginem Dei [illegible] habet [illegible]; in quo est impressa imago Dei. Caeterum peccator imaginem istam velut informem gerit, iustus autem formatam, atque perfectam suisque [illegible] coloribus. Imago informis illa dicitur, quae solùm habet signata membra & delineata, non tamen perfectè depicta, nec suis coloribus & vmbris adornata, signantur oculi & brachia, & caetera membra, sed [illegible]

Esai. 8.

D. Chrys.

perfectè composita sunt, quod in nostro idiomate vocatur (*El dechado de la imagen.*) Sic peccator considerari potest, tanquam imago quaedam imperfecta Dei. Habet quidem signatum situm vbi oculos debet habere, & vbi caput debeat depingi: quia habet potentias animae, intellectum scilicet & voluntatem, in quibus & fidem & ardentem charitatem habere deberet. Habet tamen oculos obscuros absque viuida charitate quã deberent habere: quoniam fidem quae locum gerit oculorum in anima mortuam habet, non tamen viuam: quoniam nulli [illegible] illi opera est, nec cum ea videt quae videnda forte, sed habet illã otiosam. Habet etiã velut pũcto quodam signatum locũ vbi deberet esse caput, nam habet voluntatem in qua deberet esse charitas, quae est caput aliarum virtutum secundũ illud Pauli. Maior autẽ horũ est charitas. 1. Cor. 13. Habet etiam signatos pedes & manus huius imaginis Dei, quia pedibus ad Ecclesiã pergit, & ad concionem vadit, manibus etiã aliquando eleemosynam confert: sed tamen quia haec absque charitate facit, sine fructu omnia sunt. Habet ergo informem hanc imaginem peccator, non tamen [illegible] veritatem. Iustus autem est Dei imago omnibus suis partibus perfecta, ornata, atque vestita, suisque coloribus decorata. Habet enim vestem illam talarem, qua dignoscuntur iusti quod à Deo prae aliis diliguntur. Haec est tunica illa talaris & polymita quam fecit Iacob, Ioseph filio suo, in qua dignoscebatur quod à patre plus caeteris diligeretur. Genes. 37. Haec autem tunica polymita & talaris (hoc est diuersorum colorum vsque ad talos pendens) significat vestem nuptialem diuersarum virtutum, quas induuntur animae iustorum, vsque ad talos, hoc est vsque ad finẽ vitae perseuerantes in eis. In his enim cognoscuntur quod prae aliis diliguntur à Deo. Habet etiam charitatis [illegible], candorem puritatis, rubicundum humilitatis colorem, spei etiam virorem. Secundum illud. Candidiores niue, nitidiores lacte, rubicundiores ebore antiquo, sapphyro pulchriores. Threno. 4. Habet etiam altitudinem, & profunditatem. (*Tus altos y baxos.*) Habent enim fidei altitudinem, & humilitatis profunditatem: habent & deuotionis vmbras, in quibus ab aestu tentationum refrigerantur. Habent etiam paruas figuras quasi quae à longe circumspiciuntur, quas nos dicimus, *lexos*, Hoc est mundi huius contemptum, quem cum à longe respiciunt iusti parum, ac pullus sibi videtur. Quemadmodum Paulus qui è cœlo mundum despiciebat quasi nihil illum despexit. Verũ obseruandum hic est, quod peccator necdũ est perfecta Dei imago, sed potius est diaboli figura. Nã in imagine informi & quæ nuda depingitur totũ illud spatiũ vacuũ quod operire deberẽt colores ac vmbræ, & claræ delineatæ figuræ potest adimpleri monstris, & fœdis figuris, ac vmbris, secundum quod libitum fuerit pictori: nam loco oculorum qui ibi punctis duobus designati sunt, possunt basilisci oculi depingi. Manus autẽ quæ ibi tanquã insinuatæ erant, possunt sic deliniari vt leonis potius quã hominis videantur esse, totũ aliud spatiũ vacuũ potest mõstruosis ac fœdis picturis adimpleri. Sic peccatori cõtingit qui cũ animã rudẽ ac vacuã bonis picturis, hoc est virtutibus ac studiosis operibus habeat, venit dæmõ & in ea depingit quod vult sibique similẽ illã reddit, & loco oculorũ quos Angelicos poterat habere, si fide viua intellectũ adimplesset quo cœlestia & sublimia videre valuit: diabolus basiliscos oculos depingit, quibus nõ nisi dolos videat, & per illos venena diffundat, quibus & aliena mala videndo concupiscat, [illegible] aspiciẽdo eorũ bona inuideat. Manus quæ hominis deberẽt esse, vt aliis benefaceret, potius videntur leonis, aut vrsi, vt alios colaphizet vulneret & occidat, [illegible], ac rapere cũ eis valeat alios. Corpus quod deberet esse ornatum veste polymita Ioseph diuersarum virtutum plenũ, est mõstruosis deformitatibus ac [illegible], & vanis picturis [illegible] plenam vitiis & turpibus desideriis habet, quare cũ deberet imago Dei esse, diaboli potius figurã induit. Vnde in Scriptura diuina in ipso vestibulo ac exordio hoc discrimẽ inter iustum & peccatorẽ insinuatur cũ dicitur.

Genes. 1. Fecit Deus hominẽ ad imaginẽ & similitudinẽ suã. Iustus quippe est imago Dei, peccator similitudo diaboli. Nec enim imago hæc de qua loquimur est, sed similitudo imaginis tuæ, hoc est similitudo quædã eius quod deberet esse, vel eius id quod potuit esse. Porro [illegible] esse imago, Dei tamẽ est imago diaboli.

Simile. Quod alio exemplo solemus dicere, quod iustus & peccator vterque templum Dei est, ac domus quæ vtraque habet cellas ac triclinia (potentias animæ cũ suis potentiis) quæ capere possunt Deũ. Habet quippe intellectũ qui esse [illegible], quod est Deus intelligere valet, habet & voluntatem quæ si bonum in genere capere potest quod est Deus, & memoriã quæ bonorum reminisci [illegible]. Vnde cum tres sint animæ potentiæ, & tres summæ Trinitatis personæ, ipsum Deum in se capere potest. Denique ipsum hominem fecit talem, quod Deus in illo habitare valeret, & hoc est illum fecisse ad imaginem suam, hoc est (*Al talle de Dios, que cupiesse en el Dios*) Sed est hoc discrimen quod mali est ipsa domus informis (*El casco de la casa*), iusti autem ipsa domus iam perfecta, quod ferè idẽ est exẽplo cũ illo quod modo attulimus, licet id explicatius ostendat. Finge quod ad videndã Regiã domũ intromittit aliquis, quæ adhuc nõ habitatur, nec perfecta est, vides triclinia cameras, aulas & atria absque eo ornatu quẽ postea cũ Rex ad habitãdã domũ intrauerit habere debet. Et cũ vides aliquã aulã, seu camerã, interrogas illũ qui te introducit ac dicis: Quidnam camera hæc debet esse, et cui muneri destinata est? Et dicit tibi. Hic debet esse capella Regia, vt missa celebretur, res sacræ agantur, diuina officia peragantur, & Regia maiestas ad ea audienda hic præsens sit. Hic debet esse tabula quædam cum imagine crucifixi deuotissimè depicta, simul cũ aliis eius passionis mysteriis. Hoc cœnaculum grande debet esse aula progenitorũ (*La sala de los linajes*) in qua stẽmata omnis nobilitatis debẽt esse sculpta. In hoc triclinio debet habere Rex lectum suũ, in quo dormiat. Sic finge quod sit peccatoris anima, deberet quippe esse aula quædam Regia, in qua ipse habitare eo designaretur, & tamẽ habet triclinia, & cameras, sed non illo ornatu quẽ debet habere, ad hoc quod Deus illas inhabitet. Deberet quippe intellectus eius esse tabula quædam in qua Christus crucifixus simul cũ omnibus suæ vitæ ac passionis mysteriis deberet esse depictus: nec enim aliud deberet scire cum D. Paulo nisi Christum & hunc crucifixum. *1. Cor. 2.* Deberet sua memoria [illegible] stẽmatũ virorũ fortiũ (*La sala de los linajes*) nã deberet in ea habere impressa & sculpta exẽpla seruorũ Dei, eorũ de [illegible] victoriã facit ẽdo, vt de D. Augustino legitur, simul cũ stemmatis in [illegible], ac insigniis, quibus de mundo ac Diabolo victoriã adepti sunt. Deberet & voluntas eius fieri triclinium in quo Deus [illegible] in lecto [illegible] requiesceret: [illegible] ipsa in Deo requiescere deberet, & Deus in ea. Sed nihil horum impius in anima gerit, iustus verò sic. Nam intellectus eius tabula quædã est in qua crux Christi depicta est semper enim eius mysteria contemplatur, illic illam illum habet in præsepio iacentem, ad vbera matris Virginis pendentem, ad puteum cũ Samaritana loquentẽ, cruci affixum, lancea latus perforatum, sepulturæ, ac à sepulchro resurgentem, sydera ascendentem in nubibus ad iudicandum venientem. In memoria sanctorum exẽpla, ac firmamẽta sculpta habet. Ibi defixam gerit sancti Dominici disciplinam, S. Francisci stigmata, D. Laurentij craticulas, Antonij ieiunia: denique per illam tanquam per aulam Regiam, & Angeli, & beati deambulant: quos nunquam illos à memoria decidere patitur. In voluntate sua stratum habet lectum Dño suo, suis coopertum cortinis ac paludamentis [illegible] iniiciat, mortificatos sensus & membra carnis sue gerens vestitu ac quid [illegible] ad animã trãs [illegible] maculet, quia lect[us] veri Salomonis est, qui floridus esse debet, & ibi in Deo, & Deus in eo requiescit, & dicit. Dilectus meus mihi, & ego illi (*varia en vos fames*): Ego dilecto meo, & ad me conuersio ei[us]. Ecce ergo discrimen magnum inter vtrumque. Sed adhuc amplius cõsidera. Si in lectulo in quo deberes habere tabulam mysterijs Christi depictã, haberes, mõstra, & chimeras dæmonum figuras sculptas. Vbi deberent esse sculptæ prohibitiones [illegible] saepe, vbi lectus Regis [illegible] ac immunditias; quid [illegible]. Nõ sic Rex habitare poterit qui est. Hæc ergo habet impius in intellectu; loco crucis Christi vindictas, dolos, voluptates cogitat & machinat; in memoria retinet mala quæ gessit, vt in factis ac faciendis delectetur, in voluntate immunditias ac stercora, [illegible] porcorum hara & draconum cauea, quam oportet Regis lect[um] videatur. Ecce ergo quomodo iustus vera imago Dei sit atque perfecta: impius autem verò illam obliterata [illegible]. Nã iustus virtutes Christianas habet per quas fit similis Deo: secundum illud 2. Petr. 1: Per quem maxima & pretiosa nobis donauit, vt per hæc efficiamini diuinæ cõsortes naturæ: fugientes eius quæ in mundo est concupiscentiæ corruptionem. Quare hic Dñs nõ solum interrogauit cuius est imago, sed cuius est imago hæc & superscriptio: quia impi[us] nõ talẽ habet superscriptionem, aut titulum, quod sit imago Dei: sed obliteratam eam. Alioquin manus & oculos aspicite, & videte, si in verbis aut operibus similitudinem Dei aliquam exprimat, imò potius mundi aut diaboli; talia enim loquitur aut operatur. Quare de talib[us] Esa. dixit: Agnitio vultus eorum respõdebit eis (*En el gesto de la cara se le vee el mal quien es, y fuente.*

le trae en la frente) Iustus verò etiam in exterioribus apparet cuius sit imago (*En el sobre escrito se le vee*) quia indutum gerit Dñm Iesum Christum, vt Paulus de se dicebat. Et hinc fit quod quia iustus imaginem & superscriptionem Dei gerit, totum se Deo dat; impius è contra secundum imaginem ac titulũ quem portat totum se diabolo, carni & peccatis tradit. Cæterũ quia iustus nõ solum habet animam secundũ quam similis est Deo, verũ etiam carnẽ & corp[us] secũdũ quod est terra; hinc oritur ei alia obligatio. Quia nõ solũ Deo tenetur tributa reddere, verũ etiã Cæsari, hoc est, nõ solum diuinis rebus, verũ etiam humanis incũbere debet. Animalia illa quæ vidit Ezechiel pennata quidẽ erant: sed manus hominis habebant sub pennis eorum: quia quantumcunque iustus per contemplationem in altum volet; tamen manus hominis habet, hoc est carnẽ gerit cuius necessitatibus aliquando inclinari tenetur alasque concutere, vt illis incumbat. Non solum vt Angelus operari debet, verum etiam vt homo; nec solum contemplari, verum etiam comedere, atque dormire debet. Reddere ergo iidẽ debent quod est Cæsaris Cæsari. Nam vt Gregorius docet, aspirando filij Hierusalem angarias & tributa soluunt Regi Babylonis, dum in suo Regno captiui detinentur: quoniam animæ hominum dum sunt in corpore etiam illi sua tributa pendere debent. Et in hoc tota est difficultas quomodo reddendum sit vni, quod debetur ei, sine præiudicio tamẽ alterius, in quo ferè omnes erramus. Plures quippe sũt, qui à Deo quæ eius sunt, & ei debẽtur auferant vt conferant carni, quàm qui à carne demdant vt tribuant Deo. Nihilominus non desunt aliqui homines minima discretione præditi, qui carni non soluunt suum debitum tributum. Quod quidem displicet Deo. Rationabile obsequium vestrũ, ait Paulus, hoc est (*Medido, y reglado con la razon*) Cæterum quoniam minimum est quod carni debetur, maximum autem quod Deo: etiam si ea quæ carni debemus soluamus, supperest nobis tempus ad soluenda debita Deo. Quare Dominus Iesus prius monet, vt reddamus Cæsari quod suum est, cùm tamen deberet è contra dicere, reddite prius quæ sunt Dei Deo. Deinde Cæsari quæ sunt Cæsaris. Nam & ipse supra dixit; Quærite primum Regnum Dei, & iustitiam eius. Et in exemplo illo quod Dñs adduxit de domino qui nõ dicit seruo sede tu & comede, & ego seruiam tibi, sed potius è diuerso: da mihi

Cant. 2. — 1. Petr. 1. — Esai. 3. — Ezech. 1. — Cæsar. l. D. Greg. — Rom. 12. — Math. 6.

manducare & ministra mihi cibum, posteà tu sedebis & comedes? Hic ergò videbatur, quòd hic deberet fieri. Verum Dñs loquitur in his verbis de eo quòd videbatur fiendum; tamen tanta Deo debemus, vt si ad ea soluenda intenderemus prius, nullum nobis suppeteret tempus ad soluenda tributa Cæsari; Sed obligatio debita carni minima est, quia natura paucis contenta est. Expletis igitur eis tempus remanebit ad soluendum debita Deo. Sic se Deus hic gerere videtur heus a- *Simile.* liquandò tu cum seruis tuis te habes, debes enim hodiè occupare illos in re aliqua, in qua expendere debent totû diem, & dicis illis manè. Comedite modò & quiescite pusillum: quoniam totum diem deberis consumere in re quàm ego mandauero vobis. Quarè ò homo præcipis seruis tuis vt prius comedant & quiescant, quàm imperata faciant? è diuerso illis deberes dicere. Facite prius quæ ego mandauero vobis, & posteà comedetis, & requiescetis. Respondebis mihi, Domine, si opus quod ego illis iniungere, incipiant, non suppeteret tempus eis ad comedendum & quiescendum, & necesse est vt cibum sumant. Cibentur prius quia hoc breui tempore fiet, vt posteà possint per totum diẽ labori quem ego eis iniunxero incumbere. Sic modò Dominus, tenemur totam vitam in eius seruitio expendere, & necesse est quod caro requiescat & cibetur: incumbite prius, ait, huic breui negotio, vt posteà reliquũ temporis meis vacetis laboribus. Et certè si postquàm carni solùm necessaria tribueremus, reliqua Deo demus; ad omnia nobis superesset tempus. Sed proh dolor, proh pudor, ò insaniam filiorum Adæ. Commutastis quippè sortes Dei, cum carne vestra, & sicut si caro ac mũdus esset cui plus deberetis; sic omne tempus in eorũ seruitio consumitis, Deo autẽ penè nihil soluitis, ac si ipse esset cui minus debitores essetis. Et ad soluenda tributa carni vestræ, omnes diuitiæ Indorum & Arabiæ non sufficiunt, imò (quòd peius est, & plus deplorandum esset) tributa quæ Deo debet, Cæsari soluitis; tempus, curam, honorẽ, quæ Deo exhibẽda essent carni, ac mundo tribuitis. Con- *Gen. 48.* tigit certè vobis quod Patriarchæ Iacob, cũ duobus nepotibus suis filijs Ioseph. Cum enim esset cæcus & benediceret illis, manũ dexteram, quàm deberet ponere super caput maioris, qui erat ad dexteram eius, posuit super caput minoris, & sinistram super maiorem commutans manus, & in modum

crucis ponens eas. Sic tu ò homo cæce cum dexteram Deo deberes dare, & sinistram mundo, hoc est, cum meliora & fortiora in Dei seruitium expendere deberes, permutata sorte potiora mundo tribuis, & quæ minora sunt Deo, imò à Deo tollis, vt mundo tribuas. Curam enim omnem [illegible] bus ponis, & tempus in officijs carnis consumis, & fortasis hæc à Deo quæ parùm [illegible] sunt. Deberes enim summo manè consurgere, & festinanter te induere, & ad ea quæ Dei sunt protinus euolare, & contra facis. Manè [illegible] missam quàm breuissimam audis, & qui hæc facit sanctus est, & deindè cum [illegible] mundi transis totum tempus in eis expendendo, semel in anno confiteris peccata tua & sacrã communionem recipis [illegible] in peccatis transigis. Quarè cùm sic curæ [illegible] ac expensæ crescant, nihil Deo remanet. Et hinc oritur habitus hæc hominum [illegible] & auaritia erga Deum: nam cùm omnia in corporalibus expendatis nihil superest ad soluenda tributa Deo. Patres vestri quia Cæsari dabãt ea dũtaxat quæ ei erant, quia carni & mundo quæ sufficiebant dabant; ideò multa eis supererant quæ darent Deo, quare ipsi monasteria, hospitalia, capellas, & alia multa bona opera & pia fecerunt: vos autẽ quia plurima tributa mundo & carni vestræ soluitis, nihil habetis quod in bonis operibus expendatis. Quinimò quæ vestri progenitores fecerũt auferre cupitis, & lites mouetis contra monasteria, & hospitalia allegantes, quòd non potuerunt ea vestri patres illis dare, quia non erant bona libera, vel quia quintam partem census excedebãt. O hominum duritiam & miseriam. Nã quia vos tyranno dño qualis est caro vestra subijcitis, tot tributa ferre non valentes à Deo aufertis quod suũ est, vt mũdo ea tribuatis. (*quitaislo del altar pere darlo al diablo*) Nã si vnũ contrariorũ crescit necesse est vt alterũ minuatur, sicut crescẽte calore frigus decrescit. Si ergò carnis curæ & expẽsæ abũdãt ea quæ sunt Dei minorãtur, imò & carnẽ ipsã finẽ vestrũ facitis, quẽ ad illũ omnia quæ habetis ordinatis. Hinc Paul⁹ ait. Quorũ De⁹ *Philip. 3.* venter est. Nã Deus vltim⁹ finis est, isti aũt vltimũ finẽ faciũt vẽtrẽ suũ, & ideò illũ Deũ suum cõstituũt, ad quẽ omnes suas curas dirigũt. Vndè & Sapiẽs dicit. Omnis labor hominis in ore eius. Hoc est ad comedẽdũ omnẽ *Eccles. 6* suũ laborem dirigit. Ea autem quæ vt finis amãtur sine modo amãtur; media autem in *simile.*

ordine

[illegible] ordine ad finē mensurātur: nā Medicus nō intendit tibi dare tot gradus salutis & non amplius, sed quotquot poterit, nō tamē tibi cōfert quātū reubarbi habēt pharmacopolæ, sed eā tātū mensurā quæ sufficit ad expellendum pessimum humorem. Sic Deus quia finis est sine modò debet diligi: nā modus charitatis est sine modò diligere vt statim videbimus. Cætera omnia tāquā media diligēda sunt, in ordine ad istud mediū mensurata. Si ergò tu carnē tuā cōstitues finem tuū sine modò eā diliges, & cætera omnia obliuisceris. Vndè & Propheta de talibus dicebat: Nō est finis acquisitionis eius. Imò Deū ipsū tanquā mediū diligis, in quātū ille potest tibi largiri tēporalia. [illegible] Ad alia quippe illū nō cognoscis; quare solū propter temporalia illū inuocas; sicut cū eges Medico illū vocas, cū autē sanus es à te expellis illum & medicamina sua. Et hic est peruersus ordo filiorum Adā frui vtendis & vti fruendis. Deo vteris tanquā medio quo deberes frui: quia finis tuus est, & fruitio est finis; & mundo frueris tāquā fine, cui deberes vti vt medio. Itaq; nō sat tibi est, q seruū te carni tuæ effeceris nisi etiā Deū ipsum huic etiā ministerio addictum esse velis. Reddite ergo quę sunt Cæsaris, Cæsari. Prius tuis vult Deus necessitatibus subuenias, deindè pauperib? quę supersunt tribuas, q fui tum. Ecce Christianā Philosophiā, sic transire per bona tēporalia vt nō amittantur æterna; quæ nobis Deus ipse tribuere dignetur. Amen.

In illo die accesserūt ad eū Saducæi, qui dicūt nō esse resurrectionē, & interrogauerūt eum dicentes. Magister Moyses dixit. Si quis mortuus fuerit nō habēs filiū, vt ducat frater eius vxorē illius, & suscitet semē fratri suo. Erāt autē inter nos septem fratres. Primus vxore ducta defunctus est, & nō habēs semen reliquit vxorem suā fratri suo, similiter secundus & tertius vsque ad septimū. Nouissimè autē omniū & mulier defuncta est. In resurrectione ergò cuius erit ex septē vxor. Omnes enim habuerūt eā. Respōdens autē Iesus, ait illis. Erratis nescientes scripturas, neque virtutē Dei. In resurrectione enim neq; nubent, neq; nubentur: sed erūt sicut Angeli Dei in cælo. Iā supra multa diximus de differentijs harum sectarum quæ erāt in populo illo. Saducæi [illegible] Epicurei sectā videbātur colere, sicut Pharisæi & Esæi, Platonis, & Pythagoræ dogmata in multis sectabātur. Et ideò Saducæi nō agnoscētes aliā vitā, nisi hanc animalē, ac vegetatiuā quā modò viuimus, negabāt resurrectionem mortuorum. In qua (& si posset esse) existimabāt iisdē actionibus animalib? quib? modò viuim? esse viuēdū. Negabāt etiā esse Angelos, aut spirit?, & ex vniuersa sacra Scriptura solos quinque libros Moysi admittebant. Atque ideo accedunt ad Iesum irrefragabili argumēto quod illi putabant illum ferientes, & proponunt hunc casum, vel quia fortè sic contigit apud illos, vel quasi arguētes ex hypothesi possibili, ac si dicerent. Ponamus casum, quòd ita cōtigerit, vt vnam mulierem Septem fratres habuerint. Sed Dominus grauissimè respondit eis dicens erratis nescientes Scripturas. Hoc est non admittentes eas quæ admittēdæ sunt, & eas quas admittitis, nec rectè intelligētes, nec rectè interpretantes. Erratis etiā nescientes virtutem Dei ignorātia crassa erat vtraq; quia suū sensū sequentes nō admittebant scripturas, quæ admittēdæ erāt, & ad suū sensum illas interpretabātur. Et secundò crassissimi erant in hoc quod nō agnoscebāt infinitā virtutē Dei, quæ potest mortuos ad vitam reuocare; & qui eos ex nihilo condidit facili? poterit ex eadem ipsorum materia, iterū illos ad eādē carnem reducere; & posse etiā sustinere corpora immortalia in alio statu absq; cibo & potu, & cæteris actionibus partis vegetatiuæ & generatiuæ. Vndè & dixit eis. *In resurrectione enim nec nubent, nec nubentur, sed erūt sicut Angeli Dei in cælo.* Hoc est, viuent ea vita qua Angeli qui sūt spirit?, qui nulli actioni animali subdūt. Et quia Saducæi Angelos negabāt, ideò soluit quæstionē modò ab eis inexcogitato; ita quod nihil habuerūt quod aduersus eius dicta replicarēt. *De resurrectione autem mortuorū nō legistis, quod dictū est Deo dicente vobis Ego sum Deus Abraham, & Deus Iacob? Nō est Deus mortuorū, sed viuentium. Et audientes turba mirabātur in doctrina eius.* Dubiū hic oritur: nā non videtur hac authoritate Dñm cōclusisse mortuorū resurrectionem. Nō enī sequitur q si animæ viuāt: Ideò resurrectionem futurā, imò quippè colligitur animas esse immortales. Sed tū respōdetur rectè id Dñm cōclusisse, aduers? Saducæos saltē. Est enī argumentū ad hominē. Nā ideò ipsi negabāt resurrectionē, quia negabāt animæ immortalitatē existimātes animā hominis dependere à corpore sicut anima bruti, propterea per hāc authoritatē excluditur: nā si animæ sine corpore viuūt, ergò nō dependēt ab illo, ergò immortales sūt: q autē sine corpore viuāt ex hac facile colligitur Dñi sententia quæ habetur Exo. 3. dicētis, Ego sū Deus Abrahā, & De? [illegible]

Isaac, & Deus Iacob. Nõ dicit fui, sed sum. Et apud Græcos reduplicatur, Deus, sic dicẽdo: Ego sũ Deus, Deus Abrahã. Vocat autẽ animas illorũ eorũ nominibus more scripturarũ & Ecclesiæ; sumendo partẽ pro toto per synecdochem. Quemadmodum dicimus sancte Petre ora pro nobis; animã pro ipso Petro sumendo. Et quia anima est quodãmodo totũ ꝙ est homo, eò potè nõ solùm præcipua est hominis pars, sed ratio omnis vitæ & operũ hominis. Secũdò dicitur, quod licet immortalitas animæ nõ cõuincat Philosophos, ꝙ futura sit resurrectio mortuorũ: cõuincit tamẽ cultores Dei expectãtes cœlestis patriæ beatitudinẽ perfectã: quia non esset perfecta beatę animæ nisi vnitę corporib⁹ beatẽtur, maneret enim pars separata semper à suo toto. Vndè in Apoc. acceptis singulis stolis clamãt expectãtes corpora sua. Et ob hãc rationẽ scriptura illa cõtinet, nõ solùm animas mortuorum viuentes, sed animas colentes Deũ dicendo. Ego sum Deus Abrahã, Deus Isaac. &c. vt ex ipso cultu resurrectionis fidei, quæ ex vita animarum initium habet cõpleatur. Sed tertiò dici potest, quod etiã apud omnes hæc ratio quãdã efficaciam habet. Nam posita immortalitate animæ ratio exigit, quod aliquãdò corpora resurgãt propter inclinationẽ animæ ad corpus, quæ si perpetuò impediretur esset cõtra rationem violentiæ: quia nullum violentum perpetuum esse potest secundùm Philosophos. Et quod posita immortalitate animæ ratio penè cogat, quod corpora resumenda sint liquet, ꝙ Philosophi ferè illi, qui animam immortalẽ crediderunt, ob hãc animæ ad corpus inclinationẽ: aut putauerunt animas post mortẽ aliaquædã corpora aërea & subtilissima assumere, aut relegari rursum in hunc mundum in alia corpora, quemadmodum sensit Pythagoras, & Plato. Hæc autẽ inclinatio animę ad corpus manifestatur in illa, quę natura inferri videtur, cùm anima à corpore separatur. Sed vt hoc clarius manifestetur tali ordine procedendum est. Anima primò amat Deũ, deindè seipsam in quãtũ est Dei & in quãtũ est Dei imago viua; ex quo sequitur, ꝙ si anima amat seipsã; ꝙ vult bonũ sibi & gaudet de bono suo. Deindè quia anima amat bonũ suũ, sequitur ꝙ amet corpus suũ cũ omnibus mẽbris suis naturali amore, ex quo sequitur propensio & inclinatio ad corpus suum. Scit enim anima quod Deus copulauit vtrumq; corpus scilicet cum anima, & animam cum corpore: & ꝙ alligauit corpus

Apoc. 6. *Pythagoras.* *Plato.*

animę, & fecit quoddã naturale matrimonium inter ea, & cognoscit quod corpus sit factum propter ipsam, ex quo naturaliter sequitur ille amor & propẽsio ad corpus. Ex hoc autem amore & inclinatione sequitur, quod anima vult recuperare corpus suũ, & vult bonum sui corporis. Secundò anima est principalis pars hominis & nõ totus homo, nec corp⁹ est homo, sed simul anima & corpus sunt homo: anima autem naturaliter desiderat suã perfectionem; ergò desiderat recuperare suum corpus. Quod manifestè probatur ex hoc, quia melius & perfectius est homini totum & integrum esse: quã animã tantũ esse: homo autẽ ex corpore & anima cõstat, & ideò quia anima amat suã perfectionẽ amat suum corpus, & per cõsequẽs vult rursus suo corpori copulari, nec potest velle contrarium: quia hoc est ei ex naturali inclinatione. Quod desiderium manifestat oratio illa sãctorum. Apoc. 6. Qui postquam singulas stolas acceperunt: optant corporum assumptionem. Et propter hanc rationem diuus Thom. in addit. ad tertiã partem. q. 75. art. 1. ad 2. dicit, quod testimoniũ hoc à Christo Dño citatũ efficaciter probat resurrectionem: quia anima Abrahę nõ est Abrahã, sed est pars eius: vnde vita animæ Abrahæ nõ sufficeret ad hoc ꝙ Abrahã sit viuus, vel ꝙ Deus Abrahã sit Deus vniuersi: sed requiritur vita totius cõiuncti, quæ tunc erat inordinatione vtriusq; partis, per potẽtiam diuinam. Quarè ex his nõ cõcludimus quod resurrectio sit naturalis: sed quod sit possibilis & nõ repugnet naturæ. Nam quia adhuc hęc corporum reassumptio nõ potest fieri per potentiã creatã, sed per diuinã: sequitur qđ resurrectio corporum sit supernaturalis. Sed cognoscẽtibus hoc esse ordinatum p potẽtiã diuinã, vt anima Sanctorum agnoscãt: naturaliter desiderãt reassumptionẽ corporum. Sicut supposito qđ homo cognoscit per fidẽ suã beatitudinẽ cõsistere in Dei visione: naturaliter appetit illã. Inde ex hoc sequi. ꝙ anima nõ solum desideret corpori reuniri, vt corpus viuat; sed vt gaudium animæ impleat; necesse est ꝙ ei restituatur corpus suum, & hoc in illa forma, & in illo statu quò erit magis amabile ipsi animæ conformius illi, & delectabilius illi, secundùm statum ipsius animæ, in quo magis ipsa possit gaudere & delectari; & per cõsequẽs erit necesse, vt ei plenã gaudiũ, ꝙ restituatur ei corp⁹ suum pulcherrimũ, decorũ, impassibile, immortale, subtile, agile, clarũ sicut Sol fulgens

Apoc. 6. *D. Thom.*

fulgēs & resplendēs. Hoc enim secundū statum quem tunc habebit anima cōuenientius erit, & hoc Deus facere poterit. Qui enī animā de nihilo cōdidit, & corpus de terra formauit, quā ad tantam dignitatē ascēdere fecit, vt ex ipsa tale corpus fieret vt esset aptū animæ rationali & intellectuali copulari, quæ imago est ipsius Dei & suæ beatitudinis compos: qui hæc inquam potuit, poterit & corpus ad altiorem & meliorem statum sublevare. Et sicut anima tunc ad excellentiorem euehitur statum & dignitatem: ità & de corpore proportionabiliter censendum est. Nam sicut anima ascendit, ita & corpus suo modo subleuatur. Et sicut anima mutata est in Deum, & in naturam Dei per voluntatem & amorem, ita fieri condecens est, vt corpus quantum fieri poterit in animam, & in naturam animæ commutetur; vt sicut anima facta est diuina: corp⁹ fiat spirituale per participationem animæ. Aliam rationem etiam possemus adducere ad probandam hāc corporum resurrectionem, præsupponendo animas post mortem pro gestis in hac vita, aut præmium accipere, & felicitatem aut supplicium, quemadmodum crediderunt etiam omnes Philosophi qui animæ immortalitatem astruxerunt. Iustitiæ enim æquitas requirit, vt corpora quę cū animabus bona malaq; gesserunt, cum eisdem similiter, aut felicitate fruātur, aut supplicijs afficiantur. Quod si dixeris corpus solummodò esse instrumentum animę, instrumentum autem nec præmiari, nec puniri debet. Respondeo corpus cū anima vnum compositum efficere, & ideò plus esse quam instrumentum.

Lanfrancus. Cæterum Lanfrancus alia via in hac sententia procedit dicēs, Dñm quidem ex illo Exodi loco voluisse immediatè probare, & concludere futuram corporū resurrectionē. Nimirū quòd cū Deus se adhuc dicat esse Deum Abraham, Isaac, & Iacob; necessarium sit illos sāctos homines mortuos tamē Deo non esse mortuos, sed illi tantum dormire, & adhuc viuere illi: & proindè illos aliquandò ab eo resuscitandos à morte, velut à sōno. Quod clarè Dñs apud Lucam indicauit cū dixit: *Luc. 20.* Non est Deus mortuorū, sed viuentiū. Ad probandum hoc subiunxit dicens. Omnes enim illi viuunt. Nam secundùm animam mortui omnes ei viuunt, ergò etiam secundùm corpus omnes Deo viuūt, quod Dominus ipse indicauit, cum de filia Archisynagogi dixit: *Matth. 9.* Non est mortua puella, sed dormit. Et de Lazaro defuncto dixit Discipulis suis. Lazarus amicus noster dormit. *Ioan. 11.* Nā quemadmodum, cùm corpus dormit, habet quidē omnes sensus suos in sensu cōmuni ligatos, ità quod illorum liberum vsum non habeat ac si esset mortuus, remanet tamē in corpore potentia obedientialis ad animam, vt quoties illa excitata fuerit, & ipsi sensus similiter excitentur. *Simile.* Sic cū anima à corpore per mortē separatur, nulla remanet in corpore, aut vita, aut motus: remanet tamen in eo potentia quędam obedientialis ad Deū, vt quoties ab eo excitatus fuerit resurgat, vt Lazari corpus ad vocē eius fecit, & omnes ad vocē Archangeli resurgemus. *1. Thes. 4.* Ideò quippè de eo scriptū est. Qui vocat ea quæ non sunt, tāquā ea quę sunt. *Rom. 4.* Illi ergò mortui dormiūt, quia tā facile est illi mortuū ab orco reuocare, quàm tibi suscitare dormientē. Igitur talis est Domini ferè argumentatio cōtra Pharisęos. Ipse Deus etiā post mortē Patriarcharū se dicit esse illorū Deū; absurdè aut se Deum vocaret mortuorum & eorum qui omnino non sunt, viuūt ergò hi Patriarchę saltē ipsi Deo eiq; tantū reperiūtur vt dormientes. Quod si verū est cōsequēs est eos qui homin. b⁹ habētur mortui, aliquādò resurrecturos resuscitatos à Deo velut à somno. In hūc modum se intellexisse hanc Domini sententiam fatetur Irenæus, dùm tractans hunc locū. lib. 4. c. 9. sic scribit. *Irenæus.* Si enim Deus mortuorum nō est, sed viuorum, his autem dormientium patrum Deus dictus est: indubitatè viuunt Deo, & nō perierunt, cùm sint filij resurrectionis. Sic & D. Chrysostomus se intellexisse ostēdit scribēns in hunc locum, & declarās quomodò De⁹ dicitur Patriarcharū tāquā adhuc viuētiū De⁹. *Chrysost.* Quēadmodū (inquit) Adā quāuis viueret postea quā de vetito ligno comedit, sēteria tamē prolata mortuus erat: sic profectò isti etsi mortui erāt, pollicitatione tamē resurrectionis viuebāt. *Gen. 3.* Quo modo ergò alibi dicit, vt & mortuorū & viuorum dominetur, nō est hoc illi simile. *Rom. 14.* Mortui nāq; hic illi qui victuri sūt appellātur. Hęc Chrysost. quē sequūt Theophilact⁹, & Euthimi⁹ ei⁹ imitatores. *Theophil. Euthimi⁹* Ex hac aūt cōtra Saddecęos Christi Dñi disputatione; duplex refellitur error Philosophorū & hæreticorū. Cōtra Philosophos quidē astruit fidem resurrectionis, quā illi nō intelligētes omnino negabāt: nā lumine naturali cōstare nō potest, licet rationib⁹ naturalib⁹ valeat adiuuari. Post Philosophos aūt & Saduceos, in ipso nascētis ecclesiæ exordio fuerūt hæretici aliqui q nomine Christiano gloriātes resurrectionē corpo

aa 4 rum

rũ negauerũt Simonis Magi sequētes scholā. Hi fuerunt appellati Gnostici: eò q̃ dicerēt solis ipsis veritatem notā esse. Testatur *Aug.* eñ Augustinus Simonē Magũ Basilidē Seuerianos, Valētinianos, Marcionistas resurrectionem negasse, quemadmodũ etiā patet ex Ireneo, & Tertulliano. Hi eñ nomē tantũ resurrectionis conseruantes asserebāt, nō esse nisi resurrectionē animarũ; qua scilicet animę eorũ qui doctrina imbuti fuissent liberati à vinculis corporalibus restituerentur saluti. Quæ videtur fuisse sentētia Hymenei & Phyleti, de quibus dicit Paulus, 2. Timot. 2. quod à fide exciderũt dicentes resurrectionem iam esse factam. *1. Tim. 1. & 2. Tim. 2.* Hic autem eorum error confutatur: quia resurrectio corporum astruitur. Tertiò illorũ error hic retellitur, qui confitētes resurrectionē corporum delitijs tamen carnis debere frui asserebant. Ex quibus fuit Cherinthus, & qui Mahumeti sectantur errorem. Quartò confutantur & illi qui post resurrectionem asserebāt terrenũ fore regnum Christi, in quo errore antè acceptum Spiritum sanctum fuerunt Discipuli eius, & hi qui millenarij dicti sũt, qui mille annis post resurrectionē Christũ in terra regnaturũ existimabāt. *Matth. 22.* Contra hos enim omnes Saluator hic docet; non carnalem, nec terrenum fore post resurrectionē statum hominum: sed talem victuros vitam qualem viuunt Angeli ex cælo, sine nuptijs & potu, reliquisq; carnis oblectamentis. Et quia dicit in cœlo manifestat non esse regnā turos in terram.

Moralitas Nunc aliqua quæ ad spiritus mysteria pertineant circa hanc historiā dicamus. Augustinus lib. 19. Euāg. c. 38. *August.* Septē viros hos qui habuerant hanc mulierem, dicit designare viros impios, qui per septem mundi ætates fructum non potuerant afferre iustitiæ, ex terra quæ illis erat velut vxor, quæ tandem transibit cum illis. Dicit Ambrosius lib. 8. *Ambros.* cap. 20. Lucę hæc mulier septem viros habens (ait) est Synagoga: Nam Samaritā solos quinque libros Moysi recipit, Iudæa vltra hos recipit Prophetas & Sanctos, hi ergo sunt septem viri. Sed ob perfidiam de nullo hæreditariæ posteritatis semen recepit: quarè partem cum viris in resurrectione habere non poterit. Non enim frater aliquis carnalis denunciatus est, qui semen defuncto fratri suscitaret: sed frater ille qui de populo Iudæorum morituro sapientiam diuini cultus asciuit, atque ex ea semen in Apostolos suscitauit, qui quasi reliquiæ Iudæorum informes adhuc in Synagogæ vtero residui reseruari noui seminis admixtione meruerunt. Synagoga autē frequēter stollā accipit signum coniugij est quasi mater fideliũ, frequenter etiam repudiatur: quia mater est perfidorũ, cui lex occidit corporalis. At si sācta plebs septē libros legis velut maritus receperit, & ex eis fœcunda fuerit: habebit in resurrectione cœleste consortium.

Sed circa illud. *Ego sum Deus Abrahā, & Deus Isaac, & Deus Iacob*, aduertendũ, quòd in hac repetitione nominis Dei ad singulas. Tres personas Patriarcharũ; significata est Trinitas personarũ diuinarũ, quæ in tribus his Patriarchis videtur designari. Abrahā eñ primus fidei pater & filiũ suũ Isaac paratus immolare; Typum gerit Dei Patris, qui filiũ suũ vnigenitũ obtulit, p salute hominũ in Cruce. Isaac aũt ligna ferēs humeris suis, in sui ipsius immolationem; typũ manifestè gessit Christi, qui fact⁹ est obediēs Patri vsque ad mortē: crucis lignũ in quo immolandus erat gestans suis humeris. *Philip. 2.* Iacob aũt tertius in Patriarcharum numero, procedēs ab Abrahā per Isaac: typũ quēdam gessit Spiritus sancti procedētis à Patre per Filiũ. Fides autē resurrectionis maximè Christianis necessaria est. Per hāc eñ & minus mors timetur, & temporalis hæc vita corporis non ità amatur expectantes aliam melioris vitæ resurrectionem. Vndè Tertullianus librum *Tertull.* quem de resurrectione scripsit hanc titulum præfigit. Fiducia Christianorum resurrectio mortuorum. Et in Symbolo Niceno his verbis hunc articulum profitemur. Expecto resurrectionem mortuorũ, tanquam in eo nostra sit sita fiducia: vt in hac spe caro nostra requiescat in pace.

Pharisæi autem audientes quod silentium imposuisset Saduceis conuenerunt in vnum. Et interrogauit eum vnus ex eis legis Doctor tentans eũ. Magister quod est mandatũ magnũ in lege? Ait illi Iesus. Diliges Dominum Deũ tuum ex toto corde tuo, & in tota anima tua, & in tota mente tua. Hoc est maximum & primũ mandatũ. Secundũ autē simile est huic. Diliges proximum tuũ sicut teipsum. In duobus his mandatis tota lex pendet & Prophetæ. Hæc Pharisæorũ interrogatio ex vana præsumptione, ac superbia processit; talia apud se cogitantium. Et si Saducæis imposuerit silentium, non existimet populus ob hoc nos timore perterritos, nec habere quid ipsum interrogemus. Et si vicerimus eum maiorem apud populum gloriam habebimus, vt qui Saduceos vicerit à

nobis

nobis ipse sapientus sit. Scribæ enim sibi placebant, quòd inuenissent duo maxima mandata in Lege, ea esse quæ ad dilectionē Dei & proximi pertinebāt. Hic autem sibi fortè vsurpabat hanc scientiam; quod illud de dilectione Dei super omnia inter omnes primum locum obtineret. Et cùm audiuisset *Marc. 12.* ipse (vt ait Marcus) quàm sapienter Dominus Sadducæis respondisset, accessit ad eum hac interrogatione experiri volēs, an Dominus Iesus eadem, quæ ipse de maximis mandatis Legis intelligeret. Cui Dominus respondit hoc esse: Diliges Dominū Deum tuum, &c. Et quoniam multa circa hæc duo mandata dicenda sunt, quæ ad populi ædificationem attinent, proponēdo ea sensum literalem, & geminum horum verborum eruemus: si priùs tamen de dilectione Dei plura dixerimus.

Moralitas sententiæ. *Diliges Dominum Deum tuum, &c.* Doctrina præsens sufficit ad salutem nostram, ita quòd illa sola nos poterit saluos facere, & sine illa nullus salutem consequi valebit. Quidquid enim scriptum est in Lege, & in Prophetis, ad hūc dirigitur scopum, vt nos suadeant dilectionem Dei & proximi, qua [illegible] & Legi, & Prophetis satisfecisse nos arbitramur, & sine horum præceptorum adimpletione nihil nos fecisse sciamus. In his enim verbis: Diliges Deum super omnia, & proximum tuum sicut teipsum, quæ pueri prima die in schola discunt, vniuersa Christianorū perfectio consistit. Quapropter meritò Lex Christi iugum suaue, & *Matth. 11.* onus leue dicitur, cùm tota illa in amore in- *Rom. 13.* cludatur. Nam qui diligit proximum, Le- *Esa. 31.* gem impleuit, ait Paulus: Amor autem omnia leuia facit. Vnde Esaias ait: Dicit Dominus, cuius ignis est in Syon, & caminus ignis in Hierusalem. Quoniam in cœlo, & in terra hic ignis amoris ardet; verùmtamen in cœlo est, veluti in sua sphera, atq; in proprio & naturali loco suo: hic autē veluti violentus extra propriam spheram. In cœlo est hic ignis, & in terra similiter quo illū verò Deum super omnia diligimus; sed ille cœlestis naturalis est, hic terrenus ab illo participatur, à quo & accēditur iste, & hic ad illum nos ducit, & eleuat. Quare hic in Syon est ignis; sed illic in Hierusalem fornax eidem ignis. Quælibet res (ait Augusti- *August.* nus) habet suū proprium pondus, quod illū ad suum naturalem locum ducit, & impellit: & ignis locus, ac sphera sursum est. Cùm ergo ignis iste amoris ab illo sit communicatus; suo pondere illūc nos ducit vbi locus eius est. Misit Deus ignem in ossibus meis *Thren. 1.* (ait Hieremias) & Ezechiel cap. 10. vidit *Ezech. 10.* quomodò præcipiebatur homini illi, qui lineis vestibus erat indutus (qui erat Christus nostra vestitus humanitate, quoniam linum de terra fit) vt manus suas impleret prunis, quæ erant inter Cherubim, qui dicuntur incendium amoris, & illas effunderet super ciuitatem. Nam ad hoc Christus Dominus venit in mundum, vt has seminaret prunas in terram. Ignē veni mittere in terram (ait Dominus Iesus) & quid volo nisi vt *Luc. 12.* ardeat? *Fuoco à pegar fuoco al mundo.* Verùm ille ignis, qui est in cœlo semper ardet. (Est quippe in sua sphera, & Deus sua præsentia illum conseruat insufflando in beatos perpetim illum ignem, nam fluuius ignis rapi- *Dan. 7.* dus à throno eius prodit, qui corda beatorum semper accendit) amor autem præsens, quia extra locum suum est, extingui potest, & multoties deficit, & extinguitur, vel cum aqua, quæ significat tepiditatē, ac frigiditatem peccati, hinc enim dicit Sapiens: *Eccles. 3.* Ignem ardentem extinguit aqua, vel ex defectu lignorum, quæ conseruant ignem, hoc est, quia vera doctrina deficit, & meditationes, quæ accēdere solent hunc ignē, secundùm illud Psal. In meditatione mea exar- *Psal. 38.* descet ignis. Vnde & Sap. dicit: Cùm defe- *Prou. 26.* cerint ligna, extinguetur ignis. Cæterùm quoniam amor imperfect⁹ huius vitæ, est via qua ducimur ad perfectissimū amorē patriæ, nec valebimus in caminū illum ignis, ac spherā amoris intrare, nisi priùs illum hic communicemus; hac ratione Christus in mundum venit, vt hunc accenderet ignem, sanctissimumq; hoc amoris præceptū nobis imponeret. Quare Euāgelista nobis narrat, quòd quidam ex Legisperitis, qui Doctoris iam gradum acceperat, licèt reprobus haberi mereretur, accessit ad Iesum tentans eum. Hoc est experiri volens quantum sapientiæ acquisiuisset. Et ait: *Magister, quod est mandatum magnū in Lege? Et respondit Dominus: Diliges Dominum Deum tuū ex toto corde tuo, & ex tota anima tua, & ex tota mente tua, &c.* Singula hæc verba attentè consideremus, fratres, & tanquam Symbola quædam examinemus; quodlibet enim horum verborum sua continet mysteria abscondita, dulcedinemque quandam, ac magnitudinem singulæ per se seruant dictiones. Primum quod nobis præcipitur, amor est opus omnium humanorum operum proprius &

connaturalius homini, imò omnibus creaturis nobilior actio ac principalior omniũ, quas homo operari potest, simul & facilior, ac suauior, quæ teneritudinem, ac dulcedinem quãdam præ se fert. Amor quippè inter passiones hominis primarum tenet (vt D. Thom. ex Arist. in pri. 2 docet) & licèt amor qui hic nobis præcipitur, non sit ex his passionibus corporalibus hominis, sed altior quidam amor, qui in anima sedẽ habet: tamen huic simillimus ille est, eò quòd in eodem subiecto totali vterq; amor subiectetur, nempè in homine, easdem quæ ferè aut illi maximè similes conditiones sortiatur amor hic spiritus, qui passio non est, ac ille carnalis, qui passio est. Igitur amor prima omnium passionum humanarũ est, quoniam est passio ex vi cõcupiscibili prodiens, cuius actiones omnes alias potentias antecedunt. Quoniam vis concupiscibilis bonũ in vniuersali appetit, quod est priùs quàm limitatum & particulare bonum, quod aliæ potentiæ sequuntur; nam generale semper particulari prius est: inter passiones autem, & opera huius vis concupiscibilis prima est amor, qui nihil aliud est quàm propensio quædam in rem amatam, tanquam in rem sibi proportionatam, ac maximè accommodam, ac conuenientem (nam si tibi conueniens ac proportionata non esset, non vtiq; amasses illam) propensio quippè lapidis, vt descendat in centrum nihil aliud est, quàm amor sui proprij ac connaturalis loci, qui rebus grauibus destinatus est: quòd si hæc inclinatio ad finem quem intendis nõ esset, nulla actio fieret ad consequendum illum finem: quarè amor prima est inter hominis operationes, & radix omnium illarum, desiderium scilicet consequendi illud quod mihi conueniens est. Inde quippè ortũ habet exquisitio mediorũ, & executio simul ad id quod amo, & mihi bonũ est. Hinc excitatur vis irascibilis, vt omnes rumpat difficultates, quæ consequutionẽ boni amati impedire possent. Hinc & oritur odiũ omniũ rerum, quæ tale bonũ prohibere mihi vellent, hinc gaudiũ, delectatio, ac fruitio boni amati iam habiti, & consequuti, denìq; omniũ humanarum actionum amor radix est, ac principium. Illam ergo actionem à te exigit Deus, quæ tibi primò occurrit, nec oportet multos motus ciere, multas circuire ambages, multos circũagere motus, vt illam quæras. In promptu quippè est, & in ipso vestibulo inuenies id cum quo fœdori tuo satisfacias. Hic est amor prima omnium quas operaris actionum, quæ tibi offertur. Hoc enim videtur fuisse votũ quod fecit Iepte, *Iud. 11.* cùm promisit offerre Deo primum quod ex domo sua sibi occurrisset, & occurrit ei vnica filia sua: sic tu offeras Deo oportet quòd tibi primũ occurrerit, hoc autem erit amor, vnica filia tua, hoc est, prima actionum tuarum. Vnde Deut. 30. dicitur: Mandatũ hoc *Deut. 30.* quod ego præcipio tibi hodie, non supra te est, nec procul positum, nec in cœlo situm, vt possis dicere: Quis nostrum valet in cœlum ascendere vt deferat illud ad nos, vt audiamus, atq; opere compleamus, nec trans mare positum, vt causeris & dicas: Quis ex nobis poterit transfretare mare, & illud ad nos vsq; deferre, vt possimus audire, & facere quod præceptũ est, sed iuxta est sermo valdè in ore tuo, & in corde tuo, vt facias illud. Quod & Paul. Rom. 10. citat: Non autẽ *Rom. 10.* hoc dicimus, quòd charitatis actus præcedat actus aliarum virtutum, cùm actus fidei præcedere debeat, quia nihil est volitũ, nisi sit præcognitum: sed ad probandum huius præcepti facilitatem, cùm inter passiones sensitiui appetitus prior sit amor. Item actio hæc amandi nobilior cæteris est: nam amor non est nisi boni & pulchri, malum enim odio habetur: bonũ autem est quod omnia appetunt, & amant. Item quia actio amoris, qui non est passio, procedit ex voluntate, quæ locum reginæ in homine tenet, vtpotè liberrima potentia, quæ nulli subest saltem quoad exercitium, nec quisquã illi vim inferre potest, imò nec directè mouere, nisi Deus solus, nec aliam superiorem agnoscit nisi Deum, cui immediatè subest: quæ sic illi summo bono propinqua est, quòd nec Angeli, nec dæmones, nec cœlum, nec sidera, nec fata illam directè mouere valeant, nisi solus Deus. Cùm ergo amor illius nobilissimæ potentiæ sit actio; necessariò, & ipsa actio tali erit nobilitate prædita: quoniam opera nobiliũ & ipsa nobilia debent esse, vt similitudinem cum authore gerant. Item quoniam amor hic charitatis, de quo loquimur, non procedit à nuda potentia, sed ornata ac vestita hac Regali ac cœlesti veste, quæ est charitas, quæ à Spiritu sancto texta est: nam authore Paulo: Charitas Dei dif- *Rom. 5.* fusa est in cordibus nostris per Spiritũ sanctum, qui datus est nobis. Cùm ergo amor sit Spiritus sancti opus proprium suum, & ita proprium, vt idem sortiatur nomẽ (nam etiam Spiritus sanctus amor dicitur) nec ef-

fusiò

fariò cōsequitur, quòd ipsa actio amoris nobilissima simul, ac diuinissima sit. Hæc ergo actio est quā nobis præcipit Deus, & in qua totus eius legis rigor consistit. Actio omniū nostrarum prima, quoniam non oportet nos in alijs actionib^9 faciendis priùs defatigari, actio quæ non nisi ad bonum & pulchrum ordinatur, actio quæ ex regina potentiarū prodit, ornata nobilissimo ac pulcherrimo charitatis habitu, atq; simul proprijssimum Spiritus sancti opus. Ergo suauissimū iugum Domini, cur non facile, lene, & simul vocaberis dulce, cùm totum omne quod super nos imponis, amor sit, facilius opus & propriùs omnium eorū, quæ homo poterit operari? Quis renuere imperata poterit, tanquam grauia & impossibilia, cùm nihil tàm nostrum, quàm amor? Quapropter Lex Christi, quæ amoris est; meritò dicitur sustētare manus Moysi, quæ graues erant, vt egregiè animaduertit Gregor. super Ezechielem. Cùm enim populus Israël contra Amalech dimicaret, Moyses erat super petram, & habebat manus eleuatas cū virga: & quia manus eius erant graues, nec poterat eas sustinere, Hur quod significat incendium, & Aaron, qui dicitur fortitudo, sustinebant eas. Nam grauitatem & onera legis Hur, & Aaron sustinent, hoc est, amoris incendium & fortitudo, nam fortis est vt mors dilectio. Amor enim facit inimicorum dilectionem facilem, ieiunia satietatem, persequutionē gloriam, & denique ipsam mortem vitam; hæc ergo charitas omnia sustinet. Sed attende quomodo hoc proponatur præceptum: Diliges, ait, in quo datur intelligi opus hoc amoris persequendū esse, non intermittendū. Diliges, hoc est, indiligēdo progredieris vltrà, nec retrocedes, aut ab hac actione cessabis vnquàm. Diliges, toto tempore futuro hanc prosequeris actionem; nec quiesces ab hoc motu vnquàm. Ecce opus quod in hoc præcepto nobis iniungitur. Sed id quod nobis præcipitur diligendum: amabilius est omnibus amabilib^9. Quem diliges? Vtique Dominum Deum tuum. In hoc quod dicitur Dominum, intellige excellentiam amati, quæ nos longissimè antecellit. Verùm (vt docet Dionysius) per hoc quod Dominus nominatur, nō intelligas quòd in solo dominio antecellat te, sicut Dominus seruos: sed quod in potestate, dominio, maiestate, pulchritudine, diuitijs, & in omnium bonorum copia superior te, & omnibus rebus sit. Quæ omnia. & illum dignissimum nostro reddit amore. Nam vt Sapiens dixit: Omne desiderabile huic non valet comparari, id est, nullum amabile illi adæquatur; sed omne dignum amore incomparabiliter excedit, ergo incomparabilem omnibus rebus meretur amorem. Et hoc est D. August. argumentum, quod hoc comprobat exemplo. Si aurum quia bonum est diligis; ergo quantò magis aurum, tantò plùs amabis illud. Ergò si dragmam auri cōcupiscis, quia aurum est; plùs librā auri voles, & mille libras millies plùs amabis: quia quantus est excessus valoris, tantus debet esse & amoris, hæc est enim regula topica Aristotelis, sicut simpliciter ad simpliciter, ita magis ad magis, & ita multum ad multum. Nam si bonum quia bonum est, amabile est; ergo magis bonū magis amabile erit; ergo & infinitum bonum infinitè amabile erit. Ergo si Sapiens dicit, quòd Deus infinitè excedit omnia amabilia, quoniam nulla est comparatio inter illa & Deum ipsum; ergo Deus infinito amore dignus est: quoniam quantus est excessus bonitatis, quæ est causa amoris, tantus & debet esse in ipso amore. Hunc ergo Dominum præceperis diligere, qui te in infinitū excellit, non in dominij authoritate duntaxat: verumetiam in omnibus quæ amorem rapere solent, & pulchritudine, & copia. Deum, non Dominum tantùm, verumetiam & Deum tuum. Hoc nomē, Deus, quo communiter ipsum nominamus, non explicat totum quod in Deo est: nullū enim nomen de Deo nouimus, quòd comprehendat omnia quæ in Deo sunt. Cæterùm per hoc nomen, Deus, intelligimus rem sic grandem, vt nulla maior excogitari possit, hoc est, id quod excedit omne cogitabile. Tàm grādis res est Deus, fratres mei: vt quādo ipse vult nominare, aut explicare se, videtur (si ita fas est loqui) id minimè attingere posse. Nam etsi Deus seipsum comprehendat, & seipsum sibimet satis explicet, vt in verbo illo, quòd est filius suus seipsum sibimet explicatum videt: sed quoniam nulla creatura comprehendere potest Deū: hinc est quòd nulli earum totaliter & omnibus modis explicari possit Deus. Quarè quando de rubo loquutus est ad Moysen; nūc sic, nunc alio modo se appellabat, nec satis quis esset dicebat illi. Quem dicam misisse Dominum? dicebat Moyses. Et Dominus sic dicens filijs Israël. Qui est misit me ad vos. Et protinùs: Vade, ait, & dic filijs Israël: Deus Abrahā, & Deus Isaac, & Deus Iacob misit me ad vos.

Margin notes: Exod. 17. — Gregor. — Dionys. — Prouer. 3. — August. — Simile. — Aristot. — Exod. 3.

vos. Et ad Pharaonem vade, & dic: Dominus Deus Hebræorum misit me ad te, vt dimittas populũ, vt sacrificet mihi in deserto. *Exod. 6.* Et ipsi Moysi dixit: Ego sum Deus Abraham, & Deus Isaac, & Deus Iacob, & nomen meum Adonai non indicaui eis. Ecce quomodò Deus seipsum explicare ferè non poterat: quoniã nulla capacitas extra ipsius Dei dari potest, quæ ipsum Deum comprehendere valeat. Quare quando cum Iacob luctabatur, & petijt ab eo Iacob, vt indica- *Genes. 32.* ret nomen suum: respondit ei: Cur quæris nomẽ meum, quod est mirabile? Verum est quod nomẽ hoc, Deus, significat ipsum omnium rerum Speculatorem, & Prouisorem, *Veedor y Proueedor general del vniuerso*. Et quoniam nullus Dei effectus sic notus est nobis, sicut est prouidentia eius quæ omnibus rebus, quæ sibi necessaria sunt, prouidet: hinc ex isto effectu sic nobis noto, illi nomen damus. Hunc ergo te iubet amare Lex: Tuum prouisorẽ, tuum benefactorem, qui semper sua te prouidentia seruat, atque conseruat. Cæterum ne duo hæc tam magnifica nomina Dei, ac Domini nos ab eius amore exterrerent, dum nobis impossibile videretur, quòd à tam paruo corde quale est hominis, tam magna res qualis est Deus, di- *1. Ioan. 3.* ligi valeret, cùm Ioannes dicat, Quòd Deus est maior corde nostro, quomodo ergo infinitum in tam finito ac limitato loco capi poterit? Ne, inquam, talis cogitatio nos pusillanimes ad amandum Deum redderet: ideò dicitur: Diliges Dominum Deum, sed tuum. Tuus quippè Dominus iste tã magnus est. Tuus Deus iste infinitus est. Et in rei veritate sic est. Quòd Deus propria possessio iustorum est. Habentq; iusti certum ius & titulum (& si fas est dicere) certum modum dominij super Deum: quoniam Deus est merces ac præmium iustorum, iuxta illud *Genes. 15.* quod ipse dixit ad Abrahã: Ego merces tua magna nimis. Sed mercenarius ius habet ad mercedem: ergo & iustus ad præmium. Est autem Deus eorum merces, ergo & ad illum habent ius. Et dicitur propria possessio eorũ: eò quòd in hac vita incipiunt possidere Deum per gratiam, quem in alia per gloriam in æternum possidebunt. Quare iustus pleno ore vocat Deum, Deum suum, *Psal. 117.* cùm dicit: Deus, Deus meus, Deus meus es tu. Et beatus Franciscus per totam noctem nihil aliud in oratione dixit nisi hoc: Deus meus, & omnia mea, millies id repetens. Deus tuus est Deus, ô beate Francisce, &

simul omnium. Tam magnus quippè iste Deus tuus est: & quia tuus est, non ideò desinat esse aliorum. Omnibus quippè participem se facit Deus: quia omnibus in eo omnia bona sunt, & cum sit totus in cœlo, in beatorum spiritibus est, & totus in terra, in cordibus iustorum manens. Tuam ergò rem iuberis diligere, ô homo, non alienã, nam ad propria propensior es quàm ad extranea, secundùm illam Philosophi sen- *Aristot.* tentiam: Amabile quidem bonum vnicuiq; autem proprium. Et etiam dicitur, tuus, hoc est, tibi: nam Deum diligere tibi maximè vtile est; Deo quippè ex hoc nihil accrescit. Deus te diligendo gaudet: amantium verò Deum gaudium ipsorum est. Quarè amicitia Dei etiam est vtilis: quoniam eminenter omnes amicitias cõtinet. Nam Philosophus in amicitiam, honestam, vtilem, ac delectabilem omnes diuidit amicitias, secundùm diuisionem boni in honestum, vtile, ac delectabile: omnes autem has amicitias eminenter continet Dei amicitia: quia omne bonorum genus etiam in ipso est. Est quidẽ amicitia honesta: quoniam est summi boni, & summæ puritatis, In qua nulla im- puritas esse potest: est enim candor lucis *Sap. 7.* æternæ, & speculum sine macula. Est delectabilis: quia non habet amaritudinem *Sap. 8.* conuersatio illius, nec tædium conuictus illius, vt ait Sapiens: Non enim dulcis, sed ipsius dulcedinis amor est, non pulchri dumtaxat, sed ipsius potiùs pulcritudinis. Est vtilis *Prouer. 3.* quoniam in bonum nostrum cedit, & melior est acquisitio eius auro, vt ait Sapiens & omnia bona pariter cum illa nobis obueniunt. Ecce quem diligere præcipitur tibi. Extende ergo sinus tuos, ô anima Christiana, dilata tabernacula tua, aperi os tuum, ô cor amoris auidum: vt tantam & tàm magnam rem, qualis est Deus, capere queas. Si enim ille diues, qui vberrimam annonam vidit, horrea ac cellaria sua dilatare cupie- *Luc. 12.* bat, vt tantos capere fructus valerent, & animæ suæ blandiens, sic dicebat: Habes, ô anima mea, multos fructus in plures repositos annos: gaude, lætare, dilatare, & fruere eis: quantò magis, anima Christiana, quæ annos vberrimos Ægypti capere po- *Genes. 41.* test, tempè beatitudinis bona in annos plurimos, hoc est, in æternitate reposita lætari, & gaudere deberes, & tibi ipsi blandiens illud Esaiæ cantare, ac dicere: Dila- *Esai. 54.* ta locum tentorij tui, & pelles tabernaculorum tuorum extende ne parcas; longos

fac

fac funiculos tuos, & clauos tuos consolida: quia magnum bonum in te capere debes, quod est Deus. Sed dices: Quomodò tantum bonum diligi debet? Certè *ex toto corde tuo*. Cor principium est motus in corpore hominis, per quod cætera mébra mouentur. Totū ergo cor hoc amore adimpleri debet, vt motus & vita, quam alijs membris communicat, omnem ille hic amor, & nec pes moueatur, nec manus, nec aperiatur oculus, nec lingua loquatur, nisi hoc diuini amore [illegible]tiat. Vnde hoc ab Sponsa exigebat Sponsus,

Cant. 8.

cum diceret: Pone me vt signaculum super cor tuū, vt signaculum super brachium tuum. Sigillum autē hoc debet esse amor Dei, quo sigilletur cor, & opera quæ à corde procedunt. Hoc enim erit signum, q opus sit Dei, si hoc signaculo signatū fuerit. Nam si opus est charitatis, opus est Dei: quoniam hoc est sigillum magnum Dei, quo omnia opera eius signantur. Sigillum autē Regium non committitur nisi amicissimis Regis. Vnde

Ioan. 13.

& ipse Dominus dixit: In hoc cognoscent omnes quòd mei estis discipuli, si dilectionem ad inuicem habueritis, hoc est, si hoc habueritis amoris signaculum. *Et in tota anima tua*.

Aristot.

Anima, vt Aristot. docet, origo est ac fons omnium potentiarum, tàm earum, quæ solius sunt animæ, quales sunt intellectus, voluntas, memoria; quàm quæ totius compositi sunt, vtpotè sensuum, & passionum eorundem, quæ dicuntur coniuncti animæ & corporis formal. Debet ergo Deus ex tota anima diligi: quoniā nō solummodò eius potentiæ, intellectus, voluntas, ac memoria, in Dei amorem dirigi debent, simul contractibus [illegible] & corporis, & sensuum actus hoc amore comitari debēt, ita vt nihil contra Dei charitatem fiat, & omnia si possibile sit ad illam suo ordine dirigantur. *Et in tota mente tua*. Mens dicitur à metiendo: quoniam à summa potentia est, & partes inferiores metiri debet, vt eas in ordine & mensura contineat. Tota ergo mens hoc Dei amore debet esse plena: quoniam illo debet mensurare omnia opera sua. Siue comedi-

1. Cor. 10.
Rom. 14.

mus siue bibimus (ait Paulus) omnia in gloriam Dei faciamus. Et alibi: Siue viuimus, Domino viuimus; siue morimur, Domino morimur. Vita & mors hoc amore mensurentur, tàm actiones, quas viuentes facimus, quàm eas quas morituri agere debemus. Nam si comedis, attende quòd Deus odio habet gulosos. Si bibis, q Deus detestatur ebrios. Si thesaurizas, considera, quòd Deus reprehendit auaros. Omnia ergo Dei amore mensuranda sunt vt Deo placeant. Ecce quem diligere debeas, & quo ordine Deus diligēdus est. Quid ergo dicemus ad hæc ô Christi fideles? Si Deus tantùm diligibilis est, si tot in eo pulchritudines ac bona fulgent, quæ omnium corda ad se trahere valerent; cur homo sic tepidè tantùm diligit bonum? Quomodò possibile esse credam, quod tantum amoris pondus ipsum post se non rapiat? Omnes creaturæ Deum diligunt, & impetu quodam amoris illi appropinquare nituntur: inclinationes quippè illæ, quæ in sua naturalia loca illas rapiunt: nihil aliud sunt nisi amor quidā ac desiderium appropinquandi factori suo. Et quoniam ad id nō valent (nec enim ipsius compotes esse possunt) non illum attingūt, sed in itinere perstant. Tamen impetus ille amoris, qui eas in sua naturalia loca rapit, vbi centrum suum ac spheram habent, eas duceret in Deum, si illius compotes essent. Homo verò qui compos est Dei, cuius centrum Deus est, cuius quietis locus est cœlū, cur sic tepidè mouetur ad centrum amoris, atq; dulcedinis suæ? Quomodò non omnes vincit difficultates? Omnia profundat, contemnit, dilacerat: vt se infinito amori coniungat? Nonne vides saxum

Simile.

quanto impetu ad infima descendat? Impedimenta omnia, quæ illius descensum possunt obstare comminuēs, seipsum dilacerās, vt ad suum perueniat centrum. Vtiq; sic homo deberet facere, tanto pondere pergens in Deum, vt qui in seipso saxum illud amoris habet, quod illum in suum centrum inclinat omnia dirumpere, comminuere, & profundare deberet. Honores, diuitias, voluptates, seipsum etiam dilacerare: vt ad suum centrum cæteris prætermissis deueniret. Et videns ingratum hoc carnis velum ipsius cursum impedire; ipsis manibus suis illum rumpere ac lacerare deberet: vtpotè quòd tantum bonum impedimento sibi est ne aspiciat, & corpus tradere gladio, igni, nouaculis, flagellis, bestijs, ac carnificibus, vt Martyres facere solebant: vt sic membratim dilacerarēt corpus, quod sibi tanti boni obstaculum videbatur esse, dissoluerentque nubem istā intensam, velumq; hoc grossum dirumperent: vt nihil esset iam quod tantī luminis aspectū ipsi impedire valeret. Vide quanto pondere ad Deum currebat Paulus,

Rom. 8.

qui audacter dicebat: Quis nos separabit à charitate Christi? Tribulatio, an angustia, an fames, an nuditas, an gladius, an perse-

quutio?

quutio? Certus sum, quòd nec mors, nec vita, nec altitudo, nec profundum poterit nos separare à charitate Dei, quæ est in Christo Iesu. Omnia transiliebat incòmoda, seipsum dilacerare cupiebat, & velum carnis suæ rumpere gestiebat, vt sic ad Deum nullo impediente volaret. Vnde & ipse dicebat: Cupio dissolui & esse cum Christo. Et alibi: *Philip. 1.* Infelix ego homo, quis me liberabit de corpore mortis huius? *Rom. 7.* Quid ergo nos impedit ne ad tantum properemus bonum? Cur non vt saxa toto impetu conamur in centrum? Sed potiùs vt leues paleæ sic lentè gradimur, vt vel aranearum tela nos detinere valeat, & quolibet vento huc, illucq; impellamur, & nunc honoris amor, nunc diuitiarum cupido, nunc aliud quidpiam nos à tanti boni consequutione impediat. Si vidissemus rupem magnum ab aëre pendentem absque fulcimento aliquo, tanquàm miraculum grande miraremur. O Deus meus, & omnia bona, quomodò fieri potest, vt anima mea à te & pro te creata, & tibi destinata toto pondere ad te non perueniat? Sed quòd ventus vanitatis eam pendentem detineat, & tanto orbata bono ridear, quiescat ac lætetur? Possibile ne est, vt aliqua creatura tui compos toto impetu ad te non currat? Sphera, quæ totum contines bonum, infinitæ bonitatis centrum, qui infinita quadam vi ad te omnia rapis, quid à tanto bono creaturā tui compotem tenet? Nunc video quantū onus peccatū sit, quod super ceruices animarum impositum tanto pondere eas inclinat: vt ad suam nō possint iam spheram ascendere. Maius miraculum est animas nō ascendere ad Deum: quàm saxum, aut rupem non descendere ad centrum. Quis patienter vitam suam ferret, si clarè cerneret à quanto illum bono priuet, & quantas amittat diuitias, ô ingratissimum carnis meæ velum, quanto me priuas gaudio? Quis me detinet, quin proprijs te dilacerem manibus: vt sic ad videndum Deum meum toto pondere ferar in secula seculorum, Amen.

Alia moralitas sententiæ. *Diliges Dominū Deum tuum, &c.* Christus Dominus non vt Redemptor duntaxat, verumetiam vt Legislator ad nos venit, iuxta illud Esai. 33. *Esai. 33.* Dominus enim Iudex noster, Dominus Legifer noster, Dominus Rex noster, ipse saluabit nos. Et idem Dominus tanquàm Legislator dixit: *Ioan. 13.* Hoc est præceptum meum, vt diligatis inuicē, sicut dilexi vos. Omnis autem prudens Legislator duas legum differentias condere debet: alias, quæ homines ordinent cum Deo: alias homines inter se componant. Quare in omni Republica rectè ordinata semper hæ duæ differentiæ legum fuerunt. Nulla enim tam barbara natio apud homines noscitur, quæ non haberent suos sacerdotes, templa, & ministros cultui diuino dedicatos, & quæ suos honores non offerret Deo, siue vero, siue falso ab ipsis existimato vero. Christus Dominus non inferior scientia, & prudentia cæteris Legislatoribus fuit, sed multò superior; meliores quippè statuit leges, quàm Moyses, Trismegistus, Solon, Lycurgus, ac cæteri omnes Legislatores, instituerisq; suas leges illis, quas Iustinianus condidit, fuit. Quare has duas statuit legum differentias: alias quæ nos cum Deo, alias quæ cum proximo componunt. *Diliges Dominum Deum tuum ex toto corde tuo, &c.* Hac lege maior cultus Deo exhibetur, quàm cæteris omnibus sacrificijs, quæ offerebat ille populus; sic enim & Legisperitus dixit apud Marcum cap. 12. *Marc. 12.* hoc esse maius omnibus sacrificijs, & holocaustomatibus. Nam ex amore cordis verus Dei cultus & honos prodit. *Et proximum tuum, sicut teipsum.* Sic etiam & pacem habebitis, qui est alius Legislatoris finis, sic homines inter se componere, vt pacem habeant. Nam si illum amas, nec occides, nec detrahes, nec odio habebis, nec illi iniuriam irrogabis, aut contumeliam vllam improperabis. Rectè ergo dicitur, quòd in his duobus mandatis vniuersa Lex pendet. Sunt quippè hæc duo mādata illi duo Cherubin, qui *Exod. 25. & 37. & 3. Reg. 6.* in propitiatorio erant, quorum duæ alæ distinctas tangebant parietes, sed aliæ duæ inuicem iungebantur: & Arcam Testamenti in medio habebant, & respiciebant se mutuò. Nam quamuis obiecta horū duorum mandatorum videantur diuersa, vtpotè Deus & homo, Creator & creatura, nihilominùs vtrumq; Testamentum Nouum, & Vetus in medio tenent: quoniam in eis vniuersa Lex continetur, & respiciunt se mutuò, propter correspondentiam quam inter se habent. Nam proximus propter Deum debet diligi, & Deus in proximo debet amari. Creator debet amari in creatura, & creatura propter Deum diligēda est, hoc est, se inuicem respicere. His ergo duabus Legibus talem Rempublicā instituit Deus in terra, talibus moderamen instituit, quæ si seruarentur nihil aliud esset hæc terrena Respublica, quàm imitatio quædam, ac expressio illius Angelicæ, atq; cœlestis. Amor

quippè

quippè quòd beati Deum, & seipsos inuicem diligunt, hic est, qui eos sic placidos ac pacificos reddit. Et hoc idem Deus voluit in terra instituere. Si enim hęc duo seruaremus mandata, iam non terreni, sed cœlestes incolę videremur. Et propter Ecclesia hęc, Regnum cœlorum nuncupatur, vt iam sępè diximus: quoniam eisdem legibus moderatur quibus cœleste, nempè amoris vinculis ac institutis. Sicut Regnum Hispaniæ cum Regno Indorum vnū appellatur, quoniam eisdem legibus gubernantur vtrunque, etiam si locis maximè distent. Portugaliæ autem Regnum aliud est: quoniam alijs regitur institutis. Si ergo has amoris Leges seruaremus, Angelicam vitam ageremus in terram: & vnus homo cum alio tractare esset Angelus cum Angelo communicare, verèq; de nobis diceretur, quòd Lycaonię de
Act. 14. Paulo & Syla dixerunt: Dij similes hominibus venerunt ad nos, esset[que] ciuitas illa
Ezech. 4. Hierusalē cœlestis, quasi in latere quodam depicta, sicut Deus præcepit Ezechieli quoniam similitudo eius in hominibus in terra de Gentibus expressa videretur. Sed væ vobis factiosis, seditiosis, homicidis, ac pacis perturbatoribus, qui de cœlo infernū facitis, & de Regno Dei regnum dæmoniorum. Sic enim amoris ac pacis Leges, quas Deus in hac Republica instituit, transgrediendo, & contemnitis: quod cùm expressa quædam cœlestis deberet esse; infernū [illegible] confusam similitudinem facitis: vtraque Respublica [illegible] illa est quam Christus ordinauit; sed quam [illegible] aduersarius Christi, Deiq; [illegible] Mahometi in vestris cordibus scripsistis. Hanc autem [illegible] legem quasi sic aduersari video Christi instituto ac
Deut. 6. Mahometi alcoranum. Ait ergo Dominus: Diliges Dominum Deum tuum. Optimū certè obiectum omni dignitate maiore, vt illud diligamus in toto corde suo, hoc est, in tota voluntate, & in tota anima; quæ sic dicitur, quia corpus animat [illegible] per animam intelligimus omnes naturales ac corporales
Luc. 10. vires, quod alibi dicitur: Ex totis viribus tuis, & ex tota mente tua, hoc est, intellectu & memoria. Hoc autem duplici[ter] intelligi potest secundùm Doctores: Vel per affirmationem, vel per negationem. Primo modo sic, quòd totum cor nostrum sit in Deum [illegible], quòd nihil aliud curarent [illegible] Deū, & [illegible] viris [illegible] corporis, quia [illegible] in ipsum rapiantur vt nihil aliud [illegible]

nisi Deum meditentur, aut velint. Et hoc modo ait Augustinus, non potest mādatum
August. hoc in hac vita seruari: quoniā corpus proprium, vxor, filij, familia, res familiaris, necessariò partē cordis nostri amoris, & curæ sibi vēdicant. Quare in tanto rigore in cœlo duntaxat hoc præceptū seruatur, vbi Deus erit omnia in omnib[us], nec quidquā est quod impediat ne cor totis virib[us] feratur in Deū: quia nec aliud volunt, cogitant, amant, aut contemplantur, nisi solum Deum. Quapropter beati animalia vocātur: quia more bru-
Ezech. 1. torum in Deum impetu magno rapiuntur, quod in hac vita propter instantes necessitates, id sic fieri minimè potest. Sed per negationem id intelligendo valebimus Deum super omnia diligere in hoc sensu, quòd nihil cor nostrum vellit aut diligat, quod sit contra Deum, nec vires nostræ ferantur in rem, quæ sit peccatum aut offensa Dei, nec intellectus intelligat, nec memoria recordetur aliquid quod sit cōtra Deum. Hinc charitas oleo comparatur, quod super aquam & reliquos liquores ebullit: sic amor Dei super omnia alia debet ascēdere. Hinc & Sa- Eccles. 25
piens dicit: Timor Dei (& alia litera legit, charitas Dei) super omnia se superposuit; in quòd si opus fuerit omnia propter Deū dimittere; & calcare vxorē, filios, honorem, diuitias, vitam; dimittenda sunt, & potius permittendum, quòd hæc periclitentur, ac pereant, quàm quòd Deus offendatur. In toto corde tuo. Cor sibi postulat Deus quoniam, vt ait Esaias: Coangustatum est stra- Esai. 28.
tum, ita vt alter decidat, hoc est, lectulus nostri cordis strictissimus est, nec potest Deum simul & peccatū capere, sed necesse est vt alter decidat, vt Ioannes dicit: 1. Ioan. 3.
Maior est Deus corde nostro. Et pallium breue vtrunque operire non potest. Pallium 1. Petr. 4.
vocatur charitas quia operit multitudinem Matth. 22
peccatorum, & est vestis illa nuptialis, quæ nos reddit dignos nuptijs Agni, & quando pallium breue est, si illud ex vno latere [illegible], aliud remanet discoopertum: [illegible] Deum pallium charitatis [illegible], & caro vbique [illegible] contrà verò si ad [illegible] Deum [illegible] Sed [illegible] in hoc quod [illegible] nostrum ac [illegible] sibi [illegible] nobis in hoc confert beneficium. Cadē dic mihi: Quam ego tibi feceram iniuriam,

Simile. iuriam, si cùm te video velle bibere ex riuo lutuloso, apprehenderem manum tuam, & dicerem: Non hic bibas vbi aqua lutulenta & fœtida est, veni ad fontem qui propè est, vbi aqua pura, ac clara tanquam cristallus prodit, & illic satia sitim tuam. Num ego impedio te ne bibas? Minimè gentium. Imò volo vt bibas, sed aquas mundas, non turbidas ac lutulentas. Non te prohibet Dominus Deus tuus, vt honores quæras: ideò quippe te honoratiorem cæteris animalibus fecit, vt honores maximos habeas. Nec vetat ne velis ditari: quoniam tuum est aurum Arabiæ, tuæ Orientales gemmæ, & quidquid in visceribus terra gignit, tibi parturit. Nec prohibet à te voluptates: quoniam omnium tibi tenet paratas delitias, & ideò à principio statim te in paradiso voluptatis collocauit. *Genes. 2.* Quid ergo vult Deus? Vtique, ne ex riuo turbido has haurias aquas, sed ex limpidissimo fonte, qui est Deus. Hæc enim omnia lutuosa sunt in hac vita, nec bono obueniunt cuius sunt, sed malus ea rapit iniustè. In Deo maximos honores habebis absque vlla duplicitate, aut mendacio: nam vt ait Paulus: Non qui seipsum commendat, probatus est, sed quem Deus commendat: non quem mundus commendat. *2. Cor. 10.* Hic diuitiæ magnis curis annexæ sunt, illic securissimè & magna cum tranquillitate possidentur, hic voluptates fœdis [illegible] adiunctæ sunt, illic purissimæ & claræ hauriuntur. *August.* Vnde Augustinus in confessionibus ait: Quære quod quæris, sed non vbi quæris. Quære honores, sed non in mundo, sed in veritate. *Matth. 6.* Diuitias si velles, nō vbi [illegible], & furantur, & vbi erugo & tinea demoliuntur eas quæras, sed vbi absque his possidentur curis. Voluptates puras quære, quæ in Deo sitæ sunt. Vnde Dominus Hieremiæ clamat, & dicit: Et nunc quid tibi vis cum via Ægypti, vt bibas aquam turbidam? *Hier. 2.* Et quem [illegible] iniuriā, si quia frigidus habes [illegible] *Simile.* [illegible] accederes ad me, & vellem illas cū manu [illegible] quas calidas ab igne [illegible] accessū [illegible] si te potiùs ad [illegible] ignem deferam, [illegible] prohibeo calefieri [illegible] per se calidus est, manus autem meæ per participationē. Deus est bonum per essentiam [illegible] per participationem ab illo. Quam ergo tibi iniuriam facio, si te à bonis participatis abstraho, vt ad ipsam essentiam boni accedas? Si tibi gustulus [illegible], vt ad ipsum bonitatis [illegible] Ad caminum igneū accedo, vbi perfectè calefiam: Deus enim *Hebr. 12.* [illegible]

noster ignis consumens est. Quid per huius participata vagaris. Accede potiùs ad illum à quo omnia procedunt bona. Ab ipso enim Angelus suam pulchritudinem, Sol claritatem, Luna speciositatem, cælum suum motum, terra suam communicat stabilitatem. Quære quod quæris, sed nō vbi quæris, &c. Ecce vnum Cherubin alam, quæ [illegible] obiectum tangit quod est Deus. Aliam explicemus, quæ proximum signat. Secundum autem (ait) simile est huic: Diliges proximum, sicut teipsum. *August.* Diuus Augustinus ait, quòd in hoc præcepto supponitur amor sui ipsius: nam ad hunc proprium amorem non erat necessarium præceptum, ad quē natura ipsa [illegible] impetu nos impellit, imò potiùs freno quod nos detineat, quam calcaribus quæ nos instigent, indigemus. Dicit ergo Dominus: Diliges proximum tuum, sicut teipsum, hoc est, simili amore dilige proximum, quo teipsum diligis: nec vult dicere Deus (vt Augustinus docet) quòd tanto amore diligas proximum, ac teipsum diligis. Ordo quippe charitatis exigit, quòd priùs tibi bonum velis, deinde aliis, & quod tibi necessarium est non teneris alteri tribuere: quinimò si vt extraneo eleemosynam tribueres, tibi, domuique tuæ necessaria demeres, peccatum est & mortale: quoniā charitas bene ordinata à seipsa procedit, & amicabilia ad alterum ex his, quæ sunt ad nos. Igitur non eadem mensura amoris, qua te diligis, debes proximum diligere, sed simili, hoc est, quòd quod non vis quod [illegible] tibi [illegible] inferat, nec tu alteri inferre debes: lex autem naturalis hæc est, vt quod tibi nō vis, alteri ne facias. Primum principium prædictæ legis naturæ hoc est, quod nullus, nisi sit à lumine rationis [illegible], ignorare potest. Vis vt alter tibi benefaciat, & honoret: vade, & tu fac similiter. Omnia, *Luc. 6.* quæcumque vultis vt faciant vobis homines (ait Dominus Iesus) & vos similiter facite illis. Vel sicut teipsum, vt intelligas facilitatem præcepti, hoc est, alter sicut teipsum, [illegible], similem tui, eiusdem conditionis tecumque [illegible] tecum. Vnde & per Esaiam Dominus nos hortatur ad benefaciendum proximis, dicens: Carnem tuam ne despexeris. *Esaiæ 58.* Nam vt tuam debes reputare, quæ proximi est, quia eiusdem speciei & tecum [illegible]. Vel sicut teipsum [illegible], tecum si te amat [illegible]. [illegible] amor, [illegible] [illegible] commodum [illegible]. Certè quod aduertendum est omnes homines & præcipuè Christianos vnum corpus efficere, & adinuicem, tanquam eiusdem membra.

Rom. 12. membra. Nam vt ait Paulus: Omnes vnum corpus sumus in Christo: singuli autem alter alterius membra. Et sicut vnius membri bonum in totius corporis bonũ cedit (quarẽ tanta cura quodlibet etiam minimũ membrum procuratur) sic hac admirabili analogia de nobis philosophandum est. Nam cùm omnes simus alter alterius membra, alterius bonum in meipsum redundat: & malum similiter mei proximi, me tangere debet. Bonum quippe pauperi est, quod diues bona temporalia possideat, quibus suæ indigentiæ subueniat, & expedit ignoranti quod Sapiens sapientior fiat: vt illum doceat. Imbecillis opus habet, vt fortis viuat, vt illum à violentijs malorũ defendat. Infirmo conuenit vt sanus in salute conseruetur: vt sibi in sua ægritudine medeatur. Sic in bellis videmus, quòd alius alium defendit. Defendendo quippè seipsum, & hosti obuiã eundo alium etiam ex consequenti defendit, & alium defendendo, seipsum defendit, & pro alio pugnando pro se pugnat. Nam si vnum & alterum, & plures interficiunt hostes, & te etiam interficient: quoniam vires tuæ minuuntur, quæ simul cum alijs maiores erãt. Itaque diligere alium, est teipsum diligere, propter alterutrum bonum, quod sibi inuicẽ conferunt amici. Similiter damnum proximi tui, tibi etiam cedit in malũ. Nam si diues indigueris, quis tibi, ò pauper, benefaciet? Et si defecit sapiens, quis ignorantem docebit? Et si fortis, aut sanus perierit, quis adiuuabit imbecillem? Quis curabit ægrotum? Quarẽ damnũ quod infertis proximo tibi infers, vt experientia constat. Si proximum occidisti, vide quot mala tibi & domui tuæ ob hoc euenerunt. Patriam, familiarem, consanguineos, amicos, & omnia bona amisisti, præter ea quæ tu ipse in teipso pateris. Inuidus sibi potiùs nocet, quàm alteri. Scriptum quippe est: Sicut tinea vestimento, & vermis ligno: sic tristitia viri nocet cordi. Prouer. 25. Per tristitiã autem inuidiam intelligit sapiens, quæ est tristitia de bono alieno. Tinea quippè ex panno nascitur, quẽ tamen ipsa corrodit, & terebrat. Vermis ex ligno gignitur, & ipsum lignũ exedit, & consumit. Inuidia, & mala voluntas ex corde tuo gignitur: quod tamen te priùs corrodit, & affligit. In tua domo odiũ proximi nascitur, & ligna domus tuæ terebrãt, & consumit. Vnde & Iob. 4. dicitur: Quantò magis, qui habitãt domos luteas, & terrenũ habent fundamentũ, consumentur

Prou. 25.

Iob. 4.

velut à tinea. Per terrenũ autem fundamentum humanos quoq; respectꝰ intelligit. Nã quia vanus es, & te vindicare manibus proprijs appetis, teipsum omninò perdis, atque consumis. Aliorum res diruere volunt, & proprias suas omnes amittũt. Aliorum pallium rumpere volũt, sed priùs suum à tinea corroditur. Terebrare alienã domum nituntur, & tamen suam priùs diruunt. Quemadmodum qui in alium viperam proijcere satagit, prius ab ipsa mordetur, & veneno inficitur. Vnde Paul. Gal. 5. dicit: Omnis Lex vno sermone completur: Diliges proximum tuũ sicut teipsum. Quòd si ab inuicẽ mordetis & comeditis, videte ne ab inuicẽ consumamini. Nam sicut qui comedit panem per buccellas, paulatim illum consumit: sic si modò vno damno afficis proximũ, & ille te alio, & rursus tu illum, ille iterum te damnificat; paulatim consumemini. Iudicem pesquisitorem quem vocatis, contrà proximum vocas; ille res tuæ ciuitatis rapiet, & alius alia vice plures: & sic tu & conciues tui consumemini, & sic per Symbola vnus alterum deuorabit. Videte ergo, ne si ad inuicem comeditis, ab inuicẽ consumamini. Memini me concionem hanc habuisse in populo quodam, in quo duæ factiones vigebant: quibus & dixi ex parte Dei, quòd Respublica illa dissipãda erat iuxtã verbũ Dñi: Omne Regnũ in seipsũ diuisum desolabitur. Quid enim sunt cœtus ac côcilia vestra, cùm in senatum venitis, nisi corpus quoddam monstruosum duorũ capitum, quorum vnum alterum mordet. Vna facies duorum vultuũ, duæ contradictoriæ in vno subiecto, ita quòd id quod vna affirmat, altera negat, nec vnquàm in vna re conueniunt. Corpus duorum capitum, & capita inter se inimica. Corpus duorum spirituũ sibi inuicem aduersantium. Albi & nigri. Guelfi, & Gibellini. Hoc ergo non laudabile, sed vituperabile valde est; libet proclamare aduersus vos, & dicere: Infelix ciuitas, miserãda Respublica, miseri & incolæ eius, qui diu absq; casu grandi stare non potestis. Igitur adimpletio Legis est diligere proximum sicut teipsum, id est, ex charitate & veritate, qua teipsum amas. Nec enim inuicem diligere, est simul colloqui, & alterutrum visitare: si corda hostilia & aduersa sint, amor quippè in corde radicatur. Dilige (ait) per affectionem, non per loquutionem. Iuxta illam Ioannis sententiam: Fratres diligamus non verbo, nec lingua, sed opere & veritate.

Simile.

Ad Gal. 5.

1. Ioan. 3.

Nam manus nonnunquã osculatis, quas velles cernere truncatas. Quid enim consequẽtiæ habet salutare inuicẽ, & mordere inuicem? Hanc Iudæ parem voco ego, & illam *2. Reg. 20.* qui Ioab dedit. Amassę, dicẽs Salue frater, & gladium per ilia immittit. Alij autẽ tanquam traditores insidijs sibi vindictam parant, sicut dixit ille alter: qui cum Inducias trium dierum cum hostibus pactus fuisset, in ipsa nocte hostes imparatos aggressus fudit, & occidit illos, dicens se de diebus non de noctibus pactũ fecisse. Quod factum cùm aliqui ei improperassent, respondit: Vbi leonis pellis nõ attingit, oportet additamẽtum ex vulpe illi consuere. Volens dicere, non fortitudine, sed astutia pugnandum ab ignauis, & imbecillibus. Hoc autem infamia maxima est, quæ tamen iam nõ tanti habetur, sicut olim. O misera tempora!

Alia moralitas seu concio. *Diliges Dominum Deum tuum. &c.* Omnis Lex diuina in amore includitur: quoniam Deus in actionibus suis se habet ad modum agentium naturalium, quæ nituntur suam inducere similitudinem in rebus, circà quas operantur. Quarè generatio naturalis omnium rerũ generabilium quadam vi ac conctione fit. Nam vnum contrarium aduersùs aliud pugnans, contendit illud vincere, & à subiecto expellere, & suam ibi formam introducere. Quarè Philosophi dixerunt *Simile.* Omnia secundùm litem fieri. Nam quemadmodùm cùm Rex alteri bellũ infert, hoc vult vt alterũ ex suo Regno expellat, sibiq; vsurpet Regnum illud, & suum imperium ibi introducat altero expulso: sic res naturales generantur vnum cõtra aliud contrariũ diuidẽdo, vt vno expulso alterũ in subiecto illo introducatur. Exẽpli gratia. Ignis est calidus, terra autem frigida: si ignis in terram operari incipit, hoc intendit frigiditatem terræ expellere, & calorem suum introducere. Tantum autem potest increscere calor in terra, & ad talem gradum caloris terra deuenire; vt cum illo non possit compati forma terræ, & introducatur forma ignis: & sic terra vertatur in ignẽ. Corrumpetur forma terræ, & eius frigiditas, & introducetur forma ignis, & eius caliditas. Simili modo videtur Deus in operibus gratiæ procedere. Deus est amor, secundùm *1. Ioan. 3.* illud, Deus charitas est, & per consequens est ignis, & tantæ actiuitatis ignis, vt omnia in se conuertere velit, vt Deuteron. 4. *Deut. 4.* scribitur: Deus noster ignis consumens est. *D. Dionij.* Hæc est enim actio Dei (ait diuus Dionysius) omnia ad seipsum conuertere. Ergo cùm Deus ignis ardens sit, homo autem terra frigida, maximè postquam Deus dixit illi: Terra es & in terram ibis, hoc est, *Gen. 3.* *Eresse que eres te conuertiras.* Operatio autem contrariorum est per contactum: tangit Deus terram per sua beneficia, & incipit calefieri, tangit hominem magnis illum beneficijs afficiendo, & incipit illum ad suum amorem disponere, qui ignis est. Beneficia quippè maxima incentiua amoris sunt. Nam vt Philosophus ille dixit: Qui inuenit beneficia, vincula adinuenit, quibus corda hominum capiuntur, & sic dicitur in nostro modo loquendi, *Dadiuas quebrantan peñas.* Quarè hoc primo contactu suorum beneficiorum cœpit calefacere terram, secundùm illud Psalm. 143. Tange *Psal. 143.* montes, & fumigabunt, hoc est, si hominem tuis officijs beneficijs, ardebit & fumigabit, id est, insignia proferet tui amoris. Et cùm Deus perseueret terram suis beneficijs adimplendo, quod nec per momentum quidem à benefaciendo cessat: tunc demum contra hominem præualescit, & illum beneficijs deuictum ad se trahit. Et sicut expulsa frigiditate introducitur calor: ità expulsa inimicitia amor Dei in corde generatur. Sic enim & per Sophoniam *Sophon. 3.* Prophetam Dominus dixerat: In igne zeli mei deuorabo terram, hoc est, hominem qui terra est, per amorem deuincere debeo, & in me illum conuertere: sicut qui deuoratur conuertitur in eum qui deuorat. Et ad hoc venit Dominus in mundum triginta & tribus annis, terram suis beneficijs tangendo: vt eam per amorem in se conuerteret, vt ipse Luc. 12. dixit: Ignem *Luc. 12.* veni mittere in terram, & quid volo nisi vt ardeat? Semper nouis beneficijs insufflando & incendendo illam: ideò ergo legem amoris coactiuam nobis imposuit: vt sic nos cogeret ad recipiendam formam sui amoris. Hic autem amor in duo secatur subiecta distincta, nempè in Deum, & in hominem. Per Dei amorem cõprehenditur amor cœlestium, & per hominũ dilectio terrenorũ: ùnum cœli, & terra vult Deus vt hoc amore liquefiant. Deus autem præcipuum amoris obiectũ est, quod omnibus rationibus amabilissimum est. Proximus verò, vel creatura hoc amore digna non est per se ipsam, nisi quantum in ea aliquid diuinum participatum splendet. Solus quippè Deus per se summè diligibilis est, cũ nihil habeat quod

in se

In se nō comprehendat omnes rationes bonitatis, & pulchritudinis, quæ sunt amoris obiecta: creatura autem nihil boni in se habet, nisi quod à bonitate sua sumit, qui est Deus communicat, & per consequens hoc solum in illa diligibile est. Quarè amor creaturæ mensuram habet: quoniam in ea hoc solum quod à Deo habet, amari debet: amor autē Dei est sine mensura; quoniam quidquid in Deo est summè bonum est, ac proinde summè diligibile. *Cant. 5.* Quarè Sponsa illum totum desiderabilem vocat: nihil enim in Deo est quod non appeti ac desiderari debeat. Hinc fit quòd in amore proximi statuitur mōdus, cùm dicitur: Diliges proximum tuum, sicut teipsum, hoc est, ad mensuram tuimet, ad similitudinem amoris quo teipsum amas. In amore autem Dei modus iste non ponitur, nec alius; sed iubemur Deum diligere ex toto corde, & ex tota mente, anima, & viribus, hoc est, omnibus nostris potētijs, quæ sunt principia nostrarum operationum. Potentiæ fontes sunt, ex quibus nostræ manāt actiones. Si ergo fons ad Deum dirigitur: & quod ex eo fluit ad Deū tendet. Dilige ergo Deum ex tota mente, sumendo mentē pro intellectu, qui est primus fons & radix libertatis hominis. Priùs enim res tanquàm bona ab intellectu cognoscitur, quàm à voluntate ametur. Nihil enim est volitum, nisi sit præcognitum. Et ex toto corde, hoc est, ex tota voluntate, quæ cæteris imperat potentijs; & ex tota anima, ex qua corporales operationes tanquàm ex radice profluunt: & ex omnibus viribus (vt alibi dicitur) quæ sunt instrumenta & organa exteriora, quæ tanquàm secundaria principia ad corporeas operationes concurrunt, sicut lingua ad loquendum, oculi ad videndum, pedes ad ambulandum. Quippè omnia hæc ad diligendū Deum debent dirigi; vel saltem nihil cōtra Dei amorē operari. Imò & vocabulum Hebræum, *Deuter. 6.* quod est in Deuter. 6. significat vehementiam, hoc est, magna cum vehementia vires tuas debes in Dei amorem ordinare. Verum est quod quidam Doctor Neotericus, cui ego subscribere volo, ait, solū primū pertinere ad substantiā præcepti, nempè diligere Deū ex toto corde tuo, hoc est, ex tota voluntate: cætera autem ad maiorē expressionē, & vim præcepti adhiberi. *Simile.* Veluti si ego tibi dixissem: Tu debes mihi obsequi, & in mea cōmoda ferri. Et posteà adderē, dicens: Omnia tua mēbra, oculi, manus, & pedes mihi seruire debēt. Certū est omnia in illud quod primo dixi contineri. Sic in eo quod dicitur: Dilige Deū ex toto corde tuo: cæteræ potētiæ includuntur, quoniā si voluntas in Dei amorē fertur cæteras post se rapit potētias ad motū suū. Sicut & primum mobile alios cælos: *Simile.* cætera autē vim & energiam huius præcepti exprimūt. Iustissimè autē Deus totū cor sibi postulat: quoniam cùm Deus vnus sit, nullā patitur diuisionem in corde quod eum debet diligere. Quarè in præambulo Legis, antequàm præceptum hoc exprimeretur, sic dicitur: Audi *Deuter. 6.* Israel Deus tuus, Deus vnus est. Et posteà dicit: Diliges Dñm ex toto corde. Ac si diceret: Vnus est Deus: ac proinde vnum cor integrum, totale, indiuisum exigit. Nam si plures essent Dij, deberes cor tuū & amorē tuū inter illos diuidere: nunc autē vnus est Deus, vnū ergo cor, vnum amorē, integrum & indiuisum imperat: quoniam sic ei debetur. Ideò autē exigit cor: quoniā principiū est omnium humanarū operationū, & quoniam cor humanū maximè ad amorē aptissimum est. Primū id ex ipsa humani cordis complexione patet. Est enim calidū & siccum, quas qualitates habet ignis, cui amor comparatur. Quarè non magis naturale est igni cōburere, quàm cordi hominis amare. Hinc quidā grauis Doctor, qui Hugo Carrensis dicitur, *Hugo Carrensis.* ait: Vita cordis amor: & ideò impossibile est quòd ignis absq; calore persistat. Hinc & Psalmista dicebat: Concaluit *Psal. 38.* cor meū intra me, hoc est amore inflammabar. Ex hoc autē quod cor est calidū & siccum oritur quod sursum tēdat. Calor quippè eleuat res. Nam si calor dominatur alicui *Simile.* rei, sic eam leuē reddit, vt statim alta petat; vt in papyro combusta videre licebit. Sic & cor alta cupit. Quod etiam confirmat continuus motus cordis, quo sursum tendit, ac saltat. Vnde & Paul. ait: Quæ sursum sunt, *Ad Coloss. 3.* quærite, quæ sursum sunt sapite. Homines autē cor suum aggrauāt, atq; ad ima propendunt: quos Dauid redarguit, dicēs: Filij hominū, *Psalm. 4.* vsquequò graui corde? Habemus autē cor sursum amplū & apertū, subtus clausum & strictū: quoniam tantò illud ad superiora aperire & extēdere debemus, quātò ad inferiora claudere & stringere. Hinc Esai. ait: Mirabitur & dilatabitur cor tuū. Et habet *Esai. 60.* semper os apertū ad cælū, ad ostendendum quòd hæc quæ inferiora sunt, nō valent satiare, nec adimplere illud: sed semper remanet os apertū, hoc est, appetitus ac desiderium ad maiora auidum. Hinc Bernardus ait: Capa- *D. Bern.*

cem Dei rationalem animã, quidquid Deo minus est non implebit. Cor ergo sic præparatum totũ petit diuinus amor. Nam cùm illo fit plenum cor statim diffundit eum per reliquas animæ partes ac recessus. Vnde & Paulus ait: Charitas Dei diffusa est in cordibus nostris. *Ad Rom. 5.* Ideò quippè dicitur in cordibus nostris diffundi: quoniam ex corde ad cæteras animæ potentias deriuatur, sicut *Simile.* aqua quæ per aquæductus fluit recepta in arca lapidea inde ad plures alias partes deriuatur. Sic charitas in arca cordis recepta ad cæteras partes fluit, hoc est ergo primum & maius mandatum in Lege.

Secundum autem simile est huic: Diliges proximum tuũ sicut teipsum. Simile dicitur, non solùm quia præceptum amoris est, sicut primum: sed quia eiusdem amoris est. Eodem quippè amore quo Deus diligitur, debemus & proximũ diligere, hoc est, amore charitatis in ordine ad beatitudinem. Nam præceptum hoc in Euãgelio positum, debet secundùm doctrinam in eo positam considerari: & amor qui in Euangelio nobis proponitur, est amor charitatis; qui altior & diuinior alijs dilectionibus est: quippè qui fundatur in cõmunicatione beatitudinis. Circa quod sciendum quod quælibet amicitia fundatur in aliqua cõmunicatione. Amicitia enim eiusdem familiæ fundatur in illa cõmunicatione, qua se inuicẽ communicant sub eodem patrefamilias; viuentes & comedentes; & cõmoda illius familiæ expetentes. Vnde in ordine ad hoc se diligũt bona sibi inuicẽ in illo ordine cõmunicantes. Amicitia militum fundatur in cõmunicatione militiæ, sub eodẽ Duce, & vexillo militantes. Vnde in illo ordine sibi inuicem cõmunicant victoriam, desiderantes quod quilibet rectè in militando se habeat. Idẽ & de alijs amicitijs dicendum est. Amicitia autẽ Christianorum Angelorum, & Dei fundatur in cõmunicatione beatitudinis: quoniam Angeli & homines in illa felicitate beati erimus, in qua Deus ipse beatus est. Christiani autẽ homines potissimè propter maiorẽ familiaritatẽ quam cum Deo gerimus, nam capaces beatitudinis omnes homines sumus: Iam nõ estis hospites & aduenæ (ait Paul.) sed estis ciues *Ad Ephe. 2.* sanctorũ, & domestici Dei. Familiares quippè sumus Dei in sua familia, & domo viuentes conciues, & cõterranei sanctorũ effecti, cùm in hac Dei ciuitate viuamus, quæ est Ecclesia, sperantes & illam, in qua ipse cum suis sanctis inhabitat. Cùm ergo amicitia nostra in hac communicatione fundetur in ordine ad illam nos debemus diligere, ut inuicem expeteres ut simus tandẽ cum Deo beati, & hic nobis gratia eius proueniat, quæ medium est ad tantum consequendũ finem. Nam amor proximi debet à Dei amore deriuari. Hoc est enim quod dicitur. Secundũ autem simile est huic: quod Ezechi. cap. 1. *Ezech. 1.* vidit (vt suprà retulimus) prunas igneas quæ erant inter Cherubin in terram mitti: quoniam amor Angelorum & cœlicolarum est quem voluit Dñs accendere super terrã, hoc est, amorem illum charitatis, quæ significat amorem charum super omnes amores præcellentem, & pretiosiorẽ (id enim charum significat, quod alijs pretiosius est) scilicet, vt nos diligamus in ordine ad beatitudinem, sicut & beati se amãt. Et ideò hoc præceptũ vocat suum Dñs Iesus, cùm Ioan. 15. dicit: *Ioan. 15.* Hoc est præceptũ meum, vt diligatis inuicẽ, sicut dilexi vos. Nam quamuis ad substantiam in lege naturæ positum erat hoc præceptum de dilectione proximorũ: quantùm ad modũ verò est proprium Christi, vt nos inuicem diligamus, sicut ipse dilexit nos, hoc est in ordine ad beatitudinẽ: ita quod bona temporalia etiam in ordine ad hunc finem eis debemus desiderare, saltem quòd nullum bonum eis occasio sit offendendi Deum. Et ita debet teipsum diligere in ordine ad beatitudinem: quarẽ dicitur tibi, vt diligas proximum tuum, sicut teipsum. Et hanc Rempublicã voluit Deus his institutis amoris in terra condere, quæ maximè cœlesti esset similis: & eius statuta & leges essent amoris, quæ nunquàm ab hominibus abiret, sed vt semp hic ignis arderet in terra. Deus præcipiebat, vt ignis nunquã ex- *Leuitic. 6.* tingueretur in tẽplo, quem sacerdotes quotidie lignis olimæ pascerent. Oportet enim vt hic ignis amoris semper inter Christianos ardeat, quẽ operibus misericordiæ (quæ per ligna oliuarũ significantur) debemus pascere, ac sustinere. Quomodò ergò poterit ignis conseruari sine huiusmodi lignis? Aut quomodò suadere mihi poteris, te habere charitatem; nisi hæc eius proferas insignia? Non video fumum, nec flammam, nec scintillam, quo signo credam quòd interfit iste ignis? Nunquid potest aliquis abscondere *Prouer. 6.* ignem in sinu suum, vt vestimenta illius nõ ardeant? Hinc & Ioannes ait: Si quis vi- *1. Ioan. 3.* derit fratrẽ suum necesse habere, & clauserit viscera sua ab eo; quomodò charitas Dei manet in illo? Et Iob 6. dicitur: Qui aufert

fert misericordiam ab amico suo, timorem Dñi derelinquit. Ignē veni mittere in terrā (ait Dñs) & quid volo, nisi vt ardeat? Hic autē fert pascendo illum lignis oliuarū, hoc est, hisce misericordiæ operibus. *Luc. 12.* O Christiana pietas, charitatis filia, propria hominis Christiani virtus, vbi nā es? Quò abijsti? Nos enim te omnia circūspiciendo videmus. Vbi sunt misericordiæ opera, in quib' Christi fideles exerceri solebāt, dum ignis ille in templo Dei ardebat? Quoniam ligna tunc oliuarum erāt, quibus ignis ille pascebatur. Modò nec ligna video, nec ignē lucere perspicio, nec pietatē, nec charitatem intueor, sed adimpletū video quod de nouissimis tēporibus Paulus dixit: Quòd erunt homines amātes seipsos. *2. Tim. 3.* O fideles Christi, certus non sum quā pauciora opera misericordiæ inter Christianos, quā hisce tēporibus visuntur. Quare mihi satis suasum habeo hypocrisim modò maximè in mūdo vigere, quoniam cū charitatis opera non appareant, multi illorum nomine gaudent [illegible], qui nec fragmen panis pauperi vnquā porrexerunt, nec pauperes ad ianuā suā vnquam introduxerunt, sic illos iam à se profligarūt, & tamen inter magnos seruos Dei ab imperito vulgo numerantur: quoniā non intelligūt veram Christianorū iustitiam in charitate & operibus eius potiùs consistere. Et forsan hoc prouenit ex hoc quod quidā zelum Dei habent, sed nō secundum scientiam, qui nimiam adhibeant curā circā hæc exteriora opera, quæ ad ornatū virtutis pertinent, obseruantijs regularibus plurimùm concedentes; parū autem aut nihil de vera religionis substantia, quæ in charitate consistit, curantes. Id enim Pharisæis contigit, qui totā Legis iustitiam in exteriori cultu, ac ceremonijs constituentes, grauiora Legis relinquebant, misericordiam, scilicet, & iustitiam: Quod Dñs illis improperabat: & tamē hæc oportuit facere, & illa non omittere. Nam licèt omnia bona sint: sed maiora magis curanda sunt. Sunt enim qui splendorē hunc exteriorem virtutis, quem homines vident, plùs æquo procurantes; hæc quæ grauiora sunt obliuiscūtur. Atq; vtinam eis non contingat quod fatuis virginib': quæ quia lampades accensas portabant, oblitæ sunt oleum secum sumere, & ideò à nuptijs Sponsi exclusæ sunt. Sic fortè multis accidit, qui cùm in manibus lampades accensas portent, hoc est, opera exteriora quæ hominibus appareant summa cura & diligentia faciant, oleum charitatis in vase cordis non habent, atq; sic opera illa exteriora adueniente Dño extinguantur, & nihil coram oculis eius valeant, quoniam non finē, sed media potiùs respexerunt, & media valde remota a fine. Finis enim præcepti est charitas, *1. Tim. 1.* cætera omnia media sunt ad charitatē consequendā: inter quæ quædā remotiora sunt ab hoc fine, quā alia. Obseruantiæ hæ exteriores ceremoniarum, quarū plura inter Christianos, sed magis inter religiosos obseruantur, media quidem sunt accōmodatissima ad charitatem consequendā & cōseruādā quippe illam, tanquam cinis ignē, & sicut folia fructum, & tanquam vagina gladium: sed remotiora media ad charitatem sunt. Si omnis in eis virtutis vis constituatur, ita q plus nimio his attēdātes medijs, de fine, qui est charitas, nihil ferè cogitant, sed affligāt populum Dei in colligendis palleis, nec tamen illum dimittant, vt [illegible] sacrificium iustitiæ, quod est charitas, sicut Pharao faciebat. *Exod. 5.* Timeo ne multi in his paralogizentur, & cùm in his quæ homines magnifaciunt se sanctos præuicere videant, tales se credant esse, seipsos in maximā [illegible] seducentes: legant sanctorū acta, & videbunt, q etsi plurimū in illis concelebrarunt ceremonijs; plus tamen charitati incumbebant, quam illis. Non hoc dico enim quod his sacratis vellem detrahere ceremonijs, quas sæpè in magno apud me pretio habeo, tantò [illegible] aliquos video inter religiosos illarum zelatores, illos amplector, atque ex animo diligo: scio enim & expertus sum quantum vtilitatis afferant ad conseruationem veræ religionis: sed hoc ideo ad memoriam reuoco, vt aliquorum vitium [illegible], ac indiscretū zelum erga illas taxem, ne propter ea quæ media sunt finem totius religionis obliuiscamur. Ornamēta virtutis hæ obseruātiæ, ac præcipuè pœnitētiæ opera sunt, tamē sicut vestis à corpore accipit calorē quē ipsa in ipso corpore cōseruat; sic oportet vt & à charitate procedāt hæ exteriores obseruātiæ, à qua & calorem & meritū suscipiunt, vt & ipsæ vicissim ipsum charitatis calorē conseruent, aliàs si exteriores dūtaxat sint absq; intrinseco charitatis ardore frigidæ quædā eæ erūt, absq; vlla prorsus vtilitate vanitatis pocula, quæ religionis insignia prætendunt. *Simile.* Hinc enim & Dñs ad Iob dixit: Nunquid per sapientiam tuā plumescit accipiter, Cùm extenderit alas suas ad austrū? *Iob. 39.* Cùm nouas plumas desiderat accipiter sibi nasci ad austrum, ventum calidum extendit alas suas, colos aera per flatus plane scit. Ceremoniæ externæ plumæ sunt, quæ corpus virtutis ornant: ergo tu alas cordis ad austrum calidum, hoc est, ad charitatem extende, vt ab illo calore hæc exteriora profluant, & nascantur. Id etiam expetebat Sponsus, cùm (Cant. 4.) dicebat: Veni auster, & perfla hortũ meum, & fluent aromata illius. A calore quippè charitatis, ille bonus odor exterior virtutis debet prodire.

Secundum autẽ simile est huic, Diliges proximum tuum, sicut teipsum. (Rom. 13.) Paulus Roma. 13. dicit: Qui diligit proximũ, Legẽ impleuit: nam non adulterabis, non occides, non falsum testimonium dices, & si quod est aliud mandatum in hoc verbo instauratur: Diliges proximum tuum, sicut teipsum, hoc est, hic quasi in compendio quodam omnia includuntur. Nam, vt dicit idem Paulus, dilectio proximi malũ non operatur: plenitudo ergo Legis, est dilectio. Non enim compatiuntur amare proximum, & malum illi inferre. Si enim proximum diligis, nec occides eum, nec detrahes, nec bona eius surripies, nec aliud damnum illi inferes. Imò & benefacies illi, cùm necesse sit, & tu valueris. Aliàs hoc esset malefacere illi, si cùm eget, non illius indigentiæ occurreres. Sed quoniam non semper est in potestate hominis benefacere, sicut est malefacere; ideò prætermisso primo de hoc secundo meminit Paulus, in quo tamen & primum includitur. Ecce ergo cõcludit Paulus, quòd plenitudo Legis est dilectio, & quòd qui diligit proximum, Legem impleuit. Nam in amore proximi includitur amor Dei: quoniam proximus non debet diligi, nisi propter Deum & amore charitatis, quo diligitur Deus. Vnde licèt ppa[illegible] in amore Dei proximi amor includatur, tamẽ quia multi nesciebant ex Dei amore, proximi etiam amorem inferre: opus fuit vt clariùs specificaretur. Quemadmodùm & in principio includitur conclusio, quæ ex illo infertur: sed tamen hanc non omnes deducere valent, quoniam non sumus sicut Angeli, qui vnico intuitu principia & conclusiones vident. Nos autem priùs principia, deinde per discursum conclusiones inferimus; & nec hoc omnes sciunt, nisi alius eos docuerit. Deus quidem omnis amoris finis est, & origo, atque principium, in quo omnis alius amor includitur, & à quo proximi amor tanquàm conclusio infertur. Nam qui Deũ diligit, ex consequenti quidquid est in Deo debet diligere, vt in Hispano prouerbio dicitur, quod omnibus notum est. Hoc autem non omnes deducere sciebant, & ideò oportuit. vt specificaretur. Quare & Ioannes Apostolus dixit: Hoc mandatum habemus à Deo, vt qui diligit Deum, diligat & fratrem suum; (1. Ioan. 4.) scilicet, in quantum est Dei. Et vnum præceptum illud vocat, quoniam in primo, secundum includitur. Vnde præceptum de dilectione Dei vocatur primũ, & aliud de dilectione proximi secundum: quoniam à primo tanquàm à principio deducitur. Hinc fit quòd eodem amore, quo diligitur Deus, debet diligi proximus: quoniam conclusio eandem euidentiam communicat, quam habent principia, ex quibus infertur; & medium eãdem bonitatem ac malitiam participat, quam habet finis à quo etiam tanquàm à principio deducitur. Ex his ergo colligimus hanc Christianam doctrinam, quam vos docere satagimus, nempè quòd si homo amet creaturam eo amore quo Deus, non tanquàm finis, non tanquàm principium; sed tanquàm medium & conclusio: tunc amor creaturæ non poterit impedimento esse ad amorem Dei, imò illum adimplet, & extendit vsque ad locum, ad quem Sphera amoris attingere valet. Hinc Psalmista dicebat: Latum mandatum tuum nimis: (Psal. 118.) quoniam vsque ad proximum extenditur, licèt propter te amandi sint. Et quia grandis hæc materia est, eam ex suis educamus principijs. Deus principium & finis omnium rerum est, & ob hoc ex iustitia debetur ei amor: nam amorẽ vocat Psalmista sacrificiũ iustitiæ, (Psal. 4.) cùm dicit: Sacrificate sacrificiũ iustitiæ, hoc est, amoris, qui ex iustitia Deo tanquã primo principio, & vltimo fini debetur. Nam quòd primo voluntas diligit, finis est (ex dilectione quippè finis media diligit.) Et quòd primum intellectus intelligit, principia sunt: & amor finis participatur in medijs, sicut euidentia principij in cõclusione. Itaq; eodem amore diliguntur finis & medium; sicut eadẽ ratione (Simile.) qua diligis salutem, diligis medicinã & alia media, nempè in ordine ad salutem. Nam quomodò potionẽ amaram posses diligere? Nullo modo certè: quoniã ipsa per se nõ est diligibilis. Quomodò ergo illã diligis? Certè amore illo quo tuam salutẽ amas. Hic enim & potioni amaræ, & cuilibet medicinæ cõmunicatur. Si ergo Deũ tanquàm vltimum finem diligis, & cætera omnia tanquàm medium, eadem dilectione qua Deum diligis, debes & cætera omnia diligere. Et tūc non poterit esse excessus in amore creaturæ quoniam non tanquam finis diligitur, sed tanquam medium respectu vltimi finis, qui est Deus. Quarè nec impedimento erit ad amorē Dei: quoniam id est vtriusq; amor, & ille quo diligo creaturam mensuratur, vt medium respectu Dei. Et ob hoc Psalmista *Psal. 143.* vocat Legē Dei Instrumētum musicum decem cordarum, cùm dicit: In psalterio decachordo psalam tibi. In instrumento autem *Simile.* musico pulsare cordas minores non impedit, quin maiores suum sonitū dent, imò ex vtrarumque pulsatione harmonia resultat, si tamen arte pulsentur. Nam qui sine musicæ notitia eas tangit, nullā musicæ proportionem facit, sed vna vox alterā impedit. Qui autem artifex est musicæ, nullā in pulsando fides dissonantiā facit, etiam si omnes simul tangat. Ars autē pulsandi hoc instrumentum decē cordarū est charitas, quæ docet Deum vt vltimum finem amari, cætera autem vt medium. Si ergo hac scientia tàm maiores, quā minores pulsaueris cordas, nō dissona aut inconcinna erit musica, nec vnius fidibus alterius impediet sonitū. Sic enim Deus, & proximus hoc modo diligantur, vnius dilectio alterius nullo modo impedit. Erit enim tūc ille amor tanquā scala Iacob, *Gene. 28.* per quā Angeli ascendunt & descēdunt, nec impediuntur inuicē. Ascēdit amor ad Deū, & descendit ad creaturā; sed non sibi obstāt alterutrō, quandiu amor creaturæ ab amore Dei deriuatur, & inferior est illo. Hoc enim est ascendere amorē ad Deum, diligere illū tanquā vltimum finē; & descēdere ad creaturam, amare illam tanquā inferiorē Deo. Quatuor autem docet D. Aug. in lib. de doctrina Christiana, ex charitate esse diligenda. *D. Aug.* Vnum quod suprà nos est, scilicet Deū: alterum q; nos ipsi sumus: tertiū quod iuxtà nos est, scilicet proximū: quartū quod infrà nos est, nempè corpus proprium. Supremū ergo diligibile Deus est, secūdo loco nos ipsos debemus diligere: & tertio id quod iuxtà nos est, nempè proximū: vltimo quod infrà nos est, quod est corpus propriū. Sed à supremo & primo amore, qui est Dei, aliæ debent deriuari, & descēdere dilectiones. Deus enim propter seipsum debet diligi: alia omnia propter Deū. Ideò ergo dicitur mandatum de dilectione proximi secundū: quoniam in ordine dignitatis secundū locū tenet à primo, & in inferiori gradu debet esse respectu Dei, qui primus & principaliter debet diligi.

Dicitur etiam secundū in ordine: quoniam amor ordinatus à Deo incipit, & inde ad proximū deriuatur. Dicitur & simile primo: quoniā eodē amore quo diligitur Deus, debet & proximus diligi: nempè charitate in ordine ad beatitudinē Dei, cuius & nos participes esse possumus. Licèt etiā dicatur simile primo: quoniā id quod debet diligi in proximo similitudo Dei debet esse. Qui enī diligit Deū, vbicunq; similitudinē eius repererit, amabit illā. Diuus Basil. narrat esse *D. Basil.* quoddā animal sic homini aduersum & inimicum, quod vbicūq; inuenerit imaginē ac similitudinē hominis ferociter irruit in eā, et dilacerat, & cōminuit. Si ergo odium naturale tantā vim habet, vt etiā imaginē rei odio habitæ abhorreat, cur amor naturalis, imò supernaturalis iste, de quo loquimur, quē charitatem vocamus, non hanc habebit vim vt imaginē & similitudinē rei amatæ etiam diligat? Contrariorū quippe eadē est disciplina, ait Arist. eadem ratio vtriusq; debet esse. *Aristot.* Si ergo id valet odium naturale, cur non & amor naturalis, & supernaturalis id poterit? Idolatria in hoc amore initium habuit, vt Sapien. cap. 14. refert: Quod cū maximo amore pater filium, vel filius patrē in *Sap. 14.* vita sua dilexisset, post mortē eius imaginē depingere faciebat, & quia amati effigiem præferebat, adorabat illam. Tantū valebat amor, vt imaginē dilecti, sicut ipsum dilectū veneraretur. Acerbo enī luctu (ait Sapiens) dolēs pater, citò sibi rapti filij fecit imaginem, & illum qui tunc quasi homo mortuus fuerat, nūc quasi Deū colere cœpit: & constituit inter seruos sacra, & sacrificia. Sic & nos facere deberemus, habētes enim Deum nostrū absentē, qui imaginem suā in homine reliquit, illā venerari propter Deū ipsum deberemus. Cur enim amor Dei nō valebit, quod amor hominum valet? Fecit Deus hominem ad imaginem & similitudinē suam. *Gene. 1.* Amo ergo in illo id quod habet Dei, nempè naturā & gratiam; & amando illū tanquam imaginē non terminabitur in illo amor, sed in rem significatā transibit. Nam vt Aristo. docet: Idē est motus in imaginē, & in id cuius est imago: qui colit imaginē Christi colit non illud lignū, aut colores, sed id quod imago illa representat, nempè personā Christi. Sicut qui imaginē Cæsaris adorat, ipsum Cæsarē *Aristot.* in illa adorat. Sic ego diligo proximū, quia imago Dei: Deū patrem, cuius imago est in illo diligo. Vnde semper amor meus moderatus erit. Quarè si ideò amo proximū, quia habet simili-

similitudinem cum Deo, qui maiorē similitudinem cum illo gerit: magis diligendus est. Vnde cùm iustus magnam cum Deo similitudinem gerat, quantò iustior, tantò diligibilior est. Quapropter meliores plùs ex charitate diligendi sunt. Et maioris meriti est meliorem diligere quando cætera sunt paria: quoniam actiones ex obiecto mensurantur: & quia melior melius obiectum est, ideò meliorem diligere maioris meriti est. Quarè Seraphin qui inter Angelos ardentius diligunt Deum, magis quàm alij, & ipsi diligēdi sunt. Nam inter Angelos, qui maiorem cognitionem habet de Deo, magis amat Deum. Et quia altior inter Seraphin, veluti quoddam limpidissimum speculum, Dei cognitione ac splēdore illustratur: hinc fit, quòd ardentiùs in profundo cordis sui amet Deum, atque ideò perfectiùs etiam hanc Dei similitudinē in se recipiat. Placuit tamen Deo ad ostendendā sapientiam suam aliam imaginem condere in viliori materia, quæ hanc longè exuperaret. Et hæc fuit B. Virgo Maria, cuius anima hanc diuinam similitudinem adhuc altiùs ac puriùs quàm Seraphin recipit. De qua D. Anselm. dicit: Decebat vt illius cōceptio hominis de matre purissima fieret; ea puritate qua maior sub Deo nequit intelligi. Et D. Bernar. ait, Deum hanc fecisse imaginē, secundùm voluntatem suam, in qua suā ostendit sapientiam ex qua speculū aliud purius & clarius eduxit: hoc fuit Iesus Christus filius eius, qui diuinæ personæ humanā copulauit naturam, vt iam non homo diuinus duntaxat vocetur, tanquàm in se sigillum Dei ferens; sed homo Deus vnā cū duabus naturis persona, tantam cum Deo similitudinē gerit. Hinc summam omnium, quæ diximus, collige. Nempè Deū esse super omnia diligendum. Deinde res illas, quæ cum illo similitudinem gerunt. Et quia Christus Dñs in quantùm homo maiorem cum illo similitudinem habet; primo loco post Deū diligēda eius anima ac humanitas est. Deinde Beata Virgo, post eā Seraphin, & Angeli per suas Hierarchias; postremò homines, & inter illos meliores. *Sicut teipsum*, hoc est, cū mensura & pondere. Deus absq; mensura diligendus est, nam vt ait Bernard. modus diligendi Deum est sine modo diligere. Quādo cum equo ascendis per loca alta, laxas habenas illi: quando verò ad loca descendis, colligis eas. In amore Dei ascendimus, laxemus ergo habenas amoris, nullū enim subibimus periculum. In amore autē proximi descēdimus: ideò colligendæ sunt habenæ, ne præcipites in mala incommoda ruamus. Dilige ergo illum non sine modo, sed sicut teipsum, hoc est, ad similitudinē tui ipsius. Pro quo notandum, quòd diligere aliquem, est velle ei bonū, & secundum quod fuerit bonum quod tibi volo, talis erit & amor. Est autem duplex bonum: vnū vniuersale, quod omnibus est bonum, & semper est bonum; quacunq; hora, tempore momēto, & opportunitate, & nunquàm desinit omnibus esse bonum. Et hoc bonum est Deus. Alterū est bonum particulare, quod nec omnibus, nec semper est bonum: & ideò non dicitur simpliciter & absolutè bonum, sed restrictè, & secundùm quid habet aliquid boni, sed parū & non omni tempore, loco aut opportunitate: & hæc sunt bona temporalia. Qui ergo sibi vult Deum, & bona sua propria, qualia sunt gratia & spiritualia bona, hic absolutè & verè se diligit: quoniā bonū quod sibi vult est absolutè & simpliciter verè bonum, imò summum & supremum bonum, sed qui sibi bona temporalia vult, nō verè se amat: quoniam bonū quod sibi vult, non absolutè bonum est, nec vndequaq; verū aut integrum bonum. In hoc loco tibi erit bonum, & alibi forsan malum: nunc est bonū & post horam non erit bonum. Nam (vt ait August.) licèt bonum sit aurū, licèt bonæ sint diuitiæ, tamen non vndequaq; & omnibus. His enim qui benè illis vtuntur, bonæ sunt; qui verò malè, malæ sunt. Nunquid Æthyopē quia albos habet dētes, album vocabis? Minimè. Quia non dicitur albus simpliciter, sed secundùm quid, secundùm partem, secundùm dentes duntaxat. Sic bona temporalia non vndequaq; bona sunt; sed secundùm partē, secundùm aliquid & aliquí, non omnibus bona. Igitur si diligere rem aliquā, est velle illi bonum; si bonum quod tibi vis, non est integrum bonum, nec plenū: nec amor quo te diligis ex toto bonus erit. Et cùm contrariorum eadē sit disciplina; idem erit amare vnam rem, & odio habere contrariam. Qui ergo se diligit, non amando sibi bona spiritualia, quæ verè bona sunt; sed temporalia, quæ secundùm quid & imperfectè bona dicuntur: dicetur ex consequēti imperfectè & secundū quid se amare, odio autē se habere simpliciter. Quarè peccator, propriè loquendo, propriè dicitur se odio habere quàm se diligere, secundùm illud Psalmi: Qui autem diligit iniquitatem, odit animam suam.

D. Ansel.

D. Bern.

Simile.

D. Aug.

Psal. 10.

Et

Ioan. 12. Et Ioannis duodecimo. Qui amat animam suam perdet eam. Et è diuerso qui sibi æterna & spiritualia bona vult & quærit etiam si temporalia negligat; dicetur absolutè & perfectè diligere se, & secundùm minimam partem se odio habere. Iuxta illud quòd Dominus Ioan. 12. dicit. Qui odit animam suam in hoc mundo, in vitam æternam custodit eam. Ipse quippè verè animam suam diligit, qui verum bonum illi vult, imò quòd solùm est verum bonum. Et hoc modo se diligebant iusti, temporalia negligendo. Vnde *D. Bern.* Bernardus clamabat, Domine hic seca, hic vre, vt in æternum parcas. Igitur supponit Dominus, quòd homo seipsum in quantùm adhæc verè bona, & tali modo debet diligere proximũ suũ. Et quemadmodùm ipse se debet diligere, potius iacturam omnium bonorum temporalium pati, quàm vnum admittere mortale peccatum, & bona Dei omnibus terrenis rebus anteferre id etiam in proximo suo debet velle. Et hic est amor Christianorum, amor charitatis, amor charus, amor super omnes alios amores in ordine ad beatitudinem consequendam, quæ omnibus alijs rebus anteferri debet. Nec alium amorem potest ferre Deus. Nam ideò *Leuit. 10.* Nadab, & Abiu, Sacerdotes filios Aarõ interfecit Deus: quia obtulerant ignem alienum. Quicunque alius amor, alienus est. Iste est ille quo nos Deus amat, & quo nos inuicem amare debemus. Iuxta illud Ioan. *Ioan. 15.* 15. Hoc est præceptum meum vt diligatis inuicem, sicut dilexi vos, ipse autem Dominus hoc nos amore dilexit: Quare omnia in ipsum, & propter ipsum diligi debent, secun- *D. Aug.* dùm illud Augustini dictum. Minus te amat, qui tecum aliquid amat, quod non propter te amat, & hic Amor charitatis est vestis illa nuptialis de qua supra multa di- *1. Pet. 4.* ximus. Hæc enim est vestis illa quæ operit multitudinem peccatorum, & de qua domestici sedulæ mulieris, hoc est vtriusq; Ecclesiæ militantis & triumphantis induti de- *Prouer. 31.* bent. Dicitur enim Prouerb. 30. Omnes domestici eius vestiti sunt duplicibus. Hoc est charitate Dei, & proximi.

[illegible] *Diliges Dominum Deum tuum, &c.* Homo soli Deo obligatur propter immensa ab eo solo accepta beneficia, & quæ nullus alius nisi solus Deus illi ea præstare posset, & à *Simile.* quo per singula momenta conseruatur. Sic enim dependet nostrum esse à manutenentia Dei, sicut lumen aëris à luce Solis: nã ea deficiente confestim aër ad suas tenebras redigitur. Vndè & Psalmista dicit. Auferes spiritum eorum & deficient, & in puluerem *Psal. 103.* suum reuertentur. Quarè homo semper indiget Deo, & capit ab eo necessaria, & incessanter omnia quibus indiget, nec aliquis alius potest sibi dare illa. Ex quibus sequitur quòd homo soli Deo obligatur, & summè obligatur tanquã maximo & intimo amico, qui ei in suis continuis necessitatibus, nec deerit, nec derelinquit, eum scriptum sit. Non *Ad Heb. 13.* te deseram, nec derelinquam. Quia ergò homo semper indiget Deo, & extremè indiget Deo, & continuò ab illo accipit: hinc fit vt semper summè obligatus sit Deo. Quid ergò debet homo pro tanta obligatione rependere Deo? Nam omnis debitor aliquid debet & qui obligatus est, ad aliquid obligatur. Quoniã accepit à Deo tenetur certè retribuere Deo quidquid potest, quidquid habet: imò pretiosius, amabilius, desiderabilius, nobilius quod dare possit, & id meliori quò valeat modò. Quarè quidquid homo habet quod dare possit iam est totum Deo debitum, & obligatum de iure naturæ. Sed cõsiderandum est vtrùm aliquid habeat proprium sui ipsius homo, quod rependere possit Deo debitum & obligationẽ qua illi tenetur. Et dicendum est necessario quòd sic. Nam si naturaliter homo cognoscit se Deo summè obligatum esse propter tot bona à Deo accepta, ergò ipsa natura prouidere debuit ipsi homini aliquid proprium quò soluere possit Deo debita sua. Alias obligatio naturalis frustra esset, & homo anxiè grauaret seipsum. Intelligens quippè se taliter obligatum Deo, & tamen nihil quòd illi retribueret habere, in maxima semper cura ac anxietate viueret. Velle enim & nõ posse rependere debita: sollicitum, ac anxium redderet hominem. Naturale namque est homini, post acceptum beneficium illud recompensare velle. Et hæc illa cura erat quæ animum Prophetæ sollicitabat, cũ dicebat. Quid retribuam Domino, pro om- *Psal. 115.* nibus quæ retribuit mihi? Cum igitur necesse sit quod homo habeat aliquid quod possit rependere Deo: inuestigandum est quidnam hoc sit? Et primò oportet quod id sit proprium homini, alias non esset conueniens retributio: quia nullus verè & iustè potest dare quòd non sit verè & totaliter suum. Nec enim id acceptabile benefactori erit, quod alienum & non suum sit. Oportet ergò quòd habeat homo aliquid quòd sit verè & totaliter suum, quod sit in mera & libera sua

potestate & dominio, & quod non possit ab eo auferri aliquo modo per violentiam ipso nolente & inuito. Cum autem hoc habuerit inueniet quid rependat Deo, Nam cùm Deus liberè & non coactè dederit, sed spontè, gratiosè, sine necessitate: hoc etiam modò debet ei retribui beneficium. Nempè vt id quod retribuit procedat de intimo cordis affectu. Talis autem res non potest esse aliquid extra hominem. Quia omnia quæ sunt extra hominem possunt ab illo auferri per violentiam ipso renitente: Quarè non sunt verè sua, nec in sua libera potestate constituta, & per consequens, nec ex illa fieri potest recompensatio. Vlterius, nec talis res potest esse corpus hominis, nec aliquid de eius corpore, imo nec ipsa vita corporalis. Quoniam & corpus, & mēbra, & vita possunt ab ipso per violentiam auferri, quantumcunque renitat, aut contra nitatur: quarè hæc non possunt beneficium recompensare, quia non sūt in libera hominis potestate. Sed quia homo debet dare id quod optimum habet Deo, hæc autem corporalia non sunt pretiosiora, & nobiliora quæ habet homo: cùm ea quæ ad animam pertinent sint meliora. Restat ergò quòd talis res sit anima, vel aliquid quod sit in anima. Nec potest esse tota anima, quia aliquæ eius partes coniunctæ sunt cum corpore, & indigent organo corporali, quare hæ partes non sunt in libera eius potestate, cùm possint cum corpore tolli ab eo. Ex quib⁹ restat quòd illa pars sit nobilior & potior in anima, quæ est separata à corpore, id est à carne & organo corporali; & nullo modo sit coniuncta cum carne. Hoc autem est liberum arbitrium, quod est res nobilissima & pretiosissima in anima purum, spirituale, in quo conuenit cum Deo, qui omninò spiritualis est absque corporea materia. In libero autem arbitrio sunt duæ partes, intellectus scilicet & voluntas. Sola autem voluntas est libera & spontanea, & in ipsa est mera libertas & dominium, & imperium, nec violentia, aut coactio ei inferri potest: quia sola domina est suiipsius, & dominium ab illa procedit aliter non esset dominium. Habemus ergò rem quàm quærimus, & quàm Deo referre possimus, quæ est voluntas libera, à qua procedit donum liberalissimum quòd merè spontaneè tribuitur. Et hoc est amor, qui solus procedit liberè, & spontè à voluntate, hunc autem sola voluntas potest dare, & primùm quod dare potest est amor. Igitur quia amor est primum donum liberalissimum, spontaneum, & voluntarium, qui nec cogi, nec auferri potest: sequitur quod nihil habeat homo quod sit verè, & propriè suum nisi amorem: qui est in ipsa sola voluntate, quæ sola Imperatricis, ac Reginæ vices gerit in homine exercens Imperium, & dominium in eo. Quarè amor est totus thesaurus hominis honorabilior, pretiosior, charior, & propinquior eorum quæ sunt in homine, & quæ dare potest. Iam ergò inuenimus rem, quàm quærebamus, & talem qualem quærebamus, quæ non est extrà hominem, sed in homine; non in corpore sed in anima: nec in tota anima, sed in nobilissima & suprema parte animæ. Ecce quid habes homo tuum, & in tua potestate, quòd retribuere possis Domino pro omnibus quæ retribuit tibi. Et quia nihil aliud tuum habes nisi amorem, & totum quod habes Deo debes: Hinc sequitur quod totum tuum amorem Deo debeas, ex integro natura. Quarè iure optimo totum à te exigit Deus dicens: Diliges Dominum Deum tuum ex toto corde tuo.

Deinde, quia ex parte Dei duo præcesserunt, nempè amor & dona eius, quę exterius, & manifestè à Deo nobis proueniunt, & hæc dona præcessit amor Dei: quia nisi ipse præcessisset, nihil datum fuisset à Deo, & per consequens nihil ab homine acceptum. Ex quò sequitur quod primum donum datum à Deo sit amor, à quo omnia alia bona processerunt; secundùm illud in charitate perpetua dilexi te: ideò attraxi te miserans. Et vlterius, quia amor amorem poscit, & amare requirit amari ex sua natura, nec aliter satisfit amori, nisi per amorem iuxtà commune Prouerbium quò dicimus (*Amor con amor se paga*) Imò conqueritur amans, nisi ei amor pro amore reddatur, hinc fit quòd Deo amanti, reddendus sit amor, & quòd amore amor rependi debeat: Et quia vt diximus, amor est primum donum, & fundamentum, & radix omnium donorum conuenientissimum est, vt id quòd primò dare potest homo id tribuat Deo. Et quia Deus hanc ei radicem primò tribuit, eam & ipse illi rependere debet, & omnia per amorem illi dare. Et quia amor est nobilissimum, & pretiosius, quibuscunque externis donis absque vlla comparatione, id etiam quod pretiosius est in homine debet repen-

Hiere. 31

rependere Deo. Et insuper amor per se sine omnibus aliis placet, & est amabilis per se, & per se acceptabilis, per se iocundus, per se dulcis, & nulla alia per se placent sine amore. Nihil amabile, nihil acceptabile, nihil iocundum, vel dulce sine amore: Nam nec timor, nec honor, nec alia dona sine amore acceptantur. Amor autem semper est acceptabilis, nunquam refutatur, nunquam displicet, quod testatur hoc quod quantumcunque homo sit potens, diues, & plenus omni bono: semper tamen vult amari, & semper vult habere amorem, nec vnquam amorem refutat. Ex quo sequitur quod quamuis Deus sit ditissimus, & potentissimus, & omni bono refertur, nec aliqua re indigeat; semper tamen amari vult, nec vnquam amorem explodit. Magna igitur & magna res est amor, qui solus per se est amabilis, per se acceptabilis, & nunquam refutabilis. Igitur sola amoris retributio est conueniens, & acceptabile donum Dei. Praeterea considerandum est quod in nulla alia re potest homo respondere & rependere vicem suo creatori, nisi per amorem quamuis non ad aequalitatem. Nam si Deus irascitur homini, homo non irascitur Deo, sed expauescit potius & tremet. Si Deus redarguit hominem; homo non redarguit Deum. Quod si iudicat hominem; non iudicatur ab homine. Nam vt Iob dicit cap. 9.
Iob. 9. Si repente interroget quis respondebit? aut quis ei dicere potest cur ita facis? Qui etiam si habuero quidpiam iusti, non respondebo, sed meum iudicem deprecabor. Sed cum Deus amat hominem, non vult aliud quam amari, & hoc solum habeat quod respondeat suo creatori. Quare amor inter res pretiosas pretiosissima est. Sed ex aequo non potest correspondere amori sui creatoris, etiam si totus in amorem verteretur. Debet tamen totus quod potest facere, & ex totis viribus Deum suum diligere, vt in hoc praecepto mandatur. Accedit ad hoc quod amor transfert amantem in naturam rei amatae, & in dominium eius; nam res prius amata, dominatur voluntati nostrae: quare nulla res inferior debet à nobis amari. Nec enim dignum est aut iustum quod vlla res inferior habeat dominium super rem superiorem, & quia voluntas est intellectualis & spiritualis: de natura sua est superior omni re corporali; & ideò nulla res corporalis est digna amore nostro. Quare nec corpus nostrum, nec animalia, nec aurum, nec argentum, nec Sol, nec Luna, nec arbores, nec elementa, sunt digna amore nostro liberali, nisi in ordine ad superiora. Adde non esse aequum quod aequale dominetur super aequale; sed cum voluntas nostra sit creata, constat quod omnis voluntas creata in quantum est creata, est ei aequalis. Quare nulla voluntas creata per se primò est digna amore nostro: quia tunc haberet dominium voluntatis nostrae. Cum ergò id solum dignum, & iustum sit quod res superior inferiori dominetur, & solus Deus superior sit, ac maior omni nostra voluntate; hinc fit quod solus Deus primò & per se sit dignus amore nostro. Quare ex ipsa amoris natura concluditur solum dignum esse, quod Deus ametur per se primò a voluntate nostra, & nulla alia res. Postremò voluntas quaerens à se inferiores diligi oleum & operam perdit, eò quòd nihil potest ab illis recipere; quia amorem non habent quem illi rependant, & ideò perdit suum amorem illum in illas alienando à quibus nihil potest ei retribui. Quare paupercula & nuda manet voluntas absque suo amore. Vnde cum solus Deus sit superior nostra voluntate, ipse illam nobilitat suo amore dignissimo; ac proinde solus ipse est dignus nostro amore, & iure illum sibi vendicat totum. Ecce quibus rationibus hoc diliges quem ipse exigit illi debetur.

Diliges Dominum Deum tuum. Apud Esaiam cap. 10. secundum Sep. 70. legitur. Verbum — Esai. 10.
abbreuiatum inundabit iustitiam. Nam in hoc verbo diliges Dominum, &c. tota iustitiae plenitudo habetur. Vnde Paulus. Pleni- — Ad Rom. 13.
tudo legis est dilectio. Sed notandum quod amor Dei est liberalissimus, quia gratis nobis illum dat. Nam qui ex iustitia tribuit, non dat, sed soluit. Qui propter lucrum non tribuit, sed seminat vt colligat. Qui solus ex amore dat, hic solus verè dare dicitur. Sed hunc amorem toto corde debemus dare. Ideò enim dicitur charitas diffusa in cordi- — Ad Rom. 5.
bus nostris; quia omnes cordis recessus occupare debet. Vndè & Psalmista dicebat. Vt — Psal. 39.
facerem voluntatem tuam Deus meus volui; & legem tuam in medio cordis mei (*alcança tambien el amor à lo hondo del alma, que el menor rayo no va fuera*) Non sic, sed centrum animae debet possidere, in medio cordis mei. Inter vbera mea commorabitur dicebat Sponsus *in istis duobus mandatis*, &c. — Cant. 2.
Nullus in Ecclesia sterilis esse debet, sed ad minus duo charitatis gemina proferre oportet, quae sunt amor Dei & proximi.

Iuxta

Cant. 4. Iuxta illud Cant. 4. Dentes tui sicut greges tonsarum, quæ ascendunt de lauacro. Omnes gemellis fœtibus, & sterilis non est inter illas. Quem locum August. lib. 2. de doctrina Christiana cap. 6. de fidelibus exponit, qui deposito peccatorum vellere in Baptismo fructus deferunt charitatis Dei & proximi. Et notandum quod omnes affines & consanguinei sumus. Hoc probat D. Augu. lib. 15. de ciuitate Dei. cap. 16. & 11. Quia D. Aug. Genes. 2. Eua ex costa Adæ formata est, & dicitur, Hoc nunc os de ossibus meis, & caro de carne mea. Vbi commendatur charitas, dùm omnes charitatis vinculo connectimur. Et ad hoc propositum idem Augustinus Epistola. 52. citat illud Terentij dictum quod Terêtius. magno cum applausu à populo acceptum est. Homo sum, humani à me nihil alienum arbitror. Id est nihil humani, nihil quod ad hominem alterum pertinet, puto à me esse alienum, sed reputo tanquam proprium. Simile. Experientia patet quod aliquando fides cithar[illegible] ita extenduntur per musicæ harmoniam, vt vna fides tacta sit, [illegible], vt etiam alia quantumuis non tangatur, habeat motum. Ita similiter si hominum corda harmonia charitatis temperata fuerint, proximum quæ tangit vnum proximum, etiam alium ad misericordiam prouocabit, secundùm illud Pauli Cor. 11. Quis infirmatur, & ego nõ Ad Cor. infirmor? Quis scandalizatur, & ego non Ad Ephes. vror? Et ad Ephes. 1. Iustum est me sentire pro omnibus vobis cordiali amore. Quod plus explicatur ex analogia membrorum in eodem corpore, vt supra [illegible] diximus.

Congregatis autem Pharisæis interrogauit eos Iesus dicens. Quid vobis videtur de Christo, cuius filius est? dicunt ei David. Ait illis. Quomodo ergò David in spiritu vocat eum Dominum dicens. Dixit Dominus Domino meo sede à dextris meis, Donec ponam inimicos tuos scabellum pedum tuorum? Si ergò David vocat eum Dominum; quomodo filius eius est? Et nemo poterat ei respondere verbum, neq; ausus fuit quisquam ex illa die eum amplius interrogare.

Cùm Pharisæi & Scribæ tot quæstiones Domino lethiferas fecissent; voluit ipse illos vicissim interrogare: vt his vltimis verbis quæ ad illos habuit antequàm eum caperent ad crucifigendum, illos de recta fide Messiæ instrueret. Ignorabant enim mysterium hoc quod Messias deberet esse verus filius Dei; vt semel & Iudæos nostri temporis ipsis verbis David confutaret, qui pertinaciter diuinitatem in vero Messia abhorrent, & negant. Itaque cùm adhuc apud ipsum Dominum congregati essent Pharisæi interrogauit eos, cuius putarent Christum esse filium? Eisque respondentibus, Dauidis eum esse filium. Rursum quærit. Quomodò ergò David eum vocat Dñm suum, idque nõ suo spiritu, aut spiritu erroris, sed per Spiritum sanctum, & in libro Psalmorum sanctiorum. Qua quidem quæstione cogitandum illis reliquit Christus; amplius quid futurum quàm quod à Dauide erat accepturus nascendo. Alioquin enim absurdum esset quod eum non tantùm Dominum, sed suum Dominum vocet, cùm non sit cõueniens vt pater suum filium vocet Dñm. Sed in huius historiæ narratione Marcus & Lucas nonnihil videntur discrepare. Nam Matthæus dicit ipsum Dominum interrogasse Pharisæos cuius filius esset Messias, & cùm illi dixissent, Dauid, Replicasse Dominum & dixisse. Quomodo ergò Dauid in Spiritu eum vocat Dominum. Marcus autem & Lucas asserunt hoc tantum quæsisse Dominum. Quomodo dicunt Scribæ Christum esse filium Dauid? Quæ non videtur fuisse quæstio Domini ad hos Phariseos, sed potius ad turbas à Scribis edoctas. Aliqui, inter quos Euthimius, dicunt bis dominum hanc quæstionem proposuisse, semel Pharisæis, deindè turbis. Facilius tamen dici potest, cùm Pharisæi à Domino interrogarentur cuius filius esset Christus, respondisse Pharisæos quod Scribæ dicerent esse filium Dauid, & ideò Dominum dixisse. Quomodo ergò Dauid eum vocat Dominum, &c. Hoc autem tacuisse Matthæum nempè Phariseos respõdisse id Scribas dicere, & alios duos dixisse: Quoniam non tam compertum erat ex Scriptura Christum Dauid futurum esse filium, cùm nullus sit locus qui id claré asserat Scribæ autem foeté se iactabant sua diligentia & ingenio id ex scripturis eliciuisse. Sed tamen taliter existimabant Christum esse filium Dauidis, vt totum à Dauide haberet nec aliam extra illã habuisse naturã. Quem errorem confutare vult, In. eis declarando quod non est filius Dauid eo modò quo ipsi intelligunt, nempè quòd nullam aliam naturam haberet, nisi eam quàm à Dauid acceperat. Nam cùm potuisset dicere, Cùm Christus filius sit Dauidis; Quomodo ergò Dauid vocat eum dominum: maluit tamen dicere. Quomodo ergò Dauid vocat eum

Marc. 12. Luc. 20.

Euthimi.

eum Dominum. &c. Vt intelligerent alterum esse filium Davidis, quam ipsi crederent. Vnde expendendum istis relinquit quomodo verissimo Davidis constet cum illorum assertione, & sublimiorem dicat de Messia, concipere opinionem. Ex hoc autem testimonio facile colligitur quod David fuerit huius Psalmi auctor, ac proinde aliorum, maximè eorum qui ipsius Davidis titulum prae se ferunt, vt docet D. August. lib. 17. de ciuit. cap. (D. Aug.) 14. id quod ipsi Pharisaei & scribae dum silent fateri videntur. Nam aliàs respondere potuissent non loqui ibi Davidem de Christo, sed de alio aliquo. Insuper Paulus Apostolus ad Hebraeos cap. 1. comparationem faciens (Ad Heb. 1.) Christi ad Angelos secundùm superexcellentia; praesentem locum adducit, vt de Christo dictum. Ad quem (inquit) Angelorū dictum est aliquando, sede à dextris meis quousque ponam inimicos tuos scabellum pedum tuorum? Quasi dicat ad Christum legimus hoc dictum apud Psalmistam, ad Angelos, aut Angelorum aliquem non legimus. Quapropter vani sunt modò perfidi Iudaei, qui de alio quàm de Christo hunc Psalmum interpretari contendunt, maximè cùm ille (Psal. 117.) versiculus, Tu es Sacerdos in aeternum secundùm ordinem Melchisedech, nec de Davide, nec de Ezechia, nec de Abraham, nec de aliquo alio quem isti volunt potest intelligi. Imò & nomen Tetragrammaton ponitur apud Hebraeos in dictione Dominus. Quarè plerique ex Rabinis Iudaeorum hūc Psalmum de Messia intellexerunt. Colligitur etiam ex Pharisaeorum silentio, Qui respondere non potuerunt, illos ignorasse Messiae divinitatem: alioquin verò facilè respondissent, secundùm humanam naturam esse filium Davidis; sed secundùm divinam esse Dominum eius. Crediderunt enim solummodo dici filium Dei Messiam secundùm quandam singularem rationem prae caeteris iustis, Quia dicitur Psalmo 2. Dominus dixit ad me filius meus es tu. Et Psalmo. 18. (Psal. 2. Psal. 11.) Ipse inuocabit me pater meus es tu. In quo sensu interrogauit illum Caiphas, an ipse esset Christus filius Dei benedicti; Non tamen intellexerunt, quòd secundùm naturam esset filius Dei. Sed aduertendum ex his verbis Psalmistae reliquisse Dominum intelligendam esse Christi diuinitatem, non ex eo quòd David vocat Messiam Dominum. Cùm dictio Adon quae hic in datiuo apud Hebraeos vocatur Messias communis sit etiam nominibus principum ordinariis,

vnde eadem dictione David vocat Saulem Dominum. 1. Reg. 26. Sed ex eo quòd David Messiam vocat Dominum suum, (1. Reg. 26.) vtique non sic eum vocaturus si tantùm esset ipsius filius, & quamuis esset, si ex eo natus esset. Caeterùm sunt etiam in veteri Testamento quaedam loca, in quibus Messias vocatur Deus, ad confundendos hos perfidos Iudaeos. Nam Psalm. 44. Apertè dicitur Deus (Psal. 44.) ibi: Sedes tua Deus in seculum seculi. Vbi de Regno Messiae fieri mentionem praecedentia & subsequentia testantur. Rursum Esai. 7. Paruulus natus est nobis, & filius da- (Esai. 7.) tus est nobis, & vocabitur nomen eius admirabilis, consiliarius, Deus fortis, pater futuri seculi, Princeps pacis. Item vocatur Dominus nomine Tetragrammaton apud Hieremiam cap. 23. cum dicit inter alia: Et hoc (Hier. 23.) est nomen quod vocabunt eum Dominus Iustus noster. Hic enim pro dictione (Dominus) Hebraei habent nomen Tetragrammaton; quòd sic est proprium Dei, vt nulli alii nunquam scriptura accommodauerit. Quòd autem additur. Sede à dextris meis. Intellige per metaphoram dictum, cùm in Deo, nec sit dextra, nec sinistra, sed secundùm diuinitatem esse in aequalitate Patris. Si enim diceret sede ad caput vel pedes; superioritas quaedam, vel inferioritas designaretur; quae nullo modo Filio respectu patris competit. Si autem secundùm humanam naturam id intelligas, secundùm quod Psalmista loquitur, significat super excellentiam quàm Deus Pater dedit Christo homini super omnem principatum & potestatem, & super omne nomen quod nominatur, non solùm in hoc seculo, sed in futuro etiam, & quia omnia subiecit sub pedibus eius sicut Paulus explicat ad Ephes. 1. Et tunc haec dictio patris, in- (Ephes. 1.) telligitur factio, quia dicere Dei facere est, Nisi per hoc intelligas dispositionem, qua Deus Pater ab aeterno sic facere disposuit: vt Filium suū hominem Christum ad dexterā suam sic collocaret, Et tunc per dexteram meliora & ditiora bona Dei intelligenda sunt, quibus super omnes alios beatos anima Christi fruitur. Quarè haec sessio promissio facta est Christo, nec solùm ratione diuinitatis, nec solùm ratione humanitatis: sed ratione humanitatis coniunctae diuinitati. Quatenus enim homo Deus constitutus est supra omnem principatum accepitque nomen supra omne nomen; vt in nomine Iesu omne genu flectatur, coelestium, terrestrium, & infernorum. Cùm autem dicitur: Donec

ponam,

ponam, dictio donec, accipienda est quemadmodum sæpè in Scripturis, non vt excludat sessionem ad dexteram, postquam aduenerit præscriptum illud tempus; sed vt tantum indicet euentum huius rei certo tempore futurum, quod satis declarat Paulus
Hebr. 10. cum Hebræos. 10. dicit. Sedet ad dexteram Dei de cætero expectans, donec ponantur inimici eius scabellum pedum eius: id autem fiet in nouissimo die, quando omnes hostes Christi, qui sine verbo, sine facto dicunt illud. Nolumus hunc regnare super nos, perfectè illi subijcientur digna de illis sumpta
Luc. 19. vindicta. Hoc enim tropicè significatur per hoc quod promittitur hostes eius ponendi scabellum pedum eius. Gagneyus ad Hebræos 1. ait aliquandò poni pro hoc aduerbio (vt)
Psal. 122. vt est illud Psalmi 122. Oculi nostri ad Dominum Deum nostrum, donec misereatur nostri, id est, vt misereatur nostri. Sic modò, Sede à dextris meis, donec ponam, id est, vt ponam inimicos tuos sub te, Hoc est, hac potestate & sessione quam tibi confero fiet, vt inimici tui tibi subdantur. *Nec ausus fuit quisquam ex illa die illum amplius interrogare.* Quia hactenus Interrogabant non animo discendi sed tentandi, & videntes se semper victos euadere; non ausi sunt eum amplius tentare. Nam si ob discendū interrogassent, non ob id ab interrogando cessassent; sed magis ad id prouocarentur. Secundò id intellige de hostibus Christi, Scribis, Pharisæis, & Saducæis. Et tertiò debet intelligi de quæstione inter docendum Christo proposita. Nam infra postea referuntur Discipuli ipsum interrogasse, & in Domo Caiphæ postquam in manus inimicorum datus est Christus multa illum interrogauerunt. Et ex eò quòd dicitur ex illa die satis constat quòd etiam post illam diem Christus docuit in templo, nam si nunquam coram illis posteà docuit quomodo possent interrogare illum? Non ergò quia non audiebant, sed quia non valebant, non interrogabant, si autem docebat publicè in templo: ideò nō interrogauerunt, quia non ausi fuerant.

Cap. XXIII.

TVNC Iesus locutus est ad turbas, & ad Discipulos suos dicens. Super cathedram Moysi sederunt Scribæ & Pharisæi. Omnia ergò quæcunque dixerint vobis seruate & facite; secundùm opera verò illorum nolite facere. Dicunt enim & non faciunt. alligant autem onera grauia, & imponunt in humeros hominum: digito autem suo nolunt ea mouere. Omnia verò opera sua faciunt, vt videantur ab hominibus. Dilatant enim phylacteria sua, & magnificant fimbrias. Amant autē primos recubitus in cœnis, & primas cathedras in synagogis, & salutationes in foro, & vocari ab hominibus Rabbi. Vos autem nolite vocari Rabbi. Vnus est enim magister vester, omnes autē vos fratres estis. Et patrem nolite vocare vobis super terram, vnus est enim pater vester qui in cœlis est. Nec vocemini Magistri, quia Magister vester vnus est Christus. Qui maior est vestrum erit minister vester. Qui autē se exaltauerit humiliabitur; & qui se humiliauerit exaltabitur.

Pharisæos quidem, ac Scribas tanquam incorrigibiles eos Dominus iam relinquebat, sed oportebat reliquum populum admonere: ne eorum prauis moribus corrumperetur. Quapropter Discipulos coram turbis admonet, ne eorum imitentur peccata. Sed ne videretur per hoc præiuditium doctrinæ eorum parare, & possint ipsum accusare, quod doctrinam Moysi quàm ipsi docebāt despiceret, ait doctrinam eorum cum super cathedram Moysi sedent, hoc est cū Moysi legem rectè interpretantur amplectendam esse; corruptam verò eorum vitam fugiendam. Vndè hic per cathedram non intelligit suggestum ex ligno factum ad hoc destinatum, nam vt ex Lucæ. 4. cap. constat Christus Dominus stans in suo loco cœpit docere populum, & Esdræ. 8. ipsi populo legem prælegit stans super gradum ligneum, Luc. 4. Esdr. 8.
quem ipse sibi fecerat ad loquendū. Et Paulus Act. 13. Iesus in Synagoga dicere die Sabbati surrexit, & stans loquutus est ad plebem: sed per cathedram Moysi intelligo ego potestatem docēdi legem Moysi verè, sicut in illa veritas continebatur, quàm isti Pharisæi & legisperiti habebant. Sicut cum alicui datur gradus Baccalaureatus confertur ei potestas ascendendi cathedram, hoc est docendi. Vel dic quod quemadmodum Psalmo. 1. Metaphoricè dicitur cathedra pestilentiæ pro officio docendi pessima: ità hic Metaphoricè dicitur Cathedra Moysi, authoritas docendi & iubendi quæ ad cultum Dei pertinent? Quā authoritatem in populo Iudaico primus obtinuit Moyses, & ideò ab eo nomen accepit, vt dicatur cathedra Moysi, sicut Romanæ Ecclesiæ authoritas dicitur cathedra Petri. Sed quoniam Euangelium
Actor. 13. Psalm. 1.

hoc

hoc feria tertia post secundam dominicam in Quadragesima exinior, nonnulla super illud dicenda sunt, quæ populo prædicari possunt. Et primò notandum quòd cathedra Moysi, vt statim diximus, ea est doctrina quam idē Moyses docuit. & eam etiā Pharisæi docebant, licet mores dissimiles essent, sed vt dicit Gregorius quòd verbis prædicabant impugnabant moribus, & eis illud competebat, quod Paulus de quibusdam dicit. Confitentur quidem se nosse Deum, factis autem negant. *D. Grego.* *Ad Titū. 1.* Vult in hoc magister noster Christus docere, quòd dum Euangelicus prædicator, & Christianus Doctor verā & puram Euangelij doctrinam docuerit; ea toto corde accipienda est, quantumcunque ipse Doctor, aut prædicator contraria ad ea quæ docet fecerit; & ipse Doctor ratione officij semper est æstimandus. Quid enim refert quòd aqua quę per aquæductum in domum tuam intrat in tuum commodum, per vasa aurea, vel lutea veniat? Sit munda & pura aqua quę domum tuam intrat, nihil enim refert si aurea vel lutea fuerint vasa quibus trahitur: sic si tibi puram, ac veram doctrinam prędicator docet, quid tua interest quod ipse peccator sit Terrenus in delicijs, aut cœlestis dūmodo ex vase, nihil vitij, aut aquæ mali advenit. *Simile.* Solent enim vinū & aqua, & alij liquores ex vase ipso inficii. Si ex mea malitia nihil mali adhæret meæ doctrinæ sed illam puram doceo, & si moribus sim dissimilis nihil in hoc tibi noceo, me ipsum mea malitia perdet, te autē mea doctrina saluum faciet. Si autem malitia (quod Deus auertat) doctrinam inficit, hoc valdè timendum est. Quid tua interest quod Medicus qui cibos tibi indicit, & diętā præcipit, ipse sit helluo, vel gulosus? Ipse suæ gulę dabit pœnas, te autem sua diæta saluum faciet. Sic in proposito bona contrahe Prędicatoris accipe, ipse autem in suis moribus sibi viderit meis etiā cō fide... non mutes. Cùm bonū spinę vuę *Simile.* inter spinas videris, ait Diuus Augustin tracta. *D. Aug.* 47 super Ioann. Calas sopra vt credo ... Si videris inquam vuę racemum inter spinas latentem; quid facere debes? bonum carpe (ait Augustinus) & spinam caue. Sic in proposito quod bonū est de Doctore carpe. spinas verò ac tribulos suę malitię caue. Tibi bonam carpe doctrinam illi suos malos mores relinque, nam in hac vita veritas quæ est amica Dei, inter spinas cōmoratur, iuxta illud Cantic. 2. Sicut lilium inter spinas sic amica mea inter filias. Ergò *Cant. 2.* tu omissis spinis flores candidos collige, similis api quæ flores in spinetō eligit ex quibus dulcissima mella conficit. & spinas eius reliquit. *Simile.* Itaque circunda Prædicatorem sicut apes, quemadmodum Dauid dicebat. Circundederūt me sicut apes. Sic enī & apes spinetum circundant, vt ab eo flores legant spretis spinis. *Omnia ergò quæ dixerint vobis facite*, Intellige omnia quæ dixerint vobis ex cathedra Moysi, vel ex Euangelio. *Secundum verò opera eorum nolite facere.* Hoc est spinam caue. *Dicunt enim & non faciunt*, quod maximè vituperabile est. Monstrum enim quoddam fingit esset tale diuus Bernardus, vt supra retulimus, illum qui habet linguam magniloquam & manus remissas; sicut monstrum esset homo, qui haberet linguam sicut vlnam, & manum sicut granum tritici: sic sunt, qui magna loquuntur, & parua agunt. *D. Bernar.* Quod & Sapiens alijs verbis dicit cum ait. Abscondit piger manum suam sub ascella; & laborat si ad os suum extenderit eam. *No llega la mano a la boca, no digan las obras con las palabras* Quarè mendaces vocat huiusmodi Dominus cū dicit. Esai. 65. Numquid non vos filij scelesti semen mēdax? Nā cùm opera vestra contraria sint verbis vestris, operibus quantùm in vobis est mendacia verba vestra facitis. *Esai. 65.* Sed hoc damnum vestrum est, tamen autem commodum erit, si ex meis verbis meliorē fructum quàm ego carpis. Cęterum quantum ego existimare valeo, credo etiam in his verbis id voluisse Dominum. Nempè membra capiti integrare, ramos radici, & filios parentibus copulare. Ecclesiastici ac Dei famili capita dicūtur, pręcipuè Prælati, populus autem fidelium membra ipsi radices, nos rami, ipsi patres, nos filij. Oportet ergò vt membra capiti sint vnita, quatenus ab eo vitam, sensus, ac necessarios influentias recipiant. Ramos radici necesse est quòd inhęreant, vt ab illa sustententur; filios subordinari condecet parentibus, vt ab illis alantur, & gubernentur. Dicas ergò mihi frater, si quando rheumata à capite defluūt in stomachum vel fauces, & te dolore afficiunt, numquid ob hoc secas à capite membra? Minimè certè, Resistis si potes ne fluant, medicinalia remedia illis adhibens; non tamen ideò ab illo te abstrahis; quia sine illo corpus viuere nequit, & ab illo alia bona membra communicant (sic in proposito, si quandò aliquis malus humor à calore concupiscentiæ sit effusus) omnes enim homines sumus eisdem *Simile.*

obligati

obligati misetijs) si in quacũ à talibus capitibus aliquid inordinatum descẽderit ad tuãque notitiam peccatum aliquod illorũ peruenerit, à tali damno te protege, ne te suo malo exemplo inficere valeat, nec ad te malus humor ille effluat. Ceterum non ob hoc caput deseras, à quo multa alia & ea necessaria bona communicas, sine quibus viuere non

Simile. valebis. Quinimò volo vt scias mi frater Ecclesiasticos, ac religiosos esse sensus, quibus vniuersale caput quod est Christus se manifestat, organa quibus virtus operatiua eius se pandit; sicut anima indiget his sensibus, ac organis corporis, quibus suas operationes manifestet. Nã per oculos virtutem videndi nobis ostendit, per aures vim audiendi, per nares odorandi potentiam declarat. Sic Christus quoniam capitis & animæ huius corporis mystici vices gerit; ministros habet qui sensuum, ac organorũ exsequũtur officia, quibus suas excellentias, ac virtutes pandit. Nam per hos suam sapientiã, per illos suam doctrinam, per alios suam fidem, aut miraculorum diuinorum virtutẽ, aut prophetiæ donũ declarat. Sunt enim huius animæ organa, huius capitis sensus, quibus seipsum modo manifestat. Et

Ephes. 1. sic intelligendus est locus ille Pau. Ephe. 1. vbi sic dicit, *Et ipsum dedit caput super omnem Ecclesiã, quæ est corpus ipsius & plenitudo eius, qui omnia in omnibus adimplet.* Hoc est dicere, Deus Pater Filiũ suũ Iesum caput super omnem Ecclesiã suã cõstituit. Ecclesia autẽ est corpus eius, in quo sunt & organa, & sensus huius capitis, & hæc Ecclesia est plenitudo eius, eo modo loquẽdi quẽ nunc diximus. Nã sicut potẽtiæ & organa sunt adimpletio animæ (nã per ea manifestantur eius virtutes, ac operationes, & tunc videtur adimpleri anima, quãdo omnibus organis ac potentijs suas tribuit operationes quibus ipsa se manifestat, nempè cũ oculo virtutem videndi tribuit, & auribus vim audiendi cõcedit, & sic de alijs) Sic Christus Dñs qui est caput nostrũ suas excellentes virtutes per ministros suos manifestat, & tũc adimpleri videt, cũ has virtutes, ac donas suis ministeris cõmunicat. Nã per illos seipsum pandit, & tanquã per organa quædã spiritualia hæc altiora dona declarat. Qui omnia in omnibus adimpletur, hoc est: Ille qui omnia est in omnibus suis ministris se declarãdo adimpletur, in vno vnum, & in altero aliud manifestum donũ, secundũ ministeria ad quæ illos elegerat. Igitur tanquã organis ac sensib⁹ huius capitis vtitur Deus, vt illis appropinquemus, & faciamus quæ docent, illis debitum tribuentes honorem. Quod si ipsi propter se nil honoris mereantur, tamen ratione muneris, quod administrant & officij, quod gerunt, illos honorare debemus dicentes illis: Non tibi, sed religioni: hoc est, non propter tua merita quæ nulla sunt, sed ratione muneris, quod exerces, & quam representas personam tibi hunc honorẽ impendo. *Alligant enim onera grauia, & importabilia, & imponunt super humeros hominum, digito autem suo nolunt ea mouere.* Hoc prælatos & Reges & Iudices tangit. Qui multiplicibus legibus mandatis atq; tributis, sic subditos onerant, vt illos succumbere oneri cõpellant. Debe-

Simile. rent illi facere quod bauli, qui prius experiuntur, an possint onus portare, & si videant quod dispariter humeris suis illud certũ sit humiliare, nũqui illi in se deberent periculũ primo facere, an ea quæ subditis mãdãt, possint ipsi facere, & si viderint id nõ valere, idem de alijs iudicium habeant. Exẽplo Christi Dñi

Isai. 7. de quo Esai. cecinit dicens. Factus est principatus eius super humerum eius. Hoc est, quòd onera principatus & regiminis super humeros suos tulerit, non autem super hu-

Cõpa ratiõ. meros subditorũ. Sicut verus pastor ouẽ super humerum suum portat, nec ipse onera super eam imponit. Nõ hic condemnare volumus leges iustas, quæ à superioribus feruntur ad bonũ reip. regimen pertinentes; multitudine tamen legum, ac præceptorũ onerare cauere deberẽt, ne grauati subditi omnia potius dimitterent, quã seruarent. *Omnia autem opera sua faciunt, vt videantur ab hominib⁹.* Ac si diceret. Pauca aut nulla faciunt eorũ quæ ipsi alios iubẽt facere. Quod si aliqua faciũt minimũ, vt videantur ab hominib⁹; vnde causa in hoc à vobis nõ audi sunt. *Dilatant enim phylacteria sua, & magnificant fimbrias.* Hinc est in exteriori habitu videri volebant religiosi ac sancti. Pro quo sciendum

Deut. 6. q̃ Deut. 6. post præcepta decalogi, & post maximũ præceptũ dilectionis; adhortatus ad perpetuã eorũ præceptorũ recordationẽ eã dã iussit Moyses. Et ligabis ea quasi signũ in manu tua, eruntque & mouebuntur inter oculos tuos. Quod nimiũ literaliter intelligẽtes Iudæi scribebãt in mẽbranas verba illa: Audi Israel Deus tu⁹, Deus vn⁹ est: aut maximũ præceptũ dilectionis: Diliges Dñm, &c. aut ipsũ decalogũ (vt Hierony. vult) mẽbranas has partim brachijs alligabãt, partim ligabãt in frõte, quasi coronã capiti sunt, vt semper ante oculos mouerẽtur. Quã mẽ(sie (ait Hieronymus) quod vsq; ad sua tempora per Indiam, Persiam, Babyloniam seruabāt Iudæi. Membranę autē ille sic depictæ, Græcè philacteria dicebantur: Id est custoditoria, vel cōseruatoria, q adhiberētur ad sui ipsius, vel legis custodiā. Licet & Dñs illis verbis, nil aliud voluerit, quam ꝙ legis Dñi sic recordarētur, sīquā rei quę in manibus, aut ante oculos haberēt, & circūferrent. Pharisæi hic philacteria dilatabāt, non contenti scilicet talia circūferre qualia plerique. Eadem de causa, & fimbrias magnificabant. Pręceperat enim Moyses, vt Iudæi in quatuor angulis palliorum facerent fimbrias Iacinthinas ad discretionem populi Israelitici, vt quomodo in corporibus circuncisio dabat signum Iudaicæ Gentis, ita & vestis daret aliquā differentiam, ac vestis huius discretione admonerentur, etiam discretā à Gentibus debere esse eorum conuersationem, cogitarentq; cuius Dei qualem suscepissent culturam obseruandam. Vnde dicitur Num. 15. Quas fimbrias cùm viderint recordabuntur omniū mandatorum Dei. Color enim hiacinthynus similis est colori cœli, vnde significabat cœlestem eos debere habere conuersationē, ipsosq; se astrinxisse pręceptis Dei cœli seruandis. Has ergò fimbrias Scribæ, & Pharisæi, vt alijs viderentur sanctiores, faciebāt grandiores, vt Hiero. narrat, acutissimas in eis spinas ligabant: vt videlicet interdum, & ambulantes, & sedentes pungerentur, & quasi hac admonitione traherētur ad officia Domini. Tertio Dominus ostendit istorum apertam vanegloriæ in externa cum hominibus conuersationem cum subijcit: *Amant autem primos accubitus in cœnis, & primas cathedras in synagogis, & salutationes in foro, & vocari ab hominibus Rabbi.* Hoc est magister nr̃. Non inmerito D. Hieron. deplorat nos etiam tanquā [D. Hier.] miseros, quod ad nos etiam Pharisæorum vitia transierint. Nimirum quod & apud Christianos pleriq; sanctitatis opinione venētur externo habitu, quodq; rebus quibusdā fidāt, quę per se sanctiorē nō faciūt hominem; superstitiosā quędā potius quā religiosā nimiū sollicitæ procurātes. Deus nos à talibus hominibus seruet, qui nil aliud curāt nisi quod hominibus appareat, & illa dūtaxat vitia declināt quę homines magis aduertere solēt, cùm interim peiora cōmittant. Ego nūquam pronunciarim sanctos, qui strepitum magnum suæ sanctitatis circumferunt procurantes, quod ad mundi notitiam perueniant eorum ieiunia, & orationes, raptus, vt sic populus rudis, ac insipiens eos canonizet, qui nimis leuiter id facit, sanctos multos proclamantes qui peiores his Pharisæis sunt. Nec summariā quidem prius informationem expectantes. Hi ergo fictitiæ sanctitatis simulatores id appetunt, quod ille poeta populo, vt placerent quas facerent fabulæ, & fictiones. Videas homines sic attentos, sic pauidos corā hominibus, vt omnia attētare circumspicere velint, nequid faciāt quod oculis hominum displiceat. Quid times hominum iudicia, ò vir fidelis? Nisi te fortàn conscientia tua accuset, nec quiescere sinit? Nā Sapiēs dicit; qui ambulat simpliciter ambulat cōfidenter. Tu autem qui duplex es ani- [Prou. 10.] mo, times ne mundus tuas fictiones intelligat? Perfectus autē vir corā Deo ambulat, illi soli placere satagens; mundi iudicia parui pendens. Sicut Paulus dicebat: Mihi pro [1. Cor. 4.] minimo est, vt à vobis iudicer aut ab humano die: qui autem iudicat me Dñs est. Hi sunt qui onera grauia, & importabilia, hoc est difficilia, imponunt super humeros hominum: cùm digito suo nolint ea mouere. Nōne in nocte cœnæ Dñi, cum Christi fi- [Simile.] deles in memoriam flagellorum Christi se ipsos flagellant, nōne inquā, vidisti illos qui veste illa funebri induti, flagellāt super humeros portantes alijs qui se flagellant lucem ferunt, cùm ipsi talia non patiantur? Sic sunt isti qui alios illuminant, vt pœnitentiæ opera exequantur, cùm tamen ipsi nihil tale faciant. *Amant autem primos discubitus in mensa, & salutationes in foro, & vocari ab hominibus Rabbi.* Politica quidem ratio id exigit, quod non omnes æquales simus, sed nobiles ab ignobilibus discernātur, clerici, ac religiosi à cætera multitudine discrepēt, tā in habitu, quā in cæteris honoris insignijs. Quare hoc nec contra legē Dei est, nec hic à Christo Dño interdicitur, nā ipse Deus huius diuersitatis author est, vt ex ea pulchritudo vniuersi cōstaret. Nam si Ecclesiastici cū cæteris cōmunes essent, idemq; honor Regi, & plebeis deferretur, multū id rectæ rationi dissonare videretur. Quod ergo hic Dñs reprobat, nō hoc est, sed appetitū honorū tēporaliumq; maximū vanę gloriæ signum prę se ferre. Hæc enim homines impotentes appetere solēt, imò & omnia tentant, vt id assequantur, & credo id hac misera ętate plꝰ vigere. Sūt enim homi

nes hodiè horum honorum, ac vanitatum
cupidissimi, quod ego quantum coniicere
possum ex animorum pusillanimitate pro
cedere credo. Olim quippè patres nostri
qui nobilitatem coluerunt, in rebus grauissimis suum honorem collocabant: nempe illi plus honoris deferentes, qui præ-
clariora facta fecisset, nimirum qui plures
Mauros, aut Saracenos occidisset, sic enim
& ipsi dicebant, *Mientras mas Moros, mas ga-
nancia*, quoniam magnum lucrum reputa-
bant præclara facinora gerere; & ideò
alia omnia parvipendebant, nec attendebant, quo illum honoris titulo, an illustrem, magnificum, dominationis voce aut celsitudinis illum nuncupares: quare & ipsos Reges, nunc magnificos, nunc
nobiles, nunc altitudinem, nunc mercedem, nunc vilius appellabant; quia
maioribus intenti de his minimis nihil
curabant. Nunc quia otium animos demissos, ac paruos fecit, & maiora oblití
estis, in istis paruis rebus vestrum collo-
catis honorem. Si te dominationis titulo aut celsitudinis debent vocare. Si epi
stola tibi missa non respondet tuæ vanitati, illam respuis, nec accipere dignaris: in rebus parui momenti honorari
volens, qui in magnis iam defecisti. *Vos
autem nolite vocari Rabbi: vnus est enim
magister vester.* Nec hic prohibet Dominus ne in mundo sint magistri aut Doctores, cùm discipuli sui magistri totius
orbis futuri essent: & peculiare præmium, quod aureola dicitur, pro magistris spiritualibus est reseruatum in cælis. Sed quod hic nos docere vult Dominus, id est, supposito quòd ipse magister omnium magistrorum est, nemo ausus sit sibi hunc vsurpare titulum propter se, nisi quatenus minister summi magistri Christi Domini. Ità quod honor,
& gloria sui magisterij, aut Doctoratus,
sit illius superni magistri, à quo omnia
didicimus, & accepimus omnes qui hoc
officio in Ecclesia fungimur. Quod enim
ego scio ab ipso est, suamque ego doctrinam
nō meam doceo. Mea quidem doctrina falsa aut erronea fuisset, aut saltem nihil
certi docerem, sed opinabilia tantum
vobis proponerem. Illius autem magistri scientia certissima, verissima, ac infallibilis est: quippè à prima, & infallibili
veritate prodiens. *Omnes autem vos fratres estis.* Quare non debetis patrem vobis vocare super terram: vnus est enim
pater vester qui in cœlis est. Fratres quidem sumus omnes quantum ad animam:
hanc enim omnes nos ab vno patre qui
Deus est habemus, nec enim pater carnalis illam generat, sed eam Deus de nouo
creat; & ideò immortalis est. Fratres
etiam sumus quantum ad gratiam: hanc
enim similiter ab vno patre qui Deus
est habemus, nec pater noster carnalis
illam nobis conferre poterit, sed in illa
spirituali regeneratione quæ fit in baptismo illam accipimus. Itaque in his rebus
quæ ad salutem nostrarum animarum attinent, nullum alium patrem habemus
nisi Deum, nam in his ille solus officiū
patris exercet: quare bene dicit. *Et patrem nolite vocare vobis super terram: vnus
est enim pater vester qui in cœlis est.* Ad negotia Regni cœlestis peragenda, nullum
alium parentem habetis nisi me. Quarè in
Oratione Dominica sic dicimus. Pater noster qui es in cœlis, quasi diceret ad hæc
negotia cœlestia te præcipuè patrem volumus, & inuocamus: tanquam qui in
hoc mundo nullum alium in terris agnoscamus. Vndè Esai. 36. dicitur. Tu enim Esai.36.
pater noster, & Abraham nesciuit nos,
& Israël ignorauit nos, tu Domine pater
noster Redemptor noster, à seculo nomen tuum. Hoc est, quantum ad hæc dona cœlestia elargienda, nec Abraham,
nec Israël patres agnouimus, sed te solum
qui solus elargiri talia munera vales. Igitur omnes fideles fratres sumus vnius
patris, ac matris filij: Dei scilicet, & huma
nitatis Christi, quæ tanto dolore in cruce
nos peperit. Vndè Esai. dicit: Attendite ad Esai 51.
Abraham patrem vestrum, & ad Saram
quæ peperit vos: Attendite ad petram vn
de excisi estis, petra autem erat Christus
(ait Paulus) qui magnis suæ humanitatis 1. Cor. 10.
doloribus, nos in filios Dei genuit. Quarè fratres simul cum illo sumus: licet ipse primogenitus sit in multis fratribus, vt
Paulus docet, nos autem adoptati in illo, Rom. 8.
& cohæredes eius, qui morte sua ius ad
æternam hæreditatem obtinuit, hæredes
quidem Dei cohæredes autem Christi,
ait Paulus. Et quemadmodum alij fratres Rom. 8.
sub vmbra primogeniti proteguntur, ac
viuunt: sic & nos sub vmbra Christi prote
gimur, & viuimus, qui tanquam primogenitus
meliora sibi accepit, ac obtinuit. Vndè & Tren. 4.
Propheta Hier. dicebat: Spiritus oris nostri
Christus

Christus Dominus, sub vmbra illius viuemus inter Gentes. Itaque fratres omnes sumus. Secundum carnem quidem omnes homines ab vno parente originem trahimus, nempè ab Adam; sed secundum spiritum altiorem originem ducimus, nempè à Christo ex regali sanguine, ac diuina progenie, genus enim sumus Dei, ait Paulus, & sic tanquam fratres inuicem nos gerere debemus omnes Christiani. Quare post resurrectionem suam nos vocat fratres Dominus, *Matth. 28* cùm ad Magdalenam dicit: Dic fratribus meis. Ascendo ad Patrem meum, & patrem vestrum, Deum meum, & Deum *Hebr. 2.* vestrũ. Et ad Heb. ait Paulus. Propter quod non confunditur eos appellare fratres. Et quantum ad hanc fraternitatem omnes fideles æquales sumus, eandemque propaginem habemus, eandem nobilitatem sortimur sigillis pendentibus, hoc est, Christi plagis confirmatam. Quare etsi sis ditior, ac potentior alio: meminisse tamen oportet quod frater tuus, ac proximus ille est, per Christum adoptatus, qui idem ius habet ad Regna cælorum quod tu, in quo veræ ac perpetuæ diuitiæ sitæ sunt. Si Moyses dicere potuit *Exod. 2.* Ægyptio illi, qui rixabatur cum proximo suo. Quare percutis fratrem tuum. Quanto non poterimus fideles Christi alterutrum dicere, videntes aliquos fidelium inter se rixantes. Cur contra fratrem tuum insurgis? Filij tantorum patrum qui vos inuicem deberetis diligere, cur sicut hostes in alterutrum sæuitis? Cur Christiani tanquam pagani vos habetis? Hanc fraternitatem Christus in mundo statuit, imò ad eam faciendam venit in mundum: quam maxime Petrus Apostolus nobis commendat dicens, Fraterni- *1. Pet. 2.* tatem diligite. Hoc est, hanc fraternitatem conseruate. Et nobis mutuò dicere deberemus, quod Abraham dixit ad Loth. Ne sit iurgium inter me, & te, & inter pastores meos, & pastores tuos: fratres enim sumus. Idem & fratres Io- *Gen. 13.* seph, ad inuicem dicebant. Ne occidamus eum: caro enim & frater noster est. Si caro tua est, cur carnem tuam consumis, ac percutis? Cur laceras carnem tuam dentibus tuis, vt dicebat Iob? Et sic volo ego intelligere illud quod supra Christus promisit, nempè centum patres pro vno patre dare, & centum fratres pro vno; quoniam omnes suos fideles fratres, & patres alterutrum fecit, vt talia officia inuicem exerceremus. Sed aduersarius omnia in aduersa commutauit: nam olim dicebatur Deus est homo homini, modo autem dicimus lupus est homo homini.

Tunc Iesus locutus est ad turbas, & ad discipulos suos dicens. Super cathedram Moysi. *Alia moralitas seu concio.* In calce præcedentis capitis interrogati Pharisæi, quid de Christo sentirent, cuius esset filius, responderunt, Dauidis debere filiũ esse: & Dñi Iesus, ex Psal. 109. Quod & Dñs Dauidis sit probauit. Quod si rectè attẽdimus scripturas, in eis Christus nomini Dauidis appellatur, vt supra retulimus. Nã apud Hieremiam cap. 30. legimus. Non *Hier. 30.* dominabuntur eis amplius alieni, sed seruient Deo suo, & Dauid regi suo. Nimirum id de Christo intelligens. Et apud Ezechielem capit. 37. habetur. Ero eis *Ezech. 37.* Deus, & seruus meus Dauid Rex super eos. Similiter Oseæ quinto, dici- *Osea. 5.* tur: Quærent Deum suum, & Dauid Regem suum. Sed ob quam causam dices Christus appellatur Dauid? Quoniam Dauid figura eius fuit, & fortè nullum alium inuenires, qui in tam multis typum Christi gesserit, quod vel vno exemplo monstrabimus eo quæ ad propositum conuenientissimo. Dauid etsi minimus inter fratres suos; tamen in Regem Israël, est vnctus: postquam vnctionem id de eo primum refertur, quod citharedus esset, & talis vt diceretur egregius psaltes Israël. Psaltes inquam, qui solam Dei laudem, & misericordiam compositis Psalmis, & hymnis cantare solitus erat ad citharam; quod tali fide ac deuotione agebat, vt diabolus ea ferre non posset. Quapropter cùm Rex Saul à spiritu nequam exagitaretur accersitus est, vt psalleret coram eo; quo psalente leuius habebat Saul. Verùm cùm idem Saul videret Dominum esse cum Dauide, & Regnum illi obuenturum ipso excluso, inuidia concitatus aduersus eum lancea illum perforare conatus est, & denique aperto marte illum persequi contendebat. Idem ferè Christo Domino contigit, qui vnctus in Regem, & saluatorem primo cithara sua, hoc est, prædicatione Euangelij, tam dulcem sonum dedit, vt turbas ad se traheret per deserta loca, & Pe- *Ioan. 6.* trus diceret ei. Verba vitę ętern habes, & mulier

Luc. 11. mulier exclamauerit: Beatus venter qui te portauit: in super & ministri qui ad eum comprehendendū missi fuerāt dixerunt. Ioan. 8. Nunquam sic locutus est homo, dæmones suo sonitu à corporibus expellebat, & quod maius est ab animabus: nam à Magdalena septem expulit dæmonia. Vexabantur quidem, & Pharisæi à dæmonio, audiebant, & ipsi citharizantem Dominum simulabant se lenius ferre: videntes autem ex ipsis miraculis quod Dominus esset cum ipso, ac per hoc timerent ne ipsis abiectis Christus regnaret: iam necdum melius ferebant sed in dies peiores efficiebantur, adeò vt sæpius eum concionantem apprehendere conati sint, de quibus omnibus satis in præcedentibus audiuimus. Nunc igitur Christus videns se nihil proficere cithara sua, hoc est, salutifera doctrina, vt nihil intentatum relinquat qui ad saluandos peccatores venerat; in hoc capite alia via ingreditur. Incipit enim palàm arguere impietatem, detegere technas, quibus populum ludificabant, & præterea sæpe in obstinatos vel horrendum intonare: non quo eos traduceret, sed vt vel confusi resipiscerent, aut saltem ex hoc alij mouerentur ne illorum errore, & ipsi decepti perirent. Quæ vna ratio est quare Euangelium, etiam ab infamia eorum non abstinet. Dixit ergo Dominus Iesus discipulis suis coram turbis. Super cathedram Moysi sederunt Scribæ, & Pharisæi, omnia quæ dixerint vobis facite, secundùm verò opera illorum nolite facere. Hinc primum colliges locum, & dignitatem non sanctum facere hominem, sed mores, & vitam: quare distinct. 40. cap. 1. in decretis dicitur, quod Episcopum oportet esse ornatum, & hospitalem: Per ornamenta autem Episcopalis virtutes debent intelligi, quæ à Domino eis repromittuntur dum dicitur. Sacerdotes eius induantur Psal. 131. salutari. Vnde in veteri testamento varijs vestibus ex præcepto Domini sacerdotes ornati leguntur: quia multis modis virtutum, debet splendere vita Pontificis, vt gradui conferat decorem quem ab eo non accipit: non enim loca sed vita, & mores sanctum faciunt sacerdotem. Vnde ex officio, suscepto non licentiam peccandi, sed necessitatem bene viuendi se nouerint assequutos. Quod D. Hier. etiam patet ex Hieronymo ad Heliodorum qui ait. Non est facile stare in loco Petri, & tenere cathedram regnantium cum Christo; quia hinc dicitur non sanctorum filij sunt qui tenent loca sanctorum: sed qui exercent opera eorum. Et Gregorius ait. Nos qui D. Greg. præsumus, non ex locorum vel generis dignitate; sed morum nobilitate innotescere debemus: nec vrbium claritate sed fidei puritate. Item hinc colligere licet sæpe contingere, vt multi audientes concionatores prauis moribus in bonos, conuertantur, & boni fiant similes filijs Iacob, qui etiam si ex ancilla nati sint, in Dei populum commemorantur, & æqualem cum fratribus hæreditatem accipiant. Mali contra qui sanctos prædicatores audiant, minime tamen conuertantur; sed in dies peiores fiant, similes Esau qui etsi ex libera natus malus tamen fuit.

Quæ dicunt facite. Tria genera prædicatorum sunt, quidam qui dicunt vera, & faciunt ea quæ dicunt, & hi sunt in primo genere quos dicit Apostolus duplici honore dignos habendos esse: & quos Christus supra cap. 5. commendauit cum dixit. Qui autem fecerit, & docuerit, hic magnus vocabitur in Regno cœlorum: Alij sunt qui nec vera, nec bona prædicant, nec ea opere complent, quales sunt hæretici: & hi omninò detestandi sunt, & ab Ecclesia procul exterminandi, quoniam sermo eorum, vt cancer serpit. In tertia classe illi sunt qui 1. Tim. 5. prædicant quidem vera, & salutifera admonent: non tamen ea opere perficiunt. Et hi licet sint vituperandi, quia non faciunt quæ prædicant, iuxta dictū cuiusdam poetæ qui sic habet.

Quæ culpare soles ea tu ne feceris ipse,
Turpe est Doctori, cū culpa redarguit ipsum.

Quod & Paulus Romanor. 2. acriter Rom. 2. reprehendit: Qui prædicas non furandum furaris? Qui abominaris Idolum sacrilegium facis. Diogenes inter cætera Diogenes. præclare dicta, eos qui de virtute loquerentur, nec rectè viuerent: dicebat citharæ similes quę sono prodest alijs, cùm ipsa nec sentiat, nec audiat quicquam. Cui Matth. dicto simile est illud quod Paul. 1. Corin. 1. Cor. 13. 13. dixit, eum qui linguis hominum loquitur loquatur & Angelorum, ſed charitate eſt destitutus: ſimilem eſſe cimbalo tinnienti, licet inquam hi vituperandi ſint, tamen doctrina eorum, vtpotè bona, amplectenda eſt, nam vt ait *D. Chryſ. ſimile.* Chryſoſtomus. Qui aurum quærunt, de telluris, aut arenæ vilitate nihil diſputant: ſed aurum in ſtercore inuentum auidè amplectuntur: Sic tu reiectis prauis moribus qui nihil ad te attinent; bonam eorum doctrinam amplectere. Sicut & *Virgilius.* Virgilius cum Ennium Poetam legebat, qui inter peſſima carmina aliqua egregia dicebat, aiebat ſe margaritam in ſterquilinio quærere. Et ſi ego ſim malor propter meam fragilitatem; potero tamen rectè ſentire, & dicere de bono. Sic *D. Hier.* Hieronymus Scribens ad Pamachium de laude Virginitatis ait: Virginitatem in cælum fero; non quia habeam, ſed quia magis miror quod non habeo. In genua, & vereſunda confeſſio eſt, quo ipſe careo id in alijs prædicare. Nunquid quia graui corpore terræ hæreo, auium non miror volatus? Nec columbam prædico, quia radit iter liquidum celeres, nec commouet alas? Dicit ergo Dominus. Super cathedram Moyſi, &c. Quæ dicunt facite, &c. *D. Aug.* Auguſtinus lib. 4. de Doctrina Chriſtiana cap. 27. Illa cathedra (inquit) non ſua ſed Moyſi, cogebat eos bona dicere, etiam non bona facientes: Agebant ſua in vita ſua, ſed docere ſua, cathedra non permittebat aliena: Proſunt multis dicendo quæ non faciunt: prodeſſent pluribus ſi quæ dicunt facerent. Alioqui auditores non obedienter audiunt, cum qui ſe ipſe non audit. Vndè Apoſtolus *1. Tim. 5.* Timotheum inſtruens, ait. Nemo adoleſcentiam tuam contemnat. Et vt oſtenderet quomodo non contemneretur ſubdit, & ait. Forma eſto fidelibus in ſermone, conuerſatione, &c. Et libr. 2. contra literas Petiliani cap. 6. Malus homo (ait) de malo theſauro ſuo profert mala quæ ſua ſunt, at cum ſacramentum miniſtrat, non profert quod ſuum eſt, ſicut cum malus Verbum Dei prædicat audiendus eſt: quia non quod ſuum eſt prædicat. Et *D. Hier.* Hieronymus in Epiſtola ad Iulianum ait. Si dixeris me non facere quod moneo, reſpondeo quod athletæ ſuis incitatoribus fortiores ſunt; & tamen monet debilior, vt pugnet ille qui fortior eſt. *Alligant autem onera grauia, & importabilia, & imponunt ea ſuper humeros hominum digito autem ſuo nolunt ea mouere.* Hoc eſt, varia præcepta veluti in faces congerunt, ſiue ex ſcripturis, ſiue ex propria ſua authoritate: quia noua legis præceptis addiderunt; ſeuerè interim, & rigidè quæ legis ſunt ab alijs exigentes, ac ſibi in omnibus multam concedentes licentiam. Duplicem ergo eorum malitiam oſtendit hic Dominus (dicit dictus Chryſoſtomus) & *D. Chry.* quia exquiſitiſſime ſuos auditores viuere cogunt, & quia ſibi licentiam latè viuendi indulgent, cùm è contra optimus Princeps in ſe auſterus alijs mitis eſſe debeat. Sic ſanè Cato ſenior ſe omnibus *Cato ſ.* peccantibus ignoſcere dicebat, præterquam ſibi ipſi: multum diſsimilis illi Menio; qui carpens alios ſibi condonabat omnia. Hinc Dominus apud Ezechie. *Ezech. 34.* capit. 34. aduerſus illos paſtores iraſcitur, qui nimium ſibi indulgentes de Grege nihil curabant, niſi ſeuere eis imperare. Ait enim. Væ paſtoribus Iſrael qui paſcebant ſemetipſos. Nonne Greges à paſtoribus paſcuntur. Lac comedebatis, lanis operiebamini, & quod craſſum erat occidebatis: Gregem autem meum non paſcebatis, quod infirmum fuit non conſolidaſtis, & quod ægrotum non ſanaſtis, quod confractum eſt non alligaſtis, & quod abiectum eſt non reduxiſtis, & quod perierat non quæſiſtis, ſed cum auſteritate imperabatis eis, & cum potentia. Et Eſai. cap. 3. ait Dominus: *Eſai. 3.* Ad iudicium veniet cum ſenibus populi ſui, & principibus eius. Vos enim depaſti eſtis vineam meam, & rapina pauperis in domo veſtra: Quare atteritis populum meum, & facies pauperum commolitis dicit Dominus exercituum. Remittere de rigore legis debent aliquandò maiores, ne ſubditos tot oneribus obruant: exemplo Regis Aſueri, qui aliquando virgam auream inclinabat, quaſi parcens ſubditis, & rigorem legis eorum vires inclinans. Scriptum quippè eſt, quod qui multum emungit elicit ſanguinem. Hinc Chryſoſtomus *D. Chryſ.* imperfecto ſuper hunc locum ait. Si Deus benignus eſt; vt quid ſacerdos eius auſterus? Vbi enim pater familias largus eſt, diſpenſator non debet eſſe tenax. Vis apparere sancti? Circa suam vitam esse austeros: circa alienam, autē benignos. Audiant te homines parua mandantem: & grandia videant facientem. Talis est autem sacerdos, qui sibi indulget, & ab alijs grauia exigit. Quemadmodum malus descriptor tributi in ciuitate: qui se releuat, & onerat imponentes. *Omnia autem opera sua faciunt, vt videantur ab hominibus.* Omnia inquit: non hæc aut illa. Hoc vero expulit eos à charitate, & effecit vt in alieno certarent spectaculo. Nam quales quisquam deligit spectatores, talia etiam certamina suscipit hæc Chrysostomus hinc fit quod cùm hypocritæ non solùm qui spectat cor voluit suum esse spectatorem; sed homines qui exteriora tantum vident: ea opera duntaxat vellint facere, quæ ab hominibus spectantur, qualia sunt externa, internis quæ Deus videt spretis. *Dilatant enim phylacteria sua, & magnificant fimbrias.* Non malum erat hoc facere cùm præcepta essent, verum illud reprehendit quod externè tantùm præseferebant mandata Dei, non autem internè habebant, non ob id facienda phylacteria, vt tantum viderentur: sed vt ad memoriam reuocarēt præcepta Dei. Habemus, & nos phylacteria, hoc est, quæ admoneant nos officij nostri. Habet Episcopus mitram, baculum; annulum, pallium, &c. Habent sacerdotes tonsuram, vestes sacras; ceremonias, totam quæ externum Dei cultum. Habent & religiosi sua pecuCaria. Quid hæc aliud sunt, quam phylacteria? Hoc est, quæ admonere nos debent officij nostri. Id enim nomen significat, vt supra diximus. Verùm quàm pauci sunt, qui hoc in animo habeant: quod externè præseferunt. Magnificamus quidem externa hæc ac diligenter ostentamus: sed nihil eorum animo: gerimus, & tamen interim nobis vehementer placemus de absoluta iustitia. *Amant primos recubitus in cœnis.* Hoc tantum quærunt in prælaturis. Non cogitant de animarum salute, sed tantum vt alijs præsideant. Cæcissimi homines plusquam in cimmerias tenebras commorantes, qui requiem quærunt in eo officio, quod maxima sollicitudine indiget. *Et primas cathedras in synagogis.* Quid autem peius quam illic gloriam quærere aut pompam, vbi maxime omnium humilem esse oportet?

Nempè in Synagogis, coram populo: Quid faciet populus, id videns, & audiens? *Et salutationes in foro, & vocari ab omnibus Rabbi.* Quasi soli sint honore digni aut ipsi soli sapiant, cùm hoc ipsi inimici sint apud Deum, quod sibi videntur maximi, & hoc ipso maximè desipiant, quod soli sapere videntur. Cætera satis supra explicuimus. *Qui maior est vestrum erit minister vester: qui autem se exaltauerit humiliabitur: & qui se humiliauerit exaltabitur.* Pluries hanc sententiam Dominus protulit volens nobis maximè commendatam esse humilitatem. Rationem autem huius sententiæ D. Thomas redit. 3. part. quæst. 49. arti. vltim. & est hæc. Quemadmodum ille qui praua voluntate plus accipit quam sibi debitum est; meretur, vt ab eo auferatur, etiam quod suum est, & sibi debetur, sicuti Leuitic. 22. Iubebat enim qui furatus esset ouem redderet quadruplum, & econtra ille qui bona voluntate plus tribuit ex suo quam debeat meretur, vt etiam ei retribuatur plusquam sibi debitum est. Sic quia superbus plusquam suum est, & ei debetur sibi vsurpat; meretur vt è suo auferatur ei, & sic humilietur, & deprimatur ab statu in quo erat. Humilis verò quia bona voluntate, etiam ex suo videtur auferre, & minus se æstimare quam sit; meretur vt supra se eleuetur, & maiora quam ipse existimat de se ei tribuantur, & ideò superbus deprimitur, humilis autem exaltatur. Secundo, quia natura loca vacua implet, nec ea sinit vllo modo vacua esse, sic quia humilis omnibus bonis se ornat, & ea reddit Deo tanquam principio à quo bona cuncta procedunt; ideò Deus vacuum illum quod ipse in se effecit donis adimplet, à quibus cùm & ipse se euacuet, iterum alijs beneficijs illum afficit. & sic semper illum miris modis exaltat. Et hic pilæ ludus inter humilem, & Deum cōtingit, vt semper illi Deus dona tribuat: & ipse vicissim ea Deo reddat sicut supra cap. 5. docuimus. Vndè beata virgo dicit Deum sibi fecisse magna, ita vt omnes generationes eam beatam prædicarent. Et rationem reddit hanc: Quia respexit Deus humilitatem ancillæ suæ: Superbo verò quia se repletum putat nihil confert, ne redundet imò illum (vt ait beata Virgo) dimittit, inanem. Et etiam sic Deus facit, quia

D. Thom.

Leuit. 12.

Luc. 1.

operatur

operatur tanquam magnus hinc enim de eo Psalmista dicit. (*Psal. 94.*) Quoniam Deus magnus Dominus, & Rex magnus super omnes Deos; magnorum autem est res minimas eleuare, & magnas facere. Plus enim magnificentia ostenditur in hoc, quod rem minimam magnam facias: quam si magnam maiorem, effeceris. Nam hæc res antequam manum tuam adhiberes magna erat: sic ergo quia humilis se minimum facit, ad magnificentiam Dei spectat illum magnum efficere; superbum autem qui se magnum æstimat nihil facere. Hinc & apud Esai. (*Esai. 60.*) dicitur: Minimus erit in mille. Et Psalmista ait. (*Psal. 112.*) Quod Deus suscitat à terra inopem; & de stercore erigit pauperem: vt collocet eum cum principibus, cum principibus populi sui. Quod in Moysi exemplo nobis constat. Quem cum Deus vellet mittere ad Pharaonem, vt mirabilia operaretur ante illum, & educeret populum suũ, & esset dux eius, & Moyses humiliter de se sentiens honorem illum renueret: Deus semper magis illum magnificabat, vsque dum diceret illi quod facturus illum esset Deum Pharaonis. (*Exod. 7.*) Dum enim amplius se deprimit ciusius, plus illum exaltat Deus donec illum Deum per participationem faciat, secundum illud, Ego dixi dij estis. (*Psal. 81.*) Rectè autem dicitur, qui se exaltauerit, hoc enim est proprium obiectum superbiæ. Nam obiectum superbi, non est honor nec gloria, sed ipsemet, & affectus studium officiumque superbi totum tendit, ad exaltandum se ipsum. *Et qui se humiliauerit per actionem humilitatis:* Quod si non intelligis quomodo actus virtutis sit humiliare te, oportet te discernere, & secundum ea quæ à Deo, & secundum ea quæ à te ipso habes, hoc est, secundum quod es tuus, & secundum quod es Dei. Id quod in te habes, & quod tuum est deijcere debes, & per hæc te humiliare: nam perditio tua ex te. (*Osea. 13.*) Ea quæ sunt Dei magni æstimare teneberis, propter ea gratias Deo referendo. Et ideo dicitur, qui se humiliauerit, id est ea quæ sui sunt: nam ea quæ ex Deo habebat Paulus magnis laudibus extollebat. Per quo Pharisæorum superbiam retundere vult Dominus, qui omnia sibi tribuebant. Vnde & subiungit. *Væ autem vobis Scribæ, & Pharisæi hypocritæ, qui clauditis Regnum cælorum ante homines. Vos non intratis, nec introeuntes sinitis intrare.* Væ, interiectio videtur esse comminantis de malis venturis, quemadmodum, heu, est interiectio dolentis, & hey, indignantis, vah, irridentis, & subsanantis. Licet autem interiectione hac consueuerit sit vti in comminatione malorum temporalium: tamen Dominus noster non nisi in comminatione æternorum ea vsus est: eo quod illa sola habeat, vt verè mala quæ nec transeunt, nec desinunt, & animam in æternum crucient: cætera enim damna temporalia, & transeunt, & sanantur. Sicut nec beatum quemquam prædicat Christus, nisi in ordine ad beatitudinem æternam: eo quod nulla alia mereatur hoc nomen, nisi illa quæ in æternum permansura est. Sunt enim hæc ferè voces contrariæ in vsu scripturarum: vt quomodo sub nomine beatitudinis exprimitur æternorum bonorum promissio, ita hac interiectione indicetur æternorum malorum comminatio. Et si interiectionem velimus interiectioni opponere, euge, opponere poterimus ipsi, væ, nisi quod, euge, præsentis boni indicat gaudium, væ, futuri tantum mali damnationem. Aduertendum in super est, quod octies comminatur hoc, væ, Pharisæis in hoc capite, quasi hæc, væ è contrario opponantur octo beatitudinibus. In hoc primo, væ, eis inculcat quod claudèrent Regnum cælorum alijs, cùm nec ipsi intrarent. Et hoc primum faciebant impedientes populum ne crederet in Iesum, qui via, veritas, & vita est, & hostium per quod intratur in Regnum cælorum: nec ipsi intrabant, quia nolebant in eum credere, secundum illud. (*Ioan. 7.*) Nunquid aliquis ex principibus credit in eum. Hic enim mos est hæreticorum, vt propter carnales delitias Domini nostri Iesu Christi gloriam, & maiestatem negent secundum illud Iudæ. (*Iudæ.*) Hi enim carnem maculant, quia Domini nostri Iesu Christi gloriam transferunt in luxuriam, dominationem eius spernunt, & maiestatem blasphemant: quia homines in dignitate constitutos & publica fungentes potestate odio semper habent, sicut & Pharisæi Christum, quem populus tanquam Prophetam habebat, & ipse docebat & reprehendebat eos tanquam potestatem habens. Secundò id faciebant falsas docendo doctrinas, de quibus supra in multis locis Dominus contra eos egit. Mos quippe hæreticorum est, ipsis falsas scripturas ad suos sensus

2. Mach. 3. committere. Nam in libris Machabæorum legitur, quòd in libris sacris quærebant Gẽtiles deorum suorum diuinationes. Sic & hæretici, & praui homines suos Deos, ibi quærunt. Volunt enim retorquere scripturam, vt videatur suis desiderijs fauere: vt potè carnalis scripturam retorquet, vt delitijs carnis videatur fauere. Hinc Pharisæi quia auari erant, & nimis cupidi honorum temporalium; scripturam sacram ad hoc propositum interpretabantur, vt in hoc cap. videbimus. Secundò falsa docere procedebat in Pharisæis ex superbia qua tumebant: existimantes se Doctores esse populi ac Legis interpretes, & standum esse suæ *2. Tim. 3.* sententiæ. Sic enim, & Paul. 2. Timot. 3. ait sicut Iannes, & Mãbres restiterant Moysi: sic & isti resistunt veritati, homines mẽte corrupti, reprobi circa fidem. Vndè autem resistunt veritati, nisi inflatione tumoris sui euntes in ventos, extollentes se, *D. Aug.* quasi iustos, & magnos, vt ait Augustinus in concione secunda super Psalm. 36. Sed vltra non proficient, ait Paulus. Quoniam mendacium nullo innititur fundamẽto, sed *Psal. 36.* de eis scriptum est Psalmo 36. Deficientes *Simile.* quemadmodum fumus deficient. Nam sicut fumus inflatur in globum: sed dum ascendit euanescit hinc & inde: quia vento innititur, & nõ habet stabile fundamẽtum: sic hypocritæ ac hæretici, qui vanè, & absque vlla ratione inflantur: facilè deficient, nec proficient vltra, nec stabile fundamẽtum collocabunt vt ibidem, ait Augustinus. Sed aduertẽdum quod Iannes, & Mambres de quibus Paulus hic loquitur fuerant magi illi Pharaonis, qui resistere voluerunt Moysi, imitantes arte sua magica non nulla opera quæ Moyses virtute Dei faciebat. Sic hæretici atque hypochritæ imitantes aliqua bona opera, ex his quę iusti virtute Dei faciunt; nituntur subuertere veritatem, & resistere illi: sed in signo tertio deficiunt: hoc est, in educendo scinifes, qui quia parua sunt humilitatem significant, in qua isti superbi, ac tumidi deficiunt. Vel in tertio signo deficiunt: quia non in Spiritu sancto qui est tertia Trinitatis persona ope- *D. Aug.* rantur, sicut iusti & veraces. Nam & Augustinus dicit quod defectionem veritatis sequitur mendax hypochrisis. Hinc & per *Hier. 23.* Hierem. cap. 23. Dominus dicit ad Prophetas Israel, qui furantur verba mea vnusquis- *D. Cyp.* que à proximo suo vbi Cyprianus libr. 1. Epist. 3 ait. Hoc est, cum quis de Euangelica veritate furatur Domini verba, & facta, & corrumpit atque adulterat præcepta diuina. Furauerunt autem verba Dei Pharisæi: quoniam vsurpabant intelligentiam scripturarum sibi, quasi infallibiles magistri essent. Quod Dominus alibi improperat eis, quod tulissent clauem scien- *Luc. 11.* tiæ Luc. 11. cùm tamen scriptum sit apud *Hier. 8.* Hieremiam. Verè mendacium operatus est stylus mendax scribarum. *Væ vos hypocritis.* Nec enim veniet in conspectu eius *Iob. 13.* omnis hypochrita, vt dicitur Iob. 13. *Væ vobis Scribæ, & Pharisæi, hypochritæ, qui comeditis domos viduarum orationes longas orantes, propter hoc maius accipietis iudicium.* Hoc est, væ vobis qui comeditis domos viduarum. Per auaritiam, & crudelitatem illas opprimentes, cen ab alijs derelictas, & orantes dumtaxat per simulationem, vt videamini sancti: cùm nihil minus sitis, atque hac hypochrisi demenitis ditiores viduas, *Marc. 12.* vt victo sua vobis dent Marc. 12. dicitur: Qui deuorant domos viduarum, sub obtentu prolixæ orationis. Hoc est, quod illo pallio volunt cooperire auaritiam suam dicentes, se multum pro eis orare, cùm tamen nec id faciant, nec id velint, sed domos earum deuorare, hoc est festinanter earum saturari diuitijs. Vnde Lucas dicit: Simulantes longas orationes. Fingunt enim se multas horas in oratione consumere, idque de se viduis mulieribus, & alijs prædicant, cùm nihil tale faciant. Domos posuit pro opibus, & substantia, viduas pro inopibus, & ad rapinam expositis bonis, & simplicibus hominibus. Verbum autem deuorare, quod posuerant Marcus, & Lucas, denotat nimiam insatiabilemq́; cupiditatem festinationemq́; qua has suas *Prouer. 1.* cupiditates exercent. Nam pedes eorum ad malum currunt, & festinant, vt bibant alienum sanguinem. In hoc autem dixit Dominus supra debere cognoscere nos falsos Prophetas, nempe à fructibus eorum, hoc est, à finibus quos prætendunt. Nam fructus vltimum est quod de arbore expectatur. Si enim videris homines, qui postquam multum de religione promiserunt, ac loquuntur confabulantes cum simplicibus de oratione, ac contemplatione: & postea marsupia, eorum exaurire: iam intelliges hunc esse fructum quem volebant, de quo supra cap. 6. *Ezech.* diximus plura. Animalia quidem illa sancta manus hominis sub pennis habebant, in quo significa-

significabatur quod opera vitæ actiuæ sub aliis orationis & contemplationis etiam exercebant ipsi autem sub aliis prolixæ orationis auaritiam, ac cupiditatem prætendunt; sumitur hominem in malam partem, pro eo quod carnales homines significat, secundum illud

1. Cor. 3. Pauli: Cum sit inter vos zelus & contentio, nonne homines estis, & secundum hominem

Hier. 2. ambulatis? contra quos Hierem. 2. dicitur: Quid niteris bonam ostendere viam tuam ad quærendam dilectionem; quæ insuper & malitias tuas docuisti vias tuas: & in alis tuis inuentus est sanguis animarum pauperum, & innocentum. In aliis tuis, ait, id est, in contemplatione tua, sumendo sanguinem pro sub-

Osea. 4. stantia & alimento: & Oseæ. 4. ligabit eum spiritus in alis suis, & confundentur in sacrificiis suis. Et septuaginta habent, Sybillabitur in alis suis, postquam cognita fuerit malitia ac cupiditas eius, & sic confusione reple-

Apocal. 9 bitur. Apocalyp. 9. denique eos hypocritas ac hæreticos Ioannes, eos dicit habere capillos, sicut mulieres: quoniam cum mulieribus est conuersatio illorum, si non voluptatis saltem turpis lucri gratia, vel quod communius esse solet vtrumque prætendunt. Quare in lege veteri præcipiebatur ne indueretur vir veste muliebri, nec mulier veste virili. Hoc est ne viri, mollibus verbis, ac effeminatis, fœminas seducerent; illis iniungentes virorum opera, hoc est, vt relictis fœmineis vsibus; sub obtentu contemplationis velint otiose viuere & plus sapere quam fœminas oportet sapere, illas tanquam magistras audientes, & prædicantes earum opera & scripta miris mo-

1. Cor. 14. dis extollentes: cum tamen Paulus prohibeat, vt ne mulieres in Ecclesia loquantur, sed potius domi viros suos interrogarent, quasi earum munus non esset docere, hoc enim virorum est, sed auscultare & discere. Multa hic dicenda essent nisi supra in tractatu falsorum prophetarum iam dicta essent, vide quæ ibi ex Chrysostomo super hunc locum adduximus. *Propterea amplius accipietis iudicium.* Exa-

Claudius Guilliel. geratio est pœnæ dicit Claudius Guillialdus, non dicit grauius punieminis, sed amplius, id est grauius & prolixius supplicium & pœnas lucris: quia pauperum expilatores iniqui estis, qui non solum impletis ventrem vestros facultatibus viduarum quarum necessitatibus, magis subueniendum erat, verum etiam rem impiam prætextu religionis & lon-

D. Chrys. garum precum facitis: & Chrysost. in imperfect. ait: Ob id duplicem rei, primum quidem pro eo quod estis iniqui; alterum pro eo quod figmentum assumitis sanctitatis.

Væ vobis scribæ, & Pharisæi hypocritæ, qui circuitis mare & aridam, vt faciatis vnum proselytum: & cum fuerit factus facitis illum filium gehennæ duplo quam vos. Proselytus Græcè aduenam seu peregrinum significat. Nam qui ex Gentilitate veniebant ad Iudaismum, hoc est abnegata & posita Gentilitia religionem Iudaicam recipiebant ac circuncidebantur, hi proselyti, aduenæ, & peregrini vernaculo Iudæorum vocabulo appellabantur. Hos suo malo exemplo faciebant hi Pharisæi damnabiles (hoc enim significat filium gehennæ quasi ad dictum perditioni) duplo magis quam illi erant. In hoc autem fiebant deteriores suis magistris, quod (vt vult Hie- *D. Hier.*

ron.) quia relicta vera Dei religione quam semel susceperant propter magistrorum suorum praua exempla, iterum ad idolatriam

reuertebantur, & vt ait D. Petrus, Melius *2. Petr. 2.*

illis fuerat si viam veritatis non agnoscerent quam post agnitam retrocedere. Vel melius, dicuntur duplo peiores, quia solent discipuli malis moribus magistrorum instigati, præceptores suos superare malitia. Quod modo in hæreticis nostris temporibus experimur: cum aliquos suis erroribus decipiant,

quanto deteriores illis euadant. Vnde Chry- *D. Chrys.*

sostom. super hunc locum in imperfec. dicit: Sic & nunc faciunt hæretici, sacerdotes, aut promissionibus corrumpunt, aut minis terrent, non propter gloriam Dei, nec de ignorantia hominum dolentes: sed aut propter auaritiam, aut gloriam vanam, vt videantur aliquos potuisse corrigere. Sed qui propter Deum aliquem vult corrigere, aut qui propter vanitatem, ex ipsis actibus docentibus ostenditur. Quando enim ipse in sanctitate conuersatur, cognosce quoniam errantem propter Deum corrigere vult; si autem ipse in malis versatur, quomodo alium propter Deum corrigere valet ad bonum. Nunquid magis misericors potest esse quis alteri quam sibi? Aut qui se ipsum mergit in gurgitem peccatorum, quomodo alterum de peccatis valet eripere. *Facitis eum filium gehennæ duplo quam vos.* Nam antea quidem non agnoscebant Christum; & sic non iustificabantur isti proselyti, postea autem Pharisæi faciebant ipsos blasphemare Christum, & sic duplicabatur in eis iniquitas. Nam antea non agnoscentes Christum, licet non iustificarentur, non tamen blasphemabant Christum: postea verò non iustificabantur, & subinde

blasphemabant Christum. Hæc Chrysosto- *Chrysost.*

mus docet. Vnde & Ecclesiastici & monachi cauere debemus, ne eos quos ad religionem nostris monitis asciscimus, posteà nostris prauis moribus deteriores reddamus. *Vae vobis duces caeci qui dicitis quicunque iurauerit in templo nihil est: qui autem iurauerit in auro templi debitor est. Stulti & caeci, quid enim maius est, aurum an templum quod sanctificat aurum? Et quicunque iurauerit in altari nihil est: quicunque autem iurauerit in dono, quod est super illud debet. Caeci quid enim maius est donum, an altare quod sanctificat donum? Quicunque iurat in altari iurat in eo, & in omnibus quae super illud sunt. Et quicunque iurauerit in templo, iurat in illo, & in illo qui habitat in ipso. Et qui iurat in caelo, iurat in throno Dei, & in eo qui sedet super eum.* Cùm hic non nominet Pharisaeos, & Scribas, vt in superioribus, & in sequentibus; verisimile est hic ad sacerdotes dirigere sermonem suũ, quos dignitatis gratia non nominat; vt discamus etiam in vitijs carpendis honorẽ praestare sacerdotibus, ne si sua delicta publicè arguantur, in contemptum populi eorum dignitas veniat. Nam haec eorum videtur doctrina, in quorum vsus ea quae offerebantur in templum transibant. Vel ob hoc eos vocat caecos cùm in alijs dixisset hypocritas; eo quòd haec eorum doctrina ex magna mentis processerit caecitate; cùm alia ferè facta ob quae vae illis dicitur ex hypocrisi processerint. Docebant autem illum qui iurabat per templum, vel per altare templi, ex vi iuramenti non teneri ad implendum iuramentum, vel ad soluendum quod iurauerat: si autem iurabat in auro templi, vel in dono quod super altare offerebatur, tenebatur adimplere quod iurauerat, vt in hoc magnificarent dona & oblationes quae offerebantur in templo, & homines eas pluris aestimantes frequentiora, & maiora offerrent (omnia enim in suum cõmodum & auaritiam dirigebant). Et forte huius caecitatis hoc fuit motiuum, quod cùm in veteri lege praeceptum esset, vt iurarent in nomine Domini; existimarent iuramenta per creaturas facta nullam inducere obligationem; adeò, vt nec ea quae per Hierusalem, per templum, aut per altare fierent obligarent. Tamen ea quae fierent per oblata Deo, siue in gazophylacium templi, siue super altare, quod haec immediatè Dei essent, & singulari ratione diuina essent magis quam templum & altare, quae tanquam propter oblationes Deo faciendas consecrata erant. Itaque substantia templi apud istos erat materia & mota sanctitatis; & similiter altare tanquam vas longè distans ab obligatione quae est sancta: vtpotè quae Deo offertur. Et quòd isti existimarent iuramentum per creaturas non obligare manifestum est supra cap. 5. vbi Dominus aduersus eorum errorem ea tanquam vera iuramenta vetat. Sed Christus hunc eorum errorem confutat eo quòd templum maius est auro, & altare munere oblato. Nam templum sanctificat aurum, & non è conuerso. Cùm enim non omne aurũ sanctum sit, sed illud quod ad ornamentum est templi, consequens est, vt ex templo sanctitatem contrahat aurum, & non è conuerso. Templum enim ipsum siue cum auro, siue sine auro sanctum est, & simile est de altari & dono; nam altare siue cum dono, siue sine dono sanctum est, donum autem sanctificatur ex altari, quia non poterat nisi in altari offerri. Sed aduertendum, quòd isti Pharisaei duo dicebant: Primum praeferebant aurum templo, & oblationem altari in sanctitate, & contra hoc processit prima ratio. Secundùm quod dicebant fuit, quod iuramentum per altare, aut per templum, erat nullum: & contra hoc militat secunda ratio quia in iuramento per altare, clauditur iuramentum per oblationem, quae super illud offertur, & quia hoc verum est repetit quod dixerat. *Stulti & caeci quid maius est, donum an altare quod sanctificat donum?* Nam qui iurat in altari, iurat in eo secundum quod exercet officium altaris. Constat autem officium altaris esse, quòd offerant super eum Deo sacrificia: Iurans igitur in altari, iurat in omnibus quae sunt super altare quatenus altare est, ac per hoc in oblationibus super altare. Et idem dicit de templo quia templum, vt templum habitaculum est & Domus Dei. Quod autem dicitur, & qui iurat in caelo iurat in throno Dei, & in eo qui sedet super eum: vult nos docere quod non solùm iurare per templum & altare quae immediatam habent relationem Dei, est verè iurare: sed etiam iurare per creaturas quae nõ immediatè, sed per media quaedam dicũtur Dei. Caelum enim secundum se ipsum res naturalis est, sed vt induit rationem sedis diuinae, ingreditur ordinem diuinorum, & ratione huius intelligitur assumi iuramentum. Et ratio huius fundatur super naturam iuramenti. Nam iurare est inuocare in testem Deum, ac per hoc quicunque

iurat

iurat è communi etiam ex hoc quod iurat, quod Deum inuocat in testem. Quare per quamcunq; rem iurat videtur illa re, vt diuina est, vt Dei est, vt Deus in illa, seu per illā, ex illa seu cum illa testis fit. Qua ratione iurare per creaturas est obligatorium, sed de hoc supra cap. 5. plura dicta sunt. *Vae vobis Scribae, & Pharisaei hypocritae, qui decimatis mentham, & anethum, & cyminum & reliquistis quae grauiora sunt legis, iudicium & misericordiam, & fidem, haec oportuit facere & illa non omittere, duces caeci excolantes culicem camelum autem deglutientes.* Decimare potest sumi & pro hoc quod est dare decimas & accipere. In hac secunda significatione intelligit hunc

D. Hieron. locum D. Hieron. Quod Pharisaei essent nimis rigidi in exigendis decimis etiam de minimis, & quae secundum legem non debebātur extorquentes eas. Sed quoniam Pharisaei potius exoluebant quam accipiebāt decimas, vt Luc. 10. dicebat ille Pharisaeus decimas do omnium quae possideo, ideò in secundo sensu hoc accipi debet, pro eo quòd est decimas soluere. Ex minimis enim istis illas exoluebant, vt viderentur magni obseruatores legis, vt per hoc viderentur dicere omnes, vt ait Chrysost. Vides quomodo omnium rerum suarum decimas offerre non praetermittunt? quia etiam contemptibilium olerum decimas dare non negligunt? Putas quomodo secundū omnia Dei praecepta vita eorum est cōsummata, vt nec in modicis his negligere acquiescant? Quod non erat verum, nam minimarum quidem rerū decimas offerebant ostendendae religionis gratia, iudicijs autem erant iniusti; in fratres sine misericordia, in Deum semper increduli. Hoc enim est quod Dominus subinfulit. Et reliquistis quae grauiora sunt legis, iudicium & misericordiam, & fidem. Iudicium est in his quae sunt ad alterum. Facere iudiciū est iustè se habere erga proximos. Nam secundùm Scripturae phrasim iudicium pro iustitia sumitur; quoniam in scripturis facere iudicium & iustitiam est iustè, & cum aequitate obseruari secundùm illud Psalmistae. Feci iudicium & iustitiam, non tradas me calumniantibus me. Hoc est, quoniam aequè, & iustè cum omnibus hominibus conuersatus sum: petō vt non tradas me his qui iniuria afficere me volunt. *Et misericordiam*, videlicet, in his quae sunt necessaria, licet nō debita pauperibus ex iustitia, sed ex charitate. Acsi diceret reliquistis & iustitiā & misericordiam, quae debetis proximo, alterum

Luc. 10.

D. Chrys.

Psal. 118.

ex iustitia, alterum ex charitate. Vndè apud Lucam, cap. 11. dicit: Relinquitis charitatē Dei & fidem, vel seruando eam pro veritate quae in dictis, & factis seruari debet, vel pro fide quae Deo debetur: tanquam obijcietur illis, quod nec Deo, nec hominibus fidem seruarent. Quare Lucas charitatem cū fide iungit tanquam vtrásq; essent violatores, ac proinde omnem virtutis substantiam violarent, quae in fide, quae per dilectionem operatur consistit. Sed hic quaeri potest an haec minima decimare tenerentur ex praecepto legis, scilicet, omnia olera, *Cominos, y yeruabuena, y eneldo*: haec enim olera nomina haec significant. Nam cùm hic dicat Dominus, Oportet illa nō omittere; videtur quod ad id tenerentur. Nihilominus dicendū videtur, non haec minima praecipere legē scilicet. Nam Leuit. 27. exprimuntur certae species de quibus debebantur decimae. Primò de pomis arborum, siue de frugibus; secundò de animalibus, quae sub virga pastorum trāseunt; tertiò de area vel de torculari in quo includitur frumentum, vinum, & oleū, nec vllam olerum videtur facere mentionē. Imò apud Hebraeos de seminibus agri dicitur quod soluantur decimae, non de seminibus hortorum: sed de illis, qui cum copia proueniunt; nam pro his minimis poterant Leuitae habere hortos, qui ea producerent. Vndè verisimile est secundùm legem non teneri ad soluendas decimas horum olerum; sed Pharisaeos harum solutionem veluti necessariam obseruasse volentes videri exacti legis obseruatores, quia Leuit. 27. & alijs locis videtur requirere decimas omnium ex semine terrae prouenientium. Quapropter Dominus hic significare forte voluit hoc esse Pharisaeorum institutum, non legis praeceptum: sicut & ablutionem manuum & talia. Nec obstat, quòd Dominus dicat haec oportuit facere, & illa non omittere: nam demōstratiuum, illa, referri potest non ad olerum decimationem, sed simpliciter ad decimationem, vt sit sensus. Ante omnia oportuit haec grauiora legis facere: & tamen interim non omittere decimationem. Aut secundò oportebat positū sit pro conueniebat, vt intelligatur Dominum solerū decimationem approbasse, vt quae legi esset consentanea, & si non esset necessaria. Vel loquitur secundùm illorum opinionem, qui existimabant etiam de oleribus debere dari decimas, quae opinio non contemnenda erat. Acsi diceret. Haec debere illa facere deinde si vobis visum fuerit,

Luc. 11.

Leuit. 27.

rit, etiam minima olera decimare. Secundò quæri poterat an solutio decimarum sit de iure diuino, nisi quæstio hæc apud Theologos agitata fuisset, & quod probabilius est teneri homines de iure diuino, ac naturali sacerdotes pascere, & ideò aliqua soluere illis. Quoad quo tamen esse nunc de iure humano Ecclesiastico; sicut olim fuerit de iure diuino positiuo, licet fuerit antiquus mos soluendi decimas, vt patet ex voto quod Iacob edidit de exsoluendis decimis & hostijs pacificis, & Abraham decimas soluit Melchisedech, qui sacerdos Dei erat, tamen id gentibus apud quas viuebant moris erat decimas suis dijs ac sacerdotibus exhibere. Apud Romanos hic mos fuit: nam ex antiquissimo vsu locupletes ac nobiles decimas Herculi offerebant, & Lucullus quia hunc morem seruauit ditior factus est. Postea (vt Festus refert) Cyrus etiam Rex Persarum victis Lydis decimam prædæ dedit Ioui, vt testatur Herodotus, & Liberum patrem qui Bacchus dictus post deuictos Scythas aliosque populos magno Ioui primitias obtulisse, scribit Ouidius lib. 3. fastorum his verbis,

Gen. 14

Te memorant Gange totoq; Oriente subacto,
Primitias magno seposuisse.

Sed hæc relinquenda modo Theologis censeo. Id autem quod addit Dominus, hæc oportuit facere, & illa non omittere, ad id attinet quod Deus non vult etiam minora religionis, ac sanctitatis exercitia tollere, sed ne in illis sic insistamus, vt maiora obliuiscamur. potius autem maiora exercenda sunt. & hæc minora post illa habenda. Vide Chrysostom. in imperfec. homil. 44. super hunc locum, sic ait. Quoniam à modicis quidem delictis se abstinebant Pharisæi quæ fieri solent ex decimis non oblatis, magna autem mala alacriter committebant, qualia sunt iniustum iudicium iudicare, in proximos suos odia exercere, in Deum incredulū esse: in causa autem Pharisæorum illorum cadunt multi & nunc, qui videntur quidem Ecclesiam honorare, pauperes consolari, in iudicio autem sedentes, aut secundùm personarum acceptionem iudicant, aut secundum differentiam munerum inter se ipsos lites quotidianas exercent, & odia sine fine, præponentes semper auaritiam charitati; in fide autem semper infirmi sunt: quia inter Christianos, & hæreticos nullam differentiam arbitrantur, sicut & meretrix mulier adulterum ipsum putat & virum, & ipsi quidem hypocritæ sunt, & culicē liquantes, dicam repellentes peccatum, & camelū glutiunt maxime & pessima committentes. Nūc veniamus ad sacerdotes. Scimus quia legem iustitiā, & facere misericordiam, & habere fidem propter gloriam suam Deus mandauit; decimas autem offerre Deo propter vtilitatem sacerdotum, vt sacerdotes quidē populo in spiritualibus obsequerentur, populi autem in carnalibus sacerdotibus subministrarent. Sacerdotes ergo auaritiæ pleni si quis de populo decimas nō obtulisset, ita eū corripiebant quasi magnum crimen fecisset, quia decimam alicuius rei, vel saltem minimæ non obtulisset. Si quis autem de populo in Deum peccabat, aut lædebat aliquem, aut aliquid tale faciebat; nemo curabat corripere eum quasi nullam culpā fecisset; quia in Deum peccabat, & de suo quidem lucro solicitè agebant, de gloria autem Dei, & salute hominum negligebant. Et ideò dicit de eis Væ vobis qui decimas etiā de rebus minimis exigitis a populo: & misericordiā, & iustitiam non facientes populum non admonetis. Sic enim & modo fit, Ecce enim Episcopus si debitum honorem non acceperit à presbytero, aut presbyter si non acceperit à diacono, aut diaconus à lectore, irascitur, & turbatur. Si autem viderit, aut Episcopus presbyterum, aut presbyter diaconum circa Ecclesiæ obsequium non permanentem, aut alias peccantem in Deum, neque irascitur ei neque curat: quia omnes quidem de honore suo soliciti sunt, de honore autem Dei nullus. Et portiones quisque suas secundum dignitatem suam vigilanter aspiciunt, & defendunt; & secundum dignitatem suam curam impendere circa obsequiū Ecclesiæ nō attendunt. Si populus decimas non obtulerit murmurant omnes; & si peccantem populum viderit nemo murmurat cōtra eum. Quam compendiosè in trib' his complexus est & conditiones hominum, & quæ necessaria sunt hominibus ad salutem. Omnes enim homines, aut iudices sunt, siue spirituales, siue mundiales, aut sub iudicibus sunt. & omnibus generaliter hominibus, tàm iudicibus, quàm his qui iudicantur duo hęc necessaria sunt ad salutē, fides vera & opera bona. Dicens ergo iudicium, tetigit eos qui iudicant, siue mundiales iudices, qui præsunt mundo, siue spirituales, qui præsident Ecclesiæ, vt iustum iudicium iudicēt. Hæc est enim eorum prima iustitia, vt si verè sunt iudices mundiales loquantur iustitiam, aut iudices spirituales si verè loquuntur iustitiā in Ecclesia,

D. Chrys.

Ecclesia, per hoc ostenditur si iustè iudicarint dicente Propheta: *Psal. 57.* Si verè vtique iustitiam loquimini, rectè iudicate filij hominū. Si autem nō iudicarint iustum iudiciū, non in veritate loquuntur iustitiam, sed in labijs tantum. Dicens autem fidem, admonet omnes in fide viuere Dei. Dicens verò misericordiam, conuersationem verò omnibus prędicauit. Nam siue abstinentia à malis, siue opus bonarum rerum per misericordiam cōseruatur. Nam & non facere homini quæ pati non vult; & facere quæ sibi fieri vult, vtrumque misericordiæ est. De his etiam *D. Bern.* D. Bernard. dicit: Optimi videlicet, æstimatores rerum, qui magnā de minimis, & nullam penitus, vel paruam de maximis curam gerunt. Cadit asina & habet subleuantem; perit anima & non est qui recogitat in *Luc. 14.* corde suo? Quod & Dominus Luc. 14. his verbis insinuat dicens: Cuius vestrum bos, aut asinus cadit in foueam, & non extrahit eum continuò die Sabbathi? Hanc autem filiam Abrahæ non oportuit soluere à vinculo isto die? Vbi & obseruandum est humanum ingenium cùm ad veram iustitiam ob amorē sui peruenire nequit: sibi aliqua deligit, quibus iustitiam falsò ostendit, sicut qui diligit aurum, & non habet aurum verū, falsò vtitur pro vero, *Aun con el oropel se huelga*. Rectè ergo dicit eis Dominus quod propter hæc minima reliquissent quæ grauiora sunt legis, iudicium scilicet, & miseri- *Mich. 6.* cordiam, & fidem. Vnde & Mich. 6. dicit Dominus: Indicabo tibi homo quid sit bonum, & quid Dominus requirat à te. Vtiq; facere iudicium, & diligere misericordiam, & solicitum ambulare cum Deo tuo. Cùm bonum sit quod omnia appetunt adeò quod nisi sub ratione boni nihil possit velle appetitus hominis; opus fuit indicare illi quid esset bonum appetendum. Quid enim iniquius esse potest, quam appetitu boni in malū vti. Et quia illi Pharisæi in sola exteriori iustitia bonum esse existimabāt, hoc est, in sacrificijs, quæ externius Deo offerebāt, ideò subdit, & quid Dominus requirat à te. Acsi diceret, creatus es à Deo, & aliquod officium habeat necesse est, q̄ à te requirat qui creauit te. Hoc tibi nunc indicabo, vtique facere iudiciū, tu aliquid extra te offerebas; Deus autem quærit te offer illi cor mundum con- *D. Aug.* tritum, & humiliatum. Augustin. sermo. 236. de tempore. Quærebas (inquit) quid offerres pro te, offer te. Quid enim Dominus quærit à te, nisi te? quia in omni creatura terrena nihil melius fecit te, quærit te à te, quia tu perdideras te. Iudicium autem facere, idem est quod iudicare, sic enim Ioan. 5. *Ioann. 5.* legimus potestatem dedit ei iudiciū facere: quia filius hominis est. Et 2. Reg. 8. dicitur: *2. Reg. 8.* Faciebat David iudiciū & iustitiam in omni populo, &c. 3. Reg. 10. Et constituit te Regē, *3. Reg. 10.* vt faceres iudicium & iustitiam. Veruntamen iudicium facere est etiam punire; nam hoc iudicium consequitur, vt Exod. 12. dicitur: *Exod. 12.* Cunctis dijs Ægypti faciam iudicia. Et *Psal. 9.* Psalmo. 9. Cognoscetur Dominus iudicia faciens, in operibus manuum suarum comprehensus est peccator. Iudicia enim dicit quoniam de multis erant iudicia sumenda. Iudicare autem est ius suū vnicuiq; tribuere, hoc enim primò à peccatore exigitur: vt ipse arbiter, sedeat & se ipsum iudicet, vt non iudicetur à Domino. Iudicet se, damnet vitam priorem, reddat Deum quod suum est, compenset veteres iniurias lamentis pœnitentiæ, reddat Deo honorem, sibi confusionē & ignominiā. Sicut, ait sanctus Daniel. 9. Tibi *Daniel. 9.* Domine iustitia, nobis autem cōfusio faciei. Id docet D. August. serm. 236. de tempore: *D. Aug.* Si autem facias quod iussit inuenit in te iudicium & iustitiā; iudiciū primò in te ipso, iustitiam ad proximum. Vide quomodo iudiciū in te ipso, vt displiceat tibi quod eras, & possis esse quòd non eras. Iudiciū, inquam, de te ipso, in te ipso, sine acceptione personæ tuæ: vt nō parcas peccatis, nec ideò tibi placeās, quia tu facis, nec te laudes in bonis tuis, & Deum accuses in malis tuis; hoc enim est peruersum iudicium, & ideò nec iudiciū. Cùm tibi ergo peruersus displicueris, teq; illo qui creauit adiuuante correxeris: tecum seruabis iustitiam. Puniat etiam in se voluntatem peccandi, per contritionem, & confessionem, gemitibus, atq; doloribus & operibus satisfactorijs. Sic enim, & tunc illud *Psal. 118.* dicere poterit: Feci iudicium & iustitiam, non tradas me calumniantibus me. Hoc est, vnum quod Deus vult in nobis. Aliud est diligere misericordiam: nam non facienda tantū misericordia est, sed etiā diligenda. Quod enim diligimus promptius facimus, atque hilarius. Talem vult misericordiam Paulus cum 2. Corinth. ait: Vnusquisque prout de- *2. Cor. 9.* stinauit in corde suo, non ex tristitia, aut ex necessitate, Hilarem enim datorem diligit Deus. Meritò autem post facere iudiciū, adijcitur diligere misericordiam: multū enim misericordia iuuat pœnitentē, & quasi pennis quibusdam eam tollit in cœlum, vt docet

Chrysost.

D. Chrys. Chrysostom. homil. 5. de pœnitentia. Nam
Psal. 40. Psal. 40. multis benedictionib' repletur vir
misericors, cum dicitur, Beatus qui intelligit
super egenum, & pauperem, in die mala libe
rabit eu Dominus. Dominus conseruet eũ,
& viuificet eum, & beatum faciat eũ in terra, & non tradat eum in manibus inimicorũ
eius. Et solicitum ambulare cùm Deo tuo,
Hoc est, amicè illi adhærere & placere quod
Amos 3. ex illo. Amos. 3. colligitur, vbi ait: Nunquid
Hebr. 11. ambulabunt duo pariter, nisi conuenerit eis?
Et Paulus Hebr. 11. Henoch, ait, ante translationem testimoniũ habuit placuisse Deo.
Et tamẽ in Scriptura nullum aliud testimonium habemus, quod Henoch placuerit Deo,
nisi illud. Et ambulauit Henoch cum Deo,
& Paulus interpretatus est; illud fuisse placuisse Deo, vt nos docuimus in cõmentarijs
nostris super Psal. 118. Et ad Abraham dixit
Gen. 17. Dominus: Ambula coram me, & esto perfectus, hoc est, adhære mihi, & eris perfectus. Hoc autem cum solicitudine quærendũ
Hebr. 9. est, vt Paulus ad Hebr. 9. nos hortatur dicẽs:
Cupimus autem vnumquemq; vestrum ean-
dem ostentare solicitudinem (qualem scilicet, hactenus ostendistis) ad expletionem
spei vsq; in finem, vt non segnes efficiamini
verùm imitatores eorum, qui fide & patientia hæreditabunt promissiones. Rectè ergo
dicit eis dominus. Hæc oportuit facere quæ
maiora sunt: sed non ob hoc illa minora o-
mittenda sunt, nisi quando impedimẽto fuerint maioribus. Nam iustus solicitius interiora procurat bona nec tamen ob id abijcit
exteriora. cùm de sancta muliere, hoc est,
Prouer 31. anima deuota scriptum sit. Quæsiuit lanam
& linum & per linum quæ interiora vestit
bona animæ, per lanam quæ exteriora co-
periuntur externæ actiones significantur,
vtrasq; ergo sedula anima quærere debet. *Ca*
ci & duces Cæcorũ excolãtes culicẽ camelum au-
tem deglutitantes. Hoc est, summam diligentiam adhibentes ad hæc minora, cùm interim maiora deglutiatis. Solemus enim culicem à phyalis remouere, vel minimo digito,
vel fragmento panis: qui autem per linteũ
colat vinum, vt culicem nõ degluriat: magnam ad hoc adhibet curam. Sic isti de minimis maximè curabāt, & nihil de magnis soliciti erant: sed magna peccata per camelũ
gibbosum significata deglutiebant, hoc est,
absque vllo timore cõmittentes ea. Nam qui
aliquam rem deglutit facilè eam ad interiora traijcit. Aliud est autem comedere pecca
tum, aliud est deglutire illud. Qui enim pec
catum comedit prius masticat illud, hoc est,
detinet se timens malum perpetrare aliquibus bonis considerationibus, hic & hinc
voluendo, & timendo, sed tamen victus passione cõmittit illud: qui vero illud deglutit,
aut bibit, absque vllo metu facilè & subitò
qualibet cõmittit facinora. Contra quos Iob Iob 15.
dicebat: Qui bibunt quasi aquam iniquitatẽ,
sic sunt qui minima curant, & maxima negligunt. Imò & deglutiunt, nam qui deglutit id facit ne fortè si in ore volum detinue-
rit impediatur ab edendo illud: sic qui facilè absq; vlla consideratione peccant, id faciunt maximo desiderio peccandi, ne interim aliquid à fruenda voluptate eos intercipiat. Quia minima masticant maxima deglutiunt, homines nimiũ scrupulosi in rebus
parui momenti. cùm de magnis peccatis nil
curent, de quibus alius Euangelista dicit.
Liquantes culicem. id enim liquamus quod
in ore detinemus, vt liquefiat; id autem de-
glutimus, cùm cito deuoramus *Væ vobis Scri-*
bæ. & Pharisæi hypocritæ qui mundatis quod
foris est calicis & paropsidis, intus autem pleni
estis rapina & immunditia. Multa quidem
Moyses & varia de expiandis, & lauandis
corporibus, vestibus, vasis præcepit, non tamen, vt hæc externa dumtaxat quæreret
Deus, sed vt vel per externa discerent qua-
ta mundities eos deceret & innocentia, qui
in Dei populo coram oculis Dei versantur.
Hinc toties repetit. Sancti estote: quoniam
ego sanctus sum. Et iterum, docebitis filios
Israel, vt caueant immunditias Leui. 19. c. 15. Leuit. 19.
Quemadmodum enim qui sermo abludũ
culicem cõmittit, omnium maximè intedit
ac vult, vt inter nos mũdetur, etiam si verbis
non exprimat. Sic Deus per externos huiusmodi ritus purificationis omnium maximè
quærebat mentis purificationem: quemadmodum & nostræ ceremoniæ maximè ad id
institutæ sunt, vt admoneant eorum quæ spi
ritualiter à nobis exigit Deus. Pharisæi autem solam literam legis sequentes spiritũq;
negligentes variis vtebantur purificationi-
bus. Non enim manducabant, nisi lotis manibus. Hoc igitur arguit Christus. *Væ vobis,*
vobis qui mundatis quod exterius est calicis.
Quasi dicat, Credit is vos inquinari si biberitis ex illo calice, & puri vobis videmini si
calix fuerit & quod in illo est fraude partũ
sit, vel rapina. Nitet exterius corpus atq; interior potior vestri pars illuuie sordibus scatet
Deo abominabilis. Si placet puritas cur nõ
totum hominem puram redditis? Noli ... qui
corpus

corpus creauit, idẽ creauit, & animam? Verũ pareat priorem esse curã eius partis, quę potior est. Igitur hæc exterior lotio in comparatione ad interiorem vituperatur. Quid enim prodest mundum habere vas, *Esai. 3.* si quod in eo continetur spurcitia est? Si autem animam quam continebat vas corporis habebant immundam plenam rapinis, secundũ illud, Rapina pauperis in domo vestra. Et *Nahũ. 2.* Naha. Impleuit præda speluncas suas, & cubile suum rapina. Vnde dicit, *Intus autẽ pleni estis rapina, & immunditia* carnalis, scilicet, quia dicebant legẽ non prohibere animum, sed manum. Vnde Ezechiel. 14. dici- *Ezech. 14.* tur, Filii hominis viri isti posuerunt immun- *Daniel. 13* ditias in corde suo. Et Daniel. 13. Concupiscentia subuertit cor tuum. *Pharisæe cæce mũda prius quod intus est calicis & paropsidis, vt fiat quod foris est mundum.* Verbis docuit Christus vbi incipienda sit vera purificatio, nẽpe in interiori homine, in ea scilicet parte qua ad imaginem Dei creati sumus: hinc *Matth. 5.* Christus Matthæi. 5. Beati mundi corde, & *Esai. 1.* Esai. cap. 1. Lauamini, mundi estote, auferte malum cogitationum vestrarum ab oculis *Hierem. 4* meis. Et Hierem. 4. Circuncidite præputiũ *Ibidem.* cordis vestri. Et alibi, Hierusalem laua à malitia cor tuum, sed de hac cordis munditia plura dicta sunt c. 5. & 12. *Munda prius quod* *D. Hieron. simile.* *intus est.* Nam, vt ait Hieron. ad Pammachium & Oceanũ tomo. 4. Vasa limo plena liquorem puri elementi recipere & continere nõ possunt. Ager spinosus nisi ante cultoris labore fuerit extirpatus, non nutrit in se iacta semina, sed suffocat. Ita animus secularibus sollicitudinibus plenus, & illecebris, verbum non potest sustinere diuinum, nisi prius mundauerit cor ab eis. Non est fidelis medicus qui ante digestam putredinem superducit vulneri cicatricem, &c. *Væ vobis scribæ, & Pharisæi hypocritæ, quia similes estis sepulchris dealbatis, quæ à foris apparent hominibus speciosa, intus autem plena sunt ossibus mortuorum, & omni spurcitia. Sic & vos à foris quidem paretis hominibus iusti, intus autẽ pleni estis hypocrisi & iniquitate.* Hæc est differentia inter iustos & hypocritas, quòd iusti ornatũ suũ intus in anima habẽt, sic enim *Psal. 44.* & Psal. 44. de anima iusti dicitur: Adstitit regina (Ecclesia scilicet, bonorum) à dextris tuis in vestitu deaurato circundata varietate. Et paulò ante dixerat. Myrrha, & gutta, & casia à vestimentis tuis, à domibus eburneis: & posteà: Omnis gloria eius ab intus. Vides ornatum Ecclesię penè foris deaurata est aureis fimbrijs, & varijs intexta coloribus. Licet enim in ea variarũ fulgor gratiarum, deinde aromatibus fluunt vestes eius bonum odorem alijs ingerunt, intus verò omnis gloria eius, in corde, scilicet, puro, & conscientia bona, & fide nõ ficta. Nisi enim hęc gloria intus fuerit, tuo periculo venisti ad nuptias: è contrà verò hypocritarum ornatus nil aliud est quàm externa dealbatio. Vnde Paul. Act. 23. dicit ad quendam hypocri- *Act. 23.* tã. Percutiet te Deus, paries dealbate. Quare apud Ezechiel. cùm præcepisset ei Deus cap. 8. vt foderet parietem templi, plenum *Ezech. 8.* abominationibus reperit illud. Secũdo differunt iusti, & hypocritæ, quòd illi sunt templum Dei, nam ad bonos dicit Apostolus. Nescitis, quia templum Dei estis, & Spiri- *1. Cor. 3.* tus sanctus habitat in vobis? Hypocritę autẽ sunt sepulchra mortuorum. Tũ, quia habent animam peccatis mortuam: tum, quia nil nisi fœtidũ ex eis prouenit. Ex corde (inquit Dominus) exeunt cogitationes malę, furta, homicidia, &c. & Psal. 13. Sepulchrum patẽs *Psal. 13.* est guttur eorum, linguis suis dolosè agebant, &c. Quare & hic subiungit Dominus dicens. Intus autem plena sunt ossibus mortuorum. Per quæ significatur robur ad peccandum, & duri cordis obstinatio. Vnde Ezech. 32. dicitur. Iniquitates eorum in ossibus eorum. Hoc est, habent confirmatã malitiam, obduratam & sigillatã in ossibus. Si- *simile.* cut quando febris & malus humor vsq; ad ossa penetrat, confirmatus morbus & incurabilis est. *Et omni spurcitia.* Sicut Esai. 14. *Esai. 14.* dicitur, Tu proiectus es de sepulchro tuo sicut sanie pollutus & inuolutus. Significatur etiam per hoc, quòd hac exteriori simulatione sanctitatis & laude hominum, quam per illam aucupabãtur, celabant peccata sua, non solùm hominibus, verùm sibiipsis, & Deo. Existimabant enim in veritate se sanctos esse: quia alij eos tanquam iustos venerabantur. Quare Gregor. 4. Moral. cap. 14. *D. Greg.* ait. Hypocritæ non de suis operibus retributiones perpetuas, sed transitorios fauores quærunt, & tamen, quia quasi sanctos laudari se audiunt, esse se veraciter sanctos arbitrantur. Et quanto se ex multorum æstimatione irreprehensibiles putant, tanto diem iudicij securius expectant. De quibus dicitur Amos. 5. Væ desiderantibus diem Do- *Amos. 5.* mini. Et quia hypocritæ omnia sua occultè faciunt, & quasi sub vmbra sepulchri; tamẽ Dei opera in luce fieri debent: sic enim D. August. explicans illud Psalm. 18. In sole *Psal. 18.*

posuit

posuit tabernaculum suum, ait, In manife-
statione vult Ecclesiam suam non in ocul-
to, nō velut operta, ne fortè fiat, sicut oper
ta super greges hæreticorum. Quare cùm
Luc. 11. Dominus Lazarum suscitauit, præcepit vt
lapis tolleretur; nec enim sub hominum lau
de, aut propria ignorantia debet delitescere peccator; sed foras per confessionē, &
sui ipsius cognitionē prodire, ne se ipsum ac
Deum fallere præsumat. *Sic & vos (subinfert Dominus) a foris quidem apparetis hominibus
iusti: intus autem pleni estis hypocrisi, &
iniquitate.* Nā licet hypocrisis in exteriori ap
parentia consistat, tamen si non prodit ex
intentione decipiendi, hypocrisis non est.
Quare dicit eos intus plenas hypocrisi: hinc
2.Timo.3. Pau. 2. Timot. 3 ait: Erunt homines amantes
se ipsos, habentes quidem speciem pietatis,
virtutem autem eius abnegantes. Et 1. Ti-
1.Timo.4 moth. 4. Spiritus manifestè dicit, quòd in
nouissimis diebus discedent quidam à fide
attendentes spiritibus erroris, & doctrinis dę-
moniorum, in hypocrisi loquentium mendacium. *Et iniquitate*. Vt Ezech. 7. dicitur:
Psal. 72. Ciuitas plena iniquitate. Et Psal. 72. Prodijt quasi ex adipe iniquitas eorum. Nam
quemadmodum adeps in occulto est, ex quo
crassities eliquatur; sic ex malitia quam isti
gerebāt in corde, tot extrinsecus mala pro-
dibant. Quò contrà iusti exterius horridi,
interius autem nitidi sunt. De quibus in Cā
Cant. 1. tic. c. 1. Nigra sum, sed formosa sicut tabernacula cædar, sicut pelles Salomonis. Taber
nacula quippè cædar intus pulchra, sed extra horrida erant: & pelles quas fecit Salomon ad tegendam arcam intus erant au-
ratę & fulgentes gemmis & extra deformes,
& rigidæ hæc omnia D. Chrysostom. homil.
45. imperfec. His verbis videtur docere super hunc locum. Meritò inquiens iustorum
corpora tēpla dicūtur, quia anima in corpo
re iusti dominatur & regnat quasi Deus in
templo, vel certè quia ipse Deus in corporibus habitat iustis. Corpora autem peccatorum sepulchra dicuntur mortuorum: quia
anima mortua est in corpore peccatoris, nec
enim viuens putanda est quæ nihil viuum,
aut spirituale agit in corpore. Vel quia mors
ipsa habitat in corporibus peccatorum. Sicut ergo sepulchrum quandiu quidem clausum est pulchrum videtur à foris, si verò fue
rit apertum horribile est. Sic & simulatores
bonorum quandiu quidem non cognoscan-
tur laudabiles sunt: cùm autem cogniti fuerint inueniuntur abominabiles. Dicito mihi, ò hypocrita, si bonum est esse bonum;
vt quid non vis esse quòd vis apparere? Si
vero malum est esse malum; vt quid vis esse
quòd non vis apparere? Nam quod turpe est
apparere, formosius est esse? Ergo aut esto
quòd appares, aut appare quòd es: quia ma
nifestum malum à sapientibus non facilè re
prehenditur, dum insania æstimatur. Ego
credo quòd illud, nam quòd turpe est apparere formosius est esse, debeat legi interro-
gatiuè: sic nam quòd turpe est apparere formosius est esse? Alias fateor me hoc dictum
non intelligere. *Væ vobis scribæ, & Pharisæi hypocritæ, qui ædificatis sepulchra prophetarum, & ornatis monumenta iustorum, & dicitis si fuissemus in diebus patrum nostrorum,
non essemus socij eorum in sanguine Prophetarum. Itaque testimonio estis vobismetipsis
quia filij estis eorum qui Prophetas occiderunt.
Et vos implete mensuram patrum vestrorum. Serpentes, genimina viperarum, quomodo fugietis
à iudicio gehennæ.* Hic meritò dubitatur, cur
Dominus interminetur his qui ædificent sepulchra Prophetarum, & qui dicunt, si fuissemus in diebus patrum nostrorum non essemus socij in sanguine prophetarum: cum
nullum horum malum sit, sed potius bonum
& optimum. Titelmanus dicit, quòd pon- *Titelma-*
dus maledictionis non cadit super hæc, sed *nus.*
suspenditur vsq; ad illa verba, & vos implete
mensuram patrum vestrorum. Nam propter
hoc ventura erat super illos maledictio: quia
malitiam præcedentium patrum erant con-
sumaturi. Vnde & infert: Serpentes genimina viperarum. Sed hæc interpretatio du-
riuscula apparet, cùm litera apertè aliud videatur sonare: nam illud, væ, super omnia,
quæ sequuntur cadit. Ideo dicendum cū Ian *Iansen.*
senio, cap. 84. concordiæ, quòd duplici intentione ædificātur sepulchra, vel in honorē
mortuorum, vel in memoriam eorū qui occiderant eos, vt sepulchra victores faciunt
in locis, vbi consequuti sunt victoriam, sic
Ioab congessit aceruum magnum lapidū super corpus Absalon in memoriam victoriæ *2.Reg. 18.*
suæ contra eum. Igitur Pharisæi isti per hypocrisim ædificabāt hæc sepulchra prophetarum, non ea intentione, vt honorarent
eos, sed vt populus intelligeret eos non approbare facta patrum suorum. Et cùm ex
alia parte ipsi re & affectu patrum suorum
scelera imitarentur; rectè eis increpatur hoc
factum, quod non recta intentione faciebat,
imò videbantur consumare facta patrum
suorum sepeliendo illos quos illi occiderāt.

Pri-

Primum enim est occidere, deinde sepelire; quare eos vocat progenies viperarum, quasi imitatores cordium patrum suorum, & qui impleturi erant mensuram eorum persequendo ipsum Dominũ Iesum caput prophetarum. Et sic intelligitur Lucas qui Luc. 4. dicit illos testimonium de se ferre quod consentirent operi prophetarum; nam se ipsos vocabant filios eorum, qui occiderunt prophetas; & familiare est filijs, patrum mores imitari. Sensus igitur est: vos ædificatis sepulchra prophetarũ quos occiderunt patres vestri, non ea intentione, vt illos honoretis, ne patrum scelus cõdemnetis, sed per hypocrisim hoc volentes quod intelligat populus, ergo non idem animo geritis. Ex alia parte vos fatemini quod estis filij illorum qui occiderunt prophetas; & tanquam progenies eorum serpentum sævitiam profertis me prophetarum magistrum, & caput occidere volentes; ergo væ vobis qui illorum perversos imitamini mores, & facto vestro ac dicto videmini illorum approbare facta. Id autem quod dicit, & vos implete mensuram patrum vestrorum, non sic accipiendum est quasi id imperet aut præcipiat vel consulat, sed permittendo futura dicit: Et vos implete mensuram; secundum consuetum loquendi modum, quo dicimus persecutoribus nostris, facite totum quod concupiscitis. Vel quomodo ei qui post multam admonitionem persistit, in proposito perpetrandi mali dicere solemus. Quando quidem ita facere planè decreuisti, & ita oportet fieri, age facito, significantes deinceps non nos prohibituros. Sic intelligitur ipsum id permissurum. Sic & ad Iudam Matt. 25. dixit. Quod facis fac citius, & Hierem. 25. Bibite, inebriamini venite cadite. Potest etiam dici id dixisse Dominum, prænuntiatione significans omninò hoc ita futurum ab eis, per occisionem sui, & Apostolorum suorum. Sensus itaque huius sententiæ hic est. Cùm vos vestro testimonio sitis filij eorum qui occiderunt prophetas, filios autem oportet parentibus esse similes; imitamini Gen. 15. itaque eorum, & quod deest malitiæ eorum, & peccatis vos superaddite, vt completa sit, & perfecta malitia patrum vestrorum. Simili modo Dominus olim dixit ad Abraham. Nondum sunt completæ iniquitates Amorrhæorum. Sic modo Iesus dicit, implendas esse iniquitates patrum. Sub mensura namque iniquitatum Iudæorum, quæ iam inceperant in patribus, comprehendebatur occisio Christi, & persecutio discipulorum eius, quæ cõplere debebant isti. Et propterea dicit illis: Implete mensuram patrum vestrorum. Hoc autem licet ab ipso permitteretur, in illorum tamen malũ cadere debebat quod illis ob malitiam ipsorũ eventurum exclamat, quandò cum detestatione malitiæ ipsorũ, & deploratione condemnationis ipsorum exclamando subijcit. *Serpentes genimina viperarum.* Id est progenies viperarum, hoc est, pessimorum parentum pessimi filij, quomodo fugietis à iudicio gehennæ? Hoc est, quomodo fugietis condemnationem inferni, aut iudicium quod mittit in gehennam? Quasi dicat. Quamuis modo ad tempus effugiatis iudicium hominum nullo tamen modo poteritis effugere iudiciũ pœnæ infernalis: cùm vos præbeatis incorrigibiles, etiam post tot media per me tentata, vt qui nec beneficijs, nec miraculis, nec blandis sermonibus, nec austeris, nec minis, nec promissis corrigi possitis. Aduertit hic hominum conditionem. Isti videbantur condemnare suorum progenitorum incredulitatẽ, eo quòd prophetas occidissent, cùm tamen ipsum omniũ prophetarum magistrum occidere tractarent: sic homines aliorũ errata linceis oculis videntq; cùm sua multo maiora interdũ non considerent. Dicebant isti: Si nos fuissemus in diebus patrũ nostrorũ, nõ essemus socij in sanguine prophetarũ: & habebant præsentem caput prophetarũ, & occiderunt illũ: sic nos dicimus, si Christũ & discipulos eius agnouissemus administrassemus vtiq; illis: & habes præsentes pauperes, qui Christi tibi personam referunt, & persequeris illos, nec dũ misereris eis. An non similes Iudæis sumus? Vis vt credã tibi te ministraturũ fuisse Christo, si eius temporibus fuisses? Ministra pauperibusq; si non facis, sed persequeris certo scias te etiam ipsum Christũ persequuturum fuisse. Quid enim prodest tibi mortuos honorare, & viuentibus necessaria denegare? Hinc Chrysost. vbi supra ait homil. 45. in D. Chrys. imperfect. Qualis est virtus iustitiæ munerare mortuos, & expoliare viuentes. De sanguine miserorum tollere, & Deo offerre. Illud non est Deo offerre, sed velle violentiæ suæ socium facere Deum, vt cùm si oblatam sibi pecuniam de peccato libenter acceperit cõsentiat in peccato. Vis domum Dei ædificare? Da fidelib⁹ pauperib⁹ vnde viuant, & ædificasti rationabilẽ domũ Dei. In ædificijs enim homines habitant,

Deus autem in hominibus habitat. Considera etiam circa illa verba, & sequentia, *Serpentes & genimina viperarum*, quod nunquam legitur Dominũ ita rigidè locutũ ad Pharisæos, sicut in his vltimis quos ad eos habuit sermonibus: sicut nunquàm sic blandè suos discipulos tractauit, sicut in vltima cœna cũ ab eis tollendus erat. Quoniam vtrisq; tàm bonis, quã malis in vltimo manifestat, quid in æternũ cum eis facturus sit, nempè malos in æternũ castigando bonos in perpetuum præmiando. *Et vos implete mensuram patrũ vestrorum.* Hic vides quod peccata nostra quãtùcunq; in nobis negligantur; tamen coram oculis Dei in vnũ quasi aceruũ cumulantur, vt mensuram suam compleant, id quod Paulus Rom. 2. dicit: Tu autem secundum malitiam tuam, & in pœnitens cor; thesaurizas tibi iram in die iræ, & iusti iudicij Dei. Verùm nunquid immensum accrescit aceruus ille peccatorum? Nequaquã. Mensura enim est in quam coaceruamus peccata. Certum tempus præfixũ est quandiu tolerare velit peccantes. Non quod Dei misericordia ad infinita peccata, & infinitũ tempus peccãdi se extendere non posit; sed quod iustitia eius aliquandò exigit, ne plus iam peccatores ferat. Quandiu autẽ mensura impleta non fuerat feru tollerat, admonet. Ne impleamus, ne addamus, nõ nunquã, & flagellis etiã cohibet. Impleta autem mensura iam irreuocabiliter incumbit iudiciũ Dei, adeò, vt si steterint Moyses, & Samuel orantes, non exaudientur, atq; hoc iudicium dicitur consummatio quemadmodũ in Hieremia dicitur: cõsummationem ego faciam in cunctis Gentib', & Ezechiel. c. 11. Cùm audisset sententiam Domini contra Hierusalẽ: heu, inquit, Dominus consummationem tu facies reliquiarum Israel. Hanc autem consummationẽ tũc faciet cùm impleta sunt peccata: tunc autem impleta sunt, cùm iam admoniti, nec dũ resipiscimus, sed perseueramus in peccatis, ac defendimus peccata, reluctamur Deo, contemnimus, abijcimus, deridemus, persequimur diuinam admonitionem. Hic impletur mensura. Hoc pati, nec potest, nec vult Deus. Hoc est, peccatum in Spiritum sanctum, quod remissionem non meretur. Hoc peccatum sequitur consummatio, Id quod plurimis exemplis monstrare possum. Pessimi erant homines ante diluuium, verùm nondum impleuerant peccata, donec ipsum Noë diuinæ iustitiæ preconem, vt Petrus ait. 2. Petri. 2. contemnerent. Tunc secuta

Rom. 2.

Hier. 30.

Ezech. 11.

2. Petr. 2.

est consummatio per diluuium. Sic Sodomitæ, tunc impleuerant peccata, cum ipsum Loth nedum non audirent: sed & affligerent. Sic Ægyptij tunc impleuerunt peccata, cùm Moysem Dei nuncium nedum audirent, sed insuper totis viribus resisterent. Sic Chananæi tunc impleuerunt peccata, cùm scirent sententiam Dei latam super eos nedum non pœniterent; sed insuper Deo resistere attentarent, ac Israelitas repellerent. Sic Iudæi verè impleuerunt peccata, cùm nedum Prophetas, sed Christum occiderunt, & Apostolos. Vnde protinus sequuta est cõsummatio. Obserua quicunque numerus peccatorum, quocunque tempore protractus, quibuscunque circunstantijs auctus, potest à Deo remitti, nec vnquam in hac vita de diuina misericordia est desperandum. Verùm cùm ad id peruenerit peccator, quod dictum est, iam ipse resistit Spiritui sancto, & à se remedia omnia abijcit, & ideò meretur quod illum etiã abijciat, atque repellat Deus. Et hoc est mensuram explere, non solùm obstinatè peccare; verumetiam remedia contra peccata abijcere. *Serpentes, ait, genimina viperarum.* Quasi dicat. Non solùm ex malis parentibus orti, sed ipsi mali estis. Parum esset genimina esse viperarum, nisi & ipsi serpentes essetis. Nihil officit malos habere parentes, si malus ipse non sis. Iustitia iusti liberauit eum. Et anima quæ peccauerit ipsa morietur dicitur Ezechiel. 18. subiungit vltra hæc Dominus. *Ideò dico vobis: Ecce ego mitto ad vos Prophetas, & Sapientes, & Scribas, & ex eis occidetis, & crucifigetis, & ex eis flagellabitis in synagogis vestris, & persequemini de ciuitate in ciuitatẽ, vt veniat super vos omnis sanguis iustus, qui effusus est super terram, à sanguine Abel iusti, vsque ad sanguinem Zachariæ filij Barachiæ, quem occidistis inter templum & altare. Amen dico vobis venient hæc omnia super generationem istam.* Ideò dico vobis, hoc est, verius & clarius vobis exprimere volens vestrã malitiam, dico vobis Ecce ego Dei filius æternæ Patris sapientia mitto in festo Pentecoste. Ad vos Iudæos (extendit sermonem ad omnes: nam hactenus alloquutus est Scribas, & Pharisæos) *Prophetas.* Nam etiã in nouo Testamento fuerunt Prophetæ, vt patet ex illo Actorum. 13. Erant in Ecclesia Antiochæ Prophetæ, *& Sapientes* circa diuina, *& Scribas.* Doctos scilicet in lege; isti fuerunt Apostoli, & Discipuli Christi.

Ezech. 18.

Act. 13.

[illegible] occideritis & crucifigetis. Christum Dominum [illegible] [illegible] quosque [illegible] perfecit [illegible] [illegible] Paulus [illegible] [illegible] [illegible] super [illegible] Vt [illegible] [illegible] [illegible] Vt sanguis Abel super [illegible] [illegible] pro effuso innocenti sanguine [illegible]

Matth. 27 [illegible] ad Pilatum [illegible] super nos, & super filios nostros. Hoc est, [illegible] Pilatus [illegible] pro

Ioan. 19 Christi condemnatione [illegible] [illegible] [illegible] sanguinis [illegible] [illegible] ab aliquo [illegible] vt [illegible] [illegible] Quemadmodum

3. Reg. 2. [illegible] Salomon [illegible] Banaiam [illegible] interficere Ioab. Interfice (inquit) & sepeli eum, & [illegible] sanguinem innocentem qui effusus est a Ioab, [illegible] & domo Patris mei. Videlicet [illegible] [illegible] quod per [illegible] Ioab [illegible] [illegible] Abner & Amasa, quos interfecit Ioab [illegible] [illegible] periculum quod Dominus illorum sanguinem [illegible] Domo David exigeret; sicut super [illegible] Israel [illegible] Dei super sanguinem Gabaonitarum quos occidit Saul, datae septem ex filijs Saul [illegible] sunt [illegible] in vltionem sanguinis illorum: & tunc propitiatus est Dominus terrae, & [illegible] Gabaonitarum ab Israele. Hoc igitur est sanguinem [illegible] hoc est, vltionem pro effuso sanguine infligi. Et hoc idem est sanguinem requirere, vltionem exquirere, vel addere

Luc. pro effuso sanguine, vt apud Lucam dicitur: *Ita dico vobis requiretur [illegible]* [illegible] Sed tunc [illegible] dubium; cur sanguis [illegible] quem alij effuderunt debeat [illegible] [illegible] [illegible] [illegible] [illegible] & [illegible] [illegible] [illegible] Caietanus. Non [illegible] [illegible] [illegible] [illegible] [illegible] [illegible] [illegible]

aliorum [illegible] [illegible] interfecerunt. Nam [illegible] Dominum Christum, [illegible] prophetas [illegible] [illegible] [illegible] & innocentes in illis [illegible] [illegible] [illegible] [illegible] [illegible] [illegible] occiderunt. Nam [illegible] [illegible] fuerunt [illegible] Christi Domini, & [illegible] inter [illegible] [illegible] & [illegible] qui [illegible] loquebatur:

Act. 9. Quare ipse dixit ad Paulum: Saule, Saule, quid me persequeris? [illegible] [illegible] quod [illegible] [illegible] Christi [illegible] Nam huic [illegible] [illegible] [illegible] [illegible] correspondet [illegible] pro effusione [illegible] sanguinis [illegible] [illegible] [illegible] sed [illegible] [illegible] [illegible] [illegible] [illegible] [illegible] [illegible] occisor [illegible]

D. Hiero. Christus. Vel secundum [illegible] Hieronymum super Matthæum, & Bedam super Lucam, quod in Scriptura dicitur generationes hominum [illegible] bonorum scilicet, & malorum. Hoc est, quod omnes bonos sub vna comprehendit generatione, & [illegible] omnes malos sub alia. Et proinde cum dicit omnem sanguinem prophetarum requirendum a generatione ista, per generationem istam demonstrari [illegible] [illegible] a principio mundi fuit [illegible] [illegible] generationem, cuius & Iudæi qui tempore Christi fuerunt pars quædam præcipua [illegible] [illegible] autem generationem certum est requiri in præsenti vita, & [illegible] futura [illegible] [illegible] sanguinem ab illis effusum. Sed [illegible] hanc sententiam nihil noui, & [illegible] intelligi potest continuatum fuisse Dominum [illegible] sui temporis; [illegible] voluisse consummare [illegible] [illegible] Proinde ad

Iansen. [illegible] [illegible] Iansenio, cap. 84. [illegible] in Scripturis, quando de [illegible] Deum [illegible] peccata in filijs, idque [illegible] quando filij [illegible] [illegible] [illegible], non fugiunt, [illegible] sed etiam [illegible] [illegible] vt Deus ad [illegible] Deus [illegible] vt non [illegible] indigna omnino [illegible] supplicia inferret. Sic [illegible] Amalecitis per Saulem vindicauit [illegible] patres Israelitis restiterant, cum egrederentur de Aegypto. Sic cum completae essent iniquitates Amorrhaeorum, Dominus illos [illegible] terram Israelitis [illegible] illam terram [illegible] iniquitates essent completae, vt dicit [illegible] Cum enim filij parentum [illegible] peccata imitantes [illegible] maiorem vltionem diuinam [illegible] quo magis Dei patientia [illegible] abutuntur [illegible] imitationem parentum [illegible] cumulant & impleant; [illegible] completa, & [illegible] vltio diuina [illegible] iniquitatem [illegible] esse vltio omnium iniquitatum [illegible] parentes eorum admiserant. Non [illegible] eorum non [illegible] poenam, aut quod filij [illegible] patiantur, quam non promeruerint, [illegible] grauiorem, quam promeruerint; sed quod filiorum Dei bonitate [illegible] iniquitas [illegible] per eam consequenter [illegible] peccata, ita in eos diuina vltio [illegible], & suppleat quod parentum [illegible] deerat vindicandis. Itaque hic Dominus [illegible] *Vos implete mensuram patrum vestrorum.* At tunc [illegible] sanguinem iustum, qui ab exordio mundi effusus est. Rursum [illegible] illud notandum est, parentum peccata non dici puniri in filijs, nisi quatenus [illegible] filij cum parentibus suis vna generatio, & vnus populus, vt in ipsis filijs etiam parentes [illegible] tota generatio dicantur puniri; quemadmodum Abraham [illegible] accepit promissam sibi terram, quatenus [illegible] cum sua posteritate. Nam siquidem filij considerarentur, vt singulares personae, non sumit Deus de illis nisi pro singulari eorum peccato singularem vindictam. Si verò considerentur, vt [illegible] generatio, sic generalem de eis vindictam dicitur Deus sumere, qua non singularis tantum persona: sed tota [illegible] generatio plectitur. Quam [illegible] vltionem, vt omni tempore [illegible] filij [illegible] Dominus [illegible] loqui de Iudaeis sui temporis [illegible] patribus populus [illegible]

[illegible] inquit [illegible] in vestris perfidiis, sed in patribus [illegible] Christi [illegible] Christi [illegible] Gentes [illegible] à Deo [illegible] in eorum [illegible] Tunc adimpletum est quod [illegible] Christi [illegible] Prophetae David Psal. [illegible] Psal. [illegible]

[illegible] *sanguis iustus qui effusus est super terram.* Id autem quod sequitur: *A sanguine Abel iusti vsque ad sanguinem Zachariae filij Barachiae, quem occidistis inter templum & altare,* [illegible] habet etiam difficultatem. Primum Abel inter Prophetas [illegible] pro certo [illegible] debet [illegible] spiritu diuino afflatus [illegible] & [illegible] cognouit [illegible] Saluatorem mundi, quod [illegible] sacrificio, & morte praefigurauit. Sed de quo Zacharia hic Dominus loquutus est [illegible] dubium. Nec enim desunt [illegible] hunc Zachariam fuisse Ioannis Baptistae patrem, quem Iudaei interemerunt inter templum & altare, eo quod beatam Virginem post genitum filium Dei, in loco virginum [illegible] collocare. Erat enim locus pro virginibus in templo separatus. Hoc docet Basilius in sermone de Christi natiuitate, & dicit id per traditionem [illegible] sua tempora [illegible]; vt per hoc confirmaretur admirabile illud & decantatum signum: Virgo [illegible] genuit, & virgo [illegible] permansit. Idem habet Origenes homil. [illegible] in Matth. Alij putant hunc Zachariam fuisse [illegible] inter duodecim Prophetas [illegible] in sua prophetia dicitur fuisse filius Barachiae, de quo Origenes [illegible] in scripturis [illegible] manifestis [illegible] fuisse occisum inter templum & altare.

Basilius.

Origenes.

Caeterum vtramque hanc sententiam reijcit Diuus Hieronymus, quòd neutra scripturae alicuius certa authoritate fulciatur. [D. Hiero.] Quare verisimilius multò est, quòd hic Zacharias fuit ille summus Sacerdos cuius fit mentio. 2. Paralypom. 24. [2. Para. 24] qui fuit filius Ioiadae. Hic enim populum legem Domini derelinquentem acriter increpauit; & ideò ex mandato Regis Iohas lapidibus obrutus est à populo in atrio domus Domini. Sed huic intellectui obstat, quòd hic Zacharias, in praefato loco dicitur filius Ioiadae; hic autẽ dicitur à Matthaeo filius Barachiae: sed haec difficultas dupliciter soluitur. Primò dicendo cum Hieronymo, quòd Barachias significat benedictum Domini, quo nomine sanctitas sacerdotis Ioiadae significatur, qui sic dicebatur à populo propter insignem eius pietatem. Ac si diceret, filius illius benedicti, ac sancti viri, qui ita nuncupabatur à populo. Vel simplicius dixeris illum fuisse binominem, quod familiare erat Gentibus populi illius, & idem vocabatur Barachias, & Ioiadas sicut pater Dauid dicebatur Iesse, & Esai. Nam eodem Hieronymo teste, pro Barachia in Euangelio Nazaraeorum inuenit Ioiadae. Locus autem inter templũ & altare erat spatiũ illud, quòd erat in atrio templi; inter ipsum templum, & altare holocaustorum, quòd erat in atrio in quo spacio erat lauatorium. Adhuc autem quaeritur cur istorum duorum meminerit dominus Zachariae, scilicet, & Abel, praecipuè cũ post hunc Zachariã multi alij prophetae occisi sint? Nam de Manasse dicitur, quòd impleuit Hierusalem, vsque ad os innoxio sanguine. 4. Regum. 21. [4. Reg. 21.] Titelmanus [Titelmanus] ideò horum signanter meminisse dicitur, vt significetur pro omnibus iustis cuiuscunque conditionis, aut quocunque loco interfectis exquirendam esse vindictam. Abel autem, & Zacharias, & conditione, & loco diuersissimi fuerunt. Abel enim simplex erat ouium pastor, nec sacerdos vllo modo erat: quoniam in lege naturae sacerdotium primogenitura erat annexum. Abel autem non fuit primogenitus: sed hoc tantum legimus, quòd iustus fuerit, & ex optimis Domino immolauerit. Zacharias autem, & sacerdos, & sacerdotis filius fuit, & propheta: quoniam tanquam propheta populo praedicabat, nam de eo dicitur in libr. Paralyp. [2. Para. 24] quòd spiritus Domini induit Zachariam filium Ioiadae sacerdotis, &c. Similiter in loco interfectionis diuersi fuerunt. Nam hic agro ille, hic in atrio templi fuit occisus. Et in occisionis modo, similiter fuit diuersitas. Quoniam ille ab vno suo fratre, hic à toto populo iubente Rege interfectus est. In his ergo diuersitatibus diuersas conditiones iustorum vult significare; de quorum omnium interfectionibus expetenda est vindicta. Sed rectius cum Caietano, & Iansenio dicitur, [Caietan. Iansen.] ideò de Zacharia fieri mentionem, quoniam hic est vltimus iustus qui in sacris Scripturis legitur interfectus fuisse. Et secundò quoniam Scriptura in hoc Zacharia, & in Abel duntaxat exprimit petitionẽ vindictae. In Abel enim dicitur. Ecce vox sanguinis fratris tui clamat ad me de terra, [Genes. 4.] In Zacharia verò cùm narrat illum morientem dixisse: Videat Dominus, & requirat: [2. Para. 24] quia enim de vindicta sanguinis Prophetarum Dominus loquebatur, par fuit, vt illorum sanguinem commemoraret, quorum vindicta petita traditur in sacra Scriptura; vt ex his duabus vltionibus petitis intelligatur similiter petitae vindictę omnium aliorum Prophetarum, ac proinde rationabiliter, sic dictum, vt inquiratur sanguis omnium Prophetarum tanquam petens vindictam, à sanguine Abel, cuius sanguis clamauit ad Deum, vsque ad sanguinem Zachariae, qui moriens dixit videat Dominus & requirat. *Amen dico vobis venient haec omnia super generationem istã.* Ista repetitio semel dicti cum particula, ita, vel, amẽ, significat vehementem asseuerationem, & rem notatu bene dignam. Sic & alibi postquàm confessus esset Dominus Patri, quòd abscondita à sapientibus & prudentibus, reuelasset paruulis, statim subiungit, Itã Pater, quoniam sic placuit ante te. [Luc. 10.] Et alibi, postquàm docuit Patrem Deum super omnes esse timendum, eo quòd haberet potestatem corpus, & animam mittere in gehennam; mox subiungit. Ita dico vobis hunc timete. [Luc. 12.] Idem in huiusmodi vsu valet particula, ita, quòd, amen, vnde apud Lucam hoc loco dicitur. Ita dico vobis requiretur ab hac generatione. *Hierusalem, Hierusalem, quae occidis Prophetas, & lapidas eos qui missi sunt ad te; quoties volui congregare filios tuos, quemadmodum gallina congregat pullos suos sub alas, & noluisti. Ecce relinquetur vobis domus vestra deserta. Dico enim vobis non me videbitis à modo, donec dicatis, Benedictus qui venit in nomine Domini.* Nomine Hierusalẽ totũ populũ Iudaicũ intelligit, cuius praecipua ciuitas erat Hierusalem, vbi erat templum, & tamen illa citò deuastanda erat. Conduplicat autem nomen, vt exageraret conditionem ciuitatis, cui tot beneficia, & priuilegia donauerat. *Quae occidis Prophetas.* Non dicit occidisti, aut lapidasti, sed occidis: vt ostendat perseuerantiam illius gentis in occidendo Prophetas. Adhuc enim in sua crudelitate perdurabant ipsum Dominum, & discipulos eius volentes occidere, vt de facto fecerunt. *Quoties volui*, voluntate signi nempè praecipiendo, monendo, visitando, per Prophetas. *Congregare filios tuos quemadmodum gallina congregat pullos suos sub alas.* Hoc est, congregare non quomodocunque, sed materno affectu more gallinae respectu pullorum, vel. congregare protegendo, & curam maximam vestri gerendo. Et dicendo, Hic Dominus, quoties volui, ostendit quòd sit Deus: quia omnibus praeteritis temporibus id voluit. *Et noluisti.* Damnatur hoc loco stulta illa necessitas, in negotio salutis, & ostenditur liberum arbitrium. Sed notandū

Caietan. ex Caietano in hoc loco, quòd licet Deus non habeat nisi vnam voluntatem, & vnum velle quòd est substantia eius: velle tamen diuinum relatum ad praecepta, monita, cōsilia, prohibitiones, & similia, appellatur à Theologis voluntas signi. Contra quàm volumus quotiens peccamus, non obediendo praeceptis Dei, & de hoc velle est sermo cū dicitur. *quoties volui, & noluisti.* Dicit enim Deum velle, id ad quòd vt faciat tot adhibet media. Nisi enim vellet meam salutem; nō me admoneret, nō me cōsuleret, nec alia similia faceret. Signum ergo haec res sunt, q Deus meam salutem velit. Caeterum ipsum diuinū velle, si referatur ad illa quae ab aeterno disposuit exequutioni mandari; vocatur voluntas beneplaciti, de qua scriptum est.

Psal. 134. Omnia quaecunq; voluit Dominus fecit. Et illud. Voluntati eius quis resistit? *Ecce relinquetur vobis domus vestra deserta.* [illegible] contigit post quadragesimum annum [illegible] Ro-

Ad Ro. 9. mani totam Hierusalem demoliti sunt, & desertam fecerunt. *Dico enim vobis: non me videbitis à modo donec dicatis. Benedictus qui venit in nomine Domini.* Hoc intellige non quod cum non essent visuri corporaliter (nam postea crucifixerunt eum) sed quòd non essent eum visuri postea, vt praedicatorem, atque Christum. Quasi dicat: Ego post haec non praedicabo vobis praesens, nec in corpore. In posterum diligēter vos admonebo, id quòd signum erit derelictionis vestrae, & in consolationem, quàm in Regno. *Donec dicatis, Benedictus qui venit, &c.* Haec consolatio est per occupationem adiecta, de his qui ex Iudaeis conuerterentur, & susciperent Euangelium post mortem Christi. Dicere verò Christum benedictum venire, in nomine Domini, est confiteri Christum eum esse, qui à Domino missus est, & qui placet Domino. Certè hoc, donec dicatis, &c. Designat vltimū Christi aduentum gloriosum, quandò conuersi ad veritatem Iudaei dicent: Benedictus qui venit, &c. Certum quippè est hoc Iudaeos dicturos: nam Deuteron. 4. praedictū

est. Nouissimo autem tempore reuerteris ad Dominum Deum tuum, & audies vocem eius: quia Deus misericors Dominus Deus tuus, non dimittet te, nec omninò delebit, neque obliuiscetur pacti, in quo iurauit patribus tuis. Et Oseae. 3. etiam dictum est. Deut. 4.

Quia dies multi sedebunt filij Israël sine Rege, sine Principe, sine sacrificio, & sine altari, & sine ephod, & sine theraphim; & post haec reuertentur filij Israël, & quaerent Dominum Deum suum, & David Regem suum, id est Christum, & pauebunt. Id est, reuertebantur, ad Dominum, & ad bonum eius in nouissimo dierum. Et Azarias 2. Paralyp. 15. dixit: Si dereliqueritis Deū derelinquet vos. Transibunt autem multi dies in Israël absq; Deo vero, & absq; sacerdote, absq; doctore quoq; & absq; lege: cum que reuersi fuerint in angustia sua, & clamauerint ad Deum Israël, & quaesierint eum, reperient eum. Haec vaticinia in Iudaeis nostri temporis adimplentur; quòd antea nūquam sine Principe, sine Sacerdote, sine lege fuerint. His astipulatur Paulus Roma. 11. Caecitas ex parte contigit in Israël, donec plenitudo Gentium intraret: & sic omnis Israël saluus fieret. Quòd si de vltimo die, quo Dominus iudicaturus omnes debet apparere, id vis intelligere; tunc boni ex Iudaeis clamabunt: Benedictus qui venit in nomine Domini. Mali autem videbunt in quem pupugerunt, & plangent se super eum. Osee. 3. 2. Para. 15. Ad Ro. 11. Zach. 12.

Nunc ad moralia trāseamus. *Ecce ego mitto ad vos, &c. vt veniat super vos omnis sanguis iustus.* Hoc est, sicut omnis iustitia praecedentium sanctorū tantū mereri non potuit, quantum gratiae datum est hominibus in Christo, sic omnium peccata impiorum, tantum mereri non poterant irae, & suppliciis quantum Iudaeis superuenit: eo quòd in Deum ipsum scelerati fuerunt. *Omnis sanguis iustus.* Moralitas seu sicut. (sic) fusam ò verè grane, & horrêdum indicium. *Gen. 9.* In Genes. præcipitur capit. 9. Noe, & filijs eius ne comedant sanguinem animalium non ob aliud quam vt discerent magni æstimare sanguinem humanum, vnde & statim subditur. Qui effuderit sanguinem humanum effundetur sanguis eius. Et apud *Ezech. 11.* Ezechiel. capit. 11. dicitur: Plurimos occidistis, &c. gladiũ igitur inducã super vos. Si tanti æstimatur apud Deum sanguis cuiuscunque hominis, quãti æstimatur sanguis sanctorum qui propter nomen ipsius occiderentur? Hinc enim sanguis clamare ad Dominum, dicitur: Et ob hoc (vt diximus) illos duos nominat Abel, & Zachariam; quoniam eorum sanguis vindictam petebat, vt sciremus eodem modo sanguinem aliorum in cœlum clamare, ac iam instare, quia Zacharias dixit videat Dominus & requirat. *Hierusalem, Hierusalem quæ occidis Prophetas, &c.* In his verbis apertè suam dilectionem, & Iudæorum malitiam ostendit. Primò geminando dicit, Hierusalem, Hierusalem. Hæc enim geminatio charitatem, & dilectionem indicat. Recogita quæ à Deo acceperis, quæ ego præstiti, sanctis meis non peperci, vt tibi parcerem, illorum vitam neglexi, ne etiam mortem viderem: si de tua morte grauius fuissem, nunquàm prophetas misissem, nunquàm ego ipse venissem. Deindè filios tuos colligere volui, filios, inquam, tuos non aliorum. Nõ enim fecit taliter omni nationi, *Psal. 147* quoties volui congregare filios tuos, quemadmodum gallina congregat pullos suos sub alas. Omnium beneficiorum Dei in hanc gentem caput est, quòd colligere & seruare ipsam studuerit: quare iucundissima hac similitudine gallinæ & pullorũ eximium suæ charitatis effectum erga Iudæos explicat. Hæc frequens est Scripturæ consuetudo, quòd ad exprimendos suæ erga nos charitatis affectus, sumat similitudinem à parentibus, siue hominum, siue aliorum animalium. *Deut. 32.* Nam in Deuter. legitur: Sicut aquila prouocans ad volandum pullos suos, & super eos volitans. Expandit alas suas, & assumpsit eos, atque portauit in humeris suis. Sic enim Deus cum filijs Israel fecit. Debemus quidem rerum naturas contemplari, non vt (quemadmodum incredulæ gentes) quiescamus in eis, sed super eas Dominum nostrum, & voluntatem eius erga nos cognoscamus. Paulus enim ait ad Roman. 1. Inuisibilia Dei à creatura mundi, per ea quæ facta sunt intellecta conspiciuntur. Inuisibile certè est, quòd Deus in periculis præsto nobis adsit, ac defendat nos: sed hoc inuisibile Dei efficitur nobis in gallina visibile, quæ ad volãte miluo statim colligit pul- *Ad Ro. 1.* los suos sub alas suas, vt eos ab impetu milui tueatur. Si Deus huic gallinæ indidit naturam, vt nil prius, aut charius habeat, quam pullos suos protegere & conseruare, quomodo Deus author naturæ omniũ creator hoc affectu erga suos pullos, quales sumus homines prædictus non erit? Neque enim fieri po- *Psal. 93.* test, vt qui plantauit aurem non audiat, qui finxit oculum non consideret: ita non fit, vt qui maternã curam erga prolem creauit, nõ ipse quoque plusquàm maternum affectum erga populum suum gerat: sentiamus igitur de rerum natura quod sit spectaculum, & speculum quoddam, quo nobis inuisibilia Dei ad eruditionem & salutem nostrã intellecta proponantur. Tradunt physici huic auì singulare studium protegendi, ac prouehendi pullos suos inesse, vt qui miluo suum corpus obijciat pro pullis, ac vitæ suæ periculo pro illis animosè, ac ferociter pugnet. Mutat propriam vocem, in lamentabilem, & querelam, quærit, vertit, foditq; continuò quòd pullis impertiatur, glocit & perpetuò aduocat, ac si quid inuenit id minimè edit, sed seruat ac præbet pullis, grauissimè ac mira vehementia cõtra miluum pugnat & vociferatur. Expandit suis pullis alas suas, ac siquis illis consulat, benefaciat cibum, vel manu porrigat, miris modis illum sibi gratificatum fuisse, ac summam voluptatem attulisse ostendit. Sic & Christus mutauit vocẽ, pœnitentiam prædicauit, omnibus suam ipsorum miseriam, & peccatum ostendit, corde propensissime vertit, & effodit in scriptura quærens quibus pascantur cibos. Aduocat sollicitè nos ad se dicens. Ve- *Matt. 11.* nite ad me vos qui laboratis & onerati estis, & ego reficiam vos. Expãdit super nos alas suas, hoc est, omnem iustitiam suam, omnia merita & omnẽ gratiã. Blandissimè apud se recipit, calefacit, ac fouet suo naturali calore, hoc est, Spiritu sancto, qui per ipsum nobis donatur. Pugnat deniq; pro nobis cõtra hostem in corde sibi intentissimè, ac nihil omninò omittit quod ad alendũ, fouendũ, propugnandũ, & saluandum nos quoquomodo pertinere possit. Hæc fiunt non corporaliter, sed spiritualiter. Alæ duæ, duo sunt testamenta sacræ Scripturæ, quæ expanduntur super nos iustitiam eius, & faciunt, vt apud

apud ipsum nos recondamus. Propterea quod Scriptura nihil aliud nos docet, quam Christum huiusmodi gallinam esse, cui nos committamus. Veritas eius clypeus est, id est, scriptura, fide, & charitate perfecta. Fornax & scutum est certa protectio cōtra omnem incursum, & omnia pericula. Oportet igitur in verbo & scriptura concipere Christum, & adhærere ipsi fide viua, quo non dubitemus talem nobis esse, qualem nos descripsimus. Sic certè sub alis, atque veritate eius viuemus, atque saluabimur. Dicitur autē Christ⁹ velut gallina glaucitare, & sub alas pullos congregare, quandò reuelat Verbum & vocat ad resipiscentiam, non solùm quando prædicauit & Iudæos vocauit ad pœnitentiam ne perirent, sed id etiā multò ante egit. Glaucitauit in regno Israël

Psal. 68. per Prophetas, vt posset dicere: Laboraui clamās, raucæ factæ sunt fauces meæ: vt per pœnitentiam sub alas venirent, & liberarentur. Et multa alia beneficia exhibuit Israëlitis quos inuitauit ad resipiscentiam, vt ex hæreditate populi Dei non excluderentur. Verū gallina ipse est amabilissima & nostri supra modum solicita; quæ semper nos apud se colligere studet, expandit alas suas, & aduocat, id est, prædicat & curat, vt nobis prædicetur vtrumque testamentum, missis prophetis sapientibus, & Apostolis in vniuersum orbem, sed quid fit? Interim nos grauamur illius pulli esse; & oblatam gratiam negligimus. Excitemur igitur, & sub alas Domini curramus, fide, spe, & charitate armati. Cæterum super hæc habet gallina quod granum accipit in ore singens illud velle deglutire, & tamē hoc facit ea intentione, vt pullos ad comedendum excitet & instruat; at quando iam pulli nutriti sunt ipsa comedit, & saturatur. Sic Christus Dominus quasi ficte comedebat, hoc est, actiones aliquas exercebat, quæ sibi necessariæ non erant, nec reuera ob eius necessitatem illi conueniebant, sed potius, vt nos instrueret illas faciebat. Nam baptizatus est non quia baptismo egebat, qui omnium sordes abluere veniebat: sed vt nos ad baptismum instrueret, & hortaretur. Sic & opera pœnitentiæ exercebat, etiam tamen non proise faceret cùm peccatum non haberet, sed vt nos ad ea excitaret & instrueret, Quare & tunc gloriam animæ detinebat, ne in corpus redundaret, vt daret locū passibili carni. Postquam verò in omnibus edocuit & instruxit filios suos, dedit locum animæ, vt gloriam suam corpori vsq; ad satietatem cōmunicaret. Habet insuper & hoc gallina quod infirmatur ad pullos, ita quòd ex voce quam mutat & acuit ad pullos suos, & ex specie quam macilentam gerit, cognoscitur illam habere pullos. Sic Christus Dominus sic se habuit, vt ex vultu, ex voce, ex cura quam gerebat, cognoscebatur illum habere filios charos educandos. Sic enim, & Paulus dicebat: Quis infirmatur, & ego

nō infirmor? &c. cupiebat cū suis filijs esse, & 1. Cor. 11.
mutare apud illos vocē suā. Et in gallina sibi cibum subtrahens confert filijs, & Dominus noster dixit: Caro mea vere est cibus, Ioan. 6.
& sanguis meus vere est potus. Perfidi ergo Iudæi hæc attendere noluerunt; nos tamen summo studio, ac fide hæc amplectamur verba. Nobis iam adest Christus, nos conuocat & colligit sub alas suas, de quibus Psalmista Psal. 35. Filij (inquit) hominum sub Psal. 35.
vmbra alarum tuarum sperabunt. Omnis nobis libertatis spes adempta est, nisi speremus integramēto alarum Domini, qui eas ob id expandit, vt nos assumeret. Væ pullis nō recurrētibus sub alas gallinæ huius, cùm nō quam non desuper volitet miluus, imò leo quærens quem deuoret. Attendamus quanta charitate & affectu nobis assistat Christus; nō secus quam gallina pullis. Nunquā enim cessat nos vocare, fouere, pascere, defendere. Timeamus demū ne & domus nostra deserta à Deo relinquatur. Quid enim grauius, quàm à Deo relinqui? quo fugiet? vbi manebit? A Deo desertus cui associabitur, nisi ei qui ab initio à Deo desertus est nempè diabolus? Cùm Psalmista igitur clame- Psal. 50.
mus. Ne proijcias me à facie tua, &c.

Sed D. Chrysost. homil. 46. in imperfec. D. Chryso.
hanc gallinam dixit esse matrem Ecclesiam, sic dicens: Gallina Ecclesiæ ponit similitu- Simile.
dinem. sicut enim pulli gallinarum pastum suum quærentes per diuersa vagantur, & maternis vocibus congregantur ad ipsam; & iterum similiter pascentes dispergantur, & iterum maternis vocibus congregantur; sic & populus Dei carnalem voluptatem, & mundialem & concupiscentiam sequentes, per diuersos vagantur errores, quos Ecclesia Mater, per sacerdotes modò increpationibus, modò blanditijs quasi quibusdam vocibus congregat, & collectat festinat. Et quemadmodum gallina habens pullos vocando illos non cessat, vt assidua sua vagositate corrigit pullorū suorū, sic & sacerdotes in doctrina cessare nō debēt, vt fideles

& assi-

& assiduitate doctrinarum suarum negligentiam populi errantis emendent. Et quemadmodum gallina habens pullos, non solum suos calefacit, sed etiam cuiuscunque volatilis filios exclusos à se diligit quasi suos. Ita Ecclesia, non solum suos Christianos studet vocare: sed siue Gentiles, siue Iudaei, siue suppositi illi fuerint omnes fidei suae calore viuificat, & in baptismo generat, & in sermone nutrit, & materna diligit charitate. Vt autem, & haereticis haec eadem coaptemus. Hierusalem hic semper Ecclesiam intellige quae dicitur ciuitas pacis, cuius fundamenta posita sunt super montes scripturarum. Sicut ergo illi Iudaei qui fuerant, Hierusalem spiritualem ingressi crediderunt in Christum, illi autem qui erant Hierusalem corporalis manentes in corporali Iudaismo persequebantur spirituales Iudaeos, id est Apostolos caeterosque ex circumcisione credentes, sic & de ista noua Hierusalem, id est, de Ecclesia, qui spirituales Christiani fuerunt relicta corporali Ecclesia quam perfidi occupauerant violentia, exierunt ab illis, magis autem illi exierunt à nobis. Sicut

1. Ioan. 2. Ioan. exponit. 1. 2. Non enim illi de Ecclesia exire videntur qui corporaliter exiit, sed qui spiritualiter veritatis Ecclesiasticae fundamenta reliquerit. Nos enim ab illis exiuimus corpore: illi à nobis fide. Nos apud illos reliquimus fundamenta parietum, illi apud nos reliquerunt fundamenta scripturarum. Nos ab illis egressi sumus secundum aspectum hominum: illi autem à nobis secundum iudicium Dei. Vult dicere Chrysostomus, quod Catholici reliquerunt Ecclesias haereticorum, & fugerunt ab eis. *Quoties volui congregare filios tuos, &c. & noluisti.* Quotiescunque enim (sicut diximus) inter haereticos & fideles fidei mouetur certamen, totidem vult illos Dominus congregare sub veritate alarum suarum, id est, duorum testamentorum. Quotiescunque leguntur, apud eos verba Prophetarum, & Apostolorum, illi autem non quasi domestici pulli gallinae, quae est Ecclesia, sed quasi syluestres pulli sanguinarij vulturis, aut accipitris, non solum ad veritatem duorum testamentorum venire non acquiescunt, sed adhuc irruunt super ipsam gallinam, id est Ecclesiam, & diripiunt, & dispergunt pullos eius; & vellicant eam; toties vult eos congregare, illi autem noluerunt.

Caeterum quoniam Euangelium, hoc in festo sancti Stephani Prothomartyris legitur, operaepretium erit animaduertere quod sacra Scriptura solet mentionem facere eorum qui primi rerum inuentores fuerunt, tanquam digni extiterint quod eorum celebretur memoria, & praecipuè eorum, qui ea quae ad cultum Dei attinebant inuenerunt. Vnde Gen. 4. postquam Moyses retulit illos qui primitus pastorum habitum atque munus adinuenerant, & illos etiam qui artem psallendi in cithara, & organo meditati sunt: imò & illos qui malleatorum officium primi exercuerunt. Cùm de Enos faceret mentionem, ait. Hic coepit inuocare nomen Domini. Alij quidem pastorum officia, musicae artem, & fabrorum ferri adinuenerunt, iste verò quomodo nomen Domini inuocaretur docuit. Sed quantum maiori laude dignus erit beatus Stephanus, qui primus adinuenit pro nomine Christi mortem appetere? Primus enim fuit qui Deo in eadem moneta soluere docuit. Christus enim pro homine mortuus est: hic fuit primus homo qui pro Christo mortem passus est. Saluator pro homine vitam dedit: Stephanus pro Deo suam vitam obtulit. Mortem enim quam dignatus est Saluator pro omnibus pati, hanc ille primus reddidit saluatori, Canit de eo hodie Ecclesia. Sic autem oportuit (ait D. August.) quod prius immortalis pro mortali carnem sumeret, vt mortalis pro immortali mortem non expauesceret. Ideò quippe Dominus natus est ad moriendum pro seruo, vt seruus non dubitaret vitam suam pro Domino dare. Nascitur in terra Christus, vt Stephanus nasceretur in coelo. Christus ingressus est mundum, vt homo ingrederetur in coelum. Sublimis ad ima descendit, vt ima ad suprema subleuaret. Filius Dei factus est homo, vt homo fieret filius Dei. Et quod Deum ad terram de coelo traxit, hoc Stephanum à terra in coelum euexit. Vnde diuus Fulgentius ait. Hodierna die charitas quae de coelo ad terram deposuit Christum, ipsa Stephanum eleuauit de terris ad coelum. Rem mirabilem nobis beatus Fulgentius dicit. Namque id charitas deum potest habere motum contrarios. Vnum sursum, alium deorsum? Quod idem amor, & Deum à coelo deuexit in terram, & Stephanum

De sancto Stephano sententia.

Gen. 4.

D. Aug.

D. Fulg.

è terra in cœlum euehat? Quomodò tam diuersos operatur effectus in diuersis subiectis? Quod Deum humiliet, & hominem sublimet. Ita quidem est, sed vtrunque ex eadem amoris proprietate procedit. Hanc quippe vim habet amor, quod amantem in amatum transferat, tanta est amoris vis, vt post se rapiat amantem. Nam si aquilæ cibus est in terra, illuc se dimittit, vt rapiat eum. Quod si illum in nubibus poneres, illuc aduolaret, vt haberet. Cibus amantis res amata est, vbi hunc cibum videt illuc currit amans, vt eo cibetur. Amoris Dei esca, homo fuit. Nam in illum amorem suum ab æterno collocauit, cùm semel dixit. In charitate perpetua dilexi te. Et iterum delitiæ meæ esse cum filijs hominum. Si ergo res amata à Deo, hoc est homo, in terra erat, amans autem, hoc est, Deus in cœlo, & tanta est amoris vis, vt trahat amantem in rem amatam: consequens erat, vt amor Deum in terram deijceret (si ita fas est loqui.) Et hoc præcipue, quia amor Dei non sic videri potest in ipso Deo, vbi infinitus est, & incomprehensibilis amor, quantum in re ipsa amata à Deo, in cuius bonis splendet amor Dei erga illam. Nam & inter homines non sic apparet amor Regis quem ad aliquem habet in ipso Rege, quàm in illo quem amicum habet. Nam si videris illum potentem, opulentum, in magna positum dignitate, hinc inferes illum esse à Rege maximè dilectum. Idem dices de amore quem pater erga filium suum habet. In ipso filio videbis illum, si enim illum in delitijs habet, si in bonis paternis melioratum perspexeris, hinc intelliges quantum illum diligebat pater. Simili modo amor Dei impossibile erat in ipso Deo intelligi, in quo omnia infinita, & incomprehensibilia sunt, oportuit, vt foras illū in creatura manifestaret, & videntes quantis illam affecerit bonis, hinc perpendimus quanto eam amore diligat. Quarè in hominibus voluit Deus amorem suum ostendere, filium suum hominem factum nobis tribuens vt in eo quasi in expresso quodam exemplo, & veridica Dei imagine amorem in ipsa origine agnosceremus. Vnde Ioan. c. 4. 1. Epist. In hoc (inquit) apparuit charitas Dei in nobis, quoniam filium suum misit in mundum, vt viuamus per eum. Igitur quoniam hunc amorem Dei in Deo perspicere non poteramus, venit Deus in mundum, vt illum ostensa carne manifestum redderet. Ecce cur amor Deum, è cœlo ad terram nobis adduxit: Stephanum verò è contra è terra in cœlū amor euexit. Quoniam res amata ab eo, quæ erat Christus, iam in cœlis ad dexteram Dei patris erat. Magi illi Reges qui venerāt quærere puerum Iesum quia in stabulo illum repererant, ibi in præsepio interiacentem, & animalia prostrati adorauerunt. Quoniam ibi erat res amata ab eis. Cæterum Stephanus quia amabat Christum, & vidit cœlos apertos, & Iesum stantem à dextris Dei, ibi illum quæsiuit, & quia ibi escam suam vidit ad ipsam auolans properauit. Ecce ergo quod Fulgentius dicit, charitas quæ de cœlo ad terram deposuit Christum, ipsa Stephanum eleuauit de terris ad cœlum. Et hoc in verbis huius Euangelij ostenditur cum dicitur. *Hierusalem, Hierusalem, quoties volui congregare filios tuos, quemadmodum gallina congregat pullos suos sub alas, & noluisti.* In his enim verbis amorem suum erga nos clare manifestat. Nā alas suas expandit, vt nos sub sua protectione susciperet. Dum Dominus noster Iesus Christus in terra cum hominibus vixit egit gallinæ officium nobiscum exercuit. Cū autem ascendit in cœlum, veluti aquila se habuit prouocans ad volandum pullos suos, & super eos volitans. Gallina quippe alas demittit, vt sub eis eos recipiat, vt protegat, vel oua foueat, & calefaciat, aquila verò alas quatit, vt cum eis sursum in aera subleuans, vt secum pullos suos euehat. Et quoniam videtur humilis, & deiecta comparatio hominis Christi cum gallina, cui homines conferre solent timidos atq; ignauos homines, tamen Dominus huic aui se comparat in nobilioribus, ac vtilioribus officijs, quæ ipsa exercet. Qui enim considerat principium gallinæ semper illud in eo habet, non putabit quod ex illo gallina prodire possit. Quid enim habet ouū illud quod solùm crustam teneram habet, cū albugine, ac vitello, cum gallina quæ carnē, ossa & pennas habet similitudinem? Nullā omnino profectò. Verū si illud sub alis suis gallina susceptū fouet, calorem suum, ac substantiam illi communicat, paucis diebus videbis ex ouo illo pullum oriri, cū carnibus, ossibus, ac pennis, ita vt nullam iam cū ouo, à quo prodijt videatur habere similitudinem. Sic Christus Dominus cum homine se gessit. Qui hominem antequam eius naturam Deus suscepisset aspexit, nunquid existimaret: quod ille homo ad tantam dignitatem ascen-

deret.

Hier. 31.
Prou. 8.
1. Ioan. 4.

deret, ut nomen Dei illi ulterius secundum veritatem communicari posset? Et quod caro illa, & sanguis imbecillis, ac fragilis tantà Dei verbo eius vocabulo dignissima acciperet? Et quod alas, ac pennas assumere deberet, non gallinæ, sed aquilæ quibus usque ad dexteram patris volare valeret? Quam tunc cum Deo homo similitudinem habebat? Prorsus nullam, vel saltem minorem quam ovum cum gallina, si Dei magnitudinem, cũ eius paruitate conferas. Deus quippe spiritus est, homo ipsa caro? Deus æternus: homo temporalis; Deus iustus, homo peccator. Deus immortalis, homo passibilis. Cæterum postquam illum Deus sub alas suas accepit, & naturam suam suæ copulabit personæ, Incubuitque super eum triginta, & tribus annis fouendo illum, atque substantiam suam calorem suæ gratiæ, ac doctrinæ illi communicando, se ipsum euiscerando, & exsanguinando, ut vitam & substãtiam homini conferret, postquam se in stabulo quodam tanquam in gallinario posuit, & super præsepe tanquam super nidum fœno, ac paleis compositum occubuit, sic se homini communicauit, ut iam homo similis Deo fiat. Iam hodiè homo Deus nascitur, ibi suum illi calorem contulit sibique iungitur ita quod iam homo nuncupetur Deus, & in eodem æstimetur pretio. Quoniam homo ille ipsa verbi persona est. Eductus pullus ex ouo non æstimatur pretio oui, nec tam minimo pretio venditur, sed tanquam auis ipsa quæ illum ex ouo eduxit æstimatur. Sic homo cultus hodie natura verbo Dei copulatur: non iam tanquam purus homo æstimatur, sed tanquam Dei persona adoratur, nã verbi persona est. Certum est aliam esse hominis æstimationem aliam Dei, si quodlibet per se sumatur: unita tamen hominis natura cum persona Dei: iam hic homo æstimatur sicut Deus; quoniam vere Deus est, & eandem adorationem quam Deo exhibemus illi, & attributa quibus Deum ipsum æstimamus, atque ponderamus habet etiam homo ille. Dicitur quippè immortalis, æternus, omnipotens, &c. Item ouum tenuis quædã res est, facile quæ frangibilis: verùm à calore gallinæ forma in duritiam ossium transit. Sic homo imbecillis qui cuilibet occasioni succumbit, quis putaret ipsum mortem, flagella, gladiosque ferre valere: tamẽ quia Deus illum sub alis assumpsit, iam superior his omnibus euadit. Ibi enim Dei fortitudinem accepit. Vndè & Iob dicebat, Pone me *Iob. 17.* iuxta te, & cuiusuis manus pugnet contra me. *Simile.*

Blanda petra igni applicata, indurissimum ferrum comperitur, imò & massa illa ex qua fit vitrum, si certum in igne ei detur temperamentum durior ferro aliquando facta est. Sic & massa ista hominis, tenuis, ac blanda; huic diuino igni supposita, durior silicis, ac gladijs euadit. Ferrũ de terra tollitur (ait Iob) *Iob. 28.* & lapis resolutus calore in æs vertitur. Lapidẽ emollit ignis: & liquefactum in duritiem æris traducit. Sic homini contingit. Quis enim æstimare poterat quod Stephanus ex imbecilli carnis massa conditus, qui velut ouum in tenui testa inclusus erat, cum lapidum turbine poterat collidere. Sed quoniam è cœlo gallina hæc fouebat illum, durior, ac fortior lapidibus quibus premebatur euasit. Quare de eo dicit Lucas. Stephanus *Actor. 6.* plenus gratia, & fortitudine, faciebat prodigia, & signa magna in populo. Quis illum impleuerat gratia, & fortitudine, nisi ille qui vtraque repletus eas nobis impertiri venerat? De quo & Ioan. ait. Vidimus eũ *Ioan. 1.* plenum gratiæ, & veritatis, & de plenitudine eius omnes accepimus. Sed quomodo *Ibidem.* Stephanus dicitur plenus gratia, cùm Christus Dominus plenus gratia à Ioanne describatur? & beata Virgo Maria gratia plena, ab Angelo salutetur? Nunquid omnes plenitudinem gratiæ receperunt? Ita planè sed *Simile.* vnusquisque secundum munus ad quod electus fuit, hanc habuit plenitudinem gratiæ. Quemadmodum videmus vasa plurima plena aqua maiora, & minora, tamẽ quodlibet horum plenum est aqua æquali proportione: hoc est, quod vas minimum ita plenum est sicuti, & vas maius, licet plus aquæ maius capiat. Sic dicitur quod Christus Dominus, beata Virgo, & sanctus Stephanus pleni fuerint gratia; proportionabiliter tamen. Christus enim Dominus accepit gratiam tanquam caput, vt eam membris distribueret. Quare habuit infinitam gratiam in genere gratiæ, hoc est ad omnes effectus gratiæ. Beata Virgo plena etiam fuit gratia, quam accepit tãtam quanta ad hoc quod esset mater Dei decebat, vt haberet. Stephanus qui minoris capacitatis vas erat, secundum sui mensuram etiam est adimpletus gratia quãta erat necessaria ad facienda signa, & prodigia magna in populo. Dicitur ergo de illo quod erat plenus gratia, & fortitudine: nam habitum, ac calorem quem ab isto Domino acceperat, qui illum sub alas suas sumpserat ossa, ac neruos acceperat, quibus fortiter inimicis

Simile. micis resisteret. Item gallina quando enutrit pullos suos debilis, ac macilenta est, nam non comedit, ut pullos suos cibet substantia sua, ac calorem illis communicet, unde sic debilitata incedit, ut sola ossa, ac plumas habeat. Quare si tunc eam emere velles, nullum, aut modicum pretium inuenires pro ea. Et tamen si quis diceret tunc tibi. Cur istam fers gallinam, sic debilem, ac macilentam? Responderes utique illi, quoniam haec mihi pullos generat, ac enutrit. Nonne vides illam pullis comitatam quam plurimis? Plus enim illam ob hoc estimo sic macilentam, quam alias quatuor pinguiores illa: quoniam plus utilitatis quam ille mihi affert. Sic Christo Domino dum in hoc mundo ageret contigit. Qui eum debilem, ac macilentum vidisset, opprobrium hominum factum, non hominem sed vermem vilissimum, super praesepe proiectum, trementem frigore, pro lacte eiulantem, in cruce mortuum pendentem, ita quod nec manum, nec pedes moueret, diceres illum miserum, ac prorsus maxime inutilem omnium mortalium. Sed seduceris homo seductoris, nec enim intelligis fortitudinem eius, quae ibi abscondita est. Crux illa nidus est in quo suos procreat filios, in sinu lancea aperto illos colligens, & enutriens. Illaque infirmitas quae ibi oculis tuis apparet, omnium martyrum fortitudinem genuit. Pueritia illa, pueros homines facit. Mors illa, vitam omnibus tribuit. Vide pullos quos post se trahit. Hodie martyrem unum talem, cras Euangelistam magnum: perendie puellorum martyrum eximiam multitudinem. Altera die alium martyrem, & alia alium confessorem, qui substantiam eius suxerunt, ac fortitudinem imbiberunt, & ideo ipse debilis, ac infirmus apparet, magno tamen cum fructu, ac utilitate. Hoc videtur mihi voluisse sentire ille Euangelicus Propheta *Esai. 53.* Esai. cum cap. 53. dixit. Secundum translationem Septuaginta. In humilitate iudicium eius sublatum est, generationem eius quis enarrabit? Ac si diceret. Humilis quidem atque abiectus reputatus est: nam nec iustitiam illi seruauerunt contemnentes illum, & morti iniustissimae tradentes: videte tamen generationem eius, quos post se pullos, ac filios trahat, & nutriat: & sic non ipsum contemnetis, sed tanquam omnibus vilissimum maxime reputabitis. Habuit igitur se Dominus in hoc mundo tanquam gallina cum suis pullis. Caeterum cum coelos petijt, tanquam aquila se gessit. Nonne vides aquilam cum iam pulli sui plumescunt, quomodo super eos volitet, ascendat, & descendat. Oculis immotis ipsum solis luminare aspiciat? Ut sic prouocet filios suos ad volandum atque timorem inanem ab eis auferat, & abijciat. Sic Dominus noster Iesus super omnes coelos sedens ad dexteram maiestatis, & illinc nos prouocat, ut relicto huius carnis nidulo; illic pergat nostrae mentis intentio quo cum patre est nostra substantia Iesus Christus Dominus noster. Sicut aquila prouocans aduolandum pullos suos, & super eos volitans. *Deut. 32.* Sic hodie illum vidit beatus Stephanus cum ad illum volare vellet. Intendens in coelum vidit gloriam Dei, & Iesum stantem a dextris virtutis Dei. *Act. 7.* Quasi ex illo sublimi loco expanderet alas, ut illum prouocaret ad volandum, & quasi nutibus illum ad se vocaret atque suaderet, ne ictus aut pondera lapidum timeret: nam illi lapides deberent illum quasi pondera quaedam adiuuare, ut per huius mundi impedimenta irrumperet, quatenus celerius ad ipsum in coelos saltaret. Quare cum gloriam Dei vidisset omnia alia contempsit, & per turbinem lapidum irruptionem fecit. Quid mirum. Videbat enim ob oculos praemium, cur non ad illud rapiendum se extenderet? Animalia illa sancta quae vidit Ezechiel, *Ezech. 1.* plena erant oculis ante & retro. *Apoc. 4.* Nam ad hoc quod homo contempletur omnia quae in Deo sunt, oportet, ut totus in oculos conuertatur, ut tantum praemium aspicere valeat. Immo ad contemplanda Dei beneficia, oportet ut oculis plenus sit homo. Quia ergo sancti illi pleni erant oculis, & poterant agnoscere magnitudinem praemij, hinc linguas suas in laudibus eius soluebant clamantes atque dicentes, Sanctus, Sanctus, Sanctus Dominus Deus Sabaoth. Ex visione quippe Dei fit ut homo sui oblitus totus in Dei laudibus rapiatur. Et illi viginti, & quatuor seniores proiectis phyalis, & coronis se ante thronum prosternebant. *Apoc. 4.* Nam sancti Dei sceptris, & voluptatibus abiectis, se ante Dei maiestatem demittunt. Sic beatus Stephanus cum oculis etiam corporeis praemium uidit, corpus, vitam & animam ante Deum proiecit: & totus in illum raptus, illi lapides durissimi, videbantur blandi, lapides quippe illi dulces torrentes fuerunt. *Matth. 4.* In illo namque adimpletum est quod diabolus a Domino in deserto petijt, ut lapides panes faceret. Quoniam lapides illi beato Stephano, in cibum dulcissimum, ac in diuinam substantiam ad

quam

[illegible] Iuxta illam Pauli sententiam quae ad Hebr. 11. dicit. Illi non acceperunt repromissiones, sed a longe eas aspicientes [illegible] Nunc autem [illegible] Ad Hebr. 12. [illegible] illud Pauli [illegible] quod dicit [illegible] respicientes in auctorem fidei, & consummatorem Iesum, qui proposito sibi gaudio sustinuit crucem confusione contempta.

Cap. XXIIII.

Et egressus Iesus de templo ibat. Et accesserunt discipuli eius, vt ostenderent ei aedificationes templi. Ipse autem respondens dixit illis: Videtis haec omnia? Amen dico vobis, non relinquetur hic lapis super lapidem, qui non destruatur. Sedente autem eo super montem Oliueti, accesserunt ad eum discipuli secreto, dicentes: Dic nobis quando haec erunt? & quod signum aduentus tui, & consummationis saeculi? Et respondens Iesus dixit eis: Videte ne quis vos seducat. Multi enim venient in nomine meo dicentes: Ego sum Christus, & multos seducent. Audituri enim estis praelia, & opiniones praeliorum. Videte ne turbemini, oportet enim haec fieri, sed nondum est finis. Consurget enim gens in gentem, & regnum in regnum, & erunt pestilentiae, & fames, & terrae motus per loca. Haec autem omnia initia sunt dolorum. Tunc tradent vos in tribulationem, & occident vos, & eritis odio omnibus Gentibus propter nomen meum. Et tunc scandalizabuntur multi, & inuicem tradent, & odio habebunt inuicem. Et multi pseudoprophetae surgent, & seducent multos. Et quoniam abundabit iniquitas, refrigescet charitas multorum. Qui autem perseuerauerit vsque in finem, hic saluus erit. Et praedicabitur hoc Euangelium regni in vniuerso orbe: in testimonium omnibus Gentibus, & tunc veniet consummatio, &c.

1. Cum Dominus praedixisset desolationem Hierusalem audientibus discipulis, vt ad commiserationem tantae ciuitatis tantorumque aedificiorum prouocaret, ostendere voluit tam aedificia, quam donaria quae in templo pendebant, vt refert Lucas, an illa perdere vellet? Dominus autem respondit eis. *Videtis haec omnia? Amen dico vobis non relinquetur lapis, &c.* Quasi diceret. Ex omni hac structura tam ampla, tam artificiosa, & tam magnifica, quam vos modo cernitis, & admiramini, nihil remanebit integrum: sed tota dissipabitur. Secundum hunc modum apud Lucam Pharisaeo murmuranti, super peccatrice lauante pedes suos, respondit Dominus. Vides hanc mulierem? Osculum mihi non dedisti, haec autem ex quo intrauit non cessauit osculari pedes meos. Quasi diceret: hanc mulierem quam tu aspiciens aspernaris, & condemnas, talis est, vt te amore, & beneficio erga me superet. Quando autem istud sine interrogatione dicitur minorem facit affectum. Velut cum Moyses filijs Israel, qui propter Aegyptios persequentes eos conterriti erant iuxta mare dixit. Aegyptios quos nunc videtis, nequaquam vltra videbitis, vsque in sempiternum. Quod certe maiori cum affectu sic diceremus. Videtis Aegyptios illos? Nec vnum ex eis vltra videbitis, vsque in sempiternum. Quod autem dicitur non relinquetur hic, id est, in hoc aedificio lapis super lapidem qui nō destruatur. Secundum hyperbolem accipiendum est, vt significetur maxima, & extrema destructio, nihil quod ex eo aedificio, quod ad rem pertineret relinquendum. Nec enim verisimile est, tam fuisse curiosos, aut fortè ociosos Romanos, vt eis, vel vacauerit, vel libuerit singulos lapides ab inuicem auellere, quomodo facere solent qui veterem murum destruunt, & lapides singulos magno labore abinuicem disiungunt, vt ex iisdem lapidibus murum nouum construant. Nam & Iosephus lib. 7. de bello Iud. cap. [illegible] refert Romanos quasdam reliquisse turres in Hierusalem, quas postea alij diruerunt, & ciuitati nouum aliud imposuerunt nomen, & in loco alio illam transtulerunt, vt praesenti tempore cernimus. Et quamuis Marcus dicat, vnum ex discipulis

Luc. 21. Luc. 7. Exod. 14. Ioseph. Marcus 13.

discipulos interrogasse Dominum de consideranda templi aedificia; Lucas verò, & Matthaeus pluraliter dicant discipulos id interrogasse, intelligendum tamen est prius discipulos inter se de templo interno & externo, quae ornatu contulisse, deinde unum ex eis omnium nomine Dominum admonuisse, aut etiam post huius verba alios idem dixisse, vel per Synecdochen alios Euangelistas pluralem pro singulari sumpsisse, quod familiare est in sacris literis. *Sedente vero eo super montem Oliueti, accesserunt ad eum discipuli secretò dicentes. Dic nobis quando haec erunt, &c.* Marcus dicit Petrum, Iacobum, Ioannem, & Andream hanc interrogationem fecisse. Quod intelligitur, vel quod hi soli tanquam Domino familiariores id quaesierunt: aut quod nomine aliorum id fecerint. Dicunt ergo. *Dic nobis quando haec erunt, & quod signum aduentus tui, & consummationis saeculi.* Tria per ordinem interrogant, primum petunt tempus desolationis Hierusalem. Ac si dicerent quando haec quae modo dixisti erunt. Secundum petunt signum aduentus Christi ad iudicium. Et tertiò petunt etiam signum consummationis huius saeculi. Ad quae tria suo ordine respondit Dominus, inchoando à tertio quaesito nempe quae signa praecedent consummationem saeculi. Chrysostomus quidem haec omnia de excidio Hierosolymitano explicare conatur, cùm tot subrepserint magi qui populum illum decipere conati sunt, quos in multis locis refert Iosephus, praecipuè lib. 20. antiquit. Et similiter refert praelia multa, quae ultimum Iudaeorum excidium praecesserunt, & quae secuta sunt: & signa magna, & terrores. Quae omnia in libris de Bello Iudaico refert Iosephus. Nos autem haec omnia prolixitatis causa omittentes, & ad Iansenium in cap. 121. concordiae lectorem remittentes, Caietani potius quam aliorum interpretationem in hoc sequemur: eo quod planior nobis, & textui conformior visa sit: quae in his tribus interrogationibus quam rectissimè consistit. Et praemittit signa consummationis saeculi, quae in tota mundi huius duratione contingere debent. Et primò dicit praecessuros haereticos quos Antichristos vocat, ac falsos Prophetas, deinde praelia magna, & rumores praeliorum praecedere debent. Oportet enim haec fieri, ut potè ex necessitate humanarum appetituum: sed nondum est finis: Quia non quaelibet praelia erunt signa illius tremendi diei, oportet [illegible] quod sint integra. Vnde & subiungit. Consurget enim gens contra gentem, &c. [illegible] & terraemotus per loca. Multa [illegible] signa consummationis saeculi. Vnde & subiungit [illegible] pestilentias, & similia. [illegible] initia sunt dolorum. Hoc est, [illegible] *tradent vos in tribulationem, et occident vos, et eritis odio omnibus gentibus propter nomen meum.* Vult enim Dominus eos admonere, quod non ex malis propriis [illegible] Dominus. *Et tunc scandalizabuntur multi*; hoc est, [illegible] impingendo cadent. *Et multi pseudoprophetae surgent, et seducent multos.* Super Antichristos, quos pseudo Prophetas nominat, ut in his [illegible] haeresum Doctores, cum reliquis qui [illegible] sanctitate [illegible] *Et quoniam abundabit iniquitas.* Et magnitudine, & multitudine [illegible] *refrigescet charitas multorum.* Charitas, vel amorem ipsum: vel [illegible] quae est virtus theologalis infusa: Amor erga Deum, & erga proximos propter Deum. Frigere quidem potest [illegible] est [illegible] gere, si est. Nam operatur magna si est. [illegible] hanc ipsam charitatem frigescere [illegible] defunctam esse, & [illegible] ribus, & timoribus [illegible] & haec non [illegible] magnis, & [illegible] dicitur autem frigere quia licet ipsa charitas virtus infusa [illegible], charitas tamen acquisita quae est ipse amor hic frigescit. Nam non ex [illegible] sed ex magnitudine passionis deficit ab amore Dei. Nam licet restet animus amans Deum, frigidè tamen: quia non ex toto corde. *Qui autem perseuerauerit vsque in finem, hic saluus erit.* Hoc est, dicens. Multi seducentur, ab Antichristis, & pseudo Prophetis. Multi magnitudine, & vi malorum implicantur, & delinquent: multi oppressionibus, & timoribus succumbent, & amittent charitatem: sed qui his omnibus superior euaserit vsque in finem propriae vitae solus hic saluus erit. *Et praedicabitur hoc Euangelium Regni in vniuerso orbe, in testimonium omnibus Gentibus, & tunc veniet consummatio.* Hoc

D. Chrys.

Iansenius

Caietanus

D. Greg.

Hoc est, vltimum signum consummationis mundi: Euangelium Christi, non est Euangelium seruitutis, sed libertatis filiorum Dei, nec pœnarum, aut tormentorum, quoniam licet minetur pœnas aut tormenta, & hæc illis damnatis euenient, qui illud non acciperint: Verè enim accipientibus, regna æterna promittuntur. Nec enim virtutes absolutè prædicantur, sed in ordine ad felicitatem æternam. Est quippè Euangelium Regni non terreni, sed cœlorum. Nam quæ in eo annunciantur, in hunc finem diriguntur, vt regnemus cum Christo. *In vniuerso orbe*, non in parte aliqua. Vndè

Apoc. 14 in Apocal. dicitur. Vidi alterum Angelum volantem per medium cœlum habentem Euangelium æternum: vt Euangelizaret illud sedentibus super terram, & super omnem Gentem, & tribum, & linguam.

Apoc. 10 Et cap. 10. Oportet te adhuc Prophetare Gentibus, & linguis, & populis multis. Vndè subdit. *In testimonium omnibus Gentibus.* Ita quæ sic prædicabitur in vniuerso orbe, vt nulla gens exempta relinquatur, à testificatione Regni cœlorum per Christum facta. Ita quod non sola fama perueniet ad omnes Gentes de Euangelio Christi: sed quod sic perueniet ad notitiam eorum testimonium Christi per prædicatores, vt inexcusabiles omnino omnes Gentes reddat. Et ideò dicit. *In testimonium illis.* Hoc est, ad testimonium perhibendum de Regno cœlorum reuelato, & aperto per Iesum Christum. Vel in testimonium salutis si credatur, & condemnationis si non creditur. Hoc est, etiam quod Dominus in vltimis verbis testificatus est discipulis

Marc. 19. 8. suis dicens. Prædicate Euangelium omni creaturæ, qui crediderit, & baptizatus fuerit saluus erit, qui vero non crediderit condemnabitur. Hanc prædicationem nostris temporibus adimpleri videmus, cùm tot remotis Gentibus, & sub æquinoctiali, & alio Polo vitam agentibus: per Hispanos Euangelium Dei prædicatum fuerit. Quod multis retro seculis nunquam fuit auditum: imò omnes pro comperto habebant sub æquinoctiali non posse homines viuere. *Et tunc, omnibus, scilicet, adimpletis, & non antè veniet consummatio.* Non dicit consummatio huius, vel illius, sed absolute consummatio: per quod datur intelligi quod de consummatione seculi verba faciat, directè respondens quæstioni discipulorum quæ dixerant. Dic nobis quod signum consummationis seculi? Si omnia hæc dicta Domini colligamus, inueniemus ob oculos posuisse nobis tanquam depicta omnia mala, quæ in toto tempore quo mundus duraturus est illi sint euentura vsque ad eius consummationem. Mala quidem communia præliorum, famis, & pestium, quasi initia æterni mali nobis habenda proponit, non tamen pro signis consumationis: mala propria quæ propter nomen eius iusti passuri sunt deberi haberi, quasi signa, & merita æternæ salutis. Multos autem Antichristos, seductores, pseudo Prophetas, scandala per quæ homines impingant, refrigescentem charitatem, odium Christianorum, signa esse ac merita æternorum malorum. Cæterum prædicationem Euangelij apud omnes gentes pro signo infallibili consumationis, ex diffinitione diuina: sic vt discipuli discerent discernere inter signa necessario præcedentia consumationem seculi, non tamen ostendentia quasi in ianuis ipsum finem mundi, & inter ea quæ illum appropinquare demonstrant, licet non certissimum dictu ostendam quale erit prædicatio Euangelij in vniuerso orbe. Cæterum quoniam omnia hæc signa diuus Chrysostomus intelligit tanquam præcedentia excidium Hierosolymitanum aduertendum est, quod licet tunc temporis Euangelium hoc, non fuerit vsque ad exteras nationes quales nunc nouimus, diuulgatum: tamen sic per totum mundum iam insonuerat, vt posset

Ad Ro. 10 dicere Paulus. Nunquid non audierunt? & quidem in omnem terram exiuit sonus eorum: & in fines orbis terræ verba eorum. Et ad Colossen. 1. Peruenit ad vos

Ad Colossen. 1. Euangelium, sicut & in vniuerso mundo consortatur & crescit. Et Theologi dicût, quod in excidio Hierosolymitano iam erat facta sufficiens promulgatio Euangelij in toto orbe: vt iam intelligeretur legalia cessasse taliter quod essent iam mortifera. Vndè id quod dicit hic Dominus, quod deberet fieri promulgatio Euangelij in toto orbe satis est quod intelligatur in eo sensu, in quo Paulus dixit, In omnem terram sonuisse Euangelij prædicationem. Et vsque ad id tempus expectauit Dominus populum illum: vt iustior appareret punitio quam in illo exercuit. Si enim postquam totus mundus credidit prædicationem Apostolorum: ipsi adhuc increduli permanserunt expectante longanimiter Deo eorum conuersionem:

nem: iustissime talem à Deo meruerant retributionem. *Cùm ergò videritis abominationem desolationis, quæ dicta est à Daniele Propheta stantē in loco sancto: qui legit intelligat. Tunc qui in Iudæa sunt fugiant ad montes; & qui in tecto, non descendat tollere aliquid de domo sua, & qui in agro non reuertatur tollere tunicam suam. Væ autem prægnantibus, & nutrientibus in diebus illis. Orate autem, vt non fiat fuga vestra in hyeme, aut Sabbatho: erit enim tunc tribulatio magna, qualis nunquam fuit ab initio mundi vsque modo, nec fiet. Et nisi breuiati fuissent dies illi non fuisset salua omnis caro: sed propter electos breuiabuntur dies illi. Tunc si quis vobis dixerit, ecce hic est Christus, aut illic, nolite credere. Surgent enim pseudo Christi, & pseudo Prophetæ, & dabunt signa magna, & prodigia, ità vt in errorem inducantur (si fieri potest) etiam electi. Ecce prædixi vobis. Si ergo dixerint vobis, ecce in deserto est, nolite exire, ecce in penetralibus; nolite credere. Sicut enim fulgur exit ab Oriente, & paret vsque ad Occidentem: ita erit & aduentus filij hominis. Vbicunque fuerit corpus, illuc congregabuntur & aquilæ.*

Sequendo Caietani sententiam quam diximus nobis magis cōsentaneam contextui visideri (licet ea quæ est D. Chrysost. non sic aspernenda) aduertendum est quod hic respōdet Dominus principali quæstioni à discipulis, qui illum interrogauerant quando futura esset desolatio Hierusalem. Quarè per notam illam illationis, ergo non infertur dicenda ex dictis, sed potius est accessus ad respondendum ad præcipuè quæsitum. Ac si diceret. Ad propositum ergo redeuntes, cùm videritis abominationem desolationis quæ dicta est à Daniele Propheta stantem, &c. Præparate vobis fugam: nam aliter tot mala effugere non valebitis. Sed aduertendum quod diuersis modis tota hæc ratio potest distingui. Prior est accipiendo particulam illam, qui legit intelligat, vt interiectam parenthesim, & iungendo reliqua hoc modo. Cùm videritis abominationem desolationis, quæ dicta est à Daniele Propheta stantem in loco sancto (qui legit intelligat) tunc qui in Iudæa sunt fugiant ad montes. Alter distinctionis modus est, vt in particula illa, qui legit intelligat, prior compleatur sententia. In eo autē quod sequitur, tunc qui in Iudæa sunt, inchoetur noua, hoc modo. Cùm videritis abominationem desolationis quæ dicta est, &c. Tunc qui legit intelligat, supple nunc ad esse tempus implendæ illius Prophetiæ, & desolationem instare: & deinde sequitur. Tunc qui in Iudæa sunt. Hæc sequitur Titelmanus, & alij Moderni, quia magis cōsentanea videtur his quæ apud Lucam leguntur, nā sic ibi legimus. Cùm autem videritis Hierusalē circundari ab exercitu, scitote quia appropinquat desolatio eius. Tunc qui in Iudæa sunt, &c. Nihilominus optimè tanquam parenthesis potest legi, quasi volens nos Dñs admonere, & cautos reddere, ne fallamur in verbis Prophetiæ huius, & consequenter in verbis ipsius Iesu. Videbat enim multos sub hoc abominationis nomine intellecturos simulachrum aliquod futurū in tēplo, sicut factū tēpore Antiochi, vt legit. 1. Mach. 1. quod author illius libri interpretatus est idolū desolationis applicando Prophetiā Danielis ad illud. Quarè quasi præueniēdo nos monet, vt id intelligam'. Nec arbitror rectè dici verbū illud additū ab Euangelista, sed quod ab ipso Dño verè sic dictum. Et certè nisi Lucas id clarè explicuisset magnas locus iste difficultates adduxisset. Lucas tamen. c. 21. Hoc explicat de exercitu Romanorum, quem vocat abominationem desolationis Dñs. Et verè ipsa Danielis verba hoc significant. Nā non dicit. Erit abominatio in tēplo, sed specificauit abominationē adiuniendo desolationis, ac si apertè dicat. Nō dico erit abominatio, hoc est, abominandum simulachrum, & idolū: sed erit abominatio desolationis, nā non terræmotu, nō diluuio, nō cœlesti igne desolatio tēpli erit: Sed ab abominabilibus idololatris veniet desolatio & ruina eius. Sic explicat Chrys. in imperfec. Quod autē hæc de cuerit sentētia Lucas, patet ex eo quod eadē verba subiunxit hic, & ibi inuenies. nēpe hæc. Tūc qui in Iudæa sunt fugiāt in mōtes. Quarè hæc verba Lucæ explicant hæc verba, quæ Dñs apud Matthæum dixit. Imò & ex coniunctis videtur cōuinci hic sensus. Nā tēpus fugiendi, fuit ad literam tempus illius exercitus: & nullū legitur tēpus simulachri successisse quo fuerit fugiēdū. *Stātē in loco sācto.* Verè enim exercitus Romanorū in loco sancto steterunt quando quidem tota ciuitas & tēplū desolaretur, taliter quod nūquam amplius erectum est. Nam constat ex antiquis, & Ecclesiasticis historijs, Iudæos post Titū aliquoties conatos esse suā politiā restituere, & sub Adriano Imperatore, qui & Helius dicebatur cōgregasse Iudæos multitudinem magnā sub Cocheba duce, & Hierusalē armis inuasisse: repulsos tamē ab Adriano, & de-

Titelman.

1. Mach. 1.

Luc. 21.

D. Chrys.

& deletum, qui postea publico edicto iussit, vt nulli Iudæo ne introire quidē in Hierusalē liceret. Cuius & nomen mutauit, volens vt deinceps Helia vocaretur. Postea Iulianus Imperator apostata, odio Christiani nominis concessit Iudæis, rursum vrbē & templū condere, & administrauit sumptum; sed hæc Iudæorū lætitia non diu cōstitit. Nam cùm cepissent fodere, aggeremque efferre, idque opus infinita hominum multitudine, & incredibili magnificentia (nam ligones & corbes ex argēto facti erant) horrendis miraculis exterriti sunt ab instituto, vel tandem reuocati sunt. Nam non solùm venti impetus disiecit vniuersam materiam gypsi & calcis quā parauerant; nec tantùm terræmotus ingens ædificantes exterruit: verumetiam ignis è fundamentis diuinitus erumpens, alios inflammauit, alios assumpsit: ita quòd cuncti fecerint institutam ædificationē dimittere.

Theodor. Hoc enim narrat Theodoretus de Iudæis, & Iuliano Imperatore, vt refert Eusebius

D. Nazian. lib. 6. hist. Tripart. cap. 43. Narrat Nazianzenus passim vestib⁹ populi figuras Crucis prodigiosè impressas visas esse. Absterriti ergo Iudæi cœlestibus signis inchoatū opus reliquerunt: quia Deus decreuit ne politia

Tollet. Iudaica restitueretur. Tolletus tamen, &

Ioan. Hes. quidā Doctor Louaniensis, qui dicitur Ioannes Hesselius, existimant abominationem hanc desolationis, de qua Daniel, & hic meminit Dñs, fuisse seditiosos illos, de quibus

Iosephus. pleraq; Iosephus lib. 4. & 5. Bel. Iudai. Qui paulò ante obsidionem, & in ipsa obsidione ipsum tēplum abominandis polluerūt sceleribus, sanguine etiam innocentium effuso ipsum fœdantes, inter quos Zachariā quendam filium Baruch, interfectum à Zelotis in medio templi refert Iosephus libro 5. cap. 1. subijciens cap. 6. Vetus quidem sermo ferebatur, tum demum ciuitatē ereptum iri, sancta quoque flammis exurenda esse lege belli, cùm seditio fuisset exorta, fanumque Dei propriæ manus ante violassent. Et ex consequenti Doctor hic Louaniensis illud Lucæ, vbi dicit: Cùm videritis ab exercitu circundari Hierusalem, non de obsidione per Titum, & Vespasianum facta putat accipiendum, quia tunc fuisset nimis sera fuga ex Iudæa: sed de ea quæ priùs facta fuit à Sestio Floro, qui partem exteriorem ciuitatis expugnauit, & interiorem, in qua templum erat, quo seditiosi se receperant obsedit. Postmodum tamen aliqua occasione obsidionem soluit Deo, videlicet impios ad deteriora supplicia reseruante, & Christianis fugæ locum relinquente. Nam si de obsidione sub Tito sermo esset: quomodo tunc possent fugere obsessi, aut vnde pateret aditus ad fugam? Cæterùm prior interpretatio commodior est, & iam communior. Sed de intelligentia prophetiæ istius Danielis plura dicenda essent, nisi aliquantum ab instituto esset deflectendum. Quapropter lectorem remitto ad Cornelium Iansenium in c. 123. *Iansen.* concordiæ, & ad Doctorē Pereyram super *Pereyra.* cap. 9. Danielis, vbi summa diligentia hanc prophetiam simul cum hebdomadibus Danielis explicat. *Tunc qui in Iudæa sunt, fugiant ad montes.* Eusebius lib. 3. cap. 5. refert Chri- *Eusebius.* stianos, qui imminente ista obsidione Hierosolymis reliqui erāt, diuino responso fuisse admonitos, vt trans Iordanem in oppidum quoddam Pellam nomine emigrarent, vt ita hęc tempestas nō deprehenderet eos in Iudæa. Monet autē, vt in mōtes fugiant Iudæi, & non in alias vrbes: nam in nulla poterant esse securi, sed in montes, vbi propter loci altitudinem, & desertionem securi viderentur esse posse. *Et qui in tecto domus.* Habēt enim in ea regione tecta plana, superq; pleraque agere, & versari solent. Non descēdat ab illis, vel si descenderit, nè immoretur in aliqua re suscipienda; sed protinus omnib⁹ relictis ad tutiora loca se conferat. Similiter nec qui in agro est, reuertatur in domū pro pallio, aut pro vestimento; sed ita vt est nudus salutem sibi fuga paret. Væ autē prægnantibus, & nutrientibus, vel lactantibus (vt est in Græco) in illis diebus: quoniā his fugere est impossibile, aut valdè difficile: quia illæ fœtum portant in vtero, hæ in brachijs, quibus à fuga maximè impediuntur. Nam pecunias aut res abijcere pro salute facilè est: fieri autē leuē, aut expeditā ad fugam, quæ in vtero habet aut abijcere infantē eam quę lactat, prorsus est impossibile propter naturæ vinculū. Væ ergo illis, quia facilè simul cū embrionib⁹ & infantibus comprehēdentur. Orate ne fiat fuga vestra in hyeme, cùm nimirū difficilè fugitur ob tēporis incommoditatem. Neq; Sabbatho, quo religio vetabat vltrà mille passus iter facere. Hæc autem omnia Dñs dicit, non quòd vellet ita fieri, cùm sui non essent amplius Sabbathi obseruatores, quādo capienda esset Hierosalē: sed his omnib⁹ exagerare voluit atrocitatē malorū, quę tunc erāt ciuitati illi impressura, quę nec attendere ad Sabbathi religionē, nec ad humanas necessitates sineret, sed oīb⁹ prætermissis ad fugam deberent attendere. Dixit autem tot de fuga, vt insinuaret sola fuga posse tunc homines sibi prouidere. *Erit enim tunc tribulatio magna, qualis non fuit ab initio mundi vsq; modo, nec fiet.* Hæc verba ad tẽpora Antichristi referenda censet Caietanus, nõ ad vastationem Hierusalem. Caiet. Tum ex eo quod hic dicitur, nec fuisse, nec futurã esse talem tribulationem, qualis est ea de qua est hic sermo. Cum tamẽ tribulatio ab Antichristo excitanda maior futura sit & grauior. Tum etiam, quia hic dicitur absolutè nullã carnem fore saluam, nisi breuiarentur dies illi. Ergo de vniuersali tribulatione totius carnis loquitur, & nõ de sola Iudæorum vastatione. Absolutè etiã dicitur breuiandos dies propter electos, & non propter electos Iudæorum tantũ. Tum etiam, quia mox subiungitur, Statim post tribulationem dierum illorum Sol obscurabitur, &c. Quod tamen non fuit post vastationem Iudæorũ, sed post Antichristi persecutionẽ. Quare particula, Enim, non est pars responsionis ad secundum quæsitũ de tempore desolationis templi: sed est principium responsionis ad secundum quæsitum, scilicet, quod signũ aduentus tui, & continuatur cũ illis quæ antea dixerat de signis præcedentibus aduentum Domini gloriosum. Et Matthæus interposuit signa destructionis templi, inter ea quæ sunt consummationis seculi, & ea quæ sunt aduentus Iesu gloriosi: vt finita interpositione continuet ea quæ antea dixerat, reddendo rationẽ maximæ tribulationis, quæ tunc erit ex multis persecutionibus, qui illo tẽpore instabant. Verùm his non obstantibus multi alij maximæ authoritatis Doctores contrarium tenent: nempè q̃ continet Hierosolymitani excidij mala. D. Aug. Inter quos est D. Aug. in Epist. ad Hesichium, nam pro ratione eorum quæ Dñs dixerat de fuga ineunda, subiungit apud Matthæum, & Marcũ. Erit enim tunc tribulatio. Quam rationẽ clarius explicat Lucas, cũ dicit: Erit enim pressura magna super terram, & ira populo huic: vbi de populo Iudæorũ clarè videtur loqui. Si ergo loquutus fuerat de excidio Hierosolymitano, vt omnes fatentur, de eodem etiam subiũgens verba manifestè profert. Et ad argumenta respõdet Aug. loco proximè citato, q̃. Si tribulatio inducenda ab Antichristo maior futura, sermone hic loquitur dũtaxat de tribulationibus, quæ populo Iudæorum obuenire deberent. Nulla enim maior populo illi quàm hæc, maximè quòd tribulatio Antichristi ab illis excitanda est: ergo illã Iudæi ferent, eam non patientur. Hæc ille. Possumus etiam dicere, q̃ illud, neq; fiet, in exemplaribus Græcis legitur optatiuè, neq; fiat. Vel loquitur Dominus de tribulatione vltionis, qualis nõ erit fidelium tribulatio sub Antichristo. Qualis autem, aut quãta fuerit hæc Iudæorũ tribulatio; refertur à Iosepho in libro de bello Iudaico; Ioseph. præcipuè lib. 6. c. 11. & 14. & c. 7. & 8. lib. 7. Et Eusebius Euseb. lib. 3 c. 8. Ad illud autem quod pro se adducit Caietanus: statim autem post tribulationem, &c. Sol obscurabitur; cùm ad id peruenerimus, respondebimus. Accipe quam malueris sententiam. *Et nisi breuiati fuissent dies illi, nõ fuisset salua omnis caro: sed propter electos breuiabuntur dies illi.* Abreuiatos dies (inquit Hieronymus) nõ secundùm delitamenta quorundam qui putant tẽporum momenta mutari, nec recordantur illius dicti: Ordinatione tua perseuerat dies Psal. 118. sed secundùm temporum qualitatẽ sentire debemus, id est, abreuiatos, non mensura, sed numero. Et quomodò in benedictione dicitur: Longitudine dierum replebo eum: sic & Psal. 90. nunc abreuiati dies intelliguntur, vt temporum mora fides concutiatur credentiũ, hæc Hieron. Breuiabuntur ergo non quod cursu Solis celeri terminati fuerint, sicut quidam vanè dixerunt (vt refert August. ad Hesichium) sed quod tanta futura esset tribulatio dierum illorũ vt nisi numerum eorũ abreuiasset Deus; totus Iudæorum populus periret, adeò; hoc quod nec vnus etiam superstes esset. Ex quibus, quoniam aliqui erant electi, qui scilicet tunc credituri erant, aut qui postea credere debebant; aut etiam qui ex his qui tunc erant nascituri, erant electi ante mundi constitutionem: ideò pauciores Deus fecit dies illos, quàm eorum iniquitas merebatur. Itaq; significat quantũuis grauẽ & inauditam eorum tribulationẽ futuram, tamen minorem & breuiorẽ, quàm promeruerant: Deo seueritatem suæ iustitiæ temperante propter electos. *Tunc si quis vobis dixerit: Ecce hic est Christus, aut illic, nolite credere. Surgent enim pseudo Christi, & pseudo Prophetæ, & dabunt signa magna, & prodigia ita vt in errorem inducantur, si fieri potest etiam electi.* Nunc secundùm ordinem de his quæ aduentũ suum gloriosum præcedere debẽt, loquitur. Licet, vt Hieronymus refert, illud aduerbium temporis, Tunc, indicet tempus Hierosolymitanæ deuastationis. Nam (vt idem Hierony. habet) multi post Hierosolymitalymitanum excidium Principes extiterũt, qui christos se esse dicerent. In tantum, vt obsidentibus Romanis tres intùs fuerint factiones. Sed meliùs (inquit) de consummatione seculi intelligitur. Itaq; aduerbium, Tunc, nec tempus Hierosolymitanæ vastationis demonstrat: neq; tamẽ solum tempus circa deuastationem seculi, quanquam illud præcipuè demõstret; sed in genere tempus post Hierosolymorũ excidium, de quo tempore sic loquitur Dominus, quasi post illud sit futurus secundus ipsius aduẽtus: vt illum semper omnes expectarent, & ad illũ se se omni pararent tẽpore. Quarè in ipsis Apostolis omnes admonet, qui post illos futuri sunt. Omnes quippè ferè Apostoli ante Iudæorum excidium mortui fuerunt: & quoniam afflictionum tempore, & quando de fidei veritate oritur quæstio maximè pseudo Christi, & pseudo Apostoli, inueniunt locum decipiendi promittentes se malorum liberatores, & veritatis Doctores: ideò subijcitur. *Et dixerit vobis quis, ecce hic, aut ecce illic est Christus.* Qui vos à tyrannide, aut ab errore liberet. Sed aduertendum quòd dupliciter seductores demonstrant alicubi esse Christum, & iuxta hoc dupliciter etiam totus hic locus intelligitur. Vno modo certũ aliquem hominem aliquo loco existentem affirmantes esse Christum, quomodò potissimum locus iste intelligendus est. Nam dicit: *Exurgent pseudo Christi, & pseudo Prophetæ, & dicent, hic est Christus*, hoc est, fingentes aliquem esse Christum. Et id consestim post excidium Hierosolymitanũ extiterũt, sed postea plures maximè circa finẽ seculi futuri sunt. Nam, vt refert Petrus Galatinus, nõ multis annis post Hierosolymæ vastationẽ sub Adriano Imperatore, fuit quidam seductor, qui dicebatur Benchuziba, quem adiuuabat quidam pseudo Propheta, nomine Akiba, qui ex scripturis conabatur ostendere se esse Messiam. Sed quia nomen Benchuziba significat filium mendacij: alij dixerunt quòd vocabatur Barchochabam, id est, filius stellæ. Et propter hoc nomen conabatur falsus Propheta ostẽdere, de illo adimpletum fuisse vaticinium Balaam, quo dicit: Orietur stella ex Iacob. Sic Eusebius cap. 6. lib. 4. Eccl. hist. sed ille cum suis sub Ruffo Iudææ præside perijt maxima accepta clade. Potest & his annumerari Mahomethes, qui se dixit magnum Prophetam, & tot seduxit, & seductos tenet miseros homines. Alij etiam quàm plurimi homines fuerunt, qui falsis signis suam confirmabant vanitatem. Sed Antichristus omnes superabit multitudine signorũ mendatium, de quo Paul. 2. Thes. 2. ait, quòd eius aduentus erit secundùm operationem Satanæ, in omni virtute, & signis, & prodigijs, mendacibus, & in omni seductione iniquitatis ijs qui pereunt; eò quòd charitatem veritatis non receperũt. De quo Antichristo pseudo Propheta dicitur in Apoc. cap. 13. Magna ipsum signa operaturũ ad seducendum orbem. Sic enim dicitur: Et potestatem prioris bestiæ omnem faciebat in conspectu eius, & fecit signa magna, vt etiam ignẽ faceret de cœlo descẽdere in terrã in conspectu hominum; & seduxit habitantes in terra propter signa quæ data sunt illi facere in cõspectu hominum, dicẽs: Habitantibus in terra, vt faciant imaginem bestiæ, quæ habet plagam gladij & vixit, & datum est illi, vt daret spiritum imagini bestię, & vt loquatur imago bestiæ. Dicuntur autem signa mendatia, vel mendacij (vt legit August.) quia virtute diaboli fient, qui pater est mendacij. Vel secundùm Augustinum lib. 20. de ciuit. Dei. c. 19. non sic est accipiendum, quasi omnia illa signa sint efficienda per sensuum & phantasmatis ludificationem, vt quod non sit, esse tamen videatur. Quædam enim verè efficient per coniunctionem occultarũ caudarum naturalium. Quomodò diabolus ignẽ verè potest educere è cœlo, vt fecit apud Iobi maximè, quia tunc magnam acccepturus est potestatem malefaciendi. Permittendus est enim operari secundùm totũ suum posse, quod est super omnem terrenam potentiam, vt dicit Iob: Sed tamen dicuntur signa mendacia, siue quia ad mendatiũ pertrahunt dum creduntur fieri virtute diuina; siue quia quamuis sint veræ res, non tamen sunt vera signa, & miracula. Quia id demũ verè est & propriè miraculum, quod fit suprà naturam, & virtute supernaturali, quæ soli competit Deo. Credent ergo homines his signis mendatij, pro eo quod dilectionẽ veritatis non receperunt. vt salui fierent. Vnde dicit: Ideò mittet illis operationem erroris, vt credant mẽdatio. Talia autẽ erunt signa, vt in errorem inducantur si fieri posset etiam electi. Eo enim non significauit quosdam electos seducẽdos; sed tantam fore illorum signorum ad seducendum efficaciam: vt & electi seducendi essent, si id esset possibile. Id autem non erit possibile ob fortiorem, & efficaciorem Dei prouidentiam, & infallibilem

2. Thes. 2

Apoc. 13.

D. Aug.

bilem eius prædestinationē. Ipse enim ait:
Ioan. 10. Non rapiet eas quisquam de manu mea, &
nemo potest rapere de manu Patris mei. Vt
ergo à fallis Christis, & signorum falsorum
efficacia fideles sibi cauerē, prospicerent, subijcit Dñs. *ecce prædixi vobis*, hoc est, cauete
vobis, nam ob id vobis hæc prædixi, vt vobis caueretis. Si ergo dixerint vobis homines. Ecce in deserto est Christus, tantū absit vt credatis, vt ne quidē exeatis ad videndum eum. Similiter si dixerint esse in penetralibus, & abditis, secretisq; locis, ne credatis. Non enim erit aduentus meus occul-
tus, & certo aliquo consistens loco, nec talis
vt vnus alteri indicare eum debeat. Nam sicut fulgur mox exiens ab Oriente apparet
vsq; in Occidentem: ita erit & aduentus filij
hominis subitus, scilicet, inexpectatus, gloriosus, & omnibus manifestus, nec in aliquo
terræ loco consistens, sed in aere, & in nubibus. Alij malunt legere. Sicut fulgor Solis,
scilicet, qui Orientē, & Occidentē illuminat: ita clarus erit secundus aduētus filij hominis. Non enim erit obscurus sicut primus.
Sed omnia exēplaria fulgur legunt, & rectè
ille hic aduentus declaratur, qui erit subitus
& inexpectatus, & omnib⁹ perspicuus. Hæc
autem admonitio, ad fideles duntaxat pertinet, qui Dñm Iesum tanquàm verū Messiam veneramur. *Vbicunq; fuerit corpus, illic
congregabuntur, & aquilæ.* Qua sententia parabolicè Dñs significat, quòd quemadmodùm
vbicunq; fuerit cadauer aliquod, illùc continuò congregantur aquilæ sagacissimo suo
olfactu, cadauer vnde pascātur à longè per-
spicientes, nec indigentes alicuius demonstratione: ita fideles celeri quodā raptu conuenienti sunt Christo in secundo aduentu
quoniam ille esca & cibus est vnde pasci &
refici debent. Nec opus habebūt aliquo qui
eis demōstret ipsum Christum, adeò omnibus conspicuus erit. Tria in hac sententia
Dñs significat. Primò quòd celeriter iusti
ad ipsum congregandi sunt, nō ambulando
1. Thes. 4. super terram, sed in aëra, vt Paul. 1. Thes. 4.
dicit: Rapiemur in nubibus obuiam Christo
in aëra, & sic semper cum Domino erimus.
Secundò quòd opus nō sit aliquo indicante
suam præsentiam. Quapropter audire non
debēt eos qui dicturi sunt, ecce hic aut illic.
Et quidem hæc duo sunt præcipua, quæ Dominus significare voluit. Sed tertiò, secundùm Caietanum, id etiam significatur, quòd
quemadmodùm aquilæ auidè congregantur
ad cibum olfactu perceptum: ita etiam sanctos summo cum desiderio congregādos ad
Christum, tanquàm ad cibum suum, vnde
in æternū feliciter sunt victuri. Et quamuis
vultures etiam cadaueribus vescantur ea
quæ à longè olfaciant, tamen placuit magis
aquilis iustos cōferre: eò quòd aquila regalis auis est accutissimi visus, celerisque, ac
sublimis volatus, vt eos indicaret qui regio
quodam animo voluptatibus imperant, ter-
renisque despectis ad cælestia toto conatu
rapiantur, & agilitate corporis qua dona-
buntur, celeriter ad illum per aëra volabūt.
Diuus Hilarius intelligit hac sententia sig- D. Hilar.
nificari, in quo loco terræ sit Dominus venturus ad iudicium, nempè quòd in eo loco,
in quo passus est, & quo cadauer ipsius pependit in Cruce. Creditur enim iudicium
exercendum in valle Iosaphat, qui est circa
Hierusalē: quia Ioel. 3. dicitur: Congregabo Ioel. 3.
omnes Gentes, & adducam eas in valle Iosaphat, & disceptabo cum eis. Et hic est primus modus, quo seductores isti ostendunt
Christum. Sed altero modo ostendunt hic,
aut illic esse Christum, dum in certis quibusdam conuenticulis verum nostrū Christum habitare, & recta fide coli affirmant.
Quemadmodùm faciunt hæretici, qui cum
soli sibi Christum vendicare præsumunt,
atq; in sua illum cōgregatione manere contendunt, dicentes: Ecce hic est Christus
apud nos: ecce illic est in certo orbis angulo. Quemadmodùm Donatistæ in quadam
Africæ parte tantùm Christum esse contendebant, eiusq; Ecclesiam. Et nūc hæretici Germanici id ipsum moliuntur. Et Angli
ac Geneuenses. Volūt enim Christum esse
in deserto & in penetralibus: cùm tamē ibi
non sit quærendus Christus; sed in Ecclesia
per vniuersum orbem, ab Oriente vsque ad
Occidentē dispersa, instar fulguris. Alber-
tus Pigius lib. 1. Eccles. Hier. c. 5. explicat Alb. Pig.
hanc vltimā Domini sententiam. *Vbicunq;
fuerit corpus, illùc congregabuntur & aquilæ.*
Sic intelligit. Nempè per illam nobis insinuari, quo pacto quis intelligere possit vbi
sit corpus Christi mysticum, quod est Ecclesia, nimirum ex congregatione aquilarum: quia vbicunque illæ reperientur, ibi
Christi corpus esse non est dubitandum.
Per aquilas autem intelligit Ecclesiæ Doctores, quotquot vnquàm fuerunt, qui in
carne præter carnem viuunt, aut vixerunt:
quorum conuersatio in cœlis, quorum omne studium, omnis meditatio, omnisque
voluntas in Lege Domini, qui præ alijs acu-
tiùs

tidis cernere & subsannãdis subuehi à reb⁹ terrenis potuerũt, aut possunt. Vbicunq; aquilæ congregentur, illic certò est credendum esse corpus illud, cui associari & consentire, & in quo Christum ac salutem quærere debemus. Quæ enim est harum aquilarũ concors sententia, idẽ & totius corporis sensus est. Hanc sententiam post Origenẽ videtur insinuare B. Aug. ad Hesychium, & sanctus Hieronym. in Commentarijs. Sed hic sensus potiùs accõmodatius est: prior tamen est conformior Christi Domini proposito.

Alia moralitas sententiæ. Iam ad ea quæ ad mores attinent accedamus. Cùm Dñs de tẽplo exibat discipuli eius accedentes ad eum, dixerũt: Magister, aspice quales lapides, & quales structuræ. Cùm Dñs circa maiora occuparetur, vtpotè quæ ad animarum salutẽ pertinebãt: cætera omnia, quasi parui momenti essent, despiciebat, atq; ita se habebat, ac si nihil horum quæ oculis repræsentantur, cerneret. Quapropter opus fuit vt discipuli excitarent eũ ad aspiciendam magnitudinẽ ædificij tẽpli. Certè qui cœlestia petit parum aut nihil de his caducis curat. Igitur cũ Dñs Iesus vbiq; occasionem sumeret ad instruendũ nos, ex his discipulorum suorum verbis occasionem sumpsit ad prædicendam vastationem Hierusalem, vt suos in tantis malis præueniret. Cumq; montem Oliuarum ascenderet, vbi cum suis ad quiescendum pergere solebat: sedentes aduersùs Hierosolyma, & eam ex aduerso inspicientes accesserunt ad Iesum, quærentes ea omnia quæ suprà retulimus. Ad quæ suo ordine (vt diximus) Dñs Iesus respondit. *Hilarius.* Diuus Hilarius hæc omnia de tempore Antichristi intelligit. B. Ioãnes in sua Canonica dicit, Antichristum iam esse in mundo: quoniã omnes hæretici (vt ipse *1. Ioan. 2.* dicit) qui soluũt Dñm Iesum, sunt Antichristi. Quare cũ tot hæreses aduersùs Ecclesiam insurgant, verè dicere possumus, abominandũ idolũ in loco sacro iam esse. Hoc enim idolũ est ille filius perditionis, & homo peccati, qui aduersatur & extollitur supra omne quod dicitur Deus, aut quod colitur, ita vt in templo Dei sedeat, ostendens se *2. Thes. 2.* tanquam sit Deus, vt dicitur, 2. Thes. 2. Tales sunt homines impij superbia pleni, qui aduersùs Dei Ecclesiam insurgunt, dicentes se aliquid esse, cultũ Dei auferentes, & seipsos super omnes extollentes, atq; tanquã veros Prophetas haberi volentes, cùm tamẽ falsissimi & impijssimi mortalium omnium sint. Talis fuit Lutherus, talesq; eius sequaces spurcissimi homines & tamen Ecclesiã Dei impugnare ausi sunt. Ille est de quo Propheta dicebat: *Zach. 11.* Ecce ego suscitabo pastorem in terra, qui derelicta non visitabit, dispersum non quæret, & contritum non sanabit, & id quod stat non enutriet, & carnes pinguium comedet, & vngulas eorum dissoluet. O pastor & idolum derelinquens gregem! Hic pastor terrenus, non cœlestis, Lutherus fuit, qui seipsum Saxonicum Papam fecit, & tamen derelicta non visitauit, quoniam nihil de bonis operibus curæ ei fuit: sed sola fide dicebat homines saluari, nec vult vllũ esse peccatũ quo amittatur charitas, & derelinquatur homo à Deo, nisi infidelitas, & hæresis sua & suorum. Nec dispersa quærit, quoniã potiùs oues ex caulis deturbat, cùm ab Ecclesiæ pastore eas deterret, & non in vnitatem fidei congregat; sed in diuersa dispergit dogmata, atq; peccata: vt vnusquisq; quod sibi libuerit faciat, nec enim vlla eum astringit lege. Perditas oues non quærit, sed omnes potiùs perdere nititur. Contritũ non sanabit, nec enim contritionis dolorem, aut gemitum exigit, sed sola resipiscentia peccatores iustificari putat: & confessionẽ abijcit. Nec id quod stat conseruat, sed potiùs ea quæ stabãt dimisit. Sed carnes pinguium comedet, omnes vacare libidinibus ac commessationibus & ebrietatibus docet, vt epicuri potiùs quàm Christi discipuli efficiantur, dicentes, quę impij apud se non rectè cogitãtes dixerunt: Comedamus & bibamus, cras enim moriemur. Et vngulas eorum dissoluet: *Esai. 22.* quoniam & vim bonorũ operum, & Sacramentorum virtutẽ dissoluere, atq; diluere satagit. O pastor & idolũ derelinquens gregem, imò dispergens gregẽ. Idolũ quod vitã non habet vllam, sic tu absq; charitatis vita fide sola mortua gaudes, quã tamen veram omninò nõ habes, sed illã simul cum omnibus bonis amisisti. Quid ergo faciendũ? Id quod Christus hic nos docet. *Tunc qui in Iudæa sunt, fugiant ad montes*, hoc est, nos qui verã fidei cõfessionem profitemur (id enim Iudæa interpretatur, nẽpè confessio) fugere oportet ab istis malis. Nam & Dñs per Zachariam *Zach. 2.* Prophetã c. 2. clamauit, quod fugã nos excitat, dicens: O, ô, ô, *fugite à facie Aquilonis*. Ac si diceret, *ola, ola, ola*. Aquilo ventus frigidus est, qui nubes dissipat, teste Salomone Sap. Ventus Aquilo dissipat pluuias, ne terrã *Prou. 25.* albeat, vt fructus ferat vitæ humanæ necessarios. Tales isti hæretici sunt, qui calorẽ bonorũ operum auferũt, & animas infrigi-

dicitate mansit relinquebat, plurimasq; discipline: quoniam confessionem, lacrymas, gemitus, ac pœnitentiæ opera destruunt, quibus anima fœcundata & humectata solebat fructus
Zach. 2. vitæ æternæ proferre. Ab his ergo fugiendū est. Et infra idem Propheta dicit: O Syon fuge, quæ habitas apud filiam Babylonis, hoc est, à turbine & confusione tot hæresium vndiq; pullulantium fuge. Et quò fugiendum nobis est? In montes. In montes in alta ascendere oportet, culmē ac fastigium perfectionis attingere niti debemus: quoniam inter tot mala non sufficit quomodocunq; benè viuere, sed oportet optimè & perfectissimè viuere: quoniam si illos qui perfecti esse videbantur, & fortè aliquandò fuerunt, his occasionibus perturbatos perspeximus, & ad pedes huius idoli prouolutos, quantò tepidi, ac peccatores id timere debemus? Fugiamus ergo ad montes, & auxilium nobis diuinū imploremus, quo protegamur cum Dauid, dicentes: Leuaui oculos
Psal. 120. meos in mōtes, vnde veniet auxilium mihi.
Prouer. 6. Et Sapiens dicebat: Eruere quasi damula de manu, & quasi auis de insidijs aucupē. Da-
Psal. 13. mula & auis eleuādo se à terra fugiunt, hæc volatu, illa saltu. Et alibi: Montes excelsi ceruis. Optimū refugium sunt montes, pro illis qui à facie ventorum fugientes excelsa quærunt virtutū culmina; ad quæ ascēdere nō præualeat inimicus. Sed quoniam à peccatis alijs etiam debemus fugere, ne captiui teneamur in ipsis. Aduertendum est, q etsi semper homines ascēdere ad virtutum culmina satagere debemus, his maximè tēporibus quādo tot mala & peccata mundū occupant. In primitiua siquidem Ecclesia, habebant Christi fideles quāplurima, quæ eos ad virtutē excitabāt. Vbicunq; se verterent exemplū magnorum virorum videbant. Si enim ad prælatos eleuabant oculos, omnes sancti erant, ac miraculis coruscabant, si Pontifices summos omnes erant martyres. Si ad religiosos ac monachos, qui tunc temporis erant vertebāt faciem, mira & incredibilia exempla sanctitatis in eis videbant. Si Ecclesias ac Ecclesiasticos omnes deuotione flagrabāt. Quocunq; se voluerent, veros sanctitatis magistros inueniebant. Nunc verò (proh dolor) omnia scādalis ac offendiculis plena sunt. Quocunq; te vertas occasiones peccādi inuenies in vijs eorū atq, cōpitis te occasionibus offendis. Quòd si oculos eleuas offendes in oculis mulierū, quæ se per fenestras lasciuo vultu, atq; enim insi-

dias. Si aures ad audiendū extēderis, eos audies quæ te ad peccandū instigent. Si ad colloquiū pgis, idipsū inuenies. Si amicos quæris, nisi vt te ad peccandū adiuuent ad bona opera nō inuenies illos, ad aleas, ad ganeas, ad meretrices, ad vindictas paratos illos reperies. Si ad eleemosynas faciendas, aut alia bona opera exercenda quæsieris, non inuenies vllū. Totus mūdus scādalis plenus est. Vnde D. Antonius illū plenū laqueis vidit. Quòd si tunc mundū sic illaqueatum vidit Antonius, cūm tot boni ac iusti florebāt, in tantum q fateatur Hieronymus se agnouisse plusquàm viginti millia heremitarum tabernacula, qui procul à mundo vitā agentes totos se Dño consecrabāt: quid modò dices quando tāta bonorū penuria est, & peccatoribus totus scatet orbis? Omitto infideles, paganos, hæreticos; de Christianis loquor, inter quos sic viget peccatū, vt qui paucos inuenias qui peccatores maximè non sunt. Imò de peccatis victitat. Quo ille vitā agit, atq; rem familiarē auget? Vtiq; vsuris, dolis, ac versutijs magnis. Et illa mulier, de quibus victitat; sericis ac aureis fulget indumentis? Certè quia peccatrix est, & inhonestē viuit. Et illa alia, quia lenocinijs vtitur. Et ille, quia id in sua domo cōsentit. Itaq; alius rapinis, alius libidinibus, alius versutijs, alius alijs peccatis victitat. O miserū ac deplorā-dum seculū! Quid ergo facere oportet? Vtiq;
fugere de medio Babylonis. Fugere de ta- Num. 6.
bernaculis impiorū, ne inuoluamur in peccatis eorū. Declinare occasiones, quæ etiam perfectos viros in pericula maxima rapere solent. Nam, vt iam suprà dictū est, ideò sancti tales fuerunt, quia occasiones peccatorū fugiebant, & Deus illos ab illis separabat. Vix enim iustus in occasione permanere
poterit. Nunquid enim poterit quis abscon- Prouer. 6.
dere ignē in sinū suum, vt vestimenta illius non ardeant? Et quid amplius debemus facere? *Et qui in tecto est, non descēdat tollere aliquid de domo sua.* Hoc est dicere, q ille qui per exercitium virtutū supernaturalium, cū auxilio Dei tectū ac fastigium perfectionis semel ascēdit, ibiq; cū Deo moratus in altissimæ contēplationis officina se exercet, non descendat ad tēporalia domus suæ tollēda, hoc est, ad negotia tēporalia vltrà modū tractāda, nec in his de nouo occupet curis, sed qui semel cœleste manna gustauit, ollas, ac cepas Ægypti fastidiat, vt omnib^9 tēporalibus curis expeditus securiùs possit hac fuga
sibi consulere. Quando Dauid à facie Saul 1. Reg. 21.
exiuit

Genes. 28. exiuit fugiens, nihil secū tulit, nec gladium, nec cibū, vt vitæ suæ cōsuleret. Sic quidem Iacob à facie Esau fratris sui in Mesopotamiam fugit, baculum solummodò ferens in manu sua, et peregit. Sed cùm posteà à fa-
Genes. 31. cie fratris sui fugā iniisset: quia mulieribus filijs, ac pecoribus onustus veniebat: paucis itinerarium illū sex etiam occupauit. Quod si hæc damna prout oportet fideles sentiremus: nosmetipsos obliti ad hæc euitanda, diligentiùs intenderemus. *Væ autem prægnantibus*, hoc est illis qui pleni sunt bonis desiderijs, quæ concipiunt, & tamen nunquā ea opere complent. Plenum est infernum (ait August.) bonis desiderijs. Concipiunt quidem, sed nunquā pariunt. Ita vt de illis, & illud pos-
4. Reg. 19. sit dici: Venerunt filiæ vsque ad partum, & vires non habet parturiens. Quoniam desideria ac proposita, nō efficacia, sed nimis tepida erāt. Sed nec obstetrices ad hoc inueniunt, hoc est, qui eos adiuuent ad bona desideria executioni mandanda. Quoniam si monachus vis fieri, omnes tibi impedimento erunt. Si eleemosynas facere velis, nec argentum ad hoc inuenies. Si autem furari aut aliud malum facere volueris, multos inuenies adiutores. Ad quid ergo concipis, si nunquā parere debes? Cur pro crastino modo detineris, si hodie operari debes? Tempus est, quid diem crastinum expectas? Contra
Sophon. 2. quos Sophon. 2. dicitur: Vox cantantis in fenestra, coruus in superliminari. Loquitur ad literā de vastatione Hierusalē, quæ tanta erit, vt positi homines ad fenestras cantare [illegible] nullus per viam transibit, qui eos audiat. Et coruus erit in superliminari domus, quia [illegible] qui euersurus est. Sed ad propositum. Quia coruus proprium est crocitare (videtur enim dicere, Cras, cras) diabolus qui coruū imitatur, hunc cantum canit in superliminari, hoc est, in introitu, in principio alicuius boni propositi facit homines procrastinare, & de die in diem dif-
Eccles. 5. ferre bona opera. Contra illud quod Sapiens nos monet, dicens: Ne tardes, conuerti ad Dominum, & ne differas de die in diem. Nihil aliud facit, nisi per fenestram aspicere virtutem, & dimittere eam, vt transeat. Agnoscit eam ex visu, sed nō ex familiari conuictu. Non ergo sufficit virtutē etiā bonis desiderijs aspicere aut desiderare, nisi manū eius per opus apprehendatis. Sunt enim nimis tepida hæc desideria, nō tamen efficacia. Nec enim iudiciū speculatiuū est, quod mouet voluntatem (ait D. Thom.) sed practicum, hoc est, operatiuū. Non sufficit dicere, vellē, nisi dixeris efficaciter, volo. Sed obseruas, quod sunt nonnullæ animæ sic steriles, vt nec dum parere; sed nec concipere bona desideria valeant. Qui possunt cum Dauid dicere: Concupiuit anima mea desiderare.
Aliæ sunt quæ abortum faciunt, quia statim Psal. 118.
vt concipiunt parere volunt, nec expectant vt fœtus priùs in vtero voluntatis formetur, sed informē virtutē efficiunt. Ex quo prouenit, quòd monstra pariant; eò quòd protinùs volunt, vt mundus eorum sanctitatem agnoscat, statim se mundo prodere volunt.
De quibus apud Esaiam dicitur: Ante mes- Isai. 18.
sem totus effloruit. Cùm tamen de iusto dicatur, quòd fructū suum dabit in tempore
suo. *Et [illegible]*. Animas etiam inuenies Psal. 1.
sic effeminatas, & viles, quod pro officio habeant pessimas cogitationes nutrire. Si turpis aut leuis cogitatio in eas irrepserit, continuò illā lactant atque fouent. Quod si fortè cogitatio illa euanuit iam illā memoria requirunt, & summa cum diligentia exigunt. Quid nam est illud, quod ego cogitabam? Mihi enim valde delectabile erat? Et cū inuenerit cogitationem, iterū eam fouet, sicut mulier lactās filium illū quærit, & inuentū lactat ac nutrit; & sic vires acquirit eundo, & ex paruo damno in magnum emergit &
fortè. Quemadmodum gallina incubans su- Aristo.
per oua, ea fouet & nutrit, vsque dum in pullos ea viuificet: sic isti fouent ac nutriunt pessimas cogitationes, quæ cū priùs paruæ ac penè mortuæ sint, nutritæ viuificantur, & in magna mala emergunt: ita vt tanquàm pulli iam [illegible], & alas habeāt, hoc est, per linguas exeant, & in opus volent. Et in talibus Prouerbium illud Hispanū dicitur; *Cria el cueruo sacarte à el ojo*, hoc est, si has pessimas cogitationes nutrieris: oculos animæ tibi eruent. Has etiam comprehendit maledictio illa, quam Dñs super Saul misit eō quod præceperit illi, vt pueros lactantes Amalech
interficeret, & non fecit. Amalech populus 1. Reg. 15.
lambens dicitur, & significat homines carnis voluptatibus [illegible], qui manus suas post has voluptates lambunt, vt dicitur in Prouerbio. *Comisse las manos tras ellas*. De quibus &
Dauid dicit: Inimici tui Dñe terram lingent. Psal. 73.
Hi ergo pueri lactantes interficiendi sunt, nempè prauæ cogitationes cū à principio tenues sunt, atque antequam viros crescāt, & arma cōtra animam suā capiāt, nec eis iam resistere possis. A his Saulis [illegible] cōprehēdit maledictio. Cāuendum est [illegible], qui tales cogitationes intere-

merint, beati dicantur à Psalmista, cùm di-
Psal. 136. cit: Beatus qui tenebit, & allidet paruulos
suos ad petram. Protinus cùm exorta fuerit
praua cogitatio, illam ad petrã, qui est Christus allidere debes, *Antiberratiog alli.* Nam
Ouidius. principijs obstandũ est. Serò enim medicina paratur, Cũ mala per longas conualuere
moras. Oppositũ autẽ facientes deplorabat
Thren. 4. Hiere. Thre. 4. cùm diceba: Sed & lamiæ
nudauerunt mammas: lactauerunt catulos
suos. Lamiæ monstra quædam dicũtur, quæ
habebant pedes equinos, in alijs verò fœminæ videbantur; & adeò crudeles sunt vt
filios suos dilacerare soleant. Oportet enim
has paruulas cogitationes dirumpere, quæ
more mulierũ blanditijs suis animas emol-
liunt. Tamen iam hæc non faciunt hæ lamiæ, sed nudant mammas, & lactant catulos suos. Animæ quippè quæ has sepellire
cogitationes solebant, nõ id faciunt, sed potiùs nudant mammas, aperiunt pectus, vt
intret in cor, & ibi eas fouent ac enutriant.
Quare deplorãdi sunt cum Hieremia. Væ
enim eis à Domino hic interminatur, cùm
dicitur: *Væ nutrientibus.* Si plura de his videre cupis, consule Commentarios nostros
super Psalmum: Beati immaculati in via.
fol. 491. 478. 479. in tractatu. 15. super
illum Versum: Declinate à me maligni.
Et super illum: Quia iniusta est cogitatio
eorum. *Væ nutrientibus,* id est, his qui vitia ac scelera nutriunt, ac fouent, quales
sunt diuites, qui pecunias, & peccata, &
peccatorem colunt & fouẽt, de quibus di-
Iob. 4. cit Iob: Huic montes herbas ferunt, hoc est,
diuites qui tanquàm mõtes congerbatas habent diuitias Behemot, id est, diabolo herbas administrant, quibus pinguescat. Nutriunt etiam vitia adulatores, qui peccata
ipsa blanda faciunt, & risum æstimant peccatum. Nam de illis dixit Sapiens: Quasi
per risum stultus operatur scelus. Et alibi:
Prou. 10. Qui lætantur cùm malefecerint, & exultãt
Prouer. 2. in rebus pessimis. Hinc peccatum iam non
æstimatur: vnde multi gratis peccant, *Petas*
per petar, quasi contemnentes peccatum,
imò gaudent ob hoc solum, quia peccant, vt
illi qui facilè absque vlla necessitate iurant,
D. Aug. imò peierant. Diuus August. in suis confessionibus grauiter se accusat, quòd cùm adhùc
puer esset poma quædam furatus est, nõ ob
gulam, sed quia in illo furto voluptatem capiebat: quoniam grauissima res est peccatũ
ipsum habere pro obiecto delectationis. Væ
ergo prægnantibus, & nutrientibus in illis
diebus. Hi sunt etiã homines peccatis onerati, quibus ita opprimuntur, vt fugere nequaquam possint. Quibus contigit id quod
Simile. de simijs narratur, nempè quòd quando fœmina filios habet & venatorem percipit vé-
nientem, filiolũ quem minùs diligit ad terga
ponit, & quem plùs amat super brachia, &
fugit. Sed ille qui à tergo est collum matris
stringit ne cadat, quare etiam si illũ vellet
matet à se eijcere, non potest: quia ipse for-
tiret illi stringitur, quem amat non vult illa
dimittere, & sic in manus venit venatorum.
Id cõtigit magnis peccatoribus, qui [illegible]
minùs diligunt in hoc mundo, hoc est, peccata præterita ad terga ponũt: dilecta verò
brachijs amplectũtur. Illa nolunt eos dimittere, quia per consuetudinem iam fortiter
illis inhæserant; hæc præsentia nolunt ipsi
dimittere, quia maximè ad ea affecti sunt:
vnde oneribus pressi nequeunt fugã capere,
& sic in manus veniunt dæmoniorũ. *Orate*
autem vt fuga vestra fiat in hyeme, vel Sabba-
to. In hyeme sunt dies breues, in Sabbatho
non poterant iter agere, nisi certũ spatium,
& illud breue. Hi sunt qui pœnitentiam differũt vsq; ad horã mortis, de quibus dubitat
Augustinus. Cur tantum negotium in tam
breue tempus perficere cogitas? Transire
de hac vita in aliam, de tempore ad æternitatem, non qualiscunque res est, quæ breui
possit tẽpore peragi, sed grauissima & ita valdè necessaria, quæ multas exigat præuentio-
nes, & ad maabliendũ hũc periculosissimũ
transitum opus est multò citrò spatio incipere cursum. Vel hyeme. Quando tepidus
es, aut frigidus in Dei seruitio, non te tunc
Psal. 70. occupet mors: sed dic cum Propheta: Cùm
defecerit virtus mea, ne derelinquas mé
Domine. Vel Sabbatho, hoc est, in tuis festi
uitatibus, ac delitijs, cùm prosperè cuncta
succedunt: cum te aura popularis infollat,
& inflat. Miseranda res est, cùm homo in
medio prosperitatis huiusmodi discedit. Id
enim cogitandum est, quod Dñs dicit: Mor- Luc. 16.
tuus est diues, & sepultus est in inferno. Vel
per Sabbatũ, quod otium significat, intelligamus otiositatẽ. Ac si diceret. Orate ne
vos dies ille otiosos inueniat; sed assumite
consilium Hiero. qui dicit: Nunquã te dia- D. Hiero.
bolus otiosum inueniat. Nã multa mala do- Eccles. 33.
cuit otiositas, vt ait Sap. Et apud Ezech. di- Ezech. 16.
citur: Ecce hæc fuit Iniquitas Sodomæ, otiũ
eius & filiarũ eius. Quid enim faciet homo
otiosus, nisi pessimas nutrire cogitationes, &
eas in opus malum produceret Otiosus aut
illi

ille est, qui nihil boni operatur, aut inordinate ad vitã æternam. Homines huius temporis, aut omnino ociosi sunt, aut si quid agunt totum temporale est. Tunc maximè occupati sunt, cum lucris (& his vtinam licitis) præcipuè vacant. Aliàs nihil nisi peccata operantur. *Tunc si quis vobis dixerit ecce in deserto est Christus*, hoc est in locis solitarijs, quos pedes hominum non attriuerunt. Vult dicere Dominus, vt fugiamus ab his qui nouã viam docent, tam in moribus, quàm in consuetudinibus, aut in doctrinis; tenentes firmiter illud Sapientis consilium. Prouer. 22. Ne trãsgrediaris terminos antiquos: quos coluerant similе. patres tui. Vulpes nunquam per viam tritã incedunt; sed per deuia ne capiantur. Sic hæretici & pseudo prophetæ, à communi via se distinguunt, & noua quædam adinueniunt itinera, quæ patres nostri non agnouerunt; illis ergo non est credendum. Verbi gratia, via per quam patres qui nos præcesserunt ambulauerunt, fuit in pœnitentijs, ac in misericordiæ operibus intelligentes hãc esse viã quæ ducit ad vitã. Qui diuersam ab ista viam ostendere velint, ne credas illi: nã Iob. 28. hanc viam (vt docet Iob) calcauit pes institoris. Hoc est illorum qui negotium Matth. 3. Regni cœlorum tractauerunt. Simile namque est Regnum cœlorum homini negociatori. Institores autem illi de quibus Iob loquitur hi sunt, qui à longè hoc est ab ista vitæ mer- 1. Hier. 18. ces congregant. Et Dominus per Hieremiã irascitur populo suo: quia non ambulauerũt per viam tritam. Vel si te volunt ad deserta loca trahere, vel obscura & secreta, hoc est, qui volunt in locis secretis, aut in penetrali- Matth. 10 bus domus prædicare, ne audias eos. Nam Dominus dixit. Quod dico vobis in tenebris dicite in luce. Et quod in domo, prædicate super tecta. Lux est Euangelica veritas, omnibus se prodere vult; quid tu secreta quæris, & diuerticula, vt illam prædices. Sa- Prouerb. 1. pientia etenim foris prædicat, in plateis dat vocem suam. Vel si voluerit in montibus qui propter vmbram arborum obscuri sunt tibi prædicare, ne audias, nec acquiescas illis, Quoniam præceptum Domini lucidum est illuminãs corda, nec obscuritatibus, ac per- Psal. 18. plexitatibus gaudet Euangelica veritas. Et hic intelligit D. Hieronymus illud Psalmi 18. vt supra diximus. In sole posuit tabernaculum suum. Hoc est Ecclesiam suam po- D. Hiero. suit in luce & claritate veritatis. Non enim Matth. 5. debet abscondi lucerna hæc sub modio, sed super candelabrum, vt luceat omnibus qui in domo sunt. Nec enĩ Christus est in angulis aut penetralibus, vel montibus; sed in medio Ecclesiæ aperuit os suum. Itaq; quæcunque nouitas, vel in re, vel in modo docendi, tanquam suspitiosa fugienda est. Quod si mihi dixeris. Pater, si doctrina quę mihi docetur sana est, & communi doctrinæ conformis; quid ad rem quod publicè, vel in secreto mihi dicatur? Adhuc dico tibi, quòd si modus docendi nouus est, & peregrinus: ab illo omninò fugere debes. Si veritas communis est cur non communi modo docebis illam? Quid nouis vocibus, aut locis eam perhibes? Doce eam per patrum meorum cartulam, *Por la a, b, c, de mis padres*. Nec enim sat mihi est quod doctrina antiqua sit; nisi etiam modus docendi eam, vetus sit, *Enseñan me por el libro de mi aldea*. Eo modo quo patres mei didicerunt illam. Nam nouitas in modo docendi, via est ad hoc quod & ipsa doctrina quæ docetur noua fit. Eò quòd principium hæresum superbia est, ac vanagloria. Superbia autem est appetitus singularis excellentiæ. Quare isti singulares esse volunt. Qui enim ipso modo docendi se singulares ostendũt. Volũtq; vt ait Paulus magistri & rabbi vocari, principium in se manifestant, vnde schismata & falsæ doctrinæ oriũtur. Vnde Paulus ait. Sicut rogaui te, vt denunciares 1. Timot. 1. quibusdam, ne aliter docerent. Non dicit alia, sed aliter; licet ibi includatur illud. Qui enim docere præsumit; quàm communiter docetur in proximo est, vt alia etiam doceat. Nam Pharisæi qui mundi gloriam, & lucrum cupiebant, falsas doctrinas seminarunt. Sic Prædicatores qui suam & nõ Christi gloriam & cupiditatem quærunt, vel omninò veritatem reticebunt, vel falsa seminabunt dogmata, secundùm quod populo placere perspexerint.

Sed circa totum hoc Euangelium vltimò aduertendum est, non esse mirum, quod eadem signa videantur esse quæ præcesserũt vastationem Hierusalem & templi: & quæ præcessura sunt mundi finẽ. Quoniam excidium illius ciuitatis & templi fuit tanquã figura & prognosticũ, illius vastationis quã vniuersus orbis pati debet. Nam quemadmodum post oblationem illam, ac sacrificium, quod Dominus in cruce obtulit: cætera omnia sacrificia quæ in templo illo offerebantur, cessarunt, & consummata sunt; Quod verbum illud quod Dominus in cruce protulit, significauit cum dixit. Consummatum est, sicut adueniente luce fugiuntur vmbræ: &

veritate patefacta figuræ iam inutiles sunt. Et quoniam iam sacrificia illa quæ in illo templo offerebantur cessauerant; superfluum iam atque inutile erat ipsum templum. Vndè necesse erat, vt dirueretur & periret; sicut domus absque habitatore ipsa sponte se destruit, atque diruit; quoniam nihil superfluum aut redundans debet esse in rerũ natura. Sic antè consummationem mundi, fides Ecclesiæ Romanæ ferè consumetur. Quoniam in tantam veniet diminutionem propter tot insurgentes hæreses ac persequutiones: vt vnus, aut alter inueniatur in mundo verus fidelis: quod ab obedientia Sedis Romanæ diuidendæ sunt. Sic enim intelligitur illud Pauli ad Thessal. vbi ait, Dies Domini non instare, nisi venerit discessio primũ. Vbi in Græco est, Apostasia, hoc est scisma, ac diuisio Gentium ab Imperio Romano. Non solùm à temporali, sed præcipuè ab spirituali, vt Diuus Augustinus docet 20. de Ciuit. cap. 19. Quoniam sicut Leo Papa in quodam sermone affirmat. Temporale illud quod olim fuit, in spirituale, quod hodiè est fuit commutatum. Igitur maximum signũ consummationis mundi hoc erit, si obedientia in Pontificem Romanum defecerit. Tũc enim fides etiam consumabitur, vel in vltimas angustias veniet: & per consequens mundus finem accipiet. Quoniam mundus propter hominem est cõditus, homo verò ad gloriam æternam destinatus: quæ sine fide supernaturali consequi non potest. Hæc autem fides vera, in sola Romana Ecclesia est. Igitur tunc iam non erit necessarius mũdus. Sicut enim tẽplum illud antiquum iam redundabat in mundo, postquã Christus Dominus vnico sacrificio cætera omnia compleuit: ita postquam Christus in monte Caluario mortuus est, in vniuerso mundo Hostiæ ei & sacrificia offeruntur, ac si totus mundus iam esset templum Dei. Eo modo loquendi quò sanctus Leo Papa reddens rationem cur Christus in aëre, & in mõte fuit oblatus, dicit eò fuisse, vt crux Christi non templi esset ara, sed mundi. Et ipse Dominus per Prophetam dicit, quod ab Oriente vsque ad occasum offerebatur ei sacrificium mundum: Quoniam in vniuerso orbe diuulgatur Euangelium, & offertur ei sacrificiũ altaris, quod in ara crucis semel oblatũ fuit. Igitur tũc deficiet hoc iuge sacrificiũ, cùm deficiet fides, vt iam inter hæreticos videmus. Deficiet enim ab Ecclesia Romana quæ magistra est destinandi homines. Igitur iam non erit necessarius mundus, & ideò peribit. Cùm ergò illius templi ruina fuit veluti prognosticum quoddam ruinæ totius orbis: nihil mirũ (ait Chrysostomus) si signa quæ vtrumque excidium præcesserint similia esse videantur. Multa hic dicẽda essent de his pseudo Prophetis, nisi iam supra abundè dicta fuissent in tractatu de falsis Prophetis, capit. 7.

Statim autem post tribulationem dierum illorum sol obscurabitur, & luna non dabit lumen suum, & stellæ cadent de cælo, & virtutes cælorum commouebuntur. Et tunc apparebit signum filij hominis in cælo. Et tunc plangent omnes tribus terræ: & videbunt filium hominis venientem in nubibus cæli, cum virtute multa & maiestate. Et mittet Angelos suos cũ tuba & voce magna, & congregabunt electos eius à quatuor ventis, à summis cælorum vsque ad terminos eorum. Ab arbore autem fici discite parabolam. Cùm iam ramus eius tener fuerit, & folia nata, scitis quia iam propè est æstas. Ita & vos cùm videritis hæc omnia, scitote quia propè est in ianuis. Amen dico vobis, quod non præteribit generatio hæc donec hæc omnia fiant. Cælum & terra transibunt: verba autem mea non præteribunt. De die autem illo & hora nemo scit, neque Angeli cælorum, nisi solus pater. Sicut autem in diebus Noë, ita erit & aduentus filij hominis. Sicut enim erant in diebus ante diluuium comedentes & bibentes, & nuptui tradentes, vsque ad eum diem quo intrauit Noë in arcam, & non cognouerunt donec venit diluuium, & tulit omnes: ita erit & aduentus filij hominis. Tunc erũt duo in agro, vnus assumetur & vnus relinquetur. Duæ molentes in mola, vna assumetur, & vna relinquetur. Duo in lecto; vnus assumetur, & vnus relinquetur.

Statim autem post tribulationem dierum illorum. Ex hoc loco (vt supra diximus) colligit Caietanus, quod hæc signa supra posita sunt quæ debent præcedere iudicium. Non autẽ excidiũ Hierosolymitanum, eò quod dicat, quòd post hæc statim venturus sit Dominus ad iudicium, non autem post illũ quæ tot annis antea præcessit. Tamen Chrysostomus respõdet, quòd cùm hic dicitur post tribulationem dierum illorum, non est referendum ad tribulationem dierum illorum, de quibus supra dictum est: erit enim tunc tribulatio magna, &c. Sed ad tribulationem dierum, de quibus dictum est, quod exurgẽt pseudo Christi, & pseudo Prophetæ signa magna edentes, vbi Antichristi tempora potissimũ designata sunt, qui omniũ maxima

edet

edet signa & prodigia ad seducendum efficacia. Qui & tribulationem maximam fidelibus inferet, non tamen hoc videtur verisimile quod de alia loquatur dierum tribulatione, quàm de illa qua tūc loquebatur, quæ secundum Chrysostomum erat tribulatio quam passuri erāt Iudæi, in obsidione & vastatione illius ciuitatis. Quare secundò dicitur ideò Dominum dixisse, statim, etiam si multis post annis id futurum erat: vt hoc sermone admoneret suos omni tempore expectare aduentum illum, atque ad illum se præparare, tanquàm iam instantem, & ipsorum seculo futurum. Vel ob id dicit statim post illam tribulationem aduentum suum futurum, quod post illa nihil aliud insigne sit expectandum, quàm quod circa aduentū suum sit euenturum, quodque nulla alia rerum mutatio insignis sit obseruanda fidelibus, quæ in consumatione fiet seculi. Ac si diceret, statim post tales tribulationes, erit iudicium. Quoniam tribulationes similes nō interuenient inter has, & illud tempus. & ob has causas Dominus tam suis, quàm Apostolorum sermonibus, non longè ab esse aduentum suum palàm voluit prædicari. Sic enim

1. Petri. 4. Petrus. 1. 4. Omnium autem, inquit, tempus
1. Cor. 10. appropinquauit. Et Paulus. Nos sumus in
Iacobus. 5 quibus fines seculorum deuenerunt, & Iacobus. Patientes (inquit) estote & confirmate corda vestra, quoniam aduentus Dñi appro-
1. Ioan. 2. pinquauit. Et. 1. Ioan. 2. Filioli nouissima hora est, & sicut audistis quoniam Antichristus venit, & nunc Antichristi multi facti sunt. Vnde scimus quia nouissima hora est. Ex his colligitur ob hoc etiam Dominum dixisse statim post Iudæorum deuastationē suum aduentum secuturum. Quod si dixeris quomodo illum (statim) tot secula intermedia suffert; iam enim fluxerunt post quàm mille quingenti anni ab illa vastatione. Respondet Petrus his qui dicebant vbi est promissio, & aduentus eius. Ex quo enim patres nostri dormierunt; omnia sic perseue-
1. Petri. 3. rant ab initio creaturæ. Vnum (inquit) hoc nō lateat vos charissimi, quoniam vnus dies
Psalm. 89. apud Dominum sicut mille anni. Alludens ad illud Psalmi. 89. Quoniā mille anni ante oculos tuos tanquam dies hesterna quæ præteriit. Hoc est dicere quod iudicando secundum Dei æstimationem, post excidiū Hierosolymitanum futura erat seculi consummatio; quamuis ab hominum iudicium sit longum tempus intermedium. Sic autem conueniebat Dominum loqui: ne essent tunc [illegible] cogitantes longè esse diem iudicij. Noluit enim Dominus certum aduentus sui tempus significare, & tamen eū omni hora illos expectare voluit. Nam sicut post mentionē tribulationis Iudaicæ, subijcit Dominus. Tunc si quis vobis dixerit ecce hic, aut ecce illic, &c. Vbi per tunc, demonstratur totum tempus futurum post Iudæorum excidium, & maximè tempus Antichristi quasi mox secuturum, quod tamen post multa secula erat secuturum. Similiter nunc dicit Dominus, statim post tribulationem illam futurū suum aduentum.

Sol obscurabitur, & luna non dabit splendorem suum. Hæc obscuratio non erit naturalis, sed miraculosa, fortè per retractionem radiorum, quæ tunc non illuminabunt orbem. Sed aduertendum quod hæc obscuratio nō cōtinget in ipsa hora iudicij, quoniam tunc omnia potius renouabuntur, & lux Lunæ erit sicut lux Solis septempliciter malor, vt Esa. 30. dicitur. Sed erit ante diē iudicij. *Esai. 30.*
Et fortè non erit per retractionem radiorum, quia nulla erit corruptio, vel naturalis qualitatis ablatio in corporibus cœlestibus quæ impassibilia sunt; quoniam sine his poterit fieri, nempè per hoc quod cœlum nube tegatur, [illegible]. Sed ex hoc quod dicitur quod Luna non dabit lumen suum; videtur colligi debere hanc obscuritatem per retractionem radiorū fieri. Nā ex hoc quod Sol retrahet radios, Luna non poterit dare lumen suum, vtpotè quod à Sole recipit. Nō
desunt tamen qui dicant, inter quos Alber- *Albertus.*
tus Magnus, hanc obscurationem debere intelligi per aduentum maioris luminis, nempè Christi, cuius tantum lumen erit vt splendor Solis, quasi nullus esse videatur, sicut lumen candelæ antè radios Solis non splendet, neque apparet lumen suum. Nam Esai. *Esai. 60.*
60. dicitur. Non erit tibi amplius Sol ad lucendum per diem, neque Luna per noctem (sed potius) surge illuminare Hierusalem quia venit lumen tuum, & gloria Domini super
te orta est, & Apoc. 21. Ciuitas non eget So- *Apoc. 21.*
le, nec Luna, vt luceant in ea; quia ipse Dominus illuminabit eam, & lucerna eius est
agnus. Et Esai. 24. Erubescet Luna & con- *Esai. 24.*
fundetur Sol cum regnauerit Deus exercituum. Sed quoniam hoc nō poterit esse nisi in ipsa hora aduentus Christi; & hæc obscuratio debet præcedere illam, & secūdùm hunc modum dicendi verè, & realiter Sol non obscurabitur, sed in suo lumine manebit, etiam si non videatur, sicut candela antè

Solem

Solem suum verum lumen habeat etsi nō appareat: ideò primi duo modi dicendi potius amplectendi sunt. *Et stellæ cadent de cælo.* Non casu corporali; sed quoniam non dabunt lumen suum arbitramur cecidisse de cælo. Sicut communitèr indicat vulgus decidisse stellam, cùm à nostro subtrahitur aspectu. Alij per casum stellarum intelligunt trepidè cometas, quę tunc current per cœlum & deficient, vt in æstate videmus, & videbitur nobis quod cadant. Albertus Magnus existimat tamen hunc esse quoad effectum generationis. Nam calidum & humidum sunt materia generationis; Sol calidū administrare solet, Luna humidū; imagines stellarum complerunt figuram generato. Et quo ad hos effectus qui tunc cessabunt, dicuntur subtrahere lumen suum & cadere de cælo: Non enim erit tunc amplius generatio, sed omnia terminabuntur ad statum consolationis iustorum, ad æternam gloriam & peccatorum pœnam. *Et virtutes cælorum commouebuntur.* Ego per virtutes Angelos motores orbium intelligo, & hoc est magis omnibus signum: datur enim pro ratione aliorum apud Lucam. Postquam enim dixit signa & prodigia magna apparere in Sole & Luna, subdit. Nam virtutes cælorum mouebuntur: Ac si diceret, Ne miremini tot signa in cælo tunc appaitura: Quia virtutes, quæ mouēt cælos commouebuntur. Quoniam tunc imprimetur eorum intellectibus hæc veritas, q mundus iam finem debeat accipere, vt mutaturi sint hunc motum quo modò mouent hunc cælum, tunc mutabunt in tantam velocitatem, ac diuersitatem, vt diuersa prodigia & stupenda, tàm in cælo, quàm in terra apparere faciant. Si enim cæli suum naturalem cursum quomodocunque mutent, [illegible] necesse est ipsa producere portenta, qui homines attonitos, ac stupidos reddent; hoc enim est quod Petrus ait. Donec veniat dies Domini magnus & terribilis, in quo cæli magno impetu transibunt, hoc est inconsueta celeritate, elementa verò calore soluentur, propter quod & in mixtis noua & stupenda apparebunt. Quarè inter signa generalia consummationis mundi, quæ apud Ecclesiasten ponuntur, hoc dicitur, cum commouebuntur custodes domus, & nutabunt viri fortissimi. Custodes domus sunt intelligentiæ motrices, quæ motu illo quo mouent cælos mundum hunc custodiunt, atque conseruant, cuius virtus eius inde gubernat. Commouebuntur autem: quoniam vniformitatem motus mutabūt, & hi viri fortissimi qui sūt Angeli mutabuntur, hoc est timore admirationis concutientur, tot nouitates videndo. Mutabuntur etiam ex noua rerum consideratione quas per species concreatas videre non poterant, quarum vicissitudinem cogitationum ab eis beatitudo non tollit, secundùm illam Augustini sententiā quod Deus mouet creaturam spiritualem per tempora. Erit etiam in eis admiratio diuinæ virtutis, in quantum ab eius imitatione & comprehensione deficiunt, secundùm illud quod B. Agnes dicebat. Cuius pulchritudinem Sol & Luna mirantur, & nos dicimus admirari de his, quæ nostrā cognitionem, vel facultatem excedunt. Vbi & animaduertendum est, q aliqui per virtutes cælorum intelligunt omnes Angelos, & tunc dicuntur moueri, propter admirationem mutationis rerum quæ in mundo euenient vt diximus. Alij intelligūt Angelos illius Hierarchiæ ad quam pertinet miracula facere: & tunc dicentur moueri propter virtutes & miracula stupenda, quæ in corporibus cælestibus & terrestribus operabuntur. Sed multò melius est per Angelos motores orbium intelligere. Nonnulli per virtutes cælorum intelligunt omnia sydera & astra, quæ in scripturis dicuntur frequenter militia cæli, & virtutes, hoc est exercitus cælorum, vt Psal. 32. Verbo Domini cæli firmati sunt, & spiritu oris eius omnis virtus eorum. Quoniam enim homines videbunt omnes istas cælorum virtutes commoueri à suo statu; hinc trepidabunt, & trepidè expectabunt quæ superuenient orbi. Quod ergò superius dicebatur Sol obscurabitur, & Luna non dabit lumen suum, & stellæ de cælo cadent; id de iudæâ generaliter dicitur, & virtutes cælorum commouebuntur. *Et tunc apparebit signum filij hominis in cælo.* Quoniam crux est tribunal & regale sceptrum, quo omnium Iudex iis omnibus dicit, ac imperat; ideò tanquam iustitiæ Dei virga illi tunc in aëre apparebit. Vnde & Ecclesia canit. Hoc signum crucis erit in cælo; cùm Dominus ad iudicandum venerit. Licet D. Th. Opusc. 60. art. 17. doceat q signum crucis tunc non futurum sit ipso ligno in quo ipse fuit affixus; cùm nullū mixtum tunc permansurum sit: sed pro aliqua representatione ipsius, vt appareat signum aliquod simile cruci: Hæc D. Tho. Nisi velis dicere ipsum & lignum miraculosè cōseruandum, vsque ad illam horam. Sed de hoc mysterio, statim in concionibus dicemus.

Albertus Magnus.

D. Thom.

Viden-

Videndus est etiam commentarius noster super Psal. 118 in tract. & octonario. 22. in illum versum appropinquet deprecatio mea. *Et tunc plangent omnes tribus terrae.* *Zach. 12.* Zachar. 12. dicitur: Aspicient ad me quem pupugerunt. *Apoc. 1.* Et in Apoc. dicitur, Ecce venit cum nubibus, & videbit eum omnis oculus, & qui eum pupugerunt: & plangent se super eum omnes tribus terrae. In illo loco Zachariae describitur planctus, quem super mortem Regis Iosiae totus ille populus Iudaeorum fecit, per *Hieron.* quem (secundum diuum Hieronymum) significabatur ille quem fideles, tam ex Iudaeis, quam ex Gentibus super mortem Christi facturi erant, alij plangentes quod ipsi occidissent eum, alij, quod peccata sua fuerint causa suae occisionis. Tamen Ioannes hunc locum etiam intelligit de his Iudaeis infidelibus, qui in nouissimo die oculis corporalibus aspicient in eum quem transfixerunt exhibentem sese cum vulnerum cicatricibus, & significet eos qui piè & cum fructu illum per fidem aspicere eiusq; mortem plangere noluerunt, aliquando vel inuitos aspecturos illum, & inutiliter eum plancturos, ex quo intelligendum est vnius eiusdemq; Scripturae varios esse sensus etiam à Spiritu sancto intentos. *Et videbunt filium hominis venientem in nubibus coeli, cum virtute multa & maiestate.* *Act. 1.* Angeli dixerunt ad Discipulos in die Ascensionis quemadmodum vidistis eum euntem in coelum, sic veniet, viderunt autem illum ascendentem in nube, ergò & in nube veniet, ad declarandam maiestatem suam qua in illo secundo aduentu veniet, quemadmodum & in primò venit in magna humilitate, & ideò dicitur in virtute multa: quoniam etiam in primo aduentu habuit virtutem aedendi miracula, sed multo maiorem in secundo aduentu secum feret. Quod & Dani. 7. praedictum fuit cùm dixit, Et ecce cum nubibus coeli quasi filius hominis veniebat, &c. *Et mittet Angelos suos cum tuba & voce magna, & congregabunt electos eius à quatuor ventis à summis coelorum vsque ad terminos eorum.* Videtur hic ordo praeposterus prius enim congregandi sunt homines ad iudicium ab Angelis, quàm Christus Dominus descendat ad iudicandum. Nec enim iudex iudicandos expectare debet, sed è diuerso iudicandi iudicem. Quod si prius Christus descendet, non paruo tempore perstabit super nubes in aëre. Prius enim debet tuba canere, & colligi cineres, & resurgere homines: licet haec omnia in breuissimo tempore fiant, vtpotè in ictu oculi, in nouissima tuba. De tuba autem aliqui tenent accipiendum esse metaphoricè, inter quos Diuus Gregorius, qui ait tubam *Greg.* sonare, nihil aliud esse quam mundo filium Dei vt iudicem demonstrare. Sed contra hoc est: quoniam vox tubae erit signum aduentus Christi, & praesentia ipsa non est signum, sed res significata, signum ergò erit, seu tonitruum, seu alius clangor, qui ad similitudinem tubae exprimetur, vt Iob. 36. dicitur. Quis *Iob. 36.* poterit tonitruum magnitudinis eius intueri? Vbi Gregorius ait, quem Iob tonitruum *Greg.* Sophonias tubam appellauit cum cap. 1. dixit. Dies tubae & clangoris. Accedit ad hoc quod iudicium sensibiliter faciendum est: ergò signa sensibilia debent praecedere illud. Quidquid autem sit de tuba vox quidem sensibilis proferenda est, & tuba probabilius est, quod etiam canet, & ministerio Angelorum sonitus ille tubae formabitur: sicut in monte Synai cum dabatur lex, imò erit terribilis vox, non tanquam vnius tubae tantum, sed tanquam multarum tubarum, & ille sonitus tubae respectu iustorum erit receptui canere, quasi post partam victoriam vocans ad premium, secundùm illud Apoc. 14. A modo iam dicit spiritus, vt requiescant à laboribus suis. *Apoc. 14.* Respectu malorum erit canere classicum, quasi conuocando creaturas omnes ad praelium contra malos secundùm illud Sapientis. Armabit creaturam in vltionem inimicorum, *Sap. 5.* & cum illo sonitu tubae ibit haec vox. Surgite mortui, & venite ad iudicium. Sic enim ait Paulus in voce Archangeli, & in tuba Dei, & sic considerat Hieronymus. *1. Thes. 4.* Quam vocem etiam corpora audient, sicut qui dormit audit vocem cum qua simul expergiscitur; secundùm illud Psalm. 67. Dabit voci suae vocem virtutis, id est virtutem suscitandi corpora, & audietur in coelo, & in inferno haec vox. Vndè Hieronymus *Hieron.* ad Mineruium & Alexandrum vox ipsa, inquit, potest & clamor, & vox, & tuba censeri: vt clamor dicatur ab effectu conuocandi Gentes iuxta illud media nocte clamor factus est. *Matth. 25.* Vox propter humanam articulationem & significationem Imperium iudicis exprimentem: tuba propter vehementissimam vocis magnitudinem. Et est allusio ad morem antiquae legis. Nam numer. 10. praecipitur, vt *Num. 10.* duabus tubis argenteis vocarentur ad praelium. Quarè verisimilius est, quòd praeter vocem erit in aëre strepitus admodum clangoris tubae: erit enim vniuersale Concilium ad quod tuba vocamur. *Et congregabunt Angeli,*

scilicet

scilicet electa. Collectio quippe cinerum fiet ministerio Angelorum, subito tamen in aliquo tempore imperceptibili, sed organizatio & introductio animæ fiet in instanti virtute diuina, non Angelorum: quia hanc organizationem non possunt facere Angeli, nisi applicando actiua passiuis. Tunc autem nulla erit seminis virtus. Id tenet Scotus, Durandus,

Scotus. Durandus. Sotus.

& Sotus, & quando D. Thom. dicit quod fiet subito intelligit in vltimo instanti temporis, quo collectæ sunt cineres, & quando Paulus ait, in ictu oculi, intelligit de collectione cinerum quæ fiet in tempore imperceptibili, sicut est ictus oculi: nam resurrectio corporum quæ post futura est in instanti fiet. Congregabunt ergo Angeli electos, à quatuor ventis à summis cœlorum vsque ad terminos eorum. Hoc secundum est maior explicatio prioris. Dictio autem quæ est in Græco, tàm apud Matthæum, quàm apud Marcum non solùm significat summitates, verùm etiam extremitates, id est dicere: Ab vno extremo, vsque ad aliud extremum, hoc est corpora quæ sunt sub vtroque polo, aut sub vtroque emisphærio. Et signando extrema includit media, ità quod nullus sit locus, siue extremus, siue medius, in quo non debeant perquiri corpora defunctorum. Licet alij existiment per summa cœlorum intelligi cœlos, & per terminos siue extremas terras omnes, tàm superficie tenus, quàm subtus: vt intelligamus, quod animæ quæ erunt in cœlo, & quæ erunt in inferno, aut purgatorio, & corpora quæ sunt in terra, ad hanc vocem debent congregari. Sic enim & Marcus videtur significare cùm dicit. A summo terræ, vsque ad summum cœli. Frequenter Dominus in scripturis dicit, se congregaturum suos ab omnibus mundi partibus,

Esai. 43.

vt est illud Esai. 43. Ab Oriente adducam semen tuum, & ab Occidente congregabo te. dicā Aquiloni da & Austro noli prohibere. Affer filios meos de longinquo, & filias meas ab extremis terræ. *Ab arbore autem fici discite parabolam. Cùm iam ramus eius tener fuerit, & folia nata, scitote quia propè est æstas. Ita & vos, cùm videritis hæc omnia scitote quia propè est in ianuis.* Ex germinatione ficus cum iam in ramos tenerescente protrudit gemmas ac folia quodammodo parturit, statim ex indicijs certissimis colligitis propè esse æstatem, & certi estis hanc non procul abesse: ita ex signis quæ prædixi futura discite, cum vrbis excidium, tum consummationem seculi proximam.

Nam cùm videritis turbas, clades, pestes, fames, seditiones, prauas doctrinas, seductores turmatim oriri & irruere in vos, Romanum item exercitum transportari in Syriam, & occupare terram Sanctam: iam scitote excidium esse præ foribus. Similiter cùm videritis Solem obscurari, virtutes cœlorum commoueri, & reliqua quæ prædixi vobis fieri; certo argumento colligere poteritis, quod propinquus sit aduentus meus, & iudicij, & consummationis seculi dies immineat. Nam quemadmodum visis in arbore fici gemmis, non protinus plenam æstatem aduenisse scimus, sed prius expectamus florem deinde ficuum, incrementum, & denique suo tempore ficus maturas: & tunc plenam æstatem habemus: sic debemus agnoscere ea quæ Christus hic prædixit, non simul, sed ordine cuncta esse complenda. Visis prioribus proxima continuò affutura non dubitemus, donec & postrema eueniant. Ita cùm Discipuli primùm viderunt quosdam se se extollere, & se Christos prædicare, & multos seducere; cognouerunt post bella & rumores bellorum, non tamen deuastandam statim Hierusalem existimauerunt, sed primo ipsos multis agitandos esse persecutionibus, & Euangelium propagandum, & deinde deuastandam vrbem intellexerunt. Posteà multos pseudo Christos, & pseudo Prophetas, & pseudo Christianos, insultaturos esse præuiderunt, deindè nihil insigne, aut nouum quàm diem extremum, & signa illa horrenda admonentia illum expectarunt. Quarè per hæc omnia vniuersaliter omnia prædicta à Domino intelligi debent. In hunc modum videtur intellexisse hunc locum Diuum Hieronymum sic dicens. Sub exemplo arboris docuit consummationis aduentum, quomodo inquit, quandò teneres fuerint in arbore ficus cauliculi, & gemma erumpit in florem cortexque folia parturit; intelligatis æstatis aduentum, & fauonij, ac veris introitum: ita cum hæc omnia quæ scripta sunt videritis, nolite putare iam adesse consummationem mundi; sed quasi præconia & præcursores quosdā venire, vt ostendant quòd propè sit & in ianuis. Hæc ille. obserua Dñm inculcare hic prædixisse quorū aliqua antè multa secula contigerūt, quædā etiā hodiè experimur, & experiemur postea; nōnulla in extremo tandē die euenient. Vnde colligimus Dñm

hæc

hæc prædixisse, vt nos omni tempore, & hora, & quocunque seculo præmunitos debere esse intelligamus: nam omni momento expectandus est Dominus, atque ideò vigilandum est, & instantissimè pietati studendum. Id autem quod dicit, Scitote quia propè est in ianuis idem est, ac si diceret, (*ya llegava nunque lo tenia en casa*) Cætera cùm ad mortalia peruenerimus dicemus. *Amen dico vobis quia non præteribit generatio hæc donec hæc omnia fiant.* Nonnulli, inter quos

Claudius. Claudius Guilielidus, hæc omnia referre excidium Hierosolymitanum existimant, de quo præcipuè & principali intento sermonem habebat Dominus: Cætera enim quasi miscuerat. Et sic intelligendo certum est, quod non præteribit generatio illa vsque ad illud excidium, cùm multi qui tunc viuebant viderunt illud. Sed quoniam generaliter videtur loqui dominum de omnibus quæ in hoc sermone dixerat: ideò alij dicunt de generatione illius populi Iudæorum loqui Dominum, quæ vsque in finem mundi duratura sunt, vt tandem ad verum Regem suum Dauid conuertantur: Sic enim Dominus solet loqui populum illum vocando generationem hanc: vt cùm dixit filium hominis oportere multa pati à generatione hac, hoc est à populo Iudæorum. Et alibi, Amen

Luc. 17. dico vobis venient hæc omnia super gene-

Matth. 23. rationem istam. Verùm contra hoc est, nam quorsum Dominus dixerit generationem Iudæorum nõ præterituram donec illa fierent non apparet: & multo minus apparet si de generatione hominum intelligatur.

Sed tamen obseruandum est generationem pro ætate, vel seculo sumendam esse. Nam dictio Græca id significat, quia dicitur Nestor tres generationes, aut tres ætates hominum vixisse. Est autem ætas, vel seculũ Romanis propriam spatium certum annorum, & hoc modo dictio, dor, Hebræis nonnunquã accipit, quæ ferè verti solet generatio. Nam Gene. 15. Quatuor generationes & quater centum anni pro eodem accipiuntur. Nam cùm dixisset Dominus Abrahæ semẽ eius affligendum quadringentis annis à populo cui seruiturus erat: subiecit. Generatione autem quarta reuertentur huc: sunt ergò qui sic generationem intelligunt pro ætate, aut seculo centum annorum, & voluisse Dominum dicere omnia illa excepto extremo die contingere debere intra centum annos, quibus generatio illa deberet durare: nam infrà centũ annos omnia illa cõtigerunt, videlicet prœlia, fames, pseudo Christi, & pseudo Prophetæ persecutiones variæ; sed dies extremus in quo, vel circa quem fient Solis & Lunæ defectio, stellarum casus debet ab his excipi: quia is soli Patri notus est, vt statim dixit Dominus. Verum hoc licet

D. Remigio ascribatur coactè nimis videtur dici: nam absolutè dicit Dominus, donec omnia fiant. Maximè quod id dictum est de pseudo Prophetis, qui dabunt signa magna circa tempora Antichristi debet contingere, qui intra seculum illud non venit. Et ideò conuenientius nomen ætatis crediderim hic accipi debere, pro toto tempore quod fluet inter primum & secundũ Dñi aduentum, quod nouissima dicitur mundi ætas, & à Ioanne dicitur nouissima hora, à Paulo, verò in quos fines seculorum deuenerunt. Itaque Dominus vult dicere, quod illa vltima ætas, quæ à prædicatione Euangelij cœpit, in qua noua & mirabilis totius orbis mutatio visa est; erit nouissima, nec præter eam debet alia noua orbis mutatio & singularis: donec omnia quæ dicta sunt fierent. Hac enim ratione nouissima hora, & finis seculi dicitur, & Petrus clamat nouissimum finem appropinquasse. Significat ergò Dominus certò omnia quæ dixit euentura: quia ante finem illius, quæ tunc cœpta erat ætatis; & tamen hæc omnia possunt referri ad omnia prædicta, vel præcipuè ad ea quæ dicta sunt euentura in vltimo die, vel propè eum. Nec multum abest ab hac interpretatione ea quæ est diui Chrysostomi, quã propè sequitur Caietanus, qui per hanc generationem intelligunt significatam generationem iustorum & fidelium: idq; ideò de ea dictum, ne metuerent Apostoli per prædicta pericula penitus fideles deleri, & prædicationem Euangelij supprimendam, sed certiores essent religionem Christianã vsq; ad seculi consummationem, & nouissimum Domini aduentum perseueraturam: & ne possent existimare heretici aliam nouam hominum generationem post vltimam conflagrationem incipere debere, sicut post diluuium incœpit. Absoluit itaque nos, ait Caietanus, à timore dilationis aduentus sui, vltrà completum numerum electorum secundùm generationem istam, tàm inesse naturæ, quàm inesse gratiæ per Euangelium & Baptismum. Et hoc adiecit ad declarandam similitudinem de arbore fici, ne putaremus plures redeuntes generationes, sicut plures redeũt & aduentum æstatem sed illam æstatem

Margin notes (right column): *Remigius.* — *1. Ioan. 2.* — *1. Cor. 10.* — *Actor. 2.* — *Chrysost.* — *Caiet.*

similitudine id nobis explicat. Sicut, inquit, patres sæpè continent quid in manibus, cùm ab eis filij quærūt hoc tibi, & dare ipsi nolunt, occultant dicentes, non habemus quod quæritis, & sic plerūque filios cōpescunt: itàa & Dñs vt cōpescat Apostolos, ne quærāt importunè ab eo diē illū, ait, Neq; ego scio nisi Pater sol'. Ac si dicat illis. Ne importunè id ame quæratis, quia neque ego scio, hoc est, neque ego id debeo vobis indicare. *Sicut autē in diebus Noë, ita erit & aduētus filij hominis: sicut enim erant in diebus antè diluuium comedētes, & bibētes, nubētes, & nuptui tradētes, vsque ad eū diē, quo intrauit Noë in arca, & nō cognouerūt donec venit diluuiū, & tulit omnes: ita erit & aduentus filij hominis.* Sicut enī tunc homines noluerūt credere Noë prædicanti verbo vltionem diuinā per diluuiū, etiā si vidissent illū fabricātē arcā: sed contemnentes ei' verba similibus vacabāt vitijs, ac negotijs quibus antea, nec pœnitētiā egerūt, atideo incautos illos occupauit diluuium: sic & homines improuidos dies illa inueniet, nec his signis visis adhuc pœnitentiam accipient.

Tunc duo erūt in agro. Vnus assumetur, & alter relinquetur. In his cōbinationibus significatur gratia diuinæ electionis, quæ tūc temporis cōtinget. Siquidē gratia diuinæ electionis in hoc exprimitur, quod vtriusq; cōbinationis alter eligitur ad Regnū Christi, alter relinquitur sibi ipsi. Per hos autē intelliguntur diuersa hominum genera, & diuersi sexus. Diuiditur enī mundus in dominos & seruos. In his qui ex suis diuitijs, & in his qui ex suis laborib' victitāt. Per quiescētes in lecto, intellige diuites & liberos, qui ex laboribus aliorū viuūt, cū ipsi in lectis suis quiescāt. Per eos qui in agro seruiūt & in pistrino molūt, intellige seruos & pauperes. Et quia in secūda cōbinatione loquitur de fœminis, intellige, q' cuiuscunque sexus, cuiuscunque cōditionis, aut sortis homines sint, ex eis aliqui assumentur ad vitā, alij sibi ipsis relicti in æternum peribunt. Et quia in nulla harum cōbinationū meminit malorū, sed indifferēter: moraliter intellige, q' non meritis electio, nec demeritis reiectio, sed gratiæ diuinæ ac libertati totum adscribatur. Et quā tunc effectus huius diuinæ prædictionis videbitur, ideò dicit, q' tunc vnus assumetur, & alter relinquetur. Ac si diceret, In aliquib' tunc apparebit electio Dei, & in alijs reprobatio, cuiuscunque status, sexus, aut cōditionis fuerint.

Iā ea quæ ad ædificationē animarum vtiliora sunt, dicamus, maximè cùm hoc Euangelium pro prima Dominica Aduētus apud Romanos legatur, & pro secunda apud nostros: quarē sic ego eius electionem habens ad populum aliquādò exorsus sum. Hodiè sancta mater Ecclesia ob oculos nobis ponit secundum aduentum visibilē, quo filius Dei in carne venturus est in vltimo die, quo adimpleri debet iuramentum Angeli, quo iurauit per viuentem in secula seculorum, quod non amplius esset futurum tempus, aut dies. In illa ergò die, quādo dies finiendi sunt, venturus est Dominus ad iudicandum viuos & mortuos. In primo aduētu vidimus eum ingredientē mundum humilē & sedētē asello studentem ad saluandum omnes: tunc autem veniet in nubibus cœli, cum potestate magna & maiestate, iratus, seuerus, terribilis: vt omnes mortales iudicet, & vnicuiq; retribuat secundùm opera sua, siue bonum, siue malum. Et hic est tertius articulus fidei, quem hodiè nobis Ecclesia proponit tanquam rem magni momenti, quæ nunquā à memoria nostra excidere debet; quia illius terribilis diei recordatio, magnū nobis ad peccādum frænum erit, ne rapiamur fluxu per vitia currentium. Quā tamē veritatē aliqui pēr ignorantiā nesciebant: nōnulli ex malitia intelligere noluerūt. Mali quippè videbant q' huius veritatis cognitio eos à peccādo detinebat, nec sic liberè eos in peccatis volutari sinebat, nec etiā sic poterant desideria cordis sui adimplere; si iustam in corde hāc haberēt veritatē, eos scilicet q' Deus deberet iudex ac vindex illius nequitiæ esse: noluerūt illā credere, & à corde suo abiecerūt illā. Quare Spiritus sanctus, qui intima cordis penetrat, scit quid intus in cordibus suis impij cogitent & dicāt. Vnde Psal. 9. dicit. Vt quid irritauit impius Deum? Dixit enī in corde suo, Nō requiret. Oblit' est Deus, auertit faciem suā ne videat in finē. nō est Deus in cōspectu eius. Vbi est nomē Heloim apud Hebræos, vt Chaldaica paraphrasis & Septuaginta legunt, quod significat Deum iudicem, hoc est dicere. Nolunt scire quòd Deus sit iudex omnium, cùm tamen id sit primum quod Deus vult nos scire. Nam in primis verbis Genesis cum dicitur, In principio creauit Deus cœlum & terrā, est in Hebræo (Heloim) id est, iudex, nō Adonai, nec nomen Tetragrammaton, vt Hieronymus in Epistola ad Marcellam refert. Vidit quippè Spiritus sanctus, cuius instinctu ac inspiratione sacra Scriptura incœpta est & finita, quàm difficile impijs foret credere Deum iudicem, quantumque cæteris nostræ id aduersaretur, vtpotè eius voluptas

impietates ac insanias reprimamus: & ideò primum vocabulum quo Deum nominat ostendens eius bonitatem in vniuersi creatione, est illum appellare iudicē. Magis enim voluit illo se nomine appellari quod plus nobis conueniret; quàm illo quo eius vita, æternitas ac
Apoc. 22. diuina natura declararetur. Cui primo verbo, vltimum totius sacræ Scripturæ optimè respōdet, vbi in vltimis verbis Apocalypsis sic dicit. Ecce venio citò. Amen. Veni Domine Iesu. Igitur articulus fidei est, hunc credere secundum Domini aduentum. Alij fatentur quidem iudicium Dei, negant tamen aliud debere fieri iudicium vniuersale, præter illud particulare quod cum vnoquoque habet iudex, cùm anima eius ex hoc corpore
D. Thom. egreditur. Ita refert D. Thom. 3. p. q. 59. artic. 5. & in additio. quæst. 88. artic. 1. ad 1. quod probabāt ex illo Nahum 1. secūdū translationem Septuaginta. Nō iudicabit Deus bis in idipsum. Nec enim capere poterant, quomodo post hoc singulare iudicium deberet Deus super eadem opera publicum habere iudicium: quatenus omnibus publicè de eius maxima æquitate constaret, præterquam quod corpora in primo iudicio, nec puniuntur, nec præmiantur. Alij vsq; in diem iudicij detinebant præmia & pœnas: qui error multos olim inuasit. Nā & Bernardus id in-
Bernard. sinuare videtur in sermone quodā de vigilia omnium Sanctorum, ostendens animas Sanctorum sub altare Dei cōtineri, hoc est sub Christi humanitate protegi vsq; in diem iudicij, cùm completus fuerit numerus electorū, quandò perfectè diuinitate fruentur. Qui tamen error ab Ecclesia explosus est, nā Dñs
Luc. 23. ad latronē dixit Luc. 23. Hodie mecum eris
Luc. 16. in Paradiso. Et de diuite pessimo dicitur, Mortuus est autem diues, & sepultus est in
Apo. 14. inferno. Et Apoc. 14. habetur. Beati mortui qui in Dño moriuntur, amodò iam dicit spiritus, vt requiescant à laboribus suis: opera enim illorū sequuntur illos, hoc est, simul cum illis pergunt, vt statim vel præmientur, vel puniantur. Id est etiam definitum in Cōcil.
Conc. Florentinum. Florentin. sub Eugenio. 4. & cap. Apostolicam. de præsbyt. non baptizato. & c. maiores. de Baptismo & eius effectu, & Benedict.
Deut. 4. 12. in extrauaganti quadam. Nam & Deuteron. 24. præcipit Deus, ne pretium mercenarij qui hodie suo labore meruit, in alterū diē differatur. Eodē die (ait) reddes ei pretium laboris sui ante Solis occasum. Et Deus qui est Pater misericordiarum, differet præmiū laborum Sanctorum suorum, vel pœnā malorum, qui millibus, aut duobus millibus annis eam actis iustè merentur sed suā differt iudicationē? Quare & Ecclesiastes 3. dicitur. Iustum & impiū iudicabit Dñs: & tempus omnis rei tūc erit.
Eccles. 3. De hoc videndus est Commentarius noster in Psal. 118. tracta. 7 vers. 4. per totum. fol. 396.
Psal. 2. Licet numerus sit falsus, & dicat 336. Et postquā hoc Sapientis testimoniū, prout ibi videbis explicaueris, in illo in quo dicitur quod erit tēpus Dei, quādò oues à dextris, & hædos à sinistris collocabit, dicens, tunc loquetur ad eos in ira sua, & in furore suo conturbabit eos. Et sic adeò iracūdo, ac seuero vultu dicet, O peruersi ac praui homines, ingrati serui, inobedientes filij. Nonne vobis æquum videtur, quod vos in æternas tenebras atque perpetuos ignes detrudā? Quid enim in terra dū vixistis, minoris pretij, aut æstimationis quā Deus vester? Me etenim pro vilioribus omniū rerū cōmutare non puduit. Nōne ego vos creaui, & ex nihilo cōdidi, atq; toto tēpore quo vixistis cōseruaui, educaui, & crescere feci? Nā si enim ego manu mea vos tenuissem, omnino in nihilū redacti fuissetis. Nonne vobis vitā meā dedi, & dilectam animam meā pro vobis in manibus quærentiū eā liberaliter tradidi? Corpus & sanguinē meū, imò & diuinitatē ipsam in alimentū vobis tribui? Nonne Sacramēta & alia pretiosissima remedia pro vestra salute reliqui? Et tū vos propter turpissimas & propediē perituras voluptates, ac diuitias propter assem, & tirantiū millies me vēdidistis, cōtēpsistis, sanguinē meū cōculcastis, leges meas spreuistis, proximos vestros odio habuistis, filios ac seruos meos iniuria affecistis: nec vlla super eorū miserijs flexistis misericordia, neq; super eorū necessitatib9 doluistis. Ite, ite ergò procul à me, abite, atq; recedite maledicti Patris mei, & omniū creaturarū, in ignē æternū, qui paratus est Satanæ, & angelis eius. Heu miseras aures, quæ talē debēt audire sententiam. Quid tunc miseri sentiēt cōsiderate, asperrimā & acerbam audientes sentētiā, à qua nulla restat appellatio, cùm à supremo omniū tribunali lata sit. Tunc mortis eos apprehēdent angustiæ. Tunc stridor dentium incipiet ac tremor, tunc montibus dicēt, Cadite super nos, & collibus, operite nos. Tunc Deum omnium Dominum blasphemabunt, oraq; sua maledicta in Deum ponēt, maledicētes diē natiuitatis suæ, miserāq; sortē suā aspernātes. Hic oculis cernēt bona quæ amiserūt, causasq; ob quas amiserūt, opportunitatesq; ac occasiones quas ne perderēt habuerunt.

rib. Quæ opportunitas eorum illos trementes ac vlulantes clamare compellent, atq; dicere. Heu me miserum, ac miserrimum insuper: quippe habui vt tantum lucrarer bonum nec diu amitterem, nec volui. Tempus fuit, in quo me ad regnum bonum inuitabant, imò & obsecrabant vt acciperem illud, & gratis illud mihi offerebant: & ego renui, nec volui illud. Nunc autem in æternum lugebo, & plorabo, & penitebo, nec tamen mihi id proderit quicquam. Quicquid iam fecero, sine fructu fiet. Omnia illa transierunt sicut fumus: ille protinus desijt, nec vnquam adhuc reuertetur: & tamen in æternum obstupescent dentes mei. Quid mihi datum est, pro quo tantæ rei dispendium feci? Nam si mihi omnia regna mundi data fuissent, & quòd ea possiderem tot annis quot guttæ aquæ in mari sunt: omnia hæc pro nihilo reputanda essent, collata vel minimo tormentorum quæ patior. Et tamen nihil horum mihi concessum est, sed vmbram cuiusdam fugitiuæ voluptatis, quæ tanquam vmbra transijt: ob quam pondus æternorum tormentorum super me porto. O misera voluptas, & infelix commutatio, ob quæ in tam infelicem incidi sortem. Pereat dies in qua natus sum, & hora illa in qua sic seductus sum maledictionibus impleatur. Maledictus pater qui genuit me, & lac quod suxi maledictum sit. Maledictus panis quem comedi, & vitam qua vixi sum. Maledictus partus matris meæ, & omnia quæ ad hoc quòd ego essem adiuuerunt. Maledicti qui me nutrierunt; quia non benè erudierunt me, nec meos suis correctionibus mores componere satagerunt. Nec hoc eis, fratres mei, sufficiet; sed ora sacrilega in cœlum ponent, in Deumq; ipsum horrenda maledicta congerent verbis sic peracibus ac inuerecundis, quòd solum ea referre horror maximus sit, nec lingua aliqua ea proferre audeat. Maledicent quippe Deum, potentiam, sapientiam, ac iustitiam eius, crucem & sanguinem suum; quia tam potens est, vt æterna inferre supplicia valeat, tam sapiens vt nullum ipsi latere potuerit malum: tam iustus vt tam acerbè peccatores puniat, & nihil illis profuerit, nec crux, nec sanguis, nec flagella eius. Maledicent Virginem quæ illum peperit, Angelos ac Sanctos qui ei laudes canentes assistunt. Denique omnia quæ Dei sunt nimis prosequentur blasphemijs. Ex alia parte alius chorus mulierum pessimarum stabit, quæ dum viuerent turpiter vixerunt, virosq; suis fucis ac blanditijs seduxerunt; miseros clamores horribilesq; vlulatus emittent dicentes. Miseras nos, imò miserrimas atq; infelices. Quid præteritæ voluptates modò conferunt nobis, nisi iratum in hac hora iudicem habere ac offensum? Illa omnia tanquam fumus præterierunt, memoria etiam eorum deleta est: & ex alia parte tanquam spinæ nostra corda transfigunt. Dilacerabunt crines, facies quibus tantam adhibuerunt curam si possunt, vulnerabunt. Illic vellent vestes vanitatis suæ præsentes habere, vt quemadmodum suarum culparum instrumenta fuerunt, ita simul cum illis in gehennæ ignibus comburerentur. Hic ne est fructus quem ex nostris voluptatibus habuimus? Hæc stupor dentium ex nostra gula remansit? Bonum fuisset nobis non nasci, quam offensum habere iudicem in hac hora. Melius nobis euenisset, si terra aperto ore deglutisset nos, ne iudicem nostrum offensis irritassemus. Infelix hora in qua deliqui, cur huius diei non sum recordata iudicij. Hic terminus omnium quæ in mundo geruntur? Has laudes, has cantilenas miseri ac reprobi, in illa hora intonabunt, quando terra aperto ore eos deglutiet, & Angeli mittent eos in caminum ignis, post quos ignis, sulphur & spiritus procellarum descendet, & eos perpetuis vinculis alligatos iustitia Dei in æternum tenebit. Et licet prius iustos præmiaturus est iudex, vt videant hostes sui & confundantur, tamen vt cum gloria sermonem siniamus, prius damnatorum sententiam reuoluimus. Suos quippe electos, benignissimis oculis aspiciet Deus, & omnes circumspiciens, quasi ad vnum solum conuerteret oculos, vnico intuitu omnium simul corda suo amore transfiget, & intus consolatoria verba eis loquens exterius hæc ego considero dicturum eis. Vos estis qui permansistis mecum in tentationibus ac tribulationibus meis. Et ego dispono vobis sicut disposuit mihi Pater meus Regnum, vt edatis & bibatis super mensam meam in Regno meo. Dicet etiam cuilibet illud Hier. 31. Cesset oculus tuus à lacrymis, & vox tua à ploratu: quia est merces operi tuo. Apostolis ac Martyribus dicet. Vos estis qui venistis ex magna tribulatione, & lauistis stolas vestras in sanguine Agni. Venite ergo vt mecum ipso fruamini, quem pro me ipso mortem suppetistis. Illi autem respondebunt. Non sunt condignæ passiones huius temporis ad futuram gloriam quæ reuelabitur in nobis. Omnia quæ passi fuimus flocci pendimus: talis tanta quippe huic bono malum comminora videntur. Mille annos in carceribus sit Laurentius, sibi ter sustinuisset, vt vel vnam saltem horam tantis gaudijs frueretur. Confessoribus autem dicet. Vos qui pauperes fuistis, accipite Regnum cœlorum: quia esuriistis, saturamini modò, quia lauistis, ridete: & quia ieiunastis in corpore, nunc corpora & animas in mea pascitis mensa. Ipsi autem respondebunt illud Esa. 26.

Luc. 22.

Luc. 22.

Hiere. 31.

Apoc. 7.

Rom. 8.

Matth. 5.

Esai. 26. Omnia opera nostra operatus es in nobis.
2. Cor. 4. Quare sublimitas virtutis tuæ fuit & non ex
nobis. Virgines autem teneris alloquetur ver
bis ac dicet. Venite ad me sponsæ, amicæ, co
lumbæ, speciosæ, ac dilectæ meæ, quæ imbe
cillitatem corporū vestrorū, nec teneritudi
nē mēbrorum attēdētes, nec pulchritudinis
vestræ misertæ, corpora & animas vestras
cōsecrastis mihi, omnibusq; carnis delitijs
ac voluptatibus valedicentes propter meū a-
morē, absq; viris & liberis mihi tanquā indiui
duæ turtures adhærere voluistis, à mūdo exclusæ atque contemptæ ob vestri cultus pau
pertatē. Accedite idcircò ad me, cōmunica-
bo vestris meam gloriā animabus, ipsisq; vestris corporibus animæ, vt & animæ vestræ
gloriosæ & corpora speciosa cōsistant. Quia
virum mortales renuistis, me immortalē Deū
sponsū accipite: filiorū loco quos neglexistis,
fructū operū vestrorū fruemini, & in perpetuo mei amplexu permanete. Tūc & ipsæ re
Eccles. 51. spondebūt. Cōfitebor tibi Dñe Rex, & col
laudabo te Deū saluatorem meū; cōfitebor
nomini tuo, quia adiutor & protector factus es
mihi, & liberasti corpus meū à perditione.
Et tūc omnes beati gaudijs immensis reple
ti dulcia canentes cātica, duce Christo Impe
ratore, ad cœlū triūphātes volare incipient.
Quādo Dñs traduxit filios Israel p mare Ru
Exod. 15. brū sicco pede, & Pharao simul cū exercitu
suo suffocatus est, Maria soror Moysi accepit
tympanū, quā aliæ mulieres in choris prose-
quutæ sūt cātātes, atq; dicētes. Cātemus Dño,
gloriosè enī honorificatus est. Equū & ascēso
rem proiecit in mare. Fortitudo mea & laus
mea Dñs: & factus est mihi in salutē. Accipiet beata Virgo Maria laudationis tympanū, quā beatorum animæ sequentur vidētes inimicos suos ab igne submersos, & q illi iā pro
missionis terrā calcāt, in choris charitatis ac
dilectionis cœlū intrabūt cōcinētes. Cumq;
dux eorū Christus illos in conspectu Patris
Es. 8. obtulerit dicēs illud Esai. Ecce ego & pueri
mei quos dedisti mihi, & omnibus suum locum in illa nobili Curia signauerit, nunc om
nes vno ore eleuatis dulcibus vocib9 hoc in-
Sap. 10. tonabunt cāticum dicentes. Reddidit Deus
mercedē laborū Sanctorū suorū, & deduxit
eos in via mirabili, & fuit illis in velamento
diei, & in luce stellarū noctem quibus perpe
tuis cāticis illa perpetua perfruitur gloria,
quæ nobis omnibus cōtingat exopto. Amē.

Aliū insu-
per terrorē
continet.
*Videbunt filium hominis venientem in nu-
bibus cœli cū virtute multa & maiestate.* Sic se
venturum in illa die nobis demonstrat Dñs,
vt terrorē nobis ac timorem incutiat. Nā inter omnes affectus ac passiones hominis, timor maximè commouet, præcipuè si vehemē
lis sit. Videmus quippè bruta ob timorē per-
nicies, quæ appetunt abstinere. Nā & canis quātumuis rabida fame crucietur, si tamē
videt flagellum super seipsum minanti, nequaquā cibū audebit cōtingere. Multò magis tamē hic affectus locum habet in homine,
qui eò q maximè inter omnia animalia co-
gnoscitiuus est, meli9 cognoscit grauitatem
mali impendentis sibi. Videmus enī illum
qui naufragium semel pertulit, & se iā pe- similis.
nè suffocatum sensit; cùm alteram tempestatē
ingruit, maximo timore cōcuti, pallido vul
tu, ac horripilato capite apparere: quia præsens videt malum, in quo aliquādò penè vsque ad mortem periclitatus est. Et cùm miser reus sententiam capitis audit, immutato
colore in lacrymas erumpit, sanguineq; ac
spiritibus collectis, sic exanimatus efficitur,
vt mortem ipsam ipse præuenire videatur.
Quid ergò faciet ille qui tēpestatis illius reminisci tur, non aquæ, sed ignis, quæ orbem
terræ vniuersum inflamare debet, tanquam
nūcius quidā iræ terribilis Dei? Non vt cor
pora suffocet vt aqua; sed vt animā in abyssum mergat. Et qui audit quòd sententia illa quæ illo die pronuncianda est, non à puro homine, sed ab homine Deo proferenda
sit, & quòd non in corpus solùm feratur, sed
in animam & corpus: vt animas immortales
in æternas detrudat flāmas, & q mors immortalis erit sicut & ipsa anima quæ patitur
illā: quid mirū qui hoc animi oculis pensat,
quòd timeat, tremat, horror animum occupet, spiritibusque collectis exanimis fiat,
caroq; ad ea quæ sunt mundi deficiat, ani-
mamq; vitam spiritus agere sinat, ad eamq;
totis viribus tendat, vt tanta possit euadere
mala? Horrendum est, ait Paulus, incide- Hebr. 10.
re in manus Dei viuentis. In manus, inquam, illas, quæ dilacerare corpus & animas valent, Angelosque æternis ignibus
tradere possunt. Manus, inquam, illas gra- Exod. 17.
uiores, quàm manus Moysi, quæ vbicunq;
vulnus intulerint in æternum plagæ linor
perstabit. Igitur quoniam veritas hæc maxi
mè ad nostrām curationem præstat, ideò
illam clarè & multis verbis docet, & Ecclesia similiter multoties nobis proponit
eam. Cæterùm licet hæc veritas summa veritas sit, de qua omninò nulli liceat dubitare, & veritas efficacissima ad coercēdos animos à peccatis, ad vitia odio habenda, & ad
timo-

timorem Dei in cordibus imprimendum: tamen suspicor certè, quòd multi ex vobis vel nō creditis, vel nō vt oportet cōsideratis: quod iuitiū omnis mali credo quòd sit. Quarè ego ne huius culpæ particeps sim, quę mihi Deus dederit post longā cōsiderationē atq; studiū nō tacebo. Nam & ipse Deus magnā adhibuit curā, vt hæc veritas mundo manifestaretur. Quarè nō satis sibi visū est quod Prophetæ sui illum diē prædicerēt, sed voluit vt Prophetissæ mulieres quas Gētilitas in magna habuit veneratione, etiā de illo vaticinarētur. Nā & Sybilla Æritrea de illo tremēdo die prophetauit, in versibus quibusdam quos D. Aug. in lib. de ciui. Dei refert, & Lactātius Firmianus in suis diuinis institutionibus, atq; Dei nutu in manus Tarquini Prisci deuenerūt, quos ille in Capitolio summa cum veneratione collocauit, vt sic per totū mūdū diuulgarētur: imò & in Ecclesijs antiquitus carmina hæc cātari solebāt, vt hominibus omnis excusatio tolleretur & adimpleret illud Esa. 40. Nūquid nō scitis? Nūquid nō audistis? Nunquid nō annunciatum est vobis ab initio? Quarè dicis Iacob & loqueris Israël, abscōdita est via mea à Dño, & à Deo meo iudiciū meū transiuit? Nūquid nescis, aut nō audisti? Et Psal. dicit. Dedisti metuētibus te significationem; vt fugiāt à facie arcus, vt liberentur electi tui. Nā nos moniti præuenit ne in iram suā incidamus, ne suis igneis transfigamur sagittis. Scopus enim sagittarū Dei peccatū est, ab hoc fugit iustus, tū dū peccat scopū est, ab his Dei sagittis ferial. Nec enī hę sagittæ ab animo dimelliet, si semel in ea fixę fuerint. Quarè sēper permanebit vuln⁹, atq; dolor. Præterea multi ex Philosophia hāc veritatē licet à lōgè odorauerūt, & p radiū aliquē luminis naturalis nō nihil de illa intelligere potuerūt, licèt parū: quia nō lumine fidei illustrati sunt, quo solo veritas hęc nobis verè constat. Pythagoras, Hermes Trismegist⁹ ex Ægypto, imò & Plato clariꝰ in vno suorū dialogorū, vbi duo itinera ponit, quib⁹ animæ quæ ex huius corporis sepultura egrediebāt trāsibāt. Alterū bonorū ad quietē, alterum malos ad pœnas ducebat. Erat enim velut præcipitiū, quodā quo animę ad inferna præcipitabāt. Perueni quippè vitiosi homines (dicebat Plato) quolibet peccato cathenas quasdā animæ iniiciūt, quib⁹ eā fortissimè alligāt corpori. Cū autē anima à corpore egrediebat, sic torpebat, ac ille, qui postquā per multū tēpus pedes ligatos habuit, torpet pedib⁹ ac stupet, ita, q penè ambulare nō queat. Sic anima cū p totā vitam vitijs alligata fuit corpori, postquam ab illo migrat sic torpet ac stupet, vt non posset ad alta cōscendere, sed inter sepulchra debilis remanebat, & indè ad inferos deberet descēdere. Cęterum bonorum animæ amore Dei calidæ alas quasdā pducebāt, quibus à corpore egressæ ad cœlos celeriter volabāt: tā pri⁹ ad iudiciū Radamāti deberēt stare, & ibi examinata causa cuiuscunq;, vel præmium, vel pœnā meritā ab illo accipere deberet. Verūtamē nō hāc vobis iniuriā irrogare volo, vt Gentiū testimonijs quæ Deum ignorauerūt vos instruere velim; sed tanquā homines fide illuminatos christiana christianis etiā testimonijs quib⁹ passim Scriptura diuina referta est, hanc vobis veritatem confirmare conabor. Vnū quippè maximè animaduertendum est, quòd cùm de cęteris fidei mysterijs sacra scriptura figuris atq; metaphoris sub obscurè loqui videat: hoc tamē mysteriū clarissimis verbis proferat, vt Iob apertissimè de resurrectione & de finali iudicio loquitur. Prophetæ apertissimis verbis de illo vaticinati sunt. Christus Dñs qui in cęteris parabolis vti solebat, de hoc tñ mysterio clarè loquut⁹ est. Epistola Pauli ad Thessalonicēses 1. hāc veritatē apertissimè annunciat omnibus. In quo maximè Dei misericordia fulget, vt potè qui nos antè secula nos de hoc tremēdo iudicio sigillatim præuenire dignat⁹ est: ne incautos nos inueniat illud euadere nō possem⁹. Quarè nō solum verbis ac scriptis, verū etiā signis ac operibus quotidiè nos de illo tremēdo die admonet. Quippè omnia quæ secū admirationē, horrorē, timorē, aut nouitatē adferūt; ad hoc, pposità à Deo facta sūt, vt nos ad illū præparet diē, iudiciaq; ei⁹ maximè timeremus. Tonitrua, fulgura, incēdia, tēpestates, bella, fames, pestes, repētina mors, frequentes vindictæ inusitatæ quibus aliquos peccatores Deus exequitur, prœludia quædā illi⁹ tremēdę diei sūt; nūcij legati ac ministri Dei, qui nos ad iudicia sua vocāt. Quarè Hebræi cū Dñs super mōtem Sina legē ferret, cū vidissent fulgura, lumē flāmæ ignis, audissent tonitrua, sonitumq; buccinę crepātis, sic timore perterriti sunt; vt è suis nō auderēt tabernaculis exire, sed opertis capitibus ad Moysē dixerunt. Loquere tu nobis, nō loquatur nobis Dñs. Nec enī Dei præsentiā vllatenus ferre valebāt. Si ergò ad dādā legē sic terribilis apparuit Deus, quid faciet cum aduenerit trāsgressores legis aduenerit? Si ministri iudicis talem nobis horro-

Esai. 40. *Psal. 59.* *Pythago. Trismegist. Plato.* *Exod. 20.* *Hostile.*

commenturiunt, quid putatis ipsi in iudicem facturum? Cùm classicum canitur timet fortissimus quisq; , & pallido vultu horrent at incepto prælio impauidus fortissimè pugnat. E contra ignauus miles aut tyro, cùm audit sonitū buccinæ prouocātis ad bellū, impauidè magna promittit, sed conserta manu agminibusq; præstantibus primus fugit, aut arma dimittit. Sic modò cùm fortis ac bonus signa hæc videt, quæ classicū sibi videntur canere, & illi ob oculos tremēdū illū diē po
Hieron. nūt; pauet ac timet, vt in D. Hiero. patet, cui semper in aures sonare videbatur vox illa tubę dicētis. Surgite mortui, venite ad iudiciū. Sed in die belli & pugnæ, hoc est in illo iudicij die; securi ac impauidi permanebūt, secundū illā Sapiētiæ sententiam qua dicit.
Sap. 5. Tūc stabunt iusti in magna cōstātia aduersus eos qui se angustiauerūt. Aduentū etenim iudicis (ait Gregorius) tātò securiores aliquan-
Gregorius. dò videbimus, quātò nūc districtionē illius timēdo præuenimus. E diuerso praui homines ac ignaui, quos nūc nec mīnæ terrēt, nec vindictæ mouēt; sed omnibus his spretis securi in vtramq; aurē dormiūt, tūc sic timidi, sic pusillanimes, sic imbecilles ac miseri erūt, vt inter montes ac rupes se abscōderēt, si fugere à iudicis præsentia valerēt. Videntes
Sap. 5. turbabūtur timore horribili, ait Sapiēs. Igitur paulò antè illum terribilem, ac tremendum diem, mare mortuis plenum erit, campi mortuorum ossibus redundabunt, terra sanguine madida erit ex præliis quæ tunc diabolus in orbe excitabit. Tunc enim erūt bella & seditiones, nam exurget gens cōtra Gentē, & Regnum aduersus Regnū, Prouinciæ contra Prouincias, domus contrà domos, frater aduersus fratrem, & insurgent filij in parentes: & omnia bellis ac dissidijs turbabuntur. Charitas quippè frigescet: & omnia malitia ac tyrannides occupabunt. Sacerdotes tunc temporis obedientiam summo Pontifici ne-
Osee. 4. gabunt, vt verum sit illud Oseæ. 4. Populus enim tuus sicut hi qui contradicunt Sacerdoti. Vbi nomen Sacerdotis antonomasticè pro summo Sacerdote hīc sumitur, qui est Papa. pro famosiori quippè sicut vtinā nostris temporibus non contingat. Reges non obedient Imperatoribus, nec Principes Regibus, nec nobiles Principibus obsequentur. Omnia autem ambitione ac superbia replebuntur. Prædicatores veri Euāgelij persequutiones & ignominias sustinebunt, in carceribus detinebuntur, flagellabuntur, & occidentur, sicut à principio, quosdam apud Angelos (heu dolor) videmus. Maxima scelera, incredibilia facinora perpetrabuntur, quæ irā Dei aduersùs orbem prouocabunt. Terra tremet, mōtes mouebuntur, vt dicit Hierem. 4. Cāpi sterilitate marcescent, nec dabunt fructus hominibus. Aër infectus generabit pestes, Mare fremet, ac intumescet ostē dēs se homines deglutire velle. Sic autē horribiliter rugiet ac personabit, vt homines præ timore arescāt. Orbis vniuersus turbabitur tonitruis, fulgure ac procellis. Ignis de cœlo descendet, qui terrā ac elemēta cōsumat, vt *Hiere. 4.*
Petrus ait, Elemēta quippè calore soluentur. Purificabit enim terrā ignis ille cōsumēs mixtā, cuius superficiem fœda faciebant, & remanebit pura, claraq; quasi chrystallus. Ma- *2. Petr. 3.*
los comburet, & fuscos atq; nigros faciet secundùm illud Esai. Facies combustæ vultus eorum (*chamuscados*.) Nā licet color faciei *Esai. 13.*
non immutetur, ex redundantia tamen animarum ad corpora, horribilitas quædam in eis apparebit, quæ quasi fumus erit indicans interiorem ignem. Virtutes etiam cœlorum mouebuntur, & cessabunt, & Angeli motores orbium multa noua in hoc mundo efficient. Lux Solis (vt Propheta & Euangelistæ tollantur) conuertetur in tenebras, & Luna in sanguinem. Hæc omnia signa erunt, quòd mundi interitus instet. Hæc om- *Simile.*
nia insaniam nullam redarguent, qui in terrenis fidimus, quæ tamē consumenda sunt. Hæc omnia signa mortem mundi præcedēt. Simile hoc erit, sicut cùm grauis morbus senectuti superuenit. Nā cùm membris debilibus superueniat, humores protinus dissipantur, spiritus alterat, ac relaxantur membra, torpent sensus, phantasia ac iudicium perturbatur, potentiarum ordo dissoluitur, vsque dum & ipsa anima à corpore soluta migrat. Sic in mundi termino considera. Dissipabuntur quippè cœlorum influentiæ, ac virtutes, & postea elementa soluentur, & ingrauescente morbo ad caput ascendet, & oculorum acies in orbe deficiet: nam Sol obscurabitur, & Luna non dabit lumen suum: Sol autem & Luna velut mūdi oculi habentur. Et sicut in morte Christi obscuratus est Sol; sic & in morte vniuersi. Post hæc personabit tuba sic horribili sonitu, simul cum voce Archangeli, quòd in cœlo, in terra, & in inferno audietur ad quam vocem omnes mortui resurgent, & congregabuntur in valle Iosaphat. Dānādi satellitibus dæmoniorū comitati venient. Iudas cum vexillo traditoris exibit. Cain cum

homi-

homicidis, Nero cum crudelibus, Herodes cum parricidis, Pilatus cũ iniquis iudicibus. Mahumethus cum Saracenis, Simon cũ Magis. Sardanapalus cũ multitudine delitiosorũ. Ex alia parte considero ego splendentia agmina iustorũ, quos Angeli lucis comitabũtur. Exibit Abrahã cũ cõiugatis, Elias cũ eremitis, Petrus cũ Apostolis, ac Sacerdotibus, Stephanus cũ Martyribus. Vel vt vult D. *Gregorius* Gregori⁹, Petrus cum his qui ex populo Iudęorum per suã prędicationem crediderunt, Paulus cũ his qui ex Gẽtibus cõuersi sunt, Thomas Apostol⁹ cũ Æthiopibus, Andręas cum Achaicis, Ioannes cum Asianis, Iacobus cũ Hispanis. Ex alia parte insinuabit se vexillum Christi, quod est signum crucis precioso suo sanguine perfusum, ad cuius rõspectũ violabũt dãnandi. Veniet statim Iudex summus cum maiestate ac gloria, Angelorũ exercitu circundatus, gladium iustitię suę habẽs in manu. Aperientur libri vitę, aperientur & cõscientię: & tũc manifestabuntur cõsilia cordiũ, proferetur sententia, & in momento tẽporis iusti cum Angelis ferentur in cœlũ, mali cum dęmonibus detrudentur in infernũ ęternis flãmis cruciandi. Quid tunc praui homines sentiẽt, cùm turbati mũdum conspexerint? Aperiri libros, proferri à potentissimo iudice sententiam, tum & ipsi & Angeli quadam admiratione timebũt videntes seueritatem iudicis, simulq; terribilem sententiam contra illos tunc tẽporis *1. Petr. 4.* prolatam? Nam si iustus vix saluabitur (ait Petrus) impius & peccator vbi parebunt? Christus Dominus debet esse Iudex, accusatores dęmones & propria conscientia, accusati omnes homines. Quòd Christus debeat esse iudex Prophetę, Sybillę Apostoli, *Ioan. 5.* & Euãgelistę dixerunt, & ipsemet Dñs dicit. Neq; enĩ Pater iudicat quẽquã, sed omne iudiciũ dedit filio. Ratio huius est. Qm̃ iudex debet esse sapiens, bonus & potẽs. Sapiens, vt intelligat veritatẽ: bonus vt illam sequi velit, nec ab ea deuiare: potens, vt valeat illã executioni mandare. Christus Dominus Dei sapientia est, sic sapiens vt nec falli queat: sic bonus, vt nec fallere possit: ità potẽsq; nullus eũ euadere valeat, tantaq; simul iustitia prędictus, vt nullũ bonum opus absq; pręmio, nullũq; malũ absq; pœna permittat. Deindè Iudex debet esse medius, ęqualis, nec vlli parti cedens. Causa autem debet inter Deum & homines tractari. Si iudex purus esset homo, suspicios⁹ fieret apud Deũ, nec adeò securus si purus Deus, tremebundus maximè apud homines. Iure optimo ergò hæc iudicatura Christo Domino debetur, qm̃ Deus simul & homo est. Sic timebatur Deus antequã homo fieret, vt omnes timerẽt iudicio eius præsentari: hoc enĩ iudicio deterrebat Psalmista peccatores cũ *Psal. 74.* dicebat. Dixi iniquis, nolite iniquè agere: ob hoc maximè qm̃ iudex est Deus. Quis enĩ *Hier. 10.* non timeat te, ò Rex Gentium, ante cuius *Iob. 26.* conspectum columnæ cœli pauent, & contremiscunt? Qui respicis terrã, & facis eam *Psal. 103.* tremere, qui tangis montes & fumigant. Quarè & peccatores aspiciendo, sicut cera ad ignem eos liquefieri facit. Vndè & Da- *Psal. 88.* uid dicebat. Potẽs es Domine, & veritas tua in circuitu tuo. Et propter iudicium tuum *Psal. 71.* ferre non valeo. Ideò iudicium tuum Regi da, & iustitiam tuam filio Regis. Iudiciũ ergò in manus Christi Domini est, qui ex his quæ passus est didicit compassionem, qui crudelis esse non potest: quoniam agnus est: nec suspectus de iniustitia aut odio, quoniã frater noster est, qui meam maximè curat salutem: quoniam Saluator meus est atque aduocatus & pater, cuius vulnera cùm ego tacuero respõdebunt pro me, qui propter me pertulit sententiam crudelissimæ mortis iniustam. Optimò ergo iure sibi vendicat iudiciũ Christus, & de illo clamant senes & dicunt. Dignus est Agnus qui occisus est accipere *Apoc. 5.* librum (iudicij scilicet) & soluere signacula eius. Hoc est, aperire cõsilia cordiũ quantũcunque sigillata sint. Maximus accusator tũc erit propria conscientia, quæ, etiam si diabolus cessaret, ipsa sufficeret ad condemnandũ nos, secundùm illud Pauli, Cogitationibus *Roma. 2.* accusantibus, in die quo iudicabit Dominus occulta cordium. Ita quòd si omnes illum absoluant ipse se condemnabit: nemo enim se iudice absoluitur. Quarè vermis cõscientiæ in corde damnatorum in æternum pascetur, corrodens viscera ac dicens. Possibile ne est te non insanum vixisse? Quod cùm facillimè posses cœlum lucrari noluisti, & tuimet non es misertus. Sic sæuus ac demens extitisti, quòd propter breuem ac sordidam voluptatem gaudia cœlorum amisisti, & inferni tormenta emisti? Nec furiæ, nec ignes, nec inferni, huic cõsensui cruciatui valent, & ipsamet propria cõscientia cõtra nos clamabit ad Deum. Secundus accusator erit crux Christi, quæ nos ingratitudinis arguet. Quam videntes praui in illa se damnatos videbunt, vt adimpleatur illud Zachariæ. Videbunt in quem confixerunt, & ipsa eius per foramina clauorũ apparebit quòd loquatur aduersùs illos: eò quòd tanti pretij participes esse noluerant. Tertius accusator erit Dæmon. Nec beneficium Dei in malos collatum omittet quod non referat, nec peccatum commissum quod non accuset. Mundus etiam totus clamabit aduersùs impios. Et non solũ de malis, verùm etiã de bonis operibus reddenda tunc est ratio, secundũ

Psal. 74. illud Psalmi, Cum accepero tempus, ego iustitias iudicabo. Non solũ iniustitias, verùm

1. Petr. 4. & opera iustitiæ iudicare debeo. Et si iustus vix saluabitur, impius & peccator vbi parebunt? si de bonis operibus exigenda est ratio, quid de malis iudicandum est? Si Hierusalem debet scrutari in lucernis, quid de Babylonia fiet? Si Deus ibi scrutari debet in lucernis quo animo, aut intentione, qua deuotione aut attentione rem sacram audisti, aut eleemosynam præbuisti, aut ieiunium obseruasti; quid de re aliena, aut honore quæ furatus es, & nũquam restituisti, erit? Vnde & Dan. 7. dicitur. Iudicium sedit, & libri

Dan. 7. *Apocal. 20.* aperti sunt. Et Apocalip. 20. Alius liber apertus est, qui est vitæ, & iudicati sunt mortui ex his quæ scripta erant in libris secundùm opera eorum. Respõdebit Manuale cũ libro vitæ, liber operum cum libro prædestinationis: opera enim eorum qui in libro vitæ scripti sunt, in Manuali reperitur quòd bona fuerint, & vita æterna digna, & quòd imaginem Christi portauerunt: secundùm

Rom. 8. illud Pauli, Quos præsciuit, hos prædestinauit conformes fieri imaginis filij sui. Sed qui in libro prædestinationis non sunt scripti, in Manuali repleti malis operibus inuenientur. Hic coniecturare poteris in quo libro sis scriptus, secundũ opera quæ in te inueneris, siue bona, siue mala. Nã apud Iob ha-

Iob 37. betur cap. 37. Deus signat in manu omnium hominũ, vt nouerint singuli opera sua: opera sua debent vnicuiq; docere, opera enim il-

Apoc. 14. lorum sequũtur illos. Quod ergò habebis remedium? Aduocatos quære, ac testes, qui bonum de te proferant testimoniũ, fidẽ rectã, patientiã, misericordiã in pauperes: ipsa enim de te bonum proferent testimonium, vt fe-

Actor. 9. cerũt de Thabita misericordiæ operibus plena, ostendentes bona quæ illis vidua illa fecerat ad Petrum; & ideò illam resuscitauit. Sic erit in nouissimo die.

Alia moralitas seu concio. *Videbunt filium hominis venientem in nubibus cœli cum virtute multa & maiestate.* Si quis sermo in toto anni cursu me timidum atque elinguem reddit, præsens vtique est. Res quippe mihi maximè difficilis ac rigida apparet, me ipsum referre hanc terribilem sententiam quam iudex omnium aduersùs malos prolaturus est in illa die, cũ ego vnus ex iudicãdis futurus sim, & ignoro (væ mihi)

Simile. ignoro, an etiam ex condemnandis. Nonne res tibi videretur grauis, si iudex qui duos damnatos ad mortem haberet, vni eorũ præciperet, vt preco alterius esset, & eius delictum voce grandi personaret? Nam cùm ipse eodem timore ad mortem iret, & ante ipsam mortem mortuus, nec ad aperiendum os haberet spiritum, quomodò ad clamores magnos edendos haberet? Certò scio, sicut Iob sciuit, quòd ego ipse & nõ alius promeritus debeo in carne mea, in illo generali inquisitionis actu, siue iudicio, in quo Christus debet esse Præses, Auditores, & iudices Apostoli, relator propria conscientia, lictores dæmones; & nescio, nescio, inquam, si ego ex his qui relaxantur & brachio dæmoniorum traduntur, futurus sim: referre ego hic iudicis illius sententiam seuerissimã cõtra malos, cũ fortè futurus sim vnus ex illis, quomodò vires suppetent, aut spiritus habiturus, ve nos ame deserent, verbaq; præcisa relinquam in medio itinere gelata subsistant, tanto percitus tremore ac horrore quem mihi propria conscientia suggerit, quæ omnium præcipuus testis aduersum me in illo iudicio deberet esse. Sed quoniam iam antiqui illi spiritus defecerũt, in quorum ore sermo hic poterat vos pauidos sic, ac trementes efficere, vt in ecstasim quãdam raperemini, nec amplius ad peccandum vobis vires essent. Nos qui minimum huius spiritus ac fortitudinis accepimus, secundùm quod Deus nobis concesserit; si præcedenti Dominica misericordiam eius summis clamoribus prædicauimus, nunc maioribus, si possumus, vocibus iustitiã eius maximam publicabimus: quoniam non est minor iustitia Dei, sed æqualis cum sua miseri-

Esai. 21. cordia est. Esaias Propheta capit. 21. Cùm Dominus illi reuelasset quædam quæ in hoc tremendo iudicio futura essent, quasi plenus ipse hoc esset timore sic ait. Visio dura nunciata est mihi, corrui cùm audirem, cõturbatus sum cum viderem, emarcuit cor meum, tenebræ obstupefecerunt me. Si sola figura, atque somnium illius terribilis diei, hæc accidẽtia, atq; effectus in Propheta efficiebat; quid faciet veritas ipsa clarisq; spectantibus? Quarè Propheta Ioel cũ de hoc

Ioelis. 2. die verba facere vellet, quasi interceptus magnitudine rei, & elinguis factus ferè videtur

se

se nescire loqui, sed ait: A, a, a, dies quia dies Domini appropinquabit, & quasi vastitas à potente veniet. A, a, a, puer sum ego, nescio *Hierem. 1.* loqui, dicebat Hieremias: sic & modò Ioel; quasi nesciret quid loqueretur, dicit, A, a, a, diei, nec alio nomine illũ nuncupare diem nouit, nisi vocando eũ diem Domini. Dies huius vitæ, dies noster est, in quo nos nostram facimus voluntatem. Cæterùm illa dies Domini erit, in qua ille suam contra nostram adimplebit. Nunc dies tua est, in qua peieras, blasphemas, furaris, & securus remanes; tunc autem erit dies Domini, in qua ipse contra te victor euadet, *saldra con la suya*. Sic enim soletis inter vos dicere, cùm quis absq; vllo prohibitore perpetrat mala quæ vult. Dimittite (aiunt) hæc est dies sua, cras erit nostra. Putas, ó homo, quòd quia Deus dissimulat hodie tua facinora, nec vindictã vllam de eis expetit, quòd ita erit semper? Falleris certè in caput tuum. Nunc est dies tua, cùm tuam ad libitũ exequeris voluntatem: tunc autem erit dies Domini, cùm ipse exequetur suam. Nunc ta- *Psal. 74.* cet, tunc quasi parturiens loquetur. Cùm accepero tempus, ego iustitias iudicabo, hoc est, quando venerit tempus meum, & dies mea: tunc vnicuiq; tribuã secundùm opera sua, & malos sic puniam, vt admirentur & ipsi. Erit enim dies illa Domini contra malos, qui in die sua non sunt recordati Dei. Quare Deus tantis antea seculis huius diei quasi præueniendo nos admonet, signisque quibusdam eius nobis notitiam anteponit. *Luc. 21.* Nam erunt (inquit) signa in Sole, & Luna, & stellis. Et hic illa explicat, dicens, quòd Sol obscurabitur, & Luna non dabit lumen suum, &c. Iam suprà hæc signa de Sole isto visibili, de Luna, ac stellis, quæ in cœlo sunt, explicuimus: nunc in alio sensu, quem *Hieron.* plures Sancti sequũtur (inter quos Hieron. *August.* & August. in Epist. ad Hesychium, existimantes etiam ad literam de hoc loqui Dominum) illa, Deo dante, declarabimus. Intelligũt quippè hæc signa cœli de hoc cœlo spirituali, quod est Ecclesia, & de Sole, Luna, & stellis, quæ in illo sunt. Sæpè enim Dominus Iesus Ecclesiã hanc visibilem, vocat Regnum cœlorum: & vita hæc quam hic gerunt sancti, initium quoddam est illius, quã in cœlis agent. Sol huius cœli Christus Dominus est, quemadmodùm Malachias *Malac. 4.* Propheta illum vocat, cùm cap. 4. dicit. Et orietur vobis timentibus nomen meum Sol *Simile.* iustitiæ. Nam sicut in cœlo materiali Luna, ac cæteræ stellæ, & Planetæ lumẽ suũ à Sole communicant: sic quidquid lucis, quidquid veritatis, sanctitatis, aut potestatis Ecclesia hæc visibilis habet, tàm in maioribus, quàm in minoribus, totum ab hoc vero Sole communicat, atque mendicat. Et ideò Luna est summus Pontifex Romanus: nam potestatem quam exercet, ab hoc primo Pontifice habet, qui Petro & suis successoribus illam concessit. Et sicut Luna, quia à Sole mendi- *Simile.* cat lumen suum, differenter illud ostendit: nunc enim plena apparet, nũc media, modò semiplena; sic Ecclesia, & Pontifex hanc lucem ac veritatẽ ostendunt per temporum incrementa, secundùm quod Deus illis manifestare vult, & Spiritus sanctus eos docere. Stellæ autem cæteri prælati sunt, qui summo Pontifici subsunt: & sunt Doctores, atq; Magistri. Inter quos etiam intelligere possumus omnes qui in Ecclesia Dei hoc ministerio docendi funguntur, de quibus Daniel dicit: Qui ad iustitiã erudiunt plu- *Dani. 12.* rimos, fulgebunt tanquàm stellæ in perpetuas æternitates. Ex his ergo conijcere licebit propè esse diẽ Domini: quoniam Sol obscuratur. Fides enim recta Christi ferè in toto orbe iam defecit, & ecclypsatur. Proh dolor! Quis nesciat Solẽ istum totum illustrasse mundum; quando vtrique Asia, Africa, & Europa hoc illuminabantur Sole, suamq; fidem ac veritatem indefectibiliter tenebant; quando in vno Concilio sexcenti congregabantur Episcopi ad res fidei definiendas? Nunc autem sic obscuratum videmus Solem istum, vt vix hæc pars Europæ, quæ Hispania dicitur, suo lumine gaudeat; in qua & vidimus hunc Solem in aliquibus ecclypsari, & à nobis tantisper recondi. Ergo adimpleri iam hoc signũ videmus, quia Sol obscuratur. Et quemadmodùm cùm lux *Simile.* Solis minuitur, & in Occeanum mare submergitur, signũ est noctem instare & accedere: sic videntes Solis huius radios iam diminutos (nam vt ipsemet dixit: Cùm venerit *Luc. 18.* filius hominis, putas ne fidẽ in terra inueniet?) & in Occeanũ mare submergi: nam ad Gentes, quæ vltra Occeanũ mare sunt, se se sensim transmittit suspicari possumus noctem iam ac finẽ mundi appropinquare. Filij, nouissima hora est, totq; seculis retrò dixit Ioannes. Cur nos non hoc melius dice- *1. Ioan. 2.* mus videntes signa, quæ finẽ mundi præcessura prædixit Dñs? Possumus & nos huic *Luc. 24.* Soli dicere, quod discipuli illi qui cum illo pergebant in Emaus, dixerũt, cùm intelligerent

gerent illũ longiùs velle tranſire. Mane nobiſcum Dñe, quoniam adueſperaſcit, & inclinata eſt iam dies. O bone Ieſu, quò pergis? Cur à nobis recedis? Tecũ & lux noſtra & omne bonum noſtrum pergit, ne longiùs à nobis recedas, ne pluſquam in cimerijs tenebris maneamus. Sed mane nobiſcum, ne Ægypti tenebris inuoluamur. Atq; vtinam ſic preces noſtræ apud illum valeãt, ſicut & diſcipulorum illorũ valuerunt. Lunam, quæ Eccleſiaſticos viros refert, etiam videmus ecclypſari. Tunc autem ecclypſatur Luna, quando terra interponitur inter Solem, & Lunam. Terra quippè groſsitie ac opacitate ſua radios Solis impedit, ne ad Lunam illuminandam tranſeant, ſed potiùs ad ſe reflectantur: quia terra perſpicua non eſt. Hoc prælatos Eccleſiæ maximo afficit damno: quia terrã inter ponũt inter ipſos & Deum, ne ab illo, Lux Chriſti tranſeat: nam in mundanis curis terrenis intenti honores, ac diuitias auiditatè ambiunt: quarè perſpicui non ſunt, ſicut corpora cœleſtia, ſed opacitate terrenarũ curarum Solis radios à ſe retorquent, ne penetrẽt corda eorũ. Murus erat

Ezech. 34 inter me & eos, dixit Dñs per Ezechielem.
Hiere. 2. Hinc & Hierem. 2. dicit: Sacerdotes non dixerunt, vbi eſt Dominus, & tenentes Legem neſcierunt me, & paſtores præuaricati ſunt in me. Illos dicunt iura præuaricatores, qui cùm ſint vnius partis aduocati, in lite quam cum alia gerit, etiam contrariæ parti patrocinium ferunt. Hoc autem maximũ crimen eſt. Ideò prælatos, ac paſtores loco præuaricatores vocat: quia cùm proprium eorũ munus ſit parti Dei patrocinium ferre, homines vt cœleſtia appetãt, terrena deſpiciant verbo & exẽplo admonendo: contrariæ parti, nempè mundo etiam patrocinantur, terrenos honores ac diuitias quærentes, ſuoque exemplo alios etiam ad hoc inducentes. Et cùm negotium eorum deberet eſſe Regni cœlorum, etiam negotijs ſecularibus ſic ſe immiſcent, vt ſpiritualium omninò obliuiſ-

2. Tim. 2. cantur. Hinc Paul. ait: Nemo militans Deo implicat ſe negotijs ſecularibus. Ac ſi diceret. Tu qui Dei aduocatus ad ſua peragenda negotia es, & ob hoc ab eo ſtipendium accipis, non debes contrariæ parti patrocinium ferre, te negotijs ſecularibus implicando alioquin præuaricator eris. Præuaricatores vos accuſat Propheta, & ego cũ ipſo ante tribunal Chriſti, coram quo omnes ſtare in illo die debemus. Per ſtellas religioſos intellige, qui ſic ſimiliter à cœleſtibus ad terrena degenerant: quæ prout opportunitas patietur, poteris ampliare. Ecce hæc adimpleta ſigna. Et tunc plangent omnes tribus terræ. Ratio huius eſt, quã inſinuat Lucas, cũ dicit: Et in terris preſſura Gentiũ, areſcentibus hominibus præ timore, & expectatione, quæ ſuperuenient vniuerſo orbi. Quæ maior anguſtia illa, quam hodie inter homines videmus? Hodie quippè homines aridi abſq; humore charitatis ſunt ad ſeipſos reſtricti, nec ad benefaciendũ alijs extenduntur: quoniam peccatis ac inordinatis deſiderijs affluũt. Hinc quippè de his tẽporibus dixit in hoc cap. Dñs: quoniã abundabit iniquitas, refrigeſcet charitas multorũ. Pondus quippè propriorum deſideriorũ homines aliorũ obliuiſci facit, & ſolũ ſui ipſius vnũquodq; curã agere: gignunt namq; hæc deſide-

ria amorẽ proprium. Hinc Paul. de his tem- *1. Tim. 4.*
poribus: In nouiſsimis tẽporibus (ait) inſtabunt tempora periculoſa, erunt homines ſe ipſos amantes. Cùm ergo homines ſeipſos amantes videritis, aliorũ curam negligentes tunc intelligetis finem mundi in ianuis inſtare. Hoc hiſce temporibus (væ nobis) experimur. Nuſquam enim homines plus ſe ipſos dilexerũt, nuſquam ſic frigidi in operibus charitatis fuerunt, nec vſquam ſic tepidè omnia quæ pietatis ſunt exercuerunt. Quoniam ergo abũdabit iniquitas, refrigeſcet charitas multorum. Nam cùm vides infirmum frigeſcere, iam illum morti propinquum iudicas, & properas, vt oleo ſancto vngatur. Mundus friget in capite & in pedibus (quoniam tam maiores, quàm minores

in charitate frigent: à maiori quippè vſque *Hiere. 6.*
ad minorẽ omnes auaritiæ ſtudent, ait Propheta) ergo propera, extremã ei iam affer vnctionẽ: quoniam iam mũdum morti appropinquare cernis. Sol ergo obſcurabitur, & Luna nõ dabit lumen ſuũ, ne videat iram ac indignationem iudicis, ne videat ſæuam, ac crudeliſsimã vindictã, quam tunc in homines exercere debet. Claudet oculos cœlum ne videat hominis perditionẽ, ad cuius obſequium creatus eſt: lugubri ac triſti in-

duetur veſtimento Sol, Luna, & cætera *Simile.*
luminaria cœli, veluti ſerui pullato veſte nigra induuntur propter patrisfamiliãs mortem. Tanta enim erit damnatorũ hominum miſeria, quòd etiam irrationales creaturæ ſigna triſtitiæ pro illis dabunt, tanquam eorum ſorti miſertæ: licèt ex alia parte iudicem ad eorum punitionem adiuuent, illos ſuo lumine orbantes. Væ illis, qui hæc pati debent.

debent: melius fuisset illis, si nati non fuissent. Item obscurabuntur ac claudent oculos, ne videant abominationes peccatorum,
quæ in cõspectu Iudicis, sanctissimæq; eius
Matris, ac omnium cœlicolarum manifesta-
Esai. 14. buntur. Vnde Esai. 24. dicit: Erubescet Luna, & confundetur Sol, cùm regnauerit Dñs
exercituum in monte Sion, & in Hierusalem, & in cõspectu seniorum suorum fuerit
glorificatus. Vel per Solem tunc temporis
intelligamus Christum, qui obscurabitur
contra malos vultu iracundo deterrẽdo eos;
sicut tenebræ solent homines pauidos terrere: impij autẽ timidi sunt, secundùm illud
dictum Sapientiæ: Cùm sit timida nequitia,
dat testimonium condemnata. Sol conuer-
Ioel. 2. tetur in tenebras, & Luna in sanguinem, di-
Apoc. 6. citur Ioel. 2. & Apocal. 6. Dicent montibus
Iob. 14. cadite super nos, & abscondite nos à facie
sedentis super thronum. Et illud Iob: Quis
mihi tribuat, vt in inferno protegas me?
Eligerent quidẽ damnati subtus terrã mille
stadijs abscondi: vt vultum irati iudicis non
viderent. Sed dices: Si Agnus iratus est, ouis,
eius mater erit mansueta? Minimè gentium.
Nam si Sol conuertetur in tenebras, Luna
Psal. 44. in sanguinem abibit. Si sæuit Agnus, sæuiet
& ouis. Si iratus est Filius, irata erit & mater, nec vlla iam tũc in impios flectetur misericordia. Adstitit Regina à dextris tuis, in
vestitu deaurato circumdata varietate. Varia atq; diuersa induta tunc erit veste, ab ea
quam dum nobiscum erat, portabat. Nunc
enim Regina & Mater misericordiæ est:
tunc autẽ iram & indignationem aduersus
malos estabit. *Et stellæ cadent de cælo.* Apostoli assessores Christi etiam aduersus prauos indignabuntur, lumenq; omne refrigerij
à malis retrahent, imò clamabunt, & dicent
Psal. 118. auditores illi ac consiliarij ad suũ dilectum
Præsidẽ. Tempus faciendi, Dñe, dissipaue-
runt Legem tuam, hoc est, nunc est tempus
faciendi iudiciũ aduersus eos, qui dissipauerunt Legem tuam. Quid autem de Angelis
dices? *Virtutes* (inquit) *cælorũ commouebuntur.*
Aduersum malos, scilicet, & præcipuè Angelus, qui te custodiuit, tũc aduersum te stabit in magna constantia: quia eius monita,
quæ secretè tibi inspirabat, accipere noluí-
sti. Itaq; omnes contra impios stabũt, & instabunt. Iudex autem Christus magna cum
gloria ac maiestate descendet, & cum tota
cœlesti curia. Iudicandi autem in campo
Iosaphat simul cum corporibus stabũt: nam
ad vocẽ Angeli omnes resurgent. Considera
quid sentiet anima, cùm videat se reuerti ad
corpus, quod causa fuit suæ terribilis damnationis. Furore plena cõtra corpus sæuiet,
& terribiliter illud aspiciens, dicet: O miserum corpus, propter cuius bestiales appetitus in tot me video intrusam miserias. Maledictum eris, terq;, quaterq; maledictum
et, & in æternum eris: cùm in tot me, & te
contuleris damna. Maledictæ horæ quas in
tui cultu consumpsi. Maledicti dies, quos vt
tibi diuitias acquirerem transegi. Maledicta
delicata obsonia, ac cibi conditi, quos tibi
dedi: quia tanto nunc pretio ea soluere cogor. Nonne melius mihi, & tibi fuisset, vt
cum simul agebamus vitã in bonis operibus
laborassemus, vt nunc perpetua frueremur
requie: quàm propter vmbram perituræ, ac
fugitiuæ voluptatis æternum tormentorum
põdus super nos modò portare? Veni, veni,
igitur, ô miserum corpus, atq; huic infelici
animæ consociare in tormentis, sicut in vita
mortali comes fuisti in delitijs: comitare illã
in malis suis, sicut illa te comitata est in bonis tuis (si bona dici queunt, quæ tantorum
malorum causa extiterunt) nunc tui vindictam ego sumã, cùm te videã fame perire,
propter tuã ingluuiem, miserrimã sustinere
paupertatẽ, propter tuas diuitias iniustè ac-
quisitas, malè partas, & peiùs consumptas:
cùm te, inquam, æternis cruciari ignibus videam, propter tuas turpes voluptates ac delitias. Mecum pœnas lue, sicut ego tecũ delitias habui, & ambo soluamus quod ambo
simul cõmisimus. Et sic tremens ac fremens
miserrima anima in miserũ intrabit corpus,
ex cuius consortio horrenda quædam sordi-
tas ac mœstitia resultabit, quę omnes quotquot viderint in stuporem, ac tremorẽ conuertant. Quarè se inuicẽ damnati odio habebunt, & abominabuntur, & qui se dum viuerent turpiter dilexerunt propter pulchrã
corporis speciẽ, tunc se immortali odio prosequentur, propter abominanda mala, quæ
in se inuicẽ videbunt. E contra verò maximum gaudiũ animæ beatæ erit ad corporis
sui consortium redire, quod sibi adiuuamẽ
præbuit ad æternum consequendum bonum.
Dulce corpus, dulcis comes, dicet ei, qui sic
mihi tuas operas dum simul in mortali statu
agebamus, præstitisti, intra modò mecum, vt
& gaudeas mecum perenniter, nũc videbis
multũ tibi miseriam tunc fecisse, cùm te ca-
stigabam, flagellabam, & feriebam, cùm à
te victum, vestitum, & somnum aliquando
auferebam, & ne post concupiscentias tuas
præceps

praeceps ire desinebam: quoniam sic te ad salutem bonum perduxi. Benedictae horae quas in Dei obsequium occupauimus, benedicta pecunia, atq; panis, quae in pauperum victum expendimus, quibus talé ac tam opulentam haereditaté, tam paruo pretio comparauimus. Intra ergo mecum, vt perfruaris mecù quod ambo simul meruimus. Cumq; felix anima corpus beati ingressa fuerit: tantus splendor ac claritas in corpus beati ex anima redúdabit, vt nec Sol, nec Luna, nec res aliqua corporalis quantumcunq; pulchra ei possit cóparari. Quod in Christi transfiguratione visum est. Tanta quippé claritas, ac pulchritudo, ex anima beata Christi in corpus apparuit, vt nunquàm ab illo gaudio vellet Petrus separari. Cù ergo omnes mortales in corpore & anima in campo illo coram Iudice apparuerint, tunc aperientur libri singulorum, & acta quae fecit vnusquisq;
Apoc. 20. manifesta erunt. Et Ioan. ait, se vidisse multos libros aperiri, & inter illos liber apertus est, qui dicebatur, Liber vitae, per qué omnes qui illic erant, iudicati sunt. Liber vitae mihi videtur esse cognitio ac intuitus superni illius Iudicis, quem cùm quilibet intuebitur, mox in sua propria conscientia videbit, quidquid contra Iudicé illum commiserit. Alij libri, Sancti qui ibi erunt, sunt, in quorum vita praui videbunt in quibus ipsi defecerint. Et cùm negare minimé poterunt mali quod tot testibus comprobatur, accusante propria cóscientia, pronunciabit Iudex pro tribunali sedendo terribilem illam sententiam, qua prauos omnes ad perpetuos damnabit ignes. Tunc furor, tunc tremor, tunc vlulatus miserrimi personabunt, quorum nullus in aeternù miserebitur. Heù me miserù, si talé ego aduersùm me audire debeo sententiam! Heù miserandi, ac infelices, qui talé contrà se sententiam audire merebùtur! Tunc ex illa parte, in qua erunt damnati, aperietur terra, & deglutiet omnes, post quos fulgura, tonitrua, & igneae lanceae descendent. Est ne verù hoc, illi veri Christiani credit in esse verum, an nó istud verum est, & nec minima quidé pars, eorum quae futura sunt, narrata sit vobis. Nam etsi fingeret etiā Phalaris, & omnium tyrannorū tormenta, & maiora mala excogitarentur adhùc, somnium esset totum collatum ad ipsam veritatem. Si ergò sic certum est, & infallibile hoc, quod potiùs coelum & terra transibùt, quàm iota vnù, aut vnus apex huius veritatis praeteriret, quid in hac vita oscitantes sic timemus? Quis torpor, quae insania, quae mentis inopia nos cepit? Quomodò nostri recordamur, & hunc diem in memoria retinemus? Quod maius negotiù excogitari potest, pro quo istius obliuiscamur? Sancti qui hunc dié semper ob oculos habebāt, nec comedebant, nec dormiebant, nec quidquam huius mundi curabant, semper se praesentes ante tā seueri Iudicis tribunal existimātes. Semper enim quasi tumentes super me fluctus timui Deù (ait Iob) Nam sicut in magna tem- Iob. 31.
pestate homines omnia, quae habent etiam simile.
pretiosissima in mare proijciunt, vt ipsi incolumes euadant: sic sancti hanc ignis tempestatem excogitantes (nam fluuius igneus, atq; rapidus à throno Dei procedit, vt Da- Dani. 7.
niel dicit) nihil huius mundi aestimabāt, sed omnia à se abdicabant, & in mare proijciebant, vt tantā euadere cladé valerent. Quid ergo faciemus viri fratres, nisi cum Dauid clamare, atq; dicere: In te Dñe speraui, non Psal. 30.
cófundar in aeternum: in iustitia tua libera me. Duobus titulis tuù est Regnù coelorum, ó bone Iesu: & quia filius es aeterni Patris, & ideò haereditario iure tibi debetur, & quia per passioné tuam illud etiam meruisti, nisi primo iure tuum iam omninò esset. Sit ergo Regnum coelorum tuum primo haereditario iure, & in me transfer secundum titulù tuae passionis, iustitiam scilicet, qua digna ac Regni coelestis meritoria opera mea facias. Namq; tam clara & aperta iustitia praeditus, spero me à tam tremenda sententia liberandum, quam contra malos proferre debes: & quod in me fauorabilis illa iustorù sententia proferetur, qua tecù in aeternum regné. Amen.

Videbunt Filium Hominis venientem in nu- Alia mo-
bibus coeli, cum virtute multa, & maiestate. ralitas su-
Vtinam, fratres mei, sermoné hunc ad vos pra Capi.
haberet homo, quem timor Dei, & [illegible] 31.
iudiciorum sic huic tremendae considerationi assuefactum haberet, vt cùm eam vobis praedicaret, tanto feruore diceret, vt vos illius etiam participes faceret. Tunc enim forté vobis vtilis talis esset sermonis materia. At nunc ego fratres, quid dicam? Qui secùdùm quod ex factis meis colligere possum, omnem timorem Dei à meo corde tam iam expulisse; nec vnquam horum iudiciorum recordor, nec in mea aliquando mente percurro, quòd aeternum tremendū illud diuini Iudicis tribunal praesentari debeam. Cùm ergo his nó sim assuefactus considerationibus, nec eas, vt oportet depingere, nec vestris agglutinare cordibus valeo. Bené quippe D. Aug.

D. Aug. D. Augustinus dixit, quòd hunc sermonem ille poterat rectè facere, qui se iam in talibus aliquando vidisset angustijs, si fortè quisquam antè tremendum illud Dei tribunal stetit, & expertus est quanta seueritate ac rigore omnium operū, cogitationum, ac verborum rationem exigat Deus, & ille postea Dei voluntate ad nos rediret. Ille quidem posset terribilem illū diem ad proprium depingere, ostendens quanta cura ac diligentia omnes actus nostri, verba, ac cogitatus in libro descripta sint: quamq; exacta ab omnibus illis exigatur ratio, quæ si per pœnitentiæ opera hic non sunt deleta, illic summo cum rigore vindicabuntur: ille, inquā, qui id experientia nouit, solus posset hunc nobis ostendere diem, quamque terribile sit ante tribunal tanti iudicis apparere. Ego tamē sic me in hoc geram, non quasi ille qui iam in cornibus tauri (vt in prouerbio dicitur) se vidit, nec quasi ille qui à maxima tempestate liberatus est. Ij enim sic miserè & lamentabiliter sic propriè rem ipsam referunt, ac si adhùc in ipso periculo constituti essent: non ita, inquam, me habebo (quoniam nec re, nec cogitatione in hoc me periculo vidi) sed ero sicut ille qui refert ea quæ nec vidit, nec expertus est, sed quæ audiuit ab alio, & imperfectè ea mente percepit. Quare & balbutiendo, & tepidè refert, nec alios, nec se magnitudine rei mouere valet: ita in ore meo iudicium hoc sic aliud, ac diuersum ab eo quod erit, videbitur, quantum differt res picta ab ea quæ vera est. Verum est, quòd veritas huius mysterij tantam secum affert vim, vt à quocunque prædicetur, horrorem ac tremorem in audientibus generet. Quoniam ipsa veritas hæc secum affert, nisi omninò à cordibus nostris omnem Dei, ac iudiciorum eius timorem exulare iam fecimus. Igitur præsentis sermonis hic erit scopus, ob oculos vobis hunc tremendum diem repræsentare, maiestatem, authoritatem, ac comitatum iudicis, prout Deus dederit, vobis depingere, nostrorum operum rationē, quam ibi reddere debemus, diffinitiuasq; sententias, quæ tunc tàm bonis, quàm malis intimari debent, breuissimo sermone perstringere. Cæterùm quoniam iudex in illo die, Christus Dominus debet esse in quantum homo; secundùm illud Ioan. 5. Potestatem dedit ei iudicium facere, quia filius hominis est: ideò hanc vnam rationē inter alias, quæ de hoc iudicio referri solēt, vobis nūc ostendere volo, quarè hoc vniuersale iudiciū debeat celebrari, quæ maximè ad authoritatē iudicis attinet, & cuius rarò memoria fieri solet quæ talis est. Oportet maximè, vt hoc iudicium publicum ac vniuersale sit, in quo omnes, & Angeli, & homines intersint, quatenùs corā omnibus detur filio suo Iesu Christo honor, authoritas ac maiestas, quam propter suam in Patrem, vsq; ad mortem obedientiam iure optimo meruit, & vt honor ille quē in mundo inimici eius ab eo tollere conati sunt, corā ipsis & alijs illi restituatur videntibus & dolentibus illis. Attendite obsecro, fratres mei: quoniam res hæc authoritatem nostri capitis tangit. Placuit Deo Patri sic sapientiæ suæ opera in Christo homine ostendere, vt in illo videatur omnes cœli thesauros posuisse: tot in eo dona cœlestia accumulauit. Quod Paul. his Colos. 2. verbis dixit: In quo sunt omnes thesauri sapientiæ, & scientiæ Dei abscōditi. His tantis donis sic Filius homo gratus exhibit, vt in nulla omninò re à Patris volūtate declinauerit: ita quòd de illo multò meliùs, quàm de Dauide dixerit Dñs: Inueni virū secun- Acto. 13. dùm cor meū. Sicut & ipse Pater non semel fassus est, cū proprii voce dixit: Hic est Filius Matth. 3. meus dilectus, in quo mihi benè complacui. Opus nostræ redemptionis, quod dedit ei Pater vt faceret, consummauit: Regnū electorum ipsi Deo Patri acquisiuit (quod obsequium maximè æstimauit Pater) & hoc totum suis expēsis fecit Christus: quoniam vitam & sanguinē, vt hæc expleret, expendit. Cæterùm homines parui eius personam fecerunt, quod plenum flagellis, sputis, alapis, ludibrijs, & opprobrijs saturarunt, spinis obsitum, clauis in Cruce inter duo nequam confixerunt illum. Hic autem contemptus filij Dei vsq; in finem mundi durabit. Nam etsi Pater iam illū ad se recepit, & ad dexterā suam collocauit: tamē inimici sui qui nō pauci sunt, adhuc in sua duritia permanent, & pmanebūt, & minor pars orbis illū tāquā verum Regē Messiam, ac caput suscepit. Infideles quippè, pagani, ac hæretici, non illi honorē filij Dei tribuunt: alij omninò negantes eum, alij mendaciter illū [illegible], nec illū tanquam [illegible] Iudicē [illegible]. Imò inter ipsos fideles quàmplurimos inuenies, qui eum prorsus, blasphement, ludibrio habeāt, verbis quidē confitentes illū, sed factis omninò negātes. Ergo eius honori conueniebat, vt Pater decerneret diem, in quo omnes, siue inuiti, siue spontanei illum

verum

verum Filiũ Dei, ac omnium iudicẽ agnoscerent. *Philip. 2.* Paulus ad Philip. 2. ait: Humiliauit semetipsum Dñs noster Iesus Christus factus obediens vsq; ad mortẽ, mortem autẽ Crucis: propter quod & Deus exaltauit illum, & dedit illi nomẽ quod est super omne nomen: vt in nomine Iesu omne genu flectatur cœlestiũ, terrestrium, & infernorũ: & omnis lingua confiteatur, quia Dñs Iesus in gloria est Dei Patris. Nunc autem nõ videmus hãc Christi exaltationem adimpletam, nondum de hostibus suis triumphauit: non enim adorant eum omnes Gentes, cùm multi sint qui nõ agnoscant illum, quemadmodùm & ipse Apostolus dicit ad Hebr. 2. *Hebr. 2.* Nam cùm adduceret illud Psalm. 8. qui de Christo loquitur, vbi dicit Regius Propheta: Omnia subiecisti sub pedibus eius. Subinfert Paul. Nunc autem nõ omnia videmus subiecta ei. *1. Cor. 15.* Sed 1. Cor. 15. ait, hoc in die iudicij adimplendũ. Cùm tradiderit Regnum Deo & Patri (ait) cùm euacuauerit omnem principatum & potestatẽ. Oportet autem eum regnare, donec ponat omnes inimicos suos, scabellũ pedum eius: omnia enim subiecit sub pedibus eius. Cùm autem omnia subiecta erunt ei, præter eum qui subiecit ei omnia: tunc & ipse Filius subiectus erit Patri, vt sit Deus omnia in omnibus. Hoc est dicere: Vultis scire quando erunt ei omnia subiecta: tunc scilicet, quando Regnum electorum Patri tradiderit, & numerum integrum illorum corã eo præsentauerit, dicens illud Esaiæ: *Psal. 8.* Ecce ego, & pueri mei, quos dedisti mihi. Cùm euacuauerit omnẽ principatum & potestatem, hoc est, cùm mundi potentatus destruxerit, qui aduersus illum insurgere nitebãtur, cùm iam inimicos sub pedibus victos habuerit, quod erit in vltimo die: tunc omnia erũt ei subiecta, præter Patrem, qui subiecit ei omnia. Cùm autẽ subiecta ei fuerint omnia: tũc & ipse in quantũ homo erit Patri subiect⁹, vt sit Deus omnia in omnibus, id est, vt regnet ipse Deus, tàm in cœlo, quàm in inferno. Ecce quomodò Paulus docet, quòd in illo die hic honor deferetur Christo homini, vt omnia ei subijciãtur simul cum hostib⁹ suis. *Dani. 7.* Vnde & Dani. 7. dicitur: Aspiciebã in visione noctis, & ecce cũ nubibus cœli quasi filius hominis veniebat, & vsq; ad antiquũ dierũ peruenit, & dedit ei potestatẽ & honorẽ, & Regnũ, & omnes populi, tribus, & linguæ ipsi seruient. Potestas eius, potestas æterna, quæ nõ auferetur: & Regnũ eius quod nõ corrũpetur. Optimè

hæc Danielis prophetia, de hoc vltimo die intelligi potest, quãdo Filius hominis Christus veniet in nubibus cœli, cum potestate magna & maiestate, & tradet Patri Regnũ electorũ integrum: quod sic placebit Patri, quòd dabit illi honorẽ & gloriã, sic vt omnes tàm cœlestium, quàm infernorũ illi subditi sint, & de inimicis suis tanquàm Iudex vindictã sumet, & Regnũ eius in æternum maneat, & potestas eius sit æterna, & Regnũ nulli corruptioni pateat. Vnde ipse Filius *Ioan. 17.* dixit Patri: Ego te clarificaui super terram, opus cõsummaui, quod dedisti mihi vt facerẽ. Clarifica ergo me tu, Pater, claritate quã habui priusquã mũdus fieret apud te. Vbi petit hanc notitiã suæ diuinitatis omnibus innotescere in die iudicij, quod quidẽ sua ipse meruit passione. Verũ locus vbi hoc clariùs & diuiniùs exprimitur, credo quòd sit in Psal. *Psal. 109.* 109. qui ad literã loquitur de honore, quem Pater filio suo Christo homini tribuit: quinimò & Christus ipse Dñs ad probandam suã authoritatẽ illum inimicis allegauit, vt per illum eorũ confunderet incredulitatem. Nam suprà c. 22. interrogauit Pharisæos, dicens: Quid vobis videtur de Christo? Cuius Filius est? Cũq; illi respõdissent, Dauid: ait eis: Quomodò ergo Dauid in spiritu vocat eum Dñm, dicens: Dixit Dñs Dño meo, sede à dextris meis: donec ponam inimicos tuos scabellum pedum tuorũ? Si ergo Dñm eum vocat, quomodò filius eius est? In hoc quippè ostẽditur authoritas Christi, qui etsi secundùm carnẽ est Filius Dauidis, secundùm diuinitatẽ est Dñs eius: imò secundùm quòd homo Iudex ac superior ei. Sede à dextris meis. Collocauit eum Pater in meliori loco: tribuit ei optima dona cœlorũ. Cui enĩ *Hebr. 1.* aliquando Angelorum dixit: Sede à dextris meis, donec ponã inimicos tuos scabellum pedũ tuorũ? Ac si diceret: His fruere bonis, hunc accipe honorẽ, quem modò tibi, ô dilecte Fili, cõcedo: exinde enim cõsequeris vindictã inimicorũ tuorũ, quos sub pedibus tuis ponã. Hoc accipe modò: nam post hoc & vindictã tibi inimicorũ tuorũ dabo, quos sub pedibus tuis ponã. Virgam virtutis tuæ emittet Dñs ex Sion: dominare in medio inimicorũ tuorũ. Hæc virga fuit humanitas Christi, qua tanquã instrumẽto vsa est diuinitas ad tot mirabilia facienda: sicut Moyses *Exod. 7.* cum virga aquas conuertit in sanguinẽ; sic humanitatẽ suam cõuertet in sanguinẽ: per quem tanquã per mare Rubrũ eduxit suos de Ægypto. Hac ergo die hanc virgã è cœlo

emittit

emisit Dñs, vt domineris in medio inimicorū tuorū. In medio quippe astis stabit Iudex tui & hostes sui, velint nolint, illum in sua maiestate videāt, & adimpleatur illud propheticum. Videbunt in quem pupugerunt.
Zach. 12. Ibidem. 3. Vidit Zacharias Propheta Sacerdotē magnum Iesum, sordidis indutum vestibus, ac contēptibilibus: praecepitq; Deus, vt sibi illis vestimentis exueretur, & duplicibus indueretur, cidarimq; poneret in capite eius. Et quāuis hoc in die resurrectionis Christi in illo adimpletum est, quando finitis laboribus, ac luctibus sanctissima eius caro immortalitate induta est: cidaris tamē siue corona quae dominium super omnes significat, hoc die coram omnibus capiti eius imponetur: quando potestatem illam, quam semper super omnes habuit, exercet, & comitia omnium hominum fiunt, vt omnes suam inuocantur potestatem, ac gloriam. Illic omnes inimici sui, qui eum dum viueret contempserunt, stabunt videntes gloriam ac magnitudinē eius. Illic stabit Iudas nouae proditionis inuentor, omniū proditorū dux & antesignanus, & vel inuitus videbit illū quē ipse tā paruifecit, iratū ac terribilē aduersū eū. Nam quia misericordiam tantam tunc neglexit, sentiat tūc sententiam iustitiae eius. Illic & iniustissimus Pilatus apparebit, qui, sub suo tribunali iudicauit Christum, nunc ab illo iustiùs ac rectiùs iudicabitur, vt
Iob. 36. adimpleatur illud Iob. vbi dicit: Causa tua quasi impij iudicata est, causam, iudiciumq; recipies. Illic & stabūt omnes qui illū blasphemauerunt, accusauerunt, manusq; suas sacrilegas in illū iniecerūt, iratum vultum, ac seuerum intuebūtur illius, quem illi tanquam nihil aestimauerūt. Videbunt ergo in quem confixerunt, vel cui insultauerunt, vt legūt Septuaginta. Illic & tyranni assistent, qui nomē suum persequuti sunt, fundentes sanguinē eorū, qui illum confitebantur. Illic & haeretici qui Euangelium suū falsis dogmatibus peruerterūt. Illic & mali Christiani adstabunt, qui Sacramēta sua contēpserūt, & indignè sumēter: deniq; tunc omnes hostes sui sub pedibus eius iacebunt, & ipse eos sua iustitia cōculcabit, & irridebit iuxtà
Psal. 2. illud Psal. 2. Qui habitat in caelis, irridebit eos, & Dñs subsannabit eos. Nam sicut illi irridebant eum dum viueret: nunc commutata sorte ipse irridebit eos. Illi quidē subsannando portabunt tormēta: Christus autem ridens, ac subsannans eos puniet. Pessimus Christianus qui verba sacra concionatorū contemnit, eorumq; ac admonitiones irridet, tunc à Domino & ipse irridebitur, quia sanctis monitis nō est ad meliorem frugem conuersus.
Vnde Prouerb. 1. dicit Deus: Despexistis Prouerb. 1.
omne consilium meū, & increpationes meas despexistis. Ego quoq; in interitu vestro ridebo, & subsannabo, cùm vobis id quod timebatis aduenerit. Irridebit & subsannabit eos: quia à suis machinationibus frustrati sunt. Machinatus est diabolus, machinati sunt haeretici, infideles, ac peccatores contra Christum mille fraudes, vt sua nō adimpleretur intentio: & tamen nihil profecerunt. Nam quidquid Deus voluit, adimpletū est, & numerus electorum completus: ita vt nec vnū iota defuit ex omnibus quae Deus decreuerat facienda. Quia ergo tam diabolus, quàm eius satellites à suis machinationibus frustrati sunt: tunc qui habitat in caelis irridebit eos, & Dominus subsannabit eos, *Darles ha la vaya*, sicut irridetur is qui coepit aedificare, & nō potuit consummare, vt Dominus per Lucam dicit. Dominus autē irri- Luc. 14.
debit eū: quoniam prospicit quòd veniat Psal. 36.
dies eius, hoc est, quotidie Deus irridet peccatorem, nam cras incidet in manus illius. Ecce optimā rationem, cur dies ille futurus sit, vt honor Christo Dño reddatur, quem pessimi homines, dum viueret, ab illo abstulerant, & omnis lingua cōfiteatur, quia Dominus Iesus in gloria est Dei Patris. Quam in nocte suae passionis hoc illis in memoriā
adduxit, cùm omnibus congregatis contra Matth. 26
se Pharisaeis dixit: Amodò videbitis filiū hominis venientem in nubibus caeli. Id est enim quod hodie etiam dicit cum potestate & maiestate, quando Dominus daturus est filio inimicos suos in manus, & adimplebitur illud: Sciens quia omnia ei tradidit Pa- Ioan. 13.
ter in manus suas. Et illud: Vt tradas eos in
manus suas. Quēadmodùm cùm in inimico Psal. 10.
tuo minaris, dicis ei: Aliquando incides in manus meas. Hac ergo die mali incident in
manus Christi Iudicis, de quibus Paulus di- Hebr. 10.
cit. Horrendum est incidere in manus Dei Ezech. 18.
viuentis, quae grauiores sunt quàm manus Moysi. Caeterum vt honor hic quem Pater in die illa filio suo dabit, magis elucescat, veniet Iudex tanta cū maiestate, vt omnes qui eum viderint obstupescant. Postquam omnes ad vocem Archangeli, & ad sonitum tubae ex sepulchris resurrexerint, & animae simul & corpora omnium hominū, nemine dempto, cum Iudice in valle Iosaphat steterint, veniet Iudex cum vexillo Crucis suo sanguine

sanguine rubricato: & fortè insignia passionis Christi ex eo pendebant, corona, claui, lancea, flagella, quæ velut gemmæ apparebunt inclusę in rubicūdo pyropo, qualis erit Crux. Quòd si insignia passionis Christi ibi non apparebunt, id negari non potest, Crucem ipsam ibi venturam omnibus carbunculis rubicundiorem, quam Angeli summo cum honore ac reuerentia tunc adducent, quam fortè vsque in illum diem miraculosè conseruabit Dominus, in memoriam tanti triumphi, quem in ipsa consequutus est Dominus. Quinimò & in monumentum iustitiæ Dei, quæ talis ac tanta in Cruce Christi splenduit. Nam si gladius ille cum quo Dauid amputauit caput illius Gigantis Goliath summa cum veneratione in templo seruabatur post Ephod pannis inuolutus, inter vestes sacerdotales habebatur in memoriam magnæ illius victoriæ, quam puer Dauid ex illo Gigante retulit: cur non Crux Christi, cum qua Dominus Iesus filius Dauid, cū iuuenis triginta trium annorum esset, caput serpentis tulit, & diabolum ac Satanā omnium potentissimum iugulauit, cuius potestati nulla in terra est similis: cur, inquā gladius hic, qui est Crux Christi, non seruabitur in illum diem in cælestibus, inter Angelos, ac cæteros Sanctos, qui sub tali vexillo militantes triumphi palmam adepti sunt? Quarè præter Angelorum comitatum, qui eam adducet, existimo ego aliquos etiam Sanctos illam comitaturos, inter quos decem millia martyrum venient, qui Crucis supplicium pertulerunt, comitantes velut fidelissimi milites sui Imperatoris vexillum, sub quo & ipsi militarunt, & stipendium ac palmā adepti sunt. Cùm ergo iusti viderint signum Crucis in aëre, gaudebunt maximè, exultabunt, ac gestient, videntes signum sub quo ipsi triumphauerunt, & per quod à peccato, & inferno liberati sunt. Malis verò causa mœstitiæ ac doloris erit, videntes virgam diuinæ iustitiæ, & tribunal iudicij sui. Vellent quidem super altissimū illam cedrum ascendere, vt ibi ab ira, & diluuio tormentorum protegerentur, sed non illis (heū miseros) concedetur. Optarent vtique, vt illis permitteretur ingredi in illam arcam capaciorem, quàm fuit illa Noe, vt ibi à fluuio igneo liberarentur: sed minimè id consequentur. Multi quidem voluerunt arcam Noe ingredi, sed non illis permissum fuit: solæ octo animæ ibi saluatæ sunt: nam iusti duntaxat qui pauperiores sunt, per Crucis Christi mysterium salutem consequuntur. Ipsi soli super ramos huius arboris subleuati, à fluuio ignis qui mundum conflagrabit, & malos torquebit, liberabuntur. Vidit Nabuchodonosor apud Danielem proceram arborem, cuius culmen attingebat cœlum, in cuius ramis aues cœli nidificabant, sub cuius vmbra animalia terræ requiescebant. Hęc est arbor Crucis, in cuius ramis soli iusti, qui sunt aues cœli, nidificant & proteguntur. Inter spinas illas, ac clauos, qui flores sunt suauissimi, sibi nidum parant. Mali verò sub vmbra illius proteguntur: nam adhuc aliqua vmbra misericordiæ illis ostenderetur: eò quòd non punit eos Dominus quantum poterat: nam semper Deus punit citra condignum: potuit enim acerbiores pœnas ad punitionem malorum decernere, quam quas ordinauit. Non ergo in ramis eius, sed sub aliquantula vmbra (in sensu quo diximus) requiescent. Verùm hæc requies nihil pœnarum, quas modò patiuntur, auferet. Sicut ergo vexillum præcedere solet Ducem, & est signum ipsius aduentus: sic signum Crucis aduentum Iudicis præmunitiabit. *Tunc videbunt filium hominis venientem in nubibus cœli cum potestate magna, & maiestate.* Vel cum virtute multa, & maiestate. Veniet ergo Iudex sedens in nube cœli, omnibus cælestibus choris ac hierarchijs, suo ordine comitantibus illum. Propè Iudicem beatissima Mater eius veniet, quæ olim fuerat peccatorum aduocata, nunc in iram conuersa aduersùs illos descendet. Deinde duodecim Apostoli in duodecim thronis sedentes, qui fortè etiam erunt ex nubibus celi, vt verum fiat quod Angeli in die Ascensionis eius discipulis dixerant, Quemadmodum vidistis eum ascendentem in cœlum, sic veniet. Et nubes suscepit eum ab oculis eorum. Vel veniet in nube omnibus conspicuus, vt eorum errorem damnaret, qui dicebant. Nubes latibulum eius, iuxta cardines cœli perambulat, nec nostra considerat. In nubibus ergo, vbi tu stultè cogitabas latere ipsum, nec te videre, ibi ad iudicandum te veniet. Ipse quidem dixerat: Arcum meum ponam in nubibus cœli, quod sit signum fœderis, inter me & hominem. Sed hoc debebat intelligi hac cōditione, vt homines illa vindicta prima corrigerentur, & videntes arcum in nubibus recordarentur Deum habere vim, ac po-

1. Reg. 21. — Dan. 4. — Act. 1. — Iob. 22. — Genes. 9.

ac potestatem castigandi peccatores, iuxta illud Prophetæ, *Psal. 63.* Dedisti metuentibus te significationem, vt fugiant à facie arcus. E cœlo nobis innuit Deus cùm arcum posuit in nubibus, vt fugiamus à facie arcus iræ suæ, Vt in prima punitione, quæ facta fuit per aquam exemplum sumamus, ne incidamus in secundam quæ debet fieri per ignem. Sed quoniam praui homines, ac peccatores illa prima vindicta non sunt correcti, quinimo, & iustitiam Dei contempserant; ideò arcus ille iustitiæ Dei, qui est Christus, iudex veniet in nubibus cœli, in signum vindictæ, peccatoribus, qui per arcum pacis neglexerant corrigi, atque ex se emittet sagittam acutam, atque potentem; quæ erit sententia illa quam contra malos proferet, quæ corda illorum transfiget, cum in inferno eos in æternum expellet. Nubes etiam in quibus veniet id efficient, vt radios, ac splendores Christi iudicis temperent, vt praui etiam illum videre possint, aliàs oculos eorum lux Christi, sic obtenebraret, vt in eum intendere nequirent. Quæ ira, quis dolor, quæ confusio, quanta rabies malos apprehendet, cùm videant illum iudicem suum esse, quem ipsi floccipenderant, blasphemauerant, illuserant, ac mille opprobrijs affecerunt. Videbunt, inquit, in quem confixerunt. *Zach. 12.* Cùm videant aperta vulnera illa in corpore Christi, in quibus protegi potuerant, & noluerant. Cùm videant propè illum Apostolum eius Thomam mittentem manum in latus eius, quasi innuens, quòd ibi poterat ingredi homo, & quòd apertura illa illum capere posset, si ipse homo vellet intrare: & tamen ipsi id neglexerant; iusti verò quasi veræ columbæ nidum suum In his foraminibus constituerant, quibus Spiritus sanctus in Canticis dixerat; *Cant. 2.* Columba mea in foraminibus petræ, in caberna maceriæ: & ideò hij videntes vulnera Christi in eius corpore glorioso, maximo afficientur gaudio: quia vident nidos, vbi ipsi à rapacibus auibus protecti sunt, à dæmonibus, scilicet, quorum vngues præacutos vident, ad dilaceranda, rapienda & torquenda damnatorum corpora, & animas. O quantum ibi bona opera valebunt, quæ sunt testes qui nos coram iudice defendere possunt, *Testigos de abono*. Væ væ væ, illis qui hæc negligunt verba, quæ hic diximus, nec in suis cordibus ea imprimunt, sculpunt atque figunt, vel illicò obliuioni tradunt, nec recordantur iudiciorum Dei: nam tunc sic reperient iudicem, & eos quos tanquam patronos habebant, cõtra se durissimè conuersos. Et hoc erit, vt supra insinuauimus, obscurari Solem, Lunam, atque stellas: quoniam Sol iustitiæ Christus Deus noster conuertetur tunc in tenebras, in horrorem, pauorem, & seueritatem contra malos. Tunc non faciem hominis, aut agni in ipso videbunt, sed faciem leonis quam in illum vltimum diem reseruauerat, contra se dura minantem inuenient. Ideò quippè dies ille vocatur dies vultus Domini: quoniam tunc iram suam contra malos, & amorem suum erga bonos in vultu suo ostendet. Nam & Iacob in vultu agnouit iram, quã *Gen. 31.* socer suus Laban iam contra ipsum conceperat. Sic enim, & ipse suis vxoribus dixit: Video faciem patris vestri, quod non sit mecum sicut heri & nudiustertius. Sic furorem suum contra malos, in vultu ostendet Dominus in illa die. Vnde Psalm. 20. dicitur; Pones eos, vt clibanum ignis in tempore vultus tui (hoc est, *Psal. 20.* in die iudicij) Dominus in ira sua conturbabit eos, & deuorabit eos ignis. Et *Psal. 79.* alibi. Ab increpatione vultus tui peribunt. Hoc est, facies iudicis irati malos in infernum protulit. Econtrario verò boni, ac electi sua præsentia delectabuntur, secundùm illud Psalmi. Lætificabis eos in gaudio, cum vultu tuo. *Psal. 20.* Et Prouerbior. 16. In *Prouer. 16.* hilaritate vultus regis vita. & clementia eius, vt imber serotinus. Idë de Virgine quæ est luna, & alijs sanctis quæ stellæ dicuntur, poteris dicere: Omnes quippè conformes stabunt, atque vnanimiter sigillabunt sententiam iudicis, secundùm illud Psalmi. *Psal. 140.* Absorti sunt iuncti petræ (idest Christo) iudices eorum. Itaque omnis misericordia Patris misericordiarum, & Filij, & beatæ Virginis, & Sanctorum; conuertetur tunc in iram, & in furorem contra peccatores, iuxtà illam Apostoli Iacobi sententiam: *Iacob. 2.* Iudicium sine misericordia, ei qui non fecit misericordiam. Et illud Iob. *Iob. 24.* Obliuiscantur eius viri misericordes; & nemo eius recordetur amplius. Aperientur ergo libri, & omnium apparebunt defectus. Hi libri (vult Diuus Augustinus, *August.* illo.

lib. 20. cap. 14. de ciuitat. Dei, quòd fit quædam vis diuina, qua fiet, vt operà cuiuscunque ipsi manifestentur, & coram oculis suis apponantur: quâ vi, ac si librum corâ se haberet, legat, velit nolit, quidquid fecit, quidquid cogitauit, quidquid toto tempore vitæ suæ loquutus est. Qua veritate conuictus sua propria conscientia intelligat quâ iustè condemnetur à iudice. Tunc aperiet iudex os suum, & voce sua tanquam tonitrui magni, & tanquam aquarum multarum his qui à dextris fuerunt, dicet. Venite benedicti Patris mei, percipite Regnum quod paratum est vobis à Patre meo ab origine mundi. Beatæ aures quæ talem audient vocem, & opera quæ tantum bonum meruerunt. O vox suauis, ô vox amabilis, ô vox tali dicente digna. Benè de te dixit Sponsa, ô animarum sanctarum Sponse,
Cant. 4. quod essent fauus distillans labia tua, quæ bonis stillabant dulcedinem. Hæc vox erat quam desiderabat audire Sponsa, cùm dicebat: Sonet vox tua in auribus meis, vox
Cant. 2. enim tua dulcis. Et hoc osculum illud quod in amorem magnum prorumpens postulabat dicens: Osculetur me osculo oris sui.
Cant. 1. E regione verò contra malos conuersus terribilem intonabit vocem, qua & inferna ipsa miserè tremere faciet, ac dicet: Ite male-
Matt. 25. dicti in ignem æternum, qui paratus est diabolo, & angelis eius. O tremenda vox, horribiliterque à iudice prolata, qua stridentes dentibus suis conterentur iniqui.
Apoc. 7. Ioann. Apocalyp. 7. vidi illum habentem oculos tanquam flāmam ignis, & vox eius tanquam aquarum multarum, & quòd ex ore eius egrediebatur gladius ex vtraque parte acutus. Sic ipsum reprobi visuri sunt. Nam ex oculis eius igneæ scintillæ videbuntur exire, quæ illos miserabiliter exurant. Tantus erit furor iudicis, quòd oculi eius ignem scintillabant. Vox eius tanquam aquarum multarum; tanquam cum mare rugit, cùm intumescit procellis, tunc enim omnes pauore concutit. Vox tempestatis, vox iræ, vox furoris, atque rabiei aduersus impios tunc personabit. Et in ore eius gladius biceps: quoniam hæc sententia corpus & animam reproborum feriet, atque in perpetuum vulnerabit. Tunc terra dehiscet, & ignis ille qui purgauerat orbem, in globum quendam conglomeratus, tanquam cohors militum expectabit sententiam iudicis. Qua prolata, magno impetu damnatos inuoluet, atque vsque ad nubes eleuabit flammas, sicque illos ineternum in æternum comburebitur flammas: à quibus suos fideles Deus optimus maximus eripiat. Amen.

Nunc soluta oratione quædam directiva notatu digna, quæ fortè ordinem concionum attendenti apparere visa sunt. Primò
Alia in ratione circa idem obserua, quòd quemadmodum quando Eliseus exploratores quos Rex Syriæ mi-
4. Reg. 6. sit, percussit cæcitate, nec intellexerunt quò ibant, quousque apertis diuinitus oculis viderunt se in medio inimicorum in Samaria esse: sic modò mali homines quasi percussi cæcitate ambulant, nec intelligunt quò peccata sua illos ducant, vsque dum finita vita in illa die apertis oculis intelligent se in medio hostium suorum esse. Item Iacob dissimulabit peccatum Ru-
Gen. 49. ben filij sui, qui polluit cubile patris sui: tamen in hora mortis maledixit illi. Sic Deus in hac vita dissimulat peccata hominum: cæterum post mortem in iudicio, tam vniuersali, quàm particulari maledicet illis dicens: Ite maledicti, &c. Item aduerte,
Simile. quòd quando infirmus incipit ægrotare, inquietudinem incipit sentire, verùm si morbus mortalis est, quantò propinquior morti, tantò maiores angustias sentit. Sic mundus, etsi semper bellis, pestibus, & inquietudinibus agitetur: tamen quantò plus fini appropinquat, tantò plus nouitatibus, signis ac inquietudinibus, & terroribus vrgebitur, *mayores son las baseas* Sicut domus quæ interruptionibus quibusdam cadere incipit, maiorem strepitum quando cadit dat. Vi-
Gregorius. de Gregor. 2. Moral. cap. 16. Si Adam timuit & fugit à facie Domini & abscondit se, quando illum vocabat, vt misericordiam faceret cum illo, quid faciet cùm illum ad iudicium, & vindictam vocauerit? Item Propheta ait de malis. Abutere eis in die occisionis. Abuti est, quando quis vtitur re non ad quod destinata est, sed ad contrarium. Deus homines ad vitam æternam destinauit, & vt essent beati creati sunt: & quoniam mali in miseriam debent abire, quasi abvtitur eis Deus, quoniam ad aliam rem à primæua sua conditione omnino alienam eos mittit, nempe ad miseriam, cùm ipsi ad felicitatem conditi sint. Obserua, quòd dies iudicij dicitur dies iræ: quia licet tunc diuina misericordia in electis maximè apparebit, similiter denominatio à maiori

parte.

parte, non à misericordia: quoniam plures erant
qui damnabantur, & quia tempus huius seculi, potissimè post Christi aduentum, misericordiæ destinatum est; ac proinde necessa
rium erat, vt iustitiæ suæ quoq; dies statue-
Esai. 61. retur, iuxta illud Esai. 61. Vt prædicarē annum placabilem Domino, & diem vltionis
Deo nostro. Nam post aduentum misericor
Sophon. 1. diæ, debet sequi dies iustitiæ. Et Sophon. 1.
Vocatur dies magnus, quoniam illi nō suc-
cessit nox: sed in æternū est duraturus. Vn-
Zach. vlt. de Zachariæ vlt. dicitur: Et in tēpore vesperi erit lux, id est, nunquā finietur. Quando videbatur finiri per vesperam, oriri incipit. Tunc autem reddet Deus vnicuiq; iux-
Rom. 2. ta opera sua, vt dicitur Rom. 2. hoc est, non
secundùm maiorum stemmata, nec secundū
scientiæ altitudinem, aut venustatem lo-
quelæ: sed secundùm propria cuiusq; meri-
Origenes. ta. Vnde Origenes colligit, fidem sine operi
bus non sufficere. Docet autem, quòd nam
Matt. 26. sit bonū opus, ex illo Matt. 26. quod de sancta muliere dictum est, quæ fudit vnguentū
super caput Domini, bonum enim opus, ait,
operata est in me. Qui ergo super verbum
fidei effuderit charitatem, & misericordiæ
opera, is bonum opus operatur, & odore bonæ famæ reficiet Ecclesiam. Ex quo etiam
colligitur, nullam tunc habendam esse rationem personarum, sed meritorum duntaxat. Nō enim est apud Deum acceptio personarum. Nam nunc quantum ad huius secu
li vindictas, ac correctiones, aliquo modo videtur quòd Deus respiciat personas; quo-
Num. 12. niam Num. 12. cùm commune peccatum murmurationis cōtra Moysen, Aaron, & Maria
cōmisissent; sola illa lepra percussa est. Aa-
roni autem pepercit Deus, propter sacerdo
tij dignitatem, vt omnes dicunt. Ideò quip-
Sap. 12. pe de eo dicitur Sapien. 12. Cum tranquillitate iudicas nos & cum magna reuerentia
gubernas. Tunc autem in die iudicij nullus
Esai. 33. talis respectus erit. Sic enim dicitur Esai. 33.
Proiecit ciuitates, nō reputauit homines. Ac
si diceret. Iam humana politia finita est: nō
oportet iam hominum qualitates respicere. Quod etiam pertinet ad maiestatem iudicis, in cuius cōspectu omnis humana dignitas euanescit. Non reuerebitur magnitudinem cuiusquam: quia pusillum & magnum
Sapien. 6. ipse fecit, vt dicitur Sapien. 6. Sicut magnates Regni qui in proprijs locis honorantur:
coram Regia maiestate, sicut alij assistunt.
Apoc. 20. Vnde Apocalyp. 20. dicitur: Vidi mortuos
pusillos, & magnos stantes ante thronum.

1. Petr. 1. Et hac consideratione beatus Petrus colligit, quòd si patrem vocamus eum qui sine
acceptione personarum iudicat: in timore
nostri temporis cum timore conuersemur.
Erit autem sic rectum iudicium, quod ea tantum ab vnoquoque iudicandorum exigen-
tur, ad quæ tenebantur ex legis professione. Qui solum erant sub lege naturæ, non
erunt rei trāsgressionis legis scriptæ: ij qui
legem veterem vel nouam fuerint professi,
iudicium erit secundùm easdem leges. Sic
Rom. 2. enim, ait Paulus Rom. 2. Qui in lege pecca-
Simile. uerunt, per legem iudicabuntur. Alia ratio
rectitudinis iudicij erit bonitas iudicis, in
quo nulla poterit cadere iniustitia. Debet
enim iudex innocens esse. Nam sicut oportet motorem primum liberum esse ab omni
motu: alioquin non esset primus in genere
mouentium, si ipse quoque moueretur: ita
supremus iudex ab omni prorsus iniquitate
immunis esse debet. Nā si esset iniustus, alius
superior iudex esset necessarius, à quo eius iniustitia corrigeretur. Vnde de Christo dicit,
quòd iudicabit orbem terræ in iustitia. Et
Rom. 3. hac ratione probat Paulus Roman. 3. quòd
Deus non sit iniustus, cùm dicit: Ergo iniustus est Deus qui infert iram. Absit. Alioquin quomodo iudicabit Deus hunc mundum? Id est quomodò posset esse iudex, si ip
se esset iniustus. Huius integritatem iudicis
in ferenda sentētia significabat thronus mag
nus, & candidus, quē Ioannes vidit in Apo
calypsi. Nam per candorem puritatem ab
Daniel. 7. omni vitio intelligi voluit. Et Daniel. 7. vidit eundem thronum tanquam flammas ig-
nis, & rotæ eius ignis accensus. De hoc iu-
Esai. 11. dice Esai. 11. scribitur, quòd erit iustitia cingulum lumborum eius. Nam per cingu-
lum defluentia vestimenta coaptantur,
& constringuntur: sic superabundans bonitas diuina, cùm iudicaturus est orbem
terræ in æquitate; quodammodò constringitur. Superabundabat enim bonitas, ac
misericordia Dei, & quasi superfluens hic
illicque diffundebatur; tunc autem iustitia
videbitur quòd restringat illam, colligat,
atque coaptet, vt det locum iustitiæ diuinę,
quia tunc erit tempus eius. Nam qui modo
misericordem se exhibet; tunc induet pro
Sapien. 5. thorace iustitiā. Quibus verbis significatur
quod seueritas diuini iudicij nullis precibus
flectetur: nam modò peccatores facilè veniā impetrant. Diximus autem, quòd propter gloriam Christi oportet, quòd sit dies
hic destinatus, nunc autem addimus, quòd

propter ipsum hominē hoc necessariū est. Pro quo aduertendum est, quòd homo non est anima sola, nec corpus solum, nec enim est anima, quæ vtitur corpore, sicut dixit Pitagoras, nec corpus sustentatū anima ad viuendum vita animali, vt Epicureus dixit; sed homo est vna res ex duabus istis composita, corpore scilicet, & anima, & hoc compositum est homo ex his duabus rebus vnitum. Hoc supposito sciendum deinde, quòd negotia huius hominis, sic varia ac diuersa fuere, & simul sic occulta ac celata, sic obscura & perplexa, vt ipsimet homines cùm quibus ea tractauerunt, intelligere non potuerint. Quare multi pessimi homines, ac scelerati, tanquā iusti in hoc mundo habiti sunt æstimatione & honore bonorū gaudentes: sicut & multi, qui coram Deo iusti æstimabuntur, apud homines tanquā iniqui reputati sunt.
Luc. 16. Nam, vt dicitur Luc. 16. quòd apud homines altum est, abominatio
Prouer. 10 est apud Deum. Et Prouerbior. 10. dicitur: Qui deprauat vias suas manifestus erit. Et 1. Corinth. 3. Vniuscuiusque opus manifestum erit: dies enim Domini declarabit. Et
1. Cor. 3. 1. Corint. 4. Mihi pro minimo est, vt à vobis iudicer, aut ab humano die: qui enim iudicat me Dominus est. Hoc autem nō decet, vt sic occultum remaneat: sed oportet, vt aliquādò veritas manifestetur, & coram omnibus appareat. Quare necesse est, vt vnus dies ad hoc decernatur, in quo opus vniuscuiusque omnibus palā fiat. Hic autē erit dies iudicij, in quo omnes ante tribunal Domini stabimus; vt referat vnusquisque prout gessit in corpore, siue bonum, siue malum. Deinde solus homo inter cætera animalia liberè operatur; quia est dominus suarum actionum; vnde potest ea facere, & non facere; nā de
Eccle. 31. iusto dicitur: Qui potuit trāsgredi, & nō est transgressus, potuit facere mala, & non fecit. Quare sola opera hominis digna sunt, vel præmio, vel pœna, quia libera sunt. In his autem operibus faciendis totus homo incubuit, vtpotè, nec anima sola, nec corpus solum, sed corpus simul & anima: ergo totus homo, & integer debet præmiari, vel puniri. Hoc autem non potest fieri, nisi cùm anima corpori reunietur, quod erit in die vltima: ergo tunc debet esse hoc iudicium vniuersale. Deinde hoc ex parte Dei conuenientissimum est. Homo quippè sua adiutus gratia ipsi Deo obsequutus est; malus verò tanta gratia potius abusus est, malè operans, & Deo inobediens existens. Ergo oportet, vt Deus lautè magnificentiā principalem iustum præmiet, dando ei tantum honoris, ac gloriæ quantum ipse capax est; Itidem, & malum ignominiosissimè puniat. Hæc autem gloria, aut ignominia, nō tantū est cùm in occulto præmium, aut pœna decernuntur, ergo necesse est, vt publicè coram omnibus hæc omnia fiant. Conuenit etiam hoc ex parte Dei: quoniam iudicium hoc ostendit Deum esse summè sapientem, summè potentem, & summè iustum. Oportet enim, quòd ille qui iudex vniuersalis omnium hominum debet esse, habeat perfectā, & plenissimā cognitionem omniū humanorū operū: & quòd clarè, & apertè videat omnia opera totius humanæ naturæ. Similiter quòd cognoscat & sciat omnes cogitationes, & desideria hominum, insuper verba, & omnia interiora, & exteriora. Nam quoniam opus hominis secundùm intentionem facientis fit magis præmio, aut pœna dignum, ideò necesse est, quòd ille qui debet præmiare, vel punire, perfectè & clarè cognoscat omnes intentiones, & voluntates occultas omnium hominum. Quomodo enim aliter posset rectè remunerare, vel punire opera hominum, cùm omnia ex voluntate, aut intentione originem trahant? Deindè quia homines dū viuerent, simul viuunt, & simul operantur, ideò necesse est quòd simul, & semel opera omnium hominum viuentium videat iudex, simul cum intentionibus, desiderijs, et verbis. Hæc autem cognitio non debet esse dumtaxat præsentium, sed etiam præteritorum: oportet enim quòd nihil obliuiscatur, sed omnia retineat in memoria, ita quòd nullum minimum opus sit, quod secūdum suum meritum, aut demeritum non accipiat. Ex his ergo inferetur quanta sit sapientia iudicis, qui hæc omnia scire debet. Nam si attente pensemus quanta sapientia esset videre, & cognoscere opera, cogitationes, voluntates, atque desideria vnius hominis à principio quo libero arbitrio vti cœpit vsque in finem vitæ: & quanto plus esset non vnius tantùm, sed duorum hæc omnia scire, & plurium, & incomparabiliter multorum millium. Si ergo cogitaueris quot millia hominum transierunt, quot sunt modò, & quot erunt; quot etiam cogitationes, verba & opera horum fuerint, & quòd omnia hæc iudex ille nouit, & scit, & cognoscet tunc quid cuique de iure debeatur: colliges quidem clarè poteris qualem sapiens iudex iste sit, &

quòd

quòd omnem creaturam sapientia excellat, & quòd sine mensura, ac termino sapiens sit, ac proinde summè sapiens, summe sciens, summè intelligens, ac summè & perfectè, atque clarissimè omnia videns: omnia quippe nuda, & aperta sunt oculis eius, & nihil inuisibile est in conspectu eius, vt ait Paulus. [illegible]
Et valeat [illegible] inuestigare opera hominis, vt nullum sit debitum remanere tacitum, aut prætermissum. Oportet etiam, quòd sit summè potens, vt possit cuilibet retribuere quod sibi debetur, siue bonum, siue malum, & vt valeat sententiam suam exequendo mandare. Et quia opera humanæ naturæ sunt quasi infinita, requiritur etiam infinita potentia ad remunerandum, & retribuendum vnicuique quod iustum est: ita quòd nihil remaneat irremuneratum, vel impunitum; alias esset aliquid inordinatum, & vacuum in vniuerso: quod est impossibile. Postremò sequitur ex hoc quòd Deus sit iudex, quòd sit summè iustus, vt summam probitatem, vel summo velle iniustitiam; & æquissimè dare cuilibet quod iustum est: & quòd non sit acceptor personarum, sed secundùm merita, vel demerita iudicet; & quòd habeat iustitiam inflexibilem, & immutabilem, inconuertibilem, & immutabilem; aliter ordo vniuersi periret: quod fieri non potest. Igitur omnia breuiter colligendo dicamus, quòd homo in quantum homo habet liberum arbitrium, per quod facit opera meritoria, seu demeritoria; & ideò necesse est quòd in natura sit aliquis qui præmiet, vel puniat: & etiam quòd Iudex sit summè sapiens, ne per suam ignorantiam aliquid maneat indiscussum. Summè potens, ne per suam impotentiam aliquid maneat irremuneratum, ac impunitum. Summè iustus, ne per suam prauam voluntatem aliquid maneat indeterminatum: sed totum quod per liberum arbitrium est commissum suam habeat vicem & recompensam. Hoc totum clamat, ac petit totum vniuersum, cuius homo principalis pars existit. Opera humana etiam hoc requirunt; quæ volunt, vt sibi rependatur quod debetur, pœna, scilicet, vel præmium. Ecce optimas rationes in lumine ipso naturæ fundatas, quare iudicium hoc vniuersale futurum sit. Hæc enim omnibus debent publicè constare, vt iustificetur Deus in sermonibus suis, & vincat cum
Psal. 50. iudicatur. ¶ *Ab arbore autem fici discite parabolam. Cum iam ramus eius tener fuerit, & folia nata, scitis quia propè est Æstas. Ita & vos cum videritis hæc omnia, scitote quia propè est in ianuis.* Iam suprà quæ ad literam spectant abundè diximus. Nunc autem ex hac similitudine dicere possumus quid pijs de afflictionibus suis sentiendum sit. Cum arbores, ait Dominus, producunt gemmas, cognoscitis ex ipsis, quòd instet æstas: sic & vos cum videritis hæc fieri, hoc est, cum afflictiones de quibus dixi vobis acciderint, cognoscite Regnum Dei iam prorsùs adesse. Regnum Dei est prædicatio Euangelij. Regnum Dei est reuelatio Euangelij de Christo in toto orbe terrarum: Euangelio enim regnat Deus in terris, Euangelio perueniunt credentes ad Regnum Dei. Euangelium autem tunc maximè in toto orbe diffusum est, cùm Apostoli à Iudæis sunt eiecti, & Ecclesia crudeliter à Iudæis dispersa fuit. Quare Christus persecutionem quæ Apostolis in Iudæa accidit, aptissimè vocat gemmas. Ex gemmis arborum agnoscimus imminere æstatem, quæ tanta potentia irruit, vt nullius Monarchæ viribus inhiberi queat. Ita ex persecutione, quæ Apostolis accidit, Euangelium tanta potentia totum orbem impleuit, vt neque Iudæi, nec Gentes cursum eius impedire potuerint. Itaque persecutio, gemma est, afflictio, germinatio est. Imperitus verò homo solummodo videt in arbore gemmas turgidas, existimat potius vlcera esse, qualia multa sæpè in corpore humano enasci solent, quàm germinationem fructus; vt gnarus verò cultor nouit eas esse fructibus grauidas, & intelligit ex ipsis [illegible] æstatem futurã. Sic & impij diuinarũ rerum imperiti, putant afflictiones magis esse perditiones, quàm organa & instrumenta salutis: pij verò intelligũt ex verbo Dei afflictiones prægnantes esse optimis quibusque fructibus. Vera enim salus, vera redemptio, perpetuaque felicitas hæc sunt, quibus per gemmas afflictionũ tribulationis præferentur. Apostoli cùm discederent à concilio Pontificũ & Pharisæorum, gaudebant (ait Lucas in Actis) quoniam digni habiti sunt
Acto. 5. pro nomine Iesu contumeliã pati. An nõ in hoc loco Apostoli duxerunt contumeliã & persecutiones pro gemmis optimo fructu turgidis? Stephanus cùm lapidaretur confidenti læto animo in cœlum suspiciens ait, Ecce
Act. 7. video cœlos apertos, & Iesum stantem à dextris Dei. Quid hoc aliud est, quàm in gemma lapidationis videre fructum felicitatis? Pau-
Philipp. 1. lus vocat mortẽ lucrum. Mori mihi lucrum est, ergo mors hominis pij turgida gemma est, quæ fert fructum cœlestis gaudij. Quare gemmæ arborum, & corporis spirituali oculo

aspiciendæ sunt: vt ex germinationibus discamus rationem nostrarum afflictionum, & concipiamus firmam in omnibus aduersis patientiam. Sed dices: Si afflictiones sunt gemmæ fructibus turgidæ, si afflictiones sunt vtiles ad profectum Ecclesiæ, & ad consequendam salutem, cur execramur eas, cur petimus, vt Deus liberet nos, nunc à bellis, nunc à fame, nunc à peste, nunc ab alijs, tam publicis, quàm priuatis malis? Cur non potius oramus, vt mala subinde grauiora nobis contingant? Certè nõ iussit nos Deus orare, vt mala augeantur: sed vt à malis liberemur. Non iussit peti bellum contra pacem, sed pacem contra bellum. Non voluit, vt petamus famem, sed vt Deus illam auertat à nobis, & sic de alijs huiuscemodi. Quare
Hiere. 29. Hierem. 29. dicitur: Quærite pacem ciuitatis ad quam transmigrare vos feci, & orate pro ea ad Dominum: quia in pace illius erit
1. Timo. 2. pax vobis. Et 1. Timoth. 2. Obsecro igitur primùm fieri obsecrationes, orationes, postulationes, gratiarum actiones, pro omnibus hominibus, pro regibus, & omnibus qui in sublimitate constituti sunt: vt quietam & tranquillam vitam agamus, in omni pietate
Psal. 9. & castitate. Et in Psalm. 9. Inuoca me, inquit, in die tribulationis. Quid, vt augeã tribulationem? Minimè omnium, sed vt eruam te, & honorificabis me. Itaque obsequendum est vocationi Dei, & orandum, non vt conijciat nos in mala, sed vt liberet nos à malo. Afflictiones enim natura sua sunt argumenta perditionis & interitus, à Deoque vnaquæque afflictio, siue corporalis, siue spiritualis homini peccatori velut quidam index est, & concionatur, quid propter peccatum suum, & ingratitudinem commeruerit annunciat. Sunt enim incommoda huius seculi stipendia peccati, & vnà cum peccato in orbem introierunt. Quòd autem fiant impijs instrumenta salutis, hoc non naturæ ipsorum, sed Redemptori nostro Christo deferri debet: qui cùm susceperit in se stipendia peccati absque vllo peccato, sanctificauit afflictiones in nobis, vt fiant credentibus in eum nuncius vitæ & via ad cœlum. Cùm igitur afflictiones natura sua repræsentẽt perditionem, & absente Christi gratia pariant adferantque ruinam, non est orandũ, vt contingant nobis afflictiones, ne videamur Deum præsumptione nostri tentare: sed si contigerint forti animo per fidem viriliter ferendæ sunt, & interim orandũ, vt liberet nos Deus à malo. *Cœlum & terra transibunt, verba autem mea non præteribunt.* Verbum Dei iam antea tantã sui potentiam monstrauit, vt si nondum aduenerit nouissimus huius seculi dies quo cœli & terra mutabuntur: tamen interea temporis sæpè numero verbũ Dei coegit cœlũ & terrã suo mandato cedere. Dixit quondam Helias cum verbo *3. Reg. 17.*
Dei: Viuit Dominus Deus Israel, in cuius conspectu sto, si erit annis his ros & pluuia. Quid factum est? Vt verbũ Dei pax cederet, necesse habuit cœlum obedire, hoc est, contra naturæ ordinem claudi, & negare imbrem. Promiserat Deus verbo suo Iosue vi- *Iosue. 10.*
ctoriam de regibus Amorrhæorũ, & cũ sol *Exod. 16.*
antequã victoria reportaretur ad Occasum properaret, coactus fuit à verbo Domini stare, donec vlcisceretur se Iosue de inimicis suis. Iusserat Dominus verbo suo Israelitas ab Ægypto secedere in desertum, & ibi promiserat opem ac tutelam; quare vt verbũ Domini verax maneret, necesse habuit cœlum manna esui aptum pluere: sic & terra & mare ipsi cesserunt verbo Dei. Mirandum ipsum est, vt Israelitæ siccis pedibus transi- *Exod. 14.*
rent per terram aridam, & siccã dedit in deserto præter naturam suam petra aquas tantas, vt verbum Dei promoueret. Quid ergo verbo Dei potentius? Quid item certius? Si igitur verbum iræ, quod Christus dixit de interitu Iudæorum, tantæ fuit firmitatis & veritatis; quanto obsecro erit firmitatis verbũ misericordiæ eius. *Sicut autem in diebus Noë, sic erit & aduentus filij hominis.* Tunc homines videbant Noë fabricantem machinam illam sic grandem, & audiebant ipsum dicentem ad quid fabricaret illã: imò (vt Berosus refert) multi prædicatores fuerunt ante diluuiũ, qui homines hortabantur, vt euaderent iram Dei, quæ illis imminebat: & tamen nullus ibit ad Noë deprecaturus illum, vt in arca illos illum ab ira Dei protegeret. Sic modò homines vident tot signa tremenda, quæ iram Dei minantur, tot nouitates in orbem terrarum increscere, audiunt prædicatores idem minitantes: & tamen nullus ab eis quærit quomodo iram Dei effugere valeat, quidue faciendo à tanta tempestate liberabitur.

Sicut enim erant in diebus ante diluuiũ comedentes & bibentes, nubentes & nuptui tradentes, vsq; ad eum diem quo intrauit Noë in arcã, & non cognouerunt, donec venit diluuium, & tulit omnes: ita erit & aduentus filij hominis. Dan. 5. *Daniel. 5.*
legitur, quòd Balthasar Rex Babylonis erat comedens & bibens cũ Principibus regni sui.

&

& vidit articulum manus scribentis, Mane, Thechel, Phares. Id est numerauit Deus Regnum tuum, & compleuit illud: appensus es in statera & inuentus es minus habens: diuisum est Regnum tuum, & datum est Medis, & Persis. Sic erunt homines comedentes & bibentes, & articuli manus, id est Christus veniet ad numerandum & appendendum tempus & merita, & diuidet bonos à malis. *1. Mach. 9.* *Nubentes & nuptui tradentes.* 1. Machab. 9. legitur, quòd cum filij Iambri facerent nuptias magnas cum apparatu magno, & ambitione; ex improuiso exijt Ionathas cum socijs suis ex insidijs, & impetum fecerunt in illos, qui cum musicis, & tympanis veniebant, & occidit ex eis multos, vulnerauit & perdidit, & conuersæ sunt nuptiæ in luctum, & vox musicorum ipsorum in lamentum. Sic erunt homines nubentes, & nuptui tradentes, quando repentinus eis superueniet interitus. *Tunc erunt duo in agro, vnus assumetur, & alter relinquetur. Duæ molentes in mola, vna assumetur, & vna relinquetur. Duo in lecto, vnus assumetur, & vnus relinquetur.* Mysticè per hos tres *Remigius.* Ordines, secundùm Remigium, tres Ecclesiæ Ordines rectè accipiuntur designari. Per duos in agro Ordo prædicatorum quibus commissus est ager Ecclesiæ: per duas in mola Ordo coniugatorum, qui cùm per diuersas curas nunc ad hæc, nunc ad alia flectantur, quasi molam in circuitu trahunt. Per duos in lecto Ordo continentium, quorum requies nomine lecti designatur. In quibus ordinibus sunt boni & mali, iusti & iniusti, & ideò ex eis quidam assumuntur, & quidam relinquuntur. Vel per hos tres ordines tria genera hominum, in quibus continetur hominum vniuersitas, intellige. Hi sunt prælati actiui & contemplatiui, de quibus dicit *Ezech. 14.* Ezechiel. capit. 14. Tres viri Noë, Daniel, & Iob liberabunt animas suas. Noë qui rexit arcam, prælatos. Daniel vir desideriorum, contemplatiuos, Iob dolens, illos qui in vita actiua exercent se sanctis operibus, in laboribus, tam suis, quàm alienis dolentes significat. *Luc. 10.* Lucæ etiam. 10. significantur per duas sorores, & tertium fratrem Lazarum, quibus erat amicus Dominus, & in earum domo hospitabatur. Nam Maria quæ sedebat ad pedes audiens verbum Domini, contemplatiuos significat: Martha quæ satagebat circa frequens ministerium, turbata erga plurima actiuos refert, & Lazarus gubernator domus prælatos. Et de prælatis dicitur, quòd tunc duo erunt in agro, Ecclesiæ scilicet, vel cordium, exercentes eo vomere verbi Dei. Ager autem hic mundus est, vt sup. c. 13. & de fidelibus dicit Paul. 1. Cor. 3. Dei agricultura estis. *1. Cor. 3.* *Vnus assumetur,* ad gloriam scilicet; & hic erit ille qui potest dicere illud 2. Cor. 2. Non sumus sicut quidam adulterantes verbum Dei, sed sicut ex Deo coram Deo in Christo loquimur. *2. Cor. 2.* Hic est ille qui & verbo Dei solium non admiscet, quod est adulterare verbum Dei, seu cauponare, vt alia litera habet, nec malo exemplo quod verbis prædicat moribus impugnat; sed ex Deo authore, & coram Deo pia intentione in Christo loquitur confirmante per vnctionis gratiam. *Et alter relinquetur.* Relinquetur, inquam, in terra, propter pondus peccati, & non ascendet obuiam Christo in aëra, vt supra diximus. Et ille est, de quo dicitur Philipp. 1. quidam ex inuidia, aut ex contentione Christum annunciant, siue per occasionem quæstus. *Philipp. 1.* Sicut in eodem agro Naboth assumptus est, & Achab, & Iezabel à canibus deuorati sunt. *3. Reg. 21.* Et in eodem agro Abel assumptus est, & munera eius, & Chain damnatus: *Genes. 4.* Et Ruth. 2. dicitur: Ne vadas colligere in alterum agrum. *Ruth. 2.* Quia licet duo sint in agro: tamen ager Ecclesiæ, quantumcunque malus sit agricola, non est nisi vnus. *Duæ erunt molentes in mola.* Per molam circuitus laborum huius mundi designatur: in hoc quippe, & alios quasi circulariter agitati serimur, & in his homines quasi in mola conteruntur; in his autem laboribus vitæ actiuæ intendentes maximè exercentur. Et dicit in genere fœminino, propter fœcunditatem, quia exemplo suo alios in bonis operibus instruunt. *Vna assumetur.* Ad gloriam, scilicet, Martha, & qui eam imitantur, qui faciunt sibi amicos de mammona iniquitatis: vt cum defecerint recipiant eos in æterna tabernacula. Sic Psalm. 127. dicitur: Labores manuum tuarum, quia manducabis: beatus es & bene tibi erit. *Psal. 127.* *Et altera relinquetur.* Labore stulte consumpta: quia non ad vitam æternam illum ordinat. De quo Eccles. 10. scribitur: Labor stultorum affliget eos: quia nesciunt in vrbem pergere. *Eccles. 10.* Quia hæc quæ laborant non reponunt in thesauris: sed expendunt ad vanitatem mundi. *Duo in lecto,* contemplationis scilicet, de quo Canticor. 1. dicitur: Lectulus noster floridus. *Cant. 1.* *Vnus assumetur.* Quia amplexibus charitatis, & dulci eloquio veritatis delectatur, in conscientia, & religione requiescit. Vnde Canticor. 3. dicitur: Tenui illum, nec dimittam, donec introducam in domum matris meæ, scilicet, gratiæ, *Cant. 3.*

& in cubiculũ genitricis meæ, nẽpè sapientiæ. *Et vnus relinquetur.* Nempè ille qui extra habet contemplationis habitum, intus-
que in alienis à Deo rebus requiescit. Qui-
Esai. 58. bus Esai. 58. dicitur: Iuxtà me discoopeui-
sti, & suscepisti adulterum.

*Vigilate ergo, quia nescitis diem, neque ho-
ram, & qua hora Dominus vester venset. Illud autem scitote, quoniam si sciret paterfamilias, qua hora fur venturus esset, vigilaret vtique, & non sineret perfodi domum suam. Ideo
& vos estote parati, quia qua nescitis hora filius hominis venturus est.* In hoc insinuan-
tur nobis duo, nempè periculum nostrum
ex ignota hora, & necessitas continuæ vigiliæ. Periculum quidem, quia si sciremus
horam, vigilaremus illa hora, sicut paterfamilias si sciuisset horam, qua fur venturus
esset, non incurrisset damnum. Proinde necessaria est illi continua vigilia: subinfert
dicendo. *Ideò & vos estote parati, &c.* Cùm
inferre deberet vigilate continuè; id omi-
sit, ne intolerabile quid præcipere videretur: sed estote parati, ad significandum cõ-
tinuam vigilantiam fore esse paratum. *Quis
putas est fidelis seruus & prudens, quem constituit Dominus super familiam suam, vt det
illis cibum in tempore?* Quis putas est, &c.
Quia rari sunt qui huiusmodi inueniantur,
1. Cor. 4. secundùm illud Pauli. 1. Corinth. 4. Nunc
iam quæritur inter dispensatores, vt fide-
Prouer. 20 lis quis inueniatur. Et Prouerbio. 20. Multi
misericordes vocantur, virum autem fide-
Eccles. 7. lem quis inueniet? Et Ecclesiast. Virum de
mille vnum reperi; mulierem ex omnibus
non inueni. Et quia vnus Samuel talis inuentus est: ideò dixit sacerdos matri suæ,
quæ illum in templo ad seruiendum Domi-
1. Reg. 2. no obtulit: Reddat tibi Dominus pro fœno-
re quod cõmodasti Domino. Quare de præ-
latis peculiariter hic loquitur. *Fidelis.* Conditiones boni prælati hic ponit. Prima conditio est fides, hoc est, veracitas, quòd non
fallat, nec sibi surripiat quod domini sui est.
Bernard. Vnde Bernardus, ait. Profectò fidelis minister eris, si de vniuersa gloria Domini tui,
etsi transeunte per te, nihil manibus tuis at-
1. Reg. 3. trahere contingat. Vnde de Samuele dicitur:
Cognouerunt omnes à Dã vsq; Bersabee, quod
fidelis propheta Samuel esset Domini: quia
Gen. 41. totum Deo, nihil sibi attribuit. Idem de Io-
Hebr. 3. seph Genes. 41. legitur, & de Moyse Heb. 3.
2. Reg. 22. & de Dauid. 1. Reg. 22. *Seruus.* Hæc est secunda conditio, subiectio scilicet, ad Dominum
suum, vt non eleuetur, non recalcitret: sed

se Domino suo humiliet, vt Christus Domi-
num verbo & exẽplo docuit, vt Philip. 2. di- *Philipp. 2.*
citur: Hoc sentite in vobis quod & in Chri-
sto Iesu, qui cùm in forma Dei esset, non rapinam arbitratus est esse se æqualẽ Deo: sed
semetipsum exinaniuit formã serui accipiẽs.

Et prudes. Hæc est tertia conditio, vt nõ fal-
latur, sed familiã Christi sapienter ordinet:
sapientis quippè est ordinare. Vnde Prouerbio. 14. dicitur; In corde prudẽtis requiescet
sapiẽtia: & indoctos quosque erudiet. *Quẽ* *Prouer. 14*
constituit Dominus, Alia conditio est, vt non
assumat sibi honorẽ, nisi vocatus à Domino
tanquam Aaron, vt dicitur Hebr. 5. ita quòd *Hebr. 5.*
non manus, non sanguis, non fauor secula-
ris hoc munus surripiat: sed electio & vocatio Dei, qui non est acceptor personarũ. *Super familiã suã.* Ecce gradus regiminis, super
alios constitui, secundùm illud Hiere. 1. Ecce *Hierem. 1.*
constitui te super Gẽtes, & super regna. Et
Psal. 44. Constitues eos Principes super om- *Psal. 44.*
nem terrã. Sic Exod. 18. præceptũ est Moy- *Exod. 18.*
si, vt constitueret Tribunos & Centuriones,
Decanos, & Quinquagenarios. Hi enim significabant gradus Hierarchicos, qui in Ecclesia deberent esse. Vnde Act. 20. dixit Paulus: *Actor. 20*
Attendite vobis & vniuerso gregi, in quo cõstituit vos Spiritus sanctus Rectores, & Episcopos regere Ecclesiam, quã adquisiuit sanguine suo. Et ad quid cõstituet eos? Vt det
illis cibum in tempore. De vtroq; cibo loquitur, tãm corporis, quã animæ. Ad vtrumque
enim tenetur prælatus in tẽpore suo, vt det
eis cibũ cuiq; necessarium, non flagellum. *In
tempore.* Hoc est, iuxtà diuersitatem temporũ cibare illos, hyeme, æstate, vespere, & manè. Sed quantũ ad interum sensum, est pascere animas temporibus quibus oportet: vt
nullo vnquã tempore quandò opus est omittat prælatus dare cibũ indigentibus animabus. Nã cuiq; negotio tẽpus est, & opportu- *Eccle. 8.*
nitas, vt ait Sapiens. Isocrates ad Demonicũ *Isocrates.*
scribit, iniocundũ in omni re esse, quidquid
intempestiuũ sit: Adeò in cunctis negotijs
plurimũ habet momẽti tẽporis, & opportunitatis obseruatio. Hesiodus Poeta anti- *Hesiodus.*
quus dixit,

*Obseruato modũ, nam rebus in omnibus illud
Optimum erit, si quis tempus spectauerit aptũ.*

Tãtã vim habet opportunitas, vt in aggredie-
do conficiendoq; negotio præcipuũ habeat
momentũ. Quarè veteres eam deã fecerunt.
Nã & Eccl. 20. dicitur: Ex ore fatui reproba- *Eccle. 20.*
bitur parabola, quia non dicit illã in tẽpore
suo. Cibũ aũt dicit verbi, exẽpli, & tẽporalis
subsi-

[Ambros.] subsidij. Nam vt ait Ambrosius. Ad hoc aurũ habet Ecclesia, vt distribuat pauperibus. Et hic triplex cibus significatur in illis tribus vicibus, quibus dixit Dominus Petro. [Ioan. 21.] Pasce, pasce, pasce. Hic itaq; erit sensus. Quis putas idoneitatis dignitate, est fidelis in intentione seruus, humilitatis affectione, & prudens in officij executione, quem cõstituit Dominus, in officij susceptione, super familiam suam, in gubernationis mansuetudine. [1. Pet. 5.] Non quasi dominantes in clero: sed forma facti gregis ex animo. Sic enim & Assuerus Rex subditis suis scripsit dicens. [Esther. 13.] Volui nequaquam abuti potestatis magnitudine sed in mansuetudine gubernare subiectos. *Vt det illis cibum in tempore?* Temporali subsidio, & exemplo, & prædicatione. *Beatus ille seruus, quem cum venerit Dominus eius inuenerit sic facientem. Amen dico vobis: quoniam super omnia bona sua constituet eum.* Ille seruus Dei felicitate gaudebit, qui vsq; in finẽ perseuerauerit sic faciens, siue ex improuiso venerit, siue tardè. Quare hæc dicta etiam ad diuites applicari possunt. Nam scriptum est [Galat. 6.] ad Galat. 6. Dum tempus habemus operemur bonum ad omnes: maximè autẽ ad domesticos fidei. [Eccles. 9.] Et Eccles. 9. Quodcunq; poterit manus tua instanter operare, &c. *Super omnia bona sua constituet eum.* Nam beatitudo est status omnium bonorum aggregatione perfectꝰ. Et hæc est aureola, quæ imponitur [Eccles. 45] capiti bonorum seruorum, iuxta illud Ecclesiast. 45. Corona aurea super caput eius expressa signo sanctitatis. [Prou. 8.] Et Prouer. 8. Beatus qui audit me, & vigilat ad fores meas quotidie; & obseruat ad postes ostij mei.

Super omnia bona sua constituet eum. In hoc non solùm significatur præmium essentiale quod nomine beatitudinis est expressum, verùmetiam præmium accidentale, quod debetur officio, hoc est, aureola, secundùm [1. Tim. 5.] illud. 1. Tim. 5. Qui præsunt benè presbiteri, duplici honore digni habeantur, maximè qui laborant in verbo. Hoc enim est constituere eum super omnia bona sua, hoc est, gloriari, non solùm de suo bono, sed & de bono totius familiæ Dei, quam optimè gubernauit, iuxta illam sententiam Daniel. cap. 12. [Dan. 12.] Qui docti fuerint fulgebunt sicut stellæ firmamenti; & qui ad iustitiam erudiunt plurimos, quasi stellæ in perpetuas æternitates. *Si autem dixerit malus seruus ille in corde suo. Moram facit Dominus meus venire, & cœperit percutere conseruos suos, manducet autem, & bibat cum ebriosis.*

Hic ponuntur vitia malorum prælatorũ. Tarditas diuini iudicij est istis ratio peccandi. Et verè æstimatur tardum iudicium: quia non nisi post hanc vitam apparet. Hinc Sapiens dicit. [Eccles. 8.] Quia nõ profertur citò cõtra malos sententia: ideò filij hominum absq; timore vllo perpetrant malum. Sed alibi dicit Sapiẽs. [Eccles. 5.] Ne dicas. Peccaui. Et quid accidit mihi triste? Altissimus enim est patiens redditor. Vel hoc quod dicit, Morã facit Dominus meus venire, intelligatur, quia promittit sibi longam vitam, & euadere iudicium: cõtrá quod dicitur. 2. Machabæor. 8. [2. Mac. 8.] Noli frustrà extolli vana spe: quia non effugies iudicium Dei. *Et cœperit percutere conseruos suos.* In hoc comprehendit peccata contra proximos, cõtra quos Ecclesiast. 4. dicitur. [Eccles. 4.] Noli esse quasi leo in domo tua euertens domesticos tuos, & opprimens subiectos tuos. *Manducet autem & bibat cum ebriosis.* Hic includuntur peccata contra se ipsum, intemperatè bibendo. Ebrius autem dicitur, qui excedit briantem, hoc est, mensuram potus. Nã brians, ait hic Albertus, est cyphus sobrio proportionatꝰ. [Albertus] Et hi sunt prælati qui de subditis non quærunt nisi voluptatem suam: de quibus dicitur Ecclesi. 10. Væ terræ, cuius [Eccles. 10] Rex puer est, & cuius Principes manè comedunt ad ebrietatem. Et Ecclesi. 18. Propter [Eccles. 18.] crapulam multi deliquerunt. Et Rom. 13. Nõ [Rom. 13.] in comessationibus, & ebrietatibus. *Veniet Dominus serui illius in die qua non sperat, & hora qua ignorat, & diuidet eum, partemq; eius ponet cum hypocritis. ibi erit fletus, & stridor dentium.* Diuidet eum, id est, in duas partes secabit eum. Hic per diuisionem seu sectionem mortem significat hominis, ad differentiam aliorum animalium. Mors enim hominum est separatio partium remanentium, spiritus, scilicet, immortalis, & materiæ. Mors verò aliorum est etiam animæ extinctio. Ex quo apparet, quòd Iesus his verbis trãstulit sermonem ab aduentu suo ad iudicium vniuersale, ad mortem cuiuscunq; & iudicium eius particulare: quoniam quantum ad incertitudinẽ, tam incerta est hora mortis cuiusq; sicut dies iudicij, & ideò idẽ nobis periculum inest: & quia qualis vnus quilibet in hoc singulari iudicio iudicabitur, talis in vniuersali iudicio comparebit. Nam vt ait August. ad Hesychium, tunc vnicuiq; veniet dies ille, cũ venerit dies, vt talis hinc exeat qualis iudicandus est illo die. [August.] Vel sic. Diuidet eum, nempè malum prælatum: quia ex duobus componitur, ex agni

 vellere,

velle, & ex lupi rapacitate. Agni enim vellus est extra, in vice Christi quam obtinet: lupi malitia est intus in opere quod exhibet, & hæc duo diuidentur: nam malitia lupi exuretur, & vellus agni liberabitur. Persona quippe punietur, nomen tamē eius semper sanctum erit. Quæ enim cōuentio Christi ad Belial? Aut quæ pars fidelis cum *2. Cor. 6.* infidelis. Et Oseę. 10. Diuisum est cor eorū, nūc *Daniel. 5.* interibunt. Et hoc est, quod dicitur Daniel. 5. Mane, Tethel, Phares. Hoc est, numeratum, appensum, diuisum. Regnum enim malis prælati numeratur, vt numerus pœnarū sit secundum numerum peccatorum. Et appenditur, vt quantitas penarum sit secundū quantitatem circunstantiarum, & præcipue intentionis. Et diuiditur ab eo, & locus liber datur meliori. *Partemque eius ponet cum hypocritis.* Et quę in mundo sunt diuiduntur, & vnicuiq; datur sua portio, sic in alia vita pars mali prælati. distinitur æternitas suppliciorū cū hypocritis. Verè enim hypocritæ sunt mali prælati, statum profitentes sanctum, & facta exercentes iniqua: dum prætextu sanctitatis velare impœnitate saltē volūt iniquitates suas. Vel quia aliud sunt extrà, aliud intra. Extra enim obtinent Christi locū, & intus exhibēt Pilati, vel Luciferi actū. De quibus dicitur *Psal. 62.* Psal. 62. Partes vulpiū erunt. Et *Iob. 24.* Iob. 24. Maledicta pars ei⁹ in terra. Et Hier. *Hierem. 13* 13. Disseminabo eā quasi stipulā quæ vento rapitur in deserto, hęc est pars tua, parsq; *Esai. 17.* mensuræ. Esai. 17. Rapietur sicut puluis montium à facie venti, & sicut turbo coram tempestate. Hæc est pars eorum qui vastauerunt nos. *Iob. 20.* Iob. 20. Deuorabit eum ignis qui non succenditur, affligetur relictus in tabernaculo suo, detrahetur in ira furoris Domini: hæc est pars hominis impij. *Ibi erit fletus, & stridor dentium.* Circumloquitur inferni pœnas, erit enim priuatio beatitudinis cum incōprehensibilium cruciatuum perpessione, & inquietudine conscientiæ supra omnē modum magna. Vel fletus propter fumum incendij qui solet exprimere lacrymas, licet tunc talis resolutio fortè non erit: & stridor dentium propter frigus, sicut Iob. 24. dicitur. Ad nimium calorem transibunt ab aquis niuium: sed hoc iam supra exposuimus.

Moralitas seu actio. *Ideò & vos estote parati: quia nescitis qua hora filius hominis venturus sit.* Quod Dominus præcipuè in hac doctrina intendit, est homines præparare ad mortem. Nihil enim nobis vtilius contingere potest, quàm quòd mors nos non incautos sed præparatos inueniat. Nihil n.q; tibi proderit rectè incepisse vitam hanc, si eam non rectè finieris. Nam principium ad finem dirigitur: quòd si finis malus fuerit, nihil tibi proderit bonitas principij. In cuius signum præcipiebat *Exod. 28.* Dominus, quòd in fimbria sacerdotalis vestis malogranata aurea, & cymbala argentea ponerentur. Ora vel fimbria, quæ extrema vestis est, significat extremitatem, & finem huius vitę: campanulæ quæ sonitum tristem reddunt, pœnam: malogranata quę coronam habent, prę mium significant. Ad insinuandum quòd in vitæ nostræ extremis præmium, & pœna reperiantur. Nam in fine vitę punitur malus, & præmiatur bonus: ibi felicitas, vel damnatio hominis sita est. Hoc differt hæc vita præsens ab illa quam expectamus: quoniam totum bonum futuræ vitę consistit in hoc quod est rectè illam incipere: nam si recto pede in illam ingrediaris, hoc satis in æternum erit tibi. Præsentis vitæ bonum ècontra consistit in rectè finiendo illam: si enim benè vitam hanc egrediaris, & finieris illam iustè: hoc tibi sufficiet perenniter. Nam Dominus seruo fideli dicit: Intra in gaudium Domini tui. *Matth. 25* Quoniam totum premium iusti in hoc consistit, ingredi semel in gaudium Dei cui seruiuit. Nam si ibi posuit semel pedes, nullum malū aliud timere poterit. Et nobis dixit supra cap. 5. *Matth. 5.* Nisi abundauerit iustitia vestra plusquam Pharisæorum, & Scribarum, non intrabitis in Regnum cœlorum. Hoc est, nullum habebitis bonum, eo quod vniuersum bonum vestrum in hoc situm est, quod est ingredi in Regnum Dei. Itaque bonum æternæ vitę consistit in rectè incipiendo, huius autem in rectè finiendo: ne multum bonis fidas principijs: nam qui perseuerauerit vsq; in finem, solus hic saluus erit. *Matth. 24.* Nunquid nauim dum in medijs fluctibus vadit securam dices? Nō vtiq, donec ad portū veniat, multis quippe periculis interim subiecta est. *Simile.* Poterit enim impetu fluctuum, aut ventorū in rupim offendere, & cōfringi: vel in arenam sistere, vel tumentibus fluctibus submergi. Oportet nauclerum vigilantem semper esse, ac prouidum, nec gubernacula vnquam è manu dimittere, ne & ipse simul cum naui pereat. Sic oportet vigilantem semper rationem gerere, quæ Naucleri vices in homine agit, & gubernacula legis Dei semper in manu habere vsq; in finem vitę, ne corpus, & anima simul in profundum pereāt. In cuius signum, & caudam animalis in sacrificium

petit

[illegible] Dominum: quoniam [illegible] vitæ post [illegible] Dominum [illegible]. Tandem [illegible] diversorum colorum quam habebat [illegible] vsque ad talos [illegible]: quoniam [illegible] virtutum quæ in [illegible] debet [illegible], vsque in finem vitæ pertingere debere. (Gen. 37.)

(Simile.) In prælijs quæ homines inter se gerunt in hac vita, quidquid [illegible] agunt ad victoriam cõgressum [illegible], in quo pleno agmine [illegible] exercitum dimicare debent: quoniam ibi aut cum [illegible], & qui ex illo victor [illegible] palmam [illegible] quasi præludia [illegible] sunt ad hostium confringendas [illegible] vires. Sic [illegible] prælia quæ [illegible] præludia sunt illius [illegible] conflictus, in quo [illegible] totis viribus [illegible], vt si in primis prælijs superati [illegible], in illo vltimo, & ipsi [illegible] manus nobiscum conserunt, & non [illegible] resistere valeamus. (Ps. 93.)

(Iob. 7.) Quare [illegible] Iob dicit, militiam esse vitam hominis super terram: quoniam semper [illegible] hunc hostem dimicare debemus, & [illegible] vincimus semper superiores [illegible], [illegible] in illa [illegible] facti [illegible] a nobis [illegible]. Tota ergo vita præparatio [illegible] debet esse ad mortem. Sic enim, & Prouer. 21. dicitur: Equus præparatur ad diem belli, Dominus autem salutem tribuit. Si enim [illegible] bellator præparaueris ad diem illam belli, Dominus tibi salutem præstabit. (Prov. 21.)

(Iob. 39.) Et de equo dicit, Iob. 39. Procul odoratur bellum, exhortationem ducum, & vlulatũ exercitus. Nam sicut equus id [illegible] homo [illegible] Deo demonstrante, debet a longe odorari bellum illud, [illegible] tempore antequam [illegible], [illegible] ipse debet esse præparatus, & habere in mente exercitus, quos tunc coget diabolus cõtra eum, & quos vlulatus dabũt [illegible] desperationem [illegible]. Qua propter exhortationem ducum, hoc est, prædicatorum qui sunt duces verbi, vt dicitur Actor. 14. debet dum viuit audire, & alta mẽte reponere. Nam & sub [illegible] semper ipsum sonabit pharetra, vibrabit hasta, & clypeus in occursum perget armatis. Nam semper videtur habere præsentes istos [illegible] hostium, & sagittas quibus illum configere [illegible], [illegible] videtur auribus suis sonare [illegible] istum, & confractionem hastarum, gladiorum, ac [illegible] strepitũ, [illegible] horribilem sonum. Sic enim de D. Hieronymo legitur, quod siue comedens siue bibens, semper videbatur sibi clangorẽ tubæ sonantis audire, quæ dicebat: Surgite mortui, venite ad iudiciũ. Hoc ergo nos docet hic Dominus, vt semper ad mortem præparati simus. Et sic apud Luc. cap. 12. dicitur: Beati sunt serui illi, quos cũm venerit Dominus inuenerit vigilantes, per recordationem iudicij, & præparationem ad illud. Semper enim hæc cura nos angere debet. (Act. 14.) (Hieron.) (Luc. 12.)

Nam & ait: *Et si venerit in secunda vigilia, & si in tertia vigilia venerit, & ita inuenerit, beati sunt serui illi.* Hoc est, si in omni ætate, & omni tempore parati fuerit. Nam per has tres vigilias tres hominis ætates intelliguntur, nempe pueritia, iuuentus atq; senectus, quamuis hic de prima ætate, hoc est, de pueritia nullam fecit mentionem Dominus. Nam cũm tunc [illegible] peccatum [illegible] hominem, quia nec rationis vsus ad committendum illud adest, non est tanta præparandi necessitas. Quamuis hæc nostra tempestate (proh dolor) [illegible] malitia præualet, vt ipsos etiã paruulos [illegible], & maiora peccata puer decem, vel vndecim annorum perpetrat, quam olim homo qui iam vigesimum annum explerat. Et hoc propter parentum incuriam, qui eos non solum nõ docent bona, [illegible] & suo malo exemplo [illegible] peccata [illegible]. Vix loqui sciunt [illegible], & iam [illegible] quis [illegible] audit passim [illegible], nec illum quis [illegible] corrigunt. Quid faciet puella, quæ matrem suam [illegible] videt colere faciẽ, & capillos in [illegible], nisi idem ipsa faceret? Et si [illegible], & amatoria verba audit a matre, vel quod aures præbet ad illa, nisi eadẽ ipsa loqui, & appetere audiret? Ergo [illegible] quoniam regulariter in pueritia non solent esse peccata, sufficit baptismus pro præparatione ad mortem. In secunda autẽ, & tertia ætate, hoc est, in iuuentute, & senectute, necessaria maximẽ est hæc præparatio. Non multum fidat teneri ætati iuuenis, aut senex putet se plus posse viuere: quoniã veniet Dominus eius in die quo non sperat, & hora qua ignorat, & diuidet eum, & ponet partem eius cum hypocritis. Et custodia in nocte quæ pro nihilo habentur, eorum anni erunt (ait Psalmista) hoc est, quod anni nostri qui pro nihilo habentur, sunt sicut custodia in nocte. (Psal. 89.)

(Simile.) Nam in ciuitatibus, quæ vicinæ sunt hostibus, custodes ponuntur in turribus, qui diuisi per vigilias noctis semper præparati sunt, ne hostes eos imparatos aggrediantur. Sic homines qui inter ipsos ho-

Ste[q]

stri vitam agimus (nam inter dæmones, & peccatores, inter morbos & pericula viuimus); oportet per totam vitam custodes, & vigiles habere, ita quod ratio nunquam, nec dormiat, nec dormitet, ne nos mors incautos inuadat. Quare nec iuuenis, nec senex debent otio torpere. Quid securus viuis, ô iuuenis? quasi mors ætatem aut vires attendat. Tam propinquus morti es, ac senex, imò plus. Nam licet propter ætatem propinquior habeatur, tu tamen tuis vitijs mortem ad te vocas, & acceleras. Nam gula, ebrietate, ac luxuria naturæ vires eneruas, & minuis, pluresque excitas morbos. Deinde nostrum [illegible], solis ardores non metuens, plura [illegible] damna conciliat. Non ne experientia videmus adolescentes multos fortes, sanos, robore præstantes, qui videbantur, vel nunquam morituros, post biduum breui affectos febri decessisse? Item pericula quæ temerè subeunt, multum eos damnificant. Hos vulnerant, illos contumelijs afficiunt, ædes alienas suffodiunt, ascendunt noctu, ad multa magna pericula temeritate quadam se exponunt; quotidie audimus illum ad lauatorias domus fuisse occisum, alium natando suffocatum, alium agitando taurum, alium currendo equum interijsse, denique mortem ipsam ipsi accersunt, vocant, imò trahunt, & accelerant. Vnde eis dici deberet illud carmen Virgilij. Virgilius.

O formose puer, nimium ne crede colori,
Alba ligustra cadunt, vaccinia nigra leguntur.

Quod si aliquando resipiscerent, & in senectute dicerent, Heu me miserum, si me mors in tot periculis occupasset, quomodo in æternum perijssem, nolo iterum me in tantis periculis ponere, sed ab eis totis viribus aufugere. Vnde & Sapiens Eccles. 7. dicit. Memorare nouissima tua, & in æternum non peccabis. Hoc est, considera mortem propediem venturam, & hæc consideratio te à peccatis auertet. Vel sic, considera fines peccatorum, hoc est, quem finem habuit ille qui libidinibus vacabat, quomodo sordibus oppressus morbis in hospitali quodam interijt, & alter aleis patrimonium consumpsit, & se in summam pauperiem redactum senserit. Alius cum alio rixans percussus interijt. Considera ergo hos fines peccatorum, & in æternum non peccabis. Hinc Paulus aiebat. Quem ergo fructum habuistis tunc in illis, in quibus nunc erubescitis? Idem poteris dicere de puella, quæ tantum faciei suæ cultum attendit. Si videas alias mulieres, quæ fœdæ ex pulcherrimis factæ sunt, putridos dentes, faciem rugis contractam habentes, & videntur [illegible] ex illo tantum labore succrescere, forsan diminuere [illegible]. Nam si hunc finem tuum cura debita [illegible], vt quid tantum temporis in illa impendere? Iezabel illa Regina [illegible], vxor Regis Achab pulchra, & profusa crinibus, quæ in fenestra [illegible] fucis alijs depicta [illegible] habere existimans. Præcipitata est ex fenestra domus suæ ad quam facie fucata se visendam [illegible], & canes carnes eius comederunt [illegible], & cæteri [illegible]. Et [illegible] pertransibant admirantes dicebant: Hæc est illa Iezabel? Sic tu de quacunque [illegible] quantumuis pulchra, & de quocunque iuuene, quantumuis speciosissimo, [illegible]. Quod etiam Absalonis speciosissimi [illegible] demonstrat, qui [illegible] se liberatum [illegible] dissert à scelere quod primò commiserat occidendo fratrem suum, in occupando Regnum patris sui animum intendit [illegible] à primo peccato, sed ob hoc maiori [illegible] rati. Et tamen tribus lanceis perfossus suspensus capillis suis (quos aureos quasi [illegible] habebat) è quercu [illegible]. Sic & tu adolescens instanter considera, quod si de vno periculo ereptus es, ne pateris [illegible]; sed ab eo quod in te pulcherrimum est interficieris. Ille vir qui se de pulchritudine iactabat, & ideò [illegible] scabie putrida consumptus est. Alius qui se fortem esse existimabat [illegible] ab hoc duello, & ab illo victor euasit; tandem cum alio dimicans occisus est. Et [illegible] quod in se pulcherrimum erat velut alter Absalon suspensus est. Memorare ergo nouissima tua, & in æternum non peccabis. Ij autem qui tertiam custodiunt vigiliam sunt senes, qui similiter ad id tenentur, nec quia mors illis differtur obliuioni tradere illam, ne illis contingat quod hic dicit Dominus de seruo qui secum dicit, quòd facit moram dominus eius, & ideò percutit alios, & inebriatur. Veniet enim dñs eius ex improuiso, & vindictam exercebit in illo. Magnum quippe malum erit, vt senex cui ex misericordia Dei differtur mors, vt locus illi pœnitendi relinquatur, in iuuentutis iterum vitia declinet. Hinc Dñs dicit hic. *Illud autem scitote, quoniam si sciret pater familias, qua hora fur venturus esset, vigilaret vtique, & non sineret perfodi domum suam.* Quia tu iners esses custos domus tuæ, vt si certò sciret furem tali hora venturum, [illegible]

Eccles. 7. — Rom. 6. — 4. Reg. 9. — 2. Reg. 18. — Matth.

neum securus torperet, aut stertertet vsque ad illam horam, & tunc lentè surgat à lecto, & induatur, & armis muniatur? Vt verbi gratia si sciret quòd hora duodecima noctis deberet venire fur, quandò illa hora sonabat horologium, tunc paulisper surgeret, & arma caperet. Duabus antea horis se præpararet certè, nisi omnino esset insanus. Quod si certò sciret venturum esse furem, non tamen horam qua deberet venire, tota die, & nocte in custodia esset, ne illum imparatum inueniret, & domum suam diriperet. O viri Christiani, quia nihil certius morte (vt ait Hieronymus) nihil incertius die mortis. Nō datur nobis locus segnitiei aut socordiæ, sed semper vigilantes oportet esse, ne nos dies illa improuisos inuadat. *Simile.* Si inimicus tuus sic tibi minaretur. In tali loco, & tali hora te expecto, vt ibi mecum singulare certamen ineas: sufficeret quidem tibi tunc temporis vsq; ad illam horam quiescere, & vsq; ad illum locum imparatus esse, & tunc in loco certaminis videns inimicum te expectantē euaginare gladium, & pallio brachium inuoluere, & sic inire certamen cum illo. Tamē si sic dixisset tibi. Obserua me, nam vbicūque te inuenero, quocunq; loco, & quocūque tempore te certè totis meis viribus inuadam. Iam tunc nullum tibi quietis dabatur tempus, aut locus, sed semper armatus deberes incedere, tentans ensem an leuiter eum euaginari valeres, & quemcunque à longe videres deberes existimare esse inimicum tuum, qui ad te occidendum venit. O homines Christiani, considerate obsecro, quòd Deus nobis mortem minatur, & ad illā prouocat, atq; lacessit. *Hebr. 9.* Statutum quippe est omnibus hominibus semel mori. Et tamen nec locum nobis, nec tempus signauit, sed cùm id minime sperabamus tūc mors in ianuis est. Ideò oportet nos semper paratos esse, clamantes, ac prouidos talem minimum præstolātes, atq; in quacunq; oratione, vel minima illum timeamus quasi præsentem: ne vnquam nos imparatos inueniat, nec in iuuentute, nec in senectute. *Exod. 29.* In cuius signum olim præcipiebat Deus, vt vesperè, & manè offerretur ei sacrificium: hoc est, tam in iuuentute, quā in senectute, quæ per vesperè designatur, quandò sol ad Occasum pergit, oportet Deum per sacrificia placatum habere: quoniā nescis quo tempore Dominus te vocabit. Quandò Deus condidit mundum & tempora, ait diuina Scriptura, quòd factum est vespere, & manè dies vnus. Quoniam sic debes tu homo facere, & diem natiuitatis cum die mortis iungere, quasi vnus sit vtriusq; dies. Sæpè enim contingit, vt reuera idem sit dies natiuitatis cum die mortis hominis; sic & tu manè cum vespere iunge, & existima quòd dies hic qui hodie tibi cum sole oritur, erit dies quo vita tua simul cū sole ad Occasum perget. *Simile.* Si quis daret tibi centum panes, vnū per singulos dies, si scires quòd in vno illorum panum est venenum absconditum, nesciretamen in quo, quàm pauidus esses ad sumendum quemlibet panem, timēs ne fortè in illo esset venenum quo infici deberes. Sic dedit tibi Deus hos dies in quibus viuis, sed in vno illorum latet mortis venenum; quemlibet illorum magno cum timore debes trāsigere: ne forte ille sit dies, quo mors tibi propinanda esset. *3. Reg. 2.* Sicut quando Rex Salomon dixit ad Semei: In quacunq; die transieris Cedron, scias te interficiendum: semper timeret illum diem, quo deberet torrētem illum trāsire: quoniam ille deberet esse vltimus vitæ suæ. Sic cum nescias quo die debes bibere talem potum, aut comedere talem cibum, ex quibus mors tibi aduentura est, vel morbus quo peruas generandus: semper te talis timor anxium deberet tenere. Vndè quidam vir sanctus, quotiescunq; audiebat horologium sonum, considerabat se iam habere vnam horam minus ex vita sua. Ne putes quia ex hoc periculo, aut infirmitate euasisti, quod iā securus sis, alia quippè, & alia te inuadet: & tandem in vna illarum moriturus es. *Simile.* Si campum quendam ingressus fueris, in cuius introitu essent leones, & post illos serpentes, & basilisci, & statim aqua profunda, post illam ignis inflammans omnes: nunquid si leones euasisti, existimares iam te esse ab omni periculo tutū? Nequaquam certè: adhuc enim basilisci tibi supersunt, quos si euaseris, inuenies aquam quæ te suffocabit, à qua si liberatus fueris, cū igne offendes, qui te comburet. Sic quia liberatus es dolore lateris, nunquid iam securus eris? Nequaquam: Nam ex febri capitali interibis, vel ex febri ardenti. Quòd si morbos omnes euasisti, aqua te suffocabit, vel ignis te comburet, aut leo, vel taurus te dilacerabunt, vel alia multa pericula quæ in vita miseris mortalibus contingunt. Vndè *Amos 5.* Amos 5. dicitur. Dies Domini tenebræ, & non lux. Quomodò si fugiat vir à facie leonis; & occurrat ei vrsus, & ingrediatur domum, & innitatur manu sua super parietē, & mordeat eum coluber. Dicitur autē dies

Domini

Domini tenebræ, & non lux: quoniam illū non possumus videre quando veniat aduocādum nos, si ex hac infirmitate, vel ex illa, si hoc die, vel alio. Sententiam capitis tulit Deus contra hominem cum dixit, In quacūque die comederis ex hac arbore, morte morieris: & omnes creaturas fecit carnifices, & exequutores huius sententiæ. Nam aër malis humoribus nos inficit, terra nos deuorat, aqua suffocat, ignis consumit, animalia cornibus, & brachijs nos perimunt: deniq; omnia creata aduersus hominem belligerare videntur, secundùm illam Sapientis sententiam.
Sap. 5. Armauit creaturam in vltionem inimicorum.
Simile. Sicut apud Venetos in vsu est, vt cùm quis hostis Reipublicæ declaratur, omnibus ciuibus fit copia, vt illum vbicunq; offenderint occidant. Rectè ergò Dominus nos hic admonet dicens. *Vigilate ergo, & estote parati: quia nescitis qua hora Dominus vester venturus sit.*
1. Thes. 5. Audi quid Paulus dicat. Dies ille sicut fur in nocte veniet. Quid hoc est dictū diem in nocte venire? Verum vult dicere
1. Cor. 4. Paulus, quòd dies ille erit dies quia manifestabit abscondita tenebrarum, & illuminabit consilia cordium. Veniet autem in nocte: quoniam non videbimus illum, sed veniet quando de illo minus cogitabimus venturum. Cùm enim dixerint, Pax, & securitas, tunc repentinus eis superueniet interitus, ait Dominus. Vos autem fratres (subinfert Paulus) non estis in tenebris, vt vos dies
1. Thes. 4. illa tanquam fur comprehēdat. Hoc est, vos filij lucis estis, & sicut Virgines prudentes lampades, accensas in manibus portatis: vt etiam si media nocte veniat Sponsus illum
Ibidem. videatis venire. Quoniam non posuit nos Deus in iram, sed in acquisitionem salutis. De electis loquitur, quibus Deus lucem præstat, ne in tenebris illos dies illa tāquam fur cōprehendat. Ecce quid in tota hac doctrina nos doceat Christus, quam si amplexi fuerimus, beati in sempiternum erimus.

Cap. XXV.

VNC Simile erit Regnū cælorum decem Virginibus, quæ accipientes lāpades suas exierunt obuiā Sponso, & Sponsæ. Quinq; autē ex eis erant fatuæ, & quinq; prudentes. Sed quinq; fatuæ acceptis lampadibus, non sumpserunt oleū secum. Prudentes verò acceperunt oleum in vasis suis cum lampadibus. Moram autem faciente Sponso, dormitauerunt omnes, & dormierunt. Media autem nocte clamor factus est, Ecce Sponsus venit, exite obuiam ei. Tunc surrexerunt omnes Virgines illæ, & ornauerunt lampades suas. Fatuæ autem sapientibus dixerunt. Date nobis de oleo vestro, quia lampades nostræ extinguuntur. Responderunt prudentes dicentes. Ne fortè non sufficiat, vobis & nobis: ite potius ad vendentes, & emite vobis. Dum autem irent emere venit Sponsus, & quæ paratæ erant intrauerunt cum eo ad nuptias, & clausa est ianua. Nouissimè verò veniunt & reliquæ Virgines dicentes. Domine, Domine aperi nobis. At ille respondens ait. Amen dico vobis, nescio vos. Vigilate itaq; quia nescitis diem neq; horam qua filius hominis veniat.

Primùm cōmuni quadam interpretatione sensum huius parabolæ explicabimus, doctorem quendam non paruæ authoritatis imitantes. Deindè eo modo quo in concionibus ad populum proponitur, eam iterū interpretabimur.

Decem illæ Virgines, vniuersitas est fidelium, qui ratione fidei, & rectitudinis eius Virgines merentur appellari, cùm infideles quatenus, nec in Deum credunt, rectius meretrices, vel fornicatrices, aut adulteræ mereantur nuncupari. Et cōuenit rectè vniuersitati denarius numerus omninò perfectus, in quo omnes numeri simplices comprehenduntur; qui & aliàs frequenter vniuersitatem, vel perfectionem designat, vt in Apocalyps. Sustinebis tribulationem diebus decem. Id est, omnibus diebus vsq; ad mortē. Qua etiam ratione decalogo præcepta sua complecti voluit Dominus. *Apoc. 2.*

Harum autem Virginum nō omnes sunt prudentes, sed cum quinq; prudentibus sunt etiam quinq; fatuæ: quia in Ecclesia fideles aliqui boni sunt, & sapientes, aliqui mali, & insipientes. Habent omnes Virgines lampades, sed in oleo est differentia inter sapientes, & fatuas: quia in Ecclesia omnes fideles similiter fidem habēt quasi lampadem, quēadmodum & ore confitentur se nosse Deū, sed in operibus est differentia. Quidā enim fidem habent otiosam, sine operibus Deo gratis, & hi sunt insipientes, quoniam id quod fides requirit negligunt, & lampadem otiosam tenent. Alij verò fidem habent per dilectionem operantem opera bona, & Deo grata, quemadmodum Apostolus, ait, fidem *Galat. 5.*

per

per dilectionem operantem esse illam, quæ hominem gratum faciat Deo. Hæc opera bona sic per dilectionem facta, hæc sunt fidei, quod oleum lampadi. *Simile.* Quemadmodum enim non illuminat domū lampas, nisi oleū in se contineat, sic non illuminat domum cordis fides mortua, cui non sunt adiuncta opera ex dilectione procedentia. Vel aliter, lampades sunt ipsa externa opera, quæ fidelibus in Ecclesia positis, omnes boni atq; mali communiter habere (nam quod ad externa attinet, plerique mali, etiam nonnunquam die damnandi videantur, quàm multi iusti) oleum verò est, vel ipsa charitas, vel recta intentio, quæ ex charitate procedit, & directio ad Deum in omnibus externis operibus. *Simile.* Quemadmodū enim oleum infusum lampadi facit ipsam ardere, & lucere: sic ipsa charitas, & ea quæ ex charitate procedit intentio, & directio ad Deum, externa nostra opera facit lucentia, & ardentia, vt sint grata Deo, faciatq; nos in operibus nostris lucere, & ardere, quemadmodū de Ioanne, ait Dominus. *Ioan. 5.* Hoc oleum habent sapientes, fatuæ non habent: quoniam inter fideles quidem solùm externis fidentes operibus, non curant opera sua ad Deum dirigere, sed in tenebris semper ambulant defectuosi, quantumuis lampades gestent in manibus. Alij verò iuxta Apostoli verbum in fide sua per dilectionem operantur, & siue comedant, siue bibant, siue quid aliud faciāt oīa in gloriā Dei faciūt. *Matth. 6.* Cauentes (iuxtà Saluatoris consilium) ne opera sua faciāt corā hominibus, vt videantur ab eis: sed coram Deo omnia faciunt, qui videt in abscondito, vt ipsi placeant, & ab eo mercedem accipiant. Omnes verò istæ Virgines fatuæ, æquè atq; prudentes Sponso pergunt obuiam: quoniam fideles omnes, & boni, & mali dicunt se Christi aduentum expectare, & ad iudicium, vt aiunt, se præparant, & ad cœlestia gaudia in eius aduentu suscipiendo omnes aspirant. Sicut fide, ita & spe mortua, quæ absq; debitis ad finem tendit medijs. Hoc oleum signanter dicuntur sapientes in vasis suis accepisse secum, nō tantum in lampadibus: quoniam charitas, atq; quæ ex ipsa venit directio bona in corde est habenda, & à corde debet in externa opera effundi, quemadmodum oleum in vasculo illo effunditur opportuno tempore in lampadem. Tardat Sponsus aduenire: quoniam iudicij diē Christus Dominus tardat, vt impleatur electorum numerus, & longè vltrà quam credebatur longius differtur. Sic enim Apostoli atque ipse Christus loqui videbantur, quasi si tam iam de proximo instaret dies ille iudicij, dicente Domino. Vigilate quia nescitis diem neq; horam, *Matt. 24.* dicente Ioanne, Filioli iam nouissima hora est, *1. Ioan. 2.* dicente Paulo: Nos sumus in quos fines seculorum deuenerunt. *1. Cor. 10.* Et iterum, præterit figura huius mundi, *1. Cor. 7.* dicente Petro, Omniū finis appropinquauit, & alia huiusmodi: cùm tamen ad nostra vsq; tempora ad plurimos annorum centenarios dies ille sit dilatus, neq; adhuc videatur propinqua consumatio seculi. Tardante autem sic Sponso, dormitauerunt omnes, & dormierunt tam prudentes quàm fatuæ: quia dum differtur dies iudicij, omnes moriūtur, tam boni quā mali, & mortem corporis nemo potest euadere: quoniam secundum corpus vnus est omniū interitus (vt ait Sapiēs) Sicut moritur stultus, sic & sapiens, *Eccles. 3.* & est vtriusq; æqua conditio. Dormitatio præcedit dormitionem: quoniam per dormitationem, ad dormitionem, & somnum perfectū peruenitur: propter quod per dormitationem intelligi potest defectus ille, quo homo antè mortem incipit deficere, atq; ad mortem tendere priusquam mors adueniat, quemadmodum senibus potissimum videmus accidere: per dormitionem verò, ipsam mortis dormitionem. Media nocte aduenit Sponsus diu expectatus: quia die, & hora quam nemo nouit nisi Deus, subitò veniet ad iudiciū Christus, quando minus eum præstolabantur homines, sicut fur in nocte ad furandum venit hora qua minimè suspicatur paterfamilias: ita & ipse ad iudicandum adueniet. Clamor autem factus est, Ecce Sponsus venit, exite obuiam ei. Atq; hic clamor ab eis fiet qui cum Sponso venient, & ab eo missi erunt: quoniam mittet adueniens filius hominis cum tuba, & voce magna, vt dicāt, Surgite mortui, venite ad iudicium. Ecce adest iudex, surgite de sepulchris mortui, & venite ad iudicium. Tunc surgent omnes illę Virgines: quoniam æquè boni atq; mali, omnes surgent à somno mortis corporalis, & viui resuscitabuntur in corporibus suis euigilantes. Virgines statim lāpades suas parare incipient: quoniam statim ad opera sua in illo die quisque considerationem vertet: quoniam de operibus tunc solum quæstio fiet, reddet enim tunc filius hominis, vt [illegible] vnicuiq; secundum opera ipsorum. Quomodo etiam Paulus ait, omnes manifestandos ante tribunal Christi, vt recipiat vnusquisq; quæ gessit in corpore, siue bonum siue malum. *2. Cor. 5.*

lum. Incipient parare lampades. Non quòd tunc tempus erit faciendi grata Deo opera prius facta: sed quia conuertet se vnusquisque tunc ad considerandum conscientiam suam, & opera quæ attulerint secum: vt sciant nũ digne possint Sponso occurrere. Statim autem, vt incipiunt parare lampades, aduertũt fatuæ Virgines sibi deficere oleum: quoniã dies illa Domini reuelabit omnia, & illuminabuntur abscondita tenebrarum, & manifestabuntur consilia cordium: & tunc clare videbuntur ij qui tantùm in fide otiosa, vel in externis tantùm operibus, absque charitate, & recta intentione habuerunt fiduciam, quòd ad occursum iudicis illa non sufficiãt. Agnoscentes fatuæ suam egestatem, ad sapientes recurrent postulantes sibi cõmunicari oleum: quia tunc conturbati subitò illi qui vanam habuerunt fiduciam, cupiunt in alienis meritis saluari, postquam propria vidẽt non sufficere. Sapientes Virgines interim non conturbantur, sed cum fiducia præstolantur aduenientem iudicem: quia in testimonium bonæ conscientiæ lætabuntur iusti in operibus, quæ ad gloriam Dei fecerunt: scientes quòd nunc ille adueniat, qui ea videat quæ in occulto fecerunt coram eo, quique ex authoritate, & potestate sibi à Patre data pro illis in occulto factis retribuet in propatulum coram omnibus. Sapientum autem responsio ad fatuas, qua negant se posse cõmunicare oleum suum, indicat, quòd in illo die nemini prodesse poterunt aliena opera, vel merita: quoniam iudicabitur de singulis secundũ opera sua, & recipiet vnusquisque prout ipse gessit in corpore. Nam licet in hac vita prodesse possit proximo opus bonum ab altero factum, vel alterius intercessio ad consequendam, vel impetrandam per ipsum gratiam Dei: in die tamen nouissimo, quando vltrà tempus merendi nõ erit, non potest ex alio aliquo quicquam meriti, vel salutis expectari: tantùm ex proprijs operibus quæ secum tulit quisque vel condemnabitur, vel saluabitur. Quod etiam dicunt, Ne fortè nõ sufficiat nobis, & vobis, istorum humilitatem insinuat, qua ipsi vix sibi putabunt sufficere ad salutem sua merita, ipsorum condignitatem spectando, nec tanti ea faciunt, vt præsumant se etiam alios in suis meritis posse saluare. Quod verò adijciunt, Ite potius ad vendentes, & emite vobis, vel tanquam per ironiam qua digni sunt ij qui sic in reb⁹ necessarijs negligenter egerunt, adiectum accipitur, vel iuxta consuetudinem loquendi inter homines, qui cum postulant aliquid quod non habent, supplicantibus solent [illegible] dicere, quod ipsi non solent habere, tanquam si dicant, Nequaquam in nobis confidite, nihil est vobis spei à nobis. Cæterum, nunc aliunde vobis parare possitis quod postulatis à nobis, vos videritis. Nobiscum benè agetur, si hoc modicum olei quod nobiscum attulimus nobis sufficiat, vt cum Sponso ingrediamur. Illis fatuis oleo carentibus, Sponsus cum sapientibus, quæ paratas tenebant lampades lucentes atque ardentes ad domum nuptialis conuiuij ingreditur, illis neglectis, & foris manentibus, quæ non habuerunt oleum: quoniam iustis ad cœlestem gloriam, cum Deo cui seruierant introeuntibus cum gaudio, iniusti foris manebunt, & à Regno excludentur cum cõfusione, & perturbatione maxima. Prudentibus cum Sponso ingressis in nuptialem domum, ianua clausa fuisse describitur: quoniam Regni cœlorum aditus post nouissimi diem iudicij patebit nemini, quando cum patre familias erunt omnes pueri eius in cubili, & erit impletus numerus electorum, quæ tamen ianua vsque ad diem illum clausa non fuit aduenientibus tanquam bonis hospitibus siue cõuiuis, ab Oriente, & Occidente, Aquilone, & Meridie, qui cum Abraham, Isaac, & Iacob cœlestibus lætantur cum Sponso. Venientes fatuæ sibique aperiri postulant, sed repulsam patiuntur tanquam ignotæ. Quod dicitur ad significandum fuisse irrationabilem, & vanam impiorum fiduciam, quomodo, vel ex fide otiosa, vel ex operibus tantùm externis sine charitate, & recta intentione factis sperauerunt adipisci gloriam Regni cœlorum. Illa namque postulatio qua dicunt, Domine, Domine aperi nobis, significat vanã talium hominum fiduciam, propter quod dicunt, Domine Domine, tanquam adhuc suam fidem protestantes, aut externa opera. Verùm illa responsio, Nescio vos, indicat huiusmodi fidem otiosam, aut vacua charitate opera non esse grata Deo, neque æternæ vitæ meritoria. Ex quibus concluditur, semper esse vigilandum omnibus salutem cupientibus, & ita vigilandum quomodo docet parabola, vt nemo sit de sua salute securus, sibique putet omnia salua, si tantùm lampadem teneat. Nemo fidat otiosæ fidei quam Iacobus mortuã appellat: nemo item operibus fidat externis, quæ vt hominibus magnum quid esse videantur, sine interiori charitate, & recta intentione.

intentione, & si laudem aliquam apud homines mereantur: certè apud Deum nihil sunt, nisi adsit charitas, & ex ea procedens
1. Cor. 13. recta intentio. Id quod Paulus apertè testatur dicens. Si linguis hominum loquar, & Angelorum, charitatem autem non habeã, & cætera quæ deinde in charitatis magnificã commendationem annectit.

Simile est Regnum cælorum decẽ virginibus. Status virtutisq; Ecclesiæ tam militantis quã triumphantis, est honorificus, & grandis authoritatis: atq; quod in ista Ecclesia tamen, in hac militante semper boni, ac studiosi homines erant. Agnoscat Christianus se iam in bono vitam agere, in quorũ societate oportet etiam, & rectè viuere. Iam non estis
Ephes. 2. hospites, & aduenæ, sed estis ciues sanctorum, & domestici Dei. Ac si omnibus Christianis diceret: Videte quomodo facti estis, ciues, & familiares Dei, & sanctorum eius, ne vos indignos tali societate vestris pessimis moribus faciatis. Et ideo comparatur Regnum cælorum in hac parabola decem virginibus: quoniam virgineus status magnæ authoritatis, ac virtutis est in Ecclesia.

Sed pro intelligentia pleniori huius parabolæ, quæ difficilis est, & multæ eruditionis, & doctrinæ, oportet supponere esse tres hominum differentias in hac Ecclesia militanti (nam hæc parabola de solis fidelibus in Christo loquitur qui in Ecclesia sunt.) Alij, qui titulo nomine tenus sunt Christiani, in vita tamen, & operibus nihil differunt à paganis: sic quippe viuunt, ac si nec fidem, nec vitam Euangelij doctrinam acceperint. Hi sunt illi qui iam huic mundo fidem dederunt, honoribusq; ac voluptatibus sic se copulauerunt, vt omnes cogitatus, fines, ac intentiones in eo iam posuerint. Denique hi sunt qui coniugium cum his rebus inierunt, & ex alia parte sic Dei, ac bonorum cælestium obliti sunt, ac si nullam vnquam de eis notitiam accepissent. De qui-
2. Tim. 3. bus Paulus dicit. Spiritus manifestè dicit, quoniam in nouissimis temporibus instabũt tempora periculosa. Et inter alia mala quæ inter homines dicit futura, ait. Erunt homines habẽtes quidem speciẽ pietatis: virtutẽ autem eius abnegantes. Apparent enim inter alios fideles, ac si bonorum virtutem haberent, cũ nihil minus in eorũ cogitationibus. Hi sunt aliqui Christiani, qui ad tantã miseriam sunt iam deuenerunt, vt Deo omnino tergum verterint, illiusque obliti sunt, & Deus

etiam videatur ab eis auertisse faciẽ, & obliuioni perpetuæ tradidisse eos, & à manu sua repulisse, de quibus Psalmista dicit. Sicut Psal. 87.
vulnerati dormientes in sepulchris, quorum non es memor amplius, & ipsi de manu tua repulsi sunt. Quasi iam omnino desperati, & repulsi essent, sic se habet Deus cum illis, quia sic sua delicta promeruerant. Quibus videtur dicere Deus. *Discedite à me maledicti*, qui operamini iniquitatem. Et de his Euangelium hodiernum non loquitur: quoniam tales sunt in eodem habendi sunt gradu quo & pagani, & si fidem habeant, nihil vtilitatis consequuntur ex ea: sic enim se habent, ac si non haberent illam. Quare de infidelibus dicitur, Qui non credit iam iudicatus est. Nam eorum infidelem non est vlla alia probatio necessaria: quia eius infidelitas. [illegible] Ioan. 3.
fidei videt esse quoddã infidelitatis speciem. non ergo de his personis parabola loquitur. Secundum genus hominum qui sunt in Ecclesia, est eorum qui non otiosè credunt, sed ad vtilitatem. Proficiunt quippè in fide, & ea ad opera sua salutis opportunè vtuntur. De aliis obuiam exeunt Sponso, atque vocationi suæ concedunt. Nam primi de quibus iam diximus, neque obuiam exeunt Sponso, neq; vocationi eius obtemperant, sed sunt illi qui vocati ad nuptias, no- Matt. 20.
luerunt, & abierunt, alius in villam suam, alius in negotiationem suam. Hi autem veniunt ad nuptias, faciemque ad supernam talia conuertunt, in illisque delectantur quærentes atque procurantes ea. Sed sunt in duplici differentia. Quidam qui sic tepidè, ac frigidè hæc opera faciunt, quòd non in veritate, & recto corde ea operantur, id satis sibi esse putantes, si vulgi opinionem comparent, nihil de vero testimonio conscientiæ curantes: illis, quibus dicit parabola quòd non sumpserunt oleum secum. Nihil aliud sunt quã lucernæ illam exteriorem [illegible] speciem, intus autem nihil habent, sed inanes, ac vacui sunt. Confitentur quidem peccata sua, sacrosanctum Eucharistiæ sacramentum suscipiunt, sed totum hoc frigidè sine spiritu. Denique sine charitate Dei operantur, sed communem stylum omnium sequuntur, ne alios scandalizent, si eadem nõ faciant & ipsi, quæ communiter alij facere solent. Et de his loquitur media pars huius parabolæ. Hi enim sunt Virgines fatuæ, quæ sibi satis esse putant hæc exteriora operã facere,

facere, interius testimonium conscientiæ negligentes, atque vtinam non hæc maior pars fidelium sit. Alij verò sunt qui hoc in veritate tractant, negotiumque hoc suæ salutis summa ope nituntur explere, non tantùm hominum opinionem pensantes; semper ad mortem se præparantes, ne illos imparatos inueniat. Et hæc solùm classis Christianorum saluatur. Hi dumtaxat ad nuptias cum Sponso ingrediuntur, nam cæteri omnes, clausa ianua, foris manent. De his dicitur esse simile Regnum decem virginibus: ad significandum se de illis loqui, qui supra communem viuendi formam aliqua singulari excellentia se extollunt. Numero denario eos comparat, vt omnes huius generis comprehendat: quoniam numerus denarius perfectior est, qui in se omnes alios numeros includit. Vel ostenditur nobis quòd Deus numerum iustorum, ac malorum apud se habeat, nec est aliqua creatura inuisibilis in oculis eius. Acceperunt omnes lãpades suas, per quas significatur vera Christianorum fides, quæ omnes illuminat Christianos, sicut lucerna lucens in caliginoso loco, vt dicitur. 2. Pet. 3. *Exierunt obuiam sponso.* Hæc obuiatio significat intentionem spei Christianæ quæ ad hoc potissimum dirigitur. Sperat enim aduentum Domini, in quo iusti debēt accipere integrum præmium, sicut dicit Paul. ad Tit. 2. Expectantes beatam spem, & aduentum gloriæ magni Dei. *sponso, & sponsæ.* Latini codices sic legunt, licet Græci non omnes legant, Sponsæ; sed sensus semper idem est. Nam qui Christum Sponsum recipit, ex consequenti recipit Ecclesiam Sponsam suam, quæ sicut indiuiduus comes semper inhæret ei. Quare qui Christũ recipit, & Ecclesiam: & qui Ecclesiã recipit, simul & Christum recipit: quoniã neuter sine altero reperitur, neque Christus extra Ecclesiam, neq; Ecclesia sine Christo. Tam indissolubili coniugio copulati sunt, vt nulla ratione dissolui queant, secundũ quod ipse Sponsus dicit infra cap. vlt. dicens: Ecce ego vobiscum sum, vsq; ad consummationē seculi omnibus diebus. Et ipsa dicit. Ego dilecto meo, & ad me conuersio eius. Post contracta sponsalia per fidē quam accepit à Christo Sponso Ecclesia, nũquam hāc fidem amittet: Sed semper ea veraciter perseuerabit. Et hæc est hæreticorũ cæcitas, qui Christum extra Ecclesiam quærunt: cum tamen sine ipsa nullatenus possit inueniri. *Quinq; autem ex eis erant fatuæ.* Deplorandæ maximè miseriæ esset, si media pars eorum qui videmur sequi perfectionis semitam, perirent; verè fatui reputandi essent, si dimidia pars Christianorum, aut religiosorum, à nuptijs excluderentur. Sed quod plus miserendum est, si dimidia, vel maior pars eorum qui maiorem perfectionem professi sumus, qui præ alijs selecti videmur, absq; oleo haberemus lampades, & quod de nobis rectè dici possit illud Micheę. 7. Qui optimus ex eis, quasi paliurus, & qui rectus quasi spina de sepe. Hoc est, si illi qui cæteris deberent benefacere, & nudos vestire, quasi paliurus pallijs adhærerēt aliorum, & eorum potius bona diriperent: & hi ad quos alij tanquam ad ciuitatem refugij confugere deberent, vt eos ab impijs protegerent, & in suis laboribus consolarentur: illi potius eos tanquam spinæ ferirent, & vulnerarent: & qui blandè alios alloqui deberent, asperrimis eos verbis cõtristarēt. Quæ maior calamitas excogitari posset? *Quinq; ergo ex eis erant fatuæ, & quinq; prudentes.* Quoniam istæ etiam in posterum sibi prouidere nouerant, aliæ verò præsentibus sibi sat esse æstimauerunt. Hoc est illud oleũ ferre in lampadibus quod sufficiens erat, ad hoc quòd lampades pro tunc arderent, nihil de futuro curantes: & ideò illæ sapientes, istæ stultæ vocantur. Ideò enim Ecclesiast. 4. dicitur. Melior est puer pauper, & sapiens Rege sene, & stulto, qui nescit prouidere in posterum. *Non sumpserunt oleum secum.* Volebant enim finem cōsequi sine medio conuenienti. Volebant Sponsum recipere, & nuptijs cum illo frui: sed non talem secum apparatum adferre qualem tantis nuptijs necessarium esse cēsere deberent. Hi sunt Christiani illi quos à principio proposuimus, qui desiderant quidem saluari, plurimaque de hoc negotio loquuntur, & ob hoc ad ædem sacram pergunt, ad audiendas conciones vadunt, ad iubilæa, & indulgentias properant: remedia tamē efficacia quæ suam possint operari salutem, non apponunt. Væ nobis miseris, qui nescimus qui nã sint hi stulti, & fortè nos sumus, & plures quàm putamus: qui fortè existimantes rectam inuenisse viã, vel quia nimis nobis fidimus, vel quia stulti, & improuidi sumus, foras (heu miseris) eijciemur. *Non sumpserũt oleũ secum.* Hæc est charitas, & eius effectus atq; exercitia. Nã ipsa est oleũ quo lampas fidei fouetur. Cum qua nullus damnatur, sine qua nullus saluatur. Hoc est clariùs dicere. Istæ fatuæ Virgines fidem sine

Marginal notes: 2. Pet. 3. — Tit. 2. — Matt. vlt. — Cant. 7. — Mich. 7.

sine operibus deferebant, vt pessimi solent Christiani facere: & ideo damnantur. Videbantur quidem lucem secum ferre (quoniam fidem habebant, Ecclesiæ dogmata credebant, Sacramenta recipiebant, conciones audiebant, Iubilæorum indulgentias consequi satagebant) & tamen in interioribus animæ vasis oleum charitatis deficiebat, atque actus, & effectus eius, qui sunt opera misericordiæ. Vultis lampadem absque oleo videre? Audite Paulum 1. Corint. 13. dicentem. 1. Cor. 13. Si linguis hominum loquar, & Angelorum. Ecce lumen. Quæ enim maior lux, quàm linguis Angelorum, & omnium hominum loqui? Charitatem autem non habuero. Ecce defectum olei; factus enim sum sicut æs sonans, aut sicut cymbalum tinniens. Hoc est, strepitum quidem facio, ac si opera magna facerem: cum tamen ea mortua sint, & absque charitatis consona harmonia. Et si habuero Prophetiam, & nouerim mysteria omnia, & si habuero omnem scientiam, & omnem fidem, ita vt montes transferam, charitatem autem non habuero, nihil sum. Quoniam fides sine operibus, lampas absque oleo est. Imò plus dicit. Si distribuero in cibos pauperum omnes facultates meas, & si tradidero corpus meum ita vt ardeam, charitatem autem non habuero, nihil mihi prodest. Quod & in illo videmus Pharisæo qui dicebat, Ieiuno bis in Sabbatho, hoc est, in septimana: decimas do omnium quæ possideo. Ecce lampadem: & tamen quia non habebat oleum, discessit sine iustitia. Denique lux lampadis est à fide, ardor vitæ à charitate, vas olei voluntatis promptitudo ad omnia opera bona exequenda, oleum bonorum operum, charitatis, ac misericordiæ opera. Nec enim Christianorum lampas quocunque liquore fouetur: sed hac pinguedine huius adipis, quæ est charitas. Id enim, & David poscebat dicens. Psal. 62. Sicut adipe, & pinguedine repleatur anima mea. Nam vt anima in vita gratiæ conseruetur, hoc adipe charitatis impinguari debet, quem David suis precibus postulabat: hoc enim oleo lampas fidei Christianæ ardet, ac lucet. *Moram autem faciente sponso dormitauerunt omnes, & dormierunt.* Dormitare non est dormire, sed quædam somni inceptio. Tam fatuæ quàm prudentes dormitauerunt: quoniam in hac vita carnis curæ animas tam bonorum quàm malorum dormitare faciunt. Paulatim quippe in has curas se intromittere incipiunt, de quibus postea non sic citò se expedire queunt, vel plus in illis quàm præcogitauerant immorantur. Vel si per dormitionem vis intelligere mortem, per dormitationem intelligantur ægritudines quæ disponunt ad mortem, sicut dormitatio disponit ad somnum, & dormitionem. Et erit hic sensus. *Dormitauerunt omnes, & dormierunt.* Hoc est, ægrotauerunt, & mortuæ sunt. Tam boni quàm mali in morbos incidunt, & moriuntur. Et hic germanior, & facilior sensus videtur. *Media autem nocte clamor factus est.* O quàm terribiles voces, ac clamores illi sunt qui animam excitant dicentes illi, quia Dominus venit, vt exigat ab ea rationem eorum operum quæ fecit. Qui strepitus, quæ tabulæ ferreæ ad Matutinas tunc illas excitabunt? Si cæli die illo magno impetu transibunt, vt dicitur (2. Pet. 3.) quantum in anima generabit horrorem tremor ille cælorum? Qui tonitrui, quæ fulgura illos à somno expergiscere facient? Expergiscimini mortui, surgite, & venite ad iudicium. 2. Pet. 3. Tonitruum magnitudinis eius quis ferre poterit? ait Iob. Iob. 26. Eia homo surge, expergiscere, ante iudicem appare, redde rationem vitæ tuæ, ac operum tuorum, cogitationum, locutionum, omissionum, & commissionum, & omnium quæ opere, vel cogitatione perpetratus es. Quid iudici tuo respondere valebis, cui sic ingratus extitisti? Heu mihi Domine, quid dicam, aut quid faciam, cùm nihil boni perferam ante tantum iudicem? Ingredientur scissuras petrarum, & voragines terræ à facie formidinis Domini, & à gloria maiestatis eius, dicitur Esai. 2. Esai. 2. Illi soli hunc clamorem, aut strepitum non formidabant, quorum aures illi assuefactæ fuerint. Et sicut Hieronymus de se refert, siue comedant, siue bibant, siue dormiant, semper sibi videntur hanc vocem audire. Surgite mortui, venite ad iudicium. Expergiscimini homines, venite ad tantum tribunal iudicis, qui cum potestate magna & maiestate ad iudicandum nos venit. Et ab hac voce perterritus ad deserta loca fugiebat, & ibi in rupibus, & in aperturis petrarum abscondebatur, inter feras vitam agens: sicut & multi alij ob eandem causam idem faciebant, in solitudinibus errantes, in montibus, & speluncis, & in cauernis terræ. Hebr. 11.

Date nobis de oleo vestro, quia lampades no-
stra extinguuntur. Respôderunt sapiētes dicē
tes. Ne fortè non sufficiat nobis, & vobis, ite
potius ad vendentes, & emite vobis. Dū in
hac vita sumus, Sancti adiutores nostri sunt,
qua transacta, nihil nobis proderūt. Volo dicere. Dum hic viuimus, ab his qui in alia vita
sunt possumus auxilium poscere; sed dū coram iudice omnes fuerimus, quilibet suis in
diget meritis. Nanq; tam strictum iudicium
est illud, quo Deus omnes iudicabit, vt corā
illo positi ipsi sancti, & electi putent sua sibi
merita, ac opera satisfactoria necessaria esse,
Ezech. 14 nec alijs ea prestare posse. Vndè apud Ezechiel. c. 14. dicitur. Si fuerint Noe, Daniel, &
Iob, filium, & filiam non liberabunt. Satis
enim facient si se ipsos liberare sufficiāt. Et
Psal. 48. in Psal. dicitur. Frater nō redimit, redimet
Ioan. 20. homo. Hoc est, Christ⁹ qui est frater noster,
& caro nostra, vt ipse dixit ad Magdalenā,
Vade, & dic fratrib⁹ meis. Si ergo Christus
qui omniū Redemptor est tunc nos non redimet, sed iudicabit, nec sanguis eius tūc pec
catoribus proficiet; quomodò tunc nos redi
met alter homo? Quare eis responsum est, vt
sibi ipsi prouiderent. Et interim *Clausa est*
ianua. Clausa quidē est ianua, tam his qui
introierunt, quàm eis qui foras remanserūt.
Sed diuerso modo, nam his qui introierunt
clauditur ianua, vt significetur perpetuitas
gaudij, à quo nunquam exibūt, nec eijcientur; quia clausa est iam quantum ad hoc ianua. Nec enim esset perfecta beatitudo, si
apertæ essent ianuæ ad excludendum eos,
qui semel introierant. Nam quantò maius
est bonum quod possident, tantò magis eius
carentiam, aut amissionem sentirent. Quòd
si vel minima suspicio in eis oriretur, quòd
possent tale bonum amittere, hoc non mi-
Apoc. 3. nimè gaudium eorū turbaret. Vndè in Apo
cal. 3. dicitur. Qui vicerit, faciam eum colum
nam in templo meo, & foras non egredietur
Psal. 147. amplius. Et Psal. Lauda Hierusalem Dominum, lauda Deum tuum Sion. Quoniā confortauit seras portarum tuarum. Non solū
clausit ianuam, sed & repagula opposuit vt
neq; qui intus sunt exeant, neq; qui foris ingrediantur: quoniā illis in perpetuum nō ape
rientur ianuę. Dum peccator viuit in morta
li peccato, clausa est illi ianua cœli, sed nō re
pagulis firmata, nec ęternitatis pessulū est po
situ, vt nulla vltra in eo remaneat spes ingre
Luc. 16. diēdi, imò si perseuerauerit pulsans, aperietur
ei, iuxtà illud q̄ Dñs in Euangelio dixit de
homine quodā qui erat iā in lecto quiescēs
& pueri eius cū illo in cubili, & media nocte
alius pulsauit portas eius petēs abeo tres pa
nes, & sic importunè pulsauit ianuas, vt ex-
surgeret è lecto & daret ei, non solum tres
panes, sed quotquot habuit necessarios. Sic
peccatori propter vnū peccatū mortale clau
ditur quidē cœlum. Si tamen perseuerauerit
ex corde pulsans, aperietur ei; ęternum post
mortem repagula, & seras cōfirmat, ita vt
amplius portę cœli peccatoribus nō pateāt.
Erit enim tūc inexorabilis Deus, nā armabitur tunc iustitia sua aduersùs malos iuxtà
illud Sapien. Sumet scutum inexpugnabile Sap. 5.
ęquitatem. Quarè nec lacrymis, nec precī-
bus cedet. Dū in carne viueret Dñs noster
Iesus, exarmatus videbatur incedere, & ideò
lacrymis Magdalenæ vincebatur, & perseuerantiæ vnius Chananeæ cedebat: & quia
Publicanus percutiebat pectus suum aperuit illi ianuam cœli. Sed in alia vita clandi-
tur ianua, & dicitur illis, Nescio vos: quoniam deleti sunt de libro vitę, & de electorum numero, & mēdici, & egestate pleni, in
inferno detrusi in æternum iacebunt: quia
in solis lampadibus ferebant lucem, oculis
hominum solum apparentes boni, cùm tamen testimonium conscientiæ ipsorum vacuum omnino esset. Iud. 12. legitur, quòd Iud. 12.
ad dignoscendum qui nam deberent viuere
aut mori, ex his qui vada Iordanis transibant, illi qui dicebant Ciboleth per, C, vel,
Z, occidebantur, qui verò dicebant Siboleth permittebantur viuere. Nam per, sin,
aut Zain, quæ sunt literæ Hebræorum pro
ferebatur. Sed Ciboleth per Zain significat spicam absque grano, Siboleth per, sin,
eandem cum grano. Vada Iordanis significant mortem, quæ vadum dicitur, non autē
profunda aqua: quoniam omnes transeunt
per illam. Igitur qui dicunt Siboleth, id est,
spicam cum grano, viuunt. Hoc est, illi qui Psal. 125.
fidem cum operibus in aliam vitam defe-
rūt, de quibus Dauid dicebat: Venientes autē
venient cū exultatione portātes manipulos
suos. Tales erāt sapiētes Virgines quę simul
cum lampadibus ferebant secum oleum.
Hoc est, non solùm speciē pietatis, sed ipsam
veritatis substantiam, ac grana virtutis.
Hi autem qui blandula voce dicunt, Ciboleth, tanquam fifti Christiani solam virtutis
speciem habentes absq; grano, & substantia
eius quæ est charitas, hi tunc in perpetuum
peribūt. Quarè omnes debemus bis in quo- Exod. 30.
libet die, vespere, & manè scilicet, lāpades et Leu. 24.
nostri cordis requirere, vt videamus quid
delic

desit eis, & prouideamus de illo ne extinguantur. Sic enim, & Dominus præcipiebat vt bis in die lampades templi à sacerdotibus mundarentur, & oleo, & reliquis necessarijs prouideretur: vt sic cum Sponso felicissimis nuptijs fruamur in secula seculorum, Amen.

Alia materia seu contio.
August.

Simile est Regnum cælorum decem Virginibus. Parabola hæc, ait D. Augustinus lib. 83. qq. quæst. 59. solet multum quærentes exercere. Quare requiritur, vt expositio omnibus eius partibus conueniat: licet hoc magnum tractatum exposcat, dicemus tamen quod Deus dederit. Per Regnum cælorum non intelligit hic Dominus vniuersitatem omnium fidelium, cùm inter illos maximi sint peccatores, qui nihil de Regno cælorum curent, vt infra dicemus: sed illam collectionem fideliũ hic intelligit Dominus per Regnum cælorum, qui exterius veri fideles apparent, quorum nullum agnoscitur peccatum, sed videntur se in operibus virtutum exercere, etiam si aliqui id non recta intentione exequantur: nam lampades accensas portant. Ecclesia verò virgo dicitur, imò quilibet fidelium dum fidem non amittit, virgo etiam dicitur: nam vt D. Tho. 2. 2. docet duo ad virginitatem requiruntur, integritas carnis, ita vt nullam veneream voluptatem experiatur, & animæ puritatem, vt nec voluntate in illã consentiat, nec vllo modo illam velit, aut appetat. In vita spirituali fides se habet vt corpus, charitas vt anima, & vita. Oportet ergò summa cum diligentia integritatem fidei seruare ea cura, qua patres carnales integritatem corporum filiarum suarum custodiunt, consilium illud sapientis accuratè obseruantes quo dicit. Filiæ tibi sunt, serua corpus illarum. Hanc diligentiam atque curam adhibet Ecclesia, vt integritatem fidei conseruet. Hinc Inquisitiones adinuentæ sunt, quæ hæreticos magnis pœnis puniant, hinc contiones, lectiones, exhortationes, argumenta, Concilia: vt corpus hoc fidei absque corruptione seruetur. Hac ardebat cura Paulus cum

2. Cor. 11.
ibidem.

2. Corint. 11. dicebat. Despõdi vos vni viro virginem castam exhibere Christo. Et alibi, Timeo, inquit, ne corrũpãtur sensus vestri, & decidant à simplicitate quæ est in

Ad Tit. 1.

Christo Iesu. Et ad Tit. Increpa eos durè, vt sani sint in fide. Itaque tam boni quàm mali inter fideles hanc fidei virginitatem retinent. Verùm prudentes Virgines, quæ bonos significant, habent illam vnà cum sua forma, quæ est charitas: imprudentes autem ac fatuę, quales sunt mali Christiani, etiam si veram habeant fidem, non tamen cum hac perfectione, ac vita. Secundò oportet scire quid nam sit lampades accipere, & obuiam ire Spõso. Accensis lampadibus obuiã exire Sponso, nihil aliud est quàm operibus quæ exteriùs habent splendorem Spõsum præstolari, eo modo quo solēt homines principes, ac magnates lampadibus atq; luminarijs recipere, vt Iud. 3. legimus quòd Holofer-

Iudith. 3.

nem Principem militiæ Regis Nabuchodonosor exceperũt in quadam ciuitate exeuntes obuiam ei cum lampadibus. Quod autẽ dicitur quinq; fuisse fatuas, & quinq; prudentes, nõ sic intelligendum est, quòd dimidia pars fidelium saluetur, & dimidia condemnetur: sed quòd magna pars credentium salutem consequitur, & magna pars perit. *Fatuæ non sumpserunt oleum secum*. Per hoc oleum intelligitur gratia, & charitas secundùm ille spiritus qui habet Deum. Nam oleum linit, penetrat, roboratq; mẽbra ad luctam. Quarẽ athletę oleo vngebant membra, sic gratia & charitas animã mollificat, vt Deum in se recipiat, duritiam peccati auferendo. Illam roborat, vt cũ diabolo cõgrediamur, secundùm illam Pauli sententiã. Optimum est gratia stabilire cor. Quarẽ infusio gratiæ in diuina Scriptura per nomen vnctionis significatur, secundùm illud Psal. 44. Propterea vnxit

Psal. 44.

te Deus tuus oleo lętitię prę cõsortibus tuis. Et Esai. 4. Spiritus Domini super me, eo quòd

Esai. 4.
Zachar. 4.

vnxerit me. Et Zachar. 4. iusti vocantur filij Dei, id est, filij Spiritus, gratiæ, & amoris. Igitur fatuæ non sumpserũt oleum secũ; prudentes verò sic: quoniam mali nõ habẽt intra se testimonium bonum conscientiæ suæ: sed totam suam fiduciam in approbatione hominum collocant, quę cõmuniter fallax est, & dolosa. Quod hoc exemplo manifestatur. Nam multi sunt qui non tam appetunt esse sapientes, quàm ab hominibus tanquam sapientes approbari. Hi sunt qui nihil aliud volunt, nisi gradum Doctoratus suscepere: scientiam verò contemnunt. Magister, ac Doctor sum, aiunt, nihil aliud volo.

Socrates.

Contra quos est Socratis sententia dicentis, quòd vnusquisq; id agere debet, vt qualis haberi appetit talis sit. Sic in virtute nonnulli homines, qui præter hominum approbationem nihil aliud curant, nec cõscientias suas excutiunt, nec opera ac actiones examinant, vt quales sint intelligant, & videant: sed seipsos fallunt, existimãtes se perfectio trãmitte incedere, cum tamen longissimè ob scopo, qui est charitas, aberrent. Vndè Sapiens ait, Est via quae videtur homini recta, nouissima autem eius ducunt ad mortem: ita quòd ij nō sumpserunt oleum secum, in hominum approbationem totam suam fiduciam habentes, coram illis tantùm lucent, de quibus dicitur. [Prou. 13.] Lucerna impiorum extinguetur. Et [Luc. 16.] Christus Pharisaeis dixit. Vos estis qui iustificatis vos coram hominibus, Deus autem nouit corda vestra: quia quod hominibus altum est, abominatio est apud Deū. *Prudentes verò sumpserunt oleum secum cum lampadibus.* Iusti quoquomodo intelligunt se habere lucem in suis animabus. Approbatio quippè quae aliquam securitatem afferre potest, ea sola est, quae ex bona conscientia nascitur: bona autem conscientia in hoc consistit, quod anima hoc oleo sit delibuta. Id circo secum acceperunt oleum cum lampadibus, hoc est, intro in penetralibus cordium, secundùm illam Pauli sententiam qua dicit. [Rom. 5.] Charitas Dei diffusa est in cordibus nostris, per spiritum sanctum qui datus est nobis. Cor irrigat, penetrat, ac delinit, semper pauidi sunt, se ipsos aspicientes, & respicientes, intentiones suas examinantes, opera ponderantes, radices eorum cautè circumspicientes. Vos [2. Cor. 13.] ipsos tentate si estis in fide (ait Paulus.) Et [1. Cor. 11.] alibi. Probet autem se ipsum homo. Et illud. [Galat. 6.] Probet autem vnusquisq; opus suū, & sic in semetipso gloriam habebit, & nō in altero. In semetipso, hoc est, in intentione, in testimonio conscientiae suae. Nam gloria nostra haec [2. Cor. 1.] est (ait idem Paulus) testimonium cōscientię [August.] nostrae. Vndè Aug. Epist. 50. In luculentis, inquit, ingenijs nō deest resplendētia veritatis. [Cicero.] Cicero. 2. Tusculan. loquens de virtute ait, Quòd tamen sit maximè excellens quae sine venditatione populi fit. Nō quod fugienda sit (omnia enim benefacta in luce se collocata volunt) sed tamen nullum theatrum virtuti maius conscientia est. Quòd si iusti aliquando aestimare videantur hominum testimonium, id faciunt quandò humanum iudicium Dei iudicio conferunt est. Id enim est quod Paulus. 2. Cor. 4. dicebat. [2. Cor. 4.] Abdicamus occulta dedecoris, non ambulantes in astutia, commendantes nos metipsos ad omnem conscientiam hominum coram Deo. Id est, quae conformis est scientię Dei. Iure ergo optimo dicit. *Prudentes acceperunt oleum suum cum lampadibus.*

Moram autem faciente Sponso. Videamus quid nobis moram faciat, & homines illius obscurentur, & dormiunt tam sapientes quàm fatui. Omnes namq; homines peccatores sumus atq; negligentes, nec est homo absque peccato, nec iustus vnius diei. Solus Christus & mater eius expertes fuere peccati. Quandò omnes dormitamus, & dormimus. Media autem nocte aduenire Sponsum, id docet, quòd mors quando minus de illa cogitamus, tunc venit, & nonnunquam cùm in vtramque aurē dormimus. Nam dies Domini, sicut fur in nocte veniet. [1. Thes. 5.] Sicut si Princeps aliquis inexpectatus media nocte veniret, omnes properarent obuiam ei, & penè omnes absque apparatu conuenienti. [Simile.] *Tūc surrexerunt omnes Virgines illae, & ornauerunt lampades suas.* Nam omnes Christiani, tam boni quàm mali certissimè nouimus, omnes nos oportere stare ante tribunal Christi, vt referat vnusquisq; prout gessit in corpore, siue bonum, siue malum. [2. Cor. 5.] Ideò cum sentiunt aduenientem mortem, omnes praeparant lampades suas, examinantes conscientiam, Sacramenta Ecclesię postulantes: vt cum luce possint antè iudicem apparere. Sed tunc demum mali incipiunt sapere, intelligentes sibi Deum deficere cum luce, atque quòd illa lux coram hominibus dumtaxat lucebat, coram Deo tamen extinguebatur. Sed serò sapiūt Phryges. Et quoniam per totum suae vitae discursum tepidè, ac frigidè vixerunt etiam tunc tepidè se conuertunt ad Deum, nec ea efficaci voluntate quae tunc oportet operantur: & ideò quaerunt externa auxilia, nempè bonorum. Sed nec illis conceduntur, sed respondetur illis à sapientibus, Ne fortè non sufficiat nobis, & vobis: ite potius ad vendentes, & emite vobis. Et quamuis videatur responsio haec prudentū non multum proposito conuenire (nam etsi boni auxilium quod mali postulant praestassent, nō ideò illis minueretur gratia) ideò aliquibus videtur, in parabolis quas Christus Dñs adduxit, non oportere singula verba accomodare ad propositum quod in ea intenditur, satis est scopum ipsius parabolae attingere, & explicare. Multa enim verba in parabolis sunt ad supplementū historię super quam fundabatur parabola. Nam parabola est similitudo, & si in omnibus teneret, non esset similitudo iam sed ipsa res: sed de hoc plura supra cap. 13. Licet igitur ita videatur, tamen prudentes his verbis dicere voluerunt, non esse admittendam factorum permutationem. Id enim accidit his qui timore seruili potius conuertuntur ad Deum: quia illam

illam efficaciam [illegible] requiritur in voluntate [illegible] [illegible] ad nullis [illegible]. Cùm [illegible] ipsi in [illegible] [illegible] [illegible]. Quæ [illegible] [illegible] [illegible] quod possent [illegible], sed repulsi [illegible], & dicitur [illegible], quod vadant ad vendentes. Quod licet non ad propositum videatur responsum; tamen datur per hoc intelligi [illegible] [illegible] ad propositum. [illegible] *Ite potius ad vendentes, & emite vobis.* Qui emit, pretium dat pro eo quod acquirit, quod si res magnæ æstimationis est, magnum etiam pretium confert. In quo docent nos divinæ literæ, quòd gratia, & charitas adipiscuntur dando pro eis id quod homo habet, hoc est, voluntatem suam, illam Deo, & legi eius subijciendo, & ideò dicitur [illegible] emi. Hinc Sapiens dicit: Veritatem eme, & sapientiam vendere noli. Quod [illegible] [illegible] Cant. 8. manifestat nobis Spiritus sanctus dicens: Pone me vt signaculum super cor tuum; vt signaculum super brachium tuum: quia fortis est, vt mors dilectio, dura quasi infernus æmulatio: lampades eius lampades ignis atque flammarum. Aquæ multæ non potuerunt extinguere charitatem: nec flumina obruent illam. Si dederit homo omnem substantiam suam pro dilectione: quasi nihil despiciet eam. [illegible] charitatis hic canitur, [illegible] laudibus effertur: eo quòd fortis sit ac valida, lucida, splendidaque. Clara enim est, & quæ nunquam marcescit sapientia. Est enim fortior morte: quia illā superat, & de ea triumphat. Denique [illegible] post mortem charitas permanet, secundùm illud Pauli. Charitas nunquam excidit: siue Prophetiæ euacuabuntur, siue linguæ cessabunt. Lampades eius sunt lampades harum Virginum prudentium: quas nec aquæ tribulationum, nec inundationes maris, aut tormentorum extinguent. Dicuntur enim lampades ignis: quia intus per amorem ardentes flammarum quia extra per bona opera [illegible]. Sicut de Ioanne baptista dicitur, quòd erat lucerna ardens, & lucens: quare tam magnum pretium meretur. Si dederit homo omnem substantiam suam pro dilectione, quasi nihil despiciet eam. Substantia propria hominis liberum arbitrium est, hoc enim est propriū eius (nam nec salus, nec vita, nec diuitiæ sua sunt, cùm ab eo etiam inuito auferantur.) Per liberum autem arbitrium dominus est suarum actionum: quare sua substantia est sua libera voluntas, quam Deo subdendo hanc dilectionem meretur, cùm enim subijcio Deo libertatem, quæ tunc liberior, & perfectior est, nam est optimum bonum liberum, secundùm illud quod Dominus per Ioannē dixit. Si filius vos liberauerit, verè liberi eritis. Nā qui per propriam voluntatē cōmittit peccatum, seruus fit peccati, quod est misera seruitus. Sed libertas illa suauis est, ac dulcis, suaueque iugum Domini reddit, secūdùm illud quod Dominus clamabat dicens. Venite ad me omnes qui laboratis, & onerati estis, & ego reficiam vos. Ac si diceret. Ego reddā vobis suaue iugum meum, & si mihi vestrā dederitis libertatem, ac voluntatem, auferetur onus de humero vestro, & iugum de collo vestro (vt ait Dominus per Prophetā.) Et idem. Computrescet iugum à facie olei, id est, amoris Dei qui fortiùs onera facit: & quæ quasi iugum patridam non sentiantur. Vndè iusto non est lex posita, quantum ad vim coerciuam scilicet: quoniam sua voluntate feruntur, non ex vi legis. Quarè emere oleum hoc, etiam si tota nostra substantia pro illo detur, non malè eueniet nobis: quoniam splendorem nostris operibus tribuit, cùm magis necessarium est; vt porrò quandò acclamatur venire Sponsum, & exeunt obuiam ei. O quantum tunc æstimat anima habere lampadem istam charitatis accensam, oleo gratiæ perfusam: vt tali apparatu ad æternas Agni nuptias ingredi mereatur. Hinc Prouerb. 31. dicitur. Gustauit, & vidit quia bona est negotiatio eius: non extinguetur in nocte lucerna eius. Hoc est, quandò homo in hac exercetur negotiatione, vt emat oleum istud charitatis, quo anima sua, & ardeat, & luceat, dando pro eo omnem substantiam suam: hoc est, voluntatem, ac liberum arbitrium, non timeat quòd in nocte extinguatur lucerna eius. Hoc est, media nocte quandò aduentus Sponsi annunciatur, accenditur hac enim lampade illum excipiat, & sic introibit cum eo ad nuptias. Verùmtamen fatuæ dum vadunt emere, quia verè non vadunt efficaci motu voluntatis, venit interim Sponsus, & clausa est ianua, neque [illegible]. Postea autem per recapitulationem dicitur, quomodo clausa fuerit ianua [illegible]. Procerius [illegible] intelligentis lege id quod habetur Luc. 13. vbi sic dicitur. Cùm autem intrauerit pater familias, & clauserit ostium, & incipietis foris stare, & pulsare ostium eius dicentes, Domine, Dñe aperi nobis, & respōdens dicet vobis, Nescio vos vnde sitis, discedite ame omnes operarij iniquitatis: ibi erit fletus, & stridor dētiū, cū videritis Abraham, Isaac, & Iacob, & oēs Prophetas

Marginal references: Prou. [illegible]; Cant. 8; Sap. 6; 1. Cor. 13; Ioan. 5; Ioan. 8; Matth. 11; Esai. 10; Ibidem; 1. Tim. 1; Prou. 31; Luc. 13.

phetas in Regno Dei, vos autem expelli foras. Et venient ab Oriente, & Occidente, & Aquilone, & Austro, & accubent in Regno Dei. Et hæc est, interpretatio parabolę.

Alia moralitas seu monitio. Sed super illa verba (Ite potius ad vendentes, & emite vobis) aduertendum est quod præparatio ad has nuptias est charitas, quæ est oleum quod fouet huius lampadis flammam, quæ semper sine cessatione splendet. Ipsa etiam est, quę testimonium bonæ conscientiæ confert, in quo vera gloria, & opinio firma cum authoritate fundatur. Ipsa est origo ex qua nascitur meritum bonorum operum nostrorum, & quæ nos facit his nuptijs, ac festiuitatibus dignos. Per illam itur ad æternitatem acquirendam, & ad gaudia cœlestia. Hinc est quod Paulus postquam *1. Cor. 12.* 1. Corint. 12. dixit, Æmulamini charismata meliora, subiungit. Et adhuc excel- *1. Cor. 13.* lentiorem viam vobis demonstro. Hac enim via peragrata omnes attingemus virtutes. Quare cap. 13. explicans charitatis eminentiam ait. Si linguis hominum loquar, aut Angelorum, charitatem autem non habeam, &c. Totum hoc caput legendum est explicando eminentiam charitatis, causalitatem eius, & durationem: quoniam nunquam excidit. Secundò aduertendum est, *Aristot.* quòd Aristoteles loquendo de iustitia legali, ait, sic inter alias virtutes eminere, quòd nec Lucifer sic admirabilis est sicut illa. Imò in Prouerbio dicitur, Iustitiam hanc omnes in se complecti virtutes. 5. Ethicor. capit. 1. Veruntamen hæc doctrina verissima est de vita polytica. Cæterum loquendo de vita Christiana, quæ altior, ac eminentior est, quippè vita cœlestis supernaturalis, ac diuina vita qua viuunt filij Dei, Lucifer, ac hesperus clarus quæ admirabilem pulchritudinem gignit, charitas est: quoniam hæc nos consortes facit diuinæ naturæ, & in Deum nos rapit, trāsfert atque similes efficit, & mirabili vinculo nos *1. Cor. 6.* vnit cū illo. Nā qui adhęret Deo, vnus spiritus est cum eo. De charitate autem dicitur. Qui manet in charitate in Deo manet, & *1. Cor. 6. et 1. Ioan. 4.* Deus in eo, 1. Cor. 6. & 1. Ioan. 4. Hinc Moy- *Deut. 30.* ses Deut. 30. dicebat. Elige vitam, vt diligas Dñm Deum tuum, & illi adhęreas: ipse est enim vita tua. Quare ad hanc præcipuè attendere debemus, vt hanc consequamur charitatem. Aliqui quidem abstinentijs vacāt, alij vigilijs carnē castigāt, alijs vili habitu indui placet, alij orationibus incūbunt, nonnulli in operibus vitæ actiuæ diu exercentur, sed fortè aliqui horum his operibus quę mūdus æstimat, ac magnificit, intenti, non plenè aduertunt longè à veritate illos abesse, nec se ipsos intelligunt, quòd absq; charitate, & recta in Deum intentione hæc opera fiūt. Quare hęc opera vacua, & non plena sunt, quibus dici poterat illud Apoc. 3. Non inueni opera *Apoc. 3.* tua plena coram Deo. D. Aug. mirabiliter in *Augusti.* lib. de moribus Eccles. c. 1. docet facile esse simulare, difficile verò habere virtutē. Et c. 33. ostendens quomodo in Ecclesia omnium virtutum exercitia habeātur, subiungit. Charitas præcipuè custoditur, charitati victus, charitati sermo, charitati habitus, charitati vultus aptatur, quo itur, & cōspiratur in vnā charitatē. Sed quid necesse est Aug. citare, cū hoc ipsum habeamus in Paulo ad Col. 3. *Colos. 3.* sic dicente. Induite vos ergo, sicut electi Dei, & sancti viscera misericordię, benignitatē, humilitatē, modestiā, patientiā, supportantes inuicem, & donātes vobismetipsis: si quis aduersus aliquē habet querelā, sicut & Dñs donauit vobis, ita & vos. Et post hæc subdit. Super omnia autem hæc charitatē habete: quę est vinculum perfectionis. Nā sicut calor na- *Simile.* turalis in corde mansionem suā habet, sed ab eo in cętera membra diffunditur: sic calor iste charitatis diuinæ in voluntate quidē manet (quæ gerit vicem cordis in animo) sed inde omnibus alijs virtutibus suā vim, ac virtutem cōmunicat. Cùm ergò hæc sit vitæ Christianæ substantia, oleumq; quo ante Deum anima lucet, hāc amare debemus, & exquirere à iuuentute nostra, & quærere eā sponsam nobis assumere, amatores facti formæ atq; pulchritudinis eius. Hāc prælati doceāt subditos, hanc reformatores laudent, hāc prædicatores laudibus ad æthera efferāt. Vidi aliquos zelo non spirituali sed carnali exagitatos, qui potius suam quàm aliorum vtilitatem quærentes, non pacem, non amicitias iungunt, sed potius lites mouent, secreta aperiunt, & vt hunc reforment, exagitant potius, ac turbant, sine misericordia vlla aut charitate procedentes: cùm tamē blandè curanda sint vulnera mentis. Nam medi- *Simile.* cus qui oleo rosaceo potest vulneri mederi, non vtitur cauterio. Idem de medico spirituali est dicendum. Vndè Esai. 25. de Christo *Esai. 25.* Dño dicitur, Factus est fortitudo pauperi, fortitudo egeno in tribulatione sua, spes à turbine, vmbraculum ab æstu: Spiritus enim robustorum quasi turbo impellens parietem. Et alibi Esai. Spiritus Domini super me, *Esai. 61.* eo quod vnxerit me, ad Euangelizandum

pauperibus

[illegible] misit eos, ut mederetur contritis corde. Quare & ipse Dominus discipulis cùm esset, claritatem quandam facere [illegible] Nescitis cuius spiritus filis? Vult quippe Dominus, ut ex suavitate, ac dulcedine qua Deus omnia gubernat, ministri eius etiam subditos tractent. Hinc enim in filii olei dicuntur (ut legere est Zachar. 4. retulimus) quoniam filij charitatis sunt, & ab ea totū suū esse spirituale habent. Quare hoc oleum debemus petere, ut diffundatur in cordibus nostris per Spiritum sanctū qui datus est nobis.

Zach. 4.

Caeterum quoniam Evangelium hoc in festo sanctae Catharinae virginis & martyris cantatur ab Ecclesia Romana, dicendum quòd haec virgo hoc oleo maximè litata est, de qua tria quidem dicenda sunt. Primùm quid excelluit sapientia quae reperitur in praelatis, illa scilicet, quae est potens ad exhortandum & convincendum; cùm haec virgo sapiens remiserit. Paulus 1. Timoth. 2. mulierem praecipit in silentio discere, nec in Ecclesia debet permitti, ut doceat, nihilominus Deus sua superna gratia aliquas sic extulit foeminas, ut viros in hac sapientia superarent. Praeter hoc floruit virginitatis candore, qui maximè effert naturam nostram, nam in carne praeter carnem vivere, non humanum, sed Angelicū est, ait Divus Hieronymus. Paulus exemplo 1. Corinth. 7. sic ait. Mulier innupta, & virgo cogitat quae Domini sunt, ut sit sancta corpore & spiritu. Quae autem nupta est, cogitat quomodò placeat viro. Lege D. August. de vera religione capit. 3. ubi fingit se cum Platone congredi, aut alijs discipulis eius; & interrogantem de hac vita voluptatibus experta quid de illa sentiret; respondere quidem non posse hoc ab homine fieri, nisi quem forte ipsa Dei virtus, ac sapientia ab ipsa rerum naturam exceptum, nec hominū magisterio, sed intima illuminatione ab incunabulis illustratum, tanta honestaret gratia, tanta firmitate roboraret, tanta denique maiestate subveheret; ut omnia contemnendo quae pravi homines cupiunt, & omnia perpetiendo quae horrescunt, & omnia faciendo quae mirantur, genus humanū ad tam salubrem fidem summo amore atque authoritate converteret. Habuit etiā beata Catharina martyrij meritum, atque coronam, de quo Paulus ad Philippens. 1. Donatum est vobis pro Christo, ait, non solùm ut in eum credatis sed ut etiam pro eo patiamini. Quod D. Augustin. libr. 3. de Civitat. Dei, capit. 4. mirabiliter disserit. Ideò quippe docet, Dominum voluisse corpora nostra esse mortalia, ut hoc genus sanctorum, nempe martyrum, esset in Ecclesia sua. Apocalyps. 7. interrogat Ioannes Angelum dicens: Hi qui amicti sunt stolis albis, qui sunt, & unde venerunt? Et dictum est. Hi sunt qui venerunt ex magna tribulatione, & laverunt stolas suas in sanguine Agni. Quare in B. Catharina tres fuerunt coronae aureolae, sapientiae scilicet, virginitatis, & martyrij. Quò circa perfectissimè lampas oleum secum, & ita praeparata est cum lucerna ardente, atque intravit cum Sponso ad nuptias felicitatis aeternae.

Allegoria in festo S. Catharinae martyris.

1. Timo. 2.

Hieron.

1. Cor. 7.

August.

Philipp. 1.

D. Aug.

Apoc. 7.

Circa illud verò *Intraverunt cum eo ad nuptias, & clausa est ianua*, duo dicenda sunt. primum quid est intrare cum Sponso ad nuptias, & secundum quid sit claudi ianuam. Et quoad primum certum est quòd per nuptias in praesenti loco intelligitur status bonorum, nempe vita illa quam iusti in consortio Dei in altero seculo vivunt. Status autem ille nuptiarum nomine appellatur; non solùm ob similitudinem quam gerit cum his nuptijs temporalibus, & visibilibus, verùm etiam quoniam esse, & conditionem verarum nuptiarum habet. Cuius ratio est. Nam Deus, & Dominus noster propter esse gratiae, & multo magis propter esse gloriae communicat bonis suum divinū esse, atque super excellentem naturam, illosque ad suas divitias, ac statum admittit; & quoniam id esse, ac statu Dei includitur esse omnium bonorum, quae extra ipsum sunt, taliter quòd in se omnia eminentia quadam continet, puriora, perfectiora, pleniora quàm in se ipsis sint: hinc fit quòd in statu beatitudinis inveniuntur omnes res creatae, quantum ad bonum quod in eis est. Et sic verificatur illud Sapien. 7. Venerunt autem mihi omnia bona pariter cū illa. Hinc in divina Scriptura Regnum coelorum, nunc divitiae, nunc Regnum, nunc deliciae, nunc prandium, nunc coena, nunc potus, nunc nuptiae nuncupantur. Quoniā quidquid boni in his rebus est, totum celsitudine quadam, ac eminentia in Regno coelorum continetur. Igitur intraverunt cum eo ad nuptias, hoc est, cum Christo in gloriā, in qua verae nuptiae celebrantur, non carnales, aut temporales, sed coelestes & aeternae: ibi enim in illa coniunctione cum Deo

Allegoria moralis et spiritualis.

Sapien. 7.

quæ fit in gloria, [illegible] quidquid voluptatis, vtilitatis, & gaudij in nuptijs carnalibus est seclusis imperfectionibus, laboribus, oneribus, defectibusque quibus temporalia omnia commiscentur. Sunt enim nuptiæ illius perfectissimi matrimonij, quod inter Christum, & probos, ac iustos celebratur, ac contrahitur, cuius magnam mentionem facit Paulus ad Ephes. 5. (*Ephes. 5.*) vbi loquens de matrimonio illo, quod inter Adam, & Euam contractum fuit, subdit: Sacramentum hoc magnum est, ego autem dico in Christo, & Ecclesia. In quo apparet perfectius esse matrimonium spirituale, quàm carnale: hoc enim in mundum illud parissimum est. Verum est quòd Diuus Bernardus (*Bernard.*) nō vult, quòd hoc nomine sponsæ quælibet anima gaudeat, sed illa duntaxat, cuius cum Deo deliciæ, ac amores tales sunt, quales sponsæ cum sponso, quem summa dilectione complectitur, tenerrimeque, ac dulcissimè diligit, vt patet in multis locis super Cantic. signanter serm. [illegible]. Hæc enim sola sponsa videtur dici in Scriptura, quæ perfectissimè, ac dulcissimè sponsum suum Christum diligit. Licet omnia hæc quæ in his locis ad hoc propositum docet, intelligenda sint tantummodò de illis personis, quæ speciali quodam priuilegio, ac gratia cum Deo confabulantur, familiarissimeque conuersantur: generaliter tamen loquendo omnes homines quotquot in gratia Dei sunt, nomine etiam sponsæ decorantur. Gratia quippè ordinat, ac constituit inter eos, & Deum certum quoddam matrimonij genus, arctius, & ex sua natura indissolubilius, quàm carnale. (*2. Cor. 11.*) Quare Paulus generaliter omnes iustos, qui Christo fidem dederant alloquens, ait ad illos. Æmulor enim vos Dei æmulatione, despondi enim vos vni viro virginem castā exhibere Christo. In hoc cœlesti matrimonio, sicut in carnali, prius fuerunt sponsalia per verba de futuro, deinde per verba de præsenti tandem consummatum est. In istis nuptijs sponsalia fuêre in veteri lege, matrimonium in lege gratiæ contractum per totum tempus præsens, consummatio verò matrimonij erit in gloria. De quo vide summam Ecclesiæ, Libro. 1. capit. 5. & 33. Hoc matrimonium constat in volun[illegible] animæ ad Deum, insolubilique cognitione, & per amorem: In hac vero vita, nec cognitio, nec amor possunt esse perfecta, aut consummata. Nam cognitio est confusa, & obscura; est enim per fidem quæ inéuidens est, & per auditum de qua Paulus 1. Corinth. 13. (*1. Cor. 13.*) Videmus nunc per speculum in ænigmate. Item cognitio huius vitæ est à procul, quia per creaturam, & non immediatè: non enim videmus Deum in se, sed creaturas videmus immediatè, & imago Dei, & similitudo in eis. Vndè Balaam in Numer. 24. (*Num. 24.*) Videbo eum, sed non propè, intuebor eum, sed non modò. Et quia tantum Deum amat homo, quantum cognoscit de eius bonitate, & eius bonitas est sua substantia, quam imperfectè cognoscimus; ideò imperfectè amatur. Vndè Sponsa Canticor. 5. (*Cant. 5.*) adiurat filias Hierusalem, dicens: Si inueneritis Sponsum, dicite ei, quia amore langueo. Id est, habeo amorem languidum, & infirmum. Præterea hic amor perfectus, & cognitio semel habita potest amitti, ideò vnio qua anima vnitur Deo in hac vita, est imperfecta, & solubilis, & ideò matrimonium non est consummatum, sed in animæ glorificatione consummabitur: quia cognitio ibi perficietur, & cognoscet anima perfecta cognitione: quia erit per claram, & manifestam visionem, sicut ipse cognoscit, licet quoad gradum in intensione possit esse maior, vel minor in diuersis, de quo Paulus 1. Corinth. 13. (*1. Cor. 13.*) Nunc cognosco ex parte, tunc autem cognoscam, sicut & cognitus sum. Et tunc videbimus eum facie ad faciem. Et 1. Ioann. 3. (*1. Ioan. 3.*) Cùm apparuerit, similes ei erimus: videbimus enim eum sicuti est. Hoc est, sicut est in se ipso, & non solum sicuti est in creaturis extra se. Perfecta autem cognitione, & consummata perficitur amor, qui consequitur ad illam, quare tunc amor erit perfectus, & non amittetur. Nam, vt Paulus ait. 1. Cor. 13. (*1. Cor. 13.*) Charitas nō quærit quæ sua sunt. Quia est amicitia, & amicitia est semper ad alterum, & in amando amicū consistit, vt dicitur. 8. Ethico. & 10. (*Aristot.*) quæstio. 27. articul. 1. (*D. Thom.*) In hac vita verò nunquam amicitia Dei est perfecta: quia semper anima amat se aliquantulum, & amor eius sapit se amantem; in patria vero alienatur anima penitus à se, & per amorem fit totaliter Dei sui, & omnium oblita. Vndè August. (*August.*) Bernardus, & D. Tho. dicunt, (*Bernard.*) illud præceptū de diligendo Deo, non posse perfectè impleri, nisi in patria: quia præcipitur, vt diligamus ex toto corde, & illud vsque nūquam cor hominis totū fertur in Deum, sed aliquantulum in se detinetur. Et de illo statu intelligit Bernardus illud. Psal. 70. (*Bernard.*) quod de adiumento dicitur, Introibo in potentias Domini, Domine (*Psal. 70.*) memo-

memorabor iustitiæ tuæ solius. Et Esai.31.
Dicit Dominus cuius ignis est in Sion, &
caminus ignis in Hierusalem. Sion quod
dicitur specula est Ecclesia præsens, sed
Hierusalem, pacifica, & Ecclesia triumphans.
Ignis est in Sion, & caminus in Hierusalē:
quia charitas quæ est ignis in gloria est in
camino, vbi ignis fortiter ardet & continuè
sufflatur, per continuam Dei contemplationem claram. Sed in hac vita est ignis extrà
caminum, charitas tepida, & imperfecta.
Vnde in gloria est charitas, sicut ignis in
propria sphæra, vbi perfectissimè viget
(quare & ipsum cœlum vocatur empyreū,
hoc est, igneum) sed in hac vita est in Sion,
vbi imperfectè viget, nec sic corda accendit, exurit, atque inflammat, sicut ibi vbi
Seraphin hoc amore ardent. Circa quod di
ligenter notandum, quòd charitas in patria
est in loco naturali, & extrà patriam est veluti extra locum naturalem: quia soli Deo
qui ibi beat, est naturalis charitas, cæteris
vero est aliena, extranea, & supernaturalis.
Et hic est Theologus, & pulcher sensus præ
dictorum verborum. Et sumitur hæc figura
ad literam ex quadam ceremonia veteris le
Exod. 38. gis. Exod. 38. Nam in templo erant duo al
taria, vnum vocabatur holocaustorum, id est,
sacrificiorum, qui penitus ab igne consumebantur, in quo ignis nunquam extinguebă-
tur, ex quo cum necesse erat deferebatur
ignis ad altare thymiamatis, id est, sacrificiorum, quæ penitus non consumebantur
ab igne. Vbi erat figurati duo Ecclesiæ status, vnus in hac vita, vbi sacrificium animæ
& cordis non consumitur ab igne charitatis quia, vt dictum est, adhuc remanet aliquid amoris proprij: alius in gloria, vbi cor
fit holocaustum, quia totaliter consumpto
amore proprio totum Deo offertur, & traditur, & ita ibi erat perfecta vnio animæ ad
Deum, & omnino insolubilis: quia status
ille est perfectus & perpetuus, & solum ibi
consummatur matrimonium, & perficitur,
1. Cor. 13. secundùm illud. 1. Corinth. 13. Cum venerit
quod perfectum est: euacuabitur quod ex
parte est: & tunc matrimonio consummato,
anima traditur penitus sponso suo Deo, &
traducitur in domum suam, vt ibi quietè per
maneat in æternum. Et tunc nomine dotis
accipiet tres excellentissimas perfectiones
consequentes statum illum cuiuslibet beati.
Vna visio, altera comprehensio, tertia fruitio, de quibus Theologi. 4. Sententiar. di-
D. Thom. stinctio. 49. q. 4. & D. Thom. add. quæst. 95.
artic. 5. & part. 1. q. 12. artic. 7. ad. 1. Tunc ibi
fiunt omnia pertinentia ad nuptias, quia fit
magnum conuiuium, vbi apponuntur infiniti cibi, & dapes, de quo intelligitur illud:
Homo quidam fecit cœnam magnam, & il-
lud etiam Luc. 22. Ego dispono vobis, sicut Luc. 22.
disponit mihi Pater meus regnum, vt edatis & bibatis super mensam meam in regno
meo. Et Apocalyp. 14. dicitur: Beati qui ad Apoc. 14
cœnam Agni vocati sunt. Videte quale con
uiuium illud erit, vbi ipse filius Dei erit mē-
sæ præfectus, el maestresala, vt ipse Luc. 12. Luc. 12.
dicit: Beati sunt serui illi, quos cum venerit Dominus inuenerit vigilantes. Amen dico vobis, quòd præcinget se, & faciet illos discumbere, & transiens ministrabit illis. Ibi
Angeli & beati concinnis vocibus dulcia cantica canent. Erunt enim ibi incessabiles gra
tiarum actiones: quas beati omnes pro sibi
tanto collato bono Deo suo cantabunt, secūdùm illud Esai. 51. Gaudium & lætitia in- Esai. 51.
uenientur in ea: gratiarū actio & exultatio,
& vox laudis. Et Psal. 83. Beati qui habitant
in domo tua, Domine: in secula seculorū lau
dabunt te. Et Apocalyp. 14. dicit Ioannes; Apoc. 14
quòd vidit turbam magnā sequentem Ag-
num, cantantem canticum nouum. Nec ibi
deficient choreæ virginum, saltationes, tripudium. Hæc sunt accidentalia gaudia, quibus de creaturis Dei beati gaudent: & de
alijs bonis quæ illi summo bono accumulabuntur. Ibi saltabitur saltatio illa, quæ dicitur
Alta, hæc est altissima illa cognitio omniū
rerū, quā omnes beati habent in Deo: quæ
à D. Augustino dicitur cognitio matutina: D. Aug.
& illa saltatio, quæ apud nos dicitur, baxa,
hæc erit cognitio, quam beati habebunt de
omnibus rebus, considerando illas in se ipsis, quæ ab Augustino dicitur cognitio vespertina. Non deerunt lusus, aut lætitiarum
inuentiones. Nam de ipso filio Dei qui Pa-
tris sapientia dicitur, legitur Prouer. 8. De- Prouer. 8.
lectabar per singulos dies, ludens coram eo,
ludens in orbem terrarū. Et hæc fortè erunt
gaudiū & lætitia, quæ sancti habebunt, quia
se videns à pœnis inferni liberatos, irridendo illos, qui in hac vita irriserūt, & ludibrio
habuerunt virtutem, secundùm illud Psal. Psal. 2.
Qui habitat in cœlis irridebit eos: & Dominus subsannabit eos. Et alibi. Lætabitur iu- Psal. 57.
stus cum viderit vindictam: manus suas lauabit in sanguine peccatoris. Ex his ergo om
nibus patet, quòd status beatorum sunt veræ, & iucundissimæ nuptiæ, de quibus intelliguntur hæc verba thematis, Intrauerunt

cum

cum eo ad nuptias. Et notandum, quòd non dixit, admissi sunt ad celebrandum nuptias, sed intrauerunt cum eo ad nuptias: ad significandam conditionem illius statûs beatorū. Intrare enim dicimus in id quod est clausum, custoditum, & secretum, separatum à natura omnium (est enim ille status soli Deo naturalis, & extraneus naturæ omnium creaturarum) itaque consequi gloriã est ingredi in thesauros magnos rerum nunquam visarum, intrare in regale illud veri Salomonis palatium, ex cedris incorruptibilibus fabricatum: in domum illam magnam Dei, de qua Propheta quidam dixerat: O Israel, quàm magna est domus Domini, & ingens locus possessionis eius. *Baruch. 3.*
Et Dauid, Introibo in potentias Domini. Et infrà. Intra in gaudiũ Domini tui. Ioan. 10. *Psal. 70.* *Ioann. 10*
Ingredietur, & egredietur: & pascua inueniet. Et loquitur de gaudio duplici beatorum, alterum quod ex Dei visione sumitur, alterum quod ex creaturarum cognitione habetur. Itaque beatitudinem adipisci, ingressio quædam est non vulgaris, aut communis; sed solennissima, & mirabilis, in qua ad modum triũphatoris beatus quilibet illam ingreditur requiem. Quemadmodùm in temporalibus festis, in hastiludio, aut arundinum ludo, aut torneamentis, ingreditur quidem Rex & sui cum illo; sed sigillatim vnus post alium, vt in hastiludio; aut bini, & bini, vt in arundinum ludo, aut in partes ordinati, vt in torneamentis. Cæterum quod plus multis placet, id est, cùm omnes simul congrediuntur, & in ludo illo exercentur, *en la folla*. Sic dùm Ecclesia hæc militans durat, multi ingrediuntur in illam requiem post Regem suum Christum, & ad festiuitatem Angelorum admittuntur: sed aliquandò vnus, aut alter, alijs vicibus bini, & bini, alijs multi veluti in aciem conglomerati quasi cœlo ipsi vim inferre conantes ingrediuntur. Quare eorũ ingressus, ceu triũphus magnus celebratur in cœlo ab ipso Deo, & Angelis eius, qui illos ingredientes aspiciunt. Quæ venerabilis cohors Sanctorum veteris Testamenti, qui cum Christo Domino in die Ascensionis eius post illum cœlos ingressi sunt? Quàm celebris introitus post hæc fuit ille beatissimi martyris Stephani, qui tanquam optimus in hastiludio certator solus omnes penetrat cœlos? Petrus, & Paulus bini ingrediuntur. Martyres in cohortibus, legionibus, & aciebus conglomerati intrant, similiter confessores feciei, sacratus virginum chori, vndecim millia Virginum pulcherrimus chorus, decem millium Martyrum sacrata legio: omnes hi ingressus celeberrimi erant. Ille autem omnes superabit, sollenniorque erit cæteris, cùm Dominus noster, ac dux noster Iesus Christus, post mundi consummationem, simul cum Sanctis omnibus æthereas penetrabit regiones, morte deuicta, palmam, ac victoriã ex hoc mundo reportantes. Lætabuntur in te (ait Esai. capit. 9.) sicut qui lætantur in messe: sicut exultant victores capta præda, quando diuidunt spolia. *Esai. 9.*
Tunc enim (vt dicit Paulus 1. Corinth. 15.) insultabunt morti dicentes: Vbi est, mors, victoria tua? Vbi est, mors, stimulus tuus? Mirabile est principem, aut magnatem in curia magno cum comitatu intrantem intueri; sed multo mirabilius erit, Regem regum omnibus comitatum beatis cœlos penetrantem cernere. Nam, vt Esaias clamat, omnis caro fœnum, & omnis gloria eius quasi flos fœni; verbum autem Domini manet in æternum. *1. Cor. 15.*
Magnum D. Maximo hoc spectaculum videbatur, cùm postquam bona plurima quibus beati in cœlis fruuntur, numerauerat, subdit. Verùm super hæc omnia est consociari Angelorum ciuibus, omniumque cœlestium sanctarum Virtutum contubernijs perfrui, & intueri agmina sanctorum splendidioris syderibus micantia. Quæ omnia includuntur in verbis illis, Intrauerunt. Quòd si etiam ponderes particulam illam, Cum eo, maiora adhuc inuenies mysteria. Nam quandò multi ad festa regalia ingrediuntur qui sunt æqualis authoritatis, absolutè dicimus, ingressi sunt Comes ille, & Dux ille: quandò autem multi vnius authoritati innixi intrant, dicimus illos ingressos fuisse cum illo Duce, aut Comite. Sic in festis cœlorum solus Christus propria authoritate ingressus est tanquam primogenitus, & naturalis filius Dei, alij meritis & passioni eius innixi intrant, atque authoritati eius fulciti, secundùm illud Pauli Hebræo. 9. Christus assistens Pontifex futurorum bonorum, per amplius & perfectius tabernaculum, non manufactum, id est, non huius creationis, neque per sanguinem hircorum, aut vitulorum, sed per proprium sanguinem introiuit semel in Sancta æterna redemptione inuenta. *Hebr. 9.*
Et Esai. 63. Torcular calcaui solus, & de Gentibus non est vir mecum. Et alibi. Saluabit mihi brachium

tur

meum

Apoc. 7. [illegible] in Apocalypſ. dicitur: Hi ſunt
qui venerunt ex magna tribulatione, & lauerunt ſtolas ſuas in ſanguine Agni. Quia
per merita Dominicis Chriſti Iuſti ſaluan-
tur. Et Ioann. 3. Nemo aſcendit in cœlum, Ioann. 3.
niſi qui deſcendit de cœlo, filius hominis
qui eſt in cœlo. Vnde de ipſa Sponſa
in qua intelligitur omnis multitudo iuſtorum, dicitur Canticorum 8. Quæ eſt iſta Cant. 8.
quæ aſcendit de deſerto, innixa ſuper
dilectum ſuum? [illegible].
Et hæc de prima parte quam propoſui-
mus.

De ſecunda autem; vbi dicitur, *clauſa
eſt ianua*, nunc videndum eſt. Re vera in
cœlo nulla eſt ianua propriè, ſed hoc eſt
metaphora quædam, qua nobis ſignifican-
tur mirabiles conditiones vitæ illius beatæ
qua Sancti fruuntur, & in ea etiam explicatur quies, & requies beatorum. Quandò Simile.
enim fit feſtum aliquod in palatio Regio
apertis ianuis, abſque vllo perſonarum delectu, maxima inquietudine, ac intolerabili
ſtrepitu fit. Quare vulgare erit feſtum illud, inquietudine intrantium faſtidioſum.
Sic ſunt omnes feſtiuitates Eccleſiæ militantis in hac vita, tam interiores, de quibus
dicitur (Quoniam cogitatio hominis confi- Pſal. 75.
tebitur tibi: & reliquiæ cogitationis diem
feſtum agent tibi) quàm exteriores, & publicæ quas ſimul omnes celebramus. Magnæ quidem & lætæ feſtiuitates in Eccleſia
fiunt, ſedtamen apertis ianuis celebrantur,
& bonis ac malis abſque delectu conceditur
tur aditus ad eas: quare quaſi confuſione
quadam turbantur. De hoc enim introitu
ad Eccleſiam militantem intelligitur illud
quod ſupra capit. 22. dictum eſt, præcepiſſe
Regẽ ſeruis ſuis, dicentẽ: Ite ad exitus via- Matt. 22.
rum, & quoſcunque inueneritis vocate ad 9
nuptias. Et egreſſi ſerui congregauerunt
quoſcunque inuenerunt, bonos & malos.
Hinc Apocalypſ. 8. dicitur: Factum eſt ſi- Apoc. 8.
lentium in cœlo, quaſi dimidia hora. Vbi
ſecundùm Gregorium [illegible] Moral. capit. 24. Gregorius.
& ſuper Ezechiel. homil. 24. in fine, per cœ-
lum intelligitur cœleſtis ſtatus beatorum
vel iuſtorum, qui in hac vita morantur: nam
in cordibus peccatorum, nec per momentum quidem fit ſilentium, ſed in cœlo, id
eſt, in cordibus eorum quorum conuerſatio
in cœlis eſt, aliquandò fit ſilentium, ſed dimidia hora: quoniam feſta hic apertis ianuis celebrantur. Longè aliter in beatitudine. Nam quandò in Regia domo feſta fiunt,
clauſis ianuis celebrantur, & ex Regis edicto non intrant niſi proceres, & electi. Et
tale eſt feſtũ illius cœleſtis palatij, ad quod
non admittuntur niſi magnates & electi, ſecundùm illud Matth. 13. Exibunt Angeli, Matt. 13.
& ſeparabunt malos de medio iuſtorum. Et
ita feſtum fit inſigne. Item clauditur ianua
vitijs, & culpis & paſſionibus, quæ ibi omnino ceſſant, nec inquietant feſtum. Vnde
dicitur Eſai. 35. Nec erit ibi leo, nec mala Eſai. 35.
beſtia tranſibit per illam. Item clauditur
ianua omnibus moleſtijs, & malis, quæ ibi
penitus ceſſant, ſecundùm illud Apocal. 14. Apoc. 14.
Abſterget Deus omnem lacrymam ab ocu-
lis ſanctorum, & iam non erit amplius, nec
luctus, nec clamor, ſed nec vllus dolor. Item
per clauſam ianuam ſignificatur ſecuritas,
& æternitas gloriæ. Eſt enim vna conditio
illius beatæ vitæ, certitudo, & ſecuritas nunquam illam amittendi: & ita ſunt ſecuri, &
ſine timore appoſitis ianuis immortalitatis,
quibus ab omni malo cuſtodiuntur, iuxtà
illud Eſai. 32. Sedebit populus meus in pul- Eſai. 32.
chritudine pacis, in tabernaculis fidu-
ciæ, &c. vſque, & ſecuritas vſque in ſempi-
ternum erit. Et Pſalm. 147. Lauda Hieru- Pſal. 147.
ſalem Dominum, lauda Deum tuum Sion.
Quoniam confortauit ſeras portarum tua-
rum. Et Eſai. 33. Oculi tui videbunt Hieru- Eſai. 33.
ſalem habitationem opulentam, tabernaculum quod nunquam transferri poterit. &c. Significatur
etiam aliquid in ordine ad reprobos, hoc
eſt, illud quod eſt ſummum infelicitatis
eorum, nempè perpetuum exilium, & probatio beatitudinis, ita quòd damnati abſq;
vlla ſpe ſalutis in æternum permanebunt:
quia porta negotiandi cum Deo ſemper erit
clauſa eis; & nunquam admittentur ad prædictum feſtum nuptiarum. Nec tantum malum eſſet non admitti ad feſta Sanctorum,
ſi nõ haberent eorum notitiam. Hoc autem
ad cumulum ſuorum tormentorum eis addetur, quòd agnoſcent, licet non diſtinctè,
Sanctorum felicitatem, qua ipſi ſua culpa
carent. Nam Lucæ 16. diues ille auarus vi- Luc. 16.
dit Lazarum in ſinu Abrahæ. Nec ſolum id
agnoſcent; verum & appetent illam: nam
appetitus beatitudinis naturalis eſt omnibus, & cum ex alia parte certiſſimè ſciant
illam iam ſibi eſſe impoſſibilem: furibundè
[illegible], videant ſe in deſperatis per
manſuros tormentis. Nam & in hac vita cer
nimus, ſi feſtum aliquod in regali palatio
celebratur, illi qui foris ſtant, & audiunt vo
ces [illegible] gaudentium, do-
lent

lent vehementer, quod non sibi detur aditus ad illa. Quis dolor putabis viscera damnatorum torquebit, cum intelligant certissimè Deum cum suis Sanctis lætari festiuitatibus perpetuis, & ipsis claudi ianuam? At naturali appetitu pulsabant ostium cœlorum quod est Christus Dominus; & tamen non aperietur illis, sed dicetur: Nescio vos. Discedite à me omnes operarij iniquitatis, sicut fatuis istis virginibus dictum est. Heu miseros, millies[que] miseros illos, qui ex inferno semper illo naturali appetitu clamabunt dicentes: Dominè, Domine aperi nobis. Et tamen semper respondebitur illis: Nescio Chrysost. vos. Quæ vox (ait D. Chrysost.) plus torquebit illos, quàm infernus ipse. Vigilate itaque, quia nescitis diem, neq; horam. Hoc est, ne periculo tantum boni in opponatis: sed semper vigilate, vt cum Sponso intretis ad nuptias.

Sed aduerte, quòd ideò dicitur Dominus hora mortis venire, quia cùm anima exit à corpore, protinus intimatur illi sententia in die Christi, siue per Angelum suum custodem, siue per nouas species. Et quia ibi est Christus in virtute sententiæ, quæ illi suo nomine intimatur: ideò dicitur hora mortis venire Christum. Et circa illud, *Ite potius ad vendentes, & emite vobis.* Aduertendũ, id voluisse prudentes virgines, nempè docere fatuas, quid debuissent anteà facere: vt suam negligentiam tunc agnoscerent, & intelligerent quàm iustè condemnarentur.

Sicut enim homo peregrè proficiscens vocauit seruos suos, & tradidit illis bona sua. Et vni dedit quinque talenta, alij autem duo, alij verò vnum, vnicuique secundum propriam virtutem: & profectus est statim. Abijt autem qui quinque talenta acceperat, & operatus est in eis, & lucratus est alia quinque. Similiter & qui duo acceperat, lucratus est alia duo. Qui autem vnum acceperat, abiens fodit in terram, & abscondit pecuniam Domini sui. Post multum verò temporis venit Dominus seruorum illorum, & posuit rationem cum eis. Et accedens, qui quinque talenta acceperat, obtulit alia quinque talenta, dicens: Domine quinque talenta tradidisti mihi, ecce alia quinque superlucratus sum. Ait illi Dominus eius: Euge serue bone & fidelis, quia super pauca fuisti fidelis, super multa te constituam: intra in gaudium Domini tui. Accessit autem, & qui duo talenta habebat, & ait: Domine duo talenta tradidisti mihi, ecce alia duo lucratus sum. Ait illi Dominus eius: Euge serue bone & fidelis, quia super pauca fuisti fidelis, super multa te constituam: intra in gaudium Domini tui. Accedens autem & qui vnum talentum acceperat, ait: Domine scio, quia homo durus es, metis vbi non seminasti, & congregas vbi non sparsisti: & timens abij, & abscondi talentum tuum in terra. Ecce habes quod tuum est. Respondens autem Dominus eius dixit ei: Serue male & piger, sciebas quia meto vbi non semino, & congrego vbi non sparsi: oportuit ergo te committere pecuniam meam nummulariis, & veniens ego recepissem vtique quod meum est cum vsura. Tollite itaque ab eo talentum, & date ei qui habet decem talenta. Omni enim habenti dabitur, & abundabit: ei autem qui non habet, & quod videtur habere auferetur ab eo. Et inutilem seruum eijcite in tenebras exteriores: illic erit fletus & stridor dentium.

Volo (sicut præcedentem parabolam) priùs istam ad literam explicare: vt posteà possimus commodiùs in illam immorari. Homo hic peregrè proficiscens, Christus est, qui à domo sua quam ædificauit & benè instituit abscessit, tanquam peregrè proficiscens. Quoniam post resurrectionem suam discipulis instructis, ad cœlos ascendit, & ad Patrem rediit secum ferens humanitatem, in qua cum hominibus conuersatus est: eo quòd tunc à nobis suam corporalem, & visibilem præsentiam duxerit vsque ad diem reditus, siue iudicij. Non in totum ille Dominus abijt, sed reuersurum se prædixit attestantibus in ipsius Ascensione Angelis, atque dicentibus: Hic Iesus qui assumptus est à vobis, sic veniet, quemadmodùm vidistis eum euntem in cœlum. Proficiscens autem vocauit seruos suos, & tradidit illis bona sua: quoniam statim post Ascensionem suam misit discipulis Spiritum sanctum, Psal. 67. iuxtà illud Psalmi: Ascendens in altum dedit dona hominibus: & per eum multiplicia dona hominibus ad vtilitatem, & consummationem Ecclesiæ domus Dei; per quem etiam ad consummationem vsq; sæculi, nunquam desinat fidelibus sua dona largiri. Vni autem dedit quinque talenta, alteri duo, alteri vnum: quoniam alijs quidem maiora dona dantur, alijs minora, alijs plura, alijs pauciora; quemadmodùm 1. Cor. 12. Apostolus ait, Alij quidem per Spiritũ datur sermo sapientiæ, alij sermo scientiæ, alij gratia sanitatum, &c. Omnia autem hæc operatur vnus atque idem Spiritus, diuidens singulis prout vult. Hæc autem dona tra-

didit

diuidit seruis suis Dominus: non tanquam dominium faciens bonorum istorum, vt ocientur, & glorientur in eis, sed tanquam dispensatores tantùm eos constituit, vt negocientur in eis, & suo Domino lucrum adiiciant: quemadmodum, ait Apostolus Paulus: Sic nos existimet homo quasi ministros Christi, & dispensatores mysteriorum Dei. Hic iam quaeritur inter dispensatores, vt fidelis quis inueniatur. Et Petrus Apostolus: Sicut boni dispensatores multiformis gratiae Dei. Quae autem alicui, vt dispensatori tantùm traduntur, non illi dantur, vt sibi seruet, vt eis fruatur in otio: sed vt ea expendat in praescriptos vsus, ad vtilitatem eorũ pro quibus bona illa tradita sunt ei dispensanda. Sic qui in Ecclesia dona quaelibet acceperunt, sciant sibi non in eis otiosè gloriandum, aut capiendam tantùm animi sui oblectationem: sed negotiandum esse in eis, & fructificandum ad Domini lucrum, id est, ad Dei gloriam, & proximorum vtilitatem, minimè interim neglecta propriae animae salute. Quod autem post commissa seruis suis bona peregrè abscedere dicitur Dominus; significat libertatem in qua nos constituit Deus, vt agere possimus, vel benè, vel malè, ociari, vel negotiari pro nostri libertate arbitrij. Sic enim quandò dominus adstat seruis, velut cogitur ad opus; ipso autem absente liberius agunt, atque probatur seruorum erga Dominum fides, nisi absente domino: nam coram adstante domino plerunque etiam pigerrimi serui ad sudorem vsque laborant; eo verò absente tunc demum cernitur quales verè sint in animo. Sic nobis igitur quasi abest Dominus, relinquens nobis plenam libertatem operandi, vel cessandi, vsque ad diem Iudicij. Primus quinque talentis acceptis studioso lucro intendens, fideles dispensatores in Ecclesia significat: qui agnoscentes magna nimis dona sibi commissa, summo ad hoc conantur studio, vt non in vacuum suam videantur recepisse gratiam. Hi quinque talenta superlucrantur: quoniam iuxtà proportionem donorum suorum, ad Dei gloriam, & proximorum suamque salutem proficiunt ex illis. Seruus qui ex duobus talentis duo superlucratur, alios significat qui minora dona acceperunt, nihilominus iuxtà proportionem suarum virium quantũ possunt proficiũt. Seruus tertius talentum Domini abscondens, significat eos in Ecclesia, qui donis Dei acceptis otiosè viuunt, neque ea student vtiliter expendere, idque ob pigritiam, & damnandã socordiam: quoniam vident requiem quòd sit bona, quemadmodũ de Isachar habet prophetia Iacob, Gen. 49. & in vsu donorum vident sibi magnum suscipiendum esse laborem. Hic seruus piger suae pigritiae praetexit timorem Domini, quo se dicit retractum ab operatione. Ita otiosi in Ecclesia plerunque praetexunt timorem Dei, allegantes periculum quod est in vsu donorum, & quòd hi qui publicè aliquo officio occupantur vt aliorũ saluti proficiant, facilè in aliquod periculum incidunt: & minora esse pericula iis qui sibi solis viuunt, & qui dulci fruuntur otio. Deus, inquiunt, nimium seuerus est iudex, admodùm difficile est eum qui publicè vtilitati vacat non offendere; & qui in paucioribus se occupat offendit minus: melius est, vt in otio viuam & sim securus de mea salute, quàm si multos lucrer & ipse fortè peream. Hi serui pigri sunt, hi dicunt Dominum austerum esse, & hac consideratione se dicunt moueri ad otium. Custodiunt isti talentum, sed in terra abscondũt, & lucrum non faciunt: quoniam plerunque huiusmodi videntur vitam satis probam ducere, & quantum ad se ipsos attinet, abstinent à communibus caeterorum hominum vitijs: verùm his rebus Deo non satisfaciunt, cuius in vanum acceperunt gratiam: quam illis non pro se tantum, sed & alijs contulerat. Post multum temporis reuertitur Dominus, vt rationem exigat: quia in extremo iudicio adueniet Christus, vt examinet vniuscuiusque opera, & fidelitatem singulorum seruorum suorum. Tunc serui vtiles, & fideles, in bonae conscientiae testimonio prodibunt confidentes, procedentque obuiam Domino, & lucrum suum adferent. Non quod ibi sua iactabunt merita, sed quia vniuscuiusque conscientia monstrabit, quae egerit, quamve Domino fidelis fuerit. Ibi adferent lucra sua serui: quoniam (vt in Apocalypsi dicitur) opera illorum sequuntur illos. Apoc. 14. Ibi seruis fidelibus fiet bona retributio propter lucra quae attulerint, non propter bona quae acceperũt: quoniam non ibi quisquam accipiet praemium secundùm quantitatem donorum gratuitorum quae acceperat, sed pro bono, & fideli vsu ex eis acquisito: & vnicuique illic reddetur non secundùm dona sua, sed (vt in Euangelio ait Dominus) secundùm opera sua. Euge (dicit Dominus) serue vnicuique

fidelis

fideli: quoniam eius opera approbabit, seruum quoque bonum, & fidelem agnoscet. Nā omnis qui eū cōfessus fuerit coram hominibus, & vsque ad mortem fidelis fuerit, hunc ipse & confitebitur corā Patre, & Angelis. Vnde & fidelitatem commendat atque remunerat, dicens: Quia super pauca fuisti fidelis. Fidelitatem autem haud frustra allatus probat. Super pauca, ait Dominus, seruum fuisse fidelem: quoniam quidquid donorum in hoc mundo accipimus, perexiguum est si ad immensum illum cumulum bonorum cœlestium conferatur. Ideò & subdit: Super multa te constituam; hoc est, super omnia mea. Nam minus dicit, & maius significat. Super omnia autem seruos fideles Christus constituet, quando eos iuxta verbū Apostoli suos cohæredes & Patris sui cohæredes efficiet, ac iuxta sermonem Apocalypsis Reges & Sacerdotes, vt regnent super terram viuentium in secula. Atque hanc esse illam constitutionem super omnia, indicat quod statim subditur: Intra in gaudium Domini. Tertius seruus ad Dominum accedens excusationem præmittit, quod esse solet hominis malè sibi conscij deprehensi in scelere, & metuentis pœnam: sic homines pigri donis Dei abusi, vel certè non vsi accusabuntur testimonio suæ conscientiæ, quòd non satisfecerint voluntati Domini, excusationem tamen conabuntur proferre: quoniā videbantur isti serui pigri habere aliquid honestæ excusationis; eo quòd retracti videantur timore diuinæ iustitiæ, & consideratione seueritatis eius. Hoc enim sibi vult illud: Domine sciebam quoniam homo austerus esses. Item illud: Metis vbi non seminasti, & colligis ea quæ non sparsisti: prouerbialis est sermo ille, quo significatur magna in exigendo rigiditas. Et timens abij & abscondi talentum tuum in terra, hoc est, non sum ausus collato mihi dono vti, propter pericula peccatorum, quæ in vtendo conspexi. Addit tamen, Ecce habes quod tuū est, hoc est, sicut non sum vsus benè, ita nec malè sum vsus: quamquam non profeci alijs, caui tamen mihi ne vitijs communibus inquinarer, sed velut mundum tibi tuum talentum, & integrum, sine lucro refero. Dominus hunc seruum, & ignauum, & infidelem increpat: eo quòd lucrum non inuenit. Quid faceret ergo si etiam ipsum talentum cum ebrietate & adulteris dilapidasset; aut in aliquem alium malum vsum insumpsisset? Diligenter autem notandum, quòd serui pigri excusationem Dominus ei vertit in accusationem, & iustam condemnationem, cùm ait: Sciebas, quia ego austerus homo sum, &c. Quoniam videlicet timor Dei quem prætexuit piger, & consideratio diuinæ seueritatis, debebat illi esse potius incitamentum ad sedulò, & studiosè operandum, & fideliter expendendum commissa dona, quam ad cessandum ab opere. Si enim tam seuerum, & iustum iudicem credimus fore Dominum nostrum, quomodò sperabimus effugere Iudicium eius, si infideles, & inobedientes nos inuenerit? Vnde hoc vel maximè omnes debet ad operandum excitare. Quemadmodum Apostoli Pauli habemus exemplum dicentis: Væ mihi si non Euangelizauero: necessitas enim mihi incumbit. Et alibi: Græcis, ac Barbaris, sapientibus, & insipientibus debitor sum. Quòd vult Dominus committi pecuniam suam nummularijs, & cum vsura etiam accipere, quid aliud significat, nisi quòd vult Christianos non in vacuum gratiam suam, & dona accipere: sed ad lucrum semper intendere, vt ad Dei gloriam, & proximorum vtilitatem quæ accipimus conuertamus. Tunc enim cum vsura accipiet ipse commissum talentum, quando in nouissimo die ex donis quæ contulit fidelibus, cumulos accipiet meritorum, atque bonorum operum. In vltionem iubet Dominus auferri talentum à pigro & dari fideli seruo habenti iam decem talenta: ad significandum id quod frequenter contingit etiam in hac vita. Sæpè enim is qui à Deo gratiam accepit quam otiosam facit, priuatur ea; & is qui accepit gratijs benè vtitur, augeri sibi sua dona meretur: maioribus enim dignus est qui minoribus benè vtitur. In futura quoque retributione, ex impiorum & pigrorum condemnatione augebitur gloria seruorum fidelium: quoniam erit illis hoc vel singulare gaudium, quòd tanta dignatione se viderint peruenisse ad gloriam æternam, vbi suos conseruos videant æternis deputatos tormentis. Ad conclusionem autem huius tam dignæ notatu parabolæ, est repetenda ex priori parabola illa similis exhortatio Domini, dicentis: Vigilate itaque, quia nescitis diem, neque horam. Est & illud diligenter

ter audiendum quod ait Apostolus Paulus. Exhortamur vos fratres, ne in vacuum gratiam Dei recipiatis. Et rursum. Bonum autem facientes non deficiamus: tempore enim suo metemus non deficientes. Et iterum. Itaque fratres mei dilecti stabiles estote, & immobiles abundantes in opere Domini semper; scientes quia labor vester non est inanis in Domino. Cùm (vt in alio loco dicit) mercedem sit accepturus vnusquisque secundùm proprium laborem.

2. Cor. 6.
Galat. 6.
1. Cor. 15.
1. Cor. 3.

Domine quinque talenta tradidisti mihi; ecce alia quinque superlucratus sum. Hæc vltima capita Matthæi multas continent parabolas quas Christus Dominus, cùm morti proximus esset populo illi prædicauit. Nam quemadmodum candela cùm iam iam extinguitur, plus lucet, & maiores de se flammas emittit, celeritateq; quadam ardere videtur: sic Christus Dominus, cùm à nobis abire decreuerat per mortem, plus ardet, plus splendet, lucidioresq; radios doctrinæ sacræ emittere conatur, qua edocti ac præmuniti simus omnium periculorum, quæ nos in interitum ducere poterant. Quare in omnibus his parabolis loquitur quasi dominus qui iter arripere statuit, & seruis suis format quo se debeant gerere dum ipse abest & illos relinquit. *Sicut homo peregrè proficiscens, &c.* Homo hic Christus Dominus est, qui verus est homo, secundùm illud. Homo est, & quis cognouit illum? Dicitur autem peregrè proficisci: quoniam proprius locus carnis est terra, cœlum autem quasi peregrinum & extraneum est ab ea. Et quoniam filius Dei naturam nostram in cœlum inferre debebat, dicitur peregrè proficisci. Et (velut deuotissimè hîc docet Chrysostom.) vocat hic cœlum regionem peregrinam & extraneam sibi, cùm tamen sit diuinæ personæ naturalis & propria esset, quoniam per tempus illud, quo in terra conuersatus fuerat, tanto iam erga illam amore affectus erat, sicq; amicabiliter ac familiariter vitam in illa agebat, vt esset factus illi quasi extraneam cœlestem regionem existimaret sibi, & tanquam si se à natiuâ sua patria alienaret, peregrinam sibi vocat habitationem cœli. Cum Christus primum in terra venit, quasi extraneus ac peregrinus habitauit in illa (iuxta illud Prophetæ: Et tu quasi colonus futurus es super terram, & tanquam peregrinus declinans ad manendum) postquam autem discipulos cœpit docere, & pater familias fieri, & quasi domum componere in terris, & tanquam colonus cœpit habitare in ea, sic se terræ applicuit, tantoque amore erga suos arsit, quod ab illis separari, etiam si ad cœlestem regionem, videretur illi quasi abalienari à suis, & in exteras abire nationes. Quemadmodum inter homines contingit. Nam si longè à patria tua duxisti vxorem & habitationem tuâ instituisti; cùm in propriâ pergis, quasi extraneus videris. Sic Dominus Iesus qui in terris nostram humanitatem duxerat, ad patriam propriam rediens, quasi peregrè proficisci videtur. *Vocauit seruos suos, & tradidit illis bona sua.* Omne enim datum optimum, & omne donum perfectum (ait Iacobus) de sursum est, descendens à Patre luminum. Vndè & Ecclesia sic orat dicens. Deus à quo bona cuncta procedunt. Hinc Paulus ait. Quid habes quod non accepisti? *Et vni dedit quinque talenta.* Omnia bona quæ Deus in hac vita homini ad negotiandum dedit, ad quinque rediguntur. Primum est subiectum cui gratia conferatur, inter has inferiores creaturas, sola rationalis creatura quæ est homo, capax est gratiæ, in quo bono includuntur omnia naturalia quæ bona sunt, iuxta illud Genes. 1. Vidit Deus cuncta quæ fecerat & erant valdè bona. Et hæc dona omnibus dantur. Bona etiam gratiæ sub his comprehenduntur, quæ solis bonis vsque in finem dantur, à malis enim postquam data sunt eis auferuntur. Vel intelligo gratiam quæ in sacramentis confertur. Nam hæc solis dignis contingit. Super hæc bona tria alia addo. Nempè donum scientiæ atque sapientiæ, & potestatem spiritualem quæ solis Prælatis confertur. Postremum & infimum bonum sunt diuitiæ, quæ raris bonis vsus bonis etiam cedit in gloriam. *Vnicuique secundùm propriam virtutem.* Angelis quidem dedit Deus dona gratiæ secundùm cuiusque naturalem virtutem, vt D. Thom. in 1. p. docet. Itaque Angelus perfectioris naturæ, perfectiorem etiam gratiam consequutus est, & per consequens perfectiorem gloriam. Angelus quippè totum suum conatum potuit ferri in Deum: nec enim habebat corpus hoc corruptibile aggrauans animam, quod illi impedimento esset, sicut homines habemus. Quarè quia maiores habuit vires naturales, vehementius in Deum se conuertit, ac ideò & gratiam & gloriam maiorem adeptus est: licet totum hoc in voluntatem Dei refertur, cui sic Angelorum naturam constituere placuit, & hunc illo perfectiorem cōdere. Hoc autē

Moralitas secundo.
Simile.
Chrys.
Hierem. 14.
Simile.
Iacob. 1.
Genes. 1.
D. Thom.

hominibus non habet locum. Nec enim quia melioris ingenij aut conditionis naturalis est, semper vehementius in Deum fertur, quam alius qui hebetioris est intellectus: quoniam habet carnem quæ maximum ad id impedimentum præstare solet. Sed totum hominis negotium à Dei voluntate dependet, quæ hunc ad maiora munera quàm illum destinat & eligit: & ideò plura illi talenta credit. Et ob hoc solùm quòd Deus id facit, iustè facit: quoniam iniustitia non potest habere locum in eo, quia sua volūtas, norma, & regula æquitatis est. Quarè sicut inter cæteros Apostolos elegit Petrum, vt Principatū Ecclesiæ obtineret; sic præ cæteris dedit illi gratiam & virtutes, quæ ad tantum munus exercendum necessariæ erant. Et hoc totum Dominus secundùm ordinem suæ sapientiæ statuit, quòd ab æterno hunc ad hoc munus, illum ad aliud

1. Cor. 12. decreuerat. Nam vt Paulus eleganter docet, corpus hoc mysticum magnam similitudinem gerit cum corpore naturali. Et quemadmodùm in eo, nec omnia membra sunt oculi, nec omnia manus, nec omnia pedes; sed quodlibet membrum suum habet officium, sicq; ab authore suo compactum est, nec potest perquiri, quia non sit factum oculus, quoniam non omnia membra deberent esse oculus; sed aliquod pedes: quòd autem hoc membrum fuerit pedes, & illud oculus, ex voluntate factum est Cō ditoris: sicut enim omnes tanquā lutum in manu figuli sumus, sicut ipse per Prophe-

Esai. 29. tam dicit; sic in corpore mystico, quod est Ecclesia contingit. Nec enim omnes oculi, manus, aut pedes deberent esse; sed hi Prælati munus gerant, qui vicem habent oculorum in Ecclesia: alij manus, vt eas auxiliatrices alijs impendant: alij pedes vt eis seruiant. Quæ omnia per Spiritum Sanctum

Ephes. 4. ordinantur, vt Paulus docet dicendo. Alios quidem dedit Apostolos, alios Prophetas, alios Pastores atque Doctores. Hæc autem omnia operatur vnus & idem Spiritus, diuidens singulis prout vult. Hæc ergò fuit talentorum diuisio. Nam Prælato dedit quinque, nempè naturam, & gratiam, vt Petro manus ipsum cum gratijs eius scientiæ & sapientiæ; imò & subsidij temporalis contulit. Homini Christiano duo, naturam scilicet & fidem dedit. Gentili, atque Pagano vnum, nimirum solam naturam bonorum omnium compotem. Sed tunc quæritur quomodò dixit. Vnicuique secundùm propriam virtutem. Vtique quoniam supposita Dei electione, qua hunc ad hoc munus, illum ad aliud destinauit, illi officia illa illis propria fecit, & ideò secundùm illam virtu-

Simile. tem quam illis appropriauit, diuisit illis talenta. Quemadmodū Rex, supposito quod hunc è vulgari homine diuitem ac magnatem fecit, iam potest illi dare officia, quæ diuitibus, ac magnatibus credi solent. Nam etsi Rex id ei præstitit sua gratia, quòd esset diues; iam ille habet virtutem propriam ad exercendum munera propria diuitum. Sic quia Deus hunc ad hoc munus elegit, & illam illi tribuit virtutem; iam quasi sibi propriam facit, vt secundùm illam prouideat illi. *Et profectus est statim.* Hoc est, reliquit hominem in libertate sua. Nam quandò dominus præsens est, non remanet in seruis libertas, ad ea quæ eis lubet facienda. Deus sem-

Matt. 28. per præsens est (iuxtà illam Domini sententiam, Ecce ego vobiscum sum omnibus diebus) sed absentari dicitur: quoniam sic liberum dimisit hominem, ac si nullum haberet superiorem dominantem, animam enim suam posuit in manibus suis.

Eccles. 7. *Ia alma en su palma*, Fecit Deus hominem rectum, hoc est, dedit illi regulam & normam viuendi, nempè rationem naturalem, & legem qua rectus potest stare: & reliquit eum in manu consilij sui. Dedit ei quidem necessaria ad salutem suā habendam, reliquit tamen illum liberum, vt suo viueret, ac operaretur arbitrio. *Negotiamini dum venio.* Ne existimet Christianorum vitam esse hominum otio torpentium & ignauia: nec enim Deus nobis reliquit bona sua, vt nummos otiosos in sinu haberemus; sed vt per illa cœlorum Regna lucraremur. Simile est enim Regnum cœlorum homini negotiatori. Abijt (inquit) hoc est, non otiosus stetit, sed protinus ad opus se præparauit. *Començo à poner las manos en la massa, à menear sus negocios*, & lucrari, & acquirere merita ad Regna cœlorum consequenda. Nam (vt ait

Bernard. Bernardus) non progredi in via Dei, regredi est. Nec enim sufficiet ad salutem, vt quietus sis absque eo quòd vllū noceas, nisi ad opera bona facienda surgas. *Abijt* (inquit) surrexit ab otio, & abijt ad negotium, sicut Maria Magdalena sedebat quidem in domo sua, sed cùm audiuit Dominum Iesum adesse, & vocare illam, mox surrexit & abijt ad eius vocationem. Sic & quili-

quilibet Christianus facere debet. Abijt. Eia abi, surge ab ignauia & socordia, & prepara pedes. Aperi manus, & incipe omnibus quibus poteris benefacere, & adquirere merita coram Deo. Sic enim & Dominus Discipulis suis dixit. Non vos me elegistis, sed ego elegi vos, & posui vos, vt eatis, & fructum afferatis, & fructus vester maneat. *Ioann. 15.* Non in hoc vocati sumus, vt temporalia augeamus, quæ in tempore citò deficiunt, sed vt fructus in æternum permansuros faciamus. Vndè & alibi dicit Dominus: Operamini, non cibum qui perijt, sed qui permanet in vitam æternam. *Et operatus est.* Operatio quidem actus est propriæ potentiæ, sicut operatio visus est videre, & auditus audire; sic propria operatio hominis est secundùm rectam rationem viuere. Et recta ratio id exigit, vt qui talem habet thesaurum à Deo, tot dona, & tot talenta; non otiosè viuat, sed cum eis operetur ea quæ Domino suo placent. *Et lucratus est alia quinque.* Nullum donum suum vult Deus in nobis otiosum, sed qui quinque accepit, cum quinque operetur, & alia quinque lucretur: vt nullum videatur fuisse otiosum. Et similiter qui duo acceperat lucratus est alia duo, nec vllum absque opere habuit. Et qui vnum accepit, si vnum cum illo lucratus fuisset, nihil aliud voluisset Dominus. Nec Pagano quidem ac Gentili deerit Deus, si cum ratione naturali negotiatur, vt statim videbimus. Ex hoc autem colligere licebit, quantum bonitas in prælato debeat lucere, & quanta ad eius integram bonitatem exigantur. Habet quidem Prelatus naturam, habet gratiam, saltem illam quæ officio suo annexa est: habet scientiam (vt sit Doctor, ad minus debet habere illam) habet imperium, baculum, & palubrem. Hoc est, *El mando, y el palo.* Habet & diuitias quæ ex ouium suarum sarcina sibi prouenium. Igitur ex omnibus his quinque talentis debet rationem reddere, vsque ad vltimum quadrantem. Dico ergò, si Episcopus bonus est, mansuetus ac pius; sufficietne hoc illi? Minimè gentium. Nam hoc esset cum vno solummodo talento negotiari. Hoc sibi soli erit in vtilitatem, quòd bonus, quòd castus, quòd modestus sit, vel vt plurimum erit, cum natura bona & gratia negotiari, quæ sunt duo dumtaxat talenta. Erit bonus homo si aliud non habeat, non tamen erit bonus Episcopus. Si doctus est, & vel non docet, vel recta non docet; malè vtitur talento suo. Si imperio abutitur ad vindicandas proprias iniurias, iniustus quidem est; baculo ac potestate sua male vtitur. Imò & si hæc benè exerceat; si tamen durus est ad eleemosynas elargiendas, iam ob hoc talentum postremum malè expensum strictissimam redditurus est rationem. Debet enim in veritate dicere, Domine, quinque talenta tradidisti mihi, ecce alia quinque superlucratus sum. Sapient. cap. 11. Sapiens sic dicit. Omnia in numero, pondere, & mensura disposuisti. *Sap. 11.* Quod Augustinus de rebus naturalibus interpretatur. *August.* Nam hæc creatura tot gradus ex perfectionibus Dei participat, illa plures, alia pauciores. Petræ esse solùm, plantæ esse & viuere; animalia esse, viuere & sentire. Ecce numerum. Habet etiam quælibet creatura limitatum suum esse ac perfectionem. Ecce mensuram. Cuique rei creatæ dedit Deus pondus ac inclinationem, qua ad res sibi conuenientes feretur. Ecce pondus. Hoc etiam fecit Deus in opere gratiæ supernaturali, vt in hoc Euangelio ostenditur. Diuisit quidem Deus gratiam, officia & dignitates in hoc corpore mystico Ecclesiæ, secundùm quod ad rectam gubernationem ac politicam vitam exigebatur. Et hic est numerus, nempè diuersa officia diuersorum ministrorum. Et hoc est, quod hic dicitur. Vni dedit quinque talenta, alij duo, alij vnum. Hæc autem munera ad suas dumtaxat actiones strinxit. Itaque limitatam gratiam cuique tribuit, ad ea nimirum solummodò munera exequenda, ad quæ ordinauerat eos. Et hæc est mensura. De qua Paulus loquitur cùm ait, Secundùm mensuram donationis Christi omnes accepimus. *Ephes. 4.* Et hoc est quod hic dicitur. Vnicuique secundùm propriam virtutem. Hoc est, non supra vires cuiusque, sed secundùm quod poterat vnusquisque facere, talia onera iniunxit. Dedit etiam lumen naturale quo bonum discerni potest; nempè synderesim, hoc est, ad bona naturalia inclinationem, gratiam, fidem, ac virtutes infusas, quibus ad supernaturalia ferentur. Et hoc est pondus. Hæc sunt enim talenta & pondera, quæ animam in suam centrum rapiunt, atque ad suum consummatum bonum perducunt. Sed aduerte quod quemadmodum cui ponderosior inclinatio collata est, fortiùs etiam, ac promptiùs ad suum finem debet moueri; ità cui plura talenta commissa sunt, maiori conatu ad *Simile.* perfectionem ferri debet. Nam sicut in bilanci illa quæ plus ponderis habet celerius mouetur deorsum; sic qui plura talenta accepit plus ponderis habet, vt promptiùs ad ea quæ sunt virtutis opera moueatur. Quarè Episcopum sanctiorem esse oportet clerico simplici, imò plusquàm religiosus, ac clericus magis quàm secularis, iste plusquàm paganus. Quia secularis Christianus duo habet talenta, nempè naturæ & gratiæ. Gentilis verò aut paganus vnum solùm, quod est naturæ. Sed attende quod dicit, Tradidisti mihi. Ac si diceret. Quod lucratus sum tuum est: quia tua pecunia negotium peregi. Tu enim tradidisti mihi. Tua quippè sunt Domine omnia, & quæ de manu tua *1. Cor. 15.* accepimus, reddimus tibi. Hinc Paulus dicit. Plus omnibus laboraui, non ego, sed gratia Dei mecum. Tanto pondere gratia Dei, & diuinum auxilium animæ insidet; vt illam velut rapiat ad Deum (Nam ideò appellatur hic talentum quod erat omnium ponderum maius apud an- *Cant. 1.* tiquos.) Hinc Sponsa aiebat. Trahe me post te curremus. Videtur quod hæc talenta poscebat, quorum pondere traheretur ad Deum. *Euge serue bone & fidelis: quia in pauca fuisti fidelis, supra multa te constituam.* Pauca sunt bona quæ in hoc mundo a Deo accepimus, collata iis quæ in futuro seculo accepturi sumus. *Chrysost.* Nam (vt ait Chrysostomus) sic hoc est ac si de magnis aceruis tritici vnum granum tantum tibi daretur: aut si ex a- *Simile.* qua fluminis gutta sola tibi administraretur. Sic sunt omnia bona creata respectu illorum, quæ in alia vita nobis conferuntur. Pars quædam minima est præsens portio istorum, respectu illius integræ sortis, quam tunc sunt accepturi. Hinc Paulus ait. Ex parte enim co- *1. Cor. 13.* gnoscimus, & ex parte prophetamus. Cùm autem venerit quod perfectum est; euacuabitur quod ex parte est. Quia in pauca fuisti fidelis, fruere modò multis: & quia in parte fuisti fidelis, accipe totum. *Intra in gaudium Domini tui.* Qui enim intrat, totus intrat. Nec enim dicitur intrasse adhuc domum, qui mediam corporis partem habet extra. Intra ergò totus in gaudium: quia totus homo integer tunc præualabitur, tàm in corpore, quàm in anima, sensibus & potentiis. Hinc Esai. ait. Tunc videbis, & *Esai. 60.* afflues, & mirabitur & dilatabitur cor tuum. Oportet quippè dilatare cor, vt tantum gaudium capere possit: nam maior est Deus corde nostro. Vndè Intra tu. Ac si diceret. Tu debes intrare in gau- *1. Ioan. 3.* dium: quia gaudium non poterit intrare in te, non enim capies illud. Et dicit, Intra in gaudium, non ad gaudium: quoniam non solum ad hoc quòd festa cœlorum videat ingreditur; sed ad possidendum etiam Regna cœlestia. Hic modò intras quidem ad videndum festa, quæ coram Rege aguntur; non tamen ingrederis tanquam in propriam domum: fideli autem seruo dicitur, Intra in gaudium, non solùm vt videas illa bona, sed vt possideas, & in illa tanquam in propria bona ingrediaris. Vndè Dominus in oratione ad Patrem dixit. Pater vo- *Ioan. 17.* lo vt vbi sum ego, & hi sint mecum. In hoc sensu, vt sicut ego beatus sum meam gloriam ac essentiam videndo; in hoc & ipsi etiam beati sint. *Et qui duo talenta acceperat, lucratus est alia duo.* Hic ille Christianus fidelis est, qui non sibi sat esse debet putare, quòd secundùm naturalem modum viuat; nisi etiam secundùm gratiam quam à Deo accepit operetur, ità quòd bonus homo, & bonus Christianus simul sit. *Accessit autem & qui vnum talentum habebat, & ait. Domine, scio quia homo austerus es, & metis vbi non seminas. & congregas vbi non sparsisti; & timens abij. & abscondi talentum tuum in terra. Ecce habes quod tuum est.* Hi sunt qui solo lumine naturali sunt prediti, qui tamen si rectè illo vsi fuissent, Deus illis de necessariis ad salutem prouidisset, vt *Act. 10. & 8.* cum Cornelio fecit, & cum illo Eunucho Reginæ Candacis Æthiopiæ, qui erat super thesauros eius: quos Paulus dicit nullo posse prætexere iustam excusationem. Nam *Rom. 1.* cùm per lumen naturale Deum cognouissent, non sicut Deum glorificauerunt, aut gratias egerunt; sed euanuerunt in cogitationibus vanis suis, & obscuratum est cor eorū insipiens. Et hoc est talentum sub terra abscondere; hoc est lumē naturale sub terrenis vitiis obscuratum tenere. Hinc Iacobus ait. *Iacob. 1.*

Susci-

Suscipite insitum verbum, quod potest saluare animas vestras. Vocat illud insitum,
propter capacitatem quam habet anima
hominis, vt in illa supernaturale lumen
inseratur. Sicut truncus arboris capax
est, cui aliud virgultum inseratur. Vn-
Rom. 10. dè & Paulus ait. Propè est verbum in
ore tuo, & in corde tuo: hoc est ver-
Chrysost. bum fidei quod prædicamus. Diuus Chrysostomus, per hoc vnicum talentum intelligit fidem; quam quidem pessimi
Christiani, atque vtinam non maior eorum pars, solùm habent sub terrenis vitijs, ac concupiscentijs quasi absconditam,
atque sepultam. Sunt enim ex fidelibus quàm plures, qui acetuum quendam, vel fasciculum articulorum fidei habent in angulo quodam intellectus inuolutum, atque absconditum; nec vnquam
euoluunt illud, aut explicant, vt ex eo
vtilitatem capiant. Hoc autem faciunt
ne memoria rerum futurarum quas docet
fides, impediantur ne liberè in vitia sua
debacchentur. Oportet ergò ad vsuram
talentum dare: nam vsura ab vsu dicitur. Sicut ergò pecunia in arca inclusa non multiplicatur, nisi negotiationi
alicui exponatur; sic nec fidem nisi in societatem charitatis, & aliarum virtutum
illam, ad negotiationem Regni cælorum exponamus. Oportuit te ponere pe-
Luc. 19. cuniam meam ad mensam, vt dicit Luc.
Hoc est, ad mensam Scripturarum, ex
Scripturis sacris vtilitatem, ac lucrum
capere: nam Scriptura diuina, mensa dicitur ibi apud Psalm. vbi dicitur. Fiat
Psal. 68. mensa eorum ipsis in laqueum, & in retributiones & in scandalum. Eò quòd in il-
Deut. 21. la legerunt. Maledictus omnis qui pendet
in ligno, & ideò maledixerunt Christum
Galat. 3. in ligno pendentem, non intelligentes quia
factus est maledictum in ligno vt tolleret
ligni maledictionem. Nummularij autem qui
ad hanc mensam sedent, de quibus fit hic
sermo, sunt Prædicatores & Doctores Ecclesiæ, cum quibus negotia Ecclesiæ & fidei tractanda sunt, & propriæ salutionis
opus communicandum, aliàs à Domino
condemnabitur. Sicut ille qui dedit seruo
suo decem sanecas tritici vt seminaret illas, & sic multiplicatæ illi redderentur; e-
tiam si easdemmet sanecas solas illi reddi-
derit, quoniam non eas illi dedit vt otio-
sas conseruatas haberet, sed vt in terra se-
minatæ multiplicarentur, condemnasse, talem seruum. Etiam si seruet fidem integram, nec vnquam ab eius veritate vnguem
quidem transuersum defecisti, si tamen
fructus bonorum operũ non exercuisti, nihil tibi proderit. Nec enim sufficit nõ facere
malum, nisi etiã feceris bona, *sciebam quia
homo durus es & aufferres &c.* Hæc est, inexorabilis: quia Deus nullum vitium impunitum
relinquit. Nam si tu per pœnitentiam illud
hic non punieris, Deus in altero seculo casti-
gabit illud. *Et eum qui non habet, & quod
videtur habere auferetur ab eo.* Nam id quod
absque fide aut charitate fit, etiam si bonum
videatur; bonum tamen in rei veritate non
est: quia coram Deo nullum habet meritum. *Et date ei qui habet quinque talenta.* Nã
beati in cœlo gaudium accidentale habebunt omnium bonorum, quæ in hac vita ad
gloriam Dei facta sunt. Quòd si peccator bo- Apoc. 3.
no opere non fruatur, iusti illo fruuntur. Sic
enim intelligitur illud, Tene quod habes, ne
alius accipiat coronam tuam.

Homo quidam peregrè proficiscens vocauit ser- Alia mo-
uos suos, & tradidit illis bona sua. Dicitur ralitas sen-
Christus Dominus peregrè profectus respe- tentiæ.
ctu nostri, à quibus se absentauit, & nos tanquam peregrini ab illo absumus, & ille à nobis. Nam, vt ait Paulus, quamdiu sumus in
corpore, peregrinamur à Domino. Vel ideò 2. Cor. 5.
quia post resurrectionem caro glorifica-
ta mansit ad alium statum, sic nostro altiorem, vt tanquam alius, ac extraneus
ab isto videatur. Quarè post resurrectionem Christus Dominus suis discipulis tanquam peregrinus apparuit. *Vocauit seruos
suos.* Omnes vocauit Deus per creatio- Rom. 4.
nem, secundùm illud Pauli. Qui vocat
ea quæ non sunt, tanquam ea quæ sunt.
Et Baruch. 3. de stellis dicit. Vocatæ sunt, Baruch. 3.
& dixerunt, Adsumus. Porrò cum dixit,
Fiat lux. & facta est lux. Vocat etiam om- Genes. 1.
nes per lumen naturale, quo potest cognosci Deus largitor bonorum, iuxtà illud Psal.
4. Multi dicunt, quis ostendit nobis bo- Psal. 4.
na. Et respondit. Signatum est super
nos lumen vultus tui, Domine. Vocat e-
tiam multos per gratiam suam, quomodò
omnes Christianos vocat in Baptismo, vbi
confertur eis hæc Dei gratia. *Et tradidit illis bona sua.* Quoniam bonum est diffusiuum sui; Deus autem est summum bonum, ideò effudit illud super omnia opera sua. Vndè omnia opera nostra, participatio quædam sunt boni diuini. Nam, vt ait
Iacobus. Omne datũ optimũ de sursum est. Iacob. 1.

descendens à Patre luminum. *Et vni dedit quinque talenta.* Iam supra satis exposuimus quænam sint hæc quinque talenta, licet D. *Gregor.* Gregorius per hæc quinque talenta, quinque sensus intelligat. Sunt enim speciale donum Dei sensus, cùm Dominus talem alicui gratiam tribuit, vt possit sensus suos secundùm rectam rationem dirigere, atque eis dominari, & eos in officio continere. Alij duo. Hoc est, fidem, & operationem, fidem & dilectionem, nempe fidem illam quæ per dilectionem operatur. Et secundùm hanc intelligentiam, etsi in pondere plus recepit ille, cui quinque dederunt; in qualitate autem & valore, plus hic cui duo sunt data. Plus enim valet fides cum operibus quàm bonus vsus sensuum. *Et profectus est statim.* Ad designandum, quòd in omnibus operibus suis homo sit liber, nec cogatur à Deo. Nam licet in iustificatione detur prima gratia absque meritis propriis; tamen adhuc in illa concurrit peccator consentiens Deo mouenti. *Profectus est statim.* Cur protinus abijt? Cur aliquantulum non mansit nobiscum, vt prospiceret quomodo negotia eius ageremus? Commisit nobis dona sua, nonne rectius videretur, vt videret si prudenter ad ea augenda nos haberemus? *Simile.* Videmus enim magistros artium, qui nouitios & tyrones in arte illa instruunt, postquam eos docuerunt, vt artem illam, & opus iniunctum exercere valeant; adhuc aliquod tempus expectare illos, quomodo lineas ducant & ea quæ edocti sunt, quomodò exequantur. Et postea dimittunt illos in opere, quod eis iniunxerunt. Quarè sic non se habuit nobiscum Deus? Dicam vobis fratres. In instrumentis quibus artes mechanicę exercentur, non est ars illa qua fit opus. Nec enim in serra est ars fabrilis, aut in penicillo ars pictoria. Sed oportet vt discipulus doceatur, quomodò debeat mouere illa ad opus. Cæterum in instrumentis, & donis quæ Deus nobis reliquit, vt cum illis opus illud Regni cœlorum exequeremur, ars ipsa continetur. *En ellos esta la maestria como se han de menear,* & ideò non indigent alia Dei præsentia, præter eam quam in illis habet. Fides est magistra & ars huius operis Christiani; charitas est manus, quæ opus hoc facit: illud ergò instrumentum, quod est fides, ducit manum, quæ est charitas: vt opera fidei exerceat. Id enim *Galat. 5.* vult Paulus cùm dicit. Fides quæ per charitatem operatur. Quarè vnum sine alio non sufficit. Nam fides sine charitate sterilis est. Sunt enim hæc duo simul viua instrumenta, quæ in seipsis artem & Magisterium rectè operandi continent, nec alio opus est, quàm eis vti, ipsa enim opus perficient, sicut perficiendum est. Vnctio docebit vos de omnibus, ait Ioannes. Quo- *1. Ioan. 2.* niam fides doctrix est disciplinæ Dei, & electrix operum illius, vt ait Sapiens. *Sap. 8.* Quia ergò talia nobis instrumenta reliquit, in quibus ipsa ars operandi est; ideò datis talentis profectus est statim: quoniam satis nobis promissum cum illis existimauit, ad negotia eius peragenda. Abijt autem qui quinque talenta habebat, & lucratus est alia quinque: similiter qui duo, &c. Abijt & operatus est. Abire distinguit ab operari. Prius abijt in domum suam, deindè exiuit ad opus suum. Primò enim abijt vt cogitaret de opere sibi iniuncto, quomodò exequi deberet illud; & postquam id excogitauit, manum ad opus admouit. Nam prius fidelis secum debet perpendere dona quæ à Deo accepit, simul cum obligatione quam habet ad benè illis vtendum, & hac habita consideratione ad opus exire. Sic enim de Discipulis dicitur. Abierunt ergò iterum *Ioan. 20.* Discipuli ad semetipsos. Hoc est prius secum præmeditati sunt quæ agere debebant: vt sic opus perfectum facerent. Sic & filio prodigo contigit. Prius fuit reuersus in se, & dixit. Quanti mercenarij in *Luc. 15.* domo Patris mei abundant panibus? ego autem hic fame pereo? Et deindè dixit. Ibo ad patrem meum, & abijt. Memoria enim & recordatio misericordiæ, ac liberalitatis Patris sui; fecit eum ad illum abire. Sic considerare dona quæ à Deo donata sunt nobis, quæ non vt otiosa essent nobis illa contulit; per hoc excitabimur ad operandum per illa. Quarè me ad Ecclesiam suam adduxit? (deberet sibi quilibet Christianus dicere) vt otio torpescerem fortè? Minimè, sed vt negotijs Regni cœlestis vacarem. Negotiamini dùm venio. Et sic alij qui alia dona à Deo acceperunt meditari deberent. Nam ex huiusmodi inconsideratione prouenit, vt otiosam fidem, & & reliqua dona Dei, multi ex Christianis teneant, talentum sub terra fodiunt, vt nullius vtilitatis sit. *Et lucratus est alia quinque.* Plura quàm quinque fortè lucratus est, sed per hanc duplam mul-

multiplicationem intelligitur fructus quem in proximo tuo facis cum donis quæ à Deo habes. Nam per hoc quòd alijs tua scientia, aut pietate vtilis es; etiam tibi multiplicas, ac conduplicas merita. Id enim quod alijs profuisti, in tuam etiam vtilitatem meritum cedit. Quarè qui quinque habuit talenta, quia omnibus illis proximis suis profuit, sibi etiam illa multiplicauit. Nam si in quinque rebus illis profuit, etiam in illis quinque sibi meritum acquisiuit. Hinc enim Paulus dicit, Omnibus omnia factus sum, vt omnes lucrifacerem, *Para ganar á todos y con todos*, Nam lucrum spirituale quod illis acquirebat, incommodum etiam meum cedebat. *Gene. 31.* Ideò quippè Iacob ex rebus soceri sui Laban ditatum fuisse dicitur, quoniam iustus ex alienis rebus locupletatur. Nam quod alijs prodest, sibi meritum accrescit. Id enim & animalia illa sancta, *Ezech. 1.* quæ Ezechiel vidit significabant, de quibus dicitur, quòd ibant, & reuertebantur. Ibant, & redibant. Nam in hoc quòd vadunt ad commoda proximorum pertractanda, ad se redeunt; eadem commoda per merita ad se referentes. Hoc ergò significat quinque talentorum multiplicatio: nempè id quod in vtilitatem proximi expendis, tibi multiplicas. Potest etiam per hoc duplicatum lucrum intelligi duplum præmium, quod Sancti per sua opera consequuntur; nempè corporis & animæ. Vtrumque enim in beatitudine suum accipit præmium. Hę enim sunt diploidæ illæ, quibus domestici Dei induuntur, iuxtà illud quod Pro- *Prouer. 30* uerbiorum. 30. dicitur. Omnes domestici eius vestiti sunt duplicibus. Id est, gloria corporis & animæ. Modò dantur eis singulæ stolæ albæ (vt in Apocalyps. legitur) hoc est, gloria animæ dumtaxat. Postea autem binæ stolæ dabuntur eis, hoc est, gloria animæ & corporis. Vel si vis vt sistamus in expositione Gregorij, qui per quinque talenta bonum vsum quinque sensuum intelligit; tunc duplicatum hoc præmium erit, quandò quilibet sensuum iuxtà legem Dei ex imperio voluntatis suum actum exercet. Quilibet etiam suum præmium meretur: nempè lingua cum doctrina, aut Dei laudibus, oculus cum lacrymis, manus cum eleemosynis, & sic de alijs: vt sic adim- *Rom. 6.* pleatur illud quod Paulus ad Romanos docet dicens. Sicut exhibuistis membra vestra seruire iniquitati ad iniquitatem; ita nunc exhibete seruire iustitiæ in sanctificatione. Sed plus adhuc mysterium hoc examinemus. *Lucratus est alia quinque.* Non videtur quippè multum magnum lucrum conduplicare tantùm principale. Nam si negotiator quispiam cum mille ducatis alia tantùm millia duplicasset per totam vitam, non magnum certè lucrum portasse diceres. Sed triplicare, imò & centuplicare principale debet, vt diues fiat. Quomodò ergò Dominus iste, qui dedit seruo suo quinque talenta, post multum temporis rediens solum alia quinque multiplicata inueniens sic gaudet, vt magno illum seruum afficiat præmio? videtur parcè satisfieri. Sed attendite fratres mei. Hoc speciale habet spirituale peculium, quòd dum distrahitur, & expenditur, augetur eius valor & crescit pondus eius, & eodem tenore quo ipsum crescit, crescit etiam lucrum quod illi correspondet. Quarè etsi cuilibet talento aliud dumtaxat talentum respondeat; sed quoniam quodlibet talentum vsu crescit, & auctum est tam pondere quàm valore; hinc fit, quòd lucrum ei correspondens etiam maius fuit, & tanto præmio meruerit ditari. Exemplo hoc nobis manifestum efficiemus. *Simile.* Si scutum quo tu negotiaris hanc haberet virtutem aut qualitatem, vt quò plures cum illo negotiationes ageres, plus & valor, & pondus eius crescerent, ita quòd plura grana auri ei adderentur, certum est, quòd eo tenore, quo valor scuti cresceret, augeretur, & lucrum ei correspondens. Nam si quandò valor eius erat vt viginti, lucrabatur, verbi gratia, quinque; nunc quia auctus est per vsum vsque ad quadraginta, lucraretur decem, & cum cresceret vsque ad octoginta, viginti, & sic proportionabiliter sicut valor scuti cresceret, augeretur, & lucrum, quod ex eius negotiatione reportaretur. Igitur hoc habet peculium hoc spirituale, hæc talenta quæ nobis confert Deus, quòd vsu valor eorum augeatur, & per consequens lucrum. Vsu fides augetur, & roboratur: quoniam per multiplicationem actuum augetur habitus, licet supernaturalis meritoriè augeatur à Deo, qui infudit illum, & per opera charitatis

ritatis charitas & gratia crescunt. Opera etiam quæ ex maiori charitate & gratia procedunt; maioris meriti sunt, & sic etiam proportionabiliter lucrum. Certum quippe est quòd si duo idem opus meritorium faciunt (v. g. largiuntur eleemosynam) & vnus ex maiori ac intensiori charitate illam largitur, si cætera sint paria, plus is, quàm alter lucratur & meretur. Nam peculium quo negotiabatur auctius erat: creuerat enim per vsum.
Roma. 11. Nam si radix sancta, & rami: & si sanctior radix, sanctiores & rami: & si sanctissima, itidem & rami: nam sicut simpliciter ad simpliciter, ita magis ad magis, vt Logici dicunt. Si bonum peculium, bonum & lucrum, si multa charitas quæ est radix, multum & meritum. Vidit quadam vice Dominus Iesus multos mittentes munera in gazophilatio, inter quos
Luc. 21. intuitus est viduam quandam, quæ tantùm duo minuta obtulit, & dixit Dominus illam plus alijs obtulisse: quoniam ex maiori deuotione & charitate ad Deum, & ex intensiori voluntate ea obtulit. Nam si ex eis quæ sibi necessaria erant (pauperi etiam omne quod habet necessarium est) illa libentissimè obtulit, multò magis ex superfluo tribuisset si habuisset. Igitur quoniam peculium principale quo negotiabatur hæc vidua, nempè charitas, maior erat, etiam si id quod tribuit parum videbatur; meritum tamen maximum fuit. Et
Matth. 19 sic intelligitur quod Dominus dicit. Centum pro vno accipies. Nam si Deus secundùm iustitiam distributiuam præmiat; secundùm proportionem meritorum debet & præmia elargiri. Centum autem pro vno magna improportio videtur.

Quomodò ergò stat eius iustitia? Ad quod tamen respondetur, quòd quia illud vnum per vsum creuit; valor eius etiam auctus est vsque ad centum. Igitur etsi videatur quòd Dominus duplo lucro contentus fuit, quod parum videtur; tamen quia duplum illud per augmentum talentorum, & peculij creuerat, erat fortè centuplicatum. Quarè huic seruo in die iudicij dicitur. Euge serue bone & fidelis. Bonus quia conseruauit datum; fidelis quia
Eccle. 11. multiplicauit acceptum. Vndè Ecclesiast. 11. dicitur. Datio Dei permanet iustis, & profectus illius successus habebit in æternum. Vel fidelis, quia seruauit commissum; bonus, quia multiplicauit. Nam bonum est diffusiuum sui. Diffusum est verò crescit per illud. *Venit autem & qui vnum acceperat, &c.* Postremus venit qui puniendus erat: nam Deus semper in castigando est tardus, & in præmiando citus. Cum maius præmium collaturus erat primum accessit: quoniam prius fecit bonum, quàm malum pœnæ. Et parentes nostros qui manè
Gen. 3. peccauerant; ad vesperam puniturus venit, & lentè deambulando, quasi qui inuitus ad puniendum eos veniret. Hic qui abscondit talentum, pusillanimos significat, vt suprà dictum est. Otiosè vixit nec ad opera manus admouit: cùm tamen apud Ezechielem
Ezech. 16. dicatur. Ecce hæc fuit iniquitas Sodomæ.
Prouer. 31. Otium eius, & filiarum eius. Nam de anima iusti dicitur quòd panem otiosa non comedit. *Ecce quod tuum est.* Videtur his, quod sufficit malū alicui non fecisse, & præcepta
Luc. 11. negatiua seruasse; cū tamen præcepta negatiua sint medietas legis Dei & iustitiæ, quæ duas habet partes nempè declinare à malo, & facere bonū. Nā lex Dei etiā habet præcepta affirmatiua. Qui enim dixit, Nō furaberis,
Prou. 24. dixit etiā, Tribue quod tibi superest pauperibus. Et qui dixit, Non occides; dixit etiam, Erue eos qui ducuntur ad mortem, hoc est, Conserua vitā proximi tui cum vales. *Tollite ab eo talentum, & date ei qui habet decem talenta.* Nam, vt diximus, ex operibus bonis
1. Reg. 3. quę mali aliquandò fecerunt, gaudium accidentale recipiunt beati; & satisfactoria opera eorū quæ in gratia fecerunt, & illis ob eorum culpam non profecerunt, in thesauros Ecclesiæ cedūt ad vtilitatem bonorum. Domus Dauid, ait Scriptura, indies crescebat, domus autem Saul minuebatur. Nam pessi-
2. Tim. 3. mi & peccatores proficiunt in peius, vt ait Paulus, *Van siempre de mal en peor*, Boni autē indies augentur, *De bien en mejor. Ab eo autem qui non habet, & quod videtur habere auferetur ab eo.* Nam sæpè fides quā habebat otiosam sapiens & doctus, ab eo aufertur, vt indocto & rustico detur. Sed obserua, quòd iste qui abscondit talentum, quandò veniebat Dominus, properauit, vt è terra talentū eduxeret. Sic multi pigri Christiani nihil operantur dū viuunt, & omnia ad horam mortis seruant, sicut virgines fatuæ fecerunt: & ideò permittit Deus, vt tunc locus illis non detur & peccent. Sapientes lampades accensas, & plenas oleo tunc habebant: quoniam iusti dum viuunt, operantur, nec eos incautos hora mortis offendit, *ya tienen hecha su mochila, y el matalotaje para passar ala otra vida*, Gregorius Homilia. 9. ait esse quan-
Gregorius dam

dam; qui nec magna apprehendere volunt, nec talento suo vti, sed in vitijs sepeliuntur: quia nimium sibi rigidus videtur Deus. Et tamē propter hoc deberent potiùs ab otio surgere ad negotium: quia rigidus exactor suorum talentorum est Deus. Vt
Luc. 5. Petrus dixit Domino: Exi à me, Domine, quia homo peccator sum. Imò quia peccator es, non deberes illū à te repellere. *Quia in pauca fuisti fidelis.* Non enim sunt cōdignæ passiones huius temporis ad futuram gloriam, quæ reuelabitur in nobis. Et Sap. ait: In paucis vexati, in multis benè disponentur. *Cur non dedisti pecuniam meam ad mensam?* Nam si tu, homo, pusillanimis es, nec magna apprehendere audes; iungere maioribus ac perfectioribus, & cum eis societatem contrahe: vt eorum exemplo, & exhortationibus animos capias ad maiora subeunda momenta.

Cùm autem venerit filius hominis in maiestate sua, & omnes Angeli cum eo: tūc sedebit super sedē maiestatis suæ. Et congregabuntur ad eum omnes Gentes, & separabit eos ab inuicem, sicut pastor segregat oues ab hædis, & statuet quidem oues à dextris suis, hædos autem à sinistris. Tunc dicet Rex ijs, qui à dextris eius erunt: Venite benedicti Patris mei, possidete paratum vobis Regnum à constitutione mundi. Esuriui enim, & dedistis mihi manducare: sitiui, & dedistis mihi bibere: hospes eram, & collegistis me: nudus, & operuistis me: infirmus, & visitastis me: in carcere eram, & venistis ad me. Tunc respondebunt ei iusti, dicentes: Domine, quando te vidimus esurientem, & pauimus te: sitientem, & dedimus tibi potum? Quando autem te vidimus hospitem, & collegimus te: aut nudum, & cooperuimus te? Aut quando te vidimus infirmum, aut in carcere, & venimus ad te? Et respondens Rex dicet illis: Amē dico vobis, quamdiù fecistis vni de his fratribus meis minimis, mihi fecistis. Tunc dicet & his, qui à sinistris erunt: Discedite à me maledicti in ignem æternum, qui paratus est diabolo, & angelis eius. Esuriui enim, & non dedistis mihi manducare: sitiui, & nō dedistis mihi potum: hospes eram, & non collegistis me: nudus, & non operuistis me: infirmus, & in carcere, & non visitastis me. Tunc respondebunt & ipsi dicentes: Domine, quando te vidimus esurientem, aut sitientem, aut hospitem, aut nudum, aut infirmum, aut in carcere, & non ministrauimus tibi? Tunc respondebit illis, dicens: Amen dico vobis, quamdiù non fecistis vni de minorib⁹ his, nec mihi fecistis. Et ibūt hi in supplicium æternū: iusti autē in vitā æternā.

Si terrores hi, quibus Dominus in præsenti sermone nos minatur, non nos ad meliorem frugem redire cogunt, nescio quam spem nostræ salutis habere possimus. Quoniam si secundùm prauitatem, ac ingenij nostri rusticitatem, nihil boni spontè ac liberaliter operamur, sed metu pœnæ, aut terrore perciti, tanquàm vilia mancipia ea agimus: cùm hodie æternis, ac innumerabilibus pœnis nos terreat Dominus, & ex alia parte perpetuis gaudijs nos inuitet: si nec vnius metus, nec alterius auiditas nos in officio tenent, & ad meliora cogunt: nescio quid erit satis vt boni simus? Si tātia nobis medicamina nō prosunt, quasi filios diffidentiæ ferè nos habere possumus, & quasi infirmos, qui iam omninò suæ diffidunt saluti. Hic benedicta medicamina nobis applicantur (quę sunt benedictiones istæ, quibus in die iudicij benedicendi sunt boni) aspera etiā pharmaca nobis indicuntur (quæ sunt maledicta, quæ aduersùs impios pronunciantur.) Si ergo nec hoc, nec illud tibi prodest, nescio quod aliud remedium tibi
Hierem. 30. supersit. Sed dicere tibi possumus prædicatores: Incurabilis plaga tua. Et in hoc ostendit nobis Deus superabundantem misericordiam suam: cùm tot ante temporibus nos admonet, atq; præuenit de his quæ super nos ventura sunt. Iam, Domine Deus, perspicio quanto animas diligeris amore, quas iam iam tuo pretiosissimo sanguine es redempturus: cùm tot nobis signa facias, nuntiisq; præuenias, admoneas, atq; exhorteris, ne in tam tam terribilem incidamus. Nam cùm sis Iudex, pro reo te manifestas: & cùm sis Dominus, seruo tuo secreta arcana, quæ cum Angelis sint occulta, hominibus tamen aperta facis. Nec enim occidere vis, sed vitam dare: non condemnare reum, sed absoluere: non perdere hominem, sed saluare. Dedisti metuentibus te significationem (ait Regius Propheta Dauid) vt
Psal. 59. fugiant à facie arcus, vt liberentur dilecti tui. Ad hoc enim minatur, ad commonendum nos, vt fugiamus à facie arcus iræ suæ, quo igneas sagittas emittit, quibus anima cum inferno configitur. Vt liberentur dilecti tui, id est, ad hoc quòd electi tui omne periculum euadant. Ob hoc ergo sic nos admonet Christus, dicens: *Cùm venerit filius hominis in maiestate sua, & omnes Angeli cum eo: tunc sedebit super sedem maiestatis suæ.* Id dixit, vel quia verè sedebit iudicaturus homines pro tribunali; vt iudices facere solent; vel ad

insinuandam tranquillitatem ac veritatem, qua sententias debet proferre. *Et congregabuntur ad eum omnes Gentes.* Nullus enim abesse poterit ab illo generali capitulo, in quo culpæ omnium hominũ audientur. Omnes enim nos stare oportet ante tribunal Christi
2. Cor. 5. (ait Paulus.) Omnes (inquit) nullus enim ab illo exemptus erit. *Et segregabit eos ab inuicem, sicut pastor segregat oues ab hædis.* Id est, bonos à malis separabit. Nam boni oues dicuntur: eò quòd omnibus viles sunt, sicut ouis inter cætera animalia vilissima est. Lana quippe sua pauperes calefaciunt iusti, secundùm quod dicebat de se Iob: Si despexi prætereuntem, eò quòd non haberet vestimentum, & absq; indumento pauperem.
Iob. 31. Si non benedixerunt mihi latera eius, & de velleribus ouium mearũ calefactus est. Itẽ ouis animal mansuetissimum est, si tondeatur, si decorietur, si iuguletur, nec manibus, nec pedib⁹ resistit, sed patienter suffert. Sic iustus tanquam ouis ad occisionem ducitur, & non aperit os. Mali verò hædi dicuntur caprarũ filij, quæ animalia immunda sunt, ac libidinosa, aspera, atq; syluestria auida maximè cibi: propter quem rupes, & aspera quæq; conscendunt. Sic praui homines immites sunt, duri, syluestres, libidini dediti, cupidi alienorum nihil non tẽtant, vt diuites fiant, sibi solis commoda quærunt. Tunc ergo segregabit hos hædos ab ouibus; malos scilicet à bonis: nam tunc erit tẽpus messis, quando in campo Iosaphat permũdabit
Matth. 3. aream suam, & cõgregabit triticum in horreum suum, paleam autem comburet igni
Simile. inextinguibili. In nocte non splendet gemmarum lumẽ, sed lapides pretiosi, & glebæ omnes vnius coloris apparent. At cùm lux Solis aduenerit, discernitur terra à gemmis. In hac vita, quam in tenebris agimus, non discernitur bonus à malo; quinimò multoties mali honore debito bonis perfruuntur. Tunc autem veniet Sol iustitiæ in splendoribus sanctorum, & illuminabit omnia, & apparebit bonorũ gloria, & tanquam gemmæ, ac lapides pretiosi in thesauro Regis reponẽtur, mali quasi glebæ terræ in sterquilinium inferni reiectis, Vnde & Paul. ait:
1. Cor. 4. Nolite ante tempus iudicare, quoadusq; veniat dies Dñi, qui illuminabit abscõdita tenebrarũ, & manifestabit cõsilia cordiũ. *Et statuet oues quidẽ à dextris suis, hædos autem à sinistris.* In hoc misericordia Dei splẽdet, quæ illũ proniorẽ ad præmiandum, quàm ad puniendum facit. Nam quosque præmiaro debet cõstituit ad dexterã, puniendos autẽ ad sinistrã. Opera enĩ quæ dextera manu exercemus, fortiùs, meliùs, & perfectiùs agimus ꝙ quæ sinistra operamur, in qua nec tãta vis, nec dexteritas esse solet. Deus ergo manu sua dextera ad præmiandũ vtitur, quoniam largitur in præmiũ quidquid potest, nempè semetipsum. Cæterum ad puniendum sinistra vtitur, vt qui non id sponte sua faciat, sed coactus à malitia impiorum, nec totam suam vim in hoc applicet, cùm maiora potuerit decernere supplicia. Propterea nãq; Theologi dicunt, quòd Deus punit citra condignum, præmiat autem vltra condignum: quoniam maius præmium statuere nõ valuit, nempè quia seipsum pro præmio, & mercede dat, quo maius nihil excogitari valet. Potuit autem acerbiora statuere supplicia pro malis, quàm ea quæ ordinauit. Vel dicitur bonos ad dexteram collocare, hoc est, ad locum deliciarum, & suauis. Namque quos diligimus dextera amplexamur, iuxtà illud: Dextera illius amplexabitur Cant. 2.
me. Vel per dexteram intellige optima, & electa bona, quæ Deus habet, ad quæ suos admittit. Sic enim & filio dicitur: Sede à Psal. 109.
dextris meis. Hoc est, in melioribus, & selectioribus bonis, quæ ego habeo. His igitur bonis quibus fruitur filius, fruuntur & iusti, qui fratres eius ac cohæredes sunt: & ideò dicitur à dextris suis, hoc est, In bonis suis. De malis autem non dicitur à sinistris suis, sed à sinistris duntaxat: quoniam nihil suorum bonorũ persruuntur; sed tormentorũ, quæ solùm ꝓ malis ordinauit Deus. Bonos autem in bonis suis collocabit, quoniam illis cõmunicat sua gaudia, diuitias, amorẽ, substantiam, & eadẽ bona, quibus ipse perfruitur. *Tunc dicet Rex his qui à dextris eius erunt.* A præmio incipis, pijssimè iudex? Equidem vt appareat quã spõtaneus sis ad præmiandum, coactus autẽ ad castigandũ. Ab eo incipis operari quod tuæ magis consonũ videtur naturæ. Ad hoc enim omnes cõdidit, vt suo fructu ne aspectu. Quòd si pœnas statuit, quasi coact⁹ à malitia impiorũ fecit, id exigẽte iustitia sua. Neminẽ enĩ vellet Deus perire, sed oẽs vult saluos fieri. A præmio incipit, vindictã in posterũ reseruãdo. Vel ideò priùs bonos præmiat antequã malos a se deterreat, vt videãt oculis suis bonorũ præmiũ ac gloriã, quod ipsi culpa sua ac iniuria amiserunt, & pudore pfusi vlulẽt, strideãt dẽtib⁹ suis, & rigeãt videntes corã oculis suis bonos ad æterna pdmci pmia, quæ ipsi, si voluissent, potui-

potuissent etiam lucrari. Nec hoc parũ afficiet prauos videntes corã se, ad tantam felicitatẽ iustos vocari, cùm ipsi in tantas relinquantur miserias. Quanto putas mœrore affectũ diuitem illum Epulonem, cùm Lazarum in sinu Abrahæ collocatum aspexit, & se in tantas præcipitatum miserias: vt neq; guttam quidem aquæ haberet, qua refrigeraret linguam suam? Quid similiter sentiet prosper ac ditissimus mercator, qui vsuris ac rapinis locupletatum se videt, ita vt omnes propter illas honorent eum, & ad eum supplicantes pro pecuniis accedant, cùm se modò videat in tantam pauperiem obtrusum, vt nihil omninò consolationis habeat? Fame cruciari, siti suffocari, igne comburi, absq; vllo cõsolatore; & interim perspiciat pauperes agricolas, quorũ rem oliuetum familiarẽ ipse suis vsuris deuorauerat, in tantam felicitatẽ collocatos, tantis repletos diuitiis, vt nihil omninò illis desit, sed in dextera Dei constitutos. Væ, væ mihi, dicet, quantò melius mecũ actum esset, si ego miser ille agricola fuissem, aut pauper ille ac vulgaris homo, de quorum rebus ego meas auxi, quàm tunc sic diuitem fuisse, & nunc in tantam pauperiem, ac ignominiam detrusum. Hac ergo ratione prius præmiabit Deus bonos, quàm puniat malos: vt confundantur mali, videntes gloriam iustorum. Sic
Esa. 26. enim & apud Esaiam dicitur: Tollatur impius ne videat gloriam Dei. Sed subinfert, dicens: Videant, & confundantur, & ignis hostes tuos deuoret. *Venite ad me.* Ad me (inquit) qui vestra sum quies, vester thesaurus, vestrum centrum, & omne bonum vestrum. Ad me, inquam, qui summum bonum sum, summum gaudium, summa pulchritudo. Non dico vobis vt veniatis ad meã domum, ad meas res, sed ad me. Non ad Angelos vos mitto, nec ad Cherubin, aut Sera-
Simile. phin, sed ad meipsum. In hac vita si Rex terræ te hospitare facit in Curia sua, & ex cibo Regio te pascat, summam erga te ami-
2. Reg. 11. citiam in hoc ostendit. Id enim fecit Dauid cum Vria. Cæterùm si in domo propria sua te reciperet, multò maior gratia esset: si in suomet cubiculo, maxima: si in suomet lectulo, incredibile, nec vllus vnquam Regum terræ talẽ alicui gratiam fecit. O Dei summa, atque incredibilis bonitas, quanti tuos æstimas amicos ac seruos. Nec enim in tua cœlesti Curia duntaxat eos suscipis, & Regio tuo cibo eos pascis: verũ & in domo tua, in cubiculo tuo, in temetipso eos recipis, reficis, atq; accubare facis. Tu enim es eorum domus, habitaculum, lectus, atque requies ipsorũ. Magnas delitias æstimabat Sponsa, Cant. 2.
quòd sub vmbra tua requiesceret, cùm aiebat: Sub vmbra illius quem desideraueram, sedi: modò verò non sub vmbra tantùm, sed in temetipso requiescit ac viuit. *Venite ergo* Psal. 127.
ad me benedicti Patris mei. Ecce sic benedicetur homo, qui timet Dominũ. Rectè benedicti Dei dicuntur, quia oẽs benedictiones eius ipsos apprehẽdunt, omnia bona sua illis tribuit: vt videatur quãtis illos benedictionibus repleat. *Benedicti Patris mei.* Benedicere, est bonum dicere, & dicere Dei, est facere: tunc ergo Deus suos benedixit, cùm ad æterna gaudia illos ab æterno prædestinauit, & præsciuit, & illa fuit prima benedictio, aliarum omnium benedictionũ fundamentum & radix. Tunc etiam secundò eos benedixit, cùm media eis contulit, quibus prædestinationis effectũ consequerentur. Tunc demum benedictionẽ suam adimpleuit in eis, quando possessionem bonorum, ad quæ eos elegit, contulit. Vnde infert. *Possidete paratum vobis Regnũ ab creatione mundi.* Possidete (ait) quoniam bona illa pacifica possessione tenebunt in æternũ sancti. *Paratum vobis Regnum.* O Dei maximã curam circa electos! Nam ab æterno, ex quo Deus est Deus hanc habuit curam, vt pararet electis suis Regnũ. Regnum (ait) non domum, aut agrum, aut populum, aut ciuitatem, sed Regnum, vt Sap. 5. dicitur: Accipient Reg- Sap. 5.
num decoris, & diadema honoris de manu Domini. Possidete quasi propria, quasi bona paterna, omnia Dei bona tanquã vestra. Quomodò illos hæc visio Christi decora & amabilis decorabit? Veluti Sol campos, ac Simile.
prata in Vere decore ac pulchritudine adimplet diuersis ac pulcherrimis coloribus vestiens illos. Multò magis clara Dei visio illos vestimentis gloriæ decorabit, aureis ac sericis indumentis eos vestiens. Nam propterea vermis sericus, qui dicitur bombex, factus est, iuxtà illud Psalmi: Ego autẽ sum Psal. 21.
vermis, & nõ homo; vt serica hæc indumẽta nobis texeret. O Dominè dicent boni, nescimus in quo tibi ita placuimus, quòd tantis nos bonis affeceris. Quibus & Dominus respondebit: *Esuriui enim, & dedistis mihi manducare: sitiui, &c.* O misericordiæ opera beata ac felicissima! Possibile ne est, quòd tantus sit valor vester, vt vobis solis talia præmia tribuantur, nec alia ratio allegetur pro bonis nisi vosmet, nec alij testes iustos approbẽt

præter

præter vos? Esuriui (ait) & dedistis mihi mãducare: sitiui, & dedistis mihi bibere, &c. O beatus calix aquæ frigidæ pro Christo datus, qui tantum tibi præmium acquisiit. O felix panis, ô felix pecunia, quam in pauperes, aut hospitalia erogasti, cùm isto addito lucro omnia hæc bona tibi soluantur. Vide quomodò non amittas quod pro Deo tribuis, imò cum illo Regna cœlestia mercaris. Possibile ne est, ô diues, possibile ne est, quòd intelligẽs ac sciens tantũ eleemosynam valere, taleq; præmium pro illa retribui; tenax sis ac durus in ea elargienda? Imò quãtum habes cùm necesse fuerit pro tanto bono deberes expendere. Pro cane, equo, aue, aut velle, quæ tibi placet non dubitas millia ducatorum dare, & pro Regno cœlorũ dipondium differs tribuere? O plusquàm cimerias tenebras! O cæcitatem inferni maiorem, cùm tantum bonum negligas gratis acquirere! O stulte. *Dñe, quando te vidimus esurientẽ, & pauimus te &c.* Opera bona facit iustus, & tamen ac si non faceret, sic ea negligit, ac obliuioni tradit. Nec enim ea sic in memoria retinet, vt de illis glorietur, aut verè intumescat, sed quasi nihil fecerit, sic ea obliuiscitur, & se inutilem fuisse seruum fatetur. Nec enim est sicut ille Pharisæus, qui sigillatim singula sua opera corã Deo quasi improperans numerabat. sed quasi nihil esset quod pro Christo pertulisset, & quasi ea oblitus esset interrogabat, quando talia opera fecerit? Nec enim iusti quid fecerint cogitant, sed quid debeant facere animaduertunt, *Philip. 3.* secundùm illam Pauli sententiam. Vnum autem, quæ retrò sunt, obliuiscẽs, ad ea quæ ante me sunt cõuerto meipsum. *Iob. 9.* Et Iob dicebat. Verebar omnia opera mea, sciens, quòd nõ parceres delinquenti. Et ideò quasi nihil fecisset, plura sibi superesse facienda semper existimauit. *Amen dico vobis, quandiù fecistis vni ex his fratribus meis minimis, mihi fecistis.* O quãta sanctorum erit gloria (ait hic Chrysost.) *Chrys.* cùm coram Angelis, & hominibus audient à Domino, quòd ea quæ alijs in nomine suo præstiterunt, ipsi Domino contulerũt. Sed audiamus iam sententiã, contra malos prolatam. *Discedite à me maledicti.* Væ mihi, Domine, & si à te me repellis, quò ibo? Quò ibo à Spiritu tuo, Domine Deus? *Psal. 138.* Tantillũ tui perfruitus fuerat Petrus, & cùm illum inuitares, vt abiret, respondit: Quò ibimus, *Ioan. 6.* Dñe? verba enim vitæ æternæ habes. Et cùm te vidit in monte transfiguratum, à tui præsentia inebriatus dixit: Domine, bonum est nos hic esse. Nec inde volebat discedere. Quomodò ergo ferre poterit mali, in æternum à te separari? Repulisti à te fratricidam Cain, & per totam vitã pauidus *Genes. 4.* & tremebundus incessit. Et quid faciet miser, quem in æternum à facie tua deterreis? Quis tremor, quis pauor, quæ mortis illum apprehẽdent angustiæ? *Discedite à me.* A me (inquit) qui bonum vestrum sum, & extrà me nullum bonum est. Ergo ad mala illos mittis, Domine Deus. *Maledicti.* Non dicit Patris mei, sicut supra bonos dixit benedictos Patris sui: quoniam (vt Chrysost. & Orig. docent.) Deus est author benedictionis, homo autem maledictionis. *Chrys. Orig.* Ipse eam voluit, quæsiuit & inuenit, legem Dei prætergrediendo. vt Psalm. 118. dicitur: Maledicti omnes, qui declinãt à mãdatis tuis. *Psal. 118.* Et alibi: Dilexit maledictionem, & veniet ei, & noluit benedictionem, & elongabitur ab eo: *Psal. 108.* imbibitus est malus maledictionibus, atq; ab eis repletus illas patitur. Et quò illos proijcis, bone Deus? In ignem (inquit) æternum. Quid hoc est mali, Domine Iesu? Non potest homo nec lucernulam ignis applicatam digito ferre, & tolerabũt mali corpora, & animas in æternum exuri in ignem inferni? Et ignis talis quòd ei collatus ignis iste, quo nos vtimur, quasi pictus & fictus apparebit. *Æternum.* Æternum, Domine? Quid est æternum? Mille anni, aut duo millia, aut centũ millia? Minimè, minimè certe. Sed millia millium annorum, quæ postquàm transacta fuerint, de nouo alia millia millium incipient, & sic nunquàm finientur. Nam pro magna ducerent felicitate, si post tot annorũ myriades finiretur pœna eorum. Sed non ita erit. Nam æternum est, quod non habet finem: sicut Deus. Itaque dum Deus fuerit, erit & tormentum eorum. Sed illis transactis, de nouo incipient numerari, & nunquã numerus terminabitur. Possibile ne est, quòd pro vno peccato mortali in sempiternũ iustitia Dei puniat peccatores? Ita certè. Quoniam si peccator in mortali decedet, si plus ei duraret vita, plus in peccato duraret, & si in æternũ viueret, in æternũ peccaret. Iustum ergo est, vt qui tàm amplam habuit voluntatem peccandi, & in suo æterno offendit Deum, in æterno Dei plectatur à Deo. Moriantur ergo semper, & tamen nunquàm moriantur, sed semper mortis angustiæ ipsos teneant. Ideò *Iob. 10.* namq; in inferno dicitur, quòd sit vmbra & imago

imago mortis. Nam habet id quod asperũ, ac rigidum est in morte: non tamen quod bonum est, nempè cum illa omnia finire tormẽta. Est enim vita cum morte, & mors cũ vita. & ex vtroq; habet quod peius est. Ex morte quippè accipit angustias, & ex vita viuere in illis absq; vllo termino. Hinc

Psal. 10. Psalmista ait: Pluet super peccatores laqueos. ignis, sulphur, & spiritus procellarũ pars calicis eorũ. Pluet (ait) quoniam erunt multi, *Como llouidos*, vt solemus dicere. Laqueos, quoniam quodlibet tormentum erit laqueus vnus, quo immotus tenebitur in illo absq; eo quòd euadere possit: & hæc omnia sunt pars duntaxat suorum tormentorum,

Psal. 74. non tamen omnia. Calix in manu Domini vini meri plenus mixto. Si mixtum, quomodò merum? Si merũ, quomodò mixtum? Dicitur merum: quoniam pura erunt tormenta, absque refrigerio, vt in diuite illo Epulone visum est, qui guttam aquæ desiderabat ad refrigerandum linguã suam, nec tamẽ inueniebat qui daret. Dicitur autem

Psal. 48. mixtum: quoniam erant plura, atq; diuersa tormenta. Sicut oues in inferno positi sunt (ait alibi.) Nam sicut oues nõ se defendunt, nec possunt cùm iugulantur: sic nec mali in suis tormentis. His ergo dicit Iudex: *Discedite à me*. Hæc est maior omnibus pœnis, imò pœna pœnarum, à Deo in perpetuum

Simile. seiungi. Ac si lapis haberet intellectũ & videret se à centro suo in perpetuum diuelli, & clauis alicuius fortissimi ædificij fieri: illi maxima pœna esset, videns nunquàm se posse ab illo loco separari, vt in centrum suum properet: sic in aliquos claues terrestri illius ædificij infernalis facit Dei iustitia, vt nunquã inde exire possint, vt in suum

Chrys. perueniant centrum. Et ita ait Chrysostomus, quòd omnes ignes inferni pariter vniti, non tantum animam cruciarent, quãtum

Simile. ista separatio perpetua à Deo. Veluti si homo, qui ex magna peregrinatione in domum suam venit, nimio desiderio accensus videndi suos, cùm iam iam domui suæ appropinquat, à lictoribus detineretur, & in carcerẽ perpetuò detruderetur, vide quãtæ illum apprehenderent angustiæ. Sic cùm anima à corpore exit, & à longa peregrinatione, quam cum corpore habuit, in domum suã desiderio pergere vellet, quæ est Deus, à dæmonibus rũc rapitur, & in inferni carcerem, clausis ianuis, recluditur; Incredibilis illi cruciatus erit. Cur Domine istos à te repellis? *Esuriui enim (ait) & nõ dedistis mihi manducare, &c.* Scriptum quippè est: Iudicium sine misericordia, ei qui non facit mi- *Iacob. 2.*
sericordiam. *Domine, quando te vidimus esurientem, &c.* Hoc est maius malũ in peccatore, nõ se agnoscere peccatorẽ, nec culpas suas fateri, sed obliuioni tradere: quomodò pœnitebit illum? Et vide quomodò mali breuiter hæc bona opera recensent, & celeriter per illa transeunt, cùm boni ea sigillatim numerent, & suauitate quadam in illis recensendis immorentur. Quoniam boni gaudent in bonis operibus, & delectabiliter operantur illa: ac proinde sic sigillatim ea memorant: cùm tamẽ mali, quia nunquàm in eis gustum habuerunt, celeriter ac breuiter eas commemorent. Ecce huius Iudicij breuem interpretationẽ. ¶ Cæterùm quoniam in his verbis, quæ hic dicit Dñs, quæ sunt hæc. *Cùm autem venerit filius hominis in maiestate sua, & omnes Angeli eius cum eo, tũc sedebit super sedẽ maiestatis suæ. Et congregabuntur ad eum omnes Gentes.* In his, inquã, verbis quandam formam triumphi videtur insinuare Dominus, cũ qua veniet ad ostendendam magnitudinem iustitiæ suæ, quæ vsq; ad illum diem erit occulta: ideò de hoc triumphio agendum est. In hac vita quidem misericordia super iustitiam triumphũ gerere videtur, secundùm illã Iacobi senten- *Iacob. 2.*
tiam: Misericordia superexaltat iudicium. Eò quòd nunc plures misericordiæ diuinæ effect⁹ quàm iustitiæ videamus. Verũ quoniã hæ duę virtutes, misericordia scilicet, & iustitia plùs alijs in Deo splendent, secundum illud Psal. 24. Vniuersæ viæ Domini, *Psal. 24.*
misericordia & veritas, id est, iustitia, quæ conseruat veritatem naturæ in rebus; & in his duabus virtutibus omnia opera Dei fundantur: nam in omnibus reperitur misericordia, & iustitia hæc cùm vnicuiq; rei iuxtã eius naturam ac conditionem tribuit: illa quia eas condidit, & in suo esse conseruat, tribuens omnibus affluenter. His pensatis, cõueniens erat, quòd sicut misericordia habuit diem suum, in quo se totam ostenderet & triumpharet: ita & iustitiæ suus statueretur dies, in quo seipsam manifestaret, eiusq; gloria, potestas, atq; triumphus ab omnibus videretur. Sed vt ordinatè & sapienter procedamus, oportet ea quæ dicturi sumus fundare super doctrinam D. Thom. qui in 1. p. *D. Thom.*
q. 37. art. 7. quærit, an in Deo sit iustitia? Ad quod respondet duas esse iustitias: vna quæ dicitur commutatiua, altera distributiua. Commutatiua supponit debitum, quando pro

pro vna re aliam tribuo: nam talis est contractus, nempè do vt des, facio vt facias. Et in. ff. de verbor. obligationib. dicitur, quòd contractus est vltrò, citróq; obligatio, scilicet. & ex vtraq; parte tàm dantis, quàm accipientis, vt in emptionibus & venditionibus vsu venit. Et hanc commutatiuam iustitiam non ponimus in Deo: quoniam nec Deus recipit ab aliquo, nec vlli vnquàm debitor est, iuxtà illam Pauli sententiam *Rom. 11.* Roman. 11. Quis prior dedit illi, & retribuetur ei? Nullus enim aliquid Deo tribuit, quod eū ex iustitia obliget; quin potiùs ipse omnibus abūdanter tribuit. Altera est iustitia quæ dicitur distributiua, quæ est propria Principis ac Gubernatoris, cuius munus est distribuere bona publica subditis, secūdùm vniuscuiusq; proportionem, ad totam Rempublicam, & ad alterū. Et hāc iustitiam (ait D. Thom.) in Deo ponimus, qui tanquam vniuersi Gubernator omnibus tribuit, secundùm quod cuiusq; rei conditio, aut natura efflagitat. Verbi gratia. Cœlo suum motum tribuit, homini animam & corpus, quia id sua natura exposcit: alijs rebus suos instinctus, quibus suos fines possint attingere, ad quos naturaliter inclinātur, secun*D. Dionys.*dùm illam D. Dionysij doctrinam, cap. 8. de Diuin. nom. in qua sic dicit: Oportet videre in hoc veram esse Dei iustitiam, quòd omnibus tribuit propria, secundùm vniuscuiusq; existentium dignitatem. Et vniuscuiusq; naturam in proprio saluat ordine & virtute. Nam vnicuiq; rei hæc distributiua iustitia, quæ est in Deo, tribuit secundùm suam dignitatem ac cōditionem: vt homini rationis vsum confert, quē non tribuit bruto: quia id sua natura nō exigit. Hanc ergo iustitiam distributiuam in Deo ponimus. Sed quoniam quælibet harum iustitia importat aliquam rationē debiti: oportet (secundùm eundem Doctorem) scire dupliciter posse cōsiderari hanc rationē debiti in in Deo: vel respectu suæ bonitatis, quoniam sic Dei bonitati conuenit; aut respectu creaturarum, quoniam sic exigit earum natura. Sed hoc secundum ad primum reducitur: quoniam hoc vnicuiq; rei debitum est, quod diuina Sapientia ordinauit quòd esset suū, vnde totum ad Deum ordinatur, & ad implendum ordinem per suam sapientiam institutum. Deus autem nulli rei ordinatus, nisi sibi ipsi, qui finis omnium rerum est: quarē propriē & vrbanē loquēdo, *Hablando Cortesanamente*, non dicimus Deū dare quod creaturæ debet, sed quod sibi ipsi debet, qui talem ordinem suis creaturis statuit: sicut qui aliquam ordinauit & statuit Rempublicam, sibi ipsi debet quod in illa statuit conseruare. Hinc & Paulus dicit: Fidelis est *2. Tim. 2.* Deus, seipsum negare non potest. Ac si diceret. Quia Deus verax est, negaret seipsum, si hanc veritatem, quam ipse in rebus à se conditis statuit, non conseruaret. Quarē licèt pro hoc statu communiter dicamus, quòd misericordia triumphat in omnibus operibus Dei: modò tamen idem de iustitia dicimus; sed quia modò plùs effectus misericordiæ splendent, illi pro hoc statu palmā damus. Verùm iustitia sic indiuiduus est comes misericordiæ, quòd in omnibus effectibus illius præsens adsit. Nam omnes effectus Dei cū iustitia etiam fiunt, secundùm illam celebrē B. Anselmi sententiam, quæ dicit: *Ansel.* Cùm parcis malis, iustum est, quia bonitati tuæ condecēs est. Cùm punis malos, iustum est: quia eorum meritis conuenit. Itaq; in omnibus suis effectibus Deus suā iustitiam seruat. Quinimò & addo, quòd misericordia Dei nihil aliud est, quàm superabundans complementum iustitiæ. Verbi gratia. Iustitia Dei exigit, quòd rebus secundùm quod eorum natura exigit, prouideatur: misericordia id superabundanter exequitur, vt in præmio iustorū patet. Iustitia quippè Dei poscit, vt iustus propter bona opera sua præmietur: misericordia Dei excogitauit præmium sic superabundans, vt absq; vlla proportione qualitatem operum excellat, iuxta illud Pauli, quo dicit: Non sunt condignæ passiones huius temporis, ad futuram gloriam quæ reuelabitur in nobis. Postulat etiam iustitia, vt homini finis suus constituatur, sicut & cæteris rebus, & simul media illi decernantur ad consequendum propositum finem: misericordia illi altissimum constituit finem, qualis est Deus, & media subinde ordinat altissima, vtporè gratiam, ac reliquas virtutes infusas. Itaq; præsens misericordia est veluti iustitiæ executrix, quæ superefluenter exequitur id quod iustitia efflagitat & ordinat. Alia etiam iustitia est in Deo, quæ iustificat homines: sed de hac modò non loquimur, sed de ea quæ distributiua dicitur, qua Vniuersum moderatur & regit, quæ in vltima retributione maximè emicabit: nam tunc reddet vnicuiq; iuxta opera sua. In præmijs quippè & vindictis hæc æqualitas, ac iustissima retributio fieri debet; quæ tamen vsque ad illum

diem

diem deferatur, vt vnicuiq; rei suũ tempus detur. [*Eccles. 8.*] Nam iuxta Sapientis sententiam, vnicuique rei tempus est, & opportunitas. Nunc iustitia misericordiæ cedit dans illi locum, vt plùs se manifestet: tũc misericordia rependet has vices iustitiæ, & reddet ei, & dabit illi locum, vt se se coram omnibus ostendat. [*Eccles. 3.*] Omnia quippè tempus habẽt (ait Sapiens) & suis spatijs transeunt vniuersa sub Sole. Quod alia litera his verbis dicit: Omnibus rebus tempus est constitutum. Et inter alia subdit: Tempus tacẽdi, & tempus loquẽdi. Nunc iustitia Dei silet ac dissimulat, & dat locum misericordiæ vt loquatur: tunc, vice versa, misericordia obmutescet, vt coram omnibus loquatur iustitia. Hinc illud [*Esai. 42.*] quod Esai. 42. dicitur: Tacui, semper silui, quasi parturiens loquar. Habebit se tunc [*Simile.*] Deus, quasi parturiens. Nam sicut mulier occultum habet fœtum in ventre, vsque ad tempus à natura constitutum, vt edat illum, quem posteà gemitibus & vocibus parit. Sic in hoc tẽpore quasi occulta gerit Deus hominum peccata, vsq; ad tempus ab eo constitutum: nam tunc gemitib⁹ & clamoribus peccatorum ea in cõspectu omnium creaturarum pandet. Ne dilabaris ad peccandum, fidens quia Deus tacet modò, & dissimulat peccata: quoniam tempore suo loquetur, & omnibus manifesta ea faciet. Tunc [*Psal. 2.*] loquetur ad eos in ira sua (ait Psalmista) & in furore suo turbabit eos. Cùm accepero [*Psal. 74.*] tempus (ait alibi) ego iustitias iudicabo. Nunc misericordia habet diem suum, & detinet iustitiam: sed cùm aduenerit tempus suum, iustitia sua exequetur munera. Tuus est [*Psal. 73.*] dies (ait alibi Regius Propheta) & tua est nox. Nunc misericordia habet interdictam iustitiam, tunc copiam ei faciet vt operetur. *Tiene agora la misericordia puesta entredicho à la iusticia, mas entonces alçarsele ha.* Vnde Paul. Nolite (ait) ante tẽpus iudicare. [*1. Cor. 4.*] Hoc est, Obseruate tempus vestrum ad iudicandum, sicut & Deus expectat suum ad sua propalanda iudicia. Et quoniam Deus omnia propter electos disponit & ordinat (vt [*2. Tim. 2.*] ait Paulus) propter illos etiam modò malos consentit & sufferet, vt in parabola zizaniorum [*Matth. 13.*] agri patet. Relicta sunt quippè zizania vsq; ad tempus messis, ne simul eradicaretur & triticum. Propter damnatos ergo quod iusti (qui granum electum sunt) poterant recipere, si occasiones illæ, quas illis tribuunt peccatores, deessent, tolerantur modò mali vsq; ad tempus messis: tũc etiam diuidetur granum à paleis. Quarè Psalm. 1. [*Psal. 1.*] dicitur: Non sic impij, non sic, sed tanquàm puluis quẽ proijcit ventus à facie terræ. Vbi alia litera habet. Tanquàm gluma quã propellit ventus. Gluma pellicula illa est, quâ in spica granũ vestitur quasi subucula, quæ dum granũ est in spica, illud protegit à gelu, æstu, & inclementijs cœli. Cæterùm in area illud est quod primò à vẽto tollitur: sic modò malidũ granum est in spica, hoc est, dũ boni in carne viuũt, suis persecutionibus, ac scandalis eos protegunt: obligant quippè ob hoc illos, vt ab hoc mundo, & ab eius scandalis fugiant, & vt asperis indumentis vestiantur, & pœnitentiæ opera exerceant: verùm in area campi Iosaphat, illi erunt primi quos tempestas Dei rapiet, atq; disperdet. Igitur quoniam in præsenti impij præualere permittuntur à Deo, & ad suum libitum tribulare, non potest Dei Iustitia suum ostendere triumphum, nec se omninò propalare vsq; in diem iudicij. Vnde Abachuc 1. dicitur: [*Abacuc. 1.*] Propterea non peruenit vsq; ad finem iudicium: quia impius præualet aduersùs iustum. Hoc est: Non potest modò iustitia vsq; ad victoriam & triumphũ pertingere: propterea quòd impius ex Dei permissione præualet aduersùs iustum. Hoc enim significat sententia illa. Non peruenit vsq; in finem iudicium, id est, *No llevarà la suya à delante, no saldrà con la suya.* Phrasis enim Hæbrea hæc est. Vnde verbum illud, In finem (quod est in titulis plurium Psalmorũ) multi explicant pro victoria. Titulus enim Psal. 6. est, In finem pro octaua. Et D. Greg. [*Psal. 6.*] vult quòd intelligatur de die iudicij, & de generali resurrectione ista octaua, id est, octauus dies. Nam sex dies laboris Septimanæ, sunt dies præsentis vitæ: Sabbatum est dies mortis, quando iusti requiescunt à laborib⁹ [illegible] vitæ [illegible] cui succedit octauus dies, id est, Dominicæ resurrectionis, in qua omnes resurgemus & iudicabimur. Et [illegible] tunc [illegible] dies victoriæ & triumphi iustitiæ, titulus est, In finem pro octaua, id est, pro victoria quam ostendet iustitia Dei in die octauo resurrectionis & iudicij. Imò & instrumentum ad quod Psalmus ille concinebatur, quod vocabatur Seminith, erat instrumentum octo chordarum appropriatum ad concinenda per illud triumphalia carmina. Itaq; Psalmus iste, qui dicitur triumphalis, & victoriosus (quoniam de die iudicij loquitur, in quo debet celebrari triumphus iustitiæ)

tiæ) sic incipit: Domine, ne in furore tuo
arguas me, neque in ira tua corripias me.
Vbi loquitur de furore, atque ira, quam in
illo die ostensurus est Dominus. Igitur ideò
Habacuc dicit, quòd in præsenti iustitia
non deducet vsque in finem iudicium: quoniam prævalet impius contra iustum. Tunc
autem commutabuntur sortes, & iusti aduersus impios prævalebunt: & ideò perueniet vsque in finem iudicium. Sic enim &
Psal. 48. Psalmista ait: Dominabuntur eorum iusti
in matutino, id est, in iudicio quod manè celebrari debet, & in luce fieri, iusti incipient
dominari contra malos. Vnde Sophon. 3.
dicitur: Manè, manè iudicium suum dabit
in lucem, & non abscondetur. Et nesciuit
iniquus confusionem suam. Non intelligit
nunc iniquus mala quæ facit, sed tunc cum
maxima cõfusione sua ea videbit: nam scri-
Hiere. 17. ptum est. Peccatum Iudæ scriptum est stylo
ferreo, in vngue adamantino: vngues autem
extremitates hominis sunt, vt intelligamus
quòd ad extremum diem reseruantur ini-
Esai. 42. quitates impiorum. Et Esai. 42. sic dicitur:
Ecce puer meus, quem elegi, electus meus,
complacuit in illo animæ meæ. Non contendet, neque clamabit, nec audiet aliquis in
plateis vocem eius, donec eijciat ad victoriam iudicium. Quod testimonium suprà
cap. 12. retulit Matthæus. In quo ostenditur,
quòd vsque ad diem iudicij patienter sustinebit peccatores Dominus, quando triumphum, atque victoriam consistet iustitiæ:
sed tamen in corde suo reseruat hominum
peccata, vsque ad illum diem: nam peccatum Iudæ scriptum est stylo ferreo, donec
Deut. 32. eijciat ad victoriam iudicium. Nonne hæc
condita sunt apud me, & signata in thesauris meis? *En su coraçon lo tiene guardado, y
Esai. 63. en sus archiuos.* Dies vltionis in corde meo,
annus retributionis meæ venit. Igitur dies
ille signatus est pro triumpho iustitiæ, sicut
præsens pro misericordia, quæ tunc cedet
Esai. 11. iustitiæ, & dabit locum illi. Hinc apud Esai.
de Christo dicitur, quòd erit iustitia cingulum lumborum eius. Cingulum enim superfluentem vestem colligit, & constringit: sic
iustitia tunc faciet. Nam misericordiam superfluentem, quam modò per terram trahunt, tunc colliget, atque constringet: vt
totus locus tunc detur iustitiæ, & vt fiat
iudicium sine misericordia ei qui non facit misericordiam, vt dicitur Iacob. 2. Et
Iacob. 2. sic intelligitur illud Psalmi 24. Vniuer-
Psal. 24. sæ viæ Domini misericordia, & veritas re-

quirentibus testamentum eius, & testimonia eius. Nunquid misericordia non modò
etiam proderit? Quomodò dicit Psalmista,
quòd erit pro iis qui seruant Legem eius?
Quoniam etsi tùc misericordia etiam in illo
iudicio erit: tamen quia iustitiæ opera tunc
maximè manifestabuntur, quasi absorta à
iustitia non apparebit. Tanto enim pondere tunc opprimet terra iustitia, vt [illegible]
tus misericordiæ ibi ferè non sentiatur.
Obliuiscetur enim eius misericordia. Igitur Iob. 24.
sicut misericordia triumphauit aliquando in
Christo: ita & iustitia valet: tunc Pater quòd
in eo victrix appareat. Vtramque namque
virtutem voluit Pater manifestare in Christo. Nam in persona Christi dicitur vtrumq;
apud Esai. cap. 61. Vt prædicarem annum Esai. 61.
placabilem Domino, & diem vltionis Deo
nostro. Et Psal. 88. de Messia loquens, ait: Psal. 88.
Veritas mea, id est, iustitia mea, & misericordia mea cum ipso. Et in quantum homo
debet esse iudex, quòd per suam passionem
meruit, Paulo attestante ad Philip. 2. cum
dicit: Quòd propter meritum passionis eius
exaltatus est. Vnde ipse Dominus Ioan. 5. Ioan. 5.
cap. ait: Neque enim Pater iudicat quemquam, sed omne iudicium dedit filio, vt omnes honorificent filium, sicut honorificant
Patrem. De hoc iudicio visibili loquitur,
quod Pater cõmisit filio. Vnde ait: Omne
iudicium dedit filio. Quoniam debet esse
iudicium vniuersale omnium hominum, &
omnium peccatorum commissorum, quæcumque, vel palam aut occulta fuerint: vt omnes honorificent filium, &c. Nam (vt suprà
diximus) tunc honor suus restituendus est
Christo, quem mali ab illo abstulerunt. Sic
enim apud Iob dicitur: Causa tua quasi im- Iob. 36.
pij iudicata est: causam, iudiciumque recipies.
Quia ergo misericordia in homine Christo
triumphauit: ita & in illa die iustitia victrix
& triumphans apparebit. Et sicut misericordia in Deo triumphat, eò quòd in sui ratione & modo significandi includit omni
carere miseria (nam qui miseretur alicuius,
debet subleuare, illa carere necesse est: qui
enim pauperi subuenire debet, non debet
esse pauper, nec ægrotus qui infirmos curat) qui ergo omnes subleuat miserias (quod
facit Deus) omni miseria expertem esse
oportet, & omnipotentem esse secundùm
illud Sapien. Misereris omnium, quia omnia Sap. 11.
potes. Sic modò iustitia in Christo triumphat: quoniam illum ab omni culpa & labe
liberum esse dicit. Nam sicut princeps natur- [illegible]

oportet

oportet quod sit immobile, alias non esset primus motor, cum ab alio deberet moueri, & primum alterans quale est cœlū, oportet q̄ sit inalterabile: sic primus Iudex oportet quòd sit innocens, & ab omni macula mundus. Alias si peccatum haberet, deberet & ipse alium habere iudicē super se, qui illum de illa culpa iudicaret. Quia ergo Christus omnium Iudex est, nullā debet habere culpam, & hoc ponit in eo iustitia. Quare de illo *Psal. 97.* dicitur in Psalmo: Iudicabit orbem terrarū in iustitia, & populos in æquitate. Itaq; iustitia in Christo triumphat: quoniam ponit in eo omnimodā carentiam culparum, & omnimodam cōplementum virtutū. Sed hic triumphus in suum proprium diem reseruatur, in quo Angeli homines iudicandos debent ad iudiciū accersere. Nam Angelus voce magna, tanquā tuba, quæ vsq; ad viscera terræ penetrabit, quando & inferum & cœlum audituri sunt, homines ad iudicium vocabit, dicens: Surgite mortui, & venite ad iudicium. Et in momento, & in ictu oculi in hac nouissima tuba omnes mortui vbicunque fuerint, ex proprijs resurgent sepulchris, & resumptis eisdem corporibus, in quibus vixerunt, in campo Iosaphat apparebunt, & ibi stabunt expectātes Iudicem. Et summo manè cùm Aurora radiare incipiet, subitò aperientur cœlum, & Iudex incipiet exire cum illo tam illustri ac splendido cœlicolarum comitatu. Et credo ego, q̄ primi omnium exibūt Angeli inferioris Hierarchiæ, quorum ministerium fuit homines singulos custodire. Et sicut quādo Christus ascendit triumphans in cœlum, à mōte Oliueti cœpit ascendere: sic iustitiæ triumphus à mōte cœli incipiet, vbi iustitia residet. Ideò quippè dicitur: Iustitia tua sicut montes Dei. *Psal. 35.* Vel: Iustitia de cœlo prospexit. A vertice *Psal. 84.* ergo cœli iustitia veniet, quoniam sic sublimem habet thronum suum. Et cùm incipient Angeli inferioris Hierarchiæ descendere, forsitan venient canendo, atq; dicendo illud Psal. 67. Exurgat Deus, & dissipentur inimici eius, & fugiant qui oderunt *Psal. 67.* eum à facie eius. Sicut deficit fumus, deficiant: sicut fluit cera à facie ignis, sic pereant peccatores à facie Dei. Et iusti epulentur, & exultent in conspectu Dei, & delectentur in lætitia. Post illos exibunt alij Angelorum chori, atque superiores Hierarchiæ, cantantes & dicentes: Timete Dominum, & date illi honorem: quia venit hora *Apoc. 14.* iudicij eius. Post illos Patriarchæ, atque Prophetæ confestim apparebunt iniquitate pleni, atque diebus, inter quos sanctus Rex Dauid stabit in cithara, ac decachordo Psalterio, canens ac dicens: Deus, iudicium tuum Regi da: & iustitiam tuam filio Regis. Psal. 71. Iudicare populum tuum in iustitia, & pauperes tuos in iudicio. Suscipiant *Psal. 71.* montes pacem populo, & colles iustitiam. Iudicabit pauperes populi, & saluos faciet filios pauperum, & humiliabit calumniatorem. Post illos Martyres, ac Confessores descendent psallentes & dicentes: Vindica *Apoc. 6.* sanguinem nostrum, qui effusus est super terram. Et cùm iamiam exire velet Iudex, præibit ante illum Beatissima Virgo genitrix sua, stellis coronata, Sole quasi palliō amicta, & Luna sub pedibus eius, candido illo ac splendido choro virginum ac sanctarum mulierum comitata, Sole ipsō rutilior, & facie versa ad Filium suum in arce apparentem, dicet ad illū illud Prouerb. 31. Quid *Prouer. 31.* dilecte mi? Quid dilecte animæ meæ? Quid dilecte votorum meorum? Aperi os tuum, & discerne quod iustum est. Vindica inopem, & pauperem. Veniet sicut speciosissima illa Regina Esther, quæ populo suo *Esther. 9.* poscit vindictam à Rege, crucem autem & supplicium aduersus Aman iniquum. Sic & hæc Regina virginum vitam æternā bonis, perpetua autem supplicia malis postulabit. Proinde duodecim Apostoli apparere incipient, qui assessores iudicij simul cum Christo debent esse super duodecim sedes illas thronos sedentes, qui etiā se scintillas igneas ad terrorem malorum emittent, clamantes atq; dicentes: Ecce venit Dominator Dominus reddere vnicuique secundùm opera sua. In medio eorum Iudex omnium veniet Christus, sedens in nubibus cœli, in solio quodam ex nubibus ....., quod bonis quasi Sol refulgens apparebit, malis autem quasi ignis ac fulgura aduersus illos coruscantia. Nam Daniel vidit *Dan. 7.* illum in throno quodam igneo, cuius rotæ etiam erant igneæ. Hic erit fortis, ac triumphalis currus, in quo Triumphator iustitiæ tunc apparebit. In ore suo gladius biceps ex vtraque parte acutus (quemadmodum illum vidit Ioannes) illam terribilem sententiam significans, quam aduersus malos prolaturus est, quæ & corpora, *Apoc. 1.* & animas eorum in æternum scindet, & à bonis diuidet: oculi eius tanquam scintillæ igneæ, zona aurea circa pectus accinctus, quæ significat cingulum iustitiæ, quod mise-

misericordiæ viscera cõstringet, tunc ne iustitiæ vindictã impediat. Et quoniam triumphatores solent ante se præmittere machinas, arma, & ingenia bellica, quibus victoriã consequuti sunt: lignũ Crucis in quo Christus triumphauit, apparebit tunc in aëre, quem magnus aliquis Angelus adducet, & ante iudicis thronum constituet: quod adorantes Angeli clamabunt & dicent: Crux fidelis inter omnes arbor vna nobilis, nulla sylua talem profert, fronde, flore, germine. Dulce lignum, dulces clauos, dulce pondus sustinet. Malis terrori erit Crux Christi, & signanter illis qui in illa confixerunt Christum. Bonis autem erit arbor vitæ, sub cuius vmbra requiescunt. Sic vsq; ad mediã aëris regionem veniet iudex, ad quem electi omnes cum corporibus volabunt, secundùm illud Pauli: Simul *rapiemur* cũ illis *obuiam Christo in aëra*. Corpora tamen damnatorum in terra manebunt, nec poterunt præ grauedine ad aëra conscendere. Tunc aperientur libri, & omniũ conscientiæ aperientur. Nec hoc rectè explicari potest, sed pro certo habẽdum est, quòd omnium peccata omnibus clarè manifesta erunt. Et voce quadam dulci ac suaui sententia in fauorem illorum pronunciabitur, eos benedictos

Cant. 2. Patris vocando. Erit enim vox illa, quam Spõsa auidè cupiebat audire, cùm dicebat: Sonet vox tua in auribus meis. *Venite benedicti Patris mei* (dicens) *possidete paratum vobis regnum, &c.* Tunc iusti omnes clamabunt

Cant. 4. præ gaudio & dicent: Fauus distillans labia tua, mel & lac sub lingua tua, & eloquium tuum dulce. Ad malos autem cõuersus, leonis faciem, quã ad illum diem seruabit illis terribilem ostendet: quia faciem hominis,

Apoc. 1. quam illis priùs ostendit, noluerũt aspicere, & voce quadam terribili quasi vox aquarũ multarũ, & quasi vox tonitrui magni, illam tremẽdam aduersus illos fulminabit sententiam, qua illos in æternos ignes detrudet, ex throno eius fulgura, fulmina, & igneas lanceas emittens. Leo rugiet, quis non pauebit? Quo rugiente mali omnes in tenebras exteriores mittentur perpetuis temporibus detinendi, quas Deus à nobis propter suæ passionis meritum auertat, Amen.

Et ibunt hi in supplicium æternũ: iusti autem in vitam æternam. Hic locus directè pugnat

Origen. contra Origenem, & alios hæreticos, qui pœnas damnatorũ finiendas dicebant, existimantes hoc pugnare cum iustitia Dei: quod tamen falsissimum est. Imò æquitate plenum est, quòd peccatum temporale pœna æterna puniatur. Nam vt arguit Diuus Hieronym. super cap. 3. Ioan. si finienda esset aliquando pœna damnatorum, & in beatitudinem transferendi essent, quæ differentia esset tunc inter virginem & prostibulum? Inter Matrem Dei, & meretrices? Idem enim erit Gabriel, & diabolus, idem Apostoli & dæmones, idem Martyres & persequutores. Nam si tandem in æternum salutabuntur, & finis omnium similis est: præteritum omne pro nihilo est: quia non quærimus quid aliquãdo fuerimus, sed quid semper futuri sumus. Et Augustinus lib. 21. *Augus.*
de Ciuit. cap. 11. idem ostendit, contra eos qui iniustũ putant, vt pro peccatis quantumlibet magnis, paruo scilicet tempore perpetratis, pœnas quisquam damnetur æternas. Non enim aliqua etiam humanæ legis iustitia hoc attendit, vt tanta mora temporis quisquam puniatur, quanta mora temporis vnde puniretur admisit. Sed & humanæ leges quantùm in se est, pro quibusdã peccatis pœnas infligunt æternas. Vt cùm infligunt exilium, aut seruitutem perpetuam. Quod enim æternæ non sint, ob id est, quia nec ipsa vita, quæ his plectitur, porrigitur in æternum. Et cùm quemquam humanæ leges pro aliquo grandi crimine morte mulctant: non æstimant iudicium eius iuxta moram qua occiditur, quæ perbreuis est: sed potiùs, quòd eum auferunt in sempiternum de societate viuentium. Quod autem est de hac ciuitate mortali homines supplicio primæ mortis: hoc est de illa ciuitate immortali homines supplicio secundæ mortis auferre. Præter quam rationem indicatam ab ipso, inueniuntur & aliæ rationes à Patribus assignatæ, quibus ostenditur, quarè iustè pro peccato temporali quidam æterno puniantur supplicio. Vna est, quia peccauerunt contra bonum æternum, dum contempserunt vitam æternam.
Vnde eodem libro cap. 12. dicit Augustinus. Factus est homo malo dignus æterno, qui hoc in se peremit bonum quod esse posset æternum. Alia ratio est, quia homo quantum in se est in æternum peccaret. *Augus.*
Vnde Gregor. lib. 4. Dialog. cap. 44. suo *Gregor.*
Petro interroganti, quomodò iustum sit, vt culpa quæ cum fine perpetrata est sine fine puniatur, respondit: Hoc (inquit) rectè diceretur, si districtus iudex non corda hominum, sed facta pensaret. Iniqui ideò cum fine deliquerunt: quia cum fine vixerunt.

tuor. Nam voluissent vtique si potuissent sine fine viuere, vt potuissent sine fine peccare. Ostendunt enim quia in peccato semper viuere cupiunt, qui nunquam desinunt peccare dum viuunt. Ad magnam ergo iustitiam iudicantis pertinet, vt nunquam careant supplicio, qui in hac vita nunquam voluerunt carere peccato. Et Hiero. ferè eisdē

Hieron. verbis super c. 17. Prouerb. in illa verba: Infernus & perditio non replebuntur. Aut ideò reprobi sine fine pœnas luunt: quia voluntatem habuerūt sine fine peccandi, si naturam haberēt sine fine viuendi. Tertia ratio est, quia per peccatū contra Deum peccatur, qui est infinitus, atq; ob id infinitam

Aristot. meretur pœnā. Pœna enim secundùm Philosophum. 5. Ethic. infligitur secūdùm dignitatem eius in quē peccatur. Est & quarta ratio ad idem pertinens, nempè quia culpa manet, cùm culpa nō possit remitti sine gratia, quæ post mortē nec potest acquiri. Culpa autem manente, [illegible] debet cessare meritæ pœna. Confirmatur hæc sententia ex

Hieron. D. Hieron. qui super c. 36. Iob in illa verba: Saluauit te de ore angusto latissimè nō habente fundamentū super se, ait, quòd in hac sententia describuntur habitacula infernorum, quæ nimirum capacitate sui fundamentum nō habent; & os habent angustum, cò quòd sit amplū ad recipiendum, angustum ad dimittendum: quia nullū exire permittit. Quare Psalmista ab eo eruì poscebat, cùm

Psal. 68. Psalm. 68. ait: Non me demergat tempestas aquæ, neq; absorbeat me profundum, neq; vrgeat super me puteus os suum. In quo autem loco sit infernus, & quo pacto ignis corporeus possit habere effectum in animabus, relinquere volo modò Theologis, qui in 45. dist. 4. Senten. id disputant, & Diuus Thom. in additionib. ad 3. part. quæst. 70. artic. 3.

Cap. XXVI.

T fact[um] est, cùm consummasset Iesus sermones hos omnes, dixit discipulis suis: Scitis quia post biduum Pascha fiet, & filius hominis tradetur vt crucifigatur. Tunc congregati sunt principes Sacerdotum, & seniores populi in atrium principis Sacerdotum, qui dicebatur Caiphas, & consilium fecerunt vt Iesum dolo tenerent, & occiderent. Dicebant autem: Non in die festo, ne fortè tumultus fieret in populo. Cùm autem Iesus esset in Bethania in domo Simonis Leprosi, accessit ad eum mulier, habens alabastrum vnguenti pretiosi, & effudit super caput ipsius recumbentis. Videntes autem discipuli indignati sunt, dicentes: Vt quid perditio hæc? potuit enim istud venundari multò, & dari pauperibus. Sciens autem Iesus, ait illis: Quid molesti estis huic mulieri? opus enim bonum operata est in me: nam semper pauperes habebitis vobiscum, me autem non semper habebitis. Mittens enim hæc vnguentum hoc in corpus meum, ad sepeliendum me fecit. Amen dico vobis, vbicunq; prædicatum fuerit hoc Euangelium in toto mundo, dicetur & quod hæc fecit in memoriam eius. Tunc abijt vnus de duodecim, qui dicebatur Iudas Iscariotes, ad principes Sacerdotum, & ait illis: Quid vultis mihi dare, & ego vobis eum tradam? At illi constituerunt ei triginta argenteos. Et exinde quærebat opportunitatem vt eum traderet. Prima autem die Azymorum accesserunt discipuli ad Iesum, dicentes: Vbi vis paremus tibi comedere Pascha? At Iesus dixit: Ite in ciuitatem ad quendā: & dicite ei: Magister dicit, Tempus meum propè est, apud te facio Pascha cum discipulis meis. Et fecerunt discipuli sicut constituit illis Iesus, & parauerunt Pascha. Vespere autem facto, discumbebat cum duodecim discipulis suis. Et edentibus illis, dixit: Amen dico vobis, quia vnus vestrum me traditurus est. Et contristati valdè, cœperunt singuli dicere: Nunquid ego sum, Domine? At ipse respondens, ait: Qui intingit mecum manum in parapside, hic me tradet. Filius quidem hominis vadit, sicut scriptum est de illo: væ autē homini illi, per quem filius hominis tradetur, bonum erat ei si natus non fuisset homo ille. Respondens autem Iudas, qui tradidit eum, dixit: Nunquid ego sum, Rabbi? Ait illi: Tu dixisti. Cœnantibus autem eis, accepit Iesus panem, & benedixit ac fregit: deditq; discipulis suis, & ait: Accipite, & comedite: hoc est corpus meum. Et accipiens calicem, gratias egit: & dedit illis, dicens: Bibite ex hoc omnes. Hic est enim sanguis meus noui Testamenti, qui pro multis effundetur in remissionem peccatorum. Dico autem vobis, non bibam à modo de hoc genimine vitis vsque in diem illum, cùm illud bibam vobiscum nouum in Regno Patris mei. Et hymno dicto, exierunt in montem Oliueti. Tunc dicit illis Iesus: Omnes vos scandalum patiemini in me in ista nocte. Scriptum est enim: Percutiam pastorem, & dispergentur oues gregis. Postquam autem resurrexero, præcedam vos in Galilæam. Respondens autem Petrus, ait illi: Et si omnes scandalizati fuerint in te, ego nunquã scandalizabor. Ait illi Iesus: Amen dico tibi, quia in hac nocte antequam gallus cantet ter me negabis. Ait illi Petrus: Etiam si oportuerit me mori tecum, non te negabo. Similiter & omnes discipuli dixerunt. Tunc venit Iesus cum illis in villã, quæ dicitur Gethsemani, & dixit discipulis suis: Sedete hic donec vadam illùc, & orem. Et assumpto Petro, & duobus filijs Zebedæi, cœpit contristari & mœstus esse. Tunc ait illis: Tristis est anima mea vsque ad mortem: sustinete hic, & vigilate mecum. Et progressus pusillum, procidit in faciem suam, orans, & dicens: Pater mi, si possibile est transeat à me calix iste. Verumtamen non sicut ego volo, sed sicut tu. Et venit ad discipulos, & inuenit eos dormientes, & dicit Petro: Sic non potuistis vna hora vigilare mecum? Vigilate, & orate vt non intretis in tentationem. Spiritus quidem promptus est, caro autem infirma. Iterum secundò abijt, & orauit, dicens: Pater mi, si non potest hic calix transire nisi bibam illum: fiat voluntas tua. Et venit iterum, & inuenit eos dormientes: erant enim oculi eorum grauati. Et relictis illis, iterũ abijt: & orauit tertiò eundem sermonem, dicens. Tunc venit ad discipulos suos, & dicit illis: Dormite iam, & requiescite: ecce appropinquauit hora, & filius hominis tradetur in manus peccatorũ. Surgite, eamus: ecce appropinquauit qui me tradet. Adhuc eo loquente, ecce Iudas vnus de duodecim venit, & cum eo turba multa cum gladijs & fustibus, missi à principibus Sacerdotum & senioribus populi. Qui autem tradidit eum, dedit illis signũ, dicens: Quemcunq; osculatus fuero, ipse est, tenete eum. Et cõfestim accedẽs ad Iesum, dixit: Aue Rabbi, & osculatus est eũ. Dixitq; illi Iesus: Amice, ad quid venisti? Tunc accesserunt, & manus iniecerunt in Iesum: & tenuerũt eum. Et ecce vnus ex his qui erant cum Iesu, extendens manum, exemit gladium suum: & percutiens seruum principis Sacerdotum, amputauit auriculam eius. Tunc ait illi Iesus: Conuerte gladium tuum in locum suum, omnes enim qui acceperint gladium, gladio peribunt. An putas, quia non possum rogare Patrem meum, & exhibebit mihi modò plusquàm duodecim legiones Angelorũ? Quomodo ergo implebuntur Scripturæ, quia sic oportet fieri? In illa hora, dixit Iesus turbis: Tanquam ad latronem existis cum gladijs & fustibus comprehendere me? quotidie apud vos sedebam docens in templo, & nõn me tenuistis. Hoc autem totum factum est, vt adimplerentur Scripturæ Prophetarum. Tunc discipuli omnes, relicto eo, fugerũt. At illi tenẽtes Iesum, duxerunt ad Caiphã principem Sacerdotum, vbi Scribæ & seniores conuenerant. Petrus autem sequebatur eum à longè, vsque in atrium principis Sacerdotum. Et ingressus intrò sedebat cum ministris, vt videret finẽ. Principes autem Sacerdotum & omne concilium quærebant falsum testimonium contra Iesum, vt eum morti traderent, & non inuenerunt, cũ multi falsi testes accessissent. Nouissimè autẽ venerunt duo falsi testes, & dixerunt: Hic dixit: Possum destruere templum Dei, & post triduũ reædificare illud. Et surgens

gens princeps Sacerdotũ, ait illi: Nihil respõdes ad ea quæ isti aduersum te testificantur? Iesus autem tacebat. Et princeps Sacerdotũ ait illi: Adiuro te per Deum viuum, vt dicas nobis si tu es Christus filius Dei. Dicit illi Iesus: Tu dixisti: verumtamen dico vobis, amodo videbitis filium hominis sedentem à dextris virtutis Dei, & venientẽ in nubibus cæli. Tunc princeps Sacerdotum scidit vestimenta sua, dicens: Blasphemauit: quid adhuc egemus testibus? ecce, nunc audistis blasphemiam, quid vobis videtur? At illi respondentes, dixerũt: Reus est mortis. Tunc expuerunt in faciem eius: & colaphis eum ceciderũt, alij autẽ palmas in faciem eius dederũt, dicentes: Prophetiza nobis, Christe, quis est qui te percussit? Petrus verò sedebat foris in atrio: & accessit ad eum vna ancilla, dicens: Et tu cũ Iesu Galilæo eras. At ille negauit corã omnibus, dicens: Nescio quid dicis. Exeunte autẽ illo ianuam, vidit eum alia ancilla: & ait his qui erant ibi: Et hic erat cum Iesu Nazareno. Et iterum negauit cũ iuramento, Quia non noui hominẽ. Et post pusillum accesserunt qui stabant: & dixerunt Petro: Verè & tu ex illis es: nam & loquela tua manifestum te facit. Tunc cœpit detestari & iurare quia nõ nouisset hominem. Et continuò gallus cantauit. Et recordatus est Petrus verbi Iesu quod dixerat: Priùs quàm gallus cantet, ter me negabis. Et egressus foras fleuit amarè.

Cap. XXVII.

Ane autem facto consilium inierũt omnes principes Sacerdotum, & seniores populi aduersũs Iesum, vt eum morti traderent. Et vinctũ adduxerunt eum, & tradiderunt Pontio Pilato præsidi. Tunc videns Iudas, qui eũ tradidit, quòd damnatus esset, pœnitentia ductus, retulit triginta argenteos principibus Sacerdotum, & senioribus, dicens: Peccaui, tradens sanguinem iustum. At illi dixerunt: Quid ad nos? tu videris. Et proiectis argẽteis in templo, recessit: & abiens, laqueo se suspendit. Principes autem Sacerdotũ acceptis argenteis, dixerunt: Non licet eos mittere in corbonã, quia pretium sanguinis est. Consilio autem inito emerunt ex illis agrum figuli, in sepulturam peregrinorum. Propter hoc vocatus est ager ille, Haceldama, hoc est, ager sanguinis, vsq; in hodiernum diem. Tunc impletum est quod dictum est per Hieremiam Prophetam, dicentem. Et acceperunt triginta argenteos pretium appretiati, quem appretiauerunt à filijs Israël: & dederunt eos in agrum figuli, sicut constituit mihi Dominus. Iesus autem stetit ante præsidem, & interrogauit eum præses, dicens: Tu es Rex Iudæorum? Dicit illi Iesus: Tu dicis. Et cùm accusaretur à principibus Sacerdotum & senioribus, nihil respondit. Tunc dicit illi Pilatus: Non audis quanta aduersum te dicũt testimonia? Et non respondit ei ad vllũ verbũ: ita vt miraretur præses vehementer. Per diem autem solennẽ consueuerat præses populo dimittere vnum vinctum, quem voluissent: habebat autẽ tunc vinctum insignẽ qui dicebatur Barabbas. Congregatis ergo illis, dixit Pilatus: Quẽ vultis dimittam vobis: Barabbam, an Iesum qui dicitur Christus? Sciebat enim quòd per inuidiã tradidissent eũ. Sedente autẽ illo pro tribunali, misit ad eũ vxor eius, dicẽs: Nihil tibi & iusto illi: multa enim passa sum hodie per visum propter eum. Principes autem Sacerdotũ, & seniores persuaserũt populis vt peterent Barabbã, Iesum verò perderent. Respondẽs autẽ præses, ait illis: Quẽ vultis vobis de duobus dimitti? At illi dixerũt: Barabbã. Dicit illis Pilatus: Quid igitur faciam de Iesu, qui dicitur Christus? Dicunt omnes: Crucifigatur. Ait illis præses: Quid enim mali fecit? At illi magis clamabãt, dicẽtes: Crucifigatur. Vidẽs autẽ Pilatus quia nihil proficeret, sed magis tumultus fieret: accepta aqua, lauit manus coram populo, dicens: Innocẽs ego sum à sanguine iusti huius: vos videritis. Et respondens vniuersus populus,

lus, dixit: Sanguis eius super nos, & super filios nostros. Tunc dimisit illis Barabbam. Iesum autem flagellatum tradidit eis vt crucifigeretur. Tunc milites præsidis suscipientes Iesum in prætorium, congregauerunt ad eum vniuersam cohortem: & exuentes eum, chlamydem coccineam circundederunt ei, & plectentes coronam de spinis, posuerunt super caput eius, & arundinem in dextera eius. Et genu flexo ante eum, illudebant ei, dicentes: Aue Rex Iudæorum. Et expuentes in eum, acceperunt arundinem, & percutiebant caput eius. Et postquam illuserunt ei, exuerunt eum chlamydem: & induerunt eum vestimentis eius, & duxerunt eum vt crucifigerent. Exeuntes autem inuenerunt hominem Cyrenæū, nomine Simonem: hunc angariauerunt vt tolleret Crucem eius. Et venerunt in locū, qui dicitur Golgotha, quod est Caluariæ locus. Et dederunt ei vinum bibere cum felle mixtum. Et cùm gustasset, noluit bibere. Postquam autē crucifixerunt eum, diuiserunt vestimenta eius, sortē mittentes: vt impleretur quod dictū est per Prophetam dicentē: Diuiserunt sibi vestimenta mea: & super vestem meam miserunt sortē. Et sedentes seruabant eum. Et imposuerunt super caput eius causam ipsius scriptā. HIC EST IESVS REX IVDAEORVM. Tunc crucifixi sunt cū eo duo latrones: vnus à dextris, & vnus à sinistris. Prætereuntes autē blasphemabāt eum mouentes capita sua, & dicentes: Vah qui destruis tēplū Dei, & in triduo illud reædificas, salua temetipsum: si filius Dei es, descende de Cruce. Similiter & principes Sacerdotū illudentes cum Scribis & senioribus, dicebant: Alios saluos fecit: seipsum non potest saluum facere: si Rex Israël est, descendat nunc de Cruce, & credimus ei: confidit in Deo: liberet nunc eum si vult: dixit enim: Quia filius Dei sum. Idipsum autem, & latrones qui crucifixi erant cum eo, improperabant ei. A sexta autē hora tenebræ factæ sunt super vniuersam terram, vsq; ad horam nonā. Et circa horam nonam clamauit Iesus voce magna, dicens: Eli, Eli, lamma zabacthani? hoc est: Deus meus, Deus meus, vt quid dereliquisti me? Quidam autē illic stantes & audiētes, dicebāt: Heliam vocat iste. Et continuò currens vnus ex eis, acceptam spongiam impleuit aceto, & imposuit arundini, & dabat ei bibere. Cæteri verò dicebāt: Sine, videamus an veniat Helias liberans eum. Iesus autem iterum clamans voce magna, emisit spiritum. Et ecce velum templi scissum est in duas partes, à summo vsq; deorsum, & terra mota est, & petræ scissæ sunt, & monumēta aperta sunt: & multa corpora sanctorum, qui dormierant, surrexerunt. Et exeuntes de monumentis post resurrectionem eius, venerunt in sanctam ciuitatē, & apparuerunt multis. Centurio autē, & qui cum eo erant custodientes Iesum, viso terræmotu & his quæ fiebant, timuerunt valdè, dicentes: Verè filius Dei erat iste. Erant autem ibi mulieres multæ à longè, quæ secutæ erant Iesum à Galilæa, ministrātes ei: inter quas erat Maria Magdalene, & Maria Iacobi, & Ioseph mater, & mater filiorū Zebedæi. Cùm autē serò factū esset, venit quidam homo diues ab Arimathia, nomine Ioseph, qui & ipse discipulus erat Iesu: hic accessit ad Pilatū, & petijt corpus Iesu. Tunc Pilatus iussit reddi corpus. Et accepto corpore, Ioseph inuoluit illud in sindone munda, & posuit illud in monumēto suo nouo, quod exciderat in petra. Et aduoluit saxum magnū ad ostium monumenti, & abijt. Erat autem ibi Maria Magdalene, & altera Maria, sedentes contra sepulchrum. Altera autem die, quæ est post Parascéuen, conuenerunt principes Sacerdotū, & Pharisæi ad Pilatum, dicētes: Domine, recordati sumus, quia seductor ille dixit adhuc viuēs, Post tres dies resurgam. Iube ergo custodiri sepulchrū vsq; in diem tertium: ne fortè veniant discipuli eius, & furentur eum, & dicant plebi: Surrexit à mortuis: & erit nouissimus error peior priore. Ait illis Pilatus: Habetis custodiam: ite, custodite sicut scitis. Illi autem abeuntes, muniuerunt sepulchrum: signantes lapidem, cum custodibus.

Histo-

HIstoria Passionis Dñi, quò subtilius declaretur, & plenius intelligatur, in principales aliquot partes diuisa tractabimus. Vt primò quidquid ab omnibus Euangelistis proditū est, sedulò enarremus: iterum omnes quæstiones quæ aliqui excitantur penitùs enodemus: postremò quidquid expectabit ad eruditionē, ad doctrinā, siue historiam, siue allegoriam, siue moralitatē curiosè tractemus. Propositū enī mihi est in expositione huius historiæ meæ facultate omninò deseruire tantæ materiæ dignitati, meæ deuotioni satisfacere, & omnium vtilitati consulere. Sed in prima parte præcipuè quæ ad literā attinent tractabuntur, licèt nonnulla typici sensus miscebuntur. In secunda verò conciones dumtaxat, quæ de hoc mysterio ad populum in diuersis partibus habui, scribuntur.

Prima pars historiæ Passionis Domini, de ijs quæ in horto Gethsemani contigerunt.

IN hac prima parte quatuor tradūt Euangelistæ. Primò describunt locum. Secundò narrant plicam Christi orationem. Tertiò tristitiam, agoniam, & sudorē sanguineum. Quartò quomodò in horto captus fuit à Iudæis. Locū quidem omnes Euangelistæ describūt, sed variè: alij præcisiùs, alij autem distinctiùs. Matth. & Marc. aiunt, Christum Dñm, peracta Cœna, exisse hymno dicto, in montē Oliuarū. Lucas ait exisse in montē Oliuarū, secundùm cōsuetudinē, nihil addens. Rursus Matthæ. & Marc. dicūt, iuisse in villā Gethsemani, quæ erat ad mōtis radicem. Ioan. autē c. 18. tradit, eū transiuisse *Ioan. 18.* torrentē Cedron, & iuisse in hortū. Quarè quatuor nobis consideranda sunt. Primò, quis fuit ille hymnus. D. Tho. putat fuisse oratio- *D. Thom.* nem quam refert Ioan. c. 17. habuisse Chri- *Ioan. 17.* stum ad Patrem: Pater, venit hora, clarifica Filium tuū. Tamen hoc non ita apparet verisimile. Nam Euāgelista appellauit hymnum, id est, Canticū & Psalmū: & ille hymnus dictus est p gratiarū actione, qualis non est illa oratio. Euthymius p hymnū esse in- *Euthym.* telligendā putat gratiarum actionē, quam Christus & Apostoli post Cœnā Deo exhibuerūt. Hic mos erat Christo, dicere versum illum: Edent pauperes, & saturabuntur, & *Psal. 21.* laudabunt Dñm qui requirunt eum. Chrys. *Chrys.*

hom. 46. in Matthæ. ait, hunc hymnum esse exemplū eius, quod obseruat Ecclesia in celebratione Missæ, post communionem. Solet enim recitare aliquot orationes pro gratiarum actione. Vnde innotescit in Christianos sui tēporis ibi Chrysostom. qui peracta cōmunione, protinùs decedebant hoc gratiarum actione. Sed mihi plùs arridet quod annotauit Paulus Burgen. in additionibus *Burgen.* super Psal. 112. Laudate pueri Dñm. Tradunt enim Hebræi rem memorabilē ex illis Psalmis, qui sūt à 112. vsq; ad 118. hoc est, à Laudate pueri, vsq; ad Beati immaculati, inclusiuè, ab Hebræis appellari magnū Alleluya, hoc est, magnum hymnum, seu canticum: & fuisse morē Iudæis, hos Psalmos in tribus præcipuè festis, & in sacrificiorū ceremonijs maiore quàm cæteros religione decātare. Et post Cœnam Agni Paschalis, hos Psalmos pro gratiarum actione summa cum deuotione cantabāt atq; hunc arbitror esse hymnū quem Matthæus & Marcus tradūt Christū recitasse post Cœnā. Sed hic quæritur, Cur Christus non remansit Hierosolymis, & ibi voluit capi à Iudæis, sed exijt extrà vrbem. Et respōdetur id fecisse: quia voluit inimicis suis dare maiorem opportunitatem capiendi ipsum. Si enim fuisset Hierosolymis, vel nō fuissent ausi ipsum capere metu populi, aut si id tentassent forte tumultuante populo destitissent ab incepto.

Secundò nota in monte Oliuarum.

VRbs Hierosolyma erat posita in excelso monte, & habebat circumcirca alios montes, secundùm illud David, Montes in *Psal. 124.* circuitu eius. Horum montium eminentissimus & excellentior erat alijs mons Oliuarum, sic appellatus à multitudine oliuarum. Adiacebat Hierosolymæ ad partem eius Orientalem: distans ab ea (secundùm Iosephum lib. 2. Antiq. & 6. de Bello) quinque *Iosephus.* aut sex stadijs. Lucas Actor. 1. ait eum esse *Act. 1.* iuxta Hierusalem itinere Sabbathi, hoc est, quantum itineris licitum erat Iudæis facere in Sabbatho: quod (vt Echmenius super *Echum.* caput primū Actorū probat) erat vnū milliare. Ex culmine huius mōtis ascendit Dñs in cœlos. Sed quid sibi vult q Christus Dñs initium suæ passionis in monte Oliuarum celebrat? In Scripturis, oliua, seu oleum significat lætitiam, seu exultationem. Vnxit te Deus oleo lætitiæ. Significat corro- *Psal. 44.* borationem, & præparationem; significat

[illegible] sicut Matth. Luc. ait. *Factus in agonia* prolixius orabat, & factus est sudor eius, tanquam guttæ sanguinis decurrentis in terram. Pro eo quod in Marco legitur contristari, est in Mattheo tedere, quod in vtroque idem est verbum, quod propriè significat grauiter angi, propemodum exanimari, & deficere præ dolore. Est autem verbum Græcum, achimonia, & pro eo quod est in Marco (pauere) in Græco est achimanisse, quod significat obstupescere, seu expauescere, cum stupore quodam. Hoc autem, vt Mattheus refert, solis tribus discipulis quos ab alijs separauit dixit. Illos voluit huius spectaculi spectatores esse, qui fuerunt spectatores suæ gloriæ in transfiguratione: ob idque minus cæteris debebant perturbari, &c. *Tristis est anima mea vsque ad mortem.* Dupliciter interpretantur hæc verba. Primò, Anima mea præ tristitia propè est vt moriatur, sic Aug. super Psal. 86. Secundò, Tanta est tristitia, quanta solet esse morientium, quanta solet sentiri in mortis, sic Euthym. Tertiò, Hæc tristitia cum vasti dè inuasit me, quæ nec abibit, nec minuetur, sed durabit vsque ad mortem, sic Hiero. Quartò, Hæc tristitia tanta est, vt mihi omnino mortem afferret, nisi ego mea virtute diuina mortem auerterem, & meipsum sustinerem: sic Hilarius. Circa illud, *Factus in agonia,* duo notantur. Primò quidem, quia vox Græca dicitur à nomine Græco Agon, quod significat luctam, seu certamen, putarunt significari luctam & certamen, inter carnem Christi & spiritum eius; carne auersante & horrente passionem, spiritu verò eandem amplectente & exhortante: Quibus videtur fauere illud quod dixit Christus: Si possibile est transeat à me calix iste. Id ex infirmitate carnis dixit, sed ex fortitudine spiritus dixit: Veruntamen non mea, sed tua fiat voluntas. Non tamen videtur probanda hæc sententia: quia pugna & lucta, inter carnem & spiritum in homine, non fit nisi cum peccato, vel non nisi ob peccatum, vt benè disputat Paulus Rom. 7. In Christo autem, sicut nullum fuit peccatum, ita nulla fuit pugna: Caro enim omnino fuit subiecta & obediens rationi. Licet non incongruè posset dici, hanc resistentiam carnis non fuisse contra rationem, sed sequendo suum naturalem appetitum vincendi, quem Dominus explicauit in prima parte orationis. Nec enim carnis erat, ea quæ sunt superioris rationis attendere, vt statim dicemus. Quare hanc vocem (agoniam) accipere debemus, secundum vulgarem interpretationem, qua significatur magna quædam molestia, & angor animi, per similitudinem eius quæ solet accidere dimicantibus singulari certamine, qui propter eminentem timorem sudant ex angore ob mortem impendentem. Secundò dicitur, non sine causa Lucam dixisse, Dominum cùm angeretur prolixiùs orasse: vt exemplo Christi disceremus, quantò grauioribus malis premimur, quanto pluribus aduersis constringimur, tantò magis insistendum orationi. *Factus est sudor eius tanquam guttæ sanguinis.* Hilarius lib. 10. de Trin. & Hiero. lib. 2. contra Pelag. monet, hanc orationem de sudore, in multis codicibus Græcis & Latinis non inueniri. Sed quòd debeat legi, patet: quia sic legit Ecclesia à tempore Apostolorum. Iustinus Martyr in dialogo Tryphonem commemorat eam tanquam Euangelicam. Irenæus lib. 3. cap. 30. & libr. 4. cap. 69. Athanas. 6. volumine de beatitudine filij Dei, inter alios anathematismos, & hunc ponit. Qui negat filium hominis sudasse sudore sanguineo; anathema sit. Deinde illud vocabulum (Guttæ) Græcè est Θρόμβοι quod significat idem quod partes sanguinis crassas, globos concretos. Et quia hoc visum est quibusdam incredibile; ideò Euthymius super Lucam dixit, Christum verè non sudasse globos sanguinis, sed sudasse tantùm sudorem aqueum: per similitudinem autem & comparationem appellari guttas sanguinis: vt sit sensus, Ita sudauit tanquam crassum sudorem, vt sunt partes sanguinis concreti. Theophilactus autem super Lucam ait, hanc esse locutionem metaphoricam, & prouerbialem. Non enim significat Christum sudasse sanguinem; sed vt significetur eum plurimum sudasse, dicitur sudasse sanguinem: sicut dicitur de quibusdam, Fleuit lacrymas sanguinis. Istis duobus videtur suffragari illa particula, tanquam, vel quasi sanguinis guttæ. Reprehendenda tamen est hæc sententia nec tenenda. Siquidem omnium Patrum & Ecclesiæ hic est sensus, sudorem illum Christi verè fuisse sanguinem. Et ad argumentum respondetur, particulam (quasi) in Scriptura non semper denotare similitudinem, sed aliquando exprimere veritatem. Vt Ioann. 1. Quasi vnigeniti à Patre. Vbi (quasi) significat veritatem, quia verè erat vnigenitus. Sic etiam hoc loco respondetur, guttas tanquam sanguinis verè esse sanguineas. Secundo illud (quasi) non cadit super sanguinem, sed super guttas, vt sit sensus, Sudauit sanguinem ad modum & similitudinem grandium guttarum.

Margin: Agon. — Augustin. — Euthym. — Hieron. — Hilarius. — Rom. 7. — Hilarius. — Hieron. — Iustinus. — Irenæus. — Athanas. — Euthym. — Theophil. — Ioan. 1.

Epipha. Epiphanius ait Christum verè non timuisse mortem, sed simulasse metum mortis: vt ita diabolum prouocaret, & quodammodò animaret ad inferendam eam. Diabolus enim putans eum timere, accelerauit ei mortem, quam posteà sequuta salus est totius generis hominum: sicut facit Dux qui simulat fugam, vt attrahat hostes & percutiat eos. *Hilarius.* *Basilius.* *Ambros.* *August.* Alij verò, sicut Hilar. lib. 10. de Trin. Basil. lib. 4. contra Eunomium. Ambros. super 22. cap. Luc. & lib. de Fide, cap. 3. Hier. super cap. 26. Matthæ. August. super Psalm. 21. & 91. tradunt, Christum verè timuisse, & turbatum esse; verumtamen non propter mortem, sed ob alias causas, quas tunc versabat in animo, & illam tristitiam & dolorē efficiebant. Cæterùm non est negandum, quin timuerit & contristatus sit propter mortem impendentem; quod explicauit in oratione ad Patrem, cùm dixit: Pater, si possibile est transeat à me calix iste. Deinde filius Dei permisit carni suæ, vt ageret & pateretur secundùm conditionem suæ naturæ, vt tradunt Patres: sed conditio humanæ carnis est, vt præsentatam ac obiectam mortem sensibus perhorrescat: hoc euenit Christo, ergo. Ad hoc repræsentatio imaginaria passionis Christi maiorem dolorem afferebat Christo, quàm alijs. Primò quia certò sciebat se non euasurum mortem. Alij enim semper habent aliquid spei. Secundò quia proponebat sibi sigillatim omnes dolores, ac tormenta quæ passurus erat. Sed ad hanc causam doloris accesserant aliæ, quas Patres tetigerunt. Primò obstinata malitia Iudæ, desperatio, & impœnitentia ipsius. Secundò scandalum & fuga suorum discipulorum, negatio Petri, dolor suorum amicorum, & maximè Virginis sanctissimæ Matris suæ, deinde impietas populi Iudæorum, & ob hoc extrema eius abiectio & reprobatio. Vltimò ingratitudo futurorum Christianorum, qui tantum beneficium neglecturi, & conculcaturi erant. Sed hoc cùm per modum concionum de hoc mysterio agemus fusiùs in secunda parte tractabimus. Et ad argumenta, ad primum respondetur, quòd Christus non vetuit discipulos contristari simpliciter propter mortē; sed ita cōtristari vt absorberentur tristitia, & retraherentur à bono ad malū. Ad secundū respondetur, quod Christus mortem suam desiderabat, secundùm rationem & voluntatem deliberatam: timebat tamen mortem, secundùm naturalem affectionem, & secundùm sensum tristabatur. Ad tertium dicitur. Martyres ideò erant læti & intrepidi: quia in suo martyrio plurimis Dei auxilijs recreabantur, quibus omnibus Deus voluit Christum carere tunc propter nostram salutē. Notandū tamen est, quod Magister in 3. distinct. 16. sub fine tradidit quadruplicem statum hominis, & ex omni statu Christum aliquid assumpsisse. *Magister.* Primus fuit innocentiæ, ex quo Christus sumpsit immunitatem peccati. Secundus status fuit post peccatum, ex quo Christus sumpsit miserias & dolores. Tertius fuit status gratiæ, ex quo accepit plenitudinē gratiæ. Quartus est gloriæ, ex quo accepit visionē Dei, secundùm partē superiorem. *Bonauentura.* Et D. Bonauentura in Cōmentarijs illius, hoc adnotauit Magistrū sumpsisse ex Boetio. *Boetius.* Verumtamen licet Christus de statu hominis post peccatum sumpserit passiones: aliter tamen fuerunt in Christo, quàm in nobis. Et differentiæ sunt quinque. Primò in nobis illæ passiones proueniunt ex ex peccato originali, in Christo nō ex peccato. Secundò in nobis sunt omninò necessariæ, non possumus eas prohibere; Christus voluntariè se illis subiecit. Tertiò istæ in nobis præueniunt iudicium rationis: in Christo omninò pendebant ex præscripto rationis, & ex imperio voluntatis, quātum ad initium, quantum ad modum & mensuram, & quantum ad durationem & finem. Quarta differentia est, quòd in nobis plerumque mouent & inuitant nos ad illicita, & in Christo nunquàm. Vltimò in nobis passiones inferioris redundant in superiorem partem, eam afficiunt & perturbant; in Christo nulla fiebat redundantia, ità vt turbaret rationem. Propter has differentias significatas D. Hieronym. super Cap. 26. Matth. *Hieron.* quem sequuntur omnes scholastici, dicit in Christo nō fuisse passiones, sed propassiones: nam in se cœpit pauere & mœstus esse, quasi à sua voluntate passiones hæ inciperent operari.

Quæstio secūda fuit, Cur voluit in horto sustinere tantam tristitiam & agoniam, si in manu eius erat reprimere? Respondetur, Christū sua voluntate suscepisse multas ob causas. Primò, vt demonstraret veritatem naturæ humanæ assumptæ. Nam si caruisset illis, existimatus esset non verus homo, sed phantasticus. Et hinc coarguitur error Appollinaris & Arrianorum, qui putatunt in Christo non fuisse animam, sed tan-

tùm

tùm corpus & verbum, verbum autẽ impleuisse vicem animæ: sed contrà hoc est, quia Christus dixit, Tristis est anima mea vsque ad mortem; ergò tristitia, timor & agonia, sunt passiones animæ, & non solius corporis. Secunda causa, quia voluit per experientiam gustare mala nostra, & discere ea. Nam, vt

Hebræ. 4.

ait Paulus, habemus Pontificem, qui possit compati infirmitatibus nostris, tẽtatum per omnia. Tertia causa est: vt demõstraret hoc facto incredibilem acerbitatẽ passionis suæ. Nam si sola præmeditatio, & imaginaria quædam repræsentatio futuræ mortis adeò eum afflixit, vt ex toto corpore expresserit sudorem sanguineum, quanta fuit acerbitas in ipsa præsentia dolorum, cùm in actu præsentem suam passionem videbat? Quartò ne quis putaret accidisse Christo in sua passione, quod memoratur contigisse multis martyribus, quorum animi miris solatijs fuerunt à Deo recreati; ita vt vix affligerentur sensu doloris, Christus verò acerbissimos dolores tulit, sine vllo singulari solatio, adeò vt exclamaret dicẽs. Deus Deus meus, vt quid dereliquisti me? Quintò, in documẽtum, & exemplum. In documentum, vt discerent fideles tristari & trepidare propter mortem, non esse in seruis Dei vitium: quia est naturale. In exemplum: vt exemplo suo cum tentantur, & affliguntur munirent se præsidio orationis, & voluntatem suam omninò subijcerent voluntati Dei. Vltima causa, Christus in sua tristitia & trepidatione promeruit seruis suis in tentationibus & tribulationibus quas passuri erant, lætitiam & fortitudinem. Illa enim hilaritas, illa inuicti & interriti animi magnitudo quam præ se ferebant martyres in medijs tormentis, ex hac Christi tristitia & angore promerita est. Nostras enim infirmitates ipse suscepit vt suas nobis firmitates impartiretur. Quem locum Leo Papa sermone. 3. de passione lu-

Leo Papa.

culenter tractat his verbis. Dominus in nobis trepidabat, suo metu nostrum pellens, sua tristitia nostram exterminans. Infirmitatem nostram induit: vt inconstantiam nostram suæ virtutis soliditate firmaret. Venit in hunc mũdum diues cœli negotiator, mirabili commutatione nostra accipiens, & sua tribuens, &c. Tertia quæstio fuit cùm Christus dixit, Tristis est anima mea vsque ad mortem, Vtrùm tristitia illa tantum occupauerit partem inferiorem, hoc est sensum, an etiam afflixit partem superiorem, hoc est, voluntatem rationalem. Non enim videtur potuisse contingere partem superiorem. Nam pars superior erat beata videndo Deũ, ergò erat in summo gaudio: alioquin tristitia, & gaudium fuissent simul in eodẽ subiecto, præsertim cùm gaudium esset summum & tristitia summa. Deindè quãdò duo extrema siue contraria sunt simul, vnum remittit & minuit aliud. Si fuisset in parte superiori tristitia, remitteretur gaudium, vel è contrà. Confirmatur quia Aristot. libr. 7.

Aristot.

Ethic. ait, Tristitiam impedire delectationem, non solùm contrariam, sed etiã quamlibet aliam, &c. Tametsi tristitia de passione, non sit contraria gaudio eius de visione Dei; tamen vna impedit aliam. Confirmatur. 2. quia hæc videtur esse doctrina D. Tho-

D. Thom.

mæ in disputatis. q. 6. de veritate. ar. 10. & 3. p. q. 46. art. 8. vbi affirmat, tristitiam fuisse tantùm in parte inferiori, & non redundasse in superiorem, sicut nec gaudium superioris redundauit in partem inferiorem. Neotheoricus quidam affirmat Christum fuisse contristatum, non solùm secundùm sensum, sed etiam secundùm voluntatem rationalem, in illa eadem parte, in qua erat beatitudo & gaudium. Propterea David in persona Christi ait. Repleta est malis anima mea. Non er-

Psal. 87.

gò tantum vna pars animæ Christi sensit mala, sed omnes partes. Et Esa. 53. dicitur.

Esai. 53.

Verè languores nostros ipse tulit, & dolores nostros ipse portauit. Si non fuisset secundùm partem superiorem contristatus, non sensisset tristitiam & dolorem nostrũ, acerbiores enim sunt dolores partis superioris, quàm inferioris. Tertiò, Christus obtulit se se Patri hostiam pro peccatis nostris, & vt dicunt Patres, egit pœnitentiam pro omnibus peccatis; optimum autem sacrificiũ pœnitentis consistit in corde contrito & spiritu contribulato vt Psalm. 50. dicitur: ergò.

Psal. 50.

Quartò, ad Hebr. 4. ait Paulus Christũ fuisse tentatum per omnia, vt sciret compati no-

Hebr. 4.

stris infirmitatibus; at si non sensisset tristitiam in parte superiori, non fuisset tentatus per omnia, nec didicisset experientia compati nostris infirmitatibus. Quintò, hæc sententia magis extollit patientiam Christi & obedientiam eius erga Patrem, charitatem eius erga nos, plenitudinem suæ gratiæ & sanctificationis. In eo enim in quo maximè peccauerat Adam, in eodem voluit satisfacere; maximè autem peccauerat in parte superiori, ergò. Præterea hæc videtur esse doctrina Ecclesiæ in. 6. Concilio, vbi probatur in Christo fuisse duas voluntates:

alteram

alteram diuinam, & alteram humanam rationalem: quia Christus dixit in horto, Tristis est anima mea vsque ad mortem, Verumtamen non mea, sed tua fiat voluntas: ergò tristitia illa, & horror ille mortis pertinebat ad rationalem voluntatem. Damasc. (*Damasc.*) 3. lib. capit. 26. docet solam diuinitatem in Christo fuisse impassibilem omninò, in reliquis fuisse passum in mente & carne. Idem cap. 33. confirmat testimonio Athanasi. Bonauent. (*Bonauen.*) in 3 d. 16. affirmat hanc esse sententiam omnium Theologorum. & D. Thom. (*D. Thom.*) 3. part. quæst. 15. artic. 6. & quæst. 18. artic. vltimo inclinat in hanc sententiam. Sed restat declarare, quomodò fuerit in parte superiori Christi tristitia. Primò fuit propter passionem & mortem, & propter peccata hominum, vt erant diuinę voluntati contraria, & offendebant eius maiestatem. Prior tristitia tripliciter afficiebat partem superiorem. Primò, quia erat contra naturalem inclinationem voluntatis rationalis, quæ naturaliter vult salutem & conseruationem personæ. Mors & passio secundùm se non erat debita Christo, sed tantùm ex suppositione, id est, ex ordinatione Patris, & in ordine ad finem redemptionis nostræ; est autem doctrina Philosophorum, Quandò aliquid non est volitum secundùm se, & est volitum ex suppositione, illud aptum est afferre tristitiam. V. g. Mercator proijcit merces in mare metu mortis, quam proiectionem secundum se non vult, sed tantùm ex suppositione: & ideò illa contristat eum. Tertiò, anima rationalis in Christo erat forma naturalis illius corporis, & pars superior habebat naturalem connexionem cum inferiori, vnde passiones superioris redundabant in inferiori. Sed contrà. Quia gaudium beatificum non redundabat in partem inferiorem. Sed respondetur non valere hoc. Tum quia illud gaudium non conueniebat animæ Christi, vt erat forma corporis, & erat connexa cum sensibilibus, sed vt erat per se subsistens modo supernaturali. Deindè non redundauit, ne impediretur negotium redemptionis. Sed redundantia tristitię & passionis nihil impediebat, ergò altera tristitia erat, quæ attingebat partem superiorem, quā capiebat Christus de peccatis hominum; prout erant contraria voluntati diuinæ, quę erat multò acerbior, secundùm quam verè pænituit, & habuit veram contritionem, & absolutam satisfactionem pro peccatis nostris. Ad argumentum Canus lib. 12. de locis. capit. 14. dicit non fore impossibile (*Canus.*) & absurdum, si dicatur animam Christi ad breue illud tempus passionis suæ habuisse perfectam beatitudinem essentialiter, quæ consistit in visione & amore Dei; tamen caruisse gaudio beatifico, quod est vnum de accidentibus consequentibus essentiam beatitudinis. Nam vt docet Aristot. 10. Ethico. (*Arist.*) Voluptas non est operatio in qua est felicitas, sed est aliquid cõsequens eius operationem: quarè per potentiam Dei absolutam potest separari à felicitate, sicut Deus separauit calefactionem ab igne in fornace, & illuminationem à sole tempore passionis suæ. Veruntamen quidquid sit de hoc, An possit separari gaudium à beatitudine (quod nonnulli negant, & Aristot. 7. Ethico. ait (*Arist.*) Græcos ideo appellasse beatum (Machareos) quod verbum dicitur Acheim, quod est gaudere, quasi gaudium sit de ratione beatitudinis) non est necessarium confugere ad ista; sed dicitur falsum esse quòd gaudium de visione Dei, & tristitia de passione sint contraria. Nam contraria debent esse intra idem obiectum: quarè sicut scientia hominis, & ignorantia leonis, non sunt contraria & possunt esse simul; ità non implicabat contradictionem, esse in Christo summum gaudium de vno, & tristitiam de alio. Secundò dicitur, licet naturaliter tristitia impediat gaudium, etiam non contrarium ei, & è contra; tamen in Christo per dispensationem diuinam fuerũt simul. Sicut enim non potest esse naturaliter simul esse comprehensor & viator, & tamen fuit Christus; & sicut naturaliter non potest superioris partis gaudium & felicitas non afficere inferiorem; & tamen in Christo non redundauit in illam, ergò.

Sequitur tertium, scilicet Oratio Christi in horto.

Circa quàm Orationē quatuor sunt exponenda. Primum, quomodò Christus se præparauit ad illam: Secundum, quid dixerit & orauerit. Tertium, quemadmodùm oranti apparuerit Angelus confortans eum: Quartò, quomodò ter ex oratione reuersus sit ad Discipulos, & quid dixerit illis. De primo tres Euangelistæ dicunt Christum se præparasse ad orationem dupliciter. Primò, eligendo locum idoneum, hoc est, locum secreeremum & solitarium, & aliquantò à Discipulis suis remotum. Marcus ait, Processit paruum. Matthæus, Progressus est pusillum. Lucas. Auulsus est ab eis quantum est iactus *Basilius* lapidis, &c. Basil. in Epist. celebri ad Gregorium Nazian. de laudibus eremi, inter alias eius vtilitates & voluptates hanc refert, quòd maximè conducat orationi, & meritò, tres ob causas. Primò, quia in solitudine liberius oratur, & potest omnes affectus animæ reprimere. Secundò, non est ibi periculum inanis gloriæ. Tertiò, non est qui obstrepat oranti, & auertat ab oratione. Christus id docuit exemplo, legimus eum orasse, & noctu, & in montibus, & consuluisse, *Matth. 6.* Tu autem cum oraueris, intra in cubiculum tuum, & clauso ostio, ora Patrem tuum in *Dan. 6.* abscondito. Daniel ter orabat in die, in superiori conclaui domus. *Act. 10.* Sic Petrus cum vidit linteum. Sed aduerte hoc esse intelligendum de priuata oratione. Est enim oratio publica quæ fit in Ecclesia: huic locus conuenit publicus, vt sunt templa. Secundò, præparauit se Christus decenti compositione corporis: primò orauit flexis genibus (vt ait Lucas) deindè procidit in faciem suam (vt ait Matthæus) denique procubuit, & procidit in terram (vt ait Marcus) sicuti crescebat animi affectus, ita augebatur demissio exterior corporis. In Scriptura legimus apud Iudæos quatuor modos orandi, quod *Luc. 18.* attinet ad compositionem corporis. Primus est stando, non leuando oculos in cælum, percutiendo pectus, sicut Publicanus in Euangelio. Secundus est flexis genibus. Sic Da-*Dan. 6.* niel cap. 6. ter in die orabat. Et Paulus ad *Ephes. 3.* Ephesios 3. Huius rei gratia flecto genua. Tertius modus flexis genibus, & extensis *3. Reg. 8.* manibus in cælum, vt 3. Regum. 8. Salomon publicè in dedicatione templi à se ædificati orauit. Quartus modus, toto cor-*Iosue 7.* pore prostratus in terra, Iosue 7. Orauit vsque ad vesperam. Huiusmodi ceremonia exterior in oratione, non est superstitiosa, vel hypocrita, vt garriunt hæretici; sed est maximè vtilis & laudabilis. Primò, quia prouehit ex interiori affectu orantis humiliantis se coram Deo, & affligentis se. Secundò valet ad hunc affectum excitandum, præsertim in hominibus non multum exercitatis in orando. Tertiò congruit pœnitentibus contritis: quia exterior inclinatio corporis, affert molestiam corpori, & cruciatur. Vltimò, sicut Deo interius submittimus animũ, quia est Dominus animæ; ita conuenit vt exterius etiam procumbamus corpore: quia etiam est Dominus corporis. Lege August. Epist. 121. de orando Deum ad *August.* Probam, & lib. de Oratione, vbi inuehitur in eos, qui *orant sedentes*. In oratione sua Christus Dominus quatuor vel quinque expressit notãda. Primum est illud, *Pater*, Secundum, *Si possibile est*. Tertium, *Calix iste*, Quartum, *transeat à me*, Quintum, *Non sicut ego volo, sed sicut tu vis.*

Ante omnia sunt excutiendæ hæ dubitationes. Prima, Vtra pars Christi hãc orationem fecit, an superior, an inferior? Respondetur; pars superior; nam inferior, hoc est, sensus non potest orare Deum: quia oratio est eleuatio mentis in Deum, hæc faciebat eam exprimens affectum partis inferioris. Vndè dicebat, *Spiritus promptus est, caro autem infirma*. Quod autẽ dicunt Patres, Christum orasse, non secundùm partem superiorem, sed secundùm partem inferiorem; sic intelligendum est. Quia exprimebat affectum partis inferioris, & agebat eius partes. Secũda, si oratio est eleuatio mentis in Deũ, Christus autem semper habebat eleuatam mentem in Deum, quia semper eum videbat; quomodò ergò dicitur nunc orasse? Respondetur, mentem Christi per illam operationẽ intellectus, quam exercebat per species infusas, vel more humano conuertendo se ad phantasmata orasse tunc: nam hanc operationem non semper exercebat. Tertia quæ-*Ioan. 11.* stio est, cùm Christus dicat se in omni ora-*Hebr. 5.* tione exauditum fuisse à Patre, & quandò dixit, Scio quia semper me audis, & illud, Exauditus est pro sua reuerentia: quomodò hic non est exauditus. Respondetur, quidquid Christus exorauit absolutè & ex voluntate deliberata postulauit, & exauditus est. Nunc autem non orauit absolutè, sed tantùm exprimebat affectum naturalem. Vndè *Iustinus.* subdit. *non quod ego volo sed quod tu vis.* Quod benè notauit Iustinus Martyr in dialogo Tryphone, in hac oratione Christi impletũ *Psal. 21.* fuisse illud Dauid. Psalm. Deus me᷒, clamabo ad te per diem, & non exaudies: & nocte & non ad insipientiam mihi. Ait Iustinus. Ne quis putasset Christum orasse Patrẽ in horto, quod non erat impetraturus ex in-*Prosper.* scientia, subdit: Et non ad insipientiam mihi. Prosper de promissione Patriarcharum *Iud. 11.* cap. 20 ait, signum huius rei fuisse id quod narratur Iud. 11. Iephte sacrificasse filiã suã Deo, vt debellaret hostes populi Dei, & eũ liberaret. Filia tamen petijt ab eo indutias mortis,

mortis, vt sicut virginitatē & mortem subijt Christus vt debellaret diabolum, & liberaret genus humanum, in ara crucis immolauit carnem suam, quā ante mortem sibi mundatam exprimit, Pater, sic ait hic. Matth. verò Pater mi, illud, mi, exprimit filialem affectum, & demonstrat aliter Deum esse Patrem Christi, aliter nostri. Christi propriè, vnicè & naturaliter; nostri verò cōmuniter, & per gratiam adoptionis. Vnde dicitur, Pater noster. Marcus, Abba Pater. Multi dicunt esse geminationem (nā est vox Chaldaica significans Patrem) ad maiorem emphasim, quod est frequens in Scriptura. Domine, Domine: Deus Deus meus, & alibi sæpè. Pater, si possibile est. Lucas ait. Si vis. Non enim (vt benè notauit Aug.) dubitat, An possit simpliciter, sed an possit volendo, an velit. Marcus ait. Pater, omnia tibi possibilia sunt, absolutè. Quo verbo declarat absolutam infinitam que Dei potentiam. Docemur autem debere nos accedere magna fiducia ad orationem, sicut ait Iacobus. Postulet autem nihil hæsitans in fide. — *August.* — *Iacob. 1.*

Sed circa hoc, est prima quæstio. Si Christus certò sciebat Deum velle vt ipse moreretur, ac proinde fieri nō posse quin nō moreretur, quomodò ergò tanquā nesciens, vel dubitans huius rei dixit, Si possibile est, & si vis? Respōdetur, Christum ita esse loquutū, non ex ignorātia, vel dubitatione diuinæ voluntatis, sed primò vt exprimeret affectum hominis, & sensum carnis auersantis & refugientis mortem. Deindè vt doceret seruos suos, qui futuri erant incertū diuinæ voluntatis, quo pacto deberent eum orare pro liberatione malorum temporalium, quibus premerentur: nimirum non absolutè petendo, sed cum cōditione, si vis, si congruit. Secunda Quæstio. An mox cùm Christus hoc dixerit, fuerit possibile Deo impedire mortē Christi. Ratio dubitandi est, quia Marcus dixit. Omnia tibi sunt possibilia, transfer à me calicem istum, ergò è contrariò impossibile est mutari Dei voluntatem, quæ erat æterna, vt Christus moreretur, ergò impossibile erat quin moreretur. Respondetur cum distinctione. Mors Christi quinque modis potest considerari. Primò in ordine ad Dei potentiam, & voluntatem absolutè, & per se, & sic possibile erat etiā tunc impedire mortem Christi, quia Deus semper est omnipotēs, & volūtas libera est ex se ad omnia quæ sunt extra Deū: ergò. Secūdò, mors Christi considerari potest, vt est medium conueniens ad redemptionem generis humani; & sic poterat impediri, quia poterat per alios modos saluari à Deo genus humanum. Tertiò potest cōsiderari, vt ab æterno volita à Deo & ordinata; & sic impossibile erat eum non mori, quia voluntas Dei est immutabilis, & non potest non impleri voluntas absoluta. Quartò consideratur, vt prædicta à Prophetis, & sic nō poterat impediri: quia vt ait Dominus, Cœlū & terra trāsibunt, verba autē mea nō præteribūt: & vt dicitur num. 23. Nō est Deus vt homo, vt mētiatur, nec vt filius hominis, vt mutetur. Et Paul. ait. Fidelis est Deus, seipsum negare nō potest. Quintò modo potest cōsiderari mors Christi, posito q̄ voluit Deus saluare hominem, per medium valdè conueniens saluti hominis, & sic non potuit impediri mors Christi. Quia licet Deo possibiles erant alij modi saluandi, non fuit tamē possibilis alius modus conuenientior, vel vtilior isto, sicut præclarè dixit August. 3. de Trinit. cap. 10. Non dicamus aliū modum saluandi homines Deo possibilem defuisse, cuius potestati cūcta æqualiter subiacent; sed dicimus sanandæ nostræ miseriæ alium commodum conuenientiorem non fuisse, nec esse potuisse; ergò. Tertiò in oratione Christi est, calix iste. Haud dubiè per calicē significatur passio & mors Christi, per metaphorā. Est enim similitudo ducta ab antiqua potatoriā cōsuetudine, qua in conuiuijs, ab eo qui appellabatur rex vini, vel magister potandi, ius calix cōtinens portio vini, quā exhaurire debebant præscribebatur & propinabatur. Vndè Phrasis Hebraica in Scriptura significat suā cuique sortē, vel bonā, vel malā, à Deo paratā. Sumitur autē nomē Calicis in Scriptura, aliquādò in bonā partē, & significat bona parata bonis à Deo. Psalm. 15. Dñs pars hæreditatis meæ, & calicis mei; & Psal. 22. Calix meus inebrians, quā præclarus est. Et ibi. Calicem salutaris accipiā, & nomē. &c. Sed frequentius vsurpatur in malā partē, vt significet pœnā, supplicium, & mortē. Psal. 10. vbi de pœnis impiorum agitur, dicitur. Ignis, sulphur, spiritus procellarū, pars calicis eorū. Et Psal. 74. Calix in manu Domini vini meri plenus mixto. Et hoc bibent peccatores. Hac phrasi vtitur Esa. cap. 51. & Hiere. 25. vide ibi, & Matth. 20. Potestis bibere calicem, quem ego bibiturus sum? Et in hoc loco. Sed quarè passio Christi appellatur calix? Tres rationes afferuntur ex Teophil. & Clemen. Alex. 7. lib. Pædagogi cap. 6. Prima, sicut medicina siti ardentis am- — *August.* — *Psal. 15.* — *Psal. 22.* — *Psal. 115.* — *Psal. 10.* — *Psal. 74.* — *Esai. 51.* — *Hiere. 25.* — *Matth. 20.* — *Theophil. Clemen. Alex.*

dissimè

dissimè capit poculum, & totum potat; ita Christus auidissimè subiuit passionem, & mortē. Secunda, Sicut ægrotus potum amarissimum potionis magno exhaurit animo, vt expellat morbum & sanitatē comparet: ita Christus qui omnium nostrū morbos susceperat, vt eos purgaret exhausit totum potum passionis amarissimū. Tertiò, sicut qui longè bibit, & capacissimum poculū exhausit sōno corripitur ad breue; sed vbi dormiuit vinū concoquit & euigilat; sic Christus bibens calicem passionis correptus est somno mortis; sed ad breue quia post triduum reuixit glorius, vt ipse dicit, *Ego dormiui, & soporatus sum, & surrexi, quia Dñs suscepit me. Quartum est, Transfert à me.* Hoc variè interpretantur Patres. Ego quinque præcipuas expositiones reperio. Prima est Basilij libr.

Basilius. 4. contra Eunomium. Hieron. super 26. cap.
Hieron. Matt. Euseb. hym. de passione Christi, & e[illegible]
Eusebius. ?ägie Ambr. super 22. cap. Luc. Christū non
Ambros. petisse vt calix passionis remoueretur ab ipso; sed ne propinaretur tibi à populo Iudaico, quē sciebat ob illā bibitā mortē reprobatum & abiectum iri à Deo. Quare non dixit Tribue itā me calix; sed [illegible] est, quē mihi parant propter me Iudæi. Secundò

Hilar. Hilar. canon. 31 in Matthæū. Non orat vt non moriatur (ait) sed vt tam [illegible] & gloria suę mortis, non in ipso tm̄ maneat, sed trāseat ad omnes, alios. Tertiò [illegible] ibidē, Petit, vt quemadmodo ipse bibiturus est calicē passionis, eo modo bibāt eum serui sui post ipsum. Primò magna charitate, continentia, & patiētia sine spē dissidentia, sine metu mortis, & sine sensu doloris. Est enim phrasis Scripturæ dicere, Deum accipere de spiritu vnius, & transferre in alium, pro dare illi similem spiritum, vt à legimus. Tūc accepit Deus de spiritu Moysi, & trāstulit in seniores alios.

Dionysius Alexan. Quarta est Dion. Alex. Petit, non vt mors non contingat ipsum, sed vt statim ab ipso transeat, & ipse redeat ad vitam. Quod eū transiit, & fuit, & non permansit. Quinta est

Ambros. Ambros. Orig. Chrysost. & est cōmunis &
Origenes. mihi placet, Christū ex affectu naturali ho-
Chrysost. minis, & ex sensu carnis deprecatum esse mortem, id est, petiisse vt liberaretur à morte. Nā (vt docet D. Tho.) quod quis vult se-
D. Thom. cundū rationē deliberatā, illud vult simpliciter; sed quod vult secundū sensum, vel secundum naturalem inclinationem, vult secundum quid, & dicitur velleitas. Quinta tam orationis verbum est, *Veruntamen, non quod ego volo, sed quod tu vis.* Quibus verbis significat Christum voluisse fieri quod volebat nō fieri. Nam vult vt fiat quod vult Deus, & nō quod ipse vult. Nā volebat mori secundū voluntatem rationis, cū tamē vellet nō mori, secundū sensum carnis. Ex hoc loco confutatur hæresis Monotelitarū dicentiū, in Christo fuisse vnam tantum voluntatem diuinā. Qui error damnatus est. 6. Synodo generali. Nam in actio. quarta recitatur epistola Agathonis Papæ, in qua probatur; in Christo fuisse duas voluntates, vnā diuinā, & alterā humanā. Primò ex hoc loco, Nō quod ego volo, sed quod tu vis; secundò, ex illo Ioan. 3. *Ioan. 3.*
Descendi de cœlo non vt faciam voluntatē meam, sed eius qui misit me. Tertiò, ex illo
Mar. 7. Ingressus Iesus in domum voluit latere (volūtate humana intelligitur) & nō potuit. Probatur ratione. Christus fuit perfect' Deus & homo; habuit ergò volūtatē diuinā & humanam. Hugo de sancto Victore libr. *Hugo.*
de voluntate Christi facit in Christo quadruplicē volūtatē, vnā Deitatis, alterā rationis, tertiā pietatis, quartā carnis, & ait. In Christo volūtas Deitatis per iustitiā dictabat sententiam mortis: volūtas rationis per obedientiam latam sententiā approbat: voluntas pietatis, id est, naturalis affectus, per compassionē in malo suę carnis suspirabat: voluntas carnis per passionē in proprio malo murmurabat, id est trepidabat.

Prima dubitatio est, An voluntas Christi fuerit perfectē cōformis voluntati Dei? Videtur non fuisse, quia non omnimodo voluit quod Deus volebat. Quia Deus volebat ipsum mori, Christus etiā id volebat secūdū rationē & voluntatē deliberatā; tamē id nō volebat secundūm naturalem affectum, & secundūm appetitum sensus. Respondetur tamen, in Christo voluntatem humanā fuisse perfectissimè conformem diuinæ, secundūm conditionem status eius. Nā ipse dixit. *Ioan. 3.*
Ego descēdi de cœlo, non vt faciā volūtatē meam, sed eius qui misit me, & ego quæ placita sūt ei facio semper. Et Pater dixit. Hic est filius meus dilectus, in quo mihi complacui. Sciendū tamē est, hanc esse differētiam inter statum viatoris, & cōprehensoris. Hi-
bus enim voluntas secundum omnem modū est subiecta Deo: in statu autem viatoris vno modo oportet voluntatem viatoris esse conformē voluntati Dei sibi notæ secundū rationem & voluntatem deliberatam: debet enim absolutè velle id quod scit Deum velle, & hoc pacto Christus voluit omninò quod Deus volebat. Vnde & dixit. Nō quod ego
volo,

volo; &c. Non est autem necessarium, vt homo viator velit id quod Deus vult secundùm naturalem inclinationem, vel secundũ appetitum carnis; quia potest Deus aliquid velle nõ secundùm naturalem appetitum hominis, vt mori: & hoc modo nõ est necesse vt voluntas viatoris conformetur diuinæ voluntati. Potest etiam esse difformis voluntas nostra ex suppositione, sic. Vellem non mori patrem meum, si Deus aliter non ordinasset. Vterque enim appetitus à Deo est, voluntatis, & rationis. Vide D. Thom. 1.2. q. 19. art. 10.

D. Tho.

¶ Secunda dubitatio est, si in Christo fuerunt diuersæ voluntates contraria appetentes: quæritur an fuerint inter se cõtrariæ. Respondetur non fuisse contrarias, licet contraria appetierint. Sic enim est diffinitum in sexta synodo generali. Quòd patet primò; quia Christus secundùm vnam partem animæ volebat mori, hoc est, secũdũ rationẽ, secũdũ verò sensum nolebat; ergo nõ secũdũ idẽ. Secundò Christus volebat mori, vt mediũ ordinatũ ad saluãdos homines, nolebat vero mortẽ, secũdũ quòd mors dissoluebat naturalẽ vnionẽ animæ, & corporis: ergo. Tertiò; voluntas quæ nolebat mori, nõ impediebat volũtatẽ quæ volebat mori: ergo nõ erãt cõtrariæ: quia quæ sunt verè cõtraria mutuò se impediũt, & minuũt vices suas.

¶ Tertia dubitatio est, Vnde Euangelistæ cognouerũt, quòd Christus orauerit in horto, quòd Angelus ei apparuerit cõfortãs eũ, quòd sudauerit sanguinem: quia ipsi non viderũt, nec videt Christũ id eis dixisse, quia statim est captus à Iudæis. Hic ponit Euth. & solutionem dicẽs, tradidisse Christũ eis post Resurrectionẽ, antè Ascẽsionẽ ad cælos.

Euthym.

¶ Quarta quæstio est, quoniã cõstat ex Marc. Christum Dominũ bis interrupisse orationẽ veniẽdo ad discipulos quos reliquerat, & orasse, quare ergo hoc facere voluit Christus? Respõdetur: interruptio orationis declarat magnitudinem tristitiæ, & angoris Christi, qui nõ sinebat eum continuare orationem; repetitio autem orationis significabat fortitudinem spiritus, qui præualebat, & vincebat infirmitatem carnis. Secundò fecit hoc, vt significaret perfectam debere esse perseuerantiam in orando, ideò ter orat: vt reflecteret perseuerantiã cõtinuatã in orando. Vnde Paul. ait. Ter Dñm rogaui. Id est, sui perseuerãtia perfectã. Vnde Dominus, Petite, & accipietis, secũdò, Quærite, & inuenietis. Tertiò, Pulsate, & aperietur vobis. Ad hoc voluit hoc facere, vt intelligamus quibus de causis soleat interrumpi oratio: Nempè ob duas causas, vel ob imbecillitatẽ corporis, vel ob vtilitatem proximi: vtramque in Christo reperitur. Ex tristitia interrumpit, & visitat discipulos: exhortãs eos, ne intrent in tentationẽ.

2. Cor. 12.
Luc. 11.

¶ Quinta dubitatio est, quare voluerit Dominus tantopere contristari, & angi, ante mortem suam. Respondetur duas ob causas. Prima, vt intelligeremus, quod accidit ipsi, hoc euenturũ membris suis, & Ecclesiæ. Nã hoc ferè contingit omnibus, vt ante mortem maximè affligantur: idem euenturum est Ecclesiæ Dei, vt ante finem suum tempore Antichristi maximè affligatur. Altera ratio est: vt intelligerent serui eius, non solùm ex perpessione mortis, sed etiam ex meditatione eius perpeti dolorem. Ipse præmeditatus eius mortem, maximè est afflictus: vt serui Dei eam verè meditando maximè compatiantur.

De apparitione Angeli, &c.

SOlus Lucas ait. *Et Angelus de cælo apparuit ei confortans eum.* Prima dubitatio est, An hæc confortatio Angeli sit accipienda tanquã Canonica. Ratio dubitandi est, quia Hilarius lib. 10. de Trin. reliquit hoc tanquã incertũ. Hier. lib. 2. contra Pelag. ait in quibusdã codicibus Latinis reperiri, & in multis non reperiri. Ex quo colligit tanquã verisimile, quosdam Catholicos zelo Dei, sed nõ secundùm scientiam expunxisse hæc verba ex Euangelio: eò quòd Arriani, vt narrat Epiphanius, valdè insultabant Catholicis dicentibus de Christo, quòd fuerit confortatus ab Angelo. Verũtamẽ hãc sententiam Ecclesia approbat vt Canonicã. Dion. Areopagi. de Cælesti Hierarchia c. 4. inquit, hac historiã exponi in Sacrosanctis nostris traditionibus, hoc est, in ijs quæ Euangelistæ scripto tradiderunt. Quare de hoc non est dubitandũ.

Hilarius.
Hieron.
Dionys.

Nã confortatio Angeli tantũ est ferenda: ipsi enim sunt ministri Christi, & licèt alia propter Deus æqualis Patri, tamẽ fuisse superiorem: tamen tamen ergo potest retorqueri... ipsos, quomodò ab Angelo est cõfortatus. Vndè dicẽdũ est fuisse cõfortatũ ab Angelo, vt homo passibilis secũdũ partẽ inferiorẽ. Sed quæres. Quis fuit iste Angelus? Respõdet secũdũ aliquos, Raphael cui⁹ officiũ est cõsolari afflictos: secũdũ alios Gabriel, qui deputatus erat obsequijs, & ministerijs pertinẽtib⁹ ad Christũ: secũdũ alios Mich. qui erat princeps synagogæ: & ipse apparuit Iosue 5. quãdo erat trãsiturus

Iordanem, & ità vt figura respondeat figurato, apparuit Christo, qui erat transiturus torrentem mortis, vt nos liberaret ab inimicis, & introduceret in ius hæreditatis æternæ. Secundùm alios fuit supremus Angelorum, non enim decebat Christum confortari ab alio, quàm à primo. Hæc varietas ostendit esse rem incompertam. Ioan. Gerson ait, eodem tempore apparuisse Angelum Gabrielem beatæ Virgini, & confortasse eã ad perferendam imminentem Passionem filij. Sed quandò apparuit, & quomodo? Aliqui dicunt in tertia oratione in fine. Aliqui, quòd sicut Christus ter orauit, ità & ter apparuit ei Angelus, in qualibet oratione semel. Tamen hoc voluntariè dicitur, sed primum est verũ. Id enim insinuat Lucas dicens. Et factus in agonia prolixiùs orabat. Apparuit autem in forma sensibili, & humana, & hoc innuit Lucas dicẽs: Descẽdit à cœlo. Apparuit etiã, & vultu, & habitu accomodato ad cõsolãdũ. & vsus est verbis idoneis ad mitigãdã tristitiam. Sed quomodò confortauit. Epiphan. hæres. 69. interpretatur, confortauit, id est, prædicauit. Confessus est suã fortitudinẽ, & potẽtiã dicens. Tua est Dñe fortitudo & potentia, tu præualebis aduersùs mortem, & infernum, & liberabis genus humanum, sicut Scriptura dicit. Date robur Deo. Id est, prædicate Dei robur. Theoph. ait, esse valdè mirificam hanc interpretationem. Quarè respondetur, cõfortasse Angelum Christũ, nõ internè cõfortãdo intellectum, aut voluntatẽ; sed externè proferẽdo verba cõsolatoria. Itẽ nõ effectiuè, sed tãtũ obiectiuè, ostẽdendo ea vndè Christus posset cõfortari. Quæ autem dicebat Angelus Christo? Credibile est hoc dixisse. Primò, quomodò per mortẽ eius Deus Pater esset glorificãdus per totũ orbem. Secundò, quomodò nomẽ eius futurũ esset gloriosum toto orbe per mortẽ eius, referens illud Esa. 53. Dñe, nonne Pater tuus dixit, Si posuerit animã suã pro peccato videbit semen lõgæuũ. Tertiò, dicebat quòt millia hominũ erant promouẽndi ad vitam æternã per suam mortẽ. Tu Dñe non dixisti, Nisi granum frumẽti cadens in terram mortuum fuerit, ipsum solum manet, si autẽ mortuum fuerit, multum fructũ affert. Et, Si exaltatus fuero à terra, omnia traham ad me ipsũ. Recordare Dñe, quia sicut Helisæus mortuum resuscitabit mortuũ; ità tu mortuus genus humanum propter peccatum mortuum. Quartò, confortare Domine, quia tu reparabis ruinas nostras, & hominibus illis tu sedes sedes quas perdiderunt nostri. Sed quare voluit confortari? Respondetur, vt ostenderet veritatem naturæ humanæ, secundùm quam erat minor Angelis, vt dicitur Hebræorum. 2. Secundò, vt ostenderet in illo articulo esse destitutum omni solatio. Nam neque à Deo dabatur ei solatium, nec ex gaudio animi aliquid redundabat, vel ab amicis. Tertiò, vt doceret afflictis propter Christum, & perseuerantibus in oratione, non defecturam consolationem cœlestẽ, & quamuis nõ impetrent quæ orant; tamen semper impetrant solatium à Deo. Vltimò, vt intelligeremus orantibus adesse Angelos. Nam Angelus adest oranti, vt dirigat in orando. Secundò, vt defendat ab hoste inuisibili impediente. Tertiò, vt orationes offerat, & perferat ad Deũ. Vltimò, vt à Deo referat ad nos solatia, & auxilia diuina.

Margin: Gerson. — Epiphan. — Theophil. — 4. Reg. 13 — Hebr. 2

Quando Christus captus fuerit à Iudæis in horto?

CIrca hoc quatuor notant Euangelistæ. Primum qui fuerint qui venerint ad capiẽdum Dñm. Secũdum, quid Dñs dixerit eis, & quid cum eis egerit. Tertium, quid fecerint Apostoli. Quartũ, quid Christus dixerit discipulis, maximè Petro. Euãgelistæ describunt quatuor genera hominum qui fuerunt ad capiendum Dñm. Nam omnes dicũt fuisse turbam multam hominum missam à Sacerdotibus, Pharisæis, Scribis, & senioribus. Lucas solus scribit, fuisse etiã aliquot Sacerdotes, & magistratus templi. Ioan. solus loquitur fuisse cohortẽ, per quã intelligere debemus milites Romanos, qui præsidij causa erãt Hierosolymis. Erat enim apud Romanos in prouincijs extremis ditioni suæ subditis habere milites præsidiarios. Vegetius lib. 2. de re militari. c. 6. ait, apud Romanos in vna legione fuisse decẽ cohortes, & prima quæ erat aliorũ, & numerosior habebat milites. noningentos & quinque. Aliquæ minores nomẽ cohortis seruabant. [illegible] Quarè cum Ioan. ait fuisse cohortẽ ad comprehẽdendum Christũ; non est intelligendũ fuisse integram cohortem, sed aliquos milites ex illa. Nisi dicamus cohortes Romanorũ minores fuisse præsidiarias quàm quæ erant in bello. Quartũ genus captorum fuit, vnus Iudas horũ dux, sicut & signat. Vndè Petrus Act. 1. loquens de illo dicit: Qui fuit dux eorũ, qui cõprehenderũt Dñm

Margin: Vegetius. — Act. 1.

Iesum

lestum. Et vt hoc insinuaret Lucas dicit, quod Iudas antecedebat caeteros. Iudas autem praemonuerat eos quos ducebat. Primum, sicut narrant Matth. & Mar. se daturũ signũ, quo eum agnoscerent, nempe osculum. Secũdum, vt caute eum ducerent; quod solus Marcus dicit, hoc est, circũspectè, ne elaberetur è manibus. Timuit enim Iudas, ne Christus faceret quod aliàs fecerat: nẽpe ne se faceret inuisibilem, & subduceret se è manibus, sicut de illo dicitur: Iesus autem transiens per medium illorum ibat. *Luc. 4.* Verisimile etiam est, ne tumultu aliquo excitato conarentur eũ eripere, & ipse merce de sibi promissa fraudaretur. Sed dices, quare Iudas dedit signum osculi ad dignoscendum Christum? Quatuor rationes dãt Patres. Alij aliter. Primò, ne propter nocturnas tenebras erraretur in capiendo eum. Secũdò, propter milites Romanos, qui non nouerant Christum de facie. Tertia est Origenis, *Origenes.* ne forsan Christus se in aliã figuram transformaret, & non agnosceretur. Origines enim refert ex antiqua traditione, solitum fuisse Christum saepè transfigurari in alias formas. Hieronymus ait, *Hieron.* Iudam audiuisse quòd Christus se transfigurauerat in mõte, quod ille scelestus attribuebat arti magicae. Quamuis dictum Hieronymi possit habere dubitationem: nam Christus transfiguratus est coram solis tribus, quibus praecepit ne cuiquam dicerent ante eius mortem. Quartò, Iacobus iste, qui frater Domini cognominabatur, dicitur fuisse simillimus Christo, adeò vt nisi à familiaribus, & intimis vix posset agnosci: ne igitur vnus pro alio caperetur, voluit dare hoc signum. Quae tamẽ ratio non esset admodũ probabilis, si verum est quod Epiphanius haeresi 78. dicit. *Epiphan.* Nẽpe hunc Iacobum obijsse vigesimo quarto anno post Passionẽ Dñi, cũ esset nonaginta sex annorum. Ex quo efficitur, tẽpore Passionis Domini fuisse hunc Iacobum septuaginta annorum, & amplius, in qua aetate non poterat esse similis Christo, qui erat triginta trium annorũ. Verum est, quòd haec sententia Epiphanij non est omnino vera: nã Iacobũ obijsse vigesimo quarto anno post Passionem Domini, falsum esse docet Hieron. lib. de Ecclesi. Script. *Hieron.* vbi ait ipsum obijsse trigesimo anno post Passionẽ Domini, septimo verò Neronis anno. Quare duae primae rationes cõuenientiores sunt. Illi autem isti, benè instructi ad capiendum Dominum. Aduersus tenebras, & insidias ferebant lucernas, facesque; aduersus vim illorum, si qui sibi opponerentur, gestabant arma, gladios, & ligna, seu fustes. Iudas igitur ante alios primus obuiã iuit Christo. Circa quod est dubium, quia Ioan. narrat, quod cùm Christus sciret iam aduentare hostes processit obuiã illis, & interrogauit eos, quẽ quaererent, & fecit eos retrorsum cadere. Et reliqui Euangelistae dicunt, Iudam antequam Christus accederet praeuenisse, & osculando salutasse illum. Ex quo oritur quaestio, An fuerit primum Christum venisse ad illos, an Iudã dedisse osculum Christo? Variae sunt circa hoc sententiae. Cyrillus *Cyril.* lib. 10. super Ioan. c. 33. Dion. Carth. *Dio. Cart.* dicunt, priùs Dominum interrogasse Iudaeos, & prostrasse illos, quàm acciperet osculũ à Iuda. Contrà verò Ammonius Alexandrinus *Ammon.* in harmonia Euangelica. Aug. lib. 3. de cõsensu Euangel. capit. 7. *August.* Magister historiae Ecclesiast. *Historia Eccles.* & Iansenius loco hoc dicunt, *Iansen.* priùs Iudam dedisse osculum Christo. Probatur primò, quia Lucas ait, quòd Iudas antecedebat alios, & prius se Christo obtulit: ergo prius dedit osculum, quàm Christus accederet ad illos. Secũdò, vt Christus agnosceretur ab illis, cõuenerat se daturũ osculum; si ergo Christus prius interrogasset Iudaeos quẽ quaeritis, cũ ipse bis respõdisset, Ego sũ, nõ fuisset vsus signo osculi Iudas. [illegible] quod [illegible]. Accedens ergo Iudas osculans Christũ, dixit, Aue Rabbi. Hoc narrãt Matth. & Mar. qui bis ponit Rabbi, Aue Rabbi, Rabbi, ita in Graeco, nisi forsan alterum sit additũ, quia Matth. nec in Graeco habet. Circa quod tria sunt consideranda, primum, fuisse in more antiquo apud Iudaeos, vt omnes consanguinei viri honesti, & honorati dato osculo salutarentur. Sic Iacob in Mesopotamia Rachelem in agro osculatus est salutans illam, Genes. 29. *Gen. 29.* Ioab dux Dauid Amasam osculans salutauit dicens: Salue frater, 2. Reg. 20. *2. Reg. 20.* Dominus noster Luc. 7. *Luc. 7.* insimulauit Pharisaeum praetermissi officij humanitatis, quia nõ dedit ei osculum. Et discipuli Christi, quotiescũque ex aliquo loco veniebant ad eum; salutabãt illum osculãdo, Aue Rabbi: & hoc viguit inter Christianos in principio. Vnde Paul. 1. Corint. 16. *1. Cor. 16.* Salutate inuicem in osculo sancto. Idem in 2. ad Cor. c. 13. *2. Cor. 13.* Secundò, consideranda est impudẽtia, & malitia Iudae, qui osculo prodidit filium Dei. Sic simulans fraternũ amorẽ, & zelum odio dixit ad Abel Cain, Egrediamur in agrũ. Sic Ioab interfecit Amasã. Osculũ *Prou. 27.* Iudae fuit osculum aspidis, & verè dicitur à Salomone. Meliora sunt vulnera diligentis, quàm fraudulenta oscula odientis. Tertiò, sciendum est triplicem dari tropologiã à Patribus huius osculi. Osculum Iudæ exhibitum Christo, quo datus est in manus hostium, significat blanditias, & illecebras carnis, per quas anima nostra traditur in potestatem dæmonis. *Plato.* Rectè dicit Plato, Omniũ malorum esca est voluptas. Alij dicũt. Nunquam homo traderetur in manus dæmonis, nisi peccaret; nũquam peccaret nisi deciperetur osculo animi: quia nemo peccans respicit ad malum. Motiuum peccati est per osculum, id est, per apparẽs bonum decipitur homo. Respondit autem Dominus Iudæ.

Amice ad quid venisti, &c.

Euthym. EVthymius legit enuntiatiuè, vt sit animo suspẽsa, & imperfecta oratio, & suppleatur. Operare apertè, relicto dolo, & fraude. Tamen primò melius legitur. Cui suffragatur quod Lucas ait subiunxisse Dominũ. Osculo filium hominis tradis? Sed quare Christus appellauit Iudam amicum? Orig. *Matth.22* hom.35. in Matth. docet, quòd hęc loquutio, Amice, in Scriptura ferè sumitur in malam partem. Legimus enim in parabola de nuptijs dixisse Dominum non habenti vestem nuptialẽ: Amice, quomodò huc intrasti? Et in illa de operarijs locatis ad vineam: Amice, non facio tibi iniuriam. Quidam dicunt sic appellasse, per antiphrasim, & ironiã: quasi diceret. Nihil minus quã amicus es. Alij amicum dicunt appellatum: non quia tunc sed quia anteà fuerat. Alij, quia simulabat se esse amicum in specie, non in veritate. Alij dicunt amicum, non ex parte Iudæ, sed ex parte Christi. Nã licet esset inimicus Christi tamen Christus amicum gerebat se erga illum. Nam præterquam quòd elegit eũ, & fecit Apostolum; etiam postquã prodiderat eum, tria, vel quatuor argumenta amicitię exhibuit ei. Lauit enim pedes eius, dedit Sacramentum corporis sui, significauit se cõsciũ esse illius proditionis: voluit enim illũ à tanto malò auertere, cùm dixit: Bonũ erat ei, si natus non fuisset. Et Christus dolebat plus de illius exitio, quã de sua proditione. Et parat⁹ erat, si pœnituisset, remittere. Denique quia cooperabatur suæ Passioni, per quam liberandum erat genus humanum, licet hoc esset præter intentionem Iudæ, vocat eum amicum. Adeò enim Christus cupiebat mori pro gloria Dei, & salute nostra, vt amicos appellaret proditores. Sic apud Prophetas Nabuchodonosor appellatur seruus Dei; quia per eũ Deus puniebat Iudęos, licet hoc ipse non cogitaret. Hinc Christus in horto proditorem vocat amicũ, & in cruce orat pro inimicis. *Ad quid venisti?* Nõ dicit hoc quasi nesciret animum eius; sed admirãdo tantã eius impudentiam, audaciam, ingratitudinem, & impietatem. Vel quasi tacitè cõpellendo eius cõscientiam, quasi dicẽs. Benè scis tu ad quid veneris. Lucas ait, Christũ dixisse: Iuda, osculo filiũ hominis tradis? Ne quis putaret illud, Ad quid venisti, dixisse ex ignorantia: quasi diceret. Osculũ est symbolum pacis, & amoris, tu abuteris illo ad odium, & perniciem mei. Quę verba benè Ambros. sic exposuit: Amoris pignore vuln⁹ *Ambros.* infligis? Charitatis officio sanguinẽ fundis? Instrumẽto pacis mortẽ irrogas? Seruus Dominum suum, discipulus magistrum, electus authorem, per osculum hostibus tradis filiũ hominis? Quasi diceret. Ego cũ essem filius Dei, pro tua salute, & omnium factus sum filius hominis; & tu tanto ingratus beneficio, hominem quem suscepi vis perdere, & morti tradere. His verbis declarabit Christus, quàm fuerit sibi amarum illud osculum, quã acerba illa simulata amicitia. Vndè Dauid repręsentans Christi personam, hoc factum prævidens in Psal. 54. ait. Quoniam si inimicus me⁹ maledixisset mihi, sustinuissem vtique: & si is qui oderat me, super me magna *Psal. 54.* loquutus fuisset, abscondissem me forsitan ab eo: Tu verò homo vnanimis, dux meus, & notus meus, qui simul mecum dulces capiebas cibos. Post hæc narrat Ioan. Christum processisse obuiã Iudęis, & interrogasse eos. *Quem quæritis?* Nõ quia nesciret quorsum venerint, sed vt ostenderet se scienter, libenter, & intrepidè mortem oppetere. Deindè vt ex responso eorum occasionem caperet edendi illud miraculum quo demonstrauit omnipotentiam suam, & quàm facilè poterat si vellet omnes perdere. Illi autem responderunt, *Iesum Nazarenum.* Sic enim appellabatur à Iudęis. Cyrillus lib. 11. Com- *Cyrillus.* menta. in Ioannem capit. 33. responsum hoc expendit. Non dixerunt Iudæi in secunda persona, Quęrimus, sed in tertia. Vndè apparet, quod licet Christus multis illorum fuerit antea notus, & tãc signo Iudæ fuisset pręmõstratus omnib⁹; tamẽ cũ Christus eos interrogaret, nõ nouerũt eum: quod inquit Cyrillus, miraculũ loco habẽdũ esse. Dẽs enim perstringebant eorũ visũ: vt videntes eum

non

Gen. 19. 4. Reg. 6. Luc. 24. non agnoscerent. Hoc accidit Sodomitis circa Loth, & militibus Syris circa Helisæo. Et discipulis euntibus in Emaus. Respondit Dominus: *Ego sum. Et abierunt retrorsum, & ceciderunt in faciem suam.* August. August. tract. 112. in Ioan. exclamat super hoc. Vbi est militum cohors? Vbi terror, & munimen armorum? Vna vox dicentis, Ego sum; tantam turbam odijs ferocissimam, armisque terribilem, sine vllo telo percussit, repulit, strauit. Nimirum Deus latebat in carne, Deus mortalibus oculis obumbratur humanis. Iudicaturus quid faciet, qui iudicandus hoc fecit? Quid poterit regnaturus, qui moriturus tantum potuit? Quam formidabilis erit illa sententia Iudæis, Ite maledicti, cùm tam terribilis fuerit hæc vox, Ego sum? Gregorius. Greg. homil. 9. in. 4. Ezechi. & 3. Moral. cap. 8. ait, In Scriptura multum interesse inter cadere retrorsum, & in faciem suam. Illud in malam partem dici, hoc in bonam: nam Genesis. 49. dicitur, Gen. 49. Fiat Dan coluber in via, Cerastes in semita mordens vngulas equi, vt cadat ascensor eius retrorsum. Quod sancti Patres interpretantur de Antichristo, qui futurus est ex tribu Dan, qui sua persequutione multos etiã de magnis viris cadere faciet retrorsum in infernum. Sic Iudæi hoc loco. Econtrariò Paulus in sua conuersione, & Dominus in horto cecidit in faciem suam. Cadere in faciem suam, ait Gregorius, est quando homo, licet labatur in peccatum, tamen illud agnoscit, plangit, & per pœnitentiam diluere nititur veniam à Deo impetrando. Tamen peccatorem cadere retrorsum, est ita peccare, vt neque peccatum agnoscat, nec caueat, & totum rebus terrenis hæreat. Vndè secundùm Augustinum hic casus Iudæorum in terram, August. Psal. 35. figura fuit ruinæ eorum de quibus Esai. cap. 28. prædixerat. Vadant, & cadant retrorsum, & capiantur. Addit Augustinus, Sicut tunc Iudæi dixerunt se quærere Christum, & Christus dixit, Ego sum, & tamen abierunt retrorsum; sic omni tempore Iudæi quærunt Messiam, & Christus per prædicatores suos, & miracula, & per voces Prophetarum, & per Gentilitatis conuersionem clamat, Ego sum; ipsi tamen abeunt retrorsum amore rerum terrenarum. Sed quæritur qua ratione factum fuit, vt ipsi subitò exanimati caderent in terram. Quatuor modi traduntur. Hieron. Hieronymus Epistol. 140. ad Principiam Virginem, ait, Christum Dominum aliquandò solitum è vultu suo emittere fulgorem quendam cœlestem, & diuinum: vel ad trahendum homines ad se, vel ad terrendos ipsos. Sic, inquit, attrahit ad se Apostolos, sic prostrauit Iudæos Interea. Leo Papa. Leo Papa Sermon. 1. de Passione Domini ait, hanc vocem Christi, Ego sum, intromissam in auribus Iudæorum, tanquam horribile tonitruum, & fulmen horrificum, atque ita cecidisse. Et Sermon. 15. ait. Nunc Christus respondit, nunc omnis illa virtus, quæ regit, & sustinet membra iussu Dei est suspensa: & ideò tanquam Paralytici ceciderunt. Alij dicunt hanc fuisse propriam efficaciam vocis Christi. Nam qua voce Christus siccauit arborem ficus, imperauit mari & ventis, expulit dæmones, sanauit leprosos, paralyticos, mutos, & surdos, suscitauit mortuos, remittebat peccata, & immutabat corda hominum, qua panem, & vinum transubstantiauit in corpus, & sanguinem suum; eadem voce prostrauit Iudæos. Potentiam huius vocis scripsit David cũ Psal. 28. Psal. 28. dicit. Vox Domini in virtute, vox Domini in magnificentia. Vox Domini confringentis cedros, & intercidentis flammam ignis, & commouentis desertum. Rursus Christus interrogauit eos, & responderunt. *Iesum Nazarenum.* Quibus verbis apparet magnitudo animi, & charitas erga suos, quos illæsos, & intactos dimisit, cùm dixit. *Si ergo me quæritis, sinite hos abire.* Chrys. Chrysost. ait, hoc non deprecatiuè sed imperatiuè dixisse, ac si diceret. Me permitto à vobis capi, & occidi, sed hos nolo vt tangatis. Idem hom. 83. in Matth. hoc dictum Christi, ait, fuisse adeò efficax: vt cùm Iudæi essent infestissimi Apostolis, & propter auriculam abscissam à Petro voluissent sine dubio occidere eum; tamen nihil mali eum fecerunt, nec mulieres à cruce depellere potuerunt. *Vt impleretur, inquit Ioan. sermo quẽ dixit. Quia quos dedisti mihi non perdidi ex eis quemquam.* Dominus in oratione quam habuit ad Patrem, in sermone post Cœnã, sic eum orat. Ioan. 17. Pater quos dedisti mihi custodiui eos, & nemo ex eis perijt, nisi filius perditionis. Quæ vltima verba denotant Dominum loquutum fuisse de perditione animæ, non tamen de perditione corporis: quia tunc Iudas non perierat adhuc corpore, sed tantùm anima. Quomodo ergò Ioannes nunc illa verba Christi applicat ad perditionem corporum discipulorum? Respondetur, Apostolos Christi tũc fuisse in illo statu, vt si fuissent capti à

Iudæis, cruciatibus tunc negassent Christũ, & perijssent secundum animam, sicuti patet ex fuga eorum, & ex negatione Petri: quare liberatio eorũ à perditione corporis, tunc fuit etiã liberatio à perditione animæ. Deinde solus Lucas narrat, Apostolos, cùm viderent propè esse, vt Iudæi comprehenderent Christum, interrogasse Christum. *Domine si percutimus in gladio?* Græcè est in futuro, Παταξομεν, percutiemus. Volebant dicere. Num displicet tibi, si percutiamus illos? Vnde gladios habebant Apostoli? Multas causas affert Cyrillus lib. 10. in Ioan. cap. 31. an Petrus potuerit gestare gladium, & alij discipuli similiter. Sed dicunt fuisse penes Apostolos tũc duos gladios: quod indicarunt dicentes Domine ecce duo gladij hic. Et duos gladios istos portabant Petrus, & Ioannes. Ipsi enim præmissi fuerant à Christo ad parandum pascha. Quare ad mactandum agnum paschalem gestabant illos. Alij dicunt, fuisse ibi in horto alios gladios. Quare Apostoli tanquam dubij consuluerunt Dominum: quia ex vna parte meminerant Christum dixisse illis, qui non habebant gladium, vt emerent; quo putabant opus esse sibi gladio ad defensionem; ex aduerso autem nouerant Christum semper fuisse alienissimum ab omni specie vindictæ, imò docuisse, vt percutienti vnam maxillam, præberemus & alteram. Et cùm Ioannes, & Iacobus ægrè ferrent quòd Samaritani noluissent recipere Christum in sua ciuitate, & peterent à Christo, vt iuberet ignem è cœlo descendere, vt consumeret illos: respondit Christus. Nescitis cuius spiritus estis. Filius hominis perdere non venit, sed saluare. Sed Petrus, non expectato responso, ardentior, & animosior cæteris (& fortassè, vt inquit Ambrosius, factì recordatus Phinees, qui zelo Domini accensus, gladio transfodit duos: quod factum fuit acceptum Deo, in tantum vt perpetua Pontificatus dignitate illius posteritatem remuneratus fuerit) tanto impetu insurrexit in quendam, qui vel primus, vel ferocius cæteris manum iniecerat in Christum, vt vno ictu abscinderet eius auriculam. Volebat Petrus ei medium caput scindere, sed non successit, vel errore manus, vel quia ille declinauit caput, vel quod magis credo, Christo moderante vim Petri. Circa hoc Petri factum primò notandum est, diuersimodè narrari ab Euãgelistis. Omnes dicunt, eum qui abscidit auriculam fuisse ex ijs qui erant cum Christo: solus Ioannes nominat Petrum fuisse. Secundò, omnes dicunt illum percussum fuisse seruum Pontificis, solus Ioannes nomine proprio eum appellat Malchum. Tertiò, omnes dicunt abscissam fuisse auriculam, Lucas, & Ioannes dicunt fuisse dexteram. Quartò, solus Lucas ait, Christum tetigisse auriculam, & restituisse eam in locum suum. Tactu sanauit, vt inquit Caietanus, ne diceretur carnem suam tempore passionis perdidisse virtutem, quam prius ostenderat. Euthym. testimonio Chrysostomi confirmat, hunc Malchum fuisse illum, qui Christo impegit alapam in domo Pontificis. Quod si verum est, non erit vsquequaque verum quod tradunt Theologi, quoscunque Christus sanauit miraculosè, perfectè sanasse tam in animo, quàm in corpore. Sed cur Christus hoc loco miraculum fecit? Quinque ob causas. Primò, vt hoc tam illustri exemplo doceret nos benefacere, etiam ijs qui mala nobis inferunt. Secundò, quia tempore passionis maximè apparebat infirmitas carnis Christi, voluit per aliquod miraculum nouum declarare latentem in se diuinitatem. Tertiò, vt tantæ humanitatis, & beneficientiæ exemplo, vel reuocaret Iudæos à scelere, vel certè furorẽ mitigaret. Quartò, vt essent inexcusabiles Iudæi, qui visis tantis miraculis, & acceptis tantis beneficijs ausi fuissent Christum comprehendere, & morti tradere. Vltimò, ne Iudæi haberent occasionem accusandi Christum, quòd pro eius defensione, ipso vidente, ministri iustitiæ fuissent violati. Huius autem facti duplex sensus mysticus traditur à Patribus. Primus est Hieronymi, Ambros. Cyrilli, & Augusti. Malchus erat seruus, & tamen nomen significat Regem: designat populum Iudaicum gloriantem de genere suo regali, cùm tamen seruili timore subiectus esset legi Moysi: & quod peius est, erat omnium vitiorum mancipium. Perdidit dexteram aurem, & retinuit sinistram: quia noluit Christum præsentem agnoscere, & in eum perdidit fidem, & veram intelligentiam Scripturæ, & veram cognitionem, & amorem rerum cœlestium. Retinuit sinistram, id est, studium circa literam Scripturæ, amorem, & cognitionem rerum terrenarum. Apostoli abstulerant auriculam dexteram: quatenus relictis Iudæis abierunt ad Gentes. Hoc Paulus, quia non crediderunt, inquit, veritati, mittet eis Deus

Cyrillus.

Num. 25.

Caietanus

Euthym.

Hieron.
Ambros.
Cyril.
August.

2. Thess. 2.

Deus spiritum erroris, vt credant mendacio. Hoc de Iudæis ad literam dicit Paulus. Christus autem abscissam auriculam sanauit: quia spes est in fine mundi conuersum iri Iudæos. Gladius Petri significat authoritatem excommunicandi, qua vtuntur Pontifices. Abscissio auriculæ significat pœnam excommunicationis: quia excommunicatus priuatur multis bonis Ecclesiæ, quæ non percipiuntur sine auditu, nimirum conciones, Missæ diuina officia, perceptiones Sacramentorum, præcipuè Confessionis, commendationes, & communi-
Matth. 18. cationes fidelium. Et excommunicatus est vt infidelis, secundùm illam Domini sententiam: Si Ecclesiam non audierit, sit tibi sicut ethnicus, & publicanus: fides autem est ex auditu; ergo. Subdit Lucas dixisse Dominum discipulis. *Sinite vsque adhuc.* Quæ verba exponuntur quatuor modis.
August. Augustinus putat esse dicta ante abscissionem auriculæ, quando Apostoli interrogauerant Dominum, Si percutimus in gladio: & sic interpretatur: Sinite istos progredi, vsque ad me capiendum, & occidendum: sic enim est voluntas Patris mei, & sic
Caietanus est in Scripturis prædictum. Caietanus sic declarat. Sinite illos sæuire in me hoc tempore: quia hæc est hora ipsorum, & potestas tenebrarum. Alius sic. Nolite resistere, & defendere vos armis, sicut hucusque fecistis, nec enim restitistis vsque adhuc.
Euthym. Euthymius verò putat hoc dictum fuisse post abscissionem auriculæ, ac si diceret. Sinite, id est, satis est quod fecistis. Iam permisi vos inimici auriculam præscindere, desistite iam, nec progrediamini vltrà. Matthæ. & Ioan. narrant Christum conuersum ad Petrum reprehendisse factum eius. Matthæus dixit, Conuerte gladium in locum suum. Ioan. autem dixit. Mitte gladium tuum in vaginam. Deinde quatuor rationibus reprehendit illum. Primò indicat occisoribus, ac percussoribus similem pœnam manere, dicens. Omnis qui gladio percutit, gladio & peribit. Pro eo quod est gladio vti ad percutiendum, vel occidendum. Hebraismus est, & intelligitur de eo, qui gladium defert propria authoritate, vel extra vsum necessitatis. Nam publica potestas habet authoritatem puniendi, vt magistratus, & eius ministri sicut vtuntur gladio: similiter quælibet priuata persona, vt repellat vim pro defensione vitæ, cum moderamine inculpatæ tutelæ. Quæ sententia Christi non repetitur in lege Moysi, nisi fortè hoc sensu, quòd lex præcipit par peccatum simili pœna plecti. Videtur tamen sumpta ex cap.
9. Gen. vbi dicitur. Qui fuderit humanum *Gen. 9.*
sanguinem, fundetur & sanguis illius. Quo
modo loquendi vsus est Ioan. Apocal. cap. *Apoc. 13.*
13. Qui gladio occiderit, oportet eum gladio occidi. Sed contra, quia non videtur vera sententia. Nam multi homines euadunt pœnam; ergo. D. August. interpretatur de in- *August.*
teritu animæ, & nō corporis: quia omnis homicida perit secundùm animam. Quia non nulli distinguunt quinque gladios: corporalis vnus, secundus continentiæ, quæ male agentes percutit: tertius verbi Dei, vt ait Paulus ad Heb. & diuinæ legis. Quartus gladius *Heb. 4.*
diuinæ vindictæ, & animaduersionis: quintus gladius doloris, & contritionis, secundùm illud Simeonis: Et tuam ipsius animā *Luc. 2.*
pertransibit gladius. Ex quibus respondetur, quòd omnis homicida, licet effugiat gladium corporalem, alijs quatuor gladijs percutietur, continentiæ gladio, & verbi Dei, & diuinæ legis, ac vindictæ, doloris etiam, ac contritionis. Sed quia ista allegorica sunt, dicendum est intelligi debere simpliciter de gladio corporali; & sensus erit. Qui gladio percusserit gladio peribit, id est, dignus est qui gladio pereat. Itaque non denotatur euentus rei, sed personæ meritum. Sed quæritur secundò, quia videtur factum Petri licitum, imò & laudabile. Defendit enim magistrum suum virum innocentissimum, præsertim cū
Scriptura præcipiat Eccl. 4. Libera hominē *Eccles. 4.*
qui patitur iniuriam, de manu superbi, &
Prou. 24. Educ eos qui ducuntur ad mortē. *Prou. 24.*
Nihilominus respōdetur, Petrū dignū fuisse reprehēsione, quādo quidē Dñs reprehēdit illū. Primò, quia cū cōsuluisset Dñm an percuteret, nō expectato responso id fecit. Secūdò Petrus nouerat Christū abhorrere ab omni genere vindictæ, & violēta defēsione: sciebat enim Dñm libēter subire mortē quā impedire volebat, vndè ei dixit dissuadēti mortē: Vade post me Satana. Tertiò, quia Petrus volebat impedire, ne implerētur Scripturæ, quæ erāt de morte Christi. Quartò, resistebat ordinationi, & decreto Dei de morte Christi, & cōprehēsione. Quintò, erat actio temeraria, & ideò reprehēdēda: quia vnus homo gladio volebat resistere tot hominibus benè armatis. Sextò, defēsio Petri nō solū nō erat vtilis Christo, sed potius erat maximè perniciosa ad magis excitādū furorē Iudæorū in eū, vt Iudæi iusto titulo possēt accusare

Christum, tanquam violatorem publicæ iustitiæ. Ex his aliæ quæstiones oriuntur. Prima, An Christianis liceat armis vti, & bellum gerere contra infideles: nam Erasmus in suis annot. super. 22. capit. hic contendit defendere dogma Lutheri, qui id negauit. Quem errorem egregiè confutat beatus Roffensis. 34. astione contra Lutherum, & Augustinus multis rationibus Epist. 5. ad Marcellum, & . 22. contra Faustum, & Alfonsus de Castro aduersùs hæreses, voce, Bellum, probant licitū esse. Secūda quęstio est, An Ecclesiasticis viris esset licitum vti armis, vel prælatis aduersùs suos subditos, vel priuatæ personæ ad se defendendū. Sed hæc quæstio tractatur in Decretis. 23. q. 1. & . 14. q. 7. Igitur ad primam propositum redeuntes, secunda ratio Christi ostendit, se nō egere defensione Petri, nam, si vellet, posset se alio modo defēdere. *An putas quia nō possum rogare Patrem meum, & exhibebit mihi plusquam duodecim legiones Angelorum?* Circa quod quæritur primò, An hoc dixerit Christus, vt ostenderet se non capi à Iudæis ex impotentia, sed ex propria voluntate: vel secundò vt ostenderet se illo tempore passionis, non fuisse derelictum à Patre, sed valere apud illū maxima acceptatione & gratia. Secunda dubitatio est, quarè Christus non dixit, Possum vno verbo istos interimere, vel possum me non solùm è manibus eorum, sed etiam à totius mūdi potētia eripere. Respōdetur, hoc dixit, vt ostēdat se nō indigere defensione Petri. Si enim defensione externa indigeret, posset aduocare milites cœlestes. Legio apud Romanos, ait Hieron. cōtinebat sex millia militum. Vegetius lib. 2. de re militari ait, q cōtinebat sex millia militū, & septingētos viginti sex equites. Et quia ab initio facta est diuisio in Septuaginta duas Gētes, & duodecim legiones Angelorum efficerent Septuaginta duo millia Angelorum, aduersùs quālibet Gētē essent mille Angeli, significatur hoc. Si ego vellē, non solum contra hos, sed etiam contra omnes Gentes possem habere tantum præsidiū. Et cum ex. 4. Reg. constet, vnum Angelum occidisse vna nocte 185000. Assyriorū, colligitur quàm magnum, imò & excellens esset præsidium, ad defendendum se de vniuerso orbe. Quarè hęc sententia Christi est celeberrima, & valet ad redarguendos errores Philosophorum, & veritates aperiendas. Primus error fuit dicentium Deum agere ex necessitate, & tantum quantum potest, & non aliud quàm facit. Quę sententia refellitur dicendo. *Possum rogare Patrem, & exhibebit mihi, &c.* Secundus error fuit asserentium, non esse plures Angelos quā sunt orbes cœlestes. Cùm tamen hic dicat Dominus. *Exhibebit mihi plusquā duodecim legiones Angelorū.* Et apud Dan. dicitur, Millia millium ministrabant ei, &c. Tertius error fuit aliquorum Philosophorum dicentium, Angelos non habere aliquam aliam operationem externam, quàm mouere cœlos. Hic error refellitur, quoniam ait Dñs, illos esse destinatos tanquam milites ad defendēdos homines. Vnde puer Helisæi vidit totū montem plenum equorum, & curruum igneorū pro defensione Helisæi, qui dixit. Plures sunt nobiscum quā cum eis. Et Ps. 33. dicitur. Immittit Angelos in circuitu timētiū Dñm. Immittere autem in Hebraico verbo significat castrametari. Quartus error fuit dicentium, Angelos esse immobiles, affixos orbibus: contra quos dicit Christus mittendos esse Angelos ad terras. Et ex hoc Christi sententia etiā colligitur esse dispares Angelos in officio. Nam legionarij milites non sunt pares: alij enim sunt Centuriones, alij signiferi. Et in illo quod dicit, Quomodò implebuntur Scripturę, duas innuit, vnā ex Ps. 21. alteram è cap. 53. Esa. Quarta ratio hæc fuit. Calicem quem dedit mihi Pater, non vis vt bibam illū? Quasi dicat. Tu vis resistere ordinationi Dei. Post hęc narrant Euangelistę tres Dñm dixisse Iudęis. *Tanquàm ad latronem existis cum fustibus, & armis comprehendere me. Quotidie apud vos eram in templo docens.* Dicit quotidiè, hoc est, frequentissimè, referendo ad dies ante passionem proximos, in quibus quotidiè versabatur in tēplo. Lucas ait dixisse Dominum. *Hæc est hora vestra, & potestas tenebrarum.* Significās, illo tempore passionis fuisse permissum Iudæis sæuire in Christum: alioquin non potuissent. *Tanquā ad latronem, &c.* Duo voluit significare. Primum, illos iniquè agere cum ipso, tanquàm cum latrone: cum esset optimus vir, quotidie in templo docens eos; quod non est latronis. Secūdò voluit docere, se quando noluit capi non esse captum, quando autē permisit tunc est captus. Nam ait, Quotidie erā apud vos, & nō me tenuistis. Quare? Qgia ego nolebā: & etiam nunc si vellē nō me teneretis.

Narrāt Matthæus, & Marcus deinde Dominum fuisse captum, & omnes discipulos fugisse. Marcus ait, quendam adolescentē amictū sindone super nudo sequutū fuisse

Dominum,

Erasmus.
Roffensis. Augustin.
Vegetius.
4. Reg. 18
Dan. 7.
4. Reg. 6.
Psal. 33.
Psal. 21.
Esai. 53.

Dominū, & cum teneretur aufugit. Magna quæstio est quis fuerit iste iuuenis. Epiphan. hæres. 74. ait, fuisse Iacobum fratrem Domini, qui cùm rigidissimā vitam ageret, vna tantum veste induebatur. *Epiphan.* Idem ait Hieronym. super Psal. 17. Quanquam non omnes Commentarij in Psalmos, qui arbitrantur esse Hieronymi, in veritate sint eius. *Hieron.* Tamen Epiphan. sibi contradicit. Quia secundùm ipsum Iacobus iste tempore passionis cóplеuerat septuagesimum annum: & Marc. dicit, quòd erat adolescens quidam. *Ambros.* *Gregorius.* Alij dicunt fuisse Ioannem, qui iunior erat cæteris, & non poterat diuelli à Christo. Ita Ambros. & Gregor. lib. 4. Moral. cap. 13. & Beda super hunc locum Marc. *Beda.* Sed contra hoc est, quòd Marcus ait aufugisse: Ioann. verò, ait Petrum, sequutū Dominum, & aliū discipulum, qui erat notus Pontifici: quem alium omnes intelligunt Ioannem. Sed Beda respondit, quòd primò fugit, deinde reuersus reassumpsit vestem, & sequutus est Dominum. *Caietan.* Caietan. in ientaculo. 6. & super hunc locum probat non fuisse Ioannem hoc argumento, Ioannes eo tempore explebat vigesimum annum, & vt traditur in Historijs Ecclesiastic. obijt sexagesimo sexto post passionem Domini, cùm ageret nonagesimum annum ætatis suæ. Non ergo poterat dici adolescens. Putat igitur Caietan. hunc adolescentem fuisse filium hortulani illius horti. *Theophil.* *Euthym.* *Epiphan.* Theophil. super hunc locum, & Euthym. super. 26. cap. Matth. referunt opinionem Epiphan. de Iacobo tanquam antiquam; sed existimant istum adolescentem venisse cum Domino in hortum ex domo vbi cœnauerat. Ego tamen dico duo. Primum, hunc adolescentem non fuisse ex Apostolis: quia amictus solius sindonis, nō erat ordinarius apud Iudæos, præsertim cum Christus Dominus vteretur pluribus vestibus; verisimile est, nec aliquem Apostolorū visum fuisse vna veste. Tum etiam, quia hoc apertè demonstrat narratio Marci. Nā cū primò dixisset fugisse omnes Apostolos, subdit, Adolescens quidam. Vnde apparet fuisse diuersum à discipulis. Deinde verisimile est mihi, fuisse aliquem ex eis qui erāt in horto, & ea hora decubuisse in lecto; audito autē rumore, arrepta sindone exilijsse ad motum strepitu audito, & cum Iudæi vellēt eum comprehendere, fugit. Sed quare Mar. narrauit hoc quod leuis momēti videtur esse? Respondetur: vt ostenderet Marc. quāta illo tempore fuerit trepidatio omniū circa Christum, ita vt nullus auderet non solū opitulari Christo; sed nec iuxtà illum consistere. Et ita impleta sunt quæ à Prophetis de hoc prædicta fuerant Psal. 37. Qui iuxtà me erant de longè steterunt: & vim faciebant qui quærebant animam meam. *Psal. 37.* Et Psal. 87. Longè fecisti notos meos à me. Et infrà. Elongasti à me amicum & proximū. *Psal. 87.* Et hic terminatur prima pars historiæ passionis Domini.

In secunda parte agendum est primò de ijs quæ acta sunt circa Dominum in domo Annæ, & Caiphæ: solus Ioann. narrat nōnulla prætermissa ab alijs Euangelistis, quæ cōtigerunt postquā Dominus in horto captus est, & ligatus, & ductus ad Pontificem. Primùm narrat Christum fuisse adductū ad Annam, & dat rationem: quia erat socer Caiphæ, qui erat Pontifex anni illius. Secūdò dicit Ioann. Petrum fuisse sequutum Dominum, à longe tamen, vt alij Euangelistæ dicunt cum eo alium discipulum, tacito nomine, qui quoniam erat notus Pontifici, introduxit Petrum in atrium Pontificis. Hoc solus Ioānes dicit. Quis autem fuerit iste alius discipulus, communis coniectura est fuisse Ioannem. Quomodò autem erat notus Pontifici, dicunt aliqui, quòd propter nobilitatem, & peritiam Legis. Quod mihi nō placet. Nā erat pauper piscator, vt ait Hieronym. *Hieron.* Alij dicunt, quòd pater Ioannis solebat eum mittere frequenter ad Pontificem cum bonis piscibus. Alij putant aliquem consanguineū Ioannis fuisse famulum Pontificis, & sic notus erat. Tertiò Ioannes cōmemorat vnam Petri negationem fuisse factā in domo eius Pontificis. Quartò narrat, Christum interrogatum à Pontifice de discipulis eius, & doctrina: cui Dominus liberè respondens percussus est alapa à seruo Pontificis. Vltimò subdit, Annam misisse eum ligatum ad generum suum Caipham.

Circa quæ omnia est prima quæstio. Nam videtur repugnantia inter Ioannem, & alios tres Euangelistas, qui tradunt, Christum ductum esse ad Caipham, Ioannes verò ad Annam. Respondetur, nullam esse repugnantiam, quia alij dicunt ductum ad Caipham simpliciter, sed non addunt primò. Ioānes addit, & ait esse primò adductum ad Annā. Alij autem Euangelistæ omiserunt adductionem Christi ad Annam: quia nihil ibi memorabile, aut insigne actum est. *Clemens Rom.* Clemens Roman. lib. 5. Constit. Apost. capit. 14. in hac narratione discrepat à Ioanne. Ait enim,

Ll 5 Christum

Christum primò ductum fuisse ad Cayphã, & apud eum fuisse tota illa nocte, manè vero fuisse à Caypha missum ad Annam. Quare quod ait Ioann. primò ductum fuisse ad Annam; interpretatur non simpliciter, sed manè facto. Sed hæc opinio Clementis, non potest concordari cum Euangelistis. Nam reijcienda est; primò, quia Ioann. simpliciter ait fuisse primò adductum ad Annam, ergo è suo sensu Clemẽs adiunxit illud Manè. Secundò est contra narrationem Marci. capit. 15. dicentis: Confestim autem manè inito consilio, duxerunt illum ad Pilatum. Tertiò secundũ Clementis sententiam necessarium esset, vt aliqua negatio Petri fuisset facta manè: atqui secundum Euangelistas, & secundùm Patres omnes fuerunt factæ antè ad Galli cantum; ergo. ¶ Secunda quæstio est, Quare est adductus primum ad Annam? Quatuor rationes afferuntur. Primò, quia sic mandauerat Cayphas, idque vel vt honoraret socerum suum, vel quia credebat fore gratum illi, qui fuerat præcipuus author necis Christi. Vel vt ex iudicio Annæ probabilior esset condemnatio Christi, quam ipse facturus erat, & faciliùs induceretur Pilatus ad condẽnandum Christum. Secundò, vt Augustin. & Beda dicunt, quia ducentibus Christum prior occurrebat domus Annæ, quàm Cayphæ: & ideo factum est, præsertim cùm Cayphas id iusserit. Euthymius super. 20. cap. Matth. ait, vnam fuisse amborum domum, cuius domus erat vnum atrium, sed diuersa habitacula, quorum alterũ tenebat Annas, alterum vero Cayphas. Tertia causa traditur à Cyrillo libr. 11. in Ioann. capit. 37. Ad Annam primò: quia pactus erat pecuniam Iudæ. Huius pecuniæ recipiendæ vesana cupiditate Iudas instituit, vt primò duceretur ad Annam. Quartò, quia cùm omnes seniores, & principes conspirassent in mortem Christi; Annas erat cæteris honore, & dignitate præstantior: ideò ad illum primò ductus est. Nam, vt ait Iosephus libr. 20. Antiqui, hic Annas ad satietatem gessit Pontificatum, & ex quinque liberis quos genuit, quilibet functus est Pontificatu: quod, ait Iosephus, nemini ante illum, vsq; ad illam ætatem contigisse. Huius filius, vt ait Iosephus, iussit occidi Iacobum fratrem Domini. ¶ Tertia quæstio est, An quæ narrat Ioann. acta in domo Pontificis, nempè introductionem Petri in atrium, negationem eius, interrogationem Pontificis de doctrina Christi, & alapam illi impactam: An hæc, inquam, gesta fuerint in domo Annæ, an Cayphæ. Ioann. enim dicit facta hæc fuisse in domo Pontificis. Sed incertum est in qua domo. Patres diuisi sunt circa hoc in duas partes. Augustin. libr. 3. de consensu. cap. 6. & tractatu. 113. in Ioann. Euthymius super 26. capit. Matthæ. & Caietan. super hunc locum Ioann. denique ferè omnes communiter dicunt, hæc quæ narrat Ioann. facta in domo Pontificis, acta fuisse in domo Annæ. Probatur hoc argumento, nam Ioãnes postquàm narrauit hæc facta in domo Pontificis, subdit. Misit eum Annas ad Caypham. Ex quo colligitur, superiora facta fuisse in domo Annæ. Contrariam tamen sententiam tenet Cyrillus, lib. 11. & Iansenius, & fortè magis probabilē. Quòd ea quæ narrat Ioannes acta in domo Pontificis, contigerunt in domo Cayphæ. Primò, quia inter illa est negatio Petri: sed tres Euangelistæ apertè tradunt omnes negationes Petri factas fuisse in domo Cayphæ, ergo. Nam quod ait August. omnes tres negationes factas in domo Annæ, nimis apertè contradicit narrationi Euangelij. Quod autem dicit Augustin. fuisse factas tres in domo Annæ, alias tres vel quatuor in domo Cayphæ; non ita verum apparet, vt infra patebit, sed improbabile omnino est. Secunda ratio contra hoc est. Quia omnes quatuor Euangelistæ dicunt, Petrum sequutum esse Dominum, & ingressum domum in qua negauit eum: hanc domum dicit Ioann. esse Pontificis: Lucas principis sacerdotum. Marcus summi sacerdotis, qui erat Cayphas, ergo per pōtificem Ioannes intellexit Cayphã. Tertia ratio est, quia Ioan. narrat hæc esse acta in domo Pontificis, sed ipsemet dicit, & hoc loco. & c. 11. Pontificē illius anni fuisse Caypham, & quotiescunque nominat, vocat eum Pontificem, quo nomine nunquam hic vocat Annã; ergo. Quamuis enim in historia Euangelica sæpè reperiamus appellari in numero plurali Pontifices, & Principes sacerdotum, qui scilicet vel qui gesserant Pontificatum, vel Principes familiarum filiorum Aaron; tamen nunquam reperimus in singulari vocari Pontificem, vel Principem sacerdotum, nisi qui est summus omnium, & illius anni. Quarta ratio huic nostræ opinioni fauet, & fidem adiuu-

August. Beda. Euthym. Cyrill. Ioseph. August. Euthym. Caietan. Cyrill. Iansen. August.

adiungit textus Euangelicus, qui est in Commentarijs Cyrilli. Nam post illa verba, Adduxerunt illum ad Annam, sequuntur immediatè haec verba, *Miserunt autem eum ad Caypham.* Et postea quae sequuntur, quae nos habemus. Erat autem Cayphas, qui consilium dederat Iudaeis, Expedit, vt vnus homo moriatur pro populo, &c. Et tunc sequuntur quae Ioannes narrat acta fuisse in domo Pontificis. Vnde sequitur, per Pontificem intelligendum esse Caypham. Ad rationem autem Augustin. quod postquam Ioan. narrauit acta in domo Pontificis, subiungit, *Et misit eum Annas ligatum ad Caypham*, ex quo apparet illa superiora fuisse acta in domo Annae; Respondetur, Ioan. scripsisse illa verba, *Et misisse eum Annam ad Caypham*, non sequendo ordinem rerum gestarum, sed quod superius ponendum erat, & ab ipso omissum fuerat, & nunc per recapitulationem memorari, quia dixerat dustum fuisse in domum Annae soceri Cayphae, quia mentionem fecerat de Caypha, subitò subtexuit quae acta fuerant in domo illius. Huic interpretationi fauet textus Cyrilli. Misit igitur eum ad Caypham Annas. Fauet etiam textus Graecus, quia non habet illam coniunctionem, &, sed simpliciter dicit, misit eum Annas ad Caypham. Iam enim dicit, & i. [illegible] pro, quia, aliquando: vt ibi, Dedit eis potestatem filios Dei fieri, &c. Et Verbum caro factum est, id est, quia Verbum caro factum est. Sic, & misit eum ad Caypham, idem est, ac si diceret, quia misit eum ad Caypham. Vnde cùm prius retulisset per anticipationem quae facta sunt in domo Cayphae, declarans & dicit quia misit eum Annas ad Caypham. Postquam autem antè illum fecit tanti[illegible], subdit Ioan. Petrum sequutum esse Christum. Alij Euangelistae addunt, à longè sequebatur amore ipsius Christi, & desiderio videndi euentum rei. Sequebatur à longè, ne videretur ab hostibus, & vt fugam facilè posset sibi arripere. Gessit typum Petrus Christianorum, timide, verecundè, cunctanter sequentium Christum, qui non propè sequuntur eum, sed à longè metu hominum, timore infamiae alicuius, vel alterius damni. Ex quo docemur, quàm periculosum sit nos à longè sequi Christum: quia Petrus timidè eum sequebatur, leuissimo oblato periculo, ter Deum negauit: & isti leuissima quaque causa deserunt Christi famulatum. Duo sunt genera hominum sequentium Christum. Alij longè semper seculares, qui versantur in magnis periculis. Alij propè, nempè religiosi, qui renunciarunt mundo. Disputant interpretes, quis fuerit ille alius discipulus, qui introduxit Petrum: & dixi supra plerosque arbitrari fuisse Ioannem, & varias causas attuli quare erat notus Pontifici. Sed Nizephorus lib. 2. Eccles. cap. 20. & cap. 3. affirmat, Ioannem amplam domum, quae erat in Galilaea paterna haereditate obuenerat, vendidisse huic Pontifici Cayphae, atque de causa fuisse illi notum. *Nicephor.* Sunt tamen aliqui viri docti, qui discedunt ab hac opinione communi, dicentes, illum non fuisse Ioannem, vel aliquem alium Apostolorum, sed fuisse nobilem aliquem virum Hierosolymitanum ex discipulis Christi occultis. Habebat enim Christus ex nobilibus Iudaeis aliquot discipulos occultos, vt Nicodemum, & Iosephum ab Arimathia, quorum vnum volebat Pontifex: quia erat [illegible] dignitate. Aiunt enim, & non improbabiliter, quòd (praeterquam quòd Ioan. piscator, & ignobilis non fuisset admissus ad tantam familiaritatem cum Pontifice, quae erat tunc suprema potestas apud Iudaeos) discipuli Christi erant omnibus infesti, & sic eadem ratione Ioannem, ac Petrum malè tractarent. Subdit Ioannes. *Interrogauit eum Pontifex de discipulis suis, & doctrina.* Quaeritur hîc interrogatio? Certè, vt posset eum calumniari de discipulis, & dicere eum esse seditiosum, & factiosum hominem, & ad hoc sibi aggregasse homines, & gratiam populi, & collegisse hominum cohortem. De doctrina, vt ostenderet doctrinam eius esse nouam, contrariam legi Moysi, traditioni seniorum, & iurisdictioni Romanorum. Respondit Dominus. *Ego palam loquutus sum mundo, in templo, & in synagoga, vbi omnes Iudaei conueniunt, & in occulto loquutus sum nihil.* Quibus verbis ostendit Christus, adeò esse publicam suam doctrinam, vt non opus haberet nouo examine. Ad interrogationem verò de discipulis non respondit: quia illa pendebat ex hac doctrina. Cyrillus doctrinam Christi ex eo fuisse publicam docet: quia Esai. cap. 45. dixit: Non sum loquutus absconditè, nec in tenebroso terrae loco. Et cap. 65. Tota die expandi manus meas ad populum non credentem, sed contradicentem mihi. Possumus etiam afferre illud Salomonis de sapientia diuina quae erat Christus. Prouer. 8. Sapientia clamitat foris, in plateis dat vocem suam, &c. August. mouet hanc quaestionem quomodo Christus dicat

Cyrillus. *Esai. 45.* *Idem. 65.* *Prouer. 8.* *August.*

dicat sermone occulto se nihil loquutũ fuisse, cùm multa docuerit priuatim, & secretò [*Luc. 10.*] suis Apostolis? Illis enim dixit: Vobis solũ datum est nosse mysterium regni cœlorum, cæteris autem in parabolis. Ad quam quæstionem respondetur, Christi doctrinã fuisse publicam tripliciter. Primò, quia si quæ priuatim discipulos docuit, eadem publicè docuerat Iudæos. Secundò, quæ docebat priuatim discipulos, eadem per substantiam docebat Iudæos, sed discipulos alio modo, nẽpe apertè, Iudæos autẽ in parabolis. Tertiò quæ docebat occultè suos, mandabat vt ipsi publicè ea docerent postea. Quarè dixit il- [*Matt. 10.*] lis: Quæ dixi vobis in tenebris dicite in lumine, & quæ audistis in aure, prædicate super tecta. Sequitur. *Interroga eos qui me audierunt. Ecce ipsi sciunt quid dixerim ego.* Cy- [*Cyril.*] rillus adnotauit, cùm hæc verba dixit Christus, digito demonstrasse multos ex illis adstantibus, qui olim missi fuerant à magistratibus ad comprehendendum Christum; audientes autem, & admirantes Christi sapien- [*Ioan. 7.*] tiam, reuersi sunt dicentes: Nunquam sic loquutus est homo.

De Alapa.

HINC subdit Ioann. vnum de illis ministris dedisse alapam Iesu dicens: Sic respondes Pontifici? Quare hoc tantum facinus fecit minister? Quia putauit responsum Christi spectare ad contemptum, & contumeliam Põtificis: vt gratiam hoc facto apud Pontificem lucraretur. Alij in veteri testamento retulerant Christi figuram in hoc. [*3. Reg. 22.*] Michæas Propheta, vt dicitur. 3. Reg. 22. quiã Regi Achab pronunciauerat funestum belli euẽtũ, percussus est alapa ab vno pseudo- [*Hiere. 20.*] propheta. Item Hieremias propheta, denũcians Iudæis ex mandato Dei quædam quę illis displicebant; percussus est colapho à sacerdote Principe domus Dei. Simile contigit Paulo, iussu Põtificis percussus est alapa. [*Act. 23*] Sed illud mirũ est, quomodò illi impio ministro statim non exaruit illa manus, vt Regi Ieroboam contigit, cùm manum extẽdis- [*3. Reg. 13.*] set ad cõprehendendũ Prophetam Domini. [*2. Reg. 6.*] Quomodò nõ statim mortuus est, sicut mortuus fuit Oza, qui indignè tetigit Arcã Domini. Audite pulchram in hoc loco senten- [*August.*] tiam August. Qui responsionem Domini verius, mansuetius, & iustius? Cùm nos agitamus quis fuerit qui adegerit alapam, nonne volumus percussorem illum, aut cœlesti igne consumi, aut terra dehiscẽte absorbi, aut correptum à diabolo volutari, aut alia qualibet grauiori pœna puniri? Quid enim horũ Christi potentia nõ posset iubere, per quem vniuersum factus est mundus? Nisi nos docere voluisset patientiam, mansuetudinem, & clementiam, qua vincendus erat mundus? [*Cyrillus.*] Valde notabile est etiã illud Cyrilli in hoc loco. Primos parentes cùm sunt præuaricati, quasi alapam impegisse Deo. Nam Eua plus credebat serpenti quàm Deo, Adã plus voluit gratificari Euæ quàm Deo; quare maxima fuit Dei offensa. Apud homines autem honestos, & nobiles percussio colaphi grauissimæ cõtumeliæ loco ducitur. Quare Dominus noster colapho ignominiosissimo quẽ accepit, ignominiam à nostris primis parẽtibus Deo illatam expiare, & absoluere vo- [*Cyrill.*] luit. Euthym. testimonio. Chryso. affirmant [*Chrysost.*] hũc percussorem fuisse Malchum, cui abscissam auriculam Dominus restituerat. Verũ hoc parum verisimile est. Tum quia communis est sententia doctorũ; quæcunque Deus sanauit miraculosè, & anima, & corpore sanasse. Tum etiã, quia Ioannes posuisset hic nomen eius, præcipuè cùm hoc multum faceret ad exaggerãdam eius ingratitudinem, & Domini patientiam, atq; clementiam. Sed quia Dominus percussus est alapa, curiosè posset quis forsan quærere, in qua sit maxilla percussus. Probabiliter responderi potest, quòd in sinistra. Quod colligitur ex eo [*August.*] quod August. epist. 5. ad Marcellinum, ait, illud quod Dominus dixit Matth. 5. Si quis te percusserit in dextera maxilla, præbe ei sinistram; non esse intelligendum propriè, sed figuratiuè: non enim, inquit, solet percuti dextera, sed sinistra; ictus enim percutientis colapho directè fertur in sinistram. Percussori Christus mitissimè respondit. Si malè loquutus sum, testimoniũ perhibe de malo, si autem bene, cur me cædis? Exclamat Eu- [*Euthym.*] thym. hoc loco. Perhorrescite cœli, & obstupesce terra, vel tantam vilissimi serui audaciam, & impietatem, vel magis incomparabilem Domini patientiam, & mansuetudinem. Qui cùm omnes illos posset vno verbo ad nihilum redigere, voluit tamen lenissimis verbis, & suam innocentiam, & illorum iniustitiam demõstrare. Nota quòd reus existens coram iudice in accusatione, & probatione, non solet ibi percuti à ministris, sed si bene, aut malè loquitur, alibi supplicitũ patitur. Cum Christo verò nullus terminus iustitia, nec rationis seruatus est. August. quærit, [*August.*]

cur

cur Dominus non seruauerit hoc loco cōsilium quod dedit discipulis præbendi alteram maxillam percutienti. Respondetur, vt doceret, illud consilium seruandum esse semper, secundùm præparationem animi; verumtamen re ipsa tum demum seruandū esse, cum poscit, vel maior Dei gloria, vel maior vtilitas proximi, vel id cōfert ad profectum perfectionis nostræ; nulla harū causarū hic fuit; ergo. Sicut nec Paulus seruauit cū percussus est, Act. 23. ergo, ait Augustin. erga percussorem intus in animo *Act. 23.*
seruanda est semper beneuolentia, & auertendum odium, & appetitus vindictæ. In externo autem aliquando est seruandum, aliquando non, quod Dominus consuluit. Nam consilium illud per figuram est intelligendū, & non propriè. Significatur enim eum qui iniuriam accepit, satius esse alterā grauiorem iniuriam accipere, quàm patientiam & beneuolentiā perdere. Et sic ei qui te percusserit in dextera, hoc est, qui voluerit tibi impedire bona spiritualia, quæ significantur per dexteram; tu præbe ei sinistram, id est, patere potius iacturam bonorum temporalium, quæ significantur per sinistram.

Apud Matth. & Marc. proditio falsorū testium, & prolatio testimoniorum contra Christū scribitur, & aiunt subornatos fuisse multos testes, sed non erant conuenientia testimonia, hoc est, non erant valida
Origenes. ad eum condēnandum: sic Origenes. Vel non erant inter se cohærentia, & consentientia: sicut testimonium duorum senum contra Susannam non fuit conueniens, sed fuerunt conuicti à Daniele. Figura huius rei
3. Reg. 21. fuit in Naboth 3. Reg. 21. qui quoniam noluit vendere vineam Regi Achab, subornatis falsis testibus, quasi blasphemasset Deū, & regē, lapidibus est peremptus. Iste adūbrauit Christum. Vinea sunt animæ fidelium quas Christus redimere volebat. Iezabel, Synagoga impia, maritus Achab, diabolus qui vineā volebat habere. Impleta sunt duo Dauidis vaticinia in hoc facto. Primum
Psal. 21. Psalm. 21. Circundederunt me vituli multi, tauri pingues obsederunt me, aperuerunt super me os suum, sicut leo rapiens & ru-
Psal. 26. giens. Tale fuit hoc consilium. Et Psal. 26. Insurrexerunt in me testes iniqui, & mentita est iniquitas sibi. Tacitis alijs duorum tātum cōmemorant Euangelistæ. Duo testes dixerunt. *Audiuimus eum dicentem: Possum destruere templum Dei, & in triduo reædificare*, Vel secundùm Marc. *Ego destruam hoc templum manu factum, & in triduo aliud non manu factū reædificabo.* Simile quid dixerat Dominus Ioan. 2. *Soluite templum hoc, & in triduo excitabo illud*: sed isti non intellexerunt sensum Domini, & deprauauerunt verba. Dominus autem loquebatur figuratè de corpore suo, illi autem intellexerunt de tēplo Salomonis. Deinde Dominus dixit, Soluite, ipsi dicebant eum dixisse, Ego possum destruere tēplum hoc, vel dissoluam. Quare subdit Marcus. *Et non erat conueniens testimonium.* Quo significat duo. Vel hos testes discrepasse in hoc testimonio, vel fuisse inualidum ad condēnandum. Nam etiam si Dominus id dixisset, nō erat dictum dignum morte; tamen videbatur præ se tulisse iactātiam aliquam, & Pilatus irrisisset. Sed cur Euangelistæ tantùm cōmemorant hoc testimonium? Respondetur duas ob causas. Primò, vt ex eius falsitate, & leuitate æstimaretur cætera. Deindè, quia hoc testimonium designabat mysterium passionis & resurrectionis. Tunc Pontifex exurgens in medium, ait Marcus, hoc est, præ ira, & rabie aduersùs Christū exiliēs è solio suo in mediū Consilij, dixit illi. *Nihil respondes ad ea quæ isti testantur aduersum te?* Quasi diceret. Cùm me testimonijs coarguaris, quare te non purgas? Quare te non defendis, nisi quia conuictus veritate tuorum criminum non audes respondere? Christus autem, vt inquit Matth. tacebat, & vt ait Marc. nihil respondit. Tunc impleta sunt duo vaticinia Dauid Psal. 37. In- *Psal. 37.*
quirētes mala loquuti sunt vanitates, & dolos tota die meditabantur. Ego autem tanquam surdus non audiebam, & tanquā mutus non aperiens os suum. Et factus sum sicut homo non audiens, &c. alterū in Psal. 38. *Psal. 38.*
Cùm cōsisteret peccator aduersùm me, obmutui, & humiliatus sum, & silui à bonis. Id est, innocentiæ meæ gloriam non quæsiui, iniuriarum mearum vltionem non sum sequutus, omnia Patri meo cōmendaui. Primò nō respondit Christus quia Consilium illud non erat legitimū, nec iuridicè exercebatur; ergo non tenebatur Dominus respōdere. Secundò, quia Christus sciebat testimonia illa etiam iudicio ipsorum Iudæorum esse friuola, & inualida, nec egere defensione. Tertiò, quia sciebat per omnem suam responsionem retorquendum esse ad calumniam, & magis incitandam eorum sæuitiam: nam mentē pro vero, & miti responso in

ingentem alapam acceperat. Quartò, quia venerat eò, non vt se defenderet; sed vt patienter omnes eorum côtumelias, cruciatus subiret, & mortem. Post idem Pontifex inuenit aliam rationem circumueniendi Christum, quam non posset ille fugere, & dixit ei. *Adiuro te per Deum viuum, vt dicas nobis si tu es Christus filius Dei viui?* Id est, an tu sis Messias, qui expectatur à nobis. Non interrogat, an sit secunda persona Trinitatis, quod mysterium ignorabat Caypha; sed interrogat, An sit filius Dei per excellentiam quandam, gratiam & gloriam, secundùm quam ipsi existimabant Messiam fore filium Dei. Hæc autem fuit Pontificis techna in hac interrogatione. Aut respondebit, aut non. Si non responder, agetur reus: quia contempsit authoritatem summi Pontificis, & quia adiuratus per Deum, contempto Deo noluit respondere. Si responder, aut fatebitur se esse Messiam, aut non: si sic, condemnabitur tanquam affectator dominationis aduersùs Romanos: si negauerit, condemnabitur etiam: quia alias vsurpauerat sibi hunc titulum, & nuper ante sex dies ingrediens Hierosolymam permisit sibi acclamari, Benedictus qui venit Rex Israel, & monitus, vt compesceret illas acclamationes, noluit. Apud Latinos adiurare, idem est quod iurare; sed in Scriptura tripliciter sumitur. Aliquandò adiurare aliquem, est facere illũ iurare, & adigere illum ad iuramentum, sicut Abraham adiurauit seruum suum, ne daret vxorem
Gene. 24. de Chanaã Isaac filio suo, dicens: Pone ma-
Gene. 45. num tuam super femur meũ, &c. & cap. 45. Ioseph ait sic fuisse adiuratũ à Patre, vt sepeliret eum in terra Chanaã; id est, iussum fuisse à patre hoc iurare, & promittere.

Secundò modo, Adiurare, est subiicere aliquem execratorio iuramento, & maledi-
1. Reg. 14. ctioni. Sic vsurpatur. 1. Reg. cap. 14. Adiurauit Saul populũ, dicens: Maledictus qui
Num. 5. comederit vsque ad vesperam. Et Numer. 5. Mulierem suspectam de adulterio sacerdos adiurabat, id est, subiiciebat eam maledictionibus, & execrationibus, si adulterium cômiserat. Tertiò modo sumitur pro eo quod est metu violandæ religionis, & offendẽdi Deum obstringere ad aliquid agendum, vel
3. Reg. 22. dicẽdum: hoc modo Rex Achab dixit Michææ. Iterũ atq; iterum adiuro te, ne dicas mihi, nisi quod verum est in nomine Domini. Et in hac significatione sumitur hoc loco, id est, per obedientiam, & reuerentiam debitam Deo viuo, ego te adstringo, vt dicas id quod interrogo, ita vt nisi dixeris reus sis contempti iuramenti, & nominis Dei. Sic adiurantur dæmones per exorcismos. Nam exorcizo, Latinè dicitur, adiuro. D.
Thom. 2. 2. copiosè tractat de adiuratione, D. Thom.
& docet posse adiurare Deum, Angelos bonos, dæmones, homines, & creaturas irrationales. Et duobus modis fieri adiurationem, vel per modum deprecationis, & sic Deum, & Angelos bonos, & homines superiores, & non subditos deprecor. Vt cùm dico, per Christi passionem deprecor vt dicas hoc. Vel per modum imperij, vt superiores subditos, exorcistæ dæmones, &c. Sed quæritur quandò fuerit facta hæc interrogatio, vel nocte qua passus est, an manè sequentis diei, à summo Pôtifice, vel ab alijs. Matth. & Marc. narrant esse factam nocte, & à Summo Pontifice. Lucas manè, & à Côcilio quod ibi conuenerat. Illi aliter dicit Dominum respondisse, & aliter Lucas. Duobus reconciliatur modis hæc dissonantia. Primò Augustin. lib. 3. de consensu Euang. cap. 7. qui ait, re vera factã fuis- August.
se manè, vt ait Lucas, quia ipse expressit tẽpus: Cùm manè autem esset factum. Matth. & Marcus inter acta illa nocte narrant, sed per anticipationem. Quod autẽ aliter narrent isti, hoc non est dissonantia: quia vel eandem sententiam exprimũt alijs verbis, vel aliæ circumstantiæ huius facti ab alijs narrantur, ab alijs tacentur: vel sumunt singulare pro plurali, vel contra. Iansenius ve- Iansen.
rò respondet altero modo, nempè hanc interrogationem factam esse bis, semel nocte (vt dicunt Matthæus, & Marcus à Pontifice) secundò manè à toto Concilio, vt narrat Lucas. Vtramque mihi probatur, licet pro Augustin. sententia sit hæc ratio. Nã si fuisset facta nocte, cùm iam tunc fuisset condẽnatus ad mortem, nõ erat cur iterum fieret manè: quia iam nocte responderat.

Respondit Christus, Tu dixisti.

HÆC responsio ambigua est secundùm
Theophil. Nã vel significat, Tu dixi- Theophil.
sti, ego non dico, vel tu dixisti, ita vt est; rem attigisti. Secundùm Lucam sic respondit. *Vos dicitis quia ego sum.* Vos dicitis per ludibrium; sed re vera ego sum. Quare non est dubium, quin Christus suo responso docuerit se esse Messiam apertissimè, idque sic intellexerunt illi. Nam dixerunt. Blasphemauit.

mundi. Adiecit Christus. *Veruntamen dico vobis, amodo videbitis filium hominis sedentē à dextris virtutis Dei, &c.* Quasi diceret, Nō tantùm dico me esse Messiam, sed vos ipsi vestris oculis videbitis clarissimè ita esse, cùm me conspicietis fulgentem summa gloria, & potestate, & omnium bonorum abundantia. Quod significauit metaphoricè, per illa verba, Sedentē à dextris Dei. Illud autem. Venientem in nubibus, dixit propter visionem Danielis, cap. 7. vbi *Daniel. 7* ait se vidisse quasi filium hominis venientē in nubibus ad antiquum dierum; & accepisse ab eo potestatem æternam super omnes Gentes: à modo, id est, paulò post. Quando hoc euenit? *August.* D. August. considerãs vim vocis, à modo, ait non referendum id ad diem iudicij, sed ad tempus post missionem Spiritus sancti. Tunc enim aliqui ex illis Iudæis conuertendi erant ad fidem, & oculis fidei videre debebant: quia credituri erant ipsum esse verum Messiam, & in gloria Patris sedere. Hoc dicit Augustin. in epistol. 80. ad Esychium. Veruntamen hæc expositio est potius mystica, quàm literalis. Ideò secundùm Chrysostom. Hieronym. Theophil. & Euthym. satius est referre ad diem iudicij; & voluit significare Dominus, & dicere. *Hieron. Chrysost. Theophil. Euthym.* Ego in primo meo aduentu veni pauper, & humilis à vobis iudicandus, & occidendus; in secundo aduentu veniam gloriosus, potens & Iudex omnium. A modo, id est, post hunc aduentum. Nō est autem in Scriptura prædictio secundum aduentū Christi, tanquam rem instantem: ex eo, quòd tēpus aduentus primi dicitur vltima ætas, hora nouissima, finis sæculorū. Deinde etiā frequens est in Scriptura, Amodo, vsurpari indefinitè, pro tempore quod sequitur præsens, siue sit proximè, siue longè post. Sicut cras in Scriptura, non tantum significat diem crastinum proximum, sed tempus futurum indefinitè. Voluit ergo Dominus percellere animos illorum terrore secundi aduentus. In quo datur discrimen iudicibus, vt in iudicando semper ante oculos habeant vltimum iudiciū, vt iustè iudicent. Sed quæritur, cum Christus antea noluerit respondere, cur modò respondit huic adiurationi? Respondetur, id fecisse Dominum quatuor ob causas. Primò ne videretur contemnere authoritatem Pontificis, qui ex plena potestate sua faciebat hanc interrogationem, sicut ipse iustè exercebat suam potestatem. Nam vigebat tunc vsque ad mortem Christi. Secundò, ne videretur parui pendere nomen Dei, per quod fuerat adiuratus. Tertiò, vt auferret à Iudæis omnem prætextū suæ infidelitatis, ne possēt aliquādo se excusare, quia rogatus Christus in Concilio publico noluit fateri. Quartò, vt ostenderet Dominus, quòd si in illo Concilio Synagogico, in quo iniquo, & malo animo fuit interrogatus, voluit tamē docere veritatem; quanto magis in Concilio Ecclesiastico legitimè congregato, in quo zelo Catholicæ fidei quæritur veritas, credendum est eam Christus reuelare. Quintò voluit respondere, quia veritas quę poscebatur ab eo, non erat qualiscumque veritas, sed erat fundamentum totius fidei. Credere enim Dominum Iesum esse Messiam & filiū Dei, est columna nostræ fidei; quam quia cōfessus est Petrus, mox eam confessionem fecit Christus, vt in eius remunerationem dederit Petro principatū Ecclesiæ. Quare Paul. dixit 1. Timot. 6. Præcipio tibi coram Deo, *1. Tim. 6.* qui viuificat omnia, & Christo qui bonum testimonium reddit coram Pontio Pilato. Hæc autem confessio fuit testificari coram Pontio Pilato se esse Regem, & habere regnum in altero mundo. Si propter hoc dixit illud, etiam & nos possumus dicere: Bonū testimonium fecit Dominus corā Caypha. Subiungunt Euangelistæ, quòd Pontifex audito hoc responso, tanquam si fuisset blasphemia contra Deum, simulans magnum gloriæ Dei zelum, scidit vestimenta sua, & exclamauit cum toto Concilio, dicens. *Rom. 8.* *Blasphemauit, reus est mortis.* Malis omnia cooperantur in malum, sicut bonis in bonū. Iste Pōtifex peccauit contra Legem. Primò, quia scidit vestem, Deus autem prohibuerat Leuit. 21. ne summus Pontifex, vel aperiret caput, vel scinderet vestimenta. *Leuit. 21.* Secundò, quia quamuis Christus fuisset blasphemus, & dignus morte; non tamen debebat esse puniendus cruce, sed lapidibus obruendus secundū Legem. Leuit. 24. præcepit Deus blasphemum à populo lapidibus *Leuit. 24.* obrui. Sciendum est, scissionem vestium veterem fuisse ceremoniam apud Iudæos; qua significabatur dolor quo animus interior lacerabatur: & fiebat duabus de causis. Primò vel ob calamitatem acceptam, priuatā vel publicam. Ita Iacob videns filium Ioseph deuoratum à fera, scidit vestimenta sua, Gen. 37. Iob quoque c. 1. & Dauid 2. Reg. 7. *Gen. 37.* propter mortem Saulis, & Ionathæ. Vel secundò fiebat in execrationem alicuius horrendi *Iob. 1.* *2. Reg. 7.*

rendi sceleris, præsertim autẽ blasphemiæ
Esai.37. contra Deū. Quare Esa.37. dicit, Regẽ Eze-
chiā, auditis blasphemijs Assyriorū scidisse
Num.14. vestes. Et Num.14. Caleb & Iosue audito
clamore populi recusantis ire in terrā promissionis, sciderunt vestimẽta sua. Tertia
Ioel.2. causa erat, in signū pœnitẽtiæ. Vnde Ioel.2.
dicitur: Cōuertimini ad me, &c. & scindite
corda vestra, & nō vestimenta vestra. Quasi diceret: Nolo ego tantū pœnitentiā externam in veste. Quartò, solebat adhiberi
scissio vestis, tanquā signū diuisi regni, & a-
3.Reg.11. missæ dignitatis. 3.Reg.11. Ahias propheta
cū gestasset palliū nouū scidit illud in duodecim partes, & dedit decẽ Ieroboā, dicens:
Scissum est regnum Salomonis, &c. Et. 1.
1.Reg.15. Reg.15. cùm Saul vellet retinere Samuelẽ
abeuntẽ, apprehẽdit palliū eius, & scissum
est. Et dixit Samuel: Ita scissum erit regnū
Caietan. tuū. Caiet. sup. 14. c. Mar. ait. Cū dicitur Pō-
tificẽ scidisse vestimenta sua, non est intelligendū propriè scidisse, sed aperuisse tantū
Hieron. vestes supra pectus. D. Hieron. hîc, & Leo
Leo Papa. serm. 6. de Passione Domini, dicunt inscie-
ter prophetasse verbis & factis, quæ futurum
Ioann.11. erat. Verbis cū Ioan. 11. dixit: Expedit vobis, vt vnus moriatur homo pro populo: factis etiā, nesciẽs qd faceret scindẽdo vestes;
significauit se condẽnādo Christū discedere à sede Pōtificali. Nā designabat post mortẽ Christi cathedrā Moysi fore vacuā omni
potestate, & authoritate. Quare scidit vestes, quasi iam vestes illæ Aaron scindendæ
essent, & abijciendæ. Secundo scindẽdo vestes significabat scindendū esse regnum Iudæorū, tollendumq; Pontificatum, & adim-
plendū in illis quod paulò antea illis dixerat:
Auferetur à vobis Regnum Dei, & dabitur
Genti facienti fructus illius. Nec tamen impijs illis hominibus satis fuit condẽnasse iniustè Christū; sed incredibili rabie, & furore illū contumelijs, & ludibrijs affecerūt,
colaphis eū percutiendo, & in faciem eius
conspuendo.

Quatuor genera malorū fuerūt illa quæ
ab Euangelistis ponuntur, vt ex his pronos alia credamus. Primū conspuerunt in
faciẽ eius. Quanta autẽ hæc fuisset ignomi-
Num.12. nia apud Iudæos, patet Num. 12. c. & Deut.
Deute.25. 25. vbi traditur. Si quis vxorem fratris sui
defuncti sine liberis sumere noluerit in vxo-
rẽ, mulier illa ad perpetuā ignominiā illius conspuat faciẽ eius. Et quandò aliquis
vult sputa emittere, quærit viliorẽ locū, vbi
non videatur ab alijs. Isti verò impij, ac pro-
caces, in faciẽ Christi (in quā, vt ait Petrus *1.Petr.1.*
desiderant Angeli prospicere) non verebã-
tur conspuere, quasi rei vilissima esset, quā
Dauid, & Moyses, & cæteri Patres desiderauerunt videre. Secundo velauerunt faciẽ
ei⁹, & hoc vt audacius, & inuerecūdius possent eū cædere, & onerare cōtumelijs. Vndè dicunt Euangelistæ: *Percutiebant eū dicẽtes: Prophetiza quis est qui te percussit.* Et tunc
impletū est illud Esa. 53. Abscōditus erat vul- *Esai.53.*
tus eius, & despectus. Vnde nec reputaui-
mus eū. Tertio cædebāt eū colaphis & alapis, id est, manibus apertis, & clausis: quare
necesse erat faciẽ eius reddi liuidā, & tumi-
dā. Quartò vellebant genas, & barbā eius.
Hoc non tradunt Euāgelistæ, sed prædixit
Esai. c. 50. Corpus meū dedi percutientib⁹, *Esai.50.*
& genas meas vellentibus. Subdit Lucas. *Et
alia multa blasphemātes dicebant ei.* Hic sunt
impleta multa vaticinia Prophetarū. Primo,
illud Iob. c. 16. vbi loquens de Christo in per- *Iob.16.*
sona sua, ait: Aperuerunt super me ora sua,
& exprobrātes mihi percusserunt maxillā,
& satiati sunt pœnis meis. Cōclusit me Dñs
apud iniquū: & in manibus impiorū tradi-
dit me. Et Psa. 21. Ego sum vermis, & nō ho- *Psal.21.*
mo: opprobriū hominū, & abiectio plebis. *Thren.3.*
Dabit percutiẽti se maxillā, & saturabitur
opprobrijs. Et Esai. 50. Corpus meum dedi *Esai.50.*
percutiẽtibus, & genas meas vellẽtibus. Faciẽ meā nō auerti ab increpantibus, & cō-
spuentibus in me. Hebræicè ab ignominia, &
sputo. Lactant. lib. 4. instit. c. 14. producit *Lactant.*
multos versus Sybillæ Erithreæ, in quibus il-
la vaticinata est filiū Dei perpessurum hæc
omnia genera cōtumeliarū, quæ narrāt Euāgelistæ. Sed nō est prætereundū, euenisse Iudæis quod Salomon dicit. Si quis iacit lapidem *Eccle.27.*
in altum, & cadit super caput eius. Nā hæc
mala quæ intulerunt Christo, in caput eorū
ceciderūt, & in magnā perniciẽ illis fuerūt.
Nā pro eo quod eī inuerecundè velauerunt faciẽ Christi, velauit Deus mentes eorū, vt legentes Prophetas nō intelligant, nec veritatẽ agnoscant. Vndè. 2. Cor. 3. dicitur: Quid *2.Cor.3.*
vsq; in hodiernū diẽ est velamen positū super eos corū. Et Dauid optat eis hanc vindictā, dicens: Obscurentur oculi eorum ne
videant, & dorsum eorū semper incurua. Et
Esa. 6. Excæca cor populi huius. Pro his autem *Esai.6.*
in quibus afflixerunt Christum, afflixit eos
Deus innumeris calamitatibus, vt sint toti
mundo ludibrio. Vnde Hierem. c. 24. dicitur: *Hierr.24.*
Dabo eos in vexationem, & afflictionem cunctis Gentibus, in opprobrium, & parabolam, &
male-

maledictionem in tincturis Regnis, &c. In his quæ acta sunt in domo Caiphæ, vna fuit negatio Petri, quæ quia multas habet difficultates, peculiariter de ea agendum est.

De negatione Petri.

DE qua duo sunt explicanda. Primò enim declaranda est prædictio futuræ negationis à Christo: tùm ipsamet negatio quomodò facta sit. Circa primum duæ sunt quæstiones. Prima, An Christus semel tantùm prædixerit Petro negationē, an bis, vel ter? Secunda, an Petrus trinā negationē fecerit ante galli cantū, vel post? Causa dubitandi, primò est hæc. Quod quatuor Euangelistæ tam diuersè tradunt prædictionem istā, vt nō videantur posse adaptari ad vnā prædictionē. Hoc patet dupliciter. Primò, quia Lucas, & Ioannes manifestè narrant Christū prædixisse eā, priusquā è domo vbi cœnauerat exiret: Matth. autē, & Marcus narrant esse factā, postquā egressus fuit in montem. Matt. *Et hymno* (inquit) *dicto exierūt in montem Oliueti. Tunc dixit Dominus, Omnes vos scandalizabimini in me in ista nocte.* Et postrò sequitur præsumptio Petri, & prædictio negationis. Deindè quia Ioan. ait Petrū inductum fuisse ad ostendendā suā præsumptionem, ex eo quòd Dominus ei dixerat: Non potes me modò sequi, sequeris autē postea. Lucas autē dixit Petrū ad id inductū, ex eo quòd Christus dixit ei: Simon, ecce Satan expetiuit vos, vt cribraret sicut triticū. Ego autē rogaui pro te, &c. Matth. & Marc. narrant, quia Dominus dixerat: Oēs vos scandalizabimini; ideò Petrū dixisse: Etsi oēs scandalizati fuerint in te, ego verò non scandalizabor. Vnde apparet nō fuisse vnam prædictionem. Propter has rationes D. Aug. lib. 3. de consensu Euang. c. 2. Beda, & D. Th. sup. 26. Matth. dicunt, Petri negationē Christū ter prædixisse. Primò sicut narrat Ioann. Secundò, sicut narrat Lucas. Tertiò, sicut Matt. & Mar. Quare illæ quas narrant Lucas, & Ioan. factæ sunt prius quā Christus exiret de domo: tertia verò Matt. & Mar. post egressum ad montē Oliuarū. At verò moderni, inter quos Iansenius, probabiliter putant fuisse vnā tantū prædictionē. Quod probatur vno argumento. Nā incredibile videtur tantā fuisse præsumptionē Petri, vt cū fuisset bis iā reprehēsus à Christo, & monitus de sua negatione, nihilominus tamē etiam tertiò monitus auderet præsumere; ergo. Et hanc vnā factā dicunt postquā exiret è domo. Et Matt. & Mar. narrare eā post egressum per recapitulationē, nō seruato ordine historiæ. Illud aūt, Tunc Matt. apud ipsum frequenter, nō significat immediatā cōnexionē dicendorū cū ante dictis; sed simpliciter, vt si diceret, In illo tēpore, vel in illa nocte Cœnæ dixit hoc Dñs Petro. Licet Aug. opinio magis probetur. Circa secundā quæstionē sciendū est, quinq; modos esse eā solutā. Prima solutio est Caiet. sup. 14. c. Mar. Christum primò dixisse id quod ait Mar. scilicet, Petrū ipsum negaturū ter antè quā gallus bis cātaret, sed cū Petrus pergeret iactare suā fortitudinē. Secūda, Petro denūciasse per omnia, Ante primū cantum galli ter me negabis, sicut alij tres Euangelistæ habent. Quā solutionē manifestè redarguit narratio Mar. quippè qui expressè narrat primā negationē esse factā ante primū galli cantū, secundā aūt. & tertiā post primū cantū, & ante secundū. D. Aug. lib. 3. de cōsen. Euāg. c. 2. duos inuenit modos dicēdi. Primò, inquit, illud quod dixit Chrs secundū tres Euāgelistas. Priusquā gallus cātet ter me negabis; habet hunc sensum. Ante galli cantū in tantā perturbationē incides, vt propter illā, deinde me sis negaturus. Vnde illud, negabis, nō significat executionē negationis, sed præparationē animi ad negandum. Quę solutio mihi nō placet: quia nimis durā interpretationē habet. Negabis me, id est, eris præparatus ad me negandū. Secundus modus dicendi Aug. est, Quòd prima negatio cœpta est ante primū galli cantū, sed cōsūmata est ante secundū. Tō si trina Petri negatio fuisset cōtinua, sustineri forsan posset hæc solutio, sed fuit interpolata, & inter secundā & tertiā intercessit spatiū vnius horæ, vt tradit Luc. Deindè quia oēs Euāgelistæ, ita narrāt tres negationes, vt clarè ostēdant eas oēs esse cōsumatas ante galli cātū. Quarta solutio est Chrys. hom. 86. in Matt. Euthy. sup. Mat. et Dion. Cart. Isti dicūt, gallū in vna voce qua cantat edere multas voces, aut sonos, bis enim, aut ter cantat vel sæpius. Ergo tres Euangelistæ per cantū galli intellexerunt totā illā vicē cātandi. Mar. distinxit varios cātus in eadē vice. Hæc solutio est probabilis & vera, quia nihil habet cōtra cōmunem. Quinta est Aselij, & Iansf. & admodum probabilis. Isti distingūt duplicem cātum galli. Primum circa mediā noctem, posteriorem ante lucem in quarta vigilia, quæ appellatur gallicinium. Huius duplicis cātus meminit Iuuenal. satyr. 9. illius autem secūdi meminit Ecclesia, in hymno ad Laudes Dñicæ, & ad Laudes feriæ tertia

Augustin. Beda. D. Thom. Iansen. Caietan. Augustin. Chrysost. Euthym. Dionys. Asel. Iansen. Iuuenal.

Plin. tiæ (A les dici nuncius) de hoc Plin. lib. 10. c. 21. Ita scribit. Galli nostri sunt vigiliæ nocturnę, quos excitādis in opera mortalibus, rūpendoq; somno natura genuit. Igitur tres Euāgelistę dicētes Petrū negaturū antē galli cātū, intellexerunt antē galli cantū antelucanū qui propè manè fit. Voluerūt enim nominare istū, tanquā notiorē, & magis obseruatū ab hominibus, per quē excitantur à somno ad opus. Marcus verò volens distinctè docere ordinē temporis, quo factæ sunt negationes, ait, primā factā ante primū cātū mediæ noctis, duas posteriores ante secūdū cantū antelucanū. Quod aūt dicit Marcus. Priusquā gallus bis vocē dederit, intelligere oportet duas vices cantandi in diuersis tēporibus, circa mediā noctē, & circa lucem: alioquin in vna vice plures voces edit gallus. Hęc de prædictionibus negationis.

Sed modò agendū est de ipsa Petri negatione. Circa quā prima quæstio erit de diuersitate quę videtur esse apud Euāgelistas in enarrādis tribus negationibus Petri. Triplex enim diuersitas circa hāc rē inuenitur in eis. Prima est in ordine tēporis. Nā Ioan. inter primā, & duas alias negationes interponit multa alia acta: cæteri Euangelistæ continuè, & sine interruptione narrant oēs has negationes. Rursus Matt. & Marc. dicūt factas post testimonia producta cōtra Christū, post interrogationē, & adiurationē Pontificis, post responsum Christi, postquā crudeliter tractatus est à toto cōcilio. Lucas verò narrat illas ante hęc. Secunda diuersitas est in hoc, quod Ioan. primā indicat esse factā in domo Annæ, alias verò duas in domo Cayphæ, cæteri Euangelistæ apertè dicunt oēs tres esse factas in domo Cayphę. Tertia diuersitas in modo narrandi quālibet negationem, qui ità diuersus est apud vnūquemque, vt non eandē, sed diuersam negationē narrare videantur. Verùm vt dissecidē ostendamus nullā esse discrepantiā inter Euangelistas, sed ex variatione omniū cōstare vnā integrā, & perfectā narrationē. Primò notandum, has negationes factas in domo Cayphæ, vt docent tres Euangelistæ (nā Pontificē in eadem domo Ioānes dicit factā fuisse primā negationē, non fuisse Annā, sed Caypham ostendimus supra.) Secūdò, not. quod Euāgelistæ semper eandē rē diuersis verbis narrāt nec est discrepantia in re, & aliqui eandē rē vberiùs & explicatiùs, alij breuiùs & inuoluriùs, aliqui omittunt vnā circumstantiam, alij tradunt, & tū multa cōueniunt ad quā-libet negationem, vnus Euangelista tangit vnū, alius aliud, & alius aliud. Tertiò not. Euangelistas posteriora narrare priùs per anticipationē, priora narrare posteriùs per recapitulationē, & frequenter abuti plurali pro singulari, & è contra. Et aliquando vnū Euangelistā dicere, vnūaliquem dixisse, vel fecisse aliquid, alios verò dixisse multos: quia vnus fuit primus & principalis, qui mouit alios ad dicendum, & faciendum.

Prima negatio Petri.

CIRCA quā primò oēs Euangelistæ dicunt Petrū fuisse in atrio Pontificis cū ministris ad ignē. Lucas dicit, in medio atrij. Matt. foris in atrio. Mar. in atrio deorsum. Nam in atrio Pontificis primò erat ianua & ingressus palatij, pòst erat vestibulū, post quod atriū, deinde erat domus interior, & superior, vbi erat Christus & cōciliū Iudęorū. Vnde atriū illud vbi erat Petrus, erat foris respectu domus interioris, & deorsum respectu superioris domus. Mar. dicit Petrū sedisse. Lucas Petrū in medio ministrorū calefacientiū se describit. Ioan. stantem cū eis ad prunas, cū alijs ministris ponit. Sed forsitan ita. Nā alternis vicibus sedebat & stabat, vt facere solent qui sedēt ad ignē, nisi forte apud Ioannē, stare, nō significat rectū corporis habitū, sed esse. Secundò, oēs dicunt primā negationē habuisse ortū, & occasionem ab ancilla, seu, vt est Græcè, puella: hanc Ioā. dicit fuisse ostiariā. Marc. ancillā Pōtificis, hæc accessit vbi erat Petrus; & secundùm Mar. & Luc. intuita est eū, & primò secūdū Lucā dixit ministris, Et hic ex illis est: deinde conuersa ad Petrū dixit quod habet Ioā. Nunquid tu ex discipulis es hominis istius? Et postea cū forte Petrus negasset, dixit asseueranter, Et tu cū Iesu Nazareno eras, vt Marcus, nā Galilæo erat, vt Matthæus. Tūc Petrus, secundū Ioan. respondit, Nō sum: secundū Lucā, Non noui hominem: secundū Marcū, Nec scio, nec noui quid dicas. Post hæc addit Matthæus Petrum exiisse portā; nō palatij, sed atrij, in quo erat: nā ex atrio egressus est in vestibulum, & hoc patet ex text. Græco apud Matt. (ἐξῆλθεν) exiuit in vestibulum, & Marcus habet, Exiuit foras ante atrium. Exiuit autem percussus metu propter verba ancillæ, subduxit se ex consortio illorum, non est tamen ausus prorsus abire, quod si fecisset, non incidisset in duas alias negationes: veritus enim est ne mini-

ministri propter digressum eius confirmarentur in eo quod dixerat ancilla, & persequerentur illum. Quare simulato metu, redijt se ad consessum ministrorum. Solus Marc. ait, Cùm Petrus exisset cantasse gallum, qui fuit prior galli cantus à solo Marco descriptus, ante quẽ facta est prima negatio, paulò post mediam noctem. Secunda negatio. Lucas ait. Post pusillũ, id est, paulò post primam negationem. Quantum autem interuallũ fuerit, nescitur: quia nullus Euangelista expressit. Secundum Marcũ, vetus ancilla quam Matth. ait fuisse aliam à priori, quæ dixit adstantibus Et hic ex illis est. Cuius verbis, secundùm Lucã, motus quidam ex adstantibus dixit Petro: Tu ex illis es. Ioann. autẽ ait hoc dixisse adstantes, in plurali, nec est vlla in hoc cõtradictio. Nam vel Ioann. posuit plurale pro singulari, vel primò adstantes interrogauerunt Nunquid tu ex illis es? deinde quidam asseueranter dixit: Tu ex illis eras; secundùm Marcum. Et ille iterum negauit secundùm Ioann. Non sum: secundùm Lucam, O homo, non noui illum: secundùm Matth. At ille cum iuramento dixit, Quia non noui hominem istum. Itaque hæc secunda negatio fuit cum periurio.

Tertiam negationem Matt. & Marc. dicũt factam fuisse post pusillũ à prima: quãtum fuerit hoc pusillum, declarat hic dicẽs, fuisse spatium vnius horæ. Tunc circumstãtes dixerunt Petro: Et tu cum illo eras: nã & Galilæus es. Vel vt Matth. Nam & loquela tua te manifestum facit. Nã licet Galilæi, & Hierosolymitani vterentur eadẽ lingua, dignoscebantur tamen ex pronunciatione, vt [illegible] fit. Sic Iudic. cap. 12. Ephratæi ex pronuntiatione dignoscebantur. Lucas ait, hoc idem dixisse quendam, in singulari. Quare vel dicendum est illos posuisse pluralem pro singulari, vel Lucam hũc nominasse, quia hic vehementius vrgebat Petrũ. Cùm autẽ Petrus negaret, vnus, sicut habet Ioan. quidam seruus Pontificis cognatus Malchi dixit illi. Nonne ego te vidi in horto cũ illo? Petrus verò (qui iam conuictus tanto testimonio tenebatur, nõ poterat negare se fuisse in horto, & dicebatur iniuriã fecisse ministro Põtificis) cœpit exaggerare negationẽ. Verbi secundũ Matt. cœpit detestari, vel secundũ Marc. & anathematizare, & iurare, quia nõ noui hominẽ. Isto enim iuramento execratorio asseruit, & cõfirmauit se non nouisse illũ. Dicebat enim: Affligat me Deus innumeris malis, sim ego cũctis detestabilis, & execrabilis, & anathema, eripiat mihi Deus vitã, detrudat in infernũ, si ego noui illũ. Et adhuc eo loquẽte, inquit Lucas, conuersus Christus respexit Petrũ, & gallus cantauit, nẽpè posteriori tẽpore, paulò ante lucẽ, de quo loquũtur tres Euangelistæ. Marc. dixit, Et iterũ gallus cãtauit, & recordatus est Petrus (dicunt hi tres præter Ioannem) verbi quod dixerat ei Iesus: Antequã gallus cãtet ter me negabis. Dicit Marc. Et cœpit flere. Matth. & Luc. Et egressus foras fleuit amarè. Hoc fecit respectus Christi, vt recordaretur verbi quod dixerat ei Iesus, & vt egrederetur foras, & fleret amarè. Hic est vnus modus conciliandi Euãgelistas. Alter modus est: Cum dicitur Petrum negasse ter Christum, non est intelligendum tantùm tres negationes expressisse, sed intelligendum est tribus vicibus, per diuersa interualla temporis eũ negasse. Potuit autem contingere, vt in qualibet vice sæpius eandem negationem exprimeret, prout ab vno, vel pluribus ei instigabatur quòd esset discipulus Christi. Quare Euangelistæ varios modos, quibus Petrus singulas negationes expresserit, alij alios cõmemorantes, variè scripserunt historiam negationũ. Notandũ est, quòd fuerit triplex præsumptio Petri. Prima quãdo dixit. Animã meã pro te ponã. Secunda cùm dixit: Et si omnes scandalizati fuerint, ego nũquam scandalizabor. Tertia. Etsi oportuerit me simul cõmori tecũ, non te negabo. Hinc natũ est triplex crimẽ Petri. Primò simplex negatio Christi: deinde negatio cũ periurio. Tertiò negatio cũ periurio & execratione. Verũ hoc triplex crimẽ fuit postea purgatũ, per trinam amoris erga Dñm confessionem, Quòd Aug. tract. 123. in Ioannẽ bene exposuit. Reddatur negationi trinæ trina confessio; ne minus amori seruiat lingua, quã timori, & plus vocis elicuisse videatur mors imminens, quã vita præsens vt sit pastoris officium pascere Dominicũ gregẽ, si fuit timoris indicium negare pastorem.

Secunda quæstio est, Cur Dominus permiserit tantũ Apostolũ, qui futurus erat Ecclesiæ caput, in tam grande, & execrandũ crimen cadere. Varias reddunt causas Patres huius permissionis: maximè verò Chrysost. hom. 83. in Matt. Aug. serm. 124. de tempore. Cyrillus, lib. 11. in Ioan. c. 3. Leo Papa, serm. 9. de Passione, Caietan: super cap. 26. Matt. Sunt autẽ tres causæ. Prima Cyrillus

August.

Chrysost. August. Leo. Caietan. Cyrill.

voluit Christus ostēdere Petro, qui erat feruentior, & fortior cæteris, quales essent discipuli ante missionē Spiritus sancti, quā infirmi, & imperfecti, & quales fuerint post Spiritū sanctū missum, quā fortes, & quā constantes. Nā Petrus qui vnius ancillæ voce perterritus negauit Dñm; postea totius cōcilij minis nō potuit prohiberi, nè publicè prædicaret Christū. Secunda est Chrys. *Chrysost.* Voluit Christus per humilitatē huius lapsus sanare superbiā, quæ erat in Petro. Fuerat autē triplex superbia. Primò, noluerat credere Christo prędicenti casum ipsius. Secundò, præposuit se omnib⁹ alijs, dicēdo. Et si oēs scandalizati fuerint, &c. cōfidit suis virib⁹, & nō gratiæ Christi. Debuisset enim dicere Petrus: Dñe ego desidero mori priusquā te negē, & paratus sum; sed quia noui meā fragilitatē, obsecro adiuua me. *August. Leo Papa.* Aug. & Leo Papa alias duas adhibēt ratiōes. Prima, Petr⁹ futurus pastor totius Ecclesię; data erat illi facultas ligādi & absoluēdi peccatores, & senex; permisit Christus vt laberetur in hoc peccatū fragilitatis: vt sciret deindè ignoscere subditis, & ex ijs quæ passus erat, disceret cōpati infirmitatibus subditorū. Quartò voluit docere Dñs quā nihil possit homo sine speciali gratia eius: & ideò semper debere hāc implorare, & cognoscere quod dixerat eis. *Ioan. 15. Caietan.* Sine me nihil potestis facere. Caiet. Considera extrema, vir iuste. Petrus testimonio Christi mundus erat, ob idq; charitatē habebat, Sacramentum corporis & sanguinis Christi dignè acceperat, præmonitus fuerat à Christo futuræ suæ tētationis, fortior erat cæteris discipulis, ac ardentior, verè parat⁹ erat tunc mori pro Christo; hic tamē vnius puellæ voce negat, peierat, anathematizat Christū. Cur hoc? Primū, vt appareret, quod nō sufficit habitū habere gratiæ, sed quod continuò indigemus auxilio Dei speciali, quo quia Petrus hic caruit sibi derelictus, ideò peccauit, sicut & Moysi, & Dauid contigit: Iustè autē est sibi derelictus, propter præcedentē sui præsumptionē, & superbiā. Secūda causa, vt esset in Ecclesia insigne exēplū & timoris, & spei. Met⁹ viris iustis, ne sibi fiderēt, sed timerent lapsum; spei, vt si cadant sperent redire in gratiā, sicut Petrus cecidit & surrexit.

Tertia quæstio est. Quale fuerit peccatū Petri. & habet quinque dubitationes. Prima, An Petrus sit verè mentitus. *Hilar. Ambros.* Hilar. Can. 32. & 33. in Matth. & Ambr. lib. 10 Cōmen. in Luc. significant Petrū non fuisse mentitū, & verba eius continere sensum pium, nō falsū, sed ambiguū. Cū enim dixit, Non noui illū, voluit significare Christū, qui erat fili⁹ Dei, esse incōprehensibilē; Nā Christus dixit, Nemo nouit filiū nisi Pater. Ita dicēdo, nō cognosco hominē, significaret, nō cognosco illū tanquā purū hominē, sed Deū & hominem. Hæc autem magis sunt pia quā vera. *Hieron. August.* Hieron. sup. 26. Matt. & epist. 49. & August. tract. 66. in Ioan. valdè reprobauit istā opinionē. Vbi ait Hieron. Isti dū pij esse volūt erga Petrū, impij sunt aduersus Christū; nā dū excusare volunt Petrū à mendacio, Christū inficiunt esse mendacē. Si enim Petrus nō est mētitus, ergo Christus mētitus est, qui dixit ei. Ter me negabis. Forte Hila. & Amb. piè affectu voluerunt dicere, responsum Petri ita fuisse tēperatum, vt posset bonū recipere sensum. Secunda dubitatio est, An mentitus fuerit timore mortis, vel ex amore Christi. *Cyrill.* Cyril. lib. 11. in Ioan. c. 41. ait Petrū mentitū esse ex amore Christi. Videre enim volebat Christū, & ab eo nō separari, quod non poterat obtinere si esset agnitus discipulus eius. Quare mētitus est se esse discipulū eius, vt posset videre Christū. *D. Thom.* Quam sententiā D. Th. sup. 18. c. Ioā. lect. 3. appellat inanē quandā pietatē. Certè nō est vllo modo probabilis, nā & narratio Euāgelistarū ostēdit Petrū ex timore negasse Christū, & cōcorditer id tradunt Patres, & Christus hoc docet apertè, nēpè Petrū non negasse quia amaret Christū, sed vt fugeret mortē. Quia Christus dixit illi: Animā tuā pro me pones? dico tibi, quia ter me negabis. Tertia dubitatio est, An negatio Petri fuerit peccatū mortale? Et videtur quòd non. *Bernard.* Nā Bernar. vt eū citat D. Tho. sup. 16. c. Matt. ait in Petro charitatē nō extinctā, sed sopitā, cum negauit Christū. Simile dicit Leo serm. 4. de passio. Dñi. Non fuit in Petro fides ficta, nec charitas euersa, sed constātia turbata. Respondetur tamen procul dubio peccasse mortaliter: quia dixit mendacium perniciosum, & fuit negatio fidei, loco & tēpore quo tenebatur cōfiteri. Adhibuit periuriū, vsus est iuramēto execratorio. *Leo.* Quare modestè interpretādi sunt Bern. & Leo Pa. volunt enim significare, Petrū, nō ex malitia, sed ex infirmitate peccasse, & quia statim resipuit, & mox rediit ad gratiā; dixit Bern. quod charitas fuit in eo sopita. Leo verò dicens, quod nō fuit euersa charitas, non loquitur de charitate infusa, hāc enim procul dubio amisit, sed de affectu beneuolentiæ erga

Christum,

Christum. Itaq; vult dicere: Cùm Petrus negauit Christum, non peccauit ex odio in Christum; adhuc enim humana amicitia eum amabat. Quarta dubitatio est, Quantũ fuit peccatũ Petri, graue an leue? Chrys. hom. 83. in Matt. ait, fuisse atrocissimũ crimen: contrà vero Aug. serm. 124. ait fuisse leue & exiguũ. Possunt tamen reconciliari inter se, si consideremus peccatũ Petri æstimari quinq; modis. Tribus prioribus consideratum est grauissimum, duobus posterioribus est leue. Primò obiectiuè, id est, ratione eius cõtra quẽ peccauit. Is fuit Christus, qui dixit, Qui me negauerit corã hominib[9], negabo ego eũ corã Patre meo. Secũdò formaliter ex propria specie fuit grauissimũ etiã: quia fuit negatio fidei, periuriũ, & iuramentum execratoriũ. Tertiò, ratione personæ negãtis etiã fuit grauissimũ. Tria enim erant quæ peccatũ Petri valdè aggrauabant. Primò ingratitudo: quia negauit eum, à quo tantoperè dilectus & honoratus fuerat. Secundò infidelitas: quia ter promiserat Christo se non negaturũ eum, & tamẽ negauit. Tertiò ratione scãdali: quia ipse fuerat coniunctior Christo, & erat caput aliorũ, & fortior cæteris, negãdo Christũ maius scandalum exhibuit. Duobus autem modis fuit leue. Primò effectiuè, id est, ratione ei[9] vnde prouenerat, scilicet, ex passione, & ex vehementi timore, & ex fragilitate. Secundò fuit leue ratione moræ quã fecit in peccato; statim enim resipuit, & pœnituit.

Quinta dubitatio est, An Petrus negãdo Christũ perdiderit fidẽ. Nã quidam Patres dicunt eũ defecisse in fide. Respondemus, Si loquamur propriè de fide per quam credimus, quæ credenda sunt, corde Petrus non perdidit fidem; non enim credebat verum esse ꝙ ore proferebat, negabat enim ore, sed non corde. Dicitur autẽ perdidisse fidẽ quatuor modis. Primò perdidit fidẽ viuam, quia perdidit charitatẽ, sine qua fides mortua est. Secundò, fidẽ non quoad actũ interiorẽ, sed quoad exteriorẽ: quia non est cõfessus Christũ, iuxtã illud Pauli: Corde creditur ad iustitiã, ore autẽ cõfessio fit ad salutẽ. Tertiò, fidẽ, id est, fidelitatẽ: quia nõ fuit fidelis magistro. Quartò, fidẽ perdidit quoad æstimationẽ aliorũ, & ratione scãdali.

Vltima quæstio est de cõuersione & pœnitentia Petri. Soluit Lucas aperit causam cõuersionis & pœnitentiæ Petri, cũ dixit, *& conuersus Dñs respexit Petrũ.* Hæc tria permanserunt. Primò Petrus recordatus est verbo-rũ Dñi. Secundò egressus est foras. Tertiò fleuit amarè peccatum suũ. Vnde duo colligimus. Primũ cõtra hæreticos Nouatianos dicentes, peccantibus post baptismũ nõ esse locũ pœnitentiæ. Ecce Petrus baptizatus peccauit, & impetrauit gratiã per pœnitentiã. Secundũ contra hæreticos nostri tẽporis, qui dicunt pœnitentiã nõ esse agendã cũ mœrore, sed cũ gaudio. Notat Chrys. hom. 1. & 4. de pœnitentia, tantã esse vim pœnitentiæ, vt per eã possit peccator resurgere, nõ solũ ad parẽ gratiã, sed etiã ad ampliorẽ; & probat exẽplo Petri. Duæ sunt adhuc dubitationes. Prima, quomodò verũ est ꝙ ait Lucas, Cõuersus Dñs respexit Petrũ. Nam Petrus erat inferius in atrio, Dñs vero tunc erat intra palatiũ superi[9]; quomodò potuit inde videre eũ? Quare est cõmunis opinio, istã inspectionem Christi fuisse spiritualẽ. Sic Aug. li. de gratia contra Pelagiũ, c. 44. & 45. Et est sensus; Dñs qui Petrũ sibi ipsi reliquerat, auxilio suo ipsum erexit. Potest tamẽ dici fuisse corporalẽ inspectionẽ. Nã vltima negatio Petri fuit circa lucẽ; potuit ergo tunc fieri, vt dimisso cõcilio Christus deduceretur deorsum, & transiens per atriũ respexit Petrũ. Secunda dubitatio, intelligendo de inspectione spirituali. Quid sibi vult respectus, & cõuersio Christi? Cõuersio Christi nõ fuit aliud, quàm collatio spiritualis auxilij, quo Petrũ moueret ad pœnitentiã; sicuti auersio Christi à Petro, nõ fuit aliud quã permissio, vt ille caderet in negatione. Cõuersio Christi est efficax voluntas Christi dãdi Petro auxilium, vt resurgeret: respectus fuit auxiliũ ꝙ dedit Petro. *Respexit Petrũ*, hoc est, mentẽ, volũtatẽ, & memoriam reduxit ad hoc, vt recordaretur prædictionis suæ, & præsumptionis ipsius. Intellectũ, quia fecit, vt cõsideraret grauitatẽ peccati sui; voluntatẽ mouit ad maximũ dolorẽ. Et dicit Mar. *cœpit flere.* Verbũ Græcũ ꝙ hic est, ambiguũ, ait Theophil. est. Nã potest significare erũpere, & cũ impetu incipere. Et erit sensus. Petrus magno impetu erupit in lacrymas. Secundò, ait Theophil. Epibalõ (hæc est enim dictio quæ in Græco est) significat velamẽ iniicere. Et significat, Petrũ misisse pallium in faciẽ suã, & abscondisse præ nimio dolore. Hæc triplex negatio Petri adũbrauit triplicẽ negationẽ Christi in Ecclesia ab infidelibus factam; propter quã Ecclesia valde vexata est diuersis temporibus. Prima fuit Iudæorũ, qui negauerunt Christum fuisse Messiam. Secunda fuit Pa-

Chrysost. | hom. 83.
August. | serm. 124.
Luc. 12. | Qui me negauerit
Rom. 10. | Corde creditur
Luca 22. | Vltima quæstio
D. Chrys. | Notat Chrys.
August. | Sic Aug.
Theophil. | ait Theophil.

ganorum qui negauerant Christum fuisse Deum, & Saluatorem mundi. Tertia hæreticorũ, qui tripliciter negauerant Christũ. Quidam negauerant ipsum esse Deũ, vt Arriani, quidam esse verum hominem, vt Manichæi, & Valentiniani; quidam esse verum Deum, & hominem, vt Nestoriani, & Euthychiani. Negatur etiam corde, ore, & opere. Triplex occasio est negandi Christum. Concupiscentia carnis, concupiscentia oculorum, & superbia vitæ. Moralem sensum sequẽdo debemus excutere capita. Primò, initium negationũ Petri fuit à muliere. Secundo, Petrus non negasset Christum nisi in societate malorũ. Tertio, negauit nocte, dũ erat frigus, & dum sederet ad ignem Iudæorum. Nimirum quia omnis peccans est ignorãs, & quia vbi refrigescit charitas abundat iniquitas, & quia qui sequitur concupiscentiã huius mundi non potest nõ negare Christum. Quarto, primus galli cantus non profuit Petro ad resipiscentiam, nec profuisset secũdus, nisi, vt ait Lucas, Christus cõuersus
Simile. respexisset eũ. Sicut enim ad aspectum solis mollitur gelu, & eliquatur ab eo: sic ad aspectum Christi peccantium gelata corda soluuntur in lacrymas, & in dolorem pœnitentiæ. Vltimò pœnitentia Petri tria obtinuit, recordationem verborũ Christi, egressum foras, & fletum amarũ. Talis debet esse
Esa. 38. pœnitentia, iuxta illud Ezechiel. Recogitabo tibi omnes annos meos, in amaritudine animæ meæ.

De Pœnitentia, & morte Iudæ.

SOLVS Matth. narrat, postquã Dñs noster decreto Pontificũ, & totius populi Iudæorũ fuerat adiudicatus morti, & deferebatur ad Pilatum, vt ferret in eum sententiã ad mortẽ, cũ cognouisset Iudas Christum condemnatum ad mortem: *pœnitentia ductus retulit triginta argẽteos Principibus sacerdotum, & senioribus, & dixit: Peccaui tradens sanguinẽ iustũ. At illi: Quid ad nos, tu videris. at ille proiectis argẽteis in tẽplo abijt, & laqueo se suspendit.* Circa hoc est prima dubitatio, vnde acciderit Iudæ pœnitentia. Respõdetur, tres potuisse causas fuisse illius pœnitentiæ. Primò potuit proficisci ex cõscientia ipsius Iudæ. Nã vbi refugit ab eo cupiditas auaritiæ, qua fuerat obcæcatus, cœpit secum cogitare patratũ facinus quale fuerit. Et verisimile est eũ repensasse hæc. Primò sanctitatem & magnificẽtiã Christi, incõparabilem eius humilitatem, mansuetudinem, & charitatẽ, quas benè expertus erat. Deinde beneficia quæ illi priuatim, & ea quæ publicè cõtulerat hominibus. Tertiò innumera quæ viderat miranda miracula. Quartò cœlestem quã prædicauerat doctrinã. Quintò, quòd beneficus fuerat erga ipsum, etiã vsq; ad illud tempus quo illũ prodiderat. Nam recordabatur se fuisse electũ Apostolũ, procuratorem totius familiæ Christi, accepisse ab illo potestatem faciendi miracula, lauisse pedes, dedisse corpus & sanguinẽ in Sacramento, etiã cũ proderetur, accepisse osculũ, & blandè eum salutasse. Et ex altera parte cogitabat pœnã quã promeruerat, & veniebat ei in mentẽ id quod dixerat Christus: Bonũ erat ei si natus non fuisset homo ille. Ex hac pœnitentia Iudæ colligunt quidam, nõ fuisse animũ, nec opinionem Iudæ Christũ occisum iri, nec voluit, nec putabit, cùm eũ vendidit; sed putauit ipsum incarcerãdum, vel afficiendũ aliqua pœna, vel certè quod Christus solo verbo placaret Iudæos, sicut alias fecit, vel euasurum ẽ manibus eorũ. Alterã causã pœnitentiæ, dicunt aliqui, potius fuisse diabolũ, qui solet in peccãdo excæcare homines, & extenuare peccata; post peccatũ autẽ aperire oculos, & amplificare delictũ, adimere spẽ veniæ, & obruere hominẽ tristitia & desperatione. Tertia causa pœnitentiæ potuit esse Deus, qui iniecit hãc in animo Iudæ pœnitentiã non profuturã ei, sed tandẽ ad testimoniũ innocentiæ Christi. Nã Iudæi habebant aliquẽ prætextum necis Christi, nimirum quia Iudas intimus Christi discipulus eum tradiderat, tanquam execratus eius vitam & mores. Voluit ergò Deus, vt hic prætextus tolleretur, & ipsemet Iudas palã confiteretur se peccasse, & Christum esse innocentẽ, & iustum: & fortè tres oẽs causæ cõcurrũt. Secunda dubitatio est, Qualis fuit pœnitentia Iudæ. Respondetur; Si spectemus rem ipsam, fuit integra: quia habuit oẽs tres partes, contritionẽ: quia, vt ait Matthæ. ductus est pœnitentia, & quia præ nimio dolore seipsum suspẽdit. Deinde cõfessionẽ: quia dixit, Peccaui: tertiò satisfactionẽ: nã restituit pecuniã. Re vera tã non solũ fuit pœnitentia inefficax & infructuosa; sed fuit deterior ipso peccato quòd admisserat:
Leo Papa. nã caruit vera fide. Ait Leo serm. 1. & 5. de Passione Domini, Iudam non credidisse Christum fuisse Deum, sed tantum hominẽ iustũ. Caruit spe: quia desperauit veniã, & diffidẽs fuit de misericordia Dei. Fuit sinè chari-

[illegible] quia licet oderat peccatū; nō tamen caruit charitate, vt offensū Dei, non enim propter illud se interemisset, quam erat maior offensa. *Psal. 108.* Itaque rectè Psal. 108. de illo dicitur: Fiat oratio eius in scandalū, id est, poenitentia eius in peccatum. In quo triginta (vt ait *Rupertus.* Rupertus) maledictiones Iudae describuntur. Figura huius fuit poenitentia Cain, qui occidit fratrem, & dixit: Maior est iniquitas mea, &c. Talem poenitentiā agunt damnati in *Gen. 4.* inferno, quae describitur Sapien. 5. ¶ Tertia quaestio, Quantū fuerit illud pretiū triginta argenteorum. In Scriptura reperimus haec duo nomina, argenteū, & siclū, & significant numisma aequalis pretij. Siclus valebat semiunciā argēti, hoc est, quatuor drachmas, paulò amplius quā quatuor Iulios: ergo triginta argentei erant centū viginti Iulij. Ex quo licet refellere tres illas opiniones. *Lyra.* Prima Lyrae qui sup. 26. c. Matt. dicit vnum argenteū valuisse decē denarios, & triginta argenteos trecentos denarios, tanti namque vnguentū valuit Magdalenae. Voluit enim Iudas damnum illius vnguenti venditione Christi resarcire. Altera opinio est *Rupertus* Ruperti sup. 26. c. Matt. dicentis, argenteum valuisse vnum denarium, id est, iuliū. Iudas solebat decimare omnia quae afferebantur ei in vsum Christi: & quia vnguentū Magdalenae valebat trecentos denarios, cuius pretij decima sunt triginta denarij; ideò voluit Christū vēdere triginta denarijs. Tertia est dicentiū, quoniā Ioseph venditio fuit figura venditionis Christi: quia Christus dicitur venditus triginta argenteis, dicunt etiā Ioseph fuisse vēditū triginta argenteis. Et certè ita habent quidā codices Gen. 37. Septuaginta habēt viginti aureos. *Ambros.* Amb. li. de Ioseph Patriarcha, c. 3. ait illo loco variari codices. Quosdā habere viginti aureos, alios viginti quinque, alios triginta argenteos; tamen libri Hebraici ōes, Chaldaica paraphrasis, emēdatissimique quique Latini codices habent Ioseph venditū viginti argenteis, & ita fuisse, *Hieron.* ait Hieron. quaest. super Gen. & super 20. c. Matt. hoc est, tertia parte minus quā Christus. *Ioseph.* Iosephus lib. 2. Antiq. ait fuisse venditū Ioseph viginti minis, vna autē mina pendebat sexaginta siclos, vt tradit Ezechiel. Quare viginti minae faciebant quadringentos & octoginta aureos. Quod aut est error librarij, aut mentitur Iosephus ad cōmendationē Patriarchae. Quarta dubitatio est, an Iudas mortuus fuerit ante passionē Christi. *Leo.* Leo serm. 2. & 3. de Passione, ait fuisse mortuū ante mortē Christi, & hoc videtur indicare ratio. Matth. quippe ait Iudā statim, atque cognouit Christum esse cōdemnatum à Iudaeis retulisse argēteos & suspēdisse se. Et haec est sententia cōmunis, & mihi probatur. In lib. 2. quaest. noui & vet. Test. qui sub nomine Aug. fertur, q. 49. traditur Iudā nō fuisse mortuū, nisi post mortē Christi, & colligit post mortem Christi Iudā mortuū, ex hoc quod Matt. narrat Iudā retulisse triginta argenteos in templū ad Principes sacerdotum, & seniores: sed illo die quo Christus crucifixus est, Principes duxerūt Christum ad Pilatum, & adstiterunt condemnationi eius, & nō dimiserunt, donec mortuus est: ergo non erant in templo tunc. In qua sententia videtur fuisse Euthym. & Theoph. *Euthym.* Respondetur ergo ad argumentū primū, authorem illius libri nō fuit August. vt patet, quia plurimas sententias falsas continet. Ad rationem dico, non valere: quia erant multi Principes sacerdotū, & seniores, ex quibus quidā adstiterunt condemnationi Christi; alij remanserunt in templo. Quod cōstat maximè quia erat primus dies Azimorū; nō ergo est credibile, quod illo mane esset templum absque sacerdotibus. ¶ Quinta quaestio est, Quo genere mortis Iudas interierit. Matth. ait. Abijt, & laqueo se suspendit, quo significatur eū periisse suspēdio. Luc. Act. 1. planè narrat de eius morte, nam loquit. *Act. 1.* Et suspensus crepuit medius, & diffusa sunt omnia viscera eius. Terribili ergo morte perijt: sed illud quod sequitur, Crepuit medi9, & diffusa sunt eius viscera, affert nonnullis difficultatem, quomodò suspensus crepuit. Quare duobus modis hoc intelligitur. Vel vt primò sit suspensus & mortuus, deinde fracto laqueo procidit pronus, & pōdere corporis ramus illius arboris, seu ligni fuerit fractus, & sic crepuerit. Secundo modo, quod etiā pendens crepuerit hac ratione, spiritus eius qui detinebatur in corpore procluso hostio, ex vi illa quaerens exitum crepuerit: vt euenire solet in terraemotu. Nam spiritus profusus intra viscera terrae, cū habet exitum prohibitum, vi prorūpere nititur, & terram tremere facit. Cōmunis ergo sententia est, quod obierit suspendio. *Theophil. Euthym.* Theoph. & Euthy. super 27. c. Matth. dicunt non perijsse illū ex suspendio, sed superuixisse posteà aliquanto tempore, Deo permittēte, vel vt haberet spatium poenitentiae, vel ad maiorem eius cruciatum, confusionem & opprobriū, vel in exemplum aliorum: tandem tamen fuit hydropisi correptus, & adeò intumuisse, vt se non posset mouere. Cumq; semel vehementer curru, pronus cecidit è curru, & tunc crepuit medius. Oecumenius super cap. primũ Actorum cõmemorat antiquam traditionem, Iudam post suspensionem vixisse. *Oecumen.* Nam cùm esset suspensus, vel fractus est ramus, vel cognitus à prætereuntibus antequã suffocaretur fuit depositus, sed postea grauissimis morbis affectus est, ita vt ex toto corpore scaturiret fœdissima sanies, & vermes ebullirent, & adeò inflatus fuerat, vt nec ipse videre posset, nec videri vellet, & mortuus est in suo prædiolo, quo in loco tantus erat fœtor, vt non posset aliquis illac transire, nisi naribus plicatis manibus. Ego tamen credo quod mortuus est suspendio, & hæc opinio iã præualuit. ¶ Sexta quæstio est, quomodo verũ sit, quod dixit Christus de Iuda volens ostẽdere summam eius miseriam, & infelicitatem. *Bonum erat illi si natus non fuisset homo ille.* Matth. 26. Videtur enim hoc nõ esse verum, quia semper est melius esse quam nõ esse: dãnatus enim habet esse; ergo habet aliquid meli⁹ quã qui nõ est simpliciter. Et si Iudas nõ fuisset, nõ apparuisset tanta Dei bonitas, & clementia. *August.* Vltimò, quia Augustin. lib. 3. de liber. arbi. cap. 8. ait, nec damnatos quidem appetere non esse, quia non esse non est appetibile. Vnde grauis est quæstio hæc inter Theologos, An melius esset dãnatis non esse simpliciter, quàm esse. *August.* Augustin. lib. 1. quæstio. Euang. cap. 40. ait, duobus modis posse intelligi dictum hoc Domini. Melius fuisset ei si natus non fuisset, diabolo, scilicet, ad peccandum: ac si diceret, *melior fuera no auer nacido, que ser sieruo del diablo.* Secundo modo, Meli⁹ fuerat illi si natus nõ fuisset, Christo ad Apostolatum. Istæ tamen expositiones sunt nimium violentæ. Quare Caietan. *Caietan.* Euthym. Theophil. super. 26. cap. Matth. *Euthym.* dicunt Christũ voluisse dicere. Melius erat *Theophil.* ei si fuisset mortuus in vtero: quia tunc incurrisset solũ pœnam damni. Verũ hæc interpretatio non videtur sufficiens, nec soluit difficultatem. Primò, quia non erat necesse dicere, si non fuisset natus; sufficiebat dicere, si nõ venisset ad vsum rationis: quia licet fuisset natus, si obijsset ante vsum rationis, fuisset idẽ. Secundò, quia illud, esset natus, significat, non natus ex vtero; sed idẽ quod genitum, productum, ac factum. Patet *Matth. 1.* quia Archãgelus Gabriel loquẽs Iosepho de virgine grauida, ante partũ dixit: Quod enim in ea natũ est, de Spiritu sancto est; id est, genitũ, productumque: præterea id solent intelligere homines, quãdo præ nimia tristitia quã patiuntur solent dicere, *no quisiera ser nacido.* Confirmatur, quia Iob. 3. ma- *Iob. 3.* ledixit diẽ in qua natus est, & in qua cõceptus erat. Ego autem sic respõdeo. Hæc duo; non esse simpliciter, & esse dãnatum, tripliciter posse considerari. Primò, conferendo ea inter se, tã absq; vllo respectu ad aliud, siue ad personã dãnati, siue ad iustitiã Dei, siue ad aliud; sed simpliciter considerando, eo quod sit melius est esse dãnatum, quã nõ esse simpliciter. Nã tunc, non esse, non potest habere rationẽ boni: quia bonũ fundatur in aliquo esse; non esse autẽ non potest habere rationẽ boni, nec veri, nec appetentiæ: sicut in non esse, neq; apparentia quidem sit. Et ita intelligitur Aug. li. 3. de Trin. c. 8. *August.* cũ dixit Non esse, non est eligibile. At verò esse dãnatum, licet sit malum, & magnũ malum; tamen est aliquod bonum, scilicet esse, & esse intellectiuũ. Secundò modo potest considerari esse dãnatum in ordine ad meritum dãnati, ad iustitiã Dei, & ad perfectionẽ vniuersi; & tunc etiã melius est esse dãnatum, quã non esse: nã dãnatus meretur; vt sit semper in tormentis. Similiter iustitia Dei exigit, vt dãnat⁹ perpetuus pœnas afficiatur; ideò melius est, vt ipse sit. Hoc etiã poscit perfectio Vniuersi, nẽpe vt boni semper sint in gloria, & mali semper sint in pœna. Vnde dãnatus secundũ rectã rationem, nõ potest appetere nõ esse simpliciter. Tertiò, non esse, & esse dãnatum, possunt considerari, non in ordine ad iustitiã Dei, sed in ordine ad naturalẽ appetitum dãnati, & ita assero quod eligibilius est dãnato, non esse simpliciter, quã sic esse dãnatum, & in illa pœna. Quod patet, quia in dãnato sunt duo, & est culpa, & est offensa Dei, & est pœna, & tormentum quod patitur. Respectu culpæ, nõ est dubiũ, quin eligibilius sit nõ esse quàm culpa mortalis. Melius est enim eligere non esse, quã peccare. Respectu autẽ pœnæ (quæ est grauissima duplici nomine, tum quia est æterna sine vlla spe remissionis, tum etiam quia est grauissima) & ita cõsiderãdo esse respectu pœnæ eligibilius est simpliciter non esse, quã esse; vt patet Eccl. 30. Melior *Eccles. 30.* est mors quàm vita amara; & requies sempiterna, quàm lãguor perseuerans. Id est, nõ esse simpliciter, quã semper esse in labore, & languore. Confirmatur: sicut se habet vita corporalis ad grauẽ pœnã tẽporalẽ, ita vita perpe-

perpetuam ad perpetuam pœnam; sed ita est, quod eligibilius est non habere vitam corporalem, quàm habere grauem pœnam, & miseriam corporalē; ergo si eligibilius est, non habere vitam temporalem, quàm habere grauem pœnam, & miseriam corporalem, & priuari vita temporali, quàm subire tanta mala; eligibilius etiam erit, non esse sempiternum, quàm esse sempiternò damnatum. Nam licet, damnatus habeat esse; tamen est tantum malum pœnæ in illo, vt nullum gustum posit capere in suo esse, imò odit suum esse. Et hæc est sententia Augustini, nam lib. 5. contra Iulian. cap. 8. ait, de infantulis mortuis ante baptismum, se non audere affirmare melius esse illis nunquam fuisse, quā sic esse. De adultis autem qui passuri sunt graues pœnas in inferno, melius esset illis non esse. Hier. hoc tenet apertissime super. 3. capit. Iob in illa verba, Maledicta dies in qua natus sum. & super cap. 4. Ecclesiast. in illa verba, Laudaui magis mortuum, quàm viuum, & feliciorem vtroque iudicaui qui nondum natus est. Et ita tenet Bonauent. in vltima distinct. Ad argumentum autem, Non esse simpliciter non esse eligibile; quia non est bonum, nec apparens bonum. Responderetur, quod non esse simpliciter, vt sic, non est eligibile, sed quatenus per non esse caret summa miseria, sic eligibile est; quia sic habet rationem boni. Nam vt ait August. non solum est bonum quod est bonum verè; sed etiam quod habet rationem boni, quod est, priuatio mali.

August. *Hieron.* *Bonauen.* *August.*

De ijs quæ acta sunt circa Dominum in domo Pilati, & Herodis.

EX tribus prioribus Euangelistis patet fuisse duo concilia Iudæorum acta in domo Caiphæ aduersùs Dominum. Vnum noctu, alterum manè, in quibus adiudicatus est morti. Sed quia Iudæis per leges Romanorum non licebat quemquam occidere, sed erat hæc potestas penes præsidem: ideò summo manè duxerunt Iesum in atrium Pilati. Sed quæro, quarè tantopere Iudæi procurabant illum occidere? Duas ob causas. Prima, ex odio, non poterant amplius ferre eius vitam. Secundo, ex metu quia verebantur si tardarent, ne aliquo modo illis eriperetur. Tertiò, vt expedita morte Christi possent melius vacare, & liberius celebrare diuino, sine vlla cura. Et dicit Ioan. quòd Iudæi non sunt ingressi prætorium Pilati, ne contaminarentur, vt possent manducare pascha. Nam ex traditione seniorum, persuasum habebant Iudæi, ex ingressu in domum Gentilis contrahi immunditiam legalem quæ redderet eos indignos ad esum agni. Sed hinc oritur quæstio: Nam cum Dñs pridiè manducaret pascha more Iudæorū, quomodò hoc die dicit Ioan. quòd Iudæi habebant pascha manducare? Hinc enim sequitur, vel Christum manducasse pascha ante tempus legitimum, vel Iudæos post illud tēpus. Euthym. Teophil. & Chrysost. super. 26. cap. Matth. dicunt Christum manducasse pascha vno die ante tempus legitimum. Idem censent Græci, qui aduersùs Latinos contendunt Christum consecrasse in fermentato, & non in azimo, & Iudæi manducauerunt pascha vespere illius diei, quo Christus crucifixus est. Rupertus super. 26. cap. Matth. & Burgen. ibidem, idem dicunt Christum manducasse pascha tempore præscripto secūdum Legem: at verò Iudæos, post reuersionem ex captiuitate, ex decreto magistrorum Synagogæ solitos manducare illud vno die post præscriptionem Legis. Illæ duæ opiniones sunt contrariæ Euangelicæ historiæ, quæ apud tres primos Euangelistas manifestè docet Christum manducasse pascha, quando Iudæi manducabant, & quandò necesse erat secundùm legem, & consuetudinem. Confirmatur, quia si Christus non manducasset pascha legitimo tempore, Iudæi exprobrassent ei hoc tanquam maximum crimen, & capitale; quomodò ergo Christus manducasset illud antequam Iudæi? Notandum, hoc nomen pascha, in Scripturis sumi quatuor modis. Primò pro tota solennitate paschali septem dierum, vt Act. 12. dicitur, Herodem conclusisse Petrum in diebus Azimorum, volens post pascha producere eum populo. Sed non sic sumitur in hoc loco. Secundò modo sumitur pro agno paschali, qui immolabatur, & comedebatur quartadecima luna ad vesperam, cum ceremonijs quas Exod. 12. & Leuit. 23. mandabantur. Vndè Christus dixit. Desiderio desideraui hoc pascha manducare vobiscum antequam patiar, id est, agnum paschalem: non tamen ita sumitur hic, quia Christus iam manducauerat. Tertiò, sumitur secundùm D. Thom. 3. part. quæst. 46. art. 9. pro paschalibus cibis, id est, azimis panibus,

Euthym. *Theophil.* *Chrys.* *Rupertus.* *Burgen.* *Act. 12.* *Exod. 12.* *Leu. 23.* *D. Thom.*

nibus, qui illis septem diebus manducabantur; & ait sic sumi in hoc loco nomen paschæ: vt sit sensus: vt possent manducare pascha, id est, Azimos cibos paschales. Sed contra hoc videtur agere, quia nunquam in Scriptura reperio panes azimos nominari nomine paschatis. Secundò, neque reperitur ad esum panum azimorum opus fuisse mundiria aliqua legali. Nam Exod. 12. & Leuitic. 23. describuntur omnia, quæ opus erant ad manducandum pascha, & nunquam dicitur debere esse mundos Iudæos ad edendos panes azimos. Tertiò, quia illis septem diebus, nullus alius panis, nisi azimus reperiebatur in domibus Iudæorum sub pœna mortis. Quartò, sumitur pro sacrificijs paschalibus: nam per illos septem dies solent fieri extra sacrificia singulis diebus, vt dicitur Numer. 28. Horum sacrificiorum quædam cedebant in esum offerentium, sicut hostiæ pacificæ: ad quarum esum opus erat mundicia legali.
Leu. 7. Vtrumque traditur Leuit. 7. & Deu-
Deut. 16. teron. 12. Quod autem pascha sic sumatur
3. Esdra. 1 patet ex Deuteron. 16. & 2. Esdræ. 1. Postquam dictum est, Immolate pascha, subiungitur, dedisse Iosiam oues, & agnos ad immolandum pascha, vbi pro sacrificijs sumitur pascha, vel phase, quod idem est: Immolabis pascha de ouibus, & bobus, vbi non potest intelligi agnus paschalis pro
Tostatus. pascha. Sensus ergo est, vt ait Tostatus, in opere defensorio, vt manducarent pascha, id est, vt possent rectè offerre sua sacri-
August. ficia, & illa participare. Augustinus ait: Timebant contaminari alieno habitaculo, & non timuerunt contaminari proprio peccato. Bene de istis dicit Christus. Hypocritæ excolantes culicem, camelum autem deglutientes.

Respondit eis Pilatus. Accipite eum vos, & secundum legem vestram iudicate illum. Quatuor modis potest intelligi: primò vt sit dictum quasi insultando Iudæis. Nam Romani Iudæis dempserant potestatem occidendi quemquam: nam illi dixerant, Si non esset hic malefactor & Pilatus. Quam accusationem affertis. Dixit ergo eis, si non vultis obseruare ius in accusando, sed videtur vobis sufficere vestrâ authoritate, accipite ergo eum vos, &c. Secundò, quòd Iudæis exhibuerit potestatem iudicandi Christum, & afficiendi eum aliqua pœna, non tamen mortis. Nam illi dixerunt: Nobis non licet interficere quemquam. Volunt quidem eum interficere, sed potestate carebant. Accipite ergo eum, & alia pœna, quæ non sit mortalis lege vestra constituta potestis afficere eum. Tertiò, Iudæi habuerunt potestatem occidendi, sed non morte crucis qua Christum occidere volebant: illorum enim
sunt verba illa Hierem. 11. Mittamus lig- Hiere. 11.
num in panem eius, hoc est, crucem in
corpus eius. Nam Iustinus in dialogo cum Iustinus.
Thryphone, & Tostatus, & Hieron. sic Tostatus.
interpretantur. Et illud Sap. 2. Morte tur- Hieron.
pissima condemnemus eum. Quartò mo- Sap. 2.
do, & hic mihi magis probatur, vt hoc dixerit Pilatus per indignationem: vt sit sensus: Vos petitis à me hunc hominem condemnari sine occasione, hoc non patitur
lex Romanorum: nam vt dixit Festus Act. Act. 25.
25. consuetudo Romanorum est non condemnare quemquam, nisi prius adsint accusatores, & dato spatio reo defendendi se. Vnde apparet, istos Iudæos reddidisse legem Dei valdè execrabilem, volentes condemnari aliquem sine accusatione. *Responderunt Iudæi. Nobis non licet interficere quemquam.* Difficultas est, quomodò eis non licuerit secundùm leges interficere quemquam. Nam ipsi dixerunt, *Nos legem habemus, & secundum legem debet mori.* Deinde lex Mosayca statuerat pœnam mortis aduersùs blasphemos, adulteros, homicidas, sodomitas, violatores Sabbathi, idolatras, contumaces contra parentes, & summum Pontificem. Occiderunt Stephanum, & sæpè tentauerunt occidere Christum. Potest ergo primò intelligi: Non licet secundùm leges Romanorum: quia ademerunt nobis potestatem inferendi mortem. Vel non licet in die festo: quia erat primus dies azimorum. Vel non licet eum afficere morte crucis, qua eum afficere cupiebant: nam non reperietur legem veterem statuisse pœnam crucis vlli peccato. Quatuor crimina obiecerunt Christo. Primum, quòd subuerteret populum. Secundum, quòd prohibebat tributa dari Cæsari. Tertiò, quia se fecerat Christum regem. In quo duplex crimen latebat. Primum aduersus Romanos affectari Regnum; alterum contra Iudaicam religionem affectando nomen Messiæ. Pilatus audiens arripuit vltimum, interrogans Christum. *Tu es Rex Iudæorum? Respondit. A temetipso hoc dicis, an alij tibi dixerunt de me? Respondit Pilatus. Gens tua, & Pontifices tui, &c. Christus vero respondit regnum meum,*

ois

non est de hoc mundo. Quasi diceret, Nō timere de Regno Romanorum. Primò, considerandum, Christum non negasse se esse Regem, imò significasse: & hoc verè intellexit Pilatus dicens. Tu igitur es Rex Iudæorum. Secundò not. Non negat Christus Regnum suum in hoc mundo, vel super hunc mundum, quod in hoc incepit, & in altero consummatur; sed dixit, non est de hoc mundo: quia non est ad similitudinem Regni huius mundi. Nam, *Aug.* vt Augustinus docet, per Regnum intelligit subditos, super quos regnat, & ait significare electos Christi, qui dicuntur non esse de hoc mundo: quia non sunt mundani, id est, amatores rerum mundanarum: vel non mihi seruiunt, sicut in hoc mundo seruitur regibus dando tributa. Quo significatur, electos esse super mundanos; quorum electorum conuersatio in cœlis est. *Chrys.* Chrysostomus per Regnum intelligit potestatem, & authoritatem Regiam; vt sit sensus. Potentia, & authoritas mea non est de hoc mundo, id est, non habui eam, vt in hoc mundo habetur; vel per successionem carnalem, vel electionem subditorum, vel per vim. Sed Christus accepit Regnum à Deo Patre dicitur: Vel non est de hoc mūdo, id est, non est simile Regno mundano: quia non est temporale sed æternum, non corporale; sed spirituale. Vt Daniel scribit cap. 7. *Dan. 7.* Vnde Psal. 2. dicitur. Ego autem constitutus *Psal. 2.* sum Rex ab eo. Et Gabriel ad Virginem *Luc. 1.* dixit, Et Dabit ei Dominus Deus sedem Dauid patris eius; & regnabit in domo Iacob in æternum, & Regni eius non erit finis. Vel sic, Regnum meum non est de hoc mundo, hoc est, non regno sicut Reges terræ, qui exigunt tributa, & capiunt vtilitatem à subditis maiorem quàm subditi ex ipsis: Christus nullam ex nobis capit vtilitatem; & nos ex illo multam. Et licet Christus regnet in hoc mundo; tamen si comparatur Regnum Christi quod est in hoc mundo, cum cœlesti, quasi nullum est. Potest tamen fieri comparatio & penes subditos, inter quos non est comparatio: quia illi sunt omnes perfecti, hi pauci & imperfecti. Bona etiam quæ Christus dat in hoc mundo, cum cœlestibus comparata nulla sunt; sed sunt sicut guttula aquæ in comparatione Oceani. Hinc intelligunt Theologi, Christum, cùm esset in hoc mundo, non habuisse potestatem Regni terreni, nec Apostolis eam reliquisse. Nec tamen ex hoc licet inferre, vel summum Pontificem, vel Episcopos, non debere habere potestatem secularem, quæ optimo iure habetur ab ipsis: nam etsi à Christo immediatè non fuerit relicta; tamen fuit eis donata à pijs Principibus. Et hoc loco dixerunt Manichæi esse duos Principes, vnum huius seculi malum, alterum verò alterius mundi bonum Deum, quia dixit Christus, Regnum meum non est de hoc mundo. Diabolus autem dicitur huius Regni princeps, secundùm illud: Nunc princeps *Ioan. 18.* huius mundi eijcietur foras. Sed hoc Ioannes redarguit dicens. Et mundus per ipsum factus est, & Dauid, Domini est terra, & plenitudo eius. *Ioan. 1.* *Psal. 23.* Pilatus hoc audiens dixit. *Ergo Rex es tu? Et Christus respondit. Tu dicis, quia Rex ego sum. Ego in hoc natus sum, & ad hoc veni in mundum, vt testimonium perhibeam veritati. Omnis qui est ex veritate audit vocem meam.* Quorsum hoc Christus dixit? Dupliciter potest connecti cum præcedentibus. Primò, quia Christus dixerat, Regnum eius non esse de hoc mundo; poterat ei dici. Quid ergo agis in hoc mundo? Et ad hoc respondet. Non sine causa sum in hoc mundo: quia veni ad eum, vt ostenderem hominibus huius mundi vbi sit Regnum meum, & qua via possint peruenire ad illud. Secundò (vt ait Caietanus) quia *Caietan.* videri poterat Pilato incredibile ipsum habere Regnum, & non in hoc mundo; ne talia putes, scias me non posse mentiri, sed verum dicere: quia missus sum à Deo, vt sim testis veritatis, & doceam eam. *Ego in hoc natus sum, &c.* Hic indicat, naturam humanam, quam ex Virgine accepit: *et ad hoc veni.* Hic indicat quòd secundùm naturam diuinam erat in cœlo; Sed exiui à Patre, & veni, vt testimonium perhibeam veritati. Nempè, vt testificer vbi sit veritas, vel vt confirmem veritatem. Sed quæ est ista veritas? Tripliciter respondetur. Primò, est veritas Prophetarum de Messia: & est sensus, Ego veni, vt impleam prædicationes Prophetarum. Secundò, potest intelligi veritas promissionum Dei, quas multa, & magna populo Hebræo promiserat

rat præstanda per Messiam. Quam veritatem Christus impleuit. Tertiò, intelligitur doctrina cœlestis in se, & omnia quæ homini erant credenda, & agenda, vt placeret Deo, & consequeretur vitam æternam. Hanc attulit Deus in mundum, & eam confirmauit exemplo vitæ, & multis miraculis. Quartò, intelligitur summa veritas quædam, nempè quòd ipse esset Messias, & mundi Saluator, Dei filius. De his omnibus testimonium perhibuit probando se esse talem miraculis, vita, & vaticinijs Prophetarum. Si dicatur ei, Cur ergo pauci credunt tibi, si es magister veritatis? Christus occurrit huic quæstioni dicens. Omnis qui est ex veritate audit vocem meam. Quasi diceret, omnes qui amant veritatem mihi credunt. Qui liberam à vitijs, & impedimentis terrenis vitam agunt, hi audiunt veram doctrinam ex veritate, hoc est, ex Deo: quia qui est ex Deo verba Dei audit, id est, qui amat Deum, & illi placere desiderat, iste me audit, alij verò non. Vel secundùm Augustinum, qui ex Deo est, id est, electi, & prædestinati audiunt vocem meam, & cognoscunt me, sunt pauci electi, licet multi vocati. *August.* Quæstio est; Christus ait venisse vt doceret veritatem, & tamen venit vt mortem subiret pro genere humano, Respondetur, Christus principaliter venit vt saluaret homines, ad quos saluandos duo pertinebant. Primum, vt eos doceret veram doctrinam. Secundò, vt sua morte eos redimeret. Sed quia redimere homines per mortem pertinebat ad eum ex suppositione, si occideretur à Iudæis, docere autem veritatem erat simpliciter ex Deo; ideò hoc dixit, & non illud. Respondetur secundò. Quòd hæc fuit vna præcipua veritas, cui testimonium perhibuit, quòd ipse sua morte esset liberaturus hominem, vt Esai. 58. patet, quam sua morte compleuit: ideò dixit. Ad hoc natus sum, vt mortem subirem pro homine, vt hac morte mea huic veritati antea prædicatæ testimonium perhiberem. *Pilatus dixit. Quid est veritas?* Non interrogauit metaphysicè, prout verum conuertitur cum ente, vt Quid est Deus, quid summa veritas; sed quæ est ista veritas ad quam testificandam dicis te esse natum? Christus nihil respondit, non quia noluit, sed quia Pilatus non expectato responso exiuit statim ad Iudæos, vt Ioannes innuit dicens. *Et hoc dicto exiuit foras.* Duas ob causas non expectauit responsum. Primò, quia Pilatus interrogauit frigide, & obiter, nec curabat multum illud scire. Vel, vt ait Augustinus, cupiebat Pilatus Christum absoluere placando iram Iudæorum, & ne videretur si plurimum moraretur, comperisse vllam in eo causam mortis, statim exiuit. *August.* Vel interrogauit quasi irridens responsum Christi, simul id dicens, & exiens, vt solent homines responsa aliorum irridendo, exeundo ab eis replicare. Iudæi verò cœperunt clamare audientes Pilatum, qui vt facerent Christum suspectum Pilato, & exosum dixerunt ipsum esse Galilæum; quia Galilæi erant seditiosi, rebelles, & bellicosi, & sæpè aduersus Romanos se rebellauerant. Vndè Iudas Galilæus, qui prohibebat tributa dari Cæsari, multum negotium exhibuit Romanis, vt dicitur Actorum. 5. & Iosephus lib. 18. antiquit. Pilatus etiam oderat Galilæos, vt Act. 13. ipse occiderat multos Galilæos, inter sacrificandum. *Iosephus. Act. 13.* Audiens Pilatus hæc misit eum ad Herodem. Primò, vt explicaret se ab isto iudicio sibi molesto. Secundò, vt gratificaretur Herodi, de cuius ditione erat Christus. Tertiò, vt testimonio Herodis ostenderet illum esse innocentem: Sperabat enim Pilatus quòd Herodes absolueret Christum, & quia erat Galilæus, & quia innocens, Stella sic. hoc primo manè Christum fecisse primam viam à domo Caiphæ ad Pilatum, quæ continebat 774. passus, alteram à prætorio vsque ad Herodem, quæ continebat 450. passus, posteà reditum in prætorium, ita vt nec vnum temporis instans habere potuerit quietum. Herodes viso Christo gauisus est valde: Vel quia multo tempore desiderabat eum videre, propter mirabilia quæ de eo audiebat, vel quia sperabat se visurum aliquod miraculum ab eo, partim in gratiam Herodis, partim vt sic euaderet mortem. Tertiò, propter honorem sibi illatum à Pilato, & quia sic reconciliabantur. Sed quæ fuerunt quæ illum interrogauit Herodes? Dicunt interpretes quòd hæc. An fortè esset ille puer, quem pater suus quæsiuisset vt occideret. Secundò, an esset Ioannes Baptista, quem ipse decollauerat.

mortem. Tertiò, quærebat an essent vera miracula facta ab eo in ditione sua Galilææ. Audierat quippe quòd ambulasset super mare, quòd suscitasset duos mortuos, & quòd quinque panibus satiasset tot millia hominum. Christus autem non respondit, ne impediret mortem suam, vel differret. Secundò, quia interrogatio erat curiosa & vana, non necessaria. Tertiò, propter indignitatem personæ, propter incestum vxoris fratris sui. Quartò, quia sciebat Herodem multa audiuisse à Baptista, & nihilominus postea ei obtruncasse caput. Vltimò, quia Herodes abstulerat vocem eius quæ erat Ioannes Baptista, quem decollauerat. Tunc Herodes spreuit eum, & indutum veste alba remisit ad Pilatum. Nam in domibus principum stulti spernuntur, & illuduntur.

Apud Græcos induebantur veste alba qui ambiebant magistratus: vnde dicebantur candidati: qua veste induebantur, & Reges, ac principes: tertiò, etiam derisores, & fatui. Tractauit ergo Christum Herodes tanquam fatuum, & quod affectasset Regnum ex quadam stultitia. In Scriptura candida vestis est signum victoriæ. *Apoc. 3. & 7.* Apocal. 3. & 7. sancti martyres candidis vestibus induti ambulant. Secundò, est signum lætitiæ, propter immortalitatem, & gloriam cœlestem: Vndè in Resurrectione, & Ascensione Christi apparuerunt Angeli in albis. Tertiò, est signum Innocentiæ, & pœnitentiæ: vndè Virgines talibus induuntur, & baptizati Ecclesiæ etiam albis induti. Significabatur ergo quòd Christus illa illusione merebatur hominibus victoriam de hoc mundo, & immortalitatem, ac cœlestem gloriam, & puritatem, siue innocentiam. *Et facti sunt amici Herodes, & Pilatus eam antea inimici erant adinuicem.* In morte Christi reconciliati sunt, & sic solet accidere: vt inter se dissidentes conueniant, ad bonitatem & veritatem impugnandam. Figura *Iud. 15.* huius fuit illud de vulpibus Samsonis, quarum caudæ erant simul ad malum colligatæ vbi erat ignis. Et hoc etiam fuit prædictum *Psal. 2.* Psal. 2. Conuenerunt Principes aduersus Dominum, & aduersus Christum eius. Sed quæritur quis fuerit iste *Epiphan.* Herodes, qui illusit Christum? Epiphanius contra hæreses hæres. 78. & Sulpitius lib. 2. sacræ historiæ dicunt, hunc fuisse filium Archelai, & nepotem magni Herodis, & successisse Archelao in principatu, & appellatum fuisse Agrippam, & 18. vel 20. anno Regni eius fuisse passum Christum, & ipsum regnasse viginti quatuor annis. Sed iam supra cap. 14. à principio ostendimus ex Iosepho, hoc esse falsum. Nam hic Herodes cognominatus Antipas, fuit filius magni Herodis, & frater Archelai, & fuit patruus Agrippæ, & princeps Galilææ, non Iudeæ, vbi Archelaus regnauerat. Et 18. anno Regni eius passus est Dominus, & sexto, vel septimo anno post Passionem Domini, ab Imperatore Caio Caligula relegatus est in Gallias, & Regno spoliatus obijt. Pilatus autem (cùm tentasset duas vias liberandi Christum ex Iudæorum manibus: primò enim examinato Christo dixit Iudæis, nihil se reperisse criminis in illo: deinde misit ad Herodem, qui remittens illum ad Pilatum testatus est illum non esse dignum morte) sed cùm nihil profecisset, inuenit tertiam rationem liberandi Christum. Consuetudo erat, quolibet anno in paschate proponere populo duos reos mortis, vt eligerent ex eis vnum, quem vellent absoluendum. Secundùm hanc consuetudinem rogauit Iudæos vtrum dimitti vellent, Barabbam, an Christum? persuasum habens petituros potius, vt Christum absolueret quàm Barabbam. Sed contra euenit. Illi enim præoptauerunt dimitti Barabbam, potius quam Christum. Primò videndum est qualis fuerit ista consuetudo apud Iudæos, vndè emanauerit. Quadrupliciter ad hoc respondetur. Primo, Cyrillus lib. *Cyrillus.* 12. in Ioannem cap. 55. & Theophilactus su- *Theophil.* per. 18. cap. Ioannis dicunt, hoc non fuisse præscriptum in lege, sed fuisse traditionem Iudæorum, & antiquam consuetudinem. Forsitan manarat ex eo quod Numer. 35. præcipitur à Deo, vt sint ciui- *Num. 35.* tates refugij ad quas confugiant qui homicidia casu fecerant. Et quia postquam Iudæi fuerunt subditi Romanis, non potuerunt obtinere ciuitates refugiorum, impetrarunt vt saltem in paschate remitteretur aliquis. Secundus modus est Ori- *Origenes.* genis, & Theophilacti, qui dicunt ortum habuisse hanc consuetudinem, ex eo quod 1. Reg. 14. narratur, quòd cùm Ionathas *1. Reg. 14.* esset adiudicatus morti à patre suo propter præuaricationem iuramenti, à populo tamen ereptus est; ex quo hæc consuetudo

Historia scholast. suetudo coepit. Testis est Magistri Scholasticæ historiæ, & historiæ Euangelicæ cap. 166. fuisse consuetudinem apud Iudæos, vt in festo paschatis duo agerent. Primum, vt liberarent à morte aliquem, in memoriam liberationis à seruitute Ægypti, & à cæde primogenitorum: aliud verò, in memoriam cædis primogenitorum habebant aliquos occidi, & mori; & sic liberarant Barabbam, & simul cum Christo occiderant duos latrones. Quartus est D. Th. *D. Thom.* sup. 16. cap. Matth. non fuisse Iudæorum hanc consuetudinem, sed ex indulgentia præsidum Romanorum prouenisse, qui vt grati fierent populo, & honorarent pascha, hoc concedebant. Et quia Pilatus tunc inchoauerat suum regimen, voluit hoc indulgere populo. Quamuis hoc vltimum reddi non possit: Quia tunc temporis agebat Pilatus septimum annum sui regiminis. Hoc tamen est certum, fuisse antiquam consuetudinem. Nam Ioan. dicit. Est autem vobis consuetudo. Et alius Euangelista. Cùm necesse esset vnum vinctum dimitti. Quidam mysticè interpretatur hanc consuetudinem, & adnotat tria, vel quatuor non contemnenda. Primò ait, Hanc consuetudinem habebat Christus in terra, & habebat in cœlo: vt in diebus solemnibus maiora conferret beneficia, & plus esset liberalis: nam in Sabbatho sanabat multos, ob quod indignabantur Iudæi, & tria, vel quatuor beneficia maximaque fecit, dum diebus maximis ea præstitit: Eucharistiã, & redemptionem nostram, in festo paschatis: Spiritum sanctum in Pentecoste misit. In cœlo etiam id facit, cùm videamus Christianos consueuisse certis diebus plus frequentare Ecclesiam, & sacramenta. Secundò notat, hanc consuetudinem debere esse apud Christianos, vt dimittant reos, vt proximis condonent iniurias, & debita. Sed in primis postulent à Deo dimitti à morte Barabbam, id est, animam peccatorem. Tertiò dicit, Christianos esse imitatores Iudæorum. Nam videt plerosque liberare Barabbam à vinculis, id est, concupiscentiam suam soluere tunc ad omnia vitia, & damnare Christum peccando, & iterum quodammodo crucifigunt. Iudæi vlamauerunt. *Dimitte nobis Barabbam.* Iste Barabbas, vt ait Matthæus, erat insignis latronibus, & flagitijs. Ioannes appellat eum latronem simpliciter. Marcus, & Lucas dicunt eum fuisse seditiosum, & homicidam. Quod factum Iudæorum duo significabat, & futuram eorum miseriam & effectum Passionis Christi: Barabbas significat diabolum. Diabolus latro fuit, quia voluit gloriam furari Deo: seditiosus, quia factum est prælium in cœlo: homicida, quia primus in mortem induxit primum hominem. Inuidia enim diaboli mors introiuit in mundum. Secundò denotabat, Iudæos similes fore Barabbæ quem elegerunt. Nam vt ait Iosephus lib. 11. vsque ad finem, & de bello Iudaico, post Passionem Christi Iudæi dederunt se totos latrocinijs, seditionibus, & homicidijs, quas ob res perditi bello fuerunt à Romanis, & debellati ab eis pœnas suorum scelerum dederunt. Considera ignominiam quam Iudæi hoc facto intulerunt Christo, qui non tantùm cum iniquis ab illis reputatus est, sed sceleratissimo Barabbam iudicatus est peior. Sed Deo omnia dirigente, hoc factum Iudæorum fuit prophetia denotans effectum Passionis Christi. Barabbas significauit Adamum, & totum genus viuentium, qui fuerat fur, & seditiosus, & rebellis Deo, & primus inter omnes spiritum induxit seditionem. Homicida fuit, quia se ipsum, & posteros necessitati moriendi subiecit. Dimissus est liber per Passionem Christi, & Christus damnatus est. Figura huius fuit Leuit. 16. de duobus hircis, quorum vnus mactabatur, alter non. Est notandũ, quòd Christus in sua Passione duos latrones liberauit, vnum tamen Barabbã à morte corporis, alterum à morte æterna in cruce. Quo significatur, per Passionem Christi liberandum esse hominem ab vtraque morte. Iudæi persuasi ab Scribis, & Pharisæis, & Sacerdotibus, non solùm petierunt Barabbam, sed clamauerunt vt crucifigeretur Christus. Quomodò populus ille, qui tot Christi miracula, & beneficia viderat, qui eum tanquam Prophetam, & Messiam prædicauerat, potuit citò persuaderi vt hoc peteret, Quod nobis documentum debet esse, quanta sit leuitas & instabilitas humana. Principes sacerdotum populo tribus persuaserunt. Primò dicentes in suspicione affectati Regni iste vt ait apud Romanos, si vos fauetis illi, eritis in eiusdẽ rebellationis suspicione. Deindè, iste fecit se Messiã, & est magnum dedecus Gentis nostræ, vt iste pauper, & vilis habeatur Messias, quem tantopere expectamus. Vltimò, iste minatus est destructionem templi, & *Iosephus.* *Leuit. 16.*

yessaro,

Cyrillus. vestram, ergo non expedit, vt viuat. Cyrillus ait, ad hunc clamorem populi, Crucifige, accommodari illud Hierem. 12. Facta est mihi hæreditas mea tanquam leo in sylua, dedit contra me vocem suam. Tradunt enim hunc esse morem leonis, vt cùm est in sylua, & vult capore aliquam feram, edit terrificum quendam rugitum, quo audito animalia imbecilliora ibi existentia metu consternata cadunt. *Amos. 3.* Vnde Scriptura ait, Leo rugit, quis non pauebit? Iudæi ergo facti sunt leones Christo: quia emiserunt rugitum, Crucifige, qua voce Christus est damnatus ad mortem. Linguæ enim eorum gladius acutus. Cùm Pilatus posuisset hanc electionem Iudæis, & eorum responsionem expectasset in tribunali, vxor eius misit ad eum dicens: Nihil tibi, & iusto illi. Vel vt alij dicunt. Non pertinet ad tuum iudicium: quia ipse viuorum, & mortuorum iudex est. Multa enim per visum, id est, in somno passa sum propter illum: nam mihi dormienti terrifica somnia obiecta sunt hac nocte. Circa quod primum dubitatur, An illud somnium impeditiuum mortis Christi fuerit immissum à Deo, an à dæmone. *D. Thom.* Diuus Thomas super 26. capit. Matthæi relinquit in dubio, sed magis propendit fuisse à dæmone. *Historia Scholast. Lyranus. Caiet.* Magister Histor. Scholasti. Lyranus, Caietanus, & alij dicunt, non à Deo fuisse: quia Deus & Angeli boni nolebant impedire Passionem Christi, vtpote per quam erat redimendum genus humanum, sed à dæmone, qui licet antea instigauerat Iudæos ad mortem Christi; nunc fortè cœpit dubitare, an esset Messias ille. Et tria dubium ipsum reddebant. Primum, miracula quæ viderat eum fecisse in horto, voce prosternendo Iudæos, & restituendo auriculam Malcho. Secundò eximia patientia, mansuetudo, & humilitas eius in tantis iniurijs, & contumelijs. Tertium, quia Christus adiuratus à summo Pontifice clarè confessus fuerat se esse filium Dei. Quartò, voluebat diabolus mente quæ dicebantur à Dauide *Psal. 21.* Psal. 21. de Passione Domini, & ab Esai. *Esai. 53.* 53. vbi dicit Messiam esse acerbissimè torquendum, sed per sua tormenta liberaturum homines. Quartò ait Magister, quia dæmon videbat sanctos Patres in limbo gaudere valdè præter consuetudinem suam. Altera est opinio forsan credibilior, immissum fuisse somnium à Deo, per bonos Angelos: sic Origenes, Hilarius, *Origenes. Hilarius. Chrys. Hieron. Theophil. Athan.* Chrysost. Hieron. & Theophil. super Matthæum, & Athanasi. lib. de Passione Domini. probatur primò, Quia si dæmon voluisset impedire Passionem Christi, non debuerat hoc agere per Pilatum, qui cupidus erat liberandi Christum, sed per Iudæos, eos mitigando ab ira, & odio quod in eis immiserat, & ab ea cogitatione auertendo. Secundò, si dæmon voluisset tunc impedire, ergo postea non instigaret Iudæos ad crucifigendum Christum: ipse enim eū crucifixit, quia eius impulsu. Et non hoc solùm docent August. & Leo, sed Pau. 1. Corint. 2. *1. Cor. 2.* Christus non fuit cognitus à principibus huius mundi, idest, dæmonibus; si enim eum agnouissent, nunquam Dominum gloriæ crucifixissent. Licet posset responderi ad hæc, quòd dæmon ideò per se Pilatum instigauit ad liberandum Christum, quia videbat illum ad id inclinatum, & facili suasu poterat ad id trahi. Iudæi autem ità obstinatè imbiberant odium aduersùs Christum, quod diabolus eis immisit, vt etiam si diabolus vellet, iam non posset eos auertere. Sed quia clarè non cognouerunt Christum dæmones, ideò etiam in dubio illum nitebantur liberare, nec tamen summum conatum posuerant ad eum eripiendum. Sed ad argumentum alterius partis respondetur, Christum illo somnio non voluisse impedire Passionem, sciebat enim illum non validum ad impediendā Passionem, sed immisit illud ad illustriorem testificationem suæ innocentiæ, & ad maiorem confusionem Iudæorum. Secunda quæstio est, Quare istud somnium immissum fuit vxori Pilati, & non ipsi Pilato? *Chrys.* Chrysost. reddit has rationes. Prima, quia fortasse vxor dignior, & melior erat. Secunda, quia si Pilatus habuisset somnium, non dixisset, ne qui erat iudex videretur agere personam aduocati. Tertiò, quia etiā si ipse dixisset, non credidissent Iudæi, quia putassent fuisse confictum ab illo, vt liberaret Christum. Addo etiam quartū, quia si fuisset Pilato immissum, credi potuisset illud somnium fuisse naturale, & ex naturalibus causis, non autem miraculosum à Deo: nam talia solent esse somnia nocturna, quales solent esse cogitationes, & curæ diurnæ, quæ nos premere solent, vt ait Aristoteles. *Aristot.* Somnia esse reliquias diurnarum cogitationum: & quia Pilatus multum cogitauerat de liberando Christo, ergo. Notandum

tandum est, tempore Passionis Dñi neminem laborasse pro liberando eo, nisi duos Gentiles, Pilatum, & vxorem eius, quo significabatur quàm futurus esset affectus Gentium erga Christum, qui post eius Ascensionem in cęlū demōstratus fuit. Vltima quæstio, Vtrū illa vxor fuerit saluafacta à Christo. [Origenes.] Origen. ait esse incertū, inuenit tamen in scripturis non publicis neque authenticis fuisse saluam, & conuersam. [Theophil.] Theophilactus dicit, istud somnium, licet non profuerit ad liberandum Christum, profecisse tamen ad ostendendam innocentiam Christi, & ad saluandam vxorem Pilati, cui ego libenter assentio.

De flagellatione Christi.

CVM Pilatus animaduertisset omnes rationes quas quæsierat vt liberaret Christum irritas fuisse, excogitauit aliam, vt nimirum districtissimè flagellaret Christum, vt sic moueret Iudæos ad commiserationem dimittendi ipsum. Putant quidam Christum bis fuisse flagellatum. Primò, ante quam Pilatus ferret sententiam crucifixionis, vt narrat Ioannes: iterum verò post latam sententiam crucis, & cùm iam erat ducendus ad crucem. Erat enim mos Romanorum, vt dicit Hieronymus, super. 26. caput. Matthæi, vt damnati ad crucem prius verberarentur. Et hoc videntur indicare Matthæus, & Marcus. Pilatus flagellatum Christum tradidit, vt crucifigeretur. Mihi tamen non probatur: Quia nullum Patrem alicuius nominis reperio qui hoc tradat. Itaque [Augus.] sequor Augustinum, qui dicit Christum flagellatum fuisse, antequam sententia ferretur de cruce, sicut narrat Ioannes. Nam Matthæus, & Marcus, hoc ipsum videntur indicare, cùm dicunt, Et flagellatum tradidit eis Iesum. Græcè autem, flagellatum, est præteriti temporis, id est, cùm prius flagellasset, postea tradidit. [Beda.] Sed quæro, à quo fuit flagellatus? Beda ait ab ipsomet Pilato: nam hoc, inquit, tradidit Ioannes. Tunc Pilatus apprehen- [Hieron.] dit eum, & flagellauit. Hieronymus ait fuisse per ministros Pilati flagellatum, & hoc credo: erat enim indecorum vt præses suis manibus flagellaret illum, id enim non poterat contingere, nisi Pilatus ex nimio odio & rabie in Christum, oblitus dignitatis suæ corripuisset flagella in eum; at verò ei benevolebat, & cupiebat illum liberare. Secundò nota, quòd flagellatus exutus vestibus, & nudus relinquitur: quod quàm fuerit Christo acerbum, facilè existimabit, qui cogitet quantum esset hoc tormentum homini pudico. Sed hoc Christus pertulit, vt eius exemplo discerent sancti, cùm propter Christum palam nudarentur, ferre illud verecundiam ignominiamque. [Athan.] Athanasius lib. de Passione Domini duas causas reddit huius rei. Prima, vt exueret Adamum tunicis pelliceis quibus indutus fuerat post peccatum, quæ significabant mortalitatem, & corruptionem, in quam propter peccatum inciderat, & vt eos immortalitate indueret. Secundò, exuitur quia eo tempore debebat luctare cum diabolo, velut alter Iacob. Exutus ergo Dominus ligatus est [Hieron.] ad columnam, vt habemus ex Hieronymo in Epitaphio Paul. vbi dicit, columnā ad quam Christus ligatus est vt flagellaretur, suo tempore fuisse in Ecclesia, quæ erat in monte Sion in Hierusalem, & sustinebat porticum Ecclesiæ, & certa vestigia cruoris Domini videntibus demon- [Beda.] strabat. Et idem confirmat Beda fuisse suo tempore. Tertiò, tradunt periti rerum antiquarum, fuisse in more apud Romanos, vt aliter cæderentur liberi, aliter serui. Liberi damnandi morte cædebantur virgis, & fustibus; serui autē & mancipia flagellis. Est autem, ait Bethym. flagellum verber ex funiculo solidis contextum, quo dorsa damnatorum cædebantur. Dominus enim cæsus est tanquam seruus, qui sicut seruus lauerat pedes, & tanquam mancipium venditus fuerat à Iuda, nam & formam serui accepit. Paulus Palatinus super. 26. capit. Matthæi ait, traditum esse à grauissimis authoribus ipsum Dominum fuisse cæsum tribus modis, primò virgis spineis, deinde chordis, in quarum extremitatibus erant puncta quædam ferrea. Tertiò, catenis, quarum extrema erant adunca ad extrahendas partes carnis lacerationis. Quartò, in hac flagellatione adimpletū fuisse vaticiniū illud David. Ego in flagella paratus sum, & [Psal. 37.] quę nō rapui tūc exsoluebā. Esa. 53. Discipli- [Esai. 53.] na pacis nostrę super eū, & liuore eius sanati sumus. Disciplina, id est, flagella pacis nostrę, id est, per quę nos sumus Deo pacificati. Et liuore eius, id est, vulneribus relictis à flagellis, nos sum⁹ sanati. Et illud Ps. 90. de- [Psal. 90.] viu nino instet. Non accedet ad te malũ, & flagellum non appropinquabit tabernaculo tuo. Id tamen contra euenit Christo, sed Christus voluit flagellari: voluit enim flagellari, vt promereretur iustis id quod Dauid canit. *Psal. 34.* Quintò nota Christum fuisse crudelissimè flagellatum. Patet primò: quia flagellatus est, vt commiserationem moueret in Iudæis, quare oportuit ita flagellari, vt posset homines quantumcunque feros emollire. Secundò, quia hoc dicit Dauid, *Psal. 72.* Cõgregata sunt super me flagella, id est, multa, imo magna. Et alibi, Fui flagellatus tota die. Nõ extẽsiuè, sed intensiuè. Id est, ità fuit crudeliter tractatus, vt si tota die modo ordinario fuisset flagellatus, non fuisset durius percussus. Tertiò Christus voluit sustinere flagella, quæ merebantur homines pro peccatis suis [illegible] est enim propter scelera nostra; sed flagella peccatoribus debita erant multa. Vnde ait Dauid, *Psal. 31.* Multa flagella peccatoribus. Quartò tradunt Doctores, numerum [illegible] flagellorum quæ sunt inflicta Christo, fuisse quinque millia. Conuocauerunt totam cohortem, & vicissim flagellabant eum. Dicet aliquis. Quomodo id fecerunt Iudæi, cum esset contra legẽ apertam? Nam Deuter. 25. dicitur: *Deut. 25.* Pro delicti mensura erit & plagarum modus, ità tamen vt quadragenarium numerum non excedant, ne fœdè laceratus frater tuus ante oculos tuos abeat. Iudæi ergò vt seruarent legem, semper vnum flagellum ex quadraginta remittebant. Vnde Paul. 2. Cor. *2. Cor.* Quinquies quadragenas vna minus accepi. Sed respõdetur quod Christus flagellatus est à Gentilibus, & nõ à Iudæis, pro suo arbitrio, quibus nõ erat lege Romanorum præscriptus numerus flagellorum. Hoc autem quia Spiritus sanctus plenè nõ [illegible] nõ debemus [illegible]. [illegible] fuerint tantus numerus flagellorum quia nullus hominum vnquam id ferre valuit, nec tale auditum est inter homines, sicut [illegible] plagis affectũ Christũ, idque fecisse Pilatũ vt furorẽ Iudæorum mitigaret.

De coronatione Domini.

Circa hic historiam sex sunt adnotanda. Primò, hanc coronationem factam esse ante latam sententiam mortis à Pilato: sic Ioan. docet. Quare Matth. & Marc. qui narrant eam post latam sententiam inter illa quæ dicta sunt, narrant id per recapitulationem. Nec obstat quòd Matth. narrans eam ait, Tunc milites, &c. quia vt alibi diximus, dictio, Tunc, apud Matthæum non significat immediatum tempus, sed circa. Fuit autem Dominus flagellatus intra prætoriũ Pilati, & postea indutus suis vestibus, deinde milites duxerunt eum extrà in atrium prætorij, vt narrat solus Marcus, vbi facta est coronatio. Tũc milites iterũ exuerũt Christũ suis vestib⁹: & quia vestes corpori lacerato penitus adhæserãt, nõ potuerunt detrahi sine maximo dolore, & quin simul aliquæ partes pellis & carnis abstraherentur. Sciendũ est, Dñm tẽpore passionis quater fuisse exutũ vestib⁹. Primò, vt flagellaretur. Secũdò, vt indueretur chlamyde purpurea. Tertiò, quãdo exutus est chlamyde, & indutus proprijs vestibus, vt baiularet crucem. Quartò, vt crucifigeretur. Secundò, nota. vbi exuerunt Christum vestibus, induerunt eum secundum Matth. chlamydem coccineam: secundum Ioan. & Marc. purpureã. Chlamys erat vestis militaris breuior pallio & [illegible], qua milites & imperatores vtebantur: Matth. appellat rubeam, alij duo purpuream. Quod dupliciter potest intelligi. Vel quia fuerit purpurea, vt ille color vergeret ad rubeum: nam purpureus color varius erat & multiplex. Vel (vt ait Hiero.) erat purpurea, *Hieron.* habebat tamẽ limbos coccineos, & clauos, id est, fascias ambientes extremitatẽ vestium: tali ornatu antiqui Reges vtebãtur. Quid autẽ significabat hæc vestis purpurea? Dico, quòd vt chlamys erat militaris vestis ad bellũ, vt purpurea, erat Regia, & designabat sanguinem. Vnde significabat Christũ per suã passionem pugnasse cũ diabolo, & eũ debellasse, & acquisiuisse Regnũ suum, purpurã significantem color autem rubeus & purpureus sanguinem passionis eius referunt. De eo dicitur Gene. 49. Lauabit stolã suã in vino, *Genes. 49.* id est, in sanguine. Et Ioan. in Apoc. cap. 19. *Apoc. 19.* Vidit filium Dei habentem vestem aspersam sanguine, & scriptum in femore, Rex Regum. Et Esa. 63. Quis est iste qui venit de Edom, *Esai. 63.* tinctis vestib⁹ de Bosra? Quare ergo rubrum est indumentum tuum, & vestimenta tua sicut calcantiũ in torculari? Tertiò, imponitur capiti eius corona spinea, *Histo. schol.* quã Magister historiæ asserit fuisse contextam ex iuncis marinis, quorũ acus nõ minus pungit quam spinæ. Vnde Poeta quidam dixit. Et acutè iuncea cuspide. *Cyrillus.* Cyrillus ait, Istam coronam fuisse impositam à Gentilibus: & illæ spinæ demonstrabant quales tunc essent Gẽtiles, spinæ enim sunt steriles, & pungunt, & sunt materia ignis, tales erãt Gentiles antè cõuersionem,

steriles bonorum operum, persecutores Christianæ fidei, mancipia diaboli. Illæ tamen spinæ tactu Christi & sanguinis eius versæ sunt fertilissimæ, beneficæ, & ciues cœlestis Hierusalem. Christi spinis coronati fuit figura aries, quem Abraham vidit cornibus hærentem inter spinas, quem immolauit pro Isaac. Denique Deus maledicens terræ propter peccatum Adę dixit. Maledicta terra in opere tuo, spinas & tribulos germinabit tibi. Maledicta fuit terra, hoc est, natura humana rea mortis æternæ propter peccatum, & proferebat spinas, id est, peccata, quæ Christus cepit. Fecit sibi coronam, in qua non est principium nec finis, vt significetur, Christum omnia peccata à principio mundi vsq; ad finem deleuisse. Et imposuit capiti (caput Christi Deus) vt intelligeretur Christū sua passione virtute suę diuinitatis deleuisse omnia peccata: quare illæ spinæ capiti Christi impositæ redduntur innoxię, & perdūt aculeū & aciē: non enim faciunt pungēdo, non inficiūt, imò proficiunt capiti, quibus imponuntur. Quartò dederūt ei sceptrū in manu, id est arundinē. Omnia faciebāt in cōtumeliā Christi, sed Deus ad maiorem gloriam ordinabat. Arundo significabat crucem Dñi, quæ ante passionem eius erat grauissima, & non poterat portari; sed per passionē Dñi facta est leuissima, vt eā &
Athan. pueri & puellę manu gestēt (vt ait Athan. lib de passione Dñi. Tradūt nōnulli arundinē habere virtutē tollēdi & interimendi serpētes: quo significatur per crucem Christi destruēdū esse imperiū, & virus antiquæ serpentis. Quintò, milites mille modis illuserunt Dñm, expuentes in eum, & alapis percutientes. No. q licet mille iniuriis Christū dehonestauerunt, tamen non velauerunt faciem eius, sicut fecerāt antea Iudęi in Cōcilio illudētes ei. Quo ostēdebatur, Christū nō abscōsurū faciē suam à Gentilitate, sicut à Iudæis; & Gentiles visuros faciem Christi, id est, credituros in ipsum; populū verò Iudaicum non visurum, nec crediturum, quia velauerūt faciē. Sextò, hic habitus Christi, secūdū tropologiā duo repręsentabat. Primū felicitatē regū terrę, ex auro & gemmis exterius, sed interius re vera est spinosa: quia eorū animi curis, & sollicitudinibus ac timoribus innumeris lacerātur. Habent sceptrū in facie speciosum, & gloriosum, sed re vera arundineū, id est fragile, spineū, & pro-
Esai. 36. pediem defecturū. Sicut Regem Ægypti; vocat Dñs baculū arundineū. Induitur purpura coccinea, quę colore imitat flāmas inferni: quia nisi resipiscāt Reges, cōuenit eis, q
Sapiens dicit. Potentes potenter tormenta patientur. Subditi & adulatores flectunt genua ante eos, & quasi deos venerātur exterius, sed interius irridēt & despiciunt illos. Sap. 6.

Ecce Homo.

Pilatus autem Christum sic flagellatum, & illo ornatu Regio ad contumeliā indutū produxit foras spectandū populo, vt illo miserabili spectaculo mitigaret furorē populi, & animos Iudæorum flecteret ad aliquā cōmiserationē, & dixit. *Ecce Homo*. Quę verba multas possunt exprimere sententias, licet non omnes intenderit Pilatus. Primò, *Ecce Homo*. Id est, quē vos accusatis, quòd se fecerit filium Dei & Regē, & q periculum esset populo: ecce ita flagellatum, & coronatū spinis, ità miserè tractatum, despectum, & abiectum; vt non sit periculum amplius quòd populus vester credat eū esse filium Dei, aut eligat eum in Regē. Secundò, *Ecce homo*. Id est, non est hic lapis aut brutum, sed est homo, id est, caro vestra, & os vestrum. Si ergò estis homines humani, nihil humanū alienum putare debetis à vobis, mouemini ad cōmiserationem huius, si canem, vel equum tam malè tractatum cerneretis, misereremini illorum, cum Salomō dicat, q iustus etiā iumentorum
Prouer. 12. miseretur. Tertiò, *Ecce Homo*, in quo ego nihil respexi dignum pœna; & tamē vt vobis gratificarer & satisfacerē, eum contra meā cōscientiā crudelissimè flagellaui, spinis coronaui, & mille iniuriis affeci: satis supplicij vobis dedi, nolite postulare, vt aliquid grauius cōtra ipsum faciā. Quartò, *Ecce Homo*, qui ante oculos vestros tot miracula fecit, tot vobis cōtulit beneficia, quē vos vt sanctum & Prophetā venerabamini, quē nuper ingredientē Hierosolymā tāto applausu & honore excepistis, quomodo incitati estis in eū contrarium affectum? Qui multis vestrum vitā tribuit, quomodò ei vos machinamini mortē? Quintò, *Ecce Homo*, Hic est qui vestros ministros vno verbo prostrauit in terrā in horto, & auriculā vnius ex illis abscissam mirabiliter restituit, qui in tantis miseriis, & contumeliis incredibilem mansuetudinē & patientiā ostēdit: quibus rebus satis demōstrauit se esse charissimum Deo, & si vellet, posset eum euadere manus vestras. Quare videte, ne dum ipsum persequimini, Deum offendatis grauissi-

gravissimum itineris eorum, & huius sceleris poenas luerit: tunc veré dici potuit illud Cantic. 3. *Cant. 3.* Egredimini filiae Sion, & videte Regem Salomonem, in diademate quo coronavit eum mater sua. Et illud Esai. 53. *Esai. 53.* Vidimus eum quasi despectum, & novissimum virorum, quasi leprosum & humiliatum à Deo. Et illud Hiere. 9. *Hiere. 9.* Obstupescite coeli super hoc; & portae eius desolamini vehementer. Duo mala fecit populus meus, me dereliquerunt fontem aquae vivae, & foderunt sibi cisternas veteres, quae continere non valent aquas. Id est, spreverunt filium Dei, & elegerunt sibi Barabbam, vel, abiecerunt Christum ne regnaret super eos, & maluerunt Caesarem Regem habere. Iudaei viso Dño, sicut elephantes viso sanguine, saeviores efficiebantur, atque odio & rabie commoti exclamant, Crucifige, crucifige eum. Figura fuit illud, Num. 20. *Num. 20.* Moyses bis virga percussit petram, & fluxit aqua, qua non solum homines, sed & iumenta satiata sunt: Sic Synagoga verbis linguae suae, petram quae est Christus bis percussit, dicens: Crucifige, crucifige, ex quo flumina exierunt, quibus non solum Iudaei sed & Gentiles potarentur. Cur autem deberet crucifigi causantur legem suam. *Nos legem habemus, & secundum legem debet mori, quia filium Dei se fecit.* Indicant his verbis legem mortis, quae erat lata contra blasphemos, & pseudoprophetas. Sed convincuntur falsitatis Iudaei. Primo, non fuisse blasphemum declarant eius opera, & miracula: nam ut dixit Nicodemus, *Ioan. 3.* Nemo potest facere haec signa, quae tu facis, nisi fuerit Deus cum eo. Et, Si mihi non creditis, operibus credite. *Ioan. 10.* Deinde dicunt Iudaei esse morte dignum, quia se fecit filium Dei; ergo vos Iudaei non recipitis Messiam: nam Prophetae praedixerunt Messiam futurum filium Dei, & sic ostentatorum; ergo. Tertio, si lex vestra, Iudaei, blasphemum occidit, at non iubet crucifigi, sed lapidibus eum obrui. Ergo verum est, quod illorum Iudaeorum linguas Deo regente, & omnia eorum dicta & facta ordinante, ad maiorem Dei gloriam, illa ipsorum verba veram sententiam continebant, nempe quod Christus se fecerat filium Dei, & quod secundum legem deberet mori: fecit enim se filium Dei, non quin ipse fuerit filius Dei naturalis, non factus sed genitus; sed quia ipse, simul cum Patre & Spiritu sancto effecit unam hypostasim humanitatis cum Verbo aeterno, per quem factum est, ut idem esset filius Dei & filius hominis. Hoc fecit in tempore. Deinde verum est, quod Christus debebat mori, secundum triplicem legem, divinam scilicet, aeternam, & Mosaycam, & politicam ipsorummet Christi. Secundum primam: quia lex aeterna haec est, ut peccatum non sit impunitum, & ut satisfiat divinae iustitiae. Christus ergo suscepit super se peccata omnia, & voluit satisfacere pro eis quam maxime poterat: ergo debuit mori, quia Pater ita ordinavit. Secundum Mosaycam etiam, nam lex & Prophetae praedixerunt Messiam moriturum pro redemptione hominum: unde Christus Discipulis suis dixit, secundum leges & Prophetas sic oportuisse mori filium Dei. Pilatus cum videret implacabiles esse animos Iudaeorum; & obstinato animo petere mortem Christi, accepta aqua lavit manus suas, dicens, Innocens ego sum à sanguine iusti huius, vos videritis. Est ceremonia lavare manus, & significat, & se non consentire, & compulsum id facere. Quae lotio manuum profecit maxime ad testificationem innocentiae Christi, sed non profuit Pilato ad sui excusationem. Non enim debebat ipse postulatis Iudaeorum tam impiis deflecti à vero iudicio. Nam Exod. 23. dicitur. *Exod. 23.* Non sequaris turbam multam in faciendo malum, nec consilio plurimorum acquiescas, ut à vero devies. Quae quia lex moralis est, ad Gentiles etiam pertinet. Quare Leo Papa serm. 8. de passio. sic loquitur ad Pilatum. *Leo Papa.* Non purgant, Pilate, contaminatum animum manus lotae, nec in aspersis aqua digitis expiatur quod impia mente committitur. Excusat quidem culpam tuam facinus Iudaeorum; sed non tu reatum evades, qui cooperaris seditiosis, dum proprium relinquis iudicium, in crimen transisti alienum. Iudaei clamant.

Sanguis eius super nos, & super filios nostros.

HOc est, parati sumus nos, & omnes posteri nostri luere poenas effusi sanguinis huius. Maledictio ista sit super nos. Hieron. *Hieron.* Malam profecto haereditatem reliquerunt filiis suis. Deprecatio Pilati significabat, mortem Christi non imputatum iri Gentilitati ad eius reprobationem: imprecatio autem Iudaeorum significabat, mortem Christi illis imputandam ad perpetuam eorum damnationem. Sanguis eius, &c. Beda ait. *Beda.* Ultio huius sanguinis usque adhuc non finitur in Iudaeis. Hieron. ait, *Hieron.* Iudaeos dicere quod peccatum hoc, propter quod tot mala patiuntur toto orbe,

Hieron. [illegible]ebe, fuit idolatria. Quod tamen est falsum: nam tempore Christi non fuerant idolatræ, imò post captiuitatem Babylonicam, non [illegible] idolis seruierunt: nā eam quæ tēpore [illegible] Regum commiserant, per captiuitatē Babylonicam puniuit Deus per septuaginta annorum spatium, & placatus est: quarè restat quod peccatum, ob quod tanto tempore puniuntur, fuit mors Christi. Quod significatur Amos. 2. Super tribus sceleribus

Amos. 2. Israël, & super quarto non conuertam eum; eò quòd vendiderit pro argento iustum, & pauperē pro calceamētis. Tria scelera maxima cōmisit ille populus. Primū, adoratio vituli in deserto, ob, q cæsa sunt multa millia ex eis, & iterū Deus est placatus. Secundū fuit, quandò repugnantes Dei voluntati noluerunt intrare terram promissionis, propter dicta exploratorum exterriti, pro quo scelere triginta & octo annos peregrinati fuit in deserto, & omnes qui murmurauerāt sunt occisi. Tertium fuit cædes Prophetarū, & idolatriæ crimen tēpore Regū, & maximè Manasses (vt ait Hieremias) pro quo sunt ducti in Babyloniam per. 70. annos, sed rursus est Deus illis placatus. Quartum scelus propter quod dicit non conuertendos Iudæos, fuit, quia vēdiderant iustum pro argēto, & pauperem pro calceamentis. Nam Iudas vendidit Christum triginta argenteis, quod pro calceamentis emendis nondum erat pretium sufficiens. Vndè & Daniel ca-

Dani. 9. pit. 9. dixit. Post septuaginta duas hebdomadas annorum occidendum esse Christum, subdens. Et non erit eius populus, qui eum negaturus est. Ciuitas & sanctuarium dissipabitur, & vsque ad finem & consummationem manebit desolatio. Pilatus non desinebat differre condemnationem Christi quantum poterat, & reducens Dominum intra prætorium interrogauit ipsum, quis nam esset: Christo autem non respondente, fastu Romano dixit. *Mihi non loqueris. Nescis quia potestatem habeo, &c.* Ex ore tuo te iudico, Pilate. Respondit Dominus. Non haberes potestatem, &c. Et quia Dominus ferè tacuit, quandò respondit, ostendere voluit debere esse eius responsum à fidelibus obseruandum. *Non haberes aduersum me potestatem, &c. Propterea qui tradidit me tibi maius peccatum habet.* Voluit hac sententia Dominus reprimere arrogantiam Pilati. Quæ sententia est difficilis. Primò, quia illud, desuper, est ambiguum, & subobscurū. Deindè quia nō apparet quomodo id quod subiungit Dñs (Propterea qui tradidit me tibi maius peccatum habet) cohæreat cum præcedenti sententia. Sciēdum est tamē duplicem esse sensum. Primò per illud (nisi tibi datum esset desuper) in verbo Græco (anophete) significatur potestas Imperatoris Romani, quæ erat suprema cōparatione Pilati, qui omnē suā potestatem habebat ex concessione Tyberij. Vult ergò dicere Dominus. Ne glorieris de tua potestate: nā eā non habes ex te, sed ad tempus acceptam, desuper à superiori Romano Imperatore. Et quia tu times offendere illam superioritatē Romanorum, ideò me condemnas & in hoc peccas. Veruntamen magis peccauerunt Iudæi, qui nō ex metu superiorum, sed ex mera inuidia me tibi tradiderunt ex odio. Secundus sensus est, vt desuper significet è cœlo, vt Ioan. 3. & ita Græci accipiunt; vt sit sen- Ioan. 3.
sus. Ego nō eram subiectus tuæ potestati, partim quia sum innocēs, vt expers omnis peccati, partim quia filius Dei sum, super omnē potestatem & legem constitutus: sed Pater meus, vt per meā mortē redimeretur genus humanū, permisit tibi potestatē condēnādi me, & Iudæis tradendi me tibi, qua quia tu abusus es, peccasti, sed magis Iudæi peccauerunt, quia ea sunt magis abusi. Nec moueri debetis quia dixit datum, & non permissum: nam Scriptura solet permissionem Dei explicare verbo efficiendi, dandi, & tradendi.

Quarta pars Passionis Dñi, de his quæ gesta sunt postquā Christus damnatus est à Pilato, ductusque in montem Caluariam & ibi crucifixus.

HÆC Quarta pars tria præcipuè continet explicanda. Primò, quæ acta sunt circa Christum in itinere. Secundò de supplicio. Tertiò qualis fuerit crucifixio. Primum ab horto ad domum Annæ. Secūdum hinc ad domum Cayphæ. Tertium hinc in domum Pilati. Quartū hinc ad palatiū Herodis. Quintum hinc rursus in prætorium Pilati. Sextum ex prætorio ad montē Caluariæ, & in his multa passus est Christus. Septimū fuit post mortē ad inferos, in quo nihil est passus: quod fuit proprium eius. Alij enim omnes descendentes ad inferos patiuntur, vel pœna sensus, vel saltem in voluntaria detentione in eo loco. Quæ tot duo nobis indicat. Primum hoc fuisse significatum

Iob. 5. ficatum à Iob. cap. 5. cũ dicit: In sex tribulationibus liberabit te, id est, In sex itineribus passionis, in quibus multa passus est, & in septima non tanget te malum: q̃m in inferno non passa est anima Christi aliquod tormentum. Secundò cogitandum est sex vias inuenisse Deum, quandò mundum creauit, de quibus Prouer. 8. dicitur, Dominus possedit me in initio viarum suarum, id est, ante prima opera mundi, quę dicuntur viæ Dei. Et Iob. 40. dicitur de diabolo. Ille est initium viarum Domini. Id est primus inter opera Dei. Dicuntur ergò viæ opera sex dierum: quia per ea Deus quodammodò exiuit extra se. Vndè appellantur opera ad extra, ad differentiam operationum ad intra. In septimo autem die sabbathi requieuit Dñs ab omni opere quod patrarat. Christus per has sex vias restaurauit mundum; consummato autẽ opere quieuit sicut Deus in creatione. Quidã Doctores tradunt viã à Pretorio vsque ad Caluariam fuisse mille octingẽta septuaginta duorũ passuum. Postquã ergò damnatus est Dominus à Pilato, tortores (vt tradunt Matth. & Marc.) exuerũt eũ purpura, & induerũt eũ vestimentis suis. Exuerunt eum, vt ex proprijs vestimentis agnosceretur ab omnibus, & quia mos erat, vt vestes damnatorum cederent in vsum tortorum. Sed nec hoc vacat mysterio. Traditur enim Leuit. 16. quòd in festo expiationis, in quo summus Pontifex tantùm bis in anno ingrediebatur Sancta sanctorum, & fiebat sacrificium pro expiatione totius populi, summus Sacerdos non induebatur pretiosis vestimentis, sed vilioribus & simplicibus, & sic pergebat ad sacrificium. Quod figura habuit in Christo. Christus enim acturus sacrificium, pro expiatione omnium peccatorum, exutus est regalibus, & indutus est vilissimis. Solet quæri, si detracta fuerit ab eo corona cum purpura. Euthy. hic per mille esse detractam fuisse, & sine illa fuisse crucifixum. Orig. autem tract. 35. Matth. & Anselm. tenent Dominum gestasse illam: nam reliquerunt eam ad maiorem poenam, & ne caderet à capite Christi fortiùs eam impegerunt, & impingitur, & communiter habetur; quod est magnum argumentum. Deindè imposuerunt humeris eius crucem, cui erat affigendus. Nam vt ait Ioan. cap. 19. Exiuit à Pretorio baiulans sibi crucem, & vt potest colligi ex Marco; portauit eam per aliquem; & extrà posuerunt eam Cyrineo. Ioan. Gagneus super 19. Ioan. ait fuisse contra consuetudinem, vt Christus portaret crucem, sed crudeliter eos hoc fecisse. Quod mihi non probatur. Nam (vt dicemus statim) mos fuit vt qui crucifigendi erant suam crucem portarent.

Augus. ait. Baiulat Christus portat crucem. O grande spectaculum! si spectet impietas, grande ludibrium: si spectet pietas, grande mysterium: si spectet impietas, grande ignominiæ documentum: si spectet pietas, grande fidei munimentum: si impietas, videbit Regem pro virga Regni lignum importare supplicij: si spectet pietas, mirabitur Regem lignum portare, in quo ipse figatur, & quod fixurus erat in frontibus Regũ. in quo spernendus erat ab Infidelibus, sed in quo gloriatura erant corda fidelium: adeò vt Paul. exclamet, Absit mihi gloriari, nisi in cruce Domini nostri Iesu Christi. Portat Christus crucẽ, sicut Isaac ligna ad sui immolationẽ: sicut Moyses virgam ad liberandos Hebręos portat virgam manu, sicut Dauid cum baculo exijt contra Goliã gigantem. Hic sunt tria vaticinia impleta. Primum Esa. 9. Factus est Principatus eius super humerũ eius. Ipse aperit & nemo claudit, ipse claudit & nemo aperit. Tertiũ est Dauid. Psal. 95. Dñs regnauit à ligno. In codicibus qui nũc sunt, Hebræis, Græcis, Latinis, non reperitur dictio illa, ligno: verùm ait Iustinus Martyr in dial. cum Tryphone, & Apolog. 2. pro Christianis ait olim in versione Septuaginta fuisse à ligno, Iudęos verò odio crucis Christi expunxisse illã particulã. Idem docet Tertul. lib. 3. contra Martionẽ. Leo serm. 5. de passio. Aug. super Psalm. 95. Eduxerunt autẽ Iudæi Christum extra ciuitatem crucifigendum: nam mons Caluariæ, licet nunc sit intra ciuitatem, tempore illo tamen erat extra; nam Christiani dilatarunt mœnia vrbis, vt locum crucifixionis, & sepulchri intra muros haberent & seruarent. Causa verò quare Dominus voluit crucifigi extra vrbem, multiplex reddi potest: Primò talis erat consuetudo apud Iudæos, vnde legitur Leuit. 24. quendam blasphemum deductum esse extra castra, & ibi lapidibus obrutum. Secundò significatur hac re quòd virtus & effectus passionis Domini non erat includenda intra Iudęam, sed erat effundenda ad omnes. Imò extra vrbem Iudæorum patitur: vt intelligatur passionem suam parum profuturam Iudæis; multò magis Gentibus. Tertiò vt ostenderetur, cultum & ceremonias templi Hierosolymitani cessaturas, & deinceps nõ fore accepta Deo. Ad hoc Abel foras &

Marginal notes: *Prouer. 8.* — *Iob. 40.* — *Leuit. 16.* — *Euthym.* — *Origen.* — *Anselm.* — *Ioannes Gagneus.* — *August.* — *Esa. 9.* — *Psal. 95.* — *Tertull.* — *Leo.* — *August.* — *Leuit. 24.* — *Genes. 4.*

in agro fuit occisus, vitulus & hircus expiationis extra vrbem mactabantur, Leuitic. 6. *Leuit. 6.* Veruntamen partim ex nimia lassitudine, partim ob exanimationem corporis & effusionem multi sanguinis, non poterat eam gestare, sed subinde cadebat. Iudæi ergò auidissimi necis Christi, & veriti ne Pilatus mutaret sententiam, quam inuitus tulerat, veriti etiam tumultum populi, si retardaretur mors: denique vt magis possent vacare festiuitati illius diei, imposuerunt Christi crucem super alium hominem, & hoc factum est extra ciuitatem. Et quæritur quomodò iste portauerit crucem Domini, an solus, an simul cum Christo? Origen. *Origen.* Hieronym. Euthym. Theophilact. super *Hieronym.* 17. cap. Matth. significabant solum Simo- *Euthym.* nem portasse eam. Caiet. id negat, sed inquit *Theophil.* adiuuisse Christum in portando. Nam si solus portaret, existimaretur Simonem esse qui crucifigendus erat. Luc. capit. 23. *Luc. 23.* ambiguè videtur loqui, ait enim. Imposuerunt Simoni portare crucem post Iesum. Nã illud (post) potest significare quòd Simon post Iesum, in loco posteriori à Christo portabat integram crucem, vel quòd portabat posteriorem partem crucis, & Christus anteriorem. Vtrunque potest teneri. Prior mihi magis arridet, tum quia verba Lucæ hoc videntur significare. Dicit enim, Imposuerũt Simoni crucem portare post Iesum. Quo significatur solùm Simonem portasse, sed sequendo Christum. Deindè credibile est Iudæos totam crucem imposuisse Simoni, vt Christus expeditius ambularet, & citius perueniret ad locũ supplicij. Iste Simõ hac gestatione crucis magnum quoddam mysterium denotabat. Simon significat obedientem. Paulus commendat Christi obedien- *Philip. 2.* tiam, cũ ait. Factus obediens vsq; ad mortẽ crucis. Illi soli tollunt crucem, qui volunt sequi Christum obediendo eius præceptis, vel cõsilijs, sicut ipse dixit. Qui vult venire post me, &c. Erat iste Cyrenæus, & veniebat ex villa, id est, erat Gentilis. Est enim communis sententia omnium Patrum, istum fuisse Gentilem, & est credibile: nã nullus Iudæus potuisset compelli ad portandam crucẽ. Ex villa: quia Gentiles non erãt ciues, & domestici Dei, vndè dicũtur Pagani, id est, ex Pago. Marcus addit, fuisse hunc patrem Alexãdri & Rufi. Quod narrare voluit, non solũ propter maiorẽ certitudinẽ historiæ; sed in gloriã eorũ. Nam dicũt istos fuisse de discipulis Christi: & quia erat iste Gẽtilis, significabatur, crucẽ Christi quam repudiabãt Iudæi, amplexaturos esse Gẽtiles. Hũc autem Simonem angariauerũt (hoc est coegerunt) vt tolleret crucem. Post eã autem conuersus ad fidem Christi (quod habetur ex traditione) pro summo gaudio & honore habebat q tulisset crucem Christi: vt de illo dici posset sententia illa Aug. Felix necessitas quæ ad *August.* meliora compellit. Tertul. lib. contra hære- *Tertul.* ses ait, fuisse hæresim Marcionis, & aliorum dicentium Christum Dominum ita præstinxisse oculos Iudæorum: vt relicto Simone cum cruce, ipse se subduxerit ex eorũ oculis: ex quo euenit vt Iudæi crucifigentes Simonem arbitrarentur se crucifixisse Christum. Et Mahumetani sunt in hoc errore, & irrident nos. Lucas solus narrat Christum solum iuisse ad montem Caluariæ magna comitantium multitudine. Alij enim erant ministri Iustitiæ, alij milites, alij tortores, alij subindè Pharisæi & Sacerdotes ad illudendum ei, alij conuenerant spectandi causa, alij ex beneuolentia & amore Christi, & in hoc numero erant mulieres, quæ comitabantur Dominum ad mortem. Plangebant autẽ illum propter atrocitatem supplicij, tùm etiam propter innocentiam Christi, tùm quia multa beneficia ab illo acceperant. Ad quas conuersus est Dominus (nam alij indigni erant colloquio Christi) & dixit illis. *Nolite flere super me, sed super vos ipsas flete, & super filios vestros.* Nõ damnat Dominus, quia flebant mortem eius simpliciter, sed quia flebant ex falsa causa, existimantes eum pati ex infirmitate & impotentia, & ideò esse miserum. Deindè non tam damnat fletum earum, quàm ostẽdit habere ipsas maiores causas flendi, propter mala propria, quæ ipsis imminebant. Quare hæretici huius seculi, non rectè ex hoc loco colligunt passionem Christi, non esse cũ fletu cõmemorandam, contrà antiquam consuetudinem Ecclesiæ, iã indè ab Apostolis ortam. Contra quos sunt duo argumenta ex Scriptura. Primò, quia beata Virgo amarissimè fleuit, & doluit de passione Christi: hoc enim prædixit ei Simeon cum dixit. Et tuam ipsius animam pertransibit gladius. Alterum argumentum est, quia Dominus in horto, ex sola imaginaria repræsentatione imminentis passionis, tanto mœrore & dolore afflictus est, vt toto corpore sudorem sanguineum largissimè profuderit. Sciendum est tripliciter desleri posse passionem Christi. Primò ex naturali compassione,

quæ

quæ haberi solet erga innocentes in magna calamitate positos. Secundò, quia cum passio Christi ordinata fuerit ad salutem omnium; fleri debet iàm paucos per eam saluari. Tertiò flendum est maximè: quia causa quæ Christum adegit ad crucem fuerunt peccata nostra, vt ait Esai. cap. 53. Vulneratus est propter iniquitates nostras. *Esai. 53.* *Quia venient dies, &c.* Prænunciat illud excidium Hierosolymitanorum factum à Tito, & Vespasiano, quod euenit post, quadragesimo anno post mortem Christi, in quo tanta mala contigerunt Iudæis, vt essent incredibilia, nisi ea narrasset Iosephus Hebræus, qui interfuit illis. *Quia si in viridi hæc faciunt, in arido quid fiet?* No. primus loco, Viridi, in Græco esse (ὑγρῷ) id est humidi: nam humidum opponitur arido. Lignum autem hoc loco significat arborem phrasi Hebræa: nam Hebræi appellant arbores ligna. Significatur autem arbor, & viridis & florens, & fructifera, sata propè aquas. Vndè vitali humore semper alitur, vegetatur, & fœcundatur, qualis est illa de qua in primo Psalmo dicitur. *Psal. 1.* Erit tanquam lignum quod plantatum est secus decurcursus aquarum. Comparatur Christus huic arbori: quia ipse erat plenus gratia, & humore Spiritus sancti arbor autem viridis propter humorem non est apta ad combustionem. Præterea, quia est fructifera non abscinditur; arida autem est idonea ad combustionem. Et huic comparatur populus Iudaicus, cuius figuram tulit ficulnea, cui Christus maledixit, quia non ferebat fructum, & confestim arefacta est. Sensus ergò est, Si filius Dei talia & tanta patitur, qualia passuri sunt crudeles, & impij Iudæi? Aduertendum est illud, Faciunt, ad quod referatur. Qui sunt qui faciunt. Multi Patrum existimant referri ad Romanos, id est, si Romani à vobis instigati, in me exercent crudelia, cùm tamen cognoscant me esse innocentem: quomodò in vos animaduertent, propter vestras seditiones, & rebelliones? *Theophil. Euthymi.* Ita Theophil. & Euthym. Secundò potest referri ad Iudæos. Si Iudæi hoc faciūt in me cōtra iustitiā; quid fiet illis? Tertiò referūt ad Deū, etsi sit in plurali, vt sit sensus. Si Deus hūc hominē innocentē Dei filiū, & pro peccatis alienis ita mori crudeliter permisit; quomodò aduersus Iudæos eius ira desæuiet qui facinorosi, & maximè peccatores sunt: iuxta illā Petri sententiā. *1. Pet. 4.* Si iustus saluabitur, impius & peccator vbi parebunt?

Lucas ait, Et ducebantur cum eo alij duo nequam.

DVÆ Causæ possunt afferri, quare Christus sit crucifixus cum duobus alijs reis. Vna, quia est mos apud Iudæos, vt in magna festiuitate ad quam maxima multitudo concurrebat Hierosolymam, insignes malefici supplicio afficerentur: vt id esset exemplo & terrori alijs. Altera causa: quia id impetrauerunt Iudæi, vt aiunt Patres, à Pilato ad maiorem Christi ignominiam, vt ipse tanquam Princeps malefactorum haberetur: & sic impletum est illud Esai. Et cum iniquis deputatus est. Tertiò, vt sic appareret tria esse genera ferentium crucem. Quidam pro peccatis suis, sed inuiti, & sine fructu, vt malus latro. Alij pro peccatis suis, sed patienter, & cum fructu vt bonus latro. Alij, non pro suis, sed pro alienis, & pro maiori Dei gloria, vt Christus.

De supplicio Crucis.

TAM In sacris literis quàm in scripturis Gentilium hæc nomina idē significabant, lignum, patibulum, furca, crux, arbor infelix. Vsitatū enim erat apud Romanos infelici arbore esse suspendendum malefactorem. Plin. libro 16. cap. 26. *Plin.* Infelices arbores existimantur ex religione damnatæ quia nec seruntur, nec fructum ferunt. Ex hoc genere erant illæ vndè suspendebantur homines, præcipuè sambucea arbor. Nam vt refert ille libr. 29. capit. 4. solebant Romani singulis annis supplicio crucis afficere canes: quia inuadentibus Gallis Capitolium anseres concinuerant, canes verò siluerant, & viuos figebant illos sambuceæ arbori. Varijs modis solebant affici supplicio crucis. Quidam in lecto laqueo ad collum suspendebantur ex patibulo, vt modò fit. Alij è conuerso, capite in terram, & pedibus in cœlum leuatis, vt dicunt Petrus. Alij stipite per aluum transfixo, vt modo fit inter Turcas. Alij in cruce fortissimè distendebantur manibus, & pedibus; ita vt omnia membra distraherentur, & laxarentur, vt fertur de beato Andrea. Alij non solùm distendebantur manus, & brachia, sed clauis configebantur: quo genere mortis

Dominus noſter affectus eſt. Verumtamen duo erant generales modi occidendi in patibulo. Alter per laqueum, quo ſuſpenſi & præfocati interibant, alter verò cum clauis transfigendo occidebâtur. Fuit etiam mos, vt qui afficiendi erant ſupplicio crucis, vel fures ipſi geſtarent eam, vndè vocati ſunt *Plinius.* furciferi, vt tradit Plinius, & Marius Cario *Marius Cariolanus.* lanus in problematibus Romanis. Et Cice- *Cicero.* ro lib. 1. de diuin. ait, Reus per crucem cùm verberibus cæderetur furcam ferens ductus eſt. Quarè falſi ſunt, qui dixerunt eſſe factū contra morem in Chriſto, qui coactus eſt portare ſuam crucem. Secundò, no. ſupplicium crucis fuiſſe vetuſtiſſimum: reperitur enim viitatum mille nongentis annis antè mortem Chriſti. Legimus in Scriptura. 2. *2. Reg. 21.* Regum. 21. Gabaonitas concedente Dauide, crucifixiſſe ſeptem filios Saulis. Legimus in libro Ioſue. cap. 8. Regem Chauaam captum in bello iuſſu Ioſue fuiſſe ſuſpenſū *Deut. 21.* in cruce. Et Deut. 21. Deus ſtatuit, vt ſi quis *Num. 25.* adiudicatus morti appenderetur cruci; eodem die deponeretur. Et Num. 25. Deus iuſſit, vt Principes Iudæorum, qui fornicati fuerant cum Madianitis, ſuſpenderentur *Gen. 40.* in cruce contra Solem. Et Geneſ. 40. Magiſtrum piſtorum Pharaonis fuiſſe ſuſpenſum in cruce, ſicut ei prædixerat Ioſeph, à quo tempore vſque ad mortem Chriſti fluxerunt mille nongenti anni. Ex hiſtorijs Gentilium manifeſtum quoque fit, fuiſſe in vſu apud Carthaginenſes, Græcos & Romanos. Vndè ſolemnia erant verba illa apud Romanos. Lictor colliga manus, caput obnubilo arbori infelici ſuſpendito. Tradunt Iuriſconſulti, erectionem crucis ſeu furcæ, in aliqua terra eſſe magnum ſignum, & argumentum capitalis & criminalis iuriſdictionis, & meri imperij in ea regione. Tertiò not. ſupplicium crucis fuiſſe crudeliſſimum, & ignominioſiſſimum, vt demonſtrat Scriptura. Nam Dauid ſub perſona ſua prænuncians *Pſal. 21.* acerbiſſimam mortem Meſſiæ, Pſalm. 21. ait. Foderunt manus meas, & pedes meos, &c. *Cicero.* Cicero in ſecunda contra Verrem exaggerans facinus Verris, qui ciuem Romanū ſuſtulerat in crucem, vniuerſis eloquentiæ ſuæ *Lactanti⁹* viribus & neruis, vt ait Lactan. libr. 4. cap. 18. velut effuſis totius ingenij fontibus dixit. Nefas eſt vincire ciuem Romanum, ſcelus verberare, propè parricidium necare, *Suidas.* quid dicam in crucem agere? Et ait Suidas fuiſſe legem & conſuetudinem apud Athenienſes, vt qui extra patriam, vel in exilio, vel in aliqua calamitate morerentur, nec ſepulti fuiſſent in agro Athenienſi, ſed in ſepulchris eorū imaginarijs erigeretur crux lignea, in ſignum calamitatis eorum. Quartò not. Chriſtum affectum fuiſſe ſupplicio crucis duas ob cauſas. Altera orta ex Concilio Iudæorum, altera ex Concilio & propoſito Dei. Iudæi voluerunt crucifigere Chriſtum: vt eum crudeliſſima morte afficerent. Secunda, vt ſic magis appareret obedientia Chriſti erga Patrem, charitas eius erga homines, iuſtitia Dei ſeueriſſima aduerſus peccatum. Exigit enim mortem crucis à Filio ſuo, vt ſatisfaceret iuſtitiæ ſuæ. Vndè Paulus factus obediens vſque ad mortem, mor- *Philip. 2.* tem autem crucis. Tertiò vt clarius appareret toti mundo potentia Dei, qui per crucē qua nihil erat contemptius, & abominabilius, ſaluare voluit mundum. Paul. verbum *1. Cor. 1.* crucis (ait) Iudæis ſcandalum, Gentibus ſtultitiam eſſe. No. crucem Chriſti conſtare ex duobus lignis, quo ſignificatur, cùm tres fuerint in Chriſto naturæ, corpus, anima, & diuinitas, duas tantum in paſſione ſenſiſſe dolorem crucifixionis, & paſſas fuiſſe, nempè corpus & animam. Præterea alterum lignum eſt tranſuerſum per latitudinem, alterum à terra erectum eſt per lōgitudinem in cœlum, quo ſignificatur fructus & effectus crucis Chriſti diffuſum iri per totam terram; quod ſignificabat lignum tranſuerſum, & ad cœlos, quod ſignificabat ſuprema pars crucis. Id enim Paul. ad Coloſſen. *Coloſ. 1.* ait. Chriſtum per crucem reſtauraſſe omnia, ſiue quæ in cœlis, ſiue quæ in terris ſunt. Pars inferior defixa in terra, ſignificabat deſcenſum eius ad inferos per virtutem crucis, quæ illucuſque penetrauit. Quintò not. quod Iuſtinus Martyr in Dialogo *Iuſtinus.* cum Tryphone ait, aſſationem agni paſchalis geſſiſſe ſimilitudinem expreſſam crucifixi Chriſti. Nam aſſabatur in duobus lignis, alterum rectum ab imo vſque ad caput traijciebatur, alterum tranſuerſum traijciebatur per occiput, & in eo cornua & brachia agni alligabantur, & de ſanguine eius ſignabantur poſtes ſigno crucis, vt Angelus interficiens primogenita Ægypti cernens illud ſignum, non noceret Iudæis. Et hoc vult dicere Ezechiel, eos tantùm ſeruatos eſſe ab occiſione, qui habebant ſignum Thau, quod ſecundùm characteres Hebræos, quibus olim vtebantur Samaritani, habebat figuram crucis. Idem in ſecunda Apologia pro Chriſtianis ait, Signū crucis

repræ-

repræsentari in antlenis nauium, in instrumentis fossorum & opificum: quia habebant figuram hanc: & in volatu auium, cùm expansis alis pendent in aëre: in ipsa facie hominis, nam nasus inter frontem & os præeminens, reddit similitudinem crucis: quin etiam cùm homo erectus expãdit brachia, efingit figurã crucis. Solet homo ad quatuor extendere brachia: vel ad orãdum: sic Moyses super montem orãs, expansis brachijs, impetrauit Iosue bellanti cõtra Amalec victoriam. Exod. 17. Secundò ad amplexandum. Tertiò ad lactandum. Quartò ad natandum. Legitur enim. 3. & 4. Reg. Heliam, & Helisæum cùm vellet suscitare duos pueros mortuos, expandisse se super eos, manus suas super manus; quæ compositio corporis exprimebat Crucem, & ita suscitauerunt illos, vt rectè dictum sit: Nos autẽ gloriari oportet. Vide plura de hoc in Commentarijs nostris super Psalm. 118. tract. 22. vers. primo: Appropinquet deprecatio mea.

Exod. 17.

De crucifixione Domini.

QVatuor Euangelistæ tradũt Christum esse perductum ad locũ supplicij, qui Hebraicè dicitur Golgotha, siue Caluariæ, ibiq; inter duos latrones medium fuisse crucifixum, superimposito Cruci titulo Hebraicè, Græcè, & Latinè, continente hæc verba: Iesus Nazarenus Rex Iudæorũ. Circa quod tractandæ sunt aliquot quæstiones. Prima quæstio est, An locus crucifixionis Domini dictus sit mons Caluariæ. Pro quo sciendum est, Hebræos post reuersionem è captiuitate Babylonica detulisse secũ Chaldaismũ, & miscuisse linguam Chaldaicam, siue Syriacã cum Hebræa, qua omnes Hebræi vulgo vtebantur: quia erat valde similis Hebraicæ, & hac lingua loquutus est Dominus noster. Cur autem locus ille appellabatur Caluariæ, duæ sunt rationes. Prima, quia erat locus publicus, in quo dãnati capite truncabantur, & ex truncatione capitum appellabatur Caluarium, quarè erat locus valde infamis & ignominiosus. Hanc ignominiam voluerunt Iudæi Christo Domino irrogare. Secunda ratio antiquæ traditionis videtur esse, quòd in eo loco sepultus est Adam, vel certè caput eius ibi fuerit conditum. Vnde à Caluaria Adam dictus est locus ille Caluarius: factum autem esse magno Dei consilio, vt ibi moreretur Christus, vbi sepultus fuerat Adam: vt Christi sanguis distillatus super Adam deleret peccatum eius, & totius posteritatis: & ad hoc accommodatur illud ad Ephes. 5. Surge, qui dormis, & exurge à mortuis, & illuminabit te Christus; quæ sententia non reperitur in Scriptura, tamen à Paulo citatur tanquam Scripturæ. Hanc traditionẽ plerique antiqui Patres, & probarunt, & memoriæ prodiderunt, Noe tempore diluuij ossa Adam recepisse in arca, & hæc, acto diluuio, diuisisse tribus filijs vnà cum orbe, vt vnusquisque eorum partem suam ferret in regionẽ quam incolẽdam acciperet; Filio Sem qui cæteris præficiebatur, cui obtigerat Iudæa dedit Caluariam Adam; quæ condita fuit in hoc monte. Hanc traditionem commemorat Paula in Epist. ad Marcellam, quæ numeratur tertiadecima inter Epistolas B. Hieron. Hilarius Canone. 33. in Matth. & Cyrillus Hierosolym. cathechesi. 13. dicunt montem Caluarium fuisse meditullium totius terræ, & volunt probare ex eo, Operatus est salutem in medio terræ: quod tamen dictum est phrasi Hebræa, id est, in terra, vel inter homines, qui sunt in terra, sicut alibi, In medio vestrum stetit: In medio populi mei habito, id est, inter illos. Secunda quæstio est de tẽpore crucifixionis. Videtur enim esse repugnantia inter Marcum, & Ioannem. Marcus enim ait crucifixũ esse Dominum hora tertia. Ioannes verò dicit, quando Pilatus sedit pro tribunali, vbi retulit sententiam, fuisse quasi horam sextam. Erat autem Parasceue Paschæ quasi hora sexta, & tradidit Christum, vt crucifigeretur. Vt autem tolleretur hæc apparens cõtradictio, varias rationes excogitarunt Patres, ad conciliandos hos Euangelistas: sed ex his tres potissimas dicam. Prima, quia quidam aiunt numeros libros esse corruptos, vel in Marco, vel in Ioanne. Nam Græci designant numeros per literas, & gamma significat ternarium, & sigma significat senarium. Dicitur ergo mutatos fuisse in [illegible] eorum. Secunda ratio est quam tradit August. tract. 117. in Ioan. & lib. 3. de Consensu Euangelistarum, cap. 13. in lib. 83. quæstionum q. [illegible]. & super Psal. 63. & Beda super cap. 15. Marci, & Ioan. 19. Hæc autem ratio duplex est, Christum verè crucifixum esse à militibus hora sexta, sicut colligitur ex Ioanne, à Iudæis autem crucifixum est hora tertia, quando clamauerunt: Crucifige, crucifige eum, & compulerunt Pilatum, vt ferret sententiam Crucis cõtra Dominum, & hæc significauit Marcus. Hæc

Ephes. 5.

Hieron.
Hilarius.
Cyrillus.

August.

Beda.

Inter

interpretatio mihi non satisfacit. Primò, quia valde durum & violentum est interpretari apud Marcum, Crucifixerunt, pro eo quod exclamauerant, Crucifige, crucifige eum: & facit August. Marcum loqui valde obscurè, & æquiuocè: quia secundùm illum aliquando vtitur verbo crucifigendi, pro vera crucifixione, aliquando pro voce crucifixionis. Sed secundò magis vrget. Si quis enim considerat narrationem Marci, clarè videbit Marcum loqui de vera crucifixione facta à militibus. Altera ratio Aug. est, quòd Ioan. cùm nominat horam sextã, intelligat non diei, sed præparationis Paschatis, nam ait: Erat autem Parasceue Paschæ quasi hora sexta: pro Pascha autem intelligendum est non Iudaicũ, sed Christianum, qui est Christus, secundùm Paulum: Pascha nostrũ immolatus est Christus, qui cœpit præparari ad immolationem hora nona noctis, quando in concilio clamauerũt Iudæi, Reus est mortis. Nam secũdùm Augustinum, prima hora noctis Christus dedit cœnam Apostolis vltimam: & posteà petijt hortũ: tertia hora noctis captus est in horto: hora nona adiudicatus est morti coram Caypha. Hora prima diei duct⁹ est ad Pilatum: hora tertia crucifixus est, vt ait Marcus: hora sexta factæ sunt tenebræ: hora nona emisit spiritum. Ergo quo tempore Christus crucifixus est, erat tertia hora diei, secundùm Marcum, sed secundùm Ioannem erat sexta, ex quo in concilio fuit adiudicatus morti. Hanc rationem August. non opus est multis confutare, nam vt est pia tenẽdo sensum mysticum, ita secundùm literalem non congruit historiæ Euangelicæ. Quarè dicendum est, quòd sicut apud Iudæos nox in quatuor vigilias, ita dies in quatuor horas seu stationes diuidebatur. Quarum prima incipiens à diluculo, durabat vsq; ad horam diei tertiam. Secunda incipiens à tertia, durabat vsq; ad horã diei sextam, dicebaturq; hora tertia, eò quòd à tertia initiũ sumpsit. Tertia verò pars incipiens à sexta, durabat vsq; ad nonam: dicebaturq; similiter à suo principio hora sexta. Quarta autem incipiens à nona, durabat vsq; ad Solis Occasum: dicebaturq; hora nona, vel vespera. Ad hunc enim modum diem diuidi à Iudæis solitum esse, & passim eorum literæ, & parabola, quæ de patrefamilias conducẽte operarios in vineam suam, quæ est Matthæ. 20. clarissimè indicat. Illic enim operarij conducti dicuntur diluculò, hora tertia, hora sexta, hora nona, & item vndecima. Itaque iam pulchrè conueniunt Euangelistæ, qui priùs dissentire videbantur. Quod enim Ioan. ait, fuisse ferè horam sextam, cùm Pilatus sederet pro tribunali, satis indicat nõdum fuisse horam sextam: fuit igitur adhuc tertia hora, seu statio secunda, hoc est, ea pars diei, quæ est inter horam tertiam & sextam. Nihil igitur mirum, si tunc cùm Christus crucifigeretur, nõdum fuerit hora sexta, præsertim cùm aliquandiu in Cruce pependerit, antequã hora sexta fierent tenebræ. Re igitur vera Christus à militibus hora tertia crucifixus fuit: quia sexta nondum aduenerat, & re vera Pilatus hora fermè sexta sedit pro tribunali, quia tertia iam tunc maiori ex parte fuerat elapsa. Hanc sententiam etiam passionis historia confirmat: quia in ea nominatim diluculi, tertiæ, sextæ, & nonæ horarum fit mentio, cùm de reliquis inter ipsas labentibus omninò taceatur. Ioannes autẽ dixit hora fermè sexta: quia tũc immolari solebat, & parari Pascha, & ideò dixit Parasceue Paschæ, & nõ Sabbathi, vt figura responderet figurato: nam Christus verus est Agnus, qui abstulit peccata mundi. ¶ Secundò tractandũ est, quomodò Christus sit affixus Cruci. Dupliciter potuit fieri. Vel vt primò Crux fuerit exaltata & infixa, deinde Christus ex aliquo tabulato superiori fuerit infixus Cruci rectus. Vel vt Christus super iacentẽ Crucem iactus fuerit extensus, & ita ei affixus, & deinde simul cũ Cruce erect⁹. Tertiò notandũ est, Anabaptistas tẽpore nostro negare Christũ clauis affixũ Cruci, sed tantùm funibus, & ibi fuisse dutissimè distentũ, & laqueo strangulatũ. Probant, quia lex mortis habebat aliquos suspendi in patibulo; sed non reperimus iussisse vt crucifigeretur aliquis; ergo. Deinde, mos Iudæorum erat suspendere in ligno, non autem clauis figere, vnde dicitur, Maledict⁹ qui pẽdet in ligno. Veruntamen Christũ fuisse clauis affixum certum est, non solùm certum, sed tanquam dogma fidei tenendum. Patet ex Psal. 21. Psal. 21.
Foderũt manus meas, & pedes meos. Rabbini deprauauerunt hunc locum: nam pro, foderunt, quod Hebraicè est, Caraeu, ipsi supposuerunt, Cari, quod est sicut leo: & sic habet quædam paraphrasis Chaldaica, quæ fertur nomine Ionathæ. Sed hoc, esse figmentum Iudæorum, patet duplici argumento. Primò, quia trecẽtis annis ante Christum 70 Interpretes verterunt, Foderunt.

Secundò

Hieron. Secundò, D. Hierony. non solùm vertit hoc, sed nec meminit esse vllā aliam lectionem apud Hebræos: quare tempore Hieronymi nō erat ista lectio. Vltimò, ipsimet Rabbini fatētur in multis codicibus emendatis, præcipuè Hispaniensibus legi Caruch, id est, foderunt, sicut testatur Masoreth. Secundò patet manifestè, quia Lucæ 24. discipulis non credentibus ipsum esse, ostēdit eis loca clauorum. Et Ioan. 20. Thomas dixit: Non credam nisi videro fixuras clauorū. *Ioan. 20.* Vltimò narrat Theodorus lib. 1. hist. Eccles. cap. 8. beatam Helenā, simul cum Cruce reperisse clauos, quibus Christus affixus fuerat, & vnum clauum imposuisse in galea sua Constantinum, alium imposuisse in freno equi, quo vtebatur in bello, vt sic esset saluus cōtra hostes, tertium misisse in mare, vt propitius esset. Et tunc adimpletum est illud Zachar. 14. *Zach. 14.* In illa die erit quod est super frenum equi, sanctū Dño Deo. Tandem in dubium vocari solet an quatuor vel trib9 clauis fuerit affixus Christus. Trib9 solet pingi communiter, ita vt ambo pedes vno clauo transfixi fuerint. Verùm ex alia parte videmus antiquissimas Christi crucifixi effigies cum quatuor clauis ita vt ambo pedes seorsum fuerint transfixi, verum autem sic verius incompertum est nobis, licèt multi viri docti teneant quatuor fuisse confixum clauis Christum Dominum in Cruce. Nam præterquam quòd hoc fuisse in more verisimile est, etiam adiuuabat ad maturandam mortem Christi, quem ipsi volebāt quàm celerrimè occidere. Nam vno clauo vtrumque pedem perfodere, nimis operosum esset. Quòd autem dicūt Anabaptistæ, non fuisse in more Iudæis crucifigere, repellitur primò quia legitur 2. Reg. 21. *2. Reg. 21.* Gabaonitas, concedente Dauide, crucifixisse septem filios Saulis. Deinde si non fuisset in vsu hoc supplicium, Iudæi non clamassent, Crucifige, crucifige eum. Ad hæc licèt lex expressè non habeat hanc pœnam crucifixionis, tamen non exclusit eam, sed generaliter amplectitur. Nam suspendere in patibulo, potest fieri dupliciter, vel funibus alligando, vel clauis infigēdo: nam etiam Ecclesia canit de Christo: Suspensus est patibulo. Vltimò dicimus hoc supplicium crucifixionis non intulisse Iudæos, sed Pilatum: Iudæis enim erat adempta potestas capitalis. Apud Græcos autem, & Romanos erat in vsu hoc supplicium, quod indicat verbū, Crucifigo, sobigo, quo vtuntur antiqui Romani. Et Plutarchus in Apothegmatis, pro verbo, crucifigo, vtitur verbo Græco, Prosiloo, quod significat clauis figere: nam, ilos, significat clauum.

De titulo Crucis.

QVarta quæstio de titulo Crucis. Hunc titulum omnes Euangelistæ tradiderunt, sed non eodem modo. Marcus, Rex Iudæorum. Lucas, Hic est Rex Iudæorum. Matthæus, Hic est Iesus Rex Iudæorum. Ioannes, Iesus Nazarenus Rex Iudæorum. Fuisse titulum talē, qualem Ioannes scripsit, patet primò: quia Ioannes scripsit post omnes alios, & præsens affuit in crucifixione Christi, & legit ipsum titulū. Secundò, quia titulus Crucis, qui est Romæ in tēplo Sanctæ crucis, sic habet, vt Ioan. scribit. Sed cur iussit hunc titulum Pilatus scribi, & superimponi Cruci Christi. Tradunt quidā fuisse à Romanis, vel lege cōstitutum, vel consuetudine vsurpatū, vt in loco supplicij palam proponeretur causa dānationis cuiuslibet, ne vel iudici liceret quenquam innocentem, & incognita causa damnare, vt palam esset omnibus, qua causa quis morte afficiebatur, esset morte damnatus. Verba huius tituli continent causam verissimam mortis Christi triplicem. Nam primò mortuus est Christ9 quia est Iesus, id est, Saluator: venit enī saluū facere populum à peccatis eorū. Remissio autem peccati debebat fieri per sanguinem eiusmodi in huius figuram, vt pōderauit Paul. ad Hebræos, in veteri Lege nullius peccati fiebat remissio sine effusione sanguinis. *Hebr. 9.* Deinde quia, Nazarenus, id est, flos, germen, sanctitas, vt suo sanguine rigata, & fœcūdata Ecclesia floreat, & germinet omne genus sanctitatis. Rex Iudæorum. Hoc Regnū super credentes acquirere debuit per sanguinem. Vnde Paul. Empti estis pretio magno, &c. *1. Cor. 6.* Et Petrus: Redēpti estis, non corruptibilibus auro & argento, *1. Petr. 1.* sed pretioso sanguine filij Dei. Cuius figura fuit Sanson, qui morte sua plures hostes populi Dei occidit, quàm viuus. *Iud. 16.* Quàm fuerit gloriosum Christo Domino mori, pro victoria populi Dei, potest probari exemplis Gentiliū. Celebrabatur maximè apud Græcos factum Regis Codri vltimi Atheniensium, *Codrus.* qui quoniam oraculo Apollinis traditum erat, victoriam fore penes eū populum, cuius Rex interfectus esset, ipse pietate & amore suorū, sumpto habitu vilissimo, & in-

& ingressus in castra hostium incognitus ab illis est occisus, & sic victoria fuit penes Athenienses, propter quod tanquàm Deū coluerunt eum. Scriptus est autem titulus tribus linguis hoc est, semel secūdùm quanlibet linguā totus. Primò Hebraicè: secūdò Graecè: tertiò Latinè, vt videre licet in titulo eodē. Fecit hoc Pilatus, vt qm̄ in illo fest. Pasch. multi ex varijs mūdi nationibus cōuenerant Hierosolymā, posset ab omnib' legi & intelligi. Factū tamē fuit hoc magno Dei cōsilio. Primò, vt sic declararetur qualitas Regni, quantùm ad rei amplitudinem & excellentiam. Sicut enim illae tres linguae erant per vniuersum orbem diffusae: sic Regnum Christi erat dilatādum toto orbe, quantum ad excellentiam Regni Christi, quae erat futura quadruplex. Nam in lingua Hebraea denotabatur antiquitas & sanctitas illa: quoniam sicut illa lingua loquutus est Adam, sic Regnum Christi est omnium antiquissimum ab Adam & Abel. Alia Regna coeperunt ducentis annis post diluuiū. Sanctitas verò in solo Christi Regno est; loquutus est enim sanctis Prophetis. In Graeco, in quo erat sapientia & eloquentia, denotabatur, in Regno Christi futurā veram doctrinam, & praedicatores eius adeò eloquentes fore vt persuasuri essent toti mundo suam doctrinam. In Latino potentia, gloria, & extensio, atq; duratio denotabatur.

Quinta pars Passionis Domini. De septem verbis Dn̄i pendentis in Cruce.

NOuissima verba quę Christus in Cruce pendēs loquutus est paulò priùs quàm sanctissimam animam ageret: fuerunt hoc ordine septē ab eo prolata. Primum: Pater, dimitte illis, quia nesciunt quid faciunt. Secundum latroni: Hodie mecum eris in paradyso. Tertium Matri suae: Mulier, ecce filius tuus, & discipulo, Ecce Mater tua. Quartum: Deus, Deus meus vt quid dereliquisti me? Quintum: Sitio. Sextum: Consummatum est. Septimum: In manus tuas commendo spiritum meū. Ex his primum, secundum, & vltimum, Lucas solus tradit; tertium, quintum, & sextum solus Ioannes; quartum verò soli Matthaeus, & Marcus.

De primo verbo.

Irenaeus. PAter, dimitte illis, quia nesciunt quid faciunt. Beatus Irenaeus lib. 3. contra haereses, cap. 20. ponderans haec verba, obstupescit incomparabilem Christi misericordiam & clementiam, qui excusat eos, à quibus occiditur, & eis veniam postulat à Patre. Benè (inquit) praestitit opere quod docuerat verbis: Diligite inimicos, &c. Christus in Cruce agebat Pontificē immolans seipsum Patri, munus autem Pontificis, vt ait Paul. ad Hebr. 9. erat orare pro populi sui ignorantia. Tunc verè impleuit illud Esai. 53. Et pro transgressoribus deprecatus est. Hinc apparet verū esse illud Paul. Hebr. 12. Sanguinem Christi melius clamare, quàm sanguis Abel: quia hic vindictam, ille verò misericordiam clamauit & veniam. Quaeritur an Christus in hac oratione fuerit exauditus, nam fuisse exauditum probatur ex. c. 5. ad Hebr. vbi Paul. ait, Christum in Cruce orasse cum clamore valido, & lacrymis, & pro sua reuerētia fuisse exauditum. Confirmatur, quia haec petitio fuit absoluta, non conditionata: ergo profecta est ex volūtate absoluta, quae secundùm Theologos semper impletur. Vnde in electis adimpleta est. Hebr. 9. Esai. 53. Hebr. 12. Hebr. 5.

Sed circa illud, *Nesciunt quid faciūt*, quaeritur, an Iudaei cognouerint Dominū Iesum Messiam, & filium Dei, & ita ex malitia occiderint illum: an verò ignorauerint hoc, & ex ignorantia illum interfecerint? vtrunq; enim ex Scriptura videtur ostendi posse. Quòd peccauerint ex ignorantia, patet, quia Dominus dixit, Nesciunt quid faciunt. Secundò ex illis verbis Petri Act. 3. Scio, fratres, quia per ignorantiam fecistis, sicut & principes vestri. Tertiò ex Paulo 1. Cor. 2. Si cognouissent, nunquam Dominum gloriae crucifixissent. Quartò ex verbis Dn̄i Ioan. 8. Neq; me scitis, neq; Patrem meum scitis, dixit Iudaeis. Beda super. 21. c. Matth. & 23. Lucę clarè docet principes Iudaeorū cognouisse Dominum esse Messiam, & filium Dei, & peccasse ex malitia. Euthym. super. 23. cap. Lucę ait traditum esse à quibusdam, verba haec Christi non fuisse dicta de Iudaeis, sed de militib' Romanis, qui eū crucifixerunt. Illi enim ignorātes oracula Prophetarum, & miracula Christi peccauerunt ex ignorantia. Sed ipse super 21. c. Matth. ait, Iudaeos, praecipuè maiores, cognouisse Christum esse Messiam, sed non cognouisse eum esse filium Dei. D. Tho. 3. p. quaest. 47. art. 5. ait, maiores Iudaeorū cognouisse Christum esse Messiam, ignorasse tamen esse Deum, sed hanc ignorantiam fuisse affectatam. Si enim voluissent attendere ad eius opera, ex illis Act. 3. 1. Cor. 2. Ioan. 8. Beda. Euthym. D. Thom.

illis hoc euidenter cognouissent, minores verò multò minus cognouisse de Christo. Nam et si antea, visis eius miraculis, de hoc dubitauerint, vel etiam crediderint; tamen postea videntes eius vilitatē & miseriam, maximè verò persuasi à suis Doctoribus, non crediderunt esse Messiam. *[Caiet.]* Caiet. super 23. cap. Lucæ, super illa verba: Si dixero vobis non credetis mihi, ait, ne ipsos quidem principes cognouisse ipsum esse filium Dei, aut Messiam. Illud autem quod dixit Petrus Acto. 3. Scio quia per ignorantiam fecistis, sicut & principes vestri, duplicē sensum habere potest. Primò, ambo fecistis per ignorantiam, sed dissimilē; vos per crassam, illi per affectatam. Sed hic sensus benè consideranti locum non placebit. Tum quia sic videretur Petrum lusisse ambiguitate vocabuli ignorantiæ: tum etiam, quia Petrus hoc dixit, volēs quodammodò excusare populares à peccato crucifigendi Christum: at ignorantia principum nullo modo erat excusabilis. Secundus sensus magis germanus est, vt illud, Sicut principes vestri, non iungatur cum illo verbo, fecistis, vt sit sensus, Christum vos crucifixistis, sicut principes vestri crucifixerunt, hoc est, vos persuasi à principibus, sequuti eorum authoritatem & exemplum, fecistis quod videbatis eos facere; existimantes vos debere facere quod fecerunt vestri maiores.

Secundum verbum: Hodie mecum eris in paradyso.

Licèt Matth. & Marc. scribant, latrones qui cum Christo crucifixi sunt, improperasse illi, & propter hoc *[Chrys.]* Chrysost. Hiero. Theophil. & Euthym. super 27. Matth. tradant ambos latrones ab initio fuisse infideles, sed postea alium esse conuersum; attamen multò credibilius est quod tradit *[August.]* August. lib. 3. de Consensu Euangelist. cap. 16. Matth. & Marc. posuisse plurale pro singulari, & re vera vnum tantum latronem improperasse Christo, alterum verò ab initio fuisse fidelē. Enarratio Lucæ facilè id persuadet, Vnus improperabat illi, & alter increpabat illū. Quā fuerit admirāda fides, & cōfessio huius latronis, trib⁹ ex reb⁹ existimari potest. Ex eo quod primū est cōfessus summam innocentiam Christi, dicens: Hic autem nihil mali fecit. Secundò, absolutè agnouit eū esse Dominū, dicens: Domine. Tertiò, esse Regem, & habere Regnum cæleste, dicens: Cùm veneris in Regnū tuum. In quo implicitè confessus est eum esse Deū verum. Quartò, habere eum potestatē dandi cui vult Regnum cæleste. Memento mei, quasi dicat, Admitte me in Regnum tuum, fac me participem. Secundò existimandum est ex circunstantijs. Tunc enim ipse illam confessionem fecit, quando ipse erat in maximis cruciatibus, & doloribus morti proximis, coram Iudæis capitalibus inimicis Christi, quando plurima apparebant argumenta, quæ contrarium demonstrabant de Christo. Vltimò, quando intimi & amici eius non solùm non ausi fuerant eum confiteri, sed etiam perfidiosè negauerāt, & Petrus negauit, & alij fugerunt. Tertiò, quia sancti Patres hanc confessionē summis laudibus prædicant, & in cælū efferunt. Cyril. *[Cyrillus.]* catech. 13. & Euseb. homi. de beato Latrone. *[Euseb.]* Chrysost. homi. de Cruce, & Latrone. Aug. *[Chrys.]* serm. 119. Leo Papa serm. 2. de Passione. Si *[August.]* quæratur vnde iste latro tantam fidem de *[Leo Papa.]* Christo conceperit? Hieron. super 27. cap. *[Hieron.]* Matth. respondet, quòd ex prodigijs visis circa mortē Domini. Verùm narratio Lucæ perspicuè ostendit confessionem latronis fuisse ante illa prodigia. Leo Papa ait, latro- *[Leo Papa.]* nem nulla ratione, vel signo externo fuisse ad hoc motum, sed tantùm interiori illuminatione Spiritus sancti. Ego ita sentio principalem causam illam fuisse gratiam Spiritus sancti interiùs illuminātis, & mouentis animū, vt dicit Dominus: Omnis qui audit à *[Ioan. 10.]* Patre, & didicit, venit ad me. Potuit Dominus isti dicere, quod antea Petro: Beatus es Simon Bariona: quia caro, &c. sed Pater meus, &c. Cyril. vbi suprà ait, hunc latronē *[Cyril.]* ante omnes sanctos veteris Testamēti fuisse factum participem beatitudinis æternæ, & hoc etiam alij tradunt. August. libro 1. de *[August.]* Anima & eius orig. cap. 9. testimonio Cypriani confirmat, hunc latronē fuisse martyrem. Quod tamen intelligendum est amplè sumendo tale nomē. Iste enim moriens confessus est fidem Christi, & ita quodammodò martyr: verùm non est mortuus pro confessione illius fidei, quod requiritur ad veram rationem martyrij. Ait August. non *[August.]* incredibiliter dici à multis, istum latronem aqua quæ fluxit ex latere Domini, fuisse perfusum & baptizatū. Habuit iste, præter interiorem illuminationem, famam præteritorum miraculorum Christi, mirātu patientiam & mansuetudinem in tormentis, summam charitatem erga inimicos.

Sed

Sed circà illud: *Hodie, &c.* notandum est primò, quanta sit bonitas & benignitas Dei erga peccatores verè pœnitentes, quibus tam citò, tam liberaliter, & perfectè condonat peccata, non solùm quoad culpam, sed quoad omnem pœnam, & plus tribuit quàm quod petitur ab eo. *Ambros.* Vnde Ambros. ait: Mos est Domini, vt plus tribuat, quàm rogetur. Nam latroni non solùm promittit se memorem eius futurum, quod petierat; sed etiam illum eodem die secum in paradyso futurum. Exclamat Leo & ait: *Leo.* Excedit conditionem humanam ista promissio, nec de ligno Crucis, sed de throno editur maiestatis. Secundò est notandum, quanta sit vis veræ pœnitentiæ, quæ etiam in extremo vitæ momento fructuosa est, Nunquàm pœnitentia sera est, etiam qui vocatur vndecima hora, si in illo tempore pauco benè se gesserit, denarium diurnum promerebitur. Nusquàm enim legimus Deum præscripsisse terminum in Scriptura ad pœnitendum, sed in quocunque momento, &c. Hoc exemplum latronis adimit maximè peccatoribus omnem cogitationem desperationis. Restat declarare quid sibi velit illud, *In paradyso*. *Iustinus.* Iustinus Martyr ad quæst. 76. Orthodox. ait, hoc loco per paradysum intelligi debere terrestrem, à quo eiectus fuit Adam. *Irenaeus.* Hoc etiam confirmat Irenæus lib. 5. in Hæresm. & probat testimonio presbyterorum Asiæ, qui fuerunt discipuli Apostolorum. Hoc autem probatur dupliciter. Primò, quia nomen paradysi in Scriptura significat locum deliciarum, in quo positus fuit Adam Genes. 2. *Genes. 2.* nec potest hic significare Regnum cœlorum: quia Christus non nisi post quadraginta dies ascendit ad cœlos. Probatur secundò, quia existimant omnes animas iustorum ante diem Iudicij retineri in paradyso, nec admitti ad visionem beatificam. Hæc sententia reprobanda est. Primò, quia post diluuium non remansit paradysus hic terrestris, vt plures Patres docent. Secundò, nituntur alio fundamento falsissimo, scilicet, quòd animæ iustorum antè Iudicium non videant Deum: quod damnatum est in Concil. Florent. sub Eugenio IIII. Tertiò, vtuntur falsa ratione. Existimant enim nomen paradysi in Scriptura non sumi nisi pro illo terrestri. Quarè est considerandum hoc nomen paradysi propriè significare generaliter quemlibet locum corporalem, amœnum, plenum delitijs, aptum ad oblectandum homines. Et quod non solùm ille Adæ sic appelletur in Scriptura, patet. Nam Genes. 13. terra Sodomæ, & Gomorrhæ *Genes. 13.* dicitur fuisse sicut paradysus. Et in lib. Eccles. c. 2. dicitur Salomonem fecisse hortos, & pomaria, pro quo Septuaginta transtulerunt paradysos. Vnde est nomen Persicum, & inde desumptum est. Nam horti, in quibus delitiabantur Persarum Reges, paradysi dicebantur, vt patet in Xenophonte. *Xenoph.* Per similitudinem autem nomen paradysi transfertur ad denotandam gloriam cœlestem. Apoc. 2. *Apoc. 2.* Vincenti dabo edere de ligno vitæ, quod est in paradyso Dei mei. Et 2. Cor. 12. ait Paul. *2. Cor. 12.* raptum fuisse in paradysum, & in tertium cœlum. Vltima interpretatio horum Patrum clarè repugnat illi verbo, *Hodie*. Nam illo die Christus non fuit in paradyso terrestri: quoniam statim post mortem anima eius descendit ad Inferos, nec ascendit super terram, nisi triduò pòst in resurrectione. Nec illud, *Mecum*, potest referri ad suppositum diuinum: quia esset friuola locutio: nam suppositum hoc & diuinum idem est, & vbique, & multò minùs ad corpus, ergo. Nos autem cum Augustino Epist. 57. vbi hunc locum exponit, dicimus, per paradysum intelligi felicitatem æternam, quam Dominus noster statim largitus est latroni post mortem.

Tertium verbum: Mulier, ecce filius tuus.

HOc dictum Christi solus Ioannes narrat: voluit enim supplere quod omissum erat ab alijs, & etiam quia ad ipsum pertinebat, & in eo cernebatur quantùm Christus dilexisset Ioannem, cui commisit id, quo nihil in terra habebat charius & pretiosius. Solet Ioan. esse valde diligens in narrando ea quæ Christus egit, vel dixit, quo significauit præcipuum, & singularem amorem erga ipsum Ioannem. Tollenda sunt primùm quædam, quæ videntur diaphonia inter Euangelistas. Nam Marcus, & Lucas dicunt sanctas mulieres longè fuisse à Cruce Domini. Ioannes verò ait, fuisse iuxtà Crucem. Sed tollitur: primò secundùm Augustinum, & Diuum Thomam, iuxtà, & *Augustin. D. Thom.* longè, dicuntur respectiuè, quarè respectu diuersorum idem potest esse longè, & iuxtà: quia erant in conspectu Christi, quem & videre poterant, & audire loquentem. Erant tamen longè, respectu turbæ, Centurionis, & militum, qui viciniores erant Cruci. Quærit Augustin. *Augustin.* quæ nam habebat Ioan. sua & propria, dixerat enim cum alijs, Ecce nos reliquimus. Respondet August. illud, Sua, non significat prædia, non palatia, sed in sua, id est, in suam curam, vt illi inseruiret; & famularetur, & omnia officia præstabat, quæ à filijs præstari solent parentibus. Niceph. Nicephorus lib. 2. Ecclesiast. historiæ, cap. 3. refert ex antiqua traditione; Ioannem vendito patrimonio, domum emisse in monte Sion, in qua Dominus egit vltimã Cœnam; & Beata Virgo vsq; ad mortem suam habitauit in ea: vbi Dominus apparuit, ianuis clausis; in quam descendit Spiritus sanctus, & fuit prima Ecclesia consecrata ab Apostolis (vt ait Cyril. Hierosolym.) Cyril. Ego cum August. credo non habuisse domum.

De quarto verbo Domini: Deus meus, Deus meus, vt quid dereliquisti me.

HOc narrant soli Marcus, & Matthæus, & dicunt fuisse prolatum à Deo circa horam nonam, ipse autem expirauit completa hora nona. Sumpta autem sunt ex Psal. 21. Psal. 21. secundum lectionẽ Hebraicã. Nam lectio Græca, & Septuaginta, & nostra sic habet: Deus, Deus meus, respice in me, quare me dereliquisti? Et quia Dominus initium huius Psal. applicauit ad se; significauit plerasq; illius Psalmi sententias sensu literali pertinere ad illum, sicut sunt illa: Omnes videntes me, deriserunt me, &c. Et illud: Foderunt manus meas, &c. Sed difficultas est quomodo dicatur Deum dereliquisse Christũ. Nam hæc verba dederunt nonnullis occasionem errandi. Eutychiani (existimantes Christum non habuisse animam, sed Verbum fuisse corpori vice animæ, vnde Christus mortuus est, per separationem Verbi à corpore) dicunt, quod Christus significauit appropinquare mortem suam, discedente Verbo à corpore. Nestorius putauit, non fuisse vnitum Verbum homini Christo substantialiter, & personaliter; sed tantum accidentaliter, videlicet dum vixit, in morte vero discessisse ab illo. Illud nobis facessit negotiũ, quod duo sanctissimi Patres, Hilar. Hilar. Can. 33. in Matthæũ, & Ambros. Ambros. lib. 10. Comment. in Lucam, dixerunt his verbis significasse Christum dissidium, & discessionem Verbi à carne. Quæ verba si sicut sonant accipiantur, continent sententiam hæreticam. Nam Verbũ fuisse separatum, siue à corpore, siue ab anima, est contra fidem, & contra rationem. Contra fidem: quia in Symbolo Apostolorum proponitur credendum filium Dei sepultum esse, descendisse ad inferos, à mortuis resurrexisse; quod non potest esse verum, alia stante. Ideo quippe hos articulos fatemur: quia filius Dei erat vnitus corpori personaliter, & ideo dicimus fuisse sepultũ. Et quia animæ etiam personaliter vnitus erat, confitemur descendisse ad inferos. Et quia vtrique erat vnitus, ideo resurrexisse. Contra rationem; quia ratio Theologica cogit non fuisse hoc. Si enim gratia adoptionis simul data homini, nõ aufertur ei sine eius culpa; quanto minus gratia vnionis, quæ & maior est, & sic permanentior, data Christo non debuit ei auferri sine culpa eius? At Christ' nullum peccatum fecit; ergo. Sed quia illi Doctores valde Catholici fuerunt, ideo eorum verba ad bonũ sensum sunt reducẽda. Voluerũt igitur significare, Verbũ discessisse à carne, non quidem soluendo vnionem hypostaticam; sed permittendo Christum tot tormentis affligi, & ita crudeliter mori. Et habuit se per modum discedentis, non prohibendo tormenta, & nullũ ei solatium, seu adiumentum præbendo. Sed ex tract. 35. Orig. in Matth. eliciuntur aliquot interpretationes horum verborum. Origenes. Prima est, ea debere intelligi comparatiuè, comparando gloriam quam habuit Christus ab æterno apud Patrem, & quam ei dederat antea tot miracula faciendo, cum ignominia Crucis. Sicut enim respectu prioris dicebatur Deus esse in illo; ita respectu posterioris dicebatur derelictus ab illo. Secundò, derelictus dicitur, nõ simpliciter, sed ex opinione hominũ. Qui enim videbant illum in illo statu miserabili, iudicabant eum derelictum à Deo. Tertiò, significauit, fructũ suæ passionis, quæ sufficiebat ad saluandos omnes homines, peruenturũ esse ad paucissimos. Itaque Christũ quodãmodò esse derelictum cum paucis electis. Vt sit sensus. Vt quid me dereliquisti, quasi solũ, cum tam pauci sint electi qui meæ passionis erunt participes? Ego etiã dico circa hæc verba. Primũ, Christum ea protulisse duas ob causas. Primò, vt exprimeret naturalem affectum hominis & sensum carnis, quem in [illegible] dolores solent elicere, & ita demonstrare se esse verum hominem, & quanta esset acerbitas tormentorum, quæ sustinebat. Itaque simile est hoc dictum eius quod in horto dixerat: Pater, si possibile est transeat à me, &c. Secundò, protulit, ne quis putaret se in illis tormentis fuisse à Deo magnis delitijs, & voluptatibus spiritualibus recreatum;

tormenta, ita vt non sentiret dolorem. Ostendit enim se omni solatio caruisse. Et hoc indicant verba sequentia *Psal. 21.* Psal. 21. In te sperauerunt Patres nostri: ad te clamauerunt, & liberasti eos, &c. Ego autem sum vermis, & non homo. Id est, ita me derelinquis, ac si essem vermis. Secundò, in his verbis, Esse derelictum à Deo, nô aliud significat, quàm Deũ permisisse, vt ipse tantis subijceretur tormentis, & tam ignominiosæ morti traderetur, & nullum ei auxilium, solatium vel interius, vel exterius tribuisse. Sicut enim Deus dicitur derelinquere aliquos, quoad culpã, quia permisit eos cadere in culpã, cùm posset prohibere, nec dat auxilium efficax, quo resurgant à culpa: sic Deus dereliquit Christum, quoad pœnam: quia illum permisit cadere in illam grauissimam pœnam, nec vllo auxilio aut solatio eum sustulit, aut mitigauit. Tertiò, illa interrogatio, Vt quid, vel quarè, duobus modis accipi potest. Primò, vt nô indicet, vel impatientiam, vel ignorantiam Christi; sed vt demonstret nullam fuisse causam in Christo, cur derelinqueret, sed causam esse peccata aliena, *Esai. 53.* quæ ipse susceperat, sicut prædixerat Esai. cap. 53. Posuit Dominus in eo iniquitates omnium nostrûm: Vulneratus est propter *Psal. 128.* scelera nostra. Et Dauid: Supra dorsum meũ fabricauerunt peccatores, prolongauerunt iniquitates suas. Quia Christus luit pœnas pro peccatis factis, & faciendis ab initio mundi, vsq; ad finem. Secundo modo illa inter- *Cyrillus.* rogatio, Quarè, secundùm Cyril. Alexand. lib. de Recta fide ad Reginas, sæpè in Scriptura est particula non ignorantiæ, sed dolentis & gementis. Idem valet, atq; interie- *Exod. 32.* ctio, Heu, v.g. Exod. 32. ait Moyses: Quarè *Psal. 42.* irasceris, Domine, populo tuo? Et Psalm. 42. Quarè me repulisti, quarè tristis incedo? Id *Psal. 30.* est, Heu Domine, tu me repulisti. Et Psal. 30. Domine, quid multiplicati sunt, &c. Et *Iob. 3.* Iob. 3. Quarè abscondis faciem tuam à me? Eodem modo hic, Heu Pater, etiam ac derelictus sum à te, absq; omni solatio & auxilio.

[illegible] verbum: Sitio.

IOannes hoc narrat, quomodò Dominus vt consummaretur Scriptura, dixit: Sitio. Et statim occurrit quæstio. Cur cùm Dominus cruciaretur secundùm omnes partes, solius linguæ & palati expressit tormentum. Duæ causæ sunt. Prima, quia cruciatus aliarum partium omnibus erat manifestus, & constans, istæ interiores videbantur esse liberæ à cruciatu; vt ergo declararet se in his maximè torqueri, ideò de hoc præcipuè loquutus est: quia peccatum Adæ per linguam & palatum est commissum. Ostendit ergo se pœnam luere pro illo peccato Adæ. Fuit autem ista sitis corporalis, quæ nata est ex nimia lassitudine, exanimatione, & profusione sudoris, & sanguinis. Quod declaratum est Psal. 30. Aruit tamquam testa virtus *Psal. 30.* mea, & lingua mea adhæsit faucibus meis, & ossa mea sicut cremium aruerunt. Altera causa fuit, quam Ioannes ponit, vt consummaretur Scriptura, quæ erat in Psalm. 68. Et *Psal. 68.* dederunt in escam meam fel, & in siti mea potauerunt me aceto. Sed video Christum potatum aceto, sed non video cibatum felle. Respondetur, fuisse bis datũ potum Christo. Primò, ante crucifixionem, quod solus Matthæus, & Marcus narrant: quòd dederunt ei myrrhatum vinũ cum felle mixtũ, & erat per modum sorbitiunculæ, quæ & habet rationem potus, & cibi. Verùm videtur quòd non sit bona ratio Euangelistæ, vt impleretur Scriptura: quia prædictio Scripturæ nô fuit causa vt Christus sitiret, sed quia futurum erat vt Christus sitiret, idcircò prædictum est. Respondetur omnia quæ Christus pertulit in passione, fuerunt ab æterno ordinata à Deo & decreta. Et hæc ordinatio fuit enunciata in Scriptura. Christus autem pertulit ea, vt impleret ordinationem Dei, & quia illa erat expressa in Scriptura, dicitur implesse Scripturam. ¶Quarè datum est Christo acetũ pro potu? Ioannes innuit, dicens: Erat ibi vas plenum aceto, quo significatur fuisse morem vt crucifixis sitientibus præstaretur potus aceti. Habet enim vim citò refrigerandi, & accelerandi mortem, & penetrandi citò, & sic datum vulneratis, maturat mortem: & hoc etiam adnotauit Hiero. Narrat Plutarchus *Plutar.* in vita Marci Antonij, quòd cùm ipse Antonius sibi lethale vulnus inflixisset, sitiret, posceretq; potum, esse datum vinum, quo celerius ei mors accideret. Ad hoc autem magis præstat acetum. Datum est autem acetum in spongia imposita calamo, vel arundini, secundùm Marc. & Matthæ. vel hyssopo, secũdùm Ioan. In quo videtur dissensio inter Euangelistas. Quarè quidam dixerunt, potum illum esse confectum ex aceto & hyssopo. Sed hanc intelligentiam respuunt verba Græca, & Latina: sed hyssopum imposuerũt arundini, & super hyssopũ acetum;

et etiam eam spongia erat ex hyssopo, cui circumposuerunt acetum. Sed circa hunc Cyril. potum nota primò, vt ait Cyril. Cathec. 13. Qui ex silice eduxerat aquam, nunc petit potum à Synagoga: illa verò dat acetum, sicuti demonstrans suam corruptionem, & degenerationem à sanctitate maiorum suorum: acetum enim est vinū corruptum, & degenerans. Synagoga sitienti Christo dat quod eum vehementiùs cruciet, & citiùs interimat. Quarè quadrant hoc loco illa verba, vbi Christus sic de Synagoga cōquestus ait: Circundedit me felle, repleuit me amaritudine, inebriauit me absynthio. Dauidi valdè sitienti, & cupienti aquam cisternæ Bethlehem, quidam eius milites maximo periculo per medios hostes hauserunt aquam, & tulerunt ad Dauid. Iudæi autem Christo Domino aquam, quam in promptu habebant, præbere noluerunt. Sed certè, dicit Doctor quidam, tantū aquæ dedissent Iudæi Christo, quantum sudoris & sanguinis ex corpo-
Anselm. re eius expresserant. D. Anselm. lib. de Stimulo diuini amoris, disertissimè de hoc verbo, Sitio, tractat.

Sextum verbum: Consummatum est.

IOannes ait: *Et postquam accepit acetum, dixit: Consummatum est.* Ex quo apparet quàm habuerit in sua potestate mortē. Noluit enim antea mori, quàm acetū biberet. Vt consummaret Scripturas, distulit mortem quoad voluit. Verbū hoc denotat septem cōsummationes, quæ factæ sunt, Christo moriente. Prima fuit omnium quæ prophetiæ de illo prædixerant. Vnde ipse dixit Luc. 18. Ecce ascēdimus Hierosolymam, & consummabuntur omnia quæ dicta sunt per Prophetas de filio hominis. Secunda cōsummatio fuit operis quod ei Pater commendauerat, nempè, vt perficeret opus nostræ redemptionis. Sic enim Ioan. 4. cap. dixit: Meus cibus est, vt faciam voluntatem Patris mei, & opus quod dedit mihi (vt ipse dixit:) Opus cōsummaui quod dedisti mihi vt facerē. Tertia fuit regni peccati, diaboli,
Dani. 9. & mortis. De peccato prædixerat Dani. 9. cap. Consummabitur præuaricatio, finem accipiet iniquitas, delebitur iniustitia. Loquitur de effectu passionis Christi. De dia-
Ioan. 10. bolo Dñs dixerat: Princeps huius mundi eijcietur foras. De morte eius: Ero mors tua,
Osea. 13. ô mors. Et Ecclesia dicit: Qui mortem nostrā moriendo destruxisti. Quarta consummatio potestatis, quæ permissa fuerat diabolo, & Iudæis sæuiendi in Christū. Christus dixerat: Hæc est hora vestra, & potestas tenebrarum. Tunc etiam consummata est omnis passio Christi. Errauit Nicolaus Nicolaus Cusanus. Cusanus, qui dixit animam Christi in inferno sensisse dolores damnatorum, pro redemptione eorum, sicut in terra. Quinta, Lex Moysis. Nam per mortem Christi cessauit virtus & obligatio Legis veteris. Sexta, consummata fuit malitia Iudæorum: nam Scriptura, cùm vult malitiam alicuius esse ad summū perductā, solet dicere, esse completam & consummatam nequitiam. Vnde Genes. 15. dicitur: Nondum sunt completæ iniquitates Amorrhæorum. Improbitas Iudæorum peruenit ad summum, quando occidit Christum: quia nō potuit fieri grauius peccatum. Vnde Christus dicebat Iudæis: Implete mensuram Patrū vestrorum, id est, implebitis. Nam solet vti Scriptura imperatiuis pro futuris, quasi diceret: Patres vestri occiderunt Prophetas, sed vos implebitis mensuram, quā illi non impleuerunt. Septima apparuit in morte Christi consummatio iustitiæ diuinæ pro peccatis hominum: iam de summo rigore fuit satisfactū. Fuit etiam consummatio obedientiæ Christi erga Patrem, & eius charitatis erga homines.

Septimum verbum: Pater, in manus tuas commendo spiritum meum.

Hoc narrat Lucas, & subdit Ioan. *Et inclinato capite, emisit spiritum.*

OCcurrit aduertere, & quærendum, cur Christus expirans clamauerit voce magna. Respondetur id fuisse primò, vt declararet se sua voluntate, nō verò necessitate naturæ, aut violentia hominum mori, & se esse Dñm mortis & vitæ. Qui vehementer clamat, ostendit naturam non esse ita debilitatam, vt solet esse in hominibus morituris; qui autē statim moritur, demonstrat naturā esse debilissimam. Et impletū est illud quod dixerat: Nemo tollit à me animam meam, sed Ioan. 10. ego pono eam à me ipso. Clamauit Christus, vt ostenderet suam potentiam: nam isto clamore fuit tota natura excitata: petræ scissæ sunt, terra tremuit, diuisum est velū, aperta sunt sepulchra. In resurrectione Lazari clamauit voce magna. Quid ergo mirum si educturus innumeros Patres ex inferis clamet: In manus tuas, &c. Quod, volumus habere charam, & pretiosam in manus dedit, & in hoc explicamus nos velle summa diligentia illud custodiri. In hoc autem significatur, quòd chara fuerit Patri Christi anima: quia in manus eius eam reliquit. In manus eius, qui creauit omnia, qui continet omnia, qui cuncta gubernat; de quibus nemo potest rapere. Et postquam Christus animam suam tradidit in manus Patris, animæ etiam iustorum recipiuntur in manus Dei, quæ antea in sinu Abrahæ recipiebantur: in manus enim Dei, qui formauit eam, debet anima hominis tradi, vt reuertatur spiritus ad Deũ qui dedit illum. Commendo, Græcè est in futuro, Παραθήσομαι, commendabo. *Psal. 30.* Et sic est in Psalm. 30. Græcè, & Hebraicè, quasi dicat: Pater, cùm ego moriar, commendabo tibi spiritum meum. Significat autem commendare, tanquam depositum suo tempore reddendum, quo significatur futura mox resurrectio Christi. Christus omnia sua chara alijs tradidit: tanta erat eius charitas. Petro commendauit suam Ecclesiam: Ioanni suam Matrem: Latroni paradysum dedit: nobis corpus & sanguinem in Sacramento: Nicodemo corpus in sepulturam: Patri tandem spiritum suum. Spiritum meũ. Nam in Christo sunt tria, Caro, Anima, & Verbum. Caro hoc non dicit: nam caro nec intelligit, nec orat. Non anima: diceret enim, Commendo me. Restat ergò vt sit Verbum, non simpliciter, sed vt subsistens in illa humanitate. Et quia Verbum vnitum erat personaliter illi animæ, appellat eam suam, sicut caro erat caro Dei. *Caietan.* Caietanus notat, Christum non dixisse animam, sed spiritum meum: quia anima separata non habet rationem animæ propriè, quia non viuificat: habet tamen rationem spiritus, quia tunc etiam est spiritualis. Sed hoc frigidum est: quia Scriptura etiam separatam appellat animam, iuxta illud: *Sap. 3.* Iustorũ animæ in manu Dei sunt. Vltimò nota, exitum vitæ Christi egregiè connectit cum eius introitu in vitã. *Hebr. 10.* Nam vt ait Paul. ad Hebr. 10. *Psalm. 39.* citans Psal. 39. Ingrediens Christus in mundum (ait) seipsum obtulit Patri, dicens: Ecce venio, vt faciam Deus tuam voluntatem: ita in fine clamat: Pater, in manus tuas, &c. *Ioan. 16.* vt intelligatur quàm bene ipse dixerit: Exiui à Patre, & veni in mundum: iterũ relinquo mundum, & vado ad Patrem. In templo manè, & vesperè immolabatur agnus. Christus obtulit se manè, in initio vitæ suæ, *Psal. 140.* & vesperè in Cruce, secundùm illud: Eleuatio manuum mearum sacrificium vespertinum. Ideò voluit Christus mori ad vesperam: quia Adam spiritualiter mortuus erat ad vesperam, & Agnus Paschalis figura Christi ad vesperam immolabatur. Inclinato capite, &c. *Theophil. D. Thom.* Theophil. & D. Tho. dicunt, hoc euenisse præter consuetudinem morientium, quibus post mortem caput inclinatur, non ante mortem. Contrà sentit Cyril. naturaliter euenisse, consumpto carnis vigore, & anima, quæ corpus tenebat abeunte. Inclinauit caput, non tamen caret mysterio. Primò inclinauit caput (ait Cyrillus) quasi vocans mortem ad se, quæ non audebat eũ attingere, sciens se non habere in illum potestatem. Secundò, quasi exhibens honorem Patri, cuius nomen inuocauerat. Tertiò, valedicens mundo, qui non erat ampliùs victurus eo in carne mortali. Quartò, quasi expostulans Synagogam, & dicens: Quid potui facere pro te, & non feci? Quintò, designans iter, quod facturus erat post mortem ad inferos: corpus enim erat depositandum in sepulchro, anima autem ad inferos descensura. Sextò, quia rationabiliter appareret iratus, & infensus Iudæis, propter iniurias, & cruciatus, quibus erat affectus ab ipsis: inclinatione capitis significauit amorem erga eos: nam expansio manuum, & inclinatio capitis, est signum eorum, qui aliquem amanter amplexari volunt: & impletum est illud: Expandi manus meas, & caput inclinans, *Et emisit spiritum, expirauit.* Quo significatur habuisse in potestate sua spiritum suum. Doctores dicunt, hoc tempore, cùm sacra anima à spiritu separaretur, sensisse maximũ omnium dolorem, non solùm propter causam communem omnibus morientibus (quia maximè omnium terribilium est mors) sed propter duas causas soli Deo proprias. Primò, quia cæteri moriuntur, aut nullo sensu, aut valde debilitato, & perturbato: Christus autem mortuus est integerrimo sensu. Altera est, quia licet in alijs hominibus separatio animæ à corpore naturaliter sit acerba, in Christo tamen acerbissima. Tum quia nullum fuit corpus humanum adeò amicum animæ, sicut fuit in Christo: quia erat perfectissimè temperatũ & congruens ipsi animæ, inseruiens ei perfectissimè ad omnes operationes: Tum quia anima illa nullam vnquam senserat rebellionem, vel repugnantiam in isto corpore: quia semper obedientissimum fuerat illi ad omnia, quæ imperauerat: vt in reuelationibus beatæ Brigidæ traditur reuelatum delatum ei esse, quo tempore Christus expirauit, omnium hominum qui erant in mundo corda, subito inuasisse quẽdam dolorem & tristitiam summam, quamuis non sciuerint causam. Voluit enim Deus vt morte filij sui, sicut natura rationalis, ita amor rationalis condolerent. Legitur Genes. cap. 8. *Genes. 8.* quod Noe ex Arca emisit columbam, quæ postea reuersa est, ferens ramum viridem. Verbum autem ex corpore misit Spiritum columbinum, id est, animam Christi, quæ triduò post reuersa est ad Arcam, corpus scilicet, ferens ramum oliuæ, signum misericordiæ & pacis, vndè statim, vt resurrexit, dixit discipulis suis: Pax vobis.

De prodigijs circa Passionem Christi, quæ fuerunt quinq;.

PRimum, Obscuratio Solis euenit, viuente adhuc Christo, durauit autem per tres horas, à sexta vsq; ad nonam. Reliqua quatuor prodigia post mortem eius euenerunt. Tres Euangelistæ hoc narrãt, tacente Ioanne. Matthæus, & Marcus dicunt à sexta hora factas esse tenebras super vniuersam terram. Lucas, Et obscuratus est Sol. Factum est hoc prodigium ad demonstrandam iram Dei aduersus Iudæos, & futuram eorum ex[illegible], ad declarandam innocentiam & dignitatem Christi, ad exprimendam cæcitatem Synagogæ. Tunc adimpletum est illud Amos. 8. *Amos. 8.* In die illa occidet eis Sol in Meridie, & tenebrescere faciam terram in die luminis. Id est, luminoso die Sol obscuratus est, quasi claudens oculos ne videret immane scelus Iudæorum, nolens illis lucere sua luce, cupiens commori Domino suo [illegible], denique, lugens quasi luctum, & lugubrem habitum propter mortem Domini Dei sui. *Exod. 10.* Moyses extendens manus in cælum, fecit vt essent tenebræ in Ægypto per tres dies. Christus expansis manibus in Cruce, fecit vt essent per tres horas, à Meridie vsque ad vesperam. Quo denotatur tempus, quo duratura erat cæcitas Iudæorum, scilicet ab aduentu Christi, vsq; ad iudicium & finem mundi [illegible] conuertentur. Cùm Deus voluit [illegible] mundum, primùm fuerunt tenebræ super vniuersam terram, deinde lux orta est; & mundus est fabricatus. Per mortem Christi erat [illegible] mundus renouandus, prius fuerunt tenebræ super illum, postea ortus lux prædicatione Euangelij, & sic conuertetur mundus ad Christum.

Prima quæstio est, Quomodò facta sit hæc obscuratio Solis? Tres sunt opiniones. Prima, per retractionem radiorum Solis. Quod non est sic intelligendum, quia Sol in potentia sua habeat emittere & retrahere radios; sed significatur Deum, suspendisse lumen Solis, quoad actum secundum, id est, quoad illuminationem. In hac sententia est Cyprianus libro de Bono patientiæ. *D. Cypria.* Hieronymus super. 26. cap. Matthæ. *Hieron.* Paul. Orosius lib. 7. c. 8. *Orosius.* Caiet. super. 27. Matth. *Caiet.* qui dicit se non posse aliter intelligere. Altera opinio est, Factas esse propter ingentes, crassas, & densas nubes obductas, & obiectas Soli, quæ impediebant transmissionem lucis ad homines. Sic Orig. tract. 36. In Matth. *Orig.* Erasmus super. 26. Matth. *Erasmus.* Ioannis etiam hoc Leo serm. 6. & 10. de Passione: *Leo.* & hoc modo, ait Origenes, fuerunt tenebræ Ægypti. Tertia opinio, Fuisse factas per ecclypsim Solis, nõ naturalem, sed miraculosè factam. Ita Diony. Areopagita. *Diony.* Ipse enim in duab' epist. altera ad Polycarpum martyrem, altera ad Apollophanem Philosophum, testatur, se, cùm esset viginti quinque annorum, & in vrbe Heliopoleos Ægypti, simul cũ Apollophane isto vidisse in plenilunio, feria sexta in meridie subitò obtenebratum Solem. Cumq; rationem inuestigasset, reperisse esse factam contra rationem ecclypsis, & notasse diem, & horam. Postea verò, Paulo prædicante Athenis, ex ipso cognouisse illo eodem tempore mortuum esse Dominum, cuius causa factum fuerat illud prodigium, & sic conuersus est ad fidem. Ego dico primò, plus cæteris credendũ esse Dionysio. Tùm propter authoritatem eius, tùm quia fuit testis oculatus. Nec dubitandum est de epistolis, an sint Dionysij, sicut more suo dubitat Erasmus, nam pridè [illegible] in Ecclesia tanquam eius, [illegible] Fingallien ab hinc propè mille annis, qui scripsit encomium S. Dionysij, *Michb. Fin.* narrat hanc historiam citans has Epistolas. Secundò videtur præter ecclypsim Solis, fuisse etiã obscurationẽ eandem per retractionem radiorum. Nam cùm Luna sit multò minor Sole & terra, non potest Lunæ oppositio auferre lumen Solis vniuersæ terræ, huius Emisphærij. Tertiò dicò, hoc prodigium fuisse maius, quàm illa, quæ circa Solem antea erant facta. Alterum tempore Iosue, quando Sol, *Iosue. 10.* & Luna

& Luna steterunt in medio cœli. Alterum *Esai.38.* tempore Ezechiæ, quando Sol regressus est per decem lineas.

Secũda quæstio. An istę tenebræ fuerint super vniversam terram nostri Emispherij habitabilis. *Orig. Erasm.* Orig. & Erasm. vbi suprà negãt & dicũt tantùm fuisse in Iudæa. Et probant primò, quia alia prodigia fuerunt tantùm in Iudæa; ergo etiam hoc. Secundò, quia si fuissent in toto orbe, Astrologi, & Philosophi obseruassent illud. Erant eo tempore Strabo insignis Geographus, Valerius Maximus, Philo Iudæus: paulò post duodecim annis fuit Seneca, Plinius, & Iosephus: & centum annis pòst Ptholomæus; nullus tamen istorum hoc prodigium memoriæ mandauit ergo. Contraria tamen opinio est absq; dubio tenenda. Nam tres Euangelistæ concorditer aiunt, factas esse tenebras super vniuersam terram. & dicere id dictum esse per hyperbolem, est ridiculũ: quia maxima pars terræ per hyperbolem potest dici tota terra: Iudæa autem erat minima particula terræ, vt ait August. Et præterea, quia Dionys. erat in Ægypto, & vidit hoc prodigium. Ad argumentum autem respondetur primò, non esse mirandum, si nullus prodidisset: quia cùm tunc nõ esset tempus naturalis Ecclypsis, Philosophi, & Astrologi eam obscurationem non putauerũt esse ex ecclypsi, sed accidentaliter quisque factam esse putauit in sua regione. At verò quia in Ægypto nullæ solent esse nubes, aut rarissimæ. Dionysius, qui ibi erat, nõ potuit illam obscurationem referre ad nubes, quarè diligentius adnotauit. Sed quia vix fit credibile tantam obscurationem trium horarum, in qua apparuerũt toto cœlo stellæ, & visa est Luna, non fuisse sub Sole, & id animaduertissent Astrologi. Ideò respondetur secundò, Falsum esse quod sumit Orig. istud non fuisse obseruatum à Gentilibus: nam Tertullianus *Tertul.* in Apologetico affirmat hoc prodigiũ esse annotatum, & relatum in Annalibus Romanorum, & seruari suo tempore in Archiuis Romanorum: quocircà hortatur Romanos, vt legant suos Annales. Eusebius in *Euseb. Orosius.* Chronicis, & Orosius libro 7. cap. 4. aiunt, prodigium hoc etiam tempore suo legi in libris multorum Græcorum, qui tradiderunt illud. Et Orosius citat Versum cuiusdam Poetæ, tacito eius nomine.

Impiaq; æternam timuerunt sæcula noctem.

Flegon. Flegon Iudæus historicus Olympiadum enumerator & scriptor tempore Adriani Imperatoris in lib. 14. dicit: Anno. 4. Olympiadis 202. (erat autem hic annus 18. Imperij Tyberij Cæsaris, quo Christus est mortuus) circa Meridiem, insignis, quã antea vnquam ecclypsis Solis extitit, die versa in noctem tenebrosam: ita vt toto cœlo micantes cernerentur stellæ. Maximus item motus terræ fuit, quo plurimæ ædes Niceniæ Vrbis in Bithynia, aliarumq; ciuitatũ corruerunt. Ad secundum Orig. respondetur, Falsum esse, cætera prodigia tantùm facta esse in Iudæa: nam terræmotus fuit etiam alibi. Et quamuis alia fuissent tantùm in Iudæa, non valeret tamen eius argumentum: quia ista prodigia fuere particularia: obscuratio autem Solis est vniuersalis mundo. ¶ Post mortem Christi extiterunt quatuor prodigia, scilicet, Scissio veli templi, Terræmotus, Scissio petrarum, Apertio monumentorum, & Resurrectio mortuorum. Facta sunt hæc ad demonstrandam iram Dei in Iudæos, innocentiam & potentiam Christi, duritiam & obstinationem Iudæorum: denique passionis Christi virtutem, & efficaciam. Portendebatur enim fore vt post mortem Christi prædicatione Euangelij commouerentur vniuersus mundus, & dura corda hominum scinderentur ad pœnitentiam, & qui in peccatis mortui iacebant, reuiuiscerent ad vitam gratiæ. Primum fuit scissio veli. Orig. 35. tract. in Matth. ait, fuisse duplex velum in templo: alterum in ingressu, *Orig.* & hoc fuisse modo scissum: alterum quod erat ante Propitiatorium, & hoc mansisse integrum. Sed ego non probo: quia nunquã in Scriptura fit mentio de velo ingressus. Sed in Exod. 35. & 40. describitur duplex *Exod. 35. & 40.* velum Tabernaculi. Vnum quod erat ante Tabernaculum, diuidens ipsum ab atrio: alterum quod erat ante Sancta sanctorum, & hoc erat sanctum, & pretiosissimum, & propter *Chrys. Hieron. Leo.* excellentiam dicebatur absolutè velũ. Cyril. Hiero. Leo, & alij hoc loco intelligũt velum, quod erat ante Sancta sanctorũ. Admonet Hieronymus in Euãgelio secundùm Hebræos, quo vtebantur Nazaræi, & quod ipse vertit in Latinum sermonem, & vtuntur Patres testimonijs ipsius, in isto scriptum esse, Domino moriente, fuisse fractum, & [illegible] super liminare templi, quod, inquit Hieronymus, erat immensæ magnitudinis. Scissio veli quinque significabat. Primò, luctum & dolorem propter mortem Christi, & execrationem sceleris Iudæorum: nam ad hæc duo declaranda solebant

solebant Iudæi scindere vestes suas. Significabat templum illud Iudaicum esse prophanatum, & quæ deinceps in eo agerentur, nec fore accepta à Deo, nec hominibus salutaria. Tertiò, finem & cessationem omnium legalium. Quartò, omnia mysteria in lege tecta, post mortem Christi esse reseranda. Quintò, velum illud impediebat aditum ad Sanctasanctorum, scissio illius aperuit accessum, & significabat, per passionem Christi sublatum esse impedimentum in cœlum: vnde eodem illo die admissi sunt ad Sanctasanctorum Latro & Patres lymbi. Secundum prodigium fuit terræ-
Psal. 17. motus, & impletum est illud Psalmi. 17. In tribulatione mea inuocaui Dominum, & ad Deum meum clamaui, & exaudiuit vocem meam, & commota est, & contremuit terra. Fundamenta montium conturbata sunt & commota sunt quoniam iratus est eis. Hic terræmotus non tantùm est factus
Euseb. in Iudæa, sed alibi etiam, vt probant Euse-
Orosius. bius, & Orosius testimonio Gentilium, &
Plinius. etiam verba Flegontis commemorantium. Plinius lib. 2. cap. 84. ait: In Principatu Tyberij maximum post hominum memoriam extitisse motum terræ, quo duodecim Asiæ vrbes prostratæ vna nocte sunt. Eundem
Corn. Tacitus. terræmotum prodidit Cornelius Tacitus lib. 2. Annalium. Quarè nonnulli fecerunt coniecturam, hunc terræmotum sub Tyberio esse eundem, quem commemorant Euangelistæ accidisse in morte Christi. Quibus ego non libenter consentio. Quia video
Euseb. Eusebium in Chronicis, terræmotum quo illæ vrbes Asiæ corruerant signare, & motum terræ accidisse anno quinto Tyberij, hoc est 13. annis, ante mortem Christi.
Hieron. Hieronym. super 27. Matth. & Euseb. aiunt tunc auditas fuisse voces in templo dicentium: Egrediamur hinc; & probant testimonio Iosephi; licet videatur ipsos esse memoria. Nam Iosephus lib. 7. de bello Iudaico, cap. 12. narrat istud prodigium accidisse circa festum Pentecostes, & ante initium belli Iudaici, id est, 12. anno Neronis, vt ipse tradit lib. 2. de Bello Iudaico, cap. 7. 34. annis post mortem Christi. De tertio prodigio, idest, scissione petrarum, nihil est memorabile adnotandum. Quidam credunt supra monumentis Caluariæ, in quo erat [illegible] Crux Domini, fuisse ruptam. Quartum fuit apertio monumentorum, & resurrectio mortuorum: Ita hoc narrat Matth. vt videatur significare istos resurrexisse statim post mortem, sed non ita fuit. Nam monumenta sunt aperta tunc, sed resurrectio facta fuit, resurgente Domino. Matth. autem narrat hoc per anticipationis figuram. ¶ Quæstio est, An isti resurrexerint ad vitam immortalem (sicut Christus) an ad mortalem iterũ morituri, vt Lazarus, & alij? Prima opinio est, illos resurrexisse ad vitã immortalem:
ita Remig. & Caiet. super. 27. Matth. & Ian- Remigius.
senius, & in ea fuit D. Thom. 4. d. 43. Prob. Caiet.
primò, quia si sic resurrexissent, nõ fuissent Iansen.
idonei testes resurrectionis Christi, quæ fuit D. Thom.
ad vitã immortalẽ. Sed hoc non valet, nam qualiscunq; resurrectio est efficacissimum argumentũ ad probãdam illam veritatem. Secundò probatur, quia talis resurrectio fuisset magis tormentũ, quàm beneficium. Cogebantur enim bis subire dolorẽ mortis, & differebatur eis fruitio vitæ æternæ. Nec hoc valet: quia idẽ diceretur de Lazaro, & alijs, imò de Moyse, qui resurrexit in corpore suo in transfiguratione Dñi: sicut sentit Hieron. super. 17. Matth. Dilatio gloriæ futuræ erat illis ad modicũ temporis: vnde aliqui dicunt, eos vsq; ad Ascensionem Dñi duntaxat vixisse, & potuit Dñs eripere animas eorũ ex corpore secunda vice sine dolore. Tertiò, Matth. ait, quòd isti apparuerunt multis: si surrexissent ad mortalẽ apparuissent omnibus, sed quia ad vitã immortalem surrexerant, erant inuisibiles, nisi quibus se ostendebant, vt Dñs in resurrectione. Soluitur hoc, quia isti resurrexerunt ad modicũ tempus, quoad testificandã resurrectionem Christi, & nõ debebant eam testificari omnibus, sed aliquibus, ideò non apparebant omnibus; & hoc miraculosè, Deo illos abscondente, & ostendente quibus erat opus. Tertiò, isti si resurrexissent ad immortalem vitam, non ista resurrectio data est eis, vt testificarentur resurrectionem Christi, sed ad hoc sufficiebat qualiscunque resurrectio ad [illegible] tributa est beneficij causa, quo Deus illos dignatus esset: sed hoc incredibile videtur, huiusmodi enim beneficiũ potiùs debuit conferri tot Patriarchis, & Prophetis sanctioribus, & Deo charioribus: nec videtur posse reddi ratio, cur illis minoribus tributũ fuerit, & non alijs. Quartò, si ita resurrexissent, vtiq; etiam ascendissent cũ Christo in cœlũ: qui si ascendissent, nõ tacuissent Euangelistæ, maximè Lucas diligentissimus in scribẽdo Ascensionẽ Dñi: nã istud erat valdè insigne, & memorabile, maximéq; pertinebat ad illustrandã gloriã Dei, &

ad fidem, & spem nostram confirmandam de resurrectione nostrorum corporum ad immortalitatem & ascensionem in cœlum. Vltimò, si debebatur concedi talis resurrectio, maximè S. Ioanni Baptistę, quippe qui sanctissimus erat omnium mortalium, qui mortui erãt, & Christo amicissimus, & maximè idoneus ad testificandũ de Christo: nam plurimũ valeret authoritate apud Iudæos: atqui non sic resurrexisse Ioan. fidem faciunt reliquiæ eius, quæ seruantur in Ecclesia; ergo. Nihilominus tenendũ est, istos resurrexisse ad vitã immortalem, & ascendisse cũ reliquis Patrib⁹ in cœlũ eodem die quo Christus, licet nõ eodẽ instanti, vt semper Christus esset primus ascensor cœlorũ, & hoc vt eorũ corpora comitarẽtur gloriosum corpus Christi, ne solum ipsum esset in cœlo, sicut animæ Patrum comitabãtur eius animam beatã. Nam rationes quæ in cõtrarium adhibentur, facilè possunt solui, cum coniecturis nõ magnis innitantur. Supradictis prodigijs adiungi potest aliud quã memorabile, quod fortasse contigit eodẽ tempore mortis Christi. Narrat Plutarchus lib.
Plutar. de Oracul. defectu, cuidã Hieramo Ægyptio rectori nauis nauigando iuxtà insulas Equinaras, ter magna voce ex quadã insula inclamatum esse. Cũq; ille tertiò appellatus respondisset, maiori voce imperatũ est. Cùm veneris iuxtà paludẽ, magno clamore denuncia magnũ Deum Pan esse mortuũ. Quod ille præstitit. Nam iuxtà paludẽ pronos expectans in mare, maxima voce clamauit; Magnus Deus Pan mortuus est. Confestimq; ingens eiulatus, & gemitus fermè innumerabilium hominum commixtus, quasi plangentium mortẽ alicuius toto mari personuit. Cumq; isti peruenissent Romã, & id resciuissent, Tyberius voluit explorare, & inuenit ita euenisse. Scribit autem Plutarchus se id cognouisse Romæ, ex eo qui ea naui ferebatur, & tẽpore Tyberij Cæsaris.
Euseb. Euseb. lib. 5. de Præparatio. Euangel. refert hoc ad Christum Dñm, per cuius mortem diabolus mortuus est, non secundũ substantiam suam, sed quantum ad dominatũ quem
Ioan. 10. habebat in omnibus. Sicut dixit Christus: Nunc princeps huius mũdi eijcietur foras.

Septima & vltima pars, de tempore Passionis Christi

IN hac parte quæstio præcipua est, Quonam anno ætatis suæ Christus sit mortuus. Oportet tria fundamenta præcedere. Primum, quòd oportet præsupponere numerũ annorum ab ortu Christi, vsque ad præsens fuisse. 15[9]. esse pro certo habendum. Patet primò ex indubitato consensu omniũ Scriptorum Ecclesiæ, & totius populi Christiani, nullo vnquam contradicente, & tradito ab initio Ecclesiæ, per omnes ætates fideliter ad nos vsq; transmissis. Secundum, Dñs noster mortuus est feria. 6. hoc est, die Veneris: nam Marc. 15. dicitur, diẽ mortis Christi fuisse ante Sabbathũ. Et Luc. 23. ait. Postquam Dñs sepultus est, incepisse diem Sabbathi: quia apud Iudæos incipiebat à vespera. Ioan. 19. ait, proptereà Iudæos fuisse solicitos, vt illo die deponerẽtur crucifixi: quia instabat dies Sabbathi, quarè fregerunt crura latronibus, quo citiùs morerentur. Secundò probatur ex obseruatione Ecclesiæ, quæ diem Veneris propriè dicauit memoriæ passionis Dñi, & quotannis passionem Dñi commemorat die Veneris. Et hoc esse traditionẽ Apostolicam affirmat Aug. Epist. 118. Tertiò probatur, Si enim August.
nõ esset mortuus die Veneris, vel igitur nõ resurrexisset die Dominico, vel non tertia die resurrexisset: vtrumq; autem est & cõtra traditionem, & fidem. Traditio Apostolica est, quòd surrexit die Dominico, fides autẽ est quòd die tertia; ergo. Secundum fundamentum: Mortuus est Luna. 15. primi mẽsis. Probatur primò. Pridiè quàm moreretur, comedit Pascha cum discipulis suis (vt tradunt Euangelistæ) sed Pascha comedebatur 14. Luna ex lege Moysi ad vesperam; ergo Dñs mortuus est. 15. Ita in Canone Missæ habetur: Qui pridiè, &c. Confirmatur testimonio Dionysij Areopagitæ (vbi suprà) qui Dionys.
testatur eclypsim illã, quæ, moriẽte Dño, accidit, factã fuisse. 15. Luna, cùm erat plena & toto diametro opposita Soli. His positis, sciendũ est de anno ætatis Dñi, quo mortuus est, varias esse sententias: primo loco confirmabo quam puto esse veram, deinde alias confutabo: nam probatio nostræ sententiæ erit omnium aliarum cõfutatio. Nostra ergo sententia est, Christum Dominũ esse mortuum. 33. anno ætatis suæ, hoc est, expletis viginti duobus, & tribus circiter mensibus trigesimi tertij, hoc est, quantum fluxit temporis à. 25. Decẽbris, quo natus est, vsq; ad fine Martij, quo mortuus est. Confirmatur quatuor rationibus. Prima: Natus est Dñs. 41. anno Regni Augusti (sicut demonstraui suprà de Tempore Natiuit. Christi.)

In pe-

Imperauit autē postea Augustus, 15. annis. De primo certum est, cùm omnes Kalendaria clament in Vigilia Natiuitatis Dñi: Augusto autem proximè successit Tyberius, cuius 18. anno mortuus est Dñs, vt ferè cōuenit inter Scriptores Ecclesiasticos. A quadragesimo autem secundo Augusti, vsq; ad decimumoctauum Tyberij, intercesserunt viginti & tres anni, nō integri. Confirmatur id. Natus est Dñs 4. anno Olympiadis 94. mortuus autē est anno. 4. Olympiadis 202. nam hoc etiam Gentiles tradiderunt. Flegon enim tradit eclypsim illam Solis factam moriente Dño, contigisse. 18. anno Tyberij, & 4. anno 202. Olympiadis: à quarto autem anno 94. Olympiadis, vsque ad quartum 202. numerantur 33. anni. Hæc ratio sumpta est ex historijs Gentilium. Altera ratio est, traditione Ecclesiæ. Dñs noster post Baptismum prædicauit tribus annis, & aliquantò amplius: ita *D. Ignat.* D. Ignatius Epist. ad Italicos. *Euseb.* Euseb. lib. 8 de Demonst. Euangelica, vbi de 70. hebdomadibus Dan. ait, esse hanc traditionē antiquam Ecclesiæ, quod confirmatur testimonio *Hieron.* Hieron. super. 9. c. Dan. Sed Christus baptizatus est in principio. 30. anni, tēpore quo incipiebat illū, vt ait *Luc. 3.* Luc. c. 3. Ergo si prædicauit per tres annos mortuus est 33. Tertia ratio deducta est partim ex Scriptura, partim ex Astronomia. Christus Dñs mortuus est feria. 6. & 15. Luna, sed à 30. anno ætatis Christi, vsq; ad 33. non reperitur cōuenisse simul feria. 6. & 15. Lunæ, nisi in anno. 33. Christi; ergo. Probatur ex *Tostat.* Tostato in opere defensorio, cap. 11. & seq. & à *Ioan. Lan.* Ioan. Lanio tract. de Vero die Paschæ. c. 9 & 15. & à *Burgēs.* Paulo Medel Burg. in Summa Paulina. Prob. ex tabulis Alphonsinis, & per literam Dominicalē, posito numero aureo annorum ab ortu Christi, vsq; ad præsentem annū. Quarta ratio sumitur ex Euangelica historia. D. Ioan. qui vltimus scripsit Euangeliū, distinctè describit annos prædicationis Christi post Baptismū eius, distinguens eos per Paschata Iudæorū: sed Ioan. post Baptismum Christi quatuor Paschata enumerat acta à Christo. Primū nominat ca. 2. statim post nuptias. Secundū c. 5. quādo sanauit paralyticum. Tertium c. 6. quando multiplicauit panes. Quartū c. 13. 18. & 19. quādo passus est Dñs. Cùm igitur Christus Dñs baptizatus sit initio 30. anni, die 6. [illegible] vt Pascha primū egerit in 30. suo [illegible] in 31. tertium in 32. quartum in 33. in quo mortuus est. Contra vltimū argumentum ex numero. 4. Paschatū festiuitatum, quæ Ioan. narrat Christum egisse, duo possunt obijci. Primū est, Quod nos facimus secundum Pascha, & dicimus tradi à Ioan. c. 5. ille non appellat Pascha, sed diem festū Iudæorum, Erat autē dies festus Iudæorū: quare ex Ioan. non colliguntur nisi tria Paschata expressè, sicut sentit Epiph. hæres. 51. *Epiphan.* per illū autem diem festum intelligi debere Penthecoste, probatur authoritate Chrys. Cyril. Theod. Euthym. D. Tho. & Caiet. Respōdemus rectè nos per diem illū intellexisse Pascha: nam quia sic intellexit Irenæus *Irenæus.* lib. 2. hæres. 9. cap. 39. & Euseb. lib. 8. de Demonst. Euang. *Euseb.* vbi ait de Septuagesima hebdomada. Dan. & Theod. super. 9. cap. Dan. Deinde etiam, quia sæpè in Scriptura legimus nomine festi simpliciter intelligi Pascha: sic appellat Luc. c. 2. & Matth. 26. & sic Ioh. 13. nusquam autem in Scriptura nomine festi simpliciter intelligitur aliud festum, quam Pascha. Alterū quod potest obijci, est, quod Ioan. numerat. 4. Paschata post nuptias factas in Cana Galilææ, sed illæ nuptiæ factæ sunt vno anno post Baptismum Christi, siquidem miraculū illud vini eodē est factum die, quo Christus est baptizatus (est etiam opinio cōmunis tria facta esse miracula eodem die: Adorationē Magorū: Baptismum Christi: & cōuersionem aquæ in vinū: vnde Ecclesia canit in festo Epiphaniæ: Hodie stella Magos duxit ad præsepe: Hodie Christus baptizatus est: Hodie vinū ex aqua factum est) si ergo nuptiæ fuerunt vno anno post, id est cùm Christus esset ingressus 31. & postea fuerunt. 4. Paschata, quæ continent tres annos; ergo Christus mortuus est. 34. anno. Respondemus, nos nō sequi istam opinionem cōmunem, quod illud miraculum nuptiarum sit factum eodem die quo Christus baptizatus est vno anno post, sed postea putā illud miraculū factū fuisse aliquot diebus postquā Christus venit de deserto, & incepit habere discipulos, id est, 2. vel. 3. mense à suo Baptismo. Mouet me hæc ratio: quia alioquin necesse esset, vel Christū vno anno integro, à Baptismo vsque ad nuptias nihil egisse, nec prædicasse; quod est absurdum (quia in Baptismo est declaratus Doctor à Patre) vel dici debet prædicasse, & multa fecisse, sed illa tacuisse Euangelistas; quod non est verisimile, nec credibile: nam Ioannes scripsit, vt tacita ab alijs Euangelistis traderet. Efficeretur etiam Christum prædicasse per quatuor annos, contra antiquam traditionem. In hac quoque sententia est Epiph. Euseb. & alij. Ad argumentum respondetur (vt ait D. Maximus, serm. de Epiph. & August. serm. 37. de tempore) incertum esse, quodnam illorum trium contigerit die illo. 6. Ianuarij, alios enim aliud tradere. Quare ideò voluisse Ecclesiam vno die memoriam illorum trium agere, tùm propter conuenientiam eorum inter se (nam in his omnibus apparuit excellentia Christi) tùm etiam, quia incertum erat quo die quodlibet illorum euenisset. Ad illud verò quod Ecclesia dicit, Hodie, de illis tribus, quasi essent eodem die, respondetur, illud, Hodie, non indicare diem rei gestæ, sed diem commemorationis eorum: nec enim est sensus, Hodie sunt ista acta. Et quòd ita loqui soleat Ecclesia, ostenditur primò. Ecclesia enim singulis annis agens festum diei Paschæ, ait: Hodie surrexit Christus, & tamen sunt diuersi dies singulis annis. Secundò, in festo Pentecostes, in præfatione dicit: Hodierna die in filios adoptionis effudit, id est, commemoratur effudisse. Quinque sunt opiniones. Prima est, obijsse Christum 30. anno suæ ætatis, & 15. Tyberij. Sic Tertul. contra Iudæos, & Clemens Alexand. 1. Strom. Iuli. Afr. vt refert Hieron. super. 9. c. Dan. Lactant. lib. 4. c. 10. hanc attribuit Valentino hæret. Epiph. hæres. 50. Ex hac sententia efficeretur, Christum nõ prædicasse, nisi per 50. dies ad summum. Nam ipse post Baptismum fuit in deserto per. 40. dies, id est, vsque ad 25. Februarij, inde vsque ad Pascha eius anni non supperunt. 50. dies: hoc autem quàm sit absurdum, patet. Secunda opinio est, quòd anno. 31. suæ ætatis passus est. Hanc attribuit Appollinari Episcopo Laodiceo Hierony. super c. 9. Dan. Eandem tenere videtur Philastrius in Catal. hæresum. Tertia opinio est, obijsse. 32. anno. In hac videtur fuisse Seuerus Sulpitius lib. 2. sacræ Theologiæ. Et Orosius lib. 7. c. 4. ait enim obijsse Christum anno. 18. Tyberij. Contra omnes istas opiniones sunt duo argumenta supra posita. Alterum de tribus annis, quibus Christus prædicauit post Baptismum. Alterum de quatuor festis Paschæ, actis post Baptismum à Christo. Quarta est, mortuum esse 34. anno. Beda lib. de Ratione tempor. c. 45. Et Honuphrius in Fastis Roman. & in Chron. Eccl. Eandem attribuit Chrysostomo Magister Histo. Scolast. c. 33. hist. Euang. Contra eam sententiam quatuor argumenta supra adduxi pro nostra opinione. Propriè autem refellitur hoc

Maximus. August. — *Tertul. Clemens Alexan. Iul. Afr̄icanus. Lactan. Epiphan.* — *Appollin. Hieron. Philast. Seuerus Sulpitius. Orosius.* — *Beda. Onufrius.*

argumento. Quia ex tabulis Astron. constat 34. anno ab ortu Christi. 15. Lunæ [illegible] fuisse diem Mercurij: at Christus mortuus est die Veneris, Luna 15. ergo. Vltima opinio Irenæi lib. 2. c. 39. vixisse Christum vsque ad 46. vel etiam. 50. annum, vnde Iudæi dixerunt Christo. 50. annos nondum habens. & hoc sensisse (ait) presbyteros Asiæ discipulos Apostolorum. August. 2. de Doctrina Christ. c. 28. hanc opinionem ait esse errorem natum ex ignorantia Chronologiæ. Et confutatur euidenter. Christus baptizatus est 15. anno Tyberij, & mortuus est sub Tyberio, & sub Pontio Pilato: sed Tyberius non regnauit nisi 23. annis, vt constat ex hist. Pilatus discessit ex Iudæa vltimo anno Tyberij, si autem Christus vixisset. 45. annos, mortuus esset. 7. annis post mortem Tyberij. & postquam Pilatus discesserat ex Iudæa. Confirmatur, quia Euangelistæ non tradunt nobis res gestas, nisi. 3. annorum à Ioanne, vsque ad 33. annum. Quare prætermisissent tot gesta Christi. 13. annorum. Et illæ fuissent memorabiles: nam quæ Christus gessit annis posterioribus, erant memorabilia.

Irenæus. — *August.*

De mense.

Communis opinio Patrum est, esse mortuum. 25. Martij. Euseb. & Theophil. dicunt. 23. Epiphan. 20. Martij, Honuph. 26. Tostatus, & Ioann. Lucius, & Paul. Medel. Burgensis probant ex tabulis Astronom. & per calculos Mathematicos. 33. anno, quo mortuus est Christus. 25. Martij, fuisse diem Mercurij, & quintam, vel sextam horam. Confirmant istud quia nullo anno conuenerunt dies Veneris. 15. Lunæ, & 25. Martij, nisi. 175. post mortem Christi. Tenent autem mortuum esse Christum Dñm. 3. die Aprilis: Nam tunc in illa tertia die conuenerunt, & videtur esse probabilius.

Eusebi. Theophil. Epiphan. Honuph. Tostat. Ioan. Luc. Burgens.

Nota, quòd Christus natus est anno. 42. ætatis Augusti. Quod probatur quia natus est Augustus, Marco Cicerone, & Antonio Consulibus anno Vrbis conditæ. 690. Sed Christus est natus, anno vrbis. 752. Imperij verò Augusti, à primo Consulatu [illegible]. Patet, quia primum Consulatum egit Augustus, cùm esset. 20. annorum, vt patet ex Scriptoribus Vrbis conditæ. 710. Post Monarchiam verò fuere anno. 30. Patet, quia Monarchiam habuit anno vrbis conditæ. 722. Cùm ergo omnes ferè Patres aiant, Christum esse natum anno. 42. Imperij Augusti, de eo intelligendum de Consulatu, non de Monarchia.

Postquam

POstquam ea quę ad sensum litteralem attingebant, Deo dante, ea qua potuimus diligentia explicuimus; nunc ea quę populo in publicis concionibus proposuimus, omnibus manifesta damus, quę non parva, nec minori diligẽtia elaborata sunt. Et primò sub hac Pauli sententia ad Gala. 2. Qui dilexit me, & tradidit semetipsum pro me; sic incipiamus. (Galat. 2.) ¶ Mysterium hoc passionis Christi Domini, pelagus quoddã profundissimũ est, ità vt nullius ingenij acumen illud attingere valeat, & quantò plus æstimat se attigisse, minus efficit. Mãdauit Dominus Prophetæ Ezechieli vt intraret flumẽ quoddã, (Ezec. 47.) & in ipso statim vestigio vsque ad genua attingebat aqua, & cùm se paulò plus immersisset, iã medium corpus cooperiebat aqua, & vltra progrediens omnino submergebatur, nec transvadari poterat flumen. Hoc solum mysterium, quod est Deum hominem fieri, sic profundum est, vt gigantum & magnorum virorũ genua tremere faciebat. Cõsiderare illum in carne mortali, & passibili, aliorum hominum miserijs ac pœnalitatibus subiectum; iam hoc medietatem hominis superat; nec enim tota eius natura ad id pertingere posset, nisi id à Deo esset reuelatum ei. Et si vltrà progredimur, ac non solũ Deũ mortalem ac passibilem consideramus, verùm etiam in cruce inter duo nequam suspẽsum ac mortuum, iam hoc omnes superat vires, in hoc pelago & ipsi Seraphim submerguntur, nec vlla hominum quantumuis magna sapientia tale vnquam excogitare valuit. Tripliciter namque considerari potest mysterium hoc: & ex parte Iustitiæ Dei quæ in homine Christo executioni mandata est: & ex parte amoris quo patitur: & ex parte peccatorũ nostrorum, pro quibus patitur; & ex qualibet harum partium mirabile; & immensum apparet. Iustitia quippè quæ in hoc mysterio resplẽdet, noua ac inaudita videtur. Potest enim esse quod sententia sit iusta, executores autẽ iniustissimè eam exequantur: nam potest iudex absque vlla iniustitia hunc hominem capitali sententia damnare, & tamen quia carnifex non tenetur id examinare; absque vlla iniustitia caput eius amputare potest. Sed quòd sententia sit iusta, & executores in exequendo illam iniusti; hoc profunditatem magnam ac nouitatem præ se fert. Si enim sententia iusta est, quomodò executor iniustus? Hoc ergò in hoc passionis Christi mysterio cernimus. Iustissima quippè fuit sententia quæ in Dei supremo tribunali ab æterno Patre cõtra Filium suum promulgata est, propter hominis debitum, quod super se susceperat Filius; & tamen quod infinitum erat, & infinitã poscebat satisfactionem: sed hæc sententia à summo descẽdebat solio, & à suo Patre qui nullum ferre poterat deferre errorem, aut iniustitiam. Paulus autem clamat. Qui proprio filio suo non pepercit, sed pro nobis omnibus tradidit illum. (Rom. 8.) Et ipsemet Filius dicit. (Luc. 22.) Filius quidem hominis vadit, sicut definitũ est de illo. Sententia ergò non solùm iusta, sed iustissima fuit, omnem continens æqualitatis rationem. Et tamen executores crudelissimi iniustissimique fuerunt, omnia tã diuina, quàm humana iura præter egredientes. Qui inuidia quadam, ac infernali rabie moti, falsisque testibus, ac fallacijs illum ad mortem sæuissimam traxerunt. Ecce quomodò iustitia Dei noua, ac mirabilis apparet. Verùm si charitatem qua Christus passus est mortem attẽderis, altissimorum spirituum alas colligere faciet. Supereminentem scientiæ charitatem Christi, dicit Paulus. (Ephes. 3.) Eò quòd omnem creatam scientiam longè exsuperet. Sed de hoc in processu sermonis post pauca agendum est. Si autem peccata perspexeris pro quibus passus est Christus, multa ac maxima sunt. Sunt enim fons quidam omnium spurcitiarum fœtidissimarum emanans, puteus à quo procedo [illegible] æternum perpetuò prodit; quod in confessionibus experimur in nobis. Nam post quam à publicam confessionem fecerit, & non multum temporis effluxerit, iam video me iterum habere necessitatem confitendi. Quid hoc aliud est, nisi [illegible] quod mecum portat? Hoc enim semper de nouo noua parit peccata, ità quod multoties mei ipsius tædet, quod ferè nullus præterit dies, in quo in me non inueniam aliquid quod cõfiteri debeã. Exhausta est aqua in hac cõfessione, & vix ex illa surgis, & iã iterum emanauit nouus puteus quod à sacristia ad altare iam inuenio noua delicta. Proh miseriam & lamentabilem fontem! Quid erit si omnes simul [illegible] confessiones? Quod mare ac pelagus peccatorum conficient? Igitur omnia hæc insuperabile mysterium illud efficiunt. Opus est ad inueniendum vadum in pelago isto, versus fontem [illegible] recurrere. Id enim faciunt, qui transituri (Simile.) ac vadum in profundo aliquo flumine quærunt: versùs fontem retorquent iter, quia ibi semper transmeabile esse solet flumen. Sic

& nos facere oportet. Tanti boni fons & origo amor est. Ab hoc pelago hoc [illegible] oritur. Sic enim Paulus in verbis propositis ait. Qui dilexit me, & tradidit semetipsum *Hiere. 31.* pro me. Ex eo quòd dilexit me ortū habuit mysteriū hoc, quòd tradidit semetipsum pro me. Deus ab æterno quidem nos dilexit, secundùm illam Hieremiæ sententiam qua Deus dicit. In charitate perpetua dilexi te. Amor hic absconditus erat in Deo vsque ad creationē hominis, in quo manifestari cœpit, sed tamen & tunc non magno impetu effluxit, sed quasi gutta quędam illius abyssi distillata est. Hinc illa vox Prophetæ. *Esai. 63.* Vbi nunc fortitudo tua & zelus tuus, multitudo viscerum tuorum super me continuerunt se? Viscera quidem amoris tunc patere cœperunt, sed multitudo viscerū adhuc retinebatur in Deo. Hâc in sua passione manifestè profudit, tunc enim apertę sunt cataractæ cœli, & fontes abyssi rupti sunt. Tunc erat fons signatus, núc autem mucrone dirę lanceæ apertum est latus Christi, vbi claudebatur fons, & tunc [illegible] hoc generationis abundè profluxit in nobis, & per manus, pedes & caput impetu magno erumpebat hic amor, qui in crucis arbore manifestatus est. Ab hoc totum bonum nostrum prodiit, sicut ab alio totum malum nostrū. Arbor illa vera [illegible] nobis fuit, hæc vera dulcis, & quidquid in ea est [illegible] dulcedinem profert. Vndè & Ecclesia dicit. Crux fidelis inter omnes, arbor vna nobilis, nulla sylua talē profert, frondē, flore, germine. Dulce lignum, dulces clauos, dulce pondus sustinet. [illegible] hanc arborē vocat Ecclesia [illegible] plena est fide, multaq; fide opus est, ad credēdum mysterium crucis. Arbor vna nobilis [illegible] nobilissimum fructum produxit. Nulla sylua talem profert. Nec paradysus ipse terrestris talē [illegible] dulce quippe fuit lignum, dulces [illegible], & omne quod habuit dulce fuit. Claui enim dulces sunt: qui hac pinguedine dulcedinis Christi sunt perfusi, [illegible] penetrarunt, à quo tanta profluxit dulcedo: quarè [illegible] facti sunt, ex illis [illegible] dulcedinem. Dulce pondus [illegible] fuit [illegible]. Quare [illegible] *Philip. 2.* [illegible] hic nobis se prodit? Vndè Paulus ait. Exinaniuit semetipsum. Hoc est, [illegible] repletus est vulneribus, & foraminibus, vt per illa amorem istum exhauriret, & nobis proderet, & per illas vacuitates sui corporis, sanguinis, ac Sacramenta prodiret, cū quibus simul & amor totus erumperet. Vel, exinaniuit semetipsum. Impletus est defectibus, non culparum sed pœnarum, quibus sic plenus est, vt nec seruus, nec mancipium talia pertulerit. Et ideò dicit, Formam serui accipiēs. Nam seruū quidem suspendebant aliquando in ligno, non flagellabant, non illudebant, non spinis coronabant. Ligabant quidem illum ligno, non clauis configebant. Christum autē peius quā mācipiū tractauerūt: quia his se repleuerat defectib⁹ pœnę. Vndè apud Septuaginta vbi nos legimus in Esa. cap. 53. Vidimus eū nouissimum virorum, legitur Virum deficientem præ omnibus. *Esai. 53.* Sic Tertullianus contra Iudæos, & August. 18. de Ciui. cap. 29. *Tertul. August.* Suscepit enim humanam naturā, in qua hos pœnales defectus pertulit, quos in diuina ferre non poterat, & tot sustulit, vt nullus vnquam hominum, nec ipsa vilia mancipia talia pertulerint: & ideo dicit virum deficientem præ omnibus. Et totum hoc efficit amor. Hinc & Sapiens ait. Deriuentur aquæ tuę foras. *Prouerb. 5.* Id est, amor, flumi⁹ iste amoris, per Christum tanquam per venas aquæ istæ ad nos veniunt. Vndè amor occidit Christum. Nec enim mors id poterat, nisi amor effecisset, & potius est dicendum, amorem illum interemisse, quàm mortem. Hæc ergò origo fuit huius profundissimi fluminis, & hæc radix ex qua arbor ista crucis pullulauit, & hac radice inuenta, cætera eius mysteria inueniemus. Vnde Paulus ait. In charitate radicati & fundati. Ad quid vult nos Paulus radicatos, & fūdatos in charitate? Vt possitis (inquit) comprehendere, quæ sit longitudo, & latitudo, sublimitas, & profundum, scire etiam supereminentem scientiæ charitatem Christi. Ac si diceret. Omnia penetrabis, si hanc radicem inueneris, quæ est amor, qui maximè in cruce patefactus est. Nam per vulnera, quasi per [illegible] se totum effudit. Patent mihi viscera Christi, per vulnera (ait Bernardus) *Bernard.* Vndè enim [illegible] mihi [illegible], quòd tu Domine [illegible] in misericordia. Ecce ergò fontem diuini amoris, qui sic nostrum superat, vt eius comparatione nihil sit, amor alter. Dei enim potens, vt vndè sit [illegible] fluminis origo [illegible] traxerit. Nam licet in Deo nulla sit causa, nec vna virtus diuina alterius sit effectus, [illegible] causa, tamē in effectibus sic. Vna virtus est alterius causa. Quarè idem est dicere. Qui dilexit me, & tradidit semetipsum pro me, ac si diceret, Quia dilexit me, tradidit semet-

Ephes. 3.

semetipsum pro me. Et alibi ad Ephes. 3. dicit: Deus qui diues est in misericordia, propter nimiam charitatem suam, qua dilexit nos, cùm essemus mortui peccatis, conuiuificauit nos in Christo. Propterea dicit Litteris aureis scribi deberet causalis ista, Propter nimiam charitatem suam. Summus amor Dei hæc omnia bona nobis protulit. O diuinus amor, qui tot bonorum es causa, qui tantum bonum mundo contulisti! Quis te in sua anima sentire valeret, vt sic iam magnopere affectus intelligere posset! Quis te æstimare, honorare, & obsequia mille præstare, sicut mereris posset! Mille tibi gratias reddo, tot benedictiones rependo, qui tantum bonum mundo præstitisti, qualis fuit generis humani redemptio.

Rom. 9.

Paul. Rom. 9. conditionem huius diuini amoris nobis declarat in Esau & Iacob, ex quibus alterum dilexit, alterum odio habuit: in quo insinuatur se nulli hunc amorem debere, sed cui placet gratis illum donare, absque cuiusquam præiudicio. Pro quo sciendum, quòd protinus vt peccata in mundo irrumpunt, sapientia diuina illa respicit, & statim Dei iustitia illis obuiā ire nititur, vt vindicet & puniat illa: nam mox eius iurisdictioni subduntur. Peccauit Angelus in cœlo, protinus sapientia diuina peccatū illud cognouit, & vidit, & iustitia obuiauit illi, atque seuerissimè puniuit, sed ad vindicandum illud peccatum iustitia sola exiuit absque vllo patrono: si sic aspexisset hominis peccatum, væ illi: quoniam irremediabile perstitisset. Sed cùm homo peccauit, vidit quidem sapientia diuina illud, & iustitia Dei etiam illud prospexit vt puniret, tamen non sola, sed amore tanquam patrono comitata, atque circumsepta, qui & iustitiæ obuiauit illi, illamque respexit, ab *zelo vestro*, rigoremque eius ac seueritatem temperauit admirabili quodam modo. Perfecit enim cum Deo, vt peccato hominis remedium adhiberetur, nec sicut peccatum Angeli absque vlla spe relinqueretur, sed quod pro illo plenaria & rigorosissima satisfactio fieret. Et quoniam hanc solus filius Dei præstare poterat, hinc factum est, vt eo ipso quòd à Deo decreta hęc plenaria satisfactio sit, Filius ad illā obligaretur, atque subinde ad mortem, totius Trinitatis sententia damnatus esset: quoniam talis satisfactio ab alio quàm ab ipso adimpleri nequibat.

Esai. 14.

Vnde apud Esai. capit. 14. dicitur, Iurauit Dominus exercituum dicens. Si non vt cogitaui ita erit, & quemadmodū mente tractaui ita veniet. Id est, quod in diuino concilio statutum est assentiente Filio, ita euenturum erat. Hinc & Paul. sæpè Christum vocat iustitiam nostram, redemptionem nostram, & satisfactionem nostram.

Apoc. 5.

Et Ioann. in Apocalypsi videns illum, appellat Agnū occisum à constitutione mundi. Deleuit enim chirographum decreti, quod aduersum nos erat, & tulit de medio affigens illud Cruci, vt ait Paul.

Coloss. 2.

Nam mox vt homo peccauit, diuina iustitia contra illum scripsit, & decreuit pœnam infinitam debitam peccato: eò quòd contra Deum infinitum commissum fuit. Sed quoniam illa homo soluere nequibat, tulit illa de medio, & posuit illa super se. Seipsum debitorem pro homine constituit, & chirographum in sinu suo posuit: vt illud lancea dirumperet, & sanguine deleret. Quod in Isaac typicè obumbratum est.

Genes. 22.

Nam cùm pater eum sacrificare vellet ex Dei mandato, & ipse super se ferret ligna, nec videret victimam, quæ immolanda erat, dixit ad patrem suum. Vbi est victima, pater mi? Cui pater, Dominus, inquit, prouidebit, fili mi. Ac si diceret. Ad prouidentiam Dei spectat prouidere de victima, quæ pro homine immoletur. Nam in tota natura creata, victima quæ pro homine immolaretur digna nō inueniebatur: quia nullus infinitum debitum soluere valebat. Interrogabat homo Deū, quomodò hoc debitū deberet solui? Et responsum est ei, Dominum id debere prouidere, qui ab æterno præordinauit mirabilem hunc modum satisfaciendi pro homine. Quare cùm Abraham eleuasset brachium cum gladio, vt filium suum immolaret, Angelus tenuit manum eius ne id faceret, sed vidit arietem hærentem cornibus inter vepres, & ille aries loco filij sui immolatus est, & vocauit nomen loci illius, Dominus videbit, vt per hoc significaretur, non debere purum hominem pro homine satisfacere, sed arietem illum hærentem cornibus inter vepres, qui referebat Christum spinis, ac vepribus obsitum, brachijs extensis crucem amplexantem, vt Abacuc dixerat.

Abac. 3.

Cornua in manibus eius. Et vocatum est nomen loci illius (Dominus videbit). Ac si diceret, *El [illegible] lo vee por [illegible]*. Nam ex tunc Filius omnia hæc vidit, & ob oculos semper habuit crucem, clauos, spinas, flagella ac cætera tormenta, quæ perpessurus erat, secūdùm quod ipse dixerat: Vinea mea coram

me

mortis semper. Ecce fontem ac originem huius profundissimi mysterij, nempe amorem. *Psal. 53.* Qui dilexit me, & tradidit semetipsum pro me. Ipsemet se tradidit. Oblatus est, quia ipse voluit. Pater etiam ipsum tradidit, *Rom. 8.* iuxta illam Pauli magnificam sententiam. Qui proprio filio suo non pepercit, sed pro omnibus nobis tradidit illum. Imò in manibus inimicorum eius tradidit illum, vt venderent illum, flagellarent, illuderent ac crucifigerent. *2. Reg. 15.* Ibat Dauid Rex fugiens à facie filij sui Absalon, ascendens per montem Oliuarum transiuit torrentem Cedron nudis pedibus, ac cooperto capite. Caput Christi diuinitas est, secundùm illud Pauli, *1. Cor. 11.* Caput verò Christi Deus. Hæc protecta & cooperta erat, vtpote impassibilis & omnis doloris expers. *Ezech. 1.* Vidit Ezechiel Propheta virum quendam, cuius aspectus erat quasi carbonum ignitorum. Hic Christus Dominus erat, qui totus videbatur in tormentis exuri: sed hoc erat in carne; nã diuinitas nõ poterat pati. Ideò quippe comparatur Christus Dñs carbunculo, qui teste Plinio, *Plinius. Simile.* carboni ignito assimilatur, tamen nec côburit, nec comburitur; sed si illũ in capsula plumbea posueris, plumbum comburetur, sed non carbũculus, si ei applicaueris ignem. Sic diuinitas, quæ ignis comburens est, etiam si in illo subiecto ignis tormentorum ardebat, carbunculus tamen, hoc est, diuinitas, non comburebatur, sed sola capsula plũbea, hoc est, caro in illis ardebat: nam diuinitas quæ erat in dolente nõ erat in dolore (vt ait Leo *Leo Papa.* Papa.) Pedes autem quæ significabant eius humanitatem, nudi, ac tormentis expositi erant, per spinas, clauos, ac lanceam contra. Quinimò sic eius humanitas à Patre fuit derelicta, & tormentis exposita vt nullam omnino illi consolationem tribuerit, sicut alijs sanctis solebat tribuere: ita vt solus in medio tormentorum positus conuersus ad Patrem potuerit illud dicere. Deus Deus meus, vt quid dereliquisti me? Quasi de hac Patris derelictione admirans. Benè enim sciebat ipse rationem) ac si diceret. Quid hoc miraculi est, æterne Pater, quod me sic absque vlla protectione, auxilio, aut consolatione, in tot tormentis dereliqueris? Nam cùm sit naturale, quòd omnia membra exponantur cuilibet periculo pro defensione capitis; in me contrarium accidit, vt potius caput pro membris periclitetur. & cùm alijs amicis tuis in tribulationibus tuis auxiliatus fueris, et gaudio sic eos repleueris, vt vnus ex illis dicere potuerit, Superabundo gaudio in tribulationibus meis; *2. Cor. 7.* me tamen solum vnicum ac dilectum filium omni exutum gaudio, ac consolatione, in tot afflictionibus ac tormentis reliquisti? Tanta quæ tristitia animam eius inuasit tunc: vt vsque ad interiora eius validissimè penetrauerit, ita vt ipse Psalm. 68. diceret. Saluum me fac Deus: quoniam intrauerunt *Psal. 68.* aquæ vsque ad animam meam. Infixus sum in limo profundi: & non est substantia. Christus namque pro omnibus hominibus pœnituit. Pœnitentia autem duas habet partes, & interiorem tristitiam, & exteriorem satisfactionem, & prima solet esse causa secundæ. Igitur si interior peccatorum dolor in anima, quæ verè sentit quid sit Deum suum offendere, solet talem parere dolorem, ac tristitiam, vt multi (sicut graues narrant authores, inter quos Ioannes Climacus) præ nimio dolore sint *Io. Clyma.* mortui, & in Magdalena fuit quasi miraculum quoddam quòd præ vehementia doloris non spiritum efflauerit, qui tantus fuit, vt fontem illum lacrymarum expresserit, quo pedes Christi Domini abluti sunt. Si (inquam) tãtam feram fecit viris dolor pro peccatis vnius singularis personæ; qui pro omnibus peccatis omnium hominũ doluit, tãm præsentibus, præteritis, quã futuris, in quibus tot includebantur blasphemiæ, idolatriæ, adulteria, homicidia, periuria, latrocinia, falsa testimonia, plura[illegible], & innumeris flagitia, quæ omnia simul tunc Christo Dño præsentialiter apparuerunt, eaque peccata, quæ ipse deflere ac dolere deberet, ac si essent propria, quantis tunc affectum illum putas doloribus. Qui dolor figuratus est in fenestris illis quas vidit Ezechiel Propheta in templo, quæ exterius angustæ inte- *Ezech. 40.* rius amplæ erant, *Como saetteras.* Hæ erã vulnera Christi corporis referebant, quod ipse *Ioan. 2.* templum vocauit, cũ dixit, Soluite templum hoc, &c. Hoc autem dicebat de tẽplo corporis sui. Hæ ergò fenestræ, quæ sua vulnera erant, maiora atque ampliora ex parte interiori patebant: quoniam [illegible] pro viribus [illegible] volebat Dominus, plus doloris in sua anima efficiebant, quàm vulnera ac tormenta corporis exteriora. Pater ergò illum tot doloribus tradidit. Et hoc est quod mirabiliter admirationem parit. Quod in Deificæ Trinitatis cõsilio, in quod solæ diuinæ personæ vocantur, fuisset ad mortem damnatus filius, pro impio, & scelerato suscipio.

cipio. Quod & Ecclesia miris modis exaltat cùm dicit. O mira circa nos pietatis dignatio; vt seruū redimeres filium tradidisti. Et hoc est quod tortores ipsum, cùm alapis cæderent, interrogabant dicentes. *Prophetiza*, quis est qui te percussit, *adeuina quien te dio*. Ac si dicerent. Prophetico spiritu opus est ad præsagiendum quis te percusserit, quòd ipse Pater tuus te ad mortem
Esa. 53. tàm acerbam tradiderit. Quod Esaias Propheta prædixerat dicens. Vidimus eū percussum à Deo, id est percussum Deum, secūdùm veritatem Hebraicam, quod ipsemet se percussit tradens semetipsum percussori-
Esa. 50. bus, secundùm quòd ipse dixerat. Dedi corpus meum percutientibus, & genas meas vel-
Ibidem. lentibus. Et ibi. Faciem meam non auerti ab increpantibus, & conspicientibus in me. Nam tradidit semetipsum pro me. Et alibi
Esai. 53. Esai. ait. Dñe, quis credidit auditui nostro? & brachium Domini cui reuelatum est? per brachium Domini Christus intelligitur, per quem tàquam per brachium Dei omnia facta sunt, & hunc qui brachium, & virtus Dei est, videmus hodiè brachijs hominum percussum, & vulneratum. Tradidit semetipsum pro me. Hoc est, loco mei. Ego enim debebam esse traditus pœnis æternis, ego suspēdi merebar in furca inferni, & ipse pro me lignum suum in cruce posuit. Tradidit semetipsum pro me, *substituyo se por mi, o*
Esai. 53. *fue subrogado por mi*. Vnde & Esai. dicit. Si posuerit pro peccato animam suam, videbit semen longæuum. Id est, si pro peccato subrogatus fuerit, vt soluat ipse omniū pœnas peccatorum. Ac si imaginaremur ipsum fuisse idem peccati, & quod ipsum peccatū, per se puniri poterat, sic in Christo punitū
Esai. 53. est. Quoniam posuit Pater super eum scelera omnium nostrûm. Homo quidem erat fur, & latro, & Christus super se assumpsit pœnas latronum. Flagelletur ergò & suspendatur inter duos latrones, ac si ipse esset vnus ex eis, vt sic mea furta ipse soluat,
Psal. 68. & dicat: Quæ non rapui, tunc exoluebam. Fuit homo traditor ac proditor, qui contra Deū suū rebellare voluit, & vsurpare sibi Regnum, quod erat Dei sui: sed quoniam Christus super se hanc accepit pœnam, illudatur, irrideatur, corona spinea pungatur eius caput, veste purpurea circumseptus, & arundine in manu posita, hanc proditionis propriam ignominiam portet. Quid hoc est Domine Deus? Cur sic crudeliter tecum agitur? Certè quia hanc meæ temeritatis pœnam super te tulisti. Item homo fuit blasphemus. Sed quia Christus blasphemiæ pœnas adimplet, linguæ incassatur aceto, & felle, in ore eius imponitur, *vna mordaça de hiel y vinagre se le ponga en la boca*, vt sic meas exoluat blasphemias. Deniq; quia tot genera malorum cōmiserat homo, & Christus ea soluere voluit, flagelletur, trahatur, crucifigatur, excorietur, latera & claui eum transfodiant, morte turpissima moriatur, nudus, vilis, ac miser effectus inter duo nequam, ac si ipse latro, homicida, traditor, ac blasphemus fuisset, & omnium nostrûm peccata habuisset. Tradidit semetipsum pro me. Hoc est, loco mei subrogatus fuit, quoad soluendas pœnas meorum peccatorum, sicut aries inter vepres loco Isaac immolatus
fuit. Hoc est, quod sanctus Pater Augusti- *Genes. 22.* *August.*
nus in suis meditationibus coram Christi crucifixi effigie deuotissimè meditatus dicens. Quid commisisti, dulcissime Domine, vt sic iudicareris? Quod scelus tuum? Quæ noxa tua? Quæ causa mortis? Quæ occasio damnationis? Ego enim sum tui plaga doloris, tuæ culpa occisionis. O mirabilis censuræ conditio, & ineffabilis mysterij dispositio. Peccat iniquus, & punitur iustus: delinquit reus, & vapulat innocens: offendit impius, & damnatur pius. Sic sit, Domine Deus quia te tradidisti pro me, subrogans te, pro meo peccato, vt sic ei assit meorum debitorum extinctio, & ideò tanto rigore à te debitum meum exigitur. O quanta mihi restat obligatio, ne vnquam tantum beneficium obliuioni tradam, sed crucem tuam, flagella tua, liuores tuos semper ob oculos ponam, & consilium sapientis exequar quo dicit. Gratiam
fideiussoris tui ne obliuiscaris, posuit enim *Eccles. 29.*
pro te animam suam. Et illud quod Paulus *Hebr. 12.*
ad Hebræos 12. nos admonet, dicens. Recogitate eum qui talem à peccatoribus aduersùs semetipsum sustinuit contradictionem. Nec enim sufficit tantum mysterium simpliciter cogitare, sed oportet etiam recogitare. Non sufficit vt auribus tuis sonet sacramentum hoc ea generalitate, qua per
totum mundum diffamatum est. Ideò quippe per serpentem æneum figuratus est Chri- *Ioan. 3.*
stus crucifixus: quoniam ex longo tempore est, vt intelligeremus mysterium Christi crucifixi, per totum mundum diuulgandum esse. Non igitur ea generalitate auribus tuis insonet, qua per totum orbem sonuit, sed sonitu quodam maiori, qui vsque ad animę aures penetret, ita quòd non solù memoria sensi-

tiua

tiua illud cogites, sed intellectiua & affectiua recogites. Neque enim Deus queritur, quia nō cogitatur passio eius, sed quia nō recogitatur. Quare hoc bisce diebus cogitare ac recogitare debemus, cùm jam tanti mysterij fontem inuenerimus: ut sic mereamur augmentum gratiæ in hac vita, & in futura gloriam sempiternam. Amen.

Sermo. 8. Gal. 2.

¶Qui dilexit me, & tradidit semetipsum pro me. In præcedenti sermone (Deo nobis auxiliāte) ostendimus qualis fuerit fōs, vnde flumen hoc magnū ac profundissimū beneficiorū Dei super nos ortum fuerit, à quo tātū emanauit sanguis, tot merita, tā abundās satisfactio, tāta gratia & magnificētia. Et inuenimus fuisse Dei amorē: tales quippè effect⁹ principaliorē causā habere non poterāt, sicut Apostolus in assūptis verbis nobis proponit, dicens. Qui dilexit me, & tradidit semetipsum pro me. Nunc autem opus est sigillatim hanc traditionem tractare, quam de seipso filius Dei fecit in manus peccatorū: Nam quamuis Iudas fuerit qui triginta argēteis tradiderit illum, parū illi profecisset sua malignissima diligentia, nisi seipsum ipse filius Dei tradidisset. Sed ideò Iudæ malitia vsus est Christus: quia ipse optimè nouit malitiam iniquorum in bonum conuertere, & per illos magnifica opera facere, in quibus maxima sapiētia resplēdeat. Hoc autē præcipuè apparet in hoc mysterio passionis Christi, in quo (vt præcedēti sermone diximus) sentētia capitis quā Pater cōtra Christum protulit, iustissima fuit, quia in ea omnē Dei iustitiam in se claudebat, quæ in hoc opere summè & consummatè demonstrata est: executores autem huius sententiæ iniquissimi, & maximi peccatores fuerūt, qui nescientes quid facerent, nec illud prorsus intendentes, erant tamen fidelissimi executores, ac diuinæ dispositionis ministri. Et sicut ad notificandam mundo sententiā, quā Pater cōtra Christū tulerat, fecit nūtiū suū ac ministrū Caypham, qui in malignissimo illo concilio, quod in domo sua aduersus Christū habitū est, post multas voces ipse dixit: Vos nescitis quidquam, nec cogitatis. Expedit vobis, vt vnus homo moriatur pro populo, & non tota gēs pereat. Quod tamen vt Sanctus adnotauit Ioannes, à semetipso nō dixit: Quia sententia illa, nō ab illo, sed à Deo Patre desuper veniebat. Sic etiamnū quamuis Pater sit qui filiū suū tormentis tradidit, imò & ipse Christus semetipsum pro nobis tradidit, vt ait hic Paulus, tamen ministerio assumpsit Iudam, quo prorsus insciente, per eius crudelissimas manus traditio hæc à Patre præordinata fieret. Sicut olim innocentissimus puer Ioseph à fratre suo Iuda triginta argenteis Ismaelitis traditus ac venditus est, qui postea translatus in Ægyptum Saluator mundi dictus est. Sic diuina factū est prouidētia, vt verus iste noster Ioseph Christus, alio innocētior, ac sanctior, per discipulū suum Iudā triginta iidē argēteis in man⁹ Iudæorum traderetur, qui posteā Romanis tradiderunt illū, vt sic tā Iudæorum, quàm Gentiliū manib⁹ cōtractatus, ac elaboratus ipsis omninò ignorantibus, vtriusque populi, imò totius orbis verus Redemptor ac Saluator efficeretur. Vt etiam in hoc manifestaretur mysterio, quanti Deus hominē faciat, & quanti homo Deū. Deus enim plusquam se hominem æstimat, cùm semetipsum pro illo tradat; homo verò triginta argēteis ipsum Deum æstimat, quibus suum innocentissimum sanguinē, qui nullo est pretio æstimabilis distrahit. Ira, rabies, furor, me aduersū istum sceleratum discipulum apprehēdit, omni ferociorē bestia, qui post tot accepta beneficia à suo magistro, tanta crudelitate in illum sæuierit, vt pro tā vili pretio hostib⁹ suis immanissimis tradat, nisi me verecūdia quædā detineret. Erubesco quippè per meā euoluere linguam, sic detestabilē & immundissimum hominem, ne meum os suo fœdissimo nomine contaminem, & simul pias Christianorum aures offendam, tàm immundum nomen eis intonando, sed potius illum in infernorum ignibus relinquens, in quibus cum angelis Satanæ in perpetuum ardet, deueniamus ad narrandum modum, quo Dñs Iesus seipsum pro nobis tradidit. Nā Ioānes sic hanc exorditur narrationē. Egressus est Iesus cum Discipulis suis, trans torrentem Cedron, vbi erat hortus. Post consummatā sacratissimā illam Cœnā, in qua institutum est institutum Sacramentum, assumptis discipulis suis trans torrentem Cedron exiuit, vbi erat hortus qui dicebatur Gethsemani, propè montem Oliuarum. Gethsemani quippè pinguedo interpretatur, & ad hortum pinguedinis Dñs exijt: quoniā ibi debebat incipere exprimi Oliua hæc, quæ tantam ex se protulit oleum, quod sic terrā impinguaret, ac fertilem redderet gratia, sanguine, atque Sacramentis diuinis. Erat enim hic mōs Oliuarum, ille de quo prædixerat Propheta. Mons coagulatus, mons pinguis, vt quid suspicamini montes coagulatos? Mōs olei, qui

Genes. 37.

Psal. 67.

qui est hoc diuina oliua expressum est, cui collaterales montes, non pingues, in relationem suspicionem potius erunt. Et hoc in monte oliuarum fiebat; ad ostendendum quod vera illa Oliua alias distillare debebat pinguedinem suam. Oliua (inquam) illa de qua
Hiere. 11. Hieremias cap. 11. dixerat: Oliuam vberem, pulchram, fructiferam, & speciosam vocauit Dominus nomen tuum. Hoc est, plenam oleo, misericordia, gratia, meritis, ac cœlestibus donis, quibus humectata, & impinguata terra, magnos ex se produceret fructus. Cum autem à Hierusalem egrederetur Dominus, credendum est, versa facie contra ciuitatem,
Matth. 23. quasi digrediens ab ea sic dixisse. Hierusalem, Hierusalem, quoties volui congregare filios tuos, quemadmodum gallina congregat pullos suos sub alis, & noluisti. Ecce relinquetur vobis domus vestra deserta. Hierusalem, magno semper desiderio flagraui, vt in te beneficum essem, & ad me te traherem, colligeremque, ac fouerem, quemadmodum gallina fouet pullos suos sub alis, sed tu noluisti. Nunc autem migro, & in pace te vellem dimittere, nisi tua obstaret ingratitudo, propter quam, & ob crudelitatem qua mecum vteris, ab omnibus deserta & derelicta eris. Nihilominus quantum in me est, maneas in pace, o ciuitas. Deus tecum sit, cum Deo remane, magno quippe dolore à te digredior. In pace mane, templum, nam ego tuis sacrificijs finem imponere pergo vno holocausto, quod omnia tua sacrificia significarunt. In pace maneant Sacerdotes tui, quamuis ipsi cum hodie me à se emittunt, nam meo sanguine eorum & ipsorum sanguinem purificabo. Non me pœnitet quod Sacerdotes tui, simul cum sacrificijs finem habeant, cum in alia meliora commutentur, sed quoniam sanguinem meum despicere debent, qui eos debebat purificare. Et cum hoc dixisset, ad discipulos suos conuertit sermonem suum, & finiens dulcissimum illum quod in Cœna habuerat talibusque sermonibus ad torren-
3. Reg. 15. tem Cedron accedunt. Hic erat locus ille, in quo olim Rex Iosias miserat cineres idolorum cinctorum, quæ in Hierusalem combusserat, & hoc mysterium sese tunc animæ Christi obtulit, quod ipse esset torrens ille, in quo cineres omnium idolorum, atque scelerum orbis sepeliri deberent. Nam quamuis ipse peccatum quod culpam non susceperit; tulit tamen eorum cineres, hoc est, fines, ac terminos peccatorum, qui sunt pœnæ istarum, quæ ad illa consequuntur, nempe mors, acerbi exitus, quos solet relinquere culpa. Hi enim sunt cineres idolorum, & hos Christus super se suscipiebat. Ipse quippe erat vacca illa rufa, cuius cineribus aqua re- Num. 19.
persis populus sanctificabatur illis aspersus, sicut Dominus præceperat Moysi. Sic cineribus Christi, hoc est, morte, ac sanguine, laboribus, ac flagellis huius Dñi aspersæ animæ nostræ sanctificantur. Igitur cum in loco isto hæc suæ sanctissimæ animæ oblata sunt, & corà oculis eius idola, quorum cineres super ipsum cadebant offerebantur, nempe peccata quorum pœnas ipse exoluere debebat; interius cœpit horrorem talem contra peccata concipere, quod licet non manifestauerit vsque ad hortum, iam tamen ex illo loco conceptum ferebat. Iam cum in hortum venit, cœpit in memoriam venire hortus ille alter, in quo cœperat culpa, & quod in hoc debebat incipere pœna. Iam quælibet arbor quam videbat apparebat sibi quod esset illa vetita, & quod videbat serpentem pendentem ex illo, & seducentem Euam. Et videns draconem cum quo bellum gerere debebat, & peccatum omnium præsentia quorum ille auctor fuit, cœpit pauere & tædere, & mœstus esse. Horror quidam mortis, ac tristitia cecidit super animam eius, vt nequaquam illum dissimulare potuerit. Et sicut virga illa qua Moyses tot mirabilia fecit, prius in serpentem versa horrorem ac timorem illi incussit, sic humanitas illa Christi, cum qua tanquam per instrumentum tot fecerat mirabilia Verbum; magnum illi modo intulit pauorem, & illum tremere ac tædere facit. Nam quamuis non sit serpens, sed mansuetissima columba, tamen quia super illam videt peccatorum serpentem, quorum pœnas interius & exterius ille soluere debet, hoc illi timorem, ac pauorem causat, ita quod terga vertere videatur, sicut & Moyses fecerat. Et quamuis hanc tristitiam semper senserit Dñs, maxime tamen quando hortum ingressus est. Et tunc enim cœpit illum omnino derelinquere Pater. Nam,
vt Aug. docet, sicut quando à principio Deus August.
mundum condidit, prima die diuisum est cœlum à terris; sic in hoc primo passionis Christi dolore Pater ab illo diuisus est; in hoc sensu, quod illum solum, absque vllo solatio, atque protectione dereliquit, ac si summus hostis eius fuisset. Nam etsi Angelum qui eum confortaret ei misit, tamen hoc exterius tantum egit, interiora quippe à Patre derelicta erant, ita quod ex patibulo crucis tenera illa verba ad Patrem protulit dicens: Deus, Deus meus, vt quid dereliquisti me? Ac si diceret. Sic me

dere-

derelinquis, ac si inimicus tuus essem: vt verum sit Propheticum illud dictum. *Iob. 19.* Et ita me habuerit quasi hostem suum. Nam (vt paulò antea diximus) caeteris sanctis solatia misit Deus, ita quòd Paulus dicat superabundare gaudio, Christo verò in toto suę passionis discursu, nihil in mentem venit quod illi interius, vel exterius solatium adferre posset, sed omnia potius eius augebant dolorem: ita quod cum Esaia dicere potuit. *Esai. 63.* Torcular calcaui solus. Namque in laboribus suis, nec vllam habet consolationem, neque à coelo, neque à terra. Et haec Patris derelictio turbationem hanc ac metum, quę modò habet effecit in illo. Iratus Dominus contra Cain, *Gen. 4.* propter iniquitatem quam aduersus fratrem suum commiserat occidendo iniustè illum, deturbauit verbis suis increpatorijs illum, atque à facie sua eiecit. Tantus ex hoc terror inuasit Cain, cùm se videret à Deo derelictum, vt per totum tempus vitae suae tremor occupauerit membra eius, & paralypsim membrorum omnium passus sit. Sic enim & territis & timentibus accidit. Quòd calor ad cor refugiat & membra derelicta dimittit, & in illa tremorem & paralypsim causat. Sic & Christo hodiè contigit. Nam etsi Pater nunquam à gratia ac amore suo eiecerit illum, imò tunc maiori dignus erat amore; tamen quia ipse peccatum Cain & aliorum peccatorum super se tulerat, ipsum Pater dimisit ac dereliquit, ac si ipse tot scelerum patrator fuisset. Quae derelictio in illo hunc timorem, tremorem, metum, atque pauorem generat. Derelicta membra à calore tremunt; demissa humanitas Christi à Deo timet, atque in hunc moerorem ac angustiam incidit. Licet & in hoc aliud lateat mysterium. Quoniam Christus veniebat, vt pro peccatis pateretur, peccatum autem generatur in corde interius, & exijt exteriùs in opera; sic propter peccata nostra Christus priùs tristatur in corde; deindè etiam exteriùs patietur in corpore. Cùm ergò in tanta esset afflictione ac moerore, coram oculis omnium hominum peccata habens; segregauit se à caeteris, assumptis secum tribus tantùm fidelissimis amicis, Petro (scilicet) Iacobo, & Ioanne, coram quibus in monte Thabor transfiguratus fuerat, nunc etiam ante eos se transfigurat in monte Oliueti, non secus tamen, sed prorsus differenti modo. Talis enim color in faciem eius cecidit, quòd videbatur splendorem paternae gloriae obtenebrasse. Vultus ille in quem desiderant Angeli prospicere, quem Sponsa candidum & rubicundum vocat, sic modò humanitatis apparuit, vt clarè moestitiam quae animam Christi affligebat exprimeret. Non erat quasi Sol splendens, sed tanquam tenebrosa nox obscurus, atque voce quadam timida ac tristi dixit ad discipulos suos: Tristis est anima mea vsque ad mortem. Grandis ò chari amici, moeror animam inuasit meam, postquàm in hunc hortum intraui. Talis erit, quòd me ad mortem deducet: vel tam grandis est tristitia haec quae me torquet, quòd videatur sufficiens ad dandam mihi mortem: ita magna est; vt genus quoddam miraculi sit pati illam hominem aliquem & viuere. Vos autem adduco huc, amici mei, quos fideles semper in meis inueni tribulationibus: vt agnoscam, an in vobis modò solatium aliquod, aut consolationem inueniam. Vos qui vidistis gloriam meam in monte Thabor, videatis nūc poenam meā in horto Gethsemani: vt simul mundo praedicetis, & gloriam, & humilitatem meam. Te autem, Petre, huc adduco, vt discas non paruam rem esse mortem pati propter alium, nec sic eandem vitam promittere perdere, vt hodie mihi promisisti, cum videas me mortem timere, & quasi ex amore naturali refugere eam. Vos autem, filij Zebedaei, huc adfero: vt qui sedes poscebatis propè me, oculis modò intueamini quem calicem prius bibere vos oporteat. Nullum in suis solamen inuenit Dominus, quinimò eadem super illos cadente tristitia ac pauore; diuinum eius intuentes vultum sic in moerorem immutatum, pauentes, atque pallentes tacendo illum intuebantur. Faciei quippè aspectus internum animi dolorem satis eis ostendebat. Itaque de eo tunc temporis dici rectè poterat, quod de summo illo Sacerdote Onia dictum fuit. 2. Mach. 3. quandò deposita à templo Heliodorus Antiochi dux tollere satagebat. *2. Machab.* Iam qui videbat summi Sacerdotis vultum, mente vulnerabatur: Facies enim & color immutatus declarabat internum animi dolorem. Circumfusa enim erat moestitia quaedam viro, & horror corporis, per quem manifestus aspicientibus dolor cordis eius efficiebatur. Mente vulnerabatur. *Luego lo dezia el alma lo que era.* Cùm ergò Dominus videret nullam sibi consolationem à discipulis suis perstare, qua tamen tunc valdè indigebat; accessit ad Patrem suum, qui Pater

est

est misericordiarum, & Deus totius consolationis, fortè intra se dicens illud quod
2. Paral. 20 Rex Iosaphat ad Dominum dixerat: Cum ignoremus quid agere debeamus, hoc solum reliquum habemus, ut oculos nostros leuemus ad te Deum coeli. Et illud
Psalm. 6. etiam quod dixit David: Conturbata sunt omnia ossa mea, & anima mea turbata est valde. Cor meum conturbatum est in me, & formido mortis cecidit super me. Timor & tremor venerunt super me: & contexerunt me tenebrae. Et dixi: Quis dabit mihi pennas sicut columbae, & volabo, & requiescam? Ecce elongaui fugiens à facie traditoris Iudae, & mansi in solitudine. Volo pennas sicut columbae, ut ad fenestras coeli volitem, unde veniet auxilium mihi. Prae-
Exod. 28. cepit Dominus Exodi 28. ut quando summus Sacerdos ingrederetur in templum ad offerendum sacrificium, aut orationem, quòd in superhumerali, quod erat una ex vestibus sacerdotalibus, super utrumque humerum portaret nomina tribuum filiorum Israel. Portabit, inquit Scriptura, Aaron nomina eorum super utrumque humerum. Talis modò ingreditur summus Sacerdos Christus ad offerendum sacrificium Deo, non sanguinis hircorum, aut vitulorum, sed proprij sanguinis, pergit ad offerendam orationem suam Deo: In pectore portat nomina omnium peccatorum pro quibus orat, & super humeros peccata omnium, pro quibus patitur ac satisfacit. Et auulsus à suis tanquam iactus est lapidis, procidit super terram. Amplexatus est terram è qua quasi inuitus digrediebatur. O bone Iesu, scio ubi, quia ideo humum amplexaris, ut in illa hominem amplexeris, qui propter peccatum factus est terra. Nam post peccatum dixit ei
Genes. 3. Deus: Terra es, & in terram ibis. Ibi est homo, ò bone Iesu, ibi illum quaeras, & amplexare. Apparet mihi quòd video pium illum Ioseph suos amplexantem fratres, qui illum in cisternam veterem miserunt, qui alienigenis illum vendiderunt, qui tot ei mala inferre voluerunt amplexantem, inquam, illos deosculantem; cum illis plorantem, pacificè illos alloquentem, illis blandientem, & ad se illos attrahentem. Talem te modò loquentem, ò vere Ioseph, amplexatū terram, ac peccatores qui se terram fecerunt cum iis qui te vendunt, offendunt, trahunt, odiunt, aliisque modis illudunt, ibi illos vocas, & ad te trahis. Venite ad me peccatores, me amplexamini, me deosculamini, ponite super me peccata vestra, illa ego in meam rationem assumo, nunc super illis sanguineum effundam sudorem, postea mecum in Cruce configam. Accedite ad me: quia vos amicos meos constituere volo, peccata vestra dimittens, & super me tollens. O bone Iesu, quantum pondus super te assumis. Ideò non miror, quòd tantam tibi attulerit tristitiam, ac poenam. Quare sic cum peccatis, & peccatoribus amplexus loquutus est ad Patrem dicens: Pater, si possibile est, transeat à me Calix iste. Attentè consideranda est haec Christi Domini oratio, quae miram secum adfert sapientiam; & artificiosa valde est. Ipse erat verus homo, veramque naturam humanam assumpserat, & sicut super se omnium hominum peccata, sic & suae carnis similiter curam susceperat; cum verus esset homo, & nullus unquam suam odio habuerit carnem, ut ait Paulus: quare naturale Ephes. 5.
erat voluntati humanae Christi mortem timere, & vitam appetere. Ex alia parte haec eadem voluntas humana Christi, sic in omnibus subdita erat diuinae voluntati, quòd non solùm unam mortem, sed mille perpeti elegisset, ne illam vel in minimo praetermitteret. Videte ergo quàm mirabili artificio utramque in hac oratione expresserit. Ex una parte pro carne aduocatum agit, dicens: Pater, si possibile est, transeat à me Calix iste: ex ea parte quae mihi attingit quòd sim verus homo, & vitam carnis meae naturaliter appetere, patrocinium pro illa exerceo: ut si possibile sit, Calix iste mortis transeat, absque hoc quòd bibam illum. Hoc est quod secundùm suam naturam pars mea inferior poscit. Sed ut ostenderet quàm obsequentem haberet hanc etiam carnis voluntatem Deo, componit illam, ac ordinat, cum parte superiori, dicens: Verumtamen non mea, sed tua fiat voluntas. Ac si diceret:

Hoc est quod caro mea poscit, propter appetitum quem habet viuendi, sed tàm voluntatem animæ, quàm corporis appetitum tibi, Pater, sic obsequentem, ac subditum habeo, vt vterque non nisi quod volueris faciet: desiderat quidem caro mea viuere, vt caro, desiderat anima mori tanquam anima, quæ tuam scit ac cognoscit voluntatem; sed hunc appetitum inferiorem carnis, subiectum etiam habet animus meus tibi. Videtur mihi Dominus in hoc loco non solùm officium patroni, & aduocati agere, sed illius qui etiam si pro vna parte patrocinium ferat, habet se tamen tanquam amicabilis compositor amborum: sic Christus Dominus etsi partes carnis agebat, pro qua secundùm inferiorem appetitum postulabat; ex alia parte cum parte superiori componebat illam, vt ambæ partes subijcerentur Dei voluntati. Et hic est proprijssimus, & naturalis sensus, huius deuotissimæ orationis Christi. Cumque aliquo tempore, in hac oratione persitisset, surrexit præ sollicitudine suorum. Et cùm venisset ad discipulos suos inuenit eos dormientes. Et quamuis omnes propter tantum torporem reprehendit, præcipuè tamen Petrum. Tum quia ipse plus alijs promisisset se facturum pro Christo, tum quia prælatis maxima in culpa est somnium, & torpor & obliuio muneris sui. Et ideo dixit illi: Simon dormis? Non potuisti vna hora vigilare mecum? Non illum vocat Petrum: quia hoc erat nomen velati officij, nam quando illi promisit summum Pontificatum imposuit illi nomen Petrus, quod significat petram; sed modò non illum nomine officij appellat, sed suo peculiari quo dicebatur Simon: quoniam prælati somno deditі, oscitantes, epulones, secularibus negotijs impediti, carnis delitijs indulgentes, non merentur nomen prælatorum, sed suum proprium: non enim petra sunt, sed imbecilles, ac pigri, omnique vera fortitudine destituti. Simon dormis: Sic Simon, hoc est quod in te habebam, hæc illa verba fiduciæ plena quæ paulò antea protulerasʔ Hæc tua constantia? Vbi nunc promissiones illæ, quòd mecum, & in carcerem, & in mortem ires, cùm modò nec vna hora vigilare mecum potueris? Modò experiri poteris quòd solus Deus verax sit, omnis autem homo mendax. Et verè sic est. Omnes enim homines modò sunt verbosi, sycophantæ, multa promittentes, & pauca præstantes. Cæterisque discipulis dixit: Sic non potuistis vna hora vigilare mecum? Ac si diceret: Sic. Ad hoc vos mecum adduxi? In hoc tempore somno indulgetis, cùm periculum præsens est? Non est tempus somni modò, sed vigiliæ. Vigilate, & orate, vt non intretis in tentationem. Et relictis illis, iterum ad orationem redijt, eundem sermonem dicens: Pater, si possibile est, transeat à me calix iste. Antè omnia hoc fixum permaneat, quòd ego voluntatẽ tuam adimplere, & volo & debeo, maximè si id ad reparationem hominis necessarium est. Ob hoc enim libentissimè impendar, & superimpendar. Atque ex illa hora Pater hoc sacrificium filij acceptauit, & humani generis reconciliatio tunc cœpit. Et surrexit secundò ab oratione, vt suos reuiseret, quos cum adhuc dormientes inuenisset, tertiò ad orationem redijt. In quo mihi videtur eo modo se habuisse, quo puerulus cùm à gremio matris tantillum discedit, proximus ad illud reuertitur, & cùm præsentia matris caret, omnes æstimat sibi nociturос. Sic mundi Saluator, sic filius Dei in hac hora se habet. Nam cum extra Deum nullam inueniret consolationem, mox ad brachia Patris occurrit, & vel tantillo tempore non potest ab illis abesse, quin mox ad illum reuertatur. Tertiò igitur ad orationem redijt omnino se diuinæ voluntati subijciens, & eadem repetens verba. Pater, si possibile est, &c. Verumtamen non mea, sed tua fiat voluntas. Mea voluntas, inquit, parata est, vt tuam in omnibus rebus quantumuis arduis omnino faciat: Quoniam ego in flagella paratus sum: imo & ad spinas, clauos, & crucem. Paratum enim cor meum, Deus, paratum cor meum. In capite libri scriptum est de me, vt facerem voluntatem tuã; sed tamen in hoc tempore accidit Christo res sic noua & miranda, quasi nunquam talis inter homines audita est. Nam tantæ angustiæ tunc temporis opprimebant Christum,

Simile. *Simile.* *Psal. 56.* *Psalm. 39*

tantoq; angebatur moerore, atque dolore, quòd experit sanguinis guttas ex se emittere, sic copiosas, & continuas, vt super terram magno cum impetu effluerent. O sanguis pretiose, ô sanguis diuine, ô sanguis propter peccatores effuse; adoro te, benedico te, laudo te, cùm sic properes pro me effundi, & antequam tibi detur locus ad effluendum, tu illum quaeris & efficis. O fons diuini sanguinis, qui hactenus clauderis, & priusquam te claui, ac lanceae aperiant, ac viam effluendi parent, tu tanto impetu erumpis per diuinos tuos poros, vt terram ipsam pio tuo cruore tingas: quod signum maximè exprimit promptam voluntatem, quam semper pro nobis effundendi habuisti. Attendite, Domini mei, & agnoscite quae fuerit causa huius sanguinei sudoris in Christo. Primum, Pater in hac hora clarius omnia peccata pro quibus patiebatur ante oculos Christi posuit, quae sic praesentia habebat, quasi oculis iã videret ea. Aperuit tunc Pater illi libros ratiocinationum, quas cum hominibus habebat, & debitum infinitum, quod aduersus hominem restabat, & illud ipse debebat soluere; quia ad id suam obligauerat carnem. Cùm ergo se tanto debito obligatum vidisset, sic pressus est hac angustia, vt in sudorem illum erumperet. Ad haec tam clarè omnia tormenta quae perpessurus erat, tunc ei oblata sunt, ac si iam ea pateretur. Videbat enim alapas, sputa, opprobria, flagella, spinas, illusiones, crucem, clauos, acetum, lanceam; ac si iam in corpore ea praesentiret. Ita quòd videamus posse dici, Dominum Iesum bis crucifixum fuisse, prius in anima, cùm omnia sua tormenta antè illam posita sunt, deinde in corpore, cùm cruci affixus est. Verum potissima causa huius agoniae ac sudoris fuit voluntas Patris, cui ipse omnino secundùm partem superiorem se subdiderat. Et intelligens Patris difficillimam sententiam esse quòd moreretur, tantam vim inferiori parti intulit, vt daret sanguinem quem Pater volebat diffundi: tantaque virtutis imperium illud superioris partis extitit, quòd à corde illum dimisit, vbi prae metu fugerat, & collegerat se, & fecit illum per poros, & venas Dominici corporis erumpere. Quare in hac hora considero ego Christum Dominum inter duos lapides positum, vnum super illum, & alterum infra illum. *Simile.* Inferior est metus ille, ac afflictio quam caro fugiens mortem ostendebat, quo metu sanguis ad cor retraxerat se. Lapis quem super se habet, est determinata Patris voluntas, qua decretum sciebat se oportere mori. Haec ergo Patris voluntas sic Christi animam aggrauauit, sic illam oppressit, sic super botrum istum Cypri, & super [illegible] hanc Oliuam toto pondere cecidit; quòd fecerit illum exprimere diuinum illum liquorem sanguinis sui, sicut lapis facit vuam, aut oliuam exprimere suum liquorem. Tanta vi haec Patris voluntas Christi animam oppressit, quòd sanguinem à corde disiungens, per totius corporis erumpendo poros, terram tingere ac humectare potuit. O sanctissimus liquor plus quàm pretiosissimi ambaris. O diuinus sanguis, qui totius mundi lytrum es. Cur sic properas effundi, & ab ipso diuino corpore erumpere? Serua illum Deus meus, serua illum: erit enim tibi necessarius ad irrigandas calles Hierusalem, & Caluariae montem, & praesidentis atrium. Ne effundas tantum hic, bone Iesu, nec enim inuenient postea spinae sanguinem quem expungant, nec flagella. Quid remanebit pro clauis, pro lancea, Deus meus, si totum hic modo profuderis? Si tanta tibi auiditas profundendi sanguinem inest, vt phlebotomiam pati desideres, quàm plures phlebotomici, ac incisores venarum Hierosolymis te expectant, qui non lanceola, sed lancea venas omnes totius corporis incident, quibus cruor omnis effundatur, vt nec gutta quidem in illo maneat. Nunc Domine Deus agnosco desiderium quod te angebat baptizari in proprio sanguine, cùm dicebas: Baptismo habeo baptizari, & quomodo coarctor vsquedum perficiatur illud. Nunc autem adimpletum video desiderium tuum, cùm te totum tuo sanguine tinctum, ac rubricatum videam. Nunc quiesces Domine, nunc alleuiatus eris. Tantum tibi onus sanguis cum eras in venis, quòd sic illum erumpere per diuinos corporis poros cogas? Habes enim *Simile.*

se hic Dominus, sicut ille cui abundat sanguis, quod si incisor venæ desineret ad ostendendum illum, ipse per nares, per oculos, per os, & per alias corporis partes erumpit, & se foras emittit. Sic quia tortores modò desiderabantur, sanguis ipse sponte effluit tanto impetu, ac vi, vt fortiter super terram stillet. Nunc video fontem alterius horti in

Genes. 2. quo fuit Adam, qui in diuersos riuulos diuidebatur, & irrigabat totam terram. Venite peccatores bibendi gratia ad hunc hortum Gethsemani; videbitis fontem hunc paradysi cœlestis, in plures diuisum riuulos, ne vnus alium impediat. In hoc hospitali, ô peccator, debes sudare tuos pessimos humores, hic Dominus illos sudat multo sudore, vt ait Hieremias: adiuua tu illum, si vales, si non cum sanguine, saltim

Simile. cum lacrymis. Vidisti ne aliquando in hortis, & viridarijs Regis homines sculptos, qui ex omni parte videntur sudare, ac distillare guttas aquæ? Sic considera modò Christum Dominum. Venit enim tibi tanquam fons viuus, sudando & distillando guttas sanguinis ex corpore suo. Anima mea, si lapidea, vel ferrea non es, te ipsam terram fac. Tali sudore perfusa, tali irrigata liquore, cur non mollis fies? Cur tali irrigata rore, non optimos fructus produces? De adamante legitur, quòd sanguine agni mollitur. Cur cor nostrum durius adamante erit, quod huius mansuetissimi Agni sanguis non emolliat? Cùm in tali positus esset agonia Dominus, factus est Angelus de cœlo confortans eum. Et videtur mihi quod sicut

Exod. 25. olim Angelus ostendit Moysi in monte exemplar tabernaculi quod erecturus erat, cum omnibus atrijs, triclinijs, & vniuerso apparatu eius, & dictum est ei. Vide quod facias omnia secundùm exemplar quod tibi in monte monstratum est. Sic in hoc tempore Oliuarum adduxit Angelus ad Christum exemplar omnium quæ perpessurus erat, & ei notum fecit illam esse Patris voluntatem, vt nihil ex illo exemplari prætermitteretur. Ibi clauos, flagella, lanceam, crucem, & alia simul cum exemplaribus, & figuris antiquis, quibus in omnibus respondere debebat, ob oculos posuit, significans illi, quanta obligatione tenebatur illa omnia adimplere, & vera facere: quod potius tristitiam carnis augebat, tantum aberat, vt consolaretur eum. Vincit tamen Patris voluntas, quam omnino exequi totus Christus volebat. Sed nunc illum in his angustijs dimittamus, fratres: nam in die Veneris reliquas omnes numerabimus. Et tu anima mea, & vos animæ Christianæ, existima, & existimate, quòd si non corporaliter in horto cum illo, non tamen dormiamus tanquam timidi, sed potius deuotissimè vigilemus. Contemplemur diminutum illum vultum tanto terrore immutatum; quantaque esset animæ tristitia, quam sic horror corporis manifestabat, & quòd causa suæ tristitiæ sum ego. Procidamus ante eum, & adoremus omnium communem Dominum. Quòd si guttas sanguinis plorare nequimus, saltem aqueas emittamus. Et si tam durus vel incerticis sicut & ego, quòd nec aqueas lacrymas exprimere valeamus, saltim corde ac desiderio ploremus, & sanguineum illum sudorem loco lacrymarum Patri offeramus: vt sic in hac vita diuinam gratiam, & in alia perpetuam gloriam consequi mereamur, Amen.

Qui dilexit me, & tradidit semetipsum pro me, &c. Cum mulier maritum mor- *Sermo tertius.*
tali infirmitate confectum habet, magnam *Simile.*
habet tristitiam, magnam sollicitudinem circa salutem viri adhibet, orationes offert, ieiunia, ac sacrificia, medici congregantur vt de infirmitate viri confabulentur. Et tandem resoluuntur in hoc, quòd omnino morbus ille remedio caret, & mors infallibiliter subsequenda est. Tunc eiulatus emittuntur, planctus in excelsum tolluntur, crines dilacerantur, tapetia domus è parietibus auferuntur, cruces parrochiarum simul cum clericis congregantur. Sic hodie Ecclesiæ sanctæ Dei accidit. Nouem iam septimanas transiemus, in quibus dulcissimum Sponsum suum Christum mortali tandem infirmitate nobis repræsentauit: quoniam carnem mortalem propter homines assumpsit, vt morem faceret morbus. Verè languores
nostros ipse tulit, ait Propheta, & do- *Esai. 53.*
lores nostros ipse portauit. Verè quippe passus est tantum, ad confutandum errores hæreticorum, qui id audebant concedere. Suspicata autem Ecclesia

quod

quod debebat fieri; & quod verè moriturus erat Sponsus suus; signa tristitiæ corpis ostendere per novem continuas hebdomadas, & canticaque lætitiæ relinquere, se cum sua familia affligere, ieiunia per quadraginta dies indicendo, & hodie octo dies sunt, quando [illegible] facta fuit congregatio in domo Cayphæ, vbi Christus morti damnatus est. Quare hodie [illegible] magnos emittit, lacrymas fundit, suspiriaque ad æthera [illegible], ita vt possit dici, Planctus magnus est hic Christianorum. Se pullatis vestibus induit, & cruces & clerici congregationum, disciplinas, & processiones ordinant, vt sic omnes digni si possumus deplorare indignam, atque crudelem Sponsi nostri mortem, quam hodie passurus est. Quæ certè, si vt oportet considerare digna est, vt in cordibus nostris [illegible] graviter [illegible]; si tamen [illegible] non lapidea corda gerimus; quippe [illegible] se ipsum pro nobis tradidit in manibus hominum crudelissimorum, [illegible] crudelitatem, qualis nunquam in mundo visa fuit [illegible] die [illegible] Dominum Iesum in terra iacentem, sanguineo sudore perfusum, coram eo Angelum stantem, exemplarque omnium quæ passurus erat proponentem, & diffinitivam Patris sententiam, qua mori illum destinaverat indicantem. Cùm igitur humana Christi voluntas, sic Patris voluntati subdita fuerit, intelligens [illegible] vt moreretur, surrexit è loco illo, vbi ad orandum Patrem accesserat, detergensque veste sua vultum divinum sanguineo sudore perfusum, vt à Iuda posset agnosci, perrexit tertiò ad locum vbi discipulos suos dimiserat, illosque etiam somno captos invenit. Cumque videret iam instare cohortem militum & Iudam, qui ad illum capiendum veniebant, dixit illis: Adhuc discipuli mei dormitis in somno vestro? Cur non iam res ipsa vos admonet, atque expergefactos esse compellit? Nonne iam oculos vestros turbat fascium, luminarium, ac lucernarum lumen? Nonne auditis iam catenarum sonitum, lancearum fulgor non iam ferit oculos vestros? Expergiscimini iam, & à vestro gravi somno surgite, videbitis condiscipulum vestrum Iudam ducem factum hominum iniquorum, & carnificum, vt me magistrum suum insidiosè inimicis meis prodat, vt effundant sanguinem meum. Et his dictis intrepidus obviam procedit inimicis suis, vt in hoc appareat veritas sententiæ propositæ, quã Paulus dicit: Tradidit semetipsum pro me. O bone Domine, ô dulcissime Iesu, vbi nunc angustiæ illæ, ac mortis horrores, Vbi nunc tremores illi, ac timores, quibus paulò ante [illegible] mortem [illegible]? Quis hic animus, & quis ille timor? Ibi timebas, [illegible] intrepidus, & absque timore hostibus tuis occurris? Verè Domine timor ille ex vera humana natura quam assumpseras processit, & hic tam impavidus animus, ex abundantissimo amore quo erga me gratis uteris, qui te ut voluntariè morti offerias compellit. Et ecce propè locũ vbi erat, agmen militum videt lanceis, gladiis, ac fustibus armatum, cum laternis, facibus, ac luminaribus, cum funibus, & catenis, quorum dux, erat proditor ille vnus ex duodecim, qui dicebatur Iudas Iscariotes, qui illos admonebat dicendo: Quemcunque osculatus fuero, ipse est, tenete eum, & ducite cautè, ne pedibus suis evadat, sicut & alias fecit. Cum ergo illis obviam occurrisset Dominus dixit ad illos: Quem quæritis? At illi dixerunt: Iesum Nazarenum. Et ait illis: Ego sum. Et ceciderunt omnes retrorsum. Vnico verbo eos prostravit hostes armatos. Maius hoc opus est, quàm mandibula asini tot occidere Philisthæos, sicut fecit Samson. Quid iudicaturus faciet, qui iudicandus hoc fecit? Quid regnaturus poterit, qui moriturus hoc potuit ait August. Sed permisit illis, vt surgerent, quos & iterum interrogavit: Quem quæritis? Qui responderunt: Iesum Nazarenum. Et dixit illis: Dixi vobis, quia ego sum: si ergo me quæritis, sinite hos abire. Ac si diceret: Ego sum ille quem quæritis. Ego Agnus ille innocens, qui pro mundi salute immolari debeo. Ego quem quæritis sum. Capite me, rapite, apprehendite, ligate, & ad mortem me ducite, sed discipulos meos ne tangatis. Dimittite illos abire; ipsi si fugam arripiant, ego debeo immolari pro illis. O amor ineffabilis, ô verè bone pastor, qui vsque in finem oves tuas dilexit, pro illis luporum dentibus lacerandum se tradens. Tunc proditor Iudas protervo vultu ad eum accedit, sacrilegumque os vultui [illegible]

Iud. 15.
[illegible]
Augus.

gens Saluatoris pacem fictam dat illi, cui cruentum parabat bellum. Osculatus est eum dicens: Aue Rabbi. Dominus autem mansuetissime respondit illi: Amice, ad quid venisti? Iuda osculo filium hominis tradis? Acsi diceret. Quid hoc rei est, Iuda? Cur his mecum vteris insidijs? Quid ob hoc ego tibi merui? Numquid quia pedes tuos laui, ante genua tua pronus? Quia corpus & sanguinem meum tibi communicaui? Amice, ad quid venisti sic me contemptui habere? vt precio vilissimo tradas me? cur à me abijsti, qui Apostolatus titulo honorificaui, in delitijs te enutriui, & tanquam charissimum filium docui te? Cur me dereliquisti fontem aquæ viuæ, & cum diabolo seruis copulatus es? Cur in auaritia declinauit cor tuum, & me summum bonum dimisisti, & tam vili precio distraxisti? Cum tamen agnoscere deberes, in me omnes esse thesauros sapientiæ, & scientiæ Dei. Mene triginta argenteis vendis? qui coelum & terram diuitijs impleui. Amice ad quid venisti? In te reuertere, ad cor quamdiu est tecum, nondum est rupta amicitia nostra; paratus sum te recipere si velis; nam propter te meipsum me inimicis tradis, & propter te ad mortem propero. Quid in me inuenisti iniquitatis, vt me crudelissimis tortoribus tradas? Multa bona opera ostendi tibi à Patre meo; propter quod eorum me prodis? Sed sic tam indurato cordi omnia hæc nihil proficiebant. Tunc totum pondus belli versum est contra Saul, hoc est, contra Christum.
3. Reg. 22. Nam sicut Rex Syriæ præceperat suis, vt contra neminem dimicarent, nisi contra Regem Israel. Sic Pharisæi istis ministris præceperant, vt omnibus alijs relictis, solum ad Christum capiendum intenderent, atque aduersus illum sua iacula tenderent, ne euadere vllo modo valeret. Solus quippe ipse passurus erat, propter peccatores. Tunc discipuli sui eo relicto fugerunt, solumque illum ad tormenta ferenda dimiserunt. O membra, cur sic caput derelinquitis? Cur solum illum ad tot vulnera dimittitis? Quis brachium opponet, ne caput feriatur? Super illud certè ictus, & vulnera cadent. Tunc ergo omnis dæmonum, atque hominum rabies & furia irruit in Iesum. Irruunt enim lupi in mansuetissimum Agnum, rabidi canes in domesticum ceruum, & quadam incredibili ferocitate omnes illum apprehendere nituntur, nec existimabant quispiam se hominem esse, nisi in illum manus suas sacrilegas extenderet. Alij collum eius stringunt, alij manus funibus crudelissimè ligant, alij venerabilem eius barbam vellunt, alij per pilos capitis trahunt, alij illum impellunt, alij lacertis lacerant vestes, vnusquisque prorsus illum ferire contendens. Nec mirum: quoniam à suo magistro, & à perfido Iuda iam sciebant, Christum Dominum nostrum hominem iniquissimum esse, vt illos maximis afficeret iniurijs, simul & rabiem dæmonis quam aduersus istum insontem Dominum conceperant, secum inuisceratam gerebant, furiasque infernales in animo habebant, spemque Cancerberi plenam, quadam incredibili ferocitate, impetuque diabolico, tanquam ab inferno ipso egressi irruerunt omnes in Christum. Et quia funes paratos habebant in illum manus iniciunt, quibus condīti erant; illum ligant qui omnes soluere veniebat, & loris quibusdam lubricis manus illas eburneas vinciunt, quæ tot miracula, atque mirabilia fecerant. Et hoc tam fortiter faciunt, quod sanguis per illas præ magna constrictione erumperet, atque illum fortiter impellentes, vt aliqui Sancti contemplantur, in terram proiecerunt, quasi vindictam volentes quod ipse paulò antea in eos fecerat; cùm ante ipsum ceciderant retrorsum. Et sic pedestrum calcibus forte ferientes per terram traxerunt; sicut lupi faciunt prædam quam ceperunt. Vnde & Dauid dicebat: Proijcientes me nunc circumdederunt me, susceperunt me sicut leo paratus ad prædam. Et cùm illum à terra leuassent, magno strepitu, atque impetu in Hierusalem duxerunt. O viri Christiani, quod maius improperium excogitari potest, quàm ipsam libertatem captam videre. Ecce verum Sansonem Phili-
stæis traditum, propter nimiam humanam amorem, capillis capitis sui rasis, hoc est, diuinitatis potentia abscondita, vbi maiores vires quàm Sansonis habebat. Ec- Iud. 16.
ce Ezechiam Regem, qui exiens à Hierusalem per portam Ortus, incidit in Chaldæos, qui illum captum in Babyloniam duxerunt. O Deus meus. Fateor, fateor Domine mi, nec ignoro funes istos quibus ligatis mea esse peccata, quæ patres mei fecerant, & ego illa teneo. Sic enim per Dauid tu dicebas: Funes pecca- 4. Reg. 25.

Psal. 118. torum circumplexi sunt me. Et sic te Domine Deus, trahunt vsque ad Hierusalem. Multi autem antè venerant annunciantes iam Christum comprehensum, ac ligatum ad ciuitatem accedere. Quare porta ciuitatis plena iam erat Pharisæis, & ministris eorum clamantes, atque dicentes: Properate properate, benefecistis, ligate fortiter, ne suis magicis artibus vos deludat & fugiat. Sic ergo ligatum Dominum duxerunt ad Annam primum, qui erat socer Cayphæ, & iste erat Pontifex anni illius: vt hic Pontifici adularentur. Nolo modo hic narrare audaciam huius pessimi sacerdotis, qui Christum malitiosè de doctrina eius interrogauit. Non negationem Petri dicere volo, quæ in hac primum contigit domo. Hoc solùm ciulatu magno dicere velim, quomodò respondente summa cum modestia, ac mansuetudine Domino; quidam seruus Pontificis pedisequus eius, vel potius immundissimus carnifex, quodam ausu temerario eleuans sacrilegam manum, alapam innocentissimo vultui Saluatoris impegit, sic fortiter faciei eius illisam, vt digiti eius viderentur impressi. Contremiscant cœli, paueat Seraphin, igneas lanceas emittant sydera, apeliatur terra, suas flammas infernus leuet omnisque creatura in vltionem sui Creatoris armetur, nec talem illi fieri patiatur iniuriam. Colaphum Deo dari? maior iniuria quæ homini fieri potest in Dominum maiestatis committi? qui tantæ authoritatis inter creaturas est, vt potius ipsæ anihilari permittant, quàm diuinam eius prætergredi voluntatem, & hoc vilissimum mancipium audeat facere? & quod heres suus videat & taceat? Quod minimè fecisset si vel caro suo videret calcem impingi. O maledicta manus, quæ sic percussisti faciem, ante cuius conspectum curuatur cœlum, ante cuius maiestatem tremunt potestates omnisque natura creata se inclinat. Quid in eo vidisti, quod sic deturpasti illius figuram, qui est splendor gloriæ & figura substantiæ eius? Et speciosus forma præ filijs hominum sic inhonorasti, diuinum eius vultum sic fœdasti? Sic Domine, ferre voluisti, vt meam si posses tanto humilitatis ac patientiæ exemplo superbiam contunderes. O homo vilis, ô vermis, & cinis, quomodò tu vindicare vis iniuriolam tuam, videns Dominum maiestatis tam magnum dedecus ferre? Qui honorem suum in ferendo constituit, & tu vilissimum mancipium in vindicando te. Sed non hæc erit vltima iniuria. Nam ab illo loco properantes illum in domum Cayphæ deferunt, qui erat verus Pontifex anni illius. Illic enim conuenerat iam totum sacerdotum concilium, & vt illum ante se ligatum viderunt, gauisi sunt valdè, & cùm ab illo diuersa interrogarent, & ipse ad omnia prudenter, ac mansuetè respondisset, cùm demum illum obiurasset Pontifex, vt si esset Dei filius manifestaret, & ipse clarè id fassus fuisset, tanquam blasphemus reus mortis decretus est. Et dissoluto concilio illum in triclinio aliquo, vel aula ministris obseruandum tradiderunt, & credo equidem illum, vel columnæ alicui alligasse, vel noua vincula illi imposuisse ne euaderet, nec illum solum ausi sunt dimittere. Nec vlla in illum tamen flexi sunt misericordia, vt vel pusillum noctis illum requiescere sinerent. Quinimò nonnullis ex sacerdotibus, & Pharisæis simul cum ministris illic dimissis, infecta ludibria, nouasque illi iniurias illi intulerunt. Nam oculos vitta sinea illi operuerunt, & cum illo ludebant dando ei alapas, atque dicendo: Prophetiza quis est qui te percussit. Atque sic vnus ex vna parte genas suas percutiebat, alius ex alia parte similiter colaphum dabat, alius collum feriebat, alius vnguibus faciem vulnerabat, & dicebant: Prophetiza quis est, qui te percussit. O ingrata corda, ô insanos, ac crudeles homines! Hæccine redditis Domino vestro, quia vobis diuinum vultum suum ostendit? Faciem quam desiderauerunt videre Prophetæ, & non viderunt, quem & Moyses appetijt aspicere, & non vidit, sic percutitis? sic fœdatis? Sic sputis deturpatis? Sed quid mirum? Sicut enim non potuistis videre faciem Moysi, postquam cum Deo loquutus est, sed oportuit vt velaret faciem suam; sic tanquam noctuæ, ac vespertiliones, non potestis videre diuinam Christi faciem, in quam Angeli se respicere cupiunt, imò & ipse Pater in illam se respicit: & ideò super illā posuistis velum. Nec hanc solā iniuriam nocte ista illi intulerunt, sed multò maiores. Nam cū mos esset apud illos, vt quicūquā blasphemus dānabatur, sputarent ei in illū, & hoc sæpè, sic crudeliter fiebat, vt multi suffocati à sputis perirent: cùm Dominus à Pharisæis reus blasphemiæ declaratus esset, omnes in faciem eius spuere cœperunt, immundaque excrementa è pectore vi quadam gargarizantes, illius faciem sic fœdam reddiderunt, vt omnes ad commiserationem mouere posset. Et ideò faciem eius velauerunt, ne illorū forte animos emolliret. Denique tot ludibria in hac nocte Christo Domino facta sunt, vt dicat Hieronym⁹, quòd vsque in diem iudicij id non poterit plenè cognosci. Quod ex his colligere poterimus: primùm ex odio quod aduersus Dominum gens illa gerebat, cui nec illud quod Cain gessit cum Abel, nec quod Amnon cū Thamar, aut Esau cum Iacob comparari vllo modo valeat. Ex quo oriebatur rabies quædam plusquam diabolica de illo vindictā sumendi. Erat etiam gens illa ingenio crudeli, & inhumano, ideò quippè à Domino vocatus est populus ille duræ ceruicis, & Ioānes illos progeniem viperarum dicebat, & Moyses de illis dixit: De vinea Sodomorū vinea eorum, & suburbanis Gomorrhæ vua eorum vua fellis, & botrus amarissimus. Cū ergò gens tali ingenio prædita, & quæ in vindictam maximam aduersus Christum exardebat, & nunc illum in sua potestate habebat; considerare licebit, quanta in illum ludibria, diraque tormenta exercerent. Talis ergò fuit lectulus Salomonis nostri, in quo hac nocte requieuit, cui tanti in illum diem parabantur cruciatus. Nondum dies ille cœperat, & iterum omnes Pharisæi, & Sacerdotes in domum Caiphæ conueniunt. Totam consumpserant noctem subornando populum, & maiores ex illo, vt Christi necē à Romanorum gubernatore constantissimè exigerent, suadentes illis Christum sceleratissimum omnium hominum esse, populique seductorem, & Regni eorum inuasorē. Quare inter se iniquissimè conuenerunt, vt Christum ad tribunal Romanorum ducerent, cui Pontius Pilatus tunc præsidebat, & illum brachio seculari tanquam relaxatū traderent. Nondum è lecto suo surrexerat præses, & ecce magnum strepitum in ianuis audit, turbatusque ac celer è lecto saliit, timens ne aliqua res noua exorta fuisset: totum quippè populum in ianuis stare audiuit. Sed cùm ad illos exiisset, & Dominum Iesum ligatum, & sputis oblitum coram se vidisset, mox suspicatus est quid esset: eo quòd ipse iam pridem illorum inuidiā aduersùs Christum intellectam habuisset, atque sic decreuit protinus illum de manibus eorum eripere. Ipsi autem clamabant dicentes, illum esse seductorem, nouarum rerum cupidum, totàque Iudæam suis fallacijs decepisse, incipiēdo à Galilea, vsque ad Hierusalem. Pilatus autem intelligens illum de Herodis esse potestate, protinus ad illum misit Iesum ligatum, vt à se expelleret iniustam causam. Gauisus est Herodes viso Iesu, desiderabat enim illum videre, eo quod multa signa audiuisset facere. Et æstimans illum esse perstigiatorē, aut magicum, sperabat quòd aliquod signum coram se faceret, & interrogabat illum multis sermonibus. Christus autem, nec verbum quidem respondit illi: eo quod Deus se à curiosis abstinet, nec illis sua manifestat arcana, sed humilibus, & mansuetis, qui humiliter, & deuotè pro sua vtilitate mysteria eius agnoscere cupiunt. Quare Herodes illum cū exercitu suo contempsit, & ad Pilatum remisit indutū veste alba, quod erat insanorum insigne. Hoc enim est quod in regum palatijs cōtingit: vt iusti ludibrio habeantur, cùm mali, & peccatores in pretio sint. Quod & Iob prædixerat dicens. Deridetur iusti simplicitas, lampas contempta apud cogitationes diuitum, parata ad tempus statutum. Et sic eum ad Pilatum referunt. Considera, ò homo prudens, hominem aliquem magnæ authoritatis, & opinionis in populo, qui & doctrina, & moribus celebris esset, si illum per medium populum videres ligatū manibus, cum fune ad collum posito, magno cū clamore, ac strepitu duci properanter, inmodesteque illum traherent: quam caperetis admirationem, & metum! Et ob oculos tibi propone hominem summæ authoritatis, ac reuerentiæ, qualem nunquam mundus habuit, in manus traditum crudelissimorum hominum, per mediam vehi ciuitatem ligatis manibus, & fune ad collum circundato, nunc properare passus compelli, quod eius non decebat authoritati, nunc ictibus ac impulsibus trahi, ita vt sæpè in terram illum cadere cogerent, nec se tenere poterat, vt potè qui manus ligatas ferebat. O Domine Deus, ò bone Iesu, ò fili Dei, quid hoc est, quod tibi modò accidit? Cur sic ad mortem properas? Cur sic acceleras passus? Quæ stationes hæ sunt quas facis? Ab horto ad domum Annæ, ab illa ad domum Principis Sacerdotum, inde in domum Pilati, à quo ad Herodem transmitteris, inde

Marginal notes: Hieron. — Deuter. 32. — Iob. 12. — Simile.

iterum

iterum ad Pilatum remitteris. Quomodo tibi vires suppetunt, aut halitus non deficit, *Ioan. 4.* in tot gressibus, & regressibus? Si ex hoc quod pedes perficiebas iter, sic fatigatus ex itinere manebas, ut sedere supra fontem fuerit tibi opus, & à Samaritana potum petere, nunc tanta cum lassitudine, quomodo perstas Domine Deus? Video equidem, *4. Reg. 4.* video has esse deambulationes illas, quas Heliseus Propheta faciebat ad suscitandum mortuum puerum, atque hos gressus te peragere oportuit, ut hominem mortuum ad vitam *Exod. 12.* revocares. Et hæc erat festinatio illa quam olim præceperas, ut comederetur paschalis agnus, qui te verum hostiam figurabat. Denique quia meum erat hoc negotium, sic festinanter illud adimplesti, nam in duodecim horis, coram quatuor iudicibus totum negotium tuum peractum est. Plures mihi inducias tribuis, Domine Deus, longiora spatia, maiores concedis terminos, ut me defendam, & pro meo iure allegem. Ut ad te revertar, uno anno, imò & pluribus me expectas, & tamen causa tua duodecim horis peracta est. Et facti sunt Herodes, & Pilatus amici: nam anteà inimici erant ad invicem. Quasi iam ex illa hora effectus Passionis Christi cœpisset, qui fuit homines ad invicem reconciliare. Sed cùm vellet Pilatus Iesum dimittere, & illi clamoribus instarent, ut crucifigeretur eum, voluit Iesum alia via punire, ut hic aliquantulum eorum crudelitati satisfaceret. Intromisit ergò Dominum Iesum in atrium, & tradidit illum militibus immanissimis, qui sanguine gaudebant humano, in eo enim nutriti, ac pasti erant, sicut canes qui sunt in macello. Hi acceperunt Christum, & intromiserunt in atrium, & tu, ò anima mea, nisi ferrea sis omnique sensu ac pietate exturbata, intra cum Domino tuo Iesu in atrium præsidis, lacrymasque paratas porta: erunt enim tibi necessariæ, secundum ea quæ ibi contingere videbis. Acceperunt enim sævissimi carnifices illi innocentissimum Agnum, in quo nunquam culpa locum habuit, atque protervè illum suis vestibus exuerunt, illumque fortiter columnæ cuidam lapideæ ligaverunt, quæ in atrio prætorij erat, atque aliqui funibus cera distinctis, alij virgis incipiunt crudelissimis ictibus scapulas illas, quæ omnia creata sustinent, flagellare, iungereque flagella super flagella, vulnera super vulnera, ictus super ictus, sic fortiter, ut carnes dilacerarent, & apertæ copiosum ex se profunderent sanguinem, taliter quod rivi illius divini sanguinis, per atrium præsidis effluerent, parietesque ac vestes carnificum tinctæ guttis sanguinis essent. Sic enim præcepit Dominus Moysi, ut altare, & omnia utensilia *Exod. 24.* *Heb. 9.* Tabernaculi sanguine, & oleo tingeret, ac consecraret. Sic in prætorij atrio hodiè videmus, cùm omnia sanguine Christi tincta essent, sic copiosè, ut sanguinis imber è cœlo profluxisse appareret. O Deus meus, ò Angelorum lætitia, ò hominum requies, ò gloria Dei maiestatis. Quid hoc est rei? Quæ novitas? Quæ rigorosa punitio? Quis unquam audivit quod flagella super Dei scapulas cadere deberent? Non accedet ad te *Psal. 90.* malum, ait Propheta, & flagellum nò appropinquabit tabernaculo tuo. Et nunc oculis meis video factas scapulas tuas flagellis, vulneribus, ac livoribus plenas, ita quod secundum multorum sanctorum sententiam, inter quos divus Bonaventura, plus quinque millia flagellorum Dominus à carnificibus accepit. Contemplare, ò anima mea, ac considera hominem tantæ authoritatis sicut iste, innocens, & sanctus, quem tu scis esse filium Dei, sic percussum, sic male vulneratum absque protectore ullo, qui illum defenderet, imò nec præsentes erant oculi qui compaterentur ei. Tui autem oculi, ò Christiane, si cornei sunt, & non basilisci, fontes fiant lacrymarum, quæ sanguini Christi commiscæ, cum illo fluant: ut sic collyrium conficiatur, quo animæ tuæ oculi illuminentur. Videte hic, Domini mei verum Iob, à planta pedis usque ad verticem capitis ulceribus plenum. Videte pauperem Lazarum, in domo divitis ulceratum, & canes illi compati, cùm homines qui carnea habent corda non miserentur ei. Quòd si tu durior nò fueris quàm dives ille avarus, compatere saltem illi, qui pro te tot sustinet flagella, nova ac inusitata crudelitate illi impacta. Nam præcipiebat lex, ut nullus reus plus quadraginta acciperet flagella, Ne frater tuus, ait lex, fœdè laceratus cadat coram te. Sed in hoc innocentissimo Domino, qui nunquam leges iustitiæ confregit, omnes leges misericordiæ prætermissæ sunt, cui non solùm quadraginta, sed quinque millibus flagellis cæsus à tortoribus est. Imò secundùm aliquorum contemplationem, postquam in scapulis flagellaverunt illum, iterum ad columnam ligaverunt, ut in locis ubi flagella non attigerant feriretur: ut sic adimpleretur quod Esaias capit. 1. prædixerat. *Esai. 1.* A planta pedis vsque ad verticem capitis, non est in eo sanitas. Neque sic eorum rabies quieuit. Sed postquam crudelissimè flagellauerunt illú, soluunt eum à columna, in qua erat ligatus, è cuius corpore riui sanguinis effluebant, & quocumque ibat omnia sanguine replebantur, & induunt illum veste purpurea veteri, & dissuta, quæ tunc erat regum indumentum: retorquent coronam quandam ex spinis, & iuncis marinis, quorum aculei acutissimi extrà prodirent, & illam Saluatoris capiti crudelissimè infigunt. Caput sacrum perforatur, facies pulcherrima eius sanguine tingitur, arundinem in manu eius ponunt, totam cohortem militum crudelium ad hoc ludibrium vocãt, genua flectebant antè illum, & dabant ei alapas dicentes. Aue rex Iudæorum. Et accipiebant arundinem, & percutiebant caput eius. Herebat autem arundo inter spinas, & mouebat, ac confricabant eas, & sic magis pungebant caput sacrum, maioraque foramina faciebant, vndè & sanguis abundãtius effluebat. O miraculum stupẽdum, ô rem admiratione dignam. *Exod. 3.* Mirabatur Moyses quia Deum super spinas videbat, quanto magis miraretur si spinas super caput Dei aspiceret, vt modo videmus? Quòd si Sponsa lilium inter spinas dicitur: quia in earum contemplatione exercebatur; quantò magis verus Sponsus Christus, flos de radice Iesse dicetur inter spinas liliũ, quia verè inter spinas est? Apprehendit ergo illum Pilatus, & eduxit foras ad populum: vt videntes tàm miserandum spectaculum ad misericordiam saltem flecterentur. Et dixit eis; Ecce homo. Ac si diceret, Si inuidia moti ei⁹ cupiebatis mortem, ecce adduco eum vobis talem, vt potius misereri quàm inuidere illi debeatis. Metuebatis illum, ne Regem se faceret, videte modò illius figuram sic immutatam, vt nec hominis quidem speciem videatur habere. Ab his ligatis manibus quid timetis? Ab hoc homine flagellato, quid amplius vultis. Atque ex hoc colligere poteris, ô anima mea, qualis erat tunc Domini tui species vultus eius, cùm iudex existimauerit sufficere speciem quam tunc præferebat, ad hoc quòd hostes tales ad misericordiam flecterentur, & coram te illam propone, & cogita quòd dicat tibi: Ecce homo. Ac si diceret. Intuere, qualis hic homo sit, & memento illum esse Deum, & ad talem miseriam peruenisse, non ob aliud nisi propter hominum peccata. Vide quid peccata in ipso Deo effecerunt. Vide quanta opus fuit satisfactione, propter peccatum. Ex hoc collige quanto odio Deus abominetur peccatum, qui vt destrueret illud, faciem dilecti sui sic deturpauit. Attende qualem vindictam sumet Pater pro delictis proprijs alienorum, qui talem in proprio filio suo sumpsit pro alienis. At illæ bestiæ quolibet vrsò ferociores, cùm deberent homini illi commisereri, in maiores clamores eruperunt dicentes. Tolle, tolle, crucifige eum. Rugientes veluti crudelissimi leones: vt sic illud vaticinium adimpleretur, quo dixit. Facta est mihi hæreditas mea quasi leo, *Hier. 12.* in via dedit contra me vocem suam. Et illud Esai. 5. Expectaui, vt faceret iustitiam, *Esai. 5.* & ecce clamor. Victus ergo iudex ab improbitate populi, Dominum Iesum ad mortem crucis damnat. Qua iniustissima sententia prolata, sicut quando in circo taurus ad agitandum educitur, clamor totius populi oritur; sic omnis illa turba clamare cœpit. Alij iudicem rectum proclamant, alij vociferantes petunt crucem, alij carpentarium & clauos, cum cæteris instrumẽtis adducunt. Et ecce à longè vexillum crucis ad se venire intuetur, quæ scapulis suis minabatur, Quam videns, salu- *Simile.* tare illam cœpit dicens, Veni iam crux diu desiderata, & iam concupiscenti animo præparata. Veri baculum Iacob, arbor vitæ, generis humani remedium, pondus tuum proijce super has vulneratas scapulas: vt sic requies homini fiat. Tradidit ergo Pilatus Iesum voluntati eorum. Ad tuam voluntatem Pater Filium suũ tradidit tibi. Nam si illum vt præceptorem volueris, factus est pro nobis sapientia à Deo; si vt Redemptorem, ipse est propitiatio pro peccatis nostris; ad omnia nobis traditus est, diues est enim, vt ait Paulus, In omnes qui inuocant illum. *Rom. 10.* Nam vt verum manna deseruit vnicuique voluntati. Sed isti acceperunt illum vt crucifigerent, vt vt inobediens sit illi, alius vt blasphemet illum, Petrus vt neget, Iudas, vt vendat. Posuerunt ergo crucem super humeros eius, quæ erat lignum quoddam, quod secundùm aliquos habebat viginti quinque pedes longitudinis. Vt adimpleretur in eo illud Esa. *Esai. 9.* Factus est principatus eius super humerum eius.

Nihil

Nihil aliud super humeros tuos video, nisi
grauem ipsam crucē, quare ipsam existimo
esse principatum. Verus Isaac qui ligna tu
ipse portas, vt in eis immoleris. Pater fere
gladium suæ iustitiæ nudum contra te, non
op' est vt interroges, Vbi est victima pater
mi, ecce enim vtz vera victima, quæ pro omni
bus immolari vadis. Vide obsecro Domine, quid crux quam fers, est palus ille in
quo portabatur botrus terræ promissionis.
Veniat ergo Simon Cyrineus, vt simul portet tecum. Tam graue quippe erat lignum
illud, & tam grande, vt à parte posteriori
per terram traheretur, & in petris offende
ret; ita vt vires naturales Saluatoris non sufficerent ad portandum illud, sed renouaban
tur vulnera, quod iam super humeros fere-
rat lignum, super quod portabatur. christi
Quare pondere crucis pressū, multi Sancti
dicunt, Dominum cecidisse in terram; et
quia fuerunt (sic [illegible]) eleuatam crucem illam, dicentes [illegible]), & ex terrā multi in secū
se. Quare nō ex pietate, sed ex crudelitate
potius, vt citius ad locum supplicij accederent, coegerunt Simonē quendā Cyrinaeum
sem, vt tolleret crucem post Iesum. Adiuua
tu etiam Christum tuum: nam qui creauit
te sine te, non saluabit te sine te: hoc est, sine proprij arbitrij consensu, & operatione.
Tolle crucem tuam, & vade post eum: nam
huius boni merita gestis sunt, eo quod sunt
tuæ [illegible] quare oportet te simul cum Christo cooperari. Tandem cum eo ad montem
Caluariæ peruenerunt. O mons sanctus,
mons benedictus, mons huius Agni sanguine consecratus. Non enim te comprehen-
2. Reg. 1. dere poterit maledictio illa quam Dauid su
per montes Gelboe misit, vbi ceciderunt
fortes Israel. Nam licet in te fortissimus Israel ceciderit, est tamen in te sacrata crux,
quæ totius mundi benedictio est, quæ benedictio etiam attinget te. Hic est autem ad
Iud. 16. quem talis Samson duas portas, id est Christum, & matrem suam, aut humanitatem, &
diuinitatem Christi. O fortissime Dauid,
qui ad dimicandum cum Philistæo pergis,
non regalibus armis indutus, sed funda, &
baculo: nam in baculo crucis quasi funda in
circulo configendus est. Exuerunt tunc suis
vestimentis Dominum, & ipsum nudum co
Gen. 9. ram omnibus posuerūt. O maledicte Cam
qui vestes tui patris Noe tollis ab eo, vt illū
deres illi, alius operiet illum, & hic erit Gē
tilium populus credens in eum, & ignominiam eius portans. Igitur clauis illam cruci

affixerunt leuantes in altum crucem. Ecce Ioan. 3.
serpentem in deserto eleuatum, ad quem Num. 21.
aspicientes vulnerati sanabantur. Ionathas
suam lanceā accepit, vt destrueret Philisthæo- 1. Reg. 14.
rum populos: atque baculo suo transit Ior-
danem Iacob. Cumque eleuatus fuisset in Gen. 32.
alta Dominus, ad casum crucis in foueam
omnia ossa Christi stridorem dederunt, &
præ magnitudine motus sanguis per manus, pedesque erumpere cepit. Ecce flu- Gen. 2.
men, fons paradysi in quatuor diuisum
fluuios totam irrigat terram. Omnes sitien Esai. 55.
tes venite ad aquā. Hæc enim est aqua illa
viua, quam Dominus promisit Samaritanæ.
Ecce percussam petrā quæ est Christus, in Num. 20.
virga crucis, & effluere ex illa aquam humi
melle dulciorem. Has guttas collige anima
Christiana, nec illas perire sinas: quoniam
inæstimabilis pretij sunt. Terra tali irrigata
rore, nec spinas nec tribulos deinde producat;
sed lilia, rosas, atque flores, fructusque bonorū
operum proferat. Super hæc ligna sarcinas Gen. 22.
tuas pone, ô verus Isaac, vt pro omnibus
immoleris. Sub vmbra istius arboris te Gen. 3.
absconde, ô secunde Adam, & dormi sub 3. Reg. 19.
iunipero hoc ver' Helias, & super hos currus
igneos in altū ascende. Ascende calue, ascēde 4. Reg. 2.
calue, venerabilis senex Helisæ' ascēde, nec
descēdas. Sed Christus mansuetior ascēdit
quā Helisæus. Hic enim vrsis precepit, vt di-
laniarēt pueros qui ipsi improperabant ver
ba hæc. Sed Christus primum verbum q
protulit in cruce hoc est. Pater dimitte illis
quia nesciunt quid faciunt. Ecce mel in ore
leonis reperit, quando sæuire videbatur,
tunc mel in ore eius inuenitur. Quando in-
terpellare deberet Dei iustitiam aduersus
crucifixores suos: tunc potius hæc verba
profert. Pater ignosce illis quia nesciunt
quid faciunt. Ecce mel de petra effluxit. Iud. 14.
Dulcis sermo iste, & ille quem ad latronē
dixit: Amen dico tibi, hodie mecum eris in
paradyso. Sed nūquid Domine, qui crucifi-
gentium te memoriam habes, & latronis
qui tecum crucifixus est, obliuisceris matris
tuæ, quæ iuxta crucem tuam est? Absit hoc
Domine, qui præcepisti honorare parētes.
Voluit enim Dominus, vt quoniam Pater
in illa hora illum dereliquerat, mater saltē
eius præsens adesset. Et sicut Salomon po
suit matri suæ thronum prope suum, sic &
matrem suam voluit iuxta crucem stare, vt
crucem suam in sua haberet anima. Ita vt in
cruce Christi duæ essent animæ, & vnum
corpus. Corpus scilicet, & anima Christi, &
matris

matris suæ anima. Sed leua oculos, ô beata Domina, illorumque pias lacrymas terge, vt possis melius attendere, an ipsa quam vides sit tunica veri Ioseph filij tui, & cum Iacob dicere. Tunica filij mei est ista. Fera pessima deuorauit filium meũ Ioseph. *Gen. 37.* Hoc est, Synagoga mater fera illum mihi abstulit, & occidit sæuior quam fera quælibet. O crux sacrata, ô crux benedicta, quæ pretium nostræ redemptionis fers. Flecte ramos arbor alta, tensa laxa viscera, & rigor lentescat ille quem dedit natiuitas: vt superni membra regis mitis tendas stipite. Flecte ramos, vt colligamus fructus eius, & cũ Sponsa dicamus. *Cant. 7.* Ascendam in palmam, & apprehendam fructus eius. Hæc palma est crux, in qua triumphauit Christus, in eam debemus ascendere, fide ac cõsideratione, mortificatis sensibus nostris, vt sic fructus eius capiamus, nempe in hac vita gratiam, & in alia gloriam.

Aliter nunc super eandem materiam procedendum est.

Sermo primus. Et primò sub hoc themate, In primo sermone, quem feria secunda hebdomadæ sanctæ habui apud cœnobium sancti Stephani Salmanticensis, in quo, & præcedentes, & sequentes conciones dixi, & incepi.

Thema. Gratiam fideiussoris tui ne obliuiscaris, posuit enim pro te animam suam. Eccles. 29. *Eccles. 29*

HOC supernum mysterium Passionis filij Dei in carne, quod hisce diebus sancta mater Ecclesia sub tam proprijs ceremonijs nobis repræsentat, tantam secum adfert admirationem, ac nouitatem, quòd omnis intellectus creatus in eo deficiat, omnisque humana consideratio exhauriatur. Qui enim illum ex vna parte in maiestate Dei contemplatur tanta cum gloria, & authoritate, tremuentes cœlorum columnas coram eo, Cherubin tantæ magnitudinis contemplatione raptos, denique considerat illum Deum, quo nihil maius excogitari potest: ex alia parte videt illum in tam differenti statu miseriæ positum, flagellatum tanquam furẽ, spinis coronatum sicut proditorẽ, illusum, ac si esset infamis, inter duos pendentem latrones, ac si dux aut princeps eorum esset, negotium hoc est, ad quod creata vlla sapientia nullatenus attingere valet. Quòd si fides tantæ rei certiores non faciat, sic tamen magnam admirationem in nobis generat, vt quasi stupidum humanum ingenium maneat, nec verba inueniat quæ ministrare possit linguæ, vt rem tam nouam, ac mirabilem explicet. Quando amici Iob ad visitandum illum venerunt, *Iob. 2.* qui illum in sua priori gloria, ac regali maiestate cognouerant, omnibus Orientalibus regibus ditiorem, ac potentiorem, sic sapientem, vt omnes eo loquente tacerent, & digitum imponerent ori suo, in plateis parabant cathedram illi, vt ex illa doceret omnes, & cum postea illum in sterquilinio positum conspexerunt, à planta pedis vsque ad verticem capitis lepra percussum, liberis, seruis, ac omni supellectili orbatum, à propria coniuge despectum; sic attoniti, suspensi, ac stupidi permanserunt videntes talem in tali viro immutationem sortem, vt septem diebus, & septem noctibus absque loquela coram eo sederent. Quid faciam ego si ex vna parte, Deus meus, considero in throno regali Dei maiestatis, sic diuitijs potentem quemadmodum [illegible], maiestate magnum, & te infinitum contemplor, Patris sapientiam, ante quem Seraphim stulti, & ignorantes sunt: imò tu omnium magister, ac Doctor es; & nunc ex alia parte te video in sterquilinio positũ, inter caluaria, & ossa damnatorum, à planta pedis vsque ad verticẽ capitis percussum, ac vulneratum, pedes clauis in ligno confixos, caput spinis obsitum, ossa omnia dissoluta, scapulas flagellis laceratas, faciem liuidam, despectum ab omnibus, ludibrio habitum ab omnibus, derelictum ab omnibus, etiam à proprio, & naturali genitore: cur his visis, maiori circundatus stupore quàm illi amici Iob non permanebo, & per hos septẽ dies elinguis, ac mutus absque loquela persistã? Sed heu, heu Domine Deus, quoniam plagæ tuæ, ac vulnera quæ in te intueor, linguæ sunt quæ publicè clamant ea, quæ ego meo silentio tacere volo. Nolo obliuioni tradere gratiam quam mihi præstitisti, cum te fideiussorẽ pro me cõstituisti, & morte propria fideiussionẽ soluisti, ne isto ingratus beneficio inueniar. Infer Dñe Deus meus animę meę considerationẽ in ipsis diuinis plagis, ipsæ loquantur mihi: vt ego erumpere in digna verba valeã. Et quoniam nullum alium qui tibi in tuis doloribus compatiatur habes, nisi in beatissimam Matrem tuã, quam tibi in tuis tormentis assistere, & corpore, & anima voluisti, ad ipsam pro patrocinio

cinio occurro, salutationem illi Angelicam offerendo, dicens. Aue Maria, &c.

Gratiam fideiussoris tui ne obliuiscaris, posuit enim pro te animam suam, &c. Haec assumere volui verba in huius mysterij prosequutione: eo quod in ipsis duae nobis declarantur res, quas Deo fauente prosequi mihi in animo est in praesenti concione. Altera est poenarum improbitas, ac magnitudo, quas Deus in Passione sua pro nobis pertulit, altera obligatio qua nobis inest tantum beneficium non obliuisci, vt in ipsis nobis verbis proponitur, cùm dicitur: Gratiam fideiussoris tui ne obliuiscaris. In hoc quod homini fideiussorem appellat Christum, & quod pro ipso vitam suam soluit, declaratur nobis dolorum suorum acerbitas, cùm illis persoluerit tam ingens debitum, quod omnes homines simul illud minimè soluere poteramus. Et hoc nos admonet Sapiens ne obliuiscamur, esset enim pessima ingratitudo, cum aliud à nobis Deus nô exigat, in tanti beneficij recompensationem, nisi eiusdem duntaxat memoriam. Ob hoc quippe hoc iuge sacrificiû altaris nobis dereliquit, in quo quotidie eius renouamus

1. Cor. 11. Luc. 22. memoriam, secundum illud quod ipse Dominus in eius institutione dixerat: Haec quotiescunque feceritis, in mei memoriam facietis. Hoc idem significabant illi duo agni, qui iugiter in templo immolabantur, vnus manè, & alter vesperi, quod iuge sacrificium

Num. 28. vocabat. Per hoc enim instruebamur, vt iugiter in nobis haec memoria perseueraret, manè & vesperè, quae sunt duae partes in quas diuiditur dies, offerendo illud in nostris cordibus semper in sacrificium Patri. Et quando memoria haec defecerit, tunc

Dan. 12. adimplebitur tremenda illa Danielis Prophetae sententia, qua dixit defecturum esse iuge sacrificium. Hoc est, quando memoria Passionis Christi à mortalium memoria excidat. Haec autem memoria non solùm conseruat, verùm & accendit Christi amorem in cordibus nostris, quantumcumque lapidei fuerint. Hinc Dominus praecipiebat an-

Leuit. 6. tiquis, quòd ignis ille quo sacrificia quae in templo offerebantur, cremabantur, nunquam deficeret aut extingueretur, sed semper ardere: quod vt aptius fieret, sacerdotes tenebantur quotidiè illum ignem lignis oliuae reficere. Nam vult Dominus, vt ignis sui amoris nunquam in nobis extinguatur, quem oportet lignis oliuae pascere, hoc est, memoria crucis Christi tum semper reaccendere, quae fuit oliua fructifera, vt post quae talem liquorem nobis protulit. Haec enim memoria hunc ignem, & conseruat, & inflammat in nobis. De hac quippe oliua Hieremias dixerat: Oliuam vberem,

Hier. 11. speciosam, & fructiferam vocabit Dominus nomen tuum. O Crux benedicta, tu enim es oliua haec fertilis, pulchra, fructifera, cuius memoria accendit atque conseruat ignem hunc amoris diuini, qui in animarum nostrarum templo ardere debet, cum quo cô[illegible] sacrificia, quae illi accepta debent esse: sola quippe opera in charitate facta placent illi. In cuius signum in monte oliuarum coepit hunc sanguinem effundere: ad significandum, quòd illa deberent esse ligna, quae hunc ignem accenderent, & conseruarent. Hoc ergo est quod nobis in his verbis commendat Sapiens, monens ne obliuiscamur gratiâ fideiussoris nostri, qui pro nobis posuit animam suam. Igitur in hoc quod Christum Dominum vadem, ac fideiussorem nostrum dicit, acerbitatem tormentorum quae pertulit nobis insinuat. Ad aequalitatem quippe, imò ad superabundantiam debitum acclinem persoluit. Erat enim tale, quòd tota creaturae possibilitas illud soluere non valebat. Quare conuenit attentè considerare, quòd in Christo Redemptore nostro exequutioni mandata est quaedam rigorosissima iustitia aduersus peccatorê, & peccatum. In ipso quippe fuit punitus peccator, & peccatum damnatum, & eliminatum. Hic enim fuit diuinae sapientiae ordo, quo voluit, vt homo in toto rigore iustitiae liberaretur, vt sic cum maiori honore liber à captiuitate

Matth. daemonis, ac peccati exiret. In rebus humanis, cum rex absoluta potestate reum absoluit, non hoc in tantum honorem illius cedit, quoniam non eius iustitia suffragatus est, sed regis liberalitas, & potentia. Caeterum cùm ordine iuris seruato sua illi culpae absoluuntur, & ipse se ab illis iuridicè, & perfectè purgat, & sic absoluitur, hoc innocentiae suae maximum indicium est, ac proinde maiori cum honore liber euadit. Poterat quidem Deus potestate absoluta debitum hominis, ac delicta dimittere, liberaretur absoluendo illum, & sibi reconciliando, tamen non remansisset mera causa illius sic iustificata, nec tanto cum honore liberatus fuisset, qui ipse non fuisset sufficiens à sua se culpa purgare, nec dignatus pro suis delictis satisfactionem soluere, imò necessarium fuit tali vti liberalitate cum illo. Sed

cum

tum ordine, ac rigore iuris seruato, & soluendo ipse plenissimè, imò & superabundanter totum debitum, liberatur; sic melius negotium suum peractum est, honorificentior *Esai. 1.* que hæc illi victoria prouenit. Quod & Esaias cap. 1. prædixerat dicens. Sion in iustitia redimetur, id est, *per tela de juyzio*. Quod *Ioan. 10.* idem Dominus manifestauit Ioannis. 10. cùm appropinquante Passione sua dixit. Nūc iudiciū est mundi, nūc princeps huius mundi eijcietur foras. Ordo autem iudicij hic fuit. Peccatum tyrannicè occupauerat mundum, taliter quòd in homines omnes vsque ad Christum in quo non habuit potestatem, regnauit, iuxtà illam Pauli senten*Rom. 5.* tiam ad Romanos. 5. Per vnum hominem peccatum in hunc mundum intrauit, & per peccatum mors, & ita in omnes homines mors pertransijt, in quo omnes peccauerunt. Nam ratione primi peccatoris, qui fuit Adam, peccatum per totum mundum extensum est; sic enim & alibi di*ibidem.* cit Paulus. Regnauit mors ab Adam vsque ad Moysen, etiam in eos, qui non peccauerunt, in similitudinē præuaricationis Adæ. Mors, id est, peccatum, ad quod consequuta est mors, propter similitudinem quam omnes cum primo præuaricatore habemus, propter originem quam ab illo trahimus. Igitur iratus Deus, quòd peccatum præualeret, animasque suas sibi tyrannicè vsurparet, sedens pro tribunali, hanc contra peccatum, & peccatorem fulminauit sententiam. Quòd peccator moreretur, & in infernum descenderet, peccatum autem à mūdo exularet, & expelleretur. Hanc autem addidit in sententia diffinitionem. Quòd si in aliquo homine inueniretur omnium hominum peccata, iste comprehenderetur, ligaretur, flagellaretur, illuderetur, & baiulans sibi crucem, in illa configeretur inter duos latrones, & corpus suum sepulturæ traderetur, & anima in infernum descenderet. Hæc sententia in tribunali diuinæ iustitiæ probata est, & quantum ad priorem partē, quotidie executioni mandabatur; nam omnes peccatores morti subdebantur, & ad inferorum loca descendebant. Secunda autem pars sententiæ maximam secum affert difficultatem, vt executioni mandaretur; eo quòd nō poterat inueniri homo aliquis, qui totius naturæ peccatum super se tolleret, vt in illo talis exerceretur sententia, & homo, & natura humana liberaretur. Singuli quippè homines propria habebant peccata quæ exoluere tenebantur: & originale peccatum, licet commune totius naturæ sit, tamen vnicuique homini proprium est, quemlibetque peccatorem constituit. Quare satis quisque faceret, si pro se solueret quod debebat, nec sibi suppetebat facultas, vt pro omnium peccato satisfaceret: vndè non poterat hoc peccatum expelli. Nam licet ab hoc aut ab alio tolleretur, manebat tamē in tota natura eius potestas. Sicut cùm ty- *Simile.* rannus aliquis totum semel occupauit Regnum, licet ab hoc aut ab alio loco expellas illū, parum aut nihil facis; quoniam ciuitates, ac castra totius Regni sub illius potestate sunt. Aduersùs totum Regnum certamen inire oporteret: quoniam totum suum est. Sic quoniam peccatum totum humanum genus inuaserat, atque sub sua ditione ac potestate illud habebat, licet hic, vel ille homo ab illo mundaretur, non ideò à mūdo expellebatur, sed oportebat omnium causam sumere, nec in tota humana natura inueniebatur aliquis, qui id facere valeret. Primò, quoniā cuilibet non minima cura imminebat vt à se expelleret peccatum, & pro illo satisfaceret Deo. Deinde quoniam ad hoc magna requirebatur potestas, & bellum generale aduersùs totum mundū indicere, ad quod nulla erat in ipsa natura creata facultas. O diuina bonitas, ò infinita sapientia Dei, tu modum inuenias oportet, te ordinem dare necesse est, vt res tam difficilis fiat. Deus homo fiet, & absque peccato, quo carens non habebit proprium debitum quod soluere teneatur, & Deus existens potestatem habebit pro omnibus satisfaciendi. Causam omnium super se tollat, & ad omnium peccatum obligetur, cùm careat proprio quod exoluere debeat; vt per eum agatur omnium causa, in quo sit omnium natura sine culpa, vt ait Leo Papa. *Leo Papa.* Quarè obligatus est ad soluendam omnem pœnam debitam peccato, & ideò carnem assumpsit humanam, atque passibilem, sed diuinitati vnitam, vt pretium quod exolueret debitum valorem habeat. Vndè Euse- *Eusebius* bius Emyssenus dicit. Immensa illa maiestas *Emyssen.* de nostro obtulit sacrificium, de suo contulit pretium. Ideò enim tanti valoris fuit sacrificium illud, quoniam offerens fuit Deus. Hinc ergo colligi poterit quanti fuerint Christi dolores quoniam ipse solus pro toto genere humano passus est. Ipse enim fideiussorem, ac vadem se præbuit: vt si non inueniretur homo qui totum humanæ naturæ

debitum

debitum persolueret, ipse superabundanter solueret illud. Non est inuentus in toto humano genere qui id faceret, quarè ipse obligatus ad solutionem tanti debiti remansit. Et quoniam debitum tantum fuit, pœna etiam in Christo fuit magna. Obligatus fuit pro peccato, & ideo sententiæ contra illud prolatæ se subdit. Et quia peccatum fuit positum super illud, fuit etiam punitum in illo. Posuit super eum scelera nostra, nempè quantum ad pœnam illis debitam.

Isai.

Et quia sententia continebat, quòd esset flagellatus, tractus, illusus, atque inter duo nequam suspensus, & corpus suum sepulturæ traditum, & quòd anima ad inferos descenderet; hæc omnia omni rigore perpessus est. Nam licet anima eius sanctissima non est passa inferorum pœnas, imò illas ab his qui ibi detinebantur abstulit, fuit tamen quædam quasi pœnalitas animæ Christi, quòd per tres dies in loco non suæ dignitati conuenienti detineretur. Sed quoniam Ira Dei aduersus peccatum maxima erat, & Christus se pro peccato obligauerat, tota super illum cecidit, atque deseuijt. Quarè omnes gentes exequutores suæ iustitiæ fecit, qui pro omnibus patiebatur. Nullum maiorem hostem humanum genus habet quàm peccatum, illud supra se posuit Christus; totum ergo humanum genus persequatur Christum. Quare ab omni humano genere passus est. A Iudæis, à Gentibus, à Pontificibus, à Principibus, à suis discipulis. Ex quibus vnus illum vendidit, alius negauit, & omnes illum solum reliquerunt. Milites etiam crudelissimis illum modis cruciarunt, vexarunt, vulnerarunt. A transeuntibus illudebat, à latronibus blasphemabatur, populus mortem acclamabat, & vt nullum humanum genus deesset, etiam mulieres illum persequutæ sunt, vna quippè fœmina causa fuit, vt Petrus illum negaret. In corpore talia tormenta, in anima tristitiam maximam, in honore, in fama, atque in omnibus eius membris. In corpore tormentum crucis tulit, nec enim capite plexus est, vt Paulus, aut lapidatus, vt Stephanus, nec aliqua celeri morte rapitur, sed in crucis tormento necatur, vbi mors dilatata crescebat, pondereque suo corpus inclinabatur maioraque vulnera manuum, & pedum faciebat, & luxationem, ac maiorem dolorem in fibris omnibus sui sacratissimi corporis dissolutis taliter quòd nullum in suo loco permansit, ita quod omnia ossa eius connumerari poterant, vt

Psal. 21.

Psalmista dixit. Caput sacrum spinis obsitum, oculi velati, aures opprobrijs, & contumelijs plenæ, facies colaphizata, & sputis, ac sanguine liuida, lingua eius felle, ac aceto amaricata, brachia in cruce extensa pedes & manus clauis transuerberati, denique à planta pedis vsque ad verticem capitis totus percussus, & vulneratus. Nam quia ipse pro peccato se vadem dederat, talis in eo debebat fieri iustitia. O peccatum sic à Deo odio habitum, quòd quia super se accepit proprius filius, non pepercit ei. Misit Deus locustas super omnem terram Ægypti, & quandò per intercessionem Moysi plaga illa à populo ablata est, omnes simul in mari rubro suffocatæ sunt. Peccata totius mundi sunt hæ locustæ, nam nulla locusta sic terræ fructus populatur, sicut peccata animarum fructus destruunt: vt ergo Deus peccatum à mundo expelleret, vt Ægyptum ab hac plaga liberaret, omnia peccata in mare rubrum proijcit. Hoc est, vt omnia suo sanguine suffocentur, cadant super illum peccata nostra, vt ipse ea soluat. Fiat ipse mare quoddam sanguinis, vt in eo suffocentur, & dicat cum Propheta. Sicut aqua effusus sum, & dispersa sunt omnia ossa mea. Non amplius æstimabant sanguinem è Christo effundere eius tortores, quàm si è puteo aliquo effunderent. Non magis faciebant ipsum flagellis cædere, quam si lignum quoddam ferirent. Non plus dolebant dissoluere corpus Christi, & ossa è suis coniuncturis separare, quàm si esset corpus quoddam mortuum, in quo anathomiam facere vellent. Sicut aqua effusus sum, ac si diceret. Sic passus sum effundere sanguinem meum, ac si esset aqua; sic enim necessarium erat ad soluendum hominis debitum. Abyssus abyssum inuocat, in voce catharactarum tuarum. Hoc est abyssus peccatorum meorum inuocat abyssum tormentorum mei corporis, ac dolorem meæ animæ; quoniam talis iniquitatum abyssus, per abyssum talium dolorum debebat remedium accipere, & per catharactas, hoc est, per fenestras suorum vulnerum ingreditur hic clamor peccatorum meorum, & exijt tuæ misericordiæ vox. Omnis hic rigor iustitiæ necessarius fuit, vt peccatum toto rigore iustitiæ exularet à mundo. Vnde Paulus ait. Eum qui non nouit peccatum, pro nobis peccatum fecit: vt nos efficeremur iustitia Dei in illo. Hoc est, illum fecit hostiam pro meo peccato, vt sic nos efficeremur iustitia Dei in illo.

Rom. 8. Exod. 10. Psal. 21. Psal. 41. 2. Cor. 5.

illo. Hoc est dicere. Applicando mihi iustitiam Christi, opera mea fierent iusta, & accepta corā Deo, propter iustitiā Christi mihi applicatam, quę est iustitia Dei, quoniam Christus est Deus. Satisfecit pro me Christus de rigore iustitię, & in coplenissima iustitia facta est cōtra peccatū. Quapropter anima quę per iustitiā Christi illi applicatam iustificatur, habet iustitiam cum Deo: quoniā iam non habet peccatum, quod illā reddebat iniustam. Sufferēdo Christus sententiā latam contra peccatum, iuridice damnauit peccatū, & ad iudicium vocauit peccatū, & reddēte pro tribunali Patre, periit vt eliminaret à mundo peccatum. Deus suum filium mittens in similitudinē carnis peccati

Rom. 8. (ait alibi Paulus) de peccato dānauit peccatum in carnem. Misit illum in similitudinē carnis peccati: quoniam misit illum pęnalitatibus, ac miseriis peccati subditum, & de peccato, id est, de eo quod assumpsit de peccato, nā de illo assumpsit nō culpā sed pœnam, de hoc dānauit peccatū, ferendo pœnas quas de ipso peccato assumpserat. Itaq. de eo q̄ assumpserat de peccato, nēpe pœnis, ipsum damnauit peccatum, sicut ex eadē vipera quę te percussit, tiriacā facis aduersus

Simile. eius morsum. Ita Dñs de eodem peccato q̄ mundum infecerat, medicinam sumpsit cōtra ipsum peccatum. Nā assumpsit ab eo pœnas, quas secū peccatū relegauit à mundo. Quod Ecclesia in hymnis suis his verbis dicit. Hoc opus nostrę salutis ordo depoposcerat, multiformis proditoris ars vt artem falleret, & medelam ferret inde hostis, vnde laeserat. Hęc ergo fuit fideiussio quam Deus pro homine fecit, & quę nūquā à nostra debebat excidere memoria, sicut Sapiens in verbis propositis nos admonet dicēs. Gratiam fideiussoris tui ne obliuiscaris: posuit

Hier. 12. enim pro te animam suam. Dedit pro te vitam suam. Et quam vitam? Illam vtique quę vitis omnium Angelorum pretiosior est. Dedi dilectam animam meam, ait ipse

Psal. 77. Dominus, in manibus quęrentiū eā. Vt hoc nūquam obliuiscaris, ô Christiane, ne de te dicatur illud quod antiquo populo dictum est. Nō sunt recordati diei qua redemit eos de manu tribulantis; quādo aquę erant eis pro muro, vt transirent sicco pede. Hoc tibi hodie beneficium praestat Deus, ô homo: Posuit [illegible] magnum aquarum ad suam dexteram, qui est anima sua, id est, mœrores illius atque angustias, ita quòd aqua vs-

Psal. 68. que ad os pertingeret illius, iuxta illud Psal. 68. Saluum me fac Deus, quoniam intrauerunt aquę vsque ad animā meā. In sinistra, quę erat corpus suū, posuit crucem, flagella, clauos, pœnas, & hoc ideò ne inundans illa laborū cōgeries opprimeret nos, sed sicco pede trāsiremus per illam. Percussa est hęc petra, vt oleū, & mel pro nostris commodis educeret quinq; magnis vulneribus, & aliis minorib⁹ multis: vt ex illis suggat homo quod suæ animæ maximè necessariū est. Tantum ergo bonum obliuioni debet mandari? Tanta misericordia non semper manebit in mēte? Tot beneficiis ingrati erimus? Nō id obsecro permittat Dñs, sed semper huius diei memores sim⁹; & illius qui pro nobis posuit animā suam, vt sic fructum Passionis eius consequamur, Amen.

Feria tertia, sub hoc themate sic dixi.

Qui dilexit nos, & lauit nos à peccatis nostris in sanguine suo. Apoc. c. 1. Apoc. 1.

HEri, Deo dante, vidimus quanta teneamur obligatione, vt nunquam à memoria tantum excidat beneficium, quod Deus humano generi cōtulit, pro illo morti se obligando crucis, vadem se pro eius debito offerendo; & quod ipse soluere non valebat ipse superabundanter compleuit: hodie cum iam soluere incipit huiusmodi debitum, pro illo sanguinem in horto fundendo, & mœrore nimio animam sanctissimam affligendo; quæ nam fuerit principalior causa quæ ad hunc illum effectum mouit, Deo fauente, tractabimus. Dilexit nos, ait Ioannes, & lauit nos à peccatis nostris in sanguine suo. Omnia illa veteris legis lauacra quæ sanguine fiebant, hoc diuinum balneum sanguinis Christi, quo animæ nostræ maculæ tolluntur, significabant. Sed in omnibus illis sacrificiis ignis descendebat, siue holocausta essent, siue quodlibet aliud sacrificium, semper ignis consumebat illud. Hoc erat tamen discrimen inter holocaustum, & reliqua sacrificia, quòd holocaustum totum cremabatur in honorem Dei (hoc enim sonat holocaustum, id est, totum incensum) aliorum sacrificiorum pars tantum cremabatur, vt in omnibus figura cum re ipsa figurata conueniret. Et quemadmodum sanguis qui ex illis animalibus fundebatur sanguinem Christi referebat,

ferebat, ficut latis oftendit Paulus in Epiftola ad Hebræos : fic ignis quo cremabantur fignificabat hanc diuinum amorem Christi, qui fuit ignis quo holocaustum hoc confummatum fuit. Nam, vt diximus, holocauftum fignificabat totum incenfum : quoniam totum hoc holocauftum amor fuit quo dilexit nos, & lauit nos à Num. 19. peccatis noftris in fanguine fuo. Quare in facrificio vaccæ rufæ, quod propriiſſimè hoc Christi facrificium expreſſit, vacca ipfa igne comburebatur, & eius cineribus aqua madefactis immundi purificabantur. Christus hanc expreſsit vaccam ruffam: quoniam ignis amoris ipfum ruffum, ac rubicundum reddit, nam candidum, & Cant. 5. rubicundum illum vocat Sponfa, & Da- 2. Reg. 16. uid, qui eius fuit typus, ruffus erat Extra Hierufalem oblatus eft, ficut & vacca illa extrà caftra cremabatur, & totus in holocauftum amoris incenfus, & concrematus cineribus fuis purificat corda. Cineres funt reliquiæ ignis, per quas intelligitur memoria huius diuini amoris, quam in nobis reliquit, qua mundantur mentes; & ideò afpergimur illis, vt nunquam tantum beneficium obliuifcamur. Nec enim mors fuam poteftatem exercere poterat in Christo, fi amor illam non induxiſſet, nec mors fuam iurifdictionem ad illum extendere valeret, fi amor illum è cœlo ad terram ipfum defcendere non feciſſet: Nam mortis dominium atque iurifdictio in terra eft, amor in cœlo dominatur, & viget. Neque mors poteftatem habet niſi fuper illos qui femen fuum habent, quod eft peccatum: nam peccatum fuit femen ex quo generata eft mors Rom. 5. iuxta illam Pauli fententiam: Per peccatum mors intrauit in orbem terrarum. Quare vbi non eſt peccatum non habet locum mors. In Chriſto autem, nec fuit, nec eſſe potuit peccatum, quare nullam fuper illum mors poteſtatem habebat: Quis ergo illam illi conceſſit? Amor certè qui ipſum mortalem fecit, vt morti propter amicum ſubderetur. Hinc prouerbium illud ortum habuit, quòd mors, & amor pharetras retigerunt, & arcus, & mors ad amorem ſagittas ſuas direxit, & fecit illum morti obnoxium, & amor ſua ſagitta mortem perijt, & illam amabilem reddidit. Nam poſt Chriſti mortem multi appetunt ac deſiderant illam. Amor ergo Deum mortalem reddidit. Deſiderauit quippè effectum, & extremum amoris experiri; quorum vnum eſt vitam pro amico exponere, ſecundùm illam Domini ſententiam; Ioan. 15. Maiorem charitatem nemo habet, quàm vt animam ſuam ponat quis pro amicis ſuis. Et quia hoc experiri non poterat niſi mortalis fieret; homo mortalis factus eſt, & mortem obijt, & experientia didicit verum eſſe quod de amore ſolet dici, nempè eſſe fortiorem morte, & ab illa triumphum ferre ſecundùm illud Cantic. Cant. 8. Fortis eſt, vt mors dilectio. Quoniam ſi mors mortalem occidit, amor facit immortalem mori. Solus ipſe poterat hæc duo extrema iungere, vitam ac mortem. Illi enim iuramentum erat dicere, Viuo ego: Viuo ego, dicit Dominus, ac ſi diceret, ſolus ego ſum viuens: quoniam vitam habeo propriam, & à nullo meam communico vitam, imò ego ſum fons vitæ, à quo omnia quæ viuunt hauriunt illam: hic, inquam, ſlam experirir mortem. Hanc ergò copulam inter mortem, & vitam fecit amor, vt in vno, & eodem vtraque caperent, & vita interiret amore, & verum eſſet illud propheticum dictum. Videbis vitam tuam pendentem ante te: nam ex ligno ſuſpenſam vidimus vitam, & mortem. Rectè ergò Ioannes dicit amorem fuiſſe huius ſacrificij cauſam. Qua propter quia ex amore obtulit, voluntaria fuit eius oblatio, iuxta illud Eſai. 53. Oblatus eſt quia ipſe vo- Eſai. 53. luit. Amor quippè voluntariè operabatur; nam eſt prima paſsio animæ: qua propter omnia quæ pertulit, voluntariè pertulit, & triſtitiam quam hodiè patitur, voluntariè illam aſſumpſit. Quod hodiè nobis Euangeliſta inſinuat, cùm refert Dominum in ingreſſu horti ſeparaſſe tres diſcipulos ſeorſum, & quòd coràm illis cœpit pauere, & tædere, & mœſtus eſſe. Cœpit, ait; nam ipſe quandò voluit cœpit triſtari, & antea quia noluit non eſt triſtatus: nam voluntariè hanc aſſumpſit triſtitiam. Per totam vitam alta mente repoſitam tulit mortem, & ſigillatim agnouit anima quæ paſſurus erat, vt ipſe multoties diſcipulis ſuis manifeſtauit: detinebat autem triſtitiam, ne toto ſuo pondere ſuper animam ferretur, nec illa quæ pati debebat ſic offerret animæ, quaſi res aſſiſtentes, & viſibiliter dolorem incuteret: quemadmodùm & gloriā animæ detinuit ne redundaret in corpus, nisi quando ipse in transfiguratione voluit. Nunc autem cœpit pauere, & tædere, & mœstus esse. Hoc est, dedit locum potentijs, & permisit illis, vt quælibet suo munus exerceret, & quòd omnia quę tristitiā efficere possunt suę phantasię repræsentarentur, sic fortiter, *y tan al vivo*, ac si eas præsentes haberet, & realiter eas pateretur: vt sic res illæ nunc animam mœrore affligerent, quę postea corpus doloribus cruciare debebāt. Et hoc fuit initium Passionis Christi, *Al primer passo de su Passion*, & ab anima cœpit: vt doceret, ab illa omnia quę in sua Passione fiebant procedere, nec casu contingere, sed ex proposito ea velle pati ipsum. *Eccles. 10.* Vt sicut peccatum hominis ab anima cœpit (fuit enim primum peccatum hominis superbia, quod est potius animæ quam corporis peccatum, secundùm illam Sapientis sententiam, Initium omnis peccati est superbia) sic, inquam, in anima incepit culpa, sic in anima inciperet pœna quę delere debebat culpam, & in corpore terminaretur, vbi & terminatum est peccatum, ore corporis comedendo vetitum fructum. *Gen. 1.* Prima die qua conditus est mundus, tenebræ erant super faciem abyssi: sic prima die in qua reformatio incipit mundi; abyssus animæ Christi plenus est tristitia, & mœrore. Primùm enim animæ Christi oblata sunt omnia mūdi peccata præsentia, præterita, & futura, cùm omnibus circunstantijs aggrauantibus, tanquā onera quæ ipse portare debebat. Quòd si peccata vnius hominis talem in veris pœnitentibus solent generare tristitiam, vt refert Ioannes Climacus, *Ioannes Climacus.* vt vi doloris animas efflauerint; quantò maiorem dolorem efficerent totius mundi, & omnium hominum peccata, pro quibus ipse Christus pœnitere, & tristari debebat tanquam si ab ipso commissa fuissent? Et tanto magis, quantò plus grauitas peccati cognoscitur. Nam quandò quis animam peccatoris illuminat, & eam intelligere facit quàm grauis res sit peccatum, & quanta dignitas offensa, tantò maiori afficitur mœrore, quantò plus hæc omnia considerat. Nullus autem profundiùs quàm Christus hæc intellexit, etiam secundùm scientiam humanam, ac proinde nullus tantā pro peccatis proprijs, tristitiam assumpsit, quantam Christus pro alienis. Et si his addas, quòd quantò quis plus Deum diligit, tantò plus dolet de peccatis commissis contra ipsum; & nullus tantum dilexit Deum quantum Christus Dominus, hinc colliges quantum tunc pro alienis peccatis doluerit, quæ tanquam propria vindicanda acceperat. Sic enim, & ipse Psal. 21. dicit. *Psal. 21.* Deus, Deus meus, respice in me, quarè me dereliquisti, longè à salute mea verba delictorum meorum. Quæ sunt hæc delicta tua Domine Deus, ait magnus Augustinus, *August.* nullum enim vnquam commisisti peccatum? Non tua erant, ò bone Iesu, sed mea, quæ tamen tua fieri voluisti, vt tuam iustitiam meam iustitiam faceres. Delicta nostra sua delicta fecit (ait Augustinus) vt iustitiam suam nostram iustitiam faceret. Videte quæ cambia, quas commutationes nobiscum fecerit Deus, vt nostra delicta tanquam propria in se puniẽda reciperet, vt suam nobis tribueret iustitiam, qua iusti efficeremur. In me quid nisi peccata esse possunt, in ipso autem omnia iustitia sunt. Felix vtique commutatio. Sumat delicta mea, & mihi suam tribuat iustitiam. Quare rectius illi dicere possumus homines, *1. Reg. 15.* quod dixit Saul ad Samuelem. Et nunc porta quæso peccatum meum. Sume tu Domine peccata nostra super te, *Matt. 11.* vt nos ab illis exoneres, & clama, & dic. Venite ad me omnes qui laboratis, & onerati estis, & ego reficiam vos. Et ita fecit. Quarè peccata mea maxima tristitia repleuerunt animam eius, sicut ipse dicit. *Psal. 87.* Repleta est malis anima mea, hoc est tristitia, & malis pœnæ, *August.* propter aliena peccata: sic Augustinus. *Gen. 6. & 7.* Perfecerat Noe Arcam illam in qua saluanda erat generatio iustorū, & cœperunt animalia illa, bina & bina ingredi in illam, munda & immunda, quousque totam illam occupauerunt. Et tunc cataractæ cœli cœperunt aperiri, & rumpi fontes abyssi, & tota terra aqua repleri, donec montes omnes operirentur. Christus fuit hęc Arca, in qua omnes ab ira Dei saluari debebamus. Perfecta est hęc Arca, quandò perfecta ætas in Christo adimpleta est, in qua venit plenitudo temporis, in quo decretum erat ipsum pati. Tunc autem cœperunt in animā Christi, tanquam in Arcam Noe ingredi animalia munda, & immunda, iusti scilicet, & peccatores. Et non solùm bina, & bina, sed coaceruatim intrabant peccata hominum in animam Christi, serpētes, basilisci, viperæ, scorpiones, leones, lupi, vulpes, vrsi: hoc est, blasphemiæ, hereses, adulteria, periuria, mendatia, homicidia, & omnia abominabilia, &

dare flenda facinora, quæ semper mũdus ca-
lit, ac si in eo protegenda essent ab ira Dei
quoniã in ipso salua facta sunt peccata (si sic
licet loqui) in hoc sensu, quòd si Deus odio
habet peccatum, & peccatorẽ, secundũ illã
Sap. 14. Sapientis sententiam, Similiter odio est
b Deo impius, & impietas eius: & Christus
pro peccatis, & peccatorib⁹ passus est, in ip
so videntur saluari ab hoc odio, & vindicta
Dei, ne propter illa in illos ira sua seuiat. Et
sicut Noe attentè animalia quæ in Arcã in
grediebãtur intuebat, & ea omnia optimè
cognoscebat; sic Christi anima attentissimè
peccata omnia attendebat simul cum pecca
toribus qui in illam protegi debebant, &
multò melius ea oĩa agnoscebat quàm ipsimet
qui illa perpetrauẽrãt, vel perpetraturi erãt.
Et statim post hæc apertæ sunt cataractæ
cœli, & rupti fontes abyssi, & cœpit tẽpestas
iræ Dei super hanc arcã descendere, post
hæc tristitias, & angustias animæ eius mã ve
statim videbim⁹ illi diuini pori aperti sunt,
& tempestas sanguinis cœpit qui guttatim
fluebat super terrã: & postero die rupti sunt
fontes abyssi, hoc est, pedũ, & manuũ, atq;
lateris vulnera, quæ terrã à sordib⁹ diluuij de
bebãt mũdare. Fuit autẽ tãta abundantia
aquæ, atq; amaroris, quæ animamChristi tũc
tẽporis inuasit, quòd quasi tãta tribulatione attrit⁹ ad Patrẽ se conuerterit, dicẽs illud
Psal. 68. Ps. 68. Saluũ me fac Deus quoniã intraue-
rũt aquæ vsq; ad animã meã. Infixus sum in
limo profundi, & nõ est substantia. Ac si di
ceret, Vsq; ad profunditatem dolorum de-
mersus sum, ita quòd iã meæ humanæ naturæ vires videantur deficere ad sufferendum.
Excedere quippè videbantur facultatem
virium mearum tot angustiæ, atq; dolores,
qui denique consumpturi sunt vitã meam.
Veni in altitudinem maris, & tempestas de
mersit me. Cœpit ergo pauere, & tędere ad
ingressum horti, quoniam in horto cœpit cul
pa, & in horto debebat incipere pœna: ibi
sub ficu voluit delitescere Adam, quæ est ar
bor confusionis; hic sub oliua quæ est misericordiæ fructex. Et cùm tres ex suis discipu
lis secretum secũ duceret, demisso vultu, colo
reque immutato, voce quodã lugubri dixit
eis. Tristis est anima mea vsq; ad mortem,
id est, sic est grãdis tristitia mea, vt sit mihi
durior morte, vel quòd me ducet vsque ad
mortem. Talis fuit tristitia, vt potuisset cõ
parari cum morte, cùm tamen nihil terribi-
lius sit morte. Si tanta fuit afflictio, & per-
2. Cor. 1. secutio quam passus est Paulus in Asia,
quòd sicut ipsemet. 2. Cor. 1. fatetur, videretur sibi impossibile illã posse ferre viuens.
Nam ait. Supra modum grauati sumus, ità
vt tęderet nos etiam vitæ: sed & nos ipsi
responsum mortis in nobis habebimus. Ac si
diceret. Tã grandis fuit tristitia, & afflictio,
quòd mihi simul cum illa esset iam penosa
vita. Et responsum mortis in nobis habuimus, hoc est, *Te me desafiaua a mi mismo*;
& videbatur mihi impossibile cùm tanta
tristitia viuere. Quantò magis Dominus po
tuit tristitiam suam cum morte conferre,
cùm nulla vnquam tam grandis hominem
in hac vita apprehenderit? Et vidẽs se omni auxilio destitutum, non illam potuit con
tinere, quin manifestam discipulis suis daret, dicens: Tristis est anima mea vsque ad
mortem, id est, tristitia est quæ confertur
angustijs mortis. O bone Iesu, ad quantas te
peccata mea adduxerunt angustias. Quòd
cũ tu omnium creaturarum solatium sis, &
earum gaudiũ, atq; lętitia, nunc indigeas, vt
illæ tibi aliquã cõsolationẽ tribuant. Quis te
in alienis portis sicut alterũ Lazarũ immisit? Quis te naturã creaturarũ mendicũ fecit,
nisi earũ amor atq; redemptio? Admonebat
Pau. 1. Cor. vt cõsolarentur hominẽ quẽdam,
cui pœnitentiam ipse Paulus propter pecca
ta sua iniunxerat, ne abundantiori tristitia
absorberetur ille. Videbatur quidem tristitia Christi in hac hora absorbere illum atq;
submergere, & ideò quasi auxilium poscẽs
à discipulis manifestat illis tristitiam suam.
Sed nullũ in eis remediũ reperit. Nam si
ipse à quo ipsi cõsolationem habebãt, illa cã
rebat, à quo alio ipsi mẽdicare potersit, vt illi
illi darẽt? Quarè nullã ab illis cõsolationem
sperãs dereliquit eos, & ad Patrẽ qui totius
cõsolationis Deus est, cõfugit. Et auulsus est
à discipulis suis tanquã iactus lapidis: nec
enim amor suorũ permisit illũ lõgius ab eis
abire; ille enim cor illius tenebat ne omnino illos relinqueret, et vt doceret nũquã mul
tũ à nobis abesse, sed ad manũ nos habere
illũ cũ illius auxilio indigemus, etiã si cætera omnia creata nobis deficiant, iuxtà illud
Psal. Prope est Dñs omnibus inuocantibus
eũ, in veritate. Et ibi angustijs, & timoribus
mortis oppressus, quæ illum ab ingressu horti illius aprehenderant, procidẽs in terrã, hęc
verba ad Patrem protulit, dicens: Pater, si
possibile est trãseat à me calix iste. Verũtã
men nõ mea, sed tua fiat voluntas. Procidit
ad insinuandum, quanta cũ reuerẽtia cum
Deo optimo maximo agendum sit. Hæc

verba duo insinuãt nobis, vt supra explicauimus. Primum, veritatem naturæ humanæ quæ in Christo erat, & desiderium naturale quod habebat conseruandi se in vita. Alterum est, subiectionem qua voluntati Patris sic subdebatur, vt etiam si opus esset contrà carnis inclinationem vitam amittere, minimè dubitaret. Quarè prima verba, in nomine carnis, ac partis inferioris protulit, secunda verò nomine, ac vice voluntatis. Ac si diceret: Quod appetitus meus naturalis vult, hoc est, quòd mors excusetur in me, & quòd non moriar sed viuam, & hoc vult voluntas, in quantum natura quædam est. Hoc desiderium conseruandi se, ô Pater, naturale omnibus rebus à te conditis est, quod tu in eis sigillasti, atque ita caro mea hoc naturali desiderio flagrãs hoc poscit atque desiderat, & ego loco illius id exprimo: nec enim contra te, sed à te hoc desiderium est, quod tu in me sicut in alijs reb⁹ imprimere voluisti. Verùtamen mea voluntas humana, secundùm quod libera est, & procedit à ratione, nihil aliud quàm quod tu vis volt. Verùmtamen non mea sed tua fiat voluntas. Vt suos discipulos qui suo nomine Christiani dicuntur doceret, quomodò voluntas Dei super omnes nostros appetitus dominari debeat, & quòd carnis, ac naturæ nostræ appetitus negare debeamus, cùm voluntas Dei id exigit. Semper enim inferius superiori subijci debet. Cumque diu in hac oratione permãsisset, surrexit suorum discipulorum anxius, quos nec in tali tribulatione obliuiscebatur, & inuenit illos graui oppressos somno dormientes. O hominum torporem, & ignauiam! & Dei curam, ac vigilantiam! quę quãdo homo negligentior est, & sui ipsius oblitus, quasi socordia sopitus dormit, tunc circa eum maiorem adhibet curam Deus, sicut & modo maximè videmus. Et dixit eis. Sic nõ potuistis vna hora vigilare mecum? Quid hoc est negligentiæ, ac torporis, vt nec vna quidem hora mecum vigilare possis? Et tu Petre, quem pastorem, & superintendentẽ super gregem meum constituo, quomodò dormiendo id exequi valebis? significabat hic somnus Petri, prælatorum Ecclesiæ torporem, qui in maiori necessitate ouium suarum, cùm Christi, & Ecclesiæ fides periclitatur, debent ipsi dormire, & extraneis omnino rebus vacare. Et iterum ad orationis accessum fugit eadem repetens verba quę prius dixerat. Et reuersus est secundò ad discipulos suos, cumque illos dormientes reperisset, dimittens eos, tertiò ad orationem redijt eadem verba dicens. Tunc autem omnia quæ passurus erat denuò sic ad mentem venerunt, ac si præsentia iam essent. Vidensque Patrem in sua diffinitiua sententia permanere, magnus illum apprehendit angor, tantaque tristitia est affectus, vt illum in maxima poneret agonia. Apud Dan. cap. 5. refertur, quòd cũ Balthasar Rex Babylonis cœnam magnã fecisset cũctis principibus Regni sui, inter ipsa fercula & pocula vidit contra candelabrum articulum manus in pariete hæc scribentem verba, Mane, Techel, Phares quod sic interpretatus est Daniel. Numerauit Deus Regnum tuum, & compleuit illud. Techel, Appensus es in statera, & inuentus es minus habens. Phares, Diuisum est Regnum tuum, & datum est Persis, & Medis. Tantus timor ac tremor Regem apprehendit, vt totũ corpus tremore concuteretur, & genua tremore in inuicem collideretur, immutato vultus sui colore, vt nec posset in se ipso stare. Tale quid hodie Domino meo Iesu euenit. Fecerat quidem cœnam magnam Dominus Iesus discipulis suis hodiè in Hierusalem, in qua corpus & sanguinem suum suis conuiuatus commensalibus, videt modò in pariete corporis sui digito Dei peccata nostra sanguineis literis scripta, simul cum sententia Dei aduersùs illa prolata, in hęc verba. Mane, Numerauit Dominus Regnum tuum, & compleuit illud: hoc est, adimpleti sunt dies in quibus huius Regis Dauid filij viuendũ erat. Nam sic in diuino ordinatum est tribunali. Techel, Appensus es in statera, & inuentus es minus habens. Hoc est, multa adhuc maiora à te exigenda sunt, nec ea quæ nunc pateris iuxtà diuinam dispositionem sufficiunt. Nam quamuis quodlibet Christi opus, quia erat personæ diuinæ, superabundans fuisset ad satisfaciendum pro hominibus, & tristitia quam sumit nunc, & sanguis quẽ sudat, infiniti essent valoris; tamen in statera diuinæ iustitiæ decretum erat ne ista sufficerent, sed quòd exuberans esset satisfactio; ità vt statera magno pondere traheretur. Plus restat commendans, ô bone Iesu, quoniam in statera crucis ad huc suspendendus es, atque ferro, & spinis onerari debes, vt iustitiæ Dei bilanx trahatur, & saturata simul, & adimpleta permaneat. Et ideò, Diuisum est Regnum tuũ. Hoc est; Regnum quod anima tua cũ corpore habebat.

Dan. 5.

ipsa corporis, & animæ tuę unio diuidenda, atque dissoluenda est pro nunc, & Medis, & Persis tradendus es, hoc est Gentilibus, & extraneis, vt per viua tormentorum haec in te diuisionem efficiant. Cùm ergò videret Dominus meus Iesus, hanc contra suam carnem prolatam sententiam, cur nō pauescit? Gemitque cōcussa tremore, ipsum coram Patre procumbere fecerunt, atque præ angustiis ad illum clamare, & sic premere, vt illum faceret sanguineum sudorē effundere. Nam & pori eius aperti sunt, & sanguis per illos erumpens vestes penetrabat, in terram guttatim cadit totumque Christi corpus simul cum terra rigatur quidam sanguinis effectus est. O sanguis pretiosissime, ac diuine, quanta vi, ac desiderio pro nobis effunderis, cum nullo adhuc exigente te prodis. Non te modò flagris cædunt carnifices, non te spinis pūgunt, non manus ac pedes clauis terebraut, nōdum Lōginus latus tuum vulnerat lancea. Quis te modò mouit, Dñe? Quis te percussit? Quis te tam copiosum sanguinem effundere cogit? O bone Iesu! Certè amor fortior morte te cōpellit angustias mortis probare. Vulnerata sum charitate, ait tua humana natura, amoris mucro me ferit, aculeique eius, quæ adamantina sunt, me pūgūt, & ipsa me profundere sanguinem cogunt. Fideiussor pro me, Dñe, extitisti, & iam meum debitum incipis soluere, & sacculus ipse tuę humanitatis, in quo erat pecunia soluenda inclusa, nē pe sanguis tuus, iam incipit rumpi. Nam de te ait Sapiens: Sacculum pecuniæ secum tulit. Et tanta abundantia te se iam prodit pecunia, ô Domine Deus meus, quanta sanguinis copia hæc est quam effundis. Lacrymæ enim sanguinis sudor iste est, quo depluis peccatum mundi. Dicebat Hieremias Propheta, Quis dabit capiti meo aquam, & oculis meis fontem lacrymarum, & plorabo interfectos filiæ populi mei? Si solùm ad plorandum peccata Hierusalem tanta abundantia lacrymarum necessaria erat, ad plorandum peccata totius mundi, aut propterea quales fuerunt, vide quantę lacrymæ necessariæ sunt? Quarè parum visum est Christo lacrymis peccata mea deflere. (Nam cum lacrymis, & clamore valido, vt ait Paulus, emisit spiritum) sed omnes poros sui corporis fontes effecit lacrymarum, non aquæ sed sanguinis: quoniam sic necessarium erat ad deplorãda omnium hominum peccata. O verus Adam [illegible] [illegible] paradyso relegatus propter aliena delicta, qui sudore vultus tui mihi panem lucraris, quandò tanto beneficio tibi gratus existam? O terra tali irrigata rore, talique tum paradiso nutrita, quomodò iam spinas feres? Cur non potius flores, & fructus optimos germinabis? O anima mea hoc diuino sanguine humectata, cur non fructus dignos produces? Cur spinas, & tribulos potius germinas? Cumque in hac agonia Dominus esset, venit Angelus à Patre missus confortans eum. Non quòd aliquid doloris tolleret ab eo, sed quia ob oculos posuit magnitudinem fructus, qui mortem, ac Passionem suam debebat sequi, vt illum ad dolores fortissimum redderet, saltem hæc ceteris illi proponendo. Sicut cum medicus, qui incisionem tibi præcipit, vtilitatem quæ ex eo sequutura est tibi refert, quòd sanus semper viues, quòd cito dolor transibit, & permanebit confirmata salus. Non quòd sic dolorem tibi incisionis imminuat, sed quòd te fortē ad sufferendos dolores efficiat. Sic Angelus cum Christo se habuit. Sed simul etiam ante mentis oculos tormenta quæ ferre debebat proposuit. Et licet nesciamus quid illi Angelus dixerit, tamen sancti contemplatiui verba hæc referunt illū dixisse. Hoc est, Supreme Domine, quod tibi Pater tuus mihi præcepit vt dicerem. Tu charissimè fili, certè nosti quòd in perpetua charitate te dilexerim, & quòd semper inter mihi bene complacui, & quod manifestum omnibus est, omnia quæ æternaliter mea fuerunt semper tibi communicaui; & ego semper in te, & tu in me æquè permanemus. Sed quoniam voluntate tua peccatorum causam vt tuam propriam assumpsisti, hoc nunc exigit mea iustitia, scilicet, quòd te omnino à mea protectione, & consolatione derelinquens in manus peccatorum tradam, & sic ergà te me habeam, ac si esses hostis meus. Et quod est te solo omnium peccatorum vindictam sumam. Omnes sicut oues errauerunt, vnusquisque in viam suam declinauit, & quoniam sic debitum eorum soluis, oportet te pœnare debere [illegible] [illegible] propter scelus populi mei te percutere. Tu solus quod non rapuisti exsoluis; & in vindictam peccati armabitur contra te orbis terrarum. Non e[illegible] [illegible] trahet fulgores, aër frigore corpus tuū in cruce nudū affliget, terra tremēs viscera sua cōtradet, ac mihi aquam, & fel cō[illegible]

Prou. 7.

Hier. 9.

Matth.

Psal. 75.

Sap. 5.

Voluntati tuorum inimicorum te tradam, qui omnigena tormenta in te experientur, & hi qui à te maxima sunt beneficia adepti, te blasphemabunt, illudent atque contemnent. Hier. 12. Tua hæreditas erit tibi crudelis sicut leo in sylua, & turpissimè morti te dānabunt. A planta pedis vsque ad verticē capitis non erit in te locus absque plaga. Ab amicis derelictus solus calcabis torcular: tua sanctissima Mater huic seuæ iustitiæ præsens stabit, vt [illegible] relictio omnium se præsteri tuā ignominiam [illegible] amaritudine sui cordis videbit, & à latere tibi astabit. Sed hoc non tibi ad solamen erit, sed potius ad maiorē Esai. 53. amaritudinem tuam. Sed confortare fili, & consurge, assume fortitudinem sicut in Esai. 53. diebus antiquis: quoniā si posueris pro peccato animam tuam, videbis semen longæuū. Luc. 11. Tua morte mortem interimes, vinces fortem armatum, & vniuersa arma in quibus confidebat ab eo auferes, & spolia diripies. Luc. 15. Errabundam ouem quam quærebas, sic super humeros tuos portabis ad pascua vberrima cœlorum. Hæc & alia altiora verba Angelus loquutus est ad eum, quibus illum suo sanguineo sudore perfusum dimisit. Et nos illum sic etiam dimittamus, vsque in diem crastinum, vt & nos hoc sanguine loti atq; balneati fructum eius cōsequamur, qui in hac vita est gratia, & in futura gloria, Amen.

Feria quarta sic incepi sub hoc themate.

Qui proprio filio suo non pepercit: sed pro nobis omnibus tradidit illum. Roman. 8. Rom. 8.

Sermo tertius. DIE præterito hanc veritatē diffiniuimus certam, quòd causa qua Deus suū pro nobis sanguinem fudit, quo nostra delicta lauit, fuit amor eius magnus, qui ad talia illum [illegible] compulit. Vidimus quippè illum incipere effundere [illegible] cruorem, illumque per poros sui sanctissimi corporis sudare angustijs, ac anxietate mortis oppressum. Tunc enim incipiebat soluere pecuniam fideiussionis quā propter hominem fecerat, aperiebatque iam sacculum illum pecuniæ, quam pro homine debebat reddere. Hodie videre debemus, quomodo Pater illum tradidit manibus ministrorum crudelium, qui hoc debitū quod pro homine debet, ab illo seuerissimè exigere debent, & quomodo ipse se capi permisit ab hominib', qui debitores erant, fugientibus, & ipsum in manibus sicariorum relinquentibus, qui executores debebant esse diuinæ iustitiæ, & in sua diuina persona crudelem facere executionem, rumperent, & in multis partibus perforantes sacculum illum suæ diuinæ carnis, quousque totam pecuniam nostræ fideiussionis educerent, quæ erat totus sanguis eius. Quæ omnia diuus Paulus in verbis propositis satis magnificè explicat, dicens: Qui proprio filio suo non pepercit: sed pro nobis omnibus tradidit illum. Ac si diceret. Considerate iram Dei aduersus peccatum: Nam quia filius suus vadem se pro illo obtulit, non illi nec ministrum, aut tirā[num] pepercit, sed ministris iustitiæ illum tradidit, & illi iudici tradiderūt, qui & tortoribus cōmisit, vt ab illo immanissimis cruciatibus, vsque ad vltimum quadrantem vniuersum debitum exigerent: quoniam nec vnam quidem guttam sanguinis in corpore suo dimiserunt. Quapropter optimè Bernardus diuus Bernardus dixit, quòd homines nunquam potuerunt agnoscere grauitatem peccati, donec filius Dei fieret homo, & pateretur tot cruciatus pro illo. Si ergo Pater proprio filio suo non pepercit; quomodò inimici parcerent illi? Regula quippè Topicorum est, quòd si illud deficit quod minus deberet deficere, non mirum si alia deficerent. Si Pater qui protegere debebat filiū, illū carnificibus tradidit, quomodò hostes eius deferebantur? Quid mirum quod deficiat ei discipulus? Dixerat quidem Deus per Prophetam Esaiam cap. 49. Numquid Esai. 49. potest mater obliuisci infantis vteri sui? Et si illa oblita fuerit, ego tamen non obliuiscar tui. Poterit quidem esse, ait Dominus, vt mater nō misereatur infantis vteri sui; non tamen quòd ego tui obliuiscar, & tamen omnia hęc in filio Dei defecerunt. Nā videmus hodiè filium illum dilectum (de Psal. 109. quo ipse dixit, Ex vtero ante Luciferum genui te, hoc est, de mea substātia) ab ipso Patre nō solū derelictum, verum etiam manibus inimicorum traditū; quomodò ergo hostes eius sanguinis sitibundi misererentur eit? Si Pater sic crudeliter illum tortoribus, ac morti tradidit, quid miramur quod eum tradiderit Iudas? Sed tamē magnū in hoc discrimen est. Nam Pater tradit illū pro me, Iudas contra se. Quòd si Pater illū sic tradit, quid

Quid mirum quòd Pilatus voluntati sacerdotum hostium tradiderit? Iesum verò tradidit voluntati eorum, ait Lucas. In his verbis tanquam sub compendio perstringuntur ea quæ Christus passus est: quoniam traditus est voluntati hominum crudelium, qui illum summo odio prosequebantur, vindictamque ab illo sumere maximè appetebant, ut in illo mille modos crudelitatis exercerent; & suam malitiosam in illum explerent voluntatem, iniuriis, ludibriis, blasphemiis, cæterisque sæuitiæ adinuentionibus quibus vellent illum afficerent. O [illegible] immanitatem [illegible]! Nec enim unquam proditor patriæ, populator urbium, insidiator viarum, pirata, aut publicus latro, homicida, parricida, incendiarius, plagiarius, falsarius, vel quantumcunque facinorosus homo, sic à iudice ullo inimicis suis traditus est, ut suam in illum malignam voluntatem explerent. Imò penitus morti damnatis si vita eis condonari non debet, in modo tamen plectendi illos suus modus seruatur, quatenus misericordia quæ in uno deest addatur in alio, nec unquam iustitia à misericordia deseritur, siue quæ sæuitia potius quàm iustitia dicenda est. Quod & in ipsis latronibus qui cum Christo crucifixi sunt perspeximus. Nec enim de illis legimus, quòd suas cruces portassent, quòd flagellati aut spinis coronati, aut ludificati fuissent, nec quòd in cruce illis improperassent alii, nec quòd aceto & felle potati fuissent, nec alia similia in eis acta fuissent ludibria. Solum benignissimum Dominum, solum hunc mansuetissimum Agnum (de cuius innocentia, & iudex qui ipsum ad mortem damnat, Iudas qui illum tradit, tortores qui ipsum cruci affigunt, testimonium ferunt) nō solùm ad crucem damnarunt, sed etiā in modo illum crucifigendi non posuerunt modum, sed voluntati rabidorū canum dimittitur. Discerent, carnibus eius saturentur, & sic adimpleatur quod per Iob ipsi dixerūt. Dixerūt si viri tabernaculi mei, quis det de carnibus eius ut saturemur? Nam domestici eius, discipuli qui simul cum illo dulces capiebant cibos, alii summa cum laude eius solebant audire doctrinam, saturari volebant carnibus eius, & suum sanguinem bibere: & horum voluntati traditur. Pro nobis omnibus tradidit illum. Loco peccatorum subrogatur, ut ipse patiatur quod nos merebamur. Ad quod voluit, ut ipsi-

Iob. 31.

met peccatores carnifices essent, ut ipsi sua punirent peccata in persona Christi. Et quia peccator regulariter sæuus, ac crudelis est (peccatum quippe quasi furia quædam infernalis est, quæ peccatorem crudelissimum reddit; unde leonibus, viperis, ac cæteris ferocioribus animalibus comparatur peccator in Scripturis) ipse Dominus dixit: Filius hominis tradendus est in manus peccatorum, ac si diceret in manibus viperarum, leonum, luporum, carnificum. Hanc ergo traditionem hodiè Pater facit de filio suo. Ad quam traditionem faciendam Iudas unus ex duodecim minister extitit, qui ac si multa, ac grauia damna à Domino Iesu recepisset, cùm tamen multa bona ab eo percepisset, ad Concilium Pharisæorum discessit, & obtulit se illis tradere Dominum, ac magistrum suum solo pretio quod ipsi voluissent illi dare. Nam dixit eis: Quid vultis mihi dare, & ego vobis eum tradam? Ac si diceret: Non pretium aliquod à vobis pro illo posco: existimo enim illum tam paruo dignum pretio, ut quodcunque vos ipsi statueritis abundet. Et cum Pharisæi auarissimi essent, etiam si summopere appeterent illum sibi tradi, triginta argenteos pacti sunt illi dare, tam vile pretium, quo quælibet vilis [illegible] bestia plus æstimari solet in mercatu. Ut intelligas quis sit homo, & quanti ille pretio æstimet Deum suum; & quis sit Deus, quanti faciat hominem. Æstimat homo Deum triginta argenteis, & æstimat Deus hominem plus quàm vitam suam, quam pro illo expendit. Tradidit homo Deum triginta argenteis, & Deus seipsum pro illo tradit: Et quoties homo propter voluptatem, vel temporale commodum dimittit Deum peccando, toties iterum proditorem Iudā imitatur. Cùm igitur Dominus noster per Angelum intellexisset Patris voluntatem iam esse, ut ipse pateretur, quam tamen multò antea intellexerat; surrexit à loco ubi cū [illegible] die dimisit [illegible], & inueniens discipulos suos iterum dormientes, dixit eis: Dormite iam, & requiescite, ecce appropinquat qui me tradet. Ac si diceret, Quid vos dormitis, cùm unus discipulus vester Iudas contra me cum armatis vigilat? Nam tradidit vocem eis [illegible] dicens: Quemcunque osculatus fuero ipse est, tenete eum, & ducite caute. Venit ergo proditor ille cum ministris, & cum militibus, [illegible] exhortans eos, ut diceret quomodo in illo se

deberent habere conflictu. Attendite, ô milites, ac viri fortes, aiebat, ego prius accedam, & osculabor faciem eius: tunc vos fortiter irruite in eum, & tenete validè, nè effugiat, nec aliquod præstigiũ faciat, vt solet, quo vos delusos relinquat, & fugam capiat. Agnoscite illũ, seductor est, & auarus: facit enim discipulos suos fame perire, & spicas siccas cõfricare, & comedere, nolens illis dare panem, cùm interim ille cum publicanis, & peccatoribus manducet, & bibat lautè. Potator vini est, nec sicut Ioannes locustis pascitur. In domo Lazari fecit, vt mulier quædam, non multum bonæ famæ vnguento preciosissimo caput eius lauaret, q plusquam trecentos denarios valebat: Si ipse eam sanctitatẽ, quam præsefert haberet, operaretur vtiq; vt pretium illius vnguenti daretur pauperibus, nec superfectũ vanè effunderetur. Venite, opprimamus eum: quoniã seductor, ac præstigiator est. In concionibus suis dominos vestros Pontifices, ac Pharisæos proscindit, infamat, detrectat, malaq; que de eis mala dicit, cùm tamẽ ipsi sanctissimi sint, & legis obseruantissimi. Venite igitur, comprehendite eum, ego vobis eum tradam. Mandatum dominorum vestrorũ adimplete, sic enim expedit. Hec, & similia his procaciter militibus perorabat, vt istos ad tantum facinus excitaret. Iesus autẽ sciẽs omnia quæ ventura erant super eũ, vt ostẽderet quàm voluntariè pateretur, occurrit illis, & dixit eis. Quẽ quæritis? At illi dixerunt: Iesum Nazarenum. Et dixit eis: Ego sum. Quo audito, abierũt omnes, & ceciderunt retrorsum. Ego sum, vox est quæ eius diuinitatẽ significat, sic enim ipse ad Moysem dixerat. Ego sum, qui sum, hoc est no-
Psal. 67. men meũ. Dedit voci suæ vocẽ virtutis. Voci Christi diuinitatis virtutẽ dedit, quæ omnes creaturas sub pedibus suis subiecit, & vt ostẽderet potestatem in futurũ supra peccatores, quos vna voce prostrauit, diabolisq; ac satellites eius [illegible]. Sed quoniam tunc non erat tẽpus manifestãdi diuinitatis vim, sed potiꝰ obiiciẽdi illis fragilitatẽ humanitatis, in qua passurus erat, quoniã non tunc erat opportunum capillaturam diuinitatis ostẽdere, in qua sicut fortitudinem habebat sicut Samson; sed potius occultare eam, quatenus Philisthæi valerent irruere in illum, & comprehendere, & ad molam eũ damnãdum ligare: ideò præcepit eis, vt surgerent. Et iterum interrogauit eos, quẽ quærerent; & illis dicentibus Iesum Nazarenum, respondit. Dixi vobis quia ego sum. Protinus Iudas osculatus est eum sacrilegè dicens. Aue Rabbi. Tunc iniecerunt manus super eum: quod videns Petrus gladio percussit Põtificis seruum, & amputauit auriculã eius dexteram. Iã Petrus hic deficere cœperat, & significare Prælatos ignauos, & defectuosos. Primũ enim nõ cõtra maiores surrexit, sed seruum illorum duntaxat percussit: Nã vt ex Euangelica historia colligitur, multi ex maioribus ibi præsentes erant. Quoniam talis est prælatus, qui non multo ardet zelo, nec multum spiritualis est, aduersus imbecilles, & paruulos habet animus, non aduersus magnates. Seruos, & mulierculas puniet, & reprehendet, cùm interim maioribus innumeris permittat grassari sceleribus. Quare ei dixit Dominus: Conuerte gladium tuum in vaginam. Debile quippe adiutorium tuum mihi est. An putas quia nõ possum rogare Patrem meum, & exhibebit mihi modò plusquam duodecim legiones Angelorum? Quomodò ergò implebuntur Scripturæ, quia sic oportet fieri. Calicem quem dedit mihi Pater, nõ vis, vt bibã illũ? Et tetigit auriculam serui, & sanauit eum. Auricula fidem significat, nam fides ex auditu est. Quando ergo prælatus in fide detrimentum infert, vel prædicans falsam doctrinã, aut prædicare consentiens, vel nihil ita qui prædicant eius obuiam it: quoniam hunc illorum ab ipso prælato ablatus, solus Deus remedium adhibere potest, & ipse sanabit auriculam. Nã si illi qui remediũ apponere deberent, sunt qui damnum faciunt, nullum remedium humanum sufficiens erit, nisi diuina virtus adsit, mitiũ vulnere sanans. Tunc dixit ad illos, qui ad illum cõprehendendum venerant. Tanquam ad latronem existis, cum gladiis, & fustibus cõprehendere me. Quotidie apud vos sedebam in templo docens, & non me tenuistis. Sed hæc est hora vestra, & potestas tenebrarum. Nam in illa hora data est potestas hosti generis humani, & principibus tenebrarum, vt omnem suam rabiem, iram, odiũ ostenderent super illum. Et sicut eiã ei facta est copia persequendi virũ iustum Iob, in omnibus suis rebus excepta vita, tot ei mala intulit quæ legimus: quia nec domum, nec pecus, nec filios ei dimisit, sed & vxorem propriam, & amicos aduersus illũ excitauit, ipsum à planta pedis vsq; ad verticem capitis percussit vlcere pessimo, & in sterquiliniũ proiecit: Quid modò faciet cũ illi dat facul-

nus super alium insultoré, & magis patiens?, quàm Iob absque exceptione vitæ? Nam si consideratis obstinatam malitiam, qualis est diaboli & Satanæ, cui tam absoluta datur facultas persequendi iustum, quem ille maximo odio habet; quas furias, quas rabies, quas mortes, quas crudelitates exercebit in illum? Hinc omnia habuerunt tot genera tormentorum, tot modi, tot inuentiones ipsum torquendi, illudendi, occidendi. Iam illū colaphis cædunt, iam sputis illinunt, iam tanquam insanum tractant, tanquam latronem flagellāt, spinis tanquam regni appetitorem coronant, illudunt, crucem super humeros imponunt, clauis configunt, felle & aceto illum potant. Iam illum in cruce positū irridentes, subsannant, blasphemant, atque inter duos collocāt latrones, lancea latus eius aperiunt, Innumeraq; alia genera cruciatuū inferunt. Cùm igitur filijs tenebrarum hæc potestas data esset, quasi leones in illum irruunt incredibili quadam furia perciti. Et quamuis Iudas ipsos admoneret, vt ducerét caute ne è manibus eorū elaberetur, fortiores prius fortiter amplexati sunt illum, tenentes eum donec alij accederent & ligarent eum, qui funibus manus eius durissime vsq; ad effusionem sanguinis per digitos cōstringerent, & sic in illum omnes maximo cum clamore irruerunt, sicut Philisthæi super Sansonem, impetū fecerunt, [illegible] illū debellauerunt. Quod innuere videtur Euangelista, cùm dicit: Tenuerunt eum, & iniecerunt manus in eum. Quomodò enim illū tenere poterant nisi manibus? Sed hoc addit ad maiorē expressionem; ac si diceret: Nō quomodocunq; illum tenuerunt, sed manus sacrilegas crudeliter, & inhumané iniecerunt in eum. Ecce verum Sansonem in manibus Philisthæorū, nec quiescunt donec illū ad pistrinū crucis crudeliter figant, vbi columnas & brachia crucis apprehendendo, plures Philisthæos moriens, quàm viuens occidit. Ecce verū Agnum Paschalem quem ad Hierusalem ducūt immolandū, vt sanguine suo postes nostrarum animarum tingamur, ne gladius Domini percutiat nos. Sed hoc mihi admirationē maximā parit, quomodò gens ista non remanserit plena timore, & stupore, cū vidisset se in terram prostratam solo Domini verbo. Quomodò ausi sunt manus inijcere in eū, cuius diuinitatis vim paulò antè experti fuerunt? Certè ex hoc colligo quantam vim inferat animis imperium Regum ac superiorum, quibus placere homines tantum appetunt: nam vt voluntati eorum obsequantur, Deo, & æquitati claudūt oculos. Nā si Rex (quod Deus auertat) præciperet ministris suis, vt ecclesias omnes incenderent, nihil curarent quod ibi esset sacrosanctum Domini corpus, sed simul cum lapidibus, ac lignis illud comburere non vererentur: sic ergo ducunt eū primū ad Annam, vbi quia ad interrogationem Pontificis de doctrina eius respondit Dñs mãsuetissimé, dicēs: Ego in templo loquutus sum, & in Synagogis, vbi omnes Iudæi cōueniūt, & in occulto loquutus sum nihil. Quid me interrogas? Interroga eos qui me audierūt. Ob hoc tam iustum responsum, quidam immundus seruulus dedit alapam Iesu dicens: Sic respondes Pontifici? Cœlum, terra, mare, astra, Angeli, homines, plantæ, bestiæ, omnes inuoco, omnes interpello, ōēs adiuro, vt tantam vestri Creatoris iniuriam vindicetis. Alapam Deo dare? Diuinum vultū ferire? Faciem illam in quā desiderant Angeli prospicere, tam magna iniuria afficere? Si ob hoc [illegible] quod Dauid particulā vestis Saul secauit, statim percussit cor suū, 1.Reg.24
quasi crimen læsæ maiestatis cōmisisset; eo quod vestem christi Domini tetigerat; hic peruersus omnium hominū audacissimus, Satanæ membrū, inferni titio, cuius & corpus & anima in sempiternū ardebit ibi, quomodò ausus est tam grauem iniuriā Christo Domino inferre? Faciem Domini alapa cæderet? Quis vnquam tale audiuit? Ob solùm hoc quod Oza Arcam Testamenti tetigit, quæ nutabat ruinā, repentina morte sublatus est: & sustinet terra audacissimū istum nebulonem, qui faciem Domini alapa cædit? & non aperitur, & deglutit illū? Non descendit ignis de cœlo, & vltricibus flammis consumit eum? Non tunc erat, [illegible] tempus, quo ostendere deberet Deus iram suam, sed potius patientiam & humilitatem suam, vt sic confunderet, atque contunderet superbiā tuam, ò homo, qui propter qualemcunq; occasionem occidis proximum tuum, cùm tamen Deus tuus colaphizetur, & tacet. Percusserunt maxillam Iudicis Israel, ait Propheta; sed quid mirum si carnifex iste hanc fecit iniuriam Christo Domino, cùm discipulus suus eodem tempore negaret Christum? Nam secundū quorundam opinionem, quam supra retulimus, in domo Annæ cœpit Petrus negare Dominum. Quare si hoc ita est, plusquam tribus vicibus negauit Petrus Christū, imò [illegible]

2.Reg.6.

ter in domo Annæ, & quater in domo Caiphæ, vt Caietanus vult: sed de hoc supra satis. Petrus autem sequebatur eū à longè, vt videret finem: desiderabat videre quē terminum haberet res illa, sed hoc à longè, iam enim incipiebat videri Petri tepiditas & ignauia. Desiderabat videre Christi mortem, sed à longè, ne tangeret eum. Similes illi sunt tepidi, ac inertes Christiani. Gaudemus enim de passione Christi loqui, legere, audire, sed hoc à longè, non vt nos tangat, nec vt aliquid patiamur pro illo. Intellige ergo hoc esse initium negandi Christū. Nam si de passione Domini spiritualem accipis gustum, ad imitandum illum extendi debet, vt tu etiam iniurias, alapas, & alia dāna pro nomine eius feras. Si compatimur, vt & conglorificemur, ait Paulus. Ibat cum Petro alius discipulus, quem aliqui dicunt fuisse Ioannem, & hic erat notus Pontifici. Nam aliquandò mali consociantur bonis, & fictas cum illis amicitias iungunt. Vt hic Pontifex cum Ioanne, vt & ipsi tanquam boni & iusti reputentur. Introducit ergo hic discipulus Petrum, qui accessit ad ignem, & calefaciebat se cum ceteris, frigus quippè erat. Iam enim tunc coeperat Petri charitas frigescere: nam in anima potius frigus erat, à qua in corpus redundabat. Et accessit ad ignem peccatorum. Nam quandò iustus ad calorem & ignem peccatorum accedit, non mirum si ad illum comburatur & ignescat. Calor quippè peccatorū amor proprius est, calor iustorum, amor diuinus. Ille est ignis ciuitatis Babylonicæ, ait Augustinus, iste ciuitatis nostræ Hierusalem. Cùm ergo Petrus ad amorem proprium coepit calefieri: friguit in eo diuinus. Et accessit ad eū ancillula, & dixit ei: Tu ex discipulis es hominis istius; nā & loquela tua manifestum te facit. Et ille respondit: Mulier non noui hominem. O bone Petre, tā malus homo magister tuus est, vt pudeat te fateri saltem quod cognoueris eum. Priùs tu illum condemnas quā Pilatus, cū illum sic malum reputas, vt vel agnoscere illū pro ignominia magna ducas? cū tu homo popularis, ac piscator dūtaxat sis. Hæc sunt verba quæ paulò antè iactabas, quòd eligeres potius mortem, quā magistrum tuum, ac Dominū negare? Poteramus tibi modò dicere, quod dixit Zebul ad *Iud. 9.* Gad qui pollicitus fuerat se non recepturū Abimelech. Vbi nunc est os tuum quo loquebaris? Vbi nunc, ò Petre, os tuū, quo dicebas, Etsi omnes scandalizati fuerint in te, ego nunquam scandalizabor, non te negabo. Et paratus sum tecum, & in carcerem, & in mortem ire. Quomodò ergo nunc tam citò à sermonibus tuis defecisti? Est ne hoc os, quo illum filiū Dei viui confessus es? Quomodò nunc idem os negat illū, & iurat, & anathematizat se non nosse illū? Quid consequentiæ habet, Tu es filius Dei viui, &, Nō noui hominem? Tu qui socios tuos roborare solebas, quomodò nunc in tā leui occasione deficis? Possemus quidē dicere tibi illud, quod amici Iob ad illū dixerūt c. 4. *Iob. 4.* Ecce docuisti plurimos, & manus lassas roborasti, vacillantes confirmauerunt sermones tui, & genua trementia confortasti. Nunc autē venit super te plaga, & defecisti, tetigit te & conturbatus es. Tu qui debiles confortare debebas, sicut tibi dixerat Dominus: *Luc. 22.* Tu aliquandò conuersus confirma fratres tuos, ignorātes docere, timidos roborare, quomodò nūc ad vnius ancillulæ vocem deficis, & vacillas? Vbi est timor tuus, & fortitudo tua, patientia tua, & perfectio viarū tuarū? Vbi est amor ille filialis, quo reuerebaris magistrum tuū? Quomodò nunc quasi hostem negas illū? Vbi fortitudo illa tua quā paucis retrò horis iactabas, & ostendisti contra hostes quā in horto fecisti? Vbi patientia illa ad sufferendā mortē pro Christo, & perfectio quā sicut caput habere debes? O verè Christi fideles, in hoc docemur nostrā agnoscere fragilitatē, ac variabile ingeniū, mutabilemque naturæ nostræ conditionem, quàmque facilè auertimur, atque prosternimur. Nulli dubiū est, quin ex corde protulerit Petrus verba illa in Coena: Etsi oportuerit me simul tecum mori, non te negabo: & tamen imbecillitas carnis, & timor mortis illū tam citò ad negandū Christum compulerunt. O humana fragilitas, quæ quolibet vel leui occasione tanquam arboris folium mouetur, de qua scriptum est: *Iob. 13.* Qui tanquam flos egreditur, & conteritur, & fugit velut vmbra. Et nunquā in eodē statu permanet. Agnoscamus fragilitatē nostram in capite nostro, quod est Petrus, & intelligamus quàm nobis incūbit necessitas semper in ipso Deo nostro, vt iuxta Pauli sententiā. 1. Cor. 1. *1. Cor. 1.* nō simus fidentes in nobis, sed in Deo, qui suscitat mortuos. *Simile.* Quemadmodū palmes si a sua stirpe tollitur cui innititur, protinus in terram cadit. Debebat esse Petrus huius Ecclesiæ fundamentū & defecit. Sed tamen, quia primū funda-

mentũ est Christus, cui innititur hoc secũdũ
fundamentũ, & hæc Ecclesiæ visibilis fabrica: ideò ipse Christus debiles confirmat
& roborat, iuxta illud, Ego confirmaui columnas eius. Nã etsi Papa fuerit peccator, sicut fuit Petrus; firmitas tamen est in Eccle
sia, quã Christus illi tribuit qui est prima pe
tra; secundũ illã Pauli sententiã. Fundamẽ-
1. Cor. 3. tum aliud nemo potest ponere, præter id q̃
positũ est, q̃ est Christus Iesus. Huic enim
primo fundamentali lapidi alij lapides innituntur, & ideo firmitatem in perpetuum
Matt. 16. hoc ædificium habebit. Caro & sanguis non
reuelauit tibi, dixit Dominus Petro,
sed Pater meus. Ac si diceret: Ab eo habes
firmitatem, non à te qui debilis es. Et continuò gallus cantauit: sed nec hoc sat fuit
ad hoc quòd expergisceretur Petrus, donec
Dñs respexit illũ. Respexit Dñs Petrum.
Simile. O bone pastor, cuius oculos errabunda ouis
post se rapit. Quemadmodũ cũ pastor incidit in latrones, & videt oues ex caulis fugere, nõ attendit ad colaphos, ictus, & alias iniurias, quas à latronibus patitur; sed se obliuisci cœpit, vt post oues fugiat et currat.
Exuunt eũ vestimentis suis, & tamen horũ
oblitus oues respicit quas custodit. Sic Dñs
non tantũ ad colaphizantes, & spuentes in
eũ attendebat, quantũ ad ouẽ illã, quæ sibi
è manibus elabebatur: & inter alapas, sputa,
& blasphemias respexit Dñs Petrũ, & loquutus est ad cor eius, dicens: O Petre qui
heri non te reputabas dignũ, vt lauarentur à
me, & nunc non reputas me dignũ, vt dicas
agnouisse me. Et recordatus est Petrus ver
bi Iesu, q̃ dixerat, &c. Et egressus foras fleuit amarè. Foras è domo diuitũ ad flẽdũ pec
catum Petrus abiit: nam in talibus domibus
Prou. 24. non fletur, sed ridentur peccata. Vide qui
Chrysost. citò resurgit iustus. Nã septies in die cadit
Simile. iustus, & resurgit. Quare Chrysost. ait, quòd
etiã peccata iustorũ pulchra sunt, sicut cor
pus pulchrũ etiã post mortem suã ostendit
pulchritudinem. Iustus in casu & peccato
ipso ostendit quod est. Peccat enim rarius,
& surgit cautior, & velocior: fleuit amarè, vt
homo clareret cardo portæ cœli, & facilius
moueretur ad dimittẽda peccata, qui antea
tardior erat. Nam nec septies volebat dimit
tere, vt supra c. 18. diximus. Hæc in illa nocte passus est Christus; feria sexta dicemus
alia, si hæc tunc amarè simul ac dulciter
contemplati fuerimus.

Feria sexta Parasceues, sic sub hoc
thematè dixi.

Humiliauit semetipsum Dominus no-
ster Iesus Christus, factus obediẽs
vsque ad mortem, mortem autem
Crucis. Philipp. 2.

IN hac obedientia quã filius Patri suo vs- Serm. 4.
que ad mortẽ exhibuit, sola Virgo mater
sua speciali quadã amoris celsitudine, cum
illo perseuerauit sub vmbra istius arboris
sanctæ Crucis, fructus illius colligens, qui
tunc erant guttæ sanguinis, quæ ex corpore
Christi distillabãtur. Quemadmodũ in Cã- Cant. 2.
ticis spiritualiter dicitur. Sub vmbra illius
quẽ desideraueram sedi: & fructus eius dulcis
gutturi meo. Sedit, [illegible] Beat. Virgo stabat
sub vmbra corporis Christi, q̃ de cruce pen
debat; sedebat tamen anima simul cũ corpo
re filij affixa cruci. Acerbus fuit sãc illi fru
ctus iste, qui tamen nobis dulcissimus fuit.
Verũ fuit dulcis etiam sibi propter portio
nẽ, quæ ex illo illi contingebat. O Domina
mea, oculis internis opinor, quanto dolore
virgineũ pectus tuũ sit plenũ, & videtur mihi q̃ ad nos verba illa dicas, quæ quidẽ amaritudine dicta sunt. Non vocetis me Noemi, Ruth. 1.
id est, pulchram, sed vocate me marã, id est,
amarã, quia amaritudine valdè repleuit me
Dñs. Video quippè q̃ mare amaritudinis,
atq; doloris, q̃ sic plene in filiũ tuũ inun-
dat, quasi ex aduerso redundat, & euacuatur in te, & q̃ anima tua recipit fontẽ tumul-
tuosũ, voces blasphemantiũ; quare non potest aliter fieri, quin abundet in te inundatio maxima lacrymarũ & dolorũ, atque
ideo virginei oculi fontes lacrymarũ effecti
sunt, quas cũ filio tuo fundis, quia sanguinẽ
effundere nequis. Asperge, ò Virgo beata,
animã meã, & eorũ, qui adstant tecũ, hac
superabundantia lacrymarũ, vt quatenus o-
mnes tecũ simul cõmunẽ Dñm defleamus. Quod
si tunc in tã iusto dolore tecũ comites non
fleuimus, nunc quando eius memoria solẽ-
niter celebratur, genib⁹ flexis Crucem, ac
Crucifixũ adoramus; & tibi salutationẽ Angelicam offerimus, dicentes, Aue Maria.
Humiliauit semetipsum, &c. Hodie iam in
persona Christi fit vltima exequutio, *[illegible]*
[illegible], propter fideiussionẽ quã pro homine fecit, & sacculus pecuniæ dirumpitur,
qui fuit suũ sanctissimũ corpus, à quo totus
sanguis exhaustus est, qui fuit pecunia quã
pro

pro nobis soluit, & hoc in mensa crucis, in qua tota hæc pecunia sic sigillatim numerata est; vt potuerit ipse dicere: Omnia ossa mea numerata sunt: nā omnia mēbra, & ossa sua huic fideiussioni obligata erant. Et ibi rupta est schedula, in qua obligatio nostra scripta erat per quā executio in persona Christi facta est, & nos absoluti ab illa obligatione remāsimus. Delens quod aduersum nos erat chirographū decreti, & illud tulit de medio affigens illud cruci, vt ait Paulus: Sanguine quippe suo deleuit illud, & clauis, ac lācea dirupit. Hoc autem fecit maiori humilitatis, ac obedientiæ exēplo, quā vnquā in mundo visum, vel auditū est. Fuit quippe obediens Patri vsq; ad mortē, non qualemcunq; sed crucis. Quare cū spiritum Patri dedit, inclinauit caput, in signū obedientiæ paternæ. Ac si ad imperiū Patris, quo præcepit illi vt moreretur, inclinaret caput, annuens quod vsq; ad mortē obediebat illi. Sed hæc volūtas sic propria fuit, vt nullus ad id cogeret illum; sed oblatus est quia ipse voluit. Vnde & hic Paul. ait, Humiliauit semetipsum, &c. Ipse seipsum humiliauit, non alius illū, nec poterat: quia eius persona nullum aliū habebat superiorē. Exinaniuit semetipsum formam serui accipiens. In hoc semetipsum exinaniuit, quod voluntariè formā serui accepit, in qua posset ea capere quæ in natura diuina nō poterat, vtpote mortem, & alia: nā diuina sic cōpleta est, vt nullū locū exinanitū haberet, vbi hæc caperent, sed in humana sic. Erant enim loca exinanita, vbi quinq; millia flagellorū caperent alapæ, sputa, claui, lancea, spinæ, denique mors ipsa terribilis. Hæc ergo humiliatio, & exinanitio Christi fuit propter obedientiā Patris, quam vsq; ad mortē perseuerauit. Mortē aūt crucis, quæ cunctis ignominiosior & crudelior erat. Nā in concilio quod mali aduersum Christū habuerant, dixerunt, Morte turpissima condēnemus eū: & in Lege maledictus erat omnis qui penderet in ligno: & Christus, vt ait Paul. factus est pro nobis maledictū, sed ipse maledictionē in benedictionē conuertit. In cuius signū prima benedictio quæ in mūdo data est, fuit in modū crucis. Nā Iacob benedicens filios Ioseph, Ephraim, & Manassen, manus cōmutauit in modū crucis, in quo significabatur, quod in cruce debebat genus humanū benedici. Nā si in Lege scriptum fuerat, Maledictus omnis qui pependit in ligno: Sapiens tamen dixit: Benedictum lignum per quod fit iustitia. Per crucem

Psalm. 21. Coloss. 2. Esai. 53. Philipp. 2. Deute. 21. Galat. 3.

namque iustificamur corā Deo. Quare quæ antea ignominia erat magna, nunc est maxima gloria, iuxta illam Pauli sententiā. Mihi autē absit gloriari, nisi in cruce Dñi nostri Iesu Christi. Iesus enim non est maledictus qui in cruce moritur, sed benedictus, nec peccator, sed iustus & iustificator. Hodie ergo hoc crucis mysterium per totū mundum celebratur. Sed antequā ad illud veniamus, oportet commemorare reliqua quæ passus est à domo Annæ, vbi iniuria illi magna illata est, quando alapa in iustissimā maxillā eius ferierant. Inde autē in domum Caiphæ delatus est ligatis manibus, collo fune circūdato, vultu præ nimia lassitudine & oppressione succenso, maxilla vna alapa dedecorata; ibi conuenerant reliqui Pontifices, sacerdotes, & Pharisæi. Et cū illū adiurasset summus sacerdos, an esset Christus filius Dei benedicti, & ipse veritatē fassus esset; vtpotè qui ad hoc venerat in mundū, vt testimoniū perhiberet veritati, oēs illū tanquā blasphemum, & regni Messiæ inuasorē cōdēnauerunt. Et sic dissoluto cōcilio, in Saluatoris faciē proteruiter oēs spuentes in domos suas abierunt, & totā noctē insomnē duxerunt, cogitantes qua via possent perdere Saluatorē. Nec illum requiescere siuerunt, nec dare somnū oculis suis, nec palpebris suis dormitationē, cū tamē eo maximè indigeret Dñs, vtpote qui tot iā perpessus erat labores, & tot erat perpessurus. Sed illum tortoribus, ac carnificibus tradiderunt, vt illi illuderent, & in faciem eius spuerent. Cautum fuerat in Lege, vt cū quis absque liberis decessisset, frater eius, aut cognatus propinquior vxorē eius acciperet, vt suscitaret semē fratri suo; itaque liberi quos ex illa muliere acciperet, nomen, & hæreditatē defuncti fratris haberent, ne eius extingueretur memoria in Israel. Quòd si quis admonitus renueret accipere fratris sui vxorem, alius propinquior eā acciperet spuens in faciem illius, qui noluit, & dicens ei: Sic fiet ei, qui non vult ædificare domum fratris sui in Israel. Synagoga sterilis, & absq; liberis & viro, eo quod à Deo repudiata fuerat, spuit in faciē Christi, eo quod illā non vult accipere in vxorē, sed aliā sponsam ex Gentibus accipit, quæ est Ecclesia sua. Sed hoc immeritò, & irrationabiliter factum est. Nā cū Synagoga esset sterilis, & absq; gratia & meritis, nō in illa poterat suscitari memoria viri prioris, scilicet Dei, sed oportuit aliā accipere, nēpè Ecclesiā suā, quæ sanguine Christi, ac

Galat. 6. Deut. 25.

gra-

meritis eius perfusa, & irrigata, tot filios vi
ro suo Christo procrearet, & adimpleret qd
Esai. 54. ad illā per Prophetā dictum est. Lætare ste
rilis, quæ non paris, erūpe, & clama, quę nō
parturis: quia multi desertæ filij, magis quā
eius quę habuit virū. Nec hoc solum dānum
illi intulerunt, sed vnus alapā illi impinge-
bat, alius impellebat illum, alius aliquod illi
improperiū dicebat, alius crudeliter minabatur ei. Sed pedissequi illi serui, ac carnifices, quibus relictus fuerat, illum in tricliniū
aliquod tunc inferunt, & ibi fortiter ligātes il
lum ad aliquod lignum domus, velantes ocu
los eius dabant ei alapas, dicentes: Propheta, quis est qui te percussit. Et credo quòd
multi simul alapas illi impingebāt, vnus à
dextris, & alius à sinistris, & alius in collo, &
sic illudebant ei spuentes in faciē eius. Facies est hæc, vt in illā spuatis? Facies est vbi
gloria Patris splendet, ab ipso ore Patris e-
gressus, quē ipse Pater similē sibi genuit, secū
Eccles. 24. dū illud: Ego ex ore Altissimi prodiui. Hūc
homines turpiter spuere non verentur. Et
velabant faciē eius: quia in eum intendere
Sapien. 2. non volebant, sed dicebant: Grauis est nobis etiā ad videndū, quasi nostrę quę in me
Exod. 34. respicere nequeunt. Et sicut Moyses port-
bat velam super faciē suā, sic isti velabāt faciē Christi, quasi significantes se nolle veri
tatē admittere, sed sub vmbris, & inuolucris antiquæ Legis permanere. Dilexerunt
magis tenebras quā lucē, & adhuc velamen
2. Cor. 3. positum est super cor eorum, vt ait Paul. Et
ille malus Christianus oculos operit Deo,
qui sic offendit illum, vt vellet quòd nec a-
spiceret, nec puniret, nec esset qui vetaret
peccata. Inde manè facto habito cōcilio, illum ad Pilatum ducūt cathena ferrea collo
eius circūdata, quæ peregrinis euntibus ad
visitāda loca sacra solebat ostendi. Qui sciēs
quòd per inuidiā tradidissent illum, remisit
ad Herodē, corā quo nec vllum verbum loquutus est Dñs, quia in domib. diuitū veritas
in nullo habetur pretio, & tunc currit cōsi-
Matt. 7. lium Saluatoris quo nobis dicitur: Nolite
sanctum dare canibus, nec mittatis margari
tas vestras ante porcos, &c. Quare tanquā
insanus veste alba Iudæus est. Nā in domib.
diuitū deridetur iusti simplicitas, vt dicitur
Iob. 12. Tanquā insanus habetur ille, in quo
Iob. 12. sunt oēs thesauri sapientiæ & scientiæ Dei
abscōditi. Nō ei alia deficiebat iniuria, quā
quòd pro insano reputaretur ab hominibus.
Fuit enim habitus tanquā seductor, & seditiosus, atq; de hoc crimine accusatus est apud
iudices, tanquā reus mortis, fuit reputatus
quasi magus & nicromāticus, qui pactū cū
dæmonibus habebat, & sic dicebant de illo.
In Beelzebub principe dæmoniorū eijcit dę
monia: fuit etiā de gula infamatus tanquā
comestor, vnde vocabāt illū potatorē vini,
voracē. Item fuit habitus tanquā homo, qui
pessimis associabatur hominibus, cū illisque
familiariter tractans eorum fieret imitator
morum, vnde dicebatur peccatorum, & pu-
blicanorū amicus. Reputatus est etiā ex ma
la ortus progenie, & dicebant de illo quòd
Samaritanus esset, & dæmonium haberet.
Et deniq; tanquā hæreticus & blasphemus
fuit habitus, de quo dicebant vsurpare sibi
Dei virtutē, cuius solum est peccata dimittere. Nā cum dixisset paralytico: Dimittun-
tur tibi peccata tua, dicebant illi. Hic blasphemat. Quis potest dimittere peccata, nisi solus Deus. Quid restabat, nisi quòd pro
insano haberetur ab hominib.? & ita hodie
factum est. Nā proceres & magnates de do
mo Herodis illū tanquā insanum irriserunt
indutum veste alba, vt discamus nos hominū iudicia contēnere, quæ vana ac fallacia
sunt. Et quis dubitat nisi q à pueris, & popularibus irrideretur, cùm per calles Hieru
salē illum tali veste indutum viderent, &
acclamarent illum, insanum, insanum, & lu
tum & puluerē proijcerent in eum, sicut fe
cit Semei contra Dauid, quando fugiebat à 2. Reg. 16.
facie Absalon vocans illum filium Belial, vi
rum sanguinū, & alia similia, quæ Semei
dixit ad Dauid: sed cum Pilatus Dominum
iterum coram se videt, tractauit, & nitebatur illum eripere de manibus illorum, sicut fecit Ruben cum Ioseph. Et ad hoc excogitauit hoc medium. Erat consuetudo in Gene. 37.
illo populo vt in hoc Paschate vnus dimitteretur reus, quē ipsi petijssent. Lyra. & Be
da dicunt hunc morē increbuisse in memo Lyra.
riā illius summi beneficij quod illis præsti- Beda.
terat Deus, quando mortuis & suffocatis
Ægyptijs ipsi liberi euaserunt. Et ob hoc
quendā vinctum dimittebant, & alios occi-
debant, vt in hoc, & eorum liberationē, &
Ægyptiorum subuersionem significarent,
quē morē illi inuiolabiliter seruauerunt. Et
ideo dixit eis Pilatus: Est autē consuetudo
vobis, vt dimittā vobis vnū vinctū: & proposuit illis Barabbā simul cum Christo, qui
erat latro, & in quadā seditione homicidiū
fecerat. At illi persuasi à maioribus petierūt, vt Barabbas latro dimitteretur, & Chri
stus iniquo cō occideretur. O maledicta gē-
&

& stulta, benè te absque consilio, & impru
Deute. 32. dentem vocauit Moyses, cùm dixit: Gens
absq; consilio est, & insidelis. Hæccine red
dis Domino, popule stulte & insipiens? Quæ
electio tam pessima hæc est, quod consiliũ
tam iniquum, quòd viuat qui vitã ab eis tol
lit, & moriatur ille qui vitã eis tribuit. Quòd
viuat seditiosus, & moriatur pacificus. Quòd
viuat latro qui eis bona sua furatur, & intereat innocens qui eis bona sua cõmunicat.
Leuit. 14. O mundus immundus ac improbus, semper
enim faues malis, & cõtradicis bonis. Hoc
fuit expressum olim, quãdò ex duobus paf-
feribus, qui adducebantur ad emundationẽ
leprosi, vnus liber abibat, & alter in aquis
viuis immolabatur, quæ aqua deseruiebat
ad emundationẽ leprosi. Non erat sufficiẽs
Barabbas ad emundandam hominũ leprã,
& ideo dimittitur liber, sed Christus Dñs
oportet quòd immoletur in aquis viuis, quę
simul cum sanguine è latere suo fluxerunt
vt tali sacrificio lepra nostra emundetur.
Deinde iussu præsidis flagellis durissimè
Esai. 53. cæditur, vt adimpleretur quod dictum fuerat per Esaiam Prophetam dicentem: Disciplina pacis nostræ super eum, & liuore
Psalm. 90 eius sanati sumus. Adimpletum video illud
quod Regius Propheta dixerat: Scapulis
suis obumbrauit tibi. Videns enim scapulas suas sacratissimas plagis plenas, propter
peccata, & delicta mea, illuminor ad intelligendum, quàm magnum malum sit pecca
tum, propter quod Deus ipse flagellatus fuit.
Post hæc totã congregant cohortem ad illudendum Domino, quem purpura vestiunt,
spinis coronant, arundinem in manibus po
nunt, flectentes autẽ eum genua, & irridentes, atq; dicentes: Aue Rex Iudæorum. Et
dabant ei alapas, & spuebãt in faciẽ eius, ita
quòd vultus eius videretur quasi despectus,
sanguine, puluere, atq; sputis liuidus, fœda-
tus, taliter quòd vix ab his qui antea eum
viderant poterat agnosci. O splẽdor gloriæ
Patris, ô speculum sine macula maiestatis
Dei, ô fons aquæ viuæ qui à paradyso exis,
& irrigas totam terram. Quis te sic obscu-
rauit? Quis te sic turbauit? Quis te sic tam
fœdũ, atq; despectũ reddidit? Peccata mea,
Domine Deus, peccata mea te sic deturpa-
uerunt, insaniæ meæ te illudunt, vanitates
meæ te coronant, latrocinia & proditiones
meæ te flagellant, deniq; peccata mea carnifices tui sunt, & spinę quæ caput tuũ pun
gunt, alapæ quæ faciem tuã deturpãt. Heu
heu heu me qualem peccata mea animam
meã reddiderunt, cũ talem vultũ Domini
mei aliena reddiderint. Sed cũ nec sic videre Salomonis faciem illorum iram potuerit
mitigare, sed magis inualescerent voces eorum, adiudicauit iudex contra propriã cõscientiam fieri petitionem eorum. Cumque
crucem à longè prospiceret Dominus sibi
minitantem, lætatus est corde, & intra se blã
diebatur illi dicens: Benè venias benedicta
crux, humani generis reparatio, cathedra Num. 9.
super quam sic altissimam doctrinã docturus
sum, arca Noë in qua peccatores ab ira
Dei protegendi sunt, virga Moysi quæ mare rubrum sanguinis mei debet aperire, per
quod homines à seruitute diaboli liberentur, & ad libertatem filiorũ Dei in gloriam
cœlestẽ transferantur, lignum quod aquas ama
ras mortis, & dolorũ dulcescere facit, porta cœli, clauis paradysi, arbor vitæ, colum- Esai. 9.
na Martyrum, peccatorũ remedium, iusto-
rum robur. Veni virga iustitiæ Patris mei,
in me desæui, in me totã Patris mei irã exequutioni manda, tu mihi mortem infer, vt
alijs vitã tribuas, moriar ego in te, & viuant
omnes in te. Ecce humeros meos, super illos tuũ onus impone, tu meũ es imperium,
tu meũ et sceptrum, quo mundũ debellare
debeo; quod prædixit Esaias me super humeros deportaturũ, paratus ad hoc sum, bono animo te recipio. Et sic accepit libentissimè ponderosum illud lignũ crucis super
humeros suos, in quo sculpta erant omnia
nostra peccata, quæ crucem grauiorem red
debant. Sic ad Caluariæ locũ durunt illũ,
vbi eum nudauerũt coram omnibus, talemque ignominiam carni illius fecerunt, quæ
flos omnis carnis erat. O genitrix Dei, ô
Virgo beata, ô Domina nostra, cum tuis
virginalis oculis talis iniuria tuo filio infertur: tu illũ pãnis inuoluisti in Bethleem, &
nunc nudus in aëre pendet, & nullus coo-
perit illum. Ibi super præsepẽ, hîc super
crucem. Ibi inter duo animalia, hîc inter
duos latrones. Ibi laudes cantant Angeli,
hîc illum blasphemant Gentes. Ibi illũ vidisti, & hîc vides fructũ hunc tui virginalis
partus. Quis poterit dicere, quid tunc cor
tuũ senserit in hoc quod oculi tui videntu
Nõ tibi oculi, sed tortores, ac carnifices tui
sunt: nam vbicunque vertis illos, in veram
dolorem conuertis. Postquam illum cruci
affixerũt, leuauerũt lignũ illud in altũ. Ve
xilla Regis prodeũt, fulget crucis mysteriũ,
quo carne carnis conditor suspensus est patibulo. Ecce Christiani arborẽ vitæ, in medio
Calua-

Caluariæ plantatã, fructus est illa pendens,
nõ ille vellitus est, sed qui debet illius dãna
Gene. 28. reparare. Ecce scalam Iacob, qua ascende-
Gene. 35. re in cœlũ debemus. Ecce terebynthũ illã,
Num. 21. sub qua idola sepeliuit Iacob. Ecce serpẽtẽ
viuũ eleuatũ in deserto, ad quẽ aspicientes
peccatores à nostris vulneribus salui sumus,
Num. 13. quem & aspiciẽs latro saluus factus est. Ecce terræ promissionis botrũ, qui in medio
duorũ latronum pendet, sicut racemus ille
inter duos portabatur. Ecce iã illũ prælum
exprimis in torculari, quod ipse solus calcare
debebat, vt ex illo vinũ distilleter quod debet
Iud. 16. germinare virgines. Videte verũ Sansonem
ad molam alligatum, vt ibi moliatur frumẽ
Ibidem. tũ electorum. Videte iterum illum ad colũ-
nas domus innixum concutientẽ illas brachijs, vt plures Philisthæos moriens quã viuens interficiat, & vt templa eorum diruat.
Prætereuntes autem blasphemabant eum.
Gene. 9. Aspicite verum Noë amore suæ vineæ ine-
briatum, quomodò à filijs suis irridetur. O
crux benedicta, quæ sic tensa mẽbra delicata Regis tenes, car nõ laxas viscera eius?
spinea es, & ideo sic pungis sacrata mẽbra.
Nã vt Doctores dicunt: Ex rubro spinoso
fuit facta crux, imò aliqui dicũt, arborẽ in
qua deliquerũt patres nostri post peccatũ,
fuisse rubrũ, quæ etsi alijs animalib^9 vmbra
est, & refugiũ; soli tamẽ ouiculæ, & agnicul-
non est: quia si per illã trãsit, aculeis suis la-
nã & coriũ eius excutit, & subtrapit. O crux
benedicta, ò rubrũ quẽ viderat Moyses in-
cõbustũ, in quo gloria Dei nunc ardet, om-
protegis, omnibus arbor vitæ es, vt illa quã
Daniel. 4 viderat Nabuchdonosor, quæ omnibus vm-
brã faciebat; & tamen soli huic mansuetis-
simæ oui, soli huic benedicto Agno Pasche-
li crudelis extas, qui iure te pellẽ, & vellus suum dimisit, in te excoriatur, mactatur, &
occiditur, aliquo saltẽ in illũ flectere pietate. Flecte ramos arbor alta, tensa laxa vis-
4. Reg. 4. cera, &c. Ecce verum Helisæum collectum
tamen super mortuum quẽ suscitare debet,
& mensum crucis, in qua septies oscitur illa septem verba proferens, & in vltimo dat
spiritum Deo, cùm dixit: Pater in manus
tuas commendo spiritum meum. Et inclinato capite in signum obedientiæ, emisit
spiritũ. O verus pellicanus, qui aperta habet viscera, vt sanguinem tuũ suggamus,
recipe me in te, qui sic dilataris pro me,
vt sic tuo sanguine viuam, hic per gratiam,
& illic per gloriam, Amen.

Item sub hoc themate sic dixi.

Sicut pullus hirundinis sic clamabo, meditabor vt columba. Esai. 38.

Officium prædicatorum his diebus hoc est, lingua depingere illud opus, quod in sacratissima Domini nostri Iesu Christi carne carnifices illi immanissimi pinxerũt, qui nescientes quid facerent hãc nobis expolierunt petram, quæ est Christus, tanta industria, tamque eleganti pictura, quantũ necessarium erat ad hoc quòd esset clauis, angularisque petra huius pulcherrimi ædificij vniuersalis Ecclesiæ suæ, absque hoc quòd nec minimum quid prætermitterent, ex modo & ordine quẽ Pater æternus apud se iã diu præordinauerat. Sed vt ego opus hoc tam magnum verbis depingere queã, opus habeo quòd Deus ipse linguam meã moueat alia inuentione, quàm ea qua manus carnificum motæ sunt ab ipsis, vt pijs, et deuotis verbis, ac considerationibus proferam ego quod illi crudelibus manibus exercuerũt. Si illi artifices quos olim Moyses elegit ad fabricam illius antiqui tabernaculi, non ausi sunt manus adhibere labori, nisi prius repleti scientia & intelligentia à Deo; quomodò ego audebo, ò Pater æterne, linguam meam adhibere huic mysteriosæ fabricæ huius veri tabernaculi, in quo figuræ & sacrificia veteris cõsummata sunt, si prius amore tuo non accendis animam meam, luce tua illuminaueris intellectum meum, & labia atque linguam meam sicut Isaiæ emundaueris? Vt tanta locutione attingam, quòd isti crudeles ministri tã mala attigerunt. Non ausus est Moyses accedere ad spinas nisi nudis pedibus, & præsumam ego hunc ingredi hortum spinis obsitum, clauis, flagellis, ac liuoribus plenum, in amoris igne ardente, nisi aliqua scintilla eius in me ardeat? Vt tali liquefactus igne lacrymas ab oculis meis stillem, & alios illas effundere faciam, et sic tale educamus florem, hoc est, Iesum Nazarenum, qui floridus dicitur, et tandis spinis, agrdibus, atque tormentis. Ad quæ maximè nobis confert beatissimæ Mariæ intercessio, quæ fuit virga quæ nobis hunc florem produxit, vt intelligamus quã modò illũ inter tot agnoscat spinas, & eius vestigia vsque ad crucem sequendo Crucifixi fauorem lucremur, illam prius Angelica salutatione salutando, atque dicendo, Aue Maria.

Esai. 38. | Exod. 31. | Exod. 3.

Item

Sicut pullus hirundinis sic clamabo, meditabor ut columba. *Esai.* 38. Hæc verba quæ vobis proposui tanquam fundamentum huius mysticæ fabricæ, quam hodie contexere debeo, apud Esaiam reperiuntur in c. 38. quæ Ezechias rex dixit versus ad parietem, postquam per Prophetam illi relata est sententia quam Dominus contra eum protulerat, quod deberet mori ex illa infirmitate: quæ nos etiā hac die dicimus in nomine nostri veri Regis Christi, qui versus dicitur, versus versus parietem carnis suæ, sub per quam sicut super murum debebant cadere istæ iræ Dei, quæ super nos descendere debebant, postquam sententia in consistorio Dei prolata à Caypha illi notificata est in concilio publico, in qua expressit decretum æterni Patris, quo decreverat, quod filius suus pro salute humani generis moreretur. Quæ verba id significant, quod deberet anima nostra propter hoc clamare, sicut filius hirundinis clamat ad matrem, & meditari illam sicut columba, quæ auis meditabunda est. Hoc est dicere, quod interius, & exterius passio Christi deploranda est meditando illam, sicut columba interioribus oculis mentis, & plorando illam exterius oculis corporis, sicut filius hirundinis, qui clamat pro cibo ad matrem. Quare exteriores fletus, & planctus, quibus passionem Domini hisce diebus debemus flere, in hoc deseruient, ut ab illo spiritualem cibum sui sanguinis postulemus, & tanquam veri filij pelicani hoc sanguine nosmetipsos pascamus, ore mentis viscera eius scrutantes tanti mysterij considerationem. Sic clamores nostri non sint solummodò carnis voces, sed potius sanctæ ac deuotæ spiritus nostri petitiones, quibus effectum huius diuini sanguinis in nobis ipsis experiamur. Quæ voces tūc efficaces erunt, quando ex meditatione columbæ processerint. Colūba (domini mei) inter alias aues sic meditabunda maximè videtur, quod ex ipso cantu apparet: nam pro cantu habet gemitum. Sic debet cantari, prædicari, & meditari passio filij Dei: ut post quamlibet considerationem emittamus gemitum penetrantem cœlos, qui aliquando ex propriorum delictorum consideratione prodeat, & ex eorundem dolore, propter quæ talem in Christo causati sunt; aliquando ex compassione videntes talem tamque innocentem virum, tam qualē tamque iniustē tot doloribus affectum, tot ludibrijs, ac iniurijs dehonestatum, & hoc, ut solueret quæ non rapuit, satisfaceretque pro culpis, quas non commisit. Columba etiam nidum suum in præruptis petrarum collocat, inque rupium, & murorum aperturis, ut ibi à rapacibus auibus protegatur, quæ illam deuorare cupiunt: sic animæ Christianæ ac deuotæ, in foraminibus huius petræ quæ est Christus nidum suum componere debent, atque in illis plagis se debent protegere, hoc est, in foraminibus illius capitis quod spinæ perforarunt crudeliter, & in aperturis manuum & pedum, quas claui terebrauerunt, simulque in prærupto lanceæ lateris eius, illic abscondi debent à rapacibus auibus, & dæmonijs, & peccatis fugiendo, quæ illas crudeliter deuorare desiderant. Sic Spiritus sanctus animam Christianam considerabat, cùm in Cantic. dicebat: Columba mea in foraminibus petræ, in cauerna maceriæ. *Cant. 2.* Sic deuota anima se habet, sicut vera columba à foramine in foramen per considerationem volitando, de vulnere in vulnus, de spina in spinam, à flagello in flagellum, & illic fel euomit, & de aue rapaci in columbam transfertur, emittendo fel, & amaritudinem peccati, vbi & volare appetebat propheta Dauid, *Psal. 54.* cùm dicebat: Quis dabit mihi pennas sicut columbæ, & volabo, & requiescam? Hoc est, quis mihi sic celerem volatum præstabit, ut possim usque ad arborem crucis ascendere, & in rupem illam ac petram quæ ibi pendet, collocare nidum mihi, in quo tot video foramina, vbi requiescam? In cuius signum, cùm Dominus baptizatus est, Spiritus sanctus super caput eius quasi columba apparuit, ad significandum quod ij, qui spiritum Dei habent super caput Christi spinis perforatum sicut veræ columbæ nidificant, baptizanturque in sanguine illo regali, qui ab illo effluxit, ut illo loti tanquam columbæ albescant. Nam tales animæ comparantur columbis quæ lotæ sunt lacte, *Cantic. 5.* cùm dicitur: Oculi tui sicut columbæ quæ lacte sunt lotæ, hoc est, iusti, qui sunt oculi Ecclesiæ, assimilantur lotis columbis in lacte, quæ candidiores ex illo prodeunt, quàm ipsæ erant. Sanguis Christi quamuis ille rubicundus fuit, nobis tamen candidior extitit lacte: quoniam ipsi tulit dolorem, & amaritudinem; nobis autem, in gloriam, munditiem, & pulchritudinem animarum contulerunt, quas sanguis Christi candi-

diores

[illegible], nitidiores lacte, rubicundiores ebore antiquo reddit. Quaré illum sanguis rubicundum, nos candidos facit. Sic enim illum viderunt Angeli coelos penetrantem, Psal. 63. cùm interrogantes dixerunt: Quaré rubrum est indumentum tuum, & vestimenta tua Apoc. 7. sicut calcantium in torculari? Ioannes autē in Apocal. sanctos vidit vestibus albis indutos, & interrogauit Angelum qui secum erat, Qui nam essent illi, & respondit ei: Hi sunt qui venerunt ex magna tribulatione, & lauerunt stolas suas in sanguine Agni. Ibi enim dealbauerūt animas suas. Quaré di- Cant. 5. lectus dicitur candidus & rubicundus. Rubicundus sibi, candidus nobis: nam sibi tormenta & dolores fuere, quae nobis gloria & honor extiterunt. Anima ergo, quae per considerationem, & communicationem Sacramentorum, saepè in hoc sanguine tingitur, atque lauatur; inde quasi columba lacte lota candida emergit. Hoc ergo est passionem Christi quasi colūba meditari, & quasi pullus hirūdinis deflere illam. Vel secundò, quia duo inuenimus cōsideranda in Christi passione, & internū dolorē quem in anima perpessus, & exteriores dolores, quos in corpore sustinuit. Primū interiorē sicut columba meditari debemus, & secundum tanquā hirundinis filij exteriùs quasi clamoribus deflere. Circa quod scitote, domini mei, quod Christus Dominus duas sustulit cruces: alteram in anima, & in corpore alteram. Animae crux dolores fuerunt, atque tristitia, quae illum vndique circumdederunt, in mag- Psal. 68. nasque angustias posuerunt. Quaré Psal. 68. dicebat: Saluum me fac, Deus, quoniam intrauerunt aquae vsque ad animam meam. Et ad discipulos suos dixit: Tristis est anima mea vsque ad mortem. Alia, supplicia quae corpus eius tulit, fuit. Itaque corpus & anima Christi in hac admirabili fabrica posita Exod. 31. sunt. Exod. 31. dixit Dominus ad Moysem, quod elegerat duos artifices Beseel, & Ooliab, quibus dedit scientiam & intelligentiam, vt cuncta opera illius antiqui tabernaculi fabricare scirent, tam interiora tabernaculi, quàm vtensilia eius. Omnia tamen facerent secundùm formam, quam Deus in monte ipsi Moysi ostenderat. Isti duo artifices esse fuerunt in hac mystica fabrica noui tabernaculi, quod est Christus. Vnus interiora operatus est, & hic fuit tristitia, anxietas, & agonia, quae animam eius sanctissimam hodie magnis afflixerunt moeroribus. Alius exteriora tabernaculi, vtensiliaque eius fabricauit. Hic fuit dolor sensibilis, tormenta, & cruciatus, quae sua sacratissima membra magnis affecerunt doloribus. Omnia autem haec, secundùm formam à Deo datam, facta sunt: quoniam nec apicem quidem praetermiserunt ex omnibus, quae per Prophetas scripta sunt, & tanquam si coram se habuissent exemplar, quod sequi deberent; ita opus suum faciebant, eo ordine & modo quo Deus praedefinitum, ac praeordinatum habebat. Quod & Ioannes nobis expressit. Postquam Ioan. 11. enim dixerat Caypha in concilio illo nefando dixisse: Expedit vobis, vt vnus moriatur homo pro populo, & non tota gens pereat; subiunxit, dicens: Hoc autem à se ipso non dixit, sed cùm esset Pontifex anni illius prophetauit, &c. Ac si diceret. Ipsi ministri artifices erant, ac operarij: exemplar enim à Deo erat, & à Prophetis datum & expressum, quod ipsi nescientes adamussim imitabantur. Quaré omnes isti ministri, inter quos dux fuit Iudas, nihil omninò praetermiserunt ex omnibus, quae praeordinata, & scripta erant. Quod & ipse Dominus Iesus exprimere voluit, cùm in vigilia passionis suae in medio posuit eis agnum illum Paschalem, qui erat exemplar, atque pictura sacrificij, quod ipse Christus erat oblaturus in Cruce: vt sicut qui exemplar operis coram se ponit, intelligeremus nihil ipsum praetermissurū ex omnibus quae scripta erant. Et carnem in frusta diuisit, atque cum lactucis agrestib. & amaris deuorauit illum, sicut lex ordinauerat. Per quae significabantur hi duo ministri, quos secum ferebat, nempe interior animae tristitia, & exterior corporis cruciatus, qui carnē eius sanctissimam dilacerare debebant. Si ergo praedicatorum officium est hanc depingere fabricam sermonibus ac linguas operari, [illegible] erit explicare opus, quod quilibet horum ministrorum fabricatus est. Atque hodie interiorem fabricā explicabimus, alijs diebus exteriores corporis cruciatus dicemus. [illegible] haec prima consideratio fortè non habebit efficaciae ad mouendos exteriores sensus, ad lacrymarū expressionem; in animabus tamen deuotione ac dilectione plenis, [illegible] grandem [illegible] recte considerare, & corde [illegible] sciet. Igitur quod in hoc mysterio vera columba meditari debet, id est quod multoties audimus, & quod in plurimis Scripturae locis, atque sanctorum dictis sparsim legimus, & quod in hoc mysterio plùs quã in aliis nobis significetur, nempe quod sic se habuit Christus Dñs in suæ personæ victu & cura, & in ferendis iniuriis, ac cruciatibus hodie, & per totam vitam suam, ac si ipse fuisset, nõ solùm peccator, verumetiam maximus omnium peccator. Sic voluit seipsum circa se gerere, & quod alii erga ipsum se haberent, ac si ipse solus cõmisisset cõtra Patrem suũ omnia peccata cõmissa & committenda, & quæ cõmitti poterũt per omnes ætates, & gẽtes totius orbis. Videmus enim quod pœnæ quas pertulit, sufficientissimè, imò & superabũdanter pro vniuerso orbe satisfecerunt. Mors quippe quã sustulit, & vniuersæ circũstantiæ eius, signa manifesta maximi peccatoris exteriùs circunspecta fuerunt. Talem autem pati voluit mortem, non quòd ipse peccator esset, qui peccatum non fecerat, sed sic se gerens ac si fuisset vt pro illis, qui verè peccatores erãt, pœnitentiam ageret, & remedium afferret. Et quamuis veritas hæc ex multis sacræ Scripturæ locis sumi poterat, ex illo solo loco Paul. ad Roman. 8. illã colligere volo, vbi sic ait: *Rom. 8.* Deus filium suũ misit in similitudinẽ carnis peccati, & de peccato dãnauit peccatũ in carne: vt iustificatio Legis impleretur in nobis. Misit Deus filium suũ (ait) non creãdo, aut de nouo illũ faciendo, sed eũ qui ante tempora secularia erat. Nec etiam vt esset vbi antea non erat, sed vt nouo modo esset in carne humana & visibili, in similitudinem carnis peccati. Non dixit venisse eũ in vera carne sed in similitudinẽ carnis, vt Manes blasphemat: veram enim carnem habuit, vt mors hodierna testatur; sed in similitudinẽ carnis peccati. Non enim habuit carnẽ peccato maculatã, vt cæteri filii Adæ, sed solũ assumpsit similitudinem carnis peccatricis: quoniam assumpsit carnẽ & naturam passibilẽ. Per peccatũ autẽ caro nostra reddita est mortalis & passibilis. Talem autẽ naturam passibilẽ assumpsit, vt de peccato damnaret peccatũ, hoc est, vt per carnem passibilem (quæ propter dictã similitudinẽ dicitur peccatũ: vel vt Orig. dicit, quia facta est hostia pro peccato) *Orig.* destrueret & deleret peccatum. Vt iustificatio Legis impleretur in nobis. Et hoc vt iustificatio promissa per Legem, sed non data, adimpleretur in nobis. In tantum autẽ verum fuit Christum sic se habuisse, ac si ipse fuisset patrator omniũ scelerũ; quòd peccata nostra vocauit ipse sua, sicut Psal. 21. & 39. & aliis per totum Psal. 21. *Psalm. 21.* ait: Deus, Deus meus, respice in me, quare me dereliquisti? longè à salute mea verba delictorũ meorum. Quod sic explicat Aug. *August.* Delictorũ meorũ (ait) quia pro delictis nostris ipse precatur, & delicta nostra sua delicta fecit: vt iustitiam suã nostram iustitiam faceret. Sicut procurator aut patronus, suæ *Simile.* partis iustitiam aut acta vocat sua. Quin sicut per illam vnionẽ diuinam, & admirabilem iuncturã duarum naturarũ, diuinæ scilicet & humanæ in vnã personam, ea quæ sunt verè & propriẽ Dei de homine dicuntur, & ea quæ sunt hominis, de Deo: sic per vnionẽ illam mysticam, & amoris Christi cum sua Ecclesia, qua fit vnum corpus mysticum, vt Paul. Ephes. 2. docet, peccata oĩa sua vocat, *Ephes. 2.* & merita sua nostra: sicut ad longũ August. *August.* super Psal. 37. docet, deducendo ex illo loco Paul. Ephes. 5. Erũt duo in carne vna. Sacra- *Ephes. 5.* mentum hoc magnum est, ego autẽ dico in Christo & Ecclesia. Per huius vnionis medium inter Christũ & Ecclesiam diuinissimũ quoddã cambii, & recãbii fuerunt nobis vtilissimi & maximi lucri, Christo autẽ maximi doloris et pœnæ, in quibus quod nos debuimus Christo, pœnæ & labores fuerũt, nos autẽ lucra & merita diuina recepimus. Edu- *Genes. 2.* xit Deus ab Adam costã; quæ fortis erat, vt ex illa produceretur Eua, & carnẽ, hoc est, fragilitatem posuit pro ea. Quod ex vna parte dulcissima res est ad contẽplandum, & ex alia copiosissima ad tractandum. Liquescit Augustinus amorosissimis affectibus, *August.* quotiescunque huius rei meminit. Nunc enim in Christi laudes rapitur, nunc seipsum ad eiusmodi bonum percipiendum alacriter roborat, nunc affectuosissimè Deum Patrem alloquitur, dicendo: Quæ nam iustitia est hæc, æterne Pater, quod patiatur filius tuus, ac si esset ipse peccator, & quòd ego merear ac si fuissem iustus? Quòd mea sint peccata, & sua merita, & talem mecum commutationem ipse fecerit, quod super seipsum assumat peccata mea, & sua faciat, & mihi sua merita tribuat, & faciat mea. Itaque hoc pro certo habemus, quòd Christus Dominus sic peccata omnia nostra super se sumpsit ac si ipse commisisset ea. Quòd si huic aliud mysterium iungimus, quod nobis patefaciat rem, nempe quòd odium quo quis detestatur offensam Dei, commensuratur amori, quo quis eius bonitatem diligit: Nam eadem mensura, qua quis amat Deum, eàdem detestatur offensam contra eum commissam, & qui parum diligit, parum de eius offensa dolet: quo-

niam

etiam ex amore nascitur dolor, & aliæ animæ passiones, ideò enim tristamur, quia bono concupito caremus, vel hoc, vel illo, quem amamus. Quarè mensura tristitiæ deinde, est amor contrarij boni. Verbi causa. Peccator tactus à Deo cogitat suos defectus, & in Dei bonitatem rapitur, quã magnam erga se considerat; ex qua cõsideratione in desiderium accenditur tantæ bonitati obsequendi. Deinde inclinat oculos suos ad se ipsum, videtq; se tot offensis contra Deum obnoxium, tristatur, & adversus se indignatur, quòd tantã bonitatẽ offendere nõ erubuerit, seq; tanquam proditorẽ punit, quod in Dominum suum deliquerit. Nam certè principale motivum doloris & tristitiæ assumptæ pro peccatis, hoc debet esse, scilicet, bonitas Dei offensa. Si ergo ita est, quòd secundùm mensuram amoris Dei, est tristitia & odium peccati, quis poterit ponderare, quanto odio Christus Dñs prosequutus fuerit peccatũ, cùm Deum suũ infinitè dilexerit? Iungamus ergo hæc duo simul in Christo, & odium quod habebat contra peccatũ, quod est obiectũ Dei, quẽ ipse sic diligebat, & ex alia parte videns omnia hæc peccata super se, & quòd ipse erat obligatus illis, nam super eũ Pater posuit scelera omnium nostrûm: ex hoc colligere poteritis, quod genus vindictæ cõtra se ipse Dominus assumeret, quanta se asperitate tractasset, quo rigore adversùs se ipsum uteretur. Hinc videre quanto desiderio flagraret, seipsum laboribus ac doloribus omnibus obijciendi, vt sic tot culpas, atq; peccata contra Patrẽ suum commissa, aboleret. Hinc oriebatur nullũ velle admittere solatium, nisi illud duntaxat quod sibi ad cõservandam vitã humanam, quã veram habebat, esset sibi necessariũ. Hinc cõtinua crux, assidui labores, seq; in aquas tribulationis immergere, orta sunt. Portabat quippè tanquam spinam cordi suo infixam hæc omnia peccata, nec quiescere poterat donec se omninò liberũ ac exoneratũ ab illis videret. Quarè cùm ipse super se nostras tuleris culpas, quas tanto prosequebatur odio, hinc colligi poterit quãta fuerit animæ suæ tristitia pro illis, & quanti sui corporis cruciatus, cùm nulli parceret labori ac dolori, vt culpas & offensas adversùs Patrẽ suum commissas deleret. Hinc agonia illa & anxietas, quæ illũ compulit sanguineas guttas sudare, hinc lacrymæ illæ quas emisit cũ clamore valido exhalavit spiritũ, hinc livores, flagella, spinæ, alapæ, sputa prodientes: vt in se omnium hominũ peccata vindicaret. Hic zelus ille erat, qui cor eius comedebat, de quo Psalmista prædixerat: Quoniam zelus domus meæ comedit me, *Psal. 68.* & opprobria exprobrantium tibi ceciderũt super me. Ambæ res super illum erant, nempe amor ferventissimus sui Patris, quem zelum vocat propter eius magnitudinem, & nostra peccata super se tulisse, & sic se erga illa gerere, ac si ipse cõmisisset illa. O bone Iesu, iam nõ miror, quòd tanta asperitate tuum delicatissimũ corpus tractaveris, neq; quòd sanguineo te videã perfusum sudore, nec flagella, aut spinas, quas sustines: quia si Iacob parũ videbatur gelidas noctes, & calidissimos perpeti dies, *Gen. 29.* præ amoris magnitudine quo diligebat Rachel; cur nõ potiùs tibi ea quæ sustines parua videantur, vt per hæc offensas contra Deũ commissas deleas, quẽ tam potenti amore diligis? Quarè de hac dicebat Paul. Hoc sentite in vobis, quod & in Christo Iesu. Hoc est. Apud vos cõsiderate quãta fuerit tristitia pro nobis assumpta contra peccata, quæ Patrem suũ, quem summè diligebat, offendebant, & hoc meditamini sicut columbæ. Sed vt huic rationi vires maiores addamus, quæ maximæ considerationis est, debetis apud vos fingere, quòd virtutes sint compositæ ex corpore & anima, habeãtq; rationis vsum. Imaginamini charitatẽ ratione vtentem, quid sentiret, si per vias & domos ambulans videret odia, inimicitias, vindictas, crudelitates, quas homines in inimicos exercent? Si videret pauperes fame interire, hospitalia pauperes excludere, quia non habẽt quo illos alãt, audiret periuria, blasphemias, mẽdacia, falsa testimonia, libidines, aut cætera nefanda scelera, quæ in mundo fiunt? Certum est magnã illi tristitiam hæc omnia gignere, magnitq; doloris ac pœnæ sibi omnia hæc causam existere. Idẽ fingite de iustitia, quæ ac si esset res viua, & rationis compos, sic mala sentit. Si enim videret vsuras, violentias, iniustitias, rapinasq; publicè exerceri, repetundas iudicum, tyrannides Principum: quomodò consolari posset sic se delusam ac contemptam in mundo videns? Idem de alijs virtutibus dico. Deinde scitote, quòd omnes hæ virtutes in Christo vitam habebant. Cùm ergo nunc consideraret hominum peccata, quæ sic virtutes floccipendebant, contemnebant, & opprobrijs afficiebant, quæ tamen in illo vitam habebant; videret etiam tot scelera virtutibus quæ in illo vivebant sic adversa: necessariò

magnam in corde suo tristitiam gignere debebant, quæ sic animam suam affligebat, vt maior esset tristitia ab hac consideratione causata in anima eius, quàm cætera corporis sui tormenta, cùm tamen duriora fuere, quàm vnquàm homo viuens in carne passus sit. Et licet hæc sola cogitatio sufficiens erat ad efficiendum maximum mœrorem in anima Christi: tamen alia ei iungebatur anxietas, quæ illum in summo gradu affligebat. Considerabat quippè tunc Dominus, quòd sanguis ille, quem tot cruciatibus, & doloribus pro hominibus tunc fundebat, plurimis inanis, & absque fructu deberet esse, maximoq; afficiebatur dolore, quòd tantò non æstimaretur pretium, resq; tam grandis ab hominibus vilipenderetur. Si summus Sacerdos Onias sic dolebat, quòd deposita quæ in tēplo erant ad pauperum miserias subleuandas, perirent, inq; potestatem alienigenarum deuenirent, vt
2. Mach. 3 legitur. 2. Machab. 3. quantò magis doleret iste verus, ac summus Sacerdos Christus, quòd sanguis suus sacratus, qui in pretium ac redemptionem pauperū & peccatorum deberet fundi, & esset depositandus in suæ Ecclesiæ Sacramentis ad hoc opus, in potestatē dæmonis deueniret? Hoc est, quòd vt diaboli voluntatem implerent homines, & vt placerent illi, sanguinem suum cōculcarent, ac contemnerent, & fructus eius perire: quia illum homines vilipenderent, & quòd sanguis ille suus, de cuius pretio deberet emi ager in sepulturam peregrinorum (nam omnium debebat esse remedium) hic in templo fuisset proiectus triginta distractus argēteis, sic vili æstimatus pretio, quo Iudas & eius imitatores illum æstimauerūt. Quomodò non maximo mœrore hæc omnia eius sanctissimam animam afficerent? Hæc ergo & multa alia, quæ in illo tēpore animæ suæ repræsentabantur, sic illam angoribus repleuerunt, & angustijs oppresserunt, vt nullus hominum ea capere valeat, sed solus Pater ea perfectè cognoscere po-
Psal. 68. tuit. Quarè Psalm. 68. conuertitur filius ad Patrem suum, dicens: Deus, tu scis improperium meum, & confusionē meam, & reuerentiam meā. Ac si diceret: Tu solus hæc quæ patior ad iustum perpendere vales: homines enim nec creaturæ id attingere nequeunt. Id Leuit. 9. explicatur, cùm dicitur:
Leuitic. 9. Omnis æstimatio siclo sanctuarij ponderabitur. Ac si diceret: Omne quod pretiosum & magni ponderis fuerit, mei sanctuarij bilanci ponderabitur. Nam qui attentè librū hunc Leuitici perspexerint, inuenient duplicis generis pondera in illo populo fuisse: alterū vocabatur statera, hoc est communem: pondus sanctum, quo quidquid in templo offerebatur ponderabatur. Vnum ad prophanas & communes res æstimandas, aliud ad diuinas & sanctas deseruiebat. Vt per hoc significaretur, quòd vno pondere debebant opera & merita sui filij ponderari, altero reliquorum hominum. Merita quidem vnius sancti meritis alterius metiri possunt: quoniam nullus sanctus, aut sancta in cœlo est, ad cuius æqualitatem non possit etiam Deus facere, imò q excuperet in meritis. Quarè dolores & tormenta vnius martyris, cùm alterius doloribus metiri possunt. Solus hic æternitatis hæres, non sub hac intrat ratione. Nec enim nostro ponderatur pōdere, nec ea mensura qua nos metitur: facilius quippè esset montes pondere mensurari, quàm merita Christi æstimare. Quomodò enim possibile est illum pondere metiri, qui omnia pugillo ponderat, aut quòd ille qui omnia mensurat, mensuretur? Sursum in sanctuario Dei, vbi à Patre comprehēditur, potest æstimari opus hoc Christi, eiusque merita ac tormenta metiri. Merita quippè eius sic omnia exsuperāt, vt nec in Angelis inueniantur merita, quibus possit cōparari, & per consequens tormenta, & dolores, quæ pertulit, tanti sunt ponderis ac grauitatis, quòd nullius martyris cruciatus sint quibus conferri queant. Et quoniam solus Deus est, qui eius ad æqualitatem ponderat merita: solus ipse est qui cruciatus eius perfectè æstimare valet. Quarè ad illū conuertitur, dicens: Deus, tu scis improperium meū. Igitur tam ex parte personæ patientis, quàm ex parte dolorum quos patiebatur, maiores & duriores fuerunt, quàm homo viuens in carne vnquàm passus est. In his ergo considerationibus anima deuota hiscè diebus se exercere debet. Hic debet vera columba baptizari, vt candidior lacte prodeat. Quòd si oculos suos nō aspergit lacrymis, cùm animā his cogitatibus replet, durior lapidibus erit, qui tunc mortē sui conditoris signis sensibilibus plorauerunt. Facis, ô æterni Patris filius, cuius anima in tantis angustijs posita hac hora fuit, vt nostras tuo lumine perfundas mentes, quatenùs & gemere, & sentire tuum valeamus dolorem, vt sic nobis hic profit ad gratiam, & in futuro ad gloriam, Amen.

Feria

Feria quarta sub eodem themate sic dixi.

Sicut pullus hirundinis, sic clamabo, ut columba. Esai. 38.

MAximo dolore à nobis exigit sentiri mysterium hoc passionis Christi, quod hisce diebus sancta mater Ecclesia sic ad vivum repraesentat: respondet quod non solum corde tristari cum Christo debeamus, verum etiam exterioribus actionibus compati doloribus, ac cruciatibus sui sacratissimi corporis, non solum eum meditando tanquam columba, sed etiam clamando tanquam filij hirundinis, qui anxij, quia caecos se sentiunt, clamant ad matrem pro visu. Sic nos scienter, quod ex humanitate & carne Christi debet collyrium exire, quo oculi nostrae mentis vincti aperiantur, suspirijs ac gemitibus corporis, clamoribus etiam ac fletibus sentiamus eius dolores, sugendo ut veri pellicani sanguinem eius, qui hodie ex suo divino corpore pro nobis effunditur, ut sic Pauli consilium adimpleamus, dicentis ad Philip. 2. Philip. 2. Hoc sentite in vobis, quod & in Christo Iesu. Ac si diceret: In animam tuam transfer imaginem vivam Christi, qualis hac die oculis nobis proponitur, lividam, sanguine perfusam, decoloratam & mortuam: ut videndo illum sic vulneratum propter me, sentiam ego in me, quod ipse sentit in se. Considera illum transeuntem torrentem Cedron pedibus suis, & quod post paululum videbis eum in labiis usque ad os immersum. Videbis verum David, pedibus nudis transeuntem hunc torrentem, & remanere in civitate Absalon filium eius insidiantem animae suae. 2. Reg. 15. Sic Dominus meus Iesus transit torrentem Cedron, & manet discipulus eius Iudas in civitate, de eius proditione tractando. Egreditur igitur Dominus ab Hierusalem cum undecim discipulis suis, & in via cum eis loquens illum sermonem quem in Coena exposuerat, finit. Cumque in montem Olivarum ascenderet, in mentem venit mysterium, quod ipse esset oliva illa, quae in prelo Crucis expressa oleum ad sanenda vulnera illius, qui incidit in latrones debebat exprimere. Vulnera quippe eius cum sanguis fuerant unctiones, quas ipse tanquam verus Christus & Messias in mundum deferre deberet. Finierat iam dulcissimos sermones suos, & venerunt ad hortum, qui dicebatur Gethsemani, qui erat locus notus Iudae, quoniam ibi solebat ire frequenter Dominus Iesus cum discipulis suis. Cumque hortum ingressus esset, novae cogitationes mentem eius ascenderunt. Hic quippe erat hortus ille ad quem invitaverat eum Sponsa Cantic. 5. cum diceret: Veniat dilectus meus in hortum suum, ut comedat fructus pomorum suorum. Cant. 5. Nam fructus quos ibi comesturus erat, labores erant, quos ibi propter peccatum debebat: nam post peccatum horti terrae spinas, & tribulos germinabant, & haec debebat ipse in horto gustare. Cogitabat quod si alijs vicibus ibi convenerat cum discipulis suis ad requiescendum pusillum a laboribus [illegible], tamen non ad id veniebat, sed ut ibi pati pro homine inciperet, ac proinde intra se dicebat: In horto culpa coepit, in horto & poena incipere debet. In horto homo amisit suum honorem, atque victus reman[illegible] perditus: in horto debet illum recuperare, atque cum hoste confligere, & portare victoriam. In horto serpens virus suum effudit, & hominem suis insidijs venenavit: in horto serpens virus suum per osculum in me diffundere laborabit, ut sic in manibus hostium tradar. Ab illo horto expulsus est Adam per Angelum cum gladio igneo: ab hoc horto egressurus & [illegible] extrahar. Illic in uno arbore commissa est culpa, hic in alia [illegible] danda est poena. Illum hortum quatuor flumina irrigabant, quae ab illo exibant: hunc meus sanguis rigabit, quem ego ex [illegible] effundam. Cumque haec, & alia multa secum mansuetissimus Agnus revolveret, tanta tristitia animam eius occupavit, atque tanta vi in corpus redundavit, ut color vultus eius immutatus esset: tunc quippe, ac pavens visus est, coepit enim pavere, & taedere & maestus esse. Iure quod possemus illi dicere quod dixit Hieremias ad Phassur: Pavorem vocavit te Dominus undique. Hier. 20. Nam undique pavor circundabat Dominum in hac hora: erat quippe anima eius tristis, & in corpus hic mœror redundabat, eo quod anima recusaret mortem, & corpus cum etiam desiderare nolebat, quare undique circundatus erat pavore. Cumque se sic moeroribus & angustijs circumseptum videret, separavit secum homines, Petrum, & Iacobum, tres fidelissimos amicos, ac secreti secretorum conscios, ut viderent sicut illis consolationem assistentes inveniret ille qui iam se a Patre derelictum sentiebat. Existimaverunt fortè alij discipuli quod aliquid magnum & novum illis revelare volebat, ut alijs vicibus fecerat, & expectabant

bant ab illis audire illud, sed non ita euenit,
modò. Iam segregatus cum illis Dominus,
immutato vultu, voceque lugubri, & præ
angustia pressa dixit eis: Tristis est anima mea vsque ad mortem. Stupor magnus
apprehendit discipulorum mentes, cùm hæc
verba audissent, nec ei vllum verbū respondere potuerunt, videntes diuinum illum
vultum, quem transfiguratum in monte
Thabor perspexerant, sic immutatum, speculum illud diuinæ maiestatis turbidum,
omnium creaturarum robur metu concussum. Quis hic pauor est, Domine Deus?
Quis metus? Quæ magna turbatio? De te
Esai. 42. quippè Propheta Esaias prædixerat: Non
erit tristis, neque turbulentus. Vnde ergo
hæc tristitia ac turbatio oritur. Nonne tu
hanc semper desiderasti mortem? Nonne
heri discipulis tuis dixisti, te desiderasse
cum illis hoc Pascha manducare, in quo pro
illis immolandus eras? Annō dixeras: Baptismo habeo baptizari, & quomodò coarctor, vsque dum perficiam illud? Cur ergo
times? Cur tremis, cùm præsens videas
quod semp desiderasti? O Dñe De⁹ meus,
benè scio ego, quòd tristitia hæc, ac metus
in parte inferiori animæ tuæ solùmodò est,
ad ostendendam veritatem humanæ naturæ, quam habes. Pars quippè superior libera, & absoluta ab hac erat tribulatione.
Scitote, domini mei, quòd hic timor, licet
verus fuerit, ex proposito tamen fuit, & artificio quodam assumptus, vt hostem humani generis deluderet, qui videns illum
tanto timore concussum, tanquàm purum
hominē adoriretur, nec præsentiret quantum robur sub illo metu celaretur, quo posteà ille capiendus erat. Quemadmodum,
Iosue 8. cùm Iosue vertit terga cum populo, & si-
mulauit fugam coram Rege Ahim, vt illum
deluderet, & à ciuitate distraheret, persequendo fugientes: postea eleuauit scutum
in altum, & populus contra Ahim conuersus, & populum & ciuitatem cepit atque
subuertit. Sic verus Iosue populi nostri
Saluator, delusit inimicum diabolum, cùm
hanc, licet veram, arte quadam assumeret
tristitiam: vt sic ille animos caperet ad illum persequendum vsque ad Crucem. Cæterùm post paululum scutum eleuauit in
altum, hoc est, corpus suum, quod satisfactum, quo nos à Dei iustitia protecti sumus,
quia in corpore Christi recepti sunt: hoc,
inquàm, corpus in altum leuauit in Cruce,
vbi & spiritum efflauit, & diabolum cepit,

eiusque spolia sustulit. Ad hoc ergo, Domine Deus, hanc voluntariè veram assumpsisti tristitiam. Et etiam ad condemnan-
das meas dissolutas tristitias, meos leues timores: vt videns te propter me tristari, ego aliquando contristarer propter te, & externis
gemitibus, interiores tuos dolores ego sentiam. Sentiamus ergo hoc nos, ò Christiani: quia in Ægypto nulla domus est, quæ Exod. 12.
non habeat aliquem mortuum deflendum:
nulla anima est quæ careat peccato gemendo; contristemur cum illo, clamemus cum
filijs hirundinis, vt mereamur cum illo gaudere. Hoc vnum mihi maximam infert consolationem: quoniam dicis tristitiam tuam
solummodò vsque ad mortem duraturam,
nam citò finietur: quoniam properabunt
homines te occidere, nec requiescent donec tormentis exhalare te cogant animam
tuam, & tunc terminabitur tristitia tua. Væ
illis qui vsque ad mortem lætantur: tristā-
buntur quippè post mortem. Et videns se
nihil solatij in suis inuenisse, ad Patrem cu-
currit, & dixit illis: Sedete hic, donec vadam illùc, & orem. O Domine, quanta te
cura tenet quietis hominum, maior tibi
inest necessitas quiescendi, vtpotè quem
tot expectant labores. Sede tu, Domine
Deus meus, quiesce, vigilent ipsi pro te.
Non hoc tu vis, bone Iesu, sed audio te dicentem: Quiescant homines, ego laborabo
pro eis. Ad hoc veni in mundum, vt meo
labore ipsorum quietem lucrer. Sedete hic,
donec vadam. Vos sedete, ego ambulabo:
vos dormite, ego vigilabo: vos quiescite,
ego laborabo: vos viuite, ego moriar. Et
cùm auulsus esset ab eis tanquam iactus lapidis (vt significaret se petram ab illis fore
derelinquendum, & ab eis petræ firmitatem defecturam) dicebat secum in via illud Baruch: Ambulate, filij, ambulate, ego Baruch.
enim derelicta sum sola. exui me stola pacis, indui me stola obsecrationis, & clamabo ad Deum altissimum. Verba sunt
humanitatis Christi hæc secū colloquen-
tis. Et procidens in terram, vt amplexare-
tur illam, & daret illi osculum pacis, vt
ostenderet magnitudinem amoris, quo erga illam affectus erat. Sicut quando ab aliquo amico recedis, amplexaris, & deoscu-
laris illum. Tanto amore terram dilexit
Dominus, vt cùm ab ea per mortem vult
recedere, tribus vicibus amplexetur, &
deosculetur illam, pacem illi tribuens. Remane in pace, ò terra, Deus tecum ma-

erat; summo cum dolore à te recedo. Pacem meam do tibi; pacem relinquo tibi. Hanc tibi Angelorum vocibus adduxi, cùm ad te per humanam natiuitatem veni; eandem tibi relinquo modo. Procidit super terram, quasi deosculans eam, & faciem suam super illam posuit, ac si vellet suam imaginem in illa imprimere, ad hoc enim venerat. Creauerat quidem Deus hominem ad imaginem & similitudinem suam, sed ille per peccatum hanc deleuerat, & obliterauerat imaginem: venit filius Dei, & nostram assumpsit imaginem, vt suam nobis iterum imprimeret. Quod hodie facere intendat, cùm faciem suam super terram ponit, quasi niteris illi suam imprimere sanguineam, atque super illam sudorem suum sanguineum perfundit: quoniam hæc erat color & vmbra, quæ illam illustrare debebat. Igitur in terram prostratus dixit ad Patrem: Mi Pater, si possibile est, transeat à me calix iste. Verumtamen non mea, sed tua fiat voluntas. Ac si diceret: Ante omnia, Pater mi, salus hominum suum consequatur effectum, quòd si hæc euenire poterit, absq; hoc quòd bibam hunc calicem, hæc viuere naturaliter caro mea desiderat: verumtamen non mea, sed tua fiat voluntas. Si enim tu aliter ordinas, id & voluntas mea vult. Nam spiritus quidem promptus est, caro autem infirma. Quare hæc verba naturæ humanæ sunt, exprimentis desiderium naturale viuendi. Sed aduerte quàm blandè alloquatur Patrem, Abba Pater, ait. Abba vox est Syriaca, nec propriè Patrem significat, vt docet Hieronymus, (Hieron.) sed est vox illa quam infantes pronunciant, cùm incipiunt loqui, ac si diceremus nostro idiomate, *papa, papa*. Quid ergo hoc est, fili Dei, sapientia cæli, nescis loqui? Nescis verba pronunciare? Nonne tu es Verbum Patris æternum, quo sibi ipsi, & omnibus creaturis loquitur? Quomodò nūc vix verba effari vales? Nonne tu ad emendandam linguam balbutientis Moysis venisti, quomodò tu quasi balbutiens loqueris? Quasi clarè Patrem nominare non valens, sed dicas, Abba, abba, tanquam infans incipiens loqui. O Adam, qui perfectus homo conditus es, integra sapientia ac loquela, qui omnibus rebus nomina imponere valuisti, veni in hortum Gethsemani, & videbis Creatorem tuum, tanquam infantem factum: quia tu homo esse nescisti. Quamuis hoc ex teneritudine amoris, quo ad Patrem loquebatur, procedebat. Videtur mihi audire Hieremiam Prophetam balbutientem, (Hiere. 1.) atque dicentem: A, a, a, Domine Deus, puer sum ego, nescio loqui. Est ne hoc ideò, ô bone Iesu, quia vides cum Propheta illo virgam vigilantem: quoniam iam ante oculos habes virgam Crucis, quæ contra te vigilare videtur, aut cum eodem Propheta vides ollam succensam à parte Aquilonis. Vides enim oculis mentis tuæ in portis Hierusalem accendi lucernas, inflammari faces, fulgurare lanceas, ordinari agmen, cuius dux est Iudas, vt ad te comprehendendum veniant. Cumque Dominus meus Iesus videret Patrem sibi responsum non reddere, surgit ab oratione, solicitudine suorum discipulorum actus: nam (Rom. 12.) qui præest, in solicitudine suorum præesse debet. Et inuenit eos dormientes, à sua solicitudine & angustia alienatos. O homines ingrati, inertes, barbari ac inurbani, in vrgentiori necessitate dormimus. Vna hora, qua Dominus nostra vigilantia videbatur indigere, somno opprimimur. Si à Deo aliquid petis, & moras trahit, iam putas illum dormire, & tui obliuisci, & clamas importunè ad eum; & dormis tu, cùm ipse videatur tui indigere. Si hac nocte Christianus dormit videns Deum in tanta afflictione positum, quid mirum si & ipse Dominus in tuis necessitatibus dormiat? Et accedens ad discipulos suos dixit: Quid est hoc, discipuli mei, in tali tempore dormitis? Ad hoc ego vos huc adduxi? Hoc ego in vobis habebam? Hanc mihi societatem facitis? Vos estis fortes, qui dicebatis calicem meum bibituros, & nec sperate illum vigilando audetis? Vigilat contra me Iudas, & vos non potestis vigilare pro me. Cur plùs valet in illo cupiditas triginta argenteorum, quàm in vobis promissio Regni cælorum? Quòd in illo plùs possit odium quod contra me habet, quàm in vobis amor quem erga me geritis? Et tu Simon dormis. Tu ne ille es, qui dicebas te mecum moriturum, & vna hora non potuisti vigilare mecū? Quid hoc est? Aliquid magnum debet hodie huic homini euenire, cum quo tanta cura habetur. Illi enim specialiter dicitur: Simon, dormis? Non potuisti vna hora vigilare mecum? Vult quidem Deus in hoc, vt intelligamus, quàm periculosus sit somnus prælatorum? Nam quia ipsi dormiunt, & extraneis vacant rebus, tot sequuntur animabus pericula. Quia Principes dormiunt: multa mala patiuntur subditi. &c.

Quia dormitum maiores: tot damna sustinent minores. Vigilate, & orate in hac nocte, ut non intretis in tentationem. Cito enim in magna vos videbitis pressura, ex qua nisi ex Dei auxilio erui nequaquam valebitis. Atq; illis dimissis, ad orationem rediit eundem sermonē, dicens: Mi Pater, &c.
Iona 4. Si nō potest saluari Niniue, nisi hedera exsiccetur, ita fiat. Si non potest mundus redimi, nisi areat tanquàm testa virtus mea,
Psal. 21. fiat voluntas tua. Cumq; secundò ad suos venisset, & dormientes adhùc inuenisset, relictis illis, abiit tertiò ad Patrem. Tantæ illum angustiæ opprimebant. Eadem verba, & modo profert, dicens: Pater, si possibile est. Quæ lucta est hæc, ô bone Iesu! Quæ te angustiæ premunt? Qui sunt hi timores, ac dilationes, quibus mortē excusare niteris? Tribus vicib⁹ ad Patrē venis, & semper eadē verba repetis. Videris mihi te habere sicut infirmus homo, cui præcipitur ut potionem amaram sumat, & quando illam coram se videt stomachus turbatur, & renuit.
Simile. Idem secundò facit. Demū sciens id necessarium esse ad suam salutem, clausis oculis haurit eam. Sic, Domine Deus, certo quòd meæ salutis desiderium te cogit ad hanc bibendam amaritudinem, & eius terror, & amaritudo verā naturam tuā terret, & cogit ut semel, & iterū illam renuas; sed tandem plùs poterit meæ vitæ amor, quàm huius calicis amaritudo. Intuere, Domine Deus,
3. Reg. 18. Heliam incuruatum, caput inter crura tenentē, Deum orando, & videntem nubeculam insinuantem se, tanquàm vestigium hominis, & turbinem magnum post illam venientem. Sic tu, ô bone Iesu, sic es inclinatus & coruatus oras, & turbinem militum à Hierosalem venientem sentis. Sudorem iam præsentis sanguineū, qui tanquā nubecula quædam est: vestigium tamen, & indicium tempestatis, & turbinis, quæ super illū ventura erat. Igitur cùm cerneret Patrē in sua distinctiua sententia perstare: sic creuit angustia ac mœror, ut factus in agonia prolixiùs oraret: Pater mi, quod mā genus crudelitatis hoc est, quo mecū videris uti hodie? Propter decē iustos terræ toti Sodomorum parcebas olim, & mihi, qui iustitiam semper colui parcere nō vis, sed quòd propter alienas culpas pati debeo? Ut videatis quid faciat peccatū in anima: nam propter decem iustos indulgebatur vni toti prouinciæ, & ob peccatum animæ nō satisfit, nisi sanguis Christi effundatur pro illa. Sed tamen non mea, sed tua fiat voluntas. Hæc ergo anxietas sic illum oppressit, & constrinxit, ut in agonia illa sudor ei magnus superueneri, non aqueus, sed sanguineus, quo corpus eius, ac vestis, simul cum terra perfusa sunt. O magnum & ineffabile prodigium! Quis vnquàm tale audiuit? quòd homo præ agonia guttas sanguineas sudauerit, sic copiosas, ut in terram ex omnibus poris abundantissimè efflueren? O diuinos ac pretiosos sanguis, quantum tibi peccatores debemus, qui tāta auiditate pro nobis effunderis, & priùs quàm tibi detur locus, tu illum quæras, ut erumpas! O grauis hominum infirmitas, ad cuius medelam necessarius fuit sanguineus Domini sudor, nec aliquibus satis fit! Multo sudore sudatum est (ait Ezechiel) & non *Ezech. 24*
exiuit rubigo eius nimia. Frustrà conflauit *Hierem. 6*
conflator, malitiæ eius nō sunt consumptæ. Hic est verus ros cœlestis, quē antiqui Patres summis precibus postulabant, quo humectata terra, nō iam spinas sed flores germinet. O guttæ balsamo pretiosiores, cadite super animam meā peccatricem, perfundite illam, & humidam reddite, ut tali rore producat fruct⁹ dignos Deo! Anima Christiana tali rore perfusa, cur spinas gignis? Cur non flores germinas ac lilia? Ut in te pascatur Agnus, qui pascitur inter lilia. Sanguinem iusti Naboth, quē iniustissimè *3. Reg. 21.*
effudit Rex Achab, linxerūt canes: sic sanguinem huius innocentis Christi, quem iniustissimè effudit Pilatus, veniant peccatores, qui sunt canes, & lingant eum: ut ex canibus agni fiāt. Maledixerat Dominus ser- *Genes. 3.*
pentem, quia hominem seduxerat, & præceperat illi, ut terram lingeret, eademque maledictio peccatores seductos ab eo comprehendit, iuxtà illam Psalmistę sententiam: Inimici tui, Domine, terram lingēt. Ut ergo peccatores, qui terram lingunt, in eadem *Psal. 71.*
terra suam inueniant medicinam: perfundit eam hodie Deus sanguine suo: quatenùs lingendo terram, sanguinem quoque eius lingant, qui antydotum est contra venenum, quod serpens effudit in illam. Lingite ergo, lingite, ô peccatores, sanguinem hunc innocentis Christi, ut ex serpentibus venenosis in columbas transferamini, & ex lupis oues, ex rabidis canibus cicures, & domestici Dei efficiamini. Perfundatur hoc sanguine terra, noscat ac experiatur hodie innocentem sanguinem: quoniam vsque adhùc omnis sanguis super illam effusus *Luc. 16.*
erat peccatorum. Lingebant canes vlcera Lazari.

Lazari: fingam peccatores sanguinem huius pauperis ac mendici pro me vlceribus pleni; non tantùm vt sui corporis vulnera sanet, quantùm vt animæ meæ maculas emundet. O Adam qui aliquando in horto fuisti, & hortulanus extitisti, posteà in manus latronum incidisti, qui pluribus te affecerunt plagis; veni in hunc hortum Gethsemani, & videbis planum balsami guttas sudantem, quæ tuis medeantur vulneribus, atque sub illo prosternere, vt sic per te guttæ cadant & meliùs habeas. O tu sancte Propheta Moyses, verus & fidelis Dei amicus, qui sic faciem eius videre cupiebas, intuere nunc illum sanguine tinctum, maximè pulcherrimam eius frontem, & vide si fortè est ea, quam in monte Thabor transfiguratam vidisti Sole ac stellis splendidiorem. O tu beata Virgo mater, cui tanta pars horum dolorum obuenire debet, quę sicut vera Sponsa in hortos ad colligendam myrrham amarā
Cant. 4. ire cupiebas, cum aiebas, Ibo mihi ad montem myrrhæ; veni nunc in hortum Gethsemani, & videbis eum virgultis myrrhæ plenum, vbi manipulos multos amaritudinis myrrhæ plenos alligare poteris. Tu autem deuota & amantissima Magdalena, quæ tàctum amoris apud pedes huius Domini accepisti; credo equidem si præsens adesses, quòd capillis tuis sanguineū eius sudorem, ex suis diuinis poris stillantem abstergeres. Tu autem æterne omnium Pater, qui ex arce cælorum sic illum sanguine perfusū intueris, quid facis? Quomodò filij dilectionis tuæ non compateris? Cur illum in terra iacere permittis? Cur non illius sanguinis misereris?
Psal. 83. Protector noster aspice Deus, & respice in faciē Christi tui. Aspice illum, qui tuæ Maiestatis speculum est, sic turbidum rubicundo sudore aspersum, cui ipsamet terra compatitur, & aliquod ei solatium è cælo mitte quantumuis paruum: vt ad tantas ferendas angustias vel tantillum subleuetur. Et sic decreuit Pater mittere ad illum aliquantulum solatij, quod vltimum in suis tormentis deberet esse. Et factus est Angelus de cælo confortans eum. Et hoc exteriùs demonstrat, & quia ad confortandum illum venerat de cælo, credi potest quòd erat Angelus Gabriel, qui fortitudo Dei dicitur. Et miror equidem cur non ad domum Virginis matris priùs venerit, vt qui primus filij annunciauit lætum nuntium quòd tanti filij deberet esse mater; etiam & triste portaret, quòd talem filium deberet amittere.

Noluit tamen Dominum, vt à principio suorum dolorum mater eius esset præsens, ne tam longo dolore contabesceret. Alijs viribus Angeli hominibus apparebant honorū
Genes. 18. nuntiorū baiuli. Abrahæ apparuerant pro-
Ibid. 18. mittentes ei filium heredem bonorum suorum, & patrem illū futurum Messiæ. Loth
Iud. 6. & 13. apparuerunt, vt illum ab incendio Sodomę liberarent. Manue, & Gedeoni etiam bona nunciantes sese ostenderunt. Cæterū Regi Dauid apparuit Angelus stricto gladio, atque cruento, in signum iræ Dei quæ in populum desæuiebat. Sic existimo hodiè Angelum apparuisse Christo stricto gladio, in suo proprio sanguine tincto, in signū quòd deberet Patris sententia contra filium exequutioni mandari. Tenuit quidem Angelus
Genes. 22. manum Abrahæ, ne percuteret filium suū Isaac: nunc autem non ad hoc Angelus venit, vt manum Deo teneat, sed ad intimandam ei Patris sententiam: quoniam verbū eius non debebat excidere, aut retrocedere, sed quòd diffinitum est, ipsum pro hominibus debere mori, & illam esse vltimā Patris diffinitionem. Quarè hæc verba debuit habere ad illum Angelus. Domine, ego à Patre tuo missus sum, vt tibi notam faciā eius diffinitiuā sententiā aduersus te prolatam, eò quòd pro hominibus obligari voluisti: nā Dei diffinitio non potest nō adimpleri. Tu
Genes. 22. enim es aries ille quem vidit Abraham inter vepres hærentem cornua, vt illum loco filij sui immolaret. Nec enim homo purus sacrificio huic aptus erat, nisi tu qui Agnus innocens es, inter vepres & spinas positus. Nec in terrā promissionis potest intrari, nisi per mare rubrum transitus fiat. Hoc est, non possunt homines ingredi cælum, nisi sanguine tuo quem modo effundere cœpisti tincti fuerint. Necesse fuit, vt postes domorum in quibus filij Israël habitabant, sanguine agni immolati tingerentur, vt gladius Angeli qui percutiebat primogenita Ægyptiorū, domos illo sanguine rubicatas pertransiret, & non noceret illis. Nisi velis, quòd Angeli ministri exequutores iustitiæ diuinę illam in omnes homines exequutioni mandent, necesse est, vt tu verus Agnus immoleris, tuoq; sanguine rubricatæ animę fidelium, ab ira Dei desæuientis in homines protegantur. Denique salus hominis, quàm tu tantopere concupiscis, nō potest suum exequi effectum, nisi morte tua interueniente. Exurge Domine, & roborare: quoniam tali medio debent homines per te redemptionē

ac filium eius suam veram consequi. Sic sic Angele Dei, exhortare illum, vt moriatur: quoniam nostra vita ex eius morte pendet. Quod si hæc ei proposueris rationem, nempè quod ad nostram salutem id expediat, hæc illum conuincet ad mortem: quoniam plus nostram
1. Reg. 20. quàm suam diligit vitam. Exiuit Ionathas in campum, vt quæreret Dauid, cui patris sui Saul sententiam ac voluntatem notam fecit, qua destinarat illum occidere; & abinuicem separauerunt se plorantes. Lacrymatus est Ionathas & Dauid, sed plus Dauid fleuit, quàm Ionathas. Sic Angelus hic in hortum hunc descendit, vt vero filio Dauid diffinitiuam sui Patris sententiam intimaret. Flent ambo, sed magis Christus, Angelus tamen modo sibi possibili compatiebatur ei. Hinc illum cum Angelo vsque ad Feriam sextam dimittamus, guttulas illas omni balsamo pretiosiores cum fide, ac deuotione colligentes, & in cordibus nostris recondentes: vt sic ab illo integram peccatorum veniam assequi mereamur. Amen.

Feria sexta Parasceues, sub eodem themate.

Sicut pullus hirũdinis sic clamabo, &c.

QVis nostrum ignorat, o Christiani, dolorem illum quem hac die beata Virgo in suis recepit visceribus, maiorem fuisse omnibus quos vnquã persona aliqua humana in carne pertulit, videns dilectissimum filium suum in manus carnificum crudelissimorum traditũ, exercendo in illum noua genera ludibriorum, & tormentorum, qualia vnquam alicui hominũ contigerunt, itàquod in illa abundè adimpletũ est quod
Luc. 2. Simeon vaticinatus fuerat dicens. Tuam ipsius animam pertransibit gladius. Hoc est, quòd gladius ille qui carnem Christi secare deberet, animam matris eius trãsuerberaret. Res hactenus inaudita. Quòd gladius secet, ac vulneret carnem, naturalis res est, quã quotidiè cernimus, ac experimur: sed quòd gladius inueniatur, qui animam penetret, qui spiritum secet, qui viscera vulneret, inaudita certè res est, acutissimam aciem talis gladius debuit habere. Hinc ergò perpendes quàm acutus ac penetrans fuerit gladius, qui vitam abstulit filij Dei, cùm acies eius viscera, & animam matris transuerberare valuerunt. Quàm crudelia fuerunt tormenta corporis filij, quæ talem operata sunt effectum in animam matris. Amor quem erga filium gerebat mater, acuit aciem gladij, vt ad animam pertingere illa valeret. Quoniam si propter societatem, quam anima habet cum corpore, propter illam mutuam colligationem transuersaliter dolores sentit, nam si corpus feriatur, tristatur anima: si huic veritati iunxeris illud Augustini, quod anima potius est Augu[s]t.
vbi amat, quàm vbi animat: cùm anima Virginis præ amore sic inuiscerata in corpore filij sui esset, quòd videretur anima matris esse anima corporis filij, & ex alia parte habebat in suis visceribus proprium filium; certum est quòd dolorem quem corpus sentiebat filij, anima matris etiam portabat: nam præ amoris magnitudine habebat se sicut corporis illius animam, & ideò tangendo corpus filij, animam matris etiam tangebant, cui filius tam intraneus erat. Quare plusquàm omnes alij in se sensit quod Philip. 2
filium suum senserat, & accepit Pauli consilium, sentiens in se quod filius suus. Igitur si nos sentire volumus quod Christus in seipso sensit, sentiamus quod Virgo mater sensit, & sentiemus quod Christus sensit: nam ipsa in anima sustulit quod filius in corpore pertulit. Quod si eadem in mentibus sentiamus, iam sentiemus quod Christus sensit. Hoc ergò volumus, o beata Domina, sentire tecum tuas angustias, vt illas simul tecũ portemus. Tecum hac die stationes, & passus quos tu ambulasti ire volumus vt in nobis æstimemus pretium sanguinis quem tu adorasti. Quod si veluti Petrus tepida deuotione nos te sequuti fuerimus à longè, frigidi ac indeuoti: respice nos tuis pijssimis oculis, sicut filius tuus respexit Petrũ, ne sit potens caro facere vt illum negemus, à quo tanta bona accepimus. Et vt hoc melius consequi valeamus, Salutationem illi Angelicam offeramus dicentes, Aue Maria.

Sicut pullus hirundinis. Oportet semper hanc Domini nostri passionem meditari, nec eius vllatenus obliuisci, cùm tanta nobis ad hoc obligatio sit posita. Nam etsi lapides essemus insensibiles, nondum excusationem haberemus, cùm & lapides & ipsa sepulchra illum suis motibus plorauerint. Quare sancta mater Ecclesia, nihil nostræ imbecillitati & torpori fidens, tot diebus, tantis ceremonijs, vocibus, ac repræsentationibus nos tanti mysterij admonet, atque exhortatur, vt illius semper memores simus.

fecerat. Mulier illa Raab de qua apud librum *Iosue. 6.* Iosue meminit Scriptura, noluit exploratoribus credere quos Iosue miserat ad explorandum terram, nec suo solùm se commisit iuramento, quo polliciti sunt seruaturos eã, quia illos in domo sua occultauit ne proderentur, & perirent, vitam suam pro illis periculo exponens; sed ea die qua ciuitas capta est, funem coccineum è fenestra pendentem posuit, vt illo signo recordarentur beneficij ab illa accepti, nec ingrati illi essent. Sic Ecclesia mater nostram ignauiam agnoscens, noluit se nostrae memoriae credere, nec promissioni quã in baptismo fecimus, quod tantum nunquam obliuisceremur bonum, sed signis multis eius nos saepè recordari facit. Quid enim monumenta haec, faces ardentes, luminaria, cruces, sanguineae disciplinae, cruentatae vestes, nisi funes coccinei sunt, quos ex suis fenestris suspendit Ecclesia, ad excitandam memoriam labilem nostram, quae tantis nostri benefactoris recordaretur, qui non solum periculo vitam suam posuit pro nobis, quinimò & ignominiosissimae & crudelissimae morti tradidit. Hoc ergo debemus in nobis sentire, tanquam columbae, & sicut pulli hirundinis clamantes dicunt. Quod si visum tibi deficere sentis, ad haec videndum accipe fel illius piscis, vt fe- *Tob. 11.* cit Tobias, & super oculos tuos illud pone, amaritudines Christi super oculos mentis tuae ponens, & habilior inuenieris ad haec mysteria sentienda. Si vires tibi non suppe- *1. Mach. 6* tunt, fac quod in libris Machabaeorum legitur. Nam ad reddendos ferociores elephantos sanguinem vuae illis ostenderunt. Non nunc opus est sanguinem fingere, cùm tantum, tamque verum hodiè Dominus per calles Hierusalem fuderit, qui abundauit quidem ad roborandos quoscunque animos, ad quaeuis magna subeunda pericula. Sentite *Matth. 27* ergò hoc, & non sicut vxor Pilati, quae haec mysteria somniando sensit. Nam multi fidelium quasi in somnijs videntur audisse haec mysteria passionis Christi, nec penetrauerunt corde; & ideò non nos clamare compellunt. Vae homini Christiano, qui haec somniare sibi satis esse putat, & non amplius ista considerat. Igitur appropinquante hora qua Dominus tradendus erat, secundùm Patris definitionem, abijt vnus de duodecim, qui dicebatur Iudas Ischariotes ad Principes Sacerdotum, & dixit eis. Quid vultis mihi dare, & ego vobis eum tradam? Fuit admodum mira in his dictis, & conditionibus, qualis nunquam in orbe audita est. Nec enim legitur, quod quis fuerit venditus ad hoc quòd morti traderetur. Vendiderunt quidem fratres *Gen. 37.* sui Ioseph Ismaelitis, sed non vt occideretur, sed potius vt à morte illum liberarent. Emit pessimus Aman populum Iudaeorum à Rege Assuero, vt deleret illum, sed non sic euenit vt volebat, sed potius ipse interfe- *Esther. 3.* ctus est. Solus hic Dominus qui nullũ vnquam crimen commisit, à proprio discipulo venditus est vt interficeretur. Quid vultis mihi dare, &c. O vox praesumptione & insania plena! Dominum omnis creaturae, cui Pater omnia dedit in manus, ac si in tua esset potestate promittis te traditurum. Quid vultis, &c. O vox qualibet poena digna! Dominũ tuum & magistrum, qui in te tot cõtulit beneficia, te enim suum Apostolum ac oeconomum fecit, qui te ad praedicandum cũ alijs Apostolis misit, qui te facere miracula docuit, tanquam vile mancipium, & nullius pretij in auctione publica vendere niteris? & sic parui illum aestimas vt nihil pro illo poscas, sed quod ipsi tibi voluerint dare? Quid vultis, &c. O pessimè omnium hominum! Quarè eo pretio illum vendere vis? Pater gratis illum nobis tradidit, ipse se voluntariè morti offert, & clamat, Venite, emite *Esai. 55.* absque argento & absque vlla commutatione, & tu vendere nobis illum satagis? Quid vultis, &c. Quis est ille? Ignoras ne nomen eius? Impone nomen mercibus tuis quas vẽdis. Quòd si nomen eius nosti, cur tam inurbanus ac malitiosus es, vt illum te nominare pigeat? Tu ò illum odio prosequeris, vt nec nomen quidem eius in tuo ore assumere digneris? Quarè nõ dicis, Quid vultis mihi dare pro primogenito omnis creaturae, aeternitatis haerede, ac vnigenito Dei? Quid vultis mihi dare pro filio Virginis, pro Iesu Nazareno? Sed tu non es dignus in ore tuo illũ assumere; quoniam nemo potest dicere, Dominus Iesus, nisi in Spiritu sancto; tu autem spiritu maligno repletus es. Et ego vobis eũ tradam. Si vẽditor es, merces tuas lauda, sic etiam omnes venditores faciũt, praecipuè cũ vendunt mancipia. Dic, dic, nam cum veritate dices, Quid dabitis mihi, & vẽdã vobis mancipium quoddam pulcherrimum, humanissimum, magni ingenij, diligentissimum, & laboriosissimum, in verbis gratum, & in consilijs prouidum? Dic, sic, quia cum veritate dices, Quid dabitis mihi, & dabo vobis hominem qui scit condere coelos, sculpere stellas, Solem, & Lunam, & caetera luminaria facere,

facere, hominem qui terrestrem tot plantis, & animalibus creauit, qui mare, flumina cum piscibus fecit. Dic dic, quia cum veritate dices. Quid dabitis mihi, & tradam vobis hominem qui scit cæcis lumen dare, surdis auditum, mortuis vitam, mutis loquelam, claudis soliditatem, leprosis munditiem præbere? Qui scit dæmones expellere, & alia multa mirabilia facere? Sed in eam nefanda lingua non hæc tam grandia capiebant. Eia homines, videte Dominum nostrum in publica auctione positum, quid pro illo vultis dare? Quis auget pretium? Quilibet illum mercabitur eo quod voluerit pretio: diues eleemosynis, pauper lacrymula, aut dolore cordis. Quid vultis mihi dare? O Iuda, vide quod secundùm leges non potes illum vendere, vel distrahere, nisi prius ad proprietatem recurrat, vt videas si pro simili pretio, *per el tanto*, vult illum. Homo quippe iste Reginæ cœlorum est, ipsa illum concepit, peperit, & enutriuit. Require ergò eius voluntatem: quoniam ipsa plus pretij pro illo tibi dabit; nam sua est ipsa humanitas & caro quam tortoribus eius tradis. Si pecuniam vis, illa tibi dabit quod volueris pro eo, etiam si sciat semetipsam vendere. Lacrymis & sanguine suo redimet hanc venditionem: quoniam vitam suam pro illo libentissimè commutabit. Et pacti sunt triginta argenteos illi dare. O pro quam vili pretio pretium nostræ redemptionis distrahis. Non legisti quod sit pretiosior cunctis opibus, & quòd omne desiderabile huic non valeat comparari? & tradis illum pro tam vili pretio? Propter hoc
Amos. 2. indignatus Dominus per Amos Prophetam cap. 2. dicit. Super tribus sceleribus Israel, & super quatuor non conuertam eum: eò quòd tradiderit iustum pro calceamentis. Tam vile quippe fuit pretium, vt vix esset ad emendos calceos sufficiens. Et adimpletum est va-
Zachariæ ticinium Zachariæ, quo dicit. Appenderunt mercedem meam triginta argenteis, & dederunt in agrum figuli, sicut constituit mihi Dominus. Cùm ergo Iudas pactus fuisset cum Principibus, vt traderet eū illis, venit ad noctem cum turba multa; quia ille locus erat notus ei. Iesus exijt obuiam eis, & dixit: Quem quæritis? His blandis verbis eos interrogat: vt probet eos, si sic eorum dura corda emollire valeat. Ac si diceret, Quem quæritis, innocentem, inculpabilem, cuius doctrinam audistis, cuius miracula vidistis? Attendite & videte magnum esse crimen, in illum quem innocentem scitis, quem Deum esse verum ex miraculis satis intellexistis, manus violentas iniicere. At illi dixerunt Iesum Nazarenū. Dixit eis. Ego sum. Ac si diceret. Deum quæritis, qui de se dixit, Ego sum qui sum. Quo audito, abierūt, & ceciderunt retrorsum. O homines quid hoc est miraculi? Quæ magna potentia Dei est hæc? Si cùm magis carnis infirmitatem ostendit, quandò ab hominibus se comprehendi permittit, tantam fortitudinem habet, quòd solo vno verbo eos prosternit in terram, quid poterit modò cum cælum immortalis iam habitat. Quid in die iudicij faciet, quādò cū summa potentia omnes nos iudicaturus adueniet? Quis tam audax erit peccator, qui hunc Dominum cœlorum regna moderantem offendere audet, cùm tantam potestatem super homines habuerit in terra? Et vide, ò homo, non tibi contingat, quod his perditis hominibus, qui Deum quærere veniebant, & vt accidit aliquibus animabus lentibus, quibus aliquandò de fide certum venit quærendi Deum, & dum iam iam in manibus habent illum, & occasio offertur benefaciendi, conuertuntur retrorsum & non faciunt. Non sic debes facere. Sed si inueneris Deum, tene eum cum Sponsa, nec dimittas. Non pergas ad Deum cum tuis armis, sicut isti maledicti fecerunt. Hoc est, non tibi fidas, nec tuis insolitis viribus ad eum vadas, cum æstimatione, aut confidentia tui. Hoc enim est audacter cum istis carnificibus ad Deum pergere. Præcepit eis Dominus, vt surgerent, & vt dimitterent suos abire, & tunc eo relicto omnes fugerunt, dempto Petro, qui educto gladio percussit Pontificis seruum, & amputauit auriculam eius dexteram. In quo mysterium hoc includebatur. *Exod. 21.*
Nam lex præcipiebat, quòd in anno Iubilæi seruus Hebræus liber maneret: quòd si *Deut. 15.*
ipse sponte sua voluisset fieri seruus perpetuus heri sui, subula perforaret auriculam suam dexteram, & sic maneret seruus in æternū. Populus ille perpetuus addictus erat seruituti; venit Iubilæi tēpus, hoc est, libertatis, & prædicationis Euangelij, quandò Saluator mundi venerat eos liberare à seruitute peccati, ipsi autem contempserunt, & voluerunt in perpetuum seruitute manere, & ideò auricula eorū perforatur & signatur: nam per aurem ingreditur fides, vt ait Paulus: Fides ex auditu, auditus autem per verbum Dei. Sed quia hanc fidem recipere noluerūt, auricula eorum præscinditur, sed Dominus sanauit auriculam eius, vt ostenderet quòd aliqui

qui ex illo populo traditori erant. Ideò dimisit illis auriculam dextram: nam fidem per fragmenta receperant, *à rendradas*, sed populus Gentilicus integrè fidem illam assumpsit: & ideò nulla ei auricula deest.

Tunc audacter, & inuerecundè accessit ad eum Iudas & osculatus est eum dicens, Aue rabbi. O nunquam auditum scelus, atque proditionem in pace bellum facere, & cum signo amicitiæ proditionem committere. Cum osculo quod est signum pacis, & cum salutatione quæ signum esse solet amicitiæ, nefandum committere scelus, magistrum ac Dominum tradendo in manibus inimicorum eius. Id fecit Ioab cū Amasa, & Abner. Salue frater, & immisit ei gladium vsque ad ilia. *2. Reg. 3. & 20.* Aue rabbi. Cur magistrum vocas eū, cuius nunquam voluisti discipulus esse? Non enim tale quid in eius schola didicisti. Voca magistrum cupiditatem ac auaritiam tuā, voca magistrum diabolum & infernū à quibus tantum scelus didicisti. Et osculatus est eum. Posuit Dominus signum in Cain, vt nō interficeretur, iste autem in eo signum posuit, vt morti traderetur. Nō hoc certè osculum erat quod Sponsa poscebat cùm dixit: *Cant. 1.* Osculetur me osculo oris sui; sed aliud longè diuersum. Et miror equidem quomodò loco osculi non momordit faciem Domini: tanta erat rabies quæ illum agebat. Sed tamen illum diuisit lupis rapacibus qui ibi erant, vt illum dilaniarent secundùm illam sententiā *Iob. 17.* Iob. Prædam pollicetur socijs; Lupis agnum committit, vt illius saturentur carnibus, & dirumpant. Nam tunc totum pondus belli versum est contra Saul, & omnes qui cum Iuda venerant irruunt in Dominum Iesum. Irruunt lupi in agnum, latrones crudeles in mansuetum pastorem, In patrem inobedientes filij, peccatores in Deum, filij tenebrarū in verum lumen. Et nec aspicientes suauem Christi conuersationem, & amicitiam, neque Dei maiestatem, nec suorum miraculorum magnitudinē, in illum sacrilegas manus iniiciunt. Apprehendunt eum qui paratus erat apprehendi, trahunt eum qui trahi volebat: quoniam si ipse resistere voluisset, non equidem valerent illi nec tangere eum. Et considerare debes hic, quòd non vnus aut duo in illum manus mittunt, sed omnes, & omnes aduersùs illum irruunt. Primū, quoniā à maioribus persuasi veniebant Christum omnium hominum pessimum esse: secundò, quoniam confusi erant & pudefacti tot diebus illum voluisse apprehendere, & nō valuisse: & tertiò, quoniam pro magna iniuria acceperant illorum terram modo solo verbo prostrauisse Christum; & tanquam gens ira percita & obcæcata, nunc quando facultas eis datur, totis viribus irruunt in eum. *Simile.* Quemadmodùm cum exercitus multis diebus obsidet ciuitatem aliquam à qua magnā accepit iniuriā, & vult sibi vindictā ex illa sumere, eo die quo illam vi armorum ingreditur, sanguine, & igne omnia depopulatur, hos iugulat, illos spoliat, alios apprehendit, illos præcipitat, hos varijs tormentis interire facit, nulli ordini sexui aut ætati parcit. Sic isti crudelissimi homines, qui tot iam diebus insidiabantur Christo à quo se accepisse iniuriam putabāt, nec poterant capere illum; hodiè cum eis facultas cōceditur, omni rabie desæuiunt in eum, & nunc factis, nunc rebus & verbis illum lacessere non quiescunt. Hic manus ligat, ille barbam vellit, alius alapis maxillas cædit, alius vestes lacerat, alius capillos euellit: Denique omnes in illum manus procaciter mittunt. Ligant crudeliter funibus manus eburneas eius qui fabricauit auroram & Solem, & sic ligatum illum properanter ducunt in Hierusalem. Quid maius improperium quàm ligatam libertatem videre? O homines qui manus ligatis Deo vestro, ad cuius confugietis auxilium? Quis à periculis vestris vos liberabit? Respondebit enim tibi Deus, Tu manus ligasti mihi, quibus tibi auxilium præbere solebam, nunc vade, aliud quære auxilium si inueneris. Vide innocētem puerum Ioseph venditū Ismaelitis per manus vnius ex fratribus suis: vide libertatem captiuam, vide Deum in manus peccatorum, agnum in ore luporum, & mansuetum pastorem in potestate latronū. Et sic ligatum duxerunt illum in ciuitatē, vbi expectabant eum reliqui Sacerdotes, & multitudo plebis quā ipsi conuocauerant; & clamantes & vociferātes cōtra ipsum, perferūt illum ad Annam, vbi iniuriam illam passus est à seruo Pontificis qui dedit ei alapam, de quo iam plura supra diximus. Et per totam illam noctem maximis ludibrijs illum affecerunt & alapis illū cædebāt dicētes, Prophetiza, &c. Vbi adimpletum est quod Psalmista dixerat. Circundederunt me sicut apes. *Simile.* Apes cùm irascuntur, hinc & indè & ex omni parte aculeis suis feriunt faciem & caput hominis: sic illi ex omni parte diuinum Christi vultum in quem desiderant Angeli prospicere, alapis cædebant, & spuebant in eum, & alijs maximis iniurijs affici-

afficiebant illum. Ita quod tunc adimpletū
Iob 16. est illud, Iob 16. Hostis meus terribilibus o-
culis intuitus est me: aperuerunt super me
ora sua, & exprobrantes percusserunt maxil
lam meam, satiati sunt pœnis meis. Et mul-
Psal.108. ta falsa testimonia dicebant aduersus ipsū,
vt adimpleretur illud Psalmistę. Circumdederunt me viri mēdaces, & sermonibus odij
circundederunt me. Indè ad tribunal Caia-
phę ducitur, à quo & ad Herodem defertur,
qui derisit eum tāquam insanum, & remisit ad Pilatum indutum veste alba. Apud
Ezech. 9. Ezechielem Prophetam dicitur, quòd vidit
hominem quendam indutum veste alba, &
& atramentum scriptoris ad renes eius, &
signabat Thau super frontes virorum dolē-
tium, atque gementium. Christus Dominus
est hic vir, quem modò videmus indutū veste alba, post paululum illum videbitis
cum atramento scriptorum ad renes eius,
hoc est, cum cruce, in qua scapulas suas ponet, suo sanguine loco atramenti tincta. Pē-
nę sunt claui, cultelli, lancea, cum illis Thau,
hoc est, signum crucis signauit super animas omnium eorum, qui saluari debent. Pilatus illum eripere nitebatur de manibus
Gen.37. eorum, sicut Ruben Ioseph de manibus fratrum suorum; ita cum voces eorum inualescerent, assumpsit Dominum Iesum, & tradidit eum in manibus carnificum. Qui spo-
liauerunt illum, & alligauerunt columnæ,
& multis flagellis cæciderunt illum. O ad-
mirandum spectaculum & horrendum scelus, vt ille qui omnibus abundanter tribuit,
tanquam latro qui aliena surripit plectatur.
Ego commisi furtum & ille flagellatur. Pos-
2.Reg.24. sumus nunc conuerti ad Deum Patrē suum,
& cum Dauide quando vidit Angelum ma-
ginato gladio sanguine tincto vibrantem illum contra populum, dicere ad illum. Ego
qui peccaui, ego qui malum feci, hic qui ouis
est, quid mali fecit? Quid meruit? Ego latro,
qui furatus sum gloriam tuam, hic qui potius
quærit eam tibi, quid fecit? Ego lupus, quid
commeruit agnus? Contra me desæuiat ira
tua, o Pater æterne, parce innocēti filio tuo,
& arma tua contra me cōuerte: ego enī sum
qui peccaui, ego qui malum feci. Sed bene
scio ego Domine, quòd non potero portare
iram tuam: & ideò illam super filium tuum
immisisti, qui ferre eam valeat. Benè in per-
Psal.37. sona filij tui dixit Dauid: Quoniam ego in
flagella paratus sum, hoc est, tot mala quot
voluerint super me homines immittere, propter hominem iratum, etiam ipsa flagella.

Benè ego video Domine Deus, quoniā Pa-
ter posuit super scapulas tuas peccata mea: Esai 53.
ideo illum flagellis cędere permisistis. Quoniā
ego in flagella paratus sum, & licet crudelissimè vulnerent laceratas carnes tuas, nec
verbum quidem aut suspirium vllum emittis. Vbi sunt illæ lacrymæ quas super Hierusalem fudisti? Cur non hæc pro tuis doloribus fundis? Quoniam ego in flagella paratus sum, & plura dāna quā hęc pro homine
libentissime perferam. Dic quomodò illum
coronauerunt spinis, & addc. Egredimini fi- Cant. 3.
liæ Sion, & videte Regem Salomonem, in
diademate quo coronauit eum mater sua, in
die desponsationis eius & in die lætitiæ cordis illius. Nouerca mater sua synagoga hāc
illi coronam inuenit, cùm illi deberet dare
coronam Regni Dauid: sed expectauit, vt faceret vuas, & fecit labruscas. Sed vocatur
hic dies desponsationis eius: quoniam spon- Esai.5.
sus sanguinum debebat nobis esse, & est dies
lætitiæ cordis illius: quoniam etsi secundùm corpus dolore afficitur; gaudet tamen
cor eius quoniam in bonum nostrum, & gloriam Dei hęc omnia denique cedunt. Et
spuebant in eum, & dabant ei alapas, ita vt
posset de eo dici illud Esai. Non erat ei spe- Esai.53.
cies neque decor. Et quoniam pro nobis factus est maledictum (vt ait Paulus) & terræ Gal 3.
hæc data fuit maledictio Gene. 3. Maledicta Gen. 3.
terra in opere tuo, spinas & tribulos germinabit tibi: ideo ipse etiam hanc pro nobis
pertulit maledictionem. Adduxit sic illum
Pilatus foras ad populum, cum hac tā miserabili figura, & dixit eis: Ecce homo. Ac si
diceret. Oportet vt ego vobis illum demon-
strem, ad hoc quòd cognoscatis eum. Talis
enim venit, vt nullus illū agnoscere valeat.
Vel Ecce homo. Ecce quid peccator deberet
esse: nam talē se pertulit poni Christus, qualis debebat peccator ob sua delicta poni:
quoniam ipse personam peccatoris assumpsit, ad sufferendum quod peccator deberet
ferre. Ecce Adam quasi vnus ex nobis factus
est. Ecce secundus Adam vt adimpleret desiderium primi, quasi vnus ex nobis fieri: nam
Adam factus est Deus, & Deus factus est ho
mo, sub figura peccatoris Adam, eius peccati
perferens pœnas, portat enim imaginē &
vindictam peccatorum. Vel ecce homo, hoc
est, in Lege promissus & eo modo quo est
promissus. Nā in lege promissus est passibilis ac redemptor, vt Paulus docet. Vel ecce
homo, qui in tot aduersis nunquam perdidit hominis fortitudinem. Vel qui solus
fuit

fuit homo sine peccato: caeteri enim degenerauerant ab esse hominum, nam homo per peccatum comparatus est iumentis insipientibus, & similis factus est illis: & ideò hic solus perfectam & sanam naturam humanam repraesentat. Nam & Hieremias cap. 4. dixerat. [Hierem. 4] Aspexi terram, & ecce vacua erat: & aspexi caelos, & non erat lux in eis. Vidi montes, & ecce mouebantur, & omnes colles turbati sunt, intuitus sum & non erat homo. Per terram intelligit populum illum omni virtute vacuum, per caelos intelligit praelatos, qui tunc erant caeci, & absque luce: mouebantur montes, hoc est, discipuli, qui timore concussi commoti sunt & fugerunt; & magnus mons, hoc est Petrus negauit illum; & ideò nullum perfectum hominem inueni, nisi hunc, in quo erat natura omnis sine culpa. Item quia homines in prosperitatibus euanescunt, vt Nabuchodonosor, [Dan. 4.] qui sic per Regiam potentiam elatus est, quòd defecerit ab esse hominum, & quasi bestia inter feras commoratus est, imò & aduersitates illos ab esse hominum deijciunt: hic autem vbique integer homo, nec euanuit in transfiguratione, nec in passione, nec in prosperis elatus, nec aduersis depressus est, imò propter vanitates meas spinis modò coronatur. At Iudaei nec sic flecti potuerunt, quinimò clamabant dicendo. Tolle, tolle, crucifige eum. [Ioa. 19.] Ac si dicerent, nec aspicere eum dignamur: grauis est enim nobis ad videndum, quoniam dissimilis est alijs vita eius. Tandem importunatione populi victus Pilatus condemnauit Dominum Iesum ad mortem crucis. Accepta sit sententiam Dominum tanquam à Patre datam. Et exuerunt eum tunica coccinea, quae erat vestis Regalis, ad significandum quòd non moriebatur tanquam Rex, sed tanquam homo: posuerunt crucem super eius humeros, vt adimpleretur illud Esai. [Esai. 9.] Factus est principatus eius super humerum eius, & sic duxerunt eum ad mortem, in locum qui dicebatur Caluariae. Hic Sancti contemplatiui dicunt Virginem sacram obuiam exijsse Domino Iesu Christo, atque per vestigia sanguinis post illum abijsse, quem cum in vijs diffusum videret, corde adeptabat eum dicens. O crux [illegible] nus de meis visceribus genitus, quàm [illegible] gnè te homines ingrati [illegible] meas super te fundo, quia [illegible] [Hier. 13.] dere nequeo. Excaecatis [illegible] in extra castra improperi[illegible] tes, & cum illis dicentis nobis, Audite vos, [illegible]

[illegible] Hierusalem, dicatis mihi, Nū quem diligit anima mea vidistis; & dicamus ei: Qualis est dilectus tuus ex dilecto, qualis est dilectus tuus, & quaeremus eum tecum? [Cant. 5.] Dilectus, meus ait ipsa Domina, candidus & rubicundus, electus ex millibus, caput eius aurum optimū; comae eius sicut elatae palmarum, venter eius eburneus, distinctus saphyris, manus eius tornatiles plenae hyacinthis, & totus desiderabilis. Et nos dicamus ei, Nō his signis cognoscemus eum. Nam vidimus [Esai. 53.] eum, & non erat ei aspectus, considerauimus eum, virum dolorū, vndè nec reputauimus eum. Non erat ei species, neque decor. Et sic cùm iam ad Caluariae montem accederent, Mater filium, & filius matrem aspexit, & duo illa luminaria inuicem se viderunt, obscuratumque est cor Virginis prae tristitia & dolore. Similiter & cor Filij ad Matrem dicebat. Cur hîc, o Mater mea, columba mea, Sponsa mea venisti? Tuus dolor meum auget, & meus tuum facit accrescere. Attende ô mater mea, non tuae condecere dignitati comitatum latronum: nondum aquae diluuij exsiccatae sunt; adhuc viget tempestas dolor, nec cataractae corporis mei rumpantur. Reuertere, ergò columba mea, ad Arcam, quia in his processibus non inuenies pes tuus vbi quiescat. Respōdit cor Virginis ei & dixit. Cur mihi hoc praecipis, ô dilecte fili, quòd oculos meos ego vllo modo à te auertam? Tu scis nullum aliud solatium animae meae superesse, praeter te, in quo tota mea gaudiorum summa sita est, tecum vsque ad crucē perueniam, & ardentem animam cum tuo corpore crucifigam, sicque tecum vsque ad mortē indiuiduus comes perstabo. Venerunt ergò ad Caluariae locum, ibique Dominum clauis cruci affixerunt, illumque suo corpore quasi pallio quodam ornauerunt, nec tamen fibulis sicut solitum est tapetia suspendi illum in cruce posuerunt, sed clauis terebrauerunt manus, & pedes eius perforauerunt, & sic illum suo corpore lecti [illegible] ornauerunt. Lectum qui illum cum in mundum venit excepit, lectum qui fuit virginis vterus [illegible], [illegible] quoniam in aëre [illegible]. Tunc in [illegible] [illegible] aëre [illegible]. Tunc inter duos latrones [illegible] ab vtroque [illegible]. Tunc Angeli [illegible] concinebant [illegible] hominem illum [illegible] & inter [illegible] dicentes; Vah, qui destruis templum Dei, & in tribus diebus reaedificas illud? Et loquebantur [illegible] tus est in cruce septem illa verba, & in vltimo verbo clamauit. Pater in manus tuas commendo spiritum meum. Et inclinato capite tradidit spiritum. Solent alij homines, cùm moriuntur, post mortem inclinare caput, Christus verò Dominus prius inclinat caput, & deinde emittit Spiritum. Iam tacet de cætero verba, quoniam mors præsens linguam impediebat ad exprimendos suos diuinos conceptus, quos tunc temporis mente reuoluebat. Sed dum amor abundat, non desunt modi, quibus se explicent amantes, etiam cùm deficiunt verba. Igitur inclinare caput antequam animam efflaret, fuit omnibus significare, quanto amore homines prosequeretur, & inclinando caput responsum reddere multis interrogationibus, quas tunc illi poteramus facere: Dic nobis, o bone Iesu, si propter hominem oporteret iterum de Virgine nasci, in summa egestate, tempore rigido, in loco horrido & populo faceres ne? Inclinato capite respondet quòd sic. Si necessarium esset iterum labores teneræ infantiæ pati, propter salutem nostram bone Iesu, patienter ne ferres illos? Inclinato capite respondet quòd sic. Quid de laboribus illis acerbissimis, quos ob prædicationem Euangelij pertulisti, simul cum maximis persecutionibus & insidijs, quæ aduersum te iniusti texuerunt, nunquid iterum ea patereris, bone Deus? Inclinato capite dicit quòd sic. Erit ne possibile, quòd in ipsa sanctissima anima amoris flammæ sic potentes inueniantur, quæ propter hominis dilectionem te compellerent iterum offerre corpus tuum, iterum & iterum, tot millibus flagellorum, alapis, spinis, clauis, lanceis, deinde vitam & honorem simul amittere? Inclinato capite respondet quòd sic. Tanta vis ac copia amoris in pectore Christi abundabat, vt cùm esset in hora mortis & iam verba defecissent, quibus explicare aliquis verus amor, signum dedit exhaustum esse. Videtis ergò, o [illegible] Christi fideles, Dominum Deum nostrum pro nobis crucifixum [illegible]

me, qui [illegible] ac terræ Rex, æterni Patris æternus filius, [illegible] omnium creaturarum factor & artifex, possibile ne est tanta vilitate habuisse amorem, vt in talia extrema te cogeret? Quid ad te, o Domine, quòd ego perirem? Quia tu perdebas, si ergo perderer? Quam vitam tibi mea vita præstabat, vt pro ea poneres tuam? Nonne tu ab æterno Deus eras, antequam ego essem? Fateor, Domine, fateor, ideò te tam mala perpessum, vt mihi tot bona conferres. Video latus tuum diuinum tuum, in quem desiderant Angeli prospicere, immaniter apertum, sulcatum, pingue cruore perfusum, qui ex tuo sacro capite stillat. Caput sanctum quod Sponsa aurum optimum appellabat, crebris spinis perforatum, eburneas ac regales manus, quæ fabricatæ sunt [illegible] & Solem, duobus ferreis clauis affixas, sanctissimos pedes qui coelos calcant, terramque pro scabello habent, crudelissimo ferro terebratos: denique nihil in tuo corpore, cerno quod vulnere careat, signaque rigiditatis non præ se ferat. Et omnia hæc propter peccata mea video quòd pateris, quoniam tua vita innocentissima fuit. Omnia pateris, vt voluntatem Patris tui adimpleas, cui sic obediens extitisti, vt quoniam ipse sic disposuit, te tot doloribus exposuisti. Rogo ergò te piissime Domine, per vulnera flagellorum, per liuores vultus, per spinas capitis tui, per clauos manuum & pedum tuorum, per mucronem vulneris, & super omnia per amorem quem mihi ostendisti, & per Matris tuæ dolores, rogo, inquam, te o bone Iesu, per hæc omnia, quæ tibi proposui, vt peccatis meis indulgeas, pro quibus mortem pati dignatus es, nec permittas me ingratum esse tam grandi beneficio, & tam grandi benefactori nec consentias vt pereat, qui tanto tuo pretio redemptus est, quin potius semper hæc beneficia in mente retinens, sic tibi gratias semper exhibeam, vt per meritia tuæ passionis merear ego consequi vitam, hic gratiæ, & illic gloriæ. Amen.

Cap. XXVIII.

ESPERE *autem sabbathi, quæ lucescit in prima sabbathi, venit Maria Magdalene, & altera Maria videre sepulchrum.* Hæc est postrema Euangelicæ historiæ pars, ea scilicet

scilicet quæ Christi resurrectionem, & eiusdem resurrectionis manifestationem continet, & simul suam ascensionem, in qua & historia Christi & nostræ redemptionis perfectio & finis continetur. Nam sicut mortuus est propter peccata nostra, vt nos ab illis absolueret; ità & resurrexit propter iustificationem nostram, vt nos ad immortalitatem secum perduceret, & sua resurrectio est causa nostræ resurrectionis.

Caietanus Iansenius. Sed circa hæc verba huius Capitis, relictis aliis interpretationibus, hæc quæ Caietani & Iansenii est mihi magis arridet. Nempe quod cum Hebræi celebrarent sabbatha sua à vespera vsque ad vesperam; per vesperam Sabbathi, aut Sabbathorum (vt Græci legunt) videtur intelligenda ipsa extrema Sabbathi pars, quæ iniciam fuit noctis sequentis, quando iam Sabbatho transacto operari licebat Iudæis. Hanc vesperam lucescere dicit Matthæus, in prima Sabbathi, aut (vt Græca habetur melius) in primam Sabbathorum, hoc est dicere. Nox illa, in qua festum Sabbathi finitum est, quæ nox secundum Hebræorum alterius diei, nempè Dominici, (cùm iam nox illa terminabatur, & inciperet lucescere aurora diei Dominici, qui vocabatur prima Sabbathi, siue Sabbathorum, aut vna Sabbathi, quod idem est apud Hebræos, quod prima, apud quos dies septimanæ à Sabbatho numerabantur, nempè prima Sabbathi dicebatur dies Dominica, & secunda Sabbathi dies Lunæ, & sic deinceps. Nam prima Sabbathi, sicut verè & propriè dicitur Sabbathum, non cœpit à diluculo & matutino tempore, sed à vespertino diei præcedentis, alioquin nox, quæ propriè dictum Sabbathum sequebatur, nullius fuisset diei, cùm neque ad præcedentem, neque ad sequentem pertinuisset diem. Vespera autem Sabbathi, Matthæus dicit mulieres venisse ad videndum sepulchrum, non quòd tunc exierint ad sepulchrũ, sed quòd tunc conuenerint inter se, seseq; ac sua parauerint, ad egrediendum & videndum sepulchrum, atque vngendum Dominum, quod Marcus post Matthæum scribens ità explicauit apertius. Et cùm trãsisset Sabbathum, Maria Magdalene, & Maria Iacobi & Salome emerunt aromata, vt venientes vngerẽt Iesum. In Vespera ergò Sabbathi conuenerunt mulieres ad id perficiendum, quod per religionem prohibitæ fuerant facere in Sabbatho, emeruntq; aromata, & ea nocte illa parauerunt, vt quàm primùm illud liceret, summo scilicet diluculo egrederentur ad vngendum Dominum. Matthæus autem breuitati studens, cùm tempus notasset quo primùm mulieres conuenerant eo animo vt viderent sepulchrum, sicut prætermisit quid illa vespera fecerint, quod Marcus expressit; ità prætermisit illud explicare tempus, quo mulieres sunt ad sepulchrum egressæ, quod alii diligenter expresserunt, subiiciens mox quæ contigerunt cùm ad videndum egrederentur sepulchrum, quasi illa ipsa vespera Sabbathi cõtigerint, cùm mattutino tempore alterius diei acciderint.

Venit Maria Magdalene, & altera Maria scilicet, mater Iacobi & Ioseph, de quibus suprà fecerat mentionem. *Et ecce terræmotus factus est magnus. Angelus enim Domini descendit de cœlo, & accedens reuoluit lapidem, & sedebat super eum.* Sicut in eius passione terra mota est vt indicium daret se quasi dolente de morte sui creatoris; sic in resurrectione terræmotus fit, in signũ lætitiæ, & exultationis, quasi saltare gestiens. Nam si in exitu Israël de Ægypto, domus Iacob de populo barbaro, montes exultauerunt sicut arietes, & colles sicut agni ouium; quantò magis in Christi resurrectione, cùm spoliato Ægypto, id est inferno, sanctorum animas, quæ ibi detinebãtur captiuæ, secum educit, per mare rubrum sui sanguinis iter præbens populo Dei, deberet terra exultare & moueri, sicut agni nouelli in aurora coram matribus suis saltant? Et etiam fit terræmotus, ad insinuandam resurgentis potentiam, sicut in morte ad indicandam absconditam potentiam morientis. Angelus autem cui corporalia subsunt, hunc fecit terræmotum tanquam minister resurgentis, in quo & motum rerum, quæ in prædicatione Euangelii debebat contingere, etiam insinuatur. *Psal. 113.* Et ipse Angelus mouit lapidem à monumento, non vt daret locum resurgenti, qui ex clauso ventre matris exierat, & ianuis clausis ingressus est ad discipulos suos; sed vt indicium custodibus, & mulieribus daret Christum iam resurrexisse, & pateret mulieribus ingressus ad monumentum. Et sedebat super lapidem; vt manifestaret se reuoluisse lapidem, nec casu, aut alia causa id contigisse. *Erat autem aspectus eius sicut fulgur; & vestimentum eius sicut nix.* Hoc est, igneum præ se ferebat aspectum vt sic terreret custodes, & per candida vestimenta, in admirationem raperet: nam ideò subdit, *Præ timore autem eius exterriti sunt custodes, & facti sunt velut mortui.* Hoc est, pene exanimes facti sunt: tantus eos horror inuaserat. *Respondens autem Angelus dixit mulieribus. Nolite timere vos.* Hoc est, etsi custodes increduli timuerunt, & terrore concussi sunt, vos tamen non debetis timere, quæ bona fide ac deuotione Iesum quæritis: vnde subdit. *Scio quòd Iesum, qui crucifixus est quæritis. Non est hic, surrexit enim sicut dixit. Venite, & videte locum, vbi positus erat Dominus.* Ex hoc loco clarè patet quòd persona Verbi non reliquerit corpus, alioqui dixisset, Venite, & videte locum vbi positum erat corpus; at nunc dicens vbi positus erat Dominus, personam Verbi significat, pro qua hic supponit Dominus: nam Dominus Iesus persona Verbi est, sub humanitate. *Et citò euntes dicite discipulis eius, quia surrexit, & ecce præcedet vos in Galilæam, ibi eum videbitis.* In Hierusalem quidem viderunt Dominum discipuli eius, sed non omnes, sed nunc hi, nunc illi, in Galilæa verò omnes eum viderunt, & plùries, & manifestius. *Ecce prædixi vobis.* Hoc est. Ego meum peregi ministerium nunciando vobis verumtamen vestrum erit credere: nam ea quæ ipse Dominus prædixerat, etiam adimpleta videtis: locum etiam vobis demonstro vacuum à cadauere eius. Opus erat vt homines de tanto mysterio ab Angelis certiores fierent. Testes enim cœlestes necessarij erant, vt eorum testimonium magis idoneè crederetur. Sublatio autem lapidis ab hostio monumenti significat sublatam esse legem veterem, quæ in tabulis lapideis scripta est, & introductam nouam, quæ in tabulis cordis carnalibus scribenda erat. Translato quippe sacerdotio, necesse est, vt & legis translatio fiat.

Brocardus *Et exierunt citò de monumento, cum timore magno & gaudio.* Hic aduertendum est ex Brocardo monacho, in descriptione terræ Sanctæ, sic describere speluncam Domini. Dicit enim: Ecclesia sepulchri Dominici rotunda est, habetque in medio aperturam rotundam, sub qua sepulchrum Dominicum sub diuo consistit, nullo tectum [illegible]. Spelunca sepulchrum Domini continens habet in longum aliquot pedes: foris quidem marmore tecta, intus verò adhuc nuda conspicitur, sicut tempore passionis fuit. Ostium quod ducit in hanc speluncam ponitur ab Oriente, & est valdè paruum: Et cùm ingressus fueris speluncam, sepulchrum ponitur ad dexteram; hoc est, ad parietem speluncæ Septentrionalem factum de marmore grisei coloris, habens in longitudine octo pedes, sicut & spelunca ipsa. Nec est in crypta illa lumen aliquod cœleste, sed lampades aliquæ accensæ reddunt eam illustrem. Et nota quòd ante speluncam sepulchri Dominici est alia crypta eiusdem magnitudinis, & figuræ, solo pariete intermedio prior segregata, & ad hanc primò descenditur, deinde per ostium intermedij parietis venitur in speluncam Dominici sepulchri. Et ostium illud fuit clausum, quando mulieres tempore resurrectionis Dominicæ dicebant, Quis reuoluet nobis lapidem ab ostio monumenti? Hæc ille. Ex quibus clarè patet, quomodò intelligi potest quod dicit Marcus, mulieres ingressas in monumentum, cùm Angelus sedens super reuolutum lapidem eas alloqueretur. Intelligi enim potest eas ingressas in anteriorem monumenti speluncam. Lucas autem loquens de ingressu in interiorem speluncæ partem, ex eo patet, quia dicit eas non inuenisse corpus Iesu, imò & Marcus sic intelligi debet. Vide autem & apud Bedam descriptionem sepulchri Dominici lib. 5. historiæ Anglorum cap. 17. & expositionem eius in vltimum caput Marci. Et adde quòd licet Matthæus non nominet hic nisi duas mulieres, & Ioannes vnam, nempe Mariam Magdalenam; plures tamen fuerunt: nam Marcus adiungit Mariam Salomè, quæ fuit mater filiorum Zebedæi, Lucas verò non expressa Salome alijs duabus adiungit Ioannam quam cap. 8. dixerat fuisse vxorem Chusæ procuratoris Herodis, scribens item sine nominis expressione illas quæ illis tribus adiunctæ fuere, cùm dicit, & cæteræ quæ cum eis erant. Nam & si alij Euangelistæ non omnes referunt, non ideo negant adfuisse. Item est aduertendum, quòd cùm Euangelistæ ea prætermittunt in sua historia quæ alij dixerunt, sic prosequuntur ordinem historiæ, ac si illa iam ipsi narrassent. Exierunt ergò hæ mulieres de monumento, cum timore magno. Afficiuntur simul timore & gaudio, vt timor gaudium temperet, & gaudium timorem subleuet. Perseuerabat adhuc timor visi Angeli, aderat gaudium auditæ resurrectionis, quamuis non plenè crederent. *Currentes nunciare discipulis.* Per cursum hic intellige velocem ambulationem, quæ in mulieribus grauis appellatur cursus. *Et ecce Iesus occurrit illis dicens: Auete. Illæ autem accesserunt, & tenuerunt pedes eius & adorauerunt eum.* Multa hic prætermittit Matthæus, quæ Ioannes narrat. Vidit enim Maria Magdalena, primò cum

Beda.

alijs

[illegible] Petrus & Ioannes [illegible] ad monumentum [illegible] Maria Magdalene [illegible] Dominus [illegible] apparuit [illegible] apparuit illis [illegible]

[illegible] Maria Magdalene [illegible] Tunc [illegible] Ite, nunciate fratribus meis [illegible] Vide [illegible] Iesus iam immortalis effectus [illegible] in cœlo & in terra [illegible] fratres [illegible] fratres suos discipulos appellat, cum iam immortalitatis [illegible] & gloria [illegible] Hæc cum dixisset Angelus [illegible]

[illegible] Quod clarius apud Lucam cap. 24. dixit Dñs duobus discipulis euntibus in Emaus. Nonne hæc oportuit pati Christum, & ita intrare in gloriam suam [illegible] à principio [illegible] propter unionem ad Verbum [illegible] diligentiam ad hoc [illegible] magis ut intelligantur Mysterium hoc resurrectionis Christi [illegible] ad credendum est [illegible] Euangelistas illud scribere, & omnes Apostolos illud docere, & adhuc incredibile [illegible] videbatur. Paulus [illegible] Christi resurrectionem [illegible] Quod Christus Dominus pluries à discipulis suis post resurrectionem suam visus est, In diversisque figura illis apparuit; modò tanquam peregrinus; modò sicut hortulanus; plerumque autem in propria specie se viuum illis exhibuit. Comedit cum illis, permisit vt Apostolus eius Thomas digitum per stigmata clauorum mitteret, manum autem per lateris vulnus immitteret, vt omnes firmiter hanc veritatem crederemus. Vtilitas autem quae nobis ex hoc mysterio prouenit, maxima est. Nam si Christus non resurrexisset, nec nos resurgemus; et si homines immortalem vitam non expectaremus, quis auderet huiusmodi bona contemnere? Quis poenitentiae opera aggrederetur? Hac enim spe subleuati talia damna pertulerunt sancti. Hoc quippe Apostolus docet cùm dicit: Quod si in hac vita tantum sperantes sumus in Christo, miserabiliores sumus omnibus hominibus. (1.Cor. 15.) Nam reuerà iustorum sors misera est in hac vita, cùm nihil eorum quibus alij fruuntur ipsi velint. Si ergò aliam meliorem non expectarent vitam, & bonis huius non fruuntur, miserrima sors eorum esset; Nunc autem aliam meliorem vitam per resurrectionem expectantes, felicissima sors iustorum est. Igitur mysterium hoc resurrectionis Domini nostri Iesu Christi, ex vna parte valdè difficile, ex alia vtilissimum est. Sed quod in hoc mysterio plus admirationis affert, & quod maximè considerandum venit, hoc est. Quod cùm facilè posset Dominus Iesus corpus suum ad resurrectionis gloriam eleuare, voluit vt hoc fieret per crucem & mortem, pendente corpore in ligno. Et cùm potuisset Regni coelorum viam faciliorem & planiorem facere, imò & ampliorem, noluit nisi quod arcta ac stricta esset; ità quod oporteat teipsum dolare, & attenuare, vt illa te capiat. Quòd si vis illam ingredi caput, protinus illud deprimere debes, ne vulnereris, nec alta sapere, sed humilibus consentire, vt te Deus deprimat & humiliet. (Rom. 12.) Et hoc est quod Angelus hodie dixit mulieribus, & clarius Dominus discipulis, cùm ait: Nónne sic oportuit pati Christum, & ita intrare in gloriam suam? Ad quod duas accipe rationes. Altera vt ostenderet nobis, quàm longè distent viae eius & cogitationes eius à nostris, & verum sit quod ipse per Esaiam Prophetam dixit. (Esai. 55.) Non enim viae meae viae vestrae, dicit Dominus, nec cogitationes meae cogitationes vestrae. Sicut enim exaltantur coeli à terra, sic eleuatae sunt viae meae à vijs vestris, & cogitationes meae à cogitationibus vestris. Mundus quippe illum eleuat, qui seipsum eleuat, & illum facit qui seipsum facit;

Deus autem eum, qui se humiliat, exaltat, & qui seipsum [illegible], [illegible]; qui se exaltat humiliat, & qui se [illegible] destruit. Quod est dicere in nostra [illegible] ne. [illegible] [illegible] Sic [illegible] in [illegible] habuit. [illegible] [illegible] [illegible] [illegible] [illegible] [illegible] [illegible] Deus verò [illegible] [illegible] [illegible] [illegible]. Cùm igitur Christus Dominus in mundum venisset vt Verbum Patris, [illegible] hominibus [illegible] Dei [illegible] conceptus & [illegible] doctrina; verbum verò factum, & [illegible] [illegible] [illegible] [illegible] vt hac viam [illegible] [illegible] [illegible] Pater, vt Filios suos prius [illegible] & in cruce [illegible] ad gloriam resurrectionis [illegible], [illegible] ille verè diceret illud Psalmistae. Ego autem sum (Psal. 21.) vermis & non homo, opprobrium hominum, & abiectio plebis. Nunquid Dominus Christus non fuit homo? Fuit enim homo, immò electus ex millibus hominum, de quo solo potuit verè dicere Pilatus: Ecce homo. Caeteri enim omnes [illegible] homines fuerunt, sed dicitur quod non fuit homo, quantum ad hominum aestimationem. Nam mundus non reputat pro homine, nisi illum qui diues est, ac potens & honoratus, qui de iniurijs sibi illatis vindictam sumit. Christus autem Dominus non diues fuit, sed pauper, ità quod in hora mortis non habuit, vbi caput suum reclinaret, sed super humerum deposuit, sic contemptus habitus, & illusus ab omnibus, qualiter nunquam homo alius visus est. Opprobrium hominum factus & abiectio plebis, & ideò non homo, sed vermis habitus est. Nam sicut vermem (Simile.) omnes pessundant, conculcant, parui pendunt, nec vlla circa eum misericordia flectitur (miserentur enim canis & bestiarum, & aliorum animalium, vermi autem nemo misereri solet) sic Dominus iste homo vermis factus est, cùm flagellaretur, conspueretur, illuderetur, & crucifigeretur, sed omnes illum tanquam vermem contemnebant, & contemptui habebant. In quo mundi insania ac stultitia manifestatur, qui illum vocat hominem, qui [illegible], & illum qui [illegible] hominem [illegible], & virtutem ampleamplissimum, quasi non sit homo [illegible], & quolibet vermis [illegible]. Videbis etiā vermem, qui serendo dividitur, ex ligno nasci, & ipsum rursus [illegible] lignum; sic Christus Dominus [illegible] natus est; & tamen ipsam carnem [illegible] delicias, ac homines [illegible] cor rodens, & [illegible] pauperum eligendo, & ex intacta Virgine nascendo, in patibu[illegible], sicut vermis lignum [illegible]. Sed contra mortis [illegible], & [illegible] vermis, [illegible] vt leo [illegible] illud.

Apoc. 5. Vicit leo de tribu Iuda. Aliud enim vult mori, aliud resurgere. Mortuus est vt vermis se ipsum [illegible], resurrexit tamen vt leo, fortem diabolum fortem vinciendo, & spo-

2. Cor. 13. lia eius auferendo. Nam vt ait Paulus, Mortuus est ex infirmitate carnis, sed vivit ex virtute Dei. [illegible]

Leo. [illegible] copulavit, mori ex vno, & resurgere posset ex altero, sicut ait Leo Papa. Ex quibus omnibus apparet, quanto [illegible] ac [illegible] hodie homo [illegible] Deum [illegible] crucifigendo, quam impij illi carnifices, qui in illum manus sacrilegas iniecerunt. Nā illi illum contempserunt, quem purum hominem [illegible] & non hominem [illegible] Christiani, illum offendit, qui pro comperto habet, quod sit Deus, & quod tanquam leo fortis [illegible].

Esai. 53. Vnde Esai. 53. dicitur, Domine, quis credidit auditui nostro, & brachium Domini cui revelatum est? Et ascendet sicut virgultum coram eo, & sicut radix de terra sitienti. Non est species ei, neque decor. Quis enim credere poterit tam [illegible]. Quod hominem [illegible] Deo ad thronum [illegible] Cui Dominus [illegible] virtutem manifestavit, vt hominem sic deiectum tanquam virgultum [illegible], & sicut radicem de terra sitienti. Mirabili modo Propheta explicat [illegible] Christi Domini [illegible] humilitatis ac passionis, nempe sicut radix de terra sitienti. Circa quod considerandū est, quod [illegible] Ecclesiæ [illegible] arbor quædam [illegible] frondosa, & magna, cuius radix Christus est. Nam vnusquisque nostrum huic arbori per fidem Baptismi insertus [illegible] radix est principium arboris, & ab ea arbor tota pendet; sic tota hæc Ecclesia à Christo [illegible] habet, & ipse origo omnium nostrū est, & ideo omnes ab eius nomine appellamur Christiani, a quo etiam ab illo tanquam a Patre orti sumus. Igitur Ecclesia hæc a Christo originem traxit eo tempore, quo ipse radicis officium exercuit. [illegible] tempore suæ passionis, tunc enim illum radicem vocat Propheta. Extenderunt namque Dominum in cruce, vbi [illegible] mortuus dormivit, & aperto [illegible] latere [illegible] aqua & sanguis fluxit, & inde orta [illegible] sacramenta, quæ huius Ecclesiæ [illegible]

Gen. 2. fundamenta sunt. Cum Deus in principio [illegible] hominem [illegible] Scriptura, quod Dominus illum in Paradiso voluptatis collocavit, vbi [illegible] sub vmbra [illegible] arbor [illegible] Dominus soporem in Adam, & ex latere illius [illegible] mulierem Euam. Cum autem a somno excitatus esset Adam, [illegible] vxorem [illegible] contigit. Dormivit somnum mortis super lectū crucis [illegible] ac duros [illegible] derisionem illum patiebatur, [illegible]

[illegible] Nam si [illegible] Tyburtio, cum super [illegible] planis ambulare videbatur [illegible] cadere, propter amorem Dei, [illegible] quanto magis Christum Dominum [illegible] propter amorem videmus [illegible] ob-

[illegible] mire, aperitur eius latus [illegible], ex quo Sacramenta, quæ Ecclesiam constituunt fluxerunt. Sed hodie a somno mortis per resurrectionem excitatus, [illegible] Ecclesiam suam reperit [illegible] sponsam [illegible] margaritis [illegible]. Et dicit sicut aliter Adam, Hæc nunc os de ossibus meis, & caro de carne mea, quia [illegible] Ecclesiæ [illegible], & cum illa carnis consanguinitate coniungitur. Vnde post resurrectionem dixit Mariæ Magdalenæ, Vade, dic fratribus meis, Ascendo ad Patrem meū, & Patrem vestrum. Et Paulus ad Hebr.

[illegible] Quia igitur pueri communicaverunt carni & sanguini, & ipse [illegible]. Propter quod non erubescit eos vocare fratres. Ideo ergo dicitur radix, quoniam in ipso orta est Ecclesia.

Secundò hoc habet radix, quoniam ipsa in se deformis est & obscura, tota autem pulchritudo arboris ex ipsa consurgit: ab ipsa enim oritur, & foliorum viror, & bonus odor florum, atque fructus suauitas. Christus Dominus suæ sanctæ passionis tempore, quandò radicis officium exercuit, cùm speciosus forma præ filijs hominum esset, tamen tunc deformis & absque vllo nitore apparuit. Talem enim vultum eius ac corpus tortores reddiderant, vt non esset ei species neque decor, vt prædixerat Esaias. Vidisses enim tunc vultum illum diuinum, in quē desiderant Angeli prospicere, sic liuidum & obscurum, vt nullam hominis præ se ferret speciem. Corpus gloriosum vndique vulneratum, & perfusum sanguine, atque disiunctum. Ex hac ergò radicis deformitate tota pulchritudo Ecclesiæ suæ ortum habet: ex ea enim & virginum flos, & confessorum viror, & martyrum fructus, & omnium sanctorum speciositas prodit. Tertiò radix in se ipsa debilis est, facileq; quocunque volueris flectitur & inclinatur; ex ipsa tamen totum robur trunci nascitur. Christus in passione sua radix fuit, imbecillem quippè se ostendit facilè cedens tortoribus, vbicunque illum voluissent flectere. (Esai. 50.) Nam si voluissent illum alapis cædere, faciem suam dedit percutientibus, & genas suas vellentibus, nec faciem suam auertit ab increpantibus & conspuentibus in eam; ab illo tamen tanquam à radice robur ac fortitudo martyrum emanauit. Quomodò enim tantum haberent virium pauperes piscatores, imbecilles, vt nō solùm flagella (Act. 5.) propter Christum sustinerent, verùm à conspectu consilij alacres egressi sunt, quoniam digni sunt habiti pro nomine Iesu contumeliam pati? Ex illa etiam radice beatus Andreas accepit, vt crucis supplicium non formidaret, sed blandis sermonibus crucem ad se alliceret; & martyres ad mortem, tanquam ad epulas irent. & Beatum Dominicum sitire martyrium, sicut sitit ceruus ad aquæ fluuium. Voluit namque Christus Dominus se pauidum ad mortem ostendere, vt asperitatem eius in se accipiens, iam non pauidi, sed securi illam nos aggrederemur. Taliter enim asperitatem mortis in se ferens abstulit: vt mors potius vita iam dicenda sit, nec amara deinceps, sed dulcis pro Christo illam suscipientibus videatur. (Iud. 14.) Hoc in typo expressum est in Sansone, qui cùm ad sumendum sponsam in terrā Philisthinorum pergeret, occurrit ei leo rugiens in via, in quem cùm irruisset Sanson, dilacerauit eum, quasi hœdum in frusta decerperet. Cumque iterum illac transiret, diuertit vt videret leonem quem interfecerat, & inuenit examen apum in ore eius, & tunc proposuit ænigma illud sodalibus, dicens: De comedente exiuit cibus, & de forti egressa est dulcedo. Leo hic mors est, quæ totum orbem inuaserat: nam in omnibus aculeum suum immittebat, qui erat peccatum. Putauit autem se idem leo habere contra istum nostrum verum Sansonem Christum Nazaræum, sicut ille Sanson, qui ex ventre matris suæ Deo dicatus fuit, aggressus est illum, sicut ille leo Sansonem. Christus autem apprehendit mortem eius, & suffocauit & decerpsit eam; tollens super se quod asperum & amarum erat in illa: etiam mortem nostram moriendo destruxit; quin imò dulcem ac mollissimam illam reddidit: quoniam multi iam illam fortiter & impauidè aggrediuntur, & quod plus est, alacriter, tanquam ad fauum mellis ad illam currunt, vt in beato Andrea, & in alijs visum est. Quarè iam satis nouimus, quid velit significare ænigma hoc: De comedente exiuit cibus, & de forti egressa est dulcedo. Hoc est, mors quæ antea deuorabat omnes, iam illam comedunt pueri & puellæ quasi fauum mellis. Quæ antea etiam in memoria amara erat, iuxta illud Sapientiæ. O mors quàm amara est memoria tua; iam modò quasi dulce quoddam symbolum deglutitur. Sic enim & Propheta vaticinatus fuerat: Ero mors tua, o mors; morsus tuus ero, inferne. (Osea. 13.) Hoc est, tu quæ alios comedebas, iam morsibus ab alijs comederis, & sancti velut ad epulas ad mortem properabant. Vndè Paulus dilaceratum cernens leonem (Eccles. 14) istum, & confractas mortis vires, illam irridens conuicijs illam lacessit dicens. Vbi est, mors, victoria tua? Vbi est, mors, (1. Cor. 15.) aculeus tuus? Absorta est mors in victoria. Ac si diceret. Iam tu non es mors, nec aculeum, aut vim iam habes: nam quæ anteà alios comedebas, iam te in frusta decerpunt & comedunt puellæ: quæ anteà ab omnibus victoriam reportabas, iam modò victa succumbis, debilisque pueri te irrident. Ecce primam rationem, cur hac via Dominus corpus suum immortalitate donauit.

Secunda ratio erit quasi confirmatio prio-

ris,

ris, nempè vt mundum & sapientiam eius confunderet. Voluit quippè Deus ostendere quòd ea omnia quæ mundus molitur, vt opera Dei destruat & iustum minuat, eadē sunt media, quibus ea debent fieri quæ ipse deliberare conatur; Ipsissimæ manus impiorum quæ iustum demoliri nituntur, ipsum perficiunt, vt ad cœli ædificium sit aptus. Genes. 37. Decreuit Deus exaltare Ioseph filium Iacob, & Dominum Ægypti atque suorum fratrum constituere; homines autem voluerunt illum deprimere, atque destruere, & iisdem ijs, quibus homines illum deijcere nitebantur, quod Deus decreuerat in esse fieri factū est. Somniauit quadam vice Ioseph quod Sol & Luna, & vndecim stellæ adorabant eum, & indignati pater, & fratres eius aduersus eum, dixerunt ei: Quonam hæc superbia tua est? Nunquid rex noster eris, aut subijciemur ditioni tuæ, & pater & mater tua, & fratres tui adorabunt te super terram? Hæc ergo causa somniorum inuidiæ, & odij fomitem ministrabat, decreuerantque destruere illum. Contigit autem quadam die, vt pater eius mitteret eum ad fratres suos, qui in pascendis gregibus morabantur, cùmque à longè eum prospicerent venientem, dixerunt ad inuicē, Ecce somniator venit, venite occidamus eū, & mittamus in cisternam veterem, & videamus vtrùm prosint illi somnia sua. Cùmque ad illos innocens puer accessisset, veste polymita spoliauerūt illum, & miserunt illum in cisternam veterem, vt ibi famè periret. Deindè viderunt Ismaelitas mercatores transeuntes, & de cisterna eduxerunt illum, vt venderent Ismaelitis triginta argēteis, qui in Ægyptū vēdiderunt illum magistro militū Regis Pharaonis, qui dicebatur Putiphar. Ibat innocens puer de manu in manum, seruus ex libero effectus, Dominus autem erat cum illo, & opera eius dirigebat in manu illius. Erat autem pulcher aspectu iuuenis, & domina eius oculos impudicos iniecit in eum, sollicitabatque illum per singulos dies, & nimis illi molesta erat: ille autem operi nefario acquiescere recusabat. Et cùm semel vim illi inferre vellet illa, ille aufugit pallium relinquens in manu eius. Domina autem se illusam cernens clamauit dicens, puerum illum Hebræum sibi illudere voluisse, & vim tentasse inferre, ad concumbendum cum ea. Vir autem eius iratus, & nimium credulus verbis mulieris, illum in carcerem misit, ibique quasi iam oblitus ab omnibus derelinquebatur. Quis crederet hunc iuuenem ampliùs caput leuaturum? Quasi mancipium à fratribus venditus est Ismaelitis, & illi Putiphari, à quo tanquam adulter, & malus in carcerem perpetuò est intrusus, nec iam vllius adiutorium expectans. Hoc ergò fuit suæ exaltationis initium. Nam cùm duo ex seruis Pharaonis qui simul cum illo in carcere detinebantur, somnium quilibet vidisset, præsagium futurorum, & eorum somnia sapienter illis annuntiasset, vt rei probauit euentus, & pincerna Regis restitutus in locum pristinum, succedentibus prosperis, sui interpretis oblitus fuisset, contigit vt Pharao somnium videret, quo & fames, & vbertas annuntiabatur, nullusque ex sapientibus Ægypti illud interpretari valuit. Tunc demùm recordatus pincerna Regi nunciauit, quæ sibi & magistro pistorum acciderant, & ad iussum Regis è carcere eductus Ioseph, & attonsa cæsarie, & mutatis vestibus coram Rege assistit somnium prudentissimè interpretatus, totius Ægypti Gubernator institutus est secundus à Rege, ad cuius nutum frumenta vendebantur. Cùmque fratres eius venirent in Ægyptum, vt emerent sibi cibos, & coram Ioseph assisterent, adorauerunt illum super terram, & sic somnia eius adimpleta fuere, & pater illius illi dona misit, illum superiorem agnoscens. Ecce quomodò illa media quæ homines elegerunt vt iustum deprimerent, eadem illum ad tantam gloriam eleuauerunt. Sic verò nostro Ioseph Christo Domino contigit. Misit illum Pater in mundum, vt illi bellum inferret, & destrueret illum; mundus autem sollicitus fuit, vt illum demoliretur & perderet, copiam fecit Deus mundo, vt quidquid vellet in Filio suo exequeretur. Quid vis ô homo? Capere filium meum? Cape, cape, comprehende, colaphiza, & illude. Quid ampliùs vis? Flagellis & loris illum cædere? Fac vt libet: & sic flagellauerunt illum, vt prius tortores feriendo, quàm ipse ferendo, deficerent. Quid ampliùs? Veste purpurea circundatum, & corona spinea plexitum, & arundine in manu posita traxerunt illum illudentes, ac in faciem eius spuerunt. Et nè hac immanitate contenti? Minimè. Sed crucifigatur. Fiat. Adducunt Dñm ad crucifigendum inter duo nequā, cruce super humeros eius imposita, atq;

in loco publico, vbi malefactores puniri solebant, illum cruci affigunt, vbi & mortuus est. Quid amplius petis? Quid ab homine mortuo meruis? Adhuc volo vt latus eius liceat perforet. Fac vt lubet. Veniat Lōgin⁹, & aperiat latus eius, ex quo fluat sanguis & aqua. Nondum quiesco, nisi illum sub terra sepeliam, & lapide magno corpus exanime tegam. Et hoc etiā protinus factum est. Deest aliud? sic. Sigilletur sepulchrum, & custodiatur à militibus. Iam nunc (ait mundus) contentus, atq; satis factus sum. O mūde insane, stulte, ac ignorans, quomodò stultam fecit Deus sapientiam tuam. Hęc enim fuit via qua ad gloriam resurrectionis exaltatus est. Dedit quippè Pater vocem, & dixit ei.
Psal. 56. Exurge gloria mea, exurge psalterium & cithara, quæ ab inferno victor exurgit deuictis Principatibus, & Potestatibus.
Genes. 32. Vndè poterit tunc dicere id quod dixerat Iacob. In baculo isto transiui Iordanem hunc, & nunc cum duabus turmis regredior. Solus quippè aquas tribulationis transiuit, nam discipuli sui omnes fugerunt, & ipse baculo crucis innixus torcular calcauit solus,
Esai. 63. nunc autem tanto cum comitatu in mundum reuertitur. Poterimus & nos modò illa cantica canere, quæ filij Israel cecinerunt Domino, cùm diuisis aquis maris rubri, iterum in vnum reuersæ sunt, vt Pharaonem cum exercitu suo submergerent.
Exod. 15. Tunc Maria soror Moysis, cum alijs fœminis tympana acceperunt, & cecinerunt dicentes. Cantemus Domino, gloriose enim magnificatus est. Equum & ascensorem proiecit in mare. Aquæ diuisæ sunt, quando anima à corpore diuisa est; & tunc nobis via aperta est per rubrum sanguinem Christi. Hodiè autem iterum in vnum reuersæ sunt aquæ, cùm anima corpori reunita est, & diabolus & satellites eius suffocati sunt. Quarè dicere possumus cum Maria matre Iesu. Cantemus Domino, gloriosè enim honorificatus est, &c. Ecce ergò quàm diuersæ sunt viæ Dei à vijs hominum: quia Deus humiles exaltat, mundus autem superbos eleuat: & ideò dicebat David.
Psal. 83. Elegi abiectus esse in domo Dei mei magis quàm habitare in tabernaculis peccatorum. Quomodò ergò, insane, cogitas aliam viam ducere, quàm eam qua Christus & Sancti, alij iter egerunt. Ipse cum cruce super humeros peragrauit iter, hac clauem cœlum aperuit; non aliam tu stulte cogites viā,
Rom. 8. sed si compatimur conglorificabimur simul in sempiterna beatitudine. Amen.

Iesum qui crucifixus est quæritis, surrexit, non est hic. *Alia mortalitas, seu alia crucis.* Iā supra diximus hæc verba significare, quòd propter obedientiam Christi vsque ad mortem crucis, data est ei gloria resurrectionis. Memini me suprà, cum de passione Christi agerem, sub hoc themate illum conclusisse quod Paulus ad
Philip. 2. Philippens. 2. habet, cum dicit. Humiliauit semetipsum Dominus noster Iesus Christus, factus obediens vsque ad mortem, mortem autem crucis: & quia statim subiungit: Propter quod & Deus exaltauit illum, etiam Potest consequenter ad illud, & hoc subiungi, quòd in præmium obedientiæ suæ exaltauerit illum Deus hodiè, illum à mortuis suscitans, & deinde ad dexteram suam collocans: quoniam semper obedientiæ præmium honorificum est. Abraham, quoniam obediuit Deo volens sacrificare filium suum, pro præmio datum est ei quòd esset Pater Christi, imò omnium fidelium credentium in Christo, & quòd iusti omnes filij spirituales Abrahæ dicerentur. Vndè & Sapiens dixit. Vir obediens loquetur
Prouer. 21. victorias. Ac si diceret, *Viear grandes triunfos que contar de si*, Nam quoniam à Deo honorificabitur, In omnibus sic victor euadet, quòd magna trophæa consequetur quæ de ipso dicantur. Præmium obedientiæ Christi fuit victoria contra mortem, contra peccatum, contra diabolum, & aduersùs infernum. Mortem deuicit moriendo, sicut ipse per Prophetam promiserat: Ero mors tua, o mors. Et quia mortem nostram moriendo destruxit, & vitam resurgendo reparauit. Mors quippè iam non est mors; sed principium vitæ æternæ. Nam quandò id quod ex corrupto generatur melius est quàm id quod corrumpitur, illa actio, generatio vocatur, non corruptio, vt Aristoteles docet in libro de generatione & corruptione. Sicut quando ignis generatur ex ligno quod comburitur. Nam quamuis hæc generatio fit cum corruptione ligni, tamen quia quod generatur est perfectius, quā id quod corrumpitur, generatio vocatur, non corruptio. Idem quandò generatur aqua de terra dicer, & aër de aqua: quia ad perfectius elementum ascendit. Sic modò quod generatur de morte, iam non est mors, sed æterna vita: olim post vnam mortem alia sequebatur peior, quæ erat mors animæ; nunc autem mors iusti vitam generat æternam: quarè iam non mors, sed vita nuncupatur.

[illegible] Natale vocat Ecclesia mortem [illegible]. Et hoc fuit certamen, quod inter mortem & vitam in monte Caluario initum est. Nam mors vitam sua sagitta vulnerauit, & interfecit illam: Mortua est vita, & fecit illam mors mortuam. Vita verò mortem spiculo suo ferijt, & fecit illam vitam: quoniam iam mors est vita, cùm ex illa vita æterna generetur. Hinc illud Pauli. *2. Cor. 6.* Quasi mortui, & ecce viuimus. Et alibi. Mortui estis, sed vita vestra abscondita est cum Christo in gloria. *Colos. 3.* Nam in gloria incipit vita, quæ abscondita est post mortem. Et hoc est quod Ecclesia in suis canit officijs cũ dicit hodiè. Mors & vita duello conflixere mirãdo, dux vitæ mortuus regnat viuus. Quoniã in die passionis Christi mors & vita certamen iniecerũt, & videbatur victoria ex parte mortis stare; sed in fine vita moriẽdo deuicit mortem, & fecit eam vitam. Hæc ergo fuit vna victoria quã ex morte tulit Christus. De peccato etiam palmam tulit. Nã illud affixit cruci, delens quod aduersùs nos erat chirographum decreti: illud enim tulit de medio, & affixit cruci vt ait Paulus: *Colos. 2.* vt destrueretur corpus peccati, vt amplius non seruiamus peccato. *Rom. 6.* Et alibi ait. Nõ ergò regnet peccatũ in vestro mortali corpore. *Ibidem.* Væ illi qui vexillum peccati de nouo exaltat, quod Dominus in cruce deiecit: hoc enĩ per duellionis notam incurrit. Nam vt ait Paulus. Si ea quę destruxi iterum reædifico, præuaricatorem me esse cõstituo. *Gala. 2.* Super quem illa maledictio cadet, quã Dominus immisit super eum qui reædificaret muros Hierico, Iosue. 6. cap. Maledictus vir coram Domino, qui suscitauerit & reædificauerit ciuitatem Hiericũ. *Iosue. 6.* Nam multo labore diruti sunt. Per septem enim dies illam circuierunt, tubisq; clanxerunt, Arca Dei etiam illam circuiuit, vociferatus est populus, & post tot factas diligentias corruit murus Hierico. Vide per quot circuitus destruximus peccatum, quod sæpius fecimus, tot ieiunia, tot tubę clangores, hoc est, cuiusdam ac voces prædicatorum, populi clamor, suspiria, gemitus, lacrymę, pœnitentię, disciplinæ, Arca Dei per circuitus ambulat, cũ Christus quatuor iudices circuit, atque ab vno in alium perducitur, & sic dirutus est murus & peccati robur destructum est. Maledictus ergò qui illud reædificare contenderit. Et hæc fuit victoria, quã de peccato. Diabolum etiam deuicit, spoliauit, quem eliminauit à terra, secundùm illud Ioann. 12. Nunc princeps huius *Ioan. 10.*

mundi eijciendus est foras. Nõ omninò diabolum destruxit, sed cepit illum, & tanquã victum traxit illum, atque ligauit, sicut Gabaonitæ & Amorrhæi victi in terra promissionis permanserunt, etsi viui, populo tamen Dei subiecti fuerunt. Diabolus quidem viuus manet, & fomes peccati etiam in iustificatis post Christi mortem remanet, subiecti tamen illis, qui gratiam Dei in vacuum non receperunt. Sicut si vnus Rex alterũ in prælio cepit, ac superauit, nec tamen illum occidere vult, sed secum circumferre, ad maiorem ignominiam & confusionem victi, & vt triumphus suus clarior appareat. *Simile.* Sic enĩ fertur fecisse Saporẽ Regem Persarum cũ quodam Romano Imperatore, quẽ in bello viuũ ceperat, & Tamerlanus cũ quondam Mahumeto Imperatore Turcarum. Nunquid illudes ei quasi aui, aut alligabis eum ancillis tuis? dicebat Iob. *Iob. 40.* Nam puellæ diabolum illudunt, & quasi captum ferunt ad maiorem ignominiam & confusionem eius. Et hęc est victoria, quam ex diabolo & inferno lucratus est Christus. Sic enim prędictum fuerat, Mors ero mors tua, morsus tuus ero, inferne. *Osee. 13.* Quoniam sicut qui mordet panem, partẽ sumit, & partem relinquit, sic in inferno dãnatos reliquit Christus, bonis ab eo eductis. *Simile.* Quod & Paulus docet cum ait. Spolians Principat⁹ & Potestates, traduxit illos, *Traxo los à la vergüença,* triumphans illos confidenter in semetipso. *Colos. 2.* Hæ ergò victoriæ fuerunt obedientiæ Christi præmia. Quare bene dixit Sapiens, quòd vir obediens loquetur victorias. Propter quod & Deus exaltauit illum. Tantis enim victorijs illum illustrem fecit. Triumphauit quippè de morte, de inferno, de peccato, & de diabolo, imò & de mundo, vt ipse dicit. Cõfidite, ego vici mundum. Et has victorias cũmunicauit nobis. Nã per illũ hęc omnia nos etiã vincimus, secũdũ illã sententiã Pauli, qua dicit. Deo gratias, qui dedit nobis victoriã per Christũ. *1. Cor. 15.* Igitur quia Dñs obediẽs fuit Patri vsq; ad mortẽ, ideò exaltauit illũ, & hic est dies suę exaltationis. Quarè & in hoc capite, post resurrectionem suã dixit Dñs. Data est mihi omnis potestas in cœlo & in terra. Qui caput Ecclesiæ triumphãtis, ac militãtis effect⁹ est. Nã si Christ⁹ resurrexit (ait Paul⁹) & nos resurgem⁹. Imò, & exẽplar nostræ resurrectionis ipse existit, quia ad similitudinẽ ei⁹ & nos resurgere debemus. Hinc Paul⁹ ait. Nũc autẽ Christ⁹ resurrexit primitiæ dormiẽtiũ. Id est, primus qui resurrexit, ad vitã immortalem. Et alibi ait. *1. Cor. 15.*

Saluatorem expectamus Dominum no-
Philip. 3. strum Iesum Christum, qui reformabit corpus humilitatis nostræ, configuratum corpo
ri claritatis suæ. Configuratum ait, hoc est,
ad exemplar & similitudinem eius. Tamen
Simile. ipse primitias immortalitatis tulit. Sicut pri
mogenitus in optimis bonis melioratus in-
ter alios fratres suos, illi autem ei innituntur,
& ab eo pascuntur: sic nos à Christo omnia
immortalitatis bona communicamus, si ta-
Rom. 8. men cōpatimur vt & cōglorificemur. Igitur
cum Christus Dominus Patri vsque ad mortem obediens extiterit, hodiè (qui erat dies
exaltationis suæ) in præmium suæ mortis illum in statu resurrectionis collocat. Anima
sua sanctissima in limbo erat, infernum ipsū
paradysum faciens, corpus suum frigidum &
vlceratum in sepulchro remanserat. Quid
hoc est Domine Iesu, sic sacri corporis tui
obliuisceris, quod sic bonam gessit societatē
1. Reg. 30. cū anima tua? Legē quādam statuit Dauid,
quòd quādo diuiderent spolia in bello par-
ta, idem ius esset euntis ad bellum, & remanentis ad sarcinas. Corpus tuum remansit in
sepulchro animā expectans, ipsa ad inferorū
debellandū, & spoliandū descēdit, parta iam
victoria. debes ô bone Iesu, cū illo diuiderē
Cant. 2. spolia. In mētē mihi venit quod diuinitas dicebat ad carnē sanctissimā tūc. Surge, prope-
ra amica mea, columba mea, formosa mea;
iam enim hiems transijt, imber abijt, & reces
sit, flores apparuerunt in terra nostra. Ac si
diceret diuinitas Christi eius carni. Iā hora
est, formosa mea (omnia enim opera carnis
Christi formosa fuerunt, nec fœdum aliquid
in ea fuit) hora est iam, inquam, vt à somno
mortis surgas: præterijt enim hiems, aquæ diluuij siluerūt, ira Dei cessauit, tēpestas flagellorum iam transijt, nubila etiā dissipata
sunt, serena iam omnia ac rutila erunt. Et
Gen. 9. quemadmodùm in diluuio non solùm aquæ
transierunt, & serenitas cœlo restituta est;
verùm etiam arcus in nubibus cœli fuit posi
tus in signum pacis ac serenitatis. Quasi aspectum arcus cum fuerit in nube in die plu-
Ezech. 1. uiæ, vidit Ezechiel aspectum Christi cap. 1.
sic videre hodiè carnem Christi, pacis signū
est. Quàm delectabile est videre arcum in
nubibus cœli, tot varijs ac pulcherrimis coloribus vestitum. Quantò iucundius erit
videre hodiè Christi carnem, tot decoratam
coloribus, claram ac viridem, propter pulchritudinem & viorem in quo resurgit?
rubeo etiam colore aspersam, propter signa
vulnerum quæ secum fert. Hic Angelus ille
fortis est, qui irim in capite defert: quoniam
Iris signū est pacis & placati numinis. Ideò *Apoc. 10.*
resurgens Christus pacem discipulis suis offert dicens: Pax vobis. Iam enim ira Dei
placata est, nam ipse die tertia præterita Pa
tri dixit. Super me confirmatus est furor *Psal. 87.*
tuus, & omnes fluctus tuos induxisti super
me. Hodie autem dicit: Conuertisti planctū *Psal. 29.*
meum in gaudium mihi, concidisti saccum
meum, & circundedisti me lætitia. Hoc est,
saccum humanitatis meæ, qui ad effundendum sanguinem meum ruptus fuit, iam con-
suisti illum cum anima mea, & reddidisti sanum, & totum circundedisti lætitia, animam
scilicet, & corpus simul. Surge ergò iam
anima mea, quoniam iam hiems, turbines,
& procellæ omnes abierunt, flores apparuerunt in terra nostra. Iam enim caro germinat flores, quæ sunt dotes cum quibus ca
ro Christi resurrexit; anteà autem spinas &
tribulos germinabat, quas & ipsi Domino
Christo dedit. Sed postquàm adimpleta est
prophetia Ioelis capit. 3. quæ dicit. Fons *Ioel. 3.*
de domo Domini egredietur, & irrigabit
torrentem spinarum. Hoc est, postquam
gloria animæ communicatur corpori, spinas conuertit in flores. Ad hanc ergò vocem diuinitatis, quæ ad humanitatem hæc
verba relata dicebat, Surge, propera amica mea, &c. caro Christi gloriosa resurgit, anima intrat illam, & tanta decorat pul
chritudine vt verbis explicari nequeat. Et
quandò plus æstimabatur quòd mors illum
fortiter iam tenebat; tunc exurgit triumphans de illa. August. 21. de Ciuit. Dei re- *August.*
fert, quòd in Ægypto est lignum cuiusdam
ficus, quod si in aquam mittatur protinus
submergitur, sed quandò sub aquis pluribus
diebus delituit, & humectatum est, & grauius factum, tunc repentè super aquas apparet. Sic caro Christi & humanitas eius
sanctissima, quæ die tertia præterita in ligno crucis mortua pependit, & sub terram
mersa atque sepulta est, quandò grauior videbatur esse pondere terræ aggrauata, hodiè qui dies tertius est, super terram viuus,
imò & omnium mortuorum vita apparet.
Hoc quippè est suæ obedientiæ præmium,
propter quod Deus hodiè exaltauit illum, & de puluere terræ leuauit, iuxta
illam Psalmistæ sententiam, Suscitans à *Psal. 112.*
terra inopem, & de stercore erigens pauperem, vt collocet eum cum principibus. Hæc
ergo trophæa, atque victoriæ suæ obedientiæ fuerunt. *Vndecim autē discipuli abie-*

eunt in Galilæã, in montem vbi constituerat illis Iesus, & videntes eum adorauerunt, quidam autem dubitauerũt. Et accedens Iesus loquutus est eis dicens: Data est mihi omnis potestas in cœlo, & in terra. Euntes ergo docete omnes Gentes, baptizantes eos in nomine Patris, & Filij, & Spiritusſancti: docentes eos seruare omnia quæcunq; mandaui vobis. Et ecce ego vobiscum sum omnibus diebus, vsq; ad consummationẽ seculi. Hæc apparitio omnibus fuit maior, nempè illa quæ à Dño promissa est fienda in Galilæam omnibus simul discipulis, tàm publicis, quàm absconditis, puta Nicodæmo, Iosepho, & alijs. Et fortè illa est de qua Paul. dixit. Deinde visus est plùsquã quingentis fratribus simul. 1. Corint. 15. deinde Iacobo, deinde Apostolis omnibus. Et hæc saltem facta fuit post dies octo, post quos vndecim, præsente Thoma apparuit Dñs. Quod autẽ dicit: Quidam dubitauerũt, intelligit de aliquibus qui non erant ex vndecim: illi enim iam crediderãt; vel refert illos, qui ante hãc apparitionem dubitauerant. *Data est mihi omnis potestas in cœlo, & in terra.* Hoc est, ego qui secundùm q̃ Deus omnipotẽs sum, modò secundùm quòd homo, potestatẽ omnem accepi super cœlum, & terrã. Nam hactenùs in statu fui, quo frigori, calori, flagellis, ac morti subiectus fui; modò autẽ statum adeptus sum Regni, quo præsum cœlo, & terræ: & qui prius quatenus homo potestatẽ habebã sup omnia ex simplici dono diuino: modò ex merito passionis, & mortis meæ adeptus sum potestatẽ super terrestria & cœlestia. *Euntes ergo docete omnes Gentes, baptizantes eos, &c.* Docenda quippè priùs sunt ea quæ sunt credenda, amanda, & sperãda, & chara habẽda. Hinc Ecclesia catechismũ præmittit Baptismo. *In nomine Patris, &c.* Non dicit, In nominibus: quia vna est virtus trium Personarum, in qua baptizamur, hoc est, abluimur Christiani: baptizare quippè, abluere dicitur Latinè; & quia ablutio fit aqua, præsupponitur, quòd hæc sit materia: *Eos.* Hic discimus quòd nullus baptizare seipsum potest: dicit enim, Eos, non dicit, Vosmet, significando diuersitatem personarum abluentium, & abluendarum. Instituit autem Dñs Iesus omnes baptizari, vt effectus passionis, mortis, ac resurrectionis suæ, mediante Sacramento Baptismi, applicaretur singulis saluandis merito ipsius Christi. Confertur enim per Baptismũ interior ablutio animæ ita vt nulla macula, aut obex sit, q̃ impediat ne statim ad cœlũ aduolet, nisi ipse impedimentum ponat. Ex his etiam consequitur, quòd vera forma Baptismi est, *Ego te baptizo in nomine Patris, & Filij, & Spiritusſancti.* Nam nunquam aliter collatum est Baptisma. Nam etiam si in Actis Apostolorũ videatur referri Baptismum collatum in nomine Christi, & D. Amb. lib. 1. de Spiritusſancto, id videatur insinuare; non tamẽ debet intelligi, quòd Baptismus dumtaxat in nomine Christi conferretur, & quòd solum nomen Christi in forma Baptismi exprimeretur; sed intelligitur, eos in fide Christi, aut in merito eius, aut efficacia passionis eius, baptizatos in Christo Iesu. *Docentes eos seruare omnia, quæcunq; mandaui vobis.* Sicut Baptismũ debet præcedere catechismus, ita & bona opera subsequi. Nec enim sufficit scire credenda, sperãda, & diligenda ex charitate; sed etiã scire quæ sunt operanda, & à quibus est abstinendum: hæc enim sunt quæ seruare oportet. Verùm hæc omnia comites sunt, tùm antecedentia, quã consequentia, sine quibus tamen verũ constat Baptisma: quoniam non partes eius, sed comites, vt patet in Baptismo paruulorum.

Sed quoniam in his verbis expressè mysterium sanctissimæ Trinitatis profitemur, & ideò in Missali Romano in ipsius festiuitate legitur; aduertendũ est, hoc sanctissimæ Trinitatis mysterium excelsius ac maius esse omnium quæ in fide profitemur, quod absque fide impossibile est omninò nos capere, aut intelligere posse, vel credere. Confitemur enim vnum Deum, vnũ Dominum, vnum omnium Gubernatorem solum: sed hoc etiam Philosophus naturali dumtaxat lumine fretus confessus est. Lumine quippè naturali cõstat esse vnam primam causam, vnum solum Principem, vnum solum totius Vniuersi Gubernatorem, à quo omnia, per quem omnia, & in quem omnia sunt, continentur, & gubernatur. Hoc autem luce clarius est, imò ipso Sole splendidius, ad quod solo lumine naturali pertingitur, quamuis ei qui habet est, tamen fidei hoc etiam docet. Imò & ille qui huius veritatis iam demonstrationem habet, si lumine fidei simul illustratus est, certiùs & firmiùs huic assentitur veritati. Nam si dederis mihi duos Philosophos, qui huius propositionis, Deus est, demonstrationẽ habent, quorũ vnus sit Christianus, & alter paganus, maiorem certitudinem habebit Christianus, quàm paganus: quoniam ille habet fidem, quæ habitus quidam est, licèt obscurum, certissimum tamen,

1. Cor. 15.

Moralitas seu cõcio.

atq; firmissimus, & infallibilis, & quia maiori certitudine, quàm ea quæ à lumine naturali præstatur, assentitur his veritatibus. Igitur profiteri vnũ solum Deũ, commune etiam est Gentili Philosopho, ac Christiano, licèt hic certiùs assentiatur. Cæterùm Christianus plùs cõfitetur. Fatetur quidem vnum solum Deum, vnũ solum Dominum, vnum solum Gubernatorẽ Vniuersi, vnam solam substantiam infinitam, hanc tamen in tribus subsistentẽ personis, quæ æqualiter eandem numero substantiam communicãt, idem esse, & idem posse. Et quòd quælibet harum personarum Deus est, infinita, & æterna, sed nihilominùs non sunt tres Dij, nec tres Domini, nec tres omnipotentes, nec tres æterni; sed vnus solus Deus Infinitus & æternus. Et quòd ex his tribus personis vna innascibilis est, à nulla aliarum procedens, & aliæ duæ sic. Pater est ingenitus, à quo procedit Filius, & Spiritussanctus ab vtroq;. Et cùm sit eadem essentia, idem esse, idem posse, idem velle harum trium personarũ, sunt tamen tres distinctæ personæ, est vnica tamẽ essentia. Interroga obsecro hac Aristotelem, quantumcunque Philosophus fuerit, & irridebit te, & dicet hoc impossibile omninò esse, & mille cõtra te sophismata cõfinget, quæ putabit esse demonstrationes, cùm tamen in veritate non sint: nam vna veritas alteri non cõtradicit. Et licèt hæc sit veritas supernaturalis, naturali quidẽ excellentior, non tamen est cõtra illam: nam ad hanc non hoc lumine, sed alio maiori, & illustriori pertingimus, quo ille caruit, quo tamẽ nos Dei misericordia illustramur. Quarè cùm hoc mysterium Dñs manifestare voluit Nicodemo, sic nouum ac mirabile ei visum est, quòd etsi Doctor legis erat, tamen tanquam stolidus se habuit, cùm dixit: Quomodò possunt hæc fieri? Ac si diceret: Quomodò ea quæ tu dicis constare possunt? Quomodò potest homo nasci denuò? Quis est Pater qui eum generat? Quis ille Spiritus, qui insufflat in eo? Quis est ille filius de quo loqueris? Quis eum mittit? A quo procedit? Quod est nomẽ eius, aut quod nomen Patris eius, si nosti? Non hæc certè capere possum. Nec mirum: non enim hoc lumine, quo hæc illustrantur, perfunderis. Naturale quidem intellectui est veritatem amplecti, nam condidit Deus intellectum nostrum sic veritatis amicum, & inquisitorem illius: vt mox quòd audiat veritatem illam amplectitur, illi penitùs insidet, quoniam propria sedes veritatis intellectus est, & ideo cõfestim amicitiam inter se ineunt, & tanquàm affines, & amici se mutuò agnoscunt. Magnam certè cognationem habet intellectus cum veritate, debet tamen illi esse proportionata, & æquabilis luci quam ipse intellectus habet. Sicut naturale est oculis videre lucẽ, & apertis oculis, iocundissimè illa perfruitur homo; debet tamen esse lux proportionata: nam ad radios Solis cæcutiunt oculi, nec eos intueri valent: quãpriam lux illa non illis proportionata est, sed excellens nimium. Nam etsi radij Solis lucidissimi sunt, non tamen ad illos imbecillitas nostrorũ oculorum pertingere valet, sicut oculi noctuæ aut vespertilionis aspicere quidem possunt lumen stellarum, non tamen Solis, quod imbecillitatem illorum longo interuallo excellit. Igitur veritas lux est, quæ maximam cognationẽ cum nostro intellectu habet, debet tamen illi proportionari & æquari. Lumen quidem Lunæ, ac stellarum intelligere possumus, hoc est, veritates has naturales omnibus communes, sed Solem ipsum, hoc est, diuinitatẽ Patris, radios eius ac splendorẽ ab eo procedẽtes, Solem ipsum, qui est Pater, diuinitatis principium; Filium, qui est splendor gloriæ eius; Spiritumsanctũ qui radius quidam est illius Solis, hæc nõ est lux nr̃o intellectui æquabilis, in immensum nostram superat lucem, & cùm splendidissima in se sit, nobis tamẽ tenebræ sunt: posuit enim tenebras latibulum suum, & dicit: Quomodò possent hæc 1.Reg.17.
fieri? Induerant Dauid, cùm pastor esset, armis Saul, vt cum illis pergeret ad certamen contra Goliath: at ille ea ferre non valuit, sed à se abiecit. Quid enim ille rusticus pastor erat pellibus indutus, soccis calceatus, peram in brachio portans, inter quercus & fagos nutritus, nunquàm assuetus ensi, sed funda lapidem iaciens, vel ipso strepitu minabatur ouibus, aut sybilo eas vocans trahebat; quomodò ferre posset loricã ferreã, aut ocreas æreas? Et in capillis contortis, quomodò galea posset sustineri? Auferte (aiebat) illa à me: nec enim his assuetus sum. Date mihi meam peram, meam fundam, meum baculum pastoralẽ, quibus cum leonibus & vrsis dimicare soleo. Si meam in circulũ duxero fundam, illa Iudæũ hunc prosternam: nec enim alijs etiam melioribus armamentis vnquàm assueui. Sic homo rusticus ac insulsus rerum magnarum est, qualia sunt ea quæ fides docet, quæ nõ sibi

comcōmensurateq; sunt, ob illis assuefact⁹ est, nec ea vllatenus capere potest intellectus eius, cuius in immensum mensurā excedūt: dum intra illum circumagere fundū, mundū hunc rotundū circulare, eaq; palpat, videt, sentit & audit, hæc vix capere potest, quibus tamen assuetus est, quæ nec suam capacitatem excedūt; & tamen à paucis, & per longum tēpus, & mille intermixtis falsitatibus hæc ab eo capiuntur. Quomodò alia intelligere valebit? Verū si his armis assuesceret, illis vtiq; dimicare valeret. Si hos supernaturales habitus indueret, illis vti ad intelligenda maiora posset. Verum est, quòd hic habitus deberet esse supernaturalis, qualis est fides supernaturaliter à Deo infusa, habitus quidam diuinus à Deo datus, quo imbutus intellectus noster, imbecillitas eius roboratur, vt possit videre lumē Solis, quod antea nō valebat (est enim quædam participatio superni luminis) quarè cognationē iam ac propinquitatē cū illo habet: & ideò in intellectu cui insidet, eundē efficit effectū circa veritates supernaturales, quē lumē naturale circa naturales facit. Nam sicut intellectus noster veritatibus naturalibus assentitur, eò quòd lumini quod in se habet consentiunt: sic intellectus fide illustratus veritatibus supernaturalib⁹ assentit, quoniam iam lumini fidei, quod in se habet, conueniunt, & proportionātur, iam eas agnoscit, quoniam ab eodem originē ducūt. Si enim veritates supernaturales sunt, lumen etiam est supernaturale à Deo infusum: & si veritates è cœlo venerunt, fides etiam inde originem trahit, nec industria humana haberi

Ephes. 2. potest. Dei enim donum est (ait Paulus) ne quis glorietur. Quarè ipsa debet nos in his supernis mysterijs ducere: namq; naturale lumen id non valet, imò deficit tūc, & abs-

Simile. conditur quasi cedens superiori lumini. Sicut qui nauigāt ad mare Sur, versus Polum Antarcticum, certo interuallo ac distātia ab hoc Polo absconditur Polus hic, & alter adhuc non videtur, & tunc nautæ (vt ipsi referunt) per tres stellas, quæ in cœlo tunc apparent, gubernantur, quæ loco Poli illis deseruiunt. Sic lumē naturale, quod est Polus quo gubernamur in hac vita homines, cū tres stellæ nobis apparēt, hoc est, cùm Trinitatis mysterium perscrutamur, absconditur & occultatur nobis, deficit enim tūc lux eius, nec ad tantum mysterium nos ducere valet cedens tam immenso lumini. Ascendimus quippè iam valde supra illud, & ideò dum alter Polus nobis apparet, qui est lumen gloriæ in beatitudine; per has tres stellas, hoc est, per fidem trium personarum diuinarum gubernari debemus. Hæc enim est quæ tres Reges duxit ad Deum. Et hoc

1. Cor. 11. est quod Paulus insinuare voluit, cùm ad Corinthios scribens præcipiebat, vt mulier velato capite oraret, vir autē, aperto capite, orationem faceret: & quòd mulier non loqueretur in Ecclesia, vir verò sic. Nam lux naturalis, respectu luminis fidei, gerit vicem mulieris, debilis quippè ac imbecillis est ad mysteria fidei pertingenda: lumen autem fidei gerit vicem viri. Lux ergo naturalis velet caput suū & oculos: quia hæc perspicere nequit, & in Ecclesia nō loquatur, sed maiori lumini cedat: quia nec intelligit, nec videt ea quæ supra se sunt: captiuetur intel-

1. Cor. 10. lectus in obsequium fidei. Hæc autem quæ viri gerit vices, in Ecclesia loquatur, discooperiat caput: oculos quippè habet ad videndum diuina & supernaturalia, saltem eo modo quo hic perspici, ac videri possunt: nam sine illa nec Cherubin, nec Seraphin

Ioan. 4. ea intelligere valerent. Quarè cùm Samaritana à Domino aquam illam viuam postulasset, dictum est ei: Vade, voca virū tuum. Et illa dixit: Non habeo virum. Quoniam fide carebat, sine qua viua hæc aqua mysteriorum fidei potari non poterat. Vnde ad vocem, quæ de throno exibat (vt ait Propheta) Seraphin qui circa thronum volitabant, demittebant alas suas, & illis operiebant oculos: quoniā Seraphin qui naturali intellectu sic excellunt & eleuantur, vt super omnia alia extendant alas suas, & volent: tamen cùm vox de throno sonat, hoc est, cùm fides loquitur, quæ est vox de throno Dei exiens, demittunt alas suas, & ingenia alta humiliant, subijciendo se lumini fidei, tanquàm superiori sibi, humilem confitentes quemlibet intellectū creatum lumini fidei collatum. Et alis suis quibus volant, operiunt oculos: quoniam multoties delicatiora ingenia, quæ super alios volare videntur, sibi ipsis impedimento sunt ad videndum ea quæ sunt fidei, & suo paruulo lumine freti cæcutiunt ad maius lumen. Seraphin ergo huic lumini se impares esse ag-

Psal. 17. noscunt. Ascēdit (ait Propheta) super Cherubin, & volauit super pennas ventorum. Eleuatur quippè Deus, & super velocitatē ventorum, qui spiritus in Scriptura dicuntur, & super omnes Angelorum spiritus, & super hominum maiora ingenia, quæ per

ventus

venios significantur. Dices ergo, si nec Angeli, nec Seraphin, nec sublimiora hominum ingenia ad hæc mysteria pertingere queunt, quid agendum est? Ad quem occurrendum? Cui hæc sententia interrogatio est? Quomodo possunt hæc fieri? Angeli ad hæc non pertingunt, hominum ingenia multò minus, quis ergo hunc nobis nodum dissoluet? Vultis, fratres mei? Ecclesia Catholica Romana est, ad quam accurrere debemus. Illa enim harum veritatum magistra est, quam Spiritus sanctus docuit, cuius instructa doctrina contra Arrium, contra Sabellium, & contra alios perfidos hæreticos nos docuit huius

Iud. 14. mysterij veritatem. Memineritis, obsecro, illius historiæ, quæ in libro Iudicum narratur, quando Sanson in terram Philisthinorum pergebat vt vxorem acciperet, & in via occidit leonem, ad quem cùm post aliquos dies diuertisset, vidit examen apum in ore eius, & proposuit ænigma illud conuiuis. De comedente exiuit cibus, & de forti egressa est dulcedo. Quod cùm non potuissent conuiuæ enodare, instarunt vxori eius vt ab eo exquireret, & indicaret illis. Quod cùm fecisset, & illi ænigma propositum rectè interpretarentur, respondit eis Sanson, & dixit: Si non arassetis in vitula mea, non inuenissetis propositionem meam. Ecclesia Catholica Romana est hæc Sponsa Christi, cui ipse secreta cœlestia reuelauit, & ænigmata sic obscura, vt nullus creatus intellectus illa dissoluere valeret. Quid ergo faciendum? Certè hanc Christi Sponsam sollicitare, & dicere ei: Quomodo possunt hæc fieri? *quæ sola, & sola est.* Quomodo tres, & tamen vnus? & si vnus, quomodo tres? Quid hoc rei est? Et postquam id nobis docuerit, confiteamur illud in Credo, quod quotidie confitemur, & profitemur in Ecclesia, & cùm nos id audierit confitentes Dñs, dicet: Si non arassetis in vitula mea, non inuenissetis propositionem meam. Si id non interrogassetis, & didicissetis ab Ecclesia mea, quæ per fidem mihi desponsata est, nunquam hæc disceretis secreta: Illi enim ego reuelaui. Quod & D. Aug. confitetur, cùm dicit: Euangelio non crederem, nisi me authoritas Ecclesiæ commoueret. Nec enim ego sciebam quod esset Euangelium in quo veritas vera constabat, Matthæi, an Marci, an Nazaræorum, nisi mihi Ecclesia quatuor Euangelia proposuisset, in quibus certa fidei nostræ veritas continetur. Hinc & Paul. ad Timot. ait: Hæc scribo tibi, fili Timoth. vt scias quomodo oporteat te conuersari in domo Dei, quæ est Ecclesia Dei viui, columna & firmamentum veritatis. Ab illa enim hæc veritas pendet, & in illa sustinetur. Ad illam igitur properare debemus, dicentes: Quomodo possunt hæc fieri? Quod nam tam grande mysterium hoc est, Ecclesia Dei? Dic nobis qua ratione id efficiatur? Et respondebit nobis, ipsam nihil aliud habere mysteriosum, quàm ea quæ Sponsus suus in suo Euangelio manifestauit illi, nec illa alia ratione fulciri, nisi quia Deus dixit, cuius authoritas omnibus demonstrationibus Euclydis præponderat, & certior est. Et quod Euangelium docet hoc est, Quòd dato Deum esse vnum, & simplicissimum, aliter quòd nulla res sic vna est ac Deus, imò est vnitatis principium, à quo omnis vnitas deriuatur: nihilominus in illo sunt tres personæ distinctæ, sicut ego, & tu, & alius. Nam dato quod Deus sit vnus, tamen quia est non solùm beatus, verùm & ipsa beatitudo, tenemur ab illo solitudinem excludere, sicut excluderemus à quolibet homine, qui est totius mundi esse, vt esset beatus. Nam si esset solus, beatus nō esset quoniam beatitudo in vna sola persona consistere nequit, sed oportet vt beatitudinem suam, quam semper habuit, habet, & habebit, alijs communicet personis coæternis sibi. Intelligimus ergo vnum Deū, & tres personas, quarū quælibet sit Deus hac ratione. Dicimus enim quod Deus cognoscit seipsum, & ex seipso producit imaginem sui ipsius, conceptum, vel notitiam quandam, quæ ipsum Deū exprimit ac repræsentat, vt ipse est. Cui notitiæ ac imagini communicat suum esse, suam substātiam, sua bona, & totū quod ipse est. Deus quippe est naturæ intellectualis in infinitū perfectioris, quàm Angelica, & seipsum intelligit ac cognoscit: quoniam sua beatitudo in cognitione sui ipsius sita est. Et hic conceptus quē ex se producit Deus, & per quē seipsum agnoscit, debet esse coæternus ipsi Deo; quippe qui ab æterno cognouit se, & infinitus etiā, cùm rem infinitā exprimat; & cùm nihil sit æternū, aut infinitū nisi solus Deus; hinc fit quod conceptus ille necessariò sit Deus. Et cùm in Deo nullū sit accidens, sed totum quod in ipso est, sit ipsissima Dei substātia, hinc fit quod conceptus hic ac notitia, sit substantia Dei, & hunc conceptū propriissimè vocamus filium Dei eadē proprietate, imò & multò maiori, quàm illū quem ex te genuisti vocas filium tuum. Ideò quippe ille dicitur filius tuus, quia ex te procedit in similitumilitudinem propriæ naturæ: hic conceptus procedit à Patre in similitudinem propriæ naturæ; ergo verè dicitur filius eius. Vocamus autē hunc filium, Verbū, & conceptū: ne putare eodē modo gigni, quo filius [illegible] carnalis. Nec enim ea fœditate, ac imperfectione à Patre generatur hic filius; sed tanq̄ Verbum, ac conceptus mentis subtilissimè, delicatissimè, simulque purissimè ab illo procedit, sicut cōceptus, ac verbum immaterialiter producitur ab intellectu. Et hæc est secunda persona, quā filium dicimus. Ex hac autē cognitione Dei consequitur amor, qui Spiritus sanctus dicitur. Nam omnis voluntas non impedita producit amorē, secūdum totam suam vim, & secundum id quod diligit: Deus autem infinitus est, & id quod amat etiam infinitè: amat enim seipsum, qui infinitè diligibilis est. Igitur hic amor infinitus est, & æternus, sicut ipse Deus: nihil autem est infinitū & æternū, nisi Deus; ergo amor hic Deus est. Et quia nihil in Deo, præter Deū, nec accidēs, nec extranea substantia aliqua est in eo, sequitur q̄ hic amor sit ipsa substantia Dei, & hic dicitur Spiritus sanct⁹. Tanta quippè vi hic amor à Deo procedit, vt ipsam Dei substantiam rapiat post se. Hæ ergo sunt tres personæ diuinæ, quas in vna substantia cōfitemur, & hoc est quod fides Catholica docet, & quod in vndecimo Concil. Tolet. Hispani professi sumus, & profitemur modò, tempore Recharedi Gothorum Regis celebrati, consobrini B. Leandri, & Fulgentij, postq̄ per trecentos annos in Arriana secta decepti fuerāt. Nunc autē non hæc mysteria videmus, sed credimus: tamen (vt Paulus ait) videmus nunc per

1.Cor.13.

speculū in ænigmate, tunc autē facie ad faciem. Nunc in Ecclesia hæc Sacramēta videmus tanq̄ in quodā veluti speculo, in quem radius quidā luminis huius reflexus noster intellect⁹ illustrat. Veniet, veniet dies (faxit Deus) in quo in seipsa, & sicuti est, hāc videbimus veritatē; & cū Regio Propheta

Psal.47.

exultabimus, & dicemus: Sicut audiuimus, sic vidimus, in ciuitate Dñi virtutum, in Ciuitate Dei nostri, quādo ex hoc exilio ad Patriam propriam transferemur: Nihil enim falsè nobis Ecclesia dixit, cùm omnia hæc videamus clarè ita esse, sicut Fides docuit.

Ex his autē duo ego colligo, quæ cor meū ædificent. Primū, Agnoscere magnitudinē ac excellentiam Dei, ad quā noster pertingere non valet intuitus; vt tamen humiliemur maiestati, & cum Iob dicamus: Ecce

Iob.36.

Deus magnus vincens scientiam nostram: ac cum timore & tremore nostram salutē operemur, & exultemus ei cū tremore demittentes alas intellectus nostri cum illo, cognoscentes quanta nos superet maiestate, eo modo quo ante eū columnæ cœli contremiscunt & pauent ad nutū eius, quem adorant Dominationes, & tremunt Potestates. Secundum, quòd cui tanta mysteria reuelata sunt, ad quæ consequēda aspirare debet, inquirat suo integro cordi, [illegible] in rebus parui momenti illud detinet. Qui enim Dei gloriam sperare potest, cur ad minima attēdit? Non

Iob.26.

solùm autē (ait Paulus) sed & gloriamur in spe gloriæ filiorū Dei. Speramus enim talia, vt ea solùm posse sperare magna nobis gloria sit. Et quia hac supernaturali luce perfundimur, vt filij lucis debemus ambulare. Eratis enim aliquādo tenebræ (ait Paul.) Nunc autem lux in Dño, vt filij lucis ambulate. Fructus autē lucis est in omni bonitate, & iustitia, & veritate, probantes quid sit beneplacitum Deo. Et nolite cōmunicare operibus infructuosis tenebrarū, magis autē redarguite. Et 1. Petr. Vos autē genus electū, *Gente entresacada del mundo*. Regale sacerdotium, Gens sancta, populus acquisitionis, id est, acquisitus Deo, vt virtutes annuncietis eius, qui de tenebris vos vocauit in admirabile lumen suū. Qui aliquando nō populus Dei, nunc autē populus Dei; qui nō misericordiam consequuti, nunc autem misericordiam consequuti. Gens [illegible] corazō, quid in fecibus terræ sedet? Cur non alta petit? Filij hominū (vel filij inclyti, vt habet alia litera) vsquequò graui corde? Cur cor deprimitis, & non potius in alta leuatis? Vt quid diligitis vanitatē, & quæritis mendacium? Intellectus in tam alta mysteria doctus, cur se exercet in his caducis, inueniēdo modos rapiendi, thesauros cogēdi, alios decipiendi, & sic de alijs; & non potiùs in intelligēdo diuina, ad quæ p̄ gratiā Christi vocatus est, vt ea interna gaudia possideat? *Et ecce ego vobiscū sum omnibus diebus, vsq; ad consummationem sæculi.* In hoc promittit se nunquam defecturum Ecclesiæ suæ, & q̄ in Ecclesia sua nunquā deficient iusti, & fideles, quibuscum sit. Licet etiam hoc possit intelligi de assistentia Christi in Sacramēto Eucharistiæ, in quo realiter & præsentialiter, licet sacramētaliter, est nobiscū. Quod maximi amoris, ac beneuolentiæ signū fuit. Id enim est quod Salomon admirabatur, quando post consummatū magnificū illud

Rom.5. — Ephes.4. — 1.Pet.2. — Psal.4. — Moralitas seu [illegible].

templi

[illegible] sanctificaret, si sanctum propitiatorium, quod erat umbra, ac figura huius veritatis, diceret: Ergo ne credibile est, quod Deus habitet cum hominibus super terram? Et 3. Reg. 8. Ergo ne putandum est, quod verè Deus habitet cum hominibus super terram. Verè dicit, ubi [illegible] de veritate, potiùs quàm de figura illa loqui. Certè valdè mirabile est, quòd [illegible] tàm grandis, qualis est Deus, tantaeq; maiestatis ac potentiae, per se dignaretur in sua propria ac diuina persona cohabitare super terram, cum tam barbara, rustica, ac inhumana gente, quales homines sumus. Quilibet enim aequalem ac similem sui quaerit, quocum conuersetur & cohabitet. Sapientes illi Chaldaeorum, quos Nabuchodonosor Rex vocauit, ut somnium quod viderat & fugerat ab eis, simul cum solutione & interpretatione sibi dicerent, *Que le dixessen el sueño y la soltura:* responderunt Regi, ut dicitur: Sermo quem tu quaeris, grauis est, ô Rex, nec reperietur quisquam, qui indicet illum in conspectu Regis, exceptis dijs, quorum non est cum hominibus conuersatio. Neq; enim excogitare aut credere poterant, quod res sic grandis, qualis est Deus, descenderet ac demitteret se ad [illegible] tam paruam, qualis est homo, conuersari dignaretur. Et ideò dicebant: Quorum nulla est cum hominibus conuersatio. Nec enim ipsi diligere poterant, quia esset bonitas Dei, qua [illegible] amore [illegible] hominem prosequeretur, ac diligeret, nec ipsum nec Deum dicere [illegible] [illegible], Deliciae meae esse cum filijs hominum. Et ideò mirabantur homines, & dicebant: Ergo ne credibile est quod Deus habitet cum hominibus super terram? Ita ei [illegible] dendum est. Ipse enim dixit modò: Ecce ego vobiscum sum omnibus diebus, usq; ad consummationem seculi. Et ideò admirandus hic mirabilis modus existendi cum hominibus super terram, nempe altaris Sacramentum, in quo se nobis reliquit tanquam Sacramentum, & tanquam sacrificium. Tanquam Sacramentum; ut in Ecclesia sua perpetuò esset, & in omnibus fidelibus per hoc Sacramentum communicationem: tanquam sacrificium, ut non deesset quam Lex vetus habebat ad offerendum Deo sic per se acceptum sacrificium, quale homo necessarium habebat. Tanquam Sacramentum, quatenus homo veneraretur illum: tanquam sacrificium, ut illo placaretur Deus. Tanquam Sacramentum, ut illum praesentem haberemus. Tanquam sacrificium, ut quotidie illud offerremus Deo. Primum, quod tanquam Sacramentum se nobis Dominus [illegible] [illegible] liquerit, constans apud omnes Catholicos est, qui veritatem Dei & Ecclesiae suae sanctae credunt. Defensorum sic est in hac domo Dei columna & firmamentum veritatis, & nunquam haereticus dicatur qui aliter senserit de Sacramento, quod Ecclesia Dei sentit. Et per definitionem Sacramenti hoc ostenditur. Nam Sacramentum est signum rei sacrae, potissimum ad nostram sanctificationem. Hoc Sacramentum sumptum est signum gratiae, quae [illegible] [illegible], accidentia illa albedo, quae in hostia consecrata videntur, sunt occulta [illegible] [illegible] qui intus continetur, nempe Christi [illegible] [illegible] Sacramentum est. Imò & maximum omnium Sacramentorum. Nam caetera Sacramenta continent gratiam, hoc autem gratiae Authorem. Alia pariunt ipsam aliquam virtutem Dei, tanquam eius instrumenta; hoc continet ipsum Deum. Alia ad hoc ordinantur Sacramentum; hoc autem est scopus, & finis aliorum. Baptismus quippe aperit nobis ianuam Regni, & ingressum ad illud. Confirmatio robur, ut illud firmè valeamus. Poenitentia [illegible] & extrema Vnctio nos disponunt ad illud: mundant quippe animam nostram, ut dignè ipsum praeparemus hospitium. Matrimonium hanc ineffabilem unionem significat, qua Deus cum anima, hoc Sacramento mediante, efficitur unum quippe [illegible] nobis [illegible] cibus, qui in se suscipientem assumit & secum illum coniungit, ac unit. Deniq; Ordo factus ad eius ministerium institutus est, quare [illegible] caeteris Sacramentis est finis & consummatio eorum. O [illegible] nobis [illegible] fuit. Dñe Deus, ut tua frueremur societate, ac praesentia. Impossibile quippe fuerat nobis te manifestè [illegible] nisi te nobis in hoc reliquisses Sacramento. Continua quippe bella, certamina [illegible] cum diabolo, mundo & carne [illegible] nobis, ne aliquando [illegible] aut [illegible] nos & filios alios. [illegible] diligere [illegible], nec ea quae in mundo sunt, ait Apostolus [illegible] Ioannes. Et alias, Nolite (ait) conformari huic seculo. Omnes [illegible] sunt [illegible], & [illegible] [illegible], ita ut B. Antonio videretur impossibile esse illa euitare. Et Paulus dicebat: Non est nobis colluctatio aduersus carnem & sanguinem, sed aduersus principes, & potestates, contra spiritualia nequitiae in coelestibus. [illegible] [illegible] [illegible] [illegible] nobis ut [illegible] [illegible] bellum adversus [illegible], ac perficiendè [illegible]

[illegible]

[illegible] sed [illegible] in medio [illegible] ... sed [illegible] ... Ab his omnibus [illegible] ... [illegible] ... Mul- [illegible] ... [illegible] Imperatores habentes [illegible] ... [illegible] Sponsa, [illegible] ipse stat post parietem [illegible] ... [illegible] fortis miles Christi [illegible] ... [illegible] Moyses [illegible] ... Deus [illegible] ... Vnde & Exod. 4. dicitur [illegible] ... Exod. 23. [illegible] Angelum [illegible] ... [illegible] Deus [illegible] ... [illegible] Paulus ad Hebraeos: Multifariam, multisq; modis olim Deus loquens Patribus in Prophetis, nouissimè diebus istis locutus est nobis in filio. Ecce (inquit) vobiscum sum [illegible] ...

modo vobiscum sum, & manebo, sicut [illegible] tabatur, sed altiori & propinquiori modo, nempe [illegible] persona. Igitur [illegible] Angelus, ductor noster [illegible]. In hoc quippe Sacramento habemus [illegible] illam ignem, quo per noctem illuminabatur populus ille, & nubem illam, quam per diem ducebatur. Nam in hoc Sacramento est Christus Dñs, qui est lux vera, quae illuminat omnem hominem venientem in hunc mundum. Qui secundum diuinitatem, columna ignis est, iuxta illud: Deus noster ignis consumens est. Et nisi ignis hic [illegible] ... (quia [illegible] nobis habitans [illegible] ignem [illegible], vt clamat Esaias) [illegible] ... [illegible] Solis [illegible], [illegible] Esaias: Verè tu es Deus absconditus. Quae nubes [illegible] ... [illegible] Vnde & [illegible] clamat, & dicit: Quamdiu [illegible] ... Si enim Philisthaei tanto timore [illegible], audientes Archam Dei esse in campo filiorum Israel, [illegible] dicentes: Vae nobis. Quis nos liberabit de manibus deorum istorum magnorum, [illegible] Aegyptum? Et tamen illa [illegible]. Quid [illegible] Vnde & Philisthaeo [illegible] Deum [illegible] ... Arca [illegible] capite [illegible] & pedibus [illegible]. Nam [illegible] hac Arca [illegible] caput [illegible], & [illegible] ... [illegible] Archa super humeros Sacerdotum, vociferantes [illegible] hostia sic & nos verum Dñi corpus super humeros nostros ferentes, clamantes & laudantes Dñm [illegible] hostibus efficiemur. Igitur propter nostram consolationem [illegible] praesens; sic quoque nos contra hostes [illegible], & terribiles illis efficeret, [illegible] nobis Dñs in hoc Sacramento reliquit. Vnde & Ecclesia in hymnis canit & dicit: O salutaris hostia, quae coeli

pandis

pandis ostium, bella [illegible] hostilia, de turbat, fera nihil. Pestilentiae [illegible], de tenebris [illegible], tyrones [illegible] ex eo loco
in quo et, [illegible] ducis [illegible]. Sed sub
Sacramento se nobis reliquit, sub illis speciebus absconditum; hoc enim Sacramenti
decuit esse invisibile, sub rebus visibilibus
[illegible]
[illegible]
magno consilio sic nobis se Deus reliquit,
non in aperta figura [illegible] hoc [illegible]
[illegible]
illum [illegible]: videmus enim [illegible]
quoniam dentes & stomachus habent ad talem
cibum comedendum. Nam si intellectum [illegible]
eos [illegible], quae sunt dentes, & stomachus, ibi
[illegible]
[illegible] quia nec dentes, [illegible] ad id
habemus. Nec enim intellectus noster, dum
est in corpore, ad Deum videndum pertingere
valet [illegible]
per lumen gloriae, & roboratur, ut videre
Deum queat. Voluit autem nobis Deus carnem
suam praebere, [illegible]
Ideo adinvenit illum modum, quo condiret [illegible]
[illegible]
[illegible] & ideo sub illis speciebus se
Augus. abscondit. D. Aug. super Psal. 33. docet, [illegible]
eundem [illegible] mater [illegible] maiores [illegible]
[illegible] cibat, sed differenter conditio ac prae-
parato. Panem & carnem robustis iam filiis [illegible]
buit in cibum, eundem & infantibus dat; sed
illis in sua specie: quia habent dentes [illegible]
illum manducant, & stomachum quo illam dige-
rere possunt: infantibus autem ac lactantibus
hunc cibum dat. Sed vel per [illegible] in
lac conversum, vel in [illegible]
das. quia nondum dentes ad [illegible] nec
stomachum ad digerendum habent. Suffocaretur enim, & [illegible]
cibus integer, sicut assumit [illegible]. Filii
fuit. ô Domine Deus, qui iam in viros perfectos
evaserunt, quales sunt beati, panem hunc integrum, & in sua substantia [illegible], nos autem
eodem indigemus pane, [illegible] filii, &
homines corporis membra, [illegible] caput est Christus. Spiritus sanctus vitae membris [illegible] eodem cibo pasci debent, quo caput. Verum [illegible]
[illegible] ac teneri, nec Deum in
sua propria substantia cernere possumus, [illegible]
[illegible] cibum [illegible]
Exod. 33. [illegible] quippe est: Non videbis me homo & vivet. Sed tu, Domine, [illegible] nutricis
officium agens, ad nostrum modum nobis prae-
paravit illum ac condivit. Accepit (inquit) panem

in [illegible] venerabilibus [illegible], & [illegible]
[illegible] ab [illegible] sacrum [illegible]
[illegible] aliud [illegible]
[illegible] commercio, & sub speciebus
[illegible] seipsum nobis in hoc
Sacramento reliquit, [illegible] panem ac cibum [illegible]
[illegible], & [illegible]
[illegible] Angeli; & [illegible]
[illegible] Angelorum manducavit homo. Psal. 77.
In quo [illegible] necessarii; & [illegible]
[illegible]
[illegible]
[illegible]
[illegible]
[illegible] Sed
[illegible] perfectam [illegible] &
[illegible] stomachum habemus, tunc [illegible]
[illegible] & in sua substantia absque [illegible]
[illegible] Secundo,
ideo sub his tegumentis se nobis reliquit [illegible]
providens honori suo. Est quippe [illegible] [illegible]
[illegible], sic honori sui [illegible]
[illegible] contra [illegible]
[illegible] non [illegible]
[illegible] superbia
[illegible] quod coram [illegible] sub
illis speciebus [illegible]
[illegible]. Ut ergo honori
suo provideret, noluit apertum, sed velatum
nobis esse. Hac industria usus est David 1. Reg. 21.
cum Achis Rege Geth, apud Philisthaeos.
Nam cum fugeret a facie Saul, & [illegible]
esset in Palatio Regis Achis, se occultare [illegible] [illegible]
[illegible], finxit se insanum esse. Nam ferebatur [illegible]
[illegible], & defluebant salivae super barbam
eius. D. Aug. super Psal. 33. docet, quod David August.
fugiens a facie Saul, est Christus Deus fugiens [illegible]
a facie Iudae, & Synagogae, quae illum [illegible]
modis persequebatur, & tunc hoc convivium
sacrum instituit. Nam ut ait Paul. Dominus Iesus 1. Cor. 11.
in qua nocte tradebatur, accepit panem, & [illegible]
[illegible] mellis [illegible] Iud. 14.
[illegible]
[illegible] Iu-
[illegible] in qua nocte tradebatur, [illegible] hominum [illegible],
[illegible] in illis
[illegible] tunc in-
[illegible] Nam in qua nocte
tradebatur accepit panem, & benedixit, & [illegible]
fregit, Accipite & manducate, hoc est corpus
meum: accipite & bibite, hic est sanguis meus.
Unde & Sponsa dicitur: Mel & lac sub lin- 1. Reg. 14.
gua tua: hoc est mel illud quod Ionathan gu-
stans, & robur, & visum [illegible] ut
illud

[illegible] fuit oculis eius. Dissimulauit autem se coram Achis, hoc est, coram nobis, qui tale mysterium nō capimus, & dicimus cum Hebræis: Quid est hoc? Et cum aliis: Quomodo potest hic nobis carnem suam dare ad manducandum? Ille hoc autem fuit dissimulatio haec, quod ferebatur manibus suis, & effundebat saliua super barbam eius. Res certè verò secularis inaudita, quod quis se ipsum manibus suis ferret. Ferebatur manibus suis. Nam Christus Dñs filius Dei accepit panē in sanctas ac venerabiles manus suas, & in corpus suum conuertit, & dabat discipulis suis, & sic ferebatur manibus suis, cùm seipsum manibus suis dabat discipulis. Et tūc adimpletum est quod Ioan. dixit: sciens quia omnia dedit ei Pater in manus. Nam cùm seipsum consecratū in pane habebat, omnia in manibus suis gerebat, quia ipse Deus omnium est. Et fundebat saliua super barbā. Saliua ab ore procedit, & significat verba, & barba autoritatem denotat. Effundere ergo saliuā super barbam est verba fundere super autoritatem. Dei nam verba autoritate Dei prolata, hoc Sacramentum confirmant. Nec enim verba sola id possent, nisi super Dei autoritatem funderentur, qui tali cum illis verbis virtutem tribuit, & ideò sic velatus se nobis tradidit, ne videre solemus homo [illegible] esset maiestatis. Tu autē, ô Christiane, nō debes esse sicut Achis ignorans, nec illū contemnas. Dauid quippe dissimulatus est, licet tu id minimè intelligas. Nec enim ob hoc minori ei reuerentia dignus est, quia sic dissimulatus venit. Nam sicut Rex vbique dignus summa reuerentia sit, tamen quando maiori cum maiestate se ostendit, tunc est, cū inter cordinas latet. In cubiculo namq; suo cum amicis clarè se videndū præbet, & familiariùs cum eis loquitur; sed cùm foras exit ad populū, grauitatem ac seueritatem maiorem præ se fert, ne illū indoctū vulgus contēnat. Sic cum beatis & nobiscū se habet Deus. Illis enim clarè se manifestat, & nihilòminùs columnæ cœlorū tremunt ad nutum eius, quanto magis homo putredo, & filius hominis vermis? cùm illū oculis fidei intuetur inter candidas illas cortinas velatū? Ne sis stultus, ac ignorans velut Achis: quoniam verus Dauid est, qui interfecit Goliath, cui filiæ Israel canebāt in choris, dicentes. Percussit Saul mille, & Dauid decem millia in millibus suis. Reliquit ergo se Dñs tanquàm Sacramentū, ob has rationes. Reliquit etiā se tanq̄ sacrificium, vt illo vteremur, manducaremus, contemplaremur, & palparemus illū, sub aliena specie occultatū. O magnas hominis delitias, quod possit morsibus comedere Deū. Iob. c. 31. de se dicebat: Si non dixerunt viri tabernaculi mei, quis det de carnibus eius vt saturemur. Ac si dicerent, *Quien se la comiesse à bocados*. Sic enim eis, quos multum diligimus, solemus dicere. Erat autem Iob sic amabilis suis, vt semper eius desiderarent præsentiam, & eius assiduo fruerentur colloquio. Si tantū Deum diligis, ô anima Christiana, comede illum morsibus, satiare ex illo, nam ipse dicit: Nisi manducaueritis carnem filii hominis, & biberitis eius sanguinē, non habebitis vitā in vobis. Is qui manducat meā carnē, & bibit meum sanguinē, in me manet, & ego in eo. Et ideò seipsum prius mādūcauit Dominus: nam (vt multi asserunt D D. & præcipuè Hiero. & D. Tho.) priùs seipsum cōmunicauit Christus, postea autē discipulos suos, vt homines securū redderet huius diuini edulii, *Aere bo[illegible] de salua*. Ne cogites ô homo, quod sit mortiferum venenum, sed hyoscamus [illegible]. Hoc est, *No es veneno q̄ mata, sino bocado que enamora. [illegible] de Dios, pildoras de [illegible] amor*. O anima Christiana, sic des[illegible] [illegible], quam dulci pasta alimentum, quod ipse Deus est, vnde tibi carnis desit, aut odor [illegible] Ægypti? Tuum esse, germane, & alimentū est lac, & mel, spiritus diuinus, nec solum Angelicum, cui similis esse curis. Cur à [illegible] sanguine? Cur [illegible] valet? Cur non iam in Deum translata est? Cur postquā illum tanquā cibū cum [illegible] comedisti, sic caro factus vt adhuc manes? Frustrà tam delicato cibo pasceris, cùm non ideo [illegible] habeas. Ergo credibile est, quod Deus habitet cum hominibus super terrā, & sicut Sacramentum, & sicut sacrificium. Ideo se nobis vt sacrificium dimisit: quoniā iam sibi fastidiu erant veteris Legis sacrificia. Sacerdotes quippe accincti ephod, semper gladios nudos gestantes in manibus, iugulātes pectora, sicut laniones in macello, perfusi sanguine ipsi, & pauimentum templi erant. Propter quod thymiama in templo cremabatur, ne sanguinis fœtore intrantes offenderentur. Igitur cùm iam hæc sacrificia nauseā fecissent Deo, vnū instituit, quod omnium aliorum esset finis, quo explerentur variarū sacrificia victimarum. Nulla quippe vnquàm tam barbara natio, aut Respublica fuit, quæ propria nō habuerit sacrificia, quibus Deū coleret,

Exod. 16. *Ioan. 6.* *Ioan. 13.* *Psalm.* *Iob. 26.* *Iob. 25.* *Iob. 31.* *Ioan. 6.* *Hiero.* *D. Thom.*

colerent, alia Romani, alia Græci, alia aliæ nationes habebant. Ipsa namque ratio naturalis docet, quod Deo debeat immolari, & hostiæ illi offerri. Respublica ergo Christiana barbarior cæteris deberet esse? Nonne oportebat, quod sacrificium ipsa haberet, quo Deum verum coleret? Nullum autem aliud sacrificium in populo Christiano, nec in Ecclesia Dei invenitur præter hoc; id ergo solum & verum est in ea sacrificium, ne & ipsa careret eo quod omnis natio semper habuit. Oratio quippe, eleemosyna, ieiunium, & alia opera bona, & satisfactoria secundùm se non sunt sacrificia, nisi in quantũ per virtutem religionis Deo offeruntur. Aliquid ergo debet in ea esse, quod ex sua cõditione sit sacrificiũ; Quare & Theologi dicunt, Sacramenta non solùm esse nostræ iustificationis signa, verum etiam ceremoniæ quibus Deus colitur, & honoratur. Quod si in veteri Lege erant sacrificia hoc significantia, cur non in noua?
Psal. 86. Nam, ut Psalmista ait: Diligit Dñs portas Sion super omnia tabernacula Iacob. Et tertiò, quia aliter non potest saluari, quòd Christus fuerit Sacerdos, secundùm ordinẽ Melchisedech, qui panẽ & vinum obtulit. Nam in Cruce nõ se obtulit Deo in specie panis & vini, sed in propria specie. Ergo in hoc Sacramẽto se offert sub specie panis, & vini, & sic saluatur quod sit Sacerdos secundũ ordinẽ Melchisedech. Et hoc maximè debet in hoc mysterio attendi. Quòd cũ nobis tantum donum conferat, quale est diuinũ hoc & incruentũ sacrificium [illegible] ipsis præbeat quo illo respondeamus dono, & cùm tantum accipiamus beneficium, eodẽ gratias referamus benefactori. Quarè & hoc sacrificiũ vocatur etiã laudis, iuxta illud: Sacrificiũ laudis honorificabit me, & illic iter quo ostendam illi salutare Dei. In eodẽ quippe sacrificio, & cõsistit nostra salus, & gratiarũ actio.

Vnde & in eo memoriam [illegible] beneficiorũ, & mirabilium Dei, secundum illud Psal. Memoriam fecit mirabilium suorum misericors, & miserator Dñs escam dedit timentibus se. Psal. 110. Ecce quemadmodũ verũ est quod Deus habitet cum hominib⁹ super terrã, & quemadmodò adimpletũ sit quod ipse modò dicit in vltimis verbis quæ loquitur: Ecce ego vobiscũ sum omnib⁹ diebus, vsque ad consummationem seculi. Si prima verba nobis narrant sic Christi generationẽ, secundùm carnẽ, qua præsens nobis factus est nobis, hæc vltima verba hîc nobis perpetuã [illegible] memoriam: ita ut possimus ab illo petere, ut adimpleat verbũ suũ; & dicere quod discipuli eius apud Emaus dixerunt: Mane nobiscũ, Luc. 24. Dñe, quoniã aduesperascit, ne sine [illegible] in tenebris errorũ, ac peccatorum [illegible]. Dicamus ergo ei: Mane nobiscũ, Dñe, quia aduesperascit. Nostram obscuritatem [illegible], omne delictũ ablue, piam medelã tribue.

Ecce si [illegible] Matthæo [illegible] vobis, & cum omnibus Christi fidelibus [illegible] eius humanitatem [illegible] aquilæ forsan [illegible] Euangelium [illegible] interpretãdo, si hæ meæ lucubrationes qualescumque fuerint, à vobis æquo animo acceptæ fuerint, ut sic integras duas Christi naturas [illegible], per humanitatẽ eius merear ad diuinitatis [illegible] perduci. Meæ socordiæ ac inscitiæ indulgentiam obsecro, ò viri Christiani, multa enim [illegible] hîc [illegible] inuenietis: homo enim labilis sum. Sed omnia sacrosanctæ matris Ecclesiæ iudicio ac correctioni cõmitto, cui [illegible] Beda indignus ac minimus in omnib⁹ seruire studui, [illegible] hunc [illegible] offerre, quem Deus Opt. Max. in suis thesauris recondat: ut mihi illũ [illegible] in æterna beatitudine reddat. Cui laus & gloria per infinita seculorum secula. Amen.

In Conuentu S. Thomæ, apud Madritum in die S. Antonij. Anno. 1590. postquàm tres annos & duos menses in his scribendis Commentarijs consumpsi.

INDEX IN QVO OMNIA QVAE CONTINENTVR IN HIS COMMENTARIJS, applicantur Euangelijs totius anni, tàm de tempore, quam de Sanctis: vbi aduertendum, quòd cum contigerit Euangelium, alicuius diei ex Matthæo esse desumptum, præter ea quæ in cõmentarijs eiusdem Euangelij peculiariter notata sunt, alia ex alijs locis in hoc indice annotantur.

Dominica prima Aduentus, iuxta vsum fratrum Prædicatorum, & aliorũ, Euangeliũ: Cum appropinquaret Iesus Hierosolymis, & venisset Bethphage ad montẽ Oliueti.

Vide Dominicã in Ramis, à pagin. 292. vsque 313. Tomo.2.

In eadem Dominica Euangelium: Erunt signa in Sole, & Luna, &c. Lucæ.21. *Vide tom.2. à p.169. vsque 172. & à pag.449. vsque 471. & à pag.505. vsque 515.*

DE Triplici Christi Domini aduentu memoriam facit Ecclesia in hoc sacrato tempore. Primus est, cum temporaliter in terris visus est, & cũ hominibus conuersatus. Secundus, cum dignatur ad animam venire, cum dignis sua misericordia omnibus spiritualibus muneribus, quæ replẽ eius efficitur, & Spiritus sancti habitaculũ. Tertius, cum rationem veniet sumpturus de suis beneficijs, & gratijs, quæ p primũ & secundũ Aduentũ nobis attulit. De hoc triplici Aduentu. Vide tom.1.pag.711.col.2.

Duos Domini Aduentus. Primus, cum caro factus est, & cum hominibus conuersatus est. Secundus, cum iudicaturus veniet in fine tẽporum. Iudæi sua culpa confundebant, quæ de primo à Prophetis dicta sunt, secundo applicantes, & conuerso: ideò sua malitia, & obstinatione eũ non receperunt. Tom.1.pag.735. col.2.

Iudicium finale ob quas causas futurum sit, & vniuersale, cum iam in cuiusq; morte de illo sit stabilita sententia, & ibi erit futurum lignum, vbi per mortem cecidit: & quo ordine iudicium hoc sit peragendum. Vide tom.2. pag.170.col.1.& sequentibus.

Ecclesia sancta ideò iudicij diem nobis sæpe in memoriã reuocat, vt illius timore velut clauo carnes nostræ fixæ sint, ne cõtra spiritũ insurgant, & vt iusti præmio in eodem iudicij die illis præparato in pressuris & tribulationis, spe consolentur. Quod timore, & præmio homines officio contineantur. Vide tomo.1. pag.794.col.2.

Christus Dominus cum iudicaturus mundum venerit, securis erit ad arboris radicem posita, quæ ita radicitus peccatores secabit, vt vltra ad gratiam, & beatitudinis spem germinare non possint. Tom.1.pag.17[illegible]col.2.

Sed & ventilabri exercet officium, malorum paleas suæ potentiæ ventilabro à iustorũ

tt grano

gremio separatas igni tradit inextinguibili, iustis in eius horreo seruatis. Tom. 1. pagin. 176. col. 1.

Extremi, & vltimi iudicij habendi quæ sit ratio. Et quod in eo Christo Domino qui ab iniquis iudicatus est, regnum erit æternum tradendum inimicis sub eius pedibus positis. Vide curiosè Tomo. 1. pag. 449. col. 1.

Dū præsens durat vita, mali sunt bonis permixti, ipsis occasiones suæ coronæ præbendo, exercendo patientiam. Sed in illa die extremi iudicij exibunt Angeli, & separabunt malos de medio iustorum, & mittent eos in caminū ignis. Qua ratione boni sint in hac vita malis permixti in die iudicij separandi. Vide Tom. 2. pag. 18. col. 2.

Erunt signa in Sole, & Luna. De signis Aduentus Dei in anima: de isto enim Aduentu etiam in hoc tēpore ab Ecclesia Dei fit mentio. Vide integram contionem, Tom. 1. p. 711. & sequentibus.

Erunt signa in Sole, & Luna. De signis quę præcedent iudicij diem. Vide Tom. 2. p. 419. col. 2. & sequentibus.

Virtutes cœlorum mouebuntur. Virtutibus cœlorum à suis motibus cessantibus, & vniuersæ creaturæ, quæ ab earum pendent virtutibus, peribunt. Quid culpæ cōmiserunt creatæ res intellectu carentes, quod illas etiā punis, Dñe? In hoc ostendere vult quam digna ita contra peccatum exardescat quod etiā ipso peccatore igni tradito, creaturas quibus, vt suorum peccatorum instrumētis abusus est, delet. Vide Tom. 2. p. 330. col. 2.

In iudicij die palam fient hominum corda, absconditæ cogitationes, & omnia hominum peccata. Et à domo Dei incipiet iudicium, ab his, scilicet, qui in Ecclesia Catholica, & Dei domo per baptismum, & fidei professionem habitant. Tom. 2. p. 359. col. 2.

Respicite, & leuate capita vestra. Nunc boni malorum persecutione oculos habent lacrymis plenos, capita demissa. Tunc faciet Dominus suorum vindictam, eis præmia tribuendo, & absterget omnem lacrymam ab eorum oculis, vt liberè, & sanis oculis respicere possint ad æternam illis paratam beatitudinem. Tom. 1. p. 690. col. 2.

Leuate capita vestra. Capita leuare iubet, oculorum ostēdere alacritatē, & pulchritudinē, vt claritatē corporis quā post resurrectionem habebit ostēdat: apparebunt enim sancti absq; macula, & ruga. De qualitatibus corporis resurgētis, vide Tom. 1. p. 697. col. 2.

Dominica secunda in Aduentu Domini. Euangelium: Cum audisset Ioannes in vinculis opera Christi, &c. Matth. cap. 11.

PRæter ea quæ in commentarijs super hoc Euangelium habes, & sequentia accipe ex alijs locis. Tom. 1. pag. 709. & sequentibus.

Tu es qui venturus est, an aliū expectamus? Quæ signa ostēsa sint in Christi natiuitate, vitæ progressu, prædicatione & miraculis, vt verus Messias, & mundi redēptor probari possit. Vide Tom. 1. p. 15. col. 2. Vbi quod futurus esset ex semine Abrahæ probatur, & quod nasciturus ex Virgine, ibidē p. 80. & sequentibus, & quod à Regibus adorandus, ibidē pag. 88. & sequentibus, & quod in Bethleē nasciturus, & tempore quo non erat Rex in Israel, ibidem.

Renunciate Ioanni quæ audistis & vidistis. Verbis & operibus ostendit Dominus quam de eo deberent homines habere opinionē. Nullum sigillū sic ostendit cuiusq; vitā quā opera. Opera esse quæ testimoniū præbēt, quis verus Christi discipulus sit iudicandus, & operibus fidem ostendendā, non verbis. Vide Tomo. 1. p. 710. col. 2. & p. 720. col. 1. Huic intento applicari possunt quæ dicuntur in explicatione testimonij [illegible] à Christo Dño prolati, Mat. 7. Non omnis qui dicit mihi, Dñe, Domine, intrabit in regnū cœlorū, &c. Vide ibi. Ostenditur etiā qualiter Christi Domini ministri, & prædicatores facere debeant suæ doctrinæ testimonia operibus ab ipsis exhibitis corroborare, vt illa aprobare ostendant opere quæ verbis prædicauerant. Sic enim & ipse a[illegible] fecit, vt habetur Matth. 8. Cū descendisset de monte vbi prædicauerat, statim infirmos curauit. Vide Tom. 1. p. 565. col. 1.

Beatus qui non fuerit scandalizatus in me. Attende quam variæ sint hominum conditiones, & intentiones, quid verius, vtilius, iocundius excogitari poterat Christi Dñi doctrina, & operibus? Sed ea est hominū deprauata cōditio, ij sunt deprauati mores, vt sicut araneę ex floribus, ex quibus, apes mel, ipsæ venenū hauriunt. Sic peruersę intentionis homines ex Christi doctrina, & operibus, ex qua boni dulcedinē, & bene instituendæ vitæ sumebāt materiā, mali scādali occasionē, vt iuxta Apostoli sententiam, alijs fuerit odor vitæ in vitā, alijs odor mortis in mortem. Tom. 1. p. 793. col. 2.

Illis autem abeuntibus. Priusquam de Ioannis laudibus sermonem institueret, discipulos voluit Ioannis abesse, ne videretur, si illis præsentibus,

sentibus, [illegible] ad [illegible] admirationem ser mone dirigere, quod omnibus modis ab eius [illegible] haec alienum. Vide de [illegible] Tom.4.p.711.col.1. & pag.710.col.1. & sequentibus, & p.514.col.1. & p.720.col.2.

Quid existis in desertum videre? Ioannis Baptistae laudes ad longum habes. Tomo.2. pag.152. & sequentibus. Et in explicatione capitis [illegible] Matthaei, in principio multa [illegible] Euangelio facile accommodanda [illegible].

Arundinem vento agitatam. Malos comparat arundinibus vento agitati, qui in varia seculi [illegible] quotidie voluuntur: non sic sancti [illegible] & intentionem in vnum solummodo Deum sua opera, & intentiones ordinant semper in eadem manentes sententia, quadratis (vt Philosophi vtar exemplo) lapidibus similes, qui in quamcunq; partem voluantur semper sibi similes perseuerant. Non abest haec intentio [illegible] applicari doctrinae quae a nostro [illegible] capitur: Lucerna corporis tui est oculus tuus, Tom.2.pag.469. & sequentibus.

Arundinem vento agitatam. Ostendit Dominum [illegible] constantiam qui intrepide verbum [illegible] pro ipso mortuus est. Tales debent esse Euangelij praedicatores, qui nullo metu, vel [illegible] temporalis lucri veritatem occultent. Tom.2.p.[illegible].col.1.

Hominem mollibus vestitum. Ioannis [illegible] abstinentia, & in omnibus parsimonia. Talem decebat esse Christi Domini legatum qui ad [illegible] arduum negotium a Domino destinabatur, qui neq; crapula, neque ebrietate, neq; curis huius seculi ad spiritualia & diuina negotia redderetur ineptus. Abstinentes aptos esse ad spiritualia, & ardua pertractanda negotia, vide To.1.p.[illegible].col.2.

Dominica tertia in Aduentu Dni. Euangelium: Miserunt Iudaei ab Hierosolymis Sacerdotes, & Leuitas. Ioan.cap.1.

Tu quis es? Non ita facilis erat responsio. Difficile certe est homini seipsum cognoscere, cum enim nos diligamus, & amoris affectus sua potentia intellectu ad voluntatis faciat transire partes, sit vt caecus velut reddatur intellectus a voluntate caeca passionis affectu ductus, sui esse difficile cognitionem. Vide Tom.2.p.466.col.1.

Ego vox clamantis in deserto. Vide huius explicationem To.1.p.155.col.2. & sequentibus.

In deserto. Impedimenta omnia, quae eum poterant a Domini auertere obsequio euitauit in deserto habitans, videlicet, gentium multas, rerum temporalium curas. Haec omnia fugienda esse ab eo qui vult expedite Christum sequi, vide Tom.1.pag.617.col.1. in fine.

Cuius non sum dignus vt soluam. Vide inter Christum, & Ioannem magnum in humilitate certamen: Christus Ioannem super suum caput ponit ab ipso baptizatus, ipse neque se dignum aestimat, qui pedes tangat, neque calceamentorum corrigiam. Certamen hoc habes explicatum. Tom.1.pag.189. col.1.&.2. Sed & hac humilitate, sic Deum ad se traxit, vt illum mereretur habere suarum laudum praeconem, sicut praecedenti Dominica vidimus. Quod humiles Deum habeant exaltatorem. Tom.1.pag.642.col.1.

Ioannes Christi Domini secundum carnem erat cognatus. Sed hac tanta humilitate sublimiorem cognationem assecutus est, spiritualem, scilicet, vt etiam ipse dixit: Qui fecerit voluntatem Patris mei qui in caelis est, ipse meus frater, & soror, & mater est. Quod humilitas istam cognationem promereat. Tom.1.p.44.col.1.

In hac insigni humilitate assimilari videtur Ioannes pilae lusoribus qui pilam [illegible], vt tamen accipiunt reddunt non sinentes moram apud se trahere: sic faciunt veri humiles, qui statim, vt beneficium accipiunt largitori reddunt humiliter se indignos tali beneficio profitentes sed Domini benignitate accepisse: sic facit Ioannes: Cum enim a Christo se laudatum videret, hodie sua humilitate acceptum a Deo beneficium reddit. Quod humilitas Deo reddat accepta beneficia. Vide Tom.1.p.204.col.1.

Dominica quarta in Aduentu Dni. Euangelium: Anno quintodecimo imperij Tyberij Caesaris. Lucae.cap.3.

Non abs re erit in hoc Euangelio, vbi de parandis Domini via fit sermo, tractare quae sint signa, per quae conijcere possimus Christum ad animas nostras venisse, signa enim, & viae erant per quas curandum, vt ad animas veniat. Habes de hoc integram, & deuotam contionem. To.1.p.721.col.1.

Ego vox clamantis in deserto. Ioannes tuba illa erat, qua ad Iubilei solennitatem populus a quinquagesimo in quinquagesimum an-

INDEX.

[illegible] sunt tot pi[illegible] signa? Vbi mitrae, & armorum strepitus? signa illa insania paupertatis internis sunt. Lacrymae & vagitus signa sunt doloris. Haec sapientia carnis est, quae Deo est inimica: sed ista mundana sunt signa, signum verò eius qui venerat, superbiam, mundi amorem, carnis delicias è mundo eliminare, humilitas, mundi contemptus, & dolorum [illegible]. Sed & haec sunt veri Christi [illegible] signa. Tom.2.p.792.col.2.

In Euangelium: In principio erat Verbum. Ioann.cap.1.

In principio erat Verbum, & Verbum caro factum est. Duae in Christo natiuitates, temporalis, & aeterna explicantur. Tom.2.p.115.col.2.

Dedit eis potestatē filios fieri Dei. Quanti sit aestimanda Dei filiatio adoptiua. Tom.1. pagina 45.col.2. Quomodo ad hanc filiationem peruenire possimus, eleganter, & ad longum explicat noster author. Tom.1.à pag.43. vsq; ad pag.50. Quanta dignitas Dei adoptiua filiatio. Tom.1.pag.131.col.2.

Fuit homo missus à Deo. Ioannis de Christo testimonia, excellentiae, & laudes ad longum habentur Tom.2. in explicatione cap.3. Matth. in principio, non erat ille lux. Quod [illegible] Ioannem Baptistam lucem vocare, qui lucerna ardens & lucens à Domino vocatus est, cum & Apostolos, & eorum successores lucem vocauerit? Sed non erat ille lux: nam cum de Dei filio in quo petat lucem constitit, qui cum eo creator lucis est, qui ipsa lux est, & tenebrae in eo non sunt vllae, [illegible] est creaturae vel maximè lux; tenebrae dicenda est in conspectu solis. non ergo erat lux illa per essentiam. Vide Tom.2.pag.[illegible].col.2.

Et Verbum caro factum est. Non incongruè Euangelista Ioannes aeternam filij Dei generationem cum temporali coniunxit, habent enim hae duae natiuitates inter sese in maiestate symbolum. Tom.1.pag.81.col.2.

In Euangelium: Transeamus vsque Bethlehem, Lucae.2. In illud: Et videamus hoc Verbum. Verbum hic prodigium, & rem mirandam significat. Quod ergo maius prodigium excogitari poterat, quàm Regem caeli, qui ab Angelis colitur, & adoratur, in praesepio animalibus [illegible] videre hominem factum? Maius certè, & mirabilius hoc quàm quod quaesiera legati Regis Babylonis, vt habetur 2.Paralip.32. Vide Tom.2.pagina.114.col.2. & pagin.88.89.

In Circumcisione Domini. Euangelium: Postquā consummati sunt dies octo, vt circumcideretur puer. Lucae.c.2.

Postquam consummati sunt dies octo. Aduerte quanta diligentia Dominus salutem tuam curet, cùm dies octo penè natus de te redimendo tractet, & velut Gigas ad currendam nostrae redemptionis viam exultet, tanti enim aestimandum censet tuae salutationis negotium, qui scit morum peccatorum grauitatem, & periculum, & gloriae magnitudinem; quod nullā morā contrahendā duxit, sed statim vt medici accepit officium, ad infirmi periculosum morbum curandum currat. Quod & Heliseus insinuauit, cùm tanta celeritate voluerit mortuo puero succurrendū, vt neminē resalutare in via praeceperit ministro, quia periculum in mora erat. Vide Tom.2.p.255. Dum illud explicatur Matt.20. Qui exijt primo mane, & pag.256.in fine.

Vt circumcideretur puer. In hac sanguinis Christi effusione magna datur hodie Christiano laetitiae causa, cum iam videat botrum illum (balsamum veri figura) qui allatus est ex promissionis terra, corio, scilicet, iam circumcisione mediante, vinum suae sanguinis quo redimendi sumus exprimere. Quod antiquis illis patribus non est concessum videre. Tomo.2.pag.298.col.1.

Vt circumcideretur puer. Circumcisio olim in remedium peccati originalis praecipiebatur, à quo cùm Christus Dominus esset alienus, tamen voluit circumcidi. Certè magnum nobis praebens exemplū legibus obediendi: voluit etiam legi subijci, vt nos eriperet de maledicto legis. Vide Tom.2.p.[illegible].col.1.

Vocatum est nomen eius Iesus. De nominis Iesu excellentia, & impositione, vide nostrum authorem dum illud explicat Matth.1. Vocabis nomen eius Iesum. Tom.1. pag.77. col.1. & sequentibus.

De nominis Dei temeritate, & materia iuramentorum, & eorum abusu. Tom.1. p.371. vsq; ad. 379. inclusiuè.

Nomen sanctum Dei qualiter sanctificandum. Tom.1.pag.414.col.1.

In Vigilia Epiphaniæ, vide Tom. 1. pagin. 137. & 138.

In Epiphania Domini. Euangelium: Cum natus esset Iesus in Bethleem in diebus Herodis Regis. Matth. 2. *Vide Tom. 1. à pag. 100. vsque 113.*

CHristo nato, & in præsepio posito, hominibus data est ad ipsum accedendi potestas. Antea enim nemo ad radicem montis ad quem Deus descensurus erat legem Moysi daturus; nemo accedere audebat. Nunc & Gentibus sua patuit misericordiæ porta, nulli peccatori denegatur ad ipsum aditus, qui venit peccatores iustos facere. Tom. 1. pag. 695. col. 1. & sequentibus.

Lux cognitionis Christi omnibus patuit, licet in remotissimis habitauerint regionibus. Nulli ergo excusationis relinquitur locus, qui ad illum adorandum non venerit. Tom. 1. pag. 714. col. 1.

Ecce Magi. Quæri hic potest cur cum omnes Reges terræ in ignorantiæ tenebris, & infidelitatis essent, isti potius quàm alij lux Euangelica splendorem, & lucem attulerit: sed si ipsam primam causam intelligere vis, meram & absolutam Dei voluntatem intellige esse, quæ nemini faciens iniuriam, & omnibus auxilium præbens quo saluari possint, hunc efficaciter vult saluari, illum cum auxilio sufficienti relinquens. Tom. 2. pag. 150. quæ errore Typographi est. 220. & sequentibus.

Vidimus stellam eius. Stella hæc fides est, quæ homines Deum facit cognoscere adoratione, & obsequio dignum, quæ de cælo est nostram excedens naturalem cognitionem: quòd fides nostram excellat cognitionem quam ex naturalibus, habere possumus. Tom. 1. pagina. 101. col. 1.

Vidimus stellam eius. Solius stellæ testimonio mirum est quod isti Reges eum Regem adorent quem vident tanta paupertate oppressum, & in stabulo positum, cum nihil magis à terreno Rege alienum videatur quàm stabulum, & animalium societas: sed stella lucebat in oculis corporis, fides in oculis animæ, quæ vim habet mirabilem, & lyncis oculis quæ abscondita, & remota penetrat: vide fidei mirabilem virtutem. Tomo. 1. pagina. 104. col. 2.

Aduentu in his Magis Ecclesiæ ex Gentibus principium, quod firmum, & stabile fundamentum fides facit. Quòd fides sit Ecclesiæ fundamentum firmum. Tomo. 1. pagina. 469. col. 1.

Vidimus stellam eius in Oriente. In Christo videmus stellam fidem, scilicet, quæ ortum habet à Patre luminum, & Filio eius, qui est Oriens, quæ cælum nos respicere facit, à quo habet principium, & ad ipsum, vt finem ordinatur. Nunquàm Magi isti oculos auertebant ab stellæ contemplatione, quam habebant itineris ductricem velut alteram filiorum Israel columnam. Quòd fides sit semper respicienda ab his qui ad cælum tendunt. Tom. 1. pag. 469. col. 1. & 2.

Vidimus stellam. A Chaldæa in Iudæam adeò distantes prouincias stella hæc videre facit paruulum in præsepio: sed quod maius est, à præsepio in cælum, cùm eum cognoscere faciat cæli Regem, & creatorem quem in præsepio vagientem indicat. Quòd fides per stellam significata res faciat à longè videri. Tom. 1. pag. 804. col. 2.

Procidentes adorauerunt. Istorum Regum exemplo studeamus Regem Christum adorare, illi seruire, ab ipso salutem, & omne bonum expectare. Quòd Christus sit nostra salus, & ille adorandus, & in Regem recipiendus, & non alius præter ipsum. Tom. 2. pag. 195. col. 2.

Audiens Herodes Rex turbatus est, & omnis Hierosolyma cum illo. Principe turbato, & omnis turbatur populus. Quid Hierosolyma turbaris illum aduenisse [illegible], quem tanto tempore, & desiderio expectabas? sed infirmo capite, & Principe, totum languet corpus subditorum. Tom. 1. pag. 803. col. 2. Sed & malus Rex seu princeps malos generat subditos. Tom. 1. pag. 115. col. 2.

Obtulerunt ei aurum. Vtique charitatis amorem, quæ omnes excedit virtutes, sicut aurum omnia superat metalla. Quòd charitas margarita sit, & thesaurus. Tom. 2. pag. 72. col. 2. Charitatis supra alias virtutes excellentias: vide Tom. 2. pag. 179. col. 2. & sequentibus.

Thus. Stellam acceperunt sui itineris conductricem, quæ fides est ad cælum: non diligenter & hanc fidem per thus significatam quam receperant grato animo illi reddunt, [illegible] [illegible] in illius obsequium, [illegible] quæ efferenda erant [illegible] cultum [illegible]. Quòd fides per thus [illegible]. Tom. 1. pag. 108. col. 2.

Et

Et myrrham. Myrrha amara est, sed corpus conferuat à putrefactione: sic pœnitentia, in præsenti videtur (iuxta Paulum) non esse gaudij, sed mœroris, sed animam à peccatis præseruat, pacatissimum illi præbens iustitiæ fructum. Quòd pœnitentia meretur Christum habere caput, & regem. Tomo.1. pagi.465. & sequentibus. Aduerte, quòd pagina hæc errore Typographi est 469. sed si numerum adhibere velis, 465. De Christi baptismate hodie fit mentio, per quod spiritualiter regenerati sumus. Tom.1.pagin.206.col.1. & integras conciones, vide à pag.185. vsque.196.

Dominica prima post Epiphaniam. Euāgelium: Cum factus esset Iesus annorum duodecim. Lucæ cap.2.

Remansit Iesus in Hierusalem. Matre & Ioseph relictis mansit in Hierusalem, cùm enim sponsam Ecclesiam sibi matrimonio spirituali copulasset, propter hanc sponsam, vt ipse præceperat, reliquit patrem & matrem. Tom.2.pag.19.col.1.

Ascendentibus parentibus eius Hierosolymam, die festo, & in solennitate amiserunt Christum, & licet hoc non fuerit sua culpa, tamen ob nostram doctrinam, vt intelligamus in otio, & mundi prosperitatibus Deum amitti, qui postea dolore, & pœnitentia, & lacrymis sit inueniendus. Tomo.1. pagin.262. col.1.

Dominica secunda post Epiphaniam. Euangelium: Nuptiæ factæ sunt in Cana Galilææ. Ioann.cap.2.

Nuptiæ factæ sunt. Spirituales nuptias quæ inter Deum, & animam media ipsius gratia fiunt homo optare debet: de quibus, vide Tomo.1.pag.633.col.1. & Tomo.1. pag.161.col.1.

Vocatus est Iesus, & discipuli eius. Indignum videtur esse Domini schola nuptijs mundi, & eius delitijs interesse. Sed hoc fecit miro suæ sapientiæ consilio, qui discipulos suos non duxit illico ad asperitatem, & suæ Euangelicæ legis iugum reducere. Sed teneris plantationibus, vsque dum coalescerent voluit indulgere aliquantulum, & hoc fecit, ne oneris rigore non assueti deficerent. Vide de hac materia Tom.1.pagin.636. col.1.

Coniugati qualiter ad æternam beatitudinem pergant lata via, religiosi angusta, & velut semita, sed illi curis, & solicitudinibus pleni, hi ob ipsas vacui. Vide statuum vtriusque comparationem, Tomo.1. pagina.716. col.1. & sequentibus, & Tom.2.pag.171. col.2. & sequentibus.

De matrimonij institutione. De amore inter coniuges seruando, de indissolubili inter eos vinculo, & alijs ad matrimonij materiam spectantibus. Vide Tom.2.pagin.125. & sequentibus, & pagina.19.colum.1. & sequentibus.

Quid mihi, & tibi est, mulier? Neque in hoc indicium aliquod dedit, quòd parui æstimauerit matrem suam, quam tot titulis decorauit, sed significare voluit non esse miraculas & spiritualia bona consanguinitatis titulo tribuenda. Sed seruandam Dei leges, & iuxta Ecclesiæ leges, & dignioribus, & his qui in Ecclesia sunt ipsi vtiliores. Tom.2. pag.184.col.1.

Hoc miraculum ad sensum mysticum explicatur. To.2.pagin.335.col.2. & 329. vsque.335.

Dominica tertia post Epiphaniam. Euāgelium: Cum descendisset Iesus de monte, secutæ sunt eum turbæ multæ. Matth.cap.8.

Vide de Leproso, & Centurione. To.1. pag.566. vsque.578.

Tetigit eum manibus, quæ instrumentum erant diuinitatis. Illis enim manibus ex diuinitatis coniunctione ea virtus inerat qua omnia mundi creata sunt. Quæ virtus humanitati communicata sit ex hypostatica vnione. Vide Tom.1.pag.568.col.2.& pagin.645. col.2.

Vide nemini dixeris. Christi Domini exemplo docemur in nostris operibus non captandam popularem auram, fugiendam vanam gloriam, & ab eo quærere honorem qui scit quantum nostris operibus, in gratia factis præmium, & honorem debeatur. De vana gloria fugienda, vide Tomo.1. pagin.397. col.1. & pag.398.col.2. & pag.399. col.1. & pagin.393.col.1.& Tom.2.pag.80.col.1.

Ostende te sacerdoti. Quid necessitatis erat sacerdoti manifestari salutẽ concessam à summo & æterno Sacerdote. Præsertim cum illius temporis sacerdotes penè omnes iniqui erant, & eorum sacerdotium, Sacerdote Christo in mundo præsenti euacuandum esset. Ostendere voluit, quem honorem Sacerdotis, licet mali essent ob eorum sacrosanctum ministerium deferendum esset. Tom.1.pag.317.col.4.

Domine non sum dignus vt intres, &c. Iste sua humilitate Dominum à sua domo prohibebat. Sed hæc est humilitatis conditio, quod tantò magis Deus ad humilem accedat, quantò ipse Domini præsentia se indicat indignũ. Hanc humilitatis conditionem explicatã habes. Tom.1.pag.642. col.1. Humilitas animũ disponit ad diuina beneficia.

Sicut huic contigit Centurioni cuius humilitas Deum in carne habuit suæ fidei, & humilitatis laudatorem. Tom.1.pag.741.col.2.

Audiens Iesus miratus est. Christum admirari, quomodo intelligatur. To.1.pag.173. col.1.

Seruo meo fac hoc, & facit. Perfectę obedientiæ exemplum in Centurionis seruo à seruis imitandũ est, & nos eius exemplo docemur Deo obedire. si volumus ex seruis cognati effici Christi Domini, quod per Dei obedientiam Dei cognationem spiritualem adipiscamur. Tom.1.pag.44.col.1.

Non inueni tantam fidem in Israel. Per hanc meruit iste Centurio ad æternum Christi regnũ admitti, filijs regni Isaac, & Abrahã, & Iacob, quibus peculiariter regnum erat promissum, propter eorum infidelitatem exclusis. Quod fides sit regni cælestis principiũ, Tom.1.pag.36.col.1. Vbi & fidei quanta sit virtus ostenditur.

Non inueni tantam fidem in Israel. Fides hic pro fiducia à multis Sanctis expositoribus sumitur. Quod fides sæpè numero in Scriptura pro fiducia sumatur. Vide Tom.1.pagin.213. col.2.

Et quod fiducia magna à Deo obtineat beneficia. Vide tom.2.pag.391.col.1.

Dominica quarta post Epiphaniam. Euãgelium: Ascendente Iesu in nauiculam. Matth. cap.8.

Vide Tom.1.pag.598.vsque.605.

ITa vt nauicula operiretur fluctibus. Consultò Dominus suos voluit in summa constitui angustia, vt vbi humanum, & terrenum defecerit auxilium, ibi inueniat diuinum effectum adiutorium, vt sic homines ad Deum discant in summa angustia confugere. Tom.1.pagin.638.colu.2. & pagin.6[illegible]. col.1.

Ita vt nauicula operiretur fluctibus. Nauicula hæc Christi est Ecclesia, quæ persecutionum, & hæresum fluctibus quatitur quidem sed nunquam submergitur. Vide ibidem, Tom.1.pag.317.col.2.

Ita vt nauicula operiretur fluctibus. Ecclesiæ omnis persecutiones, & tempestates describantur, Tom.2. pag.85.col.2. Lege vsque ad pagin.90. inclusiuè, & pagin.99.col.1.in fine.

Ipse verò dormiebat. Adest nobis Dominus cum tribulamur, licet dormire videatur, qui post tribulationem magnam faciet tranquillitatem. Tom.1.pag.117.col.2.

Ipse verò dormiebat. In tanto vitę discipulorum periculo, in summa cordium ipsorum angustia, in tam fera tempestate maris, & ipse in puppi, & super ceruical, vbi maior est æris impetus, ipse dormiebat: & hoc fecit, vt discipulorum exerceret patientiam, & experiretur confidentiam, cuius est corpore dormiente cor vigilare, quod in tribulatione spei experimentum sui faciat. Vide Tom.1.pag.133. col.2.

Salua nos perimus. Ad Dominum clamant, intelligunt à Deo passe, propter eorum peccata tribulationem mitti. Sed aliqui sunt adeò in peccatis obstinati, qui non sentiunt Dei flagella. Tom.1.pag.790.col.1.

Salua nos perimus. Vide magnam in tribulatione vtilitatem, quæ homines ad Deum mittit, quos ab ipso sæpènumero prosperitas abstrahit: & excitatus est (ait Dauid) tanquã dormiens Dominus, vsque ad fortem clamorem: quod tribulatio ad Deum mittat. Tom.2. pag.101.col.1.

Facta est tranquillitas magna. Quod post tempestatem, & tribulationem tranquillitatem facit Dominus, & tempestatibus ducat animam ad quietis portum. Vide Tomo.2.pagin.157. col.2. & Tom.1. pagin.109. colu.2. in fine.

Quid timidi estis modicę fidei? Quare non timeant qui in paruo nauiculo, in magna se videns constitui tempestate? & quare non timebit homo tribulatione se præsente, sui corporis fragilis impotentiam & imbecillitatem experitur sed qui Dei speras præsentiam assistentem, licèt dormire sibi videatur, non est

quod

Spinæ [illegible]. Quòd diuites suis diuitijs & delitijs quas cum illis comparant contenti, spirituales & diuinas negligunt nuptias. Tom. 2. p. 751. col. 2.

A solicitudinibus & curis huius seculi suffocantur, magnum pondus habent huiusmodi curæ, quæ suffocare valent verbi Dei semen. Vide Tom. 1. p. 750. col. 2. & sequentib.

Semen est verbum Dei. Quod prædicatores spargere tenentur verbi Dei semen, vt fructificet: sicut discipuli spicas manibus confricantes faciebant, quod in mystico sensu explicatur Tom. 1. p. 761. col. 1.

Dominica in Quinquagesima. Euangelium: Assumpsit Iesus duodecim discipulos suos secretò. Luc. cap. 18.

Vide Tom. 2. à p. 265. vsq; 270. & 287.

HVius Euangelij primam partem habes explicatā Matt. 20. Tom. 1. p. 461. col. 2.

Ecce ascendimus Hierosolymam. Qualis sit illa cœlestis Hierusalem, ad quā properamus. Tom. 1. à p. 291. Et deinceps. Sed præcipuè p. 302. & sequentib.

Assumpsit discipulos suos secretò. Sed & Iudam assumpsit suorum secretorum participem, quem sciebat ipsum esse traditurum, vt sciamus quo honore tractandi sint sacerdotes ob eorū mysterium, licèt eos nō videamus honestè conuersari. Tom. 1. p. 317. col. 2.

Et Filius hominis tradetur. Quare Filio Dei, & non alteri ex diuinis personis redimendi hominis sit negotium commissum, explicatur Tom. 1. p. 790. col. 1.

Et Filius hominis tradetur. Consultò Ecclesia in tempore, quo mundus conuiuijs, comessationibus, & delitijs vacat, diuersum sonum intonat qui ad lacrymas, & suspiria inuitet, passionem, scilicet, Christi qua nihil efficacius ad hominum corda ad pœnitentiam mouenda. Sic semper fecit Christus, & nihil hodie in mundo magis necessarium, quàm ad planctum & caluitiū homines vocare, cū tot calamitatibus mūdus sit oppressus. Tom. 1. p. 794. col. 1.

Ecce ascendimus Hierosolymam. Ascensus Hierosolymam, progressum, quē de virtute in virtutem facere debemus, significat. Quod ad virtutem per gradus sit ascendendum non subitò: sicut quidam voluit ostendere se fecisse, qui heri prosani & mundani, hodie sancti & aliorum prædicatores euasisse præsumunt. Tom. 1. p. 2[illegible]. col. 1.

Assumpsit duodecim secretò. Discipulos à reliqua turba arcet, quo significet quòd sacerdotes si participes volunt esse mysteriorum & secretorū Dei, debere alios sanctitate excellere. Tom. 2. p. 144. col. 2.

Et tertia die resurget. Per hoc significatur gloriticationem, & Dei visionem præcedere debere tribulationes, & passiones. Tom. 2. p. 163. col. 1.

Cæcus clamabat. Sed à turba clamare prohibebatur. Quæ[illegible] sint accedenti ad Christū impedimenta: & quod accedens ad festiuitatem Dei præparet animam suam ad recitationem. Tom. 1. p. 614. col. 1.

Feria quarta Cinerum. Euāgelium: Cùm ieiunatis nolite fieri sicut hypocritæ tristes. Matth. cap. 6.

Vide Tom. 2. à p. 455. vsq; 470.

NOlite fieri sicut hypocritæ tristes. Hypocritæ viperis cōparātur, quæ cùm concipere volunt, venenum deponunt, postea reassumpturæ. Sic hypocritæ cùm suas volunt explere cupiditates, vitia deponere videntur, sanctitatem assumere: postea ad sua reuertuntur. Tom. 1. p. 165. col. 2.

Hypocritæ tristes. Hypocritæ de exterioribus tantùm curant, veram virtutem, quæ in interiori consistit postponentes. Quid exteriora valeant sine interiori cordis munditia. Tom. 1. p. 288. & sequentib.

Hypocritæ tristes. Pharisæi hypocritæ suā omnem iustitiam in eo ponebant, vt homines eos iustos putarent: non sic vestra debet esse iustitia, quæ per ieiunia, & veram pœnitentiam acquirēda est, sed quæ intus in corde fit secreto. Tom. 1. p. 553. col. 2.

Hypocritarum hic est finis, humanam captare auram, apud inordinatū vulgus in pretio haberi. Quod quàm vanū sit Vide Tom. 1. p. 395. col. 2. & sequentib.

De hypocritarū etiam materia. Vide dum illud explicatur Matth. 7. Attendite à falsis prophetis. Tom. 1. p. 512. & sequentib.

Hypocritæ velut alquimistæ sunt: Qui veræ virtutis aurum sub falso & apparenti ostendūt, cùm sine omni virtute vacui. Tom. 2. p. 101 col. 1. in fine. Et pater tuus qui videt in abscondito, reddet tibi. Bona opera qualiter facienda, quomodò in eis vana gloria fugienda, diuina in nostris operibus gloria quærenda: & quod licèt operemur in publico, sit intentio

Feria quinta post Ciner. Sicut suprà Dominica tertia post Epiphan.

Feria sexta post Ciner. Euangelium: Audistis quia dictum est antiquis, Diliges proximū tuum. Matth.c.5. *Vide Tom.1.à p.181.vsq. 193.& 197. & deinceps.*

Feria secũda post 1. Dom. Quadrages. Vide Tom. 2. à p. 505. vsq. 515.

Feria tertia post 1. Domin. Quadrages. Tom. 2. à p. 314. vsq. 322. & 326.

Feria quarta post primam Dominicam in Quadragesima. Euangelium: Accesserunt ad Iesum Scribæ & Pharisæi, dicentes: Magister, volumus à te signum videre. Matth. cap. 12. *Vide Tom. 2. à p. 785. vsq. 799.*

Signum quærit. Vide huius Euangelij explicationem Tom. 1. p. 157. col. 1.

Volumus. Arrogans nimium postulatio. Deum volunt suam adimplere voluntatem, cùm è contra fieri debeat, vt semper à Domino postulemus, vt suam concedat in nobis impleri voluntatem. Tom. 1. p. 186. col. 1.

Volumus à te signum videre. Signum de cælo volunt quo ad [illegible] faciat [illegible] Dominus, signa faciendo, non quæ timorem ingerãt, sed quæ amorem præseferant, & vtilitatem. Signũ Ionæ quo aqua mitigatur, mare quiescat. Sic vobis concedã signum quo maius nunquam visum sit, vt mei amore Dei mitigetur irã, tempestas peccatorum quiescat, & omnes salui sitis. Tom. 1. p. 729. col. 2. & p. 625. col. 1. & sequentibus hæc materia curiosè tractatur.

Regina Austri surget in iudicio. Non quòd Gentiles, Iudæos sint iudicaturi. Sed comparatione Iudæorum tolerabilior erit eorum pœna. Illi enim iustos se esse existimantes, à fide Christi defecerunt, quẽ prædicãtem, & miracula facientem viderunt. Isti ad prædicationẽ hominis ignoti à mari proiecti, nullis visis miraculis, crediderunt. Vnde similis nobis sententia timenda est. Vide Tom. 1. p. 732. col. 1. & p. 740. & sequentib.

In historia Ionæ Prophetæ. Aduertẽdum quantum sit peccati pondus in Iona figuratum: cùm enim naui consulerẽ putarent nautæ, mercibus in mari proiectis, vt nauim alleuiarent: tamẽ plus oneris habebat Ionæ peccatum, quàm omnia nauis mercimonia: vnde cùm in mari proiectus esset Ionas, statim mare quieuit. Ionas in profundum maris tanto onustus pondere cecidit: adeò est graue peccati onus, quod neq; cælum à Deo ex incorruptibili materia factum eum non potuit sustinere Angelis ab illo proiectis, neq; terra cùm deglutiuit Dathã, & omnem congregationem Abyron: neq; mare, vt hodie videmus in Iona. Tom. 1. p. 770. col. 2. & sequentibus.

Feria quinta, secundùm vsum Roman. Tom. 2. à p. 108. vsque. 131.

Feria sexta post primam Dominicam in Quadragesima. Euangelium: Erat festum Iudæorum. Ioan. cap. 5.

Et mouebatur aqua. Quid motus aquæ significet. Vide Tom. 1. p. 115. col. 1.

Angelus autem Domini mouebat aquam. Angelus iste Christus intelligi potest noui Testamenti dictus, qui sua humanitate, vt instrumento suæ diuinitati vnito aquis, quas in Iordane tetigit, talem tribuit virtutem, vt generi humano longa peccati ægritudine laboranti homo factus ei salutem tribuit æternam. Huic intento ea omnia facili negotio applicari possunt, quæ author morali stylo pertractat, dum Christi explicat in Iordane Baptismum. Tom. 1. à p. 185. col. 2. & sequentibus.

Qui primus accedebat, sanabatur. Sic tu non differas per pœnitentiam quærere tuæ salutis remedium. Quòd non sit pœnitentia differenda. Tom. 1. p. 791. col. 1.

Hominem nõ habeo. Hominem qui tantæ sit charitatis, qui meas miserias miserias suis me humeris portet. Hunc hominem quem paralyticus iste se non habere dicit, & ipse habuit, & nos habemus, peccatores recipientẽ, cum illisq; manducantẽ. To. 1. p. 625. col. 1. & sequentib.

Hominem non habeo. Paupertas, & infirmitas poterant homini isti auferre temporalis remedij subsidium, sed non Dei & hominis adiutorium, ad quẽ poterat ex grabato clamare: nulla ergo excusatio poterit quempiam defendere, quod non potuerit secum Deum habere, licèt in lecto sit, vel in carcere, Deus omnibus adest, qui toto corde illum quærunt. Tom. 1. p. 710. col. 1.

Noli ampliùs peccare, ne deterius tibi aliquid contingat. Vide peritum medicum: morbi radicem euellẽdam docet, peccatum, scilicet, à quo omne malum. Quod peccatum sit omnis mali radix. Tom. 1. p. 77. col. 2. & sequentibus.

Noli ampliùs peccare. Ac si diceret. Per peccatum à Deo discessisti, nunc alia via pergendum

gendum est, vt ad Deū accedas, peccandi occasiones fuge, morborum & ægritudinū corporalium & spiritualium causas. Tom.1.pag. 105.col.1. & p.101.col.1.

Iam noli peccare, &c. Infirmus iste tam longa detentus infirmitate peccatorem designat, longa peccandi consuetudine infirmū, qui nisi Domini imperio curari non potest. Tom.1.p.588.col.1.& sequentib.

Noli amplius peccare, ne deterius tibi aliquid contingat. Peccata esse infirmitatem corporalium causam ostendit author Tom.1. p.511.col.1.

Tolle grabatū tuum. Pondus enim grabati, & peccati, in quo iacebat, antea infirmus peccator, sicut onus graue grauabat erat super eum. Sed cùm Domini liberalitate & gratia sanus factus est, facile pondus euersum est carnem, & ea quæ spiritui sunt contraria, domare. Quantū sit peccati onus. Vide Tom. 1.p.750.col.1. & sequentib. & p.755.col.1.

Ne deterius tibi aliquid contingat. Quæ mala ex peccatorum reinsidentia oriantur. Vide Tom.1.p.807.col.1.& sequentibus. Sed præcipuè.p.806.col.1.& sequentib.

Sabbatho, sicut in secunda Dominica, secundùm vsum Roman.

Dominica secunda in Quadragesima. Euangelium: Assumpsit Iesus Petrū, & Iacobum. Matth.cap.17.

Vide Tom 2. à.p.173. Sed præcipuè à.p. 176. vsque.183.

MOysi dictum est, cùm de ædificando Sanctuario, & omnibus ad cultum Dei necessariis instrumentis. Vide vt omnia facias, secundùm exemplar quod tibi in mōte monstratū est. Similiter & Salomoni, cùm de ædificando templo tractaret, vt ipse fatetur dicens. Omnia venerūt ad me, scripta manu Domini. Hoc quidem fecit hodie Dominus in monte Thabor, dicens: Ipsum audite, hoc vobis exēplar proponitur, vt vestras animas templum Deo faciatis. Christus, scilicet, Dei filius, in quo omnia creauit Pater. Tom.1 p. 101.col.1. & sequentib.

Domine, bonum est nos hic esse, & alter Euangelista ait, nesciens quid diceret. Iure S. Petrus reprehēditur, qui cùm ad regēdam Dei Ecclesiam esset electus, bonum esse sibi putabat in tanta gloriæ cōtemplatione perseuerare in monte, illos plebeios, qui in inferiori loco erant, & doloribus, & doctrina tenebris premebantur? Quod prælati & contemplatiores aliquando despiciant ad subditorum curam. Tom.1.p.586.col.1.

In eadem Dominica secunda, in Quadragesima. Euangelium iuxta aliquarum Ecclesiarū morem: Egressus secessit in partes Tyri, & Sydonis. Matth.cap.15.

Vide Tom.2. à.p.108. vsque.131.

IN hoc Euangelio, cùm huius mulieris ex ore Domini commendentur in oratione humilitas, perseuerantia & fiducia: de oratione solet sermo institui. De qua vide tractatum Tom.1.p.409.& sequentib. & p.900.& sequentibus.

A finibus illis egressa. Peccatorum fines, occasiones sunt à quibus egredi debet qui ad Christum accedere vult, vt à Dæmone liberetur. Fugiendas esse peccatorū occasiones. Vide Tom.1.p.573.col.1. & Tom.2.p.249. col.1.& sequentib.& p.278.col.1.

De orationis qualitate, & perseuerantia, & de eius laudibus, vide quæ adnotamus Dominica in Rogationibus.

Filia mea malè à dæmonio vexatur. Qualiter vexentur hi, qui à dæmone possidentur per peccatum. Tom.1.p.771.col.1.

Malè à dæmonio vexatur. Quare permittat Deus homines à dæmonio vexari. Tom.1. p.775.col.1.

Non sum missus nisi ad oues, &c. Quæ sint rationes, ob quas præsentia Domini corporalis, & Apostolorum quoad ipse Dominus in carne vixit, solis Iudæis sit communicata. Vide Tom.1.p.664.col.1.

Feria tertia post secundam Dominicam. Vide Tom.2.à.p.399.vsque.407.

Feria quarta post secundam Dominicam in Quadragesima. Euangelium: Ascendens Iesus Hierosolymam. Matth.cap.20.

Vide Tom.2.à.p.270.& deinceps.

DE huius Euāgelij prima parte, vide quæ adnotamus Dominica in Quinquagesima.

Ecce ascendimus. Iter quo ad cœleste Hierusalem itur, labores sunt, flagella, & crux, sed omnia facilia & leuia iudicantur ab eis qui aspiciunt in remunerationem. Tom.1.p.108. col.2.

Et filius hominis tradetur. Et mater filiorum Zebedæi, cùm de hoc ageretur, suorum filiorum exaltationẽ petit. Sed proximis audiuit exaltationem, præcedere debere humiliationem, passionem, & crucem. Vide Tom. 1.p.166.col.1.

Adorans, & petens, &c. Adorandus latria solus est Deus, & ea quæ ipsum repræsentant. Sed proh dolor, quod Dei est, sibi homines tribui volunt: præsertim mulierculæ vanæ ob perituras diuitias ita extollũtur, vt ab hominibus cultum velint sibi exhiberi, qui soli Deo debetur. Hoc magnũ malum reprehenditur Tom.1.p.79.col.2.

Adorans, & petens aliquid. Ista Dominũ adorat, vt primos honores filijs impetret: peiores multò isti sunt, qui dæmones adorant ab ipsis hæc expectantes, quæ dare non possunt: quæ mala tamen auaritia hominib⁹ dæmones afferunt: Tom.1.pag.117.col.1. & sequentibus.

Dic vt sedeant. Vide mulieris de temporali filiorum augmento curam: vtinam sic solicitæ essent matres, vt filij sui & filiæ in virtute proficerent. De filiorum, & seruorum cura. Vide Tom.1.p.709. col.2. & sequentibus.

In Regno tuo. Christi Regnum an temporale sit, qualeq; sit spirituale quod in oratione Dominica petimus, vt nobis adueniat: in quo si isti primas peterent sedes suis meritis quærendas, laudandi essent. Vide Tom.1.p. 417. & sequentibus.

Indignati sunt Discipuli de istorum petitione. Vnde consequens fuit omnes intellexisse in hoc mundo condiscipulos primarum ambitiosè nam si cœlestis petijssent, non esset cur turbarentur: nam cùm infinita sint quæ ibi à sanctis possidentur, nullus alterius potest impedire possessionem, sicut in hoc mundo, in quo cùm res quæ possidentur in paruo & finito sint numero: vnus diuitijs & honoribus abundat, alius vacuus remanet; veluti si à centro lineas ad circumferentiam deducas, quantò lineæ magis centro adhærent, tantò magis inter se iunguntur, & veluti coarctatæ se comprimunt; sed quantò magis à centro ad circumferentiam accedunt, tantò ampliùs à se discedunt, & spatiosum locum habent. Sic quando homines bonis temporalibus, quæ in hoc mundo (centro simili respectu cœli amplitudine) possidentur, inhiant tantò magis inter se, propter eorum possessionem certant. Non sic cùm à terrenis discedentes ad cœlestia anhelant, vbi mansiones multæ sunt: tunc non datur certandi locus, ab illo vera bona expectantes, qui dat omnibus affluenter. Quod diuitiæ, cùm sint in exigua quantitate, nõ possunt omnium ambitioni satisfacere. Tom.1.p. 468.col.2.

De hac petitione Discipuli indignati sunt, inuidiæ stimulis agitati, non considerantes, non esse apud Deum personarum acceptionem, sed æqualem illi esse curã de omnibus. Tom.1. p.659.col.2.

Feria quinta. De diuite, & Lazaro. Tom.2. à p.237. vsque.241.

Feria sexta post secundam Dominicam in Quadragesima. Euangelium: Homo quidam erat paterfamilias, & plantauit vineam. Ex Matth.c.21. *Vide Tom.2. à p.330. vsq. 350.*

HVic Euangelio quadrant quæ de operarijs & vinea dicuntur. Matth.20. Tom. 1.p.247.col.2. & sequentib.

Quàm pulchrè in hac parabola malorum perturbatam conscientiam, describit Dominus, quæ sui conscia delicti timida est: sibi isti intellexerant dictam hanc sententiam: cogitationibus suis se inuicem accusantibus. E contrà mirabile est, quàm mirandam pacem habet bonorum conscientia. Cùm Iudas Christo Domino dicente: Vnus vestrum me traditurus est, solicitè quærit: Nunquid ego? Ioannes inter Iudæ angustias, in Christi sinu quiescit, & securè interrogat, quis nam sit. Malorum perturbatam conscientiam, bonorum pacificam curiosè depictã habes Tom. 1.p.67. & 68.

Christus Dominus mirabili discursu his suis factis, & dictis, suæ vitæ & nostræ redemptionis Sacramenta adumbrauit, & depinxit, vt in hac parabola vides: & in Regum adoratione curiosa moralitate noster author aduertit, quæ non incongruè huius Euangelij scopo aptari potest. Tom.1.p.110.col.2.

Aduertendum in hoc Euangelio, quàm blandè & sapienter Dominus populum reprehendit. Quod & Nathan Propheta cum Dauide egit, ipsum de adulterio reprehendens, dem, in tertia persone apposita figura, peccatum ponens. Sic & hodie facit. Christus, sub aliorum figura populum arguens, docet nos quo ordine se debeat homo habere, cùm proximum fraternè reprehendere curat: vt salus proximi spiritualis ex nostra reprehensione sequatur, priùs blandè & pruditer est reprehendendus. Sed & si oportuerit, & in nostra sit proximus potestate, acriter. Modus seruandus in correctione fraterna habetur. Vide ad longum & curiose Tom.2.pag.207. col.2.& sequentib.

Auferetur à vobis Regnum Dei. Hoc explicatur p.172.col.2.

Auferetur à vobis Regnum Dei. Aduertendum maximè est, ne propter nostra peccata, Domini vinea, & fidei confessio, quæ in Ecclesia vera Domini vinea solum est, à nobis auferatur. Tom.2.p.103.col.1.

Locauit eam agricolis. Vide quanta nobis, & quàm pretiosa tradita sunt. & de quantis reddituri simus rationem: anima nostra Christi sanguine redempta nobis tradita est, quæ pretiosior est argento & auro. Sed & vinea dici potest Christi sanguine irrigata. Tom.2. p.96. & sequentib.

Et qui ceciderit super lapidem istum, confringetur. Quomodo ex Christi doctrina quidam summè profecerunt, alij scandalum patientibus. Ostenditur Tom.2 p.161.col.1.

Dominica tertia in Quadrages. Euangelium: Erat Iesus eijciens dæmonium, & illud erat mutum. Luc. cap.11.

HVius Euāgelij explicatio habetur Tom. 1.p.768.col.1.& 771. vsq; 778. & 799. vsq; in finem. Et Tom.2.p.191. vsq; 192.

Et postquàm eiecisset dæmoniū, loquutus est mutus. In quas miserias homo per peccatum incidit, à quibus Domini imperio solutus est, qui à dæmone captiuus tenebatur. Vide Tom.2.p.305.col.2. & sequentibus.

In Beelzebub principe dæmoniorū. Quis Beelzebub fuerit: & quod Domini exemplo iniurias æquo animo ferre debeamus. Vide Tom.2.c.1.p.686.col.2.

In Beelzebub principe dæmoniorum. Notandum quàm temerarie isti de hoc miraculo iudicauerint: quæ Dei virtute fiebant, dæmoni tribuebant, absq; aliqua causa vel indicio, solùm praua intentione eū iudicare præsumunt, qui iudex est constitutus à Deo viuorum & mortuorum. De iudicijs temerarijs, vide quæ admonet noster author in illud Matthæi. Nolite iudicare. To.1.p.484.& sequētibus. Sed si volueris cōtra depravatam linguam tuam ordinare concionem, vide integram concionem de linguæ vitijs Tom.1.p. 488 col.2.

Omne Regnum in seipsum diuisum desolabitur. Quantam diuisionem dæmon in Regno Iudæorum inualerat, tempore quo Christus filios Israel, qui dispersi erant, venit in vnum congregare, Vide Tom.1.p.150.col.1. vbi ex Danielis prophetia hoc probat author.

Omne Regnum in seipsum diuisum desolabitur. Summum malum diuisio censetur; summum concordia bonum; pax & concordia citharæ & tanitati cōparatur. Tom.2.p. 188.col.1.

Omne Regnum in seipsum diuisum desolabitur. Si Regnum diaboli, quod malum est, vnione consistit, Regnum Dei, quod bonum est, quomodò diuisione poterit constare & conseruari. Si volumus, vt Dominus in nostra anima, veluti in pacatissimo Regno permaneat: non demus alteri Regi in anima locum: non regnet peccatum in nostro mortali corpore: non poterimus Deo & diuitijs ex æquo seruire: diuisum erit Regnum animæ duobus Regibus conditione contrarijs, in anima de Regno inter se certantibus. Vide Tom.1.p.472.col.1.

Filij vestri, in quo eijciunt. Qualiter sit Apostolis potestas super dæmones collata. Vide Tom.1.p.657.col.2.

Inuenit eam scopis mūdatam & ornatam. Ac si diceret, viam per quam ad animam intrare posit, stratam: animam nullo bono hospite occupatam: ostium apertum, & omnia inuenit dæmon suæ mansioni apta. Istæ sunt animæ omnium vitiorum generi præbentes aditum. Vide Tom.2.p.18. quæ errore typographi est 20.& p.23.col.2.

Inuenit eam scopis mūdatam, & ornatam, id est, inuenit in ea dispositionem, & occasionem, vt iterum ad eam redeat: quapropter vitandæ sunt peccatorum occasiones, ne sit visi dæmoni redeundi ad animam apertam porta. Tom.2.p.114.col.2. & sequentibus. Et p.126. inuenies quæ mala dæmon in anima, quam per peccatum possidet, efficiat.

Assumit alios septem spiritus secum: vt multitudine vincant, quem fortiter dimicantium videns decreuisse: vt securius iam victam possideant. Hoc in insigni diui Hieronymi [illegible] animæ locat ut ipsam [illegible] ad quam [illegible] anima affectat. Vide [illegible] Tom. [illegible] pag. [illegible] col. [illegible].

Feria secunda, Dominica tertia, Tom. 2. pag. 62.

Feria tertia, Dominica secunda, Tom. 2. pag. 208. usque. 211.

Feria quarta post tertiam Dominicam in Quadragesima. Euangelium: Accesserunt ad Iesum ab Hierosolymis Scribæ, & Pharisæi, dicentes: Quare discipuli tui? Matth. 15.

Vide Tom. 2. [illegible] pag. 99. usque. 108. & pag. 191.

Quare discipuli tui transgrediuntur traditiones seniorum? [illegible] proprium est, [illegible], & [illegible] qui sunt [illegible] affecti, illa [illegible] in aliis notare, quæ aliquam imperfectionem viderentur in se habere, illa non attendentes, quæ de se [illegible]. Vide Tom. [illegible] pag. [illegible] col. [illegible].

Vos autem dicitis, &c. Illi doctrinam [illegible] & sine [illegible] affectione docere debebant; cum vera doctrina omni careat [illegible] errore, ad [illegible] temporale lucrum. Similes istis [illegible] in Ecclesia prædicatores, & Ecclesiæ ministros, qui doctrina sacra ad sua temporalia commoda abutuntur. Tom. 1. p. [illegible] col. [illegible] & p. 314. col. [illegible] & sequentib.

[illegible] quodcunq; ex me, tibi proderit. Falsum hoc Pharisæorum dogma confutatur. Tom. [illegible] p. 367. col. [illegible].

Hypocritæ, bene prophetauit de vobis Esaias. De hypocrisis vitio, præter ea quæ [illegible] Feria quarta Cinerum, dum illud explicatur, Nolite fieri, sicut hypocritæ tristes, Vide Tom. 1. pag. 455. col. 1. & sequentibus.

Populus hic labiis me honorat. Nihil æstimat Deus verba, quæ operibus non respondent: quid enim illi [illegible], quòd tu dicas, Domine, Domine, & non facias quæ ipse dicit. Tom. [illegible] p. 150. col. [illegible].

Cor eorum longe est à me. Proprium hypocritarum est virtutem ostendere, [illegible] in corde [illegible]. [illegible] se [illegible] prædicant, cū corde longe absint. Tom. [illegible] p. 416. col. 1.

Quare discipuli tui transgrediuntur, &c. [illegible] de [illegible] qui de sua iustitia præsumentes alios iudicant malos, qui suum non sequuntur viuendi modū. Tom. [illegible] p. [illegible] col. [illegible].

Populus hic labiis me honorat. Proprium hoc est adulatorum, [illegible] bona ostendere verba, abscondere cordis [illegible]. De adulatione vide. Tom. [illegible] p. [illegible] & sequentibus & pag. [illegible] col. [illegible] & [illegible] col. [illegible] & pag. [illegible] & sequentibus.

Labiis me honorat, [illegible] eorum. Sic multi faciunt Christiani, quibus dulce est, benè de Christo loqui [illegible] damnosum [illegible] operari. Tom. 1. p. [illegible] col. [illegible].

Non lauant manus. Quam proprium est [illegible], & eorum qui malo animo laborant, festucam videre in alieno oculo, trabem in suis non considerantes. Tom. [illegible] p. 716. col. 2.

Populus hic labiis me honorat. Proprium est hypocritarum [illegible], [illegible] apparentia [illegible] celare. Tom. [illegible] pag. [illegible] col. [illegible].

Sinite illos. Consilio [illegible] Dominus [illegible] Pharisæis aperire, ne margaritas mitteret ante porcos, ne [illegible] spirituales his qui [illegible] canis, non venerent, volebant [illegible]. Sic de spiritualibus margaritis debet facere Dei minister. Tom. [illegible] p. 711. col. [illegible].

Cæci sunt & duces cæcorum. Ex prava consuetudine claudendi oculos ad veritatis lucem euenit, ut cæci remaneant. Tom. [illegible] p. [illegible] col. [illegible] & sequentib.

De corde exeunt. De cordis munditia, & cordis acceptione, & [illegible] Euāgelio copiosa habes, dum illud explicatur Matthæi. 5. Beati mundo corde, &c. Tom. 1. p. 287. [illegible] habes quid apud Deum [illegible] valeant, sine cordis puritate.

Vobis datum est nosse mysterium Regni Dei. Quibus sint mysteria Regni Dei reuelanda, & quibus occultanda qui sint canes, quibus non est sanctum dandum: qui porci, quibus neq; margarita. Vide Tom. [illegible] pag. [illegible] & sequentibus.

Misericordiam volo, & non sacrificium. Anteponendam voluit Dominus in necessitatis articulo proximi misericordiam sacrificio, Tom. [illegible] p. [illegible] col. [illegible].

Feria quinta, Dom. tertiae. Tom. 1. à p. 587. vsque. 591. & Tom. 2. p. 131.

Feria sexta post tertiam Dominicam in Quadragesima. Euangelium: Venit Iesus in ciuitatem Samariae. Ioannis cap. 4.

FAtigatus ex itinere. Nostrũ est, & nostri causa quod fatigatur Iesus: quod fatigatur ille per quem fatigati recreantur, vt eius infirmitate, & fatigatione nos cum Paulo dicere possimus: Omnia nos posse in eo, qui nos confortat Iesu Christo. Tom. 1. pag. 576. col. 1.

Sedebat sic supra fontem. Ad aquae fontem peccatricem istam conuertit, quo fontem significaret fontium baptismatis aquis peccatores esse iustificandos. Tom. 1. p. 183. & sequentibus: Vbi de virtute aquis collata à Christo in eius baptismate ad longum tractatur.

Venit Iesus in ciuitatem Samariae. Vt Sol iste visibilis omnia circumit, & non est qui se abscondat à calore eius, neque lutum, neque res immundae. Sic Christus qui illuminat omnem hominem venientem in hunc mundum, omnes quaerit, omnes illuminaturus, vsque ad cor istius mulieris luto similis, in quo vilia animalia, peccata scilicet, volutabantur, eius peruenit calor. Tom. 1. p. 578. col. 1.

Fatigatus ex itinere. Vt ex ista fatigatione, qua expertus est nostras miserias, discat fatigatis nobis misereri: debuit enim per omnia fratribus assimilari, vt misericors fieret. Tom. 2. p. 157. col. 1.

Venit Iesus in ciuitatem Samariae. Vide quantus sit Dei in nos amor: qui illum velut à sua sede ad nos traxit, vt nostras in se susciperet miserias & dolores: propter quas fatigatur. Tom. 1. p. 619. col. 2.

Non coutuntur Iudaei Samaritanis. Miratur mulier cum Iudaei tanta solicitudine malorum consortia iudicauerint vitanda, cur ipse cum Samaritana, quam vt à sua fide alienam illi abhorrebant, colloqueretur. Vitanda esse malorum consortia, praecipuè haereticorum, & eorum qui pelle ouina contecti intus lupis simile habent cor. Vide Tom. 1. p. 517. & p. 570. col. 2. & pag. 573. col. 1. & Tom. 2. p. 142. col. 1.

Nemo tamen dixit, &c. Non iudicarunt indignum tanto Magistro, cum muliercula colloqui: simplices enim erant corde, bono & candido animo talis Magistri discipuli. De iudiciis temerariis vide quae author adnotat, dum illud explicat Matthaei. 7. Nolite iudicare. Tom. 1. p. 454. col. 2.

Videte regiones, quia albae sunt iam ad messem. Quae laetitia afficeretur Dominus, gaudens, sicut qui laetantur in messe, sibi aduenientes videns copiosum fructũ. Vide Tom. 2. pag. 148. col. 2.

Dominica quarta in Quadragesima. Euangelium: Abijt Iesus trans mare Tyberiadis. Ioan. cap. 6.

Vide Tom. 2. à pag. 74. vsque. 79. & à pag. 132 vsque. 134.

SEquebatur eum multitudo magna. Eos qui ipsum sequebantur ad eius videnda signa, & vt ab eo remedia suarum necessitatum acciperent, ipse paternis oculis intuetur. Tom. 2. p. 151. col. 1.

Vt autem impleti sunt. Comederunt omnes, & saturati sunt, & desiderium eorum attulit eis Deus, non sunt fraudati à desiderio suo: quod hodie factum est, & in coelesti & aeterno conuiuio per hunc figuratum, sicut in quo solus Deus animae famem & desideria satiare potest: vt Dauid ait: Satiabor cũ apparuerit gloria tua. Quod solus Deus animae famem satiare potest, quae cùm ad eius imaginem creata sit ipse solus, cuius imago est, eam adaequare poterit. Tomo. 1. pagina. 799. col. 1.

De aeterna beatitudine, quam conuiuium hoc adumbrat, sequentia accipe. Beatitudinis aeternae flores, quos conuiuium hoc adumbrat, ad longum explicantur Tom. 1. pag. 91. & sequentibus: & Tom. 2. pag. 49. col. 1. & sequentibus.

Quod in Deo, qui beatitudo nostra est, omnium bonorum sit collectio. Tom. 2. pag. 57. col. 1. & p. 55. col. 2.

De huius miraculi materia vide Tom. 2. pag. 73. colum. 1. dum illud explicatur Matthaei. 14.

Conuiuium hoc illud repraesentat quod faciet Deus medullatorũ pinguium in monte excelso aeternitatis. In quo illud est consideratione dignum, quod idem cibus omnibus proponetur, sicut in hodierno conuiuio videmus, vt eadem res, eademque videatur omnibus,

nibus, beatitudo, neq. hoc cum illo cohærere videatur: sicut stella ab stella differt in claritate, ita erit & resurrectio mortuorum. Et Christus Dominus: In domo Patris mei mansiones multæ sunt: & non omnes eundem merentur beatitudinis gradum. Hoc explicatur Tom.2.p.455.col.1.in fine. & sequentibus.

De cœlesti hoc, & diuino beatitudinis æternæ conuiuio tractat noster author in explicatione parabolæ Lucæ.14. de eo qui fecit cœnam magnam. quæ in spirituali sensu huic Euangelio quadrare videtur. Vide Tom.2. pag.562.col.1.

Feria quarta post quartam Dominicam in quadragesima. Euãgelium: Præteriens Iesus vidit hominem cæcum. Ioan.cap.9.

RAbbi, quis peccauit hic, aut parentes eius? Quod sæpenumero filij puniantur propter peccata parentum: vel quod propriũs dicitur, parẽtes in filijs puniãtur. Vide Tom.2. p.204.col.2.

Fecit lutum ex sputo. Ad hoc venit Christus, vt hominem reformaret, & ad pristinũ reduceret statum, à quo per peccatum ceciderat: fecerat eum Deus ad imaginem suam, sed ex limo terræ. Limo terræ iam corruptum saliua eum recuperat. Saliua ex ore veniens similitudo est eius qui illam expuit. Sic vulgo dicimus, *caesar que le escupio*. Illa ergo similitudine Patris, ad quam, & per quam condita sunt omnia, & ipse homo, ab ipsa reformatus est. Vide huius discursus explicationem Tom.1. p.353.col.2. Vbi explicatur quòd Christus reformaturus hominẽ aduenit: quod huic intento congruere videtur.

Lutum fecit ex sputo. Periti medici est contraria contrarijs curare: Superbia homo ceciderat, qui cum ex limo terræ esset formatus, ad Dei voluerit ascendere æqualitatem: nunc luto & humilitate sua ob oculos posita ipsum curat. Tom 1.p.457.col.1.

Fecit lutum ex sputo. Non ita facilè æstimauit Dominus, quòd homo seipsum cognosceret: hoc ergo facit lutum super oculos ponens hominem ad sui cognitionem adducere. Tom.1.p.466.col.1.

Non est hic homo à Deo, qui Sabbathum non custodit. Quàm cæca est deprauata voluntas. Nam qui potuit facere vt cæcus natus videat, etiam virtute Dei, in qua hæc fecit, poterit & in obseruatione Sabbathi dispensare: cùm tamen Sabbathi obseruantia non frangeretur operibus misericordiæ homini exhibitis, ipsius illuminãdo, & sanãdo: in quo istorum duplex malitia ostenditur, quòd illi zelatores erant legum, in his quæ minimæ erant æstimãda, & fractores in his quæ in maiori pretio erant habenda: & secundò exteriora tantùm curabant, nihili æstimantes quæ interiora & perfectiora erant Hæc omnia comprehenduntur Tom.1.p.68.col.1.& sequentibus.

In hoc enim mirabile est, &c. Vide cæci huius in Christi confessione perseuerantiam, qui neq; minis, neq; verbis terreri potest, vt ab incepto desisteret: tales vult Deus in bono perseuerantes, vt illis tribuat coronam. Cæcus ille sua perseuerantia eum meruit videre suis oculis, quem multi Prophetæ, & Reges voluerunt videre, & non viderunt & huic cæco seipsum manifestauit, oculis ipsi restitutis miraculosè, vt tantum bonum videre posset. Sic ille merebitur in æterna beatitudine eum videre, qui perseuerauerit vsq; in finem. Tom.1.p.686.col.2.

Audiuit quia eiecerunt eũ foras. Eos quos mundus à se reijcit, Christus ad se fugientes recipit. Sic fecit cum hoc cæco, eiectum à communione Pharisæorum, ad sui cognitionem & amicitiam recepit. Ne ergo despondeas animo si te odit mundus, ad Deum confuge certus quòd apertis brachijs ab ipso recipieris. Tom.1.p. 717. col.2.

Feria sexta post quartam Dominicam in Quadragesima. Euãgelium: Erat quidam languens Lazarus. Ioan.11.

TRium mortuorum suscitatio, quos in Euangelio legimus Christum suscitasse, triplicem peccatorum statum significat, qui spiritualiter mortui iacent: ex quo discursu & morali explicatione integram poteris efficere concionem. Tom.1 p.648.col.2.

Erat quidam languens Lazarus. Lazarus languidus, mortuus, & fœtidus, & illius sepulchrum grandi lapide coopertum, peccatorem designat animæ infirmitate laborantem, malæ famæ fœtore hominibus molestum, & peccati graui onere coopertum. Quale, & quantum sit peccati onus, vide Tom.1.p.750.col.2. & sequentibus. & p.765. col.2.

Lazarus in sepulchro, peccatorem significat. Quod peccator in sepulchro dicatur, habitare., & huius significationem vide Tom.1.p.609.col.2.

Domine, si fuisses hic, frater meus non fuisset mortuus. Bene sciebat ibi mortē adesse, vbi Deus abest: hoc ergo curandum est, vt malorum simus expertes, præsertim spiritualium: Deum nobiscum habere. Tom.1.p. 631.col.2.

Porrò vnum est necessarium. Martha circa plurima turbatur, & de plurimis curat, cùm vnum sit necessarium. In cuius comparatione cætera quæ homines curant superuacanea sunt. Necessarium quippè est, Deum secum habere totius boni fontem, cum quo omnia possidemus, ad cuius præsentiam omne euanescit & fugit malum. Quod & ipsa fatetur Martha. Domine, si fuisses hic, non fuisset mortuus frater meus: mors enim cum vita per essentiam simul esse non potest. Vide huius considerationis explicationem curiosè Tom.1.p.84.col.2.

Lacrymatus est Iesus. Vtique misericordia motus lacrymatur. Misericordiæ laudes, & quomodo affectus misericordiæ in Christo fuerit. Vide Tom.1.p.578. col.1. & sequentibus.

Soluite eum, & sinite abire. Discipulis, Apostolis, & Ecclesiæ ministris, Ecclesiæ committitur, vt per eos vita spiritualis, & bona omnia hominibus communicentur: Quales ergo esse debent qui ad tale ministerium assumuntur, vide Tom.1.p.512.col.1.

Soluite eum, & sinite abire. Ante Christi mortem non habebant sacerdotes potestatem ad suscitandos homines à peccatorum morte. Sed ad hoc veterum sacerdotum potestas se extendebat, vt quos Deus à peccato suscitaret, viuos ostenderent: & ideò non præcipit Apostolis vt Lazarum suscitent: sed vt suscitatum ostendant. In noua verò lege, sacerdotes verè mortuos viuificant à peccatis absoluentes: licet authoritatiua potestas in solo Deo sit ad remittenda peccata. Vide Tom.1.p 615.col.2.

Soluite eum & sinite abire. Apostolorum & eorum successorum, prælatorum, & sacerdotum est animas soluere à peccatorum vinculis: & quantò magis eas videant ligatas, & in sepulchro iacentes, & consuetudine peccatorum, veluti grandi lapide coopertas, & per malam famam fœtidas, tantò magis curare debent, vt eas soluant. Vide Tom.2. p.503.col.2. & sequentibus.

Dominica in Passione. Euangelium. Quis ex vobis arguet me de peccato.
Ioan.cap.8.

QVis ex vobis arguet me de peccato. Iam morti propinquus lux vitæ coram inimicis examen facit: non quod necessarium illi esset, qui neque peccatum fecit, neque dolus inuentus est in ore eius. Sed vt nobis exemplum præberet ante mortem præoccupandam faciem iudicis in confessione, & nos metipsos iudicemus, ne iudicemur, id est, vt liberi in iudicio simus: conscientiæ examen faciendum esse ante mortis horam. Vide Tom.2.pag.353.col.1. Quod non sit ad ipsum mortis articulum differenda pœnitentia, eò quòd non omni ex parte voluntaria in eo tempore iudicanda. Tom.1.p.791.col.1.

Si veritatem dico. Aduerte quàm fortiter & audacter Dominus inimicos reprehendit. Nihil veritate fortius, qui illa armatur, nihil timet. Super omnia enim vincit veritas. Tom.2.p.115.col.1.

Si veritatem dico. Aduerte in toto hoc Euangelij discursu optimi & consumati prædicatoris norma, veritatem patefecit, quæ amara solet esse: sed eam verborū dulcedine temperat: sal est vt ipse Dominus suis dixit ministris, quæ dolorem vulneribus faciat, cibos dulces reddat. Hanc veritatis conditionē qualiter prædicandam vide Tom.1.pag.709. col.1 & sequentibus.

Si veritatem dico. Docet Dominus non occultandam veritatem, sed forti animo nullis, vel blanditijs, vel minis ab eius prædicatione desistendum. Tom.1.p.718.col.2.

Si veritatē dico. Imò quia veritatem dicis, ideò odio haberis ab illis, qui oculorum lippitudine laborant, quibus odiosa est lux veritatis, quæ puris est amabilis. Tom.1.pag.704. col.1. & p.719.col.2. & Tom.2.p.105.col.1.

Si veritatem dico. Qualiter veritas omnī postposito timore, à prædicatoribus prædicanda sit. Tom.2.p.71.col.2.

Qui ex Deo est, verba Dei audit. Quomodo sit audiendū verbū Dei, vt fructū faciat. Vide Tom.1.p.797.col.2.

Nonne bene diximus nos, &c. Vide quāta patientia iniurias sustinet, dæmonium eum habere dicunt, in quo est plenitudo diuinitatis, vt discipulos doceat non scandalizandos, si propter euangelium persecutiones & blasphemias sustineant: cūm discipulus suprà Magistrum non sit, melioris vè conditionis. Tom.1.p.689.col.2.

Iesus autem abscondit se, & exiuit de templo. Quid, Domine, fugis? Nonne tu caeli & terrae es Dominus, cuius quem columnae caeli contremiscunt? Nonne aedes Patris tui mundum, scilicet, recuperaturus aduenisti? Cur nunc eam deseris? Fecisti aliquando ex funiculis flagellum, vt eo templum, & Patris tui domum prophanantes, ex eo expelleres: magistrante illi templi maiestatem ostendens, cùm in eo lapidem angularē, qui ferro, clauis, & cruce aptandus erat, lapidibus volunt obruere, & tu à templo absconderis? Hoc fecit ne offensae, quas in templo isti contra Deum faciebant, grauiores essent si in templo & eius fierent praesentia. Vide Tom.1.p.109. col.1.

Fer.3. Tō.2.p.314.vsq.332.& p.326.

Feria quarta post Dominicam in Passione. Euangelium: Facta sunt encaenia in Hierosolymis, & hyems erat. Ioan.cap.10.

ET hyems erat. Vt frigida ostenderet in Dei amore eorum corda, temporis frigidi posuit circumstantiam. Infirmi & febricitantes, & frigore, & calore premuntur. Peccator similis istis infirmis describitur. Tom.1.p.586.col.2. & sequentib.

Circumdederunt eum Iudaei, velut lupi agnum. Vt agni ostenderetur mansuetudo: & lupi si vellent, agni vita mansuetudine, in ouium mundi lenem transmutarentur. Vide Tom.1.p.679.col.1.

Circumdederunt eum. Homines hominem circundant, suis fraudibus & dolis feris deteriores ipsum persequuntur: vt dicere possimus, Homo homini daemō. Tom.1.pag.684. col.1.

Oues meae vocem meam audiunt. Verbi Dei natura & fructus, quem operatur in eis qui ex corde illum recipiunt: & alia huic Euangelio consona vide Tom.2.pag.13.col.2. & sequentibus.

Si illos dixit deos, ad quos sermo Dei factus est. Quod ex scripturis probari possit, Christum verum Messiam Deum esse. Vide Tom.2.p.597.col.1. & sequentibus.

In hoc Euangelio Christi Domini fortitudo & constantia probatur: qui neq; metu, neq; inimicorum circumstantium turba moueri vllo modo potuit, quin veritatem praedicaret. Hanc cōstantiam imitari debet Euangelicus concionator. Tom.1.p.712.col.1.

Si mihi non vultis credere, operibus credite. Si Christus operibus voluit quis esset ostēdere, & Christi discipuli operibus se esse eius discipuli ostendant, non verbis. Ostende (ait Iacobus) tu mihi fidē tuam ex operibus. Tom.1.p.710.col.2. & p.720.col.1.

Feria sexta post Dominicam in Passione. Euangelium: Collegerūt Pontifices, & Pharisaei conciliū. Ioan.11.

COllegerūt Pontifices, & Pharisaei concilium. Hoc concilium insidiis collegit. Quae mala ex insidiis oriantur. Vide Tom.1. p.775.col.1. & p.689.col.2. & p.785.col.2.

Quid facimus. Perplexum, & difficultatibus implicatū Pontifex iste se videt, ex vna parte metu amissionis Pontificatus, & honoris, ex alia multitudine signorum Christi, & applausus populi, timeq; in eā mentē mittens, in quas difficultates sit immersus peccator, ad quem labyrinthū impellatur. Vide Tom.1. p.787.col.1.

Quid facimus, &c. Vide qualem ex tali principio inferat conclusionem: Multa signa facit, ergo occidatur. Intellectum clarum habuit ad considerandū principium: sed passio & praua affectio in voluntate fecit, vt intellectus, ad voluntatis prauam affectionem affectus partes transiret, & secum intellectū traheret. Summopere ergo cauendum ne voluntas passione turbetur, & malè sit affecta: facit enim vt intellectus amarum iudicet dulce, & dulce amarum. Vide Tom.2. p.113.col.2. in fine.

Collegerunt Pontifices, & Pharisaei concilium. Plenum erit hoc cōcilium misericordia, in quo praesident Sacerdotes & Pontifices, qui vncti misericordiae oleo, habent in pectore scriptū, Misericordia & veritas. Sed nulla gens deterior & crudelior malis sacerdotibus, sicut nulla melior bonis. Tom.1.p. 381.col.2.

Vnus autem ex ipsis Cayphas nomine. Hic summus Sacerdos, qui per simoniam sacerdotium emerat, & alij Pontifices auari, pleni doloris, quam sententiam poterant proferre, nisi eam quae à talibus fontibus deriuaretur. Contra malos sacerdotes vide To. 2.p.314.col.2.vsq. ad p.322.

Abijt in regionem, quae vocatur Ephrem. Videns hominum praua consilia, fraudes & dolos, ab eis in regionem desertam secessit, nobis innuens hominum fugere consortia, & fraudes. Vide Tom.2.p.216.col.2.

Dominica in Ramis. Euangelium: Cum appropinquaret Iesus Hierosolymis, & venisset Bethphage. Matth. 21.

Feria quinta in Cœna Domini. Euangelium: Ante diem festum Paschæ, sciens Iesus quia venit eius hora. Ioan. cap. 13.

Feria sexta. In Parasceue. De Christi passione.

Vide totum tractatum de Passione.

Quod

[illegible] beneficium, & iuge sacrificiū. Tom. 2. [illegible]. Quod [illegible] [illegible]. Quod [illegible] [illegible]. Idem. Quòd [illegible] [illegible] nostras [illegible] [illegible].

Cecidere [illegible] peccatores [illegible] in faciem sua [illegible] peccata, [illegible] qui delicta [illegible] quę perpetrarūt [illegible] se semper [illegible] delicta, quotidie [illegible]. Vide Tom. [illegible].

In Resurrectione Domini. Euangelium: Maria Magdalene, & Maria Iacobi, & Salome. Marci 16.

Vide Tom. 2. [illegible] & præcipuè pag. [illegible]

S[illegible] [illegible] [illegible] [illegible] [illegible] [illegible] [illegible] [illegible] [illegible]. Tom. [illegible] [illegible] [illegible] [illegible] bis complanare debeamus. [illegible] [illegible] [illegible] [illegible] [illegible] [illegible] [illegible] & non semel, sed [illegible] [illegible] [illegible] [illegible] [illegible] posse confidit: & tandem omnium virtutum in se [illegible] [illegible] [illegible] est [illegible] conditus. Vide Tom. 2. p. [illegible] col. [illegible] fine, & [illegible].

Quibus rationibus probari possit corporum [illegible] [illegible] Tom. [illegible]

H*[illegible] multa, quæ ad conciones habendas conducunt, amplexi tabula vobis ostendi: ne ad Euangelia quæ in matthæo non sunt, habentis, quid vos considerare quæ hic dicuntur, ap[illegible] [illegible] [illegible] quantumlibet, aliquam opera[illegible] toto opere fuerit [illegible] non omnia fortasse quæ [illegible] locis applicentur, [illegible] ingenijs servanda videntur, opera pretium duxi, vos ad tabulā [illegible] [illegible], ex vnde colligatis quæ vobis consona videantur. [illegible] Euangelijs quæ apud matthæum non sunt. Ut v. g. [illegible] Dominica in albis sermonem habere capitis, [illegible] de pace, [illegible] de sacerdotij dignitate agitur, in tabula verbo, Pax, aut verbo, Sacerdos, inuenire [illegible] propositio [illegible]. Idem de Dominica: Ego sum pastor bonus [illegible] in verbo, Pastor, aut, Prælatus, ea inuenire poteritis, quæ ibi rectè applicari [illegible]. [illegible] soluimus in [illegible], quæ in Euangelijs quæ de matthæo loquuntur [illegible] [illegible] Dominicarum post [illegible], seu post Trinitatem [illegible] Romanum [illegible].*

DE Litanijs Vide Tom. 2. p. [illegible] vsque [illegible] [illegible] vsque [illegible]

In die sanctissimæ Trinitatis Tom. 2. à pag. [illegible]

De Sacramento Tom. [illegible] [illegible] Tom. 2. à p. [illegible] deinceps.

Dominica prima post Trinitatem, secundum vsum [illegible] [illegible] [illegible] [illegible]. Ex hac [illegible] Vide Tom. 2. à p. [illegible] vsque. [illegible]

Dominicas [illegible] post Trinitatem, seu [illegible] post [illegible] Vide Tom. 2. à pag. [illegible] & deinceps.

Dominica [illegible] Tom. 2. à p. [illegible] & deinceps.

Dominica quarta [illegible]. Tom. 2. à p. [illegible] vsque [illegible]. & Tom. [illegible]

Dom. 5. seu 7. Tom. [illegible] vsque [illegible]

Dom. [illegible] Tom. 2. à p. [illegible] vsque [illegible]

Dom. 7. seu 9. Tom. 2. à p. 407. vsque [illegible]. & deinceps per [illegible] præcipuè Tom. 2. à p. [illegible] vsque. [illegible]. & deinceps per multas paginas [illegible]

Dom. 10. seu 12. Vide verbo Humilitas, & verbo Superbia, in tabula [illegible].

Dom. 14. seu 16. Tom. 2. à p. 472. vsque 484.

Dom. [illegible] seu [illegible] Tom. 2. à p. [illegible] vsque. [illegible]

Dom. 18. seu 20. Tom. [illegible] vsque [illegible]. & Tom. 2. post Quomodo impedimento sit turba.

Dominica [illegible] Tom. 2. pagina [illegible] vsque [illegible]

De Sanctorum festiuitatibus.

Communia Sanctorum.

FINIS.

A

TABVLA LOCORVM

Cōmunium, & insignium sententiarum, quæ continentur in his Cōmentarijs super Matthæum, ordine Alphabetico digesta, in qua primus & secundus Tomus, in quos diuisa sunt commentaria, per literam T. & numerum. 1. & 2. designantur, secundus numerus paginam notat, tertius columnas.

A

T A B V L A

Apostoli

Carphar.

TABVLA

C

Chari-

Christi

D

Deo

E

Filius

T A B V L A

H

Humili-

Io filij-

Maria

Obedien-

O

Q

R

Saba

S

T

V.

FINIS.

INDEX AVTHORITATVM Scripturæ, quæ sparsim in toto hoc opere explicantur ab authore secundùm ordinem veteris, ac noui Testamenti: in quo quid literæ, & numeri significent, dictum est in tabula Sententiarum.

EX GENESI.

Cap. 1.  Spiritus Domini ferebatur super aquas. tom. 2. pag. 17. col. 2.

In principio creauit Deus cœlum, & terram. tom. 1. p. 592. c. 1.

2 Plantauit Deus paradisum voluptatis, in quo collocauit hominem. to. 2. p. 99. col. 1.

Faciamus hominem ad imaginem, & similitudinem nostram. tomo. 2. p. 372. col. 2.

Immisit Dominus soporem in Adam, & ex latere ipsius dormientis tulit costã ex qua mulierẽ condidit. to. 2. p. 643. col. 1.

Omne quod vocauit Adam, ipsum est nomen eius. to. 1. p. 720. c. 1.

3 In sudore vultus tui vesceris pane tuo. to. 2. p. 732. c. 2.

Serpens erat callidior, cæteris animantibus. to. 1. p. 680. c. 1.

6 Hæ sunt generationes Noë vir iustus, atque perfectus, &c. tomo. 1. pagin. 12. col. 2.

8 Misit Noë columbam quæ reuersa est postea ferens ramũ oliuæ. to. 2. p. 579. col. 1.

9 Quasi hortum, & olera dedi vobis hæc. to. 2. p. 422. c. 2.

15 Credidit Abraham Deo, & reputatum est illi ad iustitiam. tomo. 1. pagin. 395. col. 1.

17 Abram in circuncisione vocatur Abraham. to. 1. p. 18. c. 1. & 2.

32 Iacob luctatur cum Angelo, & in fine accipit benedictionem ab illo. tom. 1. p. 9. c. 1.

25 Dedit Dominus cõceptum Rebeccæ, & collidebantur in vtero paruuli. to. 2. p. 32. c. 2.

28 Vidit Iacob scalam, per quam ascendebant, & descendebant Angeli. tom. 2. p. 15. c. 2. p. 324. c. 1.

37 Iacob fecit Ioseph tunicã polymitã, vsque ad talos. tom. 2. pag. 475. c. 1. & tom. 1. p. 687. c. 1.

48 Iacob manum dextram posuit super caput nepotis minoris, & sinistram super maiorem. to. 2. p. 374. c. 1.

49 Iuda, te laudabunt fratres tui, & adorabũt filij matris tui. Tota prophetia explicatur. to. 2. pagin. 206. c. 2. & sequentibus.

Salutare tuum expectabo Domine. to. 1. p. 77. c. 2.

yy 4 Nephtalim

Ex Exodo.

Ex Leuitico.

Ex Numeris.

13 Exploratores duo afferunt botrũ ẽ terra promissionis positum in palo. tom.2. p.128.c.1.

19 Vas quod non habebat operculum immundum erat. to.2.p.79.2.

In sacrificio Vaccę rufę vaca comburebatur, & eius cineribus immundi purificabantur. tom.2.p.569.c.1.

20 Moyses bis virga percussit petram, & fluxit aqua, qua sitim sunt homines, & iumenta. to.2.p.561.c.2.

22 Ita delebit populus iste omnes qui in nostris finibus commorantur, quomodo solet bos herbas, vsque ad radices carpere. to.2.p.507.c.1.

23 Assumpta parabola Balaam dixit.tom.2. pagin.4. col.2.

Ex Deuteronomio.

6 AVdi Israel Dñs Deus tuus vnus est, &c. Diliges Dominũ ex toto corde.to.2.p.387.c.2.

17 Nolebat Dominus, vt offerretur ei animal claudum, vel cum vno pede tantum.to.2.p.154.c.1.

14 Animalia quę reptant super terram, immunda erant ad esum, & ad sacrificiũ. to.1.p.45.c.1.

32 Quomodo persequebatur vnus mille, a6.ne, quia Deus suus vendidit eos. to.2. p.111.c.2.

33 Inundationes maris, quasi lac sugent. to.2.p.40.c.2.

Qui dixerit patri suo, aut matri, Nescio vos, hi custodierunt eloquium tuum, & pactum tuum seruauerunt. tom.1. pag.700.c.2.

Ex Iosue.

6 RAhab funẽ coccineum posuit in fenestra, vt recordarentur exploratores beneficij accepti illo signo. to.2.p.655. col.2.

Maledictus vir coram Domino qui reędificauerit ciuitatem Hiericho. tom.2. p.669.c.2.

7 Achan vsurpauit de anathemate Hiericõ regulam auream. tom.2.pagin.142. col.2.

8 Iosue simulat fugam coram rege Achim, vt illum deludat, sed post eleuat signum. to.2.p.630.c.1.

10 Iosue illos quinque reges qui impediebant ingressum terrę, in cauernam inclusit. to.2.p.271.c.2.

Ex libro Iudicum.

1 FIlia Caleb suspirauit sedens super asinum, & dedit illi pater irriguum superius, & inferius. tom.1. p.155.c.1. to.2.p.300.c.1.

6 Gedeon postulauit à Deo, vt prius ros in vellus caderet, & terra circunstans maneret absque humiditate. tomo.2. pagin.199.col.1. & tom.1. pagin.100. col.1.

7 Praecepit Deus Gedeoni, vt suos prius probaret milites in transitu aquę, illos perferens ad bellum qui flexi non biberant. to.1.p.573 c.1.

11 Iephte votum fecit, & promisit offerre Deo primum quod occurrisset ei ex domo. to.2.p.180.c.2.

14 Sansoni occurrit leo quem dilacerauit, & post inuenit in ore eius examen apum. to.2.p.646.c.2.

16 Capilli Sansoni conferebant vires, & fortitudinem cum essent in capite, sed abscissi non. tomo.1. pagina.336. col.2.

17 In diebus illis non erat rex in Israel, sed vnusquisque quod sibi rectum videbatur agebat. tomo.1. pagina.570. col.1.

12 Qui transibant vada Iordanis, & proferebãt ziboleth occidebantur: qui vero siboleth, viuebant. to.2.pag.484. col.2.

Ex libris Regum.

Ex primo.

15 PRaecepit Dominus Sauli, vt deleret Amalech, & vniuersam Gentem, nec vlli sexui, aut aetati parceret. to.2.pag.128.c.1. & sequentibus.

15 Maledixit Dominus Sauli eo quod non interfecerit laftentes Amalechitas. to.2.p.499.c.2.

16 Spiritus Domini malus exagitabat Saul. to.1.p.201.c.2.

Occultauit Dominus vnctionem Dauid in Regem praecipiẽdo Samueli, Vitulum tam de armento tolles, &c. to.1.p.[illegible] col.1.

30 Æqua portio sit euntis ad bellum, & remanentis ad sarcinas. tom.1.pag.706. col.1.

Ex secundo.

4 Dormiente Isboseth in domo sua occiditur ab inimicis propter negligentiam ostiariæ. tom.2.pag.96.c.1. & sequentibus.

15 Fugiens David à facie Absalon transijt Cedron nudis pedibus, & capite coperto. to.2.p.558.c.[illegible]

23 Aquam allatam David à viris fortibus libauit Domino. to.2.p.[illegible]

David sapientissimus omnium sedens in cathedra, & ipse quasi tenerrimus ligni vermiculus qui octingentos interfecit impetu vno. tom.1.pag.147. col.1.

Ex tertio.

6 DVo Cherubin [illegible] decem cubitorum [illegible] & arcam testamenti in medio habebant. to.2.p.[illegible]

Salomon posuit columnas duas ante fores Templi, quæ duodecim cubitorum cingebantur. to.1.p.[illegible].c.1.

18 Vsquequo claudicatis in duas partes. to 1.p.471.c.1.

21 Non fuit alter, sicut Achab, qui venundatus est, vt faceret malum in conspectu Dei. to.2.p.[illegible]

Voluit Achab facere vineam Naboth in hortum. tom.2.pagin.[illegible].c.1. & p.119. col.1.

Canes lingent sanguinem tuum in agro Naboth. to.2.p.[illegible].c.1.

Naboth lapidibus est [illegible] accusatus à falsis testibus, quia vineam noluit vendere Achab. tom.2.pag.[illegible] col.1.

Ex quarto Regum.

2 PVeri irridebant Heliseum dicentes Ascende calue. tomo.2.pagina.269. col.1.

4 Heliseus cum vellet suscitare filium viduæ, ferrabit [illegible] explicatur. to.1.p.[illegible]

18 Vituperat Dominus reges qui non abstulerunt excelsa, & laudat Ezechiam, quia abstulit. to.1.p.[illegible]

Ex libr. Paralipom.

Ex primo.

26 SOlas Azarias rex [illegible] cum nomine sacerdotij. to.2.p.[illegible].c.1.

15 Elegit Dominus Leuitas, & [illegible] arcam. to.2.p.[illegible]

Ex secundo.

7 DOmum quam ædificaui, tradam in parabolam. to.1.p.[illegible]

Ex libr. Esdræ.

Ex tertio.

4 DEdit Iosias oues, & boues ad immolandum Pascha. tomo.2.pag.554. col.1.

Super omnia autem vincit veritas. to.2. pag.70.c.1.

Ex libr. Tobiæ.

4 NOlli auertere faciem tuam ab vllo paupere. to.1.p.[illegible]

Ex libro Iob.

1 DOminus dedit Dñs abstulit. tomo.1. p.184.[illegible]

Boues arabant, & asinæ pascebantur, iuxta illos. to.[illegible]

1 Extende paululum manũ tuam super eũ. tom.1.pag.[illegible]

4 Tigris perijt, eo quod non haberet prædam. to.1.p.[illegible]

5 In sex tribulationibus liberabit te, & in septima non tanget te malum. tom.1. p.[illegible]

Vidi impium firma radice, & maledixi pulchritudini eius tomo.1.pagin.100. col.1.

7 Visitasti eum diluculo. to.1.p.[illegible]

Militia est vita hominis super terram, & sicut

117 Qui

35 Qui fundauit terram super aquas. tomo.1. p.158.c.1.

143 In Psalterio decachordo psallam tibi. to.2.p.391.c.1.&to.2.p.588.c.2.

144 Das escam illorum in tempore opportuno. to.1.p.442.c.2.

103 Sol cognouit occasum suum. to.1.p.396. col.2.

88 In imagine pertransit homo. tomo.1. p.464.c.1.

Ex Prouerbijs.

1 AVdi fili mi disciplinam patris tui. to.1. p.758.c.2.

3 Circunda eas gutturi tuo, & describe in tabulis cordis tui. to.1.p.371.c.1.

4 Omni custodia serua cor tuum quoniam ex ipso vita procedit. to.2.p.97.c.1.

5 Fauus distillans labia meretricis, & nitidius oleo guttur eius. t.1.p.177.c.2.to.1. p.180.c.1.

Bibe aquam de cisterna tua, & defluentes aquae ex fonte. to.1.p.145.c.2.

6 Sicut diuisiones aquarum ita, & cor regis in manu Domini. to.1.p.514.&to.1. p.167.c.1.p.818.c.1.

11 Vena inebriantur vberibus. to.1.p.346. col.1.

9 Vocauit ancillas suas ad arcem. to.1.p.53 col.1.

17 Oculi stultorum in finibus terrae. tom.2. p.116.c.1.

18 Impius cum in profundum malorum venerit contemnit. to.2.p.119.c.2.

Fugit impius nemine persequente. to.2. p.87.c.2. &c.

19 Domino foeneratur qui miseretur pauperis. to.1.p.405.c.1.

29 Qui delicate nutrit seruum suum a pueritia, postea inueniet eum contumacem. to.1.p.451.c.1. in fine.

21 Vir obediens loquitur victorias. tomo.1. p.648.c.2.

27 Ferrum ferro exacuitur. tomo.1.pag.771. col.1.

23 Ne intuearis vinum quando flauescit, cum splenduerit in vitro color eius. tom.1. p.643.c.2.

25 Sicut tinea vestimento, & vermis ligno, ita tristitia viri nocet cordi. tomo.1.pagio.183. col.1.

30 Tria sunt difficillima mihi, & quartum penitus ignoro. to.1.p.145.c.2.

31 Gustauit, & vidit, quia bona est negotiatio eius. tomo.1.pagio.487.c.2.

Manum suam aperuit inopi, & palmas suas extendit ad pauperem. tomo.1. p.963.c.1.

Quasi nauis institoris de longe portans panem suum. to.1.p.913.c.1.

Si quaesieris eam quasi pecuniam, & quasi thesauros effoderis eam, tunc intelliges timorem Domini, & scientiam Dei inuenies. to.1.p.135.c.1.

Ex libr: Ecclesiastes.

1 NOn saturatur oculus visu, neque auris auditu impletur. to.2.p.58.c.2.

Nihil nouum sub sole. to.1.p.12.c.2.

2 Oculi sapientis in capite eius. to.2.p.110, col.1.

10 Muscae morientes perdunt suauitatem vnguenti. to.2.p.28.c.2.

11 Mitte panem tuum super transeuntes aquas, quia post tempora multa inuenies illum. to.2.p.400.c.1.

12 Verba sapientum quasi stimuli, & sicut claui in altum defixi. tomo.2.pag.56.c.2. & pagin.110.c.1.

Ex Canticis.

2 SIcut lilium inter spinas, sic amica mea inter filias. to.1.p.604.c.1. & tom.2. p.399.c.1.

Fasciculus myrrhae dilectus meus mihi. to.2.p.14.c.2.

Meliora sunt vbera tua vino. to.2.p.17. col.1.

Genae tuae sicut turturis. to.2.p.57.c.2.

Nigra sum, sed formosa. to.2.p.60.c.1.& p.378.c.2.

Osculetur me osculo oris sui. tom.2.p.31. col.2.

Murenulas aureas faciemus tibi, vermiculatas argento. to.2.p.112.c.1.

2 Laeua eius sub capite meo, & dextera illius amplexabitur me. to.2.p.403.c.1. & p.763.c.2.

Dilectus meus mihi, & ego illi. t.2.p.394. col.1.

3 Ferculum fecit sibi rex Salomon de lignis Libani, columnas eius fecit argenteas, reclinatorium aureum. to.2.p.40. c.2.& sequentibus.

4 Sicut vitta coccinea labia tua, sicut fragmen mali punici genae tuae. to.2.p.388. c.2.p.392.c.2.

Ex Isaia.

1 Auferte malum cogitationum vestrarum ab oculis meis. to.[illegible]. col.[illegible]

Vae genti peccatrici. to.[illegible]

Argentum tuum versum est in scoriam. to.[illegible]

2 Conflabunt lanceas suas in vomeres, & gladios suos in falces. to.1.p.118.c.1.

[illegible] to.1. p.772.c.1.

[illegible]

Dicite iusto quoniam bene: to.1.p.4. c.1.& sequentibus.

4 Apprehendent [illegible] comedemus [illegible]

5 Cantabo dilecto meo canticum patruelis mei vineae suae. to.2.p.33.c.1.

Vae qui trahitis iniquitatem in funiculis vanitatis, & quasi vinculum plaustri peccatum. to.2.p.140.c.1.

Vae qui coniungitis domum ad domum, & agrum agro copulatis [illegible]

6 Videntes non videant, & audientes non audiant. to.[illegible]

7 Ecce Virgo concipiet & pariet filiu, & vocabitur nomen eius Emanuel. to.1. p.44.c.1.

9 Vocabitur nomen eius, Admirabilis, Pater futuri seculi, princeps pacis. to.2. p.[illegible].c.1. & sequentibus.

Iugum oneris eius [illegible] sicut in die Madian. to.1.p.[illegible]

10 Computrescet iugum a facie olei. tom.1. p.796.c.1.

11 Spiritus Domini super me, eo quod unxerit me, ad euangelizandum pauperibus misit me, ut mederer contritis corde. to.1.p.627.c.2.

Delectabitur infans ab ubere super foramine aspidis. to.1.p.694.c.2. [illegible]

Cuius ignis est in Sion, & caminus eius in Hierusalem. to.2.p.491.c.1.

24 Et erit sicut populus sic sacerdos. to.[illegible] p.44.c.2.

Congregabuntur in congregatione unius fascis in lacum. to.2.p.33.c.1.

Hi levabunt vocem suam atque laudabunt, & [illegible] sanctificatur fortis Dns in [illegible] to.[illegible] pag.[illegible].c.2.

25 Et faciet Dominus exercituum [illegible] hoc convivium pinguium, [illegible] medullatorum, vindemiae defaecatae. to.2.pag.4.c.1.

26 Urbs fortitudinis nostrae Sion, Salvator ponetur in ea murus, & antemurale. to.1.p.[illegible].c.1.

Videant, & confundantur, & ignis hostes tuos devoret. to.2.p.507.c.1.

A facie tua Domine concepimus, & quasi parturivimus, & peperimus spiritum salutis. to.2. p.[illegible].c.1.

62 Vocabitur tibi nomen novum, quod os Domini nominavit. to.2.p.791.c.2.

Non enim in sempiternum [illegible], nec [illegible] plaustri super illum circuibit. to.2.p.181.c.1.

Nunquid tota die arabit arans, ut serat, proscindet & sarriet humum suam. to.1.p.31.c.1.

[illegible] robustissimus [illegible] verbo [illegible] to.1.p.418.c.1.

31 Dixit Dns, cuius ignis est in Sion, & caminus eius in Hierusalem. to.2.p.179.

32 Sedebit populus meus in pulchritudine pacis in tabernaculis fiduciae, in requie opulenta. to.[illegible]

34 Ibi cubabit [illegible] to.[illegible] p.19.c.1.

35 Gloria Libani data est ei, decor Carmeli, & Saron. to.1.p.37.c.1.

[illegible] quasi [illegible] to.1.p.[illegible].c.1.

[illegible] to.1 p.519.c.1.

47 Descende, sede in pulvere virgo filia Babylon, [illegible] sede in terra, non vocaberis ultra mollis, & tenera. to.2.p.[illegible].c.1.

51 Qui dixerunt animae tuae, Incurvare, ut transeamus, & posuisti, ut terram corpus tuum. to.2.p.20.c.2.

Ecce testem populis dedi eum ducem, ac praeceptorem. to.1.pag.45.c.1.

53 Disciplina pacis nostrae super eum, & livore eius sanati sumus. to.2.pag.560. col.1.

Si posuerit pro peccato animam suam, videbit semen longaevum. to.2.p.989.c.1.

Quis credidit auditui nostro, & brachium Domini cui revelatum est, & ascendet, sicut virgultum coram eo, & sicut radix de terra sitienti. tom.2. p.645.c.2.

Ex Hieremia.

Ex Hieremia in Threnis.

Ex Baruc.

Ex Ezechiele.

sub capitibus suis; & fuerunt iniquitates eorū in ossibus eorum. to.2.p.5[illegible]. col.2.

46 Porticus in templo intus erat ampla, & caelata argento. to.2.p.[illegible].c.2.

47 Vidit templum ad quod [illegible] Deus per [illegible] Aquilonis [illegible]. pag.[illegible]. col.[illegible]

47 In vestigio fluminis aquae ascendebat, usque ad genua, & post medium corpus cooperiebatur, &c. tom.2.p.585. col.1.

Ex Daniele.

2 STatua quam vidit Nabuchodonosor cuius caput ex auro purissimo erat, [illegible] to.2.p.154. & to.2.p.178.c.2.

4 Arborem excelsam quam vidit, sub cuius [illegible] animalia, [illegible]

5 [illegible] coram principibus Balthasar [illegible] manum scribentem, Mane, Thecel, Phares. to.2.p.6[illegible].c.2.

9 Stillavit super nos indignatio tua. to.2. p.[illegible]

Ex Osea.

2 DVcam eā in solitudinē, & loquar ad cor eius. to.2.p.617.c.2.

Et erit in illa die, vocabis me vir meus, & non vocabis me ultra Baalim. tom.2. p.[illegible].c.1.

Vadam post amatores meos qui dant panem meum mihi. to.2.p.[illegible].c.2.

4 Fornicatio, vinum, & ebrietas auferunt cor. to.2.p.[illegible].c.2.

7 Frumentum & vinum ruminabant. to.2. p.763.c.2.

11 In funiculis Adam traham eos, in vinculis charitatis. to.2.p.794.c.1. & tomo.2. p.14.c.2.

12 Ego visionem multiplicavi, & in manibus prophetarum assimilatus sum. to.2. p.6.c.2.& p.[illegible].c.1.

13 Perditio tua Israel, tantummodo in me auxilium tuum. to.2.p.[illegible].c.1.

8 Seminastis ventum, & collegistis turbinē. tom.2.p.[illegible].c.2.

Ex Amos.

2 SVper tribus sceleribus Damasci, & super quatuor non convertam eum, eo quod vendiderunt pro argento iustum, & pauperem pro calceamentis. tom.2. p.564.c.1.& to.2.p.807.c.2.

3 Quomodo si eruat pastor de ore leonis duo crura, aut extremum auriculae, sic eruentur filij Israel qui habitāt in Samaria. to.2.p.14.c.1.

5 Filij Israel quadris lapidibus aedificaverunt [illegible] to.2.p.45.c.1.

9 Percute cardinem, & commoveantur superliminaria. tom.1.p.105.c.2.& p.114.c.1.

Ex Michaea.

3 PRophetae qui seducunt populū meum, qui mordent dentibus suis, & praedicant pacē, & si quis non dederit in ore eorum quippiam, sanctificant super eum praelium. to.2.p.705.c.2.

7 Qui optimus est in eis quasi paliurus, & qui rectus quasi spina de sepe. to.2.p.20. col.2.

Vae mihi, quia factus sum, sicut qui colligit uvas post vindemiam. to.2.p.176. c.2.p.260.c.1.

[illegible] Ponam Samariam super acervum lapidum. to.2.p.705.c.2.

Ex Abacuc.

1 VEspere [illegible] velociter, quia parā diei [illegible] crudeliter. in greges [illegible] grassantur. to.2.p.5[illegible].c.2.

Propterea non pervenit usque ad finem iudicium, quia impius praevalet adversus iustum. to.2.p.[illegible].c.2.

2 Vae qui multiplicat non sua, ut quid aggravat cōtra se densum lutū. to.2.p.[illegible].c.2.

3 Exultatio eorū, sicut eius qui devorat pauperē in abscondito. to.2.p.[illegible].c.1.

Ex Sophonia.

1 EGo ipse scrutabor Hierusalē in lucernis. to.2.p.117.c.2.

3 In ignem zeli mei devorabo terram, to.2.p.386.c.2.

Ex Aggaeo.

Adhuc modicum veniet desideratus cunctis Gentibus. to.2.p.201.c.1.

Ex Zacharia.

1 Vidit quatuor fabros, & dixit, Isti sunt qui reparabunt domum Domini. to.2 p.5.c.1.

3 Vidit sacerdotem magnum Iesum vestibus sordidis vestitum, & praecepit Deus, vt regalibus vestibus indueretur, & ponerent cidarim super caput eius. to.2.p.463.c.1.

12 Videbunt in quem confixerunt. tom.1. pagin.434. col.2.

Ex Malachia.

1 Si offeratis caecum ad immolandum nonne malum est? to.2.p.151.c.2.

4 Maledictus dolosus qui habens in grege suo masculum, immolat debile Domino. tom.2.p.196.col.2.

Ex Marco.

4 Factum est in illa die cum sero esset factum. to.1.p.497.c.2.

Ex Luca.

3 Iam securis ad radicem arboris posita est. to.1.p.49.c.1.p.203.c.1.

10 Domine non est tibi curae quod soror mea reliquit me solam ministrare? tom.2. pag.[illegible].c.1.

Samaritanus vinum, & oleum effudit super vulnera illius qui incidit in latrones. to.2.p.209.c.2.

11 Quod superest, date eleemosynam. tom.2. p.4[illegible].c.1.

Beatus venter qui te portauit, & vbera quae suxisti. to.1.p.60.c.1. & sequentibus.

Si in digito Dei eiicio daemonia, peruenit in vos regnum Dei. to.1.p.40.c.2.

Quis vestrum habet amicum, & ibit ad illum media nocte. to.1.p.300.c.2.

12 Ignem veni mittere in terram, & quid volo nisi, vt accendatur. to.2.p.386.c.1. & p.389.c.1.

16 Eleuans diues oculos vidit Lazarum in sinu Abrahae. to.1.p.491.c.1.

21 Caelum & terra transibunt, verba autem mea non praeteribunt. to.2.p.394.c.2.

Capillus de capite vestro non peribit. tom.2.p.498.c.1.

Ex Ioanne.

1 Dedit eis potestatem filios Dei fieri his qui credunt in nomine eius. to.2. p.13.c.1.

3 Qui autem non credit, iam iudicatus est. tom.2. p.360.c.1.

Omnis qui natus est ex Deo, non peccat, quoniam semen ipsius in eo manet. tom.2.p.369.c.1.

4 Petitis, & non accipitis, eo quod male petatis. to.2.p.30[illegible].c.1.

8 Si filius vos liberauerit, vere liberi eritis. to.1.p.796.c.2.

10 Per me si quis introierit, saluabitur, & ingredietur, & egredietur, & pascua inueniet. to.1.p.699.& 2.p.307.c.1.

11 Lazarus amicus noster dormit. tom.2. p.177.c.1.

15 Hoc est praeceptum meum, vt diligatis inuicem, sicut dilexi vos. to.1.p.358.c.2.

18 Regnum meum non est de hoc mundo. to.1.p.779.c.2.

19 Manifestaui nomen tuum hominibus. tom.1.p.4[illegible].c.1.

Ex Actis Apostolorum.

1 Possedit agrum de mercede iniquitatis. to.1.p.363.c.2. & infra.

3 Scio, quia per ignorantiam fecistis, sicut & principes vestri. to.2.p.371.c.2.

28 Vipera a calore, solum manui Pauli adhaesit. to.2.p.108.c.1.

Ex Epistola ad Romanos.

1 Tradidit illos Deus in reprobum sensum. to.2.p.18.c.2.

Inuisibilia Dei per ea quae facta sunt intellecta conspiciuntur. tom.2.pag.44. col.1.

Non

5 Non solum, sed & gloriamur in tribulationibus, &c. tom.1.p.51.c.2.
Charitas Dei diffusa est in cordib^9 nostris per Spiritum sanctum, qui datus
est nobis. tom.1.p.659.c.1.
6 Gratias autem Deo, quod fuistis serui
peccati, obedistis autem ex corde in
eam formam doctrinæ, in quam traditi estis. tom.1.p.744.c.4.
Habetis ergo fructum vestrum in sancti-
ficationibus, finem verò vitam æternam. tom.1.p.485.c.2.
Non regnet peccatum in vestro mortali
corpore. tom.1.p.30.c.1.
7 Infelix ego homo, quis me liberabit de
corpore mortis huius. tom.1.p.40.c.1.
Inuenio aliam legem repugnantē legi
mentis meæ, & captiuantem me in
lege peccati. tom.1.p.585.c.1.
8 Nihil ergo damnationis est his qui sunt in
Christo Iesu. tom.1.p.744.c.1. in fine.
De peccato damnauit peccatū. tom.2.
p.698.c.1.p.596.c.2.
Diligentibus Deum omnia cooperantur in bonū. tom.1.p.[illegible].c.2.
Quos præsciuit & prædestinauit confor-
mes fieri imaginis filij sui. t.1.p.[illegible].c.2.
Quid oremus, sicut oportet nescimus,
sed ipse Spiritus postulat pro nobis gemitib^9
inenarrabilibus. tom.1.p.185.c.1.
9 An non habet potestatem figulus luti ex
eadem massa facere aliud vas in honorem, aliud in contumeliam? tom.2.
p.94.c.1.
Optabam ego ipse anathema esse pro fratrib^9
meis. tom.1.p.566.c.2.
10 Finis legis Christus est. to.1.p.368.c.2.
Ignorantes enim iustitiam Dei, & suā
quærentes statuere, iustitiæ Dei non
sunt subiecti. tom.1.p.[illegible].c.1.
13 Nox præcessit, dies autem appropinquabit. tom.1.p.508.c.1. & p.503.c.3. &
p.560.c.2.
Qui diligit proximum, legē impleuit.
tom.1.p.590.c.1.
14 Neq; enim est verbum Dei esca & potus, sed iustitia, pax, & gaudium in
Spiritu sancto. tom.1.p.486.c.2.

Ex Epistola prima ad Corinthios.

2 QVia verba eius erant in potestate
probata. tom.1.p.514.c.2.
3 Tanquam paruulis in Christo lac potū
vobis dedi. tom.1.p.521.c.2.
4 Mihi pro minimo est, vt à vobis iudicer,
aut ab humano die, qui enim iudicat
me Dominus est. tom.1.p.400.c.2.
6 Nihil habentes, & omnia possidentes.
tom.1.p.245.c.1.
Qui adhæret Deo, vnus spiritus est cū
eo. tom.1.p.40.c.2.
Esca ventri, & venter escis. Deus autē
hunc, & illā destruit. tom.1.p.368.c.2.
9 Ego autem sic pugno, non quasi aërem
verberās, sed castigo corp^9 meū, &c.
tom.1.p.372.c.2.
Quis militat suis stipendijs vnquam.
tom.1.p.674.c.1.
Nunquid Deo cura est de bobus. tom.1.
p.667.c.1.
10 Tentatio non vos apprehēdat, nisi humana. tom.1.p.[illegible].c.1.
11 Mulier in Ecclesia orat velato capite,
vir autem discooperto. tom.1.p.149.
c.1 & p.614.c.1.
13 Horum autem maior est charitas. tom.1.
p.37.c.1.
Charitas omnia sustinet, omnia suffert, &c. tom.1.p.[illegible].c.2.
Si linguis hominum loquar, & Angelorum, charitatem autē non habuero
nihil sum. tom.1.p.[illegible].c.1.
15 Cum tradiderit Regnum Deo, & Patri
cum euacuauerit omnem principatum, & potestatem. tom.1.p.461.c.1.
Quotidie morior propter vestram gloriam. tom.1.p.7[illegible].

Ex Epistola secunda ad Corinthios.

2 NOn ambulantes in astutia, neque
adulterantes verbum Dei. tom.1.
p.566.c.2. tom.1.p.[illegible]7.c.2.
3 Nos verò reuelata facie gloriam Domini speculantes in eandem imaginē
transformamur. tom.1.p.[illegible].c.2.
4 Deus qui dixit de tenebris lumē splendescere, ipse illuxit in cordibus nostris. tom.1.p.311.c.2. & p.318.c.2.
5 Eum qui non fecit peccatum, pro nobis
peccatum fecit, vt nos efficeremur
iustitia Dei in illo. tom.1.p.617.c.2.
6 Quasi tristes, semper autem gaudentes.
tom.1.p.248.c.1.
10 Non enim qui seipsum commēdat, ille
probatus est, sed quē Deus commendat. tom.1.p.754.c.1.

Ex Epistola ad Galatas.

Ex Epistola ad Ephesios.

Ex Epistola ad Philippenses.

Ex Epistola ad Colossenses.

Ex Epistola prima ad Thessalonicenses.

Ex Epistola prima ad Timotheum.

propha-

FINIS.

[illegible] quod, sic quod. 23.1. [illegible] sit. 10.1. [illegible] 10.1.3 [illegible] 14.1. [illegible] 15.1. [illegible] est. 14.1.19 illi, ille. 73.1. [illegible] prioris, prioris. 69.1.17 [illegible] 63.1. [illegible] eum, pronunciabat. 73.1. propatus, [illegible] pretium. 83.1.28 [illegible] eandem. 106.1.11 ruben [illegible] ruben &c. 109.1. peccatorum. 113.1.8 permanebat, remanet [illegible] Aegypti, Aegypto. 137.1.14 [illegible] 140.1.7 commercium, empore, commercium [illegible] 142.1.12 fuales, fuales [illegible] sangui [illegible] 143.1. [illegible] 144.1.9 [illegible] 145.1.5 fitmis, fitnis. 146.1.21 [illegible] 149.1. [illegible] rentibus, cantrentibus. 163.1.19 [illegible] 164.1.40 [illegible] mei, suentiam meam. 167.1.19. Reges Ahi. Reg. Ahi. 176.1.3 haber, haberet. 190.1.41. Alphabite, Asphaltite. [illegible] vbi, cum [illegible] Elis. 181.1.20 luminis, luminis. 183.1.10. quod postea per peccata, quod postea per peccatum. 183.1.1 inducens, inducens. 183.1.16 ad [illegible] 186.1.1. pine, gene. 190.1.36 [illegible] 193.1.pen. vocabi, vocabis. 198.1.19 [illegible] 204.1.10 milis, milem. 203.1. [illegible] 205.1. differ, differt. 212.1.30 [illegible] descendent, descenderant. 213.1.5 [illegible] voluit, noluit. 214.1. [illegible] 215.1. [illegible] congregabo. 218.1.14 impedi, impedimenta. 240.1.11 indificientem, indeficientem. 241.1.1 dele flores, dele flores. 241.1.17 [illegible] 245.1. pius, prius. 154.1.18 diu, diu. 157.1.40 [illegible] 162.1. velit, velit. 163.1.40 cetrum, centrum. 163.1.38 emu, cum. 163.1.37 studio, stadio. 168.1.10 coniugium, coniugium. 169.1. [illegible] Quis, Quis [illegible] 170.1.10 [illegible] totam materia &c. 173.1. [illegible] 173.1.17 amari, amare. 173.1.40 Pani, Panis. 174.1.40 [illegible] 180.1. [illegible] 183.1. [illegible] 184.1. [illegible] Dominus, Dominus. 184.1. pen. [illegible] saluari, [illegible] 187.1.7 [illegible] strum, strum. [illegible] quod, quod. [illegible] fugere. 189.1.14 [illegible] Morem, Morem. 190.1.13 Deus, Deus. 190.1.16 [illegible] ad [illegible] 194.1.6 Dominus, dominaturi [illegible] 197.1. [illegible] volens, [illegible] 201.1.20 [illegible] 203.1.26 [illegible] 204.1.16 federe [illegible] hoc est [illegible] 207.1. [illegible] Dominum, dominum. 206.1.4 hinnit, hinnite. 30. millias, millia. 209.1. [illegible] Angeli quam [illegible] 210.1. [illegible] haec, [illegible] 212.1.13 [illegible] 213.1. Dei, Dei. 304.1.pen. ungerint, [illegible] 311.1.20 elesie, elesia. 313.1.32 docet de [illegible] 313.1.19 demium, [illegible] 315.1. [illegible] melancholicus. 315.1.41 Cerere, Cerere. 49. Cerere, cereri. 314.1.13. [illegible] Theologi, Theologus. 319.1.4 illud, illius. 18 vellis, velit. 319.1.24 [illegible] rebellet. 30 recepitis, receperitis. 320.1. [illegible] reperierunt, reperierunt. [illegible] ceribus, vbi, ceteribus, vbis. 41 vellis, velis. 40 quidem, quidem. 321.1.23 effudere, effundere. 321.1.21 Greci, Greci. 324.1.33 ei, sijeis. 41 conscientius, conscientia. 324.1. [illegible] 326.1.13 Et, Si. 329.1.28 [illegible] 30 angulis, angulis. 330.1.16 [illegible] Homo Mes, [illegible] 333.1.46 [illegible] 337.1.14 [illegible] fermentum. [illegible] 338.1. [illegible] 338.1.43 sup. [illegible] 338.1.41 [illegible] 339.1. occulta, occulta. 339.1.10 [illegible] ministrorum, amicorum Regis, ministrorum 341.1.16 aqui, [illegible] 341.1. [illegible] 341.1. [illegible] 342.1.15 [illegible] 343.1.13 metaphysica, metaphysice. 347.1.13 [illegible] 349.1.30 [illegible] 351.1.29 commodior, commodior. 351.1.14 Priores, Priores 351.1.16 [illegible] 352.1.11 [illegible] 353.1. [illegible] 354.1.16 quam, [illegible] 355.1.4 [illegible] 357.1. [illegible] nollemus. 357.1.21 Ecclesia, [illegible] 357.1.17 [illegible] 358.1.1 [illegible] 359.1.18 illam, illam. 360.1.16 videbat, viuebat. 44 ligabit, ligauit. 361.1.11 matrem, matrem. 361.1.4 vera, bera. 361.1.33 oculos, oculo. 363.1.13 [illegible] 363.1. [illegible] coram. 364.1. nimis, nimis. 18 [illegible] 364.1. [illegible] liters, litera. 365.1.1 capestre, capestris. 41 [illegible] 365.1.30 [illegible] 367.1. [illegible] 369.1.26 Iudaea Galilaea, Iudea Galilea. 369.1.45 quam, [illegible] 370.1. Galilea, Galilea. 372.1.20 [illegible] bellatorem. 13. Nun, Num. 374.1.28 mandata [illegible] mandata. [illegible] 375.1.4 [illegible] 376.1.13 [illegible] 377.1. [illegible] 378.1. [illegible] 379.1. [illegible] 381.1.2 [illegible] quam, [illegible] 384.1. [illegible] 385.1. [illegible] 386.1. [illegible] 386.1. pen. Christum, Christumus. 389.1. 44 haec, hac. 390.1.38 amores, amore. 393.1.16 referres, referimus. 393.1. [illegible] 395.1.14 [illegible] 40 [illegible] quam, quam. 399.1.19 [illegible] 400.1. [illegible] 403.1. [illegible] 403.1. [illegible] mus, [illegible] 40. [illegible] quae, [illegible] 404.1.8. imponentes, imponentes. [illegible] 33. quae, [illegible] 405.1. [illegible] 407.1. Dominum, [illegible] 411.1.23 quam, [illegible] 417.1.18. Vide, Tibi. 30. positus, [illegible] 421.1.3 hic, hinc. 12 volens, bolum. 424.1. [illegible] 427.1. [illegible] hypocrisis, [illegible] 431.1. [illegible] 432.1. [illegible] 433.1. [illegible] 434.1.5 [illegible] 434.1. [illegible] 437.1.13 Ita quae, Itaque. 438.1.19 desolationem, desolationem. 19. adiuuando, adiungendo. 445.1.34 id, ij. 446.1.4 vultu res, vultures. 447.1.12 ad amores, ad mores. 449.1.2 forem, fores. 13 conspicione, conspicione. 14 quod, in quod. 19 diuidendae, diuidendae. 454.1. [illegible] 455.1.1 valebimus, valebimus. 477.1.13 da bo, dabo. 489.1. [illegible] Dei filij [illegible] 489.1.4. [illegible] 495.1. [illegible]

Iuan Vazquez del Marmol.

www.ingramcontent.com/pod-product-compliance
Lightning Source LLC
Chambersburg PA
CBHW020505110726
47899CB00004B/1066

* 9 7 8 3 7 4 2 8 2 2 3 1 4 *